U0469546

大唐明月

[上] 长安篇

蓝云舒 / 著

上海文艺出版社

明月出天山，苍茫云海间，长风几万里，吹度玉门关。

目　录

第一章　　　人为刀俎　我非鱼肉 / 001
第二章　　　人心难测　随势而为 / 011
第三章　　　惊见贵客　风波乍起 / 023
第四章　　　君子易欺　恶客难防 / 032
第五章　　　煽风点火　力争下游 / 042
第六章　　　一波三折　一劳永逸 / 055
第七章　　　大树易靠　安稳难求 / 068
第八章　　　富贵勾人　寂寞千古 / 079
第九章　　　华服霓裳　暗箭明枪 / 085
第十章　　　意外来客　防患未然 / 091
第十一章　　飞来横祸　祸不单行 / 098
第十二章　　无路可退　有计回天 / 104
第十三章　　承天门高　咸池殿远 / 114
第十四章　　月色撩人　冤家路窄 / 125
第十五章　　意外相逢　百思不解 / 133
第十六章　　羊入虎口　环环相扣 / 140
第十七章　　求仁得仁　一步登天 / 148
第十八章　　汤泉水暖　翠湖波潋 / 154
第十九章　　腊日惊变　生不逢时 / 166
第二十章　　真相扑朔　流言纷纭 / 175
第二十一章　进退谋略　生死陷阱 / 184
第二十二章　未雨绸缪　暴雨惊魂 / 192
第二十三章　不管不顾　无怨无悔 / 203
第二十四章　暗闻私语　明送冷淘 / 217

第二十五章	山雨欲来	前路艰辛 /	226
第二十六章	久别重逢	相见时难 /	233
第二十七章	宠辱不惊	善恶有报 /	241
第二十八章	暗潮汹涌	收买人心 /	249
第二十九章	初次交锋	再诉衷肠 /	257
第三十章	熏天富贵	赤子心肠 /	265
第三十一章	谣言纷纭	贵客临门 /	272
第三十二章	不足为患	自相残杀 /	282
第三十三章	辞旧迎新	人约黄昏 /	286
第三十四章	往事如烟	缘分千年 /	295
第三十五章	柴米油盐	任重道远 /	301
第三十六章	高僧风采	采购学问 /	308
第三十七章	铺房之日	迎娶之时 /	315
第三十八章	碧海情天	花好月圆 /	324
第三十九章	洗手做羹	再见高人 /	330
第四十章	今日长辈	当年隐情 /	337
第四十一章	归宁之日	前事如梦 /	344
第四十二章	疑窦暗生	拔刀相助 /	351
第四十三章	不速之客	有女倾城 /	357
第四十四章	端午之局	攻防转换 /	364
第四十五章	盛情相邀	各自布局 /	372
第四十六章	再见裴炎	小道消息 /	382
第四十七章	宴开芙蓉	语带机锋 /	387
第四十八章	忽闻相召	惊遇故人 /	397
第四十九章	将计就计	无心插柳 /	408
第五十章	天理循环	所谓报应 /	416
第五十一章	宫中巨变	厌胜真相 /	422
第五十二章	山雨欲来	正中下怀 /	429
第五十三章	不耻为伍	釜底抽薪 /	440
第五十四章	不避不退	无忧无惧 /	445
第五十五章	绝妙好棋	绝世名帖 /	451
第五十六章	宰相会食	祸乱之始 /	458
第五十七章	顺水推舟	无可辩解 /	463
第五十八章	刚则易碎	兴师问罪 /	470
第五十九章	魂断梦伤	无可阻挡 /	478
第六十章	有仇报仇	请君入瓮 /	485

第一章
人为刀俎 我非鱼肉

长安城的黎明总是来得格外气象庄严。

五更三点,当太极宫那层层叠叠的重檐飞角,刚刚被晨光勾勒成黛青色天幕下的一道道剪影,承天门门楼上便准时响起了第一声晨鼓。随即,六条正对着城门的主道旁,数十面街鼓被依次擂响。在微弱的曙光中,长安城仿佛一头从沉睡中醒来的巨兽,在隆隆不绝的鼓声中抖动着身体:被分割得棋格般规整的一百零九处里坊,几乎在同一时间打开大门,早已等候在门内的车马行人流水般涌入了二十五条坊外大道;而在各坊门口,胡饼的叫卖声此起彼伏,那热情洋溢的声调和热气蒸腾的炉灶,让这座举世无双的雄城渐渐有了人间烟火的气息。

只是在正月晦日(最后一天)的这个清晨,长安人在三千响晨鼓的余韵中推开房门,看到的却是阴沉沉的天空和扑面而来的细碎雪粒时,抱怨声顿时乱纷纷地响了起来,被呼啸的寒风吹出老远。

晦日节,正是长安城每年第一个万人空巷集体郊游的大日子,然而眼前的碎雪与阴云,竟是生生把个初春风情演绎成了严冬景象!

长安城西的崇化坊靠近西市,正是胡商聚居之处。坊内一处不起眼的小院里,十五岁的库狄琉璃也站在自己的小屋门口,呆呆地抬头看着天空。一阵北风吹过,她下意识地伸手拢紧了身上的交领寒袄,领口倒是捂严了,袖口却露出小半截手臂来。在寒意逼人的暗淡晨光里,那带着补丁的石青色粗麻袖口,衬着没多久便被寒风吹得微青的细白手腕,让人看着便身上发寒。

院子里正扫地的仆妇不该多瞟了她两眼,立时便哆嗦了好几下,忙不迭地低头暗暗念佛:真真是造孽!这位按说还是家里的嫡长女,亲娘死了三年,不照样落到这般田地?不但过的日子奴婢不如,听说明日一早还要被送到那种地方去……

库狄琉璃此时却全然没有半分被怜悯了的自觉,她甚至没有感觉到自己手指上的僵冷,心里翻来覆去只有一个念头:怎么会是这种天气?

"怎会是这种天气!"斜地里蓦然响起的一个清脆声音,让琉璃一个激灵醒过神来，却见三步外的西厢正房门口，比她只小了几个月的妹妹珊瑚也在抬头看着天空，略停了片刻又甩头回了屋。高高荡起的葱绿色门帘里，传来一声脆亮的吩咐："阿叶，快些将我的新袄子寻出来！"

再次出门时，珊瑚已换上了一件簇新的杏红色联珠鹿纹窄袖冬袄，颜色娇艳得几乎能映亮半个院子。她低头将衣角扯了几扯，又拍了两拍，目光这才顺着鼻梁落到琉璃身上，在她破损的袖口停了停，脸上便露出了琉璃最熟悉的轻蔑表情，声音也仿佛在鼻子里拐了两个弯："哎哟，阿姊今日好容易能出门一回，怎生也不换身新衣？"

出门？这样的天气还能照旧出门？琉璃微微睁大了眼睛，心头一阵狂跳，脸上却半分不敢露，神情倒愈发木讷了三分。

珊瑚斜睨她一眼，扬着头冷笑起来："看我这记性，竟忘了阿姊的新衣是要留到明日派大用场的！"

这原是几个月来珊瑚最爱提起的话头，眼见琉璃像平日般迅速垂下眼帘、咬住嘴唇，她的笑声里不由多了几分真正的愉悦，刚想再添几句，北面的上房门帘一挑，却是父亲库狄延忠与母亲曹氏牵着六岁的弟弟青林走出了房门。珊瑚立时换上了灿烂的笑脸："阿爷、阿娘，今日时气不大好呢，曲江边只怕风大，却要多穿些才好出门，青林更要穿厚些，他过两日便要去学里开蒙，今日万不能冻着……"

她活泼的娇笑声回荡在小小的院落里，夹杂着库狄延忠吩咐备车的低沉声音、曹氏抱怨天气的柔软声音以及青林抗议加衣的清亮声音，自有一种说不出的和谐。库狄家的几个奴仆也各自打起了精神，进进出出地打点着主人家今日春游要准备的各种物件。

没有人注意到，在西厢房角屋门口呆站了半日的琉璃，已黯然神伤般地低下头去，垂下的眼帘严严实实地掩住了眼底那丝如释重负的惊喜。

直到库狄家的牛车晃晃悠悠了一个多时辰，终于从长安西北角的崇化坊走到了东南城外的长安第一郊游胜地曲江池，一直默默缩在车帘边的琉璃这才抬起了眸子，不等车子停稳，便自觉地第一个跳下了车，只是落地后目光随意往四周一扫，却差点一个趔趄摔了出去。

眼前的景色，也实在太出人意料了！

所谓春草碧色、春水绿波、曲江春景的名头，琉璃早已听得耳熟。可眼下那远处的春水显然尚未解冻，近地里的春草亦没半根发芽，北风从江面上吹来，倒是愈添了三分阴冷。然而就是这样一片光秃秃灰扑扑的背景，在她面前展开的却分明是一幅繁华热烈到了极处的春游图——放眼望去，只见天地之间、江水之畔，但凡有几棵树几块石头的地方，都已扎满了密密麻麻的各色毡帐，不少地方还张着雅致的六曲屏风，几处略高些的山丘则被色彩艳丽的绣锦帷幕挡了个严实；几条江边道路上，雕鞍骏马和油壁香车络绎不绝，而在远近各处，还有三五成群的人在随着节奏明快的乐曲翩然起舞……

琉璃不由自主地揉了揉眼睛，原来不是库狄家的人格外爱春游，看眼前的架势，起码有半城的长安人都毅然决然地在这种天气里跑到这种地方，欢天喜地地喝上了西北风！

库狄家显然是来得晚的了，牛车曲曲折折地在江边走了半刻多钟，也没在密匝匝的帐篷间找到合适的落脚之处。琉璃震撼过后，四面打量，渐渐也看出了一些门道：那翠幕四围、歌舞喧天的地方，出入的多是帷帽遮面的豪门贵女，说是赏春，大概除了锦绣帘幕什么都看不到；那屏风半掩、案几低陈的所在，落座的是佩剑出游的文人士子，对着呼呼北风喝酒吟诗作陶醉状，那副煞有介事的赏春架势，倒比眼前的春光更有看头；至于那三五成群、鲜衣怒马、呼啸而来、谈笑无忌的，自然是横行长安的纨绔子弟，又要赏春，又要让人看他们如何赏春，更要品赏那些赏春的美人，一个个忙得恨不能头上生出八只眼睛；最多的，当然还是库狄家这样乘牛车、携毡帐，全家出游的寻常人，既来赏春，又来赏人，赏不到也不打紧，所谓贵在掺和……

琉璃越看越兴味盎然，正想多瞧几眼不远处那圈翠色帷幕，耳边却响起了一个凉凉的声音："阿姊好兴致，怎的倒像是从没来过曲水一般？"

琉璃心中微凛，转头看了看正斜眼瞅着自己的珊瑚，还未开口，珊瑚已掩着嘴笑了起来："我怎么又忘了，这曲江姊姊自然原先也是常来的，只是过了今日想再来这里，怕是不大容易了呢！阿姊，你说是也不是？"

她的头上戴着一支七叶玳瑁银搔头，细碎的鎏金叶瓣随着笑声轻轻颤动，把那双满是讥嘲之色的碧眸映衬得愈发明亮，晃得琉璃一时有些出神。

是，还是不是，这的确是一个问题。

她的的确确是第一次来曲江，生平第一次。至于以前的那位库狄琉璃是不是常来，她还真不知道。她只知道自己三年前一睁开眼，就变成了一个病歪歪的小胡女。三年来，她曾无数次地希望这只是一场噩梦，可惜不知是因为她写毕业论文时抱怨过太多次唐代资料少，还是嚷嚷过无数回减肥太累了还是做唐代女人爽，老天爷这次显然是真的打发她来搞实地考察了……确切地说，是考验！因为给她分配的，是个烂得不能再烂的摊子：这具身体的母亲已经去世，父亲等于没有，家里的弟妹都是庶母生的，奴仆都是庶母管的，连走动的亲戚也多是庶母这边的，加上这坑爹的古代长安话，她有好几个月完全摸不清状况，之后又足足花了一年多才敢重新开口，可那时大势已去，她早已彻底沦落成了一个没靠山没帮手没自由没前途的四无青年，眼下甚至连一个良民的身份也快要保不住了！珊瑚所谓的"过了今日"，不就是想提醒她，这次春游不是三年劳役刑满放风，而是一顿地地道道的"断头饭"吗？不过……琉璃静静地看了眼前这位庶妹一会儿，也微笑起来："妹妹说得是。"

珊瑚愣了一下，实在不明白琉璃怎么还能笑得出来，细眉一挑，"嗤"地笑出了声："阿姊果然是个心宽的，可见是要攀高枝的人了，不过我倒是怎么听说，那里的高枝却也不是那么容易攀的！一进去先要伺候那些有资历的阿姑们，若是一个不留意……"

话未说完，她的身后便传来了一声低喝："珊瑚，你莫光顾着说笑，也须记得看顾看顾自家弟弟！"

珊瑚吃了一惊，回头便对上了曹氏严厉的眼神，心里顿时一突——母亲原是再三交代过，有些话不能对琉璃说，更不能让父亲听见，琉璃也就罢了，自己怎么忘记今日父亲就在身后？偷偷看了看库狄延忠的脸色，珊瑚心下不由有些发虚，狠狠地剜了琉璃一眼，扭头扯住了青林的手。

曹氏恨铁不成钢地瞪了珊瑚一眼，走上两步对琉璃笑道："莫听你妹子胡说！她能知道什么！那些被刁难的都是没根基的宫人，怎能与你比？如今你舅父上上下下都已打点妥当，你又是良家子，自然进去便是内院人，略学上几日便能到前头去，谁敢给你脸色看？"

她的脸上笑得和蔼，琉璃却不敢怠慢，暗自打起了十二分精神，听她把话说完了，才舒了口气出来，像往日一样柔顺地低下头去："女儿省得。"

曹氏眼里露出满意的神情，笑着握住了琉璃的手："放心，你阿爷最是疼你，自然事事都会替你谋算好！你也知晓，这一年来家里费了多少气力才谋下这条路！进去后有享不尽的富贵清闲不说，更有一步登天的机缘！只盼日后你有了出息，也莫忘了拉扯拉扯那两个不争气的！"

曹氏的手又冷又腻，被她一握，琉璃的手臂上忍不住起了一层寒栗，面上倒是越发乖巧，轻轻牵了牵嘴角，没有作声。曹氏也不指望她能说什么，只叹息着拍了拍她的手："你便是性子太弱了些，好在有你舅父和姨娘们照应……"

琉璃依旧低头不语，听着曹氏又念了一大篇他们曹家在那边如何有体面，此次又是如何尽力帮忙。直到库狄延忠看中了离江畔略远的一处地方，曹氏才放开琉璃，上前指挥随车而来的仆妇阿叶和世仆阿泉支展毡帐、铺设食案。

琉璃暗自松了口气，退开两步扭头看向远处的曲江，脸上依旧平静无波，眼底却已忍不住满是嘲讽：什么叫口才？任谁听了曹氏的这套说辞，都会以为她给自己找了一个好去处吧，又怎么能想到，她嘴里这个"富贵清闲"的好地方，其实是宫廷教坊！不过可惜，曹氏大概还不知道，她费尽心思说得天花乱坠，她的那位宝贝女儿却是最看不得自己高兴，几个月来早已冷嘲热讽地倒出了无数实话——那是一个地地道道的火坑！一旦入选，便要终生卖艺于宫廷，再也离不得那牢笼半步，甚至比宫女都不如，因为就算有运气重见天日，也已是身属贱籍！而在大唐，良贱之间等级森严。就像曹氏，就是因为出身隶属教坊的乐户，这辈子也别想做正经人家的妻室。如今她能在这个家中为所欲为，仗的不过是死去的正室安氏早已跟娘家闹翻，祖上风光过的库狄家族也是人口凋零，没人来管她而已！

至于说卖艺时有被皇帝看中的微小几率，别说她对成为大唐宫廷编外陪睡人员没兴趣，就算她有志于宫斗大业，也不会忘记如今是永徽四年，那位独步千古的则天大帝已贵为昭仪，立马就要母仪天下，这时节去跟未来的皇帝抢着睡现在的皇帝，她还不如直接找根绳子吊死了干净……早知道学会长安话重新开口之后会被派上这种"用场"，她是不是应该装一辈子哑巴？只是她终究不能一辈子装聋作哑地讨生活，终究不能不赌上这一把……

琉璃有些惘然地抬起头来，望着不远处欢歌笑语的人群，无声地叹了口气。

库狄家的两位奴仆不多时便支好了帐篷，早已备好的酪浆胡饼也被迅速摆上了帐中的几张食案。春游野餐，原是风雅之举，只是跪坐在这不时灌进北风的毡帐里，喝着酸凉的酪浆，嚼着冷硬的胡饼，琉璃却被风雅得有些消受不了。好容易又熬了半个多时辰，帐外不时传来欢笑和歌声，早把珊瑚和青林都勾了出去。琉璃只是继续保持木讷状，心里默默推敲着待会儿要做的事情，正琢磨到第三遍，耳边蓦然响起了库狄延忠的声音："你去将珊瑚他们找回来吧，且好归家了。"

我？琉璃有些惊异地抬头看了库狄延忠一眼，看到他点了点头，才双手一按面前的食案站了起来。帐外的冷风越发显得刺骨，琉璃紧了紧身上的寒袄，抬眼一望，只有东边的一处空地上围了一大圈人，忙迈步走了过去。

她自然没有听见，毡帐里，库狄延忠正低声对曹氏道："某思量着明日……若真让琉璃入了教坊，固然能省些嚼用，咱家名声须不好听。横竖她今年已十五，倒不如挑户不要嫁妆的人家嫁了，不也费不了多少事？"

曹氏怔了一下，轻声叹了口气："此事如今只怕是不好反悔了，太常寺那边，奴家阿兄都已托人打点妥当，若是不去，白花了这些钱财不说，他们日后也不好做人。再说琉璃这般容色，岂是寻常人家消受得起的？若是胡乱许了人家，指不定日后会如何！教坊名声上虽然略差些，却是极实惠的，若是有了机缘，更是前途无量，咱们总不能为了虚名，便耽误了女儿的前程……"

库狄延忠张了张嘴，到底还是什么话都没有说出来，呆了片刻，端起面前的酒水，仰头一口气喝了下去。

帐外，琉璃已走到人群聚集处，只见里三层外三层地围着人，里面有笛声激昂，人头之上还有冷森森的剑光盘旋，竟是有人在表演平日难得一见的剑器舞，难怪把大伙儿都引了过来。

因太常寺挑选女伎时在容色之外也兼顾举止和才艺，这一年来，曹氏倒是请人简单地教了琉璃一些乐舞礼仪。时下流行的软舞健舞她都略知一二，这剑器舞却是从未见过。她忙踮起脚尖往里看，却只能看见那舞剑之人偶然露出的一个后脑勺和时而矫若游龙、时而团如满月的剑光。

看了片刻，琉璃忍不住从人缝里挤了进去，这才看见，舞剑之人是个身量甚高的男子，那剑光吞吐游走，恍如活物，舞者来去如风，迅捷如雷，偏偏一招一式又清清楚楚，端的是个中好手。那吹笛之人也是个年轻男子，身上的冬袍上打着好几处补丁，神态却极为从容适意。

待得笛声吹到最激越处，剑舞者的长剑突然脱手飞了上去，高高地抛入半空，又闪电般飒然落下，众人都倒吸一口凉气刚想惊呼，却听一声轻响，原来那剑已纹丝不差地落入舞者所持的剑鞘之中，四周顿时彩声如雷。

琉璃也是目眩神驰，好容易回过神来，才看清剑舞之人年纪也不大，旁若无人地傲然立在那里，只转头向吹笛人拱了拱手："多谢！"吹笛之人呵呵一笑，答道："痛快！"两人竟不相识，却是相视一笑，各自排众扬长而去。围观之人也慢慢散开，有人拿出了箫笛琵琶诸样乐器，挽臂踏足地重新舞了起来。乐声悠扬，舞姿欢快，夹杂着"新买五尺刀，悬着中梁柱"的响亮歌声，虽然午后的寒风越发凛冽，人群中那股欢畅恣意的热力却几乎可以直冲云霄。

琉璃一时不由目眩神驰，耳边似乎有一个小小的声音在惊叹：这就是大唐！这就是如朝阳初升般的大唐……正出神间，突然身边有人惊咦了一声："库狄大娘？"

库狄……大娘？

琉璃呆了片刻才反应过来对方是在叫自己——唐人称呼女子通常都是姓氏加排行再加个"娘"字，所以她的这具身体自出生起就成了如假包换的"库狄大娘"，这真是一个令人泪流满面的人生开端……

只见说话之人大约十六七岁，穿着件本色的缺胯夹袍，头上戴的是时下最流行的黑色浑脱毡帽，帽檐下露出一张轮廓鲜明的俊美面孔，眉目深秀得如同被墨笔勾勒一般，此刻眼里分明满是惊喜。

琉璃眨了眨眼睛，一时有些说不出话来，一方面是被对方的美貌所慑，另一方面也的确不知该说什么。

少年眼里的惊喜慢慢淡去："大娘莫非认不得三郎了？"

虽然家里仆人也是这般称呼自己，但被一个初次见面的美少年叫做大娘……琉璃心里再次飙泪，却只能点了点头。

少年勉强笑了笑："某乃穆家三郎，四姨原先常带大娘来家作耍的。"

琉璃脑中突然划过一个隐隐约约的印象，脱口道："穆家表兄？"

穆三郎眼睛顿时一亮："大娘记得了？"

琉璃有些尴尬地笑了笑："记不大清了，表兄莫怪。"记她是记不起来的，只是蒙对了一回而已。她听家里下人说过，她母亲安氏出身胡商巨贾之家，有个堂姐嫁的便是在崇化坊开布庄的穆家，因住得不远，原是常走动的。但库狄延忠最爱端着祖上也曾发达过的架子，虽然吃穿住行都靠着安氏的嫁妆，却看不上这些做商贾的亲戚，曹氏更不愿家里再有安氏的影子，安氏死后，这些亲戚都断了来往。这少年既然姓穆，又叫母亲四姨，多半就是那个穆家了。

穆三郎怔了怔，又上下打量了琉璃两眼，神色颇为奇异，似乎有些困惑，有些欣慰，还有些怅然。琉璃猜测他或是听说过自己因伤心母亲去世而病傻了的传言，刚开口说了一句："表兄有所不知……"却听背后一声冷哼，随即便是一个压得低低的熟悉声音："阿姊不是什么都不记得了吗？怎的如今一口一个表兄了？"

珊瑚不知何时已牵着青林走了过来，眼神不善地扫了琉璃一眼，昂首走到她身边。

穆三郎似乎认得珊瑚，向她点头一笑，目光在她那件新袄子上停了停，又看向琉璃身上的那件旧袄，两道剑眉慢慢地拧了起来。

珊瑚眼神闪亮，脸上的笑容也分外明媚："真巧，三郎今日如何也在这里？"她在外面吹了半日风，一张心形小脸被寒风吹得红扑扑的，一笑起来竟有几分平日从未见过的温柔天真。

穆三郎的目光依然若有所思地停在琉璃身上，也不知想到些什么，语气多少有些漫不经心："自是和爷娘兄弟一道出来踏青。"

珊瑚眉梢一挑，眉间露出几分薄怒，想了想还是勉强笑道："好久不曾去过柜上，三郎那里可是又进了什么时新料子？"

穆三郎看着琉璃的袖子，顺口便接了下来："正有两样最新的，过几日我便请阿母给表妹送来。"

珊瑚立时展颜而笑："这可怎么敢当？"

琉璃心里一动，默默移开了目光。穆三郎也诧异地看了看珊瑚。珊瑚这才醒悟到他说的表妹并不是自己，脸上顿时涨得通红，还未想好该怎么开口，她身边的青林已叫了起来："姊姊，你抓疼我的手了！"

珊瑚的脸色不由更是难看，狠狠地瞪向青林："都是你贪玩，一点眼色也没有，都什么时辰了，还不赶紧回去！"说完冷冷地瞟了琉璃一眼，转身便走。没走几步，她又猛地停下脚步，回头对穆三郎冷笑道："我劝三郎还是莫浪费好衣料，我家阿姊明日便要去教坊伺候贵人了，再也用不上你家的衣料！"

穆三郎顿时呆在了那里，不敢置信地看向琉璃。

琉璃暗暗叹了口气，这位有些憨气的美少年一定不知道，他已给自己惹下了麻烦，好在今日，她怕的便是没有麻烦……她向穆三郎点了点头："表兄，我先回去了。"走了老远回头一看，只见穆三郎依然站在那里发呆。

到了库狄家的毡帐，一挑开毡帘，琉璃便觉得气氛有些不对。库狄延忠在闷头喝酒，曹氏的脸色也不算好，见他们进来便道："如何去了这般久？"

珊瑚看了琉璃一眼，冷笑道："儿倒是不想去打扰阿姊，只是若让她再待得久些，只怕一个两个姊夫都教她招回家了！"

曹氏皱眉道："这叫什么话！"库狄延忠的目光也扫了过来。

琉璃微微一笑，不紧不慢地笑道："妹妹大概是有些误会，适才女儿是在外面遇见了穆家表兄，不好失礼，打了个招呼。"

她平日极少开口，突然说了这一句，帐中几个人都有些意外。珊瑚怔了一下便冷笑起来："我哪敢误会，姊姊原是好本事，只用打个招呼，便能换份上门的彩礼！"

琉璃满脸都是惊讶："妹妹的话好生奇怪，不是妹妹先问起穆家进了什么衣料，表兄才顺口说了句要送琉璃两段料子么？这也算是彩礼？姊姊怎么记得，曹家的舅父和姨娘也很是送过妹妹一些衣裳料子的，原来都是彩礼？却不知妹妹算是收了几家的礼？"

话音一落，帐中诸人的脸色顿时由意外变成了震惊。琉璃神色淡然地垂下眼帘，心里冷哼一声，想当年她也是美院有名的"饭里砂"——平时不说话，开口硌死人，只是语言不通加处境弱势,才不得不装了三年包子,难道这些人还真以为自己是天生的狗不理?

这几年里,珊瑚早已习惯了刻薄琉璃,却何曾被这样冷嘲热讽地劈脸驳回过,偏偏一个字没法回!她不假思索跨上一步,伸手一推琉璃:"贱人,你胡说什么?"

就听"砰"的一声响,却是库狄延忠用力放下了酒杯,怒声道:"住嘴!你满嘴说的都是什么混话,哪有半分像好人家的女儿?"

珊瑚唬了一跳,红涨着脸看向父亲,满眼都是委屈。

曹氏脸色微变,站了起来:"罢了,都少说两句,咱们这便回家吧!"又转头对库狄延忠低声道:"珊瑚还小,回去奴自会管教她,如今在外面,教训多了须不好看。"

库狄延忠"哼"了一声,起身出了毡帐。珊瑚忙上前拉住了曹氏的手,带着哭音叫了声"阿娘"。

曹氏皱着眉瞪了她一眼:"你也太轻狂了些,回家再说!"回头吩咐仆妇阿叶收拾东西,目光有意无意地在琉璃身上转了转,神色间颇有些异样。

琉璃在她眼皮底下讨了三年生活,自然知道这目光是什么意思,索性抬起了头来冲她淡淡地笑了笑。曹氏的脸色更是沉了下来。

待得一家五口又一次坐上牛车,曹氏和珊瑚都沉默了下来。琉璃却抬头轻声道:"阿爷,当日穆家表兄当真常来咱们家么?"

车里几个人的目光都看了过来,库狄延忠怔了怔才道:"并不常来,倒是你母亲时常会带你去穆家作耍。"

琉璃恍然点头,又问:"女儿怎么记得穆家姨娘似乎曾来家里送过衣料?"

库狄延忠脸上露出了两分笑意:"一年少说也要送上三五回!"

琉璃有些出神,仿佛自言自语般低声道:"果然如此,女儿还道是记错了。"

库狄延忠叹了口气:"你没记错,那时你二舅父也常送上好的夹缬与绣品过来。"

珊瑚突然咳了一声,冷笑道:"这有什么!我家舅父不也送过好些衣料,都是内造的上好绢帛,岂是市坊里的货色能比的?"

琉璃有些惊讶地看了看珊瑚:"曹家舅父也送过夹缬与绣品么?怎不见妹妹穿?"

珊瑚顿时语塞,一张脸又涨成了红色,有心一口啐到琉璃脸上,到底不敢造次,只能哼了一声,冷笑道:"你又见过什么?"曹氏的目光也冷冷地落在了琉璃脸上,眼神里满是警告。

琉璃却恍若不觉,也没接珊瑚的话头,只接着问库狄延忠:"女儿听说母亲十分手巧,身子好时父亲的四季衣裳都是她做的?"

库狄延忠点了点头,不知想起什么,声音低了下来:"你母亲的手艺,原是极有名的,我那身冬袍……"

曹氏的脸色顿时愈发难看。车子大约碾上了碎石,颠簸了两下,她突然"唉"了一声,伸手捂住了头,满脸痛楚地揉了起来。

珊瑚眼睛一亮,忙不迭把青林抱到了腿上,嘴里道:"阿娘可是被风吹着了?今日的风大，只怕是受了寒，还是赶紧合眼歇息会儿才好！"

琉璃心里长长地松了口气，表情茫然地抬头看了看曹氏，又看了看这并不宽敞的车厢，低头怯怯道："儿这便下去。"

库狄延忠眉头一皱，犹豫片刻还是敲了敲车壁，车夫忙将车赶到路边停下。待车轮再次滚动起来时，琉璃已与仆妇阿叶一道跟在了车后。

阿叶幸灾乐祸地瞟了琉璃两眼，笑着拉长了声调："大娘精神果然健旺，可是嫌车里气闷要出来透气？这外面风却大了些！"

琉璃瞟都没瞟她一眼，只默默四下打量，却见这长安城外的道路也修得十分规整，道路两边都是足有一抱多粗的老树，光秃秃的半片叶子也见不到。待得靠近城门时，因牛马车辆都只能从侧门排队入城，路上变得挨挨挤挤起来。好容易穿过启夏门那十几米长的城门洞，眼前是一条近百米宽的笔直大道，高门大户的马车在大道的正中呼啸而去，扬起一片黄尘，而平民家的驴车、牛车只能在两侧靠着明渠慢慢往前走。至于像琉璃这样连车都没得坐的人，走得久了，满脸满身都落了一层土，颇有几分活动秦俑的风采。

走了足足六七里地，库狄家的牛车过了永乐坊，转向横街，道路略窄，车马渐疏，灰尘这才少了些。又走了三四里地，琉璃便见右手边的坊门上出现了"延康坊"三个大字。她心里一凛，这几个月里她早已零零碎碎地把长安城的布局、附近的市坊道路打听过一遍，自然知道此处与自家住的崇化坊只有一坊之隔了。

眼见前面就是延康坊的东南角十字路口，她掏出一条帕子擦了擦汗，一阵西北风吹过，竟把帕子吹得飞了出去。

琉璃不由"哎呀"了一声，忙拉住阿叶："帕子掉了，你去帮我拣来。"阿叶怎肯为她做事？只冷冷地道："大娘，婢子是要跟车的。"

琉璃跺了跺脚："你让车子莫走太快了。"说着自己掉头便追了过去。

阿叶哪里肯理她，只是恍若不闻地继续往前走，待得过了怀远坊，路上的牛车只剩下几辆，却依然不见琉璃追上来，她这才有些忐忑，不住往回张望，眼见已经到了崇化坊的坊门，后面依然没有人影。她不由急了，忙赶到车前叫道："娘子、郎君，大娘不见了！"

车夫忙一拉缰绳，牛车停了下来，本来正闭目养神的曹氏一骨碌坐了起来，第一个跳了下去，往后一看果然不见琉璃的人影，顿时大怒："她是怎么不见的？"

阿叶磕磕巴巴道："适才在延康坊那边，大娘的帕子被吹跑了，非要自己去捡，婢子不合没有拦住大娘……"

曹氏一个耳光便扇了过去："贱婢！如何不早说？快去将大娘找回来，不然将你卖作苦役！"

阿叶脸色惨白，捂着脸往后退了两步，转身便向来路跑去。

珊瑚也下了车，皱着眉头道："阿娘理她作甚，这么大的人了，找不见家么？"

曹氏瞪了她一眼，心里盘算：琉璃不记得前事，几年来也没出过门，外人一个不识，倒不用担心她逃了；只是她不认路，又胆怯得紧，万一不敢找人问路走丢了，若不赶紧找回来，岂不耽误了大事？

而此时此刻，在崇化坊往北不过一坊之地的西市里，琉璃正一路笑盈盈地问着路往前找着，终于看见不远处那竖在铺面边的"如意夹缬"四个字。她不由长长地出了口气，平日总是略微弯着的脊背渐渐变得挺直。

第二章
人心难测　随势而为

　　回头看了来路一眼，琉璃忍不住轻轻摇头。尽管对西市的繁华早有耳闻，但刚才真正踏上这片大唐头号 CBD 地区，她还是好一阵眼晕：道路两边是成排成片的各行店铺，香料、珠宝、皮毛、绸缎，应有尽有，又都是敞开式售卖；走在路上，前一刻珠光宝气扑面而来，下一刻就换成了浓得呛人的香味，再走几步，有金发碧眼的女子倚着粉墙向人招手，"新到的葡萄美酒、三勒美浆……" 这种声色味的全方位轰炸，还真让她有些吃不消。

　　而眼前的 "如意夹缬"，纵然是在如此闹市之中也颇为显眼：三丈宽的店面足足是一般店铺的两倍，檐下虽然也和别的店铺一般，只是筑了一道两尺高的粉墙将店面与道路隔开，墙上却雕了极为雅致的莲花图案。店内的三面墙上都挂着绚丽的各色夹缬，恍若流动着一条五彩的河流。正中间的两张高足大案上也堆放着一匹匹布料，有两位带着婢女的华服女子正在仔细挑选。

　　琉璃从怀里拿出一条干净手帕，仔细抹净了脸上的灰尘，不紧不慢地走了过去。

　　门口的伙计正满面笑容地送走一位客人，看见琉璃的脸，呆了一下才道："小娘子，可要看看本店新出的花样？" 随即目光才落在她的寒袄上，眼中露出几分失望。

　　琉璃微笑着摇了摇头，轻声道："借问一声，贵庄东家可是安四郎？"

　　伙计顿时一愣："正是，如意夹缬只此一家，不知小娘子……"

　　琉璃展眉一笑："这便是了！奴姓库狄，是安家嫡亲的外甥女，却要麻烦贵庄找人去知会舅父一声，就说外甥女库狄大娘有急事请舅父拿个主意。"

　　伙计越发怔住了，上下看了琉璃几眼，神色好不犹豫，又回头看了看正迈步走过来的掌柜，想了想低声道："小娘子且等等。" 转身到掌柜身边说了几句。

　　那掌柜是个四五十岁的胡人，长着一张和气的面孔，目光却颇有几分锐利，从头到脚看了琉璃几眼，眉头皱了起来。

　　琉璃心里多少有些紧张，却立时克制住了自己走上前去解释的欲望，尽量从容地向掌柜颔首一笑。

掌柜略一沉吟,招手叫来一个小伙计,吩咐了两句,那小伙计便飞也似的去了。他这才脸上带了笑,走过来拱了拱手:"这位小娘子,某已让人去请阿郎,小娘子不如进来等上一等?"

琉璃微笑着道了声谢,跟着进了店铺。掌柜还要请她到后面稍坐片刻,琉璃便笑道:"不劳烦丈人了,在这里看看就好。"说着抬头看向墙上挂的夹缬。

她原是美院染织系的学生,三年前写的毕业论文就是关于唐代西域的染织图案,自然知道,所谓夹缬是用两块雕花木板夹着布帛上色的印染技术,起于北魏,而流行于盛唐,因工艺费钱费力,此时还是高门富家的专属。此时凝神望去,只见这墙上挂着的夹缬,质地以绢、纱为主,颜色以红白或蓝白双色最常见,也有不少五彩夹缬,图案则多是胡风浓郁的联珠、花树、飞禽走兽和狩猎图,已能看出些许色彩务求鲜亮、图案务求新奇的盛唐气象,不过,那种以山水、仕女等为题、足以媲美画作的观赏性夹缬,似乎还没出现。

琉璃暗暗松了口气。最近这几个月,她一直有意无意地打听着几个舅舅的生意,知道大舅安二郎做香料与珠宝生意,最为富贵;小舅舅七郎做了行商,常年来往在西州与长安之间,还做着女奴的买卖;而二舅安四郎专营丝绸,以西市上独一份的如意夹缬闻名,还有一家极大的招财缬坊和一家明心绣坊。当时她心里就是一动,慢慢地有了计划。

她正想得出神,就听背后有人软软地叹了口气,"就这些花样了么?"声音竟是天然娇媚,几乎能让人骨子一酥。

掌柜声音含着十二分的笑意,"娘子是老主顾了,想来也知道,要论花样,这长安城里除了织染署,只怕再没有比本行更多更新的地方。"

那妇人叹道:"东市的风华夹缬也是好的,可惜皆无想要的披帛花色!"

掌柜便笑道:"这也不难,娘子可以说出样子,先让画师斟酌着画将出来,只是要多等一个月。"

妇人忙问:"价钱几何?"

掌柜道:"自是明码标价,若做披帛,须以上等轻纱为底,便按本行上品的价格,一匹八百六十文,老规矩,先付一半定金。"

琉璃迅速看了看墙上挂的样品,果然都标着等级和价格,下品绢底夹缬只要三百多文,纱底的是四百多文,与上品差了一倍,想来上品属于定制,需要重新绘图、制版,成本的确要高出许多。

她并不回头,脚下却往那边移了几步,只听贵妇道:"阿母最爱牡丹,我想买一匹三色牡丹夹缬做成披帛,不如店家先画出样子来?"

掌柜的声音带上了些为难,"以牡丹为主的图样么?某还真未见过,需与画师商议商议,娘子若诚心想要,不如明日此时再过来。"

贵妇人不由迟疑起来,"明日么……"

琉璃再不犹豫,转身微笑道:"牡丹花样么?小女子平日无事时倒是画过,丈人若能信得过,我愿画个样子让夫人过目。"

掌柜和那位贵妇人都吃了一惊。贵妇人打量了琉璃一眼,又疑惑地看了看掌柜。琉璃笑着微微欠身,"我是此店东家的外甥女,自幼就学过绘制花样,今日还是头次来舅父的店里,相逢便是有缘,且画个简单的样子,夫人不喜也无碍。"又向掌柜笑道:"可否借纸笔一用?最好是狼毫小笔和熟麻纸。"

贵妇人脸上露出几分好奇,歪头想了想笑道:"那就有劳小娘子了!"

琉璃早已看清,这位贵妇大约三十出头,丰肌如雪,秀眉细目,额头贴着梅花翠钿,身上是鹅黄色短襦配六幅石榴长裙,挽着泥银披帛,当真就像画上走下来的唐代美人,难得的是眼神天真清澈,笑容却格外成熟妩媚,端的是天生尤物。

掌柜原是有些迟疑,听到贵妇人这样说,只好转头吩咐伙计拿出笔墨纸砚,又空出半张案几,研好了墨。

琉璃提笔浅蘸毫尖,深深吸了口气,起笔在纸上勾勒起了缠枝牡丹图:以一朵复瓣牡丹和一朵单瓣牡丹的大花为主,背后是石竹和茶花。

她久未动笔,自然有些生疏,好在近来私下里常用木炭、树枝练手,此时画的又是她前世最熟的图案大样,渐渐的也就越画越顺,待到收笔时,自己端详着也觉得有六七分满意,刚想说两句,就听身边一片喝彩声。她不由吓了一跳,抬头一看,原来不知何时身边已围了一圈人。

贵妇人拍手笑道:"小娘子果然家学渊源,这样随手画来就如此好看,勾上颜色自然更是华美,我就要这个花样了!"

另外一个贵妇人也道:"我想要一幅喜鹊登枝的新花样,不知小娘子可否也画上一个?"

琉璃抹了抹额头上的细汗,还未接话,远处突然传来了一阵响亮的锣声,看热闹的人顿时一哄而散。她不由唬了一跳,就听掌柜叹道:"今日不巧,怎么就到闭坊的时分了!"

那要牡丹花的贵妇忙忙地让婢女向掌柜付了定金,只道是贺兰府上的五夫人。要喜鹊登枝图的贵妇人却叹了口气,"我过两日再来,只望还能见到小娘子。"

琉璃默然行了一礼,心道:我比您更希望如此……却听身边有人沉声道:"四娘教过你画花样子?"

琉璃微微一惊,回头看见一个卷发深目、身材高大的中年男子站在自己背后,目光复杂地看着自己。她眯了眯眼睛,顿时想起这名男子她三年前曾见过,当时他还支开别人跟自己低声说了一通,但那时她什么都听不懂,只能装傻充愣地哭着不开口,这名男子似乎颇有些失望恼怒,此后再未见过——难道这就是自己的二舅安四郎?果然听得掌柜叫道:"阿郎来了!"

琉璃忙敛衽行礼,"舅父!阿娘在世时,曾教过女儿一些,儿也甚是喜欢,只是三年没摸过笔,今日让舅父见笑了。"——这话也不是撒谎,她曾在自己的房间里见到过好几支用得半秃的笔和旧颜料盘,也见过一两张画风精细的散花图案和字迹齐整的字纸。想来安氏曾教过女儿画画，说不定库狄延忠还亲手教过她写字，可惜自打她占据了这具身体，却再没机会去碰那笔墨纸砚了。

安二舅挑了挑眉毛，神色愈发深沉，"你找舅父所为何事？"

琉璃沉默片刻，轻声道："不敢欺瞒舅父，儿此次冒昧前来是因明日阿爷和庶母要把琉璃送到太常寺待选，儿实不愿去做一个教坊女伎，只请舅父收留一夜，待明日午后选拔之时过了，便会回去。"

安二舅的声音里顿时满是怒气，"胡闹！你那阿爷是油脂蒙了心么，那种地方也是好人家的小娘子们能去的？你这孩子也是，阿舅当日便说过，你阿爷性子古怪，不如跟阿舅一道过活，若不是你哭着死活不应，又何至于吃这样的苦头！"

原来当初是这么回事，语言不通害死人啊！琉璃心里一阵怅然，忍不住低声叹了口气。

安二舅看了看她，又在琉璃刚刚画好的图样上面微微一扫，沉声道："你且跟舅父回家！"

琉璃心里一松，忙低声应了，跟在安二舅身后往西市外面走去。收市的锣声依然在西市上空作响，路边的店铺大半已经上了门板，路上只剩下稀稀疏疏的行人，仿佛是魔法时刻已经结束，一刻钟前还繁华无比的这片土地迅速变得荒凉起来。

琉璃从袖子里摸出自己先前用细木炭在两张纸签背面勾勒的狩猎团花和穿花蝴蝶图样，悄悄揉成一团，丢进了路边的排水沟里。

出得西市南门，穿过横街便是怀远坊的北门，眼见安二舅一路向坊内走去，琉璃这才知道，原来舅父家与自家住的崇化坊竟只有一街之隔。

安二舅一面走，一面问了问琉璃这三年来的情况，琉璃都斟酌着回了，既不多诉苦，也不刻意隐瞒境况的艰难。安二舅略一沉吟便问："你日后有何打算？"

这个问题琉璃期待已久，当下叹了口气。"琉璃也不知道。如今不过躲得一日是一日，"停一停又轻声道，"琉璃若能生为男子，还能到舅父的店里做个画工，倒也逍遥快活。"

安二舅脚步一顿，回头看了琉璃一眼，"你为何想作画师？"

琉璃怅然一笑，"约莫是自幼便爱，今日拿起笔来，只觉得重新活过来一般，若是能日日如此，这生也不枉了。"

安二舅点了点头，并没有立刻接话，琉璃的心不由慢慢提了起来，却听他忽然"哼"了一声，"你且安心在舅父家住着，舅父绝不会让你去那种地方，某倒要看看，你阿爷那名门之后有何话说！"

琉璃顿时一喜，一颗心这才算真正落了下来，停了片刻还是道："舅父的心意儿心领了，琉璃却怕真惹恼了庶母，就算躲过明日，她若劝唆着阿爷胡乱找户人家将儿嫁了，却如何是好？"

看见安二舅皱起的眉头，琉璃在心里叹了口气：她若打听得不错，大唐的确风气开放，未婚男女可自相嫁娶，但多数人家还是讲究父母之命、媒妁之言，而且出嫁女儿与娘家的关系远比后世密切，归宁侍疾甚至携子长住都不算稀罕。她的母亲安四娘就是因为自行择婿，没有娘家撑腰，当年刚怀上琉璃便眼睁睁看着库狄延忠纳了曹氏，死后更是嫁妆女儿都保不住！她也是反复思量后，才找上早已断了来往的舅家，而不是父亲最怕的那位姑母——库狄家日后大概是靠不住的，她还不如和舅舅这边搞好关系，日后或许还能有个倚靠。

三年来，她吃过的苦头碰过的钉子早已告诉她，利益比感情可靠得多！而她今日所为，也不过是让这位舅父看清楚自己可以被利用的价值、乐意被利用的态度，同时也摆出了交换条件——帮她摆平那个家庭的麻烦。

眼见二舅沉吟不语，琉璃又轻声道："舅父有所不知，如今儿家凡事均由庶母作主，不但几个奴婢都是庶母的心腹，外面也人人只道庶母便是儿家主母。要将儿送入教坊就是庶母的主意，琉璃三年来未出家门一步，今日还是千求万恳才能出门，能找到舅父已是万幸，只求躲过明日的教坊之选，日后是不敢想的。"

安二舅一愣，脸上慢慢露出了笑容，"是么？好得很！你且放心，舅父自有主意，定不会让你那阿爷与庶母拿捏你的婚事。"

舅父看来明白自己话里的重点了，琉璃不由松了口气，发自内心地微笑起来。说话间，两人已走过怀远坊正中的十字路口，往右一拐，安二舅回头道："到了。"

却见安家大门是面向南街而开，一间两架的门屋，虽无多余装饰，却也高大齐整。吩咐了应门的童子先去与主母禀报，安二舅带着琉璃慢慢一路走了进去。里面是三进的院子，两边都是厢房，穿过中堂，后院有一处小小的假山，绕过假山才是正房，和库狄家一样是三间四架的构造，却敞亮了许多。

琉璃刚走到上房台阶下，门帘一挑，从里面走出三四个女人，打头的是个身形丰硕、眉目艳丽的中年女子，一头浓密的金发，先跟安二舅说了声："外甥女要来也不早说！"随即快步走来拉住了琉璃的手，上下看了几眼，叹息道："好些年没见过大娘了，怎么这般大了，果然是好人才！"

琉璃知道这是二舅母，忙笑着叫了人，"是儿鲁莽了，扰扰了舅父舅母。"

二舅母笑着拍拍她的手，"自家人如此客气作甚？"又拉着她介绍了后面的几个：那个黑发黑眸、皮肤白皙的，是二舅家长子三郎的妻子康氏；旁边那个褐绿色眼睛、个子高挑的是次子六郎的妻子米氏；最小的是二舅的小女儿七娘，年方十三，生得和母亲有七八分相似，只是身量不足她的一半。

琉璃上前逐一见过，二舅母又道："再过片刻你的三个表兄也该回来了，还有个表兄却是跟他叔父去了西州，只怕要夏天才能回转。"

康氏上下看了琉璃两眼，便笑着上来挽了她的手，"阿家看见妹妹尽顾着欢喜了，还是让儿带妹妹先去梳洗一番可好？"

二舅母这才注意到琉璃身上的灰尘，不由失笑，"你去好生帮大娘收拾下，换件鲜亮衣裳出来。"

康氏应了，领着琉璃进了东边第一间厢房。这屋里陈设十分齐整，案几床榻一应俱全。两个婢女伺候着琉璃梳洗了一遍，康氏又找了一支赤金点翠的双股钗，一件藕荷色凤眼团花的绫面丝绵短袄和一条鹅黄底联珠纹的夹裙。待琉璃一一换上，康氏便摇头叹道："也不知日后什么样的男儿能娶了妹妹去。"说着便把一面瑞兽纹六寸铜镜递到了琉璃手里。

镜子里是一张熟悉又陌生的面孔，肌肤如雪，眉目如画，琉璃不动声色地移开了目光。她自然知道，若说这次穿越有啥福利，大概就是分配到了这副充分体现了混血优势的好相貌，既有栗特人的轮廓鲜明，又有汉化鲜卑族的皮肤细腻，足以让前世长了副路人甲面孔的她沾沾自喜。可随后她却不得不渐渐认清一个事实：长成这样，如果没什么依靠，实在算不上福气。她若长得寻常点，珊瑚大概便不会如此处处针对她，曹氏更不会一心要把她送入教坊……眼见康氏还在满脸期待地看着自己，她只能放下镜子笑道："多谢阿嫂费心了！"暗自下定决心，以后出门绝不能打扮成这样！

康氏也笑了起来，目光中却多少有些怜悯，伸手挽住了琉璃的胳膊，"走，咱们一道出去，也教阿家阿翁吃上一惊！"

两人出了东厢，还没进上房，就听见里面传出一个粗豪的声音，"呸，这叫什么法子！依某的主意，咱直接上门去打杀了那婆娘也罢！"琉璃脚下不由一顿，康氏已经拉着她挑帘进去，笑道："六郎又要打杀了谁？莫吓到了大娘！"

一个中等个子、长了满脸络腮胡的人转过身来，摸着脑袋笑了笑，看到琉璃，眼睛一亮，"大娘？"

琉璃福了福，"琉璃见过表兄。"

六郎上下看了琉璃好几眼，大声叹了口气，"姑父当真是猪油蒙了心！"

这话琉璃却只能装作没听见，目光一转，只见六郎身边还站着一个身材瘦高、眉目和舅父有些相似的年轻人，大概是舅父的幼子十一郎，看见琉璃，笑了一笑，露出一口白牙。老大三郎却站在舅父身边，整个人一眼看上去只能注意到那两撇向上卷起的八字胡，也在笑眯眯地看着她。

琉璃忙上去逐一见礼，却听这位三郎意味深长地笑道："表妹莫担心，适才某已遣人去知会姑父你在咱家了。"

他派人去通知库狄延忠了？琉璃忙回头去看了看天色，只见暮色四合，已是黄昏时节，不由笑了起来，"多谢表兄体谅。"长安各坊日落必须关门，要是此后还在坊外大路上晃，那叫犯夜禁，被巡夜的武侯发现了，打死不论。看这天色，库狄延忠就算得了消息，也不可能赶过来逼自己回家，这位三郎自然是成心挑了这时候送消息去。

三郎听得这个谢字，眼里露出了几分笑意，胡子翘得更高，"表妹原是迷了路，幸亏遇见了阿母，少不得要留你住上几天，明日正好初一，坊门一开你们便陪阿母去大慈恩寺烧香，也好为姑母祈福。"

琉璃忙应了个好，抬眼看了看这个长得有几分像阿凡提的大表兄，心里一声叹息：这位的心眼也太多了吧！大慈恩寺她是听说过的，在长安城的南边，要上香一早便得从坊里南门出去，而库狄家住在怀远坊西边，自是从西门进来。有了这个时间差，就算库狄延忠一早就找到安家，也堵不上自己，更不可能追到大慈恩寺去，在大庭广众下嚷嚷不让她给亡母上香而要她去参加教坊选拔！这样一来，无论事情如何发展，自己所为固然无可挑剔，舅父一家也能立于不败之地……

她暗暗点头，却听六郎嘟囔道："就阿兄花花肠子多！对付那种想把女儿送进教坊的人，也用得上顾虑那许多？"

琉璃这才明白刚才听到的那一嗓子所为何来，忍不住笑了起来，却觉手上一紧，二舅母伸手将她拉到了身边，上上下下看了好几遍，叹道："阿康倒是个会打扮人的，吾儿生得这样好容貌，岂能让他们作践？放心，舅父舅母必然给你作主！"

她的手心温厚，那双蓝眼睛大概刚刚哭过，还有点发红，琉璃心里不由也是一酸，眼眶便有些发热。二舅母的眼泪顿时又被勾了出来。还是米氏赶紧上来笑道："食案已经设好了，大娘这一日担惊受怕，自然也饿了，咱们这便过去？"

舅母忙擦了擦眼泪，笑着站起来拉着琉璃往东屋走，嘴里道："舅母糊涂了！看你瘦的，可要多用些才好。"

琉璃脸上也重新挂上了微笑，走进东屋一看，倒是吃了一惊。只见这屋里正中设着一张长方形的桌子，摆了一桌子热腾腾的食物，四面又放着长条宽面的板凳，看上去与后世的饭桌几无区别——在库狄家，人人都是各自跪坐在小案几前吃自己那份饭菜，她原以为唐人都是如此，没想到还能看见如此熟悉亲切的一幕。

舅母拉着琉璃挨着自己坐下，开始殷勤地给她夹菜。琉璃目光一扫，注意到桌上四个大碗盛的是烤羊、蒸羊、蒸鹅和炖鱼，四个小碟放的是腌制蔬菜，主食则是摆在桌面正中一块直径足有一尺多的大胡饼，热气四溢，显然刚刚出炉。

六郎站起来将大饼切开，康氏便先给琉璃夹了一块，"这是时下最兴的古楼子，妹妹且尝一尝。"琉璃忙咬了一小口，却是一层层又薄又脆的面饼间夹着羊肉和调料，味道果然鲜浓，自是点头称好。

和在长安居住了数代、讲究"食不言、寝不语"的库狄家不同，安家在餐桌上十分热闹，男人们大碗喝酒、大块吃肉，女人们谈笑风生。这熟悉的饭局氛围，让琉璃整个人渐渐松弛下来，不知不觉便吃了个八九成饱。眼见康氏还要给她夹菜，忙摆手笑道："再吃不下了。"

舅母便皱起了眉头："怎么才吃这么点子？"

米氏的目光一直若有若无地围着琉璃转，此时也笑眯眯道："可是不合表妹胃口？不知表妹家中平日吃些什么？"

琉璃笑着抚胸，"舅母，儿真真是饱了。"又对米氏笑道："这菜和饼都极好，儿正想请教，这古楼子是如何做的。"心里却有些诧异，自己与这六嫂应是头次见面吧，她的眼里话里那股隐隐约约的试探之意是从何而来？难道是因为六表兄刚才对自己太过热情？

康氏笑着接过了话："这有何难？不过拿一斤羊肉剁馅，拌上牛油，一层层抹上胡饼，每层间加椒豉，放在炉里烤好，只是莫烤太久，肉到多半熟便好。"

琉璃点头受教。米氏挑眉笑了起来，"表妹竟未见过？"

琉璃微笑点头，"家里未曾做过，琉璃平日也不大出门，让六嫂见笑了。"

米氏还想说点什么，对面的三郎已插嘴笑道："阿米今日果真好生热心。"米氏顿时有些讪讪的，转头便和七娘说话去了。

安二舅的目光也扫了过来，眉头微微一皱，思量片刻对三郎道："明日午后你若得闲，便去史家拜访一次，把十一郎的事情定下吧，四色礼物都要选好的，阿米跟史家最熟，你拿不准的问她便是。"

三郎笑着应了一声。十一郎则是一怔，脸上浮出一层可疑的红晕，低头喝了口酒。米氏脸上倒是露出了欣喜的笑容，又看了琉璃一眼，目光变得温和了许多。

琉璃心里转了两转，顿时猜到了几分，十一郎大概早先便准备和米氏相熟的史家定亲，而自己来了安家，米氏便担心自己的公公婆婆是不是变了主意。眼见米氏用目光示好，她也向米氏微微一笑，心里却忍不住苦笑一声：这位当真是多虑了！

若说古代女子最大的事业是嫁人，她就注定是没前途的那种——胡人重利，男人娶妻自然选能在生意上有助力的同族女子；而唐人重名，娶妻更看门第，纳个胡女为妾还勉强算得上是风流韵事，娶作妻子却实在离谱了些。再说，即使有人肯娶她，她敢把自己交出去吗？如今，能够不被那个便宜老爹和曹氏卖了，她就已经谢天谢地。若真和十一郎有什么瓜葛，她不是自绝后路吗？

因此她早已规划好了：先留在夹缬铺做个画师，攒了钱以后再开个小门脸，自立个女户，混个温饱。如今是永徽年间，离安史之乱还有足足一百年，虽然朝堂上不会消停，如今闹着的房遗爱谋反案很快就会让一批人头颅落地，几年之后还会有更大的血雨腥风。不过这一切跟她这样的小老百姓有什么关系？反正她的生活目标也不过是没有蛀牙地活到老死……

一时饭毕，三郎和六郎夫妇先后告辞回去。琉璃这才知道，栗特人风俗与唐人不同，聚族而居，分家却早，几个舅舅都住在这条街上，三郎和六郎却早已自立门户，就是年纪最小的十一郎，也在附近买了一处小院子，只待成亲后便搬出去。康氏带自己去的那间东厢房是出嫁的五娘归宁所住，因此衣裙钗环等物格外齐全，而西厢房住的是二舅的三个姬妾，却是没有资格出来见客的。

眼见天色已经黑透，舅母叫来一个叫小檀的婢女带琉璃去客房沐浴休息。一时收拾完毕，琉璃躺在那张香软的箱式大床上，原以为自己会辗转难眠，谁知道没多久便沉沉睡去。

次日天色未亮，小檀便进来伺候她梳洗，手里拿了件白底松花色方胜纹的紧身窄袖袄和黛色细纹的收口长裤，又将她的头发编成了几根发辫，正是出门的利落打扮。琉璃到得上房，七娘也已到了，身上是一套白底艾青色花纹的衣裤。舅母石氏拉了两人的手笑道："你们倒像嫡亲的姐妹。"七娘的性子原本有些腼腆，此时上下打量着琉璃，也笑了起来。

待得晨鼓响起时，安家人都已在上房吃过素食，琉璃跟着安家女眷们上了一辆两头健驴拉的大车，一路向怀远坊南门而去。

而在同一时刻，库狄家的牛车也进了怀远坊的西门，直奔安家而来。

牛车里，库狄延忠神色郁闷，一声接一声地叹气。曹氏的脸色也不好看，听见库狄延忠叹个不停，忍不住道："大郎若觉得难开口，让我去跟那安家人交涉便是！"

库狄延忠眉头一皱，半晌才闷声道："某自去说，你莫开口。"

牛车在安家门口悠悠停稳，库狄延忠下车敲门，足足过了老半天，一个老苍头才伸出头来，"请问客人高姓？有何贵干？"

库狄延忠忙道："烦劳禀报贵府四郎，库狄大郎来接女儿回家。"

老苍头行了一礼，"请稍等片刻。"慢吞吞地转身往里走。又过了足有一盏多茶的工夫，里面一阵脚步声响，安二舅满面笑容地出现在门口，拱手道："原来是大郎到了，快请进来。"

库狄延忠略一踌躇，还礼笑道："某不打扰四郎了，今日一早过来，是因家中有事，要接小女归去，烦劳四郎将小女唤出，改日再来叨扰。"

安二舅挑眉笑道："何事如此着急忙慌？大郎也知道，拙荆与四娘最好，又是几年未见琉璃了，昨日在街上看见，欢喜得什么似的，想多留她住几日，莫非昨日某家仆人未说得明白？"

库狄延忠有些语塞，曹氏忙笑着走上一步，"好叫安家舅父知晓，小女琉璃原定了今日去奴家阿兄那里，只怕去得晚了，阿兄等得着急，故此前来打扰。"

安二舅有些诧异地看向库狄延忠，"大郎，这位娘子是？"

库狄延忠勉强笑了笑，"是贱内阿曹。"

安二舅皱起了眉头，"却不曾听说大郎娶了新妇。"

曹氏不由腾地涨红了脸，好容易才端住了脸上的笑容，"未告知安家舅父，的确是咱家的不是，只是今日真真是有事，还望四郎让女儿跟咱们回去。"

"今日真的有事？"安二舅点着头重复了一句，目光在两人身上转了转，脸上露出了笑容，"原来如此，大郎和曹娘子都请进来吧。"

都什么时辰了，还能让他拖下去？曹氏心里冷笑，面上却笑得越发温柔和顺，"多谢盛情，只是时辰不早，今日不便叨扰府上，请让大娘赶紧出来便好。"

安二舅微笑着摊开了手，"正因如此，某才请两位进来一坐。昨日拙荆听说大娘这三年未曾给娘亲上过一炷香，她便急了，今日早早带了她去大慈恩寺。想来总得到午后才能归来，两位不进来坐着等，难道还在门口站着等？"

曹氏脸色不由大变，"此言当真？"库狄延忠也忙道："四郎莫开玩笑，今日实有安排，须让小女去上一回，还望四郎行个方便。"

安二舅双手一摊，"安某也无法，大娘出门足有一刻钟了，如何还追得及？说来安某倒想请教大郎一句，今日你们急着来接大娘到底所为何事，难不成比给亡母上香更要紧？"

库狄延忠讷讷地说不出话来，曹氏心里却是一动，转头往南边看了几眼，脸色渐渐变得铁青，心知自己是中了算计，今日再不可能将琉璃送入教坊，只能日后再跟她算账！拿定主意，她咬着后槽牙笑了起来，"既然安家舅父如此体贴，也罢！就等午时过后，我们再过来接女儿回去便是！总不能让她麻烦舅父一辈子！"说到后来，声音里已带上了掩饰不住的怒意。

此时天色已大亮，路上行人渐多，安家本就住在坊间大道之旁，三个人站在门口说话自然引人注目，有几个好事者便远远地停住脚步，侧耳细听。安二舅脸上的笑容也慢慢收了，语气变得有些冷淡，"曹娘子此言却不妥，舅家原是至亲，安某还有个不情之请，以后大娘就住安家，不必回去也罢。"

库狄延忠不由一惊，曹氏已叫了起来，"岂有此理？"

安二舅冷笑道："安某愿意养着自家外甥女，与你曹娘子何干？"

曹氏怒道："难道奴就不是她的母亲？"又用手使劲推了推库狄延忠。

库狄延忠也皱眉道："四郎这话好没道理，女儿是我库狄家的女儿，如何要你养？"

安二舅冷冷地道："安某是有理无理，却不是你说了算。也罢，你若不服，今日午后，安某便请了库狄家长辈和安氏族老一起来议议论论如何？"

库狄延忠脸色微变，"这等小事又与族老们何干？四郎，你究竟有何打算？"

安二舅声音依旧是淡淡的，"也没什么，只是安某看见大娘昨日那副模样，实在不大放心，我妹子又只这一个女儿，因此安某想让大娘日后就住在安家，婚嫁之事须得安某同意，聘礼嫁妆也须安家过目，大郎若真心疼爱女儿，不欲卖女求荣，些许小事自应同意。"

"卖女"两字一落入耳中，库狄延忠的脸色不由涨得通红，结结巴巴道："这、这话从何说起！"曹氏也忙冷笑了一声："安家舅父，你这话也太没道理，大娘昨日出门穿得不过是旧些，谁家女儿不曾穿过几件旧衣裳？再说，谁家女儿婚事，还需舅家同意？又说何来卖女一说？"

安二舅点了点头，"没有自然最好，只是安某并非要安排大娘的婚事、谋夺她的聘金，只是要过目过目，却不知又有何不可？"

他们的声音越来越大，看热闹的人也越来越多，安氏族人多数都住这条街上，也纷纷过来询问。曹氏见状声音越发高了几分，"儿女婚事，自来是父母作主，舅父虽亲，却也不能插手外甥女的婚事，安家也是大户，如何连这道理也不懂？"

话音未落，只听有人答道："库狄家也不是破落户儿，不知为何却要将自家女儿卖入教坊？"却见安三郎大步流星地分开人群走了进来，身后还有两个精壮的汉子，看打扮正是坊里负责治安的武侯。

库狄延忠吃了一惊，脸色越发难看，安三郎却笑嘻嘻地行了个礼，"姑父，好久不见，三郎无礼了。昨日表妹说话含糊，三郎一肚子都疑惑，早上便特地找人打听了一番，才知今日竟是教坊选女乐的日子，难怪姑父急着来接人。姑父也真是，自家亲戚，若是有什么难处，能帮衬的自然会帮衬，为何要出此下策？"

众人都有些愕然，议论声随之四起。库狄延忠恨不得找个地缝钻进去，连曹氏脸上都有些挂不住了，寒声道："这位小郎君莫听旁人胡说，谁要卖女儿了？"

安三郎却不接话，故意看了她两眼，回头便问父亲，"这位娘子是？"

安二舅漫不经心地答道："你姑父道，是他的夫人曹娘子。"

安三郎仿佛吃了一惊，"姑父何时新娶了妻室？姑父，我阿爷说的可是真？"

库狄延忠只能点头。安三郎摇头叹道："这也怪了，姑父，三郎原以为你家是有什么难处，可看这位新夫人身上穿的头上戴的，却都是好东西，既然如此，何至于要把表妹送入教坊？"

围观众人此时哪里还不明白发生了何事，看向库狄和曹氏的眼光变得鄙夷起来：这个女人身上穿的是簇新的缎面夹袄，头上明晃晃的赤金钗子，哪里有半点窘迫的样子？明明日子过得，却要把前头夫人生的女儿送到教坊去，当真是蛇蝎心肠！

库狄延忠再也忍受不住，转身要走。曹氏忙扯住了他，转头冷笑道："我和大郎不过是想带大娘去看看她舅父，怎么就成了要送她去教坊？"

安三郎笑道："这也奇了，却不知两位要带我表妹要看哪位安家的舅父？我等居然丝毫不知？"

曹氏张了张嘴，接不上话来，眼前的安家可不才是琉璃正经的舅父？安三郎却又打量了曹氏几眼，恍然大悟般一拍大腿，"咦，这位新夫人不是姑父原先的妾，教坊琵琶曹家的女儿么？怪道眼熟！我就说了，好好的姑父怎么会送表妹去教坊，却是曹娘子家学渊源，可我那表妹又不是你曹家的女儿，轮不到你作主吧？"

众人又是一阵哗然，不少人笑着起哄，"原来如此！"

曹氏平日里最忌讳的便是这个"妾"字，听得笑声不由怒气上冲，厉声喝道："我库狄家的事也轮不到你一个小辈插嘴！"又扬头对安二舅道："安家舅父，你若疑心我们要送大娘进教坊，我们过日再来接她便是，但你若不放大娘归家，还想插手大娘的婚事，却是万万不能，不然咱们就去官家分说分说，这夺人子女，算是怎么回事！"

安二舅脸上露出一丝惊疑，"曹娘子既然这样说，安家倒是有些不解了，咱们昭武人有纠纷，历来是族老出面，不经官府，安某还真未去过官府，难不成在大唐舅父接外甥女常住也犯了律法？"

曹氏冷笑道："外甥女住在舅家自是不违法，但子女婚姻，原是父母作主，若是日后库狄家与人换了婚书，收了聘礼，你们再不放人，那却是官家不容的！"

安二舅回头便问三郎，"唐人的律法真有此条？"

安三郎摸了摸胡子，转头看向跟着自己过来的两位武侯，"两位兄长是官家人，可知晓此事？"

那两个武侯都点头道："确是如此！"安氏父子相视一眼，脸色都有些无奈。

曹氏脸上露出了笑容，"安家舅父是明白人，还是莫来插手外甥女的婚事。"

安二舅不再看她，皱着眉头问库狄延忠，"大郎，这位娘子真是你的新夫人，是库狄家如今的主母？你真要把大娘的婚事交给她作主？"

库狄延忠此时满肚子闷气，只恨不得早点走远，闷声道："自然是。"

安二舅哈哈一笑，转头问道："安某要是记得不错，曹氏原是乐户，不知按大唐的律法，良人以乐户为妻，却该是怎么处置？"

一位武侯傲然瞥了曹氏一眼，大声道："按大唐律，良人以妾及乐户、部曲等为妻，徒一年半。"

安二舅长长地出了口气，"原来如此，多谢二位，也请二位到时做个见证。"回头向库狄延忠笑道："大郎，咱们稍后官府见。"

库狄延忠的脸色顿时一片煞白，曹氏更是站都站不稳了，见安二舅转身要进去，再也顾不得什么，一把拉住了他的衣角，"安家舅父留步！"

安二舅转过头来，冷冷喝道："放肆！你不过是个贱口，也配跟着大娘叫安某舅父？"

围观的人群爆发出哄的一阵大笑，几只落在附近树枝上的寒鸦惊得飞了起来，呱呱地逃向远方。

第三章
惊见贵客　风波乍起

　　隋唐年间，佛教兴盛，长安城里更是寺庙林立，名刹大寺亦不少见，而风头最盛者，莫过于位于晋昌坊的大慈恩寺。它位置绝佳，南对曲江碧水，北望大明宫墙，加上庙宇严整，林泉幽静，香火之旺盛、地位之卓绝，莫说长安，便是大唐也难有庙宇能与之比肩。不过就在五年前，它却还是座破败的旧庙。当今皇帝其时还是太子，因念及亡母长孙皇后的恩德，决心为她重修一座庙宇，选了此处大兴土木，当年十月便修建完毕，端的是美轮美奂……

　　在微微摇晃的车厢里，琉璃听着舅母介绍大慈恩寺的由来，不住点头。安氏一家早年间便已改信佛教，舅母石氏自是对大慈恩寺的来历如数家珍，只是当她说到大慈恩寺如今的住持时，琉璃忍不住还是惊得张开了嘴，"玄奘法师？"

　　舅母奇怪地看了她一眼，"自然是他！你竟不知么？法师是圣人五年前特意请到长安的，当年入寺升座之礼轰动长安，竟是旷古少见的。如今法师正在修建佛塔，说是要供奉佛祖舍利呢！"

　　琉璃满脸囧字，低头不语，心道：我真是疯了，唐僧自然是回了长安译经的，难不成还从此和孙悟空、猪八戒一起在西天过着幸福的生活？

　　舅母笑着拍了拍她的手道："大娘莫羞，你被关在家中好几年，平日也无人跟你说道这些，哪里能知道这些？今日舅母会带你好生走一遭，这大慈恩寺风景也极好，有十几处院子，还可以去戏场……"

　　琉璃更是暗自纳闷：她没听错？寺庙里还有唱大戏的？

　　正说着，车却渐渐停了下来，琉璃还不觉得什么，石氏康氏几个已诧异起来。她们是常年来上香的，自然知道此处应该离庙门还很有些距离。康氏便道："儿下去看看。"说着挑帘跳下驴车，不多时便转了回来，脸色微沉："好叫阿家得知，今日是皇后的母亲魏国夫人要上香，不许闲人进寺，外面已经等了许多人。咱们是等着还是回转？"

　　舅母眉头紧皱，却还记得安二舅吩咐过，今日定要等到午后再回，想了想便道：

"记得附近有家酒肆，雅间收拾得甚是齐整，咱们不如去那里等上一等。"

旁人自无异议，车子换了个方向，又行了一段路便停了下来。

琉璃跟着石氏下了车，果然看见一家修得极为精致的酒楼，二楼窗外有酒旗招展，那字竟是银光闪闪，也不知是何种涂料所绘。她还想再看几眼，舅母已当先走进门去。却见一楼坐了五六成满，伙计殷勤地迎了过来："几位娘子，请问……"

舅母道："要一处最大的雅间。"

长安的小二最有眼力，知道这是遇见了豪阔的胡商女眷，忙应声"好"，便将几个人引到二楼靠窗的一处雅间里。雅间极为宽敞，里面设着青色坐席，又有案几、凭几等物，墙上挂着字画，布置得十分雅致。

舅母歇了口气，转头便问琉璃："你想喝些什么？"琉璃知道此时的女人在"饮"上都十分讲究，什么春日饮桃，夏日饮酪，可惜对这些纯天然的环保饮料她都无爱，想再喝杯可乐，大概要下辈子了……心里叹气，她笑了笑，"但凭舅母作主。"

七娘却道："阿娘，既然到了此处，自然是五色饮。"

舅母也笑了起来，"七娘说得是。"回头便向伙计要了一套五色饮。

过了片刻，伙计果然端了一盘五盏饮料上来，只见五个忍冬纹银杯里分别装着绿、白、黄、红、黑五种颜色的浆水，十分好看。舅母让琉璃先选，琉璃推脱不得，只得拿了离自己最近的那杯绿色浆水，见她们各自选完，都啜饮起来了，这才尝了一口，依然是一股怪怪的酸甜味，似乎有些微涩，还有一种特殊的香气。

七娘笑道："阿姊选的这杯是扶桑叶，春天饮下最合适不过。"琉璃忙又细细品了一口，果真是股青涩的树叶子气，点头微笑，"果然如此。"

七娘又举起自己的黑色浆水道："这乌梅饮酸酸甜甜最是爽口。"

舅母也笑道："我却不爱这些异香异气的，还是酪浆也罢。"原来这五色饮里的白饮是长安人平日饮得最多的酪浆，味道类似于稀薄的酸奶，却不大甜。

众人说说笑笑，又过了两刻多钟，只见酒肆之下车马渐多，楼梯上脚步声不绝，想来都是等候上香之人，好在各有雅间隔开，倒也清净。

这五色饮喝完，舅母又点了一套五香饮，据说和五色饮一样，也是前朝的一位高僧所制。大约是客人多了，五香饮迟迟未上。琉璃正等得无聊，就听外面传来伙计的声音，"夫人还是请楼下就座吧，真真抱歉，这楼上的雅间全满了。"有个清脆的女声立刻道："我家夫人岂能和楼下庶民坐在一处？"伙计忙不迭地又是一通解释道歉，只听一个沙软的声音道："阿母，你看怎的才好？"

琉璃听得这声音，心里一动，只觉得十分耳熟，不由留神细听起来。却听一个有些苍老的声音道："外面如此拥挤，此刻便是想回家也是难能的，敏郎和月娘都这般年幼，在车里等岂不气闷？"那个沙软的声音叹了口气道："这可如何是好？"

琉璃脑中突然闪过一张长眉细目的娇媚面孔——不正是那日定了牡丹夹缬的贵妇吗？好像是什么贺兰府上的五夫人，她是带了小孩子和老人家来上香？

她想了一想，还是转身对舅母笑道："正是巧了，外面那位娘子，似乎是昨日琉璃在如意夹缬见过的一位老主顾，大约今日是带了母亲和儿女一道来上香的，却没有地方落脚了。"

石氏忙道："若是这样，咱们这里倒还有地方，她们若不嫌弃，便请进来又何妨？"

琉璃笑着推门出去，果然看见昨日遇见的那贵妇正站在楼梯口，身边是一位甚是富态的老妇人，还跟着一个四五岁的小女孩、一个十来岁的男孩。琉璃走过去笑着行了一礼，"见过夫人。"

那位贵妇人一惊，仔细看了眼琉璃，恍然道："你是昨日画牡丹的小娘子？"

琉璃笑着点头，"今日奴与舅母、嫂嫂们一道上香，夫人若不嫌弃，我们的雅间却还宽敞。"

贵妇人忙看向那老妇人，那老妇人头发已是雪白，腰背挺直，五官威严，目光也异常锐利，上下看了琉璃一眼，琉璃心里顿时一凛。那老妇人却笑了起来，笑容和蔼，和刚才的精明威严判若两人，"小娘子一番好意，老身就厚颜打扰一回了。"

琉璃松了口气，笑着将她们引进雅间，石氏等人少不得站起来互相见礼一回。原来这老妇人姓杨，贵妇则姓武，琉璃心里暗笑，原来是贺兰府上的武夫人，却并不是什么贺兰家第五房姨娘。她略一留意，便注意到这两位夫人言谈举止都甚有贵气，两个小小的孩子也进退有度，那小姑娘就如粉雕玉琢一般，小男孩也生得出奇俊秀，不由暗暗称奇。

石氏等人见多识广，自然也看出他们不是寻常人家，言谈便有些拘谨起来。好在那杨老夫人竟是十分善谈，没几句便扯到如今流行的布料花样、首饰款式。这些话石氏几个最是在行，你一言我一语的，渐渐说得热闹起来。

不一会儿，伙计将五香饮也送了上来，石氏自然是请客人先饮，武夫人便向自己儿子笑道："敏之，还不谢谢诸位娘子。"

琉璃笑着推辞了一句，心头却猛地一震，敏之？贺兰……敏之？这位贵妇人姓武，老夫人又恰好姓杨，难道说，眼前这几个人就是武则天的母亲、姊姊这一家？她只觉得一颗心怦怦乱跳，心头满是一种眼见着历史扑面砸了过来的恐慌，低头深深地吸了口气才稳住情绪。忍不住又看了贺兰敏之两眼，只觉得无论如何也无法相信，这位眉目秀美、举止沉静的小小少年，日后竟会变成一个臭名昭著的狂徒，要说他跟杨老夫人有染，那就更离谱了……

她正念头百转，一阵喧哗之声突然从外面传来。从窗口看去，大道上从坊外方向来了一长列人马，浩浩荡荡向大慈恩寺方向而去，前面先是两驾马车，随后是三队骑士，接着又是四组六人的仪仗队，然后才是一架极其华丽的大车，看样子应是柳夫人的卤薄，端的是好足的架势。而路上原有的行人车马都已被赶到一边，有人退得略慢一步，便是一顿呵斥驱赶。

这等阵仗落在大家眼里，石氏、康氏自然啧啧称叹，七娘满脸都是好奇，武夫人眼里露出几丝愤然不平，琉璃心里却是一声长叹：这位柳氏出身名门，嫁的更是超级豪门太原王氏，女儿如今又母仪天下，养在她名下的大皇子还刚刚被立为太子，正是鲜花着锦、烈火烹油一般的富贵。但谁又能想到，不过两年，这位夫人和她的皇后女儿将会落到那样悲惨的下场？

她默然出神，突然觉得有道目光落在自己身上，抬头正对上杨老夫人锐利的双眼，笑容里也满是深意，"此等无边威仪，众人看去叹也罢，羡也罢，妒也罢，为何小娘子眼中却有怜意？"

琉璃不由暗惊，心思转了好几转，含笑欠了欠身，"琉璃哪有此意，只是先母常说人世无常，佛语有云红粉骷髅，又说富贵不过是镜花水月，因此在佛门前看见这般无边威仪，不免有些感触而已。"在这个时代，她固然也想过找棵大树乘凉，但更怕就此卷进无边风雨，自古富贵都要险中求，以她的个性，神棍是当不来的，还是当个观众比较把稳。

杨老夫人脸上顿时满是诧异，"小娘子年纪轻轻，怎会有如此心思？"

琉璃不由苦笑，她年轻吗，她怎么经常觉得自己已经有一千多岁，老得不能再老了？嘴上顺口答道："琉璃少年丧母，世事无常人情冷暖，却也尝到了几分。"

杨老夫人点头叹道："人生祸福相倚，却也难说得紧。小娘子青春年少，也莫太过灰心才是。"

琉璃微笑点头："琉璃受教了。"

杨老夫人忍不住又看了琉璃两眼，只觉得眼前的女子容色清艳也罢了，身上更有一种奇异的沉静淡远，实不像商贾之女，心里越发纳闷。此时柳氏的仪仗车马已经过去，石氏等人也收回了目光，重新说笑起来。杨老夫人不动声色地转了话题，有意无意地打听了几句安家与琉璃的出身来历，听得安四郎的伯父便是高祖当年亲口封为五品散骑侍郎的安叱奴时，点了点头，"安侍郎的名头老身倒也听过。"又听得琉璃姓库狄，思量半日才道："前齐有几位王侯都是此姓，不知……"

事涉先祖，琉璃只能按礼长跪而起，恭谨地答道："华阳县公是小女先祖。"

杨氏微微点头，这才将话题转回了三月初五大慈恩寺的牡丹盛会，语气却比刚才亲热了几分。

武夫人笑道："说到牡丹，我还真未见过比大娘画得更好的。"与杨老夫人的谨慎端严不同，她在说笑之间全然是一副轻松愉悦，瞅着琉璃笑得眉眼弯弯。

杨老夫人"喔"了一声，转头看向琉璃，"大娘莫非也爱牡丹？"

琉璃不敢怠慢，想了一想才答道："牡丹之生也艰难，开也缓慢，然一旦盛开，便笑傲群芳。所谓大器晚成，富贵无双，大约说的就是牡丹吧。"

她若记得不错，这位杨老夫人似乎是出身隋朝皇室，因赶上乱世，四十岁才嫁进武家，连生了三个女儿，母女却一直都被丈夫前妻留下的几个儿子慢待。武则天固然是历尽磨难才登上人间最高处，这杨老夫人何尝不是性格坚毅，得享后福？

果然，她话音一落，杨老夫人先是若有所思，随后便露出了笑容，"说得不错！"

因柳氏此时才入寺，不知何时才能出来，说话之间，酒肆雅间的客人一半多已结账离去。杨氏和武氏商量了几句也决心改去灵感寺上香，向石氏再三道谢而去。武夫人更对琉璃低声笑道："阿母的牡丹夹缬就拜托大娘了。"琉璃笑着点头，"夫人不必客气，琉璃一定尽心竭力。"

横竖要消磨上半日，石氏倒并不着急，索性让店家上了素汤饼和几样点心，几人都吃了个半饱。直到将近午初，柳氏的仪仗终于再次出现，石氏这才结账离开，坐车到了大慈恩寺门口，一路从大门走到主殿。

走进门楼，琉璃便四下打量。只见这寺里青石为阶，苍松夹道，石路两旁，飞泉清流时有所闻，绿荫之上，碧瓦飞檐随处可见；走到半山开阔之处，放眼望去，只见那些错落有致的殿堂楼阁多是依山而建，又被曲曲折折的粉墙回廊分隔成一个个大小不同的院落，气象庄严殊丽，却不失飒朗灵动。她不由点头赞叹，石氏却笑道，这些楼台也就罢了，南院的杏林风光倒是不可不看，再过一个月，上千株杏花盛开，从曲江远远望去，就如云蒸霞蔚一般。

这般一路走，一路说，先是舅母石氏因身形丰硕，脚步有些缓慢，走到后面，却是琉璃挪不动步了——进了第二道门楼后，一路的殿廊院壁上，都画满了壁画，多是各种菩萨像和经变图，构图精严，线条苍劲，天女衣袂飘动间，真有几分满壁生风的气势，有几幅格外精彩的，想来多半是出自阎立本、尉迟乙僧等人之手……石氏康氏等人虽然也知道她能画花样，可见到她对着墙壁眼冒绿光、如痴如醉的模样，无不哑然失笑，好容易才把她拽到了大佛殿前。琉璃手里捧着香火，心里却依然有些恍惚：这些传说中的名家真迹就这样一墙一墙地出现她眼前了？

只是面前那庄严肃穆的佛像、身边那些虔诚祈祝的男女，还是渐渐把琉璃从痴迷中拉了回来，她不由也默默祈祷，"我佛慈悲，您能网开一面让我回去吗……"三年来她早已渐渐学会了不去回忆，但此刻想到那些千年之后的亲朋好友，那些日益模糊的生活点滴，终于忍不住又一次泪流满面。

然而佛像无言，只是用细长的眼睛默默注视着眼前的众生。

待上完香，已是时近正午，舅母见到琉璃脸上的泪痕，怕她悼念亡母过于伤怀，忙带着她转了转寺中南池、西园等名胜之处。一路上处处云阁华宇不说，几乎每处大门、两廊都有绝妙的壁画。看到后来，连琉璃都有些麻木了；倒是发现著名的大雁塔还在修建之中，连雏形都看不出来，让她怅然了好一会儿……

到了午后，寺院里的人更是有增无减，琉璃一问才不无惊骇地知道，许多人是奔着看戏来的！此时的戏场居然就集中在各大寺院，其中又以大慈恩寺的最为有名，每日下午开演，引来无数信徒和闲人。

琉璃倒是很想体验一把在寺庙里看大戏的滋味，舅母却突然想起，今日是初一，有俗讲可听。她这一说，康氏几个也兴奋起来，一行人兴致勃勃地到了一处院子，登上台阶，偌大的厅堂里早已站满了人，男女老少都有，不住地交头接耳。

过了片刻，清越的钟声响起，在十余位僧人的拥簇下，一个身披袈裟的中年法师神色庄严地登上了正前方的讲坛，底下顿时齐念佛号，随即便鸦雀无声。

僧人们先是一起长声吟咏，发音古怪，调门也颇有几分后世教堂合唱的神韵。待得吟唱声袅袅消散，法师这才开口，先是念佛两声，接着便吟咏了一通半文不白的话，声声在韵，极为动听。琉璃一时没听明白到底说的是什么，正在暗自琢磨，却听他声音清朗地道："若说到佛法宽宏，正是强人屠夫亦能立地成佛……"竟然是直接开讲故事了！先是五百强盗成佛的典故，接下来一转又说到洛阳一户人家如何因信佛而逃过了一场劫难，语言之通俗，细节之生动，故事之狗血，简直让琉璃目瞪口呆，且动辄吟唱几句，随声成调，极有喜感。

眼见高台之上身披袈裟的僧人讲得舌灿莲花，庭院之中男女信徒们听得如痴如醉，时哭时笑，琉璃不由佩服得五体投地：啥叫寓教于乐，这才是寓教于乐啊！

只是她对听故事到底兴趣不大，没过多久心里就开始惦记刚才在不远处回廊上瞥到一眼的菩萨像，听法师已讲到那个倒霉的家主出了大牢，便对舅母悄声道了句要去更衣。舅母正听得入神，只是点了点头。

琉璃悄然离开，快步走到了回廊之上，开始仔细端详壁上的那幅菩萨像，只觉得图上菩萨微微回望的动作果然与后世那幅藏于大英博物馆的莫高窟《引路菩萨图》颇有类似之处，神态也画得极为生动。她越看越是入神，不由自主伸出手指凌空描摹着图中的衣纹笔路，背后却突然传来一声嗤笑，"奇哉！如今的胡姬不去西市延客，却来寺院摹像，难道这世道真是要变了么？"

响亮的声音就来自她的背后，言辞又如此刻薄，琉璃一怔之下不由怒火上冲，回头一看，只见回廊上不知何时来了六七个年轻男子。站在自己身后的这位身穿绯色小团花绫袍，腰佩金钩，看上去只有二十出头，白净面皮，满脸不屑，看见琉璃回头，便挑起眉头，轻佻地盯着她的脸看。

琉璃心里如吃了个苍蝇般的腻味，忍不住冷冷道："怪也！如今的士子不去议论苍生福祉，却来议论妇人细务，这世道当真是变了！"

此言一出，这个白面男子不由一怔，他几个同伴中有人便笑了出来，"如琢啊如琢，你也有今日！"

琉璃不欲多事，转身要走，那个叫如琢的男子却一步跨上，挡在了她的面前。

琉璃退后一步，皱眉看着他。那男子脸上顿时露出一丝讪然之色，随即仰起头来傲然道："好个牙尖嘴利的胡姬，冒犯了本公子，想走就走么？"

琉璃的话本是气头上脱口而出，此时不欲再惹是非，只想赶紧离开，还没想好怎么做，有人已沉声道："如琢，何必与胡姬纠缠？"说话之人也是二十多岁年纪，身着深青色袍子，鬓发如裁，眉目端秀，神情十分冷肃。

如琢转头冷笑道："子隆是正人君子，自然不肯如此，裴某今日却偏要与这胡姬分说个明白。"又对琉璃道："你刚才说什么，可敢再说一遍？"

琉璃厌烦更甚，忍气退后一步，低声道了句"适才冒犯了"，转身便往后走。却听背后传来一声"站住"，原本站在她前方的一名男子立时有意无意地往里跨了一步，恰恰挡住了她的去路。琉璃只得停下脚步，却见那名男子旁边一人退开两步，让出了一条道来。

琉璃心里一喜，刚想过去，开始挡路之人却又一步挡到了她面前，一面侧头笑道："守约，你莫不是怜香惜玉了？当心如琢晚上又灌你！"

那名男子却淡淡地笑道："正想多喝两杯，难不成你怕了？"

琉璃眼光一扫，只见这个叫守约的身量比常人略高，看去也比另外几个年长几岁，一身淡青色袍子洗得有些发白，眉目疏朗，神色从容，却有一股说不出的距离感。琉璃不由微微一怔，只觉得这面孔似有几分眼熟。他却并没有看琉璃一眼，只是对那位如琢微笑道："大好春日，何必计较此等琐事？我等还是去寻窥基饮茶要紧。"

说话间，如琢已走了过来，先是一摆手，"饮茶不急！"又对琉璃冷笑了一声，"这位胡姬适才不是伶俐得紧么？怎么，如今丢下一句冒犯就想走？"

琉璃压下心头的怒气，神色平静地转身看着他，"不知足下还有何事指教？"

如琢不由愣在那里，他身份尊贵，平日最爱挖苦取笑旁人，却不曾被人如此顶撞回来过，对方还是个平民打扮的胡女，这口气如何忍得？自然要留下对方，找回场子。但现在要他指出这胡女有什么不对，好像也说不出来，一急之下脱口道："你这胡女，适才趁着无人在此比比画画，莫不是想偷师名家画作？"

琉璃简直有些不敢相信自己的耳朵：他不会傻得如此离谱吧？想了想只能叹了口气，"是。"

如琢心中顿时大喜，不假思索道："既然如此，窃者当罪，你还有何话说？"

琉璃怜悯地摇了摇头，"原来足下并不识字，也不曾临过帖？不然当足下临帖摹碑之时，岂不是也做了贼？"

如琢一张雪白的面皮顿时涨得通红，一个字也说不出来。他身边一人忙指着琉璃喝道："大胆，一个胡人贱户，也敢如此对河东公世子说话！"

这个轻浮的家伙竟是什么河东公世子？琉璃瞟了一眼他身上的朱衣金带，心知多半是真的，她知道唐人有一套衣冠制度，却没认真留意过，但此时她再要退步已是无用，只能淡然道："我虽是胡人，却非贱户，足下一口一个胡人贱户，却不知这大慈恩寺所奉何人？又是为何人所建？"

那人顿时张口结舌，佛祖释迦牟尼自然是如假包换的胡人，而此寺所追念的长孙皇后，认真论起来也不算汉人，如此说来，自己岂不是大不敬？

琉璃趁机不卑不亢地行了一礼，"请恕小女子先行告退。"说完转身便走。几个男子相视一眼，脸上都有惊异之色，连平日最端严少语的子隆也不例外，倒是那个叫守约的男子回头看了琉璃的背影一眼，脸上露出了一丝微笑。

琉璃压着步子，尽量镇定地走了出去，从回廊到正在俗讲的院子不过一百多步的路程，在她的感觉里竟是无比漫长：自从来到这个时代，她不敢多说一句话，多走一步路，唯恐惹祸上身，刚才一怒之下却依然露了锋芒，幸亏没有遇到真正的恶少，幸亏没有熟人看见……她慢慢走到舅母身边，几个人正听得入神，并没多看她一眼。看了看台上那位依然舌灿莲花的僧人，琉璃简直有些感激涕零。

又过了近一刻钟，俗讲终于告一段落，僧人又好生宣讲了一番佛理，这才缓步离开讲坛。众人也渐渐散去。琉璃跟在舅母身后，不时做贼心虚地四下打量，好在她的霉运似乎已到头，一路平平安安到了寺外，又稳稳当当地回了安家。

安二舅却并未出门，一见琉璃便挥手笑道："你且放心，你家阿爷已应了舅父，日后你便住在这里，婚事也须得舅父同意才能作准！"

琉璃顿时觉得满头乌云都消散开来，忙屈身行礼，"多谢舅父，是外甥女给舅父添麻烦了！"

安二舅哈哈大笑，"哪里麻烦，为让安某同意此事，你那庶母就差哭着跪下来求我，你阿爷也好不客气，我自认得他以来，还未听他叫过那么多句阿兄！"

琉璃立时猜到了一二，却不好细问，只好又含糊地谢了一回便回房梳洗。没多久，便听上房传来了一阵哄然大笑。她慢慢放下手中的木梳，也微笑起来。

而在崇化坊库狄家院子的上房里，此时却是另一番热闹，库狄延忠一语未了，一贯细声慢语的曹氏便跳了起来，"你说些什么？"

库狄延忠满脸都是不耐烦，"不是你在惦记如何才能使安家无法生事，好带回琉璃吗？你倒说说看，除了再娶一户正头娘子，还能有什么法子？谁叫你是个乐户！"

曹氏气得声音都有些抖了，"你是今日才知道我是乐户？原先你求着我进门时，怎不说我是乐户了！"

库狄延忠的声音也高了起来，"不是你非要把大娘弄回来么？我劝你一句，你还是消停些吧！今日的羞辱难道还不够？"

曹氏怒道："今日之辱，你能受得，我却忘不得！再说，难道托阿兄送的那些礼金，便这样白白丢进水里了？"

库狄延忠闷闷地道："说起来，就不该让大娘去那劳什子教坊！"

曹氏怒道："教坊有甚不好？不缺吃不缺穿，能学乐舞，还有那一步登天的机缘……"

库狄延忠再也忍耐不住，用力一拍桌子，"好！既然进教坊这般好，明年便把珊瑚送去！也就如了你的愿！"

曹氏大惊失色，看着库狄延忠铁青的脸色，一时无言以对，念头一转，索性捂着脸呜呜地哭了起来，"这又是从何说起？"

库狄延忠越发不耐烦，站起身便走了出去。

看着他摔帘而去的背影，曹氏心里又急又气，还又有些害怕，泪水当真流了下来。却听门帘一响，却是珊瑚一头扑了进来，哭道："阿娘，女儿不要去教坊！"曹氏心里越发难过，搂着女儿大哭起来。

库狄延忠在院外转了一圈，回来时母女俩依然在相对落泪，珊瑚一看见他，立刻过来拉住了他的袍子，"阿爷，不要送女儿去教坊！"

库狄延忠淡淡地道："你阿姊去教坊，不是你母亲的主意么？你一提起不也很欢喜么？你们只说教坊是如何好，原来如此！却让我白白受了今日的羞辱！"

曹氏脸色大变，忙站了起来，"大郎误会了，教坊并非虎狼之地，只是珊瑚的容色不及琉璃，灵巧也不及琉璃，性子又爆嘴又笨，去了教坊不但上不去，说不定还要惹祸，我这才不敢让她去。大郎请想，我若故意要害琉璃，又何必费那么大心思去教她乐舞礼仪，又托人去照看？今日之事是我的不对，却不是成心要给大郎惹祸，珊瑚更是什么都不知晓，大郎要怪就怪我一人吧！"

库狄延忠想了一想，脸色缓了一些，语气却依然有些冷，"你们既然知错，也就罢了，此事不许再提，过几日五娘要来做客，在她面前更是一个字也不许露！"

库狄五娘又要来家了？曹氏怔了怔，脑海里顿时出现了一张顺着鼻梁看人的骄傲面孔，这张脸是她最不想看见的，不过若是……她心思转动，渐渐有了主意。

第四章
君子易欺　恶客难防

正午时分，西市的开市大鼓终于咚咚响起，八扇大门同时缓缓打开，等候在外面的成千上万名商贾伙计鱼贯而入，不多时，这片占地百顷、面积远远超过后世紫禁城的巨型集市，便又一次成了珍奇满目、人流如织的繁华极盛之所。

琉璃如往日般带着小檀从南门走了进去，只觉得今日人流似乎分外稠密，气氛也略有些不同。她并未多想，到了如意夹缬，跟史掌柜打了个招呼，便挑帘进了为她专辟的一间画室，进屋才摘下帷帽，小檀则熟门熟路地生起了炭盆。

从大慈恩寺回来后，琉璃便开始了她的画工生涯。绘制染织花样她自是轻车熟路，这几天已画了两个花样。除了武夫人的缠枝牡丹，还为一个姓米的胡商主妇画了幅飘带对鹤的夹缬图样。她前世里曾花了半年多研究唐代染织图样，深知这个时代追求新奇华美乃至绚丽怪艳的独特风气，她画的这两个样子，便是既新鲜又富贵，掌柜原本有些担忧她是否能尽快上手做正式花样，如今才彻底放心。

真正画夹缬图样，原不是拿张纸勾画出大样来就行，而是要按照所订夹缬品种挑选合适尺寸的木刻花板，然后裁出同等大小的特制薄纸，在薄纸上画出正式花样。待刻板时便将这张画牢牢贴在木板上，再用斜刀、圆刀和平刀分别打轮廓、刻明沟。若是三色以上夹缬，还要刻出镂空套版来。一匹多色的新样夹缬完工至少要一个月。好在杨老夫人的生日乃是牡丹盛开的三月，时间倒还有余。

待屋里的温度上来了些，琉璃便开始练手。安家秉承兄弟父子明算账的粟特作风，早已与她谈过报酬，是月钱加上所画夹缬样式的获利分成，琉璃算了算，自己下个月的收入不会太低⋯⋯她往砚台里倒了点水，还未拿起墨条，小檀却笑吟吟地挑帘走了进来，低声道："大娘，外面有位小郎君找你呢。"

还有人到这里来找她？琉璃有些意外，问道："是谁？"

小檀笑道："是一位姓穆的小郎君，说是娘子的表兄。"

穆三郎⋯⋯那个美貌少年？琉璃心里暗暗纳闷，点头道："请他来此说话。"

如意夹缬自有接待贵宾用的雅间，就在琉璃的画室隔壁，布置得十分精致。不过穆三郎既然是来找她的，自然还是到她的画室里来为好。

穆三郎进门时，一眼看见的便是一间雪洞般的画室，窗下放着一张极大的高足案几，上面放了笔墨纸砚等物，靠门处则设了两张矮榻，榻上铺着白底蓝色双胜鹿纹的茵褥。琉璃也是一身清爽打扮，浅象牙色窄袖翻领长袍，配着玄色长裤，裤脚收入了靴内，一头褐色秀发编成了粟特式的五条发辫，一双褐色明眸更是光彩熠熠，令人几乎不敢直视。

穆三郎不由便是一呆，眼前的琉璃，不但和那日郊外所见的怯弱女子判若两人，跟几年前那个总是跟在自己背后笑闹的娇憨少女，似乎也不大一样了……

琉璃看见穆三郎有些呆滞的眼神，上前一步笑道："表兄近日可好？"

穆三郎这才醒过神来，忙笑道："好，还好。"脸不由就有些红了。

琉璃忍住笑，将穆三郎请到榻上坐下，又让小檀上了两杯酪浆，才开口问道："表兄今日是从哪里来，怎么知道琉璃在这里？"

穆三郎却有些尴尬起来，半日才道："今日是去独柳树那边看了场热闹，听人说大娘在这里作画师，便顺道来看看。"

他自然不好说，当日他听说库狄家要把琉璃送到教坊，回头就去找母亲了，好容易说服母亲找了个借口上库狄家，却听说琉璃竟然在回城路上走丢了，后来才知道是到了安二舅的家里。母亲便道安家二舅与琉璃的母亲关系最好，人也热心，自家不用再过问。他心里却总是有些惦记，特意找到安十一郎打听了一句，才知道她竟是到如意夹缬做了画师。今日因在独柳树看行刑，路过西市大门时不知怎的就顺着人流走到了这里，又在如意夹缬对面发了半日呆，才鼓足勇气走了进来……

琉璃没有留意到穆三郎的表情，因为"独柳树"三个字已经让她吃了一惊——那是西市的西北门外不远的一片空地，正是长安城最有名的刑场，多用于处斩高官贵人。她忍不住问："独柳树今日行刑了？"

穆三郎见她问这个，倒是松了口气，点头道："正是，今日处斩了好几个人，说是里面有三个驸马，围得人山人海的，有一个薛驸马生得格外魁伟，到死还在大声喝骂，倒真是条好汉！"

琉璃默然无语。因为写毕业论文，她查了不少唐代史料，算得上半个唐粉，自然知道这就是著名的房遗爱谋反案大结局，死了三个驸马两个公主，前后还搭进去三个王爷。穆三郎说的薛驸马，应该就是名将薛万彻，死得十分憋屈。而主办此案的长孙无忌，则借着这些鲜血威震天下，牢牢把握住了朝政大权。此时此刻，他肯定正踌躇满志觉得天下尽在掌握吧？肯定想不到自己很快就会死在自己一手扶上皇帝宝座的亲外甥手里吧？报应来得如此之快，这场大戏还真是够血腥，够刺激！

然而朝堂上的厮杀无论怎样惨烈，距离长安普通人的生活依然太过遥远，也许对西市的商人们来说，那些大人物的头颅和鲜血，不过是一个商机——难怪今天来西市的人格外多，也格外兴奋……说到底，就算李唐宗室都死光了，难道还能影响到她画画挣钱？琉璃不由自嘲地摇了摇头。

穆三郎看琉璃摇头不语，以为自己说的杀人什么的她不爱听，又有些尴尬起来，想了半晌才道："听十一郎说，你的画十分出色，原先你就爱写写画画的，想来是画得越发好了。"

琉璃收回思绪，微笑起来，"那是蒙十一表兄的厚爱罢了，琉璃只是喜欢动笔而已。"想到穆家也是做布料生意的，她转身将昨日画好的联珠对鹤图样拿了出来。穆三郎看了一眼，不由有些吃惊。粟特人从小经商，他也是十来岁就开始帮着父亲接待客人、挑选布料，眼光自然是有的。眼前这幅飘带对鹤图鹤形生动，飘带流丽，穿插着轻盈的花树点缀，即使是黑白图样也自有种华美大气。他想赞声好，却找不到什么词汇，抬头看见琉璃正看着自己，目光清澈无比，突然有些不敢对视，低下头来吭哧了半日才道："原来大娘画得这般好，我、我就放心了。"

琉璃奇怪地看着他，有点不大明白他放心什么了，正想问问他对这个图案的配色有什么意见，门外却传来了史掌柜的声音，"大娘，外头有位客人想订一副狩猎图的夹缬，说是要做什么屏风。"

琉璃曾经见过日本收藏的唐代夹缬屏风彩图，并不觉得用夹缬做屏风有什么稀奇，但听掌柜的口气却似乎很是不以为然，忙问道："以前没有客人来买夹缬做屏风么？"

掌柜道："正是，因此想让大娘来看看。"

琉璃站了起来，向穆三郎笑道："表兄可否稍候片刻？"

穆三郎知道此时自己应该起身告辞，脱口而出的却是："也好。"

琉璃点头一笑，挑帘出门，却见史掌柜已领着客人走了进来，她的眼光在客人脸上一扫，不由愣了那里。

来人身穿一件崭新的青色圆领袍，幞头下是一张沉静俊秀的面孔，虽然看上去比记忆里似乎要苍白沉郁一些，但琉璃还是一眼便认出正是前几天在大慈恩寺里遇见的人，记得当时他给自己让了路，似乎是叫什么"守约"……她忍不住紧张地往他身后看了看，生怕那位世子兄也会突然出现在眼前。

来人显然也认出了琉璃，看见她目光警惕地扫向自己身后，嘴角微微扬了起来。

掌柜看出琉璃神色不对，忙问道："大娘认识这位客官？"

琉璃没看见有别的人影，转眼又看见那抹若有若无的笑容，顿时有些尴尬，含糊道："认错人了。"却见那人的笑容变得更深了些。

掌柜忙把客人请入了雅间，三人分宾主坐下，掌柜笑道："这是本店的画师库狄大娘，不知这位客官如何称呼？"

来人微笑着向琉璃点点头，"裴某行九，叨扰了。"

裴九？琉璃倒还记得那个小公爷似乎也是姓裴，莫非是亲戚？不知那个家伙后来有没有发怒记恨，若是如此……她忍不住又看了裴九一眼，却见他悠然坐在那里，虽然神情从容，言语温和，整个人却仿佛远在天边——有这种气度的人，想来不至于去讨好那种贵公子吧？

只听裴九道:"裴某在别处见过夹缬的屏风,甚是别致,正好今日路过贵店,也想订一幅狩猎图样的夹缬来做屏风,却不知贵店是否能做出合适的花样来?屏风是家师的寿礼,质地一定要最好的,价钱好说。"

掌柜赔笑道:"裴君放心,本行从来明码标价,只是裴君所云以夹缬为屏风,一则不知尺寸如何,二则小店还不曾做过,能否试上一试,还要画师来拿个主意。"

裴九点头,"尺寸倒是可以回去量,只是贵店若是没有把握……"他本来想说"裴某也可以去别处看看",却见琉璃眼睛亮闪闪地看了过来,插嘴问道:"裴君所见屏风也是狩猎图案?是几扇屏风,每扇都是一样的图案么?"

裴九摇了摇头,"是一副鹿山石的夹缬屏风,一共六扇,每扇图案都不一样。"

琉璃叹了口气,"此物必定出自官家。"除了官府买卖,民间谁会疯到为了一件屏风雕出六套花板出来?

裴九微微一怔,"怎么,只有官家才能做出来?"

琉璃摇头,"做出来不难,然则太过昂贵。"

裴九微笑起来,"裴某敢问其详。"

琉璃看了他一眼,依稀记得上次见他的时候,他是几个人里面穿得最旧的,怎么如今发财了吗?换了新衣不说,还要烧钱做夹缬屏风!索性微笑道:"六扇屏风一万钱。"她当然是狮子大开口,此时物价低廉,人工也不贵,六套花板成本加上绢底和染料,成本决计不到六千钱,但不说得高一些,如何能吓跑这个暴发户?

裴九神色淡然地点头,"好,一个月能做出来么?"

琉璃睁大了眼睛,他真的听清楚价钱了?整整一万钱,琉璃最近也仔细打听过衣冠制度,看他的穿着,不过是个八九品官员,一年的俸禄能有几万钱?有这钱他为什么不打个银屏风送人?忍不住道:"一个半月,本店规矩,先付一半定金。"

裴九想了想道:"也好。明日午后裴某会送过来,只一样,屏风夹缬的图样是否能让裴某先过目?若是……"

琉璃干脆利落地接口道:"若是让裴君失望,本店自然分文不取!"

史掌柜在一边早已听傻了眼,万万想不到琉璃会如此抬高价钱,也万万料不到这个衣着不起眼的年轻人居然一口答应了下来……他刚想插嘴,裴九已长身而起,"裴某明日午后再过来,屏风图样就劳库狄大娘费心了。"

琉璃也站了起来,大大方方地一笑,"必当尽力而为!"

裴九微笑着拱了拱手,转身离去。琉璃看着他的背影,微微仰起了头:若是画个图样还让人看不上,她前世十几年的功夫难道全白瞎了?

她快步走回了自己的画室,恨不得立刻拿起画笔才好,一眼看见穆三郎坐在那里,这才惊觉自己还有一个客人。

琉璃的画室和隔壁雅间原本只是用木板隔开,穆三郎早把那边的对话听了个一清二楚,心里也说不上是什么滋味。自从那次在郊外见过琉璃,他一直担心她过得不好,如今看来,竟是多虑了,她不但气色鲜亮,而且几句话就可以谈下这样的大生意……按说他应该放心才是，但不知道为什么心里却有些空落落的。见琉璃进来，他慢慢站了起来，勉强笑了笑，"大娘且先忙着，三郎便不打扰了。"

琉璃忙道："表兄为何不多坐一会儿？作画的事却是不急的。"

穆三郎摇头道："时辰不早，我也该回家了，以免阿母担忧。"

琉璃不好再留，只得将他送出大门，眼见他走远才回转，心里微微有些纳闷：这位三郎怎么看起来不大高兴，难道是自己怠慢他了？不过一回到画室，开始挥笔构图，这点疑惑立刻便被她抛到了九霄云外。

她先动手画了一张此时较为常见的团花狩猎图案，看了一眼又丢到了一边，脑中不由想起了裴九的音容笑貌：此人的气度其实着实不像暴发户。她记得"裴"是唐代人才最盛的大姓之一，不知多少宰相将军都姓裴，像裴寂、裴矩、裴度、裴行俭等等。这个裴九说不定也是名门子弟，不然，那天的几个人里，怎么就他和那个一脸严肃的家伙不买世子的账呢？这种人，多半不会看得上那种华丽俗艳的图案，说不得这狩猎图要走典雅古朴风了……

直到西市闭市，琉璃都在屋里推敲屏风的图案，草稿画了又扔，扔了再画，回到安家吃饭时也是恍恍惚惚。安家早已从小檀嘴里知道事情原委，都觉得有趣，安六郎伸手在琉璃眼前晃了晃，却见琉璃依然愣愣的，忍不住哈哈大笑起来。

食不知味地吃空了眼前的碗，琉璃便立刻告退回屋——安家又给琉璃收拾了一间厢房出来，里面也布置了案几笔墨等物，琉璃忙到半夜，心里大致有了几个底稿，才上床合了一会儿眼睛。第二日一大早又起床磨墨，这次却是一气呵成，六幅大样两个多时辰便都勾画完毕。

安二舅忙过来看了一眼，却见她画的是一套四季狩猎图，中间四幅是春猎白兔、夏猎猛虎、秋猎肥鹿、冬猎苍狼，外面两幅是山石树木，图案并不十分繁复，甚至略带古拙，但人马、草木、野兽都勾画得十分简洁传神，和寻常夹缬图样大不相同，自是击节赞叹了一番。

待到西市开市的时间，琉璃兴冲冲地捧着画样来到如意夹缬，进了自己的画室，便将画用糨糊贴在了墙上，左右端详，心里也颇有几分得意：从这几幅画来看，自己的画技已有些提高，起码比从前多了一分沉稳。

她正沾沾自喜，身后突然传来一个舒缓温润的声音，"这便是你画的六联屏风狩猎图？"

琉璃回头一看，门口站着的正是裴九，也在目不转睛地看着贴在墙上的图样。掌柜在他身后笑着向琉璃点了点头。

琉璃微笑道："裴君以为如何？"

裴九的目光在琉璃的脸上停了停，又看向墙上的画，长长地叹了口气，又摇了摇头。琉璃不由有些紧张起来，忙问："哪里不好？"

裴九接着叹了口气，沉默片刻才道："裴某回家才发现，家里余钱不多，原想找个借口来把这夹缬退了，可画得这样好，叫裴某借口都找不到，这可如何是好？"

琉璃愣了一愣，才知道他是在开玩笑，不由有些恼火，抬头想说什么，却见裴九正笑着看向自己，明显上扬的嘴角划出一个温暖的弧度，微微眯起的眼睛却闪动着戏谑的明亮光芒。琉璃只觉得心里一跳，下意识地退后一步，垂下双眸。史掌柜先是也吓了一跳，听到后面才算放下心来，赶上一步笑道："裴君真会玩笑。"

裴九看了琉璃一眼，见她刚才还生动之极的脸已在转瞬间收起了所有的情绪，不由笑着摇了摇头，回头对身后的小厮道："阿成，去把车上的绢都搬下来。"又问掌柜："裴某今日带了二十端绢帛过来，可够定金之用？"

此时绢帛原是最常用的流通货币，比铜钱更受欢迎，二十端绢恰好便是五千钱，掌柜自是满口答应，又笑道："还要劳烦九郎签个文书。剩下一半，劳烦裴君收货时交付，若是本店做坏了裴君的屏风或是延误了时间，亦要赔偿。"说着便从袖子里拿出了早已拟定好的一式两份文书。

裴九看了几眼，点了点头，"贵店倒是周密。"

他走到书案前，正要提笔签名，门外却突然传来一个略显尖锐的女声，"库狄大娘是在这儿么？"

琉璃吃了一惊，心里突然有种不好的预感。小檀忙快步走了出去，不过片刻听得环佩夹杂着脚步声响，进了隔壁的雅间。小檀也挑帘进来，走到琉璃身边低声道："来人说是大娘的姑母，脸色似不大好。"

亲姑母？琉璃的心不由一沉，库狄延忠只有两个姐妹，大姐早已远嫁，妹子却是嫁入了一户高门做媵妾，她一年也来不了两次库狄家，每次库狄延忠都恨不得黄土铺地、净水洒街。琉璃对这位姑母的印象无法不深刻——她每次看向琉璃的眼光都好像是在看着一只流浪狗。当然，更憋屈的应该是珊瑚——她看向珊瑚的眼神，就像看见了一堆垃圾。对了，她嫁的就是什么洗马裴家的裴都尉……想到此处，琉璃不由看了裴九一眼——自己跟这些姓裴的难道八字不合？

裴九已签好名字，把文书还了史掌柜，见琉璃看向自己，微笑道："库狄大娘先招待贵亲要紧，夹缬尺寸稍后再议也不迟。"

琉璃只得点头致歉，带着小檀走到隔壁雅间。一眼便看见姑母库狄五娘那张阴郁的脸。她生得与库狄延忠颇为相似，面孔五官都极为清秀，只是此时一张脸却阴沉得几乎能滴下水来。琉璃垂下眼睛，深深地行礼，"琉璃见过姑母。"

库狄氏一言不发，只冷冷地"哼"了一声。

琉璃心知她是真的恼了，思量片刻后低声道："侄女擅自住到舅父家是侄女不对，只是事急从权，若非如此，琉璃今日已是教坊贱户，给祖宗蒙羞。"

库狄氏猛地抬起头来，震惊地瞪大了眼睛，"教坊？你怎会去教坊？"她是今日午前到的库狄家，第一个要见的便是琉璃，谁知竟扑了个空，兄长也支支吾吾不肯说她去了哪里。还是曹氏悄悄告诉她，琉璃如今已经住到了她那舅父家，听说还在西市抛头露面地做什么画师；她舅父甚是嚣张，不但不许他们接琉璃回去，还逼着他们同意以后琉璃的婚事也须由他们作主。

库狄氏顿时勃然大怒，如此一来，她的打算岂不是都要落空？因此她打听清楚了地方，便气势汹汹地带人过来，倒是要看看这个一贯怯弱的侄女如今成了什么样子，没想到琉璃却会说出教坊二字。

琉璃心里一松，脸上也带出了几分惊诧，"阿爷不曾告诉姑母么？庶母早就拿定主意要将琉璃送入教坊，二月初一便要带琉璃去太常寺，因舅父拦着才作罢。"

库狄氏越听越惊，心中不由暗恨：阿兄怎么会听那曹氏的话，做出这种丢人的事情！好在自己是先找了琉璃而不是安家，不然一分说起来，岂不是自取其辱？这样一想，她的一腔盛气便泄了七八分，又仔细打量了眼前的琉璃一番，暗暗点头，她倒是更出落了，通身的气度也与从前大不同，想来那事十有八九能成。

琉璃本来见她神色缓和下来，心里已渐渐笃定，见她这样上上下下地看着自己，心里又有些发毛，忙笑道："姑母口渴么？西市有极好的酪浆。"

库狄氏摆了摆手，对琉璃露出了一丝笑容，"你先坐下说话。"回头看了自己的婢女一眼，那两名婢女忙退到了门外，小檀犹疑片刻，也转身退了出去。

琉璃恭敬地看着库狄氏，心里却警惕到了极点。库狄氏笑得越发和善，柔声道："大娘，你今年便十五了，日后可有什么打算？"

琉璃心里一紧，隐隐猜到了几分，垂头道："此事阿爷已让舅父作主，琉璃不敢有什么打算。"

库狄氏冷笑一声，"你舅父不过是胡商，认得的也是些商贾之辈，你难道也想嫁个胡人不成？"

琉璃心里苦笑一声：就自己这身家，只怕还真没啥正经胡人能看上自己。面上只能保持谦卑模样，依旧低声道："此事自有舅父作主，琉璃不敢置喙。"

库狄氏见琉璃一副油盐不进的模样，心里的火气又慢慢拱了起来，声音也高了两分，"你到底是库狄家女儿还是那胡人家女儿？此次来之前，姑母已跟你父亲说好，你的婚事不能由那胡人作主，姑母这里自有大好姻缘，总不能任由你嫁了胡人，辱没了库狄家的门庭！"

琉璃心道果然如此，暗自咬牙，却只是低头不语。

库狄氏见她神情还算安顺，声音便缓了下来，"你也知道，姑母嫁的裴家门庭高贵，家中嫡长子二郎更是年少有为，人品相貌都是一等一的贵重，日前已举明经出仕，转眼便要平步青云。他的夫人入门三年还未生养，因此要寻门贵妾，嫁过去便跟去任上，比正经夫人也不差什么，生了儿子更是裴家正经的长子长孙！"

说到这里，库狄氏看了琉璃一眼，只见她还是一副眼观鼻、鼻观心的模样，微觉泄气，耐下性子接着道："姑母第一个便想到了你。你且想想，你虽是良家，容貌又好，却长得太似胡人，讲究些的人家绝不会娶你为妻，难道你要嫁到小户人家去终日操劳？若是嫁入裴家，除了名头略差些，哪一样不是最难得的？你不知，姑母今日只略提了提，你那庶母就恨不得跪下求我提携珊瑚去，姑母想着那珊瑚如何能跟你比，这才来了西市找你，你若能争气，此事还能落到别人头上？"

琉璃此时如何不明白，后宅如战场，这位姑母不过是想着拉个自己人去当友军兼打手，什么贵妾，什么长子，好大一个月饼，可惜自己却不好这一口！不过按说，嫡子纳妾，此事绝不是她能做得了主的，所以才会让自己"争气"——争气她是不会的，放气她倒是有十成十的把握。想到此处，她心中微定，欠了欠身，低声道："多谢姑母抬爱，只是琉璃是个胆怯没见识的，不能与姑母相比，如何能配上裴家门庭？"

这话库狄氏倒是爱听，笑道："你怕什么，凡事自有姑母安排，过上两日你只要打扮得体体面面的，跟姑母去踏一次青，你这样的人才，还怕谁会看不上？"那裴二郎眼光的确是高，以他那脾性，她原也没有指望这个长着胡人面孔的侄女，没想到那边却说他已改了口，说是胡汉不论，一定要聪颖美貌的，这才让她动了心思，想来琉璃说不定能合了他的眼缘……

琉璃心里更是大定：原来还要相亲，八字还没一撇哪！不过能不冒险还是不冒险的好，她摇头道："此事姑母还是与舅父商议为好，琉璃不敢自专。"

库狄氏怒气上冲，冷冷地看了琉璃几眼，见她面色极为平静，又疑惑起来：这小妮子没事人似的，莫不是已经动心，只是不好意思直接同意？至于她的舅父，不过是个商贾，她自有一千个法子拿捏他！思量半晌，她索性点了点头，"也罢，姑母这便去找你舅父说话！你且在家等着，再莫抛头露面，须知名声不好听。"说完站了起来，昂然而去。

琉璃送了几步，待她身影消失，便回头对小檀低声道："你快去找舅父舅母报信，说是姑母要接琉璃去春游，实则是给人相看。请舅母一定帮琉璃推脱，若实在推不开……便一定要坚持让我那妹子珊瑚一道去，以免让人说嘴。"小檀忙应了一声，向外跑了出去。

此时院里无人，琉璃的脸顿时垮了下来，心里郁闷无比：这就是人在画室坐，祸从天上来？还是天下当妾的都很喜欢介绍别人从事这项职业？她恨恨地磨了半日牙才走进自己的画室，迎面却看见了一张微笑的脸——裴九神情悠闲地站在案几之后，手里还握着一支毛笔。

琉璃的大脑有短暂的停摆，随即才想起还要与这位仁兄商定夹缬尺寸。她垂下眼睛，无声地吸了口气，抬眸时脸上已经换上了得体的微笑，"有劳裴君久候了。"

裴九脸上的微笑纹丝未动，目光微凝，随即便摇了摇头，指着桌上的一张纸道："屏风尺寸裴某都已量好，适才已写在纸上，烦劳大娘看看可还使得？适才左右无事，又借用了贵店的笔墨纸张涂抹了几笔，着实抱歉。"

唐人热爱书法，这个琉璃自然是知道的，不过爱到等人时还练大字，倒是让人意外。她只能笑道："小店纸笔粗劣，裴君不嫌弃便是荣幸。"说着拿起那张纸看了一眼，心里顿时一惊：尺寸倒也没什么，每幅屏风一尺九寸一分宽，四尺六寸长，很是寻常，但这笔字写得也太漂亮了吧！此时的书法以楷书著称，所谓初唐四家多是写得一笔清秀的小楷，但裴九写的却是隶书，严整雄浑而不失灵动，自有一种磅礴大气。她不由脱口赞了声："好字！"

裴九似乎有些惊异地抬起头来，怔怔地看了琉璃一眼，随即便是淡然一笑，"过奖。不知这尺寸……"

琉璃忙道："没问题。"一面又拿起裴九放在下面的两张纸，这两张写的是草书，字迹飞扬劲逸，也是教科书级别的好字，却同样不是时下流行的。琉璃打小便学国画，自然也会涉猎书法，此时见到这样的佳作，忍不住道："不知这几张字可否留给小店？"抬头却对上了裴九深邃的眼神，随后才是沉默的点头。

眼见无事，裴九又语气平淡地说了几句客套话才告辞，琉璃也礼数周全地道了别。帘子还未落下，她已喜滋滋地拿起了一张草书细看。却没看见已经走出门口的裴九又回头看了一眼，一种奇异的表情在那张从容疏朗的脸上一闪而过。

接下来这半日，琉璃却有些静不下心来。虽说小檀早已回报道舅母满口答应了，但想起库狄氏走时那副胸有成竹的表情，她便隐隐不安，几次提笔都画不出来，眼见已快到日落前七刻的闭市时分，索性带着小檀回了安家。

她刚刚进了后院，还没走到上房，便听见屋里传来一阵愉快的笑声——是库狄氏的笑声！琉璃的心不由狠狠地沉了下去。

她停下脚步，还没有想好要不要进去，只见门帘高高挑起，库狄氏已仰头走了出来，神情颇为愉悦，身后半步跟着一个四十来岁的妇人，打扮得也甚是富贵，随后才是舅母石氏的身影。

一眼看见琉璃站在下面，库狄氏又笑着转头对那贵妇道："真巧，十六娘，这就是刚才说的我那侄女儿。"

琉璃只得上前见了礼，库狄氏便指着那个贵妇道："这是裴夫人。"

怎么又是姓裴的？琉璃心里嗞嗞地冒着小火花，咬牙垂头不语，裴十六娘却一把拉住琉璃上下地看，半天才笑道："居然是这样的美人，难怪五娘如此上心。"又从手上退下了一个镯子，死活塞到了琉璃手里，琉璃只说不敢收，库狄氏却笑道："你就收了吧，不过是长辈的一点心意。"说到"长辈"二字，又颇有深意地看了琉璃一眼。

琉璃只得含笑谢了，却忍不住看了一眼石氏，只见石氏满脸堆笑，看到自己的目光却微微摇头，心里不由越发生凉。

几个人又说了些客套话，库狄氏和裴氏才告别而去，琉璃少不得和石氏一道将她们送到门口，临走库狄氏又拍了拍琉璃的手："你只在这里好好等着，过些天姑母会来接你。"这才转身上车。

目送着两辆车消失在街角转弯处，石氏叹了口气，看向琉璃，"适才那裴娘子，是你姑母所嫁裴家旁支的女儿，也是西市市丞的夫人。"

琉璃顿时明白过来：长安的东西两市都是由一位市令和两位市丞管理，尤其是市丞，虽然官职卑微，却正经是各商贾的"现管"，难怪安家虽然根基深厚、平日里与长安的官员高门也颇有些来往，却扛不住……心里一声苦笑，她的脑袋不由耷拉了下去，"琉璃给舅父舅母添麻烦了。"

石氏摇了摇头，"你不怪舅母就好，这朝廷内外裴姓的官员不知凡几，最是防不胜防,唉!你姑母又只说是接你出去玩一天,舅母也实在无从推脱。你也莫太担心,舅母也说了要你们姐妹一起去,互相好有个照应,你姑母倒也点了头。大娘,你说你姑母接你去游玩,是为了让人相看,到底是怎么回事?"

琉璃只得将库狄氏下午来店里所说的话又大致说了一遍,石氏沉吟道:"适才舅母听她们的话音,似乎是你姑母所嫁的裴都尉的原配夫人前两年已经去了,家里是女儿在主持中馈,如今孝期已满女儿要出嫁,裴都尉便让你姑母去协助着料理,想来正是乱着的时候,难怪你姑母要如此安排。既然那裴二郎是嫡长子,那便是日后的家主,若真像她说的那样……"

琉璃停下脚步,抬头看着石氏认认真真道:"舅母,琉璃宁可一生不嫁,实不愿为人妾室。"

石氏怔了怔,看着琉璃平静却决然的脸,点了点头,又叹了口气,"那你如今有何打算?"

琉璃低头想了一会儿,微笑着抬起头来,"明日琉璃想回库狄家一趟,要借舅母的头面一用,另外还请舅母借琉璃几个婢女仆妇。"

第五章
煽风点火　力争下游

　　早间的晨鼓声已经停歇了良久，位于小巷深处的库狄家才缓缓打开大门，穿着一身本色粗麻衣的普伯没精打采地走了出来，将门口略扫了几下，便算是完成了每天的例行任务：自家平日轻易不会有客人上门，昨日那位姑奶奶刚刚来过，大门早已收拾得格外干净，今日更可以偷懒了……

　　他刚想回身，却听见车轮辘辘的声音，抬头一看，只见是一辆驴车从巷口驶了进来，拉车的两头健驴都是一身油亮的黑毛，看着分外精神。他正看得发呆，车夫"吁"的一声将车停在他眼前，车帘一挑，先是出来两个盘着发辫的胡婢，随后才是一个打扮华丽的小娘子扶着婢女的手不紧不慢地下了车。

　　普伯揉了揉眼睛，只觉得这位小娘子很是眼熟，等她开口说了句"普伯，劳烦禀告阿爷，女儿回来请安"，他这才恍然大悟：这不是大娘么？只是眼前之人的打扮气度，让他简直无法和那个终日低头不语的女子联系起来……怔了好一会儿，他才回过神来，急忙忙地转身进去，过了片刻又跑了出来，"阿郎请大娘去上房。"

　　琉璃点点头，一个婢女不动声色地递给普伯一个小小的荷囊。普伯吃了一惊，手一捻，知道里面装了十来个大钱，不由心花怒放，笑得牙花都露出来了，感恩不迭地引着琉璃向上房走去。

　　库狄家并不宽敞，绕过照壁便是一进小小的院子，庭中种了两棵核桃树。看得出屋子当年也还齐整，只是多年没有修葺过，显得有些陈旧了。

　　一进院子，琉璃的目光就落在西厢最把角的那小房间上。屋子房门紧闭，灰扑扑的门帘有气无力地耷拉在门口。这就是她住了三年的地方，当时安氏去世，原来的琉璃又病得只剩一口气，便被从原来的房间挪了出来，说是怕过了病气给家人，从此却再也没有换过房间。至于她自己，从最早躺在床上无人过问，也根本不能接受眼前的一切；到后来饥一顿饱一顿地挨着日子，开始悄悄观察学习；再到开口说话，一面与曹氏母女虚与委蛇，一面谋求脱身之道；这三年，给她留下的记忆实在谈不上美好……

上房门口，阿叶睁大眼睛看着越走越近的琉璃，嘴巴几乎都合不拢了。因为琉璃走脱挨的那顿好打，她心里早发过千万个毒誓等琉璃回来要好好"招待"她，但眼前这个婢女簇拥、穿金戴银的贵女，却远远超出了她的全部想象。还没等一行人走近，她已经不由自主满脸堆笑地掀起了帘子。

琉璃目不斜视地走了进去，正房里，库狄延忠正襟危坐于西首的榻上，脸上几乎没有表情，而他身边的曹氏则不住上下打量自己，眼睛慢慢瞪得溜圆。

琉璃规规矩矩地行了大礼，然后缓缓站起身子，好让曹氏看得更清楚。她今天穿着鹅黄色散花夹缬短袄配同色齐胸襦裙，外面是湖蓝色联珠对雀的锦半臂和一条泥金杏色披帛，头上特意戴了一支赤金蜻蜓步摇，蜻蜓的眼睛是两颗血红的宝石，而翅膀那薄薄的金箔会随着她的每一个动作轻轻颤动，看起来就像活的一般。

曹氏的眼珠子果然几乎镶在了那步摇上，库狄延忠则慢慢地皱紧了眉头，半天才冷冷道："今日你回来所为何事？"

琉璃低下头轻声道："女儿一则是来给父亲请安，二则也是回来拿几样阿母留给女儿的东西。"

曹氏忍不住道："拿东西？这话怎么讲！"

琉璃声音依然很轻："别的也罢了，只那面错金银的铜镜，是阿母生前心爱之物，女儿想拿着做个念想。"

曹氏皱眉道："那不是你妹子在用的么？"心里倒是有些疑惑：这面镜子是她从琉璃房中拿给女儿的……莫不成真是安氏的东西？

琉璃抬起眼睛看着库狄延忠道："那面镜子是阿母的，下面还有小小的安字，确是阿母所有。"——她虽然没有以前的记忆，但字还是认得的，何况作为珊瑚最心爱的"战利品"，来历不问可知。

库狄延忠隐隐约约也知道这面镜子，心里微觉恼火，沉声道："一面镜子罢了，既然已经给了你妹妹，做姊姊的如何还非得拿回去？"

琉璃叹了口气，"镜子虽小，却是阿母留给琉璃的东西，若是珊瑚实在喜欢这镜子，不如将那套珍珠头面还给琉璃也是一样。"那套头面她记得就更清楚了，是珊瑚直接从她的梳妆盒里拿走的，当时还留下一句："你也配戴珍珠？"

曹氏瞅了库狄延忠一眼，声音大了两分，"你向来是个知礼的，怎么如今这般斤斤计较了？知道的说是不忘亡母，不知道还以为你是来示威，是怪你阿爷和我以前慢待了你！"

库狄延忠的脸色果然更沉了几分，琉璃却是静静地看着曹氏，既不分辩，也不避视。曹氏正要再开口，帘子一掀，珊瑚已一阵风般卷了进来，伸手就要推琉璃。琉璃身后一个身量高大的婢女一步抢上，挡在了她的面前。

珊瑚怔了怔，骂道："你这贱婢也敢挡路？"

那婢女冷冷地道："婢子却不是你家的奴婢！"

珊瑚见她目光不善，心里有些怯了，忙看向库狄延忠，"阿爷！"

库狄延忠的脸也沉了下来,"大娘,你带的奴婢好没规矩!"

琉璃并不答话,她身后的小檀却笑了起来,声音清脆地道:"郎君教训得是,奴婢们出身商家,的确不懂大户人家的规矩,只是不能眼睁睁见大娘被一个庶妹打了去,一时情急而已。原来这才是贵府的规矩?奴婢们受教了,回去后定会向我家阿郎和族老们好好请罪!"

库狄延忠的脸色顿时一变,咬牙踌躇片刻,还是厉声道:"珊瑚,你还不出去?越来越没规矩了,这三日没我吩咐,一步不许出房门!"

珊瑚并不笨,小檀一开口,她便知道事情不好,但父亲竟这样直接发作出来,她不由眼圈发红,恨恨地看了琉璃一眼,却见琉璃迎着她的目光嫣然一笑。这笑容简直戳疼了珊瑚的眼睛,她用力一跺脚,甩头跑了出去。

曹氏脸色大变,微微动了动嘴唇,不知想起什么,到底一个字没说出来,只是目光越发阴沉怨毒。

库狄延忠沉默片刻,才沉声道:"你来就是为了拿回那面铜镜?"

琉璃点了点头,却又补充了一句,"女儿还想拿回那副珍珠头面。"——乘胜追击乃兵家之道,能多拿一样东西回来,为什么要跟他们客气?

库狄延忠的脸色更黑,想了想还是对曹氏道:"去把东西拿来!"

曹氏忙道:"大郎……"库狄延忠阴沉地看了她一眼,她的下半截话顿时被噎了回来,只得起身快步出门。

不多时,只听得院内似乎传来了一阵哭叫摔打的声音,又有曹氏气急败坏的喝骂声。好一会儿,曹氏才脸色铁青地走了回来,手上拿着一面镜子和一个小匣子,冷冷地往琉璃怀里一塞。

琉璃仔细看了一眼那面镜子,又打开匣子看了看里面的项链和珠钗,脸上露出了满意的笑容,转手将东西交给小檀,这才向库狄延忠深深的一礼,"多谢阿爷,多谢庶母,女儿恭祝阿爷和庶母安康多福,这便告退。"

库狄延忠只是冷冷地点了点头。琉璃也不在意,转身便带着两个婢女走了出去。却见东厢房珊瑚的房间门口守着阿叶和另一个仆妇,眼神紧张地看着自己一行人。琉璃笑了笑,反而走近了几步,扬声道:"珊瑚,姊姊劝你还是莫要生气了。"

门帘哗的一下掀了起来,露出一张已经愤怒得有些扭曲了的脸。琉璃脸上的微笑依然不变,"过几日,咱们姊妹还要一起去姑母那边,你若不想去,姊姊自会帮你知会姑母一声。"

珊瑚怔了一下,咬着牙道:"你少胡说,我为何不想去?"

琉璃微微仰起头,淡淡地道:"你若要去,便换掉这幅脸孔,若还是今日这般,只怕姑母会恼,也会误了姊姊的事!"

珊瑚看着琉璃因为骄傲而变得容光焕发的脸,脸上的愤怒慢慢变成了冷笑,"你放心!"说完狠狠地撂下帘子,再没有说一个字。

琉璃看着那落下的帘子,无声地微笑起来:珊瑚,三年来你都很会带给人"惊喜"，这一次，你也一定不会让我失望的，对不对？

只是不知是永徽四年的这个春天来得特别晚，还是那裴家选妾的程序过于复杂，之后近一个月竟是风平浪静，还未等到相亲大会胜利召开，牡丹夹缬倒是如期完工了。

半透明的华贵紫色中，一朵碗口大的鹅黄色复瓣牡丹娇艳盛放，和另一朵雪白的单瓣牡丹交相辉映，衬着铜绿色的叶子和石竹、白色的小朵茶花，显得分外高贵华美，尤其是花蕊处若有似无闪烁的银色光泽，更为整匹轻纱增加了一分神秘灵动的光彩。

琉璃看到成品时都呆了一呆，突然记起老师说过，唐代的染料最是光艳，有些织品的色彩甚至可以千年如新，但此刻她却不得不怀疑，那是因为人们不曾见过真正的唐代染织新品的色彩，那分饱满绚丽，足以令人屏息。

武夫人拿到夹缬时也是半晌无语，伸手轻轻摸了上去，点头叹息了一声，"真真是国色天香！"

琉璃彻底松了口气，自己这个月的工夫总算没有白花！尤其是花蕊上点染的银色，还是她灵机一动，想起慈恩寺外那面字迹银光闪烁的酒旗，好容易拿到涂料配方，又反复试验了几天，才达到了如今的效果。

小小的月娘也学着母亲的样子，伸手在绢上摸了摸，仰起花朵般的小脸笑道："阿娘，这花真好看！"

琉璃蹲下身子对她笑道："给月娘做条牡丹裙可好？"

自打上回在大慈恩寺外见过之后，这已是武夫人第三次带着女儿来如意夹缬。琉璃渐渐发现，她真的很闲！大概是因为丈夫三年前便已去世，与贺兰家的妯娌和武家嫂子关系也不大好，这位武夫人隔三岔五就会到西市闲逛，天气转暖后身边又多了一个小月娘。琉璃不知怎的投了她的眼缘，但凡来西市买东西必要到琉璃这里坐一坐，或是让琉璃画幅小画，或是买上半匹夹缬。两三次下来，连有些认生的月娘都已与琉璃十分熟稔，听了琉璃的话，便忙不迭地点头，"好！"

武夫人笑着摸了摸月娘的头，"小人家家，也知道这是好东西！"突然想起什么似的沉吟道："大娘，这夹缬除了做披帛真还可以做衣裙？"

琉璃想了想才道："或可做件大袖衫，宽宽松松披在素色齐胸襦裙外面，定然别致华丽。"——记得唐代名画《簪花仕女图》上就是类似的打扮，时下流行的虽是窄袖紧身的式样，但这种程度上的新意大约还是可以接受的吧？琉璃拿起那夹缬，几下折成一个大致的模样，在身上比了比——她今天穿的是素面米色衣裳，恰好称出了牡丹图案的华美。

武夫人点头一笑。"的确是好心思！"又皱眉叹道，"你这样的好年华，略打扮下便是一等一的人才，怎么却整日穿得如此素净？"

琉璃苦笑不语：她又不想给人做妾，打扮得那么漂亮做什么，有姑母大人一个人惦记她就吃不消了，再招来一个，她想过几天自在日子的梦想还不得彻底泡汤？此时

/第五章/煽风点火　力争下游　045

想到两日后的相亲，她不由暗暗祈祷：但愿一切都不顺利！

过了两天，库狄氏果然定下了日子，到了那日一早，又派了马车来接琉璃姊妹。

一见珊瑚，琉璃心头便是一喜——珊瑚今天穿着簇新的宝树纹缃色短袄，配银红色六幅罗裙，头上戴着曹氏压箱底的那支玉蝶流苏步摇，又压了几朵翡翠花钿，比琉璃回家时的打扮也不差什么。

珊瑚原是高昂着头，可一看清楚琉璃的打扮，脸色立刻大变。琉璃今天已全然不是那副花蝴蝶般的打扮，只是简简单单地穿了一件丁香色素面交领短襦，系着雪白的绫裙，头上也只有一根小小的束发玉簪。只是那长裙在皎洁中似有柔光流动，细看才能发现一道道精巧的暗纹。她本来就有凝雪般的好肌肤，被这身淡雅清贵的装束一称，更显得眉目秀致，清丽绝伦。

珊瑚立时恨不得回去换身衣服才好，只是库狄氏今日跟车来接她们姊妹俩的不但有两位婢女，还有一位面孔严厉的嬷嬷。珊瑚刚想跺脚，那位嬷嬷就像脑后长了眼睛般回过头来，刀子般的眼风一扫，她顿时吓得一个字也不敢说。

她们的马车从天门街一直出了明德门，直奔终南山方向而去，行了半个多时辰，终于在一处不甚起眼的庄园门口减缓了速度。一路上，珊瑚虽然恨不得一把撕碎琉璃的那条雪绫裙，奈何那位嬷嬷就坐在她的对面，微闭的眼睛里似有精光闪动，不时睁开眼睛看看对面的琉璃和珊瑚，又侧头看一眼婢女怀里紧紧抱着的水瓶和瓶里那几支盛开的牡丹花枝。琉璃炫耀般几次整理裙裾，长裙扫过珊瑚的指尖，她却硬是一动也不敢动⋯⋯

眼见快到地方，这位人如其姓的严嬷嬷才拿出剪子，剪下瓶里最大最艳的一朵重瓣紫色牡丹，戴在了琉璃的头上，又选了一朵半开粉色牡丹，戴在了珊瑚鬓边。珊瑚脸色顿时一垮，还未抗议出声，严嬷嬷已冷笑道："为了今日的斗花，娘子把家里价值千金的两株牡丹都剪下来给你们争脸，难不成还要挑三拣四？你这满头的花翠，再戴朵大花像什么样子？"珊瑚低了头不敢吭声，只是暗地里把琉璃又咒了几句：难怪她今天一点花饰不戴，原来早就知道了要斗花！

琉璃却暗暗苦笑：她也是昨天才知道是要斗花的。斗花本是阳春三月里长安仕女们最爱的一种游戏，为了用最名贵的花朵装饰发髻，每到此时，全城都是花价暴涨，让无数奸商大发其财。当然，这些女人之所以如此舍得烧钱，是因为斗的不仅仅是花——大家都心知肚明，无论高门贱户，斗花会其实都是男女相看的绝佳场合，所差别者，无非是民间来得直接点，高门来得含蓄些而已。

她也很想和珊瑚一样打扮得比较符合胡人暴发户的身份，怎奈姑母大人早就送来了衣服，这也罢了，居然还安排了这样一位厉害的嬷嬷，若不把这位支开，她让珊瑚跟来的一片苦心岂不是白瞎了⋯⋯

待到下车走了几步，琉璃一面用眼角注意着珊瑚的动静，一面便四下打量。这处庄园从外面看虽然毫不打眼，里面的布置却十分大气，迎面便是一座绿苔斑驳的石屏，一弯从外面引入的碧水悠悠荡荡绕屏而过，渐渐隐入花木深处。

严嬷嬷领着她们绕过石屏，分花拂柳沿着流水边的青石小路一路往里走，不多时，水流渐渐汇成一片半亩大的湖面，湖面东边是一处小小的凉亭，又连着湖面上架起的回廊，对面是一栋青瓦粉墙的阁楼。

此时凉亭上已有几个穿红戴绿的人影，严嬷嬷一直绷着的脸慢慢放松，待走到亭下，已堆满了笑容。琉璃早已看清，亭中除了库狄氏外还有三个女子。一个约三十出头，眉目温婉，打扮素净。另外两位都是年轻女子，个子略高的那位系着石榴红裙，头上是一朵碗口大的红色牡丹，另一个眉清目秀，头上戴着黄色芍药。

见琉璃一行人走了过来，亭中的几个人都站了起来，两个年轻女子的目光不约而同地落在了琉璃的脸上，那位妇人的目光却在琉璃的雪绫裙上扫了一扫，嘴角才微微上扬，"这就是姊姊家的两个侄女？果然都是少见的好人才！"

库狄氏瞅着琉璃的眼中露出了几分满意之色，笑容也比平日和蔼："她俩平日都不大出门，扭手扭脚的，让妹妹见笑了。"又跟琉璃和珊瑚介绍道，那妇人姓郝，是库狄氏的"姐妹"，两位年轻女子则是她的亲戚。琉璃微笑着一一见了礼，对上那四道打量竞争对手的目光，心里不由万分期待：来吧来吧，快把我打倒再踩上一万脚吧……

几个人无非是说些闲话，不多时又陆陆续续来了几位年轻女子。有两位姓裴，应是裴氏族亲，头上簪着碗口大小的复瓣牡丹。还有两位却是博陵崔家的女儿，大的玉娘正当韶龄，衣着华贵，头上一朵黄色牡丹花型极为优美，只是神色颇为不耐，满口只问八娘怎么还未到；小的十三娘才十岁出头，身量未足，沉默寡言，却已很有几分含苞欲放的美人模样。不过最显眼的，还是与崔家姊妹一道来的那位卫十二娘，雪白的小脸上生着一对水汪汪的杏子眼，偏偏又戴了一朵白色的单瓣牡丹，映着她秀丽的面孔，愈添几分娇柔。

珊瑚原本一腔傲气而来，见到琉璃先消了一半，见到这卫十二娘又消了三分，此时只默默低头不语，倒是比平日文静了许多。

琉璃暗暗着急，正有心撩拨她两句，突然听见人道："八娘来了。"

亭子南面的一条小路上，一名妙龄女子在几个婢女簇拥下盈盈而来，只见她生得五官端丽，气质高华，头上一朵颤巍巍的牡丹花，竟是极少见的墨紫色，身上穿着玉色短襦和一条雪白的绫裙，行动间如雪浪般闪动着优雅的光泽。好几个人立时便回头去看琉璃——两人的裙子几乎一模一样，只是琉璃的是六幅，八娘的却是八幅，显得更为飘逸华贵。

库狄氏脸色微变，回头狠狠地看了郝氏一眼——难怪自己刚刚吩咐针线房做条素色裙子，她竟亲自送了匹罕见的越州缭绫过来，当时还以为她是因着自己要接手协理家务来卖个人情，原来是在这里等着自己！

琉璃却简直喜出望外，脸上忙露出几分心虚，眼角一扫，只见珊瑚脸上的笑容几乎要喷薄而出，崔玉娘却是脸色一沉，重重地"哼"了一声，另外几个女子则不着痕迹地离自己远了一步，心中更是大定。

裴八娘的目光在琉璃的身上停了停，笑容倒是一丝未变。

崔玉娘大约是早就等得不耐烦，快步迎了上去，"这几个月你倒是藏得严实。"

裴八娘叹了口气，"你道我不想去寻你们？也得能有这闲下来的时辰不是？"

两人携手进了亭子，库狄氏与郝氏又把几个来客向裴八娘介绍了一遍，裴八娘礼数周到地一一问候，对着琉璃也是笑盈盈的好不客气。崔玉娘看向琉璃的目光却很有几分不善，一个裴家女儿也笑道："八娘头上这墨玉当真少见，也就姊姊能配得上这花，却不像一些眼皮子浅的，戴朵深点的紫牡丹便以为是名花了。"

崔玉娘挑眉一笑，"墨玉就是墨玉，别的花任怎么学也学不出那分气度，白白让人笑话罢了。"众人顿时都跟着笑了起来。只有年纪最小的崔十三娘似乎毫无所觉，低头玩起了手指。

琉璃垂眸不语，心里多少有些意外，她跟主人撞衫自然失礼，落下个坏印象，甚至被暗地里冷遇都算寻常，但名门女子不是最讲究气度的吗？何至于因为这种小事这样当面羞辱人？

库狄氏忙插嘴笑道："说了这半天，咱们也要玩些什么才好。"又抬头自言自语般道："他们仿佛已是乐上了。"

众人目光都跟着她看了过去，果然对面的阁楼上窗户已开，人影闪动，看得见有年轻男子凭窗看了过来，两下相距不过六七丈，当真是眉目可见，笑语可闻，亭里静了一静，适才还在冷笑嗤笑的女子们顿时恢复了端庄优雅的淑女气度。

琉璃心里清楚，这是今日的正戏开演了：按斗花会的规矩，头上簪花最为名贵者为优胜，但大家更在意的，却是参加斗花会的男子咏花的诗句——名为咏花，实则咏人，得诗多者是更大的赢家；而男子那边所传出来的诗句好坏，却也是女子们评价他们的标准。所谓郎才女貌，无非如此。

库狄氏心头一松，忙又让人上了棋盘、投壶等物，众女便开始投壶作耍，一时娇声笑语不绝，连珊瑚都凑了过去，唯有琉璃还未举步便收到了几道轻蔑的目光，立时识趣地待在了一边。

崔玉娘把八娘拉到一边，低声道："我可是把人带来了，这卫十二娘相貌也罢了，难得的是还算知道分寸，家里又靠着我们崔府，谅她日后也不敢对我姊姊不敬。只是，二郎……姊夫他还真来相看这些人？"

八娘断然摇头，"你还不知道阿兄是什么人？今日他早便约了几位好友在此吟诗喝酒，是那两位又上赶子地约了这些女子来斗花，阿兄也就随她们去了。你莫管她们，咱们且乐咱们的。阿兄此次不但请了程将军家的大郎，还有那卢升之和骆神童，待会儿定有好诗！"

玉娘不由睁大了眼睛。"卢照邻和骆宾王？二郎好大的面子！"又笑道，"怪道你今日打扮得如此出色。你家的墨玉养得真是好，我这朵黄鹤翎却是不及了。"

八娘看了一眼自己的裙子，自嘲地一笑。崔玉娘脸色顿时有些愤然，"你那庶母也太不知好歹，竟敢让那胡女和你穿一色的裙子，也不想想，咱们这样的人家又不是那些眼皮子浅的，恨不能穿胡衣吃胡食家里放满胡姬，便自以为是第一等的高门作派了！你且等着，看我为你出气！"如今皇室作风粗鄙，他们这些高门大姓已大不如前，新修的《氏族志》里，崔氏便生生被贬到了第三等；更莫说朝野上下胡风蔓延，真真是让人看见这些胡人面孔就来气，何况是这样不知好歹的！

八娘忙摆手笑道："罢了罢了，也不过是宫中好高髻，四方高一尺而已，如今这世道，原不是你我能置喙的，至于那些人，不过是些玩意儿，何必与她们计较？不过白白跌了身份。"

崔玉娘拍了拍她的手，"放心，你等着看好戏就是了。"又冷笑道："我姊姊那般温柔知礼的人，身子又不好，绝不能让这种狐媚子去扰了她！"

两人说笑了一阵，玉娘回头看了一眼那边楼上，却恰好见到一张熟悉的端正面孔，忙推八娘道："姊夫在看这边。"

八娘也抬起了头，果然看见兄长裴炎正凭窗而立，视线却似乎看向另一边。她顺着目光一看，落入眼中的正是外面回廊上一个孤零零的身影，不由一怔：阿兄难道会看上这个胡女？

正皱眉凝神的裴炎却并没有察觉到自家妹妹的眼光。他原是过来透气，却一眼看到了回廊上那个有些眼熟的身影。他越看越是狐疑，眼见那女子走了一步，面孔恰好转了过来，不由摇了摇头，果然是她！脑子里突然浮现出裴如琢那张铁青的脸，嘴角便微微扬了起来。

一旁的大郎程务挺最是眼尖，忙凑了过来，看了两眼便笑道："子隆好眼光，那位簪紫花的果然是美人！怎么看着似乎是个胡女？"

他这一嗓子顿时把阁楼上六七个人的目光都吸引了过来，裴炎忙退后一步，皱眉低声道："你莫胡说，我只是觉得那女子有些眼熟罢了！"

程务挺神色夸张地上上下下打量了他好几眼，"什么女子，怎么眼熟？居然能让你笑出来！"裴炎只得压低声音，把那天的事情略说了一遍。程务挺不由拍腿大笑，"原来不但是美人，还是妙人！如琢那厮，活该！"

在座几个男子，别人也就罢了，骆宾王和卢照邻都是少年成名，两人入京不久，如今虽无官职，却是名满长安，平日为人最是飞扬洒脱，早就凑了过来，听得这样的事情，不由都拊掌大笑，又都趴在窗口看了一回，回头便要磨墨咏紫牡丹。裴炎哭笑不得，只能由他们去。程务挺往外又看了一眼，笑道："那边也开始磨墨了！"

只见亭子里刚才还各自为戏的女子已凑在了一起，亭中案几换上了笔墨纸砚等物。却是崔玉娘提议说，投壶传花有些无趣，不如写诗咏花。

最后一个走过去的琉璃，此时心里已一团纠结：写诗？不是说斗花会上女人负责展示风姿，男人负责卖弄风雅吗？怎么还会有这种高难度节目？

待她磨蹭过去，这边已定下了以花为题，人人脸上都似有跃跃欲试之色。琉璃打量了两眼，立时便有了种"原来只有自己是文盲"的自卑；不过转念一想：文盲又怎么了？这不正是丢人的大好时机？一颗心顿时又安安稳稳地放回了肚子里。

眼见几个婢女变戏法般不知从哪里拿出了成套的笔墨纸砚，琉璃这才明白：门第高贵如裴家女眷，写诗大概还真是常规表演节目……她看得入神，便没有留意崔玉娘给自己的婢女使了个眼色，后者心领神会地点了点头，上前接手了磨墨的活儿。

过了片刻，却是那位娇怯怯的卫十二娘头一个走到案几旁，提笔写了几行字，琉璃探头一看，是四行端端正正的小楷："曲水晴日好，常住终南家，照云犹疑雪，映日渐欺霞。"想来是在咏她头上的白牡丹。

裴家的一个女儿也忙忙地走了上去，接过笔写下四句"闲亭绕春色，远水隐秦源，萼中芳蕊密，叶上粉瓣繁"，正与她簪的粉芍药应景。

不多时，在座诸女或四句或八句的都写了下来，连年纪最小的崔十三娘都写了四句"定定住天涯，依依向物华。莫学寒梅恨，常作去年花"，竟是引来了满堂喝彩。

琉璃看不大出诗句好坏，只觉得除了崔十三娘笔力明显不足，人人都写得一笔好字，正在暗暗点头，却见众人的眼光都已经投向自己——原来只有她和珊瑚没有动笔。琉璃忙摇头笑道："确是不会！"自然又收到了几道鄙夷的目光。

崔玉娘却笑道："躲懒之人却是要罚的，你若不写，便要把这些都抄一遍！"

抄诗？琉璃微觉奇怪，不知道她这又是唱的哪一出。却听姑母库狄氏已笑道："你莫扫了大伙儿的兴，你的画虽也不好，却也不妨献个丑画上一枝牡丹！"崔玉娘略有些意外地看了琉璃一眼，随即便满面笑容地拍手叫了声"好"。

看着崔玉娘热切的眼神，琉璃心里一动，顺势笑着应了，起身走到案几旁边，提笔蘸墨，几下涂抹，眼见一朵碗口大的复瓣牡丹便要跃然纸上。

正在此时，那位磨墨的婢女手一抖，一滴墨水溅了出来，婢女忙伸手去擦，不知怎的袖子一带，砚台突然倾翻，半砚的墨汁都飞溅出去。琉璃惊呆了般闪都没闪，袖上、裙上顿时全都染满了黑色的墨汁，滴滴答答地往下掉落。

众人忍不住都惊呼了一声，库狄氏第一个站了起来，崔玉娘也喝道："没长眼的贱婢，还不快去赔罪！"眼里却分明有些笑意。库狄氏目光一扫，心下雪亮，只能压下心头的火气，回头对严嬷嬷道："快带大娘去我那里换身衣服！"

琉璃这才惊醒过来，低头疾步走向亭外，不知怎么的，经过珊瑚时脚下突然一绊，跟跟跄跄地摔了出去。

随着"砰"的一声，一朵刚刚还与人面交相辉映的紫色牡丹摔落在台阶下，滚了几滚，顿时沾满了尘土。严嬷嬷一步抢上扶起了琉璃，却见她已是发髻散乱，额角擦破了一道，本来就有半身墨汁，如今又沾满了灰尘，真真是狼狈无比。

珊瑚呆呆地站在那里，这几年里，明里暗里给琉璃苦头吃原已是她的本能反应，但这次……自己意识到场合不对后已经在收脚了，却怎么会如此"成果惊人"？看着琉璃的狼狈模样，她原该感到高兴，但对上姑母几乎要杀人的眼神，心里却是一阵恐慌，讷讷地伸手想去扶，琉璃已扶着严嬷嬷一步一拐地走出了亭子。

库狄氏简直想扶额哀叹，但抬眼看到对面阁楼窗口指指点点的几个身影，心知此事已经无可挽回，只能对着几个婢女喝道："还愣着做什么，赶紧收拾好了！"

阁楼之上，裴炎脸色微凝，并未开口。程务挺却摇头叹道："真真是明枪易躲，暗箭难防，怪道圣人云唯女子与小人难养也！"

骆宾王本是听到亭子里的惊呼声才到窗口来看的，只看见刚才还想吟咏的美人儿已经变成了灰人儿，并不明白就里，忙问："程兄此言何意？"

程务挺笑道："程某倒也练过几年眼力，若是看得不错，那墨水是婢女故意往她身上泼的，那一跤也是那个戴粉牡丹的女子故意伸脚绊的。"

骆宾王不由奇道："那又为何？她们莫不是有仇？"

程务挺心里有数，只是笑而不语地看了裴炎一眼。裴炎的脸色更是沉了两分。骆宾王倒是兴高采烈地又趴在窗口看了半日，笑道："那朵白牡丹倒也值得一咏……"回头想问裴炎那是何人，却发现，不知何时这位主人已经悄然离开。

琉璃此时已换好了衣服，重新净面梳头，将额头上那道擦伤用刘海遮了遮。严嬷嬷端详了半日才皱眉道："大娘回去时要当心一些。"琉璃苦笑道："琉璃实在没脸再去！"严嬷嬷冷冷地道："大娘还是听夫人的安排才好！"

琉璃只好点头，扶着严嬷嬷往外走时，脚下却瘸得更厉害了，严嬷嬷的眉头不由越皱越紧。两人刚刚走过一处转角，却见一名年轻男子正低头看着一丛花木，听到声音才抬头看了过来。严嬷嬷大吃一惊，忙满脸堆笑地道："二郎。"

琉璃怔了一下，愕然认出居然也是那天在慈恩寺遇见的人，记得当时他一脸严正地指责那个裴如琢"何必与胡姬纠缠"，又听见身边严嬷嬷这声"二郎"，心里更是咯噔一下。

她这满脸的惊讶落在裴炎的眼里，却让他顿时有些想笑。他眼里原是最容不得沙子，眼见刚才那一幕，心里便颇不自在，可看见琉璃此刻的模样，心情不知怎的却好了几分，面上倒是更加端严，沉声对严嬷嬷道："客人既已受伤，为何不派人赶紧送回城去？"

严嬷嬷张口结舌，实在想不到平日从不过问后宅事务的二郎怎么突然管起这种小事来。裴炎脸色更寒，"还不快去备车！"

他生性沉默寡言，却从来都是说一不二，严嬷嬷忙不迭地行礼，"老奴这就去。"又对琉璃道："大娘且等一等，老奴去叫人来扶你。"转身忙忙地跑了。

看看严嬷嬷的背影，又看看眼前这个一脸肃然的裴二郎，琉璃只觉得今天的脑子有点不大够用了，心中正在急转，此时矫揉造作地说声"多谢二郎"和退后一步做满脸警惕状，到底哪种效果会比较恶心人……就听这位裴二郎似乎有些艰难地开了口："今日之事，裴某实在抱歉。"

琉璃眨眨眼睛，有点怀疑自己刚才的假摔是不是太过卖力，以至于此刻出现了幻听：自己好容易才出了这样一趟洋相，他却在道哪门子歉？难道说……他认为是他害得自己受了暗算？

裴炎此时跟她相隔不过两步，只见她那双清澈的褐色眼睛直愣愣地看着自己，眼里先是一片困惑，随即变成了警惕，微风吹起她额头的碎发，露出一道醒目的伤痕，他只觉得胸口一紧,不由自主收回视线,低声道了句"裴某告辞",便快步走了过去。琉璃转头看着他的背影急匆匆消失在小路尽头,忍不住揉了揉眼睛——这又是什么状况?

好在没迷茫多久,两个婢女一路跑了过来,一左一右扶住琉璃往外便走,一个还笑道:"夫人让奴婢们扶大娘上车,说是不必去告辞了,过几日她自会来看你。"

琉璃的脚伤本有七分是装出来的,此时简直都快忘记装瘸了。不多时便来到外面的门口空地,早上接自己的马车赫然已经停在那里,等在车边的严嬷嬷几步抢过来,亲自扶着她上了车,一个婢女又赶在头里铺好了坐垫、靠垫,严嬷嬷和另外一个婢女更是小心翼翼地扶着琉璃坐了下来……

这情形诡异得让琉璃心里发毛,忙追问严嬷嬷自家姑母大人说了什么,严嬷嬷只是道:"夫人担心大娘受伤耽误了,让奴婢们赶紧送大娘回去。"琉璃心知绝不是这么简单,突然想起事情就是在遇见裴二郎后变得荒谬起来的,忍不住问:"适才路上遇见的那位,就是贵府的二郎?"

严嬷嬷眼睛都笑成了一条缝,"自然便是!"

琉璃心底里已经隐隐有了答案,脸色不由渐渐发白,只能赶紧安慰自己,也许那位不过是客气了一句,下人们就会错了意。这样一想,心里才安定了几分。

马车一路进城,却是先去了一家医馆,医师检查了琉璃的脚骨,说是无事,又开了瓶止痛化淤的药膏,严嬷嬷才小心翼翼地一直将琉璃送到安家门口。

石氏见琉璃好好地出去,却被人扶着回来,自是大惊。好容易等满口客气话的严嬷嬷走了,忙拉着琉璃道:"怎么回事?要不要紧?"

琉璃苦笑着摇头,索性走了几步给她看,石氏这才念了句佛,听琉璃解释她是装伤的,笑道:"你倒会作怪,看那嬷嬷赔的小心,可是吓得狠了!"

琉璃叹了口气,她其实只是想演好一个竞争上岗失败的逃兵而已,可问题是,现在真正吓到的好像是她自己,这算不算搬起石头砸了自己的脚——多半不会的,肯定不会的!

只是她心里的这点侥幸,却在第二天库狄氏上门时顷刻化为了乌有。库狄氏几乎是一阵风般地刮进了她的屋子,拉着她的手上下打量,又笑得花儿一般地拍着她的手,"吾儿真真好运道!姑母原以为不成了,不曾想……姑母让人打听了,二郎的意思已经有了八九分!你且等着,三日之内,定有准信!"

琉璃看见她的脸色便知道大事不好,听到这些话只觉得耳边轰然作响,呆呆得一句话也说不出。

库狄氏只当她是欢喜得狠了,"二郎你也见过了,何等的人才!他如今虽然只是九品,但这样的家世人品,指日便会高升,你又是他亲自看中的,过不了两年,你也能做个有品级的!"

她见琉璃依然是怔怔的,又叹道:"你放心,二郎的妻室是正经的名门淑女,身子不好,性子却是好的,你但凡恭顺些,必不会吃排头。"

琉璃看着库狄氏的笑脸，心里已经绞成了一团——她应该一开始就宁死不去的，她应该去之前就摔断自己的腿！她太过相信自己的计划，却没想到会出现这种情况。该死的，早知如此，便是那个裴如琢指着自己鼻子骂祖宗三代，她也应该一句话不回。三年的辛苦忍耐、苦心谋划，难道就这样毁在了一时的口舌之快上？

库狄氏见琉璃目光茫然、神色不定，笑着摇了摇头，"我且找你舅父和阿爷说话去！"说着又一阵风般地出去了。

琉璃颓然坐下，猜也猜得到那边的情形——舅父舅母会为她和库狄延忠翻脸，却绝不会为她得罪裴家，她也没脸因为这种事情连累他们……看着镜子里那张神情凄惶的脸孔，她苦涩地笑了起来：既然是这张脸带来的祸事，也许，只有毁了它才能消弭祸端。她要的不是锦衣玉食、呼风唤雨，她要的只是一点点自由，一点点尊严，做一点自己喜欢的事，而这一切，根本不需要这张脸！只是……这件事情她还需要好好计划一下，还有两天，她一定能想出办法来！

呆坐了小半个时辰，眼见早已过了午时，琉璃霍然站了起来，像往日般拿上帷帽向上房走去。

石氏早已听到消息，心里也不大好受，却不知该跟琉璃说些什么，见她一如既往地过来说要去西市，倒是吃了一惊，忙道："且歇两日吧。"

琉璃摇头苦笑，"能去一日是一日，舅母放心，琉璃心中有数。"正是要做最坏的打算，她更要去西市买些物件来做准备……

石氏叹了口气，"你能想开便好，咱们妇人多是不能自己作主的。"

琉璃神色平静地点头，带着小檀照旧走到如意夹缬，掌柜却立刻迎了上来，"正想使人去唤大娘，那裴九郎已等了大娘好一阵子！"

裴九？琉璃呆了一呆，垂下眼帘默然走进了后院。

画室的门帘挑处，露出一个修长的身影。大约听到了脚步声，负手站在案几前的裴九转过身来向琉璃点头一笑，目光在她额头上略微一顿，便不着痕迹地移开了。

琉璃此时满心麻木，向他微微一福便开门见山，"劳烦裴君久候，敢问有何见教？"

裴九并不说话，只是看了琉璃身后的小檀一眼。他的神色依旧平静，但目光里却似乎多了种连琉璃都觉得心里一凛的东西。小檀忙不迭地低头退了出去。

沉默了片刻，裴九才开口道："裴某只想告知库狄大娘，河东公世子裴如琢近来一直想找到你。"

那个纨绔子弟！他一直想找到自己？他想做什么？琉璃眉头紧皱，裴九已接着道："那天慈恩寺之事已经略有流传，裴如琢最是心高气傲，断不能容忍此等事情。"

琉璃眉头皱得更紧，"那他想如何？"

裴九淡淡地道："自然是找到你，纳你为姬妾，如此，昔日的笑料便会成为一桩风流美谈。"

琉璃纵然满心悲愤，此时不由也目瞪口呆——这是什么混账逻辑？这家伙脑子被驴踢了吗？明明是他惹是生非，就算自己还击了一下，怎么就跟笑料啊姬妾啊扯上了关系？

裴九却突然问："子隆……裴二郎他准备何时下聘？"

琉璃愣愣地看着他，完全不明白他怎么又扯到了这里，脱口道："说是就这两三日。"随即省过神来："你怎么知道？"

裴九并不回答，只是垂下眼睑淡然道："不知你是否已见过子隆，他人品持重，是难得的正人君子。你若无异议，便可请贵亲尽快定下此事，以免夜长梦多。"

琉璃惊讶地看着他，却见裴九不动声色地看了与雅间的隔墙一眼，顿时明白过来：他那天听到了姑母对自己说的话，而且猜到姑母所说的二郎，就是在慈恩寺遇到过的那位……是啊，他没有义务提醒自己这件事，可现在来说这些又是什么意思？她的确不想给那位纨绔子弟当妾，但同样也不想给这位正人君子当妾！难道在这些姓裴的看来，能当上某人的妾是她的荣幸吗？上冲的怒火让琉璃的声音不受控制地变得有些尖锐，"若是有异议呢？"

裴九神色却没有任何改变，"若是如此，裴如琢会在这两三日便遣媒上门。"

琉璃只觉得雷声滚滚，经久不息，今天这位裴九一句接一句轻描淡写的话语，足以把她劈得外焦里嫩……终于忍不住问道："你到底想说什么？裴如琢为何会知道我在哪里，你怎知他会派媒人过来？"

裴九抬起眸子，目光清明地看向琉璃，"因为我会知会他。"

第六章
一波三折 一劳永逸

自打库狄氏上门"报喜",连着好几日,安二舅的心情都不算太好。这天午初时分,当他照例在绣坊检查账目,却被妻子石氏打发小檀急忙忙地叫回家去时,心情就越发坏了,沉着脸皱眉问道:"你听清楚了,的确是裴家请来的官媒?娘子还说了什么?"

小檀忙点头:"那官媒进门便说了她是裴家请的。不过娘子不知为何后来急了,只让婢子赶紧找阿郎回家。"

安二舅紧紧地皱起了眉头。那位库狄五娘的确说过这两日便会遣人来下礼订约,可怎么会找到自己家来,娘子又在着哪门子急?说来他也着实不愿看见外甥女去给人做妾,可跟裴家这些盘踞大唐朝廷内外的豪门大族比,自家不过是一只蝼蚁……他心里疑惑,脚下却不慢,转眼间已走到安家门口。一个婢女正站在门口探头,看见安二舅便长出了一口气,压低了声音急促道:"阿郎可算回来了!"

安二舅心里越发诧异,自家的婢女们也算是见过世面的,怎么都是一副火烧火燎的鬼样子?他脚下不由更快,来到上房时,只见一位身穿青色袄裙的官媒人正满脸不耐烦地坐在榻上,一眼看过去,只能看到她两道黑眉几乎耷拉到那圆鼓鼓的腮帮子上。石氏赔笑坐在对面。看见安二舅进来,两个人同时霍地站了起来,安二舅差点退后了一步——这位官媒个子居然不比他矮!只见她先福了一福,"这位可就是安家四郎?"

安二舅定了定神,微一拱手,"鄙人正是。"

官媒的大圆脸上挤出了一丝笑容,"奴奉裴夫人之命来贵府提亲,欲纳贵府库狄大娘为妾,只是尊夫人却说无法作主,不知郎君可否给个准音?奴还需去裴府交差。"

这不是早就说好了的吗?安二舅疑惑地看向石氏,见她正向自己杀鸡抹脖子般地使眼色,心头转了几转便对官媒笑道:"这位娘子有所不知,库狄大娘只是安某的外甥女,只怕娘子还需去库狄府上提亲才是。"

官媒皱起了眉头,"库狄大娘可是住在此处?"

安二舅点了点头。官媒便道："这就是了，裴夫人交代过，库狄大娘常住贵府，婚事由舅家定下即可，不知安郎君在推脱什么？难不成是不愿意？河东公府是何等门楣，世子又是何等的身份，贵府大娘进去虽是妾室，世子夫人却遣了奴来说合，聘礼也由你们来提，却还要如何？"

　　安二舅越听眼睛瞪得越圆，回头去看石氏，只见她也是一脸无奈，忙道："这位娘子，你说的是河东公府的裴世子？不是裴都尉家的裴二郎？"

　　官媒那两道描得又黑又长的眉毛顿时立了起来，"怎么郎君也是这话？奴还当尊夫人是糊涂了，这里难道还有什么缘故？"

　　安二舅只觉得头都大了：怎么又出来了一个河东公？即使在裴氏家族里，河东公府也是最显贵的一支，当家主母便是当朝大长公主，比裴都尉那边不知要难缠多少，只怕打个喷嚏，就会让安家万劫不复。他心下急转，立时打定主意绝不接这个不知从哪里飞来的烫手山芋，忙满面堆笑道："不瞒这位娘子，此事安某也不知首尾，亦不好过问，不如安某夫妇这便陪娘子去库狄府一趟，如何？娘子也好与大娘的父亲当面说个明白。"

　　官媒脸色顿时变得十分难看，到底还是勉强点了点头，"也罢，有劳二位了。"

　　石氏忙起身引着官媒往外走，安二舅便吩咐人去套车，出门时忍不住看了东厢房一眼，想想里面的琉璃，心里只能叹气。

　　一行人到了门口，不知怎的，驴车却比平日来得迟缓，媒人越发不耐烦，安氏夫妇一面着人去催，一面赔着笑脸，好容易才把她安安稳稳哄上了车。

　　只是片刻之后，在库狄家的门口，这位官媒却是彻底变了脸色，隔着半寸厚的白粉也能看见那愤怒的红潮，声音也尖利起来，"你家阿郎不在？"

　　看门的普伯苦着脸点头，"老奴如何敢欺瞒娘子？今日阿郎清早便出去办事了，也未跟老奴交代何时归来。"

　　官媒想了想，转头冷冷对安二舅问道："安家郎君，烦劳给句明示，库狄大娘是否已经定了人家，还是贵府不愿让大娘进河东公府？"

　　安二舅忙笑道："安某不曾听说大娘已经许人，也不敢说愿意不愿意，婚姻之事，自然要听父母之言，安某这做舅父的如何就敢定？"

　　官媒又道："那裴都尉府又是怎么回事？"

　　安二舅满脸诚恳地道："安某只知大娘的姑母是裴都尉家的媵妾，似乎听她提过一句，不敢妄加揣度。"——那个女人虽然打了包票，但毕竟是个妾，这种时候，他怎么会拍着胸脯说裴都尉府如何如何，当然是越含糊越好。

　　官媒哼了一声，淡淡地道了句"告辞"，也不肯再坐安家的驴车，转身匆匆而去。

　　眼见这位官媒人硕大的背影消失在小巷尽头，安氏夫妇相视一眼，摇了摇头，正想也上车离去，却听普伯低声道："请留步，我家阿郎请二位进去说话。"

　　安二舅诧异地回过头来，却见库狄家的大门一开，小檀满脸警惕地探出头来。安二舅惊讶得几乎想揉眼，心里一转，已明白了几分，"是大娘让你过来的？"

小檀点头，"大娘已听说河东公府之事了，适才吩咐奴婢说，阿郎若是带媒人到库狄家，便让婢子去吩咐车夫慢些套车，再过来报信，请她阿爷只推说不在，混过今日再说。大娘说，河东公府势大，若是当面拒绝了他们，都尉府事又未成，只怕他们觉得是借故推脱；可若是答应，又如何跟姑母交代？阿郎请放心，库狄家已遣人去知会大娘的姑母了。大娘说，此事因她而起，她已有了打算，绝不会因此拖累了安家。"

安二舅与石氏对视一眼，心里松了口气，又忙问："大娘有何打算？"

小檀摇头道："奴婢也不知晓，大娘只是让奴婢告诉咱家阿爷，明日河东公府或是裴都尉家有人肯让步便罢，若是不肯，应了任一家，只怕都会为日后埋下隐患。真到左右为难之时，她自有法子消除日后的祸端。"

安二舅心里隐隐觉得有些不大妥当，却也不知说什么才好：这里面的为难处他自然早就想到了，不然也不会这样急着带人过来，好赶紧脱身事外，只是拖下去的话……思量间不知不觉已进了库狄家的堂屋。

库狄延忠正在屋里打转，看见安二舅便一步抢了过来，"四郎，你可知今日之事是从何说起？"见安二舅摇头，又皱眉道，"真真是蹊跷了！我已派人去找她姑母，也不知那边会如何！"

安二舅微微皱起了眉头，"那你打算如何？"

库狄延忠长叹一声，"如今哪有什么主意，好在琉璃着人送了信来，今日算是混过了，只求她姑母那边赶紧派人来定下此事，将琉璃立时送过去也罢！"

安二舅听着这副口气，忍不住冷笑一声，"那敢情好，横竖那河东公世子也不过是国公之孙，大长公主之子，得罪了又有甚打紧！"

库狄延忠虽然出身尚可，也读过几年书，平日却不大出门，只是靠着祖上及安氏留下的几间房收租过活，对外头的事情所知远不及安二舅。因怕惯了妹子，他便满心觉得裴都尉家就是一等一的豪门，听得这话，不由唬了一跳，"那河东公府竟有这么大的来头……依四郎的主意，可是要答应了他家才好？"

安二舅冷冷道："裴都尉家官职虽低些，洗马裴这一支朝廷上下也有不少官员，你若突然就应了另外的高门，他家拿河东公无可奈何，却拿咱们没法子么？"

库狄延忠目瞪口呆，忙一把抓住了安二舅的手，"四郎，阿兄，你说如何是好，你可一定要拿个主意，救救我们这一家子！"

安二舅虽看不惯库狄延忠，却也知道此事难做，只得摇了摇头，"也只能走一步看一步，看那媒人今日发怒而去的模样，若是河东公府愿意就此罢休最好，或是大娘姑母那边肯退让一步，咱们也没有什么可愁的，若是两家都不肯……"

库狄延忠忙问："那又如何？"

安二舅叹了口气，"大娘说她自有主意，必不会连累家人……"话音未落，却见曹氏从里间冲了出来，一把抓住库狄延忠叫道："大郎，不能听她的，今日之祸就是她惹出来的，若再听了她的话得罪了那些人，咱们全家老小该如何是好？"

安二舅脸色顿时沉了下来，库狄延忠看了看安二舅的脸色，也拉下脸道："你吵嚷什么，也要听四郎将话说完才好。"

安二舅想了想却冷冷道："这位曹娘子，你若有什么主意，不妨说来一听。"

曹氏不由怔住了，想了半日才道："这么大的事怎能听她的，不论她选哪家都是去享福，我等一个不小心，却是满门都要受她的连累！"

安二舅冷笑道："那若是听你的呢？"

曹氏咬咬牙道："不如都不应，说不定得罪还有限些。"——无论琉璃去了哪家，此后就是高高在上的贵人，既然左右是得罪人，又怎么能便宜了她去！

库狄延忠跺脚道："胡闹！"

安二舅却沉吟起来，他做生意时若是遇到两个贵人争一样东西，遇到能讲道理的，无非是价高者得，若是两个都不讲道理，便只能或说东西不好，或是找个法子不卖，哄得两个都放开手，宁可生意不做，也不能让其中一人失了面子，记恨自己。曹氏的私心他自然知晓，但此时看去，似乎也不无道理。

库狄延忠此刻没有主意，只问安二舅该如何是好，安二舅低头思量了片刻才道："既然大娘说她有主意，我便回去问问，若是有道理，不如听她的。"

库狄延忠无法，只得让安二舅与石氏先回去了，过了半个多时辰，安家又遣了婢女过来，只道琉璃的主意颇为周全，明日一早她便会回库狄家，届时听她的安排就是。

曹氏有心让库狄延忠去问个究竟，库狄延忠摇头不肯。曹氏心知他是因为上回在安家当众丢了面子，不愿意再去那地方，却也无法，只能暗自咬牙发狠，把琉璃诅咒了七八百遍，又想若是能说服两家中有一家肯退一步娶了珊瑚——自然最好是河东公府，那岂不是美事？

到了闭坊前，库狄延忠打发去找库狄氏的阿叶终于赶了回来，回报说库狄氏大怒，只道裴都尉府这边都已经在准备聘礼文书，河东公府再是势大，也不能如此欺了他们去？明日一早她就会派遣媒人带聘礼来定下此事。

库狄延忠和曹氏面面相觑，心里是更没着没落起来，一夜都不得安生。

好在第二日一早，琉璃便带着小檀等几个婢女仆妇回了家。库狄延忠青着眼圈，开口便问："你今日有何打算。"

琉璃神色平静地行了一礼，"请阿爷去外面略避片刻，有需要时女儿再请您归来。"

曹氏几乎没跳了起来，"这是哪门子主意？大娘，你今日到底想做什么？"

琉璃淡然看了她一眼，"女儿能做什么？是能自己与媒人定了文书，还是能自己收了聘礼？何况庶母在家，也断不容琉璃胡来。女儿不欲阿爷在场，只是不愿阿爷被人逼迫，左右为难，待女儿将事情平息，阿爷再回来，岂不干净？便是要得罪人，女儿自己出面得罪，难道不比让阿爷得罪要好？"

库狄延忠原本最怕麻烦，担心了一夜，此刻听得这句"不愿阿爷被人逼迫，左右为难",简直舒坦到了心底里,不由自主点头道:"也罢,就依你。阿爷就在坊里的西州酒肆等你的消息。"说完也不理曹氏,竟真的起身走了。

曹氏一把没拉住库狄延忠,回头看着琉璃,脸色都有些青了,发狠跺了跺脚,先挑帘出去找到珊瑚叮嘱了几句,又吩咐了阿叶几个一番,这才气咻咻地回来。

琉璃也不理她,只是静坐不语,倒是曹氏耐不住性子,出去让人打探了两回。

眼见日头慢慢升到了树梢之上,阳光从刚刚生出的新叶间透了进来,小小的院子里宛如洒了一地碎金,在微醺的春风里闪烁不定。只是院中的下人们哪有心思多看?个个都大气不敢喘。一片沉寂中,大门突然一响,阿叶蹬蹬地跑进门来,锐声叫道:"来了!来了!"那声音回响在院子里,简直刮得人耳膜生疼。

琉璃头都没抬,曹氏已呼地站起来,急声问道:"是哪一家?"

阿叶呆住了,顿了顿才结结巴巴地道:"婢子是见到有官媒带人抬了喜箱过来,并没看得仔细。"

装聘礼的喜箱都抬来了?曹氏心里也说不出是惊还是酸,张嘴便骂:"还不滚出去再看仔细些!"在屋里来回走了几趟,还是忍不住转向琉璃,"如今媒人聘礼都来了,你且如何打算?"

琉璃平静地抬起头,"如今阿爷并不在家,女儿能有何打算?自然只能让他们先进来等上一等再说!"

曹氏目瞪口呆,几乎不敢相信自己的耳朵。还没等她跳脚,外面"砰"的一声巨响,库狄家的大门已被毫不客气地撞开,十几条人影一拥而入。眨眼间,昨日来过的那位官媒人已昂然站在堂屋的台阶下,依然是一身青袄青裙,那两道浓黑的眉毛似乎要飞到额角上去。十六位抬箱的健汉也放下了八个装满喜礼的箱子,纷纷放开嗓门叫道:"大喜!大喜!"

曹氏来不及与琉璃算账,忙忙地跑了出来,站在媒人面前仰头赔笑道:"娘子辛苦了,请堂屋里去歇歇。"她自然不想听琉璃摆布,但一眼看到这位媒人,却立刻打消了所有分辩的念头。

小檀也跟了出来,含笑向媒人行了一礼,"这位娘子里面请。我家阿郎昨日出去,至今还未归来,娘子已遣了好些人去找,想来再过一晌便会回转。"见对方神色未动,又补充道:"我家大娘也在上房。"安家的两个仆妇又忙拿出早已备好的几百个开元通宝,逐一发到那些大汉手里。

官媒人本来一听说家主居然还是不在家,鼻子都快气歪了,但见这家的奴婢们说话做事也还上道,不由火气略减,又听说这次的正主,那位库狄大娘也在上房,倒也起了一丝好奇之心,冷冷地点了点头,"那便打扰了。"

她昂首挺胸走入堂屋,只见从东首坐榻上不紧不慢地站起一个年轻女子,低眉敛衽行了一礼,气度倒也沉静大方。

媒人不敢拿大,当下也还了一礼,耳中听到一个轻缓的声音,"家父不在,有劳娘子两次奔波,请稍待片刻。"她只能答了句:"小娘子不必客气。"便在西首榻上端端正正跪坐下来,冷眼打量着这位被河东公世子相中的女子。

只见对面的女子不过十五六岁年纪,身穿月白色的短襦长裙,个子还算高挑,却不够丰腴,五官极为精致,可深邃有余、柔媚不足,纵然有一身好肌肤,亦不显福相,倒是一双褐色的眸子清澈灵动,颇有些奇异的韵味。

她暗道一声难怪,昨日自己到河东公府复命,那位世子夫人原本并不十分在意,但进去片刻之后再出来时,却是厉声吩咐下人准备聘礼,又对自己撂下了必须把聘礼送到的狠话——按大唐律法,收了聘礼,便算是订下了婚约,女家若反悔要杖六十。想来大概是世子发了狠。她原本也打算着给这家一点颜色,也好出了昨日的郁气,没想到这位正主儿的样貌气度……

门帘一挑,有婢女进来低头送上了新鲜的酪浆。官媒也就势换上了一副笑脸,对已在琉璃上首坐下的曹氏放缓了声音道:"贵府的大娘果然是好人才,怪道世子夫人如此上心。今日的八抬喜礼,都是上好的绫罗绸缎,还有足足一百金的聘金,夫人若是方便,可否先过目一遍?"

一百……金?那就是六十多万钱!还有八箱绸缎……曹氏险些一头栽倒在席子上。官媒恍如不见,只微笑着站起身来,从袖子里拿出了一张已经拟好的文书,放到了曹氏面前的案几上。纸上写着"婚书"两个大字,下面又写着库狄氏长女年已长成,令淑有闻,今议与河东公世子裴承先为侧室,聘礼一百金、绸缎三百二十匹,本女即择吉日过门云云,又注明了媒人乃为官媒何氏六娘。

曹氏拿起婚书,只觉得手都是抖的——只要签下字据,这一百金和八箱绸缎就是他们的了,算起来足以买处更大的院子……正恍惚间,突然听见琉璃低咳了一声,侧头一看,只见她略带讥讽地看着自己,顿时清醒了过来:原来河东公府竟是如此富贵!她若真去了那府里,日后这家里哪还有自己母女立足之地?

她心里顿时一片冰凉,揉了揉脸,换上了得体的笑容,对媒人道:"奴是大娘的庶母,这字据还是要她父亲来签才是。"心中却暗暗着急,那裴都尉家的怎么还未到?若是两处都来了,才好教此事一拍两散!

仿佛是听到了她的心声,还没等媒人接口,阿叶已冲了进来,"娘子,又、又来了!"

曹氏心中大喜,却沉下脸道:"什么又来了?"

阿叶喘了口气才道:"媒人,也是带人抬着喜箱,还有五娘子的车……"竟然是库狄氏亲自带着媒人和聘礼过来了吗?曹氏本来已经松了口气,听到最后一句一颗心又提了起来,看了琉璃一眼,第一次有些庆幸库狄延忠已被她给支了出去。

官媒何氏腾地站了起来,沉着脸道:"这又是什么缘故?"

曹氏心里急转几圈,也站起来赔笑道:"好叫这位娘子得知,大娘有位姑母在裴都尉府做媵,因喜爱大娘,原是常说要让大娘也进那府里,或许是今日也带媒人过来了?"

何氏冷笑一声,这才明白昨日安氏夫妻所说的"裴都尉家二郎"是怎么回事,想是得了消息今天也来抢着下聘，难怪这库狄家的家主两天都"不在"，只是既然她抢先带了聘礼入门，若让他们把这事情翻过来，自己也就白当了这二十多年的官媒！都尉，不过是四五品的武官，也敢和河东公府抢人？

她也不着急，冷冷地看着曹氏急忙忙地迎了出去，这才掸了掸裙子，不紧不慢走出去，眼角扫到依然一脸平静的琉璃，心里倒是称了声"奇"。

只见院子里又涌进来许多壮汉，抬了十余箱的喜礼，当头的却是一个穿碧戴金的妇人。何氏翻了个白眼，若是服紫的贵妇也就罢了，不过是个媵妾，也来充什么贵人么？

库狄氏也看见了何氏，仰头走了过来，习惯性地想顺着鼻梁瞟何氏一眼，却发现她实在太高，只得转头对曹氏道："不是说好今日来下聘么？这又是怎么回事！"

曹氏心里早有了几分打算，笑着答道："这位何娘子是河东公府遣来的官媒，昨日便来过，今日又带来聘礼过来，因大郎不在，阿曹不敢作主，只得将她请到堂屋歇息，等大郎归来再说。"

库狄氏的脸一沉，"胡闹！大娘之事我两日前便已说好，怎么昨日不跟这位官媒娘子分说明白，耽误了时辰不说，还白白让郡公府准备了这许多物件！"

曹氏刚想分解，何氏却不慌不忙地行了个礼，"这位夫人，既然说是前日便已说好，请问可有文书？"

库狄氏怔了一下，只能道："约定了今日来签。"

何氏又问："可曾留下了聘礼？"

库狄氏忙一指后面，"这不是么？"

何氏脸色一寒，往前走了一步，居高临下地看着库狄氏，"这位夫人莫非不知，纳妾不同于娶妻，只以财礼文书为准，若说聘礼，河东公府的聘礼已在这院中，文书也已在这屋里，此事就算定下了，不知又与裴都尉府有何干系？"

库狄氏顿时瞪大眼睛看向曹氏，"阿兄签下了文书？"

曹氏忙道："不曾，大郎不在家，谁还能签那文书？"

库狄氏松了口气，皱起眉头看向何氏，"河东公府固然门第高华，却也不能如此欺人，我家侄女的婚事早有安排，就不劳官媒娘子费心了。"

何氏站得更直，冷冷道："既然早有安排，为何不见凭据？昨日小媒也去过大娘舅父家，又来过此处，为何两处却都无人说起？为何今日又容我带着聘礼入门？若是觉得小媒好欺也就罢了，莫非河东公府也是由得你等欺辱的？"

库狄氏顿时愣住了，转头狠狠地瞪了曹氏一眼，"你为何不跟人说清楚？阿兄去了何处，还不赶快着人将他找回来！"

曹氏看着她发青的脸，心里暗暗称意，面上却惶然道："大郎从昨日起便不在家，阿曹只是妾室，此事大郎也未对奴说过，怎敢到媒人娘子面前胡乱搬弄？如今已打发了两拨人去找大郎，想必就快回来。"

库狄氏心中微定，转头看着何氏道："原来阿兄一直不在，难怪无人跟娘子提及，此事是我与阿兄两日前定下的。历来儿女婚事，便由父母作主，待阿兄归来，自然会签下文书，只怕还要劳烦这位娘子与河东公府分说明白，我等非是有意欺瞒，大娘确是姻缘已定，连都尉府都已去过，此事人人皆知。"

何氏冷笑道："夫人既是大娘的姑母，大娘去都尉府看望姑母又有何奇？这也能算凭证？难不成去过都尉府的女子都是姬妾？我何六娘也做了二十多载的官媒，只知道聘礼一入家门，断无就此抬出去的道理。夫人要签文书且签去，到时也只好长安县大堂上见了！"

库狄氏在这院里原是说一不二，何曾被人如此讥讽威吓过，一张脸顿时气得通红，"去就去！依你的说法，难不成天下想娶妻妾之人，只要闯入家宅，放下财货就算完礼不成？河东公府再是高门，也不能不签文书便强夺良家女子为妾！"

何氏心道：废话！高门这样纳妾夺婢的事莫非还做得少了？可见是个不晓事的！越发冷笑起来，"好，好，明明白白是河东公府先遣人上门，先送了财礼，你如今文书未签，财礼后到，倒有理了，咱们走着瞧？"说完便高声道："放下喜箱，咱们走！"

话音未落，却听身后传来一声，"慢着！"众人回头一看，只见琉璃不知何时已站在了上房门口，脸色苍白，神色中却有一股冰冷的决绝。

库狄氏忙道："你出来得正好！你倒给这位官媒娘子说说，你去都尉府却为何来？姑母是否曾跟你说过此事？"说着就要去拉琉璃。

琉璃却退后一步，扑通一声跪倒在地，低下头去，"姑母，此事请听侄女一言！"

库狄氏不由怔住了，皱眉道："好孩子，你这是做甚？"

琉璃向她端端正正行了一个大礼，无声地深吸了一口气，才抬头道："姑母一片好意，侄女感激在心，奈何侄女命薄，竟惹出今日之事，若是真如这位官媒娘子所说，闹到公堂之上，侄女不但是给库狄家惹来无妄之灾，也是令河东公府、裴都尉府两家蒙羞，裴氏一族，名声何等皎皎，若是闹出为争妾对簿公堂之事，岂不是贻笑大方？届时姑母与官媒娘子，又如何向两府家主交代？"

库狄氏和何氏顿时语塞——她们刚才在气头上自然都是不肯退让，以两府的地位，往日若遇上这等小事，不过是向长安县递个名帖自会解决。但此次若是两府对上，正如琉璃所说，那裴家的名声还要不要了？河东公府和裴都尉府虽然不是同宗，却同出于闻喜裴氏，同族兄弟为争一胡女而打官司……真要闹出这样的丑闻来，她们哪里兜得住？

可是，此时此刻，要她们服软让步，又如何甘心？

静默了半晌，还是库狄氏先忍不住道："依你说当如何？"

琉璃伏在地上，袖子掩处，用手里藏着的剪刀用力刺了手腕一下，抬起头来时，已是眼中含泪，满脸悲怆，"今日之事，不怪姑母与官媒娘子，只怪琉璃无福，不但不能为父亲分忧，反替家中招来此等难事，若再惹上官非，便是万死也不能赎其罪！由此可见，琉璃本是不祥之人，不配如此厚爱！"

这话旁人听着也罢了，曹氏顿时便觉得说到了自己心坎里，第一个忍不住点头道:"此言有理,其实说来,我库狄家原也不止一个女儿……"说着便想向守着珊瑚门口的仆妇打个手势。

库狄氏气不打一处来,断喝一声,"住嘴!"曹氏一怔,不敢再说,神色愤然。

琉璃深深地低着头,"庶母所言不错,琉璃的确命薄不祥。若为小小的琉璃,惹得两府生出嫌隙来,何其因小失大!如今两府的聘礼都已入门,便是琉璃的阿爷在此,岂敢择其一家而拒一家?无论择哪一家,琉璃可以入高门享福,却置库狄家于何地?又置两府的名声、裴氏的名声于何地?"

库狄氏与何氏相视一眼,又各自转过头去,的确,今日两家聘礼都已入门,琉璃无论选择哪一家,另外一家名声都不会好听,而且无论怎么选,只怕对裴氏的名声也没有什么好处!

何氏便有些后悔刚才话说得太满,库狄氏心里更是七上八下起来:昨天自己一听到这消息,只想到好容易有了侄女来当帮手,还能出了被郝氏暗算的那口恶气,怎么能半途被别家搅和了去?因此忙忙地提了聘礼出来,却没跟裴都尉交代过还有这档子事,万一闹大了,琉璃不选自家,固然丢了面子,但若琉璃选了自家而因此得罪了河东公府,裴都尉只怕也饶不了她!

琉璃又行了一个大礼,才抬起头来一字字道:"两府带来聘礼琉璃实在都不敢收下。请两位明鉴,此事非为琉璃拿乔,实乃命薄福浅,未入高门先惹事端,故理应为贵人所弃!"

库狄氏和何氏心里都是一松,仿佛溺水的人突然捞到了一根浮木:从今日的情形来看,这还真是一种不失体面的办法,只是,却不知过后对方会不会又使出什么花招来夺人?

琉璃看着她们的脸色,心里渐渐有了底,声音也更是决然,"为免日后口舌,致使两府声名受损,琉璃在此盟誓,此生此世,绝不为两府之妾!若违此誓,天厌之、地弃之,下场便如此发!"说着,右手一举,露出了早就拿好的剪刀,左手扯开发髻,一剪刀便绞了下去。

眼见一把褐色的长发落在地上,库狄氏几个都变了脸色,身体发肤受之父母,断发便如自残,这不是能开玩笑的事情!库狄氏叫道:"这是做什么?"琉璃身后站着的小檀早跳了起来,伸手夺下了剪刀。

琉璃长叹一声,低头用袖子遮住了脸,肩头微微抖动——尽管对今天的戏码早有心理准备,但真这么振振有词地把自己贬得一文不值,最后还要鸳鸯附体一把,她实在是肉麻得有些扛不住了……

何氏跺脚叹了一声,转头看向库狄氏,库狄氏也转头看着她,两人都从对方的眼里读到了一丝轻松:比起相持不下打官司,或是琉璃选了任何一家,如今这结果倒是可以接受的——不是琉璃看不上她们,是她们都嫌琉璃是个祸水!

何氏低头思量了一会儿,走进屋子里收起了文书,对曹氏淡然道:"此事小媒须先回去向世子夫人如实禀告,聘礼暂存片刻,告辞了!"

看着何氏扬长而去的背影，库狄氏的脸色愈发阴沉。曹氏也是一脸不忿。小檀却懒得多看她们的脸色，上来把琉璃扶入堂屋的西间，一面将她的头发重新挽了起来，一面便叨叨："可惜了那么些头发……"看了看窗外又叹了口气，"今日怎么会巧到这份儿上，真真是奇了！"

　　琉璃心里咯噔一下，垂着眼帘没有作声。却听小檀又絮絮地念了几句别的，显然刚才只是随口一说，这才暗暗松了口气。待得一切收拾利落，库狄氏的声音也已在外间响了起来，听起来颇为郁怒。琉璃识趣得并未出去——库狄氏此刻只怕并不想再看见她，就像她也不想再对着那张面孔作哀哀欲绝状。

　　两间屋子里一片沉闷的寂静，连曹氏都一言不发，院子里的壮汉们闲极无聊的说笑声倒是越来越大，那嘈杂不但没有打破屋里的寂静，反而让静默变得更加让人难以忍受。琉璃怔怔地看着窗户，几乎听得见自己心跳的声音，这是她两辈子加起来最大的一次赌博，赌对了便是一劳永逸，要是赌输了……

　　好容易才熬到午时，曹氏让人去坊门口买了两篮子胡饼，大家胡乱吃过便罢。又过了半个时辰，院子里终于响起一阵骚动，随着一阵脚步声，隔壁再次传来了那位官媒何氏的声音："库狄夫人果然未走，世子夫人让小的来抬回聘礼，不知夫人说话可算数？"

　　库狄氏冷冷地哼了一声，"我侄女既已立下那等毒誓，做姑母的还能逼迫她？官媒娘子若不放心，此是文书……"只听"刺啦"两声，大概是将准备的纳妾文书撕成了几片。

　　琉璃长长地出了口气，一直紧握的双拳慢慢松开，这才感觉到掌心生疼，胳膊发酸。按说她应该感到踏实，但此时此刻，却反而有种做梦般的不真实感：事情的发展居然与他预料得一模一样，她居然真的就这样赌赢了！三天来，琉璃一直觉得自己肯定是疯了，才会相信那样一个几乎完全陌生的人，按他的法子把事情慢慢逼成了一个死局，逼得她们僵持不下时再抬出"裴氏名声"这四个字，没想到她们真就这样同时放手了……

　　却听何氏响亮地道了声"好！"又道："今日小媒原是受人之托，无意冒犯贵府，世子夫人愿送上四色布帛，一则为贵府压惊，二则，此事……"

　　曹氏半天没接口，倒是库狄氏寒声道："放心，今日之事必不出此门！"

　　何氏的笑声显得欢悦了许多，"库狄夫人果然爽快，小媒这便告辞。"

　　片刻之后，院子里响起了她的声音："大伙儿辛苦，把这些箱子再抬到外面的车上去，仔细些。"院子里顿时响起了一片杂声。待得声音消停，隔壁屋的库狄氏也冷淡地说了一声告辞，院子里又照旧乱了一遍，才最终安静了下来。

　　自始至终，库狄氏都再未提过琉璃一句，或进来看她一眼。

　　琉璃忍不住微笑起来：河东公府好歹还留下了几匹布，姑母大人大概一根纱也不会留下……她站起来，舒缓了一下发酸的筋骨，慢慢走了出去。只见曹氏正站在屋子当中，拿着已经被撕成四片的纳妾文书，满脸都是纠结，抬头看见琉璃，脸上露出一种古怪的神色，说不出是恨还是怒。琉璃看着她，展开了一个灿烂的笑脸，"庶母还未着人去将阿爷找回来么？"

曹氏眼睛一眯，哼了一声，将手中的文书丢在案几上，转身便出去了。琉璃微觉好奇，走上两步，拿起纳妾文书拼在一起看了一眼，在看清楚"五十金、一百五十匹布帛"等字样后，又随意瞟了一眼开头，却不由怔在了那里。

"今濮州司仓参军裴炎欲聘华阳库狄氏长女为侧室……"

裴炎？裴炎！裴都尉府的裴二郎，难道就是那个悲催到家的著名宰相？老天，自己难道差一点就做了他的妾？

琉璃半天才醒过神来，像被烫了手般将文书丢到案几上，想了一想又拿起来撕得粉碎，揉成了一团，简直恨不得一把火烧了才好，突然听见身后小檀微带惊异的一声："大娘，你……"琉璃这才醒悟到自己失态了，皱着眉头把纸团丢给了她，"扔远些，瞧见便心乱！"

小檀理解地点了点头，轻快地走了出去，片刻后回来低声笑道："丢进了墙边的水沟里！"

琉璃看着这个总是快手快脚快言快语的婢女，心里不由松快了一些：不管那位只有两面之缘的裴二郎是不是著名的裴炎，他已经和自己没有一毛钱关系，自己是个普通人，会朝夕相处的，终究也是些普通人——就像小檀一样。

不知道为什么，她脑海里突然又冒出了另一张面孔，一张温润如玉、却总是让人觉得难以接近的面孔——裴九，他只怕也不是普通人吧！不然怎么能够把所有的事情都料得分毫不差？而自己如今却只知道他姓裴。是的，姓裴。她清楚地记得自己曾问过他："你怎么知道一提到裴氏名声两家就都会放弃？"那张脸上突然露出了一种尖锐的嘲讽："因为，我也姓裴！"

其实这不是一个多有说服力的答案，但就在那一刻，仿佛是面具突然裂开一条缝，她恍然间觉得看见了他真正的样子。她这次之所以会这样赌下去，一半是因为她的确没有更好的法子来摆脱困局，另一半，或许是因为这样的裴九让她无法不相信……

"哎哟，怎么才一转眼，这人人都要的抢手货，便无人问津了？"一个尖锐的声音把琉璃从思绪里扯了回来，抬头便看见了珊瑚冷笑的脸。她身上穿着簇新的鹅黄色窄袖罗衫、杏红色的齐胸襦裙，头上还戴着那支明晃晃的金叶步摇，脸上也精心描画过，此刻眼睛斜睨着琉璃，满脸都是幸灾乐祸，更多的还有不甘。

琉璃看着她的打扮，顿时想起曹氏说的那句"其实我家还有一个女儿"，忍不住扑哧一声笑了出来。

珊瑚脸色更是难看，怒道："你笑什么？"

琉璃笑道："琉璃原先听说妹妹被禁足，还有些担心，没料想妹妹禁足时也打扮得这般华丽，莫不是今日还有媒人来相看妹妹？"

珊瑚的一张脸立时紫胀起来：母亲早间便吩咐她要好好打扮一番，她也满心期待今日能把琉璃比下去，没想到却连门都没能出去！看见琉璃的笑脸，她一口气腾地顶了上来，忍不住指着琉璃鼻子骂道："贱人！你胡说什么？谁似你这般下作，勾三搭四地惹了这么多媒人上门！"

琉璃微笑不变，回头对小檀轻声道："掌她的嘴！"

小檀早已怒了，听到吩咐，二话不说跳上去就是一巴掌。

珊瑚还未反应过来，脸上已是正着。她尖叫一声，伸手来抓小檀，却被小檀抓住手腕用力一拧便背到了身后，她忙锐声叫道："来人，来人啊！"

门帘一掀，阿叶急忙忙地冲了进来，一眼见到珊瑚被小檀反手制着，便直奔过来。琉璃一步挡在她的面前，厉声喝了一声："下去！"

要是往日，阿叶自然不会把琉璃看在眼里，但经过这几日的事情，再听见琉璃的严厉声音，她却不由自主退后了两步，有些不知所措起来。

珊瑚还在尖叫，屋外库狄家与安家的几个仆妇纷纷拥了进来，有想上来帮忙的，有只是开口相劝的，也有帮着琉璃挡人的。正乱着，曹氏已扶着喝得有些脚下不稳的库狄延忠走进院门，听见尖叫忙拔腿跑了进来，厉声对小檀道："贱婢，谁让你这样大胆，还不放手！"

琉璃迎上一步，微笑道："庶母息怒，珊瑚适才口出恶言，女儿也是怕她日后惹祸，才小小地教训了她一下。"

珊瑚忍不住尖叫道："谁会惹祸？你本来便是贱人……"一言未了，库狄延忠也已晃了进来，听得这一句，怒喝一声："住嘴！"

小檀这才松开手，轻巧地退到了一边。

琉璃叹了口气，"妹妹，姊姊本想私下教训你一二也就罢了，你怎么当着阿爷还是如此口不择言？"

珊瑚哪里理她，捂着胳膊满眼泪水地快步奔到曹氏面前哭道："阿娘，琉璃那贱人适才让她的婢子掴了女儿一掌……阿娘快去教训那个贱人和那贱婢……"

库狄延忠脸都青了。其实平素他也听过珊瑚把这话挂嘴上，他嫌麻烦，只当没听见，但如今当着这么多下人，特别是安家下人的面，她还这样说话，又置库狄家名声规矩于何地？听见珊瑚还在一口一个贱人，他胸中的怒火借着酒意一路翻涌上来，不假思索走上一步便伸手扇了过去。

珊瑚正在哭诉，被这一耳光扇得跟跄了几步，转头看见库狄延忠怒火燃烧的脸，顿时张着嘴，哭都哭不出来了。

曹氏尖叫一声，忙护住珊瑚，叫道："你这是做什么？今日之祸又不是珊瑚惹出来的，你为何打她？"

库狄延忠厉声道："我早说过珊瑚这几日不许出自己的房门，谁让她出来的？上次她在裴家陷害姊姊的事情还没有找她算账，今日又对着姊姊一口一个贱人，这就是你教出来的规矩？"

提起珊瑚在裴家惹的祸和后来库狄氏的那通发作，曹氏连日里的委屈都涌上了心头,再也顾不得什么,跺足哭道:"你原就是看我们母女不顺眼,我且去把青林也叫回来,你今日把我们三个都打死才干净!"

库狄延忠平日原是好性儿的,对几个儿女呵斥都少,但几日来的烦闷不安,今日的酒意上头,三分火气顿时变成了十分,怒道:"莫以为我真不敢打你!"照着曹氏就是一脚,曹氏顿时滚了出去,脑袋又恰恰撞上案几的硬角,鲜血一下子冒了出来。曹氏用手一抹,眼看着染红了的手指尖叫起来,而珊瑚捂着嘴,呆呆地站在那里,已经一动都不会动了。

库狄延忠也呆了一呆,只觉得有些害怕,又有些烦躁,一甩手转身走了出去,听得脚步声响,竟是直接出了院门。

曹氏本来在尖声哭号,突然看见库狄延忠已经走了,哭声当真变得惨痛凄厉起来。

琉璃一时也有些怔住了:以前曹氏母女欺负自己,闹得厉害了,这位父亲大人必然一走了之,眼不见心不烦。她原以为他只是待自己如此,没想到他对曹氏母女,其实也没有什么分别。

珊瑚这时已经反应过来,扑上前扶起曹氏,母女抱头痛哭。琉璃突然间只觉得意兴索然,低声对小檀道:"我们走!"说完便往外走,却听珊瑚尖叫道:"你给我站住!都是你这贱人惹的祸……"

琉璃转过身来,冷冷道:"妹妹还没学会怎么跟姊姊说话么?是不是还要姊姊代阿爷来教你一教?或是打开大门让邻里们来评评这个道理?"说完也不看那母女俩的脸色,转身便走了出去。

一直走到库狄家门外,小檀才笑出声来,"太解气了!她们活该,依婢子说,大娘该再斥她们几句才好。"琉璃摇了摇头,"理她们作甚,咱们还是快些回去,舅父舅母只怕已是等得心焦。"小檀忙道:"正是正是,快些走!"

回头看了库狄家的大门一眼,琉璃脚步快捷地走向巷口,心情却并没有想象中的轻松。她曾经以为,只要逃离了这扇大门就会拥有自由,却没想到,在这个风流无罪、放纵有理的时代,高门大户自然可以随心所欲,夺人妻女也不在话下,但对她这样的平民女子来说,自由却太过奢侈……

日头早已过了中天,天空碧蓝如洗,午后的阳光照着这条显得出奇安静的黄土大路,也照着路边新绿的槐树以及房屋上灰黑的瓦片,整个坊间显示出一种午睡未醒般的安宁——也许,此刻整个长安城也同样如此吧。这是一个梦幻般雄伟的都城,也是一个由无数个大大小小的封闭式方块组成的严整城市,但她却越来越觉得,它其实更像一个秩序森然的巨大牢笼。

而她,在这个牢笼里安心做一个蝼蚁的决定,真是正确的吗?

第七章
大树易靠　安稳难求

　　三月历来是长安人最喜欢的季节，先是三月初三的上巳节，后是三月初五的牡丹会。长安人照例是倾城而出，但凡烟水明媚之处，都是一番鲜衣接踵、彩帷连天的繁华胜景，也不知促成多少风流佳话，留下多少锦绣诗章。

　　只是这一切，都跟琉璃没有什么关系。初三正是两家裴府下聘的日子，她压根就忘记了上巳节这回事；初五那日，安氏女眷去大慈恩寺赏花，她也坚决拒绝了舅母携她同去的好意。大慈恩寺……开什么玩笑，别说牡丹花，就算那儿的墙壁上突然冒出一幅《蒙娜丽莎》来，她也不打算去看了。对于没有实力的人来说，低调才是王道啊！

　　这些日子里，她只是每日午时去西市，闭市前才回来，最早做的几幅夹缬都已交货，果然有更多的人慕名而来。她又新做了一种团花婴戏图的夹缬，用来做新婚的被面最是合适不过，这几天便订了十几匹出去，另一种飘带对鹤的夹缬也颇受欢迎。不过销路最好的，却还是那牡丹夹缬，纵然琉璃留了个心眼，并未在店里售卖的样布用上那银色涂料，但来的女客依然没有不喜欢的。琉璃算着这个月的收入，心里不由暗暗高兴起来。

　　这一日，琉璃把为客人新画的一副八宝云纹寿字的样子交给史掌柜过目时，史掌柜便笑道："如今却是要多买几个刻工才好。"琉璃也笑了起来。刻板所花的时间比画样要多出几倍来，以她目前的速度，刻板还真有些跟不上了——那六幅狩猎图就花了足足半个多月才全部刻好。不过此时的工匠不是官府挂籍的杂户，就是商家自己的奴婢或部曲，好处是下属没有跳槽的危险，坏处则是想买到一个合适的熟练工匠不是一般的困难。

　　想到那狩猎图，琉璃不由有些出神，已经十来天了，裴九再没有出现过，她的一肚子问题自然也无从找到答案……正思量间，突然听见史掌柜笑道："武夫人，好久不见，这位可是令郎？"

　　琉璃忙抬头去看，可不是十几天没来过的武夫人？她一身鲜亮，满面笑容，手里牵着小月娘，身后跟着那小小的英俊少年贺兰敏之，还未等琉璃上前见礼就笑道："大娘且看月娘这裙子如何？"

琉璃低头一看，月娘穿的正是一条牡丹夹缬的小小纱裙，也分了四幅，笼在素色裙子之外。月娘看到琉璃的目光，笑盈盈地转了一圈，轻纱飞起，那牡丹花越发鲜活。琉璃点头笑道："月娘今日真真如牡丹仙子一般。"

月娘得了夸奖，有些不大好意思，转头便躲到了贺兰敏之身后，又探出头来嘻嘻地笑，敏之也笑了起来，轻轻地揉了揉她的头。武夫人便笑道："自打给月娘做了这裙子，她简直舍不得脱下来，前日好容易哄得她换了，今日听说要过来，又自己翻了出来……"一面说笑着，一面便走到了后面琉璃的画室里。

琉璃便注意到，武夫人身上系的是一条五彩散花夹缬的八幅罗裙，构图精巧，染色鲜亮，难得的是，还有一种绞缬特有的晕色效果，难不成竟是一匹布用了两种染法？琉璃越看越是惊异，将武夫人让到榻上坐下后便叹道："夫人今日的裙子好生华美！"

武夫人的脸突然微微一红，却回头对婢女道："还不赶紧拿过来给大娘？"

琉璃一怔，那婢女已走了过来，双手捧上一个小小的匣子。琉璃心中纳闷，拿到手里打开一看，却见里面是一支镂金片玉的蝴蝶步摇，虽不甚大，但蝴蝶双翅上的卷草纹细如发丝，缀着的玉片薄如蝉翼，做工竟是琉璃从未见过的精细。她不由大吃一惊，忙道："这如何敢当？"

武夫人摆手笑道："与我无干，是我家妹子赏你的。你那日说可以用这夹缬做件宽袖的纱衣，我回家便照你比划的样子裁了一件，她在前几日的牡丹花会上穿了这纱衣，果然艳冠群芳，得了好一番厚赏，听说这夹缬是你画的样子，纱衣又是你的主意，便让我带了这支步摇给你，还说你巧手慧心，正配这步摇。"

是……武则天，赏她的？琉璃呆在那里，只觉得嗓子发紧，一句话也说不出来。

武夫人想了想又道："我那妹子平日最是大方爽朗，一年也不知要赏多少东西出去，不过是支步摇，不值什么，你若再推三阻四的，岂不是小瞧了她去？"

小瞧她？借自己十个胆子也不敢啊！琉璃心知不是推托之时，听武夫人的意思也不愿意说破妹子的身份，只得低头道："那琉璃就厚颜谢赏了！"

武夫人笑着点头，"这就是了。我家妹子还想问你，你可会画绣样？"

琉璃微一沉吟，点了点头，"琉璃愿意一试。"她前几天才明白，这时代对于平民女子而言并无太多保障，只怕还是要找棵大树靠着才比较安全——如今这天底下，还有比未来女皇更可靠的大树吗？

武夫人拍手笑道："那便更好了，我妹子说，她那里绣坊出来的东西虽然富贵华丽，却多是旧样，不如你的新奇，难为这花蕊上的银光是怎么想出来的，纱衣的样子也大方别致，以后说不得还要烦你给她多画几个新样子、做几件新衣裳出来。放心，她自是不会亏待于你！"

也就是说，以后她要给未来的女皇陛下搞时装设计？琉璃只觉得一颗心有些怦怦乱跳，强压着心绪笑道："固所愿也，不敢请尔。"

武夫人嫣然一笑，眼角眉梢却比往日更多了几分娇媚，又指着墙上的狩猎图问："这屏风可是做好了？"

琉璃摇了摇头，"至少还要半个多月。"

敏之和月娘本来规规矩矩地跪坐在席子上，听武夫人和琉璃说着这些衣服花样的，敏之有些不耐烦起来，插嘴道："阿母，我们何时去买弓箭？"

武夫人一怔，笑道："这就去。"又对琉璃道："敏之买了弓箭后还要去学里，屏风之事回头再说。"

琉璃也笑道："小郎君可是想买练习骑射的弓箭？舅父恰巧认得这西市最大的弓箭铺东家，夫人若觉得方便，不如琉璃找个机灵的伙计陪夫人一道去。"

武夫人想了想，点头微笑，"有劳大娘了。"

敏之也笑了起来，一骨碌起身就往外走，月娘却伸着手叫了起来，"阿兄！"敏之忙停下脚步，回头牵了月娘的手，将她拉了起来，又捏了捏她的鼻子，"这也起不来么？"

琉璃回头瞅了一眼，两个孩子脸上都满是笑容，看起来更是金童玉女般可爱，心里暗叹一声，出去找了店里平日最机灵的那位伙计，叮嘱了一番，才让他领着武夫人一行人去了。待他们出了门，琉璃又与史掌柜说了半晌刻板进度的事情，正要回身，突然听见外面骚动起来。

如意夹缬原是处在西市四条呈"井"字形大路的一处把角，正对着西市南门，此时就见这条路上行人纷纷走避，远远的竟是来了一队卤薄，仪仗齐整，气势肃穆。琉璃不由纳闷：西市珍宝云集，平素自然也有贵人白龙鱼服的来此赏玩采买，却从来没有见过这样打出全副礼仪车马来血拼的，也不知是哪家贵人如此脑残……

只见那仪仗越走越近，琉璃也越看越是眼熟，心里正自惊疑，队伍竟在如意夹缬前停了下来，车马在店门口四周严严实实围了一圈，十几位婢女随即拥入如意夹缬，将本来在店里挑选布帛的几位客人以及琉璃、掌柜几个都隔在了一边。

仪仗一分，从后面缓缓驶上一架紫色顶盖、镶玉围板的华丽大车，车帘一掀，两名青衣女子钻了出来，一人一边高高地挑起帘子，又有两名婢女从后面赶上来，放下两级的踏凳，随即才是两名黄衫女婢扶着一位贵妇从车里缓步走了出来。四位婢女的簇拥之中，一条深紫色锦绣团花八幅长裙流云般从车上飘到了地下，停了一停，才飘到了夹缬店里。一股馥郁的幽香顿时飘满了整个店铺。

琉璃看得清楚，这贵妇大约四十多岁年纪，高髻半翻，头上是一顶赤金的九树花钿，明晃晃地映着一张敷得雪白的脸，长眉丰腮，形容富态，满脸傲气逼人。她先是漫不经心地环顾了店里一眼，看到挂在店中最显眼处的那牡丹夹缬的样帛，眼睛微微眯起，点了点头。

贵妇身边的黄衫女婢上前一步，朗声道："谁是这店里的主事？"

史掌柜忙上前一步，满面笑容道："小人正是，敢问有何吩咐？"

那黄衫女婢拿眼角冷冷地扫了他一眼,"我家夫人听说,你这店里的牡丹夹缬是新来的画师所绘,这里是二十金,那位画师我家夫人要了!"

此言一出,琉璃顿时被唬了一跳:这又是从何说起?莫非她身上比较有货物的气质,怎么最近一个两个都是要买她的?稀奇的是,出价竟然还越来越低!

史掌柜的脸色也变了,忙赔笑道:"这位娘子只怕消息有误,本店的画师乃是东家的侄女,并非奴婢部曲,如何能买卖?"

那婢女冷笑道:"那便把你东家叫过来!想你那东家不过是胡商,市籍客户而已,比奴婢也高不了太多!你可知道我家夫人是谁?他侄女能被夫人看上,是几世修来的造化!"

史掌柜忙道:"我家东家姓安,东家的从叔武德年间便是散骑侍郎,早已脱了客籍,东家的侄女也是良家子,能得夫人垂青,原是莫大的机缘,只是按理却无法跟夫人去享福,望夫人恕罪。"

黄衫婢女微觉语塞。大唐的商人们论理都是市籍,不能骑马穿绫,更不能入仕为官,原是低人一等,容易拿捏;至于他们的工匠更是匠籍贱户,没想到这家却是祖上做过官脱了籍的,所请的画师更是良家子,这良家子不同于奴婢,根本就不能买卖。她不由回头看了自己的夫人一眼,只见那张圆脸已经阴沉了下来,心里不由一哆嗦,想了想还是道:"你且让那画师出来见过我家夫人!"

琉璃在心里叹了口气,分开众人走了上去,端端正正地行了一礼,"见过魏国夫人。"

贵妇人一直纹风不动的脸上终于露出了一丝诧异,目光在琉璃身上略停了停,扶着她的另一个婢女一眼瞥见,忙开口问道:"你如何认得我家夫人?"

琉璃心道:你家夫人每次出个门都搞这么大动静,不嫌沉地举着那么大的"魏"字,不就是为了让别人都认得她是魏国夫人吗?面上却恭敬地微笑道:"奴不久前曾在大慈恩寺外见过夫人的卤薄,故此认得。"

柳夫人闻言又上下打量了琉璃几眼,两道细眉慢慢地皱了起来,半晌才淡淡道:"你年纪轻轻的,倒有几分眼力,听说你画功不坏,我如今正缺这样的人手,不知你是否愿意来王家为客户?"

琉璃虽然也从崔玉娘、裴八娘几个身上见识过一把高门女子的傲慢,但此刻听得这样一副施恩的口吻,心里忍不住还是"靠"了一声,难不成这位柳夫人认为自己听说可以做她家奴婢,应该立刻感恩戴德地上去亲她鞋底?她心里憋火,语气却更加恭顺,"多谢夫人厚爱,奈何琉璃无法从命,万望恕罪。"

柳夫人的脸顿时沉了下来,最先开口的那位婢女怒斥道:"大胆!夫人的话你也敢驳斥?"

琉璃微笑道:"不敢。夫人适才是问,是否愿意去王家为客户。小女子非为不愿,乃是不能。启禀夫人,奴家祖上也曾封过公侯,家族也有小小的名声,如今衣食无忧,却要贪图富贵去做客户,却置祖宗颜面、家族名声于何地?柳夫人出身名门,又是当今皇后的母亲，原是天下妇人的楷模，自然知道身为妇人，当以家族为重，又怎会怪罪小女子？"

说完她又向柳夫人郑重地行了一礼，"请夫人体谅，小女子虽不能伺奉夫人左右，然夫人若有吩咐，一定肝脑涂地，在所不辞。"刚才柳夫人的目光是落在了牡丹夹缬之上，想来今日之祸，应该就起于这夹缬。武则天不是穿着那身牡丹纱衣在宫里的牡丹花会大出风头么？柳夫人大概是听说后动了心思，长安城除染织署外只有两家夹缬店，自然不难打听出牡丹夹缬出自何家何人之手，这才有了眼前这一出。

柳夫人目光阴沉地看了琉璃半晌，缓缓点头，"你倒是个口齿伶俐的！也罢，你且给我做四色夹缬，要莲花、梅花、菊花和兰花四种，每一色都要比这牡丹夹缬更好，一个月之后我会让人来取，此间不得给别人再做花样！"

不让她再给别人做花样，这和买了她有什么区别？喔，有的，不用给钱！琉璃心里忍不住暗骂，忍着气抬头笑道："多谢夫人照顾小店，只是一个月内至多也就能做出一两样，四样是无论如何也无法的。"

柳夫人并不答话，她身边的婢女冷笑，"无法？那便自己想法去！我家夫人只管一个月后拿货就是，若是没有，你们便自己关了门罢！"

琉璃心头怒火上拱，袖子里的双手不知不觉紧紧握成了拳头，但此时此刻，忍无可忍，也只能重新再忍，微微吸了口气才笑道："那便烦劳这位姊姊多付一半定金！"

那位婢女没料到琉璃沉默片刻，张口居然便是要钱，不由又是鄙夷又是愤怒，回头看了柳夫人一眼，却见她眼神冰冷地点了点头，她本来就拿了四锭金子在手里，立时便丢了一锭在地上，冷笑道："拿去！还能短了你的不成？"

琉璃垂下眼皮，好掩住眼睛里的怒火，史掌柜已经上前一步，捡起了那锭金子，笑道："请稍候片刻，小人这便找零。"

柳夫人摆了摆手，淡然道："不必了，此后这位画师只能给王家画夹缬的花样，待交了四色花卉后，自然还有事情吩咐她做！"说完悠然转身，在婢女簇拥下缓缓登上华车，一行人又如来时一般浩浩荡荡地离开了如意夹缬。

待这行人走远，店里的客人这才七嘴八舌地议论开来，附近相熟的店子也有人过来询问，待得听说了这事，各个都是摇头不语。

琉璃看着史掌柜手里那锭小小的金子，只觉得荒诞无比。这一锭最多五六金，不过六千多钱，就生生买断了自己的花样，这位柳夫人也太"大方"了吧？也是，她原先准备只花二十金就买下自己，不过是一个头脸齐整些的婢女的价格。柳夫人是认为画师和婢女一个价，还是认为她的钱就格外值钱？若是那位王皇后的智商也和这位柳夫人差不多，她能斗得过武则天才真是没天理了！还四花夹缬，她以为皇帝是蜜蜂转世，身上有几朵漂亮的花花草草他就会"嗡"地飞过来？

史掌柜自然明白琉璃心绪不佳，他自己也是一腔郁闷，此事也无法抱怨，待议论稍息，便回身对她道："四样夹缬要一个月赶出来，却是要作坊日夜做工了。要比那牡丹夹缬更好，只怕不大容易。"

琉璃明白掌柜的意思，叹了口气低声道："我尽力而为。"说着便转身进了后院自己的画室里，愤怒从来都不能解决问题，有时间生气，还不如做点有用的事。

　　小檀忙跟了上去，进门才低声道："这柳夫人真是当今皇后的母亲？怎生如此不讲道理？"

　　琉璃苦笑一声，摇摇头，"莫提她了。"说着便动手研好了墨，随手在纸上勾了几个样子。如今的织品图案还是以飞禽瑞兽为主，花鸟原本少见，之前她画的缠枝牡丹又是后世的经典纹样，四色花卉图要画得比那牡丹夹缬还好谈何容易！琉璃头疼地揉了揉额头，将画好的几个样子都丢到一边，忍不住又叹了口气。

　　却听一阵脚步声响，门帘一挑，武夫人已出现在了门口。琉璃忙放下笔迎了出去，笑道："可曾买到合意的弓箭了？"

　　武夫人皱眉叹道："你在我面前还作甚模样？掌柜都告诉我了，你这也叫无妄之灾！此事我定会告诉我家妹子，她最是聪慧，定能帮你想出法子，说起来这事也与她……"她想起什么似的捂住了嘴，转头指着墙上的狩猎图道："我原想让你帮我也做个这样的夹缬屏风送人，如今看来却是不成了。"

　　琉璃笑道："有什么不成的？也就是这两天没有空闲，过两日只怕想忙也无事可做了。夫人不妨先说说看。"开玩笑，她哪能因为柳氏这样横行不了两年的纸老虎，就放弃一棵真正的大树？

　　武夫人想了想，笑道："我倒还未想好，只是再过一个多月，也是有人要过寿辰，我想送一样别致些的物件做寿礼，这夹缬屏风便是不错，只是还想不好要送个什么样子的。"

　　琉璃便问："此人最爱何物？"

　　武夫人沉吟道："最爱的便是书法，他不爱游猎玩乐，因此狩猎图的只怕不大合他的意，余者么，他也不爱珠宝珍玩、奇花异草……"不知想到什么，她的脸颊又飞起两朵红云。

　　琉璃见她眼波流转、晕生双颊的样子，眼角又扫过那条精美的夹缬罗裙，心里猛地一动，难道那则八卦居然是真的？她和自己的妹夫，那位高宗皇帝，有些不清不楚？看着眼前这个突然满脸春意的女人，看到那条明显出于宫中的华裙，琉璃心里暗暗摇头……唐朝宫廷，果然是天下最乱来的地方！

　　不过这一切与她何干？她又不是李渊，哪有闲心去管这些宫廷烂账！她只需要知道，这位武夫人在此后十来年里与武则天关系还算不错就足够了。而这位夫人，现在想请自己画个屏风送给她的皇帝情人当生日礼物，她有什么理由拒绝？可惜的是，这位皇帝最爱的偏偏是书法，她画画也许还过得去，写字就太不够看了，她那笔放在一千年后被人交口称赞的小楷，到了这个书法鼎盛的时期，莫说跟名家们比，就是斗花会上那些女子，半数都能甩自己两条街！

　　不过，她写不了，不代表别人也写不了……

　　琉璃思量了片刻，抬头笑道："既然如此，何不就用一篇墨书做扇六联屏风，或是整面的水墨画配大段辞赋，做成一个单幅的插屏？岂不比这狩猎图更别致？"

武夫人凝神想了一想，点头笑道："正是！他的书房里就有六扇的墨书屏风，是褚相公的墨宝，若再做个六联屏风倒不新鲜，咱们不如做个插屏，依你说的以书配画，想来更是新奇。"

褚相公？是此时最出色的书法家褚遂良吧？琉璃沉吟半响，点头笑道："夫人回去后将插屏的尺寸告知琉璃，若是不出意外，半个月内或许便能得了。"

武夫人顿时笑得春光明媚，"待我回去找到合适的屏风，再来找你！"

之后的十来天，武夫人却一直没有出现。琉璃倒也没有太多时间去操心这些，好容易画完那位柳夫人的四季花卉夹缬后，她又画了两个样子，每天都要在画室消磨半日，日子跟之前也没有什么区别。

柳夫人到访后，琉璃原以为舅父会对此大惊或大怒，谁知道安二舅却只是一脸不屑地道："她说不许就是不许？舅父这里又不止一位画师，以后便让史掌柜替你挑选客人、交涉花样，你只要不当着客人的面画，谁又知道是你画的？"

看见琉璃愕然的表情，他倒是笑了起来，"咱们在西市开店，这种高门公子妇人早见得多了，当面自然是要好好奉承，但真都依了他们，西市也不用开门了！"

琉璃原本就不大喜欢与客人交涉，有了这番安排，自然心满意足，连四季花卉的样子都画得快了起来，安二舅又想办法买到了两个刻工，染坊日夜开工，一个月的时间倒也勉强够用，狩猎图的夹缬因此还出来得更快了些。这两天，琉璃日日对着这六幅夹缬，倒是真有些期待看看它们被装上紫檀木屏风的样子——这可是地道的唐代夹缬屏风，一千年后却只在日本还保存着几扇，就像这一千年前的长安，只有京都还保留下来了几分影子……

这一日午后，琉璃正在画室里勾花练手，就听见史掌柜的笑声在门外响起，"裴君的夹缬前几日就得了，染得极好。"

琉璃笔尖一抖，刚画的一枝兰花旁边顿时多了个黑点，她怔了怔，随手在那个黑点勾了几条细线，画成了一只蜜蜂，只是黑点到底大了些，看起来倒更像一只苍蝇。她不由苦笑着摇了摇头。

小檀早已打起了门帘，跟在史掌柜身后走进来的正是多日不见的裴九，或是因为已到暮春四月，他身上穿的是一件清爽的月白色襕衫，整个人看上去似乎也明朗了几分，看见琉璃抬头看了过来，微笑着向她抱了抱手，笑容一如往日温和。

琉璃放下笔，也笑着还了礼，收拾好桌上的笔墨，便走到架上拿起那早已准备好的六幅夹缬，一一铺放在案几之上。

这几幅夹缬染色并不复杂，只是用淡淡的青色做底，人马猎物都是黑色线条勾勒，远山用留白渲染，惟霜叶和人脸等处用了点染了一些浅赭色，配着原本就简洁的图案，看起来十分清淡古雅。

裴九目不转睛地看着这几幅犹如水墨画般的夹缬，脸上并无表情，史掌柜心里不由打起鼓来，忙赔笑问道："裴君以为如何？"

裴九沉吟着点了点头，"甚有古风，令人忘俗。"抬头时，脸上又重新挂上了平日的微笑，"余下的帛段就在外面车上，劳烦掌柜让我那仆从搬下来就是。"

史掌柜顿时松了口气，客气了两句便转身出去了。琉璃这才认真地看着裴九，举手加额，深深地行了一礼，"上次之事，多谢裴君。"

裴九笑着摆了摆手，语气依旧清淡谦和，"大娘客气了，裴某不过是胡乱猜测了一番而已，什么事都没做，何敢当一谢字？大娘能得偿所愿，想来应是天意如此。倒是这夹缬，家师定然欢喜，裴某应多谢大娘才是。"

琉璃微微一怔，没想到他竟然如此轻轻避开了话题，她自然也不好说下去，只得微笑着转身到架上又拿下了一叠夹缬，与案上那六张正是一模一样。

裴九脸上不由露出了几分惊诧，"这是？"

琉璃含笑道："自然赠与裴君的，若是装入屏风时有个万一，也好替换，若无此等意外，裴君随意处置就好。"夹缬的工艺特殊，染好出来时永远都是两幅图案一模一样的布帛，虽然裴九只订了一套，却自然会多出另一套来。

裴九摇头道："无功不受禄，这如何敢当？"

琉璃笑道："确是有一事要烦劳裴君，过些天我要画一幅插屏，只是那画须有题词，我这笔字实在见不得人，思来想去，只能厚颜找裴君帮这个忙了。虽然这套夹缬不足以充作润笔之资，也是聊表一点心意。"

裴九似乎有些意外，看着琉璃不语，琉璃忙补充道："这插屏却不是售卖之物，乃是私下受一位夫人所托而已。"

裴九沉默片刻，垂下眼帘微笑道："既然如此，敢不从命。"

琉璃顿时松了口气，武夫人提到书法时，她就想到了裴九那笔精妙的好字，此前还一直有些担心，此人虽然看起来温和有礼，却自有一种令人不敢太过亲近的气度，身为裴氏子弟、朝廷命官，她一个小小的胡女画师，哪里有资格让他帮这样的忙？她又不能直接说，这是送给当今陛下的生日礼物！原本她还想过要如何说服他，没想到他竟然这么好说话！琉璃忙趁热打铁，"那我先在此谢过了，只是须得裴君动笔时，却不知如何才能告知裴君？"

裴九道："此事容易，届时你差人去长兴坊，找到东北的苏将军府，裴某就住在苏将军府东墙边的院里。裴某若是不在，只要给门房留句话便是。"

琉璃心里一动，突然想起了那个曾在胸中盘亘的疑团，忍不住问道："可否请教裴君官讳？"

裴九淡淡地一笑，"不敢当，草名行俭。"

他的声音明明极轻，但听在琉璃耳中，就如霹雳在耳边炸响，一时耳边、脑中都有些嗡嗡作响。"裴行俭？"她几乎是机械地重复了一句，突然觉得自己一定是史上最二的穿越者，她早该想到的！像裴九这种心智气度的人物怎么可能是无名小卒？这个时代的裴氏子弟，能写这样一笔好字，又如此料事如神，除了那个文韬武略都惊才绝艳的裴行俭，还能是谁？

裴行俭略有些惊异地看了她一眼,脸上突然露出了一丝嘲讽,"大娘原来也听过裴某的名字?"

琉璃一惊,这才醒过神来,只觉得他的这丝嘲色十分刺眼,心里微觉纳闷,她记得裴行俭身世坎坷,成名甚晚,看他这神色,难道此时他还有什么恶名在外不成?如果说对裴九,她虽然感激,却隐隐还有几分猜疑,但"裴行俭"这三个字已经打消了她的一切疑虑。她心里只微微一转,便扬眉笑道:"哪里,只是想要记得牢些而已,不然裴君若不肯题字,却如何能找上门去诉苦?"

裴行俭默然看着她,突然一本正经地道:"大娘放心,裴某,字守约。"

所以会守约?看着他肃然的脸上那双闪动着戏谑之色的明亮眼睛,琉璃忍不住笑出声来。

直到裴行俭离开很久,这抹笑意依然停留在琉璃的唇边,让她莫名地心情愉快。只是在史掌柜再次进来时,她才突然想起一事,借机找了由头便问道:"掌柜可知订货的那位裴九名叫裴行俭?我总觉得这名字有些耳熟,却不知在哪里听过。"

史掌柜笑道:"原来大娘也听说过,我那日收了他的文书后看着那名字也觉得眼熟,过了两日才想起是怎么回事,却没想到他竟然会是这样一副和善的模样。"

琉璃心里更是惊讶,面上却一片茫然,"怎么,他的名声很不好么?"

史掌柜摇头不已,"岂止是不好?看他这般的人品气度,谁能想到他便是咱们长安城里头号的天煞孤星?"

琉璃不由呆住了。史掌柜见她这副表情,有心卖弄,便把自己听到的事情一一说了出来:

这裴行俭出身闻喜裴氏,父兄都是一代名将,在隋末乱世中投入了王世充麾下,因在洛阳根深蒂固,军中威望又高,颇受王世充猜忌排挤,他们便密谋拥立杨氏亲王,不料惨遭出卖。王世充一怒之下屠了裴氏三族,而裴行俭是唯一幸存的遗腹子。这也罢了,乱世之中孤儿原多,可裴行俭命数却格外不同,他未成年便丧母,好容易娶妻生子,结果没多久长子夭折,过了两年,妻子因难产去世,留下的孩儿也没活下来。这般命硬能克人的,不是天煞孤星又是什么?

琉璃越听心越惊。这故事的前半截她隐隐记得,后半截却当真闻所未闻,可问题是裴氏的灭门是乱世中的悲剧,怎么能怪到一个当时还没有出世的孩子身上?至于女人难产、孩子夭折,在这个时代是何等司空见惯的事情,又怎么成了他是天煞孤星的铁证?如今他并不是什么大人物,这个名声怎么会传得如此路人皆知?

这些问题在琉璃脑中翻腾许久也不得其解,到末了只能安慰自己——反正他日后是要名扬天下的,好像还有个儿子当了宰相,很是不用自己来杞人忧天!

想到此处,她立刻找出了裴行俭上次留下的几张字,挑了两张,让小檀拿到相熟的字画店里去简单装裱——裴行俭迟早会建功立业,他的字到时大概也能值点钱吧?就算不卖,留着当传家宝也不错。到老的时候,自己可以得意地跟孙子说:"你奶奶当年给女皇陛下做过衣服,给高宗陛下画过屏风,还让裴大将军写过字……"这样的人生，似乎也不错！

到了第二日，她的这番雄心壮志又向前迈进了一大步，武夫人终于露了面，进门便笑盈盈地道："唉，总算是有合用的屏风了！我这几天一顿好找，最后还是在母亲那里找到了一架金丝楠木的插屏，真真是难得不过的，足有五尺多高，边框底座一木贯通的不说，雕工也极精细，我把尺寸都量好了，你来看看！"说着就从袖子里拿出了一张纸笺。

琉璃看了一眼，上面记着是三尺九寸高，两尺三寸五分宽，插屏这样算是寻常尺寸的。只听武夫人问道："若是要画，几日能得？"

琉璃想了想，觉得还是保守一些的好，"有个十几日总是够了。"

武夫人笑道："那不是四月中旬就好？时间倒还来得及。你准备画些什么，又题些什么字样？"

琉璃心中早已有了腹稿：在这幅诗画水墨屏风里，画其实只是配角，重要的是诗，以及写诗的那笔字。而她想来想去，有印象的长诗也只有一首《春江花月夜》。上一世里，她临摹过一副同题的水墨画，也一笔一画地临摹了配画的这首诗。她对诗歌并不感冒，但那首长诗配上画面的意境给她留下的印象实在太为深刻，以至于现在还能记下来十几句，就算不到原诗的一半，想来也够用了。她如今的打算就是把这幅画和这首诗都照搬过来。

琉璃笑着把自己的想法大略说了一下，武夫人连连点头，"春江花月夜，这名字就好，诗听起来更好，原来的屏风里面也是一幅行猎图，听说是阎立德画的，十分无趣，我回去便拆了它！"

阎立德？初唐画坛第一名家阎立本的哥哥……武夫人居然要拆了他的画换上自己的，琉璃只觉得一滴冷汗滑落额角，压力顿时大增。谁知武夫人看着她又笑了一笑，"倒是忘记说了，这几日或许会有人来点名让你画花样，你若为难，只要把魏国夫人柳氏之事如实说了便好。"

琉璃的冷汗顿时吓干了，怔怔地看着武夫人，她这是什么意思？

武夫人奇道："你发什么怔？想来问的人一多，那柳氏自然不好再难为你。"

琉璃垂眸苦笑道："此事不算什么，怎好劳烦夫人挂心？琉璃能如今这般给夫人画屏风就好，画不画花样又有甚打紧？"这位武夫人也不知是真天真还是假天真，以柳夫人如今的权势，自有一千种法子来收拾自己。若是让她听说自己到处诉苦，坏了她的名声，不定会招来怎样的灾祸！

武夫人摇头笑道："你总是这般胆小！那柳氏的横蛮人所皆知，你这样的手艺，怎能就此埋没？我母亲昨日请几位夫人来家中做客时，特意让她们看了你做的那夹缬披帛，又提了提你，人人都说想让你帮她们也做两条呢！我母亲说，正要让她们都知道柳氏的所为。"

琉璃低头盯着自己的袖子，就像上面突然多出了一个洞。她现在明白了，眼前这武夫人是真的傻，这事还能直接告诉自己？她难道看不出来，这是她母亲在给柳夫人使绊子？而她琉璃就是身负重任的……那块西瓜皮，就算摔不着柳夫人也能恶心她一下。这些贵妇自然乐得看热闹，只是，有人想过西瓜皮的下场没有？

她在心里叹了口气，抬头笑道："杨老夫人真是热心肠，琉璃多谢她了。只是画这插屏的画却极要静心，明日起，琉璃就会在家闭门作画，便是没有魏国夫人的事情，那些夫人也只怕要过些日子才能有闲接待。"

武夫人点头道："这倒也是。"她并不太明白母亲的那些弯弯心思，在她心里，自然这屏风才是第一等要紧之事，听琉璃说得如此郑重，倒多了几分欢喜。

琉璃又顺着她的意思说了些屏风的构图、风格，厚着脸皮吹了一通这屏风画会如何清雅绝伦。武夫人走时果然一脸梦幻，一个字也没再提起柳夫人的事。琉璃看着她的背影，默默地摇了摇头，超龄少女这种生物，原来哪个时空都会有！

第八章
富贵勾人　寂寞千古

　　琉璃并没有想到，那点名找她的贵人，会来得这样快。
　　不起眼的牙色素面短衫，不起眼的鎏金珠钗，眼前的这位钟夫人大约五十许岁，相貌普通，笑容谦和，半散着腿坐在雅间的客席上，看起来半分架子也无，只是那条紫色团花六幅罗裙，无声而又明确地揭示了她的高官女眷身份。身后两个婢女更是屏息静气，琉璃进来时连眼皮都没有动一下。
　　琉璃心里早已打起了十二分的精神，进雅室后眼光只是略微一扫，便恭敬地欠身一礼，"琉璃见过钟夫人。"
　　钟夫人笑道："这位可是库狄大娘，果然是好人才，不必多礼。"
　　琉璃微笑着站直了身子，钟夫人上下打量着她，笑容虽然可亲，眼神里却流露出琉璃并不陌生的掂量之意，又点头笑道："说起来应是我要劳烦大娘才是。前日我无意中见到一条牡丹夹缬的披帛，着实艳丽，因此特地打听了地方，想劳烦大娘为我也做一条那样的披帛出来，最好是莲花图案，不知大娘可有时间？"
　　琉璃抬起头，微笑着轻声道："小店一定不负夫人所托。"
　　钟夫人的脸上顿时露出了一丝惊诧之色，随即便追问道："大娘何时画这花样？"
　　琉璃笑道："琉璃尚有委托在身，小店另有画师，技艺比琉璃高出十倍，定然不会让夫人失望。"
　　钟夫人的脸重新舒展开来，笑得越发和煦，"大娘太过谦逊，那牡丹夹缬是我亲眼所见，若说有人比你技艺高出十倍，我是不信的。却不知是谁委托了大娘，需要多长时间？我且等着就是。"
　　琉璃心里越发警惕，以杨老夫人的身份，武昭仪的地位，有人愿意凑上去为之效劳并不奇怪，但这位夫人也未免太过热心了，难道非要自己说出柳夫人搁下的话？只能笑道："夫人明鉴，琉璃目前确无闲暇，一则魏国夫人曾命琉璃给她做四色花卉夹缬，如今还未得；二则，琉璃又应了贺兰府的武夫人为她画一幅画，虽是私人之托，与小店无干，亦须忠人之命，因此这些日子琉璃只怕都是分身无术，无法再为夫人效命了，望夫人体谅。"

钟夫人似未料到她会把武夫人也牵了进来，笑意虽然如旧，看着琉璃的眼神却变得有些深，半晌才"唉"了一声："这倒是不巧了！只是我怎么却听闻前几日那魏国夫人到贵店时，似乎有些恼了，难不成是我听错了？"

琉璃心中微沉，这位居然是不达目的不罢休了，她只能点了点头，"夫人不曾听错，大约是琉璃在贵人面前应答失仪，惹恼了夫人。"

钟夫人瞅着琉璃又笑了起来，"你倒是个谨慎的，却不知是如何失仪了？"

琉璃叹息了一声："琉璃也不甚明了。只是见魏国夫人走时不大高兴，胡乱猜测而已。"

钟夫人点了点头，"魏国夫人原是个规矩大的。既然你眼下不得闲，我也不难为你了，日后有机缘再说。"说完竟是干净利落地起身便往外走，琉璃不由有些茫然，恭敬地将她送出了夹缬店。只见门口停着一辆马车，鎏金飞鸿纹的厢板，重锦车帘，竟是少见的华丽。钟夫人扶着侍女的手上了车，突然又回头和蔼一笑，"既然大娘还要与武夫人作画，待见到她时，烦劳帮我带声好。"

琉璃心头这才一松，点头笑道："夫人所托，必不敢忘。"待目送着这位钟夫人的马车走远，回头便问史掌柜："掌柜可知这位钟夫人的来历？"武夫人昨日才说到此事，她竟是今日一开市便找了过来，这分热心……

史掌柜皱眉道："我也纳闷，适才让小钱去与那车夫攀谈了几句，说是什么许大学士府的，看那马车当是极富贵的人家，以前似乎从未打过交道，也不知这位夫人为何会知道大娘的名字。"

许学士？难道是武则天麾下的第一位大臣许敬宗？若这钟夫人真是他的夫人，以今天的情形看来，倒不是武则天收服了他，而是他绞尽脑汁贴上了武家！所以钟夫人最后才会提那么一句——她真正所图的并不是要自己说出什么来，而是要让杨老夫人知道，她可是把那番话听到心里去了！权力富贵，果然是这世上最诱人的东西，只要撒下饵，就不怕没人上钩。

琉璃站在院里，静默良久，终于只是叹了口气，回头对小檀道："我们回去。"

此后几天，琉璃都没有再来西市，却让小檀每日去打探一回消息，期间果然有两三位官家夫人来打听过她，不过并没有流露出太过在意的样子，倒是对店里出售的牡丹夹缬没有银色闪光颇有意见。琉璃这才放心，想来如今武昭仪虽然得宠，但朝廷里依然是长孙无忌的天下，王皇后的地位也依旧稳固，除了许敬宗这种不甚得志又与武家有旧的人，谁会把宝押在一个侍奉过先皇的大龄妃子身上？

如此一想，琉璃倒是更能安心作画了。那《春江花月夜》的图，她用纸张练习了两遍之后，到了第三日上才铺开从书画店里精挑细选的淡赭色熟绢，提笔挥墨，花了两三日的工夫，终于告成。

这幅画虽然不是工笔重彩，她却画得甚为细致，画面下方是几丛盛放的牡丹，透过牡丹的花叶看去，只见大江静流，水天相接，圆月高升，月华如晕，波光之中，一叶扁舟静静地停在江中,一位戴巾的士子面向圆月负手而立。瘦削的背影里,自有一股寂寥之意扑面而来。

琉璃看了半晌,舒了口气,其实这幅画与她当年临摹的已颇有不同,好在效果似乎还不错。记得以前临摹时,导师总说她的画是得其形而不得其神,若是看到这一幅,他大概不会有那样的不满了吧?琉璃怔怔地看着自己的画,刚开始的那丝得意,渐渐变成了压在心头无法出口的一声长叹。

怔了好半晌,她才回过神来,想起后日便是四月初八佛诞日,正是大唐的法定节假日,裴行俭或许也会得闲。她收起画卷,转头召来了小檀,让她找个男仆第二天去长兴坊的裴行俭家送信。小檀却笑道:"长兴坊倒是不远,大娘明日若是无事,不如让婢子去一趟,省的那些人笨口笨舌地说不清楚,反而误事。"

琉璃看着她眨啊眨的眼睛,怎么不明白这妮子是听说过天煞孤星的大名,此刻好奇心发作,只得笑着点头,"也好。"

第二日一早,小檀兴冲冲地出了门,不到午时回了家,进门就一脸神秘地对琉璃道:"那位裴九郎家里果然有些稀奇。"

原来小檀找到那处院子时,裴行俭并未在家,她便说有口信要当面转告,门房的老苍头将她带到了厅房,又叫来一位小童上茶陪客。那小童不过十来岁年纪,几下便被小檀套出话来:这裴家不但没有女主人,连婢女也没有一个,除了这看门的老苍头和平日在书房伺候小童外,只有两个世仆平日跟着裴行俭进出,外加一个厨娘做饭,一个仆妇打扫刷洗。裴行俭性子又十分随意,一应事务都不大讲究,看门的老苍头跟他的时间最久,居然便是半个管家。

小檀打听完消息,又特意找了个借口到院里转了转,"院子不小,只是无人收拾,不过也就是干净而已,真是可惜了。倒是院子里那棵枣树生得十分不错,听说果子也甜……"

琉璃本来还怔怔地听着,听她一路扯下去竟是越来越不得要领,忍不住问:"口信你可带到了没有?"

小檀笑道:"我看完了,自然留下口信便回来了,难道还留在他家吃饭么?"

琉璃哭笑不得。因想着裴行俭大概这两日便会过来,她次日便带上画去了西市的画室,谁知一连等了三天,裴行俭踪影皆无,却等到了柳夫人的那位黄衫婢女。

史掌柜早有准备,忙拿出四色花卉夹缬一字排开放在店铺内最大的案几上:富丽饱满的联珠梅花,清雅简洁的出水莲花,繁复精致的缠枝菊花和别致舒展的卷草兰花,图案新颖漂亮也罢了,那染出的颜色无论是朱红与深碧的强烈对比,还是藕荷与鹅黄的淡雅交融,或是像流沙般闪动的细碎银色,更是令人挪不开眼睛。

那位婢女本来一脸傲慢,但当这四色夹缬一匹匹地铺开,眼睛却不由自主地黏在了上面,直到掌柜笑问"不知娘子觉得如何"时,她才醒过神来,哼了一声,脸上恢复了傲然的神色,"不过是勉强用得!"

四周顿时轰然一声。黄衫婢女眼光一扫,才发现不知何时这店铺里外已经站了不少人，对着那四色夹缬指指点点，有人嗓门略大，听得见正在议论，"这还只是勉强能用，也不知这家平常用的是什么……"她心头微恼，瞪了史掌柜一眼，"何时来了这么多闲杂人等？"

史掌柜笑道："开店迎客，自然来的都是客人。"他一见这婢女，就特意把最大的案几挪到了靠近店门口的敞亮处，又把那四匹夹缬都铺得甚开，就是要多吸引些人来看，没想到效果当真不错。

黄衫婢女原本还想再挑剔几句，被人这样围着议论却不好再多说，皱着眉头挥了挥手，身后的两个女仆忙走上前去，小心地收好夹缬，抱到了马车上面。立刻便有人问道："店家，这四色夹缬可还有货？我也想订一匹梅花的。"

黄衫婢女冷冷地看了那发话之人一眼，又转头看着掌柜道："这四色夹缬，我家夫人有紧要用处，再不许卖给他人！"

史掌柜微笑着点了点头，"自当遵命，只是这样一来，这四匹的价钱就不能以上品计算，而是绝品，要两千钱一匹。"一面说，一面便指着墙上新制的价目表给这婢女看。此事他早有打算，十天前便在店里的价目表上加上了"绝品"一栏报到了市丞那里。否则按照市规，若不明码标价，叫人告官了却是要挨罚的。

黄衫婢女一怔，瞥了史掌柜一眼，冷笑道："你是怕我家夫人付不起么？"

史掌柜摇头道："不敢，尊府上回赏了五金给小店，付了这四匹，还有足足两千四百钱，只是说来让小娘子心中有数而已。"

黄衫婢女满脸不耐烦地挥手道了声"知晓"，便眉头紧皱地问道："你家那画师呢？夫人还有话吩咐她！"

琉璃原本一直站在帘后，听她提到自己，忙挑帘出来，微笑见礼。那婢女却眼皮都不抬地道："画师今日怎么尊贵起来了？若是不问，连面也不肯露上一露？"

琉璃知道她是觉得自己受了慢待，只能笑道："姊姊有所不知，自打夫人吩咐不得再给他人画样，琉璃便谨记在心，因有些相熟的客人点名让我画样，不好推脱，琉璃这些日子连店铺都不曾来过，只是这几日想着夫人来拿夹缬时或有吩咐才过来的，又不好叫人看见，这才只在后面等候姊姊。有不恭之处，请姊姊恕罪。"

黄衫婢女脸上的怒色略敛，鄙夷地撇了撇嘴，"怎么不好说？难不成给我家夫人画样，还失了你的面子不成？"

琉璃微笑道："哪里，能为夫人效劳自然是琉璃的荣幸，只是琉璃不过是画师，那点名要琉璃画样的，又颇有几位官眷，琉璃见识疏浅，也不知能否将夫人的吩咐说出去，也只好用了这个笨法子。若姊姊觉得不妨，以后自然明说就是。"

黄衫婢女漫不经心道："明说就是，又有何妨？"看着琉璃的眼神里倒没有了挑剔和怒气，全是不加掩饰的轻蔑。

琉璃点头一笑，心道：我终于知道你家夫人和她的皇后女儿是怎么死的了，是笨死的！皇帝的宠妃穿了件新鲜纱衣，你们转头就去弄了相似的来，还不许那家店铺再做给别人，这难道是很光彩的事？明火执仗地做了还不够，还堂而皇之地任凭人说……好吧，你们都不怕，我怕啥？

只听那婢女又淡然道："你这四色夹缬做得倒还能看，我家夫人爱才，曾说过你若肯到王家，进来就是管家娘子，这可是几世都求不来的体面。我们王家管事娘子的吃穿用度，便是寻常官宦夫人也比不得！你若有心，我可以帮你去夫人面前求上一求。"说完便斜睨着琉璃，一副你还不赶紧来求我的模样。

琉璃心里叹了口气，站起来郑重地欠了欠身，"琉璃多谢夫人厚爱，多谢姊姊好意，只是家父最重名声，琉璃为生计来操贱业已是不孝，不敢再为富贵而投身客籍，姊姊明鉴。夫人但有吩咐，琉璃会全心效劳，绝不敢有半分懈怠。"

黄衫婢女看着琉璃，半日才冷笑着点头道："你倒真是有志气的，好！夫人吩咐，要再做一匹五彩散花的红罗和一匹长安竹的翠绫，做八幅裙用，我下个月过来取。"说完又冷笑了几声，扬长而去。

琉璃站直了身子，只觉得胸口一团烦闷，几年来的磨炼，早已让她学会了低头求存，可是三天两头被这种"给你脸不要脸"的目光看着，她便是泥人也有火气往外冒。她闷闷地回了画室，闷闷地展开那幅《春江花月夜》，叹了口气，都说人生代代无穷已，江月年年只相似，然而谁又知道那一代代望着江月之人，拥有何等不一样的人生？还有答应来帮她写这首诗的那位，也不知道为什么至今都没有露面……

好在没过两日，她一到如意夹缬，史掌柜见到她就笑着向后面一指，"大娘今日却是来晚了些，那位裴九郎已经等了一盏茶工夫了。"琉璃心中一喜，快步走进了后院。刚一挑起帘子，就见一个并不陌生的修长身影正负手而立，微风吹动着他淡青色的头巾与袍角，却让那身影越发显得沉静。

大概是听到了琉璃的脚步声，裴行俭迅速转过身来，微笑着拱了拱手，"抱歉，因过些日子南边的林邑国要入贡献象，这几日裴某脱不开身，今日才来，让大娘久等了。"

有属国要献大象？这倒是一场大热闹。琉璃笑着回了一礼，"哪里，裴君公务要紧，劳烦你百忙之中过来，是我该抱歉才是。"

裴行俭的笑容更深，"大娘好生客气。"

琉璃笑而不语，心道：虚伪，这还不是跟你学的？却见裴行俭仿佛听到了这句话般，微笑着看了自己一眼，顿时不敢再腹诽下去。

两人走进画室，琉璃便在案几上展开了《春江花月夜》的画卷。裴行俭低头凝视着画面，半响才低声问了一句："此画何名？"听到琉璃说出"春江花月夜"几个字，奇怪地抬头看了她一眼，"陈后主的宫体词名，如何配得上此画？"

《春江花月夜》难道还跟那个臭名昭彰的陈后主有什么关系？琉璃心里一片茫然，转念一想，裴行俭比自己有文化得多，应该不会说错。她只能叹了口气，把早就抄好的那小半篇长诗递给了裴行俭，"此画与陈后主无关，不过是因为此诗就叫《春江花月夜》。"

"春江潮水连海平，海上明月共潮生，滟滟随波千万里，何处春江无月明。江天一色无纤尘,皎皎空中孤月轮,江畔何人初见月?江月何时初照人?人生代代无穷已,江月年年只相似,不知江月待何人,只见长江送流水。"一共十二句,是琉璃有把握不会写错的全部诗句了,好在她自己读着,倒也不觉得七零八落。

裴行俭似乎也没有觉得有什么不对,低声读了下来,读完之后却又从头再读了一遍,半晌才放下纸笺,怔怔地看着琉璃:"此诗,是你所作?"

琉璃连忙摇头,她还有点自知之明的,就自己肚子里那点存货,让她冒充才女,还不如让她冒充神棍来得保险,"自然不是,这是我几年前在曲江边听人所唱,《春江花月夜》这名字也是歌者所说,他也不知是何人所写。那歌甚长,琉璃只记得这几句了,倒是每一念及这几句,脑中便会有这幅画面,索性画了下来。"

裴行俭看着她不语,目光突然变得极为清亮锐利,琉璃倒也没什么可心虚的,抬眼看着他,笑道:"裴君难道疑心我能写出此等诗句来?"

裴行俭收回目光,扬眉一笑,"诗自然是好的,只是便是没有此诗,画也是绝妙佳品,能为此画题墨,是裴某的荣幸。"

第九章
华服霓裳　暗箭明枪

辰时刚过,正对着太极宫朱雀门的天街依然是一副车水马龙的景象。从城外进来的拉货车辆与各坊里涌出的行人车马混杂在一起,人流中,有穿着胡帽胡服的长安本地人,也有操着一口流利长安话的胡人,互相打着招呼开着玩笑,又一道抱怨今年这个夏天热得实在有些离谱。

永徽四年的这个夏天,热得的确有些离谱。似乎四月底林邑国献象的那档子热闹过后,气温就嗖地蹿了上来,直到七月竟没有下过一场像样的雨。此时,那明晃晃的太阳照在这条宽阔得惊人的天街上,照得人有些睁不开眼,道路两旁的槐树也越发无精打采起来。

琉璃坐的马车是在开化坊的北边才转弯向东,她撩开车帘,看着消失在坊墙背后的朱雀门,心里突然有点沮丧:来长安三年半了,她其实连太极宫的样子都没有看清过。如果不是武夫人派车接她到武府去看那几件新做的衣裙,她大概连这一眼都捞不着。

这两三个月里,她的生活终于变得安稳起来,除了忍受过两次那位柳氏婢女的挑刺眼光和刻薄言语,连外人都不用见,平日不是在画室画花样、绣样和服装设计图,就是在家里与舅母石氏和七娘消磨时间,甚至还跟七娘学了两手女红。安家秉承粟特人风俗,儿子们早已分户自立,主母地位又高,几个姬妾与婢女也无甚差别,平日很少露面,日常生活十分简单安静。琉璃自得其乐,只是偶然会惦记起那扇《春江花月夜》的屏风,猜测它是否已入了皇宫,入了那位皇帝的眼。

两个多月前,武夫人拿到这屏风时,倒是一副喜出望外的模样。琉璃又跟她说了求字于裴行俭的事,她也很是感慨了一番,只道如此家世,又写得这样一笔好字,真真是可惜了。只是此后这位夫人却变得格外忙碌,几次有事来找琉璃都是婢女传话。琉璃在纳闷之余,对这次见面不免也有些期待起来。

马车很快便驶入了紧靠东市的宣阳坊,穿过十字路口,在一间颇有规模的府第前减慢了速度,琉璃往外看了一眼,只见那乌头大门紧闭,门前的几位豪奴都无精打采地站在阴凉处,马车却未停下,而是顺着外墙到了东北面的一个小门外,来接琉璃的婢女便笑道:"从这门到我家夫人的院子更近便些。"

琉璃忙点头:"好得很,这天气里走远了才是真受罪。"

这位婢女的笑容顿时舒展开来,亲亲热热地带着琉璃往里走。进门没走多远眼前便是一片湖面,青石砌岸,杨柳低垂,湖水东边一片都是白色莲花,亭亭玉立,清香宜人。那婢女见琉璃多看了几眼,便笑道:"这白莲极是稀罕,宫外没几家能有呢。"

不就是白荷花嘛?难道这时也是贡品级的稀罕物?琉璃有些纳闷,随口赞了几句。沿着池塘边的青石小路一路往西,在一座凉亭前转向南面,又走了约一箭地,眼前是一处不甚起眼的院子。走进门里,才见这院子两边是廊庑连着厢房,当中是五间小小的正房,重檐雕栋,倒也精致。

婢女通报过后,带着琉璃直接进了上房西间,只见这亭子正中是一架落地的华榻,榻上三面设着插屏,又挂着好几重烟雾般轻柔的粉色纱帐,看去倒像一座纱亭,武夫人只穿着齐胸的罗裙,露着大片雪白肌肤,外面披着纱衫,懒洋洋地倚在榻上,看见琉璃便招手笑道:"快过来坐。"

琉璃暗赞一声,好一幅海棠春睡图!笑着走了过去,找了个离她不远不近的地方坐下。细细打量,却见榻上铺着一张翠丝编就般的细竹席,入手沁凉,角落里还设了一个雕成荷叶的玉盆,放满了冰块,帐子里生生便比外面低了两度。

武夫人笑道:"原想着去西市找你,只我最是怯暑,这几天实在热得厉害,只能劳你跑这一趟,路上可热着了?好在我如今不住贺兰府上了,你来此也便利。"

琉璃摇头笑道:"还好。"想当年她在每年夏天40℃高温中都坚强地活下来了,眼下这点所谓的"酷热"又算得了什么?况且她如今的体质也不惧热,这种天气只要不去太阳下暴晒,几乎连汗都不会出。

武夫人见琉璃依然穿着素色的罗衫长裙,领子扣得严实,脸上也不见汗迹,羡慕地叹了两声,才想到今天的正题,忙让人把那几件新衫都拿了过来。

看见那几件衣裳,琉璃的嘴角不由翘了起来。在答应给武则天设计衣裳绣样之后,她突然发现,这其实也是一个好机会,可以让她根据自己的想象,把那些传说中的衣裙都做出来。而现在,这些华服霓裳就活生生地出现在她的眼前:那六幅碧绫裁成的是荷叶裙;那在团花红锦上加金丝重绣的是百蝶石榴裙;那越州缭绫中银色云纹若隐若现的是月色裙;至于那件左襟金丝绣凤、右襟银丝绣鹅的浅杏色罗衫,则是"罗衫叶叶绣重重,金凤银鹅各一丛"……

琉璃轻轻地抚摸着这些从自己的设计草图上脱胎而出的精美衣裙,一种美梦成真的喜悦油然而生。身为染织系学生,她自然也有过做时装设计师的梦想,这些美丽犹如艺术品的衣裳,就是她真正意义上的设计成品——何况还会穿在那样一位古今无双的女模特身上!

武夫人也叹道:"真难为你怎么想出来的,你那些图也画得真是好看,却不知这做出来的样子,可还有需要改动的地方没有?"

琉璃摇头笑道："比我想得还要好些。"这个时代的刺绣裁剪有一种后世无法企及的精致，以至于最后的成品让她这个设计者都有些惊艳了。

武夫人点头道："那便好，过两天我就去送给我妹子，她再不穿啊，却要穿不下了！"说着又略带抱歉地笑道："一直未曾跟你说起，我妹子，她是宫里的贵人。"

穿不上这些衣服……难道武昭仪又怀上龙种了？琉璃暗暗思量，脸上少不得要带出几分惊讶，随口惊叹了几句，又想起什么似的苦笑道："怪道魏国夫人会找上门来！若是如此，夫人更是一定要替琉璃保密了，若让那位知道这些衣裳出自琉璃之手，琉璃定会被她一指捻死！"

此事琉璃在动手画绣样前便已郑重托武家婢子传过话，今日好容易见了真佛，自然更要强调一番。武夫人笑着应了，又说了几句闲话，突然低声道："你可知上次那屏风又是送谁的？"

琉璃心里一动，抬眼好奇地看着武夫人，等她的下文。她果然轻声笑道："是送给当今圣人的！"

琉璃配合地惊叹了一声，站了起来，"夫人怎么也不早说，琉璃那点雕虫小技，怎么入得了圣人的法眼？"

武夫人忙道："你慌什么？他……圣人他十分喜欢，原说要赏你的，听说你不是官家人，这才罢了。倒是帮你题了诗句的那裴行俭竟是个有造化的，圣人一眼便看中了他的字，没几天便特意叫人赏了他百匹素绢，让他抄写《文选》。他也勤勉，不到两个月便抄好呈了上来，圣人竟是爱不释手。又召见了他一回，听说应答十分得体，前两日已擢为起居郎，真真是一步登天！"

那扇屏风还真的起了作用？琉璃眼睛顿时一亮，只是……"什么起居郎？"

武夫人笑道："便是跟在圣人身边记录圣人起居言行的官员，虽只是从六品，却最是清贵，先帝时褚相就任过此职。圣人也说，他终于找到一个墨书能与褚相媲美之臣了！"又叹道："吏部那些人原是最有眼色，裴行俭那般家世，又是科举中了明经的，竟莫名其妙在八九品上蹉跎了十余年，圣人让他抄《文选》的事一出，吏部立时便借着他曾外放为从七品雍州司士的由头，升了他个从六品的金部员外郎，倒是让圣人钦点他为起居郎时省了好些气力。"

琉璃听得有些晕，皇帝提拔官员难道还要花什么气力？只是转念一想，横竖他是升官了，而且是当上了皇帝身边的官！她不由笑了起来，"可见这世上好心是有好报的，也是裴君热心肯帮人，这才有了这番机缘。"

武夫人原有些怕她会心生不平，看她笑得坦然，忍不住叹道："这真是各人有各人的造化，你若是官家人就好了，只怕这番恩赏就不是那裴行俭一人的，以你的才貌，便是召你入宫做个女官，也很是说得过！"

入宫？开什么玩笑！琉璃忙道："夫人过奖了，琉璃这点手艺算什么？再说我性子懒散，在规矩大些的地方就浑身难受，宫里别说去，便是想一想也心慌得紧。"

武夫人捂嘴大笑，半晌才道："你这脾气，怎么跟我一模一样？你却不知晓，咱们大唐皇宫里的规矩，认真论起来，比如今那些王家崔家的只怕还松宽些。当今圣人性子又和气，我那妹子更是一等一的大度怜下，在她那里最是自在不过！别的地方么，"不知想起了什么，她的笑容略敛，"旁处也罢了，只那皇后和淑妃两处规矩的确要大些，莫说你，便是我也要小心应对，一个不好便要落下不是，回头还要被母亲教训！"

琉璃忙点头道："琉璃领略过魏国夫人的风采，倒也能想象一二。"

武夫人怔了怔，随即便笑得前仰后合，点着琉璃的额头道："原来你也是个不老实的。"她大笑之时神情分外天真明媚，偏偏胸口波涛起伏、诱惑无比，琉璃心里忍不住暗叹一声，尤物啊，难怪高宗皇帝要偷嘴！嘴里便笑道："夫人冤枉琉璃了。琉璃原是最老实的，可一遇到那规矩大的贵人，开口是错，不开口也是错，连喘气都是错，琉璃又能有什么法子？"

武夫人越发笑得开怀，"这话不错，母亲总怨我左性子，遇事又不经心，帮不了我家妹子；又怨婢子们不得用，说什么机灵的不稳靠，稳靠的不机灵。其实哪里是咱们的事？还不是你说的，喘气都是错，难不成还真的自己吊死算了？"

两人正在说笑，只听一阵细碎的脚步声响，一位婢女挑帘进来，恭敬地施了一礼，"见过娘子，老夫人听说库狄大娘来了，想请大娘去小坐片刻。"

琉璃心里顿时有些诧异。武夫人怔了一下，懒懒地叹了口气，"只是让大娘过去么？也罢，我先躲个懒，待会儿日头落山了再去请安。"

琉璃只得笑着告辞，跟着那婢女从武夫人的院子出来。往南几十步是一道弯弯曲曲的流水，沿着水流走上一盏茶工夫，一处掩映在花木丛中的院子便露出了飞檐。院子倒也宽敞，分内外两重，外院有流水穿墙而过，上面架着小小的石桥，走过石桥，穿过中堂，才是五间北屋，房子高大富丽，看规制却不像是武府的正房。

琉璃刚刚跟着婢女走到台阶下面，早有婢女打起了帘子笑道："库狄大娘来了。"她加快脚步走了进去，只见这屋里两面设着绸背锦边牙席和檀木案几，锦帘高卷，珠帐低垂，自有一番高华气息。杨老夫人正襟危坐在西边的牙席之上，几个婢女仆妇围绕其后。

琉璃忙走上一步，俯身行礼，"见过夫人。"

杨老夫人微微一笑，"快请起，大娘坐下说话。"

琉璃规规矩矩坐在她的对面下首，微笑着抬起眼睛，正遇到两道意料之中的明亮目光。她面上露出一丝讶色，略带不安般地垂下眼帘，身子也微微挪了挪。

杨老夫人这才对琉璃笑道："几个月不见，大娘越发出落了。"

琉璃低声答了句"夫人过奖"，只听这位老夫人悠然道："说来早该请大娘过府一叙。你那牡丹夹缬甚是出众，做的那几件新衣更是别致，当真是巧手慧心，难得格调新奇，与众不同，却不知大娘是从哪里学到的？"

琉璃心里微定，笑着奉上标准答案，"家母最喜摆弄衣服布料，勾画花样，琉璃从小跟着阿母学了些，此次大胆一试，能合夫人之意，倒是意外之喜。"此时胡风正炽，长安城上至帝王下至平民，对来自异域的画师巧匠都十分推崇，甚至有些迷信，她的这身本事往胡人身份上一推，多半不会引来怀疑。

杨老夫人果然点了点头，"原是家学渊源，怪道看着别具巧思，浑不似长安寻常画师的手笔。就是宫里，也难有你这样心思手艺的。"

琉璃听到"宫里"两字心头便是一紧，面上只微带羞涩地笑了笑。

杨老夫人又漫不经心般道："听顺娘说，你今年已是十五，却还没许人家，又一直住在舅父家，不知家里可有什么打算？"

琉璃心中警铃大作，摇头笑道："舅父舅母对琉璃甚是疼爱，琉璃听他们安排就是。"

杨老夫人笑着叹道："倒是一个省心的孩子。"又回头让人上了两杯酪浆。

琉璃原不爱喝酪浆，但婢女捧上的酪浆竟是用碧色琉璃盏盛的，入目便觉清凉，轻轻啜饮一口，也格外冰凉爽口。就听杨老夫人笑道："如今我年纪也大了，不能吃那冰的，这酪浆也就是在井水里浸了半日，取点凉意罢了。"

琉璃笑道："过凉则伤脾胃，夫人这样才是养身之道。"

杨老夫人"喔"了一声，脸上露出了两分惊诧："大娘莫非还懂医理？"

琉璃心里好不纳闷，这不是常识吗？忙解释道："琉璃哪懂什么医理？只是表兄开着药铺，时常说些医理，琉璃也就学了两句嘴。"安三郎的确有家小小的药材铺，不过贩卖些西域过来的红花雪莲之物，此时却正好借来一用。

杨老夫人也不再追问，只是就着夏日饮食忌讳随口闲聊，琉璃笑盈盈地偶然插上几句。杨老夫人却突然问道："顺娘可跟你说过那几件新衣是为谁而做？"

琉璃忙放下杯盏，"适才夫人才跟我说了，是给宫里的贵人。"

杨老夫人笑道："宫里的是我那次女媚娘，如今已是昭仪，她原跟我说过，眼下宫里就缺掌管衣物、绘制花样的伶俐人儿，再过些天就是女官入选之期，你若想去试上一试，老身大概还能助你一臂之力。不知大娘可有这打算？"

琉璃一怔，终于有几分明白这位老夫人叫自己过来的意思，念头急转之下决定还是实话实说，苦笑道："多谢夫人厚爱，只是琉璃尚有几分自知之明，虽说能绘样制衣，却绝不是伶俐人。不怕夫人笑话，琉璃胆子最小，也就是在夫人这样和善的贵人面前还能侃侃而谈，若是遇上魏国夫人那样规矩大的，真是话都不会说了。若是入了宫，只怕还没摸到富贵的边，就已得罪了贵人，翻身不得。"

杨老夫人挑眉笑道："我还记得大娘说过，牡丹的好处便在于大器晚成、富贵无双，怎么如今又胆怯起来了？"

琉璃忙道："此言自是不假，然而牡丹岂是人人能比的？琉璃出身寒微，性子笨拙，又最是胆小如鼠，哪里敢求什么富贵？此生若能做个平平安安的富家婆，便是心满意足。至于宫里，是想都不敢去想的。"

杨老夫人笑着摇头，"哪有形容自己胆小如鼠的？"过了片刻又问："记得你舅父是昭武九姓里的安氏，若是他们日后安排你嫁个昭武商人，你也觉得无妨？"

琉璃想了想点头笑道："琉璃倒是觉得无妨。其实昭武商人都是兄弟父母分户而居，明册算账，虽然礼数与大唐不同，家里倒是分外简单。琉璃在舅父家住得便十分自在，只是昭武人轻易不娶外女，只怕看不上琉璃。"

　　杨老夫人见她坦白，笑得更是和蔼，"你们库狄家虽不算高门大姓，也总是官宦世家，昭武新贵如何能与你们相比，大娘还是莫要妄自菲薄才好。"

　　琉璃忙正色道："夫人教训得是，琉璃受教了。"

　　杨老夫人点了点头，又说了几句闲话，便让人给琉璃拿来了一个匣子，不等琉璃开口就道："不过是我早年用过的东西，如今早已过时，我也懒得重新去打，你若有暇便翻新了用。你若不收，以后咱们武家也不好再去劳烦你。"

　　琉璃只得再三谢过，见她流露出几分倦色，忙起身告辞，又到武夫人那里坐了坐，眼见已快午时，这才出府归去，手头却又多了武夫人送的一个匣子。

　　坐上武府的马车，琉璃便先打开了武夫人的匣子，只见里面是一对沉甸甸的卷云纹银臂钏和一支做工精美的鎏金蔓草蝴蝶纹银簪，心里倒有两分欢喜；再打开杨老夫人的匣子一看，不由大吃了一惊：里面是一把赤金背梳，象牙为齿，掐丝为纹，少说也有二两多重，更莫说那分古雅精致，在市面上只怕几万钱也无处买去……

　　琉璃只觉得手心发烫，就如拿着一块烙铁一般。杨老夫人那样精明的人是不会随意施舍的，她只会投资，可自己身上，又有什么地方值得她如此投资？琉璃仔细回想着今天的对话，一颗心不由渐渐地沉了下去。

第十章
意外来客　防患未然

　　七夕前夜，一场不大不小的雨赶走了些许暑热，到了第二天一早，又是一个天空碧蓝如洗的艳阳天。

　　安二舅站在自家院子里，抬头看着天色叹了口气，"再这样晴下去，只怕今年的米价却是要涨了。"石氏便在廊下应声答道："那便多买些备着！总比连绵阴雨要好些，你莫忘了，那年连下了一个多月的雨，坊市北门关了多久？我们这些人又是天天在家不许出去，那番折腾才叫闷人。"

　　想起那一年朝廷下令关闭所有市坊的北门，又不许妇人上街，以为这样便可以让太阳露脸的奇怪做法，安二舅忍不住也笑了，"唐人做事有时的确古怪！"

　　琉璃的屋子里，七娘正眼睛一眨不眨地看着琉璃给扇面上的织女图点上了最后一抹嫣红，听到窗外父母的话音，她轻声笑了起来，"正是呢，今日晴了，晚上才好乞巧。午后咱们就去捉喜子罢！"

　　捉喜子？想到蜘蛛那八脚乱动的样子，琉璃放下笔，摇头道："我只怕还要出去，你若有闲就帮我捉几只，说起来，我这手女红，不乞也罢。"

　　七娘忙拿起那柄绢扇端详，撇了撇嘴，"你的手若是不巧，哪里还有巧人儿？便是女红，你也学得比我当初快了不知多少，也就是练得少了些。"

　　见那绢面上的颜料慢慢干了，七娘便把扇子拿在手里，又对着铜镜照了照，美滋滋地道："我就要这把了！"

　　琉璃笑着点头，她这次一共买了七柄素绢的圆扇，花了两天在扇面上都画了简笔的织女图，图案并无太大区别，只衣服颜色不同，最后这柄是粉色衣裳，七娘果然一眼便看中了。

　　两人拿了剩下的扇子到上房，石氏果然也十分欢喜，知道家中女子人人有份，连十一郎的未婚妻史九娘和出嫁的安五娘都有一柄，更是笑得合不拢嘴，挑了一柄青衣织女在手里摇着笑道："这样好的扇子，我定要拿着多与人看看才好。"又挑了两柄让人给安五娘及史九娘送了过去。不多时，康氏与米氏也得了消息，过来各自选了一柄合心意的。

不到午时，五娘与史九娘便遣人带了回礼过来，史九娘回的是一方绣着月破云出图案的绢帕，五娘送的则是一个小小的镂银圆笼香囊，做得精巧之极。琉璃虽不似旁人般行动离不得熏香，也忍不住把玩半晌，把香囊挂在了身上。康氏米氏便没有回去，几个女人一起热热闹闹地吃了顿冷淘。

琉璃瞅了个空拉住康氏低声道："嫂嫂，三哥何时会去西市的药材铺？我有事想向三哥请教。"

康氏奇道："你是说那间小药铺？三郎轻易不会去那里，你若想买什么，不如去缬坊找他，今日过节，他应当会在店里。"又笑道："今日嫂嫂还没给你回礼，你看中什么尽管挑去。"

琉璃摇头笑道："并不缺什么，当真只是有事请教三哥。"

吃过午饭，几个人又说笑了一阵子，才各自回去准备晚上的瓜果供品、乞巧盒子。琉璃则带着小檀一路往西市走去。正是日头最烈的时分，在坊间道路上还有些树荫遮挡，一进西市大门，那股热浪夹着声浪以及脂粉香料的种种味道扑面而来，琉璃虽早有准备，照旧被呛得晕头，小檀则是一手捂着鼻子一手扇起风来。

两人顺着商家屋檐的阴影加快了脚步，刚刚走到自家夹缬店，本想打个招呼就过去，那史掌柜却一步迎了出来，"大娘来得正好！正有客人一定要见大娘，我刚想打发小伙计去找你。"

琉璃不由一怔，因为柳夫人的事情，她这些日子闷头画花样，早已不与客人打交道，怎么还会有人坚持找她？她忍不住皱起了眉头，"是哪位客人？我可认识？"

史掌柜笑道："是那位裴九郎！我也说过，你不再画花样，他说是另外有事。我想大娘或许会见他，也就没有格外推拒。"

琉璃心里一震，还未说话，小檀已叫道："那位天煞孤星不是好久没来了么？怎么今日却来找人了？"

琉璃面无表情地看了小檀一眼，才对掌柜道："我这就去。"

小檀悄悄吐了吐舌头，老老实实地跟在琉璃背后往后院画室走去。

一眼看到站在案几旁边的裴行俭，琉璃只觉得有些恍惚：他依然穿着一件半新不旧的浅色襕衫，清淡的神情也是一丝都没有变。若不是武夫人清清楚楚地告诉了琉璃，她简直难以相信，眼前这个人在过去的这两个多月里有过那样一番惊人的际遇。她定了定神，微微欠身，"好久不见。"

裴行俭的目光在琉璃的脸上停留了片刻，微笑起来，"裴某早就该过来的，只是一直脱不开身，大娘一向可好？"

琉璃笑道："托福。"一面请他落座，一面便吩咐小檀去外面买壶冰酪浆过来。

裴行俭正襟危坐在榻上，默然片刻，突然郑重地欠身行礼，"裴某多谢大娘。"

琉璃忙侧身避开，想了想笑道："裴君客气了，我什么都没做，只是请裴君帮了我一个忙而已，裴君能有此番际遇，想来是天意如此。"正是把裴行俭上次说的那番话原封不动地还给了他。

裴行俭不由怔住了，两人你看看我，我看看你，同时笑了起来。裴行俭便问道："不知大娘是何时知道此事？"

琉璃笑道："也没几天。托我画屏风那人告诉我说，那屏风是送给圣人的，这才说起了裴君的事情。"

裴行俭忍不住道："不知此人……"看了一眼琉璃又抱歉地一笑，"裴某唐突了。"

琉璃一本正经地点头，"的确有些唐突。"

裴行俭惊讶地看了琉璃一眼，摇头苦笑起来，半晌才道："裴某也是前几天才知道，原来竟是那扇屏风造就的这番际遇，这几日来心内常自不安……"

琉璃摆了摆手，截住了他的话头，"裴君过虑了，际遇之事，一半是天意，一半也在于人为，琉璃不敢贪天之功。试想，若无裴君上次解我那两难之局，或是自珍身份不肯帮我题字，事情又会如何？所谓善有善报，无非如此。裴君仁心侠骨，此番际遇不过是上苍的补偿，想来日后自有更大的福报。"

其实想起这件事的时候，琉璃自己也有些困惑，裴大将军自然不会永远是八九品的青衣官员，但自己为什么可以在他被皇帝赏识的过程中扮演一个小小的角色？是她推动了历史？还是历史本来就充满意外？

裴行俭看着琉璃，眼神愈发深邃，半晌才垂眸微笑道："裴某自认脸皮不薄，但听得大娘这番话，也要羞惭无地了。"

琉璃笑道："那便再也不提此事可好？"

裴行俭的脸上难得地露出一丝无奈，"他日大娘若有驱使，裴某必当从命。"

琉璃心里不由一动，正色道："实不相瞒，过些日子琉璃说不定真会求裴君帮忙拿个主意。"

裴行俭应声点头，"固所愿也。"想了想又补充道："如今裴某长值宫中，常数日不得归，但大娘若有事，请告知我家门房一声，他自会想法子。"

琉璃心头大定，微笑了起来，"如今裴君身为天子近臣，自然要忙碌些，愿裴君日后步步高升。"

裴行俭淡淡地一笑，"高升不敢奢望，裴某倒是更想到长安之外去看一看。"

琉璃不由有些吃惊，他想到外地去？据她所知，长安人最是自豪于这座雄城，仿佛出了长安，满天下都是荒郊僻野，去外地当官更像是去流放，他怎么会有这种想法？不过，如果他真不在乎仕途的话，好像过两年还真会遂了他的意……

待小檀将酪浆送上时，裴行俭便随意问道："大娘这两个月似乎不常来店里？"

琉璃点了点头，随即又觉得有些不对，不由看了他一眼。裴行俭忙道："适才问及大娘时，听掌柜提了一句。"

琉璃想了想，索性也不瞒他，把自己给武夫人做了牡丹夹缬后引起的麻烦简单说了一遍。裴行俭越听脸色越是肃然，半晌才道："你还是要当心些，最好莫要再给那位武夫人做布帛衣裳，若推脱不得，哪怕称病避开也好。"

琉璃长叹了一声，她也不想惹麻烦，可是，有些事情却不是自己能够预料到的。她默然半晌还是道："前几日刚做了几件。"而且不知怎么的，自己好像还被那位杨老夫人惦记上了。

裴行俭看着琉璃，两道舒展的剑眉慢慢皱了起来，"你在长安之外可有亲友？"

琉璃心里一沉，难道有这么严重？想了片刻摇了摇头，裴行俭叹了口气，"你适才说或有事找我，可就是怕有麻烦？"

琉璃点头不语。裴行俭沉吟道："若大娘不嫌忌讳，不如这几日先称病在家，不要出门了，先看看再说。你父亲那里，也要常使人回去探听动静。若真有难解之事，一定记得知会我一声。"

琉璃一怔：他说的头一件本来就是自己打算做的，第二件却是提醒了自己，至于第三件，若事情真到了那一步，也就只能希望这位智多星能再给自己出个主意了。

裴行俭低头思索了片刻，又叮嘱了琉璃几句，才起身告辞而去。琉璃站在院子里，呆了好一阵子，终于打起精神出了门。跟史掌柜告辞时，她便嘱咐道："这几天若是有人问起我是否在店里，掌柜就说我身体不适，许久不曾来过了。"

史掌柜笑道："记下了，说来前些日子倒常有人问，这几日却是不曾有人问过。"琉璃一惊，脱口道："今日也无人问过？"史掌柜毫不犹豫地点了点头。

琉璃看着外面的街道，怔怔地出了半天神，到底还是转身走向今日要去的招财缬坊，却没有注意到身边的史掌柜欲言又止的神色。

与如意夹缬的一枝独秀不同，"缬坊"二字却是西市里常见的招牌之一，这"缬"字指的便是后世说的绞缬，是一种把布帛按各种方式捆扎之后入染的方式，不但成本低廉，染出的布帛还有一种特殊的晕色效果，灵动鲜艳，极受唐人欢迎。在招财缬坊里，各种色彩艳丽的布帛也挂了满墙。琉璃却无心辨认哪些是新花样，只问缬坊店的掌柜，"三郎今日可过来了？"

那掌柜也姓史，正是夹缬店史掌柜的从弟，看见琉璃便笑得弥陀佛一般，"三郎正在后院跟卢明府家的管事谈生意，大娘且去里面等一等。"

琉璃跟着掌柜进了后院的雅间，掌柜却不急着离开，陪坐在边上东拉西扯，琉璃再三客气了一番才把他打发走，自己在坐榻上跪坐下来，一面下意识地抚摸着席上那床紫底鹿胎的绞缬绫褥，一面思量着刚才的事情。

没过多久，安三郎挑帘走了进来，笑眯眯地道："大娘今日怎么有空到这里来了？"

琉璃忙站起来见了礼。安三郎摆手道："就你礼数多，快坐下，你找我可是有什么事情？"

琉璃自然知道这位笑嘻嘻的表兄有多精明，也不拐弯抹角，开口便道："的确有事，琉璃无意中惹了祸，想问问阿兄，你的药材铺里是否有那种服下后让人看着像病了的药材？"

安三郎的脸上露出了毫不掩饰的惊愕,"装病?你到底惹了何种麻烦?"

琉璃叹了口气,"阿兄想也知道那魏国夫人的事情,她是当今皇后的母亲。我前些日子为一位武夫人做了几件新衣,后来才知道那些衣服是给她妹子做的,那位却正是宫里的宠妃!魏国夫人原是因为这位宠妃穿过我做的夹缬才找上门。琉璃担心,此事若是泄露出去,她更不会罢休。"

安三郎的眼睛眯成了一条缝,半晌才道:"你且等着,阿兄还要去打探一番消息,你说的那药材,也需去问问。只是这几天……你就莫要出门了。"

看着安三郎变得肃然的脸,琉璃顿生内疚,是她自己一时思虑不周,才有了今天的麻烦。她低头老老实实地应了声"好",又道:"琉璃有些担心,我家阿爷那边……"

安三郎点头道:"有道理,我会设法让人多探着点。"

琉璃忙道了两三声谢,就听安三郎道:"你也莫要太过担忧了,这些事情交给阿兄就好,今日还要乞巧,你先回去,今夜却要多乞到些巧才是。"

琉璃抬起头来,只见安三郎脸上又恢复了一贯笑眯眯的表情,两撇尖尖的胡子随着他的笑容微微颤动,带着一种让人心安的滑稽。

待她回到安家时,七娘正指挥着几个婢女在檐下捉蜘蛛,看见琉璃便笑道:"已经捉了好几只了,你看可够不够?"说着便拿了两个开了小孔的精致盒子给琉璃看,"你看,这盒子是我的,放了三只蜘蛛,你这盒子里也是三只……"

琉璃拿着盒子,只觉得胳膊上寒毛倒立,强忍着点点头,"够了够了!"转身就把盒子给了小檀。

这一日,安家早早地吃了团圆饭,天还未黑,石氏就指挥着大家把上房最大的那张案几抬到了院子当中,用七个银盘分别盛了新鲜瓜果、饼子肉干等放在了案几之上,又放了两壶酒和一个香炉。

好容易那轮银梳般的新月渐渐由暗淡变得皎洁,女人们各自回房取了铜镜放在月下,婢女们又捧上早已准备好的金针彩线,让大家各自穿针乞巧。琉璃这还是第一次月下穿针,免不了有几分紧张,那根七孔金针十分细巧,灯月朦胧中,她穿了几次也未成,眼见石氏几个都已穿好,七娘便过来道:"莫急,莫急,越急越穿不上。"

琉璃点点头,又试了一次,不知是熟能生巧,还是瞎猫撞上了死耗子,居然真的穿了过去,接下来便顺利得多,七个针眼不多时便一一穿上了彩线,众人都道了声好,琉璃抹着额角上的汗水,也笑了起来。

穿针之后便是拜月,石氏先在设好的香炉里燃上了细香,众人各自默默祈祷。琉璃在心里低声道:"织女学长,请保佑琉璃能早日过上自由自在、无忧无惧的生活。"想了想又觉得这要求实在太高,在这个时代,别说她一个寄人篱下的胡女,就算贵为天子,离这八个字也不知道有多远……

眼见新月渐渐升高,夜风中也有了难得的凉意,女人们在葡萄架下另设了案几胡凳等物,随意吃酒聊天,七娘便拉着琉璃找着牛郎织女星,琉璃抬起头来,只觉得那密密麻麻布满了星斗的天空是如此陌生，银河当真就如一条微微泛着奶白色的星光之河在天际流过，让人不由心生敬畏。

七娘见琉璃不语，便拉了她笑着问："姊姊今日许了什么愿？"一语未了，就听石氏道："这话也能问？祈愿可是说不得的！"

七娘和琉璃都吓了一跳，回头才看见石氏不知何时已走到了两人身后，七娘便嗔道："阿娘，不能说便不能说，你唬人做什么？"

石氏笑着道："你快过去，阿嫂有事问你。"

七娘忙过去了，石氏却又拉着琉璃走了几步才道："听说你今日去了招财缬坊？"

琉璃心头微微一凛，点了点头，正不知该如何说起那事，石氏却道："你觉得，那小史掌柜如何？"

那个笑眯眯的中年胖男人？琉璃随口想说声"很好"，突然醒悟到石氏话里的意思，不由倒吸一口凉气，心思急转，断然摇头，"他虽是掌柜，论年纪也算得上是琉璃的长辈，琉璃不敢臧否。"

石氏叹道："我也觉得他年纪太大。只是这小史掌柜是尔六嫂的娘家亲戚，她非要托我来问一声，说是那掌柜去年娘子没了，如今想找个续弦。阿米说他家境殷实，人也实诚，又是靠着咱们家的，不必担心日后会有什么不好。我想着他年纪实在大了些，家里女儿都嫁人了，也太委屈你。"

琉璃突然只觉得荒谬：难道在这位掌柜眼里，在自己六嫂眼里，自己竟然……忍不住苦笑道："舅母，琉璃实在不想嫁人。"

石氏笑了起来，"说什么傻话，你那六嫂这事上原是有些糊涂了，你却莫犯糊涂，我和你舅父原也一直留心着，总能找到合适的，你莫灰心，绝不至于拖到十七岁，闹得要交给那官媒娘子来撮合。"

琉璃一惊，忙问道："什么官媒娘子？"

石氏奇道："这你都不知道？唐人的女子过了十七不嫁，官媒便要上门的。"

琉璃脑中顿时浮现出那位官媒何娘子高大威猛的身影，心头一片冰凉。难道在大唐独身主义居然也行不通吗？怎么还会有逼着人金风玉露乱相逢的规矩？

石氏又絮絮地在琉璃耳边说了一篇话，琉璃都听在了耳里，却不大清楚她到底说了些什么。石氏也看出琉璃有些恍惚，只道今日这事太过突然，便拉她到葡萄架下坐着。又看见米氏询问的眼神，对她摇了摇头，米氏垂下眼睛便不说话了。

这一坐直到三更天才散。回到屋里，小檀一面帮琉璃散下头发，一面便嘟囔道："也不知道怎么想的，那小史掌柜都能做大娘父亲了，怎么有脸提这个！"

琉璃一晚上都心不在焉，听了这话不由奇道："你怎么也知道了？"

小檀笑道："这院子里，有什么事情我能不知道？大娘你生得这样好，又这样能干，一定能做官家娘子！"又叹了口气，"有人倒是样样都好，可惜……"

琉璃立刻打断了她，"你还不困么？我要去睡了，你也赶紧回吧。"

这一夜，她却是真正地失了眠。十七岁，也不过是读高二的年纪吧？在这里，竟然就成了必须嫁人的大龄女青年，老天，这是什么世道！难道她还要赶紧想办法把自己嫁出去？左思右想中辗转到将近五更才勉强合了会儿眼，起来时未免有些无精打采，连她的巧盒里蜘蛛结没结网都没兴趣去看。又这样闷闷地过了几天，倒是不用刻意去装也饮食大减了。石氏忙让人去请大夫过来，那大夫过来看了一遍，无非说了些肝气郁结、脾胃不和之类的话，开了几副药。

　　转眼间离七月十五中元节只剩四五天，因此节恰好也是佛教的盂兰盆节，石氏便开始准备供养僧众的百味饭。这天午后，夹缬店的伙计却送了封信过来。琉璃认得信封上的字迹正是裴行俭的，她赶紧拆开，里面那张薄薄的白麻纸上，只端端正正地写了八个字："秋选宫女，谨防时疫"。

第十一章
飞来横祸　祸不单行

　　长安城的东北角原是冠盖云集之处，但紧靠着太极宫东墙的永昌坊却有些例外。因此处离皇宫最近，宦官在宫外建府时多选此坊，高门大户自然退避三舍。只是前几年这里却修起了一座足足占了半条街的别院，正是当今皇后之父王司空的宅邸。如今，王司空已经去世，府里住的魏国夫人几乎隔日便要去宫中一趟，每当此时，那前呼后拥的气势，倒也给这座多少有些冷清的坊里平添了一道胜景。

　　眼见明日便是中元节，这座别院自然也是打扫一新，外院的花厅更布置了好几棵丈余高的花树，使那布置淡雅华贵的厅堂又添上了几分生机。崇化坊的坊正卢濠端坐在厅中的织锦席褥上，捋着颔下三缕美髯暗自点头。他是范阳卢氏的旁支子弟，颇见识过一些富贵门庭，可眼前一花一木都自有贵气，端的是令人叹羡。

　　耳边听得环佩声响，卢濠忙下意识地要起身，却见进来的不过是两个婢女，走在前面身穿鹅黄衫子的那个，正是之前来找过自己的婢子。他一口气松了下来，隐隐有些失望，但心知此婢多半颇得魏国夫人的看重，见对方屈膝行礼，也不敢怠慢地微微欠身，"不知魏国夫人……"

　　黄衫婢女抬起头来，淡淡地道："魏国夫人所托之事，不知坊正办得如何？此次宫中秋选，旁人也就罢了，贵坊的那位库狄大娘我家夫人十分看重，有心抬举她，此事却是不能有闪失的。"

　　卢濠白皙的面孔顿时有些涨红，声音也低了下来，"卢某前来，正为此事。夫人的吩咐卢某岂敢轻忽，昨日便去了那库狄家，她家爷娘还算识趣，只是卢某跟着他们去怀远坊那库狄氏的舅父家见她本人时，才得知她这几日竟是病得十分厉害，说是脾胃失和，但看那模样，竟有些像是得了时疫……"想到安家那如临大敌的架势，几个医师进出时严峻的脸色，以及那个脸色灰暗的女子和她屋里难闻无比的气味，卢濠心头不由又是一颤，打定主意回家得把身上再熏一遍。

　　"时疫？"黄衫婢女皱了皱眉，突然冷笑一声，"这也太巧了吧！莫不是故意做戏？"

卢漼忙道："卢某也有此疑虑，因此昨日回去后便遣人暗地里细细打听了一回，结果两家药铺的伙计和安家邻人都说，那库狄大娘几日之前便已经开始寻医问药了，当时只有脾胃不和的症状，三日前才渐渐转重。想那宫中秋选的消息，卢某都是前日才得知，他们又怎么能提前知晓？且几个医师私下都说这库狄氏得的多半是肠辟之症，是极易过人的，如何还能放在秋选的名单上？事涉宫中安危，卢某不敢贸然行事，还望夫人体谅。"

黄衫婢子皱眉不语，脸色渐渐有些难看起来，半晌寒声道："此事确是要慎重些，虽是如此，这几日还请坊正帮着留意库狄家中的情形，还有那安家到底有几处店面产业，也望坊正打听一二，说不得夫人日后还会有事烦劳坊正。"

卢漼心中多少有些疑惑，面上自然是满口答应，又问魏国夫人可还有什么吩咐。

黄衫婢子却显然有些心不在焉了，只淡然道："辛苦坊正了，我家夫人今日去了宫中，日后定当向坊正致谢。"

卢漼脸色微微一滞，这话里的送客之意、敷衍之情他自然听得明白，心头越发不快，论理卢氏门庭也不比王氏低多少，这位魏国夫人当真觉得自己一个卢氏子弟，是可以被她的婢子空口白牙地招之即来挥之即去的吗？他强自按了按心头的火气，不紧不慢地站了起来，"夫人多礼了。"

黄衫婢子心里盘算不定，自是未注意到他的脸色，随意指了个小婢女将人送出去，忙忙地转身便走。好容易走到内院上房前，就听半开的窗子里传来了无逸那熟悉的谄媚笑声，"夫人好眼光，这个镂翠的供盆不但华贵，且是天竺那边过来的物件，莫说宫里，便是长安城里也是独一份的！"

柳夫人语气倨傲："那是自然，不如此又怎能显出皇后的身份！你且再去看看明日要在佛前供奉的蜡花义树，若是都已准备妥当，也该准备去宫里了。"

黄衫婢忙走了进来，差点与出门的无逸撞了个满怀，柳夫人皱眉道："孜孜怎么越发毛躁了？那事卢坊正办妥了没有？"

孜孜赶忙行了礼，把卢坊正带来的消息从头到尾说了一遍。柳夫人微一沉吟，便冷笑起来，"病了又如何，便是只剩一口气，也得让她进宫来！我几次三番给她脸面，她不但拿腔作势，竟然还敢给武氏贱人做衣，连杨家那老货都敢来我面前炫耀，她真当我拿她无可奈何么？"

孜孜忙笑道："夫人说得是，自是不能放过她！不过若她真得了时疫，进宫岂不更是祸害？再者，秋选时也万万过不了头一关。"

柳夫人皱眉道："这贱婢若是就这样病死了，倒也罢了，只怕她过几日缓了过来，还敢阳奉阴违！"

孜孜忙用力点了点头。她早就看那胡女不顺眼了，不过生了副以色事人的模样，便敢说若是做了奴婢便有辱祖宗——仿佛她比自己高贵多少似的！当下笑吟吟地道："婢子倒有个粗浅的主意。"

柳夫人瞪了她一眼，"还不快说？"

孜孜笑道："夫人可还记得在那夹缬店留下了五金？算是买下了那库狄大娘这几个月的花样，婢子算着，五金如今还未用完，不如婢子过几日便去一次，点名让她画几个绣样，限时让她交，她若交得上来，自然就能入宫，若交不上来，就借这个由头，或另指一事，让西市市令封了那店。那胡女若死了也就罢了，若是没死，一日不来投奔夫人，一日就封着，让那家子喝西北风去，看她能撑多久！"

柳夫人眉毛一挑，点了点头，"这主意倒是可行，只怕她还有后路，你先把情况都打听清楚了，过了节就去办！"

孜孜清脆地应了一声，随着柳夫人往外走去，脸上不由满是笑容，只觉得这个中元节府中的花树竟是前所未有得灿烂多彩。

中元节转眼便过。相比于孜孜的忙碌欢喜，琉璃的这几日却过得空前的无聊灰暗。

这天下午，她照旧坐在窗边的胡凳上，专心看着窗外的泥地，可除了偶然匆忙爬过的一队蚂蚁，便再也没有别的动静。

这已是她因患"时疫"搬到这偏院来独住的第五日了。每天也就是小檀进来送上一日三餐的饭食和药水时，会与她说笑几句，剩下的时间便只能发呆。几日里，她把三年来，尤其是最近半年发生的所有事情认认真真反思过一遍，得出的结论是：当她以为自己不再那么白痴的时候，事实上却依然白痴如故。好在再过三四天，宫女的秋选就要结束，她也可以慢慢恢复正常的生活。之后她会像老歌唱的那样：时刻警惕着——不能在这个壮丽而坑爹的时代再次掉到坑里去。

如今这情况，当然是她活该，光顾着得瑟手艺，差点一头扎进了史上最著名的宫斗大戏里，若不是裴行俭及时送来的八字哑谜，若不是三郎和舅父的周密安排，她必将沦为该大戏的炮灰龙套，最好的结局也不过亲身体会什么叫"白头宫女在，闲坐说高宗"……

琉璃正想得出神，院门"吱"的一响，一阵急促的脚步声传了进来。她立刻精神一振，刚刚转身，就见小檀冲了进来，"大娘，事情不好了！"

琉璃吃了一惊，还没等她问出一句话，小檀便连珠炮般说了下来，"刚才史掌柜来找阿郎，说是那个魏国夫人的婢女又来了，这次是让你画两个绣样，限三天内交，若是不交，便叫如意夹缬好看！"

琉璃心里一沉，顿时明白了几分，对方要她画绣样，看来是已经知道自己为武昭仪做衣服的事，至于要她三天之内交货，是逼着舅父家要么送自己去应选当宫女，要么就让如意夹缬关门……她忙问道："舅父怎么说？"

小檀道："阿郎说，无论如何，等秋选之后再说。"

琉璃松了口气，心里却知道，事情绝不会简单了结，沉吟片刻还是对小檀道："只怕她们不肯罢休，你多探听着些，有事定要告知我！"

小檀点头，"你放心！"

目送着她又一阵风似的出了院门，琉璃心里不由苦笑一声，她能放心那才真是见了鬼了。

果然到了三天之后，西市那边便传来了坏消息：魏国夫人的人午后过来，听说琉璃病重无法画绣样，一言不发就走了，结果没过半刻钟，夹缬店里突然来了一群人吵嚷，市令竟不由分说地将史掌柜抓去当众打了八十杖，说是买卖不公兼扰乱市坊，夹缬店当场就被封了。

琉璃的脸顿时白了，忙问："史掌柜怎么样了？"

小檀安慰道："那市坊里的差役原是相熟的，说是八十杖，打得却不重，史掌柜最多也就躺个几天罢了。"停了片刻又道："只是阿郎脸色十分不好看，还是夫人劝了他半日，只道既然已经如此，总不能两头都不落好。"

琉璃半晌说不出话来。她原本应当感到放心，但想到年纪不轻的史掌柜竟然因此受辱挨杖，安家最要紧的铺面又这样被封了，她又如何安心得起来？一想到明日就是宫女采选入宫受检之期，她的心里更是发沉：只怕还有一场硬仗要打！

安二舅似乎也是如此作想，没多久，那位和安家交好的方大夫便又来了，没说别的，只拿了一盒琉璃并不陌生的丸药过来。琉璃二话不说吃了下去，顿时又上吐下泻地折腾起来，没半天便脸色蜡黄、形容憔悴。

出人意料的是，直到第二日午时，那位曾亲自登门的卢坊正竟是面也没露。琉璃这才彻底放下心来，安二舅也开始张罗着托人打点。

然而没过两天，小檀在送晚膳时却带来了一个更坏的消息：安二舅所托之人满脸怒容地来了安家，不知嚷嚷了一些什么，安二舅送走他之后便吩咐下人把三郎夫妇和六郎夫妇立刻找回来，语气竟是前所未闻的严峻。

琉璃怔了半晌，低头看了看食盒里那块炙得金黄的鹿肉，轻轻叹了口气。鹿肉还是六郎特意弄的，说是大补……她的神色慢慢变得镇定起来，抬头道："现下他们可都已回来？"

小檀用力点头，"如今都在堂屋里，关了门，不许人打扰。"她紧张地咬了咬下唇："要不，婢子再悄悄去听听？"

琉璃摇头："我自己去！"有些事情，躲是没有用的，唯一的办法，是迎上去，用自己的办法解决它！

她住的小院本来便连着安家内院的后罩房，穿过两处小门便到了堂屋，院子里静悄悄的没有动静，堂屋里也没有传出任何声音，琉璃提步上了台阶，离门还有几步，安二舅的声音蓦然响了起来，"依你们看，如今该如何是好？"

石氏的嗓子有些发闷，"说来此事不能怪大娘，是那魏国夫人太没道理，莫说她只拿了那么点钱出来，当时也只是说好了不让大娘给别人画夹缬花样，又没说不许她给别人做衣裳！怎么就是欺了她？再说，那武夫人原是夹缬店的老主顾，咱们上香时还一起坐过半日的，可谁又知道她竟是宫里昭仪的姊姊？就算帮她做了两件衣裳，哪里谈得上是故意跟魏国夫人和皇后作对！"

三郎的声音里带着苦笑，"阿母说得自然在理，只是，那魏国夫人若是讲理的人，怎会让市令把如意夹缌给关了，又提出让大娘到她家为奴为婢的话来？"

米氏立刻接了口，"阿兄说得是，这些唐人高门不讲道理原也不是一两天了，这魏国夫人又是皇后的母亲，咱们上哪里讲理去！"她的声音比平日尖锐，带着点紧张的颤音，让人听着心里更是发紧。

六郎的嗓门倒依然粗豪，"依你说，难不成就真如那恶妇所说的，让大娘去给她为奴做婢不成？"

米氏的声音也高了一些，"那你倒说说该怎么办？咱们这西市里，因为得罪高门被闹得倾家破产的难道不曾有过？难不成还要添上咱们家？"

琉璃轻轻地摇了摇头，米氏的意思已经很明白了，的确，和魏国夫人、皇后这种级别的人物相比，安家当真不过是小小蝼蚁，为了一个和自己关系寻常的亲戚冒这样的风险，换成她，多半也不乐意。

屋里安静了下来，好半晌才响起安三郎无奈的声音，"看我有什么用？我又能有什么法子？夹缌店且不去说，如今我更担心魏国夫人还有后招，若是明日又关了缌坊，后日再关了绣坊，我们这一家子，又该如何是好？"

石氏似乎也灰了心，"真就别无法子可想了？"

安二舅的声音沉甸甸的，"我也知道此事棘手，这次想了好些法子才求到了永宁坊王太尉那个最爱斗鸡的幼子。那王太尉是皇后的从叔，论亲戚论地位，还有谁比他家更合适？谁知魏国夫人竟是一丝情面不留，只让个婢女出来说了一句，是大娘欺她在先，必要入府为婢，再无二心，才算完事。太尉府的管事刚才还给我好一通埋怨，说是让小郎君丢了脸，我还不知日后如何才能还这人情。看这情形，若再托人，只怕不但不能成事，更会惹恼了那魏国夫人！"

原来如此！琉璃心里叹了口气，果然是没有退路了，她正想往里走，听见康氏低低的声音，"话虽如此，咱们总不能将大娘送到那魏国夫人的府上！莫说这样太伤亲戚情分，被旁人知道了咱家名声还要不要？"

三郎也应和了一句，"此事万不能做，唐人最忌压良为贱，若不是日子过不下去，父母发卖儿女都是要坏名声的，何况我等？只是大娘若是在这里再住下去，那魏国夫人怕是不会善罢甘休。"

安二舅沉声道："正是，事到如今，也只能……"

琉璃听到这里，心头反而一片平静，忙扬声叫了声"舅父"，挑帘走了进去。安家诸人都围坐在平日吃饭的食案前，抬头看见她，脸上多少都有些不大自然。琉璃只当没看见，稳稳当当地走到安二舅面前，深深行了一礼，"舅父，都怪琉璃处事不周，才给舅父舅母和兄嫂们带来了这许多烦扰。只请舅父舅母再给琉璃一日的时间，琉璃定会处置好此事，绝不会再给家中添麻烦。"

安二舅脸上的不自在顿时变成了惊讶，一时竟没有答话，倒是舅母石氏难过地叹了口气，"你这说的是什么话，哪里能怪到你头上，要怪也只怪舅父舅母没本事，护不住你,你莫怪我们就好。"

琉璃摇了摇头,想起这半年来在安家过的日子,心头多少有些黯然,"琉璃不是没有心肝之人,这些日子,舅父舅母和兄嫂们待儿就如七娘一般,琉璃几次惹出事来也都是你们帮了我。若无舅父舅母,琉璃此刻不过是教坊里的一名女乐,哪能逍遥到今日?此次之事,原本就是琉璃的疏忽,不但连累如意夹缬被关,还让史掌柜受了罪,只求舅父舅母不怪罪琉璃,琉璃就心满意足了!"

她慢慢直起身子,目光平静地看向诸人。石氏的眼圈已经红了,三郎低头默然不语,六郎却闷闷地一拳捶在了桌子上。安二舅叹了口气,"这几个月来,你何尝不是帮了舅父许多,只可惜舅父终究是无用了些。"

琉璃脸上却露出了笑容,"舅父放心,琉璃如今已有应对之策,不至于去魏国夫人那里为奴为婢,只是还需舅父再帮琉璃做两件小事。"

安二舅惊讶地抬头看着她:"什么事?"

琉璃道:"明日请舅父派辆车子,让小檀帮琉璃送两封信。"

安二舅心里一松,点了点头,"此事容易,第二件呢?"

琉璃微笑道:"请舅父于后日一早,在街上人最多的时候,将琉璃逐出安家!"见安二舅瞪大了眼睛要说话,她忙欠了欠身,"唯有如此,琉璃才能逃出生天!"

安二舅目光复杂地看着琉璃,一声长叹,扭过了头去。屋里无人开口,那气氛说不出是轻松了些还是更为沉闷,连米氏都有些不敢直视琉璃。琉璃却笑盈盈地站在那里,身姿比任何时候都要挺拔轻盈。

第十二章
无路可退　有计回天

"咣"的一声巨响，琉璃没有回头也知道那是安家的黑色木门断然合上的声音。初秋的早晨已有了几丝凉意，她抬起头，看着头上的天空，长长地出了一口气。

轰然关上的大门，手里拿着小小包裹的标致女子以及她无语望苍天的茫然表情，这意味深长的一幕，顿时吸引了街上来往人群的注意，先是从头到脚的打量，接着就是交头接耳的议论，"这不是安四郎家么？那是他家什么人？"

琉璃站了片刻，估摸着看见这一幕的人已经够多了，才慢慢转身往怀远坊的西门走去，背后光明寺的悠悠钟声和那些好奇的指指点点，直到她走进了崇化坊才终于消停了下来。

小街深处，库狄家的大门一如既往地虚掩着，看门的普伯不知跑到哪里去了。琉璃摇头笑了笑，迈步走了进去。阿叶正在院子里晾晒衣裳，抬头看见琉璃，不由一呆，下意识地想行个礼，却注意到琉璃身上只穿了一件半新不旧的月白色衫子，手里拿着一个蓝底白花的麻布包袱，背后更是不见一个奴婢，与前两次回来的情况大不相同。她眼珠转了转，笑着走上一步，"这不是大娘么？今日如何回来了？"

琉璃并不理会她，只淡淡地问："阿爷可在家中？"

阿叶心头疑惑，还是点了点头，琉璃径直向上房走去。阿叶看着她的背影，皱了半天眉头，突然一拍大腿便跑了出去。

库狄延忠并不在正房之中，而是坐在东间看书，突然看见琉璃挑帘走了进来，也吃了一惊，脱口道："你怎么回来了？又有什么事不成？"

琉璃行了一礼，才起身答道："琉璃无意中惹怒了一家贵人，致使舅父家的夹缬店被关，故此不得不回家暂且烦扰父亲几日。"

库狄延忠更是惊讶，忙道："你得罪了哪家贵人？"

琉璃淡然道："是当今皇后的母亲魏国夫人。"

库狄延忠顿时脸色大变，站了起来，"你怎能得罪了她？这可如何是好？这可如何是好！"

琉璃轻声一笑，"阿爷请宽心，女儿惹的事情并不算大，最多也就在家住上两日。"

库狄延忠狐疑地看着琉璃，半晌才道："你自己惹出的祸，自己想法子解了，莫要连累家中才好。"

琉璃垂眸点了点头，"这是自然，请阿爷着人将琉璃原先住的屋子收拾一下。"

库狄延忠犹豫片刻，习惯性地左右看了看，才想起曹氏刚才已带了珊瑚和青林去了坊内的布庄，挥手道："你自去院子里找人收拾便是。"

琉璃转身出了上房，推开那间小屋，只见里面已落了一层厚厚的灰，又堆了若干杂物。琉璃回身吩咐做粗活的仆妇打了水，两人一起动手，刚刚大致收拾过一遍，就听背后传来了一阵清脆的笑声，"这不是姊姊么？怎么不在那安家住着，又要回咱们家了？也不嫌这房子委屈了你？"

琉璃直起身子，看着门口珊瑚那张幸灾乐祸的脸笑了笑，"最多也就住个一两夜的，没什么委屈不委屈。"

珊瑚一怔，细细的眉头皱了起来，又上下打量了琉璃一番，嗤笑一声便转身去了上房。琉璃到井边洗了洗手，耳中便听见上房传来了曹氏的惊呼，随即人便冲了出来，看见琉璃眼睛都红了，指着琉璃的鼻子叫道："你在外面惹祸便惹了，为何还要回来？是想连累全家不成，还不给我出去……"

琉璃摆手打断了她，"庶母，你可知道琉璃是因何得罪了魏国夫人？"

曹氏不由一愣。琉璃的语气依然平缓，"魏国夫人恼了琉璃，不过是因为琉璃的花样画得还好，她几次三番想让女儿投身于她家，许诺一去便是管事娘子，但琉璃却不愿为人奴婢。魏国夫人这才一怒之下关了舅父的夹缬店，让琉璃无处存身。庶母，你让琉璃出去自然容易，只是魏国夫人若是上门来要人，不知庶母是不是准备拿珊瑚来抵数？只是珊瑚的画儿能不能入了魏国夫人的眼，那就难说了。"

曹氏顿时说不出话来。琉璃悠然地走回了房间，走到门口回头一看，只见她又往上房去了。

过了片刻，门帘一挑，却是库狄延忠带着曹氏走了出来，看见琉璃还在收拾房间，冷冷道："还收拾什么？跟我上车去！"

琉璃叹了口气，转身道："父亲是要现在就领了女儿去魏国夫人那里好卖女为婢么？"

库狄延忠脸色略有些尴尬，皱眉道："那是自然！那魏国夫人说封店便能把店封了，留你在家中，难道还等着她过来拆房子不成？"

琉璃笑着摇了摇头，目光往曹氏脸上一瞟，"父亲此言差矣，魏国夫人既然能把舅父家的店封了，对女儿自然是势在必得。须知要自卖为奴，也有价钱高低之别，父亲觉得是送上门去价格高，还是等着她们上门来买价格高？"

曹氏的脸上果然露出了踌躇之色，拉了拉库狄延忠的袖子，低声道："要么，先打听打听再作打算？"

库狄延忠瞪了她一眼，似乎想说点什么又找不到合适的词，咳了一声才道："总之，你既然得罪了贵人，便要识趣些，莫要连累全家！"说完甩手走了出去。

琉璃也不管他们如何谋划，回头先让仆妇把屋子里唯一的胡凳拿出去洗干净了晾在院中，又从柜子里抱出席褥在外面晾晒。就听一阵脚步声响，珊瑚走了过来，满脸都是冷笑，"你倒是铁石心肠，还有心思收拾这个，莫以为阿爷今日没有赶你走，你就能在这里赖下去！我问你，上回你从我这里抢走的镜子和珍珠头面呢？还不赶紧还给我？你迟早不过个贱婢，也配用这些好东西？还有上次你给我那巴掌，如今也该还了吧？"说着又走上了几步。

琉璃看着她嫣然一笑，"妹妹，你可知良家子若要为婢总得自愿才好，否则爷娘无故卖女也算是不慈？你想想看，若是魏国夫人的人上得门来，我跟他们提，我只有你这一个妹子，一定要同甘共苦，否则绝不愿做奴婢，那事情又会如何？"

珊瑚脸色一变，尖声叫道："你敢！"

琉璃忍不住笑出声来，"妹子，你说姊姊到了这一步，有什么是不敢做的？只是我们姊妹一场，你若讨好讨好我，姊姊说不定心情一好，届时也就不提了。"

珊瑚站在那里，进也不是，退也不是，脸色精彩无比，半晌才跺脚尖叫道："阿爷，阿娘，琉璃说要把女儿和她一起卖了！"

曹氏忙跑了出来，库狄延忠也跟在她的身后。珊瑚拉了曹氏的手把琉璃的话又说了一遍，曹氏的脸色顿时就青了，"你竟然还要害人！"

琉璃一面拍打被褥，一面淡然道："琉璃倒想息事宁人，是珊瑚闹着不肯放过我，又是来要东西又是来打人，琉璃又有什么法子？去魏国夫人府的事情说来原与他人无关，是琉璃自己惹的祸，自己须得担着。只是若是这两天有人还要跟女儿过不去，那女儿心情恶劣之下，也没什么不敢做的！在魏国夫人眼中，琉璃此刻只怕已是她的囊中之物，既容不得此物不在她府中，自然也容不得此物被他人损坏，阿爷和庶母若不怕她的怒火，不妨打杀了琉璃试试！"

曹氏又是气又是怕，想骂几句却不敢开口，只能回头看库狄延忠。库狄延忠也觉得琉璃的话一句比一句刺耳，沉下脸道："你回自己屋里待着，自然无人来招惹你，你也记住了，你是库狄家的女儿，若真是做出什么事情来，自然打杀得你！"

琉璃拍了拍手上、衣上的灰尘，微笑着欠了欠身，"女儿恭候父亲处置。"

库狄延忠看着琉璃的笑脸，一时说不出话来，冷哼一声走了回去。曹氏也恨恨地瞪了琉璃一眼，拉了珊瑚跟在后面。

琉璃摇头笑了笑，转身回了自己的房间，接着收拾桌椅等物。这一日，果然没有人进来烦她，只有青林偷偷在门口看了一眼，见没有什么热闹可看，也就走了。连一日三餐都是仆妇送进来的，饭食上倒也不算苛刻。

到了晚上，这小房间已被琉璃收拾得整齐洁净。只是坐在小床上，她突然发现自己实在有点可笑：她明知道只会睡一两夜，居然也不能容忍这房间有太过邋遢的地方，就好像她明明已经是这个时代的人，居然还总希望能像以前那样随心所欲地活着，大概就是这该死的奢望，才终于把自己搞得无路可退的吧？而如今，她已经无法再后退一步，这种豁出去的感觉，其实还不错，不就是比无耻的人更无耻，比冷血的人更冷血吗？也许只有如此，才能更好地活下去。

一口气吹灭了床边的蜡烛，琉璃望着窗外出了一会儿神，小檀的信都送到了，舅父所托的人也应当已经把自己回家的消息告诉柳夫人那边，明天，或许会是精彩的一天！

果然到了第二日午前，库狄家的大门前又一次停下了华贵的马车，那位叫孜孜的黄衫婢子昂然走进了库狄家的上房。没过片刻，当琉璃跟着阿叶走进上房时，只见她果然还是端着那副一脸嫌弃的表情，毫不客气地坐在了西首的尊位上。

琉璃向她点了点头，"今日又见到姊姊了，姊姊一向可好？"

孜孜抬眼看了一眼琉璃，大约是没有看见预想中的沮丧恐惧，脸色顿时更加阴沉，冷哼了一声，"听闻大娘前些日子大病了一场，如今看来却是不像啊！"

琉璃笑道："托姊姊的福，琉璃的确病了十来日，前两天才好了。"

孜孜冷笑道："这病来得倒是好，去得也是巧，大娘果然是有福之人！"

琉璃笑而不答，只回头吩咐婢女道："还不赶紧拿些酪浆来招待贵客？"

孜孜断然道："不必了！今日我来不是为了别的，只是上次夫人与你说的入府之事，你考虑得如何？"

琉璃悠然道："此事夫人与姊姊都提过两次，不知如今夫人又有何见教？"

孜孜冷冷道："夫人仁慈大量，你若立刻写文书自投为奴婢，之前所犯便一概不论，不然……"

琉璃脸上露出了一丝惊诧，"琉璃正想请教姊姊，之前琉璃是如何冒犯了夫人？"

孜孜一怔，声音带上了怒气："你还要明知故问么？在如意夹缬那边，夫人赏了你五金，令你不许再为他人做事，你是怎么做的？"

琉璃叹了口气，"竟是这样么？姊姊当日也在，请姊姊想想，夫人当日明明说的是，这几个月里，琉璃就不必为别人画样了。琉璃自是谨遵夫人吩咐，几个月连夹缬店都不怎么去了。可夫人何曾说过不让琉璃为他人做衣？若是姊姊觉得琉璃记错了，那日在场之人极多，一问就知！琉璃这两日来一直在苦苦思索，是何处得罪了夫人，原来竟是一场误会！"

孜孜不由大怒，眼睛都立了起来，"你还敢强词夺理！难不成还是夫人冤枉你了？"

曹氏也忙道："琉璃，你在胡说什么？"

琉璃回头走近曹氏笑道："庶母莫急，琉璃自有道理。"又压低声音，"你看不出来，不辩上一辩，他们是一文钱也不想给么？"

曹氏一怔，果然没再开口，琉璃这才又转身来对孜孜笑道："夫人自是没有冤枉琉璃，此事只怪琉璃太过驽钝，因想着夫人吩咐的是不得给人画夹缬样子，便没有领会到别的，请姊姊明鉴，琉璃绝不是故意违背夫人的意思，还要劳烦姊姊回去跟夫人分说一番才是。"

曹氏不知盘算出了什么主意，也插嘴道："正是，原是一场误会，琉璃便是日后要去为夫人效劳，这误会总要揭开才好。"

孜孜冷笑着点头道："你们说了这半日，这投身文书到底是写还是不写？"

琉璃恳切道："按说夫人有命，琉璃不敢不从，只是即使要写，也须得辩说清楚才是。琉璃原本并非故意违背夫人之命，又何来抵罪之说？琉璃是库狄家的女儿，爷娘辛辛苦苦养大了女儿，就算要为夫人效劳，爷娘这十几年就白养了不成？"

曹氏脸色大好，也笑着点头，"正是！"

孜孜脸色变得就如寒霜一般，一字字道："依你说，要多少才算不是白养？"

琉璃低头想了想，抬头笑道："一百金大约也就够了。"

库狄延忠惊讶地瞪大了眼睛，曹氏却点头不迭，"的确，一百金也不算多，想当初那河东公府……"

孜孜哪里肯听，怒气勃发地起身便往外走。琉璃有些意外，忙也跟了上去。孜孜却站在上房门口停住了脚步，只厉声向台阶下候着的两位仆妇喝道："给我搬进来！"仆妇们忙忙地出去，不一会儿就抬了个箱子进来。

孜孜指着那箱子冷笑道："那是我家夫人赏你的绢帛。这文书，你写不写就掂量着办吧！"

琉璃暗暗摇头：这魏国夫人的横蛮加小气大约真是没治了，一箱绢帛才值多少钱？估计就是一心想把她卖了的曹氏也接受不了吧？当下轻笑一声，"所谓无功不受禄，这些绢帛，琉璃还真是无颜收下。"

曹氏此时也跟了出来，果然看着那箱子皱眉不已，也过来笑道："这位小娘子，库狄家受不起夫人的赏呢！"

孜孜怒道："你们敢！"

曹氏脸色微微涨红，顿了顿还是赔笑道："这位小娘子，如今便是五六岁大的孩子，也总要几千钱才买得到，何况我家大娘如此年纪品貌，上次有公府世子出了一百金八箱绸缎要聘她为妾，我家都没答应，我们小家小户养大一个女儿谈何容易……"

孜孜是帮柳夫人办惯了事的，从来只要搁下几句话就无人敢违，哪里见过这样一副做生意咬定价钱的作派，气得话都说不出来。库狄延忠手足无措地站在一边，简直不知说什么才好。眼见院子里库狄家几个仆人听了曹氏的吩咐过来要把箱子抬回车上，孜孜带来的仆妇自然不依，小院顿时变得热闹非凡。曹氏便对着孜孜絮叨着养一个女儿要花多少钱，琉璃又是如何抢手，孜孜却理都不理她，只喝令不许将箱子搬回去。

眼见库狄家上上下下已乱成一团，就听门口有人高声道："这是库狄府上么？"

院子顿时静了下来，阿叶回头答了句"正是"，门口那声音笑道："请夫人下车，就是这家了。"

听着这耳熟的声音，琉璃闭上眼睛，暗自长出了一口气：终于来了！就见院外缓缓走进一位贵妇人，手里摇着一把团扇，轻衫罗裙，衬着雪白的肌肤、含笑的双眼，让人看着便挪不开眼睛，正是武顺武夫人。

孜孜怔怔地站在那里，她曾在宫里见过武夫人好几次，此时一眼认出，心里惊诧之余，渐渐觉出不妙来。

琉璃急走几步迎上去行了一礼，"夫人怎么来了？琉璃……"

武夫人嗔了她一眼，携了她的手低声笑道："还不是为了你？"

库狄延忠和曹氏见武夫人打扮非凡，忙也迎了过去。琉璃忙道："这位是武夫人，是先应国公的长女，宫里武昭仪嫡亲的姊姊。夫人，这是家父与庶母。"

库狄延忠和曹氏忙上前见了礼，相视一眼，心里都有些骇然，琉璃到底还认识多少贵人？

武夫人笑着点点头，"不必多礼，说来这些日子，大娘帮了我不少忙，还要多谢你们才是。"库狄延忠连称不敢，客客气气地把武夫人引向上房。

孜孜站在台阶上，当真是进退两难，直到武夫人走到身边，才勉勉强强行了一礼。

武夫人停下脚步，看了她几眼，回头便问琉璃，"你家这婢女，我看着怎么有些眼熟？"

琉璃看着孜孜瞬间变青的脸，忍笑答道："夫人说笑了，这位姊姊是魏国夫人身边伺候的。"

武夫人恍然点了点头，"难怪眼熟，只是，她来你家作甚？"

琉璃没有作声，孜孜咬了咬牙道："库狄大娘欲投身到我家夫人手下为婢，婢子是奉命来收文书的。"

武夫人惊讶地看了琉璃一眼，"这话从何说起？快些告诉我，到底出了什么事，你要自卖为奴？此事万万使不得！"

琉璃苦笑道："此事说来话长，几个月前魏国夫人给了琉璃五金，让琉璃这几个月只能为她画花样，琉璃愚钝，原想着做衣裳却是不打紧的，结果魏国夫人恼了，说琉璃欺她，这才……"

武夫人惊诧道："原来如此，竟是我的不是！"转头看着孜孜笑道："此事不能怪大娘，是我不知此事，求着大娘帮我做衣裳的，你回去禀告你家夫人，说我武顺向她赔罪，就莫难为大娘了。"

孜孜脸上的青色变得更重了一些，寒声道："启禀武夫人，此乃我家夫人之事，夫人还是莫要插手的好。"

武夫人看了看琉璃，微笑道："若是从前，我原也不便插手，如今却是不同了。前几日我母亲清点旧日的书信来往，发现外祖与大娘的曾祖竟有同僚之谊，算是通家之好。母亲说，难怪一见大娘就觉得投缘，原是有这层关系在，这才让我今日前来拜访。说起来，大娘就如我的妹子一般，哪有妹子要去做奴婢，姊姊不能过问的道理？"

此言一出，不仅孜孜呆住了，连琉璃都有些发愣，她虽然料定杨老夫人既然在她身上投资，应当是想让她入宫，而不是让她去给柳夫人当奴婢，所以前日就送信给武夫人求助。这两天，她的所作所为其实图的不过是个拖字，拖到武家来人。却没想到武夫人会在这节骨眼上亲自过来，找的竟然又是这样的借口……如果她是古人，大概从此就会对武家肝脑涂地、死而后已吧？

孜孜的脸终于彻底青了，死死盯着琉璃道："库狄大娘，你可想清楚了？我家夫人可没那么好的耐心！"

琉璃垂眸片刻，决然地欠身行了一礼，"请转告魏国夫人，恕琉璃不能从命！"

孜孜咬着牙冷笑一声，看着琉璃点了点头，"好！极好！只愿你日后莫要后悔！"说完转身就走。

库狄延忠与曹氏都有些傻了眼，眼睁睁看着孜孜带着那两个仆妇抬着箱子出了门，想追出去，却听武夫人轻声笑道："这司空府也太没规矩了些，也不知这种婢女是怎么教出来的，一点礼数也不懂！"

库狄延忠这才醒过神来，犹豫片刻，到底还是堆上一个笑脸把武夫人请进了上房，分宾主落定，武夫人才曼声道："翠墨！"她身后的一个婢女便走到库狄延忠跟前，双手递上了一份礼单。

库狄延忠忙站了起来，"这如何使得？"

武夫人笑道："我与大娘甚是投缘，又给贵府添了这番麻烦，一点薄礼只是心意而已。此番冒昧前来，一则认个门，二则家母许久没见大娘，甚是挂念，想请大娘过府一叙，不知两位意下如何？"

库狄延忠看着眼前的礼单，那上面清清楚楚写着：素绢十匹，绿缎十匹，青纱十匹，花锦十匹……正有些茫然，又听到武夫人这一番话，抬起头来，半天才道："承蒙夫人厚爱，小女自当从命。"

刚刚收拾过一遍的小屋，转眼间又空了下来，半旧的帘子有气无力地耷拉着，仿佛这院子里剩下几个人的脸色。

在武府的马车上，琉璃也是沉默不语。武夫人只当她心里依然紧张，便笑着宽慰她，"你莫忧心，那魏国夫人虽然跋扈，却也不能到武家来抢人。"

琉璃心里紧张的并不是此事，却也只能讷讷地道："魏国夫人的性子看来是个记仇的，若是让她记恨上老夫人和夫人，那可如何是好？"

武夫人"哈"的一声笑了出来，"你这话却有些傻气，难不成此次不帮你，她就不恨阿母和我了？"

琉璃笑了笑没有接话，武夫人便顺嘴又说了杨老夫人是如何重视此事，一大早就打发她过来云云，琉璃越听心里越紧张，待到真正见到杨老夫人行大礼参拜时，不用刻意演戏嗓音便已微微发颤，"琉璃多谢老夫人和夫人的救命之恩。"

杨老夫人一把拉起了琉璃，看着她微红的双眼，和蔼地笑了起来，"哪里话，原是我们该做的，你本是给顺娘帮忙，总不能因此被逼得做了奴婢。你快坐下说话。"

琉璃点头应了个"是"，才端端正正地坐了下来，杨老夫人又笑道："大娘在老身这里便是客人，万事莫要太客气。"

琉璃垂眸道："老夫人以后叫琉璃的名字就好，今日若不是夫人来得及时，琉璃这辈子便只能为奴为婢。如今也只能恳请老夫人让琉璃留在府里为老夫人和夫人效劳，但凡有什么事情是琉璃能做的，便请吩咐一声，琉璃感恩不尽。"

说起来，她之所以会落入这种局面，眼前这位精明的老妇人大概才是真正的布局者。只是这同样是她唯一的机会——既然无论怎样退缩都无法离自由更近一点，她也只能奋力攀到更高的地方，搏出一条自己想走的路。

杨老夫人看着她呵呵一笑："你也太客气了。就当这府里是你家便好，却不知这一次你想住多久？"

琉璃心里警醒，这是明白的试探了，忙抬头诚恳地道："不敢欺瞒老夫人，琉璃原本就惹恼了魏国夫人，今日之后，她定然更不会放过我。有她一日，这长安城里，也就只有老夫人能庇护琉璃。琉璃愿一直在两位跟前服侍。若有云散月出的那一日，再听老夫人安排。"

杨老夫人的眼睛里终于露出了笑意，却摇头道："哪里有什么服侍不服侍的？只是我看你与顺娘倒也投缘，她是个粗疏的，若能有你一半的细致周全，老身就放心了！"

琉璃心里松了口气，脸上顺势便露出了真诚的笑容，"夫人性子仁厚，琉璃愿跟随在夫人身边。"

武夫人拍手笑道："母亲这主意不错。"

杨夫人也笑了起来，"这就好，日后在这府里，你就是老身故交的孙女，来此是与顺娘作伴的。只有一桩，顺娘过几日便要去宫中她妹子身边，你可愿意也跟去？只怕住的日子要长些。"

琉璃一怔，原来杨老夫人打的主意是让自己陪武顺娘入宫？她心思急转，脸上露出了一丝畏惧、一丝踌躇，"宫里？琉璃原是小户出身，宫里规矩一概不懂，只怕给夫人丢了脸……"

杨老夫人看着琉璃，脸上的笑容更深了些，"这有什么，谁又是天生就会的？"

武夫人也忙道："我来教你就是，宫里其实也没多大规矩，你又是跟着我的，不用理会那么多事情。你这般心灵手巧的，有什么学不会？想来多一个人解闷，媚娘也一定欢喜。"

琉璃微一犹豫，还是郑重地点了点头，"琉璃遵命！只是要请夫人多费心教导了。"

杨老夫人笑道："好，天怪热的，翠墨，你先带大娘去夫人院里换件衣服。"

琉璃忙欠身告退，跟着常年伺候武夫人的那位婢子向外走去，那翠墨与琉璃原是相识已久，出了院门便回头笑道："大娘能和我们一道去宫里，真是太好了。我家夫人最是爱玩爱逛的性子，可在宫里时，昭仪却不许夫人出咸池殿一步，咸池殿的宫女们又不大敢和夫人说笑玩闹，夫人日日都怨太闷。"

琉璃笑着上前挽住了她的手，"姊姊就叫我琉璃吧。我对宫里什么都不懂，你快跟我说说，那宫里有哪些规矩忌讳？"

远处的湖面上，白荷依然亭亭玉立，微风吹过，两个年轻女子细碎的话语和低笑声瞬间便消散在若有若无的荷花清香之中，只留下一串木屐的清脆声音。

而此时此刻，小檀也正脚步噼啪地走在去往西市的路上。

从安家到西市的这条路，她已不知走过多少趟。只是今日走在这条熟悉的路上，她却觉得有种说不出的别扭：那个经常和她一面走一面说笑的人，大概是再也不会回来了。抬头望着西市的大门，她忍不住叹了口气，才迈步走了进去。

虽然已近八月，中午的阳光还是有些晒人，小檀照例沿着店家檐下的阴影往前走。刚刚走到一家酒肆门口，店里靠窗的酒案边却突然站起了一人，叫了一句，"请留步！"

小檀唬了一跳，定睛一看，正是一位熟人，忍不住脱口道："裴……郎君，你怎么在这里？"

裴行俭似乎舒了口气，脸上重新露出了微笑，"可否借一步说话？裴某有事请教。"

小檀想了想道："我家娘子有事知会阿郎，小檀先去把话带到，回头再过来可好？"

裴行俭点了点头，"有劳了，你再来时，径直去雅间就好。"

小檀点头应下，心里倒也猜出了几分他想问什么，忙匆匆地走到自家缬坊，见了安二舅，便低声回报了石氏要传的话：武家不久前已派人来接走了大娘。

安二舅点头不语，脸上倒是露出几分安慰。

小檀见安二舅并无其他吩咐，这才告退。待她再次走到酒肆之中，伙计便迎了上来，将她引到了楼上的雅间。那雅间也靠着窗子，挂着一卷疏疏的苇帘。裴行俭早已坐在里面，面前的案几摆着一壶酒一个酒杯，另一边座位的案上则是一杯酪浆，见她进来便微笑道："请先喝口酪浆解解渴。"

小檀曾听琉璃提过一句，这裴行俭如今是个不小的官儿了，虽知他性子谦和，但听到这番话，还是呆了一下才结结巴巴道："不敢、不敢当。"又欠身行了礼，才有些别扭地跪坐下来。

裴行俭待她喝下了两口酪浆，方开口道："这两天裴某都在宫中值守，大娘送的信昨夜才收到，今日原本想去夹缬店打听的，那边竟已被封了，到底出了何事？如今大娘人在何处，可还安好？"他的语气依旧从容，目光却紧紧地落在小檀的脸上。

小檀叹了口气，"婢子也不是十分清楚，她如今……大约已在那武夫人家中。"抬头看见裴行俭静静地看着自己，目光温和中带着期待，不由自主便把自己知道的所有事情从头到尾都讲了一遍，末了才道："此事原在大娘意料中，武夫人性子也还好，想来她在武府应当过得！"

裴行俭垂下眼帘,默默地喝了口酒,半晌才抬起头来笑了笑,"多谢。"

小檀看着他的笑容,只觉得里面似乎有种难以言传的落寞,不假思索地脱口道:"你莫担心,大娘那样心善的人,定然会有福报!"

裴行俭一怔,随即微笑着点点头,"自应如此。"说着拿出了一个装了些铜钱的荷包推到小檀跟前,"若你能见到大娘,劳烦转告她,她所说之事,裴某自当从命。"

小檀刚才说完那一句,就后悔自己太过唐突,再见了赏钱,不由跳了起来摆手道:"不敢,若能见到大娘,小檀一定把话带到!告辞了!"说着连礼都未行,转身一溜烟地跑了出去。

裴行俭多少有些愕然地看着小檀的背影,摇了摇头,只得拿起绢囊收回怀中,指尖却突然触到一物。他慢慢将它拿了出来,看着信封上"裴君亲启"那四个端正的小楷,想到信里提出的那个请求,望着窗外出神半晌,低声叹了口气,"你太小瞧裴某,也太小瞧你自己了!"

自斟自饮地喝完了那壶酒,他才结账走出酒肆,太阳不知何时已失去了先前的热力,一阵风猛地从地上刮了起来,吹得人有些睁不开眼睛,远远的天际,有厚厚的黑色云层迅速堆积。

长安城的第一场秋雨,很快就要落下了。

第十三章
承天门高　咸池殿远

一场延绵了十余日的秋雨之后，长安的秋意蓦然变得浓厚起来。微凉的秋风吹过，枯黄的槐荚纷纷坠落。城里每条大道的两旁都堆积了厚厚的一层荚壳，和着还未干透的泥泞，在沿着路边行走的牛车车轮和行人脚下不时发出吱嘎的声响。

琉璃坐的马车走在大路的最中间，那里的黄土已经被太阳晒干，马车行驶得又快又稳，车轮过处，扬起一路飞尘。没过多久，马车左边的小窗外，便出现了高大的宫墙。

她还是第一次离皇宫如此之近，忍不住凑过去多看了几眼，只觉得这足有十余米高的土黄色宫墙看着便有一种难以言喻的压迫感，想到接下来的一两年里多数时间或许都要在这高墙内度过，饶是她这几天来已经做足了心理建设，此刻也禁不住有些茫然。直到她对面的武夫人问了声"你可曾来过这边"，她才回过神来，老老实实地摇了摇头。

武夫人今日穿着绯色的泥金芙蓉罗衫，挽着绛色晕花披帛，气色鲜润，心情明显颇为愉快，安慰地对琉璃笑了笑，"我头一次进宫里时，也觉得这宫墙看着就森严骇人，惯了便好了。"

琉璃只能点头称是，却见坐在武夫人身边的小月娘也在笑嘻嘻地看着自己，不由对她扮了个鬼脸，心情倒是松快了些。

马车沿着宫墙走了两三里地，才在一个写着"延喜门"的单拱大门外停了下来，守卫的禁军上来盘问了两句后挥手放行，马车便沿着门洞走了进去。那门洞足有十几米长，想到这便是宫墙的厚度，琉璃不由有些骇然。

进了门洞是一条往西去的宽阔长街，两边都是高高的宫墙，武夫人便指着右边的宫墙道："这边是东宫，过了东宫才是太极宫。"又往左边指了指，"那边是皇城，是东宫内坊、三省衙门和禁军驻地。"

琉璃点头暗记，车马又走了两三里地，武夫人突然笑道："你不妨掀开车帘好好看一眼，前面就是顺天门了。"

顺天门？琉璃怔了一下才明白这应该就是后来的承天门，忙挑起车帘向外看去。就见马车前方出现了一个青石铺就的大广场，正对着右边那座异常雄伟的城门门楼。那门楼宽度近七十米，中间的大门足有八九米宽，两边又各有两个宽约六米的侧门，规模比后世的天安门城楼更显宏伟，气势也更为古朴威严。城门之上是一座双重歇山顶的高大楼观，朱墙黑瓦，在高远澄澈的秋日天空下勾勒出一道简洁而雄浑的剪影。城门东西两侧还各有一座规制严整的朝堂，将这座大唐第一门烘托得越发大气磅礴。

琉璃屏息看着眼前的一切。承天门门楼已经彻底消失在马车后面，她才放下车帘长出了一口气。大约又往前走了几百米，马车慢了下来。武夫人笑道："到了！"

眼前是另一座城门，看去与承天门的构造相仿，也是上有楼观，下铺青石，十分庄严沉稳，只是规制要小上一号，门道只有三条，旁边也无殿堂衬托，看起来便远不及承天门壮观，城门的牌匾上写着"永安门"三个大字。武夫人便向琉璃笑道："但凡官家女子入宫，都是从这永安门出入，这正门却只有皇后才走得。"

话音刚落，三名宦官快步迎了上来，打头的一个长得眉目清秀，向武夫人行了一礼，"夫人来得好早。"

武夫人微笑道："刘康，昭仪这些日子可好？"

那叫刘康的宦官点头不迭，"昭仪一切都好，就是时常惦记着夫人与老夫人，听说夫人此次能多住几日，欢喜得很。"说着便指挥另外两个宦官将马车上的行李搬了下来。

武夫人携着琉璃的手走向左边的侧门，一面略带抱怨地低声道："按说咱们这样的后宫亲眷可以乘车直入，那柳氏就从来不在这里下车，只是媚娘和母亲都是左也不许右也不许的，咱们也只能到里面换宫里的小车了。"

琉璃暗暗点头，这才是聪明的做法！对武夫人笑道："还是昭仪和老夫人考虑得周到，虽是麻烦了一些，却也省得人说嘴。"武夫人嗔了她一眼，"怪道母亲喜欢你，你果然是和她一路的！"

琉璃笑而不语，心道：我能跟她是一路人才见了鬼！她四下打量了几眼，正瞥见那个叫刘康的宦官塞给看门的侍卫头领一个看起来颇有些分量的钱袋，几个侍卫顿时眉开眼笑。刘康又和那几人熟络地说笑了几句，这才赶了过来。

这永安门门洞也足有十几米长，走到门内，刘康便把几个人引到一边早已等候的三辆马车边。马车都挂着青帷，套着矮马，车厢看着极为小巧，武夫人拉着琉璃上了头一辆，乳娘抱着月娘上了第二辆，翠墨香玉则带着行李挤上了第三辆马车。

却见马车里面也十分简洁，只设了一张半新的牙席，铺着葱绿色的锦褥，正好供两人从容坐下。不多时，车轮滚动起来，不知是因为宫中地面格外平整，还是马车做得精细，竟比武家那辆华丽的大车更平稳三分，从车厢的小窗向外看去，不时能看见一座座雄伟的宫殿或楼阁，武夫人便告诉琉璃，"这一片都是前朝，那边墙内的是中书省，从这里往东便是太极殿……"

在马车里坐了足足两盏茶工夫，又过了两处宫门，车轮才停了下来，刘康在外面笑道："夫人，请下车换檐子。"

武夫人笑着舒了口气，"进了这晖政门，才算是到内廷了，咱们也不用再憋在这巴掌大的马车里！"

走进晖政门，琉璃发现四周景色已是不同：宽阔的青石路两边绿荫婆娑、花木扶疏，掩映着几处亭台楼阁那精致的粉墙黑瓦，路上来来往往的多是穿着对襟半臂与高腰绫裙的宫女，连迎面吹来的微风里，似乎都多了一股脂粉香。

刘康招了招手，一顶四人抬的檐子赶了过来。琉璃也曾在市坊中见过这种唐代轿子，有抬在肩上的，也有后世那样用手抬的，只是四面都不过象征性地挂着几条布帘，坐轿之人的视野固然几无遮挡，却也只能神情肃然地正襟危坐，便是打个喷嚏也能引来旁观，实在算不得多舒服。

此时过来的肩舆倒是格外精致，顶部做成了四角飞檐的亭阁状，几条朱色轻纱飘垂四角。四名抬舆的宦官恭敬地将檐子放在武夫人面前，待武夫人牵了月娘跪坐在檐子之上，四名宦官这才抬舆起步，端的是平稳之极。

琉璃和翠墨跟在檐子后面，翠墨这几日来已和琉璃混得极熟，此刻便低声将沿路各处殿阁的名字告诉琉璃。一路上遇见不少宫女似都认识刘康，多有先与他说笑一句，才向武夫人行礼的，举止果然并不拘谨，穿着打扮也常在细节上别出心裁。

一路过了百福殿，经过月华门，前方远远地出现了一条长长的廊庑，朱栏青瓦，延绵不绝。琉璃忙问："那是何处？"翠墨笑道："那便是千步廊，过了这千步廊和淑景殿，便是昭仪的咸池殿了。"

千步廊？琉璃脚下顿时有点发软，她自然知道，此时所谓一步是指男子两步跨出的距离，一步为五尺，一里为三百步，这千步廊岂不得有三里多长？她们已走了小半个时辰，显然还有很长的一段路要走，跟眼前这大得离谱的太极宫比，故宫实在很迷你……她正想得出神，翠墨却一把紧紧攥住了她的胳膊，"糟了！"

琉璃吃了一惊，忙问："怎么了？"

翠墨用下巴往前指了指，琉璃定睛一看，前面转角处突然出现了一队宫人，中间簇拥着一顶肩舆，那肩舆金顶紫帘，十分华丽，里面依稀坐着一位紫衣丽人。琉璃心里一动，忙问："难道是皇后？"

翠墨眉头紧锁，轻声道："若是皇后也就罢了，是萧淑妃！咱们都要当心些！"

萧淑妃？萧淑妃很难缠吗？再难缠跟她们这些人又有什么关系？琉璃忙抬头看了武夫人一眼，只见她愣愣地看着前面，拿着帕子的左手已攥成了拳头。

那队宫女片刻间便到了跟前，这边四个宦官早已放下檐子，武夫人下舆站在路边，待萧淑妃的肩舆到了眼前三四步光景时，低头行了一礼。琉璃也跟着肃拜下去，心里虽然颇有几分好奇，却也不敢往肩舆里打量。

却听那肩舆里传来了一个沙软的声音，"咦，我不曾看花眼吧？这不是武家顺娘么？"那队宫人立刻停下了脚步，两道飘动的紫纱正落在琉璃眼前不到两步的地方。

武夫人身子有些发僵，低声道："臣妾见过淑妃。"

萧淑妃顿时笑了起来。"臣妾？夫人也太见外了！不知夫人此来有何贵干？哎呀，就当我没问过，我也真真愚钝，这还用问么？昭仪如今身子不大方便，夫人自然是来替昭仪伺候……"笑着笑着蓦然提高声音问道，"你说对不对？"

琉璃本来一直低着头，突然间感觉到好几道目光落在了自己身上，她不由抬起头来，只见肩舆的紫纱帘里，一根纤纤玉指正指向自己。

琉璃的目光在那根手指上停了停，只觉得这手指出奇的纤长柔美，看不见一点骨节，却偏偏有一种冰雪般的冷冽感，精心修剪的指甲染成了艳丽的玫红色，琉璃脑子里冒出的第一个念头竟是："一定染了很多遍凤仙花汁……"

坐在肩舆上那位紫衫女子看起来同样冷艳绝伦，她并没有像一般人那样正襟危坐，而是斜靠着一张凭几，头上也只是用玉簪松松地挽着一个反绾髻，一张微有棱角的瓜子脸，大约是因为皮肤格外白皙，深黑的长眉浓睫便分外有一种让人不敢逼视的明丽。此刻，那双黑幽幽的眸子正顺着眼角瞥向琉璃，表情里除了浓浓的嘲讽，还有一种猫抓耗子般的恶毒快意。

这种曾在曹氏脸上出现过无数次的表情，瞬间便让琉璃从惊艳中警醒起来，她念头急转，垂眸端端正正地行了一礼，"淑妃说的是，我家夫人进宫原本就是来伺候昭仪的。"

"原来是个耳朵不好使的……"萧淑妃脸上的嘲讽之色更浓，"难不成要找个人来教一教这个奴婢如何听清楚我的话？"

琉璃心里一沉，顿时明白翠墨说的"咱们都要当心些"是什么意思了，这萧淑妃看来不但言辞刻薄放肆，还习惯于刁难下人，好打主人的脸！她心思急转，忙又行了一礼，"请淑妃恕罪，民女愚钝，适才会错意了，淑妃的意思莫非是说，我家夫人进来是代昭仪伺候皇后和圣人的？"

"皇后？"萧淑妃发出一阵轻笑，末了才懒懒地道，"你家夫人伺候得上皇后么？"

琉璃满脸都是认真，"皇后母仪天下，统率六宫，昭仪如今身怀龙裔，我家夫人伺候好昭仪，自然便是为皇后分忧了。"

萧淑妃的笑容收了一些，神色间闪过一丝意外，"没看出来，原来竟是个口齿伶俐的，那你家夫人又该如何伺候圣人呢？"

琉璃神色更加恭谨，"所谓普天之下莫非王土，率土之滨莫非王臣，我家夫人身为大唐子民，自当遵从圣人的教诲，听从圣人的安排，才算尽了做臣子的本分。"

萧淑妃掩着嘴笑了起来，"依你的意思，你也是大唐子民，因此也须似你家夫人一般尽心尽力地伺候圣人，是也不是？"说到尽心尽力四个字，她软软的语音拉得分外得长。

琉璃心里暗骂了一声，她可没兴趣爬高宗那张床，忙摇头道："请淑妃明鉴，贵贱有别，小小民女不敢与夫人们相比。"

萧淑妃微微支起了身子，看着琉璃，脸上突然露出了浓厚的厌恶之色，"巧言令色！我何时说过你家夫人是来伺候圣人的？你竟敢曲解我的意思，好大的胆子！"

琉璃不由有些愕然，原来这萧淑妃竟是个日历脸，说翻就翻的，微一回想，觉得自己刚才每句话都说得十分谨慎，心里倒也不是十分慌乱，脸上却带出了惊诧，"启禀淑妃，民女愚笨，不解淑妃之意，民女何曾说过我家夫人要来伺候圣人？民女说的，不过是身为大唐子民，当听从圣人安排而已！却不知适才哪句话冒犯了贵人，还请淑妃明示。"

萧淑妃冷笑道："你是说我冤枉了你？大胆的奴婢，谁去教教她规矩！"她身边的宫女中，一个面目冷厉的中年女子立时一步便走了出来。

琉璃心里一震，突然有些明白，今日大概自己无论怎样小心都没用，眼前这主儿，压根是不讲理的！看着那位宫女刀子似的目光，她忍不住后退了一步，却听那个叫刘康的宦官突然笑道："且慢！"

萧淑妃冷冷瞟了刘康一眼，"今日奴婢们胆子还真是变大了，一个两个的都要出头来寻教训么？"

刘康躬身行礼，抬头笑道："都怪小的未曾禀告，这位库狄娘子并非宫女奴婢之流，而是昭仪请的画师，因擅长花鸟，才特地召进宫来为昭仪画屏制衣。此事陛下也是知晓的，还说过要见识见识她的手艺。望夫人念她初次入宫，不懂规矩，饶恕她这一回。"

萧淑妃的神色变得有些阴晴不定，琉璃一颗心也吊在了半空中，虽然刘康说得明白，自己不是宫里人，也不是武家奴婢，而是皇帝同意召进宫来的画师，说不定还会被皇帝召见的，按理这位淑妃不会不顾忌，但她真要发疯……仿佛过了许久，萧淑妃终于冷冷地开了口，"看不出来，倒是有才有貌的！竟是我看走眼了！也罢，过些日子不如来我这里也画上一幅，不知你意下如何？"

琉璃还没来得及松口气，心里又是一紧，只能毕恭毕敬答道："多谢淑妃赏识，只是此事民女不敢擅作主张，须先禀告昭仪才是。"

萧淑妃冷笑道："怎么，来我的宫里还会辱没了你不成。"

琉璃忙答道："民女不敢，民女首次入宫，并不知宫中规矩，只是既应昭仪之召在先，当听从昭仪安排，此事之后，民女愿为淑妃效劳。"

萧淑妃眼神越发幽寒，点了点头道："也罢，我就等你为昭仪效劳之后再说！"说着便似乎再也懒得看众人一眼，懒懒地靠回了凭几，又挥了挥手，她的凤舆重新向前移动起来，一行人渐渐走远。

翠墨捂着胸口长出了一口气，低声说了句"菩萨保佑"。

武夫人却叹道："琉璃，你何必应了她？"

琉璃不由苦笑了起来，"夫人，琉璃若是不应，今日之事能了么？待会儿只求昭仪多吩咐琉璃画几幅画，拖个一两年才好。"

武夫人皱眉道："那一两年之后又如何？"

琉璃心道：两年之后么，这位姑奶奶据说就进酒坛子了……嘴里只能笑道："琉璃这样的人，一两年之后，淑妃难道还记得起来？"

刘康也笑道："夫人莫担忧，一年两年不够，就五年十年，昭仪要找出事情来吩咐库狄娘子做还不容易？"

武夫人叹了口气，拉着月娘上了肩舆。这一路再无意外，倒是翠墨心有余悸地对琉璃低声道："今日咱们真是运道好！幸亏淑妃大约是见你面生，点了你，若是点到我和香玉，最少也是十下掌嘴！刚才那个冷脸的宫女最是手狠，十下能打得我们一个月见不了人……嘴里还指桑骂槐，话难听得没法说，就因为这个，昭仪才不让我家夫人离开咸池殿一步。"

纵然已领教过淑妃的风格，琉璃还是有些意外，"怎会如此？"

翠墨的声音更低，"淑妃便是这个性子，咸池殿里吃过亏的人不在少数，连皇后身边的人也怕她，听说昭仪还没受封时，也没少……"

琉璃顿时瞠目结舌，转念一想，也是！她原以为高宗只有一个妃子，所以这萧淑妃才会和王皇后一道成为武则天的死敌，可前几天才知道，高宗后宫佳丽众多，有妃位的就还有贵妃、德妃、贤妃三个，更别说那些嫔、婕妤、美人……只是，旁人大概不曾这样欺辱过武则天，因此也只有萧淑妃后来落到了那样的下场。

这就是可怜之人必有可恨之处吗？

眼见行经之处就是淑妃刚才出来的淑景殿，一行人不约而同地加快了脚步，又绕过一个绿柳环绕的大湖，这才到了咸池殿前。

这咸池殿看起来比淑景殿似乎略小，四面由半丈多高的宫墙围绕，中间是一道修着舒展飞檐的大门，一行人刚刚走近，大门里就快步走出了七八个宫女，领头的一个俏丽宫女迎上来笑道："夫人可算来了，昭仪适才已问了两遍。"

抬着肩舆的四个宦官放下了檐子，武夫人也笑着上去握住了那个宫女的手，"依依，怎么让你等在这里了？"

两人说笑了几句，一群人便前呼后拥着武夫人走了进去，琉璃进门后看了看，这院子的四角都建着秀雅的楼阁，正中是一座建在台基上的宫殿，也是颜色简洁的粉墙黑瓦，线条流畅的双重飞檐，檐尾有鸱尾高高翘起，檐下是一排朱色的柱子，左右又有长长的廊庑将殿宇亭台连成一体。

走到了正殿的廊下，琉璃见翠墨和香玉都站在门外，忙也止住脚步，默默地打量着这殿堂的细节，却见门窗梁栋上都没有太多雕刻彩绘，只有些许云纹装饰，看起来极为简朴古雅，正看得入神，刚才那个叫依依的宫女却笑着出来携住了她的手，"库狄大娘怎么不进去？昭仪正问起你呢，还怪我们怠慢了客人！"

琉璃忙笑着说了声"不敢当"，随她迈步进了殿门，一进门，只觉得足底突然一片异样的柔软。她低头一看，却是整个鞋子都已没入地上铺着的红色地毯之中。依依一面引着她往西边走，一面低声笑道："这是宣州的红锦地衣，整个宫里，也就是圣人的甘露殿和这里有呢！"

琉璃轻轻点头，想到马上要见到的那位女子，一颗心已经提了起来，脚下那仿佛在云端行走的感觉更是加重了这种心慌。好容易穿过重重绣帘，进了西殿靠后的一间屋子。琉璃抬头一看，这屋里站着四五个宫女，武夫人正坐在一张挂着紫罗帐的六角屏风牙床之上。一位黄衫女子半倚在她身边，看见了琉璃，坐起来笑道："这就是库狄大娘？"声音竟是清澈柔和得犹如泉水。

琉璃心头乱跳，也没有看清楚那女子的相貌，就深深地拜了下去，"琉璃见过昭仪。"随即站直了身子，眼观鼻鼻观口地肃然而立，一时竟不敢抬起头来。

那个柔和的声音里带上了笑意，"听说适才你还跟淑妃争得有理有据的，怎么现在倒拘谨起来了？莫非我比淑妃还唬人？"

琉璃心里默默无言两行泪：您这不是开玩笑吗？您和萧淑妃完全就不是一个档次的啊……竭力定了定神，才微笑道："昭仪容色照人，琉璃不敢多看。"说着尽量表情自然地抬头看了武昭仪一眼，却蓦然发现，自己这马屁拍得并不算过分。

这位未来的女皇看起来似乎不过二十五六岁光景，容貌与武夫人有六分相似，也是一张微圆的鹅蛋脸，双眉细长柔顺，一双丹凤眼却高高挑起，鼻梁挺直，嘴角含笑，整个人看上去端庄温柔，可眼波一转，顿时又变得妩媚入骨，加上那种从内到外焕发的容光，虽然不如萧淑妃那般明艳不可方物，却让人看了一眼就忍不住想看第二眼，越看越觉得魅惑难言。

听得琉璃的回话，武昭仪忍不住笑了起来，细长的凤眼微微眯起，更添了几分柔媚，"你今天都见过淑妃这后宫第一美人了，还跟我这般滑嘴，可不是讨打？"

武夫人也指着琉璃笑道："你刚才是在外面吃了蜜才进来的么？"

琉璃的心情悄然放松了许多——眼前的武昭仪非但没有想象中未来女皇的无边威仪，反而比武夫人更多了一份优雅沉静，整个人几乎有一种母性的光辉。想到这里，琉璃又看了她的腰身一眼，只见她系着一条深碧色六幅高腰裙，肚腹微微突起，倒不算十分明显。

她想了一想，索性笑着回道："淑妃的美貌，让人不敢亲近，昭仪的容色，却让人一见就想亲近，却又怕近了亵渎昭仪，故而琉璃是又想看，又不敢细看，倒是让昭仪见笑了。"千穿万穿，马屁不穿，武昭仪虽然和她想象的完全不一样，却的确很美，她说这话也没什么心理负担。

此言一出，武昭仪和武夫人更是忍俊不禁，武昭仪半天才忍住笑，"罢了罢了，你也别耍花枪，我知道，你今日是被淑妃惦记上了，心里还在后怕吧？你且放心，我定然不会让你去吃这个亏！"

琉璃忙行了一礼，"多谢昭仪垂怜。"

武昭仪叹道："就你这张巧嘴，我就算想不怜只怕也不成！你走近些，让我看看。"

琉璃向前走了两步，武昭仪却拉起了她的手，琉璃心里一颤，低头不敢言语，好在那只手温暖有力，倒不会令人不适，她也尽量慢慢地放松下来。

武昭仪似乎觉察到了琉璃的紧张，不动声色地细细打量了她一回，回头跟武夫人道:"你上哪里找出来这样一个齐全人儿的?我只道她是个心灵手巧的,没想到长得也这般齐整。"

武夫人笑道,"如何?眼馋了不成?她可是不愿意到宫里来的,这次让她跟我来,还是母亲念叨了半天才答应。"

武昭仪略有些惊异地挑了挑眉,转头看着琉璃嫣然一笑,"那你倒说说看,你想去什么地方?想做的又是什么?"

她的目光依然温柔清澈,只是琉璃突然间觉得自己已经从里到外被她看了个透,心里一凛,低下头不好意思地笑了笑,"不怕昭仪笑话,琉璃心中最想的,便是周游天下。"

此言一出,武昭仪雍容的脸上也露出了一丝愕然,武夫人更是"啊"了一声,随即笑骂了一句:"你又说什么怪话,当自己是游侠儿么?"

琉璃忙道:"不是胡说,琉璃从小就爱丹青,常想着前人所说'眷恋庐衡,契阔荆巫,不知老之将至',不知是何等境界,此生若能走遍天下山水,搜尽奇峰名花,入以丹青,描以绢帛,老时在家中画上满壁山水,也不枉活这一遭。"其实原先在美院时,她外出写生也常会抱怨住处太脏、饭菜太粗,如今才知道那些和同学在农家挤着通铺睡的日子,是何等珍贵……

武夫人又好气又好笑,摇头道:"痴儿!痴儿!"

琉璃不由深深地叹了口气,"琉璃也知此念甚妄,常恨不得生为男儿,可以仗剑天下,快意恩仇!"

武昭仪本是目光深邃地看着琉璃,听到这里却笑了起来,"怪道你不愿来这里,原来是个心野的!我比你略小些的时候,也只贪玩,恨不得天天能出门逛去,后来才慢慢知晓,这世上之事哪里是自己做得了主的?不过,你若只想到长安之外看看,那也容易,让我母亲帮你找个外放为官的夫婿不就成了?"

这个……琉璃无言以对,只得低头不语作含羞状。

武夫人拍手大笑,"原来你是打着这个主意!我今日才知晓,以后倒是要让母亲帮你留心些才是。"她见琉璃发窘,正要再打趣琉璃几句,突然想起一事,"说起来算你运道好,昭仪适才还说,再过一个多月,便要陪圣人去汤泉宫,你好好求昭仪,让她携你前去,岂不就有了现成的山水可看?"

汤泉宫?温泉浴?琉璃眼睛顿时亮了起来,忙恳求地看向武昭仪,武昭仪见了她两眼放光的模样,笑出了声,"你若是多给我画两幅屏风,我就带你去!"

琉璃忙表决心,"琉璃定当效命!"

几个人又说笑了几句,武昭仪便道:"这一路也怪累的,你们先去梳洗,待会儿也好一道用饭。"

自有宫女领了她们下去,武夫人被安排在毗连着正殿的后殿里,翠墨香玉都跟着她住,琉璃则跟着领路的宫女来到了后殿外东边的阁楼中。领路的小宫女几步走到西屋挑起帘子,待琉璃进门后,便行礼笑道:"奴婢名叫阿凌,大娘以后有什么事情,吩咐奴婢去做就好了。"

琉璃心知这是武昭仪安排给自己的侍女，忙笑着从手上退下了一个银镯子塞到她手里："以后就劳烦阿凌了。"

阿凌笑嘻嘻地接过镯子道了谢，又把屋子里的各种用具一一指给琉璃看。这间屋子并不算大，好在门窗敞亮。屋里放着一张贴文柏床，挂着红罗软帐。床头是一张曲足案几，放着铜镜、妆盒等物，下面放着一张月牙凳。窗下又有一张极大的高足案几，上有笔墨纸砚。墙边还有一个四足刻了兽首的三彩柜。

阿凌道："大娘的行李已收在柜里，可要婢子拿出来整理一番？"

琉璃摇了摇头，心里琢磨，看房间布置，武昭仪是将画室也放在了这间屋子。

阿凌出去打了盆清水回来，琉璃简单梳洗了一回，自己开了柜子的顶门找了件衫子换上，这才让阿凌带自己去武夫人处。

两人出得门来，恰好便看见乳母牵着月娘也从这阁楼的正屋里走了出来，后面还跟着两个小宫女。

月娘换上了一件绯色团花小衫，配着同色的裙子，整个人越发显得粉团团的可爱之极，见了琉璃，小脸上露出了欢快的笑容，"大娘，你是和我住一处的么？"琉璃笑着点头，上去牵住了她的另一只手。

一行人到了武夫人住的后殿西屋时，武夫人刚刚梳洗完毕，换上了一件丁香色散花绫裙，整个人更显白皙柔美，看见琉璃把早上来时穿的绛色绣花罗衫换成了素面衫子，皱眉道："你怎么越穿越清淡了？"

琉璃笑道："来的时候一路要见人的，自然不能丢了夫人的脸，如今也没有外人了，还穿那么鲜亮做什么？"

武夫人白了她一眼，没好气地摇了摇头，又伸手拉过月娘，把她头上戴的两朵小小绢花从前面换到了侧边，低头问了几句，月娘细声细气地一一答了。正说着，有宫女过来道："昭仪请夫人到前面去。"顿了顿又道："圣人过来了。"

武夫人眼睛一亮，站了起来，伸手理了理鬓角就要往外走，突然想起什么似的又对琉璃笑道："你且等着，或许过一会儿圣人便会召见你。"

琉璃忙道："夫人还是莫要提起琉璃才是，琉璃胆小，只怕会御前失仪，反而不美。"

武夫人笑道："圣人最是平和怜下的，又赞叹过你的丹青，只怕见了你还会有赏。"

琉璃还要再说，武夫人却摆了摆手便往前而去。果然没过多久，门外便匆匆进来了一名宫女，"库狄娘子，圣人宣你觐见。"

琉璃忙站了起来，跟着那个宫女快步往前殿走去，一路走进她刚才到过的西殿后房。琉璃眼角一瞟，看见武夫人站在床边，武昭仪则依然倚靠在床头，身边坐着一个身穿赭黄色衣袍的男子。她不敢多看，端端正正地伏身行了大礼，"民女叩见陛下。"

"平身，"高宗皇帝李治的声音听起来年轻而温和，停顿了片刻便问，"那首《春江花月夜》是你从哪里听来的？"

果然是个文化人啊！琉璃心里感叹，恭敬地答道："是民女几年前在曲江踏青时偶然听人唱的，民女愚钝，只记得这几句了。"

"如此……"高宗李治似乎有些失望，就听武昭仪笑道："那诗我也见过，若是她这般年纪就能写出来，只怕大唐再没有人敢称会写诗，她原是画师，我看若论画牡丹，宫里的画师再没一个及得上她。"

李治也笑了起来，"说的也是，那屏风诗、字、画可称三绝，字已经赏过裴守约了，诗大约一时也找不出是何人所写，如今这画师就在眼前，媚娘倒说说看，该如何赏她才是？"

武昭仪道："陛下有所不知，这位库狄画师生平所愿，乃是周游天下，画遍大唐奇山异水，想来定须不少绢帛才能画下，陛下不如就赏她些素绢？"

李治也笑了起来，"那就赏她一百匹素绢吧，大约总是够她画了。"

琉璃心头忍不住一阵欢喜：一百匹绢，就是好几万钱呢……她笑着行了一礼，"多谢陛下赏赐！"趁着武昭仪在打趣皇帝大方，她起身时不着痕迹地向上看了一眼，只见这位皇帝大约二十七八岁，一张微长的方脸，五官清秀，神情平和，居然也是生着一双细长的凤眼，只是脸色似乎有些苍白。

却听武昭仪又道："只是还有一件事，还请陛下一并恩准。"

李治忙问："什么事？"

武昭仪轻描淡写地道："琉璃今日进宫时遇见了淑妃，她头次入宫，不大懂礼数，性子又鲁莽，冲撞了淑妃，淑妃多少有些着恼，听说她是画师，便让她去淑景殿效命。她如今十分后悔，一来就求我去向淑妃求情，我有什么法子？只能替她向陛下讨个恩典，请陛下看着她为陛下效劳过的份儿上，饶她冲撞之罪，就让她在这殿里效力，不必奉他人之召可好？"

琉璃暗叫一声精彩，这话说得！萧淑妃是什么脾气，翠墨都知道，李治自然更清楚，至于自己有多胆小谨慎，有眼睛的人都能看到，武昭仪这样一说，便是既体谅了自己，又美饰了萧淑妃，是何等的和善大度！

李治果然沉默了片刻才柔声道："好，就依你。"

琉璃只得越发诚惶诚恐，"多谢陛下，多谢昭仪。"

李治的目光似乎在她身上停留了片刻，语气有些漫不经心，"你日后便好好在这咸池殿里伺候昭仪，才不枉昭仪替你求情一场。"

琉璃赶紧低头应了，耳听李治淡淡地道了声"你下去吧"，忙行礼退了下去，一直走出十几步才抬头轻轻地出了口气。

她自行回到了武夫人的房间，逗着月娘说笑了几句，不久武夫人也走了回来，神情多少有些心不在焉，待到宫女们将她们三个引到后殿的一间屋里用饭时，琉璃才明白过来：皇帝和昭仪在一起吃饭，却并没让武夫人在一边作陪。

她心里叹息，面上只做不知，不时向武夫人问这问那，武夫人也打起精神随口解

/第十三章/承天门高　咸池殿远

释了几句。其实这宫里日常用餐倒与安家有七八分相似。屋中的那张鎏金包边雕花的高足板案上，用七八个饰银牙盘盛着菜肴，数量并不夸张，质量却颇为出色。正中的牙盘里是一道烤鹅，腹中填了羊肉糯米团子不说，外面鹅肉也有些异香。琉璃一问才知道，原来这鹅竟是放在羊腹中烤至熟透的，而那一盘捏得极精致的肉包子，名叫"玉尖面"，里面的馅料则是肥美的熊肉和精瘦的鹿肉调和而成。

武夫人原本有些恍惚，但琉璃问得仔细，月娘又吃得欢快，心情慢慢也振作起来，笑道："我也只知道个大概，有些菜式却也并不清楚。"说着便指向一盘颜色鲜亮的烤肉道："听说这肉是十几天都不会放坏的，还有一种更好的，能放上月余，却不知尚食坊的奉御是如何做出来的。"

一时饭毕，各自回屋休息。琉璃没有午休的习惯，好在阿凌告知，咸池殿藏书极多，连这楼里的东屋也有一架书。琉璃已几年没摸过书，忙去看了看，才大失所望地发现无非是些经史子集，以史书为最多，一色都是装订简洁的手抄本。琉璃选了半日，只得挑了卷最通俗的《汉书》，坐在窗下随手翻看。

只是琉璃纵然有些书法底子，但这满纸繁体竖排没标点的毛笔字，落在眼里没多久也化作了无数只飞舞的苍蝇。她正昏昏欲睡，窗外突然传来一阵谈笑之声。琉璃忙从窗缝里看了出去，却见李治携着武昭仪到了后院的亭里，两人身边还有个体态丰满的妇人抱着一个小小的婴孩。李治在亭中坐下后，从妇人手里抱过了孩子，低头逗弄，武昭仪不时伸手摸摸孩子的手脸，那婴孩被逗得咯咯地笑了起来。李治便将他高高地举在手中，孩子蹬着双腿，笑得更是欢快，武昭仪却似有些紧张，跟着站了起来，不知说了句什么，李治便把孩子放了下来，又拉着他的手要教他走路。

这一家三口其乐融融的情形，看上去和世间任何年轻父母都没有区别，琉璃不由看呆了。过了好一会儿，小朋友大约有些不耐烦，大声哭了起来，李治和武昭仪紧张地哄了半天未果，只得把他交给乳娘。待乳娘退下后，两人在亭子里又低头谈笑了好一会儿，才携手回了殿中。

看着那两个亲密的背影，琉璃一时有些茫然，只觉得今天所见的一切似乎都和自己想象的不大一样……只是，一样或者不一样，和她又有什么关系呢？琉璃摇了摇头，低头继续和手中这卷手抄本斗争起来。

第十四章
月色撩人　冤家路窄

宫中的第一个清晨，琉璃是在窗外的鸟鸣声中醒过来的。推开窗户，那满眼被清晨露珠洗得透亮的草茵叶丛，让掩映其间的亭台飞檐有了一种仿若图画的不真实感，不知名的小鸟在枝头啾啾欢鸣，宫女三两结伴地在院中翩然行走，臂上飞扬着五彩披帛，打扮与昨日不同。琉璃想了想才恍然记起，今天不正是中秋节吗？

她回身打开柜子，找了件应景的缃色云纹滚边的短襦，配上宝蓝色窄身高腰裙，对着床头的铜镜看了看，却看见了一对浅浅的熊猫眼——昨夜她睡得实在不算好，李治留宿在了咸池殿，可武昭仪慵懒的神色和武夫人晚膳后的盛装，却让她忍不住怀疑这位表现得一往情深的皇帝，到底是上了哪张床！感慨了好一会儿正要入睡，结果前院又传来了一阵喧哗……

她正想找点什么东西冰一下眼睛，阿凌已从外面匆匆走了进来，抱歉地行了一礼，"奴婢适才到前院领赏了，没想到大娘竟起得这般早。大娘昨夜睡得可好？"

琉璃顿时想起昨夜前院传来的那阵古怪的动静，点头笑道："过节宫里都有赏么？我昨夜朦朦胧胧间好像听见有人敲鼓，难道也是宫里的风俗？"

阿凌怔了一下，随即便笑了，"宫里的赏也罢了，不过是份胭脂水粉，是昭仪又赏了厚厚的一份！大娘昨夜听到也不是敲鼓，是敲门。"

琉璃奇道："半夜三更的怎么会有人敲门？若是我这里都能听见，那敲门声岂不也不比敲鼓小声？"

阿凌笑容变得有些古怪，想了想才道："昨夜原是淑妃的人过来找陛下，说是……"她的声音压低了些，"淑妃在院子里等了陛下半夜，着了凉，头疼难忍。"

琉璃微觉愕然——莫非昨夜李治原本该在淑妃宫里睡的？既然没去，那么就是……只是淑妃的这种手段，未免也太老套了一点吧？忍不住追问："那陛下可过去看淑妃了？"

阿凌眨了眨眼睛，"陛下面都没露，只打发阿胜出去，说是带他们去找尚药局的侍御医给淑妃看诊！"

琉璃摇头失笑，想来武顺娘有些日子没进宫，正是小别情热，淑妃若是最得宠的时候，这招大概还是管用，如今却只是讨嫌了。只是，装病也能装得如此气势如虹，这个淑妃实在……

在自己房间里用了早点，琉璃见月娘出门了，才跟了上去，一起到了武夫人屋里，武夫人果然是一副容光焕发的模样。待到武昭仪那边有请时，琉璃看着武夫人娇媚的神情心里都有些打鼓，武昭仪却是和武夫人说说笑笑一如昨日。琉璃正自心里发毛，便听她道："看到琉璃倒是想起来了，快把那条月色裙拿出来，今日正应景。"

不多时琉璃做的那条六幅缭绫银丝云纹长裙就被宫女捧了出来，武昭仪试了一试，众人都是赞叹。琉璃左右端详了几眼，突然有了个主意，笑道："这月色裙的银丝还是不够亮，昭仪若是放心，我去拿亮银粉描上一些星点，或许能更好。"

武昭仪自是称好，琉璃便拿了裙子回屋，用清水调了一些自己从安家带来的银粉，细细地在裙裾上描上星形的小光点。一幅绢宽约一尺八寸，六幅便足有一丈，星点虽然不难画，但这样一条裙子画下来，却也花了琉璃大半天的工夫。

待到她终于画完，已是金乌西坠。她捧着裙子去了正殿，武昭仪住的西屋正是一片欢声笑语，原来杨老夫人也到了，正在逗弄乳母怀里的李弘，一见琉璃就笑道："真是个痴儿，我午后就在你的窗口站了好一会儿，你头都没抬过，我和顺娘都笑得不行，你居然也听不见！快把裙子拿来，老身倒要看看你画的是什么。"

琉璃将裙子举起展开，屋里顿时静了下来，在窗口照进来的斜晖里，这条洁白如月练的长裙上突然多出了无数星光，上疏下密，在裙尾汇成一片繁星闪烁。

好一会儿，杨老夫人才叹道："怪道你画了一天，竟是将漫天星斗画上了这条裙子！"

武昭仪也笑了起来，略一思索便问："这可是那牡丹夹缬上用过的银粉？不知是什么做的，竟有这般华彩。"

琉璃笑道："昭仪好眼力，其实不过是些寻常东西配置的，只是方子略难得些。"

武昭仪点头不语，系上了这条裙子，又依琉璃的意见换上了一件藕荷色素面翡翠方胜纹锦滚边的短衫，配翠色的披帛，回头便对琉璃笑道："晚上宫中有宴，你也一起过去热闹热闹。"琉璃一怔，忙含笑应了。

眼见天色一点一点地暗了下来，一行人收拾停当，由宫女拥簇着出了咸池殿，一直往东北而去。没走多远，眼前就是一大片水面，水面东南角已点起了一片灯火，又有丝竹之声隐隐传来，正是今夜赏月所在的望云亭。

一行人刚刚走近那望云亭，却见侧面的路上也浩浩荡荡地来了一大队人马，中间拥簇着三顶肩舆，当头的两架都是显眼的金色华顶，琉璃心里一动，隐隐猜到了来者何人，目测了一下距离，暗暗摇头。

果然，她们这群人到了望云亭院落入口时，那群人也恰恰走了过来。武昭仪带头停下了步子，向着过来的金顶凤舆屈身行礼，众人也跟着行了礼，却见那凤舆里的华服女子竟恍若未见，凤舆一步未停地往里去了。

灯光之下，琉璃只能看见武昭仪挺直而沉静的背影，但她身边的宫女们脸上分明都已露出了不忿之色。第二架金顶华舆里坐着一个十来岁的少年，也是扭开头径直往里去了。这边宫女们的脸色更是难看，被乳母抱着的李弘不知为何"哇"地哭了起来，武昭仪回头看了儿子一眼，背着灯光的脸上没有一丝表情。

琉璃往过来的第三顶肩舆里扫了一眼，心不由一提——里面坐的正是老熟人魏国夫人。此时她再往后挪已是来不及，好在魏国夫人也是头都未转地过去了，琉璃正不知是该惊讶还是庆幸，突然感觉到有两道冰冷的目光落在了自己脸上，定睛一看，却是跟在肩舆后面的孜孜。她怔了怔，索性对着孜孜点头一笑。孜孜的冷脸上顿时烧起了怒火。

待这一大队人马都进了望云亭院内，她们才走了进去，眼前是一个极大的院子，到处彩烛辉煌，欢笑不绝，悠扬的西凉乐飘荡在院子上空，盛装丽服的美人触目皆是，不时有人向武昭仪含笑施礼，有几个还特意赞叹了几句她的裙子。武昭仪也一一微笑还礼，一行人竟是好半日才走到院西靠着湖水的望云亭前。

却见这望云亭与其说是亭，倒不如说是一座两层的凉殿，起在高高的土台之上，一名三十多岁的宦官站在台阶下面，看见武昭仪便快步迎了过来，满脸都是笑容，"昭仪怎么也没乘舆？陛下适才已经在问昭仪了。"

武昭仪笑道："劳陛下惦记了，原是在宫里闷了一日，想走上一走。"又回头对杨老夫人一笑，"母亲，女儿待会儿再下来陪您。"

杨老夫人笑呵呵地点头。眼见武昭仪带着李弘和乳娘宫女们沿阶而上，又有宫女过来引了杨老夫人走向一楼靠窗的位置，而周围已坐了不少年纪不等的贵妇贵女，琉璃这才明白过来，大概中秋也是嫔妃的女眷可以入宫团聚的日子，不过唯有嫔妃才能到楼上与李治陛下同乐，嫔妃的亲眷则只能在楼下领宴。

宫女将杨老夫人领到了靠南的窗边，这一片设了两张长条案几，杨老夫人携了月娘的手，坐在上首的案几，武夫人便坐在下首，琉璃正想与翠墨都站到后面，杨老夫人却回头道："大娘，你也坐。"

琉璃吃了一惊，微一犹豫，还是上前坐了下来，心里明白杨老夫人此举乃是当众抬了她的身份，不由真心真意地说了一声，"多谢老夫人。"

杨老夫人点头一笑，目光怡然地在厅堂内转了一圈。在她斜对面的柳夫人脸色却是冷若冰霜，她身后的孜孜狠狠地瞪了过来。好在一盘盘珍奇的瓜果点心流水般送将上来，穿着锦半臂纱披帛的宫女身影晃动，挡住了那刀子般的视线。

过得片刻，院子里演奏的西凉乐变成了欢快的龟兹乐，随即便是一阵楼梯声响，却是李治与王皇后在宫女宦官的拥簇下走下楼来，满屋子人立时都避席而起。

琉璃偷眼打量了几眼。这王皇后并未如其他嫔妃般争奇斗艳，穿着的是一身浅黄色钿钗礼服，赤金的十二树花钿沉甸甸地压在一张秀美的小圆脸上，眉目娟雅，神情端庄，那种端严的气场倒是比她身边满脸平和的李治要强大许多。

两人来到主位上，王皇后说了几句安席之语，声线算得上娇柔，语气却着实平板。众人在案几后行大礼领宴，这中秋的宫中家宴才算正式开席。

随着帝后的离开，《六幺》的柔曼舞乐响起，两队身着长袖舞衣的教坊乐姬翩跹走进亭内，在席间空地上曼然起舞。柔软的腰肢轻摆，拖地的长袖飞扬，当真是翩若飞鸿，矫若游龙。一曲绿腰舞罢，又换上了节奏明快的胡旋舞。

乐声悠扬中，不知不觉月上中天，歌舞略歇，案几上的瓜果冷菜都已撤下，端上来的却是一道用鸳鸯莲瓣纹银碗盛着的热羹，武夫人笑道："这是宫里的中秋玩月羹，最是鲜美应景，你不妨多用些。待会儿菜肴撤了，再喝两口菊花酒，这中秋宴便算圆满。"

琉璃点了点头，这时节的酒席都是先吃菜，再撤席上酒，的确应该吃饱点……她拿起银羹勺刚刚尝了一口，还没有辨出滋味，一位面生的宫女快步走了过来，停到琉璃面前，面无表情地道："皇后殿下宣库狄氏上去回话。"

这宫女的声音并未刻意压低，无数人的目光顿时投了过来，琉璃愕然转头看了看杨老夫人，却见她也是眉头一皱，随即便露出了一个得体的笑容，"快些去，皇后虽然最是宽厚，你也不可失了礼数！"

琉璃心里忐忑，却也无法可想，只能恭敬地应了一声，规规矩矩站起身来，跟在那位宫女身后向楼上走去。

沿着楼梯走上二楼，迎面是一座巨大的插屏，上面画着不知哪位孝子贤人的图像。转过插屏，却见几百支高燃的香烛，足以将窗外的月华衬得黯然失色，而那满堂珠翠闪耀宛若星辰，绮罗飘曳有如云雾，更是将一幅瑶池行乐图勾画得活色生香。只是随着琉璃的脚步踏入，原本回荡在各个角落的笑语欢歌和杯觥交错之声却渐渐地静了下来。

琉璃虽然不敢抬头乱看，也能感觉到无数目光都落在了自己身上，汇成一种难言的压力。纵然她自认心理素质过硬，此时一颗心也不由越跳越快，正要深吸一口气压下这种恐慌，转念一想，索性听任手指微微颤抖起来。

一片寂静中，只听前面的宫女回道："启禀圣人、皇后，咸池殿画师库狄氏已带到。"琉璃忙跟着跪伏下去，"民女参见皇帝陛下，皇后殿下。"

似乎过了好半晌，才听见那个刚刚才听过的娇柔声音淡淡地道："平身吧。"停了停又道："武昭仪今日的长裙，可是出自你手？"

原来是为了这个！琉璃虽有些拿不准到底出了何事，还是恭敬地答道："启禀皇后，民女只是在此裙上略加修饰而已。"

皇后还未答话，另一边却突然传来了一声轻笑，"略加修饰？好一个略加修饰，真真看不出你还有这等手段，却不知你是怎样将一条寻常裙子略加修饰，就变成了此等模样？"

琉璃听这声音分明有些耳熟，语气又如此轻佻，心里好不纳闷，略微抬起头来看了一眼，却见说话的女子坐在帝后的右手第一张案几之后，正是那位萧淑妃！她原本便是绝色，配上今夜的云鬓华服，越发显得冷艳不可方物，只是此时眉梢眼角那毫不掩饰的讥嘲之色,却几乎是在这张画儿似的脸上公然挂出了"找茬"两个大字。琉璃顿时明白了几分,正念头急转间,突然看到武昭仪也坐在这一边,与萧淑妃只隔了一张案几。见琉璃望了过来,她神色平静地笑了笑,笑容里却多少有些隐忍、有些无奈。

琉璃如何还不明白发生了什么事,心里微哂,面上越发恭敬,端端正正地行礼回道:"淑妃过奖,昭仪的长裙质地本是上佳,民女只是用银粉调水在裙上绘制了一些星点而已,雕虫小技,不足挂齿。"

萧淑妃长长地"喔"了一声,问道:"是不是雕虫小技,是你说了算的么?再说这银光亮粉又究竟是何物?不似寻常金银丝线之物,竟是宫里也未见过的!"

果然来了!琉璃自然还记得,武夫人曾说过,如今的这位皇帝陛下性子平易,不好奢华,也不爱珍宝游乐……她抬头看了萧淑妃一眼,脸上露出了几分诧异之色,结结巴巴地答道:"启禀夫人,这、这银光粉究竟是何物,琉璃也不大清楚,是民女的舅父按秘方配制而成,似乎并不算难得,只是昂贵了一些。"

萧淑妃的眉毛顿时挑了起来,眼里已露出了笑意,淡淡地瞟了坐在下首的武昭仪一眼,漫不经心般问道:"到底有多昂贵?"武昭仪的眉头也微微一皱,随即脸上便露出了几分意外,几分好奇。整个厅堂变得落针可闻,连李治与王皇后都凝神看了过来。

琉璃目不斜视、毕恭毕敬道:"启禀淑妃,民女曾听舅父说过,这银粉看着不大起眼,竟比真正的银子还要贵些,一两便要花一缗多钱,今日绘制一条裙子,便用了足足一两多的银粉。"

萧淑妃的脸色顿时一僵,声音也高了八度:"你胡说什么!"

琉璃索性扑通一声跪了下来,惶然答道:"淑妃息怒,民女不敢妄言,寻常颜料几百钱便能买上一斤,这银粉的价钱却要贵了十几倍……民女不敢以次充好,欺瞒昭仪!"

萧淑妃脸都青了,还要开口,正前方却突然传来"哈"的一声,却是李治撑不住已笑了出来,咳了两声才道:"果然是贵重得很!贵重得很!朕早说过了,武昭仪原是最有分寸的,原来如此,也不枉得了朕的这张帖去!"

武昭仪也笑着站了起来,走上几步,欠身行礼,"多谢陛下赏赐!"摇曳的烛光中,那条犹如雪浪泻地、银河流曳的月色裙愈显晶莹华艳。一旁自有宦官将一个精致的匣子递到了她的手中,她低头看了看匣子,展颜而笑,那分仪态万方的温柔妩媚,顿时让满屋争奇斗艳的嫔妃美人都失了颜色。

琉璃一时都看呆了,却听"啪"的一声响,萧淑妃的案几上不知倒了一样什么东西。武昭仪似乎怔了一下,看了看脸色发僵的皇后,又看了看神情冰冷的淑妃,脸上的笑容变得有些勉强,静静地垂眸退了下去。李治本来笑吟吟的满面容光,目光一扫,脸色也有些发僵,停了片刻才淡淡地道:"如今见也见了,问也问了,皇后和淑妃可是满意了?"

淑妃猛地抬起头来，目光在琉璃身上一转，款款起身行了一礼，"陛下，妾十分喜欢昭仪的这条裙子，请陛下恩准，让这画师来淑景殿里帮妾也制上一条如何？"

琉璃吓了一大跳，忙扭头去看武昭仪，脸上不由露出了几分货真价实的惶恐。武昭仪也怔了一下，随即便一脸恳求地看向李治。琉璃顿时想起，这皇帝金口玉言答应过武昭仪不会让自己去淑景殿的，心里这才略定。

李治果然皱了皱眉，"淑妃若是喜欢，让这画师再做一条自是无妨，却又何必将她召到你那里去？"

萧淑妃还要开口，李治已不耐烦地摆手道："此等小事，何必多言！"

萧淑妃咬了咬唇，不敢再说，眼里满是不甘，看了看琉璃，又抬头望向了王皇后。王皇后沉沉的目光在琉璃和武昭仪的身上转了两圈，并没有开口。

武昭仪看了皇后一眼，明显地松了口气，满怀感激地看了李治一眼，又向萧淑妃道："淑妃夫人敬请放心，库狄画师必然尽心竭力，不会教夫人失望。"说完嫣然一笑，爱不释手地轻轻抚摸着手上的匣子。

萧淑妃轻轻"哼"了一声，转开了目光，王皇后却突然笑了起来，"我看这画师的确年轻聪慧，不知昭仪可否借她给我使一使，我也正想做一身这样的长裙！"

琉璃愕然抬头，却见李治的脸色已彻底沉了下来，语气变得冰冷，"既然如此，倒不如让她到朕甘露殿的御书房里画！朕也想开开眼界！"

这、这算是怎么回事？琉璃顿时有种迎头挨了一棒的"惊喜"，可惜李治显然不耐烦了，挥手便让人将她带了下去。

剩下的宴席，琉璃全然是食不知味。身边杨老夫人略带打量的深沉眼神以及斜对面柳夫人不时飞过来的锐利眼刀，固然令她郁闷不已，而周围不时投来的古怪眼光，和武夫人难得的沉默，让琉璃心里更是一通响鼓。

好容易晚宴结束回到咸池殿，她原该随着武夫人告辞回屋，心思转了几圈，却磨磨蹭蹭地欲言又止。武昭仪倒是笑了笑，"你今日原是辛苦了，且跟我说说，你想要什么赏赐！"

宫女们静静地退了下去，武昭仪倚坐在屏风牙床上，半放半挂的紫罗纱帐掩住了她的脸孔，让人看不清那上面的喜怒。琉璃忙低头道："琉璃不敢讨赏。"

紫罗帐里好半响才传来一声低低的笑声，"不敢么？我一直以为你是老实人，没想到却是个促狭的！"

琉璃赶忙答道："琉璃今日只是实话实说而已。"

武昭仪也不接话，只是摇头微笑，"我自然知道你是实话实说。只是有些看不出来，你的胆子到底是太大，还是太小？"

她的声音依然柔和，琉璃却不由屏住了呼吸，默然片刻，才抬起头来，"不敢欺瞒昭仪，琉璃胆子其实最小，怕死、怕痛、怕被人欺辱，因此做事从来都会思前想后。自打随老夫人进入武府那一日起，琉璃便知，此生荣辱全在昭仪身上，昭仪若得平安富贵，琉璃就能安然偷生，昭仪若是万一有些不如意，琉璃自然也是万劫不复。一想到或会有那一日，胆战心惊之余，别的事情，也就没有什么是不敢做的了。"

武昭仪身子并没有动，一双眸子却静静地落在了琉璃的脸上，静谧的屋内似乎有一种无形的压力渐渐凝聚。琉璃胸中坦然，心头虽然有些忐忑，倒也把持得住。半晌之后，才听得一声幽幽叹息，"你要的平安，却是不易。今日你也见到了，皇后、太子、淑妃对我都是如何。除了陛下的一点垂怜，我在这宫中再无他物可倚，说来也不比你强上多少。"

琉璃暗暗松了口气，微笑着回道："琉璃只知道大唐是陛下的，后宫更是陛下的，后宫之人的生死荣华，全在陛下一念之间，有陛下的垂怜，昭仪就什么都有了。就如琉璃在咸池宫，再无半点根基，再招众人厌恶，只要昭仪垂怜琉璃，琉璃便一无可惧。"

武昭仪轻轻摇头，"话虽如此，却哪有如此简单？你终究不是朝堂之人，又哪里知晓，陛下虽是天下之主，却不是能够万事都随心所欲的。"

琉璃一时有些接不上话来，她当然无法解释自己为何能了解朝堂局势，突然间却想起了刚看到的几篇传记似乎正用得上，索性若有所思地皱起了眉头，"琉璃的确不大知晓朝堂之事，只是记得史书上说到前朝的宣帝，爱妻都被权臣霍光的家眷害了，也是隐忍了好些年，才拔掉了背上的芒刺，想来皇帝终究是皇帝，那霍家再是权倾朝野，最后还不是落了个族灭的下场……"

说到此处，她突然感觉到两道明亮锐利的目光落在了自己脸上，心里一凛，忙不好意思地笑了笑，"琉璃好几年没看书，昨日才胡乱看了几页，原是胡言乱语，昭仪恕罪。"

武昭仪静默片刻，突然笑了起来，"是昨日才看到的么？你竟是爱看书的。"她的笑声好半晌才止住，突然又道："今日若不是你做的裙子着实出色，我大约也不容易得了那张卫夫人的帖，原是该赏你的。你倒说说看，你想要什么？"

琉璃苦笑一声，站了起来，"启禀昭仪，琉璃的确胆小，万万不敢到圣人那里去画裙，还望昭仪垂怜，让琉璃留在咸池殿里完成圣命。"

武昭仪似乎怔了一下，轻声笑了起来，"所谓金口玉言，此事不是我能置喙的，不然圣人的颜面何在？"

这是推脱还是试探？琉璃心里一沉，脸色也随即垮了下来，可怜巴巴地抬头看着武昭仪，"昭仪……"

武昭仪却只是笑着摇头，"我记得你说过你此生所愿，乃是周游天下，你若肯实话实说，为何会如此作想，或许我能想法子助你一臂之力。"

琉璃不由暗暗咬了咬牙，这个问题她是迟早要面对的，答案原本也早已想好，只是真的要说出口时，声音却依然有些发涩，"不怕昭仪笑话，琉璃心里已有一人，只愿能守得云开月出，便可与他长相厮守，周游天下。"

武昭仪微微挑起了眉毛，目光中露出了几分惊奇，"竟是如此？那人是何许人士？你们可有婚约？再说，你可知何时才能云开月明？若是要费上十年，他肯等你十年？

他若不肯等你，你又该如何？"

琉璃垂眸叹了口气，"他……是官宦子弟。我和他虽只有口头之约，但他是君子，想来会守诺。琉璃也知世事无常，可有这念想在心，总是一线希望。若是没了念想……"她黯然摇了摇头，如果她真的要在这变态的宫廷里勾心斗角、看人脸色过一辈子，还真不如早死早投胎。按说那个人和那个约定，不过是她给自己找的一条退路，但不知为何，此刻想起，心里却当真有些惆怅。

武昭仪并没有追问下去，上下看了她几眼，感慨地叹了口气，"真是个痴儿，也罢，日后若有机缘，我定然想法让你能偿所愿！"

琉璃忙不迭地深深低头，"多谢昭仪成全！"

武昭仪的语气里多了几丝不易察觉的慵懒，随意又问了几句琉璃过得可习惯，喜欢看什么书。琉璃一五一十都说了，眼见她打了个呵欠，忙道："今夜实在晚了，琉璃告退。"

回到屋中，她只觉得全身骨头都要散架了，胡乱洗漱了一遍，倒在床上睡了个昏天黑地。待到第二日早起，便听说圣人又赏了好些箱衣料过来，琉璃少不得又去瞻仰了一番唐代纺织业的最高成就，从薄如蝉翼的亳州轻纱到工丽精致的蜀地重锦不一而足，叹为观止之余，手上便有些发痒。

武昭仪却笑道，她还是好好回屋准备，说不定这几日便要上手去做那两条裙子了。琉璃没精打采地应了，一屋子人都笑了起来。不知是不是错觉，她只觉得武昭仪的笑容比昨日似乎更为放松，目光里也多了几分温和。她心头不由也轻松了几分。回屋检查了一遍自己带来几支狼毫小笔和半罐银粉，又重新翻起那本前日搁下的《汉书》。

只是要补上这古代文化课却非一日之功，看了没两页，她便又有些犯困，随手将昨日选的那片红叶书签夹回书里，却突然注意到这叶子有些异样，形状并不十分对称。琉璃画了十几年的工笔花鸟，于这种细节上向来敏感，顺手便要扔掉，突然心中一凛，低头看了看刚刚又翻过一遍的宣帝本纪，只觉得一阵后怕，背上竟是凉飕飕的汗湿了一片——幸亏，幸亏她没有在这件事上撒谎！

轻轻合上书页，她转头看了看前殿的方向，慢慢苦笑起来。

第十五章
意外相逢　百思不解

提起狼毫小笔，琉璃蘸了蘸调开的银光粉，埋头画下不知道是第几千个星形碎点，一口气按点好的位置画了七八个，待笔上的银粉将将用完，她目光一溜，确信屋里再没有外人，才抬起头来舒了一口气，轻轻地转了转脖子。

一连两天，每天画一条八幅月光裙，这种劳动强度和枯燥程度，饶是她这种任劳任怨的劳动模范也没法不烦——何况还在这种要命的地方！

她现在用的调色盘是一个透彻如玉的越瓷荷叶碟，画桌是一张螺钿云纹的檀木高足案，案旁一个九龙盘柱镂空宝相花纹鎏金香炉正散发着幽幽的异香，案几前立着一架阎立本绘制的古贤人物六扇屏风，更别说屏风外面墙上挂的那几张字画，看上去似乎竟是王羲之、顾恺之等人的亲笔！可惜，这是甘露殿东殿的御书房，就算借她一个胆子，她也不敢到处溜达着欣赏一番这些千古珍品。

她身后的阿凌轻声道："大娘，可要奴婢给您揉一揉肩膀？"

琉璃摇头苦笑道："这是什么地方，被人瞧见了岂不是太轻狂？"

阿凌笑道："大娘也太谨慎了些，这不过是用来搁些文书典籍的后隔间，除了阿胜他们几个，哪里会有人进来？大娘这样低头一画就是半日，奴婢看着都觉得累得紧。"说着便走上一步，轻轻在她肩膀上揉了几下。

她手法娴熟，劲道合适，琉璃肩头一阵酸麻，忍不住轻"嘶"一声，"你这手法是从哪里学来的？"——还真有点专业按摩师的架势！

阿凌笑道："不过是跟常来咸池殿的女医学了些。"

琉璃点头不语。此时的宫廷里原有女医，是从掖庭宫的官户婢中选拔，由太医署的博士教授医术，主要是学些安胎、针灸、推拿的本事。武昭仪因身怀有孕，日日都有女医过来看望。武昭仪对这些女医甚好，阿凌若是向她们学过几手推拿，倒也不算稀奇。

阿凌又给琉璃按了几下，外面却突然有了动静，依稀还有李治的声音，琉璃忙站直了身子，再次蘸了些银粉，又低头画了起来。

她来御书房奉旨制裙已有整整两天，却只在昨日午前遇见了李治一回。当时李治进来看了两眼，琉璃规规矩矩地行了礼，便按照他的吩咐继续画，李治大概也觉得这种画法看着没什么趣味，站了片刻便走了。眼见第二条裙子已快画好了，这桩任务立马要平安完成，她心里暗暗祈祷，还是不要再瞻仰一次龙颜的好。

就听外面脚步声响，大约五六人走进了外间的书房。李治的声音带笑，"前日翻检文书，竟又得了几张双勾的《快雪时晴帖》，正好给几位爱卿把玩。"

一片道谢之声零零落落响了起来，几句闲话之后，有一个不太年轻的声音道："陛下，臣适才收到消息，北平定公的病大约是不易好了，这尚书省右仆射的人选，只怕还需要斟酌一番，做些准备。"

李治叹了口气，"张公为国操劳，当真是令人扼腕，右仆射位高任重，确需好好商议。不知舅父心中可有人选？"

舅父？难道说话的就是长孙无忌？琉璃一面画，一面不由竖起了耳朵。只听先头那个声音道："臣以为，褚相执掌吏部多年，熟知尚书台事务，最宜此职，同中书门下三品如故，亦名正言顺。"

立时便有另一个声音道："太尉厚爱，臣何德何能，堪任此重任？"

李治笑道："褚相太过自谦了！此事原是顺理成章。"顿了顿又道："只是吏部亦是重地，褚相若兼管吏部之事，是否太过操劳？朕前几日得知，卫尉卿许敬宗所编《文馆词林》已然完稿，倒是可调任吏部。"

长孙无忌立刻道："陛下所言差矣，许敬宗虽有文才，然为人贪鄙，竟因财礼而嫁女于蛮夷，掌管吏部，持身须正，许学士如何能任此职？褚相掌管吏部已久，不如暂且兼任，待日后再慢慢挑选合适之人。"

李治沉默片刻，声音变得有些低沉，"就依舅父。"

之后几人又品论了一番王羲之《快雪时晴帖》的笔力，各本双勾的成色，过了片刻长孙无忌等便告了退，李治却突然道："守约，你留一下。"

琉璃心头剧震，不由自主屏住了呼吸，就听李治长长地出了口气，声音里带着些疲惫，"上次就想让你帮朕临那篇《谢生帖》，好容易前天才找到，双勾虽然最为形似，却不如临写气韵流畅。你若无事，待会儿就在那边案几上临好，朕让阿胜候着你。"

裴行俭的声音依然温润，"臣遵命。"

李治的声音里突然带上了一丝嘲讽，"也就是守约你无论何时何地都能挥笔，也不嫌弃朕这里笔墨不精。"

裴行俭语气平静地回了一句，"臣不敢与褚相公相比。"

李治笑了一声，又道："阿胜，你去烫壶菊花酒，再回来磨墨，等裴卿临好，你便送到咸池殿来。守约，你喝两杯再写，你的字样样都好，就是略差一分飞扬，这草书原是有些酒意才更峻拔。朕先走了！"

"恭送陛下。"

琉璃听着李治的脚步声走远，那个叫阿胜的宦官也低声告了声罪，大约是到门外烫酒去了，前面变得一片安静，她的心情却怎么也无法平静下来。只是难道自己能现在出去打个招呼，"好久不见！我的信你收到没有？那件事没问题吧？"想到这里，她不由自嘲地一笑，低头接着画她的星点，心情好歹慢慢平复下来。

大约过了一两炷香的工夫，琉璃只觉得后面似有点动静，回头一看，却是阿凌一脸的难耐，看见琉璃回头，不好意思地低声道："大娘，你这里还要多久才好？"

琉璃心里一动，瞟了一眼基本已经画好的裙子，压低了声音道："最多再有半个时辰。"

阿凌的脸色更是为难，"奴婢、奴婢想出去一趟……只是外面有人，这可如何是好？"

琉璃压了压心跳，微笑道："那是外官，你是宫女，你出去他难不成还会拦着你？咱们又不是在这里做见不得人的事，你怕什么？"

阿凌想了想也笑了起来，"大娘稍等片刻，奴婢去去就回。"

琉璃道："去吧。"声音却略提高了一些。

阿凌匆匆出去，琉璃等她的脚步声走远，放下画笔，咬了咬牙，几步走到门口，挑开了帘子，却见裴行俭就站在不远处的案几之后，一双清亮的眼睛也正看了过来，慢慢露出一丝笑意，"果然是……"

他身上穿的是双十花绫的深碧色圆领长袍，系着银色腰带，愈发显得面如冠玉，琉璃看着这张熟悉的脸，不知为什么只觉得心头有些激荡，脱口道："琉璃只是奉武昭仪之命，在这里为皇后作画。"

裴行俭一怔，随即笑了起来，眼里满是明亮的光芒，"原来如此。"

琉璃话一出口，就恨不得给自己一下：简直是此地无银三百两！看见他的笑容，更是发窘，忙道："裴君别来无恙？"立刻惊觉这话更是傻得厉害。

裴行俭的笑容果然更深了些，"托福。还好。"

琉璃脸上发烧，满腹的问题，一时竟是无法出口。

还没等她鼓足勇气，裴行俭已慢慢敛了笑容，低声道："那封信我已收到，裴某曾说过，大娘但有驱使，无不从命。只是，大娘信中吩咐之事却不敢盲从。"

琉璃一惊，忍不住道："裴君，琉璃自知身份卑微，并无妄想，只是希翼事情平息之时，裴君外放之日，可借裴君的名头离开长安，脱身之后，绝不会多加纠缠，想来纳妾放妾，于裴君名声并无损害！"

却见裴行俭摆了摆手，脸上露出了一丝微涩的笑容，"大娘误会了。裴某有什么名声可损？我只是觉得，你于我本是有恩，助你脱身原是义不容辞，你本是良家子，纳妾放妾，于女子名声无益，岂是报恩之道？大娘若不嫌弃担了虚名，裴某可以娶妻放妻，于你日后或许更是有益。"

娶……妻？琉璃几乎不敢相信自己的耳朵。按她的计划，纳妾不过是桩买卖，她记得裴行俭再过一年多就要去西域，而且会一去十几年，那时魏国夫人与皇后败局已定，她正好借着这个由头，离开这摊浑水，到西域重新开始，做点生意，扎下根基，过上自由自在的日子。这样的话，他们也算两不相欠。可娶妻放妻……他真的不是在开玩笑？

裴行俭静静地看着她，脸上绝对没有半点开玩笑的痕迹。琉璃迎着他沉静的目光，不由有些结巴起来，"此事，只怕不大、不大妥当。"

裴行俭垂下了眼帘，神情有些苦涩，"大娘是惧怕裴某克妻之命，还是怕裴某言而无信？"

琉璃心头一震，脱口道："我自然不信那些胡说八道！只是……"

裴行俭抬眸微笑起来，"那就好，大娘无须多虑，裴某必守此约。你在宫中，一切小心。"说完竟不再多话，转身便走出门去。

琉璃呆呆地站在那里，只觉得自己大概是在发梦，半晌才放下帘子，走回到案几前面，机械地蘸了点银粉，却不知道应该画在什么地方。

恍惚间不知过了多久，她听见外面传来阿胜的声音，"裴郎君，您怎么出来了？"

"秋光宜人，故此出来转转。"裴行俭的声音里似乎也带着温暖的笑意。琉璃不由看了看窗外，只见外面阴惨惨的并无日影，哪里有半点"宜人"的样子？

到底是她疯了，还是裴行俭疯了？

半个时辰后，当琉璃离开书房之时，裴行俭依然在临帖，阿胜在一边研墨，琉璃只能对他默然行了一礼，抬头看见他含笑的眼睛时，脸腾地又烧了起来。

直到出了甘露殿，迎面吹来的凉爽秋风才让她脸上的温度慢慢降了下来。她一定是弄错了，他眼睛里的微笑，声音里的关切，还有那个"娶妻"的承诺，不过是因为他本来就是温润如玉的君子，不过是要回报她的恩惠。他是裴行俭啊，怎么可能看上自己这种除了画画一无长处的女子……

"大娘，你知道今日外间那人是谁么？"身边传来了阿凌兴致勃勃的声音，"长得真俊，人也和气，奴婢向他行礼时，他居然向我点头笑了，奴婢还从未见过有人笑得那般舒服。"

琉璃怔了怔才答道："那是起居郎裴守约。"心里却忍不住微微一哂，他本来就是让人如沐春风的人，对阿凌不也是那样微笑的！

阿凌奇道："大娘认识他？"

琉璃点了点头，"我在宫外作画师时，曾帮他画过一扇屏风。"此事原本就是瞒不住人的，而且她也迟早会向武昭仪交代，那个"他"就是裴行俭，只是如今……

阿凌兴致更浓，"怎么不见大娘和他寒暄几句？"

琉璃一怔，心思转了几下，还是笑道："身份有别，不好攀谈。"

阿凌点了点头，"那倒也是。"走了几步突然又笑道："大娘怎么画裙子越画越慢了？今日竟比昨日还多花了些时间。"

琉璃顿时警惕起来，叹了口气，"我连画了这两天，如今手腕都快断了，要再画下去，只怕一天都画不完。"

阿凌看着自己手里捧着的裙子，也跟着叹了口气，"正是呢！这裙子明明也不大沉，可奴婢捧着久了，也觉得重若千钧。"

两人都自觉命苦，唉声叹气了一番。甘露殿离咸池殿虽然并不算太远，也要走上小半个时辰，眼见前面已是咸池殿，后面却传来了阿胜的声音，"库狄画师走得好快！"

琉璃和阿凌忙停下脚步，只见阿胜脸上带笑，快步赶了上来，"你们一走，裴郎君便临好了，小的还想着正好能赶上你们一道过来，没想到走到这里才看见两位。"

琉璃心里一动，不敢多想，对阿胜笑道："早知如此，咱们适才便在外面候着王内侍了。"她这两日在书房里见得最多的就是这位叫王伏胜的年轻宦官，李治要找什么文书似乎都是遣他，显见是个识文断字的，难得为人聪敏，说话也和气。

阿胜笑着摆手，"不敢，不敢。"又对琉璃道："这两日，倒是辛苦画师了。"

琉璃不敢托大，忙笑道："还要多谢内侍两日来的照应才是。"她处处留心，自然看得出，这位阿胜先前对自己虽然照顾，却有些疏离，昨日李治进来转了一圈之后，大约见她的确循规蹈矩，态度里倒多了几分亲近。

三人一路上说笑了两句，一道进了咸池殿。李治正在武昭仪的屋子里，听得阿胜的回报，转头对武昭仪笑道："我适才就是从书房过来的，却是把你那位画师忘了个干净！"

武昭仪也笑道："两条裙子如今都已好了，陛下可要过目？"

李治无可无不可地点了点头，武昭仪便吩咐让人把两条裙子都拿进来，正是掌灯时分，殿内彩烛辉煌，当宫女将两条八幅月光裙展开，越发显得银辉点点，流光溢彩。李治点头叹道："我昨日也看了几眼那画师是如何落笔的，丝毫不见稀奇，还道她藏私，没料到出来后如此华美，怎么似乎比你那条还好？"

武昭仪笑道："这两条是八幅的裙子，自然更飘逸些。"回头又对邓依依道："把我五福箱头一个匣子里的那对金镯子赏给库狄画师，她这双巧手，原也配戴陛下赏的这对镯子，让她这便戴上，不必多礼。"

依依心里一惊，那对镯子工艺奇巧，是宫中都少有的罕物不说，又有那样一番来历的，昭仪给了那库狄氏，莫非……就听李治笑道："宫里再没有人比你更不把朕送的物件当一回事，流水般转手便赏了别人。"

武昭仪嗔了他一眼，"难道陛下还舍不得了？"

李治呵呵大笑，他平日用度不算讲究，却最爱厚赏嫔妃臣下，媚娘恰恰也是如此，他喜欢还来不及，哪里会舍不得？

依依不由低头看了一眼自己腕上戴的那对掐丝卷草葡萄的镯子，心头微觉黯然，这也是昭仪赏给自己的御赐之物，自从戴上这对镯子，她心里就隐隐有个盼头，昭仪虽然待人大方，却也没有赏过别的宫女如此精贵之物，没想到……她不敢露出半分异色，含笑退下，到了隔间开箱取了那匣子便向外走去。

琉璃交了差，一时也不敢走，正在外面等候，突然看见邓依依捧着一个精巧的匣子向自己走来,笑道:"昭仪赏你的。"

琉璃忙双手接了,打开一看,里面是一对镂空飞鸟衔枝的金镯,花枝回转,飞鸟欲动,接口处还有两排细细的流苏,端的是精巧无比。她不由吓了一跳,忙道:"这也太贵重了些,琉璃如何受得起?"

依依淡淡地一笑,"昭仪让你立时便戴上,你若不肯,也得自己去回了昭仪才是。"

琉璃一愣,隐隐觉得依依的笑容有些古怪,只得讪讪一笑,摘掉了手上原有的一对银丝镯放入怀内,又取了这对镯子戴在腕上。她的双腕原本生得白皙细致,被这对镯子一衬,越发显得皓若霜雪。

邓依依似乎看得有点呆了,愣了片刻才抬头笑道:"画师果然衬得起这双镯子。"

琉璃忙道:"过奖,昭仪的赏赐如此金贵,琉璃哪里配得上!"想了想又笑道:"按说琉璃原该进去谢恩,只是如今圣人也在,不如稍晚些待昭仪得空了琉璃再去磕头。昭仪若再无吩咐,琉璃就先告退了。"

依依眼神微闪,点了点头,"昭仪原是让你不必多礼的。"

眼见琉璃带着阿凌缓步离开西殿,她盯着那背影看了好几眼,才回身到了武昭仪的屋子里,笑道:"库狄画师只道太贵重了,奴婢劝了半日才收下,说是得空了再谢昭仪的赏。"

却见昭仪和皇帝正在一起看着字帖,昭仪只点了点头,圣人更是恍若不闻,指着那字帖感叹,"裴守约在家只怕已是下了不少功夫,不然就这一会儿工夫,断然临不出如此风骨。"

邓依依心里顿时有些泄气。平日不言不语的玉柳倒是转头看了她一眼。

邓依依对玉柳笑了笑,心里却是冷哼了一声,玉柳原是昭仪两年多前入宫时就跟在她身边的司膳,有名的闷声葫芦一个,到如今也不过如此。而她那时还是皇后立政殿里的杂役宫女,不过是分给刚回宫的武媚娘做些粗活,若不是她见机得快,看准了这份前程,又怎会一步步走到今天?在这宫里,谁不是踩着别人往上爬的?若略微不留心一些,只有被别人做踏脚石的下场!倒是那位库狄氏……

她正想得出神,却见昭仪想了什么似的抬头道:"陛下,这两条裙子不如现在就遣人送给皇后与淑妃?这裙原是天气一冷便穿不得的。"

李治自然点头称是,武昭仪便看向了依依,"你带两个人,去把这裙子送给皇后,这裙子金贵,你定要亲手送到两仪殿去。"

依依一怔,心里顿时打了个哆嗦,昭仪糊涂了吗?立政殿里谁不知道自己是……她脸上露出了为难的神色,武昭仪却没留心,回头又看起了字帖。依依咬了咬牙,屈身应了个"是"。

她刚刚走到门口,却听昭仪又道:"玉柳,去把琉璃叫来,再辛苦她一趟,把这一条送到淑景殿去,向淑妃好好谢罪一番。想来淑妃见到这裙子,也不会再怪罪她那日的顶撞。"圣人随即便笑道:"就你心细。"

依依原本已皱成一团的心顿时变得熨帖起来——这宫里也就是圣人会相信淑妃会"不再怪罪"那库狄琉璃，她进宫那日就得罪了淑妃不说，中秋宴会上更把淑妃气得几乎失仪，如今巴巴地拿着这裙子去，下场不问可知！怪道库狄琉璃去了御书房两日，昭仪也不曾有什么表示，原来却在这里等着她！至于皇后那边，她那般讲规矩要颜面的人，倒是不会太过难为自己，自己小心一些，只要不让那位柳女官抓到错处便是……

依依的脸上不由露出了一丝微笑，觉得捧在手里本来重若磐石的这条月光裙，也变得轻盈起来。

第十六章
羊入虎口　环环相扣

在渐次暗下来的暮色中，淑景殿的大门越来越近了。琉璃看着那黑黝黝的大门和门上依然反射着碧色光泽的琉璃飞檐，心头打鼓，脚步不由自主就迟缓了下来。

她身后的阿胜笑道："库狄画师莫要担忧，淑妃虽然性子急些，却是极有风仪的，想必不会与画师计较。"

琉璃回头看了看阿胜那讨喜的笑脸，微笑着点了点头，的确，淑妃再是恼怒，当着李治身边的人总会保持住风度吧？说来她还真看不懂武昭仪了，给自己这样一项苦差，还叮嘱说要将裙子亲手交到淑妃的手上，却又让阿胜亲自带人陪着自己和阿凌过来，她到底想做什么？

她心里还在思量，阿胜带来的小宦官已上前敲响了门环，大门应声而开，开门的两个小宫女见了小宦官先是一喜，随后看见琉璃这几个人又是一怔。

琉璃只得上前一步，朗声道："咸池殿画师库狄琉璃，奉昭仪之命，向淑妃奉上月光裙一条。"

两个小宫女听到"咸池殿"三个字都吓了一跳，其中一人忙道："请，请稍候片刻。"转身飞也似的报信去了。另外一人站在门口，脸色尴尬地默然无语，突然一眼看见琉璃身后的阿胜，又唬了一跳。

过了好一会儿，先前进去报信的小宫女才气喘吁吁地跑了回来，见了琉璃便道："淑妃宣你进去。"原先守门那个忙用肘部轻轻推了下她，使了个眼色，跑腿的小宫女认出了阿胜，顿时变了脸色，居然一言不发撒腿又跑进去了。另一个这才上来笑道："王内侍，库狄画师，请随稍候片刻，天色眼见就要黑了，奴婢取了灯笼才好领你们进去。"说着回门房捣鼓了好一阵子才提了盏灯笼出来。

琉璃暗地念了声佛，亏得有阿胜这护身符，不然还不知道会出什么事故。眼见那小宫女举起灯笼做了个"请进"的手势，转身领头向门内走去。她暗暗叹了口气，只觉得自己此刻就像个刚出笼的肉包子，而眼前这打开的门就是一张饿极了的大嘴，但此刻也别无选择，只能硬着头皮往里走，心里默默祈祷阿胜威力无穷，能让这张嘴不敢下口。

那小宫女引着琉璃几个往里走了一段路,才迎面遇见先头的小宫女,两人交换了一个眼色,后者转身引路,将琉璃一行人领到了淑景殿的正殿前,自有管事打扮的宫女将他们引到了东殿。跟着阿胜的两名小宦官却被留在了殿外。

琉璃暗自打量,就见这淑景殿里到处彩烛辉煌,重帘绣锦,比咸池殿要明亮华美上数倍,地上也铺着厚厚的地衣,七色团花,十分繁丽,但踩上去却似乎不如咸池殿的红锦地衣柔软。到了东殿,也是一重重幔帐低垂,走过两层帘幕,才看见萧淑妃懒懒地坐在一架后面设着四扇屏风的榻上,看见琉璃,还没等她行礼,冷艳的面容上已露出了一丝冷峭的笑意,"库狄画师,没想到你白日在御书房作画,晚上还要来这里送礼,如今倒成了这太极宫里的第一大忙人。"

琉璃不敢大意,忙恭谨地行礼,"见过淑妃,夫人过奖,民女不过是奉命行事。"

萧淑妃冷冷地看着琉璃身后的阿胜,"不知王内侍又是奉了谁的差遣?"

阿胜微笑躬身,"启禀淑妃,因库狄画师不懂宫中规矩,武昭仪便遣了小的过来提点于她,以免她再次于贵人面前失了礼数。"

萧淑妃冷笑一声,"我还不知这宫里除了圣人,还有旁人遣得动你!"

阿胜笑容不改,"淑妃说笑了,小的只是一介贱奴,宫中贵人任谁都能差遣。"

淑妃还想说什么,想了想还是忍住了,目光在阿凌捧着的月光裙上转了一转,抬了抬下巴道:"打开看看。"

库狄琉璃想起武昭仪的吩咐,忙回身从阿凌手里接过裙子,小心地展开,举了起来,淑妃冷眼打量了几眼,嗤笑了一声,"库狄画师,你在御书房两日,当真辛苦得紧。"目光却突然凝在了从琉璃滑落的袖子中露出的那对金丝流苏的镯子上,眼中渐渐地就要喷出火来,半晌才寒声道:"走近些让我好好看看!"

琉璃只觉得萧淑妃的声音突然变得冰寒入骨,眼睛余光一瞟,只见萧淑妃一眨不眨地盯着自己的双腕,一副恨不得化目光为硫酸的表情,她心里顿时一沉,只能装作若无其事地走近了一步。

淑妃的眼睛依然盯着那对镯子,半晌没有说话,眼光从炙热渐渐变为冰冷,突然身子往后一靠,淡淡道:"白竹,把这月光裙拿过来。"

琉璃进宫当日曾见过的那个长方脸中年宫女神情漠然地走了过来,琉璃忙把裙子叠好,双手奉给对方。她心知这对镯子定有古怪,有心掩盖起来,但她因贪图作画方便,身上穿的衣裳多是袖子短窄的款式,此时手上一动,袖子褪落,镯子便会露在外面,直到那位白竹的宫女捧好了裙子,琉璃才赶紧垂手而立,却见萧淑妃已是一副冷若冰霜的表情,心里暗叫一声,"糟了!"

萧淑妃声音依然是淡淡的,"王内侍,我有一句话要转告陛下,劳烦你先跑上一趟如何?"

王伏胜为人机警,早就发觉萧淑妃的眼光不对,忙屈身笑道:"淑妃既然已经收到裙子,小的几个这就告退,正好为殿下传话。"

淑妃眉毛紧皱，冷冷地道："此话甚是要紧，你还是先传了话再说。莫非昭仪的吩咐就是吩咐，我的便不是了？"

　　王伏胜略一犹豫便笑道："并非阿胜躲懒，实在是陛下也有吩咐，让小的办完这趟差便立时回话，横竖我们几个都是要回去的，耽误不了夫人的时间。若夫人实在着急，小的让殿外候着的阿东跑这一趟，他腿脚最是便捷，小的远不及他。"说着回头提高声音叫道："阿东，淑妃夫人……"

　　萧淑妃断然喝道："不必了！"声音冷冽如雪。

　　殿外那两个小宦官听到里面的动静，相视一眼，一个便往里走，门口的两个宫女忙拦在他面前，"内侍未经淑妃召唤不得入内。"另一个却悄然退到了殿外的阴影里，趁着众人不留意，身子一伏，狸猫般迅捷地往外奔去。

　　萧淑妃看了看王伏胜，又看了看琉璃，极慢极慢地点了点头，"也罢，那你就等上一等，我现在就要换上这条裙子一试，库狄画师，这裙子既然是你制的，你也进来帮我看上一眼！"

　　琉璃听着萧淑妃寒冷入骨的语气，心知大事不妙，咬牙笑着应了一声，往前走了两步。王伏胜和阿凌相视一眼，脸色都变了。琉璃只觉得脚下那软软的地衣仿佛化做了一地尖锐的荆棘，让她几乎举不起步子，好容易又走了两步，突然脚下一软，"哎呀"一声就势坐倒在地上，满脸都是痛苦，伸手揉着自己的脚踝，一副崴了脚的模样。萧淑妃狂怒至冰冷的目光顿时凝固在了她的身上。

　　琉璃苦笑道："淑妃恕罪，琉璃不惯穿这宫中的云头履，在夫人面前失仪了。"

　　阿凌忙赶上几步蹲了下来，"大娘，你要不要紧？"说着便在她的脚踝上按拿了几下。

　　淑妃看着琉璃，脸上慢慢露出一丝冷酷的微笑，"白竹，你也当过女医，不如就给库狄画师看上一看！"

　　白竹应了一个"是"，走上两步，阿凌却抬头笑道："不必劳烦白阿监了，奴婢也曾于太医署按摩博士门下学艺五年，专攻推拿正骨，依奴婢看，库狄画师不过是崴了脚，并无大碍。"

　　琉璃诧异地看了阿凌一眼，却见那位白竹依旧恍若未闻地冷着脸走了过来，忙抬头笑道："正是，琉璃不敢劳烦阿监的大驾。"

　　白竹一言不发地蹲下身来，伸出一只手稳稳地握住了琉璃的脚，那手冰冷坚硬，就如铁箍一般，另一只手的食指却曲了起来，和大拇指一道对着琉璃脚踝处的关节位置便狠狠地按了下去。

　　琉璃心头大骇，下意识地闭上了眼睛，脚踝上先是一紧，随即便是一股大力传了下来，而握住她脚踝的另一只手同时也微微一扭，两下力道交错，她痛得差点叫出声，却突然听一声凄厉之极的尖锐惨叫声在耳边响了起来。

　　她吓得忙抬头睁眼，却见是阿凌在放声尖叫，那小小的身体里也不知蕴藏了什么能量，声音竟是直震云霄。

本来面无表情的白竹也被阿凌这惊天动地的一嗓子唬得一愣，脸上露出了和琉璃一样的惊愕表情，低头一看，才发现不知怎么的，自己右手的大拇指与食指此刻正狠狠地按在阿凌的手背上。

琉璃也在低头看着这个突然盖住自己脚踝的小小手掌，这才意识到刚才是阿凌先一步出手护住了自己的脚踝，若不是这一挡，只怕自己……

白竹已回过神来，瞪着阿凌厉声喝道："你鬼叫什么？"

阿凌一面雪雪呼疼，一面叫道："阿监与库狄画师有何等仇恨，竟要使出这错骨之术来，我若不挡，她的脚骨此刻只怕已然废了！你为何要如此害她？"

白竹恼羞成怒，松开琉璃脚踝，一掌便掴了过去，"贱婢，你胡言什么！"

阿凌仰头一闪，躲过了这一掌，刚想跳开，头发却已被白竹反手扯住，疼得又是大叫了一声。

白竹一声冷笑，扬手就是一巴掌狠狠地扇在了阿凌的脸上，耳光的脆响和阿凌的惨叫混合在一起，回荡在屋里。

白竹有几分木然的脸上露出了瘆人的笑容，一把将阿凌的头又扯了回来，正要反手来一掌更狠的，却突然惨叫一声，踉踉跄跄地退开几步，伸手捂住了自己的左腿，眼见手掌按着的地方有鲜血慢慢浸了出来。

只见琉璃坐在地上，头发披散，右手紧紧握着一支刚从发髻上拔下来的银簪子，狠狠地盯着白竹，仿佛随时会再次扑上去。

整个殿里静了足足有几息的时间，淑妃才尖叫起来，"来人啊，来人！把这动手伤人的贱婢给我拖出去杖毙了！"

淑景殿的宫女都愣了一下，这才反应过来，乱纷纷地刚要涌上前，却听阿胜大声道："你们都是不要命了么？"

众人都是一愣，萧淑妃怒道："王内侍，你这话是什么意思！"

阿胜的目光在淑景殿众位宫女脸上一扫而过，声音更寒，"启禀淑妃，陛下就在咸池殿，我等来送月光裙，不仅是昭仪的意思，也是奉了陛下的差遣，库狄画师更是奉圣命为淑妃制裙。她虽只是画师，此来却是秉承圣意，莫说白阿监动手伤人在先，就算有什么是非曲直，画师也应交由圣人裁决，万无私自动用刑罚的道理。诸位都是宫里的老人，自然明白其中的厉害，请三思而后行。"

众位宫女相视一眼，果然都缩手缩脚不敢上前，萧淑妃雪白的脸气得都有些青了，怒喝道："还不给我上去，打死了有我作主。"

阿胜突然转身向萧淑妃微笑着行了一礼，"淑妃夫人，圣人若是真的动怒，夫人或许无恙，但动手的宫女却必然无幸，殿下何必为了一时之怒，让她们送死？"

这话落入众人耳朵里，谁还有胆子再动一下？互相打量了几眼，反而都悄悄退后了两步。

淑妃狠狠地看着这些宫女，只见她们一个个都低下了头去，再看白竹，却见她正举手怔怔地看着手上自己的鲜血，一副就快晕过去的模样，哪还有半分平日的气势。

萧淑妃恨恨地咬了咬牙，转头冷冷地看着阿胜道："难道那胡婢在我这里出手伤人，我居然也教训不得？"

阿胜不紧不慢地躬身回道："启禀淑妃，先出手伤人的分明是白阿监，夫人好意令她去给库狄画师疗伤，她却阳奉阴违，意图暗下辣手，被旁人揭穿后又恼羞成怒，动手伤人，库狄画师也是被逼无奈才伤了她。此等目无圣人、败坏夫人名声的宫人，自然要严惩不贷。"

白竹正在发愣，仿佛不敢相信手上的血是自己的，听得这番话才忙道："王内侍，你莫不分青红皂白，我明明是奉命去帮库狄画师推拿下伤处，那个贱婢却污蔑我在伤人，我这才教训了她一下，没想到库狄画师竟然恩将仇报，在殿下面前动上了凶器，这等大罪，便是到了圣人那里，难道是不要严惩的？"

阿胜淡淡地道："凶器，若银簪也是凶器，这宫里谁身上没带一两样凶器？"

阿凌也捂着脸叫道："你根本就是暗下毒手，奴婢也学过五年按摩，你用的是错骨的手法，分明就是要废了库狄画师的这条腿，此事圣人可召太医署的博士来看看，一辨就知！再者，什么按摩手法竟要用这般大力？"说着就把手举了起来看，只见她的手背上清清楚楚两个紫青的印子，正是刚才白竹留下的。

琉璃此时早已把银簪子收在掌心，神色也平静了下来。刚才她也不知怎么的，脑子突然一片空白，几乎想都没想就拔簪刺了下去。此时握着那根带血的银簪，她不但没有什么害怕的感觉，反而脑子里就像有什么东西哗地开了，听着阿胜的话，心头渐渐雪亮，整个人都慢慢地轻松了起来。

自己还真是有点贱骨头啊，不被逼得狠了就无法看得明白豁得出去！琉璃低头看着在自己腕上摇曳的那些金色流苏，自嘲地笑了一下。

因为阿凌的质问，整个东殿都安静了下来，停了片刻白竹才突然叫道："殿下明察，那两个印子分明是这贱婢自己弄出来的，好嫁祸于我！"

阿凌忙道："你少血口喷人，我便是自己想按，这众目睽睽的怎么按？适才就是你按在我手上，疼得我大叫起来，这殿里谁没看见？"

王伏胜见白竹被问得说不出话来，淑妃的神色也有些烦躁起来，忙皱眉道："多说无益，淑妃，我等现在就告退，是非曲直，由圣人裁决就是，库狄画师，你可还能走？"

琉璃依然坐在地上，头发也未挽起，恰好正伸出手来揉着自己的脚踝，袖子里露出了一只被镂空的金色花叶和流苏衬得分外晶莹的玲珑皓腕。王伏胜心里暗道一声不好，后悔自己这一声问得好不是时候，抬头就见萧淑妃的脸色果然变得加倍难看起来。

琉璃却恍若无觉地抬起头来淡淡地笑了一下，"无妨。"她一手扶向阿凌，那只手腕也是流苏摇曳，柔若无骨，眼见就想站起来。

萧淑妃断喝了一声，"慢着！"

烛光下，萧淑妃艳丽的脸上露出了一种奇妙的表情，似喜似怒，令人心惊，她缓缓地下了榻，一步一步走了过来，一直走到琉璃面前才轻声开口道："贱婢，莫以为圣人让你在御书房待了两天，赏了你一点东西，你就不知天高地厚了，这淑景殿里别人不敢动你这狐媚子，我还不能教训教训你么？"

琉璃仰头看着萧淑妃，吓得似乎傻了，一动也不动，阿胜万没有料到萧淑妃竟然会自己动手，琉璃又不躲不避，想挡在中间也无从拦起，他又不能真的去拉萧淑妃，顿时急得道："淑妃，淑妃夫人三思……"

萧淑并不理他，伸手就对着琉璃的脸抓了下去，琉璃却像突然醒过来一般，用更快的速度俯身下去，一面大声叫着："淑妃饶命！琉璃不知何处冒犯了夫人。"一面却灵活地向一边挪开了两步。

阿凌看了一眼站在一边的白竹和她裙上的那片暗红，一咬牙合身扑在了琉璃身上，尖叫道："殿下要教训就教训奴婢好了，请放过库狄画师。"

淑妃一抓落空，想再追过去时，却被阿凌挡住了，不由怒道："把这个贱婢给我拖开！"

她满脸狂怒，宫女们互相看了几眼，有几个不敢抗命，便过来七手八脚地拖阿凌。

阿胜只觉得脑袋发胀，跺脚道："这是做什么，成何体统！"

众人听着心虚，却也不敢十分下狠手，这边阿凌却死死抱住琉璃的肩膀，一时几个人也拖不开她，白竹上来便乱踢，也不知踢在谁的身上，正乱得不可开交，突然听见门口一阵骚乱，有人惊叫了一声："圣人来了！"

东殿里众人都愣住了，还没等反应过来，就见垂帘飘荡中，李治已大步走了过来，一眼看见这殿里的情形，平日有些苍白的脸顿时涨得通红，怒道："这是在做什么？"目光只在萧淑妃脸上一扫，便看向王伏胜，"阿胜，到底是怎么回事？"

王伏胜立刻跪了下来，"都怪小的无能。"

萧淑妃看着李治的脸色，脸色慢慢变得满是痛楚，凄然道："陛下！"

李治也不理她，只对王伏胜喝道："还不一五一十禀告上来，送条月光裙怎么也会闹成如此模样？"

王伏胜不敢迟疑，忙把刚才发生的事情简单扼要地说了一遍。琉璃和阿凌都已从地上爬了起来，就势也都跪着不动，两人头发披散，衣衫凌乱，阿凌的半边脸红肿得越发厉害，刚才的混乱中有几处还被擦破了皮，琉璃则是嘴角一行触目惊心的血迹。

李治听着阿胜的回报，又看着两人的样子，不由越发气恼。刚才阿东回去报信时，媚娘就急得什么似的，只说是她错估了淑妃的气性，害了这库狄画师，竟不顾身子沉重也要赶过来。当时他心里还有几分将信将疑，淑妃固然性子不好，但一个送礼赔罪的小小画师，还有阿胜陪着，她怎么可能下重手？但看着媚娘担忧的神情，他也只得自己赶紧过来看看。没想到，到了这里看到的、听到的，竟比预想得还要糟糕。萧淑妃竟是下令要把这画师拖出去打死，差不动宫女还自己动起手来，简直是不可理喻！

他抬头冷冷地看着萧淑妃，只觉得此刻她脸上的哀怨无比刺目，以往她虽然任性了些，好在还有一个"真"字，什么时候却变得如此惺惺作态起来，委屈得仿佛是她挨了打似的！忍不住冷笑道："你若不喜欢武昭仪送你的裙子，直说就是，何必喊打喊杀？堂堂妃子，如此作为，和市坊泼妇有何区别！"

萧淑妃一呆，泪水随即滚滚地流了下来，"陛下，臣妾也是一时气急，实在受不得这狐媚子在臣妾面前耀武扬威！"

李治一怔，越发觉得萧淑妃莫名其妙，王伏胜说得清楚，这个画师倒是有几分胡人的野性，急了居然会拔簪伤人，但"狐媚子耀武扬威"是从何说起？这个画师他虽接触不多，也知道是个老实得近乎木讷的人，萧淑妃难道竟已嫉妒成狂到如此地步？但凡与媚娘有关之人难道在她眼里都成了十恶不赦的狐媚子？

他心头发灰，忍不住叹了口气，"淑妃，这些天你就不要出门了，好好在自己屋里反省反省！朕实不愿见你如此下去。"

萧淑妃不敢置信地看着李治，脱口叫了一声，"九郎！"李治却恍如不闻地皱眉对身后的宫女道："来两个人，好好扶起库狄画师，回咸池殿！"看着琉璃一步一拐、狼狈不堪的样子，心里好不烦恼——这画师勤勤恳恳画了两天裙子，又老老实实送了过来，结果成了这样一副模样，让媚娘见了不知会多懊恼！

萧淑妃见李治居然只顾着看琉璃，眼前几乎一黑，忍不住笑了起来，声音凄厉无比，"陛下，如今，难道一个只伺候了你两天的下贱胡婢，也比我要紧了么？"

李治愕然回头看了萧淑妃一眼，只觉得这话荒谬到了匪夷所思的地步，又见她笑得疯狂，不由皱眉冷冷道："你若还是这般胡言乱语，这三个月就再别出来了！"说完不再理她，转身便走了出去，只听见身后传来萧淑妃越来越响亮的笑声，脚下不由自主也越走越快。

待李治回到咸池殿时，武昭仪已经等在殿门口半日，满脸都是焦急。李治忙上前揽住了她的肩膀，就听她一迭声问道："那边如何？陛下为何脸色如此不好？库狄画师可还好？她怎么又顶撞上淑妃了？"

李治叹了口气，一面揽着她往里走，一面道："早便说了你莫急，你又等在这里做什么？那库狄氏没有大碍，就在后面，此事说起来也怪不得她，是淑妃不知怎的狂悖起来。朕去时还在胡言乱语，朕索性让她禁足三个月，好好反省一番才是。"

武昭仪忙道："这如何使得，淑妃心高气傲，若真是禁足三月，是何等没脸？不如罚她抄抄佛经也就罢了。"

李治"哼"了一声，"又不是没有抄过，好不得两日又变本加厉起来！这次，朕绝不能再纵容于她！不然，过几日只怕对着朕也要喊打喊杀了。"

武昭仪又劝了几句，见李治心意甚决只得罢了，又张罗着让玉柳去给琉璃、阿凌两个好好梳洗收拾，又让女医到后面去给两人看诊。过了好半晌，女医便过来回报，两人都有不少外伤，好在都不算十分打紧，只琉璃的脚踝的确被人用错骨的手法动过，虽然被人挡了一下，只怕也要歇上个把月才能大好。李治脸色不由更加阴沉。

又过了片刻，琉璃扶着阿凌一瘸一拐地过来谢恩，李治见琉璃脸上身上都已经收拾得干干净净，并没有故意露出伤容来，阿凌脸上红肿虽然未退，倒也比刚才好了许多。两人都是满口谢恩赔罪，只道是自己的不是，心里暗暗点头，神色也放松了许多。

武昭仪的目光却在琉璃的手腕上转了转，只见袖口干干净净，才摇头叹道："你胆子也太大了些，居然敢伤人，我还准备罚你禁足，如今倒好，你也不能到处野着乱跑了，不如就罚你天天在这里念书给我听！"

琉璃笑道："这却是个巧宗儿，琉璃这是因祸得福了。"

武昭仪也笑了起来。

李治见她们说说笑笑，都是一句不提刚才那些令人不快的事情，心情也好转了几分，正想调笑几句，外面却有人急忙忙地跑了进来，"启禀昭仪，邓司衣伤到了，只怕要用软椅抬她回来。"

琉璃怔了怔才想起，邓司衣就是依依，她不是去皇后的立政殿送月光裙的吗？怎么会伤到要被人抬回来？

李治霍然站了起来，怔了片刻，又转头看了看脸上依然带伤的琉璃和阿凌，脸色彻底地沉了下来，正要拔腿往外走，却被武昭仪一把拉住了袖子，"依依大概是出了意外，陛下何必着急？"又问那报信的宫女，"到底是怎么回事？伤得可要紧？"

那宫女便吞吞吐吐道："司衣只是在立政殿里头不小心从台阶上摔了下来，身上擦伤了些，又扭到了腰，如今行动有些不便，多半……并无大碍。"

李治见到那宫女欲言又止的脸色，回头便看见武昭仪在向那宫女轻轻摇头，心里顿时明白，媚娘这是不想让自己知道了真相再生场气，突然又记起那邓依依似乎正是立政殿出来的，怎么好好的会在台阶上摔跤？便是摔了也该是立政殿的人送她回来，怎么会让咸池殿的人回来拿软椅抬她？想到今晚萧淑妃的疯狂模样，想到那端庄守礼的皇后对媚娘的人居然也是下手如此毒辣！他只觉得心灰意冷，长叹一声，坐了下来，伸手轻轻地摸了摸武昭仪鼓起的腹部，将头抵在她的额头上，闭上了双眼。

众人见此情形，立刻都退了个一干二净。琉璃扶着阿凌，走得不比任何人慢，脚踝上是真的在疼，只是她的心思却完全不在这上面。她原以为自己在淑景殿这场天翻地覆的闹腾，是武昭仪从让她去御书房画裙子时就开始布置的决胜局，刚才那一幕才却她突然明白过来，原来自己和淑妃都只是热场的，今天真正的重头戏是在立政殿，是在皇后与依依之间。那场戏她不知道武昭仪已经布置了多久，也不知道究竟是如何安排的，她只知道这场戏甚至根本不用真正拉开帷幕，就已经被画上了一个完美的句号。不，不，不是句号，这显然只是刚刚开始……

西殿的后屋里，寂静了好一会儿，李治才抬头低声道："都是我的不是。媚娘，日后你再莫去管他人，我无论如何，终究会守好你和咱们的孩子。"

武昭仪将头靠在李治身上，轻轻叹了口气，"陛下，我只愿你长命百岁，我和孩子们都能走在你的前面。"

李治一惊，怔怔地看着怀中突然露出柔弱一面的女人，感受着手心传来的一阵胎动，脸上渐渐失去了所有的血色。

第十七章
求仁得仁 一步登天

深秋的早间很是有了点凉意，宫城外的晨鼓早已从夏日的五更两点推迟到了冬日的五更三点，鼓响之时的天色却依然是一日比一日更暗。

琉璃吃过早膳，看了看时辰，认命地抄起床前案几上翻开的那一卷《汉书》往外就走，阿凌忙叫了声，"大娘！"琉璃一怔，赶紧停下脚步，扶住她的手慢慢走出门去。马上就满一个月了，她要坚持……装下去！

她的这只脚其实没过几天就消了肿，不到十日就能行走如常，但女医既然说了要养一个月，她也只能脚上涂着药膏，包着布条，时时做出一副脚伤未愈的样子，尤其是皇帝面前，更是半点马虎不得。偏偏这个月以来，皇帝似乎长在了咸池殿里，连十五、十六两日都没有按规矩去皇后的立政殿，她的任务也就越发艰巨——武昭仪这些日子绝口不提皇后和淑妃那日的所为，却每日必要皇帝来了，才打发琉璃一瘸一拐地离开。

琉璃十分怀疑，那位邓依依是不是也是因此才不能起身，要在床上躺够一两个月。不过比起满面笑容的邓依依来，她本来就更喜欢和不爱说话的玉柳打交道，自然也不会去操这份闲心。

不过，比起读书这项"美差"来，装瘸实在算不得什么。这些日子，武昭仪无事的时候，当真会让她去屋里念几篇传记。每当此时，琉璃只好拿出中学考前突击复习的精神，抱着书一通狂啃。同时，她就会无比感激长辈从小逼着自己练书法、练国画的"霸道"，若不是有这点功底撑着，她哪里对付得了这种繁体古籍？饶是如此，书里好些生僻字她还是读不出来，不得不发奋补课，咸池殿里的那套《说文解字》被她已翻得卷边。

更让她头疼的，是武昭仪时不时蹦出来的点评，像是"吕后权倾天下，一旦去世，吕氏竟会族灭，着实可笑"；"武帝为防外戚专权，立子杀母，然则却令权臣当道，可见还是糊涂……"

每当此时，琉璃便不知如何接话才好。武昭仪自然不需要自己来解惑，她这些日子读书时纵然小心准备，依然不免读错字或断错句，武昭仪却每每一听便知，可见对史书早就烂熟于胸。可面对这些点评，自己总不能一味傻笑。琉璃也只能竭力扮演着天生聪颖又没有读过太多书的模样——后面这一半倒是本色演出，前面一半却要她绞尽脑汁地回想原来积攒的一点历史知识，找一些能说得透彻的新颖观点，其艰辛程度，就好比天天准备高考。她很怀疑这样下去，自己还没练到古文通达，就先熬得神经衰弱了。

这一日，琉璃读的却是《酷吏传》，她也是昨日"预习"时才知道，原来此时所谓"酷吏"并不算贬义词，列入酷吏传的不少人物如赵禹、尹齐之流，居然都是不畏豪强、执法如山的包青天式人物，而郅都更是令匈奴人闻风丧胆的一代名将。

《酷吏传》写了十人，篇幅却不算太长，琉璃念完之后，武昭仪照例随口笑道："琉璃，你如何看这些酷吏？"

琉璃叹道："依琉璃来看，做酷吏乃是天下最不划算之事。"

武昭仪这些日子已听惯了琉璃的胡说八道，也不惊奇，只看着她微笑，琉璃又道："昭仪您看，这十个人里个个手上血流成河，自己也多不得善终，所谓损人不利己，莫过于此。"

武昭仪笑道："那依你看，为何历朝历代还有这么些酷吏？"

琉璃想了想才道："大概是局势造就。就如这《酷吏传》开篇所说，若是无为而治，自然不需要酷吏，若是天下大乱，乱世用重典，或是要革旧立新，不破不立，大概帝王就非用酷吏不可，自然也就有了酷吏。他们说到底，也不过是帝王手中的利刃，剑锋到处，无不披靡，而用得多了，也难免折损于树敌太多，或被弃用以平息怨恨。"

武昭仪眉头微皱，"你可是觉得这些酷吏冤得紧？"

琉璃笑道："哪里，都是为吏，循吏酷吏，自然都是自己选的，又没有人拿刀架他们脖子上逼他们杀人。选择玩火，终招自焚，正所谓求仁得仁，人尽其用，哪里能够怨恨君主？琉璃在西市上，也常见有人斗鸡，谁不知道那斗鸡虽有一夜暴富的，更多的却是倾家荡产，他选了这条路，难道还怨老天不看顾他？"

武昭仪笑着摇了摇头，一双明亮的凤眼落在琉璃脸上，"说得轻巧！若你恰好为官，又知道主上缺的正是酷吏，又该如何？"

琉璃心里微凛，沉吟半日，毅然抬头，"琉璃必竭尽所能……给主上找一个合适的人来当！"

武昭仪怔了怔，不由大笑起来，半晌才叹道："你这小滑头！若真去为官，做循吏只怕不能，倒是做个弄臣的好料子！"

琉璃也笑道："人贵自知，琉璃自知天分所限，连杀鸡都不敢，哪里能做酷吏杀人？真要勉强去做了，只能坏了主上的大事。再说做弄臣有何不好？为主分忧，正是人臣的本分！难不成还要学那些忠臣，自己倒是名垂千古了，却置君主于何地？还白白连累了父母家人。"

武昭仪忍笑点了点头，"正是，你总有一篇道理等着的！"

两人正在说笑，玉柳不声不响地端了个银杯进来，站在门边，也不作声，武昭仪便笑道："琉璃，你去夫人那里一趟，让她带月娘过来，弘儿倒是喜欢和这个姊姊一起玩耍。"

琉璃忙应声站起，扶住阿凌转身退下，并没有多看玉柳一眼。待她到了武夫人那里，却是人影不见，一问才知道，武夫人早已带了月娘出去——萧淑妃被禁足，第一个喜出望外的就是武夫人，这些日子只要天气好，几乎日日都出去逛，不是划船，就是斗花，当真是乐不思蜀。今日却是听说西海要收拾今年的残荷，早就去看热闹了。

此时离下朝的时间还早，琉璃也不着急，慢慢地喝了一杯水，才让人去回了昭仪，自己则在廊庑下看了半天的秋景，眼角扫到常来咸池殿的那位韩姓女医匆匆去了东边，看模样是进了几个管事宫女的屋子，不多久又有几个小宫女送了好些东西进去，心里不由暗暗琢磨：这到底又是要闹哪一出？

到了第二日，前头果然便传来了消息：圣人昨夜竟是宠幸了一个月没露面的邓依依，早上就封她做了宝林，虽然从司衣到宝林，品级并无太大提升，却是从宫官转成了内官。在后宫里，各殿嫔妃安排心腹宫女做低位内官原是平常，但在咸池殿却还是头一遭。一时间，咸池殿内，每个角落飘荡着羡慕嫉妒恨，咸池殿外，各处庭院平添了寂寞空虚冷。

这一天，也正是琉璃脚伤满了一个月，她一身轻快地走到武昭仪屋里，恰好便遇上了打扮得焕然一新的依依。琉璃给昭仪见过礼后，便向依依欠了欠身，"恭喜邓宝林！"

只见依依梳着高高的倾髻，一枝五彩坠玉的双凤步摇流光溢彩，身上是一件绣着花鸟图案的单丝罗衫，配金锦缀边的六幅长裙，又挽着泥金大红披帛，单看打扮，莫说一身湖色素面襦裙的琉璃望尘莫及，只怕这宫里也没几个人能压过她去。

依依笑着上前一步，以前所未有的亲热态度拉住了琉璃的手，"你也来笑话我么？"

琉璃好容易才忍住了一个哆嗦，忙道："琉璃哪敢。"

武昭仪微笑道："昨日女医说依依已经大好，看来你的脚今日也是大好了。也罢，我也拘了你一个月了，今日夫人要去鹰鹞院看北边新上贡的海东青，你也去开开眼界吧。"

琉璃心里大喜，却苦了脸道："邓宝林身子一好，昭仪果然便看不上琉璃了！"

武昭仪笑了起来："得了便宜还要卖乖，你若再不走，便罚你念了这一整卷的书给我听。"

琉璃忙摆手，"昭仪饶命，琉璃这便告退！"

待出了武昭仪的屋，帘子未落，就听到身后传来依依的笑语，"琉璃真是昭仪的开心果儿。"琉璃只觉得身上又是一哆嗦，想到依依此前若有若无的敌意，如今故示亲热的作派，突然间恍然大悟，不由摇头笑了起来。

阿凌奇道:"大娘,你笑什么?"

琉璃笑道:"没什么,想起了昨天的一句话。"原来这才叫"求仁得仁,人尽其用"!

在西屋里,武昭仪正轻声嘱咐依依,"我原说了,世事祸福相依,你若不是那遭意外,怎么会得到圣人的格外垂怜?你今日却梳妆得久了,待会儿好好去皇后那里谢恩,莫失了礼数,这头一遭尤为要紧,万万不能让人挑了不是。你也知道,我自打有了身子,怀相一直不好,圣人才让我暂时不必过去请安,你这每日的礼数却是不能少的,缺什么衣服头面只管跟我说,也是我咸池殿的脸面。"

依依点头不迭,告退后转身向殿外走去,低头看了看华美的长裙,伸手扶了扶发上那支价值百金的步摇,脸上已经不由自主挂满了笑容。

在她身后,武昭仪看着她的背影,慢慢地也笑了起来,轻轻往后一靠,玉柳早不声不响地将软枕放好,又给她身上盖了床薄薄的毯子。

武昭仪闭上眼睛,玉柳忙打了个手势,屋里的几个宫女都退了出去。

静默半晌,武昭仪才低声问道:"那边都安排好了么?"

"昭仪放心,那边……从来不曾出过错。"细细的声音还未飘出紫罗帐,便已消失在烛光氤氲之中。

琉璃此时却如出笼鸟雀,恨不能大叫一声才爽快。从咸池殿到鹰鹞院颇有些路程,正是深秋的晴朗日子,武夫人领着众人一路往东而去,不远处的北海碧波荡漾,头上的晴空辽阔清朗,愈让人心胸为之一爽,莫说琉璃,便是翠墨、刘康几个也笑得格外开心。只有武夫人虽然穿得鲜亮,一件杏红色云锦滚边的襦袄把精心修饰过的面孔衬得格外精神,话却是比平日少了许多。

倒是月娘,见琉璃也跟了出来笑得更欢。她本是话少的孩子,只是大约因为每次说话琉璃都会认真听,跟琉璃倒是愿意多说两句,一走近湖岸拉着琉璃往前一指,"那边,原来好大一片莲叶,昨天好多人在收拾。"

琉璃看着那片变得清清爽爽的水面,忍不住叹了口气,她连这宫里的莲花是什么样子都没看清,人家就连叶子都收拾光了!就听翠墨道:"其实这宫里的白莲也不比咱们家的强多少,倒是水面宽阔,划起船来还有些趣味。"

琉璃往湖面上一看,果然有三两只画舫点缀在清澈的湖面上,微风之中,似乎还有丝竹之声隐隐传来,不由点头:这大清早的泛舟听曲,精神果然可圈可点。

一行人转过湖边东边角上一处纳凉小亭,没多远,便到了北海的船坞边,只见花木深处,长廊下面,系着一溜七八条画舫,犹以一艘龙头大船最为精致华丽,有宦官正将这船撑到长廊尽头的青石码头边。

刘康脸色突然微变,回头低声道:"咱们快些走。"

武夫人奇道:"这是为何?"

刘康道:"那船只有圣人和皇后坐得,圣人如今正在上朝,自然是皇后要过来,咱们能避开还是避开吧!"

武夫人撇了撇嘴，随着众人加快了些步子，离着码头还有些距离，就听有人大声道："先把甲板冲一冲，再把船里面也好好收拾，到处都是这么厚的一层灰，殿下如何坐得！"

刘康的眉头越发紧皱，低声道："怎么是她？"

武夫人不明所以地看了刘康一眼，刘康苦笑道："是皇后身边的柳女官，最是面甜心苦，十分难缠。夫人，待会儿若是她看见咱们了，无论她说什么，您都别接，赶紧走开才是。"

她们走的这一路，恰好必得经过码头，只见码头上一个穿着青色衫子的女子正在指挥着船坞里的十来个宦官收拾龙船，听见武夫人这行人的脚步声，回头看了一眼，便是嫣然一笑，"武夫人这是往哪里去？"

琉璃忍不住好奇地打量了这位柳女官好几眼，只见她生着一张微圆的雪白面孔，笑起来眉眼如弯月，红唇如菱角，让人看了几乎也想要跟她一起笑出来。

武夫人不敢怠慢，也笑道："柳女史客气了，我只是随便走走，不耽误你忙。"说着也不等这女官回话，便带着众人快步走开。琉璃忍不住回头看了那女官一眼，只见她依然笑得眉眼弯弯，似乎极为欢悦，心里不免又是纳闷，又有些胆颤。

这一路再无别话，到了鹰鹞院，在最里头的一间小院子里果然见到了那海东青，却是一只白色的大隼，神色极为骄傲。驯鹰的宦官见这么些人特意来看海东青，顿时来了精神，在几个人身边好一通说，什么鹰中之神，万金难换，又如何打熬了七天七夜才磨去野性，吐沫横飞地说了半日。却听月娘问了一句，"这大鸟怎么有些脏脏的，也没人给它洗洗么？"这宦官立刻偃旗息鼓，闭上了嘴巴。

武夫人虽然也跟着父兄骑马围猎过，但对这些鹰隼之物毕竟不甚了然，琉璃翠墨几个更是一窍不通，看过了海东青，又东看西看地转了一圈也就罢了。几个人回去的时候依然是原路返回，果然远远地看见那龙头大船在湖面上飘荡，有乐人在船上呜呜地吹着笛子。

众人眼见那船离得远，自然也就放下心来，见时辰还早，索性到不远处的西海也要了艘画舫，在湖上游荡了一圈，眼见快到午时，这才回了咸池殿。

武夫人心情早已好了，带着几个人说说笑笑地往武昭仪的屋子里去，刚走到西殿的门口，就听见里面传来一阵呜咽之声。众人顿时面面相觑。

武夫人性急，几步冲了进去，却见早间还打扮得光鲜无比的邓依依正跪在武昭仪床前，满面是泪，一张脸早已花了。见武夫人进来，她也吓了一跳，一面拭泪一面便起身见礼。

武夫人皱眉道："这又是怎么了？"

武昭仪淡淡地笑了笑，转头便吩咐小宫女，"快把邓宝林扶出去，好好梳洗一番，换身衣裳，过一会儿圣人便下朝了。"

邓依依看见琉璃等人也等在外面，面上微红，低头便出去了。武夫人挑眉看了看她的背影，忽然"哎呀"了一声，压低了声音道："可是那边给她下马威了？今日我倒正看见皇后在北海游湖，还道……"

武昭仪点了点头，"可不是，她第一次去立政殿，原要奉诏才得进，不想却被晾了一个多时辰，才有人过来跟她说，皇后已去游湖了。"

武夫人的脸色顿时变得有些古怪，似乎有点不敢置信，又有点幸灾乐祸，半晌才变成最"合适"的愤然，"这也太过了些！"

琉璃不知为何脑子突然又浮现出柳女官那张甜美的笑脸，心头一颤，只觉得这辈子都不要和她打交道才好。

只是琉璃可以躲在咸池殿里，邓侬侬却没这份好运。之后半个多月，她在立政殿又出了三四次大小状况。武昭仪虽然有心掩盖，但邓侬侬如今身份已是不同，到底还是让李治知道了实情，一怒之下又给她升了一级，成了邓才人。只是没过几日，她去立政殿请安时不知为何打破了茶盅，被罚着在冷风里跪了一个时辰，回来便起了高热。次日，一道口谕从咸池殿里传了出来：此次皇帝巡幸汤泉宫要精简随从，皇后就不必伴驾了。没过几日，立政殿里几个女官也先后受了罚。

偌大的太极宫里，原本暗涌的风潮顿时诡异地平息了下来。

第十八章
汤泉水暖　翠湖波潋

十月，庚子日，辰正时，在太常音声人舒缓的太和雅乐声中，一队长长的马车从承天门缓缓驰出，沿着天门街穿过皇城一路向北，出了朱雀门后转向东边，由春明门出了长安城，直奔六十多里外的骊山汤泉宫而去。

自李治登基以来，这还是他第一次巡幸骊山，仪仗自然十分齐整，一百二十列卤薄之内，白鹭车、鸾旗车、辟恶车等十二架副车前引后随，中间是一辆金黄色的象辂，绘百兽，雕金凤，左建龙旗，右载长戟，重舆华盖，端的是天子出巡的庄严气象。

只是比起这一千五百人的小驾卤薄来，随行的车马却并不算太多，两百多辆马车里只坐着皇帝的甘露殿与武昭仪的咸池殿诸位宫人，当头一辆，正是武昭仪的翟车，而上个月新擢的邓才人却因身染风寒未能成行。

琉璃就坐在车队靠后一辆极不起眼的马车里，车厢不算太大，却也精致舒适，除了茵褥案几等物，还有可以靠坐的挟轼和软垫，车窗也比一般马车更敞亮些。

在宫里闷了两个多月，此刻在琉璃眼里，路边那些青瓦民居都显得无比亲切，她不时向窗外眺望几眼，而在她的对面，阿凌更是几乎没把整张脸贴到窗子上去。琉璃忍不住随口问道："阿凌，你可是许久不曾出过宫了？"

阿凌叹了口气，"阿凌自打七岁入宫，六年来还是头一次出宫门。听说似我们这般的宫女，许多都是一世再没有出去过的。可见奴婢的运气果然是好的！"

琉璃顿时记起，阿凌曾说过，她的祖父原本是尚药局的主药，一次配药出了差错，依律当绞，虽然最后只是被流放岭南，但女眷都被没入掖庭，成了宫婢。阿凌和姊姊因有太医署的世交照看，都脱离苦役，入选了女医，后来因姊姊常为昭仪推拿，阿凌还未出师便被调入了咸池殿，比起被内侍日夜看守在女医院的姊姊又要自在许多。阿凌平日里便常说自己命好，此时看见她脸上那满足的神色，琉璃不由心头震动，半晌无语。

出了长安城，车队沿着官道奔驰，道路两边的景色也单调起来，无非是青槐远山，农田农舍，琉璃坐的马车原本就在车队的后面，扬尘渐多，琉璃便放下了帘子，阿凌却舍不得，依旧恋恋地往外看着，没多久，小脸上便落了不少灰尘。

琉璃笑着递给她一块帕子，"你再趴在窗口，只怕到了骊山，就会被昭仪当成灰猴直接扔到汤泉里去。"

阿凌抹了把脸，看见那一层灰也唬了一跳，忙放下帘子，此时才觉得口鼻之中全是灰尘，连连咳嗽起来。见琉璃笑而不语地看着自己，也不好意思地笑了起来。

两人一路说说笑笑，过了一个多时辰，马车的速度渐慢，琉璃挑帘一看，前面仪仗已经停下，几辆车马陆续进了官道边一处不算太大的山庄，想来是皇帝和昭仪等人需要稍事休整，两百多辆马车自然不能悉数进去，随行的左右卫飞骑早已驱赶开闲杂人等，又在车队周边里外三层围了个严实，便有宫女通知大家可以到前面的院里饮水、如厕。

琉璃和阿凌自然也下了车，到了那山庄的前院里，自有管事的宫女指给她们各处地方，两人都不敢多喝水，倒是打湿帕子净了手面。再往回走时，迎面便看见别业大门外三匹高头骏马并骑而来，琉璃一眼看去，心里不由一跳：右边那身穿碧色襕衫、腰佩长剑的，不是裴行俭是谁？中间一个是三十多岁的将官，左边那个却是王伏胜，三人说说笑笑，神色都颇为轻松。

裴行俭也看见了琉璃，目光一凝，随即微笑着向她点了点头。琉璃不欲引人注目，也是微微一笑，便垂下了眼帘，心里忍不住赞叹了一句，这人脸上身上明明也颇有风尘，看去却丝毫不见狼狈，倒比平日多了几分落拓。

三匹马转眼间便从她身侧过去，琉璃克制着没有回头，只和阿凌说笑着重新上了车，又等了足足两刻多钟，车队才重新动了起来。到了下午未正时分，终于到达了骊山上的汤泉宫。

此时却是琉璃恨不得将脸贴到窗子上去了。只见这汤泉宫依山而建，周边古木参天，松柏成荫，马车从大门驶进，穿过前殿，没多远便是一片湖面，湖面不大，但水清岸绿，令人神爽。几处殿阁亭楼，均是依着山势水道错落布置，重宇飞檐，朱墙碧瓦，虽然还看不出数十年后华清宫那天下无双的繁华富丽，也自有一番妩媚多姿的风流气象。

待到咸池殿的各辆马车在湖东宜春殿外停下，琉璃和阿凌拿了包袱下车，顿时更觉出了几分异样。如今已是小雪时节，长安城早已寒风凛冽，但这汤泉宫里却依然树木葱郁，连空气似乎都比外面温暖湿润了许多。

众人此时都是又累又饿，也无心仔细欣赏景致，各自找到自己分派到的房间安置好行李。琉璃所住的地方是春宜殿后边的阁楼，大约因为此次来人不多，小楼有三四间房，却只住了琉璃一个，阿凌住在外间。虽然位置稍偏，屋里倒也干净齐整，两人略加洗漱，吃过厨房里送上的热汤面，囫囵一觉醒来，已是天近黄昏。

琉璃忙重新梳了头发，又换上了干净的外衫，便带着阿凌到前面去找武夫人。却见武夫人正在梳妆，眉染翠黛，额贴花钿，妆容竟比早上还要娇艳几分，见了琉璃便笑道："叫你和我一道坐大车，你偏不肯。今日在崔氏别业歇息时，里面竟准备了金酥胡饼、桂花毕罗这样的细点，一应物件，也都十分齐全，连圣人都特意把裴守约和曹将军叫了进去，夸赞他们跸节事务做得细致。听说外面人多，食水都甚是粗陋，你可曾用上了？"

琉璃心里微动，只是笑道："外院的食水虽然简单，倒也干净。琉璃本来只是画师，在咸池殿里，昭仪和夫人抬举琉璃，因没有外人，琉璃也就厚颜领了，那别业内院却是人来人往的，想来连有品级的女官都不是任谁能进，琉璃若是去了，太过惹人侧目，也是给昭仪添麻烦。"

武夫人笑着摇头，"就你仔细，难怪昭仪疼你。"说着又自言自语道："倒没想到裴守约是那般品格，难怪能写出那样一手好字来，真真是可惜了。"

琉璃便问："月娘不知醒了没有，这一路虽然不算颠簸，也辛苦得很。"

武夫人大笑起来，"她辛苦什么？在车上睡了一路，我刚遣人问过，早出去逛了，我打发了好几个人去找，现在还没回。"

正说着，便有小宫女过来回报，昭仪去飞霜殿与圣人一道用晚膳了，让武夫人自己用饭，饭后歇息一会儿，自有人带她们去汤池。武夫人怔了一下，听说饭后便可以去汤池，又起了兴头。

待月娘回来，几人胡乱吃了几口晚饭，过得片刻，果然有宫女过来道："夫人请跟奴婢过来。"

此时汤泉宫里早已华灯遍地，香烛氤氲，亭阁灯火通明，湖水光波潋滟，兼之雾气朦胧，便如人间仙境一般。宫女引着众人一路往南而去，穿过一处石桥两座庭院，眼前雾气更浓，那宫女指着一处略高的石台道："那边就是圣人专用的星辰汤，原是最近汤泉古源的一处。"

琉璃仔细看了一眼，却见石台并不方整，颇有天然之趣，周围也只围了一道矮墙，不由暗叹一声：原来还是露天的，果然时髦！

往东又走了一箭地，眼前出现了一排长长的殿房，足有七八间，每间廊下都点着宫灯，宫女笑道："这边便是长汤，专供夫人们沐浴之用。"说着便引她们进头一间。

一进屋里，迎面便是一股热气，进得堂屋，往里走上十几步，过了两处重帘，便又到了外面，沿着石阶向下是一座极长的浴池，足有三丈多宽，二十多丈长，每隔三丈便有锦帘相隔，原来外面两排殿堂都是围着这条"长汤"而建，浴池用青石砌就，池中还有一座座小小的假山。

宫女引着她们看过一遍，便回到东屋，由宫女服侍着脱下衣服，披上专用的轻纱，这才到后面的长汤中沐浴。

那轻纱当真薄如蝉翼，琉璃便是在前世也很少与人如此"赤相对"，心里十分别扭，到了水边第一个便沉到了水下，只觉得这温泉的水温大约四十来度，水质清澈软滑，倒是十分宜人。

武夫人显然也是第一次来这汤泉宫，戏了好半晌的水，才十分惬意地选了一处石凹处半躺了下来，乳娘则脱得只剩贴身小衣，在水浅处照看月娘。

夜色渐渐深了，下弦月还未升起，满天星斗静静地闪动，琉璃全身泡在水里，懒洋洋地不想动弹，看着那条比夏日浅淡了许多的星河，轻轻地叹了口气，只觉得不知从何而来的一股愁绪和着水汽渐渐升腾。

只是这伤春悲秋的情绪没过多久，便被宫女略带急促的呼声打断："库狄画师，昭仪有事找你。"

琉璃一愣，忙坐了起来，那宫女又补充道："昭仪让你把月娘也带上。"

带上月娘？琉璃忍不住向武夫人看去，只见她也坐了起来，对上自己的眼睛，先是有些茫然，随即脸上却是一红。

琉璃顿时恍然大悟，几乎是手忙脚乱地从浴池里出来，擦干水换上阿凌准备的干净衣服，头发来不及绞干，拧了几把，松松一绾而已。那边乳娘也把月娘哄了出来，忙着要给月娘换上衣服。月娘十分不悦，扭着身子的不配合。琉璃忙过去笑道："昭仪是见你人小，又坐了一天的车，特意让我陪你早些回去，你要早些睡，睡得好了，明日还能过来，想玩多久便能玩多久。"

月娘嘟嘴道："阿娘也坐了一天的车！"

琉璃想了想才笑道："夫人午间睡得时间长，此刻自然不用早睡了，月娘午后是不是没怎么睡？"

月娘一怔，点了点头，脸色这才不那么别扭了。

好容易月娘收拾妥当，披上小斗篷，琉璃让乳娘抱上她，几个人急忙忙地便往外走，没走多远，迎面只见一盏宫灯迤逦而来，琉璃叹了口气，静静地避在路边。月娘看了几眼，却笑了起来，"陛下！"正是李治带着王伏胜走了过来。

李治见到月娘，也微笑着停下脚步，"月娘这是要去睡了么？"

月娘点头道："大娘说了，今天早些睡，明日便能多玩会儿。"

李治不由笑了起来，倒是看了琉璃一眼，只见她一如既往地行完礼后就恭谨地低头不语，只是头发微湿，领口露出的一小截肌肤细白晶莹，就如上好的羊脂白玉一般，心里一动，笑道："你倒是会说话的。"

琉璃恭恭敬敬地行礼，"民女不敢当。"说完头垂得更低。李治见她愈发拘谨，不由觉得有些无趣，拍了拍月娘道："你好生听话，明日姨父带你去玩。"说完转身走开。

琉璃暗暗地松了口气，不敢多说一句话，待李治走了十来步远，这才静悄悄地跟着几个人向相反的地方而去。

到了宜春殿，宫女把她们直接带到了武昭仪的寝宫，武昭仪似乎也刚刚沐浴过，脸上还带着几分红晕，见了琉璃便笑道："可是还没过瘾？"

琉璃忙摇头，"幸亏昭仪叫得及时，琉璃起来时才发现，已是泡得有些头晕了。"

武昭仪听她答得乖巧，不由笑了起来，又随意说笑了几句，脸上露出了一丝倦色，琉璃忙告了退，先把已经开始打呵欠的月娘送回她的房间，自己才带着阿凌回了后面的阁楼，一面重新散开头发拧干，一面暗暗琢磨：看来跟武夫人共浴的风险实在大得很，那温泉再舒服，也不值得去冒险。想了半天，回头便问阿凌，"这汤泉宫里，可有平常宫人洗浴之处？"

阿凌点了点头，"有，适才那位姊姊告诉奴婢，西边还有宫中各局女官用的长汤，此次来的宫人少，上头说，不当值时也可去那边长汤沐浴。"说着脸上多少露出了一些跃跃欲试之色。

琉璃哑然失笑，"左右也是无事，不如你现在就去沐浴。"

阿凌忙摆手，"奴婢还是先伺候大娘睡下。"

琉璃笑着摇头，"哪里睡得了？待头发干了，只怕还要再看两页书。我又不是什么娇贵人儿，难道自己睡觉都不会？你赶紧去吧，晚了或许人就多了。今日都是一身灰，原要沐浴一番才清爽。"

阿凌想了想笑道："多谢大娘体谅。"说完笑吟吟地回外屋收拾了换洗衣服等物，快步出了门。

琉璃在灯下坐了一会儿，突然有些坐不住了，伸手把已有八九成干的长发挽了起来，又打开箱笼找了一件丝绵的披风，吹灭了房中的灯火，迈步往外走去。她到宫里后，当真不敢多走一步路，多说一句话，好容易到了这地广人稀的汤泉宫，没有皇后和淑妃的威胁，也没有那么多眼睛盯着，连一直寸步不离的阿凌都没在身边，那种想一个人走一走、静一静的念头一冒出来，便再也抑制不住。

此时已过了二更，夜风里多了几分寒意，琉璃平素最是畏寒，但在这温暖湿润的汤泉宫里，略显冷冽的晚风却只让人觉得神清气爽。园子里依旧灯烛辉煌，来往宫女络绎不绝，只是几乎都是向西南而去，想来应是去沐浴的。琉璃索性便沿着青石小路往东北走，没多久便来到了湖边。

琉璃曾听人说过，这汤泉宫最早为秦始皇所修，汉武帝也曾加以扩建，七十多年前，隋文帝重修宫殿，又在宫殿内外种下了上千棵松柏，到唐太宗令阎立德主持兴建离宫，方定名"汤泉"。几代的经营，汤泉宫才有了如今的气象，殿堂固然分外精致秀丽，庭院中也多有流水假山。沿着这湖水一带种的便都是垂柳，柔曼的长条上依稀还有绿叶。湖中也点了灯，都是作成莲花之状，灯光水影相互辉映，自有一番动人意境，想来若是夏日，此时的湖中多半还会有莲叶轻舟，笙歌笑语，不知又是怎样的风流景象。

琉璃对着湖水发了会儿呆，又漫无目的地沿着湖边小路一直往北而行，宫女一个也没有遇见，倒是远远地看到了一拨巡夜的侍卫，待看到第二拨时，她才惊觉自己大概离前殿有些近了，转身刚想回去，就听有人沉声喝道："前面是什么人？"

琉璃脚下一顿，意识到自己这种见到侍卫就走的举动反而引起了他们的疑心，只得又转过身来，待他们走近些，才轻轻行了一礼，不急不缓道："我乃咸池殿画师，因贪看夜景，不知不觉走到这里了，无意冒犯各位将军。"

这一拨侍卫大约六七个人，领头的人作军官打扮，年纪约莫二十多岁，举起灯笼照了照她的脸，突然呆了一呆，半响才大声道："你说自己是画师，可有宫牌？"

琉璃微微一愣，忍不住反问："不出宫门，为何要有宫牌？"

军官冷笑道："你这胡女，三更半夜独自在离宫重地游荡，谁知你是否心怀不轨？你说自己是画师，谁能证明？说不定就是反贼刺客！"

琉璃看着他直勾勾的眼神，心里一凛。按理说，他一个低级军官不敢把宫里人如何，但自己的胡人相貌，画师身份，又是一个人深夜游荡，连个侍女都没带，说不定就会给人有机可乘之感，听这军官的语气，分明是想吓唬自己。她心思急转，神色却依旧从容，"启禀这位将军，因今日车马劳顿，我适才放了侍女去长汤沐浴，因此才会孤身一人。说到谁能证明，咸池宫的宫女都认识我，便是陛下身边的王伏胜王内侍，还有裴守约裴郎君，也都认识我，将军若是不信，随便请一人过来，一问可知。"

那个军官脸上神色略变，嘴头却不肯服软，"王内侍和裴郎君是何等身份，让我们上哪里去请？你别以为说出两个人名来某就怕了你！说不得还要带你回前头，让咸池殿管事宫女过来认人。"

琉璃想了想笑道："将军当真细致，今日午间在崔家别院里，陛下刚刚召见过曹将军与裴郎君，夸赞他们安排周到，果然如此。"

那个军官脸色略缓，上下打量了琉璃两眼，冷哼了一声，他身后一个卫兵也轻声道："中侯，她既然知道此事，怕真是陛下和武昭仪身边伺候的人，咱们……"

另一个卫兵则道："适才我好像看见裴郎君在门外与将军说话，倒是不远，要不要让他过来认一眼？"

琉璃听在耳里，顿时就一怔。却见那军官微一沉吟便点头道："好，你去请裴郎君和将军过来一趟。"

那卫兵忙撒腿就跑，过了不到一炷香的时间，只听脚步声响，有人高声道："中侯，裴郎君到了。"卫兵向两边一分，裴行俭大步流星走了过来，看见琉璃，脸上有一丝奇异的神情一闪而过。

那军官见只有裴行俭一个人过来，脸色略有些失望，迎上笑道："有劳裴郎君了，李某在这里看见一个女子孤身游荡，行迹有些可疑，因此上前盘问了两句，她说是宫中的画师，又说认得您。听说您就在附近，因此才冒昧请您来看一眼。"

裴行俭不动声色地看了琉璃一眼，点了点头，"裴某的确在御书房见过这位画师，听王内侍说，她是武昭仪身边的得力人。"

李中侯神色顿时尴尬起来，他本来只是巡夜无聊，突然遇见一个美貌胡女，见她并无宫女伺候，打扮又素净，应当不过是宫中的低层杂役，便想着随便吓唬一番，调笑几下；后来听说裴郎君和将军就在附近，又想到可以在将军面前表表自己的勤力细致，没想到将军没等到，自己惹的还的确是宫中的红人，不由十分懊恼，只得向琉璃抱了抱拳，"这位画师，李某职责所在，多有得罪！"

琉璃还了一礼，"是我鲁莽了。"

李中侯又对裴行俭抱拳笑道："多亏裴郎君来得快，李某这就继续巡视去了！告

/第十八章/汤泉水暖 翠湖波潋

辞！"说着竟是飞也似的走开了，他身后的士兵也急忙都跟了上去。

原地只剩下琉璃和裴行俭两人，琉璃抬头看了裴行俭一眼，只见他怔怔地看着自己，她心头一颤，不由垂下眼睛，行了一礼："多谢裴君解围。"

裴行俭并不答话，半晌才长叹了一声，低声道："你怎么一个人走到这里来了？适才听说他们遇到了一个咸池殿的胡女画师，你可知……"

琉璃不由抬起头来，"知道什么？"

裴行俭低头看着琉璃，沉默片刻，突然微笑起来，"没什么，我还当自己听错了。"

琉璃看着他含笑的眼睛，里面仿佛也有一泓灯影晃动的湖水，脸上不由腾地热了起来，定了定心神，淡然道："裴君说笑了。"

裴行俭的剑眉微微挑起，"原来在你眼里，裴某人竟是这般爱说笑？"

琉璃一愣，一时不知该如何回答才好，只得岔开话题，"裴某不是起居郎么，此次出巡怎会是裴君负责跸节事宜？这些侍卫为何也都认得你？"

裴行俭微笑道："大娘有所不知，我曾在左卫做了好些年仓曹参军，这后勤事务最是熟稔，人自然也是熟的。"

琉璃本来略松了口气，听他这样一答，心头又是一紧，想了想只好笑道："早知是裴君的手笔，琉璃真该留在武夫人车上，也好尝尝什么桂花毕罗。"

裴行俭笑道："这有何难，你若喜欢，日后自然能经常尝到。"

琉璃脸上又是一热，只觉得今夜他的话似乎句句都另有深意，又觉得或许是自己想得太多，心里忍不住有些懊恼，自己的真实年纪算起来比这裴行俭也差不了太多，怎么一和他说话倒像是智力下降，真成了十五六岁的小姑娘！只得含糊道："借裴君吉言。只是天色已是太晚，琉璃也该回去了。"

裴行俭声音依然不急不缓，"也好，不如裴某送你一程……"琉璃忙抬起头来，刚想开口，就听他接着道："也免得你再遇到巡夜的卫士，还要过来再认一次人。"

琉璃推辞的话顿时全噎在了嗓子里。

两人沿着湖边，默然向南而行。琉璃原想让裴行俭走在前面，谁知他却总是不紧不慢地走在身边一步左右。她脚步若是太快，走到了前面，想到裴行俭会在后面看着她，她只怕自己到时连路都不会走了，可若走得太慢，倒像是故意磨蹭时间一般……正在烦恼，就听裴行俭低声道："大娘若不嫌裴某唐突，我想问一句，你如今究竟有何打算？"

琉璃胸口顿时有些发闷，半晌才道："其实也没什么打算，当初原是被魏国夫人逼得太狠，只能走这条路，如今，不过走一步看一步。但愿一两年之后，情势能有所不同，昭仪或许能让我离开。"按照她的计划，原本她是有六七成把握的，只是经历了这两个月来发生的事情，武昭仪心智之坚、谋算之深，都远远超过了她当初的想象，现在看来，那一步是否能成功，却是连三成的把握都没有了。

裴行俭的声音变得略有些低沉，"后宫之事，虽不是外臣可得闻，但我毕竟经常出入大内，你可知，如今你所走之路的凶险，比宫外尤甚百倍？如今圣人对我还有几分赏识，我想过，若有机缘……"

琉璃念头一转，忙道："不成！万万不成！"他能求皇帝什么？不过是求个赐婚，以她如今的身份，皇帝最多也就是赐她为裴行俭的侍妾，不然赐个默默无闻的胡人画师给他这样前途无量的名门之后为妻，岂不是天大的笑话？而这种皇帝赐下的侍妾，又不是轻易能放的。她虽然也曾提过要以这个身份逃离长安，但那不过是权宜之计，裴行俭再英雄绝代，她也不会真的去给他做妾。

裴行俭并不意外，"你所虑甚是，是我唐突了。我原想着……"突然住口不言，叹了口气。

两人的步子不约而同都慢了下来。琉璃只觉得心里仿佛有什么在往下坠，沉默半响，还是开口道："其实裴君不必把那约定放在心上，我反复想过，此事太过匪夷所思，于情于理皆无一丝可能，只怕平白耽误了裴君。当初插屏之事不过是无心插柳，算不得什么恩惠，况且裴君之前也曾帮过我。他日我或许的确还要仰仗裴君，但如此承诺，反而让人于心不安。此事，你就当从未说过可好？"

裴行俭突然停下脚步，转过身来，琉璃不由也停步仰头看他，只见裴行俭神情变得极为凝重，"此事我不会反悔。适才所提，也绝不是想毁弃前约。况且，我愿守此约，并不是为了守诺的声名，也不是为了报恩，是我自己甘心去做，愿意去做！倒是你，总是想得太多了些！"

他的意思是……琉璃看着他深不见底的眼睛，只觉得心里突然涌上一阵慌乱，想躲开他的视线，却偏偏被魔住了般一动也不能动，半晌才猛地惊醒，低下了头去。夜风似乎变得燥热起来，湖水轻轻拍打石岸的声音，夜风吹动柳枝的声音，清清楚楚地传到了琉璃的耳朵里，另外还有一个砰砰的声音在变得越来越大，她愣了一下才明白，那是自己胸口心脏的跳动声。

耳边突然低低地响起了一声："琉璃。"分明是她熟悉的声音，但偏偏多了许多陌生的情愫，深沉得令人几乎难以承受。

琉璃身子一震，抬头急急地道："裴君，这里离春宜殿已经不远，你不用再送我，我……"

却听裴行俭道："琉璃，你到底在畏惧什么？"

琉璃心中震荡，只觉得嗓子干涩，一时竟是说不出话来。她怕什么？她怕自己会错意，表错情。在这个时空里，她除了一双能画画的手，一颗自己的心，几乎一无所有，难道还要再赌上一份感情？何况世道如此，她刚刚才亲眼看见，强悍如武昭仪，都不得不精心安排皇帝丈夫和亲姊姊偷欢幽会，她是什么身份，有什么资本，怎么敢奢望眼前这个注定会光芒四射的男人？她努力深呼吸了一下，才低声道："琉璃身份卑微，不敢有妄念。"

一语未了，裴行俭突然退开了一步，琉璃微微吃惊，抬头看时，只见他嘴角紧抿，一只右手也分明已握成了拳头，忍不住脱口道："裴君？"

裴行俭垂下眼帘，神色顷刻间已恢复了平静。"无事,"随即微笑道，"琉璃，你信不信我能识人看相？"

琉璃愣住了，这话是从何说起？不过，要说到他会不会识人看相……她不由点了点头，"我信。"

裴行俭略有些诧异地看了她一眼，似乎想不到她会说得如此痛快，倒是笑了起来。"那就好！"随即正色道，"你面相清贵，绝不会是久居人下者，因此，请不必妄自菲薄。"

琉璃睁大眼睛看着裴行俭，她若记得不错，眼前的这个男子看人之准，几近于神话，他说这个真的不是在安慰自己？可是她……琉璃忍不住苦笑起来，"琉璃从未想过要居于人上，此生所愿，不过是海阔天高，自由自在。"

"海阔天高，自由自在，"裴行俭轻声重复了一遍，点了点头，"你若能信得过我，三年之内，行俭必竭尽所能，助你完成此愿。"说着，目光却是从琉璃的身上转向了远处。

琉璃随着他的目光看去，看到的正是汤泉宫主殿飞霜殿，此刻那边廊下依然灯火通明，依稀还有人影来往。她心里一震，忍不住抬头看着裴行俭，只觉得他的身形挺拔峻岸，神色里更有一种奇异的端凝，让她无法怀疑他说出的每一个字。

片刻之后，裴行俭已收回视线，看着琉璃，脸色回复了一贯的温和，"只是，三年时间或许太长，琉璃，你可会忘了你我今日之约？"

琉璃怔怔地看着他。裴行俭的神情依然平静，目光中却有一种无法掩饰的深切，突然之间，她完全明白了他的意思，他不是在开玩笑，他不是要报恩，他是真的……琉璃垂下眼睛，清清楚楚地感觉到从心底里涌上来的某种情绪正在迅速塞满整个胸口，她不敢开口说一个字，只怕一开口，这种情绪就会破堤而出。沉默中，她听见裴行俭迟疑地叫了一声："琉璃？"

琉璃无声地吸了口气，没有抬头，只低声吐出了几个字，"琉璃，必不敢忘！"说完不敢再停留半刻，转身快步离开。

身后似乎有道视线一直追随着她的脚步，琉璃疾步走出老远，转过一处假山，步子才慢了下来，往前又走了几步，忍不住闭上眼睛，长长地出了一口气，伸手捂住胸口，听里面那颗怦怦乱跳的心终于渐渐变得平静，眼睛却越发酸涩起来。她只能睁大眼睛看着天空，等待着这股酸楚慢慢退潮。

良久之后，她才重新起步，脑子里竟有些恍然，刚才自己到底和裴行俭说了多久的话？好像很长，又好像很短，万一阿凌回来看见自己不在，不知会不会多想？想到这里，琉璃胸口顿时一凉，忙加快了脚步。

好在她住的地方本来就有些偏，一路倒也没有遇见熟人，一直到了阁楼中，只见屋里还是一片漆黑，琉璃这才放下心来。进屋点燃了蜡烛，脱下披风，换了鞋子，散开头发，看看身上再无破绽，才在烛台前坐了下来，随手翻开了一卷《后汉书》，思绪却不知飞到哪里去了。

不知过了多久，屋外传来细碎的脚步声，阿凌散着头发，笑嘻嘻地走了进来，"大娘怎么还没睡，西边那长汤真是远，不过也真是大……"看了琉璃一眼，突然脸上露出了惊讶的神色，"大娘，你的脸是怎么了？"

琉璃一怔，还未答话，阿凌转身便把一面小小的铜镜递到了她手里。

菱花形海兽葡萄纹的三寸小镜，也就半个多巴掌大，匀净光滑的白铜镜面微微凸起，拿在手里，正好可以清晰地照到全脸。此刻，就在这面小小的镜子里，在闪动的烛光下，琉璃清清楚楚地看见了自己脸上那嫣红如火的颜色，她忍不住摸了摸自己的脸颊，手心冰凉，越发显得脸颊温度烫人。

阿凌已伸手来探，"别是刚才湿着头发吹了一路风，着了风寒！"手背触上了琉璃的额头，停了一会儿，语气变成了迟疑："似乎不烫呀！"

琉璃镇定了心绪，笑道："许是这屋里太热，我低头看书看得久了一些，有些闷着了。"这汤泉宫的房子并不烧地龙，而是在墙中做了管道用温泉水取暖，加上地气温暖，因此房子比宫里更为暖和。

阿凌将信将疑地看了她几眼，见她目光清澈，声音也清朗如常，似乎并不像风寒发烧的样子，这才慢慢放下心来，拿起桌上的荷叶青瓷杯倒了杯温水过来，"大娘，既然屋里热，便要多喝些水才好。"

琉璃乖乖地喝了水，赶紧问起了那西长汤的位置规制，阿凌果然眉飞色舞地笑道："说来，西长汤不比适才大娘适才去的东长汤小，沿着长汤修了两排几十间小屋子，奴婢去的时候，人已经不少了，还好大多都是熟人。听她们说，六尚局里好些人前几天就到了……"

琉璃听她絮叨这汤泉宫如何修缮了两个月，又如何重新布置，这才有了现在的模样，心里忍不住想，他大概也是好些天前就开始准备了，不然如何能做得如此细致周到？脸上不由又是一热，暗骂一声"琉璃你真是疯了"。忙收拢心思与阿凌说了几句，眼见时辰已过了三更，两人这才分头睡下。

次日清晨，两人在屋里吃了早点，琉璃便在琢磨要不要去武夫人那边先请个安，如今武昭仪怀孕已七个多月，身子日渐沉重，平日精神还好，只是早上有些时候会晚起，因此没有传召她也不敢去打扰，而武夫人那边……天知道是怎么个状况！

她还正在犹豫，有个小宫女已笑着跑了过来，"大娘，夫人唤你快些去！"

琉璃有些意外，忙带上阿凌跟了过去，到了武夫人的住处时，只见她正急忙忙地收拾头发，身上的打扮也与平日不同，上身穿着一件鹅黄色素面卷草滚边的夹袄，下面是一条藏蓝色细条纹收口长裤，蹬着一双白色羊皮靴，腰间束带，头发挽了个高髻，却没戴丁点花饰——这又是唱哪一出？

武夫人在镜子里见到了琉璃，头也不回地问道："你会骑马吧，这次来可曾带了骑马的衣裳？"

琉璃下意识点了点头，忙又赶紧摇头，她前世的确骑过马，技术却实在太差，至于这一世里，却是马鬃都没捞到过一根，也从没听说过曹氏和珊瑚出去骑马，想来原来的那个琉璃应当是不会骑马的。

武夫人奇道："到底是会还是不会？"

琉璃苦笑道："马是不会骑的，胡服倒是有两身。"

武夫人扫兴地叹了口气，"适才圣人让人传话说，要去猎场看看，原想着带上你一道去玩，衣服若没带我拿一套给你也罢了，没想到你竟然不会骑马！"

是去狩猎吗？那倒是一场大热闹，琉璃顿时也觉得有些遗憾，只是想到要跟着李治和武夫人去，又觉得还是不去比较把稳，想了想笑道："琉璃就算会骑马，也不会射箭，去了也是白搭，还不如留下来陪昭仪解闷，也可以陪月娘玩耍。"

武夫人笑道："昭仪如今是不方便骑马了，不然她骑马射箭都要比我强得多。月娘我却是要带去的，叫人好好看着就是，说起来她这个年纪，虽然学骑马射箭还早了些，却也该在马上跑几圈了，如今先习惯着，学的时候就不会再怕。"

想到月娘如今才六岁，琉璃顿时觉得冷汗都要下来了。说话间，月娘果然也一身利落地出现在门口，小脸上满是兴奋，进门便叽叽喳喳地问了一通，母女俩高高兴兴地出门而去。

琉璃估摸着时间差不多了，才来到武昭仪的寝殿门前，玉柳正端了水杯出来，看见琉璃，不由奇道："你怎么没去猎场？"

琉璃不好意思地一笑，"不会骑马。"

玉柳脸上顿时露出了两分吃惊，待到琉璃进了屋，武昭仪第一句也是，"还道你今天定然去猎场了，没想到你竟然是不会骑马，这样也想周游天下？"

琉璃心里暗暗奇怪，难道这时候的女子都该会骑马？自己不会骑倒像是件稀罕事，只得皱起眉头叹道："昭仪说得是，琉璃也在纳闷，自己竟是叶公好龙不成？"

武昭仪被她逗得笑了起来。

这一日，琉璃陪着武昭仪在汤泉宫里走了半圈，待到她午后醒来，又给她念了几篇史传，这样消磨了大半日。将近黄昏时节，李治一行人这才归来，武夫人神采飞扬，说是亲手打到了一只锦鸡，换了衣服过来说笑了半日，满口都是那猎场草木如何茂密，野物又如何丰盛，突然又笑道："你倒猜猜看，今日谁猎到的野物最多？"

武昭仪懒懒地一笑，"定然不是圣人。"

刚说到这里，门外已有人叫道："圣人到"。李治笑着走了进来，"还是媚娘了解朕，一猜就中。"

武昭仪微笑道："陛下心地纯厚，不忍杀生，这还用去猜么？"

李治呵呵地笑了起来，"你不用如此文饰，朕原不长于弓马，不过今日的头筹却也没教那些武将们得去！"

武昭仪脸上露出了几分诧异，"那会是谁？"

武夫人拍手笑了起来，"今日拔头筹的，却是那位起居郎！"

这话一出，莫说武昭仪意外，琉璃本来已站在墙角努力扮演透明人，心里也怦的一跳。

李治也点头笑道："莫说媚娘猜不到，连朕都是走了眼。裴守约平日不言不语的，朕只道他是长于文章笔墨，没料到一下猎场才发现，他不但弓马娴熟，指挥士兵围赶猎物也极有法度，心思又细，连曹将军这种老手也比不上他。今日那头大鹿就是他打到的。朕后来一问才知，他竟是已经跟着那左卫中郎将苏定方学了好些年兵法韬略了。媚娘，你可知这苏定方乃是李卫公李药师的传人？今日看裴守约的模样，还真有几分大将风采！"

　　武昭仪笑道："这倒是头次听说，恭喜陛下，说不定这裴守约日后便是陛下的李卫公。"

　　李治摇头笑道："卫公岂是代代都能有的？也要看那裴守约的造化。"

　　武昭仪微微一笑，"这样说来，他还是没这个造化的好。"

　　李治奇道："这是为何？"

　　武昭仪道："妾只愿兵戈不动，四海升平，裴守约再无机缘建立卫公那般的功勋！"

　　李治顿时笑得更是开怀。

　　琉璃轻轻地舒了口气。锥处囊中，总会有锋芒毕露的一日，如今他的光芒终于要渐渐显露了吧？只是如今看来，他越是锋芒毕露，他们之间的距离就越发遥不可及！不，也许她有一个机会，只有一个机会，能让这个距离变得短，只是……那还是太远的事情，究竟会如何也太渺茫。她眼下要做的，不过是小心再小心，绝不走错一步，哪怕是为了，那个约定。

第十九章
腊日惊变　生不逢时

纵然乐不思蜀，太极宫的大队人马还是在三日后离开了汤泉宫，回到长安的当天中午，暗沉的天空竟飘起了细碎的雪花，马车速度更慢，直到下午快申时才回到太极宫，自是人困马乏。

琉璃回屋略合了会儿眼，晚饭前依然到武夫人那里请安，顺口便问："今日夫人可要去昭仪那边用晚饭？"武夫人忙向她摆了摆手，低声道："那边正乱着呢，咱们就莫去添事了！"

此时在咸池殿的西殿里，依依正跪坐在红锦地衣之上，脸色苍白异常，原本柔和娇媚的嗓音，因为发烧和哭泣，已变得十分嘶哑。

武昭仪脸上依然残留着几分倦色，眉宇间却一片薄怒，"才几天工夫，怎会到如此地步？"

邓依依失神地抬起头，"启禀昭仪，因几个相熟的女医都随昭仪去了汤泉宫，奴婢这几天只能让女医那边派人过来诊脉，开了两副药出来，吃下去却愈发不好了……适才韩女医来看过，说是，说是原本就最不该受寒的时候受了寒，竟又吃了寒药下去，这身子，只怕是不中用了！"说着忍不住又哭了起来。

韩女医的原话是，这风寒也就罢了，换了药养些日子自能痊愈，但那下红的症状一时却好不了，以后子嗣上只怕也会有些艰难。子嗣艰难……邓依依自然知道这话背后那冰冷的含义，想到自己几天前被封为才人时的雄心抱负，转眼间就全化成了泡影，依依心里的痛和恨简直就像两把利刃，把她整个人都要撕开了。

武昭仪脸色越发阴沉，"给你看病的到底是哪位女医？开的药方可还在？"

邓依依满眼是泪，"那女医看着有些面生，吃到第二副药奴婢感觉不好，便让阿余打听了一下，这才知道那是新来的女医，奴婢便没敢再吃。药方阿余倒是想法子拿到了，奴婢问过韩大夫，韩大夫说那方子若是治平常的发烧症状，原是不会差的，只是奴婢恰好不能用而已，若教尚药局御正去看，最多批个寒凉太过！奴婢，奴婢的身子算是白毁了！"说到此处，她再也压抑不住，捂着嘴哽咽得上气不接下气。

武昭仪心中惊疑，抬头看了玉柳一眼，只见玉柳满面困惑，心知此事已经脱离了控制，神色不由更是肃然，前后想了一遍，正色道："话虽如此，不试一试如何知道？"转头便吩咐伺候邓依依的宫女，"阿余，你待会儿便去甘露殿求个恩典，就说你家才人身子依旧不大好，只怕要请尚药局的侍御医过来看看脉。你自己设法求王内侍带上你去尚药局一趟，拿那药方请教一下那里的药师，问问可有什么补救的法子，记得口风一定要紧！只要那边能有法子，要什么药材你都过来回禀，我自会想法弄来。"

邓依依的眼里慢慢多了一分光彩，呜咽道："奴婢多谢昭仪大恩。"

武昭仪叹了口气，"快起来吧，这里虽有地衣，到底有些冷，你如今本来就身子弱，再凉着还了得？再者说，你是才人，以后莫再一口一个奴婢。你且放心，韩大夫虽说也是好的，总不如御医，再说了，你才多大？不过是个寒症，还能一辈子调理不好了？"

邓依依自是磕头不迭，满嘴感恩，武昭仪又和颜悦色地安慰了几句，待阿余扶着邓依依走远，屋里再无别人，她的脸色才慢慢沉了下来，对玉柳道："去好生查一查，那新来的女医是怎么回事，立政殿那边可有什么变故？咱们怎么一点消息都没收到！"

玉柳不敢怠慢，领命而去，转了一圈回来，正瞧见阿余顶着碎雪匆匆而去的背影。玉柳看看她的背影，又看看天色，轻轻地摇了摇头。

阿余此时却无心去管这天色和雪花，恨不得一步便跑到甘露殿。她在宫中多年，自然知道这尚药局的侍御医与女医有多大差别，女医们不过是从掖庭等处选的年轻宫女，由太医署各科博士教授五年便出师；而尚药局的四位御医却都是大唐顶尖的杏林圣手，级别比掌管太医署的太医令还要高，没有圣人和皇后的旨意，绝不会进宫给嫔妃看脉，如今能请得他们出手，邓才人的身子多半还有转机……

她心里盘算，脚下飞跑，刚刚转过淑景殿，远远地就看见了李治的紫金步辇，不由大喜过望，赶上几步，也不顾地上湿滑，扑通一声便拜了下去，"奴婢见过圣人！"

李治早就看见了阿余，依稀记得是咸池殿的宫女，见状她跑得急促，心头一惊，忙问："可是昭仪有事？"

阿余伏身回道："启禀圣人，昭仪甚好，只是邓才人的身子有些不妥，风寒养了这几日并没有大好，反像是添了些症状，因此昭仪遣奴婢来向圣人求个恩典，请侍御医过来看上一眼。"

李治松了口气，回头便对王伏胜道："阿胜，你去尚药局传朕的口谕，让当值的御医来咸池殿为邓才人诊脉。"

阿余忙谢了恩，老老实实站在一边，待李治一行人走远，忙转身追上了王伏胜，气喘吁吁地赔笑低声道："王内侍，奴婢还想去尚药局打听个方子，请内侍行个方便。"

王伏胜略有些意外地看了她一眼，想了想含笑点头，"不必客气。"

那尚药局距离淑景殿颇有些距离，乃是在宫城正门两仪门附近的一处院子里，隔壁便是女医的住处，门前有内侍值守。两人到达尚药局时天色已黑，恰好是晚膳时分，当值的一名奉御和两名侍御医都有自己的屋子，自是在后头单用，外堂上却聚了十来位医师和药师，大约是刚刚一道用过了晚膳，正在闲聊。

王伏胜原是尚药局的常客，只笑着和堂屋里相熟之人打了个招呼，便进去传令。阿余见机不可失，忙收住脚步，笑盈盈地从袖子里拿出了药方，"各位先生，奴婢有礼了。"

这屋里年纪最大的那位医师一向稳重，上下瞅了阿余两眼，见她穿着宫中女官才能穿的青色襦裙，言谈举止也算知礼，便点头笑道："这位阿监可是有什么事情？"

阿余满面谦和，"好叫先生得知，是奴婢有位姊姊得了风寒，里头的女医开了方子，吃了几日却不见好，奴婢恰好来这里办差，便想请先生们看一眼，这方子可使得使不得？奴婢也知唐突，只是机会难得，还望各位先生慈悲。"

几位医师相视一眼，答话的医师便笑道："拿来。"

阿余忙双手奉上药方，那医师看了几眼，摇头道："可是发热了？这方子倒也使得，只是太凉了些，还是少吃几副为好。"说着便传给另外两个医师，一个也点了点头，另一个却突然冷笑了一声，看向阿余，"吃了几天不见好转？你姊姊可是得罪过女医？"

阿余心里一动，打量了这医师一眼，只见他大概只有三十多岁，瘦高的个子，瘦长的面孔，眉间一道深深的竖纹，看去似乎总有一两分怒气。阿余心里打鼓，口中忙道："我姊姊怎会得罪女医？"

那医师皱了皱眉，眉间的那道竖纹顿时更深了两分，语气一片肃然，"赶紧停了吧，女子用此等虎狼之药，绝无好处，若是病人身子弱些，只怕已添了症状。"

那年纪大些的医师便笑道："蒋司医，这方子虽然凉些，何至于是虎狼之药，你莫吓着这位阿监了。"

蒋司医神色愈发冷峭，"华老说得不错，这方子若用在有实热之症的壮年男子身上，自然不算稀奇，但这宫中女子有几个气壮的？又是吃了两天还不见好，那便断然不是实热。若是风寒阴虚，再吃这样的药下去，大伤阳气都是轻的，《素问》有云，'阳气者，若于与日，失其所则折寿而不彰'，这还不算虎狼之药？"

阿余虽然不大听得懂这蒋司医掉的书袋子，但也知道他说的大约不错，忙叹道："这位先生还真说准了，如今我那姊姊的确添了些症状，却还要请教这位先生，此事可还有补救的方子没有？"

蒋司医摇头，"不看病人，如何开方？让你那姊姊多暖着些，莫吃寒凉之物，再找个稳重些的女医好好看看罢！"

阿余眼珠一转，笑道："请教这位医师高姓大名。"

蒋司医有些诧异地看了她一眼，"某姓蒋，蒋孝璋。"

阿余在心里默默念了两遍，行了一礼，"多谢各位先生指点。"

说话之间，王伏胜已陪着一位须发半白的御医走了出来，阿余认得正是去过咸池殿两次的黄御医，却见他扫了外屋的诸人一眼，"方司医不在么？蒋司医，你随老夫走一趟。"

先前说话的蒋司医忙应了声"是"，上前帮黄御医拿了药箱，阿余的心顿时便有些悬了起来，此人见微知著，目光敏锐，会不会发现自己嘴里那个姊姊就是邓才人？有心想奉承他几句，只是王伏胜就在身边，她不敢说得太多，那蒋司医更是惜字如金，一路上话比黄御医还要少些。

一行人到了咸池殿，向李治与武昭仪回报后，直接往后殿东边的邓依依所住的屋子而去，刚到后殿，便正与刚从武夫人屋里出来的琉璃打了个照面。阿余心里有事，点头一笑便径直走开，半分也没注意到，站在琉璃背后的阿凌，目光竟是有些直了。

琉璃却是看在了眼里，待四下无人，便问阿凌："难不成是你认识的医师？"

阿凌神色不定地点了点头，"头一个是黄御医，常给昭仪看脉的。"

琉璃想了想还是笑道："那后一个呢？"

阿凌叹了口气，"奴婢若没认错，应是奴婢祖父当年的一个弟子。虽不曾正式拜师，却常来我家找祖父请教，记得祖父说他是有些痴的，因他眉间有沟，还曾被我们姊妹取笑过……"说到后面，声音几不可闻。

琉璃见她伤感，便岔开话题，指着她手里端着的那碟橘子笑道："说起来，今日这贡橘还真是格外甜，你要不要留两个给你姊姊？"

阿凌也敛了心事点头笑道："正是，年年宫里这时节最不缺的便是橘子，但这般甜的贡橘奴婢还是第一回吃到，我姊姊最爱吃甜，定然欢喜。奴婢听前面的人说，今日前头还得了一筐桂圆，那更是稀罕物儿，奴婢至今也不知是什么味道，我姊姊说是极清甜，对妇人也是极滋补的。"

琉璃忍不住叹了口气，早知道这桂圆会是如此珍奇的贡品，她以前一定会多吃点，更别说新鲜荔枝——她刚才问了武夫人才明白，如今所谓贡品鲜荔枝，其实也是渍过的！估计真正的鲜荔枝，只怕还要几十年后的那位杨玉环同学才能吃到……

琉璃默默地后悔了半日，没想到过了几天，前头竟又得了两筐桂圆。武昭仪当下拿了不少赏人，琉璃也得了一碟，自然拉了阿凌，一人一颗细细地吃了下去。不久之后，咸池殿里又开始流传说：邓才人风寒好了之后，用了一位蒋司医的食疗方，天天拿桂圆红枣煮粥吃，吃了七八日后，那下红不止、晕眩心悸的症状竟慢慢好了。一时从咸池殿开始，太极宫里几乎刮起一股桂圆热来。

就在这股热潮中，天气一日日见冷，武昭仪的身子也一天天沉重，咸池殿里的饮食起居各项禁忌渐多，针线局则开始忙着做小衣小被，琉璃也给那未出生的孩子画好了洗三、满月等日要穿的小衣，只是动手之时每每想到这个孩子不是李贤，就是那个谜一般的大公主，心头又有些怪怪的感觉。

转眼便到了十二月初，杨老夫人也入了宫。次日，武昭仪的右臂上便多了一个红色的袋囊。琉璃有些好奇，悄悄问了武夫人才知道，囊里装的是弓弦，有"转子"之用——若是佩戴够了时日，肚中便是女娃也能转为男子。

这也太扯了吧？琉璃腹诽了一句，面上不免也带出来了两分不以为然。

武夫人忙正色道："你莫不信，此方甚是灵验，乃是孙真人亲自验证过的，母亲好不容易才求到这法子，只是时日上有些来不及了，不然莫说是转子，就是用这法子孵出来的鸡子，也都是公的。"

琉璃越听越可乐，忍不住问："是哪位孙真人验证过的？"

武夫人道："自然是那位在峨眉山炼丹的老真人，大号乃是上思下邈，太宗陛下当年曾亲自请他入朝，他都推辞了，如今只怕已是神仙一流的人物。"

孙思邈？琉璃心中的某个偶像顿时轰然倒塌：原来这位"药王"不但自己炼丹，在他传世药方里，居然还下了这种不靠谱的玩意……

此时已是腊月初八，朝中放假三日，讲究些的人家要着手准备过年的事宜，宫中则是"赐腊脂"，妃子们都得了一份御赐的特制口脂，武夫人也得了一份。琉璃仔细端详了一番：那口脂也就罢了，不过是膏体格外细腻香润一些，倒是外面装的小筒竟是镂空点翠的象牙小筒，端的是精致之极。

武夫人自是喜滋滋地从牙筒里挑了点出来涂在嘴唇上，揽镜自顾，容光焕发。琉璃却忍不住琢磨：听说这腊日恩脂大臣也都会有一份，裴行俭却是没有家眷的，难不成他得自己用？却不知他给自己涂上这口脂时，又会是怎样一副情形？想到此处，她的嘴角忍不住翘了起来。

武夫人嗔了她一眼，"你今日怎么格外开心？"

琉璃笑而不答，正想找点什么话岔过去，突然有人急忙忙地狂奔了进来，"夫人，夫人，你快去看看，昭仪，昭仪……只怕是要生了！"

武昭仪怎么会就要生了，琉璃一时呆在了那里。武夫人腾地跳了起来，脸色都变了，"怎么会？这不还差些时日么？"

那小宫女道："正是！老夫人请夫人赶紧过去。"

武夫人忙要迈步，琉璃一眼看到她的装束，忙道："夫人，你戴的……"

武夫人跺脚叹了一声，"差点忘了！"一面急忙忙地把头上的凤头步摇，身上的赤金佛像都摘了下来，这才跟着小宫女向外疾走，琉璃、阿凌和翠墨几个忙也跟了上去。

武夫人边走边问那小宫女，"昭仪晚饭前不是还好好的，怎么突然就发动了？"

小宫女道："奴婢也不清楚，听说原是要安寝的，不知为何突然腹痛起来，没多久便见红了。"

武夫人忙问："女医来了没有？圣人那边可曾禀告过？"

小宫女点头，"韩女医如今就住在这里，刘内侍去找圣人了，女医和尚药局那边也都着人去请了。"

说话间，一行人已赶到产房外面。这产房早一个月便已收拾了出来，就在西殿暖阁后面，屋子不算太大，此刻人进人出，却是井井有条，一丝杂乱的声音也无。玉柳站在门口分派人手,一眼看见武夫人,脸上露出喜色,"夫人快些进来!"

武夫人抬腿就走了进去,翠墨刚要跟上,玉柳忙道:"里面的人太多了些,不如你们就在外面候着?"

琉璃忙拉了翠墨站在窗户边上,门外有七八个宫女在传递物件,还有十几个和她们一样守在一边,就听里面武夫人道:"阿娘,媚娘怎么突然……"

杨老夫人沉声道:"你慌什么!媚娘这一胎算来也已是九个月有余,只不过比预料的早了十几天而已,算得了什么?她是第二胎,胎位又正,定然是顺的,想来不过是个性急的孩子罢了!"

武昭仪的声音也一如平日的舒缓,"你们都先坐下,今夜只怕要熬上一夜了。玉柳,桂圆粥已经吩咐下去做了没有?"

琉璃听到武昭仪镇定如常的语气,不由松了口气,翠墨念了声佛,原本有些惶然的脸色也平静了下来。

没多久邓依依也扶着阿余匆匆地赶了过来,刚进门便被武昭仪轰了出去,"你自己身子都没养好,来这里做甚?"邓依依也不肯走,要了个小小的胡床,便坐在了门外不远的地方。养了这些日子,她的脸色已好了许多,只是依旧瘦得厉害。

又过了约两刻多钟,就见阿凌的姊姊那位凌女医匆匆跑了过来,没多久,又来了两个年长的女医,玉柳依然守在门口,脸上却慢慢露出了焦急的神色。

琉璃心里也微觉异样:这些天李治虽然不像前两个月那般天天都在咸池殿,但总有一多半时间会留在这里,今天怎么人影不见?再说,尚药局和女医院不过一墙之隔,女医都来了,御医却怎么一个都没来?

她正在琢磨,两个小宫女已抬着个食盒走了过来,玉柳便先开了盒,取出一碗取了两勺出来,喝完后停了片刻,才带着小宫女将食盒抬了进去。

只听杨老夫人笑道:"这是桂圆鸡子粥煮得倒是不错,媚娘你多吃两口,也好添些气力。"一片安静中,过道上隐隐有脚步声响,却是刘康和另一名宦官匆匆走了过来,脸色都有些难看。玉柳忙比了个手势,三个人走到一边嘀咕了几句,玉柳的脸色越发不好,踌躇半日,还是走了进去。

琉璃忍不住竖起了耳朵,还没有听见玉柳的声音,就听武昭仪淡淡地道:"可是刘康他们回来了?"

玉柳低声道:"是,陛下今日在腊日宴上吃醉了酒,如今已在淑景殿歇下了,刘康好容易才把王伏胜叫了出来,只是淑妃说陛下已是睡熟,阿胜也不敢……尚药局没有陛下和皇后的旨意不肯派人过来,立政殿那边又说皇后身体不适,已经睡下,如今王伏胜已经去了尚药局,御医大概片刻就能到……"

屋里屋外顿时一片寂静,琉璃心里也是一紧:怎么这么巧?

只听武昭仪轻轻地笑了起来,"原来如此,陛下难得喝醉一回,倒是遇上了。"停了停又笑道:"记得我生弘儿时,陛下去了禁苑,为吐谷浑来的长公主接风,那时我身边只有一个女医几个宫女,又是头胎,不照样是顺顺利利地生了下来?如今你们都在，还有这么些人，又有什么可担心的？"

杨老夫人也笑道："正是，这生孩子原是妇人之事，男子们来了也不过是添乱，想我生顺娘那回你父亲还在外面狩猎，我生了两日才生了她下来，他回来听说是个女儿，只说了一句，是急着出来吃为父打的鹿血肠么？"

屋里顿时响起了一片笑声，气氛松弛了下来，突然又听里面的女医道："昭仪，疼的时候莫强忍着，虽说此时还不能大声喊叫，但若是强忍，也花力气。"

武昭仪并没有作声，过了片刻才长出了口气，"这点子痛算什么？"

女医又道："昭仪若是有力气，不如站起来走一走，也好早些入盆。"

没有入盆是什么意思？不知道要不要紧？琉璃心里嘀咕了一声，随即便觉得自己有些可笑，里面那位可是武则天！她能要紧才是奇怪了！只是看着窗纸上慢慢来回走动的影子，以及周围那无数副忧心焦虑的面孔，她的心情竟是无论如何也轻松不起来。

过了小半个时辰，只听脚步声响，却是王伏胜急匆匆地赶了过来，身后跟着一位背药箱的中年男子，琉璃看了一眼，突然觉得有些眼熟，忙转头看身后的阿凌，果然看见阿凌的目光也盯在了那位御医身上。

王伏胜在房外停下脚步，匀了匀气息才道："启禀昭仪，尚药局的御医已经到了，小的这就回淑景殿，等陛下一醒过来就禀告陛下。"

武昭仪的声音依然十分柔和，"是阿胜么，辛苦你了。"

王伏胜向医师拱了拱手，匆匆而去，这边有女医便出来向医师低声回禀里面的情况，只见那医师微微点头，眉间的那根竖纹已变成了深沟。

不知过了多久，屋外的油灯已经添了一回油，催产的汤药也送了两三次进去，产房里依然一片寂静，偶然传出的，都是"再做些粥来""准备些参片"的吩咐声，让这种寂静变得更加沉重。

突然间，房中不知是谁发出了一声低低的惊叫，随即门帘挑起，那韩女医推门走了出来，脸色都有些变了，对医师低声道："已经破水了，但还未入盆，您看这可如何是好？"

琉璃虽然不知道这意味着什么，但看那女医的脸色，也知道有些不妥，那位医师脸色也是一沉，眼睛一眯，"里面可有针师和按摩师？"

女医点了点头，迟疑道："倒是都有……只是用针，到这当口了，昭仪可还受得住？要不要先问一声？"

医师声音有些冷，"只怕受不住也要受了。你进去让按摩师先做，手法只怕要重些了，待疼痛过去，针师便听我的指示下针！"

琉璃听他这硬邦邦的语气，忍不住又看了阿凌一眼——她还真是没说错，这位医师年纪不老，还真有些痴气！

那女医不敢多说，忙转身进去低声说了几句，就听杨老夫人迟疑道："此时用针……你们以前可曾用过？"里面一片沉默。恰好几个小宫女又抬了食盒过来，玉柳忙出来试食，刚刚揭开碗盖，那位医师已经一步迈了过来，看了一眼，厉声道："谁吩咐做的这桂圆粥？"

玉柳唬了一跳，手一抖，半碗粥都洒在了食盒，半晌才道："是昭仪，昭仪最近有些心悸，夜里也不得安眠，每天都要用几碗这桂圆才略好些，这桂圆不是最补身安神么？"

医师的脸色已经有些发黑，怒道："胡闹！桂圆热补，莫说有身子的人原不该吃，如今是什么时候？桂圆还有安胎之用，哪里还能吃得？"

琉璃一怔，这才隐隐约约想起的确曾看到过这种说法，心里不由纳闷：她没结过婚生过孩子记不清这些东西也就罢了，女医们为何也不知道，难道这不是常识吗？却见玉柳看着这医师，满脸都是将信将疑，半晌才道："请问这位大夫高姓大名，在尚药局哪里高就？"

医师冷冷道："某姓蒋，是尚药局的司医，今日当值的御医在立政殿未归，某原不当值，只是因看药师制药误了夜禁的时辰，只得留在局里，这才被王内侍临时调来。这桂圆在长安本是罕物，医者也多不知其药用，只道是宜于妇人补身，但蒋某恰恰认识一位南方同行，这才多些了解。你若不信蒋某之言，蒋某……"

只听产房里武昭仪的声音传了出来，"玉柳，莫要失礼，就听这位医师的，现在就施针！"声音里明显有忍痛的颤抖。突然间又听杨老夫人低低地冷笑了一声，从牙缝里挤出一声，"怪道今年有这么些桂圆分到这里！"

琉璃心中也是一凛，若是按阿凌的说法，今年的桂圆多得确实有些不寻常，只是，那小小的桂圆，又不是麝香红花，最多便是让孕妇有些上火，又能有什么大用？再说，也没听说桂圆能让人早产啊……

那蒋司医已经一字字清楚地道："先取合谷、三阴交、至阴、独阴四穴，再取血海、内关、足三里、神门穴四穴……"

就听原本安静的产房渐渐响起了粗重的喘息声，没过多久，就变成了紧一阵缓一阵的呻吟，偶然夹杂着几声发闷的惨叫，声音并不太高，但那压抑的痛苦之意却听得琉璃忍不住全身发冷。蒋司医也不再踱来踱去，而是钉子般立在那里，牙关紧咬，脸上的肌肉不时地跳动几下。

时间过去得似乎极慢极慢，在琉璃都觉得自己快撑不下去的时候，突然里面有人欢喜地叫了一声，"入盆了！入盆了！"琉璃忍不住一把抓住了阿凌，低声道："昭仪可是生出来了？"

阿凌小脸上早已是汗津津的，听了这话却翻了个白眼，"还早着呢！"

琉璃一愣，回头看见蒋司医似乎也不是全然放松下来的样子，一颗心顿时又有点悬了起来——这孩子自然迟早是会生下来的，只是还要熬多久才是个头？

产房里武昭仪的呼痛之声果然并未停止，但更多的声音渐渐地加了进去：

"已经开了！"

"开了四指了"

"昭仪，可以用劲了！"

"再拿两片参片来！"

"媚娘，马上就好，再使把劲！"

"看见头了……"

"出来了！！"

琉璃站在窗外，不知不觉地憋住了呼吸，攥紧了拳头，待听到屋里响起一声"恭喜昭仪，恭喜老夫人，是个小皇女"时，才捂着胸口长长地出了一口气，突然觉得全身酸软，就听身边扑通扑通几声，竟是好几个小宫女都一屁股坐到了地上。

蒋司医明显也松了口气，却突然想起了什么似的厉声道："用针再取合谷穴和两侧子宫穴。"

里面的人显然也是一呆，门帘哗地挑起，玉柳又跑了出来，"为何还要用针。"

蒋司医脸色愈发严峻，"既然产前吃了那么多桂圆，自然容易血热，又是突然发作用针催下来的，须防血崩才是！"

玉柳脸色大变，里面顿时又一阵忙乱。琉璃此时却在侧耳听着里面那细细的小猫般的哭声，心里有些茫然，她并不记得武昭仪的几个孩子到底都是什么时候生下来的，却无论如何也不会忘记她的第一个女儿的命运。

产房的门帘不断被挑起，一盆盆的热水进去，一盆盆的血水出来，好在颜色倒是越来越淡，那位蒋医师的脸色也明显放松了下来。屋外守着的宫女内侍们低声念着佛，相视时都多了几分喜色。琉璃只觉得双腿发抖，不由也慢慢坐到了地上。门廊外的天色似乎已经有些发白，这漫长的一夜，大概终于是要过去了吧。

第二十章
真相扑朔　流言纷纭

　　腊月的地砖冰凉刺骨，琉璃只坐了一会儿，便觉得那寒意从骨缝里传了上来。她双手一撑，想要爬起，却发现手上已经没有一丝力气。正在努力间，只觉得地面微震，五六个人一阵风般冲了进来，当头一个正是李治。

　　他的身上带着一股冬日清晨的刺骨寒意，头发披散，外面胡乱裹着件大氅，脸色微白，颧骨上却有两抹异样的红色，一眼看见坐在那里的依依，立刻问道："昭仪怎么样了？"声音竟是从未有过的严厉。

　　依依本来正准备站起行礼，突然被这一喝，腿上一软，又坐了下去，一时竟说不出话来，一边的阿余忙低头行礼，"恭喜陛下，昭仪适才已生下了一位小皇女，母女平安。"

　　李治微微闭了下眼睛，抚着胸口长出了一口气，快步走到门口，声音已经放得极为柔和，"媚娘，你还好吧？"

　　武昭仪并没有回答，李治不由怔了一下，却见玉柳忙忙地开门走了出来，行了一礼，低声道："陛下，昭仪已经昏睡过去了。"

　　李治的神色立时又紧张起来，"她要不要紧？昨日到底出了什么事，不是说还要半个月么？"

　　玉柳神色黯然地摇了摇头，"昨日昭仪为何会提前发作，奴婢也不清楚，此次说来十分凶险，如今昭仪已是力竭神疲，能平安诞下公主，还要多亏了这位御医。"

　　李治这才看见站在一边的蒋司医，脸上顿时露出了几分惊诧，"你是何人？"

　　蒋司医行了礼，一板一眼地道："臣蒋孝璋，乃尚药局司医，昨夜因故误了夜禁的时辰，只能留在局里，王内侍来传人时，当值的侍御医与司医都去了立政殿，故此才调了臣过来听命。"

　　李治越听脸色越是难看，沉声道："昭仪昨夜情况如何？"

　　蒋孝璋平平板板地把经过说了一遍，末了才道："这般情形原是最易引发血崩，若是昭仪身子差些，或者心神慌乱了……臣便万死也难赎其罪！"

李治脸色渐渐铁青，咬着牙一言不发。

一片压抑的沉默中，只听产房门"吱"的一响，一个高大丰满的妇人抱着一个小小的襁褓走了出来，向李治先行了一礼。襁褓里自然是刚出世的小公主，适才还哭了几声的，此时却一声儿不出，想来是已经睡着了。

李治低头看了那襁褓几眼，眉头微皱，随即便露出了怜惜的神色，叹了口气，摆了摆手，妇人静静地退了下去。不大工夫，产房门大开，先是出来几位女医，将外面门窗都看了一遍，各处都关严了，接着几个宫人小心翼翼地抬着一张软榻走了出来，后面跟着杨老夫人和武夫人，人人都是一副筋疲力尽的样子。

李治一步抢了上去，低声叫了两句"媚娘"，软榻上的武昭仪却是毫无声息。李治停了一停，才让开道路，跟在软榻一边向寝宫方向走去，蒋司医等也跟在后面，随后便是门外守着的宫人内侍，没过片刻，原本站得满满当当的地方已变得一片空荡荡的。

琉璃早已趁人不注意爬了起来，带着阿凌跟在最后面，眼见前面的软榻已经进了寝宫，过了片刻，玉柳出来吩咐那些不当值的人先散了，又分派了人手去各处报信，突然看见后面的琉璃，便笑道："库狄画师竟也跟着熬了一夜？昭仪已经睡了，夫人再过片刻也会回去，你也快去休息吧。"

琉璃笑着点点头，道了一句"辛苦"，这才带着阿凌往回走，只觉得手脚酸软，好容易走到屋子里，上床便昏天黑地地睡了过去。

武昭仪的寝宫里，屏风床上原先挂的百子婴戏夹缬纱帐已经撤去，换上了浅黄色的如意帐，纱帐微垂，墙角的金银错博山炉里正在散发着宁神香的幽幽气息。

李治沉默地坐在床前，看着眼前那张苍白得不见一丝血色的脸，满脸都是愧疚。

玉柳好容易将杨老夫人和武夫人都劝了回去，回头看见李治的脸色，想了想还是低声道："昭仪只怕要睡上好一阵子，陛下不如先梳洗用膳？"

李治黯然摇头，突然道："昨夜里，昭仪她，她可曾、可曾问过朕在……"语气艰涩得有些说不下去了。

玉柳微微一怔，小心地道："昭仪发作得急，先头是问过两声陛下，后来得知陛下不胜酒力，御医们又无人过来，大伙儿都慌了，昭仪便令咱们不得再过去打扰陛下，直到后来昏睡过去前，才说了句'总算没有辜负陛下'。"

李治脸色更是复杂，转头看着武昭仪，仿佛自语又仿佛在解释般喃喃道："媚娘，都是朕不好。上回你生弘儿，正赶上弘化长公主不远万里而来，朕不得不亲自招待，那回便让你受苦了，朕原想着此次哪里都不去，定要守着你，谁知……"

昨日他按例给后宫诸嫔妃赐宴赐赏，原是准备宴后就来咸池殿的，不曾想却在宴席上看见了三个多月未露面的淑妃，她那副消瘦清淡的模样，竟是比往日更为动人。皇后又是一番劝说，他便去了淑景殿饮酒观舞，不知不觉便是大醉……为何每次媚娘她在生死关头之时，自己却总是在别处欢笑痛饮？这明明不是他的本意！想到此处，李治不由以手抚额，长叹了一声。

玉柳见状忙赔笑道："陛下，昨日虽有些艰险，可托陛下的福分，日后昭仪和公主自会平安如意的，倒是陛下还是保重龙体要紧，不然昭仪醒来，又要责怪她自己了。"

李治身子一震，缓缓点了点头，"你们先好好守着，有什么事情立刻来禀告，朕稍后就过来。"

眼见那黄色的袍子消失在门外，玉柳又打发走了屋里几个小宫女，走到榻前跪坐下来，将被角仔细地掖了掖，才低低地道："昭仪，陛下已经出去了。"

武昭仪的睫毛颤动了一下，并没有睁开眼睛，半晌才轻声问道："御医，是怎么说的？"

玉柳早已打听得明白，忙回道："那位医师说，昭仪这几个月饮食上或许都太热了些，如今已有了些血热之兆，此次发动得又急，亏得昭仪底子好，心志又坚，这才能平安挺过来，如今最险的情况都已经过去，大约好好养上一两个月便无事。是奴婢，奴婢失职了……"

武昭仪微微摇了摇头，"不怪你，是我大意了。没想到她们竟有这样的长进，只是，昨日夜间的饮食你查过没有？"

玉柳想了一会儿，才回道："与平日并无两样，奴婢待会儿再好好查一查。"她负责昭仪的膳食，原本处处留心，回想起来，最近这两个月尚食局分给咸池殿的食材的确都是极好的，说是陛下的吩咐，有好东西先紧着这边，连新鲜的鹿血肠都常有，她原本还有些高兴，没想到问题竟就出在了一个"好"字上面。但昨夜吃的的确都是平常的东西，问题到底会出在何处？

只听武昭仪又问道："小皇女，怎样了？"

玉柳忙道："小皇女，她很好……"

武昭仪轻声打断了她，"实话！"

玉柳心里一惊，沉默片刻才道："听接生的女医说，小皇女身子骨有些偏弱，又带了几分胎热，万事都要精心些才好。"忙又补充，"奴婢按昭仪吩咐将挑好的人分派过去了，都是妥当人，只是乳娘只怕还要过半个时辰才到，那边会派四个过来，昭仪是否要亲自挑选？"

武昭仪沉默良久，玉柳以为她已经睡着了，正要悄悄退下，却听她轻声道："不必了，等母亲醒了，让她去挑便是。"静了片刻又道："跟陛下回报一声，还是请那黄御医来给我诊脉。"

玉柳不由一阵困惑，那黄御医最是胆小谨慎，三分病也要说成十分，倒是今日这司医像个明白人，虽然脾气有些古怪，看着倒是不错的，昭仪既然在生死关头都信了他，为何如今却又转用黄御医了？她不敢多问，只得应了个是，想了想又问："立政殿、淑景殿、承春殿如今都已经派了人过来，是不是照例打赏得厚些？"

武昭仪淡然道："不必赏，你出去胡乱谢一声，说声平安就赶紧回来。"

玉柳不免又是一怔，却听武昭仪又道："咸池殿里的赏也不必发了，我这些天都要养病，宫里的事务便是乱着些也无妨，你只把药、膳两样看牢些，我这里也不许外人进来。之前饮食上的事情，与别人都不要提，圣人若是问起，也含糊着回了就好。只是邓依依那边，倒是可以说得详细一些。"

玉柳此时心里渐渐地已经明白了几分，低声道："奴婢明白了！昭仪好好歇息着，奴婢这就去安排妥当！"

待玉柳脚步轻快地走出了屋子，武昭仪才慢慢睁开眼睛，目光里有一种谁也看不清的情绪。玉柳明白了？不，她不明白！就像刚才那一夜，所有的人大约都觉得是有惊无险，但只有她才知道，自己是在生死之间走了一个来回。当那些银针一根根扎下来，当女医的手那样狠狠揉下来的时候，那种放弃的诱惑，那种命悬于他人之手的感觉，不是她这一辈子第一次尝到，但无论如何，她永远都不要再尝一次了！

过得片刻，玉柳再次匆匆走进来时，武昭仪已真的迷糊了过去，只是她心神不定，睡眠极浅，立时又睁开了眼睛。玉柳吓得一抖，武昭仪已皱起了眉头，"出了什么事情？"

玉柳踌躇了一下还是道："也不是什么大事，圣人刚才用粥时烫着了，突然大发雷霆，要把王伏胜几个拖下去打五十板，让殿里所有的人都去观刑，说是冷热缓急都不分了，留着有什么用。"她忍不住抬眼看着昭仪，别人也就罢了，那阿胜昨夜也是跑前跑后的，既有功劳也有苦劳……

却见昭仪怔了一下，沉吟片刻，脸上突然露出一丝微笑，"扶我出去！"

玉柳这一惊非同小可，想说什么，但对上那双突然间犹如冰山般冷彻坚定的眸子，竟是一个字也说不出来。

咸池殿的前院里，此时已站满了人。腊日前接连下的两场雪，把前院的那池碧水冻得严严实实，偌大的庭院里，除了日常走的几条青石路，到处都积着厚厚的一层雪。

王伏胜和另外三名宦官趴在雪地里，随着"一五、一十"噼啪作响的声音，几名小宦官已哭爹喊娘的大声求饶和惨叫起来，王伏胜却咬紧了牙关，没有发出任何声音。

他心里自然清楚，这一顿打所谓何来，这是打给咸池殿的宫女和宦官们看，更是打给全太极宫的宫女宦官看，打给所有居然敢轻视、算计武昭仪的人看！而只要熬过这一顿，圣人日后自然会有补偿。有些事情，圣人原也只能在他们这些最亲信的人身上下手。

只是，这板子打在身上还真疼啊。"二十，二十五"王伏胜觉得眼前已经开始发花，嘴里是一股腥甜的味道：再熬一会儿就好了，再熬……远远的似乎有人叫了一声，"陛下！陛下留情！"声音十分耳熟，老天，他是幻听了吗？

执杖的人大约也是如此作想，板子高高地举起却不记得放下了，连本来紧锁着眉头站在殿前的李治都大惊失色，回头一看，西殿里由几个宫女扶着过来的不是武昭仪是哪个？

他呆了一呆才跺足道："你怎么来了？"随即便对着几个宫女厉声喝道："你们还不赶紧把昭仪扶回去！"

武昭仪却摇头道："陛下，不怪她们，是我听说你要打阿胜他们，才逼着她们扶我过来的，昨天若没有阿胜去找那御医，臣妾只怕连命都没了，陛下就看在臣妾的面上，饶了他们这一遭吧……"说着已是气弱神虚，脸色越发惨白。

李治急得跳脚，自己原是为了她才狠心罚了身边这几个人，她怎么就心软成这样，连身子都不顾了！当下也顾不得那么多，回头叫了声："住手！"迎了上去托住了武昭仪的手，"我不罚他们便是！媚娘，快回去躺着，千万莫吹到风！"

武昭仪的脸上露出了欣慰的笑容，"谢陛下开恩……"语音刚落，人已慢慢地软了下去。

李治魂飞魄散，上前一把抱住了她，一面高声叫道："快传御医过来！"

众人七手八脚将武昭仪抬回了西殿的寝宫里，解开她外面的披风便往榻上搬，刚刚放好，几个宫女却突然都惊叫起来：昭仪里面的白裙子竟又红了一大片！

没过半日，太极宫里上万人里已有一半听说了这个消息：武昭仪早上生了一个小公主，只是经过十分凶险，偏偏她听说圣人因此迁怒于一干宦官，又强撑着去求圣人饶人，结果自己出血昏迷，到现在生死不知！

此后几日，李治一步未出咸池殿，几个御医也被召了过去，日夜轮值，足足过了三日，才被放回尚药局，唯留了黄御医慢慢给昭仪调养，从尚药局往咸池殿送药的内侍每日都要走上个三五趟。而太医署专长于少小科的单博士也被召到了咸池殿，此后更是每日按时进宫，只是进出一路上都由刘康一步不离地陪着，无人知道具体情况如何。

小公主的三日洗儿自然也未大办，只是让尚药局进了些熬制洗儿汤的桃根梅根，大约是在殿内静悄悄地洗了，外人一个也没能进去。

到了第七日，正是腊月十六大朝之期，李治终于离开了咸池殿到太极殿去会见群臣、视朝听政，咸池殿也传来武昭仪身子好转的消息，宫里许多人松了一口气，也有许多人暗暗咬牙叹息。

只是六尚局的女官们却头疼依旧：这些日子以来，一贯最是做事严谨的咸池殿在小事上状况不断，除了药、膳两件事情还算有些章法，其他四局简直都摸不着头脑，不是灯烛领了一回转头又去领第二回，就是过年给宫人的新衣数目几次都报得不对，几位尚官叫苦不迭。

琉璃身处咸池殿里，对这一切自然更是感受深刻，生活上的混乱还算能够忍受，但那种大难临头般的气氛却让人无法忽视。就算她深知武昭仪绝不会有意外，连元气都不会伤着，但在人人惶惶不可终日的时候，她也是每日里不是守着西殿等候消息，就是帮武夫人陪伴小月娘。

这一日已是腊月十八，黄御医在晚间再次给武昭仪诊脉之后，终于说了一声"善加调养，必无大碍"。咸池殿里顿时人人都如蒙大赦，杨老夫人心情一松，倒是头疼

/第二十章/真相扑朔　流言纷纭

了起来，吃了一丸药便回屋睡下。武夫人也嚷嚷头晕。琉璃忙带了月娘回了后面的阁楼，找出一副翻绳，让阿凌陪她在外面玩耍。自己才回到屋里坐下，就从窗口见到了玉柳匆匆而来的身影。

琉璃不敢怠慢，忙迎了出去。玉柳略客套了两句便进了屋，见屋里无人，先松了口气，笑道："这些日子，你也熬瘦了一圈。"

琉璃看着她那张只剩下一对眼睛的脸，摇头苦笑，"我哪里出过一分力气？倒是玉柳姊姊你，这些日子实在辛苦。如今昭仪吉人天相，姊姊也能歇口气了。"

玉柳自是笑着摆手，只道不过是尽了本分，又随口说了几句闲话，便四面望了望又笑道："库狄画师，你倒是不大爱熏香的。"

琉璃点了点头。大唐熏香之风极盛，便是寻常人家，屋里也常备香炉，衣服被褥换洗必要到香炉上熏上一番。不过琉璃在家时固然得不到此等待遇，之后在安家也只是入乡随俗，由小檀摆弄，自己却一直没养成用香的习惯。安家五娘曾送过她一个极精巧的香囊，她便装了些此时最常用的女儿香随身携带，取个意思罢了……不过，玉柳绝不是爱闲话之人，她既然过来问起此事，必然有她的缘故。

想到此处，她忙从床头的匣子里取出那个银镂香囊，笑道："不怕姊姊笑话，我就这一个香囊，里面装的是女儿香，不过也已有一个多月没带在身上了。"

玉柳拿在手里摆弄了片刻，微微一笑，"这女儿香却是上好的。"想了想又问："腊日那天，你去昭仪屋里前，可到过别处？我恍惚记得你那日身上的香味甚是别致。"

琉璃心里微凛，皱眉回想了半日，还是摇头，"记得腊日天气不好，琉璃除了在这屋里，便是在武夫人的房中，别处再没去过。"

玉柳点头不语，脸上的疲色顿时更深了一分。琉璃已多少明白她的来意，不过这也是她自己几天来百思不得其解的问题：看腊日那些事情的安排，分明是谋划好了的，可她们怎么知道昭仪那天会生？想到此处，她还是微笑道："姊姊这些日子着实辛苦了，若是不忙，不如坐下喝口水，略歇一歇也是好的。"

玉柳略一踌躇，还是点头说了个好，肩头微垮，瘦弱的身子似乎又缩了一圈。

琉璃一面拿了个干净的白瓷杯出来，用热水涮了涮，才给玉柳倒上热水，一面思量：武昭仪身边的几个女官都各有所掌，玉柳是司膳，负责的乃是饮食，以她的谨慎不该出问题，当天的食谱食材她肯定已查过了；如今是在查熏香，昭仪那边的香烛熏香诸物多半并没有古怪，因此才会想到那天去过武昭仪屋里的诸人身上，而她那日不过是进去问了个安，既然都问到她这里，可见别处确查不出什么了。那到底问题会是出在哪里？

看着目光有些空茫的玉柳，琉璃又将那天的事情仔仔细细想了一遍，突然想起一物，心里一动，笑道："姊姊还是要多喝些水才好，看你嘴唇都有些皲了，要不要用些口脂？我这里倒有一盒宫里新制，姊姊不如拿去用。"

玉柳回过神来，笑着摇头，"我那里还有几盒，这几天倒是忘了抹用。"

琉璃点头，"宫里的口脂就是细腻，给咱们这些人发的便比市面上的不知好出多少，我看武夫人那里还有碧玉牙筒装的口脂，听说只有圣人的近臣与后宫夫人们能得，想来更是珍贵之物。"

玉柳眼睛突然一亮，身子微动，又忍住了，只是垂下眸子喝了一大口水。琉璃恍若不觉地继续道："我仿佛看到过咱们这里的霏儿姊姊也制过口脂面药，不知和宫里发下来的又有何不同？"

玉柳定了定神，"不止咱们咸池殿，各宫其实都有调香之人，夫人们便是宫里发的也不大会用，到底还是自己做的最合心意！"说完放下水杯笑道："喝了杯热水，果然好多了，时辰也有些晚，玉柳不打扰画师歇息了。"

琉璃留了两句，见玉柳含笑告辞而去，脚步匆忙地消失在长廊的尽头，一时倒是有些好奇，不知道自己到底猜中没有。

第二日一早，琉璃照旧跟着武夫人去了武昭仪的寝宫问安，武昭仪脸色已有好转，精神却依然不济，武夫人也不敢久坐，略说了几句便告了辞。琉璃正要跟着离去，玉柳却上来拉了拉她的衣角，轻声笑道："库狄画师可有闲暇？我那里有一张绣样，还想烦劳画师帮我配个色。"

琉璃怔了一下，笑着应了声"倒是无事"，跟着玉柳穿过殿堂，来到西殿靠后的一间耳房中。

只见这间耳房不大，宽不到一丈，长则是一丈有余，有一扇小小的窗子正对着西边的围墙。房间靠北放着一张螺钿莲花纹的箱式床，浅青色罗帐低垂，床前也有曲足案、三彩柜等物，东西虽然不多，却颇为精致雅洁，和阿凌口中所说几人一间的廊庑厢房颇为不同，想来只有带品阶的女官方能有此待遇。

玉柳将琉璃让到月牙凳上坐下，一面便歉然道："屋里有些乱，这些天也没时间收拾，库狄画师莫要见笑。"

琉璃见了她的模样，放下了一半的心，也笑道："姊姊还是叫我琉璃罢，我这画师原也是个摆设。"

玉柳笑了起来，"哪里的话，昭仪原是极会打扮的，只是有了身子，心思便不在这上面，以后定有你的用武之地。前几日，昭仪还夸了你给小公主衣裳上画的绣花样子十分别致。"

琉璃摇头，"这算什么？这次昭仪如此凶险，琉璃却是一丝力气也用不上，若不是姊姊日夜辛苦，这里还不知会乱成什么样！"

玉柳叹了口气，"昭仪如今能转危为安，便我等最大的造化。"

琉璃苦笑不语，她和玉柳这些人的确没什么两样，前途性命都是系于武昭仪一身，她是深知这棵树顶天立地、绝不会倒，所以还能安枕无忧，但玉柳她们想来是好一番煎熬。

玉柳果然从床头拿出了一副半成品的绣样，却是一首配着瑞兽图案的回文诗，正是武昭仪喜欢的样式，还有几处未填上颜色。琉璃也打起精神斟酌了一番，逐一提出建议。

两人好一阵子才商量完毕，玉柳便笑道："真是多谢你了，你昨日说到口脂，我这里恰好有一盒好的。"说着便起身开了床头的木匣，拿出一个只有一寸多宽的精致牙盒，不由分说递到了琉璃手里，"你莫跟我客气，这东西虽然好，却不是什么稀罕物，我那里还有一盒，若是冬天用不完，也不过是白白搁坏了。"

琉璃推脱不过，只得笑着谢过。玉柳又道："听老夫人说，你家中是开着药材铺子的，你若用着好，不如我把做这口脂的方子给你，你有暇时也可以自己做着，比市坊里买的强。"

琉璃笑道："琉璃的表兄的确开着个药材铺子，原先在舅舅家住时，也见舅母和嫂嫂们一道做过面药，自己却是从未动过手，想来宫里的方子定然是好的。"

玉柳道："也没什么，不过是用料精细些，像这口脂，便是等份的蜡、羊脂、煎甲、紫草、朱砂五样，按次序放入砂锅里，每入一样煎沸一次，再把郁金、麝香、丁香、沉香、雀头香五样磨成粉末，用蜜酒合在一处，慢慢煎上半个时辰，两样合煎一次，出来的汁水用棉布细细的滤过，装入筒中，冷凝之后便可以用了。"

琉璃听到麝香二字，心里顿时恍然，默默记了一会儿，点头笑道："琉璃记下了，多谢姊姊。"

玉柳看着她丝毫不见异常的面色，心里暗暗松了口气。她果然于这上面是不懂的。想这郁金、麝香都是常见的香料，就算是负责调香的霜儿，也不过能分辨出那口脂用了什么香，却不知郁金破血，麝香行气，两样都是有身子的人忌讳的东西，合在一处更是最厉害不过的下胎毒物，也就是杨老夫人这样的前朝皇族女子对此有所耳闻，只怕寻常医师也无从得知，库狄氏就算亲戚家开了药材铺子，如何能知道这等阴私？看来昨日她提到口脂，大约也是无意。她一个民女又怎会知道，腊日赐口脂，原是天子恩泽之意，任谁都必要涂抹一番才算吉利……

想到此处，她忙笑道："这算什么？其实方子里的香料不止这种配法，我倒觉得这香味有些过于冷冽，不如用甲香、丁香、零陵香三味配出来淡雅。"说着又拿出一盒自己常用的给琉璃闻。

琉璃仔细闻了一遍，笑了起来，"果然是这种更好。"

玉柳又拿了另一盒面脂来，笑道："这种更是简单，就用了藿香和枫香两样，却极是清爽。"琉璃点头受教，心知这是玉柳的好意，不想让自己真的多用那种方子，心里不由也暗暗松了口气：有些事情，玉柳可以知道可以参与，自己还是离得越远越好……

只是和琉璃预料的不同，接下来几天，咸池殿里却是风平浪静。武昭仪的身子虽然说是有好转，但依旧不出房门，也只有贴身伺候的那十几个人方能进出她的寝宫。咸池殿的诸般事务也是照乱不误。

眼见已近年关，太极宫各处都是张灯结彩，喜气洋洋，咸池殿却步步都落后半拍，众人原本因昭仪病情好转而提起来的一点心气，也慢慢地磨得精光，取而代之的是更大的恐慌：难不成昭仪竟是伤了根本，就算保命，也不能大好了？

不仅如此，没过多少天，连邓才人的身子也有些不妥起来，时好时坏，有时竟出不得门。一种晦暗的气氛渐渐将整个咸池殿笼罩了起来。即使李治依然日日会在咸池殿出入，赏赐不断，也驱散不了众人心头的阴云。

日子一天天过去，转眼间已是大年。除夕之夜，圣人宴请群臣守岁，顺天门内上千人傩舞驱疫。到了元旦正日，宫外群臣大朝太极殿，宫内则是诸妃云集立政殿，种种繁华热闹不必细表。只是对咸池殿的人来说，那些喧哗之声却只让人觉得分外凄凉。虽然门外也挂了桃符，处处都换了新灯，但整个咸池殿宛如一片漂移在欢庆热土上的孤岛，外面纵有千般欢腾，门内却依然一片寂静。

到了正月初九，正是小公主的满月之礼。咸池殿依然静悄悄的，压根没有操办的意思。几则传言便渐渐在宫里流传：有的说武昭仪是难产伤了身子，如今形容枯槁无法见人，更无法操持宴请事务；有的则说小皇女生来就破了相，无脸请人观礼，还有人说那小皇女到现在还没有睁开眼睛，只怕是个瞎子……

一片流言纷纭中，永徽五年的这个大年终于算是过去。正月二十，天色难得晴朗起来，琉璃依旧是跟着武夫人去了寝宫，乳娘却还未走，武昭仪正抱着小公主逗弄。见武夫人来了，便把小公主递还给乳娘。

不知是不是因为小公主身子太弱，这一个多月来她行动总是有七八个人跟着，纵然是咸池殿的人也轻易近不得身。琉璃只远远地看过这小公主几眼，只觉得她小脸有些发黄，似乎总爱哭闹，声音却弱。此时到了乳娘怀中，她又低声哼哼了几下，被众人拥簇着离开了寝宫。

琉璃不敢多看，微微出神间，武夫人已说到今日天气晴好，北海上只怕有人会破冰钓鱼。武昭仪便笑道："这些日子你可是憋坏了？年也没过好。记得原先咱们在广元时，哪一次过元宵看灯，你不是要逛到天亮才肯回来？"

武夫人哈哈大笑，"你比我又好得了多少，直道日日都是元宵节就好了！"

姊妹俩互相打趣了好几句，武夫人见时辰不早，正要告辞，一个小宦官却慌慌张张地跑了进来，"启禀昭仪，皇后、皇后殿下说要来看看昭仪和小公主，如今銮驾已经快到门口了！"

琉璃大吃了一惊，一颗心不由地揪了起来，却又有种奇异的踏实感，仿佛是一直期待的那只靴子终于落了下来。

武夫人脸色一变，腾地站了起来。"她来做什么？昭仪如今好容易将养得好些了，万万不能劳神的，"回头便道，"我去帮你挡了她！"

武昭仪目光明亮，慢慢地摇了摇头，"皇后殿下终于驾临咸池殿，原就是想见见我，见见我的女儿，咱们总不好让她太失望！"

琉璃站在武夫人的背后，看着武昭仪脸上无懈可击的笑容，只觉得一颗心又是冰凉又是灼热，仿佛就要从腔子里跳出来一般，而门外已远远地传来一声悠长的声音，"皇后驾到！"

第二十一章
进退谋略　生死陷阱

一重又一重纹鸾绣凤的锦帘被悄然分开，在各色裙裾的簇拥中，一条明黄色的吉字回纹绫裙在红锦地衣上无声无息地拖曳而来，到了近前才能看清裙角那一圈精细的卷草绣纹。琉璃保持着低头屈身的姿势，默默看着那裙裾越来越近，终于在三四步外停了下来。

一声叹息悠然响起："昭仪怎么竟迎出来了？还不快些回去躺下！"停了停又变回了惯常的冷淡，"你们也平身吧。"

跟着众人一起站直了身子，琉璃悄悄地抬头看去，只见眼前的皇后看上去比中秋节时明显瘦了一圈，脸色也不算红润，身后跟着十几个女官和宫女。琉璃只认得那个圆脸的柳女官，她的鼻头被冻得有些发红，看起来倒多了几分稚气。

武昭仪嫣然微笑，"皇后殿下光临，臣妾不能到院门迎接，已是失礼，请殿下恕罪。"因时间匆忙，她只在中衣外披了件海棠红镶银鼠毛的织锦披风，头发也不过是简单一绾，倒是在脸上施了一层胭脂，此时虽然被两名宫女扶着，但看上去颊红唇艳，竟比平日似乎还年轻了两岁。

王皇后的脸上看不出喜怒，"听闻昭仪身子不好，我早就想来探望，奈何年下诸事缠身，今日才抽出时间来，如今一见，昭仪竟是已经大好了，可喜可贺。"

武昭仪依然笑得明媚，"托陛下与皇后的福，臣妾如今的确是好了一些，只是御医吩咐，依然要静养一些日子，陛下也说，臣妾如今身子不好，能不出门就不要出门，故此虽蒙皇后殿下几次遣人问候，却还不曾去过立政殿谢恩。待臣妾好一些了，再去领罪。"

王皇后顿了顿才淡淡一笑，"昭仪太客气了。"

武昭仪也低头一笑，便往里让皇后，却并没有引到正殿，而是直接领到了自己的寝宫。那屋子只胡乱放着几个月牙凳，武昭仪便请皇后在凳上坐下，待皇后随口说了句"你也坐下"，她顺势告了罪，"请恕臣妾失礼了。"说着竟坐在床上靠着软枕半躺了下来。皇后身后的女官们脸上顿时都露出了怒色。

王皇后的脸色倒还平静，"武昭仪不必客气，你的身子见好，我就放心了。只是我此来一则是为探望昭仪，二则也是因为至今还未见过小皇女，她的三日洗盆与满月礼都因昭仪身子不好没有操办，我这里原是准备了两份薄礼的，竟都没能送出去。"她身后的柳女官立刻走上一步，双手捧起了一个精致的小匣子。

武昭仪微笑着欠了欠身，"臣妾代小女叩谢皇后殿下恩赏。"

王皇后轻轻摇头，"昭仪何必客气，原是我分内之事，她难道就不是我的女儿？"

武昭仪似乎愣了一下，低下了头，"皇后请恕臣妾失言。"

柳女官捧着匣子，满面笑容道："启禀昭仪，这匣子里是一串紫檀佩珠和一柄如意，佩珠是皇后特意为小皇女求来的，因此想将它亲手戴到小皇女的手上。"

武昭仪抬头看了那匣子一眼，笑容变得有些勉强，"多谢皇后恩典，只是殿下掌管六宫，何等繁忙，此等小事岂敢劳烦皇后殿下亲自动手？"

王皇后看着武昭仪，轻声一笑，"昭仪此言差矣，六宫事务再大也大不过皇裔，我既然来了，怎能不见见女儿？"

武昭仪静默片刻，叹了口气，"不瞒皇后，殿下驾临，原是该将小皇女抱出来见过皇后，只是她自出生以来身子骨便极弱，太医吩咐过，不好轻易见外人。"

柳女官立刻笑道："如此说来，皇后的这份礼倒是送对了，这十八子佩珠原是皇后从大慈恩寺的高僧那里求到的，在佛前加持过，最是吉祥如意能护佑人，只怕小皇女戴上之后，从此便无灾无病了！"

王皇后也微微点头，"小心些原是应当的，只是，难不成我还是外人？"

武昭仪一怔，垂眸笑道："是臣妾失言了，皇后自然不是外人，这佩珠原也是极好的，只是此时却有些不巧，小皇女刚刚吃过奶睡下，却是不大好挪动，只怕抱着一走动，她又会吐了。不如过些日子待她大好了，臣妾再带上她去立政殿叩谢皇后的恩赏。臣妾在此先谢过殿下。"说着便要起身行礼。

王皇后眉头微微皱了起来，摆手道："你莫多礼！"

柳女官也转头笑道："小皇女既然不好挪动，不如皇后亲自过去看看她？"

武昭仪腾地坐起，"这如何使得？她小小的婴童，哪能劳烦皇后亲自去看？"

王皇后看着武昭仪有些发白的脸色，微微一笑，仪态万方地站了起来，"昭仪说得是，她小小的婴童，有什么失礼不失礼的，我既然来了，总要看到小皇女才能安心，昭仪先歇着，我去去就回。"

武昭仪忙起身下地，"皇后殿下……"

王皇后瞟了她一眼，笑道："怎么，难道我去看上一眼也是不行？难道这也是陛下的吩咐？"

武昭仪脸色微沉，静默片刻，轻声道："皇后稍等，臣妾这就带皇后过去。"

王皇后笑了起来，"昭仪身子这么弱，连坐都坐不住，如何能带路？"

武夫人脸色原本已十分难看，此时再也按捺不住，一步走了上去，"皇后殿下，还是臣妾为皇后带路吧。"

王皇后看了武夫人一眼，语气有些冷，"有劳夫人。"

武夫人默然行了一礼，转身便往外走，王皇后和她带的十几个宫女也呼啦啦地离开寝殿。琉璃只迟疑了一秒，便跟在翠墨的身边向外走去，下意识地目光一扫，只见武昭仪默然低头坐在床上，看不清脸上的表情。

小公主的房间是在西殿后面的暖阁里，从寝宫出去不多远就到，大概早有宫女前去报信，武夫人刚走到暖阁前面，乳娘和两个嬷嬷、四个宫女已经快步迎了出来，诚惶诚恐地向皇后行礼。

王皇后漠然点了点头，一面往里走一边道："小皇女可是睡下了？"

一个嬷嬷忙回道："启禀皇后，小皇女已睡了一会儿。"

眼见皇后已带头走进了房门，她身后那群人自然也跟着拥了进去，待武夫人回身时，发现十几个人都已经走了进来，将半边暖阁挤了个满满当当。

琉璃跟着翠墨挤过人群站到了武夫人身边，这才看见这暖阁靠北墙设着一张很是不小的楠木屏风床，上面挂着红绡七宝软帐，纱帐半垂，看得见里面的小被子微微凸起，床边还有两个宫女守着，见皇后进来立刻屈身行礼。

皇后曼步走到床前，在床边坐了下来，低头看了一眼，笑道："倒是个齐整孩子，怎么小脸儿黄黄的？"

两个嬷嬷与乳娘也已立在了床边，一个嬷嬷忙笑道："太医说，小皇女生的时候艰难了些，以后慢慢的就能好了。"

王皇后身边的柳女官抿着嘴儿笑道："看小皇女这样儿，倒是像寺里镀金的小菩萨。"说着便打开匣子，奉到皇后眼前，皇后从里面拿出一串小小的佩珠，乳娘怔了一下，忙上前将小公主的手臂从被子中轻轻捧了出来，皇后便将珠串戴到了小公主手上。只见那小手似乎也是黄黄的，琉璃心里不由暗惊。

不知是人多嘈杂，还是串珠生凉，串珠刚刚带到小公主的手上，她便"呀"的一声哭了起来，乳娘忙上前将小公主抱在怀里，轻轻拍着，小公主却越哭声音越大。只听乳娘突然惊叫了一声，"哎呀，又吐药了！"一旁的宫女忙抢上去用帕子垫在小公主的下巴上，却被一口一口的褐色液体瞬间就打得透湿。另外两名守在床边的宫女忙也过去递上了帕子。

武夫人的脸色已经有点发青了，闷声道："启禀皇后殿下，屋里人太多，只怕是把小皇女吓着了。"

柳女官便回头笑道："夫人说的哪里话，难道这屋里平常不进人么？"

武夫人硬邦邦答了句，"正是！我也是第一回进来。"

柳女官还想说话，王皇后已站了起来，"罢了。"又对几个嬷嬷宫女淡然吩咐道："小皇女身子娇弱，你们更要好好照看着，万不能有一丝懈怠。"

眼见皇后神色淡漠地走了出去，随从的宫女们的身影也已消失在门口，武夫人面沉如水，恨恨地吐了口气，回头向乳娘道："只怕真是吓着了，你们仔细哄一哄。"说完才快步走出房间。

琉璃也跟在她身后，一面走，一面却忍不住回头瞧了一眼，看着这屋里八九个忙忙碌碌却各司其职的宫女嬷嬷们，听着小公主声嘶力竭的哭声，心头一片困惑。

皇后见过小公主似乎已是心满意足，一面走一面便吩咐，"咱们直接出去，就不劳烦昭仪再起身。"武夫人脸上勉强挂着笑容将皇后送出了咸池殿，在院外恭送皇后上舆离去，才沉下脸往回走。琉璃落在最后，便听见已在十几步外立政殿侍女们突然一声哄笑，有个声音依稀道："怪道藏得严实，奴婢还真没见过这般金灿灿的皇女！果真是别致得紧！"

琉璃暗暗地叹了口气，跟上了武夫人的脚步，还未到寝宫，却见适才并未露面的杨老夫人从里面走了出来，脸色异常阴沉，见了武夫人便道："媚娘已经睡下了，今日你莫来扰她！"

武夫人忙问道："要不要请御医过来？"杨老夫人皱着眉头摆了摆手，带着武夫人、琉璃一行人转身往后殿走去，没走多远，一个嬷嬷急匆匆地迎面走了过来，看模样正是小公主身边之人。

那嬷嬷看见杨老夫人，刚想请安，杨老夫人便道："昭仪适才劳了神，已是睡了，可是小公主有什么事？"

嬷嬷忙道："小公主哭得厉害，刚吃下去的药已经悉数吐了出来，奴婢是来禀报昭仪一声，可要再煎一回？这边药已经不多了，只怕还要拿方子去尚药局请药师配一份过来。"

杨老夫人"嗯"了一声，淡淡地道："我正想过去跟你们说一声，这小小的孩子天天吃药，便是好孩子也要吃坏了肚肠，今天既然吐了，那便莫再喂她，只怕歇上一气还能好些。"

嬷嬷一惊，忙道："这，这药，太医叮嘱过须得天天吃，一点也不能少。"

杨老夫人冷笑一声，"今日难不成没吃？被皇后这一吓，全都吐了又有什么法子？如今巴巴地去让尚药局重新配药，只怕有人还以为你们是在故意生事！不如少生些是非罢！还有我那里给乳娘的丸药，也正好吃完了，要过两日才能得，待会儿乳娘也不用再去我那里取药。"

嬷嬷越发诧异，但看见杨老夫人漠然的脸色，当下也不敢多说，低声应了个是，默默地退了下去。

武夫人语气烦躁地道："这皇后真是多事！我看她就没有安什么好心！"

杨老夫人怔怔地看着身旁那扇被糊得严严实实的直棂窗，不知想起了什么，突然点头一笑，"的确，她实在是太多事了些！"青色窗纱上透进来的冬日阳光照在她的脸上，把这个笑容也染得有些冷。仿佛有一阵寒风从窗缝里透了进来，琉璃不由哆嗦了一下。

整整一天，这缕寒意似乎留在了琉璃的骨子里，让她心神不宁，直到夜深人静，依然是翻来覆去。下弦月的清光照在窗纱上，比白日的那抹阳光更显得清冷，几枝随风晃动的树梢在窗上投下的阴影摇曳不定，琉璃心里也仿佛被什么搅动着一般，怎么也平静不下来。

历史，到底是记载错了，还是已经被某种力量悄悄改变了？

皇后的这次拜访已然过去，小公主却还是好好的，她晚间去武昭仪的房里时，还看见她怜爱地抱着小公主，抱了很久。倒是依依的病好像更重了，她见过的那位蒋司医午后又来了一趟咸池殿……但无论如何，那狗血的一幕的确不曾发生——王皇后来看望小公主，离开后武则天进去悄悄掐死了自己女儿，等到李治来时故意笑着揭开女儿的被子，然后大哭着嚷嚷："皇后杀死了我的女儿！"

其实，她应该早就能预料到的不是吗？

大唐的太极宫里，最不缺的就是人，宫女至少上万，便是卑微如她，也有个阿凌几乎一步不离地跟在身边，更何况皇后、昭仪和公主？就看小公主屋里伺候的那十几个人，莫说武昭仪，就是红线女也不可能偷偷溜进去把她闷死，更别说还要嫁祸皇后——李治再缺心眼，也不会相信皇后会当着几十号人掐死了小公主！

《资治通鉴》上这一幕的记载，真的很像TVB八点档的宫廷剧，司马光大概和编剧们一样，认为唐朝的皇帝们很穷，请不起太多人……

也许没人知道历史的真相，也许还没到时候，也许……困意终于开始上涌，琉璃翻了个身，打着哈欠闭上了眼睛。

不知过了多久，她突然从梦里惊醒了过来，月光已经从窗纱上移走，但窗外似乎有别的光芒在晃动，还有些乱糟糟声音传了过来。琉璃坐了起来，竖着耳朵听着外面的动静。人声似乎变得越来越嘈杂，前面有人点起了若干火烛，突然，一声尖利的哭叫划破了夜空。琉璃一个哆嗦站了起来，快手快脚地穿上了衣服，刚想出门，又坐了下来。直到外屋也响起了窸窸窣窣的声音，她才披上外衣，扬声道："阿凌，前面是怎么啦？"

阿凌的声音里还带着几分迷糊，"奴婢这就去看看，看样子也快天亮了……"

踢踏的脚步声很快就从门口消失了，琉璃索性把头发梳了梳，绾了个双髻，突然心里一动，又伸手解开，胡乱绾了绾了事。凑着外面的光线，她穿好鞋子，找好外衣。待一切准备齐全，才听见了阿凌急促的脚步声。

门帘一挑，胡乱裹着件披风的阿凌冲进了屋子，脸色苍白一片，"大娘，小公主出事了！"

小公主终于出事了吗？琉璃定了定神才问道："怎么会！睡前不还好好的么？"

阿凌跺脚道："可不是，听说是适才半个时辰前，小皇女突然开始抽筋，乳娘吓得赶紧派人去找昭仪找医师，如今医师还没到，小皇女说是快不行了，昭仪……昭仪昏过去了，前面已是乱成了一锅粥！"

琉璃一把抓起外衣，站起来快步往外就走，阿凌忙跟了上来，声音里全是惶然，"这可如何是好！昭仪的身子刚刚才好了一点点，哪里受得住？"

两人一路跑到正殿，只见到处火光明亮，无数宫女宦官便如没头苍蝇般冲来跑去，西殿里杨老夫人苍老的声音传了出来，"御医来了没有？"语调十分凄厉。

琉璃忙跑了进去，只见杨老夫人穿戴齐整地站在殿中，腰杆笔直，目光严厉。琉璃也不多说，上前默然行了一礼，便站在了她的身边。杨老夫人看了琉璃一眼，只见她头发衣服都有些乱，紧紧地咬着嘴唇，神情却还镇定，点了点头，"琉璃，你去外面看看御医来了没有，若来了……先带到小皇女的屋里！"

琉璃转身便往外跑，到得咸池殿的院门口时，已有好几个人站在那里，都伸着脖子向东边看，过了大约一盏茶工夫，就听有人道："来了，来了！"远处火光闪动，再近些才看见是一个小宦官在前面打着火把，另一个高大些的背着个御医打扮的人冲了过来。

琉璃忙高声道："先带御医去小皇女的房间！"

她这时已看得清楚，背人的正是刘康，而他背上的俨然是黄御医。刘康跑得飞快，待琉璃追到西殿时，杨老夫人带着他们正往暖阁走去，琉璃远远地跟在后面，见他们的身影消失在暖阁门内，心里有些发沉，步子也渐渐慢了下来。

到了暖阁外面，只听里面一片安静，半晌才响起一个沙哑苍老的声音，"老朽无能，老夫人，请节哀顺变。"

静默延续了片刻，凄厉的哭声才突然爆发了出来，夹杂着一片"奴婢该死"的叫嚷和咚咚的声音。杨老夫人厉声道："你们的确该死，一个都不许出去，定要查个清楚，小皇女好好的怎么突然这样没了！"说到后来，声音也颤了起来。

哭声中，刘康的声音清清楚楚传了出来，"老夫人，昭仪那边……"

杨老夫人顿时止住了哭泣，哑声道："御医，快去看看昭仪，她适才一急昏过去了！"

黄御医"啊"了一声，帘子一挑，一行人又冲了出来，一路小跑进了武昭仪的寝殿，玉柳正守在门口，眼睛红肿，看见老夫人来的方向和脸色，一怔之下立时捂着嘴哭了起来。

琉璃也跟到寝殿的门外，不远处的暖阁依然有哭声不断地传来，但似乎已经没有人再往那边多看一眼，所有的人都眼巴巴地看着寝殿，倾听着里面传出的每一点动静。时间似乎变得无限漫长，当黄御医沙哑的声音响起时，每个人几乎连气都不敢出了。

"昭仪是忧思太过，又急怒攻心，才昏迷过去的。如今脉象还算平稳，老夫人也莫要太过忧心，只是昭仪的身子，怕是再也受不得气恼伤心，你们还是要多劝慰她一番才好。"

一片低低的舒气声中，杨老夫人的声音显得格外苦涩，"御医倒不妨教教老身，如何才能劝慰住昭仪，教她不必气恼伤心！"

屋内屋外顿时又变得一片静默，压抑之中，突然外面有人高声道："圣人来了！"

人群哗的向两边分开，忙不迭地低头行礼，那赭黄色的身影风一般的从琉璃眼前刮过，直冲入寝殿之中，一迭声地道："媚娘这是怎么了？小皇女如何了？"

黄御医的声音顿了顿才响起："启禀陛下，小皇女她……已经去了，昭仪伤心之下昏厥了过去，眼下脉象还算平稳。"

　　李治似乎怔了好一会儿，再次开口时声音里有止不住的哽咽，"到底是怎么回事？朕晚上走的时候，她还好好的……带我去看看！"

　　眼见那黄色的身影有些蹒跚地走向不远处的暖阁，低低的抽泣声开始在整个咸池殿里蔓延，琉璃尽量不引人注目地混在人群中，随着跟在李治身后的宦官宫女走近暖阁，站在了窗下。

　　暖阁里的哭泣声更加哀切，半晌，李治的声音才响了起来，"到底，是怎么回事？"

　　一个嬷嬷颤声答道："启禀陛下，今夜是老奴当值，大概一个时辰前，小皇女的乳母突然惊叫起来，老奴就看见小皇女全身都在抽动，便赶紧让人去叫昭仪，等昭仪过来时，小皇女已愈发不好了，昭仪一见就晕了过去。等到御医来时……"说到后来，声音里已满是恐惧和绝望。

　　李治沉默片刻又问："昨天可是出了什么事？你们又给她吃了什么？"

　　那嬷嬷忙道："启禀陛下，奴婢们没敢给小皇女吃任何东西，都是按平日的规矩伺候着，便是乳娘，也是一口凉水都没敢喝过……"

　　李治的声音里已经带上了怒气，"那是怎么回事？她怎么会突然就如此了！"

　　里面"扑通"一声，另一个嬷嬷的声音响了起来，"陛下明鉴，奴婢们当真冤枉，要说昨日有什么不同，别的也罢了，只是……"

　　李治怒喝一声："说！"

　　嬷嬷声音更是颤得厉害，却带着一丝掩不住的急切，"昨日小皇女本是一切都好好的，吃药也比平日要顺些，吃过便睡着了，谁曾想……皇后却突然带了一大群人进了这房间，又给小皇女的手上戴了一个串珠，小皇女平日便最怕惊动，当时就醒了，哭得厉害，药也全吐了，后来就不怎么爱吃奶，精神也差了好些。"

　　李治似乎怔了一会儿，"既然如此，为何不早说？"

　　嬷嬷道："奴婢们禀告过昭仪，昭仪道，若是皇后来了立刻就去找太医，只怕传出去皇后要多心，让奴婢多看顾着点，今日一早再去找太医，没想到……想那太医原是交代过奴婢们，这屋子绝不能让外人随便进来，就怕让小皇女受了惊或是过了病气。可昨天那一屋子人，谁知道有什么！"说着又哭了起来。

　　李治显然已怒不可遏，"既然知道，你们怎么能让一屋子不相干的人进来？"

　　嬷嬷们没有答话，还是一个宫女低声答道："求陛下明鉴，昨日皇后来了便指明要见小皇女，太医的这些话昭仪都反复跟皇后说了，但皇后就是要来，又非要亲手给小皇女戴那串珠子，昭仪怎样恳求都拦不住，奴婢们又怎么拦得住皇后殿下？"

　　她的话音未落，里面立时响起了一片急切的附和声。

　　"砰"的一声，不知是什么东西被摔到了地上，李治的声音几乎是有点咬牙切齿，"混账！"半晌又从牙缝里挤出一句，"她算哪门子皇后！"

　　太阳慢慢升了起来，微带金红色的阳光静静地洒在咸池殿内那一小片结冰的湖面上，反射出冰冷的光芒。殿里过年的红灯笼都已被悄悄地摘了下来。到处是一片死一般的安静，如果说小皇女的死，让这几百号人痛哭失声，那么，武昭仪醒来后得知噩耗又一次昏过去的消息，简直让他们连哭都哭不出来了。

在这样一大群欲哭无泪的宫女中，木着脸站在寝殿门口的琉璃几乎引不起任何人的注意。寝殿的门帘被卷了半边，从她站的地方，能清楚地看见大半个屋子。那位姓上官的针师正狼狈地退到一边，李治的声音里分明带着几分祈求和沉痛，"媚娘，你听我一言……"

武昭仪的声音终于响了起来，带着前所未有的嘶哑，"让我去看女儿，是我害死了她！"她并不算高的声音却有一种几乎能划破人耳膜的凄厉："如果我早些死，女儿就不会丧命！"

背对着门口的李治，身子明显地震了震，随即便跳起来似乎想要按住什么，罗帐里刚刚支起的那个身影却又是一软，倒在了他的手上。

几个御医忙都冲了过去，轮流诊过一遍脉后，低头商量了一会儿，还是黄御医上前回道："陛下，昭仪的脉象十分混乱，乃是心神受激过度，不如吃些安神的药丸，好好睡上一觉，大约会好些，只是……若再这样下去，却怕会禁不住。"

李治依旧低着头，声音仿佛是从牙缝里挤出来的，"你们好好治，用心治，绝不能让她出一点意外！"

黄御医低头应了声诺，退下时脸上分明皱成了一团。李治捂着额头坐在屋角的一张凳子上，一言不发。本来被阿余扶着，一直站在一边的邓依依却突然转身向李治走去，跪了下来，低头禀告了几句。

李治的脸色越来越难看，突然霍地站了起来，厉声道："你此言当真？"

依依的声音顿时大了起来，"陛下，妾若有半句虚言就剐了妾！之前妾也没敢把自己这次旧病复发跟那口脂联系起来，又怕蒋司医是危言耸听，好容易打听到了是有这样的说法，昭仪却道此事太大，不能声张，又说，既然是寻常香料，只怕也是无意配出的。但加上今日之事，还有什么不明白的？谁不知道昭仪的身子损得厉害，再伤不得神，她们想害的不是小皇女，而是借着这个要昭仪的命！"

屋里突然静了一静，随即却又都像没听见这声音般各自忙碌起来，只有杨老夫人灰着脸走了过去，低声问了几句，突然冷笑起来，点头道："竟是这东西！难怪那天陛下竟会醉了，皇后竟会病了，留媚娘叫天不应叫地不灵的，好容易挣出一条命来，御医们这样千叮万嘱不能劳神劳心，到底还是叫人不放心！我苦命的女儿！"说完终于哭出了声。

李治怔怔地站在床前，便是琉璃也能清楚地看见，他脸色一片灰白，整个人就像木雕一般僵硬得没有生气，只是一双眼睛，却亮得瘆人。

第二十二章
未雨绸缪　暴雨惊魂

永徽五年，三月戊午，太极宫承天门的正门再一次为皇帝出巡的仪仗而洞开，一千八百人的大驾卤薄分成二百一拾四列肃穆而出，十二架副车左右拱卫着皇帝的銮驾庄严前行。銮驾之后，跟随着近千辆马车，迤逦数里，延绵不绝。

满城的长安人都被这多年不曾出现的大队人马惊动了，互相打听之下才知道，自登基以来几乎不曾出游的李治，今年要移驾万年宫避暑。

避暑？望着这杨柳飘絮的三月阳春天，便是最爱出游的长安人也不禁相顾茫然。

他们自然无从知道，戊午日，正是太极宫内那位小公主七七斋结束后的第三日；咸池殿里天天以泪洗面的武昭仪终于能够离开这个伤心地了，而离长安足有三百多里、风景清幽的万年宫，显然是让她静心休养的最佳选择。

三百多里的路程自然不近，好在一路官道平整，前朝又沿路修了十二座行宫，无论小憩休整或是夜警晨严都十分便利。浩浩荡荡的銮驾于第六日上午到达了万年宫。而此前皇帝的一封制书已由快马发往长安，制书里追封了武德年间大唐开国功臣，其中最显眼的一位，正是武昭仪的父亲，应国公武士彟。

五月，皇帝亲手撰写了《万年宫铭》。当月朔日，赴万年宫来朝的三品以上大员悉数在铭文后提笔签名，太尉长孙无忌自是排名第一。不久，在魏征为太宗所撰的《醴泉铭》碑旁，一块《万年宫铭》碑拔地而起，双碑并立，仿佛是见证着永徽之治与贞观之治的血脉相连、相守相望。

而琉璃清楚地知道，这，不过是结束前的一声悠长回响。

转眼便是闰五月初二，便是在这群山环绕、碧水侧流的万年宫里，也能感觉到阳光一日日变得炎热起来。这日午后，琉璃去武夫人屋里时，就听她对翠墨嘟囔道："这万年宫处处都好，就是没有冰，连井也没有两口，酪浆如何能爽口？"

琉璃心里一动，忙上前两步笑道："夫人住的这屋子原是低洼了些，入夏之后不免有些潮气，琉璃日日作画的那梳妆楼便要凉爽得多。"

武夫人忙道："当真？"

琉璃点头笑道:"夫人跟琉璃去一次便知道了。"

此次跟着李治来万年宫的依然只是咸池殿诸人,这里宫殿又多,因此武昭仪、武夫人与邓才人都安排了单独的院落,武昭仪住的是紫泉殿,万年宫的甘泉活水便是环绕此宫而过,武夫人住在紫泉殿西边的屏玉殿,邓才人则住在稍低处的回涧阁。三处院落都座落在天台山山脚与山腰之间,依山靠水,松柏掩映,是万年宫里风景最美也最便利的所在,唯一的缺点就是地势略低了些。

至于梳妆楼,却是琉璃自告奋勇要画一幅《万年宫图》,挑了这处位于山腰视野最好的所在作为画室,有时赶上雨天路滑,索性就住在了楼内的偏阁里。

见武夫人面露向往,琉璃又道:"那梳妆楼就在山腰凸起的平台上,山风最爽,若是清风明月之夜,更是幽凉入骨。从丹霄殿到紫泉殿的青石水渠也正好流过,用来冰酪浆也是极好的。"

武夫人再不犹疑,拍手笑道:"说来我还没见过你那《万年宫图》画成什么模样了,不如现在就去!"

梳妆楼离御容、屏玉两殿都不远,沿着斜坡往上走个两百多步便到,琉璃的画室正设在楼前的半山亭中,半探而出,视野开阔。凉亭四面都垂着锦帘,当中是一张极大的案几,案几边放着三张方凳,又有两个不小的三彩柜,居然还有一个炉子,一袋木炭和一个被盖得严严实实的木桶。武夫人见了这些东西,忍不住便笑了起来,"你竟是准备在这儿过夜?"

琉璃笑道:"夫人有所不知,画这界画与别个不同,原是最繁琐费事的。"

走在她身后的阿凌默默地翻了个白眼。她跟着琉璃也有半年多了,琉璃日常作画最是爽利,没想到一画起这幅《万年宫图》却立刻变身麻烦婆婆,又是要了火炉木炭来熬什么明胶,拿矾水兑入明胶,再用刷子一层层的往绢上刷,说是作工笔界画必得如此。这也罢了,居然还找人要了一大桶油,说化颜料烤碟子前要先抹层油才好,可那一大桶油,只怕够烤几年碟子了!最古怪的是,明明早就立夏,却硬是不许宫女将半山亭的锦帘换成纱帘,说是怕夜里遮不严实……

武夫人便上前看那张画。这万年宫原是建在群山环绕之中,以天台山为主,山顶是主殿,南坡为外朝,随行官员多住外朝,北坡往后则是内宫,也就是她们如今身处之地。此时这画儿也不过完成了一多半,看得出在青山碧水之间,若干亭台楼阁参差错落,山顶处一座雄壮宫殿,前面双阙对立,山谷中一泓碧流,上有飞桥凌空,正是这北坡附近的景致。

武夫人自是啧啧称叹了一回,"这里视野真好,处处都看得清楚。"

琉璃摇头笑道:"这里虽开阔,也没法都看清的,最近这些日子,万年宫北坡琉璃都已经都跑遍了!"

武夫人点头不语,丢下画又到楼上楼下转了两圈,只觉得处处精致雅洁,难得当真凉爽宜人,下楼来便扬声道:"回头咱们就搬家!"

翠墨几个都是一声欢呼,琉璃松了口气,也笑着赞了声好。

当夜，武夫人和月娘的行李便搬到了梳妆楼，而琉璃原本有时就会住在偏阁最外面的屋间里，此时更是名正言顺地搬了进来。阿凌收拾过屋子，便回头笑道："大娘一来这边便挑了这间屋，那时奴婢还觉得太阴冷了些，如今看来却是最凉快的一间。大娘真真是有远见。"

琉璃正站在窗边用撑子支开窗户。从窗口看去，对面山坡上的万年宫北门似乎就在眼前，她出神看着那片火把摇曳、人影晃动之处，半晌才道："那是当然！"

第二日的天气愈发闷热，早上武夫人一见琉璃便笑道："幸亏昨日搬了地方，不然更不好受！"

她心情好，众人自然也凑趣，人人都道这家搬得及时，一行人说笑笑出了梳妆楼，到紫泉殿时迎面正遇见邓依依。她身上穿了一件绯色流云纹的衫子，系着散花石榴裙，衬得脸上多了几分红润，只是眉头微锁，神色依然有些沉郁。

武夫人停下等她，相互见了礼后便笑道："你的脸色当真是好多了。"

邓依依点头一笑，"从前日起，蒋御医就换了个方子，这两日倒是睡得好了些。"

武夫人笑了起来，"蒋御医是有真本事的，昭仪都能渐渐地好起来，你才多大？自然会越来越好。"

邓依依听了武夫人的话，勉强笑了笑，侧头往东边长安方向看了一眼，眉宇间的阴霾更深。

众人心中自然都有数：这位邓才人先头那一病之后，吃了蒋御医的方子后原是好了些，不想正月里在癸水期间又用了那破血行气的口脂，竟落下了崩漏的毛病，拖了半个月才查出缘故，此次大约是伤了根本，到万年宫来养了两个多月，也不过是稍有起色。武夫人也不好多说什么，随口说些天气之类的闲话便掩了过去。

一行人走进武昭仪的寝殿时，李治却还没有走。来到万年宫后，他不是在山顶的大宝、丹霄两殿处理政务，便是在紫泉殿与武昭仪吟诗唱和，磨墨挥毫。此时正与对镜梳妆的武昭仪谈笑晏晏，回头见到武夫人与邓依依联袂而来，笑容更是舒展，"你们来得正好，我和昭仪正商量着今日有些闷气，要坐船去游览一番杜水才好。"

武夫人第一个拍手叫好，邓依依自然也凑趣，四个人顿时说得热闹起来，这边宫女宦官们开始收拾些随身的物件，琉璃趁人不注意，跟翠墨悄悄说了声还要去画画便溜了出去。

回到梳妆楼的北亭中，琉璃调好颜色画了一个多时辰，便拿了纸笔满山溜达，东画画西比比，跟遇到的打扫宫女聊聊天，又坐在长廊上对着对面山坡发了半日呆。她这一个多月来常是如此，阿凌原本还纳闷她怎么突然改了不爱出门的习性，如今看得惯了，只道她是离了皇后萧淑妃诸人，本性流露。

一天时间晃晃悠悠地过去，李治几个到晚饭前才回，武夫人满脸都是兴奋，直叹琉璃是个没福的，那画舫有两层楼高，在里面迎风小酌，看窗外青山对出，真是神仙不换的逍遥日子。琉璃只得配合地叹气，"早知如此，真该厚着脸皮跟了夫人玩去！"

好容易夜色深沉，诸事完毕，琉璃一身轻松地离开主楼，照例到亭中转了一圈，放下四周的锦帘，回到屋里支起了窗棂，这才倒头睡去。

不知睡了多久，琉璃突然惊醒过来，只听得窗外风声呼啸，雨点如鼓。她不由一个激灵爬了起来，从枕头下摸出火石，几下点燃了床头的油灯，也不顾窗口砸进的雨水，冲过去往外一看，窗外雨如瓢泼，放眼看去全然漆黑一片；侧耳倾听，雷雨隆隆中更是什么都听不见。

转眼间，从窗口刮进的雨丝便将她的中衣打湿了一片，琉璃怔怔地坐回床上，不敢关窗，也不敢去睡，想了一想，还是起身把房门后挂的一件蓑衣两顶雨笠和桌上的铜管提灯检查了一遍，又脱下湿衣，换上了利落的葛布胡服和麻底线鞋。

窗外的暴雨似乎毫无休止之意，足足下了一个多时辰，雨声才略微小了一些。突然间，雨声里中似乎夹杂进了一些奇怪的杂音，琉璃忙奔到窗前，竖起了耳朵，远处仿佛是有人在大声呼喝，只是雨声实在太大，只能隐隐听到几个词语，依稀是"大水""圣人"，又夹杂着咣咣的敲击之声。

万年宫大雨之夜，山洪暴涨，玄武门守门将士四处逃散，只有将军薛仁贵登门向宫内大呼示警……没错，就是今天了！

琉璃再不迟疑，一面高声叫道："阿凌快起来！外面涨水了，快去叫人！"一面穿上蓑衣，戴好雨笠，点燃提灯，又拿上了另一顶雨笠，开门跑了出去。只听阿凌惊叫道："大娘，你说什么？"

琉璃只道："你快起来，去把楼里楼下的人都叫起来，发水了！"转身开门，用雨笠遮住油灯就往作画的亭子跑去。外面的雨依然十分急，风倒是小了一些，雨点噼里啪啦地砸在琉璃的脸上身上，待她跑进亭子时，提灯一照，不由松了口气：原本就厚实的双重锦帘被雨打湿后更为沉重，倒是将亭子遮了个严实，并没有飘入多少雨水。

琉璃将油灯放在地上，几下便把四面的八幅锦帘都紧束在亭柱边挂的帘钩上，然后把月牙凳、三彩柜、木炭等物都堆上了案几，用力提起那桶油便倒在上面，随即油灯一点，火头"砰"的一声燃了起来，随即腾得老高。

暴雨之夜，万年宫原本四处挂着的灯笼早已被悉数打灭，到处都是黑漆漆的，伸手不见五指，但随着这火光燃起，半山亭四周顿时变得明亮起来，连山上山下的道路都被照得依稀可见。

阿凌这时才刚刚跑出门来，尖叫了一声："大娘，你在做什么？"

琉璃大声道："若不放火，这外面哪里还能看得见路？你快去把楼里的人都叫起来，只尽量找些铜盆敲起来，沿着山路来回示警，我这就去叫昭仪！"不等阿凌回答，她提起油灯转身便向山下冲去。

这条路琉璃两个月来走了无数趟，便是闭着眼睛也不会走错，此时一路狂奔下去，到了紫泉殿的院门外，便一面拍门，一面高声叫："快开门，发水了，快开门！"

门好容易开了条缝，露出一张有些呆滞的脸，琉璃从她身边挤了进去，高声叫嚷着"发水了，昭仪快出来"，脚下便向主殿飞奔。到殿门口时，殿里的宫女早被惊动，有几个慌得也一起大叫起来，没过片刻，就听见了武昭仪的声音："到底是怎回事?"

　　只见她披散着头发,身上罩着披风,在几个宫女拥簇下快步走了出来。琉璃忙道:"昭仪,琉璃半夜起来,听见玄武门那边有将士大叫,发水了。快让圣人走避,想来是山洪暴发,这里地势低,昭仪还是赶紧到高处去躲避才好!"

　　武昭仪脸色顿时一变,回头对玉柳厉声道:"快去把弘儿抱出来,往山上走!"看了看琉璃又道:"你带我去回涧阁,圣人还在那边!"

　　琉璃一呆,万万没料到李治今日居然不在这里,忍不住暗叫一声"晦气!"只好道:"昭仪你快上山,圣人那边琉璃去叫就是!"说着把油灯往身边的宫女手里一塞,脱下身上的蓑衣,不由分说地穿在了武昭仪身上,"梳妆楼边上的亭子里我放了把火,出去就能见到,昭仪往火光那里走!"

　　武昭仪惊讶地看了琉璃一眼,她身边的几个宫女此时早已吓得魂飞魄散,忙上来拥簇着她就往外走,琉璃也拿了油灯雨笠转身往外跑去,就听身后武昭仪叫了声:"刘康,快和库狄画师一起找圣人去!"

　　雨水此时似乎又小了一些,半山腰上铜锣铜盆敲打声和喊叫声变得清晰可闻,不断有各处的宦官宫女从琉璃身边狂奔着向半山亭的火光跑去,琉璃被撞了几下,险些没拿住手里的雨笠和提灯,就听身后脚步声响,刘康已经追了上来,伸手从琉璃手里接过了东西,带头往前跑去,他身强力壮,身手又敏捷,无人撞得动他,琉璃跟在后面,速度顿时快了起来。

　　两人跑到回涧阁时,守门的宫女似乎已经被外面的动静惊醒,一拍门环,门立刻就开了,刘康推开门便扯着嗓子叫了起来:"发水了,圣人快出来!"声音极为响亮,琉璃猝不及防之下都吓得一哆嗦。片刻后,阁楼的大门咣地打开,王伏胜几个簇拥着李治和邓依依冲了出来。

　　借着门内的灯光看去,两人似乎都只穿了中衣,外面乱裹着衣服,王伏胜几个更是衣衫不整。此时也无人再顾礼数,刘康一面尽量举起铜灯引路,一面回身往山上走。没走两步,琉璃只觉得脚下感觉有异,有小宦官惊叫了一声:"水上来了!"果然脚下积水眼见着就没过了脚面,每一步都是哗哗作响,琉璃只觉得一颗心就要跳出了腔子,再也顾不上什么,往前就跑。

　　这里离半山亭已经有些距离,能看到那边有火光闪动,指引着方向,眼前却只有刘康手里的一点光亮在前面晃动,脚下的水似乎在迅速涨高,平日不过是几百步的路,此刻长得几乎没有尽头。头顶上有铜锣敲打和呼喊示警的声音不断传来,但在琉璃的耳中,脚下那哗哗的水响和身边人粗重的喘息声似乎变得越来越响亮,几乎盖过了风雨之声。

　　好容易终于跑到紫泉殿附近,眼前也更亮了一些,就听有人叫道:"是圣人过来了,昭仪,快走!"

　　众人不由大惊,借着火光隐隐看见前面路口站了五六个人,当中一人穿着蓑衣,自然是武昭仪。此时洪水几乎已经涨到小腿中部,她站在那里却是一动也不动,见到李治过来，才分开众人淌着水几步迎了过来，李治上去一把拉住她的手，十几个人簇拥着两人往山上跑去。

风雨中，依稀能听见李治惊魂未定的声音："媚娘，你早就出来了，等我作甚？万一我再晚些过来可如何是好？"

武昭仪的声音十分柔和，却有一种碎玉裂冰般的决然："陛下若是没有过来，媚娘不会上去！"

山路一直沿着斜坡向上而去，洪水则几乎追着众人的脚跟淹了上来，直到上了半山坪，众人才踩到了干硬的土地，武夫人带着阿凌、翠墨几个正焦急万分地等在那里，看见李治和武昭仪，每个人都长出了一口气，忙又上来领着他们继续往上走，武夫人便道："弘儿已经到长廊里了，你们怎么才上来？"

没有人答话，火光里，李治侧头看了武昭仪一眼，脸上一片柔情。

一行人一路往山上走去，不多时便登上了绕山长廊的台阶，此时长廊里面密密麻麻的都站满了人，李治和武昭仪上来时，众人忙让出了一片空地，一干人走到长廊中，不约而同都松了口气，只是立刻就发现，除了穿蓑衣的武昭仪，人人都落汤鸡似的狼狈无比，好几个人还是赤着脚，也不知是没来得及穿还是跑掉了。

李弘和月娘被人抱了过来，各自见了母亲都是号啕大哭。死里逃生之下，众人此时才惊魂稍定，有欷歔的，有庆幸的，有忙着找人的，这番忙乱自不必提。

琉璃悄悄地退到一边，摘下头上的雨笠，默然回望了一眼对面玄武门的所在，心里一片茫然：她现在可以肯定了，如果没有自己，李治和武昭仪八成以上会就此被淹死在万年宫里——这样的暴雨之夜，这边山上除了她这个特意住在离山对面玄武门直线距离最近的屋子里，又竖着耳朵等动静的人，谁能听到那隐隐约约的示警声？至于玄武门附近的宫人，他们就算听到了示警，但水逼玄武门时，两座山中间的山谷里早就是一片洪流，谁又能过得来……时间的因和果，到底是一个什么样的关系？难道说在这个时空中，自己其实根本就不是一个路人甲？

洪水似乎停止了上涨，半山亭里的火焰还在熊熊燃烧——那案几柜子都是上好的木料，果然是货真价实、经久耐烧……她正胡思乱想，就听长廊之上，远远传来了喧哗的人声，随即一声焦急的高声询问："敢问圣人可在？可还安好？"

正是裴行俭的声音。

琉璃不由猛然回头往山上看。她自然知道，此次随李治来万年宫的官员，多住在南坡几处地势颇高的楼阁里，她倒不大担心裴行俭，但此时突然听到这熟悉的声音，一颗心已不由自主地急跳了起来。

只见山上的一片漆黑中，渐渐闪烁起了几点微弱的火光。王伏胜上前了一步，仰头大声道："圣人在此，来者可是裴郎君？"

"正是裴某，如今水势未明，臣斗胆请陛下移驾丹霄殿。"

这倒是好主意，总不能在长廊里待着。李治不由低头看了一眼自己身上的衣服：他原是半夜从床上被惊醒的，随手抓了件衣服就跑了出来，此时才看清，身上披的竟是一件粉色轻袍，忙不迭脱了下来，可露出的湿漉漉的白色中衣更不成样子。正踌躇中，武昭仪已走上一步，解下蓑衣披在了他的身上。她在蓑衣里原本还穿了一件披风，如今只是下摆湿了一片，倒也无伤大雅。

李治忍不住握住了武昭仪的手，低声叫了句："媚娘……"武昭仪嫣然一笑，转头对王伏胜道："告诉他们，圣人这就上去。"

雨渐渐地小了，山上火光也越来越亮。刘康手持提灯在前面引路，李治紧紧携着武昭仪的手，沿着回廊往山上走去。几个贴身的宫女宦官跟在身后。

琉璃默默地跟在了武夫人的后面，武夫人回头一眼看见她，忙伸手把她拉到了身边，紧紧地握着她的手低声道："今夜实在是多亏了你！"

沿着长廊往上一百多步，出回廊往西走，不多远便到了后宫的南门仁寿门。门旁早有几个宦官在翘首等待，见到李治挥手示意，连忙下锁开门。只见门外已经整整齐齐站了百十位手持火把的侍卫，最前面的正是裴行俭和一位头戴银盔的年轻将军。裴行俭身上的一件深碧色圆领袍只是被雨水打得半湿，袍角上有一大片泥水，看上去并不算狼狈，只是剑眉微锁，神色里带着几分掩不住的焦虑。

看见大门打开，两人都上前一步行礼，"臣裴行俭，臣郑芝华，见过圣人。"

李治快走了两步，"两位爱卿免礼。"顿了顿又道："今夜原来是郑将军值守？守约怎么也会在此处？"

那位叫郑芝华的守将躬身回禀："臣今夜值守，闻得山下有异，因此召集人手守在门边，以备不时之需，陛下无恙，真乃大喜。裴郎君已着人知会丹霄殿内侍准备热水衣物，陛下即刻便可移驾过去。"

裴行俭也微微欠身，"启禀陛下，臣适才被风雨声惊醒，心内有些不安，故此出来查看，还未到后山，便听见了铜锣敲打、人声呼喊之声，赶到此处又遇到了郑将军，守门内侍无旨不敢深夜开门，只道山下长廊似有人避水，臣这才登墙询问了一声。请圣人恕罪。"

琉璃被武夫人拉在身边，位置原本就站得靠前，一眼便看见门外的地上还仰天扔着一把油伞，想到平日那般镇定的裴行俭，适才一急之下，丢开伞，撩起袍子就爬到了这足有一丈多高的墙上，忍不住低头闷笑：裴行俭跟薛仁贵，今天一个爬门、一个爬墙，身手矫健，当真不愧都是大唐的一代名将！

李治的声音里也带上了笑意，"事急从权，守约何罪之有。"

裴行俭谢了恩，直起了身子，目光却往李治身后微微一扫，琉璃不着痕迹地踮了踮脚尖，露出了半张脸，裴行俭的目光并未停顿，只是垂下眼帘时本来紧锁的眉头已然展开，略微发僵的双肩也放松下来，整个人又恢复了淡远无波的气度，静静地转过身去，为李治带路。

一行人没有走出多远，前面人声喧哗，却是一干留守万年宫的朝臣都已得到消息赶了过来，领头的一人披散着花白的头发，迎上来便行礼告罪，"听闻山洪突发，幸得天佑吾皇，陛下无事。臣等无能，令陛下受惊，又迎驾来迟，罪该万死。"

李治淡淡地摆了摆手,"司空平身,此事谁能预料?众卿随朕去丹霄殿罢。"

这位竟是司空李绩,也就是传说中那位无所不能的徐茂公?琉璃不由悄悄打量了两眼,却只能看到一个深深低垂着的花白头颅。一行人到得丹霄殿时,殿门已然大开,到处灯烛明亮,殿里的宫女宦官衣冠齐整地候在门口。诸位朝臣留在外殿,李治与武昭仪等人则被拥簇着进了内殿,自有人捧上干净衣服伺候他们换上,武夫人和琉璃几个也被引到了一间暖阁,有宫女捧上了热水铜盆毛巾和干净衣裳。

琉璃是淋得最透的一个,身上从里到外早已没有一根干纱,她穿的是一套略厚的葛布胡服,虽然不会像其他宫女般曲线毕露,但一路上走来已有些瑟瑟发抖。此时终于在这明亮温暖的屋子里擦干了头发身子,换上了柔软洁净的衣服,简直有了一种重新活过来的感觉,就是身上的衣服略小了一号,也顾不得那许多了。

武夫人也换好了衣服,舒服地叹了口气,见琉璃低头绞着发尾的雨水,忙让翠墨上去帮忙梳头,琉璃笑着推辞了声"哪敢劳烦姊姊",武夫人就道:"今日便是我来帮你绞头发也是应当,若不是你说起这梳妆楼的好处,我们哪里想得到要搬上来?今夜水势如此之急,还不知会如何!"

琉璃只得笑道:"此事乃是夫人的福气,与琉璃何干?"

恰好乳娘也把月娘收拾好带了过来,月娘今天晚上一直被厚披风裹着,身上一点也没湿着,唯有头发略落了几点雨水,开始又受了点惊吓,此时早已好了,正好奇地东张西望。武夫人便拉了月娘过来道:"快些谢过你琉璃小姨。"琉璃不由吓了一跳,月娘已奶声奶气道:"月娘谢过琉璃姨姨。"

琉璃摆手不迭,"夫人快莫如此!"

武夫人正色道:"我等也就罢了,今夜若不是你警醒,圣人和昭仪那边只怕也不会如此有惊无险,若是……"脸上不由露出后怕之色。

她语音刚落,就听暖阁外面有人道:"请问库狄画师可在此处,昭仪有请。"

武夫人顿时笑了起来,"快些去,定是好事!"

琉璃忙应了一声,这边翠墨和阿凌飞快地把琉璃的头发绾了个低髻。看看身上并无失礼之处,琉璃这才急忙挑帘出去了。一面跟着传话的宫女往前走,一面心里七上八下起来:她这两个月来苦心筹划,每到大雨之夜便出门观察,竖耳倾听,不敢入睡,今夜又经历了这样一番凶险,为的就是这一刻,却不知是否会如愿……

宫女将她直接领到了西殿后面的一间房里,只见房间甚大,地上铺着深紫色的地衣,进门几步便有坐榻案几,稍远处低垂的朱色锦帘后隐隐露出一张屏风大床,想来是皇帝在丹霄殿的寝宫。不过此刻屋里只有武昭仪和玉柳等人,武昭仪显然已经收拾过一番,换上了一身浅黄色的襦裙,脸色也已从容如故,看见琉璃便笑道:"你可算过来了,适才我在长廊里就想找你。"

琉璃在长廊时一直留意着武昭仪的动静,虽不相信她当时还想得到要找自己,也赧然一笑,"琉璃当时形容狼狈,不敢靠近,怕惊了昭仪。"

武昭仪不由笑出了声:"狼狈?多亏你把蓑衣给了我,不然圣人和我这一路过来,那才真真狼狈。说来今夜若不是你，圣人与我，加上弘儿，还说不得会如何。"

琉璃忙道："昭仪折煞琉璃了！所谓吉人自有天相，圣人、昭仪和弘皇子都是天命所归的贵人，自有上天庇佑，琉璃不过适逢其会，哪敢贪天之功？"

武昭仪上下看了她一眼，摇头笑道："好巧的嘴！只是今夜情形究竟是如何，你也细细地跟我说一遍才好。"

这篇话琉璃心里早有了准备，定了定神才道："今夜原有些闷的，琉璃贪凉，就开了窗子睡觉，没想到半夜被风雨声惊醒了，去关窗子时，便听见对面仿佛有人在叫：'发水了，快让圣人走避！'琉璃自是吓得不轻，赶紧披了蓑衣提灯出去想叫人，出门才看见外面黑漆漆的什么都看不见，一急之下才想起平日作画的半山亭里还有木炭炉子这些物件，因此跑过去就点了把火，这才看得清路了，便赶紧下来叫昭仪。"

武昭仪沉吟着点了点头，回头对玉柳笑道："你们可也学着点，这才真真是七窍琉璃心，有这般急智和心性，才能造下这莫大的福缘！"玉柳几个都纷纷应是，附和着把琉璃的聪慧忠心夸赞了几句，眼神倒是都有几分货真价实的感激。

两个月谋划出来的也能叫急智？琉璃顿时脸上有些发烧，一时也不知说什么好。武昭仪看着她点头叹道："琉璃，你今夜所为，原不是一个谢字能过的，圣人必有厚赏，只是你若是有什么心愿，不妨也先告诉我一声。"

琉璃藏在袖子里的手不由握紧，向前走了一小步，深深地行了一礼，"启禀昭仪，琉璃一介民女，别无所求，只是家父家世清白，能文善书，琉璃斗胆求赐家父一个出身。"

武昭仪惊异地挑起了眉头，略一思索，原来还略有些紧绷的眼角顿时露出了柔软的笑纹，上前两步拉住了琉璃的手，"没想到你竟还有此等孝心！我也曾听母亲说过，你家曾祖在前朝官声甚好，想来定然是家风严谨的，尊亲既然善书，那就更不会违了规矩，你且放宽心。"回头又对几个宫女笑道："你们先退下，我还要拷问她几句！"

待众人都出了门，她才低声笑道："你这妮子，竟敢在我面前弄鬼！你求来求去，想的原是那位与你有口头之约的良人罢，他到底是何许人也？"

琉璃心中一震，她原本也不准备再瞒着武昭仪，却没料到她竟在转眼间就想通了其中的关节，心思真是敏锐得可怕！忙低头回道："琉璃不是存心瞒着昭仪，只是那人，不但有官身，且是高门子弟，说出来只怕人人都道琉璃是痴心妄想，便是夫人老夫人那里，琉璃也是半句没敢提的。"

武昭仪感兴趣地挑起眉头，追问道："那人是哪家子弟？又担有何等职务？"

琉璃脸上一红，半晌不语，武昭仪便道："有什么不敢说的，你们既是有情在先，此番你又有救驾之功，别的不说，此事我定会设法让你如愿！"

琉璃心头忍不住一松，开口道："启禀昭仪，此人……"一语未了，就听门口有人道："圣人到！"

李治穿着一件黄色绫袍大步走了进来，叫了声"媚娘"，大约看见殿内情形不对，步子便是一顿。武昭仪拍了拍琉璃的手，对李治笑道："陛下，你来得正好，这里还有一位今夜的大功臣你不曾见过。"

李治看了琉璃一眼，见她低着头，身上穿的是一件寻常的宫女衣服，牙色长裙，浅绯色半臂，衣服紧紧地裹在身上，格外显得身材玲珑、亭亭玉立，笑着"喔"了一声，"昭仪倒说说看，这位宫人在何处当差？又如何立了功？"

武昭仪见他居然没有认出琉璃来，不由"扑哧"一声笑了出来，"陛下，哪里是什么宫女，这是臣妾宫中的库狄画师！琉璃，你就不要接着数砖了！"

琉璃此时心中已是大定，闻言也笑着抬起了头。李治一眼扫过去，不由一怔：眼前是一张脂粉不施的素脸，但肌肤胜雪，长眉入鬓，竟有几分年轻时萧淑妃的品格，一双浅褐色的眼睛更是晶莹清澈、熠熠生辉。

李治心头不由一阵恍惚：眼前的女子真是那个一天到晚恨不得将脑袋贴到脖子上说话的胡人画师？印象里，这几个月里她在自己面前似乎晃过无数次，只是每次都是一副拘谨守礼的小家子模样，他竟从未注意到她的容貌。

琉璃一眼看到李治的目光，忙敛目垂头道："昭仪取笑了。"

武昭仪也看见了李治的眼神，心里微微一沉，转眼又看见琉璃已忙不迭地低了头，心思转了几转，口中笑道："陛下有所不知，今夜正是库狄画师第一个听到了玄武门那边有人呼叫发水了，这才叫醒了众人，出去时又见各处的灯笼都被风雨打灭，便在半山亭点了那把火，臣妾那里是她去唤起人来的，便是陛下那儿，也是她和刘康一道去的。"

李治此时已回过神来，上来携了武昭仪的手，"如此说来，这库狄画师倒真是今夜第一等的功臣，如何赏她，媚娘可有什么主意？"

武昭仪笑道："这库狄画师是个有孝心的，不求自己的封赏，只想为她父亲求个出身。她家并非寻常小户，前朝时原也出过王侯，家风严谨，库狄画师的父亲便能文善书。"

李治略有些意外，上下看了琉璃一眼，方点了点头，"原来如此，此事容易。"

琉璃不由真正地松了一口气。大唐原是贱口、良民、官身等级森严的社会，一旦有做官的资格，哪怕是流外小官，也可免去日常赋税，成为衣冠之户。她费尽心思所求，就是让自己的那位便宜父亲好歹挂个官身，那么她的胡人面孔也好，商女母亲也好，多少便能遮掩过去。毕竟一个小官的嫡女，和一个平民胡女，已完全是两个概念。

只是她入宫之后也渐渐明白，这大唐的官，却不是随便能授予的，当年安家叔祖安叱奴因受宠于唐高祖而被封为散骑常侍，几乎惊动朝野，至今还是一篇皇帝因私废公的反面教材。她今夜功劳再大，但受身份所限，皇帝却不好明着因此去封赏她的父亲。好在大唐正式官员之外，还有一种编制外的"流外官"，可由各衙门自行选拔，平民只要能写能算会办事，就有资格应选。库狄延忠好歹写得一手好字，去选流外官并不违例。此事李治只要交代一声，自有下面的官员去办理。虽是"暗箱操作"，但金口玉言，又是合于情理的小事，自然断无不成之理。

她心头喜悦，忙行了一礼，"民女多谢陛下恩赏。"

李治随意点点头，摸着武昭仪的手有些发凉，不由皱眉道："御医还未过来么？"

武昭仪微笑道："陛下忘了么，如今臣妾都是蒋司医看的，他早已到了，臣妾急着见库狄画师，便让他在外面先候了一会儿。"

李治叹道："你的身子要紧，好容易调理得好了，还是要赶紧看看，万不能因受凉再生病。"

武昭仪摇头道："臣妾今夜并未淋多少雨，倒是陛下该把把脉才是，正是暑日，又受了寒，若是引发了头风却如何是好？外面还有那么些事务等着陛下处置。"

琉璃见他俩你依我侬，一颗微微悬起的心放了下来，悄悄退到一边，此时玉柳等人也走了进来，又劝说了几句，武昭仪这才躺到里面的屏风床上，放下了纱帐，宣蒋司医进来诊脉。

那蒋司医进来后低头诊了半日，眉头紧锁，李治见了心惊，待他退下后忙也跟了出去，没过片刻，又神采奕奕地走了回来。武昭仪已坐了起来，奇道："那蒋司医怎么说？"

李治笑道："他道你的身子已经大好了，今夜也未受风寒，不用吃药，只是要多休息，待到睡好了他再来请脉！"

琉璃听到此处，知道再无他事，眼见玉柳已经带着几个整理床榻，忙抽空道了声："请昭仪好好安歇，民女告退。"

武昭仪笑着挥了挥手，"你今夜也辛苦了，下去休息好了再过来陪我说话。"

倒是李治听见"民女"二字心头一动，看着琉璃低头退下的身影，想说什么又忍在了嘴边。

此时早已过了四更，那领着琉璃下去休息的管事宫女便笑道："夫人她们都已是睡下了，画师若不嫌弃，不如到奴婢屋子里小憩片刻？"

琉璃忙笑道："琉璃如何好打扰姊姊？"

那女官笑道："画师太客气了，我家妹子就在紫泉殿里当差，想来若非画师示警，只怕今夜连命都逃不出来，画师若能让奴婢尽点心意，也算是帮妹子报答一二。"

琉璃听了这话，不好再推辞，客气了几句便随那女官去了她的住处，一路上遇见的宫女宦官看见她无不含笑行礼，琉璃笑得脸都酸了，好容易到了东殿的一间耳房里，再三谢过后，便在那屋里歇了下来。她原本的确有些乏了，心头谋划之事又终于有了结果，没多久便睡了过去。

待她醒来时，早已日上三竿，门外候着的小宫女听见动静忙走了进来，伺候琉璃梳洗，吃了些点心，又换了身青色衣裙。琉璃便笑道："还要麻烦你带我去武夫人的房间。"

武夫人此时却并不在屋，只有乳娘在屋里伴着月娘，见了琉璃却道："你快去寝宫，适才昭仪还问起你来，正有件天大的喜事！"

第二十三章
不管不顾　无怨无悔

武昭仪居然又有喜了？

走在去寝殿的路上，琉璃心里不免感叹：这位前年生了弘皇子，去年生了小公主，如今居然又有了！这叫什么效率！

眼见到了寝殿门前，领路的小宫女回头低声道："今日圣人起身时有些不大爽快，御医说怕是头风犯了，须要多歇着，可如今里里外外都乱成一团，圣人如何歇得了。丹霄殿能住人的房子都已满了，宫女们正在收拾暖阁，眼下只能用帘子把寝殿隔了，昭仪在里面休息，圣人便在外面听人回报事务。"

琉璃忙谢了她，殿外守着的两个宦官见她，也都笑着点头，有人便低声报了一句。里面传来一声"让她进来"。琉璃走到门口一看，心头不由一跳：李治果然就在离门口不远的便榻上躺着，正吩咐着什么，而身边那个提笔记录的不是裴行俭是哪个？她深吸了一口气，见两人似乎都没注意到自己，便悄悄地进了门，转身溜进了落下的帘子里。却不知那边李治说话的声音停了一拍，裴行俭手一抖，纸上落下了一个墨点。

琉璃进了帘子，只见武昭仪正靠坐在床上，武夫人坐在榻前低声说笑。看见琉璃两人都笑了起来，琉璃也笑着行了一礼。武夫人便笑道："亏你昨夜那件襄衣，医师说昭仪腹中的皇裔一切安好，说来也有你的一份功劳！"

琉璃忙道："哪里的话，皇裔分明是托了陛下与昭仪的福气。"

武昭仪笑了起来，"就知道你会这样说！"她此刻脸色红润，眼波明亮，只是看着琉璃的目光，却有一种奇怪的深意。

几个人正说笑间，就听外面有人大声回道："陛下，右领军郎将薛礼已在殿外等候。"李治立刻道："快宣他进来！"

薛礼薛仁贵来了！将军三箭定天山、壮士长歌入汉关，即使是在名将辈出的大唐，这个名字也是一等一的传奇……琉璃顿时觉得心里有几万只蚂蚁在爬来爬去，忍不住转头看了一眼。耳边传来了武昭仪含笑的声音，"你竟是已听说过了，昨夜你听到的声音，正是这位薛将军冒死登门呼喝！"

琉璃一怔，忙不迭点头，武昭仪摇头笑了笑，"你若想看，就去帘子后看一眼吧。"

琉璃眼睛顿时一亮，笑着欠身谢过，悄悄走到了帘子后面，拉开一点缝隙往外看。裴行俭正拿起一份奏折念给李治听，他醇厚舒缓的声音在屋子里回荡，竟似有一种奇异的韵律，琉璃虽然不知道他到底在念什么，一时竟也听住了。

直到门外一阵脚步声响，琉璃才惊醒过来，却见从门口走进一位身披白袍、手拿银盔的将军，身材似乎比裴行俭还要略高一些，脸型方正，剑眉凤眼，眉梢眼角都高高挑起，果然是不怒而威。只是双颊微松，颌下一把胡须，看年纪怎么也有四十上下，再不是传说中那手拿方天画戟、在万军丛中所向披靡的白袍小将。

他进门便向李治行了一礼，"臣薛礼参见陛下。"

李治忙道："将军免礼。"坐直了身子叹道："昨夜危急关头，幸得卿登门大呼，朕方免于沉溺，始知世上果真有忠臣！"

薛仁贵沉声道："护卫天子，乃臣职责所在，不敢居功。"

李治笑道："将军过谦了，先皇昔日东征，不喜得辽东，而喜得将军，今日将军又有救驾之功，朕便赠将军御马一匹，他日或可助将军奔驰千里！"

薛仁贵肃然行了一礼，"谢陛下恩典！薛礼纵然粉身碎骨，必不负陛下期待。"

李治微笑着点点头，"朕相信将军。"

薛仁贵抬头看了看李治苍白的脸孔，不敢多说，躬身告退，李治又着实勉励了几句，待薛仁贵转身离去时，琉璃看得分明，那张沉肃威严的脸上分明有了一丝掩不住的激动之色。琉璃心里嘀咕，李治收买人心也很有一套啊！一匹马几句话就让薛仁贵恨不能粉身碎骨！却听李治突然笑道："说到救驾之功，朕差点忘了……守约，你去外殿看看司空那边还有何事要回禀的，若有奏章便一道都拿过来。"

琉璃心里一跳，忙退了回来，诧异地看了武昭仪一眼，却见武昭仪淡然道："早间蒋司医禀圣人说，邓才人又病倒了，风寒高热，只怕要休养好一阵子。"

琉璃不由一怔，心道：这跟我有一个铜子的关系吗？

说话间，李治已扶着王伏胜挑帘走了进来，看见琉璃，眼里露出一丝笑意：适才她从门口蹑手蹑脚地溜进了帘子里，样子实在有些滑稽，好在身姿窈窕，脚步轻盈，看起来倒也赏心悦目，自己以前怎么就没发现身边还有这样一个美人？

一屋子人忙都向李治见了礼，李治笑着摆了摆手，"罢了。"又问："媚娘……"

武昭仪仰头妩媚地一笑，"哎呀，都怪臣妾记性不好。玉柳，你们先出去一下。"

王伏胜、玉柳等人都笑着退了出去，武夫人怔了一下，脸色突然变得有些复杂，看了琉璃一眼，也走了出去，转眼间这帘内便只剩下了武昭仪、李治和琉璃三个人。琉璃只觉得事情古怪，一颗心顿时悬了起来。

武昭仪眼波流转，对琉璃笑道："琉璃，圣人适才跟我说，以你昨日之举，当得上才行出众，足以纳入宫中，擢为才人。不知你是否愿意侍奉陛下左右？"

琉璃怔怔地看着武昭仪，脸色慢慢变得苍白：一夜之间，事情怎么会突然变成这样？她不是答应了要成全自己的心愿吗？猛然间，武昭仪刚才说的那句话掠过心头，邓才人"只怕要休养好一阵子"，是了，她自己刚刚查出怀了身孕，邓才人偏偏又病得厉害了，这万年宫明面上再无合适之人，所以，自己就成了暖床工具的最佳选择吗？难道自己苦心筹划，救了他们这一家四口，结果竟是换来了这样的灭顶之灾？

琉璃只觉得胸口发紧，几乎喘不过气来，却见武昭仪目光明亮地看着自己，轻声笑道："琉璃，你发什么呆，这可是圣人的恩典，你若有什么谢恩的话，不如自己去跟圣人说。你原是救驾有功的，谁还会怪你不知礼数不成？"

这目光就像冰雪般令琉璃心头一凛，刹那间已全然明白过来：此事只怕不是武昭仪的主意，只是她也不肯为了自己而令皇帝心头不快罢了。想来皇帝兴致勃勃说到要抬举自己，她却说自己已有了心上人，一门心思是要出宫嫁人的，听上去未免太过扫兴；又或者，她对自己愿不愿意当这才人没有把握，更不肯冒险。因此，这扫兴的话，必须由自己来说，反正自己是"救驾有功"的，皇帝总不好翻脸来怪自己……

想明白此节，她心头一片冰冷，再不迟疑，转身伏地行了一个大礼，"民女多谢陛下抬举，只是民女不配入宫，无法奉旨，请陛下恕罪。"

头顶上是一片压抑的沉默，好半晌才响起了武昭仪略带惊讶的声音，"此话怎讲？"

琉璃低头不语，一句"民女已有婚约"涌到嘴边还是咽了下去。裴行俭，他的确说过他愿意娶自己，可是说到底，那也不过是一句话，他如今前程正是大好，在这样的情形下，自己又何必把他牵扯进来？

武昭仪顿了顿，便笑了起来，"想来女儿家面薄，有些事情原是不好禀报圣人的，这库狄画师历来是个妥当人，又是忠心耿耿，此事都怪臣妾太过鲁莽了，请陛下还是莫要怪她才好。"

李治的语气十分淡漠，"她既然能忠心救主，想来也不敢无故抗旨，此等小事，昭仪自行处置便是！"他冷淡的声音里似乎有种令人心惊的压力，淡淡的"无故抗旨"四个字更是重若千钧。

屋里顿时再次安静下来，气氛沉闷得令人心颤，门外却突然传来了一个清朗的声音，"陛下，臣有事启奏。"

裴行俭的声音来得似乎格外及时，李治转身掀帘便走了出去。琉璃也长长地松了一口气，却听武昭仪低声笑道："琉璃，你心中可是怨我？"

琉璃心中一凛，忙满面诚恳地摇了摇头，"琉璃哪敢这般不知好歹，这原是一场天大的富贵，昭仪是疼琉璃才没帮琉璃回了的，只是琉璃的确不配入宫，不敢欺瞒陛下罢了。"

武昭仪仔细看着琉璃，只见她也眼巴巴地望着自己，神色分明是又紧张又羞愧，不由轻轻一笑，安慰地拍了拍她的肩头，低声道："原是陛下一早便提起了你的功劳，说要如此赏你，我也不知你会如何做想，不好越俎代庖，总要让你自己作主才好。你且宽心,陛下最是仁厚,你是我的画师,有了婚约不能伺候陛下,自然算不得欺君抗旨!"

琉璃心里微松,脸上忙露出了感激的笑容。

帘外,李治已坐回了卧榻,淡然吩咐,"你进来回话。"

裴行俭垂眸走了进来,低声回禀道:"启禀陛下,适才郑芝华回报,三卫人数已经大致清点过,少了一千二百余人。"

李治顿时惊得抬起了头,"竟有如此之多?那万年宫的人数可曾点过?"

裴行俭回道:"内宫却还好,如今点着大约是少了四百多人。据说麟游也有多处受了水灾,司空已经着人去县城协查。"

李治一时默然无语,不由想起了昨夜里那刺耳的铜锣和摇曳的火光。按说侍卫与宫人数量原是差不太多,宫人身处内宫,也不及侍卫机警,能多活了这么多人下来,大半原因只怕要归到那把火光和锣声上,而这一切都来自那个胡女的机警冷静……他心里一时说不出什么滋味,就听裴行俭低声道:"臣还有一件私事,斗胆请陛下给个恩典。"

李治一怔,"喔,你倒说说看。"

裴行俭恭敬地行了一个大礼,才缓缓开口:"启禀陛下,臣于一年多前认识了画师库狄氏,与她有婚姻之约,听闻她如今就在武昭仪身边伺候,昨夜大水,不知她是否安然无恙,又依稀听到有内侍提到她的名字,心中实在有些忐忑……"

此言一出,不但李治变了脸色,便是帘后的武昭仪也不敢置信地转头看着琉璃。琉璃的脸已涨得通红,随即便有些发白——他明明昨夜是看见我了啊!难道是听说了什么?也不对,适才他明明是去了外殿的,不可能听见那番对话,可他这话,却怎么能接得这么巧?皇帝本来就憋着的火气会不会就这么发出来?

李治冷冷地看着裴行俭,只见裴行俭眉宇间颇有忧色,神色却是一片坦然,恍若刚刚说的是最寻常不过的事情,不知为何胸口一阵发堵,却笑了一笑,"昨夜裴卿如此焦急,原来还有这番缘故!"

琉璃的一颗心顿时悬了起来,武昭仪眼神一凝,悄然走到帘边往外看去,只见裴行俭已静静地欠身行了一礼,"臣无可自辩,请陛下责罚。"

李治脸色更寒,正想再说几句,突然听见帘子后面传来了一声轻笑,分明是媚娘的声音。李治一愣,刚刚燃起的一点火气顿时悉数熄灭,突然有些心虚起来——媚娘不会以为自己是在跟臣子争风吃醋吧?千万莫要让她误会了才好。

想到此处,他念头急转,脸色却舒缓了下来,"你一片忠心,朕自然知晓。说来这位库狄画师不但无恙,还立下了大功,昨夜若不是她警醒机智,如今会如何还难说得紧。也罢,如今水也退了些,朕在紫泉殿书房里还放了些文书,你去看看,若还有可用的便都取回来。你对内宫路径不熟,就让阿胜和库狄画师带你吧。"

裴行俭眼睛微亮,脸上露出了笑容,"臣,多谢陛下!"

帘子里,武昭仪也轻轻推了琉璃一把,"还不快去!"又捏了捏她的脸颊,"好个鬼妮子，回头我再跟你算账！"

琉璃一颗心在片刻间像坐了过山车般上下了好几次，此刻简直有些头晕目眩，只能努力忽略脸颊上的热度，低声说了句："多谢昭仪！"垂头走到帘外，向李治默然行了一礼，转身便走了出去。

王伏胜正在门外候着，见到琉璃，倒是笑了笑，"库狄画师，"又向琉璃背后看了一眼，"裴郎君，咱们这就去吧。"

背后传来裴行俭温和的声音："好，有劳王内侍了。"声音里似乎也带着笑意，琉璃的脸顿时就烧得更厉害。

一夜的暴雨后，天气竟是出奇的清朗，群山青翠如洗，天空更是蓝得澄澈透亮，在被雨水洗得格外干净的青石路上，从树叶里透进来的阳光像一片片细碎的金子，随着阵阵微风跳着欢悦的舞蹈。只是琉璃走着走着，却觉得自己像走在被烈日烤出五六十度高温的柏油路上，额头的汗水止不住地冒了出来——该死，他怎么能走在自己身后！

来往的宦官宫女见了王伏胜与琉璃，都笑着行礼问好，看向琉璃时，目光多半都是格外感激。琉璃越发不自在起来，王伏胜便笑道："只怕如今人人都知道昨夜半山亭的那把火是库狄画师放的了，这万年宫里，昨夜能挣出一条命来的人，谁不感激画师？"

琉璃笑了笑，也不知说什么才好，半晌才道："我也是发现处处漆黑，一急之下才想起半山亭里有我平日作画的一些东西，可以放火照明。"

王伏胜笑道："那也要想得起来，若是小的，只怕什么都想不起来了。"

琉璃心里有鬼，更不敢接这个话，王伏胜却道："说来小的还没有谢过画师，昨日真是好险，画师若是晚来一点，只怕……"说着摇了摇头。

琉璃忙道："王内侍太客气了，昨日便换作是你，你能不去唤人？"

王伏胜笑而不语，心里思量，昨夜若是换作他，他自然会立刻去唤起圣人，但肯定不会记得叫人打起铜锣来惊醒大家，更不会记得放一把火，好让漫山遍野的人都能找到逃的方向，这库狄画师还真真是……想到这里，他忍不住回头看了裴行俭一眼，裴行俭对他微微一笑，笑容温和悠远，王伏胜一时只觉得眼前的两人，有一种说不出的相似。

进了仁寿门，后宫的情形便一目了然，琉璃居高临下一眼看去，忍不住吸了口凉气：山洪还没有完全退去，浑浊的黄色洪水在山谷中奔流，水位离半山亭已很有些距离，看去依然让人心惊，让人难以想象昨夜洪水淹到半山亭处时，该是怎样可怕的一副场景——若是白天看清楚了水势，自己说不定根本就不敢下去唤人了！

三人默然站了片刻，才一起往山下的紫泉殿走去。紫泉殿早已退了水，不少宫女宦官正在进进出出地收拾房屋，几个人抬着一个用布帘裹着的长条形物件走了过来，晃悠悠地从三人身边经过。琉璃脚下不由顿了顿，心里一阵翻腾。只听身后响起了裴行俭温和的声音："这里还没有收拾干净，你就在外面等着好了。"

琉璃摇了摇头，依然跟在王伏胜身后进了内殿，眼前东倒西歪的家具、头上湿淋淋的布帘，以及脚下厚厚的泥沙，无不提示着刚刚退去的那场大水。东边的书房自然早已被泡得不成样子，书籍、文书就算没被冲走的，也已辨不出原来的模样。王伏胜和裴行俭东翻西拣，挑了些还勉强认得字迹的帛书装在一个木盒里。王伏胜便笑道："小的还要去寝宫看一看，这里实在太乱，不如库狄画师先带着裴郎君到长廊那里等我一等？"

万年宫北坡的环山长廊背靠山崖，面临山谷，就着山势蜿蜒曲折，倚栏而坐时清风拂面，不但琉璃平日爱来此坐坐，宫女宦官们闲暇时也最爱来此乘凉小憩或戏耍闲聊。此刻正是日头最烈的时分，往日里长廊上三五成群的人影却踪影不见，山风吹过时带起的声音变得出奇响亮。琉璃站在一根朱红色柱子边上，那柱上绘的盘龙十分传神，鳞片似乎微微凸起，她的手指一下一下地抚摸着柱子上的图案，脸色还算平静，耳朵却已在不知不觉间烧得通红。

裴行俭站在离她不到两步的地方，半晌才低声道："琉璃，今日让你受了这么大的惊吓，全是我的不是，以后不会了。"

琉璃下意识地想说一句"无妨"，突然觉得不对，不由抬起头来，"你怎么知道？"

裴行俭的微笑明亮清澈得就如他背后的天空，"我自然知道。"

琉璃心头越发惊疑不定，"你到底知道什么？"

裴行俭看着她迷惑的表情，脸上的笑容更深，"我自然是什么都知道，"顿了顿又道，"我只是没想到，你竟然没有提到我。"

琉璃惊讶地睁大了眼睛，他什么都知道？他的意思是，他知道圣人要纳她入宫，他也知道自己不会同意，他只是没有想到自己并没有说出和他的婚约，所以他就自己去跟皇帝说了？他挑了那个时间，来回那些话，提那个要求，难道根本就是早已算计好了的？他到底是太聪明还是太糊涂？他既然什么都知道了，难道不知道这样很可能会激怒皇帝！

胸口似乎有什么东西在往上涌，琉璃转过头去，良久才压下那点情绪，回头低声问道："你是怎么知道的？难道真是能掐会算？"他明明是奉命去了前殿，怎么能知道寝宫里发生了什么？便是门口的宦官也不会容他在外面听壁角啊！难道他真像传说中那样掐指一算，什么都知道了？

裴行俭脸上露出了哭笑不得的神情，"这是什么话？知道这些还需要能掐会算么？只要会察言观色便足矣。我昨日便听见了内侍们的议论，今日你进门时圣人又是那样的神色……"他笑了笑，没有说下去。身为男人，他自然明白那种眼神是什么意思，等他按捺住情绪，想好了要回的话再进去时，圣人的脸色和看着自己的眼神更是说明了一切：她果然回绝了这份恩典，却没有把自己说出来。

琉璃低头想了一遍，倒也隐约明白了几分，忍不住叹了口气，"你既然会察言观色，难道没看出圣人差点恼了么？其实此事已算是过去了，何必还那样不管不顾地说出来？若不是昭仪在，今日还说不定会如何。"

裴行俭轻声一笑，"琉璃，你总是小看我。"

琉璃一怔，抬头便迎上了裴行俭平静的目光，"既然是我们之间的约定，你都不惧，我又惧怕什么？难不成你一直只想着要自己担着此事？你把我当成什么人了？"

琉璃只觉得无话可说，沉默良久才道："我只是觉得，你这样太冒险，其实昭仪已替我求了情，你也不必这么急着说出来的。"

裴行俭轻轻地摇了摇头，他本该早些说出来的，他本该相信她不会贪图那份荣耀富贵，结果到底还是迟疑了片刻。至于到了后来，他怎么可能还不说？他今日说了，圣人就算一时有些恼，却不会真的如何，但他若是不说，这宫里却有太多急着取悦圣人的人，她再聪慧谨慎，又怎么能抵挡得住那么多算计？无论如何，他不能让她冒这样的风险！见琉璃神色有些沉重，他索性笑了起来，"我自然是有些急的，你这样不肯说出我来，难道是我很见不得人？"

琉璃看着他轻松的笑容，心里突然觉得有些发苦，"我是怕说出来，人人都道我是失心疯了。"她一个一无所有的胡女，居然要嫁他这个前途无量的名门子弟，莫说别人，她自己都觉得自己有点疯——也许更疯的是眼前这个总是笑微微的家伙？

裴行俭沉吟片刻，一本正经地点了点头，"也是，居然敢嫁大名鼎鼎的天煞孤星，可不是失心疯了！"

琉璃愣了愣，终于"扑哧"一声笑了出来。裴行俭低头看着她，脸上也露出了柔和的笑容。琉璃耳根一热，扭过了头去。半晌转起头来时，却见他依然凝视着自己，那目光里的内容绝不可能再看错，不是怜悯，不是同情，只有深不见底的柔情……她只觉得心底最深的地方颤了一颤，一直盘亘在心头的疑问却又一次冒了出来，忍不住还是问道："裴君，其实琉璃无德无才，身无长物……"

裴行俭明显地怔了一下，"你还叫我裴君？"

琉璃咬了咬牙："守约……"可是这话，却怎么也不能直接问出口。

裴行俭显然已经明白了她的意思，垂下眼帘，半晌才抬起头来，满脸都是真诚，"我也不知为何，你容我回去仔细思量一番可好？"

琉璃看着他眼里藏着的那点促狭，牙根都有些发痒了，狠狠地瞪了他一眼。裴行俭绷不住也笑了，"琉璃，其实我也一直想问你，你怎么会独独信了我？你怎么不怕我会骗了你？"

琉璃老老实实地道："因为你是裴守约。"

裴行俭本来想笑，但看见琉璃一双清澈的眼睛里全是认真，心里不由变得一片柔软，只是突然间想起一事，脸色慢慢地有些沉凝起来，半晌叹了口气，轻声道："琉璃，我并非你想得那般好，有时我其实在想，或许我这叫乘人之危。原本我是想着待有机会外放了再说，如今看来说不定是不成了，若是留在京城，有些事情……"他的声音慢慢地低了下去。

琉璃惊异地看着他，到底是什么事情，竟然能让他为难到说不出口？难道他其实已经有了好些私生子？还是说……

裴行俭沉默片刻，深深地叹了口气，低头看着琉璃，"总而言之，我和族人之间颇多牵扯。说起来，我倒宁可自己真是天煞孤星，也好过这些纷扰，只是我也不知，若是将你拖进来，到底是对还是不对，或许那时你会怨我，会后悔。只是……我不会让这些烦扰你太久！"

琉璃只觉得松了口气，比起她的那些天马行空、荒诞可怖的念头来，他和族人之间的牵扯算得了什么？既然是族人，便不是天天要面对的，再烦扰难道还会比她最早在库狄家熬的那三年更可怕，比这宫里的钩心斗角更复杂？看着裴行俭眼里那深深的担忧，她微笑起来，"你今日在圣人面前说了这番话，若是圣人就此恼了你，远了你，日后可会怨恨可会后悔？"

裴行俭摇了摇头。他怎么会后悔？他只后悔自己没有更相信她，早些说出来，也好让她少受那点惊吓煎熬。自己一直自负看人不会出错，却终于还是没敢信她到底，毕竟面对着天恩浩荡，天下有几个女子还会记得有那么一个含糊的约定？而自己，又能给她什么？

琉璃微微低下了头，语气轻柔，却有种斩钉截铁的干脆，"我也不会后悔。"

裴行俭胸口顿时一涨，一时竟是一句话都说不出来。

两人静默良久，裴行俭突然换了话题，"琉璃，今年冬天，你父亲的官身应当已经定了，那时你能不能出宫？"

琉璃这一惊非同小可，瞪大了眼睛看着裴行俭——他还说不是能掐会算？那他怎么能知道自己昨天向武昭仪求了这个情？

裴行俭略有些惊讶地看着她，解释道："不过是流外官吏，算不得什么，此次我随驾过来之前，拜见过尊亲一次，他也是极愿意的。"

琉璃惊愕之下，渐渐回过味来，忍不住笑了起来，见裴行俭诧异地挑起了眉头，才忍笑道："你有所不知，昨日昭仪问我想求个什么赏赐，我就求她给我父亲谋一个官身。"没想到，裴行俭竟是早就开始下手了！难道他不应该是清如水明如镜绝不走这种后门的吗？

裴行俭不由哑然失笑，半晌又摇了摇头，"这样的小事，我自然能设法做到，何必求到武昭仪那边去？"

琉璃有些心虚，她其实……压根就没有想到他也会去做，她已习惯了凡事都自己去谋算，去争取，习惯了绝不把希望寄托在别人的身上。没想到自己谋划了两个多月，冒了这样一场风险争取来的恩典，眼前这家伙居然不声不响早就算计好了。

她不由自主瞟了一眼山下那被烧得黑乎乎的半山亭，原来自己还真是白忙了一场！其实，她之前根本就没把握能立下救驾之功，点那把火，想的是能多救些人，能给皇帝和武昭仪引个路，反正她所求也不算太多，可看昨夜的那番情形，如果没有她，真能有别人去唤起武昭仪和李治吗？算了，不想了，这事情太过深奥复杂，不是她一时能想得明白的。

她收拢心思，却见裴行俭正看着自己，只得赶紧笑了笑，"出宫之事，自然要听昭仪的，但我想着，明年总该能出来了。"

裴行俭眼睛一亮，"琉璃，我们明年就成亲好不好？"

明年？琉璃低头看着山下，突然想起一事，心里不由一沉。

裴行俭立时问道："怎么？可是有什么事情不妥？"

琉璃怔了一下，心思电转，苦笑一声，"我只是突然想起，画了两个月的《万年宫图》昨天放火时忘记拿出来了，这可如何是好？"

裴行俭松了口气，微笑道："你若没有忘记，那倒是奇了。"

琉璃也暗自松了口气，垂眸笑了笑。她想起的事情自然不是那《万年宫图》，从落笔的那天起，她就知道自己会烧了它，不然正如裴行俭说的，她在那种情形下还记得把画收起来，也未免太过奇怪。但自己若没有记错，应该就是明年，裴行俭便会被李治一竿子贬到西域去，成为武则天通向皇后宝座道路上的第一筒炮灰……那么如今，她应该怎么做？

一时间，各种念头纷纷涌上心间，琉璃怔了半日，抬头看见裴行俭还在看着自己，目光里带着期待，这才想起他问的那个问题，脸颊不由开始发烧，活了两辈子这还是第一次有人向她求婚……是的，她曾经害怕过，怕自己不配站在他的身边，怕他命中注定的妻子会是别人，她甚至不敢太多地去想这件事情，可是此刻，他就站在自己眼前，目光里的温暖，几乎可以抵消掉这个陌生时空里那无处不在的寒意。就算是一个赌局，她也愿意押上这一把！

看着裴行俭，琉璃轻轻地点了点头。

裴行俭的眼睛越来越亮，慢慢地笑了起来，他平日的笑容总是温和里带着点清远，但这一刻的笑容却明亮得让琉璃眯了眯眼睛。她低下头，想藏住嘴角那分笑意，突然又觉得这样更傻，索性抬起头向他微笑起来。

相对无言中，似有一种暖暖的气流在两人之间回荡，裴行俭走近了一小步，低头凝视着琉璃，琉璃看着他的眼睛，看着山风吹动着他的头发与衣角，突然间只觉得很想伸手帮他把头发拢好，把衣角抚平，这念头把她自己也吓了一跳，不敢再看他，转头向山下看去。

她没有看见，裴行俭的手已经握成拳头，背到了身后，只听见他低声地叫了声"琉璃"。

"嗯？"

"无事，就是，想叫你一声。"

琉璃低头微笑，一时什么话都不想再说，眼前的青山蓝天，都美好得令人沉醉，就连山脚下的洪水，看起来似乎也不再那么可怕。只是眼睛无意中一扫，山下的青石路上，那个远远走过来的人，似乎正是王伏胜。

这身影让她顿时清醒了过来，迅速想了一遍，还是开口道："你刚才说到出宫，其实我入宫没多久就曾跟昭仪说过，我身有婚约，日后是想出宫的。昭仪当时便应了，日后会设法帮我完成心愿。这些日子以来，昭仪其实一直很照看我，今日的事，便多亏了她，若是日后出了宫，我还真不知该如何报答昭仪的恩情。"

裴行俭看着她，神情变得有些困惑，"你入宫之时，就和武昭仪说过你日后想出宫？你昨夜求她给你父亲一个流外官身，她都答应了？"

琉璃点了点头，如果现在让裴行俭知道，武昭仪对自己很好，让他知道武昭仪赞成他们的婚事，日后他是不是就不会那样反对武昭仪封后？

裴行俭的眉头渐渐地锁了起来，认真地盯着琉璃，"那今日早间，圣人是否跟武昭仪说过，想让你入宫？"

琉璃下意识地点了点头，突然醒悟过来有些不对，"昭仪也不知我愿不愿意，所以才没有提。"

裴行俭目光转向远处，默然无语，脸上的神色却越来越肃然，琉璃一颗心顿时悠上了半空，忙道："昭仪对人一直很好，就是有时会前思后想得多些，刚才若不是她，圣人说不定还会生气……"

裴行俭的视线落回到琉璃脸上，神色变得柔和起来，半晌叹了口气，"琉璃，或许是我多虑，只是，人心莫测，你一定要当心些，不要太信了别人。须知，世人原是大奸似忠，大恶似善，有些人看似毫无私心，其实不过因为他所谋更多。"

琉璃怔怔地看着裴行俭，突然明白自己大概是弄巧成拙了，心里不由十分懊恼：自己说话怎么就没有再多斟酌些！裴行俭，他没事这么见微知著做什么？不，或许自己一开始就想岔了，以他看人的眼光，怎么可能相信武昭仪会是善良无害的一个人？看来这事情，还得从别的地方入手，只是，眼下该如何跟他说？

"裴郎君，库狄画师，劳你们久候了！"王伏胜笑嘻嘻的声音从长廊下传了上来。琉璃暗自出了一口气，裴行俭已笑道："王内侍，是裴某劳烦你了才是。"

琉璃忍不住在心里翻了个白眼，只见裴行俭已神色平静地伸手拿起装帛书的木盒，对上自己的目光，眼睛亮亮地笑了起来。

往回走的路上，还是琉璃和王伏胜在前面引路，王伏胜依然谈笑自若，仿佛什么事都不曾发生，琉璃也尽量自如地搭着话，倒是裴行俭更沉默了一些，琉璃趁转弯时悄悄地回头，看见他一副若有所思的样子，心里不由叹了口气。

到了寝殿外面，王伏胜进去回报，琉璃停住了脚步，转头看了一眼裴行俭，裴行俭也正在看着她，嘴角含着微笑。下一刻，李治的声音传了出来："守约，你进来吧。"

裴行俭向琉璃轻轻地点了点头，大步走了进去。琉璃转身走向后面，他的声音从背后的屋子里传了出来，渐渐模糊，待她转过屋角，便再也听不清楚。琉璃低下头，一个小小的微笑不可抑制地绽放在嘴角。

刚刚走了几步，迎面而来的一个小宫女看见琉璃，快步走了过来，"库狄画师，昭仪适才吩咐，你若无事便先去暖阁一趟。"

武昭仪？琉璃顿时打起了全副的精神，笑道："自然无事，我这就过去。"

丹霄殿的暖阁并不算太大，昨日武夫人和琉璃几个还在这屋子里换了衣裳，不过此刻房间已重新布置了一番，看上去却有几分像缩小版的丹霄殿寝宫，用一架八扇的屏风隔成了内外两间，里面看得见是一张六尺宽的檀香床，外面也是案几坐席等物，武昭仪便坐在案几后面，眼前居然堆着两叠文书。看见琉璃进来，便笑着招手，"快过来坐。"

坐？琉璃愣了一下，这外间里唯一的坐席就是武昭仪坐着的那张席褥，武昭仪已笑着拍了拍身边，"你不坐近些，这账可怎么算？"

琉璃不敢迟疑，快步走了过去，苦着脸叫了声："昭仪。"老老实实地在她身边跪坐下来，诚诚恳恳地道："今日之事，多谢昭仪体谅，琉璃不是存心想瞒着昭仪，昨日原就想说的，圣人恰好进来了，这才没说出来。"

武昭仪想了想，笑道："也罢，算你说得有理。只是当初你和我提起有婚约时，怎么一点风儿也没露？"

琉璃叹了口气，"那时琉璃自己都觉得此事十分渺茫，不过是存个念想在心里罢了，只怕说出来，倒真成了个笑话儿。"

武昭仪微笑里已经带上了几分促狭，"我倒想听听这个笑话儿是怎么来的。"

琉璃脸上忍不住有些发烧，却也知道这一关是必须要过的，斟酌了一下只能道："琉璃原先在西市作画师，曾经、曾经帮他做过一副夹缬屏风。后来琉璃给夫人做那插屏，又求他来写过一回字，一来二往的就有些熟了，之后才……只是，琉璃也知道此事实在有些匪夷所思，因此从来也没有对人说过。"

武昭仪看着琉璃笑道："那为何如今又敢说了呢？"

琉璃对着这张随意的笑脸，心里不敢有一丝懈怠，垂头道："琉璃原先不敢说，是因为和他的身份天差地远，说出来徒惹笑谈，可如今，昭仪对琉璃这般照顾，昨日又应了赐家父一个出身，琉璃便想斗胆……斗胆请昭仪成全。"

武昭仪轻轻摇了摇头，"我不过是个昭仪，有什么成全不成全？如今看来，那裴守约也是个有情有义的，只是既然如此，当初你为何不去他那里？以他裴氏子弟、天子近臣的身份，便是魏国夫人，也不好如何。"

琉璃沉默片刻，低声道："琉璃身份卑微，能得君子垂青，已是莫大的福分。当时琉璃一身的麻烦官司，险些便连累了舅父一家，他又是蹉跎多年才有了这番际遇，琉璃怎能因为自己拖累了他的前程？其实，若不是昭仪与圣人如此情深义重，琉璃是无论如何也不敢说出此事的。昭仪的恩宠，便是对琉璃最大的成全。"

武昭仪静静地看着琉璃，似是没想到她会坦然说出这番话来，半晌突然笑了起来，"你倒是有心的。你可知道，圣人适才已经说了，要把你赐给裴守约？"

皇帝要把自己赐给裴行俭？琉璃不由惊得抬起了头，张嘴刚想说什么，不知为何耳边似乎又响起了裴行俭那声轻笑"琉璃，你总是小看我"，这淡然的声音让她刚刚急跳起来的心突然变得笃定起来，低头轻轻地叹了口气，"只怕是，他又要惹圣人不快了。"

/第二十三章／不管不顾　无怨无悔

武昭仪吃惊地挑起了眉头，眼前的琉璃神情沉静，眉宇间虽有担忧，竟是没有一丝一毫的疑虑，心里转了几个念头，终于化成了一声笑叹，"裴守约竟是如此待你！倒不枉你一心一意为他谋算。说起来，两架屏风，一段姻缘，正是佳话，圣人最是宽厚的，定然不会如何。只是这样一来，此事圣人却是不好过问了，不知你如今又作何打算？"

琉璃胸口一紧，索性抬起了头，"若非昭仪，琉璃只怕已为奴婢，连做妾都不可得，哪里还谈得上什么姻缘？琉璃虽然胆小愚笨，却也知晓轻重，如今自然是要继续侍奉昭仪与夫人，待昭仪安枕无忧、无须琉璃追随左右了，或是昭仪觉得琉璃在宫外更能得用些之时，再想那日后也不迟。"

她神情坦然地看着武昭仪，心里却有些紧张。如今的武昭仪，在后宫中已是安枕无忧。且不必说李治在小公主死后再也不曾踏足皇后的立政殿一步，让后宫之人彻底看清了风向。更重要的是，此次来万年宫，皇帝在嫔妃里只带了她和邓依依，但殿内省、六尚局等后宫官署却是带了全套的，两个多月的时间里，武昭仪在打理万年宫后宫的诸般事务中，已将这些管理着后宫衣食住行的女官内侍们逐渐掌握在手里。那位远在三百里外的王皇后，实际上已是一无所有。聪敏如武昭仪，应当知道，目前她最缺的已不再是后宫的帮手，而是外朝的助力——譬如裴行俭。

武昭仪看着琉璃清澈的眼睛，脸上慢慢露出了一丝笑容，"什么恩情不恩情的，便是以前母亲曾助过你，昨夜的事情也足足抵得过了，说来你今年已是十六，年纪也不算小，倒是不好再耽误久了。你且放宽心，此次待咱们回了长安，我必为你打算一番，你昨夜那样一番功劳，虽然不能抬举你入宫，总要多给你些体面！"

琉璃心里一松，忙感激地欠身行礼，"琉璃多谢昭仪成全。"又叹了口气："昭仪再莫提昨夜，昨夜琉璃做的事情哪里抵得过昭仪的恩情？莫说便是没有琉璃，圣人与昭仪也定然能无恙；都说皮之不存，毛将焉附，若是没有昭仪，琉璃下场又能比做鱼虾好得了多少？"

武昭仪的笑容果然更显亲切，轻轻拍了拍琉璃的手，"你总是这般恭谨，倒是见外了，你放心，我心中有数。"说着又指了指面前那堆文书："你还未用过午饭吧？我让人给你留了份冷淘，本想跟你多说几句，只是……这些却也不知要看到几时了。"

琉璃随着她的示意往案几上看了一眼。桌上放的是两叠绢黄纸，离得最近的两份打头一行写着"司空上柱国英国公臣绩""太尉扬州都督监修国史上柱国公臣无忌"之类的字样，却不知到底是什么文书。

武昭仪笑道："这是些敕书和奏章，因圣人身子有些不爽，看多了便头疼，原想让裴守约念，一则慢了些，二则如今万年宫外朝人手不足，他也是忙的，因此就推给我这闲人了，我正摸不着一个头绪。"

琉璃忙笑道："昭仪过谦，琉璃就不打扰昭仪了。"那两叠公文放得齐齐整整，用薄签分门别类，有的已夹着纸条批注，哪里是抓不着头绪的样子？武则天的政治才华，看来已是锋芒渐现……

她站了起来行了一礼便退了下去，自有宫女领她去用冷淘。那冰凉的面片带着一种异样的芬芳，琉璃小口小口地咽了下去，只觉得心里一片平安喜乐。

丹霄殿的寝宫里，裴行俭也刚刚吃完冷淘，站起来欠身行礼，"多谢陛下。"

李治刚刚听完御史大夫崔义玄回禀事务，正半闭眼睛沉吟不语，听见裴行俭的声音，睁眼向崔义玄摆了摆手，"朕再想想，崔卿辛苦了。"

崔义玄忙告退而去，李治以手支颔，转头对裴行俭笑道："听说你从昨夜忙到此刻，饭食都未用一口，若是朕不让人给你留上一份，难不成还要继续饿下去？"

裴行俭想了一想，也笑了起来，"臣还真是忘了。"

李治呵呵一笑，"适才若不是武昭仪提起，朕也忘了，你和郑将军、薛将军、崔大夫几个都是一夜辛苦的。"

裴行俭微笑着回道："都是臣子本分，不敢言辛苦。"

李治语气里颇有几分漫不经心，"说起来，朕倒依稀记得当初那架春江花月夜的插屏，似乎就是库狄画师所画？"

裴行俭心里一动，还是点头道："正是。"

李治叹道："你们既然当初就有情，为何耽误到现在？也罢，不如朕就将她赐给你，也算是成就一段佳话。"

裴行俭怔了怔，郑重行了一礼，"多谢陛下成全，只是此事臣还未来得及禀告圣人，这库狄氏，臣原是欲娶她为妻，故此才耽误了下来。"

李治吃了一惊，支起了半个身子，"此言当真？"

裴行俭脸色肃然，"不敢欺瞒陛下。"

李治怔了半晌，摇头笑了起来，"此事当真有些匪夷所思了，你就不怕招来非议？那库狄氏虽然美貌聪颖，到底身世差些，便是两情相悦，纳回家便是，何况你如今已是六品，倒也置得起媵妾，为何定要娶她？"

裴行俭低头道："启禀陛下，臣身世畸零，原是被议论惯了的。库狄氏是在臣最落魄时所识，非但有情，亦有恩有义，更是臣的知己。臣不忍为避物议，便置她于委屈之地。所谓执子之手、与子偕老，人生不满百年，若所携之人，并非真心所悦之人，又有何趣？"

李治慢慢地坐直了身体，低头咀嚼着裴行俭的话，缓缓点头，"你所言甚是，人生不满百年，若是连携手钟情的女子都须得委曲求全，着实无趣得紧！"

裴行俭一怔，脸上的表情顿时变得微妙起来。李治却是不觉，越想越是感叹，扬声道："阿胜，扶我去西暖阁！"

看着李治匆匆而去的背影，裴行俭半晌长出一口气，摇头苦笑起来。

西暖阁里，武昭仪刚刚看完一份奏章，提笔写下两行摘要，吹干后夹在了奏章里，突然听见门口宫女扬声到"圣人到"，忙站起身来，还未迎出门去，李治已走了进来。

武昭仪笑着迎了几步，"陛下怎么过来了？这些文书臣妾才看了一半。"

李治看着武昭仪,柔声道:"媚娘,辛苦你了。"

武昭仪微微一怔,有些惊讶地看了王伏胜一眼,却见他满脸微笑,向自己轻轻点了点头,心里这才踏实了一些,上前扶住了李治的手,"陛下怎么突然这般见外?能为陛下分忧,是臣妾的福分。"

李治轻轻揽住她的肩头,"媚娘,这些年来,也就你能为我分些忧。"

武昭仪轻轻摇头,"若是没有陛下,臣妾此生早已是风中飘絮。便是做再多,也报答不了陛下的恩情。"

李治沉默片刻,低声道:"你放心。"片刻后突然笑了起来,"媚娘,你刚有了身子,原是不该操劳的,不过这些日子只怕还歇息不了,朕还有件事情让你做。"

"你也看了褚相刚上的那份奏折,建言拨款重新刊发《女则》,朕思量着,既然如此,不如让你再续写几篇,一道刊行天下!"

武昭仪不敢置信地抬起头来,怔怔地看着李治。《女则》十卷是长孙皇后所写,评点历代后妃,诠释为后之道。续写《女则》,刊行天下,他的意思是……

李治看着武昭仪,微笑着点了点头。

第二十四章
暗闻私语　明送冷淘

三伏天转眼便到，中伏这一日的午后，万年宫又下起了阵雨。前一刻还是艳阳高照，后一刻雨点便噼里啪啦地乱砸下来。琉璃和阿凌紧赶慢赶逃到长廊中，衣服还是湿了一半。琉璃穿的是一件八成新的缃色窄袖绫襦，虽湿了些，看起来还不狼狈。阿凌身上却是穿着宫中刚发下的玉色纱衫，被雨水一打，紧紧地贴在了身上。她低头一看，忍不住跺着脚骂道："这贼天气！"琉璃看着手里被打湿了大半的纸簿，不由也苦笑起来。

万年宫的大水已过去了一个多月，被水淹过的宫殿楼阁都已重新收拾过一遍，若从外面看，除了山谷中被泡了两天的几处院落，多数地方并没有留下太多痕迹。不过，武昭仪并未搬回紫泉殿，而是住进了丹霄殿侧后方的御容殿——位置相当于太极宫里皇后所住的立政殿，而用度礼仪，亦渐同皇后。

琉璃并不知道这消息传回长安会引起怎样的震动，但在万年宫里，一切似乎都顺理成章，御容殿外等候召见的女官内侍一日日的多了起来，武昭仪也越发忙碌，又要主持后宫事务，又奉旨修撰《女训》。入伏之后，暑湿加重，李治的头风发作过两回，每当此时，武昭仪还要帮他翻看奏章、处理敕书。琉璃陪着武夫人去看她时，她常常是连闲话都没时间说几句，气色却是愈显鲜润。

武夫人则搬到了御容殿西面的排云殿里，遥遥对着聚杜水而成的西海，比别处又凉爽几分。琉璃自然也随武夫人搬到了山上，就住在御容殿的最靠外侧的西楼里。

她如今也是极忙，一场大水之后，武昭仪的衣物都要重新制过，这一次，她选的服色文饰一反从前的淡雅低调，变得庄重华丽。尚衣局的绣工们固然日夜开工，琉璃也几无休憩之时。

只是今日乃是中伏，按唐律，三伏的首日都要放假，官员固然不用处理公务，后宫的六尚局等处也能歇假一日，琉璃这才能四处闲逛。她的《万年宫图》早已付之一炬，自然得重起炉灶。可惜好容易抽出时间来勾画草图，便又挨了这场雨。她心里忍不住嘀咕：难不成这《万年宫图》是属龙的？跟雨水也太有缘了！

待到长廊中站定，琉璃随意望了一眼，心头倒是定了几分，入伏之后，这宫中上下人等都讲究午休，长廊里空荡荡的不见人影，倒是省得丢人现眼。只是站了半晌，雨势倒越发大了，天地间白茫茫的一片，这长廊本就不深，一阵风迎面吹来，雨丝随之打在了琉璃和阿凌的身上。两人无法，只能沿着长廊里侧往西走，指望着能找个避风的地方，好容易找到一处突出的岩石下面，这才略好了些。

夏日的雨来得快停得也快，不过一盏茶工夫，雨点已经变得淅淅沥沥，琉璃回过头去正想与阿凌说话，却见阿凌向她比了个噤声的手势，又侧耳听着什么。

琉璃好奇心起，也蹑手蹑脚地走过去两步，竖着耳朵一听，果然长廊上面的亭子里似有人声传来，听得出是一男一女的声音，却听不清楚在说什么。琉璃心里吃了一惊，若是隐私之事，听到耳朵里岂不是自找麻烦？忙拉了阿凌要走，阿凌摆手不迭，又凑到琉璃耳边道："是阿胜和邓才人。"

王伏胜和邓依依？琉璃不由愣了愣，却听头上传来那女子的声音略高了些，"这些话再莫拿来哄我！我这身子已是毁了，永世都无出头之日！还有什么日后不日后？"正是邓依依的声音。琉璃这才记起，这邓依依上次雨夜受寒，病得甚重，似乎一直也没有调养得大好，如今倒是住进了北坡高处的一处楼阁里，似乎就是在此附近。若不是突然听见她的声音，琉璃都快忘记万年宫里还有这号人物了。

男子似乎又劝说了几句，邓依依却冷笑道："阿胜，你如何能知道我的心境？我如今别无所求，只求看到那王氏下场比我更惨！"

男子的声音也大了些，"六娘，你自小便最是好强，可此事多想又有何益？蒋司医那般本事，连昭仪都调养得大好了，你又何必灰心？"琉璃这时也辨别出来，说话的果然是王伏胜。

两人又说了几句，说的倒也不过是如何调养身子，又如何奉承圣人的话，雨声渐歇，两人的对话声倒愈发清晰起来。就听邓依依叹道："阿胜，多亏你还照看着我，不然只怕我死在这里也不会有人过问。"

王伏胜声音变得更加柔和，"这是什么话，圣人也是惦念着你的，不然怎么会想起给你送这碧玉竹枕？昭仪不也常给你送参茸过来？你好好保养，再莫多想了。"

邓依依冷笑道："这话说来，你自己只怕也是不信的吧？"

王伏胜沉默半晌，似乎叹了口气，"雨也停了，只怕圣人起来会找我办差，我先回了，你记得好好吃药才是。"邓依依言语含糊地低声说了两句，随即人声渐远，再无动静。

琉璃心里琢磨，这两人是什么时候认识的，听着交情不像一年两年了，面上倒是从来没有露过！回头就看见阿凌眼睛闪闪发亮，忙拉着她走出老远，才低声道："今日之事，还是莫要告诉别人的好。"

阿凌轻声笑道："奴婢自然不会说，阿胜平日就是极照顾人的，这要说出去，他的前程岂不是完了？"

琉璃奇道："听那话头，他和邓才人似乎是旧识，说的却也没有什么，这事情难道在宫里也犯忌讳？"

阿凌点头道："自然是，邓依依若只是女官也就是罢了，如今已是才人，却和圣人身边的宦官有私下的交情，就算并没什么，也是犯忌讳的。这邓才人以前虽然性子尖刻了些，如今也是可怜的，奴婢又何必做这雪上加霜的事情？"

琉璃顿时想起邓依依刚被擢为宝林的那日，打扮得何等华丽，容色又是何等光艳，也不过半年多光景，就成了这般模样，心头忍不住也有些感慨：在武则天身边打李治的主意，果然是找死的最佳途径。

一时风停雨住，天边的乌云还未完全散去，一轮白日又出现在空中，阳光直射下来，比雨前似乎更烈了三分。琉璃和阿凌身上的衣裳没多久就干得差不多了，但雨痕犹在，两人只得重新回排云殿换了一身衣裳，还没想好要不要再出去，有小宫女嘻嘻哈哈地跑了过来，"大娘，大娘，昭仪唤你过去呢！"

琉璃吃了一惊，这时辰武昭仪怎么会突然想起叫自己过去？只是看这小宫女笑得甚欢，心里倒也不甚着慌，站起来便跟着过去了。

万年宫山顶几处宫殿之间都有长廊相连，从排云殿东门出去，穿过一道长廊便到了御容殿院门口。琉璃一路走到了东殿，只见武昭仪如往日般坐在案前挥毫，看见琉璃进来才放下笔笑道："大热的伏日，听说你尽在后山走，怎么也不怕晒黑了？"

此时之人，无论男女都是以白净为美，莫说女子离不得脂粉，便是男子敷粉也属寻常。到了夏季，自然人人避日如仇，似武昭仪、武夫人，不到红日西沉绝不出去。琉璃却是不爱敷粉又喜欢晒太阳，皮肤倒是依然雪白，此时也只能笑着答道："琉璃倒是喜欢晒一晒。"晒着太阳，会让她觉得心情愉快，莫说她的皮肤原是晒不黑的，就算一晒就黑，她也会照旧贪恋那分温暖明媚的感觉。

武昭仪看了琉璃一眼，摇头一笑。琉璃这才注意到，她今日身上穿着一件绯色纱衫，系着单丝碧罗笼裙，大红大绿，却一丝不显俗艳，反而衬得脸色越发皎洁，忍不住赞了一声："今日昭仪气色真好！"

武昭仪笑道："莫不是要我再赞赞你做的这裙子？"琉璃定睛一看，那裙上镂金牡丹的绣图，可不正是自己的手笔，不由也笑了起来。此时工笔花鸟画还未出现，她画的这些绣样的确是独步大唐，一看便知。

武昭仪便道："今日是中伏节，按理官吏都要回家休沐，只是这些随驾的却也说不上什么休沐，我便吩咐尚食局做了些荷叶冷淘的加造，也算是应节的意思。"

唐人入伏讲究吃冷淘。武昭仪说的荷叶冷淘，琉璃午间便已吃过，大约以荷叶汁揉面，削薄片入水，熟后再过凉水，拌上香菜等调味，出来后盛在牙盘里，色碧味凉，极为消暑。只是，尚食局给万年宫随驾官员开小灶，跟她又有什么关系？

武昭仪站起身来，粲然一笑，"听闻起居郎裴守约近来甚是辛苦，我让玉柳特意留了一份出来，不如你去送上一遭？"

琉璃怔了怔，看着武昭仪的笑容，脸上不由有些发烧，这个月以来她虽不曾去过丹霄殿，却也听武夫人说过，水灾之后诸事繁杂，随驾官员中长于庶务者本不多，司空李绩又着了风寒，李治便让曾任刺史的御史大夫崔义玄统筹、裴行俭协理，两人把各种事务都安排得井井有条，很得了李治几次夸赞……此时犹疑推搪未免有些矫情，她索性低头说了声"遵命"，在武昭仪开心的笑声中退了出去。

从御容殿往前，绕过丹霄殿，大宝殿便赫然出现在琉璃眼前。万年宫的这座主殿规制其实并不算大，不过是五间三架，但琉璃碧瓦，粉墙玉阶，又是矗立在天台山的最高处，在阳光下看去，当真是"珠璧交映，金碧相晖，照灼云霞，蔽亏日月"。大宝殿前的两道长廊幽延回转，通向几座东西向的殿宇，正是随驾的中书、门下两省的臣工们办公及居住的所在。

走在这人字拱顶的秀雅长廊之上，琉璃心情慢慢平复下来，心里忍不住有些嘀咕，武昭仪这番安排难道真是那么简单？还是最近会有什么事要发生？

她正想得出神，走在她身边的刘康已笑道："库狄画师，往这边走。"

原来两人已走到了一处小院前。刘康满面都是笑容，"裴郎君就住在里面，您看是否要小的先去通传一声？"

琉璃忙道了声不敢，自打雨夜那次共事之后，刘康与她熟络了好几分，但在这个如今已成为武昭仪跟前第一内侍的宦官面前，她自然不敢拿大，只能笑道："咱们都是奉命来送加造的，有什么通传不通传？"

刘康笑着点了点头，拎着食盒轻车熟路地走了进去。那院子不大，屋前种的两棵合欢树倒是有年头了，院角的绿苔中卧着几块奇石，正面是一栋面阔三间的楼阁，两边廊下各有庑房，此刻静悄悄的，只听得见树上知了的叫声。刘康上了台阶，从廊下转到南面，在一扇木门前停了下来，抬手轻叩两声。琉璃只觉得心也跟着怦怦跳了两下。

门"吱呀"一声开了，露出一张少年的面孔，看见刘康和琉璃，疑惑地眨了眨眼睛，刘康已先笑着开了口，"今日中伏节，我等是来给裴郎君送冷淘的。"

少年立时笑了起来，行了个礼，"请内官与阿监稍待，我家阿郎这就来迎。"

刘康忙道："不敢劳烦。"说话间只听踢踏声响，裴行俭含笑的声音响了起来："可是刘内侍，快请进。"

刘康一怔，随即脸上绽开了一个大大的笑容，快步走了进去，琉璃默然跟在后面。只见里面原是内外两进的屋子，裴行俭正站在外屋当中，大概是午睡刚起，形容略有些散漫，身上穿着白色短衣，青色下裳，外面披着月白色的半袖，头发只是用了一支木簪挽住，脚下穿的是双木屐，不冠不履，容色清爽，比往日平添了几分随意。

裴行俭看见刘康身后的琉璃，笑容一凝，随后才慢慢加深，转头对刘康道："如此暑日，劳烦内侍了。"

刘康低头打开食盒，双手端出一个折枝花纹的带盖银碗和一个装了几块金酥小饼的牙盘，放在了外屋的案几上，听到裴行俭的话，直起身笑道："不敢当，若是没有裴郎君日夜辛劳，小的哪里能过上这伏节？是圣人和昭仪惦记着裴郎君近来辛苦，才特意遣了小的过来。"

裴行俭微微欠身，"臣多谢圣人与昭仪的赏赐。"

刘康又对琉璃笑道："库狄画师，您看这里还有一份是要送给崔大夫的。崔大夫住在外朝，画师却不好出去了，不如您在这里等小的一会儿，小的回头过来再找您？"

琉璃虽知这一趟出来，武昭仪必有此意，但脸上还是有些发热，点了点头，"有劳了。"

眼见刘康笑嘻嘻地走了出去，那个少年不知怎的也哧溜一下消失在了门外，屋里突然变得出奇的安静，窗外的知了声似乎也越发响亮。只听木屐踢踏两声，那青裳的一角已停在自己面前不到一步，琉璃一时怎么也抬不起头来，耳中听见他低低地唤了一声："琉璃……"

琉璃咬了咬下唇，抬起头来展颜一笑，裴行俭也慢慢地笑了起来，眼里闪动的光芒明亮愉悦，突然道："琉璃，你饿不饿，陪我用一点可好？"

琉璃忙摇头，"我吃过了。"

裴行俭却道："只用一点好不好？"

琉璃微觉奇怪，只见他凝视着自己，目光里隐隐有期待之色，顿时再也说不出一个"不"字，点了点头。裴行俭的笑容变得更加明亮，走到案几前坐了下来，让出半边位置，抬眼看着琉璃。

琉璃和他并肩跪坐在了坐席的茵褥之上，只觉得这感觉十分异样，脸颊已不可抑制地烧了起来，悄悄看了一眼裴行俭，他正低头拿开那银碗上的盖子，距离这么近，能看出他的确消瘦了一些，眼睛下面有淡淡的青痕，侧面轮廓线却极其漂亮，额头饱满，鼻梁挺直，线条犹如雕塑般流畅，睫毛又长又黑，衬得眼睛格外深邃。她一时几乎说不出话来。

裴行俭放好碗，转头看着琉璃，嘴角微扬，把那碟金酥饼推到了她的眼前。琉璃不敢再看他，默默的从袖子里拿出干净的帕子，包住一块不过半指长的酥饼，小口吃了起来，金酥饼里的馅料大概是乳酪，凉了之后味道着实有些发腻，琉璃吃在嘴里，只觉得舌尖都是沉甸甸的。

裴行俭也拿起了筷子。他吃得并不算慢，也有些随意，一碗冷淘没过多久就下去了一半，却安静得只能听到银筷碰触到碗边时发出的声音，动作里更有一种悠然的韵律。那种骨子里散发出来的优雅，让本来想多陪吃一会儿的琉璃咽下两块酥饼就用帕子擦了手和嘴，再也不好意思吃第三块。

裴行俭看了琉璃一眼，夹起了一个金酥饼，吃了一口，似乎怔了一下，又吃了几口冷淘，这才放下筷子，自然而然地从琉璃手里拿过帕子，擦了擦嘴角，随手便收到了自己的怀中。

琉璃一呆，想说你把帕子还给我，又觉得说出来也太傻，想了半日不知道该说什么，只能伸手将银碗碗盖盖上，把碗和盘收拾到了案几的一边。却听裴行俭道："琉璃，多谢你。"

琉璃有些惊讶地转头看了裴行俭一眼，他的脸上有一种异常明亮的光芒，看见琉璃讶然的眼神，微笑道："那酥饼那般冷腻，你竟然空口吃了两块。"

琉璃不由有些茫然，实在不大明白他怎么会在意这样的小事。裴行俭也不多说，悠然站了起来，"我适才本是准备煮茶的，你若喜欢，我这就煮给你喝。"

琉璃下意识地就想摇头，这时候的茶她自然喝过，味道只能以古怪来形容，库狄家煮茶时加的是盐、姜和枣，安家则喜欢加酥油和胡椒，让她这个喝了十几年绿茶的人简直欲哭无泪。但看着裴行俭，开口却变成了，"只怕刘内侍就快回来了。"

裴行俭笑着摇了摇头，"你放心，没半个时辰，他绝不会回来。"

琉璃想起他还没看见刘康就叫出了他的名字，不由有些奇怪，"你怎么跟他这般熟？"

裴行俭愣了一下才笑道："哪里，只是他曾替武昭仪来拿过一次文书，因此认得他的声音罢了。"

琉璃只能在心里翻了个白眼，她因为从小学画，对人的面孔颇为敏感，但比起这个随随便便就能记住路人甲声音的家伙来，显然不值一提……突然又想起一事，忙道："我，我有话跟你说。"想到要说的话，一时又有些说不出口。

裴行俭低头凝视着琉璃，轻声道："可是武昭仪答应了一回长安就让你出宫？"

琉璃惊讶地看着他，虽然觉得自己或许应该习惯于他的未卜先知，忍不住还是问道："你又是怎么知道的？"

裴行俭淡淡地笑了笑，"今日她让你来，自然不是因为这碗冷淘。"

琉璃看着他的神色，只觉得心里一沉，好在她原也有所准备，忙道："你或许觉得武昭仪心机深沉，只是那后宫里，若是毫无心机的，连自保都不能。昭仪待下人一贯宽厚，我在咸池殿几个月，不曾见她责罚过一个宫女；待圣人也情深义重，那日大水，她等在水里，见圣人出来了才肯一道离开！这次的事，也多亏了她从中周旋。想来她便是有些打算，又有什么要紧？昭仪不曾薄待过我，我日后即便无从报答，总不能辜负了这份恩义。再说，我得罪的，又是魏国夫人……"

裴行俭低头凝视着她，眼神里带着点无奈，叹了口气，"我明白，你放心。有些事原不是做臣子的可以过问。只是，此次一回长安，宫外也必然是多事之秋，你万事都要当心。"

琉璃心里也叹了口气，他这算勉强答应了吗？只是"多事之秋"，难道说后宫之争这么快就已经到了朝堂之上？"为何这么说？"

裴行俭沉吟了片刻，才简简单单地道："魏国夫人的兄长柳奭已然上表请辞中书令，若圣人准了，免不了朝廷动荡，若是不准，圣人此次一回长安，必然更是暗潮汹涌。"

柳奭？琉璃只有一个模糊的印象，但作为王皇后的舅舅，此时还不到胜负已分的时候，他这是……"柳相难不成是想看看圣人到底是什么意思？圣人会准么？"

裴行俭赞赏地看了琉璃一眼，"圣人想来也会多加考虑，你也不用太过担忧，你只要深居简出，魏国夫人倒也未必记得找你麻烦。"

琉璃点了点头，**魏**国夫人原来就是闲的，如今她的皇后女儿都要被废了，想来绝没有时间惦记着自己这个小小画师。想到此处，她的心情倒是振奋了一点。

裴行俭笑道："如今可有心思吃茶了？"说着伸手一引，"这边请。"

转过外屋当中的那架六扇墨书屏风，只见里面靠窗设着坐榻案几，案几上是几个青瓷茶杯，同色瓜棱洗口执壶，又有白瓷茶碾、纯银茶盒等物，边上放着一个壶门高圈足的铜风炉，里面已有炭火，旁边还有一个长柄的茶釜。

裴行俭让琉璃在案几对面的榻上坐下，自己将风炉的几个壶门打开，又把茶釜放了上去，微笑道："这万年宫的泉水虽然比不得惠山寺虎丘寺的泉水，似我这般的俗物，只觉得用来煮茶倒也够了。"

琉璃默默无语，心道：你是俗物，我算什么物？

过得片刻，茶釜里的水冒出了细细的气泡，裴行俭便回身从案几上的鎏金三足托盒里用银勺取出了一些白色粉末撒了进去，琉璃估量着应该是盐。待到水再次沸起来时，见他用竹勺舀出了一勺水，放入旁边的白瓷碗里，随即一边用竹夹搅拌，一面将早已碾成碎末的茶粉投入了茶釜中。那茶釜中的泡沫顿时飞溅起来，他将白瓷碗的水重新倒了进去，压了压水沫，待到水第三次沸起细细的泡沫时，才将茶釜移开，慢慢分入两个茶盏之中。

茶汤倒入青瓷，细沫浮碧，颜色十分清爽，但琉璃的目光却无法从裴行俭身上挪开，眼前之人手指白皙修长，神情悠然而专注，一举一动，都清雅得难以言表，就像对着一幅名家山水，初看只是飒爽，细看时每一笔里都有着世上独一无二的神韵……

裴行俭端详了茶盏片刻，叹了口气，"分茶终究还是差些火候。"抬眼笑道："你尝一尝。"

琉璃赶紧垂下眼帘，眼见裴行俭已端起茶盏，轻轻喝了起来，才伸手去端茶杯，突然觉得指尖一阵刺痛，茶盏"砰"的一声落在案几上，茶水飞溅。裴行俭惊诧地抬起头来，琉璃的脸顿时一路烧到了耳根。却听裴行俭有些急促地问道："可是烫着了？都怪我，忘记你是不常喝茶的，自是拿不惯茶杯。"

琉璃心里也懊恼，自己看人看傻了，却忘记这茶盏并没用茶托，就这样拿上去，不被烫着才奇怪了。听他询问，忙道："无事。"只觉得指尖生痛，忍不住拿到唇边轻轻吹了几口。

裴行俭轻声道："给我瞧瞧。"

琉璃低头看了一眼，几个指尖都被烫得有些发红，哪里好意思给他看，坚决地摇了摇头，却见裴行俭突然伸出手来，动作也不见得有多快，但琉璃急忙往回缩的手已被他牢牢握住，仿佛有股电流从手上直接蹿入了脑子里，她的大脑顿时有片刻的空白。

裴行俭把琉璃的手拉到了身前，另一只手轻轻地将她握住的手指一根根展开，怔怔地看着。琉璃回过神想收回手来，但裴行俭反而握得更紧了些，他的手指稳定有力，手掌温暖干爽，被他握住的地方有一种酥酥麻麻的感觉一波波地传来，琉璃的手指忍不住有些颤抖，随即全身几乎都要开始发抖。

琉璃不敢再看，将头扭到一边，深深地吸了口气，才平静了一些，不就是握了个手吗？你又不是没和男生牵过手，至于嘛！只是全副心神怎样也无法从手上挪开，突然觉得指尖一动，触上了温软的东西，抬眼一看，脑子顿时轰的一声：裴行俭低头吻上了她的手指，那温软的正是他的嘴唇。

仿佛全身的血液都冲上头顶，琉璃不知从哪里迸出一段力气，用力一挣，手掌脱离了他的掌握，紧紧地握拳背到了身后，裴行俭怔了一下，抬眼看着琉璃，眼神慢慢变得清明。

琉璃只觉得被他吻过的几个指尖就像被火烧过一般，耳边里几乎能听到自己心脏狂跳的声音，想说一句什么，嗓子却紧得根本发不了声。

良久之后，却听裴行俭轻声道："琉璃，茶不烫了。"

琉璃一怔，万万料不到他居然开口说的是这个，不由抬头看着他，裴行俭正凝视着她微笑，笑容清朗，眼神柔和，迎着琉璃的视线，端起茶杯喝了一口茶。琉璃看着他安然的神色，愣了片刻，不由自主学着他的样子也喝了一口。

茶水还是热的，味道有些苦，还有点咸，香味倒还浓郁——也许太浓郁了些，喝在嘴里说不出是什么滋味，但这古怪的味道到底压住心头的悸动，指尖上的异样被热茶杯一熨，到底也平息了一些。她一连喝了好几口，刚惊觉是不是喝得太急了，就见裴行俭已经喝完了一盏，又从茶釜里分了一盏出来。看见琉璃在看自己，问道："你还要添一盏么？"

琉璃看了看手里这比后世的八宝茶盅似乎还要大上一号的荷叶茶盏，心里有些茫然，难道要添盏才算给面子？只得一口将剩下的小半盏喝了，将茶盏推了过去，裴行俭果然给她又分了一盏，抬头笑道："你可喝得惯这种茶？"

比起库狄家和安家的煮茶来，这种加盐的好歹味道还算比较正常，琉璃点了点头，"比我以前喝的都好。"

裴行俭微笑着又喝了一口，"待我们成亲了，我日日都煮给你喝。"

他说得顺理成章，琉璃却有些庆幸自己没有一口茶含在嗓子里，这话实在让人无法往下接，半晌才想起一个话头："我记得第一次在大慈恩寺遇见你，你们就是去喝茶？"

裴行俭点点头，"大慈恩寺的窥基最善煮茶，我也是跟他学的。"

窥基？没听说过，她只知道有个辩机，不过在她穿来之前已经被腰斩了。仿佛看出了琉璃的迷惑，裴行俭笑道："窥基是玄奘法师的弟子，他的伯父是尉迟敬德将军，母亲又是我的远房姑母，因此我也算是看着他长大的。没想到他十七岁那年邂逅了玄奘法师，没几日先帝便突然下旨让他出了家，他一开始自是满腔悲愤，做了许多骇世惊俗之事，这几年才慢慢定下来，有了些出家人的模样，有时我和他吃茶时便会想着，若能像他那样倒也不坏。"

琉璃还没有从玄奘、尉迟敬德这两个名字带来的震撼中回过味来，突然听见了这样一句话，心头不由一颤，抬头怔怔地看着裴行俭，裴行俭笑了起来，"你放心，是前两年。"

琉璃的耳根发热，没好气地白了他一眼，裴行俭却笑得更是愉快。琉璃只得默默地扭过头去，突然想到一个早就该问的问题，倒是趁机可以问出来，索性便问道："你既然和窥基相熟，与长孙太尉家的子弟可也熟悉？"

裴行俭摇了摇头，"窥基与我原是远房表兄弟，太尉家子弟么，我半分交情也无。"

琉璃心里有些诧异，忍不住问："你和太尉难道也无交情？"

裴行俭诧异地看了她一眼，"自然没有，太尉何等位高权重，我若与他有交情，岂能……"说着摇头一笑。

琉璃顿时醒悟过来，的确，裴行俭若与长孙无忌有交情，以他的资历资质，怎么可能会在八九品的官阶上蹉跎十余年？只是，既然如此，一年之后，又怎么会发生那种事情？

裴行俭看着她的神色，微微一怔，叹了口气："琉璃，你还是不放心么？"

琉璃看着裴行俭突然有些黯淡下来的眼睛，一时什么话都说不出来，她当然不放心，但她的不放心和他想的完全不一样，她不能说出来，也不愿他们之间有这样的误会。沉默片刻，她低声道："你这样说，我就放心了。太尉他……"她拿起裴行俭的那杯茶倒在了自己的茶盏里，水迅速满了出来，流在了案几上。水满则溢，长孙无忌已是太过位高权重，就算没有武昭仪，也不会有什么好下场。

裴行俭脸上露出了掩饰不住的惊愕之色，怔怔地看着琉璃，琉璃也静静地抬头看着他。裴行俭突然笑了起来，"琉璃，你总是让我惊奇！"

琉璃微笑不语，心道：让你惊奇有什么难的，我这样委婉，其实不过不想让你惊吓而已！刚想说点什么，门外却响起了少年的声音："阿郎。"

裴行俭的笑颜微凝，长身而起，沉声道："知道了。"

琉璃心头了然，也站了起来，两人一时相对无语，门外远远传来了刘康的声音，裴行俭凝视着琉璃，笑容柔和，"琉璃，多谢你今日过来陪我用了这顿冷淘。"

琉璃愣了愣，笑道："要谢，也该是我谢谢你煮的茶才是。"

裴行俭淡淡摇头，"我常煮茶给人吃的，却已有好些年没有人陪我用过饭了。"

琉璃心头剧震，怔然看着裴行俭，胸口突然涌上的万种情绪堵住了嗓子。

裴行俭脸上那丝落寞转瞬不见，飒朗地笑了起来，"待回了长安，我会把一切办妥！"

门外回廊上有脚步声在走近，琉璃微笑着仰起头，"我等你。"

第二十五章
山雨欲来　前路艰辛

　　用狼毫小笔仔细地为绢帛上的大宝殿添上最后一笔金粉，琉璃长长地出了一口气，放下笔，退后几步，左右端详了几眼，脸上露出了笑容。

　　阿凌本来坐在窗边一面看着外面的景致，一面啃着今年新贡的哀家梨，见琉璃放笔，忙跳了起来，几步蹦过来一看，忙不迭地点头，"真是好看！这金粉作的画就是富贵。比原来的那幅还要好得多！"

　　琉璃微笑不语，她原来那幅是青绿工笔界画，这次才换成了金碧——原先住在北坡时还不觉得，搬到这山上主殿附近才发现，只有金碧山水的富丽典重才能表现出这万年宫的盛世气象。只是这一幅《万年宫图》，她最早动笔作画时还是阳春三月，如今却已是满山红叶如火。

　　想到明天就要回长安，她忍不住长长地叹了口气，他说得对，这是一个多事之秋！

　　自打中书令柳奭请辞被准，又改任了吏部尚书，朝堂中表面上再无动静，万年宫亦然。但有些东西，即使是琉璃这样并非身在其中的人，也能感觉到有些不同了，例如李治越来越悠闲，以至于她要小心回避的时候也越来越多；万年宫前官员的车马稀疏了许多，她听见在前门当差的小宦官私下抱怨油水少了一半……

　　遥远的长安上空，仿佛有某种微妙的东西酝酿。不知李治是不是也感受到了这一点，这次避暑的时间长得越发离谱：离开的日子定在九月下旬——再晚几日，只怕这山里就该迎来冬日的初雪了。

　　片刻之后，颜料彻底干了，琉璃小心地卷起了画，阿凌也把颜料、笔、尺等物收拾起来，两人下楼往排云殿的西屋而去。还没走到门口，就听见屋里传来了轰然一声，随即是武夫人懊恼的声音："怎么拨了个十出来！"又有人笑道："昭仪好运气！"

　　琉璃和阿凌相视一笑——定然是昭仪和夫人又在玩双陆了！这双陆原是宫里最流行的一种游戏，既要技巧，又要手气，武昭仪最善玩双陆，武夫人十次有七八次会输，却常常愈战愈勇，一下便是半日。

挑帘进去时，果然只见武昭仪与武夫人都坐在床上，中间放着一个两尺余长、一尺来宽的金银平脱双陆局，武昭仪持黑，武夫人持白，站在一边数筹的，正是不久前新擢的郭彩女。

眼见武昭仪十五枚黑子大半都已经走进了武夫人那边的刻线之内，这次两枚骰子又丢了个十出来。武昭仪走了不到十步，黑子便都走了进去，推棋笑道："顺娘，你又输了！今日的彩头可都归我了。"

武夫人满脸都是懊色，叹了口气，"近来手气着实不大好。"

玉柳便上来笑道："也坐了一个多时辰了，昭仪还是起来松快一下的好。"

武夫人立刻摇头，"再来一局！"

琉璃忙走上了一步，笑着行了一礼，"琉璃见过昭仪和夫人，昭仪吩咐琉璃画的《万年宫图》已经得了。"

武夫人这才丢开双陆笑道："快给我看看！"武昭仪坐得久了，原也有些疲倦，闻言也笑了起来，"我昨日还在想，你若再画不好，莫非要下次来时再画？"

琉璃和阿凌一人拉着画卷的一头，慢慢展开，这幅金碧界画她用的是竖幅，一尺多宽，三尺多长，由上到下画了万年宫山顶的几处宫殿楼阁，用笔工细精准，设色华贵古艳，窗檐梁柱，都画得纤毫毕现。武夫人看了便赞叹不绝，"怎么比你原来那幅还要好？"

琉璃笑道："自然是因为万年宫的山上风光更好。"

武昭仪点头微笑，微微眯起的凤眼仿若盛满了秋日的飒朗阳光，"自然是高处风光更好。"

到了晚间，玉柳又带人过来了一次，道是圣人见了《万年宫图》也甚是欢喜，赏了琉璃十匹蜀锦。昭仪又添了十匹单丝罗。琉璃笑着谢过，收入箱里，低头一算，自己入宫这一年别的没有攒下，这绫罗绸缎倒是很有几箱子，只怕做嫁妆都够了。想到此处，她的指尖似乎又热了起来，仿佛那温软的感觉已经烙在那里，永生也不可能再磨灭。

第二天一早，万年宫的大队人马便踏上了返回长安的路程。李治虽然在万年宫流连忘返，一旦回程，却毫不拖泥带水，五天后銮驾便回到了太极宫。琉璃坐的马车依然是从永安门入，只是这一次，永安门常年关闭的中门轰然洞开，武昭仪的翟车从这扇皇后专属的大门中长驱直入。

咸池殿里早已是人来人往，热闹到了十分；无论是随驾归来的，还是翘首企盼的，人人脸上都带着压抑不住的笑容。琉璃所住的房间早已被布置得清清爽爽，待到她和阿凌歇息过来，往前殿去请安时，才发现匆匆往来的宫女愈发络绎不绝，阿凌忙叫住了一个与她相熟的小宫女，"你们这是在忙什么？"

那小宫女跺脚道："也不知那些夫人们是怎么了？昭仪回来才歇了一个多时辰，贵妃、德妃还有婕妤们一个接一个的都来送礼拜访了，咱们这里还有好些东西没来得及收拾出来，前头竟是连赏人的荷囊都不够了，还得赶紧去库房里找……"说着撒腿就跑了。

阿凌看着她的背影，摇头一声嗤笑。琉璃心里也有几分明白：这咸池殿原是宫里嫔妃来往最少的一处，但如今风头已变，太极宫里但凡想给自己留条后路的，只怕今日这一遭都必得过来。只见这院子里人人脚步匆匆，比先前更是忙乱了几分，想到前面的光景，两人不由相视而笑。

待来到后殿武夫人的屋子，却见杨老夫人正端端正正地坐在里面，穿着深紫的团花襦袄，一头白发梳得整整齐齐，半年不见，看去精神倒更健旺了。琉璃忙上去见礼，杨老夫人已摆手道："快起来，过来让我好好看一眼。"

琉璃笑着走了过去，杨老夫人一把拉住了琉璃的手，叹了口气，"你这孩子还这般见外，顺娘给我的信里早已把那场大水的事情都说了，说起来，你真真是我武家的恩人，媚娘、顺娘都是多亏了你才无恙。"

琉璃忙低眉顺眼道："杨老夫人千万莫这样说，折煞琉璃了。"她把吉人自有天相的那篇话诚诚恳恳地重新说了一遍，又道："若是当初没有杨老夫人的援手，哪有琉璃的今天？莫说昭仪他们贵人天佑，就算琉璃出了些微的力气，哪里是救了贵人？分明是救了自己。"

杨老夫人呵呵地笑了起来，拍着她的手，"你这孩子就是可人疼，难怪有这般的福分！可见是善有善报。说来顺娘也一年未回去过了，你和顺娘这次就陪老身回去住几日可好？"

琉璃心里一跳，笑着点了点头，武夫人本来懒懒地坐在床头，闻言坐起来了一点，"正是，这宫里虽然是好，住得久了却也闷气。"

杨老夫人想说什么，抬头看了翠墨阿凌几个人一眼，几人忙都退了下去，杨老夫人这才对琉璃轻声道："琉璃，我听说了那裴守约的事，特意去问过几个旧交，倒也听说了一些旧事，他可跟你提过他的族中事务？"

琉璃心里一沉，摇头道："裴君只提过一句，似乎与族人之间有一点烦扰，具体如何却未曾说过。"

武夫人眼睛立刻亮了，"母亲，裴家一直名声极好，你难道听说了什么？"

杨老夫人冷笑道："你也知道裴氏的名声，你可知道，越是这样百年大族，越是家家有本难念的经？"

武夫人顿时沉默了下来。

杨老夫人叹了口气，"再说他那又何止是一点烦扰，说起来，他能平平安安过到今日，着实已是不易！"

琉璃不由怔住了。

杨老夫人淡然道："其实说来，这种事情家家也差不太多，裴守约原本身世孤零，人人都道幸得有裴相公出头，替他讨回大笔家产，又由临海大长公主照应，送他入了弘文馆。只是我却听人说，他在河东公府过的日子却未必如外面看着那般光鲜，他不到十八岁举明经出仕，却在八九品上蹉跎了十几年，也跟他的族人脱不了干系，还有人说他前头夫人子嗣……"杨老夫人蓦然收住了口，摇了摇头，"所谓匹夫无罪，怀璧其罪，裴守约孤儿寡母的，又有着那样的地位产业，大约也难免被人觊觎，不然，我朝惨遭灭门之祸的臣子又不止他一个，那天煞孤星的名头如何单单就落在了他的头上？"

琉璃只觉得心口就像被突然塞进了一团荆棘，乱纷纷的一触即疼，记忆里裴行俭提及自己姓裴时的自嘲笑容，说起他多年都是一人用饭时的落寞眼神，突然变得无比清晰，原来竟是如此……

杨老夫人看了她一眼，语气里多了几分深意，"其实世家大族的后宅里那软刀子杀起人来最是厉害，辈分、名声、规矩，哪一桩压上来不是让人一辈子翻不得身的？还不如这宫里来，好歹没那么讲究出身，也能给人个痛快……"

琉璃接触到她锐利的目光，心里一动，抿嘴微微一笑，"老夫人说得是，琉璃自会时时留意，处处小心。"

杨老夫人的眼里不由流露出几分失望，还想开口，武夫人已笑道："正是，如今裴守约可不再是那没名没分的小官吏，哪里还能任人拿捏？横竖琉璃一嫁过去不用伺候婆婆小姑，听说裴守约身边也没什么侍妾，要依我说，千金也难买这份清净！"

杨老夫人瞪着自己的女儿，几乎有些气结，琉璃忙低头只装羞涩不语，好容易把这桩话头混了过去，回到自己的屋里时，却坐在床头出了半日的神。

如此乱纷纷地过了两日，到了第三日早膳之后，琉璃才终于踏上了出宫的马车。

即使早已不是第一次经过承天门，当车轮驰上承天门广场的平整青石时，她依然忍不住挑起车帘的一角，往外看了半晌。在初冬早晨明净的浅灰色天幕下，承天门的轮廓越发显得凝重洗练，有一种令人屏息的庄严。

算起来，距离她第一次看到承天门，已经过去了一年多。这一年多里，她经历的事情可谓惊心动魄，但此刻回想起来，竟如恍如一梦……正在思量间，坐在对面的武夫人已笑了起来，"看你这样子，难不成还舍不得出宫了？"

琉璃回过神来，笑了笑，"还真有些舍不得，在宫里，万事都有昭仪和夫人，这出了宫……"她留恋的当然不是这种仰人鼻息的生活，只是，相比于几个月后将面对的困境，宫里的日子虽然处处危机，或许还不会那么艰难。

武夫人语气里带上了安慰，"你莫忧心，母亲自会帮你。"

琉璃领情地微笑点头，心里却是一阵发苦。现下对于杨老夫人，她甚至比对武昭仪还要忌惮三分。如今的武昭仪对于自己这个有些用途而毫无威胁的人，或许多少还有点情分，而杨老夫人，她对自己倒也不是不看重，可惜似乎并不怎么看好自己和裴行俭的这门婚事……

马车辚辚，太极宫高大的黄色宫墙渐渐消失在车窗之外。没过多久，马车便到了武府之外，从大门的侧门一路进去，在内院门口停了下来。

琉璃下车时，前头一辆车里的杨老夫人已经下了车，乳娘抱着月娘跟在旁边，在二门迎候的那些人看上去似乎都是侍女嬷嬷，有的过来跟武夫人见礼，又有人回头道："二郎，夫人在这边。"

只见从众人身后转出一个身量有些单薄的少年，正是多日不见的贺兰敏之。他看去似乎高了一些，穿着一身天青色的袍子，愈发显得面如美玉，只是不知为何眉宇间多少有些阴郁，抬头看了武夫人一眼，又低下了头去。

武夫人走上两步一把拉住了他，"敏之，你脸色怎么不好？天气都冷了，穿得也太少了些。"

本来在乳娘怀里打着哈欠的月娘听见母亲叫哥哥的名字，眼睛立时亮了，挣下地来跑到了他身边，"阿兄！"

贺兰敏之脸上这才露出笑容，摸了摸月娘的头，回头向杨老夫人和武夫人行了礼，又恢复了彬彬有礼的儒雅少年模样。杨老夫人就笑道："敏之，没看见你库狄小姨么？"

贺兰敏之微微愣了一下，抬眼看见了琉璃，立时中规中矩地请安微笑，"敏之见过小姨，多谢小姨对母亲与妹妹的照顾。"

琉璃忙笑着还礼，道了句"不敢当"，武府的几个侍女也忙上来笑着大娘长大娘短地叫了起来，拥着几个人一路走了回去。

琉璃还是第一次从前门入府，一路细心打量了一回，只见这武府占地似乎极广，楼台庭院却不算奢华，花木葱郁，有些树木看上去像是很有些年头了。

杨老夫人的院落果然离二门有些远，走了一刻来钟才到，到上房里坐下，有侍女上了新出的莲子浆，杨老夫人喝了一口便笑着道："琉璃，你若不嫌陪老身住闷，今后不如就住我这院子？"

琉璃心里微觉惊讶，忙笑道："自然是求之不得，只怕老夫人嫌我打扰。"

杨老夫人眯着眼睛笑了起来，"这些日子，这里常是人来人往，夫人们也就罢了，那些小娘子老身哪里顾得过来？顺娘又不耐烦陪我招待人，再说媚娘那边还要她去陪着，大娘若是乐意，便帮老身招待那些年轻的娘子，你看如何？"

琉璃心思电转，忙恭谨地欠身道："多谢老夫人。"这是要将她正式拉入大唐官家女眷的交际圈了。

武夫人想了一想，也明白过来，倒叹了口气，"母亲，琉璃就不跟我去宫里了么？"语气里颇有几分不舍。

杨老夫人瞪了她一眼，"你又不是不知，琉璃只怕明年就要成亲了，有多少事情要做？哪里还能像如今这样？"

月娘正在与贺兰敏之比划她在万年宫里看到了一棵老树有多粗，听到母亲和外祖母的话，好奇地抬头看了琉璃几眼，问道："小姨就要成亲了么？可是要嫁给圣人姨父？"

琉璃一口气差点没接上来，武夫人和杨老夫人也是一怔之下都大笑起来，武夫人一面笑一面道："你小小年纪的，胡说什么？"

月娘眨着眼睛，似乎完全不明白母亲为什么说自己是胡说。

众人看着她的表情，越发笑得厉害，只有贺兰敏之并不发笑，却低低在月娘耳边说了两句，月娘的小脸上露出恍然的表情来，对琉璃不好意思地笑了笑，又跟贺兰敏之小声地说了几句，琉璃便觉得贺兰敏之看自己的目光里多了几分温和。

杨老夫人便道："顺娘，你也回去收拾收拾，明日便是十月初一，你那院子里该发的寒衣我都帮你准备好了，明日的祭品我也备了一份，你看看还缺什么，回头打发人来告诉我。"

武夫人笑着站了起来，"有母亲打点着，哪里能缺什么？倒是明日只怕还要去贺兰府上……"说着脸色微黯，"母亲且歇一会儿，女儿先回去收拾了。"

敏之和月娘也告了退，琉璃正想着要找点什么话来说，杨老夫人已问道："琉璃，明日你可要回家一趟？"

琉璃点了点头，"说来琉璃也该去告祭亡母一声。"十月初一乃腊祭之日，大唐上至天子下至庶民，都要祭奠祖先亡人；此外，朝廷会赐给文武百官锦袍，各家主人也会给奴仆们发下冬衣，原是极重要的一个日子，而她也的确有些事情要做。

杨老夫人沉吟道："不如今日我先打发一个人去你家报个信，明日一早再派车把你送回去，你可想在家住上几日？"

琉璃想了想还是笑道："这倒是不急，我若这会儿要回去住，只怕屋子都未必能腾出来，倒是要麻烦老夫人先遣人报知一声。"

杨老夫人笑着点头，"也好，我这边倒是给你收拾了间屋子，你去看看可还住得？"

琉璃忙笑着谢了，便有一个十三四岁的小侍女笑盈盈地过来领着她到了这院子里的东厢房，只见这屋子里外两进，陈设雅洁，里屋放着一张三尺多宽贴文牙床，挂着银平脱花鸟帐，铺着红锦软褥，精致之处竟比武夫人的住处也不差什么。

小侍女微笑道："奴婢名叫阿霓，以后大娘有什么事情，吩咐奴婢去做就是。"琉璃忙脱下了手上的一个绞丝鎏金银镯，笑着戴在了她的手上，"以后少不得要烦扰你。"

阿霓笑嘻嘻地行礼谢了赏，又告诉琉璃这两间屋子边上的那间是小库房，前一日运回来的箱笼，如今都搁了里面，问如今可有什么要拿出来的东西没有。

琉璃点头道："明日回家倒是要挑些礼品，带我过去看看可好？"

走进那间屋子，只见四面粉墙落地，只放了十来个箱笼，正是琉璃这一年多来得的赏赐，无非是衣服绸缎诸物。琉璃开了箱，选了两匹绢、两匹缎出来，又打开了那个朱底宝相花纹的箱子，拿出一件裘袍和一件外袍。阿霓看了两眼便问道："这可是紫貂裘？"

琉璃点了点头，此时的寒衣最多的就是皮裘，高门豪族穿狐裘、豹裘，普通人家穿羊裘、鹿裘，她拿的貂裘也算是好的，难得颜色纯正，通身并无杂色，比寻常貂裘又要强上许多。

见阿霓一脸赞叹，琉璃便笑道："都是昭仪赏赐的。"这两日宫里发了寒衣，竟然也有她的一份，武昭仪却又特意把她叫去，赏了两领貂裘给她，她回去展开一看就明白了。此时，手里捧起这件轻软的貂袍，她忍不住暗暗叹了口气，吩咐道："那边箱子里有几块包袱皮，你帮我去拿两块上好的出来。"

　　阿霓笑道："大娘真是纯孝。"

　　琉璃怔了怔，低头看了看放在一边的那几匹上好的绢帛，不由摇头笑了起来。孝顺么，她是不大会的，只是那个久违的父亲，那个久违的家，还真不知会有什么惊喜在等着她！

第二十六章
久别重逢　相见时难

十月初一的清晨，东边的云层刚刚染上一丝粉色，崇化坊内的几条大街上便已人流不断。无论是东南角的西华观、西南角的静乐庵，还是东门边的经行寺，抑或是正中央的大秦寺，六街晨鼓刚刚响起，几处寺庙门前便有各种服色打扮的信徒接踵而至——西华观的香火是庆祝东皇大帝的寿诞；静乐庵与经行寺的钟声是在举办寒衣节的超度法会；而作为长安最大的祆祠，清晨去大秦寺的圣火祭坛祈祷，更是诸多胡人信徒每日的必修功课。

在四扇坊门边上，等候的牛车驴车也已排出老长，正是要一早赶到城外扫坟拜墓的唐人住户。

小街深处，库狄家的牛车也已套好。阿泉把车后厢里备好的东西又清点了一遍，暗自点头：今年的物件比往年可讲究多了！阿郎如今也入了官门，正应告慰祖先。说起来，原来老主人还是大隋的七品云骑尉呢，若不是因斗鸡败光了家产又坏了名声，库狄家几代为官，又何至于到如今的田地？眼下总算好了，虽说阿郎还只是兵部录事，但原先那个差点把阿郎发配去修城墙的坊正，这两日见了阿郎不也要停下来见个礼？

想到此处，又看了看自己身上崭新的夹袄，阿泉的脸上露出了一个满意的笑容。

门内一阵脚步声响，同样穿着新衣的阿叶探头问道："还没来么？"

阿泉笑道："坊门才开了多久，哪里能这般快？"话音刚落，就听巷子口传来了一声马嘶，一辆马车转入小巷，驰了过来。看着那两匹越来越近的枣色大马，阿泉和阿叶一时都张着嘴忘记了合拢。

库狄家的上房里，珊瑚正在不耐烦地看着窗外的天色，嘟囔道："不是说坊门一开就来的么？一家人都等她，好大的架子！"

库狄延忠冷冷地看了她一眼，曹氏也忙拉了拉珊瑚，今时不比往日。自打年初库狄延忠突然去参加那流外官的小选，他提起琉璃便换了口气，不久前一举入选兵部后，更是不许人说琉璃半个"不"字，想来他的这番造化，便是因为那小贱人入了哪个贵人的眼……

珊瑚咬了咬牙，好容易才压住了一声冷哼。青林却是笑嘻嘻的，因崇化坊没有像样的村学，他五岁后便在舅父曹家和表兄弟们一道启蒙，在家的时日不多，对于那个大姊姊早已印象模糊，现下倒是有些好奇。

一家人各怀心思，一时都没作声，略显压抑的沉默中，门外突然响起的声音便显得格外响亮——"大娘回来了！"

库狄延忠霍然坐直了身子，目光往珊瑚脸上一扫，"带上青林，去门口接你姊姊！"

珊瑚惊讶地瞪大了眼睛，刚想说什么，曹氏已推了她一把，低声道："快去，记得莫错了礼数！"

珊瑚不情不愿地站了起来，磨磨蹭蹭往外走，青林早想跑出去，看见姊姊的脸色，又按捺住了，规规矩矩地跟在了珊瑚的后面。两人刚下了台阶，就见一行人已经走了进来，中间那个正是许久不见的琉璃。

一眼看过去，她的打扮倒也不见得多么华贵，身上罩着一件米色缎面披风，下面是满地仙草纹的深碧色六幅裙，头上绾了个双髻，只戴着一根白玉步摇，却映得她身姿玉立，形容清贵，看起来竟已是十足的官家女子。连她身边的婢女，身上的衣裙也一看便知是上好绫罗。

珊瑚呆了一呆，随即紧紧地咬住了下唇，看看自己身上因为要去祭墓而换上的白袄青裙，简直恨不得立即回屋换上一身，曹氏的吩咐一时都忘得精光，忍不住冷笑一声，"姊姊，好久不见，果然是气派越发大了。"

琉璃从头到脚看了她一遍，轻轻一笑，"许久不见，妹妹倒是一丁点儿也没变。"

珊瑚顿时怒火上冲，想要反唇相讥，偏偏琉璃的话每个字都挑不出毛病来，她顿了好一会儿才道："比不得你的好运道。"

琉璃点头微笑，"说得是，能蒙贵人垂青，原是琉璃的福分。"低头又看见青林在眨着眼睛看自己，便笑道，"青林这般大了。姊姊有样小玩意儿，你拿去玩儿吧。"说着便从袖子里拿出了一个小小的荷包递到了青林手里。

珊瑚被琉璃两句话堵得一口气全塞在胸口，发作不得，又见了青林笑容满面的样子，忍不住恨恨地瞪他一眼。只是此刻却似乎没有一个人注意到她的脸色，琉璃也只问："阿爷可在上房？"

珊瑚这才想起自己是来迎接这个姊姊的，越发气闷，冷冷道："自然是，全家等你半日了。"

琉璃笑了起来，"妹子说话越发有趣了，坊门开了到如今不过半刻钟，阿爷难道认为女儿能从天上飞过来？"说完也不理她憋得发红的脸色，往上房就走。

库狄延忠听着外面的动静，脸色有些发沉，曹氏心里也暗道不好，琉璃一进门，便抢着笑道："一年多不见大娘，果真越发出落了。"

琉璃点头一笑，规规矩矩地向库狄延忠行了个大礼："父亲安好。"

库狄延忠满脸都是笑，"一切都好，都好！地下凉，你快起来。"曹氏也道："你阿爷前些日子已得了兵部的录事，近来倒是极忙的。"

此事琉璃早已知晓，不过还是笑着起身道了句恭喜，又向曹氏问了安，曹氏瞭了瞭琉璃的身上，又瞭了瞭她身后的婢女，笑道："大娘这一年多不见，个子怎么看着也高了些？这通身的气派，真真都快认不出了！气色也好，想来那边府里日子定是顺心的，夫人们待你都极好吧……"

琉璃微笑道："琉璃承蒙贵人照看，自然比先前在家时气色要好些。"

曹氏一时有些接不上话，还是库狄延忠干笑了一声，站了起来，"走吧，没想到你来得这么快，如今出城去还不晚。"

华阳库狄氏的墓地就在长安城外西边十里，从延平门出城后一个时辰便到。下得车来，只见一片荒原之中，满眼都是半枯的野草，不时能看见从荒草深处升起的青烟。一行人走了一盏茶工夫，琉璃吃惊地发现，眼前居然是一处颇具规模的墓园，进门便有神道通往主墓，神道边立着风格古拙的石羊和石马，靠近墓室还有两块高大的石碑，字迹清晰可辨。在主墓边上，规格不同的墓雁翅而立。

阿泉早从车上搬下了一大桶五色纸钱并蜡烛果品等物，此时忙着在墓室前点燃香烛、上了供品，又放下了几个蒲团。库狄延忠带头，曹氏、琉璃等依次烧完纸叩完头，又把墓室前后略收拾了一通，几个人这才站起来往后侧走去，在库狄延忠的祖父母、父母墓前祭拜了一番，最后一个坟茔正是安氏的。

琉璃默默跪了下来，一点点烧着自己带来的金银纸钱，心里竟是一片空茫。她曾怨恨过这该死的命运，曾拼命恳求老天让自己离开这个躯壳重新回去，但此时此刻，她却不知自己该如何面对坟茔里那个薄命的女子，唯一能做的，似乎只能保证自己会珍惜这条不知是属于谁的性命，好好地活下去……

回程一路无话，到库狄家门口时，还未到午时，琉璃下车辞行，又让阿霓拿出车上早已经准备好的包裹，曹氏的眼睛便是一亮，库狄延忠却道："琉璃，你跟我进来，阿爷有话问你。"

琉璃挥手让阿霓先出门候着，自己跟着库狄延忠进了堂屋。库狄延忠开口便问道："你近来可见过裴郎君？"

琉璃摇了摇头。库狄延忠叹了口气，"你若能见到他，不妨转告一声，如今兵部同僚十分照顾于我，我定然会谨慎勤勉，不辜负这番机缘。此外，他说的那件事情……"说着便看了琉璃一眼，眼神里又是热切，又有些矜持和踌躇。

琉璃心里腻味，淡淡地截住了他的话头，"阿爷的意思女儿知道，只是此事总不能咱们去催。"

库狄延忠忙正色道："婚姻大事，有什么不能说的？裴郎君这样的名门嫡子，如今又是前途无量，你能嫁他是天大的福分，如今阿爷的事情也定了，正该把你们的事情办起来才是，若不是他千叮万嘱让我不要泄了消息，阿爷早替你去说了！"

这话琉璃自然是信的，这位阿爷此刻大概正恨不得立刻把她打包送到裴家去，她心里也说不上是好气还是好笑，只得道："阿爷放心，裴郎君曾说过，他年前便有打算。"

库狄延忠这才松了口气，点头笑道："这就好，说起来裴郎君待我家恩深义重，自你走后，这坊正对我们家横挑鼻子竖挑眼的，八月里上头征人去修城墙，他竟是差点把我也弄了去，若不是兵部消息来得快，阿爷如今只怕命都只剩半条了，更别说有今日的前程！日后你若做了裴氏妇，定要记住这些恩情，恪守妇道，莫丢了我库狄家的颜面……"竟是一路絮叨了下去。

琉璃心里越发不耐烦，好容易等到他顿了一顿，便道："阿爷的话女儿都记下了，如今天色不早，女儿也该回应国公府，这就告退。"

库狄延忠话头被打断，顿了片刻才道："你打算何时回来住，若是准备亲事时还住在外面，只怕不大好吧？"

琉璃正色道："阿爷，女儿能有今日，说来也是多亏了老夫人和昭仪，如今老夫人正要让女儿多认识些官眷，想来日后都是用得上的，女儿怎好说走？"

库狄延忠忙点头不迭，"这是正事！你且去，家里之事有我作主。"

琉璃这才行礼告退了，突然看见窗外似有人影一晃，不由皱了皱眉，挑帘走出门去。

眼见琉璃的身影消失在门口，曹氏这才从柱子后面转了出来，手里还抱着琉璃送的包裹，里面是四匹上好的布料，却都是青色素面的。曹氏的脸色也与那布料的颜色有些相似，咬牙想了半日，抬头时已换上了一副笑脸，抱着包裹便走进了上房，笑道："大娘果然是有孝心的，你看这料子选得都极是衬你，想来做两身冬袍最是合适。"

库狄延忠此时心情正好，看了这料子，点头微笑道："给青林也做两身吧，这只怕是贡品，有钱也没处买的。他在学里，莫教人小瞧了去。"

曹氏笑得越发温柔，"青林好造化，倒是沾了他姊姊的光。"又轻轻推了推库狄延忠的胳膊，"今日难得高兴，待会儿我让阿泉打两角酒来可好？"

库狄延忠心情愈发愉悦，点头连说了两个好，一双秀长的眼睛已笑得眯成了两条缝。曹氏也松了口气，眯着眼睛笑了起来。

马车上，琉璃的心里突然涌上了一丝不安，想回头看一看，马车却慢慢停了下来，阿霓挑帘一望，笑道："已经到怀远坊的路口了！婢子这便下去。"说完抱起车上放着的一个包裹便跳下车去。过了好一会儿，她才掀帘进来，"大娘，婢子把您的礼送到了，安家娘子喜欢得很。"

琉璃点了点头，给安家的礼品是她精心挑选的四匹上好锦罗，至于给库狄家的布帛，她也是很费了些功夫，曹氏和珊瑚无论如何也用不上……想起曹氏一见面就往后打量的目光，看到包裹时的热烈眼神，她几乎忍不住要笑起来。

阿霓又道："婢子把您的话也转到了，那位娘子拉着婢子问了半天，眼泪都快掉下来了。又反复说了，日后您得闲了一定要去看她。"

琉璃忍不住叹了口气，她现在虽然背后靠上了武则天这棵大树，只是面对的敌人依然伸出一根手指就能碾死自己，前途未定之前，还是不要上门拜访他们才好。

阿霓这半日来察言观色，心里也有了几分明白，看见车上还剩下的那个包裹，便转了话题："大娘，咱们还要去哪里？"

琉璃微微出神，半晌才道："长兴坊。"

长兴坊苏将军府的东墙，是一处半旧的院子，大门半开，隐隐能看见里面的影壁，一棵枣树从屋顶上露出了枝丫，此刻叶子已掉了大半，几颗红枣孤零零地挂在树梢高处。

琉璃挑起帘子，默默打量了半晌，回头对阿霓轻声道："你去把东西送了，就说……"想了半日叹了口气，"不必说什么，送到就回吧。若是问起，就说打开自然知晓。"总不能让阿霓传话说，袍子是我亲手做的，裘衣是武昭仪赏赐的吧？

阿霓诧异地看了她一眼，抱着包裹跳下车去，走到门前叩了门环，果然出来了一个满脸精明的老苍头，客客气气把她引了进去。

琉璃放下帘子，心头思绪纷纷。不知他此时在不在家，会不会也去扫墓了。按说他的父母族人应当已经葬回河东祖籍，只是他原先妻子的坟地只怕还在长安附近，按礼是要他日后入祖坟时再合葬……心里蓦然涌上一股说不清道不明的情绪，一时不由痴了。

突然间，车外传来了一个熟悉的温润声音："烦你上车通报大娘一声，蒙她厚谊，裴某愿当面道谢。"

琉璃身子一震，突然有些手足无措，眼见车帘已经被打起，满脸古怪的阿霓啃哧了两声才道："大娘，这家主人……"这家主人居然打量了自己一眼就微笑道："你可是武府之人？大娘可在门外？"当时她就一句话都说不出来了。

琉璃定了定神，"我知道了。"伸手整了整衣裙，低头走出马车。

裴行俭就站在离马车三步之外的地方，身上穿着月白色的常服，看上去比夏日时似乎更消瘦些，只是眼神明亮，笑容也是一如既往的温暖。琉璃怔怔地看着他，几乎控制不住地想再走近两步，到底还是忍住了，站在车边向他点头微笑。

裴行俭似乎一时也不想说话，看着琉璃，半晌才笑道："那袍子着实雅致，万金难换，我很喜欢。"

他的笑容明亮而喜悦，琉璃心里也是一阵温暖，随即心里却是一动——他居然一字没提那件裘衣，难道是猜出了它的来历？只是此时此刻，她实在不愿意去想那些令人头疼事情，只是看着他展颜一笑。

裴行俭的手里变戏法般出现了一个小小的匣子，眼睛亮亮地看着琉璃，"一点心意，大娘莫嫌粗劣。"

这到底算是私相授受，还是投之以木桃、报之以琼瑶？琉璃笑着转头向阿霓点了点头，阿霓这才上前接在了手里。

琉璃看着眼前这张脸，虽然几乎舍不得移开眼，心里却清楚此地不是说话的场合，只能轻轻地点头，"我先走了，你多保重。"

裴行俭一怔，随即还是笑道："过几日，我恩师苏将军的夫人或许会去武府登门拜访。她性子直爽，你凡事担待着些。"

苏定方的夫人要去见自己？琉璃心头的怅然顿时变成了突然收到面试通知的惊愕。

回到车上，她好半晌才收拢住乱糟糟的情绪，打开那匣子一看，里面是块小小的玉坠，雕工寻常，看着也有些年头了，心头不由一动。待她回过神时，车子已回到宣阳坊。马车刚刚转过路口，却听得一声马嘶，车厢突然剧烈地摇晃起来。琉璃的额头砰地撞上了车壁，阿霓则是一跤摔了出去。

琉璃一时头昏眼花，刚反应过来大概是马车转弯时出了剐蹭事故，阿霓已经捂着颧骨叫了起来："出了什么事！"

外面车夫的声音变得有些结巴，"夫人恕罪，小的，小的不是成心冲撞夫人……"

琉璃揉了揉额头，颇有些纳闷，夫人？是哪家的夫人，能把武府的车夫吓成这样！阿霓爬起来掀开车帘看了一眼，脸色顿时变得十分难看。

一个中年女子的声音冷冷地响了起来："你好大的胆子，连夫人的车驾也敢冲撞，武府什么时候出了你这样没生眼睛的奴才！还不滚下来领罪！"

车子微动，那车夫似乎真的滚下去领罪了。琉璃越发诧异，忙轻声问："阿霓，外面的是哪家的夫人？"

阿霓苦着脸叹了口气，"是咱们府里的善夫人。"

善夫人？琉璃倒也知道，武府的主人家除了武昭仪那两位同父异母的兄长，还有两个堂兄，这位善夫人则是另一位早逝的大堂兄的妻子，听说似乎脾气不好……还没等她想明白，就听一个有些沙哑的女声厉声道："够了！你那脏血莫污了我武家门口的地！那车上的人呢，怎么也不出声？可是顺娘在上面？"

这位善夫人好大的口气！琉璃不由一怔，阿霓忙向她摇手，"大娘，待会儿不管说什么，你莫恼，也莫露面。"说完挑帘跳了下去。

她赔笑的声音很快便响起："阿霓见过夫人，车驾冲撞了夫人，请夫人恕罪，好教夫人得知，车上乃是老夫人的一位女客。"

善夫人声音并没有变低多少，"老夫人的女客？怎么不曾听说？是哪一位？"

阿霓的声音愈发恭敬："启禀夫人，车上是库狄娘子，昨日才到了府里，因此还没来得及拜会夫人。"

"库狄娘子？"善夫人怔了一下，突然笑了起来，"什么娘子，不就是陪顺娘进宫去的那胡姬吗？听说生得十分齐整，怎么，居然没被看上，又被送回来了？"

琉璃几乎有些愕然，这位善夫人说话怎么比曹氏还粗俗尖刻？难怪阿霓让她不要恼……只听阿霓干笑了一声，"夫人说笑了。"

善夫人的语气越发讥讽，"我何曾说笑了？不过是个胡姬，架子倒是大的，怎么进了趟宫，就觉得自己是个贵人了么？还是觉得我不配与她说话？"

琉璃摸了摸微肿的额角，忍不住苦笑，这才叫无妄之灾、祸不单行呢！

车下的阿霓也变了脸色，善夫人有多难缠她自然是知道的，库狄大娘下来也是白白被她羞辱，可如今听她这话头，却又不好不下来……正为难间，就听车上传来"唉"的一声，声音里充满了痛苦。

阿霓忙回身赶到车边打起车帘，"大娘你怎么样？没事吧？"

琉璃向她眨了眨眼睛，声音却十分虚弱，"没什么，就是撞到了头，适才是怎么了？这是到府里了么？"

阿霓眼睛一亮，点头道："就到了，就到了。"回头便过来跟善夫人赔笑道："适才车子一晃，婢子跟库狄娘子撞在一起了，库狄娘子撞得有些糊涂了，只怕要赶紧找医师来看一看才是，夫人您看？"说着，特意把头抬起来一点，好让善夫人看清楚自己疼得发木的右脸。

善夫人一怔，正想说点什么什么，旁边已有人惊叹："这小娘子脸都撞青了" "撞着头可不是玩的"……她看了看那些指指点点的路人，犹豫片刻，冷笑一声，对车夫道："都是你这个没长眼的贱奴！还不快回去？"

车夫如蒙大赦，赶紧站起来，爬上了前面的座位，阿霓也忙忙地告了退，爬回车内，感觉到车子已重新动了起来，才悄悄拍着胸脯笑道："幸亏大娘见机得快，不然今日还不知如何收场。"

琉璃满心疑惑，忙问她："这善夫人怎么是这般性子？"

阿霓脸上露出一丝冷笑，压低声音道："可不是，她原是年轻守寡，又没有子嗣，可仗着家里几个阿郎都敬她，平日里莫说对下人，便是对着老夫人也甚是无礼。上次还跟小郎君很是胡说了一番，小郎君几日都没吃好……"

琉璃惊得有些接不上话：此时年轻无子的寡妇，多数都会回娘家改嫁，所谓夫亡归宗。善夫人一个几乎算是借住在武家的堂嫂，居然敢对这家的正经老夫人如此不敬？这武家的家风还真是……够特别！

说话间，马车已经到了后面的角门上。车夫阿贵不住告罪，琉璃见他额头都破了，心里过意不去，倒是给了他几十个大钱。

两人回到院中，老夫人却还没有午睡，见琉璃回来，随意问了几句，连阿霓脸上的伤似乎都没有留意到，便脸色疲惫地打发她们下去梳洗休息。

琉璃不好多问，回到屋中，找出宫里的跌打药酒，拉着阿霓互相擦了好半晌。晚饭前，武夫人倒是带着贺兰敏之和月娘高高兴兴地回来了，见了老夫人便笑道："今日贺兰家的人，对女儿倒是客气多了。"

杨老夫人淡淡笑了一下，"贺兰家那些人倒还有几分眼色。"

武夫人本来笑得开怀，见过杨老夫人的神情，怔了一下忙道："阿娘，难不成他们今日……"

杨老夫人神色淡漠，"不过是和往年一般。"转头便问琉璃："听说你回来时马车和阿善的车撞到一起？"

武夫人立时忘记追问自己的母亲，拉着琉璃上下看，惊得睁大了眼睛，"可撞得厉害？后来如何？她可曾难为了你？"

琉璃只得道："还好，琉璃当时撞得晕晕沉沉的，也没听见什么。"

武夫人点头叹道："那倒是还好，省得听了生气。"又一眼看见她用刘海遮住的额头，伸手拨开头发看了几眼，"还好不曾破了皮，过两日就下去了。"

琉璃看着她们的脸色，心里也隐隐明白了几分，这武家的家风还真不是善夫人一个人的问题，只怕她也不过是武氏兄弟们手里的枪而已——果然是"家家有本难念的经"……

一时用膳已毕，杨老夫人便道："我查了历，十月初九是个好日子，不如就把宴席设在那天，顺娘可要去做身衣服？"

武夫人忙点了点头，"正是，如今都不知道长安时兴什么样子，这宫里又和外面不大一样，"想了想又追问，"是哪些夫人？"

杨老夫人叹道："知道你不爱应酬，这次请的都是旧日常来常往的，不过是许学士府的钟夫人，王舍人家的阿华，还有你的十六妹妹，再有就是崔大夫府的卢夫人，听说也是极好打交道的人……"说着突然哎呀一声，"差点浑忘了，午前左武侯中郎将苏将军的夫人递了帖子，说是后日想登门拜访。"

琉璃心里一跳，不愧是苏定方的夫人，来得好快！却见杨老夫人已转头笑道："这位于氏夫人在长安倒是有些名气的，听说头两年她女婿不成器，被她带着儿子打上了门去，给收拾服服帖帖的。可惜她女儿却没福，没过多久还是去了。我一直有些敬佩，后日倒是能会上一会。"

琉璃心里不由打鼓，该师母原来走的是彪悍路线——她要是看不上自己，那该如何是好？

第二十七章
宠辱不惊　善恶有报

紫绫滚边的浅杏色素面襦袄，配着雪青色鱼眼暗纹的六幅裙和深青色的披帛，双环望仙髻上戴了根灵芝头鎏金双头钗，通身上下别无出奇，唯有钗头镶嵌的那颗金褐色的琥珀十分莹澈，和垂滴状的琥珀耳坠相映生辉，也把刘海下那双淡褐色的眸子映得格外明亮。

阿霓看着铜镜里的琉璃赞了一声，随即又露出了两分疑惑，"大娘今日要见客，这一身只怕素净了些。"

琉璃笑了笑没作声，她出身本就如此，穿得再高雅华贵也不可能被于夫人高看一眼，倒不如打扮得简单干净点。

谁知到了上房，杨老夫人看了她几眼却道："这身衣服还好，怎么脸上也不用些脂粉？不妥！"

琉璃无法，只好回去在脸上薄薄地扫了一层粉，又用青石黛给双眉描了一抹翠色，唇上抹了些甲煎口脂。再去上房，杨老夫人这才点头，"你这般年纪，正该好好打扮，成日间素着面，倒易教人错认了身份。"

琉璃低头受教，心知杨老夫人说得在理，此时略有些身份的女子没有不化妆就出门或应酬的，不然虢国夫人的素面朝天也不会被当成稀罕事写进诗歌、流传千古。她以前做着画师也罢了，今后的确是要注意一些。

眼见日头渐高，堂下有婢女来报："于夫人已到府门了。"杨老夫人便对琉璃一笑，"你且去迎一迎。"

琉璃按捺着心头忐忑，走到院门口，没多久就见一行人渐行渐近，前面是武府的两个婢女引路，后面还有体面的管事娘子陪着，当中是一个身量瘦小的妇人。待走近了才看清，她大约四十多岁，生着一张长圆面孔，眉目清秀，身上是朱色披风，青色长裙，丝毫不显奢华，更莫说有什么彪悍之气。

琉璃心里有些纳罕，却不敢怠慢，待于夫人走到跟前，恭恭敬敬地行了一礼，"见过于夫人。"

于夫人伸手扶了一把，"快莫多礼。"又上下打量了她几眼，"可是库狄大娘？"

琉璃迎着她锐利的目光，心里打了突，微笑点头，"正是，于夫人里面请。"

杨老夫人站在门口相迎，依礼相见了一番，分宾主落座。杨老夫人便笑道："听闻于夫人乃是于仆射的同族，于仆射最好宾客，老身性子疏懒，倒是从未登门拜访过，家里也乱，若有失礼之处，请夫人见谅。"

于夫人微微欠身，"老夫人客气了，于仆射与家父并不同支，交往不多，老夫人不嫌我不知礼数就好。"

杨老夫人呵呵一笑，"早就听闻于夫人是性情中人，果真是不拘虚礼的，老身也不耐烦这些，这倒便宜，听夫人的口音，可是在高陵住过？"

于夫人笑了起来，"老夫人好耳力，我及笄前在高陵住了十年。"

杨老夫人叹道："高陵却是极好的地方，我年轻时也去过……"几句话说下来，两人居然越说越近。琉璃看在眼里，好不佩服。

又说了半刻钟闲话，杨老夫人便笑道："于夫人既然来了，好歹要留下用顿饭，我家这园子甚是粗陋，也就是湖边两处亭子还能看，老身就躲个懒，让大娘陪你去转一转。"此事大家原是心照不宣，于夫人也只是笑着道了声"有劳"。

琉璃忙起身带路。一出院子，几个婢女都知趣地远远落在了后面。于夫人转头看了琉璃一眼，"大娘果真是好人才，只是和我料想得却不大一样。"

自己和她想象得不一样？琉璃脚下顿了顿，不知说什么才好。

于夫人也不卖关子，自顾自地接了下去："守约提过你几次，说你性子坚韧，不同流俗，我还想着你该是什么模样，不曾想你却是这般文弱守礼的孩子。"

琉璃一时心头百味交集，性子坚韧、不同流俗……他竟是这样看自己的么？只是这于夫人似乎对自己不大满意，敢情她是准备见到一个红拂女来着？想了想只得微笑道："琉璃教夫人失望了，实在抱歉。"

于夫人挑了挑眉头，笑道："你倒是宠辱不惊。"

琉璃轻轻一笑，"其实也是惊的，只是惯了而已。"在库狄家隐忍三年，又在宫廷里起伏两年，生死荣辱之间转了几个来回，她若还会为别人的几句评价就喜怒形于颜色，那才真叫奇事一桩。

于夫人侧头仔细看了她两眼，点头道："你也莫怪我多事，守约的情况原是与旁人不同。什么出身地望，我不像世人那般看重，胡人又如何？但你若是性子柔弱，拘礼不化，我是无论如何也不会应了守约的，免得到头来你不过是又一个陆家娘子，既是害了你，也是害了他！

"如今我只想先问问你，听说你是连河东公世子和裴家二郎都看不上的，甚至不肯入宫，为何会青睐于守约这个天煞孤星？"

琉璃怔了片刻，又一个陆家娘子是什么意思？她为何会看上裴行俭？这算什么问题？想了半日还是老老实实地道："他不是天煞孤星，在琉璃眼里，他是这世上最值得托付的男子。"

于夫人惊讶地睁大了眼睛，随即笑了起来，"你……胆子怎么又大了？都说姻缘天定，难不成这就是缘分？"

琉璃心里不由一动：缘分？第一次看到裴行俭时自己就隐隐觉得熟悉，后来真正打了交道，明明觉出他的温和背后有种疏离的气质，可自己看着偏偏觉得……有些亲切。其实从那时候起，在自己心里，他就是和别人不一样的吧？所以她才会有事情就会想到找他，甚至在不知道他是裴行俭的时候，就会在那样的生死大事上信他。难道这真是天定的缘分？指尖上仿佛又有异样的感觉传来，琉璃忙握紧拳头，收拢心思，再也不敢想下去。

于夫人看着琉璃的目光温和了几分，"你对守约有这份情意，按说原是好的，他这些年，的确是太艰难了些。只是以他的境况，你把他看得越重，日后却多半越会为难……你对守约的家事，知道多少？"

琉璃定神想了想才开口："琉璃知道他身世孤苦，也听人说起过，他原在河东公府上过了几年，似乎不是很如意，就连这些年仕途不顺，也有这方面的缘故。"

于夫人点了点头，"你也是有心了，你可知这是为何？"

琉璃只能摇头。

于夫人叹了口气，良久无语。两人不知不觉已到了武府的小湖边上，岸边的杨柳早已秃了一半，远远的白荷也成了一片残荷，初冬的阳光照在湖面上，连湖面的波光似乎都带上了些许凉意。

好一会儿，于夫人才重新开口："你或许不知，裴氏家族并非一支，守约家是中眷裴嫡支，先祖几代都是镇守一方的公侯将帅，便是在裴氏家族中也是极富贵的。至于我朝最显达的，却是西眷裴一支，先头两位相公都是出自这支……"

听她开口竟扯了这么远，琉璃有些意外，但立即凝神听了下去。

"当年守约的父兄因谋划降我大唐而被王世充诛了三族，中眷裴族人多受牵连。只有他母亲逃了出来，辗转到了长安。当时西眷裴的宗主裴寂裴相公威望最高，待人又慷慨，守约的母亲便托在他的门下，年底才生下了守约这遗腹子。没想到转年太宗皇帝就平定了王世充，高祖皇帝与守约的父亲原本有旧，立时追封了他，又在裴相的建议下发还了裴家财产。因守约还在襁褓之中，这笔家产便交托给了裴相公。"

琉璃的心慢慢提了起来，裴行俭这一支若是在裴氏家族里也算产业丰厚的，那么这家产只怕会是个天文数字……

于夫人皱着眉头，仿佛沉浸进了旧事："裴相原是孤儿出身，对族人一直极为照顾，当年又正是圣眷最浓之时，女儿被选为王妃，当时裴府附近，裴氏家族聚族而居，击鼓而食，是长安城的一大胜景。守约孤儿寡母住在那里，自然没人觉得不好。只是世事难料，守约出生不久，太宗皇帝登基，没过两年，裴相就被放归原籍，后来更是被流放到外地。裴府的盛况一去不返。此后裴相的长子虽也袭封河东公，到底是走了下坡路。

"其时太宗皇帝偏偏又作主让河东公尚了临海公主，这钟鸣鼎食的日子自然还要过下去，想来是出多入少，渐渐地掏空了家底，免不了就有了些别的想法。那时守约也不过十几岁，族中少年成日间招着他去打球游冶，居然还斗上了鸡，他母亲看着不好，狠心找由头和族人吵了一架，就此搬出了崇仁坊。当时中眷裴也有两房到长安为官，他们母子便托在了同宗门下，后来守约又补了弘文生，这才走了正道。

"中眷裴的族人终究惦记着那些财产，跟河东公府几次交涉，河东公府却咬定守约才是宗子，洛阳裴氏的家产也是他家的，要等他成年后交到他手中才算完成了先帝所托。族人回头就怪他们母子当年投错了人，让中眷裴产落入了别支之手。守约的母亲身子本来就不好，积郁成疾，没多久便一病不起。

"当时守约年轻气盛，跟中眷裴的族人也翻了脸，自己一心发愤读书，昼夜都在弘文馆里，还惊动了当时的房相。他不到十八岁便举明经出仕，得了个左卫的九品官职，我家将军见他天资过人，便收他做了弟子，给置了一处院子，后来又帮他说了兵部侍郎陆家的女儿。那陆氏女儿是个十分温柔贤淑的女子，我们那时也是极满意的。"

琉璃一路听下来，心里不由越来越沉，她知道裴行俭身世坎坷，却没料到会到这样的程度，听到后面这几句，心头又有些说不出的异样。于夫人也不知想起了什么，半天没再开口，两人走到一处亭子中坐了下来，石凳生凉，却也没有人在意。

于夫人长叹了一声："说来还是我们大意了，眼见他们就要成亲，也不知两边族人怎么交涉的，河东公府倒是拿出了一份财产单子，说是当年发还的钱帛本不多，守约母子在河东公府这些年，衣食住行、延医吃药、斗鸡赌钱都花掉了，洛阳那几处宅子虽然大，可维持不易，守约也用不上，因此折给了守约一处长安的宅子和上百名婢女奴仆，说是不能让裴氏一宗之长成亲时还住着外人的院子，有失体面。至于洛阳的庄园，把契纸也还给守约了，又说都安排了极妥当的人照看，让守约赏他们一碗饭吃就成。不知怎么的，大长公主还认了陆家娘子做干女儿。

"当时我家将军就觉得此事有些不妥，但陆家并无异议。守约也说，他没想过要回这些钱财，既然还了，又何必计较还的是什么？我们也不好多说。守约成亲前便搬进了河东公府预备的宅子，我们去看过，当真是华灯遍地，美婢如云。我家将军担心守约会经不住这般富贵，一天到晚拘着他学兵法剑术。守约倒也争气，比先前还刻苦。那时他在差事上也极用心，常常忙得回不了家，好在陆家娘子很快就有了身孕，我们每次去看她，她都笑盈盈的，我们只当一切都好，哪怕是守约的第一个孩子身子太弱没到两岁就夭折了，也没想太多。直到后来陆娘子又有了身子，人却越来越苍白憔悴，这才觉得事情不对！"

琉璃倏然一惊，忍不住抬起头来，只见于夫人眼光不知道看着何处，眼圈却已经微微发红。

"我是直肠子，陆娘子不肯跟我说，我便找到了陆侍郎的夫人，让她去问，慢慢才知道那些洛阳的产业几年来都说歉收亏钱，陆娘子想换人去管，大长公主便过来求情，说她身为裴氏妇，不能为钱财落下苛刻下人的名声。家中奴仆多、开销大，陆娘子没法维持,卖掉了几处田地,不知怎的中眷裴这边的族人听说了,便说她不会持家,败了产业。陆娘子不敢跟人说,便偷偷拿自己嫁妆往里填,渐渐地填不足了,要削减些开支,又被下人抱怨吝啬,哪里像望族出来的女子?这样煎熬着,待我们发现不对时,她的身子也撑不住了,终于没过了那一关,那可怜的孩子没多久也随她去了……"

于夫人的声音慢慢地低了下去,琉璃心里忍不住也是一阵难过,先前的一点异样,通通化作了悲凉。

"守约成亲时不过二十出头,一心想着建功立业,重振家声,封妻荫子,于后宅的事情便没有留心。陆娘子又是心思重的,这些事对她母亲都不肯透一句,守约那里自然更是瞒得死死的。出了事后,守约自责万分,每日借酒浇愁,整个人渐渐不成样子,后来还是我家将军狠训了他一顿,才慢慢振作起来。自那之后,他便像变了个人,看什么都是淡淡的,做事倒是老到了。先把那府里百来个奴仆全部发卖,得的钱便在河东老家的宗祠边置了庄园和族学,又关了宅子,住回了这处老院。大长公主原是不依,说是奴仆是长者所赐,怎能发卖?宅子是自家产业,裴氏的宗子难道还要托庇外人?还是我实在听不下去,狠狠数落了一番那些刁奴和掌柜的所作所为,才让她住了嘴。

"此后洛阳那边的产业再抱怨赔钱的,守约转手就卖,得的钱便给了中眷裴这边的族学。这样也不过两次,那边倒是不赔了,管事们还时不时送些节礼,守约都是立刻便散出去,中眷裴这边的人得了实惠,也没什么话说,守约跟两边族人的关系也缓了一些。但不知怎么的,天煞孤星的名头却渐渐传得人人皆知,吏部的铨选也总是上不去……直到一年多以前。"

"守约跟我们说,都是因为遇到了你。"

琉璃一怔,抬起了头来,于夫人看着她,目光里依然带着几分探究,却似乎不再那么锐利。琉璃不由摇头,"怎会是因为我?锥立囊中,自然迟早会锋芒毕露,河东公府难道还能打压他一辈子不成?"

于夫人若有所思地叹了口气,"这也难说,这世上胸藏万卷之人,一世终无大成的,难道又少了?"

琉璃微微一愣,于夫人说的莫不是她的丈夫苏定方?略一思索还是微笑道:"夫人何必灰心,廉颇八十尚能出征,苏将军乃是不世出的奇才,只是时运未到而已,说不定际遇就在眼前。"

于夫人惊异地看了她一眼,脸上突然露出了笑容,"我怎么才看出来,你和守约真有些相似,看着都不爱说话,一说出来倒是直中人心。"

琉璃只觉得耳朵根发烧,她不过是记得苏定方是六十多岁之后才成就了一番惊世功业,顺嘴也就说出来了,怎么能跟裴行俭去比?

于夫人的目光越发温和,"裴家的事如今我也都说了,你若想做守约的妻室,以你的身份,只怕遇到的烦扰会比当年的陆家娘子还要多上几分,你可有胆子去应付这些事？"

琉璃沉默片刻，淡淡地一笑："胆子，自然是有的。"

于夫人坐直了身子，目光明亮地盯着她，追问道："那依你的主意，你要如何应付日后之事？"

琉璃静静地看着不远处那泛着粼粼寒光的湖面，语气淡得不能再淡，"自然是以直报怨，讨回一个公道。"

于夫人脸上的讶色更浓，"你的意思是，要帮守约追回那些财产？"

琉璃摇了摇头，"那些财产，守约根本就不想要，我自然也不会要。河东公府欠他的，原不是财产。"

于夫人深深看了她一眼，"看不出你竟是这般烈性的！可你莫忘了，裴相于守约母子毕竟有过大恩，如今的临海大长公主不但是皇亲国戚，更是守约的长辈。你若跟他们翻脸，于情于理于势，都讨不得半点便宜。再者，他们做的事虽然不光彩，可你是做晚辈的，绝不能言说长者之非，更不能违逆长者之命，这家法宗法国法，哪一桩能容你去讨回公道？"

说到此处，于夫人忍不住叹了口气，"我也知道你听了这些事情心中难免恼恨。莫说你，我家将军何尝不是气炸了肚皮，守约又何尝不是忍断了肝肠？终究也不过如此而已。说来那裴家的财产，若不是裴相公，大概也不会发还下来，守约在河东公府又的确是住到了十多岁的，任谁看，都是河东公府对他恩重如山；至于中眷裴的族人，若不是守约的父兄谋事不够严密，又何至于凋零至此？因此，无论他们如何作为，守约终不能不顾收养之恩，血脉之情，不然的话，别人不知道守约的本事，我还是知道一些的，何至于如此委曲求全？"

琉璃沉默半晌，突然抬起头来，"于夫人，你说错了。守约，他也想错了！"

"无论是河东公府，还是中眷裴的族人，守约根本就不欠他们！"

于夫人瞪大了眼睛，"此话怎讲？"

琉璃认真地看着于夫人，"守约大约总是在想，若是没有裴相公，他会如何；可是他想过没有，若是没有他，河东公府会如何？没有他们母子，难道高祖皇帝能把洛阳裴氏的财产转手送给裴相？河东公府既然受皇命托管这些财产，后来却那样大肆侵吞，不但是不义，更是不忠。这也罢了，当年收留守约母子，帮他们讨还家产，于裴相不过是举手之劳，但所得实惠，却让河东公府多享受了这二十年的富贵，难道还抵消不过？再退一万步来说，裴氏母子就算没有河东公府收留，当年身边总还略有积蓄，守约的父亲又很快有了追封，想来绝不至于流落街头，试想他们母子现在情况又会如何？再不济，也不会比现在差！那么河东公府对他们母子的所谓收养之恩，到底算是什么？

"再说中眷裴，当年他们之所以被牵连惨重，自然是因为靠着守约的父兄安享荣华富贵，世事原是祸福相依，岂能同享福时受之安然，共患难时就指责抱怨？何况若没有守约，难道高祖皇帝会巴巴地找到他们，把洛阳裴氏的财产发放给他们？说到底，他们想的，也不过是不劳而获，因此才会把守约的家产看成自己的私产，为了这些财产逼迫妇孺也在所不惜！这样的血脉之情，又算什么？"

不知为什么，琉璃的耳边似乎又响起裴行俭那句淡漠无比却又惨痛刻骨的话："因为，我也姓裴！"只觉得胸口似有一团火焰慢慢烧了起来——姓裴又怎么了？如果让那些满口名声仁义、实际贪得无厌的贵妇高士在干了这么多恶事后，还能堂而皇之地享用那些沾满他家人鲜血的钱财，这世上哪还有天理可言？

于氏怔怔地看着琉璃，半晌才长出了一口气，"你说的，自有一番道理，只是这道理，却不是人人都能明晓的。这世上，原没有什么比长幼尊卑、宗族名声更大的道理。你年纪到底还小，哪里知道这里面的险恶？若是存了这个念头，只怕不但不能为守约讨回公道，还会给他惹来灭顶之祸！"说到后来，她的声音慢慢有些严厉起来。

琉璃轻轻地摇了摇头，"夫人误会了。依琉璃之见，为了过去的事情，赔上以后的日子，或是杀敌一千、自伤八百，都算不得以牙还牙。他们既然能冠冕堂皇地把守约逼迫至此，自然也只有以同样正大光明的手段，让他们好好品尝一番大义名分的锥心滋味，才能真正算得上是讨回公道。"

于夫人顿时来了兴趣，忙道："那依你之见，应当如何做到此步？"

琉璃笑了笑，"夫人，此事说出来并不稀奇，不过是事前要筹划得严密些。琉璃心里已有了些打算，容琉璃思量清楚了再禀告夫人，总之于守约和裴氏的名声绝无害处。其实以苏将军与守约的心智，琉璃能想到的主意，他们自然都能想到，只不过他们太过宽厚，琉璃却正是小女子一个，君子做不得的事情，便让琉璃来做！圣人都说了，以德报怨，以何报德？总不能让那些做尽坏事的人，心安理得地继续吸血自肥！"

于夫人笑了起来，"吸血自肥？这个词用得好！你和他们师徒两个多半能说到一处去，都是做事前不爱露口风的。也罢，你只要记得莫意气用事就好。"停了半刻，她又叹了口气，"只是还有一桩，就算不说这些，你嫁入裴家，却也是有些难处的。中眷裴的那些族人，多半要嫌弃你并非名门淑女，当初的陆家乃是吴中陆氏子弟，他们都挑剔过一番，何况于你！河东公府那边，只怕也会用些手段来煞煞你的性子，好叫你听他们摆布，这些事情或许不算大，但一桩桩的都极是闹心。你，还是要多有些准备才好。"

琉璃垂眸微笑，"夫人不必担心，想那陆家娘子，是正经的名门淑女，自然生怕坠了家族名声，累及父母姊妹，才会处处对自己求全责备。琉璃却是一无所有，也无甚可惧，守约说我性子坚韧，其实不过是无欲则刚。我不想夺回财产，也不想博得美名，凡事做到合乎规矩也就是了，谁爱挑剔，与我何干？"

"你这话有些意思，"于夫人眼中兴味更浓，"倒是合我的脾气，这人不守世间的规矩原是不成的，但若是顾忌太多，太求名声，也不过是便宜了那些恶人！"

琉璃深深地点头，这世上的恶人，如曹氏，如善氏，如临海公主，其实仗的不过是脸皮比旁人厚，心肠比旁人黑，对待她们，原本就只有更厚更黑这一条路，若跟她们还讲究名声手段，不是自己找死吗？

于夫人此时满眼都是笑意，"听说你明年便十七了，不知是哪月的生辰？"

琉璃一怔，半晌才摇了摇头。于夫人不由奇道："你怎么连自己的生辰都不知晓？"

琉璃只得苦笑道："不瞒夫人，琉璃四年前痛失慈母，不知怎的大病了一场，后来虽是慢慢好了，以前的事情却差不多都忘了。这四年里，也不曾有人给琉璃过过生辰，因此琉璃实在不知自己生辰是何日。"

于夫人不由大奇，"你难道连及笄的大日子都没办过？"

琉璃摇了摇头，安家是胡人，根本就不讲及笄之礼，库狄家更不可能给她办这个。这时的户籍纸上只记年龄，也没个身份证，说来她的生辰还真是笔糊涂账。

于夫人满眼同情地看着她，半晌才道："既然如此，若是有人问起，你不如便说生辰是十一月初二。"

琉璃有些讶然，但看到于夫人颇有深意的眼神，还是微笑道："是，琉璃记住了，我的生辰是十一月初二。"

于夫人眯着眼睛点了点头，又笑问："你可会做葫芦头？"

葫芦头是什么？琉璃有些茫然，只是看着于夫人的神色，她心头一亮，微笑起来，"琉璃今日还不会，不过若是夫人能宽限几日，琉璃定然不会令夫人失望。"

于夫人看着琉璃，脸上终于露出了满意的笑容。

第二十八章
暗潮汹涌　收买人心

"琉璃，你看我这妆如何？"武夫人从铜镜前转过身来，兴致勃勃地问。

琉璃看着眼前这张姹紫嫣红的脸，暗暗吸了一口气，笑容满面地点了点头。

大约是因为一年多不曾参加过酒宴，武夫人今日的妆容画得分外仔细，脸上至少扑了三层雪白的应蝶粉，额头涂着鹅黄的松花粉，眉心又贴了一个桃形的镂金翠钿，两颊上各点了一簇六点红色，眼角到两鬓间则是两抹月牙状的斜红。不过饶是如此，整张脸上最显眼的还是那两道又粗又长的深翠色眉毛，看上去实在是相当……诡异。

琉璃前几日第一次看到她把眉毛画成这样时，简直恨不得立时拿抹布来给她擦掉，武夫人却自得万分地告诉她：这才是眼下长安城最时兴的眉妆！琉璃顿时想起了那些唐代扫帚眉仕女图，心头涌上了深深的无力感。

她还未开口，武夫人上下打量了她几眼，"你怎么今日还是这般素着脸？"

琉璃不由好生诧异，她哪里素着脸了？明明扑了粉，描了眉，点了口脂，只是没敢把自己的脸搞成调色盘而已！可没等她分辩，武夫人已不由分说地把她按在月牙凳上，拿起石翠，就要加工琉璃的眉毛。琉璃吓得一蹦三尺高，"夫人饶了琉璃吧，琉璃还要去厨下看看，万一流些汗下来，这脸如何看得！"

武夫人皱眉道："你这两日倒去了几回灶房，有什么菜式吩咐厨娘做也就是了，你何必还亲自去？"

琉璃忙道："今日是宴客，琉璃准备的正是立冬前后的应节之物，还是自己去看看才放心。"

武夫人叹了口气，"也罢，你做完了再来找我。"说着，到底打开了妆奁，从花盒里挑了一片用鱼鳞剪成的雨滴状花钿贴在了琉璃额头，"这却是不怕流汗的。"

琉璃冷汗直冒地走了出去，快步到了杨老夫人院子边上的厨房，里面早已是热火朝天。特意从尚食局请过来的女厨正在做浑羊殁忽，她手脚利索地将两只腹内填满五味肉碎和糯米的净鹅填了一头羊的腹中，在将羊挂上烤架前，却又从羊脊边挑出两条嫩肉，细细地切了，加入调味酱腌着，放到了一边；接着便在脊外片下两条略长些的嫩肉，剁碎后也放到了一边。

琉璃忍不住问："这是要做什么？"

女厨擦了擦汗，"好叫这位娘子知晓，若是别的羊自然是把腹内的鹅烤好了便扔，今日却是极好的冯翊羊，因此选了最嫩的脊肉来做道生羊脍，外脊便炸酱入汤，正是地道的细供殁忽羊羹，羊尾还可以炒来做道白沙龙。"

琉璃点头不语，一边的武府女厨便道："大娘，你吩咐的葫芦头已经备好了。"

琉璃忙走了过去，只见女厨手边两个盘里，一盘是洗净的羊肠，一边是用花椒肉桂茴香腌制好的肉末，她便笑道："劳烦了。"

她自是不用动手，指挥着厨子将净肉末拌上生蛋黄荧粉填入羊肠，扎牢后先入油炸了两段，趁热一尝，外脆内鲜，倒比前两日做的又强了些。让厨师尝了一口，厨师也点头道："今日用的原是冯翊羊的羊肠，又是鸡子拌的肉糜，果然更鲜。"又笑道："大娘放心，待会开席了，这葫芦头便跟羊羹一道上，定然是热的。"

琉璃笑着谢过，眼见厨房的挡火墙前另外几个单眼灶台也都生起火来，灶房里渐渐有油烟弥漫，不敢多留，转身回了院子。这才进屋换上了今日见客的衣服，又戴上了一支碧玉步摇。

阿霓绕着琉璃看了一圈，叹道："裙子倒是好，衣裳却太素了。"

琉璃忍不住笑道："你倒是好眼力。"她身上的石榴裙看着寻常，用的却是贡品细绫，细看才能见到满地的联珠裙纹。襦袄虽是素面，滚边用的却是最富丽的朱底晕繝锦。毕竟以她如今的身份，穿得太华丽不成，太朴素也不成，只能走这种低调精品路线。

一时打扮好了，琉璃到了上房，却见武夫人也到了，身上穿的正是一条杏红色联珠团花的八幅夹缬长裙，上面是一件米色短襦，走动间流光溢彩。杨老夫人正皱着眉头道："如今时兴的这眉妆着实古怪了些。"

武夫人一脸的不以为然，眼见时辰已近，便带着婢女们到二门上去迎客。琉璃依旧在上房陪着杨老夫人。没多久，中书舍人王德俭的夫人第一个到了。只见这位华夫人三十许岁，肌肤丰白，眼神灵动，见了杨老夫人，亲热地上来行礼寒暄。

第二个到的却是和琉璃有过一面之缘的许敬宗夫人钟氏，看见琉璃只笑着问名姓年纪，就如从未见过一般。随后来的是穿了一身朱色宴服的于夫人，崔义玄的夫人卢氏是按着时辰到的，那嫁了长孙无忌庶子的杨十六娘却是最后才到，一见面便抱歉了半日，杨老夫人自是笑着只道无事，引着众人往后走。

宴席设在了院子后面的亭阁里，阁内早已装点得十分精洁，屏开孔雀，褥隐芙蓉，细绒地衣低设，紫锦帷帐高张。待大家互相谦让一番逐一入席之后，自有婢女们双手举着食案碎步上前，低头俯身送在各人面前。

琉璃陪着武夫人坐在东席的末座，不过是随众举箸捧杯而已。眼见面前的案几上从生鱼脍到白沙龙，一道道佳肴流水般上来，她心思在别处，也辨不大出是什么滋味。几位客人倒是赞不绝口，听说有几道是尚食局的厨师做出来的，更是好生恭维了杨老夫人一番。

眼见羊羹之后，一个个盖着鎏金银盖的牙盘被送了上来，银盖打开，露出一对对金黄色的小葫芦，杨老夫人便笑道："这道菜诨名葫芦头，却是大娘的主意，说是按孙真人的方子做的，这时节吃了最是益气补身，大家不妨尝尝。"

众人尝了一个，只觉入口脆香肥鲜兼有，又略有辛辣的回味，都点头不绝。钟夫人便笑道："大娘果然秀外慧中。这葫芦头味道着实鲜美。"

琉璃笑道："承蒙夫人抬爱，不过是市坊间的小吃，难登大雅之堂的，也就是取个迎冬补身的意思。"

于夫人吃了一口，却是怔怔地看着琉璃，"你这肉末里可是混了鸡子？"

琉璃吃了一惊，这道吃食虽是于夫人前几日让她学做的，但依厨娘所说，肉末里调入芡粉即可，是她想起前世里拌饺子馅时打个生鸡蛋的做法，试着做了一做，果然味道更好，才改了做法的，于夫人舌头好灵！忙点头道："夫人说得不错。"

于夫人看着琉璃，眼圈慢慢有些发热——因她爱葫芦头的这份鲜辣，当年女儿特意去学了做法，做得比外头食铺卖的还要鲜美，秘诀便是馅料里加了鸡子。这次让琉璃做这份小吃，原不过是借个由头说事，没想到她做出的葫芦头的味道竟然真和女儿做的那般相似……

在座的几位夫人虽然与于氏不大熟，却也看出有些不对，杨老夫人便笑道："琉璃，你这葫芦头样样都好，就是有些辣口，快去给于夫人敬杯酒压一压。"

琉璃忙应了，离座斟了一杯烫得热热的竹叶青，蘸甲轻弹，又举杯过眉，敬了于夫人一杯，于夫人喝罢便道："大娘且过来坐，我有事问你。"琉璃笑着坐到了于夫人身边，于夫人便细细地问她家里还有何人，平日爱做些什么。

在座的几位夫人都是机灵人，对琉璃原本就多留了几分心。有人已暗自琢磨杨老夫人带了这样一位女子在身边是何打算，甚至开始盘算自己认识的人家里有没有合适的旁支庶子或者寒门学士。看到这番情形，一个个更是一面说笑一面竖起了耳朵，猛然间却听于夫人惊声道："你也是下月初二的生辰？"

原本谈笑风生的席面上顿时一片安静，连风吹帷幕的声音都变得清清楚楚，几个在外面伺候的婢女都有些惊讶地抬头看向厅内。透过薄薄的纱帘，能看见一个瘦小的身影拉着那位库狄大娘走到主位前，不知说了一句什么，小小的阁楼里顿时爆出了一片惊叹。

没过几日，同样的惊叹声便在长安无数衣冠人家里响了起来：那位裴家的天煞孤星要续弦了，娶的是恩师苏定方新收的义女，还是一个出身寒门的胡女！

一时间，嗟叹者有之，鄙夷者有之，嘲讽者有之。只是到了冬至节那日，当这个消息由河东公府一个送礼的管家娘子传到裴都尉府的库狄氏耳中时，换来的却是一张惊愕过后便阴沉如水的面孔。当日午后，库狄氏身边最得力的严嬷嬷便赶到了崇化坊；到了第二日一早，裴府的车马房更收到了一条破天荒的命令：赶紧备车，库狄夫人要回本家过节！

从裴都尉府到崇化坊距离并不算近，在库狄氏的催促下，马车居然不过两刻多钟便停在了库狄家所在的小巷入口，正值女儿回门的冬至次日，巷里颇停了些牛车驴马，裴府的马车挨挨挤挤地走了好一阵子才到库狄家的门口。

只见那门前早已停着另一辆马车，看门的普伯正和那位车夫闲聊，回头看见库狄氏，唬得跳了起来："五娘子回来啦！"又忙上来殷勤地行礼。

库狄氏目光只在那辆马车上转了转，眼角都没瞟普伯一眼，便带着嬷嬷和婢女快步走进门去，转眼间已消失在影壁后面。

普伯高声冲门内叫了句："五娘子回来啦！"脸色却已垮了下来，低低地"哼"了一声，右手却忍不住伸入怀里，捏了捏新得的那个荷包，眉眼这才舒展开来。

库狄氏此时已走进院子，也不搭理阿叶的问好，只一路往北边的上房堂屋而去。却见门帘一挑，几个人影迎了出来。库狄氏的目光径直落在了曹氏身后的琉璃身上，在她穿的三色夹缬绫裙和头上戴的蝴蝶流苏步摇上转了一转，眸色更冷了几分，脸上倒是露出了笑容，"大娘也回来啦？"

琉璃微笑着行了一礼，"琉璃见过姑母。"

库狄氏挽住琉璃便往里走，对珊瑚和青林根本没加理会。曹氏本来就不大好的脸色顿时更坏了一些。

库狄延忠已站了起来，看见妹妹和女儿手挽手走了进来，脸上满是笑容，"五娘今日怎么也回来了？"

库狄氏笑着行了一礼，"冬至大如年，妹子这些年都没福和别家女儿似的回家过节，今年好容易有了闲暇，自然要回来讨一口阿兄的宜盘吃。几日不见，阿兄的气色倒是越发好了。"说着便坐了下来，也拉着琉璃坐在自己身边。

库狄延忠捋着胡子笑得几乎合不拢嘴，库狄氏又说了几句闲话，转头便问琉璃："大娘也是许久没回来了吧？这一年多过得可好？"

琉璃笑了笑，"承蒙杨老夫人与武夫人厚爱，琉璃一直陪着她们，这一年多几乎都是在宫里，倒是为圣人和武昭仪效命过几回，侥幸没给家门丢脸。"

库狄氏脸上微微变了颜色，屋里其他几个人也都瞪大了眼睛。库狄延忠满脸都是惊喜，"你这孩子，这般好事，如何今日才说？"

琉璃淡淡一笑，"阿爷不曾问。"这位爷只问过裴行俭和苏将军是什么关系，裴行俭眼下有什么打算，裴行俭前程如何……

库狄延忠半点也没觉出琉璃言语中的讽刺之意，兴致勃勃地问了下去，圣人是什么模样，琉璃是如何为贵人效力的，琉璃拣着能答的简单说了，有意无意透露了几句自己颇受了些赏赐。

曹氏和珊瑚的脸色越来越难看，库狄氏也是神色不定，想了半日还是笑道："阿兄，妹子今日回来，却还有事情要问问阿兄……"说着便看了曹氏和珊瑚一眼。

曹氏腾地站了起来，"珊瑚、青林，跟阿娘出来！"说着甩帘子便走了出去。

琉璃正想起身告退，库狄氏忙道："你且留下，此事正要与你知晓。"转头又对库狄延忠道:"阿兄,我听说有人求娶大娘?"

库狄延忠一怔,随即笑了起来,"五娘好灵的消息!说来也巧,求亲的也是裴家子弟,正是如今官居起居郎的裴九郎。他恩师乃是左卫的苏将军。那苏将军原有个女儿,不幸一年多前没了,他夫人一见到琉璃,就觉投缘,上月当众认了琉璃为义女,还特意在家里摆了宴席。又得知琉璃还没定亲,这月初三,苏将军便亲自上门来提了亲,我已问过卜,卜语也是大吉。再过几日,便要纳采……"

库狄氏沉声打断了他,"阿兄,你可知这裴郎君的身世?可知他曾娶妻生子?"

库狄延的眉头皱了起来,"自然知晓!那裴九郎乃是正经的名门之后,前头娘子也没留下一男半女,如今正是孤身一人,大娘过去便能当家!"

库狄氏叹了口气,"正是孤身一人才不好,阿兄如今在兵部办着差,难不成竟没听说过天煞孤星这四个字?"

库狄延忠脸上变色,忙去看琉璃,见她面无表情地低头不语,声音便冷了几分,"五娘,你也不是那无知妇人,岂能这样胡说?为兄在兵部当差这几个月,谁提起这位裴郎君不是一个好字?什么天煞孤星,不过是那些黑了心肠嫉恨他前程的人编出来的鬼话,也能信得?卜者也说了,这门婚事乃是大吉!"

库狄氏看着库狄延忠沉下来的脸色,不由一怔,想了想还是放缓了语调:"不知阿兄找的哪位卜人?妹子倒认识几个极有名的巫者,要不,我再找人去卜上一次?阿兄,并非我多事,实在是此事重大,不是闹着玩的。"

库狄延忠的目光变得冰冷,"不必!此事我自有主意,你不用操心!"

库狄氏摇头叹道:"阿兄,这裴九郎之事,你只知其一,不知其二。他虽说是中眷裴的宗子,但平日为人苛刻,与族人关系并不好,那河东公府的临海大长公主待他极为亲厚,成亲时送了他一幢大宅、上百个奴婢,他居然转手就卖了,还对公主出言不逊!与这样的人结了亲,于你于咱家又有什么好处?反而得罪了贵人!"

库狄延忠皱眉想了片刻,首先兜上心头的,却是自己得了兵部差事后的扬眉吐气,他前后琢磨了一遍,突然冷笑起来,"这话好没道理!别的我不知晓,若裴郎君真这般不堪,族人又焉能容他当宗子到今日?谁知道诋毁他的那些人是打着什么主意!"

库狄氏不由也变了脸色,怒道:"阿兄,你难道以为我也是来害你的不成?"转头又对琉璃道:"姑母一心一意都是为了你好,此事与你性命攸关,你可不能打错了主意!"

琉璃一直低头不语,胸中又是气愤又是疑惑,听到库狄氏问她,才抬起头来。库狄延忠已忙忙地插嘴道:"琉璃,你莫听你姑母胡言,阿爷绝不会害你,这裴郎君的门第前程人品,在大唐也挑不出几个,你若错过了这份姻缘,以后哪里还能有此等好事?"

琉璃看着这面目如此相似的兄妹两人,用一样的表情说出一样的话来,几乎忍不住要笑出来:要是光看这一幕,不知道的一定都以为他们多疼爱自己呢!岂不知一个是做官正上瘾，生怕自己爱惜性命得罪了他的贵人断送了前程，一个更不知是打着什么主意！她压下嘴角的笑意，轻声道："婚姻之事，自然是父母之命媒妁之言，琉璃听阿爷的。"

库狄延忠顿时松了口气，库狄氏却是大急，"你这是什么糊涂话，莫说那天煞孤星绝不是浪得虚名，你就算能平平安安嫁给那裴九，日子总是要你自己过下去的，中眷裴的族人岂肯让你这样出身的女子去做他们的宗妇？裴九又得罪过河东公府，若是大长公主有心为难你，你做晚辈的难道敢违逆不成？你莫要为图虚名，葬送了自己的性命！"

库狄延忠再也忍耐不住，厉声喝道："五娘，你今日回家难道就是为了搅黄大娘的婚事？若是如此，便请回吧！"

库狄氏呆了一呆，脸上涨得通红，冷笑道："好，我今日一片好心，你倒这样看我！"又看向琉璃，"琉璃，你若听姑母的话，现在就跟姑母走，姑母定然立时为你寻门好亲！"

琉璃心里慢慢已有了几分了然，抬头看了看库狄氏，突然微笑起来，"姑母，琉璃实在有些不解，姑母为何突然如此关怀侄女了？可是河东公府的人找到了姑母？"

库狄氏瞪大眼睛说了个"你"字，便脸色铁青地霍然起身走了出去。琉璃作势要挽留，库狄延忠却沉声道："你且坐下，安心吃上几口团圆饭，你姑母今日大约是哪里冲撞着了，过几日自会明白！"说着便扬声让曹氏几个进来，又吩咐送菜。

珊瑚和青林磨磨蹭蹭地进了屋，又过了好一阵子，曹氏才一阵风似的走了进来，脸色被风吹得有些发红，眼睛却是分外明亮。琉璃心里顿时一突。

不多时，每人面前案几都放上了两个盘子，大的漆盘里摆满了各种冬令干果瓜菜糕点，小的白瓷盘则盛着已有些凉了的油煎糖饼。正是冬至节女儿归家时必吃的宜盘和煎饧。琉璃此时哪有胃口，一样只略动了一点便放下了竹箸。

库狄延忠便笑道："特意回来一趟，怎么不多吃些？"

琉璃心里盘算，面上笑道："女儿早上出门前吃的是油塌，或许多吃了一口，有些克化不动。"

珊瑚冷笑了一声，刚想说什么，库狄延忠已经一眼瞪了过去，珊瑚胸口一闷，推案而起，"女儿告退。"起身冲了出去。

库狄延忠怒道："珊瑚怎么越发没礼数了！"

琉璃只当什么都没看见，又坐了片刻便道："阿爷，女儿还要去苏将军府上一趟，去得晚了怕是失礼。"

库狄延忠忙道："理当如此，理当如此，你有暇时也记得多回家才是，裴家那边只怕下个月就要通婚书了。"

琉璃点头应了，又笑道："女儿今日回来，除了给阿爷的节礼，家里下人们辛苦了一年，女儿也一人准备了一匹素绢，就烦阿爷吩咐他们到院中领了吧。"

库狄延忠吃了一惊，如今一匹素绢能当两百多大钱使用，家里五个奴仆，就要发下一缕多钱去，他听着都有些肉疼。只是琉璃今日回来给他带的那套笔墨砚台只怕要几千钱，这句"太过花费"实在不好出口，只能满面笑容地说了声"好"。曹氏却是抬起了头，脸上一片阴霾。

院子里，阿霓把一匹匹经纬密实、光泽柔润的素绢发到了库狄家几个下人手里，一面笑道："这是一等一的宋州绢，足足抵得三百钱，你们可莫让人哄了去。"

库狄家几个奴仆脸上顿时更多了几分惊喜，眼见琉璃已从上房出来，都忙不迭地上前行礼谢赏，连阿叶的声音里都有了十二分的感激。

琉璃笑道："这些绢也就罢了，原是当今圣人赏赐给我的，趁着今日过节给了你们，也是个彩头。你们尽心服侍阿郎，日后自然少不得这些好处。"

圣人赏大娘的？库狄家几个奴仆都呆在了那里，半晌才乱哄哄地一通谢恩。琉璃摆摆手，回头跟库狄延忠和曹氏告了别，一面带着阿霓往门外走去，一面便对普伯笑道："还要劳烦普伯看看门外可是方便赶车了。"

普伯原是紧紧地抱着那匹绢绸，闻言忙把绢往身边的阿泉手里一放，赶上来帮着开门往外看，点头笑道："外面路上已松快了好些。"

琉璃点头笑了笑，"麻烦普伯了。"又从阿霓手里拿过一个装钱的荷包亲手放到了普伯手里，不经意般笑道："适才姑母出去时，似乎这里还有些拥挤……"

普伯攥着那个沉甸甸的荷包，咬了咬牙，又回头看了一眼，才压低了声音道："适才是曹娘子追出来说了篇话，似乎说是裴家郎君早就看上了大娘，连阿郎的差事都是因此得的，五娘脸色很是不善。"

琉璃心头一跳，忙郑重地向普伯行了一礼，"多谢普伯相告，此恩琉璃必不敢忘。"

普伯忙摆着手低声道："大娘折煞老奴了！"

琉璃抬头看着普伯，满脸诚恳，"普伯，琉璃原先是什么境况你也知晓，如今好容易熬出头，每次回家都不敢空手，庶母却还是……这也罢了，阿郎如今是在兵部当差，若是得罪苏将军，以后可如何做得下去？日后还有此等事情，琉璃想烦普伯去武府告知这位车夫阿贵一声，琉璃定然不叫普伯有终老之忧！"

普伯听着前面的话还是呆呆的，到最后一句，不由睁大了眼睛：他这样的奴仆，最怕的就是老了病了主人不管，得了这样一句话，当真比多少钱都管用，顿时再也顾不得什么，用力点了点头，"大娘放心！"

车夫阿贵这些日子都是跟着琉璃出入的，从没断过打赏，闻言也跳下车笑道："这位老丈，某姓黄，你去应国公府后面的车马院一问就知。"

普伯在心里记了好几遍，目送着琉璃上车走远了，这才慢慢走回院子，心里又是激动又有些不安，一眼却看见阿泉双手空空地蹲在树下，忙道："你把绢都收回屋子了？"

阿泉抬起头来，眼睛有些发红，压低了声音狠狠地道："哪有什么绢，都让曹娘子收走了，说是给了咱们也不过糟蹋好东西！"说着便用鞋尖死命碾着地上的一根枯枝。

普伯惊讶地张大了嘴巴，胸口一点不安顿时都化成了火气，一把将阿泉拉到了他平日住的门房里，低声道："你说阿郎如今好容易得了这份差事，大娘又有了体面的婆家，为何娘子却恨不得坏了这门亲，这不是毁阿郎的前程么……"

库狄家小小的院落里人影皆无，寒风在地面上打着旋，树根下那几片被碾得稀碎的木屑转眼间便不知被吹去了哪里，只是那大半个脚印却是愈发显眼，无论如何也无法轻易抹去。

第二十九章
初次交锋　再诉衷肠

长兴坊苏将军府内,一位身量高大、眉目英秀的妇人正匆匆往外走,身后的婢女几乎是一路小跑才能勉强跟上。待得前面石径上出现了两个女子的身影,一个灿烂的笑容便出现在了这张原本略显硬朗的脸上,"大娘!"

琉璃吃了一惊,忙赶上几步,"阿嫂怎么出来了?"她自然认得眼前的妇人正是苏定方的儿媳罗氏。

罗氏上来挽住了她的手,满眼是笑,"阿家都念叨你几回了,又怕你来得晚,又怕你来得早,如今可算踏实了,快些跟我进去。"

跟在琉璃背后的阿霓只觉得眼前一花,就见自家娘子被一阵风卷着般往前去了,忙撒腿就追。

好在比起应国公府来,苏将军的这座府邸着实小得可怜,几乎不像是四品官员的宅子,穿过两处过厅就是苏府的上房。前面两个人脚步已经慢了下来,阿霓也松了口气。这是她第二次来这府里,记得上次的认亲宴就是在离此不远的一处花厅里办的,那花厅也不宽敞,陈设食具一概平常,菜式却是异常丰盛,从海鲵干胒到五生盘,上了足足二十道,有几味竟是少有的名菜……

于夫人早已站在台阶上,看见琉璃,几步走了下来,没等琉璃行礼,便一把拉住她,"这么早就来了,是吃过午食便往这里赶的吧?你这孩子,这般性急做什么?"

阿霓正在匀气,听到这一句,想起了罗氏适才说的话,不由偷笑。

琉璃也是走得气息不稳,当下只是笑着屈了屈身,便随于夫人进了上房。堂屋里,一位须发半白、细眉淡目的长者正半散着腿坐在主位之上,见琉璃进来,和蔼地笑了起来,"大娘来啦!"

琉璃哪敢怠慢,赶紧恭恭敬敬地行礼,"琉璃见过义父。"

于夫人不耐烦地拉着琉璃坐了下来,"你这孩子就是这般多礼!"

琉璃心里默了一下,她当年看唐史时,最爱看的便是名将传,眼前的苏定方可是地地道道的大唐战神,一战转身三千里,一剑曾当百万师!认真论起战功来,除了传他兵法的李靖能压过一头，连薛仁贵、裴行俭都要靠边站，多行几个礼算什么，她简直恨不得上去要个签名才好……

不过眼前的苏定方却看不出半分战神的风采，不但对着琉璃笑得慈眉善目，又满脸戏谑地看着于夫人，"你当人人都和你一般是野惯了的么？"

于夫人怒道："都是一家人，要那么礼数周全做甚？"

苏定方识趣地闭了嘴，脸上仍是笑眯眯的，转头便问琉璃，"你午间可吃饱了，那煎饧一般人家做出来都是极难吃的！"

琉璃想了想，老老实实地点头，"的确难吃，琉璃没吃几口就吃不下了。"

苏定方顿时眉开眼笑，"正好，这冷天拨地的，正是吃些馄饨的好时节，我前几日好容易寻到个会做点心的厨子，做出来的馄饨，只怕比那萧家馄饨还要强些，你且等着，我去去就回。"说完兴致勃勃地起身出了门。

于夫人忙扬声道："多做几种馅料出来！"

苏定方的声音从屋外传了回来，"自然，厨下已准了十三种，正是一个年的数……"

琉璃还没什么，阿霓已默默地低下了头，十三种馅料，就为了做碗馄饨，应国公府也从来不曾这般奢侈过！她现在知道，苏定方堂堂四品中郎将，为何会住着这样寒酸的一处院子了。

热腾腾的馄饨不到半个时辰便被端了上来，六寸的银碗里，十几个雪白滚圆的小馄饨在碧清的汤水里载沉载浮，一股异样的香气扑面而来。

苏定方笑眯眯地看着琉璃，眉梢眼角里全是掩饰不住的得意，"大娘，你且尝尝哪几种馅料合你的口味？"

这是……出考题？琉璃顿时来了兴致，此时膳食的做法并不算丰富，于食材处理上却是极为讲究，她原本对吃就有兴趣，在宫中这一年多也很是吃过一些山珍海味，自然想领教一下这"十三种馅料"到底有哪些。

她笑盈盈地点头说了个好，慢慢把这比拇指大不了太多的馄饨一个个吃下去，却是越吃越有些心惊，报出肉名的速度也越来越慢，倒是最后一个馄饨刚入口，她便笑着抬起了头，"熊肉！"

苏定方顿时眉开眼笑，"你第一次吃，就分辨出了七种，着实不错了，守约吃了两年才分得清。"

琉璃笑着放下了手里的银碗，熊肉肥腻，原是最好辨认的。她突然想起了宫里的做法，便对苏定方笑道："琉璃在宫中时，也常吃熊肉馅的玉面尖，只是宫里多是用熊肉与鹿肉相混，既肥美，又有嚼头，似乎比单做更好。义父是否想过，十三种肉馅其实也可以两种或三种混在一处，这样岂不是变化无穷？"

苏定方眼睛大亮，一拍案几，"好主意！"案几上的碗顿时蹦了老高。于氏唬了一跳，瞪了他一眼，苏定方已霍然站了起来，"这主意当真绝妙！我这就让他们试试去。"

于氏忙道："慢着，慢着。又不急着这一时，大节下的好好说会儿话不成么？"

苏定方呵呵大笑，"你陪着她就是……"一语未了，就听屋外有婢女道："夫人，裴明堂府的郑夫人来访。"

苏定方和于氏相视一眼，脸色都骤然沉了下来，苏定方皱起了眉头，"她怎么来得这般巧……不好，只怕守约那边也有了恶客，我先过去看看！阿罗，你带着琉璃到你屋里歇一歇。"

琉璃顿时猜到了几分，心里也是一突，忙问于氏："可是中眷裴的族人？"

于氏点头，"是武陵令裴安石的夫人，守约原先就是在他家借住过两年，她出身荥阳郑氏，平日里最是自高自大的。我去打发了她便是，你不必去听那些混话。"

琉璃略一沉吟，还是摇了摇头，"她既然选了此时上门，多半是知道了女儿在这里，此次躲开容易，可日后还能次次都躲开不成？她是守约的长辈，终归有见面的时候，若是头次见便躲，长了她的气势，只怕以后更不好应付。"

苏定方诧异地看了琉璃一眼，微微点头，"此言倒也颇合用兵之道！也罢，横竖今日你义母也在，便陪你见见这位客人。我去守约那边看看，若真如所料，有些话还是我去说才好。"

待在院门口真的见到这位郑氏时，琉璃心头的一点紧张却都变成了好笑。郑氏大约四十多岁，身上是一件颇有贵气的大红缎面银鼠镶边的披风，脸上的妆容和武夫人宴客那日的极为相似，只是武夫人是丰腮笑眼，她的脸孔却略有些瘦，看起来更多了三分诡异。

一行人互相见礼，进了上房，分宾主落座，罗氏下去张罗浆水点心。于夫人也不客套，开口便问："郑夫人匆匆而来，不知有何贵干？"

郑夫人神色淡漠地道："不过是拙夫听闻了一桩奇事，来找守约问一问，顺便也让我来问一声夫人。"

于夫人"喔"了一声："敢问其详。"

郑夫人看都未看琉璃一眼，眼睛直视着于氏，"这几日，外面纷纷传言，苏将军给守约定下了一门亲事，那女方不但出身极低，还是个胡女。此事过于骇人听闻，拙夫是不肯信的，裴氏一族门庭高贵，从不轻许婚姻，守约更是中眷裴的宗子，将军一直视守约如己出，定然不会让守约做出此等辱没家风的不孝之事！"

看着郑夫人那张满是正义感的脸，琉璃突然觉得自己要学习的东西还有很多。当年逼着裴行俭母子去向大长公主索要家产，又责怪陆娘子败了他们"族产"的，正是这帮人吧？想来裴行俭如果真是"天煞孤星"，家产名正言顺成为族产，才是他们最愿意看到的事情！偏偏却能摆出这样大义凛然、大公无私的姿态来，果然不愧是世家大族！却见那位郑夫人眼睛终于往自己脸上一转，琉璃便对她绽开了一个最灿烂的笑容。郑氏顿时愣住了。

于夫人冷冷地看着郑氏，点头道："郑夫人果然是一心为守约着想，我只有一事请教，说到荒唐，便是乞儿也知道，不孝有三无后为大。守约又是遗腹而生，贵宗嫡支延续香火之事，全要着落在他身上。怎会有人这些年以来任凭自家晚辈孤身一人，不闻不问，听说他好容易要成亲了，却急吼吼地来兴师问罪，说他不孝？难道你们裴氏一族的祖训，是要断子绝孙才算孝道？"

此言一出，莫说郑夫人，连琉璃都吓了一跳。郑夫人指桑骂槐，那是仗着辈分和身份都比琉璃高出一截，于夫人却是毫无顾忌，直接打脸。郑夫人一张脸顿时就变了颜色，忙道："于夫人此言差矣，我们如何不闻不问了，只是……守约有那么个名头在，说起亲来到底困难些，但也总不至于如此将就！"

于夫人笑了起来，"原来夫人也知道守约说亲不易，我这义女，好歹也是家中嫡长女，家里也是祖上封侯，五代为官的，才貌就更不必说了，不然也不能被昭仪赏识。你若觉得不好，不妨也找一个处处都比她强的来说给守约，你看如何？"

郑夫人一时语塞，顿了一顿，依然冷笑道："所谓宁缺毋滥，守约正值盛年，慢慢找总是能有合适的。总不能贪图美色，胡乱找了妻室，他日九泉之下，他又以何颜去见列祖列宗！"

于夫人也是一声冷笑，笑声比郑氏的更响亮了几倍，"说得好！我也觉得如今守约真是无颜去见裴氏列祖列宗，想他一门尽灭，只留下他这一根血脉，可眼见而立之年依然无妻无子，所谓亲族，眼里只盯着他的那点家产，逼死他母亲妻子还不够，还要到处造谣，一门心思让他绝了嫡脉，好夺那巨万之产、宗子之位，他若如了这些人的意，他的父兄那样一世豪杰，只怕绝不肯认这样的子弟！"

琉璃见于夫人的脸色便知她要发飙，却没料到她竟然能说出这样一番不留丝毫情面的话来，不由目瞪口呆。郑夫人更是一句话也说不出来，半晌才腾地直起身子，说话声音都变了："你说的是谁？谁要夺人财产了，谁要夺那宗位了？难道我们身为长辈的，见晚辈娶个胡女，辱没祖宗，说句话也不成么？"

于夫人断然点头，"当然不成！若这长辈也曾为晚辈操过一丝的心，说过一门的名门淑女，也算是有这资格来说如今这门亲事，若是不曾，自然便是居心叵测。一心盼着晚辈绝后，这种恶毒心思的长辈，有什么资格说三道四？"

郑夫人胸口起伏，眼见就要摔脸就走，但看一眼于氏，又看一眼琉璃，咬牙还是坐了下来，"于夫人，你也晓得守约是中眷裴的宗子，他娶的妻子，便是宗妇，难道堂堂西眷裴，居然让一个胡女做宗妇不成？"随即眼光冷冷地落到了琉璃身上："我是宁可被世人责骂，宁可被冤枉致死，也绝不忍受这种要由胡妇带领着祭拜祖宗的羞辱！"

于夫人怔了一下，还要开口，琉璃心头一动，忙按了按她的手，清脆地笑了起来，"夫人好志气，琉璃佩服得紧，敢问夫人，您真是觉得胡女就这般卑贱，宁死也不能容忍胡妇在你之上？"

郑夫人有些愕然，但还是点了点头，"自然如此！胡妇焉配做我中眷裴宗妇？"

琉璃困惑地皱起了眉头，"既然如此，夫人却为何会让夫君在朝廷为官？"

郑夫人不由一愣，"你此话何意？"

琉璃轻轻地一笑："夫人的夫君想来是早已为官的，不知那时的皇后是谁？夫人既然宁死不能容忍由胡妇带领着祭拜祖宗的羞辱，不知在命妇朝会上，是否也是宁死不向胡妇下跪行礼？"这些裴氏族人还真像一个模子里出来的，动不动就是我辈士人，尔等胡女，却不想想如今的大唐胡乐胡俗通行朝野，皇室血统更是胡化得厉害，大唐第一位皇后窦氏的汉人身份就十足可疑，长孙皇后更是地道的鲜卑人，却不知这些人要抱着门庭血脉自高自大到几时！

郑夫人似乎终于想起了此事，愣了半晌才厉声喝道："你好生狂妄，居然敢拿自己与先皇后相提并论！"

琉璃依然微笑，"夫人说的是胡汉之别，又非尊卑之分，若说尊卑，琉璃与先皇后自然有云泥之别，若说胡汉，却是另外一回事。只是夫人若心里想的是权势富贵，又何必拿门庭血脉做幌子？"

于夫人"哈"的一声笑了出来，挑眉看着郑氏不语。郑氏脸色都已有些发青了，声音里的愤怒变得货真家真，"你、你敢这般与长辈说话，好大的胆子！"

琉璃眨了眨眼睛，"夫人此言差矣，琉璃胆子极小，绝不敢身为大唐子民，一口一句宁死也不忍受胡妇在上的羞辱。琉璃倒也有幸曾为当今圣人和武昭仪效力，或许他日拜见时，可以请教一二。想来圣人宽宏，不会计较也未可知。"大慈恩寺的来历她记得很清楚，那位高宗皇帝可是以孝顺著称的！

郑氏的脸顿时由青转白，急道："你、你胡说什么？我哪有对先皇后不敬的意思？你莫血口喷人！"

琉璃正色道："夫人，你倒说说，哪句话是琉璃凭空编造的？"转头便问于氏，"阿母，琉璃难道听错了，难道那话不是郑夫人亲口说的？"

于夫人肃然点了点头，"你自然没有听错，的确夫人自己亲口说了两遍。"又看了郑氏一眼，叹了口气，"阿母也知道，昭仪对你恩重如山，圣人更是几次厚赏于你，只是家丑不可外扬，此事还是莫要声张得好。"

郑氏脸上的盛气早已都跑到爪哇国去，只是咬着牙苦撑着那点尊严，听到于夫人的话忙点头道："正是！你也是读书识礼之人，岂不知人不可言长辈之是非，长辈一时失言，你却存心闹将出去，又置裴氏名声于何地？"

琉璃一脸惊诧地看了看郑氏，垂眸道："阿母此言差矣，家丑不可外扬也好，不可言长辈是非也罢，原是对裴氏妇来说的，这位夫人既然宁死也不肯由胡妇在上，琉璃自然不敢害人性命，既然如此，琉璃不过是大唐子民，裴氏名声与琉璃何干？难道琉璃还要听任他人对先皇后不敬不成？"

郑夫人呆呆地看着琉璃，张了张嘴，却没能说出一个字来。

门帘突然一挑，罗氏带着婢女走了进来，面含笑容地将一盏盏深色的浆水端到三人面前的案几上，口中笑道："这是厨下新做的枣浆，郑夫人莫嫌粗陋。"

屋子的气氛顿时缓和了些许，郑氏喝了口枣浆，脸上僵色稍退，低声说了句："阿罗果然好手艺。"停了片刻，又叹了口气："于夫人说得是，所谓不孝有三，无后为大，这些年守约略有长进，全赖苏将军的栽培照顾，如今他的终身大事，由将军和夫人作主原也是应当。拙夫与我虽是守约长辈，也照拂过他们母子几年，此事上却也不好越过了将军去，一切便劳烦夫人操心了。"说到最后几句，她原本有些干瘪的脸颊上都鼓出了两道肌肉来，却好歹还是硬撑着说完了。

于夫人放下杯盏，眉开眼笑，"阿郑果然深明大义，你且放心，此事我们定然办得妥妥当当的，以后咱们更是一家人，何必见外？"

郑氏的嘴角扯了一扯，算是还了个笑脸，又低头喝了口枣浆，便起身告辞，步履匆忙间，原本端凝的身形变得几乎有些狼狈。目送她消失在院外，于夫人转头便哈哈大笑，上下瞅了琉璃好几眼，摇头笑叹："以前阿母还真真是小瞧了你！"

罗氏也笑嘻嘻地走上来，"快张口给阿嫂看看，你这张嘴是怎么生的……"又啧啧叹道，"难怪九郎时时把妹妹放在心上，果然是一般地会捉弄人！"

琉璃脸上微热，突然又想起裴行俭那边只怕也有一番类似的阵仗，虽然有苏定方在，到底还是有些放心不下，有心想问一声，却被婆媳俩一人接一句打趣得开不了口。好在没多久，苏定方便笑吟吟地走了回来，于夫人忙问那边如何了。

苏定方捋着胡子笑道："我这回却是多虑了，守约早已有了打算。我过去时那裴安石果然正在指手画脚，说什么他身为宗子，绝不能无视裴氏的家风名声。守约只接了一句，恩师之命不可违，无后之罪不堪负，他无德无能，早已不想当这宗子，请叔父成全。"

满屋子人顿时都吃了一惊，于夫人便忙问："守约真是这般说了，那裴安石又怎么说？"

苏定方呵呵一笑，"他们那些人的心思你又不是不知，裴安石自是立马就追问，那洛阳的庄园田地该如何处置。守约便道，这些财产都是裴相替他家从高祖皇帝那里讨回的，其实他一直就想还给河东公府，只是身为宗长，必须要照顾族人，才拿了那些收益置了族产族学，维持宗祠祭奠的费用，既然不当宗长了，这些产业自然是还给河东公府。横竖当年高祖皇帝也有明旨，这些家产是给他们孤儿寡母，他这样做也算不负皇恩，不负亲恩。"

说到这里，苏定方的笑容里带上了几分讥讽，"这些人心心念念便是当年共了患难，因此守约的家产也该拿出来与他们同享富贵，如今多半还指望着守约最好是无后，纵然过继也只能过继族人之子，他们这才好名正言顺地拿到那偌大的家业。守约这般明明白白告诉他们，他不想当这宗长，也不想要那些家产，更不想让未来的妻子受族人轻视，只想清净度日、延续香火，这些人焉能不慌了手脚？

"裴安石顿时就变了副嘴脸，直说自己想岔了，想那中眷裴嫡支只剩守约一人，血脉最大，族人绝不会对他的亲事说三道四，更不会对他妻室不敬。如今中眷裴凋零至此，守约绝不能撒手不管。"他笑着转头看了看琉璃，"你且放心，中眷裴在长安的族人原是多以裴安石为首，他今日就差对天赌誓，族人中若是有人敢冒犯于你，他绝不会轻饶！守约这才好不勉强地答应了继续做这个宗子。"

这样也行？琉璃顿时一脑门黑线，她以为自己搬出大唐国母这面大旗来就够狠了，没想到裴行俭居然只轻描淡写说了两句话，就把那位族叔逼得如此狼狈，自己的道行果然比他还差得远……

于夫人早已笑得前仰后合，一面笑一面便道："果然不是一家人不进一家门，大娘和守约捉弄人的心思都是一等一的敏捷，那对夫妻变脸的本事也是一等一的了得！"说着便把适才郑氏过来的这番交锋学给了苏定方。

苏定方的眼睛越听越亮，上下看了琉璃两眼，点头道："原来如此，好得很，果然好得很！"想了想又笑道："我还要过去一趟，省得守约……"他笑着打住了话头，转身走了出去。

屋子里的人谁不明白那话里的意思。于夫人和罗氏自然又是一通笑。好容易厨下来问，晚膳除了定下的几道菜，还有什么东西要准备，于夫人随口说了句再添道驼蹄羹，罗氏忙跟着厨娘走了。

琉璃刚刚松了口气，于氏却扬声道："记得多做一些，待会儿给守约也送一份过去。今日他们师徒心情大约都好得很，多半会喝上几口。"转头便看着琉璃笑，"你可知守约是极能喝的！"

琉璃一时不知说什么才好，正不自在，一名婢女挑帘走了进来，在于氏耳边笑着轻声说了句话。于氏一怔，忍笑看了琉璃一眼，"你阿嫂说有样东西给你看，你先随这婢子过去罢。"

琉璃如闻纶音，忙应了声，起身便跟着那位婢女出去了。出了门才有点回过神来，下意识地回头看了一眼，却见阿霓并没有跟上来，心里顿时雪亮。

苏家上房东边的院子，便是书房所在，此刻房里烛火已然点燃，婢女把琉璃领到门口，笑着挑起了帘子。琉璃看着门帘那片柔和的烛光，定了定神，走了进去。

书案前，烛光中，那微笑着走过来的男子，不是裴行俭又是哪个？他穿着一件家常的赭色圆领袍，暖暖的烛光照在他的身上，让他整个人都显得温暖了几分。

琉璃怔怔看着他，第一次意识到，眼前这个令她觉得如此熟悉的人，其实真的没有见过几次，也没有说过太多话……

裴行俭在离她一步的地方停了下来，低声道："今日之事，委屈你了。"

今日委屈的，好像不是她吧？琉璃忍不住笑了起来，"哪里有什么委屈！这些事情，你不是都解决的么？"

裴行俭轻轻摇头，"琉璃，若不是师母转告了我你说的那番话，有些事情，我虽然知道该如何去做，却总是过不了心里那个关隘，竟是自作自受了这些年！你说得对，这世上原本就是祸福相依，所谓一荣俱荣、一损俱损，有些事情……"他突然住口不言，静静地看着琉璃，长长地出了口气，"以后我再告诉你。不管怎样，都是旧事了，都与你我无干。你放心。"

琉璃看着他突然像放下了什么重负似的表情，平静的脸色下自有一种让人不能质疑的坚定，心里对"有些事情"虽有些疑惑，更多的还是欢喜，点头道："我信你。"

裴行俭只是看着她笑，半晌才道："你为何会信我？我经常在想，我裴守约何德何能，身无长物……"

琉璃愣了愣才想起这是自己曾经问过他的问题，不由大窘，"你胡说什么？"

裴行俭挑眉一笑，"怎会是胡说？这问题我时常要思量几遍，却不曾想过你会反过来问我。琉璃，我从未见过比你更聪慧明净的女子，也从不曾听说有人会不要财富名声，只愿能活得自由自在，我从不曾遇到过有人像你这般信我，虽说……偶然也会小看我一两次，但说到底还是为了我好。"

琉璃还是第一次听他当面这样说自己，先是脸上发烧，听到后面一句，却又点哭笑不得——谁说他心胸宽大来着，明明很记仇好不好？却听他接着道："不过，这些都不是最要紧的。"

琉璃不由抬头看着他，最要紧的是什么？裴行俭的眼里闪过戏谑的亮光，"你若答应上元节和我一道去看花灯，我便告诉你最要紧的是什么。"

琉璃心里不由一甜，这是约会吧？只是他的语气，怎么听怎么都有种拐骗小朋友的味道……她不由斜睨了裴行俭一眼，"我很稀罕知道么？"

裴行俭满脸认真地点了点头，"裴某窃以为，你还是稀罕的。再说，你便是不答应，我也定然能找到你。"

琉璃万料不到他这般皮厚，想瞪他一眼，自己忍不住先笑了出来，"有你这般皮赖的么？"

裴行俭叹息道："其实，认识你之前，我是再谦谨不过的一个人；可是，认识了你，我说什么你都信，做什么你都说好，渐渐地便有些自高自大起来。你以后只怕还是要改改才好，不然我这样下去，倒会叫人认作登徒浪子了。"

琉璃脱口道："你以为你不是？"说完才觉得这话不妥，只觉得耳朵根都要烧了起来，扭头不去看他。半晌却听不见他说话，忍不住回过头来，只见裴行俭依然低头凝视着自己，手却背到了身后——似乎，以前在什么时候，他也曾这样突然背住了手……突然之间，琉璃明白了他的克制，心口顿时被某种甜蜜到几乎疼痛的情绪涨得满满的，只能仰起头来静静地看着他的眼睛，看着他浓密睫毛下幽深的眸子，渐渐地什么都想不起来了。

"琉璃，我们尽快成亲吧。"

裴行俭的声音里带着一点点异样的沙哑，琉璃还未回过神来，脸颊边便是一热，一只修长的手指轻轻撩起她散落下来的一缕头发，慢慢顺到了她的耳后。时间似乎停滞在他深深凝视的目光之中，只有烛光依然在轻轻摇曳，为他的脸孔笼上了一层梦幻般的暖意。

第三十章
熏天富贵　赤子心肠

冬至之后，长安城便迎来了入冬的第二场雪。与后世相比，此时的长安几乎算得上温暖湿润，有时甚至整个冬天都不见冰雪。琉璃却最是畏寒，每每遇到风雪之日，便守着火盆暖炉，恨不得整个人化成熏笼上的锦套，更莫说出门。只是这一天，当杨老夫人说要带她登门拜访太尉府的高夫人时，她还是惊喜地睁大了眼睛。

太尉府所在的崇仁坊，原是长安城一等一的权贵云集之处。因紧靠着皇城的东墙，公主出嫁成礼的礼会院、各大名城在京城的进奏院，都座落此坊，往南又是妓院林立的平康坊，可谓富贵风流便利齐占，不但进京参加科举的学子多爱住在此处，好几位公主也在此坊建了住宅或别院。

饶是在如此寸土寸金的地方，太尉府依然占了几乎四分之一的地界，远远便可看见那一栋栋雕饰精美的重檐飞阁掩映在奇石高树之间，华贵之气扑面而来。琉璃看了半晌，慢慢放下车窗上的帘子，心里一声轻叹：这就是长孙无忌的宅子么，果然是，气势逼人！

坐在她对面的杨老夫人看了她一眼，笑道："跟太尉府相比，咱们武府也就是座破庙儿。"

琉璃微笑道："长孙太尉论功劳恩宠，都是本朝第一，招摇些也无妨，昭仪却是一心为着圣人，没半分私心的，自然不会与长孙太尉去比风光。"

杨老夫人呵呵一笑，眉宇间的那点郁色却没有减轻多少，半晌才叹了口气，"媚娘若是有你一半的运道便好了。"

琉璃知道她的心结所在，一时也不好多说。冬至那日，皇帝和武昭仪也去了长孙无忌府，既是赏了他十车金银绸缎，又是封了他三个庶子五品勋官，长孙无忌一切笑纳，可只要皇帝一提到要改立武昭仪为后，他便不接话，皇帝和武昭仪只得铩羽而归。如今杨老夫人这样巴巴地找上门去，自然是希望能替女儿说个情，为她争取到长孙无忌这位权臣加长辈的支持。

至于自己的运道么……杨老夫人多半已经知道了当日的内情。琉璃眼角的余光在阿霓身上一扫，心里不由一声苦笑。

马车从太尉府的侧门一路进去，到内院门口停下时，自有婢女上来打帘子、放踏凳。杨十六娘罩着披风等在门内，看见琉璃，脸上有诧异之色一闪而过，随即便笑盈盈地对着杨老夫人行了一礼，上来扶住了她的手，"姑母今日气色真好。"又对琉璃点头笑了笑，"大娘倒是稀客。"

杨老夫人笑道："顺娘原是一心想来的，没曾想昭仪前两日身上有些不爽，她又进宫去陪着了。"

十六娘只是客套地微笑，"昭仪如今身子也沉了，倒是要保重些才好。"又对琉璃道："倒是忘了恭喜大娘。"

琉璃只得笑着道了声谢。十六娘便转头对杨老夫人道："听说苏将军府上那日的认亲宴竟是上了二十道菜，于夫人果真是个有心的……"竟是绝口不问杨老夫人的来意，话头一路围着琉璃认亲之事扯了下去。琉璃心里微沉，不好接话，倒是杨老夫人若无其事地一路闲谈了下去。

三人坐着肩舆沿青石路往里而去。虽然已是严冬，处处翠湖冰封，高树叶零，但这府里连绵的楼阁院落，错落的山石林泉，以及来来往往、穿绫罗戴金银的妙龄美婢，依然令人目不暇接。

肩舆走了足足两盏茶的工夫，才在一处院门前停了下来，进门走过前院穿过中堂，眼前是一处五间九架、重栱藻井的堂屋，门口早有几个打扮华丽的妇人拥着一位贵妇等在门外，正是长孙无忌的夫人高氏和她的几位儿媳，看见杨老夫人都笑着迎了上来。

两下见过礼，到了堂屋落座。琉璃自得知有这一趟要走，早已把长孙家的情况记在脑中，此刻听闻出来迎客的五个儿媳中并无那几个刚封了散朝大夫的庶子的妻室，心头更是明白了几分。此事对她来说本是意料之中，却见杨老夫人也是谈笑自若，并没有露出半分异样。

高夫人的目光并未在琉璃身上停留，听得杨老夫人的引见，才淡淡地点了点头。琉璃心知长孙家族是大唐第一豪门，出了一个皇后不说，光公主就前后娶了三位，高氏的长媳更是最尊贵的嫡长公主，对自己这种小家女子多半看不上眼。当下也只是恭敬地欠了欠身，便默然正襟危坐在一旁。

杨老夫人似乎也不着急，一味悠然闲话，听高氏问到武夫人才笑道："前几日她就去宫中陪伴昭仪了，今日我是特意带了库狄大娘过来，想着十六娘原也见过她，她们小一辈的该多亲近。大娘有什么不懂的，正好向十六娘请教请教。"

高夫人淡然一笑，"哪里敢当请教二字，十六娘原先家里也是娇养着的，这几年在我跟前也不过成日混着，什么都不懂，哪里比得大娘聪慧能干，日后去了夫家是要支撑门户的。"

琉璃心里一动，听她话里的意思，似乎对裴氏事务并非一无所知，但语气里这隐隐约约的嘲讽却是因何而来？难不成那位临海大长公主的公关工作竟然已做到长孙府里了?"

杨老夫人依然笑容可掬,"大娘自然比不得十六娘有造化,她母亲早逝,父亲又是个不管事的,颇吃了些苦头,如今才算是苦尽甘来。如今人人都道她有造化,其实要我来看,那裴郎君何尝不是有造化的?毕竟娶妻图的就是知心知意、传宗接代,何必在意那些虚名?"

高夫人脸上的笑容越发疏离,"这种事情,原是见仁见智,怎么说都是一番道理。"

杨老夫人看着她微笑道:"不知夫人又是怎样一番见解?"

高夫人叹了口气,"别人家如何我不知晓,但若只论长孙家,我原是个俗人,总觉得娶妻还是要名门淑女、名正言顺,才是持家的长久之道。"

杨老夫人顿时沉默了下来,垂下眼帘出神半晌,也叹了一口气,"夫人说的原是在理,但你我都是做母亲的,总是盼着子女晚辈能过得顺心,若是为了个虚名便断送了晚辈的一生一世,又如何能忍心?"

高夫人点头道:"自然如此,就如我家冲儿,长乐公主早逝,他年纪轻轻的身边不能没有伺候的人,因此我给他纳了两个房里人,这便是体贴子女的意思。但若说非求着圣人开恩,让他再娶一房正妻回来,又置皇家颜面于何地?夫人说得正是我所想,你我都是大唐臣子,何必为了一个虚名去难为皇家?"

琉璃心里暗惊,高夫人果然早有准备,这番话正是以子之矛攻子之盾,如果说武昭仪曾做过先皇宫人不过是"虚名",那皇后之位的确也可以说是"虚名"!眼见杨老夫人一时语塞,她想了想,还是轻声问道:"原来皇家还有这般的规矩,却不知若是驸马有个意外,公主可是要担着虚名再不嫁人么?"

杨老夫人顿时眼睛一亮,对琉璃笑道:"你这话糊涂,公主亡故,驸马的确是不好再娶,但这皇家原是天家,臣子们却是不好拿这个去强求着公主,因此我朝公主再许或改嫁的已是好几位,可谁又能说皇家半个不是?"她转头对高夫人一笑,"说来我朝的皇家是最不讲究这些虚礼的,不然先皇也不会有韦贵妃、阴德妃和杨妃了,太尉和先皇那般相厚,先皇欲立杨妃为后时不也是没有反对一句?想来是明白这个理的。"

姜果然是老的辣!琉璃品着话里的意思,默默低头忍住了笑。杨老夫人提到的韦贵妃是个寡妇,阴德妃是挖了李家祖坟的仇家之女,至于那个杨妃,则是李元浩的妻子,这么多身份惊世骇俗的女人,那位唐太宗李世民不但都纳入后宫了,在长孙皇后去世后还一度想立前弟媳妇做皇后,被魏征横插了一杠子才作罢……当时长孙无忌一句话都不敢说,如今又来充什么诤臣?

高夫人脸色微变,沉默半晌,才笑着摇了摇头,"老夫人说的这些都是天家事务,太尉大约自有打算,我这内宅妇人,原也不大知晓。"

杨老夫人点了点头,"不瞒夫人说,老身此次拜访,的确有事想向太尉请教。"

高夫人惊讶地"喔"了一声,随即便遗憾地叹了口气,"老夫人来得却是不巧了,太尉如今并不在府中。"

杨老夫人脸色多少有些暗了下来，"却不知太尉何时归府？"

高夫人轻轻摇头，"这却是说不准了，"看了看杨老夫人的脸色，她的笑容里多了一分礼貌的殷勤，"老夫人好久没来过敝处，这位库狄娘子又是头一回过来，不如留下用顿便饭？"

这是要逐客了吗？杨老夫人垂着眼睛淡淡地笑了起来，"不必麻烦夫人了，老身改日再来叨扰！"

从太尉府出来时，天色越发阴沉了。杨老夫人看了看天色，紧紧地皱起了眉头，"只怕晚上还有雪下。"

晚上要不要下雪琉璃是不知道的，但杨老夫人此刻的心情应该是一片冰天雪地吧？琉璃扶着她上了车，笑着回道："下雪也好，下过雪了，才好看雪后日出。"

杨老夫人点头不语。马车车厢微微一震，车轮开始了滚动，杨老夫人只是默默出神，不知过了多久却突然抬起了头，"依你所见，他们到底打的是什么主意？"

琉璃心道，还能有什么主意？三个字：不同意！她想了片刻才道："若是从今日的情形来看，太尉当日不言只怕并非默许，且要说服太尉，或许不大容易。"

杨老夫人闭着眼睛长叹了一声，"这又是为何？"

这是为何？琉璃心里也在犯嘀咕，若说如今长孙无忌是看出了武昭仪必然祸害大唐所以坚决不同意她当皇后，那绝对是瞎扯，现在的武昭仪贤良大方、节俭低调，简直是个模范嫔妃，长孙无忌不同意她当皇后，还是觉得这事儿不成体统吧？毕竟太宗再宠爱杨妃，到最后也没给她什么名分。

更重要的是，如今的皇后本来就是长孙无忌阵营中的人，太子李忠更是他们一力推上去的，这个局面维持下去，他们自然还有一两代的权柄富贵可安享，若是让李治立了武昭仪为后，权力格局必然会有变动。他没道理会同意这种事情。听说权力这种东西原是毒药，一旦沾上就不可能放得下，今日的长孙无忌，日后的武昭仪，都是如此……

杨老夫人见琉璃沉思不语，想了想也哑然失笑，轻轻拍了拍她的手。"你原是不大懂这些的，"又自言自语般道，"其实人生在世，所图莫过于富贵安稳，太尉已位极人臣，却何必要为了一个王氏和一个柳家和圣人过不去？"

琉璃无话可回，一路沉默地回到院中，一个婢女却急忙忙地迎了出来，"老夫人可算回来了，四夫人那边来了一位女客，说是要来拜访老夫人，四夫人已打发人来问过两回了。"

琉璃不由有些吃惊，所谓四夫人，是应国公长子武元庆的夫人刘氏，她与杨老夫人虽是名义上的婆媳，平日却几乎没有来往，她的客人怎么会来拜访杨老夫人？杨老夫人眉头也是一皱，"是什么人？"

那婢女道："说是四郎同僚郑校尉府上的陆娘子。"

郑校尉府上的陆夫人？琉璃一时还未明白到底是谁，杨老夫人脸上已露出一丝微妙的神情，点头道："我知道了，你快去请那陆娘子过来。"转头便对琉璃笑道："你去梳洗一下，换身衣服，这是来看你的——那郑校尉的夫人正是陆侍郎家的二娘子，听说侍郎家里就她们姊妹两个。"

是裴行俭前妻的亲妹妹，她也要来考察自己？琉璃心里一闷，下意识地扫了一眼身上的穿着，随即又觉得自己无聊：有什么好紧张的？索性笑道："这才出去多久，路上又近，不必换了。"

杨老夫人笑吟吟地看了她一眼，"衣服也罢了，只是这一路上吹着风，你还是回去重新梳下头，莫要失了礼数。"

琉璃也觉得自己有些矫枉过正，笑着应了，回去重新简单梳洗一番，略施了点脂粉，又将身上的深翠色披帛换成了橙色的，这才到了杨老夫人的上房里。杨老夫人却比她还打扮得久一些，换了整套的衣服出来，坐下不久，外面就回报陆娘子已到院门了。

琉璃起身迎了出去，就见武家婢女在前面引路，后来跟着一个二十多岁的年轻女子，罩着大红披风，整个人看上去甚是飒爽明艳，一双明亮的眼睛上下打量着自己，对上自己的目光便坦然一笑。她身边的中年妇人却是抬着头，只肯拿眼角瞟过来。琉璃立时认出，这位正是武府头号危险分子善夫人，前几日来这边院里讨过没趣的。

琉璃走下台阶笑着行了个半礼，"善夫人，陆娘子，里面请。"

陆娘子尚未说话，善夫人却已冷笑道："哪敢劳烦库狄娘子大驾。"

琉璃只当没听见，笑吟吟地引着她们进了房门。善夫人平日虽然跋扈，当着客人倒是收敛了一些，只是寒暄几句后，还是不阴不阳地对琉璃道："说来我还未恭喜过大娘，听说大娘好事将近，真是好大的造化！只愿你福泽深厚，后福绵绵，切莫辜负了这分运道！"

琉璃笑了笑，"夫人客气了，琉璃的造化无法与夫人相比，福泽亦不好与夫人相比。"她可没本事克掉裴行俭。

善夫人一怔，脸色顿时涨红，却不知如何作答。正在与杨老夫人寒暄的陆娘子也转头看了琉璃一眼，笑道："库狄大娘的才华人品，阿陆也是久仰了，若是方便，倒是想向大娘讨教一下针线上的事。"

杨老夫人呵呵地笑了起来，"你们年轻女子本来就该多亲近亲近，这有什么不方便的。大娘，你就领陆娘子去你房里坐坐，回头我让人送两盏热热的枣酪过去。"

琉璃笑着欠了欠身，起身领着陆娘子到了自己的房间外间坐下，又打发了阿霓去取枣酪。陆娘子早已脱了披风，她里面穿着白绫茧袄，配着大红石榴裙，头上是明晃晃的累丝赤金红宝双股钗，面庞五官都甚是秀丽，双眉微扬，一对眸子便如点漆一般，显得生气勃勃。

看着这张面孔，琉璃只觉得无论如何也无法生出反感，还没想出要说什么，就听她道："其实……我两个月前就听说过你。"

两个月前？琉璃惊讶地抬起了头。陆娘子笑道："我家夫君是右领卫校尉郑芝华，圣人在万年宫时他原是负责守仁寿门的。"

琉璃恍然大悟，顿时想起暴雨之夜，打开宫门时，裴行俭身边的确有一位戴银盔的年轻将军，难怪他能当着别人的面爬墙，原来是做过连襟的！

陆娘子接着道："你那夜放的火不但救了圣人，也救了右领卫这帮将士的前程。我家夫君回来还说，想不到他们会欠了一个胡人画师的人情，可事涉禁中，却是对外人提都不好提。前些日子听说了裴守约与你定亲的事，他便感叹说以当日情形来看，你定然是有勇有谋、处变不惊的，是守约难得的良配。"

琉璃笑了笑，一时不知说什么好。

陆娘子也是展颜而笑，不知想起什么，笑容却慢慢收敛了，"正因如此，我便更想来看看你，一则是代夫君当面向你致谢，二则也是想问问，你对裴家之事，到底知道多少？"

琉璃此时已相信，这位陆娘子多半并无恶意，索性也不瞒她，"义母已经跟我说过当年之事。"

陆娘子目光中露出愤然，"那些杀人不见血的手段，你也听说了？"

琉璃点了点头。

陆娘子沉吟片刻，才慢慢开口："不怕大娘笑话，我和姊姊从小性子就不同，她温柔贤淑，处处都为别人着想，最是谨守规矩。我却是充当男孩子教养的。如今我爷娘都十分后悔，说我们要换过来只怕就好了，省得我现在还淘气惹祸，也省得姊姊……"说着眼圈便红了，咬牙道："起初我也恨不得能换将过来，定要叫那些人尝尝厉害！可爷娘却说，这是异想天开，世上之事若能如此简单，就不会有那么些冤枉委屈。裴氏族人可以肆意造谣，姊夫却一句实情都不能说出来，说了便是对长辈不恭，败坏家族名声。爷娘也怕我惹祸，严令我不许到外面说，这才有了今日的局面！"

她抬头诚恳地盯着琉璃，"大娘，其实裴家九郎是极好的人，当年我姊姊嫁过去时，原也带了几个陪房婢女，那边也送了好些美人过来，他一概都没看在眼里，平日里待我爷娘也极是孝顺。姊姊那时回家说起姊夫时，都是满面笑容。因此后来虽然有了那样的事情，我家爷娘都没有怪过他，只怨自己教错了女儿，让她不知人心险恶，又养成了这般对自己求全责备的性子。我家都不信他是什么天煞孤星，只是没处说去！"

琉璃看着她因为说话太急而有些涨红的脸，心里一阵温暖，微笑着点头，"你放心，我也不信的。"

陆娘子呼地出了口气，"我猜你就不会信，原本见到你时还有些担心，觉得你似乎也是不爱说话的柔软性子。只是刚才看你呛那善夫人，才明白你和我姊姊的性子到底不同。她若是遇见了这样的事情，定然当面客客气气的，回头又气苦上半日；若是我多半就会跟她翻了脸，当面出了气，事后却会吃亏。原是要你这样才好，自己不受气，也不会让人挑了错去。"说着用力点了点头，"芝华说得不错，你是姊夫的良配！"她满脸都是认真，却浑然不觉自己的话里有大语病。

琉璃不由哑然失笑，只得道："承蒙郑将军和陆娘子夸奖了。"

陆娘子笑着摆手,"我闺名夙瑾,你叫我瑾娘就好。"

琉璃此时也摸着了她几分性子,笑道:"好,以后我就叫你瑾娘,我叫琉璃。"

陆瑾娘笑道:"这个名字倒好记。"说着便往外看了几眼,低声道:"我听说河东公府的那位世子夫人这几日走动极多,只怕没安好心。日后若是还遇到那些糟心事,你有什么打算没有?可不能再吃我姊姊当日吃过的大亏!"

琉璃轻声一笑,"我自有打算,总要叫那些人……自作自受才好!"

陆瑾娘顿时眼睛发亮,"果真?那是最好!如今可有什么事是我帮上忙的?"

琉璃心思电转,笑着点了点头,"说来,我还真有事情要烦瑾娘援手。"

陆瑾娘一迭声地问:"什么事?什么事?你尽管说便是!"

琉璃笑道:"所谓知己知彼、百战不殆,可河东公府那边……"

陆瑾娘双手"啪"地一拍,站了起来,"我明白了!"低头略一思量,便抬头笑道,"此事我这便着手去做,你且等我几日!"

她乌黑的眸子里仿佛有火焰跳跃,将整张脸都映得愈发明丽。琉璃只觉得心头的那点暖意慢慢扩散开来,不由也站直了身子,干干脆脆地点了点头:"好!"

第三十一章
谣言纷纭　贵客临门

织金锦为套，紫纹绫镶边，一对灵芝状黄玉轴头被打磨得温润滑腻……琉璃看着这个贵气侧漏的卷轴，一时有点回不过神来——她不过是听说苏定方那边已定下腊月十二日去库狄家下函，顺口说了句想看看皇历，阿霓郑重其事地捧来这么个画卷做什么？

阿霓看着满脸官司的琉璃，显然也有些纳闷，想了想才笑道："大娘放心，婢子也怕拿错了，特意看了一眼的，的确是今年的历谱，宫里新送过来的那卷还放在老夫人的屋里呢。"

这玩意儿就是历谱？琉璃忙展开这个长长的横轴，右首抬头果然写着"永徽五年历谱"，其后便是一列列用工整小楷抄写的日期，每一日后面又批注着几个细字。她直接看到左首最后一个月，找到那行"十二日己丑火建裁衣吉"——这是什么意思？

阿霓的声音里带着得意，"这是最好的历谱呢！也就是前两年起咱们府里才有了这种，原先也不过是太史局发的纸轴而已。"

琉璃放下手里的豪华版皇历，倒也明白了几分。如今雕版印刷还未问世，她见过的所有书籍都是手抄，黄历自然也不例外。大唐太史局原本就是管天文历法的，大概每年会按不同规格做出历书来发给文武百官，也算是大唐公务员的一项福利，不过要看懂这玩意儿……她刚想开口询问，阿霓已笑道："对了，适才老夫人还问起了大娘。"

她找自己有事？琉璃忙收起了历谱，"我也看好了，咱们一道过去。"

走到上房时，杨老夫人果然一见琉璃就问道："后日你可有安排？"

后天不正是腊月十二，裴家下函的日子嘛！琉璃先是有些犹疑，可转念一想，下函固然是唐式婚礼中最重要的步骤之一，仪式据说复杂得可以，可是……还真没自己什么事！她摇头笑道："琉璃并没有什么安排。"

杨老夫人点了点头，"既然如此，你不妨午后再随我去一趟太尉府。"

又要去那边碰钉子？琉璃心中苦笑，也只能点头应了。

杨老夫人却是目光一扫，看到了阿霓手上的历谱，"你们适才看了历书？十二日不知……"

阿霓忙把历谱双手捧上，杨老夫人展开看了两眼，眉头皱了起来，"竟是建日么！"

建日不好吗？琉璃心里不由有些狐疑，好容易回到自己屋里，进门便低声问阿霓，"什么是建日？可是有什么不妥？"

阿霓诧异地看了她一眼，"建日原是诸事皆宜，只是……利早不利暮。"

原来只是下午不适合做事……琉璃恍然点头，看着阿霓眼底藏不住的惊讶，只得笑着解释了一句："我原先见过的历书，与这种不大一样。"

阿霓奇道："胡人的历书竟不一样？"说完才发觉这话有些失礼，不好意思地缩了缩头。

琉璃含糊应了一声，只问："那些日期后的注脚到底是什么意思？"

阿霓忙认认真真地解释了一遍：注释里前面几字标注的是天干地支和五行，最后一字则是逐月按十二地支推算出的"建""除""盈""平"等十二种日子，各有宜忌。像"建日"诸事皆宜，却"利早不利暮"；"平日""收日"适宜娶妻；"执日"不宜于出行；"破日"最好什么都不要做……

利早不利暮？琉璃想了片刻，笑着摇了摇头。

果然到了那一日，阿霓大早便去了崇化坊，回来时满面都是笑容。先是绘声绘色地比画了一番库狄家的院落收拾得如何干净，"院子里的窗纱、门帘都换了新的，院子中放香炉的那张朱漆案几能照出人影来！"接着便开始描绘下函队伍的精神、聘礼的齐全，"两个函使都是骑着高头大马的官家儿郎，装通婚书的楠木盒子是放在金盘里被送进来的，后面跟着足足三十二抬聘礼，绢帛和铜钱就装了八抬，每抬都是满满的，大娘的父亲高兴得把通婚书都拿反了，那位庶母也是笑得合不拢嘴，忙里忙外地张罗……"

琉璃听着有些不对，忙问："我那位庶母看去很欢喜？"普伯不久前还送了信过来，裴家下了纳吉礼后，曹氏备的回礼很不像样，库狄延忠还因此数落曹氏，把她气得回了娘家，难道她这么快就转了性，高高兴兴地张罗起了自己的婚事？

阿霓肯定地点头，"看去的确是欢天喜地的样子，"又笑着解释，"正有一事要回报大娘，奴婢走时遇见了一位官媒娘子，说是到贵府提亲的，她或是因此欢喜也未可知。"

琉璃慢慢地皱起了眉头，有人求娶珊瑚？是什么人能让曹氏高兴成这样？又为什么正好挑在了这一天，总不能是因为这个"建日"太吉利吧？

阿霓察言观色，忙补充道："奴婢原也想问问那官媒是哪家求亲，只是那媒人胖大又傲气，听奴婢报了门户，转身便走了。奴婢怕回来晚了，便没去看个究竟。"

能够不把武家放在眼里的官媒……胖大傲气……琉璃眼前顿时出现了一张生着两条浓长黑眉的圆胖面孔，难道是那位何娘子？她不由站了起来。

阿霓有些吃惊地看着她，"大娘可要奴婢去问问到底是哪家？"

琉璃沉吟着摇了摇头，"待会儿咱们便要出门了，明日再说。"普伯多半会把消息送过来吧，若是没有，自然还得让阿霓跑这一趟，如果真如她所预料⋯⋯

她心里有些隐隐的不安，跟随着杨老夫人出门时便显得比平日更沉默，杨老夫人倒是打趣了她一句："按说从今日起，你就算是裴家妇。"

的确，无论如何，换过婚书，这门亲事就算板上钉钉⋯⋯琉璃不好接话，只能垂眸一笑。面对着那张皱纹密布却是满是斗志的脸，心里倒是生出了十二分的佩服。

马车依旧是在二门停下，门口有管家娘子引着两人上了檐子，这次却是没走多久，便在一道石门前停了下来，管事娘子笑道："这是太尉的内书房。"

门内是一个两进的小院落，风格略显古拙，白墙黑瓦，不事雕琢，一棵老松树枝干虬伸，几乎遮了半个院子，树干边安着两块奇石，颇有风雅天成之感。管事娘子引着杨老夫人进了前厅，早有书童打扮的人候在厅中，见了杨老夫人便道："太尉请老夫人进去说话。"

管事娘子转头看了琉璃一眼，琉璃自是识趣地和婢女一道停住了脚步，目送着老夫人神色自若地走了进去，才重新坐了下来。没想到不过一盏茶工夫，就听正房门帘一响，杨老夫人竟疾步走了出来。门内隐隐传来一声"老夫人慢走"，却到底没有露出一丝人影。

眼见杨老夫人一贯不动声色的脸上已满是阴云，琉璃忙站了起来，也不多问，上前扶着老夫人便往外就走。耳中只听得她极力压抑的急促呼吸声，显然气得不轻。

出得院门，杨老夫人也没上檐子，抬腿就往外走，琉璃只得跟在一边，心知杨老夫人是被长孙无忌不留情面地拒绝了，有心缓缓她的怒气，一时也不知如何开口才好。正踌躇间，却见前面一顶两人抬的腰舆不闪不避，迎着这个方向走了过来。

管事娘子叫了声："哎呀，怎么是大娘子⋯⋯"赶上几步行了一礼，"娘子走慢些，前面有贵客。"

腰舆一顿，从抬檐子的粗壮仆妇身后露出一个小小的脑袋，"停下！"随即有婢女赶上几步，扶下了一位少女，看去也就十一二岁年纪，身上穿着一件雪白的狐裘，秀美的脸庞略显瘦弱，眼睛却亮闪闪地上下打量着琉璃。

管事娘子忙上前回禀了杨老夫人的身份，又转身笑道："这是我家大娘子。"

琉璃顿时恍然。长孙家的大娘子，不就是那位红颜薄命的长乐公主的女儿长孙湘吗？因在襁褓之中就失去了母亲，不但被长孙家视为掌上明珠，便是皇帝后妃们对她也是格外娇宠，正是地地道道的天之骄女，难怪⋯⋯

长孙湘走上几步，对着杨老夫人规规矩矩行了一礼，"见过老夫人。"直起身子时眼睛又转到了琉璃的脸上，片刻后见琉璃依然静静地站着，便皱眉道："你为何不向我行礼？"

琉璃怔了怔，自己需要行礼吗？其实她倒不介意低个头，只是手上杨老夫人变得微僵的胳膊，耳边那越发粗重的呼吸，显然在提醒着自己不能丢了体面。她只得笑道:"这位小娘子,论身份,你是主,我是客;论年纪,你是幼,我是长;为何我要向你行礼?"

长孙湘脸上露出一丝傲色,"如此说来,难不成我还要向你行礼?"

琉璃淡淡地道:"不敢当,小娘子身份高贵,琉璃当不起小娘子一礼,琉璃年纪略长,也不敢让小娘子受琉璃之礼。"

长孙湘愣了愣,有些不知如何接话,杨老夫人轻轻地"哼"了一声,向她点了点头,带着琉璃就从她身边走了过去。

长孙湘顿时呆住了,跺足道:"兀那胡女,你莫走。"

管事娘子忙转过身去,声音里满是安抚讨好:"大娘子,这位毕竟是来府上的客人……"

长孙湘的声音却突然拔高了几度,"什么客人,不过是个会妖法的胡女!"

此言一出,杨老夫人足下一顿,琉璃更是愕然停步,回头一看,那管事娘子脸色都有些变了,"大娘子莫乱说话!"

长孙湘瞟了琉璃一眼,大约是见她回了头,小脸上有得意之色一闪而过,高高地仰起了头,"怎么不能说,我前两日才在姑祖母那里听说,这胡女两年前在慈恩寺遇见过几个裴家子弟,结果回来一个个都鬼迷心窍般要纳她娶她。还有裴家一位夫人,才见了她一面,便到处跟人去说她的好话……我看这胡女生得也不过如此,若不是会邪术妖法,还能是什么缘故?"

琉璃几乎骇然失笑,此事要按她这么一说,的确是有些唬人,只是那三个人里,其实河东公世子不过是要挽回颜面,裴炎估计是随手挑了个眼熟的,还有那位裴家的郑夫人,根本就是怕族里人再找她的麻烦,让裴行俭有借口撂挑子……可这事情,她能跟谁解释去?

她只得叹了口气,"小娘子请慎言,琉璃也不是第一次出入贵府,若真会妖法,难道您的祖母、婶婶们对我能不另眼相看?便是小娘子你,又怎会对我如此不喜?再者,小娘子一口一个胡女,难不成忘记了自己的姓氏?最要紧的是,要依小娘子的说法,贵府好端端的总有会妖法的女子登门,这话很好听么?"说完,她懒得再看那张已被气得通红的小脸一眼,扶着杨老夫人往外就走。

杨老夫人原本紧绷着的脸孔悄然放松了许多,出门一上车,便拍了拍琉璃的手,"你平日闷闷的,看不出竟有这样的伶牙俐齿!"

琉璃垂眸一笑,心头那丝不安却愈发翻滚得厉害。长孙湘提到的姑祖母,十有八九就是河东公府的那位临海大长公主!她们这一招接一招的,到底想做什么?

待得回到武府,车马院那边果然也传来了消息——今日到库狄家提亲的,正是河东公府,那位世子爷要纳珊瑚为妾!

琉璃沉吟片刻,摇头叹了口气。待到晚膳前,杨老夫人又突然收到河东公府世子夫人崔氏要登门拜访的帖子时,她简直是气都叹不出来,心里默默念了两遍:建日,利早不利暮——谁说看皇历是封建迷信活动来着?

琉璃心里盘算了一夜，第二日便先让阿霓到车马院让车夫阿贵私下传了句话回去，第三日更是早早地起来梳洗打扮，选好了衣裳首饰。到了上午辰正时分，婢女回报道，崔夫人已经到了府门。老夫人看了看琉璃身上那件八成新的鹅黄色绫面茧袄和深碧色棋格纹六幅裙，先是一皱眉头，随即点头笑道："这一身见她倒也罢了。"

琉璃估量着时间差不多了，才起身到院外相迎。只见远远过来的女子不过双十年华，雪腮长目，翠眉黄额，正是体态标准、打扮入时的富贵美人，看见琉璃，脸上立刻绽开了热情的笑容。

琉璃也是满脸微笑地下了台阶，两人互相见了礼，崔氏便笑道："素慕大娘芳名，今日一见，果然是仙子般的人物。"

琉璃心下盘算，从这位世子夫人找媒人出面想让她给裴世子当妾开始算起，这日子当真是不短了，嘴里笑着回道："不敢当夫人夸赞，夫人才是通身的大家气象，琉璃如何能比拟。"

崔氏抿着嘴笑，"什么夫人，咱们原是平辈，你叫我阿崔就好。"

琉璃将她引入上房，低头笑道："琉璃不敢造次。"

杨老夫人自然也起身相让了一番，"早就听大长公主说起过你，只是一直无缘得见，今日才知道，大长公主与世子果然都是好福气。"

崔氏笑道："老夫人才真真是有福。"

这两人虽无交情，却都长于交际，几句话便说得热络无比，直说了一刻钟光景，崔氏才说出听闻琉璃画功了得，有几个绣样想找琉璃请教一番。

琉璃默默望天，能来点新鲜的吗？

待到进了琉璃的房间，崔氏开口便笑道："听说大娘的好日子也快近了，大长公主原想请你去小坐片刻，只怕大娘面嫩，这才托了我过来。一则咱们以后便是一家人了，正该多亲近亲近；二则也是有份小小的礼物，是大长公主的一点心意。"说着便从婢女手里拿过一个小小的匣子，往琉璃手上一塞。

琉璃有些意外，忙道："这如何使得？"

崔氏却只笑道："你打开看看就知道了。"

琉璃只得开了匣子，里面是一张文书，认得正是房契："永宁坊南壁西舍内宅一座，东西十六丈，南北二十五丈……"似乎比苏定方的府邸还要大，足足是库狄家小院的十倍！

她念头急转，抬头怔怔地看着崔氏，突然回过神来般忙不迭把匣子合上，往她手里直塞，"使不得！这般大礼，琉璃如何消受得起？"

崔氏笑得越发和煦，"大娘客气什么？守约原本就是在河东公府长大的，大长公主看他和自家子弟也不差什么。他先头的那位陆娘子还是大长公主的义女，那一回，大长公主送他们的宅子比这个还要大上三五倍，更莫说里面盛加雕饰、楼阁精绝，在长安城里也是数得上的好宅子，陆娘子不也照样收下了？"

琉璃绷住脸颊，低下了头去，片刻之后才勉强笑道："夫人也说了，那位陆氏姊姊原是大长公主的义女，琉璃却没这个福分，怎么受得起这样的大礼？"

崔氏叹道："大长公主听说了这桩婚事就叹息说，这回让于夫人抢了先，总不能再认一回，不然倒成了和于夫人抢女儿，于夫人该愈发恼咱们了。再说也是问过守约的，守约只说你年纪小，没经过事，家里又是极简单的……因此大长公主便准备了这处宅子，小是小了些，难得房舍都是簇新的，方便打理。大长公主让我跟你说，院子不值什么，就当是你的嫁妆，她到底是守约的长辈，总不能让他在别人家的院子里成家立业，让你看在她疼爱守约的这份心上，定要收下才是。大娘实在要推辞，也要随我去府里，跟大长公主当面说去！"

她停了一停，又瞅着琉璃笑道："我看你倒真该去拜见大长公主一回，你这品格和陆家娘子有五六分相似，都是娴静贞淑，最招人疼爱的。"她抬头看了看窗外，感慨地叹了口气："想当初，陆娘子在裴家那几年里，上上下下谁不夸赞？大长公主如今提起来还是要落泪的，只道我们这些人竟没有一个及得上她一半儿！若是见了你，还不定如何欢喜，也难怪于夫人如此上心！"

琉璃垂下眼帘，一副极力压抑着情绪的模样，心里也忍不住感叹了一声，这番话说的！大长公主原来是最大方、最疼爱裴行俭夫妇的，这次送的房子小了，是于夫人抢先认了女儿，裴行俭又觉得自己是小家子出身的缘故，而他们之所以看中自己，是因为自己长得像那个陆家娘子……若她真是一个没经过太多世事、被天上掉下一个大馅饼砸中的人，此刻早该六神无主了吧？

酝酿了半日情绪，琉璃只能紧着嗓子长跪而起，垂头低声道："长者赐，不敢辞，琉璃谢大长公主恩典。"

崔氏眉头轻轻一跳，拍手笑道："大娘果然爽快！"说着又从袖子里拿出了两个绣样："如今大长公主交代的事情已毕，倒是真要烦扰大娘帮我看看这两个绣样如何？"

琉璃自是一副心不在焉、强打精神的模样，接过那两个绣样看了一眼，一副是婴戏，一副是出水莲花，琉璃为武昭仪的小公主做过衣裳，自然认得这是女婴肚兜的图案，点头道："给府上的小娘子做肚兜是极好的。"

崔氏笑道："大娘果然好眼力。"又叹了口气："我也是有了她之后才晓得，这做母亲对女儿是怎样的一番心思，原先还很是纳罕过几年，于夫人那样疼爱守约的，为何却不肯让女儿嫁给他，到末了，都是一番遗恨。"

苏家女儿和裴行俭？琉璃这回倒是真的吃了一惊，索性便把惊容露得更明显些。

崔氏一挑眉头，"你竟没听他们提起过？"又转了笑脸，"不过是陈年往事，当初也就是那样一说，到底没成，或许是旁人误传的也未可知……"回头便拿起那绣样道："你看这配色如何，我总觉得不够鲜亮。"

琉璃只得也看了几眼绣样，"此处原是用金线更是艳丽，只是给婴童做肚兜，却是不好用金银丝线的，一则富贵太过，二则婴童肌肤最是娇嫩，受不得这个。"

崔氏点头称是，两人又就着绣样说了好一会儿，琉璃几次挑起话头想问苏家的事情，都被崔氏吞吞吐吐地避了过去。琉璃估量着火候也差不多了，索性看着崔氏道：

"夫人可认识苏娘子？琉璃曾听说她嫁的女婿有些不成器，还是于夫人打上了门去教好了的，可惜苏家女儿却命薄，没多久就去了。于夫人的性子自不必说，琉璃见过苏家的罗氏嫂嫂，也是极爽利能干的，难道苏家娘子竟不是这样？"

崔氏还是摇头，"苏娘子原是苏将军四十岁之后才得的，家中又只这一个女儿，苏家平日极是娇养，听说身子有些弱，给她选的夫婿也是家里殷实、姑舅性子好的，没想到夫婿后来却迷上了掷卢，输得不像样，苏娘子大概是气得狠了，成亲不过三五年便去了。也有人说，她原就不愿意这门亲事，是积郁成疾！"说着又是长长地叹息了一声，"我不曾见过苏娘子，只是听人说过，她生得如花似玉，性子温柔，又极是聪慧伶俐，难怪于夫人纵然逆了苏将军的意，也要处处为女儿打算，只是红颜薄命，却也不是人力可以挽回的。"

琉璃怔怔地听着，崔氏看了她一眼，忙又笑道："这些不过是传言，到底做不得真，别的不说，守约便是极守礼的人，听说原本天天在苏将军府上出入，只是到苏娘子年纪略长了些，这几年竟是再也没有去过了，还是前不久才上门吃了顿酒……可不是雨过天晴了，要不怎么说大娘是有福之人？"

于夫人自己的女儿无论如何不肯嫁裴行俭，认个干女儿却忙不迭地说给了他，裴行俭也是因为以前事情恼了苏家，最近才好……琉璃垂下了头去，对眼前这女人越发佩服起来。

崔氏倒也没再说下去，转头说起了绣样，突然拍了拍自己的额头，"看我忙得糊涂了，过些日子，说不定咱们还要亲上加亲！"

琉璃心里雪亮，这是要说到珊瑚的事情了，她也就心不在焉地笑了笑，"倒是听说了一句。"

崔氏轻笑了一声，"这也是大长公主的主意。公主说，大娘既然这般人品，令妹自然也差不了，正好世子身边还差一个可心的人，正要找一个知根知底的好女子助我一臂之力，这不就是现成的好人选？你放心，令妹一过门便是正经的媵妾，我有什么，她便有什么，绝不会委屈她。"

琉璃只是垂眸听着，半响才微笑道："承蒙大长公主如此厚爱，琉璃受宠若惊。"原来许下了媵妾之位，她们既然如此舍得下本，这门亲事只怕真是要成了。

崔氏笑道："要不怎么叫缘分？待日后你成了我们裴家人，大长公主还要请你到我们府上好好盘桓几日才是。"接着便说起了大长公主如何好客，河东公府又有哪些庄子最是好玩。

琉璃目光飘忽，似乎不知道想到哪里去了，崔氏却仿若不觉，只是笑盈盈一径说了下去，最后才笑道："你一去便知道了，若是收到我的请柬，可不许推辞。"

琉璃神色空茫地恍若不闻，崔氏笑得愈发亲切，"也打扰大娘半日了，我还要回去给公主复命，这就告辞，下次再来扰你。"说完便起了身。

琉璃这才突然醒过神来，"夫人……是要走？"

崔氏满脸都是笑容，"公主还在等着我呢。"

琉璃讷讷地挽留了几句，才将她送到上房。崔氏又向杨老夫人抱歉了几句，含笑告辞而去。

她一走远，杨老夫人便笑道："这位世子夫人究竟有何贵干？"

琉璃垂眸一笑，"送来宅子一座，闲话若干。"

杨老夫人感兴趣地"喔"了一声，追问道："你如何应付的？"

琉璃笑得温柔娴静，"自然是来者不拒，通通笑纳。"

杨老夫人哈哈大笑起来，随即又眉飞色舞道："还有个好消息，宫里适才派了人过来，昭仪过几日又有一番忙了！"

她的脸上容光焕发，脸上的皱纹似乎都飞扬着欢喜。琉璃不由一怔。杨老夫人这两日心情一直不好，昨日许敬宗的夫人来过一趟之后更是恼得晚饭都没用，到底是什么消息能让她这样扬眉吐气？她忙笑问："是昭仪那边又有了好消息？"

杨老夫人笑道："圣人此次亲谒昭陵，已下旨不让皇后和四夫人随行！"

琉璃想了片刻才明白过来，皇帝去拜祭先皇的陵墓是朝中大事，宗室与重臣都要随行，如果皇后和四妃不能到场，到时就只能由随行嫔妃中分位最高的武昭仪来带领诸位公主、命妇从谒，换而言之，也就是在这种重大典礼上让武昭仪代行了后宫之主的权力。不过如果考虑到这位先皇还是武昭仪的前夫，这个事么……她不敢多想，满面笑容地道："恭喜老夫人！"

杨老夫人显然没留意到她的胡思乱想，只是笑道："这次过年顺娘只怕也要陪着在昭陵那边过了，我明日要入宫一趟，你可要跟去？"

琉璃忙道："琉璃也是好些日子没见到昭仪了，只是这两日昭仪和夫人定然都忙，琉璃过去怕是不但帮不上什么，反而添乱；再说，如今进宫，琉璃……"

杨老夫人想了想，点头一笑，"你如今正是待嫁之身，的确不好到处走动，待过些日子你成了正经的裴氏夫人，却不许躲懒！"

琉璃笑着应道："自是求之不得，只怕昭仪那时愈发贵重忙碌，会嫌琉璃太烦！"她自知这马屁拍得并不算婉转高明，但应景之下，杨老夫人果然愈发高兴，两人又说笑了几句，尽欢而散。

到了次日，杨老夫人动身进宫，库狄家果然也打发人来请琉璃回去，她却只道受了风寒，动不得身，过了两日才出了武府。到家时，库狄延忠盼得脖子都长了，一见琉璃便忙忙地打发了下人出去，直问琉璃："你可知河东公世子前几日竟是遣了媒人上门，要纳珊瑚做媵妾？"

琉璃点了点头："听世子夫人提了一句，只是琉璃这几日身上实在不大好，让阿爷忧心了。"

库狄延忠叹了口气："这门亲事听着也罢了，只是昨日阿泉却提醒了我一句，河东公府家为何这般着急要定下珊瑚？我才想起，你姑母似乎说过，河东公府与裴郎君似乎不睦，因此才想问你一问，此事到底是如何？"

这话原就是琉璃托车夫阿贵私下带给阿泉的，她自然心中有数，不过此时还是低头想了半日，才慢慢道："说来阿爷或许不信，女儿也不大清楚究竟是如何。义母的确跟我说过，裴郎君早些年与两边的族人关系都不大好，前几日河东公世子夫人也来武府做过一次客，跟女儿说了好一番话，话里话外的意思都十分难解，女儿如今心里比原先更糊涂了。

"只是这一年多，女儿多少也懂了一个道理，贵人们心里的弯弯道儿咱们是无论如何也看不明白的，唯有一条，谨守本分、莫贪莫痴，才能保得平安。按理说，河东公府的世子夫人，连女儿都不曾见过，怎么就认定了珊瑚？实在有些不通！要依女儿的意思，阿爷还是要三思而行。"

库狄延忠越听脸色越是沉重，长叹了一声，"依你的意思，此事还是回绝了才好？"

他的话音未落，就听帘子"哗"的一声，曹氏疾步走了进来，"大郎，你是糊涂了么？"说着皱眉转头看着琉璃："大娘这话是什么意思，什么莫贪莫痴，若真是如此，为何你却没把自己的亲事给退了去？要说古怪，你的亲事难不成就不古怪了？怎么就只有河东公府是别有用心？"

琉璃淡淡地看着她，"女儿不过是就事论事。庶母若实在觉得这亲事好，自然轮不到女儿来给妹子作主，只是他日真有什么事，也请庶母莫要怪到琉璃头上。"

她这样一副神色，曹氏倒有些惊疑不定起来，看了她半晌还是冷笑了起来，"河东公府是何等门第，世子的媵妾也是正经有品级的贵人！比六品官员的妻室也不差什么，河东公府还能拿这个算计你不成？你也太看得起自己了些！"

库狄延忠忙喝道："女儿不过是好心提醒一句，你说话也要有个分寸！"

曹氏回头看着库狄延忠，神色变得十分恳切，"大郎，你也听奴一言，那裴郎君虽说是有前程的，却如何能跟河东公府相比？再说大长公主是何等身份，她要难为裴郎君，又何须来算计咱们这样的人？那媒人说得极清楚，公主原是早就想找这么个人了，珊瑚不过凑巧入了她的眼而已。这是珊瑚的造化，也是咱家的造化。再说了，上次给琉璃说媒时，咱便已经拒了那府里一回，若是此次再落他们的面子，被记恨上了，对大郎的前程又有什么好处……"

听到此处，琉璃不由暗自叹了口气。库狄延忠脸色果然有些变了，微一沉吟便对琉璃道："珊瑚的事情，阿爷自会好好思量，你也莫要过于担忧。"

看着库狄延忠背后曹氏那张掩不住得意之色的脸，琉璃只觉得又好笑又可气，摇头笑道："珊瑚的事情，原本就该阿爷和庶母作主，女儿该说的话也说了，还要回去吃药，这就告退。"

库狄延忠还想留她，曹氏赶紧便道："大娘身子刚好，还是要按时用药才好。"

出了院门，车帘一落，阿霓便冷笑道："大娘，你何苦去管他们？此事便是婢子看着也觉得不对，他们却以为你是安了歹心！既然如此，便由她们去，也省得生气！"

琉璃出神片刻，摇了摇头，"有什么可生气的，我说我该说的，他们做他们想做的，这大概便是命数。"阿霓一个婢女都看得出来的事情，自家父亲却会看不明白，难道这就叫鬼迷心窍？至于曹氏，她应当是早已和河东公府那边通了消息，不然下函那日她怎么能欢喜得起来？她或许觉得，靠着河东公府这座大山，让珊瑚来欺负欺负自己是手到擒来？既然如此……她轻轻地吐了口气，转头看向窗外。或是因为昨日宗室重臣们都已出发去昭陵，路上显得格外空旷，马车飞奔，不过两盏多茶工夫便回了应国公府，琉璃在角门下了车，刚刚走到院门口，却见一个婢女跑了出来，"大娘可算回来了！"

琉璃忙问："可是出了什么事？"

那婢女的脸色有些沉重，"适才有侍卫登门报信，说是昭仪昨夜在行宫不知怎的动了胎气，竟是早产了！"

琉璃的脸色微变，忙往里走，"老夫人呢？"武昭仪这次应是有惊无险，不过杨老夫人若是没来得及出发还好，若是已经赶去照看武昭仪了，这眼见就要过年，自己该怎么办，难道还要回那个家？

"老夫人已赶过去了，留下话说请大娘过年自行安排……"

琉璃不由一声苦笑，顿住了脚步。

第三十二章
不足为患　自相残杀

两尺高的鎏金忍冬纹结五足香炉里，一小块白色香脂在静静燃烧，不多久，一股奇异的幽芳便从龙首盖钮下的镂空莲瓣里悄然透散出来，渐渐飘满了整间屋子。

临海大长公主垂下眼帘，深深地吸了一口，脸上露出一丝满意的神色，"这次的香也就罢了。"

毕恭毕敬站在檀香屏风床前的管事娘子暗地里松了口气，抬眼看着半挽的紫绡帐里那张白嫩宛如少女的脸孔，满面都是笑容，"大长公主果然明察秋毫，此次是奴婢们特意找到一家波斯胡，要了他家最好的龙涎香，颜色当真就如雪玉一般，只是价钱也比羊脂玉还要贵，一小块便要五万多钱……"

临海大长公主不耐烦地皱起眉头，"可见还是能寻着好的，以后莫拿差的来充数，再用上次那样的，这差事你也别做了！"

管事娘子心中暗暗叫苦，这种上好的白色龙涎香根本是有价无市的好东西，以公主这日日离不得的性子，却要上哪里买这许多？再说那价钱……有心想再说两句，有婢女轻声在帘外道："启禀大长公主，世子夫人过来了。"

大长公主坐了起来，"让她进来。"

管事娘子无声地叹了口气，行礼退下，正与匆匆进来的崔氏打了个照面。

崔氏并没有留意向她行礼的管事娘子，倒是进门就闻到了这绝品龙涎香的香味，心里忍不住冷哂了一声，自己的这位阿家用什么都只选最贵的，就像这龙涎香，一用便是几十年，岂不知真正的高门女子哪会是这种作派？说暴殄天物都是轻的……却见大长公主已从屏风床上起身，忙几步赶过去行了一礼。

大长公主开口便问："如何，库狄家可答应了？"

崔氏脸上全是温柔恭顺的笑意，"正是，答应得还算痛快，只是说，须等到他家大娘出嫁后再办。"

临海大长公主脸色一松，"长幼有序，倒也是情理之中。那媒人可打听过她家那位大娘是如何看待此事？"

崔氏笑道："自然问了。那位庶母如今对咱们巴结还来不及，她抱怨说，那库狄大娘不愿意她庶妹给咱们府里做妾，说是裴守约跟咱们府里关系不好，又说咱们家这样急着提亲多半有别的想法。有了咱们先前打的埋伏，她到底还是劝得家主答应了。那庶母还说，她女儿最是知礼，凡事一定会听从公主吩咐。"

临海大长公主笑了起来，"如此甚好！到底还是试出来了，那位库狄大娘竟是连家里这点子事情都处置不了，当真是不足为患！"

崔氏赞同地点头，"阿家说的是。那库狄大娘媳妇仔细看过，相貌虽还好，却没有丝毫福相，说话举止也甚是怯弱，打扮气度更是小家子气得很。媳妇说了那番话，她当场差点没撑住，第二日便病了出不得门。如今看她对待庶妹的亲事，也不是个有手段的，家里事更作不得主。这样一个女子，能翻出什么浪来？

"原先媳妇还顾忌着她那舅父一脉原是老资历的胡商，根基深厚，人脉又广，若是插手洛阳那边产业只怕会有些麻烦。虽说他们因为魏国夫人的事情有些生分了，但以她如今的身份，要回头笼络住他们也是容易。没曾想她这些日子竟是舅父家门槛都没登过，但凡心里有半点算计只怕都不会如此。"

临海大长公主微微点头，"如此看来，那万年宫的事只怕不过是凑巧，这库狄氏别的不说，运道倒是好，一步一步竟然能到了今日！"

崔氏忙道："她若真是运道好，有了万年宫那番功劳，只怕早已入宫做了贵人，可见这运道也有限！她靠的那武家如今有什么？那武昭仪再得宠，以她先皇才人的身份，难道还真能翻了天去？"

临海大长公主冷哼了一声："可不还真想翻了天去？你难道不知，圣人这次去谒陵，皇后和四位夫人都没带，打的不就是让武昭仪翻天的主意？结果苍天都不帮她，出发头日就动了胎气！如今死活还不知呢，就算留下命来，难道还能带着血光去谒陵？可见这人的命数是天定的！那种狐媚子就算想尽法子得了那福分，也没那个命去受！"

崔氏自然知道，皇后王氏原本就是同安大长公主推荐给皇室的，与诸位公主关系还算不错，因此提起那位伺候过先皇的武氏来，宗室皇亲们多少都有些同仇敌忾的意思，她自己又何尝不是如此？她和王氏都是五姓女，也曾有过闺中来往。虽然对王氏的木讷性子她也有些看不上，但到底是自己人，又都是做正室的，如今却有一个不知廉耻的狐媚子要爬到她们头上来，这事如何忍得？

崔氏便点头笑道："可不是！那些卑贱的狐媚子，自有上天管着！"

临海大长公主慢慢地笑了起来，"说起来，旁人也罢了，裴行俭看上这样一个狐媚子倒是不错，如今这狐媚子既然已经不足为患，咱们也不用再花什么心思，日后她若还乖顺，就由他们去，若是敢玩什么花枪，咱们手里不还有她的妹子？正好自相残杀！"

崔氏忙道："还是阿家有远见，媳妇原还想着怎么把那胡女吓回去，若不是您提点我，却是没想到这个了。"

临海大长公主挑了挑眉，"你才经过多少事？认识几个人？你可知，今年早些日子，圣人曾提过要给裴行俭赐门婚事？因他一门心思要娶这胡女，竟婉言拒绝了。听说转年圣人还会擢他进五品。你想想，他圣眷如此，又是裴氏宗子，待得官居五品，圣人便是指个宗室女子给他也不稀奇，到了那一步，难道咱们也要自相残杀一番不成？"

崔氏还是第一次听到这种说法，倒是吃了一惊，"还有这种事？"

临海大长公主淡淡地瞥了她一眼，"此事知者甚少，若不是我的人恰好搭上了圣人身边的一位内侍，也是无从知晓。裴行俭如今的势头正旺，若是让他再得一门助力，日后的局面就更难收拾了！"

崔氏顿时恍然，"这么说来，倒是亏得有这个库狄氏，身世寒微，性子也软，虽然背后有那位昭仪，却也不算什么。"宫里竟然有这样的消息传来，难怪大长公主对这门亲事的态度突然转了弯，在婚事定下后让自己走了这一遭，想来倒不是为了坏这门亲事，只是要让那库狄氏心里对于氏、对裴行俭都生出芥蒂来，日后才好有进一步的打算……

临海大长公主点头一笑，"此话也不算错，这库狄氏自是不足为患。裴行俭却不然，都说一朝天子一朝臣，这才两年，他竟转眼就是五品的实职了，再过些时日，保不齐能出相入将！他隐忍了这么多年，难不成就是为了看着我们安享荣华的？"

崔氏悚然一惊，顿时醒悟过来：大长公主这次要对付的，原来根本就不是库狄氏！而是要让裴守约后宅不宁，届时才有机可乘。想了想还是道："只是这些到底不过是后宅事务……"

临海大长公主轻轻哼了一声，眉梢眼角全是不屑，"这朝廷命官栽在后宅事务上的还少了？你难道不曾听说那许大学士就是因为挑了蛮夷做女婿才被贬的？如今还没有缓过来！还有褚相这般人士，不也因为家人强买他人宅地被贬了两年？再说了，裴行俭如今不顾门庭，要娶这样一个胡女，看中的难不成还真是她的美色，只怕更多的是她背后那个姓武的狐媚子！不然的话，他回绝了圣人的好意，圣人为何反而要提拔他？阿崔，你打理这内宅事务原是不错的，只是日后办事，眼光总不能囿于后院这么点地方，不然我若不在了，你再不警醒着些，以承先那散漫的性子，岂能是裴行俭的对手？"

崔氏越听越是心惊，这才深深叹服眼前这位生性骄奢的公主在眼光上的确比自己要毒辣，一步棋走出，竟是已然想得这般深远，难怪她一面默许了这门婚事，一面却还下了那么大的本钱去买宅院、选婢女，甚至要拿夫君的一个媵妾之位来钓上那位身无所长的库狄家庶女，自己却还只道她是小题大做！

她的脸上流露出了由衷的敬色，"媳妇迟钝，竟是到如今才明白阿家的苦心！您自然是长命百岁的，不但如琢的性子还需阿家调教，便是阿仙、阿妍他们，也指着您多加教导，好教他们光耀门庭，也给您添上些重孙重外孙呢。"

临海大长公主笑着摇头，"罢了，如今承先在殿中省，承光和承禄在三卫都算不错，过得几年，他们都出息了，日后自有你们的好时辰！"

崔氏自然也跟着凑趣，说了好一篇话，眼见临海大长公主脸上略有了些倦色，正准备告辞，却听外面有人道，"启禀公主，丰管事回来了。"

大长公主一怔，忙道："让他去东边屋里候着。"随即便对崔氏道："丰管事此次是跟着承先去昭陵的……你也过去，听听到底是何消息。"

崔氏也知道这位丰管事正是丈夫裴如琢身边的得力人，当下不敢怠慢，忙扶着大长公主进了东屋。双层罗帐外站着的丰管事拜倒在地，"启禀大长公主，世子昨日得了消息，武昭仪得了位皇子，如今母子都已平安，再过几日便要送回宫中休养。圣人昨夜已下令让贵妃赶往皇陵斋戒。"

临海大长公主脸色顿时沉了下去，半晌才道："你退下吧。"直到丰管事垂着手倒退着出了门，她依然怔怔地站在那里。

崔氏心里也有些发沉，武昭仪竟又得了一个儿子，还是母子平安！而皇帝宁可让贵妃前来，也不提皇后……只听大长公主叹了口气，"我让你买的婢女，你还要加紧去找才是！"

崔氏忙恭谨地应了声是，嘴里却有点发苦，要找到那个模样的婢女，原是要靠运气的，岂是她加紧就能办到？不过眼下之事一出，那边自是更要尽快布置妥当，她也只有再多找一找。

再过几天就是元日……这个年，看来自己是别想过好了！

第三十三章
辞旧迎新　人约黄昏

永徽六年的元日，整个长安城都比往年冷清了许多。宗室大臣都随皇帝去了昭陵，许多豪门大宅，连门口挂的灯笼桃符似乎都比往年黯淡。不过长兴坊的苏将军府却是例外，成日间只闻笑语不断，来往的宾客也比往年多了好几成；到了正月初六这天，府里的几株腊梅也凑趣地凌雪怒放，更添了一分喜庆。

眼见日头渐渐西斜，苏府上房西间的直棂窗下，随着银剪在紫色帛片上的转动，一个头戴双髻花冠、双手上扬、袅袅婷婷的美人儿渐渐露出了轮廓，只是剪到最后一角衣裙时，握着银剪的那只手不知怎的一抖，飘飞的裙裾顿时断成了两截。

正低头看得入神的罗氏不由顿足叹道："可惜了！"。

琉璃叹了口气，随手便想把帛人扔掉，罗氏忙抢到手里，"不过是衣角略短了些，用来黏屏却还是不错的。"

琉璃嘻嘻一笑，"嫂嫂便对琉璃这般没信心？"

坐在另一头的于夫人抬眼笑道："知道你是个巧的！"说着也把自己剪好的帛人拿起来端详了两遍，长长地叹了口气，"我原觉得自己剪得也不错，和你剪的这美人儿放在一起，却只好帮她扫地牵马了！"

琉璃和罗氏看着她手里那个身材粗壮、圆头圆脑的帛人，忍不住都笑了起来。

这还是琉璃第一次剪"人胜"。故老传言，女娲造人之时，初一造了鸡，初二是狗，初三是猪，初四是羊，初五是牛，初六是马，到了第七日上才造出人来，因此正月初七便是人胜节。明日的长安城里，人人发髻之间、家家屏风之上，都是用五彩绢帛或金银纸箔剪成的"人胜"。

眼见罗氏把她剪坏了衣角的帛人和于氏剪的那个都黏在了屏风上，琉璃忙集中精神又剪了几个，放下剪刀时，才觉出胳膊手指都有些僵了。

于氏早剪得不耐烦了，见琉璃放下剪刀，忙把剪刀一扔，"有这么些尽够了，你的可以用来饰发，我和阿罗剪的黏屏，意思到了就好，我还是去厨下看看明日的煎饼和长命面准备得如何，不然你那义父又该有说的了。"说着忙忙地走出门去，仿佛晚走一步便会被拉住一般。

琉璃和罗氏不由相视而笑。琉璃站起身子，甩了甩胳膊，又活动了一下手指，愈发觉得酸疼，只是看着苏家给自己准备的这间远远谈不上奢华的房间，嘴角还是翘了起来。

她从没有想到过，这个年节，自己居然可以过得如此快活。

那日杨老夫人接到消息就火急火燎地赶往了行宫，她自然不可能追去，在武家住着又尴尬，好在第二天于夫人便来接她了。琉璃原想着也就是小住几天，没料想武昭仪的身子不好，杨老夫人索性守在了那边，说是小皇子满月之后才会出宫。

琉璃一面一日两遍的打发阿甯回去探问消息，一面却暗自欢欣鼓舞——于夫人开朗直爽，罗氏聪明随和，两人都是爱说爱玩的性子，每日里不是捣鼓为年节准备的各种吃食和玩意儿，就是带着琉璃应酬客人、四处采购，加上罗氏的那对宝贝儿子苏樻苏桐正是调皮的年纪，虽然苏定方与苏庆节都随帝谒陵，日子却半点也不冷清。半个月下来，琉璃倒是认识了好些武官家眷，和陆瑾娘也见了两面。

待得初四苏氏父子终于伴驾回城，苏家越发热闹起来。只是琉璃心里总有些空落：隔壁的那个孤家寡人，如今是守着那空落落的房子，还是跟那些面和心不合的族人周旋？或许就是因为自己，他连这边府里都不大方便过来了！

眼见天色欲晚，琉璃又剪了十几个各种质地颜色的人胜和若干花花草草出来，想了一想，还是选了两对人胜出来拿在手里，低声对罗氏道："嫂嫂……"

罗氏看了她一眼，笑着接到手里，又找了个七八岁的小丫头过来，"去把这些送给隔壁的九郎，让他珍惜着些。"

小丫头清脆地应了一声便跑了。琉璃脸上发热，只好低头接着剪绢帛，罗氏上来拉住了她的手："好妹妹，你再剪下去，明日手该疼了，阿家还饶得了我？咱们一起出去看看，这时辰晚膳也该好了。"

琉璃只得丢了剪子，跟她到了上房里。果然大食案上已经摆好了晚膳，苏樻苏桐在屋里跳来跳去，满屋热闹，心里却不由又叹了口气，耳边仿佛响起了裴行俭带着淡淡笑意的声音："已经有好几年没有人陪我用过饭了。"

门帘一动，苏定方大步走了进来，看见琉璃，若有所思地上下打量了她几眼，琉璃微觉纳闷，仔细一看，他又恢复了平日笑眯眯的模样。

好容易吃过晚饭，罗氏将琉璃拉到一边，笑着将两个人胜放在她手里："来而不往非礼也。"

两片小小的金箔，剪成了一男一女两个髻娃娃的模样，轮廓虽然简单，却自有一种古拙雅致的韵味——裴行俭居然连人胜都会剪，而且比自己剪得还好！琉璃愣了好半响，不由扶额苦笑。

第二日是人胜节的正日子，苏家自然又是一番热闹，吃红豆、喝七样羹、煮长生面、送煎饼，礼尚往来地直闹了一日。而人日过后，便迎来了长安城一年中气氛最闷骚的那几天：上元节就在眼前，家家户户都要挖空心思地做花灯，年轻男女要挖空心思地准备奇装异服，主妇们则要挖空心思地准备各种应节小吃。

于夫人提前两日开始做起了上元节最不可或缺的"焦糙"，琉璃也到厨下去看了一回。却见苏家的厨子用麻油调好了一盆面，备好一盆馅，再煮上一锅水、一锅油。待锅热了，先抓了团馅料到油面里团了团，手上一捏，再拿篦子略略一刮，便成了一个中间包着馅料的面团儿，把它丢到水里煮熟，又沥了水丢到油锅里炸上两遍，一个个放到盘中还滴溜溜滚动的金色小球便出现了眼前。

琉璃恍然大悟：这不就是炸汤圆么？

到了下午，罗氏却又拿出了好几盏花灯，说是"孩儿灯"，要送给那些家里希望添丁的亲朋好友。琉璃听得明白，忙在每盏灯上都画上了个大头娃娃，于夫人和罗氏拍手叫好，送灯的下人回来时也是各个喜笑颜开——他们拿着灯一路上出了不少风头，得的封儿也格外丰厚。

到了十四这日，正是上元三日放灯的第一天。吃过早饭，琉璃便对阿霓笑道："这个年节倒是让你在这边陪了我十几日，家里也不得团聚，这两日你便回去，过了十六再回来。"阿霓自是先说不必，见推辞不过，才笑着告辞而去。

琉璃松了口气，裴行俭说过"你只要出来观灯，我自然能找到你"，她还真不想带上阿霓……

待她到了上房，罗氏正让几个婢女擦洗面具，却见都是做得极精巧的木制面具，有做成兽面獠牙的，有做成金刚怒目的，也有做成豁牙丑角的，造型夸张，各不相同。最多的却是一种白须胡老的面具，足有五六个。琉璃试着一戴，倒也贴合轻巧，双眼口鼻处都留有空洞，视物说话均是无碍。

苏槿苏桐也一人抢了一个，奈何脸儿太小戴不上，琉璃便找了两张硬纸，用剪刀裁出两张小面具，按照两人的五官剪出眼睛嘴巴，又磨了墨，调了朱砂和雌黄，将面具画成了两个小虎头，打孔后用红绳系在了两人双耳上。一屋子人无不拍手叫好，苏槿苏桐更是高兴得满屋子乱窜。

眼见天色将黑，于夫人忙把装备好的焦糙、粉果、面茧等物都端了上来。那粉果也是带着甜馅的小圆面点，面茧则是作成梭子状的面果子。每个人按规矩都先拿了一个面茧，苏桐吃得最快，呸的一声吐了个小木片出来，上面画着小小的元宝，众人顿时一阵大笑。苏定方却是吃出了一个画金印的木片。罗氏便笑道："阿翁今年莫不是要挂帅出征？"琉璃知道了这里面的机关，吃到中间时小心翼翼地咬了一口，果然咬到一个硬物，忙拿出来一看，木片上画的却是一顶花冠，于夫人与罗氏顿时拍手大笑，"这个最应景！"

一顿饭胡乱吃完，琉璃回去换了出门的衣衫，找出一支光洁的银簪将那对金缕人胜穿在簪头之上，插在了发髻中，对镜一照，心里多少有些扑腾。

她定了定神，快步走回上房，一掀帘子，不由呆在了那里：屋里站着四个身量苗条的婢女，人人脸上戴着一样的白须胡老面具，一眼看去宛如四胞胎！

罗氏见琉璃进来，不由分说地也给她戴上了一个，又拿了五件白色披风给她们披在了身上，站开两步端详了几眼，拍手笑道："这下再也分不出来了！"

琉璃愈发茫然，正要开口询问，苏定方也踱了进来，仔细打量着几个人，点头不语。突然看见琉璃的发髻，笑着一挑眉头，走上一步，伸手将那支穿着人胜的簪子，戴在了琉璃身边同样戴着面具的婢女头上。

琉璃忍不住叫了一声"义父"。

苏定方笑吟吟地转过头来，"守约前几日和我打了一个赌，赌的便是他今日能不能带走你，说不得要委屈你片刻了。"他的目光在琉璃几个人身上扫了一遍，眉宇间多了几分飞扬，"咱们这便出门！"

这算是怎么回事？琉璃还没回过神来，已被众人嘻嘻哈哈地拥簇着走了出去。

外面天色刚刚变黑，满城的空气里似乎都涌动着一股躁动。家家户户门前都挂出了花灯，有些宅子门口还做出了高矮不等的灯树。各处的路口或坊门都设着彩烛辉煌的灯棚、灯楼。长兴坊中，一座两丈多高的楼宇被灯火映照得华彩辉煌；亲仁坊门口，则是一棵足有三丈高的灯树，五彩灯笼把树下牵手踏歌的女子们也映得五色斑斓；再往东走，到了东市南门外，长街北面一溜灯棚连着戏台，台上灯明如昼，台下人头攒动，正是上元节最受欢迎的歌舞百戏。

大道上更是人流盈塞，骑着绣鞍骏马的多是少年郎君，坐着碧油香车的自是妙龄仕女。马逐香尘，诗挑碧帷，是处处上演的风流戏码。人群中穿华衣、戴面具的年轻男女同样随处可见。有些看着娇小玲珑，却束发包头、踩短靴、挎长剑；有的身材高大，却是头簪鲜花，身披彩帛。当真是雌雄莫辨，让人眼花缭乱。

琉璃看着眼前这歌舞喧天、灯烛匝地的繁华胜景，心里却只想苦笑。

苏家没有备车，只是由苏氏父子打头，十几个身强力壮的男仆将女眷们牢牢地护在当中，看去不过是寻常富家出游的阵仗，但队伍中多了这五个身形相似、打扮相同的女子，还是引来了无数嬉笑指点。

琉璃有些怀疑，现在给她一面镜子，她都未必能一眼找出哪个是自己……裴行俭再神机妙算，又怎能认出她来？更别说突破这仆从的护卫把她带走！

东市的横街上，越往东走人流便越拥挤，一路上不但北面的台上有百戏和参军剧可看，人群中也不时会出现各色艺人的身影，或是扛鼎、吞剑，或是走丸、吐火，苏家众人显见已看得目不暇接，骑在男仆肩头的苏氏小兄弟更是欢欣鼓舞，只是一个要往东去看绳技，一个却要去看耍大杆的，闹个不休。

苏定方却是神色警惕，目光一刻不停地扫来扫去。眼见一行人已然过了最热闹繁华的所在，前面就是东市的东南角，人流明显变得稀疏起来，却依然没有看到那个熟悉的身影，他的眉头不由渐渐皱了起来。

苏家一行人的旁边，不知何时出现了一队戴着傩舞面具的红衣汉子，看见苏家这几个一般打扮的女子，也指点着笑了一番。苏定方回头看了一眼，见他们的身形举止分明是市井中人，便没再多看，依然四下打量寻找。

再往前走，一个胡人正在街中表演幻术吞剑，这把戏不算罕见，四周围着看的也不过是些老人妇孺。苏家人从旁边走过时，那胡人正在把一把长剑慢慢从口中拔了出来，戴着老虎面具的苏槿高声叫道："那胡子，再吞一次！"

胡人嘻嘻一笑，突然手上变出一点火光，一张口，一道长长的火龙对着这边就喷将过来，围观之人连同靠近这胡人的几个男仆猛不丁都唬了一跳，纷纷后退，苏家的队列顿时散乱起来。另一边傩舞的汉子不知怎么的，突然发声也挤了过来。待到苏定方回头看时，自家那几个穿着同样披风的女子早已陷在了散乱的人流中，一个戴面具穿红衣低头走路的高个男子突然直起身子，从傩舞队伍后闪现出来，一把拉住了头上戴着人胜的女子，转身便往人群外面走。

苏定方呵呵一笑。他虽已经过了六十，身手却依然矫健，几个箭步从人群里挤了过去，一把牢牢地抓住了那高个男子的手腕，"好一招浑水摸鱼！"突然觉得有些不对，笑容一滞，伸手就揭开了那男子脸上的面具。

面具下面，是一张中年短须男子的面孔，对着苏定方忙不迭地鞠着躬，满脸堆笑，"苏将军恕罪，小的不是故意冒犯贵府女眷，我家阿郎有命，小的不敢不从。"

苏定方忙回头去看，却见自家男仆毕竟训练有素，早已重新围拢过来，于夫人、罗氏并两个孩子都安然无恙，只是那穿着白色披风的，却少了一个！

东市路口往南去的人流里，摘掉了面具的琉璃闷声不响地往前走，忍笑几乎已忍到内伤。她身上那件显眼的白披风外已加了一件娇艳的海棠红缎面披风，而披风的主人正紧紧地握着她的手，戴着踏摇娘面具的脸上自是看不出任何表情来。

两人进了最近的靖恭坊，又在坊里拐了两个弯，不知怎的已走进一条僻静的小巷。琉璃这才停下脚步，向后看了一眼，身后的一棵大树遮住了外面的情形。她借着附近大门上挂着的花灯，仔细看了看眼前之人脸上那做哀戚状的美女面具，忍了一忍，终于还是忍不住大笑起来——刚才的混乱之中，她被这位高个"美女"一把拉住时还真是吓了一跳，若不是那声熟悉的"是我"，她怎么也不会想到……

面具慢慢地掀起，露出裴行俭那张清俊的面孔。他的头发高高束起，本来戴的那朵大红绢花也早已被丢掉，披风下穿的是一件碧色圆领窄袖袍子，袖口下摆处被灯光一照，看得见有雅致的竹叶暗纹，正是琉璃送他的那件冬袍。此刻，他看去已没有半分刚才的"妖娆"风姿，反而比平日更清爽几分。

看着眼前笑得几乎直不起腰来的琉璃，裴行俭摇了摇头，嘴角却扬了起来。

好半响，琉璃才终于忍住笑，抬头问道："你怎么认出我来的？怎么没去拉那个戴着人胜的？"

裴行俭静静地看了她半响，才微笑着开口："一支人胜算什么？不管你穿成什么样，我都能认得出来。"

琉璃脸上不由一热，声音也低了下来："胡说，你才见过我几次？"就算裴行俭对自己是一见钟情，也绝没道理能对她的身影如此熟悉。

裴行俭的微笑变得更深，"我见过你的次数，比你知道的要多得多。"

琉璃有些诧异，抬头看了裴行俭一眼，他脸上的那分愉悦有种难以言述的感染力，让她也笑了起来，"我怎么不知道？"

裴行俭久久地凝视着她的笑脸，声音变得有些发哑："你自然不会知道，你不知道的事情还有好些……"

琉璃清清楚楚地看到，他的眸色在慢慢地变深，她突然觉得周围的一切似乎都迅速地消失了，只有眼前这个人在离自己越来越近。下一刻，她几乎是晕眩般地落入了一个温暖的怀抱，听见他在自己头顶上满足地、深深地叹息了一声。

她几乎也想叹息一声，却终于只是伸手紧紧地抱住了他。他的胸口有一种异样的坚实，让她心里某个空悠悠的角落突然安定了下来。她不想再说一句话，不想再惦记任何事，只是闭上眼睛，静静地听着他心跳的声音，那声音又快又强劲，就像节日的鼓点，就像她自己此刻的心情……

小巷里一片寂静，似乎只有两个人的心跳在这片宁静中慢慢合成了一个节拍。不知道过了多久，巷口突然有脚步和说笑的声音传来，琉璃一惊之下回过神来，刚想退开一步，裴行俭的双手微一用力，又将她搂在了怀里，低声道："别怕，是和我们一样的。"

和他们是一样的？琉璃有点迷糊，心情却奇异地安宁了下来，伏在他的怀里没有抬头。脚步声到不远处突然停了下来，随即响起了几声轻笑，听上去似乎是一对年轻男女的声音，接着又是脚步声响，却是渐渐走远了。琉璃顿时明白了裴行俭的意思，她在库狄家时也曾听下人们说笑过，这一夜，原本就是长安城的年轻男女幽会偷欢的日子，听说乐游原的树林中，偏僻的小巷子里，常有鸳鸯……

甜蜜里涌上了一些羞恼，她不由低声道："你放开手，我们好好说话好不好？我还有好些事情要问你。"真的有很多事，比如那宅子该怎么处置，还有那些乱七八糟的事情，可是，都不是这种情形下能够问出口的……

裴行俭轻轻地笑了起来，"不好，琉璃，你不知道今夜我多辛苦才把你抢到手！从初六那日跟恩师打了那个赌就开始准备，各种情形都要想到，欠了好些人情，还扮了一回踏摇娘！"

裴行俭那外罩娇红披风、头戴美人面具的"惊艳"造型顿时再次出现在眼前，琉璃笑得几乎要发抖，立时却又想起了初六晚饭前苏定方曾经目光锐利地从头到脚打量了自己一遍，原来从那时候这对师徒就开始准备斗法了？

她刚想问他们到底赌注是什么，却听裴行俭又深深地叹息了一声，"琉璃，琉璃，你也不知道，以前每次见你，我要忍得多辛苦才能让自己不伸手把你搂在怀里！你不知道我等这一天，已经等了多久……"

琉璃心底变得一片柔软，不知为何眼眶有些发热，半晌才低声道："我知道。"

裴行俭轻轻地抚摸着琉璃的头发，笑了起来，"傻琉璃，你什么都不知道。你知道我们俩成亲的日子已经定了么？"

琉璃一愣，抬起头来怔怔地看着裴行俭——这么大的事情，怎么没有人告诉过她？"什么时候定下的？是哪一天？"

裴行俭的眼里只有明亮的微笑，"就是刚刚定下来的。前几日恩师找人卜了期，说是四月十七、六月十一和九月初二是今年最好的日子，我原想着六月或许从容些，不过如今已明白过来，四月十七才是最合适的日子！"

四月十七，他当是过家家吗？琉璃忙道："时间太紧了，好些东西都来不及准备。还是六月好不好？"

裴行俭低头看着琉璃，异常坚定地摇了摇头，"我倒觉得，时间还是太久了些，"又放软了声音道，"琉璃，我等不及了。这些天，我明知与你只有一墙之隔，却无法和你说一句话，见不到你一面，你不知道这种滋味……"

琉璃知道他大概总有几分夸张，只是这些日子来，自己心头何尝不是同样惦念惆怅？半天才道："只是……只有三个多月了，我……"然而看着他近在咫尺的幽黑双眸，那些想好的理由顿时全部从脑子里都飞了出去，只留下一片空白。

裴行俭的眼中突然闪过一丝戏谑，"有人来了，你若不答应早点嫁给我，我便不放手。"

琉璃一愣，果然听见巷口似乎有杂沓的脚步声传来，不由大吃了一惊，他们就站在高高挂起的花灯下面，只要那些人走过巷子中间的那棵树就能把他们看得一清二楚。裴行俭的双臂却收得更紧了一些，头慢慢地低了下来……脚步声更近了，里面还夹杂着孩子的尖声说笑，琉璃顿时再也顾不得什么，"我答应，你快放手！"

裴行俭微笑着松开双手，琉璃刚想退开一步，裴行俭却把她的手紧紧地包在了手心里，带着她施施然地往巷外走去。没走多远果然迎面便遇见了七八个人，大约是看灯归来的一家子人，一个孩子好奇地打量着他们。琉璃只觉得头都抬不起来了，裴行俭却依然走得从容无比，甚至微笑着向那家人点了点头，顿时换来一阵善意的哄笑，"娘子好容貌，郎君好福气！"

琉璃垂着头走出小巷，却听裴行俭笑道："你可是丢了什么东西？可要回头再找找？"

琉璃愣了愣，才明白他在打趣自己，忍不住抬头瞪了他一眼，眼前的大道上，人流虽然不算稠密，倒也是来往不休，裴行俭叹了口气，声音颇有些惆怅："我倒觉得，仿佛把自己丢在这条巷子里了。大约只有娶了你，才能拾回来。"

琉璃白了他一眼，扭过头去，掩住嘴角的微笑，也掩住和他一样的怅然。好容易压下了种种情愫，却突然想起了另一件事，踌躇片刻，还是转头看着裴行俭道："你总说我什么都不知道，可你记不记得曾答应过，我若今天跟你出来，你便会告诉我……"

裴行俭笑微微地看着她，"我自然记得，那天我说的是，你若是答应上元节和我出来，我便告诉你最要紧的是什么。"

琉璃点点头，鼓足了勇气道："今日我都跟你出来了，可是，你还什么都没说！"

裴行俭眉头一挑，"你今日的确跟我出来了，可今日，是上元节么？"

琉璃愣了愣，看着他含笑的眉眼，恼上心头，简直恨不得掐他一把才解恨，裴行俭却一把握住了她另外一只手,"明日,明日你跟我去一个地方,我就跟你说。咱们现在去看灯好不好?"

琉璃哼了一声,想说不好,已被他牵着一路往坊外走去。

明明还是一样的花灯,明明还是一样的人流,连那些追逐在碧油车后的少年郎念的艳诗与一个时辰前也没什么区别,但琉璃却觉得,一切都不一样了。一直牵着她的那只手温暖而稳定,并没有握得很紧,却无论在怎样突然而来的拥挤中都不会松开,反而会把她迅速带到一个宽厚的怀里,在汹涌人流中轻松地护住她。每到这个时候,微笑会抑制不住地涌上她的嘴角——还好,没有人能看见。

裴行俭早已把踏摇娘面具戴在了琉璃脸上,用哄孩子般的口气对她说:"再忍一忍,日后咱们一起来看花灯,你再不用戴这个闷气玩意。"琉璃知道他是担心万一遇见认识他们的人,会为她惹来闲话。她却觉得这样也好,戴着面具她就可以想怎么看他就怎么看他,想怎么笑就怎么笑,不用担心会吓到别人。

裴行俭今夜这样束着发,看着却比平日多了分飒爽英气,笑起来的时候更是整张脸都像会发光。他轻车熟路地带着琉璃走遍了东市附近的几个坊,一面告诉她,那座两层的灯楼是谁家的手笔,那个气派的灯棚里又坐着谁家的亲朋。

两人不知走了多久,在月过中天的时候,过了褚遂良府门前扎的一艘灯船,终于到了平康坊的十字路口。那里竖着一棵足有五六丈高的灯树,十几根树枝伸向四面八方,上面有做得栩栩如生的莲花灯、牡丹灯、龙虎灯、美人灯……四周围得人山人海,听得见树下传来的踏歌之声。

裴行俭低头道:"长安城的踏歌,以此处最是热闹,多的时候有几百人一起踏歌,通宵达旦,天明方回。你想进去看看么?"

琉璃听着里面欢快的歌声悠然神往,只是看着眼前密密麻麻的人头,还是摇头道:"人太多了。"

裴行俭抬头往里面看了一眼,不知想起什么,笑道:"我才进弘文馆时,也曾和同窗们约着到这里来瞧热闹,又想进去,又不愿与人挤,我那时年少轻狂,不假思索便大叫了一声,'琴音阁的美人出来观灯啦!'好些人哗的一声都往西边的琴音阁跑,我们赶紧钻了进去……"

琉璃想着当年十几岁的裴行俭调皮捣蛋的模样,笑不可抑。裴行俭瞅着她笑道:"你若想进去,今夜我再叫上这么一嗓子如何?"

琉璃笑着摆手,"别!万一还有人记得当年上的恶当,我怕是还没进去看见美人,便被揍成了猪头。"

裴行俭扬眉笑了起来,"你也太小看了我,我难不成还会嚷嚷那句话?"

琉璃认真地点了点头,"自然不会,我猜你会叫一句——哎呀,是谁掉了钱袋?"

裴行俭哈哈大笑:"这主意当真不错!"

两人从平康坊出来时,夜风越发凉了,观灯的人潮也渐渐变得稀疏,裴行俭抬头看了看月色,叹了口气。"只怕快四更了,"转头对琉璃道,"我送你回去吧,你好好歇息，午后我去接你出来喝酒。"

琉璃一时险些以为自己耳朵出了问题，裴行俭笑得惬意之极，"今夜与恩师打的这个赌，我已经赢了，上元这三日每日都可以带你出来。"

琉璃忍不住问："那你若是输了呢？"

裴行俭似笑非笑地看了她一眼，"你就这般小看我？所谓知己知彼，没有一点把握我怎么会赌？若是行军布阵、决战沙场，我是无法跟恩师比的，但揣摩人心、故布疑阵，大概还是我更拿手点。"

琉璃越发好奇，"我还是不明白，你怎么能认出我？"

裴行俭低头凝视着她的眼睛，"我说了，明日我便会全告诉你。"

琉璃看着他，只觉得脑中慢慢地又变得一片空白，裴行俭微笑着叹息了一声，牵着琉璃往回走。琉璃怔了半天才想起来，"你还没说，输了会如何？"

裴行俭笑道："我若输了，咱们成亲前我便要天天去恩师家用晚饭！"

琉璃心里一动，轻声道："你以前是常去的，为何这几年却不再来这边吃饭了？"

裴行俭沉默了下来，琉璃正觉得心里隐隐有些发沉，却听他叹了口气："你也知道，恩师有一个女儿，我刚到恩师门下时，她才不到十岁，我一直当她是亲妹子。后来我家里出了变故，又搬回了这院子，还是依着原先的习惯天天过去，却没想过她已经长大了。不知谁竟传出闲话来，说师母之所以帮我出头，原是别有用心。这样一来，我怎么还好过去？后来师妹虽已出嫁，我却是不习惯过去了，一则，不愿意再把自己的那些烦扰带到恩师家去，二则热闹过后的冷清，原是……格外难挨。"

原来如此，那些人要把他逼到什么份上才罢休！琉璃心口一阵发堵，反手紧紧握住了他的手掌，裴行俭低头看了她一眼，轻笑道："我这般费尽心思，便是想让你早些嫁给我，你竟还不大乐意！"

琉璃不由哭笑不得，胸口的那点憋闷顿时消散了大半，轻轻地哼了一声，她明明已经被他算计得答应了好不好？眼见前面已经快到长兴坊门口，她才想起那个永宁坊里的烫手宅子，忙轻声把事情经过和宅院大致情况说了一遍："你看该如何是好？我跟义母也说过，她说还是要问你拿主意。"

裴行俭淡淡一笑，"反正推不掉的，不如我们明日先去看看那宅子如何？"

琉璃摇头，"那样的宅子只怕是带门房的，若是让人瞧见了，不大好吧？"

裴行俭轻描淡写地道："自然不会让人瞧见，咱们翻墙进去。"

琉璃瞪大眼睛看着身边的这个男人，不得不承认，对于他，她不知道的事情，大概真的还有很多。

转眼前面便是苏府门口，裴行俭站在灯影里笑道："这么晚，我就不去自投罗网了，恩师若要问你，你说实话就好。"说着伸手将琉璃的面具揭了下来，看了她半晌，突然低头在她的眉心上轻轻一吻，柔声道："好好歇着，等我来接你。"

第三十四章
往事如烟　缘分千年

　　马车辘辘，一个拐弯便进了西市的南门，路边依然是那些熟悉的店铺，各种香料的气味混合着酒香肉香脂粉香从车厢的纱窗里直透进来，那味道也和记忆里的一模一样。看着这条她闭着眼睛都不会走错的路，琉璃心里的震惊几乎难以言表：难不成裴行俭特意接了自己，是准备带自己去夹缬店拜访舅父？

　　离夹缬店还有几十米，马车却突然停了下来，琉璃怔了片刻，掀开车帘跳了下来，裴行俭早已下了马，伸手接了她一把。眼前是一家不大的酒肆，并无胡姬当户，门面桌椅一概平常，正是刚开市不久的时辰，里面还没几个客人。琉璃记得在夹缬店时这酒肆她一日要路过两回，却从来没有留意过。

　　一位伙计满面笑容地迎了出来，"九郎来啦，好一阵子没见您了，可还是老地方？"

　　他竟是这家店的常客？琉璃转头看了裴行俭一眼，裴行俭只微笑着向她点了点头。伙计殷勤地在前面带路，上了二楼，将他们带到一间临窗的雅座里，又问："小店这两日新进了西凉葡萄酒，还有八月合的三勒浆，九郎可想尝尝？"

　　裴行俭道："还是老规矩，先热一壶五云浆，烦你再去前面食铺里买一盘元日盘来。"转头又问琉璃："你想喝点什么？"

　　琉璃想说还是不喝了，可看着他带着期待的眼神，脱口而出的却是，"葡萄酒。"

　　裴行俭笑了起来，"再来一爵西凉葡萄酒。"

　　和一楼堂屋里多是高足大案、酒客随意落座不同，二楼的这雅间里依然是设着坐席茵褥，长案低几。裴行俭和琉璃对面坐下，裴行俭便问："昨夜你回去时恩师怎么说？"

　　想起苏定方当时那副火急火燎的样子，琉璃还是有些好笑，"自然是恨你溜得太快，又好生问了我一通，我说你扮成了女子，又说你认得我的身形，义父还跺脚叹了半天，说自己太大意了……义父也问我，你为何能认得我的身形，我自然也不大明白。你什么时候见过我很多次，我怎么一点都想不起来？"

裴行俭微笑不语，伸手用力一推，两人身边窗户的下面半扇顿时被推开了两尺多宽，寒风灌了进来，下面的街道也尽入眼底。裴行俭松手合上窗棂，才抬头看着琉璃，"这几年，我下衙后若是无事，都会来这里喝一壶酒，到闭市之时才回去，我记得有一个多月，差不多日日都能看见你。"

琉璃不由怔住了，她天天出入西市，不过是前年二三月间的事情，他那时也就见了自己两三面吧？自己根本没有帮到过他，还在夹缬屏风的价格上毫不客气地宰了他一刀，他怎么会……

裴行俭只是沉默地深深地看着她。门上响起了两声轻敲，他微笑起来，"让我先喝杯酒，壮壮胆可好？"

一套酒具很快被端上了案几。琉璃面前放着的是一盏略有些斑斓的深碧色宽口六棱玉石杯，映着嫣红的葡萄酒，似有一种奇异的波光从薄薄的杯壁中直透出来。

这就是传说中的葡萄美酒夜光杯？琉璃低头啜饮了一口，差点又吐了回去，这在酒炉上被热过一遍的葡萄酒，味道还真是……够别致。

裴行俭拿起手边的鸿雁纹纯银凤首壶，往他面前那个两寸多宽的白色玉碗里倒了一碗五云浆，端起来便喝了下去。看着他动作悠然却是转眼就喝完了两碗，琉璃虽知此时的酒度数都不深，到底还是有些担心起来，"空腹吃酒，莫吃那么急，还是先用点粉果才好。"

裴行俭笑着看了她一眼，"不打紧，我如此惯了的，你不喜欢这葡萄酒？"

琉璃摇头一笑，"的确不曾喝过这样的。"

裴行俭从琉璃手边的高足酒爵里倒了点葡萄酒出来，喝了一口，也皱起了眉头，"这酒只怕还是夏日凉饮更好些，不如再要一种别的？他家的阿婆清也还不坏，现在饮虽然还早些，却也差不太远了。"

琉璃想了想还是摇头，"放一放或许就会好一些。"她原本就不大会喝酒，叫什么好酒来都是浪费。这家酒肆看着寻常，配备的酒具居然如此雅致，难怪他会选了这里，只是，他说自己是如此惯了的，"你难道日日都要喝这样一壶？"

裴行俭笑了笑，"这一壶也不过八两多，喝两壶酒，随意用些吃食，回到家中也就不用再让厨下做了。"

每天一斤多酒，就算度数不高，可这也……琉璃看他已倒了第三碗出来，忙伸手按住了他的手背，"先用些东西，不然焦糖也该凉了。"

裴行俭反手握住了她的手，看着她微笑，"好。"

眼看着他把上元盘里的焦糖、粉果一样都吃了几个，琉璃才松了口气。裴行俭喝酒的速度也渐渐放慢了下来，似乎用了许久才喝完第三碗，垂眸看着面前的玉碗，突然头也不抬地开口道："我第一次在西市见到你，就是在这家酒肆，他们那天的水牌刚刚挂上五云浆。"

琉璃吃了一惊，手指无意地一动，裴行俭却伸出另一只手，将她的手紧紧包在手掌里，慢慢抬起头来，"我记得，那就是在大慈恩寺遇见你之后的第二天，我在楼下看水牌上新添的酒名,突然听到你说话的声音,很是吃了一惊。你虽然带了帷帽,但衣服还是头天那套。我看你一直走进了那间夹缬店,当时就想,你莫非真是店里的画师?

"接下来几天,每天我结账离开之时,都能看到你也正沿着这条路在往外走。

"这样过了好几天。那一日我在独柳树送了薛驸马最后一程,听到薛驸马的那番话,看到那么些鲜血人头,心里格外烦闷,坐在这里没喝两口酒就再也坐不住了。不知怎的下楼一抬腿居然就到了你们夹缬店,随口又说了要做屏风,之后果真就看到了你……"

明明是很久以前的事情,琉璃却清楚地记了起来,那天他穿了一身崭新的袍子,脸色有些苍白,但看见自己后却露出了笑意,她当时以为他是在笑话自己,原来竟然还有这样一番缘故!

裴行俭的目光落在窗棂的某一个地方,又像什么都没有看,"第二天看到你的画,我其实一点都不吃惊,就好像心里一直都知道,你会画得这么好。没想到又遇上你姑母来找你,我在画室听到了她的话,自然知道她是想让你给裴子隆做妾,我等得有些心绪不宁,便随手写了几张字。你回来一看,却连连赞叹,说喜欢我的字……"他轻轻地摇了摇头,嘴角露出了一丝笑意。

"过了些日子,我便听说裴子隆家办了斗花会,多少也听说了那日的情形,实在有些担心,恰好又听说裴如琢也想把你找出来,我思来想去终究还是找到了你。你说你根本就不想给裴子隆当妾时,我居然不假思索就给你出了那个主意,而你,竟也就那样信了我。"

他脸上的微笑愈深,不知想起了什么,又慢慢变得沉凝起来。沉默良久才终于重新开口:"那时,我已明白自己如此行事有些不妥,所以那一日,我去取夹缬屏风之时,是下了决心不再去打扰你的,却没想到,你竟然会开口求我帮你画的插屏写字。我略一犹豫,你却以为我是怕给商家题字跌了颜面,急急忙忙地解释了一通。如此一来我还如何能说出'不'字来?而接下来没几天,我却又看到了那样一幅画,那样一首诗。

"我想我是再不能在这酒家喝下去了,再这样一天一天下去,指不定自己还能做出什么事来。之后我当真没有来过。可是世事难料,我竟然会因为那扇屏风上的字入了圣人的眼,转眼便当上了起居郎。在旁人看来,我自然是一步登天,可我却突然觉得,如此一来,有些事情,我或许有资格妄想一下。那些天,我一有时间就会来这里喝酒,却再也没有看见你。到了七夕,我实在忍不住,还是去了店里。"

七夕那天?琉璃立时想起自己当时因为魏国夫人的事情很少再来西市,那一天裴行俭突然找到自己时,也的确说过一句,你怎么这些天都没来过夹缬店。自己问过他是怎么知道的,他却推说是掌柜所说。后来等他走了,自己问清楚掌柜什么也没说之后还纳闷了半日……那时,她根本就不敢这样想!

裴行俭轻轻地叹了口气,"我怎么也没想到,你会遇上那样的麻烦。我想说的话,那时说出来倒像是乘人之危。我便想，等我帮你把这个麻烦解决了，我再说也不迟。可没过多少天，我却收到了你的信，在信里还提了那样一个要求……我不知那时你究竟是如何想的，可我知道，我不能再空等，只要上天再给我一次机缘，我定不会再有丝毫犹豫！"

他目光转到了琉璃的脸上，眼睛里有明亮的光芒闪烁，"结果上天真的给了我这个机缘，而且不止一次，在御书房、在汤泉、在万年宫！琉璃，这些日子以来，我时常会想，或许世上真有缘分天定这回事，或许每个人的所有经历都自有深意，不然我就算认识了你，看到了你，却或许不会留意到你。

"那时，我每次在这窗口看见你的背影，都在想，为何你的背影会如此眼熟？就算你换了衣服，带了帷帽，就算人流再拥挤，我都能一眼就认出你。有一天我突然明白过来，那是因为不管走在多少人中间，你看上去都是孤零零的一个人，你和旁人看起来总像是离得很远，让人觉得这世间所有的人，都不可能靠近你。我看着你的背影时，就像看见了我自己。

"从小我就明白自己和别人不一样，不管那府里如何钟鸣鼎食、族人如何来往热闹，我却始终是个外人。我以为日后会好，没想到却是越来越糟……好在就算是再糟的日子，也会慢慢习惯，就算终究不能习惯一个人对着一间空屋子用饭的滋味，也可以每日都出来吃。只是那种感觉会一日一日地沉积下来，我以为这一世，就算日后能建功立业，就算日后能再娶妻生子，这种感受永远都不会有人明白，也不可能改变。可我居然遇见了你。"

他深深地看进了她的眼睛里，"琉璃，我不知道你为何会这样，可我知道我们是一样的人，在这世上，我们都不过是一个人。"

琉璃怔怔地看着裴行俭，一句话都说不出来，他的话就好像突然揭开了在他们之间隔着的所有东西，他的每一句话她都明白，都感同身受，因为那就是她自己的感觉，从第一眼看见他时她就有的感觉。因此她才会莫名其妙地觉得他眼熟，觉得他亲切，因此她才会几乎是无条件地相信他。"裴行俭"这三个字不过是给了这信任一个借口，她其实和他一样清楚，他们是同样的人。

在这个世间，她的确只是一个人，那是一千年的时光所凝固成的鸿沟，坚硬地横亘在她与所有人的中间，让她永远也不可能向任何人打开心扉，永远也不可能和他们真正靠近，让她永远都是这个时空的一个外人。可是，她居然能遇见同样的一个他，因为完全不同的原因，却成了这世间也许是唯一的同类……她慢慢的微笑起来，眼睛却迅速变得模糊一片。

一双温暖的手立时捧住了她的脸，那修长而带有薄茧的手指有些急切地擦拭着她眼角的泪水。琉璃努力地想看清眼前的这张面孔，眼泪却无法控制地越流越急，仿佛要把几年来积蓄在心底的酸苦孤寂都宣泄干净。

只过了一息的时间，他的双唇便落了下来，先是吻住了她的眼睛，然后慢慢顺着脸颊下移，终于覆盖在她的唇上。一种清爽温暖中又带着种奇异酒香的气息瞬间便从唇齿间浸了进来，一丝丝缠绵辗转，渐渐淹没了所有的苦涩，令她无法思索、忘却呼吸……

直到窗外传来收市的锣声，琉璃才猛地清醒过来。两人之间的案几不知何时已被推到一边，那双深黑的眸子近在咫尺，看得见里面小小的自己；耳边传来一声深深的叹息："琉璃，琉璃，你怎么能这样甜！"

琉璃依然有些晕眩，好一会儿才明白他话里的意思，耳郭顿时有些发热，却又有说不出的欢喜。

裴行俭微笑着吻上了她的额头，"你还什么都没吃，咱们先到外面的饭铺用些吃食，然后就去看永宁坊的房子好不好？"

永宁坊的房子？琉璃顿时想起他的那句"咱们翻墙进去"，点头笑了起来。

两人真正来到永宁坊时，夜色已深，满街的灯火比昨夜还要绚烂，不时有人扶老携幼盛装而出。裴行俭对道路似乎十分熟悉，左拐右转，走进一条幽深小巷，叮嘱了琉璃两句，竟是一撩袍角，伸手搭上那棵靠着墙的老槐树，借力两个腾跳，身影倏忽间便消失在半丈高的粉墙后面。

琉璃看得目瞪口呆，好半晌才回过神来。看看正渐渐升起的那轮圆月，又看看不远处一户人家门口在风中晃动的花灯，几个时辰来的一幕幕再次在心头回荡，不由有些痴了。

不知过了多久，有什么东西突然打在她旁边的路上，发出"啪"的一声。琉璃立时回过神来，忙扭头看了一眼，却没看见任何人影。她正有些发愣，一双手臂从身后环住了她，"在想什么？想得这么出神？"

琉璃闭上眼睛，轻轻地摇了摇头，心里一声长叹：裴大哥，我知道史书冤枉了你，就凭你这身攀墙爬树的身手，怎么能叫儒将？起码也是个飞将不是？可你老这样玩，那就不是惊喜而是惊吓了好不好？

裴行俭轻轻地将她扳转了半圈，低声道："我粗粗看了一遍，里面的屋子有八成新，格局布置也还不错，这附近我午前已来过一次，听说宅子来历倒也清白，你若不嫌弃，咱们便在这里成亲好了。"

琉璃惊讶地睁大了眼睛——她有什么可嫌弃的？问题是，这是河东公府送的宅子，他真的准备住进来？

裴行俭笑了笑，"有些事情，住哪里都是躲不开的。住下不过是坐实河东公府对我恩重如山，若是另买宅子，却是不知好歹了。再说过些日子我便会到长安县任职，到时跟着我的防阁就有二十多个，有时少不得也要安排住宿，那边院子无论如何都住不下。我原想再买一处房子的，如今倒也省事。"

琉璃不由一怔，"你不做起居郎了？"

裴行俭点点头，"若无意外，应是长安令，"又笑着解释，"长安令是正五品，虽是超擢，却是出了省阁，也说得过去。"

琉璃吃了一惊——长安县县令的级别竟然这么高！裴行俭如今任的起居郎是从六

品，到正五品的确是跨级跳。不过按惯例，唐代官员外放时多会提拔，长安令却恰好是既不用真的去外地，又可以顺理成章的擢升。李治的这番安排大概还真是费了番心思。如今怎么看，裴行俭也不像会失心疯到跟长孙无忌他们搅和到一起，去反对皇帝立武昭仪为皇后……

裴行俭低头凝神着琉璃，声音愈发柔和："我若做了长安令，平日虽会忙一些，却不用在衙门值守，也不用随圣人去出巡，每日都能回来。"

也就是说，自己天天都能看到他？琉璃心头一松，顿时觉得他升了这个官的确不错，却听他又道："只是按律，五品以上官员不得入市坊，因此那家酒肆，今日或许便是我最后一次去了。"

他是早就知道这个消息了吗？所以今天才会带自己去那里！琉璃抬头看着裴行俭，没等她开口，裴行俭的头已低了下来，轻轻吻住了她的双唇，也封住了她所有的思绪。她的唇齿间再次涌入了那种奇异的冷香，现在她可以确定了，原来这种令人沉醉的味道并不是五云浆的酒香，就是他的气息……

不知过了多久，裴行俭才慢慢放开琉璃，闭上双眼长叹一声："为什么不是元月十七？"

琉璃忍不住笑了起来，他就这么等不及要成亲了吗？可是现在这样，其实也很不错……裴行俭看着她的笑脸，突然扭转视线退后一步，握住了她的手，"我们去西市那边看花灯好不好？西市歌舞更多，比东市还要热闹些。"

琉璃摇了摇头，"不好。"

裴行俭怔了一下。琉璃突然伸手勾住了他的脖子，在他唇上轻轻咬了一口。花灯歌舞有什么好看的，当然是他比较好看，也比较好吃！裴行俭轻"嘶"了一声，猛地伸手紧紧把她搂在怀里，深深地吻了回去。

这个吻不再像以前那样温柔缠绵，而是带着不可抑制的急迫与热烈，带着点陌生的霸道与渴求，辗转深入，不知餍足，琉璃渐渐觉得有些呼吸困难，想推开他一点，却发现他的胳膊就像铁箍一样不可撼动。好在下一刻，裴行俭已断然放开了她，将下巴抵在她的额头上，声音变得沙哑急促："琉璃，别动，别说话……"

琉璃一惊，静静地一动也不敢动，只感到他的心跳急得就像要蹦出来一般，良久良久，才听见他长长地出了一口气，低声道："琉璃，你若再不跟我出去看花灯，我就只好……"他的语气里带上了浓浓的抑郁，"送你回去了。"

琉璃伏在他的胸口无声地笑了起来，裴行俭抚摸着她的头发，长长地叹了一声，又叹了一声，声音里充满了无可奈何。

第三十五章
柴米油盐　任重道远

正月十七的清晨，当阿霓回到苏府时，琉璃还在沉睡，苏府的小丫头向阿霓笑着低声道："大娘五更前才回来的，夫人说，让她多睡一会儿。"

阿霓倒也不觉意外，只悄悄把自己房间收拾了下，就守在外间。直到将近午时，屋里才传来动静。她知道琉璃不惯贴身伺候，听得差不多了，才打了热水进去，服侍洗漱，只觉得琉璃的脸上似乎格外有种容光透将出来，忍不住多看了几眼。

琉璃看见阿霓的目光，心里发虚，忙笑着问她："这几日你去哪里观灯了？"

阿霓笑道："十四那日去了东市，十五去了西市，都是到天快亮才回家；昨日因想着还要过来，倒只是在最近的两个坊转了转。"

琉璃的心里顿时更加虚了三分——听起来，倒像是阿霓跟着自己玩了三天！十五那日裴行俭还是带她去了西市，那边果然歌舞更多，人流更密，尤其是夹杂在人流中的美貌胡姬，一个个打扮新奇，眼风火辣，端得令人惊艳。而西市门口灯树下的踏歌人群，更是胡汉交杂，男女兼有，气氛热烈得无以复加。

裴行俭笑着让她去踏歌，琉璃不肯，他便叹息说可惜自己是不会的，只能看热闹。琉璃一时恶作剧心起，硬拉着裴行俭进去跳了一回，没想到他跳起来时，竟然动作洒脱，有模有样，还对她扬眉一笑。她顿时明白过来，自己又被算计了！

到了昨日，两个却没有再往人多密集之处去，只是随意闲走，随意说话，不知怎么的，竟然走到了将近五更。琉璃甚至觉得他们大概可以一辈子这么牵着手走下去，京都皇城或是天涯海角都没有关系，只要是他们在一起就好。而几个时辰前分手时他印在自己额上的那个吻似乎还留着一点余温，够她温暖上很久……可此刻回想起来，又像是做了一个极长的美梦，美好得几乎不像是真的。

阿霓看琉璃突然变得目光飘忽，嘴角也带着恍惚的笑意，心里一动，倒也猜到了几分，刚觉得有些好笑，突然心头又是一沉：大娘到底没把自己当成贴心人，才会安排自己回家。只是，自己又凭什么让她真的放心？莫说自己全家都是武府的奴婢，这几个月来……正想得出神，便听琉璃问道："你可知老夫人何时回府？"

阿霓忙道："听说老夫人明日在宫中吃了满月酒便回来。"

这么快就要回应国公府了吗？琉璃有些失落，阿霓却有些心虚，两人各怀心思，一时都默默无语。

到了苏府的上房，苏氏父子自是早已出门，只有于夫人带着罗氏在屋子里说笑，看见琉璃，两人都是眉开眼笑。琉璃这两日已被笑惯了，只当不知，大大方方地上去见了礼，两人看见了琉璃背后的阿霓，倒也不好说什么，只一迭声催着厨下赶紧先上一份热粥，待会儿再上午膳。

待琉璃喝完一碗熬得稠稠的菜粥，又说了杨老夫人明日下午便会回府的事情。于夫人忙把她拉到一边低声问道："我听将军说，明日就要去你家请期，多半会定在四月，时间着实有些紧了，你家里能准备妥当么？另外，听守约的意思，你们索性就住河东公府送的宅子，你管那么大个宅子，有几分把握？"

琉璃怔了片刻，叹了口气，家里能不能够准备妥当她是没有把握的，但她很有把握，自己管不好那么大的宅子——两辈子加起来她都没管过柴米油盐的事，更别说管几十个人的柴米油盐。

于夫人原本心里就有数，见她叹气，忍不住也叹了口气，"我原想着不急的，看来却是没什么时间了，我陪你去武府向杨老夫人禀告一声，你这两个月还是跟着我，别的事先莫操心，先把如何管家学起来！"

到了次日，琉璃刚踏进武府的院子，便听到了报喜：皇帝刚刚颁发册书昭告天下，立皇子李弘为代王，皇子李贤为潞王。

杨老夫人厚厚地打赏了报信的，脸上却并没有太多喜色，似乎早已心里有数；倒是听到前来拜访的于夫人说，琉璃的亲事已定下是四月十七，她却从未管过家时，她有些惊讶地摇了摇头，"倒是我疏忽了，这些日子虽也带着她经历了些人情往来，却没想着要让她也跟着经手柴米油盐，还是阿于想得周到，好在琉璃是个聪敏的，两个月大体上总能学得差不多，别的却要以后慢慢自己琢磨。"又问琉璃："你可会算账？"

琉璃想了想答道："不会筹算，倒是会一些胡人的算法。"

杨老夫人点了点头，"老身这边原也无事，昭仪身子还是有些不大爽利，只怕还要经常入宫，你去于夫人那边安心住着便是。"

三年连生三个孩子，而且生产时都有波折，武昭仪就算是铁打的身子，只怕也要好好调养一番。琉璃虽不担心，也忙细细地问了一番，这才告辞而去。

第二日早间，她刚用过早饭，于氏便把她带到了外厅之中，只见厅中的案几上摆着厚厚的一叠账本。于氏选了两本对琉璃道："今日你也不用学别的，先从这账本看起，若是能把他们每年的俸禄算个明白，便算完工。"

琉璃看着那叠账本正在犯晕，听了这话心里才松了口气：自己的数学固然不大好，但要弄明白苏氏父子一年的俸禄有多少总不会太难。只是当她翻开了账簿，一眼看去，却顿时傻了眼，仔细再看了几行，又听于夫人分解了几句，她的一个头已经变得有三个大——

原来这时的官员压根就没有俸钱这一说,而是分割成了若干项,每项又有若干实物。以苏定方为例,他的俸禄便包括：禄米每年三百石,职田共计六百亩,每年年底还有若干彩帛、金银器之类的赏赐；因配备有防阁三十二人,每日又要发下来常食料八盘,每盘包括细米二升二合,粳米八合,面二升四合,酒一升半,羊肉四分,酱四合,醋四合,瓜三颗,盐、豉、葱、姜、葵、韭、炭、木橦各若干……

一路看下来,各种实物收入足足有二十多项,或按年发,或按日论,各有不同,唯一没有看到的就是钱。

对着那一项项记得让人眼晕的账簿,琉璃简直欲哭无泪,这是发俸禄吗？这分明就是玩人好不好？

好容易半天下来,琉璃才把各种东西收入算清楚了,也学会了看那复杂无比的账本,自觉头大如斗。却不知于夫人心里已啧啧称奇：她说一天算清,原本已是在难为琉璃,让她知晓艰难,没想到琉璃却拿了支笔,涂涂抹抹了一些古怪的符号,算得居然比她这个用老了算筹的人还快一些！

到了第二日,于氏便一项一项告诉琉璃,每一样东西以苏府上下七十口人,大约每月要支出多少,有盈余的该如何处理,若不够了又要从哪一项里折了去补,例如粟米一石可换五升盐或五升醋,或是换一匹绢帛……敢情这大唐的官员们是玩实物交易的？琉璃腹诽不已,却不敢轻忽,忙磨了墨一项一项地记了下来。好在此时除了家用,奴仆们的支出不过是管吃管住管做几身衣裳,倒也经济实惠。难怪就是苏府也养了六十多位奴仆。

不过,虽然不用给下人发工钱,苏府靠着苏氏父子的俸禄却还是不够,苏定方在家乡始平有两处庄子,而于夫人也有陪嫁的田地,这才能收支平衡。想到以苏府这样除吃之外万事不讲究的人家都要田产贴补,琉璃更是明白,为何河东公府会死死攥着裴行俭在洛阳的产业不放手了。

待把收支之事基本算清楚,于氏又带着琉璃处理日常家务,什么家务安排、人情来往、采购事宜、宴请待客等等诸多事务都是当着琉璃的面处理,又仔仔细细告知她为何要如此。

这些事情无不是细碎繁琐,却又不能出错。例如宴请时座次的安排,在厅堂和亭阁里宴请时尊位便全然不同,若是错了,轻者是闹笑话,重者就是结怨了……琉璃性子虽然还算细致,但生平最怕的就是这些,偏偏又避无可避。她不是大家闺秀,身边没有忠心耿耿的婢女奶娘可以分忧,统共就一个阿甍,还是武家的家生奴婢。日后就算能买些识文断字会算账的奴仆,没有一两年的考验,她又怎么敢把这些事情交给他们？只能处处留心、反复琢磨。

如此奋发拼搏了近一个月,琉璃才对家中的账面出入终于能做到心中有数,亲友来往礼数也能大致照顾周到,就是春社日帮着于夫人出面招待亲眷,除了忙昏头时说错过一句话之外,别的都做得妥妥当当,整个人却是瘦了一圈。于氏欣慰之余不免有些心疼,便想着二十日正是苏家父子休沐,又是春暖花开的好日子,全家需好好出去玩上一趟才是。

到了二月十九这天，于夫人又拉着琉璃，让她看自己如何分配车马奴婢，准备吃食酒水……一切刚刚准备停当，有婢女急匆匆地奔了过来，"阿郎有事让夫人赶紧回去。"

于夫人与琉璃相视一眼，都有些纳罕，忙一起回了上房。却见平素笑容可掬的苏定方脸色严正，在屋里大步走来走去，苏庆节神色激动地跟罗氏低声说着什么，罗氏却低头不语。

苏定方抬头看见于夫人，脚下顿了一顿，才沉声道："今日朝廷收到急报，高丽与百济合兵侵犯新罗，已连取三十三城，新罗王的求援使者已到长安，圣人令我协助程名振程都督发兵高丽，解新罗之围！"

苏定方，终于要出征了吗？琉璃一颗心不由怦怦地急跳起来。作为李靖的弟子、隋末的名将，自打贞观初年出征东突厥后，这二十多年里，似乎没人再想起过苏定方；而他也从随父出征的少年勇士、率领两百铁骑突袭可汗大帐的壮年猛将，变成了眼前这位讲究饮食、笑口常开的老好人……只是此时此刻，他仿佛突然年轻了二十岁，整个人都焕发出一种难以言喻的光彩。

于氏愣了片刻，笑着快步走了过去，"恭喜将军！今年上元节怪道有那好彩头，原来竟是成了真！"回头又对琉璃笑道："你这孩子果真是有时运的，不但守约承了你的福，你义父看来也是沾了你的运道，我真该代你义父谢过你才是！"

琉璃早已心情激荡，于夫人的话传入她的耳中时，几乎是嗡嗡地带着回声，她愣了一下才回过神来，眼见于夫人趁着转身悄悄拭去了眼泪，忙上前扶住了她，"阿母这话好没道理，义父满腹韬略、迟早会有建功立业之时，与琉璃有什么关系？此去高丽，不过是牛刀小试而已。"

苏定方眼睛闪亮，"借你吉言了，只是你也莫过谦，圣人能突然间想起我这老头子，少不得是托了你和守约的福。大军六日之后就会出发，这一去总要个一年半载的，你义母和那两个顽童还要托你多多看顾才是。"

琉璃笑道："琉璃自当好好孝顺义母，只是眼下看来，琉璃人笨口拙，只怕倒是要阿母日日为我操心，省得又闹出'槿儿，这是你舅母，快叫姑姑'的笑话来，让阿母颜面扫地。"

听她自嘲地提起自己前几日春社招待亲友时闹出的笑话，屋里几个人都笑了起来，气氛顿时松了几分。于夫人见罗氏眼圈还有些发红，忙走过去拉住她低声道："男儿有机缘去战场建功立业，乃是天大的好事，我大唐哪次出兵不是扫平敌患，凯旋归朝的？你这哭哭啼啼的模样，可还像个将门女子？"

罗氏骤然听到丈夫要出征的消息，难免有些慌神，但眼见着不但苏氏父子，连婆母和琉璃都是一副自信满满的模样，心里也慢慢地定了下来，努力露出了一个笑容，"阿家教训的是，这原是好事，阿罗定然好好伺候阿家，教养孩儿，不让郎君有后顾之忧。"

正说着，苏瑾和苏桐也跳了进来，"阿祖和阿爷是要当将军打敌人了么？我们也要去！"苏定方哈哈大笑着把两个孙子都抱了起来，"好，待你们长大一些，拿得起祖父的大刀了，便跟祖父、阿爷一起去！"

到了第二日，苏家的亲朋好友纷纷上门，人人都是一副艳羡赞叹、与有荣焉的神色，于夫人与罗氏一面接待亲朋，一面整理行装，苏氏父子也日日整顿军务、清点物资，直忙到二十四日。

因次日清晨便要点兵出发，这天苏家早早地吃了晚饭，却有婢女来报，裴明府来了。

琉璃自然知道，裴行俭已于半个月前到长安县任职，从此由裴郎君变成了裴明府。两人已有一个多月未见，以前她也不觉得什么，这个月来却当真有些牵肠挂肚，有时忍不住就会问于夫人他现今如何，似乎能将这个名字念上两遍，也是好的。

眼见苏定方走了出去，琉璃强自收拢心绪，跟着于夫人又把早已清点过几遍的行李再次理了一遍。见她默默地坐在榻上，几天来的奕奕神采变成了一种黯然，心里也是一阵伤感：苏定方此后十几年南征北战，至死方休。对苏定方来说，这固然是莫大的机缘，可对于夫人来说，一个功成名就、远在千里的丈夫，和一个食不厌精、日日相对的丈夫，到底哪个给她的幸福更多一些？再过上十几年，大概她也会这样给裴行俭准备行装，那时她是不是也要问自己这个问题？

于夫人呆了半晌，回头看见琉璃也是一脸伤怀，倒是打起精神来笑了笑，"那爷俩说起话来就忘了时辰，别人是叫不动的，你去把你义父叫回来吧，明日还要早起呢。"

看到于夫人眼里的那点笑意，琉璃自然明白是怎么回事，低声应了个"是"，转身去了外院的书房。还未到书房门口，便听见苏定方的笑声传了出来："你莫眼馋，以你如今的本事，只要莫把那些功夫撂下，自然迟早会有这一天，为师还等着你青出蓝而胜于蓝呢！"

裴行俭的声音似比平日多了一份激扬，"弟子定不辜负恩师厚望！"

琉璃心里微动，索性便站在了外面，只听苏定方呵呵一笑，"好！可惜为师却是无法亲眼见你成亲了，说来我年过花甲还有这等机缘，根子上倒是琉璃的福运，她是个聪慧良善的女子，你要好好待她。"

裴行俭的声音里带上了笑意，"恩师放心，弟子绝不会辜负她。"

苏定方却叹了口气，"再有就是，人人都道你性子温和，为师却知道你犯起倔来的脾气。圣人如今既然有磨炼你两年便让你入吏部的打算，那位置虽然权重，也极是微妙，朝局若是不稳，便会动辄得咎，你做事必要三思而后行，莫要因着背脊上那一根傲骨，把自己折了进去。"

琉璃心里不由一动，李治如今就有让裴行俭进吏部的意思了吗？

裴行俭沉默半晌才道："弟子会尽力而为。"里面有衣裳的响动，似乎是他行了一个大礼，"弟子祝恩师早日凯旋。"

苏定方长笑一声，"好，等为师回来再与你痛饮三杯。"

一阵脚步声响，苏定方掀帘走了出来，看见院子里的琉璃，笑了起来，"你来了？"

琉璃笑道："阿母让琉璃过来说一声，您今日须早点歇息才好。"

苏定方点点头，抬腿便走了出去。琉璃走上台阶，心跳已有些加速，刚刚掀开帘子，一双手臂便伸了过来，将她拥在了怀中。

两人相拥无言，都觉得这一个多月漫长得有些令人难以忍受。半晌之后，裴行俭才伸手托起琉璃的脸，对着灯光仔细看了看，"你怎么瘦了这么多？"

琉璃也认真地看了他几眼。裴行俭穿的是件五品官员的绯色长袍，琉璃一直觉得男子穿一身大红有些滑稽，但穿在他的身上，却越发衬得他面色如玉。

裴行俭见琉璃没有说话，两道剑眉慢慢皱了起来，"我听老师提过一句，你在跟着师母学管家，可是十分辛苦？你莫担心，我到时自然会多买几个会算账识字的奴婢和管事，总不能天天累着你。"

琉璃笑着摇头，"哪里有那么辛苦，义母倒是教得更辛苦些。你在长安县那边可还好？还是日日晚膳都在外面酒肆里用么？"

裴行俭微笑道："刚去长安县，到底有些杂务，这些天都是闭坊前才回来，自然是在家中吃。我以前最不耐一个人在家中吃饭，可如今好像也没那么难以忍受了。"想了想又道："日后，恩师和阿兄都不在家，我有时间便会过来一趟，看看师母有何吩咐。你，若是没有什么事情，也出来和我说句话，好不好？"

琉璃心中一片柔软，点了点头。

裴行俭凝视着琉璃，微笑还未绽开便低头吻了下来。

唇齿间再次涌入那种炙热里带着一缕异样清冷的气息，这一个多月的思念仿佛突然都变成对这种气息的渴求，她不由自主伸手环住了他的脖子，踮起脚尖深深地吻了回去。

良久之后，裴行俭才慢慢地放松了双臂，双唇温柔地落在了琉璃额头上。

静默半晌，琉璃还是轻声道："明日起阿母便要教我下厨，你若回家用饭，我便打发人送一份过去，你也尝尝我的手艺可好？"

裴行俭低头看着琉璃，眼睛亮如星辰，"好！"

琉璃微笑道："那我以后日日做给你吃。"

裴行俭看着她，微微皱起了眉头，"日后只要你陪着我，吃什么都不打紧，这些杂务你知道一些就罢了，不用逼着自己去学去做，我不想见你这样辛苦。待我们成亲了，我也不会让你这般辛苦。"

琉璃笑道："你放心，我原不是个勤勉的，定然会照顾好自己。"其实他不用这样紧张，她不是陆娘子，不会让那些人得逞。

裴行俭微笑不语，只是眼睛里却没有往常的笑意，琉璃的心情也变得有些沉重起来，念头一转，还是换了个话题："过两天你能不能把洛阳那些庄园的契约拿过来？我想瞧一眼。"

裴行俭的脸上露出了一丝诧异，半晌才道："琉璃，那些原是祸根。"

琉璃点了点头，"我知道，因此才必得看看这祸根到底是怎生个模样，"看见裴行俭眼里蓦然流露的担忧之色，展颜笑了起来，"此事总要有个了结。你不想要那些东西，我也不想要，但旁人会信么？只要他们一日不信，我们便一日不能过清净日子。"

裴行俭叹了口气，"此事我已有安排，若是没什么意外，河东公府那边如今定然觉得，你来做我的妻子总强似别人，因此眼下大概总是无碍，日后么……"

琉璃轻声道："日后如何且不说，如今总要做到心中有数才是。我一直都信你，你也信我一回，我自有法子做到一劳永逸。"

裴行俭沉默片刻才缓缓开口："琉璃，有些事我也曾恨怨不休，然而人世无常，终不能纠结于这些旧事。说到底，我能入弘文馆，能有今日，终究是受了父兄余荫，因此承了他们的遗祸，也怨不得旁人。要怨，先要怨自己年少无知，耳目不明，思虑不周。如今，我最不想看到的，便是将你也牵扯进来，让你也为此忧心烦恼。我信你能有法子，可世上何尝有一劳永逸之事？而且无论怎么做，大概都会落下恨怨。这些事，原本就该由我来做，我不会让你去承受这些。"

琉璃看着他脸上那温和却绝不可能动摇的神色，一时有些说不出话来。她总不能说，苏定方的出征，已经让她看到了未来那个最好的机会……想了半日只能正色道："你可知道，那位世子夫人来找我送宅子之时说过多少莫名其妙的话？你可知道那边已经定下要纳我那庶妹入河东公府为媵妾？我便是真的任事不知，一事不为，便真能不牵扯进去么？"

裴行俭脸上顿时一片沉凝，"你的庶妹？你怎么今日才告诉我！"他沉吟片刻，脸上突然露出了自嘲的笑容，"看来我终究还是没有长进多少，终究还是高估他们！琉璃，你放心，他们担忧的不是你，是我！我答应过你，要让你过得自由自在，我定会做到！"

琉璃心里一突，她以前就想过要告诉他这些事，但那观灯踏歌之夜，却实在不想被这些事情坏了兴致，看来那时没说真是对的。

她忙摇了摇头，"你别这样想，总不能旁人什么都没做，你先不管不顾了。你也说过无论怎样都会落下怨恨，若是真被他们恨怨上了，还说什么自由自在？其实，他们想做什么，我又不是猜不到，难道还会傻到自己撞上去？守约，你总说我小看你，你是不是也有些小看了我？"他的法子，她自然能想到，不过是索性贱卖了这些产业，把钱丢到族产里，与那边干脆撕破脸，但那样做不但太不值，而且，也太便宜了那些人！所以，她要从现在就开始着手准备！

她露出了一个大大的笑脸，"亏你还是学兵法的，知己知彼、谋定而后动都忘了么？其实，我什么都不想做，只是正在跟义母学管账，你总得让我弄明白，咱们到底有多大一副身家吧？你就别让我蒙在鼓里好不好？"

裴行俭低头看着琉璃，叹了口气，无奈地笑了起来，"好。"

第三十六章
高僧风采　采购学问

阳春三月，大慈恩寺的游人香客越发摩肩接踵，随着牡丹盛开，长安男女但凡走得动道的，总要想法子去大慈恩寺转上一圈。

此时的牡丹声名初起，名品名花都十分难得，富贵人家也不过种上几株用以斗花炫色。那数百株牡丹齐放的景色，原本只能在皇家禁苑看到。因此，在两三年前大慈恩寺里自建寺起便用心经营的牡丹园也迎来了一片姹紫嫣红，那份富贵艳丽的气象，自然令喜欢这个格调的长安人趋之若鹜。

二十日，正值官员休沐之期，午时刚到，赏花的游人未走，观戏的看客又来。在稠密的人流中，穿着一身簇新袍子的安三郎护着母亲和妻子从正殿烧香出来，往外而去，好容易才到了一处高阁前。三人离开人流转向西边，沿着一条石路走了一箭多地，左手边出现了一处不起眼的院落。安三郎前后看了几眼，估量着不会错了，这才上前敲响了门环。

院门应声开了一半，露出一个小沙弥的光头："请问可是安檀越？"见安三郎应了，便双手合十笑道："里面请。"

木门内是一处极幽静的院落，三间粉壁黑瓦的精舍，一泓清水绕屋而过，水面上有新生的荷叶亭亭。小沙弥引着安三郎几个人走向东边的屋子，轻轻敲了两声，一个婢女打扮的人开了门，随即门口便露出了一个熟悉的修长身影，先是对石氏深深行了一礼，"舅母。"又对三郎夫妇笑道："阿兄，阿嫂，快进来坐。"

看见琉璃，石氏心绪顿时有些激荡，上前便拉住她的手。琉璃穿着最简单的淡青色窄袖纱衫，白绫裙，双髻上只插了一根银簪，却显得神清气爽，容色鲜妍。石氏看了半日，点头笑道："越来越出落了，还长高了好些！"眼圈微微发红。

琉璃轻轻反握住石氏的手，将他们请到屋里坐下。安三郎注意到，这屋里一尘不染，陈设都是简单到了极处，坐席上更是茵褥都无，忍不住问："大娘，这是何处？"

琉璃笑了笑，"是一位法师的禅房。"

石氏与康氏相视一眼，都有些骇然，大慈恩寺的法师们是何等尊崇的地位，居然会把禅房借给大娘来待客？不过想到她下个月就会嫁给那位出身名门的长安令，又觉得似乎也在情理之中。唯有安三郎嘴角浮现出一丝苦笑，这个表妹当真是越来越捉摸不透了，上次约自己在酒肆见面就有些新奇，这次居然直接约到了寺庙，下次见面不知还会是什么地方。

琉璃也不好解释，她一直惦记着去年已经落成的大雁塔，早就跟裴行俭约好了今日来这大慈恩寺，没想到前日又收到了安三郎的消息，裴行俭便说不如两事并一事，让她尽管用着禅房就是。

看见石氏的额头依然满是汗珠，琉璃心下歉然，欠身道："舅母，是琉璃不孝，一直未曾上门拜见。只是琉璃这边情形有些难明，若有万一怕是会牵连到舅父，因此虽然要烦扰舅父和阿兄帮忙，却只能将阿兄约到外面相见，今日辛苦舅母了。"

石氏笑道："你这孩子说话也太见外了些，舅母今日原是要来烧香的，听说你也在，才逼着三郎带我过来，哪里有什么辛苦？我自然知道你是为了安家好，你自己也要万事保重，我等才放心。"说着说着，神色间多了几分黯然。

安三郎见母亲有些伤感，忙对琉璃道："你上月让我打听的那些庄园，我想着大伯在洛阳那边有经营了十几年的香料铺子，人脉比咱家深广，因此便托到了那边。伯父立即让七郎带人亲自去了洛阳一趟，在那边住了半个多月，才把情况打听得差不多了。只是你也说过，要以不惊动人最为要紧，因此有些地方只是一个大概，如今都记在这里，你回去看看就知。"说着从袖子里拿出一个纸卷。

琉璃双手接过，长跪欠身，"多谢阿兄，回去也请阿兄代琉璃谢过大舅父和七郎。"

安三郎摆了摆手，"都是一家人，这算什么。"这种替人打听跑腿的事情本来就不算大，琉璃马上就是长安令夫人，正在西市诸位胡商的父母官，莫说是自家亲戚，便是素不相识的官家夫人，若是开口请他们帮这个忙，谁不会抢着去做？

康氏一直并未开口，此刻也笑道："大娘还是这般客气，有什么值得谢来谢去的？若是别的地方我们能帮上忙，你也莫见外才是。"

琉璃想了想笑道："说起来还真有一事，不过却是要麻烦小舅父了。他是做西州人口买卖的，自然跟西市口马行的商家相熟，琉璃正缺一些下人，想托小舅父私下找一个办事牢靠的掌柜，按这上面的要求多准备些合适的奴仆，二十五日午后申正，带到长兴坊苏府上让我们挑选一遍，别的不论，来历可靠最是要紧。"

说着也拿了卷纸出来，上面列了三十多个所需奴仆的性别年纪要求，却是她和于夫人斟酌过好几遍的。按裴行俭的品级，朝廷会配给他二十四名轮番当值、随身听候差遣的良民为防阁，加上这三十多名奴仆和裴家旧仆，那宅子便差不多能住满了。

安三郎点了点头，"此事好说。"看到上面有上房婢女一项，心里倒是一动。

石氏却问道："不是四月十七才成亲么？怎么这么早就买奴婢了？"

琉璃笑道："四月初二便要暖宅，却也不算早了。"

石氏点头不语，忍不住又问了一番琉璃这两年来的经历、日后的打算，琉璃拣着能说的说了一番。安三郎见琉璃并无其他事情，瞅了空便笑道："听说今日这寺里有参军戏可看，只怕就快开演了，阿娘可想去看一看？"

石氏醒过神来，忙点头称好，琉璃自然不好挽留，将他们送了出去，站在廊下，打开三郎给她的那卷纸，细细地看了一遍，心里不由叹息了一声：那十几处庄田，契约上不过是标注着四面起始的地标，看不出大小品质，原来竟都是拥有六十多顷到三百多顷良田的大庄园，加起来近一千五百顷，这样一笔产业，估价至少是几十个万贯家财——这还是已经被河东公府侵吞过之后剩下的！这样一笔巨额财富，落在一对无依无靠的孤儿寡母身上，难怪……

这笔账，总要慢慢算个明白！

琉璃心中计议略定，却见阿霓小心翼翼地站在一边，便微笑着吩咐道："这东西你帮我收好了，莫叫别人看见。"

阿霓一怔，忙接过来，小心地收到了袖子中，脸色悄然舒展了几分，正想说点什么，西边那间屋子的房门吱呀响了一声，一身淡青色常服的裴行俭推门走了出来。看见琉璃和阿霓都站在门口，微微一怔，"舅母他们可是已经走了？"

琉璃诧异地看了他一眼，"你没有听到？"随即便醒悟到他是下棋下得过于专注了，笑着问："你和法师谁赢了？"

西边的屋里立时传出来一个粗豪的声音，"手谈本是雅事，执泥于输赢未免落了下乘。"

琉璃一本正经地点了点头，"我知道是谁输了！"

裴行俭不禁大笑起来，笑声未落，一个身量极为高大的僧人从西屋里一步跨了出来，"不过是一目之差，你我再来一局如何？"

这位僧人不过二十出头年纪，相貌魁伟，国字脸上一对斜飞的浓眉英气毕露，配着光头造型，就如传说中的护法罗汉一般。不过该罗汉此刻脸上显然并无佛光，只有懊恼，几乎就要动手去拽裴行俭。

裴行俭摆手笑道："下次再说，今日时辰不早，窥基大僧，你如今已守了足戒，得言而有信，还是带我们去佛塔一观才是。"

窥基看了琉璃一眼，皱起了眉头，"你们又非信徒，那佛塔有何可看？"

琉璃忍不住腹诽，就算你是玄奘法师亲自出马才忽悠到的高足，风流远超唐寅，狂放压倒济公，也不至于比大雁塔里的那么多绝世珍品的佛像更好看吧？只得笑道："可不可看，总要看过才知道。"

窥基摇了摇头，"也罢，你们随我来。"转身大步流星地走在了前面。

出了小院，一路往西都是僧人的院舍，几个人走了足足两盏茶的工夫，才从一个侧门进了大慈恩寺的西院，一座基座四四方方的五层砖塔顿时出现在眼前。

琉璃抬头一看，不由颇感意外：这塔高约十七八丈，四方基座每边大约也有十四五丈，造型只能用高大笨重来形容，和后世的峻拔模样似乎相去甚远。

窥基向佛塔行礼之后，便肃然立在塔边，裴行俭却走到了塔下的两块石碑边上负手细看，琉璃更是有些摸不着头脑，忍不住对窥基道："法师为何不带我们上去？"

窥基眼睛睁得溜圆，"这塔只是用来供奉经像舍利，如何上去？"

琉璃愣了愣：难道能登高望远的那个大雁塔，并不是眼前这个版本的？裴行俭走过来笑道："这塔原是玄奘法师按西域制度修建的，并非我们中土式样，里面不设楼梯，上不得人。"

琉璃顿时蔫了下来，看不到那些精妙的线刻佛像和刺绣佛像，这么傻乎乎的一个塔果然就如窥基所说"有什么可看的"！她正有些沮丧，眼睛一扫却突然看到这西院的影壁上是一幅巨大的经变图，忙走了过去。只见这壁画内容正是此时流行的报恩经变中《孝养品》的故事，画上的年轻太子正举刀割肉，奉给父母。画上的衣襟线条流利，人物表情生动，在她见过的大慈恩寺壁画中，决计是最出色的一幅。

她正看得入神，只听身后传来一个柔和之极的声音："这位女檀越有礼了。"那声音不大，却如有魔力一般将她立时惊醒过来。

站在琉璃身后的，是一个五十来岁的僧人，中等个头，脸孔微圆，长眉细目，五官端正平凡，衣履简单洁净，皮肤却略显粗黑，看着再寻常不过，和那奇异的声音似乎完全对不上号。

琉璃忙还了一礼，正不知如何称呼，窥基已经大步走了过来，本来略显张扬的神色已经全然收敛，肃容行了一礼，"师父。"

师父？琉璃看着这个面目寻常的僧人，下意识地说了句："玄奘法师……"便再也不知道说什么才好。

玄奘似乎见惯了这般神情，微笑道："不知檀越对此画有何见教？"他的面貌虽然平凡，但声音却浑厚柔润到了极处，这样简单的一句话从他嘴里说出来，似乎也带着某种特殊的韵律，令人不由自主地只想听他说下去。

琉璃愣了片刻才明白他在问自己对这壁画有什么意见，忙道："此画结构精严，笔触流利，想来必是出自大家，不知作画者是阎公，还是尉迟画师？"

玄奘点了点头，"檀越好眼光，此画乃是阎少监的手笔。"心下倒是恍然。适才他译经有些疲惫，出来随意走了几步，就看见一位女子正对着这壁画发呆，脸上的表情专注得近乎虔诚，他见过众人对着佛像、对着佛塔，乃至对着佛经露出这样的表情，却从没见过有人会对着一幅绘制着世俗人物的经变壁画如此满脸崇敬，却原来她痴迷的并不是图像上的故事，而是这画像本身。他摇头一笑，又看了琉璃一眼，注意到她的一双眼睛，心里微微一动。

裴行俭此时也走了过来，恭恭敬敬地向玄奘行礼问好。玄奘在窥基的房中见过他两次，点头一笑，"裴檀越今日倒是得闲，"突然又道，"这位女檀越可是尊夫人？"

裴行俭一怔，还是含笑点了点头，玄奘回头看了琉璃一眼，淡淡一笑，"尊夫人颇具慧眼，日后与佛门只怕有些缘分。"

此言一出，裴行俭和琉璃都愣住了，玄奘却只是向两人微微颔首道了句告辞，便不紧不慢地走向了院外。窥基转头仔细看了琉璃两眼，叹道："家师从无虚言。"

裴行俭的脸色已经沉了下来，他当然知道玄奘法师言下无虚，眼前他这个本来叫尉迟洪道的表弟便是最好的证明。

洪道本是文武双全的名家子弟，却在十七岁那年偶遇玄奘法师，被预言会入佛门弘法。当时他还把这事当笑话学给了裴行俭听，谁知不到一个月，先皇竟然下旨令他出家！头几年，他胸中愤慨，出家而不受戒，出门必带一车佛经、一车酒肉、一车美女招摇过市，人人都知道大慈恩寺里有这么个三车法师，后来却是越来越入道，去年又受了足戒，成了地地道道的窥基大僧！

看着琉璃颇有些茫然的表情，裴行俭只觉得心里发紧，几乎想拉着她就走，窥基也看出裴行俭脸色不对，笑道："守约你也莫担忧，都说了是日后，谁知是几十年后？至于有缘，谁又是何种缘分？"

琉璃已经回过神来，暗自摇头，她能跟佛门有缘才怪：玄奘又不是李淳风，他的话也能作数？抬头对裴行俭笑道："这大慈恩寺还有什么好壁画没有？"

裴行俭看着她若无其事的笑颜，脸色微缓，"我倒是没留神过，只知道这西院里有一处不大的牡丹花圃，花品极好，寻常香客也不会去。你要不要看一眼？"

琉璃眼睛一亮，"咱们这就去！"

这一日，琉璃在窥基的向导下，将大慈恩寺那些游客难至的好景致看了五六处，心满意足地坐上了回家的车子。裴行俭却是比平日都要沉默，琉璃隐隐猜到了缘由，当着窥基却不好说什么。两人到了长兴坊苏府门口，裴行俭拍马到了马车的车窗边，低声道："琉璃，今日太热，我有些想喝你做的百岁羹了。"

琉璃心里一松，笑了起来，"那今日我便让厨下准备百岁羹配如意卷如何？"

裴行俭脸上也露出了笑容，"好！"

看着他催马而去的背影，回味着他话里的意思，琉璃轻轻摇了摇头，心里却是一阵甜蜜。

回到苏家上房，于夫人与罗氏正在西屋翻看着刚从库里找出的几匹轻纱，商量该用哪种糊窗，一见她便点头，"你今日着实是出去得好！"

琉璃想了想笑道："可是有不速之客上门？"

于夫人拊掌大笑，"你倒真是越来越像守约了。"

罗氏也笑嘻嘻地抬起头，"可不是，是上次来过的那位郑夫人的大儿媳，说是想着你们好事将近，又得了一座宅子，只怕下人不够，要给你们送几个下人，说是收拾车马、端茶倒水都极为妥帖的。"

还有这种事？琉璃忍笑摇头，"阿母怎么说？" 收拾车马，就是可以知道他们外面的行踪，端茶倒水，就是能够听到内宅的消息，这位族嫂，还真贴心！

于夫人没好气地哼了一声，"我能怎么说？自然是说这些事情自有我这当义母的操心，让他们不必破费了！"

琉璃哑然失笑，她的这位义母对着郑夫人都能当场翻脸，别说是个小辈。郑夫人大概是打量着自己既然要嫁入裴家，就不敢对堂嫂太过失礼，才派了儿媳来这一趟的吧，没想到却是撞到了于夫人的枪口上。

不知是于夫人的震慑力无穷，还是郑夫人那边另有打算，接下来几日风平浪静。琉璃倒是打发阿霓回武府问了两次消息，阿霓回来便道，老夫人这些日子还是在宫里的时间居多，每次回来都十分匆忙，只让琉璃安心待嫁就好。又带回了两对宝相花金玉钗，说是武昭仪特意让老夫人带来赏给她的。琉璃忙满面感激地收下了，问得昭仪身子并无大碍，只是精神差些，叹息了半日才罢。

转眼便到了二十五日下午，果然便有西市口马行的一位掌柜领了八九十号人上门。于夫人让那些奴仆分门别类三五个一拨的进来，一律先是站立行礼，开口问好，然后走上几步，自行禀告年纪籍贯专长……琉璃对上那些或讨好，或打量，或茫然的目光，心里多少有些异样。于夫人与罗氏却目光锐利地上下打量着这些奴仆，偶然问上几句，看中的等在一边，没看中的直接打发出去。

足足挑了一个多时辰，选出来四十多号人，有下人回报裴明府已经到了，于氏顿时舒了口气，让掌柜把人带到外面让裴行俭再看一眼，回头对琉璃笑道："守约看人目光最准，省得咱们再费那精神。"

果然没过太久，那位掌柜垂头丧气地走了回来，身后只跟了二十来人。于夫人与罗氏都笑了起来，将这些人问明了身价和名字，按原本的单子对了一遍，却是外院茶水和内院针线上还缺了几人，上房伺候的婢女也差了两个。于夫人便叹了口气，"这上房伺候的人最要紧，不如你看这些婢子哪个顺眼，阿母便送给你。"

琉璃忙笑道："阿母已经送了女儿两个厨子四个帮佣，可是帮了大忙，这上房的婢子明日慢慢挑就是了，若是实在没有合适的，琉璃再厚颜讨两个也不迟。"心里打定主意，明日怎样也要挑到人，不给于夫人她们再添麻烦。

那掌柜也笑道："夫人放心，明日某必然多带些人过来，务必让夫人满意。"说完停了片刻，还是忍不住道："那位郎君……明日可还要他来挑一遍？"

于夫人和罗氏异口同声道："那是当然！"

掌柜顿时苦了脸——那位郎君看着也笑吟吟的，怎么三下两下，就把这些人里最得用的都挑了出来？便是他自己动手，也未必能挑得更好了。不过这一笔生意原是东家吩咐过要好生伺候的，买主再挑剔，他也没地方抱怨！

眼见这掌柜带着所有的人转眼便走得干干净净，琉璃不由纳闷起来，忍不住问于夫人："阿母，价钱既然已经谈好，怎么掌柜又把人都带回去了？"

于夫人怔了怔才笑了起来，"这奴婢买卖原是不比其他，掌柜今日回去要先找到五个保人，明日开市后与保人们一道把我们看中的人都带到市丞那边，交上私契，待官吏验明了正身，立了市券，再来与我们交割。买卖奴婢若无市券，我们两家可都要挨官家板子的。再者，有了市券，三日之内，发现这些奴婢不好，咱们还可以退掉；若有逼良为贱之事，更可告到官府，让他们和保人入罪。"

琉璃点头受教。第二日下午，这掌柜果然便带了奴婢、市券和另外三十来个奴仆过来，好歹又挑了八九个，那边一箱箱的绢帛也运上了马车。此时一名寻常奴婢的身价从几十匹到一百匹绢不等，三十个奴仆便是一千多匹绢，要装两车。琉璃一面庆幸裴行俭还存了些家底，一面又实在好奇，她的那些舅舅表哥们在丝绸之路上做长途生意，难道要备上十几辆马车专拉钱帛？

这三十多个奴仆一买，便算是完成了婚前最大手笔的一次采购。到了四月，裴行俭那边正式搬进了新居，琉璃这边的嫁衣、嫁妆也渐渐地准备齐整。四月十六这日一早，晨鼓刚刚响起，一辆马车从苏府大门出来，直奔崇化坊库狄家而去。

第三十七章
铺房之日　迎娶之时

库狄家上房东间和东厢的两间屋子，已被箱笼塞得满满当当，除了几个月前裴行俭送来的部分聘礼，还有琉璃从宫中带回的那些绫罗绸缎和武府、苏府托人送的绢帛，都用大红的绸缎蝴蝶结装点着，看着便是一片喜气洋洋。

库狄延忠看了一遍，满意地点点头，曹氏看着那片红色，却只觉得刺眼，忍不住皱眉道："这是多少抬了？"

库狄延忠正在吩咐阿泉把明日要用的马鞍和行障再收拾一遍，听到曹氏这话，叹了口气，"也不过三十多抬。"

曹氏踌躇片刻，低声道："大娘带回来的蜀锦实在难得，我思量着不如匀两箱给珊瑚作嫁妆，毕竟是从宫里出来的东西，日后珊瑚拿出来做衣裳或是打发下人也多些体面。"

库狄延忠沉吟片刻才道："这本是圣人和昭仪赏给琉璃的东西，不是我们能作主的，你若有这心思，不如跟她好好商量。"

曹氏一噎，跟她商量，她能同意才怪！忍了忍还是笑道："那待会儿大娘回来了，不如大郎跟她说一声可好？这家里，她原也只听你的吩咐。"

库狄延忠毫不犹豫地摇头，"这种妇人事务我怎好插嘴？"

曹氏脸色变得有些难看，"奴家阿兄不还送了两个婢女过来，也是要匀一个给大娘的，难道一个婢女还值不得两箱蜀绣？"

库狄延忠愣了愣，想起那两个端庄清秀的婢女，到底还是摇头道："你家阿兄送的，琉璃她肯不肯要还是两说。"

曹氏冷笑一声："哪有出嫁女不从本家带婢子的道理？她不要那个婢女，难道让阿叶跟了去？"

库狄延忠一时倒有些接不上话来，转头看了看曹氏身后的阿叶，只觉得无论如何也上不得台面，正在踌躇，便听门口普伯叫了一声："大娘回来了！"

没多久，门帘一挑，琉璃微笑着走进房来。库狄延忠看了看她身后的婢女，认得正是前几回跟着琉璃一起回来过,看来多半是武府送给琉璃的陪嫁了,心里松了口气。曹氏也拿眼睛上下看了阿霓一遍,见她生得匀净大方,不由皱眉。

琉璃见这两人都在看阿霓,心下顿时警惕起来。果然说了几句闲话,曹氏便笑道:"如今家里一切都准备停当了,就等大娘回来。只有一桩,你明日出嫁,按理还要从本家带个婢子才好看。"

琉璃目光一转,看见阿叶正挑帘进来,展颜笑道:"庶母可是想让阿叶跟琉璃过去?"

阿叶的眼睛顿时一亮,目光便往琉璃身后的阿霓身上扫,看了她身上穿的簇新绿绫裙子,又看她头上的鎏金钗……

曹氏忙摇头,"阿叶生得粗蠢,性子又笨,也不识礼数,哪里配当陪嫁!原是我上回到你大舅父家里,大舅父听说了你们姊妹的婚事,特意从家里挑了两个最出挑的婢子,说是送给你们姊妹作陪嫁,日后也好助你们一臂之力。"说着便对阿叶道:"你去把绮儿绫儿叫过来。"

我舅父?琉璃心里冷笑了一声。阿叶的一张脸早垮了下来,把酪浆往案几上一放,闷声不响地走了出去。片刻后从外面进来两个婢女,都是十六七岁年纪,容貌清秀,身形微丰,进来规规矩矩地行了礼后,便温顺地垂眸站在那里,虽然算不上特别出色,全身上下却无不妥帖到了极处。

琉璃不由笑了起来,心头雪亮:这种婢女,绝对不是曹氏阿兄那种乐官家里能调教出来的,河东公府塞人的本领果然比中眷裴的那位郑夫人高出了一筹!

曹氏瞅着琉璃笑道:"这两个婢子看着容貌是普通了些,但都是能写会算的,难得看体态也都好生养,做陪嫁最合适不过……"

琉璃心头微恼,面上反而赞叹地点了点头,"的确是好,一看就是妥当人。"见曹氏已掩不住嘴角的笑意,才叹了口气,"只是既然是珊瑚舅父的美意,琉璃怎么能沾妹子这种光?自然还是都给了珊瑚才是正理。"

曹氏忙道:"舅父送这两个婢子时便说了是你们姊妹一人一个的,你们如今都是要嫁入高门,身边怎么能没两个帮手?"

琉璃微笑道:"庶母此言差矣,珊瑚要进的河东公府才是正经高门大户,自然要多带两个帮手,琉璃那边人口简单,倒是不必浪费此等人才!"

曹氏赶紧摇头,"珊瑚过去又不用做什么,你去却是要当主母的,哪有当家主母只带这么个小婢女出嫁的道理……"

琉璃正想说自己已经买了婢女,只是库狄家院子小,不方便带回来,就听门口站的阿叶大声道:"史娘子和七娘子来了。"

库狄延忠正听着她们一来一去的有些不耐烦,忙站了起来,"琉璃,阿爷请了安家大舅母和你表姑来帮你铺房。"

按规矩,成亲的前一日,女方家要出人去布置新房,大舅母史氏和表姑库狄六娘,正是库狄家亲戚里最有体面的两名女眷。琉璃笑着点头,"阿爷费心了。"

库狄延忠和曹氏迎了出去,就听库狄延忠笑道:"怎么烦劳你们带了这许多人?"一个不熟悉的女子声音也笑答:"我只带了两个,这些都是史娘子带的。"门帘一挑,两个打扮得极为富丽体面的妇人从外面走了进来。

琉璃认得那个高个儿褐色头发的正是大舅母史氏,另外那个想必就是嫁了一个流外小官的堂姑六娘,忙恭恭敬敬地上去见了礼,将两人让到西边坐下。

两人自然夸奖打趣了琉璃一番。六娘一眼看见屋里站着的那两个婢子,认得并不是库狄家的下人,便笑道:"这可是阿兄给大娘准备的陪嫁?看着倒是妥当的。"

曹氏忙道:"正是大娘的大舅父特意为她们姊妹俩预备的。"

看着史氏一怔之后蓦然变掉的脸色,琉璃差点没绷住笑了出来,忙正色道:"是珊瑚的大舅父!"

曹氏见到史氏的脸色,便醒悟到自己说错了话,正想着如何圆过去,被琉璃这样挑破一说,一张脸顿时涨得通红。库狄延忠也瞪了她一眼。史氏更是面沉如水,淡淡地开口:"此事琉璃的大舅父倒也想到了,今日让我带了几个婢子过来,大娘若是觉得都不好,你还有两个舅父、七八个表兄,总能帮你物色出两个妥当人来!"

曹氏愕然失色,忙道:"怎么好劳烦你们破费。"

史氏冷笑一声,"琉璃出嫁,难不成还要劳烦珊瑚的舅父破费?"

曹氏一时说不出话来,库狄延忠也笑道:"怎好让兄嫂们费心。"

史氏微笑着看了曹氏一眼,"都是当舅父的一点心意,大郎莫要厚此薄彼。"

库狄延忠只得苦笑一声。曹氏满脸都是焦虑,想要开口却不知说什么才好。琉璃忙站起来欠身行礼,"琉璃多谢舅母赏赐。"

史氏脸上这才露出了温和的笑意,"你跟舅母还客气什么!"回头便吩咐身后的婢女:"让她们都进来!"

一溜八个年轻的婢女恭恭敬敬地走了进来,琉璃一眼便看到了队伍最后那个那熟悉的身影,眼睛顿时一亮,念头微转,索性问道:"大舅母,小檀怎么来了?"

史氏笑道:"这是你二舅特意送的,想着你或许愿用旧人。还有这头一个叫阿燕的,虽然年纪大了点,筹算却是极精,帮我管了两年的采买,比账房也不差什么,又是单身一人,正好一心一意伺候你。"

琉璃看了看那个"年纪大了点"的阿燕,只见也不过十八九岁,眉目清秀,神色安静,模样却像唐人,心里明白,她才是大舅父家精心挑选给自己的婢女——如今的她缺的,可不就是这种技术型人才?如今也不是矫情的时候,她大大方方向史氏欠身一揖,"琉璃多谢舅父舅母,就让阿燕和小檀跟着琉璃吧。"

史氏笑了起来,"你们还不过去?"

小檀脸上顿时露出了欢快的微笑,几步就走到了琉璃身后的老位置,那个叫阿燕的婢女却是规规矩矩跟史氏行了礼,又走到琉璃跟前行了一礼,才静静站在一边。

琉璃眼角瞥见曹氏有些苍白的脸色,向她绽开了一个明亮的笑容,"庶母的心意,琉璃心领了。河东公府门楣高贵,珊瑚要做世子滕妾,更不能失了体面,这两位婢女都是极妥当的,到了河东公府定然能帮珊瑚一臂之力,也不枉庶母这一片苦心。"

曹氏听她一口一句河东公府,一口血差点没闷将出来,想说多一个帮衬总是好,可看见眼前还站着的六个年轻伶俐的女子,实在无法说出口,只能勉强扯了扯嘴角,嗓子却干得一个字也说不出来。

好容易史氏与库狄六娘都去了新房,曹氏咬咬牙,还是对琉璃笑道:"大娘也是读书识礼的人,岂不闻长者赐不敢辞?珊瑚的舅父好歹也是你的长辈,你这样不领他的心意,说出去岂不让人觉得无礼?"

她竟然还不死心?琉璃神色淡漠地看着曹氏,还未开口,库狄延忠脸色已经沉了下来,"长者赐不敢辞,也得是正经的长者!你没听见琉璃舅母的话么?琉璃自有舅父,不用外人来操心!"

曹氏顿时脸色惨白,外人?只有妾的亲戚对嫡子女而言才是外人!当着琉璃和下人们的面,她的脸往哪搁?她咬牙快步走了出去,出门时脚下一绊,险些摔倒。

库狄延忠"哼"了一声,转头对琉璃道:"你庶母说话原有些不知轻重,你莫往心里去。"

难为他终于看出来了。琉璃垂下眼睛,淡淡一笑,"女儿自然不会往心里去。"

回到特意收拾出来的东厢房中,小檀笑嘻嘻地只问琉璃这两年过得好不好,琉璃说了几句,刚刚觉得有些口渴,阿燕已出门涮净瓷杯,倒了杯热水进来。阿霓看在眼里,便自告奋勇去厨房看看午餐准备得如何。

琉璃看了看阿燕,心里着实有几分好奇,看她举止谈吐,实在不像是普通奴婢,安家大舅父虽然豪阔,却不大可能养出这种下人来。

过了午后,铺房的史氏和库狄六娘都笑嘻嘻地回来了,库狄六娘见了琉璃便笑道:"好齐整的宅子,下人也都是知道礼数的,就等你这个主母去坐镇了!"史氏也道:"大娘是好福气,那府里的东西看着寻常,都是极好的,也不知道那位裴郎君是从哪里找来的,明日定要拿住他好好问个明白!"

小檀最是好奇,忙问:"怎么个好法?"

史氏瞟了她一眼,"大娘还没急,你这妮子急什么?"

小檀嘻嘻一笑,扮了个鬼脸。库狄六娘笑道:"她也罢了,明日那裴郎君却是绝不能放过的,过了明日,上哪里去戏长安令去?真真是千载难逢的机缘,我得让我家几个女儿都过来,绝不能那般轻松就让他进门!"

史氏点头道:"正是!前年我家四娘出嫁那日,门口月了好几道绊马索,我那女婿险些没摔破头,明日也要照样布置上几道才好……"

琉璃听着她们开始有商有量地合计怎么算计裴行俭,转眼便说出了五六种弄女婿的法子,什么捉起来关在柜子里,什么倒挂在马背上,一直说到用扫帚、面杖打人不大疼,只怕要寻些荆条才好,琉璃终于忍不住担忧起来。

史氏瞟见她的脸色,绷不住哈哈大笑,拍了拍她的手道:"你莫担忧,这弄女婿原是图个吉利,弄是自然要弄个痛快的,只是用荆条扯破了衣服可还怎么迎亲?"

看着库狄六娘也是一脸笑意，琉璃这才醒悟过来，她们哪里是弄女婿，分明是弄新妇！见这二人笑得开怀，脸上顿时有些发烧。

这一日，时间过得竟是极快，送走了两位长辈，琉璃又检查了一遍明日要用的东西，拿起一样往往便要发一阵子呆，不知不觉天色就黑了。晚餐却是全家都到上房一起用，连青林都被特意从曹家舅父那边叫了回来。库狄延忠满面都是笑容，菜色也比平日丰盛许多，还上了一道焦黄的炙羊肉。只是曹氏和珊瑚脸上都是一副影响人食欲的表情，库狄延忠悄悄瞪了好几眼也未奏效。

这一夜，琉璃竟是辗转难眠，想到明天，她倒并没有什么疑虑不安，却有一种不真实到了极处的感觉——她真的就要嫁给裴行俭了？她真的能站在他身边，成为和他一起面对风风雨雨的女人？这一切会不会只是一场大梦，她会不会突然醒来，发现自己还趴在桌子上，面前的电脑屏幕上还是那篇写了一半的论文？妈妈会不会在下一秒钟就推门进来，感叹说这个孩子怎么做起事来总是这样拼？可是那一个自己，真的已经很模糊了，而且她已经不再那么想回去，就算这只是一场梦，也让她再做得久一点吧。

翻了一个身，胸口传来一阵凉沁沁的感觉，琉璃伸手摸了摸已经挂了半年的这块玉佩，突然觉得安心了一些，她躺的这张床是真的，她的手里的这块玉佩也是真的，那么，她大概也是真的要成为他的妻子了……

仿佛只是刚刚闭上眼睛，耳边已传来阿霓的唤声："大娘，该起了！"

琉璃揉了揉眼睛，惊讶地发现天色居然已经亮了，忙翻身起来，"进来吧！"

时间却突然间变得分外漫长，身边的人都忙忙碌碌的，院里不时传来库狄延忠吩咐下人收拾各处的声音，似乎只有她一个人无事可做，只能看着窗上的日影发呆，偏偏那日影便如黏了窗纱之上，半日也不肯挪动一下。

午后时分，终于开始沐浴更衣，梳洗打扮，一件件从里到外换上新制的嫁衣。待收拾停当，琉璃却很想叹气：这一身深青色大袖裳朴素无华，配着同色的腰带、蔽膝、鞋袜，乐观的评价是大方古雅，可要实话实说，猛一眼看上去，还真的有点像小时候扫地大妈们穿的青色大褂。

只是与这身素净的婚衣相比，她此刻头上的花样似乎又太多了点，青丝博鬓，又向上梳起一个高高的发髻，上戴帽惑，两边对称的插着金珠连缀八瓣宝相花的宝钗，正面是一支赤金镶玉流苏的步摇，后面居然还衬着一朵颤巍巍的绯色堆纱宫花。她往镜子里看了一眼，只觉得今日不端庄些大概是不成了，略一动作，满头珠玉乱响、花枝乱颤，也实在是热闹得有些过。

不过，更热闹的还是这一屋子的七大姑八大姨。天色未黑，琉璃刚刚祭完祖，库狄家和安家的女眷已经到齐，嘻嘻哈哈、摩拳擦掌地挤了一屋子，好些人琉璃都叫不上名字来。许久不见的安七娘笑嘻嘻地凑到琉璃跟前，她比两年前长高了约半个头，原本单薄的身形也变得窈窕有致，一双碧色的眼睛羡慕地在琉璃身上打量了好几圈，康氏就笑道："七娘子莫眼馋，不过半年，便轮到你了！"

琉璃知道七娘定下的那户人家也姓康，正是亲上加亲，便端着头对七娘笑道："还没恭喜七娘。"

七娘依然是害羞的性子，顿时红了脸。旁边凑热闹的几位女眷立刻掉转枪头取笑起七娘，臊得她一扭身跑了才作罢，回头又来打趣琉璃，好在小檀原是个牙尖嘴利的，或打或消一一接招。

正热闹间，门口有人突然大喊了一嗓子："新女婿来啦！"众女眷立时操起早已准备好的笤帚棍棒竹竿绳子等十八般兵器，一窝蜂冲了出去。

小檀向琉璃眨了眨眼睛，悄然溜了出去。阿霓则拿了轻粉，细细地给琉璃脸上又补了一遍妆，这才扶着她站了起来。一行人到了上房，转过行障，琉璃面南背北，坐在了早已准备好的马鞍之上。康氏、七娘几个陪她待在里面，还有两个亲眷家的童子也笑嘻嘻地围着她转来转去，打量不休。

院门口的嬉笑声一阵阵传来，不知闹了多久，突然变成了一阵喧天吵嚷，琉璃心中一紧，想到刚才娘子军们冲出去时那气势如虹的一幕，不由攥紧了手里的帕子。库狄家女眷或许还好些，安家娘子军却着实不是省油的灯，听说她们家的女婿真有人被打得骑不上马，还有被捉住倒悬在门口的，裴行俭这样的人，只怕根本就没见识过这种泼辣作风，偏偏此时新婚无论遇到怎样的捉弄，都是逃不得恼不得……

一时间，她的脑海里无数个乱七八糟的念头纷纷钻了出来，而外面的动静似乎也是越闹越大，连康氏都忍不住道："今日怎么这般热闹，难不成又闹大发了？"

琉璃几乎有些坐不住了，正想开口让阿霓出去看一眼，却见小檀捂着嘴跑了进来，一进行障便笑得前仰后合。康氏忙问："你笑什么，外面下女婿下得如何了？"

小檀笑道："了不得了！真真是出了稀罕事！"

琉璃再也绷不住，"到底怎么了？"

小檀忙道："大娘放心，裴郎君一点事也没有。"

琉璃顿时松了口气，康氏几个不由纳罕起来，"他没事，那外面在闹些什么？"

小檀又哈哈笑了起来："正因为没弄到才闹的！"

几个人都有些面面相觑，小檀好容易忍住笑，才道："这一次娘子们可是上了大当，哪里弄到女婿？大伙儿竟全弄错人了！

"适才隔着门的问答，这边就没大占着便宜，因此大伙儿都心中憋着劲，等到一开门，见了穿红衣的便一阵乱扑，那人又嚷嚷打错了，猴儿般东躲西藏，混乱中也无人理会，只追着他扑。等到大家也累了，手里的竹竿笤帚夺的被夺了，丢的丢下了，裴郎君才笑吟吟地走过来向大家赔不是，原来今日他的伴郎穿了绛色袍，他自己穿的却是一身正经古礼的青袍，一时竟没人注意到他，姑嫂们嫌他挡路，一开门便把他给推到了一边！大家一看，笑也笑得软了，哪个还有力气弄婿？正拦着他让他作诗喝酒呢！"

琉璃先是呆呆地听着，听到后来却几乎想捂着额头哀叹一声，这样也行？他那伴郎是傻的吗？

果然外面的哄笑声终于消歇，人声渐渐向上屋过来，几声笑闹之后，一个琉璃无论如何都不会认错的声音朗声道："青阶承明堂，金锁镂文章，好言开玉匙，启户放檀郎。"

上房的大门"吱呀"一声开了，门外火把的耀眼光线中，一道修长的人影映在了行障之上。行障内的五六个人都忙起身准备。却见那个人影手一扬，一团黑影越过行障扔了进来，小檀手疾眼快地一把接下，康氏抖开一幅红罗便把它紧紧裹住，正是一只活的大雁。旁边几个人七手八脚上去用五彩丝线绑住了大雁的嘴，七娘便回头向琉璃低声笑道："倒是好精神一只大雁呢。"

这边大雁刚刚送了下去，外面又响起了裴行俭声音："茜纱映流光，寒漏催夜凉，借问重锦帐，暂却又何妨？"

康氏几个呵呵一笑，两个孩子便上去推开了外面的行障，琉璃终于看清了他的模样，果然是穿着一身宽大飘逸的青袍，越发显得身形挺拔，系着黑色腰带，足下一双绛色短靴，头发衣服竟是一丝未乱，怀里还抱着另一只绑着嘴的大雁。

裴行俭走近一步，在马鞍前低下身子，将这只大雁放在了琉璃脚下，这才抬起头来看着琉璃微笑，目光温柔明亮。

琉璃胸口一阵激荡，还未露出笑容，七娘几个一拥而上，用团扇遮住了她的面孔，阿霓便拿出一枚黛石，像模像样地给琉璃补起妆来。

屋外顿时传来了一阵哄闹："新妇子，催出来！新妇子，催出来！"裴行俭的声音依然是不温不火："织女菱花镜，青娥鸾凤台，且将螺黛色，留待郎画开。"

阿霓不理他，收起黛石，又掏出了一盒胭脂，给琉璃补唇。裴行俭应声道："东风遥相知，莫与梳妆迟，自有桃花面，何须借胭脂？"

众人这才笑着把琉璃扶了起来，库狄延忠走了过来，受了裴行俭和琉璃的参拜，又嘱咐了琉璃几句。康氏将琉璃的青色蔽膝拿起遮住了她的脸，搀着她出门上车。七娘举着蜡烛，待琉璃坐定，两人将她的衣裳略整理了一番，见跟着裴行俭过来的伴郎已举着蜡烛出门，这才一口吹灭蜡烛，退了出来。

裴行俭翻身上马，绕着马车转了三圈，几位库狄家的堂兄和安家表兄也各自上马，大家一声哄笑，马车一震，车轮滚动起来。只是没走多久，便被人闹哄哄地挡住，却是亲朋邻里障车的来了，讨要了好些铜钱酒水绢帛才四散而开。

琉璃坐在车里，听见不远处有人哼唧了几声："守约，今日我身上这顿好打，这笔账却要如何算？"车窗外，裴行俭叹了口气，语气诚恳无比："这却是冤枉裴某了，今日我可是半点没躲，就站在最前面，那些娘子眼力这般不好，又能怨得了谁？再说谁不晓得你的身手，难道还真能被妇人们打坏了不成。只是诸位，愿赌服输，你们今日一首诗都没帮我做也罢了，输的赌注可莫浑忘了！"

有人哀叹："还作诗？都怨你们，我便说了不能和裴九打赌！你们偏不信他说的，只要燕七穿了红袍，他便不会被打，结果如何？不但燕七吃了顿打，大伙儿还不能弄新妇子，何苦来哉！"又有人道："你我娶亲之时，不都是穿的青袍？哪有伴郎穿了红

/第三十七章/铺房之日　迎娶之时　321

袍，正牌女婿就没人认得出来的道理？谁知晓今日这些妇人是怎么了，竟只认穿绛红袍的！"

琉璃捂着脸笑得发抖，这些人大概都是裴行俭原先在左卫的同僚，长安各卫武官原本多是高官子弟门荫出身，他们娶亲大概是喜欢按古礼穿青袍的，女方也都是相熟的人家，自然无论怎样都不会认错。可是库狄家和安家都是小户，这一两代里只怕都不曾有女婿穿着青袍来迎亲，女人们又都没见过裴行俭，难怪会把这倒霉催的伴郎一顿好打。嗯，她得记牢了，这辈子绝不能跟裴行俭打赌！

深夜之中车行甚快，没过多久便到了永宁坊，宅子内外自然也是灯火通明。阿霓小檀几个上了车，整了整她头上的蔽膝，又用团扇从旁边遮住她的脸，扶着琉璃下车踩在一张簇新的席子上，两张席子不断倒换，一路脚不沾地地沿着西阶跨过马鞍进了大门。

刚刚走到院子里，身后突然传来一片笑闹之声，还有孩子们的尖叫，阿霓回头看了一眼，轻声道："是于夫人带了罗娘子和两个小郎君在蹋新迹呢。"琉璃听着那熟悉的声音，心里一暖，接下来一路拜了牲栏、灶台，这才到了院子西南角搭的青庐里。刚刚走上青毡，便听到一阵哄笑的声音，却是到了夫妻对拜之时。

这院子本来就不算小，琉璃头上遮着蔽膝，眼前几乎不能视物，被几个侍女围着一路折腾下来，不由头昏眼花，此刻周围那些笑声几乎是在耳膜边轰然作响。只是想到裴行俭就站在青毡的另一头，一股安宁的喜悦慢慢涌上心头，轻轻地走上一步，在赞唱声中，对着前方拜了下来。

一片欢笑声响起，琉璃站直身子，被扶到了青庐内的床上坐下，刚刚坐稳，无数彩果铜钱便冰雹般落将下来，花生红枣也就罢了，那些栗子铜钱打在身上，着实有些疼痛，琉璃顿时庆幸自己头上蒙了这条蔽膝，至少有布制头盔之用，前面遮面的那两把团扇，便算是双层面罩，可他却是没遮没拦的……念头还没有转过来，一枚高高抛起的栗子准确地落在了她的肩膀上，疼得她忍不住轻嘶了一声，随即左手一紧，一只温暖修长的手已将她的手包在了掌心里。

在蔽膝的缝隙里，琉璃看见了他的侧脸，不断有金钱彩果落在他的头上、身上，他嘴角却越来越明显地扬了起来。琉璃看着那道熟悉的弧线，突然觉得铜钱果子打在身上的感觉，似乎也没那么疼了。

好容易落下的喜钱彩果变得稀疏起来，还没来得让人及松口气，却有人高声道："何处嫦娥临人家，重重罗扇掩流霞，催得云破月弄影，试看碧玉妆梨花！"

众人顿时鼓掌大笑，却扇诗一首接一首地比赛般念了下来，文雅些的便吟："姮娥莫掩春山色，天月照人捻粉妆，缘起华胥一梦定，流年笑碎相思肠。"

促狭的便语带双关："花红今夜好，罗扇莫相遮，月开芙蓉面，留待郎攀折！"

哄笑的声音顿时更大了一些，阿霓和小檀这才取下琉璃头上的蔽膝，又放下了扇子，外面火炬明晃晃的光线直接照在了琉璃的脸上，她忍不住侧过头去，眯起了眼睛。周围全是陌生的面孔和热辣辣的目光，有人在拍手大笑，说裴九艳福，新妇真乃国色，但那笑声似乎也有些刺耳。她只觉得背上已沁出了薄薄的一层汗，好在宽大的袍袖下，那只手依然温暖稳定，微微地握紧了一些，传递着让她安心的信息。琉璃心神定了定，在一声接一声的调笑声中，安静地垂下了眼睑。

不知哪家的妇人上来摸了摸琉璃的脸，回头笑道："新妇看着就像玉人儿，摸起来竟比玉人儿还滑！"说着又摸另外一边，那指尖又热又腻，琉璃忍不住往后缩了缩，裴行俭突然转过头来淡淡地看了那妇人一眼，那妇人的手一抖，顿时缩了回去，讪讪地笑了笑，回头大声道："新婿恼了！"众人顿时又哄笑了起来，笑话说得越来越露骨，好在到底再没有人上来动手动脚。

不知过了多久，净手的银盆和铜镜终于被端了上来，调笑声慢慢止歇，琉璃忍不住松了口气。三口同牢饭，一口合卺酒，有人用一根五彩丝线系在两人的脚趾上。烛影火光中，并肩坐在百子帐中的裴行俭神色从容、嘴角含笑；琉璃则脸带飞霞，垂眸不语，看上去与其他新人并无半点不同。没有人发现，在他们交叠在一起的青色袖袍下，两只手早已握在了一起，先是手掌相握，渐渐地变成了十指交缠。

第三十八章
碧海情天　花好月圆

洒落在床上的彩果喜钱被细细地收拾了起来。蓬松的帽惑、大红的簪花、华美的金钗，一样一样地放进了举在琉璃面前的那个螺钿婴戏图漆盘里……

青庐最外面的纱帐已经落下，身边的女人们一面忙忙碌碌，一面念着应景的吉利诗句，但琉璃已经根本听不清她们念的是什么了，只觉得身周的空气似乎都变得有些闷热，很想喝点什么，却开不了口。穿了一夜的青色大袖裳被轻轻地脱下，仔细叠好，身上只剩下一件薄薄的白色连身纱衫，但那闷热的感觉不但没有减退，反而变本加厉地燥热起来。

裴行俭的外袍早已脱了下来，里面也是白色的纱衣，下裳却是绛色，取掉缨冠后披散下来的乌黑长发，衬着白净的面孔，让他整个人看上去似乎有一种奇异的陌生感，琉璃只看了一眼就不敢再看，只是低头盯着自己膝盖发呆。

烛光晃动中，女人们嬉笑着端着烛台退了出去，帘帷从里到外一层一层地落了下来，把人声与火光都隔绝在了外面。

在最后一道帘子落下前，一只手准确覆盖在了琉璃的手背上，明明是卸衣前一刻还紧紧相握的那只手，但此刻却仿佛带上了一种异样的热流。琉璃手指一颤，下意识地就想往回收，却被紧紧地握住，抬起，然后便触上了他那温润的双唇。

细细密密的亲吻顺着琉璃的指尖滑向手背、小臂……琉璃不可抑制地战栗起来，整个人忍不住往后一缩，小脚趾上却突然传来一阵细锐的疼痛。

黑暗中传来一声带笑的叹息，"傻琉璃。"琉璃这才想起脚趾上的那根五彩系心线，想伸手去够，他的手却更迅速地握住了她的脚踝，另一只手则摸索到了脚趾上的线绳，轻轻地解了下来，又在她的脚趾上揉了揉，"疼不疼？"

不疼，可是，他的手指碰过的地方很酥，很麻。琉璃甚至能感觉到肌肤上已经起了一层细细的寒栗，她迅速地缩回了脚，摇了摇头，然后才意识到这样的黑暗中他不可能看见，只是她的嗓子干涩得几乎发不出声，好容易才说出一句，"还好，你脚上的……"

"差点忘了。" 窸窸窣窣的一阵响动，想来是他俯身在解自己脚趾上的丝线。琉璃趁机又往后缩了缩，整个人都缩到了另一边的床头，她不知道自己到底是想离他远一点，还是想离心底那种异样的感觉远一点。在纯粹的黑暗与安静中，能听到自己的心在胸腔里疯狂地跳动，她不由自主伸手按在胸口，却听见裴行俭轻轻地"咦"了一声："怎会不见了？"

琉璃一怔，裴行俭的声音里带上了些微的焦急："适才明明还在手中……"

难道是五彩线掉了？琉璃听说过，这根五彩系心绳，绝不能丢了……琉璃忙凑了过去，沿着他膝盖伸手探到地上的青毡上摩挲了一回，可这样的黑暗中怎么找到那根细绳？她抬起头来叹了口气："或是掉床脚了，明日再找也不打紧吧？"

裴行俭的声音里变得满是笑意："谁说我找的是五彩线？"

琉璃猛然醒悟过来，没等她躲开，一双有力的臂膀已揽住了她的腰肢，将她整个人带入一个暖暖的怀中。黑暗中，他炙热的双唇密密地落在她的脸颊上，夹杂着低低的笑声："我是在找我害羞的新妇子，她居然躲得那般远。"

羞恼腾地涌了上来，琉璃想说"我没躲"，但刚张嘴说出一个字，他的双唇便封了上来，熟悉的清冷气息带着陌生的热切索取，瞬间就从唇齿间直接侵入了琉璃的脑海，顿时让她失去了所有反驳的能力，只能伸出手臂紧紧地抱住他，缠绵地回应着他的每一个亲吻。

原来前一刻在她心底疯狂跳动的，不是恐惧，不是羞涩，而是渴求，她是如此渴求他的亲吻和拥抱，以至于吓到了她自己……

幔帐内的温度似乎越来越高，她听到裴行俭的呼吸渐渐变得急促，握住她腰肢的手力道在不断加大，似乎是想把她直接揉进他的身子里去，在她几乎忍不住要痛哼出声时，那只手却突然松开了钳制，转到前面，略带急切却依然稳定地一根一根解开了她身上纱衫的衣带，随即是那件贴身绫绣缠弦在颈部和腰后的两处系结。

只是轻轻一扯，便再也没有一片薄纱能阻止他温柔细致的探索，那十根修长的手指仿佛有一种奇异的魔力，在经过的每处地方，都留下了星星点点的火种，没多久便是野火燎原。这火焰迅速地从琉璃的肌肤表面蔓延到了身体的最深处，化成一股股酸酸麻麻的热浪，不断往外涌动。

在肌肤上燃烧的火焰与身体深处涌动的热流之中，琉璃觉得自己就像一个在烈日照耀下的雪人，在不断地融化，变成水，变成风，再也找不回原来的模样。她发现自己的双手要用尽所有力气才能勉强勾住他的背脊，却没有意识到她的整个身子都在不停地颤抖，没有意识到在唇齿交缠中她断断续续逸出的呻吟。她只是感觉到他突然放开了自己的双唇，贴在自己耳边声音沙哑地叫了一声"琉璃"，那炙热的气息吹在她的耳垂上，让她不由自主地剧烈战栗起来，她听见他深深地吸了口气，身子慢慢沉了下来……

陌生的迷乱像潮水般淹了上来，良久之后，才终于退去。静默的黑暗中，琉璃的耳边传来了他带着叹息的轻唤："琉璃，琉璃……"她全身酸疼，疲惫得几乎不想睁眼，只轻轻地嗯了一声。随即便被更紧地拥入一个温暖的怀抱，他的手指在轻轻梳理着她的头发，滑到她脖子下面时顿了一下，"这是什么？"

琉璃闭着眼睛微笑，"你不认得了么？"

裴行俭摩挲了一回，也笑了起来，"你把我送你的玉佩当项坠了？"

琉璃微笑不语，去年寒衣节他送自己的这枚小小的玉佩是自己身边唯一属于他的东西，她想时时刻刻带着，却又不想被人看见，只能找了根红绳做成项坠，这样，他的这分心意就会日夜陪着她……

裴行俭抚摸着那块玉佩，半晌才低声道："其实这块玉质地虽好，雕工却不算上佳，最早原不过是块扇坠，不过当年我母亲从洛阳逃出来时太过匆忙，除了些钱财，父亲送她的东西里，竟是只带出了这一样，因此从小就给我贴身带着。我也就这一样东西，还配送给你。"

琉璃的胸口一片暖洋洋的，似乎有千言万语，却只是低声叫了句"守约"。

裴行俭的手指从玉佩滑到了琉璃的背上，轻轻抚摸着她的肌肤，叹了口气，"琉璃，你当真比玉还滑。"

琉璃顿时想起了那根热腻腻的手指，往裴行俭的怀里缩了缩，"不许学那人的话！"

裴行俭安抚地轻轻拍了拍她，"嗯，那是我们族里的一位愚妇，你不用放在心上，过了今日，她们自然不能再如此戏弄你。"

想起裴行俭当时那漠然的一眼，琉璃嘴角忍不住翘起来了，谦谦君子，温润如玉，不过他不止是君子，他骨子里还藏着一把可以横扫千军的利剑……突然又想起了今日那位倒霉的伴郎，忍不住问："今日那位伴郎可是惹你了？"

裴行俭的胸口传来低笑的震动，"谁叫他一提到弄新妇就出了那么些损主意？"

琉璃不由哑然失笑，心中却是更暖，搂住他的腰，把头埋在了他的胸口，安心地蹭了蹭。

裴行俭的胸口传来的心跳声却渐渐变得急促响亮，抚摸着琉璃长发和背脊的手也越来越热，琉璃忍不住往后一躲，却被他揽得更紧，带着欲望的亲吻再次密密地落了下来，由双唇转向耳垂，转向脖颈，一路向下。

熟悉的炙热感又一次次在肌肤上流动起来，琉璃迷迷糊糊地想，唉，再纵容这个男人一回好了。然而这一次，他原本就带着奇异魔力般的手指由原来的轻柔细致变成了肆无忌惮的挑逗蛊惑，在越来越肆虐的火焰中，琉璃发现自己渐渐失去了对身体的控制力，仿佛有什么东西在身体深处妖冶地盛放、热情地邀请，渴求地索取，仿佛那已经不再是她的身体——她不可能发出那样的呻吟，她不可能那样的纠缠上去……

当他终于深深地沉入她的身体时，一种从未有过的感觉让琉璃头脑瞬间变得一片空白，眼前有大片的缤纷颜色像烟花般炸开，身下似乎有大红的罂粟在盛开、在蔓延，渐渐将这座青庐变成一个迷狂的花海，而他们就在花海的最深处温柔交融，抵死缠绵，直至天长地久，或，天崩地裂……

琉璃甚至不知道自己是怎么睡去的，仿佛只是刚刚闭上眼睛，耳边就传来了一声熟悉的低声呼唤："琉璃。"

她迷迷糊糊地睁开了双眼，好一会儿才看清坐在床边的裴行俭，他早已换上了一身家常的衣袍，眉目间似乎有分异常的神采。琉璃的嘴角便不由慢慢扬了起来。

裴行俭看了她一会儿，低头吻了下来，琉璃忙捂住了自己的嘴，"大早上的，还没有刷……还没有漱齿呢。"又看了看外面，"什么时辰了？你起来多久了？"

裴行俭扬眉一笑，"快午时了。"

老天！琉璃噌地一下就爬了起来，低头一看，又嗖地钻了回去，涨红了脸，"你，你先出去。"

裴行俭的眸色一暗，伸手把她连被子带人一起抱在怀里，亲吻不容拒绝地落了下来，好半响才松开双手，微笑道："我来帮你穿。"

琉璃要穿的衣服就放在床头，绿绫织花的裹弦，牙色朱锦滚边高腰短襦，六幅石榴裙……眼见裴行俭已把最上面那件薄薄的白色绢布小衣拿在手里，她忙劈手夺了回来，耳根都有些发烧了。

裴行俭神色困惑地看向琉璃，琉璃只能哀求地看着他，"守约，你先出去好不好？"

看着他无奈又好笑地摇了摇头，转身走了出去，琉璃才长长地出了口气。这是她给自己做的小内，昨日因穿大礼服按规矩没穿，平日还是穿上才安心些。此时有无带的胸衣诃子，有短款肚兜心衣，也有长款的裹弦，却没有底裤，她也是到了苏家后才自己动手做了几件，平日洗晾时都像做贼，更别说让他帮自己穿上……

手脚依然有些酸软，琉璃好容易才把一件件衣服都穿戴妥当，随手挽起了头发，又穿上了一双平头丝履，下地往外走时却是一个趔趄，抓住帘子站了一会儿才略好了些，慢慢一步一步走到青庐的外面。

青庐外，太阳已经高高地升了起来，强烈的光线让琉璃一时有些睁不开眼睛，好在立刻有一只手伸了过来，紧紧握住她的手，带着她缓缓向上房走去。琉璃努力走得稳稳的，不让自己流露出任何异样，但握得太紧的手多少还是泄露了一些不同。

裴行俭看了一眼琉璃，眉头微微皱了起来，"疼么？"

"还好。"

"饿么？"

"有点。"

"可想沐浴？"

琉璃终于抬起头来诧异地看着他，裴行俭满脸的风轻云淡。"我已经让她们烧好了热水，你过去就能沐浴，厨下的早点也已做好，用完饭你是想在家休息还是想坐车出去转转？"说着转头仔细看了看她的脸色，"今日还是在家歇着吧，明日若是天气好，我再吩咐车马那边准备，咱们去曲江散散好不好？"

琉璃看着他，大脑有点短路，难道他已经起来很久，把一切都安排好了才来叫自己起床的？难道不是应该由她来安排这些事情，由她来好好照顾他吗？

前面已经有仆人在清扫院子了。从搭着青庐的前院往后走，穿过分隔内外院的一道屏门和两重厅房，才是上房的所在。一路上不时能遇见穿着崭新本色袍子的男仆和青衫白裙的婢女仆妇，每个人见了他们都恭恭敬敬地行礼："见过阿郎、娘子。"

走在这完全陌生的院子里，看着这些并不熟悉的脸孔，听着这十分新鲜的称谓，琉璃只觉得一阵阵的恍惚，几乎难以置信这就是她的家。好在刚走进上房的院子里，阿霓、小檀和阿燕三个带着另外两个做粗活的婢女迎了上来，笑盈盈地向两人行了礼，琉璃看着这几张熟面孔，才终于有了几分踏实的感觉。

净房里的浴桶已经装满了温度恰好的水，澡豆布巾一应俱全；待她神清气爽地走进上房西屋，那张铁梨木的曲足大食案上，热腾腾的玉面尖、菜粥、馄饨、烤饼和酱菜、肉糜放满了大半个案面。琉璃吓了一跳，"我哪里吃得了这许多？"

正在布置食案的小檀嘻嘻一笑，"阿郎说，他还不大清楚你爱吃什么，便让厨下多备了几样，若是都不爱吃，便让厨房重新做也使得。"

琉璃忙摆了摆手，跪坐在了那一尺多宽的条凳上。她从昨日起就没怎么正经吃过东西，此时还真有些饿了，内厨的厨娘又是苏家送的，手艺好生了得，虽然是家常的花样，却做得极为可口，她一样吃了一点，也就有八分饱了。

她刚刚放下碗箸，裴行俭大步从外面走了进来，看见琉璃便问道："可是吃好了？"走过来又看了一遍，笑道："你倒是不挑，就是吃得太少了。"

琉璃笑眯眯地点头，"夫君放心，我不挑嘴，不挑衣，吃得又少，好养得紧。"

裴行俭抚着胸口长长地出了口气，"为夫当真是好运道！"

琉璃绷不住也笑了，问道："你适才去哪里了？"

裴行俭轻描淡写地道："也没什么，只是有些采买往来之事，都处置好了。"

琉璃突然有些不知该如何接口才好，若是连这些事情他都做好了，自己还能做什么？难道真是吃饱了睡，睡醒了吃？而且还是吃他准备好的？

裴行俭看着琉璃怔怔的样子，笑了起来，"我都搬入这宅子十几日了，难不成不用过日子？这些小事不过顺手处置惯了，待过得几日，你休息好了，再辛苦也不迟。如今府里的账房和管事都是妥当的，大的开支来往一概不用你操心，内院的事情你愿意管就管一点，不愿意咱们再买几个妥当人就是。"

他说过的话仿佛又一次在琉璃的耳边响起，"我绝不会让你那么辛苦""我绝不会让你承担这些"……她突然明白过来，裴行俭是认真的，他是真的不希望看见自己为家务操心费神，可他难道忘了，自己是他的妻子，这些事是她理所应当的责任？也许他不是不明白，只是以前的事情给他留下的伤痕太深，以至于如今显然是矫枉过正了！琉璃在心里叹了口气，笑着点了点头："好。"

裴行俭的笑容明显更为愉悦，"我在书房里给你准备了一些东西，想不想看？"

上房最东边的屋子便是书房，屋里靠南窗放着一张直足带托泥的高案，上面放着笔墨纸砚；靠北是一张六曲屏风，屏风后是插屏坐榻，榻上放着条案，随意堆了几本书，又有黑漆凭几、青缎隐囊等物，大概是裴行俭平日看书的所在。对着门的一面墙则并排立着几个书橱，门边还有一个半米高的四足檀木柜，琉璃看了好几眼，也没看出有什么东西是给自己准备的，倒是那六曲檀木屏风实在眼熟——上面正是那狩猎图夹缬！

琉璃上去细细看了几眼，回头笑道："我送你那一套你竟是又做了一架屏风么？素净的黑檀倒正是配这夹缬。"

裴行俭微笑不语，琉璃突然意识到她是苏家住了那么久，也去过库房外书房等处，却从来没见到过狩猎图屏风……难道他当时不是买来做寿礼的？他从一开始就是在算计人？

琉璃瞪了裴行俭一眼，还没开口，裴行俭上来牵住她的手走到墙边，打开了一个书橱的门。琉璃往里一看，不由一呆。

书橱分了三层，第一层上放着足足二十多个三寸高的白瓷双耳罐，第二层是卷得整整齐齐的熟绢和案纸、麻纸，最下面一层则是大大小小的毛笔。琉璃顾不得别的，先拿起白瓷瓶一个个打开来看：果然是已经制好的各种颜料！既有常见的绿花粉、赭石膏，也有难得的金泥、云母粉，一看便知做得极为精细。

琉璃简直不敢相信自己的眼睛。此时作画的颜料种类并不算多，从市面上买到的成品又多为粗制滥造，琉璃自打到安家作画师，就不得不自己动手买了颜料来淘、澄、飞、跌、研一番，才能用到画上。出宫之后这半年她几乎没有动过笔，忙固然是一方面，也是因为手边的东西实在不好用，没想到他却不声不响地准备了这样齐全的一整套……

琉璃将几个罐子捧在手里看了半晌，又用指头沾了沾颜料，对着光线仔细端详了一会儿，这才回过神来，回头问裴行俭："这些你是怎么得的？"

裴行俭只是淡淡地笑，"没什么，多寻些人帮忙就是了。"

琉璃忍不住叹道："你不知道，这些东西看着简单，真正做起来麻烦得了不得，不过这些做得真是好，外面再买不到这样的。这么多，且够我用几年了！"

裴行俭伸手轻轻地摸了摸琉璃的头发，"你喜欢就好。"

琉璃回头对上他温柔的眼神，突然有些明白了过来——这里面的颜料，只怕好些是他自己动手做的。她的心里一时又酸又涨，想了半天只能道："守约，我给你画幅像可好？"

第三十九章
洗手做羹　再见高人

被擀得薄薄的面皮上，抹了厚厚一层加了豉椒的生腌羊肉酱，面皮一层层卷起，用刀切成三寸来长的六段，拍圆，放入烤炉之中，不一会儿就有浓香飘了出来。

灶台上烧的是一罐最常见的百岁羹，汤水却是诱人的白色，映着碧绿的荠菜，分外养眼。另一个灶眼在煮饭，揭开盖子便能看见那用南烛叶汁浸泡过的米饭颗颗晶莹，还透着一丝清爽的绿色。

琉璃估量着时间差不离了，让厨娘把千层肉饼从炉里取了出来，用带盖的大银盘装好，连同百岁羹、青精饭，一起端到了上房。

苏家的上房门外，苏桐正在探头探脑，看见琉璃带着人走了过来，大叫了一声："新妇子来啰！"撒腿就跑了进去，上房里顿时传来了一阵笑声。

苏家的大食案上早已摆上了之前做的几道菜。于夫人坐在上座，罗氏站在她身后，裴行俭陪坐在下首。看见琉璃进来，于夫人忙笑道："你快坐守约旁边去，咱家没那么些规矩！"又回头责怪地看了罗氏一眼，"你也莫作怪，难不成我今日还得让你伺候用饭不成？"

罗氏嘻嘻一笑，转到对面坐了下来。裴行俭却站起身来，持壶亲手将于夫人面前的酒盏倒满，又在自己面前倒了两杯，琉璃忙走过去，和他一道举起杯来，蘸甲弹酒而敬。于夫人笑着点头，"好，好，你们夫妇正该相敬相亲，白首偕老。"说着一饮而尽，不知是酒太烈，还是喝得太急，眼角顿时溅出一点泪光。

罗氏忙笑着打岔，指着银盘里那六个烤得微黄的饼问道："大娘，这是什么，以前竟没见你做过。"

琉璃笑道："阿嫂可曾吃过古楼子？这不过是小号的古楼子罢了，琉璃倒觉得，若叫千层饼，似乎更是贴切。"

苏樘等不得，忙抓了一个在手里咬了一口，叫道："好烫！好鲜！"赶紧换了只手拿饼，一面吸气不迭，一面又咬了第二口。苏桐也有样学样地抓在手里吃了起来。众人都被逗笑了。琉璃便夹了一个在碟子里，双手捧到于夫人面前。

于夫人早已悄然擦掉了眼角的泪水，满面笑容地吃了一口，连连点头："果然鲜美，比油腻腻的古楼子好吃得多！"

裴行俭慢条斯理地尝了一口，转头对琉璃低声笑道："果然又长进了。"

琉璃笑着对他眨了眨眼睛，她的千层饼当然比古楼子好吃。古楼子的羊肉馅是用牛油拌的，略冷一点就腻人，她做的羊肉馅则是用桂皮酱先腌泡过，鲜而入味，加上饼皮薄了，便容易烤得脆脆的，外脆香而里鲜嫩，还有辣味，应该正对于夫人的胃口。

新妇三日洗手做羹汤，她这个没有公婆的人，也只能到苏府来卖弄卖弄手艺，以回报苏定方夫妻照顾裴行俭多年，又疼了她一场。

罗氏眼尖，看见那百岁羹的颜色颇有些与平日不同，忙盛了一碗捧给于夫人，于夫人喝了一口，奇道："今日这百岁羹怎么出来这个味道？"

琉璃笑了笑："不过是用了熬了一夜的鸡汤而已。"

裴行俭笑着摇头，这才明白她为何会一大早便到厨房捣鼓了半天，又让阿霓抱着一个罐子上车一路跟了过来。只是因为自己不告诉她今日的那坛酒是送给谁的，她竟也赌气不告诉自己那罐子里装的是什么……

于夫人点头不语，又喝了两口，突然叹了口气，"若是你义父今日能尝到这碗羹，不定会多欢喜，"又怅然往窗外看了一眼，"也不知他如今走到哪里了？"

她这样一说，罗氏心里也是一酸，脸上却忙堆上了笑容，"这不前几日刚收到了书信么？如今应在路上，只怕快到高丽了。"

琉璃也笑道："这有何难，想来不用多久，义父便能凯旋而还，到时琉璃再好好打起精神做几道孝敬义父。只是琉璃的这点雕虫小技怕是入不得他的眼。"

于夫人摇头笑道："你这孩子说的是什么话，你义父欢喜还来不及呢！"又对裴行俭道："你也快喝一碗，凉了只怕就不鲜了。"

罗氏也站起来给苏桐苏槿一人盛了一碗汤："刚吃了一个饼，都用些羹，比你们平日吃到的百岁羹可要鲜美得多。"转头对琉璃笑道："你不知当日我嫁进来入厨馈姑舅时，阿翁吃是吃了，回头却跟阿家叹了半日的气，说是无论如何以后也不能让我管了厨下事务，我后来听说了，吓得直哭……"

于氏被逗得笑了起来，苏桐苏槿吃得开怀，更是又说又笑，于夫人便笑骂他们不守规矩，整个屋子变得一片热闹。

吃过饭，于夫人便拉了琉璃到一边，上下看了她几眼笑道："也不用我来问你，守约自然待你是极好的。"

琉璃脸上不由微热，裴行俭待自己当然好，就是有些太好了，恨不得万事都替她做了。到现在为止，她操持的全部家务，也不过是到厨房动动嘴皮子，指挥着厨娘做几样吃食出来，倒亏她在于夫人手下受了那样一通主妇速成训练。

于夫人见她红着脸微笑的样子，点头一笑，顿了顿才道："只是这几日也就罢了，再过些天，只怕那两边又不会消停，那些人辈分在那里，无论是顺着还是逆着她们，你只怕都要吃亏的，若真有难决之事，你能拖就拖着些，找机会打发人来告知我一声便是，我定然会赶过去！"

琉璃心中感动，郑重地点了点头。

因苏氏父子都不在家，裴行俭不好久留，于夫人跟琉璃又说了几句话，便放了两人离去。琉璃上车便看见车厢一角的那个酒坛子，心中好不郁闷：她的高汤谜底已经揭晓，他这坛子郎宫清却还不知是送谁……有心想问裴行俭一声，但看他那笑吟吟的可恶样子，决计是不会说的！

车子跟着裴行俭的马向南而去，竟是一路进了南边的升平坊，在一家小院门口停了下来。琉璃下了车，四下看了几眼，此处紧挨着乐游原，四周并无几户人家，院门上亦无匾额，看样子应是一处别院。

裴行俭上前敲响了门环。一个老苍头探头出来，一见裴行俭便笑道："九郎来啦！"

裴行俭笑着点头，回头道："琉璃，你跟我来。"又看了阿成和阿霓一眼，"你们都在外面候着。"

琉璃暗吃一惊，裴行俭今日来拜访的自是他的长辈，听这门房的语气也十分熟稔，可裴行俭有什么亲近的长辈是她从未听说过的？为何又不能带下人进去？

不起眼的大门里，是一处幽深的大院。进门绕过影壁，一条曲径在树阴中蜿蜒向上而去，走了一盏茶工夫，转过一座假山，才看见几间颇为古朴雅致的精舍座落在院子的最高处。

琉璃越发好奇，这也太清幽了吧？几乎不像是住人的地方，倒像是出家人的修行之所，难道裴行俭除了当和尚的表弟，还有当道士的叔叔？

到了精舍的台阶下，那门房进去通传了一声，没过片刻就出来笑道："两位里面请，家主正等着九郎。"

房门开处，里面是一间空荡荡的屋子，地上丢了几个蒲团，墙上则贴着十几张古怪的大图，上面全是连线或不连线的星星点点，又密密地标注着小字。裴行俭并不迟疑，径直穿过屋子从后门走了出去，后院竟也是一片空地，只放了几张比寻常马扎略大些的胡床，一个身穿青袍的人正低头收拾着几张麻纸。

大约听见了声音，他笑着站了起来，"今日难得好天气，守约你倒是来得早。"一眼看上去，此人似乎是四十到六十皆有可能，身量偏瘦，穿着一件时下很少有人穿的宽袖交领袍，留着三绺长须，相貌清癯，神态悠然，一双眼睛却格外清明透彻，竟是让人有些不敢直视。

裴行俭长揖一礼，"行俭见过李公。"

那人笑了起来，"你今日礼数怎么这般周全起来了？"

裴行俭神色里有少见的恭谨，"若无李公，行俭焉有今日？今日携内子前来，便是为谢李公当日点拨之德，数年教导之恩。"回头对琉璃又轻声道："这便是太史公。"

琉璃已经彻底蒙了——眼下的大唐只有一个太史公，那便是传说中袁天罡的弟子,史上最著名的神棍之一李淳风!听裴行俭的意思,他竟然被李淳风教导了好几年?好容易才压住心头的震撼,她走上去恭恭敬敬行了礼。

李淳风微笑道:"不必多礼。"又对裴行俭笑道:"你今日能来便好,至于指点教导却谈不上,这几年我不过是与你一道参研了李卫公留下的阴阳算书,自己何尝不是所得甚多?若无此书,我此番注解算经也不会如此顺利。"

裴行俭笑道:"李公不过略有所得,而行俭若无李公指点,却是守着宝山无门而入了!只是不知李公的算经注得如何?"

李淳风飒然一笑,"最晚明年便能得了。"

琉璃听着他们一问一答,心头长久以来的一个疑惑倒是解开了:裴行俭是以长于阴阳相人等奇术而闻名的,但苏定方却似乎不通此学,她原以为裴行俭是拿着李靖的书自学成才,没想到还有一个这样的超级牛人在指点他……

她正想得出神,却听裴行俭突然转头对她道:"今日特意给李公带了一坛郎宫清的,竟是忘在车上了,你出去吩咐阿成一声,让他拿进来吧。"

忘记,他会忘记这种事情?琉璃诧异地看了裴行俭一眼,只得向李淳风行了一礼,默默地退了出去。

待她带着阿成将酒坛拿了进来,李淳风与裴行俭已坐在屋里的蒲团上,对着墙上的星图讨论着天文历数。一切看上去都再正常不过,琉璃却总觉得,裴行俭看见自己时露出的笑容没有往常明亮。

从李淳风的别院回到家中时,日头已然西斜,琉璃先去厨下安排了晚饭,待回到上房,才发现裴行俭正一个人站在书房的案几前笔走龙蛇。就这么一会儿工夫,满案都是一张张墨迹淋漓的白麻纸。她忙摆手让阿霓退了出去,上前随手拿起两张一看,才发现他是在临王羲之的草书《长风帖》,只是笔迹少了些应有的温润,多了几许激扬。

裴行俭并没有立时转头看她,而是写完了最后一笔,闭上双眼站了一会儿,才转身微微一笑,"好久没动笔墨,果然有些手生了。"

琉璃将字纸整理成一叠压在镇纸下面,低头又摆弄了几下那个卧牛玉石镇纸,还是忍不住抬头问道:"你怎么不大高兴?"

裴行俭轻轻摇头:"也没什么,只是听李公说我这几年只怕还会有些波折,心里有些不大舒服罢了。"

他还会有波折吗?琉璃顿时想起了也许不久之后就会发生的动荡,心里不由一沉。只是看着裴行俭多少有些沉郁的眼神,从李淳风别院出来后就有的异样感觉愈发明显,索性问道:"今日李公是如何说我的?"

她早已想清楚:那坛酒太过古怪,以裴行俭的性子,必然是早就想好了这个借口要支开自己,可若是旁的事情,又何必今日巴巴地带了自己上门时去说?

裴行俭怔了怔,嘴角似有苦笑一闪而过,转身看着琉璃,脸色变得认真起来,"李公和我的看法一般无二,你福缘深厚,日后必然富贵双全。李公还说你天生有辅助之格，若为男子，可以安邦定国，便是在寻常人家，也决计是镇宅之宝。"

这叫什么话？琉璃撑不住笑了起来，随即便意识到不能让他插科打诨地混过去，立刻追问道："那你为何不早些跟我说，还要一个人在屋里生闷气？"

裴行俭叹了口气，"李公说我命数不如你，我的确有些闷气。"

他会因为这个闷气才怪！琉璃不由皱起了眉头，"你又哄我！"

裴行俭的眼神专注，"琉璃，我绝不是哄你。李公说，你的命数再好不过，就是配我委屈了些，"想了想又道，"你可知我是如何认识李公的？"

琉璃明白问不出什么了，只能点了点头。

裴行俭略整了整书案，拉着琉璃坐到了书房另一头的榻上，缓缓道："几年前，我有段时间日日混迹于新昌坊的酒肆，有一回恰好遇见了李公，他便与我攀谈起来，说我的命数是有几多劫数便有几多功业。我只当他是胡扯，他却把我过往之事说了个八九不离十，又说我过些日子若想开了，可以去乐游原下的别院找他。

"没过多久，恩师便重重地训了我一顿，我振作了些，才想起他的那番话，回头找他时，他告诉我他便是太史令李淳风。当时我手头正有卫公几册阴阳相人之术的书不大明白，既然遇到了他，当然不欲错过，而李公也是一口答应了下来。

"他的别院原本为观天象而设，平日便是家人也不能上门，那两年我却是隔日出入，整夜随他观星推算，因我之前也常在外面喝醉不得归家，倒也无人疑心。李公指点我时，所费心血实多，悉心之处比起恩师来也不差什么。不知为何，他不许我称他为师，亦不愿此事让太多人知晓，我也只好随了他的意。只是他的这份恩情，却不知日后如何才能报答了。"说着，长长地叹了口气。

琉璃默默地听着，倒也不大惊奇李淳风的作派——高人大概做什么都是有道理的，裴行俭的资质本来就高，当年苏定方不也是上赶着要收他为徒吗？只是，那时他竟是颓废到了那种程度？日日买醉，夜夜不归……心底有些隐隐作痛，琉璃轻轻叹了口气，将头靠在了裴行俭的肩膀上，半晌才打起精神来抬头笑道："你写了这半日，竟还不饿？厨下的晚饭已经得了，我进来便是想问你什么时辰想吃？这一说话，竟也浑忘了。"

裴行俭脸上也露出了笑容，"还真是有些饿了，这就吃吧。"

琉璃笑着起身，掀帘走了出去，见阿霓还等在外面，便让她去厨房传话，自己带着小檀布置案几。因为今日天气有些热，琉璃让厨娘做的便是槐叶冷淘和用牛羊猪熊鹿五种肉丝生腌成脍的五生盘，又做了蛤蜊肉羹，用熟蛋黄加牛酪拌了一盘生菜，四样上来都是清清爽爽的模样。裴行俭净手后过来，忍不住点头，"日后这饭食还是你来管吧，这一看便让人更饿了。"

琉璃嗔了他一眼，"别的事我就管不妥当了？我算账比义母都要快，下人的面孔一遍就能记清，招待亲友也没有出过漏子！"

裴行俭笑着揉了揉了她的头，"果然是镇宅之宝！难不成还怕我抢了你的风头？过几日待我销假回了衙门，自然有你大展身手之时，"又拉着她在身边坐下，"就是吃得太少了，快陪我多吃些。"

琉璃不由泄了气，每次一说这个，他就是一副哄小孩子的语气，说到底，还是对自己不放心！她闷闷不乐地吃了几口，就放下了竹箸。

裴行俭也放下了碗，看着她叹了口气，"你怎么倒赌上气了？我原打算着明日便让外面的管事都来见见你这位主母，你若是饿坏了可怎么好？"

琉璃顿时眼睛一亮，"真的？"

裴行俭点了点头，"比珍珠都真！"停了停又笑道："我自然知道你能干得很，只是这几天我横竖无事，便想让你多歇一歇，日后才更有精神伺候为夫不是？"

琉璃冲他翻了个白眼，到底还是绷不住脸上的笑意，高高兴兴地添了碗肉羹。裴行俭的手却又伸过来在她头上揉了揉，手指顺便一勾，便让她的发髻散了两绺长发出来。

琉璃哭笑不得，偏偏阿霓和小檀都在旁边，不好发作，只能狠狠地瞪他。好容易用过了饭，漱了口，那两人收拾了食盒出去，帘子还没落下，琉璃便站起身来，伸手要揪他的头发。裴行俭头一偏便让了过去，琉璃再去够时，不知怎么的却被他轻轻松松地将两只手的手腕都握到了手中，还低下头来笑道："反了么？"

他的手并没有握得太紧，但琉璃却怎么也抽不出手来，只能用目光愤怒地谴责他。裴行俭笑得越发愉快，突然在她耳边轻声道："待会儿你也要有这般的精神才好。"

琉璃一怔之后才明白他的意思，脸顿时腾地烧了起来，听着他可恶的笑声，不由怒从心头起、恶向胆边生，眼珠一转，狠狠一脚踩在了他的脚面上。

阿霓和小檀此时刚刚下了台阶没几步，突然听见背后传来一声痛呼，居然是阿郎的声音，不由面面相觑，随即便是娘子的一声惊叫。小檀下意识地想往回走，阿霓忙一把拽住她，不由分说将她拖出了院子……

次日，裴府的几位账房和管事果然都被叫到了上房，交上了账簿等物。这府里满打满算也不到一个月，账簿不过薄薄的两册，琉璃也不多说，只让小檀请他们在外堂落座，将账簿交给了阿燕。两炷香过后，阿燕便面无表情地把批过的账簿还了回来，两个账房接过去一看，脸色都有些发白。小檀随即出面宣布了几条规矩，有管事开口挑理，被她毫不客气地驳了回去，顺便奉上一通冷嘲热讽，那几个管事顿时一头冷汗。

琉璃这才笑盈盈地出面喝住了小檀，安抚了管事们几句，客客气气打发他们出门。

待这些人都走了，裴行俭才挑帘出来，看着琉璃摇头直笑，"我当真小瞧了你！"

琉璃笑嘻嘻地没有作声。在武则天身边待了一年多，她若连这点最粗浅的御下之术都没学到，岂不是白痴？武昭仪的身边总有邓依依那种牙尖嘴利不容人的女官，总有玉柳这种沉默寡言最较真的女官，而她自己永远是和善大方体贴入微的。自己身边既然有了阿燕和小檀这等人才，不现学现卖一回，难道真还要做个苦哈哈算账管事、跟下人斗心眼的主妇?

裴行俭瞅着她点了点头,"你既然这般能干,明日咱们要去河东公府和新昌坊那位族叔的府里拜访一回,你可要好好准备才是。"

第四十章
今日长辈　当年隐情

巳时刚到，琉璃坐的马车已离开新昌坊裴安石的宅院，看着窗纱外裴行俭模糊的身影，琉璃只觉得满心都是不敢置信：刚才的拜会也太顺利了！那个原本恨不得拿鼻孔看人的郑氏，自始至终都挂着一张笑脸，裴安石嘴里的好话更像不要铜子般地往外倒，两对兄嫂也是满脸的和蔼亲切体贴——他们就算被裴行俭吓唬得不敢明着反对这门婚事了，也不至于如此前倨后恭吧？

当然，最不正常的还是裴行俭，当裴安石顺口留他吃饭时，他居然满口答应，只说还要先去河东公府拜见一回，午时再赶回来领饭，连裴安石都似乎吃了一惊……他到底是怎么想的？总不会真的打算从此和这家人常来常往吧？

马车出了坊门，沿着长安城东墙下的大道一路向北，走了足足一刻多钟，才到了河东公府所在的永嘉坊，这里紧靠着通化门，离皇宫也不远，又有龙首渠穿坊而过，曾有方士断定此地贵气特盛，因此自贞观以来便是公卿王主云集之坊。琉璃坐的马车过了两座公主府以及一座小小的虞氏家庙，往北又走了一段，才在龙首渠边一座修得极齐整的宅子侧门前慢了下来。有管事模样的人过来牵了裴行俭的马，"大长公主有命，九郎不是外人，也请一同进去便是。"

两人在二门下了车马，早有打扮体面的管事娘子等在门前，进门坐上肩舆，沿着青石路一直向东而行。琉璃便注意到，河东公府占地虽然似乎不如太尉府宽广，林泉之清美却似乎犹有过之，碧水环绕，曲径通幽，来往奴婢模样打扮更是半点不比太尉府逊色。走了一盏多茶的工夫，肩舆在一处粉墙碧瓦的院子前停了下来。入门穿厅，眼前是一处画梁雕栋的堂舍。世子夫人崔氏笑着迎了出来，"九郎和大娘可算到了！"

琉璃随她上了台阶，还未进门，一股清幽入骨的异香便从帘内扑面而来。绣帘挑起之处，放眼所见更是墙贴郁金，地设青锦，席铺却尘之褥，堂垂紫绡之帘，饶是琉璃早有心理准备，依然被这股富贵气息震了一下。

堂内的东席上，坐着一位四十多岁的男子，白面美髯，气度不凡，正是河东公裴律师，而他身边那位云鬟高耸、盛装丽容的临海大长公主，悠然凭几而坐，更有说不出的华贵适意。

裴行俭缓步走上前去长揖一礼，"小侄见过叔父、见过大长公主。"琉璃也跟着欠身，"侄妇给叔父，给大长公主请安。"

裴律师微笑颔首，"不必多礼，倒是有日子没有见过守约了。"

裴行俭回道："本该早来拜会的，只是公私事务繁杂，拖到了今日。"

临海大长公主也微微坐直了些身子，眼波在琉璃身上转了转，脸上露出了一丝笑容，"阿崔说得不错，大娘果然生得好品格。"

崔氏也笑道："刚才一晃眼差点没认出来，大娘竟是比前些日子更出落了几分。"

琉璃只能红着脸微笑不语。临海大长公主便转头对裴行俭笑道："怪道都说你娶了个玉人儿，真真是我见犹怜，守约你可莫藏起来不叫人看见，也要多带她出来走动走动才是。"

裴行俭微笑欠身，"拙荆不过乡野之妇，不敢当大长公主夸赞。"

临海大长公主又笑着看了琉璃一眼，懒懒地挥手道："你们爷俩在这里说话，我却是要出去散散，守约，你家新妇便借我用一用可好？"

裴行俭看了琉璃一眼，笑道："但凭大长公主吩咐。只是她不识礼数，若有冒犯，请公主担待。"

崔氏忙上前扶了临海大长公主起身，一面便笑道："守约你莫担心，大长公主是见了美人就欢喜，正好领大娘在院中走一走，下回她再来做客，也就认得道路了。"

大长公主点了点头，"正是，如此佳人怎能让守约藏在家中，正应该让大伙儿都见见才是。"

琉璃只得上去扶住了临海大长公主的另一只手，缓步向外走去。

下了台阶，在室外的光线之下，琉璃才看清，这位大长公主看着年轻，到底眼角嘴角已有些松弛了，只是肌肤白嫩异常，神色中又有分天然的娇贵，第一眼看上去才会宛如二八佳人。突然又想到陆瑾娘打听来的那些消息，她恍然只觉得眼前这每寸雪样肌肤上闪烁的分明是银子的光泽。

临海大长公主也侧头看了琉璃几眼，突然叹道："阿崔那次回来便跟我道：你与我的那义女品格有些相似，当真是没有看错，模样也罢了，难得身段气度都是弱柳娇花一般，今日一看见你，我便禁不住有些想起她了！唉，可怜我那女儿，竟是连个孩儿都没能留下，让我连个念想也不能有，日后你若有暇，定要多来这府里坐坐。"

琉璃心里发腻，手上微微一颤，垂眸微笑着道："琉璃只怕打扰了大长公主。"

大长公主笑着从腕上退下一个镯子，抬起琉璃的左手便戴了进去，"那便说定了！"

琉璃忙要推脱，大长公主却笑道："小玩意儿罢了，来见我的小娘子原是人人有份的！"

琉璃低头看了一眼，只见是个赤金掐丝的镯子，接头处做成了飞鸟衔珠的模样，端的是精巧之极，自己见过的镯子里，只怕也就是那个流苏镯比它略强些——可那个镯子，十有八九是李治送给萧淑妃的重要物件，到了临海这里，竟是人人有份吗？这位公主的作派当真比皇帝还阔绰！

只听大长公主又道："我这里别的也就罢了，春夏间设的芙蓉宴还算有名，长安城的美娇娘们只怕能来一半，你也正好多认识些人……"

崔氏便笑道："大娘还不快谢过公主，这是旁人抢都抢不到的！"

琉璃暗叫一声晦气，嘴里嗫嚅道："琉璃谢公主赏识，只是琉璃出身寒门，也识不得几位娘子，怕会给公主丢脸。"

大长公主笑道："这怕什么，谁又是天生就认得人的？别人不说，你妹子那时自然也在这府里了，你还怕没人说话不成？"转头便对崔氏道："看见了琉璃，我也放心了，姊姊有这般人品，妹子又能差到哪里去？"

琉璃脸上露出了一丝忧色，"琉璃的妹子人是极伶俐的，就是性子有些直，日后还望大长公主与夫人多教导着她些。琉璃先替妹子谢过了。"

大长公主呵呵一笑，又细细地问了琉璃平日爱做些什么，在宫里时去过哪一处地方，琉璃都斟酌着一一答了。这一圈走了近两刻钟才回到上房堂舍，大长公主便对裴行俭笑道："眼见时辰不早了，守约就留下来用顿饭吧。承先只怕也快回来了，上回他还说好长日子不曾与你喝酒饮茶。说起来，大娘也算是他的阿嫂。"

裴承先，表字如琢，就是那位性子高傲尖刻的世子……琉璃心里微微一紧，裴行俭已站起身来，"大长公主有命，行俭原是不敢不遵，只是来之前，族叔那边非要留饭。行俭怕公主与叔父久等，便说好了先来拜见，回头再去领饭。族叔还特地叫了两位阿兄回来作陪，此刻只怕已在等了。行俭若是不去，未免太过失礼，还请公主与叔父恕罪。"

大长公主一怔，转头看了一眼琉璃，叹了口气，"原想多留你家娘子一会儿，今日竟是不能够了，也罢，下次你们可不许再推脱！"

裴行俭笑着满口答应，又诚恳地问候了裴如琢几句，这才带着琉璃告辞而去。

琉璃这才明白裴行俭为什么要答应裴安石的客套。她心中暗笑，有心想打趣两句，可河东公府的管事一直将她送上了车，裴行俭自是依旧骑马前行。到了裴安石的宅前下车，她又被直接引进了内院，竟是压根没机会说上这一句。

裴安石的宅子不大，女眷在内院上房单列了席面，四人分案而食，饮食器具还算精美雅致，菜肴的品质味道却不过尔尔，加上琉璃与郑氏婆媳实在无话可说，一顿饭吃得味同嚼蜡。

好容易菜肴撤下，上了酒水果品，琉璃不过应个景略沾沾唇而已。她也知道外院的酒席一时只怕不会散，只得绞尽脑汁跟郑氏婆媳你来我往，说些最没营养的话。正有些犯困，一个仆妇快步走了进来，在郑氏耳边低声说了几句话，郑氏的脸色顿时变得十分古怪，仿佛立马想起身又强自忍住了，转头看着琉璃笑了笑，"真真抱歉，今日拙夫见了守约太过高兴，几个人都多喝了几杯，如今拙夫已是不胜酒力，守约只道要回去，下人拦不住他……"

琉璃吃了一惊，裴行俭的酒量似乎极好，怎么会喝成这样？想追问一句，话到嘴边还是变成了，"叔父还好吧？"

郑氏的笑容有些尴尬，"已是睡下了。"又向自己的大儿媳使了个眼色，"大郎也喝得有些多，你多带些人，过去照看一二。"

琉璃心知这两人估计是直接喝倒了，忙满口道歉，又起身告辞。心中担忧裴行俭，脚下不由越走越快，到了院外，只见阿成已经守在马车边，见她出来便道："娘子放心，阿郎已经在车上歇着了，不会有大碍。"

阿霓忙道："婢子便在车后跟着，娘子若有吩咐，再叫婢子。"

琉璃点了点头，上车掀帘进去，只见裴行俭正半倚车壁，安安静静地闭目休息，白皙的脸颊上略有红潮。她忙上前伸手摸了摸他的额头，觉得入手不烫，一颗心这才放下了一半，回头便吩咐道："可以走了，要慢些稳些。"

手上突然一紧，却见裴行俭已经睁开眼睛，笑吟吟把她的手拉到唇边亲了一下，低声笑道："你放心，我没醉，只是懒怠跟他们周旋。"

琉璃看着他比平日更亮了几分的眼睛，不由又好气又好笑，也压低了声音道："难不成你平日喝酒都是这样算计人的？"

裴行俭脸上露出了几分不屑，"我平日怎么会与他们喝酒？再说，今日原是他们在算计我！"

看着他难得情绪如此外露的脸，琉璃忍不住暗笑——这家伙，到底还是喝多了！机会难得，忙追问道："他们今日又算计你什么了？"

裴行俭伸手把琉璃拉到了怀中，低声道："也没什么，只是我虽做了长安令，圣人却还常宣我到内廷，又曾问过我对几个年轻才子的看法，不知怎的这话传了出去，外间有些说法而已。"

琉璃有些纳闷，裴安石难道想让裴行俭在皇帝面前给他说好话？

裴行俭低声笑着解释："如今大唐官员日益庞杂，有出身容易，得实职却一年比一年难，我这位族叔自打武陵令任满后，已是等了两年，两位堂兄也是至今没有领到实差。眼下既然有这样的风声出来，他们自是怕我日后会进吏部，以牙还牙，他们便永世莫想再进一步！"

琉璃不由一喜，裴行俭自然迟早是要进吏部的，这事做起来倒是容易！却听裴行俭接着道："他们也太小瞧我了一些！"

这话是什么意思？琉璃困惑地看了裴行俭一眼。裴行俭淡淡一笑，"公报私仇，岂是我裴行俭所为？"

眼前的这张脸上的神情依然温和，只是那温和底下藏着的骄傲到底从眼神里泄露出来了一些，琉璃突然觉得有些无力，把头埋在了他的胸口，闷闷道："那你准备如何私报私仇？"

裴行俭怔了一下，伸手抚摸着琉璃的头发，长长地叹了口气："有些事……"又是"有些事"？琉璃抬头看他，他却没再开口。琉璃的心情不由也慢慢沉了下去。

新昌坊与永宁坊只隔了一坊，马车虽然行得慢，没过多久也到了。裴行俭神色如常地下了车，阿成却是一副毫不吃惊的样子，倒是阿霓唬了一跳，悄悄看了两眼，脸上露出了浓浓的钦佩之色。

回到上房，琉璃先吩咐小檀赶紧拿热水毛巾过来，又让阿霓去厨下准备些醒酒汤，再做一碗细汤饼。裴行俭笑道："醒酒汤也就罢了，汤饼倒是多做一些才好，到底也没吃什么。"

琉璃不理他，回头便跟阿霓道："醒酒汤做浓些，汤饼不用搁油。"给一边拧细葛巾的小檀使了个眼色，小檀转身出去，守在了台阶下面。

裴行俭用热葛巾捂了捂脸，顿觉神清气爽了许多，刚放下葛巾，一杯热水又递到了他的手边。

裴行俭捧着温热的杯子，只觉得心里也是一片暖洋洋的，回头想和琉璃说两句话，却见她站在半开的窗前，神情郁然，心里一软，放下水杯，走过去从后面把她揽在怀里，低声道："今日那位大长公主跟你说什么了？可是把你夸了个天上有，地下无？"

琉璃知道他是在打岔，只淡淡地道："也没说什么。"

裴行俭叹了口气，"我知道今日让你担心了，其实我酒量好得很，哪里轻易能喝醉？大不了日后我装也不装了，你莫生气了好不好？"

琉璃默然半晌，才低声道："我怎会生你的气？只是一想到你的酒量是怎样练出来的，我心里就难过。我也知道世道如此，和族亲总不能撕破了脸，可我不明白你为何会如此轻轻放过，也许这跟你说的'有些事'有关，你也说过日后会告诉我，可这日后到底又是哪日之后？"

裴行俭沉默不语，琉璃看着窗外空荡荡的院子，突然觉得心里也空荡荡的，正以为他不会开口了，却听见他的声音低低的在耳边响了起来，"我的母亲其实并不是明媒正娶的夫人，而是……外室。"

琉璃大吃一惊，回头看着裴行俭。他的脸上带着苦涩的笑容，声音也有些发苦："因此当年王世充诛灭裴氏三族，许多旁支远亲都不曾逃脱，我母亲却能逃出生天。此事裴安石不知怎的知晓了，倒是一直没说出去，母亲也因此以继室的身份葬入了裴家的祖坟。"

也就是说，裴行俭的母亲其实并不是名正言顺的夫人？不过，裴安石的保密显然不是为了他们母子，而是为了自己——揭开此事，于他并无任何好处，而保守秘密，却可以让裴行俭一生都不得不领情……琉璃伸手按住了裴行俭的手背，轻声道："其实以你的情形，此事如今就算有人要说嘴，也不用太过顾忌。"毕竟他是裴仁基唯一的血脉，是朝廷承认的"烈士遗孤"。

裴行俭的脸色却并没有好看多少，反而轻轻地摇了摇头，"这只是其一。我母亲还曾跟我说过，当年我父亲联系高祖皇帝和旧部，谋诛王世充，说的是准备重新尊当时被废的炀帝之子杨侗为帝，但实际上、实际上他想的……"

裴行俭的语气里有一种少有的艰涩，似乎再也说不下去，但琉璃已霍然明白过来——实际上，裴仁基想的是自立为王！在那种天下大乱、群雄并起的时代，裴仁基有裴氏家族数代经营留下的深厚根基与敌国财富，有裴行俨这种万人莫敌的猛将儿子，李渊、王世充能做的事情，他为什么不能做？

乱世之中，谁又比谁高尚一些？不过是成王败寇四个字而已。

只是在裴行俭看来，大概这是为人臣子者不该有的野心吧，结果却断送了洛阳裴无数族人的性命，至于大唐对父兄的追封，皇帝发还的财产，也因此成了他身上沉重的包袱。难怪以他的心智手段，会对族人一忍再忍，难怪他会对那笔财产那样反感，说到底，也不过是他心里本来就有太多的罪恶感，因为他是裴仁基的儿子，因为他得到了不该有的东西……

琉璃转身紧紧地搂住了他，"我明白了。"

裴行俭轻轻地呼出了口气，突然觉得心里轻松了许多，十几年前他年轻气盛，听见中眷裴族人对母亲不恭，一定要以牙还牙，母亲却流着泪告诉他这件事情，好像自从那天起，他就没有再真正轻松过——原来他不是功臣遗孤，只不过是乱臣之后，原来他没有什么值得骄傲的血脉门庭，只有根本不该得的财产，以及天生就必须背负的罪孽！

直到师母转述了琉璃关于他不欠那两家什么的话，他才突然发现，事情原来可以从另外一个方面来想，只是，她居然也像当年的自己，一定要以直报怨，因此他也只有像当年母亲，把这件他以为会永远埋在心底的事情，告诉她……而她果然是天下最奇特的女子，在听到这件事情之后的反应竟然是抱紧自己！

心底有不可抑制的柔情涌动，裴行俭低头吻了吻琉璃的秀发，"那些事情忘记也罢，你不用为这些操心，我也再不会糟践自己。"他的小妻子，怎么能为这些算不清的陈年旧账劳心费神？他只想让她过得开开心心、自由自在。

琉璃在心里叹了口气，他终究还是不能真正放下心里的负担吧？因此才会选择把所有的恩怨都放下，都忘记。她是做不到的，却也无法说服他同样如此。她总不能跟他说：想当皇帝有神马错？忠不忠的都是浮云……

想了半晌，她还是抬头笑了笑，"以前的事情，我不提了。可是，以后他们如何待你我，我便会如何还回去，你不能再拦着我！"

裴行俭脸上露出了一丝苦笑，琉璃见他还想说什么，念头一转，忙道："你再过两日就要回衙门了，不如明日你陪我归宁？"

裴行俭点了点头，明日就是成亲后第六日，的确也到了归宁的日子。

窗外，一阵脚步声由远而近，随即便响起了小檀的笑声，"醒酒汤怎么用了这么久？"阿霓似乎叹了口气，"这不还要做汤饼么？"

琉璃微笑着松开了手，走到外屋的食案边，见阿霓和小檀已走了进来，便挽起袖子动手安置碗筷，食盒里一个白瓷碗装了颜色微红的醒酒汤，一个青瓷碗则盛了雪白的细汤饼。

裴行俭坐了下来，笑道："这颜色配得倒也爽目。"

琉璃把竹箸递到了他手上，"你还不赶紧吃？"

裴行俭笑吟吟地接过竹箸，手却突然一颤，笑容微凝，过了足足一息的时间，才垂下眼睛，默然吃了起来。

琉璃心中大奇，往案上扫了一眼，并没有见到任何古怪的东西，正在纳闷，再一低头，突然看见了自己手腕上多出来的那个镯子，顿时猜到了几分，转身快步走到里屋，取下镯子扔到了衣箱底下的一个匣子里，却不由呆了半晌，心里有些不解的疑惑，有些上当的恼怒，还有一种酸酸痛痛的情绪在往外滋长。

好容易压住那些杂念，琉璃慢慢走回次间，却愕然发现，裴行俭早已离开。

第四十一章
归宁之日　前事如梦

"大娘，待会儿若是无事，婢子想去看看七娘。"小檀的声音里带着小心翼翼。

琉璃下意识地转动着手上的一只银镯，过了好一会儿才回过神来，"七娘？哎呀，正是，她下个月便要出嫁，我怎么忘了找两样礼让你带过去！"她忙掀开车帘，前面已是崇化坊的大门，如今再回去拿贺礼却是怎么都不合适了。

小檀笑道："那就等娘子找了礼出来婢子再去，也省得跑两趟了。"心头却颇有些纳闷，大娘自打昨天午后便经常这样心不在焉……

马车走了一段，慢慢停了下来，小檀忙出去打起了帘子。琉璃从车上下来时，裴行俭也下马到了门口，自然而然地伸手接了她一把，只觉得她的手指冰凉，抬眼看了看阴霾的天色，低声道："你要不要加件衣裳？"

琉璃微笑着摇了摇头，"都快五月了，凉也有限，哪里就那般娇贵了？"

裴行俭仔细看了看她的脸色，低声道："你身子弱，莫逞能。"

琉璃淡淡地一笑，"我身子不曾弱过。"这五年来，她除了刚来时的那场大病，之后连感冒都没怎么得过，想来身为野草，自然会有一副顽强的体质。

裴行俭还想说点什么，普伯已笑容满面地迎了上来，"大娘和九郎来得真早！"

上房里，库狄延忠早已在席上正襟危坐，琉璃和裴行俭进屋便按规矩跪倒行了大礼。库狄延忠满脸是笑，"好，好，快些起来！"待两人坐下，又一叠声让人赶紧把蜜浆端上来。

库狄延忠原本不善言辞，曹氏看着被绯色泥银衫子衬得容光清艳的琉璃和她身边笑容温雅、气度高华的裴行俭，心里膈应，更是一言不发，场面顿时就冷了下来。还是裴行俭看着堂屋里挂着的一幅字微笑道："听闻丈人极爱虞学士的字，果然如此，不知丈人喜欢的是行书还是楷书？"

库狄延忠平日的确爱写几笔，对此时最受推崇的虞世南自然不会陌生，忙道："自然是楷书，学士的楷书秀润劲朗，当真是千金难易……"

两人一来一往地说起了书法，库狄延忠说得高兴，转身把家中珍藏了多年的几幅前人墨书也找了出来，品鉴了一番才罢。琉璃心里有事，见库狄延忠返身去收字画，便笑道："阿爷若是无事，女儿想带守约到院子里转转。"

库狄延忠心情正佳，挥手便说了个"好"字。

库狄家的院子长宽都不过数丈，琉璃带着裴行俭随意几步便转了一圈，回头轻声问："你想不想看看我原先住过的屋子？"

裴行俭点头笑道："自然是想的！"

琉璃微微一笑，转身径直走到了西厢把角那间小屋子的门口。屋子并没上锁，挑帘推门而入，一股灰尘的味道顿时扑面而来。屋中光线昏暗，她站了好一会儿，才看清了里面的陈设。自己用过的旧榻还在，只是又塞进了好些杂物，本来就狭小阴暗的房间更显脏乱。

琉璃不由轻轻地吐了口气，就是在这里，她度过了最初的那三年，仿佛比一辈子还长的三年……手上突然一紧，却是裴行俭走上一步，紧紧地握住了她的手。

琉璃的心情慢慢平静了下来，回头对裴行俭笑了笑，指着那张旧得已经辨不出本来颜色的榻道："我跟你说过，五年前我得过一场大病，把前事都忘了。因此记得的最早的事，便是睁开眼发现自己一个人躺在这张榻上，口里渴得要命，却没力气爬起来。我等了许久都不曾有人来看我。后来终于有人进来给了我一碗药，那药极苦，可我实在渴得受不了，一口气便全喝了，结果喝得太急，又全吐了出来……

"那时我连话都说不出来，只能比画着要喝水，好几个人进来看着我，却自顾自地说来说去，没人理我。又过了半日，才终于有人拿了一碗冷水进来，我用尽力气才能捧在手里，一小口一小口地喝完了那碗水，我这辈子，再也不曾喝过那般甘甜的水。

"我记得最早时也会有人进来，似乎是特意来看我，可是我那时太害怕，经常吓得哭，我一哭他们便走了，慢慢的再没人进来和我说话。只是有时有人会给我一碗药，有时会给我一碗粥，可我居然慢慢的也能下地走动了。

"身子好了之后，我便总觉得吃不饱，饭菜总是冷的剩的，而且一餐有一餐无，那个曾给我水喝的妇人偶然会偷偷给我一个半个胡饼，可惜没多久就再也没见过她。他们不让我出去，我只能一日一日在这屋里待着，听他们在外面说话。很久很久之后，我才知道，那个偶然会出现一次，叹一口气就走掉的人，原来是我的父亲；那个经常进来骂我踢我、打翻我食案的人，原来是我的妹子；那个不许下人进这屋子、只许他们给我残羹剩饭的人，原来是我的庶母。那时我经常想，自己大概迟早会死在这间屋子里……"

话音未落，她已被一双臂膀紧紧地搂在了怀里，裴行俭的心跳声又急又响，好半晌头顶上才传来他明显发紧的声音："你怎么不早点跟我说？"

琉璃轻轻地摇头，"没什么，都过去了，现在回到这屋子，觉得那些事就如做梦一般，虽然有些可怕，到底还是醒过来了。"

裴行俭只是一言不发地紧紧搂着琉璃，脸上慢慢地没有了任何表情。

只是到了午间一起用饭的时候，他的笑容却比平日更显和煦，谈笑间满座春风，连曹氏看着都忍不住暗暗叹气：这样一个男人，怎么便宜了琉璃那贱人？

珊瑚本来冷着一张脸，没多久也绷不住了，不时偷偷打量裴行俭一眼：裴家的男子是不是都这般出色又和气？

待到吃过饭，裴行俭便对库狄延忠笑道："听闻再过得两个月，便是兵部考评之期，不知丈人可有打算？"

库狄延忠也听说过此事，忙问："正是有这传言，你可知具体如何？"

裴行俭笑看了曹氏一眼，库狄延忠会意，回头对曹氏道："珊瑚也快出门了，你这做母亲再去看看东西是否齐备，莫让人看了笑话去。"

曹氏和珊瑚都是一愣，有些不大情愿地走了出去。裴行俭这才微笑道："小婿也曾跟兵部的同僚打听过，丈人做事是极稳重妥当的，只是与同僚交往实在少了些，倒是常有人说丈人性子有些孤僻。"

库狄延忠脸色顿时有些发暗，叹了口气，"不瞒贤婿，我这性子是不大会与人应酬的，只知听人吩咐，低头做事，同僚们一起喝酒时我也去过，却是无话可说，尴尬得紧……如此竟是不成么？"

裴行俭摇头叹了一声，"丈人有所不知，这为官原不比其他，做人比做事还要紧些！丈人若想再走一步，只怕还是要有些同僚的助力才好，不然人人都说丈人不好，上峰便是有心想提拔丈人，总不好违了众意。"

库狄延忠忙道："这却如何是好？要不从明日起，我便多请同僚们出去两回？只是我这嘴着实有些笨，只怕没让大伙儿高兴，反而更添了尴尬。"

裴行俭沉吟道："其实也未必要丈人出面，丈人在兵部多时，想也认得那苏主簿，正是苏将军的远房侄儿，他便是极不爱说话的性子，但兵部谁不与他交好？"

库狄延忠想了一想，果然是有这样一号人物，忙点头，"这又是为何？"

裴行俭笑道："丈人自也知晓，同一司中，不但同僚常聚，夫人们也是常来常往的。那苏主簿便有一位极能干的夫人，时常招待各位同僚，与同僚夫人们又关系处得极好，因此上，苏主簿再是沉默寡言，也无人说他半个不字，反而只道他是诚恳踏实。说来这女眷间打交道，原是比男子更是易得亲热。"

库狄延忠不由默默，他自然知道，同僚的夫人间原是有交情的，平日谁家娶了亲，谁家孙子满月，都是各位夫人出面应酬，而他却只能找各种借口推脱掉，因为去那种场合，他不但无人能带去，便是有人问起，都不好回……

裴行俭轻描淡写地接着道："按说此事不该小婿过问，只是丈人若想坐稳了这位置，乃至有所进益，只怕还是要思虑一番府上的中馈之事才好。不然，妾室当家，终究是不大妥当，更莫说是以妾为妻，此事一旦被人得知又说将出去，便是恩师在长安，只怕也保不了丈人。"

库狄延忠的脸色顿时变了，转念间正色道："守约你且放宽心，我以前是不大通这些事务，既然如此，日后自然绝不会让人挑出这样的错来！"

窗外似乎有什么东西咚地撞在了窗棂上，裴行俭却恍若不觉地含笑点头，"丈人能如此，小婿也就放心了。这夫人的助力于为官有何好处，丈人只怕还不甚清楚。"随口便说了几个兵部里某人原不过是白丁，某人连字都识不得几个，不过是因为岳家的根基，一步一步走到如今。

这些人库狄延忠不是认识，便是听说过，都是他眼里的正经官员，与自己天上地下般的人物，原来却不过如此！忍不住叹道："人的运道果真是难说得紧。"

裴行俭笑道："丈人只不过是太过忠厚罢了。丈人春秋正盛，风姿出众，难道不比他们强，续个官家女子又算得什么难事？只是……"

库狄延忠抬起头来，紧紧地盯着裴行俭。裴行俭笑微微地看着他，"也得丈人真有此意才好。"

库狄延忠脸色顿时有些尴尬，"我都这把年纪了，职位又微，儿女几个，怎敢痴心妄想？"

裴行俭摇头叹道："丈人何必过谦？别的小婿倒也不敢说，丈人若想续弦一个六七品官员家年貌相当的女儿，当真不难。"

库狄延忠脸上顿时有了些光彩，只是看了看琉璃，到底含糊着推辞了几句。裴行俭不以为意，只是笑道："此事原本便要从长计议，丈人得了主意再说也不迟。今日时辰已是不早，说来小婿在弘文馆时，也曾得过两张虞学士的墨宝，回家便好好找找，若是找到了，过几日再给丈人送来。"

库狄延忠眼睛发亮，满面笑容，"你公事繁忙，哪敢如此烦扰！"

裴行俭微笑着站起身来，"只要丈人欢喜，这点事情算得了什么！"

琉璃心里早已是一片雪亮，但听他说得这样热情，还是默了一默，与裴行俭一道向库狄延忠行了礼，告辞出去。

两人刚刚走到院子里，西厢正屋的房门"咣"的一开，珊瑚急赤白脸地冲了出来，指着裴行俭就要说话，只是对上他淡漠之极的眼神，心头便是一抖，咬了咬牙还是对琉璃道："都是你！好一副蛇蝎心肠，竟挑唆着阿爷做这种事情！"

琉璃抬头刚想说话，裴行俭已伸手将她拉到身后，看着珊瑚，笑得比春风还要柔和几分，"姨妹此言何意？"

珊瑚怔了怔，看见他一脸微笑，仿佛刚才那漠然到令人胆寒的眼神只不过是自己的错觉，胆子顿时就大了，"我家的事情，要你来管？我阿爷好好的要娶什么继室？你若想用这种法子来替她报仇，我告诉你，你打错了主意！也不看看我和阿娘会不会答应！"

裴行俭惊讶地挑起了眉头，"此话更难解了，我为何要替大娘报仇，你们难不成还有仇？"

珊瑚冷笑道："你装什么糊涂？我母亲不过是在她病傻了时关了她一年，省得她出来丢人，又不曾打骂了赶将出去，她便记恨到如今……"

库狄延忠听见外面吵嚷，忙赶了出来，正听见这话，忙怒喝了一声，"你胡说什么，还不回去！"

裴行俭点头道："竟还有这事？"回头对库狄延忠叹道："丈人，小婿原以为这家中妾室主持只是名声不好，真是没想到还会有这般不慈之事……"

库狄延忠脸色顿时就白了，珊瑚听裴行俭又提此事，更是怒不可遏，"妾室又如何？我阿娘不是把这家管得好好的，比正室哪点差了？要你挑唆着我阿爷娶什么劳什子正室来祸害这个家！"

门帘一荡，曹氏满脸是泪地走了出来，拉着珊瑚道："谁让你这傻孩子胡说的，你阿娘便是操碎了这心又如何？你阿爷如今只想着要做官，还管我们死活！你那姊姊如今嫁了官人，大概不弄个正头娘子来磨死我是绝不会干休的！"

库狄延忠跺脚道："你们还胡说！"

裴行俭疑惑地看着这母女俩，"姨妹和庶母的话实在难解，难不成你们竟觉得，娶个正室不过是用来祸害家宅、折磨妾婢的？"

珊瑚不假思索地脱口道："正是！"

曹氏先是一怔，随即醒悟到有些不对，刚要开口，裴行俭已点头道："姨妹今日这般振聋发聩的高见，想必大长公主与世子夫人定然是乐于听到的，裴某受教了，这就告退！"

此言一出，珊瑚再是迟钝也猛地醒悟了过来，脸色顿时变得惨白，尖叫道："你冤枉我！你敢去胡说？"

裴行俭点头微笑，"裴某的确不敢……对族中长辈有所隐瞒。"说完回头牵了琉璃的手，缓步便往外走。

库狄延忠脸色变了几变，忙赶上几步笑道："守约留步，小孩子乱说，哪里当得真，这话传将出去，于大娘名声上也须不好听。"

琉璃本来一直沉默，听到此话，不由停步回头微笑道："阿爷不必替琉璃操心，女儿又不是给人当妾室的，传不传的倒也没什么相干。"

库狄延忠一愣，说不出话来，曹氏脸上颜色白红交加，突然冲过来，跪下就要磕头，裴行俭立时拉着琉璃退到了库狄延忠的身后。曹氏只得转头向库狄延忠哭道："过往之事都是我的错，大郎你就让琉璃放过珊瑚吧，日后让我如何做牛做马都成。只求裴郎君嘴下留情，珊瑚以后再也不敢对琉璃无礼了，若敢再有一分冒犯，就让我们母女永世不得超生。"说着连连磕头。

珊瑚见母亲竟然下跪磕头，满脸涨红地冲了过来，拼命拉拽母亲，曹氏也拉她，"快跪下给你姊姊赔罪！求她大人大量饶过你……"

库狄延忠已是头大如斗，跳脚道："够了！你们把她们拉起来，拖回房去，不许再出来！"

阿叶和家中另两个仆妇早在一边探头探脑，见库狄延忠指着自己这声喊，忙赶了过来，两个人架起曹氏，一个拉了珊瑚，连劝带拉地拽了回去。

库狄延忠捂着头，喘了几口粗气，脸上才重新堆上了笑容，回头道："守约，你看今日之事……"

裴行俭诚恳地看着库狄延忠,"若是庶母与姨妹真心能改,今日之事,小婿必然不会告知大长公主与世子夫人。只是,丈人,今日姨妹所言庶母将大娘关于幽室一年,莫说小婿,便是兵部诸位官吏只怕都不曾听说过此等骇人听闻之事。若是家中再这般乱下去,这些怕是迟早会被翻出来让上峰知晓。"

库狄延忠呆呆地听着,突然醒悟过来,忙不迭地点头道:"贤婿所言不错,这家中绝不能如此下去!我也不敢高求,只要身世清白的良家女子即可,斗胆请贤婿托人留意一二。"

裴行俭微笑着欠了欠身,"此事重大,裴某不敢领命,定会请有德望的长辈出面为丈人留心。"

琉璃侧头看着他那张无懈可击的笑脸,心里不由替自家这位阿爷哆嗦了一下。

待到走出库狄家大门,裴行俭却是抬腿直接便上了车。琉璃不由一呆,却见他已伸出手来,只得搭住他的手也进了车中,低声问:"怎么了?"

裴行俭脸上的笑容早已消失,默然把她揽在怀里,车子微晃着行驶起来,他却是良久不语。

琉璃轻轻叹了口气,"那些事情若不是今日归宁,我自己都快想不起来了,都说大难不死必有后福,你看我现在不是好好的?"

裴行俭抱着琉璃的胳膊紧了紧,低声道:"琉璃,你放心,日后我再不会叫你吃一点儿苦。"

琉璃笑着点头,"好!"忍不住抬头问他,"你如今是真要给我找个继母不成?是不是都想好人选了?"

裴行俭"嗯"了一声,"倒也有六七成的把握。"

琉璃忙问:"是什么人?"

裴行俭漫不经心地道:"是我原先同僚的姊姊,和离后在娘家已住了几年,父亲就是兵部的七品官员,应当不到三十,识文断字,容貌听说也不错。"

官家女儿,年纪不大,容貌不坏,再嫁应是极容易的事情,怎么会一住就几年?琉璃疑惑地看了裴行俭一眼,"这位到底有什么不妥?"

裴行俭微笑起来,"怎么会不妥,妥当得很,她也不过是略好妒了一些而已。"听说是把原先那位丈夫的爱妾烧光了头发划破了脸,吓得没人敢再娶她。

琉璃恍然大悟,忍不住摇头笑了起来,突然又想到另外一事,"你当真不会把珊瑚今日说的话说出去?"

裴行俭一声轻笑,"我只说了不告诉长公主和诸位夫人,又不曾说不会告诉裴如琢。"

裴承先高傲尖刻的面孔又一次浮现脑海,琉璃差点笑出声来,只是转念间便沉默了下来,突然低声道:"守约,那些事情我真的已经不大记得了,我也没想过要花时间精力去算旧账,你可不可以,不要再管这些事了?"

裴行俭的脸色慢慢凝重起来,"琉璃,你放心,我自有分寸。今日若不给她们一些教训,日后若不束缚住她们的手脚,我怕她们还会想法来害你!"

琉璃慢慢地抬起头来,"那你可不可以就当做从来不知道这些事情?可不可以忘记我今日说的那些话?"

裴行俭默然良久,终于缓缓地摇了摇头,"琉璃,我做不到。"

琉璃叹了口气,伸手紧紧地搂住了他,"守约,我也一样!有些事情,无论你是不是忘记了,是不是还计较,我都不可能忘记,我做不到!"

第四十二章
疑窦暗生　拔刀相助

玉色纱衫，碧罗六幅长裙，杏色披帛，一色都是素净淡雅，也就是发髻上那只宝相花的金玉钗，略微透露了一些华贵气息。

阿霓看着跟平日出门穿得几乎没什么两样的琉璃，犹豫半晌终于忍不住道："娘子是不是穿得也太过素净了？"

平日沉默寡言的阿燕却突然道："娘子这身甚是妥当。"

琉璃不由看了阿燕一眼，才回头跟阿霓笑道："昭仪见惯了我这样的，总不好一成亲便穿成只花蝴蝶。"

拿起案几上的那几张帖子，她暗自摇头，难道裴行俭休完婚假，大伙儿就约好了开始应酬？武昭仪会召见她不算奇怪，裴安石的两个儿媳会来做客也不奇怪，陆瑾娘递帖子过府更不奇怪，可是，这杨十六娘唱的却是哪出？这排日子都快排不开了……

小檀轻巧地走了进来，"车子已经备好了！"看见阿霓跟着琉璃走了出去，不由羡慕地叹了口气——她还没见过皇宫是什么样呢！

阿燕也轻轻地叹了口气。

马车依然是从延喜门经永安门进了太极宫，咸池殿的一位内侍早已等在门口，看见琉璃便笑眯眯地迎上来，引着两人在门内坐上宫中轻便小车，又在晖政门换上了早已等候的檐子，刚到咸池殿门口，阿凌便迎了出来，笑嘻嘻地上来托住了琉璃的手，"恭喜库狄夫人！"

琉璃低头微一屈膝，"见过这位阿监。"

两人你看看我，我看看你，相视而笑。

再次踏上红锦地衣走到西边的寝殿，琉璃刚刚进门，一阵熟悉的笑声便响了起来："这位美人儿是谁？好一副身段容貌！"

只见武夫人穿着红色绣缠枝莲花的罗衫坐在榻前的月牙凳上的，笑得春光明媚。武昭仪则坐在榻上，身上是件湖蓝色的素面衫子，略显苍白的脸上也满是笑意。琉璃快步上去向两人屈膝行礼，抬头看着武夫人笑道："这位夫人好生眼熟，只是比我识得的那位夫人年轻美貌许多，难不成武夫人还有别的妹子？"

　　武夫人一怔，"哈"的一声便上来就要拧她的嘴。正坐在榻上的武昭仪也笑了起来，"罢了罢了，你的手重，这簇新的新妇子，被你拧坏了可如何是好？"

　　琉璃躲到了武昭仪这边，"多谢昭仪救命之恩！"抬头细看，只觉得她比先前明显瘦了许多，眼睛却依旧灿然有神。

　　武昭仪一面笑，一面便上下打量了琉璃一眼，目光落在她送的那支玉钗上，眼里的笑意更浓，"果然是出落了许多，怎么就便宜了那裴守约？"

　　武夫人也连连点头，"正是！这品格，做个世子夫人也使得。"

　　琉璃心里一动，知道一些闲言碎语已经传入了宫廷，只得苦笑道："夫人就饶了琉璃吧，琉璃再不敢顶嘴了。"

　　武夫人笑道："你也知道自己如今艳名远播？"伸手轻轻掐了掐琉璃的脸，"你放心，哪一年这长安城里不会传出一两个狐仙，日子长了，自然也就是一桩笑话。"

　　琉璃叹了口气，心道：这也难说，譬如你们两位，如今狐媚子的名声只怕比以前更响。

　　武夫人拉了琉璃到身边坐下，又饶有兴致地问起了成亲前后之事，琉璃便拣着有趣的说了一遍，待说到自家的女眷准备好家什冲了出去，结果却打错了人时，武夫人笑得几乎岔了气，武昭仪也抚着胸口一面笑一面叫人，"快去给夫人顺顺气！"满屋子宫女各个忍俊不禁。

　　正热闹间，就听殿门外传来一声笑问："这又是出了什么笑话儿？"

　　琉璃一惊，忙站了起来，恭恭敬敬地向大步走进门来的李治行礼。李治一眼看见她，不由怔了一下，"这不是……"

　　武昭仪笑道："这是裴守约的新妇子！"

　　李治点了点头，语气淡了下来，"平身吧。"回头便问武昭仪："远远的就听见一屋子笑声，说什么这般可乐？"

　　武昭仪便笑着把裴行俭算计伴郎的事情又说了一遍。

　　李治听到后来也大笑起来，"这个裴守约！"只是笑着笑着突然"哎呀"一声捂住了额头，表情变得扭曲起来。

　　武昭仪脸色一变，忙站了起来。"陛下坐下缓缓，"又吩咐宫人，"快传御医进来。"

　　李治捂着眼睛坐了下来，好半天才吐出一口气，皱眉道："天一热，这头风竟是闹得更厉害，也不知今年是怎么了！"

　　片刻之后，外面便传来了脚步声，那位琉璃曾见过的黄御医疾步进了寝宫。琉璃暗暗吃惊，看这速度，竟又是有御医常在咸池殿值守了？就见这黄御医半跪下来给李治请脉，两只手诊完才低声道："时气不好，陛下须再多服两剂药看看。"

　　李治皱着眉头道："你先下去开方吧。"待御医退下，又对武昭仪道："蒋孝璋不知何时才能回来，我去年吃着蒋孝璋的药倒还见效，这些人开的却是一点事不抵！你今年也调理半年了，还是这样瘦！朕思量着，不如下旨着人宣他早些回来，不然你何时才能好起来？"

武昭仪忙道："臣妾问过，蒋御医大约六月便能回来了，眼见就五月了，此时下旨只怕也快不了几天，既然允了他，何必差这几天？"

李治长叹了一声，怜惜地握住了武昭仪的手。屋子其余人相视一眼，悄然行礼退下，琉璃也跟着武夫人走了出来。

武夫人一路默默无语，到了自己的屋里，才跟琉璃笑道："适才说到一半，后面可还有稀罕事没有？他们那日是如何捉弄你的？"

琉璃笑道："还好，因他打的那个赌赢了，他的那些同僚便不好再做什么，其余的一些妇人也不过说一说罢了。"

武夫人脸上露出了羡慕的神色，"你的运道当真是好，当年我做新妇子的时候，可没少被那些浑小子捉弄……"说着渐渐有些伤感起来。

琉璃忙岔开话问："适才怎么听说那位蒋御医还要一个多月才能回来，到底是怎么回事？"

武夫人回过神来，叹了口气，"也是媚娘好心，听说那蒋御医家中其实并不富裕，先父的灵柩一直也未归乡，年初便赏了他许多钱帛，让他完了这心愿。偏这蒋御医故土又远，来回要半年。他这一走，不但媚娘的身子不见起色，圣人的头风也比往年重了许多，常是不能理事，媚娘如今也没精力再管着六尚局的事务，唉。"

琉璃怔怔地听着，只觉得有些不对劲，忍不住问："那如今是谁在主持后宫的这些事务？"

武夫人哼了一声，"原是贵妃打理着，如今慢慢地又回到立政殿那边了。"又冷笑着压低了声音："只是那又如何，圣人再不曾踏进过那里一步，听说那位也是一日日地不思饮食，魏国夫人日日都要进来，急得就差乱求医。饶是如此，那位却还是不肯放了那权柄，萧淑妃倒是越发与她走得近了……"

没错，病了也不放权，这才是后宫女子！琉璃皱着眉头，武昭仪看着的确瘦了许多，也有些苍白，却不像是精神不济到理不了事的程度……万年宫里她花了那么些手段才掌握住的后宫大权，怎么可能如今便这般轻易放手交还给了皇后？

琉璃刚想再问几句，杨老夫人却从门外走了进来，一见琉璃就笑道："刚在外面散了一圈，回来就听说你已经到了，几日不见，果然气度不同！"

琉璃忙笑着上前见了礼，又嘘寒问暖了半日，武夫人又把那笑话儿说了一遍，大家笑了一回。琉璃又说到婚后几日去拜访了河东公府，杨老夫人倒是细细地问了一遍，笑道："临海大长公主是最会保养的，听日日羊乳浴面，玉膏敷身，快四十的人了，比媚娘的皮子只怕还白嫩些。"

琉璃叹了口气，"不是羊乳，是人乳。"

杨老夫人和武顺娘脸上也露出了惊诧的神色，琉璃接着道："大长公主用香只用最上等的龙涎香，吃羊只吃最嫩的那四两，用水都是苏州虎丘的石水。河东公府中堂的陈设，别的我也不大认得，挂的似乎是紫绡，地衣比这咸池殿的也半点不差。"

武夫人惊叹道："都道裴相原先最是富贵的，原来河东公府到今日还有这般排场。"

杨老夫人却是若有所思，脸上有嘲讽的笑容一闪而没。琉璃看在眼里，暗暗地松了一口气。

说说笑笑间，转眼到了午时。武夫人拉着琉璃一道用了午饭，琉璃见她们都有些困乏了，便起身告辞，又到寝殿向武昭仪辞行。

武昭仪慵然靠在榻上，"我也不好留你，只是有的事原是我应了你的，虽给人做在了前头，我也不好就当浑忘了。再说，你在万年宫的那场功劳原也该让人知晓才是，省得你和裴守约难做人。"

琉璃惊讶地抬起头来，有些不太明白她的话是什么意思。武昭仪微笑着看了她一眼，"你先回吧，过两日自然便明白了。"

琉璃满心狐疑，却不好追问。没过几天，果然传来消息，库狄延忠竟被朝廷封了一个七品勋官，理由是"家风严谨"，宫中又赏了一车金银绸缎给裴府。恰好杨十六娘也在裴府做客，两人正没什么话好说，待琉璃领赏谢恩回来，她才抿着嘴笑，"大娘当日之功，如今总算得了该有的赏，日后谁还敢看轻你？"

琉璃只得满口感恩。两人又说了好一会儿没要紧的话，杨十六娘这才告辞而去。琉璃头疼地揉了揉额角，她现在不但对武昭仪所说的"免得你和裴守约难做人"依然满腹困惑，更是不明白，这位杨十六娘巴巴地上门来做什么。

好在陆瑾娘没过两天也上了门。她性子活泼，记性又好，长安城的官家女眷大半都认得，琉璃便问她是否认得杨十六娘。陆瑾娘点头道："倒是见过她一回，当时她是与太尉府那位嫡孙媳柳霖娘在一处，似乎不大爱说话。那时恍惚还听谁说过，她嫁的那位虽是庶子，却是身边颇养了些仆童美婢的。"

琉璃想了想才明白过来，长孙家的嫡孙，自然是长孙湘的哥哥长孙延，他的妻子柳霖娘正是柳尚书的嫡女、王皇后的表妹，论辈分算是杨十六娘的侄媳，地位比杨十六娘却要高得多……正想着，便听陆瑾娘问："杨十六娘与你相熟？"

琉璃摇了摇头，"其实也是一般。"像杨十六娘这样的人，就算丈夫花心，也不至于无聊到随便串门，可要说她有什么目的，又实在看不出来。她只得把这事抛到一边，笑道："你原说是初一来的，怎么又换了今日？"

陆瑾娘叹道："给你递了帖子才记起，昨日是拙夫一个堂妹的及笄礼，我竟是糊涂了！说来也巧，这妹子原和你也有些关系，她的亲姊姊便是嫁给了河东公府的二公子，我先头跟你说过的河东公府的事情，好些便是她告诉我的。"

琉璃忙放下了手头的杯盏，笑道："早知如此，我该随个礼才是。"

陆瑾娘笑道："你若去了才真真是热闹。冷娘原是长安有名的才女，人又伶俐。昨日来的女眷极多，宴席上不知是谁便说起了你，说你生得最是狐媚，原先裴家族中兄弟几个就见过你一面，回来后河东公世子和裴都尉家的二郎便都托人去你家提亲，要纳你为妾，你却不肯做妾。没想转过两年，这裴守约竟是娶你做了正妻，什么苏家义女都是障眼法，只怕也是那时就看上你了。"

琉璃摇头苦笑，看来这谣言真是满长安城都知道了。陆瑾娘又道："这也罢了，又有人说，你的父亲原本是白身，突然得了流外官，也是裴守约做的手脚，可见是被迷昏了头！"

琉璃这才真正地吃了一惊：这事怎么会传出去？突然想起普伯透露过曹氏跟库狄五娘说的话，顿时有些明白过来。说来，这事虽然不大，到底不好放到明面上，现在他是长安令也就罢了，日后若是要进吏部，此事却有些不妥……

她正想分解两句，陆瑾娘已冷笑道："若是几日前她们说这话也就罢了，你父亲如今已被授官，你又得了那么些赏，自然是因为你已是有品级的夫人，万年宫的那场功劳可以放到明面上来赏了。因此我便把你做的事情都说了一遍，又问那人，难不成这些也是裴守约的手脚？"

琉璃不由暗暗松了口气，这才彻底明白武昭仪的那番话到底所为何来——她原是天下消息最灵通的人，想来早已有所耳闻。心里对武昭仪的感激不由又深了几分，抬头向陆瑾娘笑道："多亏你替我分解。"

陆瑾娘忙摆了摆手，"这算什么？那冷娘也是个爽利的，我说了之后，也有人说纵然你父亲的官是圣人恩赏，但裴守约身为名门弟子，不顾门第求娶胡女为妻，到底也失体面。冷娘却笑道，若她是男子，听说有这样一位有才有貌有勇有智的奇女子，也是想娶的，要不古人怎么说'窈窕淑女、君子好逑'？大家这才一笑作罢。

"只是虽说昨日的话头好歹过去了，但依我看，那些话十有八九是从河东公府那边传出来的，临海大长公主原是极有心机手段的人，你还是要当心些。"

琉璃叹了口气，站了起来，"瑾娘，你来帮我看一样东西。"

看着那只精巧的飞鸟衔珠赤金镯子，陆瑾娘的脸色顿时变了，"这是我姊姊原先最爱戴的一只镯子，是那位公主她为义女之时送的，姊姊总舍不得脱下来，后来是扔了的。怎么如今到了你这里？"

拿在手里仔细看了两眼，她又摇头。"不对，这只里面没有刻字……你是从哪里得的？"抬头看了琉璃一眼，她才恍然大悟，"是大长公主送你的？姊夫……裴守约他见到没有，可是说了你？"

琉璃苦笑着摇了摇头，"他倒也没说什么。"她其实宁可他直接骂她一顿，也好过出去转了一圈，回来便若无其事地一个字不提。

陆瑾娘也叹了口气，"我听说，当年就是他亲手把这镯子扔进了池里。"

琉璃懊恼地皱起了眉头，事情原来比她想象得还要糟糕！她真白痴！还以为自己够谨慎了，结果还是中了人家的算计！

陆瑾娘见她脸色不好，忙道："不过是一只镯子，扔了就是，你也莫过太懊恼了。吃一堑才能长一智不是？"

琉璃默默地把镯子又收回了匣子，陆瑾娘奇道："这镯子你还要留着不成。"

琉璃淡淡地道："这样精心准备的大礼，为何不留着？谁知有朝一日能不能派上些用场。"看着陆瑾娘一脸困惑，便笑道："你还不知晓，那位大长公主和世子夫人，见了我便没口子地说我生得像陆家姊姊，说了一回两回的，教我自己也疑心起来，难不成我真是生得像？"

　　陆瑾娘嗤笑了一声，"你们哪里像了？"说着上下打量了琉璃两眼，"最多也就是身段差不太多，都偏于纤弱，性子看着也沉静。我第一眼看到你时，还以为你和我姊姊一般性子柔弱、不善言辞，却没想到你其实牙尖嘴利，浑身是刺！"

　　琉璃忍不住笑了起来，"过奖过奖！"

　　两人说笑了一回，陆瑾娘便往外看了一眼，"你这宅子后院大不大？"

　　琉璃知道她是坐不住了，笑着站了起来，"看一看不就知道了？"

　　陆瑾娘高高兴兴地站起来，跟着琉璃往外走。这宅子后院并不算大，好在有一个小小的池塘，又修了一座四角飞檐的凉亭，种了几处花木。看着倒极为精致，琉璃便把陆瑾娘往亭子里引。陆瑾娘却突然止住了脚步，奇道："这里怎么也有这样一处亭子？"

　　这话是什么意思？琉璃忙问："还有什么地方有这样的亭子？"

　　陆瑾娘眉头皱了皱，"原先我姊姊住的那处宅子，后院也有一处亭子，姊姊最爱在上面烹茶吹笛，招待亲友……"她突然醒过神来，讪然笑道，"是我看差了，那亭子和这处的粗看有些相似，细看却是差得远。"

　　是这样吗？琉璃看着眼前的碧水幽亭，只觉得心里有个地方在一直不停地下坠。

第四十三章
不速之客　有女倾城

裴行俭到家之时，琉璃正在低头画画，那盛开的牡丹线条已然勾好，又用了浓淡不同的墨水将花萼、花瓣、花叶等分染出来。

裴行俭站在她背后看了半日，才叹道："从不曾见过有人像你这般画画，竟比绣花还要细致。"

琉璃放下笔，长长地出了一口气，心情奇异地安宁了下来，回头笑道："不是水墨的，是红牡丹，最艳最正的红牡丹。"

裴行俭有些疑惑，"那为何要染上这么些墨痕？"

琉璃笑道："墨色托得越稳，红色染出来之后便会越艳。"

裴行俭笑着摇摇头，"等你画完再看罢，如今当真想不出来。还要几天才得？"

琉璃算了算，"今日才初二，总要端午节之后吧。"

裴行俭惊异地低头端详着这幅三尺来宽的绢画，"怎么比给我画的那幅要多花这许多时间？"

琉璃在心里翻了个白眼，你那幅是人物淡彩写意，这幅是工笔重彩花鸟，能一样吗？想了一想只能解释："画和画原是不同，我画《万年宫图》花的时间是这幅画的十倍。"

裴行俭点了点头，见琉璃已经放下笔，便挽起袖子，帮着她一起收拾案几，一面便问："今日瑾娘可是来过了？你中午拿什么招待的她？"

琉璃道："我好些日子没做葫芦头了，今日便用这个招待了她，其余不过冷淘、鱼脍、拌瓜果生菜这几样寻常的。"

裴行俭便笑问："早听说你做的葫芦头极好，有没有给我也留一些？"

琉璃摇了摇头，"没有留。"见裴行俭怔了一下，她才笑道："只有新鲜的，你要不要让厨下现做？"

裴行俭的眉毛挑了起来，琉璃忙跳起来往一边躲，额头还是被他弹了个正着，"好大的胆子，又戏弄我！"

琉璃揉着额头，瞪了他一眼，"君子动口不动手，你自己不曾把话听完怪得了谁？"

裴行俭走近一步，看着琉璃笑了起来，"好，我便依卿所言，做个君子。"琉璃顿时醒悟到自己说错了话，想要逃开，哪里还来得及？裴行俭伸手揽住她，低头便亲了下来。良久之后，才慢慢放开琉璃，低声问："今日你想我没有？"

想他？自然想了。其实自打陆瑾娘走了，她便一直想问他，后院那亭台是原先就有的，还是他接手之后自己修的？只是此刻看着他温柔的眼神，突然又觉得这问题似乎毫无意义。莫说那亭子原本是寻常式样，他便是喜欢再修那样一处亭子又如何？就算那亭子原是陆琪娘最喜欢用来吹笛煮茶，招待亲友的地方又如何？

琉璃微笑着点了点头，"你今日回来得怎么比平日晚了好些？"

裴行俭叹了口气，"不但今日晚了，明日只怕还回不来，再过半个月就是农忙，去年风调雨顺，今年的雨水却不多。我明日午后要出城去看看，你帮我准备两件粗些的衣裳，我多半会在城外过夜，不过端午前定然会回来！"说着脸色慢慢沉了下来，"洛阳的那边庄头，说是那天要来拜见。"

那些人？琉璃皱了皱眉头，随即便笑道："那便等你回来再说，你也饿了吧，现在就让厨下准备晚膳如何？"

待到晚间为裴行俭准备衣裳时，琉璃翻检着衣箱，忍不住摇头：裴行俭的衣服大多是日常穿的绫袍，再有就是几件本色麻裳，大约多日不穿，触手颇有些粗硬，只得令人到院里细细地捣了一回。

看着月光下捣衣的小婢女，她突然怀念起此时市面上还几乎见不到的棉布来。"长安一片月，万户捣衣声"，原先读着这清丽诗句的时候，自己怎么会想得到，长安人之所以会在月下捣衣，是因为此时的麻衣太过扎人，穿上身之前必须要捣得松软些呢？

第二日早间，晨鼓还未响，裴行俭照例轻手轻脚地起了床，穿好衣袍又回身吻了吻琉璃的脸颊，琉璃闭着眼睛伸手搂住了他的脖子。裴行俭低声笑道："你再多睡会儿，我会尽量早些回来的，这两日你若在家里闷，便出去散散。"

琉璃"嗯"了一声，松开手，看着他的背影在晨光中消失在门口，本来浓浓的睡意突然消失得一干二净。

刚刚吃过早饭，阿燕便照例拿了单子过来报了今日要采买的东西，除了日常杂物，又多了佩兰、葫芦叶、菖蒲酒等物，却是要准备过端午节了，算下来统共要花上十多匹绢帛，又问是否还有要添的东西。琉璃想了想，这两日并不会有客人来，不必花费心思准备特别的吃食，摇了摇头便提笔勾了单子。

阿燕拿着单子自去库房拿绢帛与外院采买交割，琉璃看着她的背影轻松地吐了口气，大舅母的这份礼实在是太好了！阿燕做事细密周到，这些采买钱帛上的事情都帮自己打理得妥妥当当。她正想着，又有内院管事娘子来报这两日怎样拨人手做续命索、包角粽、彻底打扫庭院门户……

花了半个多时辰，琉璃才处置好了诸般杂务，突然想起后日还要在家中张贴《五时图》和《五花图》，忙到书房磨墨提笔，先开始画有蛇、蝎、蜥蜴、蜈蚣、蟾蜍这五样毒物的《五时图》。她很久不曾画这些蛇虫，一开始画了两幅都不满意，直到午后画好第三幅才觉得有些像样了，正在想应该调哪种颜色来画《五花图》的石榴花，小檀却突然跑了进来，"门口有客人拜访，说是河东公世子夫人！"

崔氏登门拜访？琉璃不由吃了一惊，忙吩咐小檀和阿霓去迎人，自己净手换衣，刚刚收拾完毕，崔氏已到了院子里。

琉璃忙迎出了门去，却见崔氏一身淡雅打扮，身后带着六七个花枝招展的婢女，满面春风地走了过来，一见琉璃就笑道："冒昧登门打扰，真真是对不住阿嫂。"

阿嫂？琉璃默默地哆嗦了一下，脸上绽开了一个真挚的笑容，"夫人光临寒舍，琉璃高兴还来不及，只是寒舍陈设粗陋，还望夫人莫要嫌弃。"

崔氏和琉璃一面往里走，一面便道："如今咱们都是自家人，再叫夫人也太过见外了些，你叫我阿崔就好。"

琉璃只得微笑点头，"琉璃便不恭了，只望阿崔也莫要客气。"

两人到堂舍里分宾主坐下，琉璃已做好准备就如接待裴安石的两个儿媳一般，与这位世子夫人漫天胡扯一通。崔氏却是略夸赞了几句这堂舍布置雅洁，便笑道："其实我这趟来，一则是你们成亲这些日子了，我还未到过此拜访过，实在失礼；二则也是今日大长公主听说你们这宅子虽然收拾妥当了，下人却还少了些，略头脸齐整的婢子不过几个，因此命我多送几个婢子过来！"

琉璃几乎愕然失笑，这样也行？所谓娘家陪嫁的路走不通，今日便要牛不喝水强按头了？想了想长跪欠身道："琉璃多谢大长公主赏赐，公主原是心疼守约，只是守约的性子却着实有些古怪，原先在长兴坊那边住时，身边根本就不用婢子伺候，成亲之后我原也说过要多买几个婢子，他却不乐意，说是不惯。这上院里原本有七八个婢女，到底他也只让留了三个而已，这婢女……"

崔氏忙道："大娘有所不知，守约的性子再是如何，你们既然已经成亲，日后少不得要招待他的同僚好友，家里就这几个婢子如何使得？旁人不知道是因为守约的清谨，反倒会疑心你心胸狭窄！依我之见，你不妨留两个颜色好些的，场面上便能说得过去了，何苦让人说了嘴去？再说，这也是大长公主的一片好意，你若是不领，阿崔回去却如何交差？难不成回报公主，你不愿意？"

琉璃转头看了看堂下站着的那几个妙龄婢女，脸上露出一丝无奈的神色，低头叹道："琉璃不敢。"

崔氏点头微笑："这就是了！"转头便对堂下道："雪奴，雨奴，你们上来拜见库狄夫人吧。"

站在最后的两个婢女屈膝应了一声，低头走了上来，向琉璃恭恭敬敬地俯身下拜，"婢子见过夫人。"

待两人起身，琉璃仔细看去，不由暗暗惊叹了一声：这两个婢女都是十七八岁年

/第四十三章/不速之客　有女倾城

纪，一个穿着淡碧色的衫子，身量婀娜修长，五官清雅秀致，略有几分不胜之态，原是让人观之忘俗的佳人，只可惜任谁只要看了她身边那个穿银红衫子的女子一眼，便再也注意不到她。

那个穿红衫的女子身材微丰，却是丰满得恰到好处，容貌明艳，明明只是站在那里，烟眉微低，水眸轻敛，却自有一股媚到极处的韵味流转，那张红艳艳的菱角嘴上更仿佛写着"邀请"二字，琉璃看了都觉得心里怦的一跳。

崔氏笑道："这穿绿衫的叫雨奴，容貌也就罢了，倒是写得一手好字；这穿红衫的雪奴却是烹茶制香、琴棋歌舞都还过得去，笛子尤其吹得好。"又对这两个婢子道："你们日后好好伺候库狄夫人，若是有一分不周到之处，大长公主定然不会饶了你们！"

此时所谓笛子，说的其实是箫，琉璃看了一眼雪奴腰上挂的那根碧绿的六孔箫，心里不由苦笑起来，这样娇媚万分的尤物，居然还是身兼数技的复合型人才，大长公主是从哪里找出来的？这两个婢子的身价，估计把如今这府里全部下人都卖了，也未必能凑得够……听到崔氏吩咐到最后一句时语气里那股凛然之意，心里不由一动。

崔氏转过头来时，脸上又重新换上了柔和的笑意，"守约原是在河东公府长大的，大长公主与先头陆娘子又有那段缘分，因此免不了格外上心一些，亲自千挑万选出来了这两个，就怕让你们失了体面，只盼着日后她们能助你一臂之力。"

这是在暗示她绝不能亏待这两个婢子了？琉璃感激地笑了起来，"正是，多亏了大长公主想得周到，若不是公主教诲，琉璃竟没想到日后贵客临门，得用体面婢子去招待。如今有了公主亲自挑选的这两位婢女，再有贵客光临也不会失礼了，真真是帮了守约和我的大忙。琉璃多谢公主恩赐！"

崔氏不由一呆。

琉璃又不好意思地笑了笑，"不知这两个婢子的身契，阿崔可曾带了过来？"

崔氏脸上的笑容顿时有点挂不住了，愣了愣才懊恼道："我这记性真是越发坏了！"又抬头笑道："你放心，过两日定让管事给你送过来。"

琉璃怔了一下，忙不迭地道歉："对不住，对不住，琉璃真是失礼，阿崔这般繁忙，哪里还记得这样的小事？不如这样，明日也不敢麻烦贵府的管事，我让管家一早就去府门候着，你打发人拿到门口就是。"送奴婢不送身契，这位大长公主，真当自己是傻的吗？还是以为她占着公主这两个字，自己就不敢死缠烂打？

崔氏瞪大眼睛看着琉璃，一时有些说不出话来，半晌才笑了笑，"大娘且宽心，此等婢女身契自然是要在主母手头握着的。你先用她们两日，若还有用，过两日我便把身契送来，若是她们有不妥之处，你跟我说一声，我再挑两个乖顺的，绝不会叫你为难就是。"

琉璃悄然吸了口气，憋红了脸，"怎敢劳烦阿崔如此费心，大长公主这样挑选出来的，自然是最规矩不过。只是这府里一切都粗陋得紧，只怕会委屈这两位，我待会儿便让人带她们到客房的院子住着，一切都会用最好的招待。"

崔氏一怔，忙道："她们不过是奴婢，哪里当得起这般待遇？你留在这院子里随便使唤就好！"

琉璃诚恳地道："她们如今还是公主的人，便是公主的奴婢，也比旁人尊贵，琉璃这点礼数还是懂的。"

崔氏愣愣地看着琉璃，脸色微微沉了下来，"大娘这是何意？难不成还担心公主扣了这两位奴婢的身契不给你不成。"

琉璃惊讶地睁大了眼睛，"阿崔不是说，过两天就送来么？让她们在客房里住上两日，也是我尊重大长公主的一点诚意，难不成过了两天，这身契阿崔还不会送过来？我原是小户出身，不懂这些规矩的。"回头便问阿霓："你是应国公府出来，杨老夫人把你给我时便是先到官府过了身契，不然我也不敢使唤你，难不成这长安城别的府邸不是这规矩？"

阿霓低头轻声道："也有先给了，第二日再送身契的；若是不送身契，那不过是暂借的意思。"

琉璃回头怔怔地看着崔氏，半日才道："原来大长公主是想借两个婢子给琉璃用？"

崔氏只觉得一口气堵在胸口，险些没闷出口血来。高门女子交往，讲究的便是一个微言传意、心照不宣，便是累世的仇敌，见面也绝不会吐出半句落了下乘的言语，怎么会有这样的市侩女子非要掰开了揉碎了的说？她好容易才撑出一个笑脸，"大娘多虑了，你尽管用着她们，这两日我只怕会有些忙，过了端午节定会送来，不然你把人打发回来就是。"

琉璃松了口气，点头道："有借有还，理所应当。"

崔氏脸都黑了，沉默片刻，才笑了起来，"长安城的官家夫人中，只怕再找不到比大娘更谨慎的，今日倒是阿崔的不是了。"

琉璃羞涩地笑，"琉璃不过是胆子小些，阿崔不必抱歉，咱们不是一家人么？"

崔氏低着头默默地研究着装酪浆的杯子，仿佛上面突然多出来一幅绝妙的图画，好半天才抬头笑道："听说你这宅子后院的池子亭台不错。"

琉璃微微一愣，笑了起来，"哪里有什么池子亭台？不过是有一洼水，修了个小亭子。"

崔氏笑道："喔？既然如此，如今在屋里坐着也闷气，不如咱们去后院坐坐？"

琉璃不好拒绝，点头笑道："也好。"

崔氏便对雨奴雪奴笑道："你们也过去看看。"

一行人走到后院，在亭中铺下坐席茵褥，崔氏坐着闲聊了片刻，看了看天色，回头对雪奴笑道："我今日也赞了你半日，你便吹一曲给库狄夫人听一听。"

雪奴低声应了个"是"，取下玉箫，呜呜咽咽地吹了起来，箫声清越，远远地传了出去，在略显空旷的后院里，格外显得悠扬。雨奴安安静静跪坐在一旁。凉亭之外，自有花木扶疏，然而雪奴容颜如花，雨奴身姿如柳，任何花木与她们一比，都逊色三分。

崔氏转头向琉璃一笑，"可还听得？"

琉璃点头叹道："当真不错。"

崔氏心情似乎甚好，与琉璃信口闲聊，从长安如今流行的花钿式样说到新出的吃食，又说起裴氏家族哪家娶了媳妇嫁了女儿。她口齿伶俐，这些小事竟被她说得颇有趣味，那雪奴的玉箫悠悠然地吹了下去，宛如放着背景音乐。

琉璃心里却隐隐有些不安，找了个机会便笑道："阿崔可还要去别处看看？"

崔氏悠然叹了口气，"如今这天气，还是在水边最是宜人，若是再过些日子便有飞蚊虫蚁，要笼纱才能坐下，焉有此时舒畅？"

琉璃正想再说点什么，却见崔氏脸上突然露出了一丝笑容，"守约怎么这般早便回来了？"

琉璃吃了一惊，回头一看，那沿着青石小路走过来的，可不正是应当今日出城去的裴行俭？忙站起身迎了过去，低声问："你怎么回来了？"

裴行俭眉头微皱，"不知怎么的，原先备在衙门里的芒鞋竟然找不见了，总不能穿六合靴在田间走，只好回来取一次。顺便也跟你说上一声，看今日下面报的情形，我只怕会在外面住两夜，端午当日才能回来。崔夫人过来可是有什么事？"说着看向亭中，眉头皱得更紧。

琉璃轻轻笑了笑，"没什么，也就是送了两个婢子过来。"

亭中的崔氏也已起身，"阿兄今日倒是回得早，看来是我打扰得太久了。"

裴行俭走近几步，微笑道："哪里，求之不得。"

崔氏便回头吩咐："你们还不过来拜见阿郎？"

雪奴放下了玉箫，优雅地行了一礼，低头跪坐在另一边的雨奴也缓缓站起，转过身来。

琉璃原本落后裴行俭一步，只见他整个身子都震了一下，僵硬地站在了那里，不由吃了一惊，走上一步，侧头看他。却见他毫无表情地盯着站在一起的两个婢女，眼睛几乎一眨不眨，那目光却绝不是惊艳。琉璃突然觉得身上有些发冷，下意识地拉住了裴行俭的手，这才感觉到他从来都稳定无比的手竟然在微微颤抖。

感觉到琉璃的动作，裴行俭目光才动了一动，转到了琉璃的脸上，那神情却仿佛是第一次看见她，带着一种让她心悸的茫然与悲凉。突然间，他的目光恢复了几分清明，用力握了握琉璃的手，向她微一点头，"万事等我回来处置！"随即便转头看向崔氏，脸上露出了一个冰冷的笑容，"多谢大长公主费心！"说完转身就走，大步流星，转眼就消失在院门外。

琉璃转头看着那两个婢女，看了看脸色平静的雪奴，又看了看神色有些不安的雨奴，隐约已猜到了几分，胸口一团怒火腾地烧了起来，但脑子反而比平日转得更快。她无声地深吸了一口气，目光只是在两个婢子身上打量来去，皱起了眉头，良久之后才看向崔氏，"这两个婢子可是有什么不妥？"

崔氏不在意地挑了挑眉头，"怎会不妥！这两个都是大长公主特意为你们挑选的，雪奴固然不必说，这雨奴也是守约最喜欢的品格！我看着倒是和大娘的身段有三分相似。"

　　果然如此！和自己有三分相似，那么和陆琪娘就有七八分了吧？琉璃紧紧地咬住牙关，脸上露出了几分愕然的神色，回头便上上下下地看着雨奴，半晌挂上一个勉强的笑容，"大长公主真是费心了。"

　　崔氏看着她的表情，笑容愈发柔和，"你和守约能中意便好。"

　　琉璃垂着眼睛，"嗯"了一声，嘴角的笑容淡得已经几乎看不见。

　　崔氏抬头看看天色，"哎呀"一声，转头道："眼见这天色竟是不早了，我还要回去向大长公主复命呢，难得竟在你这里偷了半日清闲，这就告辞！"

　　琉璃微微扯了扯嘴角，"那倒是不好留阿崔了，回去请代琉璃向大长公主致谢。"

　　崔氏满面笑容，"一家人何必如此客气？"

　　琉璃默默地将崔氏送了出去，走到屏门时，突然又转头看向雨奴，"只是这两个婢子的身契……"

　　崔氏本来笑得眉眼舒展，听见这句，笑容不由一凝，呆了呆才道："节后，节后我定会记得送来。"

　　琉璃淡淡地一笑，"记不得也无妨，我自会遣人去寻阿崔！"

第四十四章
端午之局　攻防转换

端午节的清晨，天空碧蓝如洗，阳光照在被清扫一新的长安城上，空气似乎都变得清透了许多。微风吹过，每扇门楣上悬挂的艾草菖蒲都在晃动不休，只是墙壁窗棂间残留的雄黄酒微微刺鼻的气息也愈发明显起来。

琉璃的头发已经差不多干了，隐隐散发着佩兰的清淡香气，小檀给她挽了个高髻，拿金簪穿了一只黏着艾草的彩绫小虎，戴在了发髻上，又在她的手臂系上了昨日宫中遣人赏下的金缕续命索。

阿燕踮起脚尖，把琉璃画好的"五时图"挂上了床帐，端详了半日，叹道："娘子这《五时图》画得也太像了些。"

小檀回头笑道："可不，猛不丁的一看，真会唬一跳，还是《五花图》好看，挂着就像墙上开了一丛石榴花！"

琉璃只是一言不发地坐在那里，小檀和阿燕相互看了一眼，小檀正要开口，帘子一挑，阿霓快步走了进来，琉璃立刻抬头看向她，"如何？"

阿霓回道："婢子把角黍和粉团都带到了，雪奴没说别的，伺候的小婢子也回禀说，她一直并无异样。雨奴接赏时却跟婢子说，她想过来向娘子谢恩，婢子没答应。和雨奴住一起的两个婢子讲，雨奴这两夜似乎都有些睡不好，窸窸窣窣地闹得她们也跟着睡不着。婢子便吩咐她们再仔细着些。"

琉璃点了点头。陆瑾娘说过，当年琪娘就最爱在亭子上吹笛烹茶……看来雪奴最大的用处，是吹那一曲。亭子自然也是河东公府将宅子送出手之前就修好了的。在熟悉的地方，听着熟悉的乐曲，看到一张熟悉的脸，难怪冷静如他，也会那样变了脸色。大长公主的手段心机，当真比她想的还要深、还要狠！便是她自己，纵然知道这是一个精心布置的局，但只要一想到当时他那颤抖的手指、僵硬苍白的脸色、空茫苍凉的眼神，心里就无法不懊悔内疚，痛楚难忍，更有无数不该有的情绪乱涌上来……

看了一眼窗外的天色，琉璃的双手慢慢地握成了拳头，"好，你到外院说一声，把那些庄头直接带到上院来。"

阿霓吃了一惊，"娘子不等阿郎回来了？"

琉璃漠然道："他们既然都急着午前就走，说是耽误不起农时，阿郎自然午前是回不来的。再说了，他们不是口口声声地说只是来拜见新夫人么？"这是环环相扣做好了的局，她只能迎头而上。裴行俭自然不会让她这样做，但她却已经不想再忍下去！是时候给那位大长公主一个教训了，这一局棋，也该由她来落下一子。

阿霓领命走了出去，阿燕便问："娘子，屏风设在哪处？"

琉璃摇了摇头，"不必拿屏风了！把按宫中式样新打的续命拿十几根出来。"

阿燕怔怔地看着琉璃，想了想还是道："娘子，这，不大合规矩吧？"

琉璃淡淡地一笑，"今日，要的便是不合规矩！"

一盏茶多的工夫后，由管家裴千引路，十几个打扮体面的人物已站在了院子里，身量年纪各不相同，只是人人脸上都露出了同样的诧异之色。在他们面前的台阶上，琉璃神情坦然地站在那里，面前竟是一丝遮挡也没有——哪有官家娘子见外头下人不拿屏风、帘子遮挡的道理？

他们互相看了几眼，到底还是规规矩矩地行礼问安："见过娘子。"

琉璃微笑道："不敢当各位这一声娘子，你们都是大长公主的人，只不过是替裴明府打理产业。按市坊的规矩，我最多只能算是诸位的东家。各位有礼了！"说着竟真的微微屈膝还了一礼，又对阿霓几个吩咐道："你们去帮诸位系上续命，也算是节下相见的一份心意。"

院子里嗡的一声议论开，人人脸上都是不敢置信的惊讶，似乎无法相信一位裴氏主母居然要跟他们按市坊的规矩论关系？而且真的拿出了东家招待掌柜们的规矩礼数！

琉璃只当未见，看着阿霓三个将十几根五彩续命索一一戴上了这些庄头的手臂，才笑道："这些续命索是按昨日宫中赏下的新样子打的，望诸位莫嫌粗陋。"

众人看看臂上的续命，再抬头时神色多少便有些不同。还是在众人最前面的那位年纪不小的庄头走上一步赔笑道："娘子太过客气了，小的们都是裴府的下人，大长公主反复吩咐过，裴明府和娘子就是我们的主家，按规矩就该听娘子的吩咐，哪敢当娘子这等厚礼？"

琉璃含笑看了他一眼，"大长公主原是客气，我却不能不懂规矩。诸位都是跟随大长公主多年的，我何德何能，便敢当诸位是这边府里的下人？"

老庄头忙笑道："娘子过谦了，先头陆娘子在的时候，对我等便是百般照顾体谅，小的们原想着，陆娘子便是这长安城里最和善大度不过的主母，到如今，大伙儿依然是感恩不尽的，没料到娘子竟比她还客气一些，这却叫我等如何承受得起？"

琉璃暗暗地松了口气，果然如此！大长公主煞费苦心设的这个局，不仅是为了让裴行俭心乱，更是要一点一点地在自己心里扎下陆琪娘这根钉子，让自己嫉妒、自卑、方寸大乱，如此一来，就会处处攀比，不肯做得比陆琪娘差一星半点，对待这些庄头自然是无论如何都要比陆琪娘更大方和善……这样，她才会成为第二个陆琪娘！

裴行俭那日的突然回来，今日的迟迟不归，自然都是被大长公主做了手脚，要的便是他们之间无暇沟通。待她已经打落牙齿和血吞地上了这些庄头的圈套，裴行俭回来再怪她一番，她自然更会猜疑不满……一切都算计得很好，唯一的漏洞就是，大长公主显然太不了解她。

静静地看着眼前这张微黑脸上露出的质朴笑容，琉璃也真挚地笑了起来，"丈人过奖了。陆娘子是名门淑女，我却不过出身寻常人家，母家还是胡商，跟陆娘子是天上地下，也从没想过要与她比，你们出门便说我是长安城最苛刻的主母也无妨。只一样，我原是市井出身，对田地庄稼多少还有些了解，与诸位在这些事务上大概还能谈得来。"

老庄头愕然抬头，心头顿时有些乱了。大长公主不是说了么，今日只要多提前头的陆娘子如何宽大和善，这位库狄娘子就绝不敢再计较租子收入。怎么全然不是这么回事？他顿了顿，才笑了起来，"娘子太过自谦了，您自是一等一的善人……"

琉璃笑道："善人不敢当，只是肯讲些道理罢了。听说今年雨水少了些，大概比去年要减产三成，却也不算灾年。去年原是少有的丰产，洛阳良田每亩收粮两石有余，不知你们这些庄园去年交了多少黍米，今年又能交多少上来？"

此言一出，老庄头只觉得呼吸都有些不畅了：这位胡女竟是真的知道田产之事！他们这一千多顷良田，往年间通常也有二十多万石的收成，去年更是足足收了三十万石，给裴行俭交的不过是八九百石，今年大长公主还吩咐，要借着旱情拿几百石回去……但此刻却要如何说才好？想了半日，他咬牙道："启禀娘子，小的们管的田地原比别处贫瘠些，去年是交了近千石粟米，只是今年雨水实在是太少，只怕不但交不了粮，且庄中农户说不定都要打些饥荒。"

琉璃惊讶地挑起了眉头，"竟然如此？这倒……"她突然抬头问道，"却不知庄园里统共有多少农户？还差多少粮米？"

老庄头心里一喜，忙道："足有四五百户，两千多口，总要再添七八百石才够吃。"

琉璃微笑点头，"那统共又有多少田地？"

老庄头刚想顺口一答，突然意识到不对，眼前这位可不是当年的陆娘子，她知道亩产多少，若是跟她说有一千多顷田地，怎么解释去年只交了八百石的粮食？若是说只有十几顷田地，可哪有十几顷田要两千人来耕种的道理？他呆呆地站在那里，只觉得脸上滚烫，背上却是一片冰凉，嗓子眼里就像堵了团棉花，无论如何也说不出一个字来。

琉璃并不逼他，等了半日只是笑道："原来庄头竟是连自己庄园里有多少田地都不知道，真真奇闻！难不成你们都不知道自己的庄园有多少田地？"

老庄头背后的十几个人尴尬地相视一眼，都摇了摇头。琉璃叹了一声，"既然如此，我也只能拜托各位回去略查一查，总得有个大致数目才好。灾年拨粮倒也没什么，只是拨粮之前，田也好，人也好，总得造个册过来，不然难道以后都是一笔糊涂账？"

眼见他们都松了口气，她又淡淡地补了一句："不知给各位一个月的时间，在今年交粮之前可否查得清楚？若是还查不清楚……"她的目光在几个庄头脸上缓缓流过，突然微笑起来，"我也只好跟大长公主回禀一声，让她帮我换些至少能查清楚庄子里有多少地的庄头！"

庄头各个都变了脸色，那位老庄头忙笑道："这原是我等的不是，回去后自然要着紧帮娘子查个清楚，只是五月间原是农忙，若是查地影响了收成却是得不偿失了，只望娘子宽容些许时间，总得收了粮交了粮，才好测量。"

琉璃依然是笑微微的，"缓缓倒也无妨，那今年交粮按多少顷算？是二十顷、二百顷，还是两千顷？"

老庄头脸上的肌肉跳了一下，咬牙道："这粮食还是按老规矩以实收之数交一半，至于田地有多少，这却是要测量之后才能知晓了。"说不得只能用个拖了。

琉璃叹了口气，"也罢，你们既然这般繁忙，我也不烦扰你们了，自会派人去查！按实收多少交粮太过麻烦。从今年起，你们交粮便按每亩半石交，丰灾年份斟酌添减，横竖也是有洛阳官律可以比照的。至于田地多少，我自会在收粮前请人测量清楚。"

老庄头脸色愈发难看，想了想笑道："娘子既然这般着急，我等回去就查。只是今年收成实在不好，只怕是交不了粮了。"

琉璃似笑非笑地看了他一眼，"好，你们自己查，查完后造册按印签章，我也会派人略看一眼，横竖诸位的手印就是铁证，想来也不敢欺瞒于我。丰歉与否也是一般，我自有法子查验，这粮食生在地里总是做不得假，真歉收了，发粮也使得，但若是收而不交，诸位庄头，莫怪我把这些都拿到大长公主跟前。奴婢侵盗良人财产是什么罪，大长公主一定比我更清楚！"

按大唐的律法，盗人财帛五十匹便是流刑，奴婢、客户冒犯良人罪加一等。他们若真不交粮，少说也得算盗占几万石粮食，也就是几万匹帛，更别说是少报几百上千顷良田，便是斩刑也判得了！虽说奴婢犯法，主人担责，可这个责任，大长公主只怕是不会担的。

院子里一片静悄悄的，前面几位庄头的脸色都白了。老庄头第一个走上两步，大声道："既然娘子不信我等，我等也不必烦扰娘子，这便交了差，回河东公府听差就是！"

这就想开溜了？琉璃微笑着点点头，"好，你们去交差就是。我也很想请教下大长公主，为何她选的庄头居然各个都是做了十几年庄头，连庄子里有多少田地都不知道；为何一听我要清点田地，便立刻要交差不做；若是公主也不知这是什么道理，长安城还有那么多官家娘子，想必我多请教几个，总能有明白人能教教我。"

老庄头心头一凛，忙道："谁说我等是因为要清点田地便不肯做？原是娘子不信我等，这才无法做下去。娘子这般行事动辄以官府相压，以外人相压，我等也不敢隐瞒，定然要让大长公主来决断一番才是！"

琉璃挑眉笑道："好，我也正是这般想的。诸位庄头，我问你们有多少田地，你们没有一个人知道！去年丰产，洛阳一斗粟米只要两文半钱，天下皆知！你们说是按实收的一半交，交了几百石米上来，却告诉我养了两千多人。难道洛阳一顷田要两百人来种？我本该立地就把你们这些人送给官府，让你们把历年的侵吞都吐出来！只是怕伤了大长公主的脸面，才给你们这个机会。既然你等不怕闹出来，我还怕什么？我现在就去请裴明府的几位族老过来，大家今日别的不必做，就来评这个理，如何？等我把这个理评好了说清了，自会请大长公主决断！"

老庄头站在那里，脸一阵红一阵白，额角的冷汗一滴滴滚落下来：他们这么些年之所以敢这般做，所倚仗的，其实不过是这边从来不曾评过理；真要评理，谁不会知道自己这边有问题？更别说那些早已盯着这田产收益、却碍于大长公主的威势不敢发作的中眷裴族人。若给了他们这个机会，自己这些人还想脱身只怕比登天还难！真到了那一步，大长公主必然不会说历年的黍米是河东公府拿了，自己这些人便只有死路一条……

想到大长公主的手段，他双腿发软，几乎站都站不住了，眼前更是一阵阵地发黑，正是空荡荡的没个着落处，却突然听见琉璃轻声一笑，"其实，按我本来的意思，我也不想把诸位逼上这条绝路。"

老庄头身子一震，就宛如溺水的人突然抓到了一根稻草，抬眼看着琉璃，眼神里已经是一片企盼。

琉璃悠然道："我原也说过，对于田产生意之事，我都略有了解，你们有这么多农户，至少得有一千多顷良田，我也不为己甚，多的不论，就算一千顷中田，就算种的都是最贱的粟米，市价是石米换匹帛，今年你们只要交来五万匹帛，以往交粮多少，我便再不追究！"

她的目光慢慢地在几个庄头脸上转过，笑得和煦无比，"毕竟以往之事，与我毫无干系，我又何必费这个心思去算旧账，造杀孽？只是不知诸位，是想算呢，还是不想算？觉得我这主意，是可行呢，还是不可行？"

一年五万匹帛，算来只是田庄收益的不到三成，总比被人逼着算旧账好，只是……老庄头还有些犹豫，他身后已有人叫道"娘子此言当真？""就依娘子！"他不由自主也点了点头。

琉璃已是满面笑容，"我虽然是女子，自然也是言出必诺，诸位若是不信，口说无凭，咱们这便立个字据，诸位总能放心了吧？"回头便吩咐阿燕和阿霓："你们去拿出笔墨纸砚来，立一个契约，十二处庄田，往年收成不究，今年按五万匹帛交，分七月、十月两个月交割清楚，这便算我与各位的一个约定。"

阿燕和阿霓忙飞奔到屋里抬了张案几到门口，问明白庄头们的名姓，铺纸磨墨，运笔如飞，不多时便写下了一张契约。

琉璃笑道："诸位去看看是否有误，若是没错，按上手印即可。"

庄头们面面相觑，又有些踌躇起来。

琉璃也不催逼，只笑眯眯地看着几个人，"诸位若觉得这还苛刻，我便派人去清量田地，计算收成，再按实收的一半收粮也没什么。

"你们自然也可以立刻就走，只是如此一来，我难免会落了个苛待大长公主下人的名声，这罪名实在太大，我是决计不会背的，少不得要多请些人来分辨分辨，若是族里分辨不清，就到官府分辨，若是官府分辨不清，我就去宫里分辨。相信洛阳的田地在那里，历年你们交的账目在那里，这道理总是能分辨得清的。"

低头理了理手臂上的金缕续命索，琉璃漫不经心地补充了一句："说起来，圣人和昭仪昨日还打发人来赏了这续命索，我也原该去宫里谢恩一番才是。"

庄头们相视一眼，脸色都是一片灰白，老庄头默然走到案几之前，粗粗看了一眼，在契约上按下了墨手印。

待几个人都按完手印，琉璃拿着契约又重新看了一遍，叹了口气，"如此我便放心了。诸位请记牢，今年十月之前，五万匹帛必要交到，否则，便莫怪我要跟诸位去找大长公主好好讲一番道理了！"扫视了下面一眼，她嫣然一笑，"不过，诸位也请放心，只要你们按约做到，大长公主那里，我定然替诸位瞒得严严的。也省得我自己还要把这笔乱账一点一点地跟公主细细分解。我原是市井出身，便是跟全长安的娘子们多算几遍也是无妨，可大长公主何等尊贵？非要逼得我跟大长公主回禀明白这些事务，不过是白白气坏了她，又是何苦来哉！"

午时未到，阳光透过树梢照在裴府堂舍前的院子里，却似乎比任何时候都来得炙热。十几个庄头站在那里，个个都像烤蔫了的地瓜。琉璃向管家裴千点头一笑，"如今还要麻烦管家拿上守约的名刺，带着诸位庄头去万年县将这些契约过官，以免日后再生争议。"

裴千站在那里，脸上的笑意已是难以抑制，大声应了个是，转头笑道："诸位这边请！"

庄头们脸色越发灰败，垂头丧气跟着裴千走了出去，没多久，一院子人已是走得干干净净。阿霓和小檀相视一眼，脸上都露出了兴奋的笑容，阿燕却疑惑地看向了琉璃，"娘子为何手下留情？只要他们交这点收益？"

琉璃脸上的笑容早已消失，听阿燕发问，才淡然道："第一次，原是不能逼得太急。"狗急了还要咬人，何况是大长公主？如今，还不是跟她真正撕破脸的时候。她只想让这位大长公主也疼上一疼，而钝刀子割肉，总是会疼得比较长久，比较难忘。

阿霓诧异道："这些竟然还很少么？阿郎若是知道了这个消息，定然会高兴！"

他会高兴？琉璃忍不住苦笑起来，想了想吩咐道："阿霓，你去厨下挑五串九子粽，阿燕去库房取四匹上好的单丝罗，小檀去吩咐车夫立刻准备好马车，咱们这就去苏将军府。"

阿霓几个都吃了一惊，小檀忙问："这是为何？娘子不等阿郎过节了么？"

琉璃点了点头。几个婢子面面相觑，各自下去准备。因库房略远些，又要开箱挑

/第四十四章/端午之局　攻防转换

选一番，待阿燕拿好了四匹单丝罗回到上房，却见琉璃竟是一副脖子都盼长了的模样，一见她就道："咱们快些出门！"说着抬腿往外便走。

她的步子比平日要快上许多，只是一走到院中，便突然站住了。阿燕抬头一看，却见裴行俭沉着脸大步从院外走了进来，身上穿着一身本色麻衣，袍角还略有泥点，一眼看见主仆四人，脸色愈发冷肃，"你们这是准备去哪里？"

琉璃心里忍不住哀叹一声，抬起眼来向他甜甜地一笑，"我突然有些惦记义母了，便想带着她们送几样礼过去。"

裴行俭的目光根本没有在她脸上停留，只在阿燕和阿霓手上一转，点了点头，"马车想来也准备好了，你们两个坐车去把礼送了。"又对小檀道："你去厨下让厨娘做一碗酉羹汤饼，做好了再拿到上房来。"

小檀愣了愣，酉羹汤饼要现炖鸡汤，怎么也要个把时辰才好，阿郎怎么会突然想到要吃这个？只是此刻裴行俭的神色让她不敢多问，屈膝应了一声便快步走出了院子。裴行俭径直走进了上房，琉璃只得垂头跟在了后面。

裴行俭在堂屋站定，也不回身看琉璃，"你今日让他们写的契约，定的是一年到底交多少钱帛？"

琉璃闷闷道："你都知道了还问？"

裴行俭语气沉肃："我只是一进门便听说你大展身手，逼着那些人签了契约，又让裴千带着他们去万年县了，具体数目从何知晓？"

琉璃的声音不由更是低了下去："五万匹帛。"

裴行俭闭上眼睛，长长地叹了口气："还好，你还算没有鲁莽到家，没写上十万匹，不然……"他转身看着琉璃，神色已经有些痛楚，"我早便说过这些事情都由我来处置的，你什么都不用做。你知不知道，如此一来，大长公主她必不会放过你！"

琉璃此时心神渐渐定了下来，索性抬头直视着他，"我自然知道！可我什么都不做，她难道就会放过我？到昨日为止，我何曾做过什么？可这后院的亭子、给我的手镯，还有前天两个婢女、今日这些庄头，算是什么？"

裴行俭摇头道："这些事情原是冲我来的，并不是真的要对付你，便是算计你，说到底，也不过是为着那些财产。我说过，那些财产我一丝也不想沾，你又何苦为了这些无关紧要的身外之物把自己置于险地？"

琉璃胸口顿时有些发堵，"你难道以为我这样做，只是为了那些身外之物？"

裴行俭的声音越发沉郁："你自然不是为了钱帛，可你把我想得未免也太不济事，不过是猝不及防之下吃惊过两次而已，过后自然便忘了。可如今，你叫我以后如何放心你？琉璃，我也知道将心比心的道理，只是我过问你家之事，不过是得罪了你庶母庶妹，我可以笃定她们拿我无可奈何。可你今日如此行事，便是直接对上了大长公主！你能笃定她拿你也无法？你怎么就这般任性，不计后果？"

他前日的那副样子，也叫只是吃了一惊？只是大长公主那边……琉璃不由有些语塞，她自然知道他会生气、会担心，她也的确有些心虚——她总不能告诉他，她之所以敢这么做,是因为笃定武昭仪会很快登上后位,手握大权,而她有办法让这位大长公主自己站到武昭仪的对面去!

看着裴行俭那一脸忧虑痛心,她索性梗着脖子耍赖,"我不管!我心里憋闷,就算她要杀要剐,就算你再生我的气,我也会这样做!"

裴行俭怔怔地看着她,突然走上两步将她揽入怀中,深深地叹息了一声,"琉璃,我怎么会生你的气?我只是觉得自己太无用……也罢,既然如此,你也不必太过担忧,一切有我!只是你要答应我,以后做事不许这样莽莽撞撞,总是要先跟我说一声才好。"

琉璃顿时松了口气,乖巧地点了点头,"好。"想了片刻又问:"既然重新订了约,这几日你要不要请你这边的族叔族老们过府来商议一下如何处置?"为了暂保平安,她也不介意让他们再占最后一次便宜。

裴行俭默然半晌,摇了摇头,"此事不急。"突然换了话题:"琉璃,你喜欢什么样的手镯?"

手镯?琉璃吃了一惊,疑惑地抬头看着裴行俭,"什么手镯?"

裴行俭只是微笑,"来而不往非礼也。"

第四十五章
盛情相邀　各自布局

　　龙涎香的气息从薄若烟雾的提花纱帘中若有若无地透了出来，因为淡到了极处，愈发显得清幽入骨。只是崔氏闻着这味道，心里却一阵阵地发腻——端午节一过，午后的太阳便有些毒了，任谁在院子里烤了一刻钟，都会无心品香。

　　房里终于传来了大长公主懒懒的声音："阿崔来了么？"

　　有婢女回禀："已经来了一阵子，因公主小憩，未敢打扰。"

　　"岂有此理，还不赶紧叫夫人进来！一点眼力也没有的贱婢，留你何用？"

　　听着这突然拔高的声音，崔氏心里顿时一闷：那胡女你不也见过吗？我没有眼力，你就有了？眼见有婢女打起了帘子，忙收拢心绪，低头快步走了进去。

　　大长公主坐在梳妆台前的月牙凳上，散着一头青丝，两个婢女在她身后，一个小心翼翼捧起长发，另一个则拿青玉梳沾了花露一下一下地梳理。看见崔氏脸上的妆容已被汗水浸得半花，她的脸上露出了一个淡淡的微笑，"这些婢子也太过糊涂，你又来得这般早，倒是白白等了这许久，没热着吧？"

　　崔氏哪敢分辨自己是一点不差按吩咐的时间来的，只能诚惶诚恐道："不打紧，听闻阿家这几日歇息得不大好，倒是媳妇心急，来得太早，打扰阿家歇息了。"

　　大长公主幽幽地叹了口气，"我还能活多少年？也不过是替你们操心罢了！"

　　崔氏嘴里有些发苦：洛阳那边的收益，从来都是掌握在大长公主手里，跟自己又有什么干系？嘴里却只能道："是儿媳太过无能，才让您如此操心。"

　　大长公主"哼"了一声："我便说过，那位库狄氏不可能如此简单，如何？那日你回来竟还说她粗俗不文、毫无算计。真是毫无算计的人，怎么可能把那些做老了事的庄头逼成那样！"

　　崔氏低眉顺眼地站在那里，一个字也不敢分辨。

　　大长公主静了片刻，才开口问道："这几日，那边如何？"

　　崔氏忙道："裴守约这几日都在县衙忙碌，归家甚晚，也不曾去找过那边族人。只是先后找了借口把咱们在县衙的两位吏官一个支到了外地公干，另一个则发落了出去，之后便连着请了同僚和昔日左卫的故旧喝酒，似乎心绪颇好。"

大长公主不由挑起了眉头，思量了一番方追问道："他的府里和库狄氏本家那边可打听出什么特别之事没有？"

崔氏忙回道："那两个婢子说，近日都无甚动静，库狄大郎娶继室之事还无下文。媳妇又派人到库狄氏三个舅家那边打听了一回，几家与那库狄氏近日并无来往。至于裴守约那边，库狄氏这几日都未出门，也只有东市最大的珠宝行掌柜上门拜访过两回，却是裴守约向他订了个十六万钱的玉镯。"

大长公主摇头道："裴行俭从不做无用之事，库狄大郎到底会娶哪家女儿，还是要早些打听出来才是……"她的脸色突然一变，怔了半晌，猛地抬起头来，"错了！这次的事情，我们全上了裴行俭的当！"

崔氏惊讶地睁大了眼睛，这和裴守约又有什么关系？

大长公主冷笑道："我还疑惑那库狄氏纵然手段高明，怎能老辣到这等地步，短短时间不动声色便把洛阳那边的底子摸得如此清楚，原来如此！"

崔氏愈发困惑起来，此事难道还有别情？就听大长公主咬牙道："我到底还是低估了他！想那库狄氏，纵然生得好，但裴行俭怎会是被美色所迷的人物？她身后有武昭仪的靠山固然是其一，再有便是库狄氏的这种身份和性子。其实这种妇人，我等身边何其之多！对上怯媚，待下苛刻，牙尖嘴利，见利忘义。我等千算万算，只看到她怯弱卑下，却没想到这种市井人物有时却是胆大得紧。你想想，那一日裴行俭不顾而去，她却还惦记着两个婢子的身契，这种妇人，又怎么会因为区区名声放过钱财？"

崔氏恍然点了点头，"那日我光顾着惊诧，竟是忘了这一点！不过，阿家的意思是，这些都是在裴守约算计之中？"

大长公主冷冷地道："自然是！只怕该收多少钱帛，该如何对付咱们的掌柜，都是裴行俭早就教好的，否则，她既然并没有舅家的助力，从何去得知洛阳的情势？如此步步紧逼的老辣手段，也绝不是一个市井女子能有。但那些话，却只有她这种身份性子，才说得出口！"

崔氏皱眉道："她既是这种人，咱们又该如何对付她才好？"

大长公主摇了摇头："对付她有何用？裴行俭但凡对此事有一丝意外，但凡对这库狄氏有半点担忧，此时早就宴请中眷裴族人，商议如何处置这笔钱帛，给那库狄氏在族中记上一功，好歹算是撕掳开了此事，也让那库狄氏有个靠山。如今却不过买了个玉镯子打发她，自然是料定我们不会声张，他便正好吞了这笔收入，我们便是对付了库狄氏，裴行俭难道就能收手？契约便能作废？万一落下破绽，说不定更是中了他的连环之计！当务之急，还是要让裴行俭再作不得怪！"

崔氏不由一呆，"阿家的意思是，咱们还是先对付裴守约，不必管那库狄氏了？"

大长公主沉吟片刻，冷笑起来，"倒不尽然。裴行俭自然是第一个要对付的，只是他早已今非昔比，之前我们在长安县衙的人也曾试过几次，都是拿他无法。如今衙中可用之人都被他打发，只怕一时半会儿更难找到下手之处，还要从长计议才是。那库狄氏贪财胆小,到底好对付得多,裴行俭再不看重她,她也是裴行俭的夫人!能一箭双雕自是最好,若不能,也至少须得给他一个教训!"

想到了这次的损失,她一贯柔缓的声音多了几分尖锐,"洛阳的产业,原本就是父皇拿着裴仁基的名义赏给咱们府的,他裴行俭还真当是他家财产不成?若不是皇兄登基后百般打压,御史又盯死了这边,咱们当年何必拿出那许多来?我原本打算着让那陆娘子识趣些,慢慢把田庄卖还给咱们,谁知她会被中裴的族人逼得拿嫁妆撑场面?结果裴行俭把她的难产也算到了咱们头上!如今又挑唆这库狄氏生生从每年的收益夺了三成去,咱们却是过问都无法过问!若再不令他知道些厉害,他们日后岂不会更得寸进尺?"

想了半日,她脸上的笑容愈发冷厉,"今年的芙蓉宴,咱们要格外多请些人才好!明日你第一个要去的是太尉府,好好去请那位长孙湘和柳氏!"

崔氏念头微转,有些明白了过来,不由犹豫道:"长孙湘的身份固然最是合适,年纪是不是略小了些?再者,长孙太尉跟咱们这边毕竟有那么桩过节,平日做客也就罢了,真让长孙湘做了今年芙蓉宴的主宾,别人且不论,姑母那边只怕会是……"

大长公主冷冷地看了她一眼,"长孙湘已是十三,正是最合适的年纪。至于过节,两年多前因房遗爱一案,长孙无忌处死的也不止是一个荆王,云娘想得开也好,想不开也罢,她如今只是裴家的女儿,早已不是什么荆王妃!咱们难道能因为她的缘故跟长孙家真的结仇?

"算起来,自打去年起,长孙湘来这边做客便比往年多了好几回,这背后的意思,想必你也能看明白。如今也该我们有所表示了。莫说长孙湘原是我的侄外孙女,便没有这层关系,如今的情势也是无妨。若能此后得了长孙无忌的助力,我们岂会似如今般拿一个五品长安令都无可奈何?"

崔氏点头不语,她自然也知道如今的河东公府虽然在宗室高门是人脉深广,但并无朝堂实权,怎能为一个已经死掉的女婿便得罪权倾朝野的长孙太尉?

大长公主又道:"从太尉府出来,你便直接去裴行俭那里,把帖子给那位库狄氏。"

崔氏不由一愣,"这当口,裴守约夫妇只怕会找个借口推了此事吧?"

大长公主冷笑了起来,"这却由不得他们!我给她准备的礼难道只有这一样?"她在崔氏耳边低声说了几句,崔氏先是愕然,随即便点头不迭,心里几乎有些雀跃起来:不知那位胡女,在看到这些东西的时候,会是怎样一副表情!

只是两天之后,当她再次走进裴宅的上房,把那两张盖了官府印章的身契轻轻推到库狄琉璃,却多少有些失望地发现,对方的脸上只是露出了一丝愕然,随即便笑道:"实在有劳阿崔,说来都是琉璃不好,自己都将这事浑忘了。"

崔氏忙摇头一笑,"与我何干?不过是大长公主的一片心意而已。原是早该送来的,只是这几日府中杂务太多,我一时走不开,这才耽误到今日,倒是让你挂记了。不知这两个婢子可还得用?"

琉璃微笑着长跪欠身，"琉璃多谢大长公主赏赐。公主挑的人，焉能不好？"那两位的确也没什么不好。反正她是分开了好言好饭地伺候着，据说那位雪奴丰满了一圈，雨奴却是越发弱不胜衣，都是更具风姿。琉璃也曾想问裴行俭该如何处置这两件礼物，只是他这些日子不知在忙什么，她几次话到嘴边，不知为何还是咽了下去。如今，大长公主居然把身契都送到了，此事大概也无法再拖下去了吧？

崔氏点了点头，"这就好。大长公主还有两句话想吩咐这两个婢子，不知大娘可方便让她们出来？"

琉璃笑道："琉璃敢不奉命。"回头便对阿甯使了个眼色，"你去竹院领她们过来。"

崔氏微微一笑，又从婢子手里拿过了另外一个木匣，"这里还有一份礼，却是大长公主反复交代今日便要送上贵府的，请大娘过目。"

琉璃心里微突，只能起身离席，走上几步双手接过木匣，打开一看，却是一张芳香袭人的帛片，左上角只写了人名日期，右下角则用金银丝线绣着一朵盛开的芙蓉，正是每年一度的芙蓉宴请柬。琉璃一眼扫去，便看到了"五月二十七"的字样，正是今年的夏至节，离如今还有半个月。

崔氏笑道："大娘有所不知，每年芙蓉宴最早收到请柬的，便是宴会最要紧的客人，会安排在大长公主下首。公主记得大娘曾说过，识得的人不多，因此才让我头一个便将请柬送到府上。芙蓉宴别的寻常，长安的名门才子、高门淑女却会来上不少，大娘正可趁机多认识些人。守约又是好几年不曾露面，世子与几个族中才俊都甚是遗憾，如此一来，岂不是一举多得？"

琉璃怔怔地看着崔氏，脸上的震惊完全不用伪装：开什么玩笑！她早已打听清楚，这芙蓉宴的确是长安城最负盛名的夏宴，一则大长公主的芙蓉池风景幽凉秀美，各种安排又奢华精雅；二则宴会历年都会云集长安各高门的才子佳人，乃是他们结交友伴、寻觅姻缘的大好良机；因此一张芙蓉宴的请柬千金难换。而每年安排在大长公主身边的几位女子，都是当年风头最盛的贵女，当年陆琪娘就曾得到过此等待遇。只是如今的她不但不是有着公主义女光环的名门淑女，还是长安城最新出炉的狐媚子，让她坐在那种地方，不是把她架在火上烤吗？

琉璃忍不住苦笑起来，"夫人莫开这种玩笑！"

崔氏心里冷笑，面上却正色道："大娘此言差矣，在大长公主心中，守约原是自家子弟，大娘自然便是公主嫡亲的后辈，焉有后辈有难处，长辈不伸手提携一二的道理？大娘这样说，岂不是辜负了大长公主的一片苦心？"

琉璃忙郑重地欠身行礼，"大长公主的心意琉璃感激不尽，然而琉璃出身寒微，礼数欠缺，无论如何也不配坐这种尊位，届时一旦出了差错，琉璃的面子原是无关紧要，但若是损了大长公主与芙蓉宴的名声，岂不万死莫辞？请恕琉璃万万不敢领命。"

崔氏默然片刻，才叹了口气，"大长公主也说过，你若实在是不肯也罢，只是你便是不坐在首席上，届时也需多跟着大长公主一些，她才好介绍些品行贤淑的娘子与你认识。此事你再推脱，大长公主当真是要恼的。"

琉璃心里一声低叹，只怕这才是大长公主真正的目的吧，先摆出一件自己绝对不可能接受的事情，来让自己无法拒绝这个看似合理得多的要求，她的身份、辈分都摆在那里，自己决计无法说一个"不"字，好在还有半个月的时间，总有别的回旋余地……当下也只得道："琉璃遵命。"

崔氏点头一笑，又就芙蓉宴的一些准备事项说了一遍，末了才一笑，"那时你妹子也正好做了我的臂膀，我正要带她也见见世面，你们姊妹正好能说说话。"

在那种场合下与珊瑚上演相见欢？琉璃突然觉得此事充满了喜感，面上含笑感谢了几句，正想再表现一番长姊情深，却见阿霓挑帘进来，身后只跟着雪奴一人。崔氏的脸色顿时微变，琉璃已抢先问道："雨奴呢？她怎的未来？"

阿霓忙回道："雨奴身子还是有些不爽，起不得身，因怕病气过人，这两日都是独住在西厢房，却不好领来见夫人了。"

琉璃皱眉道："不是说只是热伤风么？怎么还不见好？你去吩咐管家，请个医师上门来看看才是。"

崔氏心中发沉，抬眼看向雪奴，却见她容色艳丽，神情安然，对上自己的目光，微微地点了点头，不由暗叫一声晦气，想了想还是对雪奴正色道："你从今日起便是这边府里的人，必要谨记大长公主的吩咐，伺候好阿郎与娘子，若有半点错处，莫看你家娘子心善，大长公主却绝不会轻饶了你！"

见雪奴恭谨地应了个"是"，崔氏又转头对琉璃笑道："雨奴那婢子却是个没福的，不知身子要紧不要紧？大娘适才说到热伤风，我们府里倒是有医师最长于治疗伤风发热之症，若是过几日她还不好，你只管跟我开口。她的身子事小，辜负了大长公主的一片心意却是罪过！"

琉璃忙诚恳地点头，"也好，若是过几日她还是不好，少不得来麻烦阿崔。"

崔氏又说了几句闲话，便笑着起身告辞，"还有几份请柬要送，今日便不打扰大娘了，大长公主还盼着在芙蓉宴上见你，大娘莫忘了就是。"

琉璃起身将她送到屏门，回到堂舍时，却见雪奴依然站在当地，想到她适才的表现，索性坐下笑道："雪奴，崔夫人适才的话你也听见了，不知你有何打算？"

雪奴红艳艳的菱角嘴弯了个诱人的弧度，"启禀娘子，雪奴自然是听任娘子安排。只是娘子若问婢子自己的主意，说来婢子对照料花木还算略有所知，这府里花木上若是尚缺人手，婢子愿分担一二。"

琉璃吃惊得一时没接上话来，这位美人的要求还真是，有个性！让她去照料这府里的花木，自己倒也没什么意见，就是不知道那些花木会不会都羞死！半晌只能点了点头，"我知道了。你先下去歇息，过后我自会安排。"

雪奴顺从地行了一礼，低头退出了门口，竟是再无二话。琉璃有些纳闷，回头便问阿霓："你对她可是说了些什么？"

阿霓摇了摇头，"娘子一说竹院，婢子便明白您只想让雪奴出来，去了之后，婢子只跟她说了句，崔夫人把她的身契送来了，要吩咐她几句话，她便立刻说她知道该怎么做了。"

原来不但是美人，还是心思剔透的聪明人！难道真拿来做园丁？琉璃揉了揉额头，只觉得脑袋胀得更厉害了。

裴行俭这一日却比往常回来得晚，到上房时已近闭坊时分，琉璃见他鬓角略有汗迹，忙先端了杯用井水浸过的酪浆给他。

裴行俭接过去一饮而尽，看见琉璃站在一边，一副期期艾艾的样子，扬眉笑了起来，"不就是崔氏又来了么，她是不是送了芙蓉宴的请柬，让你无法推脱？那一日你不是胆气壮得很，要杀要剐都不怕的，怎么如今要赴次宴，却愁成了这样？"

小心眼的男人！琉璃腹诽不已，瞟了他一眼，"依你说，难不成到时咱们就这么去赴宴？"

裴行俭伸手将她散下的一缕头发拨在了耳后，漫不经心地道："以大长公主的性子，这请柬既然送到了，自然还有后手，咱们不去只怕是不成的。只是你也莫太过担忧，她不过是那些伎俩，我自会安排周全，到时你听我的便是。"

听着他轻松笃定的语气，琉璃不由松了口气，点了点头，脸上露出了笑容。

裴行俭也笑了起来，揽住她的腰低头在她脸上吻了吻，"这几日我都没时间陪你，大概还要过些日子才会好些。下次休沐时，想不想去终南山看看？"

琉璃的眼睛立刻亮了起来，忙道："一言为定，我还不曾去过呢！"说起来，终南山算得上长安人最常去的消夏之处，只是她却从未去过，也就是上次参加那劳什子的斗花会时，远远地瞧过一眼。

裴行俭搂着她的手臂紧了一紧，低声道："以后你想去哪里便跟我说，我定会带你去。"停了停又笑道："上回我说过的那位同僚家里昨日已见过丈人，倒是颇为满意，过几日丈人便会去提亲。"

"这么快？"琉璃惊诧地抬起了头。

裴行俭笑而不语。想到那个家中这几日不定如何鸡飞狗跳，琉璃也摇头而笑，只是想到另一桩事，又有些犹豫起来。

裴行俭似有所觉，低头看琉璃一眼，"怎么？还有什么事？"

琉璃沉默片刻，还是开口道："崔夫人今日不但送了请柬，还送了上次那两个婢女的身契过来，我，不知该如何处置她们。"想到雨奴那张清雅的面孔，想到当日裴行俭僵硬的背影，心里不知为何突然有些紧张，忍不住抬头看向了他。

裴行俭的笑容慢慢变淡了，眉头皱了起来，"原先竟是一直没送身契过来么？"又看了看琉璃，"你是不是已经为难好几天了？怎的今日才说？"

琉璃垂下了眼帘，"的确有些为难。"

裴行俭沉吟片刻，声音变得有些冷："放心，交给我来处置，总要叫她们人尽其用才是！"

什么人尽其用？琉璃茫然抬头，裴行俭却已松手放开她，走出堂舍，对站在门外的小檀和阿霓吩咐道："你们叫人去领崔夫人送的那两个婢女过来。"

没过多久，雪奴与雨奴便站在了台阶下面。雨奴看上去的确瘦了一圈，微显苍白的脸上一双眼睛越发水雾蒙蒙，大概是因为紧张，身形微微发僵。雪奴却是神色平静地站在那里，只是她的气韵独特，虽然不言不动，竟也是嫣然百媚。

琉璃抬头看着裴行俭，他的目光果然久久地落在雨奴身上，脸色虽然不似上次见到她时的僵硬，却也完全看不出是什么表情，心里不由有些发紧。

半晌，裴行俭的目光才转向雪奴，却只是上下打量了一眼，便淡淡地开了口："从今日起，这两个婢女便安排到梅院住下，每个人拨两个小婢女服侍，多给她们做几身好的衣裳头面。吩咐梅院的人好生伺候，不能有一丝怠慢。"

梅园是后院里除了上房外最好的院子，这府里之前也没有任何婢女是有专人服侍的……琉璃脑子突然有些发僵，眼见几个婢子都抬起头来，小檀眉头紧皱地看了裴行俭一眼，阿霓略带关切同情地看向自己，阿燕则是脸色发暗地低下了头去。她却觉得这一切似乎与自己没有一丝关系。

雨奴与雪奴对视了一眼，雪奴挑起了眉头，雨奴的脸上却露出一丝惊喜，低头向前走了一步，深深地行了一礼，轻柔的声音里满是感激，"婢子们多谢阿郎，日后定会全心全意伺候阿郎与娘子。"

裴行俭目光淡然地看着下面几个婢女，听到了这句话，嘴角挂上了一丝微笑，"你们不必伺候我，今后只管好好跟随娘子出门。"他转头看向琉璃，"说来这些日子上门拜访的客人，你也该一一回访了才是。"

他的意思是……琉璃愕然看着裴行俭，看见他目光中的嘲讽，猛然间明白过来：原来人尽其用是这个意思——大长公主既然要在芙蓉宴上表现出对自己的百般照顾，总该让大家先看清她是如何"照顾"自己的才是！只是这雨奴长得既然如此像陆琪娘，他就真的一点都不介意？

没有再多看那两位婢女一眼，裴行俭伸手紧紧握住琉璃的手，转身走进了上房。他的身上似乎散发着某种危险的信息，琉璃心里一突，忙回头吩咐了一句："让厨下赶紧把晚膳上了。"却见阿霓和小檀还有些发愣，阿燕脸上已露出了笑容。

帘子刚刚落下，裴行俭手上微一用力，便将琉璃带入了怀里，低头紧紧盯着她，"好一个贤惠的娘子，你如今不想着如何好好跟我认个错，竟还想着要用晚膳来声东击西！"

又要秋后算账了，琉璃心里一声哀叹，抬头看着他，无辜地睁大了眼睛，"我哪里错了？我分明一个字都没说。"

裴行俭屈指在她额头上不轻不重地一弹，"还用说什么？你对我不放心已是最大的错。那几个婢子那样想也罢了，你竟也和她们一样看我？你倒说说看，我该怎么罚你？"

琉璃胸口微涩，忍不住低声道："你不是已经罚过我了么？"刚才他分明是故意那么说的!"

裴行俭好笑地看着她,"又胡说了!我不过是想看看那几个人到底打的是什么主意。我适才不已经跟你说了要让她们派上用场么,你转眼便一丝都不记得了?你日后得记住,无论发生什么事,总该比旁人多信我一分!"

琉璃默然无语:若只是雪奴,她再天姿国色,自己大概也不会如此乱了方寸,把他的话想歪了。但那位雨奴却不一样,他要真没什么心思,怎么会目不转睛地看她那么久,眼神又是如此不同?想了片刻,她还是抬起头来直视着裴行俭,"我听说,那个雨奴长得跟琪娘姊姊很像,是真的么?"

裴行俭脸色微凝,点了点头,"是很像,可是再像,她也不是。"他看着琉璃,神色变得认真起来,"琉璃,没有跟你早些说清楚,是我的错。早在前几日看到那个手镯时,我便该跟你说,但那时我却不知如何开口,又想着不如日后有机会再细说,却没料到,她们竟是早有布置,步步紧逼。后来我才想明白,其实所谓日后,所谓没料到,不过是我自己太过怯懦。

"我这一生之中,最对不住的人,便是琪娘。起初是懵懂粗疏、不知珍惜,后来则是大错已成,永生永世都无可挽回、无从弥补。因此早些年,我甚至不敢听到这个名字,之后也一直不愿与任何人提及当年之事。大约是落在了那些人的眼里,这才让她们觉得有机可乘。只是那两天在外面时,我已经想得很明白,有些人,有些事,看清楚比不敢看或许要有益得多。我原想着回来就处置此事,结果那日进门被你一吓,这几日又一忙,竟是忘到了脑后。

"你放心,今日我已然看得很清楚,从今往后,我再也不会像从前那般一味回避,我不会让你再担心!"

琉璃怔怔地看着他:原来自己全然想错了,他并不是还在逃避,而是真的已经放下了……她努力抑制着嘴角的笑意,却没有意识到,自己眼里已经闪动着璀璨的光芒。

裴行俭微笑着低头吻上了她的眼睛,"以后不许再胡思乱想,嗯?"

琉璃轻轻点了点头,刚想说话,帘外却响起了阿霓的声音:"娘子,晚膳已是得了,现在便端进来么?"

琉璃笑着退开了一步,扬声道:"进来吧。"

阿霓几个满面笑容地端了食盒进来,一样样在案几上布置好,当中一个八寸的银碗里是一片碧圆的新鲜荷叶,荷叶里盛着微绿的凉羹。裴行俭看着眼睛便一亮,琉璃忙动手给他盛了一碗。裴行俭尝了一口,点头笑道:"你怎么想起用荷叶入羹?果然别有清香,真该让恩师来尝尝!"

琉璃原是因为裴行俭近日似乎有些食欲不振,才特意吩咐厨娘做的这份荷叶羹,见他喜欢,心情更是大好,听他提及苏定方,也笑了起来,"倒是不知义父这般讲究的人,在军中会如何用饭。"

裴行俭摇头一笑,"恩师在军中倒是从不讲究饮食。"

/第四十五章/盛情相邀 各自布局

两人安安静静地用过了饭，裴行俭漱过口，也不知想到了什么，坐在那里有些出神。他这几日常是如此，琉璃想到自己前几日的多虑，忍不住自嘲地一笑，伸手在他眼前晃了晃，"想起什么了？"

裴行俭回过神来，"也没什么，只是今日朝廷接到了急报，西域突厥叛乱又起，声势很是不小，当时便想起了恩师。他是曾随卫公征战过东突厥的，对那边还算熟悉，也不知恩师如今在高丽那边如何了，按说两军交接，也就是这些日子的事。"

永徽末年的突厥叛乱？琉璃隐隐有些印象，随口便道："义父自然是旗开得胜，说不定回师之后还要出征西域呢！"

裴行俭随意笑了笑，"但愿如此。"转头看见阿燕几个已经收拾了东西退下，才对琉璃道："崔氏送的那两个婢子里，貌美些的那个是风尘中人，这等人最识时务，大约不用太操心，你吩咐人多注意另一个便是。若是有什么异动让你拿不准主意，记得告知我一声。至于你身边这三个，小檀也罢了，阿霓只怕心里还不曾真的拿你当主人，至于那位阿燕，这两日你若是得闲，不妨问问她的打算。"

雪奴出身风尘？想起她那一身的风韵诱惑，琉璃不由恍然点头，心里叹了口气，果然是他看得更明白。阿霓自然不曾拿自己当主人，至于阿燕，她应当是有些来历的，自己一直也有些好奇，却没来得及好好追问，裴行俭既然这么说，自然有他的道理……她正想得出神，突然腰上一紧，便听裴行俭在她耳边低声道："你最好已经想清楚，怎么跟我赔这个不是。"

琉璃一怔，脱口道："明明你也有错！"

裴行俭点了点头，笑得更是愉悦，"好，那咱们就好好算一算这笔账！"

第二日醒来时，琉璃才发现日头已高，裴行俭不知何时走了，想到昨夜的那番"算账"，脸上不由又有些发热。好容易收拾了心情，起床梳洗了一番，在镜子里看见小檀笑得与平日不同，心头更是一阵发虚，忙填了几张帖子，让她出去打发人送到各个府上。待到阿燕照例来回报采买账务事宜，只觉得她的笑容也比平日多了几分明朗，略一犹豫还是道："你跟我到书房来一趟。"

进了书房，琉璃便笑道："我叫你来，也没什么要紧事，只是这些日子多亏了你，我才能这般日日偷闲。原想赏你些东西，却不知你到底喜欢些什么，或是有什么心愿，说来你也在我身边一个月了，我从不曾问你这些，索性今日便问上一问。"

阿燕沉默片刻，屈膝行了一礼，"为娘子分忧，原是婢子的职责所在，阿燕不敢领赏。说到心愿，婢子不敢欺瞒娘子，婢子原是有份执念，只是如今便是不提也无妨了。"

琉璃好奇心顿时被勾了起来，"这话我却是不大明白。"

阿燕抬起头来，一双眼睛竟是出奇的明澈，"婢子一直不曾禀告娘子，婢子原是掖庭出身，打小便是伺候高阳公主的，帮公主掌管了几年库房。"

琉璃惊讶地睁大了眼睛：阿燕竟是高阳公主身边的宫女？而且还是从小就跟在身边掌管账目的心腹！难怪她不但能写善算，见微知著的能力比阿霓、小檀更是不止高出一筹。只是，两年前那场谋反案后，她应该被重新没入掖庭才是，怎么会流落市井？

阿燕不待琉璃发问，便接着道："婢子是三年前被公主发落的。当时公主让婢子去伺候驸马，婢子却没有从命。公主盛怒之下将我发卖到了西市的口马行，因此才到了安家。"

琉璃顿时想起了那对夫妻的古怪行径：公主偷情时驸马房遗爱甘愿放风，而公主也大方地把侍女赏给这位驸马，两人当真是互相体谅，没想到阿燕竟也得到了这般"待遇"。说起来，此时的婢女原是根本无权拒绝男主人的任何要求，更别说是违抗主人的命令，也难怪她会被公主一怒之下发卖出去……

阿燕的声音依然平静："好叫娘子得知，当年之事并非奴婢不识好歹，只是婢子原是大户人家的婢生女，又因家中获罪而成为奴婢，此生并无他求，所愿不过是不必伺候男子，不在这世上留下血脉，令他再受婢生子女或奴婢的痛楚。"

琉璃怔然看着阿燕，心里一时也说不出什么滋味，半晌只能叹了口气："你放心，别的我不敢保证，但凡你跟我一日，此事便全由你自己作主，我绝不会为难你。"

阿燕的笑容里多了几分温暖。"婢子知道了！"她往前走了一步，"娘子若是信得过婢子，阿燕愿伺候娘子去参加芙蓉宴。"

第四十六章
再见裴炎　小道消息

半个月不曾下雨，五月的长安城顿时有了几分盛夏的感觉。从长安正南门明德门通往终南山的大路上，车马一日日的多了起来。待到十九日午后，道上装饰华丽的马车与鞍笼考究的骏马更是络绎不绝。

琉璃坐的马车已离开长安城十几里地，路边槐树渐稀，车厢被阳光烤得久了，变得犹如蒸笼一般，小檀和阿霓不时挑开一点车帘，让风能灌进来些许。饶是如此，两人依然很快便满脸是汗，连平素最不怕热的琉璃，也觉得背上有些发黏了。

小檀忍不住叹气，"早知今日这般热，倒该像于夫人她们一般留在府中。"

阿霓笑道："再忍一忍，过了这段便好得多，再说苏府里如今不定热闹成了何等模样，于夫人多半正在羡慕咱们清闲呢。"

想到昨日苏府的那通门庭若市，琉璃也笑了起来，点头道："正是，义母昨日还悄悄跟我说，她怎么不知自家竟有这许多的亲朋故旧。"

十八日晨间，高丽那边传来了捷报，唐军一举破敌，斩敌数千。苏定方的府邸顿时成了长安城的第一等热闹处，琉璃去的时候，堂舍里几乎已无处落座。于夫人和罗氏跑前跑后、脚不沾地，琉璃忙也上前帮着招待认识的亲眷，笑得脸都酸了，到日落闭坊前才清静下来。她还问了于夫人要不要她今日也过去帮忙，于夫人笑着推了她出去，"我们是走不开了，你和守约还是好好去散散吧！"

车里三人都见识过昨天的情形，说笑了一阵子，外面突然传来了裴行俭的声音："是不是热得厉害？你们把帘子都打起来吧。"

小檀巴不得地应声，把车帘和窗帘都挽了半边起来，清风拂面而来，果然凉爽了许多。只见道路两旁停驻的车马随处可见，又有华衣男女在远处树荫下铺上了随车携带的茵席或马鞍下的障泥，在上面闲坐乘凉，不时有箫笛琵琶之声随风传来。

琉璃见外面日头依然毒辣，便对裴行俭道："不如咱们也寻处树荫歇息片刻？"

裴行俭抬头看了一眼，笑道："还好，前面便是裴都尉家的别院，如今路上车少，过了别院，不过一刻钟便到，咱们还是到庄子上再歇息。"

这就到上次来过的别院了？琉璃抬头仔细看了几眼，前面隐隐可见一带白墙灰瓦的矮墙，想到裴行俭已递了帖子，明日多半还要故地重游一番，拜访那位刚刚被擢拔为监察御史的裴炎。她忍不住叹了口气，心里却也知道，莫说裴炎，便是裴承先，自己迟早也要打交道……

马车转眼便到了别院门口，前面一队人马也正拐弯向别院门内而去，一匹高头大马却突然回头向路上跑了过来。马上那身穿青袍之人正是裴炎。两年不见，他的模样几乎没变，眉目间依然是一片清冷端严。裴行俭也催马迎了上去，两人相距四五步时同时勒马。裴炎抱拳道："守约兄，好久不见。"

裴行俭的声音微带笑意："真是巧了，子隆一向可好？"

裴炎点头。"托福！"目光扫过裴行俭身后的马车，"没想到这么快就见到了守约兄，路上如此炎热，不如来寒舍休整片刻？"

裴行俭想了想点头笑道："也好，择日不如撞日。"

琉璃坐的马车拐了个弯，跟着前面的马车进了别院，这一次却没有在那石屏前停车，而是沿着一条碎石路往里又走了一盏茶工夫，才在一处院门前停了下来。

前面马车上的人早已静静地等在门口，琉璃忙下车快步走了过去，只见当中是一个二十出头的女子，穿着月白色罗衫，淡眉细目，容颜娟秀，只是脸颊微陷，带着几分病容。看见琉璃走过来，微笑着迎上来行礼，"今日真是巧了，原想着明日才能见到阿嫂的。"

琉璃便知眼前这位正是裴炎的夫人崔氏，虽然与河东公世子夫人同姓，却是出自博陵崔氏的旁支，地望身份都不及那位清河崔氏的嫡支嫡女，她忙笑着还礼，"今日打扰夫人了。"

崔氏目光在琉璃身边的两个婢子身上略微一转，突然看见从后一辆车下来的雨奴和雪奴，不由呆了一下，足足过了一息的时间才回过神来，一面向里让琉璃，一面便道："相约不如偶遇，只是寒舍简陋，又多日不曾收拾，未免让阿嫂见笑。"

崔氏惊诧的神情这几日里琉璃早已见得多了，她拜访过的女客，甚至有指着雨奴尖叫的！当下她随口客套了几句，突然觉得崔氏身边有道目光略有异样，定睛一看，那位穿玉色衫子的美人，可不正是有过一面之缘的卫十二娘？她看上去比两年前似乎丰腴了不少，减了几分灵秀，却多了些妩媚。琉璃向她含笑点了点头。

崔氏注意到了这一幕，轻轻一笑，也不作声，倒是卫十二娘笑着行了一礼，"库狄夫人，好久不见了。"

琉璃点头笑道："正是，一晃两年多都过去了，十二娘一向安好？"

卫十二娘微笑着欠了欠身，"不敢与夫人相比。"

崔氏回头看了卫十二娘一眼，微微皱起了眉头。琉璃却只当不觉，"十二娘客气了，哪里敢当夫人二字。"随即便对崔氏笑道，"这夫人、阿嫂的，琉璃都听着有些生疏……"

崔氏点头一笑，"我在家中行三，小名岑洲，因族中三娘有四五个，略熟些的人便叫我岑娘。"

说话间已经到了别院的上房，崔岑娘打发婢女领着琉璃去梳洗，自己带着卫十二娘等进了里间。十二娘便笑道："真是富贵养人，这库狄大娘倒是比当年更出落了，怪道如今都在传她是狐仙。"

崔岑娘淡淡地道："我却没看出她有何特别之处。倒是跟在她身后那两个婢子，有一个当真是一身狐媚，另外那个更是唬了我一跳，原便听人说生得与裴明府原先的夫人有八九分相似，今日一看，竟是丝毫没有夸张。"

卫十二娘笑道："听说那两个婢子都是临海大长公主送的，前两日玉娘来时不是说过，此次芙蓉宴，库狄氏竟因为原先那陆氏的缘故，也求着大长公主要坐首席，大长公主不好驳裴明府的面子，到底给库狄氏安排了次席，她竟还不满意。不知是不是因为这个缘故，大长公主才要敲打她？"

崔岑娘并不接话，只闭目任婢子们伺候着净了手面，才道："玉娘知道什么！芙蓉宴帖子送出才几天？这样的婢女是说有便能有的么？看那两人的打扮气度，只怕如今在那府里，库狄氏也做不得她们的主。"

卫十二娘想了想道："大长公主不是裴明府先头夫人的义母么？库狄氏入不得她眼也是常事，库狄氏如今这般带着她们四处走动，竟也不忌讳？不过娘子说得是，那两个婢子身上穿的竟是单丝罗，一个脂光粉艳，一个又是娇怯怯的，倒真是没有半分婢子的模样！"说着，忍不住看了自己身上的绢衫一眼，眼神微暗。

崔岑娘对着铜镜轻声吩咐，"给我重新梳个简单些的发式。"过了片刻方悠然道："说来这人的命数原是注定的。前日我还听程家姊姊说起，她家那位名声在外的堂姊竟是说给了这库狄氏的父亲做继室，这才知道，库狄家有位妾甚是阴毒，这库狄氏原是家中嫡女，几年前母亲去世，她伤心过度一时病倒，那妾竟说她是得了痴症，将她关了三年，还想将她送到教坊去。库狄氏逃到了舅父家中，不知怎的又得了应国公夫人的眼缘，一步步的才有了今日。外人看着是风光了，内里究竟如何却也难说得很。"

卫十二娘惊讶地掩住了嘴，"此事也太骇人听闻了些，论起来，咱家那位库狄庶母不正是这库狄大娘的姑母，她竟会半分不知？我倒曾听她提起过这位库狄大娘，却是没什么好话的。"

崔岑娘脸上露出了一丝冷笑，正是因为庶母，她对这位库狄大娘倒是多了几分好感，无论如何，一个女子不愿听姑母摆布与人为妾，还算有些骨气！嘴里淡淡地道："这等事情，只怕编是编不出来的。"程家如今把此事到处宣扬了出去，自是为了自家那位有悍妒之名的女儿着想，但那样的毒妾，却是怎么对付都不为过。

卫十二娘低声嘀咕了一句："若是库狄家的家风如此，我怎么听说，河东公府还大张旗鼓地纳了那库狄大娘的庶妹为媵妾？"

崔岑娘恍如未闻，低头挑选起首饰来，好容易才选中一根水晶鹦鹉的钗子，对镜子看了一眼，"这水晶钗头原是透亮些才好。"说完站起来便往外走，突然又回头道："你回去梳洗歇息吧，不必到前头伺候了。"

卫十二娘恭顺地低头，"多谢娘子体贴。"待崔岑娘带人走出了屋子，脸色才慢慢暗了下来。

崔岑娘到了正厅，过得片刻，婢女便领了琉璃过来，她已换上一身素雅的浅青色衣裙，越发衬得面孔莹白如玉。崔岑娘便笑道："见了大娘才知晓，原来世上真有敷粉太白之事。"

琉璃摇头轻笑，"岑娘过奖，琉璃既无青丝，肌肤若是再黑些，岂不叫人难以分辨哪里是脸？"

崔岑娘一怔，好容易才忍住了笑，两人坐下说了几句闲话，渐渐说到饮食上，琉璃便说起近日自己琢磨着做出的几道新鲜菜色：荷叶羹、炸荷花、莲糕……崔岑娘听得渐渐来了兴致，一一讨教了做法，又叹道："这园子里倒也种了两年的白莲，我竟从未想过要用来入菜。"

琉璃笑道："岑娘是雅人，煎炒莲花、蒸煮荷叶这般焚琴煮鹤之事，原也只有我这种只惦记吃的人才做得出来！"

岑娘不禁莞尔，想到那"争着坐首席"的流言，目光又扫过琉璃身后那两个如花美婢，不由暗自一声叹息。

两人随口一路闲话下去，从饮食说到书法，竟颇有投机之感，待到外面婢女回报已经在湖边亭子里摆好了酒水瓜果，便带着婢女说说笑笑一路走了过去。

已等在亭中的裴行俭见了倒也不觉得怎样，裴炎却忍不住惊讶地挑起了眉头。刚刚开始西斜的阳光，正照在自己妻子的脸上，给她苍白的脸颊涂抹了一层淡淡的金色，加上那分眉眼舒展的笑容，看起来竟似比平日多了几分光彩。

裴炎自然知道，崔岑娘虽然性子温和，却并不是轻易能与生人有说有笑的。他的目光不由转到她身边的女子身上，只见她也在笑，脸上是一片灿烂的愉悦，心里不知为何微微一紧，忙低头喝了口榴花酒。

这两年来，他其实并未怎么想起过眼前这位女子。于他而言，当时的心动和之后的失望都不过是转瞬即逝的无谓情绪。只是最近这段日子，各种有关她的消息总在不断传来，有说她娇媚惑人、如怀妖术的，也有说她机变无双、有勇有谋的；让他忍不住会想起那短暂的两次见面。前两天突然收到裴行俭的帖子后，他更是忍不住猜测，如今的她会是怎样一副面目？只是真正见到她，他才发现，自己似乎并不期待看到这样一张笑脸……

转眼间，崔岑娘与琉璃已走到亭中，裴行俭与裴炎都站了起来，两下各自见礼。裴炎定了定神，叫了声"阿嫂"，琉璃脸上的笑容已变得温雅客套，敛衽还礼，回身坐到了裴行俭身边的客位上。

两边的案几上都已用漆盘摆好了瓜果点心，岑娘略扫了一眼，不过是奶酥、䭔飳等寻常之物，对琉璃笑道："若是早些认识你，今日便该让人采些新鲜荷花荷叶、莲蓬上来，做成莲糕、荷叶饮，定然比这些更是应景。"

琉璃也笑了起来，"哪里的话？这里的果点样样精洁，我说的那些，不过占了个新鲜，倒是登不得大雅之堂的。岑娘若是喜欢，回头我便让厨娘都做一份，请你也品鉴一二。"

裴炎越发惊讶，不由看了岑娘一眼。岑娘含笑解释："大娘心思极巧，想了好几道用莲花荷叶做的菜色，都是闻所未闻的，适才我正向大娘讨教呢。"又对琉璃笑道："过几日，我与二郎便要搬到永宁坊，日后向你讨教起来倒更是方便。"

裴行俭有些意外地挑起了眉头，"子隆竟是要出府独住？"

裴炎淡然道："永宁坊原有处老宅，日久无人荒废了可惜，家父便收拾了出来，让我们小住一段日子。因不算新宅，便也不打算烦扰诸位亲友了。"他总不能说，是因为家里那两位庶母斗得越发烦人，自己只想图个清静吧？想到其中一位正是眼前这女子的姑母，当日差一点便让她做了自己的妾……目光下意识地一扫，突然在琉璃身后看见了一张有些熟悉的面孔，顿时怔住了。

裴行俭淡淡一笑，"这两个婢子，原是端午节前临海大长公主特意送的节礼。"

裴炎愣了愣，脸色有些凝重起来，沉默片刻才道："我怎么听说，今年芙蓉宴，守约也要去？"

裴行俭悠然道："大长公主在十二日晨间便将帖子送到了寒舍，又让如琢特意去了长安县衙一趟，如此厚爱，我岂能不识抬举？"

裴炎沉默的时间更长了些，半晌才字斟句酌地道："如琢倒不是藏得住心思的人。"

裴行俭笑着点头，"自然如此。横竖你也是会去的，倒是好些日子不曾见过你动笔，听说芙蓉宴上卧虎藏龙，你也莫大意了才是。"

裴炎一怔，裴守约此言何意？只能道："说到墨书，我辈之中倒是无人可与守约相比。"

裴行俭笑道："子隆的楷书结构精严，自成一格，何必妄自菲薄？"

裴炎脸上露出了一丝苦笑，他的字虽然不差，但比起当今天子最欣赏的裴守约来，又有几人还会高看自己？说起来，人人都道这位裴守约命运多舛，却不知他其实最能抓住机缘，得贵人青眼。当年在弘文馆，房相就亲口夸赞过他，更莫说圣人近来的提拔，也难怪……他摇了摇头，目光从正嘴角含笑、侧头看着裴行俭的琉璃脸上掠过，投向外面湖面上新开的莲花。

他听到身边的岑娘在笑："子隆常说阿兄的草书最有骨气，也是如今圣人最为赏识的，大伙儿如今都盼能见识一二。"

裴行俭的声音依然是那种胸有成竹的谦和："不过是偶然入了圣人法眼，哪里当得起弟妹如此夸赞？"

清风一阵阵从湖面上吹过，碧叶间的白莲随风轻摆，宛如一张张含笑的粉脸，裴炎突然只觉得身边的说笑声离自己很远，心底里只剩下一个念头隐隐沉浮：若不是夏日炎炎，浅薄的世人又焉能知晓，这种清冷的白莲竟是最经得起酷暑考验？只是比起青松翠竹，眼前这一池莲花却又不算什么了。这个夏天，才刚刚开始，终有一日，他们会知道，哪种花木才最值得珍重……

第四十七章
宴开芙蓉　语带机锋

仿佛天公作美，永徽六年的夏至前连着下了两场好雨，到夏至休沐三天时，天空竟是一色碧蓝，宫里刚刚赏赐下来的象牙席、碧竹枕立时便能派上用场，更莫说应了此时"夏至无雨好农时"的俗谚。

巳时刚过，裴行俭便去外院吩咐下人准备好车马。琉璃也打扮停当，转头见阿燕早已换上了自己吩咐针线房几日前为此次芙蓉宴特意做的米色衫子、浅杏黄色高腰窄身裙和湖蓝色薄纱半臂，配上她清秀耐看的容貌，看去并不起眼，却是得体之极，便笑着点了点头。

不一会儿，雨奴也挑帘走了进来，打扮与阿燕无甚差别，只是发髻微高，裙子又是娇艳的浅杏红色，便生生多了几许风韵。她进来向琉璃行了一礼，便默默地微低着头站在了一旁。待到裴行俭大步走进来时，更是下意识地退后一步，头低得几乎看不见脸。

琉璃暗自摇头——自打知道要跟着自己出门，这位雨奴便病倒了，裴行俭过去说了两句，她当天便好了起来，此后也再不曾闹出过什么，只是每回见了裴行俭便如老鼠见了猫。她实在按捺不住好奇，追问裴行俭到底用了什么招数，裴行俭轻描淡写地道："我不过是告诉她，若是不肯随你出门，我便只好安排她去外院招待贵客，好歹不能辜负了大长公主的这片苦心。"她顿时不知说什么才好……

裴行俭早已换好了出门的衣裳，是琉璃给他做的一身竹青色袍子，只在下摆和袖口处用暗银色丝线绣了一圈舒卷的云纹，他近来又消瘦了些，看去越发如修竹般挺拔。进门上下看了琉璃好几眼，他微笑着点了点头，"你倒是手脚利索。"

琉璃斜睨了他一眼：已经准备了半个月的事情，难道他认为自己临到头还要手忙脚乱？笑道："你若觉得这般不够郑重，我也可以慢慢再挑一身衣服。"

裴行俭笑着摇头，回头看了一眼天色，"咱们这便走吧。"

这芙蓉宴并非设在河东公府，而是在大长公主永兴坊的别院，与永宁坊隔了四个坊。裴行俭并未走大道，只让马车一路穿坊而过，琉璃有些纳闷：既然是午时开宴，时辰上还富富有余，何必如此赶忙？到了永兴坊南门时才发现，路上的车马比平日多了不少，不时有人与裴行俭寒暄说笑，看样子竟都是去赴宴的客人。琉璃这才明白，自己出门压根就不算早。

眼见前面便是公主别院，琉璃心里多少有些紧张，一面忍不住又自嘲，他不是说了么，你今日要做的不过是等着看戏，你又紧张哪门子劲？正想与阿燕闲聊两句，却听马车后面传来了一声尖锐的呼叫："前面可是裴明府？请留步！留步！"

琉璃一愣，只觉得这略有些怪异的声音异常耳熟，忙往车窗外看，只见裴行俭已勒马回头，一贯沉静的脸上蓦地变了颜色。

马蹄声急，转眼间便到了车旁，吁的一声勒住了马。琉璃这才看清，骑马之人竟是一位内侍，似乎正是李治身边伺候之人。

裴行俭刚开口说了声："窦内侍，不知……"那位内侍便忙忙地道："圣人有命，召裴明府即刻进宫！"又喘着气笑道："裴明府出门好早，小的是从永宁坊追过来的，还好赶上了。"

裴行俭一时怔在了那里。窦内侍看他脸色不对，想了想带马凑前两步，低声笑道："适才高丽的军报已到，大军奉命即日班师回朝。"

裴行俭心里一凛，点了点头，转头看了一眼车窗，又回头看了看不远处的临海公主别院，脸色越发沉凝，"劳烦内侍稍候片刻，我有几句话交代内子。"

窦内侍弯腰笑道："裴明府请便。"又向马车里笑着点了点头。

琉璃此时也已回过神来，简直不知道该苦笑还是哀叹——李治是和他的这位姑母商量好了的吗？她现在连装病装伤装车祸都已不可能，眼见裴行俭拨马到了车窗前，满脸分明都是忧虑，索性用尽可能轻松愉快的声音抢先开口道："我都听见了，你不必担心，我自会谨言慎行，处处小心。"

裴行俭叹了口气，低声道："你凡事多听阿燕和阿古的，我会尽量早些过来接你。"

阿古？琉璃怔一怔才想起，赶车的车夫似乎就叫阿古，可为什么要听他的？此时却也不好多问，只能道："好，我都记下了，你入宫面圣要紧，不必牵挂这边，我不会惹出乱子来。"

裴行俭脸上露出了笑容，"惹出乱子来也不打紧，记得护好自己，别的都不必计较！"随即拨马离开，跟在内侍身后绝尘而去。

琉璃闭上眼睛，深深吸了口气，心情逐渐平定了下来。只觉车厢微微一震，停了下来，她睁眼对阿燕笑了笑，阿燕略显肃然的脸色微微一松，也露出了一个笑容，起身挑起了帘子。一直默默坐在一边的雨奴猛然抬起头来，看见琉璃已经站了起来，愣了片刻，才赶紧起来扶住了她的胳膊。

别院的二门门口，早有一拨打扮体面的管事娘子等候在那里，见琉璃下了车，有人赶上来笑道："库狄夫人来得好早，快些里面请。"

这声库狄夫人一叫，前面正往门内走的两位年轻女子立时回过头来，目光在琉璃脸上一转，又往她身后的婢子身上看，落在雨奴身上，神色里立刻由好奇变成了惊讶。琉璃只当没看见，对管事娘子点头微笑，随着她的指引上了檐子。

这公主别院从外面看并不起眼，一路往里而行，才见假山叠翠，飞瀑溅珠，青石路沿着一弯清流蜿蜒而入，奇花异草掩映着几处小小的亭台，颇有出尘之感。走了一盏多茶的工夫，绕过假山，眼前豁然开朗，竟是一片极大的水面，湖面上满是碧叶白莲，微风吹过，莲花特有的清香扑面而来。琉璃暗暗点头：这样大片的白莲，她在宫里时也不曾见过，难怪大长公主的宴席就叫做"芙蓉宴"。

檐子沿着湖边走了一箭多地，在一处院门前停了下来。从院门进去，穿过庭院，是一处高高的堂舍，世子夫人崔氏并另外两个年轻贵妇站在阶下。见琉璃进来，崔氏笑着迎上来行礼，"阿嫂可算来了。"

琉璃面带微笑，屈膝还礼，"不敢烦劳夫人相迎。"

崔氏便指着另外两名女子道："这是我的二弟妹郑宛娘、三弟妹卢九娘。"琉璃听陆瑾娘提起过，这位郑宛娘正是自己在河东公府的消息源头，不动声色地看了她一眼，只见她生着一双漂亮的丹凤眼，对上自己的目光，立即淡淡地移开了视线。

崔氏看了琉璃身后一眼，只见雨奴深深地低着头站在后面，眼睛眯了一眯，才对琉璃道："雨奴的身子倒是好得快。"

琉璃点头笑道："她原无大碍，只是有些伤风，吃了两剂药便好了。倒是有劳大长公主和夫人记挂了。"

崔氏脸色微滞，到底还是笑道："大长公主一直怕这两个婢子不合你们心意，这雨奴又是没伺候过人的，她今日既然来了，不如让她先去公主跟前领训？"

琉璃心里哂笑，这显然是怕雨奴出现在众人面前了，她只能应了个是，崔氏忙转身叫过一个婢子，让她领着雨奴往堂后绕了过去。

眼见院门口又进来了两位女客，崔氏引着琉璃便往东阶而上，阿燕轻轻咳了一声，琉璃眼光一扫，才注意到三人的裙裾下都没有露出高高的履头，忙在台阶下脱下雀头履，穿着白袜，从西边登上了早已擦洗得一尘不染的青石台阶。

崔氏一愣，笑道："大娘是贵客，怎好如此客气。"

琉璃微笑欠身，"原是自家人。"她对自己有多少分量还是清楚的，真要跟着崔氏从贵客所用的东阶上堂，不是自找笑料么？

崔氏不好多说，只得按足规矩一步一顿、拾级聚足慢慢走了上去，琉璃自然也是亦步亦趋，跟随着她的脚步走上了堂舍，沿着门边进了屋。

只见这堂舍极为宽敞，南边当中独设一席，其余席案则是东西相对设了长长的两溜，每席上又设着四张案几。堂舍中已有二十几位年轻女子，或聚首说笑，或同席闲谈，琉璃一进门，却齐齐地看了过来。适才琉璃见过的两个女子便忙往琉璃身后看，脸上微露疑惑，回头低声与身边之人说了几句，几人神色都有些异样。其中一位个子高挑的青衫女子更是看了琉璃好几眼，又看了一眼崔氏，脸上露出一丝笑容。

琉璃垂眸不语，心知这些人多半是在等着看雨奴，崔氏笑容都有些僵了，沉默地将琉璃引到了坐东向西的第一席上，指着对面微微扬声："原该让你坐那一席才是，如今只能委屈你坐在这边了。"

琉璃欠了欠身，用同样大小的声音回道："琉璃才疏学浅，能得大长公主相邀已是万分荣幸，哪里配坐这里？更莫说是首席！大长公主这般厚爱，着实令琉璃惶恐不安，只盼夫人能与大长公主通融一句，给琉璃随便安排一处便好，琉璃虽也想亲近公主，但坐在此处，实在是羞愧无地。"

崔氏一怔，声音低了下来："你也知晓这是大长公主的安排，就莫再推辞了。"见琉璃摇头还是不肯，叹了口气，"大娘，这席次原是早便定好的，你若不坐这里，难道要整个席次重新安排一次不成。"

琉璃赶紧摇头，声音因为惶然而更大了些："琉璃不敢！琉璃哪里敢因为自己的缘故麻烦夫人们重新安排席次？如此，也只能厚颜领命了。"说着长叹一声，退到席子后方登席而上，在席子末端的案几后正襟危坐下来。

崔氏看着她这副行不中道、坐不中席的模样，眉头微皱，匆匆笑了笑，"大娘且坐，阿崔去去就回。"

琉璃忙长跪欠身，"夫人请自便。"

眼见崔氏疾步走了出去，原本寂静下来的堂舍内又重新响起了说笑的声音。琉璃仰起头来打量了几眼，只见这屋里的二十几位年轻女子或是头上戴着足可乱真的纱织荷花，或是裙上绣着出水芙蓉的图案，衬着一张张气色鲜润的脸，当真不知是芙蓉如秀脸，还是秀脸如芙蓉。

身后阿燕上前一步，轻声将屋里这些女子拣着重要的几个说了一遍。那位隐隐为众人之首的青衫女子，正是上官学士的长女上官离落，是长安最负盛名的才女。

上官学士，难道是上官仪？琉璃不由多看了两眼，上官离落似乎觉察到她的目光，也看了过来。琉璃对她点头一笑，上官离落也笑了起来。她身边一位女伴见状便凑到她耳边说了两句，上官离落回头斜睨了几个人一眼，扬眉一笑，竟向琉璃的坐席径直走来。

琉璃有些意外，见她走近，忙起身迎了一步。上官离落也不客套，笑道："打扰库狄夫人了，我姓上官，前些日子在陆家瑾娘和郑家冷娘那里都听闻过夫人芳名，今日一见果然名不虚传。所来是想请教夫人，夫人裙上的芙蓉图好生别致，不知是如何制上去的？"

琉璃低头看了看自己这件浅碧色长裙上的几支水墨荷花，微微一笑，"不敢欺瞒上官夫人，这是琉璃自己画上去的。"

上官离落笑道："叫我离落便好，大娘果然是好心思，我竟从未见过这般清雅随意的水墨芙蓉。"

琉璃轻轻摇头，"清雅不敢当，所求的确不过随意二字。"

上官离落脸上的笑容更深了一分，两人站着闲话了几句，突然门口传来一个清脆的声音："那不是上官姊姊么？咦……"

琉璃和上官离落同时转头去看，却见堂外走进来一行七八个人，开口之人正是太尉府的那位天之骄女长孙湘。她似乎刚刚认出琉璃，细眉一挑，抬腿就要过来，她身边的女子却一把拉住了她，冲她摇了摇头。

　　长孙湘身子一顿，咬住了下唇，不屑地白了琉璃一眼。上官离落笑道："她们怎么都来了？"向琉璃点了点头，转身迎了上去。这几个人大约都是熟识，笑着互相见礼，又有另外几个女子走了过来，堂舍里一时全是软语娇笑的姊姊妹妹之声。

　　琉璃不动声色地退后了两步，却见杨十六娘在长孙湘的后面向自己遥遥点头，郑宛娘身边一个秀美少女也含笑看了自己两眼，一双和郑宛娘一模一样的丹凤眼里满是好奇，琉璃顿时猜到了她的身份，向这位曾为自己说话的郑冷娘笑着点了点头。那双明亮的眼睛顿时笑得眯了起来，左边的嘴角旁露出了一个小小的酒窝。

　　正热闹间，门口又传来了一阵说笑之声，琉璃看了一眼，几乎苦笑出来，竟然又是熟人！当中一个是不久前见过的崔岑娘，一旁的则是两年前斗花会上打过交道的崔玉娘和裴八娘，崔玉娘身边还跟着一个有些眼熟的美貌少女，琉璃想了想才认出来，是当年那个小小的崔十三娘，此时她的身形样貌都已长开，出落得花朵一般。

　　眼见那位世子夫人将崔岑娘和裴八娘都领到了自己这一席上，崔玉娘和十三娘则安排在与自己紧邻的下一席，琉璃只得一面起身见礼，一面暗自叹息。

　　崔氏笑盈盈地扫了众人一眼，提高声音笑道："如今时辰也不早了，各位请入席。"

　　一阵乱纷纷的动静后，各人按照早已排定的座次入席，刚刚静下来，就听一个声音笑道："自打两年前一别，库狄大娘如今就像换了个人，真是可喜可贺。"

　　这声音也不算大，但在一片静寂中却分外清晰，许多人的目光都看了过来。说话的正是坐在东首第二席首位的崔玉娘，她与琉璃只隔了三尺多远，虽是满脸笑容，但话里的讥诮之意却比笑意来得更明显。

　　琉璃暗叹一声，眼角扫到皱起了眉头的崔岑娘和一脸好笑的裴八娘，索性大大方方地笑着回道："玉娘过奖，琉璃自然还是当年的琉璃，约莫是玉娘看琉璃的眼光却不是当年的眼光了。"

　　崔玉娘微微一怔，还未接话，裴八娘掩嘴笑道："此话倒也有理，早知今日，当年联诗之时，她又岂敢罚你作画？"

　　旁边有人也笑道："八娘说得是，人生际遇原也难说，谁能料到后事，何况……又是这般离奇有趣的。"

　　不少人听出了她们话里的意思，脸上都露出了笑容。琉璃目光一扫，这些带着嘲讽与恶意的笑脸尽收眼底，一丝怒意油然而生，当下也点头淡淡一笑："的确，人生在世，生于何家何姓，嫁入何门何户，原本不过是因缘二字，既无法预料，亦无可夸耀。"

　　她略带清冷的声音流淌在房间里，许多人都一愣，渐渐地有些笑不出来了。

　　崔岑娘松了口气，轻轻点头，"此言颇有禅机，说来世事种种的确不过是因缘，譬如今日，相聚便是有缘，还须尽欢才好。"

崔玉娘却笑了一声："说到因缘，我记得前贤有云，人生际遇便如花开花落，或落在地上为泥土，或是落在席上似锦绣，自然都不稀奇；稀奇的是原来在泥里的不知为何又到了席上，可惜锦绣不成锦绣，泥土不成泥土，却不知似什么了。"

厅堂里顿时响起了一片低低的笑声。琉璃也笑了起来，曼声道："自然还是泥土。真往前论，哪朵花不是从泥中生出来？若往后论，便是落到席上的花朵，过些天，婢女随手抖落，难道不是化为泥土？说到底，有什么区别？若是花儿因为偶然落在了席上便沾沾自喜，以为自己从此不是泥土了，倒也有趣得紧。"

她瞟了一眼崔玉娘变得有些难看的脸色，不紧不慢地说了下去："琉璃见识浅薄，却也听过前贤的一句话——人世种种，不过是尘归尘、土归土，花如是，人如是，世间万物，无非如是。"

此时去六朝未远，玄言清谈依旧是风雅之事，厅堂里顿时静了下来，崔玉娘一时有些说不出话来，她身边的十三娘则惊讶地看着琉璃，水灵灵的杏眼瞪得溜圆。还是坐在西边次席的上官离落叹了一声，"此言深矣。不知是何人所说？"

琉璃记得此时的天主教被称为景教，便笑道："是一名景教的胡人法师。"

坐在上官离落身边的郑冷娘也点头道："话虽简单，却值得品味，六个字倒像比几百句玄言还要说得透彻三分，让人顿生'闻此遗物虑，一悟得所遣'之感。"

崔玉娘冷冷地道："我倒觉得，不过是两句俗话，哪里有什么深意？"

崔岑娘脸色微沉，瞟了自己的妹子一眼，"你是俗人，自然觉不出深意来。"

崔玉娘还想再说，对上姊姊带着警告的目光，到底还是垂下了眸子，静默片刻转头向琉璃笑道："士别三日，当刮目相待，库狄大娘原来不但是有机缘，还是有慧根的！"

琉璃微笑着欠了欠身，"玉娘过奖了。"

崔玉娘顿时有一拳打中棉花的无力感。一片沉默间，后堂传来一个轻柔的声音："临海大长公主到！"

悦耳的环佩声中，从南边设着的十二曲山水屏风之后转出了一行人，八个穿着一色白衫绿裙的婢子分为两列在前面引路，个个身姿袅娜，容颜秀丽，就如八朵刚开的白莲花。

待她们雁次排开，分立在主位两旁，临海大长公主才飘然而来。她身上穿的也是一件银色锦缎滚边的白色衫子，低垂的长袖分外飘逸，下面则是一条单丝碧罗裙，裙摆处五彩丝线绣成群荷出水的图案，裙裾飘动间似有荷香扑面而来。一张吹弹可破的鹅蛋脸上并没有描红画翠，只在眉心贴了一朵精致的碧莲花钿，整个人愈显秀雅高华。她身边的那位胡女也算容貌美丽、打扮精致，却被衬得黯淡无光。

堂中诸人均避席而起，行肃拜之礼，待得大长公主落座后说了声"请起"，这才回到各自的坐席之上。不少人目光都落在大长公主的裙角，也有人看向扶着大长公主出来的胡女，几个知道内情的都猜到了她的身份，纷纷转目来看琉璃。

此时琉璃心里也当真有几分意外：一个多月不见，珊瑚像是变了一个人，不但学会了低眉顺眼，连脸上的棱角似乎都柔和了几分，只是看去反而不如以前嚣张时来得生动美艳。

大约是感受到了她的目光，跪坐在大长公主身后的珊瑚也抬头看了过来。琉璃立刻向她点头一笑，珊瑚的眉头下意识地一皱，随即迅速低下头去，顿了顿，才向琉璃的方向微微欠身。琉璃收回视线，垂下眸子，脸上露出了一丝苦笑。

堂上之人哪个不是眼尖心细？看到这一幕，不少人眼里都露出了意味深长之色。

大长公主目光流转，从容地笑道："值此佳节，诸位小娘子拨冗莅临，令柴门生光、蓬荜增色，便是这满湖的莲花，原先日日对着我这老婆子，未免有些无精打采，如今却觉得多了许多争奇斗艳的敌手，竟是开得分外卖力了些。"

长孙湘立即声音清亮地回道："大长公主此言差矣，原先这白莲分明是被您比得失了颜色，自然无精打采，如今看到我等，顿时又多了些底气！"

厅堂里顿时响起了一片欢笑，夹杂着"正是"的呼应。大长公主也摇头轻笑，"湘儿也来打趣我，跟你们一比，我不过是个老盘荼鬼！"

长孙湘身边的小柳氏笑嘻嘻地长跪而起，"大长公主这样若是老盘荼鬼，那世人也不爱嫦娥，一心一意只盼着能娶个盘荼鬼了。"

大长公主指着两个人笑骂："小鬼头胆子越发大了！"又摇头叹道："人老了嘴也笨，哪里是你们的对手？还是赶紧上了芙蓉糕，堵住你们这些巧嘴才是！"

她话音一落，门外便飘来了琴瑟箫笛的悠扬乐声，两队绿衣婢女鱼贯而入，手里都捧着精致的荷叶玉盘，玉盘上是一朵朵盛开的芙蓉。待将那一朵朵芙蓉放到每人面前的案几之上，众人才发现，这些芙蓉竟然都是面点，只是颜色形状逼真无比，让人简直不忍下嘴。

大长公主笑道："今年的芙蓉糕里用了些去年磨制的藕粉，请诸位品尝下可还能入口？"

绿衣婢女来往穿梭，各种精美的菜肴点心一道道上到各人眼前，琉璃只认得那道芝麻裹油炸粉团的名唤"巨胜奴"，蜜糖炙太例面做成的则是"甜雪"，另外几样她都叫不上名字。正感叹自己眼界到底还浅，就听身边的八娘也在低声问崔岑娘："这道菜有何名目？"岑娘笑着回道："芙蓉宴上菜色原多别出心裁，我也不认得。"

足足上了七八道菜肴果品后，屋里的气氛渐渐活跃起来，不时有人说笑，琉璃并不插话，每样菜色也不过动箸做个样子。

又过得片刻，菜肴撤下，端上了酒水。大长公主举起杯来，蘸甲弹酒酬宾，众人领酒，随即便是按座次逐一接酒、授酒，堂上的气氛越发松快，说笑声此起彼伏。大长公主却突然"咦"了一声，看了琉璃一眼，回头便问崔氏："你不是说，让大娘坐我身边的么？怎么把她安排到末位上了？"

崔氏忙笑道："是大娘太过谦逊，怎么也不愿坐这边。"

大长公主对琉璃笑道："你还不坐过来？坐得离我那般远，可是怕我这老婆子啰唆了你去？"

琉璃忙欠身回道："启禀大长公主，能闻公主教诲，琉璃自然求之不得，只是自知无德无能，却是不配坐在大长公主身边，更不配坐在三位姊妹之上。如今又焉能因琉璃的缘故，劳动三位姊妹？"

大长公主淡淡地笑道："那给你单设一席便是！说来自打你上回跟守约过来，这段日子我只是让阿崔代我去过你那里，送过几回东西，却再没见过你，如今倒正是有话要问你。"

厅堂里早已渐渐地静了下来，琉璃心里微沉，这话等于在说她不知礼数，几次接受长者所赐，却不去谢恩，而在此等场合，她可以讥讽崔玉娘，却绝不能反驳大长公主。若要给她另开一席，更是不妥，按礼，原只有身份最高，或是家有丧事之人才能在宴会上独坐一席的。可让她此刻坐到首位上去，则其余三人必要挪位……

见已有婢女领命而去，琉璃忙离席肃立，"大长公主教训得是，大长公主先是让世子夫人送来婢女，又是十二日一早便送了芙蓉宴的帖子过来，此等厚爱，琉璃原本早该来拜谢，只是想着芙蓉宴便在眼前，大长公主或许更是繁忙，因此不敢前来打扰，的确是琉璃太过失礼，琉璃在此向公主谢罪。"

临海大长公主眼神微冷，这话说得谦卑，却是毫不含糊地点出自己十二日一早便送了她芙蓉宴帖子，这"争首席"之说自是无从谈起……面上只能笑道："罢了罢了，难为你记得这般清楚，若真行这般大礼，倒像是我在兴师问罪了，你快些坐过来便是。"

去拿席子的婢女已从屏风后转了出来，快手快脚地在大长公主的席边铺了一张单席。大长公主向琉璃招了招手，还没开口，堂舍门口却传来了一个嘶哑的声音："阿嫂果然客气，多谢阿嫂为我设席！"

琉璃心里正自焦急，闻声忙转头去看，却见一个穿着本白色麻衫和同色长裙、满头银发，面容却说不上是苍老还是年轻的女子，不知何时已出现在门口。

大长公主脸色微变，站了起来。"云娘怎么来了？"随即目光锐利地看向门口的几个婢子，"也不早些通报一声！"

琉璃有些发愣，却听身后的阿燕低声道："是前荆王妃。"

琉璃顿时明白了来人的身份：裴寂的嫡女当年嫁给了荆王李元景。两年前，长孙无忌借房遗爱谋反案杀了荆王，荆王妃也被没入掖庭，几个儿子则都无声无息地死在了流放的路上。之后裴律师好容易求到一道赦令，才让这位裴氏女儿回了裴府。听说原来也是宗室里最为貌美性烈的女子，不想如今已成了这般模样……

裴云娘呵呵一笑："阿嫂莫怪这些婢子，原是我不许她们通报的。阿嫂要罚她们，不如罚她们都来给我扫院子好了，横竖我那里冷清得很，多些人才热闹。我便是听说今日这边有热闹才过来的，不想阿嫂连我的坐席都备好了。"

临海大长公主脸上有恼色一闪而过，到底还是笑道："云娘快过来坐，我原不知晓你要过来，这一席却是给裴守约的新妇子备下的。"转头便吩咐婢子："再拿一席过来！"

裴云娘慢悠悠地往里走，"罢了罢了，还是莫拿了才是。阿嫂你糊涂了么？这专席之礼也能乱用？我这般不祥之人单坐一席也便罢了，她好好一个新妇也坐单席，知情的人知道你这是给裴守约面子，连他的新妇身份够不够都不计较了；不知情的人，还当你巴着裴守约早些死呢！"

饶是大长公主城府深沉，听到这番言语，脸色也变得难看起来。她把琉璃弄到身边坐着，原是有些好酒好话要细细地"招待"她一番，可如今……当下只能紧咬牙关，勉强挂上一个笑脸，"云娘你胡说什么？原是我一心想跟大娘多说几句话，有些考虑不周而已。"

裴云娘笑道："阿嫂竟也有考虑不周之时，这倒是第一次听说，当真是新鲜得紧，有趣得紧！"说着便在她身边的单席上悠然坐了下来。

大长公主的指甲几乎掐进了肉里，立即转过头去令婢子给云娘上酒水菜果，停了片刻，才转头对琉璃笑道："都是你这孩子太过老实，早便跟你说了让你坐近些，你坐那么远作甚？倒让我一时糊涂，被云娘笑话了。"

琉璃本来看戏已经看得有些发呆：这裴云娘真是自己的及时雨！听到大长公主含笑的埋怨，心里一凛，忙不迭地再次告了罪。

坐在首位上的崔岑娘也站了起来，"说来这原是岑洲的不是，不知就里竟坐了大娘的位子。"又转头对琉璃笑道："按理说，你原是我们几个的阿嫂，正该坐这里才是。"裴八娘和另外一个裴家女儿看到这般情形，再不情愿也只能站了起来。

琉璃知道此事已是无法推脱，只能苦笑着赔了不是又道了谢，正要移席，却听对面的长孙湘"哼"了一声，挥手似乎在赶一只蚊蝇，皱眉道："好好的宴席，它却处处添人麻烦，坏人心情，真不知是何等物流！"

琉璃只当没听见。本来安安稳稳坐在单席上的裴云娘却突然抬起头来，厉声喝道："哪来的市井小奴，也来学人指桑骂槐！这原是我阿嫂的地方，我想来便来，想走便走，你又是何等物流，也配来嫌弃我！"

长孙湘一愣，顿时满脸涨得通红，眼泪在眼眶里滚来滚去，嘴唇颤抖，却一个字也无法解释。一旁的小柳氏脸色也变了，忙站起来满脸堆笑，"夫人误会了，适才的确是有蚊蝇烦人，湘儿她才随口嚷了一句，绝不是有意冒犯夫人。"忙又拉长孙湘："快给夫人赔罪！"

长孙湘哪里肯起来。裴云娘的脸色转眼间又变成了悠然，"喔？原来骂的只是蚊蝇，这却是我的不是了！我见的人也多了，从未见过这般娇滴滴的小娘子，会为了小小蚊蝇在高堂之上大声喝骂，满口污言，因此只道是看我不顺眼，却没想到不过是没有家教而已！"

长孙湘顿时气得浑身颤抖，眼泪夺眶而出，小柳氏也是又气又怒，忙紧紧抓住了长孙湘的手，低声劝慰。

这般变故来得太过突然，临海大长公主也是目瞪口呆，此时才回过神来，忙转头对裴云娘笑道："云娘，小孩儿口没遮拦也是难免的，你就恕了她罢。"

裴云娘淡淡地道："既然已经说清楚了，我自然不会跟这样的小娘子计较，她便如今这般装个耳聋不给我赔罪，我不也没说她什么？没家教，又年轻，坐了首席便自以为是原是难免的，跟这种人计较，不是白白跌了我们裴家人的面子？"

长孙湘再也忍耐不住，推案而起，掩面转身跑了出去。小柳氏忙站了起来，向大长公主匆匆行了一礼，"大长公主恕罪，湘儿她有些不舒服，先行告退了，我去看看她，回头再向公主领罪！"说着也忙忙地追了出去。

裴云娘却是"咦"了一声："赔个罪会要了她们的命么？一个两个都跑得那般快。真不知是哪家出来的娘子，也太无礼了些！"

大堂上此刻早已鸦雀无声，众人被这一连串的变故惊得大气也不敢出，大长公主更是气得双手发抖。只有已悄然坐上次席首位的琉璃觉得，自己似乎真被天下掉下来的馅饼砸中了——有这尊大神坐镇，自己这顿宴席果然只用当看客便好……转念想到此刻正在皇宫中的某人，不由深深地叹了口气。

接下来的一切果然风平浪静，众人按规矩又进了次酒，宴席渐入尾声。琉璃只是垂眸端坐，隐隐能感到大长公主的目光在自己身上停了好几次，眼角瞟到不时有婢女悄无声息地在她身边来来去去，心里正暗自警惕，就听大长公主终于扬声道："今日宴席已是尽欢，又难得晴好，诸位不如随我去园子里散散？"

第四十八章
忽闻相召　惊遇故人

　　白荷盛放的湖面东岸，便是公主别院里林泉最为幽美的品香园，园中遍植名花异草，又以檀香为栏、沉香涂壁，端的是馥郁袭人。园子占地又广，适才还济济一堂的淑女美婢，转眼间便散开成了星星点点的风景，多是三五成群的低语娇笑，也有人依然围在大长公主身边奉承，没人肯往南边不远处那碧瓦飞檐的高阁多看一眼，多数人却也不肯走得更远。

　　那处鉴芳轩，正是芙蓉宴上男宾们欢聚一堂的所在，其中不少男宾尚未婚配，而这边的女客也半数云英未嫁——说到底，这芙蓉宴，也不过是规模更大的一次斗花会而已。

　　琉璃自然无心争奇斗艳，却也不好落单，找了个话头与崔岑娘谈笑着一路走了过来。岑娘见四下无人，便低声道："玉娘适才失礼了，你莫往心里去。"

　　琉璃笑着摇头，"不过自家姊妹的随口玩笑而已。"

　　待进了园子，两人随意逛了几处，便停留在一处清净的树荫下，只听那边的说笑之声一阵阵传来，透过花木缝隙看去，却是不少人已聚在一起，开始玩投壶、射覆、斗花的游戏。而离大长公主不远处，那位裴云娘一个人坐在蕉叶之下，绿叶森森中白衣如霜，便是这般远远看去，似乎也在散发着一种冰冷的气息……却听崔岑娘问道："大娘不想出去耍上一遭？"

　　琉璃坚决地摇了摇头。

　　崔岑娘有些意外，"我原是身子不好，禁不得这些热闹，大娘这般年轻轻的，怎么也是如此？"

　　琉璃随口笑道："我原是不擅长这些，自然以藏拙为第一；再说，以我如今在长安的名声，真去玩了也是胜无可喜，败了丢人，何必去凑这个热闹？"

　　岑娘被逗得笑出了声，想了想才道："虽说人言可畏，你日后也要多出来走动走动才好，与你相熟了，自然便知你是哪种人。"

　　琉璃叹了口气，从今日的情形来看，这高门女子里，似岑娘这般温和，或是郑冷娘和上官离落那般洒脱的，似乎并不多，多数人看着自己的目光决计谈不上善意。她虽然不在意这些，但想到日后要常常这样"走动"，却也头疼。

她刚想岔开话头，却听见有人笑道："大娘倒是会享福的，这地方又清静又阴凉，强似在外面晒着。"却是杨十六娘分花拂柳地走了过来。

琉璃不由一愣，长孙湘和柳氏不是走了吗，她怎么倒留下了？忙站了起来笑道："十六娘莫打趣我，不过是偷个闲而已。"

杨十六娘嫣然微笑："说的便是你会偷闲。"又看向崔岑娘，"这位是……"

琉璃忙将崔岑娘和杨十六娘互相介绍了一遍，两下见了礼，杨十六娘便如没事人般说说笑笑起来。三个人闲话了好一阵子，却听外面轰然一声叫好，转头看时，才发现竟是又换了节目。这一次，却是大长公主正在行侑币之礼，向赴宴的女客们送上精巧的礼物，众人则依次回礼，有些不过是双手奉上了自己亲手做出的刺绣、手书，却也有不少女子当场赋诗一篇，或是吹奏一曲，自然博得了阵阵彩声，连远远的鉴芳轩里似乎也有掌声传来。

眼见大部分来客已送上回礼，琉璃心里暗叹一声，与岑娘、十六娘相视一笑，向外走去。

大长公主此时正接过郑冷娘送的一幅卷帛，指着她笑道："你这妮子竟是个懒的，还想听你当场做诗，怎么就拿这个打发了我？我回去之后却是要仔细看的，若是不好，定然还要叫你过去问个明白！"

周围顿时响起了一片笑声。郑冷娘笑道："拙作自然入不得大长公主的法眼，还请公主饶恕则个。"

琉璃走近了两步，大长公主的目光在她身上一转，"大娘去哪里偷闲了？给你备的只是些小玩意儿，你莫嫌弃。"说着从身边侍女手中拿过一个精致的荷包，琉璃忙双手接过，交给阿燕，回身从阿燕手里拿过一幅装裱过绢卷奉了过去，"是琉璃画的一幅芙蓉图，就是粗陋了些。"

大长公主笑了笑，"早便听说你能画得一幅好画，我自会好好查看一番，不能叫你们糊弄了我去！"又和岑娘、十六娘互赠了礼品，各自说笑了一两句便罢。

眼见再无人上前，有侍女上前一步，轻轻回禀了一声，大长公主笑道："倒是没有落下谁罢？我也乏了，大家便在此松散松散罢！恕我精力不济，先回去歇息片刻。"转头又对崔氏吩咐道："你好生招待着各位贵客，不许偷懒！"

众人忙行礼恭送，大长公主站了起来，又扬声道："云娘，你也乏了罢，咱们都老大不小了，该歇便得歇着，这园子却该留给小娘子们才是！"

裴云娘慢慢站了起来："阿嫂说得是！"又转头看了众人一眼，淡淡地道："这院子草深，诸位小娘子还是当心些！"目光却有意无意地在琉璃脸上一转。

众人都有些不明所以，大长公主也愣了愣，皱眉道："云娘惯会吓人！"摇头叹了口气，转身向南面的小路上走去。

她身边的侍女们也是见机的，不待她吩咐，四五个人都走到了裴云娘身边，拥簇着她跟在了大长公主身后，一干人的身影片刻间便消失在花木深处。

有人忍不住低声叹道："还好走了，不然她坐在那里，我看着都有些生惧……"又有人问："这草里可是有鼠蚁？"

崔氏忙笑道："诸位放心，这品芳园里香料最多，能避虫豸，便是蚊蝇都比别处少些！"又吩咐侍女："还不快把投壶、杯盘、双陆这些再多拿些来？还有斗花的彩头！"

没过片刻，众人便各自呼朋引伴地玩耍在了一处。又有婢女陆续拿着诗签从鉴芳阁里出来，交到崔氏手中，崔氏便笑着大声念了出来，自是喝彩者有之，打趣者有之，也有觉得写得好，便拿在手里默默记诵。

琉璃却分不出好坏来，只听得有骆宾王的一首，崔氏一念，岑娘便点头赞好，待她要到手里，琉璃也凑过去一看，原来是首称颂美人的艳诗："美女出东邻，容与上天津。整衣香满路，移步袜生尘。水下看妆影，眉头画月新。寄言曹子建，个是洛川神。"写的是水边香喷喷的美女，倒也应景。

岑娘似是爱诗的，与杨十六娘一篇篇地品读了下去，琉璃不免有些无聊，却也不好走开，手里拿着张诗签做了个样子，回头看见阿燕也在与岑娘的两个婢女说说笑笑，竟是十分投机的模样。

眼见崔氏又念了一首诗，却有婢女走过去低声回报了一句，崔氏点点头，转身便向鉴芳轩去了。好半晌，崔氏并未回转，倒是一位身着青衣的侍女从小径上快步走了进来，到琉璃面前屈膝行礼，"大娘，大长公主适才看了你的画，直道着实是好，只是不知那颜色是如何调出来的，请你过去分解分解！"

琉璃心里顿时警惕起来。此事她并无拒绝的道理，就算装着扭了脚，只怕檐子立刻便会过来……只能迎上几步，诧异道："大长公主看的果真是我的画？"

侍女笑道："自然是，今日的客人中，似乎也只有大娘送的是芙蓉图。"

琉璃脸上惊讶之色更浓，"我画的是水墨荷花，哪里需要调颜色？"

那侍女顿时一呆，想了想才道："只怕是婢子记错了也未可知，公主或许是道你的画墨色变化奇特，因此要问一问大娘。"

琉璃苦笑道："不过是与我裙上这幅图差不多，哪有什么奇特的……"

那侍女笑道："有何奇异之处，却也不是婢子能知晓的，只晓得大长公主要见大娘，正是要听大娘分解。"

琉璃沉吟片刻，眼角扫到不少人已经向这边看了过去，这才点了点头："琉璃谨遵大长公主吩咐。你稍待片刻，我去还了这诗签便随你去。"回头目光向后一转，却见阿燕正笑嘻嘻地拉着一个穿着浅黄色衫裙的婢女，向自己使了个眼色。

她心思急转，走到岑娘和十六娘面前，一面把纸签递给岑娘，一面皱眉低声道："大长公主叫我过去，只怕还要作画，平日伺候我笔墨的那个婢子却一早被世子夫人叫走了，这可如何是好？"

岑娘笑道："这有什么，我把翠竹借你一用便是！"回头向和阿燕在一起的那个婢子点了点头,那叫翠竹的婢女似乎早有准备,点头一笑,跟在了阿燕身边。

琉璃笑道:"多谢岑娘了。"这才转身走向过来传话的婢女。

那位侍女脸上早已有些不耐烦,见她走了过来,忙道:"大娘这边请。"

琉璃跟着这名侍女从青石小径一路往南而去,绕过鉴芳阁,又走了一盏茶的工夫,才到了一处小小的院落,侍女转身笑道:"大娘请进,公主便在堂上等着您。"

琉璃看着那摇曳的纱帘,心中狐疑,索性提声道:"琉璃求见!"

"进来吧!"大长公主的声音出人意料地响了起来。琉璃定了定神,迈步走了进去。却见大长公主倚着凭几散坐在房中的席褥上,面前的案几上堆着一些字画帛卷,身边低头赔笑伺候的,正是珊瑚。

看见琉璃,大长公主悠然一笑,"我第一个看的便是你的画儿,果真有趣得紧,虽是水墨,却仿佛有颜色一般,却不知你是怎么画的?"

琉璃心头越发疑惑,只能行礼笑道:"大长公主谬赞了。其实也没什么,便是作画之时多注意水墨枯润浓淡之别而已。"

大长公主笑道:"百闻不如一见,不知你能否画一朵给我看看?"说着一指堂屋的东边:"那里笔墨纸砚都给你准备好了。"

琉璃看了一眼,只见那边设着一张高条案几,上面纸张笔墨已摆得整整齐齐,知道推脱不得,只好点头应了个是,转头便对翠竹道:"你来帮我磨墨。"

翠竹笑着应了,几步走到案边,熟练地挽袖磨墨;阿燕却静静地站在角落里,低眉敛目,整个人几乎没有任何存在感。

大长公主也不理论,又指了两个婢女去铺纸。琉璃站在案几前,提笔凝神片刻,才蘸墨落笔。她画的水墨荷花,其实是偏于工笔水墨花鸟的路子,画起来颇费工夫,此时却不能求细,只是随手勾勒晕染,不过片刻,一朵荷花便已跃然纸上。

大长公主走到琉璃身边,把那张宣州纸拿在手里,点头道:"原来如此,你再画一朵可好。"琉璃只得又画了一朵。她这才满意,笑道:"真是好笔力!"

珊瑚却突然道:"哎呀,姊姊的裙子上怎么染上墨汁了?"

琉璃低头一看,果然不知何时裙子靠近铺纸的两个婢女那一侧,竟染上了一片斑斑点点的墨迹,听到大长公主一迭声的吩咐:"快去取一条新的单丝碧罗裙过来!"她心中大凛,忙道:"不必麻烦了!"

珊瑚笑道:"姊姊客气什么?这条裙子如何还穿得?待会儿妹子着人帮你洗干净了,再给姊姊送去便是。"大长公主也道:"正是,原是我让你画荷花才染的裙子,总不能叫大娘在人前失了礼。"

琉璃微微一笑,伸手将外面这条碧色重绢荷叶裙解了下来,铺在案几之上,不假思索提笔便勾,片刻之后,那片墨迹便变成一群大大小小的蝴蝶。这落墨勾蝶,原是她最喜欢的笔墨游戏,蝴蝶大小不同,笔触粗细相衬,一只只看去只觉得翩翩待飞、生动之极。待墨迹干透,将裙子又系在了素纱衬裙的外面。她的这条裙子原本左下角便有数枝水墨荷花,如今右侧多了一片蝴蝶,更添了几分别致。

大长公主神色变幻，半晌才道："原来这裙子上的荷花也是画的！怪道大娘不肯换，倒像是我成心要贪了大娘的好东西去。"

琉璃笑道："大长公主若是喜欢，改日我画上十条八条也使得，只是今日既是芙蓉宴，总得应景，我这通身上下也就是这裙子与芙蓉还些关系，却是不好换下。"

大长公主笑道："那我可不客气，改日定要烦你多画些。"

她摆手让珊瑚把琉璃画的那两张荷花图收入内室，又叫琉璃坐下，随口说起了家常，又要琉璃多体恤下人，不必带着身子不好的奴婢带出走动，又是莫要嫉妒，要替裴家开枝散叶云云。琉璃一概是个"好"字，只是觉得脸颊笑得渐渐有些发酸。足足过了小半个时辰，珊瑚又送了一回蜜浆上来，大长公主才悠然叹道："你原是懂事的，我也放心了，今日便不多留你，你先去吧。"又笑道："说来你们姊妹也多日未见了，就让珊瑚送你过去！"

珊瑚应声而起，上来便扶住了琉璃的一只胳膊。琉璃只能笑了笑，借着向公主告退，不着痕迹地离她远了一步。

从小院出来，一条青石小径曲曲折折蜿伸而去。珊瑚亲亲热热地挽起了琉璃胳膊，"许久不见姊姊，珊瑚心里着实挂念得很。"

琉璃差点没哆嗦起来，只能干笑一声。珊瑚的两个侍女一个含笑在前面引路，另一个则跟在了阿燕和翠竹的身后，琉璃依稀认得正是珊瑚"舅舅"所送的那两个，便点头笑道："你的婢女果然得用，对这府里的路径也熟悉得很。"

珊瑚眉毛微微一动，却立刻露出了更欢快的笑容，"姊姊说笑了。"

琉璃看着她眼里并非强做出来的笑意，心头微凛，想拉开她的手，珊瑚的整个人却似乎牢牢地黏在了她的胳膊上。

琉璃不由皱起了眉头，左右看了两眼，只见这条小径一边是枝叶繁茂的桃林，另一边则是青石砌就的五六尺宽的水道，流水清浅，水声清越。正想寻个脱身之策，前面的转弯处却突然传来一声男子的含糊嘟囔："到底是在何处？"

琉璃一惊，只觉得这声音似有几分耳熟，蓦地收住了脚步。却听有女子的声音笑道："我家娘子就在前面，她不过有一言相询，定然不会耽误郎君时辰！"

那男声越发含糊："我怎么觉得已出来半日了？"脚步声中，一个黄衣婢女领着一个步履不稳的青衫男子已转过弯来，赫然正是裴炎！只是那原本白净的面孔上满是红潮，一贯端凝的眉目间也只剩一片恍惚。

琉璃看着这张明显有些神志不清的脸，心头顿时雪亮。

那位婢子看见琉璃，眼睛也是一亮，回头对裴炎笑道："郎君请看，我家娘子就在那里！"说着便要把他往前面拉，裴炎眯了眯眼睛，似乎认出了琉璃，脚下跟跄地走了过来，"是你要找我？你为何要找我？你有何事要问我？"

阿燕一步冲上，拦在了裴炎身前，珊瑚的两位婢女立时上来拉住了她，三人顿时扭成一团。

珊瑚满脸欢快，侧头对琉璃笑道："姊姊果真能干，来夫君的长辈家做客，居然还

/第四十八章／忽闻相召　惊遇故人

私下约了旧人相见！"她拉着琉璃胳膊的手指紧紧地扣在了一起，眼里光芒闪动。

琉璃也笑了笑，"珊瑚，得罪了。"

珊瑚一愣，突然间脚面上一阵剧痛传来，不由惨叫着跟跄几步，一屁股坐在了地上。

琉璃低头看了看脚上这双雀头履，这鞋底又硬又高，她好容易才穿上一回，没想到派上了这种用场！转头对早已目瞪口呆的翠竹喝道："还不快去拦住你家阿郎！这是有人要害他！"

翠竹一个激灵醒了过来，冲过阿燕几人拦在了裴炎面前："郎君！快些回去！"

珊瑚雪雪呼疼，一时起不来身，两位婢子脸上变色，云开阿燕，冲着琉璃奔了过来。琉璃并不迟疑，提起裙子，一步冲到路边，跳下了不过一尺多高的清流，几步便趟了过去，手脚并用爬上了另一边的石岸上。

这边的几个人都呆住了，怎么也想不到她居然不往桃林里跑，却做出了这种匪夷所思的举动，粗鲁狼狈，不可名状。却见琉璃双手攀住那边岸上的一根树枝，用力一拽，掰断握在手里，回过头来冷笑道："你们谁不怕被我抽花了脸，不妨过来试试！"

裴炎揉了揉眼睛，呵呵地笑了起来，"好，我过去！"

翠竹死死拽住了裴炎的胳膊，"阿郎，不能去！"

裴炎脸色颇有些不耐，用力去拉翠竹的手，好容易将她推到一边，刚往前走一步，翠竹扑上去又死死抱住了他的脚，纠缠间两人的衣服头发都已散乱不堪。

珊瑚的两个婢女相视一眼，突然都尖声惊叫起来，扶起珊瑚便往前跑，三个人影迅速消失在小径上，却依然能听到那尖锐的叫声。

几乎只是转眼之间，一片脚步声乱响，七八个年轻男子气喘吁吁地跑了过来。当头一个，正是世子裴承先。一眼看见和翠竹纠缠在一起的裴炎，他叫了声"子隆"就满脸呆滞地站在那里，身后几人也都惊诧得说不出话来。

翠竹依旧死死地抱着裴炎的腰，大声道："阿郎，你不能过去！"

不能过去？裴承先注意到翠竹的婢女打扮，松了口气，顺着裴炎挣扎的方向一看，却见一个粉衫碧裙的年轻女子站在水道另一边。他无暇细看，走上两步拉住裴炎，又对翠竹喝道："还不放手！"

翠竹抬头看了看他，忙松了手。

裴承先一面把裴炎往后拉，一面笑道："子隆，你这酒疯也撒得太远了些！还好我来得快，不然笑话便闹大了，你回去后还不会被嫂夫人家法伺候？"

裴炎怔怔地看着裴承先，"如琢？"此时他满额都是汗水，衣冠不整，头发散乱，形容狼狈之极，目光却似乎清明了一些，口中重复道："你怎么会在这里？"

裴承先瞪了他一眼，"我怎么会在这里？还不是被你拖累的，你今日才喝了几杯，便醉成这样？我让人把你送到客房歇息，你却跑得踪影不见，我只好到处找你，免得你走错地方。不曾想你还真选了这条往内院去的道！我不赶来还能如何？"他张了张嘴，到底没有说出，适才还看见两个婢女扶着他新娶的那位小妾鬼喊鬼叫着向另一条路上跑了过去，他还当裴炎干出了什么不体面的事情，吓得狂奔过来，好在不过是喝醉了与婢女纠缠而已。

裴炎瞪大了眼睛，神色依旧有些茫然。裴承先忙让两个小厮上前扶住了他，回身便对程务挺笑道："大郎，你快把子隆弄走，他这样子让人见了只怕会被当贼打！"转头又对阿燕和翠竹低声喝道："还不快走！"

翠竹和阿燕都应了一声，还未退开，却听小道上又是一阵急促的脚步声，十几个女子一股风般地从小径上冲了过来。有人高叫："登徒子在哪里？"阿燕忙退后几步，站到了一个不起眼的地方。

有人便指着裴炎叫道："是他，就是他适才在行、行那无耻之事！"正是珊瑚身边的婢女。

裴承先一怔，顿时勃然大怒，"贱婢，满嘴胡言，还不给我滚！"

那个婢女脸色发白，却叫道："世子明鉴，婢子并无胡说。"

这群人里带头的女子原是河东公府的亲眷，忙道："世子，此人是谁？为何会出现在内院？"

裴承先脸色阴霾，皱眉道："六婶莫要误会，这是我的一位兄长，今日不过是喝多了些，认错了路，又撞上了个奴婢，打骂了几句而已，这贱婢看错了，才闹出一场误会，大家都散了吧！"

那位婢女却突然尖声道："不是和奴婢，是……"她捂住嘴，直勾勾地看向了琉璃，顿时把许多人的目光都引了过去。有人脱口道："库狄夫人怎么也在这里？"

众人顿时一片哗然，裴承先也吃了一惊，回头一看，这才认出琉璃来，心头不由一动：难道适才子隆是认出这胡女了，才要过去的？那胡女便吓得跑到了水道对岸，她的婢女又死死地拦着了他？

却听那婢女自言自语般道："适才，便是他们两个……"裴承先不由大惊——难道适才子隆是对这胡女做了什么？转头忙看了一眼，却见琉璃裙摆虽然湿了半截，但衣裳头发都还十分齐整，神态也极为镇定，心头微松，刚想开口，又有人高声叫道："世子，世子！找到了！"

他只觉得头都大，厉声道："什么事！"

两个婢女打扮的人分开人群，挤了过来，头前一个拿着一张纸，大声道："我问清楚了，适才是有人给裴二郎送了这个过来，他见了之后才跟着那婢子走了。那院里看见过送信人的婢子，奴婢也带来了……"似乎突然看见了裴炎，愣在了那里，"世子找到二郎了？"

她手里的纸举得高高的，不少人都看了个清楚，上面是一朵水墨荷花，近些的还能看清旁边有四个端正秀丽的小楷"请君一晤"——这却显然是有女子相邀私会了！后面那个婢子也突然惊叫了一声，指着手足无措站在一边的翠竹道："世子，是她！便是她送来的这芙蓉图！"

适才还议论不休的人群瞬间便静了下来，人人都有些不敢置信，却都也有些激动莫名。翠竹更是满脸惊愕地呆在了那里。

有人低声道："你看，她裙子上也有芙蓉图！"

裴承先脸色顿时铁青，竟是这胡女勾引子隆来此私会的？他和程务挺相视一眼，都狠狠地瞪向了琉璃。

琉璃的目光缓缓在这些或是厌恶鄙夷，或是幸灾乐祸的脸孔上转过，怜悯地摇了摇头。人群里顿时又是一阵哗然。翠竹终于醒过了神来，尖叫道："你胡说，我没送，我也不是……"

琉璃冷冷地打断了她："翠竹，住口！"她嘲讽地一笑："你有什么话，待会儿再说也不迟，谁知还会不会有人要过来！"

见她如此镇定，众人的脸色里不免多了几分惊疑，一时谁也没有开口。寂静中，道路的另一头果然再次传来人声，却见久未露面的崔氏带着崔岑娘、裴八娘几个快步走了过来。

崔氏看见裴承先也是一愣，转头看见了琉璃，又露出松了口气的表情："大娘怎么跑那边去了？叫我这一顿好找，大长公主说你走了都快半个时辰了，我还怕你迷了路，带了人到处去寻，你倒会找地方清净，看你的裙子，还不快些过来跟我换了去！"

琉璃只淡淡地看着她笑，并不接话。崔氏怔了怔，仿佛这才注意到裴炎，惊讶地叫了一声："二郎？"又对裴承先道："你不是到处在找他么，怎么把他也带到了这里？"

裴八娘满脸关切，快步走到裴炎身边，"阿兄，你怎么喝成了这样？"突然注意到周围的人表情都十分古怪，心里一突，忙低声问程务挺，"出了什么事？你们怎么都在这里？"

程务挺目光阴沉地看了看琉璃，裴八娘顺着他的目光一看，先是惊愕莫名，随即便脸色大变，忙回头去看崔岑娘。崔岑娘脸上却是一片冷漠，紧闭双唇，一言不发。

崔氏斜睨了崔岑娘一眼，笑道："这下好了，你要找的人都找到了。"说着又从袖子里拿了一张纸卷出来，展开向琉璃招了招，"你看你把什么东西落在大长公主那里？"

裴承先看得清楚，正是另一张水墨荷花，和适才那张简直是一模一样，只听身后也是哗然一声，一颗心不由狠狠地沉了下去。还未想好该如何开口，一位婢女从他身后一路跑了过来，看见崔氏便叫道："世子，夫人，库狄二娘不好了！"

崔氏忙道："怎么了？"

婢女急道："她如今哭得死去活来的，您让我去问她到底出了什么事，她不肯说，奴婢追问了两句，她……她，便说不想活了！"

裴承先此时已满心麻木，倒也明白，自然是她无意中撞见了自家姊姊和子隆的事，吓得跑了，如今又是羞耻又是害怕，才会如此——毕竟那是她的亲姊姊，做出这样的丑事，她也难堪！

崔氏突然恍然大悟般抬起头来，扬声笑道："差点忘了，大长公主吩咐今日来的客人，都有香花一盆赠送，大家快些回去，园中的花草看中哪株便告诉园中的奴婢们一声，改日我会亲自送到府上。"

裴承先微微松了口气，妻子这是要先支开众人，回头再逐一去说服她们不把今日之事往外传，虽然要堵住流言是难一些，但总比这样闹下去好……眼见这些人各自应了，正要离开，却听崔岑娘突然厉声道："且慢！"

裴承先不由一愣，只见这位印象中一直病弱的女子此刻脸若寒霜，目光更是锐利得几乎带有杀气，走到水道边上，一字字道："大娘，适才这边到底出了何事？"

裴承先心里暗暗叫苦，只见妻子也忙过去拉了拉岑娘的衣襟，却被她回头冷冷地扫了一眼，便呆在了那里。

琉璃叹了口气，声音里满是无奈："岑娘问得好，我也一直在纳闷，先前你也听见了，大长公主遣人招我过去，要问怎么画水墨荷花，我在那里画了两张，大长公主便让我那庶妹送我出来。庶妹带着我走到这里时，看见二郎似乎是喝得多了，要往水里跳，翠竹上去拦他，被二郎打骂了几下。我那庶妹居然吓得哭着跑了，我也有些害怕，慌不择路便涉水走到这边。之后便是世子和诸位先后过来，说的好些话我却实在听不懂。"

裴承先眉头暗皱，这话单听着也罢了，但如今人证物证都在，她又能瞒得了谁！

崔岑娘却满意地点了点头："多谢大娘实言相告，"回头又淡淡地道，"世子，烦扰您让人把那位库狄二娘叫过来，她若不肯来，便烦扰大家跟我一道过去做个见证，今日之事，分明是有人要陷害我家二郎，我若不查出真相来，决不罢休！"

裴承先心头一急，这不是更要坐实了丑事吗？想跟这位阿嫂使个眼色，却见她目光犹如冰雪，一句"日后再说"，顿时被冻在了嗓子眼里。

待到哭得声嘶泪竭的珊瑚被两个婢子扶过来时，裴承先几乎已经无力再开口说话，就听崔岑娘冷冷道："二娘，适才你可是在此处见到了我家夫君？"

珊瑚低着头点了一点。岑娘接着道："你到底看到了什么，会吓得要寻死？"

珊瑚拼命摇头，却不肯说话。岑娘冷笑道："你不说我也知道，你不过是嫉恨你家长姊，看到我家夫君醉酒迷路至此，便故意哭叫着往人多处跑，好把人引过来，往我夫君与你姊姊身上泼污水！"

珊瑚忙道："谁泼脏水了？分明是他们，他们……衣衫不整，我才唬到了……"

琉璃再也忍不住，笑了出来，"妹子，你的意思是说，我和裴家二郎在这人来人往的路上就衣衫不整了？"

珊瑚一愣，"自然不是，你们是在那边林子里，我和婢女们便是在林内躲藏玩耍，才无意中……"

琉璃立刻道："你们一看清是我，便吓得赶紧跑了？而且三个人都一边跑，一边还那般大声哭叫？"

珊瑚"嗯"了一声，扭过头去。

琉璃的目光转向了裴承先,"敢问世子一声,从世子看到她们,到赶到这边,花了多长时间?"

裴承先皱眉道:"也就是两三个呼吸的时间!"

琉璃笑了笑,"世子过来时,我已是站在这边,试想两三个呼吸内,可是足够我从那林子深处跑出来,涉水到此,又把衣服头发整理妥当?"

裴承先在她开口之前便已明白过来,不由又羞又怒,转头瞪着珊瑚,"贱人!"

珊瑚呆呆地站在那里,一句话也说不出。她身边的一个婢子忙道:"娘子你糊涂了吗?咱们分明先是吓得跑了出来,不知如何是好,他们又从林子里追了出来,库狄夫人还吓唬你说,不许说出去,你才哭起来跑走的!"

珊瑚忙点头道:"正是,我原是被吓糊涂了。"

琉璃摇头一笑,"好,便算是你记错了,不知你可还记得,这婢子当时在何处?"说着便指向了翠竹。

珊瑚一呆,看了看翠竹才道:"她自然是站在路边帮你们……把风。"

琉璃叹了口气,转头看向翠竹,"翠竹,既然我家妹子非要认定如此,也只能烦你将刚才之事从头到尾向世子和各位娘子细细地说上一遍,我与裴家二郎的清白便全靠你了。"

翠竹此时已整理好了衣襟头发,上前一步向岑娘跪了下来,裴八娘这才看见她,不由惊咦一声,却被崔岑娘一把拉住。

翠竹并不迟疑,把自己从跟着琉璃到大长公主屋里画荷花,到珊瑚哭着跑走这一路上的事情从头到尾说了一遍,刚开始时声音不免还有些颤抖,后来却是越说越清晰顺畅。她话音一落,珊瑚已叫道:"这婢子是我姊姊的人,她的话如何信的?"

崔氏也皱起了眉头,"你这婢子好生糊涂,你要护着你家娘子也就罢了,何必编这谎话,大长公主分明说你们早出来了,你却说是直接过来的,难不成你的意思是大长公主也在污蔑你家娘子?"

崔岑娘抬起头,向崔氏淡淡的一笑,"大长公主是否说了这话我却不知,我只知翠竹是我崔家的家生奴婢,跟了我十五年,无论是我本家还是都尉府,无人不识。适才大长公主召大娘过去时,恰好伺候大娘笔墨的婢子不在,我才让翠竹跟了过去,到如今也不过一个时辰,却不知她为何要如此护着大娘?夫人明理,不如替我找几个缘由出来?"

此言一出,珊瑚身形顿时摇摇欲坠,崔氏脸上也变得惨白一片。

众人面面相觑,只觉得生平所经历,再无比此事更峰回路转、惊心动魄的了,但对事情的真相已再无怀疑——哪有家生奴婢帮着刚见面的外人勾搭自家阿郎的道理?不少人便想起了大长公主送给库狄氏的绝色婢子,在芙蓉宴上若有若无的刁难,心头已是雪亮。

珊瑚突然尖叫了一声,"你胡说,你胡说!"

崔岑娘冷笑了一声,"我出来走动得少,贵府之人不认得我家婢子并不为奇,横竖今日还有好几位崔家裴家的亲友，却都是认得翠竹的。她们又不知此番变故，请诸位随我去问问这几位娘子，便知我崔岑洲是不是胡说！"

她转身迈步就走，崔氏脸色虽是一片死灰，还是走上一步，压低声音赔笑道："岑娘，此事是我失察，还是莫要闹大了，须知对裴氏家族名声到底不好。"

崔岑娘看着她嫣然一笑，"妹妹也知道裴氏家族的名声要紧？难道我家二郎就不是裴氏子弟，难道大娘就不是裴氏之妇，此事若不叫人分辨明白，有半句闲话泄露出去，叫那些无耻小人钻了空子，我裴氏家族的名声才真真是一丝儿都不剩下了！为了家族名声着想，请恕岑洲不能从命！"

琉璃忙道："岑娘，等我一等。"说着跳到水中，几步走了过来，阿燕忙上前将她拉上岸来。主仆俩相视一眼，嘴角都露出了微笑。

崔氏再也顾不得什么，忙拉住了她，"大娘，你快劝劝岑娘，"一咬牙又附在琉璃耳边道，"日后那洛阳的庄园便全由你作主，那些庄头的身契，回头我都给你！"

琉璃眨眨眼睛，诧异地大声道："夫人你糊涂了么？今日之事，关系裴氏名声，跟我家在洛阳的田庄有何关系？"

崔氏顿时面如死灰，站在那里动弹不得。琉璃困惑地摇了摇头，又叹了口气，和崔岑娘一道向外走去。

刚刚转过一个弯，她的身后便传来了一声凄厉的惨叫，似乎是珊瑚的声音。琉璃脚下顿了顿，到底没有回过头去。

第四十九章
将计就计　无心插柳

站在自家的乌头门前,目送着崔岑娘的马车消失在路口,琉璃这才转头看着阿燕笑了起来,"今日倒是亏你见机得快!"

阿燕有些不好意思地一笑,"这些贵人无非便是那几样手段,拉个人证总是有备无患。"顿了顿又道:"其实今日这局也算不得什么,试想,娘子从大长公主那边出来时,怎会知道裴二郎已是醉酒被独自安置在客房了?难不成还能让奴婢拿着私信去宴席找他?再说当时那情形,何尝有半分像私会被撞破的模样?只要娘子自己不乱了阵脚,岑娘夫人又能信得过你,让你一样一样去驳问,便是没有翠竹作证,那些人也未必能得逞。"

琉璃点头不语,说到底,这局棋里的棋眼并不是她,而是崔岑娘——难怪裴行俭百忙之中竟会想起去终南山。想来避暑不过是借口,他是想避开那些人的耳目,带自己去拜访裴炎和崔岑娘!想到这些日子以来,他那副胸有成竹却什么都不说的样子,琉璃突然觉得牙根很痒。

只是直到日头西坠,裴行俭却依然未归,不但如此,因自家马车坏了,留在车边等候的雨奴居然也没回来。小檀去问了一遍才知,那辆马车至今并未回转,家里的另一辆马车也在不久前出了门。

琉璃好生纳闷,看向阿燕,"你可知这是怎么回事?"

阿燕摇了摇头,"说起来,在马车上做手脚倒也不算出奇,但今日事已至此,按理临海大长公主不会再出这样的昏招。"

琉璃默默点头。从别院回来时,车夫阿古一见她便道:"厢板有些松了,娘子不如先随崔夫人的车回坊,让雨奴坐这车回去。"琉璃当时有些意外,但阿古锐利的眼神,立时让她记起了裴行俭的交代,只得点头。此时想来,事情或许另有蹊跷……

阿燕忙道:"奴婢再去外院看上一眼。"还没等琉璃坐下喝口水,她却又转了回来,"娘子,阿古求见。"

院子里,阿古身形笔直地站在台阶下,神色十分平静,只是原本整洁熨帖的本色袖子已沾满了灰尘，衣角袖口上还有好几块显眼的暗色。琉璃对颜色原本敏感，定睛一看不由变了脸色，忙回头吩咐："小檀，快让外面的管事请位跌打医师过来！"

阿古一怔，低头看了一眼，抬起头时，原本没有表情的脸上多了点尴尬，"不必劳烦娘子，小的刚从医馆过来，这些是不当心沾上的。"

琉璃微微一愣，突然醒悟过来，"雨奴她出了何事？"

阿古已恢复了漠然的表情，"启禀娘子，马车出崇仁坊时轮轴断了，车厢撞上了坊墙，雨奴也受了伤。"

琉璃眉头紧皱，难道是大长公主在车上做了手脚，阿古这才不让自己上车？那么，他让雨奴上那辆车也是故意为之了？"她伤得要紧不要紧？"

阿古语气平板："还好，恰好遇到自家马车过来接人，小的们把她送到了相熟的医馆，医师说她是外伤，并无性命之忧。只是大约撞到了头，她有些胡言乱语，说是有人逼她害人，因语涉贵人，不能教外人听见，因此小的大胆作主，将她安置在外院僻静处。"

琉璃哑然失笑，摇了摇头，既然是相熟的医馆，自然说她撞了头便是撞了头，说她胡说什么她便胡说什么了……这样一来，倒也干净！只能道："如此甚是妥当，你赶紧下去歇着吧。"

阿古一语不发地肃然退下。琉璃怔了半晌，才想起今日接人的马车来得古怪，难道说……她不由转头去看阿燕，只见阿燕也是若有所思，对上琉璃的眼光便笑道："阿郎好手段！"

果然是好手段！一劳永逸地打发掉了这个麻烦，还教外面的人都以为是大长公主害到了自己人头上，连自己都被瞒得死死的！琉璃默默地翻了个白眼，转头吩咐阿霓："让灶上赶紧做晚膳罢，我在那边水米没敢沾牙，真是饿得狠了。"

阿霓忙道："今日夏至，厨下备了应节的汤饼，难道不等阿郎了？还是叫她们留一份出来？"

琉璃冷冷地道："不等！"又补充了句："也不许留！"

待到碧绿的槐花冷淘和香浓的酉羹汤饼被送上来时，琉璃却已饿过了劲，每一样只是略动了点便放了箸，让人好好地留了两份在一边："待我饿了再吃。"

阿燕几个听了，不由相视偷笑。

直到掌灯之后，院子里才响起小婢女的声音："阿郎回来了！"声音未落，裴行俭便一阵风般卷了进来，琉璃也腾地站了起来，两人同时问了句："你可还好？"你看看我，我看看你，忍不住都笑了出来。

裴行俭上前拉了琉璃的手在堂上坐下，"今日怎样？大长公主可刁难了你？没被唬着吧？"

琉璃白了他一眼，"你还问？自然不怎么样，宴会还没开始，大长公主和几个高门娘子便当众刁难我，宴会过后又借着叫我去画荷花图的名头，把我和那位喝得迷迷瞪瞪的裴子隆安排到了一处，又让我那亲妹子叫了许多人过来捉奸！回来的路上，咱们

/第四十九章/将计就计 无心插柳 409

家的马车好好的竟也撞了墙！"

裴行俭皱眉仔细看了她两眼，突然一指头弹在她的额头上，"小东西，竟想唬我！"

琉璃揉了揉额头，扭头不理他。裴行俭忙搂住她的肩头，诚恳地道："今日都是我的不是，我原想着一切都安排好了，不想你为此费神，没想到圣人竟会突然召我，才让你一个人去了那种地方，担惊受怕了一整日。都是我太过自负，日后再有这样的事，我绝不瞒你，咱们凡事都一起商量可好？"

琉璃心里微软，却不想这般轻易便放过他，依然一言不发，却听裴行俭轻轻叹了口气："其实说来，我有什么可自负的？论到看人料事的眼光，我远不如你。"

琉璃有些纳闷，转头看了他一眼，只见他正神色落寞地看着自己，"琉璃，你还记得那日你跟我说恩师从高丽回来后或许会去西域么？我觉得你是异想天开，没想到今日圣人竟跟我说，待恩师回来，便让他出征突厥！"

琉璃先是一喜，突然又意识到有些不大对头，半个月前裴行俭提过此事，李治任命了程知节，也就是那位大名鼎鼎的程咬金，去西域平乱。她不由皱起了眉头，"程老将军不是十几日前便拜了什么行军大总管讨伐突厥么？义父何时才能回来？难不成要等他回来再发兵？"

裴行俭又叹了口气："正是！圣人的意思是军费吃紧，不如等上几个月，待恩师回来，一切都准备妥当了再发兵，恩师或许会担任此次大军的前军总管。"

就是先锋官？琉璃越发纳闷起来，"这不是好事一桩么？"

裴行俭神色郁然地点了点头，"于恩师而言，的确如此。"

琉璃奇道："那你唉声叹气作甚？"

裴行俭看着琉璃不语，突然挑眉一笑，"若不如此，你焉能饶了我？"

琉璃顿时哑然，又想沉下脸，却又有点想笑，只能狠狠地瞪了他一眼，"你怎么不问我别院那边的事情如何了？你便一点也不担心我应付不过来？一点也不怕我坏了名声，丢了你的脸？"

裴行俭摇头一笑，"只要你的人好好的，我担心那些做甚？"

琉璃"哼"了一声，"口是心非！你不过是算计好了不会有事而已！"

裴行俭想了想，点头道："我的确想过，今日应当不会有事，宴席上有云娘姑母在，不会让你吃亏；至于子隆，他今日大概是躲不过的，好在他夫人是少有的灵透之人，和你也算投缘，断不会相信那些伎俩。再说你又不会任人拿捏，身边还有个在宫里长大的阿燕。她们的胜算着实不大。至于马车就更无可能，阿古是何等人物，就算你上了车，他也不会让你受半点损害。只是明白归明白，没看到你，到底有些放心不下。如今你这副笑吟吟的模样还想来唬我，岂不是讨打？"

琉璃不由奇道："阿古怎么会有这样的本事？荆王妃真是你请过来的？"

裴行俭微笑道："我自然无法请她，也不过是托人告诉她，今日长孙湘与她嫂子柳氏会成为芙蓉宴首席贵客。她传话给我说，当年之事她也有所耳闻，只是有生之年，能当众还长孙家人一次羞辱,是她的夙愿,就算此次我不过是想借她的力,她也会记得这份人情。

"至于阿古,他原是良家子,是我兄长亲手调教的侍卫,身手好便不必说了,驭马驾车的功夫只怕整个长安城也找不出几个对手。想来今日,他大概已是让那位雨奴伤得恰到好处了吧?"

琉璃不禁莞尔,想了想还是问道:"你真便这般笃定?若是我真的不留意中了她们的圈套,坏了名声,你难道也不半点都不担心?"

裴行俭摇了摇头,"只要你的人安然无事,那些不过是细枝末节,大不了她们怎样坏你的名声,我便让她们怎样圆回来!横竖她们也不过是为了那些产业,无论情形坏到怎样的程度,我只要拿这些与大长公主去换,她大概是连自己儿媳也肯卖的!"说着皱起了眉头,"不说这些扫兴的事,你还是快让人做碗冷淘上来,在宫里说了一日的话,我还真有些饿了。"

琉璃忙让人把留好的汤饼和冷淘都端了上来,陪着裴行俭吃过这夏至的节食,一面把这日的事情说了一遍,裴行俭听得连连摇头,"已是这般错漏百出了,还不肯停手,她们……"又看着琉璃笑,"今日便是我在,也做不得更好。此事一出,你便再也不用去那府里,便是去了,她们也再不敢做什么,如今那边定然是一片鸡飞狗跳,说不得还要自相残杀。李公说得不错,你真真是镇宅之宝!"

琉璃笑着伸手拧他,"叫你胡说!"却被裴行俭抓住手,将她整个人都按在了怀里,良久良久,再没开口说话。琉璃隐隐觉得有些不对,抬起头来,"你还没跟我说,你今日在宫中一天,难道都在跟圣人谈军事?宫里可有别的什么事情?"

裴行俭正看着窗外出神,脸色不知为何竟有些郁悒,听她开口,才露出了笑容,"我平日对西疆事务还算留意,圣人今日便多问了些……我出宫前,还见到了武昭仪。"

琉璃一愣,忙直起了身子,"你看她如何?"

裴行俭沉默片刻,淡淡一笑,"我适才不是与你说了么,我今日才知,我看人料事的目光,远不如你。"

琉璃奇道:"她的模样可是和你原先想的不大一样?"

裴行俭摇了摇头,"她的面相贵不可言,举止谈吐无不妥帖到了极处,心智亦可谓深不可测……"他看了琉璃一眼,"总之,日后无论出了何事,你都大可不必为这位昭仪忧心。"

琉璃心里微微一沉,他的话都是好话,可神色间却分明与平日有些不同。裴行俭似乎无意多说,转而问她今年的芙蓉宴是谁夺了头彩,琉璃哪里还顾得上这种事情?想了片刻才道:"大约是骆宾王,他传了首诗出来,倒是人人都说好。"

裴行俭笑着摇头,"多半不会是他,这得头彩之人不但要诗好字好,家世仪容都要出色,有时还要看大长公主的喜好,不然,几年前那次大宴的头彩怎么会落到那位西州麹玉郎的头上?"

琉璃问道："怎么，这个什么玉郎诗写得不好？"

裴行俭只是笑，"倒也不差，只是听说教他诗赋的是个吴人，韵脚时常押得有些古怪。"

什么韵脚？琉璃茫然摇头，有心想再问几句武昭仪的事，却不知从何说起。

一夜无话。第二天，裴行俭便带来了河东公府的消息：那边果然热闹大发了。世子夫人崔氏当日散宴之后，送客竟是直接送回了娘家；大长公主随后突发急症，不但太医署派了人，还惊动了御医。"这病只怕假不了，但愿她能就此消停些。"

琉璃摇头，"只怕未必。"她可不信这位大长公主真会住手，也不希望如此。不过此事她不好解释，索性转了话题："我记得临走前，曾听见珊瑚叫了一声，可有她的消息？"

裴行俭摇了摇头，"没听说那府里有姬妾受伤，便是受伤了，大约也没让医师去诊治。"想了想又皱起了眉头，"我会留意此事！"

琉璃心知在这当口，自己要低调再低调，最好一个人待在家里，不想转日门房上却突然送来了一张帖子——杨十六娘要登门拜访。

琉璃心头无限迷茫：这位到底想干啥？

好容易到了她上门之时，琉璃一心一意等她开口，这位杨十六娘不着边际地闲扯了半日之后，却笑着递上了一个精致的匣子。

揭开镶宝珠盖钮的六瓣莲花盖，一股异香顿时扑面而来，只见在这个五寸见方的鎏金折枝莲纹银盒里，盛着的是整整一盒杏黄色的……香粉？琉璃伸指沾了些许，用指尖微微一搓，只觉得触感柔腻、香气馥郁。她抬头看了看一脸期待的杨十六娘，没把握地问了一句："这可是，澡豆？"

杨十六娘立即笑着点头，"大娘果然好眼力，便是我家姊妹，也有好几个把它认作是妆面用的红香粉。"

琉璃心虚地笑了笑，她其实不是眼力好，只是没怎么用过红粉额黄，平素所用之物里，也就是澡豆是类似的粉末。不过，若是和面前这盒相比，自家那种不过是用豆面合了三味香料的澡豆，大概只配用来洗脚。

杨十六娘笑道："这澡豆的方子是家中的一位长辈好不容易从孙真人那里得来的，我已经抄在了这里，大娘若是用着觉得还好，日后也可自己来配。"说着便把一张纸签递到了琉璃手中。

琉璃展眼一看，不由眼前一黑——"丁香、沉香、青木香、桃花、钟乳粉、珍珠、玉屑、蜀水花、木瓜花各三两，奈花、梨花、红莲花、李花、樱桃花、白蜀葵花、旋覆花各四两，麝香一铢。上一十七味，捣诸花，别捣诸香，珍珠、玉屑别研作粉，合和大豆末七合，研之千遍，密贮勿泄；常用洗手面作妆，一百日其面如玉……"这么多奇奇怪怪的东西，还研磨千遍？她闲疯了才会干这个吧！

再看看眼前这盒粉，她顿时肃然起敬，"十六娘，这澡豆也太金贵了些，琉璃受不起！"

杨十六娘忙道:"大娘哪里话,不过是盒澡豆而已,咱们难得投缘,这澡豆也不过是旁人送我的,我用不完不也白白搁坏了?"她看着琉璃笑了起来,"只是大娘本是肌肤如玉,在大娘眼中,此物或许只是鸡肋也未可知。"

琉璃只得笑道:"十六娘莫打趣我,这样的好东西我还嫌弃,岂不是天理难容?只是得蒙姊姊厚爱,心里有愧罢了。"心里却越发纳闷,无事献殷勤……

杨十六娘见琉璃收下了银盒,笑容更欢,"大娘过谦了,你的品格谁能不爱?那崔家岑娘,最是性子清冷不爱交际的,与大娘不也一见如故?还有离落、冷娘那对才女姑嫂,见了大娘也是心折呢!"

琉璃背上冷汗滑落,一时不知如何回答才好。

杨十六娘笑了笑,转了话题:"大娘平日似也不爱出门,不知在家喜欢做些什么?"

琉璃松了口气,"不过是写写画画而已。"

杨十六娘感兴趣地挑起了眉头,"早便听闻大娘画得一手好丹青,不知可否容我拜赏一二?"

琉璃忙站了起来,"这有何不可,都在书房里挂着,十六娘莫嫌污眼便好。"

杨十六娘回头便吩咐两个婢女,"你们粗手笨脚的,莫弄坏了大娘的字画,便在这屋里等着吧。"

琉璃心里一动,看了阿燕几个一眼,"你们去让厨下拿两份荷叶饮来。"自己领着杨十六娘穿过东次间,到了最里面的书房。

琉璃最满意的几幅画都已挂在了书房的墙上,东墙是一幅裴行俭像,并无背景,身形衣褶也都是简笔线条勾勒,唯有面孔借鉴了明代墨骨画法,用浓浓墨色染出立体阴影,再赋色烘托。此外还有一副花鸟图,一副墨竹图,最显眼的却是西墙上的那幅工笔重彩牡丹图,用胭脂色重重渲染出的大红牡丹,浓丽得令人移不开眼,空白处是裴行俭的题句:"昨夜经风雨,今晨带露开"。

琉璃一眼瞟到这诗,顿时心虚起来,忙偷眼去看杨十六娘,却见她只满脸诧异地看着裴行俭像,不由松了口气。此时的人物肖像画,线条流利,气韵生动,却实在谈不上和本人有多像,更别说画出面孔的立体感来,这幅人像画出来,裴行俭都称奇了半日,更别说外人……

杨十六娘呆了好半晌才回过神来,只拉着琉璃问这人像如何能如此逼真,琉璃拣她能听懂的话,把绘制技巧简单地说了一遍,又笑着补充道:"其实这般画法在西域并不少见,只是中原画师多不惯如此。"

杨十六娘点头感叹不已,"我竟再没见过这样的画像,进门便像看见裴明府站在那边!"又细细看了一遍这书房的布置,"裴明府真是有心人,这书房的用具竟比堂舍的更讲究几分,可见是会心疼人的。"说着又把琉璃从头到脚夸了一整遍。

琉璃听得浑身发冷,忙笑道:"十六娘快莫这样夸我,琉璃不过是寻常人,最多是运气略好点。"

杨十六娘长长地叹了口气，"这世上哪有容易得的好运，世上女子谁不是'愿得一心人，白首不相离'，偏偏这世上男子，又最是喜新厌旧、见异思迁，也只有最有能力的女子，才能将他们牢牢牵在手里……"她看着琉璃，笑得有些凄然，"大娘只怕心里笑话我整日无事便上门来打扰，却不知似我这般无夫君之缘的妇人，也不过是靠访亲拜友打发些日子而已。"

琉璃只觉得舌头打结，实在不知该怎么接话，依稀想起陆瑾娘似乎提过一句，这位十六娘的夫君姬妾甚多……只得笑了笑，"我在家里也是百无聊赖，姊姊能来看我，真是求之不得。"

杨十六娘幽幽地道："大娘有所不知，如今我膝下空虚，人人都道我性子不好，笼络不住郎君，却不知他是看都懒得看我一眼的，在那边府里住着，不是看姬妾争风，便是听妯娌笑话，因此也只有出来烦扰烦扰你们，心里还略好过些。"

她看着琉璃，目光渐渐变得热切起来，突然一把握住了她的手，"大娘，我时常想，自己若能有你的一半运气便好了！裴明府待你自不必说，芙蓉宴那般局面下，世子也肯替你作证！可见他们待你都是不同。你可有什么法子能教教我？便是让人肯多正眼看我一眼也是好的。"

她的手指越收越紧，还微微有些颤抖，琉璃看着这张蓦然间写满焦虑渴求的脸，只觉得滑稽无比，却又有些毛骨悚然——敢情别人说她是狐媚子，只是顺口骂骂而已，这位才是真心实意觉得自己就是一狐大仙，真心实意就是来向自己讨教狐媚之术的——只怕从她第一次来这里做客打的就是这个主意！

琉璃忍不住苦笑起来，"姊姊，你也知道当日的事情，世子想帮的不过是裴二郎，与我又有什么干系？"

杨十六娘却坚决地摇了摇头，"大娘莫哄我，那日的情形我看得分明，莫说世子，便是裴御史看你的目光也是不同。大娘，别人不知，我却是知道的，你昔日刚刚认识顺娘，便肯帮她，她认识你之后没几日便得了……宠爱。后来你入宫为昭仪效命，圣人竟是再没去过别处！为何今日你便不能帮帮我？顺娘和昭仪如何待你，我日后也绝不会比她们差上半分！"

琉璃这次是真正的目瞪口呆，这位联想力也太丰富了吧？可这话也是能乱说的？以她武氏表姊妹的身份，这话要是传出去……琉璃忙反手握住了她的手臂，"姊姊轻声些，这些事真真是无从谈起，这些话琉璃也万万受不起，姊姊若有别的事情让琉璃帮忙，琉璃绝不会推辞，可……"

杨十六娘眼中顿时光芒四射，"你肯帮我便好！你放心，你今日若是帮了我，我又怎么会把这些话跟旁人去说？岂不是绝了自己的路？"

她的意思是，今日不帮她，她就会说？自己怎么会惹上这种偏执狂？看来若是不应付了她，只怕真有后患。琉璃心思急转，叹了口气，"不是我不肯帮你！姊姊是我婚后第一个来看我的，又处处对我照顾有加，只是此事……的确难言！"

杨十六娘的脸上立时露出了笑容，"我自然知道不会容易，妹妹但凡能教我一二，我终生都听妹妹的!"想了想又补充道,"有些事原是艰难,你尽管说,我尽量做,若是不成,那也是我自己时运不济,难不成还能怪你?"

琉璃沉吟不语,心中却在抓狂怎么编个难以做到的求媚之法,无意中扫到裴行俭的画像,不由灵机一动,指向了那张画像,"姊姊也觉出那画像比别个不同罢?"

杨十六娘转头看了看,脸上突然露出恍然大悟的神色,"大娘是说,那画像……"

琉璃一本正经地点头,压低了声音:"正是。画者,相也,花者,华也。每日正午和子夜时分在画像前摆上一枝应季的鲜花,再默默祈愿,这画像越是栩栩如生,便越是灵验,若是不像,后效却是难说。"自己不可能去画她的夫君,而她要找一个能出这种人像的画师,大概也不容易吧?

杨十六娘却似乎没想这么多,满脸欣喜地摇着琉璃的手,"好妹子,多谢你今日肯教我,大恩大德,我永生都不会忘!"

琉璃忙压低了声音:"回报不回报也罢了,此事你绝不能叫旁人知道了去。"

杨十六娘忙赌咒发誓,又千恩万谢了一番,方心满意足地告辞。琉璃送她到了屏门,目送她走远,不由摇了摇头,哭笑不得,回头看见阿霓、小檀两个也是满脸忍笑。小檀便道:"今日我才知道,娘子撒起谎来竟也是不眨眼睛的!"

琉璃一愣,故意拉下脸来,"你们两个好大的胆子!"

阿燕忙笑道:"娘子莫怪她们,原是我觉得这杨十六娘有些古怪,便让她们去后窗听听,没想到那是个糊涂人!娘子此计虽险,却也是无法,横竖没让旁人听了去,真闹出什么来,翻脸不认便是!"

琉璃想着杨十六娘回去之后还不定怎么"做法",越想越是可乐,待裴行俭回来,便想把这笑话说给他听。裴行俭却进门便道:"你快去挑几样礼物,明日一早,咱们要回崇化坊一趟。"

第五十章
天理循环　所谓报应

　　还是一样的小院，还是那几张熟悉的面孔，但琉璃一进院子便感到似乎有些异样，仔细看了两眼才醒悟过来：下人们看向自己的眼神，分明多了一种畏惧。

　　她疑惑地看向身边的裴行俭，裴行俭笑着摇了摇头，目光也在院子里扫了一圈，看到琉璃以前住的小房间，眉头微微一皱。

　　那间房怎么了？琉璃还没来得及细看，前面已传来库狄延忠带笑的声音："今日你们回来得倒早。"

　　却见库狄延忠穿着簇新的青色襕袍，挑帘从上房走了出来，满面笑容，只是脸色发白，眼下微青，气色并不算好。待进到屋里，依然没看见曹氏，琉璃心里倒也明白了几分——珊瑚的事只怕这边已是知道了。

　　没等她开口，裴行俭便含笑问道："丈人，不知庶母可在？"

　　库狄延忠看了琉璃一眼，笑容有些尴尬，"她前日便病了，病得有些糊涂，请了医师来看过，说是痰迷之症……"又急切地道，"我已经作主，把她挪到了西厢偏房里养着！"

　　西厢的偏房……就是自己以前住的那间小房间！琉璃突然明白了进门时那些下人眼中的畏惧从何而来：以前她病倒时便是被曹氏挪进了那里，如今却轮到了曹氏自己！无论是报应，还是报复，看在他们眼里，只怕都是令人畏惧吧？父亲大人是在用这种方式表明他的立场吗？

　　裴行俭遗憾地叹了口气，"夏日炎炎，庶母想来是中了些热毒？小婿那里倒是准备了些解暑的瓜果冰盘，此来便是想请丈人和庶母去消磨两日，如今看来却只能请丈人赏脸了。不知丈人今日可还有别的安排？"

　　库狄延忠自打听说了珊瑚的事，这几日坐立不安，就怕这位女婿翻脸，听得此言，顿时浑身骨头都轻了二两，忙笑道："无事无事，我也正觉得暑日烦闷。"

　　裴行俭便笑道："今日天时晴好，再过些时辰怕是路上要热起来，丈人不如这就跟小婿过去？"

库狄延忠满口应是,略吩咐了下人几句,往外便走。刚到院中,就听西厢的偏房里传来拍打门板的声音和曹氏嘶哑的叫喊:"放我出去,放我出去!我有话要与大娘说!"

库狄延忠忙回头对琉璃道:"医师说了,你庶母如今痰迷了心窍,说话颠倒,形容唬人,你莫理她。"

琉璃瞟了瞟那熟悉的木门,点头不语,她太知道被关在里面是什么滋味了,倒也没有兴致再去回味一番。

只是曹氏的声音虽然嘶哑,却是越来越响亮:"大娘,大娘,冤有头债有主,当年对不住你的人是我,我是罪有应得,只求你饶了珊瑚一命,她是你亲妹子,姊妹相残,日后会有报应……"

库狄延忠脸色越发尴尬,皱眉道:"果然是得了狂症,竟能说出这种话来!"

曹氏又叫道:"裴明府,裴明府!裴明府你想想,珊瑚再是胡闹,去那边才几日,怎么能做出此等事体?不过是受人指使。你和大娘若肯去那边求情,定能保住她的性命,阿曹生生世世做牛做马,也绝不会忘记你们的大恩大德!日后我们母女若敢冒犯大娘,定下地狱!"

裴行俭停下脚步,回头叹了口气,"不必劳烦庶母再发誓赌咒了。大妹有今日,说来全是庶母所赐。小婿若记得不错,上回庶母便发下毒誓,道是大妹日后再对大娘有一丝冒犯,便教你们母女永世不得超生。这誓也是乱发的么?如今不过是誓言应报,小婿何德何能,还能违了天意不成?"

小屋里顿时变得鸦雀无声,裴行俭转身对目瞪口呆的库狄延忠笑了笑,"丈人,请。"

大约因时辰还早,路上车马不多,待车马到达永宁坊裴府时,日头还未上三竿。琉璃刚刚下车,门房却几步赶了过来,"阿郎、娘子,适才河东公府的卢夫人突然上门,小的们说了阿郎和娘子都不在,她却定是要等在门口,还让人从车上抬下了一个娘子,只说是来负荆请罪的,引得许多人围看。小的们无法,只能将她们请了进去。如今人都在外院的厅堂上。"

琉璃心里明白了几分,忍不住转头看了看裴行俭,也不知该气还是该笑。

裴行俭眉头紧皱,点了点头,"知道了,快去秋院把萧医师请到厅堂。"回头又对库狄延忠叹道:"这卢夫人是河东公府三公子的夫人,她怎会突然造访?又抬了人过来,只怕……"

库狄延忠脸色已变,"这可如何是好?"

裴行俭满脸歉然,"本是想请丈人来松泛一日,没想到竟遇见此事,如今之计,也只能先过去看看再说。"

几个人快步走到外院的厅堂之上,却见那卢九娘正坐在厅内,听见脚步声,忙起身行礼,"阿兄,阿嫂,阿卢今日冒昧前来,请兄嫂恕罪。"

琉璃快步走了过来,一把扶住了她,"九娘莫多礼。"目光一扫,只见珊瑚躺在一旁的软椅之中，苍白的脸颊上有着异样的红潮，看见琉璃，眼里流露出又是畏惧又是怨恨的神色。琉璃的眉头不由皱了起来。

卢九娘也是脸色尴尬，"好叫阿嫂得知，当日之事如今已查明，全是二娘一手安排，是她派了婢女假传大长公主的回话给大嫂，又给了大嫂那幅荷花图，大嫂一时不察，竟给她哄了过去。如今大嫂也没脸在府里待着，世子更是气得不行，当日便踢了二娘一脚。大长公主因被气得卧床不起，一直没理会此事。今日听说她还在府里，便一迭声命我把二娘送到府上来赔罪，听任你们两个发落，又让我把当日下聘的文书也一并带来了，说是她与河东公府再无瓜葛。"

琉璃虽然心里早有准备，还是忍不住冷笑了一声，"大长公主不知她的情况也就罢了，阿卢却是看得到的，如今这样把人往我这里一丢，她若有个三长两短，难道要让我背上杀妹的名声？"

卢九娘有些手足无措，"阿嫂见谅，大长公主如今病得十分沉重，太医们都道是再动不得怒的，因此阿卢实在不敢违逆公主之命，若是阿嫂不肯让她留下，阿卢也实在不敢回去复命……"她想了想，踌躇道，"二娘只是没人理会，饿了几天，精神有些不济罢了，阿嫂若不放心，不如让阿卢打发人去请太医过来看看？"

裴行俭淡淡地道："那倒不必，寒舍因有奴婢受伤，倒是恰好请了位长于跌打外伤的医师，此刻人还未走，我已着人去请他过来了。"

说话间，一位穿着本白色长袍的中年男子匆匆走了过来，只胡乱向裴行俭拱了拱手，便快步走到珊瑚面前，先是翻了翻眼皮，又凝神搭脉诊了一盏茶工夫，摇头道："这位小娘子怎么生生被拖到了这时辰！此刻看着还好，却不过是一碗参汤吊起的精神，只怕拖不过两日去！"

库狄延忠顿时脸色发白，"如今可还治得？"

医师叹道："若是三日前便治，某有八九分把握，如今最多也就剩下三分了。"

裴行俭也叹了口气，"那便尽人事听天命，烦扰萧医师试上一试再说。"

珊瑚原本只是满脸戒备地看着琉璃，听了萧医师的第一句话，便如木雕泥塑一般，此刻才回过神来，目光转向卢九娘，眼里满是怨毒，张了张嘴，却只能发出嘶嘶的声音。

萧医师一面摇头叹气，一面便从药箱里拿出药丸，要来小半碗热水将药丸化开，指挥着婢女扶起珊瑚，把药水给她一点一点喂了下去。过得片刻，只听珊瑚咳了两声，突然哇地吐出一大口黑血来。众人都唬了一跳，萧医师却长出了一口气，"吐了淤血，命算是捡回来了。"

卢九娘站在一边，神色颇有些复杂，见琉璃转过头来，忙笑道："这位医师好本事，如此……也甚好。"说着从袖子里拿出文书便要给琉璃。

琉璃忙摆了摆手，转头问库狄延忠，"阿爷，此事你看如何是好？"

卢九娘这才注意到库狄延忠，脸上微微变色，"这位是……"

琉璃道："今日我和夫君出门，便是请阿爷过来作客，没料到竟遇到了此事。如今我家阿爷在此,庶妹之事,焉能由我作主?"

卢九娘呆了呆,忙低头行了一礼,抬头时脸上已恢复了笑容,"果真是巧,如今有长辈在此,倒是免得我等为难。"双手捧起那张文书交给库狄延忠。

库狄延忠看了裴行俭一眼,低头接过文书。卢九娘又说了几句抱歉的话,便告辞而去。裴行俭却又打发人请了好几位长安城的跌打名手上门,抓药的下人也进进出出,忙乱了足足一日。

直到日头西斜,一辆车内垫了数床丝絮的马车才慢悠悠地出了裴府。库狄延忠骑马跟在车边,腰身微微佝偻,整个人看着比来时倒像是老了十岁。

琉璃目送着马车走远,长出了一口气,和裴行俭一道转身进了乌头大门,走了几步,这才觉得全身都有些酸疼。

裴行俭关切看着她一眼,"可是累着了?"

琉璃摇了摇头,其实这一天的忙乱并不算什么,只是看着珊瑚如今的情况,心里那种震惊和厌恶却难以挥去——大长公主的手段比她想象得还要毒辣!珊瑚好歹也算是为她效劳,她竟下得了这样的狠手!放任她重伤之后无人过问不说,竟还灌了哑药下去,今日若不是有萧医师这样的疗伤圣手在府里等着,若不是有库狄延忠这个亲生父亲在一旁看着,珊瑚若是就此毙命,自己固然难以洗脱残害手足的嫌疑,便是珊瑚侥幸捡回一条命,她日后的失声、多病只怕也会被人算到自己头上……

手上突然一暖,却是裴行俭伸手牵住了她,语气里满是歉疚,"都是我不好,才让你牵扯进了这种事情。"

琉璃定了定神,抬头看着他笑了起来,"你不是一早都准备好了么,我又不用做什么。有你在,我不怕。"

裴行俭低头看着她微微一笑,笑容却依旧有些怅然。

琉璃索性笑道:"你以为自己不说话就成?别打谅我会忘记,你前两日才说过,什么事都要与我商量,转眼又把我蒙在鼓里!说什么珊瑚出了这种事,要回去看看家中情况如何,原来却是打着这种主意!"

裴行俭愣了一下,摇头笑道:"这却真是冤枉我了,此事我也不过有六七成的把握,若是说出来,却又落了空,岂不是让你白白担心?"

琉璃奇道:"那你又怎会猜到她们要出这一招?"

裴行俭淡淡一笑,"我不过是让人多盯着河东公府这几日出入的医师而已,前两日给大长公主看病的太医一日出入三回,昨日变成了一回,却又请了另一个与河东公府相熟的外伤医师去。自然是大长公主的病有所好转,想起让人去给珊瑚看病了。以她的习性,此事太过反常,我虽无十足把握,却不得不防。"

琉璃忙追问:"你竟派人盯着那边?今日那边又如何?"

裴行俭嘴角露出了一丝笑意,"今日卢九娘一回去,太医立即便跟去了,似乎下半日都没出河东公府的门。"

琉璃忍不住哈的一声笑了出来,忙捂住了嘴,两人相视而笑,心头的郁闷都被冲散了许多。

此后几日，琉璃除了每日安排马车接送萧医师到库狄家看病，又让小檀去送了两回药材。珊瑚到底年轻，到五六日上便渐渐地缓了过来，嗓子因治得及时，也略有好转，只是每日都呆呆的，任谁都不理会。曹氏拖着病体忙前忙后地伺候，库狄延忠则已开始专心筹备要给程家下聘之事。

琉璃听着只觉齿冷。阿霓便在一旁笑道："前些日子娘子用荷叶做饮，今日厨娘便用荷叶饮直接和面，做了些冷淘出来，娘子可要尝一尝？"

琉璃打起精神点了点头。没多久，阿霓便用食盒装了一小碗荷叶冷淘过来，果然比平日的更加酸凉爽口。琉璃想了一想便吩咐道："让厨娘做四份出来，送去苏府。"

阿霓笑着领命而去，琉璃转头又处理了些杂务，眼见已快午正时分，正准备让人把午膳送上来，小婢女却跑着来报：于夫人来了。

琉璃忙迎了出去，只见于夫人跟在阿霓身后笑吟吟地走了过来，看见琉璃便笑道："你那荷叶冷淘当真是滋味清爽，我想着你今日既有闲心，自然是那边已然无事，我也该过来看看你才是。"

琉璃笑着点头，"阿母果然神机妙算。"

于夫人点了点琉璃的额头，"你怎么跟着守约不学别的，却学得油嘴滑舌了！"

两人在堂上坐下，于夫人开口便问："你可知皇后要开寿宴之事？"

琉璃吃了一惊，赶紧摇头。

于夫人叹了口气，"我也是刚刚听到消息，再过十几日便是皇后生辰，这次竟是要在立政殿设下宴席，请朝中五品以上官员的妻母赴宴。"

五品以上官员的妻母？也就是说，自己也会在被邀之列？琉璃心中不由一阵翻腾：一个临海大长公主的芙蓉宴就够要命了，这立政殿的生日宴听起来更不像是什么好事……

于夫人见琉璃苦着脸，也皱眉叹道："说来此事少有先例，我也在发愁，那日该如何穿着打扮、是否要送上贺礼、该送哪种贺礼，竟是都无章程可循。"

琉璃跟着叹气。如今每年的节日虽多，却还没有"万寿节"之说，宫中给李治做生日也不过是设宴一顿了事。想了半日只能道："阿母不如多打听打听旁人如何准备，再备上一份意思吉利些的精致寿礼，不犯忌讳第一要紧。"

于夫人点了点头，又问："那你如何打算？"

琉璃笑道："自然是过几日便开始生病，中暑痢疾热伤风，总之是出不得门，至于贺礼……挑一对成色好点的玉臂钏，届时托人送了去便是，阿母你看可使得？"

于夫人笑了起来，"这主意倒也不错。"

琉璃想了想又道："阿母若真去那宫里，记得随众行事，莫落了单。"如今苏定方正在得胜回朝的路上，李治又打算让他担任西征大军的先锋官，按说王皇后不至于这节骨眼上去找于夫人的麻烦，但凡事总是以小心为妙。

于夫人便叹道："我自会当心。听说魏国夫人如今每日出入宫廷，性子也越发暴躁了。皇后好端端的要做什么生日，多半是她的主意！"

这些日子苏府上比往年热闹了许多，消息自然更是灵通。只是听到"好端端"三个字，琉璃心里忍不住苦笑——这位王皇后若真是好端端的，大概不至于要做什么生日，正因为武昭仪撰写的那本《女则》正风行天下，她才会生怕大家忘记她才是真正的后宫之主吧？只是这一招似乎并不高明，毕竟这皇后之位，又不是群臣举手表决的！

两人又随口说了几句，于夫人突然笑道："你还没听说吧，芙蓉宴之后，如今外面当真是说什么的都有。

"有人说是临海大长公主不喜守约娶新忘旧，做了这个局教训你；也有说崔氏嫉恨世子对你旧情难忘，故意指使人陷害你；还有人说大长公主不过是贪恋钱财，成心要坏守约和你的名声，又翻了许多旧账出来，桩桩旧事竟都说得大致不错。我想了半日，也不知到底是谁说出去的。"

琉璃略一沉吟，扬眉笑道："再不会是别个，定是那位世子夫人！"

于夫人"啊"了一声，想了片刻，哈哈大笑起来，"没错，换作是我，我也不肯背这口黑锅！如此甚好，她们咬起来，咱们正好看个热闹！"

看热闹吗？琉璃轻轻摇头一笑，大长公主看来更不会收手了……如此，甚好！

第五十一章
宫中巨变　厌胜真相

院子里的蝉鸣一声接着一声，带着股声嘶力竭的劲头。琉璃突然有些心烦意乱，丢下笔走出房门，在院子里转了两圈，抬头看了看这满院的绿荫，想吩咐小婢女们拿竹竿把知了黏下来，突然又觉得自己有点可笑。

平日里，她并不爱出门，在家窝个几天也不算什么，但这装病不能出门，滋味却似乎有些两样……正怅然间，只听阿燕在身后唤了声"娘子"。

琉璃转过身来，阿燕便笑问："娘子上回吩咐给阿郎多做几双足衣，针线上来问，这次要用什么料子和图样。"

琉璃想了想道："自然还是用最软的白纻布，不用别的花样，袜口和侧面各绣一道青色的卷草纹，袜带也用同色青线。"此时赴宴上朝都要脱履，因此无论男女对袜子都极为讲究，略有些钱财的人家都是冬日着锦袜，夏日着罗袜，富贵者更是染之以五彩，饰之以纹绣。琉璃却嫌丝绸太滑，一律只用细麻做的纻布，裴行俭试穿了几次便喜欢上了，琉璃却不由又一次惆怅地怀念起棉布来。

阿燕应了一声，转身往外走，刚到门口，却和一个飞跑过来的小婢女差点撞了个满怀。

琉璃和阿燕都认得这小婢女是屏门处当值的，异口同声问道："可是有贵客上门？"

小婢女忙不迭地点头，"是一位武氏夫人。"

武夫人？明日便是皇后的寿宴了，她这时辰跑来做甚？琉璃又是惊诧又是纳闷，转头吩咐阿燕："你快请她进来。"

没多久，只见武夫人一阵风般走了过来，绯色的长裙飘飘曳曳，脸上的笑容更是明媚无比。待走到近前，还不等琉璃开口，便一把抓住了她的手，"你可再不用装病了，快跟我散散去！"

琉璃忙问："这话从何说起？"

武夫人笑得眼睛眯成了月牙儿，"出了大事！魏国……那柳氏居然在宫中行厌胜之事,昨日被抓了个正着,圣人大怒,已削了她的封号,将她赶出宫去!如今哪里还有什么寿宴,你可不是不用再闷在家里?"

琉璃不由一呆,魏国夫人的厌胜事件这就发作出来了吗?可是……她脱口问道:"昭仪的身子如今可是大好了?"

武夫人惊诧地看了她一眼,笑了起来,"蒋御医不是回来了么,几剂药下去,昭仪的身子便大有好转,连圣人的头风都没再犯。"她拉着琉璃走到一边,附耳低声道:"其实药竟是其次,蒋御医查了这半年来的饮食单子,道是有几样原是产后体虚之人不合多吃的,便是圣人的头风也不合多吃那些,否则吃再多的药也不顶用。昭仪没让宫人声张,只先把那几样悄悄地停了,果然这半个月来,她与圣人身子便都好了许多。如今看来,她这病体缠绵,十有八九便是那边在捣鬼!"

竟又是在饮食上做了手脚?不知为什么,琉璃脑中首先浮现的,竟是武昭仪生公主那夜,那一个个装着桂圆鸡子汤的食盒……聪敏缜密如武则天,怎么可能两次在同一个地方摔倒?这一次,只怕是她早就挖好了坑,等着皇后往里跳吧!难怪她一"病"便是半年,难怪她会轻易将六尚局的权柄交出去,难怪她会把蒋御医调开……如今局已布成,这些牌却还是隐而不发,到节骨眼上样样便都是王皇后谋害皇帝的铁证!琉璃越想越觉钦佩,又有些隐隐生寒。却听武夫人奇道:"这等大快人心之事,你发哪门子呆?"

琉璃忙仰起一张笑脸,"琉璃胆小,想到居然有人能这般大胆,着实有些后怕。"

武夫人点头道:"正是,原先大伙儿还以为那柳氏不过是急昏了头,什么百药合成的面脂、千金不易的澡豆、稀奇古怪的羹汤,日日奉进,大约是指望着那些物什让皇后变成个绝代美人?如今竟然连厌胜之事也做了出来,真真是丧心病狂!"

琉璃点头不语,她很早以前就发现了,魏国夫人才是武昭仪最亲密的战友。

武夫人原是第一次来裴宅,倒是兴致勃勃地四处转了转,一面便跟琉璃细细地说着这两日的事情:柳氏如何慌张狼狈地被赶出了太极宫,皇后如何一言不发把自己关在了屋里,她身边那柳女官如何突然发疯大哭……说着便用帕子擦汗,"你这好是好,却冰盆都没一个,也太热了些,不如你跟我去许学士府,听说他府上新修了一座新样凉亭,最是凉爽不过。"

琉璃知道武夫人怕热,偏偏自己这座宅子四月才搬进来,哪里来得及储冰?心里却不大想见那位钟夫人,只能道:"咱们这样冒昧前去,会不会太打扰?"

武夫人笑道:"凭她再忙,今日定是有时间招待咱们!"

也是,宫中发生如此巨变,钟夫人只怕想请武夫人做客都来不及,又怎会嫌她打扰?琉璃无语以对,武夫人也不容她多想,拉了她便往外走。

到了永嘉坊的许学士府,果然一声通传进去,没过一盏茶工夫,便有一群管事娘子涌了出来,众星捧月般将两个送到上房院门口。钟夫人满头珠翠地亲自带人迎出了院子,一见武夫人便笑得满脸放光,"这是哪阵香风竟将顺娘送了过来?"又打量她,"今日你的气色怎么这般好?"

武夫人笑道："哪里是气色好，不过是热的，听说学士用西域的法子修了一个凉亭，我是个贪凉的，便拉了大娘来看个新鲜。"

　　钟夫人满面笑容地道："原来如此，看来我家学士捣鼓半年修出这亭子，倒是修对了，日后还要挂块匾额'箫韶九成，凤凰来仪'才是。"

　　琉璃正暗自肉麻，钟夫人又握住了她的手，"大娘更是稀客，你成亲之后咱们还没见过，果然做了新妇子，品格更是不同。只是我这府里简陋，你莫见笑。"

　　琉璃适才一路过来，只觉得这府中亭台精美或许还不及河东公府和太尉府，但花木珍奇却是半分也不逊色，忙道："夫人过谦了，府上花木丰美，竟是琉璃在长安不曾见过的。"

　　钟夫人呵呵一笑，"大娘谬赞。"又回头对武夫人笑道："顺娘既然怕热，咱们不如就去那凉亭上说话。"说着一手携了武顺娘，一手携了琉璃便往外走。

　　一行人走了足足有一盏茶工夫，右手边渐次露出了一座极大的假山，略转过几步，便见到了山脚飞瀑边的那处凉亭。也不知亭子是怎么造的，一股清水从亭盖最高处喷涌而出，又顺着亭盖的南、北、西这三面如珠帘般落下，整个亭子看起来便像修在水晶宫中一般。待走到里面，当真清凉入骨，再无半点暑热烟尘之气，兼之流水淙淙、落珠叮咚，又如时刻演奏着一曲令人心悦神爽的水中曲。莫说琉璃看得发呆，连武夫人都是啧啧称奇，四下细细地看了一遍，才叹道："何等能工巧匠，才能修出这般夺了造化的亭台出来。"

　　钟夫人笑道："是西州麹家的工匠，那边夏日酷热，他们才想出这种借水生凉的法子。顺娘若是欢喜，我家学士请他们去府上照样修一座便是。"

　　武夫人忙问："这却要花上多少钱帛？"

　　钟夫人摆手道："一座凉亭，难道还要你出钱？"

　　武夫人摇了摇头，"这般凉亭没几百万钱只怕修不下，哪能让夫人如此破费。"

　　钟夫人忙道："你跟我还客气甚么？便算我孝敬老夫人成不成？"

　　武夫人微一犹豫，还是笑着转了话题："这亭内的碧玉牙席怎么看着也比别处细致？"

　　钟夫人只得顺着武夫人的话往下说了几句，终于还是不经意般问道："听说皇后身子不爽，明日的寿宴也不做了？"

　　武夫人撇嘴一笑，"不过是她母亲犯了禁忌，被夺去封号，赶出了宫廷。"

　　钟夫人立刻睁大了眼睛，"那柳氏的魏国夫人当真被圣人削了？"

　　武夫人笑着点了点头。钟夫人长出了一口气，"好得很，免得我等再被她拿眼角扫来扫去，不然我每次见了她，都觉得自己的发髻定然是梳歪了。"

　　她这样一说，连琉璃都忍俊不禁，武夫人更是笑得前仰后合。钟夫人一面吩咐婢女上了几杯酪浆，一面转头看向武夫人，低声笑道："我怎么听说那柳氏夫人是行了那见不得人的阴私之事？"

　　武夫人笑道："夫人消息果然灵通。"说着略放低了些声音："原是那边的小宫女去咸池殿告发的，圣人遣人去时，果真在一间内室的墙上发现了圣人的图像，竟是如有妖术般画得活灵活现。这也罢了，那画像前竟还端端正正供了一支刚开的白莲！"

琉璃脑子顿时"嗡"的一下，低头紧紧地捧住了手里的青瓷荷叶盏。她身后的阿霓似乎也低低惊呼了一声，却被水声掩了过去。

钟夫人的声音满是惊愕："柳氏是狂悖了么？这种厌胜之事也敢做？"

武夫人叹道："可不是，那柳氏还狡辩说，她是见皇后多日不曾见过圣人，思念成疾，才让宫里的胡人画师画了一幅这样的画像，不过是用来解慰皇后相思之苦，那白莲也不过是她今日出门时见池中之花开得分外清美，采来顺手放在画像之下的，这些事情全是她处事不周所致，与皇后并无半分干系。"

钟夫人忙问："那圣人怎么说。"

武夫人的声音里带着笑意："圣人懒得听她狡辩，直接让人把她轰出了宫去，说是永世不许再踏入一步。"

琉璃慢慢抬起头来，端起杯盏喝了一口酪浆，那冰凉的味道几乎是直接流入了她的脑子里：自己真是迟钝！在芙蓉宴上她就应该想到的，杨十六娘是跟着小柳氏来的，而那位小柳氏，不就是魏国夫人的外甥女、王皇后嫡亲的表妹吗？还有她送给自己的澡豆，也是魏国夫人为皇后千方百计求到秘方之一吧？自己怎么就没想想，这般珍奇之物，哪里是她一个不得夫君宠爱的庶媳能随手拿来送人的？原来把自己当成妖孽的不是杨十六娘，而是因为女儿的彻底失宠而急疯了的魏国夫人！原来这桩宫廷谜案的真相竟是这样！

万年宫雨夜里曾经流过脑海的那个问题，此刻再次兜上她的心头：如果没有自己，这些事还会不会发生？历史又会变成什么模样？难道自己并不是这些故事的看客，而是其中的演员，是那微不足道却不可或缺的龙套？如果果真如此，那么，无论她怎么做，或许都不可能改变历史，将来他的被贬、日后他与武则天的对立，也将不可避免……

无数念头乱纷纷地涌上琉璃的脑海，让她几乎有些难以呼吸，直到武夫人突然推了她一下，"你在发什么愣？"她才猛地醒过神来，怔怔地看着武夫人。

武夫人笑道："我和钟夫人正在商议，后日便是伏日，这亭子如此凉爽，不如将阿华、十六娘几个也请过来乐一乐，你却想到哪里去了？"

琉璃听到"十六娘"三个字，心里又是一紧，忙笑了笑，"只是想起以前被魏国……被那柳氏逼得几乎无处容身的事情，有些感慨罢了。"

武夫人顿时也感慨起来，"正是，那时她何等霸道！我不过是烦你给昭仪做了几件衣裳，她竟那般不依不饶地逼迫于你，如今她已不过是个罪妇，这长安城里不知多少人在等着看她的笑话，看她还能欺负了谁去！"

琉璃笑了笑没有作声，魏国夫人倒台于她而言自然是喜讯。只是这喜讯的由来，却实在有些让人心烦意乱！她忍不住回头看了一眼阿霓，只见阿霓一脸的兴奋难抑，看见琉璃回头看她，眼睛闪亮地笑了笑，目光又投向武夫人，满脸都写着："娘子你放心，我待会儿就告诉夫人！"

琉璃默默地转回头，有些哭笑不得。

钟夫人打发婢女去太尉府和中书舍人王德俭府上下了帖子，让人上了午膳，又传了一部乐伎在亭外吹笛弹琴。三个人在悠扬的乐声和清越的水声中吃罢，婢女却回报道：华夫人已立时应下了，杨十六娘却不巧病倒，不能出门。

这原是琉璃意料中事，武夫人和钟夫人却相视一眼，目光中露出了些许忧色：她是真的病了，还是长孙家如今态度更为强硬，不许女眷与她们应酬？

钟夫人沉默半晌，打起精神笑道："这却不巧了，咱们不如再把苏将军府的于夫人、崔大夫府上的卢夫人都请来，大家也好热闹热闹？"

武夫人自然满口道好，钟夫人重新命人去下了帖子，因知道武夫人多日不曾出宫，又把这长安城这些日子以来的大事小情绘声绘色地说了一遍。

琉璃听得一句郑家冷娘八月间便要嫁给上官学士的嫡长子，心头突然有个模糊的印象一掠而过。她正在努力回想，钟夫人又道："说到冷娘，她家姊姊宛娘如今真是忙得可怜，那河东公府便像中了邪，先是临海大长公主卧床不起，接着那位前荆王妃便搬到次兄闻喜公府养病了。世子夫人说是回家侍疾的，转天自己也病了，就此住在了本家。没过两日，连三儿媳卢九娘都病了。如今宛娘那么个闷嘴葫芦，竟是要打理起整个府里的事务，真不知她如何应付得来……"

这些事情，琉璃有的知道，有的却还是第一次听说，不由听得有些出神。钟夫人却转头看着她笑道："大娘可知大长公主如今好些没有？说来她这一病来得有些蹊跷，便是我这般不爱出门的也听到了好几种说辞，什么后宅争斗，什么家产争夺，也不知到底有些影子没有。"

琉璃回过神来，向钟夫人微笑道："夫人有所不知，琉璃这些日子也没出家门，夫人说的这些，琉璃都不曾听说，更莫说那些夫人不知道的了。"钟夫人大约是想示好，她若透露几句，想来不久便会在贵妇圈里传开，但如今……她已不想再欠这位许敬宗夫人任何人情。

钟夫人微微一笑，不着痕迹地转了话题。

武夫人大约是在宫中憋得久了，竟是聊到日头西斜才心满意足地告辞而去，一上马车，阿霓便笑嘻嘻地凑到她耳边低声嘀咕了起来。武夫人先是惊讶地睁大了眼睛，随即便笑得花枝乱颤的，指着琉璃笑道："怪道母亲跟我说你是个有运道的，真真再想不到还有这一出。"说着眉头又皱了起来，恨恨地道："亏我还记挂着十六娘，她竟是这种人！"

琉璃叹了口气，"她也不过是个可怜的，那府里立足大约本就艰难，她多半是不得已，更莫说如今的境况更是堪忧。"

武夫人"哼"了一声："自作自受！"眉宇间的怒色却是少了几分。

琉璃心思并不在这些事上，一路上只是心不在焉地敷衍着武夫人。待回到府里，裴行俭却是早已下了衙，正在书房中临帖。听见琉璃的声音，他挑帘走了出来，一见琉璃便愣了一下，"不是出去散心了么？怎么不开心？"

对上他温暖关切的眼神，琉璃突然觉得一颗乱糟糟的心变得安定了许多，摇头笑了笑，"没有不开心，只是突然间听说的事情多了些，心里有些乱罢了。"

裴行俭有些诧异地扬起了眉头。琉璃叹了口气，"咱们还是去书房再说。"

坐在书房的榻上，听着琉璃三言两语说完了杨十六娘的事情，裴行俭怔了半晌，又转头看了一眼自己的那张画像，摇头长叹了一声。

琉璃也叹道："那一日我便想跟你说的，结果不知怎么浑忘了，这些日子又是珊瑚的伤情，又是装病躲寿宴，我竟把这事忘了个干净，没想到……"

裴行俭将琉璃的手包在自己的手心，语气温柔："所谓天意，无非如此。其实你不必太过担忧，此事你原是无意为之，说到底也不过是她们自己太过糊涂。再说，如今她们便是疑心到你，也不是什么打紧的事。莫说魏国夫人，便是柳府、王家，只怕很快也会一败涂地。"

琉璃惊讶地抬头看着裴行俭。她当然记得，此后没多久，皇后就被废了，族人也都被流放，可如今不过是魏国夫人被贬出宫中，裴行俭怎么知道王皇后这一支都会一败涂地？

裴行俭淡淡地一笑，"我常去宫中回话，有时难免与王内侍闲谈几句，他约莫是念着你的好，倒没把我当外人，宫中的情势我多少也有些了解。如今此事一发，大局只怕已定，莫说是那位被夺了封号的柳夫人记恨你，便是皇后记恨于你，你也大可不必放在心上。"

琉璃默然点了点头，看着裴行俭说到"大局只怕已定"时笑容中的那点嘲讽，心里更是发沉，武昭仪的那些手段既然瞒不过自己，大概也瞒不过对她早有戒心的裴行俭吧，如此一来……她不由叹了口气。

裴行俭有些不解地看着琉璃，"琉璃，你还在担忧什么？"

琉璃抬头直视着裴行俭，"你是不是依旧觉得昭仪不配母仪天下？"

裴行俭默然片刻才淡然道："我不是跟你说过么？你看人目光极准，武昭仪……她若不配母仪天下，大概也无人能配了。"

琉璃忍不住皱起了眉头，每次说到武昭仪他都是话里有话："那你为何还是一副不以为然的模样？"

裴行俭脸上露出了一丝苦笑，"我怎敢不以为然？我是深以为然，太过以之为然。"

琉璃突然觉得有点无力，裴行俭的性子看着温和，但他不想说的话，不想做的事，大概拿刀逼他也是无用。而他身为蒙受李治知遇之恩的大唐臣子，对武昭仪的防备之心更谈不上有任何不对……想了半日只能问道："若是有朝一日，圣人他也这般问你，你会如何回禀？"

裴行俭看着琉璃，突然伸手将她揽在了怀中，深深地叹了口气，开口时声音却十分平静："后宫之事，原非臣子应置喙。我只愿，圣人他永不会如此问我。"

听着那熟悉的平稳心跳，琉璃也默默地叹了口气。她知道这个男人的决心了，他不愿意说出让自己为难的话，却也绝不会对皇帝说出欺心之语，他的底线便是保持沉默。可这世上总有一些时候，会令人无法沉默下去……也许，自己终究是无法改变他，也无法改变他的人生道路了，那么唯一能做的，也不过是无论什么时候，都和他一起走下去。

只是在此之前，她还必须做一些事情！

似乎有些躁动的东西慢慢地沉淀了下来，琉璃微笑着仰起了脸，"守约，过几日，我想请族里的几位长辈女眷来家中做客，你看好不好？"

第五十二章
山雨欲来　正中下怀

　　一入七月，长安的天气突然变得沉闷起来，每天都有厚厚的云层堆积在天空，雨水却总也下不来。那份沉甸甸的闷热，让人整日里身上都像腻着糨糊一般。市井小民们凑到一起，自然是喋喋不休地抱怨这该死的天气；便是有着冰盆解暑、美婢持扇的达官贵人们见了面，除了天气雨水，似乎也没有别的话可说。

　　这倒不是因为朝堂上无事可谈，相反，可议可论之事实在太多，却叫人不敢开口了：六月底，魏国夫人突然被夺了封号赶出宫廷，似乎是在发出一个明显的信号；可没过几天，圣人立武昭仪为宸妃的旨意，便被刚刚走马上任的两位宰相公然驳了回去；随后而来的是一纸敕书，吏部尚书柳奭被毫不留情地贬到蜀中遂州……笼罩在朝堂上的云层似乎比长安城头的乌云要来得更加浓厚，而绝大多数人只能小心翼翼地张望着，等待着那足以撕裂天地的电闪雷鸣的到来。

　　相形之下，永宁坊的裴明府的宅前七夕前后出现了源源不断拉着钱帛的马车。病了许久的临海大长公主突然要设宴遍请中眷裴女眷并向裴明府的夫人赔罪，这些平日里几乎能引起无穷议论的奇事，却没有激起太多的水花。甚至琉璃自己说起时都有些漫不经心："那些车马不过是洛阳那边送的收成，临海大长公主的帖子也是那时节送到的，都不是什么大事，哪里值得烦心？"

　　"不是大事？"武夫人手里捧着一盏冰浸的酪浆，慵懒地侧身靠在了凭几之上，"别打谅我没问过你，芙蓉宴上的事我便一概不知。这次出宫前，昭仪还特意与我说了，你有不愿意去的场合要躲开，直接进宫便是，对外只说是她宣你觐见了。宴无好宴，依我看，这场家宴你还是远着些罢。"

　　琉璃不由有些意外，如今这般一触即发的局面下，武昭仪竟还记得自己的事情？忙笑道："多谢昭仪体谅，有了昭仪这话，琉璃倒是有了护身符！只是大长公主毕竟是琉璃的长辈，又放出话来是要赔罪的，你放心，上次出了那样的事情，若是此次再有变故，她做主人的岂不是自己打自己的脸？"

　　武夫人点头道："说得也是！"想了想又摇头，"只是我听母亲说过，临海大长公主在宗室里是有名的半点不肯吃亏。需知上次你让她颜面扫地,她岂能真心跟你赔罪?那家宴,你能不去还是不去的好!"

琉璃叹道:"不瞒夫人,临海大长公主的家宴,琉璃真不大想去,可家宴定在十二日,她又是请了中眷裴的好几位女眷。夫人有所不知,七月十三,便是琉璃的庙见之期。"按唐礼,成亲三月,新妇去宗庙祭拜,才算是完成了婚礼的最后一步,也只有庙见过的新妇,才正经是夫家人。大长公主这般安排,醉翁之意何其明显,她若不去,还不知这位公主能整出什么花样来。

武夫人"啊"了一声,"若是如此,倒真是不得不去了。只是你莫大意,芙蓉宴上你是运道好,却不见得次次都有这般好运,你可是昭仪的人……"

琉璃心里微动,嘻嘻一笑,"夫人放心,琉璃心中有数,绝不会教昭仪丢脸。"

武夫人笑着伸手拧了一下琉璃的脸颊,"你记得便好!"

后面似乎有哗然的说笑之声传来,琉璃看了武夫人一眼,轻声道:"那边似乎玩耍上了,咱们要不要过去?"

武夫人的眉头顿时一皱,"能有什么花样?不过是投壶射覆酒令,也不知母亲怎么想的,这般闷热的天,还三天两头的请了人来玩乐,她的精神竟比我还大些,有些人我真是不爱应酬。"

琉璃心里忍不住替杨老夫人苦笑,武府如今安排的大小宴席自然都有深意,可惜武夫人却越来越爱躲懒,今日午宴一过,竟拉了自己躲到厅前假山旁的亭子里来乘凉。琉璃其实也有些厌烦,却不能学义母于夫人,推一个家中有事便躲开……她只能笑道:"坐久了这亭里也有些热,倒不如去花厅,好歹有好些冰盆。"

武夫人却是不以为然,"厅里虽然冰盆多,人也多,闹得我头疼。说来还是我自己屋里凉爽清净。"

话音刚落,身后却突然传来一声轻笑,"夫人原来是躲在这里与大娘说体己话了,却叫我等好找!"

琉璃回头一看,正是武夫人最不爱应酬的那位葛夫人走了过来。琉璃记得她的夫君是什么御史中丞衷公瑜,知道她的性子又多少有些尖酸,忙笑着起身让她,"葛夫人请坐。"

葛氏坐了下来,笑道:"都知道夫人最疼大娘,可如今阿华她们都在前面玩射覆呢,原是人要多些才热闹!我就厚颜来扰一扰夫人了,总也要赏我们些脸才好。"说着看了琉璃一眼,笑得格外亲热,"独乐乐不如众乐乐,大娘你说是也不是?"

武夫人懒懒地直起了身子,"我是热得不爱说话,又怕失了礼,才出来散散。若是射覆,我却是最不会玩,十次有九次是要挨罚的,还不如转酒胡来得痛快。再说,这热腻腻的天,几杯酒下去不是更热?"

葛氏笑道:"夫人放心,我看老夫人今日备的是西州葡萄酒,并不醉人。夫人若是不胜酒力,我便替夫人喝了如何?"

对上这张笑脸,武夫人也无法推脱,只得和琉璃一道跟她过去了。果然堂上已经重新整治过酒席，每人面前不过是些新鲜瓜果与装酒的犀角杯，当中摆着一个四周雕莲花卷草纹的双层大方竹盒，竹盒下层放了凤仙、睡莲、美人蕉、长春花等十来种花草。见武夫人进来，华夫人便笑道："到底是把顺娘拿来了，看她还能躲酒躲到哪里去！"

武夫人笑着斜睨了她一眼，"你难道是百射百中的？"

杨老夫人皱眉道："哪有客人们都在，你怕喝酒先跑了的道理，快过来喝一杯就当赔罪！"

武夫人笑着拿起一杯酒便喝了下去，众人都道了声好。葛夫人又笑道："躲酒的却也不是她一个！"

杨老夫人便笑道："大娘多半不是自己要躲酒，定是被顺娘拉出去的。"

武夫人也道："她倒是想喝呢，是我拉了她去陪我说话。"

葛夫人看了琉璃一眼，只得作罢，"人如今倒是来得齐全了，这头一回，原该是由老夫人当令官才是。"

杨老夫人也不推辞，让婢女把竹盒里的花朵让每个人都仔细看了一遍，上前拿了竹盒在手中，转身摆弄了一下，转身时，手里的竹盒盖子已经盖上。

这种射覆的玩法叫猜朵令，琉璃也玩过一两回，规矩极为简单，拿着竹盒的令官从下层的各色鲜花中挑一朵出来放在第一层，众人各自猜上一遍，若是有人猜中，便是令官喝酒，猜错的人，也要罚上一杯。

这种酒令原是碰运气，大伙儿猜过一遍，却只有钟夫人猜对了，没猜对的各自认罚。玩得片刻，武夫人便跟琉璃笑道："你可曾和昭仪玩过射覆，她最会猜。"

琉璃想了想，"射覆倒没见昭仪玩过，只是记得我们无论是玩投壶、双陆还是斗草，昭仪若是有兴致加入，样样都在行。"

杨老夫人转头笑道："媚娘原是从小便最爱玩，也没几个人玩得过她。"

华夫人几个忙应和不迭。杨老夫人又叹道："上回我入宫时还跟她说起，如今她身子大好了，我和顺娘不好多留，有暇时不如把你们召到宫中陪她说话解闷。她却是心思重的，只道如今宫中的事务都压在了她身上，总要样样都做好了，才不辜负圣人的期许；又道是你们也忙的，哪有那么多闲暇。"

屋子里突然静了下来，琉璃心里微动，忙笑着应声道："我横竖是闲人一个，倒是正好去烦昭仪。"

华夫人这才跟着笑道："昭仪多虑了，阿华自然是求之不得的。只是怕昭仪嫌我们笨嘴拙舌，不但不能分忧，倒是烦扰了她。"

钟夫人和葛夫人也笑道："正是。"

杨老夫人呵呵一笑，"什么烦扰，她闷在宫里，有人肯去陪她说话有何不好？"转身便让婢女再去拿酒。琉璃看得清楚，她脸上的笑容有些淡了下来。心里不由叹了口气：在座的哪个不是人精？跟武家交好是一回事，真正为武昭仪"分忧"，公然站到长孙无忌这一干宰相权臣对面，大概又是另一回事……

待婢女重新端了酒上来，屋里的气氛这才慢慢又活络了起来，众人又说笑了一番，才各自告辞离去。临走时，杨老夫人却把一个檀木匣子递到了琉璃手中，笑着拍了拍她的手，"是昭仪赏你的。"

琉璃上得车来，才打开这个刻着双凤图案的檀木匣子，里面是一柄一尺多长的淡绿色琉璃如意，色泽清透，云纹圆转，通体上下，毫无瑕疵。琉璃看了半晌，只觉得重得有些捧不住。

待她回到家时，裴行俭却早已归来，正在后院的亭子里烹茶。

远远的亭子里，他只穿着一身半旧的淡青色袍子，正伸手扬水止沸，动作悠然得不带半点烟尘。这幅图案琉璃也不知看过了多少遍，但此刻落在眼里，却依然舍不得移开目光。

看见琉璃，裴行俭笑着放下了竹夹，"你回来得正是时候。"

琉璃走到他身边坐了下来，"这么热的天，怎么想起了煮茶喝？"

裴行俭的额角也微有汗迹，脸色却更显白皙。他关上了茶炉的炉门，转头看着她，笑容更深，"怎么今日喝酒了？喝了多少？"

琉璃摸了摸自己还有些发烫的脸颊，"总有七八杯，是葡萄酒，甜甜的倒不醉人。今日玩的是射覆，我竟一次也没猜对，好在当令官时，旁人也没猜对，不然说不得便真多了。"

裴行俭仔细看了看琉璃的脸色，摇头一笑，眼见茶釜中的茶汤已是三沸，将茶釜从炉上移了下来，又将带着花沫的茶水均匀地分在两个茶盏里，这才道："此时喝些热茶下去，出一身汗，倒比闷着强。你也多喝些，出汗最是解酒。"

琉璃几个月来已经喝惯了茶，略等了片刻，便端起茶盏喝了一口，突然觉得热天喝这种茶也不错，起码补充盐分不是？

裴行俭喝完一盏，才道："今日的茶是窥基新得的剑南蒙山石花，论品当为天下第一。你觉得如何？"

琉璃愣了一下，老老实实地道："我没喝出和平日有什么不同。"

裴行俭哈哈大笑，伸手想揉揉她的头，见她头上还梳着高高的发髻，手指落下，在她脸颊上一刮，"这种煞风景的话，也就是你能说得这般理直气壮。"

琉璃偏头躲开，白了他一眼，"实话也不能说么？"

裴行俭笑道："跟我说自然无妨，若是跟窥基说，他一定先是狠狠瞪你，之后便开始肉疼自己的茶叶。"

琉璃想起窥基那对铜铃般的大眼，忍不住也笑了，"今日你怎么有时间去大慈恩寺？"

裴行俭摇头道："如今我哪有这闲暇？便是去了，他也没工夫理我，这些茶叶原是他打发一个小沙弥送来的。"

琉璃不由奇道："你不是说过，译经之事今年已然放下了么？窥基还要忙什么？"

裴行俭的语气有些淡然，"玄奘法师这些日子常要入宫给圣人与昭仪说法，寺里的一些日常杂务，还有之前译过的经文整理事宜，便都落在了他头上。"

玄奘入宫给李治和武昭仪讲法？琉璃不由有些发愣。裴行俭垂眸喝了口茶，抬头见了她的表情，笑道："先皇在时，玄奘法师便曾数度入宫见驾，先皇还曾极力劝说法师还俗为官。大慈恩寺原是圣人发愿所建，昭仪又是笃信释教的……"说着叹了口气，"玄奘法师曾对窥基说过，欲弘扬佛法，必依赖国主，如今形势如此，法师自然不会错过这大好机缘。"

也就是说，玄奘会支持武昭仪登上皇后之位，然后借助她来推广佛法？想起那个容貌普通、声音里却如有魔力的传奇和尚，想起那一面香客摩肩接踵、一面幽凉静寂犹如世外桃源的大慈恩寺，琉璃不禁也叹了口气，低头默默地喝了一口这又苦又咸的茶叶沫子水——这世上，果然没有一片真正的净土。

两人一时都是默然，琉璃索性换了个话题："明日便是河东公府的家宴，你看，我还用准备些什么？"

裴行俭转头看着她，扬眉笑了起来，"你不是早都准备好了么？"

到了第二日晨间，裴行俭果然是一句吩咐都没有，只笑着说了句"好久没吃过你做的五生盘了，晚上记得做一份"，便施施然出门而去。琉璃无语地望着他的背影，回头便对着镜子垮下了脸，"给我梳个乐游髻。"

待她乘车到达河东公府，管事娘子倒是一如既往地殷勤笑意。檐子穿过花园，到了一处花厅，郑宛娘神色平静地在阶前迎客。不大工夫，中眷裴在长安的几户官宦人家的女眷便到了个齐全，自然依旧是以武陵令裴安石的夫人郑氏为首，她的长媳萧氏也跟在身后，看见琉璃，向她点头一笑。

琉璃在众人中是年纪最小的，上前一一见过了礼，按长幼次序落座，郑宛娘却道："大娘原是主客，该坐首席才是。"

琉璃忙笑道："诸位长辈都在此，琉璃若坐了主位，岂不轻狂？"

郑宛娘垂眸一笑，默默地退到了一边。

一阵香风夹杂着环佩之声从堂上低垂的蜀锦幔帘后传了出来，有婢女上前挑起了帘子，临海大长公主扶着一个小婢女缓缓走了出来，身上是一件双胜纹杏色衫子，配着六幅缭绫长裙和晕色泥金披帛，看去比平日多了十二分的温婉，倒是让一心等着看她在众星捧月中华丽登场的琉璃小小地吃了一惊。

待得她在主位落座，琉璃这才看清，这位大长公主看起来清减了不少，虽然施了细粉额黄，又用胭脂细细地润了唇脸，但肌肤中却已没有了从前那种莹润的光彩，眉梢眼角处的松弛也更加明显，看去已不过是一个四十来岁、保养得宜的妇人而已。

大长公主也打量了琉璃一眼，慢慢露出一个和悦的笑容，"大娘能来，我便放心了，可见是没有记恨我。"

琉璃欠身笑道："大长公主折煞琉璃了。按理，琉璃早该过来向公主请安，只是琉璃前段时间身子不好，怕过了病气给人，如今刚好了一些，请公主见谅。"

大长公主摇头叹道："你不敢登门也是人之常情，上次之事，全是因我失察，叫大娘受了那样的委屈，原是我该请你见谅才是。"

琉璃微笑道："哪里？大长公主与世子夫人对琉璃都是照顾有加，琉璃从不觉得有何委屈。"她才不会顺着这位公主加长辈挖的坑跳，真要让这位提起上回的事情赔罪，自己除了说一句与公主无干还能如何？

大长公主笑容果然微僵，转头便与另外几位中眷裴族人寒暄起来。婢女穿梭，转眼间便将瓜果点心、菜肴主食一道道地端了上来。大长公主更是满面春风，细言软语地殷勤劝客。只是在座之人谁不知道这宴席的"主菜"还未烹制？半个时辰下来，各人面前的食案上从冷盘红罗丁上到了摆放着整只烤鹅的八仙盘，却也没几个人能辨出这些美食是什么滋味。

好容易撤席换酒，大长公主便举起面前的酒杯向琉璃笑道："大娘，都是我御下无方，过于娇宠了你那庶妹，她竟做出那种事情！令我蒙羞，亦令裴氏蒙羞，如今我虽然已把她交给你处置，但此事我却是难辞其咎，这杯酒，便当我的赔罪。"

琉璃忙避席而出，低头答道："琉璃惶恐，上回不过是一场误会，琉璃早便忘却了。公主赏的酒，琉璃自然要喝，只是却当不得赔罪二字。"说着又抬头微笑道："大长公主也说过，如今都是一家人了，谁家没个磕磕碰碰，家人和睦才最要紧。"

看着她明亮的笑脸，大长公主只觉得胸口那股闷气又堵了上来，她说得好生大度，可如此一来，自己把只剩一口气的库狄二娘赶出河东公府又算什么？只能眯着眼睛笑道："大娘果然是个肚量大的，倒显得我小题大做了！"

琉璃笑道："哪里的话，大长公主不过是严于律己。琉璃日后也该多学着些。"

大长公主一言不发地仰头喝下了杯中之酒，慢慢放下酒杯后，才重新露出了笑容，"说来今日我把诸位请来，其一是为了向大娘赔不是，这其二么，还有一件早该交代清楚的事情要跟诸位细细分说一遍。"

一阵微风从堂外吹了进来，花厅上用亳州轻纱制成的帘帷随风飘动的沙沙声突然变得清楚可辨。临海大长公主的声音也分外清晰："诸位都知道，高祖皇帝曾将洛阳裴家的产业托付给裴相公，后来河东公与我不得不又代管了几年，好容易守约成家立业，这些产业我便都还给了守约。此事原是不必多说的。只是近来颇有些流言，竟说我临海是觊觎这些产业才难为大娘！倒叫人有些百口莫辩了！"

中眷裴的几位女眷相视一眼，都有些纳闷，还是郑氏长跽起身笑道："大长公主何必烦恼，所谓流言止于智者，这等不经之谈最多播于小人之口，何必理会！"

大长公主点了点头，淡然一笑，"道理自然是这个道理。这笔产业我几年前便已给了守约，如今来难为大娘又有何用？难道坏了守约和大娘的名声，那些田地便能飞回我手中不成？这道理原是显而易见。守约成亲也罢，不成亲也罢，孤独终老也罢，儿孙满堂也罢，说到底与我何干？我也就是因为守约是在河东公府长大，凡事多爱操个心罢了！"

她意兴阑珊地叹了口气："如今我不操心原也容易，只是这流言纷纭，说不得何时也会把各位卷将进去，今日有人说我贪图守约家产业，日后难保不会有人说各位贪图守约的产业。何况当年我将这份产业给守约时，不是有人便说过，这产业原是洛阳裴氏一族的，不应为守约一人所有？当时我虽然分解过先皇的意思，却也说过，便算是洛阳裴氏的族产，守约是宗子，也该由他掌管，由他处置！这才交割清楚。如今想来，我却是做错了！"

听到这里，中眷裴的女眷们有人顿时脸色微变，更多的人则低头不语。

大长公主淡淡地说了下去："我如今才想明白，这世上最怕模棱两可。族产便是族产，私产便是私产，若不分说清楚，说不得何时对景又是一起风波！为免日后再有纷争，今日我请诸位过来，便是要再跟诸位交代一次——当年这份产业，先皇是因裴都督忠心为国，不幸罹难，而特意发还给守约母子的，与中眷裴其他族人并无干系！"

她的话音落下后，厅里更是一片安静。突然一声冷哼传来，却是有人愤然地扭过了头去。

大长公主认出此人姓刘，刘氏的姑舅伯叔，乃至褓褓中的长子，当年都是死于王世充的刀下，她心里微喜，面上却叹了口气，"阿刘心中所想，我也知道。当年便是因为觉得有些人家实在无辜，才没敲定此事。原想着守约是你们中眷裴的宗子，我把这些产业都还给守约，便算是完成了先皇所托。日后让他来处置便是。没想到此次竟有那般流言传出，既然如此，索性这回我便把恶人做到底！"

她的声音变得冷冽起来："当年先皇令咱们府里代管的，是裴守约父兄的产业，咱们自然只能还给守约。诸位若是觉得这般处置不对，不妨去请圣人裁决。若是没有异议，日后便不能再说什么是中眷裴的族产，也省得外人看了笑话去！"

堂上的安静已变成了沉闷，人人的脸色都有点古怪。大长公主神情淡然地看着她们，半晌之后点头笑道："诸位既然并无异议，我也便放心了。"说着长长地出了一口气，目光转向了琉璃："说来也是守约有福，因为今日之事，我还特意问了一声，听说洛阳今年收益甚好，足有几千万钱，大娘与我那不通俗务的义女不同，聪明伶俐，又有家学渊源，果然便把守约的产业打理得越发好了，无需我再操心。日后如何处置那些产业，是你和守约的事，我也再不会过问。"

琉璃默然片刻，仰起脸来微微一笑，"大长公主过奖了，琉璃年轻，又没见识，今年那些收益也不过是老天赏脸，日后除了要多向大长公主讨教，自然也要多多仰仗各位婶娘阿嫂。"

大长公主笑得更是亲切，"哪里，过了明日，你便是中眷裴的宗妇，日后在座的各位婶娘嫂子，只怕还要你多多照料才是！"

眼见琉璃垂眸说了声"不敢"。大长公主低头喝了一口梨花春，掩住了嘴角那抹笑容：幸亏当年自己怕中眷裴的人死了夺产的心，反而跟裴守约拧成了一股绳，这才留下了一句活话，没想到今日竟派上了这般大用！这些中眷裴之人都是拿洛阳产业当族产过了这么多年的，岂能甘心从此再沾不着边？何况她特意让洛阳大张旗鼓地送钱帛过来，瞎子也知道如今这产业的收益有多丰厚。这些人家底有限，前程有限，怎肯眼睁睁地看着那下蛋的金鸡从此成了别人家的？明日便是库狄氏庙见之期，若顺利过了，此后她便是名正言顺的宗妇，若是出了差错，甚至不能完礼，那便是天大的笑话。如此情形下，这些人自然不会放过……

微甜的酒水慢慢滑下了嗓子，她沿着玛瑙杯的杯口看了一眼下面的裴氏女眷：除了刘氏脸上颇有怒色，其余的人都是低头不语，心情不由更是愉悦。她放下杯子笑道："你们且宽坐片刻，我去去就回。"扶着郑宛娘的手，悠然走了出去。

一片静默中，刘氏重重地"哼"了一声，转头便跟离自己最近的萧氏道："原来这世上倒真有因祸得福这种事。今日大长公主把我等叫来，原来却是要当面送这样一份厚礼！只是有些东西拿了却是要亏心的！"

萧氏忙看了自己的婆婆郑氏一眼，对刘氏笑了笑，却没有接话。刘氏眉头皱得更紧，对郑氏道："阿嫂，今日你怎么也不说一句公道话？难不成当年我家那十几口人竟是白死了，到头来，却成了我们的不是，成了我们去贪得别人的财产！颠倒黑白，莫过如此！"

郑氏本来一直低着头，此时只得抬头，脸上的笑容有些尴尬，"阿刘只怕是有些误会了。"

刘氏顿时一愣，"阿嫂此言何意？"

郑氏看了琉璃一眼，有些欲言又止。琉璃便笑道："这位婶子，早些日子琉璃曾请过您到寒舍来做客，婶子因身子不好便不曾过来，因此有些事务婶子不知，也难怪婶子今日有些误解。"

刘氏怔了怔，半个月前她的确收到过帖子，但她实在厌恨裴守约这一家，并未搭理，难道竟是错过了什么？

琉璃看着她，满脸都是真诚，"阿婶也知道，亲族都是同气连枝，裴都尉当年所谋，何尝不是为了家族？若是事成，中眷裴如今定不会逊色西眷裴半分！可惜事败，也是命数使然，裴族当有此劫！所谓一荣俱荣，一损俱损，古来都是如此。"

刘氏一声冷笑，"是么？只是我倒要请教，这俱损已有了，同荣又在哪里？"

琉璃笑道："阿婶问得好，上回我请各位长辈过去，便是为了商议此事！婶子请想，这些年来，守约何尝拿过那些收益用于自家的私事？日后自然依旧如此，今年洛阳收益比往年多了些，我寻思着差不多够重修一次宗祠了，正托了各位长辈找人、备物，这两日便会开工！"

刘氏不由大吃一惊，再看看几位同族妯娌，顿时明白过来，库狄氏不但是要重修宗祠，而且把颇有油水的活儿都分给了这几家，她们定是动了私心不愿告诉自己，难怪她们先前一言不发，如今又是这样一副神色……她的神色愈发冷峭，"原来竟是如此！只是我却不明白了，这宗祠难道年年要修不成？"

琉璃笑道："不修宗祠，还可以扩族学，还可以买祭田，日后更可以买几处院子安置来京求学赶考的族中学子。咱们族人如今虽然凋零了些，日后自然会慢慢兴旺，求学待选的也会一年比一年多，哪一年不会有几桩事情出来？琉璃会年年都来烦劳诸位婶子一道商议，如何用这些收益。"

刘氏将信将疑地皱起了眉头，"你是说，洛阳那边产业得来的收益会如何用，你都要跟我等商议？"

琉璃肃然道："正是！守约曾经说过，这份产业里有太多族人的性命，他无论如何也不会用在自家私事上，他当日那般贫微，也不肯动用这些，何况今日！琉璃身为裴氏妇，自也当遵从夫君的意愿。"她慢慢挺直了背脊，"当日请诸位娣子来我家时，琉璃便曾发誓，这些钱帛，琉璃绝不会用于填一己之欲壑，足一家之用度，总要叫大伙儿都能受益、全族都能分沾才是。不然，便叫琉璃日后不得好死！"

刘氏脸色微变，悻然道："好端端赌咒发誓作甚？既然大伙儿都信你，我也没甚可说。"

郑氏忙笑道："我便说你是误会了大娘吧？"又对琉璃笑道："阿刘原是性子最直，并不是不信你，如今说开自然便好了。你也莫再说那话，你年轻轻的不知忌讳，我等听着却都是心里乱跳！"

琉璃笑道："阿婶说的是，不过琉璃既然绝不会去做，自然说什么都不打紧！"又叹了口气，"说来还得多谢大长公主考虑周详，今日这番话，倒像是送了我一份厚礼。如今有了她的话，琉璃倒也敢放开手脚了，不然这产业算作族产，若是日后闻喜那边族人问起，我怎么把族产所得都用在长安这边了，却叫我如何回答才好……"

萧氏忙笑道："大娘多虑了，像大娘这般的宗妇，心心念念便是为族中着想，谁还能挑理不成？如今都说开了，也算是一劳永逸！"

众人都凑趣地笑了起来。琉璃看着后堂那低垂锦帘，轻轻笑了起来。大长公主若是得知自己精心布置的圈套变成正中下怀的大礼，脸色定会极其精彩。不过一劳永逸么……不，不会这么简单。她微笑着举起了手里的酒杯："请！"

足足又过了小半个时辰，大长公主才从后堂转了出来，神色倒还镇定，脸上却明显又施了层脂粉。没说几句话，她便笑吟吟道："适才宛娘倒是提醒了我一句，说来还有一事原是我考虑不周，如今在那边帮大娘打理产业的，都是河东公府的旧人。早些年，是琪娘求着我这个义母帮衬她，我便顺手帮了。只是我这记性不好，这些年竟再没有过问过一句。如今想来，却是不大合适了。"

"大娘毕竟不是我的女儿，如今若让我的奴婢管着她的产业到底不成体统。适才我让人把他们的身契都找了出来，这便一并给大娘。"她笑着转头看向郑宛娘："发什么呆？还不把这些身契给大娘送去。"

本来脸上带着笑意的几位女眷都是一呆，琉璃也有些意外，略一思量，已明白几分：这些庄头身契虽然归了自己，但他们的家人子女自然还是在河东公府，大长公主照旧可以拿捏他们。如此一来，他们日后再交多少，以前的账目如何不对，自己反而不好追究……

眼见郑宛娘低着头越走越近，琉璃心里只觉得心里隐隐有些不安，似乎还有什么是自己不曾想到的，抬头笑道："请问大长公主，这些庄头，可是河东公府的家生奴婢？"

临海大长公主眼神淡漠，笑容却十分亲和，"的确有几个，怎么，大娘不放心？难不成你也信了那些流言，觉得我把这些奴婢送你是别有用心？觉得我临海是在觊觎你们家的那些产业？"

琉璃心里默默地叹了口气，起身避席行礼，"大长公主言重，琉璃不敢。琉璃只是见过一次这些庄头，有些疑惑……"

大长公主不耐烦一挥手，"从今日起，这些奴婢便是你的奴婢，他们做了何事、要做何事，难道还要我来理会教训？大娘若是不疑心我，便收了这些身契，若是疑心……"她看着琉璃笑得分外明媚，"便请大娘直说！"

琉璃一时无语以对，只能垂眸笑道："多谢大长公主赏赐。"

大长公主舒了口气，笑得越发和煦，"这些奴婢都是粗笨的，又伺候了我几十年，顽固之处在所难免，若是有什么做得不妥，大娘该敲打便敲打！"她语音微微一转，变得有几分肃然，"只是他们到底服侍了我这些年，如今也老了，大娘便是觉得他们不中用，打骂教训都不打紧，只莫似守约那样，一怒之下便转卖了去，叫他们骨肉分离，到底有伤天和！"

琉璃只得低头应了个"是"，就听大长公主笑道："总算理清了俗务，难得今日一聚，请诸位再进一杯！"

琉璃回到席中，将木盒转交在阿燕手中，随着众人举杯，只是看着几位女眷变得有些敷衍的笑脸，手上总是有一种奇怪的感觉，仿佛那个盒子还拿在手里，而且越来越重。

好容易散席回家，琉璃坐在案几前，慢慢打开木盒，一张一张看着这些用黄麻纸书写的契书，沉吟片刻，抬头看向阿燕，"你如何看？"

阿燕轻声道："启禀娘子，用别人府里的家生奴婢，原是大忌。奴婢犯法，会祸及主人。何况这些人名为奴婢，却在洛阳那边经营多年，只怕手里也颇有人手钱帛，一个不如意更难说会做出些什么来。"

琉璃点头不语，这些身契果然是烫手的山芋。今日大长公主已经搁下话来，他们不能卖掉，自然也不能打杀——莫说此时主人故意打杀奴婢也要流放一年，便能算作失手不予追究，自己难道能过得了心里这道坎？只怕还不能把他们关着，他们有钱有人，又不是傻的；可若是放任不理，莫说别的，便是他们欠上几个达官贵人若干巨款，卷钱逃了，难不成自己赔去？何况以大长公主的性子，她安排的后手只会比这更毒辣……好在此事自己虽然没有料到，但无论她下的是什么棋，自己应的无非是那一步！

抬头看见阿燕愁眉不展的模样，琉璃笑道："你莫忧心，我已经有了主意。"

阿燕眼睛一亮，正想开口，门外有小婢女叫了声"阿郎"，随即门帘一挑，裴行俭大步走了进来，"你有什么主意，说来听听。"

这个人是生了顺风耳吗？琉璃看了看外面的天色，脱口道："你今日怎么回来得这般早？"

裴行俭笑道："我不是说了么，有些想吃你做的五生盘了，自然要早些回来。"

口是心非的男人！琉璃忍不住白了他一眼，嘴角却已不由自主扬了起来。

阿燕忙退了出去，裴行俭这才走过来，坐在琉璃身边，翻了翻案上的契书，淡淡一笑，"果然如此。"转头看着琉璃："你真是已有了主意？"

琉璃正色道："自然是。"

裴行俭凝神看了她一眼，突然笑着点了点头，"那便好，"说着站了起来，"走，陪我到后院亭子里煮茶去。"

琉璃不由瞠目结舌，"你怎么也不问我是什么主意？妥当不妥当？"

裴行俭回头笑了笑："还能是什么？你就差在脸上用墨写上八个字——釜底抽薪、一劳永逸！自然不会不妥，咱们一边喝茶一边说。"

看着裴行俭眼底的笑意，琉璃忍不住摸了摸自己的脸：真的有这么明显？

裴行俭背着手踱了出去，离出门前，背在身后的手指却向琉璃勾了一勾。琉璃不由笑了起来，心头突然有些得意：他到底只看清了一半，却没看见后面的那八个字——有仇报仇，请君入瓮！

第五十三章
不耻为伍　釜底抽薪

酉初刚过，天色就黑了下来。琉璃站在台阶上，看着沉沉的天空和细细的雨线，忍不住皱起了眉头。从中元节开始，这场雨已连下了好几天，外面的道路变得泥泞难行，裴行俭每日回来都是袍角尽湿，却不知今日会不会好一些……

院门"吱呀"一声，一个深青色的人影从雨幕里快步走了过来，小檀拍手笑道："阿郎回来啦！"

裴行俭几步上了台阶，举手将身上的青色连帽罩衣脱了下来，露出一身干爽的绯色长袍，笑道："这油衣果然好用，比蓑衣轻巧，也遮得严实，今日衙里好些人问我是哪里得的。"

琉璃接过油衣，上下打量了他几眼，里面的衣服果然并没有沾上多少泥水，随口笑道："这有什么，不过是在绸布袍子外面多刷几层油而已。"其实这就是一件简易版雨衣，只是考虑到骑马的需要而做出了袖子，下摆也更长。也就是此时那些竹制斗笠、棕编蓑衣实在太笨重，才衬得它格外轻便实用。

裴行俭笑道："说来是没什么，这油衣我记得圣人外出狩猎时便穿过一件，但远不如你做的简单便利，也不知你是怎么想出来的，这帽子尤其合用！"

两人进了门，阿霓已打了热水过来，琉璃一面递了热葛巾给他，一面便问："今日怎么回来得这般晚？"

裴行俭脸上的笑容淡了一些，"突然有人来拜访，耽误了一些时辰。"

琉璃疑惑地看了他几眼，"是什么人？"

裴行俭不知想起了什么，略有些出神，"是一位中书舍人，你大约未曾听过他的名讳……不过，想来很快就会听到了。"

琉璃越发好奇，"到底是谁？"

"李义府。"裴行俭用热葛巾盖住了自己的脸。

琉璃吃了一惊——她当然听过这个名字！如今他已经跳出来了吗？裴行俭竟然直呼他的名字，想来对他是没什么好感……

放下葛巾，裴行俭长长地出了口气，看见琉璃发愣的模样，解释道："你这几日都没出门，自然不知，这位李舍人前日夜里突然上表，请圣人废王皇后而立武昭仪为后，震动了朝堂。"

琉璃垂下眼帘，掩住了目光中的复杂情绪，"那圣人怎么说？"

裴行俭的声音平静无波："昨日圣人已经召见了他，赐明珠一斗。"

琉璃想了想，忍不住问道："这位李舍人为何会突然想起要上表？"她依稀记得李义府是最早公开赞成武则天登上后位的大唐官员，可这些日子以来，在武府的宴席上，却从未出现过什么李舍人的夫人，更不曾听人提起过李义府，他怎么会突然跳了出来？

裴行俭淡淡地一笑，"也不过是机缘巧合。听他今日的说法，是他前段时间无意中得罪了长孙太尉，前日早间，那位王德俭王舍人忽然告诉他，贬黜他为壁州司马的敕令中书省已然拟好，就待发往门下；又出主意说，圣人如今一心废皇后而立昭仪，若能上表赞议，或能扭转乾坤。他横竖已无退路，当即便和王舍人换了值，连夜上表，结果不但如愿以偿，还颇得了些意外之喜。"

琉璃恍然大悟——原来这一位竟是歪打正着！想来许敬宗、王德俭、袁公瑜那些人虽然竭力交好着杨老夫人，却不敢公然与长孙无忌为敌，恰好这位李义府正被长孙无忌逼得走投无路，略一挑唆，就成了他们的探路石！

她叹了口气，接过小檀递过来的干葛巾，擦了擦裴行俭多少沾了些雨水的头发，吩咐道："小檀，你让人备好热水。"回头便对裴行俭笑道："油衣终究不是避水罩，你还是去沐浴一番才好。如今刚入秋，万一冻着了不是玩的。"

裴行俭笑了起来，"你夫君也是闻鸡起舞、寒暑不辍的，哪里就这般娇气了？"

琉璃去内室拿了一套干净的中衣长袍出来，见裴行俭还是若有所思地坐在那里，回头又看了看外面的雨幕，顺口问道："那李舍人今日怎会想到去长安县衙找你？"这种天气，着实不是会客的好日子。

裴行俭嘴角露出一丝嘲讽，"承蒙李舍人厚爱，觉得与我同蒙陛下深恩，又都与弘文馆颇有渊源，自然是来找我商议如何替陛下分忧，协赞改立皇后。"

琉璃微觉愕然，仔细想想，又觉得不难理解。她都能看出李义府是被许敬宗、王德俭这舅甥俩当了枪使，李义府回头一想自然也能明白。记得此人是个睚眦必报的著名小人，想来就算因祸得福，也不会太感激王德俭，大约正因如此，他才会寻到裴行俭的头上来。只是裴行俭却是……看着他的脸色，琉璃的心不由有些揪了起来，"那你是怎么答他的？"

裴行俭转头看着琉璃，叹了口气，"我婉言谢绝了。武昭仪之事暂且不论，李舍人的心胸性情……比许学士、袁中丞只怕犹有不及，我不能与之为伍！"

琉璃一时默然，这个答案自然在她的意料之中。其实别说这位臭名昭著的李义府，便是许敬宗、袁公瑜等人，单看平日里钟夫人、葛夫人的那分趋炎附势之意，他们的人品也颇为可疑。于夫人便是因为不大看得上她们，近两次都婉言谢绝了杨老夫人的邀约。于夫人尚且如此，何况是骨子里颇有傲气的裴行俭？

抬头看了裴行俭一眼，琉璃的声音不由低了下来："你若是为难，日后应国公府那边人多的应酬，我会尽量推了。"若不是不久后还必须仰仗那位野心勃勃的老夫人，她其实也不愿意跟那些人打交道。

裴行俭摇头笑道："你又想到哪里去了？杨老夫人对你有恩，你去那边是天经地义，我有什么可为难的？只是……"他的脸色变得沉凝起来，"李舍人之事一出，朝廷或有更多动荡，毕竟太尉大权在握，根深蒂固，而圣人此次却是决心已下，不会罢休。就如当年房驸马之案是星火燎原，此番立后之争，说不定也会有一场血雨腥风，实在难说是福是祸。你无论是去应国公府还是宫里，一定都要记得谨言慎行，千万不要以身犯险。"

琉璃认真地点了点头，心里深深地叹了口气，他的眼光的确精准，只是为什么到头来，以身犯险的却是他自己？

屋外传来了小檀的声音："娘子，水已经备好了。"裴行俭微微一笑，拿起衣物自己走了出去。

琉璃低头想了片刻，扬声道："阿燕！"待阿燕挑帘进来，便直接吩咐："你去外院问一声管事，洛阳的掌柜、庄头何时能到，若是还没有确切消息，让他明日一早派人再去催催。"

阿燕脸上多少露出了些讶色，应了声"是"便立即转身出门。

琉璃看了看窗外，天色愈发黑了，雨声似乎也更急了，的确不是去外院找人的时候，只是她的时间大概已经不多，再也浪费不起。

好在老天似乎开了眼，到了第二天，缠绵多日的雨水终于消停下来。没过两天，在晴朗的秋日中，来自洛阳的庄头们便再次踏进了裴家的门槛。

琉璃站在台阶上，神色平静地看着这几个穿着体面却面带倦容的人，点头一笑，"诸位辛苦了。"半个月的时间，以长安到洛阳八百里距离，就算有雨也不至于赶路赶得如此疲惫，他们的倦容大约还是因为布置辛苦、心思沉重吧。

众人默然行礼，依然是那位老庄头往前走了一步，叉手道："见过娘子，我等来迟了几日，并非躲懒，实在是雨天路滑，走不了太快，路上还有好几位因淋雨生了病，只能先养几天，随后再来给娘子请安。"

他们自然是不会都过来的，雨水不过是现成的借口。琉璃点头笑道："是我考虑不周了。"

老庄头神色平淡，"不敢。小的们如今已是娘子的奴婢，自然是应当赶紧过来听候娘子的处置。以前多有冒犯娘子之处，也请娘子一并处罚！"说着抬头看向琉璃，满脸都是一副任打任杀的神气。

琉璃摇了摇头："你们以前又不是我的奴婢，自不必听我的吩咐，说来不过是忠于旧主，我为何要罚你们？只要你们日后能用心当差，过去的事不提也罢！"

老庄头愣了一下，脸色变幻，咬了咬牙还是回道："娘子还是责罚的好，不怕娘子气恼,小的们有负娘子所托,甘愿受罚!"

琉璃诧异地挑起了眉头,"此话怎讲?"

"启禀娘子,今年上半年虽然大旱,但收成尚保。但最近雨水成灾,田地里已是无收,下欠的无论如何交不了!"

果然如此!琉璃心里好笑,目光慢慢扫过下面这些阴晴不定的脸孔,半晌才道:"那日后每年大约能上缴多少?"

老庄头毫不犹豫地答道:"这却说不准,或多或少要看天时,小的们自会拼命去做,但想年年都如今年头半年只怕不大可能。"

琉璃若有所思地点头,缓缓道:"竟是如此么?既然人人拼命还不一定有收益,我要这些田地有何用?不如都便宜发卖了,至少能落个清净!"今日无论她怎么走,大长公主和这些人多半已挖好了坑在等她,但这些把钱财看得比人命还重的人一定不会想到,自己可以往后退啊!

几个庄头的脸果然都僵了,老庄头张了半日嘴,才道:"大长公主那边……"

琉璃笑得轻松愉悦,"诸位劳苦功高,又清楚账目,我发卖产业之时,按理应把你们一同转给新主子。只是大长公主有令,不得叫你们骨肉分离,说不得只好让你们回河东公府了!虽说这样一来接手之人会麻烦点,不过我认识的那些宫中贵人和衣冠女眷,多有手头宽裕、奴仆如云的,若作价低些,想来她们也不会计较!"

她的声音清晰地回荡在院子里,几个庄头的脸一会儿白一会儿红,哪还有半分刚来时那副死猪不怕开水烫的神气。

琉璃笑着看向老庄头,"这位丈人,劳烦你先过去回禀大长公主一声,就说我想卖掉这十几处田庄。其余诸位便留下先帮我估算个价钱出来,我也好心中有数。另外还要烦劳你们推举一人,回去通知那几位病在路上的庄头,人不必着急过来,把价钱报来便好。"

老庄头一直张着嘴,此时才回过神来,急道:"这、这如何使得,洛阳那边的田地何其难得,怎么、怎么能说卖便卖,日后便是有钱也买不回来!"

琉璃奇道:"不是你们自己说的,你们便是年年拼命,也未必能有多少收益,这又是何苦来哉?只要有贵人肯立即接手,我也省事,你们不也落得自在?"眼见这老庄头还要开口,她摆了摆手,"你不必多说,我心意已决,必要一处不剩地卖了这些田庄,越快越好!你这便去回禀大长公主罢。"

庄头们相视哑然,脸色又是焦虑又是茫然。琉璃心知火候差不多了,自言自语般轻声道:"我估摸着,这十几处田庄,大概总能值个三四十万缗,若是大长公主肯接受,便是二十万缗也使得!再少却只怕在族里说不过去了……"

二十万缗,还不到这一千多顷良田实际价格的三成,大长公主但凡对他们有一丝怜悯,也不会逼着他们做那些要命的事情了吧……老庄头身子微震,呆了片刻,脸上露出一丝决然,"小的遵命,这便去向大长公主回禀此事!"

琉璃笑盈盈地点头,"有劳了。"

老庄头回身和另外几人交换了一个眼色，转身便往院外走去，琉璃看着他的背影，突然有些想笑。大长公主看中他们，自然是因为这些人心够黑手够狠，却不知这些心机手段用在说服她拿出二十万缗的巨款时，会发挥怎样令人惊喜的作用！

眼见午时已过，老庄头并未回转，倒是裴行俭早早地下了衙，进门便道："快些准备几样别致些的礼品，咱们明日要去恩师家一趟！"

琉璃倒也知道苏定方昨日便已回京，忙问："朝廷可是有什么封赏？"

裴行俭点头："敕书已经下来，授恩师右屯卫将军、临清县公。"

琉璃顿时吓了一跳，虽说是一战退敌，但苏定方此役不过是杀敌千人，连城池都未下一座，而且他只是副将，怎么主将程名振都没受太多嘉奖，他却授了将军、拜了县公？这也……有点过了吧？

裴行俭看了看她，微笑着把她拉在怀中，"你不用想那么多，横竖对咱们只有好处。"琉璃此时倒也慢慢反应过来了，李治此时对苏定方的出格厚赏，只怕和对李义府的大加褒奖是一个道理——前朝封赏，意在后宫。却不知后宫那主战场，如今又是怎样一番局面？

仿佛猜到了她的心思，裴行俭的声音有些低沉："我听说，前日圣人不知为何大发雷霆，王皇后被正式禁足，她身边的宫女也悉数换了。原先服侍王皇后的宫女和女官大多被贬入掖庭为苦役，萧淑妃那边情形也差不多……宫里如今已是武昭仪的天下。"他轻轻地抚摸着琉璃的长发，放柔了声音："你放心，如此一来，大长公主更不敢再逼着那些庄头铤而走险，咱们也再不用被那些身外之物所累。"

琉璃"嗯"了一声，将脸深深地埋在他的胸口，也埋住了嘴角的苦笑。

第五十四章
不避不退　无忧无惧

八月初五这日，长兴坊的苏府又是人声鼎沸了足足一天，直到秋日西斜，坊门将闭，才渐渐安静下来。

于夫人往席上一坐，双腿散开，长长地出了口气，连话都懒得说了。罗氏也是一脸倦色。几个丫头忙上去给她们捶肩捶腿了好一阵子，两人才略缓过来些，你看看我，我看看你，都笑了起来。

于夫人摇头叹道："我不知他们男人在前头打仗有多辛苦，难不成比一日招待几十拨客人还要辛苦些？"

罗氏点头，"待会儿问一问父亲就知道了。"说话间就听门外一阵脚步声响，苏定方挑头走了进来，笑着道："问我什么？"身后跟着的正是苏庆节与裴行俭。

于夫人道："我和阿罗正在说，不知你们到底是打仗辛苦还是今日这般应酬来往辛苦。"

苏定方呵呵一笑，回头便问儿子，"你觉得哪样辛苦？"

离开长安半年，苏定方愈发精神矍铄，苏庆节倒是明显黑瘦了些，眉宇间一片沉稳，想了想笑道："说来自然是战场上辛苦，但这般迎来送往的再多几日，我大概宁可去打仗。"

一屋子人都大笑起来，笑声未歇，门帘微挑，一个小婢女探了个头，"大娘询问，如今是否可以上菜了。"

苏定方忙道："快些上！"回头便对于夫人道："军中日日都是那些饭食，每回看你来信夸赞琉璃做菜别有慧心，我都郁气得很。今日总算能尝尝她的手艺，看她长进了多少。"又满脸感慨地拍了拍裴行俭的肩膀，"你是个有福的。"

裴行俭笑道："是老师教导有方才是。"

说笑声中，一道道热腾腾的菜被装在食盒里端了上来，除了琉璃上回来苏府做的迷你古楼子、高汤百岁羹，平日爱做的加料五生盘、荷叶鸡等几道菜，最引人注目的却是一道鲂鱼两吃，一个刻花卷草纹的白瓷盘里，一边用绿棕叶盛着被切得薄如蝉翼的晶莹雪白的新鲜鱼肉,一边用细松枝架着被烤得芳香四溢的焦黄松脆的带肉鱼架,看去便令人食指大动。

待琉璃进门坐下,苏定方笑道:"洛鲤伊鲂,原是案上美味,不过你这种做法实在是有些新奇。"

琉璃笑道:"我也是自己胡乱琢磨的。"长安人食必求鲜,几乎无鱼不成宴,最流行的做法自然是做生鱼片,偶然也有煮鱼汤、炙鱼肉等。她在厨房见到这条一尺多长的伊水鲂鱼时,突然想起两吃的法子,果然效果不错。

苏定方原本性急,待众人坐定,对裴行俭和琉璃说了个"请",便下箸如飞,片刻间每样吃了一口,闭上双眼点头不已,"果然是好心思!"苏桐苏槿欢呼一声,也抢着吃了起来。

一顿饭吃得热热闹闹,待用热浆漱过口,苏定方捋着胡子笑道:"守约,咱们还是去书房罢。"

于夫人打发了两个孩子回屋,拉了琉璃坐到一边,"这两日,那边可曾又出了新花样?我怎么听说那位大长公主把什么掌柜的身契都硬塞给了你?这些事你怎么也不与我说一声?她这般做定然是不安好心的,万一逼着那些奴婢们做出事情来嫁祸与你们,可如何是好?"

琉璃笑道:"阿母放心。"她三言两语把自己的应对说了一遍:"今日来这边之前,河东公府已来人传话,大长公主愿出二十万缗买下这些产业,我也应了。只让她们先准备钱帛,我这边看掌柜们报上的价钱再定个具体的数目。我看他们都是一副如释重负的模样,想来不至于再生事端。"

于夫人叹了口气,"这倒是一劳永逸的法子,虽是便宜那边了,但你们至少能落个清净。只是你发卖得这般便宜,那些中眷裴的族人可肯依你?"

琉璃淡淡地笑,"不依又如何?难不成还成了我欠他们的?"其实在今日来苏府之前,那位郑氏刚刚上门啰唆过一番,先是劝她不要卖,后来又说价钱低了。她横竖只一句话,婶娘若肯帮我管着产业,我立刻就把这些庄头的身契都转给你;族中长辈们要是能出得更高,我卖给族人也无妨!婶娘若能出面处理此事,那更是再好也不过了!郑氏顿时转了口风,直赞她处置得体……

于夫人点头道:"也是!以你的性子,那些人多半不敢来啰唆。"

罗氏忙加了一句:"便是来啰唆,也会被她几句话活活呛死!"

欢快的笑声顿时从新换的海棠红双鸾衔绶门帘内传了出去,飘荡在小小院落里,一只昏昏欲睡的乌鸦被惊了起来,盘旋了半日,才落在了书房前的一棵榆树上。

书房里却是一片安静,轻靴缓缓踱步的声音清晰可闻,蜡烛摇曳的火光投在窗棂上,把一道沉默的人影拉得很长。

又来回走了两趟,苏定方才终于在书案前站定,长长地叹了口气,"此次高丽之征,汹汹而发,草草收场,说是一战而胜,实则后患无穷,不出三五年叛乱必然再起!说来我等武夫谁不想封侯拜将?但若是因为这种战功而得,我心里实在有些不大好受，没想到，背后却还有这番缘故！我苏烈竟会因为……"说着，自嘲地一笑，摇头不已。

裴行俭忙道："恩师多虑了。依弟子之见，圣人重用老师，与其说是因为武昭仪，不如说是因为您多年来不党不群，与长孙太尉关系甚远。而且细论起来，圣人此次动作，后宫之事不过是一个由头，根源，只怕是两年多之前就已埋下。"

苏定方一愣，"你是说，那桩谋反案？"

裴行俭点了点头，"恩师请想，两年多前那场大案，牵连了多少金枝玉叶、文臣武将？宗室之中威望素著的吴王、江夏王，朝堂之上贵为宰相的宇文侍中，何其无辜，只因与长孙太尉素来不睦，不是被杀，便是被贬。当日我曾去过刑场，那些鲜血人头，我一个外人看着都心惊，何况圣人！这几年圣人垂拱而治，朝堂大事、群臣任免，均由太尉一言而决，连如今的皇后、太子也都是太尉一系的，圣人纵然性子仁厚，只怕念及日后，也难以自安。"

苏定方点头不语，半晌叹道："我明白了，便如战场两军对决，圣人久居守势，如今突动后军，看着似乎与前军无关，其意却正在扭转局势、中盘决胜。说到底，我等都是……只是守约，我怎么听你师母说，如今拥立武昭仪之人，大半名声都不甚佳？"

裴行俭苦笑一声，并没有接话，却转了个话题："高丽之事已然如此，弟子如今更担心的，是此次出征西突厥。"

苏定方沉吟片刻，摇头道："这么说来，圣人此番安排，的确有些……只是西域何等事大，圣人再是疑惧太尉，也不至于以战事为儿戏！何况圣人今日召见我，说的也不过是尽快休整，再赴战场，又说他此次重用老将，颇招物议，他却相信我必不会令他失望，望我效仿卫公，立下不世功勋！"说到这里不由一呆，圣人说得固然诚恳，可对自己说却不甚合适——此次的主将是与长孙无忌交情深厚的程知节，他何尝不是年过花甲？圣人却压根没提他一个字……

裴行俭看着苏定方的脸色，轻声道："恩师也看出了不妥？都云兵贵神速，如今突厥叛乱已有数月，朝廷大军迟迟不发，圣人只说是军费吃紧。以西疆战线之长，粮草后勤原本便是重中之重，若是出了任何差错，前军再是战无不胜，也无济于事。何况程将军与长孙太尉的交情人所皆知，战场凶险，得胜艰难，取败却何其容易！近来弟子每念及此，心内着实不安。如今离发兵尚有时日，不知恩师是否想过，告病以避？所谓君子不立危墙之下，此战是胜亦险，败亦险，恩师何以以身犯险？"

苏定方的脸色顿时沉了下来，厉声道："守约，你怎能动此种念头？"

裴行俭一怔。苏定方又冷冷地问道："我且问你，若你为先锋，此战是往胜里打，还是往败里打。"

裴行俭并不犹疑，"自然是往胜里打，总不能因为怕违了上意，便拿将士的性命来博自己的前程。"

苏定方的脸色缓和了一些，"总算我没有白教你这十几年！须知兵危战凶，天下无常胜之理。难道因为难以取胜，人人便畏缩不前了？"

裴行俭忍不住道："争战自然没有常胜之理，但若明知凶险，又何必……"

苏定方摆了摆手，"我知道你的意思，守约，你年纪还轻，又从未上过沙场，因此才会给我出这样的主意。你这般作为，放在朝堂上，原是不错的——既知凶险，便不去趟浑水。然而武人之于战场却是不同，战火燃处，便是使命所在，不战而逃，是何等的耻辱！当年卫公固辞宰相之职，不欲卷入朝廷是非，然而吐谷浑叛乱一起，却亲自求见房相，恳请挂帅出征，不顾年高多病，不计荣辱得失，这才是武人的本色！

"这几年，为师也常想，一个武人怎样才算是死得其所？最坏者，莫过于那位薛驸马，大好男儿，却坐于阴事，死于刑场，临刑狂呼愿战死沙场而不可得，何等可悲！最令人称羡者，则是卫公，出将入相，威震海内，而安然辞世，生荣死哀，何等光耀！但在为师看来，武人的最好归宿，却不是家中病榻之上，而是千军万马之中，忠于国事，死于战场，这才算是不负这一生所学。本来我以为此生已然注定会老病腐朽而死，可如今机会就在眼前，我不去战场杀敌，难道还要先算计一番成败是非，等着老死家中？那我这一生，又与草木何异？"

屋里最粗的蜡烛"啪"的一声爆响，仿佛在应和着苏定方的话，烛光映在他那张此刻已没有半点笑容的脸上，每一道皱纹都像是利剑刻成，散发着被岁月磨砺得愈发坚毅的勃勃英气。

裴行俭不由低下了头，"弟子知错了。弟子愿向圣人陈情，请为恩师副手，哪怕是为大军押运粮草，也算是尽我微薄之力，不负恩师教我多年。"

苏定方笑了起来，"你不过是替为师担忧而已，何错之有？守约，你与我不同，我是一介武夫，除了行军打仗，一无所长，你却文韬武略皆精熟于胸，何必要学为师？难道身处朝堂，便不能为国效力？何况你新婚燕尔，连子嗣都未留下一个半个，你若贸然从军，又要置孝道于何地？置琉璃于何地？"

裴行俭默然良久，才有些艰难地开了口："不瞒老师，近来弟子常有些茫然无措，总而言之，弟子不愿以未来缥缈之事令圣人为难，令家人为难，却也不愿为了眼前的安宁荣华，便当做是一无所知。更何况卷入朝堂党争，从来都非弟子所愿，无论是立是破，是同是异，或许都会后患无穷。然而以今日的局势，弟子之身份，实在难以独善其身。届时弟子该何去何从，还望老师指点一二。"

苏定方想了片刻，摇了摇头，"你是希望避开？莫说圣人十有八九不会答应，便是答应了，届时你又真能避得开？朝堂之事，非我所长，我也谈不上指点。只是当年卫公曾跟我说过，人生在世，难免有所抉择，世事变幻，谁又真能料事如神？当此之际，与其去想未来是对是错，是福是祸，不如问自己，是否出于本心。若能内省不疚，则无论后事如何，都可无忧无惧。因此于我而言，无论此战胜负，我都会不避不退，尽职尽责。至于你该如何抉择，却要问你自己！"

"内省不疚，则无忧无惧，"裴行俭缓缓地低声重复了一遍，仿佛是第一次听到这句话，突然抬起了眼睛，"弟子真的错了，多谢恩师！"

一阵爽朗的笑声响了起来，带着说不出的畅怀恣意。那只刚刚重新入睡的寒鸦又被惊得呱呱飞起，径直飞向寒意渐浓的长安夜空。

待得琉璃告别了于氏婆媳，回到客房时，裴行俭早已回屋，正在外屋挥笔练字。

"健儿留为国家死，岂因竖子坐杀之。"飞扬的笔锋，淋漓的墨意，白麻纸上的两行草书几乎可以破纸飞去。

琉璃看了看一脸平静的裴行俭，又把这两句话读了两遍，多少有些诧异：裴行俭的草书有东晋风骨，偏于古雅，但这两行字的笔力竟是从未见过的张扬酣畅，忍不住问："字比你平日的都好，可这两句诗是什么意思？"

裴行俭退后一步，端详着这幅字，淡淡的一笑，"这是薛驸马临刑前的遗言，怨恨不给他机会战死沙场，却因小人的阴谋连坐而死。"

琉璃越发纳闷，"那你为何想起要写它？"

裴行俭放下笔，绕过案几，伸手将琉璃的手握在掌中，"适才我跟恩师说起前事，有些感慨罢了。薛驸马一代名将，骁勇绝伦，却因为牵入这等阴事而死不瞑目；还有当年我家的那场横祸……琉璃，这些日子我愈发觉得，自己实在不喜这些倾轧之事，与其这般身处朝堂进退维谷，还不如跟着恩师去西疆沙场真刀真枪……"

他想去西域战场？琉璃的手指一颤，裴行俭立时收口，低头凝视着她的面孔，叹了口气，将她揽入怀中，"我只是说说而已，恩师说得对，圣人十有八九不会答应，况且我也不该把你一个人留在长安……"

琉璃不由松了口气，伸手抱住了他。裴行俭低声道："是我不好，吓到你了。不过，若我不是从军，而是外放为官，离开长安，你觉得如何？"

琉璃笑了起来，"自然是再好不过！只是……今天义父到底跟你说了些什么？"他看起来，和平常有些不一样。

裴行俭摇了摇头，"老师让我想通了一些事，是我自己原来想岔了，总想着如何才能不走错一步，如何才能避开来日之祸，却不明白世事无常，与其去想日后的福祸对错，不如只去做自己应做之事，但求一个问心无愧。只是现在，我有些怕了，琉璃，我怎么样都不打紧，可我怕会让你……会让你吃苦。"

琉璃抬头横了他一眼，"能有多苦？我难不成是经不得半点磕碰的？还是你觉得，我只能与你同富贵而不能共患难？"

裴行俭哑然失笑，揽着琉璃的手臂紧了一紧，"是我说错了。"

琉璃板起了脸，"光一句说错了就想混过去？"

裴行俭叹道："那要怎样才好？"

琉璃认真地看着他，"你曾说过有事都不瞒我，可是，你的这些烦恼，从来都没有跟我说过！你能跟义父说，为何就不能跟我提上一句半句？"

裴行俭默然片刻，神色有些黯然，"琉璃，我只是不想让你因为我的事情烦恼。我曾答应过，要让你过得无忧无虑、自由自在的。可这些日子以来，因为我的事，已经给你太多烦扰，我不想让你再为这些不安。"

他的理想，就是把自己当头猪养吗？琉璃很想叹气，只是看着他专注的眼神，好歹还是忍住了，只能自我安慰：他不肯说就不肯说吧，自己不也有好多事情瞒着他？也不算太亏。

裴行俭的眉头却立时一挑，"你在想什么？神情这般古怪？"

琉璃忙断然摇头，"我也不告诉你！以后我有什么事再不与你说！"

裴行俭有些无奈地笑了起来，"真的恼了？是我说错了话，我都已是认了错，你就饶了我这一遭好不好？"

琉璃笑着向他眨了眨了眼睛，"你知道便好！下次若是再犯……"手指微微用力，在裴行俭腰上平素怕痒处挠了挠。

裴行俭猝不及防，笑出了声，想拉开琉璃的手，琉璃哪里肯依？笑闹中，裴行俭突然一弯腰将她打横抱了起来，大步往内室走去，"小东西，这次是你招我的！"

琉璃唬了一跳，忙用力推他，"别闹，这是义母家的客院！咱们要检点些！"

裴行俭停住脚步，低头看着她，满脸都是惊奇，"咱们不是该安寝了么？我只是见你辛苦了一天，想让你少走几步路，你却想到哪里去了？"

第五十五章
绝妙好棋　绝世名帖

窗外依然是黑沉沉的一片，屋角的蜡烛却渐渐烧到了头，发出噼啪的声响。裴行俭轻手轻脚地起身换上了圆领袍，刚走到门口，又忙忙地折回来，拿起屋里的铜镜借着烛光照了一眼，不由抚额长叹。

琉璃早已睁开眼睛，躲在丝绵被里偷笑得发抖——谁叫他那样戏弄自己，自己恼羞成怒之下，下手是重了点，地方是巧了点，效果却是再好也不过了，他脖子侧面留下的那块红斑不大不小，看起来实在像是……

裴行俭转身看着琉璃，点头笑了起来，"好啊！既然你这么欢喜，我一人独乐倒不如咱们同乐。"说着走上两步，拉开被子，按住琉璃，也不顾她求饶，低头便亲了下去，片刻之后才松手抬头，端详了一眼，大笑着转身离去。

琉璃一张脸顿时垮了下来。待到天色渐亮，阿霓和小檀进来帮她梳头时，脸上果然都露出了微妙的神色，又立刻若无其事地移开了目光。琉璃看着铜镜里脖子上那道嫣红如血的吻痕，简直连气都叹不出来，把身上的白色中衣和杏色交领绫衫提了又提，终于不得不放弃了努力，硬着头皮到了苏府上房，强自镇定着吃过早膳，便在于夫人和罗氏含笑的目光中落荒而逃。

她在家咬牙切齿了足足一日，好容易等到裴行俭从衙里回来时，一眼看见他脖子上那个露在圆领衫外的红印时，却绷不住先笑了起来。

裴行俭看了看琉璃身上那件竖得高高的直领衫子，点头道："早知如此，真该在你脸上留个印。"

琉璃心情已愉快起来，斜睨了他一眼，"那我多抹两层胭脂轻粉便是。"

裴行俭想了半日，只能摸摸自己的脖子，长叹了一声。琉璃笑嘻嘻地把温热的莲子浆递到他手中，"你且尝尝看，我让厨娘按宫里养身的法子调制的，味道还好。"

裴行俭喝了几口，点了点头，突然道："说到宫里，今日圣人不顾太尉和宰相们的异议，又擢拔了一位你的旧识，倒是引起了一场不小的风波。"

"那位蒋御医，如今已是尚药局的奉御！"

琉璃"喔"了一声，想想却又有些纳闷："此事怎么也会引起风波？蒋御医的医术了得，如今又调理好了圣人的头风，擢他一级不是顺理成章么？再说，尚药局谁当奉御与长孙太尉他们有什么干系，他们为何要反对？"

裴行俭摇头笑了笑："你有所不知，按朝廷之制，尚药局设奉御两名，如今名额已满，圣人又提拔蒋孝璋为奉御，便生生多出了一名来。因此圣人是下令擢拔蒋御医为奉御员外特置，但一切待遇都要与正员相同。长孙太尉便云，大唐开国以来，员外官绝无待遇同正之理，开此先例，着实不妥，为一御医而坏了制度，朝廷日后该如何取信于天下衣冠？"

琉璃恍然大悟，原来大唐的公务员也是有编制的！提拔一个御医事小，坏了规矩事大，只是若是如此，"圣人怎么还是擢拔了他？"

裴行俭淡然道："圣人说，蒋御医之功为前所未有，故享前所未有之恩遇，也是理所应当，只是其功涉及内帏，他原不欲公告天下，若是太尉着实想知，他也只好直言不讳，叫群臣和天下人看看，擢他为奉御特置到底是何道理。"

琉璃立时明白过来，李治说的是蒋御医发现王皇后想要"谋害"他和武则天的事情，"那长孙太尉怎么说？"

裴行俭语气略带嘲讽："还能怎么说，自然是既然事涉内帏，陛下作主便好，臣等不便置喙。"

琉璃忍不住笑了起来。李治摆明了是在威胁长孙无忌，你不让我提拔蒋孝璋，我便把王皇后的罪状昭告天下，如此一来废后之举便再也不会有任何回转的余地，长孙无忌想来不会对后宫之事毫无耳闻，自然不敢赌这一把，这一招实真是不错！却听裴行俭叹道："若以棋局为喻，圣人的这一步可称绝妙，经此一事，朝堂局势已扭转了大半。"

琉璃不由一呆，提拔了一个御医，就算是破格提拔了一个御医，怎么就绝妙了，又怎么会扭转朝堂局势？

裴行俭看了琉璃一眼，微笑着解释道："李舍人之事，已叫满朝官员看清楚，与长孙太尉不睦者，只要合了圣意，便依然可以留用于朝廷，太尉亦无可奈何；蒋御医之事，更会叫天下人明白，圣人想重用之人，便是太尉反对，便是违反了章制，依然可以得到提拔、享受恩宠。须知朝廷编员有限，而员外同正之例一开，便给多少人留出了一条青云直上之路！如此一来，日后人心向背自然不同。"

原来如此！如果说李义府的事情是意外之获，苏定方的封爵和蒋孝璋的提拔更是精心设置好了的棋，时机人选都恰到好处，如此不动声色又暗含杀机，怎么看怎么都像武昭仪的手笔……琉璃想了半日，只觉得自己的脑子果然不够用，在这种局面中，她别说去下棋，连看棋都看不懂，不由叹了口气，"横竖与咱们无关。"

裴行俭诧异地看了琉璃一眼，"怎么会无关？我若猜得不错，不出一个月，李舍人与许学士等人便会先后擢升，我……或许会入吏部。"

琉璃吃了一惊，裴行俭的脸色也渐渐有些沉凝，"吏部这几年一直为褚相与柳尚书所把持，最是水泼不进。圣人上回召我入宫，便曾说过一句，我应做个郎官，才算人尽其用。"

琉璃有些哑然，她虽然对朝政不大熟悉，却也知道，三省六部里最为要紧的便是吏部，成为吏部郎官，不知是多少大唐官员的梦想，只是对于裴行俭而言，却是离他远离漩涡的梦想越来越远了……看着裴行俭无论如何算不上愉悦的神色，她想说点什么，又不知从何说起，只能伸手握住了他的手掌。

裴行俭低头看着琉璃笑了笑，反手把她拉入了怀中，安抚地拍了拍她的背，开口时已换了话题："昨日倒是忘记问你了，听说那位郑氏阿婶来过一次，出门时差点欢喜得哭了？"

琉璃扑哧一声笑了出来，一本正经地点头，"正是！多亏她来教导了我一番，最后又告诉我这产业原是卖了的好，二十万缗的价钱也合适得紧，他们做叔叔婶婶的绝不会干涉。这般好意，我自然要好好谢她一番。"

裴行俭哈哈大笑，轻轻捏了捏琉璃的脸颊，"谁若是小瞧了你，可够她们受的！"

琉璃笑嘻嘻地没作声，裴行俭停了片刻却问道："既然这边已然无事，你可想好了该如何处置那二十万缗钱？"

琉璃心里一跳，忙笑道："你放心，这二十万缗不会在咱们这里花上一钱，自然是要让全族都能获益。我还跟郑氏婶婶说了，咱们与大长公主交割之时，会请她们来做个见证，总之绝不会让任何人挑出理来。"

裴行俭凝视着琉璃的眼睛，半晌才若有所思地微笑起来，"你觉得妥当便好！只是何时会交割，如今便已经定下了么？"

琉璃轻轻地叹了口气，"定是尚未定下，想来也不过是这几日罢。"

她现在，等的也不过是那个坏消息。

只是之后几天，一切却是出奇的风平浪静。到了初十，洛阳掌柜庄头们报的价目终于到齐，果然刚好是二十万缗，郑宛娘第二日便又来了一趟，当下敲定了二十万缗的价目。郑宛娘又道，若是金银器物可折价计入，或是能赊欠些零头，河东公府倒也筹备得差不离了。琉璃只是笑着说不急，还是一次交割清楚才好，况且自己这边也要做些准备。

朝堂上，正如裴行俭所料，李义府很快被破格擢拔为执掌中书省实务的中书侍郎，然而这一次，长孙无忌、褚遂良等人却全是无反应。裴行俭更是日日例行公事地上朝、去县衙，午后归家，半点异常的迹象也无。直到中秋前两日，他才晚归了一回，手里还小心翼翼地拿着一个匣子。

琉璃早已等得心急，忙迎了上去，问道："今日怎么回来得这般晚。"

裴行俭笑了笑，"今日褚相招我过去了一趟。"

褚遂良找他？琉璃的心顿时提了起来，忙问："他为何要找你过去？"

裴行俭把手里的匣子递给了她，"便是为了这个。"

琉璃心里纳闷，打开这个一尺多长的檀木匣子一看，里面是一个用紫色细绫装裱过的小小卷轴。她忙用手绢擦了擦手，才小心翼翼拿了出来，展开一看，不过是一张平常尺寸的白麻细纸，纸面已略呈黄色，上面是几行飘逸的今草，气韵流转连贯，字迹劲秀洒脱。琉璃只看了一眼，便脱口赞了声："好帖！"

裴行俭笑道："你的字虽然有些稚气，眼光倒是老辣得很。"

琉璃看了半晌，还是摇了摇头，"我认不出是谁的墨书，似乎不是王右军的。"

裴行俭笑容里有一丝少见的得意，"是张伯英的真迹！"

草圣张芝的真迹？琉璃大吃一惊，这位东汉书法家，虽然有着草圣的赫赫威名，却没有多少真迹流传下来，她在宫里两年，因武昭仪和李治都极爱书法，她沾光见过不知多少名帖，但张芝的也只见过两张！

裴行俭也净过手，用葛巾细细擦干了，才从琉璃手里接过了字帖，"张伯英的真迹最是难得，我当年费尽心思，也不过见过四五张，能借我临摹的只有两张，已算是难得的运气了。因此褚相今日才找到我，让我帮他鉴别一下。你看这纸张、这气韵，哪里作得了假？便是在张伯英的真迹里，也属上上品。"

琉璃奇道："既是真迹，褚相为何会让你带回来？"

裴行俭笑道："自然是让我帮他临几张。"

琉璃点头不语。若论书法，褚遂良是公认的当世第一，只是他更长于楷书；而裴行俭则以草隶见长，临草书帖更是一绝，当日李治便曾把宫里收藏的草书名帖都找出来让裴行俭临过一遍，如今褚遂良得了张芝的真迹，请他帮忙临几张也是顺理成章。只是想到褚遂良这个名字，她的心里到底还是有些不安，想了一遍只能问道："可说好了何时把字帖还他？"

裴行俭道："这倒是没说，这临出好帖来原也要几分机缘，这几日我要好好多临几遍才是，张伯英的贴当真是可遇不可求。"

琉璃看了一眼这张只怕是千金难换的字帖，又看了一眼逸兴横飞的裴行俭，只觉得心里那种不安的感觉越发强烈。裴行俭却是低头专注地看着字帖，半晌才抬头看见了琉璃的脸色，微微一怔后笑了起来："你莫担忧，我自有分寸。"

就像自己看见好画就会丧失理智，裴行俭看见好字的反应似乎也差不太多……琉璃垂下眼帘，无声地叹了口气。

然而永徽六年的中秋竟是平平稳稳地过去了，唯一的意外是琉璃让厨娘用藕粉、莲子、桂圆熬出的玩月羹火候没掌握好，只得又重新做了一遍。

到了第二日，琉璃刚刚用过早膳，阿霓却回报：雪奴有事求见。琉璃不由愣了一下，最近两个月，自己竟把这个美人忘了个一干二净！

阿霓轻声道："她这些日子倒还本分，每日早晚会出去料理花草，也不曾胡乱打听消息或是收买人心，娘子若不愿见她，奴婢……"

琉璃干笑着点点头，"让她过来吧。"

银锻滚边的丁香色素面平绸短襦，窄身五幅白绫长裙，雪白的鹅蛋脸上只是薄薄施了一层粉，然而衬着这身素净如水的衣裙，反而有一种冷艳到极处的感觉。看着曼步而来的雪奴，琉璃不由更加心虚：把雨奴治好伤后打发到城外的庄子里，她并没有任何心理负担；可把这个千娇百媚又知情识趣的雪奴放在后院里发霉，这往轻里说也算是暴殄天物吧？

雪奴却是恭恭敬敬地伏身在地行了一个肃拜礼，"雪奴见过娘子。"

琉璃有些吃惊，"不必多礼！你是何事要回，起来说话便是。"

雪奴依然深深地低着头，露出了一段凝雪般的脖颈，衬着乌沉沉的黑发，琉璃虽是女子，看着心里也是一跳。

"雪奴此来，是恳请娘子给雪奴一个恩典。"

琉璃心里顿时警惕起来，坐直身子等着她的下文。自己早该想到的，这样的美人儿，大概无论如何也不会甘心在自家后院百无聊赖地慢慢老去吧？

雪奴的声音低缓，却并不迟疑："奴婢无意中听闻，娘子这几日会把产业转给大长公主，想来娘子和阿郎日后与河东公府便会再无牵涉。雪奴恭喜娘子，也想请娘子作主，将雪奴重新发卖出去。"

琉璃愕然挑起了眉头，一句"你说什么"几乎脱口而出，想了半日只能问道："此话从何说起？"

雪奴的声音依然极为平静："不瞒娘子，雪奴自幼长于平康坊，虽然未曾入教坊之籍，却也是假母细心教养，以为奇货，不想却被河东公府看中，强行买作了奴婢。幸得娘子和阿郎心地仁厚，给了雪奴容身之所，又处处厚待。只是雪奴在府中无事可为，心中着实难安，因此恳请娘子重新发落，一则可以将雪奴卖给坊内乐家，娘子少说也可得一二百金；二则……"她似乎有些犹豫，没有说下去。

原来雪奴的确是风尘中人，却不是入了教坊籍的官伎，而是被鸨母们养大的私伎——也许对她而言，做花魁的确是比做花匠更有前途的职业吧？琉璃不由放缓了声音："有话你直说不妨。"

雪奴默然片刻，突然抬头看向琉璃，"若娘子能信雪奴一回，雪奴斗胆恳请娘子放雪奴为良，雪奴愿写下契约，十年之内，必偿娘子以千金！"

琉璃惊讶地看向雪奴，她那张美艳的面孔上有一股破釜沉舟的决然之气，看去几乎令人心惊。按理说，她的这个要求不止大胆，简直是异想天开到了荒谬的程度……琉璃心里转了几圈，才皱起眉头，"奴婢放良，国有定制，并非我想放便放。"严格说来，在长安这种规矩森严的地方，她只能将雪奴放为客户，却不能直接将她放为良人。

雪奴眼睛顿时一亮，"娘子有所不知，雪奴本是良家子，只要娘子肯放了雪奴，雪奴自有法子还为良籍，买奴婢的原是河东公府，此事也不会牵连到娘子！"

琉璃沉吟不语，她倒也知道，大唐严禁逼良为贱，若是良家子被人逼迫卖做了奴婢，只要去官府申诉，的确可以还为良籍。只是买她的毕竟是河东公府，她居然说有把握能翻回此事，可见是思虑得极为周详了……

雪奴看着琉璃，神色愈发诚恳谦卑，"娘子，并非雪奴不知感恩，雪奴生于风尘，除了以色艺事人，此身再无所长，留于府上又有何用？娘子若肯将雪奴重新卖回平康坊，自能略有所得，然而雪奴若得自由之身，便可设法自立门户，娘子十年所得，必十倍于此刻身价。娘子和郎君是何等身份，雪奴一介小民，便是有天大的胆子，也不敢妄言相欺！"

　　琉璃静静地看着雪奴，雪奴在琉璃的目光下先是略有些紧张，随即便恢复了平静。琉璃心里暗暗佩服，微笑着点了点头，"我猜，你不但听说了我会把产业转给河东公府，也听说了这几十万缗所得我都会用于族人，因此今日才会来这一遭吧？所谓卖给假母不过是托词，你是觉得我既然不在意几十万缗的家产，更不会为了一二百金的身价钱落一个卖婢为伎的名声，无论为名为利，都会痛痛快快地放你出去，是也不是？"她兜兜转转这一大圈，赌的不过是自己或是怕事爱名，会为名放她，或是深谋远虑，会为利放她。可惜，自己其实两者都不是。

　　雪奴一怔，脸色顿时有些发白，忙俯身在地，"雪奴不敢！"

　　琉璃淡淡地一笑，"你不敢？那你来这里作甚？你猜得对，我的确不在意你的身价，也不愿意担上卖婢为伎的名声，只是我更不喜欢你这般试探于我，因此什么卖与假母、十年千金，我便当今日都不曾听见过！"

　　雪奴身子一颤，抬头想说什么，对上琉璃的眼睛，终于还是无言地低下头来，肩头彻底垮了下去。

　　琉璃沉默片刻，这才回头道："阿燕。"

　　阿燕神色复杂地看了雪奴一眼，走上了一步，"娘子有何吩咐。"

　　琉璃淡然道："你拿上雪奴的身契去外院找裴管家，让他去万年县一趟，便说我们今日才得知雪奴原是良家子，请衙门查点一下，若是不错，便请销了她贱籍。"

　　雪奴猛地抬起头来，不敢置信地看着琉璃。琉璃神色平静地看了她一眼，语气温和了许多："毕竟是河东公府买了你，你虽有法子扳转此事，想来要付出的代价也不小，不如我来出面，你便当我是用你买了个好名声。待管家回来之时，你便可自行离府，给你做的衣服头面也可以一并带走，不必再来上房辞行。你出去之后，与这府里便再无干系。"

　　雪奴怔了半响，突然俯身端端正正地磕了个头，"娘子大恩，雪奴不敢空言一个谢字。雪奴今日所为，并非不知好歹，实有心愿未了，不能安享温饱，才起了恳请娘子放良的心思，绝非有意欺娘子心善。至于千金之债，娘子可以当做没听见，雪奴却绝不敢当做没说过。雪奴恳请娘子保重贵体，雪奴若得不死，日后必结草衔环以报大恩。雪奴这便告退！"

　　眼见雪奴又磕了个头便干脆利索地起身退出房门，一贯袅娜的身姿竟有了几分清劲的风骨，琉璃轻轻地摇了摇头，心里好不遗憾：曾经有一个绝佳的仕女画模特放在她的面前，自己却没有珍惜⋯⋯却听身后的阿霓低声嘟囔："娘子，你真让她便这般走了？"

　　琉璃笑道："留着她作甚？难不成真让她在府里一辈子修剪花木？"她受得了，那些可怜的花木大概也受不了!

阿燕拿着一张身契从内室走了出来,闻言笑道:"娘子好手段,如此一来,不但旁人无话可说,雪奴也会愈发真心感恩。以她的容貌手段,十年千金,只怕也不算什么。日后她若惹出事来,外人再怪不到我们头上,而娘子若是有事吩咐她,她则多半会死心塌地去做。"

琉璃不由哑然失笑,她还真没想过要谋得那黄金千两,更没想过要用这种手段收服人心,说来不过是虚荣心发作,不想做了好事还被人当成傻子而已。只是听雪奴临走前的那番话,似乎是有什么心愿未了,这位有个性有追求的美人儿,十年之后会是什么样子,她还真有些好奇。

第五十六章
宰相会食　祸乱之始

辰正一刻,随着悠扬的雅乐之声奏响,太极殿里参加常朝的数百名五品以上文武官员齐刷刷地避席肃立、抱手长揖。李治神色漠然地从龙床上站了起来,转身向东缓步而行,赭黄色的龙袍不多时便消失在东亭门外。太极殿内外,一对对仪仗也随即有条不紊地退了下去。

辰正二刻,雅乐停奏,袅袅余音中,以尚书省官员打头,文武百官按照品秩顺序静静地离开,一盏多茶的工夫之后,大殿里便只剩下了几百张空荡荡的席子。

秋阳此时刚从太极殿东庑的飞檐上探出头来,斜照在殿外两廊的碧色琉璃瓦上,两廊之下早已布置好了数百张坐席,退朝的官员在各自的位子上默然落座。过得片刻,清脆的环佩之声由远而近,两队穿着锦半臂与青色长裙的宫女捧着精致的食盒翩然而至,将一个个鎏金银盖碗送到了每人面前的食案之上。

除了碗箸偶然相击的声音,几百个同时用餐的官员再没有发出任何声响,每人都正襟危坐,仪态与在殿内上朝时并无二致,偶然有人低声交谈了几句,也在来回巡视的两位监察御史走过来前,谨慎地低下了头。

裴炎穿着青色圆领袍,目光锐利地扫视着廊下的诸位官员。身为当值的监察御史,他不但要在早朝前便赶到大殿,监察百官入朝前的衣着仪态,带领他们入殿、唱籍,还要督查他们在廊下进膳时是否安静肃穆。看到这些品秩远高于他的官员,随着自己脚步声而仪态摆得愈发端庄,裴炎的腰杆不由挺得更直,胸口也有些发热,直到眼角扫到一张熟悉的面孔,才微微一冷。

在五品文官的班次中间,裴行俭端坐在案几前,身姿倒是挺拔端正,目光却心不在焉地投向了廊外,阳光斜斜地照在他的脸上,把他嘴角的那丝笑意映照得分外显眼。

裴炎的眉头顿时皱了起来:裴行俭当这里是酒楼吗?廊下食领的是圣人的恩赐,守的是朝堂的礼仪,他这副漫不经心的名士派头平日倒也无妨,可用在此处,是不是太过不敬了?

似乎感受到了裴炎的目光，裴行俭回过神来，向裴炎笑了笑，低头开始用膳。裴炎收回目光，继续往前走去，端秀的面孔愈发冷肃。

待到清越的钟鸣之声悠然响起，廊下用食的百官放下银箸，站了起来，缓步走下台阶，说笑之声这才纷纷响起，有人在四处寻找同路回衙的本司同僚，有人则约着好友下衙后去新昌坊喝上一爵桂花酿。

裴炎看着众人的背影，掸了掸衣角，正想转身离去，却听不远处响起了一声："裴明府，请留步。"他不由一怔，抬眼去看，却见一身紫袍的褚遂良正快步走向人群中的裴行俭，众人自然纷纷让路，裴行俭也笑着回身一揖。

两人低声不知说了几句什么，褚遂良突然哈哈大笑起来，拍了拍裴行俭的肩头，"午后你去政事堂寻我便是！"

宰相议事的政事堂？褚相让裴行俭去政事堂做什么？裴炎的眼睛不由眯了起来，半响才轻轻摇了摇头，神色肃然地离开了太极殿。

只是没过几个时辰，他的顶头上司御史中丞袁公瑜却同样拍了拍他的肩膀，"子隆，随我去政事堂一趟！"

从太极殿往东出丑明门，便是门下省的官署所在。白墙黑瓦的建筑虽不如太极殿雄壮华美，却也自有一番端严气象。日头刚刚开始西斜，正是官员下衙的时分，穿着各色襕袍的官员陆续从朱漆大门内走了出来，或是沉默独行，或结伴说笑，原本沉寂空旷的宫城里顿时多了几分生气。

跟着袁公瑜跨进官署正中的政事堂，裴炎不动声色地往四下一看，只觉得此处除了屋宇略高大些，似乎也没什么异常之处。袁公瑜上前低声问了一个小吏几句，回头时已皱起了眉，"今日宰相会食，咱们只怕要多等一会儿。"

宰相会食？那可不知要等到什么时辰了！裴炎也想皱眉，到底只是默然点了点头。正等得有些无聊，却见裴行俭大步走了进来，手里还拿着一个檀木匣子。

看见两人，裴行俭拱手笑了笑。袁公瑜却先开了口："怎么裴明府今日也有公务来此回禀？"

裴行俭笑着摇头，"非为公务，乃是前来归还褚相的字帖。"

袁公瑜眉头一挑，"褚相竟是又得了好帖？"

裴行俭看了人来人往的大堂一眼，笑而不语。此时沉迷书法之人太多，得了好帖谁也不会宣扬出去，以免引来观赏借阅的痴迷者。

袁公瑜也想到了这一节，笑道："可惜你我都来晚了一步，今日竟是安排了宰相会食，如今几位相公都已进了会食堂，没半个时辰只怕出不来。这些文书却是褚相点名今日要看的，我正想让子隆留下等候，明府不如与我一道去外面走走？"

裴行俭怔了一下，笑道："既然如此，我去寻个吏者，让他转交便是……"话音未落，一位官吏打扮的人快步走了过来，"这位可是裴明府？"

裴行俭眉头微皱，点了点头。吏者笑道："裴明府想是为早间之事来寻褚相？褚相有命，您来了之后直接去东堂，他随后便到。"

袁公瑜不由大惊：宰相会食原有定规，会食期间，百官无论何事都不得前去打扰，而诸位宰相在会食结束前也不能退席。因此他虽是奉命而来，也不得不干等在大堂里，可褚相怎么会因为一张字帖破例？还是因为裴行俭……

裴行俭的脸上却没有露出任何惊喜，反而变得一丝表情也没有，看着那位吏者的目光更是平静得近乎冷漠。

吏者脸上的笑容顿时挂不住了，有些慌乱地欠身行礼，"裴明府，这边请！"

裴行俭依然淡淡地看着吏者，那吏者低头站在那里，一句话也不敢再说。这情形有种说不出的古怪，袁公瑜正想开口，却见裴行俭的脸上突然露出了一个奇异的笑容，似乎有些嘲讽不屑，又似乎有些如释重负，开口时声音竟是出奇的温和："有劳了！"回头又向袁公瑜和裴炎拱了拱手，这才跟在吏者的身后向东堂走去。

看着裴行俭的背影，袁公瑜脸上露出了一丝冷笑，裴炎却面无表情地垂下了眼帘，只是很快两人便再次睁大了双眼——西堂的门帘一挑，身形富态的长孙无忌与体态清瘦的褚遂良联袂而出，目不斜视地快步向东堂走去。

直到东堂的门帘遮住了那两个紫色的背影，裴炎才回过神来，眼光一扫，只见政事堂来来往往的诸位堂后官脸上都是一副痴呆的表情。

耳边突然传来一声带着酸意的笑，"子隆的这位族兄果然好生了得！能让圣人与太尉都如此另眼相看，只怕大唐再找不出第二位。"

裴炎定了定神，语气淡然："炎不敢与裴明府相比。"

袁公瑜微笑着摇了摇头，"子隆过谦了，你的人品学问有目共睹，要说也不过是运道差些，就如上回，明明是旁人的事情，偏偏正主儿置身事外，却是你受那无妄之灾，我听人打趣你时，都有些替你不平。"

裴炎脸色更淡："都是自家兄弟，谈不上无妄之灾。"

袁公瑜笑着点头："子隆果然是子隆，这番气度便是常人难及。"他有一搭没一搭地跟裴炎说着话，纵然裴炎惜字如金，也是兴致不减。

过了足足一刻多钟的时间，东堂才响起了靴子走动和说话的声音，就听长孙无忌叹道："早就听闻守约慧眼如炬，胸怀天下，今日才得领教，真是相知恨晚，日后有暇，还要请守约来寒舍盘桓一二才是。"

褚遂良也道："我早便跟太尉说过，守约奇才也，如何？守约今日所言足以振聋发聩，只是天下人……唉，日后细说也不迟。"

门帘一挑，一红两紫三个人影先后走了出来，长孙无忌和褚遂良都有些神色沉凝，裴行俭却依然是一脸平静，走出门来便回身一揖："举手之劳，不敢蒙太尉与相公谬赞，下官这便告退。"

褚遂良笑道："哪里哪里，守约今日能来……"突然看见堂屋里的袁公瑜与裴炎，笑了一笑："日后我与太尉自会再去与你探讨。"

裴行俭淡然一笑语："下官从命。"退后一步，转身向裴炎两人点了点头，大步向堂外走去。

袁公瑜却突然叫道:"褚相留步。"随即便迎上了往西堂走去的长孙无忌与褚遂良:"褚相,下官来迟了一步……"

长孙无忌眉头一皱,脚步停都不曾停一下。褚遂良却笑了笑:"袁中丞稍待片刻,待会食之后,我再遣小吏去请中丞如何?"说着便回头追上了长孙无忌,两人一路低声说着话进了西堂,依稀能听见一句:"裴守约所言甚是……"

袁公瑜的脸彻底沉了下来,深深地吸了一口气,回头看着裴行俭的背影消失在政事堂高高的门槛下面,脸上露出了冷峭的笑容。

政事堂的一位小吏大约是得了吩咐,笑着走上前来,把袁公瑜与裴炎请到了东堂的外屋落座,裴炎自然不会开口,袁公瑜也有些心不在焉,随手翻了翻带来的文书,便默默出神。从裴行俭想到武昭仪,又想到最近朝堂上的种种事端,心里忍不住冷笑:都到什么时候了?裴行俭还想两面讨好吗?

眼见阁外的天光已经暗淡下来,外堂里也渐渐不闻来往人声,连小吏都不知躲到哪里去了。袁公瑜皱眉看向裴炎,"早知如此,今日应当与你一般宿值,倒是更便宜。"

裴炎默然无语,今天的宰相会食实在长得离谱,再过片刻,莫说袁公瑜回家的路上要对巡查宵禁的金吾卫出示手令,自己回去值夜时只怕也用不上宫里赐下的晚膳了。

两人正相视苦笑,就听西边突然传来了一阵杂乱的声音,袁公瑜忍不住长长地出了口气,推案便站了起来,却听到了中书令来济浑厚的声音,"唯今之计,还须我等同心协力,总不能眼见圣人将要贻笑天下而一言不发!"

袁公瑜一愣,不由停住了脚步。就听长孙无忌冷笑了一声,"岂止是贻笑天下那么简单,今日裴守约之言难道说得还不清楚?"

来济顿了一下才道:"我只当裴守约不过是骑墙观风之人,没想到依旧有这样一份心肠,只是圣人待他甚厚,此话他为何不与圣人明言?"

褚遂良长长地叹了口气,"正因圣人待他甚厚,今日他才找到太尉与我。所谓人微言轻,他去禀告圣人,圣人听得进去么?唉,武氏为后,则国家祸乱必自此而起。裴守约身负相人之术,此语只怕绝非儿戏!"

袁公瑜顿时变了脸色,回头看了裴炎一眼。裴炎也神色冷峻地站了起来,默然片刻,突然几步走上,掀帘而出,声音清朗地道:"下官见过诸位相公。"袁公瑜暗暗跺脚,深悔自己今日带了这么个自负君子风度的愣头青过来,只得面带笑容地跟了出去。

几位宰相顿时都愣住了,还是褚遂良第一个笑了起来,"都怪我,竟是把袁中丞都忘了,来来来,我们到这边说话。"

袁公瑜给几位宰相都见了礼,跟着褚遂良进了后堂,双手奉上他要的监察御史巡视长安的相关文书,笑道:"这些巡京事务多半是裴御史经手,下官特意也把他带来了。"

/第五十六章/宰相会食 祸乱之始 461

褚遂良点了点头，明显有些心神不定地把文书翻了一遍，又随口问了裴炎几句，笑道："时辰不早，这些文书我先留下，你们还是回去宿值罢，若是再不回御史台，只怕连宫中发的通中枕、青缣被都要领不到了。"

袁公瑜此刻心思也不在文书公务之上，更不欲解释今日自己并不值夜，闻言便笑道："多谢褚相体谅，如此，下官便先行告退了，褚相若有不明之处，随时遣人召唤下官便是。"

政事堂后堂青色的门帘被有些急切地掀起又蓦然落下，遮住了两个多少有些行色匆匆的身影。长孙无忌从侧门缓步踱了进来，看了依然微微飘荡的门帘一眼，捋着短短的胡须笑了起来，身后跟着的来济却眉头紧锁。

褚遂良长长地出了一口气，"太尉神机妙算，这两位看来对此事已是深信不疑。"

来济叹道："莫说他们，若不是适才太尉实言相告，我也只当裴守约真说了此语。"

褚遂良笑道："只怕明日此言便会传到圣人的耳中，咱们总要提前一步，明日早朝后便要多教几个人知道此事才是！不过我却有些担忧，圣人如今乾纲独断，会不会就势处置了裴守约？"

长孙无忌"哼"了一声，"处置如何，不处置又如何？"他若猜得不错，他的那位皇帝外甥再是震怒也会召见裴行俭，多半也会相信他的辩解。届时他若不处置裴守约，或者处置得轻了，则前功尽弃，朝中文武都会知道裴守约找到自己议论武昭仪为后则祸乱国家，皇帝却不理会，众人岂能不生疑虑之心？他若处置得重了，裴守约焉能不自辩无辜？李义府等何等精乖，一旦明白裴行俭只是被算计，而圣人却立刻待昔日宠臣如弃子，又岂能不生动摇之心？

眼见自己的这两位同僚显然都明白了这层意思，他悠然加上了一句，"横竖此事一出，圣人无论怎样处置裴守约，都绝无让他再入吏部的道理，则朝政还有收拾的余地！"

来济点头不语，褚遂良也笑道："还是太尉思虑周全，无论如何，此事裴守约已断然没有自辩的余地，他才多大？满朝文武岂有信他而疑心你我的道理？"

长孙无忌脸上的笑容却慢慢变淡，叹了口气，"便是疑心你我又如何？你我深受先帝恩遇，绝不能为自己的名声，便坐视圣人因一个前朝宫人而成为天下的笑柄！如今也只能出此下策以挽回局面了。圣人终究是年轻气盛，一心想一言九鼎，才会如此作为，他便是此刻不解你我的苦心，日后也终究会慢慢明白。"

堂舍外面，远远地有鼓声传来，长孙无忌的目光不由转向了窗外。高高的宫墙之下，夕阳已坠，暮色未合，长安城的各大钟鼓楼上响起的暮鼓，在宣告着这一日的结束。太极宫的各处宫门与宫外的坊门在隆隆声中依次合上，负责宵禁的金吾卫列队待发。

承天门外，一骑快马在天街上飞驰而过，直奔宣阳坊的应国公府而去。

第五十七章
顺水推舟　无可辩解

香浓的白色骨汤中，是切得细细的雪白汤饼，配着碧绿的葱花和金黄的蛋花，看上去分外诱人。

裴行俭瞟了一眼面前的六瓣海棠青瓷碗，微笑着看向琉璃，"今日的廊下食太官署上的便是汤饼，不知怎么的就想起你做的这种高汤不托了，顿时觉得那一碗温水汤饼索然无味。"

琉璃笑道："我看你是早间出门前葫芦头多吃了两个，那时还没胃口罢？"

裴行俭想了想，也笑了起来。

琉璃动手给裴行俭盛了一小碗羹，"你快趁热尝尝这没忽羊羹，用的是冯翊羊的脊肉，与平常味道不同。难得他们昨日采买到了正宗的冯翊羊，不然今早也不会给你备了葫芦头。"平日里，她让厨房给裴行俭准备的早朝时垫肚的点心，都是更好消化的小蒸饼或玉面尖。

裴行俭低头尝了一口，笑着点了点头，看看案几上除了家常的几味，还有一条烤鲤和一盘熊鹿双拼，不由奇道："今日怎么还是这般丰盛？"

琉璃心道：这安稳饭如今是吃一顿少一顿，此时还不挥霍更待何时？想了想叹了口气，"这不是白白放走了一个美人，回头一想觉得好不可惜，只得多做几样美味来安慰安慰自己。"

裴行俭一脸恍然大悟："如此说来，我更要多用一些才是！"

琉璃想白他一眼，看见他一本正经的模样，自己撑不住先笑了。

两人用过饭，待阿霓几个收拾了杯盘退下，琉璃便想起身，却被裴行俭伸手轻轻一带便跌坐在了他的腿上。琉璃笑着伸手推他，"别闹，我今日忙了整整一日，身上腻腻的，净房里热水都已备好了，我去去就回。"今天她借着腾挪库房，好好盘点了一番，大致弄清楚了家中除钱帛外还能有多少可随身携带的金银，忙得一身大汗……

裴行俭捉住了琉璃的双手，笑而不语，眼神却深得有些异常。琉璃心里不由一动，"怎么？可是朝堂上出了什么事？"

裴行俭缓缓摇了摇头，突然道："琉璃，我原先就曾说过，不欲留在长安，若是我有机缘外放，你可曾想过要去何处？"

琉璃看着他叹了口气，"你是不是想去西疆？"

裴行俭沉默片刻，点了点头，"恩师此次已被任为葱山道前军总管，圣人却以军费吃紧为由迟迟不肯发兵，我的确有些放心不下。"

琉璃笑道："既然你想去的是西疆，那我想去的自然也是西疆。"

裴行俭的眼神微滞，半晌才闭上双眼长叹了一声："琉璃……"

琉璃也很想叹气，终于只是抬头认真看着他，"今日到底出了什么事？"

裴行俭目光变得有些悠远，语气却十分平静："也没什么，不过是去门下省政事堂向褚相还那卷张伯英的字帖时，承蒙长孙太尉和褚相看重，特意把我叫到内室多谈了几句。"

长孙无忌和褚遂良？琉璃心中暗惊，忙问："你与他们说了什么？"

裴行俭的笑容里带上了几分自嘲："我若告诉你，他们先是让我把朝中同僚们的书法长短都评点了一遍，然后便当众大赞我目光如炬、胸怀天下，你信也不信？"

琉璃瞪大眼睛看着他，脑子一时有些转不过弯来：怎么会这样？随即便醒悟了过来：原来是这样！她这些天虽然早已暗地准备，却一直有些不解，裴行俭对武昭仪虽有防备之心，也想去西域助苏定方一臂之力，但怎么会找到素无交往的长孙无忌去说什么"若立武氏为后，则国家祸乱必起"？这种话一传出来，不但得罪了武昭仪，更是背叛了李治。而她若是记得不错，永徽末年但凡反对武昭仪为后者，下场都极为凄惨，他这个最先公开表态、言辞最激烈的刺头却成了唯一的例外……原来，如此！

那么，他是顺水推舟了？琉璃只觉得心里松了口气，索性笑道："这有什么？你本来便眼光精准，他们这般赞你也平常得紧。"

裴行俭诧异地看了她一眼，随即微笑起来，低头在她额头上轻轻一吻，"傻琉璃，这世上也就是你，认为我什么都是好的，还觉得别人都该觉得我好。"

琉璃笑吟吟地仰起脸，"你自然是最好的，如今那些觉得你不好的人不过是没长眼而已！"

裴行俭怔怔地看着她，良久才叹了口气，将琉璃整个人环入了自己的怀中。

琉璃把头埋在他的怀里，心情一片安宁，听着他又叹息了一声，只得抬头也叹了口气，"今日你是去上过香么？衣服上的香烛味，比我身上的灰尘味怎么还要大些？像咱们如今这样，算不算臭味相投？"

裴行俭不由笑了起来，"再没见过比你更爱胡说八道的小东西！"

琉璃认真地点了点头，"正是，谁不知你裴明府阅女无数……"

裴行俭再也忍不住，伸指便在琉璃额头上一弹，"越发胡说了！"看着琉璃捂着额头抱怨，眼里却藏着黠慧的笑意，顿时明白了她的心意，胸口一涨，伸手揉了揉她的头发，把她的头轻轻按在胸口，半笑半叹着低声道："琉璃琉璃奈若何？"

这是什么话！他当自己是项羽吗？琉璃心里腹诽，闷声应了一句："守约不逾可奈何?"他只配当项羽的那匹大黑马好不好?只听裴行俭在她头顶上笑出了声,声音里终于没有了那股沉闷,琉璃不由也微笑起来……

夜色渐渐地深了,一轮圆月已上中天,月光从上房半开的南窗里透了进来,把床前映得一片银白。

裴行俭听着琉璃变得悠长的呼吸,轻轻坐了起来。罗帐的阴影里,她的轮廓并不清楚,裴行俭却依然看了很久,这才披衣穿鞋,悄然走出门去。

院子里一片宁静,只有秋虫的低鸣此起彼伏。裴行俭撩起袍角,在台阶上坐了下来,抬头看着树梢上的那一轮圆满无瑕的明月,心绪也变得宁静起来。直到远远地有急促的脚步声传来,他才霍然站起,几步走到了院门口。

月光下,一个小小的黑影跌跌撞撞地跑了过来,突然抬头看见站在院门口的裴行俭,吓得尖叫了一声。裴行俭沉声道:"可是宫中有人来召?"

屏门上负责通传的小婢女吓得只会点头,一句话也说不出来。裴行俭不再管她,大步走了出去。皎洁的月光中,远远便能看见裴府的大门早已洞开,门外有明晃晃的火把在闪动。裴行俭一步跨出大门,就听见了一个熟悉的声音:"裴明府,圣人急召你入宫见驾,快些上马!"

裴行俭向面露焦急之色的王伏胜抱了抱手,快步抢到一匹空马前,翻身上马,随着举火领路的侍卫向北而去。直到出了永宁坊,王伏胜这才跟了上来,压低声音道:"杨老夫人适才突然进了宫,神色极为不虞,不知跟圣人说了什么,圣人龙颜大怒,明府待会儿仔细些。"

裴行俭向王伏胜微微一笑,"我心里有数,多谢阿胜了。"

王伏胜看了看裴行俭身上整整齐齐的衣服,心里顿时有几分了然。不由暗地里叹了口气,陛下很少如此动怒,连昭仪都拦不住,但愿这位裴明府当真准备周全了!

深夜无人,几匹快马一路疾驰,不到一刻钟便到了太极宫前,从长乐门长驱直入,一直到了甘露殿前。甘露殿的东殿依旧灯火通明,王伏胜快步走到东殿主屋的门帘之前,小心翼翼地弯腰回禀:"裴明府到了。"

屋里传来李治冷冷的声音:"难道还要朕请他进来?"

王伏胜忙上前挑起门帘,裴行俭向他点了点头,大步走了进来,见到李治,脚步一顿,长揖了一礼,"臣见过陛下。"

李治盯着他神色从容的面孔,冷笑一声,"你可知朕深夜召你,所为何事?"

裴行俭默然片刻,才答道:"臣不知。"

门帘外的王伏胜顿时心中一急,忍不住跺了跺脚——这位裴明府明明早有准备,此刻怎么又跟陛下打起马虎眼来了?这不是火上浇油吗?

站在王伏胜身边的小太监阿窦奇怪地看了自己的这位顶头上司一眼,正想低声问上一句,就听帘内传来了一声怒喝:"你到如今竟然还敢说不知!你真当朕好欺么?"阿窦顿时吓得一个哆嗦,大气都不敢出了。

裴行俭应答的声音却依然不急不缓:"启禀陛下,臣只知陛下深夜宣臣觐见,或许与今日臣去政事堂之事有关。臣对此事也有些不解，前几日褚相找到微臣，请臣帮他临摹一张字帖，今日早朝后又让臣午后去政事堂还帖。臣去之时正值宰相会食，长孙太尉与褚相却破例见臣于内室，让臣评点了一番朝中诸位同僚墨书之长短。此后之事，非臣所能知晓，故陛下所问，臣的确不知。"

屋里突然变得一片沉默，烛光中，李治又来回踱了几圈，脸上怒色稍缓，眉头却紧紧地锁在了一起，好半晌才停下脚步，冷冷地道："你当真只说了书法？"

裴行俭抬头看着李治，"启禀陛下，臣与太尉、褚相平素并无交往，今日突然得蒙厚待，事后回想也颇为不安。然此等事务，臣又岂敢欺瞒于陛下？"

李治缓缓点了点头，眼神锐利地看向裴行俭，"你可知今日宰相会食之后，褚遂良便称，你今日主动找到他们，是跟他们说，若立武昭仪为后，则国家祸乱必自此起？此事你有何可辩？"

裴行俭沉默片刻，苦笑道："是臣一时疏忽，陷圣人于两难之地，臣无可辩解。"

窗棂里吹进来的秋风已然略带寒意，烛光摇曳中，李治的脸色显得阴晴不定，"我来书房之前，昭仪说了一句，你裴守约不似这般忘恩负义之人。看来你不是忘恩负义，而是得意忘形、不知轻重！亏朕还一直当你是个谨慎的！"

裴行俭垂下了眼帘，"臣有负圣恩，请陛下责罚。"

李治看着裴行俭依然沉静的脸色，火气不由又拱了上来，冷笑道："责罚？你倒说说看，朕该如何责罚你才是！"

裴行俭的语音清晰平静："臣愿出西州为吏。"

李治顿时一呆，西州，距离长安五千多里、兵祸连绵的西州？他适才心里已转过好几圈，裴行俭的确没有道理去说这样一番话，这根本就是舅父大人精心设下的局。只是以如今的朝局，不贬黜裴行俭已绝不可能，问题是贬到何处？若贬到河东道、河北道，似乎太轻，或许是更远的江南道或岭南道才更合适，他能自己提出最好，也免得自己为难……可他怎么会选"西州"——大唐此前还从未有官员被贬到的险恶之地！这是以退为进吗？李治的脸色再次沉了下去。

裴行俭却恍若不觉，不急不缓地说了下去："一则，臣虽未发此言，然天下人必以为此言为臣所出，若不严惩岂足警戒？自陛下登基以来，雨露之恩早已均施于天下，而雷霆之威则尚未加诸于臣工，故臣民对陛下敬多而畏少。如今臣既犯下如此大错，愿以微躯承陛下之雷霆，以警百官，以儆效尤，方可略微弥补臣之过错。"

李治不由有些动容。他当然知道，驾驭臣下必得恩威并施，不然擢拔再多人也是无济于事。舅父长孙无忌这两年在朝堂上的地位之所以不可动摇，便是因为有永徽四年那场大案的鲜血铺路。他何尝不想杀一儆百？因此才把柳奭一贬再贬，然而终究不过是削减外戚之权，难以起到警示百官的效果。若如裴守约所言，则今日之后，人人皆知但凡顺应帝心者如李义府、蒋孝璋，便可得到破格擢拔，而胆敢结党于长孙无忌反对皇帝者如裴行俭，即使曾有恩宠加身，也会遭到空前严厉的贬黜！

只停了一拍，裴行俭温润的声音便再度回荡在御书房里："二则，如今西疆局势不稳,近有西突厥频生叛乱,远有吐蕃虎视眈眈,而我朝虽置都府、布边军,却不得不以来降藩王为西州之首,终非长治久安之计。臣以为,欲平突厥之乱,从急而议,在于军威震慑;从长而议,在于凝聚民心。臣愿以戴罪之身,尽筹集军粮、教化边民之责,使圣人恩泽,广施于蛮夷之地,令大唐明月,光照西域疆土。"

李治的脸色彻底缓和了下来:"只是……太委屈守约你了!"

裴行俭微微欠身,"为君分忧,乃臣子本分,况且边境战场,正是健儿建功立业之所,臣不敢辜负圣恩,亦不敢辜负恩师的教导,请圣人成全!"

李治点了点头,脸上露出了欣慰的笑容,"大唐臣民若个个能如裴卿,朕还有何忧何惧?"

听着李治的声音渐渐变得温和愉快,从当前朝政一路谈到了西疆战事与布防。门帘外的王伏胜不由松了口气,心里暗叹,有裴明府这般心胸之人实在少有,任谁遭到陷害,不是急着推脱,求着宽恕的?他竟能真心为朝廷和陛下着想,自求远黜!难道这便是不是一家人,不进一家门?只是这样一来,库狄画师在万年宫救了陛下,救了自己,也救了她的大恩,却不知何时才能还得上了……

远远传来了更鼓的声音,竟是已到了四更。夜风里的寒意越发重了,阿豆已忍不住缩着脖子轻轻地跺着脚,王伏胜看了他一眼,正想开口,就听见帘内传了李治略带叹息的声音:"今日我便会下旨,你三日之内便须离开长安,你且放心,待你在西疆立功,朕必召你回京都,让你替朕掌选天下人才!"大约是话说得有些多了,他的声音里微微有些嘶哑。

裴行俭声音却依旧清朗温润:"多谢陛下,臣这便拜别陛下,愿陛下龙体康安,福寿万年。"

屋里传来一阵衣襟响动的轻微声音,王伏胜和阿豆相视一眼,都站直了身子,却听李治突然笑道:"且慢,我差点忘了一事。说来今日之变故全是因你有相人之能而起,你也曾跟朕评点过不少才俊,却不知依你所见,武昭仪可有母仪天下之相?"

良久的沉默之后,屋内才传来裴行俭略显低沉的声音:"昭仪相貌贵不可言,惟子女缘薄,因此可做天下任何人的妻子,唯不宜于母仪天下!"

王伏胜原本已放下的一颗心顿时差点没蹦出来,门帘内不知什么东西"啪"的一声碎在了地上,圣人的声音几乎是从牙缝里挤出来的:"出去!"

门帘微动,裴行俭退出门外,恭恭敬敬地向门内行了一礼,转身走了出去。微弱的晨光勾勒着他的身形,看去竟比往日更为挺拔。

王伏胜看着他的背影,头疼地按住了额角。而两个时辰之后,当武昭仪微笑地看向他时,他的头疼顿时更重了几分。

武昭仪的声音依旧柔和:"阿胜也是熬了一夜吧?又跟着上了早朝。原该让你早些歇下的,只是昨日圣人走得那般恼怒,回来时心情似乎还有些不悦,到底是出了何事?我不好扰了圣人歇息,只能来问问你,圣人可是问清了事情缘由?"

王伏胜强自按住心神,屈身回道:"启禀昭仪,圣人已问清缘由,裴明府的确不曾说过那般大逆不道的话，原是太尉和褚相有意陷他，如今却是有口难辩了。"

武昭仪似乎松了口气："我说裴守约不是忘恩负义之人，这便是了！只是我怎么隐隐听了一句，说是早朝上依旧下了贬他的旨意？"

王伏胜忙道："昭仪有所不知，这是裴明府自求贬黜的，说是不能陷圣人于两难之地。"他口齿原本伶俐，三言两语，便把事情的原委说了一遍。

武昭仪轻轻点头，半晌叹道："裴守约果然是个懂进退的，陛下不曾看错他。只是这样一来，他去西州也就罢了，我倒是真有些担心库狄画师，她身子单薄，也不知吃不吃得了这份苦……"

王伏胜一怔，心里不由也暗自叹气。

武昭仪目光在他身上一转，笑道："陛下就这样让裴守约去西州了？"

王伏胜忙笑道："自然还留他说了些话，问了些西州事务，小的也不大懂，只是听着裴明府回话的语气似乎颇为把稳。然后圣人便让他接旨三日内离都，又道日后必让他回来掌权人才铨选。"

武昭仪漫不经心地道："之后呢？"

王伏胜一颗心顿时急跳起来，顿了一顿，还是抬头笑道："之后小的便给裴明府备马去了，回来时见他出了书房，想是磕头谢恩了一番。"

武昭仪微笑着点了点头，"真是难为裴守约了。"又看着王伏胜笑道："也难为你辛苦了一夜，快歇息去吧，待圣人醒来，我再着人去唤你。"

大约是出了一身薄汗，王伏胜只觉得背上有些发寒，却也不好再说什么，只能笑着谢恩，弓腰退了出去。站在门口待了一会儿，终于还是低着头，匆匆走了出去。

玉柳目送着王伏胜走远，才掀帘走进了书房。武昭仪依然坐在月牙凳上，脸上的笑容却已彻底消失，淡淡地问道："他已经走了？"

玉柳点了点头，"王内侍在门口站了片刻便转身走了。"

武昭仪的脸上慢慢露出了一丝奇异的笑容，"人心当真难测，这两个人，枉我平日那般相待！"

玉柳轻声道："依昭仪所见，该如何处置王内侍？"

武昭仪沉吟片刻，笑了起来，"他既然这么有情有义，咱们自然得帮他升到更高更要紧的位置上去才是。太子那边不就缺了个管事之人么？有他帮忙看着太子，圣人不也更放心些？圣人身边，还是留着阿窦这样笨笨的人便好。"

玉柳轻轻点头，阿窦的确是个老实的，若不是今日圣人在书房歇息片刻便直接去早朝，打发了他来报信，昭仪却要上哪里去知道那位裴明府竟然对圣人说了那样一番话……眼见武昭仪又出了一会儿神，站起来转过屏风坐在了大床上，玉柳忙默然退了出去。

檀香木的大床之上，已经略显陈暗的小小枕头和被子依然摆放得整整齐齐，武昭仪低头凝视了良久，轻轻一笑。裴行俭竟说她不宜母仪天下！真可笑，自己这般苦心经营、帮圣人拿回他应有权柄的人不适合做皇后，难道那个恨不得跟长孙太尉一个鼻孔出气的王氏才适合？也不知他是什么居心！不过，也许有一句他说得对，"子女缘薄"，所以她要留着这张床提醒自己，她到底失去过什么……

轻轻摸了摸那个小枕头，武昭仪站了起来，转身向书房外走去，步履轻缓，背脊却越发沉凝挺拔。

"请老夫人过来一趟。"

第五十八章
刚则易碎　兴师问罪

"啪"的一声脆响，盛满热水的六棱堆花瓷杯在地砖上摔得粉碎，水花高高地溅起，洒上了临海大长公主的镂金紫罗裙。

侍女顿时脸色惨白，也不顾满地的碎瓷，扑通跪了下来，"婢子该死！"

临海大长公主厉声道："你没听错？"

侍女忙道："婢子听得清清楚楚，早朝时圣人下了旨，长安令裴行俭因私议禁中事被贬为西州长史，府里派去盯着他的人亲眼见他在宫外谢了恩，又去长安县衙交了印。"

临海大长公主慢慢笑了起来，"好！好！这才真真是自作孽！"又看了侍女一眼，"你起来罢，去外面领两匹花罗，再吩咐他们细细打听，到底是出了何事。"

侍女如蒙大赦，忙不迭地退了出去，连鲜血从被划破的膝盖浸了出来都毫无感觉。

大长公主慢慢坐了下来，轻轻念道："西州，西州。"眼睛变得越来越亮，转头吩咐郑宛娘，"你赶紧去裴府一趟，请，库狄氏过来议事。"仿佛得意于那个说得重重的"请"字，自己先笑了起来。

郑宛娘正在发怔，闻言忙应了声"是"，匆匆走了出去。大"病"初愈的卢九娘有些惊讶地睁大了眼睛。大长公主一眼瞥见，笑道："你想问什么？"

卢九娘忙道："这贬黜的官员均是两三日之内便需离开长安，如今裴守约家定然是人仰马翻，库狄氏怎能抽身过来？"

大长公主嫣然微笑，"她自然能抽身过来，莫忘了，咱们还有二十万缗钱没有给她！她难不成想从西州回来时再拿？"

卢九娘恍然大悟，笑道："正是！有了这笔钱，他们去哪里都做得一个富家翁了，想来这库狄氏如今也不敢说什么不能赊欠，不能用金银器抵用，只怕巴不得咱们用金银来交割，不然这二十万缗，他们得用多少马车去运？"

大长公主哈哈大笑，"谁说我要给她二十万缗？"

卢九娘讶然看着大长公主，一时有些转不过弯来。大长公主淡淡地瞥了她一眼，"你难道没生耳朵么？裴行俭是因'私议禁中'被圣人亲自下旨贬黜。如今这局势，他还能因议论谁被这般发落？自然是那个武昭仪！既然如此，那库狄氏如今没了靠山，不过是案板上的鱼肉，给她二十万缗，她有命享用吗？至于中眷裴的人，连裴行俭都完了，谁又敢出面与我相争？

"这裴行俭原先靠着圣人和昭仪升了官，如今却昏头到得罪了自己的两个靠山，这种人如今谁敢去沾？我肯赏他们点钱，是恩典，他们若敢不卖，哼，也不想想那柳刺史是如何被越贬越远的？到时随便安个罪名在他们头上，他们就等着流放岭南好了！"

她脸上的笑容越发讥诮，"以那库狄氏的姿色，若是进了掖庭，却不知会落到什么地方？"

卢九娘不由悚然而惊，一句"若是如此，那家产不也要被朝廷籍没"到底没敢说出来。

大长公主显然心情甚好，让人传了一部乐伎到上院来演奏，又兴兴头头在台阶上设了案几坐席等物，坐在上面欣赏。果然只过了半个多时辰，侍女便来报，郑宛娘带着库狄氏过来了。

大长公主懒懒地挥了挥手，"让她们上来吧。"转头又倚在凭几之上，悠然自得地接着听曲，根本没往院门再多看一眼。

倒是卢九娘抬眼往外看了看，只见跟在郑宛娘身后走进院门的库狄氏神情居然十分镇定，进来看了院中这架势，便静静地站在了那里，没过多久居然听得入神，手指轻动，跟着乐声打起了拍子。卢九娘忙又悄悄看了大长公主一眼，只见她的脸色慢慢又绷了起来，顿时有些想笑，赶紧拼命忍住。

好容易一曲终了，大长公主这才仿佛回过神来，看向了琉璃，惊讶地挑起了眉头，"大娘什么时候来的？怎么也没人提醒我一声，这些没眼色的贱婢，今日看我怎么收拾你们！"

领客的两个婢女吓得立时扑倒在地。琉璃走上一步笑道："大长公主请息怒，适才这一曲清商的确宜人，不但您沉醉其中，我等也是乐而忘忧，幸而这两个婢子未曾打扰，才让琉璃听完了这一曲。"

大长公主冷哼一声，"你们下去吧，下回若还是如此不知死活，定要教你们知道什么叫规矩！"

琉璃微笑不语，看着两个小婢女战战兢兢地下去了，才笑道："大长公主威仪人所皆知，又有谁敢不知死活？"

大长公主看着她的笑脸，心里不舒服的感觉更深，索性叹了口气，"大娘，今日让你过来，是我听说了一事，有些难以置信，特意找你来问上一问。"

琉璃笑容微敛，淡然道："朝廷之事，原非琉璃所能得知。不过三日之内，守约的确会去西州赴任。"

大长公主长长地叹息了一声，"这可如何是好？那西州也是能去得的？听说那边夏日酷暑难耐，冬日呵气成冰，民风野蛮，茹毛饮血也是寻常，蛮夷又是日日来犯，竟是烧杀抢掠无所不为。因此我朝便是贬黜官员，也从不曾派往那种严酷之地，守约这般谨慎之人，怎么会惹得圣人如此大怒……真真是天有不测风云！"

她冷眼一瞟，只见琉璃身后的两个婢女中有一个脸都白了，琉璃也是默然无语，心头这才舒服了一些，笑道："不说这些了，按理守约这几日便要离开长安，大娘你可是随他去？"

琉璃点了点头，"自然是。"

大长公主当真吃了一惊，想了想叹了口气，"这却是不巧得紧了，我这边钱帛都没有备好……"

琉璃抬眼微笑，"不知大长公主还差多少？"

大长公主懒懒地道："因你说不急，我也没催，适才一问方知，这边竟是连零头都还未备齐。你看这该如何是好？"

琉璃静静地看着大长公主，大长公主脸色纹丝不变，"我也想过了，你们这一路西去，谁知几年才能归来？产业不转手自然是不成的，可钱帛多了，只怕还要招祸，我这里倒是收拾出了两三箱金银器皿，大概总值一万多缗，你们先拿着，剩下的待你们从西州回来再补上，你看如何？"

她看着琉璃，笑得温柔至极，"我这也是替守约着想，他如今怎么也是戴罪之身，若是身怀巨款，说不得还会招到莫测之事，你说是也不是？"

琉璃沉默片刻，点头道："大长公主说得是，咱们如今是戴罪之身，便是万来缗钱只怕也会招祸。既然大长公主这边钱帛还未备好，便不劳烦您再备，我们离开长安前便把田产店铺都交到族里保管便是。"

大长公主的脸色顿时一变，"你是要反悔么？"

琉璃惊讶地看着她，"不是公主自己说钱帛未备好么？"

大长公主慢慢坐直了身子，脸上露出了毫不掩饰的冷笑，"既然你已应了将那些庄子店铺转给咱们河东府，便断无反悔的道理，我倒是想如数给，守约自己冒犯天颜又怨得了谁？先给这些金器，原是见你们路上不便带那些钱帛，体谅你们！须知财帛红颜都是祸水，你若是计较这些身外之物，当真惹出什么祸端来，只怕后悔也来不及了！"

琉璃垂下了眼帘，半晌无语。大长公主叹了口气，语气又变得懒懒的，"你也莫要太过担忧，我虽然只是个不管事的，好歹也占着大长公主的名分，守约既是在河东公府长大的，我少不得也要帮他一二，总不能叫你们在那种荒蛮之地，想落叶归根都不得，只是你们自己，也要懂得进退才好。须知这长安城里，不知多少人就爱看人雪上加霜，偏偏这世道上最易遇上的事，又正是雪上加霜……"

琉璃蓦然抬起头来，声音变得有些生硬，"大长公主的意思，琉璃明白了，大长公主这般处置，原是为我们好。只有一样，我曾应过族中的婶婶们，这产业转手之时，会请她们到场，我是分文不取的。大长公主若能应了这一条，余者都无关紧要。"

临海大长公主诧异地看了她一眼，想了想才道："这又是何必，钱帛多少都是你们家的私产，为何要她们在场？"

琉璃的语气斩钉截铁："大长公主明鉴，琉璃曾当众发誓赌咒，若是用了一钱于自家，便不得善终。大长公主此刻能凑出多少原是无关紧要，却不能让婶婶们疑心我谋了私。我已想过了，此事原不宜迟，后日午前我便会请婶婶们到家庙前交割清楚，大长公主您要接手也罢，不接也罢，琉璃都会把田地店铺的契约连带公主所赠的奴婢们的身契带过去，若无人肯买，便都充作族产，以了结此事！"

大长公主目不转睛地盯着琉璃，半晌才极慢极慢地点了点头，"好，很好，后日我便会过去！"

琉璃微笑着行了一礼："如此甚好，多谢大长公主。琉璃有事，先行告退了。"

大长公主漠然点了点头。琉璃刚刚转身，另一个越窑瓷杯便"啪"地落在了台阶下的青砖上，随即便是大长公主懒洋洋的抱怨声："我还当这杯子有多硬，原来却是越硬便越不经摔，这泥土的便是泥土，再是经过火炼，它也变不成金。还是本分些，莫让人再摔得它泥都做不成才好。"

阿霓和小檀脸上顿时涨得通红，琉璃却恍若不闻，径直走出了院门。

一上马车，小檀的脸就垮了下来，"娘子，咱们难道便由着她这么欺负？一万缗，她怎么说得出！她就是吃定了如今阿郎被贬，那几户人家断然不敢跟她相争罢了！要不，让婢子回去问问安家阿郎们？"

琉璃安慰地拍了拍她的手背，"你又说傻话了，舅父那边钱帛自是不缺，可他们还能与大长公主打擂台？若是以前也罢了，钟夫人、华夫人她们还能援手一二，便是几万缗转给她们，大家岂不是都好？如今却……"

一旁的阿霓紧紧地皱着眉头，"娘子，你说阿郎当真是被人陷害的，他当真不曾与人私议过昭仪之事？"

琉璃叹了口气，"你家阿郎可是胡乱说话之人？平日可曾对昭仪有半个字的不敬？他又怎么会突然去跟外人说？昨日他便说起过，他去政事堂时所遇之事颇有些古怪，结果半夜便被召入了宫里。今日消息回来，我才明白，哪里是古怪，他分明便是落入了人家设下的局！只是无可辩解，圣人才不得不发落他。至于去西州，你莫忘了，苏将军领兵会去何处？我若猜得不错，圣人只怕心里也是信他的，才让他去了那边。"

阿霓低头想了半日，双眸闪亮地抬起了头，"娘子，奴婢自然是要跟您去西州，只是爷娘还在，请娘子开恩让奴婢过去给爷娘磕个头，奴婢去去便回。"

琉璃点头应了，阿霓松了口气，忙笑着道谢。琉璃摆了摆手，又看向小檀，"你莫急，你嘴角伶俐，待会儿回了府，让阿古带你到中眷裴几个叔父家中通报今日之事，就说后日午初，请他们到家庙前议事。待办完此事，明晨你和阿燕再带上几色礼物，随我一道去几位舅父那边告个别。"

小檀努力笑得若无其事，"多谢娘子体谅！"又忙道，"娘子莫听那大长公主胡言，他们唐人不知，咱们难道也不知，西州不过是平日热一些、风大些，却极是繁华的，又不似长安这边规矩大，更是自在。"

琉璃微笑道："我自然知道。"她的小舅父常年来往西州与长安之间，大舅父和二舅父在西州也有店面宅院，西州于长安唐人而言，是可怕的蛮荒之地，但在安家人看来，却几乎是故乡热土。

小檀又说起了西州那边的珠宝香料如何物美价廉，阿霓此时却有些心神不宁。车子又行了一段，缓缓停在了宣阳坊的坊门之外，她忙站了起来，"娘子，婢子去去就回。"

琉璃掀起车帘，看着阿霓脚步匆匆地跑向了坊门，没多久背影便消失在了门内，才微笑着扬声道："咱们回去！"

此时此刻，在苏府的上房里，苏定方已长吁短叹了好一会儿，神色复杂地看着自己的爱徒，"纵然如此，西州长史也不是那么好当的。那边情势复杂，几个都督都没有什么好结果，如今的那位麴都护乃是高昌王裔，根基深厚无比。长史之职，位卑而权重，只在他一人之下，更要处处谨慎！"

于夫人的眼睛早已红了，低声道："你这孩子就是死心眼，你老师又不是第一回去西疆，且这次他又不是主帅，你何必要搭上自己？你不为自己着想，也要想想琉璃，她性子刚强，身子骨却弱，如今竟要跟着你去吃这样的苦！"

裴行俭脸色微变，垂眸不语。苏定方皱眉道："事已至此，多说何益！大娘没那般弱不禁风，西州更不是什么虎狼之地！"

于夫人忍不住嘟囔了一句："你们要建功立业，自然哪里都是好的！那种风沙之地，琉璃她一个娇弱弱的小娘子，只怕一出门吹也吹跑了，还不如虎狼之地……"

苏定方忍不住瞪了她一眼，于夫人毫不客气地瞪了回去，"依我说，守约既然是被诬陷的，说不得过两三年便回来了，琉璃不如留在长安，若是怕那些人烦扰，便住到咱家来，看谁敢来扰她！"

苏定方冷冷地道："若是两三年回不来呢？"

于夫人不由一窒，随即便道："你也说了那边情势复杂，便是守约两三年回不来，也等立稳脚跟了再来接她，岂不更妥当？"

苏定方沉吟了片刻，到底还是皱眉道："这是守约夫妇之间的事，你我争来吵去作甚？"

于夫人忙转头去看裴行俭，只见他脸色似乎更白了几分，顿时又后悔起来，"我也是瞎操心，你也熬了两天了，还是回去赶紧歇息，明日我再去看你们，有什么为难的尽管跟我说。我虽没用，帮你们收拾打点大约还做得。"

裴行俭微微欠身，"多谢师母。"

苏定方便问："家庙那边你可曾去了？"

裴行俭点了点头，"弟子昨日午后便去过家庙上香。"

苏定方看了他一眼，"如此甚妥，你先回去收拾，后日也不必再过来辞行，想来不过一年半载,咱们师徒便能在西疆相见。"

裴行俭站了起来,撩衣跪倒,"恩师保重,师母保重!"

于夫人揉着眼睛没说话,苏定方叹了口气:"你也一路小心。"

裴行俭缓缓站起,转身走出门去,到了院中,清清楚楚听见身后苏定方的低声劝慰声:"好好的你哭什么?"于夫人带着哽咽的叹息声:"我心疼守约,更心疼琉璃,守约是个什么苦处都放在心里的,琉璃又是那样的身子骨,跟我学管账都能瘦成那样,到了那边……"

他只觉得脚下突然有千斤之重,要用尽全力才能一步一步走出去,好容易到了门口,翻身上马,恍惚中到了自家门口。门房的奴仆忙上前牵住了马,神色比平日要惶然许多,却还是照例回禀:"今日午前河东公府请娘子过去了一趟,没多久娘子便回来了,适才应国公府的杨老夫人又亲自上了门。"

杨老夫人?昨日应当是袁公瑜去她那边告了状,她才连夜入宫的,今日过来,是兴师问罪吗?裴行俭心里一凛,忙加快脚步。刚刚走到上房的院门口,就见小檀坐在院外的台阶上,两眼通红,一面抹泪,一面嘟嘟囔囔,看见裴行俭,才忙不迭地站了起来,"阿郎回来了。"

裴行俭眉头微皱,"你在此作甚?"

小檀小心地看了他一眼,"杨老夫人在上房跟娘子说话,我,我怕闲杂人等来冲撞了。"看见裴行俭眉头更紧,忙道:"杨老夫人脸色还好,并没有气恼的模样。"

裴行俭心头一松,又看了小檀一眼,"你可是舍不得长安的家人?"

小檀赶紧摇头,"小檀并无家人。"说着眼圈又是一红,"婢子无能,今日跟着娘子去了河东公府,大长公主指桑骂槐,百般刁难,竟是要拿一万缗硬买了那些产业去,还说了好些难听的话,娘子竟是白白受了场气。后来婢子又去了族中的几户人家,各个也是变了嘴脸,说的话婢子不敢转述。"

琉璃去河东公府果然是受气了,裴行俭胸口一闷,默然片刻才淡淡地道:"你去收拾一下,这模样给客人看见只怕不好。"

小檀忙低头应了一声,转身进了院子。裴行俭也迈步走了进去,空荡荡的院子里比昨夜似乎还安静几分,上房里的话语声从蓝白缬坊门帘里隐隐传了出来。裴行俭听了几句,不由愕然失笑,摇了摇头,正待离开,就听杨老夫人道:"此事原是举手之劳,难得你有这份心!只是裴守约此去西州,你自己如何打算?"

"谢老夫人关怀,琉璃已安排好了,后日处置完族中事务,便会随夫君离开长安。"她的声音坦荡荡的,似乎还带着笑意。裴行俭突然想起于夫人的话,只觉得胸口一阵酸胀。

杨老夫人声音微沉:"你竟要跟他一道去西州?"

琉璃顿了一下,似乎有些惊讶,"自然如此。"

杨老夫人冷笑了一声,"你说得倒轻巧!我问你,你可知西州是何等地界?我却是亲眼见过从西州回来的故人之子。那边赤地千里,终年酷热,动辄狂风大作,飞沙走石，因此人人都只能像鼠蚁般掘地而居，几个月不得沐浴也是常事。我见的那人，不过去了两三年，竟像是老了十岁！更莫说什么烽火频起，民风蛮悍，一有叛乱便是首当其冲，真是身陷那种乱局，任你什么身份才貌都是玉石俱焚！"

屋里一片沉默，似乎琉璃也被惊住了。杨老夫人叹了口气，语气变得愈发沉重："你一直是个心实的孩子，看你今日这般安排，便知你是一心一意为裴守约着想。只是你可知晓，此次裴守约去西州，不是陛下的意思，是他自己求着要去那边建功立业的？哼，建功立业，想的其实不过是自己的荣华富贵、名声前程！你想想看，他说此话之时，可曾有一丝一毫为你想过？

"且莫说我朝官员贬黜于蛮荒之地时，有多少官眷便是死在当地，棺木都运不回来。你便是命大有福的，能熬到他功成名就，只怕也熬成了一个地道的盘荼鬼！他可曾想过你的种种苦处？怜惜过你的性命身子？他只想着如何成就功业，又把你置于何地？"

裴行俭怔怔地站在树下，这些话一句一句便如重锤一般砸在他的心口，自从他在政事堂踏出那一步之后，就一直不敢去细想。而琉璃越是处之泰然，他心里便越是难过不安。此刻才恍然明白过来，他其实早就明白，自己这样做对得起天地良心，对得起朝廷恩师，却对不起她！她说想去西疆，也不过是因为知道自己想去。她这般全心全意信着自己，可自己又为她做了什么？难道是亲手把她推入了一个又一个凶险之境……

屋里的琉璃久久没有作声，那种静默就如巨石般黑沉沉地压了下来。还是杨老夫人放缓了声音道："琉璃，你对我们武家原是有恩有义，这份情义昭仪也一直都记在心里，今日便特意与我说了，你若留下，宫里或应国公府任你住。她也知晓你性子不爱拘束，待宫中局势稳了，她自会找个由头封你夫人。到了那时，长安城里还有谁敢再轻贱于你？你哪里去不得，又何必去那种地方吃苦？"

裴行俭耳边突然响起了李淳风的话，"你的这位夫人富贵双全，又有辅助之格……服紫只怕犹早于你"，他的嘴角忍不住露出一丝微凉的笑意：果然，如此！

琉璃的声音终于响起来："老夫人和昭仪的好意，琉璃感激不尽，只是他终究是我的夫君，琉璃不能弃他而不顾。"

杨老夫人冷冷地道："分明是他弃你而不顾在先！再者说了，我朝官员被远黜，妻子便和离的，又不是一家两家，难不成你还没受够临海大长公主与那些裴氏族人的气？还想长长久久地受下去？以你如今的品貌，日后的身份，潘安宋玉也嫁得，你怕什么？便是你此刻实在放不下，也该先留在长安，多想一想，多看一看，只怕不用半年便想明白了，那时去封书信定了此事又有何难？"

裴行俭脸上的笑容更苍凉了些。是啊，她这样的女子，便是端严如裴子隆，高傲如裴如琢，都是动心的，甚至圣人也曾想过……原先她不过是身份略低些，日后这身份一变，什么样的男子嫁不得？为什么一定要跟着自己吃苦受气，到头来，再追悔莫及？自己当年已经害了琪娘，难道如今还要再害了她？

他闭上双眼摇了摇头,自嘲地一笑,转身便往外走。身后杨老夫人声音依然在隐隐传来:"你好好想一想,切莫一时心热,害了自己一生……"这声音仿佛梆梆地敲在他的耳膜上,他脚下不由越走越快,转眼便消失在门外。

第五十九章
魂断梦伤　无可阻挡

小檀净过脸，又拿冷水敷了敷眼睛，这才走出了屋子，却见院子里空无一人。她正有些纳闷，却见上房门帘一动，琉璃扶着杨老夫人走了出来。杨老夫人脸色有些肃然，琉璃也是愁眉苦脸，心里不由大奇。

她忙赶了上去，便听杨老夫人一面往外走，一面便低声道："你年纪还小，好些事情还看不明白，待你到我这年纪就知有些东西原是靠不住的……"

小檀听得越发不解，一路走到门外，杨老夫人才停住了脚步，"后日我会让顺娘过来办了那事，今日我说的话，你也要好好想想！"

琉璃低声道："琉璃能有今日，全靠老夫人提携，您的话，琉璃定会仔细思量。多谢老夫人成全！"

杨老夫人脸色微霁，"我也不过是不忍见你自己往火坑里跳罢了！"说完摆手止住琉璃行礼，转身上车而去。

琉璃目送车子走远，回头走了几步，伸手揉了揉自己的脸，长长地出了口气，愁苦的表情顷刻一扫而空。

小檀不由奇道："娘子，杨老夫人与您说了什么？"

琉璃挑了挑眉头，"还能说什么，不过是西州是个大火坑，跳下去定然死无葬身之地！"

小檀哈哈大笑，"这话也就唐人会信，难不成西州那么些人都是火坑里长大的？依我说，娘子这一去，再不用受裴家这些人的闲气，也不用去应酬那些官家娘子，只怕更自在！"

琉璃笑着点头，她前世里又不是没去过西北，那时跟着老师同学吃硬馍睡通铺，苦是苦一些，但风光之壮美，天地之广阔，却足以令人心胸都为之一宽。

主仆俩说说笑笑到了上房，小檀才"咦"了一声："阿郎怎么没在。"

琉璃诧异地看了她一眼，小檀拍了拍自己的头，"适才阿郎回来过，或是见娘子在招待老夫人，便走了。"

琉璃忙问："阿郎何时回来的？"

小檀想了想道："便是娘子送杨老夫人出来前不到一刻钟。"

他可别是听见了杨老夫人后面那番话和自己的虚与委蛇吧？琉璃忙道："你去寻寻看，他忙了一整日，也该回来歇息片刻。"

小檀点头离去，没多久，门帘挑起，阿燕青丝微乱、额角见汗地走了进来，看见琉璃便道："娘子，婢子已经把库房里日前清点好的布帛和金银器皿都拿到金铺里换成了碎金和金锭，共得了二百三十余金。"

琉璃点头不语，她早就算过，能带走的全部身家便是这么多。听阿燕又问到带不走的物件如何处理，她摆了摆手，"除了你们几个愿意跟我去的，这宅院和奴仆，我都会交给义母。咱们只剩一日多，既然钱帛已经处置好，便该整理行装了。每人都要备上两身厚实的裘衣靴子，记得再带上些常用药材。"抬头看了看天色已是不是很早，"你叫几个婢子进来，也好收拾了。"

阿燕转身出去，不一会儿便和三四个婢女抱着几个大皮袋走了进来，见琉璃有些发愣，笑道："娘子不曾出过远门，这被袋原是专为远行收拾行装而用，婢子今日去换金时就买了些回来，还有几个轻便的篾笥，路上用着最是便利。"

只见这唐代特产的大号真皮旅行袋，展开足有五尺多长，比平日出门装东西用到的照袋足足大了两倍，比睡袋也小不了多少，琉璃瞅了好几眼，这才转身进屋指挥着几个人将要带走的四时衣物打包。

平日里琉璃只觉得自己不算讲究，这一番收拾才发现零碎之物居然也攒了不少，一个多时辰下来才收拾了一半。裴行俭的衣物倒是已收拾妥当。暂时用不上的收了袋口做好标记放到了一边，路上用得上的则收入了一个三尺来长的照袋。

只是小檀一直未归，琉璃渐渐有些心神不宁，好容易才听见外面传来了她的声音，忙走了出去，却见裴行俭走了进来，后面跟着的正是小檀。琉璃还未开口，小檀便笑嘻嘻道："娘子，适才奴婢找了一圈，才在车马院里找到阿郎，又帮着阿郎去收拾了一番外书房，这才回来晚了。"

这还是琉璃今日第一次看到裴行俭，他显然在外面忙了一天，一袭青色的袍子上略有灰尘，神色从容如常，眸子黑黝黝地看着自己，嘴角还带着熟悉的微笑，只是脸色比平日明显白了几分。琉璃不免心疼，皱眉道："你着急什么，明日再收拾也来得及，你先好好歇一歇，到晚膳时我再叫你起来。"

裴行俭微微一笑，摇了摇头，"也不差这一时半刻。"

琉璃也不管他，吩咐几个婢女退下，回头便拉着裴行俭进了里屋，"快躺下歇着，你昨夜便没合眼吧？"说着把裴行俭按到床上坐下，又弯腰帮他脱了软靴。刚刚直起身子，腰上一紧，已被他揽入怀中，耳边是他低低的声音："琉璃，陪我躺一会儿。"

他的语气里似乎有些东西与平日不大一样，琉璃叹了口气，温顺地在他身边躺了下来，裴行俭侧身将她紧紧地搂在胸口，闭着眼睛，久久无语。琉璃忍不住抬头看了他一眼，却听他低声道："你怎么一直没有问我到底出了什么事？"

对啊，她怎么忘了这个茬？琉璃顿时心虚起来，想了想才道："杨老夫人来时已跟我说过了……你不是早说过想去那边么？这样一来，倒也正好！"

裴行俭搂着她的手臂微微一动，却没有说话。琉璃忍不住道："小檀说你早便回来了，怎么又去了车马院？"

裴行俭开口时声音微涩，语气却十分平静："我听见杨老夫人在和你说体己话，不好多留，便出去走了走。"

琉璃支起身子，仔细地看了他一眼。裴行俭依然闭着眼睛，面容有一种雕塑般的宁静，让她几乎想伸手轻轻抚摸一遍。仿佛感受到她的目光，他突然睁开了双眼，定定地看着她。琉璃一呆，脱口道："她的那些话我才没往心里去，只是如今有求于她，不好说什么。"

裴行俭依然眼睛不眨地看着她，良久之后才微笑起来，"我知道，我都听见了。你真是聪颖，这么快便能想出这样周全的好法子。"

琉璃耳朵根有点发烧，这个法子，她其实已经筹划很久很久了……她忙转了个话题："我实在有些不大明白，长孙太尉为何会突然算计你？而且今日杨老夫人对你，怎么似乎有些恼怒？"

裴行俭笑容淡了一点，"长孙太尉选中我，也是情势使然。至于杨老夫人她……琉璃，今日圣人问了我，昭仪面相如何。"

琉璃这次是真的吃了一惊，支起身子直视着他，看着他的表情，顿时明白过来。不由长叹一声，伏在了他的胸口。

裴行俭的声音平静得几乎没有一丝起伏，"我回禀圣人说，昭仪面相贵不可言，只是子女缘薄，因此不宜母仪天下。想来杨老夫人也是知道此事了。"他声音低沉了下来，"琉璃，我不能欺君，亦不能欺心，如今令你这样为难，是我对不住你。你怎么怪我都是应当的。"

琉璃简直不知说什么才好，她有什么好为难的？难道真的很稀罕去当什么夫人？可他自己怎么办？他明明不是不知变通的人，可在这种事情上却比石头还顽固！这下可好了，明明是主动请缨，也变成了罪有应得！

想了半日，她叹了口气，"我怎么会怪你？说起来，杨老夫人今日并不曾真的恼我，再说她便是恼了我又如何？"她抬头向他笑了笑，"你难道忘了，过了这两日，咱们就要去西州……"

裴行俭搂着她的手臂突然收得很紧，仿佛想把她直接揉进胸口里，琉璃有些透不过气来，一句"过自由自在的日子"，顿时变成了一声短促的惊呼。裴行俭忙松开了手，琉璃叹道："你想闷死……"话音未落，裴行俭翻身覆了上来，低头封住了她的双唇。

他的吻带着一种异样的急切和贪恋，琉璃微觉诧异，只是当那种熟悉的清冷香气以熟悉的温柔交缠在唇齿之间，依然不由自主伸手环住了他。良久之后，才听见他停了停，低声在她耳边道："傻琉璃，以后，你不许这样胡说。"

琉璃轻轻笑了一声，"你怎么也忌讳起这些了？"

裴行俭的额头轻轻抵着她的额头，闭着双眼，半晌才微笑起来，"你便是太爱胡说了，以后……还是要忌讳些才好。"

琉璃笑道："我在旁人面前谨慎得很，从来不胡说。"

回答她是又一个深吻，辗转深入，渐渐地有些烫人。他的手指从琉璃的衣襟里伸了进去，带着同样的烫人温度，慢慢加大了力道。琉璃的头脑顿时有些迷糊起来：太阳还没有落山吧？这算昼寝吗，他以前还从来不曾这样……

入秋后换上的缃色绸帐不知何时落了下来，帐上大朵大朵的银丝牡丹轻轻地震动着，掩住了越来越浓郁的春色，却掩不住一声声低低的呼唤，"琉璃，琉璃……"声音温柔得近乎悲哀。

当房间终于彻底安静了下来时，窗外的日光已渐渐变得暗淡，琉璃知道自己该出去吩咐阿霓准备晚膳，却一动也不想动。裴行俭的手依然在一下下地抚摸着她的背脊，轻柔得就像在哄孩子，"累了吧？你睡一会儿，待会儿晚膳好了我来唤你。"

咦？这怎么有点像自己刚才说的话？琉璃很想说不，但是或许他的怀抱太过温暖，声音又太过温柔，她只觉得眼皮越来越沉，终于睡了过去。

待她再次睁开眼睛时，首先映入眼帘依然是裴行俭的面孔，对上她的目光，那张脸上露出了笑容，"醒了？"

琉璃眨了眨眼睛，只见屋里烛光闪动，忙坐了起来，"什么时辰了？"

裴行俭立刻用被子包住了她，"仔细冻着，你才睡了一个时辰，晚膳已经做好了，我现在就让她们送上来，你慢慢穿衣裳。"说着起身走了出去，身上却早已穿得整整齐齐。

难道他适才一直穿着衣服躺在一边看着自己？琉璃一眼看见自己的衣裳便放在枕边，叠得不大规整，却放得很仔细，伸手拿起最上面的心衣，不由呆了好一会儿。

待她收拾妥当出去时，阿霓正带着小婢女往外拿食盒，看见琉璃屈膝一笑，"娘子，晚膳已经布置妥当了。"阿燕则低眉顺眼地走进里屋收拾铺盖。琉璃只觉得耳根发烧，强自镇定着走到食案之前。眼前不过是最家常的烤羊肉、芝麻胡饼等几样，香气却依然诱人。她看了几眼，突然想叹气，于夫人送给自己的两个厨娘手艺实在不错，可惜不能把她们也带到西州去……

耳边传来裴行俭关切的声音："想起了什么了？"

琉璃回过神来，笑道："也没什么，只是想到后日此时，咱们还不知会在何处用餐，真想把厨娘也一路带去才好。"

裴行俭微笑不语，半晌才道："快些吃吧，胡饼凉了便不香脆。"

琉璃倒真是有几分饿了，吃了两个小胡饼，又喝了一碗汤，回头看裴行俭，却是手里拿着一个胡饼看着自己出神，不由伸手在他眼前晃了晃。

裴行俭一怔，低头咬了一口胡饼，大概吞得急了，突然呛咳起来。琉璃又好气又好笑，忙一面给他拍背，一面便让阿霓端了杯热水过来。

好容易止了咳，裴行俭却也没了胃口，桌上的盘子每样略动了点便放下了竹箸。琉璃想了想，索性便让人把杯盘都撤了下去，又吩咐让厨下重新做一碗热汤饼上来，裴行俭摇了摇头，"还是做一份冷淘罢。"

这都中秋了还吃冷淘？琉璃诧异地看了他一眼。没过太久，一碗雪白的冷淘便送了上来，裴行俭这次倒是慢慢地全吃了下去，待阿霓收拾了东西下去，帘子还未落下，便伸手揽住了琉璃。

琉璃皱眉推了他一把，"都是你不好，让阿燕她们看笑话了，以后再不许这样！"

裴行俭低头看着她，缓缓点了点头，"是我不好，以后我再不会这样。"

琉璃叹了口气，伸手揉了揉他的脸，"你这么认真做什么？"想去西疆是一回事，可真被这样贬出去了，自己都有些别扭，他心里大概也是不舒服的吧？

裴行俭淡淡地笑，"想起了你第一次陪我用饭。"说着握住琉璃的手，低头轻轻吻上了她的指尖。

他的手很凉，嘴唇也有些凉。只是想起当日的情形，琉璃脸上依然有些发热，想抽手回来，他却握得很紧，半晌才抬起头来，"你也累了一天，要不要沐浴？"

沐浴？当然要，琉璃点了点头，却听他低声补充了一句："我帮你。"

琉璃抬头瞪着他，以为自己会看到一张闪动着戏谑之色的熟悉笑脸，却发现他虽然在笑，眸子却黑沉沉的，令人完全看不透里面的情绪。她皱起眉头，几乎想搬着他的脸仔细看看，身子突然一轻，却是被他打横抱了起来，大步向净房走去。

开什么玩笑？琉璃忙用力推他，裴行俭低头看着琉璃，认真地轻声道："我只是想看看你。"

他不是在开玩笑？琉璃心里突然有些不安，"守约，你怎么了？到底出了什么事？"

裴行俭怔了怔，微笑道："还能有什么？想到要走了，有些舍不得。"

琉璃轻轻地出了口气，她其实早就开始舍不得了，舍不得这个家里自己一点点亲手布置好的每一个地方。比起她来，裴行俭的感慨应该更深一点吧。她伸手环住裴行俭的脖子，抬头在他的唇上轻轻地啄了一下，"有什么好舍不得的，待咱们到了西州，我给你布置一个更好的！"

净房的热气扑面而来，裴行俭的身子突然僵了一下，琉璃眯了眯眼睛，想开口问他，他的吻已猛然落了下来，带着前所未有的狂热和柔情，她心里刚刚冒出来的那个小小疑问转瞬间便被冲得无影无踪……

"娘子，娘子……"远远的似乎有一个顽固的声音在往耳朵里钻，琉璃努力睁开眼睛，绸帐外已是满屋的阳光，她不由捂着额头叹息一声。

门外果然是阿燕的声音："娘子。"

琉璃应了一声："什么时辰了？"声音里的沙哑，却把她自己唬了一跳。

"快巳正了。"

老天，再躺下去便到中午了！琉璃忙坐了起来，身上是一阵酸软，她忍不住咬牙看了看身边空荡荡的枕头。昨天他一定是疯了，便是新婚之时，他也不曾这样贪婪过，自己是什么时辰才睡去的？三更、四更？最后的印象是他轻轻吻着自己的额头，低声呢喃着"好好睡一觉，醒来便什么都好了"之类的话语。能好才怪，他又不是不知道自己之后容易疲倦嗜睡，却还这样……想到昨夜的光景，她的脸上发烧，一面腹诽，一面便伸手拿起了一旁的衣服。

好容易收拾妥当，拉开帐子，琉璃正想扬声让阿燕打水进来，却突然看见窗下的案几上，分明整整齐齐地叠放着几张白麻纸，上面还压着裴行俭最喜欢的羊脂玉镇纸。

耳边仿佛有鼓声"咚"的响了一下，琉璃鞋都没穿便快步向窗边走去，脚下一个趔趄，伸手扶住了案沿才没有摔倒，却也顾不得什么，伸手便将第一张纸扯了过来。

上面是她最熟悉不过的字迹，有些潦草，又涂抹过几笔，和他平日整洁的风格颇有出入。琉璃看着抬头那水墨淋漓的"琉璃卿卿爱鉴"六个字，只觉得耳边的鼓点越敲越急，一行行看下去，读到最后一行，不由闭上眼睛久久无法思索，一时也分辨不出胸口翻腾的到底是惊愕、愤怒还是痛楚。

他竟然就这样走了！他竟然说不能害了自己，所以要把自己留在长安，让自己静下心来好好考虑清楚？他让自己考虑什么？他把自己当什么人了！

门外阿燕略带急促的声音把她惊醒了过来："娘子，要不要打水进来？"

琉璃定了定神，声音干涩地答了一声："等一等。"

信笺的下面，是两张文书。琉璃紧紧咬着牙，一个字一个字地读了一遍，读到落款的日子，几乎立刻就想把这张纸撕成粉末，却到底只是狠狠地把纸展平、叠好、塞进了袖口。又对着第二张文书发了会儿呆，这才扬声道："你们进来吧！"

阿燕和小檀端着热水、盐杯等物走了进来，抬头看见琉璃坐在窗边案几旁的月牙凳上，脸色苍白，眼睛却是亮得惊人。两人对视了一眼，却听她淡淡地道："阿郎是什么时辰走的？"

阿燕心里一惊，忙道："阿郎天未亮就起了，让奴婢们拿了他的两个行囊送到了外院，又吩咐说于夫人大概午初登门，让奴婢们巳正前再唤娘子起来。"

他从来都是思虑周密，从来都是算无遗策，所以，他昨夜才会……然后一早便给自己留下这样一张日期写在半年后的放妻书！他以为这样一来，自己就会欢欢喜喜地去当武皇后宠爱的长安新贵，再找个中意的小白脸嫁了吗？原来在他眼里，这就是自己最好的出路！

琉璃的脸腾地烧了起来，只是这一回，是因为愤怒。

看看琉璃的脸色，阿燕忍不住轻声问："要不要奴婢去外面把阿郎叫回来。"

琉璃深深地吸了一口气，摇了摇头，"不必，他已经离开长安。"

阿燕不由脸上变色，失声道："阿郎这是……"看着桌上的几张字纸，顿时明白了几分，忙问："娘子，如今咱们怎么办？"

琉璃默然不语，阿燕还想再问，帘外传来了阿霓的声音："娘子，阿古求见。"

/第五十九章/魂断梦伤　无可阻挡

阿古没有跟裴行俭走？还是，他还没走？琉璃腾地站了起来，"让他进来！"走到外间时，忍不住又看了一眼昨夜收拾在一边的那几个行囊，有两个已经不见，留下的那一块空缺几乎刺得人眼睛生疼。

阿燕顺着她的目光看了一眼，低声道："娘子，阿郎似乎并没有带多少钱帛走。"至少那些金锭都是自己收着的，阿郎问都没有问过。

琉璃默然无语，他在放妻书上写得很明白，所有家产都留给自己……

院子里，阿古依然站得笔直，看见琉璃出来，沉默地行了一礼，也不待琉璃发问便语气生硬地道："阿古受郎君所托，留下替娘子效命，娘子若有吩咐，尽管分派。只是阿古绝不会随娘子去他人府上为奴，请娘子见谅。"

他让阿古留下给自己效命？阿古显然不乐意，话里的意思是自己以后改嫁他便会离开？胸口的怒火似乎熄灭了一些，更多的是一种窒息般的沉重，琉璃点了点头，"我知道了，你下去吧。"

看着阿古动作利索地转身离开，琉璃突然觉得这院子空得有些异样，抬头看了看，秋日的树叶只略稀疏了一点，晴空却显得格外高远清明。她突然想起，自己最初来到这个时空的日子里，也曾在窗子破漏的缝隙里无数次地看见这样的天空，那时她的梦想，不过是能在天空下自由自在地呼吸。这个梦想如今就在她的眼前，她只要走出一步，就能触摸到。

没有人能阻挡她走出这一步，曹氏不能，大长公主不能，武昭仪不能，他裴行俭也不能！

心里有些东西慢慢安定了下来，琉璃长长地出了一口气，转身想吩咐阿燕，身后却突然传来了一阵脚步声响，一位婢女匆匆地跑了进来，看见琉璃便行礼道："娘子，门外有一位陆娘子求见。"

陆娘子，陆瑾娘来了？琉璃低头想了想，微笑起来，"快请她进来！"

第六十章
有仇报仇　请君入瓮

中眷裴的家庙就立在永嘉坊的一条僻静小街上。从南门拾级而入，穿过门屋，庭院正北方便是一栋矗立在高耸石台之上的宏伟堂舍，五间九架，带着两厦。四面凌虚的青石墙面并未粉砌，门窗梁瓦也是一色的朴实无华。自打新近重新修整过一回后，愈发显得庄严肃穆。

午时未到，中眷裴的几户人家便纷纷坐着马车赶到这里，低声议论着进了庭院。庭中早已设了席案等物，诸人在院中按照长幼顺序落座，各个脸上多少带了些气愤的颜色。

眼见已快到午初时分，裴守约夫妇却依然不见踪影，众人脸上的怒色不由更浓。有人已冷笑道："好歹我们也是长辈，他裴守约架子倒是不小！真当他这宗子是万年不会变的么？"

堂中几人相视一眼，心里都有数，今日裴守约把家产变卖之后，宗子只怕也该换换人了——若不是他怕了那位临海大长公主，放言要卖了产业，偏偏节骨眼上又犯了这种大事，何至于将偌大的产业生生贱卖几十倍？他们此次前来，不过是要见证这一万缗钱如何用在族人身上，否则谁耐烦来看这一幕？

门外传来了几声马嘶，没过片刻，四位侍女打头，临海大长公主缓步走了进来，只见她穿着一身明艳的满地绣花黄色衣裙，云髻高耸，一支兽头吐珠的金玉步摇耀眼生花，整个人看上去华贵无比。

中眷裴族人相视一眼，还是迎上去纷纷行礼。大长公主雍容地摆了摆手，"都是一家人，不必见外。"

最前头的郑氏心头暗恨，却只能赔笑道："大长公主体谅，礼数却不可废。"

大长公主笑吟吟地瞟了她一眼，"是么？你们原是最识得礼数的。"说着便看了看身边的郑宛娘，"你也多向婶婶们学着点儿，看清楚了，记清楚了，如此日后才不会惹来笑话，引来祸端。"

中眷裴族人们的脸色顿时更难看了几分。

大长公主落了座，四面望了几眼，"咦，今儿你们那位宗妇怎么还不见人影？难不成是裴守约昨日离了长安，她今日便不敢来了？"

郑氏吃了一惊，脱口道："裴守约已经走了？"

大长公主笑道："你们竟不知么？他昨日清晨便带了两个人坐车走了，今日过来的，自然只有你们的那位宗妇。"

众人顿时低声议论了起来，嗡嗡声中，突然有人道："库狄氏来了！"

众人忙往外看，只见琉璃步履从容地从门屋走进了庭中，身上是最简单的白色短襦和石青色长裙，脸上脂粉未施，双颊也几乎没有什么血色，只是肌肤如雪，褐眸无波，看去竟有一种冰泉般的清冷。

大长公主的目光在她脸上转了两圈，刚想开口，突然注意到琉璃身边除了两个婢女，还有同样一身素淡打扮的陆瑾娘，眉头不由一皱。

对上大长公主的目光，陆瑾娘扬眉一笑，明艳的脸上似有阳光掠过。大长公主心里微微一沉，目光却越发轻蔑——不过是个小小校尉之妻，今日竟也想翻出花来？只怕是把她家中库房都翻过来，也凑不出万缗家财！

琉璃已走到众人面前，屈膝行礼，"见过大长公主，见过诸位叔父婶婶。"陆瑾娘也行了一礼，默然退到了一边。

大长公主上下看了琉璃几眼，嫣然一笑，"快些免礼，才多久不见，怎么变成这样了？不知道的还以为守约走了多久呢，啧啧，难不成真是一日不见如隔三秋？"

琉璃站直了身子，"大长公主说笑了。不过是琐事缠身，今日又去了几位长辈家里拜别，因此晚来一步，请恕罪。"

大长公主笑着点头，心里却冷哼了一声：长辈，不就是她的本家和苏家么？难道她以为那边还能有救兵不成？

琉璃并不迟疑，目光在中眷裴族人脸上略扫过一眼，便含笑道："今日琉璃斗胆请诸位叔叔婶婶过来，原是为了商议处置守约在洛阳的那份家产。守约和我如今无力经营，只能发卖出去。这里统共是十二处田庄和庄头们的契纸，价高者得。"说着从身后的阿甯手中接过了一个雕漆木盒，里面整整齐齐地摆放着一叠文书契约，微笑着送到了郑氏面前，"婶婶，请您拿着做个见证。"

郑氏本来一见琉璃心头就冒火，可当这朱色的盒子递到她面前，却神使鬼差地伸手接到了手里。想到自己拿着的是七八十万缗的产业，手指忍不住哆嗦了一下，忙死死地扣住了盒底。

琉璃退后一步，含笑道："这些产业原说是一起转手最好，但若各位叔父婶婶愿意接手，依我看，拆开也未尝不可。别的不说，那些庄园，如今有个千来缗大约便可买下，不知各位叔父婶婶可愿帮守约这个忙？"

千来缗钱就能买下一处洛阳附近的大庄园，中眷裴的几位族人互相看了一眼，又看了看稳稳端坐的临海大长公主，目光在那个轻飘飘的漆盒上流连良久，终于还是恋恋不舍地收回了目光。财帛土地再是动人，终究要命去享受的不是？

琉璃等了半日，才轻声道："难道诸位叔父婶娘便无人肯出手？"

有人烦躁地道了声"正是"，琉璃一怔，垂下了眸子。临海大长公主轻声地笑了起来，眼角有掩饰不住的得意飞扬，"看来，还真是无人肯帮这个忙了，唉，谁叫我河东公府养了守约一场呢？说不得也只好拉你们这一把了。"她懒懒地挥了挥手，"叫人抬进来。"

两个健仆各自抱着一个不大的箱子走了进来，往地上一放，又打开了箱盖，里面放的是整整齐齐的金锭。临海公主淡淡地道："这里面是两千金，足有一万多缗了。若是你们不嫌少，那些庄园店铺我便帮你管起来罢！"

琉璃看着那两箱金锭，沉默片刻，叹了口气，抬眼看向临海大长公主，"大长公主愿意助守约一臂之力，琉璃感激不尽。只是洛阳的良田，一亩便值数缗，如今这般转手，琉璃着实有些愧对族人，不知公主可否商量一二？"

大长公主皱起了眉头，"这话我听不明白，我也不知什么价钱不价钱，只是你既求我来帮你这忙，我便来帮了，尽力而已，你们族人若觉得少，多出些便是！"说着目光冷冷地扫向了中眷裴的诸人："诸位以为如何？"

她的目光冰冷刺骨，被她看到的人不由自主都垂下了眼睛。沉默中，坐在最外侧的刘氏"哼"了一声，大长公主的目光立刻扫了过去，却见她目光漠然地看着家庙堂舍的大门，脸上的表情甚是讥诮。

想到今日之事传出去，自己的名声终究会有些受损，大长公主心里微闷，转头冷冷地瞪了郑宛娘一眼。郑宛娘一惊，忙走上一步，皱眉硬邦邦地道："既然大娘已说了价高者得，又无人肯出更多，何必再浪费时辰？就此交割清楚也罢！"

说着挥了挥手，两名健仆立刻把箱子抬到了院中间，郑宛娘上前几步，便要从郑氏手中接过了那盒子，大长公主轻轻地出了口气，脸上再一次露出了笑容。郑氏却觉得两只手忍不住都有些发颤，几乎无法放手。

所有人的目光一时都凝聚在了那个小小的雕漆盒子上，眼见郑宛娘的手指便要触到朱红色的雕花，院子里却突然响起了一个极为清脆的声音："且慢！"

一直默然站在一旁的陆瑾娘不紧不慢地走到了院子中间，目光流转，粲然一笑，"不是价高者得么？我出两万金，是不是便可接手这份产业？"

郑氏下意识地抱着盒子后退了一步，郑宛娘也怔怔地收回了手。众人看着陆瑾娘，几乎都有些不敢相信自己的耳朵。

琉璃显然毫不意外，回身看着中眷装诸人，轻声道："诸位叔父婶娘以为如何？"

众人的目光都瞟向了那位一脸震惊、按在案几上的双手已是青筋毕露的大长公主，互相看了一眼，纷纷点头：他们是不敢得罪这位大长公主，但有人肯拿十倍价钱来得罪她，总不能怪到他们头上！

琉璃笑着欠了欠身，"多谢叔叔婶娘体谅。既然如此，这笔产业便按两万金转给陆家娘子了。"说着便要去拿木盒，却听大长公主厉声道："且慢！"

琉璃还未开口，陆瑾娘已应声道："不知大长公主有何指教？"

临海大长公主目光落在陆瑾娘的身上，眼里的寒意几可凝冰，看见陆瑾娘眉头都不曾动一下地对视过来，她念头急转：自己这几日不但派人盯着裴府，苏府和库狄氏本家那边也都派了人手，就怕库狄氏找她那几个舅父帮忙，可她到那边都不过在外院拜别一番就出来了，之后几家也均无异动，显见那些胡商并无援手之意。至于这陆瑾娘，不过是长安中等官宦人家的女眷，一夜之间怎么能筹集到两万金？难不成这是库狄氏的缓兵之计？

她越想心里越定，慢慢坐了回去，懒懒的一笑，"我怎么记得是说今日要当面交割清楚，你说的两万金却不知此刻在何处？"

陆瑾娘看了琉璃一眼，沉默片刻，才回头看着大长公主，"大长公主明鉴，瑾娘虽然年轻，此等事情也不敢信口开河，既然说是两万金，自然一钱也不会少。"

大长公主松了口气，笑得更加和煦，"此言差矣，今日之事，大娘说得明明白白，是众人见证，当场交割。不然你说两万金，我说三万金，岂不是成了笑话？"她眼光瞟向琉璃，"大娘，若不是你这话，我今日又岂能携金前来？中眷裴先人的神位在上，你消遣我等也不打紧，难道连祖宗神位也不放在眼里了？"

琉璃脸色微变，"不敢，侄妇并无此意，只是以为，若是略缓一刻……"

大长公主断然道："略缓一刻难不成就不是缓了？家庙之中，祖宗之前，焉有儿戏之理？"

琉璃突然抬头定定地看向大长公主，"难道略缓一缓也决计不成？"

大长公主冷哼了一声："自然不成。"突然心里一动，只觉得似乎有什么地方不大对劲，却见琉璃和陆瑾娘已相视而笑，陆瑾娘扬声道："叫他们进来吧！"

不大工夫，沉重的脚步声响起，只见两队健仆抬着箱子走了进来，足足十个木箱一字排开放在庭中，打开时前面几个是整齐的金锭，中间是碎金，最后两个则是金盘金碗之类的器皿，在阳光下反射出耀目的光泽。

陆瑾娘气定神闲地看向院中诸人，"时间有些仓促，让诸位见笑了，只是每箱两千金，分量只多不少。若短了一钱，瑾娘愿十倍偿之。"

大长公主呆呆地看着眼前这十个箱子，心里清清楚楚地知道，自己是落入圈套了！此刻自己再开口说出二十万缗也已是来不及，可是陆瑾娘，她怎么敢？她怎么能？难道是……眼见琉璃从郑氏手里接过盒子就要递给陆瑾娘，她双手一按案板站了起来，冷冷道："慢着！"

琉璃脚步一顿，惊讶地看向大长公主，"大长公主有何见教？"

大长公主却看都没看她一眼，只是目光凌厉地盯着陆瑾娘，"你是替谁出面？"陆瑾娘绝不可能有这种手笔，唯一的可能，便是有人看中了她对自己有恨意，挑唆她出面接手这些东西。毕竟以十来万缗价钱拿下洛阳那边的产业，跟白捡也没有太大区别，钱帛动人心，说不得有人会猪油蒙了心，想不出面就占了这便宜去！

陆瑾娘垂下眸子，微笑着行了一礼，"请大长公主见谅，此事瑾娘不能回禀，总之当场交割，价高者得，至于谁得又有何要紧？"

琉璃也笑道："正是！"

大长公主的脸色便如结了寒冰，目光在院中诸人脸上缓缓转过，冷笑了一声，"这是裴氏的产业，在裴氏家庙中转手，却连是谁接手都不知，这算什么？好歹我夫君也姓裴，总不能看着你们如此胡闹，辱没了裴氏的名声！此人若是什么藏头缩尾的鼠辈，甚或是下贱的市井中人，日后传将出去，你们谁能担起这个责任？"

众人都皱起了眉头，心知她是找茬，却也不敢当面驳斥回去。

看着陆瑾娘和琉璃，大长公主的声音越发冷厉，"陆娘子，今日让你出面之人若是不来，我裴氏的产业绝不能胡乱出手，此事便只能作罢，日后再议！"这长安城里，敢当面得罪她的人就那么几个，都绝不可能为这库狄氏出头。拖过了今日，她再也不能心慈手软，定要让那库狄氏知道什么是追悔莫及！

一片沉默中，门屋外传来了一个懒洋洋的声音："唉，这又是何苦来？不过是想躲个懒而已，却连累母亲挨了骂……"伴着这声音，门屋里袅袅然走出一个身穿鹅黄色衫子的娇媚妇人，正是武夫人武顺娘。

她满脸都是不耐烦，走到大长公主跟前随随便便行了个礼，"大长公主，您看我母亲是市井中人还是缩头的鼠辈？可配接手裴氏的产业？"

琉璃上前几步，"麻烦夫人了。"

武夫人笑着点了她额头一下，"都是为了你这小滑头，我跑这一趟倒是寻常，却连累母亲背上了骂名，让昭仪知道了还不定怎么埋怨我！"

大长公主怔怔地看着眼前这一幕，一句话都说不出来：裴守约不是因为得罪了武昭仪才被发配的吗？杨氏不是还上门兴师问罪了吗？怎么今日她们会出头？

中眷裴的人也骚动起来，交头接耳了几句，女眷们便纷纷上前跟武夫人见礼——谁不知道圣人已经铁了心要让这位夫人的妹子当皇后？但凡跟她家走得近的，都是官路亨通。没想到裴守约虽然得罪了昭仪，武家却对库狄氏依旧如此照顾。想起一日前对库狄氏所遣婢女的无礼，不少人已暗自后悔。郑氏忙拉了琉璃笑道："昭仪和夫人真是大人大量，大娘好福气。"

琉璃笑着提高了声音："如今杨老夫人愿出两万金接手这些产业，诸位叔父婶婶可有异议？"

中眷裴诸人自然纷纷应和，莫说两千金变成两万金的好处，就冲可以交好到那位武昭仪，此事也再合算不过。有人更没口子地夸赞起杨老夫人如何大方、大度，就差没说她拿了十来万缗买下这份产业是仗义疏财。

眼见琉璃已把那木盒双手奉给武顺娘，武顺娘漫不经心地翻了翻便要交给身后的婢女，大长公主双手不由微微颤抖，自己谋划了这么多年，费了这么多心血，婆媳反目，大病一场，还搭上了名声，难道就是为了让库狄氏借着这机会轻轻松松转手送给了那姓武的狐媚子？想到武家和琉璃日后能得的好处，她再也忍耐不住，扬声道："等等。"

众人都转头看着她，目光里除了诧异，还隐隐有些嘲讽——她是大长公主又如何？这位武夫人却是未来皇后的亲姊姊，她那一套难道还能用在武夫人的身上？

武夫人挑了挑眉，"大长公主还有何事见教？"

大长公主公主稳了稳神，脸上露出了笑容，"按说有杨夫人接手，原是大娘的福分，只是我听闻武昭仪最是节俭怜下，杨老夫人也一直清廉自守，这猛不丁拿出两万金，只怕也是不易。这些产业到底是裴氏族人所有，若是因为这些外人小辈的一点琐事，连累了昭仪的名声，守约和大娘岂不是罪上加罪？此事若让御史或是太尉他们知晓了，说不定还会是一场风波。不知夫人以为如何？"

武夫人略微眯大了眼睛，突然掩着嘴大笑起来。大长公主脸色一沉就要发怒，好容易忍住，声音却冷了下来："夫人为何发笑？"

武夫人半响才止住笑，"大长公主多虑了，我母亲自然一时拿不出这许多金银，这里有一多半还是向许学士暂借的，怎么借些金银来助人，也会有御史来管？御史们都太闲了么？"

大长公主强忍着气，冷冷地道："这毕竟是裴氏产业，却不适合外人来插手！"

武夫人嘻嘻一笑，"彼此彼此，不劳费心。"

大长公主气得全身都哆嗦起来，眼睁睁看着武顺娘掂了掂手上的盒子，丢给了婢女，又拍了拍手，"总算了结了一桩麻烦事！"

琉璃目光在中眷裴诸人脸上转了一圈，只见人人都是面带笑容，不少人眼光已经瞟向了那十个箱子，也笑了起来，"今日之事，麻烦诸位叔父婶婶作证了，琉璃感激不尽！琉璃也该告辞了，请诸位叔父婶婶保重。"说着便深深地行了一礼。

众人不由一愣，郑氏第一个道："大娘，这、这两万金该如何处置还未论，怎的就要走了？"

琉璃拍了拍自己的额头，叹了一声："瞧我这记性！"说着便从怀里拿出了一张文书，轻轻一扬，"诸位叔父婶婶明鉴，此事守约走之前已有文书交代，如今边关告急，军费吃紧，无论产业转手得了多少钱帛，都要以中眷裴的名义献给朝廷充作军资，以尽大唐臣民之责，以分圣人之忧！"

这么多金子全部捐给朝廷做军费？偌大的庭院里一时静得可怕，人人脸上都是一片痴呆。

琉璃双手将文书恭恭敬敬地交给了郑氏，转头便对武夫人行了一礼，"琉璃还要厚颜劳烦夫人一次，请夫人这就遣人将这两万金送往皇城。"

郑氏呆呆地看着手里的文书，有几个人终于凑了上来——的确是裴守约的字迹印章、的确写得清清楚楚。刘氏淡淡地点了点头，"这样一来，倒也干净！"裴安石心头却是又惊又怒，忍不住脱口道："裴守约也太过胆大妄为，此事怎么能由他一人做了主！"

中眷裴族人正待附和，突然听见站在一旁的陆瑾娘冷笑了一声："今日小女子真是开了眼界。有人变卖自己家的私产，以族中的名义捐给朝廷为军费，却被族中的朝廷命官说成胆大妄为！看来我朝的御史还真是太闲了些。武夫人，您若见到昭仪时，请代我向昭仪请教一番，这到底算是哪门子的道理！"

裴安石的脸色顿时惨白，他一时怒火上头，却忘了在场的不光有自己的族人，还有外人，更有圣人的宠妃之姊。他嘴唇发抖，想辩解几句，却是一个字也说不出来，余下的中眷裴族人面面相觑，哪里还敢说半个"不"字。

武夫人懒洋洋地笑了笑，"好，我明日入宫，便帮你问上一问。"又摆了摆手，"来人，把这些箱子再运上车，送到尚书省去，便说是中眷裴捐的军资。"

眼见那些箱子又被一个一个抬了出去，中眷裴的人心里也说不出是什么滋味，大长公主脸色早已变得铁青，看向琉璃几个人的目光便如真正的刀子一般。

武夫人似乎有所察觉，转头对她展开了一个明媚的笑颜，"大长公主明鉴，我母亲自然不会贪图他人家产，只是难得裴氏夫妇有这样的心胸，偏偏听说您手头又不甚宽裕，因此才舍了面子四处连借带凑，总算攒足了这两万之金，不为别的，只为成全他们夫妇这片忠心！原本我都不欲出面，以免被人说沽名钓誉，没想到大长公主还如此顾虑着裴氏的名声，也只得出面分辨一二，请公主见谅。顺娘替母亲和昭仪多谢大长公主了，大长公主真是深谋远虑，毫无私心，我等是万万不及的。"说着当真笑盈盈地行了一礼。

看着眼前这张充满讥讽之意的娇媚笑脸，大长公主张了张嘴，却发不出任何声音：裴守约夫妇是一片忠心，将功赎罪；杨老夫人是不计前嫌、为国分忧；那自己是什么？是鼠目寸光、自作自受的小人？是跳进自己挖的坑里的呆子？是长安城最大的笑话……恍惚中，仿佛这院子里的阳光突然全照进了眼睛里，她眼前变得金光闪耀，随即便是一片漆黑。

眼见大长公主直挺挺地向后倒了下去，站在她身边的郑宛娘仿佛吓得呆掉了，直到大长公主的头在院子的青石板上撞出"咚"的一声闷响，才跳起来尖叫："快，快把大长公主抬上车！"

河东公府的侍女仆人乱哄哄地涌了上来，七手八脚把大长公主抬了出去，郑宛娘满脸急色，却还是上前来跟琉璃低声道："公主便是太爱操心，上回太医便说过她再动不得气，受不得累……今日只怕是中了暑，只是地方却也太不巧了些，还请大娘隐瞒一二。"

琉璃呆了一下，几乎笑了出来，这郑宛娘原来也是一个妙人！家庙这种地方自然是不能随便晕倒的，传出去便是冲撞了祖先神灵。既然如此，便只能先回府再以中暑的名义请大夫，想来花的时间不会少吧……她认真地点了点头，"大长公主为了别人的家产，的确是太辛劳了些，我等做晚辈的都感激得很！"

武夫人忍不住扑哧一下笑出了声，郑宛娘好容易才保持住了脸上的僵色，低头匆匆地走了出去。陆瑾娘本来也笑了起来，却突然转头看着中眷裴家庙的堂门，眼里渐渐有泪光闪动。

没过片刻，中眷裴的人便散了个干净，郑氏落后一步，赔笑走到了琉璃跟前，"大娘，你叔父并非觉得守约的处置不妥，只是一时说错了话，看在一家人的份上，大娘就莫见怪了。以前之事，大娘也莫往心里去。"又看着陆瑾娘笑道："陆娘子，你家姊姊最是宽厚，今日之事她若见了，定然也是以宗族大局为重的。"

琉璃笑而不语，陆瑾娘却点了点头，"正是，宗族大事原是要紧。"看见郑氏神色一松，又冷笑起来："只可惜我那最是宽厚的姊姊已经死在了宽厚二字之上，我与裴氏再无一丝关系！夫人请回吧！"

郑氏脸色顿时愈发苍白，对着陆瑾娘锐利的目光，却又说不出什么，转头去看琉璃，一旁武夫人已走了过来，脸上带着毫不掩饰的嘲讽。郑氏心里一突，低头默默地走了出去。身后传来琉璃清冷的声音："婶婶慢走。"

武夫人看着郑氏的背影，摇了摇头，又叹了口气，"亏你忍得了！"

瑾娘也叹了口气，"琉璃，大恩不言谢。"

琉璃轻轻地握了握陆瑾娘的手，"今日原该我谢你才是。"她原本是想请苏府的罗氏来帮忙，但瑾娘却显然是更好的人选。

瑾娘摇头道："自然是我该谢你，这一日我不知盼了多久！"

琉璃还要开口，武夫人已有些不耐烦起来，"你们是要互相谢到明日么？"又看向琉璃："今日之事一了，你便再无牵挂，不如进宫来陪我？如今宫里你想怎么玩都好，再没人敢说你一个不字！"

见琉璃并未接话，武夫人笑了起来，"又让昭仪猜对了，你果然不爱在宫里待着。那也不打紧，你爱住哪里都好，大长公主若是再敢找你麻烦，你便告诉昭仪，咱们自能让她再也嚣张不了！你放心，今日这两万金说是中眷裴捐的，可你的功劳咱们都看在眼里，昭仪定会设法给你请封，日后长安城中也不会有人再敢给你气受……"

琉璃突然退后一步，跪倒在地，端端正正行了一礼。

武夫人顿时吓了一跳，"你这是做什么？"

琉璃抬头微笑，"启禀夫人，昭仪与老夫人、夫人的提携之恩，援手之德，琉璃没齿难忘，只是琉璃决心已下，今日便会前往西州，请夫人向昭仪和老夫人转达这份谢意。琉璃永世不会忘记昭仪的大恩，也会让夫君牢记为人臣子的本分。琉璃这就拜别，请夫人保重。"

武夫人一呆，想开口说什么，只是看着琉璃平静而决然的神色，一时竟不知说什么才好。

琉璃又行了一礼，才站起身来，向陆瑾娘点了点头，"你也保重。"随即对阿霓轻声道："你的身契也在那个盒子里，你便留在长安替我伺候老夫人吧。"说完一笑转身，干脆利落地走了出去。

身后传来武夫人跺足叹息："就知道她是个呆子！"

门外，阿古正坐在大车之上，看见琉璃出来，眼睛顿时便亮了。待琉璃上了车，他忙道："娘子，咱们可是这就出城？"

小檀从车里探出头来，笑嘻嘻地抢白："难不成还要吃过饭睡一觉再走？"

阿燕扶了琉璃在车中坐下，刚刚坐稳，车子便驶了出去。车外阿古的声音里有掩饰不住的兴奋："娘子，看天色今日的月光定然也不错，只要赶上一夜的路，最多后日，咱们便能追上阿郎！"

琉璃伸手打起了车帘，马车在长安城宽广的大路上飞奔，将高高的坊墙不断地抛到了后面，道路两边，八月的槐树依然苍翠，从叶缝中能看见碧蓝如洗的天空。她轻轻地笑了起来："谁说我要追他？安家的商队在城外三十里处等咱们，咱们去西域做商贾去！"

大唐明月

[中] 西域篇

蓝云舒 / 著

上海文艺出版社

目　录

第六十一章　　丝路黄昏　　有客东来 / 001
第六十二章　　直言不讳　　横生枝节 / 012
第六十三章　　他乡故人　　雨过天晴 / 021
第六十四章　　祁连观雪　　敦煌惊艳 / 032
第六十五章　　美人如妖　　岁月如刀 / 039
第六十六章　　海道雪寒　　交河风暖 / 049
第六十七章　　岁月静好　　初次交锋 / 057
第六十八章　　纸墨之利　　血光之灾 / 068
第六十九章　　天机人算　　如梦初醒 / 077
第七十章　　　一石二鸟　　谁在局中 / 083
第七十一章　　喜忧参半　　异想天开 / 090
第七十二章　　百口莫辩　　峰回路转 / 097
第七十三章　　困局绝境　　有所必为 / 108
第七十四章　　一触即发　　石破天惊 / 117
第七十五章　　如梦初醒　　功德无量 / 129
第七十六章　　一锤之威　　万事俱备 / 137
第七十七章　　再定赌约　　痛下杀心 / 147
第七十八章　　漫天流言　　十恶不赦 / 154
第七十九章　　刑不罚众　　佛祖显灵 / 162
第八十章　　　出人意表　　浑水摸鱼 / 174
第八十一章　　恍然大悟　　冤家聚头 / 180
第八十二章　　有心搅局　　无力回天 / 188
第八十三章　　八面埋伏　　军法处置 / 196
第八十四章　　风水宝地　　贵客临门 / 205

第八十五章	娇客难待	暗潮汹涌 / 214
第八十六章	五百铁骑	两万狼兵 / 221
第八十七章	月圆之夜	白骨之间 / 233
第八十八章	守株待兔	血雨腥风 / 237
第八十九章	前朝惨案	今日人心 / 247
第九十章	久别重逢	胆大妄为 / 259
第九十一章	灶神驾到	病魔逞凶 / 266
第九十二章	生死一线	别无所求 / 274
第九十三章	金风玉露	黯然销魂 / 288
第九十四章	光阴如箭	世事难全 / 298
第九十五章	旁敲侧击	直来直往 / 307
第九十六章	腹背受敌	君子报仇 / 311
第九十七章	字如其人	愿者上钩 / 325
第九十八章	软硬兼施	投石问路 / 332
第九十九章	寿宴玄机	豪门本色 / 339
第一百章	痛下决心	君子行径 / 351
第一百零一章	双喜临门	无路可退 / 361
第一百零二章	自告奋勇	军令如山 / 369
第一百零三章	大好头颅	奈何做贼 / 378
第一百零四章	见风使舵	居心叵测 / 391
第一百零五章	风云突变	剑拔弩张 / 403
第一百零六章	僵持不下	小惩大诫 / 413
第一百零七章	各展手段	自伤臂膀 / 423
第一百零八章	军情如火	白衣驰阵 / 432
第一百零九章	兵分三路	各出奇谋 / 438
第一百一十章	天理循环	进退两难 / 449
第一百一十一章	天罗地网	专为君设 / 456
第一百一十二章	穷途末路	快意恩仇 / 468
第一百一十三章	士之一怒	心之安处 / 478
第一百一十四章	塞外长安	归期在望 / 484
第一百一十五章	临别依依	归途漫漫 / 494

番外　陌上花开君可归 / 498

第六十一章
丝路黄昏　有客东来

大唐永徽六年的秋天来得格外的早。

"秋风吹渭水，落叶满长安"，然而这一年的秋风尚未从渭水上吹来，长安街头那些犹带绿意的槐叶便仿佛已承受不住连日来的冷雨，飘飘洒洒落了满城。

比落叶更飘摇的是朝堂上的局势，随着宰相褚遂良的贬黜和学士许敬宗的擢升，谁都知道，武昭仪通往正宫的道路已无可阻挡；长孙无忌与他的时代，就如街头的枯叶，正在滚滚车轮下化为齑粉。至于这辆由年轻天子和新皇后驾驶的马车会驰往何方，却还没人能看清。只是有传言说，那位名满长安"天煞孤星"裴行俭之所以会在此前被一纸诏书贬到西域，是因为他预言"国家祸乱必自此始"……

不过，对两千里外的凉州来说，这一切还太过遥远，只有这个早到的秋天同样有些令人不安。还没立冬，城外便下了第一场雪，虽然道路并未因此冰封，但那日益凛冽的西北风显然不是什么好消息，至少路上的行商，已是一日比一日见少了。

凉州城外三十里的云威邸门前，残雪已经化尽，车马却依然零落。眼见金红色的日头已挂到门口那棵歪脖柳的树梢，掌柜老秦抬头扫了一眼厅堂，十来张高足案几边，只坐了八九个人。他忍不住走到门口，掀开毡帘往东边望了望。两条大路上都有零星行人顶风而来，却不见车队的影子。

伙计四虎也跟着老秦眺望了几眼，嘟囔道："今日的生意总该好些吧？"

老秦没好气地瞪了他一眼，"自然会好！"今日可是有大生意上门的。不过，这样的好日子也不会太多了，自家邸店虽然扼守着西去之路北道和南道的交汇口，又傍着官家开的驿馆，可如今已到十月，长安那边过来的客商日渐稀少，再过些日子，来自敦煌和西州的客商也将难得一见……这邸店里人满为患的好日子，要到明年开春才能重现。

远远的扬尘中似乎出现了骑者的影子。老秦盯了几眼，认出打头的两匹马都是腿长体健的良马，后面还跟着马车，不由精神略振。那车马越来越近，却是"吁"的一声停在了几十步外云威驿的门口。

原来是住驿馆的官家人！那驿馆光良马便养了十几匹，更莫说房舍精致、院落整洁，但凡身份能住驿馆的，谁会来邸店看一眼？老秦顿时没了兴致，一面往回走，一面便吩咐四虎："多盯着些，莫让客人觉得失了礼数。"

此时厅堂里渐渐飘起了羊汤的香味，坐在前厅里闲话的几个客人都来了精神，只有两位往天竺去的河东僧人念了句佛，背过身子不知念起了什么经。一位搂着美人坐在厅堂正中的胡客便大声道："老秦，今日厨下可是杀了活羊？"

老秦认得这位正是常年从西州贩卖女奴去长安的米大郎，心里多少有些不耐，面上却立刻堆满了笑容："大郎一猜便中！今日是立冬，自然要给各位客官做些好的，除了羊汤，还有羊肉饺儿和羊肉馄饨。"

米大郎哈哈大笑，顺手在怀里美人的胸口重重地拧了一把，"今日原是唐人的立冬节，你若乖巧，待会儿便让你开开荤！"

他怀里的女子不过十五六岁年纪，被这一拧，一双碧绿的眸子顿时涌上了一层雾气，脱口用突厥语应了一句。米大郎脸色顿时沉了下来，厉声道："与你们这些贱人说了多少回，你们去长安是要伺候贵人的，须得讲长安官话，当我米大郎的话是耳旁风么？"

绿眸女子吓得脸色惨白，战战兢兢地用长安话回了一句："下次再不敢了。"

米大郎一把将她推了出去，"滚回去，今日不许吃饭！让阿红那贱人出来陪我！"

绿眸女子身子扑到了另一张案几上，撞得脸色发青，头也不回地应了声"是"便匆匆跑向后院。

老秦心里叹了口气。他这邸店是来往于西域与长安之间的胡商们的必经之地，做女奴生意的客商也接待了不少，但像米大郎这般每次都让人看着堵心的却不多。听说他在西州是有靠山的，因此虽说那边战火渐起，他这次带来的十几个女奴倒更加出众，可怜落到他手里⋯⋯就听另一张食案边也有人叹道："大郎也太不怜香惜玉了些。"说话的也是店里的常客，贩卖丝绸的唐商吴六。

米大郎横了他一眼，冷笑道："你倒是怜香惜玉，这一个还没开苞，一百匹绢便与你如何？"

吴六摆手不迭，"在下消受不起，消受不起。"

和吴六坐在一起的女子顿时笑得花枝乱颤，伸指点了点他的额头，"呆子，不过一百端绢，你横竖要回长安的，到那里至少赚五成，这等便宜都不占么？"

吴六摇头，"吴某不过小本生意，哪敢沾口马这一行？再说，占别人便宜，何如占叶奴的便宜？便是某的便宜，也只好教你占了去。"

叶奴捂着嘴笑："你惯会说这些话，一年能记得找奴一回儿便谢天谢地。"

坐在另一边的女子也笑："姊姊的抱怨阿桂听得耳朵都起茧子了，这番莫饶了他！"

米大郎的目光在两位妓女身上转了一圈，在更加年轻丰腴的阿桂胸口停了停才转开，又等了半日，却不见后院有人出来，眉毛顿时立了起来。与他同案而坐的大汉腾地起身,"某去看看!"

没多久,后院便传来了男子喝骂声与女子凄厉的尖叫声,一屋子人脸色都有些尴尬,老秦扭头便回柜台扒拉起了算筹。片刻之后,一个十四五岁的红发女子被那大汉抓着头发拽了进来,嘴角还带着一丝血迹,一双褐色的眼睛里满是泪水,紧紧地咬着下唇。

大汉把女子往米大郎坐的条凳上用力一按,"人带到了。"

米大郎瞅着她冷笑了一声,"耶仑的拳头你也尝过滋味了,还想尝尝某的手段?你要么乖乖听话,要么某便少赚一点今夜成全了你,自己选罢!"

这名叫阿红的女子顿时一呆,米大郎顺手将她一把拽到腿上,正想说话,就听门口的四虎大声说了句:"客官可是要住店?"

老秦忙从算筹上抬起了头。毡帘一挑,走进来两个男子。头前一个年纪略长,瘦高身材,穿着深青色的圆领夹袍,后面一个则是不到二十的少年人,两人都是手上空空。老秦便瞪了四虎一眼:这像是住店客人的模样么?估计不是来前厅喝酒的,便是到后院寻人问货的!

果然那位青袍男子淡然一笑,开口竟是一口标准的河洛官话:"不住店,听闻你家老酒甚好,特来叨扰。"

四虎笑着挠了挠头,往里让这两人。青袍男子目光一扫,挑了靠墙的一张食案。别人也罢了,那位叫阿桂的私妓眼睛却是一亮,起身扭动着腰肢走了过去,还未到跟前,那少年一步挡在了她面前,"我家郎君不喜生人打扰。"

阿桂有些扫兴,在青袍男子脸上下死力盯了几眼,见他眼角都没扫向自己,只得哼了一声转身离开,嘴里嘟囔道:"痨病鬼,架子倒大!"

少年脸上顿时露出了怒色。青袍男子摆了摆手,"阿成,坐下!"

叶奴忙上前拉了阿桂一把,低声道:"莫乱说话,那位多半是官家人!"阿桂唬了一跳,坐下来偷眼看了那边几眼。却见青袍男子要了一壶酒,两样下酒菜,神色谈吐都十分谦和,加上那痨病鬼似的苍白脸色、八辈子没走过运般的淡漠神情,怎么看都是个落第举子,和平日见的那些官人哪有半点相似?

她正想得出神,耳边突然传来一声响亮的耳光声。米大郎满脸怒色地站了起来,一面狠狠地擦着嘴,一面骂道:"贱人,敬酒不吃吃罚酒,惹得某兴起,今日便让你做鬼!"

那位阿红跌坐在地上,捂着脸,一声儿也不吭。米大郎一脚将她踢得滚出去半丈,抬腿还要去踢,吴六已站起来笑道:"大节下的,大郎何必动怒?还是让老秦赶紧上羊汤上酒要紧。"

老秦也站了起来,满脸是笑,"都是某怠慢了,四虎,让厨下快些端了热汤上来。"

米大郎这才冷哼一声,对耶仑皱眉道:"把这贱人拖下去,晚上再收拾她!"

耶仑沉着脸过去一把拖起了阿红。阿桂瞅着那张依然满是倔强的脸,不由暗暗叹息,她刚才还听叶奴悄悄说起,米大郎最是心狠手辣,这红发婢看来下场不妙……

她下意识地又瞟了瞟那"官家人",却见他本来眉头微皱地坐在那里,当红发婢挣扎着站起时,突然脸色一僵,目光不错地盯在她的脸上,直到她的身影消失在门口,才收回视线,端起了酒杯,也不知怎么喝的,转眼便下去两杯。坐在一边的少年脸色都变了,"阿郎,莫喝这么急!"青袍男子愣了一下,摇头笑了笑,慢慢放下酒杯,抬头若有所思地看了米大郎一眼。

原来也是个好酒色的!阿桂心里"哼"了一声,转头不再看他。

过了片刻,耶仑气咻咻地走回大堂,在米大郎身边重重一坐,提起眼前的酒壶倒满一杯,一口便喝了下去。米大郎也喝了一大口,抹了抹嘴唇,发狠道:"这贱人,今日若不收拾了她,米某也枉在这道上走了三十年!"

两人你一口我一口喝了起来,低声商议着如何在乱局中物色更好的奴婢,又如何在长安托门路高价出手,面前一壶酒很快就喝了个干净,正待开口叫伙计再上,却听墙边那个青袍男子扬声道:"掌柜,再来一壶!"

两人都吃了一惊,忍不住转头看去,只见那青袍男子把面前明显已空的酒壶往前推了推。老秦也呆了一下,才亲自拿了壶酒走了过去,笑道:"郎君好酒量!"

青袍男子微笑道:"丈人酿的好酒,竟比长安西市的三勒浆还要香些。"

米大郎与耶仑相视一眼,米大郎便笑着接了一句:"这位郎君莫不是常去西市?"

青袍男子点了点头,"正是,原先不轮值时两三日便要去上一回。"

轮值?这位敢情还是……米大郎忙笑问:"不知郎君在何处当值?"

青袍男子淡然道:"不过是卫府的芝麻小吏,不值一提。"

果然是长安的官家人!米大郎立时笑容更欢,绞尽脑汁找了几个话头要与此人闲话,青袍男子却有些矜持,不一会儿便冷了场。

青袍男子又喝了口酒,突然叹了口气,转头对少年道:"不知还要多久才到西州,一路都是这样闷喝,好生无趣,怎如长安时与同袍们握槊赌酒来得痛快?"

米大郎眼睛一亮,"米某也正觉无趣,若是郎君有兴致,咱们不如便博个彩头?"

青袍男子慢慢摇了摇头,"裴某不与生人相博……须知赢得多了,他人面上不好看!"他似笑非笑地看了米大郎一眼,"除非是赌品上佳的好汉,不然不但图不得痛快,反而结怨,又是何苦来哉?"

米大郎原是吃喝嫖赌的行家,听得这句,心头顿时火起,霍然起身,"米某旁的不说,赌字上倒也没赖过谁,今日横竖无事,倒要好好领教领教郎君的本事!"

一屋子人顿时都静了下来。

而半个多时辰后,随着一次又一次淡然响起的"承让",这分安静更是凝固得如有实质,沉沉地坠在围观过来的每个人心口,连从后院跑出来看热闹的两个厨子,都扎着两只油手一步不敢动。只有那两个河东僧人依然坐在屋角,低着头不知是在沉思还是在倾听。

米大郎的额头上早已满是汗珠,两只手死死握着拳头,腮上的横肉一条条凸将出来，不时神经质地跳动两下。而在他的对面，那位自称裴九的青袍男子依然是一脸气定神闲，随手一撒，三枚铜钱滴溜溜滚落案面，静下时都是背面朝上。他看了一眼，笑道："老阳。"拿回手里再撒了几遍，随即微闭着眼睛念念有词两句，睁眼笑道："此次是雷天大壮之相，相中有乾，主阳，按理说……应是在左手。"

米大郎眼睛眨了一下，一口气憋着不敢松，却听裴九叹了口气，"只是常人却不知此卦乾在其下，故此，银钩乃在大郎右手！"

米大郎脸色顿时大变，紧握的双手几乎要颤抖起来，不情不愿展开右拳，果然露出一个小小的银钩。周围顿时响起了一片吸气之声。

裴九郎淡淡地一笑，"大郎，这已是第十八局，咱们有言在先，裴某与人作藏钩之赌，例不过二九之数。承让了！"

米大郎眼睛一瞪便想发飙，可看着眼前这张完全看不出情绪的脸，还有在他手里那转来转去犹如活物的三枚铜钱，突然一股恐惧从足底升起，不由自主便坐了下来。

耶仑脸色比米大郎还要难看几分：他们又不是雏儿，什么没赌过！这藏钩之戏最是简单，却也最作不得假，眼前之人如果不是身负奇术，怎么可能连着十八次都猜中？

厅里依然一片寂静，好半晌才响起嗡嗡的低声议论。米大郎哑声道："裴郎君，在下输你多少？"

裴九的语气不急不缓："原说是一缗一局，到第六局上，大郎便加到了十缗，最后三局又加到了百缗，算来正好是四百零五缗。"

米大郎脸色顿时白了，四百多缗虽不算太大数目，但如今他身上的碎金加起来也不过一百多缗钱而已，自己一时赌性大发，怎么忘了这个茬？

裴九看了他一眼，轻描淡写地道："出门在外，原不会有人随身带上这许多钱帛，大郎若有他物可抵，裴某也不会强人所难。"

米大郎眼睛一亮，笑道："九郎此去西州，身边可带了婢女？在下原是做奴婢生意的，不如就拿两个绝色婢子抵了这四百缗如何？"

裴九眉头微皱，沉默片刻才道："大郎若实在不方便，也只好如此。"

米大郎顿时松了口气，转头吩咐了一句，没一会儿，耶仑便带了两个女子过来，正是适才的红发女子和先前绿眸的那个。那绿眸女子身量丰满，相貌却寻常，红发女子倒是雪肤褐眸，容貌清丽，只是如今半边脸都是肿的。店里有人便嗤笑了一声——谁没听见这米大郎先前还要一百端绢卖了这个绿眸女子，至于这位红发的，更是他今夜便要打发掉的一个，这两个加起来也好抵四百缗？

米大郎狠狠瞪了发笑之人一眼，才回头看着裴九，只见裴九眉头皱得更紧，心里不由发虚。他在长安门路不多，所贩女奴多是直接卖入平康坊，这阿绿早已破身，笨嘴拙舌，又不擅歌舞，卖不出价来；阿红则是性子暴烈，一个不好还会惹祸，此刻若能趁机处置了，倒是少了好大的麻烦……

想到此处，他赔笑道："这位阿绿的妙处不在相貌，郎君一试便知；至于这阿红，

/第六十一章/丝路黄昏　有客东来

性子是差些，容貌却是好的，难得出身高贵，若是早个半年，只怕花四百缗连她的手指都摸不到，也就是郎君这般的贵人才降得住她。"

裴九目光在两个女奴身上转了一圈，叹了口气："裴某急着赴任，着实不愿带着女子上路，耽误行程，还添了花销。"

米大郎不由大急，想了想从怀里掏出一锭金子"啪"地拍在桌上，眼中凶光毕露，"这里是五金，尽够两个奴婢去西州路上的花销了，你看如何！"

裴九一怔，微笑起来，"大郎误会了！裴某并无此意，大郎横竖要去长安，不如便帮裴某将这两个婢女送到长兴坊的苏定方苏将军府上，如何？待大郎回西州时，再带上苏将军的回信，到安西都护府找长安来的裴行俭。裴某必有重谢。"

米大郎不由大喜，"此言当真？"

裴行俭摇头一笑，"裴某无事哄你作甚？"转头便对老秦道："劳烦老丈借笔墨一用。"

米大郎收了金锭，笑逐颜开，"米某行走西域长安这些年，还不曾见过九郎这般爽快之人！"说着摇头不止，只觉得生平赞人从未如此发自内心过。

裴行俭笑了笑，"这两个女子虽是奴婢，却也是裴某孝敬将军的一点心意，劳烦大郎路上略加照顾，莫令裴某失了面子。"

米大郎自然拍着胸脯应了下来，他最恨的便是长安口马行插不进手，纵有绝色胡女也只能卖到烟花之地，若能结识一两个长安贵人，能把这些女子卖入贵人府邸，所得何止多出一倍？大不了剩下这两千多里路，自己把这两个供起来便是，又能多花几个钱？

绿眸女子早已听得明白，满脸都是惊喜，那位阿红本来拧着头，此刻也回过头来，惊讶地看着裴行俭。裴行俭对上她的眼睛，片刻后才移开了目光。

这边老秦已备好笔墨纸砚，巴巴地端了上来。裴行俭略一思索，提笔写下了几行字，吹干墨迹，递给了米大郎，"有劳了。"米大郎哈哈大笑，满屋子人也都松了口气，就听一个厨子突然大叫一声："糟糕！"撒腿便往后院跑，老秦也慌忙跟了过去。

片刻之后，老秦苦着脸从后门走了进来，"今日羊肉饺子不能奉上了，只有羊肉碎饼汤，便算小店做东，请诸位一人喝上一碗。"厅堂里顿时响起了一片笑声。

米大郎也嘿嘿直笑，又转头瞅着阿红和阿绿道："若不是九郎，你们两个焉得有今日？还不赶紧过去陪着裴郎君喝上两杯？"

裴行俭却摆了摆手，"多谢大郎美意，只是裴某不惯有生人相陪，让她们下去吧！"

米大郎诧异地看了裴行俭一眼，又看了看他身边那个眉清目秀的少年，目光在少年的脸孔和腰身上一转，脸上突然露出恍然大悟的神情，"米某唐突了！九郎恕罪，恕罪！"

裴行俭抬头看着他，从容淡泊的脸上终于露出了无法掩饰的愕然之色。

阿成纳闷地看了看米大郎，低头给裴行俭满上了一杯，突然醒过味来，脸腾地涨得通红，张嘴就要骂。裴行俭苦笑着摆手，"阿成，休得无礼！"

阿成一口气憋在胸口，脸上红得几乎要滴下血来。

米大郎笑嘻嘻地挥手让两个女奴退下，回座前又回头看了阿成两眼，意味深长地啧啧两声。阿成气得手都哆嗦起来，险些没摔了酒壶。

裴行俭手撑额头叹了口气，"阿成，你，不如先回驿馆罢！"

阿成把酒壶重重往案上一放，坐在那里一动也不动。

后门毡帘一挑，一阵凉风带着肉香透入厅中，两个伙计用木盘端着一碗碗热汤走了进来，厅堂里的气氛顿时热烈起来，说笑打趣之声不绝。

这面糊碎肉汤的模样虽不好看，味道却着实不坏，汤碗送上时，阿成还绷着脸，待喝了几口，也忍不住点头赞了一句。裴行俭却只是略尝了尝，便又倒了杯酒。阿成忙道："阿郎，你也多用些吃食再喝，若是又醉得狠了，路上眼见就要下雪，说不定会耽误日子。"

裴行俭淡淡地道："我心里有数。"

眼见裴行俭一杯接一杯的将这第二壶酒也喝得所剩无几，阿成便觉得心头如猫抓般难受。自家阿郎原是朝中最得圣眷的臣子，却突然说是非议了武昭仪，被圣人一道诏书贬到西疆。前途自是不必想了，何年何月才能回长安都是未知！也难怪阿郎这一路上几乎把酒当水喝……

想了半晌，他还是鼓足了勇气道："其实这一路三十里一驿馆，也不算十分辛苦，不如咱们到西州安顿下来，待到明年开春便修书回去，阿成愿走这一遭，和古叔一道将夫人护送过来。"在这世上，除了阿郎的恩师苏定方，大约也只有夫人还能劝转他。

裴行俭眼神已有些迷离，微笑着摇了摇头，"不必，我早已留书，到了明年春日，她便是自由之身，不会再受我连累。"

阿成大吃一惊，阿郎这些日子的沉默寡言、借酒浇愁，原来还有这等缘故！虽说夫人与武昭仪渊源深厚，但自打嫁了阿郎却是一心为阿郎打算的……他不由脱口道："阿郎这是何苦来？夫人未必有此心！"

裴行俭依然笑得淡淡的，"正因她无心，我才更不能害了她。我此次得罪的是大唐最不能得罪之人，要去的是大唐最凶险的去处，连千叔我都不忍带去，何况是她！她若是有个……"

他蓦地收口不言，过了片刻才重新开口："阿成，我带你来，一则因为你年纪还小，又是打小跟着我打熬过筋骨的，二则西州这边良贱之别不似长安森严，过两年便可放你为良。日后你自可成家立业，胜似在长安世代为奴。只是，他人却不能与你相比，西州寒暑酷烈、局势难测，他们好端端的何必跟着我吃苦受累？"

阿成眼圈微红，用力点了点头，想了想还是忍不住道："可世事难料，若是过两年阿郎便被召回了长安，夫人却已……岂不是……"

裴行俭手上一顿，良久才摇头道："两年？没个五年十年大概休想，说不定这一世咱们都回不了长安，你家阿郎命数不好，还是少害些人罢！"

阿成一时不知说什么才好，阿郎身世畸零，还未出世便全族被灭，娶妻生子没多久，又被自家那些好长辈算计成了孤家寡人，好容易遇上如今的娘子转了运，却又是……看着眼前的酒壶，他许久才憋出一句："今日阿成也想喝两杯！"

裴行俭笑了起来，扬声道："掌柜，烦劳再上一壶酒，多拿个酒杯。"

米大郎的第二壶酒还没下去，闻言回身赞道："九郎不但神机妙算，酒量也是如此了得，米某甘拜下风！"又拍着案板叫道："老秦，今日难得痛快，快些把这案几条凳撤了去！耶仑，你去领她们出来！"

众人轰然叫好，七手八脚便将厅堂正中搬出一大块空地。

十几个妙龄花容的胡女从后院走了进来，有的抱了琵琶、拿了手鼓，有的挽了披帛，戴了金铃。拿乐器的几位在空地边沿随意或立或坐，坐在中间的正是那位阿红。

两个披帛女子将手中的小圆毯放到地上，自己脱履站了上去。随着手鼓"咚咚"两声，两人的双袖同时高高扬起。阿红五指一划，清越的琵琶声蓦然响起，那两人的身子便如风舞飞蓬般转了起来。先头还看得清楚动作，随着琵琶和手鼓的节奏越来越快，两人也越转越急，衣袖披帛都化成了一个个令人眼花缭乱的彩圈，在摇摆腾跃中身姿百变，双足却始终没离开小圆毯一步。

老秦拿了酒壶与酒杯送到裴行俭的桌上，颇有些自豪地笑道："这胡旋舞长安只怕还难得一见。"

阿成刚想反驳，裴行俭已笑着点头，"的确难得一见。"

一首胡旋曲终，两位舞女退到了一边。随即曲风一变，鼓声节奏略缓，琵琶声也变得柔媚起来，原本站在一旁的四个女子分成两队走到空地中间，相对而舞，腰肢慢扭，秋波暗送，说不尽的妩媚动人。

阿成笑道："阿郎，这个我也见过，是拓枝舞！"

裴行俭点头不语，一面端着酒杯缓缓而饮，修长的手指随着乐声轻轻敲打着节拍。

待得拓枝舞曲罢，整个厅堂的气氛早已热烈起来，乐声再度响起时，鼓点欢快，琵琶悠扬，众人哄笑一声，纷纷下场，和舞女们一起挽手跺脚跳了起来，口中不时和着节拍"嘿哈"两声，舞姿矫健，气氛欢腾，与长安西市上元节的踏歌竟是毫无二致。

裴行俭手指一僵，脸色白了几分。阿成却转头笑道："阿郎真是好眼光，那红发婢琵琶弹得甚好，苏将军府上还真无此等人才！"

裴行俭回过神来，叹了口气，"阿成，你凡事要多想一想才好。"

阿成笑道："阿成知道，阿郎心善，不忍看这婢子枉死，横竖苏将军迟早是要建府添人的，多两个胡婢招待宾客也多分体面。"

"我要送给恩师的并非这两个婢子！"裴行俭看着场中欢叫扭摆的米大郎，脸上慢慢露出了阿成最熟悉的微笑,"你没听见此人的话么?能在如今的西域乱局中弄到绝色女奴,自然不是一般的地头熟悉、人脉深厚,恩师明春便要发兵西疆,如此人才,若不送到恩师麾下,岂不是太过可惜?"

阿成张大了嘴,看了看笑得和煦如春风的裴行俭,又看了看那位跳得欢畅的米大郎,呆了半晌,同情地叹了口气:"原来那两个婢子……"

裴行俭淡然道:"顺手而已,恩师自不会为难她们。"

阿成点头,"遇到阿郎,也算是她们的运道。"

裴行俭没有接话,端起酒杯喝了一口。或许是她们的运道吧,若只送米大郎,自己原不用费神赌那一场,可谁叫那女子居然也生了一双那样的眼睛……

欢舞之中,有人高声唱了起来,厅堂里越发热闹,连老秦都被人拉了进去。正闹腾间,突然门口有人大声道:"店家!店家!快出来领一领车马!"

老秦原本拍手扭腰正跳得欢快,听到这声,原地蹦起三尺,转身一个箭步冲出门去,两个伙计也忙忙地跟在后面。

众人相视几眼,渐渐停了舞步,就听门外一片人声马嘶,马车辘辘,从堂舍边的院门直奔后院而去,过得片刻,老秦笑吟吟地亲自引着两人走了进来。

来人也是胡商,打头的一位大约三十来岁,身穿石青色条纹胡服,头戴黑色绣花浑脱帽,帽檐下露出一把黄色卷发和两撇高高向上翘起的胡子。后面那个则上了些年纪,神色稳重,看举止似乎是管家之流。

米大郎皱起眉头上下打量那两人,脸上露出思索之色。

三人走到柜台前,年纪大些的胡商便问:"我们要的房间与货仓可都留好了?"

老秦笑道:"早间你老曹便让人快马过来下了定金,我老秦老是老了些,却何至于连这等大事也忘了?"又对后门扬声叫了句:"快些把馄饨煮出来!"

老曹笑呵呵地道了声谢。老秦忙摆手,又问:"怎生这般晚才到?我这边早便煮好了羊汤,做好了馄饨,倒是盼了半日,只怕你们今日耽搁在路上了。"

年轻胡商笑着插话:"可不是耽搁了?这北道着实难行了些,今日过一处关隘时,大车竟坏了一辆,前后无处可退,车队便生生耽搁了一个多时辰,若不是如今路上车少,咱们只怕骂也被人骂死了。"

老秦也笑了起来,"正是,如今走北道的人一年比一年少,路上的邸店也少了,也就是你们车队还能行走,若是人少些的,哪里敢走?错过宿头不是玩的!"

老曹叹道:"若不是今年天气冷得早,想着走北道能近个几百里,咱们也不走,这是三郎第一回带车队去西州,总不能耽搁了……"

每年从长安到西州的大商队……米大郎脸上露出恍然之色,"哈"的一声笑了出来。三人都转头看了过来,老曹怔了一下,笑着弯了弯腰,"米家大郎,好巧!"

米大郎大咧咧地一挥手,"果然是巧!真真想不到能在这里遇见你们安家车队!"

那位安家三郎并不认识米大,老曹低声与他说了几句,才笑着向米大郎点了点头。

/第六十一章/丝路黄昏 有客东来

这边老秦便忙着将厅堂重新布置出来，米大郎眼珠一转，招手让那十几个胡女都四人一案坐了下来，只道要吃些汤饼再回去，厅堂里顿时响起了一片嘻嘻哈哈的欢语娇笑之声。

老秦心知米大郎是有意捣乱，也只能赔笑请另外几位客人挤上一挤，好给新到的客人让出地方来吃些热汤。

裴行俭举杯将面前的酒一饮而尽，阿成便站了起来，"店家，结账！"

说话间，门帘又一次挑起，两个戴帷帽的女子和一个年轻男子一前一后走了进来。米大郎瞟了一眼，见并不认识，便也懒得多看，听见阿成这声，忙回头对裴行俭笑道："长夜无聊，九郎何不再多喝几杯？都算在米某账上便是！"

却见裴行俭慢慢站了起来，那张苍白的面孔上突然没有了任何表情，就如戴上了一张光滑僵硬的玉石面具，眼睛却是一眨不眨地盯着前方。

米大郎吃了一惊，顺着他的目光一看，只见新进来的三人已站在安三郎身边，两位女子并未脱下帷帽，从背后看，只能看出个子略矮些的那个还算窈窕，个子略高些的因披了一件厚披风，身形都不大看得出来。倒是那个年轻男子转了半张脸过来，看去不到二十，轮廓深秀，眉目如画，竟是一位异常俊美的胡人少年。

米大郎忍不住叹道："九郎好眼光，这少年确是绝色。"

阿成本来看着裴行俭的神色也正吃惊，听了这话再也忍耐不住，转头怒道："你胡说什么？"

米大郎摇了摇头，不以为意地笑了起来，这位少年自然也算清秀挺拔，但比起那个胡人少年却还差了不少颜色，难怪他生气。

裴行俭对这一切都恍若不闻，依然只怔怔地看着新进来的那几个人，脸上的僵硬慢慢褪去，嘴角微微扬起，目光却极为苍凉，似悲似喜，看去说不出的古怪。

米大郎不由暗暗心惊：这裴九郎虽然脸色差些，生得却是俊的，爱个美少年也不算什么，只是如此气度的人，怎会对着一个胡人少年露出这副失心疯了般的表情？难不成是他的老相好？

他忍不住又回头看了那胡人少年一眼，却见那位少年明明半边脸对着这边，想来也看得见裴行俭，脸上却没有露出半点异样，心里不由越发纳闷。再转过头时，却见裴行俭已迈步缓缓地走了过去。米大郎满心好奇，下意识跟出两步，突然反应过来止住脚步，依旧探着脖子直往那里看。

安三郎与新进来的三个人说了几句话，便对老秦道："我要的上房可曾收拾出来？烦扰掌柜这便让人烧了热水，准备浴桶。"老秦笑道："自然早收拾出来了，是咱们这最好的屋子，伙计已带了这位娘子的婢子前去整理，热水和浴桶稍后送到。"说着便想叫伙计来领路，突然看见裴行俭神情奇异地走了过来，不由一呆。

几个人看见老秦神色不对，也纷纷回头，有人低低地惊呼了一声。裴行俭已走到身量略高的女子身后两三步处，见她回头，走上一步，目光深切得几乎可以透过面纱落在里面那张脸孔上，半晌才低声道："琉璃，怎么会是你？"

戴帷帽的女子沉默良久，仰起头来，清冷的声音听不出一丝波澜："敢问这位郎君高姓大名？"

听着如此熟悉的声音说出这样陌生的话语，裴行俭只觉得嗓子发紧，一时不知说什么才好，只能眼睁睁看着她转身离开。

阿成此时已醒悟过来，忙抢上来行了个礼，"阿成见过夫人。"

戴帷帽的女子淡然道，"你认错人了。"脚步未停，走向了后院。

阿成挠了挠头，呆在了那里。

站在一旁的安三郎笑嘻嘻地走上两步，叉手行了一礼，"裴长史！"

裴行俭回过神来，苦笑着还礼，"行俭见过舅兄，还请舅兄莫要如此见外。"

安三郎笑容可掬地摇头不迭，"裴长史此言差矣，这声舅兄，安某万万不敢当。"

裴行俭一怔，只觉得生平所学、满腹计谋至此已全无用武之地，站在那里，一个字也说不出来。

第六十二章
直言不讳　横生枝节

　　上房的浴桶已被人抬了出去，屋里的水汽却还没有完全消散，将卧羊铜烛台上的五根蜡烛氲氲成一团团朦胧的光晕。库狄琉璃坐在案几前的高脚凳上，怔怔地看着烛光，平日清澈沉静的褐色眸子也变得有些朦朦胧胧。
　　阿燕仔细用葛巾拧着她的湿发，眼见已差不多半干了，才松松绾了起来，轻声道："娘子，要不要婢子把您的晚膳端到屋里来用？"
　　琉璃目光茫然地看向她，半晌才突然明白她话里的意思，"好。"
　　阿燕暗自叹了口气，刚要转身，门"砰"的一声开了，小檀冲了进来，"娘子娘子，我看见阿郎了！就在前头厅堂里，还有阿成……"
　　阿燕瞟了她一眼，淡淡地道："娘子早看见了！"
　　小檀张着嘴半日没合拢。她下车便抱着行李直接来了后院布置房间，又自行简单沐浴洗漱了一番，适才方有空闲到前面吃碗热馄饨，没想到竟看见阿郎跟三郎几个坐在了一处，她唬得险些砸了手里的碗，怎么阿燕姊姊和娘子却是这样一副风轻云淡的模样？
　　阿燕轻轻拉了她一把，"咱们去把娘子的晚膳端进来。"
　　小檀满腹困惑地跟着阿燕走出门去，还没下台阶便忍不住问："阿郎和娘子到底怎么了？我这一路都没明白！"
　　她和裴行俭到底怎么了？听着门外的声音，琉璃苦笑着摇了摇头，她也很想问问他，自己到底做了什么，才会让这个男人认定她是吃不得苦受不得累，遇上一点挫折就会跟他和离自己去过好日子！
　　案几上白亮的铜镜，映出的正是她自己的面孔，这张脸她已看了五年，依然时不时会有种奇异的陌生感。琉璃定了定神，仔细看了两眼，还好，面庞瘦得不是那么厉害了，坐着两轮马车的长途跋涉，的确比她想象得更艰苦，不过比起困在后院里勾心斗角的生活，她却宁可忍受这种颠簸。这一个多月来，她已学会了骑马，甚至拣回了两年多没碰的琵琶……

"剥、剥",门上响起了两声轻叩,琉璃纳闷地看了一眼,随即便听到了那个再熟悉不过的温润声音:"琉璃,是我。"

琉璃腾地站了起来,下意识便想过去把门闩扣上,好容易才忍住了,冷冷地扬声道:"夜深不便,裴长史有何见教,请日后再说。"

门外传来一声叹息:"我是送馄饨过来的,阿燕她们也饿了,不如让她们先吃,我放下馄饨便走,可好?"

该死的,他永远知道怎么让人无法拒绝!琉璃只觉得胸口小小的火苗腾地燃了起来,声音更加冷了两分:"我不饿,劳烦阁下先回去罢!"

沉默的时间更长了些,长到琉璃以为他已经走了,自己慢慢坐了下来,门却突然被推开。裴行俭手里拿着一个食盒,神色自若地走了进来,把食盒往屋子里的高足案几上一搁,又把里面的碗箸都拿出来在案上放好,才抬起头来笑了笑,"被冷风吹了一日,不饿也要吃些热的,馄饨再放就凉了。"

琉璃愣愣地看着他,先前隔着面纱她只看出他瘦了不少,却没有发现他的脸色变得这样苍白,一个多月而已,他怎么会变成这样?

裴行俭只是看着她微笑,"琉璃,你瘦多了。"

琉璃垂下眼帘,心里又是愤怒又是难过,半晌才抑制住自己的情绪,用最平静的语气道:"你出去,我便吃。"

裴行俭毫不犹豫地点头,"好。"

看着被干脆利落关上的木门,琉璃怔了好一会儿,才慢慢走到食案边坐了下来,白色粗瓷碗里漂浮着细碎的葱花和圆滚滚的馄饨,夹起一个咬了一口,入嘴热热的,却吃不出到底是什么滋味。饶是如此,她还是吃了一半多才放下碗,胃里暖暖的感觉把那点郁结驱散了不少。她放下竹箸,长长地出了口气,无论如何,吃饱总是第一位的。

门轻轻一响,琉璃简直有叹气的冲动,只是眼角瞟到那个站在门口静静看着自己的男子,还是眼皮不抬地站了起来,把碗箸都放回食盒,盖上盖子,望着他客气地笑了笑,"有劳了。"

大约是在风地里站得久了,裴行俭的脸色变得更差了些,进门看了一眼那个空了大半的瓷碗,嘴角便微微扬起,听到琉璃的话,笑意反而更深,"荣幸之至。"

看着他白里透青的脸颊,琉璃吃饱了的好心情顿时一扫而空,"小女子承受不起裴长史此言!日后也请长史自重,以免令人难堪!"

裴行俭嘴角的微笑变得有些发苦,"琉璃,你要恼我多久,才肯让我照顾你?"

照顾?又是照顾!琉璃脸色更沉,"裴长史言重了,小女子焉敢恼你?日后我要在西州市坊立足,或许还要仰仗长史治理有方。今日偶遇,不过是意外,裴长史不必挂在心上!"

裴行俭闭上双眼叹了口气,"琉璃,我知错了。一切都是我的不是,是我错待了你,是我小瞧了你。只是,你又何必如此自轻?你便是从此再不看我一眼,我又怎会让你受那样的委屈？"

琉璃摇了摇头，有些讽刺地笑了起来，"裴长史，你从不曾小瞧我，你是高看了我，以为我有那种高雅之量，能在长安那等繁花似锦之地、风雅应答之场如鱼得水。其实我性子疏懒，胸无大志，生平所愿不过是不用整日仰人鼻息、勾心斗角，不过是能做些自己喜爱的事情！

"琉璃原非名门淑女，从不以为身处市坊便比宫廷高门要轻贱委屈，此来西州，是因为此处天高地远，足以容身，与裴长史并无干系，请长史不必多虑！"

看着裴行俭怔怔的神情，她不由长长地出了口气，只觉得整个人都轻松了许多。这些话她也许早便应该说了，她以为他会明白，没想到自己全然想错了，也让他想错了自己……

足足过了好几息的时间，裴行俭突然摇了摇头，轻笑了一声，"琉璃，自今日看到你时起，我便知道自己错得厉害，却没想到会错到这等田地，你怎样恼我都是应当的，我以小人之心度你，又怎能奢望……"

他自嘲地一笑，上前几步，拿起了食盒，转身便往外走。走到门口，又回过头来微笑道："其实我不但小瞧了你，也高看了我自己。我一直以为只要你过得好，我便是一生都见不到你也是无妨。可今日看到你时，我才发现，自己心里竟是欢喜更多一些。"

裴行俭出门的动作又轻又快，连冷风都不曾放进来多少。琉璃慢慢地坐了下来，想着他刚才的话，心头一片茫然。

一夜无话。待到次日拂晓，天边刚刚透出一点鱼肚白，云威店的后院里便慢慢变得热闹起来，车摇马嘶，渐次响成一片。

后院的一处厢房外，米大郎一手拎住装着随身行李的照袋，一手揉着还有些发木的脸走出了房门，耶仑正等在门口，伸手接过了照袋，"大郎，女奴们均已上车，吴六他们也已备好马，在前面厅堂里等着大郎。"

米大郎漫不经心地点了点头，迈步往厅堂而去，进门目光一扫，便满面堆笑地走向一张食案，"裴长史来得好早！"一眼瞟见同坐一案的穆三郎，笑容里顿时多了几分会心。

裴行俭沉默片刻脸上才露出笑容，"大郎也早得很。"

米大郎跟安三郎点头一笑，大咧咧地在裴行俭身边空着的条凳上坐了下来，也不管坐在另一张食案旁的阿成回头瞪他，目光只是不时往穆三郎脸上瞟。

穆三郎眉头微皱，低头几口吃完了手中的胡饼便站了起来，"裴长史，表兄，我去后面看看车马。"

米大郎笑嘻嘻地看了一眼他的背影，回头又看裴行俭，见他正低头专心用膳，便转头对安三郎道："此次到了长安，米某先将裴长史的信送到，便去找令叔父，若是日后你们安家肯在西州接手，某能弄到的贱口，且不止这一些。"

安三郎笑着点头，"自然，家叔定是求之不得，日后少不得烦劳大郎！"此事他们昨夜喝酒时便已谈拢，米大郎虽然粗鲁暴躁，本事还是有的，与突厥各部尤为熟稔，只是商路上沿途无人打点，在长安根基也太浅。安家的情形却恰好相反，两下若能联手，自然事半功倍。"

米大郎哈哈大笑，"三郎客气了，米某是粗人，要说谢，还是应该谢过裴长史才对！"说着便转头对裴行俭笑道："说来长史真是米某的贵人，若是有酒，米某还要多敬长史两杯。"

裴行俭抬头微笑道："大郎不必客气，日后裴某说不定亦有仰仗大郎之处。"

米大郎顿时眉飞色舞，拍着胸脯叫道："裴长史若有差遣，米某赴汤蹈火、在所不辞！"

裴行俭微微一笑，正想开口，却突然看向了米大郎的身后。

米大郎忙回头去看，却见是三个年轻女子从后门走了进来，当中一个褐发褐眸，容色极为清艳，难得的是相貌虽是胡女，身上却有一种唐人的秀雅之气，看去便有说不出的韵味——这般容貌，若是口齿清晰性子伶俐的，只怕卖个两三百金也不在话下！他忍不住赞叹地点了点头，"三郎哪里找的绝品？"

话音未落，他便觉得后脖子一寒，回头才见裴行俭神色淡漠地看着自己，目光也说不上如何锐利，却让人不由自主身上发僵。

安三郎的脸色也有些不大好看，"这是舍妹。"

米大郎恍然大悟，摸着后颈笑了起来，"米某唐突了，长史恕罪，三郎恕罪。"原来这位便是裴长史的夫人，自己还当是怎样的一个夜叉，以至于夫君赴任也不肯带她去，见她追上来又会吓成那样，花了整整一个晚上跟舅兄套交情赔不是，没料到竟是这样的美人——只是女人，原是不可貌相的！

他正想着，只见这女子向三郎点头一笑，"阿兄，我先上车了。"没看裴行俭一眼便走出门去。

果然不是一个善茬！米大郎心里嘀咕了一句，看了看有些失神的裴行俭，同情地叹了口气——别人没留意，他可是注意到了的，昨夜喝酒时，这裴长史对那位穆三郎明显比别人用心，有意无意套了许多话，连成没成亲，到西州如何打算都问了一遍，心思可想而知！怪道他看见自家夫人和这穆三郎时竟是那样一副又是欢喜又是难过的模样，他这性子，与麴世子大约能说到一处去……

一时早膳用毕，众人来到门口，各自上马，米大郎颇为不舍地向裴行俭叉手告别，想了想又拨马上前低声道："长史放心，待米某回了西州，长史喜欢何等绝色少年，米某定然都会帮你弄到，以报长史引荐之恩！"眼见裴行俭看着自己感激得说不出话来，这才大笑着拍马而去。

裴行俭望着米大郎背影，半晌才叹出一口气来，拨马走了几步，停在了一辆熟悉的大车后面。

阿古早便等在车后，见裴行俭过来，忙叫了句"阿郎"。裴行俭点头一笑，"我已与安家三郎说好，这一路便跟着车队了。"

阿古顿时松了口气，想了想又踌躇道："只怕今日还要在凉州城耽误半日。"

/第六十二章/直言不讳　横生枝节　015

裴行俭看了看前面的车子，微笑不语。阿古也摇头笑了起来，莫说耽搁半日，只怕耽搁两三日，阿郎也不会在乎。说来阿郎和自己当真都小瞧了娘子，这千里跋涉，一路颠簸，娘子竟是处之泰然，言笑自若，车队里常年行走的几个胡婢也不过如此。这等心性，着实令人佩服，便是气性大些，也须怪不得她。

领路的快马甩了一个响鞭，阿古忙回到前座，安家的车队缓缓动了起来。当先是快马探路，中间是几十辆双轮马车，混杂着二十多匹健马，马上坐着头戴各色胡帽的商人和腰佩弯刀的护卫。没走多久，有人便高声唱起了凉州曲，车队首尾立时都有人应和起来，悠扬的歌声在旷野上远远传了出去。

裴行俭和阿成一时都有些听住了。一支凉州曲唱罢，不知是谁领头，又唱起了阳关曲，歌声苍凉，唱到第二句时，"铮"的一响，从前面的大车里传出了清越的琵琶之声，应和的歌声顿时愈发响亮起来。

阿成不由一呆，车里是谁在弹琵琶，难不成……是娘子？他忍不住偷眼看了看裴行俭，却见自家阿郎有些惊讶地看着前面的车子，脸上慢慢露出了柔和的微笑。

从云威驿一直往西，地平路阔，每隔五里，路边便是一个足有四五尺高的方形土柱。车队穿过一处小镇，又路过两处这样的堠子，眼前远远地出现了一座大城，方头长翼，远看便如平野上一只巨大的鹰隼，正是大唐西北第一雄城凉州。

安三郎打马上前，对裴行俭笑道："我等还须到凉州府衙交验过所，昨日米大郎说起，这凉州的司仓参军近日极不好说话，他都折了个婢子进去，只怕我们也会耽搁得久些。九郎不如先到西门附近的酒肆相候？"这过所乃是行商出入关隘的凭证，过城入关都要到官府验证签章，不过裴行俭是贬黜官员，通常却是不愿与沿路官府打交道的。

裴行俭沉吟片刻，抬头笑道："无妨，我与你同去便是，那位苏参军，或许是我的旧识。"

一行人没多久便到了城门前。"凉州七里十万家，胡人半解弹琵琶"，自打三十多年前大凉王李轨重建这座河西都会后，凉州城愈发繁华，饶是这等霜冷风寒之时，城门口依然是一副车水马龙的景象。安家商队跟着长队慢慢向前移动，眼见离城门还有几十步，有人打马迎了上来。

安三郎知道是凉州安排接应商队的族人，忙催马赶上几步，管事老曹在马上弯腰行礼，"老曹见过六郎。"安三郎也行礼不迭，"今日怎的劳烦六叔来迎？"

这位安六叔大概四十出头，一把卷卷的浓密胡须遮住了大半张脸，同样浓密的眉毛此刻紧紧锁在一起，"一家人有甚么劳烦不劳烦的，只是如今情势着实不大好，这两日往西去的商队还不曾有人拿到公验，都已陆续就地发卖货物了。"

安三郎吃了一惊，忙道："六叔，你也知晓，咱们商队与他们不同，一则要去西州收购奴婢香料药材，开春再回长安，二则咱们车队里还有都护府贵人们订的货物，若不能按时送到，日后安家如何在西州立足？"

安六叔叹了口气，"这些我自然知晓，听说因突厥叛乱，朝廷已下令严控丝绸铜铁良马等物过关。那苏参军拿着这由头反复严查，前几日还将两个多带了几把佩刀的康国人送入了大牢。咱们萨宝因此特地去拜见过长史，长史只道这苏参军是甚么将军之子，他亦无法。"

裴行俭此时已带马走上前来，闻言向安六叔抱了抱手，"见过六叔，敢问那位苏参军大名可是南瑾？"

安六叔诧异地看了裴行俭一眼，点了点头，又看向安三郎。安三郎忙笑道："这位是长安的裴郎君，乃是去西州赴任都护府长史，正好与我等同行。"

安六叔忙弯腰还礼，"不敢当，不敢当！裴长史太过客气。长史可是认得苏参军？"

裴行俭笑道："六叔不必多礼，行俭在长安时见过苏参军几面。"

他说得亲近，安六叔却愈发诧异，口中又是一迭声的不敢。裴行俭不由苦笑着看了三郎一眼。安三郎多少有些尴尬，自家表妹如今还不肯认这位妹夫，他身为娘家人，暗地里行个方便也罢了，却没有明面上先松口的道理，只能顺着安六叔的话问了下去："九郎，你与这位参军可熟？"

裴行俭点头，"交情略有些许，只是此人是苏海政苏将军的幼子，性子……有些执拗，未必肯轻易给人面子。"

安家叔侄刚刚升起的希望顿时被浇灭了一半。安三郎想了想道："不如先去府衙试上一试。既然禁运丝帛，六叔，侄儿这次带的四车丝帛就烦劳六叔先收了，商队回凉州时再收账。府衙那边，也要劳烦六叔带小侄过去。"

裴行俭笑道："我也随阿兄过去，此事有些古怪，须得先设法打听一二。"

说话间，安家商队已出示过所进了城门，先是往西走了一里多地，在一家商肆前卸了四车丝帛下来，双方又叫了中人，在清单上各自按了手印。

阿成只觉得新奇，对裴行俭悄声道："都说胡商是父子兄弟也明算账的，今日一见，果真如此。"

裴行俭淡淡地一笑，"咱们唐人自然不会明面上算账，最多也不过是私下里算计罢了。"看着不远处那辆车子，他深深叹了口气——他自己，何尝不是如此？

阿成不由一呆，直到那边交割妥当，车马重新前行时，才叹道："阿郎这样一说，倒也在理。"

这凉州城与别处北宫南城的布局不同，当年的大凉王宫、如今的姑臧府衙都设在城南。车队走了足足三四里地才到。裴行俭勒马四处打量了一番，向安氏叔侄拱了拱手，带着阿成转头离开。

安六叔带着车队从西边一处侧门进去，走过长长的夹道，才来到一处极宽阔的院落之前，早已有另外一队牵了七八匹骆驼的商队等在那里。安六叔忙上前打听，才知今日已被驳回一拨，这一队的几位胡商正在里头公验。

正说话间，就见院里出来一队兵丁，上来便从骆驼上拽下货囊翻检，一时，器皿破裂之声、呵斥声、恳求声顿时乱纷纷响成了一片。

琉璃在车内听得心惊，好容易待外头安静下来，她才挑帘下车，只见满地都是乱七八糟的货物，一些药材被放到一边，带头的商人竟被兵丁直接带走，安六叔也被剩下的几个胡商围在当中。

一位门吏皱眉走了出来，"安家商队之人可在？上头唤你们去公验！"

安三郎忙转身笑道："正是在下，有劳了。"说着便将一枚银币塞到了门吏手中。门吏脸色顿时舒展了些许，低声道："进去回话时当心些，切莫顶撞。"

安六叔也脱身出来，与安三郎一道领着大伙儿进了院门，行商们一道入堂公验，余者则等在院里。此事一路上少说也办了十几回，琉璃却觉得此次气氛似乎有些不对，一旁好几个兵丁的眼睛在她脸上溜来转去，她心头不由警惕起来，只是公验时要查验男女人口，却也没有戴上帷帽的道理。

足足过了一刻来钟，堂屋的毡帘才被挑开，一位脸色阴沉、身材高大的男子挑头走了出来，出门便沉声道："过所上注明的家眷奴仆均已在此？"

安六叔上前一步赔笑道："启禀苏参军，除了车夫，余者都在。我们安家商队已走了几十年，最是规矩不过的。"

苏参军冷笑一声，"规矩？真规矩的，此时就不该出关！谁知你们运送的东西，会落在谁手里？"

安六叔听着话头不好，只能笑道："参军说笑了，小的们自会加倍谨慎。"

苏参军"哼"了一声，对身边的差吏道："去清点人口货物，给我查仔细些！"说着目光冷冷地扫视了一圈，突然看见琉璃，微微一怔，上下打量了好几眼，手指一点，"那位胡女是谁？"

安三郎心里一突，忙道："启禀参军，那是舍妹。"

苏参军脸上玩味之色顿时更浓，挑眉笑道："你妹子？我怎么看着不大像，倒像是哪个大户人家的逃婢！"

逃婢？琉璃愕然抬头，对上那双掂量里带着些轻蔑的眸子，只觉得滑稽无比，差点笑了出来。

安三郎饶是见多识广，此时不由也脸色微变，"参军有所不知，舍妹不仅是良家子，且是官家女眷！"

苏参军挑了挑眉，转头打量了安三郎两眼，冷笑起来，"官家女眷？是屈支国的官家女眷还是突厥可汗的官家女眷？不然如何会混迹于你们商队之中？"

安三郎胡子颤了两下，笑容倒是恢复了平日的镇定自若，"启禀参军，小的姨父在兵部当差，官居武骑尉，舍妹与我等同行，不过是为了沿途有人照应。"

安六叔也忙道："参军明鉴，安家世代行商，在凉州也有百十户人，此等大事绝不敢欺瞒参军。"

苏参军脸上露出些许意外之色，转头仔细看了琉璃一眼，在她腰上那条镶玉腰带上停了片刻，眉头微皱，犹豫片刻突然沉声道："叫她上来回话！"

两个兵丁应了一声，走过去便要拉扯琉璃。琉璃万没料到安三郎挑明了自己身份后，这位苏参军竟依然如此大胆妄为，一时倒是怔住了。小檀忙挡在琉璃面前，阿燕怒道:"大庭广众之下便敢对我家娘子动手,此处当真没有律法了么?"

两个兵丁呆了呆,回头便看苏参军。苏参军眉头顿时立了起来,"小小贱婢,也敢出言不逊,辱骂朝廷,把她拿下!"

两个兵丁应诺一声便要动手。琉璃忙喝了声:"住手!"抬头看着苏参军冷冷地道:"参军此言何意?小女子在长安时,也曾出入宫廷,竟从不知质问一个参军便是辱骂朝廷!参军要拿奴家的婢女,也请另找个由头。"在天高皇帝远的凉州,一个七品勋官的确不算值钱,但这位参军大约还不至于不把宫廷放在眼里吧?

苏参军一怔,随即哈哈大笑起来,"好个牙尖嘴利的胡婢!我大唐宫廷岂能容尔等胡商随意出入?你当是在你那蛮夷小国么?"

琉璃淡然道:"我不知什么蛮夷小国,只知自己生于长安,长于长安,承蒙右屯卫将军苏公不弃,认我为螟蛉之女,因能画上几笔,又在咸池殿为武昭仪效力了两年。参军若是不信,我的车上倒还有几样陛下与昭仪赏赐之物,一看便知。"

苏参军脸皮立时便有些发僵,呆了片刻,目光闪烁地扫视着院内的众人。车队里的几个婢女此时也是满脸惊奇,看着琉璃窃窃私语。苏参军脸色顿时一松,冷笑起来,"你说这些大话唬谁?你若真是苏将军的义女,又曾入宫伺候贵人,怎会无缘无故去往西州?难不成也是要去贩卖丝绸?这话说出来,你身边的胡婢都不信,还想蒙骗本参军,你好大的胆子!来人,拿下她!"

那两个兵丁得了这句,又转身上前,阿燕和小檀虽然阻挡,却哪里挡得住,撕扯了两下,小檀忍不住尖叫起来。

安三郎原本笑眯眯的,此时也唬了一跳,忙叫道:"使不得!快快住手!"回头便高声道:"参军明鉴,舍妹库狄氏为苏将军义女,得昭仪厚爱,此事长安人人皆知,安家敢拿凉州所有产业与族人性命担保,舍妹之语并无半句虚言!只是舍妹性子谦和,不愿与下人们多说而已。"

苏参军脸色不由微变,这边一个兵丁已推开阿燕,上来想扯琉璃,琉璃哪里肯让他碰到自己,退后一步,拔下头上的银簪便狠狠扎了下去,那兵丁顿时抱着手惨叫着跳了起来。正乱着,一条人影一阵风般冲进院子,听得闷雷般的一声"滚!",两个兵丁应声滚出去了一丈多远。

琉璃轻轻吐了口气,"古叔!"

阿古沉着脸点了点头,转身冷冷地道:"谁敢对我家娘子无礼!"

苏参军一声"且慢"本来已经出口,听得这声质问,脸上的犹豫立时变成了怒火,"哪里来的贱奴,敢在此撒野……"一语未了,阿古刀锋般的目光已落在他脸上,他不由自主退了一步,反应过来后脸色顿时紫胀,咬牙厉声道:"便是官家女眷,既来公验,也需照实回话,更勿论纵奴行凶!来人,把这大胆的贱奴绑了!"

阿古眼中寒光更盛。"谁说某是奴仆?"他的目光在几个兵丁身上逐一扫过,"谁又敢动手!"兵丁们互相看了一眼,果然没人敢迈步。苏参军脸色愈发阴沉,想张口呵斥,却忍不住先抬眼看了看院外官衙的方向。

琉璃摇了摇头，笑容轻松了许多，"苏参军果然威风，手下兵士不分青红皂白便要拿人，便是太极宫的侍卫只怕也没这份魄力。既然如此，不如烦劳参军将凉州长史请来，再不然，将刺史请来也使得。这偌大的凉州，想来总能找出人来分辨道理，也免得我被认定是冒充官家女眷，家中护卫也被认作奴仆之流！"

苏参军神色更是僵硬，一时接不上话来。

安三郎与安六叔相视一眼，安六叔便大声笑道："不过是一场误会，何必闹大？参军也是忠于职守而已，如今分解清楚也便罢了！"

苏参军脸色微缓，语气却依然严厉："如今乃非常之期，从严盘问来往商贾，不过是苏某的职责所在，既然有安家担保这位娘子乃我大唐的官眷，让她退下便是！苏某也不再追究她的奴仆护卫冲撞官差之罪。"说着看了安六叔一眼，"只是这出关之货品，还是要仔细搜查！"

安六叔一愣，一时不知这位苏参军到底是想找个台阶下，还是依旧要难为自己，正想说话，就听有人道："苏兄果然一片忠心，裴某佩服得紧。"

裴行俭不知何时已站在院门口的石阶上，面含微笑，神色从容。苏南瑾愣了一下才抱手道："这位……可是裴兄？"不知想起什么，眼睛突然一亮，脸上的笑容顿时从三分变成了十分，快步迎了上去，"守约，你何时来的凉州？"

裴行俭目光从琉璃披散的长发上一掠而过，眼神微暗，转头再看着苏南瑾时，脸上的笑容却愈发和煦，"行俭不过刚到凉州，一别经年，子玉竟是风采殊胜！"

两人互相见了礼，又寒暄了两句，裴行俭便笑道："行俭原是在云威驿前遇见这支商队，听闻他们正好也是去西州，倒是省了我出关时再寻人带路，因此与之结伴而行，不想竟能遇见子玉，当真是意外之喜。"

苏南瑾微微一愣，立时又笑了起来，"原来如此，真是巧了！说来南瑾在凉州三年，也是难得一遇故人！守约还未用膳吧？横竖也近午时了，这几车货品需花些时辰查验，不如咱们到外面小饮一杯，回头再办这公验事宜如何？"

裴行俭苦笑着摇了摇头，"子玉有所不知，行俭此来之故一言难尽，你的心意我领了，这酒却还是不喝的好，若是有人多嘴，只怕连累了子玉！"

苏南瑾高高挑起了眉头，满脸惊诧，"此话怎讲？"随即哈哈大笑起来，"守约也太谨慎了些，这凉州不比长安，难不成还有许多故旧认得出你？再说，你我何等交情，这千里相逢，难不成一杯酒也喝不得了？走走走，你若再跟我见外，便是看不起我苏南瑾了！"说着不由分说拉着裴行俭便往外走，一面便回头吩咐差吏道："你们给我细细查验外头的车马货物，莫要折损！"

眼见这位适才还一脸桀骜的苏参军揽着裴行俭的肩头、有说有笑地走出门去，一院子人都有些面面相觑。阿燕忙帮琉璃把头发重新绾好。小檀仔细插回了银簪，低声笑道："娘子下手倒快！只是……阿郎怎么与这种人有交情？"

琉璃笑了笑没说话，转头看着门口出神：这件事情实在有些诡异，那位苏参军的热情来得诡异，裴行俭的笑容更诡异！他到底又是在唱哪一出？

第六十三章
他乡故人　雨过天晴

正午时分，几辆马车上的货都已打开检查又重新装好，院子的差役们明显有些百无聊赖，安六叔早已打发人去给车队补充水草干粮，见此情形，忙又买了些芝麻胡饼分送给众人，院子里这才多了几分活力。

琉璃越站越冷，恨不得缩回车里才好，却到底有些不放心。阿燕和小檀劝了两次无果，只好给她拿了副皮手笼过来。

直到午时已过，院门口才再次出现裴行俭的身影。他喝得似乎不少，脸颊微红，眼神也有些迷离，只是进门看向琉璃时，眉头却微微一皱。

苏南瑾比他也好不到哪里去，脚步都有些不稳了。一名小吏忙上来扶他，却被他重重一推，"我自己会走！"说着便微晃着走上台阶。

安六叔忙跟上了几步，赔笑道："参军，适才差役们都已查过，小的车队里并无违禁之物。"

裴行俭也拍了拍苏南瑾的肩头，"子玉，你也知朝廷的规矩，行俭路上不便耽搁，不然定要留下与你痛饮三日！"

苏南瑾呵呵笑了起来，"守约放心，小弟这便去办！"挑帘走到堂里，几位胡商相视一眼，忙都跟上。

裴行俭返身走到琉璃跟前，皱眉低声道："你怎么等在外面？快上车暖暖去！"

琉璃垂下眼帘，默然转身往外便走。裴行俭目送着她的背影，直到安三郎笑容满面走到身边时才回过神来，看了一眼他手上捧着的过所，笑问："办妥了？"

安三郎笑着点头，"还是九郎的面子大！"

裴行俭摇头一笑，"咱们明日出城？"

安三郎看了看天色："还是今日出去更稳妥，适才你们出去喝酒时，车队该买的都已买好，如今白日一日比一日短，谁知何时会变天？多赶半日路也是好的。"

说话间另外几位胡商也陆续走了出来，最后一个出来的却是苏南瑾，望着裴行俭笑道："守约兄这便要走？"

裴行俭点头叹道:"正是,皇命不可违,此去西州还有三千多里,不知何时才能与子玉再痛饮一回!行俭这便告辞,子玉多多保重!"

苏南瑾眯着眼睛也叹了口气,"咱们日后自有再会之期,守约一路善自珍重!"说着一路将裴行俭送到门口,目送他翻身上马远去,脸上的笑容越来越是欢畅,终于哈哈大笑着转身快步走向堂屋,吩咐道:"我有要紧公务处置,谁也不许进屋打扰!"

出了府衙,安家商队的马车并不停留,转弯便加速向西门而去。刚过街角,路边却突然冲出了一个女子,高声叫道:"可是去西州的车队?"恰恰拦在琉璃的马车前。饶是阿古反应敏捷,车子也摇晃了一下。裴行俭和安三郎脸色都是一变,安三郎带马上前怒道:"什么人,不要命了么?"裴行俭则忙着问车内:"琉璃,你要不要紧?"

车里静了一下,才响起阿燕的声音:"娘子不打紧。"

裴行俭松了口气,目光往前一扫,只见拦车之人不过十五六岁,看打扮似乎是个婢子,此刻脸色也有些发白,"你们、你们可是去西州的商队,能出城了?"

安三郎皱眉道:"与你何干?"

婢女忙道:"我家娘子有急事要去西州,原在康氏商队中,只是康氏如今出不得城,货物都就地发卖了,娘子因此想另找一家车队搭伴而去,若是郎君肯伸援手,我家娘子愿以十金相酬!"

安三郎断然摇头,"如今四处都在严查,岂能让生人入商队?"他正要拨马离开,从路边酒肆里又快步走出一人,弯腰按胸行了个胡礼,"我道是谁过了公验,原来是三郎,难怪难怪。"

安三郎认得正是康家四郎,忙下马还礼,"好久不见四郎,今年怎么是阿兄带队西去?"

康四郎叹了口气,"可不是!没想到竟出了这番变故,还是三郎有本事,头一回带队便能这般顺利……"他自怨自艾了几句,突然拍拍脑袋,凑上一步笑道:"此事还望三郎能通融一二。那位婢女和她家娘子并非寻常人家,原是在宫中伺候的,好容易放出来时家人却去了西州,只能托身商队去寻。我反复查过,文书都是齐全的,主仆两个也极为本分,如今她的归乡文书早已在府衙盖印,只是单身上不得路,又是思家心切。我已陪着等了两日,只有你们商队是往西去。三郎若能成全,倒不比带车丝绸得利少,也算行善积德不是?"

安三郎不由有些踌躇,回头正想问裴行俭,却见酒肆门口走出了一位二十多岁的女子,穿得十分素净,生着圆润甜美的面孔,微笑着向这边行了一礼,举止落落大方,让人一看便心生好感。

裴行俭看了那女子一眼,眉头微皱,正待叫安三郎过来,就听车里琉璃低低地惊呼了一声,他忙转头道:"怎么?可是刚才撞着了不舒服?"

琉璃的声音里依旧满是惊愕:"怎么会是她?"

裴行俭奇道:"你认识她?"

琉璃低声道:"她的确是宫中女官,只是……她怎会在此?又怎会去西州?"

裴行俭略一沉吟，点了点头，"我知道了。"

安三郎此时也已转身过来，满脸犹豫，"九郎，你看此事……"

裴行俭笑道："不过是小事一桩，阿兄若肯援手，或能结个善缘。"

安三郎转头又看了那主仆俩一眼，对康四郎笑道："既然四郎有这份善心，安某从命便是。"

拦路的婢女听得这句，顿时满面是笑，感恩不迭。那个女子也笑了起来，向安三郎行了一礼，这才回身拿起包袱，戴上帷帽，有商队的伙计帮着抱了被囊出来，安三郎指挥着把它放在一辆卸掉丝绸空出来的大车上。那女子又过来行礼道谢："多谢安家郎君援手之恩。"声音也是清甜之极。

安三郎忙摇手道："商队行旅图快，你莫抱怨辛苦便是。"

女子道："郎君放心，奴并非不识好歹之人，绝不会给商队增添烦扰。"说完微微欠了欠身，转身上车，风姿竟是优雅入骨。

安三郎摇了摇头，转头看见好几个同伴都看得发呆，不由笑了起来，跟康四郎道了别，这才扬声道："咱们这便出城，加紧些！"

车队顿时加快了速度，一路快马加鞭向西而去，好在凉州城外道路平整，天黑之前终于赶到了城外三十里的邸店。琉璃戴好帷帽下车时，那位女子也刚刚下车。琉璃放慢脚步，看着她的背影出神良久，身边却突然响起了熟悉的声音："你先去房中歇息，我待会儿送些热汤饼给你……还有些事要与你说。"

琉璃一怔，转头正对上裴行俭含笑的双眸，正想摇头，他已不急不缓地道："是今日那位苏参军之事。"琉璃到嘴边的一个"不"字顿时噎在了嗓子里。

裴行俭不再多说，走到门前，伸手打起了毡帘，回头看着她微笑。

看着这张气定神闲的笑脸，琉璃胸口一阵发闷，目不斜视地从他身边走了进去，心里暗暗发狠，待弄明白到底是怎么回事，再轰他出去也不迟！

半个时辰后，当裴行俭拿着食盒走进琉璃所住的房间，琉璃头都没抬便冷冷道："裴长史有什么话请直言。"

裴行俭笑了笑："你先喝口热汤暖暖身子。"

琉璃坚决摇了摇头。裴行俭看着琉璃，无奈地叹了口气，"那我便长话短说，我今日午间在府衙外设法打听了一番，那位苏南瑾在凉州正好已满三年，因此近日才会如此严苛，几日来已将三四个胡商下了牢狱，说是有通敌之嫌；此外，因凉州刺史近来青睐胡婢，还软硬兼施扣下两个绝色胡女送与了刺史！"

难怪今天自己一进院子，那些兵丁看自己的眼神就有些古怪……琉璃心头又是恼火，又有些不解，"什么正好三年？"

裴行俭一愣，笑了起来，"是我忘记说了，按朝廷的规矩，官员三到四年便是一转，以苏南瑾的出身，若能有些政绩，今年年前便可像裴子隆般回长安为官。只是他风评并不算好，大概是有些急了，便要借着如今朝廷严控铜铁良马出关的由头，为难胡商，图的是捞一个抓住突厥探子的功劳，送胡婢给刺史也是为此！"

琉璃这才彻底明白，脱口问道："那他为何后来又放了商队过关？难不成他并不清楚你被贬黜之事？"

裴行俭微笑着摇头，"他正是知道此事，才如此亲热！你大约也听说过，皇后的那位舅父在被贬的路上，扶风县令便上奏弹劾他私议禁中事，因此又被加贬千里，而那县令却得了嘉奖。这抓住贬黜官员的短处上奏，原是立功的捷径！此刻，那位苏南瑾参我的奏章，只怕已出了凉州城！"

琉璃吃了一惊，"这可……"看着他带着淡淡嘲讽的笑容，突然醒悟过来，"你到底是在打什么主意？"

裴行俭叹了口气，"我能打什么主意？似我这般失意之人，好容易他乡遇故知，又喝得多了些，自然难免说些实话，顺口抱怨抱怨长孙太尉和褚相，虽不好说出内情，嘀咕几句自己被贬去西州全是拜这两位所赐，也是人之常情不是？"

琉璃恍然大悟，听他说得无辜，不由又好气又好笑，"如此一来，他便会立刻上书参你诋毁长孙太尉与褚相，这奏章到了圣人手边，还不得认定这位乃是太尉一党？"

裴行俭面带憾色，点了点头，"此其一也；其二么，各地官员奏章均要先经尚书省，他的奏章语涉长孙太尉和褚相，自然会被他们知晓，所谓疑心生暗鬼，这两位焉能不疑心苏南瑾知道了内情，又岂会乐意让他回长安宣扬此事？苏南瑾如今一门心思要升迁回京，所谓欲速则不达，古人诚不我欺也！"

也就是说，这位苏南瑾一封奏章同时得罪了皇帝和朝中的两大巨头，下场会如何倒也不难想象！琉璃不由哑然失笑，"你这可算公报私仇？"

裴行俭剑眉微挑，"他这种人，为官一任，祸害一方，为了自己的前程，连子民的身家性命都不顾了，不送他这样一份大礼，难不成还看着他继续胡作非为？更何况他竟敢……"他突然顿了顿，转了话题，"这汤饼冷了便不好吃的，你快坐下先用一些。"

琉璃努力压了压嘴角的笑意，想了想还是轻描淡写道："他自是活该，不过若教那两位相公知晓有人诋毁他们……"

裴行俭眼睛一亮，慢慢笑了起来，"你放心，此事不会牵连到我，圣人见到这奏章，知道我对太尉不满，只怕会更放心；至于太尉他们，又岂能为了我这被贬小卒而触怒圣人？你先用些汤饼，有什么事待会再说。"

他的眼神柔和深邃，微笑里带着琉璃熟悉的温润光泽，琉璃迅速垂下眼帘转过身去，正想过去坐下，忍不住还是低声问道："你今日怎么想起要来说这些？"

裴行俭的声音也带着笑意，"我等你用完了再告诉你。"

琉璃简直想回头白他一眼，到底还是坐下打开食盒，里面是一碗汤饼和一碟小菜，看样子做得还好，只是她此刻哪里辨得出滋味来？尽量安静迅速地吃落肚里，用手绢擦了擦嘴角，起身道："我用完了。"

裴行俭依然站在那里，姿势仿佛都没有变过，看着她叹了口气，"琉璃，从前原是我想错了，日后有什么事，但凡能与你说的，我都不会再瞒你。"

琉璃脱口道："那什么是不能说的？"

裴行俭沉吟了片刻，"军国大事不能外传者，他人阴私不便告人者，还有，我自己也没有五成把握之事，说出来徒乱人心者，只这三样。"

琉璃看着他沉静的面孔、坦然的目光，只觉得胸口又酸又胀，苦辣俱全，一时几乎辨不出是什么滋味。

裴行俭的目光依然凝在她的脸上，"只是琉璃，你也要应我一件事。"

琉璃顿时警醒了两分，"什么事？"

裴行俭叹道："这一路上，你可否不要再去府衙公验？出城时你的车子跟着我便是，不必再用那劳什子的过所。我着实不愿，再有今日之事。"

琉璃沉默片刻，"嗯"了一声。她又不傻，难道因为要跟他赌气，非得去那种地方吹冷风？

裴行俭的笑容仿佛染上烛光的温暖明亮，一双眸子更是熠熠生辉。琉璃在心里翻了个白眼，"你的话都说完了？"

裴行俭怔了怔才道："这……今日那女子到底是谁，你能告诉我么？"

自己居然把这事给忘了！琉璃皱起了眉头，思量片刻决定还是实话实说："她姓柳，原是皇后身边最得力的女官，听说手段狠辣、言语刻薄，宫里之人都怕得厉害……按说她此刻不是被软禁在立政殿，也该在掖庭服役，她再有本事，又怎能安然出宫，更莫说能拿到文书到西州去！"

裴行俭微一沉吟便笑了起来，"她自是没这本事，可有人却是有这本事的。"

琉璃微微睁大了眼睛，随即敲着额角"唉"了一声，她真笨！的确，除了武则天，谁还有这等本事？细想起来，当年邓依依在立政殿莫名其妙地滚落台阶、王皇后会拣那时候来看小公主，还有这次的厌胜事件，哪里是几个普通宫女通风报信就能做到的？自然是因为皇后的心腹里就有武则天的人！王皇后的坏人缘，一半是她那位母亲所赐，一半也来自这个厉害得太过的柳女官吧？

裴行俭也低声叹了一句："武昭仪的手段当真了得。"

琉璃踌躇道："即便如此，武昭仪怎么偏偏让她去西州？会不会……"

裴行俭摇头道："这倒不必多虑，这位柳女官多半在中秋之前便已离开了长安。"

中秋之前，那时长孙无忌和褚遂良还没来得及设局诬陷他预言那劳什子的国家祸乱……琉璃不由奇道："你怎么知道？"

裴行俭笑了笑，"你想想看，从准备文书、安排人秘密出宫，再找到合适的商队，岂是一两日便能办妥的？这柳女官已到凉州两日，她托身的商队难道还能比咱们走得更快？再说，她去西州若真是与你我有关，又怎会自曝行踪找到安家商队？"

琉璃点了点头，疑惑道："那她去西州作甚？"

裴行俭摇头，"此事我也有些不解，不过，以此人的性子，今日为取信于人竟公然抛头露面，想来不是有极急迫之事，便是有极牵挂之人，"看着琉璃皱眉思索的模样,他轻轻一笑,"你若实在想知道,寻个由头问她便是,何必费神猜测?"

琉璃横了他一眼,"我问她,她便会说?哪有这么容易?"

裴行俭凝视着她的面孔,停了片刻才微笑道:"我倒觉得,便是不问她,让她主动找来解说也不算难。你若不信,咱们不妨打个赌。"

琉璃怔了怔,抬头看着裴行俭。裴行俭呼吸不由一窒。琉璃却突然展颜笑了起来,"我信!"跟裴行俭打赌?除了李淳风,跟他打赌的那些人是什么下场,她又不是不知道!

裴行俭看着她,半晌才叹了口气,"琉璃……"

琉璃收拢笑容,垂下了眼帘,"明日还要赶路,裴长史请回吧。"

裴行俭目光久久地停在琉璃的长睫上,终于还是微笑起来,"好,早间风寒,你记得多穿些衣裳。"

木门在他身后轻轻合上,琉璃长长地出了口气,在圆凳上坐了下来,还未来得及分辨出心里那乱糟糟的情绪,小檀和阿燕已从外院回来,小檀上来帮琉璃解开发髻,随口道:"娘子可见过今日搭伙的那位娘子?她倒是个知礼的,先付了掌柜的几百钱,只道是请几位郎君喝酒,适才又亲自去向安家郎君道了谢,听说阿郎是要去西州赴任的,还跟阿成特意说了声叨扰……"

这是……无事献殷勤?琉璃眉头微皱,想了想还是吩咐道:"你们多注意她一些。"

阿燕低声应了声好,小檀却困惑地眨了眨眼睛,"娘子不是说她的确是宫中女官么?这是为何?"

琉璃淡淡地瞥了她一眼,"省得你被人卖了!"

到了第二日,小檀便发奋图强,万分警惕地盯了柳女官主仆一路。到了午后回报说,柳女官并不爱露面,但她身边的那位叫小芙的婢女十分活络,一顿饭工夫就与车队里的几个胡婢打得火热,有意无意地打听了许多事情,回头还撞了阿成一下,赔了几句不是,却发现两人原来都是洛阳人……

果然是强将手下无弱兵!琉璃暗暗点头,待黄昏时到了邸店,戴帽下车走了几步,却看见那个戴着帷帽的苗条身影已等在路边,一见琉璃便优雅行礼,"这位娘子有礼了。"琉璃忙还了一礼。

柳女官的声音里满是笑意,"奴家姓刘,小名如月,有缘同路,还未请教安娘子如何称呼?"

见面就报闺名?不过姓是假的,这名字……琉璃怔了一下才道:"奴是家中长女。"

柳女官仿佛完全没有听出琉璃话里的保留之意,声音里的笑意丝毫未变:"原来是大娘,大娘这是第几回去西州?"待琉璃答是头一回去,她的语气越发亲切,又是问琉璃在长安时住在哪个坊,又是满口感谢安家的援手之恩,说话间自然而然与琉璃并肩进了邸店。

裴行俭早已等在店内，回头看着与柳女官一道进门的琉璃，脸上露出了笑容。

柳女官脚步微微一顿。裴行俭走上两步，低声对琉璃道："这家邸舍房间有些简陋，你要不要去驿馆住？想来要比这边干净敞亮些。"

琉璃摇了摇头。裴行俭回头便对安三郎道："三郎，帮我也定一间。"

琉璃忍不住皱眉，"你为何不去驿馆？"

裴行俭微微一笑，"你住哪处，我便住哪处。"

琉璃顿时无语，他的脸皮怎么越来越厚了，这话在大庭广众一说……眼见柳女官已加快脚步走到一旁，她简直恨不得踩裴行俭一脚才好。裴行俭却笑着退开了一步，"我去厨下看看有什么可吃的。"

待进了后院的房间，琉璃才发现，这邸店的确有些简陋，屋里唯一的高案并未上漆，被褥也都是旧的，看去处处都是一片灰暗。她们一路上早已习惯了此等小店，估计裴行俭倒多半是头一回住这种地方，琉璃心里不由有些好笑。果然刚刚洗漱完毕，门上便响起了轻叩之声。小檀嘻嘻一笑，跟阿燕扮了个鬼脸，却听门外传来的一个清甜的女声："请问大娘可在？"

她怎么来了？琉璃犹豫片刻，起身道了句："请进。"

柳女官满面微笑地走了进来，下一刻，却变成了满脸惊愕，半晌才道："库狄画师？"

琉璃微微欠身，"柳阿监别来无恙。"

柳女官默然良久，自嘲地笑了起来，"原来世间真有这等的巧事！"

琉璃点头道："琉璃在凉州城见到柳阿监时，也是如此感慨。"回头便吩咐阿燕和小檀："你们也去梳洗梳洗。"

阿燕和小檀静静地退了下去，小芙满脸担忧困惑地看了柳女官几眼，也退到门外。柳女官已镇定下来，"库狄画师，外面可是裴明府？他怎会去西州任长史？可是宫里又有了什么变故？"

果然是个聪明的，琉璃想了想，索性直说："与宫里无关，是裴长史自己不慎获罪，被发落到西州为吏。"

柳女官松了口气，略一沉吟便道："多谢库狄画师直言相告，想来画师也能猜到我出宫的缘由？"

琉璃暗自汗了一把，面上只能淡淡点头，"以前有些事情我也颇为不解，见过柳阿监后才豁然开朗，只是不大明白，阿监为何也会去西州？"

柳女官神色里多了几分苦涩，"论理我已是不该留在这世上的人，出宫之后，自然是走得越远越好。去西州，一则是那里少有中原衣冠，二则……或许还能找到一位故人。"

故人？琉璃疑惑地看了她一眼。柳女官坦然一笑，"不怕画师笑话。如月曾听闻，王皇后的那位好母亲也打过你的主意，只是库狄画师吉人天相，而如月却不曾有这种运道。库狄画师请想，若你与裴明府两情相悦，却被那柳氏逼得只能入宫，或许便能明了为何我在宫中会是那般行径。"

原来如此！她的名字还真叫如月。琉璃并不觉得意外，一时却不知说什么才好。

柳如月语气依然平淡，仿佛在说着不相干的人："算起来，如月还是柳氏的隔房侄女。家父虽未出仕，靠着祖产家中也算衣食无忧。十三岁那年，母亲又给我和表兄定下了婚事。那两年里，我日日绣着嫁衣被面，日日抱怨无聊，却不知，那竟是这一生中最快活的时光……"

她沉默了片刻，才接着道："十五岁那年，我和母亲照例去给那位身份显赫的姑母请安，原本年年不过是走走过场，谁知她却突然拉着我问长问短，又送了一对羊脂玉的镯子给我，母亲是欢喜极了，我却觉得有些害怕。

"果然没几日，我便发现父母都有些异样，悄悄去偷听了两回，才知道原来柳氏找到父亲，说太子妃身边正缺一个得力之人，看我聪明乖巧，有心抬举我进宫伺候太子。我父亲自然是动心的，母亲却不大愿意。我那时年纪还小，当天便偷偷找到了表兄，表兄也是年轻气盛，立时登门讨要说法……闹了一场，我被禁足在家里，到了第九日上，姨父就来退了婚。

"后来我才知道，柳氏也找到了表兄家，许了不少好处，表兄却道他绝不会卖妻求荣，不想转天他便得了吏部文书，被派到沙州做牧丞。他兄长的差事也出了纰漏，被拿下狱。如此一来，姨父再不敢犹豫，他来退亲时，表兄已离开长安，临行说，他永生再不会踏足长安一步！

"从知道这句话的这一天起，我便发誓，穷此一生，必要让柳氏身败名裂，要让这对母女，也尝一尝这痛不欲生的滋味！"

尽管说着这般怨毒的话，柳如月的语气却依然平静之极，琉璃只觉倏然心惊。柳如月看了她一眼，嫣然微笑，"库狄画师可是觉得我用心太过刻毒？"

琉璃摇头，"你的表兄，如今是到了西州？"

柳如月点了点头，神色里多了几分柔和，"说来王氏不过是个寻常蠢妇，我入宫时正值萧氏一举得子，恩宠无双，她也有些急了。可我跟她分析了利弊，她便打消了让我伺候太子的念头，此后还越来越信重我。我渐渐有了权柄，也能打探些消息，这才得知，大约是柳氏作祟，表兄竟是被越派越远，前几年已到了西州。"

她看着琉璃，笑得坦坦荡荡，"不瞒你说，我今日过来，原是听说安家在西州颇有根基，那位要去西州任职的官员待你又亲密，便想着要与你交好，到了西州，也可求你帮忙查找表兄的下落，却没想到，竟是故人！"

难怪那家伙今天会那样说话，原来……琉璃只觉得哭笑不得，只能对柳如月笑道："琉璃愿助阿监一臂之力。"

柳如月欠身行礼，"多谢库狄画师！"

琉璃还礼不迭，"阿监客气了。"两人相视一眼，同时都笑了起来。琉璃便道："叫我琉璃便好。"

柳如月长长出了口气，微笑道："大娘或许不信，如月在宫中十年，若说佩服，第一佩服的是武昭仪；若说羡慕，第一羡慕的却是你。

"在宫中这些年里，如月见过的人中，只有你是不要那份富贵，又能得偿所愿的。如月若有一半的运道，此生此世，便再无遗憾。"

待得起身将柳如月送出门时，琉璃才发现，天色已黑了下来。目送着那抹纤细的背影消失在院门外，她不由有些出神：这位在宫中做过的事情，自己也颇听说过几件，没想到背后竟然还有这样一番缘故！若是当年自己也被逼得进了宫，做了王皇后身边的宫女，会不会也做出和她一样的选择？

琉璃突然觉得身上有点冷，刚想转身，背后却传来了一声叹息，一件带着暖意的披风随即落在了她的肩上，"在想什么？这样在风地里站着，连披风都不穿！"

琉璃下意识地拢住了披风，摇了摇头，"没什么。"

裴行俭的声音带着叹息："你放心，找人之事，我会尽力而为。"

他怎么知道？琉璃吃惊地回过头来。裴行俭指了指隔壁的屋子，"厨下刚做了羊汤，本想让你趁热喝，走到门口才听见有人说话，我只好在隔壁间等了一会儿。如今汤都凉了，要不要我再去盛一碗？"

这人的耳朵一直是极灵的……琉璃心里叹气，看了看裴行俭身上并不算厚的夹袍，还是摇头道："我不爱喝羊汤。"说完回身便往屋里走。

裴行俭跟着进了屋，四下看了一眼，眉头微皱，"这里的上房竟也这般简陋？"

琉璃瞟了他一眼，"有墙有顶、有床有褥，这还简陋？"

裴行俭一怔，摇头笑了起来，"我又说错话了。我听三郎说过，这一路上你……做得很好，莫说寻常男子，便他自己头次出远门时也不及你。我越听便越觉得，自己原先竟错得那般厉害。"

看着他眼中毫不掩饰的欣赏赞叹，琉璃只觉得心里发虚，她前世其实经常出门写生，西北就来过两回……只能扭头淡淡地道："那又如何？"话音未落，手上却是一紧，却是被裴行俭包在了掌心。琉璃忙往回抽，哪里抽得动半点？她只觉得围绕着手掌的热度仿佛从手上直烧到脸上，不由皱眉道："放手！"

裴行俭低头凝视着她，眼神深如幽潭，低声道："琉璃，我不会放手。以前我只想让你过得平安喜乐，不用再受一点辛苦委屈，因此才放手把你留在了长安。如今我才知道，你半点也不比我差，我能放手的东西，你根本就不曾放在眼里过，我能走的路，你能走得更好……琉璃，以后无论遇到什么事，要走上哪条路，我都不会再放手。"

他，他这是终于明白自己了吗？琉璃心里并没有太多欢喜，反而酸胀得几乎无法开口，半响才道："当初你想放便放，如今想不放便不放，你把我当什么人了？"

裴行俭低低叹了口气，把琉璃的手拢在一起按上了自己的胸口，"都是我的不是，是我错看了你。今日听那柳阿监说起旧事时，我一直在想，其实我待你，与魏国夫人待她，又有什么不同？魏国夫人只怕至今还觉得自己是抬举了她，给了她前程；若不是你过来，我只怕如今也会以为自己所为是对你好，给了你安乐。所谓自以为是，莫过于此！琉璃，我知道你恼我，你也应该恼我。只是我，我这里，实在是太想你！

"这一个多月里，我后悔过很多次，后悔认识你之后没有早些下决心，耽误了那么多光阴；后悔娶了你之后和你在一起的时辰太少，却忙着做那些没要紧的事！我总以为咱们有一辈子的时间，却没想到，居然不过是四个月……我以为这些后悔，这一世都不会有机会再弥补，你若嫁了他人，我只怕此生也没勇气再踏入长安。可老天竟然把你又带到了我眼前，让我牵住了你的手。琉璃，琉璃，你让我如今怎么还能松得开？"

琉璃的手被紧紧地按在裴行俭的心口，即便隔着夹袍，也能感觉到那一下又一下又急又重的砰砰震动顺着手心往上传来，似乎一直能传到自己的心里，把那里填得满满的酸楚委屈震出一条条小小的裂缝。

比起柳如月来，自己到底是幸运的吧，不用和他分开十年、生死不知，不用像她这样希望渺茫地去往西域……她的手忍不住轻轻颤了一下，下一刻，她已被裴行俭紧紧搂在了怀里。

琉璃的身子一僵，只是那瞬间将她包围的熟悉气息，那久违的温暖感觉，却让她原本往外推他的手，不知怎的竟下意识地揪住了他的衣襟。

他的吻轻轻地落了下来，先是头发、额头、脸颊，小心翼翼得仿佛是在亲吻着世上最珍贵脆弱的宝物，终于覆上了她的双唇。

随着他几乎烫人的气息一道侵入的是纷乱的回忆，琉璃突然想起的竟是西市酒楼的雅间，他隔着案几捧着她的脸亲吻，带着入骨的怜惜和伤痛，也是这样动作温柔而气息火烫，那是她第一次尝到他的味道，热烈里带着缕奇异的冷香，令她沉醉迷恋。而此刻她才知道，这种迷恋比自己想象的还要深……她不由自主地伸手抱住了他。

裴行俭的身子明显震了一下，亲吻停顿了一秒，随即便变得狂热起来，辗转深入，渐渐让人无法呼吸……

良久以后，晚膳才被裴行俭送到床边。琉璃拢了外裳正要下床，却被裴行俭轻轻按了回去，"你歇着便好，我来喂你。"

琉璃惊诧地看了他一眼，见他真的准备放下食盒，吓得忙道："我自己吃！"

裴行俭笑了笑，转身将食盒放在高案上。琉璃双脚踩到地面，才觉得当真有些发软了。裴行俭回身揽住了她的腰肢，低声笑道："如今知道逞强了，刚才你……"

混球！琉璃恼羞成怒地伸手在他腰上拧了一把。裴行俭吸了口冷气，却笑得更是可恶，"看来当真还有些力气，唉，我也放心了。"

琉璃还要再拧，裴行俭弯腰便把她横抱起来，放到了条凳上，"快用晚饭，你还不饿么？"自己也在一边坐了下来。

粗瓷碗里盛着的不过是最寻常的羊肉汤面，葱花都没有撒，小小的一碟酱菜也分不出到底是哪一味。只是那股热腾腾的香味，却让琉璃觉得自己已好久不曾吃过这么美味的东西，放下竹箸时几乎想满足地叹口气。便听裴行俭已然叹了出来："这家邸店虽然屋子是简陋了些，厨子却当真不错，我怎么觉得比咱们家的厨娘还要强？"

琉璃心里偷笑,淡淡地道:"腹中饥饿时吃东西总是格外香些。"

裴行俭脸上露出恍然大悟的神色,摇头叹道:"难怪我会觉得……今日你也格外香甜。"

琉璃脸上发热,咬牙便要教训这个显然有些疯了的家伙,裴行俭已笑着退开一步,几下把东西都收拾进食盒,放到了门外,回身却又坐到了琉璃身边,不待琉璃伸手便把她抱到自己腿上,看着她深深叹了口气。

琉璃微觉诧异,"你叹什么?"

裴行俭轻轻摇头,"只是觉得老天待我着实仁厚,有些不敢置信而已。"停了半晌才低声道:"我原以为,日后大概只能指望隔三岔五做梦时能这样抱着你陪着你,到醒来后,也能多欢喜上半日。"

琉璃胸口发涩,将头靠在了他的肩膀上,这一个多月,自己固然难受,心底其实多少知道会有重逢之日,他大概才是真正不好过,只是这一切——"还不都是你自找的!"

裴行俭轻笑着在她额角吻了吻,"没错,都是我自找的。琉璃,你怎么这么好?"

好?她其实不过是突然有些感慨,有些恐慌,就像柳如月说的,绣嫁衣时她日日抱怨无聊,却没想到那是她一生中最好的时光。人生如此无常,谁又能真的知道明日会如何……琉璃心里突然一动,抬头看着他,"我可没那么好,你欠我的,我永生永世都不会忘记!"

裴行俭怔了一下,随即笑容里便带上了几分纵容,"那你想怎么罚我?"

琉璃静静地看着他,半晌才道:"你要赔我三件事。"

裴行俭有些疑惑地挑了挑眉,"哪三件?"

琉璃沉吟道:"第一件……"见他凝神倾听,才笑出了声,"还没想好!待我想好了再说!"

裴行俭眉梢挑得更高,"你戏弄我?"

琉璃赶忙摇头,"自然不是,现在说出来岂不是便宜了你?我要慢慢想几桩让你为难之事让你头疼,这才能消了心头之气。"这三件事,至少有一件她已经想好了,只是,如今还太早,说出来也太破坏心情……

裴行俭满脸都是愁苦,"原来是要钝刀子割肉,早知如此,我是失心疯了才会得罪娘子你。"

琉璃得意扬扬地一笑,眼睛愈发明亮。裴行俭怔怔地看着她,低头又吻了下来,渐渐的气息有些不稳,突然抱着琉璃站起来几步走到床边,将她放了下来,弯腰又脱下了她的鞋子,琉璃顿时清醒过来,忙推他,"别闹了!明日……"

"明日怎样?"裴行俭笑吟吟地看着她,随即低头在她额上一吻,拉过被子将她裹在里面,"你好好歇着,我去打些热水来……我倒不介意明日把你抱到车上去,只怕你睡醒后又饶不了我!"

他笑着快步走了出去,背影里都透着轻快,琉璃简直想一个枕头扔将过去,却还是把头埋在被子里笑了起来。

/第六十三章/他乡故人 雨过天晴

第六十四章
祁连观雪　敦煌惊艳

从凉州往西三百里便是删丹城。删丹原是丝绸之路青海道与主道交汇之所，若在夏日，自有络绎不绝的商队翻山越岭而来。如今已入十月，雪封的祁连山上人踪皆无，一度喧嚣繁华的城池也变得沉寂。

安家车队在城里最大的邸店歇了一夜，一早便离城而去。琉璃蜷在车里，正有些犯困，就听车窗上响起了轻叩声："琉璃，你快些出来看看！"

琉璃忙拢了拢披风，待大车靠边停下，便低头钻了出去，还未来得及跳下车，腰上一紧，已被裴行俭探臂揽到了马背上。

琉璃吓了一跳，"你……"

裴行俭却回身指着侧后方，"你看！"

琉璃顺着他的手指一看，顿时便呆住了——远方删丹城的背后，是层层叠叠的巍峨山脉，旭日已升，峰顶的皑皑积雪在阳光下反射着瑰丽的光芒，映衬着冬日清澈的灰蓝色天空，壮美得难以形容。

琉璃良久才透出一口气，"这便是，祁连山？"

裴行俭眼里似乎也映射着雪山的光彩，"正是，以前只读过'星旗映疏勒，云阵上祁连'的诗句，今日才知道竟是这样一副磊落风光！"

云阵上祁连？没听说过，她只知道"将军三箭定天山，壮士长歌入汉关"的天山，说的便是祁连。看着远处的壮丽雪山，琉璃习惯性地有些手痒，忍不住叹气："若能画下来便好了。"

裴行俭声音含笑："今日却不大容易了。日后若有机缘，咱们便在删丹住上几日，让你画个够。说来我见过不少你画的花鸟人物，山水却是极少，还真想看看这天山到了你笔下，会是怎样的风景。"

说话间，阿燕和小檀也钻出马车，看得入了神，连阿古都回头看了半日，突然道："说到祁连山，阿古倒也听过几句，'亡我祁连山，令我六畜不蕃息，失我焉支山，令我妇女无颜色！'"

他难得说这么长的句子，琉璃有些吃惊，裴行俭也笑了起来，"阿古当真是不失军旅本色！"

琉璃想了片刻，"这两句话好生耳熟……"

裴行俭笑道："是匈奴人作的歌。当年冠军侯霍去病领兵转战河西，在祁连山下荡平匈奴，活捉单于，杀敌四万，降敌四万，自此河西归汉，匈奴人便作了此歌哀叹，这一年，霍去病不过十九岁！"

琉璃悠然神往，"匈奴不灭，何以家为。霍去病也算得上千古第一名将了吧。"

裴行俭微笑着摇了摇头，"名将固然名将，第一却是未必。"

琉璃诧异地回头看了他一眼，裴行俭凝视着远山，剑眉微扬，"兵法有云，上兵伐谋，其次伐交，其次伐兵。因此，不战而屈人之兵，才是兵家第一；其次则如汉时班超，我朝王玄策，不费朝廷一兵一卒而扫荡域外，率众来归，虽不似冠军侯马踏匈奴的功绩彪炳，若以善伐而论，却在他之上！"

他的眉宇间满是飞扬，整张面孔英气勃勃，和远处的山脉竟有种说不出的神似，琉璃一时不由呆住了。裴行俭低头笑道："怎么？可是觉得我的话太书生意气？"

琉璃回过神来，摇头笑了笑，"你怎会是书生意气？此去千里，说不定正是你大展身手的时机，我便等着看你如何伐谋伐交可好？"

裴行俭眼睛愈发明亮，低声一笑，"好！你抱紧些！"搂住她的手臂微微一用力，带转马头，扬声对阿古道："走，我们去追前面的车队！"骏马立时奔驰起来，琉璃忙伸手环住了他的腰，明明是朔风扑面，她却觉得，满身满心都只有他清朗温暖的气息。

之后几日，因天晴风息，琉璃每日倒有一半时间在车外，与裴行俭并辔而行，喁喁细语。裴行俭虽也是第一回踏上这西北塞上，但他胸中自有书卷，又愿意请教旁人，说起一路的风光典故竟是如数家珍。

出了删丹不久，便能看见匈奴民歌里所唱的焉支山，其名却来源于山上盛产的红蓝花，可用于制作胭脂。焉支山北麓便是著名的甘州，因立城之时便本着"断匈奴之臂，张大汉之腋"的雄心，又名张掖，繁华之处虽然比起凉州来略有不及，却也自有一番生机。

只是过了甘州，景物便渐渐不同。沿路所经的肃州、居延，固然不似之前的城池人口稠密、市井兴旺，路边的景色也变成了大片大片的荒漠戈壁，却不时能看见远处山脉上长城与烽火台的奇妙剪影。荒原上刮起的西北风愈发凛冽，车队里的人渐次换上了厚实的裘衣，路上的驼队却多了起来。

原来由敦煌入西州，路程最近的大海道沿路皆是荒原，无风的冬季才宜于赶路。而从凉州到敦煌这一千多里入冬却不甚好走，似安家这般家族势力遍及丝路沿途、随时能更换车马的商队少之又少，普通商队都以驼队为主，更要早些出发。因此安家商队离开凉州后路上几乎无人，反而是越近敦煌，遇到的商队越多。

安三郎到底不敢轻心，带着商队紧赶慢赶，终于在十一月前到达了敦煌城下。

自打出了甘州，因天气日寒，裴行俭便不让琉璃再出马车，只是听说了"敦煌"两字，她哪里还待得住，不时掀开车帘往前张望。裴行俭哭笑不得，只得让她穿严一些，伸手将她揽上马背。

远处的敦煌城看去规制不大，南北城墙不过两里多长，城墙倒有两丈多高，墙角上巍然耸立的角楼更是高达四五丈，一眼看去，倒像是一座土黄色的巨大碉堡，全然没有想象中的万种风情。

琉璃眯着眼睛，竭力想找出一点熟悉的东西，却越看越是陌生，忍不住回头问裴行俭："这敦煌城里可有鸣沙山？"

裴行俭怔了怔才笑道："你说的可是那座沙鸣声可闻数十里的奇山？这城才多大，沙山怎会在城中？听说离城有二三十里。"

琉璃顿时怅然若失，这样看来，眼前的这座城池和她到过的敦煌其实不是同一个地方……

裴行俭见她情绪突然低落，忙低声道："三郎跟我说过，商队在敦煌要清理货品、更换驼队，还要上香，只怕要耽搁两日，你先歇一日，后日我便陪你去鸣沙山。"

琉璃轻轻叹了口气，看见了又如何呢？此时的鸣沙山、月牙泉跟她曾经见过的、画过的终究不会一样了，"算了，太远了些。"

裴行俭松了口气，"也好。最近赶路辛苦，好容易得闲，还是多歇着才好。"琉璃虽然从不抱怨，略有风景可看便兴致勃勃，但手上身上却一日比一日凉，若是这天气再冷下去，接下来这一千多里又是连马车都坐不了……他搂着琉璃的手臂不由紧了紧，无声地叹了口气。

琉璃回头疑惑地看了他一眼，"怎么了？"

裴行俭笑道："在想敦煌里有哪家饭铺做得好，我看你这一路吃得都少，这两日定要多吃些好的。"

琉璃长叹一声，"只要不是羊肉，做成怎样都好。"

裴行俭不由失笑，"你这样一说，我也发现自己吃得有些腻了。"

两人随意说笑着，眼见已到敦煌城下，日头西斜，等待入城的驼队却还排得很长，裴行俭微微皱起了眉头，"城门人杂，你先回车里歇着。"

车队前面的安三郎，也正等得有些不耐烦，却见从城门处过来一匹枣红马，骑者远远地便笑道："阿兄可算来了！"正是安家在敦煌一支的子弟。两人寒暄了几句，安三郎便问："今日是怎么了？我算着并不是什么节庆，难不成这边也在严查出关商贾？"

安十六郎回头看了一眼，压低了嗓门："并不为商贾，是西州那边派人过来迎接朝廷遣来的什么唐人官员，这几日每个从东门进城的商队都会多问几句，今日来的商队又多，便比平日更慢了些。"

安三郎心里一动，对十六郎笑道："你等等，我去问一声。"说着拨马到了裴行俭身边，低声把事情说了一遍。

西州的那位麴都护竟然派人千里迎客？裴行俭看着高高的城门，眉头不由皱了起来，略一沉吟便拨马回到琉璃的车边，低声道："西州有人来迎咱们，只怕待会儿还有些应酬，你……当心一些，莫露锋芒。"

是要扮猪吃老虎吗？这个她拿手！琉璃笑着应了，低头思量间，车队已慢慢进了城门。仿佛就在一瞬间，车外呼啸风声便消失了，车马声、人语声、驼铃声却蓦然密集起来，夹杂着从不同方向传来的琵琶清响和欢歌笑语，交织出一种活色生香的繁华。

琉璃忙挑起窗帘往外张望。黄昏的敦煌街头依旧熙熙攘攘，除了进城的车马驼队，还有各色衣冠的士庶男女，琵琶声大约是从探出坊墙的高楼上传来，透着股奇异的明快。

待到马车转过街角，进了一处坊门，坊内道路两边更是邸舍接檐、酒肆林立，行人摩肩接踵，各种酒肉香料的味道扑面而来。

琉璃几乎怀疑自己是转回了西市，仔细看了几眼，才发现这里的店铺并非像西市那般一览无余，进出的客人却比西市还要杂上几分，各种肤色打扮的男女老少都有，让人眼花缭乱。琉璃暗暗告诉自己，不必少见多怪，这才是敦煌！只是在看见两个面色酡红的僧人脚步微晃地从一家酒肆走出来时，还是忍不住揉了揉眼睛。

马车往前又行了一段，拐进了一处略窄的清净街道，在一处乌头门前停了下来。琉璃带上帷帽，弯腰出来，还没来得及抬头多看一眼，几个婢女已涌到车前，问安的问安，放踩凳的放踩凳，搀扶的搀扶，转眼间琉璃便发现自己已坐上一抬四人的肩舆，平平稳稳地向门内走去。

进门大约走了百余步便转入内院，琉璃摘下帷帽打量了一番，却见花园不大，花木凋零，饶是如此，看去依然十分雅致，林泉布置颇见匠心，似乎比大慈恩寺也不差什么。

片刻后，眼前出现了一处林木掩映的小院，几个花枝招展的女子快步迎了上来，为首一个笑着行礼，又扶住了琉璃的手，"夫人一路辛苦，请随飘飘到里面歇息。"

只见这女子大约二十出头，高鼻深目，头发却是乌黑，身上穿着缀金丝联珠对鹿纹的大红织锦披风，愈发称得肌肤如雪，红唇如火。琉璃一时有些拿不准她的身份，只能下舆还礼，"有劳娘子了。"

飘飘爽朗地笑了起来，"夫人客气了，奴姓风，此次乃是专程随麴世子前来敦煌招待夫人的，夫人有事直管吩咐便是。"

这次来迎接裴行俭的居然是安西都护麴智湛的世子？这位风娘子难道是他的侧室？看着却也不大像……琉璃心里狐疑，和她一道进了院子，屋里暖气扑鼻，琉璃身子不由轻轻一颤。风飘飘忙道："快上些热酒来。"

琉璃唬了一跳，"热水便好，我喝不得酒。"

风飘飘惊讶地看了她一眼，想了想还是笑道："那便拿一杯烫烫的水上来。"又回头对琉璃笑道："夫人有所不知，这热酒最是驱寒，咱们西疆人便是幼童也喝得两杯，夫人若不惯，那便多喝些热水，再用些点心。待身子暖了，屋后的汤泉池已备好，夫人不妨一试。"

还有温泉泡？琉璃眼睛不由亮了起来。

半个多时辰后，当琉璃从那座青石围砌、花瓣漂浮的温泉池走上来时，只觉得这几千里的风尘都被从里到外濯洗了个干净。待换上新衣，在镜子里看到一张白里透红的面孔，自己都忍不住叹了口气。铜镜前放着一排羊脂玉瓶，盛着各种香味宜人的面脂口脂香粉。那瓶面脂尤其细腻润泽，琉璃拿在手里把玩了半晌。帘子一挑，风飘飘笑盈盈地走了进来，一眼看见琉璃手上的瓶子便笑道："娘子好眼光，这面脂是都护府特制的，最是滋润，娘子初到这边，正要多备一些才好，世子已吩咐飘飘送到娘子的车上了。"

什么？琉璃不由惊异地看了她一眼，风飘飘又忙笑道："世子最是心细手巧，面脂的方子便是他琢磨的，这院子里的亭台布置也均出自世子之手。娘子适才洗浴的其实不是汤泉，只是世子喜欢长安的热汤，便特意做了这么一个池子，用暗道引水，看去宛如天然。这样的汤池院里还有几处，因此敦煌人给这世子别院起了个诨名，就叫汤泉院。便是来往敦煌的诸位可汗王子也不是轻易能进来的。这几日因等着裴长史过来，更是一个闲人也不许进。"

琉璃心里越发诧异，这个世子到底是何方神圣，竟有这样的能耐？见风飘飘期待地看着她，忙感激地笑了笑，"如此厚爱，如何敢当？"

风飘飘摇头笑道："长史与夫人万里而来，何等辛苦。世子自前年离了长安，一直念着那里的风土人物，听说长史要来，高兴得什么似的，又怕大海道难行，这才带了我等过来相候。"又叹道："都道英雄美人，见到夫人，便知裴长史是何等英杰了，难怪世子景仰……"一路话不重样地滔滔讲了下去。

琉璃自觉口齿不算笨拙，此时也只能干瞪眼，半晌才插空笑道："风娘子再说下去，我只怕路都不会走，只能借风娘子的名字一用，飘飘然了。"

风飘飘拍手笑道："夫人哪里话，交河城里谁不知我风飘飘最是直肚直肠，娘子您看看铜镜，便是莫高佛宫里画的天女菩萨也不过如此。"说着又从剔红漆盒里拿出一个翠色花钿递给琉璃，"夫人的颜色不必用脂粉来污，倒是这花钿还称夫人的裙色。"

琉璃只好呵开鱼胶贴在了眉心，穿上貂裘，和她一道坐上檐子，一路往亭台深处而去。刚刚转过一处假山，就见前面院子灯火辉煌、亮如白昼，健仆美婢来往穿梭，笑语欢歌和琴瑟笛箫之声一阵阵传了出来。

待到近前，却见院里支了一个极大的帐篷，毡帘高挂，琉璃一眼便看见了随意坐在客位的裴行俭，穿着自己做的那身竹叶纹夹袍，大约也是刚沐浴过，眉目愈显清爽；再随意扫了一眼主位，不由便是一怔。

主位上坐着的，是一位二十出头的年轻男子，打扮不胡不汉，身上穿着一件宝蓝色方胜纹翻领窄袖锦袍，似乎因为太热，领口略散，隐隐露出一片白皙如处子的肌肤，头上束着不知镶了何种宝石的银冠，在灯火中流光溢彩，整个人闲适地靠在凭几上，越发衬得身段修长、眉目秀逸。若说五官俊美，比起穆三郎或许还稍逊半筹，但这三分清贵三分不羁加上十二分的风流，却足以让人倒吸一口凉气。

琉璃便暗暗吸了口凉气，风飘飘笑道："那穿锦袍的便是世子，因生得面如冠玉，名讳也谐了'玉'音，西州人人都唤他玉郎。"

玉郎？琉璃微笑着点点头，果然名字也是这般风骚。檐子平稳落地，风飘飘走过来扶了她的手，一道向庭院走去。门口有人高声道："长史夫人到，风娘子到！"

满帐篷的人目光都转了过去，帐篷门口有婢女殷勤地帮两人脱下了外面的裘衣，风飘飘系着大红满地金的八幅长裙，浓睫红唇，艳丽得犹如一团火焰；琉璃却是一条深碧色修身竹叶裙，雪肤明眸，清澈得就像一湾碧水。

喧哗的帐篷里突然静了一下，随即才响起了一声低笑，"飘飘，今日你可被比下去啦！"一口河洛官话竟是十分醇厚动听。

风飘飘眼风一扬，"世子今日倒是跟奴说了句真心话！"

帐篷顿时响起了一片笑声，麴世子长身而起，笑着向琉璃行了一礼，"夫人请上座。"

琉璃微笑还礼，"多谢世子。"转身走到裴行俭身边，与他并肩坐了下来。裴行俭并不看她，只对麴世子笑道："多谢世子盛情款待。"

麴世子伸出食指摇了一摇，凤眼微眯，眼角挑起一抹风流，"守约也太见外了，你们万里而来，崇裕做的这些，哪敢当一个谢字！"

原来他是叫麴崇裕，这见面才多久就对裴行俭以字相称了？倒是个自来熟！琉璃暗自嘀咕，目光随意扫了一圈，才发现帐篷里除了这位麴崇裕，还有两位面生的俊秀男子，安家商队里安三郎和另外几位胡商也都在座，却独独少了穆三郎……

风飘飘曼步上前，神态自若地坐在了麴玉郎的侧后方，伸手又给他满了一杯酒。麴崇裕举掌一击。没过片刻，一长队妙龄婢女笑盈盈地走了进来，将一道道精美的菜肴依次布置在各人眼前的案几上，驼蹄羹、炙虾盘、鹿熊双拼、绣丸鸡碎……无一不是长安流行的菜色，而当中的那个六寸鎏金银盘里，盛的竟是一盘雪白晶莹、薄如蝉翼的生鱼脍。

在敦煌的冬天吃到这道菜……琉璃不由暗暗咋舌，裴行俭已笑道："竟有如此佳肴，多谢玉郎费心了。"

麴崇裕轻轻一笑，"哪里的话，若不是有二位捧场，这些菜色只怕也无人能品出好来，便如这鱼脍，霜刀吹白雪，金盘砌轻霜，此等妙处岂是庸人能体会到的？倒是崇裕要多谢两位才是。说来这敦煌的菜肴，比长安差得可不止一星半点，若说还有略有可取者，也不过是美人与美酒耳。"

乐声悠扬中，各色菜肴流水般端了上来，眼见吃得差不多了，又换上酒壶果品。麴崇裕举起面前的酒杯，蘸甲相酬，"今日略备薄酒为贤伉俪洗尘，望两位莫嫌粗陋。"

裴行俭笑着谢过，一饮而尽。麴崇裕转头又敬了安三郎等人一杯，几个商人都站起来满口承情，帐篷里顿时热闹了几分。风飘飘也移步过来，亲自给琉璃满了杯酒。

待喝过这一轮，麴崇裕又击掌两下。帐中乐伎们演奏的悠扬曲调顿时转为明快。由远而近的清脆铃声中，两队头戴绣花卷边虚帽、身穿紫罗薄衫的女子翩然而入，那铃声是来自她们帽檐下缀着的串串金铃，而人人穿的罗衫只到腰上，衫下缀着细细银蔓花钿，纤细柔软的腰肢若隐若现。

三声鼓点敲响，两队舞女随着节拍两两相对、翩翩起舞，舞姿欢快妙曼，正是最地道的拓枝舞。此舞在长安原算常见，但能跳出这份风情的却不太多。一曲舞罢，两声鼓响，轻旋中舞者们上身的罗衫都如被狂风吹落般半褪下来，露出雪白的香肩，又各自回眸一笑，斜身轻拜，这才缓缓离去。

眼见对面几个行商眼睛就像黏在那片香肩上一般直勾勾地跟着一路向外，琉璃有些想笑，转头却看见裴行俭的目光也转向了外面，不由一怔，心中微动，垂眸喝了口酒。

麴崇裕目光在帐中轻扫了一圈，脸上的笑容里多了分欢悦，低声吟道："云动金铃脆，腰舞银蔓长。诸位请满上眼前酒杯！"

裴行俭似乎回过神来，也笑着举杯，"曲终秋波远，犹留紫罗香！这曲拓枝真教我等大开眼界。"

麴崇裕秀眉一挑，笑意直入眼底，"久闻守约文采风流，果然名不虚传。想来西州山水，也该因守约而增色！"

裴行俭笑着摇头，"风流二字，焉敢在玉郎面前提起。"

两人你一言我一语地谈起了诗赋，又说到长安的歌舞宴席、风景人情，越说越是投机。琉璃听着听着，眼前仿佛出现了两位太极高手姿势优雅地你来我往，看着风流舒缓，旁人却万万插不进一招半式。

明明是一副和乐融融的景象，她心头却隐隐有些不安。眼前的裴行俭有点陌生。他的举止依旧优雅从容，言语也依旧谦和得体，但身上那份令人不敢亲近的气度，那份可以与祁连雪山相映生辉的光芒，却突然间悉数消失了，看起来是如此温和无害，和他身边那位光芒四射的主人几乎相映成趣。

酒意似乎在一点点地涌上来，琉璃支着额头，无声地叹了口气，看来那条通往西州的大海道，或许比她想象得更不好走。

第六十五章
美人如妖　岁月如刀

"守约，前面便是瓜州城。"车窗外隐隐传来的声音，让昏昏欲睡的琉璃一个激灵清醒了过来。

那是麴崇裕的声音。这厮相貌秀雅，偏偏一把嗓音比裴行俭还要醇厚三分，配在一起便有种奇异的魅力。不过自打裴行俭说出这位玉郎兄的光辉事迹以来，每次听见他如有韵律地念出"守约"二字，她便只想冷哼一声——妖孽！

可不是妖孽？这位麴玉郎十六岁上就有贵女不顾身份青睐于他，让他在芙蓉宴上大出风头，他却毫不理会，一门心思觊觎那些清贵少年，好容易娶妻生子，众人还以为他收敛了，他却到处宣称"祖宗保佑，有了儿子，再不用对着女人"……这样一个人，居然毫不猥琐，反而气度风流、谈吐文雅，老天也太不开眼了！

虽然裴行俭说，麴崇裕只喜欢美少年，琉璃却多少有些担心：对于一个喝了酒连长孙延都敢调戏、以至于被赶回西州吃沙子的家伙来说，有什么事是他不敢做的？何况裴行俭也说了，"此人绝不简单，我都有几分看他不透"，万一……

琉璃忍不住伸手掀开车帘往外张望，却见茫茫戈壁中，远处一座雄城拔地而起，稍近处是迤逦的驼队，而马车前方，两个身穿裘袍的挺拔身影正并辔而行，一眼看去，就像一幅构图绝佳的图画。

她不由深深叹了口气。

小檀也探头过来看了一眼，"这瓜州城竟也不小！"

远处的城池与敦煌有些相似，只是城墙更高，四个角墩足有六丈，看去就是四座雄壮的高塔——瓜州城往西北五十里就是玉门关，原是兵家必争之地。只是对琉璃而言，眼前这座陌生的城池与她记忆里的瓜州没有丝毫相似，至于她印象里最深的锁阳城，此时似乎还根本不存在！

琉璃正看得出神，马车颠了两下，她和小檀的头不轻不重地碰到了一起，各自揉着额头笑了起来。阿燕皱眉笑道："小檀还不快坐好了，你当这是先前的路呢？撞疼了娘子不是玩的！"

自打从敦煌出来，道路便越来越不平整。好在琉璃坐的也换成了麴崇裕从西州带来的特制马车，远比寻常马车稳当，两个车轮巧妙地贴上了一层皮革，阿古却道，这马车里的玄机绝不是这么简单……裴行俭说得对，麴崇裕这妖孽的确不简单！

一刻多钟之后，这支混合着骆驼、骏马、大车的队伍便进了瓜州城，只见城垣分内外两重，外城是驻军之所，内城才是民居所在，亦是胡商酒肆处处可见，却远不及敦煌繁华了。

麴氏此处的别院是在内城最靠西北的一处坊里，十分精致舒适。琉璃见天色还早，原想出去转上一圈，却被风飘飘一句话打消了念头，"娘子可想沐浴？出了瓜州，这一路上再不得便了。"

一千多里没有澡洗？琉璃顿时恨不得泡进热水里再不要出来。

待裴行俭回到房中时，琉璃的头发刚刚半干，还未绾起。他伸手拿起梳子，一面帮琉璃梳通头发，一面问："今日怎么这般早便沐浴了？也不等我一等。"

琉璃对着铜镜白了他一眼，"你如今这般忙，我怎么知道你什么时辰回来？"

裴行俭手上一顿，轻声道："琉璃……"

琉璃忙道："我知道！只是一个人在车里有些闷罢了。"到敦煌前，便是坐在车里，裴行俭也常会隔着车窗和她说上几句，可这几天，白日里两人加起来只怕也没说十句话。

裴行俭轻轻叹了口气，声音多少有些歉疚："到西州安定下来便会好些。"

琉璃笑道："其实路上有什么事，我问风娘子也是一般，她知道的比你还多。"裴行俭的打算自然没错，如今西州那边情势不明，这麴崇裕虽然殷勤周到，却不知到底打着什么算盘，裴行俭待她越是寻常，她自然越是安稳。

眼见头发已经梳好，琉璃自己动手绾了一个简单的发髻，"你在哪里用晚膳？"

裴行俭笑道："你快换上衣服，今日瓜州长史宴请麴玉郎，我推掉了。这坊里有一家食铺似乎不错，不如咱们一起去尝尝？"琉璃顿时眼睛一亮，随即便奇道："你不怕……"

裴行俭笑着低头在她额头上一吻，"我心里有数。"

也是，他们是新婚夫妻，又不是怨偶！琉璃高高兴兴地换上了红色大毛昭君套，两人从后院一路出去，没走太远，果然临街便是一家极大的食铺。裴行俭要了楼上的雅间，里面却也是高案高凳，伙计用不大地道的河洛话笑嘻嘻地问两人要什么酒菜，裴行俭看着水牌随意点了几样，那伙计便笑问："客官可要尝尝咱们这里的锁阳粥，如今正是当季。"

裴行俭和琉璃同时抬起头来，"什么粥？"

伙计顿时眉飞色舞，"客官是头一回来瓜州吧？这锁阳原是沙海人参，又名不老药，但凡有锁阳之处，雪都是积不住的，冬季吃上一些最是滋补驱寒。咱们这瓜州城的锁阳最是出名，若不吃上一碗锁阳粥，岂不是白来了一趟？"

锁阳、瓜州……琉璃呆呆地看着那伙计，心头又是惊喜，又有些茫然。

裴行俭诧异地看着她，"你听说过此物？"

琉璃无心解释，只追问那伙计："除了瓜州，还有何处有这锁阳？或是有哪处讳名唤作锁阳城？"

伙计自豪地一笑，"别处自然也是有的，却无法与咱们瓜州相比！"想了想又道，"小的不曾听过锁阳城，许是有人以此打趣瓜州？横竖这西北千里，只有瓜州锁阳最有名。娘子可要尝一尝？"

琉璃怔怔地点了点头，伙计这才笑着离开了，裴行俭伸手覆在了她冰凉的手背上，轻声唤了一声："琉璃？"

琉璃抬头笑了笑，"守约，我想去外面看看。"

裴行俭凝视着她的面孔，点头道了声"好"。

食铺外，风不知何时停了，在渐渐暗下来的天色里，远处的三面城墙和两个角楼的轮廓显得越发清晰，街上行人匆匆，街头灯笼摇曳，一片白墙黑瓦之上，无数道深青色的炊烟正在暮色中笔直地飘向高空。

而一千多年之后，这里将只剩下四面被风化腐蚀得完全看不出本来面目的土堆，一处倾塌了半边的角塔，以及无数高高低低的土坑，老师说，这是人类文明被岁月侵蚀后留下的遗迹，有着最淳朴悲壮的残缺美。

一千多年之后，她就在这片土地上背着画夹走来走去，力图找到一处最能体现这种残缺美的视角。那时，她眼里的这些土堆跟别处风化的沙土石崖没有什么两样，她看了半天，怎么也找不到岁月沧桑的感觉。而现在，这感觉就充斥在她的胸口，胀得几乎要溢出来！

一只胳膊紧紧搂住了她的肩膀，琉璃回过神来，转头看见了一双满是担忧的眼睛。琉璃向他笑了笑，"我看好了。"眼眶却不争气地一热，赶紧低下头。

裴行俭一言不发地拥着琉璃走上楼去，关上雅间的门才扳转她的身子低头看着她，声音有些发哑："琉璃！"就在刚才那一刻，他突然有种感觉，她明明还在自己身边站着，却好像已经离自己很远，好像随时会突然消失在夜色里……

琉璃走上半步，把头埋在裴行俭的胸口，紧紧地抱住了他。

裴行俭长长地出了口气，伸手抚摸着琉璃的长发，"你想起什么了？"

琉璃默然半晌，抬头微笑着看向他，"守约，我梦见过这个地方，不过在梦里它叫锁阳城，所以我要再看一看，到底是不是这里。"

裴行俭讶然挑了挑眉，"真是这个地方？"

琉璃肯定地点头，"是。"

裴行俭凝视她半晌，点了点头，目光里依然有些疑惑，"是何时梦见的？"

琉璃叹了口气，"很早以前，我还梦见过敦煌，梦见那里的鸣沙山，我梦见过这片戈壁，因此，适才我在想，或许我是命中注定会来这里。"

裴行俭怔了一下才恍然微笑起来，低头抵住了琉璃的额角，"傻琉璃！"她的舅兄们原是常年走这边的，她多半不过因为听他们说过，才日有所思夜有所梦，不过他倒宁可相信她这有些傻气的说法，那便是上苍可怜他半生孤苦，才把她送到自己身边。

门上轻轻叩响了两声，伙计的声音有些迟疑："里面的客官可是姓裴？有人相寻。"

谁会找到这里来？裴行俭和琉璃都有些纳闷。开门时，却见伙计身后站着的，正是几日不曾露面的穆三郎。

他的神色有些不安，"打、打扰了，远远看着像是你们……"

琉璃怔了一下才想起，因要躲着麴妖孽，穆三郎连日来都是包着脸混在驼队里，顿时满心同情，忙笑道："快进来坐。"回头又问他想吃什么。穆三郎脸上这才慢慢露出笑容，"阿兄跟我说，到瓜州定要吃碗锁阳粥。"

不一会儿，锁阳粥便被盛在青色六棱瓷碗里端了上来，雪白的米粒衬着褐色的锁阳薄片、红色的枸杞，颜色竟也颇为雅致。

琉璃却突然想起了锁阳初露地面时那副见不得人的卖相，忍不住"扑哧"笑了出来。见裴行俭和穆三郎都奇怪地看着自己，她忙努力收了笑脸，"什么沙海人参，看颜色倒像是树根子！"又抬头对穆三郎笑道："表兄请用。"

穆三郎略有些拘谨地点头，"多谢大娘。"又忙忙补充："多谢裴长史。"

裴行俭微笑道："都是自家人，三郎莫见外。"

穆三郎笑了笑，略带羞涩的笑意让那张本便俊美如画的面孔更是生动得令人目眩，琉璃不由暗暗摇头，幸亏安家表兄见机得快……

三个人默然喝完粥，穆三郎抬头看了看两人，犹豫道："听阿兄说，明日出了瓜州，你们便会与麴世子先行一步？"

裴行俭点头，"麴世子说如今一日比一日冷，商队的骆驼又走得慢，我们这些从长安来的人只怕受不住。明日我们便全部换马，最快七八日便能出大海道。"

穆三郎沉默片刻，举起了面前的酒杯，"祝长史和大娘一路平安。"

裴行俭笑道："横竖过几日便会在西州见，你们人多货重，大海道如今虽然沿路都有驿站，到底荒凉，更要谨慎留意些才是。"

琉璃也皱眉道："你只来过一次西州，比我们也强不了许多，还是应该多跟表兄讨教讨教。"一起走了几千里，便是生人也会多出几分亲情，何况穆三郎性子淳厚，一路对琉璃又是照顾有加，在琉璃心里，倒是真有几分拿他当兄弟看了。

穆三郎笑了笑没作声，低头看着案面，长长的睫毛掩住了眼里的不舍。

走出食铺的大门，夜色已是漆黑，见不到城墙角楼的半点影子。琉璃暗自叹了口气，跟在了裴行俭和穆三郎的身后，眼见别院大门就在眼前，身后却是一阵马蹄声响，有人高声笑道："前面可是守约？"

琉璃回头一看，几支火把转眼已来到近前，麴崇裕一马当先，还未到三人跟前便笑容满面地跳下了马，目光在穆三郎和琉璃身上一扫，对裴行俭笑道："守约好雅兴，竟与夫人……"突然回过神来，目光直直地落在了穆三郎身上。

琉璃心中一凛，裴行俭已走上一步，"世子回来得好早。"

穆三郎本来呆呆地抬头看着这行人，突然听到这声世子，忙不迭后退一步，低下头来。

麴崇裕心不在焉地笑了笑，"座上俗人太多，懒得与他们应酬。"说着向裴行俭身后看了一眼，"这位是？"

裴行俭笑道："是拙荆的兄长。"

麴崇裕"喔"了一声，打量了穆三郎几眼，脸上略有憾色，"原来如此。"突然想起什么似的长眉一挑，嘴角露出了一丝笑意，"不知该如何称呼？"

琉璃本来已松了口气，此时一颗心不由又提了起来。裴行俭也怔了一下，眉头微皱，"是穆家三郎。"

麴崇裕看着裴行俭笑道："我怎么记得尊夫人似乎……"

琉璃应声笑道："三郎与我是姨表之亲，因两家住在一处，倒是比亲兄妹还亲厚些，守约也是拿他当亲兄弟看待。"

麴崇裕看了穆三郎一眼，脸上笑意更深，"果然是好人才，怪道守约兄一直不肯引见，却不知三郎明日是否与我等同路？"

琉璃心里一沉，麴崇裕只怕多半已猜到穆三郎不过是小小的商人，所以之前才会刻意避开他，如今又这般追问，难不成……

裴行俭微笑着答道："三郎原是跟我们出来开开眼界的。如今我等要走大海道，到底太过辛苦，他自然还是回去更妥当，今日去食铺便是为了送行。"

麴崇裕大笑起来，"守约多虑了，你看我可像能吃苦之人，你让三郎跟着咱们一起去西州便是，路上绝不会让他吃半点苦头。"说着又看了看穆三郎，醇厚的声音里多了几分难言的魅惑："三郎有所不知，西州风景与长安大为不同，腊月里也时常温暖如春，更莫说各种风光景致，只怕天下也找不出第二处来。"

穆三郎躲在裴行俭身后，努力把身形缩了又缩，半晌才憋出一句："多谢世子好意，我不惯骑马，还是……回去的好。"

麴崇裕眸子一闪，只沉吟了片刻便点头道："这有何难！守约，我适才还在想，若是换马而行，虽是省了时间，却太过辛苦，不如明日咱们还是跟安家一道儿走？"不待裴行俭回答便笑道："我这便去吩咐下人重新准备。"说着把马缰往身边的侍卫手中一扔，大步走了回去。

琉璃愕然看着麴崇裕的背影，又看了看眼睛睁得老大的穆三郎，不知说什么才好，却见裴行俭也盯着麴崇裕的背影，眉头紧紧地皱了起来。

琉璃走上一步，低声问道："你看，这可如何是好。"

裴行俭微一沉吟，摇了摇头，"不打紧，你和三郎回食铺等我，我去府里找一趟舅兄。"说着竟也是大步走进门去。

穆三郎眼巴巴地抬头看着琉璃，"大娘……"

琉璃心中也有些不安，只是看着这双忽闪忽闪、满是惶然的眼睛，还是镇定地笑了笑，"听裴长史的，咱们回酒肆！"

在雅间里，两人大眼瞪小眼地坐了近半个时辰，裴行俭才推门而入，从怀里掏出一个沉甸甸的小包，"这里是三郎的盘缠，你的货物舅兄会帮你处置，你现在便到坊里的康家躲上两日，再去敦煌住进安家，商队明年开春自会回敦煌与你会合。"

穆三郎神色颇为不安，"会不会连累长史和阿兄？"

裴行俭笑得从容自若，"不打紧，咱们这便过去。"

此时的瓜州街头已一片寂静，裴行俭不时停下脚步辨认巷口方向，走了足足两炷香的工夫才终于找到那户姓康的人家。眼见穆三郎的身影悄然消失在门后，琉璃却有些无法踏实下来，身后街头浓黑的阴影里，似乎有什么东西在悄悄窥探。她心里正打鼓，裴行俭已回过身来，握住了她的手，"咱们回去罢，你冷不冷？"

琉璃轻轻摇头，默然与他走了一长段路，还是忍不住问道："这样真不打紧？"

裴行俭的声音异常平静："打紧又如何？"

琉璃叹了口气，的确，打紧又如何？无论如何，他们总不能看着穆三郎落到那种境地！但心头那种隐隐的不安却挥之不去，裴行俭如此处置，看着似乎妥当，却不是他平日滴水不漏的风格。想了半日，她只能道："我心里有些不大踏实。"

裴行俭似乎笑了一声，沉默良久才低声道："明日便要走大海道了，你放心，我总会护你周全。"

到了第二日一早，裴行俭不容分说便给她套上了一身最厚的石青色大毛胡服，琉璃看了铜镜一眼，恍然看见了一只人形狗熊。裴行俭也穿了一袭石青色裘衣，可他身材修长挺拔，看着却并不觉臃肿，反而多了分沉稳飒爽。

琉璃顿时好不郁闷，待在前院一眼见到麴崇裕时，更是无语。这厮竟穿了一身银白色胡服，束着碧玉蹀躞带，袖口领边露出一圈雪白的狐毛，衬得那张脸便如玉雕一般。

麴崇裕似乎心情极佳，看见裴行俭，脸上便绽开了一个优雅的笑容，"守约今日出来得倒是早！"

裴行俭也微笑着拱了拱手，"玉郎早！"

一直等在门口的安三郎忙走了过来，"世子，商队现下都准备妥当了……"

麴崇裕目光向门口一扫，俊眉微蹙，"怎么不见穆家三郎？"

琉璃心里不由一紧，裴行俭似乎也没料到他竟然直接询问，停了半拍才笑道："快莫提他！三郎胆子最小，听说要走大海道，死活不肯去，昨夜便去了城里的族人家中，此刻只怕已是出城回敦煌了。"

麴崇裕脸上的笑容一凝，看向裴行俭的目光变得有些晦暗难明，半晌突然大笑起来，"守约太多虑了！崇裕不过是见三郎谈吐不俗，人品俊秀，想略尽一番地主之谊罢了，他不肯去西州直说便是！这般不告而别，却把麴某当什么人了？"

裴行俭怔了怔，也笑了起来，"是玉郎多虑了才是，此事与玉郎何干？穆家三郎原是家中独子，从小娇惯了些，倒是让人见笑了。"

麴崇裕眉头轻挑，"原来如此……也罢！"他摇头笑了笑，看向裴行俭，"依守约之见，今日咱们是与商队同行，还是自行骑马先去西州？说来今年冷得有些早，再过些日子只怕随时会下雪。"

裴行俭略一沉吟便道："但凭玉郎安排。"

麴崇裕抬头看了看天色，轻轻一笑，"天时如此，还是顺势而为罢！守约，你稍待片刻，我让人重新备下车马，这般天气，咱们还是早些到西州为好！"说完转身便走了回去。

这样也行？这位世子爷的主意当真比水车转得还快！一院子人都有些愕然。安三郎脸上露出了一丝苦笑，上前几步对裴行俭低声道："多谢九郎！"

裴行俭摆了摆手，淡淡地一笑，"穆家三郎也是裴某的亲眷，阿兄太见外了。"

安三郎长长地出了口气："世子大约还要过些时辰才能出发，商队却等不得。九郎，咱们西州再会，你路上多多保重！"又转头对琉璃道："你路上要当心些，万万莫逞强，病了可不是玩的。"

眼见安三郎匆匆出门而去，阿燕也回去重新分配行李，院内再无旁人，琉璃才低声问裴行俭，"穆表兄那边，麴世子会不会……"

裴行俭微笑着摇了摇头，"你莫忧心，不会有事。"

琉璃松了口气，心里却总觉得有些蹊跷，正在出神，就听有人叫道："库狄夫人！"

琉璃抬头一看，不由奇道："柳娘子？"

柳如月带着小芙疾步进门来，开口便道："如月昨夜便想烦扰夫人，听裴长史说世子改了主意才未去打扰，怎么如今却说，咱们还是要分开走？"

琉璃怔了一下，心里涌上了几分歉疚——自打进了敦煌，柳如月便轻易不露面，只是打发小芙来问过几次安，这两日一忙，自己竟压根没想起要与她道声别！只能无奈地点头，"世子刚刚又改回了原先的主意！"

柳如月将她拉到一边，低声道："如月思量了好几日，还是想与你们一路过去，大娘放心，其一，如月并非弱不禁风之人，一路上绝不会添麻烦……"

琉璃苦笑道："此事却不是琉璃怕麻烦，你跟着商队走，路上虽艰苦些，日后却会少几分烦扰。"

柳如月似乎并不意外，微微一笑，声音更低了几分："正因如此，我才毛遂自荐，日后如月需要仰仗大娘与长史之处甚多，总不能白白令你们操劳，还请大娘允许如月追随左右，为你和长史分忧！如月得罪了！"

她看着琉璃的眼睛，轻轻点了点头。琉璃不由愕然，刚想开口，柳如月已深深行了一礼，扬声道："夫人，非是如月不知进退，只是如今让奴单身一人与商队同行，实在有些不妥，这名声传出去可如何是好？请夫人体谅一二！"

她的声音清婉，又带着几分哀怨，莫说门口的人纷纷看了进来，后院也有好几个人探头探脑往里看。

琉璃一时不知如何接话才好，柳如月已转身向裴行俭也行了一礼，"非奴忘恩负义，若无长史与夫人的善心收容，一路照顾，奴焉能走到此地，只是如今这情形……女儿家名声要紧，恳请长史与夫人容奴随行，大恩大德，没齿难忘！"说着已是泫然欲泣。

裴行俭似乎并不意外，目光深沉地看了柳如月一眼，转头看向琉璃，"柳娘子所虑甚是，娘子你看……"

琉璃简直想捂着额头长叹一声——不要这么狗血吧？小檀最是快嘴，应声道："你这娘子好没道理！在凉州时是我家娘子好心才容你与我等一路，你若还在康家商队中，难不成也不肯与他们一道走大海道？怎的就成了我家娘子不体谅你！"

裴行俭脸色一沉，"不得无礼！"

柳如月忙道："康家商队里本有女眷，我在凉州相求时，也是看在队中有女眷的份上，如今却成了如此！奴单身一人，也不知父母兄长是否还在，还望长史和夫人怜悯。"

琉璃皱眉不语，裴行俭淡淡地道："不必多说，你去收拾行囊，我们这一行几十人，怎么也能容下你！"

琉璃只觉得嘴角抽搐，一言不发地转身进了内院。

足足过了半个多时辰，一行人才重新整好行装，麴崇裕带着风飘飘等三十多个男女随从，都是一人双马，浩浩荡荡往西而去。

走了大约一个多时辰，前方便出现了一条大河，河面被冻得结结实实，河岸上荒草焦枯，胡杨成林。一行人沿岸而上，远远地便能看见一大一小的两个黄色方块，前头一个，正是大名鼎鼎的玉门关。

只见这座雄关设在河西岸，把守着过河的要道，城墙不过几十米长，高度却足有两丈，墙外是一圈十几米宽的壕沟，越到近前，那种一夫当关万夫莫开的气势便越是逼人。玉门关西南角几十步外，则是一座不大的城池，正值午时，数十道炊烟袅袅升起，那股恬静的人间烟火气息，和雄峻伟岸的玉门关相映成趣。

风飘飘对琉璃笑道："那是晋昌城，人口不多，午间咱们要在那里打尖歇息。"

一行几十匹马进得晋昌内城，将一处酒肆围了个严实。风飘飘带着琉璃直接到了楼上雅间，只见麴崇裕和裴行俭也是刚刚落座，麴崇裕解开披风，露出里面一身驼色素面胡服，全身别无花饰，只领口一圈深色貂毛，头上则戴着一个深驼色貂皮抹额，整个人虽不如早间一身雪衣时那般风骚入骨，却多了几分英秀爽朗。

琉璃低头看了看自己身上这团毛茸茸的衣服，又转头看了看一身红衣如火的风飘飘，默默无言地在裴行俭身边坐下，不用酝酿情绪脸也垮下来。

裴行俭转头看了她一眼，神色淡然地低声道："待会儿会上锁阳酒，你多喝两口。"

琉璃没精打采地点了点头，麴崇裕目光在两人脸上一转，脸上露出了笑容，"库狄夫人辛苦了。"

此等酒肆饭食自然寻常，一时饭毕，众人从雅间出来，柳如月已亭亭玉立地站在楼道口，抬头看见几个人，上前行了一礼，"多谢世子和风娘子照顾，多谢裴长史与夫人体谅。"动作优雅，声音清甜，连风飘飘都看得呆了一下。

麴崇裕挑眉笑道："这位娘子客气了，你要谢，多多谢过裴长史便是，与我何干？"

柳如月半低着头，轻轻一笑，"世子说得是，自然要多谢长史和夫人，只是奴这番也是给世子与风娘子平白添了麻烦，心里着实过意不去，请两位见谅。"说着又屈了屈膝，退后一步让开了道路，微微低头站在一边。举止之间，自有一分仪态万方的高雅。

麴崇裕眼中的玩味之色顿时更浓。裴行俭若有所思地看了看柳如月，语气颇为淡然，"不必多礼，日后你也是西州子民。"

麴崇裕眼风一扫，正瞧见琉璃身后的小檀狠狠瞪了柳如月一眼，心头一动，低声对裴行俭笑道："守约当真爱民如子，崇裕佩服之极！"

裴行俭一怔，麴崇裕已大笑着走下楼去。风飘飘也看了柳如月好几眼，待下了楼，忍不住低声道："那位娘子看着倒不像寻常人。"

琉璃叹了口气，"我也不大清楚她的来历，只在凉州偶遇，听说是宫中放出来的女子，急着回西州寻家人，我便动了恻隐之心，没想到……"

风飘飘欲待再问，琉璃已从袖子中拿出了手笼，"多谢你送我的这手笼，比寻常的果真要暖和许多。"

风飘飘也笑道："这是雪狐皮所制，原是暖手些。"

一行人再度上马，出城往西，沿着河岸走了一段，在一处岔道转向戈壁。道路很快便消失在荒草沙砾之间，眼前是一片辽远无比的荒野，天地茫茫，除了偶然出现又被超过的驼队，便再也见不到任何人烟。荒野里的风一阵疾，一阵缓，不时发出凄厉的怪声，令人几乎有种不在人世之感。唯有路边每五里便出现的土堆，提醒着人们，他们依然走在大唐的驿路上。

马队一直保持着不快不慢的速度，每过两刻钟便歇一次马力，遇到驿馆则会进去略加休整，半日里走了足足九十里地，道路渐渐从一马平川的戈壁荒野变成了高低起伏的荒山，马匹速度减缓，颠簸更甚，好容易才在天黑前到达了一处大些的驿馆。

琉璃下马时，只觉得身子都僵了，脸上更是毫无知觉，被风飘飘扶着走了几步，这才觉得全身骨头散架般疼了起来。

只见这驿馆是一处不大的两进院子，房屋并不算旧。驿长是个愁眉苦脸的中年人，两个驿卒也是无精打采，其中一个将水井等处给侍女指了一遍，便拖着腿走了出去。而房间里的铺盖，更不知多久没洗过，几乎辨不出本来的颜色。

琉璃看到这副情形，不由诧异不已。风飘飘笑道："此处的驿馆不能与外头相比，不过是守个水源应付差事，都是被强征来当差的，只怕和坐牢也差不太远，哪里还耐烦管你铺盖如何？"几个西州侍女拿了干净的布绸过来，将铺盖重新包了一遍，又烧了热水。琉璃净了手面，歇了半晌，这才缓过来一点。风飘飘不顾琉璃推让，伸手在她腰背上用力按摩敲打了一番，一面便笑道："这一路太过颠簸，不是如此痛上一痛，夫人明日只怕更是难忍。"

如此折腾到吃过饭，琉璃便把小檀和阿燕都轰了回去，让她们互相敲打松泛、好好歇息，自己也坐在了烧暖的炕上，看着空荡荡的四墙发了会儿呆，想到明天又有些犯愁，思来想去，不知不觉竟抱着被子睡了过去。

本来便只烧得半热的炕渐渐凉了下来，她迷迷糊糊地缩紧了身子，突然身上一紧，被搂入了一个温暖的怀中。

琉璃舒服地叹了口气，往那怀里缩了缩。头顶上响起了一声叹息："你怎么被子也不盖好便睡了，着凉了可如何是好？"她一个激灵清醒过来，睁开眼睛看了看裴行俭，又看看自己身上，懊恼地叹了口气："我原没想睡的，什么时辰了？"

裴行俭笑道："吃过饭也没多久，幸亏今日回来得早，不然你只怕真会冻着了，下回你别等我，多睡一会儿是正经。"又低头端详着她，"今日可是累得狠了？"

琉璃摇了摇头，"累倒还好，只是颠了些，还有些冷。大约过两天惯了便好。"

裴行俭没说话，只是手上搂得更紧，半晌道："明日我来带你。"

琉璃眨了眨眼睛，有些不解，他不是扮了一整日面瘫吗？怎么突然又一百八十度大转弯了？裴行俭低声笑道："你没听过床头打架床尾和吗？再说我原是做了让你不高兴的事，要讨好你一番也是常情。"

他伸手顺了顺琉璃额角上散落下来的头发，"这种天气这种地方，你还是在我身边，我的心里才能踏实些。明日你便这样……"在琉璃耳边低声说了几句。

这样也行？琉璃怔了一下，笑出声来，突然觉得前面这一千多里的大海道，似乎也没什么可怕的了。

第六十六章
海道雪寒　交河风暖

风渐渐停了，天色却愈发阴沉。麴崇裕抬头看了看压得低低的云层，眉头微皱，伸手摘下貂皮面罩，高声吩咐道："前面不歇马了，一口气过了山口再说！"

马队前方的裴行俭带住马缰，回头问道："是要变天了么？"

麴崇裕点了点头，"正是，只怕过一阵子便要下雪。好在前面十里便能出山，山外是二十多里的沙砾戈壁，出了戈壁便算出了大海道，守约你看……"他本想催马上前，从裴行俭的怀里却突然钻出一个毛茸茸的脑袋，头面包得严严实实，只露出一双眼睛，忽闪忽闪地看向麴崇裕，随即便拉下面罩，回头看向裴行俭，娇声道："真的呀？守约，咱们真的要出这大海道了？"

麴崇裕脸上的笑容一丝未变，"正是，若是路上顺利，到天黑前便能到一处村镇。"手上却是一缓，任由裴行俭的马跑到前面，风里隐隐传来细碎娇媚的女子声音："真好……总算……"

过得片刻，琉璃从裴行俭的肩头上探出半个头来，看了看远远落在后面的麴崇裕，低头时已是乐不可支——她总算找到了这位妖孽的死穴！进入大海道第二天，她便摆出了一副破罐子破摔的架势，死乞白赖一步不离裴行俭，每日最多骑个二三十里马便嚷嚷头疼，必定要裴守约带她才罢休。裴行俭只是满脸无奈，麴崇裕眼里的嫌恶倒是一日比一日藏不住。而他每次过来搭话，自己只要笑得甜一点，语气放得娇一点，他更是跟见了鬼似的闪得飞快！

裴行俭拿下巴在琉璃的头上蹭了蹭，"小坏东西！"

琉璃轻声笑道："谁坏？我可全是听你的，如今咱们俩名声全毁啦！这些人多半都在笑你惧内，说我不知尊重。如今连风娘子看着我都笑得怪怪的，柳阿监还要每日哀怨地看我几眼才算完事，连阿燕和小檀都吞吞吐吐地劝了我两回，说是要为你的名声着想……"

裴行俭的声音里满是笑意："那又如何？房相惧内的名声天下皆知，难不成有人便能因此瞧不起他?这天是越来越冷,若把你冻出个好坏来,多少名声能换回来?再说,如今他们越是瞧我不起,咱们便越是安稳。只是为了这安稳,如今也只能委屈你了。"

琉璃往裴行俭怀里缩了一缩,心里暖烘烘的,其实受委屈怎么会是自己?在外人的眼里,自己不过是个内宅妇人,娇痴一些也不算什么,倒是裴行俭,宁可别人觉得他无用、惧内,也不希望让人看出来自己是他的软肋——只是,他为何会把西州局势看得如此严峻?难道就因为这个雄孔雀般在大海道上也一日换身新衣的麴世子?

裴行俭的手臂突然揽紧了她,低声道:"小心,坐稳些。"琉璃忙抓住了马鞍,马背往前一倾,原来是到了下山道。

下山的路原本便比上山更难行,马匹到后来几乎只能碎步往前走,足足走了半个多时辰才终于来到平地,穿过一处山口,眼前便出现了满是黑色砾石的戈壁滩。

琉璃松开手,长出了一口气,眼睛上却是一凉,她眨了眨眼睛才反应过来,是一片雪花沾上了睫毛。没多久,一片片小小的雪花便飘落了下来。

最后这二十多里的路一马平川,马蹄声声踏碎风雪,而身边荒凉的戈壁上则渐渐出现了一小篷一小篷枯黄的草丛和稀稀落落的低矮灌木,待到一大片树林终于出现在视线中,众人都忍不住欢呼起来——在这样的荒野中走了十天,任谁都向往暖烘烘的屋子、盛满水的浴桶和欢歌笑语的寻常人家了。

琉璃却有些怅然,除了刚刚成亲那几天,她还从没这样天天和裴行俭腻在一处过,这一路虽然天寒地冻,可有这样一个温暖的怀抱,能听着他时而正经时而胡扯的低声笑语,只让人觉得安心。出了大海道,她便是脸皮再厚,也不好意思这样天天霸着他缠着他……她忍不住深深地叹了口气。

裴行俭笑了起来,"娘子明鉴,在下日后定然时常带娘子出来。娘子让我往东,我绝不敢往西。"

琉璃轻轻哼了一声:"我知道,你定然会往北去!"

裴行俭一本正经地点头,"娘子的教诲在下牢记在心,日后便是赴汤蹈火,也要往南走!"

两人都戴着面罩,一路走一路低声斗嘴,细碎的雪花在两人的帽子上、肩头上,渐渐积了薄薄的一层,只是露在风雪中的两双眼睛里,却都盛满了温暖的笑意。

马队穿过树林,一个小小的村落出现在绿洲之中。几个孩童跑了出来,突然认出穿着银色斗篷、骑着白色骏马的麴崇裕,一起欢呼起来:"玉郎来啦!玉郎来啦!"

麴崇裕扬声大笑,"待会儿到徐娘子的客栈来,请你们吃枣糕!"孩童们欢呼着撒腿便跑,不少妇人老丈也走出门来,笑呵呵地向马队挥手。

马队在绿洲尽头一栋两层小楼前停了下来,那黄泥土楼看着已颇有年头了,背后便是高高的沙丘。琉璃四下看了几眼,心道,这客栈里面若也有一个美貌的老板娘,门口倒是可以直接挂块招牌——龙门客栈!正胡思乱想,就听见门内传来了一阵清朗的笑声:"世子爷,快些里面请,我家小棋已经惦记你的枣糕好久了!"

难不成真有金镶玉?琉璃唬了一跳,就见一个二十多岁的清秀妇人携着一个小小的女娃笑嘻嘻地走了出来。

麴崇裕把马缰往随从手中一丢,笑着走上几步,"徐娘子怎么越发年轻了?看着倒像是小棋的姊姊。"

徐娘子大笑起来,风飘飘也提马赶到,跳下马脱下披风便抱住了那个叫小棋的娃娃,村里的孩童也跑了过来,闹哄哄地挤了满屋。麴崇裕吩咐随从拿了两包枣糕出来,发到孩子们手上,店里的伙计牵马的牵马,抬行囊的抬行囊,与随从们说说笑笑,客栈里外顿时一片欢声笑语。

琉璃看着人群中笑得格外放松的麴崇裕,只觉得眼前之人实在有些陌生,不由回头看了看裴行俭,只见他的脸上也带着微笑,眼神却若有所思。

麴崇裕对徐娘子笑道:"今日你却要打起些精神来,这位裴长史和夫人乃是长安来的贵客,这是他们到西州的第一顿饭,是好是坏便看徐娘子的手艺了!"

徐娘子忙笑着过来行礼,"果然是长安来的贵客,气度与众不同。小女子的手艺招待来往的客商、牧马的群头也罢了,哪里入得贵人们的眼?贵人们平日吃得精细,小女子手艺粗糙,请多多担待才是。"

裴行俭微笑着欠了欠身,"有劳徐娘子。"琉璃便笑道:"娘子说得是,咱们已是吃了整整十日的沙子,如今听见'细'字便心惊,正要请娘子多做几碗粗些的肉鱼才好,便是整只的也不怕!"

徐娘子顿时笑得眉眼弯弯,携着琉璃的手便往里走,"夫人好生风趣,外面天寒,快些进去坐。"

看着琉璃的背影,裴行俭眼底的笑意还未到嘴边,已变成了一声无奈的长叹;麴崇裕不屑地挑了挑眉,转头看着裴行俭时,却是一脸真挚不过的笑容,两人相视而笑,同时道了声"请"。

在大沙海客栈休整了一夜,第二日马队出发时,人人都精神了许多。雪早停了,道路也越走越平整,马队穿过大阿萨镇,半日工夫便来到以葡萄美酒闻名西域的柳中县。用过午膳便一路向东北而去,越走天气似乎越热,众人很快都脱下了皮毛外套,琉璃也换上了一身青色丝绵胡服,顿时觉得整个人轻了十几斤。

到了次日下午,灰白色的太阳刚过中天,前方突然传来一阵欢呼。琉璃正在纳闷,风飘飘在马镫上站了起来,挥鞭一指,"夫人,前面便是西州!"

琉璃忙抬头看去,只见前方是一个巨大的山谷,两条河流围绕着一座高高的山崖交流而过,一眼望去倒是一片青山绿水,却哪有城池的半点踪影?

待到近前,琉璃才发现,那足有三十米高的悬崖上,的确隐隐有几角飞檐,高崖上还有一道大门,相对而立的高大双阙中,一条长长的台阶直通崖底的河谷。而河谷中,一顶华盖,数十道人影,已列出夹道相迎的阵势,让人不得不相信,西域最繁华的西州城,就在这片四面绝壁的土台之上。

仿佛嗅到了家园的气息,几十匹骏马撒欢般一口气冲下了河谷。虽然已是十一月中旬，山谷中河水依旧清澈见底，草木犹有茵茵绿意。马队在一道石桥上呼啸而过，下桥没几步，马蹄踏处已变成了绿草如织的平坦河岸。近在眼前的狭长土崖看起来就如一条停泊在河谷中的巨轮，让人目眩神驰。

离迎接的人群还有几十步，众人一齐勒缰下马。麹崇裕引着裴行俭快步走了过去，而在那顶紫色华盖下，一位须发半白的男子也在众人拥簇下缓步走了上来，正是安西都护麹智湛。

琉璃落后了十几步，看着前面那群男人互相行礼客套，目光不由自主落在麹智湛身上。他长着一张让人难以记住的圆脸，身子明显有些发福，行动间一派颤巍巍的慢条斯理。她忍不住又看了看他身边身材挺拔、笑容优雅的麹崇裕，心里不由冒出了一个八卦的恶劣念头。

不待她多想，迎接的人群中，几位打扮体面的女子笑吟吟地走了过来。风飘飘忙向琉璃笑道："这些都是都护府的官眷女眷，最前面的那位祇夫人，乃是麹都护的如夫人。"

如夫人？既然跟着麹智湛一道来迎客，想来绝不会是寻常侧室。琉璃不敢拿大，快步迎了上去。这位祇氏看着三十出头，穿着绯色小团花的襦袄长裙，相貌极为清婉，笑着对琉璃说了声："长史夫人一路辛苦。"琉璃忙敛衽行礼，"有劳祇夫人相迎，日后还请夫人多多提点。"

另外几位夫人也都上来见了礼，什么严都尉家的郭夫人、梁骑尉家的卫夫人、王明府家的麹夫人……看容貌都是正宗的汉人女子，礼仪谈吐、衣饰打扮也与长安贵妇无甚差别。那位最年轻的麹夫人生得异常美貌，长眉入鬓，凤眼微挑，琉璃只觉得眼熟，见她满不在乎地淡淡一笑，才想起是与那位孔雀兄有几分相似。

眼见众位官员已拥簇着麹氏父子和裴行俭登上了那道高高的台阶，祇夫人也亲热地携了琉璃的手，一路往上而去。穿过双阙对立的大门，眼前豁然开朗，一个长约七八丈、宽约十余丈的瓮城出现在门后，藏石坑、瞭望塔等防御之物一应俱全。

瓮城的门口，一条大道随着斜坡向上而去，几十步后道路渐渐转为平坦。琉璃原本以为还在山崖之间，走了几步才赫然发现，自己已置身于一座巨大的黄土迷宫——脚下分明已经是休整过的平直道路，路边还有平民打扮的人来来往往，而道路两边却依然是山崖般敦实的高大土墙，一时让人分辨不清自己到底是走在幽深的街道上，还是宽广的壕沟里。

大约是看见了琉璃脸上的迷惑，祇夫人轻声笑道："让夫人见笑了，这西州城最是风大，因此修屋时多是掘地而居，十几年前乔都督重修州城时便将所有街道都向下挖了一丈。莫说库狄夫人，我们这些人几年前回来时也唬了一跳，不过这样一来，倒当真是少了好些风吹日晒之苦。"

说话间，众人从小街转到了一条极为宽阔的主路上，两边依然是高达丈许的生土墙，道路一头通向香烟缭绕的庙宇，另一头通向人流稠密的市坊，而道路中部则是一栋门庭宽阔的官署，正是西州都护府。

进了府衙，沿着斜阶往下，是一处宽大的地下庭院，男子们进了官署后院的厅房，祇夫人则带着琉璃穿过后门，来到一处独立的院落。院子分内外三进，所有房屋都是双层，院中略有几处花木扶疏之所，虽不如府衙严整，却多了几分精致，想来是麴氏平日起居之所。

祇夫人也不多客套，笑着请琉璃先行沐浴更衣。琉璃哪里说得出一个"不"字，待真的见到那个半人多高的香柏木浴桶，更是险些没热泪盈眶。

这一路上，大海道里固然滴水如金，有时连洗脸都是奢望，而大沙海客栈的浴桶比脚盆也大不了太多，又怎能跟眼前相比？脱下衣服，她一步步走进浴桶，憋了口气深深地沉入水里，只觉得四肢百骸都变得暖洋洋的，幸福的小泡泡一串串向水面上冒去。

待得她从头到脚焕然一新，已是半个多时辰之后，没歇多久，祇夫人便亲自过来相邀：都护府的软脚宴已然备好，可以入席了。

日头刚刚西斜，都护府庭院里果然已是灯火摇曳、乐声悠扬，庭中变戏法般地出现了两顶华丽的帷帐，西面帷帐里坐着十几位官员，东边则坐了女眷，帷帐里的长条高足案几上，满是精致的点心与各色瓜果。

琉璃坐在言笑晏晏的祇夫人身边，安静地听着身边这些女眷们你来我往的说笑打趣，没多久便发现，这些西州的官家女眷似乎比长安人更重门第。言谈中，随口带出的便是咱们敦煌祇氏如何，你们西平郭氏如何，又是什么武威孟氏竟向敦煌张氏求娶嫡女……琉璃顿时有些头大。

听着她们又谈到了平西祇氏的一桩轶事，琉璃心不在焉地往外看了一眼，暗暗纳闷：裴行俭怎么还未露面？就听身边的祇氏笑道："库狄夫人，不知如今的长安时兴哪种妆容？"

琉璃回过神来，微笑着答道："如今最时兴的是翠色重眉，斜红便要画得细些，以金镂花钿来衬眉色。"

众人顿时都来了兴趣，有问裙子是七幅还是八幅，有问发髻可出了什么新样式，琉璃逐一答了。有人问到衣裙纹样时，她顺口便道："长安的贵女淑媛们原先都爱用瑞兽佳禽纹样，这一两年也有爱穿花卉彩蝶的了，不知西州这边时兴什么？"

祇氏笑道："这边最多的还是狩猎对兽这些老纹样，咱们可不敢与库狄夫人相比，夫人做的裙子，可是皇后和昭仪都赞不绝口的！"

麴家的消息好灵通！琉璃心里有些吃惊，只得笑道："夫人过奖。"那些西州官眷的眼睛立时又亮了几分，便是原本对琉璃爱答不理的几位，也重新换上了审视的目光。

坐在琉璃对面的麴娘子依然是淡淡的，只轻声问："夫人适才说到长安最兴重眉金钿，却不知夫人自己为何还是淡扫细眉？"

琉璃摇头笑道："重眉金钿，原要生得富贵才相称。琉璃这般妆点，脸上便只剩下一对眉毛，美味在前，若是教诸位夫人倒了胃口，岂不是罪过？"

正说笑间，就见院子的侧门口人影晃动，裴行俭和麹崇裕一前一后走了进来。麹崇裕穿了一件绯色长袍，愈显面如冠玉、顾盼神飞。裴行俭则穿了一件宝蓝色的圆领袍，不知是不是袍子颜色过于鲜亮，脸色看着似乎有些苍白，神情也不如平日沉稳镇定。

琉璃心里不由一紧，就听见西边帐内有人高声笑道："玉郎今日却是来迟了，该罚一杯！"

麹崇裕不急不缓地走了过去，拿起酒壶倒满一杯，仰头便喝了下去，顿时赢得一片彩声。

女眷这边便有人轻笑："镜娘，也就是你家王明府敢这样灌世子的酒！"

麹镜娘依然是淡淡地笑了笑，眉梢眼角却多了两分欢悦。

没过片刻，麹智湛也从后院踱了出来，一番客套礼仪之后，酒宴开席。各色珍馐佳肴流水般送到各人面前的食案上，院中胡姬翩翩起舞，帐内众人推杯换盏，一时欢歌笑语不绝于耳，直闹到月上中天。

眼见天色已晚，女眷们陆续告辞而去，琉璃的心神大半都放在了另一座帷帐中，听得那边阵阵喧哗，哄笑声中不时带出"长史"二字，心里不由越发不安。她正想找人问上一声，一名婢女匆匆过来向祇夫人低声回禀了几句。祇夫人抱歉地看向琉璃："库狄夫人，长史适才喝得多了些，已被扶到客房歇息了。"

他喝多了？琉璃霍然起身，刚要开口，一个绯色的身影微微晃悠着走了进来。

"库狄夫人，抱歉抱歉，今日全是崇裕的不是。"麹崇裕伸手撑住了案几，笑嘻嘻地抬头看向琉璃，白皙的面孔染了酒色，竟有几分艳如桃花的意思。"崇裕原是想让长史今夜到我那边歇息的，也好与他秉烛而谈、抵足而眠，不想守约今日竟是酒兴大发，一时过了量，还望夫人莫怪。"

和他抵足而眠？琉璃暗暗道了声阿弥陀佛，面上只笑了笑，"世子客气了，守约在这边客房歇息也是一样。"

麹崇裕呵呵笑了起来，"怎会一样？这边的婢子都是粗手笨脚多嘴多舌之辈，哪里及得我府上的一半？今日承蒙守约不弃，她们有福尽心伺候守约沐浴更衣，其中滋味，守约想来终生难忘！"说着目光在琉璃脸上一溜，笑得更是开怀，"夫人不必谢我，我与守约一见如故，但凡他喜欢的，崇裕决不吝惜！"

祇夫人忙道："玉郎，你休得乱说。"

麹崇裕凤眼微睁，"崇裕何曾乱说，库狄夫人回去一问便知！"

琉璃冷冷地看了他一眼，她自然知道裴行俭绝不是美色当前便把持不住的人，但想到他今日进门时的脸色，心里还是有些乱了起来，只能转身看向祇夫人，"夫人，不知客房……"

祇夫人笑道："我这便带你去。"又提高了声音："来人，扶世子回去休息。"

琉璃头也不回地跟着祇夫人离开了庭院，只是身后麹崇裕那得意洋洋的笑声，却依然一阵阵地钻到了她耳中。

掀起客房内室的锦帘，一股酒味顿时扑鼻而来，明晃晃的烛光中，只见裴行俭仰面睡在屋中柏木大床上，一只脚还耷拉在床沿外。

琉璃快步走到床前，只见他闭着眼睛睡得正香，满腹疑惑只得放到一边，弯腰将他的脚搬到床上放好，又拉好被子，回身到外屋略洗漱了一遍，麴家的两名侍女已送来了醒酒汤。

打发走婢女，琉璃拧了把热巾，走到床前将裴行俭的脸上手上都仔细擦了一遍，又动手帮他脱衣，只是刚刚解开第一根衿带，背后一紧，整个人便跌入了一个几乎有些火热的怀抱。

裴行俭的声音低低地带着笑意，"我还从不知道，我家琉璃竟是这般贤惠。"

又是装的！琉璃不由又好气又好笑，狠狠捶了他一下，"你又哄我！"

裴行俭轻轻"唉"了一声："我怎生哄你了？那些西州官员一个个的过来敬酒，我少说也喝了两三升，再不装一装，便真要醉了，难不成让你在西州的第一夜便对着个醉鬼？听一夜酒话？"

琉璃不由笑了起来，"你怎么把自己弄得这样一身酒味？"

裴行俭放开她，起身脱了外袍，远远地扔到了一边，"洒了些酒在袍子上而已。"

琉璃起身要给他端醒酒汤，裴行俭按住她，自己过去一口气喝了，又倒了杯水漱口，这才回身上床，侧身将琉璃搂在怀中，长长地出了口气，"你的身子总算暖和了。"

琉璃心里顿时一片柔软，在大海道时，她的脚冷得就像冰块，自己都不敢去摸，可每天夜里他都要先把自己的脚放在怀里捂热……她轻轻地"嗯"了一声："西州竟似比长安还要热些。"

裴行俭的手指在琉璃的长发间滑动，"这里原是炎热多风，不然也不至于要掘地而居了。"

这便是掘地而居吗？琉璃原本已作好了住窑洞的打算，今天看到的却是这种地上地下两层楼的房子，"我看这屋子冬暖夏凉，倒也不错。"

裴行俭没有作声，低头吻了吻她的额头，双唇正要下移，琉璃心里一动，侧脸躲开了他的亲吻，裴行俭不由一怔。

琉璃定了定神，抬头看着他，"适才麴崇裕跟我说，你在他那边由婢女伺候着……"她不是不相信裴行俭，可怀疑的种子若不及时碾碎，说不定便会疯长成一棵带毒刺的荆棘，那才是正中别人下怀！

裴行俭看着琉璃认真的眼神，嘴角的微笑慢慢收了起来，"他是不是说了那几个婢女伺候我沐浴之事？"

琉璃点头，"他说你会终生难忘。"

裴行俭眉头一皱，脸色冷了下来，"他是这么跟你说的？"低头看了看琉璃，又叹了口气，"其实也没什么，说出来你莫害怕。"

害怕？她为什么要害怕？琉璃越发不解起来。

裴行俭声音微沉："今日你跟着都护夫人走了没多久，麴玉郎便带我去世子府沐浴更衣，又打发了四个婢女过来伺候。我让她们打好水便出去，可这几个人竟是一言不发地跪了下来，我让她们起来说话，结果，"他顿了一顿，"她们抬头张开嘴，却是舌头都被割掉了半截。"

四个妙龄女子跪在地上抬头微微张开檀口，露出的却是被割掉了半截的可怖舌头……琉璃只觉得嘴里一阵恶寒，不由"嘶"地吸了口凉气。裴行俭忙轻轻拍了拍她，一口气说了下去："我当时也唬了一跳，只得听任她们伺候沐浴，结果这几个婢女挽起袖子，胳膊上竟也全是陈年的烫伤鞭伤，层层叠叠，触目惊心……"

想到麴崇裕那张优雅的笑脸，琉璃只觉得背上发冷，忍不住低声骂道："混账！"难怪裴行俭脸色不好，任谁看到这种骇人的场景，发现那个亲切斯文、无微不至的世子本来面目竟是如此阴毒变态，只怕都难以镇静下来。

裴行俭的声音里只有嘲讽："其实混账的不是他，他只是聪明过头了一些而已。"

什么意思？琉璃惊讶地看了裴行俭一眼。

"这些事只怕与麴玉郎无关，"裴行俭的微笑十分笃定，"我在河东公府时，也常见到大长公主的侍女，今日麴玉郎的几个婢女虽然看着举止谨慎，骨子里却没有那种如履薄冰的惶然；至于手臂上的伤痕，也绝不是这一两年里落下的。麴玉郎不知是在哪里买了这些婢女，唬人的效果倒当真不错。"

琉璃迷惑地眨了眨眼睛，麴崇裕只是故意吓唬他，他早就看出来了？也就是说，他连进门时那种不自在的脸色都是装出来的？裴行俭笑着低头在她的眼睛上一吻，"你再这样看着我，我话都说不下去了！"

琉璃好笑地推了推他，"我见你脸色不好，担心了一夜，原来你尽是哄人！"

裴行俭淡淡地一笑，"既然有人成心要吓唬我一番，指望我自此循规蹈矩，我若是不因此变得有些失魂落魄，岂不是太不识趣？

"其实今日在都护府与西州官员们一晤，不难看出，这些官员对麴都护并不算十分敬畏，可麴玉郎但凡咳嗽一声，屋里便没人敢再开口。可见这位世子到西州虽不过两年，却已是牢牢掌握了上下人心……"

琉璃想来想去，忍不住叹了口气，"那只死孔雀到底想做什么？"

裴行俭沉默片刻，脸上露出了和煦的笑容，"无论他想做什么，看在他如此尽心尽力，连你都要照顾到的份上，我自会做个好客人，让他好好开心上一段日子！"

这种笑容！琉璃默了一默，裴行俭的这种笑容有多可怕她是知道的。每次有人惹了自己，他都会……心头似有一股暖流慢慢涌过，她在裴行俭的胸口上蹭了蹭，"这有什么好恼的，我才不会信他胡说，他多半只是看我不顺眼。倒是你莫大意了，这里到底是他的地方……"那只孔雀笑得太嚣张太得意，不像在耍阴谋，倒更像故意在气她。

裴行俭低头封住了她的双唇，半晌才轻声道："不许再提他。"

"你现在谁都不许想，什么事都不许想，琉璃，我都忍了十多天了……"

琉璃还未开口，比平日更炙热的吻便密密地落了下来。没多久，别说麴崇裕，她连自己是谁都想不起来了，满心满身里，都只剩下了眼前这个温柔而霸道的男人。

第六十七章
岁月静好　初次交锋

"琉璃。"

耳边熟悉的温厚声音让琉璃迷迷糊糊地睁开了眼睛。裴行俭的笑容近在咫尺，琉璃揉了揉眼睛，脱口道："你今日不用上朝么？"额头上顿时挨了轻轻的一个弹指，"傻琉璃！"

自己真是睡傻了！琉璃揉着额头往外面看了一眼，高高的窗子倾泻进来的光线已是颇为明亮，"什么时辰了？"

裴行俭笑道："怎么都过了辰时吧？适才听见外面的动静，似乎有人来访。"

已经这么晚了？还有客人来访？琉璃忙要起身，裴行俭轻轻按住她，"不急，"他脸上的笑容有点意味深长，"我原是喝多了的。"

琉璃疑惑地看着他，外面的确隐隐有动静传来，她可没生了裴行俭的顺风耳，实在听不清到底是什么人，想来不是祇夫人便是那只孔雀。躺了片刻，她到底还是起身穿上了衣服，裴行俭却依然靠在床头，笑着指了指丢到一边的外袍。

琉璃摇头一笑，只得起身下地，开门让阿燕找件新外袍出来。小檀便回道，麴世子适才来过一趟，刚刚才走，说稍后再来打扰。

果然是他！是来检验挑拨离间的胜利成果吗？琉璃忍不住"哼"了一声。

待到两人梳洗完毕，又用过早点，麴崇裕果然再一次笑吟吟地出现在了门口。裴行俭起身迎了一步，"听说世子早间便来过，行俭失礼了。"

麴崇裕笑着看了他一眼，"守约怎么今日客气起来了？昨日原是我的不是，不曾约束那几个小子，才让你喝多了些。"

裴行俭笑了笑，"同僚们也是一片热心。"神色温雅一如平日，只是眼帘微垂，有意无意躲开了麴崇裕的目光。

麴崇裕笑容更是笃定了几分，又看向琉璃，"昨夜崇裕酒后胡言，请嫂夫人莫怪。"

琉璃心里发狠，面上却笑得十足甜腻，"哪里的话！世子多虑了，世子原是好意，我正该替守约多谢你才是,哪里会怪罪?"说着走到裴行俭的身边,轻轻拉了拉他的衣袖,"守约,你说是也不是,嗯?"

裴行俭笑了笑没作声,琉璃便掩着嘴吃吃地笑了起来。麹崇裕脸上的笑容顿时有点发僵,闪开视线笑了笑,"夫人不见怪便好,不见怪便好!"

三人说了几句闲话,麹崇裕含笑道:"崇裕此来,却是想问一问,守约昨日也看过一遍这都护府附近的情形,不知如今打算在何处安家?"

裴行俭还未开口,琉璃便抢着笑道:"多谢世子费心,我们已在曲水坊置下了一处宅院,今日便要搬过去呢。"

麹崇裕不由一愣,"曲水坊?那坊里倒有一多半是胡商,以守约的身份,是不是不大合适?"

琉璃笑得眉眼弯弯,"是么?那倒是正合我意!守约也不会介意,守约,你说是不是?"

裴行俭笑着点头,笑容多少有些尴尬。琉璃却半分不觉,依旧是眉开眼笑,"听说那里离市坊最近,一定热闹方便。"又忽闪着眼看向麹崇裕,"世子,那曲水坊离府衙远不远?"

麹崇裕几乎没后退两步,忍了忍还是笑道:"还好。"

"那便好!横竖西州也就这么大,守约上衙也不过多走几步而已。守约,我们现在便过去看看好不好?"琉璃伸手拉住了裴行俭的袖子,又转头笑着问麹崇裕:"世子要不要一道过去?"

麹崇裕忙不迭地摇头:"今日崇裕还有些杂务,不如稍后再来打扰。你们若有需要,叫人来知会我一声便是。"

裴行俭点头笑了笑,态度里多了几分疏离和恭谨,"多谢世子。"

琉璃却遗憾地拖长声音叹了口气:"世子怎么这般忙?若您和我们一道去,那边一应用品都是全的,中午正能请世子吃顿便饭。说起来,守约也好久没吃过我做的饭食了。"

麹崇裕垂眸微笑,"日后再领也不迟。"

琉璃又掩着嘴笑了起来,"一言为定!世子,您喜欢吃什么?"

麹崇裕顿了顿才道:"崇裕并无偏好。"眼见琉璃眨着眼还要问,忙道:"今日既要迁居,崇裕便不打扰两位了,你们先忙,不必送我。"抱了抱手转身便走。

眼见帘子落下,麹崇裕的靴声迅速远去,琉璃绷着脸走进内室,一进屋便低头闷笑起来。裴行俭伸手将她按在自己胸口,笑着揉了揉她的头,"小促狭鬼!"又低声道,"麹崇裕此人只怕是睚眦必报的性子,你还是莫惹他的好。"

琉璃扬眉一笑,"他报什么?报我请他吃饭么?谁叫他大早上就来恶心人!"

裴行俭笑道:"我看他此来倒是诚心诚意想送咱们宅子,谁知你手脚么快,还没出长安就置下产业了!"

琉璃横了他一眼,"我原没把你算进去,只买了处小院子,你若看不上,后悔还来得及。"

裴行俭手上微一用力，低头在琉璃耳垂上轻轻咬了一口，"又胡说了！我要麹玉郎预备的院子作甚，好让他在左邻右舍都打下埋伏么？横竖我是跟定你了，只要那屋子里有你的床，就不愁没我睡的地方！"

琉璃笑着拧他，"脸皮越发厚了！"

两人换上出门的衣裳，绕出都护府后门，一路向曲水坊而去。这西州城街巷幽深，地方却极小，一条南北主街长度也不到一里，位于南边市坊旁的曲水坊自是转眼便到，安家转让的宅院就在南门附近。

推门走进这个院子，琉璃心里突然有了种奇异的感觉。

宅院不大，两进半的院落，三间两架的正房，屋子都是双层。西州人盖房时都是先在地面画好屋子的轮廓，然后将轮廓线内外的生土全部挖掉，留下的部分就是墙壁；之后再在墙上挖好门窗、铺上楼板，盖起屋顶，便成了一座两层小楼。横竖这座城池的街道、庭院都是向下挖出的，屋子除了采光略差些，倒也不会气闷。

这处宅院正是典型的西州风格，门庭并不宽阔，亦无花木之盛，外院几间屋子的生土墙上只抹了层同色粗泥，内院房舍的外壁也不过涂着浅黄色细泥。明明是两年前新修的院落，看去竟仿佛有着历尽沧桑的古朴。

一旁的管家老何小心地看了琉璃一眼，满脸赔笑道："好教娘子和阿郎得知，咱们这院子极是难得的，院子敞亮、房屋结实倒在其次，院里还有口深井，井水清甜，最是便利不过！"

老何的口音多少有点古怪，琉璃琢磨了一下才明白他的意思，不由有些纳闷地看了看他：有井很了不起吗？老何忙笑道："娘子有所不知，咱们这西州虽不似别处缺水，寻常人家平日里也须自行去东门下的河道中取水，这院中有井的人家十户里也不过两三户而已。安家在西州的几处宅院里，就数这口井最好。"

裴行俭转过身来，点头笑了笑，"这却要多谢舅父厚爱了。"

老何悄悄松了口气，昨日那位姓古的大汉转交的主人家信上写得明白，这宅院和院子里的几个下人，都已经转手给了眼前这对官家夫妻，听说这位阿郎是什么长史，满西州只比麹都护小上一级，他和老伴担了一夜的心，没想到两人竟是这般年轻俊秀，说话又是这般和气。

在院里转了一圈，琉璃和裴行俭挑帘进了主屋。只见屋子颇深，两扇高窗都打开了一多半，两道光柱照亮了整个屋子。墙上涂着光洁的白泥，地下铺着深色毡毯，外间设着坐榻屏风等物；西屋里，一张六尺宽的箱式床上挂着浅青色的绸帐，虽不奢华，却十分洁净。

琉璃怔怔地看着这间屋子，只觉得那种奇异的感觉更浓了一些。

老何在她身后笑道："这屋里昨日细细地收拾过一遍，用具一概是新的，娘子若是觉得哪里不妥，老奴马上去换。"

琉璃回过神来，点头笑道："都很妥当，你先去吩咐厨下备好午膳，再把西州这边我们需要送礼的几家族中长辈名单列出来,待我们备好礼品,还要烦劳你带上阿燕一家家送到,就说我改日前去拜访。"

老何笑嘻嘻地领命而去,腰杆明显直了两分。

琉璃转头对阿燕和小檀笑道:"西厢房那三间屋子,你们自己随意挑吧,待会儿用过午膳,阿燕收拾收拾行囊看还缺些什么,小檀和我一道去市坊!"

小檀欢呼一声便跑了出去,阿燕也笑着行礼退下。裴行俭笑吟吟地走到琉璃身边,"你倒是布置得快,只是安家的那几户族人,为何是你改日前去拜访,不是咱们去拜访?"

琉璃一愣,安家在西州自然也有分支,可血脉已远,并不是正经的长辈,自己去结交一番还说得过去,裴行俭身为西州长史,以晚辈之礼去拜访胡商……裴行俭笑着捏了捏她的脸颊,"发什么呆?待会儿送礼时递话时记得捎上我。"

他不是开玩笑?琉璃诧异地看向他,"你这几日不用处理公务、结交同僚么?"

裴行俭不以为意地笑了笑,"自然不用,如今我最大的事便是陪你。"

琉璃念头一转,明白了几分,顿时有些欢喜不起来了,那只死孔雀又是拉又是试又是吓的,多半便是不想让裴行俭插手西州事务。西州麴氏经营了一百多年,大唐接手才十几年,如今又回到了麴氏手中,而且听那些官员家眷的谈吐,这些西州大族之间也是盘根错节……她正想得出神,裴行俭已揉了揉她的头发,"你难道还信不过我?这些事都不用你烦心,我自有分寸!咱们这些日子便好好地走亲访友、吃喝玩乐,好不好?"

他的脸上一丝阴云也没有,眉梢飞扬着自信,和在西州官员面前那副温雅谨慎的模样判若两人。琉璃看着他,不由笑着点了点头。

裴行俭便问:"你适才在院子里想什么想得那么出神?"

琉璃思量片刻,自己也有点困惑,"也没想什么,只是进来一看这院子便觉得亲切,哪里看着都顺眼,这屋子里的布置说来寻常得很,我却是越看越喜欢,也不知是为了……"

一语未了,裴行俭已伸手把她揽在了怀里,半晌才深深叹了口气,"傻琉璃,这是咱们的家,是咱们的第一个家,我也是越看越欢喜!"

琉璃恍然微笑起来,是啊!这是他们自己买的第一个院子,没有阴谋算计,没有富贵陷阱,只有干干净净让人安心的味道,家的味道!她把头埋在裴行俭的胸口,深深地吸了口气,任凭他身上那种清爽温暖的气息把自己从里到外地包围起来,就算是在这个陌生而古怪的地方,有了他,有了一个自己的院落,她就有家了……

屋子里一片宁静,隐隐能听到外面街道上水车的叫卖之声,在高窗透进的明亮光柱里,无数细小的尘埃在无声地飞舞,仿佛是在雀跃地见证着这一刻的安稳静好。

吃过午膳,琉璃便拉着裴行俭去逛几步之遥的市坊。这市坊的主街也不过百余米长,与西市相比自是小得可怜。可琉璃却觉得自己的眼睛耳朵都有些忙不过来了:眼前人来人往，在长安少有人穿的绚丽锦衣、五彩锦袍几乎触目皆是；耳边人声嘈杂，有胡商操着一口地道的河洛话招呼客人，也有汉人在用流利的粟特语突厥语讨价还价；店铺密密麻麻，一色都是向着街道大开门窗的二层小楼，在卷起的厚厚毡帘下，各色香料绸缎珠宝应有尽有……

在一家金银铺里，琉璃一眼看见两个波斯式样的翼狮角杯，拿在手里便再也放不下来；没走几步，又发现了一把罗马风格的金箔纹像玻璃壶……待她反应过来该买的东西还一样没买时，这些没用的东西早已装了一照袋，甚至还买下了一把埃及风的兽足高脚凳，被阿成愁眉苦脸地扛了回去。

琉璃心虚地看了看跟在后面的裴行俭，却见他只是笑吟吟地向自己点头，转身又与店里的掌柜攀谈起来。

小檀轻声道："娘子，咱们带的银钱已用了一半，要不要婢子回去再拿一些？"

琉璃赶忙摇头，她的那两百多金，买了院落下人，又进了两车的货物，如今剩的已是不多——果然是玩物丧志，她怎么把来市坊最重要的事给忘了？

从家具铺出来，琉璃不敢乱逛，一路从市坊的南门走到北门，日常衣食住行之物都集中在这边。她一样样问了过去，发现这里的布帛价格大约是长安的两倍，酱、醋价格相当，盐却比长安便宜了一半多，另外黍米面粉等物各有高低差价，瓜果野味则是品种丰富、物美价廉……她自是看得眼花缭乱，裴行俭也来了兴致，亲手挑了两样果酒，又买了一条鹿腿。

一行人正往前走，琉璃突然看见一家店铺门口的木筐里放着一堆熟悉的白色东西，她眼睛一亮，压了压心跳，才不急不缓地走了过去。

这家店铺门面极小，店主是位手脚粗大的中年汉人女子，正百无聊赖地坐在门口，看见琉璃过来，目光又落在门口的木筐上，笑着站了起来，"这位娘子是要看白叠么？里面有纺好的。"

琉璃点点头，小心翼翼地伸手抓起一把，不由自主屏住了呼吸。这正是她要找的棉花！

以前她就知道，此时的西域早已有了棉花，只是花了好几百年才推广到敦煌等地。至于被称为白叠布的棉布，在长安还几乎只是一个传说，至少她便从未见过实物。如今，她终于看到了这后世里再普通不过的东西……琉璃只觉得手指上沉甸甸的——不对，是的确太沉了！

琉璃眉头微皱，手指一拨，棉花里竟还包着许多棉籽，棉朵似乎也太小。她忍不住抬头看向店主，"还有没有更好的白叠？"

店主忙道："娘子哪里话，这白叠便是最好的了，不信您去别处看看，哪里还能有这么松软大朵的。"

琉璃心里微微一沉，难道是品种问题？想了想又问："为何不把白叠籽去掉？"

店主惊讶地看着她，"娘子是刚来西州吧？这白叠去籽何等费力，若是去了籽的，自然是要拿来纺布，怎会还拿出来卖？"

也就是说，此时还没有任何去籽的设备。一些模糊的印象浮上心头，琉璃怔了好一会儿才问："这白叠如何卖？"

店主笑道："便宜得紧，这是上等的白叠，八文一斤。拿来给下人做做冬衣冬被是最好不过的。"

裴行俭早已看了半晌，此时忍不住问道："这白叠平日里都是用来做里絮的？"

琉璃摇了摇头，没有去籽的棉花做衣服被子，那得多沉！"我在西市时，曾听说过西州这边有白叠，想是用来纺布的。"

店主满脸是笑，"白叠布原是西州才有，比绸缎吸水透汗，又比火麻布柔软舒适，娘子可要看看？"

走进门去，小小的店铺里只放着一张高足案几，上面整齐地叠放着若干匹白叠布，多数是本白色，只有两匹染成了靛蓝。琉璃拿起来看了两眼，也不知是该欢喜还是该发愁——布料极为粗糙，手感只比普通火麻布略好一点，更别说跟丝绸比。她不抱希望地问了一句："这白叠布是什么价钱？"

"这批白叠布织得细密，算是上等的，十五文一尺。"

十五文一尺？琉璃还没反应过来，小檀已惊呼了一声："比绢绸还贵？"

没错，十五文一尺，也就是要六百钱一匹，比西州的绸缎都要贵出一大截，更别说和长安去比！若加上运费，这样一匹粗棉布，在长安只怕要卖出上等蜀锦的价钱来才不赔本……琉璃不由哑然失笑，难怪她在西市没见过白叠布，疯子才会把它运到长安去呢！

裴行俭也惊讶地走上一步，拿起白叠布翻来覆去看了几眼，皱眉道："这般昂贵？西州有多少人种植？可是极难成活？"

店主叹了口气，"种的人倒多，白叠好活得很，你看外面那生白叠，原是不值钱的，只是纺起来极难，也就是西州城的一些贵人才用得起，因此都是论尺来卖。"

琉璃心中盘算，一斤棉花至少能纺出半匹多粗布，但一斤棉花只要八文，半匹粗布却要三四百文，这其中的差价……她抬起头来，微笑道："劳烦裁十尺下来。"

店主原以为这笔生意要泡汤，听见这声吩咐，不由眉开眼笑，"娘子果然是好眼光。咱们西州人都知道，白叠虽看着不起眼，论舒适却是绸缎都比不过。若是不浆洗，越穿还能越软，娘子多用几回自然便知道好处。"手上便拿了尺子来量了十尺本色白叠布，仔细裁下叠好，双手送到了小檀手里。小檀一面给钱，一面稀罕地摸了又摸，"倒是厚实。"

琉璃对裴行俭笑道："回去我便给你做几双袜子出来，只怕比细麻的要强。"

从白叠店里出来，琉璃心中有事，一路默默盘算，又随手买了些日用之物，挑了些上好细缞，正想转身回去，裴行俭却道："琉璃，前面有家夹缬店！"

夹缬店？琉璃抬头一看，不远处一家店铺门口木牌上赫然写着"夹缬"两字，看去好不亲切。她和裴行俭相视一笑，一起走了过去。

一走进店门，熟悉的气息顿时扑面而来，三面墙上那或红粉相间、或蓝白交杂、或五彩缤纷的夹缬，将整个屋子装点得花团锦簇，琉璃略扫了一眼，便看到了一幅熟悉的婴戏图。她不由笑了起来，转身走向掌柜，"这位老丈，借问一句，贵东家可是长安的安家？"

掌柜诧异地看了琉璃一眼，"正是，咱们的夹缬在长安也是赫赫有名的。"

琉璃笑道："我姓库狄，舅父的如意夹缬倒也去过几回。"

掌柜惊讶地张大了嘴，随即满脸是笑，"库狄娘子？小的久闻大名了，这店里好几幅夹缬还是娘子的手笔，都是再好销不过的！"

琉璃忙表示谦虚，"老丈过奖了。"

掌柜拍腿笑道："小的全是诚心实意，娘子有所不知，这西州贵人的喜好和长安颇有些不同，如今托官家招工匠入西州的福，染工雕工都找到了，只是能画夹缬的画师却实在难寻，这西州的画师多是画佛像的，画出花鸟鱼兽也和佛爷似的，只能敬着！娘子若能……"突然拍了拍头，行礼不迭，"娘子恕罪，小的老糊涂了……对了，娘子怎么来了西州？何时来的？"

琉璃笑道："是随夫君过来的，算上今日才是第二天。"

掌柜诧异道："东家的信上说，三郎十二月便到，娘子怎么未与他一路？"

琉璃笑着解释："原是一道过来的，因三表兄要带驼队，才在大海道前分了两路。三表兄大约月底便能到。"

掌柜点头不迭，"早些来才好，如今正该把这边的铺子都开起来，自打麹都护带着贵人们回了西州，这里便一日比一日繁华。前年麹家玉郎回来后，又开了好些工坊，来往客商也多了许多。这两年里，西州城里少说也添了上百户富贵人家，客商更是多了两三成，连房子、米面都涨价了，正是开店的好时机。唉，却不知突厥那边……"突然注意到正在凝神听他说话的裴行俭，又忙不迭弯腰行礼："这位可是大娘的夫婿？小的有礼了。"

裴行俭微笑抱手，"老丈不必多礼。"略寒暄几句，又将话头转向了西州新添的工坊。掌柜道："原来这市坊对面的乃是女市，最是见不得人的龌龊去处，玉郎回来后便改作了工坊，从敦煌、瓜州那边引了几百号汉人工匠过来，如今皮匠、木匠、泥匠、铁匠各种工匠竟是一应俱全，手艺也好，如今西域各州府多有来买。"

裴行俭笑着点头，琉璃突然想起一事，忙问："不知这工坊里可有专做器具的能手？"

掌柜皱眉想了半日，"娘子问的可是能做机关器械的大匠？想来应是有的……"突然一拍大腿，"听说麹家玉郎便是巧手，我听店里的那几个雕工竟是把他夸得如鲁班转世一般。"

麹崇裕？算了吧！琉璃顿时垮了脸。裴行俭顺着掌柜的话又问了几句，掌柜的话愈发滔滔不绝，正说得兴起，就听外面响起了铜锣声，竟是到了闭市时分。

待得回到家中，琉璃看见早先买回的那些宝贝，兴致才略高了些，正拿着翼狮角杯摆弄，就听裴行俭笑道："我看你是把这些店铺几十年无人问津的东西都搜罗回来了，这羊做得这般怪模怪样，可有什么用处？"

琉璃心道，什么羊，这明明是波斯银器里最典型的长角翼狮好不好？想了想笑道："杯子自然是拿来喝酒的，这角便正好是把手。"

裴行俭拿在手里试了一试，点头道："倒也巧妙，只是到底看着古怪了些。"

琉璃扬眉一笑，"如今这个家中，我想买什么便买什么，且有你觉得古怪的时候！"这是她亲手买的院子，她总算不用顾忌太多，可以做些想做的事情了！想着心里的计划，她只觉得心口有股热切的东西几乎要喷薄而出。

裴行俭笑着点头，"在下拭目以待。你想找的大匠，过些日子我大约能想些办法，只是你到底想做什么？"

琉璃坚决地摇了摇头，"不告诉你！"

裴行俭惊奇地挑起了眉头。琉璃笑道："你没有五成把握的事便不会告诉我，如今这事我连一成的把握都没有，说来作甚？"

裴行俭满脸无奈，正想说点什么，小檀气咻咻地跑了进来，"阿郎，都护府的官吏送公文来了。"

裴行俭轻轻拍了拍琉璃的手，起身出门。琉璃回身便拿起白叠布，走到窗下对光细细端详。看了半晌，发现问题大概出在这种白叠纤维太短，杂质又太多，只能纺出粗纱来织布。可如今西州的棉花品种虽然不好，也不至于连细纱线都纺不出来吧？不知还有什么环节出了问题……她正想得出神，裴行俭的声音在背后响了起来："这白叠布难道有什么不妥？"

琉璃回头笑了笑，"倒也不是不妥，只觉得可惜。白叠布御寒吸水，按说穿着应是舒适的，偏偏如此粗糙！"突然想起他是去拿文书的，忙问："都护府送什么公文给你了？"

裴行俭语气平淡："是长安的邸抄，一个月前，皇后王氏与淑妃萧氏被废为庶人，亲族流放岭南。此时此刻，我们只怕要改口称武皇后了。"

王皇后和萧淑妃终于还是被废了？琉璃怔了一下，脑海里首先浮现的，竟是初见萧淑妃时那根涂着丹蔻的纤纤玉指，那么美那么冷。她和王皇后大概是熬不过这个冬天的，说不定此刻已不在这个世上……

裴行俭叹了口气，握住了琉璃的手，"你不用怕我不高兴，此事，原是意料之中。"

琉璃抬头笑了笑，是啊，武则天当皇后么，太在意料之中了，所以她不是怕表现出高兴来让裴行俭心里不舒服，而是实在找不到任何惊喜的感觉。

裴行俭看着她的目光渐渐多了些疑惑。琉璃心里一紧，想了片刻才道："王皇后其实性子还算中正，若不是原先的魏国夫人……"

裴行俭摇了摇头，"你便是心肠太软，有些事，成也萧何败也萧何，也不过是命数而已。以后，你要记得叫王庶人，莫叫人抓了短处。"

琉璃点点头，"那他们巴巴地给送这个来作甚？"

裴行俭微笑道："自然是来提醒我一声，我在长安那边只怕无翻身之日了。"

不安好心的死孔雀！琉璃轻轻"哼"了一声。

裴行俭不以为意地一笑，"如此一来，我正好多陪陪你。"

接着扮猪吃老虎吗？琉璃不由哑然失笑，一眼看到裴行俭手里还拿着几卷厚厚的文书，指了指问道："这便是邸抄？"

裴行俭笑着把文书往案几上一放，"邸抄若有这么厚还了得？这是都护府去年的账册，说是让我先过目，过两日好去议事。"

这么快让裴行俭看账目？琉璃不由有些意外。裴行俭语带讥讽："据说如今西州赋税的欠款年年累积，都护府也该开源节流了。这原是最得罪人的差事，由我来做自然是最合适不过。你先收拾物件，我也翻一翻，看看有什么头绪。"

他在案几前坐了下来，凝神翻阅着手中的账目，厚厚的账本在他白皙修长的手指间，似乎也多了分高华气韵。琉璃看了好一会儿，才回头在白叠布上画出袜子轮廓，裁下两片，穿针引线地缝了起来。刚刚缝好一只袜子，窗外的光线已经有些黯淡，她忙起身点燃了蜡烛，放到裴行俭身前的案几上，自己也在一边坐下，换了一根青线，打算在袜边绣一圈小小的云纹。

不知过了多久，一只手轻轻按住了她的手背。琉璃抬起头来，裴行俭微笑的面孔被烛光映照得分外温暖，"不用绣了，鞋袜舒适便好，要这般精致做什么？仔细费眼睛。"

琉璃端详了一下，自己绣的云纹只能算凑合，这双白叠袜离精致更是不知还差多少里地。此时富贵人家的袜子原是怎么精致华丽都不为过，裴行俭虽不讲究，也总不能真让他穿着庶民才穿的本色袜子吧？不过此时肯定是没法绣下去了，她笑着把袜子放到一边，"这么快便看好了？"

裴行俭看了眼已合上的账本，"都护府的支出无非人、物两项，于人而言，表面上的确有些员外官吏领了俸禄，但西州五县二十四乡，朝廷大多都未指派官员，只能由都护府派人摄职，给这些摄职官发放禄米、配给人力也是应当。我略算了算，比朝廷应给的要少五成，绝无再减之理。"

琉璃点头，裴行俭如果走马上任第一件事情就是减掉属下本来就不丰厚的待遇，还不如直接挖个坑把自己埋了。"既然如此，不减不成么？"

裴行俭微微一笑，"大概不成，此事既然已经知会我，又说了让我拿主意，那位麹世子自有法子令我不得不去做。其实若纯是减支，倒也不是无法可想，我总觉得似乎有些蹊跷……"

他沉吟片刻，皱起了眉头，"琉璃，你可知三郎商队带的货品中带有纸张、墨锭等物？"

琉璃不由奇道："你怎么知道？"记得刚出长安时，在路上遇到过两场秋雨，三郎最着紧的便是那一车益州麻纸，说是有三百帖，也就是足足三万张；她还问过三郎，几千里路运这么多纸过去做甚，三郎说是……她猛地醒悟过来，不由睁大了眼睛。

裴行俭长出了一口气，"果然如此！都护府支出的日常杂物里，最大的一笔便是纸张，我朝官府公文多用益州杭州等地的细麻纸，西州亦然。按账册所记，每年要用上好麻纸近三百帖，每帖要八百多文，算来是长安价格的一倍多。这也罢了，可本地粗麻纸，却只要五六十钱，只要将这项一换，相差便有两百多缗。墨也是如此，上等之墨与下等之墨，差价可达十几倍，日用所费又多，略省一省，一年也有几十缗的富余。"这笔账并不难算，也的确是一条节流而不得罪人的好门路，只是对他们夫妻来说，却是一个挖好了的深坑。

琉璃不由呆住了，"难道没有别的法子？"

裴行俭轻轻拍了拍账册，"若从这账册上来看，只怕没有更好的法子了，麴世子也不会给我时间去想别的法子。"

也就是说，只能用换纸墨来节流，可是这样一来，三郎从长安运来的纸就全部白费了。这年头，读书人本来便少，平日也没人会买这种纸，若是原样运回去，只怕连运费都赚不回，这又是三郎第一回带商队！琉璃只觉得心头一团乱麻。

裴行俭的声音却依然平缓："我若猜得不错，麴崇裕是等着我过两日自己提出这法子，即使我不提，也会有人提，逼着我不得不同意。待三郎到了西州，才好让我去求他。如此一来，一则我自己出尔反尔，威信扫地，二则，欠了他的人情，日后不得不听命于他；若我不肯去求，便是得罪了你和安家，孤立无援之下，他自有后手让我只得依附于他。"

二百多缗钱，将近五十金……琉璃想了半日，虽觉肉疼，还是咬牙道："不如咱们把那车纸买下来，慢慢寄卖？"

裴行俭哈哈大笑起来，伸手揉了揉琉璃皱得紧紧的眉头，"傻琉璃！你来西州是要开纸店的么？你放心，还有两日，我自能想出法子来！"说着长身而起，拖着琉璃便往外走，"天都黑了，也不知今日的鹿肉烤得如何，你陪我去喝一杯好不好？"

他有法子？他能有什么法子？琉璃疑惑地跟在了他的身后。

到了第二日，裴行俭却只是晨间去都护府坐了半日，午后回来便又拉着琉璃到市坊转悠，倒是找到了一处卖纸张笔墨的铺子。只见铺子里卖的都是本地纸坊所产的粗麻纸，一帖五十五文，上墨一百四十文，下墨才十文，果然和裴行俭所说相仿。店内并无书籍，只有几卷手抄的佛经，最薄的一册也要两千多钱。店主见琉璃咋舌，便笑道："读书人何等金贵？一字字将这佛经抄将下来，又要花多少心血？这价格已是十分公道了。"

原来不是纸值钱，是字值钱，就像棉花和棉布……琉璃想到自己的大计，暗暗叹了口气，却听裴行俭问道："怎不见有历谱卖？"

店主笑道："如今都什么时日了？今年的历谱谁还肯要？至于明年的，咱们西州可不出历谱，至少正月底才能从敦煌那边进过来。"

裴行俭露出几分感兴趣的模样，"今年的历谱还有么？"

店主忙回身找了半日，翻出一本，拍干净灰尘，递给了裴行俭。却见是用细麻纸订成的薄薄一卷，上面是工工整整的手抄小楷，每日下记着干支宜忌等几个字，排版装裱都十分寻常，与朝廷发放的那种画卷式历谱不可同日而语。

店主笑道："这已是极好的历谱了，今年正月里卖了三百多册出去，那时要二百八十钱，二月间还要一百多钱，如今客官若是想要，三十钱拿走便是。"

琉璃正想还给店主，裴行俭却笑着说了声"好"。

琉璃只得让小檀付了钱，离开后才问："家中的历谱不是昨日便找出来了么？你买卷废纸做什么？"

裴行俭悠然一笑，"自是有大用处。若无意外，三郎的那车纸便要着落在它的身上！"

琉璃怔了片刻，隐隐有些明白他的想法，越想却越是不对，"这如何行得通？一则明年的历谱还未出来，便是有纸，却上哪里抄去？二则，待到拿到历谱再抄出来，时辰上只怕也来不及了，适才那店主不是说二月间便不值钱了？"

裴行俭笑了起来，"那若是正月之前呢？你忘了我曾跟谁学过数算之学？若是观测天文，重定历法，或许力不能逮，可简单推算来年每日的干支凶吉，又有何难？历谱要的便是一个快字，只要咱们在正月前制了出来，价格定得公道些，难道只有西州人会买历谱，来往的客商会放过这大好商机？"

琉璃恍然大悟——难怪他上来就问历谱，多半是早便打好了主意，昨日才会那般胸有成竹！她忍不住瞪了裴行俭一眼，"你又瞒着我！"

裴行俭笑道："我昨日只是有这个念头，但一则不知历谱的价格，二则也不知民间有多少人会买历谱，再者最难之事，却是不知尽安家之力，能找到多少抄写之人。不然我便是算出了历谱，正月前又能抄出多少本来？此事还要去安家长辈家中拜访之后，才能算出大概来。总之，按那店家的价格，这一车纸只要能用出一小半，三郎便不会太亏。若是不成，我再另想法子便是。"

琉璃从裴行俭手里接过历谱看了一眼，这一卷大概要用十几张纸，按他的说法，岂不是至少要抄出一千本来？每本历谱总得有三千多字，要在一个月内抄出来少说也要好几十人吧……琉璃正想询问，前面却有人笑道："裴郎君，库狄娘子，今日两位怎么又有暇来市坊了？"

琉璃抬头一看，原来是不知不觉又走到了夹缬店前，那位爱说话的掌柜正笑嘻嘻地站在店门前。两人停步寒暄了几句才离开，还未走出多远，琉璃突然心里一动，抬头对裴行俭说了声："你等我片刻！"转身一阵风般跑了回去。

裴行俭愣了一下，只得也跟了过去，到得夹缬店门口，只听见琉璃充满喜悦的一声欢呼："太好了！"

老掌柜站在店铺里，目瞪口呆地看着眼前这位眉开眼笑的库狄娘子：听说夹缬店生意不好，这个月没有接到多少活，她怎么会高兴成这样？

第六十八章
纸墨之利　血光之灾

安西都护府正厅后最大的一间屋子，正是新近收拾出来的长史房。已近午时，原是平日里众人收拾物件、准备出去午膳的时辰，但此刻屋里坐的二十多位官吏，屋外几十号杂役，却没人想起这一出。

麹崇裕清清淡淡的一句话，如闷雷般响在了众人的耳郭里："都护吩咐我过来转告一声，明年的开销怎么也要省下三十万钱才是，至于如何节省，却要烦劳裴长史来拿个主意了。"

三十万钱，也就是三百缗，难不成他们这些摄职官拿得还不够少？不少人看向裴行俭的目光里，隐隐带上了几分敌意——他是朝廷命官，日日坐在屋里发呆也有足额的俸禄和职田可拿，难道却要来克扣他们这些人？

麹崇裕倒是笑容可掬，"裴长史，这支出的账目，你也看了两日，不知如今可有什么头绪？"

裴行俭似乎也感受到了众人目光中的压力，只是笑了笑，"裴某新来乍到，哪有什么主意，还望诸位同僚群策群力，才好不辜负都护的期望。"

屋里一时陷入了沉默，半晌后还是高昌县令王君孟第一个开口："说来都护府的开销并不算多，论理麹都护还领着西州刺史，应有州官州吏的配置，咱们这边却全是都护府官员兼任，人力省无可省，此其一，其二，论酬劳，现下府中当差者，职田几乎不曾分过，俸禄、杂给也只是朝廷命官的半数，便是程粮钱等项支出，亦比朝廷定额少；外面那些杂役更不用说，一人一年也不过千来钱，再要少了，他们如何养家糊口？因此，如今节流固然应当，若是节得狠了，人心浮动，却是得不偿失。"

王君孟乃是高昌国世代为相的王家的嫡长子，又是麹崇裕的妹婿，身份与众不同，他开口说出这样一番道理来，屋里自是人人点头。

麹崇裕平日最给王君孟面子，此时却淡然道："你说的这些，难道都护便不知晓？只是明年朝廷要征伐突厥，西州的赋税拖欠又非一日之寒，若不开源节流，明年一声要交军资，是各位来捐献家产还是催逼着收它三五年的租调？"

众人一时不由默然。主簿严海隆忙笑道："都护深谋远虑，原不是属下们能比拟的。下官以为，虽然人力支出上已是省无可省，但平日府中的杂物开支或有可商榷之处，例如笔墨纸砚席褥之物，虽不甚起眼，却有文章可做。"

麴崇裕挑了挑眉头，看向裴行俭，"裴长史这几日已看过支出的账册，不知严主簿所说这几项，开支大约有多少？"

裴行俭拿起手边在账册翻看了片刻，才抬头道："将近六百缗。"

屋子里顿时响起了嗡嗡的议论声，好些人都有些意外，万没想到这些不起眼的东西竟要花去这么多钱。

严海隆点头笑道："正是。下官若是记得不错，早几年还要多些，当年西州的纸张都要从敦煌买入，前年世子开了工坊，这才好了许多，只是一些来往公文还是照例用了益州麻纸，若是统统换成本地粗麻纸，只怕能省下两三百缗。"

平日办公用差一点的纸，这又有什么好犹豫的？众人立刻纷纷附和："严公此言有理！原是该换本地纸张才是。"

严海隆又笑吟吟地列举了以下墨换上墨、暂停更换席褥毡毯等项，算下来时，却已是三十万钱有余。麴崇裕便转头看向裴行俭，"长史以为如何？"

一屋子人目光中都露出了期待之色。裴行俭怔了一下，笑着点了点头。屋里人人都松了口气，气氛顿时变得轻快起来，在门口伺候的差役往外比了个手势，院子里也响起了一片念佛声。

直到一屋子人说说笑笑地散去了，麴崇裕才懒洋洋地站了起来，与裴行俭并肩走到门外，满脸都是惬意，"难得这桩差事竟是迎刃而解，守约今日可有暇一起喝上两杯？"

裴行俭脚步一顿，脸上露出了客气的微笑，"多谢世子好意，拙荆今日特意准备了烤鹅，不好不回去用饭。"

麴崇裕不以为然地摇了摇头，"也罢！守约，此事虽是暂时定了这个主意，落实时还要着落在你的身上，若有什么为难之处，尽管来找我便是。"

待麴崇裕回到自己的屋子时，王君孟已等在了门口，一见麴崇裕便笑道："玉郎神机妙算！"

麴崇裕冷冷地一笑，"这也用算？我原本有些担忧这裴守约或许知道安家车队里有我们要的麻纸，拿着官家脸面之类的话来搪塞我等，今日看来他却是一片懵懂，只是打定主意不当出头鸟，却不知咱们原本就不打算让他出这个头！"

王君孟笑着点头，"正是，这几日我也让人留心着他们夫妇，不是在市坊里乱买物件，便是拜访安姓胡商，倒是悠闲得很。"

麴崇裕凤眼微挑，"且让他们再悠闲几日，横竖再过几天，只怕他们连觉都睡不好了！"半晌又补充道："还是让人盯着他们一些。"

王君孟不由奇道："怎么，难不成这裴长史如今还能耍出什么手段来？"

麴崇裕缓缓摇头。的确，这一路看下来，这位裴守约言谈举止不过是温和中正，至于心性手段，无论是在瓜州匆匆送走穆三郎的漏洞百出，还是大海道上对库狄氏的言听计从，乃至于到西州后的种种行径，看去都平庸之极。但不知道为什么，自己心里却总有种隐隐的不安……他定了定神，淡然道："有备无患，总要看看这位裴守约如今有什么打算。"

只是接下来这十余日，裴行俭似乎越发悠闲，下了衙连门都不大出。倒是那位库狄氏每日里兴致勃勃地东买西逛，今日买四五个奴仆，明日买七八匹绢纱，后日又运了些家具木头……麴崇裕得到回报，忍不住自嘲地笑了起来——自己到底在担心什么呢？

转眼便到了十二月初二，当安家商队出现在西州城外时，整个西州城都沸腾起来：与平日来往的客商不同，每年此时来到的安家商队，携带的除了寻常货物，还有不少西州大户点名要的稀罕玩意儿，更别说商队的胡商和护卫多在西州成家立业，早有亲眷翘首以盼。在东门下面的河谷里，卸运货物的奴仆、迎接亲友的平民和凑热闹的闲人挤做一团，人人喜笑颜开。只是当裴行俭得到消息赶来时，对上的却是安三郎绷紧的面孔。

安三郎身边，站着一身青色素面圆领袍的麴崇裕，看着比平日斯文清雅了许多。回头看着裴行俭，他的神色颇为歉然，"此事都怪我，近来一忙，竟是把这车纸墨给忘了个干净！好在此事是守约主理，你不如先与安家三郎商议商议，若是什么法子告知我一声便是，我绝不会让你们为难。"

安三郎脸色微松，裴行俭眉头却锁得更紧，半晌才道："阿兄，此事……你怎么从未与我说过？"

安三郎心里一沉，隐隐觉出几分不对，有心想多问裴行俭几句，裴行俭却已转过头去，默然望着从骆驼上卸下的那些货品。别的货物都一样样运上了城门，唯有装纸张的皮袋在地上堆得越来越高。

安三郎看着裴行俭的脸色，心底凉意更甚，却听麴崇裕长长地叹了口气，语气里带上了几分决然："也罢！这些益州麻纸，先放到府衙里去！待我回去后，便向父亲陈情一番，后日再把同僚们召集过来商议商议，总能找出别的法子来。若是实在不成，我……我便去求父亲收回成命！"

裴行俭突然抬起了头，"多谢世子体谅！只是事到如今再更弦易辙，只怕对都护、对世子，都是名声有碍，行俭不敢因私而害公！"他转头看着安三郎："这些纸张先都放到我的院子里去再说。阿兄放心，此事因我而起，自然由我担下，绝不会教阿兄为难！"

安三郎心思急转，顷刻间便拿定了主意，摆手笑道："不必不必，这些纸能值多少，某自行处置便是。"做生意原是宁可赔钱也不能得罪官家，如今亲族中好容易出了能在西州话事之人，为了一车细麻纸而逼迫于他，岂不是得不偿失？

麴崇裕眉宇间掠过一丝讶色，转头对安三郎叹道："你们这又是何苦，这车纸少说也值二十万钱，守约要赔上几年的俸禄才够？我等好歹同路一段，同僚一场，便是舍些面子不要，又有何要紧？"

安三郎叹了口气，"多谢世子一片好心。"说着走上几步，低声跟裴行俭说了几句，裴行俭却只是摇头，神色固执，吩咐健仆们将十几皮袋的纸张都运上去后，更是向麹崇裕拱了拱手，转身带着安三郎一路进了东门。

看着裴行俭挺直的背影，麹崇裕的眼睛不由眯了起来。风飘飘本来在人群中与相熟之人说笑，此时也走了过来，轻声问道："裴长史竟是要自行担下此事么？"

麹崇裕轻轻点头，"此人事到临头竟有些骨气！"

风飘飘皱起了眉头，"那咱们……"

麹崇裕目光闪动，突然轻声一笑，"说来原是我考虑不周，按裴长史的品级，应配给白直十人执衣六人才是，虽说西州人力有限，却也该从府中差役里给裴长史挑几个做长随不是？"

风飘飘不由有些意外，所谓白直和执衣，都是地方官员的庶仆，由良民轮流服役。长随却不同，乃是常年跟随官员出入的。都护府差役虽然收入不多，却也算官家人，因此能当差役者，多与西州几个大家族沾亲带故，一旦当上了裴行俭的长随，吃穿用度都由他说了算，若是被他收服了去，岂不是让他平白多了助力？

麹崇裕笑得十分愉悦，"原先我不曾留意过府里的杂役，前不久一番询问之下，倒是找到了几个好人才，正该好好给裴长史效力才是！"

风飘飘眉梢微挑，只觉得此事多少有些小题大做，半晌才道："还有一事好叫世子得知，那位宫里出来的柳娘子如今已按您的吩咐住进了都护府后院的巷子里，这些日子去府里找过裴长史两回，说是要寻家人。"

麹崇裕点了点头，"好，让人继续盯着她，"他的目光看向城门，悠然道，"我还真想看看，这裴守约到底是爱民如子，还是怜香惜玉！"

风飘飘"扑哧"一声笑了出来："便是怜香惜玉，只怕也没那个胆子罢？长史夫人可是个不肯轻易撒手的。"

麹崇裕眉头一皱，脸色顿时冷了几分。风飘飘心里好笑，听王明府说，世子在长安时曾被一个娇痴作态的宗室贵女缠得走投无路，看来真是一朝被蛇咬十年怕井绳了，如今竟连略多嘴些的婢女都不要，看见西州贵女更是有多远躲多远。其实库狄夫人平日性子还好，只是那分爱娇偏偏犯了世子的忌讳……

西州城内，安三郎与裴行俭此时已进了曲水坊。健仆们把十几个皮袋都堆放在裴宅前院里，裴行俭神色漠然地打发了赏钱，带着安三郎便进了后院。

安三郎心里正自琢磨，却见裴行俭转头微微一笑，满脸阴郁烟消云散，"阿兄放心，这些纸张的用处我和大娘早已有了主意，只是事情未成之前，不好教人知晓，倒是让阿兄忧心了一路，全是行俭的不是。"

安三郎眼睛一亮，捋着胡子笑了起来，"果然如此。"

裴行俭笑道："请跟我来！"

从裴宅后院的小角门出去，便是围着天井的六间后罩房，原本是安家存货之处，有夹道直通大街。此刻夹道紧锁，天井里却是一片忙碌。十几个工匠分作四处，在临时搭好的案台上或敲敲打打，或精雕细刻。琉璃也穿着一身深青色胡服，包着深色头巾，站在案台边端详着一张纸样。

裴行俭走上两步笑道："你看谁来了？"

琉璃抬头看见安三郎，脸上顿时露出了灿烂的笑容。安三郎却是一怔——不过半个多月不见，她明显消瘦了许多，眼下有两道显眼的青痕，脸颊上还有斜斜的一道墨迹随着笑容生动地舒展开来。

她快步走到裴行俭和安三郎面前，扬了扬手中的纸，眼睛闪闪发亮，"这回总算成啦！再过十几日，十二块雕版定能全部做好！"

正在忙碌的众人也抬起了头，好些脸孔上墨痕更多，纷纷叫道："我手头这块后日能出来""我这块明日晚间便能出来"。

裴行俭接过字纸看了一眼，笑着点头，"果然成了，比上回的又好了许多！"安三郎也好奇地凑了过来，却见是张历谱，用细线分出两列共三十个细长的格子，每列上用大字记着一日的干支，略小些的字则是当日吉凶宜忌，字迹大小一致，笔画更是工整漂亮得出奇，整张纸看上去便格外规整悦目。

他越看越觉得异样，"这是如何写出来的？怎能写得这般齐整好看？"

琉璃的笑容越发璀璨，指了指案台上的一块黑色木板，"是它写出来的！"

安三郎忙走到案台前，却见这块木板比纸张略小，板上浅浅的凸起处是一个个整齐的阳文反写字。有两人笑嘻嘻地走了过来，拿出小刷子在板上细细地涂了层墨，贴上一张白纸，又拿起另一个干净的大刷子在白纸上刷了两遍，揭开后翻转过来，赫然便是与他手中这张一模一样的历谱。

安三郎不由目瞪口呆。

琉璃得意地对裴行俭眨了眨眼睛。字自然是裴行俭写的，他先在打好格子的夹缬店专用薄纸上写好字，将纸反贴到木板上，刻工沿纸面透出的字形轮廓刻好线，雕工再一点点剔除掉刻线外的木板，这便做出了印刷用的雕版。

安三郎此时才注意到历谱第一排是"乙卯年历谱"的字样，猛地醒过神来，"你们，可是打算拿这些细麻纸做明年的历谱来卖？可这历谱……"

裴行俭笑道："行俭曾学过天文数算之学，这种简单的历谱倒还会算，如今头四个月的雕版这两日便能做好，日后还会更快一些，大约半个月后，便可以做出明年的历谱来。"

安三郎瞪大眼睛看看裴行俭，又看看手里的字纸，再看看那块雕版，仿佛有铜钱从眼前哗哗流过，半晌才叹了口气："九郎，你是怎么想出来的！"若是半个月后便可以印出明年的历谱来，莫说西州各县，便是运到敦煌去也好卖，而那些手抄历谱，论样式论纸张论书法，怎能跟这种相提并论？

裴行俭笑着看向琉璃，"我自然是想不出来，全是大娘的主意。"

安三郎看着琉璃，张了张嘴却有些说不出话来。琉璃扬眉笑道："还要多谢舅父把夹缬店开到了西州，我才突然想到，做夹缬的木板既能刻出那般繁复的花样，大约也能用来雕字，没想到试了几次居然成了！如今夹缬店里四个雕工全在这里，掌柜还帮我找了七八个原先做过家具和陶器刻工的工匠，不然哪能有这般快。"

安三郎只有点头的份，默算了片刻才道："我再找几个可靠的人过来，今日既然第一块雕版已出，便可以开始印纸制谱，先按两千六百份翻制，贩卖之事全包在我身上，待历谱销完，所得钱帛咱们对半而分！"

裴行俭一怔，笑着摇头，"不用如此，这些不值什么？难不成我们做这些还是为了与民争利？"

安三郎神色肃然，"九郎此言差矣，做买卖须讲公道，我不过是派些人手，用几处店面而已。这历谱是九郎你算出来的，雕版是大娘想出来的，安某岂能占你们的便宜？"

裴行俭正待推辞，琉璃已笑道："可纸张全是阿兄出的！历谱也全要你去售卖；阿兄莫不是因为守约的身份，才这般谦让？不如这样，销完之后你分我们三成便是，你若连这也不肯，我便只好找族叔们来做此事了。"

安三郎思量片刻，叹了口气，"也罢，大娘，你和九郎便三分占一，你们这番心意，阿兄铭记在心！"

三分之一，那么除去这些天的雇工与用料，还能净挣两百多缗，也能让西州人用上有史以来最漂亮的历谱！琉璃不由笑了起来，转念却又想起了另外一事，"还有一事要拜托阿兄。"

安三郎忙道："大娘请讲。"

琉璃笑道："若要印制历谱，这院子只怕太小，还要换处宽敞些的院子才好，再者，这雕版印谱也全是阿兄的主意，日后我和守约都不会过问！"

安三郎奇道："这是为何？"

琉璃笑着一摊手，"自然是想当甩手掌柜！"两只雪白的手掌上也是墨迹斑斑。

裴行俭忍笑道："阿兄先看看这些雕版，我和大娘待会儿再过来。"说着拉住琉璃的手便回了内院上房。

琉璃低声叫道："你这是做什么？我还未跟阿兄说清楚！"

裴行俭笑道："待会儿再说也不迟！"说着从壶里倒了水出来打湿手帕，一只手捉住了琉璃两只手，另一只手便细细地擦干净了她脸上的墨迹。

琉璃看着手帕上那黑乎乎的一片才反应过来，想到刚才自己得意洋洋地献宝之时，居然是这样一副形象，不由"哎呀"一声："你怎么不早些提醒我？"

裴行俭语气无奈："我倒是想说，只是没机会插嘴。"见琉璃脸都有些涨红了，才笑道："你放心，三郎看见那雕版，便再看不见你脸上的墨……我么，我倒觉得，你适才那样子，比平日更好看些。"

琉璃看了看依然满是墨痕的手，无力地白了他一眼，好看？是像花瓜一般好看吗？突然又跳了起来，"忘记告诉阿兄了！我这两天都在试墨，发现松烟墨最是好用，别的墨便要差许多！"

裴行俭忙拉住她，叹了口气，"你洗净手再去也不迟，如今三郎来了，你该做的也都做好了，要好好歇着才是，也不看看自己熬得眼睛都青了！"

琉璃倒了半盆水洗净了手，低声嘟囔道："谁知道会那般麻烦？"她原以为有夹缬店现成的材料和人手，自己以前又刻过阳文的印章，做个雕版还不是手到擒来？谁知从制版的刀法刻法，到选择用墨，再到转印纸张都有好些麻烦。幸好这些工匠多数颇有经验，边试边改，足足十天才做成了这第一块雕版。

裴行俭略一犹豫，还是问道："琉璃，难道咱们真要与三郎分利？"

琉璃用新制的白叠布手巾擦干了手，"自然要收，不然你心里倒过得去了，阿兄心里如何过得去？"看见裴行俭若有所思地点了点头，又走到他身边，抬头看着他，"我喜欢做这些事。守约，日后我想和表兄、舅父他们合着做事。"

裴行俭惊讶地看着琉璃，琉璃也直视着他，心里多少有些没底，裴行俭的性子虽然宽和，骨子里却颇有些清高，对钱帛又看得极淡，十有八九不会认为做生意是一件多光彩的事。刚才他不还说他不会"与民争利"吗？可是，既然到了西州，再也没有那么多牵制顾虑，她怎么能甘心继续无所事事？实在不成，他还有三件事情没答应自己呢！

裴行俭沉默片刻，拉着琉璃坐了下来，"琉璃，以前我只知道你喜欢丹青，竟不知你还有这许多奇思妙想，你喜欢做什么，想做什么，如今可否都跟我说说？"

琉璃看着他温和的面孔，心里一暖，轻声道："其实我还没有想得太清楚，只是觉得自己如今可以多做些事。譬如这雕版印字，其实开始不过是灵机一动，但这十日里眼见着雕版一点点刻制出来，我心里的欢喜真是无法形容。如此一来，一则解决了阿兄之事，二则西州乃至敦煌等地之人都可以用上更好的历谱，怎会是与民争利？分明是利人利己！还有那白叠，我总觉得应当可以织出更好的布帛来。或许还有别的事情，此刻我还想不大出，但我总想去做一做，试一试。我不想整日闷在家中，只能与那些官眷来往应酬！"

裴行俭凝视着琉璃的面孔，目光越来越柔和，终于点了点头，"你既然喜欢，便去做。只是就如你适才叮嘱三郎，眼下有些事还是莫让外人知道是你的主意才好，若是遇到为难之处，也定要告诉我。再者，不许太累着了，你一做事便什么都忘了，拦都拦不住，以后再不许这样。你能不能应了我？"

琉璃的脸上顿时绽开了欢悦的笑容，用力点头。裴行俭叹了口气，笑着揉了揉琉璃的头，"你要记得应过我，若是做不到，看我怎么罚你！"

琉璃睁大了眼睛，"你会怎么罚我？"

裴行俭淡淡地瞥了她一眼，"与其让娘子把自己累着，还不如让在下来代劳！"

琉璃又好气又好笑，"啪"的一声打开了裴行俭的手，站起身来，"不跟你胡说了，我去看阿兄去。"

裴行俭也笑着站了起来，"走，咱们一道过去。我想了想，三郎若是要把东西搬过去，人也带过去，须得掩人耳目才好，我倒是有个主意……"

这日下午，太阳刚刚西斜，曲水坊的裴宅通往后院的夹道门突然大开，安三郎沉着脸，指挥着十几个男仆将许多沉重的皮袋和各种乱七八糟的杂物一股脑地运到了斜对面的一处安家宅院中。有好事者上来询问，安三郎便淡淡地道："这宅子既已经卖给裴长史，后面的库房自然也该腾出来，不然岂不是占了裴长史的便宜？"

待物件运完，琉璃又亲自送了安三郎过去，自己也在那边宅子待了许久，直到天色快黑才一脸郁色地回了家。

到了第二日，那位长安来的裴长史因要替都护府节省开支，竟断了自家亲戚财路的事情便在西州流传开来。自是窃笑者有之，感叹者有之。

只是当都护府的六名差役听说此事之时，心头滋味又是格外复杂——他们刚刚得知，自己此后便是裴长史的长随。长随所得钱粮多是听任官员安排，身份也比一般差役更高，按说是件喜事，可这位性子迂腐至此，这要是跟着他……

眼见这几个都护府里有名的疲赖人物交头接耳地走了出去，管事不由松了口气：这几位爷背后的靠山都硬，因此虽然有的一贯嚣张跋扈，有的喜欢偷鸡摸狗，却也无人敢于管束，如今这般打发走了，倒是少了好些头疼之事！

六名差役中为首一个名为白三，祖上原是麴家部曲，因在军中立了大功而被放为良民。他打小跟着父祖练过功夫，身手过硬，只是时常贪杯，性子急躁疲赖，因此一直不得重用，差役们却是人人怕他。另外几人都在说笑之时，只有他神色冷淡。听到有人说到这位长史至少性子好，只要伺候好了日后说不定也会有一番前程，他忍不住冷笑一声，"前程？这位长史自己有没有前程还两说！"

见几人脸上都露出惊诧，他又冷冷道："你们是不知长安那边的规矩，若是有前程之人，焉能到咱们这儿来？说不定过些日子，又打发到更远的地方去了！"

白三原是比别人有见识些，众人闻言不由都有些泄气，有人便嘟囔道，那还不如好好捞上几笔，省得赔本……白三脸上露出了些许笑容，"正是，过了这一遭，谁知以后会如何？"

几个人心里各自盘算，来到裴行俭的面前时，虽然是努力做出规矩的模样，眼光还是忍不住地瞟来瞟去。裴行俭却只是温言问了几人姓名，便让阿成领着他们收拾行囊，从都护府杂役院搬到裴宅刚刚腾出来的后罩房里。

待到裴行俭处理完公务回去，六人都已安置妥当，人人都有些欢喜。唯有白三站在那扇已重新锁好的角门前，抱着臂膀四下打量，满脸都是挑剔，回头见裴行俭已走了进来，也只随便行了个礼，便一言不发地站在那里。

裴行俭却上下看了他好几眼，突然道："白三，你这几日还是当心些才好，莫因腿脚失利惹上血光之灾。"

白三郎怔了怔，哈哈大笑起来，"长史说笑了，白某这双腿脚上下了二十多年的工夫，倒是不曾失利过。"

裴行俭皱眉瞅了他片刻，突然不紧不慢地伸出手掌，掌心变戏法般出现了三枚铜钱，在案几上随手洒了两遍，抬头笑道："我没看错，你三日之内必有血光之灾，你若不信，咱们不妨打上一赌？"

第六十九章
天机人算　如梦初醒

　　转眼便到了腊月初六。西州佛教昌盛，当年玄奘取经时，便是与当时的高昌国王麴文泰结拜成兄弟。如今西州城里，最宏伟的建筑也并非都护府，而是城北的大佛寺。因传言佛祖正是在腊八这日得道成佛，西州的腊八节也就来得格外热闹。自初六开始，城北几处庙宇前便是人山人海，信徒们一面施舍香油钱帛，一面领取驱疫香药，好在腊八沐浴转瘴，以祛除万病、洗涤罪障。只是这个清晨，当白三郎一瘸一拐地走进都护府之时，却再也没人记得此事了。

　　白三郎头上霍然多了一圈厚厚的布带，隐隐渗着血迹，整个人更是如霜打了一般，老老实实跟在裴行俭身后进了长史房。见到这一幕，人人都有些不敢置信：这个昨日还到处嘲笑裴长史信口开河的小霸王，难道真的招了血光之灾？

　　裴行俭的另外五个长随，立时便成了都护府里最忙的人，不断有人来寻他们做各种事情，却每每一出门便将他们拉到一旁："那白三，到底是怎么回事？"

　　几人的表情却一律是惊魂未定外加茫然无措——他们也很想知道到底是怎么回事好不好！昨夜睡觉前白三还在拍案饮酒、狂呼大叫，就差指名道姓地喝骂一墙之隔的裴长史胡说八道，谁知早起时却成了这副头破血流的德行！

　　回头看了看门帘低垂的长史房，他们的叹气声比旁人更复杂了三分。

　　门帘内，裴行俭缓缓放下了手里的书卷，微笑着看向白三郎，"今日我这里横竖无事，你还是回去歇息两日，等伤好些再来听差。"

　　白三郎一张脸顿时胀成了猪肝色，"长史当我白三是何等人物！说的话难不成还能吞回去？白三这条命日后便是长史的！头上破些算什么？就是脑袋掉了半边也要当完差再去躺尸！"

　　裴行俭笑着摇头，"这话从何说起！那个赌不过是玩笑而已，裴某原是有心提醒你一声，是话赶话的才说了那些，你又何必太过当真？"

　　白三郎脸色变得异常肃然，"白三虽是粗人，也绝不敢拿那种毒誓当玩笑！裴长史心存仁厚，白三再没心肝，也是感激不尽的！"

裴行俭无奈地笑了笑，"既是如此，你腿上有伤，找张胡床坐下便是，有差事我再吩咐你。"

白三断然摇头，身子愈发站得笔直。

到了午前，都护府衙照例召集杂役白直们领取面脂澡豆香药等应节之物。白三郎一进门，原本闹哄哄的屋里顿时静了下来，有和他相熟的人大着胆子问了一句："三郎，你这头上……"

白三郎冷冷看着他，"跌了一跤！"

屋子里更是一片寂静，待白三郎离开，议论声才"嗡"地响了起来——那位裴长史竟是半点也没有算错，白三郎当真是因腿脚不利在第三日上招来了血光之灾！正议论得火热，突然有人叫了一声："裴长史！"

众人转头去看，只见一身墨绿色襕袍的裴行俭，从对面主厅里走了出来，步履从容舒缓一如往日，然而屋里每个人都不由自主地闭上了嘴，默然目送着他缓步走远，只觉得那个身影里，突然间多了种说不出的高深莫测。

都护府偏厅的门口，锦帘被挽起了一半，麴崇裕也在看着裴行俭的背影，目光晦暗莫名，"白三真的当众这么说了？"

他身后站的小吏低声回了个"是"。

"那你私下问过他没有？"

小吏脸色也变得有些古怪，"卑职问了，白三却道他头上的伤乃是咎由自取，怨不得别人，教我不要再问。"

麴崇裕沉吟了片刻，"那我吩咐他做的事呢？"

小吏低下了头，小心地回道："白三跟卑职道，他原本是想尽心尽力完成世子吩咐之事，可是如今既然立了毒誓，实在不敢再冒犯裴长史，请世子任意责罚，他绝不敢有怨言。"

麴崇裕眉头皱了起来，"什么毒誓？"

小吏忙道："卑职也是今日才知，三日前裴长史不但说白三会有血光之灾，还跟他打了一赌，道是白三若是平安无恙，他在西州一日，白三便可领着长随的钱粮，任做什么他都再不过问；白三若真是遭了血光之灾，也须如实告诉大伙儿，这血光之灾到底是如何而来，省得旁人疑心是他弄的鬼。"

麴崇裕不由一怔，这赌约来得好生奇怪！小吏已接着道："白三当时便满口答应，又怕裴长史反悔，拿话挤对了裴长史几句，裴长史便发了个毒誓，他若是言而无信，日后便教他对白三俯首帖耳！白三也赌咒发誓说，他若是做不到，便把自己这条烂命给裴长史。如今看来，也不知怎么的……"

麴崇裕一摆手，"不必说了！"

小吏唬了一跳，顿时低眉敛目一声也不敢吭。

麴崇裕长长出了口气，"你不必再去问白三，暂时也莫理会他，只是从今日起，裴长史那边有任何动静一定要详细回报给我，若是……"他突然顿了一下，追问道，"那日裴长史的确是一见白三便打了这个赌？"

小吏忙点头，"卑职问得明白，确是如此！"

麴崇裕挥手让小吏退下。裴行俭的身影早已消失在转角处，他却依然盯着墙角出神，良久之后才喃喃道："难道这世上，当真有神算之术？"

"这世上哪有什么神算之术！"

两日后，在曲水坊安氏宅院的堂屋里，对着眉飞色舞的安三郎，琉璃却是满脸的不以为然，"不过是碰巧而已。"

安三郎常年笑眯眯的眼睛顿时睁圆了，"哪里是巧？九郎的本事你难道还不知？他能算天文历数，能连算十八次藏钩，这一回算出这白三有血光之灾怎会是凑巧？初五那日我到你家和九郎商议到半夜才走，明明是无风无雨的好天气，白三好端端的怎么会摔成那样？可见是命里有这一劫！"

琉璃却听得有些纳闷，"什么十八次藏钩？"

安三郎更是惊讶，"九郎没跟你说过？咱们在凉州城外遇到他那次，他刚刚跟人赌过藏钩，连算了十八次，没一次算错！不然那米大郎是何等嚣张跋扈的人物，怎会对九郎如此服服帖帖？"

裴行俭还能算这个？琉璃一时有些无语。安三郎笑道："难不成你还想替他瞒着？我今日去庙里请香药时听见大伙儿都在议论九郎，也不知是商队里谁嘴快，藏钩之事被传得沸沸扬扬，我听着时已是连赢了四十八次了，过两日还不知会是多少！"

琉璃顿时很想望天。西州城当真是太小了，统共不过一万多人，有个风吹草动便全城皆知，想来如今裴行俭已化身为崭新出炉的神棍了吧？

安三郎回身拿了一个小小的皮袋，"不说这些了，我代你请了一些沐浴香药，你和九郎今日记得一人用上一包。"

琉璃笑着接过，"多谢表兄。"

安三郎笑着摆手，"这算什么，倒是你送的这几瓶面脂当真是好东西，外面一缗一瓶还难买到，你阿嫂定然欢喜。"

琉璃早已知道，因三郎决定留在西州，康氏明年开春也会过来，倒是听他提到面脂的价格，不由有些意外，"这些面脂难道外面也能买到？"

安三郎笑着叹气："自然有卖，只是稀罕罢了。幸亏麴世子不行商，他若做起买卖来，只怕这半城的店铺都会归了他。"说着又感叹麴玉郎如何目光精准，如何手段了得……

琉璃听到麴崇裕的名字便没好气，忙换了话题："如今雕版已出来几块？"

三郎笑道："如今已出来七块雕版，大概再过六七日便全能得了，这三块也雕得愈发好！"说着便出去拿了几块进来，果然比先头的更显精致圆熟。

琉璃看了半晌，叹了口气，如今这版式只能算简洁大方，其实还可以带上画图裱上绢帛，做得高档雅致；也可以用普通纸张配上带图画的历注，让不识字的人也能看得懂，不过今年是来不及了……她又问了些装订之事，出了两个主意，这才拿了香药回到家中。

裴行俭正在东屋里写字，听见琉璃回来，放下毛笔走了出来，"三郎那边雕版可是出来一多半了？"

琉璃笑道："你又算出来了？你这两日里又在耍什么花枪，一声也不吭的，倒让我听得好一头雾水！"

裴行俭一脸轻描淡写，"你是说白三之事？这有什么好说的？此人一看便是桀骜不驯之辈，吃不得激，那日刚搬到后罩房又是四处转悠打量，目光看的地方都不对。我便猜到他打了什么主意，索性激他跟我打了一赌，又让他得意了两日，到最后一晚才让他栽了个跟头。"

琉璃听得莫名其妙，"什么不对？怎么栽了跟斗？"

裴行俭笑道："我少时性子顽劣，常翻墙入馆地捉弄人，自然看得出来，那白三目光打量的多是上房跳墙的落脚之处。何况麴崇裕巴巴送了这几个人过来，打的不就是探听虚实、惹祸生事的主意？因此我才约了三郎初五晚上过来喝酒议事。白三头两夜已经试着跳墙入院，我都没理他，到了初五夜里，才让阿古在墙头几个落脚处都抹了些油，又故意惊了他一回，他慌张之中跳墙回去，脚上打滑，自会摔个头破血流！"

原来是这么回事！琉璃不由哑然失笑，"你倒是胆大，若他不过来，你又能如何？他若是换个地方过墙，岂不是也落了空？"

裴行俭摇头一笑，"他那种性子，怎么可能不过来？至于换地过墙，一则合适的落脚之地原不是仓促间找得到的，二则就算他换了地方，还有阿古在等着他，以他那三脚猫的功夫，让他有血光之灾又有何难？倒是让他心甘情愿听我差遣，还值得算计一番。"

琉璃疑惑地看着他，裴行俭便又笑着把打赌之事说了一遍。

让人心甘情愿往坑里跳，跳完了还觉得是自己对不住裴行俭……琉璃突然有些同情白三：好端端的做啥不好，要跟裴行俭打赌！想了片刻又问："我还听说你曾与人打赌藏钩，那又是什么道理？"

"藏钩？"裴行俭想了想才笑道，"你说的是路上那次？其实也没什么，所谓卦象不过是个幌子，真正算的，乃是人心。须知每个人紧张、恐惧、欢喜之时，外相上都有蛛丝马迹可寻，以卦象试探，便不难看出端倪。真正算卦是极耗心力之事，我相人尚算有心得，于此道却不过初窥门径，哪里便能百算百中？"

也就是说，都是骗人的……琉璃无语地看着裴行俭，半晌才叹了口气，"我会记得永远不跟你打赌。"

裴行俭哈哈大笑，"又说傻话了，你还能输什么给我？"

琉璃不由也笑了起来。

接下来十余天都是风平浪静，琉璃又到市坊里淘了若干玻璃器皿、帘幕锦褥等物，将上房仔细布置了一遍。裴行俭便笑称："我如今每日回家，都觉得自己走错了院子。"

这一日，琉璃起了个大早，裴行俭在院里练了趟拳脚回来，只见她已穿得整整齐齐地坐在食案前出神，不由有些好笑，"你担心什么？那历谱咱们不是看过了么？比寻常的强得何止一星半点？"

琉璃知道他说的是实情，可此刻的心情却有些像交了毕业作品等着老师检阅，不听到一个明明白白的答复，怎么也安心不下来。

裴行俭拿她无法，只得陪着她吃过早点，又叮嘱了几句，才出门而去。外院门口，六名长随恭恭敬敬地等在一边，见裴行俭出门，齐声问了句安。白三头上已换成了寻常胡帽，神色最为恭谨。

一行人从曲水坊步行到都护府衙，不到半里路竟走了两盏多茶的工夫。莫说以前见面不过远远一拱手的同僚，便是寻常西州百姓，看见裴行俭也多是笑着上前行礼，转头便窃窃议论起来：这位裴长史昨日又算出一位张参军丢的官仓钥匙是在西方有水处——结果却是上衙前落在了府衙西边的汤饼铺中；而几个主簿玩笑着想难为他一把，却也被他掐指一算便道是匪正之相，让他们莫开玩笑，让几个人都傻了眼……自是说者津津有味，听者啧啧有声。

白三几个腰杆不由挺得愈发笔直。待到了衙中，却见大队杂役正跟在高昌县令王君孟身后嘻嘻哈哈往外走。裴行俭便回头问道："这是怎么回事？"

白三忙笑道："多半是去催租了。西州这边年年都是如此，年前要去欠了租调的人家催缴一次，其实不过是做个样子。如今西州十户里有八九户都欠着官家的租调，但凡不太出格的，略交些粟米布帛，再求个恩典打个欠条便过去了。谁叫咱们西州地少？正经按制去交，一家人难不成喝西北风去？"

裴行俭看着那一群人的背影，沉吟片刻，这才回身进了自己的屋子。他这长史论理原该总掌西州政务，只是如今都护府里众人有事依然会直接向主簿参军们回禀，裴行俭也就成了衙门里最闲的人。倒是最近这几日，不时有人上门闲谈几句，或求一字，或解一惑，裴行俭都是温言相对。可不知怎的，在众人眼里，他的温和淡远里却渐渐多了几分深不可测。

这一日午时未到，原该在城内督促办差的王君孟却匆匆回了府衙，直奔麴崇裕的屋子而去。司仓参军张高正在屋里回话，看着麴崇裕淡漠的脸色，背后的汗水已打湿了中衣。

见王君孟神色有异地走了进来，麴崇裕这才挥了挥手。张高如蒙大赦地退了出去，回头看了看麴崇裕的屋子，脸色变得有些沉郁——不就是裴长史帮自己找到钥匙时自己感激了几句吗？世子至于这般给人脸色看！

屋里的麴崇裕也皱起了眉头，"到底出了何事？"

王君孟把一个卷册往他手里一塞，"你先看看。"

麴崇裕打开只看了两眼，脸上便露出了惊讶之色，"明年的历谱？这才什么时辰？哪里买的？"

王君孟沉声道："是安家的店铺在卖，说是从长安带来的，今日一早便开始卖了，我去时已卖了半屋子，三百文一本，人人都在抢。"

麴崇裕打量着手中的册子，点头道："此时出的历谱，又做得如此齐整，三百文的确不贵，这字也太俊了些，纸也是好的……"突然间反应了过来，震惊地抬头看向王君孟。

王君孟重重吐了口气，"你也看出来了？这是益州麻纸！那一车纸，安家竟是拿来做了历谱！"安氏带的货物在城下便查验过，哪有什么历谱？他忍不住冷笑一声："难怪前日我试探安三郎时，他只道已有法子处置纸张，原来竟不是托词！我只是想不明白，便算他在长安时托人算出了明年的历法，这才半个月光景，怎么能找到那么多人抄出来？你看看这字迹，只怕你我都写不出来，我特意多看了几卷，竟然每卷历谱上的字迹都是一模一样！"

麴崇裕目光锐利地翻动着历谱，突然道："不是写的！"

王君孟奇道："怎么不是写的？难不成还是变出来的？"

麴崇裕把历谱往他手上一递，"你仔细看看，绝不是写的。"

王君孟定神细细看了几眼，顿时也发现了异样，那字迹虽然漂亮，笔锋却太过齐整，的确不大像是写出来的……

麴崇裕拿起自己的印章"啪"的一声在纸上印了下去，丢到王君孟跟前："所有的历谱，只怕都是这般印出来的！"

王君孟愕然看了看那张盖了阳文大印的纸，又看了看历谱，脱口道："若是如此，那要花多少工夫，又上哪里找那么大的玉石？"

麴崇裕眉头紧锁，沉吟良久才长叹一声，"我怎么没想到可以用这种法子！安家能在半个月内刻出来，怎么会是用玉石？多半是木头！用这种法子，做一本两本自然不合算，若是做几百本几千本来，却比手抄强了多少去！这倒是提醒我了，这的确是一条生财之道！"

王君孟有些诧异，"你也要印历谱？来得及么？"

麴崇裕冷笑道："今年自然来不及！虽是有些可惜，看在安家想出了这般绝妙的主意，今年便由他去……"说着挑眉笑了起来，"至于我要印的，乃是佛经！"

王君孟连连点头，比历谱更能获利的，自然是佛经，西州好些人家便是忍饥挨饿也要买本回去供奉，而且常年可卖，各地可卖，若是能印出几百上千本来，利润可想而知……

他正想开口赞同，却见麴崇裕猛地又抓起了案几上的历谱，脸色慢慢地变得铁青。王君孟忙道："怎么？"

麴崇裕"啪"地将历谱拍到案几上，声音冷得瘆人："我们都被裴守约骗了！"

第七十章
一石二鸟　谁在局中

从西州都护府后门出来，一条幽深的小巷径直通往长安坊的主道，小巷两旁的庭院多是空置，平日里都是门户紧闭。

新年已过了一半，正月初八，正是都护府刚刚开衙、人心最散的日子，午前的小巷里，更是静悄悄的一点声息也无。因此，当有人从府衙后门一路向巷子深处走去时，那回荡在高墙间的脚步声便越发清晰。

小芙早守在了门口，听到声音忙开了门。

门口站着的高个男子穿着墨绿色的圆领夹袍，待他举步进院。门"吱呀"一声又关上了。过得片刻，斜对面院落的院门却悄然打开，一个十六七岁的少年闪身出来，匆匆向小巷另一头跑去，软底靴一丝声响也没发出来。

少年出了小巷，穿过坊间大路，几步进了一扇乌头大门，与门内一个长随打扮的人低声说了几句。那长随便转身来到内院上房，在帘外低声道："世子，人已经进去了。"

麴崇裕穿着一身绯色交领袍子，虽然正是年节，脸上却明显清减了些，倒是多了几分棱角分明的锐气。听到这声回报，他的脸上露出了一个惬意的笑容，端起面前的酒杯，"我也该去会会那位安家三郎了。"

坐在他对面的风飘飘也穿着一身大红衣服，笑着欠身，"世子一石二鸟、神机妙算，飘飘佩服。"

麴崇裕淡淡地瞥了她一眼，"你怎么也满口谀词了？我若真是神机妙算，又怎么会生生被人耍了那么久？今日不过讨些利息而已！"说着把酒杯一放，站了起来，大步走向前院的堂屋。

堂屋里，安三郎正坐得有些不耐烦，就听屋外一阵脚步声响，深青色的门帘一挑，麴崇裕手里拿着一卷书册，笑吟吟地走了进来，"真是抱歉，突然有些俗务要处置，让三郎久等了。"

安三郎忙站起身来弯腰按胸行了一礼，"安三见过世子。"

麴崇裕轻轻一笑，"三郎坐下说话便是，何必如此见外。"

安三郎依言坐了下来，一眼看见麴崇裕手里的卷册，心里顿时一凛。

麴崇裕展开手中的卷册，笑道："三郎也认出来了吧？我前几日无意中看到了这份历谱，十分喜欢。听闻是三郎所售，因此想请教一声，这历谱是如何制出来的？为何这般齐整？"

安三郎面上已恢复了笑眯眯的表情，"不敢当。说来简单得很，只是用木板先把字样雕出来，再刷墨印在纸上。"裴行俭早说过，麴崇裕或许会找到自己头上，届时直言相告便是，不必为个"利"字惹来麻烦。

麴崇裕点了点头，"我猜也是如此，只是三郎也知晓，我这人最是好奇，这两日也试着用木板雕过，却怎么也找不到窍门，这字该如何在板上印成反文，什么样的木板才经得起刀雕墨蚀？不知三郎可否教我？"

安三郎不由一怔，自己接手之后工匠们已甚是熟练，因此他根本不曾过问这些细节，"是么？还有这些讲究？"

麴崇裕轻笑着挑了挑眉，"三郎不肯指教？你放心，我绝不会让你白白相教，只要三郎如实相告，便会奉上百金相酬，如何？"

百金？安三郎暗暗摇头，这次卖历谱尽得之利便有八十余金，百金买到秘诀算很多吗？面上只能笑得越发诚恳，"世子明鉴，这历谱在下只管售卖，至于如何制作，的确并不明晓。"

麴崇裕点头一笑，"那就烦扰三郎与知晓之人好好商量，我随时恭候佳音。"

走出世子府，安三郎不由有些踌躇，此事自然该去与琉璃商量，只是思量片刻，他还是转身往都护府快步走去，一路找到长史房前，却见房门紧闭，一个人影也没有。他等了半晌，还是一个杂役模样的人走了过来，侧头看了安三郎几眼。安三郎忙抱手问道："打扰了，敢问您可知裴长史去了何处？"

杂役上下打量了他一眼，才懒洋洋地道："裴长史此刻不在府中！"

安三郎一愣，略一沉吟转身往外便走。那杂役顿时唬了一跳，忙道："你找长史何事？"

安三郎心中有事，只摆了摆手，便匆匆走了出去。杂役有心追上去，急走两步又停了下来——哪有追着告诉别人裴长史去了后门，而且是从年前起便常去的道理？他呆了半晌，只得垂头丧气地向另一个方向走去。

不过一盏多茶工夫后，气息未定的安三郎便出现在了琉璃面前。听他把事情说了一遍，琉璃也有些怔住了，低头想了半日，断然道："答应他！"

安三郎皱起了眉头，"这雕版之术真真是获利捷径，一百金是不是少了些？"

琉璃叹了口气，"其实此事诀窍并不算多，只是他们一时都没有想到夹缬上来。我们用的木板，都是夹缬店里先浸泡数月又彻底干燥过的梨木，比寻常木料要坚韧得多，雕字时才不会出现裂纹断痕。模字也是写在夹缬店专用的薄纸上，这样才能在反面也清清楚楚地现出字迹来。这两条旁人一时想不到，难不成一世都想不到？麴崇裕那里能工巧匠甚多,迟早会想明白这两点,届时只怕一金半金都拿不到!"

"阿兄不如回头便跟他说,百金就百金,但有两条,其一,他印佛经我们不管,也不会去做,但历谱的生意,他同样不得插手;其二,日后我们会需要用一两个会做机关的大匠,请他行个方便。"

安三郎不由一拍大腿,"正是,我这些日子忙得昏头了,怎么没想到要印佛经!这佛经若是印起来,才真真是日进斗金!"

抬头对上琉璃无奈的眼神,他不由一怔,顷刻间便反应了过来,"也是,可惜我们没有这么多人力来印佛经!"他们不比麴崇裕,有西州工坊为后盾,可以名正言顺地招迁工匠进来。他们就四个雕工、七八个刻工,若想印一本略厚点的佛经,只怕要一年半载才能做好雕版,那时麴崇裕说不定早已摸索到了诀窍。他不由踌躇道:"既然如此,咱们提这两条,世子只怕不会答应。"

琉璃笑着摇头,"我猜他多半会应,他迟早能想到的诀窍,在敦煌,在庭州,旁人就都想不到?他如今之所以急着找你,正是要抢时间,我们早日告诉他,他便能早日把佛经印出来,只有比旁人都早,才能财源滚滚。我们横竖是做不了这门生意的,能分文不出便得百金,又能保障日后在西州专做历谱,还能得他一个人情,何乐而不为?"

安三郎呵呵笑了起来,"大娘,你若是安家男子,日后昭武九姓的萨宝定然是你!"说着便站了起来,"我这便与麴世子说去!"

这一回,他却是立刻便见到了麴崇裕,两下言笑晏晏,没过半个时辰便谈妥了种种细节。麴崇裕竟是亲自把他送到了门口,目送着他离开,回头时便脸色阴沉地进了后院。

凤飘飘早便等在门内,见到麴崇裕的脸色,不由吓了一跳,"世子,那安三郎不是收了您的百金,怎么……"

麴崇裕冷笑一声,"他倒是答应得痛快,只是提出日后他不做佛经生意,我们不做历谱生意,还说什么要借两个大匠给他用。"

凤飘飘越发纳闷,"他们要大匠做什么?只是前头那条不是世子早便料到的么?"

麴崇裕负手抬头望着天空,一时看不清他的表情,半晌才道:"我是想过,若不是看出历谱上的字迹定是出自名家,想到安三郎无论如何也不可能在离开长安前料到这番变故、求人算出历谱,更不可能想出这刻板之法,我只怕直到如今还以为裴守约是个俗物。但我还是有些拿不准,他到底是一时灵机一动,还是早便深谋远虑。今日这番安排,一是为了让安家三郎发现他常去后巷,生出猜忌;二则是想看看他到底是何许人也!若他真是机智,十有八九会料到我要印佛经,会答应此事,也会提出独占历谱生意。"

凤飘飘奇道:"那世子不是都料对了……"

麴崇裕冷冷地看了她一眼,"可是安三郎,适才根本就没有见到裴守约!"

此时此刻,裴行俭依然安然端坐在都护府后巷的那个小院里。茶水沸腾的咕咕声清晰可闻，一只白嫩的小手将已经三沸的茶水从炉上移了下来，分在两个越瓷茶杯里，又用漆案捧到了院子另一角的棋盘边。

裴行俭端起茶杯喝了一口，微笑着点头，"好手艺。"

坐在他对面的柳如月却紧皱着眉头，犹豫半晌，落下了手中的白子。这才转头端起了茶杯，连喝了两口。待她放下茶杯，裴行俭已摇了摇头，"你不该冲这一手，我只要在透点处促一子，你这局便输了。"

柳如月一怔，仔细看了看，脸上露出了懊恼的神色。裴行俭淡淡地道："无妨，你再换一手便是。"

柳如月叹了口气，"我现在才知道，世上最无趣之事，便是棋不逢对手……"说着提起刚刚落下的黑子，又中规中矩地长了一步。

裴行俭随手便应了一招，小芙忙给他又添了一杯，裴行俭专心地喝了半杯下去，点头道："西州之水来自雪山，的确清冽，就是市坊里好茶实在少了些。"

柳如月的目光还落在棋盘上，"寺庙里的法师们也是有好茶的。西州也真是奇了，最好的东西都在寺院里，我看有些人家平日连做菜的油都用不起，却要捐香油给寺院，长安人信佛的也多，却不曾到这般地步。"

裴行俭略有些意外，"柳娘子难道常去寺庙？"

柳如月自嘲地一笑，"我如今四处寻找家人，自然要多多求佛祖保佑，横竖钱帛还有一些，讲经也听过几场，要做个虔诚的信女大约比做个爱下棋的才女容易些。"

裴行俭微微欠身，"是裴某烦劳柳娘子了。"

柳如月笑道："哪里的话！若无长史鼎力相助，阿柳一介孤女，要在西州寻人谈何容易，好在小芙煮茶的手艺还过得去，不然每次要劳烦长史与我来下棋，更是于心难安。唉，今日不下了，裴长史不但长于双陆，棋力也如此深厚，我便是执白先行亦是过不了中盘，还是甘拜下风的好。"

裴行俭伸手将棋局上的棋子一颗颗拣回棋盒，清脆的棋子相击声掩住了他的声音："此言差矣，若无柳娘子相助，裴某行事如何掩人耳目？明日我便会出城去附近几处屯军的守捉和牧场，探询方兄的下落。"

柳如月怔了一下，抬头看看院墙，半晌才叹了口气："在长安时，总觉得到了西州便能……没想到来了这边才发现，全然不是这么回事。"

裴行俭默默拣着棋子，待棋盘已空，才缓缓开口："方兄才貌出众，定不会泯然众人，况且西州不过两三处牧场，假以时日，自然能找到。"

柳如月的笑容里有几分怅然，却还是站起来深深行了一礼，"有劳长史。"

裴行俭喝完了手中之茶，拱拱手转身离去。小芙关上门，见柳如月依然有些怔怔的，走上几步笑道："裴长史都说了，明日便出城去找方公子，西州才多少人？姊姊也莫太忧心了。我看裴长史是位正人君子，必会言而有信。"

柳如月不由哑然失笑，"这位裴长史么，君子大约是君子，正人却未必。"

她不动声色地瞟了瞟不远处的那座格外高大的楼宇，转身往屋里走，放下帘子才叹了口气，"我真是想不出裴长史到底要做什么，听说如今已借着帮我们找人的名义把西州户籍查了个遍。如今又要出城，寻人之外十有八九还另有打算！看他下棋，便知此人周密稳健，可是以麴氏在西州的根基，我实在想不出他要如何才能打开局面……

"只是如今以天下之大，也只有他们夫妇能知道我的底细又帮我去寻表兄，别的，我也顾不得那许多了！"

临近小院的高楼上，窗下站着的少年目送着裴行俭的身影消失在小巷里，转身下楼，直奔麴崇裕的宅子而去。一进门就见麴崇裕迎面走了过来，脸色颇为难看。他脚下一顿，麴崇裕的目光已冷冷扫了过来，"怎么样了？"

少年忙道："还是老样子，裴长史进去没多久便开始下棋，今日换成了围棋，下完棋喝完茶便走了，比上一回多待了两刻钟。走前刘娘子似乎还行礼感谢了一番。"

麴崇裕眉头皱得更紧。风飘飘走近一步，低声道："世子，这裴长史去那边，竟次次只是下棋，似乎有些蹊跷……"

麴崇裕声音冷淡："若不是次次下棋，倒更蹊跷了！裴守约出身名门，在长安也甚为自持，岂能一到西州便成了色中饿鬼？横竖那宫女的来历咱们都查过，的确只是安家商队在凉州偶遇的过客，在路上与裴守约夫妇也并无多少来往，若是求人找寻父母兄弟，难不成便不能来求咱们，非要甘为裴守约的棋子，拿自己的名声作儿戏？

"再者，裴守约若要做戏给我们看，去那院里已是足够，可他年前年后居然查了好几天的西州户籍，这等笨事干来又有何用？听说明日还要出城寻人。他若有心与我周旋，如今正应守着西州，多与同僚百姓来往才是，却突然为个单身女子做起了这些事情，神算也不算了，名声也不要了……于他有百害而无一益！哪桩事情像是聪明人做的？

"若不是那历谱来得太过蹊跷，我也不至于今日还要试他一试，却没想到……"

沉默半晌，他的脸色愈发阴沉，"立即快马传书，让长安那边查清楚库狄氏的所有事情，越详细越好！

"还有，明日请安三郎去木工坊，他既然收了我这百金，就该把这刻板之事说个清楚，我倒要看一看，库狄氏到底会不会出头！"

负手望着曲水坊的方向，麴崇裕眯了眯眼睛，仿佛又看到了那个动不动就对人娇笑的女子，厌恶地皱起了眉头。

正在自家厨房里和厨娘一道做着枣糕的琉璃突然觉得后脖子一阵发凉，甩了甩头才问："可是差不多了？"

枣糕是西州常见的点心，将干枣、核桃和入面粉蒸熟即可，口感十分香甜。琉璃因记得以前曾吃过一种加了无数种干果的新疆糕点，今日便试着把葡萄干、杏干等也加到枣糕中去，看看味道如何。

厨娘便问："可要再加些干牛肉进去？我看阿郎与娘子都爱吃这个。"

琉璃笑道："那倒不必，我们也不过是吃个稀罕。"

厨娘点头叹道:"正是,杀牛宰马都是要吃官家棍棒的,也只有耕牛受伤不治了,才能报了官府宰杀,平日里哪能轻易遇到?"又皱眉道:"今日还听店家说起,那个杀千刀的牛犊贼又在安西乡偷了两头去,那家人先头还病死了一头牛,如今哭得什么似的。怎么那么多差役也抓不到这贼子?莫不是真是有什么法术?"

小檀也插嘴道:"我也听说了,人人都在说此事,想那牛犊又不是铜钱,可以放入袋中拿走,若不是那贼有些名堂,怎么会这两个月连偷了十几头都无人发现?"

琉璃忍不住笑道:"他若真有法术,偷什么不好,偏要偷牛犊子?难道他做贼是因为太爱吃牛肉了么?"

说说笑笑之中,厨娘捧起这个花花绿绿、煞是好看的圆形糕点放入了蒸屉,琉璃满足地叹了口气,一抬头却看见裴行俭正站在厨房门口,笑吟吟地看着自己。她忙走了过去,"你回来多久了?用过午膳没有?这枣糕却要晚膳时才能得了。"

裴行俭摇了摇头,"适才已顺手买了两个胡饼,听说你在这边便过来看看。"两人说着闲话进了内院,一踏入上房,裴行俭脚步便是一顿——案几上放着一个打开的木匣,里面码的是整整齐齐的一块块黄金。

琉璃扬眉一笑,"这是麹崇裕用来买雕版秘诀的,一共一百金,我要给三郎一半,他死活不肯收。"

裴行俭脸色顿时微变,"到底是怎么回事?"

琉璃笑道:"也没什么,今日麹崇裕找到三郎,说是要出一百金买雕版秘诀,我想着其实也不过是用夹缬专用梨木和薄纸这两样讲究,又不是能一世都瞒得住人的,便让三郎答应了此事,又和他约好,日后他印佛经,我们印历谱,两不相干……怎么,此事有什么不妥?"

裴行俭眉头紧锁,默然良久,叹了口气,"是我疏忽了!"

琉璃奇道:"你疏忽什么了?"

裴行俭闭目长叹,伸手将琉璃揽在了怀里,"对不住,是我太大意了,我和你一道做了几天雕版,却没留意过还有这些讲究,这几天又想着旁的事情了,也没有跟阿兄交代清楚。有些事情,你和三郎自然是想不到的,都怪我!"

琉璃越发纳闷,"什么怪你?"

裴行俭轻轻摸了摸她的头发,"如今,麹崇裕已经知道这雕版的主意,是你出的了。"

琉璃一怔,转念间才明白了几分,"难不成他今日出这一百金,不是想买秘诀,而是想试探到底是谁出的这主意?"

裴行俭轻轻摇头,"他只怕原本认定是我出的主意,今日不过是想一箭双雕,没想到却成了歪打正着!这两日,他多半还会接着来试探你我,我若不让你出头,摆明了便是忌惮他对你不利,可是若让你出头,我又实在不放心……"

琉璃想了想问道:"他难道会杀人灭口?还是会不择手段来害我?"

裴行俭沉吟了片刻,"眼下倒不至于,最多便是想法试探你的虚实,搬弄是非、挑拨离间。"

　　琉璃松了口气，笑了起来，"这有什么大不了的？他会搬弄什么是非，我心里有数，让他挑拨挑拨又如何？至于试探虚实，你放心，我自有法子让他试探不下去！"

第七十一章
喜忧参半　异想天开

西州城的西南角，几年前还是西域最大的女市，如今早已改作了工坊。厚实的土墙后，是被分隔成一个个方正院落的各种作坊，走在棋盘错落般的小巷里，自有各种古怪的声音气味不断袭来，令人颇有些吃不消。

转过两个弯，巷子深处出现了一处独门独户的院落，领路的小厮敲了敲紧闭的大门。片刻之后，门开了一条缝，看门人探头出来看了好几眼，这才开了半边门。

小厮忙回头笑道："夫人里面请。"

琉璃点了点头，迈步走了进去，阿燕紧紧跟在她的身后，目光警惕地四下打量。里面是一处两进的院子，前院天井两旁都是隔成小间的厢房，登上中间的过堂，眼前是一个穿着碧水般长袍的身影。听到脚步声，他悠然转过身来，俊秀的脸上露出一抹若有若无的笑容，"劳烦库狄夫人了。"

琉璃笑得眼睛弯成了月牙儿，声音也比平日更为娇糯："世子好生客气！既然收了世子的足足一百金，这些事儿，可不是应该效劳的？"她今日穿了一件粉色宝相花纹的襦袄，配着同色长裙，外面是件白色兔毛的半袖，整个人都粉嘟嘟的，与这声音相配之极。

麹崇裕下意识地便想皱眉，到底只是将眼帘微微垂了下来，"夫人奇思妙想，崇裕佩服得很，只是有些细处尚琢磨不透，还望夫人指教。"

琉璃得意地一挑眉头，"雕版之事么？再简单不过啦！世子有什么不明白的，尽管问！"

麹崇裕垂眸微笑，伸手往后虚虚一引，"夫人这边请。"

琉璃跟着他穿过堂屋走到后院，只见安三郎正站在一张高脚案台旁边，看见琉璃抱歉地笑了笑，"世子问得细致，这些事情我也不大明白，只能劳烦大娘了。"

琉璃嫣然一笑，"无妨，收了世子那许多金饼，原该过来解惑的。"

这话实在也太过粗俗，麹崇裕眉头不由自主又皱了起来，实在无心与她周旋，索性直接伸手指向台案上的木板，"按夫人所说，这木板要浸泡数月再彻底阴干后方可使用，适才三郎带了一块过来，果然好用了许多，却不知是何道理？"

琉璃摇头笑道："是何道理我哪里能知道！我只知夹缬店里所有的刻花木板都须如此处置过一遍才能用，否则雕刻时便容易毛边。这种木板西州城里大约也就是夹缬店里还有一些。"

麴崇裕有些意外，"夹缬店？"

琉璃惊讶地睁大了眼睛，忽闪了几下才道："自然是夹缬店！世子莫是不知，我曾在夹缬店里做过画师，看惯了刻板染布，想那木刻雕版既能染布，多半也能印书，没想到一试之下果然如此！这次雕版所用，便是夹缬店的木板和薄纸，若不是世子相询，我还不知别的木板和纸张居然都不成。"说着又欢乐地笑了起来，"没想到世子这般大方，竟然肯出百金来问这样一桩小事！"

麴崇裕呆了一下，看着这张娇滴滴的浅薄笑脸，只觉得胸口发闷，好容易才挤出一丝微笑："原来如此，真是巧了！"

琉璃笑盈盈地点头，"可不是巧了！世子，您可还有什么想问的么？"

麴崇裕摇了摇头，转身看着台案上那块一尺多宽、三尺来长的梨木，仿佛那上面突然开出了一大片莲花，好容易才定下神来，心里盘算，这样一块木板至少能锯成七八块书板，有个二十多块，也就够印两三本佛经了，随口便问安三郎："不知夹缬店里，这样的木板还有多少？"

琉璃抢着笑道："还有大约三十来块。"安家既然要开夹缬店，刻花木板自然是要带够的，店里足足备了百余块木板，不过如今绝不能说实话。

麴崇裕松了口气，"好，我全买下来！"

琉璃诧异地睁大了眼睛，"世子真会玩笑，都卖给你，那夹缬店还做什么买卖？"

麴崇裕一怔，"那便转二十块与我可好？"

琉璃笑得花枝乱颤，"世子莫说笑了，这夹缬最费花板，若是有人定制四色夹缬，便要做出六块三套花板，剩下十块，两次都不够做的，如何还能开门？"

麴崇裕听着这银铃般的笑声，只觉得脑袋都是胀的，语气不由变得有些生硬："只要夹缬店将木板先转给我，我会立即着人去敦煌进这种木板过来，一个月后还以双倍。这个月停了生意的损失，我也会双倍补偿！"

琉璃拍手笑道："世子果然豪爽！"回头便问安三郎："不知夹缬店一个月不接定制的生意，五万钱够不够补偿？"

安三郎笑嘻嘻地捋了捋胡子，"倒也够了。"如今夹缬店生意并不算好，这半年也没做成几笔定制的生意，雕工成日无事可做，一个月不接哪有什么损失？

琉璃眨着眼睛看向麴崇裕，麴崇裕立刻像赶苍蝇般挥了挥手，"回头我便拿十万钱送到府上！"

琉璃脸上绽开了最甜美的笑容，"多谢世子体谅！世子有所不知，其实那夹缬店里的雕工，便都做过历谱。只是那些粗人笨嘴笨舌，如何能跟世子说得清楚？因此今日我一个也没让过来。不过世子既然把木板都买了，这个月里他们横竖也无事可做，世子若瞧得上，倒也不妨让他们过来搭把手，也免得浪费了世子的这十万钱不是？"

麴崇裕原本一心打算着要多问琉璃几句，试一试她的深浅，再提几句那位住在都护府后巷美貌宫女，可此时听得一句可以调用做过雕版的工匠，不用再事事细问这个女人，只觉得整个都轻快了几分。他想开口说好，到底还是忍了一忍："多谢夫人。只是今日夫人既然已经来了，不如先帮崇裕看看，这几位工匠做得可还妥当？"

琉璃掩嘴笑道："世子好生客气，这又有什么不好的？"莲步轻移，走到正在贴字纸的工匠面前，只看了一眼便皱眉道："这纸上为何没打竖格，这般写出来的字如何能大小一致、位置齐整？"

那工匠怔了一下，又抬头看了麴崇裕一眼，这字稿没打格子，跟他有什么关系？琉璃却恍若未觉，转身便指责雕工凿除木头的手法不对，又批评刻工下刀太深，声音娇细，态度炫耀。

安三郎纳闷地看了琉璃半响，一眼瞟见麴崇裕脸上越来越僵硬的笑容，心里一动，走上两步笑道："大娘，平日你也只是出出主意，不爱看人做这些粗活，这般一说，他们越发不知该怎么做了，不如咱们早些把那两个雕工叫过来，让他们一道切磋？"

琉璃嗔道："这不是世子的吩咐么？我若不说，世子又当我是藏私了。"说着叹了口气，幽怨地看了麴崇裕一眼。

麴崇裕顿时头皮发麻，牙根发酸，好容易才微笑着开口："三郎说得是，倒是崇裕考虑不周了。此地嘈杂，原不是夫人该来的，夫人尽管回去，叫那几位雕工过来便是。"

琉璃脸上露出犹豫的神色，"这……只怕他们说不明白罢？"

麴崇裕忙笑道："若真有不明白处，崇裕再遣人去府上请教夫人。"

琉璃想了想才轻轻一笑，"也罢，这里气味着实难闻，也嘈杂得紧，我若是待久了，只怕会有些气闷，世子若有疑难之处，千万莫与我客气。不然我拿了世子那一百金，心里也是有些不安呢！"

麴崇裕微笑着欠了欠身，"如此甚好，夫人请先回吧，崇裕不便远送，请夫人恕罪。"

琉璃盈盈还了一礼，曼步走了出去。

眼见那个粉色的身影袅袅娜娜地消失在过堂的台阶上，麴崇裕长长吐出一口浊气，心里好不憋闷——原来这库狄氏不过是因为在夹缬店做过画师，才偶然想起了这一出！早知如此，何必浪费人力快马传书到长安？这库狄氏真真造作，似乎每次见面，她都能让自己的厌恶加深几分！不过如此一来，倒是不用分心来担忧这个女人了……

他心里喜忧参半，出神半响，眼见夹缬店的雕工赶到，一切上了正轨，这才带着人走出了工坊。到了晚间闭城之前，派去盯着裴行俭的人便回报，裴行俭似乎是在找寻一个名叫方岭的长安人，此人应该不到三十岁，多半是领着牧监上的差事。旷野之上，他们也不敢跟得太近，转过几处山头后便把人跟丢了。

方岭？麴崇裕点了点头，隐隐记得风飘飘提过一句，那位宫女一时找不到父母兄弟，正在设法找别的亲眷。

自大唐十五年前接手高昌，便陆续把死囚重犯之流发配此地，又派了上万兵丁前来屯田，自然也有家眷随行，据说那位宫女的家人便是如此过来的。他们并非西州本地人士，颠沛流离，有些还搬去了别处，一时找不到再正常不过。麴崇裕本待将此事放到一边，想了想还是吩咐道："既然有了名字身份，你们便去西州牧监那边打听一回，若有此人的消息，立刻回报。"

此事麴崇裕原是随口说过便罢，没想到过了几天，手下却回报道，打听到那位方岭了，消息竟是颇有些惊人。

原来此人是五六年前到的西州，听说骑射精绝，性格爽快，却不知为何恶了上峰，一直颇受排挤。三年前的秋天，牧丞又一次刁难于他，让他在大风天里出营去寻两匹失马，他却突然暴怒而起，挟持牧丞一道出营，从此再也没有归来。有人说他和牧丞在狂风之中同归于尽了，也有人说他是杀了牧丞亡命天涯……

麴崇裕听得暗暗点头，此人倒是条汉子，若是早些知晓，设法收入麴家部曲做个头目是最好不过，眼下却是晚了。想来裴行俭得知此事，也该歇了寻人的心思。

不曾想，此后的裴行俭却依旧隔三岔五便出城转悠，有时甚至会丢开一干长随，独自在外面待上两天，无人知道他究竟在做些什么。若去询问，他便道横竖清闲无事，不如去视察民情。而在西州城内，裴行俭的神算之名也是越传越响，莫说是以安氏为首的胡商，便是士人官员，对他的态度也愈发恭敬。

麴崇裕渐渐有些坐不住了。

转眼便入了二月，似乎只是一夜之间，西州城里人人都换上了轻盈鲜亮的春衫。到了二月中旬，当大唐改元显庆、立新太子并大赦天下的消息传来时，环绕西州的河谷里，各色野花早已争相绽放，将大片大片的草地染成一袭袭织锦地衣。

若不是随之而来的猛烈春风，琉璃真会觉得，西州的春日比长安的更美不胜收。

这一日的清晨，当窗外呼啸着的尖锐风声将她再次惊醒，看着高窗里透进来的那点朦胧清光，她不由叹了口气。现在她终于明白，为何西州的街道都要往下挖掘，庭院又为何都那般小巧——每隔几日就要刮起的狂风，在平地上几乎可以把人直接吹走，只有躲在这深壁高墙之间，才算有点保障……

黑暗中，裴行俭搂着她的手臂紧了一紧，声音里带着一点初醒的沙哑："又被吵醒了？"

琉璃"嗯"了一声，往他怀里缩了缩，"早知如此，咱们真该住在长安坊。"

裴行俭低声笑了起来，"怕我在道上被吹跑了？放心，不到半里路，吹不坏我。不过，今日你别出门了，在家歇着便好。"

琉璃忙道："那大风天里，你也再不许出城！在野地里不是玩的，听说风口上连牛马都能吹走……上一回我便足足担心了一夜！"最近裴行俭往城外跑得太勤，前几天连风飘飘都上门拜访了一回，话里话外透了点讯息。琉璃只能一脸官司地把她送了出去，回头与裴行俭一说，他却笑了起来，"他们终于沉不住气了！"

裴行俭安慰地拍了拍她，"以后再不会了，我也是没想到半路上会起风，只能先找个地方躲着，你也知道，如今时间已是不多……"

琉璃心里叹息，裴行俭这些日子十分忙碌，在家时也是日日伏案到深夜，做的事情似乎与田地政务有关，她莫说帮忙，就是看都看不明白，唯一能做的，也就是不给他添一点麻烦。

裴行俭的声音里带着笑意："你莫担心，如今我该做的事都做完了，麴崇裕不会让我这般逍遥下去，多半会拿件事情绊住我，不让我再能随意出入，我只是拿不准，他会把哪桩政务分到我的头上？"

"或许是刑讼，或许是赋税，不过，无论是哪桩，我大概都会教他失望！"

喁喁细语中，窗外朦胧的亮光渐渐转为清明的曙色，两人起身梳洗，吃过了早膳，裴行俭放下竹箸，突然笑道："差点忘记告诉你，咱们这边又要来一名大唐官员。"

琉璃感兴趣地抬头看着他，裴行俭脸上的笑容多少有点微妙："你还记得凉州城的苏参军么？他的父亲苏海政，已被任命为伊州都督。"

伊州？琉璃倒也知道，此地位于敦煌与西州之间，在大海道的东边，地方不大，人口也不足万人，伊州都督虽是从三品，却远不如在长安任职。琉璃不由有些困惑，"难道这任命与上回的事情有关？"

裴行俭摇头一笑，"谁知道！或许朝廷只是准备对突厥用兵，苏海政原是军中宿将，对西疆又熟悉，来这边做些准备也是顺理成章。若圣人有重用之意，他这一仗立下战功，回朝便能拜将；若非如此……"

琉璃明了地点头，如果这一仗打完之后还留在了这边，那多半是高宗不想让他回长安了。如今武则天虽已登上皇后宝座，太子也换成了李弘，长孙无忌却依然未倒，高宗心里忌惮军中会有人倾向于这位太尉。看来那位苏参军的一封奏章效果实在惊人。"不知那位苏参军又会如何？"

裴行俭笑了笑，"或许会随父入伊州任职也未可知。"

眼见上衙的时辰已到，屋外的狂风却一点消歇的意思都没有，琉璃忍不住皱起了眉头。裴行俭笑道："我如今皮粗肉厚，不怕这些！"这些天在外面风吹日晒，他的眉宇间明显多了些风霜之色，琉璃却觉得，这样倒是比从前更显英气。她只能轻声道："你路上当心些。"

裴行俭低头看着他，神色里多了几分郑重，"这些日子你不要再随意出去，还有那边工坊，你……能不去便别去了。"

琉璃笑着点头，"放心，那位麴世子也不会有兴致再来找我！"

前几日麴崇裕的确让人请琉璃去过一回，他那边到底人多，如今第一本佛经的几十块雕版都做好，说是要请教上墨之事。三郎带的那几匣松烟墨顿时派上了用场，被琉璃好不为难地卖了个黑心高价，趁机又提了大匠的事情。麴崇裕气得眼神都不对了，却好歹还记得轻描淡写地问了句："夫人当初如何知道崇裕要印佛经？"

琉璃便娇笑道："世子说话真有趣，如今这市坊里，除了佛经还有什么能印来赚钱？呆瓜才想不到呢！是不是？"麴崇裕的脸立时就有些发绿。琉璃离开时只觉得背后发寒，大约是被他用目光砍了无数刀……

看着琉璃得意的笑颜，裴行俭不由也笑了起来："我知道你能气人……你也要当心些，莫把他气昏了头。"

琉璃嘻嘻一笑，把麴崇裕气昏头才好呢，省得他这一招又一招的难为裴行俭。

待到裴行俭走后，她进了书房，将明年历谱的几种版式又修了一遍，放下笔时才惊觉已快午时。正准备问问阿燕午膳准备得如何，小檀却匆匆走了进来，"娘子，阿郎打发人回来说，他有事，要晚些才能回来，还说麴都护已让他监察刑讼之事！"

刑讼？琉璃点了点头，心里已明白了几分。西州地广人稀，民风淳朴，汉人家族宗法制度森严，大小事务都是由宗族来决定，胡人若有纷争更不会闹到官府中来。所谓刑讼之事，多是些市井里偷鸡摸狗的小事，那个据说偷了二十多头牛犊的古怪飞贼，便算是西州人人皆知的大案了。管着这样的事情，可谓既无权又无趣，却会被琐事绊住手脚，不能天天"调查民情"……此事早在裴行俭的意料之中，只是不知他会如何应对。

琉璃心知多想无益，自己吃过午饭，看了会儿书，又给裴行俭新做的春袍绣了一角竹叶纹，眼见天色将黑，风声渐息，裴行俭还未归来，不由有些担心起来。他这第一日接手刑讼之事，难道就闹出了什么幺蛾子？

都护府的长史房里，白三正在低头点燃烛台上的几只蜡烛。法曹参军朱阙的脸色在烛光下愈显红胀，"裴长史不能如此草率！这舅甥争牛案里虽然也有二十头牛犊，但事情来龙去脉却十分清楚，那做堂舅的张二是本地乡绅，若说他借着照料外甥乔六家的牛群，贪墨了二十头牛犊，虽无明证，却也合乎情理，但若说他便是那在西州各处偷了二十多头牛犊的贼人，却绝无可能！"

裴行俭不紧不慢地放下了案卷，"那依朱参军之见，这贼人的二十多头牛犊如今去了哪里？牛马买卖须立市券，还能飞了不成？此案已拖延了足足三个月，西州流言纷纷，人心惶惶，衙门里差役出去了那么多回，可曾抓住一丝线索？如今这线索就在眼前，朱参军却说绝无此理，想来朱参军对此案已是胸中有数？"

朱阙忙摇头，"下官对此案也是一头雾水，只是下官断案也有几年，这偷牛案太过蹊跷，而张氏乔氏争牛案却十分简单，两者应无关联。"

裴行俭神色里多少有些不以为然，"朱参军断案细致谨慎，裴某也是知晓的，只是太谨慎却也不成，你既然说争牛案十分简单，为何到了今日还是久拖未决？"

朱阙叹了口气，"说来的确简单，乔六牛群中有母牛四十多头，一个春天能得二十来头牛犊，绝不会全部没有成活。可这牛犊却不是只有乔六家的牛群会生，张二咬定是他向突厥牧民买的，如何便能断定他是撒谎？他又有一转的勋官在身，不好轻易动刑,他不松口,此案如何能结?"

屋里的几位主簿也连连点头,"正是!事涉勋官,原是麻烦。"只有麴崇裕还是漫不经心地坐在那里,随手翻看着手头的文书。

裴行俭眉头微微皱了起来,"勋官又如何?区区一转的勋官,难道便动他不得?朱参军,那乔六乃是为赶考而离乡,回来却被亲族贪墨了财产,这案子若是如此拖延下去,岂不是叫西州学子寒心?我给参军一个月的时间,不知参军能否将此案审结?"

朱阙看了麴崇裕一眼,一梗脖子,"下官愚钝,只怕无此断案之能,正想向长史请教,该如何尽快结案?"

裴行俭淡淡地一笑,"说来也不难,想那张二,不过区区乡民,见过什么世面?带到堂上来吓唬一番,谅他也不敢不招!说不定两案便一起结了!"

麴崇裕感兴趣地抬起了头,"长史此话怎讲?"

裴行俭笑道:"这两个案子在我看来实在无甚出奇!只是如何叫张二在公堂上自承罪状,还有些棘手——其实也不过狠狠心的事,世上哪有不怕打之人?至于那偷牛贼,依我之见,必是张二无疑,这两案也不过是一个案子而已!"

屋里几个主簿相视一眼,都觉得有些哭笑不得,长史也太异想天开了吧?张二怎么会一家一家地偷牛,他又岂是随便打得的?麴崇裕却沉吟着点了点头,"裴长史此言倒也有些道理,不知若是让裴长史断案,需要几日。"

裴行俭淡然道:"我又不是审案之人,若我是朱参军,便明日贴出告示,三日后开堂审案,必要叫张二这飞贼在西州百姓面前认罪伏法!"

麴崇裕眼睛一亮,拍案而起,"好!那便一言为定,吩咐下去,明日府前便贴出告示,说长史已抓到了窃牛贼,三天后开堂审理,也好叫西州百姓看看长史的手段!"

第七十二章
百口莫辩　峰回路转

　　日上三竿，无风的西州城被照得黄澄澄、暖洋洋，全然是一副阳春气象，而都护府外的主街上，更是有了几分盛夏的燥热——西州的一万来号居民里，几乎一半都涌到了这里，那条原本还算宽阔的大街被挤得水泄不通。人人脸上都带着兴奋。年轻女子不敢太往人群中去，围在一处叽叽喳喳议论不停，不时爆发出一阵阵清脆的笑声；身手灵巧的孩童们爬上了都护府对面的高墙，踮脚往对面院子里看，尖声发布着最新消息；而那些身强力壮的好事者便奋力往前挤去。都护府的门口，横眉怒目的差役们不时挥起棍棒，将他们的脚步牢牢挡住。

　　差役们的身后，府门大开，却又设上了一道结实的木栏，只有少数人会在被盘问几句后放入木栏，其中有打扮体面的乡绅，也有举止斯文的学子。不过，当一个头发凌乱、身上裹着件旧袍的年轻人也被放进去后，有人便鼓噪起来："为何那人进得，我等便进不得？"

　　差役翻了个大大的白眼："你能给牛羊治病么？你能分辨牛犊的牙口品类么？没看见长史贴的告示？除了本案相关的乡绅学子，牛羊贩子和兽医也能进府听案，若不是，便给我滚远些！"

　　高墙上，有小孩尖声叫道："出来啦！"人群哗然一声，随即慢慢安静了下来。

　　都护府大院里，正厅台阶上摆放着一张高案，台阶下十几名差役雁翅排开，挑头的正是白三，阿成则静静地站在不起眼的角落里。而院子两侧，一侧搭起了凉棚，棚内坐着都护府的官员，另一侧则站了几十名被允许进府观案的民众，多是张二的族人和乔六的同窗，各自聚作一堆，也颇有几名牛羊贩子、兽医之流，零散地站在两堆人中间。

　　身穿墨绿色襕袍的裴行俭迈步走出正厅，在案几后坐了下来，目光在院内诸人脸上缓缓扫过，扬声道："将相干人等带上来！"

　　都护府大堂侧厅的窗边，麴崇裕也悠然坐了下来。从支起的窗棂下看去，院中的情形一目了然。眼见穿着一身锦袍的张二跟在差役身后，大剌剌地走到院子当中，他的嘴角顿时弯成了一个惬意的弧度，"看来这张二倒是不用咱们操心了。"

王君孟站在他的身后，点头笑道："正是，虽然裴守约把人看得牢实，可张二是何等人物？敦煌张氏的嫡支子弟！便是不成器些，也不是寻常人惹得起的！裴守约想吓他，只怕是打错了主意。"

仿佛为了印证两人的话，院子里的张二在听到"堂下报名"的惯例问话时，傲然扬起了头，"某，高昌县，尚贤乡，武骑尉张山远是也。"

裴行俭脸上露出了温和的笑容，"原来是张骑尉。来人，看座。"

院子里，张氏族人相视一眼，脸上都显出了几分得意——这位长史还算识相！那十几个年轻士子则是愕然之后，便露出愤愤之色——这案子等了这许久终于开堂了，没想到这裴长史也是个欺软怕硬的！

帷帐里的都护府官员有的有些意外，有的则摇头笑了起来，朱阙低声嘟囔了一声："如此一来，还怎么审！"

张二"呵呵"一笑，抱了抱拳，"多谢长史！"在搬来的高椅上端坐下来，目光左顾右盼，自得之情溢于言表。

都护府外的人群中，议论声也轰然响起。张二乔六争牛之案，虽然不似窃牛飞贼般闹得满城风雨，如今却也是无人不知，谁都知道这里头的蹊跷。只是敦煌张氏势大，张二又是勋官，都护府里无人愿意为了一个白身的学子得罪张家罢了。倒是新来的这位裴长史，听说宁可自家吃亏也要担下府衙节流之事，又有神算之术，大概是个清明的；没想到，还未开审，这位裴长史就对张家人另眼相待了！

一时间，失望的叹息声、鄙夷的冷笑声，处处可闻。

都护府的院子里，裴行俭的声音依然是不急不缓："今日请张骑尉来此，原是有一事请教。生员乔其雨有诉云，他赴长安赶考，家中牛群托予骑尉看顾，约定一年之后，所得牛犊对半而分，如今张骑尉却不遵前约，不但吞没了他家二十头牛犊，反而向他索要一年放牧所得。不知张骑尉对此作何解释？"

张二坐着叉了叉手，"启禀长史，那乔六分明是赖账不成，便来污蔑于我！某念舅甥之情，尽心尽力帮他看护牛群，只是去年天时不好，牛犊无一成活，与我有何干系？既然无牛犊可付，他原该付三头母牛以作看牛之资才是，他却看中了我今年春天新买的一群牛犊，非说全是他家的。此等贪婪无行、诬告长辈之人，长史正该将他罪上加罪，流放千里！"

话音未落，一位士子便怒道："胡说，分明是你见乔六落第、父亲又病了，明知他等着卖牛来还盘缠和药费，却故意趁火打劫！世上怎会有你这样黑心的长辈？"

张二腾地站了起来，戟指骂道："哪里来的小混账，也敢在公堂上诬赖于我！"

那士子还要回嘴，站在堂下的白三已踏上一步，厉声喝道："肃静！"他声如洪钟，顿时把满院子人都唬了一跳。

裴行俭神色不悦道："张骑尉，此乃公堂，你若想站着，那便撤座！"

张二怔了一下，抗声道："是那小儿郎污蔑于我！"

裴行俭并不接话，只淡淡地道："撤座！"

有衙役上来便搬走了高凳，张二顿时呆住了，那群士子则各个脸上露出了笑容。谁知裴行俭又道："来人，把适才胡乱插言之人轰出去！"

两个差役走上前来，不由分说便把刚才发话的年轻人推出门去。

裴行俭的神态依旧温和，"谁再咆哮公堂，都照此处理。"

院子里立时变得肃静起来，士子们和张氏族人相互瞪了几眼，脸上都有些愤然，却不敢再开口。

窗下的麴崇裕手撑下颔，微笑着点头，"各打五十大板，这一招，倒也漂亮！"

王君孟却哼了一声："我倒想看看，他怎么能把张二定作是窃牛之贼！难不成还真敢对张二上刑？"

麴崇裕轻轻一笑，"若是如此，那便太好了！"

王君孟瞟了瞟站在堂下的几个差役，也笑了起来，"正是，今日只要裴守约敢动刑，哪怕只打十杖，有老黑在，那张二便休想活着出这院门！届时不知敦煌张氏肯不肯忍这口气，放过这位裴长史！"

眼见院子里已彻底肃静下来，裴行俭才重新开口："张骑尉，你乃乔生员之堂舅，已出五服，按律，乔生员讼你诈欺财物，不属以卑告尊。依你之言，乔生员乃是诬告，这二十头牛犊与他绝无干系，可是如此？"

张二站在那里正有些不自在，闻言忙用力点头："自是如此！"

裴行俭问道："不知这二十头牛犊，却又是从何而来？"

张二挺了挺胸脯，傲然道："去年深秋时有突厥牧民经过我乡，我见他所牧牛犊甚好，便买了二十头！我乡的保长、里正，还有乡邻均可作证！"

裴行俭点点头，"把那几位也带上来。"

没过片刻，几个乡绅模样的人便走了上来，几人都是衣衫整洁、气色红润，互相点头示意，又向张二笑了笑。张二心里顿时踏实了下来。

裴行俭按例问过几人的名字身份，便微笑道："适才张骑尉有言，他去年秋日在突厥牧民手里买了二十头牛犊，不知尔等可知此事？"

这几人都与乔六交好，前两日突然被差役从家里带走时，原还有些慌乱，但到了府衙，却并未入狱，而是各自单处一室，吃喝用度半点不缺，心里早已踏实下来。此时见裴行俭问得客气，都纷纷笑着点头，"正是正是！这些牛犊都是张骑尉从突厥牧民手中所买。"牛羊买卖要订立市券，唯有从突厥牧民手中购买，是无人可查，无券可查，官府也奈何不得。

裴行俭笑容里露出了几分轻松，"好，按我朝律例，三人以上为证者，则可为定论，如此甚好。"

张二笑得嘴都咧开了，"长史果然明察秋毫！"

士子们相视一眼，都有些难以置信——连原告问都未问一句，这位长史居然就要结案了？有人忍不住狠狠呸了一声。一旁的张氏族人自是相视而笑，而另外几个牛贩兽医之流，脸上都露出了几分鄙夷无聊——早知是这样走个过场，他们来看这热闹作甚！那个衣着破旧的年轻人更是掩嘴打了个哈欠。

裴行俭恍若不闻，扬声道："来人，拿笔墨纸砚来！"随即便看向张二，笑得和煦之极，"既然要结案，还劳烦骑尉将购买牛犊的经过写下来，何时何地向何人购买，花了多少钱帛，此人大致年貌名字，写好之后，按下手印，此案便了。"

有杂役果然便抬了案几过来，又在上面放了笔墨纸砚，张二笑嘻嘻地伸手拿了笔，刷刷写了起来。

帘帷里，都护府的官员都是相视苦笑——若让他们断案，结果大约也不会相差多少，却绝不会如此草率，如今叫了这么多人进来观看断案，外面大街还围了那么多人，结果不但窃牛贼影子都没见，争牛案也是草草了结！如此一来，莫说裴长史，便是他们出去也要被人指脊梁骨。

侧厅里，王君孟已忍不住哈哈大笑，"玉郎，此人竟然如此草包，倒是浪费了我等那般安排！"麴崇裕的眉头也皱了起来，眼见张二已写完供状，按下手印，他脸色一变，猛地站了起来，"不好！"

王君孟吓了一跳，看着麴崇裕已然有些发青的脸，"怎么了？"

麴崇裕咬牙看着院子里张二那张得意洋洋的笑脸，"这蠢货上了裴守约的当！"

王君孟愕然看了看院子里的张二，又看了看麴崇裕，实在有些不明所以。

裴行俭此时已然将张二的供状拿在手里，上下仔细看了一眼，笑容更是暖若春阳，"有劳张骑尉了！请一边退下，稍待片刻。白三，你去把凳子搬来，伺候好骑尉！"

那些士子顿时再也压抑不住，嗡嗡议论起来，神色都有些愤然。裴行俭却只是看着作证的那几位乡绅道："诸位都是亲眼看见了张骑尉买牛，不知如今可还记得当时之事？"

那几人忙都点头，"自然记得。"

裴行俭呵呵笑道："当真都记得？果真都是好记性。"

几人也都笑着点头，有一个便道："那是……"

裴行俭却是一摆手，"不必说了！"随即便吩咐道："来人，把这几位乡绅带下去，让他们分别把事情经过写下来，那张骑尉是在何时何地买牛，价格几何，卖牛之人相貌如何，年纪几许，逐一写个清楚，在供状上按下手印再带回堂上！"

那几人顿时相顾愕然。

裴行俭平和温润的声音清清楚楚地回荡在院子里："诸位不必担心，你们既然都记得清楚，下去写明白便是，只要各位的供词与张骑尉大致无甚出入，那按律当杖一百、徒一年的伪诈之罪，自然也落不到各位身上！"

众人的脸色顿时都变了。此事张二自是早已托人暗示过，当时他们也一口答应了下来，可前日差役们来得突然，几个人又都是分开照看的，这些细枝末节的东西，哪有机会去相互对证？可若是乱编一通，这位长史话里的意思分明是：若是对不上，那便是伪诈之罪！

张二眼睛一瞪，立刻便要站起来，却觉得肩头一沉，又狠狠地跌坐了回去。

白三郎低头盯着他冷笑道："长史吩咐你坐下，不得开口，你最好听话，不然，白三的拳头可不认得什么骑尉不骑尉！"

张二张了张嘴，看着头顶上那双凶光毕露的眼睛，感觉到肩上那铁爪般的力道，到底还是不敢再有异动，脸色顿时有些灰了。

他这模样，落入院中几个证人眼里，众人心头不由更是一冷——此事只怕难以善了！他们当初应了张二此事之时，原想着不过到公堂走个过场，卖个人情，谁知事情会突然急转直下到如此地步？难不成真要为此去挨上一百杖，流放一年？

有人略机灵些，立刻便"扑通"一声跪倒在地，"上官明鉴！小的只是听张二说过此事，并未亲眼目睹，因此也不知内里究竟如何，适才一时糊涂应了上官，是小的不是，望上官恕罪！"

他这一开头，余下之人哪里还敢犹豫，纷纷跪倒磕头，只道并未见过此事，无法作证，只求上官饶恕。

裴行俭脸上依然带着微笑，转头看向张二，"张骑尉，你看这可如何是好？难不成还得让差役去贵乡重寻证人？"

张二再是迟钝，此时也知道事情不妙，就算自己此时再提出证人来，也来不及对口供，想了想只能站起来大声道："此事原是某的不是，事隔数月，这些乡邻记不清了也是有的，只是牛犊的确是张某从牧人手中所买，与那乔六绝无关系！"

裴行俭笑道："好！有你此言，本官便放心了。"说着转头看向院中，"你们谁是保长，谁是里正？"

保长和里正相视一眼，走上两步，"小的们便是。"

裴行俭微笑着扬了扬手中的供状，"不知你们谁人见过那突厥的牧人？"

两人此时哪里敢嘴硬，立刻都摇头，"小的不曾见过。"

裴行俭又看向另外几人，"你们都是张骑尉的邻里，可曾见过这卖牛的突厥人？"

众人一起摇头。裴行俭笑着看向张二，"张骑尉，不知你还能举出何人？"

张二想了片刻，刚才他是胡乱写的时间地点相貌，只怕找到谁都不可能对上口供，心里不由大恨，咬牙道："张某是在野外偶然与此人相遇，随手买下牛犊便赶了回来，不曾有他人见过。"

裴行俭点了点头，脸上笑容微冷，"你的意思是，数月之前，有一突厥人独独与你在野外相见，又卖了你二十头牛犊？"

张二点头道："正是！"

裴行俭哈哈大笑起来，"张都尉，你此言甚是有趣，如今正是突厥叛军肆虐之时，若有突厥牧人到我西州腹地来放牧，是何等动静？如今保长里正乡邻一概不知，可见那突厥人定然是悄然而来。却不知你到底给了突厥人什么好处，以至于有突厥人单单找到你，又单单给了你二十头牛犊？此事事关重大，又涉及你这勋官，本官不敢自专,说不得只有请你到军屯大营中去分辨清楚!"

张二脸色顿时变得煞白,摆手道:"不是!不是如此!你莫血口喷人!"

裴行俭好笑地看着他,"张骑尉,不知本官怎么血口喷人了?是你说自己的牛犊是向突厥牧人所买,是你说这牧人除了你无人见到,这二十头牛犊如今就在你的院子中,此事如此蹊跷,难不成不该告知军镇、上报朝廷?"

此时此刻,莫说张二张着嘴发不出声音,满院子人也无不愕然,谁也料不到事情突然会扯到叛乱之上——裴长史竟是要把张骑尉打作突厥的探子吗?

西州的官员们忍不住开始交头接耳,裴长史这是要立功还是要立威?连院中的那些学子也有些嘀咕起来:这张二的确可恶,但裴长史如此做法,却也……

有几个张氏族人忙涌了上来,高声道:"上官明鉴,我张氏从不曾做过有负朝廷之事,张骑尉也绝不会是私通突厥的叛党!"

裴行俭依然是笑微微的,"你们也都知晓,如今军中正在严查私通突厥叛党之人,你们若肯替张骑尉作保,不如便和张骑尉一道去军中分辨一番?"

那几人顿时再也不敢开口,讪讪地退了下去:"小民绝无此意。"

张二脸色越发惨淡,怎么也想不到自己贪了几头牛犊,转眼间竟成了突厥的探子,若是去了大唐军营之中,那军中之人是何等狠辣,他自是百口莫辩!

侧厅的窗下,麴崇裕也是满脸惊诧——裴行俭这是要唱哪一出?杀鸡儆猴吗?他心头急转,霍然站起,推门而出,长声笑道:"裴长史,请听我一言!"

满院子人目光顿时都集中到了麴崇裕身上。他今日穿了一身浅黄色的长袍,大步走来之时,摆动的衣角被阳光一照,泛出柔和的金光。张二顿时便像见了救星,扑通一声跪了下来,"世子救我!某绝不会私通突厥,那些牛犊也不是突厥人给我的!"

裴行俭也站了起来,墨绿色的长袍微微飘起,脸上的笑容依然温和,"敢问世子有何指教?"

麴崇裕看了张二一眼,叹了口气,"裴长史有所不知,敦煌张氏乃是我西州大族,族风严谨,忠心可鉴,若说他们子弟私通突厥,西州谁人肯信。张骑尉这牛犊来历或有不明,却绝对不会是突厥人的贿赂!崇裕愿给他担保!"

张二顿时松了口气,跪在地上感激涕零地磕了个头,"多谢世子,多谢世子!"

裴行俭似乎怔了片刻,惊讶地挑起了眉头,"世子竟然肯为此人担保?唉,裴某从命!"他转头看向张二:"张骑尉,你这牛犊,当真不是从突厥人手中所得?"

张二此时哪敢犹豫,点头不迭,"的确不是,若有虚言,叫我天打雷劈!"

裴行俭长长地出了口气,"那你告诉本官,这些牛犊到底是怎么来的?"

张二不由一呆,这话却要他如何回答?

裴行俭等了片刻,脸色越来越冷,"你是不说么?也罢,你不说我也知晓,这二十头牛犊不是小数目,绝不可能凭空便得,这几个月来,高昌各乡丢失的牛犊不多不少,恰恰也是二十来头,你这牛犊若不是从突厥人手里所得,则必然是贼赃!"

张二本来已经松了口气,听到这话不由吓了一跳,跪在地上连连摆手道:"不是,绝不是！"

裴行俭笑容淡漠，"你不认也是无用，那盗牛的飞贼本官早已捉拿归案！也已招供得明明白白！"他目光在院内诸人的脸上一转，提高了声音："不知诸位可有兴致看看这盗牛贼如何与张骑尉当堂对证？"

不少人都不由自主点了点头，府外的街道上更是传来一阵阵鼓噪："盗牛贼要当堂对证了！""盗牛贼要出来了！"

只是片刻之后，当那个传说中的盗牛贼终于被一个身材高大的中年汉子拖将上来时，都护府庭院内外，却突然静了下来。

看不出年龄，看不出身形，被一名中年汉子拖将出来的那盗牛贼几乎只剩下了一个人形，身上的袍子早已辨不出颜色，褴褛得一条条黏在一起，散乱披下的长发和斑斑血污让那张脸更是惨不忍睹！

"啪"的一声，中年汉子将盗牛贼扔到了离张二只有一步多远的地方。张二本来满肚子不服，有心责问一句，可一见此状，不由倒吸一口凉气，忙不迭扭过头去，只是那股令人胆寒的血腥味依然猛地钻进了鼻子，让他胃里一阵翻腾。

麹崇裕下意识地退后一步，皱眉看向裴行俭，"此人……怎会如此模样？"

裴行俭也满面疑惑地看了看将人带来的阿古，"这贼子怎么伤成了这等模样？"

阿古叉了叉手，声音冷酷无比："启禀长史，此人身有功夫，小的带他归案时不得不打断了他的腿，因他满口胡言乱语，又只好略教训了他几下。"

麹崇裕看了阿古一眼，又看了看地上那个只剩一口气的盗贼，心里好不狐疑。他早已派人把裴行俭的随从们都盯住了，都护府里各处也都有人看守，这中年汉子似乎是裴行俭从长安带过来的车夫，平日里并不随他出入，这盗贼却是他从哪里抓出来的？而且还无声无息地带进了都护府！

裴行俭似乎并不在意，只点了点头，看着那盗贼扬声问道："你是哪里人士？如今可肯认罪？"

盗贼的声音也是一片嘶哑含糊，却还能勉强听明白："小的是西州人，小的认罪。"

裴行俭满意地点点头，"你所盗西州各乡牛犊二十余头，贼赃如今都在何处？"

盗贼毫不犹豫地伸出了一根血糊糊的手指头，直直地指向了身边张二，"牛犊全在他家！他家那二十头牛犊，都是小人所得。"

张二唬得几乎跳了起来："你胡说！我根本认不得你，更没收过你的牛犊！你、你为何血口喷人？"又忙眼巴巴地看向裴行俭和麹崇裕，"世子明鉴，长史明鉴，莫要相信此人胡言乱语！卑职的确从来不曾见过他！"

麹崇裕颇有兴味地一挑眉头，裴行俭声音却蓦地变得严厉起来："张山远！那二十头牛犊，你既不是向牧人买的，又拿不出市券，如此来历不明，自然便是贼赃！如今人证物证俱在，你若是还是一味抵赖，说不出个所以然来，你当大唐的律法当真便治

/第七十二章/百口莫辩　峰回路转

你不得么?"

张二自打听说要把他交到军中处置,早已是心烦意乱,眼前这根血淋淋的手指更是让他六魂无主,听得这声怒喝,再也顾不得什么,高声叫道:"我说,我说!这二十头牛犊不是贼赃,乃是乔六的牛群所生,是我一时贪心,想尽占了这些牛犊去,因此才编了买自突厥牧人的谎言。至于这盗牛之贼所言,当真全是诬赖,卑职决计不曾收过贼赃,望长史明察!"

麴崇裕本来正想开口,听完张二此话,猛然间醒悟过来,眉宇间顿时全是懊恼之色,忍不住沉声道:"张骑尉,你想清楚了再回话!"

张二又是摇手又是点头,"卑职想清楚了,卑职想得明明白白,卑职真的只是一时糊涂,想贪墨了自家外甥的牛犊,绝不曾与人合伙盗牛,卑职再是糊涂,又怎敢做这种事情?世子请信我这一回!卑职以后再也不敢了!"

麴崇裕微闭双眼,一口气憋在胸口,半晌吐不出来,脸都有些白了。帘帐里,都护府的官员们相视摇头,有两个出自敦煌张氏的,已恨不得找个地缝钻将进去。朱阙不由自主地拍腿叹道:"裴长史好手段!"

裴行俭轻轻出了口气,目光在院中诸人面上一扫,只见张氏族人都是满脸羞愧懊恼,士子们的脸上则露出了欣喜的笑容,而那几个牛贩兽医,多是一脸好奇好笑,也有人脸色淡漠、眼里全是嘲讽。他不由微微一笑,招手叫过阿成低声吩咐了几句,这才回头看向张二,"张骑尉,这回你真的想清楚了?这些牛犊的确都是乔六的牛群所生。"

张二点头不迭,"的确如此,卑职只是一时鬼迷心窍,绝不敢再有一字虚言,卑职愿把所有牛犊都还给乔六,只求上官信我这一回,饶我这一回!"

裴行俭点头不语,突然扬声道:"乔六,你看此事该如何了结?"

院子里顿时一静,乔六?乔六在哪里?

却见那盗牛贼翻身而起,一口吐出了嘴里含的两个干枣,声音变得清亮起来:"多谢长史明察,学生状告堂舅,实在也是无奈之举,只要堂舅肯还我十头牛犊,让学生还清借贷的盘缠与药费,学生恳请长史不要追究舅父的罪责。"说着从怀里掏出一块布巾,几下擦净了脸上的血迹,又把头发往后一拢,露出一张端正的面孔。

张二坐在地上,呆呆看着突然出现在面前的外甥,一句话都说不出来。

裴行俭点了点头,含笑看向乔六,"很好,不知你如今还欠了多少盘缠药费?"

乔六恭恭敬敬地答道:"启禀长史,学生已卖了牛群,如今只差三十缗钱而已,若能得回十头牛犊,便足以还账。"

裴行俭微一沉吟,坐回了高案,"张骑尉,今日之事,看在乔六为你求情的份上,本官便不再追究。这二十头牛犊判你尽数还给乔六!再者,你是我大唐的勋官,做出此等事情,令子民寒心,今年尚贤乡修整水利之事,也须由你一力承担下来,日后你要造福乡里,多行义事,以弥补今日之过!"

他目光淡淡地扫过那作证的五人,"你们五人,是非不分,既然来了都护府,也不能白来一趟,每人回去后出六缗钱,替乔六还了此债,里正与保长之职,即日起另择贤良!"

张二松了口气,用力点头,"下官遵命,多谢长史宽恕!"那五人相视一眼,也纷纷点头,各自都苦了脸:早知如此,何必当初!

院中士子们相视一眼,都笑了起来。有人高声道:"裴长史断案如神!我等佩服得五体投地!"院外人群也猛地爆发出一阵欢呼喝彩,渐渐的整条街上都是一片欢腾。听着那越来越响亮的欢笑之声。张二几人固然都灰了脸,麴崇裕脸上的微笑也变得有些僵硬。

良久之后,外面的欢呼声才停歇下来。裴行俭看了一眼人群中的阿成,朗声道:"今日争牛之案已断,盗牛之案亦然也该了断!如今太子新立,大赦天下,原是普天同庆之时,本官已算出,今日那盗牛贼便在此院之中。皇恩浩荡,本官也愿给此人一次改过之机。只要在我数三下之内,此人自行出首,我便赦他不受杖责流放之苦!"

闹哄哄的院子里立时安静了下来,人人都大吃一惊,学子们和张氏族人皱着眉头互相打量,又怀疑地看了看那几个牛贩兽医,连衙役们也在相视愕然之后,满院子乱看:盗牛贼就在院子里?可这院子里人人都是有来历的,谁会是盗牛贼?

院落外,人群在一阵窃窃私语后也屏住了呼吸:裴长史用这般妙计逼得那个张家人不得不当着外甥的面,承认自己贪了他家的牛犊,已是天人般的手段,难道今日还能把盗牛贼也算出来?

麴崇裕眉头微皱,眼光也在院中诸人脸上扫了一遍,只见人人脸上都有讶异、疑惑、不安等种种神色,一时却看不出太多端倪。帘帐里诸位官员再也坐不住,纷纷离座而出。

裴行俭缓缓站了起来,脸上的微笑笃定无比,目光平和地看向院内有些骚动、却不敢发出任何声音的人群,伸出了第一根手指:"一!"

帏帐外,朱阙低声嘀咕了一句:"长史又要做什么?"裴长史适才的连环之计,的确是让人叹为观止,可此时的举动又让人有些摸不着头脑,难不成他真的能把那盗牛贼算出来……

院子内外早已变得一片寂静,裴行俭的声音便显得分外清朗:"二!"

一阵微风吹过,院子里帘帐轻扬、衣角飘动的声音几乎都清晰可闻。眼见裴行俭笑微微地就要伸出第三根手指,院子里的人群中,一个身影猛地冲出一步,跪在了院中当中,"小人便是盗牛之人,望长史饶恕!"

片刻沉寂之后,"哗"的一声惊叫便以都护府门口为中心,迅速传遍了整条大街,孩童们在高墙上跳得尤其起劲,"出首了!""偷牛贼真的出首了!"

跪在院子里的人深深低着头,撑在地上的双手微微颤抖,只是那身破旧的衣服还是让几个同行一口叫了出来:"韩四,是韩四!"

"韩四?"院外的人群也骚动了起来。在西州城里,这韩四也算得上一号人物,出身医学世家，却双亲早亡，平日以做兽医为生，手艺是出名得好，人是出名得怪，家里还是出名得穷。他是孤家寡人一个，平日不修边幅，也不与邻里来往，西州人若是请他去治牛羊，十回有六七回他都不会去，倒是那些打扮寒酸的胡人牧民找到他家，他却会立刻跟着走。这般作派，自然人人都不大喜欢。

此时的人群里有好几个家中牛犊被盗的苦主，有人跺足骂道："我道是谁偷了我家的牛犊，原来是这个杀千刀的货记恨在心！"几家人纷纷挤到木栏前面，性急的便高声喝骂起来。

韩四慢慢抬起头来，一张年轻的脸上满是黯然，听到喝骂之声，转头看了门外几眼，目光中多了几分怒色。

裴行俭神色平静地看着他，"你既然出首，便报上姓名，所犯罪状，你所盗之牛犊如今又都在何处？"

韩四定了定神，开口时声音里带着一点颤音："在下韩景之，是西州城的兽医，自打去年十一月起，在下从高昌县各乡村盗得牛犊二十二头，都已经……死了，牛骨便埋在城下河谷西头我家牛棚附近。"

麴崇裕脸色阴沉，一挑眉头正想说话。裴行俭已扬声道："白三，你带几名认得地方的差役，去韩家牛棚，将牛骨起出，看看数目是否对得上！"

白三一声得令，随手点了几个差役，正要往外走，却见门口的那一排差役已被人群挤到了木栏跟前。白三摇了摇头，转身便向后门走去。眼见衙役们要出城去起牛骨，不少人也乱哄哄地跟着往城外跑。

院子当中，韩景之正在一笔一笔报着盗牛的时间、地点和数目，声音渐渐平稳起来。文书伏案奋笔记录，好一会儿才记录完毕，又让韩景之签名按了手印，转身双手捧给了裴行俭。

裴行俭看了供状一眼，点头不语。麴崇裕却再也忍耐不住，走上一步，冷冷地道："韩景之，你身为兽医，不助人救治牛马，却偷盗他人牛犊，不知是何道理？"

韩景之抬起头来，脸色微微涨红，"启禀世子，兽医也要穿衣吃饭。这些人家请我去医治牛马之时，都是火急火燎，用药都要用最好的。可一旦帮他们治好牛马，不是怨我出手晚了，便道我是凑巧而已，拖着不给诊费，有的连药费都不给。这十几户人家这几年都欠了我的诊费药费，在下实在是气愤不过……"

另外几个兽医中有人便高声道："启禀长史，这些事情小的们也听说过，韩四所言确是实情，那些人家的确是赖了他的费用。"所谓同病相怜，在西州，他们做兽医的远不如医师尊贵，遇到不讲理的牛羊大户，多是无法可想。韩四是家中无人不得不转行做了兽医，算是半路出家，加上不善言辞，更容易被人欺负。

门口的那几个苦主有的怔了一下，有的便高声骂了回去："韩四治死了我家两头牛，没教他赔钱便好了，还要给药费！"

裴行俭淡然道："韩景之，你盗牛之举虽然事出有因，又值大赦天下，本官已答应你不受刑罚，但牛犊与诊费的差价，你须还与这十几户人家。"

韩景之想了一会儿，脸色有些惨淡，"在下回去便卖了祖屋，还上此账！"

裴行俭看了看门口那些犹自大骂不休的几个人，扬声道："来人，将此事来龙去脉都书写清楚，连同这些因赖账而失牛的苦主名单，抄出一份来，贴在府衙门口，好叫西州人人知晓！"

门口的叫骂之声戛然而止，他们身后的人群中却爆发出了阵阵哄笑。裴行俭转头看向司法参军朱阙，"案情至此已是审理明白，至于善后之事，请参军处置可好？"

朱阙点头不迭，"长史尽管放心！这些细枝末节，交给下官便是！"

眼见朱阙带着衙役将韩四等人都带了下去，院中一干学子乡绅也由衙役们带领着从后门出了府衙，西州的官员们忍不住纷纷围拢过来。有性急者便对裴行俭道："裴长史，前面一案我等都看得明白，只是这后来之事……长史如何知道，今日这韩四定会到堂出首？"

麹崇裕面无表情地站在那里，目光从门外欢呼赞叹的人群缓缓转到院中这些满脸钦佩之色的西州官员身上，嘴角慢慢露出一个嘲讽的微笑，正待转身离开，突然听到此话，不由脚步一顿。

他的身边，裴行俭笑得温文尔雅，"此乃天机，不可泄露。"

第七十三章
困局绝境　有所必为

　　眼见家门就在眼前，琉璃忙笑着跟众人道了好几声"再会"，转头逃也似的疾步走了进去，听得院门合上，这才长出一口气。回头看见小檀也是一脸狼狈地抱着篮子小跑进来，两人不由相视苦笑。

　　小檀心有余悸地拍着胸口，"娘子，这两日咱们还是莫要出门了！"

　　厨娘正在井边打水，闻言抬头笑道："莫说娘子，老奴这几日都不敢多出门，只有一样好，如今若是去市坊买肉酱瓜果，竟是人人都不肯收钱的！"

　　琉璃一怔，看了看小檀的篮子里那些乱七八糟的鸡蛋、干枣、青菜，苦笑道："该给还是要给了才好。"

　　厨娘顿时苦了脸，"难不成日日出门买菜，都要为了给钱撕扯一路？"

　　想到适才那一路上遇到的热情笑脸，琉璃捂着额头叹了口气："也罢，过几日，大约便会好些。"这几天里西州大点的案子都该审完了吧？热情的西州人迟早会习惯于他们有个神棍长史……

　　裴行俭让她这些日子少出门，如今看来是白吩咐了，她就是想出门也不成！今日她不过是去了趟夹缬店，原想问问自己帮他们画的花样销路如何，掌柜却一见她便两眼放光地赞叹裴长史是如何神威赫赫："那石小四是何等疲赖人物，祸害了西州多少人家，被裴长史不动声色看了半刻，便什么都认了！"好容易告别了掌柜，一路回来遇到上来问好寒暄的妇人竟是越来越多，几百米的路，她足足走了两刻钟才到家！

　　回屋随手翻了几页闲书，眼见太阳西斜，院门口传来了熟悉的脚步声，琉璃放下书本迎了出去。只见裴行俭挑帘进屋，脸上隐隐带着几分倦色，琉璃倒了杯水递到他手里，"又是审了一日的案？"

　　裴行俭将水一口气喝了下去才道："今日倒是不曾有什么案子要审，日后大约也不用我再审了。"

　　琉璃诧异地看了他一眼，裴行俭微笑着伸手理了理她的鬓发，语气有些漫不经心："麹崇裕今日找到我，说是西州刑讼之事已是无可担忧，倒是赋税之上还颇有些难题，希望我这做长史的能出手整顿一番。"

琉璃隐隐记得裴行俭提过麹崇裕不是让他管刑讼，便会让他管赋税，西州的赋税难道有很大的问题？裴行俭看着琉璃笑了笑，"西州的赋税之累已是积重难返，任谁也不可能解决得了。一个处置不当，便是民怨沸腾。"

琉璃顿时有些担心起来，"那该如何是好？"

裴行俭淡淡地一笑，"无法解决，便不解决，你放心，我自有法子。"

看着裴行俭轻松的面孔，琉璃不由皱起了眉头，人人都道他妙算无双，可他之前的反复考量、周密布置又有几个人看得见？不过对着自己，他却总是这样一副若无其事的样子……

裴行俭瞅了她一眼，笑道："待会儿有个你一直有些好奇的人或许会上门拜访，你要不要去看一眼？"

琉璃想了一会儿，眼睛一亮，"韩四！"

裴行俭笑着点头，还未开口，外面便响起了小檀的声音："阿郎，有个姓韩的郎君要拜会您。"

裴行俭笑道："请他在前堂稍等。"

琉璃奇道："你怎么知道他今日会来，难道又是算出来的？"

裴行俭一怔，有些哭笑不得，"我适才回家时，见他在远处徘徊，看见我想上来又躲开了，你想想看，他总不能是来咱们这坊里出诊的！"

也是，这个古怪的家伙是个兽医……琉璃笑了起来，"怎么不是来出诊的，这不是过来看你了么？"

裴行俭哈哈大笑，拖起她的手便往外走，"既然如此，便让他看看咱们俩罢！"

前厅里，穿着一件半旧交领袍子的韩景之正有些不安地来回踱步，见到裴行俭和琉璃一前一后走了进来，呆了一下才行礼道："见过长史，见过长史夫人。"

裴行俭点头一笑，"不必多礼，请坐。"

琉璃打量了一眼，只见这位韩景之不过二十多岁年纪，大约是常年风吹日晒，皮肤微黑，五官分明，一双不大的眼睛极有神采，只是眉头似乎习惯性紧锁，神情间便少了几分开朗，看着既不像著名的兽医，也不像著名的大盗。

韩四直挺挺地站在那里，犹豫了半晌，突然深深一揖，"多谢长史让我保住了祖屋！我、我不知如何报答！"

琉璃看了看韩景之身上那件边角有些破损的袍子，心知这位西州城最穷的兽医果然名不虚传，要让他去还那二十头牛犊，可不是只能卖祖屋了？好在那些欠了他诊费的都是大户，宁可损失几缗牛犊钱也不肯被张了榜去，千求万求的，裴行俭才勉强同意了他们"概不追究"的要求，撤去了府门口的公文，韩景之大约是听到了这个消息，才上门来道谢的。

裴行俭笑道："此等小事，不足挂齿。"

韩四抬起头来，神色极为认真，"我过几日便会挂牌行医，会把钱还给那些人！"

裴行俭微觉意外，"你要行医？"

韩四用力点了点头，"我家世代行医，只是家父早逝，无人指点，只能靠医书自行摸索，这几年，我虽以医治牛马为生，也曾为几百位请不起医师的牧民看病开药，前段时间又验查过了家中所传药方，在下不会让韩氏蒙羞，也不会让长史失望！"他似乎不大习惯于长篇大论，说完这些话，脸都有些涨红了。

裴行俭看了他片刻，笑着点了点头，"祝你得偿所愿。"

韩四松了口气，咧嘴一笑，"裴长史，您日后若有驱使，韩某一定听命。"

裴行俭笑道："好说。我有一事一直不明，还望不吝赐教。"

韩四忙道："长史请讲。"

裴行俭神色平和地看着他："你为何要盗那些牛犊？"

韩四睁大了眼睛，"长史怎么知道……"

裴行俭微笑不语。韩四怔了半晌，起身行了一礼，"启禀长史，其实……我是拿那些牛犊来试药。我家医书上记了几个古方，看着有些古怪，我不敢胡乱用在人身上，去年才偶然想到，可以弄来牛羊，多灌一些，若是无事，大概便可用于人。"

琉璃不由有些惊讶，搞动物实验？这位兽医居然能想到这一招？

裴行俭也意外地挑起了眉头，"为何要用牛犊，不用羊羔？"

韩四又沉默了片刻，"因为，牛肉好吃。"

琉璃默默低着头，直到韩四告辞而去，她再也忍不住，把头埋在袖子里闷笑起来。裴行俭回头看见她的模样，也摇头苦笑不已。

琉璃好容易才止住了笑，抬头道："原来天下也有你算不到的事！"这位韩景之真乃神人，说糊涂吧，他却想得到，拿鲜草把牛犊引上车，灌上安眠药，当成病牛公然拉回西州城下；若说精明，西州羊多牛少，牛犊的价格是羊羔的十几倍，若他偷的是羊羔，只怕此事至今都无人留意，可就因为爱吃牛肉，他居然折腾掉了二十多头牛犊，闹了个满城风雨……

裴行俭叹气，"自然有，今日他说的理由，我便是做梦也没想到过！"

琉璃绷不住又笑了起来，伸手刮了刮他的脸，"无妨，全西州的人都不曾想过，其实你根本不是掐指一算，便算到这韩四会自投罗网。"

裴行俭笑着握住了琉璃的手，"不如此，何以立威？"不知想到了什么，他的笑容渐渐变淡了一些，"其实，所谓天机，无论泄露不泄露，总有人能猜得出来！"

世子府的外书房里，麴崇裕默默地看着桌上摊开的西州地域图，不时拿笔点画，半晌才抬起头来，自嘲地一笑："所谓天机，原来如此！"

王君孟忙走上了一步，"怎么，你看出什么来了？"

麴崇裕指了指图上的十几个红点，"我把失牛的村落都标了出来，你看……"

王君孟仔细看了一眼，红点散乱在西州城四周，各个方向都有，却看不出什么蹊跷。麴崇裕似乎也没指望他看出来，只淡然道："这些地方，离西州城都不到一日路程。因此，盗牛之人定然住在西州。"

王君孟愕然看着麴崇裕,此事不是人人都知晓了吗?盗牛贼就是韩四,裴行俭神机妙算,让他自行出首,而且韩家平日用来收治病牛的牛棚边,也的确起出了二十二个小牛头,就因为此事,西州如今人人都把裴行俭当神仙看!

麴崇裕冷冷地一笑,"裴守约根本不是算出来的,此事从头到尾都是一个局,其中关窍我都已想通!"

他指了指地图,"裴守约定然早已留意了此案,看出盗牛贼一定住在西州城,而且牛犊这么大的东西,岂能随便偷得走?此人连偷二十多头都无人发现,自然是平日里便走乡串户、常带着牛犊来往的,想来不是牛羊贩子,便是兽医!你可记得,那日审案前贴出的告示里说了,官府要连审争牛、盗牛两案,除了张乔两家的亲朋故旧可以到府里听案,熟知牛羊牙口品种的兽医兽贩也可到场旁听、帮助长官辨别牛犊?"

王君孟恍然大悟,"裴守约是故意如此安排,钓那韩四上钩?"

麴崇裕点了点头,"若我是韩四,明明自己安好无损,官府却说要审理盗牛之案了,明明那些牛犊自己都已经吃掉分掉,官府却说都已寻了出来,还要找人来辨别,岂能不过来看个热闹?"

王君孟接着道:"待韩四自投罗网,裴守约再虚言一诈,他便上了恶当!"

麴崇裕沉吟片刻,摇了摇头,"并非如此,我记得那日裴守约的随从就站在牛贩兽医之中,想来裴守约早已发现韩四神情不对,让随从给他透了底。他若不自认,也会被裴守约的随从当场扭住,到时更是法网难逃,不如配合裴守约来个自行出首,以免流放之苦。"

王君孟跺脚叹道:"原来如此!此事说穿了半点不奇,却让裴守约装神弄鬼了那么久!"

麴崇裕冷哼一声:"半点不奇,你能想得到么?你能把那日的事情从头到尾都安排得天衣无缝么?连我都被他算计了,当着西州人的面保了张二那厮!你没看见,西州官员如今看裴守约的眼神都和从前不同了?更莫说那些无知愚民!不是如此,我又怎么会出此下策,让他去掌管税赋之事?"

王君孟沮丧地叹了口气,想了片刻还是抬头道:"裴守约说来不过是有些小手段,可这西州的税赋,根本就是无法可解,西州一万多户,谁没欠个三五年的租调?他又不是当年的乔都护,能用兵丁入户强收,便是后来那两位都护,不也是无法可想,只能由大伙儿欠下去?我就不信他能变出金山银山来!"

麴崇裕脸色却十分沉重,"若不是如今局面难以扭转,你当我愿意动用此事来为难裴守约?咱们一回西州,便置办工坊、优待行商,将全州上下官员腰带都勒得紧紧的,所为何来?"

王君孟一呆,"玉郎……"

麴崇裕摆了摆手,"我心中有数,今年唐军必然西伐,西州库房所余,实在不够军中粮草?的确需得催缴些租调。这等得罪全州百姓之事,裴守约不做,谁来做?你说得不错,他再是计谋过人,对着这西州的赋税,却也绝无解决之道!"

/第七十三章/困局绝境 有所必为

他白皙如玉的手指在西州地域图上缓缓划过，脸上露出冰凉的微笑，"当年那位天可汗灭我高昌，毁我家国，乔都护更是以铁血手段，两年内便将西州从上到下推行了唐制，只道是将大唐恩泽遍布西域，却不知是把我西州子民逼得无路可走！我如今倒要看一看，这位裴守约能在这般绝境中怎么走下去！"

王君孟的脸色也亮了起来，"这样说来，我也实在想看看这裴长史在查清西州的赋税册子后，会是怎样一副嘴脸！"

他的这个愿意自然不难实现。几天后，当都护府的几位参军被请到了长史房议事，进门抬眼所见，便是一张沉凝如水的面孔。

"诸位，请坐。今日请诸位过来所为何事，想来不必多说。"

仓曹参军张高心里好生不安，站在那里想说点什么，却找不到合适的话，户曹参军刘悦站在他的身后，也是一脸无措。只有总管六曹的录事参军张怀寂稳稳坐在条凳上，又抬头扫了张高和刘悦一眼。

张高对这位族兄兼上司本就忌惮，唬得立刻坐了下来。

裴行俭对这一切似乎全未留意，只是肃然看向张高，"张参军，论理，赋税之责，首归仓曹，你倒说说看，为何西州赋税竟会拖欠到此等地步？"

张高腾地起身，脸色微红："启禀长史，此事说来话长……"

张怀寂也站了起来，毫不犹豫地打断了张高的话："长史，西州的赋税早在贞观年间郭都护领西州时，便已开始拖欠。永徽三年年初，麴都护奉命抵达西州时，西州仓中已是无钱无粮。这三年以来，上至都护，下至杂役，西州都护府的支出一减再减，才勉强维持了目前的局面，但赋税拖欠已是积重难返，因此才需要长史整治一番！"

裴行俭皱眉看向张怀寂，"以参军之见，该如何整治才是？"

张怀寂目光冷峻，"西州民风彪悍，不用重典无以震慑，长史应以拖欠最重的武城为点，使出雷霆手段，就如当年的乔都护一般，拒不交租调者，翻倍以家产充公，杀一儆百，令四野刁民胆寒，才能扭转这拖欠之风！"

裴行俭思量了片刻，点了点头，"参军此言……似乎有些道理。"

张高唬了一跳，想说点什么，看见张怀寂横过来的眼神，又讪讪地低下了头。张怀寂这才脸色微松，"长史，非常之期，只能用非常手段，不然大军一到，粮草无着，岂是儿戏？长史肩任西州统领政务之职，必然会落得个重罪。"

裴行俭依然点头，"参军所言甚是！"

张怀寂脸上不由露出了一丝笑容，正想再接再厉说上几句，裴行俭已笑着看向了他，"既然如此，此事我便交给参军，想来参军定然不会令我失望，令都护失望！"

张怀寂不由呆住了，顿了顿才忙道："长史此言差矣，下官何德何能，焉能当此重任？此事自然只能由长史出面，才能迎刃而解！"

裴行俭笑得风轻云淡，"张参军何必过谦？你出身西州名门，如今又是西州录事参军，论根基论人望，哪一点输于裴某？适才你那般言之凿凿，自然是胸有成竹，难不成还能是故意出此下策，来陷我于不义？"

张怀寂怔怔地看着裴行俭，完全不明白这个平日里再温和不过的长史，为何会变得如此言辞锋利，只能忙不迭摇头，"下官不敢，下官绝无此意，只是……"

裴行俭断然截住了他的话头："不是便好，去武城催缴赋税之事，就请张参军负责，既然要以家产相抵，我便限你在七日之内，将武城的那数百户家底摸清，七日之后便开始追缴。"

眼见张怀寂还呆立在那里，他微笑着站了起来，上前扶住张怀寂的手臂，笑吟吟地把他送出了门去，"参军还是早些回去准备，裴某静候佳音！"

张高与刘悦心头大骇，都诚惶诚恐地站了起来。

裴行俭回头便道："你们坐吧，张参军，这几年都是你负责这赋税之事……"

张高刚要坐下，忙又挺直了身子，想起这几年的为难艰辛，正要争辩，裴行俭却叹了口气，"当真是辛苦了！"

张高一呆，看着裴行俭温和的眼神，想到这几年来自己落下的埋怨，鼻子突然有些发酸，赶紧低下了头去。

裴行俭拿起文书，语气感慨："如今，西州平均每户欠租三年，欠调五年，西州却能做到仓有余粮余帛，都是两位的功劳。只是今秋之前，大军必到，如今也不得不劳烦两位跟我一道应对眼前的难局，你们下去后先想一想，如何才能过了眼前的难关。"

张高和刘悦相视一眼，胸中都有些激荡，只是想到眼下的局面，终究只能低头应声"是"，默然退了下去。

裴行俭坐了一会儿，抬头看看窗外天色，将手中的文书整理清楚，起身出门，正待往外走，守在门口的白三却低声道："长史，有人找您。"

裴行俭一怔，目光随着白三所指一扫，只见转角处露出了一个单薄的身影，冲裴行俭欠了欠身，转眼便不见了。

裴行俭想了想才道："你们先出去吧。"

白三满脸理解地点了点头，招呼另外几人向府外而去。有人忍不住低声道："你们谁曾见过住在都护府后巷的那个女子？难不成能比夫人生得还要俊？"

白三嗤笑了一声："什么话！咱们做男人的哪个不是这样？那女子不用比夫人生得俊，只要不是和夫人生得一模一样便足矣！"

他们的声音虽低，裴行俭却也听了个清清楚楚。他的脸上露出一丝苦笑，站了片刻，到底还是转向后门，轻车熟路地拐入了巷子。只是一眼看见院子里的柳如月时，他的脚步不由便是一顿。

不过月余光景不见，柳如月那张甜润秀美的圆脸已经瘦得脱了形，刚刚换上的春衫看上去空荡荡的，就像是穿了别人的衣裳，只是一双眼睛依旧清亮。看见裴行俭进来，欠身行礼，动作也依然优雅。

裴行俭心里一声低叹，举手还礼，"柳娘子莫要太过担忧，方兄的相貌裴某不曾见过，无法断言。但娘子应是有后福之人，还望放宽心思，多多保重。"

柳如月淡然一笑，"长史放心，我已想通了，对我而言，他不过是去了更远些的地方，若是有缘，迟早能见，若是无缘，也有来生可期。今日冒昧请长史前来，乃是有一残局想请教长史。"说着比了个请的手势，自己转身坐在了院中那个棋盘边的胡床上。

只见棋盘上至少一半之处都已布满了棋子，白棋明显处处占优，黑棋却只是挣扎求存。柳如月也不多言，随手拿起白棋下了一子，这才抬头道："听说都护府这两天已在西州各县乡都张贴出了告示，说长史您要出面整顿赋税，追缴西州人历年所欠的租调。"

裴行俭端端正正地坐在了棋局的另一侧，拈子应了一着，"诚然如此。不知柳娘子有何见教。"

柳如月低声道："长史可知自己如今要面对的是哪种局面？"

裴行俭默然片刻，微笑起来，"今日都护府已算出了历年账目的清算结果，西州各县拖欠的租调数目都十分惊人。若是逼着他们补齐所欠，十户里至少有六七户只能流亡他乡。"

柳如月点了点头："长史知道便好。我听说此事后，昨日借着上香询问过大佛寺的法师。这才得知，西州的赋税拖欠由来已久，自郭都护接手西州时便已开始，麴氏重返西州之后，更是愈演愈烈。这三年来，都护府每年不过收取三成租调，其余之数，说是年年催收，其实不过是做个样子罢了，因此才到了今天的田地。如今却这样大张旗鼓来让长史整顿，其用意不问而知。"说着便轻轻点了一目，一小片黑棋顿时被吃死，黑棋的局面更是难看。

裴行俭并不介意，思量片刻，便在另一处长了一步，"这些我都略有耳闻。"

柳如月毫不犹豫便在黑棋的棋路上一断，"那长史可知，这局面是因何而来？"

裴行俭一怔，笑道："愿闻其详。"

柳如月的神情有些凝重，"听说当年首任安西都护乔师望，在西州推行唐制时，手腕极为狠辣，不过两年光景，便让西州上下变得与大唐其他州郡一般无二，城中立市坊，乡村皆均田。政绩报将上去，自然令先帝大悦，西州人却是苦不堪言！"

眼见裴行俭已经应了一手，她下子一挡，这才接着道："长史自然知晓，按我朝制度，每户丁男授田百亩，每年纳两石粟的租、两丈绢的调，此外还有每亩两升的地税。以百亩之田而言，每年交四石粟米、两丈绢帛自然算不得什么。不过长史可知西州所谓均田，每丁实际得田多少？"

裴行俭神色平静地落了一子，"我曾用一个多月的时间跑遍西州大部分乡里，平均算来，每户丁男真正能用之田地，多者十几亩，少者也不过十亩左右。"

柳如月吃了一惊，手里的棋子差点掉了下来，"长史你都已知晓了？"

裴行俭仍然看着棋局，点了点头，"自然都知道了。我朝授田有广乡、狭乡之分，狭乡田少则赋低。然而乔都护好大喜功，授田以沙地荒丘充数，竟把西州定为广乡。

西州自古耕地难得，加上贞观年间大批流民与边军陆续迁入，土地越发紧张，新近授田之丁，能得十亩便算不错。莫说民众，便是勋官们也是有勋无田，白白挂个名头而已。

"我还知西州地气温暖，一年两熟，瓜果易得，牛羊可牧，因此虽然得田只有十余亩，若在丰年，四石之租税倒也勉强交得出来，只是一遇灾荒，多数贫户便难以为继，且西州种桑养蚕颇为不易，调之一项更是难以交足，往往要花钱去买外地高价绢帛，以至于西州欠调的状况比欠租更为严重。

"乔都护立功心切，手段厉害，当年西州人便是卖房卖地，也不敢拖欠。后来接任的郭都护和柴都护，面对的便是这种两难局面，若是继续催缴，则怕民怨沸腾；不催，都护府的钱粮又无以为继，因此也就紧一阵缓一阵，西州拖欠租调的苗头已是初露。这几年麴氏一面安抚民众，一面修建工坊、宽待行商，开源节流之下，虽然只收了三成租调，倒也维持住了目前的局面。

"如今西州民众所欠租调已远比当年更多，且是贫富皆欠，我若是强行动手催缴，一旦激起民愤，后果可想而知；若是不催缴，今秋大军一到，西州无足够钱粮供应军中，我这负责赋税之事的长史也是罪无可恕。

"所以，这一局棋，我应也是死，不应也是死，是谓死局，便是棋力如你，也可以令我不得翻身！"

裴行俭放下手里的黑棋，叹了口气，"我输了。"

柳如月怔怔地看着他，"裴长史，我原以为你是初来乍到，不知就里，才会贸然接手赋税之事，我手头有一样宫中的秘药，可以令人突然病倒，外人看不出端倪，本想献与长史，可长史既然都已知道了，为何还要应这一局？"

裴行俭笑了起来，指了指面前的棋盘，"因为棋局已然在此！

"西州的赋税已是死局，麴家又能如何，他们身为高昌王室之后，岂敢对均田制度说半个不字？我今日固然可以装作得病，甚或故意受伤，以躲开此局，明日呢？我只要真正当这西州长史，这一局迟早便得接手。再说，今日之局固然已是死局，可若是拖下去，局面只能更糟，来日他人接手，一旦处置不当，我大唐在西州十几年的经营便会毁于一旦！

"柳娘子想来也知道，今秋大唐与西突厥必有一战，阿史那贺鲁十万大军正严阵以待，届时西州便是唐军的后营，若是这个后营因钱粮赋税的隐患，被有心人挑唆，酿成动荡，前军又如何能打胜这一仗？

"因此这一局，我只能应战，绝无逃避之理。"

柳如月困惑地皱起了眉头，"那长史的意思是？"

裴行俭伸手在棋盘上随意一拨，"此局的确是死局，无法可解，只能破之！"

柳如月不由唬了一跳，"裴长史，你这是……你可知，此事或许能破局，可对你自己却有百害而无一利？"

裴行俭飒然一笑，长身而起，"世上之事，该做则做，该担则担，总不能全然取决于对自己是否有利。裴某身为西州长史,此事我不来做,又教谁来做?柳娘子的善意,裴某心领了!"

小芙的茶却还没来得及煮好,忍不住叫道:"长史请稍等……"

裴行俭笑道:"今日就不偏小芙的好茶了,前两日裴某也得了枚上好的茶饼,倒是不曾煮给家人品尝,今日风和日丽,正是煮茶的好日子!"

眼见裴行俭笑着拱了拱手,毫不犹疑地大步走出门去,小芙不由有些莫名其妙,轻声问道:"姊姊,这长史究竟是要做什么?"

柳如月怔了半晌,看着被裴行俭拨乱的棋盘,轻轻叹了口气:"他是要,玩火。"

茶炉上的水终于沸腾了起来,咕噜噜的声音,一遍遍回荡在小小的院落里。

没过太久,同样的声音也在裴宅后院里响了起来,待三次响过,裴行俭伸手拿起茶釜分茶、移盏,动作依旧是行云流水。

琉璃略等了等,端起茶盏啜饮了一口,大约是因为已经有些日子没喝茶,当这种带着清香的咸咸苦苦的味道在舌尖上流过时,一时竟觉得好生亲切。

裴行俭低头喝了口茶,脸上倦色一扫而空,眉宇间又回复了清朗舒展,整个人静静地坐在那里,却有一种稳如磐石的笃定。琉璃看了好一会儿才开口:"怎么今日想起煮茶了?"

裴行俭放下茶盏,"也没什么,府衙里的事差不多处置完了,今日柳娘子突然请我过去,看见她那个妹子在煮茶,突然想起自己竟是好久没有煮茶给你喝了,你喝着如何?"

琉璃忙问:"她如今怎么样了?可是有事要咱们帮忙?"

裴行俭摇头,"她看着精神还好,请我过去只是听说了我要整顿赋税之事,说是可以送我一种装病的宫中秘药。"

装病?裴行俭怎么肯装病!琉璃不由轻轻摇头,"她也是一片好意。"

裴行俭抬眼看着琉璃,半晌才道:"琉璃,为何你不劝我躲开此事?"

琉璃怔了一下,莫名其妙地看向裴行俭,她为什么要劝他躲开?他来西州,不就是为了治理一方、稳固后防的吗?至于风险不风险的……反正她也习惯了。

裴行俭的目光似乎一直看进了琉璃的眼底,嘴角的微笑越来越深,突然伸手将她额前垂下的一缕秀发拢到了耳后,手指在她脸颊上轻轻划过,低声道:"你放心,我不会莽撞行事。倒是你自己要当心些,这些日子还是要少出些门,便是要出去,也记得带上阿古。等过了这段时日,我会让你过得自由自在!"

他的手指上带着淡淡的茶叶清香,笑容和声音也比平日多了分异样的柔和,琉璃怔怔地看着他,好一会儿才回过神来,"怎么了?"

裴行俭笑得淡淡的,"没什么,以前我一直怕时间来不及……"不待琉璃发问,他转头看向门外,神色里多了一分飞扬,"大约再过几日,他们便会在武城那边准备好,我也定不会让他们失望!"

第七十四章
一触即发　石破天惊

暮春三月，正是田间活计最繁忙的季节，只是在离西州不到半日路程的武城乡各处田间地头，那些往日里被人们精心伺候的绿苗青秧，如今却是无人多看一眼。每个村落里，无论是悍妇闲人，还是老丈幼童，不是躲在家里翻箱倒柜，便是聚在一处窃窃私语。

半个月前，一道官府的告示如惊雷般将整个西州震动起来：新任长史裴行俭要整顿西州税赋，催缴历年所欠的租调！而七天前，武城乡更是迎来了无数差役——西州追欠便是从此地开始。

随着消息不断传来，人们不得不相信，这一次，不是那些好说话的西州本地差役来走个过场，而是大唐官员要动真格的了——那位断案如神的裴长史，竟也不过是个吸血鬼！

几天来，当那些面无表情的衙役和府兵在村正、里正等人的带领下，闯进各家各户的大门，让他们在重新统计过的赋税欠单上按上手印，又将家中田地车马奴婢余粮逐一登记在册时，不少人已看到了这些东西被官府缴没一空的可怕前景。

人心惶惶中，有的单身汉将家中不多的衣裳细软打了包，打算势头不对便一走了之，哪怕就此变成个逃户，也比去吃牢饭强。更多的人家却在不安中渐渐生出激愤来——这才过了几年安生日子，大唐官员又要开始折腾西州人了吗？

也不知是谁先说起"刑不罚众"：武城乡的土地原比别处要贫瘠，日子也比别处艰难，有几户人家如今能一口气拿出十几石粮食、十几匹绢帛来交上历年所欠？官府难不成还能把大家都赶到野地里去？听说这次来催缴的是张怀寂张参军，敦煌张氏世代居住西州，想来不会对大伙儿赶尽杀绝……

然而到了官府收缴欠税的前一日，"张参军坠马，明日由裴长史亲自带人来收缴"的消息却迅速传遍各乡各村。仿佛是在被大雪压弯的枝条上又加上了一块石头，在一片近乎绝望的惶恐中，武城民众胸口的怒火腾地烧了起来，地头村口的窃窃私语渐渐变成了群情汹涌。

"正是，脑袋掉了碗大的疤，总比活活饿死强！"

听得不远处的人群爆出了这一嗓子，一名脸孔圆圆的年轻差役眉头微皱地听了片刻，才转身走到村子另一头，跟同来的差役说了几句。后者诧异地看了他一眼，"小仙儿，平日你弄弄鬼也罢了，如今这话可不是乱说的！"

被叫做小仙儿的差役眉头皱得更紧，"都什么时辰了，我还开这种玩笑？不信你去听一听，说的都是什么好话！武城的民风你还不知？如今这情形，咱们还是赶紧让府衙多派些府兵来才是，明日没有两百号人，只怕弹压不住！便是让上头虚惊一场，也比出事了咱们却未回报强！"

那名差役思量片刻，点了点头，"我便信你王小仙这一回！"说着便解开村头树上系着的一匹马，翻身上马，一溜烟向西州城方向去了。

王小仙望着远去的飞尘，低声念了几句"阿弥陀佛"，转头又念了句"无量天尊"。只是佛爷和天尊们显然都太忙，他从吃过午饭一直等到日头西沉，西州竟没有丝毫消息传回。而村头围聚的人却越来越多，男子低沉的抱怨混合着妇人尖锐的诅咒，听起来让人心中好不恐慌。王小仙忍不住跑到路口伸长脖子往西州城的方向看，好容易瞧见有几十匹快马过来，还没来得及高兴，马队竟是在大路上一掠而过，直奔武城方向而去。

王小仙呆呆地看着远去的马队，半响才跺了跺脚，走回村里给差役们安排的屋子。原本到这里办差的四五个人，如今只剩下他一个。他转了一圈实在待不住，换了件便服又走了出去。

这一夜，村头聚集的人群直到三更才慢慢散去，越来越响亮的咒骂声传遍了整个村子。王小仙半夜后才溜回屋里，呆看着对面依然空着的木床，心头满是惶然。

第二日一早，天还没大亮，村头便聚了百十号男女。大约是前一夜骂得累了，此时没人再肯多说一句，只是在刚刚发白的天色里沉默地走向几里外的武城。

王小仙走在人群的最前面，身后的一片沉默并没能让他觉得轻松些许，反而越发不自在起来，没走多久便忍不住觑着身边的村正道："今日不是各家户主去武城听命便好么？怎么来了这么些人？"

村正的脸色比天色还要阴沉上几分，"王小哥，若是今日你的父兄去武城，你能不跟去看一眼？"

王小仙怔了一会儿，一张白净的圆脸像包子般皱了起来，"我家便是尚贤乡的，过两日也要收到那边，家里也欠了十石粟米、十二丈布帛……"

村正的脸色略缓，叹了口气，"咱们西州谁家不是这般光景？除了那些做着买卖、牛羊成群的大户，谁家能一口气拿出这么多粮食布帛？前些年到了交租调的时候，谁家不是勒紧腰带从口里省出来的？刚刚宽松了这两年，却又碰上这样的……煞星！"

王小仙迟疑道："裴长史只怕不是这样的人，我在都护府里见过他好几回，说话再和气不过了。他刚到西州，不知就里也是有的，若是大伙儿今日好好跟他说说，让他明白大伙儿的苦处，想来不会不讲道理罢？"

村正冷笑了一声，"他倒是想讲理，只是今年是什么年头，这些官爷，哼，难不成还能把咱们这些人的死活看得比自家前程更重？"

这些日子来，唐军今秋便要与贺鲁部开战、西州必须筹备军粮的消息，早已传遍了各县各乡，王小仙一时不由默然无语。

到武城的七八里地路，半个时辰便走到了头。曙光之中，那座两山之间的小小城池似乎也多了几分肃穆。城门外的空地上，已零零落落出现了一些粗布麻衣的身影。王小仙在人群背后见到几张熟悉的面孔，连忙走了过去，待看清那几张脸孔上同样沉重的神色，刚刚展开的笑容顿时凝固住了。

天色越来越亮，空地上聚集的人也愈发多了起来，武城乡的五百余户人家里，需每年上交税赋的课户不足四百，此时却到了足足一千多人，多是高大的汉子和半大小子，也有一些打扮利落的妇人，看去黑压压的一大片，连空地前坡上放着的那张高足大木案，也被衬得像玩具般的不起眼了。人群中，嗡嗡的议论声此起彼伏，声音虽然不大，但那股压抑的愤怒之意，却是老远便能感觉到。

随着一轮红日跃出地面，武城的城门缓缓打开，阳光中，几十个人从城中策马而来，在空地前翻身下马。王小仙认出，当先一个正是裴长史，陪在他身边的中年男子则是武城城主范羔，仓曹和户曹两位参军也跟随在侧，后面那二三十人则多是都护府的差役，最后三十人才是一身戎装的府兵，手扶腰刀冷着脸往人群边一站，刚刚轰然而起的议论声立时静了一静。

王小仙不由便是一愣：怎么才这么点人？难道西州那边没收到自己的告急？如今来的这些府兵和差役，比前几天派到这边来登记财产的还要少了一倍多！他又看了看身边的人群，那一张张越发阴郁的脸孔，让他的心顿时提到了嗓子眼，他忍不住向另一个老差役靠近了几步，却听见对方也低低地"嘶"了一声。

从武城的方向，一些打扮体面的人也陆续走了过来，在空地上占据了靠东南的一角，很快，人群中穿着最得体的人便聚集在了那个角落。一袋袋的文书被差役从马鞍上解了出来，有几册格外厚实的，更是被小心地捧到了高案的中间。

太阳已慢慢升高，阳光勾勒着案几后晃动的人影。当一个高大的身影走上一步，在案几后站定时，人群顿时变得一片安静。

武城城主范羔雄浑的声音在旷野中传出了老远："今日，本官把武城乡所有课户传来，所为何事，尔等想来早已知晓。本乡租调地税拖欠不是一日，如今局势动荡，军粮吃紧，正是西州上下一心，共渡难关之时。裴长史如今就在此处，望各位识清大体，莫以为此次还可以蒙混过关！"

说完，他回身向裴行俭拱了拱手，声音几乎没有放低："裴长史，武城乡已按照您的吩咐，将三百八十二户课户的拖欠数目清算完毕，家产亦已登记在册。如今人已到齐，请长史发落！"

一个修长的身影往前走了一步，在越来越刺目的阳光中，没人能看得清他的表情。静静站立着的一千多名武城人，一时都不由自主地屏住了呼吸，握紧了拳头。

人群前方，裴行俭静静地看着下面，久久没有开口。初升的阳光照在那些高高抬起的粗黑脸庞上，把他们压抑在眉宇间的愤懑和敌意照得纤毫毕现。然而随着沉默的时间一点点延长，人们脸上几乎就要喷薄而出的愤怒渐渐变成了疑惑和不安，有人似乎是被阳光照得睁不开眼，不自在地垂下了眼帘。

范羔疑惑地看了裴行俭一眼，却发现自己也看不清他脸上的表情。他不由又扫了扫下面那三十名府兵和四十多名差役，眯起了眼睛——这些人不是来自武城本地，就是来自立即就要开始收缴欠税的尚贤、安西两乡，家中也欠着粮食布帛。此时，他们心里的不安，只怕不比这些欠税的课户少太多吧？待会儿只要乱起来，这些人必然是指望不上的，而自己要做得的，也不过是保住这位裴长史的一条小命而已……

不过，这位裴长史如今一言不发，到底在打什么主意？想到这位长于神算的传言，范羔心里有些不安起来，走上一步，沉声道："长史，时辰已是不早，咱们是不是也该早些开始清缴了？"

他的声音虽不算大，但前面的人群自然听得清楚，许多人的目光不由投向了这位平素颇有威望的城主。

裴行俭也转头看向了他，范羔这才看清他脸上淡淡的微笑，不由一怔。裴行俭已不急不缓地开了口："范城主所言甚是，依城主之见，应当如何开始清缴？"

范羔愣了一下，突然想起那个两天前不得不把自己摔得头破血流的录事参军张怀寂，忙恭敬地欠了欠身，"下官鲁莽，请长史恕罪，下官一切听长史的吩咐行事。"

裴行俭含笑看了他一眼，"此言当真？"

范羔点头不迭："下官焉敢越权行事？"

裴行俭沉默了片刻，声音变得有些淡漠："好，那请城主稍安毋躁！"范羔没来由地心里一寒，退后一步，下定决心再不开口。

人群里顿时起了一阵轻微的骚动，范城主居然在裴长史面前谦卑至此？不少人看向裴行俭的目光里，不觉又多了几分忌惮。

裴行俭这才扬声道："请各位村正里正到前面回话。"他的声音温厚而清晰，不带一丝火气。武城乡的十几个村正与里正却不敢怠慢，忙忙地从人群中走了出来，在案几前站定行礼。

裴行俭点了点头，"诸位不必多礼。"

村正里正们纷纷抬头。离着两三步的距离，他们这才看清了这位传说中的裴长史。他面孔清俊，神情温和，并没有一丝想象中的阴冷可怖。见他低下头开始翻动案几上那摞厚厚的文书，村正们的目光不由也落在了文书上，立时认出正是几日前各家各户按上手印的赋税欠单，刚刚放松些的心弦顿时又紧了起来。

裴行俭片刻后才抬起头来，语气里带着些许的困惑："诸位，裴某有一事不解，还望各位老丈指教——武城乡的百姓半数已在此，看去都是勤力朴实之辈，并非刁民，为何赋税之欠却会如此严重？"

村正们顿时愣住了，这话教他们从何回起？难道说你大唐制度太过苛刻？面面相觑之下，一时竟是无人开口。范羔也吃了一惊，刚想说话，又警醒地闭上了嘴。站在靠前些的农户也听清了这个问题，低低的议论声顿时响了起来——难不成这裴长史真是初来乍到，什么都不知晓？

裴行俭等了片刻，见无人回话，声音略提高了一些："诸位身为村正里正，原有协助官府收缴税赋租调之责，武城之拖欠，比别处尤为严重，可是因为各位失职之故？"

此话一出，村正们再也沉默不下去。跟王小仙一道过来的那位村正姓周，平日性子便有些急躁，忍不住应声道："小的们岂敢失职，实实是赋税租调之数目太高，若是按数缴纳，只怕武城乡一半人家已做了逃户！小的们也是无法可施！"

裴行俭惊异地挑起了眉头，"竟是如此么？"转头便看向范羔，声音里多了几分肃然："范城主，武城拖欠税赋，真是因为税负太重？为何不曾听你说起过？"

范羔愕然看向裴行俭，只能回道："启禀长史，武城的税赋是乔都护定下的，多年来一直如此，下官以为长史已然知晓……"

裴行俭断然道："裴某自然知道此事为乔都护所定，却不知这等税赋会令武城一半百姓倾家荡产，请问范城主，村正此言可否属实？"

看着裴行俭蓦然变得冷肃的面孔，范羔心里急转了几圈，想到麹世子要"点火"的叮咛，斟酌着回道："是否属实，下官也难以断言，只是乔都护在时，课户从不曾拖欠过赋税。"

人群中不由哗然一声，人人看着范羔的眼神都变得有些不善了，裴长史明明是不知就里，但他范城主难道还能不知？这样一说，是打算像那个乔都护一般抄家拿人地催逼钱粮吗？

范羔听到喧哗，心里便知不妥，刚想再回转两句，裴行俭已转头却看向了刚才开口的周村正，"敢问这位老丈，如范城主所言，同样是这些赋税，为何乔都护时不曾拖欠，乔都护一走，几年光景竟拖欠了半数以上？难不成真是刁民成心相欺？"

周村正听见范羔的话，原就憋了一肚子火，闻言抗声道："乔都护在时，的确不曾有人胆敢拖欠税赋，只是不少人家两年便穷得精光，有人索性做了逃户，或是托身官宦人家为奴为客谋口饭吃。郭都护到后，也曾登记过各家产业，见实在无法催缴，才容大伙儿缓了一缓。这三四年间麹都护仁慈，我等才略积了些米粮钱帛，长史既然也令人登记过，不妨看看，有几户人家不卖掉牛马田园便拿得出十几石粮食、十来匹布帛？"

裴行俭皱眉道："裴某也曾听闻西州不宜种桑养蚕，调之一项原是艰难些，只是每丁百亩田地，这一年四石的粟黍，为何也交不出来？"

人群中立刻有无数声音叫嚷起来："哪里有百亩的田？""那沙丘也是做得数的？""我们这里，有十亩便不错了！"

众村正也点头不迭，"正是，当年乔都护均田时，是将沙丘荒漠之地也算上的，真正可种之田地，一丁不过十亩而已！"

裴行俭沉吟半晌，转身直视着范羌，"范城主，若是此言当真，你看此事该如何处置才好？"

范羌原是有些后悔，听见询问，心里倒是笃定起来，裴行俭以为这样一来便可以把火烧到自己身上吗？这种场面世子早就料到了！当下恭恭敬敬行了一礼，"请长史明鉴，村正所言，确非虚言，这也是麹都护每年只收三成租调之故。然而今时不比往日，军粮筹集事大，若是听任税赋拖欠下去，则军粮如何着落？没有军粮，我等都是在责难逃。长史身为西州总揽政务之员，又负责清缴赋税，一旦上面追究下来，更是首当其冲。

"请恕下官直言，长史此时的确可以放手不管，可待到他日大军开到，西州仓中无粮，那时长史再想替百姓说话，难不成军中总管们还能听任将士饿着肚子拼杀？届时不但我等要被追究，百姓的所欠税粮照旧要如数缴纳。且一旦到了那等田地，更是无可回转，长史的一片体谅之心，只怕反而是害了大家！"

他声音洪亮，一字字清清楚楚落在了众人耳朵里，刚刚还有些喧闹的人群顿时安静了下来，此事人人心中都有数，但此时听到范城主如此清晰地剖析出来，心里却是越发冰凉。

范羌停了片刻，又朗声道："七日前，裴长史曾有令，须在今日之内，清缴武城历年拖欠赋税，下官这才将武城百姓都召集到此处，也好叫他们明白，长史之命不可违，大唐制度不可坏！长史今日或可一走了之，回头再下令清缴，只是这番出尔反尔，岂不是叫属下们无所适从？"

"长史，课户们之欠单在此，家中产业之清单亦在此，长史决心早已定下，此时又何必再来问属下？您早收也是收，晚收也是收，便是您不收，来日军中也会据此而收，您如今犹豫不决，不过是令武城子民心存侥幸，回头又让我等更是为难！"

人群里，许多人的脸色已然变得难看起来，范城主说得再明白不过了，今天这位裴长史如果不收缴钱粮，日后定然下场悲惨，就算他今天放大家一马，回头该清该拿时也绝对不会手软，适才那番问话，也不过是惺惺作态罢了！那大唐的官员、军队，何尝管过他们西州人的死活？嗡嗡声中，有些性急之人便往前挤了几步，东边角落里那几十个打扮体面之人，看着明显情绪不对的人群，脸上都露出几分疑惧，脚下便往外溜。

骚动中，裴行俭一声不出，伸手按在了那两叠厚厚的欠单之上。

人群中，几个大汉相视一眼，其中一人提气高声叫道："大伙儿莫被他骗了！横竖没有活路，咱们不如……"他正待按人吩咐叫出"把那些欠条和账簿都烧了，才能不被这些唐人逼死！"裴行俭身后突然有人走上一步，厉声断喝："住嘴！长史还未决断，你们想做什么？"

白三的声音比范羌还要洪亮几分，加上那一身的气势，顿时便把那人的话噎了回去。另外几人愕然片刻，还想吵嚷，裴行俭已抬起头来，朗声道："来人！"

他身后的几位长随立刻走了上来。裴行俭的声音里有种金石般的决然："点火，把这些欠单都烧了！"

一时间，偌大的一片空地上，几乎人人都不敢相信自己的耳朵，几个长随也有些意外，只是跟随裴行俭这两个月来，在他们心目中，这位长史早已是天神般的人物，脚下只略微一顿，便依言上来把文书都搬到了地上。

人群这才"哗"的一声沸腾起来，范羔脸色已是大变，厉声道："裴长史，裴长史你这是要做什么？"

裴行俭神色平静，语气却是斩钉截铁："城主提醒得对，此物若是留着，迟早会令武城百姓不得安生，只有一烧了之，才能让大伙儿安居乐业。不但武城的要烧，全西州的欠单，裴某都会烧掉，西州子民从此不必再背赋税拖欠之债！"

说话间，一位庶仆已点燃火绒，凑到文书边上，一堆字纸顿时腾地烧了起来。范羔不由目瞪口呆，想上去踩灭火苗，白三已一步跨上，挡在了他的面前，"范城主，今日赋税之事是由我家长史主管，你想做什么？"

有人嘶声喊了起来："烧了，真的烧了！"声音已不成调。这高足案几本来就布置在坡地上，火光自是人人都看得清楚。

范羔被白三挡住，前行不得，只能高声叫道："这如何使得？你们快上去灭了火！"

差役和府兵们此时也已回过神来，却无人肯挪动一步——他们家中也欠了赋税，如今裴长史要一把火烧掉西州人历年所欠，自己为何要去拦着？

裴行俭的声音依然是稳稳的："把这些赋税的账册也烧了！"

范羔不由目瞪口呆：他不但要烧了欠单，竟然还要烧了账册！他是当真要免了西州人的赋税之欠，还是已经算出世子今日早已布置好，就是要使人烧掉这些东西，索性自己便先放了这把火？可是，乱民所烧，和他自己令人去烧，怎么能是一回事，这位裴长史难道疯了？

几人动手之下，四百张欠单和一整袋的账册，转眼间便化成了越来越高的火焰，那火苗似乎烧进了每一双眸子里，让他们渐渐从不敢置信变成欣喜若狂。

只有范羔的脸色越来越黑——世子待会儿就要到，他该如何交代才好？看了看依然神色平静站在那里的裴行俭，他忍不住怒道："裴长史，今日这把火放起来容易，只是大军到时，我看你如何跟他们交代！"

裴行俭徐徐转身，看着范羔微笑，"此事，与范城主无干，裴某今日既然敢做，来日自然敢当，不劳城主费心！"

范羔指着下面的人群，脖子上青筋直跳，"那他们呢，大军无粮，难道不还是要从他们身上出？裴长史难道能保证届时我西州子民不用交粮？"

裴行俭摇头，声音清清朗朗地传出老远："范城主此言差矣！我大唐军队出征是为了保民，而非害民；之所以要剿灭突厥叛党，不但是要令贼人伏法，更是要令西疆平定，令所有大唐子民安居乐业。西州人亦是我大唐子民，可若按这欠单先去收缴了钱粮上来，其结果定然是大军未到，西州人家已半数倾家荡产，这又岂能是大军出征以保疆安民的本意?

"再说这均田制度,大唐推行此制,为的乃是令天下耕者有其田,人人勤力便可得温饱,却不是要令百姓为了虚名而食不果腹、家徒四壁。西州既无百亩之田,早便该按实授之田收取赋税,乔都护当年所为,原是不知就里,而麴都护心存仁慈、体谅百姓,只是多少有些误会了前面几位都护的用心,因此才未曾调整赋税。

"今日我烧这欠单,是因为西州百姓根本就不曾拖欠赋税,早便应该按亩计租,按户纳税,又何必留着这些欠单,令大家心中不安?"

范羔呆呆地站在那里,心里只有一个念头:你倒说得轻巧!刚想开口,却听不知什么地方传来一声欢呼,随即欢叫喝彩之声轰然响起,良久不绝。东南角上的那些大户家主虽然不至于欣喜若狂,却也大大地松了口气,烧掉的欠单里自然也有他们的那份,那十来石的粮食、几匹布帛倒不在他们心上,可一场动荡能就此弥于无形,无论如何都是好事。

欢呼声中,火光渐渐熄灭了下去,灰屑四下飘扬。看着那堆灰烬,人人胸口都是一片澎湃。离火堆最近的,正是那十几位村正和里正,眼见裴长史负手站在那里,神情沉静坚毅,在阳光中几乎令人无法直视。最是性急的那位周村正,只觉得胸口的激荡难以抑制,猛地跪了下来,"小人先前误会长史了,请长史恕罪,多谢长史救我等于水火之中!"

他这一跪,身边的那几个村正里正也纷纷跪了下来,"多谢长史!"

裴行俭忙上前一步就要将他们扶起,后面的人群突然静了一静,随即越来越多的人跪了下来,转眼便黑压压的跪倒了一大片,"多谢裴长史"的声音越来越洪亮。

范羔侧身让开半步,脸色沉得有些发黑——这位裴长史,竟是要拿西州的赋税来市恩于民吗?他倒是打的好算盘!他冷冷看向了裴行俭,却见他对着跪倒的人群深深还了一礼,随即又直起了身子,"大家不必谢我,都起来说话!"

待得人群呼啦啦站了起来,裴行俭的声音才再次响起:"诸位请听我一言,裴某今日所为,不过是做了西州长史应做之事,不值得诸位如此相谢。须知西州如今已经大唐疆域,诸位也已是大唐子民,从今往后,西州赋税也将推行真正的大唐制度,令人人有其田,户户得温饱,有钱有地者,要多尽子民之职责,孤老贫弱之人,则可尽承圣人之恩泽!

"其一,租调之量,从今日起,按实际田亩而出,每丁男出租三斗,每丁女出调半丈。日后每丁授田,亦按西州旧制,每丁授良田四亩,部田六亩,沙丘荒漠之地,此后一律不计!"

也就是说,不但以前欠的粮帛作废,以后也再不用交那么多了?人群中压抑不住地发出了欢喜的低呼。裴行俭伸手向下压了压,众人忙都闭上了嘴,只听他又接着道:"至于地税,诸位或许有所不知,永徽二年时,圣人便曾下旨,令诸州以户缴纳地税,分天下课户为九等,从上上等到下下等各缴粟米青麦等五石到五升不等,西州亦当如此!据这几日清点,我已将武城几百户课户分好,其中上户约为一成,每年交粮为三到五石，中户约为三成，每年纳粮一到两石，下户为六成，每户纳粮五到七斗。"

此言一出，许多人心里便忙忙地算计起来，六成都是下户，自家多半也是，日后一年的地税与租调加起来，只要交八斗到一石的粮食、半丈的布帛，比如今麴都护按三成实际收取的一石二斗还要少，这是何等的好事！那些富足些的人家，则需要交一石三斗到两石三斗的粮食，与如今持平或是略多，却也比原来按理要一年交四石租子，两丈布帛要强得多——麴都护虽说不曾年年催逼着尽数交上，但看武城主那模样，却是一定要秋后算账的！若按裴长史所说，此后便只要交上这些便可高枕无忧了，又何乐而不为？

这笔账原不难算，片刻的寂静后，便有人叫道："这样交好，按此交租税，我等日后绝不会拖欠粒米寸布！"赞同声随即此起彼伏。

只有站在东角上那几十个人相视一眼，有人神色略有不悦，有人却低声道："咱们便是按上上户缴又如何？虽是比如今该交的多了一石米，却还省了一丈半的布帛，算起来还略省几十钱！横竖这把火已是帮咱们省下不少了，总比让这长史催缴得西州大乱，咱们什么都做不成要强！"他们这些人原不会把几石粟黍放在心上，只是不快于要比旁人多交而已，这般转念一想，心下倒也平了几分。有人点头道："我等愿意按此缴纳！"

裴行俭的目光在场中缓缓扫过，看着这一张张露出真心笑容的面孔，轻轻吐了口气。他早已反复算过，按如今这个法子交，武城所收的粮食恰好能和现在持平，富裕的乡村还能略增加一些。至于布帛这一项，如今实际所收其实也不过半丈，并无区别。只是因为可以比现在还少交些粮食的人家占了六成，而与先前规定的苛刻数目相比，便是上上户也没有吃亏，大伙儿如今才会如此欢欣鼓舞——说来能取得这种效果，第一要感谢的倒是这位范城主，若不是他今日铁面无私地再三催逼，这武城百姓又怎会有死里逃生般的欢天喜地！

范羔心里转了几圈，也大致算出了这笔账来，脸色不由越发难看，裴行俭这般一改，官府似乎并不吃亏，但麴都护与世子先前所做的一切，这些愚民们还会有谁会念好？便是今日的自己，也成了衬托出他裴长史爱民如子的跳梁小丑！他带着怒意的眼神，扫过欢笑的人群，落在了裴行俭的身上。

裴行俭仿若一无所觉，笑着向这十几位村正招了招手，"各村诸户分等的单子我这几日都已列好，请各位看看是否还合适？若有不合适之处，便与我说道说道。"说着从袖子里拿出了一卷文书，每一张上都记着武城十几个村子每户人家的分等，一一发放了下去。

有些村正并不识字，忙找到村中识字之人将名单念出来，也有人求助到站在一边同样笑容满面的差役。整个场地里顿时热闹起来，数十上百人一堆的围着这些人，说笑催促之声不绝于耳。

那些户主的名字与分等一个个被念了出来，寻常村落里多数人家都是下户，只有那些颇有奴婢牛羊果园富裕人家的才会被定为中户,上户们则大多都在武城里,而鳏寡孤独之流,则被分为了不必纳粮课税的下下户。所谓不患贫而患不均,众人听到后来,更是心平。

范羔冷冷看着越来越欢腾的人群,忍不住沉着脸走到了裴行俭身边,"裴长史,下官有一事不明!"

裴行俭笑微微地看了他一眼,"城主但说无妨。"

范羔眼睛微眯,"长史如此一改,于西州都护府或无大碍,然秋季军粮之备,该如何解决,长史不言,下官心里终究难安,还望长史指教!"

裴行俭的脸色极为平静,"范城主信也罢,不信也罢,此事裴某心里并无着落,不过事在人为,还有半年时间,大约总能想出办法。"

范羔惊讶地瞪大了眼睛,"你……"却不知该说什么了——这位竟是胆子大到了如此田地?

裴行俭笑道:"范城主,你既然肯问我这句实话,裴某也有一句实言相告,今日之事,原是必有这一把火才能了局,我不放,自然也有人来放,于我并无区别。只是若是由我来烧这把火,他们……"他的目光转向下面欢笑的人群,"却能保得日后安居乐业。范城主,你身为武城城主,难不成愿意带兵来捉拿你的子民,或是眼睁睁看着他们永世生活在这赋税拖欠的恐惧之中?"

"难道在范城主的心里,就不曾对他们有过一丝怜悯?"

范羔怔怔地站在那里,突然间只觉得舌尖上有千斤之重,一个字都吐不出来。他怎么不怜悯了?按照麴世子的计划,这把火一烧,会由他与世子一道出面,自掏腰包来帮武城人交上那四千多石的粮食与一千多匹布帛,如此一来,裴行俭就算今日无恙,西州的税赋也休想再催缴下去,大军到时照样无粮无帛……没想到裴行俭却自己放了这把火!于裴行俭而言,虽是得了民望,却依然无法解决来日的困局,只是西州百姓倒是的确从此不必再受重税之苦。看他今日连分等的单子都已列好,便知这两日他下了何等功夫,可算计的,却不是他自己……

范羔半晌才艰难地咽下一口唾沫,刚想说点什么,却见远处尘土飞扬,脸色顿时一白,世子来得太迟了!

裴行俭也抬头看了一眼,微笑起来,"他倒来得是时候。"

两百匹骏马一路急驰而来,尘土飞扬,大地震动,便是正在兴奋中笑骂不休的武城人也终于都惊讶地抬起头来。

马是腿长体健的突厥战马,人是全身戎装的西州府兵,当先一匹马全身雪白,马上一名绯衣骑客,火焰般的衣袂在阳光下飒飒飞扬,转眼间便到了空地边上,只是一眼看见人群前正笑吟吟抬头看过来的裴行俭,却一勒战马呆在了那里。

范羔狠狠咬了咬牙,快步迎了上去,"世子,您怎么来了?"另外两百匹战马也整整齐齐地停在了白马之后。场地上的武城人顿时面面相觑——世子麴玉郎怎么来了,还带了这么多气势汹汹的府兵?

麴崇裕的目光顷刻间便恢复了清明，冷冷扬声道："范城主，这到底是怎么回事？为何昨日有人回报说，武城人心不稳，要多派些府兵过来维持秩序？"

人群中的王小仙本来正兴高采烈地大声念着周家村的单子，因念错了两个字，又被村民打趣了一番，见马队过来自然也和旁人一般转头呆看，直到听见这一声，才吓得一个哆嗦，略一犹豫，还是排开众人走了过去。

麴崇裕已经翻身下马，一张白玉般的面孔不知是沾了灰尘还是心情阴霾，比往日要阴沉许多，听到范羔压低声音三言两语把发生的事情说了一遍，脸色更是变得白里透青。

裴行俭这才不紧不慢地走了过去，微笑着抱了抱手，"世子一片苦心，在下感激不尽。"

一抹异样的红潮顷刻间涌上了麴崇裕雪白的脸颊，身子也微微一晃，范羔眼疾手快一把扶住了他的手臂，"世子，请往这边走。"

麴崇裕闭了闭眼睛，睁开时眼底已是一片冰冷，"是我多虑了，没想到长史竟有这等手段这等气魄！"

裴行俭轻轻点头，"其实，世子一直是多虑了。"

两人目光碰撞在一起，一时都没有作声。旁边却突然响起了一个期期艾艾的声音："启禀世子，昨日、昨日是小的听村民议论时说了些过激的话，一时有些拿不稳，这才让老黄回去报信……请世子责罚！"

麴崇裕转头看着这名年轻的差役，脸上虽然没有表情，眼神却冰冷刺骨。王小仙的脸色顿时有些发白，讷讷地说不出话来，心里正自打鼓，麴崇裕却突然吐了口气，脸上有自嘲的笑容一闪而过，"我知道了，你下去吧。"

王小仙呆了一下，万没料到自己这般轻松就过了关，赶紧道了声："多谢世子！"低着头倒退几步闪到了人群中。

麴崇裕的目光在人群中缓缓扫过，那一张张带笑的面孔犹自散发着喜悦的光芒，看上去几乎有些刺眼。他怔了半晌，突然轻声一笑，"裴长史，你说错了，我不是多虑，而是虑得太少，看得太轻。"

裴行俭轻轻摇头，"世子本不必如此，在下所求，与世子所求，其实并无差别。"

麴崇裕脸上的嘲讽之色更浓："长史此言大错特错，长史之所求，与崇裕之所求，全然是南辕北辙，只是长史这把火，却把你我想走之路，都烧断了，断得彻彻底底、干干净净。长史这般气魄，崇裕万万不及！只是崇裕也请长史好自为之，他日莫要懊悔，也莫要令今日这些视你为父母的西州民众，后悔莫及！"

裴行俭声音平和："问心无愧，则何悔之有？"

麴崇裕转过头来，上下看了他一眼，眉头轻挑，"也是，长史神机妙算，手段惊人，原是不用我等操心。"

裴行俭目光沉静地看向他，"世子有所不知，其实裴某对能否回长安并不在意，若世子不愿再入长安，想来也自有其他法子，又何必如此苦心行险？"

麴崇裕的脸色一僵，漠然看了裴行俭一眼，甩开范羗的手，转身走回马边翻身上马，提缰挥鞭，竟是一言不发地绝尘而去。两百名府兵立时也跟了过去。这马队来得快，去得也快，转眼间便只留下一片扬尘。

裴行俭沉默地看着远去的马队，直到那个红色的身影彻底消失在飞尘之间，才转身看向空地上的人群。在突然而至的府兵马队前变得沉寂的人群，早已重新活跃起来，王小仙正苦着脸跟身边的人解释着什么，在不时爆发出的笑声中渐渐脸红耳赤。

裴行俭的脸上也慢慢露出了笑容，回身看向范羗，"范城主，今日善后之事，两位参军会留下来协助城主，裴某也要先行一步。"

范羗心中正五味俱陈，闻言不由一怔，"裴长史这是……"

裴行俭微笑道："麴世子走得太快，裴某本想与他一道回西州。"

眼见裴行俭带着一干随从、衙役上了马，武城人呼啦一下都围了过去，得知他是要回去向都护禀告今日的事由，再拟定公告遍发西州，有些急性的便要一同过去向麴都护陈情，被裴行俭笑着劝住了："麴都护爱民如子，怎会不知各位的苦处？"又再三保证，乡民但凡有事均可去都护府找他。众人这才恋恋不舍地让出一条道来，目送着一行人远去。

范羗站在土坡上，看看前面那群依然翘首远望的武城人，又看看身后默然低头忙碌的两位西州参军，只觉得阳光分外灼人，而春风犹有寒意，一时也不知身上到底是冷还是热，呆呆地怔在了那里。

第七十五章
如梦初醒　功德无量

　　三月将尽，西州的狂风愈发频繁。只是当无数张盖着都护府大印的告示贴遍五县二十四乡，当无数份税赋欠单和账册在火光中灰飞烟灭，西州的这个春天，顿时变得无与伦比的温暖明媚。随之而来的家产登记和九等分级，虽然多少引起了些争议，但那个遥遥坐镇于都护府的裴长史却像一颗定风珠，只要提到这个名字，便可让大多数风波消弭于无形。

　　当然也有例外。

　　在长安坊的世子府，"裴长史"已然成了禁忌。麴崇裕虽然除了待在工坊的时间越来越长，起居行事并无异样，但府里人人都知，这三个字在世子面前决计提不得。

　　因此，这一日，当王君孟匆匆找到府里，面带怒容地说了一句："玉郎，你若再不管一管，西州府便要成那裴守约的天下了！"麴崇裕还未开口，一旁的风飘飘脸色先变了。

　　麴崇裕的目光根本不曾从手里的雕版上挪开，语气淡得不能再淡："是他的天下又如何？"

　　王君孟不由愕然，他也知道麴崇裕的心情，若不是眼见着西州官员渐渐有事便找到长史房，而裴行俭每日发布的政令也在有条不紊地实施下去，他也不会硬着头皮来这一遭。略一犹豫，他还是皱眉道："玉郎，税赋之事，军粮一日不筹齐，就一日胜负未分，你又何必灰心？"

　　麴崇裕把雕版递到了王君孟的手里，"你看，这是《金刚般若波罗蜜经》的最后一块板。如今木工坊里已经翻印出一千册，过几日另一本也好了，趁着浴佛节前沿着敦煌一路销到长安，不出三个月，少说也有两三千缗的收益。"

　　王君孟怔了半晌，忍不住道："你到底在想什么？"

　　麴崇裕抬头笑了笑，"自然是想着多赚些钱帛！如此，便是有朝一日回到长安，至少也有金银铺地、美人环伺。"

　　王君孟眉头不由皱得更紧，"玉郎，当年咱们在长安之时何等憋屈，也不见你颓废至此！如今都护身子硬朗，再过十年八年，谁知事情会如何？"

麴崇裕好笑地看着他，"正是！莫说十年八年，再过半年会是怎样一副光景都不知晓，今日你又急个什么？"他把雕版轻轻往案几上一搁，"这几个月来，你我费尽心思出招，到头来，都成了他裴守约一路向上的垫脚石！既然如此，我们又何必继续上赶着给他铺路？"

王君孟只是摇头，"可咱们难道就坐视着裴守约成了名副其实的西州长史？"

麴崇裕毫不在意地挑了挑眉，"怎么？你想抢来做一做？待到两三个月后，唐军过来时，好担上这军粮无着的罪名？"

王君孟顿时哑然。风飘飘忙笑道："正是，听说唐军这次调兵十万，按理，西州少说也要出五六万石的粮食，裴守约既然一把火烧掉了西州人欠的十万石欠租，想再变出来，只怕比登天还难，世子不过是懒得理他而已！"

麴崇裕淡淡地看了她一眼，"你也不必替我说场面话。早知如此，我便该在大海道里劫杀了他！哪怕引起朝廷震怒，总强过眼看着几年来的心血付之东流！只是大错已成，再杀他废他又有何益？西州照样是人人皆可接手，西州人也不会再在意麴家的去留！

"既然如此，我倒想看看，这位裴守约还有什么手段！既然他肯唱戏，为何咱们不能坐下来好好看上一场？又何必急着出手，反而让裴守约找到可乘之机？"

风飘飘与王君孟相视一眼，心底都松了口气——世子原来打的是这个主意！也是，一动不如一静，军粮筹备是何等大事，等着那位裴长史出招时使几个绊子，不比自己绞尽脑汁地想主意强？

风飘飘眼珠一转，"世子，你原说这几日不是大事，不要来烦扰你，只是……"

麴崇裕没好气地道："有话直说！"

风飘飘笑嘻嘻地从怀里取出了一个信封，"这是长安那边送来的，看标记应是上次世子吩咐细查的那位库狄氏的消息。"这个信封她已经揣了半天了，给也不是，不给也不是，总算找到了眼下这机会。

麴崇裕漫不经心地接在手里，随手揭开了印泥。薄薄的白麻纸上，密密的小楷写了整整三张。麴崇裕一目十行地看完了第一张，修长的手指下意识地弹了弹，翻到第二张时，指尖已变得有些不稳，看完第三张，更是蓦地收紧了五指。

他翻回第一页，又一字字往下读，反复看了两遍，突然慢慢笑了起来，越笑越是欢畅，那几张纸却在手指间被狠狠揉成了一团。

风飘飘和王君孟悄悄换了一个眼色，王君孟清了清嗓子："玉郎，适才我还遇见了都护，都护问起了你，说是两日没看见你了。"

麴玉郎恍若不闻，只是顺手又拿起了那块雕版，笑着看了半晌，轻声道："我真是这世上最蠢的蠢材！居然能相信这样的法子，会是一个无知妇人想得出来的！"

风飘飘觑着他的脸色轻声问道："莫不是长安那边查出库狄氏并不简单？"

麴玉郎把手里的纸团往案几上一丢，"不是不简单，是……"他的声音从牙缝里挤了出来,"太不简单!"

风飘飘忙拿过纸团,展平了一页页看了起来。王君孟忍不住问:"如何不简单了?"

麹崇裕语气冰冷:"你可还记得那位临海大长公主?"

王君孟点了点头,"自然记得,当年世子在芙蓉宴上……"他突然想起这也是麹崇裕的忌讳,顿时舌头有些打结。

麹崇裕却并未理会,冷笑着点了点头,"你猜猜临海大长公主如今怎样了?"

王君孟摇了摇头。麹崇裕凉凉地道:"她被人算计了!手中大半私产都落入他人之手,跟随她多年的十几个管事也悉数被卖,因此大病了一场,连御医都惊动了两个。九月底才刚刚好一点,却又被人羞辱了一番,十月里便一病不起,听说人已经废了!"

王君孟目瞪口呆,半晌才道:"这倒是报应!只是谁有这么大本事算计她?谁又有这么大胆子?"临海大长公主是何等身份,嫁的又是裴氏家族中最显贵的一支,自己也极有手段……他还想问下去,看见麹崇裕的表情,突然醒悟过来,"你是说那位库狄氏?不可能!绝不可能!"

麹崇裕冷笑道:"我也宁可是自己看错了!可长安那边查得清清楚楚,裴守约是洛阳裴家的遗腹子,当年大唐皇帝剿灭王世充后,将财产归还了裴家,后来却落到了临海大长公主手里,据说他原先十几年的不得志就与此事脱不开关系!

"此次裴守约被贬,临海大长公主便打算趁机霸了那笔财产,库狄氏却是悄无声息转手贱卖给了武皇后的母亲,又把所得的十几万缗全部上交朝廷做了军费!临海大长公主就是因此大病一场。略好些后又与武皇后的母亲起了争执,被她当面羞辱了一番。王庶人一被废,她便彻底病倒了!"

王君孟微微张开嘴,半晌才想起要合上,却没发现自己依然在一个劲地摇头,"一个女人,拿着十几万缗做这个局……"

风飘飘放下手里的信纸,轻声叹了口气:"不是十几万,是近百万缗。不然,那位老夫人如何肯接手?临海大长公主又何至于念念不忘,宁可和宫中宠妃的母亲对上?却没想到,对上的是,皇后!"她长眉微蹙,"只是世子,我怎么觉得,此事说不定是裴长史的手笔?"

王君孟也忙点头,"正是,说不定是裴守约布局,库狄氏出手而已,这等手段,这等气魄,岂是妇人所为?"

麹崇裕漠然指了指风飘飘手里的信笺,"那万年宫雨夜救驾,一把火救了成百上千的宫人,难道也是裴守约布的局?芙蓉宴上用一个婢女就逼得那位河东公世子夫人与临海大长公主反目,也是裴守约借她的手?何况裴守约是因为什么被贬的,怎么会转眼又求到武皇后的母亲那里去?

"这个局不但报了旧仇,绝了后患,更是给他们夫妻日后留下了一条青云之路!"

王君孟忙从凤飘飘手里拿信笺，急急忙忙看了下去，合上字纸时，几乎不知说什么才好，半晌才道："此信为何来得如此之晚？"若能早半个月，他们也不会把西州赋税交到裴守约的手里！他们夫妇可以拿着百万缗家产来设局，一把火烧掉十万石欠租又算什么？

麹崇裕满脸都是自嘲，"我如今才明白，难怪裴守约会借着帮那宫女找人，遍阅西州户籍，从那时起，他就已经在算计西州的赋税了；难怪我一得知雕版出自库狄氏之手，他便天天莫名其妙地往城外跑，原来只是在诱我早日出手，以免我们探到消息起了提防心！从敦煌起，他们夫妇便已开始演戏，你我便是那看戏的傻子，却还笑话他人太傻！"

凤飘飘忙道："世子不过是一时大意，才中了他们的圈套，如今知道也不算晚，既然他们夫妇喜欢演，便让他们演去！横竖眼下的筹集军粮，日后的组织人手、统筹运输，都不是什么好差事，世子不如趁机歇歇，横竖天气也热了，世子大可去山北别院避暑，眼不见心不烦，便是有什么事也找不到您身上！"

麹崇裕"哈"地笑出声来："到山北别院去？我为何要到山北别院去！从今日起，我倒要认真看看，这夫妇两个，还能把我等戏耍到何时！飘飘，从现在起，他们的一举一动我都要知晓。要看戏，我便要看个清楚明白！"

凤飘飘赶紧应了个"是"，略一犹豫又道："若是如此，飘飘倒还真有一事要回禀，世子可还记得那位库狄氏曾说过要借咱们的大匠用？前几日她又遣人找到我说了此事，因世子也吩咐过由她，我便让黎大匠过去了。今日晨间黎大匠回禀道，那库狄氏让他做的什么轧车十分古怪，说是用以轧去白叠絮里的籽。他试了两日，有了点头绪，却总是差了一些，还想向世子请教。"

麹崇裕有些纳闷，"什么白叠籽？"

凤飘飘忙解释道："白叠是咱们西州的田产，果中有许多白絮，咱们用的白叠布便是由此织来的，只是白叠花絮中籽粒太多，去籽又费劲，王室工坊毁于战火后，民间织出的白叠也都不够细致。因此如今西州人多是偶然种些来纺些粗布，或取絮入冬衣冬被而已。"

麹崇裕沉吟道："就是说，若是做出那轧车可轻易去籽，用白叠来纺布便要容易许多？便是絮冬衣冬被也会更轻巧？那白叠日后用处岂不是大了！"

凤飘飘恍然点了点头，"我怎么没想到！"

麹崇裕的目光不由又扫向了那雕版，眼睛微微眯了起来，"传我的话，让黎大匠过来见我，若是不成，我便亲自过去看看问题到底出在何处！"

凤飘飘不由愕然，"世子，您这是？"

麹崇裕淡淡地瞟了她一眼，"这里面的玄机，只怕比雕版还要大，我不亲眼看看绝不放心，若真如我所想，更不能听任此事把持在他们手里！"

凤飘飘小心地望向麹崇裕，"那库狄氏……"

麹崇裕寒声道："他们夫妇不是都喜欢装模作样？既然如此，看看他们能装到何时，岂不也有趣得紧？"他用手指转动着那块小小的雕版，脸上并没有什么表情，只是线条优雅的侧脸上，后牙的咬肌却清晰地凸出了一条毫不优雅的曲线。

此时琉璃的模样也丝毫谈不上优雅。

裴行俭走入院中时，一眼便看到她正毫无形象地蹲在地上对着一个木架发呆。他忍不住叹了口气，走过去伸手把她拉了起来，"那位大匠走了么？你还在想这什么轧车？"

琉璃一脸郁闷地指着木架，"应该是这两根木条来回搓动，棉……白叠籽便能从木条间被打出去，为何总是差一些？"为什么别人发明火药、肥皂、玻璃都能跟玩儿似的，她手边有西州最能干的大匠，前世上纺织史时又学过古代棉花纺织流程，可如今要造一架最简单不过的轧车出来，却是折腾了几日还没成！

裴行俭笑了起来，"若是这般简单，西州人都种了这么些年，怎么也没想出来？你别急，慢慢试，大约总是能成，那大匠昨日不是说了，他也觉得多半能成。他今日怎么没在？"

琉璃没精打采地道："他说回工坊处理些事务。"转头又去看那两根木条，实在不明白这机子看起来和印象里的差不多，为什么却打不干净棉籽。

裴行俭眉头微皱，想了片刻，回头看见琉璃还在看着木条发呆，不由又好气又好笑，牵了她的手把她一路带入了内院，随口问道："你午间吃了什么？"

琉璃想了半日，茫然地摇了摇头。裴行俭叹道："你应过我什么？"

琉璃顿时有些心虚，忙道："不是你说的么，这去籽的轧车若是能做出来，对西州都护府和几万西州人都是莫大的好事，若能织出强过细麻布的细白叠，更是功德无量？再说，你的军粮不还是一点着落都没有么？"她以前只想着若能把细棉布织出来，大家也能穿得更舒服些，却没想过在这个时代，布帛就是钱，如果真能改进棉布的纺织技术，种植棉花比种桑养蚕要容易多少？简直是让西州人能直接从地里种出钱来！

裴行俭笑着摇头，"军粮的事自有我来操心，如今也算略有些眉目了。至于这白叠，若让西州人都多种些，怎么也要到明年，你还有一年的时间，急什么？再说……"他略停了片刻才道："有人说不定比你更急。"

琉璃暗自撇了撇嘴，"有人"是谁当然不难猜，她可不稀罕！

只是转天午后，当面含微笑、风度翩然的麹崇裕出现在裴宅门口时，琉璃还是很想揉揉眼睛。他身上穿着件颜色极正的葱绿色交领袍子，领口袖边都饰着精致的卷草纹金丝织锦，腰间一根碧玉巡方带，还挂着一个满地银丝绣的香囊，被阳光一映，琉璃仿佛看见一只孔雀正在徐徐开屏。

裴行俭微笑着抱了抱手，"世子，好久不见。"

麹崇裕优雅地欠身而揖，"长史日理万机，崇裕不好打扰。"

裴行俭笑道："行俭不过处置些琐碎杂务，哪敢与世子相比？"

麹崇裕的眼角微微一跳，"这些琐事的确烦心，说来崇裕如今能偷得许多闲暇，还应多谢长史才是。"说完又向琉璃行了一礼，"听说夫人又有了奇思妙想，崇裕冒昧前来打扰，还望勿怪。"

琉璃微笑还礼，"求之不得。"心里叹了口气，她还有特地新做的粉色衫子没穿呢，可早间裴行俭却说他多半已经知道自己做的那些事情了，就算打扮得再粉嫩，估计也很难再看到他那张忍到发青的脸，真真可惜！

麴崇裕其实也很想揉眼睛，他进门便看到裴行俭身边是一个素淡的米色身影，这时才看清这位库狄氏不但只穿着一身素面胡服，脂粉钗环也是一律俱无，打扮清爽，言语简洁，她这是……已然胜券在握，所以懒得装模作样了？

他暗暗哼了一声，看向裴行俭，"裴长史，不知黎大匠所说的轧车何在？"裴行俭是聪明人，便算是原先不想让自己过目，如今也应当知道，没有他的首肯，那位黎大匠是绝不会帮他们做出轧车来的。

裴行俭果然并不迟疑，伸手往前院西屋一引，"世子这边请！"

西屋的门窗大开，屋子里空荡荡地只放了台案、木料等物。黎大匠正蹲在一个木架前调着转轴，旁边还有两个小学徒忙前忙后。见到麴崇裕，他忙站了起来，"世子您快过来看看，这两根木轴相碾，力道似乎总是略差一些。"

看见木车，麴崇裕的眼神顿时变得锐利起来，大步走了过去，袖子一挽，修长的手指在架上轻轻抚过，又在转轴处敲了几下，"你们先转一转给我看！"

这轧车原是最简单不过的装置：在一个木头架子里安上两根粗细相同、互相紧挨的圆木，圆木两端各安上一个转轴，将未经处理的白叠送入圆木缝隙中，两边转轴同时反方向转动，白叠籽便会在转动中被碾落，而净白叠则被转木带到前面落下。只是这架轧车不知怎么的，力道却总是差一些，圆木太近便会转不动，略远又碾不干净白叠籽。

此时两个小学徒摇动转轴，黎大匠把放在一边的生白叠送到了圆木中间。眼见着还带着小半棉籽的白叠落入了轧车前放着的小篮里，麴崇裕不由轻轻点头，半晌才看向琉璃，"库狄夫人，这法子你是如何想出来的？"

琉璃目不转睛地看着那架轧车，头也不抬地顺口答了一句："偶然想出来的。"

麴崇裕顿时有些接不上话，只得低头看着轧车，思量良久，心里渐渐有了主意，这才抬起头来，"裴长史，库狄夫人，这轧车要将籽轧尽并非难事，只是不知做出来后，两位准备如何处置？"

琉璃怔了一下，还未开口，裴行俭已笑道："若是好用，自然是让官坊里多做一些出来，发往西州各乡各村。"

麴崇裕不由一呆：裴行俭竟然想的是……

琉璃皱眉道："不急！"

麴崇裕看了她一眼，不知怎的竟觉得松了口气。白叠的前景如何，他昨日已问得清清楚楚：别说那五六百钱一匹的粗白叠，当年高昌王宫的织坊还出产过专供王室高门所用的精细白叠，在市坊里可卖到过两三缗一匹。而这白叠本身却是极贱，耐旱耐瘠，随手种于田间地头，四个多月便能结果。只是去籽太过烦难，愿意用白叠织布的人才不多。若能以轧车去籽，日后这白叠哪里还是白叠，分明便是铜叠银叠！

他们夫妇，难不成还真能是那种视这金银如粪土的人物？

琉璃走上两步，弯腰将轧过的白叠拿在手里仔细看了几眼，这才开口："这轧车即便是能做好，去籽的白叠还是太过硬实，杂质也太多，真要让白叠派上用场，只怕还要做出专门的弹车来，将白叠弹得松软匀净，才好用来絮衣絮被或是纺纱织布。那时便是寻常丁女织的粗白叠，定然也会比麻布细软。"

裴行俭若有所思地点了点头，看向麹崇裕，"世子，若真是如此，日后西州各乡是否可用白叠来代绢帛？一则西州乡民不但可以织布为衣、夹絮御寒，也可免去年年交纳帛布之累；二则，都护府也不用年年花大笔银钱粮食去换那些千里迢迢运来的绢帛，不出三五年，则西州富足可期！"

麹崇裕一时只觉得嗓子发涩，预备好的话一个字也说不出来。他早已想好，这两人眼下决计不会有开织坊的手笔，若库狄氏的法子好用，他便像买雕版一样，重金买下这轧车，再花些心思把做出细白叠来，比起雕版来，更是长长久久、一本万利的生意！但眼下莫说裴守约，连库狄氏的意思竟然都是……

听着裴行俭那一口一个西州，他只觉得心口越来越是憋闷，一股邪火从心底里冒了出来，心思转了几圈，淡淡地道："长史所言甚是！只是将轧车做出送入各乡的主意，还应更妥当些才好。"

裴行俭脸上露出了一丝惊讶。麹崇裕一口气说了下去："库狄夫人想来对那弹车也已有了腹稿，只是能想到是一回事，能做出又得另当别论。崇裕不才，于机关木工上还略有心得，愿助夫人一臂之力。然则这轧车弹车的处置，也望长史与夫人能听我一言。"

裴行俭略一沉吟便点头道："世子但言无妨。"

麹崇裕语气郑重："这些轧车弹弓之物，必须由官家掌握！"

琉璃不由皱起了眉头，"那寻常乡民如何用得上？"她做这些东西出来，可不是要让麹崇裕垄断在官府手里来挣寻常小民血汗钱的！

麹崇裕声音淡然："民可使由之，不可使知之。"

他是什么意思？琉璃一时有点转不过弯来。裴行俭却皱眉道："世子的意思是说这些物件不能流落于民间，还是要令白叠纺织之术不能流出西州？"

麹崇裕脸上露出了一丝冷笑，"自然是后者。长史把麹某看成什么人了？自古以来，中原的桑蚕之术，又何尝许胡人轻得？长史需知，物以稀为贵，西州不过弹丸之地，良田稀少，滴水如金，白叠于此地，是休养生息的大计，于中原，却不过是可有可无的小术。一旦流出，则无以为贵，其中利害，长史自能明辨！"

琉璃心道，谁说是小术，过几百年，中原也人人都穿棉布好不好？刚想开口，"过几百年"几个字突然又一次从心头流过，不由便是一呆。

麹崇裕又淡淡地添了一句："若是长史不肯，崇裕自不会啰唆，这便告退。"

裴行俭思量片刻,看了一眼台案上的生白叠,点了点头,"世子所虑不无道理,此事便依世子所言。"

　　麴崇裕脸上露出了一丝笑容,"那便一言为定!"裴行俭夫妇既然能做出这样一副为了西州心地无私的样子来,他若提什么金银,岂不是愈发落了下乘?但无论如何,他也不希望自己的心血手艺,白白便宜了那些唐人!

　　琉璃忍不住看了裴行俭一眼,他就算料事如神,到底还是想不到,这个叫白叠布的稀罕物日后会风行到何等地步!原来有些东西,果然是不可能改变的……

　　裴行俭的目光转到了轧车之上,"既然如此,这轧车应如何改动,世子想来已有了主意?"

　　麴崇裕眉梢一扬,走上一步,手指轻轻拨了一下两根圆木中上面的那根,脸上多了一种异样的光彩,"此处不应用两根一般粗细的木轴,这一根应该细一些,这样搅动之间缝隙更小,才能有足够的碾力!再者,也该用更硬的木料,打磨得更光滑,才不至于转动困难。"

　　黎大匠一拍大腿,"世子所言甚是,我怎么便没想到?"

　　麴崇裕微微一笑,语气笃定无比:"去拿一根一半粗细的梨木过来,刨得光滑些。"

　　细上一半?硬度不够?琉璃心头原本早已有些模糊的记忆渐渐变得清晰起来,忍不住道:"慢着,不是梨木!"

　　几个人都有些惊讶地看了过来,琉璃皱眉沉思不语,麴崇裕的目光里渐渐带上了一丝嘲讽,"不知库狄夫人又有何高见?不是梨木,那该是什么木?"

　　琉璃抬头看着麴崇裕,露出了一个轻松笑容:"为何一定要用木料?"她伸手指向那根木轴,"换上一半粗细的铁棍!"

　　麴崇裕不由怔住了,他怎么没有想到,论硬度论碾力,铁棍不比木棍强得多?脱口道:"铁棍?你怎么想到用铁棍?"

　　琉璃微微欠身,笑得十分谦和,"自然也是要多谢世子指点,世子都已经说得那般明白了,我虽然愚笨了些,怎会还想不到?"

　　麴崇裕看着眼前这张与裴行俭至少有三四分神似的笑脸,默然片刻,转身盯着木架出神,心里突然有些茫然:自己处心积虑走这一趟,到底所为何来?

第七十六章
一锤之威　万事俱备

一入四月，西州便蓦然热了起来，尤其是在工坊那一片，挥汗如雨的工匠、嘈杂的声音和古怪的味道，一道被闷在一个个狭小的院落里，那分在日益暴烈的阳光下升腾起来的干热，愈发令人难耐。

麴崇裕站在一张案台前，目不转睛地看着几个工匠将面前的大弹弓拉上了牛筋弓弦。待到两边绞紧，他才一挽袖口上前拨动弓弦，拨了两三下，皱眉摇了摇头，"去那边试试！"

院子里的另一张案台边放着前日刚刚做好的两架轧车，案面上则堆满了已去籽的净白叠。几个工匠将这张足有四尺长的大弓抬到了案边，一人扶弓，一人拨弦，用力大了，白叠便被弹得四处飘飞，用力太小，又似乎不起作用。黎大匠只得亲自去试了片刻，慢慢找到了些窍门，拨得片刻，被弓弦弹过的白叠果然松软干净了许多。他的指头却也被勒出了深深的红印，只得停了下来，抹了抹额上的汗珠苦笑道："世子，只怕要带上扳指才成。"

麴崇裕冷笑道："大而不当，带上扳指也是无用！"说着下意识望了院门一眼，脸上露出了几丝不耐。

他刚才试弹时便觉出拨弦太过费劲，便是他这般练过弓马的也拨不了太多下，何况寻常匠人？依照他自己的意思，要弹松白叠，做个寻常的小弓便是了，偏偏库狄氏却坚持要做出这种四尺大弓来，还要用最结实的牛筋来做弦，真该让她来看看这玩意儿有多中看不中用！

黎大匠也转头看了看院门，低声嘀咕了一句："库狄夫人怎生还没来？今日说了要试这弹车的！"

麴崇裕抬头看了看天色，日头已近中天，嘲讽地一笑，"一个妇道人家，吃不得苦也是寻常。"这种天气，这种地方，连风飘飘每次来了说完话都恨不得拔腿就走，那库狄氏前日能待上一整天也算是做足了样子。

黎大匠摇了摇头，"库狄夫人倒不是寻常妇人。"他身边的小学徒忙悄悄拉了拉他的袖子，黎大匠也立刻醒悟过来，忙低头看着自己的手，假装没有看见麹世子那横过来的冷冷眼光。

静默间，只听院门上响起了几声轻叩，小学徒脸上不由露出了几分喜色，跑过去开了门，语气里充满了恭敬："夫人来啦！"

麹崇裕目光一瞟，无声地冷笑了一声，从门口快步走进来的琉璃带着一个打扮齐整的婢女，身上竟穿了件海棠红的绣花罗衫，头上的那支金玉步摇随着她的步子乱晃，脸上还施了脂粉，倒像是来赴宴的！

琉璃却没有注意到麹崇裕，看见案台上放的大弹弓，眼睛便是一亮，走过去端详了几眼，又按了两下，满意地点了点头。

麹崇裕再也忍耐不住，冷冷道："库狄夫人，这弹弓你准备怎么用？"

琉璃听到他的声音，吃了一惊，这才看见麹崇裕，却见他今天穿的是一身最简单不过的白纻圆领袍，头发上包着软脚幞头，袖子高高挽起，与平日那身风流富贵判若两人，难怪自己刚才压根没看见他——他这是沾了一身白叠学了乖？还是被自己讽刺得转了性？不过，他这话是什么意思？她想了想还是笑道："自然是直接用来弹白叠。"

麹崇裕笑容嘲讽，"这般大弓，要弹好这一案的白叠，夫人准备找多少军中力士来相助？"

琉璃奇道："此话怎讲？世子以为该怎么弹？"

麹崇裕淡淡地一笑，"正因崇裕不知，才要向夫人请教！"

黎大匠忙走上一步笑道："小的适才试过，用倒是好用，只是拉起来太过费劲，没几下手指便生疼，只怕还是弓力太大，不合用。"说着又拉了几下弓弦，"夫人请看，这弓弦倒是结实，力道却太大了些。"

琉璃看着黎大匠前后拨动弓弦的手势，心里暗暗摇头，你这是弹棉花么？分明是射箭好不好，能弹好才奇怪了！面上却只能皱起眉头，沉思不语。

麹崇裕脸上嘲色更浓，"夫人惯有奇思妙想，定然不会让工匠们失望！"

黎大匠也斟酌着道："夫人明鉴，这弓只怕是大得有些过了，不如换个略小些的，寻常人家才好用。"

琉璃抬起头来目光一扫，在放工具的案台上看到了一柄不大的铁锤，走过去便操在了手里。

黎大匠不由吓了一跳，"夫人，这把弓不好用重做便是，何必要砸了它？"

麹崇裕眼角微扬，笑容清冷，"砸了也好，省得让外人瞧见了，还以为咱们这里是要做床弩去攻城！"

琉璃懒得理他，拎着铁锤走到大弹弓前，一锤便垂直砸在了弓弦之上，弓弦上下震荡，顿时把弓弦附近的白叠弹得松软了许多。琉璃待得震荡稍停，又是一锤下去，几下之后，便把弓弦附近的白叠都弹得松软洁白，这才笑盈盈地把锤子一扔，"这般用，世子以为如何？"

麴崇裕不由怔在了那里，对啊，利用重物压弦上下而弹，是何等省力，他怎么就没有想到？看着台案前那张神采飞扬的脸，他只觉得胸口就像堵上了一块石头，耳边又传来了黎大匠的大声感叹："着啊！夫人是怎么想出来的！"

今日跟琉璃过来的正是小檀，麴崇裕的那一脸讥讽早已让她心中不快，此时忍不住对黎大匠笑道："我家娘子何等聪慧，岂是寻常人等能比拟的？"

琉璃心里顿时有些发虚，只能低头将适才飘到自己身上的白叠拍了下来，语气尽量放得平静："这铁锤似乎太过沉重，大匠不妨做个包着铁块或铅块的手锤出来，只怕更好用些。"

黎大匠此时满心都是佩服，"正该如此，小的这便去做！"

麴崇裕呆了半晌，慢慢吐出一口气来，只觉得心头的灰暗比看见裴行俭烧剩的那堆灰烬时似乎还要浓郁几分，一时连话都懒得再说。

琉璃拍掉了身上的白叠，又看了看案面，随口便问黎大匠："我才两日没来，怎么就有了这么多去籽的净白叠？"

黎大匠正在低头找着合适的木块，闻言笑道："世子将轧车改了改，如今可以用脚踩转轴，快捷了许多。"

脚踩的？琉璃忙走到新做的那架轧车边上看了几眼，连连点头，"世子好心思！"语气里的赞叹倒是货真价实，她能想出轧车和大弹弓来，是因为早就知道了，麴崇裕能想到把手摇改成脚踩，却当真是靠他自己。这孔雀虽然自恋得厉害，在这方面当真有些天赋。

麴崇裕声音淡漠："库狄夫人何等聪慧，崇裕望尘莫及。"

琉璃一怔，回头看了小檀一眼，小檀也笑着扮了个鬼脸。麴崇裕心里怒火不由往上一拱，语气越发冷淡："库狄夫人今日也有暇来宴客，我等倒是荣幸得很。"

他倒是把这话原样送回了！琉璃低头看了看身上的衣服，笑道："今日确是有亲朋自长安而来，不好失礼，只是哪敢与世子相比？论到好客，只怕西州也无人敢与世子相比！"要说天天打扮得像要去相亲，大唐不敢说，西州决计无人是麴崇裕的对手。

麴崇裕一时不知该说什么，只能淡然点头，"原来如此，倒是耽误夫人招待亲友了。"而且还是长安来的亲友……心里突然微动，瞟了琉璃一眼，"夫人气色甚佳，想来是听到了不少好消息！"

好消息吗？除了自己那位父亲大人已然老树开花，正经的好消息的确是有一个，不过……琉璃转开目光，强压住了嘴角的笑意，"借世子吉言。"

麴崇裕心里冷笑，感慨地叹了口气，"说来当年我也曾赴过芙蓉宴，没想到那位大长公主竟会落得今日的下场！"

琉璃惊讶地挑起了眉头，临海大长公主？她还真把这个人给忘得差不多了，忍不住问："她如今是什么下场？"

麴崇裕一愣，库狄氏难道不知道临海大长公主的状况，那她刚才笑得那么古怪作甚？心思微转，还是三言两语把大长公主几个月来的情况说了一遍，却见琉璃先是静静地听着，随即便一本正经地点头，"果然是世事难料。"竟是不再多话，走到黎大匠身边专心看他做起手锤来。

黎大匠笑道："夫人放心，这手锤大约明日便可得，夫人届时再来看便是。"

琉璃笑道："那我明日再来。"说完便转身对麹崇裕微微一笑，"世子，今日家中还有客人，若是无事，我先告退了。"

麹崇裕只觉得满心郁闷，又不知从何说起，只能道了声"夫人请便"。待琉璃走后，他在院子里转了好几圈，一口闷气无处发作，一眼看见白叠中那个黝黑的铁锤，拎起来便在弓弦上砸了好几下。嗡嗡的声音回荡在院子里，良久方歇。

琉璃哪里有心思理会麹崇裕的情绪，快步回了自家宅院，刚进院门，管家老何便笑道："娘子可算回来了！康娘子都问过好几遍了。"

琉璃忙往里走，上房里的康氏果然是一副百无聊赖的模样，看见琉璃便站了起来，"你这主人，倒把我给丢下了！"

琉璃忙告了罪，四下看了一眼，"三表兄呢？"

康氏笑道："莫提他，被你家长史拉进东屋里已说了半日的话，我还纳闷，什么话非得今日来说？"

琉璃看着那虚掩着的书房门，不由也有些纳闷起来。

待得两人笑说半日，又布好了食案，书房里却依然一点动静都没有。琉璃走上一步，想敲敲门，犹豫片刻，还是转头走了回来，却见康氏正看着案面发呆。

纯银包边的黑檀木食案上，错落地布着七八个碗碟。碧绿的韭菜、嫩绿的豌豆、焦黄的烤肉和雪白的豆腐，都放在带着些许蓝色斑点的透明玻璃碗中，正中是一个色彩斑斓的彩色玻璃圆钵，里面盛着热腾腾的羊羹，一旁的两个金箔玻璃盘中则放着刚出炉的小古楼子、玉面尖和各色西州的干鲜瓜果。裴行俭和安三郎的座位前还摆着两个淡彩玻璃杯和一个彩绘双耳玻璃壶，红艳艳的酒色把壶上的金发美人映得活灵活现。

看见琉璃走过来，康氏长出一口气，指着案面笑道："这些琉璃器真真好看，放在一起便像画儿似的，怎么下得了箸去？"

琉璃笑了笑，"不过是从市坊里寻到的一些小玩意儿，图个新鲜罢了。"这些罗马玻璃器在西州便是稀罕物，在长安更是罕见，自不会有人烧包到拿来装菜——其实她平日里也舍不得。只是这两天她忙着做弹车，厨娘仓促间做的家常菜肴，与安家的日常膳食几无区别，也只好拿这些玻璃器具来充充场面。

康氏细看了半晌，啧啧摇头，"这般稀罕的琉璃器，怎好拿来盛热物？若是裂了岂不可惜？"

琉璃一怔，不知怎么解释这是罗马产的钠钙玻璃，与中原的铅钡琉璃成分不同，并不会怕热易碎，只能笑道："阿嫂放心，我都试过了，这些却是不怕热的。"

康氏还想再问，就听书房门吱呀一响，安三郎和裴行俭前后脚走了出来，裴行俭也罢了，依旧是不语含笑的温和模样，安三郎却是眼神闪亮、满面红光，两撇胡子看去似乎都比平日翘得高。

康氏笑着迎了一步，"还以为有九郎陪你说话，你都不知饥饱了。"

裴行俭笑着欠身，"阿嫂莫怪，是行俭的不是，拉着阿兄说话，竟忘了时辰。"

安三郎嘿嘿一笑，"这样的不是，我倒想多沾几回！"

四人一面说笑，一面在食案边按宾主落座，安三郎虽然是常来常往，却也没见过这么多玻璃器皿，不由也是一呆。裴行俭起身给安三郎的玻璃杯里满上了一杯葡萄酒，"这是柳中的上等葡萄酒，三郎不妨一尝。"

安三郎却低头端详着手里玻璃杯，半晌才端起来饮了一口，叹道："果然好酒……这杯盏可是拂林那边过来的？"

裴行俭点头，"三郎好眼力，她便是喜欢这些物件，不知买了多少来。"

安三郎看了这屋子一眼，忍不住也笑了起来。这间屋子的布置与众不同，六曲檀木屏风的帛面上是精致的手绘胡女图，地上铺着米色底赭红兽纹的大食地毯，墙上挂着弯角羊头油灯，高案上那对雪石花瓶形制已够奇异了，里面居然还插着两根七扭八曲的黑色树枝，每一样都颇不寻常，偏偏布置在一起，却有种说不出的风韵。

安三郎此时心情甚好，大口喝酒，赞不绝口，又吃了一个玉面尖，点头道："这面馅端的鲜美！"

康氏看着他这一刻没歇下的笑脸，忍不住问："九郎今日与你说了什么，怎么这般高兴？"

安三郎笑而不语，看了裴行俭一眼。裴行俭笑道："是我有事烦扰三郎相助。"

安三郎忙道："哪里是我来相助？此事莫说于我，便是于安家，于西州行商都是极大的好事！"

裴行俭见琉璃和康氏都好奇地看着自己，笑着解释了一句："今秋大军到后，我想让三郎带着行商们随军送粮。"

琉璃还有些不明所以，康氏脸上已露出了惊喜，"难不成是让安家揽下此事？"

安三郎瞟了她一眼，"这话糊涂，安家纵然有三头六臂，如何揽得下这桩事情？不过是牵个头，让西州常年来往的本分行商都来出力。"商人原本愿意做朝廷生意，按裴行俭目前说的价钱，这笔军粮还有不小的利润，安家又是牵头的，其间的好处不言而喻！他长留西州，为的就是要把自家生意在西州做大扎稳，没料到除了历谱之外，又遇到了这样的千载良机！

琉璃顿时明白过来，这等于是把军粮的官方任务变成了一桩生意，让行商们去收粮送粮，安家原本便是西州行商之首，出面组织自然最合适不过。只是，商人逐利，没有钱如何使得动？安三郎夫妇不知就里，她却是知道的，都护府里并无多少钱帛，裴行俭到底在打着什么主意？裴行俭却无意多说，只笑着问琉璃："今日玉面尖里的熊肉倒是肥美，你是何时买的？"

琉璃也知眼下不是发问的时候，想到这熊肉的来历，脸上露出了笑容："哪里是买的，是那位韩神医送的！"

裴行俭一怔，摇头笑了起来。韩四如今已挂牌行医，可惜名声在外，有钱些的人家谁肯找一个偷遍西州的兽医来看病？眼下来找他的，依然多是那些看不起医师的猎户牧民，送些肉食瓜果便是诊费，遇到难得的鹿肉熊肉，韩四会转送到这边府里来，琉璃知道他也不宽裕，每每让阿燕带人去看看那屋里所缺，回赠些柴米油盐之物。

康氏好奇，忙问这"神医"是怎么回事，听琉璃说了一遍他的光辉事迹，笑得说不出话来。安三郎却道："你知道什么？我跟长安凉州几处的医师们打过几年的交道，此人的作派，日后真是神医也未可知！"

琉璃点头道："听阿燕说，这位韩四性子虽然怪，对病人却是极好的，看病的手段也颇为高明。"

安三郎笑道："说来倒是正巧，我那药铺也筹备得差不多了，恰恰是缺了个坐堂医！"

琉璃不由忍俊不禁，"请他容易，阿兄多备些牛肉便是！"

裴行俭一口酒正好在嗓子里，顿时咳了起来。

几个人说说笑笑用过了饭，安三郎便兴冲冲告辞而去，道是要找西州的几家族亲一道商议此事。康氏却对琉璃道，过两日便是佛诞节，要与琉璃一道去大佛寺上香，琉璃自是点头应了。

眼见安氏夫妇已然走远，琉璃忙拉了裴行俭问："这军粮到底是怎么回事？你如今真已有了主意？"

裴行俭满面微笑，"没有五六分把握，我如何敢跟三郎开口？今日又谈了这半日，此事已有八成。让行商随军，开军市、送军粮并非没有先例，说起来，行商无论是收粮还是送粮，都比官府更神通广大。但往年弊端也多，一是账目容易混乱，支出太大，二是远近军仓丰歉不均，容易误事。今日我与三郎已商议出了几个主意，想来不会再有此弊端。如此一来，看上去粮价虽然略高，但官府省了多少运粮的人力？若是一切顺利，今秋军粮必然不会有短缺之忧。"

琉璃点头，这个很好理解，市场行为必然比政府行为灵活高效嘛，只是，"都护府如今有多少钱帛？"

裴行俭淡然道："大约还有一千多缗铜钱，两千来匹绢帛。"

那还差得老远呢！琉璃突然有些懊恼，早知如此，真该把武夫人给的两万金留下几千才好！

裴行俭笑着看了琉璃一眼，"又有傻念头了，那些钱是一文也留不得的！"说着牵住她的手便往院内走，"你莫担忧，这些事我自有分寸，倒是给穆家三郎的贺礼，你看要送些什么好？"

琉璃拍了拍额头，笑道："正是！我竟是差点忘了，说来你也算是做了一回月老，咱们的礼断然不能太轻了。"穆三郎在瓜州临时避到了康家，没想到一避之下却与康家的小女儿有了缘分。康家也是昭武九姓里的显姓，这家又甚是富裕，消息传回长安，穆家也是乐见其成。如今康家的家主已带着女儿和穆三郎前往长安了，路上还遇见了康氏。用康氏的话说，那康妍娘也是"粉雕玉琢般的人儿，和穆家三郎真真是一对璧人"——麹崇裕若是知道自己还做了这样一桩好事，大概脸色会愈发精彩！

琉璃还想问问裴行俭到底有什么主意筹钱，裴行俭却笑道："北边那大佛寺你还没去过？当真值得一看，有些地方竟修得比大慈恩寺还有气势，壁画也极好。"

比大慈恩寺还好？大佛寺虽是西州最宏伟的寺庙，但西州全城加起来也没有长安的一个坊大，难道能有寺庙与大慈恩寺相比？琉璃不由狐疑地看了裴行俭一眼，他不是故意转移话题吧？

到了四月初八的佛诞日，西州满城都是佛幡飘舞，十里八乡的信徒早早涌入城中，在大道两旁等候着行像的队伍。琉璃和康氏一早便由两位安家女眷陪着来了佛寺前，身边又颇有几个壮仆，却也是好不容易才穿过双塔对峙的夹道，走入寺院的南门。

只见这寺院远比寻常民居顶高檐深，前庭里也是两塔对峙，主殿则位于后院北侧高高的台基上，厚实无比的墙体足有数丈之高，需要仰头才能看见那舒展的深黑色屋檐。走进殿门，主殿正中是一座三丈多高的塔柱，四面开龛，里面大小佛像都雕得庄严肃穆。正面佛台上的主像结跏趺坐，阴刻的衣纹流利简洁，面容上的微笑却略显刻板，一看便知颇有些年头。而佛殿四面的墙壁上，从上到下全是各种说法和佛经故事的图案，多用赭黄、朱砂之色，不少地方还贴着金箔，一眼看去只觉得华彩耀目，果然是大慈恩寺也见不到的富贵气象。

康氏早已请了香，见琉璃呆呆地只顾看墙上的壁画，忙轻轻拽了拽她。琉璃这才回过神来，心猿意马地上了香。只见两位安家的婶娘又往更拥挤的西殿挤了过去，琉璃看着那黑压压的人头不由有些发怵，康氏却是满脸喜色，"西殿里可是那尊铜佛？"

一位安家婶娘回头笑道："自然是，你们也要多拜拜才好！"

好容易挤进西配殿，却见满壁的金箔画，映衬着一尊灿然生辉的铜佛，气象愈发奢华。几个人等了半晌才跪在佛前，康氏上过香后，从钱囊里拿出一沓银币，恭恭敬敬送入了功德橱中，两位安家婶娘则是各送了几枚金币进去。康氏见琉璃依然是一副无动于衷的模样，忙压低声音道："别处也罢了，这里还是施些功德才好。"

琉璃心里纳闷，只得回身从小檀手中拿了半缗铜钱放了进去，康氏这才松了口气。一行人起身从侧殿门出去，康氏便问琉璃："你在西州这许久，难不成还不曾听说过这西殿的佛像？"

琉璃茫然摇了摇头，康氏叹了一声："怪道你没准备！大佛寺立寺已久，但这尊铜像却是十几年前都护府从高昌城迁入西州城时才塑的，结果第二年便出了神通。那年西州酷热，乔都护又逼着大伙儿挖城，死了不少人，没两天这佛像便开始流泪流汗，震动了西域。乔都护也怕了，这才停了白日的劳役。前几年，柴都护来时，说要崇道抑佛，在大佛寺东边坊里修座道观供奉什么公主像，结果这佛像当年便又开始流泪，修葺道观之事后来也就不了了之……"

铜像会出汗会流泪？琉璃忍不住回头看了一眼，这尊铜像就放在配殿的主佛台上，四面空地上都挤满了信徒，看着不像是能悄悄泼水上去的样子，可这么大一个铜佛能像人一样出汗，却实在匪夷所思！她不由轻轻摇了摇头。一位安家婶娘忙笑着安慰她："不知者无罪，只要心诚，日后再来补上也是一般。"

琉璃笑了笑没说话。那两位安家婶娘都是佛寺常客，带着琉璃几下便从墙边小室绕到了东边一排房屋前，守门的小沙弥一见她们，笑着撩起了门帘。只见里面堂舍宽敞，席褥精致，早已坐了几位女客，正是寺庙里给贵客们准备的歇息之所。琉璃刚刚坐下歇了口气，就听外面轰然一声，一屋子人都忙忙起身往外走，却是大佛寺的释迦太子像被请了出来，要装上宝车在西州城里游行一圈。

琉璃挑帘往外一看，适才便十分拥挤的寺院里已是人山人海，顿时脑仁生疼，对康氏苦笑道："阿嫂先去送送佛像，我有些不适，要歇息片刻才好。"

康氏哪里肯丢下她，上前跟两位安氏婶娘说了一声，返身回来仔细看了琉璃几眼，"你平日也要多吃些，到底太瘦了。"

过了约莫一盏多茶的工夫，随着佛像出了寺门，闹哄哄的寺庙渐渐清静下来，鸟鸣之声清晰可闻。

琉璃暗暗松了一口气，待了片刻到底有些无聊，起身道："阿嫂，咱们也出去走走吧。"

她刚刚走到门口，却突然听见了一个熟悉的醇厚声音："法师尽管宽心，大佛寺是何等庄严宝地，怎能由闲杂人等、凡俗事务来扰了宝刹的清净，若是有人居心不良，法师打发人到都护府找我便是！"

琉璃心里一动，眼见小檀正要伸手去打帘子，忙一步抢上拉住了她，又转头向康氏摆了摆手。帘外传来了小沙弥恭敬的声音："惠心见过上座，见过世子。"

大佛寺上座觉玄法师？康氏眼睛发亮，立时便想出门行礼，却见琉璃神色凝重地倾听着外面的动静，不由一怔。

帘外不远处响起的声音舒缓而略显苍老："多谢世子，此事原不怪他人，是本寺僧人无状，为小故诉至公堂，贻笑大方。本座别无所求，唯愿都护府审案时莫让太多闲杂人等旁听，以免流言纷纭，有损本寺清誉。至于那欠租一案，都护府秉公办理便好，本寺虽是方外之地，但既然牵涉到这俗世事务，却不敢劳烦世子法外开恩。"

麴崇裕的声音里带着笑意："此乃小事，麴家世代供养三宝，法师之命，无有不从，请法师放心，崇裕回去便会安排。只是今日崇裕舍经之事……"

那位上座呵呵笑了起来，"舍经乃是功德，老衲感谢还来不及，焉敢置喙？"

说话间，帘外的脚步声渐渐远去，琉璃心头满是困惑，听这意思是大佛寺里有和尚要打官司，而麴崇裕主动过来保证不会让"居心不良"的人打扰佛寺……他说的，难道是裴行俭？

康氏见琉璃还在发呆，忍不住轻声问道："大娘可是认识外面之人？"

琉璃回过神来，"正是，外面与法师说话的是麴都护的世子。"

康氏恍然点了点头。"原来是他，三郎倒也说过一些，"想了想又低声笑道，"麴家原是世代信佛的，今日这位世子想必是来上供奉。"

琉璃点头。一旁的小檀却撇了撇嘴，"我还当他天生便满身是刺，刚才听那口吻，也不是不能知礼的，原来是看人下菜碟！"

康氏笑道："觉玄法师何等威望，但凡信徒，在法师面前自然要恭敬些。你不知晓，在西州，多少人家肯花费百金来求法师授菩萨戒！"

琉璃忍不住腹诽：原来如此，难怪这大佛寺能烧包到冬日用炭、夏日用冰，还能拿金箔来贴壁画！生怕旁人不知道他们有钱吗？

康氏估量着那位世子应当已经走远，便笑道："看这时辰，行像只怕就快归来了，大娘可要去看看？咱们走远些，莫跟人挤了便是。"

琉璃知道康氏笃信佛教，不好拂了她的意，与她一道挽手往寺外而去。

这浴佛盛会，原是在佛像游行归来后举行的法事。先将释迦太子像放入灌佛盆的莲台之上，以五色香汤洒浴，僧尼随后念诵佛经愿文，乐手奏以梵乐，信徒撒以鲜花，以模仿当年佛祖出世时向四方走了七步，步步生莲，举指声称"天下天下，唯我独尊"，引来天女散花、天仙奏乐、九龙吐水的场面。待到琉璃到达寺外时，行像的队伍果然已走了回来。只见佛塔前偌大的一片空地上，人潮如海，佛幡招展，信徒与僧尼时不时齐声念佛，那番气象庄严得热闹繁华，康氏看得几度热泪盈眶。

足足半个多时辰后，浴佛盛会才告结束，人流分头向各大寺院涌了过去。原来西州大小寺庙此时都会举办斋会，善男信女领斋之后可以布施钱财、祈福念经。"咱们安家年年都是在大佛寺中领斋的，不如咱们一起过去等着几位婶娘？"

琉璃心里惦记着麴崇裕适才说的那番话，便对康氏笑道："守约今日休沐，我原说了回去给他做顿好的，不好教他白等。"

康氏眼中顿时流露出几分惋惜，踌躇片刻才道："今日若是回家抄经，也是功德无量之事。"

抄经吗？她倒宁可刻本佛经来挣钱！琉璃胡乱应了一声，带着小檀告别了康氏，一路往家而去。没走几步，却见路口不知何时搭起了一个布棚，上书"舍经"两个大字，被人围得水泄不通。不少人从里面挤出来时，手里都高举着一个小小的布包。

琉璃好不纳闷，停下脚步看了几眼。小檀忙拉住一个捧了布包的中年女子问道："这位娘子，借问一声，那棚子里是在做什么？"

中年女子满脸都是兴奋之色，笑眯眯地举了举布包，"好教小娘子得知，那棚里是有居士在行善事、舍经书，一缗钱便能请上一本，真真是千载难逢的好机缘！"

小檀惊讶地眨了眨眼睛，"一缗钱请一本？"

中年女子笑道："可不是，遇上便是造化！我家原是早便想请本经书了，可寻常一本便要两三缗钱，还没有今日的经书齐整。亏得我今日带了一缗，原是想领斋后舍给寺里的，没想到竟能请来一本经书！小娘子若带够了钱帛，也赶紧去请上一本，里面剩的已是不多。今日请到的佛像经书，原是分外吉利的！"

小檀还未怎地，旁边听到这话的几个人已叫道："还有这等好事？"忙忙地掏出钱囊数了一数，好几个人便往里面挤了过去，还有两个唉声叹气，直道早知该多带些铜钱出来才是。

琉璃哪里还不明白出了什么事，眼见棚前挤进杀出之人，比几个月前安家卖历谱时还要奋勇几分，只觉得哭笑不得：敢情麹崇裕适才说的"舍经"是这么个舍法，他去大佛寺说上那一番话，原来是一面卖人情，一面抢生意！

小檀看了几眼，不由也十分心动，转头对琉璃道："娘子，咱们要不要也请上一本？奴婢这里倒还剩了半缗铜钱，三枚银币，算起来大约也够！"

琉璃没好气地道："回家！"

小檀有些愕然，只得一步三回头地跟在琉璃身后，直走出老远才猛地拍了拍额头，"婢子糊涂了！咱家没人信佛，请一本经书回家有何用？"

琉璃默默地翻了个白眼，什么叫贪图便宜、冲动购物，小檀估计是不会懂的，但那位麹孔雀一定非常懂！

从西州北边的大佛寺到南面的曲水坊，原本不到一里地，琉璃和小檀夹杂在熙熙攘攘的人群中，却足足走了一刻钟才到。待进了院门，琉璃的额头都有些见汗了，小檀更是一迭声要院中的仆妇赶紧打上些井水来，好解渴去热。

阿燕听得声音，从灶房里探出了头，"娘子回来啦。"又对小檀笑道："这才几月，你便热成了这般模样，真要入了夏，看你怎么过！"

琉璃笑道："再打口井，让她住里边便是！"

小檀愁眉苦脸地叹了口气："正是，听说真到了夏日，咱们这里在屋顶上放个鸡蛋，一炷香工夫便能熟了，偏偏这西州城里连冰盆都无处买去，只怕真要住在井里才过得。"

琉璃摇了摇头，"谁说咱们这里没有冰，你想用冰也不难！"

小檀忙惊喜地看向琉璃。琉璃一本正经道："只要你剃去一头青丝，进大佛寺做个比丘尼，不就有冰用了？今日你不还要请经回来么，可见是有佛缘的！"

小檀张口结舌，想起今日刚刚听说大佛寺乃是西州城唯一有冰窖的地方，不由嗔道："娘子又打趣我！"停了停又嘀咕了一句："那大佛寺，难道还收比丘尼？"

一院子人都笑了起来。

琉璃便问阿燕，午膳可是备好了，见阿燕点了头，便准备往上房去。阿燕却突然"哎呀"一声，"阿郎出去用素斋了，说是世子有请！"

麹孔雀？琉璃不由皱起了眉头，这人怎么处处阴魂不散？自己是不是要想个法子把他也气个中风，才能过上几天安生日子？

第七十七章
再定赌约　痛下杀心

不到午时，与大佛寺一墙之隔的普照寺便已人满为患。前院的斋饭早已开桌，每一桌都挤得满满当当，后院的雅室却是一片安静，每间屋里只坐着三五不等的香客，各个打扮不凡。

最里面的一间雅室里，麹崇裕正持壶给桌上的两个酒盏里满上了酒。坐在他对面蒲团上的裴行俭看着酒水，点了点头，"色如琥珀，香似兰麝，这普照寺酿的酒水，果然是难得的佳品。"

麹崇裕淡淡地笑了笑，"长史不是西州人，自然不知，这普照寺虽小，斋菜和酒水却是西州第一，因此我每年都是先去大佛寺献上供奉，随后便会来此用斋。"

裴行俭微笑着点点头，"世子果然眼光精准。"

麹崇裕眉梢微微一挑，露出一丝自嘲，"长史这是在取笑崇裕？"

裴行俭抬头看着麹崇裕，"哪里，适才行俭经过路口，见了世子的舍经棚，实在佩服得很。"

麹崇裕眼中的嘲讽之色更浓，"雕虫小技，何足挂齿！若论深谋远虑，我拍马也及不上裴长史。长史今日一路过来，岂不知西州人如今看待长史，与看待佛经也无甚差别？"

裴行俭摇了摇头，"世子何必过谦？裴某初来乍到，不过是机缘巧合下做成了几件事，一时被大伙儿议论得多些。但论根基论人望，却差世子远矣。记得当日途经大沙海，便是村中小童也知世子仁善。这几个月来，裴某屡见世子凡事均以西州为先，心里着实佩服。大唐官员虽多，能如世子这般宅心仁厚、爱民如子者，也是少有的。"

麹崇裕看了裴行俭一眼，见他的神色极为认真，一时不知该说什么才好，只得摇头一笑，举起了手中的杯盏，"长史请。"

裴行俭喝了一口，微笑起来，"果然醇厚绵长。"见麹崇裕并不多说，他也只是随意喝酒用菜，两人谈笑从容，当真便如寻常好友来寺中小聚一般。

眼见酒壶已换到第二个，麹崇裕给裴行俭满酒时才漫不经心般道："适才崇裕在大佛寺时遇到了上座觉玄法师，法师还问起过，大佛寺的僧人相讼之案都护府何时开审、如何开审，却不知长史怎么打算？"

裴行俭也是一脸的不以为意，"此案行俭不曾过问太多，听朱参军说不过是财物相争的口角之辩，只是既然事涉大佛寺，还是要谨慎一些，最好就如盗牛案一般公开审理，也好服众。"

麹崇裕心里冷笑了一声，面上露出了几分忧色，"如此，只怕不妥吧？"

裴行俭略有些意外，"依世子之见，此案当如何审理？"

麹崇裕正色道："长史应当也知，西州信徒众多，大佛寺又是地位超然，如今寺中僧人传出争夺财物、互相诽谤之事，到底有些不雅。"

裴行俭眉头微皱，"世子的意思是，把此事压下？"

麹崇裕摇头道："既然都护府已收到诉状，岂有不审之理？但都护和法师都以为，审理此案时，除却相关之人，闲杂人等还是屏退才好，以免有损于佛门清誉。"说完目光便落在裴行俭的脸上，静静等着他的反驳。

裴行俭的脸上果然流露出了几分为难之色，"都护之意难道是以后但凡涉及僧尼之案，都要照此而行？"

麹崇裕心里微松，"都护绝无此意，这一桩案子原是有些不同，两位方外之人在公堂上为些言语财物之事相争不下，实在不宜让信徒们瞧见。至于旁的案子，却是不必如此。"

裴行俭沉吟片刻，点了点头，"世子所言，的确不无道理，在下回去便吩咐朱参军照此办理。"

麹崇裕不由吃了一惊，顿了顿才道："多谢长史。"

他看了裴行俭一眼，心里满是狐疑。从火烧欠单到如今已过去了将近一个月，这位裴长史居然日日都不慌不忙地处理公务，每日发布的政令不是兴修水利，就是督促州学，仿佛根本就没想过要想法子筹备军粮，身边的长随们则是四处乱窜，混迹于市井之中，三天两头的不见踪影。他一直有些摸不着头脑，直到几天前得知大佛寺僧人相讼之事已被传得纷纷扬扬，而另一桩极简单的大佛寺告租户欠租的小案却被一拖再拖，才隐隐觉得不对——若论财力雄厚，大佛寺自然是西州第一，裴行俭难道是把主意打到了这上面？可若是真是如此，他又怎会这般痛快就答应此事？

裴行俭悠然喝了口酒，抬眼笑道："世子可是疑心在下耍奸？世子放心，裴某虽然不信释教，却也不至于成心去为难佛院，定然会秉公执法，绝不会令佛寺寒心。"

麹崇裕顿时有些无趣，只得笑了笑，"长史哪里话，长史一心为公，原是人人皆知的。"

裴行俭瞅了他片刻，突然呵呵一笑，"世子如此相问，还是有些不放心军粮之事吧？昨日我已禀告过都护，西州府兵人手有限，今秋的军粮，裴某打算交由西州行商收购运送。都护也已应了，此事世子不必太过担忧。"

麹崇裕心中微凛，裴行俭竟是要挑明了来说吗？此事他自然早已知晓，他若接手也会如此处置——以西州行商们那上天入地的本事，只要有利可图，做起事来远比官府更可靠。只是如此一来，钱又该从哪里出？他忍不住眯了眯眼睛，"长史的主意甚妙，只是崇裕有一事不解，还望长史指教。"

裴行俭笑得异常坦然，"世子但言无妨。"

麴崇裕的眼睛紧紧盯在了这张神情从容的脸上，"不知支付军粮的钱帛，长史打算如何筹备？"

裴行俭微微一怔，随即便笑了起来，"世子原来是在担心这个。"他举杯饮了一口，眉眼间一片舒展，"此事裴某早已算过，今秋之前，必有西州贵人慷慨解囊，我等不用忧心，只要把钱仓备好便是。"

这叫什么话？麴崇裕不由心头火起，裴行俭是把自己当三岁小孩吗？他的那些把戏，别人看不透，自己还看不透？从白三的血光之灾到韩四的自投罗网，那些故弄玄机的背后，都是深不可测的心机和算计！这军粮需要筹备的钱帛，少说也要两三万缗，西州的高门豪富十几年前都被唐人押到了长安，如今休养生息也不过数载，有几家能出得起这笔钱，谁又会疯到自动拿出这笔钱？裴行俭拿这鬼话准备来哄谁？

他忍不住冷笑起来，"长史果然是胸有丘壑！只是西州非比长安，似长史般挥手便能捐出十几万缗之人，麴某尚未听闻，长史不肯见教也便罢了，还是莫拿虚言搪塞！"

裴行俭诧异地看了麴崇裕一眼，"世子此言差矣，裴某虽是不才，却何曾虚言搪塞于人？"

麴崇裕冷笑不语。裴行俭叹了口气，"世子，你若实在不信，咱们不如赌上一赌？"

跟他打赌？麴崇裕警惕地抬起头来。

裴行俭脸上笑吟吟的，"今秋之前，若无西州贵人捐出这笔钱帛来，裴某此后便再不过问西州政事，自行上书请罪，世子你看如何？"

麴崇裕想了一想，摇头笑了起来，"长史不必多说，今秋之前，想来自有人相助长史，麴某岂敢不信？"他裴行俭能把十几万缗拿来做局，库狄氏又是那么个厉害角色，想来身家不会太薄，安氏家族又是根基深厚，到时每家凑一些，拿出两三万缗来只怕不是很难，又何必虚言相托于西州贵人？

裴行俭摇头笑道："世子莫不是以为裴某会自行筹钱，或是让亲眷相助？说来这也不失为一策，只是据裴某推算，这相助之人身份高贵，在西州一言九鼎，裴某是万万不及的。若不是此等人物相助，自然算是裴某输了这一局！"

麴崇裕眉头微皱，身份高贵、一言九鼎，难道是自己的父亲？可父亲怎么会给他这笔钱？低头略想了片刻，他忍不住道："若是真有此等人物相助于长史，长史又要崇裕做什么？"

裴行俭微微一笑，"酒逢知己原是人生快事，世子千里相迎之情，裴某没齿难忘，若是裴某凑巧赢了这一局，只要日后裴某请世子喝酒时，请世子莫要虚言推搪

/第七十七章/再定赌约 痛下杀心

便是。"

麴崇裕讶异地看着裴行俭，这也好叫赌注？他到底打的是什么主意？

裴行俭也不着急，只是低头又喝了一口酒，看着麴崇裕笑道："世子有何疑惧，何不直言？"

麴崇裕沉默半晌，突然挑了挑眉头，"陪守约喝酒，崇裕真真是求之不得！守约想怎么个喝法，崇裕都会奉陪！"说着将手中的酒盏一饮而尽，微扬着头看着裴行俭不语，目光里三分是挑衅，七分是邪魅。

裴行俭却是垂眸看着面前的酒盏，淡淡地一笑，"世子请记住今日此言。"

他的语音分明一如既往的从容沉静，麴崇裕却觉得似有寒意蹿上脊背，心里突然有些隐隐不安，正想再试探两句，门上却响起了两声轻叩："世子，都护请您尽快回府一趟。"

麴崇裕一怔，推杯站了起来，父亲很少如此着急来找，今天是出了什么事？他不敢迟疑，向裴行俭抱手告罪一句，便跟着长随匆匆向都护府走去。

都护府的正厅此时一片寂静。偌大的堂屋四壁雪白，只在北墙上挂了张条幅，"若乘四等观，永拔三界苦"，两列行楷大字中规中矩，就如条幅下那张素净方正的黑檀木高案，以及案几之后那个永远慢腾腾、笑眯眯的男子。

自打永徽四年麴崇裕回到西州开始，这间正堂便渐渐成为安西都护府里最清静的地方。早两年幕僚和府官们有事便会到侧厅找麴世子，最近则是去长史房。大家似乎都忘却了，这间屋子的主人才是安西都护府最高长官，而屋主自己也从没想过要提醒大伙儿。

因此，当麴崇裕掀起门帘，看见从案几上抬起的那张面孔竟是一片肃然，脚下不由一顿，语气里也多了几分郑重："崇裕见过父亲，不知父亲相召所为何事？"

麴智湛的脸型和五官都过于圆润，微笑时面孔便十分模糊，此时眉头微皱，脸上的线条倒是锐利了几分，"听说你今日请了裴长史用斋？"

麴崇裕点了点头，"正是。"心底不免兜上一片疑云，父亲找自己来，就为了问这个？

麴智湛神情凝重，"你还没改变主意？"

麴崇裕顿时有些不耐烦，皱眉道："父亲多虑了。今日崇裕不过是受觉玄法师所托，请裴长史在审理大佛寺僧人相争之案时，莫让闲杂人等旁观！"

麴智湛仔细打量了一眼站在面前玉树临风般的儿子，语气柔和起来："玉郎，为父是否告诉过你，你们这一辈儿郎中，你和你祖父最为相像？"

麴崇裕脸色一变，声音高了几分："父亲放心，崇裕与祖父不同，胸中并无雄心大志，生平所愿，不过是此生不必再回长安！"

麴智湛默然片刻，长长叹了口气："为父知道你在长安受的委屈，我的身子如今大约还能撑几年，便是有个万一，你还有三年孝期，待你回到长安时年事已长，只要小心谨慎,何愁不能太平度日?"

麹崇裕眉毛一扬,声音里多了几分压抑不住的锋利:"太平度日?就如父亲和伯父在长安那般,连妻孥侄甥都难以保全?"

麹智湛腾地站了起来,本来便白的脸孔顿时更白了三分,说了个"你……"便再也说不下去,脸色渐渐转为灰暗。

麹崇裕脱口说出这句话后心里就有些后悔,看见麹智湛的脸色,忙绕过案几,扶着麹智湛坐了下来,"父亲恕罪,儿子并无怨怼之心,若不是您和伯父忍辱负重,麹氏便不会有今日。只是父亲也当知道,伯父兄长他们如今在长安日子好转,便是因为有咱们在这边,若是有朝一日,咱们已无需留在西州,麹家还有什么指望?"

麹智湛的脸色慢慢缓了过来,轻轻拍了拍麹崇裕的手背,"你说的这些为父也都想过,因此你这几个月的所作所为,我虽不赞同,也由你去了。可世上之事原不可强求。那位裴长史若是等闲之辈也罢了,可这两个月来,你看他哪一步不是谋定后动?偏偏使出来时又是堂堂正正,这般手段,总叫我想起十几年前,唐军兵临高昌城下的日夜,你那时还小,自然不知那种烈日照冰雪的气势……"

似乎是想起了当年情形,麹智湛的神色有些怔忪,半晌才重新开口:"玉郎,你胸中所学,胜于为父十倍,可为父好歹比你多活了几十年,事有可为,有不可为,裴长史如今的人望自不必说,这赋税一改,咱们在西州所布之局更是已被破了大半!你莫非还看不清这局面?"

麹崇裕声音微闷:"若不是父亲对他言听计从,原本还有转圜的余地。"

麹智湛脸色又沉了下来,"你难道不知,圣人的户税之策早在永徽二年便已定下?柴都护当年在这边一心寻人,无暇管理政务,才没有理会,你我又压了这些年。如今裴长史提出要遵从圣意,咱们拿什么拦着他?便是拦得了一时,他不会上书请旨?西州还有军镇,还有边军,裴长史本是府卫出身,又在西州跑了一个月,他敢那样当众烧书册,自然会布下后手,咱们又真能拦得住他?莫说赋税,他来西州后所提之策,哪一条能挑出毛病?我不言听计从,又能如何?你莫忘了,他的背后,是大唐的朝廷!

"玉郎,裴长史绝非池中之物,为父不愿与他交恶,便是你,与其和他这般日日作对,最后闹得不可开交,何不后退一步?就算日后回了长安,也好有个助力!你不是也打听出来了么,他的夫人与当今皇后也颇有渊源……"

麹崇裕眉头微皱,"父亲只怕是高看他们了!裴守约若真有见识,何至于被贬到西州?皇后若真对库狄氏有垂怜之心,她又为何不留在长安?他们如今自身难保,能不能回长安尚不可知,与他们交好又有何用?"

麹智湛面色更冷,"你是想说,你我都是蠢物,随便来一个唐人官吏,便可以将我等玩弄于股掌之间?既然如此,你更该死了这条心,乖乖等着为父百年之后再回长安!"

麹崇裕不由愕然,十几年来,父亲何曾跟自己说过这样的重话?

/第七十七章/再定赌约 痛下杀心

麹智湛沉声说了下去:"这些话我也不是第一次说,前些日子,你和裴长史夫妇在做那些车械,我还以为你改了主意,今日才知你依旧日夜派人盯着他们。你是不是打算看他如何筹集军粮,好从中下手?我劝你趁早打消了这个念头!唐军不出三个月必到西州,或许再过一两个月便会有军中主管过来催粮,届时若西州真无钱粮,裴长史固然难逃其罪,西州百姓只怕也有大苦头吃。如今裴长史已定下了由行商收粮送粮的法子,所虑甚是周全,缺的不过是两三万缗的钱帛,我已想过,实在不成,这笔钱便由我来出!"

麹崇裕猛地想起了适才的赌约,脱口道:"万万不可!父亲……"

麹智湛挥手打断了他的话:"你不必多说,三万缗虽然不少,麹家还是拿得出来,解了裴长史燃眉之急,这笔人情也还值得!"

他看着麹崇裕,越发语重心长:"玉郎,你已不小,当知成大事者不能意气用事。你伯父和我屈身相事长孙太尉多年,才换来眼下局面,如今太尉已是日薄西山,朝中最炙手可热者,正是皇后一党。这裴长史虽说是得罪了皇后才被贬,转手却又送出了那么一笔家产,皇后的亲姊还曾出面助库狄氏解决此事,可见其间依然有门路可寻。正因如此,库狄氏一介寒门胡女,可以让大长公主落得生不如死,你若能搭上这条门路,又何必畏惧回到长安?"

麹崇裕此时心里反复想的却是裴行俭适才的那番话——今秋之前,必有德高望重的西州人捐出钱帛来!原来他是早看清了父亲的打算,却又拿着这个来和自己打赌,原来他真的是拿自己当白痴耍!

麹智湛皱眉道:"玉郎,你可曾听我说话?"

麹崇裕无声地吸了口气,狂怒之下反而笑了起来,"父亲所言甚是,只有一桩,今日裴长史还对孩儿道,他已有法子筹到钱帛,咱们此时若贸然提出相助,倒像是以虚言邀好,倒不如等上一等,看他到底有何手段。"

麹智湛有些意外,"他有法子筹到钱?莫不是他想自己出?"

麹崇裕笑道:"听语气不像,不过说得倒是十分笃定。"见麹智湛还要说话,忙道:"父亲,以前得罪裴长史的是孩儿,说来要卖这个人情,也该由孩儿出面才是,裴长史若能筹到钱帛自是他的本事。若是不成,待得事到危急之时咱们再出手,所谓雪中送炭,才能事半功倍,父亲以为如何?"

麹智湛沉吟道:"你所说也不无道理,只是真到裴长史为难之际,宁可咱们损失点钱帛,也不能真让他因此问罪!"他看了麹崇裕一眼,脸色更是沉凝,"钱帛乃身外之物,能买你日后平安,再多也不值什么。玉郎,你若真当我是你的父亲,便不许任性行事!"

麹崇裕脸色一黯,"父亲放心,儿子自有分寸。"

麹智湛神情微松,又叮嘱了几句。麹崇裕都恭恭敬敬地应了,见并无他事,才告退而去,刚刚走到侧厅门口,就听长随禀道,王君孟已等了多时。

侧厅的帘子刚刚落下,麹崇裕的脸色便彻底沉了下来。王君孟本来心里忐忑,一见他的这副模样，顿时脸色发白，想开口又不知从何说起。

麴崇裕重重地在高案后一坐，语气冰冷："你什么都不必说了，父亲平日虽不管事，若真心想知道什么，你也瞒他不住。"

王君孟顿时松了口气，人人都道麴都护是泥人般的性子，却不知这泥人发起火来有多可怕。看着麴崇裕的脸色，他还是小心翼翼道："都护可是又劝你了？"

麴崇裕冷笑了一声，"何止劝我！从今日起，那些盯着裴长史的人手都收了吧，父亲说了，若是大军到时裴守约筹不到钱帛，便由他来出！"

王君孟几乎跳了起来，"此话从何说起，那咱们岂不是……"

麴崇裕摆了摆手，"我已经劝过父亲，要拖一拖再说，即使要出，也由我来出。"

王君孟更是愕然，见麴崇裕脸色阴冷，想了想问道："你是打算拖到他脱不了罪再出面？"

麴崇裕摇了摇头，"父亲不会让我拖到那时！你还不知，今日裴行俭还与我打了一赌！"三言两语又把赌约说了一遍，"我还纳闷他为何如此好心，原来是看清了父亲的性子，料定咱们不得不替他背下此事！"

王君孟眉毛都立了起来，"他也欺人太甚！难不成他收买人心，却要咱们来给他出这笔钱？"

麴崇裕沉默半晌，开口时语气却奇异地平静了下来："突厥人最善突袭，唐军这一战，想来会死很多人。"他看着微微飘动的门帘，目光漠然到了极点。"既然出了三万缗，再多出一些又如何？裴行俭的这条命，你觉得能值几万缗？"

/第七十七章/再定赌约　痛下杀心

第七十八章
漫天流言　十恶不赦

佛诞节之后一连好几天，琉璃都不曾踏进过工坊一步——康氏每天不是拉着她去各大佛寺上香听俗讲，便是求她抄经文，安家几个婶娘又一叠声夸她抄的经文齐整，大有从此要让她成为抄经专业户的架势。琉璃不好直言相拒，又实在不胜其烦。还是裴行俭与安三郎提了一句："大娘如今日夜繁忙，我竟是与她说不上几句话。"第二日小檀便回报，康氏命人送信，她今日有事，无暇过来。

琉璃呆了片刻，几乎热泪盈眶。

裴行俭正准备出门，看见她的模样，忍不住哈哈大笑，"你放心，日后阿嫂不会再日日来寻你去佛寺，只是世人原是喜欢以己度人，你若不能勉强自己到底，不如第一次便直言拒绝。"

琉璃闷闷地应了声"好"，道理她自然是知道的，可她分辨得出，康氏和几个安家婶娘是真心为她好，看着那些因为她日渐"上道"而发自内心喜悦的笑脸，那个"不"字在她的舌尖上便重如千钧……

裴行俭看了她半晌，叹了口气，"也罢，你说不出便说不出，以后早些跟我说，我来做这个恶人便是。"

这点小事还要他来出面吗？琉璃更是讪讪的不知说什么才好。裴行俭笑着转了话题，"你今日打算作什么？"

琉璃道："这两日新的白叠布大约已是织出来了，我想过去看看！"

裴行俭有些意外，"这么快？我今日倒是走不开。"

琉璃看了看裴行俭，他穿得格外正式，一身龟甲花绫的墨绿色圆领襕袍，腰带上还系上了佩刀和算袋，突然想起这几日听康氏提过，大佛寺有两个僧人互相指控闹到了府衙，忙问道："可是大佛寺的案子？难不成又要在都护府院子里审案？"想到上一回盗牛案的轰动，她不由皱了皱眉，"只怕又会招去不少人！"

裴行俭笑得意味深长，"此次审案，一个外人也不会有。"

琉璃还想再问，裴行俭已正色道："麴世子这几日心绪不大好，你若在工坊遇到他,最好莫与他计较。"

麴崇裕什么时候心情好过了?琉璃只觉得有些好笑,但见裴行俭说得认真,还是点头应下。送了裴行俭出门,回头便换了一身不容易沾絮的米色绸面胡服,带着阿燕直奔工坊而去。

不过八九日未曾踏足,眼前的工坊却似乎换了个模样:前院的案台又多了两个,几十个木工在忙忙碌碌地做着轧车和弹弓;后院那一间间原本空荡荡的工房里摆满了纬车、织车,数十个妇人在低头忙碌,吱吱轧轧之声不绝于耳。

黎大匠不知去了何处,倒是相熟的小学徒一见琉璃便露出了笑容,"库狄娘子好些日子没来,大匠念叨几日了。"

琉璃笑道:"可是白叠布已然织出来了?"

小学徒拍手而笑,"正是,娘子请跟我来。"

前院的一间库房里,毡席上放着十几匹叠得齐齐整整的白叠布,琉璃忙拿起来摸了摸,立时松了一口气。用弹弓除杂开松后的棉纤维果然匀净了许多,织出的白叠也明显更加白细柔软,足以拿来做日常的外衣或被面。她又对着光仔细看了几眼,只觉得棉线似乎还不够均匀细长,"比先前是强多了,只是……"一语未了,就听身后有人冷冷道:"这种白叠布也只配给庶人裁衣,离上好的白叠还差得远!"

死孔雀!细棉布要是这么容易织出来,西州人难道都是白痴?琉璃放下白叠,正待反唇相讥,裴行俭的话蓦然兜上心头,她吸了口气,平静地点了点头,"世子所言甚是,这白叠的确还太粗,我看过了,是纺线不够匀细之故。"

一边的小学徒满脸佩服地点头,"娘子好眼光,这白叠不比蚕丝麻线,线略纺得精细些便会断,如今要好几台纬车纺出的线才能供一台织车所用,大匠也正想与娘子商议,如何能让纺线更容易些。"

琉璃沉吟道:"不如你先带我去看上一眼。"又看向麴崇裕:"世子可有什么主意?"

麴崇裕站在门口,看着琉璃平静无波的脸色,只觉得就像一拳头打进了白叠堆里,不但无处着力,胸口反而一阵空落落的不舒服,语气不由更冷,"我哪里有什么主意,自然是等着听夫人的高见!"

琉璃微笑着道了句"世子客气了",跟在小学徒身后便往外走,麴崇裕怔了半晌,还是皱眉跟了上去。

后院工房里,当头一间放了张巨大的案台,堆满了弹好的净白叠,几个壮实的妇人正低头用手梳理棉花、搓出棉条,以供纬车纺线。琉璃拿起盘好的棉条,认真看了片刻,轻轻摇了摇头。

麴崇裕见她这副模样,心头不由冷笑,这先制条再纺线的法子是西州人多年来的经验,她这个没见过几天白叠的人,还真以为自己是生而知之吗?他的语气不由带了两分嘲讽:"不知夫人又有何高见?"

琉璃在心里翻了个白眼,只淡然答了句"不敢",便转头问那小学徒,"今日怎不见黎大匠？"

小学徒回头看了看外院，"大匠今日一早便去大佛寺还愿去了，按说早便该回来的，不知是不是路上遇见了什么事。"

琉璃沉吟片刻，"你去帮我寻些光滑匀细的长棍？手指粗细就好，木的竹的都成，草秆也可。多找几根过来，再找几把细齿梳。"

小学徒虽不知琉璃为何突然要这些不相干的东西，却早已习惯于她的突发奇想，笑嘻嘻地点头转身走了。

麴崇裕疑惑地看了琉璃好几眼，想问一句要这东西有何用，出口时却变成了冷冰冰的一句，"原来夫人又有奇思妙想，崇裕拭目以待。"

琉璃心里原本还有些气恼，此时都化作了好笑——这死孔雀看来心情还真是不好，因此才巴不得让所有人心情都变坏！她抬头笑眯眯地看向麴崇裕，"不敢当，只是偶然想起从蚕茧抽丝的情形，也想胡乱试上一试，让世子见笑了。"

麴崇裕一怔，有些不知如何接口才好，再冷言冷语下去只会显得自己毫无风度，可立刻变得和颜悦色，岂不更是可笑？一时只能胡乱点了点头，"夫人请自便。"转身便往前院去了。

前院里，十几套做好的轧车与弹弓都已收入库房，弹好的白叠放了整整一屋子，麴崇裕心里不由盘算：按如今的速度，今年冬天西州各村都能分到一套。想来明年之后，西州人便不必再用大片好地去种桑种麻，在沙田上随手种些白叠，便足以自用和交调……他原本该松一口气，但不知为何，心里却愈发烦闷。

一位大匠上前回禀道："世子，如今旁的事情都还顺利，便是这纺线有些难处，一则出线太慢，二则细线难得，您看……"

麴崇裕皱眉道："我知道了。"如今要织出细白叠，关键便是纺线，可他对做纬车还能有些主意，如何纺线却是全然外行。

眼见适才那位小学徒兴冲冲地抱着一把蜀粟秆去了后院，麴崇裕犹豫半晌，还是迈步走了过去。只见琉璃正低头做着什么，几个搓条的妇人都围在她身边，有人接过她手中的东西往放纬车的小间而去，过了一会儿，便听见那里响起欢呼之声，有妇人笑嘻嘻地探出头来，"库狄娘子做的白叠条果然好用！"这边屋里顿时也响起了一片嘻嘻哈哈之声。

麴崇裕走进屋子，却见这些妇人手上都换了刷鬃毛的细齿梳，梳理过白叠后，再往蜀粟秆上缠绕，最后做出几寸长的空心白叠条。

麴崇裕皱起了眉头，"这是做什么？"

琉璃回头看见这张消化不良的脸孔，越发和颜悦色，"这样理过一遍，放到纬车上时拉的线便更易匀长，不过到底够不够做细白叠，还要去看一看，世子可要一同过去？"

麴崇裕顿了片刻，默然转身走向纬车房。纬车房里的几个妇人，正在用手摇纬车把新制的棉条相并，在纺轮上拉成细条来，又把细条相并，拉出纱线，如此两三次，所出的纱线才能用于织布，只是再想拉成更细的纱线时，还是"嘣"地断成了两截，试了几次都依然如此。有人便叹道："好歹比先前匀细些。"

琉璃皱眉不语，从现在的状况来看，这细纱线的问题似乎与工艺关系不大，难不成是因为这种棉花纤维太短、质地太差，因此纺不成细白叠？可以前的王室工坊出的白叠不是说细软如缎？她想了半日只能叹口气，"先将这些纱线织成白叠再说。"

眼见日头已上中天，琉璃客客气气向麹崇裕道了句告辞。麹崇裕正在琢磨若是把纬车也换成脚踩，一次是不是能多纺两根，听到这句不耐烦地摆了摆手，"夫人自便！"话一出口，才发觉自己有些失礼。

琉璃却依旧恍若不觉，斯斯文文点头一笑，转身向前院走去。麹崇裕站在那里，只觉得胸中一把邪火无从发泄：这库狄氏怎么早不转性，晚不转性，偏偏在自己下了那个决心后却变成了这副样子！他在院子里走了一圈，那些随处可见的轧车、弹弓、纬车似乎都有些刺眼，正要掉头而去，黎大匠却一头大汗地跑了进来，几乎与他撞了个满怀。麹崇裕的脸色顿时沉了下来。

黎大匠唬得忙行了个礼，"世子！小的、小的今日是去大佛寺还愿了……"

还愿还到这时辰？麹崇裕压了压火气，淡淡地道："日后还是早些回来才好。"

黎大匠叹道："世子放心，日后我在这边的寺里上香便是，再不去那边。什么大佛寺，什么高僧，也不见得比咱们这些俗人强多少！"

麹崇裕皱眉看了黎大匠两眼，突然想起一事，心头不由一凛，"可是今日都护府审了大佛寺的案子，又让闲杂人等去听了？"

黎大匠忙不迭地摇头，"哪里让听？整条道都被差役们封了，我便是在路上被堵了一个多时辰，来来回回倒是传了不少人进去，远远的只听着吵嚷，那些出来的人什么都不肯说，不定是什么见不得人的事，什么佛门净地！"

不让人旁听，怎么闹得比让人听了还糟糕？偏偏这还是自己去找裴行俭说的……麹崇裕心头那把邪火顿时烧得更旺，沉默片刻，一言不发走了出去，"砰"的一声把门摔得山响。

黎大匠正在喝水，被这一声吓得差点没把手里的水瓢扔到地上，忙低声问端水过来的徒弟："今日可是库狄夫人过来了？她跟世子又呛起来了？"

小学徒点了点头，又忙摇头，"库狄娘子今日再客气不过了，世子刺她几次，她一句都没回。"

黎大匠不由叹了口气，世子爷的性子真真是越发古怪了，多半是身边没有娘子的缘故，若是那位张小娘子能得偿所愿，对大伙儿……他感慨未完，身边已围上了好几个人，"大匠，大匠，那大佛寺的官司是怎么回事？"

黎大匠回过神来，不屑地哼了一声，"还不是那些偷鸡摸狗的勾当，听说是两个做贼的大僧自己咬起来了！"

众人愈发好奇，可黎大匠却也说不出个所以然来，吱唔半日只能一瞪眼，"哪有那么多究竟如何，想知道？你们问裴长史与库狄娘子去！"

他却不知，他口中的库狄娘子此时知道的比他还少，直到第二日这桩僧人相讼案又审了一整天，连康氏都忍不住过来探听了一回时，她才知道裴行俭口中的"寻常案子"居然闹到了这个地步。待裴行俭回来，她自然追问了一回，裴行俭却笑着挥笔写了几行字，"说来话长，你看看这状纸就知道了！"

琉璃忙拿在手里读了一遍——"大佛寺僧惠净入寺两年，自往山居，粮食、米面、铛锅、毡席一切家具皆自备，无何乃被义朗打骂，道青等具见，惠净向寺僧陈情，义朗乃加诬云，诸窑财物失脱。诸窑实则不曾有失脱。义朗去岁十一月十日夜，将梨脯材木等两车私运至高昌城，惠净等数人具见，尚不自省，乃罗织罪名云一切皆为惠净所为……"

琉璃不由目瞪口呆，"你审了两日，便是审这个？"果然是说来话长，什么小和尚自力更生搬到窑洞去住，被大和尚打骂了，去寺里告状吧，又被大和尚污蔑偷了东西，其实大和尚自己才偷东西呢，偷了两车木材……难道满城传得纷纷扬扬，据说官府和大佛寺都严格保密的两僧相争案，就是这么一地鸡毛蒜皮？

裴行俭笑吟吟地点头，"自然要审两日，这窑洞中是否丢过东西，那两车木材又去往何处，还有打骂偷盗之事有何人见证，都要逐一审理明白，可不要两日？"

琉璃奇道："那审出什么事来不成？"

裴行俭一本正经地道："这个叫惠净的僧人年纪虽小，性子却十分耿直，倒是不曾撒谎。因事不涉俗务，我还是让大佛寺将两人领回，自行处置。"

琉璃只庆幸自己没有喝水——裴行俭花了两日的工夫，调动了那么多差役，还封锁了都护府前的大道，原来就是审出了这么个结果！她不由苦了脸，"阿嫂若是问起来，我可怎么答？"

裴行俭嘴角含笑，"实说便是。"

琉璃摇头，这种实话听起来比假话还假，她拿着裴行俭亲手默抄的状纸都觉得是假的，何况别人？只怕随便编点什么骇人听闻的，还可信一些。只是裴行俭那笑微微的神情……琉璃仔细看了他几眼，"你葫芦里究竟埋的是什么药？"

裴行俭遗憾地摇了摇头，"我也是奉命行事，麴世子特意吩咐说，此事涉及大佛寺内务，莫让闲杂人等听了去，我不如此，又能如何？"

这也叫奉命行事？琉璃"扑哧"笑了出来，他把麴孔雀气成那样，倒让自己不要再招惹他！看着手中的文书，她惋惜地摇头，"你的字用来写这个也太可惜。"

裴行俭从她手里将纸拿过，放到了一边，伸手揽住了她的腰，柔声道："我的字写出来给你看，有什么可惜？"

琉璃有些奇怪地抬眼看看他，裴行俭低下头来，满眼都是笑意，"今儿是什么日子？你说什么，便是什么。"

琉璃心头一暖，脸上也露出了微笑。是啊，今天是四月十七，他们在一起已经整整一年了，没想到他也记得这么牢。

裴行俭低声道："我这几日都有假，你想去哪里？我陪你。"

琉璃忙问："哪里都可以去么？"她自然有想去的地方，这半年多她还没有出过西州城，连八百里火焰山也只是远远看过几眼。

裴行俭笑着摇头，"这几日自是哪里都可以去，只是……五月前，我还是在西州城里更妥当些。"看见琉璃眼中的困惑之色，才解释了一句："再过几日，大佛寺的另一个案子便要开审了。"

琉璃依稀记得听人提过一句，似乎是有人租种了大佛寺的田地，却死活不肯交租，寺院无法，才告到了府衙里。此事听起来比两僧相争案还要无聊，她不由疑惑道："可是又要封了道？"

裴行俭的眉头微不可见地皱了一下，"不会……"不待琉璃发问，已重新露出了笑容："你是想自己骑马，还是让我带你？"

就像在大海道上那样吗？琉璃展颜一笑，"自然是你带我！不过，你先别动。"说着从袖子里拿出一样东西，低头系在了裴行俭腰间的蹀躞带上。

琉璃的头抵在裴行俭的胸口，裴行俭刚想伸手抚上那一头柔软的长发，她已直起了身子，眼睛亮亮地笑着看他。裴行俭低头把那小物件拿在手里，却是一套两枚玉印，上面用小小的银链相系，看去倒像是一对极精巧的玉佩。仔细看时，两枚印上分别刻了"守约"和"人间四月"几个字，一是朱文，一为白文，用的都是汉印常用的悬针篆，自有一种古朴雅致。

"人间四月"，裴行俭低声念了两遍，只觉得简简单单四个字里竟有无限缠绵，低声叹了口气，"真好，刻得好，字也好，琉璃，你怎么想起要刻这个？"

琉璃笑道："这是连珠对印，若是有一日，咱们不在一起了，就各拿一枚做个表记，也好……"一语未了，裴行俭的唇已重重地封了下来，半晌才放开她，"你又胡说！"

琉璃眨了眨眼睛，"你难道永世都不出门了？出门时，咱们一人拿一方印，往信笺上一印，可不是表记？"说着笑嘻嘻地拿起刻着"守约"二字的印，"我要这一枚。"

裴行俭不由哭笑不得，琉璃的意思，难道是让他每写一封家书都要盖上"人间四月"？这也……

琉璃看着他的脸色，绷不住大笑起来。

裴行俭顿时明白过来，瞅着她微微点头，"好，让你戏弄我！"

琉璃见势不对，抽身要溜，裴行俭已一把将她紧紧揽在了怀里，低声笑道："此刻知道怕了？你不是胆子大得很么？"

琉璃只能用最无辜的眼神看着他，"你答应了要陪我出去的。"

裴行俭挑眉一笑，"我改了主意了！我忘了告诉你，我休的是田假，有半个月不用去府衙。"

看着裴行俭越来越幽深的眸子，琉璃心里微慌，还想说点什么，身子一悠已被他横抱了起来，她认命地搂住了他的脖子：半个月的假？该死的，大唐没事给官员这么多带薪假作甚？

她真正出得西州，已是两日之后。裴行俭似乎完全放下了心头的负担，陪着她四处闲逛。从高墙雄踞的高昌城，到延绵起伏的火焰山，再到西州境内的两处石窟，两人几天内都看了个遍。

纵马走在忽而山石高耸、忽而戈壁辽远的西州荒野上，偶然出现在天边的羊群与绿洲都有一种极不真实的画面感。只是美则美矣，在这样的天地茫茫间，琉璃走不了多久便完全辨不清方向。好在裴行俭对道路似乎极为熟悉，哪里有一处泉水，哪里有一条小道，都清清楚楚。琉璃问起他如何知道时，他只轻描淡写地道："冬日里走过一回。"

琉璃只能无语望苍天。

如此过了七八日，这一天裴行俭早早起身，却没提出门之事。琉璃这才想起大佛寺的那桩案子，忍不住问道："是今日要审案了么？"

裴行俭点了点头。"昨日已经开审了，"见琉璃还要问，皱眉道，"不是甚么干净事体，说出来白白污了你的耳朵。"

这样简单的一桩案子里，还有风流韵事？而且是和尚与佃户？琉璃的八卦之心顿时熊熊燃烧起来。

裴行俭见她眼巴巴看着自己，不由失笑，伸手揉了揉她的头，"不是我不与你说，真不是什么大事，我又不想要那些人的性命，不过是图一个……"他蓦地收口，笑了笑没再说下去。

琉璃恨得牙痒，却也记得他曾说过，他不说的三桩事里，便有事关他人阴私的，只能叹了口气，低声嘟囔："下回有什么事，我也瞒着你！"

裴行俭看着她笑而不语，琉璃被他看得讪讪的，只得转头不理他，自己起身进了里屋，把刚收到的白叠布找了出来。裴行俭也跟了进来，见了白叠，拿起来细细地看了几眼，点头道："这便是你说的细白叠？比原先的果然强得多了，似乎也牢靠。何时做出来的？"

琉璃道："昨日你洗浴时，黎大匠着人送了过来，你出来一打岔便忘了。"说着又拿起另一段不过几尺长的白叠给他看，"这块才是细白叠。"

裴行俭拿到手上，只觉得出奇的轻巧细致，比绢绸还多了一份别样的柔软，点头叹道："原来白叠竟能做出这般精细的布帛来。"

琉璃微微皱眉，"精细是精细，可听工坊的人说，纺线还是极难，做这样一匹细白叠费的工夫，竟是粗白叠的十倍。"

裴行俭笑着拍了拍那匹粗白叠，"这般不也够用？倒也不必求精求细。"

琉璃知道他所思虑的乃是寻常西州人的用度，对能不能做出精贵的细白叠并不关心，正想该如何表达一下自己突破技术难关的兴趣和决心，就听外面响起了小檀的声音："阿郎，都护府有急事找你。"

裴行俭眼睛一亮，放下白叠走了出去，小檀又道："朱参军遣人来回报说，那欠租案如今已变成了忤逆案。"

忤逆案？琉璃顿时吓了一跳，这个时代，忤逆不孝，那是十恶不赦的大罪，怎么一个欠租的案子，跟这样的重罪搅和到了一起？她看了裴行俭一眼，只见他脸上也露出了些许愕然，随即眉头微皱，脸色也彻底沉了下来。

第七十九章
刑不罚众　佛祖显灵

西州都护府的大街上，三丈多宽的路面又变得拥堵起来，越来越多的人聚集在了府门的木栏外，向门内探头探脑、指指点点。

法曹参军朱阙坐在大院的高案之后，神情倒还沉着，只是背上汗湿的官袍被风一吹，那种凉飕飕的感觉似乎直通心底。案几边站立成两列的差役们也一反昨日的慵懒，个个站得笔直。

高案的下面，两个女人依然在哭泣，男人在年长的妇人身边苦苦哀求，而适才还是众人目光焦点的那位僧人，默默退到了一边，另一位年长的僧人则低声念佛，脸上的表情不知是如释重负还是心有不忍。

朱阙擦了擦额角的汗，目光往院门外一瞟，但愿裴长史今日在城内，不然这忤逆大案难道真让自己来审？毕竟是人命关天……

看着下面哭闹成一团的那一家三口和门口越聚越多的闲人，朱阙皱了下眉头，正想喝令肃静，就听身后传来了一句低沉的质问："怎么闹成了这般模样？"

朱阙忙不迭地站了起来，麹崇裕脸色微沉地站在那里，一身绯色圆领襕袍，将他的眼睛衬得亮如晨星。

朱阙忙走上一步，低声道："启禀世子，这桩欠租案原是租户孔大郎定要退了租约，大佛寺看管这处田地的僧人义朗则云，按双方定下的三年租约，退租要双倍赔偿寺院，孔家却道拿不出这么多。两人相争不下，还是法谦法师奉上座之命过来，说是孔家若不愿租种寺院之地，补齐地租便是，佛寺不追究赔偿之责，孔大郎也立时应允了。不曾想孔大郎的母亲令氏却道自家世代信佛，能为佛院种地是福分，愿意继续租种，孔大郎不依，最后嚷出僧人义照对他妻子姜氏言语轻薄，他是不愿与之再有纠缠才拖欠地租，求的便是解除租约。"

麹崇裕冷冷地点了点头，这些他自然也听说过了，当时心里还大吃一惊，只道又是裴行俭埋伏的手笔，没想到事情又峰回路转……他目光往下一扫，只见院中两个僧人，一个须发已白，另一个大约三十多岁的大约便是义照，倒是身材伟岸，面目端正，正低头而立，气度颇为沉着；而那个跪坐在地上的年轻妇人则在一面呜咽一面打嗝，涕泪糊了一脸。麴崇裕不由厌恶地皱起了眉头。

朱阙继续道："下官也唬了一跳，义照直呼冤枉，孔大郎却一口咬定他言语不轨。下官便想着此事原是糊涂账，无法细审，不如早些判了赔租解约便罢。谁知令氏却道，是姜氏不守妇德，屡次辱骂她，如今还挑唆着丈夫诬赖高僧，要解了租约，好过那游手好闲的日子，她要告媳妇忤逆。"

麴崇裕看了一眼院子里那个低头哭泣的令氏和在一边苦苦哀求的孔大郎，冷冷地道："朱参军，此案你打算如何审理？"

朱阙为难地搓了搓手，"忤逆乃是大案，下官未曾经手过。按说应当多传些证人才好有个定论，只是他们一家三口偏偏是前年从凉州远迁而来，平日也是依着山边田地而居，并无亲族，亦无邻里来往，无人可以作证，下官也十分为难，已让人去寻了裴长史。"

麴崇裕眼神更冷，却笑着点了点头，"也好，此等疑案，原该让裴长史来断才妥当。"

外面的人群中突然爆发出一声欢呼"裴长史来了！"就见人群一分，一个穿着寻常青色袍子的身影穿过人群，快步走进了都护府的院门。

朱阙不由松了口气，院子中的哭泣恳求之声也蓦然停了下来。裴行俭大步流星走到了案几后面，朱阙忙上前见礼，正要回禀，裴行俭摆手道："路上差役已与我大致说了，如今情形如何？"

朱阙苦笑一声，"孔大郎一直在哀求他的母亲，令氏不曾松口。"

裴行俭点了点头，目光在院子里几个人脸上缓缓扫过，眼神竟是一片肃杀。

麴崇裕微笑着走上了一步，"长史来得好快，此案真真不巧，倒是打搅长史休沐了。"

裴行俭揖手行了一礼，语气平静："忤逆乃是大案，世子都被惊动了，下官焉能不到？"

麴崇裕瞅着他比平日明显沉郁的脸色，嘴角的笑容越发飞扬，"不知长史有何高见？"

裴行俭摇头，"还未审理，焉能胡乱议论。"

朱阙忙道："长史既然来了，还是您来审理，这般大案，下官心中实在无底。"

裴行俭也不推辞，在高案后坐了下来，朱阙便把涉案众人逐一指给他看，又给他看了记录下来的文书。裴行俭也不开口，只是静静地看着下面。那姜氏倒是一个激灵清醒过来，哑着嗓子叫道："裴长史，裴长史救命！儿不曾打骂阿家，儿真真是冤枉的！"说着连连磕头。

裴行俭眉头紧锁，目光落在了低着头不敢言语的孔大郎身上，沉声道："孔大郎，你母亲告你妻子忤逆，你有何说辞？"

孔大郎身子一抖，抬头看了裴行俭一眼，又飞快地低下头去，嘴里讷讷的也不知说了什么。

裴行俭声音蓦地严厉起来:"大声回禀!"

孔大郎越发哆嗦得厉害,半晌才道:"小人的妻子平日性子虽然急了些,心地却是好的,不敢大逆不道打骂母亲。"

他身边的令氏"嗷"的一声又哭了起来,边哭边骂道:"你是说我黑了心要诬告阿姜么?原来你是有了媳妇,便要逼死阿娘才甘心!"

孔大郎转头对着令氏磕头不止,"阿娘,你便依了儿子和阿姜这一回,换个村落好好过日子不行么?咱们一定孝顺您!"

令氏哭声越发悲凉:"换个地方,你说得轻巧!屋舍怎么办,田地怎么办?我这么大年纪了,好容易有个安稳日子,你们又要来磨我?你便这般盼着我死!"

孔大郎哭道:"母亲这是什么话,儿子和阿姜都年轻力壮,难不成换个地方便养不活母亲?"

令氏放下袖子,死死地瞪着孔大郎,她看去是四十出头年纪,头上梳着整齐的发髻,眉目平日大约还温婉,此时却颇有些凄厉。孔大郎不敢对视,低下头。

裴行俭转目看着默默立在一边的义照,声音放缓了些:"义照大僧,听闻你奉命看管这片田地,想来与孔氏母子俱熟,却不知你可曾见过姜氏打骂婆母?"

义照怔了一下,合十行礼,"启禀长史,小僧不便对他人家事多加置评。"他身边的法师看了他一眼,微微点头。

裴行俭却似乎并不打算就此放过,"大僧所言不无道理,只是人命关天,大僧若有所闻,还是从实相告才好,也是佛门慈悲之意。"

令氏和孔大郎几人都抬头看向义照,孔大郎欲开口说话,又咬住了嘴唇。义照沉思片刻,恭谨地答道:"小僧所住窑洞离孔家房舍颇有距离,平日亦无来往,只是有时能听见姜氏训斥之声,用词不雅,却不曾留意到底在训斥何人。"

姜氏一下便瘫坐在了地上,惶然摇头,"儿不曾骂过阿家,一句也不曾骂过……"

孔大郎先是呆呆地张大了嘴,随即回过神来,怒道:"你胡说什么!我家娘子什么时辰训斥过阿娘?"

义照淡然道:"小僧不曾说女檀越训斥过尊长。"

门外围观之人顿时哗然一声,看来这姜氏还真是时常辱骂婆母,不然他们夫妻心虚什么?真真是此地无银三百两,倒亏得大佛寺的僧人心存慈悲,还想给他们留个脸!

孔大郎死死地瞪着义照,胸口起伏,突然一跃而起,一头狠狠顶在义照的胸口。义照猝不及防,往后摔倒在地。孔大郎挥拳要打,旁边的差役已反应过来,冲上去架住了孔大郎,把他按倒在地。那边义照也爬了起来,脸色青白,按着胸口咳嗽连连。这边令氏已长声尖叫起来,姜氏看见孔大郎的脸孔被按在尘土里,也连声哭叫:"莫要打他!莫要打他!"

裴行俭沉声道:"放他起来,不许他乱动!"

差役们闻言才松了手，只留下两人站在孔大郎的左右。孔大郎抹了抹脸上的尘土，依然恨恨地看着义照，到底不敢再扑过去。姜氏和令氏一个比一个哭得厉害。裴行俭却默然看着下面的乱象，也不知在想什么。

　　麴崇裕挑眉笑道："这案子真真越发有趣了，不知裴长史该如何了断？"

　　裴行俭摇了摇头，"有悖人伦，莫过于此，何趣之有？"突然扬声道："令氏，你有何可说？"

　　令氏慢慢止住了哭泣，伏地回道："启禀裴长史，小妇人的儿媳姜氏不守妇德，生性暴躁，时常辱骂于我，又污蔑高僧，今日小妇人是忍无可忍，才告发了这恶媳。小妇人的儿子好吃懒做，对小妇人无甚奉养，又纵容儿媳无礼，望长史为小妇人作主。"声音有些颤抖，却愈发显得悲凉。

　　孔大郎呆了一下，似乎万万没料到母亲不但没松口，反而添上了自己，高声叫了一句："阿娘！"嗓子已全然变音。姜氏也瞪大眼睛看着令氏，不知是愤怒还是害怕，全身都在发抖。

　　都护府外诸人有性急的便"呸"了一声，这孔大郎为护着自己妻子竟能向僧人动手，可见平日定然也不是个孝顺的！

　　裴行俭语气沉肃："令氏，你是要告儿媳忤逆，儿子奉养不周？你可知忤逆乃是死罪，奉养不周要徒三年？"

　　麴崇裕脸上不由露出一丝嗤笑，别的罪状也罢了，这忤逆不孝要入罪，便是村夫村妇也人人知晓的，他裴行俭还想拦着人告状不成？

　　令氏脸色发白，沉默半晌，颤声道："小妇人着实是活不下去……日后便是自己下地做活挣命，也胜过这般苦熬！请长史作主！"说完伏地痛哭。

　　裴行俭看向姜氏："姜氏，你……"还未问完，姜氏突然眼睛一翻，昏了过去。

　　孔大郎并没有看姜氏，只张大嘴看着母亲，叫道："阿母，你真是要阿姜死么？你真要儿子流放三年？你……"

　　令氏猛地抬起头来，盯着他道："你便这般不容我活下去？事到如今，还是要忤逆于我么！"

　　孔大郎顿时说不出话来，脸色渐渐变得一片灰白。

　　裴行俭皱眉半晌，叹了口气，"来人，把孔大郎和姜氏收押，好生看管。"

　　麴崇裕看着他的脸色，嘴角眉梢都扬得高了几分，"此案如此明白，裴长史为何不当堂判决？"声音不大不小，正好身边数人听见。

　　裴行俭恍若不闻，只和颜悦色地对令氏道："令氏，本官会秉公办理此案，你家在西州并无亲族，姜氏忤逆，论律当绞，而孔大郎要徒三年，姜氏无人收尸，你今日回去便准备棺木，明日棺木运到，本官便会判决。你先下去吧！"

　　朱阙点了点头，低声对麴崇裕道："还是长史考虑周全。"麴崇裕心情甚好，笑了笑也未作声。

　　令氏磕头谢恩，抹着眼泪往外而去，门外看热闹之人，都自觉地闪出一条道来，不少人还同情地叹息了几声，裴行俭的目光落在她的背影上，神色里一片漠然。

大佛寺的法师上前一步，合十行礼，"长史，孔家家门出此不幸，令檀越孤苦无依，大佛寺不愿再追究欠租，愿撤销诉状。"

裴行俭点头一笑，"多谢大师体恤。只是此事既由贵寺诉状而起，明日还请义照大僧来做个见证，有劳了。"

法师微一犹豫，点了点头，与脸色好容易回转正常的义照一同告退而去。人群再次闪开极宽的一条路，人人都神色恭敬地低头行礼，随即才在交头接耳中慢慢散去。

麴崇裕神色愈发愉悦，挑眉看了看从案几后站起身来的裴行俭，"长史这案断得干净利落，真真出人意表。"那件鸡毛蒜皮的案子他生生拖了两日，这件忤逆大案他却是断得痛快！不过再快，却也挡不住此事流传了。

裴行俭本来有些出神，听到这句，倒是笑了起来，"此案原本极是明白，又无证人可询，与之前那案子原是不能相提并论……却不知世子今夜可有闲暇？"

麴崇裕微微一愣，"长史有事？"

裴行俭点了点头，"无他，偶然得了一壶好酒，只是喝的时辰地方都有些讲究，世子若有闲暇，下官斗胆邀世子今日同饮。"

麴崇裕长长地"喔"了一声，看着裴行俭，凤眼微眯，"守约还有此等雅兴？崇裕愿意奉陪！"

时近五月，西州的白日已颇为漫长，直到二更时分，天色才真正黑了下来。一轮残月还未升起，漫天星斗便显得分外明亮。星光下，西州城外那片山壁上的窑洞，看去便如一只只深黑的眸子，在默默注视着山脚下那处并不明亮的灯火。

在一处离地面一丈多高的窑洞里，黑暗中却隐隐有酒香浮动。裴行俭和麴崇裕都坐在窑洞口上，一人拿着一个酒囊，借着星光不时喝上一口。

眼见酒囊已空了大半，麴崇裕终于不耐烦地叹了口气，"裴长史，这酒到底有什么讲究，如今可否明言相告？"先是鬼鬼祟祟地走了半天小道，然后又磨磨唧唧地在这种鬼地方喝了半夜酒，他真是疯了才会相信裴行俭的话！

裴行俭语气悠然："世子莫急，在此喝酒，与众不同之处转眼便知。"

麴崇裕冷冷道："崇裕拭目以待！"这地方除了一片田地、两间木屋以及无数荒废的窑洞外，什么都没有，难不成他们是来偷菜的？

在窑洞外照进来的微弱星光中，裴行俭突然身子一动，指向一处地方，"来了！"

麴崇裕诧异地转头看去，只见那间木屋大门一开，有马灯的光线一晃一晃地向这边山壁而来。麴崇裕不由直起了身子，难不成裴行俭约了人半夜在窑洞相见？

裴行俭果然站了起来，"世子请跟我来。"他一口饮尽酒囊里的残酒，丢下酒囊，轻巧地跳了下去。

麴崇裕也不甘示弱，翻身跳落。

裴行俭压低了声音："咱们这便过去，莫惊动了他们。"

麴崇裕心头一动，猛地收住了脚步，"裴长史，你带我过来，可是发现今日的案子有古怪之处？"

裴行俭声音含笑，"果然瞒不了世子，不如世子稍候片刻，让下官过去看看便回？"

麴崇裕一声冷笑，"长史何必激将，既然来了，焉有不同去之理？"

窑洞下的小路年久失修，十分崎岖，两人沿着山壁一路往下，却几乎没有发出任何响动。那晃动的马灯不久便接近了山脚下的一处窑洞，在窑洞的灯光中无声无息地熄灭了。

麴崇裕已明白了八九成，想到白天的一幕，胸口一团怒火腾地烧了起来。眼见离那处窑洞只有十几步远，裴行俭回身打了个手势，两人脚步愈轻，悄然接近了窑洞的窗口。

只听女子的抽泣声从窗子里隐隐传了出来，又有男子道："好了，我知道你心里难过，只是今日你也看见，你既然告了姜氏忤逆，你家大郎虽然孝顺你，却是要跟我拼命的。"

那女声顿了一顿，才泣道："若不是看出这一点，你当我忍心叫他流放三年？那是我怀胎十月养下的儿子，如今看我便像仇人一般……都是为了你这冤孽！"

男子叹了口气："心肝儿，我知晓你的难处，日后定会好好待你，我回头便跟上座禀告你孤苦可怜，没有这些田地租种，只怕活不下去，上座定然会允许你续租下去，说不定还会减些租子。咱们就在这里守着田地，一个外人没有，再不用似以前般偷偷摸摸，岂不是神仙般的日子？"顿了顿又道："你也不早些跟我说，那姜氏，你告个不孝也就罢了，何必要说忤逆？"

女声顿时锐利起来："怎么，你舍不得？你当我不知晓你打的什么主意？你哪日里不寻机跟那骚蹄子说几句，她一见你便脸红，都当我是瞎子么？这还没上手的，自然是分外惦记些，你若不甘心，去官府告了我便是，咱们两条命换她一条如何，你……"她越说声音越高，突然呜呜两声，似乎被什么东西堵住了。

片刻之后，那男声才重新响了起来："你说什么昏话？一不做二不休，到了如今这田地还有什么可说的？我今日连城里都不住要过来，便是要告诉你，明日无论怎样，你都不能心软。便是大郎嚷出咱们的事情，你也要一口咬定他是为了救自家媳妇污蔑于你！"

女声带点迟疑："若是那样大郎会不会……"

男人恶狠狠地道："诬告父母，自是恶逆的死罪。大郎今日还算识相，我只怕他明日见姜氏要被绞杀，昏了头，什么话都会往外倒，你却绝不能心软，不但不能松口，连神色都不能露一点风出来，那裴长史听说是个厉害的，今日他是后头才赶到，不然你我只怕还不会如此顺遂。"

女声停了半晌，带上了哭音："可是大郎……"

男人道："我也不愿如此，只是事到如今，你若舍不得他死，那便是咱们永世不能在一起，你可舍得？如今只要打发了那两个，咱们便是活神仙一般……"说着说着，里面的动静变得古怪起来，那女子的哭音也渐渐变成了喘息，口中话语越说越不成调。

裴行俭转身便走，走了几步，却发现不对，回头才发现麹崇裕一动不动地站在那里，就如突然化成了窑洞边的一座雕塑。

裴行俭的眉头不由紧紧皱了起来，那屋里传出的声音越发不堪，正犹豫间，就见麹崇裕的身影渐渐有些颤抖，越抖越是明显。裴行俭心里微惊，忙走回几步，低声道："世子！"

麹崇裕本来深深地低着头，仿佛被这一声惊醒，猛地抬起头来，借着窑洞窗口的灯光，可以看见他的脸色苍白如雪，一双眸子却是血红的一片。

裴行俭心里一震，刚想开口，麹崇裕却突然拨开他大步走到窑洞的门前，抬腿一脚，竟是把整扇门都踹得直飞了进去。

窑洞前人影微闪，漆黑的夜空里，顿时响起了一声声凄厉之极的惨叫。

不知过了多久，夜色终于消退，东方渐渐被曙光烧得一片血红。同样血红的，还有从西州城南门台阶到都护府大门一路上的两抹拖痕和门前跪着的两个人。他们身上胡乱裹着的中衣和僧衣上都满是血迹，唯有脸上没有太多青肿，却也看不出一丝人色了。

每日城门一开便去河谷里取水的妇人们，连水都忘了取，都围在府衙门口呆看，随即便是那些早起的闲人。有人突然叫道："这不是昨日告状的妇人和那位大佛寺僧人么，这是……"

在两人身后的府兵脸上露出了轻蔑之极的表情，"奸夫淫妇，被世子抓了个正着！"

人群先是一静，随即便轰然议论开来，人人都觉得匪夷所思，但两人身上凌乱的衣物和脸上羞愧的表情却又让人无法怀疑。气性大的闲人一口唾沫便吐了过去，随即变成了无数唾沫，夹杂着恨恨地叫骂："猪狗不如！"

守在两人身后的几个府兵都退开了两步，却也不喝止，直到有人要上来踢他们时才喝道："世子和长史自有处置，你等不得动手！"眼见那两人要低头躲避，又厉声喝道："抬起头来！"

没过多久，府门前的人便越聚越多，咒骂声也越发响亮，府兵们看着情势不对，忙要将两人拖到了府门，身后却传来一个沉稳的声音："不必拖进来！"

府门前的西州人顿时叫嚷起来："长史，世子，剐了这对奸夫淫妇！""剐了他们！"

裴行俭摆了摆手，转头吩咐道："出去三队差役，一队看管人犯，两队到外面驱散人群，凡老弱妇孺，绝不能留在门口！"

与他并肩而站的麹崇裕挑了挑眉，"守约倒是菩萨心肠，难不成还怕人伤了那对禽兽？"他早已换下了那套沾了血的绯色袍子，只随意穿了一件寻常的玉色圆领襕袍，因一夜未睡，眼中尚有血丝，眉宇间却比往日开朗了几分。

裴行俭负手站在那里，身上的青袍已然微皱，袍角还有些灰尘，整个人却依旧有着一尘不染般的清爽。他的目光落在那两个狼狈的身影上，声音平静："世子，此二人虽死不足惜，然则按唐律，只能判相奸之罪，徒一年半。"

麹崇裕嘴角浮出一丝冷笑，"长史当真是奉公守法！对着这样两个禽兽不如的东西也讲大唐律法，只是我若要先打他们一百杖，长史可有异议？"

裴行俭摇了摇头，"行刑亦有行刑之道，两人只要伏罪，便再无加刑之理，若杖而致死，按律判者合该徒一年。世子何必因这种人物而授人以柄？"

麹崇裕不由一窒，胸口本来已出了大半的那口恶气不由又翻腾起来，看了一眼门外那两个人，眼睛微微一眯，"长史准备如何处置这两位？"

裴行俭看着外面因被驱赶而愈发激动的人群，淡淡地道："等。"

都护府外的大道上，老幼妇孺已被差役们轰出老远，那些身强力壮的闲汉们却转眼间便又拢到了门口，一来一回间，闲汉们火气更大，纷纷便寻了土块石头对准门口跪着的两人砸了过去，有人一时找不到称手之物，索性脱了鞋子。都护府门口，顿时鞋底与石块齐飞，人面共黄土一色。府兵和差役中被殃及者，忍不住破口大骂，比先前更喧闹了十分。

麹崇裕看得皱眉，这是要等什么？等大伙儿拿鞋底把这两位砸死？正不耐烦，道路北边传来一阵惊呼，人群一分，一口棺木被人抬着向都护府而来。

那黑漆漆的棺木所过之处似有一种神奇的魔力，人群渐渐安静下来，棺木店的伙计见到门口的架势也唬了一跳，正不知如何是好，裴行俭已朗声道："这是谁人订的棺木？"

令氏身子一抖，抬起已满是黄沙和肿块的脸，认出正是昨日自己满心欢喜买下的薄皮棺材，不由呆住了。那位棺材铺负责送货的伙计忙恭恭敬敬地行礼回道："禀告长史，这棺木是昨日一位姓令的妇人买下的，说是她的儿子儿媳忤逆不孝，棺木一早便要送到都护府门口来。"

裴行俭点了点头，"有劳了，放在门口便是。"

昨日裴行俭吩咐令氏去买棺木时，他的话并未有太多人留意到，可此刻这一问一答，众人哪里还不明白——这妇人竟是这样迫不及待要害死自己的儿子儿媳！眼见那黑漆漆的棺木落了下来，把两个狼狈不堪的人影衬得越发醒目，不知是谁先怒吼了一声："打死这对狗男女！"早已憋了一肚子火气的人群便像被点燃了般轰然响应，纷纷往前涌了上来。

裴行俭沉声喝道："所有府兵差役，回府！关门！"

差役与府兵们本来便有些心惊，听得这一声，忙不迭退入门内，咣的一声关上了大门。没有了他们的阻挡，愤怒的人潮转眼便将那跪在地上的两个人影淹没，起初还能听见几声尖锐的惨叫，渐渐便只剩一片混乱的喧闹。

麹崇裕听着那动静，眉头不由一点点舒展开来，耳边却突然传来裴行俭严厉的声音："你们立刻从后门出去，转到大道上，维持秩序，驱散人群！"

/第七十九章/刑不罚众　佛祖显灵

麴崇裕回过神来，昨日起发生的事情顷刻间掠过心头，心头不由泛上一股寒意，忍不住哼了一声："裴长史果然高明，原来昨日便打算好了！长史不会告诉我，这令氏之事，也是你掐指一算便料到的？"

　　裴行俭转过身来，神情甚是坦然，"世子谬赞，下官生性谨慎，收到状纸时便着人去探过此事，知道了里面的内情，只是原想着此事不过是风流孽债，不欲插手，却未料到那令氏竟会丧心病狂到此等地步！"

　　麴崇裕不以为然地挑了挑眉，倒是想起了昨日那僧人说过，他都不知令氏会告儿媳忤逆，想来裴行俭原本算计的，只是让那孔大郎当众嚷嚷出义照轻薄过他的妻子，却没料到会变成忤逆案……只是自己适才一怒之下要杖毙这两人，裴行俭明知如此一来自己便会留下把柄，又为何要拦住？

　　他正想再问一句，却见从后面快步走过来几位官员，想来都是上衙的道路被人群阻断，转从后门进来。其中朱参军最是性急，几步抢了上来便行礼问道："外面怎会这般喧闹，下官怎么听说，昨日那妇人与僧人竟是奸夫淫妇？"

　　裴行俭淡然道："正是。世子慧眼如炬，昨夜亲自带人探案，将他们抓了正着，带回府门示众，不曾想此事太过有悖人伦，引得群情激愤，府兵和差役们抵挡不住，只好退了回来，我已让他们出后门去驱散人群。"

　　朱阙唬了一跳，指着外面道："那是，那是……"

　　麴崇裕听到裴行俭将功劳都归在自己头上，心头更不舒服，冷冷地道："此案只怕无须再审，横竖令氏已然自己出钱买了棺木，无须大佛寺再破费，朱参军让他们做对同棺而葬的鸳鸯便是！"说完拂袖而去。

　　裴行俭的脸上也露出了几分倦色，"有劳参军处置善后事宜了，昨夜我跟着世子奔波了一夜，如今也要回去休息片刻，告辞。"说完竟也转身走了。

　　朱阙呆呆地站在那里，脑子一时还有些转不过弯来，就听身边的同僚一声惊呼，大门再次打开，差役们已将人群驱散开来，露出了烂泥般倒在地上的两个血人——此案果然是，无须再审。

　　这一日，西州城分外热闹。街头巷尾，处处有人唾沫横飞地说着自己拳打奸夫、脚踢淫妇的壮举。各坊的药铺也分外繁忙，有人在拥挤中被人踩伤了脚，有人在混乱中背后挨了老拳，还有人被差役敲肿了手臂。因此到了午后，街上突然传出曲水坊里新开的"松柏堂"今日可以免费赠送跌打药膏，顿时便有十几个闲汉涌了过去，也无人计较这坐堂的医师乃是兽医韩四，各个都伸胳膊亮腿地上了一回药。

　　到了第二日，这些闲汉便发现肿痛之处消退了许多，有人眼珠一转，便又到了松柏堂上，先让韩四换了膏药，转头笑道："今日忘了带铜子，明日某再来交！"

　　韩四抬起头，面无表情地看着这位闲汉，那闲汉笑吟吟地拍了拍他的肩头，"你这般瞪我作甚，说来我偷鸡、你盗牛，原该互相帮衬才是！"他正想转身便走，肩膀却被人一拍，力道之大，几乎没让他一趔趄坐到地上去。

　　有人笑道："忘记带钱有甚要紧，明日两倍还来便是。"

闲汉听到这声音便暗叫一声不好，回头看见白三郎笑容满面地站在自己身后，更是吓得一个哆嗦。他们这些闲汉天不怕地不怕，可遇到比他们更横行无赖的差役，却是不得不怕的，更何况是这位差役里的霸王！当下也顾不得肩膀生疼，作揖行礼不迭，"小的见过三郎，三郎说笑了，请恕小的记性不好，小的身上原是带了些铜子的！"说着便要从怀里掏钱。

白三却按住了他的肩头，笑微微地摇头，"怎的又带了钱？原来不是某在玩笑，是你成心消遣人来着！"

闲汉唬得连连告饶，"小的不敢，小的原是有眼无珠，三郎饶恕则个。"

白三斜睨着他阴森森地微笑，韩四的一张脸更是半分表情也无，那闲汉看看这个，又看看那个，只觉得腿肚子都要转筋了，只恨自己出门没看历谱，正不知如何是好，白三却看向韩四，"韩医师，你看该当如何？"

韩四眉毛都没有抬一下，"膏药二十钱。"

闲汉不由一呆，这价钱当真不贵，就听白三笑道："看在韩医师不与你计较的份上，你交了钱，某便饶你这一遭！"

闲汉提着的一口气这才松了下来，看着韩四那张木头脸，只觉得无比亲切顺眼，忙不迭数了二十枚铜钱放在案几上，赔笑道："多谢韩医师。"又回头向白三笑："多谢三郎。"

白三不耐烦地摆手，"是韩医师肯饶你，与某何干！只是……"

闲汉的心不由又提了起来，"三郎但有吩咐，小的定当从命。"

白三笑了起来，"韩医师手段如何，你也试过，你用着好，莫忘了多与人说道说道，总比那些收了高价不顶用的地方强些。"

闲汉的脸上立时笑开了花，"这是自然！这等事体多与人说道说道，也是小的造的功德！"

眼见那闲汉脚下生风地走了，韩四才抬头看着白三郎，神色依然是木木的，"多谢你又帮我打发了一个，只是……也不必令他们做那些事。"

白三懒洋洋地瞟了他一眼，"你既有本事，难道不想多帮几个人看病治伤，没人帮你宣扬宣扬，别人又如何知晓你的手段？再说，此事原是安家三郎的吩咐，你当白某闲得无事，偏偏要来帮你？"

韩四顿时接不上话来，只得又低下头去，从案几下拿出一本极旧的医书，默默翻阅。

这一日，白三郎在松柏堂里足足打发了七八个想占便宜的闲汉，也不知是不是闲汉们四处散播的消息起了作用，没过两日，到这松柏堂来看病抓药之人竟多了起来。那盗牛的韩四治得一手好跌打，药膏也比别家便宜，渐渐成了西州众人皆知的事情。到了端午，来店内买雄黄等物的西州人更是络绎不绝，喜得安三郎连连搓手。

过了端午，西州便进入盛夏时节，明晃晃的太阳一日比一日焦热，到了正午前后，西州城里处处人迹罕见，大伙儿都恨不得在阴凉处生根了才好。琉璃对西州的干热倒没有太多不适，便是这种天气里，也去过工坊两回。

她让黎大匠试做的棉线拨车已完工，这种把纱线接长的简易工具，对于眼下的工坊来说正是得用，但细纱纺起来依旧费工费时，琉璃头疼了数日，也是无计可施。只是那麹崇裕见她为难，竟然并未冷嘲热讽，反而客客气气谢了几句。琉璃顿时有些怀疑自己中暑了——不然怎么会出现幻觉？

这一日，天气越发炎热，琉璃找出工坊新出的细白叠，打算给裴行俭做两身夏日的中衣，刚刚剪了几刀，便听阿燕来报，康氏来了。

琉璃忙放下剪刀迎了出去，就见康氏快步走进内院，脸上红扑扑的，满额都是汗水。琉璃不由吃了一惊，忙让小檀去打水过来，又让阿燕去取用井水浸着的酪浆。

康氏摆手道："莫忙莫忙，不知九郎可在家中？"

琉璃笑道："他已去了府衙，阿嫂若有急事，我这便遣人去府衙寻他，若事情不急，明日便是休沐。"

康氏脸上露出踌躇之色，半晌才道："倒也不是十分着急……"说着拉住琉璃的手低声道："大娘，此事我也只能问你，九郎他对大佛寺那边是不是有些……观感不佳？"

琉璃怔了怔才道："守约平日不言怪力乱神之事。"

见康氏皱眉不语，她多少有些明白过来，忙笑道："阿嫂莫多想，守约性子便是如此，对大佛寺虽无特别推崇，想来也不会故意不敬。"

康氏脸色略松，叹了口气，"大娘你还不知晓，那大佛寺的铜佛，今日又流泪了！"

琉璃不由"啊"了一声，这佛像还真是……会选时候！想了想问道："阿嫂是想将此事告知守约？"

康氏脸上犹豫之色更浓，"你有所不知，按说佛像显圣是极难得的，若是往年，大佛寺早被踏破了门槛，可此次竟是并无太多信徒上门。不少人都在传，往日佛像显灵，是因为慈悲子民，可今日显灵，怕是降怒僧人。又有人说，裴长史和麹世子未知会大佛寺一声，便下令让寺僧与妇人同葬，可见对佛寺是何等不满，若大伙儿还去大佛寺捐献功德，只怕不但是误会了佛祖，还得罪了官府。"

琉璃恍然点了点头，大佛寺如今门前冷清，她自然早有耳闻，原来西州人不但是失望于大佛寺的僧人品德，也是害怕得罪了麹崇裕和裴行俭，只是自己总不能劝裴行俭亲自出面发话，以消除忤逆案的负面影响吧？她为难地看了看康氏，"阿嫂的意思我知道了，待守约一回来，我便将此事告知于他。"

康氏失望地叹了口气："我也知九郎他不信释教，只是佛像显圣，兹事体大，大佛寺原本家大业大，偶然出一两个败类也是难免，可世人若是因此便对佛祖也不敬了，却是何等荒谬！九郎在西州一言九鼎，若是能说上一两句话打消那些人的糊涂念头，也是功德无量。"

琉璃只能笑道："阿嫂所言甚是，待守约回来，我一定都转告于他。"

康氏踌躇片刻，还是点头笑了笑，"那我便等你的好消息。"又把上两次佛像显灵西疆各地信徒纷纷赶来的盛况描述了一遍，说了半日才起身告辞。
　　琉璃看着康氏的背影叹了口气，安氏女眷都十分虔诚，可偏偏她和裴行俭都是半点不信的，要裴行俭出面帮大佛寺说话，这事只怕困难。
　　待到午后，裴行俭回到家中，琉璃略一犹豫还是对他道："阿嫂今日来过了。"
　　裴行俭笑道："可是因为大佛寺铜佛显灵之事？"
　　琉璃点了点头，把康氏的来意说了一遍，"我也知道此事为难，并不曾应下。"
　　裴行俭笑容更深，"有甚么为难的？明日一早，你便陪我去大佛寺烧香！"

第八十章
出人意表　浑水摸鱼

夏日的黎明，西州城一片忙碌景象，妇人们三五成群地抱着水瓮去河谷中取水，汉子们趁着早间凉爽到坊间或城外做些活计，信徒们带着香烛香资去各大寺庙上香求佛，无事可做的闲人则在呼朋引伴地胡吹乱侃，街头巷尾到处人流涌动。当裴行俭与琉璃沿着大道一路走来时，问好声纷纷响了起来。有人扬声笑道："裴长史今日好早！"

裴行俭微笑着点头，"要去大佛寺上香，自然要早些。"

听到这句话的人顿时都张大了嘴，再看到他们后面跟着的小檀拃着的篮子里果真放着香烛香资等物，更是揉着眼睛呆在了那里。

从曲水坊到大佛寺路程不足一里，不大工夫便到，待得两人站在寺院的门口，身后已远远跟了不少人，而那些原本想今日来悄悄上香的信徒们，则惊疑不定地收住了脚步。

看门的两个沙弥一见裴行俭，脸色都是一变。年纪略小的撒腿便往寺里跑，另一个迎上来行礼，"小僧见过裴长史，不知长史今日有何贵干？"

裴行俭的声音格外温和："清晨拜寺，自是为了上香。"

沙弥一呆，抬头看了看裴行俭，只见他穿着一身素净的浅青色圆领袍，笑容温雅，身后还跟着夫人和婢女，带着香烛，的确是一副来上香的模样，愣了片刻才结结巴巴道："长、长史里面请。"

穿过佛寺的前庭，还未踏上大殿的台阶，大佛寺上座觉玄法师已带着两个弟子迎了出来。小沙弥忙上前低声回禀了一遍，觉玄也是一愣，随即含笑迎向了裴行俭，"裴长史和夫人有心了。"

裴行俭欠身还礼，"不敢劳动法师相迎。"

琉璃也跟着行礼，她还是第一次看见这位名满西州的法师，只见他双眸深邃，须眉皆白，微长的面孔上，每一根皱纹似乎都写着"和善"两字，看去倒是比那位玄奘法师更有高僧风采。

觉玄法师并不多言，只是微笑着将裴行俭一行人引到了大殿之中。晨光已从殿堂高高的窗户间透了进来，大殿四壁的油灯依然散发着温暖的光芒，将本便金碧辉煌的壁画添上了一层柔和的光晕。只是没有了往日里熙熙攘攘的香客，大殿多少显得有些空旷，连满壁的金箔都似乎少了几分颜色。十几位信徒本来在各个佛龛前上香祈祷，抬头看见进来的觉玄法师都是一喜，随即目光便凝滞在法师身后的裴行俭身上。

裴行俭恍若不觉，在佛像前站定，转身从琉璃手里接过三炷香，点燃后举至齐眉，三揖之后，插入香炉，动作一丝不苟。大殿里那种微妙的紧张气氛顿时放松了下来，从僧侣到香客，人人脸上都露出了几分笑容。

琉璃也跟着上了香。觉玄法师上前一步，正想开口询问，裴行俭已笑道："听闻大佛寺铜像昨日开始显灵，裴某今日前来，还想做些功德。"

他的声音不算大，在安静的大殿里却人人都听得清楚，觉玄法师眼睛微微一亮，双掌合十，"阿弥陀佛。吉时未到，长史与夫人不如先喝杯清茶？"

吉时？琉璃有些纳闷，却也不好多问。一行人出门绕过一间小屋进了东边的待客雅间。门帘还未落下，便听得院子里人声渐起，却是观望的香客们终于都拥了进来。而屋子的一角，一名年轻僧人将茶釜放上了铜炉，垂目开始煎茶。

裴行俭笑道："多谢法师盛情，此情此景，倒是让人想起了长安。行俭有一位表弟拜在玄奘法师的门下。原先在长安时，行俭便常去大慈恩寺寻他煮茶，有几次竟有缘拜见了玄奘法师。"

觉玄雪白的眉毛轻轻一抖，"长史原来还有这等福缘！当年法师路过高昌，老衲也曾有缘听得法师宣经讲道，真真是……"他的布满皱纹的脸上露出无法掩饰的向往之情，半晌才叹息着摇了摇头，"能亲耳聆听法师纶音，真乃三生有幸，不知法师如今贵体可安？"

裴行俭点头叹道："法师这几年都是夜以继日地译经，听说因劳累过度，旧恙也复发过两次，平日倒还康健。"

觉玄也是叹息不止，两人从玄奘谈到茶道，竟是越谈越是投机。待到煎好的热茶送到几人跟前时，不知是高窗里射入的阳光，还是煮茶时燃起的炭火，琉璃只觉得整间屋子都热了起来。

觉玄抬头看了看天色，"吉时转眼便到，长史可需做些准备？"

裴行俭摇了摇头，还未开口，就听门口传来一阵急促的脚步，有人在帘外回道："上座，麴世子已经到寺门口了。"

觉玄站了起来，抱歉地看了裴行俭一眼。裴行俭笑道："无妨，论理裴某也该迎上一迎。"

一行人到达大殿门口时，麴崇裕已登上台阶，一身衣袍竟比裴行俭的还要素淡两分。看见觉玄法师，他立刻加快了脚步，上前深深行了一礼，"崇裕见过法师。"

觉玄脸上的皱纹都舒展开了几分，"世子何必多礼！"

寺院之中，早有不少信徒在等候西殿开门，见到裴行俭和麴崇裕纷纷行礼，又交头接耳议论起来。

麹崇裕笑得比往日不知谦和多少，"崇裕早便该来了，昨日听闻我佛又显圣迹，家父特意叮嘱，让我代他来上一炷香。不曾想长史竟比我还来得快，难不成长史也是信徒？"

琉璃一直默然跟在裴行俭身后，此刻心里忍不住骂了一声：死孔雀！这话摆明了就是给裴行俭下套，说信佛，为何以前从不曾来上香，说不信，一大早的过来岂不是别有用心？

觉玄眉毛一动正要开口岔过去，裴行俭已微笑着答道："裴某愚钝，不敢与世子的慈心慧骨相比，不过佛寺乃世外清净之地，便是我等俗人，也会偶起向往之心，今日便来偏了法师的好茶，愿法师莫嫌。"

慈心？慧骨？麹崇裕脸色顿时一僵。

觉玄忙道："长史哪里话，老衲求之不得。"见麹崇裕还要开口，忙念了声佛："两位，请稍候片刻！"

紧闭的西殿门片刻之后便轰然洞开。佛殿里，一块洁白的粗绸，将铜佛遮了个严严实实，数十位僧人在殿内齐声念诵经文，有法师拈香礼拜数次，在众僧的赞唱声中，白绸被缓缓揭开，那尊金灿灿的铜佛这才露出了真容。

觉玄回身道："麹世子请，裴长史、长史夫人请。"

裴行俭侧身一步，"世子是代都护而来，这头香还是请世子来上。"

麹崇裕也不推脱，笑着欠了欠身，迈步走进了佛殿当中，燃香礼拜，将第一炷香插入了佛像前的香炉之中。

琉璃此时无心他顾，目不转睛只盯着那佛像看，却见那佛像身上似乎十分干爽，并无什么汗迹水迹。心里正在纳闷，觉玄的声音已响了起来："长史和夫人请。"

琉璃只得收拢心思，随着裴行俭又上了一回香，待得插好高香，抬头再看时，却见近在眼前的佛像身上不知何时竟然隐隐有了一层细细的水珠。她不由吃了一惊，殿内众僧高声念起了佛号，外面也渐渐骚动起来。她忍不住看了看裴行俭，只见裴行俭也抬头凝视着佛像，脸上看不出丝毫表情。

麹崇裕的声音突然响了起来："来人！"

琉璃下意识回头看了一眼，便见一位健仆双手抱着小箱子走了进来，恭恭敬敬地送到了麹崇裕手上，麹崇裕缓步走到功德箱旁，打开箱盖，将一枚枚闪亮的金饼送入了功德箱内，回头对觉玄笑道："这一百金是麹家的一点心意。"

门外的围观群众同声发出一声惊叹，琉璃也暗暗咋舌，却见麹崇裕的目光有意无意往裴行俭身上扫了一眼，心里一动：自己带的那点铜钱完全不够看嘛！

只见麹崇裕一挑眉头便要开口，她忙抢上一步，扬声笑道："如今世子的头香也上了，功德也捐了，上座还是赶紧让外面信徒们也进来上香礼拜、沐浴佛光才是。"

裴行俭本要说话，被她这一抢，嘴角微微扬了起来。围在门口的信徒们也立时纷纷应和："正是，正是，我等也要上香。""也该让咱们上香了！"

觉玄怔了怔，回身向看门的僧人轻轻挥了挥手，僧人们往两边一退，人流顿时拥了进来，此时佛像身上已是水珠密布，微凹的眼眶更是水光盈盈，当真便如要流泪一般。进殿的信徒们一个个热泪盈眶，上香的上香，磕头的磕头，不少人都向功德箱里投入金银铜钱等物，琉璃也从小檀挽的篮中取出了两缗铜钱，毫不引人注目地投入功德箱内。

麹崇裕眼角的余光扫到这浑水摸鱼的一幕，牙根都是痒的，只是此刻殿内越发拥挤，气味也难闻起来。他立不住身，退后一步向觉玄笑道："崇裕不打扰法师，这便告辞了。"又看了裴行俭一眼，"长史可要一道走？"

裴行俭目光若有所思地在殿中转了一圈，微笑着摇了摇头，"世子请便，下官还想再瞻仰片刻。"

麹崇裕眉头微皱，心里隐隐觉得有些不妥，但此时却也不好多说，只能含笑告辞而去。

整整一天，他都有些心神不宁。

待得处理完诸般杂事，又听完长随的回报，他坐在书房出了好一会儿神，只觉得屋里的灯光似乎有些暗淡，抬头才发现高窗之外竟不知不觉转为了暮色，刚想吩咐人上晚膳，转念间又改变了主意，"来人！"

守在门外的小厮忙应道："世子有何吩咐？"

"遣人去问一声，麹都护是否在家。"

一刻多钟之后，换上了一身碧色衣袍的麹崇裕便挑帘走进了都护府后宅外院的书房。麹智湛穿着家常的细葛宽袍，散腿坐在碧竹凉席上，抬头看见麹崇裕，脸上露出了笑容，"你可用过晚膳？"

看着这张温和得近乎模糊的笑脸，麹崇裕心里突然踏实了许多，笑着摇了摇头，"正要叨扰父亲一顿！"

麹智湛呵呵一笑，扬声道："让厨下准备两个食盒，记得给玉郎做道鱼脍。"又对麹崇裕笑道："你在这里也松散松散，咱们爷俩好好说说话。"

麹崇裕已在下首的席子上跪坐了下来，闻言也笑着改作了盘膝，两只银丝绣边的白叠袜被碧竹衬得分外显眼。

麹智湛得意地伸了伸脚，指着自己脚上那双染了靛青色云纹的白叠袜道："这足衣真真舒适，比当年王室工坊的还要强些。我便知你有这能耐。"

麹崇裕胸口微闷，着实不欲多说此事，只是笑了笑，"父亲欢喜便好。儿子今日去了大佛寺，回来后左思右想，总觉得有些不对。"

麹智湛笑容微敛，"我已听人回禀了，你离开之后，裴守约夫妇又在西殿里待了两盏多茶工夫。到了午后，消息传开，西州只怕有一小半人都涌去了大佛寺，幸亏裴守约早已派了三队差役在寺外待命，这才把局面稳了下来，如今西州的差役有一半都在大佛寺内外巡视，西州人人都已知晓，裴长史原来也是敬重佛法的。"

此事麹崇裕早从长随那里听说了，此时听得父亲转述，脸色却还是有些发冷。

麴智湛瞅了他一眼，笑着摇头，"你莫不服气，这裴守约虽比你大不了几岁，做事之老成，为父也自叹不如。如今他这番做作，我也有些疑心，他为的便是挟恩图报！"

麴崇裕点了点头，"依父亲之见，前头两个案子会不会都是他做的局？为的便是让大佛寺知晓厉害，而今日所为，则是向大佛寺市恩？"

麴智湛沉吟半晌，皱眉道："先头的案子如今想来的确有些蹊跷，裴守约心思缜密，从不做无用之事，无论是不是局，日前两案，已然令大佛寺畏惧，今日之举，则会令其感激，他若再用些手段软硬兼施，便是逼着大佛寺出钱购买军粮，也不无可能！"

麴崇裕默然片刻才低声道："是崇裕一时考虑不周，才有了今日之局面。"

麴智湛叹了口气，"此事与你并无干系，想来裴守约在令那妇人买棺木之时，便已想好了所有后手，你以为在那般群情激奋之下，谁还能保住那对男女？你即便不令他们同棺而葬，裴守约焉肯老老实实把尸首交还大佛寺？不借你之手，他照样可借民之口！玉郎，你莫想得太多，难不成他还真能掐指一算，便算到你……当年那些事？"

麴崇裕脸色顿时变了，"他算不算得出与我何干？"

麴智湛看着他，脸色变得凝重起来，"玉郎，当年之事早已过去，世间缘法，自有前因，怨恨在心，更成孽缘！你从小也是熟读佛经的，如今该得报应之人都已得了报应，你又何必执着于嗔念，让自己不得解脱？"

麴崇裕低着头不作声。麴智湛心里叹息，只得转了话题："如今你打算如何应对此事？"

麴崇裕的神色放松了几分，"如今佛像显圣，四方信徒来朝，所捐功德数目惊人，明日我便让两队府兵代替差役，日夜在大佛寺周边巡查，不得让任何人扰乱佛门清净；再者，儿子会加派人手盯着裴守约和他的心腹。明日我还会去大佛寺，与觉玄法师细细分解前事，告知法师，大佛寺乃西州诸寺之首，有麴家在西州一日，便绝不会允许有人把主意打到大佛寺头上来！"

麴智湛圆圆的脸孔上露出了欣慰之色，"明日你还是陪为父一道去，说来我也该去铜佛前上一炷香了。"

麴崇裕展眉而笑，白玉般的面孔在灯光下几乎有光晕流转，"原来父亲也不愿裴行俭拿捏住大佛寺？"

麴智湛暗暗叹了口气，眼前这张脸孔和那一张何其相似，血脉之痕，哪里是恨怨可以抹杀的？只是，若不是这张脸，玉郎前些年也不会遇到那么些波折吧？所谓孽缘，无过于此……嘴里淡然道："不过是三万缗钱，麴家可以帮他解这燃眉之急，却不能让他如此轻易便从大佛寺得手！"

门外有人笑道："晚膳到啦！"门帘一挑，祗氏带着四个婢女走了进来，进门便对麴崇裕笑道："玉郎来用晚膳也不早说，厨下今日未备得你爱吃的鲜鱼，只有一坛干鲐，倒是还未开封的。"

麴崇裕笑着起身谢过。两个婢女将食盒里的碟盘一一设好，那雪白透明的干鲙放在薄薄的青瓷碟里，看去便分外爽口。

麴智湛却抱怨道："怎么又是这个！"他的面前放着一碗黑漆漆的汤水，似乎把那张圆脸也衬得有些发黑了。

祇氏笑道："昨日不是没吃么？医师都说了让你日日吃一些才好。"说着便站在麴智湛的案几前不动，麴智湛皱着眉端起碗一饮而尽，摆手道："快拿下去！"

祇氏这才转身向麴崇裕笑说了一声"玉郎慢些用"，带着婢女们退了出去。

麴智湛苦着脸吃了两口肉羹，才舒出一口气来，"这妇人惯爱拿根棒槌便认作针，那些医师的话也尽信得？"

麴崇裕夹了一箸晶莹的干鲙，抬头笑道："庶母原是细致人。"

麴智湛笑了一声，瞅着他道："女人总是心细些，说来你那府里也该有人帮你主持后宅了。如今你远在西州，府里添个把侍妾，难不成还能让长安那边心生顾忌？再说，敏娘的年纪……"

麴崇裕立刻打断了他的话，"此事过些日子再说！妇人多事，如今诸事未定，儿子实不愿回了府中，还要与她们周旋！"见麴智湛还要说话，忙笑道："父亲放心，我身边还有几个省事的婢女，若是日后诸事顺遂了，再纳妾也不迟。"

他那些省事的婢女？麴智湛不由哑然，半晌才叹了口气，端起面前鎏金凤首壶，慢慢倒满一杯酒，仰头喝了下去。

第八十一章
恍然大悟　冤家聚头

"这是什么酒？"

琉璃轻轻抿了一口，抬头望向裴行俭。舌尖上的味道有些像米酒，却多了一种清香。

裴行俭笑道："是柳中的青梅酒，味道倒也别致。"

琉璃对酒兴趣不大，不过这青梅酒的味道清甜中带着微酸，夏夜饮来，别有一番风味。她喝了两杯，便觉得脸上有些发热，裴行俭则一如既往喝水般一杯杯喝了下去。

六月的西州，白日里烈日如火，夜色四合之后却会迅速凉爽下来，坐在凉风习习的小院中，吃着各种甘甜的瓜果，手中一杯清酒，头上万里星空，日子便有了一种山水画般的悠然。

三更天的梆子从街上远远传了过来，琉璃站起来收拾了果盘杯壶等物，回头却看见裴行俭依然坐在那里，不由奇道："你还不睡？"

裴行俭摇了摇头，"你先去歇着，我还要等上片刻。"

等？琉璃纳闷地看着他。听见动静的阿燕从厢房里快步走了出来，接过琉璃手里的东西往灶房去了。琉璃回身走到裴行俭面前，"你等什么？"

裴行俭伸手将琉璃揽到了自己的膝头上，低声道："我在等阿古。"

等阿古？琉璃更是诧异。

裴行俭轻描淡写道："我让阿古今日入夜后去大佛寺探一探，看能不能探出那西佛殿到底有什么古怪。"

琉璃恍然大悟，他想探的，应当是那个已经流了半个月汗、把西州乃至西域人都弄得疯疯癫癫的铜佛吧？"你也不信那是神迹？"

裴行俭的笑容有些嘲讽："那神佛也未免太善解人意了些！"

琉璃点头，这铜佛出汗的时机的确蹊跷。不过当日她离得很近，看得也很细，那佛像表面并没有任何异样，实在看不出为何好端端的能冒出汗珠来，而且是从早到晚在众目睽睽下往外冒！

裴行俭也是若有所思，"我那日看过，铜像周身、佛殿之内，似乎并无异样。不过据白三回报，他带着差役在大佛寺里巡视时，那后院却是不许他们靠近的。我猜，玄机多半与后院有关。只是这半个月来，咱们都被盯得极紧，今日阿古好容易才寻了个机会出去，不知能探出什么。"

琉璃奇道："探出来又如何？"

裴行俭笑了笑，"自然是一切难题迎刃而解。"

琉璃转念一想，不由有些担心，"你是说，若探不出来，便解不了难题？"

裴行俭眉头轻扬，"这世上既然有设局之法，自然便有破局之路，此路不通，换一条便是，难不成还真有永世瞒得住天下人的手段？"

也是，这世上哪有能永远骗人的把戏！琉璃心头微松，陪着裴行俭坐了一会儿，睡意却是不受控制的一点点往上涌。

裴行俭见她小口小口地打着哈欠，笑着站了起来，"你跟着熬什么，待有了消息，我第一个便告诉你！"说着，便把琉璃拉进屋里，按着她躺在床上，又给她盖上了薄薄的丝被。自己也靠着床头坐了下来。

琉璃看着床头那个沉稳的身影，心里虽然惦记着此事，眼皮却越来越沉，不知不觉睡了过去。待到一睁眼时，天光居然已是大亮。她一个激灵爬了起来，裴行俭不知何时已经离去。

外院的堂屋里，阿古衣角的灰尘尚未拍净，眼里颇有血丝，神情也极为凝重，"我明夜再去！"

裴行俭原本也皱着眉头，听了这话倒是笑了笑，"无妨，你先去歇着，我再思量思量，若能调开咱们家附近的那几颗钉子，我与你同去或更妥当。"

阿古摇头，"阿古不过是个车夫，还能混得过去，阿郎若是不在院中，只怕那些人立刻便会想到大佛寺。"

裴行俭沉吟片刻，"实者虚之，总有法子让他们发现不了。"

阿古依然摇头，"我再探一次便是，阿郎何必以身犯险？"

裴行俭正欲开口，突然听到窗外传来的脚步声，忙摆了摆手。没过片刻，琉璃挑帘走了进来，看见屋里的人，松了口气，又上下打量了阿古几眼，眼睛发亮，"古叔什么时辰回来的？可曾发现了什么？"

阿古看了裴行俭一眼，见他笑着点头，这才站起来回道："小的回来了不过一盏茶工夫，这时辰外面最是热闹，不然倒是不好混进来。大佛寺那边，还不曾发现什么。"

琉璃"啊"了一声，便去看裴行俭。裴行俭道："阿古这次算是探路，大佛寺僧人行动十分谨慎，阿古入夜便潜了进去，西佛殿里一直有人守着念经，接近不得，后院也并无异常，阿古守了一夜，都未发现异动。"

琉璃皱眉想了半天，依然是不明所以。裴行俭笑道："此事我自有打算，你昨夜睡得晚，还是回去补补眠罢。"

琉璃看了裴行俭一眼，他早已换上了出门的竹青色绫袍，看去倒是神清气爽，容光焕发，半丝忧心的模样也无。可若真是如此，他昨夜又何必那般坐等？以他的性子……琉璃直视着他的眼睛，"你也打算去大佛寺探一探？"

裴行俭怔了一下，到底还是点了点头，"我耳力比阿古略强，或许可以多探探觉玄大师身边那几位僧人的动静。"

琉璃恍然，事在人为，若是表面上查不出端倪来，不如盯着几个关键的人，只是他堂堂一位长史，居然干这种事情，实在荒谬，自己若能帮上忙就好了……

裴行俭看见琉璃微皱着眉头，站在那里出神，知道她定然不会回去歇息了，只能对阿古道："你先用些早膳，好好歇息，有事待我从府衙回来再说。"待阿古出门，他上前携住了琉璃的手，"你若不想再睡，便陪我用早膳去。"

两人的早膳历来简单，食案上不过放了胡饼、肉糜粥，两样小菜和一盘洗净切好的甜瓜，还有两个小小的银罐，各自装了酱和醋。琉璃随手拿了一块胡饼，正想往上面倒些酱，却被裴行俭按住了手，"你今日是要尝尝酸饼么？"

琉璃低头一看，不由哑然失笑，她手里拿的竟是醋罐。这两个小罐子式样原是一般无二，只是盖子有些区别，圆钮的银罐放的是醋，方钮的才是酱。她换了一个小罐，却见裴行俭依然盯着那罐子，脸上突然间露出了笑容。琉璃忙道："你可是想起什么了？"

裴行俭笑着指了指这两个罐子，"我在想，那铜像，或许就是一个铜罐，大佛寺做的文章多半不在其外，而在其内！"

也就是说，那铜佛很可能是空心的？大佛寺是在佛像里面弄了手脚？琉璃恍然大悟，那铜像的表面的确看不出任何异常，也不像涂了别的东西，那么，很有可能就是里面装了什么东西……

裴行俭三两口用完了早膳，看见琉璃还在皱着眉头，心不在焉地慢慢咬着胡饼，伸手揉了揉她的眉心，"你莫伤神了，我猜那佛像之下定然有地道，届时多留意些，焉能破不了这局！"

琉璃向他笑了笑，低头喝了两口粥。裴行俭已站起身来，"今日我会早些回来，记得做些罗阇。"

琉璃笑着应了。罗阇是西州人最常用的酸粥，刚开始喝时会觉得味道怪异，但多喝两次，便会发现它的妙处，尤其是用井水浸凉了，在炎热的午后慢慢喝下去，当真能让人暑意全消。

待裴行俭走后，小檀进来收拾盘碟时，琉璃便随口吩咐了一句。小檀头也不抬地笑道："婢子一早便把罗阇罐吊在井水里了，娘子什么时辰想用取出来便是。"又叹了口气："原来家中的井有这般好处，怪道西州有井的院子比没井的要贵上五成，这里又无冰可买，这没井的人家，夏日若想吃些凉的都是无法。"她快手快脚的收拾好了案几，用漆盘端起碗碟便往外走，刚刚走到门口，突然听到背后传来一声惊呼，忙回头问道:"娘子怎么了?"

琉璃已霍然站了起来,眼睛闪亮,满脸都是笑容,"没什么,小檀,你今日立了大功!快去库房找一把铜壶拿出来!"

小檀不由一呆,立了大功?她怎么不知道自己立了大功?还要再问,却见琉璃已经快步走回了内室,只得摇了摇头,一脑门官司地走了出去。

内室里,琉璃拍了拍自己的额头,笑着叹气,恨不得仰头大叫一声——自己真笨,这么简单的事情,居然到现在才想明白!

都护府长史房里,裴行俭也正对着案头的一个银壶出神,门外突然传来了通报声:"长史,安家三郎求见。"

裴行俭回过神来,"请他进来。"

门帘一挑,安三郎笑吟吟地走了进来,他明显黑瘦了许多,看去却比以前更精神,看见裴行俭便欠身行了一礼。

裴行俭站了起来,"阿兄何必多礼。"

安三郎笑道:"今日安某乃是有公务来向长史回禀。"

裴行俭笑道:"筹到这许多粮草,辛苦三郎了。"

安三郎惊讶地挑了挑眉头,随即呵呵一笑,"果真瞒不过九郎。"他从袖子里掏出了一本薄薄的账册,"这半个月来,从各县乡赶到州城的商贾大户甚多,倒是省了不少气力。今年天时尚好,西州收成不错,从敦煌、龟兹等地收粮的行商也都有好消息传回,如今,十万石的粮食都已谈妥,草料也备好了大半。"

这样说来,事情如此顺利,倒是要多谢那尊大佛?裴行俭笑着握拳一捶案面,"太好了!"

安三郎又笑道:"只是各家的粮仓如今都已经快满,过些日子再有粮草送到,只怕装不下,不知何时可以动用官仓?"

裴行俭顿时明白了他的言外之意,按约定,用官仓收粮之时,便是付各行商一半钱款之日,另外一半,要行商们将粮草送到军仓后,凭军仓收条支取。他的目光在案头的银壶一转而过,面上的微笑却十分笃定,"半个月后,开仓收粮!"

安三郎心头一松,他们做商贾的,最怕积压货款,若是半个月后能如约得一半的钱款,收粮的成本便悉数收回了。他双手把账册交到了裴行俭手中,又简单回报了行商们下一步的安排。他原本心思细密,这些事务自是安排得井井有条。

裴行俭点头笑道:"此次真是多亏有阿兄!"

安三郎笑着摇头,"哪里的话,这原是千载难逢的良机。"安家在西州固然颇有根基,他的资历却还浅,如今有了这个机会,地位自然是水涨船高,不然如何又能把香料铺和药铺顺顺利利地开起来?

两人又商议了几句,门外却突然传来急促的脚步声,"长史,世子让你赶紧去正堂，说是葱山道前军大总管苏将军派了一位参军事过来。"

前军大总管苏将军？安三郎眼睛一亮，低声道，"苏将军的人来得好快！"

裴行俭也是面露喜色，对安三郎点头一笑，"烦劳阿兄等我片刻。"正要快步往外走，突然脚步一顿，沉吟片刻，嘴角露出了一丝嘲讽的笑容。

安三郎不由奇道："怎么？难道有什么不妥？"

裴行俭摇头，"此苏将军，非彼苏将军……"还要再说，门外已催促道："长史，世子让你快些过去。"

裴行俭向安三郎点了点头，快步挑帘出去，跟在麴崇裕的随从身后，一路去了正厅，还未入门，便听见里面传来一阵不算陌生的笑声。

随着一声"裴长史到"的通传，屋内的笑声蓦然停了下来。裴行俭微笑着走了进去，就见麴智湛坐在案几之后，依然是惯常的满脸含糊。案几前的麴崇裕看见裴行俭，倒是眉梢微扬："裴长史来晚了，该罚！"

原本背门而立的高大男子缓缓回过身来，一张脸孔似笑非笑，"守约兄，没想到这么快又见了。"

裴行俭走上两步，抱了抱手，"原来是子玉兄，真真是意外之喜！子玉兄是随着苏将军来了伊州？"

苏南瑾眼睛下意识地一眯，自己父子如今被发配伊州，不都是拜他所赐？自己原本还有些茫然，直到父亲详细追问了那天发生的事情，才一个耳光扇醒了他——那位自称苏定方义女、武昭仪画师的胡女，竟然是裴守约的妻子！裴守约当时不动声色，却布下了那样一个陷阱让自己跳进去！害得自己有家不能回，害得父亲偌大年纪，又一次被发配到了这种蛮荒之地！

苏南瑾微微吸了口气，才笑了出来，"正是，蒙皇恩浩荡，准我到父亲麾下效力。如今家父已授了葱山道前军总管，此来西州是奉命督查备战之事，倒是要烦扰守约几日了。"

裴行俭依然是笑微微的，"求之不得。"

麴崇裕眼神颇有些玩味，轻声一笑，"苏公子，西州钱粮赋税之事，都是裴长史在管，公子有事询问长史便是。不过公子若想知道西州哪种美酒最醇，何处歌舞最佳，崇裕倒是还能说上一二。"

苏南瑾见裴行俭并未出声，显然是默认了此事，心头微惊，这几个月西州的变故他固然也有耳闻，但总想着麴氏根基深厚，难以动摇。适才麴崇裕说起不知钱粮几何，自己还当他是自谦，没想到裴行俭居然真的已经架空了麴氏父子！心思转了几转，他还是笑道："守约，咱们便先谈公事再叙私谊，不知西州为此次大军准备了多少粮草？"

裴行俭神色从容，"备了五万石粟米，一万车草料和谷料。月底便能齐备。大军到时，随时可运至军仓。"

苏南瑾眉头顿时挑了起来，"守约莫不是开玩笑？西州有口近四万，才备了五万粟米，伊州人口尚不足一万，也备了两万多石，大军西征是国之重务，守约莫拿大军的粮草当儿戏！"

麴崇裕眉头一皱，他虽然不曾明着过问此事，私下自然时时留心，近年来风调雨顺，西州粟米不过一百多钱一石，敦煌等地则更低。裴行俭此次筹集军粮，出的价却是运到军仓后一石粟米价三百文，这才惹得西州的行商们争相出手，听闻是按着十万石准备的，怎么到他嘴里便成了五万石？他正要开口，麴智湛已笑道："玉郎，去吩咐一声，拿些梅子浆进来，苏公子一路辛苦，也要解解暑气才是。"

麴崇裕一怔，看见麴智湛投来的目光，只得应声出门吩咐随从。

裴行俭的脸上满是为难的神色，半晌才叹了口气，"不瞒子玉，西州不比伊州，人多地少，我这两个月来都在头疼此事，高价收粮、动用行商，种种法子都试过了，原也是照着十万石备的，如今却只有五万石有些把握，若是加上夏收的租子和西州存粮，大约也就是六万光景。"

麴崇裕回来时正听得此话，心头不由也狐疑起来，他忍不住看了父亲一眼，麴智湛微不可见地摇了摇头，他心里一动，站在了一边。

苏南瑾心里冷笑了一声，眼角一瞟，只见麴智湛仍是一副笑面佛的模样，似乎全然不觉得这粮草之事跟自己丝毫关系，麴崇裕也是满脸漠不关心，心头更是一松，语气里多了几分肃然："此事我也知晓为难，只是此次大军有十万之众，程大将军给家父下了严令，在大军抵达之前，西、庭、伊三州务必以每口三石之数备齐军粮，违者以军令论处，家父这才令我来知会都护与长史，必得在七月之前，备齐此数！"

十二万石？裴行俭目光中露出了几分真正的愕然。苏南瑾却笑了起来，"家父也知我与守约有旧，因此才特命我过来助你一臂之力。"

裴行俭诧异地看了他一眼，"子玉兄……"

苏南瑾傲然道："苏某奉命领三百精兵随行，若七月军粮依然不足，我便派兵入乡征粮！"

"派兵入乡征粮"这六个字一出，连麴崇裕都惊讶地转过头来，这句话背后的残酷含义，西州人绝不会陌生。裴行俭脸色也微微一变，"万万不可，行俭定竭尽所能交上粟米，只是十二万石……"

苏南瑾叹了口气，"守约果然爱民如子，只是军令如山，哪有半分商量的余地？守约放心，你先尽力而为，七月之前，若能如数交上自然最好，到时若有短缺，我便是拼上背个骂名，也不能坐视你被程总管军法处置！"

看着裴行俭皱眉不语的模样，苏南瑾的心中不由一阵惬意：这是听闻裴行俭的那把火后，父亲苦思冥想才定下的计策，一口三石的数量也是父亲向程将军提出的。伊州人少，地却不少，两次强征之下总算收到了两万四千余石，但以西州的土地，要拿出这些粮食，只怕比登天还难。这样一来，先以军法之酷威慑西州，再以收粮之举立功于军前，同时也让裴行俭好容易在西州建立的人望就此扫地，一石三鸟，也算是先收些利钱。

裴行俭沉默片刻，点了点头，"子玉的好意我心领了，此事可否再容我几日？"

苏南瑾摇了摇头，"中元之前，大军必到，纵然我想帮守约拖上几日，但军法不容情，守约莫存侥幸之想！"

屋里的气氛顿时沉闷了下来，连麴智湛脸上的笑容都收了两分。外面适时地响起了一个小心翼翼的声音："世子，梅子浆可是即刻送上？"

被井水凉过的梅子浆酸甜可口，入喉便如一根冰线便让人暑意顿消，麴崇裕又谈笑风生地说起了柳中瓜果、龟兹美人，屋子原本凝重的气氛慢慢放松了下来。

裴行俭却有些立不住，"麴都护，下官还是先下去催催粮草。"又对苏南瑾抱歉地一笑，"子玉，行俭失陪，待得有暇时，定然请你好好喝上一顿。"

苏南瑾笑意轻松，"守约当真是勤于政事，苏某佩服。"

麴崇裕却轻佻地挑起眉头，"守约莫要扫兴！我还要给苏公子设宴接风，再说，苏公子是头次来西州，也该有人带他游玩游玩才是，你难不成都要躲了去？"

裴行俭脸上露出一丝苦笑，"只怕这些天下官都不会有太多闲暇，还要劳烦世子费心。"说着向三人抱了抱手，转身便走，快到门口却突然停下脚步，转过身来笑道："下官差点忘了，说来苏公子也不是外人，苏将军便是毕国公阿史那将军当年的麾下爱将，几度随大将军出征西域。苏公子家学渊源，想来对西州绝不会太过生疏。"

深青色的门帘悠然落下，苏南瑾一颗心却提了起来：自己来之前，父亲反复交代过，他曾在阿史那社尔麾下征讨高昌之事，绝不能对麴氏父子提起。当年阿史那社尔败于薛延陀，率残部投奔高昌国，被国主麴文泰收留。后来又转投大唐，当上了大唐的驸马，谁料没几年便与侯君集一道率兵灭了高昌，麴文泰便是因此忧惧而死。此等国仇家恨，岂是十几年的岁月能磨灭的？好在当时父亲职位尚低，并不惹人注意，没想到裴行俭居然记得这些陈年旧事，又公然挑了出来！

苏南瑾忍不住抬眼去看麴氏父子，只见两人都有些惊讶，还是麴智湛先叹了口气："原来苏公子与西州还有此等渊源，当年我等随唐军回长安，倒是不曾听闻令尊的名讳。说起来当年高昌城破，侯君集纵兵抢掠，若不是阿史那将军还心存旧情，约束麾下军兵，我等不知还会落到何等地步，此事不提也罢！"

苏南瑾心里微松，"正是，当年家父不过负责军需，连高昌城都不曾进得，后来不过是在沙州做了几年刺史，又随军征讨了一回龟兹而已。"

麴崇裕展颜笑道："那苏将军在西疆的年头，岂不是比崇裕还要长些？"

屋里的气氛顿时变得松快起来，谈笑声比先前更响亮了几分。只是麴崇裕盛情邀请苏南瑾在城内住下时，苏南瑾还是摆了摆手，"多谢世子盛情，只是苏某有士卒随身，不好自己逍遥，还要先回营安顿一番才是。"

麴崇裕满脸憾色，又约定了明日宴请的时间，笑吟吟地把他送了出去，回头脸色便沉了下来，冷冷哼了一声："裴守约的离间之计也使得太过拙劣，阿史那社尔固然死有余辜，可我们麴家难不成还能对每一个曾发兵高昌之人都恨之入骨？若是如此，我们在长安还能活到如今！父亲放心，儿子不会糊涂！"

麴智湛脸上的微笑早已收了起来，看着那飘动的门帘缓缓摇头，"离间计拙劣不拙劣，要看对谁使，对付这苏公子，此计便足够。如今我们便是半点都不介意，他能信么？你当他为何要住回军营？"

麴崇裕沉吟片刻："这苏公子与裴行俭似乎结怨颇深，这十二万石粮食，似乎也是冲着他来的。儿子这便着人去打探一下，他们结怨究竟所为何事。再者，这十二万石所差之数，我也会尽力从公田补上，暂停西州官员米禄，再派人去南边诸国收购。"想到离七月不过二十几天光景，不由眉头紧皱，语气深寒："他们这些唐人自己明争暗斗也便罢了，居然拿着西州人来作伐！"

麴智湛叹了口气："此事关乎西州子民，大佛寺那边，你依然要盯着，只要裴行俭所行无果，便立即让他来见我，出钱之事，由我来说！收粮之事，更要立即着手做起来。"

麴崇裕点头，"儿子这便去办。"想了想又冷笑一声，"大张旗鼓地办！"

第八十二章
有心搅局　无力回天

"十二万石？"安三郎腾地站了起来，"岂有此理！此次我们这些人在西州收到六万石粮米，已是各出神通了，若要再搜罗两万出来，只怕……若是从外地运，时辰又太短，一则钱帛花费太巨，二则也有些冒险。"

裴行俭点头不语，他自然也知道，在西州本地收粮最便宜，商贾们自然会竭尽所能，如今除了些富户外，只怕西州人家都剩不得太多粮食。想了半日，他才道："如今西州各处粮仓还有几千石余粮，若加上公田职田所出，大约能凑上一万石，还有一万么……"他正想说需要另辟蹊径，却见安三郎脸上突然露出犹疑的神色，不由奇道："难道三郎已想到了法子？"

安三郎不好意思地捋了捋胡须，"其实，咱们实收的粮米有十一万石。"

裴行俭怔了一下，随即恍然大悟，"你们收粮时做了手脚！"

安三郎忙道："你也知晓军仓的规矩大，遇到不好说话的，克扣两成也是有的，我们也是无法，收时便留了些余量，这也是历年来的老规矩。若是九郎有把握入仓时公平计量，只怕十一万石尚能有余。"

裴行俭松了口气，脸上露出笑容，"你放心，我来安排。"他的手指有意无意地转动着案几上那把银壶的盖钮，"让人不敢弄鬼，原不是什么难事！"

安三郎眼睛一亮，"这是更好！"这样一来，他们这些行商也能多一成的收入，简直是意外之喜！他的眼睛笑得眯成了一条缝，却没看见裴行俭目光落在北边的高窗上，眉头微微皱了起来。

这一日裴行俭回到家中时，已是午后申初时分，一日中最热的时分刚刚过去，屋里静悄悄的。琉璃正拿着卷书靠在床头打盹，脑袋一点一点地垂了下去，额前散乱下来的几缕秀发也随之在脸颊边调皮地荡来荡去。裴行俭看了片刻，不由嘴角微扬，轻手轻脚走了过去，拈起一缕头发在她脸颊上轻轻扫了扫。琉璃下意识伸手一挥，手头的书顿时"啪"的一声落在地上。她一个激灵睁开眼睛，看见裴行俭近在咫尺的笑脸，不由一怔，平日清澈灵动的眸子里一片茫然。

裴行俭胸口一热，低头便吻上了这双眼睛。琉璃刚刚清醒过来的脑子顿时又有些迷糊，好容易才想到还有事情，忙往后仰了仰头，"守约，守约你等等……我有要紧物件要送你！真的要紧！"

裴行俭愣了愣，哭笑不得，"什么要紧物件，待会儿再送不成？"

琉璃摇头，"过一会儿便送不了！"说着挣脱身子，走到门外，扬声道："小檀，快把井里冰着的青梅酒送过来。"

裴行俭好不诧异，跟着她走出去时，才注意到外面的食案上一排放着好几个壶，有精致的鎏金银壶、有彩绘的玻璃壶，还有一个朴实无华的铜壶。

过得片刻，小檀抱了一罐青梅酒进来，琉璃让她把酒逐一倒满了几个壶，盖上壶盖。小檀笑道："娘子又要摆弄这些壶了！"

琉璃摆手不语，裴行俭看了看这几个壶，又看了看满脸认真的琉璃，隐隐觉得有些不对，也在案几边坐了下来。

没过多久，琉璃伸手一指，"你看！"只见最外侧的玻璃壶上，竟然隐隐泛起了水光。裴行俭吃了一惊，忙伸手摸了上去，指尖微润，果然是有水，再看铜壶和银壶，分明也有轻微的水意。

裴行俭低头看了看自己的指尖，又从怀里掏出一方雪白的手帕，细细地把铜壶擦了一遍，眼见手帕上湿痕宛然，不由抬头看向琉璃，"这是……"

琉璃心道，这是因为空气中的水蒸气遇冷重新凝结成了水！此事也不知从何说起，只能笑着摇头，"我也不知，今日午间我用玻璃碗盛罗阇时，突然觉得碗上似乎有水。这才想起，在宫中夏日用冰时，杯盏也会发润，有时还会有水珠滴落。因西州井水最凉，我便拿井水试了几次，果然不管是玻璃壶、铜壶还是银壶，只要壶中倒满井水，过得片刻，外面便有水汽，正午时比这还要明显，想来若是放了冰块进去，出水定会更多。"

裴行俭依然凝视着手里的那把铜壶，说话间，刚刚被帕子擦干的铜壶又浮上一层水汽。中空的铜佛、西州唯一的冰窖……"原来如此！我怎么没想到？"他抬头看着琉璃微笑，突然把铜壶往案面上用力一顿，站起来一把将她抱了起来，在屋里转了好几个圈，笑声朗朗传了出去。

琉璃顿时有些头晕，忙搂紧了他的脖子，"莫转，快莫转了！"

裴行俭放下她，在她脸上用力亲了一下，"好琉璃，你又帮了我大忙！"

琉璃不敢撒手，闭着眼睛笑道："那你还不赶紧地结草衔环，也免得我白忙这一日？"

裴行俭哈哈大笑，"娘子所言，敢不从命！只是小的先还要从娘子这里借一个壶。"

琉璃想了想笑道："铜壶不借。"

裴行俭笑着叹气，"就借半日。"

琉璃摇头，"半刻也不借，除非，"她睁眼笑嘻嘻地看着裴行俭，"你去大佛寺时得带上我！"

裴行俭一怔，看着她亮晶晶的眸子，到底还是微笑着点了点头，"好，不过还要等上半个月。"

半个月？为何还要等半个月？琉璃心头疑惑，还未来得及开口，炙热的亲吻已密密麻麻地落了下来，严严实实地封住了她的一切思绪……

之后半个月，天气愈发炎热，琉璃惦记着大佛寺的事，只觉得日子漫长。好容易等到这日午后，西州的上空却突然乌云四合，云层间电闪雷鸣，分明有雨幕笼罩，可西州的地面上，却看不到一滴雨水。

琉璃站在屋檐下仰头看了半响，忍不住摇头叹气，又是这种雨水到半空就被蒸发干了的怪天气吗？

站在她身边的小檀也抱怨道："等了半日，又是一场鬼雨！白耽误工夫。"说着抬腿便往外院走，刚走到院中，几颗硕大的雨珠毫无预兆地落了下来，正砸在她头上。小檀"啊"的一声跳了起来，几步蹿到了院门下面。

下一刻，比黄豆还大的雨点稀稀拉拉地落在院中的硬土地面上，溅起的尘土形状竟出奇的清晰，看去就如一朵朵浅黄色的小花，在大地上瞬间盛开又凋零。琉璃正看得入神，一只手稳稳地揽住了她的肩头。裴行俭的目光也落在那些雨点上，脸上带着淡淡的喜悦，"今日的雨倒是落下来了。"

琉璃向他扬起了笑脸，"正是适宜出行的好日子！"

裴行俭捏了捏她的脸颊，声音里充满了无奈，"放心，雨停了便带你去！"

稀疏而硕大的雨点掉了两刻多钟便蓦然停了下来，天色慢慢变得清明，阳光透过薄薄的云层照在西州城上，半湿的地面顿时热气蒸腾。好在雨后的微风还带着凉意，多少驱散了些许闷热。

裴行俭穿上了琉璃给他新做的淡青色细白叠圆领袍，袖口和领口包着颜色略深的棋格纹青绫，看去简洁素雅。琉璃也穿着淡青色衫子，配棋格纹暗花的青绫裙，裴行俭平素对穿着并不在意，一看这衣裙也笑了起来，上前携住了琉璃的手，迈步往外走去。

阿成早已等在了门口，手中拿着一个沉甸甸的照袋，小檀也换了身衣服，挽着装了香烛的篮子。琉璃看了阿成的照袋一眼，嘴角不由扬了起来。

大约是刚下过雨，日头又不甚酷烈，道上的行人倒比平日更多，到了大佛寺前，香客更是络绎不绝，每人身上都风尘仆仆，显见是远途而来。

裴行俭一行人离佛寺大门还有十几步路，寺外驻守的府兵领队便快步迎了上来，抱拳行礼："见过长史！"

裴行俭笑着点了点头，"祇队正辛苦了。"

这位队正似乎没料到裴行俭居然一口叫出了他的姓氏职务，倒是呆了一下，随即满脸堆笑，"不知长史此来可是为了上香？"

琉璃纳闷地看了这位队正一眼——这不是废话吗？虽然午后上香是少见点，可现在是佛像显圣的非常时期,哪一日不是从早到晚都有香客的?

裴行俭也是笑而不语,祇队正拍了拍头,"卑职糊涂了。"裴行俭正要走开,祇队正又回头道:"尤十六,你不是有事要向长史请教?"

一个不到二十的小府兵红着脸向裴行俭行了礼,开口时多少有些磕巴:"长史,小的、小的阿弟半个月前放牧时不合贪睡,丢了一只马驹,家人遍寻不得,适才他们、他们说长史能算,让小的来问问长史,该如何去找那马驹。"说完之后更是满脸通红,眼睛都不知看着何处才好。

裴行俭笑着摇头,"时日久了,此事不好算,况且我也未带卦钱在身,不如日后再说?"

祇队正忙道:"还不赶紧谢过长史?"又对裴行俭笑道:"长史有所不知,这尤十六的阿弟原是替人放牧,若是寻不得马驹,便要白替人再看两年,他家近来多事,我等想帮也出不了力,这才厚着脸皮来求长史……"

琉璃听得几句,渐渐觉出不对来,裴行俭脸上的微笑不变,只是当这队正从尤十六扯到牧马监时,还是叹了口气,"队正高见,只是我还有事,回头再与队正探讨。"

祇队正忙笑道:"看我糊涂了,真真是对不住长史。长史稍等,这边人多拥挤,卑职这便领您过去。"

刚到内院,另一队府兵的队正又热情洋溢地迎了上来,这次却是来回报,此次佛像显圣,引来的香客比前几年更多出了三成,幸而长史与世子安排得宜,多日来未曾有人受伤云云,滔滔不绝讲了一盏茶工夫。

琉璃越发诧异,正想开口打断,便听身后传来了一个熟悉的声音:"守约,真真是巧,你怎么也来佛寺了?"

麹崇裕大步从寺外走了过来,身上穿着绯色锦边的交领绫袍,头上还束着鎏金银冠,气息未定,双颊微红,倒是色若春晓之花,只是却看不出半分专程来拜佛的模样。

刚才还口若悬河的队正立刻行了一礼,低头退了下去。裴行俭转身抱了抱手,"真是巧。"

麹崇裕笑着走上几步,"不知守约此来,所为何事?"

裴行俭笑了起来,"还能所为何事?"

麹崇裕脸上倒是露出了诧异之色,"守约真是有心向佛?竟是比我还来得勤!"

裴行俭摇头,"不敢与世子相比,拙荆偶然有感于心,要来参拜一番,我却是有些惦念觉玄大师的好茶了。"

麹崇裕似乎这才看见琉璃,向她微微欠身点头,"原来是库狄夫人要来拜佛。"

琉璃此时哪里还不明白刚才那两个队正在弄什么鬼,听了这话,也笑着还了一礼,"我也诧异得很,适才这两位队正为何如此尽忠职守,原来世子要来上香。"

麹崇裕仿若不闻,转头便又跟裴行俭说起话来,一面说一面上了台阶,却见那位觉玄大师也从殿内转了出来,依然是一脸德高望重的微笑,"长史与世子今日竟是联袂而来，善哉善哉。"

西佛殿依然拥挤，琉璃上香时，看着那座汗水流得越发欢畅的大佛，只觉得手指痒得厉害，恨不得上去摸一摸，好容易才在满耳朵的祈祷声中忍住了。待她回到雅舍，魏崇裕正与觉玄法师引经据典地你来我往，说得好不高深。琉璃听得百无聊赖，裴行俭似乎也插不上嘴，半晌后回身向阿成点了点头。阿成转身走到觉玄身边的年轻僧人旁边，低声说了两句，那位僧人有些意外，也轻声回了一句，见阿成点头，这才笑着跟他一道走出门外。

魏崇裕百忙之中转头给随从递了个眼色，见他跟着出了门，才对觉玄笑道："法师所言甚是，只是崇裕记得玄奘法师曾说过，若不摧邪，何以显正……"玄谈妙语中，适才的那点动静，就像小小的雨滴落在湖面上，还未激起涟漪，便泯没在了漫天雨花里。

大约过了两盏多茶的工夫，刚才出门的三个人又悄然走了回来，阿成依旧拿着他的照袋，满脸微笑。年轻僧人低着头，看不出神色如何，倒是魏崇裕的那位长随神色如常，向魏崇裕微微摇头，站在了他的身后。

魏崇裕暗自松了口气，却见裴行俭低头喝了一口茶，突然开口道："觉玄法师，裴某此次前来，实乃是有事相求。都云我佛慈悲，法师当也知晓，如今西州便有一场莫测危机。却不知大佛寺可愿慈悲为怀，出钱出力，为西州子民做下这场善事？"

魏崇裕顿时一怔，万万没料到裴行俭会说得如此直接。觉玄更是怔住了，倒是他的身边的年轻僧人最先反应过来，低声在觉玄耳边说了几个字，觉玄的脸上突然一僵，微张着嘴，却一个字都没有说出来。

魏崇裕眉头一挑，笑了起来，"守约此言何意？"

裴行俭叹了口气，"世子想也知晓，总管们给西州定下的那十二万石的粮草，下官不才，今夏的租税加上西州行商手里所筹，倒也凑齐了此数，只是都护府账上无钱，仓中无帛，总不能空口白牙开仓令行商交粮。下官想来想去，也唯有指望我佛慈悲，来解救西州百姓这一回。"

裴行俭神色坦然，语气清淡，仿佛不过是开口向邻居借了瓶醋。魏崇裕一时简直想揉揉眼睛，这些日子自己殚精竭虑，严防死守，就怕这位花样百出的长史又要出什么高明计谋来，没想到他竟会如此简单直接，自信得近乎可笑！自己竟是白担心了一场！

好容易定住心神，魏崇裕摇头笑了起来，"守约此言差矣，佛门固然是以慈悲为怀，然则钱粮事宜，乃是我等朝廷命官分内之责，焉能推诿于方外之人？守约为民筹划，一片苦心，崇裕也是佩服得紧，只是今日之事，的确太过唐突。"他转头看向觉玄法师，语气愈发诚挚："法师放心，此等官府事务，我魏家必然一力承担，不会教西州子民不安，亦不会打扰到佛门清净。"

觉玄低头念了声佛，声音明显有些沙哑："多谢世子。"

魏崇裕扬眉一笑，"法师不必客气。"端起茶盏惬意地喝了一口，正想再说两句，却听觉玄语气平缓地说了下去："只是军粮之事，事关西州数万百姓，想来我佛今夏显圣，便是为了拯救西州子民度过此劫，我等又岂能不遵佛旨？此次各方信徒所捐的功德，如今已有四万多缗，本寺将悉数捐作军粮之资！还望长史成全！"

麴崇裕一口茶顿时悉数喷了出去。

裴行俭笑吟吟地起身行了一礼，"行俭代西州百姓多谢法师！"又转头看着麴崇裕微笑道："世子果然心怀百姓，听闻喜讯，竟比裴某更是欢喜。"

麴崇裕本来已略缓过口气了，听了这句，白皙的面孔立时涨得通红，好容易才吐出口浊气，嘴角勉强牵出一丝笑意，"法师的确慈悲大度，只是此事……"

觉玄双掌合十，"大佛寺受西州供奉多年，原该如此，世子不必多虑！"

麴崇裕一时接不上话，耳中听着觉玄已提出立刻清点搬运钱帛，裴行俭却是满口谦逊，只道不必着急，过两日再劳烦佛寺云云。他再也忍耐不住，垂眸掸了掸沾了茶水的衣襟，欠身道："法师，长史，你们慢慢商量，崇裕先行告退。"

走出大佛寺的院门，他努力端着的笑脸顿时垮了下来，看了自己的随从一眼，咬牙道："适才究竟出了何事！"

随从挠了挠头，满脸困惑，"适才是裴长史的亲随向佛寺讨了些冰，说是长史夫人想用来冰些梅浆。"

麴崇裕皱眉沉吟半晌，寒声道："你把前后的经过仔仔细细说上一遍，一个字一件事也不许漏！"

随从唬了一跳，想了半日才道："裴长史的亲随去寻那位僧人时，我因站得近，依稀听他说是，听闻大佛寺有冰窖，自家夫人想做冰梅浆，不知能否让他去冰窖里拿些。大僧便答，拿些冰自是不打紧，只是佛寺冰窖历来是用以保存供物，外人不好进去，他愿意帮着跑一次，两人便一道出了门。

"小的跟出去后，便说也想看看冰窖，大僧只说不可。裴长史的人拿了把壶出来，待大僧提壶取了冰回来，又问了些佛像显圣之事，说是若不是前次来给这佛像上香，也不会知晓大佛寺竟有冰窖，怪道是西州佛门之首，佛祖格外垂青，如此夸赞了大佛寺几句，都是日常话，再没说旁的。"

麴崇裕眉头皱得更紧，"便是这些了？"

随从想了想道："快到门口时，裴长史的亲随还让大僧帮忙拿了壶，说是这壶原是寻常，但装了佛寺的冰后便贵重不凡了，让他拿得满手出汗，若是滑手摔漏了底去，只怕佛祖会见怪。那大僧还当真差点手滑摔了壶，亏得长史的亲随手快，用照袋接住了，小的也跟着笑了一回便回了屋。"

麴崇裕失望地摇了摇头，思前想后走了一路，直到进了都护府正堂的门，依然是不得其解。

麴智湛抬头看见麴崇裕的脸色，皱眉站了起来，"出了何事？"

麴崇裕垂眸回道："裴守约适才去大佛寺向觉玄法师直言相求，望佛寺出手解粮草之难题，觉玄法师竟是一口答应，还道佛祖此次显灵想来便是为了此事，因此要把这一个月所收功德悉数捐出，儿子劝说不得……"

麴智湛也是满脸愕然，"怎会如此？可是裴守约暗中使了手脚？"

麴崇裕的声音更是低了下来："儿子无能，查不到端倪。父亲以为，如今该如何应对？"

麴智湛摇了摇头，又坐了回去，"还能如何？"他停了片刻，声音变得肃然："玉郎，事已至此，为父要劝你一句，万万不可为一时意气，树下一世强敌！今秋大军到后，事务必然繁多，为麴氏计，为西州计，你还是放下身段，多与裴长史携手共事，若能摒弃前嫌固然最佳，至不济也要相安无事才好！"

麴崇裕默然半晌才道："莫非技不如人，便只能束手待毙？"

麴智湛眉头一皱，随即才慢慢松开，淡淡地道："人生在世，岂有永远一帆风顺之理？也不过有输得起和输不起之别罢了。为父蹉跎半生，论雄才大略远不及你祖父，论风采人望，亦远不及你伯父，唯一会的，也不过是如何去输。我原以为你在长安这十几年，大约也已学会这个输字，却没想到一个裴守约，便让你失了分寸！"

麴崇裕抬起头来，嘴唇微动，想说点什么，麴智湛已挥手道："你不必多说，为父口才原本不佳，辩起来不是你的对手，你只需下去多想一想，想清楚之前，莫再轻举妄动便是！"

麴崇裕只得低头应了个是。麴智湛见他神色落寞，不由放软了口气："这些日子你也辛苦了，这几日横竖无事，不如去山北的别院歇个几日。"

麴崇裕摇了摇头，脸上露出了一丝苦笑，"这两日只怕便会有大事，今日去大佛寺前儿子才听说……"一言未了，便听外面传来了通传之声："都护，苏参军求见！"

麴崇裕皱眉低声道："便是这位苏公子之事，崇裕待会儿再回报。"说完转身出门，对正大步走来的苏南瑾抱手一笑，"子玉，里面请。"

这半个月来，麴崇裕一直在与苏南瑾厮混，他原是长袖善舞之人，兼之出手豪爽、人品风流，到了七八日上，苏南瑾便也不提要回军营，在麴崇裕为他收拾出来的一间小院住下，日日美酒佳肴，夜夜美婢娇娥，只觉得比在伊州更惬意十分。此时看见麴崇裕迎了出来，苏南瑾脸上也绽开了笑容，"原来玉郎也在，倒是巧了！"

麴崇裕把苏南瑾引了进去，一面便问："子玉今日可是有事？"

苏南瑾点了点头，"确是有事请教都护。"进门向麴智湛行了一礼："见过都护。"

麴智湛笑眯眯地道："苏公子请坐，这几日小儿若有招待不周之处，敬请见谅。"

苏南瑾自然满口感谢，说了几句闲话，便话锋一转："麴都护，适才裴长史遣人知会在下，道是军粮已然备齐，明日便可入仓，让我过去督查，不知此事可是都护的意思？"

麴智湛脸上露出了几分惊讶，随即便又是满脸笑容，"裴长史负责西州钱粮，他既然说已然备齐，定然便是备齐了。"

苏南瑾眉头一挑，"都护竟是并不知情？"

麴智湛只是呵呵地笑，"公子见笑了。长史谨慎勤勉，做事历来妥当，我便也躲了懒。"

苏南瑾看了麴崇裕一眼，见他脸色淡淡的，心头更是大定，抱手笑道："既然如此，下官心中有数了，这便告退！"

麴崇裕忙道："我送你出去。"

出得门来，苏南瑾见左右无人，便笑道："玉郎可想去看场好戏？"

麴崇裕心里一动，倒是露出了几分惊讶之色，"子玉的意思是……"

苏南瑾冷笑了一声："我听闻裴守约这些日子不知用了什么手段，倒是让西州行商们都疯癫了般鞍前马后的为他筹集粮草，想来今日既然敢让我去督查，便是胸有成竹了，却不知……"他笑着转了话头，"这收粮非一日之功，你等着便是。"说着拱了拱手，昂首大步离去。

麴崇裕目送他离开，脸色才冷了下来，转身回到正厅，对麴智湛冷笑道："这苏南瑾倒是个胆大手黑的，看来我听到的消息没错，他是准备在分量上做手脚，听说已准备好了十二斗的特制官斛！"

麴智湛眉头顿时皱了起来，沉吟道："那是要克扣两成？你如何打算？"

麴崇裕犹豫了片刻才道："若是差个一成半成，咱们这十几天来，倒也收了些粮米，加上西州大户们的，万来石还是凑得出来。"

麴智湛叹了口气，"玉郎，你还是想着要与裴守约比个高低？压他一头？罢了，依我之见，你什么都不必做，寻个不起眼的人知会裴守约一声便罢。"

麴崇裕不由一怔， "父亲，为何要去知会他，他既然让苏子玉监管收粮，想来……"他恍然醒悟过来，"父亲只是想让裴守约知道，此事与你我无关？"

麴智湛笑着看了他一眼，"你都能想到的事，裴守约会毫无准备？"

麴崇裕心里说不出是什么滋味，只是此事……他用力吐出胸口的一团浊气，露出了笑脸，"父亲说得对，既然如此，咱们等着看他们如何过招便是。"

麴智湛圆团团的脸上终于露出了几分真正的笑容，"正是，这样一场好戏。莫说你，便是为父都想去看上一看！"

第八十三章
八面埋伏　军法处置

西州城四面悬崖，常年只开东门供人出入。然而西州人都知晓，这座高台之城其实共有三处城门。其中西门为得胜门，每逢大军凯旋时方会打开，而对着河谷最狭窄险要之处，还有一处南门，乌沉沉的铁木大门和吊桥矗立在悬崖绝壁之上，让人望之心寒。

六月二十八日清晨，当初升的阳光把西州染得一片金红，这扇沉重的大门竟轰然洞开，吊桥缓缓落在了对岸的岩壁之上。早已等候在谷外的粮车，迅速排成了长队，人引马拉，从吊桥上进入城门，又停在了都护府南面的校场上。

不大工夫，偌大的校场便横七竖八地停满了粮车。然而除了偶然的马嘶之声，竟是一片肃静，便是最爱闲扯磕牙的车夫，此刻也紧闭了双唇。

数百名头顶铁盔，胸配片甲的军士分列在校场的东西两头，人数虽不甚多，肃杀之气却直冲霄汉。莫说是车夫，便是随车进来的行商们，相视几眼后也不敢贸然开口。

校场北面，几排整整齐齐的粮仓前方，称粮用的官斗官斛早已安置妥当，十几位同样一脸肃杀的军士负手而立，西州的仓曹参军张高与几位管粮的官吏陪在一边，脸色都有些不大好看——这收粮入仓，原是最大的肥差，手头略变动些松紧，便有不少好处可得，可眼前这些军爷，显然不是好相与的，看那摆弄斗斛的手势，定是此道老手，还有那斗、斛的规制……此番只怕不但糊弄不得，还要赔上小心才能了结差事！

随着一阵嚯嚯靴声，一身戎装的苏南瑾带着十几位亲兵走到了粮仓面前，目光一扫，脸色已沉了下来，"裴长史怎么还未到？"

张高忙笑着迎上一步，"裴长史适才派人过来知会了一声，因今日不但要收粮，还要给交粮的行商们支付一半钱帛，他要去准备一番，稍后便到。"

钱帛？苏南瑾嘴角冷冷地一撇，他不就是从佛寺那里敲了一大笔吗？当今圣人与皇后那般崇敬僧尼，他居然敢对佛寺下手，日后对景揭了出来，还不知会落个什么下场！再说了，今日之事，他以为是用钱帛可以揭过的吗？

苏南瑾的目光从那几个军中定制的斗斛上掠过，抬头看了看天色，冷笑道："却不知长史要准备到何时才能妥当？这收粮之事也是耽误得起的？"

张高忙道："公子稍候，下官这便差人去催一催。"刚要叫人，苏南瑾已沉声道："时辰不早，有劳参军打开粮仓，这便开始收粮罢！"

张高一怔，苏南瑾目光锋利地看了过来，"十二万石粮食，绝非两三日便可收完，若不抓紧些，待前军到时，此等重责，谁来担当？"

他身材原本高大，语气又咄咄逼人，张高不由退了一步，讷讷地道："那、那便依公子所言。"有小吏从怀中掏出铜匙，打开了第一栋四间粮仓。

西州的粮仓亦是用减地留墙法在生土中挖掘而成，只是四面墙都会特意修得上薄下厚，从正面看恰如倒扣着的米斗，兼之进深极长，又无高窗照明，看去就像四张黑黝黝的饥饿大嘴。

这粮仓一开，等候的粮车便有了小小的骚动。安三郎早已等在行商之中，当下回头欠身行了一礼，"张骑尉，您先请。"

这张骑尉不是别人，正是因盗牛案而名闻西州的那位张二郎。他原非行商，只是此次收粮利润可观，又是与官府合作，他有意显示自家洗心革面的诚意，便收了一千多石的粟米上来，比寻常行商还来得快些。安三郎与裴行俭合计了一次，今日第一个便安排了他去交粮。

张二郎早等得不耐烦，抱手说了声谢，便与安三郎一道走了上去。

张高一见张二郎，心里不由叫了声苦，这位族兄怎么在这个节骨眼上又冒出来了？此时也不能多说，只咬牙对张二郎使了个眼色。张二郎有些愕然，左顾右盼地不明所以。张高暗暗叹气，回头便对苏南瑾笑道："苏公子，此次送粮不仅有行商，也有西州大户，公子是否要下官引见……"

苏南瑾不耐烦地摆了摆手，"让他们把粮米送上便是，谁有工夫与他们厮见！"

张高只得自己迎上两步，苦笑着低声道："阿兄，今日您怎么送粮上来了？"

安三郎笑着插言道："参军说笑了，此次送粮虽说也有几家大户，可有谁又敢立在骑尉前头？"

张二郎也是自得地一笑——论身份论门望，他不第一个交，还能是谁？

张高叹了口气，低声道："阿兄当心，莫顶撞了苏公子。"挥手让粮车停到了仓前，自有马夫健仆上前卸下了几筐粮米，倒入立起的四个官斛之中。按规矩，待用官斛称量完毕、文书记上数目，便可重新装入米袋、运入官仓。

只是这一倒之下，却是出人意表：那粮车上的四筐粮米，竟然都不够一斛之数，几个军士摇动了几下，木斛里的米面上便露出了一寸多长木板。有军士厉声道："还差了两成，再添！"几个张家奴仆顿时都呆在了那里。张二郎也失声叫了出来："怎会如此？我这一筐恰恰是一石之数，只会有多，怎会不足？这官斛……"

苏南瑾早已等在那里，闻言脸色一沉，"好大的胆子！尔等奸商，竟敢偷工减料来糊弄军仓，当真是活得不耐烦了么？来人，把这奸商拖下去打二十军棍！"所谓杀鸡给猴看，这一个撞上来的人，自然要狠狠教训一番，才好教这些商贾们知道厉害！

张二郎不由愕然，待军士上来要扭他的手，才怒道："谁是奸商？我乃大唐武骑尉！无缘无故，谁敢打我？"

张高也忙拦在了中间，"使不得！苏公子，这张二郎并非商贾，乃是西州大户出身，因军功封了勋官，不可轻易上刑！"

苏南瑾听得"武骑尉"三个字，早已怔住了，什么西州大户他自然不会放在眼里，但武骑尉虽说是勋官中最低的一级，却也是衣冠身份，不像商贾，打了便打了……他念头转了几转，脸色阴沉地摆了摆手，"等等！"

几名亲兵这才松手退了下去。苏南瑾冷冷地看着张二郎道："你既是大唐官员，便该带头守大唐法制，这军粮上也是能做得手脚的？若是你再喧哗闹事，误了军粮入仓，便是我能容你，军法也须容你不得！还不退下！"

张二郎呆呆地站在那里，看了看明显还空了一截的官斛，又看了看自家的粮筐，待要分辨，眼前这张脸孔的确有些慑人，但若就此认了，又如何甘心？想了半日一跺脚，"交完这四斛，剩下的给我拉回去！"

安三郎看了看官斛，声音不大不小地跟了一句："我等与二郎同进退！"

苏南瑾脸上怒气一闪，若是让这些人把粮米拉走，开仓收粮岂不是成了桩笑话？他冷笑一声，厉声喝道："谁也不许走！"

随着他这一声呵斥，校场两头的三百唐兵队列变化，转眼间便把整个校场围了起来，随即"刷"的一声横刀出鞘，明晃晃的刀光炫人眼目。不少人都惊呼起来，便是张高也是脸色一变，"苏公子！"

苏南瑾冷厉的目光在张高、安三郎等人脸上缓缓转过，一字字道："今日收粮，乃是军务，谁敢搅乱局面，便莫怪苏某以军法行事！"有父亲麾下的这三百精兵在手，他若是让几个商贾翻出天去，日后也不必在西疆立足了！

众人一时作声不得，整个校场上，空气似乎都凝固起来。张二郎脸上满是怒色，但对上苏南瑾身后那些杀气腾腾的目光，到底不敢造次。正僵持间，便听远远有人道："子玉兄，这是怎么回事？"

张高等人顿时松了口气，苏南瑾嘴角也扬了起来，转过身去，声音提高了几分："裴长史，今日你却是迟了！"

封住校场入口的军兵往两旁一分，身穿墨绿色襕袍的裴行俭大步流星走了过来，远远便一抱手，"子玉兄见谅，行俭适才去处置今日收粮的钱帛，来迟一步，只是这般剑拔弩张，却为何事？"

苏南瑾瞥了一眼站在一旁的安三郎与张二郎，笑容里满是讥嘲，"你们西州的勋官商贾们胆子大得很，我用军仓的官斛收粮，他们却嫌这官斛太大，当这里是自家后院，不肯交粮了。对于这些藐视军法之人，守约，你可要如何处置才好？"

藐视军法？裴行俭惊讶地看了张二郎等人一眼。

张二郎早是一肚子不服气，看见裴行俭忙上前行了一礼，"卑职见过长史，长史明鉴，我等怎敢藐视军法？只是收粮之时，量得清清楚楚的一石米，还要略多些才放心入筐，到这里却生生地少了两成，这粮米又如何去交？"

裴行俭的目光在官斛上一转，笑着点头，"军粮之事，多谢骑尉鼎力相助。骑尉放心，这斛斗之物，朝廷乃有定制，若有人故意增减，按律当杖五十，官吏监校不力者，亦当论罪，苏公子焉有知法犯法之理？你且少安毋躁，稍后自有公论。"

张骑尉听裴行俭说得笃定，点了点头退后一步，又不服气地看了苏南瑾一眼。裴行俭也转身对苏南瑾笑道："子玉今日辛苦了。这些行商都是西州良民，岂有胆敢藐视军法之理？此次收粮不易，还请子玉原谅则个。"

苏南瑾眼睛微眯，嘿嘿一笑，"分内之事不敢言辛苦，只是今日收粮之官斛，原是苏某从军仓中带出，历来为军仓所用。这些无知刁民竟然横加指责！苏某军令在身，不得不从严处置，以免让奸商得利，却寒了将士之心。如今看在守约的面上，我便不与他们计较，这收粮之事，却是片刻也耽误不得了！"

看见裴行俭再次转头看了看那几个半旧的官斛，苏南瑾心里不由一声冷笑。以大斛收粮，原是军仓惯例，裴行俭便算搬出大唐律法又如何？他便是揭了出来，自己如今是为军粮而来，只有军法皇命可以处置，大唐的将帅难不成还会搭理裴守约这般偏着商贾、揭破军中惯例的做法？

张骑尉性子本急，忍不住道："某也曾从军杀敌，却不曾听说，这未入仓未付钱帛的粮米，便要算作军粮，我等交与不交，全在自家，若是军斛便是这等分量，我等今日便不交这粮米了，却不知犯了哪条军法？"

苏南瑾冷冷道："军粮关乎军心，扰乱军心者，杀无赦。张骑尉若是执意要尝尝军法，苏某也只得成全你！"

听得这冷酷洪亮的声音，商贾们一时相视愕然。安三郎却皱眉道："公子这话好没道理，所谓军粮，是军仓入库之粮，这里所有的粮车，都是我等自行收购而来，军中既未付出钱帛，亦未立下契约，怎么就成了军粮？若是见了粮草就要强收，这是收粮还是抢粮？"言罢又低声嘟囔了一句："咱们都是堂堂西州良民，有裴长史在此，怕他什么？"

他这一带头，余下的行商立时也鼓噪起来，连张二郎都多了几分底气，冷笑道："正是！我这勋官是战场上一刀一枪拼出来的，我这粮草是自家地里种出来的，要送军仓还是留与自用，难不成还不能自己作主了？"说着又一指那斗斛，"再说这斛是大是小，送到长安去让兵部一验便知，我就不信，天下之大，就没一个地方能辩明这道理！"

苏南瑾脸色不由铁青，这些西州人胆子也太大了！若眼前之人是个商贾，他早下令拉出去砍了，有军令在身，也不过是捏死个蚂蚁一般，可一个七品的勋官，若无十足罪证，却不是他轻易能打杀的。他目光落在安三郎身上，戟指喝道："把那个狂言惑众的，给我拉出来！"

他的亲兵正要上前，裴行俭却喝道："且慢！"

苏南瑾目光冰冷,"裴长史,你是要护着他们?"

裴行俭微微一笑,"正是!"

苏南瑾眼睛顿时眯成了两道刀锋,"那大军到时粮草未备之责,也请你一并领了!"

裴行俭笑着摇头,"子玉此言差矣,正因不能让大军到时粮草未备,更不能打杀这些行商,须知眼下校场上的这些粮草不到军粮一成,打杀了行商容易,剩下的粮草,子玉却想上哪里去收?若是因子玉打杀商贾大户而耽误了收粮,行俭固然罪该万死,只怕子玉也在责难逃。"

苏南瑾心里一沉,的确,他固然能用雷霆手段镇住这些商贾,此处却不是伊州,若无都护府配合,接下来几日行商们不肯再交粮了,他也无可奈何,若是因此耽搁了大事,裴守约倒是可以把责任往自己执法过酷上推……

心思急转之下,他索性冷笑起来,"守约,你若宁可短缺斤两要护住他们,我自是也不能拦着,只是这量米收仓之事,我也不敢过问,待大军到时,再做理论!"不过半个多月,此次大军的西路军便要经过西州,父亲与苏定方虽然同为前军总管,可这西路军,程将军却是交给了父亲作主的,那时拿捏着裴行俭今日短缺斤两之事,再慢慢收拾他不迟!

裴行俭的笑容依然笃定,"收粮事大,自是半点耽误不得,唯今之计,咱们既得让行商们交得心甘情愿,也绝不能让军粮短了斤两,才能办了这桩差事!"

不让军粮短了斤两,又让行商们愿意交?苏南瑾笑容更冷,"守约难不成还有什么妙计?"

裴行俭摇头,"妙计倒是没有,只是突然想起,今日收粮的,原不该是你我。这正经应当收粮之人一到,莫说这些商贾大户,便是放眼西域,也无人敢短交一米一谷!"

苏南瑾一怔,"守约说的是谁?"

裴行俭微笑道:"子玉稍候。"随即便看向了张高,"张参军,烦劳你与我一道出去将迎人!"

没过片刻,原本一片肃杀之气的校场气氛蓦然变得诡异起来。只见校场外面浩浩荡荡走来一支队伍,抬斗斛者有之,拿米袋者有之,还有不少人挑着装满铜钱的箩筐,看去倒有几分像是送彩礼的队伍,只可惜人人都是光头锃亮、僧袍飘飘。待得这群人放下手中物件,齐声咏唱佛号,莫说行商车夫,便是军士们也面面相觑,如坠梦中。

苏南瑾好容易回过神来,忙走上几步,"守约,这是怎么回事?"

裴行俭回身对一位白眉白须的僧人笑道:"觉玄法师,这位便是苏公子,是伊州都督苏将军之子,奉都督之命特来督促粮草筹备之事。"

觉玄合十行礼,"苏公子。"

"子玉,这位是大佛寺上座觉玄法师,不但是西州佛门之首,当年与玄奘法师也有过交情。"

苏南瑾听到最后一句，心中不由一震——玄奘法师，那可是从先帝时起便备受尊崇的大唐佛门第一人，现今地位更是如日中天……他不敢怠慢，忙回礼道："见过法师。"略定了定神又道："不知法师前来所为何事？"

裴行俭微笑着代答："子玉想也听说过，此次购买粮草之资，乃是大佛寺捐出的功德。子玉既然怕这些西州商贾短了军粮，不如让大佛寺的高僧在这校场之中，自用功德钱买了粮草，再送入粮仓。世上又有什么人不怕报应，敢短了斤两去？"

觉玄也微笑道："正是，这信徒捐出的功德，我等原也要亲眼看着换了不差分毫的粮草，才算是不负佛祖的慈悲之意！"

让僧人收粮？苏南瑾眼珠几乎瞪了出来，"此等俗务，不必劳烦法师！"

觉玄面色肃然地念了一句佛号："此乃本寺份内之事，何谈劳烦？"

裴行俭也笑道："子玉，佛寺自拿钱帛，自买粮草，再捐入军仓，原是顺理成章。再说，佛寺自家收米，又岂会短斤少两，让外人欺瞒了佛祖去？如此一来，你我不必担忧短了军粮斤两，这西州商贾再无借口说斗斛有差，便是兵丁差役们，也能躲个清闲，岂不是一举数得？"

苏南瑾张了张嘴，心知此事与自己设下的埋伏南辕北辙，呆了半响才憋出了一句："军国大事，军仓重地，岂能让僧人掺和？守约你也太过儿戏！"

裴行俭微微一笑，"子玉，你此话与我说说也便罢了，若是让旁人听到，说不得要落个谤上的罪名。"

苏南瑾心头一凉，的确，莫说粮仓，皇宫里又不是没有僧人进出，今年佛诞之日圣人还亲手撰写了《大慈恩寺碑》，听说轰动京城、盛况空前……

裴行俭看了他一眼，笑吟吟地道："再说由佛寺出面向商贾收粮，再捐给军仓，正能显示佛祖庇佑大唐，便是总管和圣人听闻也只有欢喜，子玉又何必多虑？"

苏南瑾只觉胸口发闷，眼见那些可恶的行商们交头接耳之下，脸上都露出了欢天喜地的表情，更是忍不住咬紧了后槽牙。只是佛寺出钱，佛寺买粮，这事的确天经地义，他拿什么拦着？

一片阿弥陀佛声中，粮仓前的僧人们都忙碌起来。大佛寺家大业大，每年也要收几千石粮米入仓，来的僧人都做惯了此等事务，当下几人一组，量米、记账、入袋、收口，一气呵成。他们的米斛大小标准，西州商贾口中念佛不绝，听起来比僧人们更是响亮虔诚。没过太久，百来个粮袋便整整齐齐码放在了粮仓门口。

觉玄法师转身走到裴行俭和苏南瑾面前，"裴长史，苏公子，您看这收好的粮米是否就此捐入军仓？还是要再称量一次？"

苏南瑾目光慢慢扫过场内，极力压抑住了胸口的起伏，咬牙点了点头，"也罢，苏某信得过法师，这些粮袋直接记数入仓！"

裴行俭惊讶地看了苏南瑾一眼，"子玉不再称量一次？"

苏南瑾心里发狠，面上却只能笑了笑，"守约不是说么，佛院行收米粮，总不能自己短了斤两。"今日之事，自己是不得不咽下这口气了。大唐将帅不会因为他收拾了几个行商而治他的罪，但若是公然和这样大笔捐钱购买军粮的西域佛门对上……莫说程将军，只怕圣人都未必能饶了他。

裴行俭神色间略有些疑惑，"子玉是觉得大佛寺称量的米粮绝不会短斤少两了？"

苏南瑾语气里带了几分不耐烦，"自是如此！"

裴行俭脸上露出和煦的笑容，"这便好说了！"他转头淡然道："来人！拿一袋佛寺称量好的粟米，倒入这边斛中！"

眼见裴行俭身后的几位长随打扮之人答应一声便去抬米，苏南瑾忙要喝止，手臂上却突然传来一股大力。裴行俭一把拉住了他，"子玉，你且想想看，先前那般争闹，都是为了这米斛，如今有高僧为证，咱们正要让这些行商们看看，我大唐军仓所用之斛绝不会有差错，好叫他们心服口服，需知大军将至，不能让军仓背上使大斛坑蒙行商的名声……"

裴行俭平日说话不急不缓，此时却是一连串的话倒将了下来，待到苏南瑾回过神来想辩驳时，那几位长随已两三下将斛中本有的粟米倒在一边，拆开一袋粮袋倒入空斛之中。只见那斛边，不多不少，依然露出了一寸多的木板。

裴行俭顿时脸色愕然，看了看官斛，又看了看苏南瑾，"子玉，这是……"

粮仓前突然静了下来，所有人的目光都投向了那明显还空了两成的官斛和站在官斛边上的苏南瑾，连觉玄法师都走了过来，叹息着念了声佛号。

苏南瑾脸上就如挨了一巴掌般腾地热了起来，眉毛一立便要发作。裴行俭却突然放开他的手臂，转身对愣在官斛边的军士沉声喝道："你们好大的胆子，竟敢拿这种大斛来蒙骗参军！"

他的声音里带着怒气，一字字冰冷清晰："这军中的司仓，裴某也曾做过几年，什么鬼蜮伎俩不曾见过？你们今日分明是拿了特制大斛过来，为的便是刁难行商，好从中牟利！若不是法师们来得及时，若不是苏参军以民心为重，此刻便会让你们得逞了去！

"大战在即，粮草筹备是何等大事，你等身负重任，却不以军粮为重，为着一己私欲，败坏大军名声，往轻里说，是利欲熏心，往重里说，便是居心叵测！"

那些十来个军士原本是盛气待命，之前被僧人们一顿搅和，气势已降了一大半，此时再对着裴行俭如有实质的锐利眼神，更是心下发虚，不由都转头看着苏南瑾。

苏南瑾的脸色也好不到哪里去。裴行俭这一句句诛心之语落在他的耳中，他升腾起来的怒气顿时被浇熄了一半，心里却越发清楚，决不能让裴行俭就此敲定了罪名。他目光一转，落到了僧人们所用的半旧木斛之上，寒声道："裴长史请慎言，此事未必如此！"

觉玄法师愕然抬头看向苏南瑾："苏公子此言何意？难不成是我大佛寺捐出这数万缗的功德，为的是故意用小斛收粮，好短缺军粮，坑害大唐天军？若是如此，便请苏公子带上这些米斛，将老衲等人解送到长安，老衲必要讨回个清白！"

苏南瑾脸色更沉，今日之事如此被揭开，必然不能善了，但若是拿了这些僧人，只怕……

裴行俭转头看着觉玄，声音缓了下来："法师请宽心，当今天子对佛门亦是敬重有加，谁敢冒天下之大不韪，仗着手中的小小权柄，便污蔑法师这般德高望重又忠心为国的佛门高僧？若是做下这般行径，日后谁还肯为大军出人出力？如此一来，西州震动，边域不安，大军未到，先丧人心，莫说军法不容，论国法，更是罪不容诛！法师万万莫说什么解送去长安，在下若敢如此，陛下第一个便饶不了我。今日之事，不过是几个小小军士贪赃枉法，何至于如此？"

苏南瑾双拳紧握，恨不能抽出刀来将面前碍事之人统统砍倒。只是，裴行俭也就罢了，眼前这位老僧却是名满西域的佛门大德，还是那位玄奘法师的旧识……他只觉得一颗心越来越沉，渐渐便如堵上了一块巨石。

裴行俭已看着苏南瑾，语重心长道："子玉，这等军中败类，还望你严惩不贷，以正军纪！今日若不严惩他们，小民无知，难免会疑心他们乃是受你指使，若是传出什么话来……子玉，你莫因小失大，连累了苏将军的名声！"

苏南瑾的眼眶中几乎要喷出火来，却不敢对着裴行俭看，只能望向官斛边那些面色愈发惴惴不安的军士，狠狠咬了咬牙根，厉声道："来人，把这些私用大斛之人拖下去，杖五十！日后谁敢再行此不法之事，加倍严惩！"

军士们几乎有些不敢相信自己的耳朵——今日之事，他们都是奉命行事，纵然泄露了机关，也不是他们的过错，苏公子竟然不但不想法子抹平，还要拿他们作伐好洗清了自己！

苏南瑾身后的亲兵们也怔了怔，在军中，执行军法固然是常事，但如此行径，却是大忌。只是身为亲兵，此时也别无选择，略一犹豫，还是转身走到那些负责称量的军士面前，两人一个，推了就走。有人一面走还一面回头看苏南瑾的脸色，指望收到如何行刑的暗示。却见那位裴长史微笑着不知与苏南瑾说了什么，他竟一眼都没有看过来。

裴行俭此时说的却全是好话："子玉果然深明大义，如此一来，我大唐天军名声不损，子玉也能于军中立威，收粮之事更是无忧，待军粮入仓，大战告捷，子玉的此等功绩，行俭定会上表朝廷！"

苏南瑾拳头不由握得更紧。立威？这样被外人逼着打了自己的心腹，若是让父亲知晓了……脸上那种火辣辣的感觉顿时又涌了上来。只是听到最后一句，心里又是一沉，裴行俭这是在威胁自己？他定了定神，脸上用力扯出一个笑容："是我御下不严，让守约笑话了，上表之事再莫提起，我只愿平平安安交了这差事便罢。"

裴行俭点头一笑，"子玉莫过谦，只要此趟差事顺遂，自然人人都有功，若是出了漏子，又能逃得了谁？"

他转身对着校场，扬声道："今日之事，大伙都已看在眼里，都云大军未到，粮草先行，这粮草原是军中重中之重，一旦粮草不济，前军又如何退敌？届时死的伤的，不都是我大唐的将士？若是因小利私欲便忘却家国大义，置父兄于死地，弃朝廷于不顾，又与禽兽何异？你等须以今日为戒，莫要走差一步，遗祸家族，遗恨终生！"

他的声音并不算太高，却一字字清晰地落在了围着校场的那数百军士耳里，配合着那噼啪响起的军棍声，就如重锤般落在众人心上。众人的目光不由都落在了这个负手而站的挺拔身影上，一时竟没人注意到，一旁站着的苏南瑾的脸色已由红转青，后槽牙咬得几乎没沁出血来。

第八十四章
风水宝地　贵客临门

"那些收粮的军士真被打了？"都护府的正厅里，麴崇裕惊讶地挑起了眉头。

回报的差役忙不迭地点头，"小的看得清清楚楚。那十来个人一出校场就被人按在地上，掀开后袍便打，打到一半便都见了血，到打完，没一个还能动弹，都是被人架着拖下去的。那些汉子都十分硬气，被打成那般模样也无人叫嚷。只是看着倒比叫嚷的还瘆人些，小的便出了一身冷汗。"

麴崇裕摇头叹了口气，"真真是愚不可及！这样顾头不顾腚的，也敢去招惹裴守约？"挥手让差役下去，他转头看着父亲，"父亲果然料事如神。"

麴智湛此时脸上也是一片沉凝，摇头道："裴守约的手段比我料得更高，这分寸更是拿捏得恰到好处！"

麴崇裕忍不住讥讽地一笑，"儿子倒觉得，他今日分寸拿捏得过了，若是让那苏南瑾一怒之下拿了觉玄法师，把事情闹大再收手，那被按在尘土里挨杖的便不是几个兵丁，而是苏南瑾了！说不定连苏海政也讨不了好去。"

麴智湛淡淡地看了他一眼，"然后如何？让军粮变成一堆乱账？让觉玄法师暗生怨气？让西州人都知晓唐军将士如此混账？"他长叹一声："玉郎，你做事便是太过意气用事！须知杀敌一千、自伤八百乃是兵家大忌，不到万不得已，绝不能出此下策。经此一事，你也当知，裴守约此前原是留了许多余地。而那位苏公子，今日虽不曾被按倒在尘埃，在军中前程也是已然全毁，还平白落了一个把柄在人手中！"

麴崇裕默然无语。他熟知兵事，自然知道身为将领，可以贪，可以狠，可以蛮不讲理，却不能没本事护住自己人。经过这番变故，那些兵丁纵然是苏海政的心腹，日后对这位公子也不会再有敬重之心，亲兵尚且如此，何况他人？有了这样一个贪婪无能的名头，苏南瑾想在军中出头，几乎是痴人说梦。

只是要让他就此认了裴行俭以前对自己是手下留情……麴崇裕还是忍不住道："虽说如此，两害相权取其轻，若不能趁机把苏海政扳倒，此次西路军听闻是以苏海政为主，战场之上，略使些手段，便可以让裴守约师徒翻身不得！"

麹智湛摇头,"苏定方也是军中宿将,职位并不比苏海政低,哪里是他动得了的?最多不过是找个由头把苏定方支得远远的,不叫他立下寸功罢了。"

麹崇裕无言以对,一时想起以前裴行俭的所作所为,难不成当真是故意留了余地?一时又想起自己欠裴守约的赌注,似他这般心机深沉之人,这顿酒不知又有什么玄机……

麹智湛见他怔怔的只是出神,放缓了声音:"玉郎,你先下去歇着罢。军粮三两日也收不完,且好去打点大军过境的劳军事宜了,此事还是咱们出面的好。"

麹崇裕应了声"是",打起精神退了下去,将西州几位官员叫到自己房中,分别安排了一番。却见那几位脸上都颇有兴奋之色,心知南边校场发生的事情只怕已经在都护府里传开,当下沉声道:"今日校场之事,你们便当不曾听闻,见了那苏公子,依然要恭恭敬敬,须知他父亲掌着此次的西路大军,若是被他记恨上,绝不是玩的!再说出了此事,那位苏将军只怕心绪也不会好,你等劳军之时,更要加倍谨慎。"

几个西州官员这才收了笑容,有人嘀咕了一句:"那长史岂不是险了?"

麹崇裕听得这语气中的关切之意,心中微闷,到底只装作没听见,又叮嘱了几句,便把人打发了出去。

校场那边又有人来报,苏南瑾已把三百精兵都撤了下去,自己也告辞走了,只留了几个人在那里登记数目,交接钥匙。他们一撤,校场内便是欢声雷动,不少西州人也跑去看了回热闹,收粮入仓倒是更快了几分……

麹崇裕只觉得心绪比之前更复杂了三分,待来人已然退下良久,他依然怔怔地站着出神。

突然间,便听门外有人回禀道:"世子,白叠坊的管事求见。"

白叠坊?麹崇裕意外地抬起了头,最近他已有些日子没去白叠坊,如今粗白叠的纺织速度颇有长进,只是纺织细白叠所用的纱线依然难成,便是那位库狄氏也无可奈何。今日管事找到了都护府,难不成是有了新法子?麹崇裕忙道:"快让他进来!"

白叠坊里,两匹刚刚下了织机的本色白叠布,此时正静静地横在案几之上。琉璃用手一摸,立时便觉出了异样。她忙展开一角,对着光细细看了一回,眼睛不由越来越亮,"这线纺得甚好,又匀又细,你们竟然试出来了!是如何做到的?"

黎大匠在一旁搓着手,脸上的表情又是欢喜又是不安,"不敢隐瞒娘子,我等也不知是如何做出来的。"

琉璃不由一愣,这叫什么话?

黎大匠苦笑道:"自打入夏之后,纺线有时越发艰难,有时又比平日容易。昨日午后便异常好纺,一直到了今日清晨还是如此,纺出的纱线匀细,织出白叠也都是这般细滑。只是……"他摊了摊手,"没过一个多时辰,慢慢就和往日差不离了。我等想了半日也不明所以,只得烦劳娘子过来这一趟。"

还有这种事情?琉璃一时也有些摸不着头脑,"你们所用白叠可是往日那些?纬车可有什么改动?"

黎大匠只是摇头，"这些我等自是也想到了，验了一遍，与平日哪有半分差别？"

琉璃皱着眉头，想再问两句，却听黎大匠叫了一声"世子"，回头一看，那快步走过来的，可不是麹崇裕？

麹崇裕早知管事已着人请了琉璃，只是此时看见她，不知为何心头的不舒服似乎比往日更甚。当下也懒得多说，只是淡淡地点了点头，"有劳库狄夫人了。"

琉璃对他的冷脸早已免疫，当下也不咸不淡还了一礼。黎大匠少不得又把适才的话说了一遍，麹崇裕拿着新织的白叠，手指轻轻抚了一遍，又问了半日，同样不得要领，也皱眉怔了那里。

琉璃见他已不发问，便对黎大匠道："你们几个可有想过会是什么缘故？便是胡思乱想的也不打紧，一人计短，二人计长，若是再想不到，管事不妨把这院子里的人都问上一遍，有什么想法都记下来，咱们一条条看着，说不定能有所启发。"

麹崇裕目光转向了外面，心里一声嗤笑：这些工匠们若能想出是什么缘故，管事们还能巴巴地跑来请自己？不过是白费工夫！只是这女人如今不该在家中等着消息吗？怎么倒有心情来这里琢磨织布的事了？她便一点都不担心裴守约？

黎大匠果然略一犹豫便道："小的们早便商议过了，自是有各种说法。早些日子偶然一天天略好些，便有人说是因当日拜了菩萨，可第二日再拜却没了动静；也有说只怕天气热了，但细细看下来，日头越大，似乎越是不好织；若说是下雨方好织些，昨日这雨不过下了两刻钟，转眼地都干了，这纱线却依旧是好织得紧；今日总是半点雨水也无，头半晌也是好的……"

下雨？琉璃心头猛地一动：没错，就是如此！

黎大匠依然在絮絮叨叨地说着一些匪夷所思的理由，琉璃却只想狠狠拍自己一掌，该死的，亏她学了几年的织染，居然忘了这个最简单的道理！

黎大匠见琉璃和麹崇裕都有些神游物外，不好意思地笑了起来，"小的们原是胡思乱想，让世子和娘子见笑了。"

琉璃也笑了笑，正想说话，便听见麹崇裕淡淡地道："库狄夫人今日倒是悠闲，想来是对长史放心得紧。"

琉璃纳闷地看了他一眼，自己为何要对裴行俭不放心，念头转了两圈才记起，昨日裴行俭从大佛寺那里弄到了钱帛，说是今日要用来收粮，一大早便走了。可佛寺收粮，有什么可担心的？"难不成大佛寺收粮，还有什么为难之处？"

麹崇裕一愣，她竟是半点都不知晓今日苏南瑾要为难裴守约，自己真真是多此一问……他不耐烦地皱了皱眉头，"有裴长史在，自是毫无难处！"又指了指白叠，"夫人问了这半日，不知有何高见？"

他又吃什么枪药了？琉璃瞟了他一眼，心里突然有了主意，点头微微一笑，"主意倒也谈不上，只有一事还请世子不吝赐教。"

麹崇裕看着她的笑容，心头一凛，打起了精神，"崇裕但凡知晓，必然言无不尽。"

琉璃笑道："也不是什么大事，这粗白叠的纺织，如今已甚是容易，世子想来也会让西州人都知晓，可这细白叠若也能变得好织，不知世子会作何打算？"

麴崇裕心中警觉，想了片刻还是道："寻常人家织这细白叠也无甚用处，若真能好织了，崇裕打算再开一座大些的工坊，专织细白叠。"

这家伙果然打的是这个主意！琉璃点了点头，笑得越发斯文，"若是如此，我有一法，可让细白叠日日都如昨日一般好纺好织，功效强出如今数倍，不知世子可有兴趣一听？"

她有法子？她真的想出了法子？看着眼前这张优雅笃定的笑脸，麴崇裕一时说不清是惊是喜还是气，心思急转之下，只能笑了笑，"请夫人指教。"

琉璃谦和地摇了摇头，"指教不敢当。我只是突然想通了一事——这工坊之所以不易织得细白叠，原因无他，全是风水不佳之故。因此，若是能寻得一处风水相宜的宝地，纺得上好白叠，自会易如反掌。"

风水宝地？麴崇裕愕然看着琉璃，实在拿不准她到底是胡说八道还是另有算盘，一时不知说什么才好。

一旁的黎大匠目光里早已满是崇敬，"库狄夫人还会看风水？真真是了不得！这工坊难不成真是不妥？不知可有什么妨碍？"说着忍不住四下张望，越看越觉得这间工坊果然像是比旁处要阴暗些。

琉璃压了压嘴角的笑意，一本正经地道："我于风水上不过略知一二，只是之前没往这上头想罢了，这工坊的风水做别的并无不宜，于人也无妨碍，唯独不宜于纺织白叠，须得换上一处才是。"

黎大匠顿时松了口气。麴崇裕心神略定，这库狄氏便是想装神弄鬼，横竖这纺线是作不得假的，不妨先听听她要说什么。他的脸上也露出了礼数周全的微笑，"崇裕竟不知夫人身负此等奇术，失敬了。不知依夫人之见，何处才是适宜之地？"

琉璃垂下眼帘，淡淡地道："若是都护府的事务也罢了，世子既是想自行再开个工坊，选址何处，事关重大，请容我再思量思量。"

麴崇裕心里冷笑一声，果然如此，她若不趁机漫天要价，倒真是出了怪事！只是以这位库狄氏的本事，如今她越是拿乔，便证明越有把握，若真是换处地方便能让细白叠日出数匹，这背后的商机……他的声音也变得淡淡的，"若真如夫人所言，崇裕愿以千金相酬！"

"千金之酬？"琉璃沉吟片刻，突然笑道，"此事日后再说也不迟，眼下我倒是有件事情要烦扰世子，还望世子通融一二。"

麴崇裕一颗心顿时提了起来，"夫人且先说来听听。"

琉璃脸上的微笑意味深长，"世子不必担忧，小事一桩，于世子不过是举手之劳，我想借黎大匠和这院里的几位工匠用上几日。"

麴崇裕转念间便明白了过来，心口顿时一跳，转头对黎大匠道："你先退下，我有事与夫人商议。"

黎大匠突然听到自己的名字，正眼巴巴地准备听下去，听得这句吩咐，只能闷声应诺，走出门去。

麴崇裕这才看向琉璃，缓缓道："夫人可是，也想开一间工坊？"

琉璃笑吟吟地摇头："我一个妇道人家，开什么工坊？只是安家表兄对我做的一些小物件有兴致，我想请黎大匠几个去帮我做出来，若这几位实在繁忙，我另外寻人便是。"

麴崇裕心头顿时雪亮：她是准备借着安家的人手商路自己开工坊了！要做的自然便是这些轧车、弹弓之物。想来千金虽是不少，但比起年年生利的工坊，的确算不得什么。而这工坊里的种种，她比自己还明白，便是不借她工匠，只要找上几个略好些的木匠，也能将这些东西都做出来！难怪这几个月来她竟是只字不提报酬，却是在这里等着自己！以安家的财力和她的本事，真要建起工坊来……

他沉吟片刻，终于还是展眉一笑，"原来如此，说来是崇裕疏忽了，按说这白叠坊能有今日，大半乃是夫人的功劳，如今夫人想让贵亲也开一座原是天经地义，只是夫人也知晓，此事第一忌讳的便是外传。三郎再是沉稳，却难保过手之人不起别的心思，不及这边全是官家工匠，绝无外泄之忧。"

琉璃似乎有些意外，愣了愣才道："我何时说过要自己开工坊？"

麴崇裕轻轻吸了口气，让笑容变得更自然，"夫人请听崇裕一言。夫人既然说到风水宝地，崇裕便厚颜再烦劳夫人一事，只要夫人将此地指给崇裕，建起工坊，便算夫人三成如何？"她不开工坊，可安家开了与她开的有什么区别，有裴行俭撑腰，他只怕也奈何安家不得，若是两家竞争，其后果绝不是他愿意看到的。

琉璃抬头看着麴崇裕，眨了眨眼睛，突然笑了起来。麴崇裕心里一沉，略一沉吟，咬牙道："是崇裕考虑不周，当算夫人四成！"

琉璃怔了怔，笑着微微欠身，"世子如此客气，真真是让人受之有愧，却之又不恭，那便多谢世子了。"

麴崇裕不由松了口气，虽然四成之利有些可惜，但若能自此独占了这门生意，不必与安家对上，所得之利自然更可观。当下也客客气气地还了一礼，"不知夫人如今可肯赐教，这工坊应建在何处方才适宜？"

琉璃笑道："河谷。"

河谷？麴崇裕有些愕然，"夫人此言何意？"

琉璃的笑容分外愉悦，"风水风水，有风有水，方能一切顺遂。工坊自然须得建在河谷近水之处。"

麴崇裕看着琉璃，眉头微锁，眼神不善，脸上就差直接写上"我不信"三个大字——他又不是三岁的小孩，看风水哪里会是这般儿戏之事？

琉璃笑道："河谷之中搭屋甚易，世子不妨试上一试，若是不成，我还能厚颜领了世子的那四成之利？"

此事她自是有十成十的把握——自打遇上细线纺织的难题，她一直想着的是如何改进工具技术,却忘了西州这干燥得离谱的天气本身就是棉线纺织的最大障碍。西州的棉花品种先天不足,纤维太短,加上干燥的天气,更是加倍容易断裂。入夏之后天气多变,棉线纺织时难时易,十有八九便是因为空气湿度时高时低。而昨日一场难得的中雨之后,空气中的湿度开始大幅度上升,就算地面干了,湿度一时半会也不会立刻降低,这才让这大半天里的棉布纺织变得如此顺利。而说到提高空气湿度,西州城下那两条绕城的河流,不就是最好的天然加湿器?

麴崇裕犹豫半晌,将信将疑地点了点头,"也罢,我便先搭两座木屋出来。"

琉璃微笑道:"定然不会教世子失望。"河谷,两个字换四成利,她当然要保证这笔买卖顺利成交。

眼见麴崇裕招人进来,低声吩咐了几句,琉璃便笑道:"世子且忙,只是不知黎大匠何时有空暇?"

麴崇裕一怔,脸色彻底沉了下来:"夫人,此事既已谈妥,难不成还要让他们去帮安家做轧车纬车?"

琉璃惊讶地睁大了眼睛,"世子此言何意?我不过是答应了表兄,给他做两把带背高凳,那物件并不寻常,这才想到要劳烦黎大匠。"

她一开始说的借人,原来只是想做高凳?麴崇裕一时也愣在了那里。

琉璃脸上露出恍然大悟的神情,"难怪世子先是说千金相酬,又改成了什么三成四成,原来是……"她摇头笑了起来,"世子总是这般多虑。"

眼见琉璃带着婢女步履轻盈地走出了大门,麴崇裕依然有些发怔,今日之事,难道自己真是多虑了?难道这库狄氏真的只是想做几把凳子出来,自己却以为她是要帮着安家做工坊?然后就主动……

他突然觉得胸口有点透不过气来。

待得琉璃把两把埃及风格的高背椅做好,已是整整十日之后,那十二万石粮米也终于全部收入了西州的官仓之中。

安三郎熬得整个人都瘦了一圈,一进裴宅,便忧心忡忡地对裴行俭道:"九郎,我看那苏公子只怕是恨你入骨了,听说过几日他父亲便会率领大军到西州,九郎还是要多加提防才好。"

裴行俭淡淡地一笑,"无妨,那位苏将军外强中干,有勇无谋,不足为惧。"

话音刚落,西厢针线房的门帘一挑,琉璃笑嘻嘻地走了出来,"背后议人是非,非君子所为!"说完又向安三郎行了一礼:"阿兄莫理会这小人。"

裴行俭哭笑不得,安三郎忍不住哈哈大笑,真真是一物降一物,琉璃原先在安家时,怎么看不出竟是这般伶牙俐齿的?好容易忍住了笑才道:"还要多谢大娘昨日送的那两把高脚绳床,你三嫂说,坐着甚是舒适。"

高脚绳床?琉璃牙缝里吸了点凉气,干笑道:"阿嫂欢喜便好,过得几个月,阿嫂身子重了,这种……绳床比旁的原是要方便些。"想了想又笑道:"阿兄来得正好,我这里有上好的细白叠,给婴童做些贴身衣物,比旁的都要强。"

这细白叠安三郎也只是听闻过几回，此刻拿在手里，果真是轻白细软，忙笑道："这等稀罕物儿，你那未出生侄儿哪有福分用得？"

琉璃笑着摆手，"再过些日子便不稀罕了，还是趁着如今还稀罕时送了的好。"

裴行俭不由看了琉璃一眼，安三郎又推辞几句，这才笑容满面地告辞而去。琉璃和裴行俭进了内院上房，门帘刚落，裴行俭已伸手一把将琉璃带入怀中，"你是要提醒我，这几日都让你过得太安逸了么？"

琉璃忙举手讨饶，"冒犯长史虎威，下次再不敢了。只是天气炎热，长史还是先喝口梅浆，解解暑气可好？"

裴行俭低头在她耳边笑道："你莫东拉西扯，你这般喜欢给三嫂送物件，不如……咱们也努力生个孩儿？"

耳边的气息火热而声音低沉，琉璃脸上顿时有些发热，用力推了他一把，"你这一身的汗，去冲个凉再说正事。"

裴行俭却伸手扣住她的头，将她按在胸口，笑得胸口微震，"正事我已说了，是冲了凉，便可以做正事么？"

琉璃又好气又好笑，在他腰上拧了一下，"你胡说什么？"

裴行俭低声笑道："你倒说说看，我哪句胡说了？"

琉璃无声地笑了起来。算起来，他们成亲也有一年多了，只是这一年来，日子便如过山车般忽上忽下，没几日过得安宁，她也一直没认真想过什么时候会有孩子这件事。只是此时让他这样一提，心里竟是突然多了一种说不出的期待。

裴行俭也是久久没有说话，只是有一下没一下地轻轻抚摸着琉璃的长发。琉璃出了半天的神，到底还是收回心思，抬起头来，"今日你和阿兄怎么回来得这般早？可是军粮都已入仓了？"

裴行俭点头，略停了停也问道："你可是已想出纺细白叠的法子了？"

琉璃脸上不由露出笑容，用力点了点头。裴行俭这些日子都忙着收军粮，每日只能睡两三个时辰，她自然也没与他提过那白叠之事。麴崇裕却是雷厉风行，三四日便在河谷近水处搭出了简易的木屋。结果正如她所料，在那里纺纱织布都变得容易了许多。如今河谷已有一大片地被圈了起来，麴家的新工坊眼见便有了雏形。

裴行俭见她双眼明亮，满脸都是一副"你快夸赞我"的表情，忍不住伸手捏了捏她的脸颊，"你怎么突然想出了法子来？"

琉璃笑道："说来毫不稀奇，咱们去佛寺那日下了雨，工坊便回报说那一日白叠甚好纺织，我才想起只怕这白叠也是要借些水汽才能变得柔韧，因此便让麴崇裕在河谷里起了木屋，试着纺了一纺，结果当真如此。"

裴行俭恍然点头，"那也是你心细，旁人怎么便没想通这一节。"

琉璃笑得眉眼弯弯，"旁人想到也不要紧，只要麴崇裕想不到便成！"他时时刻刻都惦记着要害裴行俭，自己当然是逮着机会就要气他一气，最好气得半身不遂，大家才好落个清静。

裴行俭看着琉璃的表情，不由叹了口气，讲："待此次西疆战事平息了，麴世子大约也不会再来找我的麻烦，咱们什么事都不管，专心生四五个孩子可好？"

琉璃本来听得怔怔的，听到最后一句，忍不住笑着捶了他一下，四五个，他当自己是母猪吗？

两人又说了几句没要紧的闲话，裴行俭正要去净房冲凉，门外却传来了急促的脚步声，小檀的声音也比平日快了几分："娘子，阿郎，外面有几位长安来的客人，领头的说是姓米，是替苏将军送信过来的！"

义父让人送信过来了？琉璃眼睛一亮便要往外走，裴行俭拉住了她，"我知道是谁，你不必出去，且让灶上多做几样菜出来，只怕今日要留客了。"

琉璃点头，待裴行俭去了前院，便吩咐了小檀去厨房多准备些酒菜，不曾想没过片刻小檀又噔噔地跑了进来。"娘子，阿郎请你去前面一趟，"停了停，语气变得古怪起来，"苏将军还送了个女人过来。"

苏定方送了个女人过来？琉璃愕然，"什么女人？"

小檀皱眉道："是一个年轻美貌的胡女，说是让阿郎和娘子好生照看。"

琉璃一头雾水，看看身上的衣衫还算齐整，顺手挽了条绛红纱的披帛便往外走，还没到堂屋门口，便听见里面传来一阵颇有几分刺耳的大笑："不是米某要多礼，实在是没有长史，我米大便不会有今日！"

米大？琉璃隐隐有些印象，一面思量一面缓步走了进去，却见裴行俭的对面站着一个形容粗豪的汉子，正挥手划脚，突然看见琉璃，二话不说便是深深一揖，"米大见过长史夫人。"

琉璃忙看了裴行俭一眼，见他只是微微点头，便笑道："大郎不必多礼。"目光一溜，已看到堂屋南边的榻上，安安静静地跪坐着一位妙龄女子，身穿一套石青色的胡服，一头红发绾了个简单的发髻，肌肤雪白，眉目秀丽，虽然面上颇有旅途风尘，却也不掩颜色。见琉璃进来，站起来行了一礼，却没有说话。

琉璃也欠身还了一礼。裴行俭便道："你把这位娘子请到内院说话，这里还有师母的一封信。"

琉璃知道不是问话之时，接过信便笑道："这位娘子，请跟我来。"

刚刚走出堂屋门口，她的身后便传来了米大郎带笑的声音："裴长史，怎么不见上次那位小哥儿？"

裴行俭顿了一顿才道："他在府衙里帮我处置些事务，稍后回来。"

待进得后院，琉璃请这位女客坐下，阿燕已捧了井水浸过的酪浆过来，琉璃便笑道："奴姓库狄，不知贵客如何称呼。"

红发女子抬眼看了看琉璃，目光里多少有些好奇，"多谢库狄夫人，我叫阿史那云伊，夫人叫我云伊便好。"一口河洛话说得竟颇有几分水准。琉璃在西州这半年多里，什么荒腔走板的汉话没听过，听到这一句倒是吃了一惊，但更吃惊的还是那话里透出的信息：面前的这位女子是突厥人，而且是地道的突厥贵人——阿史那这个姓氏，可不是人人都能冠在名字前面的！

她想了想笑道："云伊一路辛苦，不如先去沐浴一番？"

阿史那云伊的眼睛果然亮了起来，琉璃让阿燕带了她们主仆去外面的净房，这才拆开了师母的信，一目十行地读了下去，读到最后，忍不住按着额角一声长叹。

第八十五章
娇客难待　暗潮汹涌

虽然已近中元节，西州的晨光依然来得极早。寅正刚过，高窗外便有清辉透将进来。裴行俭轻轻起身，拿起床边早已准备好的襴袍，刚刚要束蹀躞带，琉璃已睁开了眼睛，"什么时辰了？"

裴行俭回身道："还早得很，我今日要跟都护出城劳军，只怕明日才能归家，家中横竖无事，你再睡会儿。"

琉璃怔了一会儿，苦笑起来，"怎么无事？我要把隔壁的那个院子收拾出来。"说着起身披上了外衣，点燃了蜡烛，帮裴行俭戴上幞头，整理衣襟，在腰带上系好算袋等物。

裴行俭揽住琉璃，轻轻拍了拍她，"有些事你交给阿燕她们去做就是，莫太辛苦自己。"

琉璃笑着摇头，"不过是安排一个住处，能有多辛苦？"——只要被安排的那位贵客能合作一点，什么都好说。

裴行俭叹了口气，似乎不知说什么才好，想了片刻才道："大军过境，城门街坊都会戒备得严些，你莫忧心，以西州的防务，突厥人不会轻易来打主意；只是地窖里还是要多储些粮米，有备无患……"

琉璃听着他细细的叮嘱，乖巧地点头应了，裴行俭低头在她额头上吻了吻，松开手，转身走出门去。

他的脚步声刚下台阶，外面便响起了一个清脆的声音："裴长史请留步，你今日可是要去军中？可会见到苏将军？能不能……"话没说完，声音却慢慢低了下去。随即便响起了裴行俭冷峻的声音："裴某今日身有公务，恕不奉陪！"

琉璃不由摇头苦笑，他这白脸唱得倒是轻松自在，这家伙平日看着好性，真板起脸来竟是出奇的唬人，不然也镇不住外面这位……她忙穿好外衣走了出去。院子里，裴行俭早已人影不见，阿史那云伊穿得整整齐齐，腰上还带着一把银鞘的弯刀，此刻却满脸都是沮丧，看见琉璃便如见了救星，抢上一步拉了她的手，"姊姊，苏将军带兵就在城外，咱们一起去见他好不好？我对这边道路最熟，定能助将军一臂之力，也好早日灭了贺鲁那贼子！"

这几天来，类似的话琉璃早已听得耳朵起茧。她心里叹气，只能笑着反握住了她的手，"你莫急，此次大唐雄兵十万远征西疆，为的便是扫平叛军，待有了消息，咱们定然立时便会送你回去，你想与家人团聚，又何必急于这一时？"

阿史那云伊的眼圈顿时一红，"不灭了贺鲁，如何能团聚？你们总说这些话来敷衍我，不过嫌我是个累赘！"

琉璃心里实在有些不耐烦，一口气叹了出来："云伊，你若不想当累赘，最好便是好好地等在西州城中，等着前方的消息，莫说大唐军纪严明，女子不能入营，便是你能去军营，两军对垒之际，你还能上阵杀敌不成？反而要苏将军拨出人手来护你，那才真真是累赘！"

阿史那云伊抬头怔怔地看着琉璃，似乎没料到一直对自己和颜悦色的琉璃会说出这样的重话来，眼泪一时都憋了回去。

琉璃索性接着道："你也知道，裴长史也要去军中，苏将军还是我的义父，可你看我可会闹着要跟去？裴长史若跟着义父去了阵前，我能做的，也不过是把家中打理清楚，深居简出，绝不会让他有后顾之忧。云伊，你在家中之时，你们部族中的勇士若是要出去杀敌，妻子女儿可会都在后面追着喊着要跟去？"

眼见阿史那云伊慢慢低下了头，琉璃这才放软了语气："你先安心住下，今日隔壁的那个院子已是腾出来了，咱们待会儿便布置起来可好？"

阿史那云伊默然半晌，才抬头道："不必劳烦姊姊布置，姊姊只要在院子里扎个帐篷，我能住下便好。"

琉璃顿时很想望天。义母哪里是送了个贵客上门，分明就是送了一堆麻烦！

于夫人的信里说得明白，这位阿史那云伊是西突厥泥孰部首领的女儿，泥孰部与此次叛乱的阿史那贺鲁历来不和，去年被贺鲁打得一败涂地，许多部落女眷都沦为阶下囚。云伊和她的那些侍女不知怎的被米大郎一眼看中，想法花钱买了下来，指望贩到长安卖个高价，半路却被裴行俭一封信送到了苏定方府上。

苏定方得知了阿史那云伊的身份，便决定将她送回西州，一旦与泥孰部取得联系，便将她送还——若能因此寻得一位突厥盟友，自然对战事不无好处。只是这位千金小姐一听说能回西疆，便心心念念地要亲眼看见贺鲁的人头落地。她身份轻不得重不得，还不好泄露出去，于夫人为了安抚她足足头疼了数月，如今换成琉璃接班地头疼。便说这住处，让她和自己挤在这个小院子里固然不大合适，若是住得远了，她跑了怎么办？好容易说服隔壁的胡商卖了院子，她却居然要在院子里扎帐篷——她怎么不把自己父亲的名字贴在院门口算了？

琉璃想了半日只能笑道："住帐篷自然好，只是西州的日头你们也知晓，在帐篷里只怕能把人蒸得半熟，不如待天气略凉些再说？"

阿史那云伊抬头看了看依旧万里无云的天空，讪讪地点了点头。

那间新买的院子昨日里已在前院打通了一扇门出来，用过早膳，琉璃便和阿燕几个人一道动手，将小院收拾了一遍，添了家具物件，待把一切安置清楚，已是第二日的午后。阿史那云伊倒还满意，又死活拉着琉璃要按突厥人的规矩喝上三碗奶酒。琉璃正推脱不得，小檀一溜烟跑了过来，"阿郎回来了，说是有事与娘子说。"

阿史那云伊顿时偃旗息鼓。琉璃按下笑意，对她叹了口气："你先歇着，我晚些再过来看你。"

内院的上房里，裴行俭在坐着喝水，琉璃看见他便笑道："你回来得正好。"

裴行俭把她拉在自己膝头坐了下来，"真是难为你了。"

琉璃笑着摇头，"这两日还好，倒是没闹着要去找义父入军营了。你见着义父了？他身子还好？"

裴行俭点头道："昨日倒是与恩师说了半夜的话，他的食量比原先还好些。"

他的语气平静得有些异样，琉璃仔细看了看他的脸色，"可是有什么不妥？是不是义父要打的仗极危险？"

裴行俭淡然一笑，"没什么不妥，恩师此次在西路军里负责押送粮草，想来不会有什么危险。"

琉璃不由有些愕然。苏定方和苏海政同为前军总管，就算西路军以苏海政为主，苏定方也不该是负责押送粮草吧？

裴行俭见琉璃脸上露出了担心的神色，笑着转了话题："这两日你在忙什么？"

琉璃知道他是不想让自己多想，只得也说起阿史那云伊要在院子里扎帐篷的事情，两人说说笑笑了几句，琉璃便出去让人备些水，好让裴行俭沐浴更衣。

看着琉璃走到了门外，裴行俭这才长长地吐了口气。情形其实比他说的还要糟糕一些，西路军集中了伊、庭、西三州精锐共三万人，但恩师身为前军总管，除了从长安带过来的几百名精兵，竟是无人可用。苏海政美其名曰，粮草乃决胜之本，需要苏定方这样的宿将来负责，实则根本不准备给他任何上阵杀敌的机会。恩师虽然笑称，他们师徒正好同心协力，心中的郁结却是可想而知。

只是这件事情，却不是智谋或勇力可以改变的，毕竟这不仅是苏海政的意思，大总管程知节多半也愿意看到这样的情形——也许在程将军看来，恩师的背后，多多少少有着那位武皇后的影子……

待到简单沐浴更衣之后，裴行俭已收拾起心情，只与琉璃转述了长安这一年来发生的一些趣事。琉璃却道："战场之上，瞬息万变，不是事事都能被他人安排的。你也好，义父也罢，总要多做些准备。所谓锥处囊中，义父天生便是那种一旦上了沙场，便会锋芒显露的人！"

裴行俭笑了起来，"你说得是。恩师昨日还感叹你出长安前的那番所为，安排之周密妥当，深得兵法精髓，只怕比当年的我还强些，又可惜了一番你怎么不是男子。"

琉璃耳根有点发热，"义父便是爱胡说！"

裴行俭皱着眉一本正经地点头，"正是，你若真是男子，恩师倒是可以多收一名弟子，我却该如何是好？"

琉璃不由大笑，正要再打趣几句，就听帘外传来了小檀的回报声："娘子，有人送迁居的鸡子过来。"

琉璃起身掀帘而出，"这是喜事，咱们的新邻居是西州的还是外头迁来的？"

小檀的脸色极为古怪，"是……是娘子认识的。"

琉璃一抬头，只见小芙站在院门口，正笑盈盈地向自己行礼。

从裴宅北面的巷口往里走，不过十几步，便能看见一扇打开的乌木院门，只有一进的小小院落已被收拾得清清爽爽。房屋的外壁新涂了一层淡黄色的细泥，院中的木案上放着盛满粟米的大釜，案边还有打开的木箱，装满了各色绢帛。堂屋的帘子高高卷起，几户临近人家的主妇正在屋中说笑，一看见琉璃都笑着迎了出来，"库狄娘子也来啦。"

柳如月落后一步，笑吟吟地欠身行礼，"库狄夫人今日能来，真真是令蓬荜生辉。"她身上穿着一件浅黄色的衫子，比先前明显清减的脸上淡扫脂粉，看去更是娟秀可亲。

琉璃忙笑着还礼，"柳娘子客气了，恭贺娘子迁居之喜。"

跟在她身后的阿燕把手上的两端细白叠放到了院中的木箱里，细软洁白的布料顿时引来众人的注目，有人上前看了几眼，又伸手摸了摸，"这是什么料子，我竟没见过！"

阿燕笑道："好叫诸位娘子得知，这是细白叠布。"

"白叠布？白叠布哪能如此细软？""正是，白叠布我也见得多了，怎会是这般模样？"众人立时围了上来。

阿燕便笑着跟诸人解释，这种细白叠布并非市坊上常见的，乃是麴家工坊新出，只怕过些日子市坊上才会有卖。几位主妇忙拉了木箱里的几种衣料对比，又是打听价钱，又是议论这样的布料要做什么衣裳才好看，一时倒也热闹非凡。

柳如月引着琉璃走进了堂屋，琉璃便笑道："以前之事还未谢你，我也一直不好登门，没想到转眼咱们却做了邻里。"

柳如月笑着摇头，"不敢当。若不是长史相助，我又要到哪里去打听表兄的下落？凑巧这处有人肯卖院子，我瞧着大小位置都好，便买了下来，托人修整了一遍，原想八月迁入，只是……"她看了一眼外面叽叽喳喳说个不休的人群，低声道："前日听闻大军已到城下，如月有一个不情之请，还望夫人成全。"

琉璃多少有些意外，"喔？柳娘子但说无妨。"

柳如月轻声道："我想烦劳长史在军中打听一声，有无一个叫方烈的河东人，特别是在……助战的突厥兵和战俘之中。"

方烈？战俘？琉璃顿时有些摸不着头脑。柳如月轻轻叹了口气："我家表兄若还活着，多半已改姓埋名投了别处。他自小性子便烈，我常与他玩笑，叫他阿烈。我思量着，若提起这个名字寻他，他大约能猜到是我。"

琉璃点了点头，"我定会转告长史。"西域小国虽多，能与大唐抗衡的唯有突厥，方岭如果是杀了长官逃走，的确有可能投入突厥部落。只是如今突厥各部中有跟随阿史那贺鲁叛唐的，也有帮着唐军与贺鲁交战的，方岭便是身在突厥，到底会在哪一边却也难说。到军营打听跟大海捞针也没什么区别，是没有法子的法子。

柳如月嫣然一笑，欠了欠身，"多谢大娘。"

琉璃赶忙还礼。两人闲谈了几句，琉璃这才知道，柳如月如今已成了大佛寺的常客，颇认识了一些同样笃信佛教的西州女眷。她长于交际，又写得一笔好字，便有不少人请她抄写佛经，她一概都应了，一则能得些润笔之资，二则也可与这些女眷多些交往，几个月下来，对西州城里这些大户人家的女眷竟已如数家珍。

琉璃听得佩服不已，"柳娘子真是好本事。"

柳如月笑容里略带了几分自嘲："大娘过奖，这些不过是安身立命的小伎俩。倒是裴长史，不过半年便在西州创下这般局面，那才真真是好本事。"如今裴行俭根基已稳，自己这角色自然也是扮演到头，还是赶紧搬家，莫要碍了那位世子的眼。她想了想又问："这几日，贵府似乎也在打土动墙？过几日可要暖居？"

琉璃笑道："非是要扩建宅子，不过是来了一位贵客，不好委屈了她，这才买了相邻的小院，算是权宜之计。"

阿史那云伊之事虽不好外传，却也不算了不得的秘密，琉璃心头转了转，便三言两语把这位的来历说了一遍。"如今只说是我的妹子，说不得要住上数月。日后柳娘子若是有暇，也请来寒舍小坐片刻。我那妹子不爱见生人，还请担待。"

柳如月笑了起来，裴宅的这番动静瞒不了人，这却是要借助她的口，去消了外人的疑心。她点了点头，"过两日夫人方便时，我自当回访。说来未出阁的小娘子，原是要娇养的。"

两人相视而笑，见院子里的几位妇人已转身往屋里走，又默契地转了话头。

过了一日，柳如月当真带了两样回礼登门拜访，琉璃忙把她引到后院，又请了阿史那云伊过来。阿史那云伊正待得无聊，听说有客人来，一阵风般地卷了过来，与柳如月见了礼，听说她是从长安皇宫里出来的，忙道："柳娘子可曾见过那大唐的皇帝？"

柳如月看了琉璃一眼，笑微微地道："只是远远地见过两次。"

阿史那云伊感慨地点头，"长安真真是大，那皇宫若是骑马跑一圈，只怕要半个时辰……"

琉璃见她俩居然你一言我一语的说得甚是投机，不由有些意外。她起身吩咐人端了几样瓜果浆水上来，再转回来时，阿史那云伊已在兴致勃勃地追问大佛寺的事情，回头便拉了琉璃道："阿姊，明日你带我去大佛寺看看罢！"

柳如月也笑道："云伊若整日闷着，倒是容易胡思乱想，不如出去散散，横竖不离开西州，也没什么要紧。"她的目光在琉璃和云伊的脸上停留了片刻，"你们的模样一看便是姊妹，倒也不必与人细说。"

琉璃看了看云伊明显比平日明亮的笑脸，想了片刻笑道："你出去时要多看少说，可能做到？"

阿史那云伊忙不迭地点头，笑容越发欢快，一时说起她在长安只出过两次门，平日里也是在屋里待着，西州城她老早便听说过，却不知是什么模样。

琉璃越听越是汗颜，她并不擅长于安抚人，看到师母的信又先入为主地觉得云伊难缠，这几日想的只是如何拢住她，却没想过，像她这种性子的年轻女子，一天到晚闷在屋里，除了想报仇还能想什么？好好的性子也会变得偏执起来，而她越是偏执暴躁，自己又越不敢让她出门……

待云伊欢天喜地地走了，琉璃对柳如月已是满心感激，"今日幸亏有你过来。"

柳如月淡然一笑，"我在立政殿时，调教过不知多少宫女，像云伊这种性子的女子，寻些事情来给她们做，慢慢便好了。"

此后数日，琉璃便带着云伊在西州各处都看了看，又让小檀教她做些菜肴，让阿燕教她些简单的女红，自己也教她画了几笔最简单的花鸟，没出半个月，云伊的性子竟是柔和明朗了许多。连裴行俭一日都忍不住道："还是你有法子。"

琉璃笑道："她的性子本来便是如此，以前原是咱们错待了她。"

裴行俭想了想也笑道："是我疏忽了。"

琉璃不由叹了口气，"粮草的事务你忙完了么？"虽然唐军早已开拔，但这一路三万人马的粮草却是由西州供应，苏定方又是负责粮草，裴行俭自然分外上心，分派行商随军，调遣府兵押粮，日日忙碌不堪，哪还有精力去想这种小事？

裴行俭看了她一眼，语气放得极为平淡："大致都已处置妥当，过几日我要出门一趟，送些粮草给恩师。"

琉璃吃了一惊，他不是在后方调遣粮草吗？怎么又要亲自押粮过去了？

裴行俭安抚地拢住了她的手，眼神里却有一种异样的坚定，"你莫担忧，这次一切都顺利得很，只是……我想去看看！"

琉璃怔了片刻，抬头微笑，"我要给你备些什么？"

裴行俭凝视着琉璃，脸上慢慢露出了一个明亮之极的笑容，伸手搂紧了她，"琉璃！"

琉璃笑而不语，眼前的这个男人看着沉稳斯文，可有几个人知道他寒暑不辍的打熬筋骨，有几个人知道他骨子里磨不掉的雄心锐气？战场对于他来说，也许有一种天生的吸引吧？她为什么要让他为难？

裴行俭低头抵住了她的额头，声音柔和到了极处："琉璃，你放心。我和恩师一起，定然不会有事。这一次西路大军对上的是贺鲁本部军马，我总要去看看，突厥骑兵究竟是什么模样！

"我会把阿成带在身边，阿古还是会留在家中。这些日子，你便不要出城了，有事交给阿古去做便是。"

琉璃沉默半晌，忍不住还是问问："你是一个人押送粮草么？还是与别的同僚一道去？"

　　裴行俭笑得淡淡的："我邀了麴世子同去。"

　　琉璃不由有些意外，"他怎么会答应？"河谷里的工坊刚刚建好，麴崇裕正准备大展手脚，怎么会跑去做这种既不会立下军功，也出不了风头的苦差？

　　裴行俭的声音里带上了明显的笑意："他当然会答应！"

第八十六章
五百铁骑　两万狼兵

仲秋八月，出了西州地界，天气便迅速变得凉爽起来。只是走在毫无遮拦的碎石戈壁上时，正午的烈日依然颇为酷热。一百多辆大车组成的队伍像一条长龙，缓慢而沉闷地迤逦在荒漠之中。

队伍的最前面，麴崇裕无精打采地坐在他的玉狮子上，笠帽下的米色抹额已被汗水浸得半透，背上的绫袍也软趴趴地黏着肌肤。他抹了把汗，忍不住低声咒骂了一句："该死！"

这该死的忽冷忽热的天气！这该死的慢吞吞的粮车！他宁可在寒风里穿越十次大海道，也不想在烈日下像葡萄干似的晒上这么十几天，一身臭烘烘的让人恶心！

仿佛是要在他被烤得焦躁的心口再添一把火，随着马蹄声响，麴崇裕的身后传来了一个从容清朗的声音："世子，前面便是山道，让粮车先歇一歇？"

麴崇裕转头看了裴行俭一眼，语气带上了几分不耐烦："不是说再走十几里便是军仓？何必多此一举？"

裴行俭穿着一身染成竹青色的细白叠圆领袍，皮肤明显晒黑了一些，脸上身上也有薄薄的沙尘，整个人却显得神清气爽，闻言只是一笑，"世子何必心急，欲速则不达。"说着举起马鞭扬声道："歇息一刻钟！"

"长史有命，歇息一刻钟！"

命令被一声接一声的传了下去。晒得有些发蔫的府兵和车夫们纷纷下车下马，躲在马车的阴影里喝水斗嘴，活动腿脚。整个车队顿时多了几分闲适欢愉的气息。只有那些在车队四周巡视的快马，依然在提醒大伙儿，就在离这里一百里的鹰娑川，大唐和突厥激战正酣。

麴崇裕沉着脸跳下马背，从马鞍边解下水囊喝了几口，被日头晒得有些发热的清水似乎缓解不了嗓子里的干灼。他狠狠地把水囊又挂了回去。

一骑快马从前方的山路上飞驰而来，停在离队伍七八步处。骑者翻身下马，快步走了过来，"启禀长史，前面十二里便是军仓，苏将军已在等候长史……和世子。"

麴崇裕的眼里飞出了两把利刃，将这名西州府兵戳得低下了头。裴行俭的声音依旧舒缓："知道了，再探，将军若是问起，说粮车两个时辰后到。"

十二里地，走两个时辰？他裴行俭是想走两里歇一回吗？麴崇裕皱起眉头，刚想开口，裴行俭已淡然道："最后这十二里山路只怕不好走。"

麴崇裕往前看了一眼，沉默不语。他心里纵有再多不满，却也不得不承认，裴行俭的确心思细密，安排周详。从西州到这里足足有六百多里，十几天来偌大一支车队在他的指挥下行止有度，安排之周全精确，仿佛他已在这条路上走过无数回。跟着车队的三百多名府兵没几日便习惯于遵从他的调度……就如刚才那位！

一刻钟后，车队重新出发，进了丘陵，道路果然变得崎岖起来，粮车的速度明显减慢，待到远处终于出现了栅栏和战马的身影，日头已开始西斜。

几匹高头大马立在山道旁，裴行俭离得老远便翻身下马，快步迎上。麴崇裕也打起精神，下马走了过去。

战马上，当先一人正是麴崇裕在西州城外见过一面的苏定方。与身量高大、气势逼人的苏海政相比，这位苏将军却是沉默寡言，并不引人注目。此刻，在马上笑着受了裴行俭一礼的苏定方看起来更是慈眉善目。麴崇裕心里一面嘀咕，一面抱手行礼，"苏将军！"

苏定方笑吟吟地点头："麴世子，一路辛苦。请随我来。"

前方山道最窄处是一道粗重的栅栏门，两旁堆满了拒马，待门口的军士打开栅栏，大片夹在群山之间的平缓坡地便出现在眼前。只见坡地四周借着山势修建了简易的防御工事，营寨则是用空粮车和木栏围成寨墙。从栅栏门到营寨，看不见一个兵士的身影。在空荡荡的营寨中间，那一个个粮仓看起来就像一大盘热腾腾的玉面尖，唾手可得。

麴崇裕惊讶地四下看了好几眼，实在有些不敢相信眼前所见就是军仓重地，忍不住转头问道："苏将军，这军仓有多少守兵。"

苏定方笑得有些漫不经心："一千。"

麴崇裕又看了一眼，摇了摇头，"倒是看不出来。"

苏定方淡淡地道："还有五百精兵驻扎在另一处。"

麴崇裕不由挑起了眉头，"这样一来，若是遇到敌军来袭，如何守得住粮仓？"

苏定方呵呵一笑，"为何要守住？这里人手虽是不多，便是千军万马来袭，也足以撑到一把火烧了粮仓。"

麴崇裕顿时有些接不上话，原来这位将军看守粮仓的策略，就是把精兵放到一边好随时逃跑，万一出现敌情，留下的几百人先一把火把粮仓烧了，这般作为……当真是，有其师必有其徒！

没多久，一行人到了营寨门口。大门开处，看去有些木讷的守卫们默然行礼退下，麴崇裕已懒得多看一眼，只是到了中军大帐前，见到那些守卫的亲兵竟然也是带着两分散漫，他还是忍不住皱起了眉头：若不是亲眼见过苏海政那军容整肃的营帐，他真会有些怀疑，当年的高昌国居然会覆灭在这样一支军队手里！

苏定方浑不在意，将麴崇裕带入大帐，让人上了酪浆酒水，又随口吩咐了身边的亲兵一句。没多久，一个大汉快步走了进来，见到麴崇裕便笑嘻嘻地抱手，"小的给世子请安。"又对苏定方恭恭敬敬行了一礼："见过苏将军。"

麴崇裕愕然看着眼前这张满是横肉的笑脸，"米大？"

米大郎笑得眼睛都眯了起来，"世子还记得小的？上回送给世子的货色，不知世子可还满意，回头待某寻到更好的，第一个便与世子送去！"

麴崇裕一时不知如何接口，只得胡乱点了点头，端起杯盏喝了口酪浆，强压住心头的一声冷哼：这位苏将军到底是来打仗的，还是来做买卖的？居然随军还带了这样一位臭名昭著的人贩子！

被麴崇裕一口叫出名字，米大郎似乎兴奋得有些过了头，嘴里滔滔不绝地赞美麴崇裕开设的工坊生意如何兴隆，挑选清秀少年的目光又是如何精准……眼见就要夸赞他选择婢女品味如何奇特，麴崇裕终于忍无可忍，冷冷打断了他："米大，你是何时到了苏将军营中？"

米大郎一愣，随即满脸笑容，"这还要多亏了裴长史引荐，苏将军正月在长安发兵时，小的便追随将军左右了。"

他从长安就跟随苏定方了？麴崇裕吃惊地转头看了一眼苏定方。苏定方笑道："都云西州多壮士，米大郎颇有奇才，若能在军前建功，也能搏一个前程。"

米大郎自豪地一挺胸脯，"多亏将军教导，米大才晓得，好男儿当在军前效力，搏个封妻荫子！"

封妻荫子？就这厮？麴崇裕面无表情地看了看这位"奇才"努力挺得老高却依然比肚子低了一大截的胸脯，默然放下了手中的杯盏。

门帘再次挑起，裴行俭大步走了进来。苏定方笑问："粮车都安置好了？"

裴行俭点了点头，"既然明日便要启程，今日不必卸车，自是不甚费事。"

米大郎忙又上前给裴行俭见礼，苏定方则笑着看了麴崇裕一眼，"不知世子明日……"

麴崇裕声音微冷："在下会与裴长史一道押送粮草到鹰娑川！"

苏定方和米大郎都有些意外地看向麴崇裕。裴行俭微笑道："行俭有好酒一壶，须以沙场烽烟佐之，世子雅士，愿与行俭共酌。"

苏定方哈哈大笑起来，"原来世子也有如此豪情！"

麴崇裕勉强扯了扯嘴角，豪情？冤情还差不离！他早就知道，输给裴行俭的这顿酒不好喝，却也没想到他会刁钻到这种程度，非要拉他来吃这一路的风沙——难不成裴行俭还怕他离了西州，自己会和贺鲁联手反了不成？想到从这到鹰娑川有将近一百里地，自己还要在毒辣的日头下跟着几百辆粮车磨叽两日，麴崇裕只觉得脸上的笑容越发重逾千钧。

米大郎看了看从容微笑的裴行俭，又看了看满脸别扭的麴崇裕，眼中精光四射，嘴角几乎没咧到耳根,"世子与长史果然是一见如故!"裴长史真神人也!

麴崇裕冰冷如刀锋的目光立时落在了他的脸上,米大郎几乎没倒退一步,带着几分猥琐的笑脸慢慢变得僵硬。

裴行俭低头咳了一声:"米大郎,明日你也须随军,不妨先去收拾收拾。"

米大郎忙不迭地应了,低头退了出去,出了帐篷,背上的汗被黄昏时节的凉风一吹,不由起了一层寒栗。他心有余悸地拍了拍胸脯,又回头看了一眼,感叹一声,摇头晃脑地走回了自己的帐篷。

麴崇裕只觉得胸口就如闷了一大团白叠,沉默片刻也站了起来,"苏将军,裴长史,麴某先告退了。"

苏定方疑惑地看着他的背影,待帘子落下许久才看向裴行俭,"守约,米大郎曾云自己为麴世子效劳过几次,如今看来,世子竟像十分不喜见他,你可知究竟是怎么回事?"

裴行俭握拳抵住嘴唇咳了两声,抬头淡然道:"今日秋阳甚烈,麴世子大约是中了些暑气。"

一夜无话。次日清晨麴崇裕从帐篷中出来时,营寨和帐篷之间的大片空地已被三百多辆粮车挤得满满当当。

看着这显然更长了的粮车队伍,麴崇裕不由皱起了眉头,随即便看见那位在队伍中跑前跑后、咋咋呼呼的米大郎,他的眼睛不由一眯,随即才松开下意识按在腰刀上的手,紧了紧身上的银色披风。

运送粮车的车夫与府兵们都已是轻车熟路,营寨的大门一开,便井然有序地跟随着苏定方、麴崇裕等人出了大营。山间的栅栏门再次打开,麴崇裕抬眼一看,不由吃了一惊:在山道两旁,数百匹高头大马列队而立,战马边的骑兵,沉默得像一片黑色的石柱,直到见到苏定方,才整齐地行了一礼。

苏定方挥了挥手:"上马!"

数百人一言不发地翻身上马,在粮车边迅速拉开队形,麴崇裕蓦然明白过来,这便是苏定方安置在营地外的五百精兵,看了半晌,只觉得这些骑兵行动利索,却略显沉闷,若论气势,只怕比西州府兵中的精锐都要差些。他心里说不上是放松还是失望,抬头看了看薄云遮日的天空,长长地出了口气。

这一日,午后不久,粮车大队便停了下来,粮车在外,兵营在内,斥骑四出,竟是要安营扎寨的架势。麴崇裕不由吃了一惊,忙找到苏定方,"今日天色尚早,为何便要安营?"

苏定方笑道:"明日要走一段三十多里的山道,地势不平,今日早歇,明日早起,如此日落前便可出山。"

麴崇裕知道此话在理,只得闷头走了回来,冷眼看着这五百名唐军的动作,只觉他们扎营安车、埋锅造饭倒是速度奇快,心中不由嗤笑了一声:五百精兵,原来是精在此处!

第二日天色刚亮，大队人马便再度出发，果然没过多久，道路两边的山丘便越来越多，山道两旁，虽不是悬崖峭壁的天险之处，却也多有密林险石。

　　唐军派出的斥候比昨日更多了数倍，每入山谷更是加倍谨慎，麴崇裕暗暗点头，只是目光扫到粮车前后那几百名闷头赶路的唐军时，还是忍不住问苏定方："若是真遇突厥伏兵，不知将军当如何处置？"

　　苏定方游目四望，淡淡地道："要看情势如何，随机应变，总要叫他们有来无回！"

　　麴崇裕木着脸点了点头，心道，我倒想真遇到一次，看看这支在扎营造饭上训练有素的精兵们，怎样让来去如风的突厥人有来无回！

　　而不到一刻钟之后，当一匹快马急驰而来嘶声回报军情时，他不由彻底呆在了那里，只觉生平之心想事成，莫过于此。

　　"启禀将军，东北方位约二十里，出现大队突厥人马！"

　　苏定方脸色丝毫未变，整个人却突然多了一种渊渟岳峙般的沉稳气度，"详细报来！"

　　斥候的声音也稳了下来："人数当在一万以上，未见步兵，至少有数百车辎重，行军方向自东北往西南而去。"

　　裴行俭此时已催马过来，听完斥候的回报，皱眉道："多半是贺鲁的援军。"

　　麴崇裕握着马缰的手心不由有些打滑，一万多突厥骑兵，自己车队里的五百"精兵"加上三百寻常府兵，还不够他们塞牙缝！而粮车行进速度缓慢，一旦被发现，绝无可能逃过骑兵追杀。幸亏对方是直奔鹰娑川而去的援军，尚未发现粮队，若是小心隐蔽，大约还躲得过去。

　　苏定方沉声道："带足人手，再探！千万小心，莫让对方发现行踪！"

　　斥候一声得令，上马离去。苏定方和裴行俭翻身下马，在路边的一块大石上展开舆图。不久之后，一匹匹快马便不断把敌军消息和前方地形传了回来：突厥军的旗号是鼠尼施部，人数大约在两万上下，虽有不少辎重，行军速度却并不缓慢，双方队伍都是向鹰娑川方向而去，若是粮队继续前行，一个多时辰之后，便会与突厥人狭路相逢。

　　粮车的队伍此时早已停了下来，后队虽然并不知晓前方的讯息，却有一种不安气氛弥漫开来，西州府兵下意识地渐渐靠拢，唯有那五百骑兵仿佛无知无觉，依然保持着原先的队形。

　　略显压抑的安静中，米大郎压低了声音依然有些刺耳："鼠尼施部？这可是一群狼崽子！性子最是贪狼，打仗似狼，抢起粮草男女来更似饿狼，要想从他们手里弄到妇人，比登天还难，想当年某花了多少气力……呃，嗯……

　　"这条山路某走过几回！前面还有几处山谷，地势都与此处差不多，出去之后，便是一马平川……将军，咱们赶紧往后撤吧，适才经过的那片山坡便有片好林，尽遮得住这些车马，若让鼠尼施部那群饿狼盯住，只怕一辆粮车都保不住！"

好容易米大郎的唾沫星子不再四下乱飞，老老实实退了下去，麴崇裕才慢慢走近舆图，苏定方与裴行俭低声交谈了几句，又一言不发地盯着舆图。良久之后，苏定方突然屈指一敲，"米大郎说得好，此林甚佳！"

裴行俭点了点头，"这三百府兵颇听弟子号令，弟子愿留下带领车队继续前行，斥候也交给弟子调度。"

苏定方沉吟片刻："你千万小心，掐算好火候，方能事半功倍。"转头又向麴崇裕笑了笑，"世子，请随我来。"

麴崇裕一怔，"将军要去何处？"

苏定方轻描淡写道："我要带上五百骑兵先行离开一步，由守约带着车队慢慢前行。"

麴崇裕不由瞪大了眼睛，"前面有突厥人！"

裴行俭从舆图上抬起头来，从容微笑，"正因为前有两万狼兵，这几百辆粮车，咱们无论如何也无法平平安安送到军中，唯今之计，只有先送给突厥人！"

不多时，苏定方的命令便迅速传遍了整个车队——

"前方有突厥探子，裴长史带领西州府兵押运粮车先行，苏将军率唐军骑兵抄近路出山接应！"

两刻钟之后，五百匹战马都已被喂饱，每副马鞍上除了兵器，只挂着一个水囊和一个不大的粮袋。五百名骑兵如石雕般静静站在路边，只有皮甲下的军袍不时被山风吹动。直到足有两里长的粮车队伍缓缓消失在前面的山道转弯处，他们才勒转战马向来路回撤，除了马蹄声响，再没有任何多余的声音发出。

麴崇裕心神不宁地回头张望了几眼，一旁却传来了苏定方平静的声音："世子请放心，有守约带领那三百府兵，又有斥候断后，定不会叫人手有太多折损。"

看看身边那些平日气势沉闷、此刻却仿佛利刃出鞘的骑兵，麴崇裕不由点了点头。他低估了他们，这些人似乎天生是为战场而生，只有闻到烽烟的气息，才会露出令人惊心的那一面。只是转念想起那三百多车粮草，心头依然有些发沉。

裴行俭说得不错，如今这粮草的确已送不过去。以突厥骑兵的速度，若不拖住他们，最晚明日午前便会与贺鲁形成对大唐军队前后夹击之势，唐军若是准备不足，这一击只怕足以致命；就算唐军能抵挡，在送粮人马与唐军本部之间，也会隔着突厥援军的连绵军营……可即便如此，也无须将三百辆粮车全都送到突厥人口中吧？苏定方与裴行俭怎么半点都不担心自己丢了粮草会被如何处置？

深深吸了口气，麴崇裕将声音尽可能放得平缓："苏将军，我还是不大明白，便算要拖延突厥人，一面派快马去大军中报信，一面派出少量人马抄到前方沿途骚扰便可，何必要把所有的粮车都拿来作饵？"

苏定方呵呵笑了起来，抬头看了看天色："只有将所有粮车送出，今日才能将那两万骑兵统统留在山道之中！"

那又如何？若有五千精兵在手，他也敢打一场伏击，可如今手头就这五百人，便是各个都能以一当十，难不成还能在两万突厥大军中讨得了好去？

麴崇裕满心疑惑，只是看着苏定方从容笃定的脸色，却无法追问下去。

队伍往回走了不到三里，路边便出现了一大片林子。随着入林的号令，五百骑兵束马衔枚，悄然进入林木深处，连飞鸟都没有惊起太多。

时光的流逝突然变得极为缓慢，透过头顶上并不密集的树枝，可以看见静静挂在西天的那轮秋阳，可隔了半晌去看，太阳的位置却没有丝毫变化。麴崇裕看了几次日头，目光偶然扫过林中，才发现这些骑兵似乎也变成了一根根系着战马的黑色木桩，姿势沉静而放松，似乎可以千年万年地等待下去。

麴崇裕握着马缰的手心湿了又干，干了又湿，不知过了多久，当日头的颜色终于渐渐泛出金红，远处终于有马嘶人喊的声音传来，他不由猛地握紧了拳头。玉狮子也不安地刨了刨蹄子，却换来了几束带着警告意味的目光。麴崇裕只觉得脸上发烧，长长地吐了口气，慢慢松开了手掌。

在距离树林十余里远的山道上，三百辆粮车的长队已在慌乱中转过车头，车夫的鞭子甩得山响，拼命驱使着骡马向来路奔逃：果然遇到突厥兵了！

就在一刻钟前，粮车队伍派到前方去探路的斥候与突厥斥候不期而遇，几名突厥骑兵顺着山道追了过来，看到车队便欢呼起来。接应的唐军射杀了几个突厥人，却到底有人逃了回去，那些如狼似虎的突厥人或许随后便会杀到！

这些车夫都是老手，不过车队在狭窄的山道上掉头，到底也花了不少时间，颇有人乱中出错，弄坏的车辆只能被推到一边，让出路来。好在来回奔驰于车队中的裴行俭依然十分镇定，每走几十米，便指挥着车夫们将最后几辆粮车推倒成一堆，堵死道路，阻挡骑兵的快速奔袭。

饶是如此，粮车队伍不过往回撤了四五里路，突厥骑兵的马蹄震动和狼群般的呼啸声便在身后响了起来，越来越近。

当身后长箭破空之声响起，箭翎"咄、咄"地钉在了粮车上时，后队的车夫首先经受不住，发一声喊，纷纷跳下马车向两边的山丘手脚并用爬了上去。西州府兵们也多少变了脸色，只是六郡汉人骨子里的血勇仍在，慌乱过后，依旧按照长官的命令，纷纷拉弓回射。迎着箭雨追来的突厥人多少有些吃亏，追击的步伐不得不停了一停。

断后的数十名唐军斥候最为沉稳，一面稳稳引弓还击，一面快速用粮车制造着路障，有人索性点燃火褶，粮车的麻袋和木板车厢原是易燃之物，没过片刻，火头便腾地燃了起来。

从后面追来的突厥骑兵呼喝声越发急促，虽然马匹畏火，却也有人冒险提马上山，绕过火头冲将下来。不断引弓射箭，阻止唐军烧毁粮车。唐军则以粮车为掩，不断回射，正僵持间，山谷里马蹄震动之声越来越响，显然有大队骑兵随后赶到。断后的唐军见势不对，胡乱推倒了几十辆粮车，点了几个火头，便纵马狂奔而去。

待到数千名突厥骑兵扑灭火头，赶过最后一辆粮车，骑着突厥良马的唐军早已没了人影，连伤员都没有留下一个，山道上空空如也，也不知他们是逃得远了，还是躲进了山路两边的小路和丛林。

一队突厥骑兵追出了好几里地，眼见天色渐黑，敌踪不见，这才不得不作罢。搜山的斥候们则抓了好几个车夫回来，分开逐一审问了一遍，才知这支粮队是从数十里外的大唐军仓运粮而来，押送粮草的不过是几百唐军，且大半已抄近道去了山前。众人顿时放下心来，看着那一辆辆装得满满的马车喜笑颜开。待得人人有赏的命令传将下来，山道上的欢呼声更是响成一片、经久不息。

因大军来得及时，三百多辆粮车真正被烧毁的不过几十辆，只是马车却半数都出了些问题。好在这支突厥军也带了不少辎重，骑兵们下马清理道路，几十名随军工匠都被调来修补粮车，待得诸事都安置妥当，早已月上中天。

一场欢庆之后，突厥大军也是人困马乏。收拢队形、就地休整的军令一声声传递过来，两万骑兵在山道旁就地扎营，布置拒马，派出哨兵，斥候则多数调往前方警戒。延绵数里的营地渐渐安静了下来，只有无数旗帜依旧在夜风中猎猎作响。

树林深处，随着夜幕降临，随着苏定方一声令下，五百名唐军席地而坐，各自靠着树木闭目养神。

将西州府兵带入密林深处安置妥当后，裴行俭也坐在了苏定方身旁，被火苗燎过的袍子还散发着焦味和血腥气，整个人却如夜色中的大树般静默而沉稳。不时有斥候幽灵般的闪到苏定方跟前，低声回报五六里外突厥人的一举一动。偶然有突厥斥候提马到了林外，却只是随意转了一圈便回转远去。

麴崇裕坐在苏定方身后不远的地方，依稀听见了一句，"突厥大军已就地安营"。心里不由微微一松：丢下几百辆粮车，终于拖住了突厥军一夜！此刻大唐军营那边只怕已是得了消息，明日便不会措手不及。

苏定方也长长地吐出一口气，静默片刻，低声下令：全体将士，用完自己带的干粮和清水，就地休息一个时辰。

仿佛饥饿感也随着这声命令苏醒了过来，麴崇裕这才想起，上一顿还是入林后不久用的，如今已过去好几个时辰。他随手摸了摸早已从马鞍上取下的干粮袋，拿出一块面饼刚刚咬了一口，突然手指一僵，赶紧又摸了摸干粮袋——的确只剩下一块面饼，吃完这一餐，便再无干粮可用！

似乎有道光亮划过心头，他怔怔地抬头看着不远处那个并不高大的黑影，无论如何也无法相信，这个年过花甲的唐军将领，竟然会冒出这么疯狂的念头。

林中依然一片安静，只能听见隐隐的咀嚼声和饮水声，似乎没有人发现干粮袋的异常。麴崇裕几乎想把面饼扔到一边，站起来质问一句，却到底没敢造次，只是像其他人一样默默吃完了干粮。

月光从树叶的缝隙里照了进来，勾勒出一个个更加沉默的身影。裴行俭静静起身，向树林深处走去。麴崇裕犹豫片刻，往前挪了一挪，在苏定方旁边坐了下来，低声道："苏将军，您不会是打算……"

苏定方的声音平平淡淡，听不出一丝喜怒："麴世子所料不错。"

麴崇裕一肚子话顿时都噎了回去，既有些不敢置信，又有些哭笑不得，一时不但不知该说什么才好，连自己心里到底是什么滋味都有些分辨不清。

裴行俭不知何时悄然走了回来，在麴崇裕侧面坐下，声音舒缓一如平日："麴世子，再过半个时辰，骑兵便要出林，你不妨去后山与西州府兵会合后一道行动，只要略加小心，便不会有太大风险。"

他身上那股淡淡的焦味和血腥气似乎愈发刺鼻，麴崇裕胸口一直憋着的怒火腾地燃起，静默良久，终于冷冷地开口："我会与唐军，一道出战！"

一轮圆月慢慢沉了下去，东方的天际眼见开始泛起一抹鱼肚白，从树梢间漏入的寒风几可刺骨，正是一天最黑暗寒冷的时分。

骑兵们悄无声息地站了起来，束紧腰带皮甲，检查横刀马槊，随即便牵着战马默默向山下走去。有几只格外警醒的夜鸟扑腾腾地飞了起来，待它们盘旋一圈又飞回自己的鸟巢，林中早已是空无一人。

并不宽阔的山道上，五百名精兵都已披甲上马，在隐隐约约的晨光中，依然沉默得像一片黑色的石头。带马立于队伍最前面的苏定方也在沉默地看着他们，良久之后才蓦然开口，声音并不高，却带着一股前所未有的冷酷："你们想来都已知晓，咱们的粮车已然丢了，咱们的粮水已然尽了。如今，你们是想饿死渴死，还是被军法处死？往前五里，便是突厥贼子，杀了他们，咱们便能夺回粮车！咱们便能建功立业、封妻荫子！想活下去的，跟着我，杀！"

仿佛是压抑了千年的死寂火山突然迸出了炙热明亮的岩浆，随着一声低吼"杀！"黑色的人群中，一种令人战栗的气势瞬间爆发出来。道路两边的山林间，无数飞鸟同时被惊起，凄厉鸣叫着向远方飞去，随即便被掩盖在战马奔腾的声音中。隆隆的马蹄声由慢而快，五百名催马疾驰的骑兵，就如一支锋利的黑色箭头，射向五里外的突厥大军。

即使是在黎明前最深沉的睡眠里，大地震动的声音也很快便将天生警醒的突厥人惊醒过来，不少人手忙脚乱地披甲蹬靴，奔出帐篷，翻身上马，只是还未来得及列队，朦胧的晨光中，一股锐不可当的黑色洪流已席卷而至。堆放在山道上的拒马转眼间便被几把丈八马槊挑得高高飞起，下一刻，那些槊尖的寒光已从哨兵们的后背上透了出来。

最为骁勇的突厥骑兵呐喊着催马提刀迎上，然而面对这些已将速度和杀气都提升到最高的人形凶器，散乱的个人阻挡几乎起不了任何作用，那些锐利的马槊携着高速冲锋带来的巨大力量，将面前阻挡的一切都挑飞了出去。

当数十名提刀迎上的同袍都在数息之间被这支黑色的长箭贯穿，化成马蹄下的肉泥，而那些寒光闪闪的长槊却以更可怕的速度迎面刺来时，终于有人发出恐惧的叫喊，拨转马头往后就逃。狭窄的山道上，想应战的突厥骑兵被逃奔者挤到一边，还未来得及调整位置，追击而来的唐军精骑便已在眼前风卷而过，迎接他们的是几支横地里扫来的马槊，或是因高速挥起而分外锐利的刀刃。

几乎在同一时刻，突厥军营右侧的几处山脊上燃起了数百支火把，并不密集却令人胆寒的箭雨居高临下的从山头射落下来。每个突厥人都在瞬间明白过来——他们中伏了！

"敌军来袭！""山上有伏兵！"随着嘶哑的狂呼声响彻夜空，近十里长的突厥军营终于彻底陷入混乱，越来越多的奔逃者将恐惧和慌乱像病菌一样传播开来，也把更多的人挟裹进了掉头狂奔的队伍。溃败的突厥骑兵，像雪崩一样淹没了狭窄的山道。当后方的突厥精兵在将领的呼喝声中终于列齐队伍，准备迎战时，首先迎来的，却是因为要逃命而挥刀砍向一切障碍的自己人……

山岭高处，用枯枝绑上披风碎布做成的火把依然在熊熊燃烧，三百名西州府兵们却放下了手中的弓箭，只是呆呆地看着山下。

在依然微弱的晨光中，一场黎明前的突袭，已变成了一面倒的追杀。黑色的洪流以一种微妙的速度贴着败军追杀，驱赶着他们向前方山道席卷而去，而在洪流经过的地方，只剩下横七竖八的尸体、无声流淌的鲜血和不时嘶鸣的无主战马。那些照夜的火炬早已七零八落地掉在地上，当火苗偶然舐上同样被扫落在地的旗帜，便会轰的一声燃烧起来。

血与火，构成一幅艳丽而凄厉的诡异画面，让山冈上的胜利者们也无法不心惊胆寒。

在黑色洪流的中后位置上，骑着玉狮子的麴崇裕身上已溅满鲜血，骑兵的前锋冲开道路后，他所在的后队便负责收拾漏网之鱼。那些被冲散的突厥兵多数已心胆皆丧，只会向山上逃窜，也有个别人反而更加悍不畏死。麴崇裕手中的横刀已收割了好几条人命，只是最后一次砍上一位突厥人肩头时，已经卷刃的刀锋并没有砍入太深，对方在痛吼中连人带刀扑了过来。眼见寒光已在眼前，一支马槊带着风声从他的耳边呼啸而过，将那位突厥兵直贯出去，死死地钉在了地上。

麴崇裕回头看了一眼，不远处铁盔下是一张没有什么表情的陌生面孔。他丢下手里横刀，探身从突厥人的尸体上抽出一把弯刀，拨马跟上队伍，有意无意缀着他的几匹战马也立刻跟了上去。

随着大队人马往前又冲了数百步，麴崇裕只觉得眼前一亮，却是队伍已冲出了山道，前面的地势渐渐开阔，看得见无数突厥人马正在向各个方向逃奔而去。前军的速度明显慢了下来，麴崇裕也缓缓勒住了战马。薄薄的晨雾很快便掩去了突厥人的身影，只留下一片越来越明亮开阔的天地。

这一仗竟然，结束了？看了看身后一片狼藉的山道，又看了看眼前依然保持着队形的唐军，麴崇裕只觉得如在梦中。

退回山道、打扫战场的命令很快便传了下来，他一时不想拨转马头，只是静静地站在山口。身后突然有马蹄声响，一个熟悉的身影带马停了他的身边。

裴行俭依然穿着那件被火燎焦了衣角的青色圆领袍，昨日沾上的血迹已然变得深黑，又添了几道暗红色的新鲜血痕，只是跟此刻的麴崇裕比起来，却整洁得好像才成亲的新郎官。似乎看出了麹崇裕目光中的打量之意，他略带遗憾地一笑，"裴某负责收尾，不曾亲手杀敌。"看了看麹崇裕手上身上的血迹，他的语气里多了几分关切："世子可曾受伤？"

麹崇裕回头看了一眼，那几个一路跟着他的骑兵不知何时已悄然离开，不由自嘲地摇了摇头，"有苏将军的亲兵相护，麹某便是想受伤只怕也不大容易。"说着随手把弯刀丢到一边，将满是鲜血的手掌在衣袍上狠狠擦了几下，本来便被鲜血溅染得一塌糊涂的袍子越发皱成了一团。他却没心思顾及这些，擦干了手便去摸马鞍上的水囊，不想竟拿了一个空。

裴行俭笑着将一个精巧的水囊丢了过来，麹崇裕伸手接住，仰头便喝了一大口，却差点呛了起来——里面装的并非清水，而是酒！只是此时此刻，那股热辣辣的感觉顺着喉头一直流到肚中，却有一种异样的舒爽。

麹崇裕长长地吐了口气："好酒！"

裴行俭的声音悠然得不带一丝烟火气："新丰桃花酒，名柔而实烈，当以沙场烽烟佐之，如今以贼子血、顽敌头下酒，自是更好。"

麹崇裕抹了抹嘴角，淡淡地道："酒便是酒，何需矫饰！"

裴行俭一愣，随即笑了起来："行俭受教了！"

麹崇裕仰头又喝了一口，眺望着前方不语，细长的凤眼里慢慢露出了一丝笑意。

当高高升起的太阳渐渐照亮山谷，远处又一次响起了大队骑兵带来的马蹄震动之声。没多久，两千名唐军骑兵终于出现在山前，却很快便一个个呆在了那里：战场虽已被粗略打扫过一遍，但山路上散乱的帐篷旗帜和斑斑血迹依然触目惊心，两千多匹战马和数百辆辎重更是令人难以置信，更别说那已被垒成一座小山的一千多个血淋淋的人头……

唐军这边，也有几十具尸体静静地排列在地上，还有一百多号伤员正在简单处理伤势，而那三百名西州府兵除了昨日受了箭伤的十几个伤员，今晨一战中，竟只有几个倒霉蛋在黑夜中跟着斥候上山时擦破了手背或是扭到了脚踝。

苏定方带着裴行俭和麹崇裕驱马迎了上来，向来人抱了抱手，"侯将军，有劳了。"

这位姓侯的郎将目光从战场上收了回来，翻身下马，郑重行了一礼，"末将来迟，请将军责罚！"

苏定方淡然一笑，"将军免礼。"

麹崇裕却转头看着裴行俭，嘲讽地挑了挑眉，"今晨收到捷报之后发兵过来，可不是要到这个时辰？迟么？我看一点都不迟，半点都不迟！"

裴行俭长长地叹了口气，语气充满遗憾："苏都督也太谨慎了些，若是能信了我等，昨夜便让诸位埋伏在山外，至少能截杀几千突厥人，是何等功绩！如今却是可惜了。"

他俩的声音不算太大，恰恰能让周围的人都听见。几位带队来的将军、校尉先是憋红了脸，随即便忍不住看了看不远处那堆积如山的辎重和首级，眼中流露出浓烈的不甘。

麴崇裕的目光在眼前几位将领脸上扫过，又回头看了看那些正在默默包扎伤处、掩埋同袍的精兵们，心头一时不由百味交陈。眼见几位将领已开始商议着搬运物资、押送俘虏的事宜，裴行俭突然转头道："世子，桃花酒可还喝得？"

麴崇裕一怔，点了点头。

裴行俭微微一笑，"今日乃是中秋，行俭想请世子再饮一囊。"

麴崇裕警惕地看了看裴行俭，眼前这张面孔笑容沉静而眼神诚恳，身上散发着和自己一样的烽火血腥气息。他心里不由一松，也笑了起来："崇裕随时奉陪！"

第八十七章
月圆之夜　白骨之间

营寨的夜晚总是来得格外肃静，随着夜幕彻底笼罩下来，帐篷四周的脚步声、交谈声，远处不时响起的号令声都渐渐消失，唯有秋风拍打帐篷的声音变得分外清晰。

麹崇裕随手用银签拨了拨案几上并不明亮的烛火，发了片刻呆，还是起身走出了帐篷。他所住之处是在整个唐营的后部，往外几步走到营地与寨墙之间地势略高的开阔处，延绵数里的大小营帐便可收入眼底。皎洁的月光下，那些零零星星的火把和风灯看去越发黯淡，中部的火光密集处却依然显眼，想来是正在开着庆功宴的中军大帐。

想到今日午间见到的那些嘴脸，麹崇裕不由冷笑了一声。

一阵整齐的脚步声响，几名巡营的士兵举着火把从不远处走了过来，领头的队长打量了几眼麹崇裕，又脚步不停地带队离开。

这些晃动的火把在营地四周随处可见，麹崇裕往远处看了一眼，二十里外便是贺鲁的大军所在，只是在今日这一战之后，以贺鲁那狐狼般的性子，在没有探听出虚实之前，是绝不会轻易出战了……他正想得出神，却听不远处有人笑道："世子好兴致，竟然在此处赏月。"

看着迎面走来的修长身影，麹崇裕多少有些意外，"你怎的也逃席了？"

裴行俭的笑容在月光中显得分外清朗，"彼此彼此。"

麹崇裕压了压嘴角的笑意，正色道："麹某一介纨绔子弟，偶然押运粮草，竟遇到此等凶险，惊魂未定之下，自是无心宴饮，裴长史却是苏将军得意门生，如此盛宴竟不告而别，岂能说得过去？"

裴行俭叹了口气，"裴某岂敢不告而别，乃是不胜酒力，被人架出来的，也不知让多少人满心欢喜。"

麹崇裕一怔，自己之所以推了邀约，是知道宴无好宴。只是看着裴行俭此刻分明毫无醉意的模样，西州接风宴上他的那次"大醉"不由猛然兜上心头，他忍不住淡淡地点头，"此事长史原本最是拿手。"

裴行俭笑着摇头，"被人灌酒滋味如何，世子心中有数，我倒真真是替那些美酒可惜，好端端的被人浊了味道。"

听到"被人灌酒"四个字，麴崇裕脸色不由微变。在长安时，他最恨的便是参加那些宴席，看着那些宗室贵介带着恩赏的神情向自己举起酒杯，"麴玉郎，你莫不是觉得长安美酒不及你们高昌的……"

裴行俭已笑着转了话头："再说，如此佳节，原该与一两知己共酬明月，世子今日既已赏脸应邀，行俭哪敢失信于人？"

麴崇裕回过神来，一眼看到他手中果然拿着两个酒囊，语气里不由带上了几分嘲讽："此酒风味固然颇佳，只是要拿来酬此明月，却是不大容易。"难不成两个人坐在这营中空地上对着月光喝？

裴行俭呵呵一笑，"世子请随我来。"说完转身便走。

麴崇裕心头疑惑，迈步跟了上去，却见裴行俭沿着营墙，一路向营地西北角走去，径直走到后营一处木制的瞭望台下，几步跨了上去，也不知说了些什么，两位值守的哨兵竟笑嘻嘻地走了下来。

到望台上去喝酒？他怎么想得出来！麴崇裕不由呆了片刻，叹了口气，迈步登上望台。却见裴行俭已悠然自得地坐在木栏边上，见他冒头，劈头便把一个酒囊扔了过来。

麴崇裕忙偏了偏头，伸手接住酒囊，在裴行俭对面坐了下来。这望台不过是离地两丈来高、大小四五尺见方的简易木台，四周是矮矮的木栏护板。随意四下一看，他不由暗赞了一声。此处视野极佳，圆月当空，月华如练，举目远眺，莫说这一大片军营，便是鹰娑川一望无际的草甸，远处波光粼粼的河流湖泊，也尽收眼底。兼之夜风清冷，拂面生凉，让人心神都为之一爽。他忍不住拧开酒囊，仰头喝了一大口，对着夜空长长吐了口气，只觉得心底无数浊尘都被吐了出来。当此即，却也无甚可说，只能笑道："好酒！"

裴行俭笑着举了举手中的酒囊，"此酒乃新丰酒家埋入桃树下十年方得，名为桃花，细细品来，却有杀伐之气。"

酒香犹在唇齿之间，在悠长醇厚外，的确自有一股清烈。麴崇裕心里一动，又仔细打量了几眼那连绵不绝的军营，在那寂静无声的深黑色起伏轮廓之中，似有一股隐隐的杀气。而扑面的清爽夜风里，除了草甸特有的清香，也带着些微血腥之气——前方数里便是战场，上千人的鲜血早已染红那大片的草原。他不由点头叹道："若非身在沙场，的确品不出此酒的妙处，守约果然独具慧眼。"

裴行俭不知想起了什么，出神半响，自嘲地一笑："何曾是有慧眼？我不过是在沙场上痛饮过一回，毕生难忘而已。"

麴崇裕诧异地看了他一眼，难道裴行俭竟曾入军征战？可他的履历自己记得很清楚，上面绝无此笔。

裴行俭自顾自地仰头喝了一大口酒，放下酒囊才道："世子不必猜疑，行俭虽不曾从军，却也曾于荒草白骨之间，喝了一夜的新丰酒，自此之后，便不轻醉。"

在沙场的荒草白骨之间喝酒？麴崇裕想了想才笑道："守约这酒，果然喝得别出心裁。"

　　裴行俭摇头而笑，语气甚是平静："不怕世子见笑，几年前，行俭也曾日日醉生梦死。恩师看不过眼，带我日夜急驰，来到一处沙场。当年那一仗甚是惨烈，我去之时虽已时过境迁，荒野之间依旧是白骨随处可见，还未入夜，便是煞气逼人。恩师丢了几囊酒给我，让我或是醉死沙场，与他当年的同袍作个新伴，或是放下酒囊，从此活出一个模样来。"

　　麴崇裕略一思量便明白了过来，几年前，裴行俭说的多半是前头的妻儿先后夭亡之际。听闻此事与那号称收留了他们母子的河东公府不无关系，裴行俭日日买醉，大约便是因为此事，这恩仇之间的折磨，的确让人……他不由叹了口气。

　　裴行俭略停了片刻，竟是缓缓说了下去："那一夜，我对着荒草间的骷髅想了许久，若就此一醉不醒，想来不久也会化为这样一堆白骨，无知无觉，无忧无喜，似乎也还不错。可是喝了几囊酒之后，又觉得有些不对，若人死则无知，那我来这世间一遭，难道就是为了做一堆这样的无名白骨，好叫亲者痛、仇者快？若人死后有知，我又如何去面对那黄泉之下所有的亲族？思来想去，我还是放下了酒囊，在荒草间睡了一觉，醒来时，正是日出东方。世间从此便少了一个酒鬼，多了一个禄蠹。"

　　他竟然曾在沙场白骨之间，这样苦苦思索生死之事？麴崇裕心中微惊。月光下，裴行俭的眉目间依然是一片清朗从容，仿佛说的不过是最平淡无奇的琐事。麴崇裕不由看了他好几眼，只觉得自己似乎是第一次看清了面前之人，静默半晌，长出了一口气，"你若是禄蠹，世间之人如我等，岂不都是米虫？"

　　裴行俭摇头一笑，"世子过奖。世间之人，若想不做米虫禄蠹，何其难也！当日我也曾问过恩师，人生在世，不满百年，王侯将相，乡野匹夫，转眼间不都是这一堆白骨，建功立业或是碌碌一生又有何不同？

　　"恩师告诉我，白骨自是绝无不同，只是在他看来，身为男儿，既来这世上一遭，总要令世间少一些荒野乱草间的白骨。因此，若是为官，当泽及子民，造福一方，若为将，当以战止乱，擒贼擒王！如此，便是自身最后化为白骨一堆，也无愧于天地。世子在西州的所作所为，自是不能以米虫而论。裴某也不过是这些日子以来，才勉强算不得禄蠹。"

　　麴崇裕慢慢喝了一口酒，一时有些不知该如何回答。依他自己来看，人生在世，若是不能快意恩仇，纵然无愧天地又有何趣？伯父和父亲难道做过什么有愧于天地之事？当年西州那万千百姓难道都做了有愧天地之事？一旦沦为亡国君民，不都是任人宰割！只是裴守约……他若是这样想，倒也不算奇怪。他沉吟片刻，还是笑道："守约胸怀如此，崇裕佩服。"

　　裴行俭淡淡地一笑，"不敢当，其实对于世子，行俭心里也佩服得很。世子深谋远虑，能屈能伸，只是裴某有一事不解，还望世子指教，"他顿了一顿才道，"以世子之才干，为何执意自囿于西州？"

麴崇裕蓦然抬头看着裴行俭，目光变得冰冷，半晌才嘲讽地笑了起来，"裴长史，你出身河东名门，又是大唐忠臣之后，有何等雄心壮志都不为过，请不必拿我来取笑！"

裴行俭的目光依旧平静，"世子所言差矣，若不是这门第名声，裴某大约也不至于险些做了草间白骨。所谓门第，其实与这酒囊有何差别？日日捧在手中，自是足以醉生梦死，若能放下，便什么都不是。男儿如你我，学成文武，顶天立地，何必计较他人目光议论？世子，请恕我直言，你太看轻了自己，也太看轻了大唐！"

麴崇裕一时不由说不出话来，旁人若说这个，他自是会嗤之以鼻，他在长安十几年所受的欺辱轻视，岂是几句话能打消的？但认真论起当年的憋屈，他却不得不承认，眼前这位顶着天煞孤星名头的裴守约，莫说自己不能比，只怕整个大唐也没几个人能与之相提并论。

裴行俭的目光投向了大营中央的灯火摇曳之处，语气里带着毫不掩饰的嘲讽："行俭也知道，长安自有一些宗室纨绔，只是此等人物，不过是些自以为是的酒囊饭袋，就如大唐的军中将领，若都是世子所见此营数人那般的心胸气度，唐军又焉能创下天军的赫赫威名？"

麴崇裕依然只是默默仰头喝酒，裴行俭也不再多说，眼见手头这囊新丰桃花酒已所剩不多，麴崇裕才微眯着眼睛笑道："我也有一事不明，还望守约直言相告，以你的心胸手段，何至于会来西州，会来此处与我饮这一场酒？"

裴行俭放下酒囊，直视着麴崇裕，"一则所谓命数如此，此间曲折原也一言难尽；二则，我生平志向，不过是回报师恩君恩，使这明月所照之处，少几处沙场，少几堆白骨荒丘。"

麴崇裕点了点头，却听裴行俭又问道："不知世子胸中所愿，又是何事？"

麴崇裕沉默片刻，扬眉一笑，"崇裕不敢与守约相比，只是既然身在西州，自然也希望此地风调雨顺，此外么，"他笑了笑，"有时难免也会思量，那些喜爱将他人踩在脚下之人，若是能将他们的脸面也踩在脚底，却不知会是何种滋味。"

裴行俭怔了怔，不由摇头苦笑，举起手中的酒囊，"玉郎请！"

麴崇裕斜睨了他一眼，突然笑了起来，笑声越来越欢畅，"守约请！"

此后两日，战场上风平浪静，贺鲁部一直都未出战。因此次所送及缴获的粮草充足，一时倒也无人提及让苏定方再去押运粮草。另外两支大军则先后有捷报传来：程知节本部主力大破歌逻禄、处月两部突厥人马于榆慕谷，周智度的东路军破突骑施、处木昆两部于咽城。麴崇裕不由开始暗暗期待一场大战，不想等了几日，快马传来的却是一道令人诧异莫名的军令：唐军三处人马立即互相靠拢，不得轻战！

签发军令者，并非大总管程知节，而是行军副总管王文度。

麴崇裕不由愕然，一番思量后找到裴行俭，"军令既是如此，我等多待也是无益，不如速回西州，也好多作一番准备。"

裴行俭默然不语，半晌才道："玉郎，我有一个不情之请。"

第八十八章
守株待兔　血雨腥风

"之后呢？之后如何了？"

琉璃屏住呼吸，睁大眼睛看着麴崇裕。

麴崇裕很想捂住额头叹口气——自己面前的这双眼睛里满满的全是好奇和兴奋，却没有半点应有的担忧或恐惧，这女人的脑子里到底装着什么？

他皱了皱眉，索性长话短说："突厥人以为中伏，自己先乱了，兵败如山倒，苏将军率领咱们一路追杀，大获全胜。"又淡淡地补了一句："斩首一千五百级，尸横遍野，那斩下的头颅堆成了小山，血腥味几里外便能闻到。"

琉璃长出了一口气，垂头看了看手中的信封，低声嘟囔了一句："原来如此。"

麴崇裕终于忍不住伸手揉了揉眉心。临行前，裴守约郑重其事地托他照应库狄氏，因此今日登门前，他也打叠了百般言辞准备安抚住她。没料到，这位除了听说裴守约要留在军仓协助调度事宜时惊讶了片刻，在其他事情上，反应都古怪得可以：听说了他们在送粮路上遭遇了大队突厥人马，没问一句自己的义父和夫君可有遇上危险，反而兴致勃勃地追问备战作战的所有细节！什么叫"之后呢"，她当自己是寺院里登台俗讲的僧人吗？

琉璃此时心里却全是惊叹：苏定方战神之路的第一步原来是这么走出来的！半晌她才注意到麴崇裕疑惑的眼神，一惊之下心思急转，忙问："不知如今义父和守约可还安好？"

麴崇裕只觉得松了口气，点头道："苏将军和裴长史都好，如今总管有令，三路唐军会兵一处，四面结阵，缓缓而行，自然稳妥。裴长史请夫人不必担心，如今不但辎重都置于军阵之中，军仓也有重兵把守，他只协助调度事宜而已。"

四面结阵，这算什么法子？琉璃不由摇了摇头。

她摇什么头？难不成是从这三言两语里便看出如今形势不妙？麴崇裕皱眉瞅着满脸不以为然的琉璃，忍了半晌还是忍不住问道："夫人难道觉得有什么不妥？"

琉璃惊奇地看了他一眼，唐军是来平叛的，又不是来视察边疆的，结成这样一个方方正正的移动碉堡，虽然自己可以减少伤亡，可阿史那贺鲁是傻的吗，会待在那里等你去打？如此挪上两个月，压根不用打仗，耗尽粮草直接回长安便是！她的语气里不由带上了几分讥讽："世子，守株待兔，能打着狼么？"

麹崇裕胸口一窒，这比喻当真……贴切！可这与他有什么干系？沉默片刻，他换了话头："库狄夫人，崇裕今日登门还有一事相求。裴长史有令，自明年起，西州人所交绢帛可用白叠布来代替。过几日都护府便会发出布告，如今工坊里已赶制出上百套轧车与弹弓，我会遣差役和府兵将这些物件随政令分发到西州各乡的村正家中，夫人若是有暇，崇裕斗胆请夫人去几处乡中，授教丁妇们一二。"

琉璃纳闷地看着他，用轧车、弹弓这种简单的事情怎么会需要她去传道解惑？

麹崇裕被她看得有些不自在，垂眸看着眼前的银杯，淡淡地道："西州虽然早有白叠布，然百年以来，多为官坊所出，庶民不过偶然为之，如今赋税中以白叠布代替丝绸，于西州农户，乃是关乎生计的大事，只怕会犹疑不决。裴长史素有威望，若由夫人出面亲自示范，西州子民多半能打消疑虑。长史如今有些担忧，明年西州或许会加重赋税。"

也就是说，她要扮演亲民的官家夫人，鼓励大家接受新生事物？听说西州都护府的家底这次都已被掏空了，此战拖延下去，明年的赋税的确可能不得不加重！琉璃点了点头，"世子尽管安排便是。"

这回答痛快得出乎麹崇裕的预料，他不由狐疑地看了琉璃一眼，见她一脸坦然，这才放下心来。一时又觉得这位库狄氏风格之飘忽，真真无迹可寻。想到此处，眼角忍不住再次扫了扫墙上那古怪的羊头铜灯，屏风上那宛如真人的仕女图画，还有莫名其妙插在瓶中的枯枝，只觉样样刺眼。他一刻都不想多待下去，站起来微微欠身，"多谢夫人体谅，等崇裕安排妥当了，自会遣人来接夫人。"

琉璃也暗自松了口气，今日这位世子居然从头到尾都态度温和，虽然时不时目光狐疑，好歹没冷嘲热讽。她笑着起身回了一礼，"应当多谢世子才是，守约的行囊我今夜便会收拾出来，明晨送到都护府中，还要烦劳世子遣人相送。"

两人礼数周全地客套了几句，琉璃便将他送到堂屋门口。眼见麹崇裕已走到院中，她握紧手中的信，刚想转身回去，院门却突然一开，说说笑笑地走进两人，其中一个抬头看见琉璃，满脸笑容地大声叫了一声"姊姊"，随即目光便落在了麹崇裕的身上。

琉璃怔了一下，只得往前迎了几步，对垂眸退了一步的柳如月轻轻点了点头，转头对麹崇裕道："世子，这是我家妹子云娘。"又对眼睛滚碌碌转动的云伊道："这是西州都护府麹都护的世子。"

云伊笑嘻嘻地行了一礼，"见过世子。"动作倒还中规中矩，语气却显然太过轻快了一些。柳如月跟着云伊行了一礼，默不作声地又退了两步。

麹崇裕早已看清了云伊的容貌，听得琉璃这么一说，倒也没大往心里去，只是微微点头，正要迈步，云伊已笑着问琉璃："姊姊，世子来家中做客，咱们不用留他用饭么？"

琉璃只能笑道："世子是从军营捎了你姊夫的家书和口信过来，待姊夫归家时，咱们再请世子来用饭不迟。"

云伊眼睛顿时一亮，急切地抬头看向麴崇裕，"你是刚从军营回来么？军营那边情况如何，唐军可是杀了贺鲁那贼子？"

怎么又是个关心战事胜负超过关心家人安危的？麴崇裕愣了一下才道："前方战事还算大致顺遂，苏将军与长史都颇有斩获，只是若要一举擒拿贼首，大约还要等待时机。"

嗯？他说了这一串，意思到底是打赢了还是打输了？云伊困惑地眨了眨眼睛，还要开口，琉璃忙上前一把携住了她的手，"世子刚从军营回来，旅途疲惫，咱们不好再打扰，回头姊姊再寻人细问一番可好。"

云伊的脸上顿时露出了几分失望之色，闷闷地点了点头。

麴崇裕的目光在她身上转了一圈，又看了看琉璃，心中的狐疑不由更甚。这位女子的相貌虽然和库狄氏略有相似之处，但言谈礼数全然不似长安女子，连西州的普通人家也不会教出如此口无遮拦的女儿，偏偏看她的气度，却又不似小家碧玉，到底是什么来路？

他目光又在柳如月身上停了一停，心中冷哼了一声，却也懒得计较，只是向琉璃欠了欠身，"崇裕这便告辞，夫人若有事情吩咐，遣人去都护府知会一声便是。"

云伊回头看了他一眼，不等他走出门去，便忍不住对琉璃抱怨道："这位郎君人长得倒是俊，怎么说话却与对面那卖绸缎的阿婶似的，半日也无句痛快话，他说的到底是什么意思？"

她的声音并不算大，可麴崇裕耳目何等灵敏，他正迈出门槛的右脚差点绊了一下，忙挺直腰杆，若无其事地迈步出去，心头对这位云娘的身份顿时再无一丝怀疑：果然是与库狄氏一家的，多半是嫡亲的姊妹！

琉璃忙拉了云伊进门，待门帘落下，才哈哈大笑起来。

云伊奇道："姊姊笑什么？我难道又说错话了？"

柳如月掩嘴笑道："云伊自然不曾说错什么？你今日这话，原是说得再对也不过！"

云伊顿时松了口气，拍拍胸口也笑了起来。

三人说笑了几句，琉璃手里拿着裴行俭的信，多少有些心神不宁。柳如月的目光在她手上一转，便对云伊笑道："你昨日不是画了梅花么，可否带我去看一看？"

云伊忙点头，"你跟我来！"

琉璃这才坐下拆开信封，一目十行地看了下去，裴行俭的信并不长，只是简单提了句苏定方立了战功，只是如今三军结阵而行，无法破敌获粮，而天气转寒，马匹的草料补充也会日益困难，粮草供应上再不能出任何问题。他会留下协助苏定方调度粮草，估计十二月前便会回西州，若是遇上烦难之事，可找麴世子相助。信末才提了一句，已是深秋，卿多保重。"

想到离十一月底还有将近三个月，琉璃不由怅然若失，仔细再读一遍时，又有些疑惑，他居然让自己有事可找麴崇裕相助……这两个男人，到底葫芦里卖的是什么药？

此后两个多月里，琉璃几乎把西州几十个乡都跑了一遍。虽然工坊出产的轧车与弹弓都由官府指定的乡长村正们垄断，寻常农户种出白叠后还要以十钱一斤的价格去加工一番，但面对着异常好用的新式纺车和一缕一匹的白叠布收购价格，自然人人都是感恩不迭。

而每到一处村落，每当琉璃以实际行动描绘出"明年大伙儿就可以在田间种出银钱来"的美好前景，麴崇裕便会随后宣布："因战事需要，村里所有男丁今冬必须运粮服役。"几次三番后，琉璃才算明白了这位世子的"苦心"——敢情自己就是他挥动大棒前给出的那颗红枣！

琉璃先是觉得又好笑又好气，随即便想到，西州不过四五万人口，即便全民动员，要支撑起十万大军的粮草后勤，也极为吃力……麴崇裕在西州都是一日日的马不停蹄，不知裴行俭在军仓那边调动着三州的民夫车队，支撑着十万将士和十几万匹战马的嚼用，又会是怎样一副情形！每念及此，她便再也没有与麴崇裕计较的心思。

在这样日复一日的东跑西颠中，日子过得飞快，转眼便到了冬至。

所谓冬至大如年。西州民众原以汉人居多，名门大族又讲究魏晋遗风，每到冬至都是满城烟火、举城欢庆。不过显庆元年的这个冬至，整个西州城却看不到往年里屠羊杀牲的欢欣喧闹，街上的行人来去匆匆，连壮年男子的身影都难得一见。都护府的门口，那张征发全州丁男中男轮流勤军的告示依然张贴在最醒目的位置，往年早该休沐的官员差役，也依旧进进出出忙个不停。

琉璃倒是偷了一日闲，想到许久不曾见过康氏，午后便带上小檀拿了节礼去了安宅。康氏的身子已明显笨重，一见琉璃便上来拉住了她的手，"你的脸色怎么这般疲惫？也不多自己保养着些！"

琉璃只能叹气，这般寒风凛冽的冬日，她也只想舒舒服服地在家中窝着，奈何有些事情，却不是她能心安理得躲开的。只是听着康氏熟悉的絮叨，多日来的烦闷似乎消散了许多。待进了里屋，只见满床都是精致亮丽的小衣裳，她不由笑了起来，"怎么都是红的花的？"

康氏微笑的脸孔几乎可以发光，"婶娘们都说这一胎像是个女儿，家中那浑小子，我可是被他闹怕了！"

看了看琉璃的腰身，她低声道："如今入了冬，你也该好生补一补，我看那韩四是有本事的，原先说是外伤金创上极好，这几个月里看妇人、小儿也是人人都道好手，不如让他帮你把把脉？"

琉璃笑着摇头，自己这具身体，满打满算还不到十八周岁，吃补药也太早了点吧？康氏见她不以为然，又絮絮地说了几句。琉璃正招架不住，门外却传来了一阵急促的脚步声响。

阿燕的声音里还带着些喘息："娘子，家中有客人登门，说是带了阿郎的口信。"

琉璃腾地站了起来，迈出两步，又忙转头道："阿嫂……"

康氏哈哈大笑："跟我还讲什么虚礼，快些回去是正经！"

琉璃只得笑道："过两日我得闲了再来跟阿嫂说话。"

小檀几步走到门口打起帘子，"什么客人这般要紧，要姊姊来跑这一趟？"

琉璃心里一动，这才注意到阿燕脸颊通红，神色虽还镇定，眼里却满是焦虑，对上琉璃的目光，微微点了点头。

琉璃心里顿时一沉，快步往外便走。阿燕跟了上来，低声道："是上回来过的米大郎，说是军营那边出了些事，阿郎让他来西州找麴世子上报朝廷。"

上报朝廷？琉璃脚步不由一顿，转头便道："小檀，你快去都护府，请世子速来家中一趟。"

小檀脸色愕然，应了一声转身便走。阿燕又道："娘子，那米大郎的情形似乎不大好，婢子已打发人去请了韩医师。"

琉璃点了点头，自己三步并两步往家中走，只是一进曲水坊，心里便一沉：自家附近站了好几个人，不时指指点点、交头接耳。有人看见琉璃便高声道："库狄娘子，先头有个身上带着血迹的人进了您家！有人道那模样像是贩人的米大，那厮不是好人，娘子可要让小的们去请差役们过来？"

这米大郎竟然是个臭名昭著的？琉璃暗叫晦气，忙笑道："多谢各位，不必去烦劳差役了，我心里有数。"有人还要再问，琉璃不好多说，摆了摆手，提步便进了家门。待她进了外院的堂屋，一眼看见屋里的情形，心里不由更是叫了声苦。

米大郎正歪歪斜斜地坐在席褥上，看上去竟似比上回瘦去了一小半，身上的冬袍上斑斑点点的全是血迹，脸上也是灰扑扑的，鼻子青肿，给那张凶横的脸孔更添几分狰狞。在他的对面，云伊叉腰而站，雪白的脸孔涨得通红，声音也尖锐得有些刺耳："你再胡说，我先叉了你出去，什么救人报信，也不看看自己是什么德行，竟骗到这里来了！"

琉璃忙上前拉住云伊，"你先回院子，这些事我来处置便好。"见米大郎挣扎着要起来，摆手道："不必多礼，到底出了何事？"

云伊忙道："姊姊莫听他的，此人最是刁滑，如今又编了一套胡言乱语，说是唐军屠了怛笃城，他因救人伤了两个唐军，逃出唐营后，裴长史令他来找麴世子，要把事情上报朝廷！他也不想想，怛笃那般大城，又不是贺鲁的地盘，唐军好端端的屠城作甚？他这种人，不知害了多少人命，什么时辰又改行救起人来了？真真是鬼话连篇！"

屠城？琉璃脸色顿时一变，一个原本模糊的印象突然变得清晰起来。

米大郎脸上又是冷笑又是发狠，嘶声道："米某诚然不是善类，但今日若有一句虚言，便叫某天打雷劈！"

云伊冷哼了一声："你以为你不会被天打雷劈么……"

琉璃心烦意乱，忍不住喝道："云伊，你先回院子！"

云伊顿时大急，"姊姊，他真真不是好人！"

琉璃叹了口气，"云伊，他是不是好人暂且不论。他今日所说，只怕是真的！"

米大郎挣扎着从坐席上爬起，"多谢娘子，多谢娘子肯信米某，娘子快去请世子过来，迟了便来不及了。军营那边，因苏将军说屠城是做贼，又不肯与他们同流合污去分财帛，他们才污蔑某是叛城的余孽！裴长史道，定要让朝廷知晓屠城之事，还说越快越好！"

琉璃点头道："我已吩咐人去请世子了，只是屠城究竟是怎么回事？你又怎么成了叛城余孽？"

米大郎已站了起来，"启禀娘子，七日之前，唐军到了怛笃城下，怛笃城主便带人出城来降。原也说得好好的，可不知怎地，待米某第二日午后进城想寻人时才发现，那里竟成了一片人间地狱！满街满街都是尸首，一踩一个血坑，城门前的死尸堆得有一人多高，好些人家的门口的石板上，丢着被活活摔死的奶娃娃！那些妇人的惨叫声，满城里都能听见……"他越说越是激动，握着的拳头几乎挥到了云伊和琉璃跟前，双眼通红，看去就如野兽一般，"六千人，怛笃城足足有六千人！一日一夜之间，竟都成了冤魂！"

云伊吓得退了一步，一时说不出话来。琉璃也呆在了那里，屠城，她并非不知道这两个字的可怕，但此刻听到这些血淋淋的话语，依旧觉得胸口就像堵上了一块巨石，半晌才道："大郎请坐下说话。"

米大郎喘了几口粗气，慢慢坐了回去，声音也低了下来："米某生来便不是善类。此次进城，原本也不曾安着好心，是想借这身军甲，到认识的人家诳些银子出来。谁曾想那家几十口人，竟只剩下了一个十来岁的小女儿，躲在水缸里发抖，一眼认出某来，竟抱着某的脖子大哭，某……某便打昏了听见声音进来的两个唐军，把她带出城，送上了马！

"都怪米某思虑不周，才给苏将军带来了麻烦。第三日苏将军遣人将米某送出军营后，某才听闻，因苏将军不肯收下从怛笃城搜刮来的金银财物，那位王总管便一口咬定米某是怛笃城的探子，又说苏将军老早就收容了怛笃探子，才对这种叛城心慈手软。某好容易逃到裴长史那边，裴长史道，事已至此，唯有立即上书朝廷，让圣人知晓此事。最好是让世子说动麴都护上书，若是不成，可请世子暗地里遣人将米某送到长安，说娘子自会知晓如何令此事上达天听。"

琉璃顿时明白了裴行俭的意思，默然点了点头。

屋子里一时静了下来，云伊回过神来，把琉璃拉到了一旁，低声道："姊姊，你真信他的话？"

琉璃叹了口气，"屠城这般大事，谁能编得出来？米大郎跟随苏将军已近一年，如今他拿此事来骗你我，于他又有何益处？"

云伊一时也默然无语。琉璃拍了拍她的手，又转身问了米大郎几句，这才知晓，裴行俭所在的军仓已无粮可送，而大军之中自半个月前，将士们的口粮便减了一半，马料更是早已倍减，战马还勉强能有草料果腹，步卒用来代步的私马却是大批饿死，军中多有怨言。想来王文度屠城，除了自己不肯空手而归，也是为了抢掠粮草钱帛，好安定军心……

说话间门帘挑起，阿燕带着韩四走了进来。韩四脸上神情依然寡淡，进门向琉璃点了点头，两步走到米大郎跟前，一言不发便伸手搭脉。

米大郎唬了一跳，把手一夺。琉璃忙道："米大郎，这位是医师，你还是先处置了伤口，才好禀告世子。"

米大郎这才伸出手腕，又皱眉道："多谢娘子，米某并无大碍，只是夜半骑马时摔破了鼻子，多流了些血罢了。"

韩四凝神诊了半晌，松开手冷冷地道："的确并无大碍。只是几夜不曾休息，受惊之后又受了些伤，再这么熬两日，最多也就是少活两年罢了！"

米大郎不由"咦"了一声，瞪大眼睛看着韩四。韩四也不理他，转头对琉璃道："夫人请回避片刻，在下要查查这位身上之伤。"

琉璃点头道了声"辛苦"，带着云伊和阿燕退了出去。小檀却气呼呼地从外面走了进来，"娘子，麴世子不在西州，说是只怕明后日才能归来！"

琉璃的眉头紧紧地皱了起来，麴崇裕大约又是去了西州哪个乡，如今天色已晚，遣人去寻也是白搭。她心里有些不安，思量片刻，便吩咐小檀："你赶紧去康娘子那里一趟，向她要两张过所，最好是今年的，若是没有，去年的也成。再者，家中若留有常年行走商路的可靠奴仆，也借一个过来，要强健稳重些的。"

小檀"啊"了一声，见琉璃脸色郑重，还是应了声是，急急地跑了出去。

不多时，韩四从堂屋出来，只道米大郎的外伤并不算重，他已上了药，隔一日再来换，不用开方，只要让米大郎安心歇息两日便好。

琉璃点头道了谢，又对阿燕笑道："快取诊费给韩医师。"

韩四眼帘一垂，语气有些生硬，"夫人将韩四当作什么人了？"

琉璃不由一怔，小檀也瞪大了眼睛，却听阿燕淡淡地道："你且等着！"说着转身进了厨房，不多时拿了一个食盒出来，往韩四身前一递，"诊费！"

韩四呆了一下，有些手忙脚乱地接了过去，低着头说了声多谢，沉默片刻，又道了声告辞，转身走出门去，头竟是再没抬起来过。

小檀早已看呆了，望着阿燕的目光满是崇拜，"阿燕姊姊，还是你有法子，你给他的食盒里装了什么？"

阿燕摊了摊手，"一碗牛肉。"

琉璃纵然满腹忧思，此刻也不禁笑了出来。

第二日一早，琉璃便派了人到西州城门候着麴崇裕，不曾想等到日头西沉，却依然毫无消息。这一下，莫说米大郎坐不住，琉璃心里的不安也越发翻滚得厉害：若是麴崇裕这节骨眼上又是一去好几日不回西州，事情却该如何处置才好？

好容易等到第三日午前，派去城门守候的小厮一溜烟跑了回来，"世子回来啦！"

琉璃站了起来，"你可曾请他过来？"

小厮苦了脸，"小的根本近不了世子的身，世子是跟着几十号穿着盔甲的人一道进的城，那些人都凶巴巴的，我上去还没开口，便被推到了一边。小的实在没法子，看见世子身边的长随落在后面，趁着城门口混乱，设法与他说了几句。他说，瞅空会悄悄跟世子回禀。"

几十号穿盔甲的人？她怎么记得，西州城里常见的那些府兵是不穿盔甲的？琉璃愣了片刻才道："你可打听过，那些穿盔甲的是什么人？"

小厮忙点头，"小的问过了，说是刚从军营下来的精兵，为首的叫什么……对了，苏公子！"

来人自然便是苏南瑾。

在都护府正堂里，他三言两语把来意交代过一遍，端起面前的瓷杯缓缓喝一口，眼角余光一扫，满意的看见高案后的麴智湛满脸都是惊愕，而坐在对面的麴崇裕，脸色则从震惊很快变成了一种似喜似怒的嘲讽。

过了好一会儿，麴崇裕才挑了挑眉头，"子玉所言当真？大军已然班师……那，裴守约真已被军中扣下了？"

他的语气并不算平和，苏南瑾却暗自松了口气，放下手中的杯子："世子说笑了，此等大事苏某焉敢胡言？裴守约调遣军粮不力也便罢了，还与苏定方一道偏袒那怛笃的探子，王总管如何容得了他？只是论理，他到底是西州官吏，应由麴都护发落才是，因此王总管才让我来知会都护一声，过几日便会将他押送回西州，届时世子你……"他嘿嘿一笑，收住了话头。

麴崇裕缓缓点头，嘴角意味不明地扬了起来，端起杯子也喝了一口，突然又皱起了眉头，"怛笃探子？可是鹰娑川西面的怛笃城？我记得此城虽然富足，城主却是个滑头的，此次怎么吃了豹子胆，还派出探子进唐军……当真是不知死活！"

苏南瑾警惕地抬起头来，听到麴崇裕最后一句才冷笑道："可不是不知死活，那些蛮夷之人，谁知是如何想的？此次竟然居心不良，大军自然饶他们不得！王总管原也给了苏定方几分面子，只要他交出人来便罢，苏定方却仗着上回的功劳，一味袒护那探子，还着人将探子偷偷送出营去。王总管只是看在他军中老将的份上，暂时容他逍遥几日，待回了长安，自有圣人来处置！"

他的声音压低了些："都护与世子有所不知，此次虽说领兵的是程将军，圣人出兵前却给了王总管一道圣谕，令节制全军，可见圣心如何。那苏定方虽有些微功劳在身，又怎能与王总管这般深受圣人信任的大将相比？"

麴崇裕一怔，突然想起一事，脸色微凝，"如此说来，那八月间三军靠拢的军令……"

苏南瑾点头:"世子果然目光如炬,八月间王总管便接掌了全军,如今三军上下早已惟王总管马首是瞻,前几日怛笃一战之后,更是万众归心。也唯有苏定方为了推脱收留怛笃贼子的罪责,反而四处说些王总管贪功劫掠的昏话,哪个肯听他一句?到了长安,大伙儿自会向圣人如实禀告,难不成圣人还只信他一人?"

麹崇裕若有所思地点头不语。苏南瑾又道:"如今,那怛笃探子十有八九已到了西州,王总管令我过来,一则是为了让西州再筹些粮草,大军大约有个十几天便会抵达西州;二则也是为了协助都护捉拿探子。"他转头看着麹智湛:"不知都护意下如何?"

麹智湛似乎没料到这一问,抬头看着苏南瑾,半晌之后,圆圆的脸上才露出了一如既往的模糊笑容,"既然是王总管有令,下官自当从命。"想了想又笑道:"玉郎不是说,参军的人马已守住西州城门了么?料那探子也飞不出去。倒是参军一路风尘仆仆,可要先洗漱洗漱,歇息片刻?"

苏南瑾忙摇头道:"还是公务要紧,那探子多半就躲在裴长史家中,还是立即将其捉拿才好,万一夜长梦多……"

麹崇裕笑着摆手,"子玉放心,我这便派人悄悄看住裴长史的宅院,顺便摸清这两日那边的出入情形,一有消息便知会子玉。不然贸贸然去了那里,万一那探子却被安排在别处,岂不是打草惊蛇?"

苏南瑾听他说得在理,不由点头,"那便劳烦玉郎了。"

麹智湛微笑道:"这样原是更妥当,玉郎,你先令人好好安置苏公子他们,再安排可靠人手探查情况,不能叫总管和公子失望。"

麹崇裕抱手应诺,转身将苏南瑾送出了门,又点了几名随从去安置他带来的那些精兵。苏南瑾见附近无人,才笑道:"玉郎莫怪,非是苏某要瞒你这一路,只是有军令在身,不入西州,不敢泄露消息。"

麹崇裕瞅着他轻轻一笑,"怪道子玉一路只问我裴守约家中还有何人,原来是为了这个!我还当……"

苏南瑾哈哈大笑,"玉郎把苏某当做什么人了!那位库狄氏……"他哼了一声,蓦地换了话头,"谅她也翻不出花来!说来我还应跟玉郎抱歉,上回让你受惊了,我也是后来才听闻,真真想不到你竟会也到了军前。家父也是歉疚得紧。"

麹崇裕叹了口气:"子玉何必见外,此事你都说了三回了,莫说你想不到,我又何尝想到过?原本是想去军前露上一面,却被那莽夫连累得几日用不得饭,倒让你们见笑了。我又不缺勋爵,这拿命换的军功,还是少来两回才是!"

苏南瑾心里更是笃定了三分,低声道:"那苏定方原是个不知死活的,你且放心,此次回了长安,定教他不得翻身!只是捉拿探子之事,玉郎还是要抓紧些。再者,这些日子都护府也要留心那些东去的商贾,莫让人钻了空子去!这一回,咱们若是能来一个人赃并获,裴守约定然罪名难逃,你我也好出了那口恶气!"

麹崇裕微微一笑,"子玉放心,我省得!"

眼见苏南瑾随着自己的随从去了都护府的后院，麴崇裕正要转身，他的一名长随上前一步，低声道："启禀世子，长史夫人遣人找您，让您尽快去曲水坊一趟。"

麴崇裕眉头微皱，点了点头，回身进了都护府的正厅，进门便道："父亲，此事只怕有些古怪！"

麴智湛脸上的笑容早已消失得无影无踪，神色异常沉肃，"自是有古怪，苏定方和裴守约岂是不知轻重之人，无缘无故会包容什么怛笃探子？适才那位苏参军言道，苏定方说王总管贪功劫掠，只怕就是为了这个，或是分赃不均，或是起了旁的冲突，王总管才给他们师徒安上这样一个罪名，又想借我们的手除掉裴守约，好剪除苏定方的羽翼！"

麴崇裕皱眉道："那依父亲之意应当如何？"

麴智湛淡淡地道："这是他们唐人官吏之间的事，与我等何干？你可是打算遣人先去裴长史府上通个消息？这也罢了，裴守约夫妇这几个月终究是帮西州做了不少事。咱们不必落井下石，却也不能把自家搭进去。这些将军要辩个是非对错，我等自当静坐旁观，等候圣裁！"

麴崇裕沉吟道："若真是王总管等人纵兵劫掠……"

麴智湛脸上难得地带出了讥讽之色，"那又如何？你以为大唐陛下当真在意这些胡人的死活？当年侯君集在西州纵兵干下那般兽行，不也只是坐了几日大牢？阿史那社尔在龟兹纵兵屠城屠了多少座？那位天可汗陛下可曾说过他一个字！你莫为了一时意气，把自己搭上，须知咱们麴家还有多少人在长安任人宰割！"

麴崇裕默然片刻，点了点头，"崇裕这便过去一趟。"

麴智湛皱了皱眉，"也罢，只是报过信就回来，千万记得，两不得罪，两不相助！"

第八十九章
前朝惨案　今日人心

　　质地细密光滑的益州白麻纸上，几行整齐的小楷记录着人口的身份、性别、年纪和马匹、货物的数量，下面是安西都护府的印章，印章下还有大段的空白，等待着添上从西州到长安各关隘州府的勘察。

　　琉璃挑剔地看着手里这份文书，久久不发一言。

　　小檀奇道："娘子，你看这过所作甚？难不成有什么不妥？"

　　琉璃笑道："你来帮我看看。"

　　小檀接在手里，上上下下看了两遍："咦，这不是婢子昨日拿的那一份！是今年新发的……前日康娘子还说没办呢，娘子是什么时候拿来的？"

　　琉璃微微一笑，从小檀手里拿过文书，顺手想放入案几上那个装着琉璃如意的匣子，略一犹豫，还是小心地收在了自己的袖子里——这可不是从康氏那里拿的过所，而是凝聚着她一夜心血的"杰作"，上面的官家印章模仿起来虽有些麻烦，但总比以前自己在美院练手时画的假门票假月票简单多了！

　　屠城之事毕竟太大，她不能把所有的宝都押在麹崇裕身上。有了这份假证件以及当年武昭仪赏赐给她的如意，就算麹家不肯出头，让阿古带着安家世仆，借助沿途安氏家族的财力马力，自己也能一个月内把消息送进太极宫！

　　小檀还想再问，阿燕已快步走了进来，"娘子，韩医师来了。"

　　琉璃忙放下文书站了起来，"我这便过去。"

　　韩四背着药囊坐在前院的厅堂里，一见琉璃便站了起来，"可是病人伤情有了反复？按说……"

　　琉璃摇了摇头，"不是。是有件生死攸关之事要拜托医师！"

　　韩四吃了一惊，想了片刻才抬头直视着琉璃，"夫人尽管吩咐。"一双眼睛竟是平静之极。

　　琉璃心里微微一松，脸上露出了笑容，"不知韩医师能否将米大身上的伤势处置得看上去更凶险些，最好是奄奄一息、就要丧命的模样？"

韩四眨了眨眼睛，愣愣地没有说话。

琉璃也不瞒他，当下把米大郎目睹屠城惨状，又被污为怛笃探子的事简单说了一遍。"如今他若是被抓到军中，定然有去无回，连裴长史都会被扣上罪名。我倒是想了个法子，大约可以冒险一试，只是米大郎的模样却是越凄惨越好。"

韩四听得脸色发白，听完却只是点了点头，"韩某这便去处置伤口！"

琉璃微微欠身，"有劳了。"

韩四走了两步，突然又转身走了回来，"在下还有一种更……省事的药，不知夫人用不用得上？"

更省事？琉璃一时有些不明所以，待得听他低声说了两句，眼睛不由一亮，低头盘算了片刻，点头道："好！你先准备着，到时听我的安排便是！"转头又把家中几个小厮婢女都招进堂屋，一一交代了事情，让他们分头去办。

待得诸事分配完毕，韩四却还没有从米大郎住的西屋里出来，琉璃多少有些坐立不安，门外又有人回报道："麴世子来了！"

她腾地站了起来，"请世子进来。"

从院外大步流星走进来的麴崇裕，身形似乎带着风声，脸上却是毫无表情，见到琉璃只是抱了抱手，"库狄夫人。"

琉璃敛衽还礼，"世子里面请。"心里却有些发沉，麴崇裕最讲风度，便是被气得脸色发青时还要撑着一脸微笑，如今却是这样一副冷脸……

果然进了堂屋，麴崇裕不等落座便开门见山，"夫人遣人招我过来，所为何事崇裕已然尽知。此来是为了知会夫人一声，苏子玉已奉大总管军令前来西州捉拿怛笃探子。崇裕稍后便会带差役全城搜捕，请夫人做些准备。"他的目光只是琉璃脸上一瞥，便落在她背后的羊头灯上，仿佛那上面开出了好几朵鲜花。

琉璃吸了口气，微笑道："世子来得倒是正好，什么怛笃探子，恕我不曾听闻，不过，我这里却有一个刚从怛笃城逃回来的西州子民。不知世子可想知道，怛笃城到底出了何事？"

麴崇裕脸色依然冷淡，扫过来的目光中却多少露出了些疑惑。琉璃扬声道："大郎，请出来拜见世子！"

话音刚落，西屋的门帘"砰"地荡起，一个身影从屋内抢了出来，几步便到了麴崇裕跟前。定睛看时，莫说麴崇裕，连琉璃都唬了一跳：米大郎身上那件本白色麻布冬袍半边都隐隐透着血迹，原本有些青肿的脸孔更是苍白得骇人，配上发黑的眼圈、凌乱的头发，看去十足便是从地狱里爬出来的活鬼。

他嘶声叫了声"世子"，扑通一声跪了下来。

麴崇裕脸色顿时一变："米大郎？"

米大郎的脸上看不出什么神色，声音里却满是悲愤："世子！怛笃已被唐军屠城了！苏将军是不肯与王总管他们同流合污，才被污蔑说收留了我这个怛笃探子。世子您也认得米某，某生在西州长在西州，又怎么会做那劳什子的怛笃探子！"

麴崇裕脸色发青，声音变得严厉之极："怛笃当真被唐军屠城了？"

米大郎把事情从头到尾又说了一遍。他此时心神略定，入城所见便说得愈发详细清楚，琉璃纵然已听过一遍，但听到他说起认识的那户怛笃人家数十口横尸院落各处，连几个幼童都死得惨不忍睹的情形时，还是忍不住咬紧了牙根。

麴崇裕脸上也没有了血色，双手紧紧握住拳头，骨节都有些发白。米大郎哑声道："世子，长史说，事到如今，只有您能为怛笃城这些冤魂作主，请麴都护上书朝廷，陛下才能尽快知晓这血海般的冤情，给那些刽子手定罪！"

麴崇裕身子微微一震，仿佛突然清醒了过来，脸上慢慢露出了一个冰冷的笑容，"上书朝廷？给刽子手定罪？米大，你是西州人也相信这种鬼话！"

琉璃心里一沉，忍不住道："世子此言何意？"

麴崇裕转头看着她，脸上尽是冷冷的嘲讽，"夫人久居长安，自然有所不知，八年之前，你们的那位郭都护被龟兹国相那利袭杀于龟兹城内，之后大将军阿史那社尔尽屠龟兹五城，几日之内，数万人头落地，千里沃原化为鬼域！如今，这位屠城将军生荣死哀，昭陵陪葬，大唐的先后两位陛下可曾责怪过他半句？可曾有人为那几万龟兹人说出一个'冤'字？

"那位苏海政将军，当年便是阿史那社尔麾下爱将，大约也是屠城的熟手，如今换个总管再做一遍，自然更是轻车熟路！只是此事夫人不知也便罢了，裴长史在兵部多年，想来绝不会对此从无耳闻，不知为何此时却忘了个干净？家父上书自是容易，陛下一时碍于颜面，或许会把几位将军免去官职，甚或下狱两日。他们横竖过几年自会官复原位，而我麴家若是得罪了这么多将军，在长安的那些老少妇孺，便莫想再过一天安生日子！"

琉璃不由怔住了，阿史那社尔，那位以清廉自守闻名的大唐名将，竟然曾在龟兹大开杀戒？但面前麴崇裕脸上的讽刺，声音里的沉痛，绝不可能是装出来的！琉璃只觉得心里就如塞了一团乱麻，一时不知如何接口。

米大郎却应声道："世子所言固然不错，所想却不合情理！当年之事与如今不同，全然不同！

"当年龟兹被屠城，是因龟兹早已归唐，却与旧主里应外合，袭杀了大唐的将领。大将军屠城，一是为了复仇，二是为了……为了震慑西疆！而此次的怛笃城，却从不曾兴兵叛唐，又是早已投诚。王总管为了一己私利，屠城劫掠，中饱私囊，此事若是传将出去，日后还有谁敢归降大唐？陛下爱惜名声，定然不会饶了他！"

麴崇裕和琉璃不由都怔住了，麴崇裕低头看着米大郎，眼睛微微一眯，"这话是裴长史告诉你的？"

米大郎点了点头，"裴长史还道，若大唐天子真不在意域外名声，当年侯君集何等大功，又怎会因劫掠高昌而下狱？这一次，怛笃是在光天化日之下来降，当夜便被屠城，情形比当年更是恶劣，此事数万唐军都看在眼里，王总管便是手眼通天，也绝不可能隐瞒下来。当今圣人性子仁和，纵然对王总管青眼有加，却不会容忍他在西疆为一己私欲，做下此等恶行。至于程将军，如此一来倒是更好，谁都保不了他……"

他皱着眉头想了一会儿才道："裴长史说，世子想来也知道，程将军与太尉是多年的交情。"他的声音有些犹疑，显然不大清楚这句话是什么意思。

琉璃却立刻明白了过来，转头看见麴崇裕的神色中显然有些震动，心头顿时安定了许多：还是他想得周全！

不等麴崇裕开口，她轻声道："世子若是担忧长安的家人，我倒有一个稳妥的法子，世子想来也知晓，我曾伺候过皇后之母荣国夫人，世子若肯派出飞骑，私下替我传信到长安，一则无论此事如何了结，都不会累及麴氏家人；二则，或许还可让皇后从此知晓，世子的一片忠心！"

麴崇裕眉头轻轻一挑，看着琉璃的眼神变得复杂起来，半响才淡淡地道："夫人果然考虑周详。忠心不忠心，如今且不必提，只要不累及家人，崇裕倒也乐见到那些丧心病狂之人得些报应。夫人若有手书需送到长安，崇裕愿意效劳。"

琉璃轻轻地出了口气，转头向阿燕点了点头。阿燕快步走到旁边的高案边，拿起那个早已准备好的匣子，双手捧到麴崇裕跟前。

琉璃向麴崇裕欠了欠身，"拜托世子了。这里头是当年皇后赏我的如意和我呈给皇后的书信，世子的人只要到国公府说上一声库狄氏遣人向荣国夫人请安，想来定会有人通报。"

麴崇裕看着面前并未上锁的匣子，突然挑眉一笑，"夫人便这般相信在下？"

琉璃不假思索地笑了笑，"世子身有傲骨，定然不会助纣为虐，再者，此事迟早会大白于天下，世子又何必同流合污，坏了名头？"

麴崇裕默然片刻，伸手接过了匣子，淡然道："送信之事好说，只是这米大郎，不知夫人打算如何处置？如今城门已封，麴某只能拖住他一时，却不好拦着他大肆搜捕，夫人还应早做打算。"

琉璃微微一笑，"想来那位苏公子并不曾告诉世子怛笃屠城之事，更不曾告诉世子，所谓怛笃探子乃是西州人人识得的米大郎，既然如此，正该世子向他兴师问罪，趁机置身事外才是。"

麴崇裕皱了皱眉，这样做对他当然更有利，但如此一来，"那苏子玉定然会带兵前来，夫人又该如何处置？"

琉璃转身走到堂舍门口，挑起了厚厚的毡帘。纵然隔着紧闭的院门，也能听到院子外面隐隐有人声嘈杂。她倾听了好一会儿，才回过头，声音里带上了掩饰不住的笑意："世子不必担忧，他们所谓捉拿怛笃探子，为的是要捂住屠城真相，而不是坐实贪财劫掠之名，只要世子去见那苏南瑾时，将待会儿的所见所闻，一并如实转告于他，他自然不敢出手！"

麴崇裕怔了怔，门外的喧哗声越来越响亮，待他走到院中，却见裴宅大门一开，五六个打扮怪异的人一起拥了进来，门外更是不知何时已被围得水泄不通，人人脸色兴奋无比，指手画脚，说得唾沫横飞。堂屋里的米大郎不知何时又钻回了西屋，也放开嗓门大喊大叫起来……

麴崇裕生性好洁喜静，原是最厌这种乱糟糟景象，可待他听清了这些叫嚷，嘴角却不由抽了好几下，好容易才绷紧了脸，一言不发地大步离开。

一路走到苏南瑾的住处，他的脸上倒当真有了几分冷若冰霜的煞气。苏南瑾听到回报便笑着迎了出来，被他阴沉的目光一扫，笑容顿时僵在了脸上，半晌才道："玉郎这是？"

麴崇裕大剌剌地往屋里一坐，语气也是冰冷入骨："麴某刚从裴宅过来！"

苏南瑾忙问："那怛笃探子可曾抓到？"

麴崇裕"哈"的一声笑了出来，转身看着苏南瑾，脸上满是嘲讽，"怛笃探子？苏公子，你把麴某瞒得好苦！适才我手下回报，说前日的确有伤者进了裴宅，且未曾离开。我便想着公子你辛苦了一路，不如我带人去将人拿住便是。谁知去了那边，怛笃探子倒没见到，只见到一个贩卖贱口的西州商贾米大郎，伤得只剩下一口气，却还大喊大叫，怛笃被屠城了，人都死光了，金银财宝都被抢光了！那些人现在要杀他灭口！"

苏南瑾脸色顿时大变，"玉郎为何不立刻把他带过来？"

麴崇裕冷笑道："带过来？你说得轻巧，出了这种事，库狄氏除了延请医师，竟还叫了好几个神婆。裴宅那边如今已是人山人海，都来看米大郎中邪。这米大郎原是西州一霸，素来作恶多端，因此人人都拍手称快，只道这邪中得好。我倒想说此人是怛笃的探子，却没脸让人笑掉大牙！再说，那怛笃到底如何了，难不成真已被屠城？你为何一个字也未与我说？"

苏南瑾脸色变了几变，只是对上麴崇裕冰冷愤怒的目光，到底还是有些气短："原是杀了些人，谁教他们负隅顽抗来着？"

麴崇裕咬着牙点头，"果然是屠城了，那抢夺金银自也不会错，我原该料到，一个垂死之人又怎会撒谎！亏得我见势不妙，没有动手！"

苏南瑾脸色不由沉了下去，"世子此言何意？难不成你还信了一个恶霸的胡言乱语，反而疑心总管与我？这总管的军令，你也是不肯遵从了？"

麴崇裕哼了一声，淡淡地道："是我不信苏公子么？公子若有一丝信我，昨日在城外相遇至今，为何一字不提屠城之事！如今那米大郎便在曲水坊的裴宅之中，公子若是愿意，随时带兵去抓了这位怛笃探子便是，也好叫西州人都明白，此人不是中邪，原来当真是唐军贪财屠了恒笃城，大总管当真是要抓他灭口！"

苏南瑾脸色顿时更加难看，麴崇裕看了他一眼，语气变得缓和了些："子玉明鉴，崇裕与你不同，麴氏世代居于西州，所谓人言可畏，我不能置麴氏名声于不顾，在众目睽睽下做出这种事情。此事请恕崇裕不便插手，这便告辞了！"

苏南瑾站起来欲叫一声"留步"，到底还是颓然坐了下来，心里将麴崇裕的话从头到尾想了一遍，不由暗暗磨牙——那位胡人居然是西州有名的商贾，如今又在众目睽睽之下把事情嚷了出来；自己若带兵去抓他，正如麴崇裕所说，反而是坐实了他的话，但若是不抓，难不成就让他这般嚷嚷下去？总管派遣自己过来这一趟，绝不是为了要让此事闹得满城风雨……

他咬着牙关思来想去半晌，还是扬声道："来人！"

"去都护府调一队差役过来，跟我去裴府！"

此时的裴宅愈发热闹不堪。半个时辰之内，西州略有些名气的神婆神汉都已进来走了一趟，外院的西屋里，一时画符者有之，念咒者有之，却也有人进来只看了米大郎一眼，道声"好大的血气"，掉头便走。琉璃瞠目之余，不由暗自惊心，这位是晕血呢，还是当真看出了什么？

随着神棍们的进进出出，米大郎的"胡言乱语"更是被外面围着的好事者传得纷纷扬扬。大多数人自是幸灾乐祸，有些人也开始嘀咕——米大郎这邪中得有些古怪！龟兹城外的白骨还历历在目，怛笃城莫非真的也化成了尸山血海？

听得小婢女将外面的流言低声回报了一遍，琉璃点了点头，略微提高了些声音："韩医师，如今阿婆们都试过一遍，劳烦您看看米大可有好转？"

韩四默不作声地走到榻前，搭了一回脉，摇了摇头，"米大越发不好了，娘子请早作打算！"

几个神婆顿时安静了下来，觑着米大郎死人般的脸色，心下先自虚了，有人忙道："库狄娘子，万万不能让生人横死在家中，尤其是生性凶横的，只怕日后……"

琉璃脸色顿时一变，"那可如何是好？"

神婆忙道："这米大虽是孤家寡人，却也有家有宅，送回他自家便是。"

琉璃脸上露出了踌躇之色，"米大家中无人，他既然求到长史这里，我虽救不得他，总不好……"

神婆叹道："娘子是菩萨心肠，只是也不能为救人污了自家宅子！"

琉璃还在犹豫，韩四已道："夫人放心，韩某会守着米大，能救便救，不能救也送他一程！"

琉璃松了口气，笑着欠身，"多谢韩医师，那我便带人送他过去。"

韩四面无表情地还了礼，手上却紧紧攥着药囊的带子，几乎没攥出水来。

琉璃转头吩咐小檀："你先把这几位娘子送出去，每人送上一端绢帛，再去门外请几个力大的人进来，帮忙挪一挪米大郎。"

眼见屋里再没旁人，阿燕踌躇了片刻，还是忍不住道："娘子，麴世子的性子有些古怪，如今您把那些东西都给了他？万一他……"

琉璃笑了起来，"算算日子，皇后只怕这些日子便要诞下龙子了，我这里原是特意做了件小披风，虽粗陋了些，意思还吉利，还有几样给荣国夫人和武夫人的小玩意儿，这些东西却不好叫世子的人代劳，过得这两日，我会让阿古都送到长安去。"

阿燕惊讶地睁大了眼睛，"那娘子为何还要那般费心费力求世子一遭？"

琉璃叹了口气，"阿古没有官家身份，这一路往长安，哪能如西州飞使般随时更换驿马，日夜飞奔？他们最快十余日便能到达京城，阿古却至少要半个多月。如今，那位王总管既然已派人到西州来拿人……能快一日便是一日！"

阿燕恍然点头，"娘子果然思虑周全，娘子放心，如今不过是小人作祟，阿郎自是吉人天相！"

琉璃苦笑了一声，没有作声。裴行俭自然不会有事，苏定方也不会有事，可这不等于她就能坐视他们被人污蔑陷害。也不知他现在如何……想到裴行俭此刻的处境，她只觉得心头如有团火苗在炙烤。

米大郎喘了两口气，要了杯水喝，正在有气无力地抱怨："这躺着叫嚷怎么比骑马赶路还累些？"听得外面有乱纷纷的脚步声响渐近，又闭着眼上气不接下气地叫嚷了起来："杀人了，怛笃被屠城了！金银都被他们抢光了！长史救命，某不是怛笃探子，莫让他们杀人灭口！莫让他们杀人灭口！"他惨白的脸上沾了些符灰与朱砂，嗓子也哑得厉害，看去倒是更骇人了。

进来的五六个男子都是胆大好事之人，一见之下也唬了一跳，待得他们将米大郎挪上抬椅搬出门去，围在外面的西州人更是一片哗然。

抬椅慢悠悠出了曲水坊，一路往米大郎所住的洛水坊而去，跟在后面的人也越来越多。米大郎手下的几个伙计此时并不在西州，家中只有一个老仆，早已得了消息开了大门，一见米大郎的模样便哭了起来，苍老的声音里有着货真价实的惶恐和悲伤。院内院外正乱着，便听人群之后有人高声道："闪开！都闪开！莫挡了官差办案！"

人群"哗"的一声向两边分开，几个西州差役吆喝着走进了院子，后头还跟着两个神情冷厉的陌生人。本来议论不休的人群顿时安静了下来，从院内传出的嘶哑声音也变得更加清晰。

听着一声声的"怛笃屠城了""金银都被他们抢光了""他们要杀人灭口"的叫嚷，两个生面孔都脸色发沉，个子略高的一人便厉声喝道："还不赶紧让他住嘴，这样胡言乱语，成何体统？"

两名差役应了一声，快步走进堂屋之中，其中一人大声道："谁是医师，快把这厮嘴堵上！若是再让他乱说一句……"

琉璃微笑着转过身来，"那又如何？"

差役顿时一噎，忙行了个礼，"长史夫人，小的不知您在此处，冒犯了。"

琉璃无奈地指了指榻上的米大郎，"我也是无法，这位米大郎前日挣扎着进了我家院门便昏了过去，我延请了两日医师，没想到他不但未清醒过来，反而开始胡言乱语。我也想让他安生些，只是医师道，这米大受伤过重，若是下了猛药，只怕受不住，可若是不用药，这般叫嚷下去却也是撑不了多久，唉。"她猛然想起什么似的看向差役："你们过来，可是有什么公干？"

差役赔笑道："启禀夫人，原是有人告这米大郎逼良为贱，小的们要拿他去回话。夫人您看……"

琉璃叹了口气，"你们也看见了，米大如今这情形，可是能回话的模样？"

米大郎双目紧闭地躺在便榻上，半身都是黑紫的血迹，脸上没半点人色，偶然直着嗓子叫上一句，声音更是瘆人之极。两个衙役都有些不知如何回答才好——若是寻常西州百姓，有后面那几位催逼着，这米大郎便是断了气，他们也会拖走，但在长史夫人面前……两人相视一眼，只得转身走了出去，对等候在院中的那名高大男子低声道："苏公子，您看这可如何是好？"

苏南瑾面沉如水，盯着卷起的门帘，沉默片刻，猛然大步走了进去，对琉璃抱了抱手，"库狄夫人，好久不见。"

琉璃脸上露出了些许意外之色，"苏公子？"

苏南瑾脸色阴沉地扫视了屋里一遍，目光最后才落在奄奄一息的米大郎身上，"这位便是米大郎？夫人便容他这般胡言乱语、搅动人心？"

琉璃长叹一声，转头道："韩医师，还是给米大用些那安神定语之药吧，横竖这般下去也是不成的。"

韩四紧张地抬起了头，"夫人，只怕他经受不住。"

琉璃摇头道："总要教他清醒过来才好，不是说这样嚷下去也撑不了多久么？不如试上一试。"

韩四闷闷地应了一声，从药囊里取出了一丸桂圆大的黑色药丸，要了些热水化开，老仆和两名闲汉一起动手，将米大扶了起来，韩四则在他胡言乱语的间歇中拍打着他的背脊，慢慢把药水喂了进去。

苏南瑾目不转睛地盯着那米大郎，只见他的脸色惨白中带着灰败，不时抽搐着吐出一口药来，不似装出来的模样，心里略安，转头对琉璃道："夫人，这位米大郎在我伊州犯下数起逼良为贱的案子，苏某要将他带回伊州听审，还望夫人行个方便。"

琉璃满脸为难，"苏公子，你看他这副模样，岂能经得起颠簸？还是请你高抬贵手，容他缓上一缓，清醒过来之后再说，也好保全他这条性命。"

苏南瑾心里冷哼一声，肃然道："夫人，非是在下不肯行此方便，在下是公务在身，不容耽搁。还望夫人莫要一时心软，纵容了此等恶人！若是夫人执意如此，于裴长史的清誉只怕也有妨碍。"

琉璃怔了一下，脸色顿时有些讪讪的，半晌才道："既然公子是奉命前来提人，我也不好拦着……"

苏南瑾的脸色刚刚一松，琉璃却突然定定地看了过来，"烦劳公子将公文与大伙儿看上一眼！"

苏南瑾不由愕然，皱眉道："苏某出来得急，并不曾带。谁不知晓这米大郎作恶多端，夫人难道还疑心苏某冤枉了他不成？"

琉璃坚决地摇了摇头，"公子此言差矣，非是我疑心公子，这米大郎再是行为不端，也是我西州子民，如今这般伤重，但凡挪动便能要了他的性命，公子既然从西州拿人，总要有个凭据！我虽是妇道人家，却也不能让西州子民不明不白地送了性命！"

她的声音清脆铿锵，清清楚楚地传了出去，此时米大郎院子也挤进来不少闲汉与妇人，听到这样一番话，有好事者立刻叫道："好！夫人说得好！"

苏南瑾脸色顿时更是难看，冷冷道："夫人这是一定要阻拦苏某办差了？"

琉璃惊奇地看着他，"我何曾敢阻拦公子办差，然则办差也有办差的规矩，哪个州到旁处提人，是连公文都不发一张的？难不成令尊以为这西州是伊州的县城，有你苏公子出面，便想提谁便提谁，想怎么提便怎么提？"

苏南瑾暗暗咬牙，略一思量，伸手掏出一枚铜牌，"库狄夫人，这是军中大总管的鱼符，以此为凭，不知作不作得数？"

琉璃吃了一惊，仔细看了几眼，却见那鱼符大约两寸来长，不到一寸宽，露出的这面磨得极平，上面刻着篆书的"合"字，下面还注有两排小字，一时倒也看不大清。她依稀记得曾在裴行俭手里看到过类似的物件，似乎是出入城门、更换驿马所用，与这个模样有些不同……

苏南瑾不耐烦道："夫人还要验看多久？难不成苏某还会作假？"

琉璃抬起头来，嫣然一笑，"这符牌自然是真的……原来令尊苏都督当上了行军大总管，真真是可喜可贺！"

苏南瑾一怔，目光中露出了七分怒意，"夫人此言何意？"

琉璃笑道："苏都督难道不是行军大总管？那为何这伊州逼良为贱的案子，竟要出动大总管的军令？难不成，这米大郎是将大总管家中什么人逼作贱口了？"

苏南瑾不由怒气勃发，厉声道："夫人休得胡言！大总管也是你能胡乱取笑的？"

琉璃目光微冷，声音也提高了几分："胡言？适才是谁一进门便道米大郎在伊州犯案，要带回去审问？是谁拿不出伊州的文书，却拿了一块军中的符牌出来，要捉拿一个逼良为贱的商贾？我却不知，这大总管会爱惜西域子民到此等田地，连商贾在州县里逼良为贱的事务也要过问！我也不知，这米大郎到底做了什么令大总管震怒之事，要让公子如此不管他死活立即要带走？还是说，这所谓逼良为贱不过是个借口，难不成这米大郎竟不是中了邪，而是真的看见了什么不该看见的事情？因此要被杀人灭口？"

院外的人群蓦地安静了下来，苏南瑾却是羞恼交加，再也忍耐不住，怒喝了一声："住嘴！你敢胡言乱语、中伤总管？谁说是大总管要捉拿此人，要、要杀人灭口？"

琉璃"喔"了一声，突然笑了起来，"原来竟不是大总管要拿人么，那便好，我原是听了一日的杀人灭口，又见苏公子你竟这般一刻等不得的要将米大郎带走，因此有些多心了，妇道人家没什么见识，请公子勿怪。"

她郑重地欠身行了一礼，"既然不是大总管要拿人，那就更好说了，横竖米大郎伤成了这般模样，哪里都去不得，还是请公子略等一等，待他伤势略好，再带上公文拿他入案，也省得大伙儿当真以为有人为了抢掠钱帛，屠城灭族、杀人灭口。"

她一口一个"杀人灭口"，偏偏脸孔笑盈盈的，说不出的温和有礼，落在苏南瑾眼里，却比适才的那一张冷脸更刺目刺心。他差点咬碎了牙根才让自己憋出一张笑脸来,"夫人果然仁厚,只是……莫连累了自己才好!"

琉璃笑得愈发柔和,"苏公子说笑了,都云善恶有报,我又不曾屠城掠货,怎么会连累到自己?举头三尺有神灵,只有那些满身罪孽、作恶多端之人,才会恶有恶报。那些死在他们手中的冤魂,自在黄泉路上等着将这些禽兽不如的东西剜心剔骨。公子就不必替我多虑了。"

禽兽不如、剜心剔骨……这一个个字眼落入耳中,苏南瑾只觉得牙根处一股腥气充斥口中,几乎是拿出了吃奶的气力才没冲上去将面前这个可恶的妇人抽刀劈成两半,咬牙点了点头,"夫人这番话,在下定当铭记于心……"正想再说两句,却听一直守在米大郎身边的那位老仆突然惊叫了起来:"大郎,大郎!医师您快看一眼!"却见那不知何时已安静下来的米大郎,脸色突然由白转灰,手脚也在不断颤动,看去十分可怖。

韩四手忙脚乱地从药囊中取出银针,"这可如何是好,我就说这米大经不起虎狼之药!"

琉璃的脸色也变了,"医师快救他,不能叫他这般不明不白便死了!"

韩四解开米大郎衣袍,将一根根银针小心翼翼地插在米大郎的身上,那满身的伤处血痕看去愈发清晰,直下了十几针,米大郎的颤动却越发厉害,突然抽搐了两下,脸色一片死灰,身子也不再动弹。

韩四站在那里,沮丧得整个人都呆住了。老仆人慌忙忙地摸了摸米大郎的心口,失声痛哭起来。

琉璃也怔了半晌,跺脚道:"韩医师,你快继续用针,一定要救活他。他若是就此死了,好些话还没说明白,那可如何是好?你快救他!"

苏南瑾看着明显已经没了生气的米大郎,心里倒是暗暗松了口气——虽说总管的军令是要把此人抓回军营,但以眼下的情形来看,库狄氏无论如何也不可能让自己带走此人,难不成真的动用刀兵,把事情越闹越大?此人若是就此死了,倒也省了好大一个麻烦!

他走上两步,想看得更清楚些,只见韩四在米大郎四处按了几下,突然拿出一根长长的银针在米大摊开的掌心便是一扎。苏南瑾不由下意识地一握拳头,那米大的手掌却是依旧无力地摊开着,一动未动。

韩四深深叹了口气:"库狄夫人,请恕在下并无起死回生之术。"

苏南瑾不动声色地收住了脚步,转头看着满脸不甘心的琉璃,心里蓦然生出了一股快意,"夫人节哀,所谓生死由命,有些人的贱命原是注定如此,不是靠着唇舌之利便能改变的!"

琉璃脸色更是沉了下来,顿了顿才道:"天意如何,如今说还早了些!"她抬头看着苏南瑾,笑容讥讽,"我竟是险些忘了,说来这逼良为贱,不是苏公子的拿手好戏么?当日凉州城的那位逃婢,不知公子后来是否寻到?"

苏南瑾的笑容顿时有些发僵,瞟了米大郎的尸身一眼,冷笑道:"夫人如今且有事料理，苏某之事不劳夫人挂心，这便告退。"

他转身出门，院子里外的人立时闪出一条道来，每人脸上都带着些掩饰不住的厌恶。苏南瑾挺直背脊大步走了出去，刚刚走出人群，身后突然传来一声响亮的"呸"，哄笑之声随即四起，他的脸色不由变得铁青。

眼见苏南瑾和琉璃先后出了房间，一干闲人们叹息几句，也纷纷散了，只留下韩医师和几名从药铺赶来的伙计替米大郎装殓，那几名西州差役都有些讪讪的，无精打采地低头往外走，也有人悄悄甩开同伴，脚步生风地直奔都护府。

王君孟与风飘飘此刻都在都护府侧厅中，听得差役的求见之声，麹崇裕笑着站了起来，"进来！不知那边又演了一出什么好戏！"

那名差役却是个口齿伶俐的，绘声绘色地把适才的一幕转述了出来。

听到琉璃恭喜苏海政当了行军大总管，风飘飘先是笑了起来，待到这差役说到"恶有恶报，禽兽不如"那篇话时，连王君孟忍不住也笑出了声，摇头道："没想到这位长史夫人词锋竟是如此锋利。"

麹崇裕不屑地瞥了他一眼，想说一句"你才知晓"，又吞下了话头。

只是听到差役说到米大郎死了，三人脸上都有些变色，麹崇裕皱起了眉头，"你可看清楚了？"

差役用力点头，"小的也有些疑惑，还特意进去瞧了几眼，满脸都是死气不说，用银针扎掌心都不会动了。"

麹崇裕脸色微冷，缓缓点头。王君孟已叹道："这库狄氏不但口齿锋利，心肠也刚硬得紧。若是让米大郎活着，大军一到，她迟早要交人，如此一来，既让唐军屠城之事在西州传开，又绝了后患，真真是好手段！玉郎，咱们以前太小觑了这个妇人！"

麹崇裕轻蔑地冷笑了一声，"断送米大郎一条贱命算什么？她连断送唐军名声都不曾犹豫过片刻！"

风飘飘忍不住低声嘟囔："若是我，也不会犹豫！他们都做得，咱们难道还说不得？再说米大郎，也算死有余辜。"

麹崇裕冷冷看了她一眼，"最毒妇人心，原是不错。"

王君孟忙转了话题："玉郎，如今这信咱们到底要不要送到长安？"

麹崇裕长长地出了口气，"送！自是要送！"他的目光落在信匣外那两本明显有些年头的经书上，声音变得淡淡的，"派出最精干的人手送往长安，交到仪娘手中。"

王君孟有些吃惊："交给慕容夫人？"

麹崇裕神色漠然，"这是都护的意思。"

王君孟看了一眼案几上的物件，蓦然明白了过来，那位武皇后听闻是笃信释教的，这两本麹氏珍藏的经书显然是送给她的礼物，让世子夫人慕容仪出面送上西州的消息和这份厚礼，更能表明麹氏对皇后的忠心……他不由佩服地点头，"还是都护思虑周详。"

麹崇裕沉默片刻，淡然一笑，"父亲的确思虑周详。"

王君孟思量片刻，忍不住还是问道："玉郎，依你之见，此次那苏定方裴守约师徒胜算几何？"

麹崇裕声音平静，神色却有些复杂："父亲以为，在八成以上。一则大唐天子虽未必在意域外小城的存亡，却不会容忍将领为私利而坏大唐名声，甚至企图欺君瞒上；二则帅才难求，如今正是用人之际，此次大战之中，苏定方不但立下不世奇功，且事事以大唐为重，无论忠心、品德与才干，都在王文度之上，身为天子，自然知道如何取舍。"

风飘飘不由奇道："既然如此，都护为何不亲自上书？"

麹崇裕没好气地横了她一眼，"麹家需要在此等事务上立功么？让天下人都知晓麹家帮着苏定方扳倒了程知节、王文度，又有何益？"

王君孟也笑了起来，"风娘子于政事上原是不通，适才不还说，换了她也不会犹豫么？"

麹崇裕"哼"了一声，不知想起什么，沉默了片刻，开口时却转了话头："你加派人手，盯着苏南瑾和他的手下，飘飘记得要把他们招待得周全些，不能让他们再闹出什么来。

"一个月之后，一切便会尘埃落定，因此这个月内，咱们都要加倍谨慎！"

此后几日，随着米大郎悄无声息地下葬，怛笃被唐军屠城的传言愈发沸沸扬扬。没多久，押运粮草的胡商们也陆续回到西州，一个更惊人的消息开始流传：唐军已然班师，裴长史却被扣住了，说是"粮草调度不力"。联想到求助到裴宅的米大郎，当众折辱了苏公子的库狄夫人，西州人哪里还有什么不明白的？

因此，十余日后，当久未露面的白三郎突然现身街头，也带回了"裴长史明日便会回到西州"的消息时，整个西州城都骚动了起来。

第九十章
久别重逢　胆大妄为

白三郎离开了很久,琉璃依然怔怔地坐在榻上,手指下意识地转动着面前的杯盏,却不知那一杯热水早已变得冰凉。

阿燕心里叹息,走上一步,"娘子也不必担忧,白三郎也说了,那些总管们虽是没安好心,但阿郎在军仓数月,深得人心,将士们待阿郎还是极照顾的,阿郎也没吃什么苦头。"

琉璃勉强牵了牵嘴角。他没吃苦头吗?三个月呕心沥血,用手头区区两三万民夫和车马,支撑着十万大军的粮草,支撑着一场他在一年多以前就知道没有胜算的战役,到头来,换来的却是一场血腥的屠城,和一个"调度粮草不力"的罪名,他的心情会怎样?想一想,她都觉得心里像有什么东西一丝丝裂开了般的疼。

她突然有些后悔——当日对着苏南瑾,自己怎么没骂得更恶毒些?

阿燕轻声道:"所谓吉人自有天相,算算日子,皇后多半已是得了信,说不定陛下的旨意都已下了,咱们只要等上几日,自然会有好消息!"

琉璃叹了口气,"我心里有数。"

阿燕看着琉璃的脸色,还想再开解几句,屋外却传来一声:"安家三郎来了!"

琉璃"腾"地站了起来,快步走了出去。

数月不见,安三郎看去似乎缩了一圈,连平日里高高翘起的胡子都有些耷拉了下来,一见琉璃,却还是露出了笑眯眯的模样,"大娘莫要担忧,九郎一切安好。"

琉璃深深行了一礼,"此次之事,多谢阿兄了。"

安三郎忙摆手,"这是什么话!多亏九郎,咱们这些人才能脱身。我在军仓能做的,也不过是上下多打点些。"

此事的首尾白三郎都已说过,王文度派到军仓来的校尉原本是想把胡商都扣住的,裴行俭轻描淡写说了句:王总管若想让大军回程路上再无粮草补充,尽管扣人便是。那位校尉思量半日到底还是不敢,这才只扣了他。原是打算日夜审讯,落实罪名,只是"调度粮草不力"的说法一传开,管着军仓的李郎将立时便翻了脸——裴行俭在军仓并未任职，不过是协助李郎将行事，若容这些人定下"调度粮草不力"的罪名，他又焉能脱身？军仓士卒趁机一番鼓噪，王文度的亲兵到底不敢犯众怒，加上安三郎又上下打点得周到，事情便拖了下来。

两人在堂屋落座，安三郎便道："适才我听阿康说了几句，那米大郎之事好生蹊跷。我在军仓中也曾听闻，九郎放走了甚么怛笃探子，听如今的说法，难不成此事竟是因米大郎而起？只是米大郎都下葬好些日子了，他们为何还不肯揭过？"

琉璃点了点头，把屠城前后之事说了一遍："他们把米大郎诬为怛笃探子，又抓了守约，为的便是逼义父低头，甚至先发制人，给他安上罪名！"

安三郎纵然多少已听到些风声，此时也吃了一惊，"王总管他们竟如此歹毒？难怪……若是如此，九郎岂不危矣？"

琉璃轻轻摇头，"阿兄放心，如今咱们的人已把实情禀告到长安。王总管他们利欲熏心，还企图欺瞒圣人，陛下定然不会容忍此等行径。"

安三郎这才松了口气，想了想又紧张起来，"麴都护可知晓此事？王总管既然把九郎送回西州，多半是想借刀杀人！"

琉璃笑道："麴都护与世子都不糊涂，岂肯去做他人手中之刀？"

安三郎点了点头，犹豫了半晌还是道："只是九郎到了西州之后，麴都护若是怕得罪了那些将军……就算圣旨不日便到，这段日子又该如何是好？"

琉璃一怔，心不由揪了起来，麴家既然不肯公然出面上书，大概也不会公然维护裴行俭，旁的不说，王文度若是下令让苏南瑾来"协助"审问他……她念头急转之间，已拿定了主意，"麴都护的性子虽是怕事，多半也不愿真的为难了守约。"

"咱们，只要给他寻一个理由便好！"

忙碌之中，时光易逝，转眼便到了第二日午后，琉璃早早等在了城门下面。那队盔甲鲜明的军士刚刚过了南面河谷上的石桥，她一眼便看见了队伍中的裴行俭。

他身上穿的是她一个多月前亲手做的那件松绿色夹袍，远远看去，身姿依旧有份鹤立鸡群的挺拔，夹杂在十几名褐色衣袍的军士之中，倒仿佛是他率兵归城一般。

待得裴行俭与骑兵们一道在河岸下马往西州城门而来，琉璃这才看清，他明显消瘦了许多，脸上的轮廓比以前鲜明，神情更是有些陌生，那种掩盖掉所有情绪的沉静，深得令人心惊。琉璃的眼中一时再也看不见别的东西，只知道他的头发被风吹得有点乱，他的眉宇间有一丝倦色，他的……心口有种酸热的东西胀得太满，直往眼里涌了上来。

裴行俭显然也看见了立在差役和西州百姓之中的琉璃，脚步微微一顿，随即脸上便露出了笑容，温暖明亮，一如往昔。

这个笑容似乎有种奇异的感染力，琉璃听见身边的西州人猛地爆发出一阵欢呼，性急些的人便涌了上去，她的眼前人影晃动，顿时挡住了那个挺拔的身影。

"裴长史！"

"裴长史你终于回来了！"

七嘴八舌的问好声一时响彻山谷，夹杂着几声紧张的低喝，"退下！""都退下！"

　　琉璃却只听得见那个熟悉的声音："多谢各位父老，请稍安片刻！"他的声音依然清朗，带着分令人安心的温厚沉着。琉璃低下了头，紧紧咬住嘴唇，忍住了眼中的酸涩。

　　人群突然静了下来，随即往两边一分，琉璃的视野里出现了一双眼熟的六合靴。她猛地抬起头，只见裴行俭从人群中一步步向她走来，每一步走得都不快，却带着一种任谁都无法阻挡的坚定。在离她不到半步的地方，他才停住了脚步，微笑着低声道："你放心，我不会有事。"

　　琉璃眼里的雾气还没有散，嘴角已慢慢地扬了起来，"你自然不会有事！"她走上一步，伸手包上裴行俭已握成了拳头的手，"走，咱们回家！"

　　裴行俭明显地怔了一下，还未开口，身后上百名西州人已哄笑着围了上来，拥簇着两人往西州的城门走去。

　　他们的身后，那位校尉早已看得呆了。适才裴行俭突然出手拨开他走向人群时，他才蓦然意识到，这个沉默的文官，绝不像表面看起来那般儒雅无害，而眼前那些狂热的西州人，让他一时竟没敢上去阻拦，但若让裴行俭就这么凯旋般地回了西州城……他不由皱起了眉头，厉声喝道："站住！"

　　在一片欢天喜地的喧闹声中，这个刺耳的声音几乎被完全淹没了，只有几个落在后面的西州人回头看了他一眼。有人冷笑了一声："不站住又如何，你们还能屠了西州城？你们这些杀人掠货的贼子，还是滚回去听候圣人发落吧！"

　　校尉心头剧震，手按刀柄正要上前，身旁已响起了一个懒洋洋的声音："这位校尉，一路辛苦了。"

　　校尉忙转头去看，一个穿着绯色襕袍的年轻男子不知何时已走到了自己身边。他怔了一下，从服色上认出了来人的身份，"麴世子？"

　　麴崇裕漫不经心地点了点头，"王总管的信家父已收到，只是如今事情起了变化，请恕家父不能从命。"

　　校尉惊愕地瞪大了眼睛，"世子此言何意？"

　　麴崇裕有气无力地往后挥了挥手，一名差役上前两步，将一封信双手递到了校尉手里。"回去请王总管看上一眼，他自会明白家父的苦衷，"他抬起头，目光复杂地看着已到了城门附近的那两个身影，幽幽叹了口气，"谁教裴守约，居然有那样一位夫人！"

　　看着那十几号人转眼间已骑马远去，背影里却全无来时的那般盛气，麴崇裕摇了摇头，不紧不慢地带着几名差役长随拾级而上。进了城门，刚刚过了瓮城，便听到有嘹亮欢快的歌声远远传来，整个西州城似乎都笼罩在一种年节般的狂欢之中。他停下脚步，听了一会儿，脸上慢慢露出了一个略带嘲讽的微笑。当转入城中主道，看到迎面而来的那个身影时，他嘴角的这丝嘲讽立时更深了两分。

/第九十章/久别重逢　胆大妄为

苏南瑾却没有留意这许多,一见麴崇裕,便加快脚步走了过来,语气几乎有些气急败坏:"究竟出了何事?我怎么听说西州人拥着那裴行俭回了他的宅子,还一路载歌载舞,真真是岂有此理!你怎么也不过问一声?王总管不是吩咐过,裴行俭一到西州便要将他下狱严审么?"

麴崇裕垂下眼帘,意兴阑珊地摇了摇头,"你当我不想过问?你当我愿意放过他?没奈何,此事如今却已是做不得了!"

苏南瑾两只眼珠子几乎都鼓了出来,"什么叫做不得?"他怀疑地打量了麴崇裕好几眼,"莫不是今日那库狄氏求见都护时,说了什么话,你们改了主意?"

麴崇裕淡淡地瞟了他一眼,"此事一言难尽,总而言之,如今的裴守约动不得、审不得,不但我动不得,家父也动不得,不然便会引火烧身。子玉若实在想弄个明白,不妨随我来!"

苏南瑾满肚子疑云怒火,却也只能跟在麴崇裕的身后,一路进了都护府,却是直接到了正厅。差役的通报之声刚一落下,门帘里里便响起了麴智湛的声音:"快请苏公子进来!"

苏南瑾忙挑帘走了进去,只见麴智湛已站了起来,平日总是笑容可掬的圆脸上竟是一片愁苦之色,面前的案几上不知为何铺着一条足有两丈多长的白色布帛,一头已拖到了地上,上面依稀画满了暗红色的花纹。

苏南瑾心里疑云更甚,走上一步行了一礼,还未开口,麴智湛已是一迭声道:"苏公子来得正好,我虽已给王总管写了信,这物件还是你来亲眼看上一眼,到了军营也好详细禀报给总管。"

这物件?苏南瑾的目光顺着麴智湛的手指落到了他面前的长条白布上,近前定睛一看,不由倒吸了一口凉气——这哪里是一条有着暗红色花纹的寻常白布,分明就是一大篇血书!最右面是几行略显凌乱的娟秀楷书:"先贤有云,求木之长者,必固其根本;欲流之远者,必浚其泉源;思国之安者,必积其德义。德不厚而思国之安,其可乎?故此,以侯君集之功高,先帝犹束之以刑网。今葱山道总管程知节、王文度,并蒙拔擢,受将帅之任,不能正身奉法,以报陛下之恩。贪残淫纵,因一己之私欲,屠投唐之城池,杀人数千,掠货无计。令域外之民,含千古之恨;清廉之士,蒙不白之冤;而欲蒙蔽圣听,其心尤为可诛,恳请陛下以雷电之天威,绳凶徒于刑典,令西疆万民,感皇恩浩荡!"

后面则是无数大小不等、字迹各异的签名和暗红色的指印,将两丈多长的布帛挤得密密麻麻,只怕足有上千。

苏南瑾越读越是惊心,猛地抬头看着麴智湛,"这是……"

麴智湛几乎是用整个身子叹出了一口气来,"苏公子也看见了,这便是万民书,用千人之血写成的万民书!库狄氏今日早间将它送到了此处,声言我等若是将裴守约下狱,她便要带着西州的胡商僧侣一路举着血书去长安陈情!"

又是这个可恶至极的妇人!苏南瑾一握拳头,咬着牙冷哼了一声,"麴都护,她竟敢如此胆大妄为，公然污蔑朝廷命官，煽动无知愚民，都护为何不先拿了她入狱？难不成咱们还要受她的胁迫？"

麴智湛神色更是愁苦，"苏公子，你不妨去军营之中将此事禀告王总管，王总管若要拿了那库狄氏，尽管遣人来拿便是，我都护府绝不阻拦！只是若让麴某拿她，请恕麴某不敢从命。如今这万民书一出，此事已是满城皆知，若是拿她，无论如何也瞒不过……"他伸出手指往上指了指，又比了个"五"字，摇着头一声接一声地叹气。

苏南瑾略一思量，不由倒吸了一口凉气。正是，他怎么忘了库狄氏背后还有那一位？若是让那一位知道了此事……

麴崇裕冷冷的声音在他身边响了起来："子玉，你大约久离长安，还不知这库狄氏的厉害。那临海大长公主何等身份，因得罪了她，如今竟是落得生不如死！此妇心机过人，她既然敢写下这份血书，自是已做好了万全的准备，除非西州一夜之间也变作怛笃，否则但凡动了她一根头发，此事也决计瞒不过长安。论起来，大唐从不因贪财劫掠处死过将军，但若是欺君罔上，那只有抄家灭门的下场。程将军有国公之尊，家有公主下嫁，王总管赫赫军功，能蒙圣人垂青，他们或敢赌上一赌，我麴氏不过是化外之臣，又怎敢冒此风险？也只有请总管和将军们体谅一二了。"

苏南瑾一时哑然无语，库狄氏的厉害，他怎会不知？眼前的麴家父子与屠城之事半分干系也无，自不会担得罪皇后的这种风险，让他们痛打落水狗容易，若是让他们对上这样一头母老虎……想了半日，他只能冷笑道："如此说来，麴都护打定主意是要袖手旁观，任由他们夫妻逍遥自在？"

麴智湛诚恳无比地看着苏南瑾，"公子莫怪，麴某原是胆弱，如今别无所求，只愿这万民书能留在这都护府中，而不是长安的御书房里！不然咱们这屋里的人，谁能讨着好？"

看着苏南瑾腮后的筋肉都高高地鼓了出来，他又指了指长卷后面的几个签名，苦笑道："因参军的吩咐，这些日子都护府一直不曾给安家发放去长安的过所，可如今参军请看看这万民书上的签名，哪家胡商没留名字，便是僧侣们也有落名的。这半个月来，西州门禁再严，往东去的行商与僧人总有一些，谁知他们是否也携带了这样一份血书？若是有人半个月前离城，日夜快马奔驰，此刻只怕离长安已是不远！说不定……"他又叹了一口气，蓦地收口不言。

苏南瑾却是呆住了，他的确不曾料到库狄氏会有这样的人脉与胆略，若真是如此，事情岂不是已然无法挽回？

麴崇裕走近了一步，拍了拍他的肩膀，声音幽冷："子玉，我劝你还是莫要轻举妄动，不如回营请示过王总管再做打算。再者，便是王总管有什么吩咐，你也要与令尊多商议商议才好。"

苏南瑾茫然地看了麴崇裕一眼，随即便清醒了过来，麴氏父子不愿做王总管手中的刀，自己父子难道……想到此处，他再也沉不住气，忙行了一礼，"多谢都护，多谢玉郎，苏某这便回营去禀告总管！"不等麴崇裕相送，竟是转身一阵风般卷了出去。

厅堂里，麴氏父子相视而笑。麴智湛用食指敲了敲案几上铺着的血书，神情颇有几分玩味，"这库狄氏胆子太大！不过倒是省了我等一番气力。否则这苏南瑾真要拿着王文度的令箭公报私仇，你我且有一场头疼。只是，玉郎，依你看，这库狄氏会不会真的派出人手带走了另一份血书？"

麴崇裕脸上的笑容慢慢收了起来，"儿子不知她是否送出了另一份血书，只知裴守约家的那位车夫，已有足足半个月不曾在西州露面，这妇人，这妇人真真是……"他徒劳地想了片刻，却发现自己竟找不出一个合适的字眼。

曲水坊裴宅外的歌舞之声，足足飘荡了一个多时辰。从各处宅院中，葡萄美酒、香酥油糕与各色干果都流水般传了出来，把踏歌的气氛烘托得愈发热烈。眼见日头西斜，众人才笑嘻嘻地慢慢散了。

琉璃长长地出了口气，揉了揉笑得发酸的脸，又吩咐了阿燕和小檀几句，安抚了跳得有些兴奋过头的云伊，这才转身向后院走去。

裴行俭一回家中便被大伙儿恳求着"洗去晦气，好好歇息"，她这做主妇的却不能躲懒——对这些性如烈火的西州人，她也的确满心感激。昨日她曾以为让他们在这样一份指名道姓弹劾大唐将军的文书上签名会有些难度，没想到他们竟比自己还激动，不少人当场便割破手指写下了名字……

穿过院门，走向上房，琉璃的步子不知不觉慢了下来，适才一路回来，裴行俭虽然笑微微地紧握着她的手，可眼神里却分明有些……她看着门帘上的梅枝，怔怔地停住了脚步，以他的性子，只怕不会乐意看到自己用这种手段吧？

粉白的梅枝突然被卷了起来，裴行俭的身影出现在门口。他已换上了一件半旧的玉色夹袍，微湿的乌黑头发披散在肩头，脸色明显比刚才好了许多，神色却依然沉凝。琉璃盯着那明显已太过宽松的夹袍的腰身，脱口道："你晚膳想吃什么？"

裴行俭怔了一下，叹了口气，"快进来，外面冷。"他握住琉璃的手，将她轻轻往屋里一带，门帘还未落下，便将她紧紧搂在了怀里。

他的怀抱是如此温暖熟悉，琉璃的身子不由一颤，也伸手抱住了裴行俭，却立刻感觉出，他消瘦得比看上去还要厉害。似乎有什么东西瞬间从心头决堤而出，她的眼泪无声地滚落了下来。

裴行俭低头温柔地吻住了她的眼睛，声音里带着掩饰不住的痛楚，"琉璃，傻琉璃。"

琉璃往后仰了仰头，伸出手臂缠住了他的脖子，几乎是用力地吻上了他的双唇。裴行俭怔了怔，随即手臂猛地收紧，一手扣住琉璃的头，深深回吻下来。一百多个日日夜夜的思念，在这一瞬间化作了燎原的野火，烧尽了所有的理智和疑问……

直到天色彻底黑下来，琉璃才在床上用了晚膳。裴行俭不许她下床，出去用食盒端了两份汤饼进来，自己三下五除二地吃了下去，又看着琉璃吃下了大半碗，半叹半笑道："你以后每日都要多吃一些，适才抱着你都有些硌手了。"

琉璃抬眼看了看他，"是谁要改衣裳了？"

裴行俭低声笑了起来，端了杯热水送到琉璃嘴边，"吃了家中的汤饼，才知道军仓的厨子手艺有多骇人，真真是节约军粮的好法子。"

琉璃笑着推他，"尽会胡说！"

两人又说了几句闲话，裴行俭坐在了琉璃的身边，将她的手包在了掌心中，低头凝视着她食指上的割痕，沉默了许久才道："琉璃，我知道你是担心我，只是，以后再不许做这样的傻事！"

琉璃的眼皮顿时有些发涩，这一路上有那么多七嘴八舌的声音，什么血书，什么屠城都说了个遍，还有什么能瞒得住他的？可是，如果真的……她轻声笑了笑，"我也没那般傻的，这手上的不过是做个样子，其实……是杀了只鸡。"

裴行俭有些哭笑不得，随即还是轻轻摇头，"无论如何，你这样做，总归是把自己陷入了危险之地。我回西州，最多便是在都护府里被扣上几日，麴都护和麴世子都不会难为我，你又何必冒这样的风险？再者，此事宣扬出去，于唐军的名声终究有碍，若是圣人略有些处置不妥，更会寒了西州民心。为了我一人，哪里值得如此？琉璃，你能不能应了我，以后不要这般贸然行事？"

果然来了！琉璃在心里叹了口气，抬起眼睛直视着他，"我不曾贸然行事，我也不能应你！"

看着裴行俭完全怔住了的神情，她垂下眼帘，声音低了下来，"守约，我不是你，没什么胸怀抱负，于我而言，什么名声家国圣人，都及不上你的安危要紧，无论如何，我也不能看着你受苦，若真有下一回，我一定还会这样做！"

裴行俭怔怔地看着她，半晌才叹了口气，伸手把她揽在了怀中，"琉璃，琉璃……"喃喃的声音里，充满了无可奈何。

第九十一章
灶神驾到　病魔逞凶

一身华贵的大红色团花圆领袍，一条秀丽的金缕玉带，把束冠男子那粉白的肌肤和清雅的眉眼衬得愈发秀致动人，精致的嘴角微微上扬，带出一丝若有若无的笑意。

琉璃侧头端详着自己刚刚画好的这幅大唐灶神图，只觉得美则美矣，却有一种说不出来的怪异。站在一旁看了半晌的云伊却拍手笑了起来，"姊姊画的这个灶神，倒有些像麴玉郎！"

琉璃仔细看了一眼，忍不住也笑了起来，可不是！那微挑的凤眼，风骚的笑意，还真是有几分麴孔雀的影子，难怪看着别扭——唉，自己见过的美男虽然不少，但能跟绝色美女一拼的妖孽却只有这一个，所以提笔画起这"貌若美女"的灶神张禅时，竟不知不觉就带上了些许麴崇裕的风格。这画过年时若是贴在自家灶台上……琉璃暗自打了个寒战，顺手把画递给了云伊，"你拿去玩吧。"

云伊的眼睛顿时闪闪发亮，"多谢姊姊！"拿起画左右端详了几眼，兴高采烈地跳出门去。

看着她轻盈的背影，琉璃不由笑着摇头。其实自打麴崇裕这次运军粮回来，她和这只孔雀基本已能和平共处，偏偏云伊这丫头却跟他八字犯冲，见面往往说不上几句话，就能口无遮拦地把他气得脸色发青。而每当此时，麴崇裕固然为了风度端着一张笑脸装若无其事，云伊却是压根毫无察觉，高高兴兴地跟这个"虽然有些神气，脾气比长史还是好多了"的麴世子继续说笑……在云伊跟着琉璃到西州各乡推广白叠纺织的这两个多月里，这一幕也不知道上演过多少次，真真是极大丰富了围观群众的旅途生活。

待琉璃收拢心思，画好第二张灶神图时，外面的日头已近中天。琉璃看了新画几眼，满意地放下了笔——这次画出来的灶神大人相貌富丽端庄，绝不影响食欲。横竖离祭灶的腊月二十六日还有几天，下午可以多画几张出来送人。

她正收拾着桌上的笔墨颜料，身后便传来了熟悉的脚步声，琉璃头也不回地笑道："今日怎么回来得这般早？"

两只手臂从身后伸过来环住了她的腰,后背上也变得一片温暖,裴行俭的声音在她的耳边响了起来:"总算理完了,你身子怎么这般凉?也不多穿些。"

琉璃放下装颜料的小罐,舒服地往后靠了靠,"穿多了手臂不灵便,明日我便让屋里多生盆炭。账目都理完了,没出什么岔子吧?"

裴行俭声音里带着点笑意,"能出什么岔子?也就是一笔笔的对账支钱,到底繁琐些。"

琉璃长出了一口气。这些日子裴行俭都在和安三郎一道结算胡商们送粮后应得的另一半钱款,此次筹集军粮如今也算是功德圆满了,只是他……她转身仰起头来,"今日军营那边可曾有什么消息过来?"

裴行俭微笑着摇了摇头。琉璃伸手抚上了他的眉心,那里有一丝阴霾,这半个多月一直都不曾散去。她叹了口气,"还是不放心?"

裴行俭淡淡地一笑,"有什么可担心的?恩师在军中素有威望,再说,不还有那份万民书么?尽镇得住那些鬼魅伎俩!如今军中一切如常,连怛笃二字都无人提起,王文度待恩师也客气了许多,大约是觉得与其越闹越大、不可收拾,不如大事化小,就此揭过。前军听闻已到柳谷,待补充粮水完毕,便会东归。"

琉璃静静地看了他一会儿,"守约,你到底在担忧什么?是担心陛下不相信咱们的消息,还是担心他会放过程知节和王文度,让西州人寒了心?"

裴行俭的声音微微沉了下去:"论理,此次的事情圣人必然会追究,不过是罪名大小、处置轻重之别罢了。"

琉璃轻轻哼了一声,几千条无辜的人命啊!"处置重些才好呢,便是就地正法也不算冤!"

裴行俭沉默了片刻才道:"多半不会。大唐开国以来还从不曾因外事处决臣子。其实,程将军……他并非贪酷之人。我大约不曾与你提过,程将军与我的父兄颇有渊源,曾于万军之中拼死救过我的兄长。恩师也说,这次三军结阵,屠灭怛笃,全是王文度的主意。程将军,大概只是不愿违了圣意,才和光同尘,求一个平安。此次之事,我自是愿意圣人从重处置,以正国法军纪,可每每念及程将军或会因此身败名裂、一世英名尽毁,又实在欢喜不起来。"

琉璃有些惊讶,裴行俭怎么从没说过这些?不过也是,他的父兄都是一代名将,又投效过瓦岗军,与当时还叫程咬金的这位老兄有交情也不足为奇,而裴行俭在长安时官职不高,与身为国公的程知节相去太远,平日自不会把这段交情挂在嘴边。可事到如今,自己的所作所为,倒像是踩着程知节成全了他的名声威望……她不由懊恼地皱起了眉头。

裴行俭低头吻了吻她的眉心,"琉璃,我不是怪你,此事你原不知情,况且便是知晓,于情于理,咱们总不能因此就听任他们胡作非为、颠倒黑白。"

他的声音里多少有些怅然:"所谓造化弄人,我曾以为此次协助大军调运粮草,可以一举两得,不但可助恩师一臂之力,也能略报程将军当年的恩义,谁知最后竟是如此收局！这些日子，我也常想，若我是程将军，此次会如何抉择？是囚禁王文度，挥兵与贺鲁决战？还是装聋作哑，顺水推舟？思来想去，我大约会宁可日后面对不测之境，也不会坐视大军如此胡为。但程将军位极人臣，子孙满堂，如此抉择……"他摇了摇头，脸上露出了一丝苦笑。

琉璃心里已经叹了好几口气，裴行俭的性子平日里甚是豁达，但在忠孝恩义这类所谓大节上却总是太过较真，这种死胡同他难道也要钻个明白么？她索性岔开了话题："守约，依你看，圣谕何时才能下来？今日阿燕还回报道，米大郎在药铺的地仓里已是快憋疯了。"

裴行俭怔了一下，脸上果然露出了笑容，"应该便是这几日了，米大那性子，憋一憋也好，"停了片刻又笑道，"韩四当真是有些手段，手中竟还有那种奇药。"

琉璃笑着摇头，"那药其实也不算出奇，原是医家为了给伤者续肢接骨或剖肉去腐时用的古方。服下之后便会昏沉不醒，气息心跳变得轻缓，而且全然不知疼痛。看着唬人，但若真的去仔细探看，却是瞒不过人去的。只是韩四在米大身上脸上做了手脚，模样便先唬住了人，又拿银针狠狠扎了他掌心，旁人看米大全无反应，更是消了疑心，说来不过是个障眼法。倒是那米大，足足昏睡了两日多才醒，听韩四说，大约是药用得多了，原来牛犊与人的分量到底有些不同。"

裴行俭哑然失笑，"这般说来，米大郎的运道着实不算好。"

琉璃认真地点头，"可不是！韩四也是个呆气的，竟把此事当着米大说了，若不是那日阿燕也在，只怕会吃一顿好打……"

裴行俭不由哈哈大笑，两人又坐下说了几句闲话。琉璃正准备吩咐厨房上午膳，外面却突然传来了小檀急促得有些变调的声音："阿郎，阿郎！都护府有人来寻，说是圣谕已到，要寻人带路去军中宣读！"

裴行俭"腾"地站了起来，迈步便往外走，琉璃一怔，忙拿上一件披风追了上去，裴行俭回身握住了她的手，"你快回屋，军营离西州有一百多里，我今日只怕回不来了，不会有事，你莫担忧。"

琉璃站在院子里，看着裴行俭背影消失的地方，出神许久。她实在不大记得程知节此役之后的下场如何了，似乎并不是太坏，也但愿不要太坏……至少能让他安心一些。

小檀回转时，见琉璃依然站在风地里发呆，不由唬了一跳，"娘子不冷么？"

琉璃这才打了一个寒战回过神来，几步回了屋。西州的冬日虽然不甚寒冷，但腊月里有时吹起的北风依然颇为刺骨，她一进屋就打了几个喷嚏，阿燕忙去煮了碗姜汤，琉璃喝了几口便放到了一边。她的这副身子骨虽然看着有些瘦弱，却几乎是百病不侵，这般稍微冻着点自然不算什么。只是她到底心里有事，这一夜却是翻来覆去，辗转难眠，直到高窗外已是略透了些清光进来，这才沉沉睡去。

朦胧中，似乎有柔软而微凉的东西轻轻碰触着她的额头、面颊，琉璃嘟囔了一声"别闹"才蓦然清醒过来，睁眼便看见了裴行俭的面孔，一双眼睛里分明满含着笑意,她慢慢地也笑了起来,"可是一切还好?"

裴行俭的脸上还带着风霜的寒意,笑着将她连人带被子都搂在了怀里,声音里有着这些日子来不曾有过的轻松:"圣谕,程将军坐逗留追贼不及,减死免官;王文度坐矫诏,死罪,回长安听候发落;其余总管如周智度、苏海政等都是各回本部,由恩师暂代大总管之职,节制三军。"

琉璃眨了眨眼睛,一时有些不太明白,高宗怎么压根没提屠城的事?苏海政等人也是安然无恙?

裴行俭微笑道:"屠城之事,毕竟有碍大唐名声,因此圣谕里一字未提,再者刑不罚众,也不好将参与的众将都定罪。但是重罚程、王两位总管,遣散诸将,而破格重用恩师,其意已是昭然。再者,于程将军而言,以讨贼不及而减死免官,于名声所伤有限,此后还可远离朝堂是非,未尝不是一件好事。"

琉璃点头,心里虽然觉得这处罚来得太轻,但看着眼前裴行俭明亮的笑容,心情不由也轻快起来。想了想又道:"程将军也罢了,王文度竟然在军中假传圣旨、纵兵屠城,岂不是十恶不赦?"

裴行俭笑容微敛,摇了摇头,"假传圣旨?倒也难说。圣意难测,只是既然要他回长安听候发落,多半不会落到独柳树的刑场之上,或许不过是冷上几年而已。"

也就是说王文度只是会丢官,而且只丢几年?琉璃还没琢磨明白,裴行俭已转了话头:"恩师既然留下代行大总管之职,陛下的意思自是要再次备战,讨伐贺鲁。我和恩师昨夜商议了一晚,要一举平定突厥,兵不贵多而贵精,故而此次的大军还是会照常东归,只会在西疆本有的边军中选拔精兵,加以严训。恩师于练兵备战、冲锋陷阵上,只怕无人能及,但论到粮草后勤,约束军士,他却有些散漫。琉璃,往后我在军营的日子,只怕会多些。"

琉璃心里顿时有些不舍,伸出手臂缠住了他的脖子。裴行俭轻轻抚摸着她的长发,轻轻地叹气:"你放心,恩师此战定能克敌制胜,我也只需协助恩师做些筹集粮草、安置俘虏的杂务,不必日日都在营中,一有闲暇便会回来。"他低头看着琉璃,语气里带着毫不掩饰的宠爱:"你在家中想做什么、想去哪里都好。从今往后,再也不会有那些糟心事!"

琉璃想了一想,忍不住笑道:"这可算是狐假虎威?那位苏南瑾自是不敢来自讨没趣,麴崇裕日后也不会再找咱们麻烦!"

裴行俭笑着揉了揉她的头,"好一只威风的小狐狸!其实麴世子心胸虽然略窄,却不失男儿本色,原先也只是担心我会夺了麴氏权柄,将他们逼回长安。如今他心结已解,日后西州便是有什么变故,以他的性子,也不会袖手旁观。"

也就是说,从现在开始,外有苏定方横扫西域,内有麴氏父子欠了他们的人情,天高皇帝远,衾暖冬日迟……琉璃不由长长地出了口气,只觉得自打来到这个时空,还从未有一刻可以这般轻松自在。她将头舒舒服服地靠在裴行俭的肩头,一时连小手指头都懒得再动一动。

裴行俭静静地拥着她，似乎也不想再说话，只是用手指有一下没一下地梳理着她的头发。不知过了多久，琉璃才在他的怀里蹭了蹭，声音都有些懒洋洋的："你会在军中忙到什么时候？"

裴行俭低声道："这些日子大约会略忙一些，年前才能回来，之后还要忙上一两个月，仲春之后便会好许多。我估量着，真正的战事大约要到秋后了。再说我毕竟还是西州长史，总不能成年累月在军营里待着。"

琉璃"嗯"了一声："柳女官和云伊的事，你得闲时也记着些。"

裴行俭笑道："那是自然，我早已在军中放出消息，要寻方烈，泥孰部那边也已派人打探消息，此事并不算小，我怎会忘记？"他的嘴唇恋恋地在琉璃的脸颊上流连了许久，"这几日军中各处交接，事务最是繁忙，我稍后便要收拾行囊去营中，你在家中好好歇着，年前事务多，日后只怕应酬也会更多，你不爱去的便不用理会，横竖在这西州，再也不会有人能难为你。"

停了良久，他低声道："琉璃，我应你的事，总算作到了。"

过自由自在、无忧无虑的日子……琉璃将头埋在他的肩头，轻轻地笑了起来。

此后几日，西州各高门官眷下的帖子果然雪片般飞入了裴宅，琉璃都是客客气气地婉拒了——好容易能任性一回，她着实没有兴趣把大好时光浪费在和那些女眷们的来往应酬上。只是不知是"身体微恙"这句话说得多了，还是那日着的风寒发了出来，竟渐渐有些头疼身重，她忍不住自嘲：自己还真是没有享清福的命！

眼见年关日近，西州城里，无论是在军粮上赚到大笔银钱的诸位胡商，还是一番算账后居然还余下了近万缗香资的大佛寺，或是听闻圣人下旨顺应民意、惩恶扬善的寻常百姓，各个都觉得这个新年分外令人期待：安家印制的历谱比原先的更便宜实用、市坊上新出的白叠布舒适得令人难以置信、大军离境后米粮瓜果的价钱也回落了许多……天气虽是一天天见冷，西州城里喜庆热度却是日益高涨。

这一日已是腊月二十六，晚上便要祭灶，琉璃用过早膳，只觉得头更沉了，喝了碗热汤，正准备上床焐身汗来，小檀笑吟吟地来报："麴世子求见！"

琉璃不由精神一振——前两日麴崇裕便遣人来说过一回，今日定是送白叠坊的那四分利钱来了！她笑着说了声："请他在堂舍稍候片刻。"套上一身见客的衣裳便往前头走。还未到堂屋，只听一串清脆的笑声从屋里传了出来，云伊不知为何笑得欢悦之极。

琉璃心下有些纳闷，迈步进了门，一眼见到站在云伊对面的麴崇裕，忍不住也失声笑了起来。

麴崇裕自是莫名其妙，忙低头看了看自己身上的大红色团花圆领袍和羊脂玉金丝蹀躞带，又摸了摸头上的束发银冠，似乎都无失礼之处，他抬头看着眼前笑不可抑的两个女人，只觉得一头雾水，站也不是，走也不是，一时不由呆在了那里。

低头咳了几声，琉璃才忍住了笑意，面对这位活像刚从自己画上走下来的灶神爷行了一礼，"世子，请坐。"

麴崇裕狐疑地看了琉璃一眼，又看了看捂着嘴笑得眼睛弯弯的云伊，皱着眉头坐了下来，"库狄夫人，麴某此来，一则是为了白叠坊之事。"说着便把手里一直拿着的匣子放到了面前的案几之上。

　　小檀忙上前接了，送到琉璃跟前。只见是一个十分精致的檀木匣子，底边雕着简洁的莲花图案，琉璃的手指很有些发痒，却也不好立刻打开，只能笑着欠身，"多谢世子还记得此等小事。"

　　麴崇裕淡淡地道："若无库狄夫人，便不会有今日的白叠坊，这是崇裕应做的，当不得一个谢字。只是今年所出有限，大约明年才能略有个样子，届时还望库狄夫人多多指点。"

　　琉璃说了声"不敢"，心里叹了口气。麴崇裕说得不错，河谷里的织坊九月间才正式开工，纵然以如今细白叠两缗钱一端的价格，可产量所限，所得想来不会太多。真要财源滚滚，的确有待明年。只是若说到指点么，她还真有一个主意："世子，依我所见，若是市坊上有合适的生丝，倒是不妨收上一些。"

　　麴崇裕奇怪地看了她一眼，"夫人或许有所不知，西州的生丝质地不如江南，价格却颇不便宜，若纺成绸缎，还不及蜀州等地所产。"

　　琉璃笑道："非为纺织丝绸，我是想把生丝精练后与白叠细线相混，若是能成，所出布料质地或许会更精良。"

　　拿熟丝和白叠线混在一起织布？这算是哪门子织法？麴崇裕下意识地皱起了眉头，只是想到这几个月来琉璃出的那些效果奇佳的古怪主意，还是点了点头，"崇裕遵命。"

　　琉璃的笑容更深——如果这主意能成，丝棉的质地可比纯棉的还要舒服！却见麴崇裕抬头看了自己两眼，"崇裕听闻夫人抱恙，不知如今可已安好？"

　　琉璃有些纳闷，想了想才含糊道："不过略感风寒而已。"

　　麴崇裕点了点头，"崇裕此来，还有一项俗务。裴长史泽被四乡，今日有四五十位村长里老赶到西州，要向长史略表心意。听闻长史不在，则云若能给夫人见个礼也是好的。此事按说不好打扰夫人，只是念及他们天寒地冻赶路不易，崇裕便自作主张把他们都留在了都护府，夫人若是玉体欠安，崇裕回头分说几句也罢。"

　　琉璃不由一怔，今日是祭灶，的确是西州人互送年礼的日子，如今还未到午时，那些乡民若是早间已到，只怕是天未亮便出发了。何况自己就算有点不舒服，又岂有能到前院来收钱，却不能去都护府见人的道理？她还没开口，身边的云伊已脆声道："世子看不见姊姊的脸色么？姊姊的确是身子不爽，已是两三日不曾好好用饭，也没出过门了！"

　　麴崇裕看了琉璃一眼，皱了皱眉，刚要开口，琉璃忙摆手道："哪有那般娇贵？又不是要去吃酒游玩，不过是去都护府一趟，总不好教乡老们久等，我这便去。"想了想又道："小檀，你带上两个人，拿五十份明年的历谱，跟我一道过去。"

　　云伊忙道："我也陪姊姊去！"

琉璃看了她一眼，见她一脸兴奋，知道她多半在家又待闷了，只能笑着点头。云伊欢呼一声，跳了起来。

一出院门，迎面便是一阵寒风，琉璃打了个寒战，忙拢了拢身上的披风，额头里似有什么东西在钝钝地发疼。阴沉沉的天幕下，寒风似乎愈发刺骨，从披风的缝隙里直透了进来。琉璃纵然穿得不算太少，手脚也有些不受控制地发抖。

云伊却是兴高采烈，叽叽喳喳跟琉璃说着这几日西州城里的新鲜事，谁家搬新居时摔了跟头，谁家的新媳妇生得美貌，语调又快又急，琉璃听得耳朵都有些嗡嗡的，随口问道："你怎么知道这许多。"

云伊得意洋洋地道："是柳姊姊跟我说的！她性子好，又肯帮忙，待人从没有半分不耐烦，谁家有事都愿意找她。"

琉璃不由失笑，这话若传到太极宫里，只怕一多半人的眼珠子都会掉地上去。云伊诧异地看了她一眼，"姊姊你笑什么？"

琉璃摇了摇头，太阳穴处却突突地跳了起来，她忍不住皱起了眉头，云伊忙挽住了她的胳膊，"姊姊可是有哪里不舒服？"

琉璃不敢再摇头，只笑了笑，"还好，咱们快些走。"

麴崇裕回头看了她们一眼，一言不发地加快了脚步。

从曲水坊到都护府不过走上几百步便到，今日路却似乎分外得长，琉璃越走脚下越虚，那感觉陌生得几乎怪异。好容易到了都护府，果然院子里已站了好几十位乡绅打扮的人，一见琉璃便涌了上来，七嘴八舌地问好。她忙打起了精神，一面极力在脑海里搜寻着他们的身份姓氏，一面笑盈盈地还礼。

有人脸上顿时放出光彩，"夫人竟还记得小人，小的几个儿媳一直念着夫人，特意做了几双鞋袜，望夫人莫嫌粗陋！"琉璃笑着谢过，让小檀收了，问了问这位村长几个孙子可还好，又换来了一番感激的唠叨。

麴崇裕负手站在一边，看着琉璃言笑晏晏地与各位乡老寒暄，适才的苍白脸色几乎顷刻间便消失不见，心里倒也有几分佩服。待得琉璃将这数十位村长里老所送的节礼一一收下，又回赠了历谱，目送众人心满意足地告辞而去，已过去了两刻多钟。跟着琉璃前来的小檀几个都满手拿了各种土产，云伊则颇有些好奇直问琉璃，"姊姊，这是做什么用的？"

琉璃慢慢松了口气，这才感觉到在院子里站得久了，那寒意几乎渗到了骨子里，眼前的景物似乎开始晃动，她反手扶住了云伊的胳膊，"咱们回家！"

云伊笑道："这便回去么……"一眼瞥见琉璃的脸色，唬了一大跳："姊姊！"

琉璃低声道："我没事。"

云伊忙扶住了她，麴崇裕本来缓步过来，准备送琉璃一行人出府，看见琉璃全无血色的脸，心头微震，脚步一顿。倒是琉璃向他点头笑了笑，"多谢世子，我先告辞了。"

麴崇裕皱起了眉头，微微欠身，"崇裕还是送夫人一程。"

琉璃不欲多说,转身往回便走,只觉得街道倾斜,地面起伏,每一步迈出去都要花极大的力气才能稳住身子。路上似乎有人在跟自己打招呼,只是那些声音传到她耳朵里都是嗡嗡的一片。她只能胡乱点头微笑,把全副心神都集中在了稳住脚步上。

　　也不知走了多久,前面终于出现了自家的院门,她咬牙提步跨过了门槛,走过院子,又上了台阶,眼见门帘在眼前打起,家的气息扑面而来。她的心神一松,耳边突然传来了一声惊叫,随即便是铺天盖地的黑暗。

第九十二章
生死一线　别无所求

用冷水浸过的本色白叠布，没过多久就变得有些温热。阿燕拿起布巾扔进冷水，几下重新拧好，刚刚回身，就听小檀低低地惊呼了一声，开口时已带上了一丝哭音："娘子……又开始发抖了。"

阿燕几步抢到床前，只见琉璃刚才还烧得通红的脸颊颜色又转为了苍白。坐在床边的云伊把手伸进丝被，脸色比琉璃更白了三分，"姊姊的手又是冰冷了！"

阿燕忙将放到一边的另一床被子抱了过来，轻轻盖在上面。琉璃的脸色却越来越白，嘴唇不住地轻轻颤抖。阿燕只觉得五脏六腑都紧紧地揪在了一起，往外看了一眼，跺脚道："怎么还没送药过来，小檀，你好好守着娘子，我去看看。"

她急匆匆奔到外院的堂屋，还没进门，便听见里面一片喧哗。有个苍老的声音高声道："此症甚是明显，寒热交替，乃木气郁结，中气滞结之病也，当以理气为第一。"又有人冷笑了一声："华老此言差矣，患者分明是邪热内盛，应发汗利下才是。"阿燕忙挑帘进去，只见里头适才给娘子诊过脉的三四个西州名医正斗眼鸡般互相瞪着，一个声音比一个高，看这模样，竟是药方都还未开出来。安三郎与麴崇裕站在一边，脸色都难看到了极点。

阿燕顾不得许多，几步走到安三郎面前，"娘子又发冷了，这药什么时辰才能熬出来？"

安三郎也是一脸焦急，看了看那几位名医，还未开口，麴崇裕突然怒喝一声："你们到底会不会治，能不能治？"

正吵得面红耳赤的医师们一呆，有人道："自是能治！不过是热邪内郁，宣泄出去便可。"旁边有人立即道："分明应当理气，如何能宣热？"还有人想说话，麴崇裕的声音里已带上了几分杀气："住口！"他目光锋利地看向了最后一个诊脉，又一直沉默不语的韩四："韩医师，你以为如何？"

韩四抬起头来，神情先是有些犹疑，随即便坚定起来，"夫人得的是伤寒之症，如今是寒热交替，只怕晚间便会厥逆，如今应当赶紧通脉散寒，若是晚了，只怕……

不治！"

安三郎脸色顿时大变，"你说什么？"麴崇裕也是一呆，连几位医师都停止了争吵。有人嗤笑一声："你才多大，也敢这般虚言唬人，夫人的寒热之症虽是重些，怎便不能治了？伤寒又焉有如此迅猛发作的？"

韩四也不理他们，只是看向阿燕，"夫人是不是一贯身子虚弱，格外畏寒，这几日先是头疼身重，随后便是不思饮食？今日又受了寒邪？"

阿燕早已呆在了那里，听到这句才忙点头，"正是！"想了想又忙道："韩医师，我家娘子身子骨虽然看着弱，却是从不得病的，你是不是诊错了？"

韩四叹了口气，"坏便坏在从不得病上。"说着走到已备好纸墨案几边，提笔刷刷地写了下去。有的医师满脸讥讽地走了过去，大声念道："当归三两，桂枝三两，芍药三两，炙甘草二两，通草二两，大枣二十五枚。"随即冷笑道："夫人有高热之症，竟还用此热药，所谓庸医害命，莫过于此。你只怕是治牛羊治得多了。"

韩四木着脸拿起了纸签，"长史于韩四如再生父母，韩某学浅，或许救不得夫人，但若按你们的治法，夫人必无生理！"他回头定定地看向安三郎："东家，你且信韩四这一回，将这药用水三升煎至一升，先让夫人服下，若是错了，韩四听凭东家发落！"

安三郎眉头紧皱，猛地跺了跺脚，"好！便听你的，无论如何，你定要保她无事！"说着也不管别的医师议论纷纷，拿起方子便走出门去。

另外几位医师脸色都甚是难看，背起药囊先后离去，安三郎在外面吩咐了伙计，又挑帘走了进来，皱眉对韩四道："你真有把握？"

韩四点头，"我见过两回。"

安三郎忙道："那两回如何？"

韩四的头低了下去，"一个我花了三日，救了回来，一个……"他抬头瞅了阿燕一眼，见她脸色发白，又忙道："夫人的症状虽然凶险，到底年纪还轻，如今还有三分治得。"

阿燕脸色立时更白了几分。韩四讷讷地不知说什么才好，麴崇裕已缓缓道："依你所见，库狄夫人的病，是因为今日受的寒邪而起？"

韩四沉吟片刻，摇了摇头，"寒邪不过是个引子，夫人体质过于虚寒，又是心神耗损，伤于劳倦，这场病便无今日寒邪，迟早也会发作出来。"

阿燕皱眉看了他一眼，韩四舌头不由有些打结："夫人早、早些年是不是得过大病，又失于调养，受了阴寒？"

阿燕茫然摇了摇头，一旁的安三郎道："正是！六七年前她曾大病一场，后来又……受了些饥寒，只是后来身子看着还好。"

韩四神色略黯，"夫人这些年难道不曾看过医者？也从不曾保养过？其实以夫人的状况，若是看着不好，时不时小病一场，倒也罢了，便是这般一直不曾病过，其实全是靠一口心气撑着，一旦松下来，便是病如山倒。"

/第九十二章/生死一线 别无所求

阿燕站在那里，眼前慢慢有些模糊，娘子之前如何她虽不曾亲见，却也听小檀说过，自己跟了夫人之后更不必说，这些年来，她可不是一步都不能行差走错，一时都不敢松懈大意？原来娘子不是不会得病，只是不敢病也不能病，好容易如今尘埃落定，却是把这些年欠下的都一气发了出来……她咬牙忍住了眼里的酸涩，沉声问道："韩医师，服药之前，婢子们还能做些什么？"

韩四想了想，"夫人此病不怕发热，只怕寒厥，最忌汗出阳绝，你回去多用些暖囊温着些，若是……寒气过了膝部肘部，快些过来知会我。"

阿燕一言不发转身走了出去，隐隐听见身后传来麴崇裕冰冷刺耳的声音："再派两匹快马去军营，务必找到裴长史！"

过了将近半个时辰，熬好的药才终于送到了后院。琉璃却一直昏昏沉沉，一碗药汁竟是喂不了几口，便又悉数吐了出来，阿燕和小檀分别喂了几次，不但没下去多少药，还吐湿了枕被，众人赶紧换了一回。

随着日头西沉，她的高烧并未再发，手脚却一直冷了上去，渐渐过了肘部和膝盖。韩四得了消息，忙赶了过来，不时凝神搭脉，眼见药水不进，他的一张脸也越来越白。云伊默默坐在床边，两只手都伸在被子里捂住琉璃的一只手；小檀红着眼守在一旁，便是拿起一杯水，手也是抖的；只有阿燕还算镇定，不时将已略冷下来的热囊里又加上少许热水，却不知道自己的手背已烫出了一个水泡。

到了掌灯之后，眼见琉璃的脸色愈发苍白如纸，四肢都是一片冰冷，被子已加到了三床，被褥中又用了好几个热水囊，她依然是不住发抖，身子也慢慢蜷了起来。韩四忙又写了方子，只有甘草、干姜、生姜、附子四味药，让小婢女送到前面，让前院的药铺伙计赶紧煎出来。小檀忍不住道："韩医师，这般喂不下去，换药又有何用，你可还有什么法子？"

韩四黯然道："若是男子，可以先用艾灸温阳通经，再推拿下药。"

云伊忙道："那便赶紧用，你还等什么！"

韩四声音更低："要、要先脱去中衣。"

云伊不由也呆住了，屋里几个人相视一眼，脸色都有些发灰：西州虽不是长安，却也没有女子脱去中衣让医师艾灸的道理，若真这般做了，传出去还了得？阿燕低头看了看琉璃，又看了看韩四，嘴唇越咬越紧，几乎就要沁出血了。

一片死寂之中，突然间，只听一阵急促的脚步声响，门帘"砰"的一声被撞开，一屋子人回过头来，都看见了一张苍白僵硬的面孔。

裴行俭的衣着几乎有些狼狈，黑色的披风上有大片泥灰的痕迹，袍角也撕破了两处，他几步便到了床前，低声叫了句"琉璃"，声音已全然嘶哑，随即才抬头看向韩四，"她怎么样了？"

他的脸上没有任何表情，就如戴上了一张白蜡面具，一双眸子里却仿佛有火焰灼烧。

韩四低下了头，"韩四无能，夫人，用不下药。"

裴行俭怔怔地站在那里，仿佛根本没听懂这句话，只是看着琉璃的眼神却变得越来越暗淡，好一会儿才猛地透出一口气来，连声音都变得有些僵硬："还有没有，有没有什么法子？"

韩四咬了咬牙，"或可艾灸。"

裴行俭眼睛蓦然亮了起来，"烦劳韩医师一试！"

韩四迟疑道："艾灸，需去衣灸肌，穴位在背后与……下腹。"

裴行俭微微一怔，突然郑重地欠身行了一礼，说的依然是那七个字："烦劳韩医师一试！"

韩四愕然睁大了眼睛，随即一咬牙，转头看向阿燕，"多切几片姜片，每片都要铜钱大小，再加两盆炭火！"

两盆燃得正旺的炭火很快便被搬进了里屋，原本便极为暖和的屋子愈发热了起来，韩四的额头上更满是汗水，裴行俭已脱去披风与外袍，不知在何处被擦得血迹斑斑的手掌也用热水浸泡清洗过一遍，这才伸在被中，一阵窸窸窣窣之后，将琉璃的中衣解了下来，又托起她的头，慢慢将她翻了个身。

大红的丝被退下来一些，露出的脊背消瘦见骨，裴行俭的眼神不由一黯，韩四神色倒是镇定了下来，先将刺穿了几个小孔的姜片放在脖颈和肩胛之下的几处穴位上，又在姜片上点燃了艾条。青烟袅袅中，艾条换了一炷又一炷，足足七炷之后，他才取下姜片，揉上药油；又忙不迭直起身子，转过背去。

裴行俭并不迟疑，伸手将琉璃轻轻翻转过来，见她的双唇似乎多了一丝血色，不由闭了闭眼睛，吐出一口气来。只是掀起玉色裹弦，看到那条素色亵裤时，他一直稳定的手指还是一颤。阿燕和小檀相视一眼，脸色也变得有些僵硬。

裴行俭略定了定神，给琉璃的胸口盖上了另一床被子，低声道："烦劳告知穴位处所，我来试上一试。"

韩四神色顿时一松，"神阙在脐中，气海在脐下二指，关元在脐下四指，也是需换七炷艾条。"

裴行俭点头，拿起备好的姜片、艾条等物，照着韩四适才的手法，一一在相应位置贴上姜片，点燃了艾条。待到七炷燃尽，帮琉璃覆被着衣时，裴行俭的手突然顿了顿，抬头看向韩四，"韩医师，她的手足似乎不是那般冰了。"

韩四的脸上顿时露出了一丝喜色，"好！请长史扶起夫人，我来给夫人推拿喂药！"

不知是适才的艾灸，还是韩四配合着汤匙喂药的速率在背脊上的推拿，这一次，一碗药竟是顺顺利利地喂了下去。喂到最后两口，一直昏昏沉沉的琉璃突然皱起眉头，嘴唇微微动了几下，却几乎发不出声音。

裴行俭的目光一直不曾离开她的面孔，忙挪了挪手臂，让她在自己的肩头靠得更稳一些，凝神听了片刻，抬起头时，他的脸上也有了一丝生气，"快端杯温水过来。"

他的声音依然沙哑，却带上了些柔和的笑意，"她说，辣。"

琉璃并没有觉得辣,她只是觉得冷。

雪地真冷。

似乎只是滑倒了一下,站起来时,身边便只剩下了一片白茫茫的冰天雪地,她的手上沾满了冰屑,靴子里也进了不少雪粒,刺骨的雪水很快便把手脚冻得僵硬,那寒意一阵阵如针尖般刺入脑海,她知道自己不能停下,必须走下去,走出雪原,走回家……可是,家在哪儿呢?

她站在雪地里茫然四顾,突然发现自己根本想不起家在何处,自己是谁,该往哪个方向迈出下一步。

巨大的恐惧比寒冷更紧地攥住了她的五脏六腑,她想张口呼救,却发现自己完全发不出任何声音,辛辣的空气涌入嘴里,让嗓子像被烈火烧灼一般的疼痛起来,她绝望地闭上双眼,耳边却突然传来一个温柔的声音:"琉璃。"

白茫茫的天地间突然多了一些飘舞的东西,是下雪了吗?柔软的雪花带着不可思议的暖意慢慢将她包裹起来,她无声地叹了口气,把自己交给了这份温暖,那是她熟悉的声音,她熟悉的气息,她熟悉的怀抱……

"琉璃……琉璃?"再次听到的声音近在咫尺,带着点不敢置信的惊喜。

琉璃费力地睁开眼睛,眼前的面孔从模糊渐渐变得清晰,分明是她再熟悉不过的五官,但看起来与平日却有些不同,眸子更是亮得异样。天亮了吗?他怎么没去府衙?琉璃想对他微笑一下,嘴角还未牵起,已被裴行俭紧紧地揽在了怀里,"琉璃,琉璃!谢天谢地!"

他的声音也有一些陌生的沙哑,带着叹息的亲吻密密地落在她的额头上,琉璃很想问一句:"怎么了?"嗓子却一阵剧痛,只发出来"嘶"的一声。

他的声音蓦然变得紧张起来:"你哪里不舒服?"

她哪里都不舒服,全身酸软疼痛,嗓子尤其疼得厉害,只是看见他紧张的眼神,她还是努力微笑着摇了摇头。之前的事情慢慢地回到了脑海里——他是什么时辰回来的?难道自己病得很厉害?

裴行俭已起身披上外袍,扬声道:"夫人醒了,快请韩医师过来!"

原本安安静静的屋子似乎也随着这一声醒了过来,人影晃动,脚步杂沓,床前先是出现了阿燕和小檀含笑带泪的脸,然后便是衣服头发都颇有些狼狈的韩四。没一会儿,云伊也一脸狂喜地冲了过来,看见韩四正在诊脉,又忙捂住了嘴。

琉璃听见韩四长长地松了口气:"夫人并无大碍了,只是还要好好吃药。"整个屋子里顿时升腾起一股轻快的气息。裴行俭的声音也恢复了平日的镇定:"韩医师辛苦了,你开了方子便好好歇息,晚间我再打发人请你过来。阿燕,你去前院与三郎和麴世子说一声。"

三郎?麴世子?琉璃皱起眉头,想问一声,发现自己依然说不出话。裴行俭将韩四送了出去,低声说了几句,回头才微笑着在床边坐下,握住了她的手,"可是嗓子疼?药马上便好。韩医师说,这是少阴化阳多半会有的症状,过几日便能好。琉璃,你已睡了两日了，表兄在这边守了两日，看着伙计们按方煎药。麴世子十分内疚，如今也在前院……"

琉璃没有听清他下面的话，只是怔怔地看着他，适才离得太近，她竟一时没有看清他脸上的消瘦憔悴，不过几日不见，他似乎老了两岁，眉宇间的沧桑疲惫竟是从未见过，便是此刻的微笑也掩饰不住。

对上她的目光，裴行俭微微一怔，笑着站了起来，"我去外屋洗漱一下。"

琉璃的目光不由自主地跟着他的背影转动，小檀走上一步，帮琉璃掖了掖被子，叹道："娘子可算是醒了，这回娘子病得太过凶险，把我们都吓坏了。"她摇头比划了几句当时的情形，又笑道："阿郎这两日不曾合过眼，什么事都不教婢子们插手。娘子再不好，只怕阿郎也会熬出病来。"

云伊也笑道："正是，我如今才晓得，长史平日里虽然凶了些，待姊姊真真是了不得，前日里姊姊的手脚都冰得骇人，我焐着姊姊的一只手都觉得全身发冷，长史听韩医师说姊姊要暖着些才好，竟是二话不说便拿自己当了暖囊！"

难道梦里的那份温暖安心竟是这样来的？琉璃不由怔住了。

门口一阵脚步声响，小婢女将熬好的药汁端了进来，小檀和云伊却是相视一笑，只是将药碗放到了床头的案几之上。

裴行俭再次进来时，已是换了身衣衫，大约是擦过把脸，面上的倦色已少了大半，见到案头上的药汁，上前便将琉璃扶了起来，稳稳地揽在怀里，这才伸手端了药，轻轻吹凉，一匙一匙地喂到了她的嘴中，动作轻柔稳当，熟练无比。

中药的气息十分刺鼻，琉璃却是乖乖地一口口吃了下去，那药汁带着浓浓的甘草味道，不知是不是她的错觉，苦涩里竟带着丝丝的甜意。

此后两日，她的身子慢慢好转，到了大年夜，已能开口说话，初一便能用下小半碗汤饼。不知多少人念佛不绝，裴行俭的脸色也很快好了起来。琉璃听到小檀几个不止一次地说起此病的凶险，自己也有些后怕，老老实实吃药养病，不曾走出屋门一步，却不知前院人来人往，问安送礼者络绎不绝。裴行俭怕她劳神，任谁来探病都是不见。只是正月初六，当一身戎装的苏定方风尘仆仆地出现在了院门口时，裴宅的后院终于迎来了显庆二年的第一个客人。

琉璃养了这七八日，面色虽然还有些苍白，气色却好了许多。苏定方一见她便松了口气，脸上露出了笑容："果然是见好了。"

琉璃坐在床上欠身行礼，声音还是有些低哑："琉璃不孝，让义父挂念了。"

苏定方摆了摆手，"什么话！都是义父的不是，若不是把守约拘在营中，大约也不会有今日之事。"

琉璃笑道："是女儿年轻不知保养，与义父何干？"

苏定方摇头，也不多说，只是细细打量了琉璃几眼，吩咐她好好保养，起身去了外院。他二话不说将裴行俭拉到书房，皱眉道："我记得大娘的身子还好，怎会病到如此田地？适才听阿成说，竟是九死一生，你们……可是被人算计了？"

裴行俭神色微黯，摇了摇头，"不怨旁人，都是弟子不好。琉璃的身子一直便弱，早些年那场大病已是掏空了底子，与我成亲之后更是劳心费神，不过是全凭她自己强撑着，因此发作起来才格外凶险。"

苏定方深深地叹了口气，"好在吉人天相，只是我看她气色虽然好了些，却少了好些精神，不知这一病要养多久？日后可会落下病根？"

裴行俭顿了顿，微笑道："只是平日要多保养些，不再劳心费神，慢慢将养些日子便会大好。"

苏定方的目光蓦地锐利起来，"守约，她也是为师的义女，你师母日日牵肠挂肚地惦记着她，你却跟我要什么花枪！难不成她这一病竟大伤了元气？"

裴行俭沉默片刻，低声道："弟子不敢欺瞒恩师，琉璃她这一病也罢了，医师只道她的身子太过虚寒，怕要多调理几年，只要调理得好，便不会留下遗患。"

苏定方皱了皱眉，半晌才道："你是说，若是调理得不好，便会有遗患？女子身体虚寒……可是对子嗣有碍？"

裴行俭摇了摇头，"琉璃年纪还轻，弟子不急。"

苏定方眉头紧皱，半晌叹了口气："天意果然弄人！我看琉璃性子虽烈，却是极明理的孩子，你的身世如此，有些事情……你只是记得，莫要辜负了她。"

裴行俭的声音极为平静："弟子绝不会辜负她。"

苏定方先是点了点头，看到裴行俭的脸色，又有些迟疑起来，"你可是还存着那个念头？此一时彼一时，你……"

见裴行俭只是沉默不语，他声音里多了几分肃然："守约，你莫忘了，不孝有三无后为大！你不肯纳妾使婢原是不错，好男儿应建功立业，岂能沉迷于女色！但子嗣到底事大，你父兄英雄盖世，一门血脉总不能因你而绝！若真是如此，你又让大娘如何自处？旁人会如何看她？更要紧的是，身为女子，老来若无子女傍身，你可想过日后她的情形？"

裴行俭神色依然沉静，"恩师放心，弟子与琉璃都不是福薄无后之人。再说，裴氏子弟众多，若弟子真是命中无子，过继一个便是。弟子曾发誓，今生今世，绝不会将任何人置于当年我们母子的境地，忍受内外嫡庶的煎熬！此誓弟子不敢相违。至于旁人非议，"他淡淡地一笑，"如今的西州，想来也无人敢在她面前说三道四！"

他抬头看着苏定方，神色平静，目光却极为坚定，"不瞒恩师，前头那几日里，弟子心里几度许愿，只要她能平安，弟子此生便别无所求。如今蒙上苍垂怜，弟子不敢欺心。何况医师也说，她的身子若是调理得当，过些年说不得便会与常人无异。日后如何尚不可知，又何必烦恼于一时？只是此事还望恩师帮弟子瞒下，外间若有说法，弟子一力承担便是。"

苏定方一时不由说不出话来，过了好一会儿才长出一口气，"你既然心意已决，为师也不必多说。你这番心意原是好的，只是也要记得，女子在这世道上立足原本艰难，不能为了一时平安喜乐，却让琉璃日后失了终身的倚靠。我这便回去，你好好照顾她，军营的事务有我处置，不必惦念！"

裴行俭深深行了一礼，"多谢恩师成全！"

苏定方苦笑着摇了摇头，两人又谈了几句公务，门外有人回报，麹世子过来了。

麹崇裕这些日子原是经常登门，此次却是听闻苏定方到访才赶了过来，进门寒暄了几句便问道："苏将军既然统领三军，崇裕斗胆请教一声，不知今年西州要筹备多少军粮与民夫？转眼便要开春，西州也好多做些准备。"

苏定方摇头道："苏某如今不过暂领三军，圣意如何尚未可知，此事我如何能知？"

麹崇裕欠了欠身："是崇裕唐突了。"

苏定方略一沉吟，笑道："去岁我也曾管了几日粮草，幸赖世子鼎力相助，然民力有限，不可竭泽而渔，当今圣人最是仁和，麹世子不必忧心。"

麹崇裕脸上露出了笑容："多谢苏将军体谅。"

苏定方惦记着军营诸事未定，正待告辞离开，门帘外却又传来一声："米大郎求见。"苏定方不由笑了起来，连裴行俭脸上都露出了笑意："快请！"

一阵分外有力的嚯嚯靴声中，米大郎挺着胸脯走进了堂屋，见了苏定方便立住脚步，抱手行礼："小的参见将军！"

他的声音中气十足，在堂屋里嗡嗡回响。麹崇裕不由皱了皱眉，苏定方却笑道："你倒养得不坏！放心，当日峡谷一战，我已替你报了功。"

米大郎顿时满面放光，忙不迭弯腰抱手，"多谢将军提拔！"

最近这段日子，他走路都像是飘在云端里。且不说他为救怛笃女子而打伤唐军的事迹在西州已是人尽皆知，就连当日他如何重伤昏死过去，又如何半夜被药铺的伙计们发现还有生机，如何为避灾祸索性假死一回，也被传得有鼻子有眼；至于他打伤的唐军数目，更是没几天便从两个变成了一整队！这些日子，他一出门便会被围将起来，上门探望之人也是络绎不绝，人人都道米大郎是西州城的一条好汉。这番待遇，他当真连做梦都不曾梦见过——若真能再得了军功，他米大郎日后岂不也会成西州城的大人物？

想到此处，他的嘴角几乎没咧到耳根，肚子里那几句感恩之语流水般倒将出来，翻来覆去说了好几遍。

苏定方摆了摆手，"这些话日后慢慢再说也罢，这些日子军营中还有些事务处置，我也不多搅扰你们了。"

米大郎忙道："将军可有用得着小的之处？小的如今身子骨早养好了，正想为将军效命！"

苏定方笑道："好说，到了秋后，少不得有你的去处。"想了想又道："你若有暇，过几日不妨可来营中一回。"

米大郎本来已叹了口气，听到后一句立刻又两眼发亮，"啪啪"地拍着胸脯道："将军放心，我回去收拾些行李，明日便去！"

苏定方笑着点头，这才告辞而去，几人一直把他送出城门，目送他上马而去。裴行俭回头看了麴崇裕一眼，"玉郎，行俭还有一事……"

麴崇裕笑了笑，"但凭守约差遣。"

米大郎瞅了两人几眼，眉头微皱，走上一步对裴行俭道："长史，不知夫人今日可好些没有？"

他这几日里，原是每日里都要到裴宅一趟，问上几句才走，却难得有这般满脸肃容的时候。裴行俭微微一怔，点头笑道："托福，好多了。"

米大郎长长出了口气，眼睛瞟了麴崇裕一眼，正色道："小的曾听韩医师道，夫人如今虽然好了，却是不能劳心伤神的，长史原先日日在外头，夫人在西州着实不易，如今、如今还是多顾念着夫人一些，莫要……"看着麴崇裕蓦然沉下来的脸色和刀锋般的目光，他这几日里养出来的胆气顿时被戳出一个洞，转眼间泄得无影无踪。

裴行俭清了清嗓子："大郎多虑了。"

米大郎尴尬地笑了笑，退后一步，"小的这便告辞，告辞了。"

麴崇裕冷冷地看着米大郎的背影，待他上了城门的台阶，才从牙缝里挤出一句："祸害活千年！"他原本听闻米大郎还活着的消息时，心里还略有些感慨，此时此刻却觉得，那位库狄氏为何不是真的心狠手辣！

裴行俭的目光也落在米大郎的背影上，微笑道："不过是个憨人，世子何必与他一般见识？"

麴崇裕"哼"了一声，没有接话。裴行俭转头看向他，语气诚恳："米大纵然糊涂，有句话却说得不错，我负拙荆良多，绝不能再教她劳心伤神。因此还有两件事情要拜托玉郎，一则，拙荆如今颇需静养，若有礼数不周之处，还望海涵；其二，有些言语，我，不愿传入她耳中。"

麴崇裕不由怔了怔，想起这些日子在裴家宅院的所见所闻，转念间已明白了大半，忙肃容道："守约不必多虑。崇裕此番有负所托，嫂夫人虽不见怪，崇裕心内却着实不安，日后绝不敢拿俗务劳烦夫人，便是西州官眷那边，也会让庶母代为转告一声，不教她们多事。至于医家之言，原是耸人听闻者居多，自然不能当真。"

裴行俭含笑欠身，"多谢玉郎体谅。"

两人一面随口说着西州今年政务上的安排，一面便往回走，在都护府前作揖告别。麴崇裕进了府门，却是站在当地出神良久，方长出一口气，迈步进了自己的屋子。

裴行俭回到院子之时，恰好迎面遇上了刚从后院出来的韩四。见那张平日有些木讷的脸孔正自涨得发红，裴行俭忙问道："今日夫人脉象如何？"

韩四定了定神，恭恭敬敬地道："甚有好转，在下已换了一副方剂，日后便以补身养气为主。再过些日子天气转暖，夫人自会痊愈，只是日后还需多加调养。"

裴行俭松了口气，点头笑道："还要劳韩医师费心。"

韩四脸上又有些发红，摇头道："不敢当不敢当！在下求之不得……"抬头见裴行俭正诧异地看着自己,神色更是慌张:"我这便回药铺开方,告辞了。"

裴行俭看着那落荒而逃的身影,愣了片刻,实在有些不得要领。他转身进了内院,还未进门,便听里屋一片笑声。挑帘进去时,只见阿燕、小檀、云伊都在里面,说笑响亮的自是小檀和云伊两人,阿燕却是在面无表情地收拾着屋里的搁架,琉璃倚着靠枕坐在床头,脸上满是笑容,眸子闪闪发亮地跟着阿燕转动。裴行俭心里一动,顿时明白了几分。

屋里几个人见了裴行俭,忙都起身行礼,退了出去。裴行俭走到床前坐下,伸手包住了琉璃放在被子外面的那只手,笑道:"有什么好事,你们这般高兴?"

琉璃眼珠转了转,"你猜!"

裴行俭沉吟道:"可是韩医师说你大好了,不用再吃这些苦药?"

琉璃的脸顿时垮了下来,"哪里的话?只是说要换副药而已!也不知吃到什么时候才是个头!"

裴行俭将她微凉的手放到唇边吻了吻,柔声道:"你吃到什么时候,我便喂到什么时候。"

琉璃声音不由低了下来:"你不用去营中么?今日义父可说了什么没有?"

裴行俭摇了摇头,"你没有大好,我哪里都不去。恩师也让我不必挂心那边,只需好好照顾你。"

琉璃心里一松,突然觉得生场病似乎也不全然都是坏事,脸上不知不觉已露出了微笑。

她的脸色还有些苍白,只是被这个安静满足的笑容一衬,竟多了好几分光彩。裴行俭只觉得心中一阵悸动一阵酸涩,垂下眼帘笑道:"你还没告诉我,你们适才在笑什么。"

琉璃脸上笑容更深,"你再猜猜看。"

裴行俭皱眉想了半日,"难道适才除了韩医师,还有什么人来过?"

琉璃的眼睛都笑得弯了,"你也有猜不到的时候!阿燕要向韩医师学针灸之术呢,韩四郎已然应了,咱们家以后说不定会多个女神医!"

裴行俭脸上露出了货真价实的讶色:"针灸之术?韩四居然应了?我倒听闻这针灸之术,多是医家不传之秘!"

琉璃笑道:"正是,我也吃了一惊,你没见韩四那张脸,便像煮熟的虾子一般!说到这事,我还要向你讨样东西!"

裴行俭瞅着她笑,"什么东西?你怎么来讨?"

琉璃笑嘻嘻地坐起,搂住了他的腰,"你不是把阿成放良么,我想趁这个机会,把小檀和阿燕都转了良籍!你不许不应!"

裴行俭伸手搅住了她,轻轻抚摸着她的背脊,叹了口气:"你只要高兴,把这一宅子奴婢都放了又算什么?此事不急,还是先挑了妥当的人来伺候你,再放她们俩,好不好?"

琉璃把头埋在他的胸口，微笑道："我已问过她们，她们都愿意留下，我也想过了，她们只要肯在这里，日后给她们发工钱便是，她们什么时辰要走了，再去挑人也不迟，我不喜欢有事无事身边一堆人。"

裴行俭轻轻"嗯"了一声："这些事你作主便好，不过咱们宅子里人到底还是少了些，我过两日得闲了便去挑几个人，以后你也省些事。"

琉璃笑道："这院子里也就我们俩，要那么些人来做什么？说来，阿燕她，也是为了我，才想起要去学这针灸之术的。"

裴行俭沉默片刻，低声叹道："都是我不好。"那日他照着韩四的手法艾灸了一番，却到底有些生疏，琉璃背上只留了几个红印，肚脐那三处却都起了泡，这两日才慢慢好了。阿燕自然便是想着琉璃既然要长期调养，日后说不定还有需要针灸之时，才会想起要学这门本事。

琉璃忙道："其实并不怎么疼。那一日，倒是难为你了。"

裴行俭轻声道："琉璃，我不是介意韩医师，只是……"

琉璃不由抬起头来，"只是什么？"

裴行俭低头看着琉璃，微笑道，"一则，韩医师为人迂直，看他的举止，还未动手，心已乱了，只怕还不如我稳当；二则么，谁教你这般害羞？平日穿衣洗浴从不让人伺候，你自己做的亵裤，原先便是我也不教看上一眼。艾灸又不似用针，终究是……我瞧着韩医师手法，似乎并不算繁复，那几个穴位我也大致认得，自觉已有八九分把握，便试了一试，没想到还是差一些。"

琉璃怔了一下，一语不发把头埋在他的胸口，无声地叹了口气，那天的事她自然也听说了，原以为他到底是有些不愿意让旁人动手，没想到竟是怕自己醒来后知道了心里过不去。的确，艾灸不似用针，肚子上多了几个痛得厉害的圆疤，不可能发现不了，可此时此刻，她总不能说，自己不愿意让婢女伺候穿衣沐浴，不过是个人习惯；至于新婚时不好意思让他看见自己做的内衣，和生病时让不让医师针灸，其实也没什么关系……

裴行俭低声笑道："如今好了，阿燕学了针灸，日后你便不会再遭这种罪。"手指在她的头发上停了停又问："横竖不用见人了，我帮你把头发散了罢？"

琉璃忙抬起头来，"不打紧，我也不想再躺着，骨头都快躺松了！"她的发髻还是听说苏定方来了才让小檀赶紧绾起来的，散了这些日子，此刻倒觉得绾起头发更利索些。

裴行俭想了想笑道："我去寻本书来念给你听罢，你想听什么？"

琉璃眼睛一亮，点了点头，"我原先是在看《晋书》，上回看到阮籍传，记得文字极好，可惜后来忙了，竟一直没时间拿起过。"现在的书本太过金贵，便是裴行俭这般爱书的，家中书房也不过有些经史子集，没几本消遣的读物，一本《世说》差点没被她翻烂，如今也只能装文化人，拿着史书当小说读。

裴行俭皱眉想了片刻，"阮籍的列传……是在第四十九卷？"

琉璃不由茫然摇头，如今的书都是手抄，一套晋书便有一百多卷，她怎么记得住是哪一卷！

裴行俭笑着站了起来，"我去寻来看看。"他起身去了东边的内书房，没多久便转了回来，手上除了一卷薄薄的晋书，竟还拿了张麻纸，向琉璃扬了扬，"这书里怎么还夹着一张过所？"

琉璃一看那纸便笑了起来，"你瞧瞧是什么时候发的。"

裴行俭坐了下来，看了几眼手中的文书："是前些日子发的，怎么会落在了书里？可是哪位安家兄长的？此物补起来十分麻烦，咱们还是快些送回去才是。"

琉璃得意洋洋地扬眉一笑："你再瞧瞧。"

裴行俭看着琉璃的笑容，又仔细看了几眼过所，猛然醒悟过来："这纸不对，从去年夏天起西州的过所便不用益州麻纸了，这是……"

琉璃笑嘻嘻地点头："长史果然目光如炬也！这张过所是小女子画的——若无此物，阿古如何去得京城？只是做成之后才想起，西州公文用纸已是换了，只得重做了一张，这张大约顺手便夹在了当时看的书里。"

裴行俭原是已猜到了一些，但听她说得这般轻描淡写，依然有些愕然。"你……"停了片刻摇头笑了起来，"我怎么没想到这一出？这样做固然保险，可你的胆子未免也太大了！这官家文书也是做得的？若是被人知道了还了得？"

琉璃笑得一脸灿烂。裴行俭却是哭笑不得，伸手便想在她头上弹一下，手指碰到了她的额头，到底只是揉了揉她的头发，拉下了面孔，"下不为例！这过所从西州到长安一路要到盖几十个印章，若被一处发现了，便是惊动一方的大事，不但阿古脱身不得，你我也会有麻烦，你千万不能再行此险棋！"

琉璃笑道："你都瞧不出来，谁还能瞧出来？"突然想到一事，她微微皱起了眉头，"我看你一路上过城时，只需拿出一枚铜符便好，那又是什么？"

裴行俭笑道："那是传符。官员凭传符和任职的告身，便可出入城门，入住驿站；飞骑传递军情时，更是靠它来沿路换马。"

琉璃若有所思地点了点头，"过所到底还是太过麻烦，又要入城盖印验章，又不能动用驿马，日后得闲了，还是做个传符出来才好！"

裴行俭愕然半晌，扶额长叹："你做了过所做传符，还想做什么？是不是要做兵符与函书出来调动兵马？"

琉璃一本正经地摇头，"我要调动兵马作甚？再说，这传符用过便用过了，不会有人去查，那兵符事后却是有人要查验的，做那物件出来岂不是自找倒霉？"

裴行俭还要再说，琉璃已笑着对他眨眼："我随口一说你也当真？那传符乃是铜制，又不是文书，我再有本事，又怎么造得出来？"心里却在琢磨，这事只怕要找麹崇裕，却不知他胆子够不够大，口风够不够严？听说这次他内疚得很，也许能找到法子说动他？

裴行俭看了她一眼，"原是我多虑了，想来这西州里有些人虽是有求于你，有欠于你，却绝不会像你一般不知国法，肯帮你做出传符来胡闹。"

琉璃顿时有些没趣，垂着头没精打采地应了一声。

裴行俭嘴角微扬，往床边一坐，将琉璃揽在自己怀里，微微调整了下姿势，让她靠得更舒服些，这才翻开手中的《晋书》第四十九卷，一字字念了起来："阮籍，字嗣宗，陈留尉氏人也。父瑀，魏丞相掾，知名于世。籍容貌瑰杰，志气宏放，傲然独得，任性不羁，而喜怒不形于色。或闭户视书，累月不出；或登临山水，经日忘归……"

他的声音原本清醇，语气又舒缓，一篇文字优美的《阮籍传》被他读得悠扬顿挫，夹杂着翻动书页的沙沙之声，就如一曲不带丝毫红尘烟火的琴音，在室内悠然回荡，琉璃一时不由听住了。

裴行俭放下书，低头便看见琉璃怔怔地不知看着何处出神，长长的睫毛在烛光中一闪一闪，在雪白的脸颊上留下了一片时有时无的阴影，他的心情不由变得无比宁静，半晌才轻声道："你还想听哪一篇？"

琉璃回过神来，叹了口气："守约，你若生在那时，会做阮籍还是嵇康？"阮籍也是胸怀济世之志的，但生于乱世，却只能沉醉于美酒名琴，借此自保，躲过了嵇康广陵散从此绝矣的命运；而在大唐，一代文臣武将少有全者的乱世也快要来了……

裴行俭怔了片刻才笑道："我倒宁可做陈庆之。"

陈庆之？琉璃也笑了起来，比起嵇康阮籍来，那个率领七千白袍横扫中原的梁代传奇儒将，的确更像裴行俭。只是提到陈庆之，她不由又想起了苏定方要面临的突厥之战，"义父此次带兵，也不知是如何筹划的，今年西州是不是又要多备好些粮草人力？"

她抬头时，头发蹭到了裴行俭的下巴，有一绺立时又落了下来，在她的耳边荡了几下。裴行俭下意识地伸出手指，将那绺头发绕在手上，语气有些漫不经心："我在军营中时，恩师的奏章便已递上去了，奏请圣人不必多派人马，而是以胡制胡，突厥还有阿史那弥射和阿史那步真两位昔日可汗，他们与贺鲁并不相睦，用以收服依附贺鲁的部落却正是合用。圣人若是准奏，则西州大约准备三五万石粮草，几千民夫便足矣，不会太过吃紧。"

阿史那弥射，阿史那步真？琉璃只觉得耳熟，却想不起来，裴行俭见她的眉头微皱，手指放开头发，轻轻抚平了那几丝阴影，"又在想什么了？"

琉璃顺口道："不知圣谕何时方能下来，总有些不大放心。"

裴行俭的语气里带上了几分无奈："说了多少次，西州有恩师，有我，日后这些事情你都不必挂心。"

琉璃有些心虚，忙乖乖点头，裴行俭停了片刻，还是叹了口气："此事多半不会有意外，只是朝廷要正式册封下书，原是需要一些时日，算起来，大约二月间便会有正式的消息。"

要这么久吗？也就是说，他至少还有一个月逍遥，琉璃悄悄出了口气。裴行俭却低声笑道："你放心，如今军营里最忙的时节已过去，圣谕就算下来，待人马到齐也需要好些日子，你只管安心养着病，我自会在家陪你。"

琉璃顿时有些面热，赶紧换了话题："可惜咱们家没有《梁书》，不然倒是想听听陈庆之的列传。"

裴行俭垂眸看着她的脸颊上薄薄的红云，不由笑出了声："没有也不打紧，他的生平我倒还记得一些，你要不要听？"

这样也行？琉璃有些讶然，脸上随即便绽出了欢快的笑容——她怎么把这个茬给忘了？家里的闲书虽然少了些，眼前却坐了一个活动书库，不好好享受下这种难得的病人福利，她是傻的吗？

她舒舒服服地把头埋在了裴行俭的胸口，心头只剩下一个愿望：这样的时光，可以走得慢些，再慢一些。

第九十三章
金风玉露　黯然销魂

闲日易过，转眼便到了二月。朝廷的册封终于抵达西州，封苏定方为伊丽道大总管，阿史那弥射和阿史那步真为流沙道安抚大使，而军中各位副总管则是北疆回纥部落的都护们，显然是完全采纳了苏定方以胡制胡的谏言。

三月中旬，副总管们率领的回纥骑兵还在路上，两位安抚大使已先后抵达于西州柳中县境内的大营，回程时少不得途经西州，由麴智湛出面招待一番。

正值阳春，琉璃的身子随着天时回暖渐渐好了起来，二月中旬便彻底停了汤药，不过吃些丸药与药膳保养。裴行俭却依然有些紧张，纵然是春风如熏的晴暖日子，也不让她出门一步。只是当琉璃发现去岁做的一条裙子穿起来已有些紧时，便再不肯多待。

裴行俭拗不过她，只得去问了一遍韩四，听他木讷地说了一句"多活动些对夫人不无益处"，这才点头不语。却不知站在自己背后的阿燕，正眯着眼睛冷冷地看着韩四。

他回到屋里时，琉璃正愁眉苦脸地靠着床头，听到他的一句"可以出门转转"，腾的便要起身。裴行俭忙按住了她，弯腰捡起琉璃的软底便鞋，帮她穿在了脚上，"虽然可以出门了，也是要循序渐进，难不成你今日便去城外跑一圈马？"

她倒想跑马呢，长史大人会应吗？琉璃只觉得鞋子似乎也有些紧，忍不住叹气，"真真是躺不得，连脚都肥了！"

裴行俭直起身子，看了琉璃一眼，这才注意到她的面孔的确比先前丰润了少许，大约是因为高兴，双颊上有抹嫣红从雪白的肌肤里透了出来。他不由伸出食指，用指背轻轻触了触她的脸颊，只觉得既润且温，嘴角便扬了起来，"你这模样也敢说自己体丰？"

琉璃叹了口气没搭话。以胖为美的盛唐风气如今已初露端倪，上至高门，下至胡商，挑选正妻时，都倾向于选择生得有些福相、端庄大气的女子；倒是姬妾们，风流婀娜者依然大受欢迎。她这个当家主母长得……的确不够体面，也许她应该把自己努力喂胖一点?

裴行俭见琉璃一脸纠结的模样,眉头一挑,弯腰便把她横抱起来。琉璃冷不防唬了一跳,正想问他发什么疯,裴行俭却将她掂了两下,笑道:"果然似乎沉手了些,只是还太轻。"

琉璃翻了个白眼,这个时代,男人们的理想大约是娶头母猪,不但肥美洁白,而且可以一窝一窝地下崽……忍不住恶狠狠道:"总有一天,我要沉得教你抱不起来!"

裴行俭哈哈大笑,"固所愿也,不敢奢望耳!"

两人正闹着,门外却传来了一声通传:"麴都护遣人来请,道是右武卫大将军已到西州,请长史速去都护府。"

裴行俭笑着应了一声,轻轻放下了琉璃,转身去拿放在床头的外袍,"是阿史那弥射到了,只怕又要折腾到半夜,你不用等我。"

琉璃自然知道,前几日里,那位左屯卫大将军阿史那步真便是在西州待了足足两天,都护府连摆了两日的宴席,西州官员们则人人都收了份重礼。裴行俭收到的是几张极好的狐皮,琉璃只看了两眼,便被他交给针线房,吩咐给她做一件坎肩出来。

琉璃走上两步,帮裴行俭系上蹀躞带,低头笑道:"难不成还要收几张狐皮?倒是可以给你再做一件。"

裴行俭摇头,"阿史那弥射与阿史那步真虽是同族兄弟,性子却全然不同,只怕压根便不会想到要多带皮毛香料之物以赠人。"

琉璃奇道:"他们既是同族兄弟,怎么不曾结伴而行?还隔了这么几日?"

裴行俭笑道:"若是同行,只怕早就厮杀起来了!这两人原是不共戴天的仇家。阿史那弥射自来与我大唐交好,被先帝封为可汗后,阿史那步真不服,杀了弥射二十多个弟侄。弥射后来率部投唐,随先帝出征高句丽,阿史那步真便自立为叶护。只是突厥各部都不服他,他无处可去,只好也带着家眷投奔了我朝。两人如今官职级别相同,属地规模相似,恰恰是旗鼓相当,平日虽打不起来,却绝不能同处一室。"

琉璃越听越是纳闷,"如此说来,阿史那步真倒像个阴险小人,为何朝廷还会如此重用他?此次义父又怎会推荐他俩同为安抚大使?不怕两人自相残杀么?"

裴行俭笑着瞅了她一眼,"正因为两人是水火不容的仇敌,朝廷和义父才会如此安置。若两人齐心协力,或是一家独大,则西疆危矣。"

这个,就是传说中的制衡之术?琉璃顿时觉得自己果然是一块朽木,默默帮裴行俭整理了一下衣襟,抬头笑道:"少喝些酒。"

裴行俭笑着点头,"我省得,"又柔声道,"你今日先莫出门了,明日我得闲了再陪你去城外走一走。"

琉璃应了,站在门口目送他出了院门,回头便问小婢女,阿燕是否已回来。没过片刻,阿燕快步进了屋,"不知娘子有何吩咐?"

琉璃笑道:"哪里有什么吩咐?今日亏得有韩医师的话,不然我还不知什么时候方能出门,请你替我与他说声多谢。"

阿燕摇头道："娘子太客气了，他不过是说句实话。娘子的病既然早好了，何必天天拘在屋里？原先在宫里，女医们便常说，卧床静养得太过，对身子也不好。只有他一时说娘子身子已是无碍，连汤药都不必再吃，一时又说要多调养些日子才好，也不知哪来那么些话……"

她声音未落，却听帘外传来"哈"的一声笑，小檀拎着壶热水走了进来，满脸都是促狭的笑意，"阿燕姊姊的话好生奇怪，小檀只听见一口一个的'他'，哪个是'他'？请姊姊给小檀也分解分解。"

阿燕淡淡地看了她一眼，"横竖不是阿成。"

小檀脸上微红，低头放下了水，抬头时又换上了嬉皮笑脸的表情，"姊姊莫拿我说嘴，娘子与阿郎的恩典，小檀自是不敢违背的，只是长幼有序，总要姊姊先定下来才好。"

阿燕看着小檀不语。琉璃已忍不住大笑起来，"我道小檀今日耳朵怎么这般长，原来是心急了！"

小檀怔了一下，这才醒悟到适才自己急着扳回一城，话里竟留下了这么大的漏洞，她平日最是伶牙俐齿，此时不由也涨红了脸，跺脚道："谁心急了？要心急也是替姊姊着急，娘子却也来笑话我！"

琉璃见她真的急了，忙摆手笑道："这有什么好笑话的？你若半点不心急，阿郎和我该不心安了，当日我在苏府待嫁之时，心里也是有些急的！"

小檀这才脸色微缓，又有些好奇起来，"娘子当日待嫁，要做些什么？"

琉璃叹道："学管账，学人情往来，学管家理事，学谱学礼仪……如今可好，一样也用不上，阿母若是知晓我被守约养成了这般吃了睡、睡了吃的废物，一定痛心疾首。"

阿燕从铜壶里倒了杯热水出来，双手递给琉璃，轻声笑道："于夫人若真知道了，替你高兴还来不及。阿燕原先也觉得西州是偏远酷寒之地，如今慢慢惯了这边的天时地气，倒觉得比在长安时不知省心多少。不怕娘子笑话，阿燕前几日竟也把裙子放了一回。"

琉璃忙仔细看了她几眼，这才发现她的脸果然圆了些，点头笑道："以前怎么没注意？"又回头去看小檀。

小檀一张脸已皱成了一团，"我怎么便一些儿也没胖起来？先头石家娘子便说我是个光用米面不长肉的，这些年来竟还是如此！"

琉璃笑道："你若一日里肯少说几句话，大约早便丰润了。"

小檀吐了吐舌头，"遵命！"

三人说笑了片刻，琉璃见天色已偏晚，笑道："阿燕，你去吩咐灶上做些葫芦头出来，记得放豉椒，我这几个月吃的东西着实没滋没味了些。"

阿燕面露犹豫，琉璃顿时满面愁苦，"哪有病好了这些天，还不让出门，不让开荤的道理？阿郎脾气是没法改了，今日趁他不在，我也解个馋，不然清粥我实在是用不下去！"

小檀也道："正是，娘子胃口开了，多用一些晚膳，不比什么都强？"

阿燕这才点头下去，过了半个多时辰，果然端上来一碟四个黄灿灿的葫芦头，配着一碗粳米粥和两样小菜，琉璃夹起一个葫芦头便尝了一口，只觉又烫又鲜，一面吹着气，一面便吃了下去。小檀看得低头闷笑，听得外面门帘响动，便笑道："阿燕姊姊，你今日是用什么做的葫芦头，娘子险些没把舌头吃进去……"

门帘挑处，露出的竟是裴行俭的面孔，琉璃丢了吃到一半的第二个葫芦头便站了起来，尴尬地笑了笑。

裴行俭的目光在桌上一扫，无奈地看了琉璃一眼，开口却只是道："你快把粥喝完。"又对小檀道："你去柳娘子处一趟，请她过来说话。便说我们这边来了一个方烈方公子，似乎与她沾亲带故。"

琉璃本来已是乖乖地端起了粥碗，听到"方烈"二字，差点把碗也扔了，"他真的在突厥人那里？难道是阿史那弥射麾下？"见裴行俭点头，她不由长出了一口气："还好还好，总算不是在贺鲁部！"

裴行俭微微摇头，眉头紧皱，"他的情形有些复杂，如今也难说是好是坏。"

琉璃顾不上喝粥，用手绢擦了擦嘴角，便上去拉住了裴行俭，"究竟是怎么回事？"

裴行俭道："这位阿史那弥射将军的作派与阿史那步真全然不同，随身只带了五六个部将，其中便有这位方公子。"

也就是说，这位方烈已是极得阿史那弥射的重用？可阿史那弥射不是素来与大唐交好，又刚刚被封了什么安抚大使吗？琉璃困惑地看着裴行俭，一时不大明白此事为何难说是好是坏。

裴行俭低头看着她，缓声解释道："我原是想着方公子当年所犯之事虽说不小，但毕竟是那牧官欺人太甚在前，牧官又无亲眷在西疆，想来时过境迁，多半不会有人再来追究。而方公子他若依然只是无名之辈，横竖西州每年都有边民迁入，想个法子换了名姓，补了户籍，要平安度日，总不会太难。

"如今，他竟是在短短几年内便做到了阿史那弥射的心腹部将，此次又随着将军入了大营，进了西州。他的样貌有些显眼，见过的人多半不会忘记，日后便是想隐姓埋名也不大容易。虽说他若是能在战场上立下大功，朝廷并非没有开恩特赦的先例，只是此种际遇，却是可遇而不可求。"

说到此处，他还是叹了口气，"你再想不到，他居然给自己换的名字就叫阿烈。我一听便吃了一惊，他也是在大营时就已听说我在寻一个叫方烈之人，借着喝酒问了我几句，便与我当众认了同乡，逃席而来。"

琉璃这才恍然，忍不住追问："能特赦的功劳，真是不大好立？"

裴行俭点点头，"自是不容易。你想想，他犯下的毕竟是杀害长官的大罪，若无拿得出手的功绩，如何能让圣人开这个金口？战场上要立大功，三分靠本事，七分却要靠天意。以他目前的情形，若是就此隐姓埋名，已是有些不大稳妥不说，适才我与他略谈了几句，听他的语气，怕是个心性高傲、不肯委曲求全的。"

这一点琉璃倒是毫不意外，这位方老兄若有一分半分的肯委曲求全，只怕孩子都有五尺高了，还用在西疆挣命？想到柳如月这十年里矢志不渝的复仇与苦等，她不由也叹了口气。

裴行俭上下看了琉璃一眼，见她穿着半新的月白色衫子，头上只绾着个单髻，脸上未施脂粉，但双唇嫣红，看去倒比往日更容光焕发，点了点头，"你这样便很妥当，夜里有些凉，你加件半臂随我去前边吧，既然柳阿监要来，你露个面到底妥当些。回头我再陪你用饭。"

琉璃忙应了一声，回身拿了件锦半臂套在外边，跟着裴行俭到了堂屋。门帘刚刚挑起，便见到屋里坐榻上端端正正地坐着一人，身影挺拔如松，烛光中面部侧影的轮廓更是刀刻般清晰俊朗。

大约听见门帘响动，这位方公子利落地起身转过头来，琉璃不由脚步一顿，这才明白裴行俭说的"显眼"是什么意思——在他另外半边脸上，竟有一条长长的伤疤，从眉梢下面直到腮边的胡须里，虽然算不上狞恶，却使这张原本十分英俊的脸上平添了几分煞气，加上如刀的眼神，大概是有意蓄起的胡须，看去竟像是地道的突厥汉子。

见了裴行俭和琉璃，他抱手行了一礼，"有劳长史与夫人了。"

裴行俭欠了欠身，"方兄不必多礼，裴某与拙荆都曾劳烦过柳娘子，些许小事，不过举手之劳，不足以报答柳娘子仗义相助之万一。"

听到柳娘子这三个字时，方烈原本有些过于锐利的眼神明显柔和了许多，展颜笑道："是方某应多谢两位照顾舍表妹才是。"他这一笑，露出两排洁白整齐的牙齿，整张脸也突然生动起来，依稀又有了几分长安俊秀公子的风采。

琉璃心里不由暗叹了一声，却见方烈的目光突然转向门帘处，眼睛也变得亮若晨星。她有些奇怪，也往外看了一眼，略过得片刻，才听见门外传来一声："柳娘子来啦。"

琉璃后退一步，站在了裴行俭的身边，转头看向门帘，一颗心不由也跳得快了几分。仿佛等了好大一会儿，那门帘才被轻轻地挑了起来，露出一个浅绿色的身影。柳如月的脸上大概略施了些脂粉，却依然看得出脸色比平日苍白了许多，双颊上有些不大正常的红晕，一双总是不语带笑的灵动眸子只是呆呆地落在方烈的脸上，渐渐地从指尖到裙底都有些发颤，却还是咬紧下唇一步一步地走了进来。走到离方烈还有两步的地方，她收住了脚，目光从方烈的脸上转到了他的头发、衣裳之上，嘴唇微张，大约想说一句什么，却没有发出声音。

方烈的目光当真便如烈火一般，一直胶在柳如月的脸上，此刻倒是先开了口，声音有些低哑："阿月，你，过得好不好？"

柳如月眼中蓦然涌上了一层雾气，"我能有什么不好？只是你……"突然哽咽得说不下去。

裴行俭和琉璃相视一眼，裴行俭咳了一声："两位先叙叙旧，裴某与拙荆暂且失陪片刻。"说着拉起琉璃便走了出来，对守在外面的小檀和小芙点了点头，转身回了内院。他的神色一直平静，只是牵着琉璃的手，却比平日握得更紧。

堂屋里，另外两双手也终于握在了一起，一双洁白柔美，手背上还有圆圆的小窝，另一双却是布满了硬茧与细微的裂口。

方烈的目光依然炙热，声音却极为轻柔："阿月，我的样子是不是吓到你了？"

柳如月轻轻摇头，目光在他脸颊的伤痕上停留了片刻，神色里尽是怜惜，"还疼不疼？"

方烈脸上露出了笑容，"都几年了，哪里还能疼？其实也没什么，不过是和兄弟们闹着玩时不小心被刀锋划了一下。我在那边并不曾吃什么苦头，日日跟着将军四处打猎，喝酒吃肉，好玩得紧。原想着横竖一个人，这样一辈子混过去也逍遥自在。只是自打去年知道了那对母女的下场，我便一直挂念着你，不知你过得如何，托了好几个去长安的胡商打听，也没个结果。我本想待这边战事一定，便自己回去一趟，却没想到，你居然会来西州找我！阿月，我听裴长史说，你是跟着商队过来的，可你是怎么出的宫？"

柳如月眼中的泪光犹在，脸上已露出了微笑，"你离开长安之后，我便入了宫，设法在立政殿做了女官，时时给柳氏母女树些对头。王氏入罪后，武皇后悄悄把我放出了宫，听说你在西州，我便抱着万一的指望寻了过来，原以为只怕要等来世了，如今看来，苍天待我终究是不薄！"

方烈的眸子更亮，突然间又暗淡了下去，"早知如此，我便该多熬两年。阿月，你不知道，当日我听说圣人立了王氏膝下的皇子为太子，又是大赦天下，心里就如油煎一般。恰好那牧官变本加厉刁难于我，我才一怒之下抓了厮到营外，一刀将他杀了。一开始，我原是随意乱走，没想到机缘巧合遇到了大将军，他见我弓马还算娴熟，便让我跟在他身边，这几年里我又立了些小功，将军也分了些勇士与我，算是一个小小的部将。只是如此一来，却是……"

柳如月抬头看着方烈，轻声道："如此又有甚么不好？你从小便想着建功立业，如今在将军麾下效力，自有机缘成就功业，我随你过去便是。"

方烈怔怔地看着柳如月，到底还是摇了摇头，"那边不比西州，你不会习惯，你不必为我受这样的委屈。我已想好了，如今大战在即，我自会设法立个军功，堂堂正正地回西州娶你！"

柳如月眼圈有些发红，"我已不叫柳如月，也永不能堂堂正正地再随你回长安，建军功若有那般容易，这西州只怕遍地都是勋官了，你是又要一赌气丢下我么？"

方烈顿时有些手足无措，要伸手帮柳如月擦掉眼泪，只是伸到一半，看着她柔嫩的肌肤，一时竟不敢碰上去，只能低声道："阿月，阿月你莫哭，你说什么便是什么，我，再不会丢下你！"

他们的声音都很低，只是透过飘动的门帘，到底还是有一句两句漏了出去，小檀抱手站在外面的院子里，虽然她也听不大清说的是什么，那语气语音却让她心里莫名有些发酸，她吸了吸鼻子抬头看向天空，一轮明月已悄然升起，月华如练，静静地照在西州的城垣之上。

琉璃也正抬头看着天空，裴行俭按着她在屋里吃完一碗粥一碗药膳才罢，此时，捧着太过丰足的胃，她只觉得那轮月华看起来就像一个巨大的胡饼……直到有人清脆地叫了一声"长史、夫人"，她才醒过神来，却见是守在院子里的小芙抢上来行了礼，声音比平日高了许多。她不由笑了起来："不必多礼。"

小檀走到门前挑起了门帘，堂舍里的两个人一起回过头来，柳如月的眼睛明显有些红肿，神情里却有一种奇异的安宁柔和。方烈的变化更大，眉目之间一片舒展明朗，先前的野性和锐利似乎都已融化得无影无踪。琉璃有些惊讶地看着并肩站在一起的这两个人，明明一个穿着胡袍一个穿着唐衫，一个黑瘦粗犷一个娇小甜润，却有一种说不出的和谐感，仿佛早已这样并肩站了很多年，而且会一直这样站下去。

裴行俭抱手微笑，"恭喜！"

柳如月与方烈相视一眼，都笑了起来，大大方方地一起还礼。方烈笑道："此事只怕还需劳烦长史。"

裴行俭笑着点头，"成人之美，乃是福分。"

方烈也不客套："裴长史，我和阿月已经商议定了，我会留下几日，在西州办了婚事便带阿月回去，只是阿月有时或许会回西州暂住，还望夫人照看一二。"

裴行俭脸上露出了些许讶色，"西州之事好说，只是大将军那边……"

方烈扬眉笑道："无妨，大将军性子最是宽厚，我也曾禀告过，在长安还有未婚妻子，大将军定然不会怪罪。"

裴行俭沉吟道："那便好，如今时辰已不早，咱们还是先回都护府，待会儿我还要给你私下引见一人，你的事情，只怕瞒他不过。"见方烈和柳如月脸上都露出了惊讶和担忧，忙笑道："不打紧，不过是知会他一声而已。"

柳如月犹疑道："可是麴世子？"

裴行俭笑着道了声"是"。方烈倒是有些诧异："便是那个熏衣剃面的世子？"

琉璃忍不住"扑哧"一声笑了起来，柳如月见裴行俭和琉璃神色都十分放松，想到这几个月的所见所闻，一颗心也定了下来，微笑着对方烈道："此事说来话长，日后我再慢慢告诉你，这位世子倒是不可貌相的。横竖长史既然有把握，那便不会有错。"

方烈摇头一笑，又低声道："阿月，我先与长史过去了。"

柳如月眼神柔和，"我等你。"

这一夜，裴行俭却是三更之后才回来，身上颇有些酒气，厨下早已备好了醒酒汤，琉璃忙让人端了上来，又帮他换衣擦面。裴行俭按住了她的手，"我自己来，你莫忙，先坐下歇着。"一面自己擦脸，一面又问："你怎么还没睡？"

琉璃笑道："我陪着柳姊姊说了会儿话，一时睡不着。方公子是否也跟你一道回来了？"

裴行俭笑道："那是自然，我将他安置在外院。若不是他跟弥射将军禀告了要留在西州成亲，只怕还不至于喝到这时辰。"

琉璃不由叹道："这两人还真是敢作敢当。"

裴行俭也叹了口气："虽是有情人终成眷属，日后却也会走得艰难。"

琉璃有些意外："怎么？难道有什么不妥？"

裴行俭正在喝醒酒汤，一时并未作声，喝完才在琉璃身边坐了下来，伸手将她拉入自己怀里，低声道："你可曾听说过突厥于夫妻之礼上与大唐不同？"

琉璃当初便听说过，教坊里的女乐喜好结为香火兄弟，共用夫君，说是什么"突厥法"，在西州时也听人提起过突厥风俗，此时这些传闻一起涌上心头，不由一惊，"难不成……"

裴行俭点头道，"突厥有转房之俗，尊长死后，弟可以纳嫂，子可以娶继母。方兄如今是弥射将军麾下的爱将，有他一日，断然不会有人敢轻辱他的妻子，只是世事无常，若他在战场上出了意外……"他摇了摇头，没有说下去。

琉璃这才明白过来，"因此他上战场之前，便会把柳姊姊送回西州？"想到今日柳如月提及日后那副从容含笑的神情，想到这背后的决心与勇气，她只觉得百感交集，一时不知该说什么才好。

裴行俭也没有开口，半晌才道："若我是方兄，大约无论如何也不敢如此冒险。"

琉璃想了片刻，微笑道："若我是柳姊姊，大约死也要跟你过去。总不能为了日后的祸福莫测，便让此时终生抱憾。"

裴行俭看了琉璃好一会儿，低头吻在了她的眉心处，喃喃道："我知道，我自然知道。"

到了第二日，阿史那弥射带部将离去，临行给方烈颇留了些金银之物，裴行俭便帮他在曲水坊就近寻了一处院落，操办起了婚事。双方既无亲属长辈，婚事便也办得简单，一封婚书带着聘礼进了柳如月的小院子，隔一日的夜间，一抬肩舆便把她抬到了匆匆收拾出来的新宅。

柳如月人缘极好，曲水坊的街坊听说她终于寻到了从小定亲的表兄，无不替她高兴，前来观礼之人挤了满满一院子。待见到麹世子和裴长史也在屋中做客，更是愈发说笑不绝。

笑闹声中，柳如月去了障面，眉目柔美得令人屏息。方烈穿了大红的婚袍，看去也似乎年轻了好几岁，只是从拜堂到坐帐，都只会一个劲傻笑。

琉璃见识过西州人弄新婿的劲头，忍不住有些担心，悄悄跟裴行俭道："新郎不会是被打傻了吧？"

裴行俭心情甚好，早已喝了不少酒，白皙的脸颊略有赭色，微眯着眼睛笑道："放心，方兄的身手比我还好，就曲水坊的这些妇人，哪里能伤得了他？他不过是欢喜过头了。"

琉璃狐疑地看了他几眼，"你身手很好么？"停了停又嘟囔道："原来欢喜得狠了是这般模样，你成亲时还有心思算计别人，可见欢喜得有限！"

裴行俭愣了半晌，摇头苦笑道："自然都是我的不是，下次再也不敢了。"

琉璃立时瞪大了眼睛，"下次？再也不敢？你还想成几次亲？"

裴行俭不由捂着额头叹气，一时简直不知说什么才好。突然看见琉璃嘴角可疑地翘了翘，才猛然醒悟过来，眼见周围全是人，只能咬牙低声道："小促狭鬼！"

琉璃也不理他，端起面前装着果酒的玉杯，悠悠喝了一口，看着坐在百子帐里的方烈与柳如月，嘴角高高地扬了起来。

裴行俭看着她的笑颜，胸口一热，悄悄在案几下握住了琉璃的手，琉璃忙不动声色地往外挣，却哪里挣得开，反而被他将整只手都包在掌心，轻轻摩挲。她的脸不由有些发热，忙低头又喝了口酒。

裴行俭低头在她耳边道："不许再喝，你若是喝多了，难道让我抱你回去？"

他的语音里带着一点异样，暖暖的气息直吹在琉璃的耳垂上，琉璃的脸腾地烧了起来，裴行俭的目光顿时有些挪不开了。

前面突然传来一阵哄笑之声，百子帐的第一层帘幕落了下来，遮住了坐在一起的那两个身影，裴行俭把酒杯用力一放，拉着琉璃便站了起来，向麴崇裕点头一笑："告辞了。"

琉璃挣了两下都没有挣开他紧握的手，忍不住低声道："你发什么疯。"

裴行俭挑眉看着她，"若不执子之手，如何能与子偕老？"竟是大大方方地牵着她的手，一路走了出去。

麴崇裕看着两人携手离去的背影，又看了看那落下的帷幕上映出的两个靠得越来越近的影子，突然心里涌上一阵说不出的烦闷，整整衣襟也站了起来，一言不发地向外面走去。

原本正在帐前看热闹的凤飘飘一眼瞟见他的脸色，心里一突，忙也抽身跟了上来。

夜色已深，好在皓月当空，将道路屋檐都照得清清楚楚。麴崇裕走在路上，看着脚下自己的影子，烦闷之意不由更盛。突然听见身后脚步声响，却是凤飘飘已跟了过来，他上下看了她好几眼，转头继续往回走。

凤飘飘被看得心里发毛，到底不敢走得太近，保持着落后几步的距离，一路默默地跟着他走到了坊外的大路。麴崇裕突然脚步一顿，凤飘飘也忙收住了脚。麴崇裕却并不说话，良久之后才突然叹了口气："飘飘，你今年多大了？"

凤飘飘心里好不纳闷，只能低声道："今年二十一了。"

麴崇裕"嗯"了一声，沉默了许久又道："三年了……飘飘，你……"停了片刻才道："你也不小了，想没想过要寻一个什么样的人？"语气竟颇有几分艰难。

凤飘飘一颗心顿时狂跳起来，抬头看见麴崇裕站在离自己不过两步远的地方，月光映着那张俊美的脸孔,看去就如玉雕一般。他的眸子与风飘飘的目光一碰,便忙不迭地移开了,神情间竟有些异样的生涩。

风飘飘的心不由跳得更快,深深吸了口气,脸上露出了笑容,"多谢世子挂念,飘飘想寻的人……世子也认识的,是大沙海徐娘子的弟弟,小懋棋的舅舅,他已经等了飘飘好几年。"

麹崇裕的脸色顿时微微一僵,停了片刻才"哈"地笑了一声:"原来是他!如此甚好!你们成亲时,我定会送份大礼。我,回府了,你也先回吧。"说完转身便走,步子比刚才快了许多。

风飘飘目送着麹崇裕的背影在月色中渐渐远去,若不是脚步中的那点狼狈,大概谪仙也不会比他更挺拔飘逸……她忍不住叹了一口气,回头看了看曲水坊的坊门,脸上却慢慢露出了笑容。世子的确高贵俊美,可她风飘飘为什么要嫁给一个连她有多大年纪都不知道的夫君?为什么要做个妾室?她的夫君,应该就该像今日的新郎,眼里心里都只有新妇子一个!说起来,那个平日里精明强干,看见自己却只会憨笑的徐二郎,自己也的确该给他一个答复了。

她抬头看了一眼,墨玉般的天空上,那轮圆月皎洁圆满得不可思议……今夜的月色,真好!

第九十四章
光阴如箭　世事难全

　　西州城的秋天没有落叶，只有一阵阵渐渐带有凉意的西风，带来季节变化的讯息。到了日头西斜时，那风中的寒意便愈发明显起来。

　　琉璃站在院子里，抬头看着依然清朗的天空，轻轻地叹了口气。龙朔二年的这个秋天，似乎比往年都冷得早，这也许意味着一个格外寒冷漫长的冬日。对于六年来一入腊月就会病上一场的她来说，这可着实不是什么好消息。虽说比起显庆元年的那场凶险到极点的大病，后面这五年的风寒都只能算是小打小闹，可是……

　　小檀拎着一个食盒，脚步轻快地走了进来，看见站在院子里发呆的琉璃，嬉皮笑脸凑过来看了几眼，"娘子在想什么？想得这般出神！"又拉长了声音笑道，"阿郎再过一日便回来啰！"

　　琉璃回过神来，瞟了瞟小檀那张笑嘻嘻的脸，疑惑道："他们是明日便回来么？我怎么记得还要两天？"

　　小檀得意地点头，"绝不会错，小檀数着日子呢！"

　　琉璃脸上露出了恍然大悟的神情，"原来如此！阿成若是晓得有人这般数着日子等他回来，一定欢喜得很。"

　　小檀的眼睛睁得溜圆，停了一停才跺足道："娘子又取笑婢子了！"如今她已是两个孩子的娘亲，只是此时那张依旧光洁的圆脸上，羞恼的表情看去却与当年没什么两样。

　　琉璃哈哈大笑，心情顿时愉快了许多，"你怎么一着急又把'婢子'给带出来了？当心阿成他不依。"

　　小檀"哼"了一声："他敢！"

　　琉璃一本正经地点头，"也是，谅他也不敢！"

　　小檀是五年前成的亲。头年冬天，苏定方以一万精兵大破贺鲁十万联军，活捉了贺鲁父子，裴行俭则一直随军协助苏定方安抚突厥各部，除了为各部划定疆界、修路设驿、扶贫问疾之外，又将唐军所获的贺鲁部全部牲畜财物都还给了他们。突厥十姓自此诚心归唐。阿成一直跟着裴行俭历练，如今也是西州城有名的人物，身为他的娘子，小檀自然不好再把"婢子"两字挂在嘴边。

小檀恼得咬起了下唇，眼珠转了转，突然展眉笑道："娘子还是莫在院子里吹风了，今日是白露，这是阿燕姊姊刚熬好的汤药，娘子须得趁热喝了才好。"

琉璃兴致勃勃的脸顿时垮了下来，看了看她拿着的那个食盒，忧伤地叹了口气："端进去吧！"

一杯白水，一碟果脯，左右护卫着一个六寸的白色瓷碗，揭开盖子，是满满一碗卖相可疑的酱黑色药汁。当那浓浓的药味随着热气蒸腾而起，琉璃的脸上立时出现了一对联着川字的倒八字眉。

摸摸碗已不烫，她坐在那里深呼吸了两口，端起碗闭上眼睛就咕嘟咕嘟往下喝。一口气喝了大半，忙喝了口白水，又歇了口气，到底还是分两次喝完了，这才抓了个果脯塞进了嘴里，苦着脸嘟囔："阿燕熬的药怎么越来越难喝了？"

小檀在一旁笑道："这头一回原是难喝些，日后娘子喝惯了便好。"

想到这种隔三岔五就要喝上一碗药的日子还会有足足好几个月，琉璃的脸不由更像苦瓜。阿燕牌补药的威力可不是一个简单的"苦"字能概括得了的，那股混合着苦、涩、腥的怪味，便是吃苦耐劳如她，也是一想起来就觉得人生漫长。

阿燕的手艺小檀也领教过，此时脸上原先的那点促狭早变成了同情，上前在果脯的碟子中挑了一个金黄的杏干递给琉璃，"这个又甜又香，最解药味，"又笑道，"都说良药苦口利于病，阿燕姊姊的药的确是难喝，对身子却是极好的，娘子也知道小檀去年生开儿时不大顺，若不是吃药，怎会好得那般快？"

琉璃默默嚼着杏干，只觉得嘴里的药味似乎更浓了一些。阿燕的药自然是不差的，如今在西州城，谁不知晓韩医师的娘子也是治妇人病的能手？说起来，自己这几年的寒症倒是一年比一年轻，但愿今年不要再犯……她摇摇头抛开思绪，抬头笑道："开儿的咳嗽好些了么？"

小檀笑着点头，"昨日夜里就不曾咳了，他倒是比叶儿省心些。"

琉璃笑道："叶儿如今身子也好了，听说前天还把小飞敲了一头的包。"

小檀"唉"了一声："她再不敢了，我已狠狠揍了她一顿，一个女娃儿，满坊追着比自己大半岁的哥哥撒泼，像什么样子！偏偏小飞和韩姊夫便像一个模子里刻出来的，老实得可怜。"

琉璃不由皱眉，"你打她做什么，长大了自然会好，再说，"她笑着上下打量小檀，"我怎么觉得，叶儿的性子只怕是随了你？"

小檀嘻嘻一笑，"哪里的话，小檀若有这么大的胆子，早被打杀了！"停了片刻，她的神色间有些感慨，"叶儿他们是有福的，都是娘子和阿郎的恩典……"

琉璃忙摆手，"什么恩典，不过是托了西州的福。"长安良贱之间等级森严，要让他们得一个良人的身份，岂是这么容易？西州却方便得多，只要家主愿意签下文书，官府根本不会过问。如今小檀和阿燕都是裴宅拿工钱的管家娘子，这种身份在长安并不多见，在西州的商户人家却是寻常。

小檀也转了话题："不知这回阿郎他们能打到什么好皮子，倒正好是做裘衣的时节了……"

门外一阵脚步响，门帘一挑，露出阿燕丰润的身影，先是问了声："娘子用过药了？"见案上只有一个空碗，便皱眉看向小檀："你把帖子给娘子看了么？"

小檀一拍脑门，"我竟给忘了个干净！"说着忙不迭地掏袖口。

琉璃有些纳闷，"什么帖子？还要你来跑这一趟？"接过小檀递过的名帖，一看署名，她的眉头便皱了起来。

阿燕已有六个多月的身子，行动倒还利索，笑着走上了几步，"因帖子上定的是明日，祇夫人的管事娘子还在外面等着夫人回话，我进来问一声，礼数上周全些。"

琉璃合上帖子，神色变得有些淡，"便说多谢夫人想着我，我定然会去叨扰。"

阿燕怔了一下，"娘子……"

琉璃扬眉一笑，"祇夫人难不成还能吃了我？我倒想看看，她们到底想做什么！"

阿燕和小檀相视一眼，还是阿燕先笑道："那我便出去回话了。"

琉璃点头，"你走慢些，横竖她们也等得起，"想了想又道，"你身子也重了，待阿郎他们回来，便在家歇了吧。"

阿燕笑道："不打紧。"挑帘出门而去。

小檀一时不知说什么才好，屋里静了下来，琉璃看着门帘出神半晌，突然道："小檀，你今年想要一件什么样的坎肩？"

小檀心里一松，笑道："我已有一件兔儿毛的，阿成说这次要多打几只兔子，给叶儿和开儿也各做一件。"

嗯，那两个粉嘟嘟的小家伙，穿上雪白的兔毛坎肩，定然像画上的娃娃……琉璃微微一笑，没有作声，心情突然有些黯然。

小檀眼尖，心里一突，忙道："我看娘子的那件狐皮坎肩好是好，只是样子到底不大时兴了，今年要重新做一件才好。"

琉璃也打起了精神，"如今西州时兴什么样子？"

两个人正随意说着闲话，只听前面院子似乎一阵喧哗，随即便是小婢女紫芝欢快的声音："娘子，娘子，阿郎他们回来啦！"

琉璃腾地起身，几步走出门去。裴行俭的身影已出现在院门口。看见琉璃，他微笑着快步走了过来。秋阳将坠，将天地间染得一片金黄，也把他的面孔映得分外温暖明亮。五六年的时光，几乎没在琉璃身上留下太多印记，却让裴行俭的眉宇之间明显多了几分被西北风霜磨砺出的沉峻。琉璃也笑了起来，"怎么今日便回来了？不是说明日到家么？"

裴行俭上下看了她一眼，"昨日阿成提了一句，才想起今日便是白露，按理你该开始调养了……没想到回来得正是时候！"不等琉璃发问又道："今日可喝过药了？待会儿云娘也要来看你，说是要把她得的好东西送你。"

琉璃叹了口气，"阿燕怎会忘了此事？刚刚吃过。云伊这回打到什么了？"

裴行俭笑道："是玉郎为了哄她高兴，赶了只狐狸到她马前，她已得意了三四日，待会儿你记得夸赞她一番。"

琉璃忍笑点头，"你放心，我定会夸得她把世子府所有的狐皮都送给我！"

裴行俭大笑，"这主意使得！"进门净了手面换了外袍，这才伸手包住了琉璃的手，"今年果然好些了。"

琉璃在心里默默地翻了个白眼，这还不到八月，自己的手能不暖和吗？裴行俭却一眼看到案上放的帖子，皱起了眉头，"我听说了，这便帮你回了罢！"

琉璃瞟了他一眼，"祗夫人到底不比旁人，我已是应了，你放心，我应付得来。"

裴行俭笑道："你自然应付得来，只是不值得你费神罢了！"

琉璃心道，在您眼里天底下有哪件事是值得我费神的？只能笑了笑，"横竖许久不曾见镜娘她们，不过是个家常小宴，你也太草木皆兵了。"她实在不愿多说这个话题，随口便问道："适才你说什么回来得正是时候？"

裴行俭淡淡地一笑，"朝廷的敕书下来了，任苏海政为安西大都护。"

琉璃吃了一惊："怎么会是他？"突厥十姓归唐之后，设于西州的安西都护府便迁回了龟兹，升格为安西大都护府。西州这边则改为西州都督府，麴智湛为都督，裴行俭照旧是长史，而安西大都护则是当时领兵平了龟兹叛乱的大将军杨胄。一个多月前，杨胄病逝，谁会接任的猜测也颇多，没想到却是苏海政！当年的屠城风波后，此人一直当着伊州都督，朝廷怎么突然想起要提拔他当大都护了？

裴行俭倒是神色平静，"如今圣人的心思都在高句丽那边，西疆这边派不出人来，如今能当大都护者，无非伊、庭、西三州长官，麴都督一则到底不是唐人，二则性子也平和了些，如今吐蕃日渐坐大，麴都护守成也罢了，难道还能挥军以抗吐蕃？如今的情形又不比三年前，苏海政能任此职也不算什么出奇。你放心，他虽是大都护，却也不能管到西州事务上来，我总能躲得开。"

琉璃松了口气，忍不住又问："不是还有一个庭州么？"

裴行俭笑了起来，"如今的庭州刺史乃是来济。"

琉璃顿时有些发窘，自己在西州这些年，竟不知与西州相隔最近的庭州的刺史，便是当年坚决反对立武昭仪为后的宰相来济！记得前几日还在邸抄上看到，武皇后六月里又诞下一名皇子，随即便大赦天下，恩宠之隆，似乎有增无减。就如裴行俭所说，如今已不是三年前，朝廷彻底清算过长孙无忌一系，如今皇帝大约已不再忌惮与长孙无忌疑似有旧之人，却也不至于去提拔来济。

裴行俭笑着轻轻捏了捏她微红的脸颊，"你原是不用知道这些。"不知想到什么，他的笑容慢慢淡了。

琉璃瞅着他脸色有些不对，忙道："怎么了？"

裴行俭沉默片刻，摇了摇头，"只是突然想到，如今似乎也只剩下来刺史……"

琉璃立时明白了过来——当年反对武则天的人中，除了来济，身居显位的长孙无忌、褚遂良、柳奭、韩瑗已悉数丧命，在三年前的大清算中，大批姓柳、姓长孙的官员都被彻底贬黜。好在西州到底远离风暴，大部分官吏甚至读不到邸抄。只有麴崇裕拉裴行俭出去喝了两日酒，云伊大概是得了麴崇裕的提点，也来语无伦次地宽解了琉璃一回。琉璃不由哭笑不得，她自己固然是半点都不担心的，而裴行俭担忧的也绝不是自己的前程。

看见裴行俭眉头微蹙，琉璃正想开口，他已换了话题："我这次带回了新鲜的鹿肉鹿血，已交给厨娘了，你晚上要多吃一些。"

这几年西州无事，一年至少两回借着练兵为名的出门行猎，便成了官员们的例行公务，裴行俭也十分喜欢，每次回来都会带上好些鹿血鹿肉。琉璃早已对此兴致缺缺，却还是笑着点头说了声："好！"又问道："你这次可有猎到什么好东西？"

裴行俭扬眉一笑，"你可见我哪次落空过？"他携住琉璃的手便往外走："你跟我来！"

前院的外库房里，地上已放满了初步风干的皮毛，管家老何正在翻翻拣拣，一见琉璃便笑道："娘子快来看，此次阿郎猎了好几只赤狐，毛色都极好。"

琉璃走近一看，果然有六七张棕红狐狸皮，还有两张狼皮，若干獭皮、兔皮之类，她看了一遍，点头道："果然够做件狐皮坎肩了。"又回头问裴行俭："此次不曾猎到大野物？"

裴行俭笑道："我和玉郎都猎到了一头豹子，横竖家里豹裘都有两件了，索性便送了他。你看看还想做些什么？"

琉璃笑了笑没作声。这几年她才发现，裴行俭竟是个手头极其散漫的，库房里这些皮毛，估计最多是他猎物里的一半。即便如此，但凡自己几天之内没想好用途收到一边的，转眼也会被他送个精光。因此西州上下打猎时都喜欢和他一处，而家中库房虽然每年会收进上百张皮子，自己若是临时要想做什么皮毛物件，却要上市坊去买……

只是这几年流水般从他手上送出去的，不但有皮毛美酒金银器皿，还有那些感恩戴德的突厥都督、叶护们送来的舞女艳婢，让琉璃心平气和了不少。她随手指了几张獭皮，"这几张颜色还好，留着做些手笼、护膝吧。"

老何笑嘻嘻地应了，吩咐人进来将琉璃挑中的皮毛都抱出去泡入清水，明日好进一步清理、鞣制。琉璃耐不得库房里的味道，转身到了外面，还未立定，就见云伊满面春风地进了院门，一见琉璃就笑道："姊姊，你快来看看，我前几日亲手猎了只黑狐！"

琉璃赶紧露出了几分惊讶，"黑狐？"

云伊眼睛越发明亮，献宝般地拉过身后的婢女，"便是这张！"那婢女手里捧着一张完整狐皮，除了尾巴尖端的一点白色，其余地方都是乌黑发亮。

琉璃看了两眼，真心叹道："当真少见！"

云伊笑得眼睛都弯了，"我打猎也打得多了，还是第一次猎到黑狐。我一猎到就跟玉郎说，西州只有姊姊配穿它。姊姊可不许推脱！"

琉璃顿时很想望天——云伊这句话要是传到西州贵女官眷们耳中，不知又要惹多少酸话，偏偏云伊自己是压根听不懂那些讥嘲的。想到屋里的那张帖子，她不由摇了摇头，"你给十张我也敢收，只是什么配不配的，还是少说些罢。"

云伊只听了前面半句便兴高采烈地吩咐婢女，"你去把这皮子送给老何。"回头又问："姊姊，你说什么？"

裴行俭一直站在库房门口，此时才开口："云娘，祗夫人可跟你说了都护府明日有小宴？"

云伊听到他的声音，神色立刻收敛了许多，叫了声"姊夫"，又茫然摇头，"我只是回去换了件衣裳便过来了，无人与我说过什么，横竖什么宴的我都不爱去，跟那些人吃酒说话，还不如坐在屋里等明年下雨！"

裴行俭有些哭笑不得，停了片刻才道："明日你还是陪大娘一道去才好，此事与你说来也有几分干系。"

云伊"咦"了一声，挠了挠头，"我都半年不曾跟她们说话了，跟我有什么关系？"

琉璃忍俊不禁，挽了她的手便往内院走，"我慢慢告诉你。"待云伊在屋里坐下才道："也没什么，你也认得的那位张夫人，前几日到我这里旁敲侧击了一番，意思是子嗣才是依靠，我该帮长史娶个平妻或纳个贵妾，以免日后老无所依，被我回绝了。祗夫人多半是想趁你们回来之前圆了这事。"

云伊哈哈大笑，"这张夫人真真是太闲了，怎么又找到姊姊头上了？她难道又看上了姊夫？"

这叫什么话？琉璃心头顿时涌上了深深的无力感，"世子后来都不曾与你说过，她为何会找到你？"

云伊摇头，"他只是笑了一通，说我答得好，再没说旁的。"

琉璃揉了揉额头，云伊的确答得好！半年多前这位张夫人也找到云伊，拐弯抹角不知说了多久，云伊居然一句都没听明白。待到张夫人终于急了，跟她说做女子的要贤惠大度，要替夫君着想，世子身份高贵，得有一个与他身份匹配的高门女子帮他打理事务，云伊才终于听懂了，却回道："难道你想嫁给玉郎？"张夫人顿时气得哆嗦，直呵斥"你胡说什么？"云伊便跟上一句："你既然不想嫁他，为何要管他的事？是太闲了么？"这位以爱张罗会办事著称的张夫人当场仰倒，被婢女扶出了世子府，从此满西州的贵妇再没有一个敢跟云伊啰唆。

看着眼前这张欢乐的笑脸，琉璃叹了口气，一时不知说什么才好。

云伊犹自得意洋洋，"玉郎还说，若是下次还有人不识趣，便是长辈们，我也不用给她们留面子！"

琉璃只能接着叹气，有一个天不怕地不怕的云伊就够可以了，怎么还有一个唯恐天下不乱的麴崇裕！有这么教人去闯祸的吗？他把云伊当什么人了？

/第九十四章/光阴如箭 世事难全

对于云伊和麴崇裕，她其实一直不大看好。云伊当初知道父亲去世，部落中已是异母兄长当家，便说她不想回去，想和麴崇裕在一起。琉璃大吃了一惊，又苦劝了她半日：麴崇裕在长安有妻有子，嫁给他只能为妾，而且麴氏也不会把一个突厥女子放在眼里……云伊却诧异地看了琉璃半日才答道："这与我有什么关系？"琉璃顿时哑口无言，只能眼睁睁看着她一往无前地奔向那个叫麴崇裕的火坑——不过，除了开始时很是吃了些苦头，这几年麴崇裕待她竟是十分宠纵，便是都不带家眷的行猎，她说一声要去便也应了。人人都觉得云伊占了大便宜，似乎只有琉璃一个人是在杞人忧天……

　　云伊见到琉璃愁眉苦脸的表情，笑得更欢，"姊姊，你莫不是担心明日去麴家还会遇到那个张夫人？云伊陪你去便是！"

　　和琉璃一道用过晚膳，云伊又足足消磨了半个多时辰，把自己这次打到的所有猎物都显摆了一遍，直到院内传来"麴世子过来了"的通传，才意犹未尽地起身，"姊姊，明日你等我一道过去！"

　　琉璃笑着点头，将她送到前院，只见麴崇裕与裴行俭竟是在书房里，不知谈些什么，见到她们却默契地停了话头。裴行俭只微笑道："明日还须云娘辛苦一趟。"

　　麴崇裕挑了挑眉，"好说！原也只有她能克住那些妇人！"又对云伊道："你只记得莫让人欺负了去，旁的都不必管！"

　　云伊扬起了头，"我何时被人欺负过？"

　　麴崇裕轻声一笑，他已到而立之年，面容变化不大，气度倒比早先稳重几分，但这一笑之间，眉梢眼角依然全是风流，语气里更是一派不羁："我不是怕你见到这个夫人那个夫人的，忘了么？"

　　琉璃不由哽了一下——明日的主人是祇夫人好不好，论理两人都该叫声"庶母"的！麴崇裕是怕云伊对她太客气了吗？她正想开口，麴崇裕已笑着抱了抱手，"多有打扰，我这便领她回去了。"说完转身拖了云伊的手便往外走。云伊回头挥了挥手，跨出门槛时便悄悄踩住了麴崇裕的袍角，麴崇裕身子微微一晃，警觉地停下脚步，一把将云伊揪了出去。

　　这对活宝的岁数到底长到什么地方去了？琉璃望着两人的背影哭笑不得。裴行俭也笑了起来，从案几上拿起了一本书，"这套杂记你可曾看过？"

　　琉璃看了一眼，上面写着"西京杂记"四个字，笑着摇头。

　　床头暖暖的烛光照在入秋刚换的杏黄色绸帐上，将那些刺绣的折枝菊映衬得分外妖娆，琉璃散了头发换了中衣，靠在裴行俭的肩窝里，听他一字字念着杂记里那些短小有趣的故事，心头渐渐一片安宁。

　　床头案几上的蜡烛"啪"地响了一声。琉璃身子一动，裴行俭放下书道："今日先念到这里罢，我来。"他斜欠着身子拿起竹剪，将卧羊烛台上的几支蜡芯都剪得平齐，这才靠回床头。

　　琉璃把书拿在手里，略翻了翻，轻声道："我怎么不记得家中有这书？"

裴行俭笑道："西州这种杂书不多，这两卷《西京杂记》还是麴玉郎托人从长安带回的，今日送过来，大约是想着还我那张豹皮的人情。他看着率性，心思却细。"

琉璃想了想，不得不承认裴行俭说得对，麴崇裕不是爱占便宜的人，这几年里，白叠坊那边她没再过问，但那四成的利，却是一年比一年多。可越是如此……她不由皱起了眉头，"我当真有些不明白。"

裴行俭笑了起来，"你是不明白他为何如此待云娘？"

琉璃叹了口气，"我的确不明白，云伊她性子直率，又是草原上长大的，什么都不放在眼里，可麴世子怎么也不提点她？得罪了祇氏，于云伊又有什么好处？"

裴行俭沉吟片刻："你可知张氏、祇氏她们到底在打什么主意？"

琉璃只能摇头，她也想不明白，张氏祇氏她们以前在云伊面前絮叨也就罢了，怎会突然管到自己头上来？

裴行俭淡淡地道："麴都督的身子有些不大好了，今年两次行猎，他都不曾去。"

琉璃侧头看了裴行俭一眼，更是纳闷，麴智湛身子不好，跟自己有什么关系？

裴行俭笑着拍了拍她，语气里满是嘲讽："其实天下的世家都差不多，为保门庭不衰，什么事干不出来？西州这些高门里，本来便以敦煌的张氏与祇氏最为显贵，两家与麴氏世代通婚，同气连枝。原先的高昌国，上至王侯，下至门吏，都是这几家把持。如今时过境迁，麴都护在时还好说，他重用的幕僚官吏，多是高昌旧人，可他若是一旦有个三长两短，这些高门又该如何令官府依旧为他们所用？最把稳的法子，自然还是两姓之好、婚姻之实。

"论理，玉郎若能子承父业，他们最是乐见，可玉郎性子高傲，心思飘忽，不在他身边放一两个自家女儿，这些人自然不大放心。以前世子府不收侍妾，谁都无可奈何，云娘去了之后，这几年他们在玉郎这边已试探过无数回，都被他毫不客气地挡了回去，如今麴都督身子不好，他们大约也是急了，这才想到要从云娘这边入手！"

琉璃恍然点头，难怪麴崇裕巴不得云伊让这些人多吃些苦头。这厮眼里最是容不得沙子，被这样算计，多半也憋了一肚子火，正好借着云伊出这口恶气。只是，"如今她们是见云伊那边不好下手，退而求其次？"

裴行俭剑眉微挑，低头看着琉璃，"在你眼里，你家夫君居然是'其次'？"

琉璃忙表忠心："哪里的话，在她们眼里，自然是我这病秧子是'其次'！"

裴行俭眸子微暗，"你胡说什么！"

琉璃知道自己又说错了话，只能笑道："随口说说么！说了半日，你还没告诉我，她们到底是在唱哪一出？"

裴行俭凝视着她的笑脸，语气平和了下来："你也知道这回朝廷偏偏提拔了苏海政，麴家那边大约早几日便得了消息，他们担忧日后朝廷会继续重用唐人，世子这边只怕未必能如愿，便把主意打到了你的头上。"

琉璃这才明白过来，此次是苏海政而不是麴智湛当上了安西大都护，让这些人开始担心麴智湛若是去世，很可能是裴行俭而不是麴崇裕继任西州都督。自己没有家族依靠,没有子女傍身,看起来很是有机可乘。难怪这些自负门庭高贵的西州贵妇,居然也开始"关心"起自己来了!

她皱眉点了点头,"我明白了。"

裴行俭揽住她的手臂紧了紧,声音却变得轻快起来:"你莫胡思乱想,你便算信不过我,也该信李公!我不是无后之人,你的面相更是少有的齐全,有什么可担忧的?你我如今身子都不大好,自是先养好身子要紧,待身子好了,自是什么都会有。"

他自然不会是无后之人,琉璃记得明明白白,可她自己么,她却不敢……想到裴行俭这几年里每年都会装模作样地跟着自己喝上好几天汤药,说是当年喝酒太多伤了身,也要好好调养,她的心中不由一片柔软,转身抱住他,将头埋在了他的胸口。身周是最熟悉的气息,耳边是最熟悉的心跳,琉璃无声地叹了口气。

裴行俭揽紧了她,低声笑道:"我只怕你日后嫌我让你太过辛苦!"

琉璃笑了笑,索性换了个话题:"我还是有些不大明白,我原先便听闻祇夫人经常有心让她的什么外甥女来与云伊做姊妹,如今咱们的事情,她又掺了进来……她好歹是世子的庶母, 祇家有她,有什么可担忧的?"

裴行俭沉默了好一会儿才道:"此事西州高门都心里有数,你与她们来往得少,才不知道这段缘由,玉郎他,并非麴都督亲生。"

琉璃吃惊地抬头看着裴行俭。裴行俭淡然道:"麴玉郎的亲生父亲是都督的长兄、做过几日高昌王的麴郡公,八九岁上才过继给都督。至于祇氏,不过是麴都护回高昌后才纳的……侍妾,她在麴家并无根基,都护百年之后便要回祇家。论律法论人情,玉郎都不必顾忌于她,她又如何能干预玉郎日后的公务?"

这样说来,麴崇裕其实是高昌国正经的王子,难怪当初心心念念要跟裴行俭作对!琉璃摇头叹道:"原来如此。"那个祇氏,其实也是心慌的吧?可是……她隐隐觉得有件事似乎不对,还想再问,裴行俭的双唇已贴上她的耳垂,声音低得不能再低:"琉璃,莫再想别人的事了……"

"呼"的一声,五支蜡烛熄灭了四支,暖暖的绸帐顿时变得半明半昧,连满帐盛放的金丝绣菊都染上了浓浓的柔媚气息。

第九十五章
旁敲侧击　直来直往

"云娘子来啦！"

云伊的身影几乎是与通报声一道卷进了屋子，带着一股早间特有的清新气息。

琉璃抬眼一看便笑了起来。云伊头上是一顶锦绣小帽，身上穿着浅绯色翻领对襟衫和碧色条纹收口裤，腰间的玉带上香囊银刀都挂了个齐全。若是别人穿得如此桃红柳绿，难免俗艳，可衬着她脂粉未施却唇红齿白的面孔，看起来却宛如树梢上刚刚盛开的海棠花。

云伊得意地转了个圈，"姊姊，你看我穿得好看不好看？"

琉璃笑道："好看得紧！"

两人说笑一阵，又一起用了些点心，待到时辰差不多了，才起身去了麹府，却见门前迎客的，是有些日子没露面的麹镜唐。她穿着浅碧色的衫子与白绫裙，头上只戴着一枝羊脂玉的钗子，整个人依然是如在云端般清清淡淡得不沾尘气。

看着她秀雅的面孔，琉璃心里倒是一动，她以前就觉得麹镜唐与麹崇裕生得很有几分相似——按裴行俭的说法，可不正是嫡亲的兄妹！难怪这冷美人独独对云伊格外亲善。

云伊拍手笑道："好久没见镜娘，我竟是来对了！"

麹镜唐引着两人往里走，语气依然是淡淡的："我却是来错了，早知你昨日便能回来，我又何必多此一举？"

琉璃忙笑道："哪里的话，我领情得很。"

麹镜唐瞟了她一眼，清冷的笑容里多了一丝暖意。

堂屋的门帘早已卷起，随着婢女们的通传，琉璃迈步进去，毫不意外地看见里头好几双眼睛都瞪着自己的身后，脸上各自变了颜色。她忍笑欠身行礼："祇夫人。"

祇氏忙起身笑道："库狄夫人快请坐下。"另外几位夫人也纷纷起身。琉璃认得，除了祇氏的嫂子张夫人和妹妹小祇氏，只有平日与都督府走得最近的两位主簿夫人郭氏与卫氏，倒是名副其实的家常小宴，心里微觉意外。

云伊也跟着行了礼："云伊今日得闲，前来叨扰了，请夫人莫怪！"

一听这个"闲"字，张夫人的颜色就有些难看，倒是祇氏笑着柔声道："云娘说的哪里话，你肯过来，我是求之不得。"

张夫人忍不住干笑一声："云娘原是贵客，往日那般下帖子请娘子出席，都是一年半载也不肯露一面的，今日却是不请自到，真真是我等的荣幸！"

云伊笑嘻嘻地挨着琉璃坐了下来，"好说，我原是爱凑热闹的。再说我姊姊既然来了，我自然也要跟来的，省得有人乱说话惹姊姊生气！"

满屋子顿时静了下来，还是祇夫人咳了一声："不知云娘想喝些什么？"

云伊想了想道："昨日玉郎带回来的桂花春似乎还可口。"

主簿夫人郭氏便笑道，"阿史那娘子真是女中豪杰，还未开席，便要饮这等烈酒，难怪满西州的女眷，只有娘子能跟他们去狩猎。"

云伊顿时眉飞色舞，"郭夫人也想去狩猎？让主簿带上夫人去便是！其实除了有时不方便洗漱沐浴，别的我看都好！"说着便开始滔滔不绝地谈起骑马打猎、风餐露营之事。众人一时都插不进话，面面相觑间，有婢女进来回禀宴席已摆好。祇夫人站起来笑道："诸位请随我来。"

西州房屋狭小，设宴时常会在院落中支起帷帐充做花厅，今日也不例外，案上瓜果争色，帐外歌舞生香，众人谈谈笑笑，倒也是一团和气。

眼见主菜上齐，祇夫人便对琉璃笑道："今年秋凉得早，不知夫人身子可还好？"

琉璃心里一动，含笑回道："托福，比往年倒是好些。"

祇夫人笑着点头，"夫人气色果然是好多了。"

琉璃笑而不语。一边的小祇氏便笑道："库狄夫人到西州也有七八年了，看着竟是容颜依旧，可见平日是舒心的，真真羡煞我等！"

琉璃淡然笑道："夫人过奖，我不过是性子疏懒，不愿管事而已。"

张夫人闻言点了点头，"西州城谁不知库狄夫人原是个有福的，像我们这些人，不知欠了多少儿女债，又不知要操多少后院的心，只是为了日后能得一个安稳热闹，少不得如今强撑着挣命罢了，唉，比不得库狄夫人心宽。"

琉璃抬眼看着她，微笑道："原是各人有各人的缘法。"

张夫人微微撇嘴，还要说话，祇氏已笑着插话："正是，阿嫂儿女双全，又都是孝顺懂事的，咱们谁能与你比？"

众人也都跟着打趣，席间的气氛倒是越发欢快了几分。一时撤下菜肴，换上酒水，祇氏又敬过了酒，才瞅空对琉璃笑道："夫人莫怪我阿嫂，她也是有口无心，说起来咱们这些人，其实心里都是羡慕夫人的。"

琉璃笑了笑没作声，等着她的下文。

祇氏却先自喝了口酒，才低声道："不怕夫人笑话，我便不知有多羡慕夫人，似我，如今看着也还风光，可日后么，"她叹了口气，目光幽幽地投向外面，"我若是有去在麴都督之前的福分也就罢了,若是不能有,日后终究只能依靠兄嫂侄儿度日。"

琉璃心头猛然一动,昨天裴行俭也提过一句,麴智湛若是去世,祇氏便和麴家再无关系。虽说此时的寻常女子若是夫死无子,多半会回本家,高门中却未必如此,以麴智湛如今对祇氏家族的照顾,便是为了维持这份关系,她也应留在麴家才是……琉璃只能笑道:"夫人不必多虑,都督待夫人情真意厚,自然会替夫人打算。"

祇氏摇了摇头,笑容里颇有些苦涩:"此事都督纵然有心,也是无力。我的身份已是如此,一旦离了都督,离了西州,便什么都不是,我与麴家说来并无半分干系,麴家再是大度,又岂能把一男半女记在一个外室名下!何况就算他们肯容下我,我又焉敢离家万里,去长安自讨没趣?似我这般的无后之人……"

她蓦然收口,转了话题:"说这些作甚?没的污了夫人的耳朵。夫人身份贵重,裴长史的子女便是夫人的子女,自是后福延绵的。我敬夫人!"

琉璃听得前面那段话,已是怔住了,心里反反复复只是一句:原来如此,原来如此!难怪麴崇裕会那样待云伊!外室……突然看到祇氏对着自己举杯,她忙也端起酒杯,不假思索仰头一饮而尽,突然觉得从喉头到肚腹一路火辣,差点咳了出来,好容易忍住了,已是憋得眼泪汪汪。

祇氏端着只喝了一口的酒杯,目瞪口呆地看着琉璃,半晌才道:"库狄夫人,这是云娘特意点的桂花春,比寻常酒水要烈许多。"

琉璃勉强扯了扯嘴角,"一时不防,教夫人见笑了。"又忙掏出帕子擦了擦眼睛。

云伊原本正与麴镜唐指手画脚说得开心,一眼瞥见,脸色便是一变,"姊姊怎么了?"她没好气地看着祇氏:"你跟姊姊说了什么?"

祇氏茫然摇了摇头。琉璃忙道:"不干祇夫人的事,是我闻着这酒香甜,不提防间喝急了,被呛了一下。"

云伊看了看琉璃面前的空杯子,不由失笑,忙对祇氏道了歉,又对琉璃道:"姊姊也太大意了,这酒闻着香甜,却是极烈的,姊姊快用些吃食压一压!"

琉璃点头一笑,心里却是一阵惘然。难怪裴行俭会用"什么事都做得出"来形容那些高门大姓送女儿的行径,原来表面风光的背后,竟是这样的一个词:外室!麴崇裕容着云伊随心所欲,全然不怕她得罪长辈同僚,大概也不过是因为根本没打算带她回长安!

她简直恨不得立时把云伊拉到一边问个清楚,却也知道不是问话之时,只能勉强压下心思。

祇氏低笑了一声:"我家阿嫂前日去叨扰了夫人,真真是抱歉!我今日请夫人过来,便是想赔个不是,夫人切莫往心里去!我这便自罚一杯如何?"

见祇氏一仰头喝下了整杯酒,琉璃也只能笑道:"夫人太过客气了。"

祇氏放下酒杯,殷勤地劝着琉璃用些果饼之物压住酒意,见琉璃有些心不在焉,她的嘴角倒是抿出了一丝笑意。不知怎的,席间诸人的话题说着说着也都转到了几桩家族秘辛上,哪家某房因无子嗣承宗,被兄弟们生生夺了家产,昔日的当家主母如今却要看人脸色勉强度日；又是某氏某支选的嗣子心向生父生母，闹得不可开交，嗣父母竟是替旁人白养了儿子；又是哪家婢生子败光了祖业……

麴镜唐听得暗暗皱眉，却也不好多说，云伊不爱听这些东家长西家短，自是不甚留意，只有琉璃酒劲上头，渐渐有些晕沉，心头也愈发烦闷。

张夫人见琉璃默默无语，便漫不经心般笑道："说来这大家族中，原是家家有本难念的经，咱们做主母的，终究不能为了一时之快，连后路都不顾了。所谓人无远虑必有近忧，有些事情，原是要早做打算，有些东西，却是命里无时莫强求！"

她最后一句话说得自是语重心长，琉璃还未接口，云伊倒是听到了，转过身来奇道："莫强求？什么莫强求？为何不能强求？"

几个原本要趁热打铁插话进来的西州贵妇顿时都收了声，琉璃本来心里已隐隐有了些怒气，见到这一幕却差点没笑出来。在云伊看来，喜欢上的东西便去强求，乃是天经地义，不过她只会明着来，绝不会这样藏着掖着地打别人的主意，这些人怕与她打交道，怕的不就是这种明来明去的坦然吗？既然如此，自己何苦又自找罪受？裴行俭说得对，跟这些自己心甘情愿做着家族棋子，却觉得全天下人都应该被她们利用的女人，真不值得浪费精神！

她扬眉笑了起来，"张夫人说得好，命里无时莫强求！富贵权势，人人都欢喜，百代兴旺，家家都企盼，可天下哪有这般便宜之事？却不知事有兴衰，月有亏盈，才是常理。这也罢了，大家都是痴人，不过所痴之事不同而已。最让人感慨的，却是那种打着为旁人着想的幌子、实则给自家谋利的算盘，真当除了自己，世上的人都是傻的么？"

此言一出，张夫人的脸顿时腾地涨得通红，其余几人也是面面相觑，怎么也想不到，这位平日沉默内向的库狄氏，说起话来竟能如此不留情面！

一片尴尬的沉默中，麴镜唐嘴角有笑容一闪而过，端起酒杯叹了口气："这桂花春果然烈得很。"

琉璃索性站了起来，"正是，今日酒烈，琉璃喝得又有些急，不胜酒力，请恕我先行告退，明日再来领罪。"说完也不顾她们的挽留，扶着云伊便往外走去。

麴镜唐不急不缓地站了起来，"镜唐送夫人几步。"

几步出了麴府的大门，琉璃不由长长地出了口气，只觉得整个人都松快了许多，却听身边的麴镜唐轻声道："这桂花春我倒是从小喝惯了的，后劲且不止这一点，夫人还是当心些。"

她走出大门几步，又淡淡地补充了一句："长史更要当心些。"

第九十六章
腹背受敌　君子报仇

尽管五年前已更名为西州都督府，位于州城东南的官署依然是一副旧日模样，并不宽阔的大门前依旧横着一道木栏，一路往下通往正厅的道路也未拓宽，唯有房舍外墙新涂了一遍白泥，看去倒是洁净整齐了几分。

正厅后的长史房里，安三郎习惯性地捋着胡子，满脸都是困惑，"这个价格好说，今年丰产，粮价比往年又低了两成。只是……西疆如今还算太平，这事儿一丝风声都没有，九郎真有把握？购入五万石粮食不是玩的，这几年风调雨顺，西州民间十几万石余粮只怕也是有的，又何必再去外地收购？"

裴行俭笑道："三郎不必多虑，我自是有几分把握才会劳烦于你，你按这个价让人去收，到时决计不会短了你们。"

安三郎嘿嘿一笑，"这是自然，如今西州行商比往年多了多少，更莫说家家都织着的白叠布，以都督府的家底，动用一万多缗钱又算什么？我不过是忧心这丰年收米，若是用不上，岂不是白白浪费？"

裴行俭微笑道："所谓有备无患。便是西疆无事，今年天时也多少有些异常，明年只怕来水更少，多收些米粮备荒也是好的。只是阿兄要记得，此次不比往年，一定要做得谨慎，绝不能惊动那些西州高门大户。"

安三郎有些疑惑，不过还是点头道："某记下了。横竖不过是五万石，又是在外地收购，此次只找那些最靠得住的商贾，粮草回城之前，定不会走漏风声。"

收粮之事，两人早已驾轻就熟，商量了几句便敲定首尾。裴行俭合上账册笑道："此次又要劳烦阿兄了，如今也入了秋，此次出城狩猎，倒是得了些不错的皮子，回头你让阿嫂去给孩子们挑几张做小裘。今年冬天只怕会比往年冷。"

安三郎摆手笑道："罢了罢了，那些猴崽子尽会糟践好东西，穿什么皮裘，有两件白叠袄儿足够过冬了。还是多给大娘做几件好的才是。"

裴行俭笑道："阿兄难道怕她缺了裘衣？"

安三郎呵呵一笑，只是想起一事，沉吟了片刻还是问道："却不知大娘的身子，如今可是好些了？"

裴行俭含笑点头，"今日我还特意找过韩四，说是今年立秋后的情形比往年又好了些，最多再将养些日子便能大好了。"

安三郎心头一松，笑得眼睛都眯起来了，"如此最好！最好不过了！"

裴行俭看着他的笑容，眉头却是一皱，"可是这几日有人与你说了什么？"

安三郎神色里多了些尴尬，"是阿康昨日不知从哪里听到了一些昏话，忧心忡忡跟我啰唆了半日，我已宽解了她一番，如今有了九郎的这番话，自然更好。"

裴行俭眼神顿时冷了下来，"原来如此，此事还要劳烦阿兄，最好让阿嫂与安家其他的长辈通个声气，莫让她们听了外面的传言去烦扰大娘，这些日子，也让阿嫂多替我看顾着她一些。"

安三郎见了他的神情，心头顿时一凛，忙点头道："九郎尽管放心，安家这边也就是阿康肚肠太直，言语随意，我自会好好叮嘱她。至于别人么，咱们昭武人原是不兴过问旁人家事的，再说，这胳膊肘焉有向外拐的道理？"

裴行俭不由笑了起来："这也是大娘的福分。"

话音刚落，只听帘外响起了一声："小的见过世子。"

门帘一动，麴崇裕走了进来，看见安三郎，眉头微微一挑，目光又在案几上的那叠账册上扫了一遍，皱起了眉头，"守约，高句丽战事未平，难不成朝廷今年还会在西疆用兵？"

裴行俭神色凝重地点了点头，"如今西疆大乱一时还不会起，但有吐蕃这般的强敌伺机而动，小乱定然难免，只看大都护是否有心用兵而已。玉郎，你若是大都护，是想在西疆终老，还是立功还朝？更莫说战端一起，便有粮草布帛可征调，金银男女可劫掠！"

麴崇裕沉吟片刻："此言倒也有理，我这几日便听闻龟兹那边有些不大安稳。"

裴行俭笑道："不过是羯猎颠的旧部而已，成不了什么气候。"

麴崇裕惊讶地看了他一眼，"你的耳目越发灵敏了。"

裴行俭笑而不语，麴崇裕一时也没有作声。安三郎忙抱手笑道："在下不打扰世子与长史了，这便告退。"

待安三郎的脚步声走远，麴崇裕才懒洋洋地瞟了一眼裴行俭，"你既然如此警醒，可知如今的西州，你裴守约才是那头号的肥豚？"

裴行俭微笑道："守约既黑且瘦，不及玉郎洁白端正，若是不得已有得罪之处，还请玉郎莫怪。"

麴崇裕冷笑道："你如今还想拉我搅浑水？麴某这几年里经了多少事情，才没有落入那些人的彀中，你在一旁看也看得久了，笑也笑得够了，若不让你也尝尝其中的滋味，世上岂有天理？"

裴行俭苦笑起来："玉郎此言差矣，有些事情裴某不旁观，难不成还能替你去打擂台？如今柳娘子也走了，云娘在西州也只有她阿姊这一处可以勤走动，她是何等热心之人,你难道忍心见她为姊姊担忧?"

麴崇裕不由磨牙,半晌才冷哼了一声:"裴长史莫太过谦!以你和尊夫人的手段,若是叫那些妇人算计了去,我麴崇裕便直接从南门跳入交河!"

裴行俭叹了口气:"若只是那些妇人,我自不会担忧,她们拿云娘且无可奈何,何况是她?只是如今的境况不同,你乃麴氏子弟,若是能在你身边送上自家女儿,自然是锦上添花,便是不成,总不能因此得罪了你。这几年他们说是手段百出,到底不过是些后宅里的小打小闹。我却不同,我是外人不说,这几年里我做的那些事,兴州学、定户税、开商路,哪一件是他们所乐见的?若是不能将我笼络住,那些人只怕宁可挤走我、拉落我,也不愿见我成为西州之长!"

麴崇裕看着裴行俭,连眉毛都没有动一下。他裴守约是什么人?当初他刚到西州,身边无人,手上无权,自己花了那么多心思挤走他、拉落他,结果如何?如今他在西州登高一呼,便是说一声麴都护反了,只怕四万多西州人有三万会跟他杀向都护府,剩下一万则是站在原地看热闹。就这些脑满肠肥的西州高门还想动他?活得不耐烦了吗!

裴行俭似乎没有注意到麴崇裕的脸色,只是抬头看着南边出神。倒是麴崇裕忍不住道:"那又如何?"

裴行俭的声音十分平静:"若在以往,这些都不足惧,可如今,却偏偏这安西大都护……我若料得不错,这新官上任,第一把火定然烧在西州,玉郎,若是六年前之事重演一遍,又是在腹背受敌之下,你我还有几分把握令苏子玉无功而返?"

麴崇裕冷冷地道:"十成!"

裴行俭笑着抱了抱手,"多谢!"

怎么又中了他的激将法?麴崇裕一时又是恼火又有些好笑,重重地吐了一口浊气:"不说这些了!昨日你还没说完,此次朝廷用了苏海政,这预备用兵只是其一,我总觉得另有蹊跷。"自打显庆元年那一回之后,这几年麴氏在杨老夫人那边的孝敬有增无减,关系一直处得极好,朝廷若是重新派人也就罢了,为何竟会提拔了那位苏海政?

裴行俭的笑容顿时微敛,"此一时,彼一时。长安那边情况如何,玉郎定然比我更清楚,想来圣人已不再顾忌永徽旧臣,朝中也终归不能……无人制衡。"

麴崇裕心中一凛,"那为何圣人还因小皇子大赦天下?"

裴行俭摇了摇头,"圣心难测。"

也就是说,皇后的地位未必如看上去那么牢靠?麴崇裕皱眉沉吟片刻,还是看向了案几上的账册,"此次,你打算备上多少粮草?"

裴行俭道:"五万。"

麴崇裕点了点头,以这几年西州存下的家底,买这些粮草自然不会伤筋动骨,却听裴行俭又道:"此事还请玉郎暂时莫要声张。"

麴崇裕不以为然地看了他一眼,"你也太谨小慎微了些,有你我在此,西州难道还能让人翻过来不成？"

裴行俭只是笑了笑，"有备无患。"两人又随口说了几句收粮之事，麹崇裕想起裴行俭当年那一连串的设计，正想嘲讽两句，却听门外一阵脚步声："裴长史，麹都督有请。"

裴行俭微微一怔，转头去看麹崇裕。

麹崇裕轻轻一掸袖子，满脸悠然，"长史，保重。"

裴行俭看着麹崇裕，半晌才点了点头："好！"

麹崇裕好不遗憾地一摊手，"你也听见了，是家父有请，若是旁人，我还能厚颜跟将过去，可如今便是跟你过去，也不过被家父一句话打发出来，又有何益？"他瞅着裴行俭微笑，"家父做事历来深思熟虑，长史还是自求多福罢！"

裴行俭脸上露出了一个意味深长的微笑，"裴某自不会辜负世子提点。"不等麹崇裕答话，抱了抱手便走出门去，门外有人殷勤地笑道："长史，这边请。"

麹崇裕心里一动，几步出了门，只见裴行俭正跟着一个差役打扮的人往府外而去，白三晃晃悠悠地走在身后，阿成则匆匆走向了曲水坊的方向。他沉吟片刻，转头吩咐跟着自己的长随："你过去看一眼，瞅准地方了立刻回报。"又快步走回了自己的屋前，吩咐另一个随从："去裴长史的宅子上向库狄夫人问声安，若是有什么异样，赶紧回报于我。"

门帘一挑，王君孟笑吟吟地走了出来，"这出好戏已是登台了么？只是玉郎怎么倒比裴长史还忙？"

麹崇裕冷冷地道："不多打听着些，如何知道这戏是怎么演的？我不担心裴守约应付不了，却不能不防……他拿我去顶缸！"

王君孟嘴角一抽，忙沉下脸色点了点头，"正是！"

麹崇裕瞟了瞟王君孟，只觉得他眼里的那点笑意好不碍眼，冷哼了一声："你莫得意，若是日后裴守约真做了西州都督，我又回了长安，镜娘身后没我护着，你以为那帮人会放过你？还是你已是等不及有这一日了？"

王君孟的脸顿时真的苦了下来，"冤枉！玉郎还不知道我？我若有此心，天打雷劈如何？"

麹崇裕并不理他，只是走到案几前坐了下来，专心致志地翻看着面前的文书。倒是王君孟渐渐有些坐立不安起来，想要开口，又不敢打扰。好容易那长随气喘吁吁地回来禀告，裴长史被差役直接领进了北面一处庵堂边上的院子。麹崇裕放下文书，皱眉不语。王君孟犹豫片刻，站了起来，"玉郎，我去……看一眼！"

麹崇裕神色冷淡地看着他，王君孟忙赔笑道："我去打听打听此次他们用了什么手段说动了都督，又会如何行事，日后也好有个防备不是？"

麹崇裕把手头的文书往他面前一丢，"你去向都督回报一声，朝廷不日便要向百济用兵了！"

王君孟松了口气，忙让那长随引路，快步出门而去。

麴崇裕看着他的背影,轻轻"哼"了一声,嘴角却有些得意地扬了起来。

裴行俭被领入的这座宅院,外面看着极为寻常,只是穿过同样不起眼的前院和穿堂,眼前却是别有洞天:院落两边是精致的人字顶抄手游廊,院中有青石铺就的小径,石径两旁竟还颇有几处花木山石,掩映着一个四角飞檐的亭子。若在长安,这般风景自是不算什么,但在都督府也只有一片白墙黄土的西州,一眼看到这番景致,裴行俭脚下不由微微一顿。

亭子里,有人慢慢站了起来,正是在家休养了数月的麴智湛。他的须发早已花白,身子也明显胖了一圈,气色却是远不如当初,便是这般缓慢起身,似乎也很是费了些力气。

裴行俭加快脚步走了过去,欠身行礼:"下官见过都督。"

麴智湛笑得依旧和蔼,"守约何必如此见外,坐下说话。"

裴行俭道谢落座,坦然问道:"不知都督今日宣下官来此,所为何事?"

麴智湛笑呵呵地看了他一眼,"倒也没什么正事,久闻守约长于茶道,我近日得了些好茶,便想请守约过来品鉴一番。守约以为此处如何?"

裴行俭微笑道:"多谢都督抬爱。下官在西州七年,竟还不知城中还有如此亭台,的确是引泉烹茶的绝佳之所。"

麴智湛笑眯眯地捻了捻胡须,"此乃故友之居,我也不过是沾光而已。这烹茶一道我原是外行,还要烦劳守约多多指点。"说完举起双掌,击了两下。

西边的厢房木门"吱呀"一声开了,安静的庭院里飘荡起一股清幽的香气,四个身穿海棠色罗衫的妙龄女子袅袅娜娜地走出厢房,各自捧了茶釜、银炉、小案、盐台等物鱼贯而入,动作娴熟地铺席设案、点燃炉火,这才退到亭下。四张娇花般的面孔把整个院落都衬得明亮了几分。

随着环佩声响,游廊的尽头,出现了一道纤细的身影,身上是素雅无华的青衫青裙,头上也只有一支白玉簪子,低垂蛾首,看不清容色,额头的肌肤却似乎比白玉更润泽无瑕。

似乎过了良久,这位青衣女子才一步步走到亭中,默然行了一礼,回身在银风炉前面的坐席上跪坐下来,随手调了调风门,将壶中的清水注入茶釜之中,之后便纹丝不动,专注地看着茶釜。从侧面看过去,只见她的鼻梁极为挺秀,额头饱满而下巴轻俏,长长的睫毛偶然轻轻一颤,给这个近乎完美的侧影带来一抹令人心动的风情。

麴智湛转头看了裴行俭一眼,只见他的目光果然落在了青衣女子的脸上,不由松了口气,低声笑道:"此乃是麴某故友之女,平日深居简出。今日这茶十分难得,我想来想去,在西州城里,大约也只有她不会糟蹋了去,这才请了她过来。"

裴行俭微微欠身,"都督厚谊,下官受之有愧。"

麴智湛哈哈大笑,"守约过谦了,论门第论人才,这西州城又有谁能与你相比?何况今日老夫请你过来,只论茶道,不论官职,所谓机缘难得,老夫也不过适逢其会罢了。"

裴行俭仿佛没有听懂麴智湛话外之意，只是微笑道："都督这样一说，行俭当真要无地自容了，不说旁人，若论人品，世子便比行俭强过百倍。"

麴智湛摇了摇头，"那匹野马，不提也罢！他若有守约三分稳重，又何至于有今日的荒唐？"

裴行俭笑道："世子何曾真的荒唐过？"

说笑之间，水已开始翻滚，青衣女子取盐入水，略等了片刻，又取出茶末，撒入水中，动作优雅舒缓，韵律天成。扬水止沸了三遍，才将茶釜移下炉子，分注在两个碧色浓郁的茶盏之中，自有婢女上前，用青色竹盘托起，送到了麴智湛和裴行俭跟前。

青衣女子抬起头来，缓声道："今日煮的是百寿秀碧汤，小女子恭祝都督长命百岁，长史清誉流芳。"她的声音略带一点沙声，愈显柔到极处。秀美绝伦的面孔上，一双眸子似有烟波渺渺，眉宇间却带着三分清冷，让人疑惑之余，只想多看她几眼，听她多说上几句。对上裴行俭的目光，她却立刻垂下了眸子，欠身一礼后便低眉敛衽退了下去。

深碧色的茶盏，将细密洁白的茶沫也染上了一层淡淡的碧色，浓郁的茶香随着热气升腾而起，麴智湛眯着眼睛喝了两口，待那位青衣女子妙曼的背影消失在游廊尽头，才笑着看向裴行俭，"守约以为如何？"

裴行俭点了点头，"果然是好茶。"

麴智湛长长地出了口气："好茶好水好时分，原是缺一不可，更要有守约这样的妙人，才能品出其间的好处来。"

裴行俭笑着欠身，"不敢当。"

麴智湛放下茶盏，叹了口气："不瞒守约，今日煎茶的张氏敏娘，看着容颜正盛，其实已过了双十年华，说起来，也算得上是老夫的一块心病。

"敏娘的父亲是敦煌张氏子弟，也是麴某的至交好友，却不幸死于贞观十四年那一战，敏娘乃是遗腹子，也是她父亲留下的唯一骨血。此后她的亲族不是死于战火，便是被迁往长安，她竟成了富贵乡里的可怜人。也正因如此，她虽然生得好，又极为聪慧，人人却道她命数太硬……"他抬头诚恳地看着裴行俭，"听闻长史有相人之术，不知长史觉得，此女面相如何？"

裴行俭垂眸看着眼前的杯盏，碧青的越瓷将他的眸色染得有些幽深，"下官不敢妄言。"

麴智湛摆手笑道："什么妄言，这里也没有下官上官，敏娘从小到大，什么批语不曾得过？最婉转的说法，也是命格太过贵重，常人消受不起，若是难听的，便是天煞孤星也不是没人说过，守约无须顾虑，直言便是。"

裴行俭淡然一笑，"行俭才疏学浅，不如卜者们所见精准，这位小娘子命数或许的确有些奇异，不过她天庭饱满，想来只要安顺行事，不妄生是非，足保一生衣食无忧，都督倒也不必过于忧虑。"

麴智湛笑容一滞，沉默了片刻才道："难不成真是红颜薄命？这孩子果然是个没福的，她的母亲去世得也早，孤单单好容易长大成人，却又是……如此！纵然衣食无忧，又能如何？"

裴行俭并不接话，只专心致志地低头喝茶。待放下杯盏，他正要开口告辞，麴智湛却突然道："守约，老夫不妨直言相告，我这身子大约是不成了。看朝廷如今的用人之策，这西州的重任十有八九会落在你的肩上，你在西州这七八年里，所作所为有目共睹，西州如今库房充盈，民心安定，大半乃是你的功绩。若西州能得长官如你，乃是数万子民之福。"

裴行俭不敢怠慢，站起欠身，"都督春秋正盛，区区小恙，定然不足为患。行俭在西州所作所为，也是仗着都督的鼎力支持。"

麴智湛点了点头，"这话前一句不过是宽心之语，不说也罢，后面那句我便厚颜领了。守约，你可知这几年里，有多少衣冠之士告到我跟前？你补贴州学，提拔寒门子弟，有多少人说你市恩于小民，是别有用心；你整顿赋税，将数百家豪门子弟清出了不课赋税之列，又有多少人说你是横征暴敛，让朝廷失信于西州；就连你重整道路，增设驿站，也有人说你只是为了胡商来往便利，才如此劳民伤财。如此种种，若无我压着，大概早有人去长安找御史告状了。所谓三人成虎，众口铄金，终究对你的官声会有些妨碍。这也罢了，西州高门历来同声共气，真要铁了心与你作对，你所行之政务，又焉能如此通畅？"

裴行俭面容肃然，"都督对行俭爱护有加，行俭一直铭记在心。"

麴智湛摇了摇头，"守约，认真论起来，我护着的其实不光是你，也是他们。你行事周密，智计过人，这些人真要与你作对，只怕加起来也不是你的对手。只是此一时彼一时，你若坐在我这个位置上，便会明白，有些事情，原是可以两全其美，不必闹到你死我活。说到底，他们对你有如许戒心，诸多不满，不过是因为你是一个外人，此事要解决起来何等容易，不知守约你以为如何？"

裴行俭默然良久，沉声道："行俭从未想过要与哪家哪姓做对头，却也不能为了一时之安稳，做他人之傀儡！"

麴智湛脸上并无意外之色，只是长长地叹了口气："你的眼界心胸，原本便不是这些井底之蛙可以想象的。玉郎有友如你，老夫放心得很。只是你的性子看着温和，却与玉郎一样是眼里容不得沙子。可水至清则无鱼，这世上之事，哪有那么多恩怨分明之处，又何必拒人于千里之外，平白树下那么多对头？何况此时不同往日，你当真没想过，日后一旦稍有不慎，就是腹背受敌？"

裴行俭微笑起来，"自然是想过，这两日行俭无时不在想着日后的局面。可有些事情，莫说腹背受敌，便是四面楚歌，行俭也决不能做。"

麴智湛困惑地皱起了眉头，"守约，你可知老夫今日所言并无为难于你之意？既不是叫你去收取他们的钱帛，也不是求你提携他们的子弟，不过是希望你身边收一个西

/第九十六章/腹背受敌 君子报仇

州女子,好让他们觉得你并非防他们如虎狼,视他们为仇寇,好歹也算是半个自己人,他们便不会再对你那般满怀戒备。

"此种事情,莫说是你,便是我也在所难免。不怕守约你着恼,那些人原先是有些妄想的,自以为门庭高贵,便想让自家女儿与库狄夫人平起平坐,我只当他们是说梦话!敏娘却不同,她虽是西州贵女,却并无骨肉至亲的牵绊,又是蹉跎至今,心里也早断了妄念。只要守约肯偶然看顾一二,便既能令西州高门安心,又不会有后宅相争的烦扰,有百利而无一害,守约又何必太过固执?"

如花美眷、福地洞天……裴行俭摇头笑了起来,"请恕行俭冒昧,行俭有一事不解,还望都督指教。"

麹智湛坦然点头:"你可是要问,敏娘既是老夫故友之骨血,为何我竟忍心让她做个无名无分的外室?

"不瞒守约,我原曾想过让玉郎来照顾敏娘,奈何他们却没那个缘分。这几年也留意过许多人,只是好的早已娶了妻室,差的又配不上她;再者,她名声也太盛,又有几家敢娶她进门?

"如今,我也不敢奢求太多,只要有人能照顾她一二,莫叫她被人欺辱了去,便是谢天谢地。她说是身份高贵,但毕竟身边无骨肉至亲,真要有强横之人欺到头上,未必有人肯出面,她偏偏生得如此,若无人扶持,难免……"

他看着裴行俭,目光里露出几分求之色,"守约,以你的心胸才干,绝非西州一地能囿,老夫并不奢望你能眷顾敏娘多久,只要你肯照顾几日,便是离了此地,凭你今日的声望,日后的前程,足可保她一生平安。再者,敏娘若能有个一男半女,自是随你回长安,论血脉也不算辱没裴氏门庭。敏娘既无名分,又不会离开西州,自不会打扰到库狄夫人,说不定反而能帮她解了后顾之忧。若不是思前想后,别无他法,以老夫这把年纪,又怎好意思拿这样的事情来烦劳你?"

裴行俭苦笑着摇头,"都督也太看得起行俭了,行俭半生蹉跎,命格不祥,只怕给张娘子带来的不是福分,只是祸端!"

麹智湛长长地叹了口气,整个人似乎都苍老了几分,"看来守约是不肯援手了,老夫自然不能强求,说到底,也不过是敏娘命中注定孤苦多劫,老夫注定抱憾终身而已。"

裴行俭沉吟良久,缓缓欠身行了一礼,"都督这些年待行俭的恩义,行俭没齿难忘,若是保得张娘子一生平安,能报答都督一二,行俭愿意一试。"

麹智湛的脸色顿时一松。一阵秋风吹过,仿佛也带走了院子里那股凝重的气息,连高墙外照进的黄昏斜晖都变得明朗轻快了许多。

裴行俭的声音却依然不急不缓:"行俭福薄,一生并无兄弟姊妹,这张娘子也算与行俭同病相怜,都督若不嫌弃,行俭愿意认下这个义妹。"

麹智湛愕然看着裴行俭,微微张开了嘴,却没有发出声音。整个院子,顿时又变得落针可闻。

院落外面，等在门口的王君孟此刻已来回走了一百多趟，抬头看了看天色，又凑到门前与门房道："都督还没看到文书么？世子还在等着回报！这可如何是好？"

门房赔笑道："明府见谅，小的早已将文书交到了都督的长随手里，至于别的，您问小的也是无用，要不，我再去催上一声？"

一旁懒洋洋靠在墙上的白三笑道："王明府还是莫费那个力气了，都督此刻忙得很，只要不是西州发兵，旁的事情决计顾不上。"

王君孟没好气地瞪了他一眼，"那你又等在此处作甚？"

白三郎笑道："自然是我家长史若是叫声救命，白三便立刻奋不顾身跳墙进去将他抢出来！"

王君孟知道他满嘴没正经，懒得接话。正无可奈何，却见阿成从巷口快步走了过来，只向王君孟抱了抱手，便径直走到了门房跟前，"烦扰进去知会长史一声，夫人午间喝酒喝得多了一些，如今有些发热，还要请长史赶紧回去。"

这一次，消息传进去没过多久，裴行俭便步履匆匆地走了出来，看见阿成的眼色，神情才微微一松，却又皱起了眉头。

王君孟打量着裴行俭的脸色，上前行了个礼。裴行俭看见他，脸上露出了几分意外，还礼之后便问道："王明府，你是……在等麴都督？"

王君孟点头，"世子有文书让都督过目，朝廷有消息，不日便会对百济用兵。"

裴行俭会意地笑了起来："原来如此，请明府回去转告世子一声，他的高情厚谊行俭不敢或忘，定有厚礼回赠。"

王君孟顿时满脸都是苦笑，摆手道："此话还是长史亲自相告才好，下官不敢置喙，不敢置喙。"

眼见裴行俭告辞而去。王君孟站在原地呆了半晌，身后却传来一句："王明府，都督请您进去回话。"

王君孟收拢心思，跟着出来的随从一路低头走了进去，待到了亭中，见到麴智湛沉闷灰暗的脸色，心头便是一凛，忙低头笑道："不知都督可曾看过文书？"

麴智湛淡淡地道："你在我面前还要弄鬼？你是哪里得罪了玉郎，让他支着你到这里来吹了半日风？"

王君孟苦着脸道："伯父明鉴，都是小侄太不谨慎。"他可不就是幸灾乐祸的时候大意了些，让玉郎看出来了吗？

麴智湛嘴角露出了一丝笑意，玉郎从小便是半点不吃亏的性子，若是有人惹了他，他无论等上多久，必要还以颜色才甘心。这世上让他吃了亏却又无可奈何的，除了长安那几位宗室，大约便只有裴守约了。只是想到后者，他的脸色不由慢慢又沉了下来，半晌才道："大郎，依你之见，这裴长史究竟是怎样一个人？"

王君孟吃了一惊，想了片刻还是老老实实道："请恕君孟愚钝，虽然长史来西州已有七八年，君孟却实在看不透他。"

麴智湛缓缓点头，"正是，莫说你，老夫何尝看透过他？圆则滑不留手，方则寸步不让，莫说他们不放心，老夫也实在不能放心……"

王君孟心头已猜出了几分，眼见麴智湛怅然若失的神色，大着胆子道："君孟以为，都督不必过虑，长史并非贪苛之人，有都督多年的恩义，有长史与玉郎的交情，麴氏基业在西州定然无忧。"

麴智湛叹了口气："你们都想得太过容易，我是怕裴守约对麴氏动手么？我是怕那些人不知死活惹到他的头上，若是没一个人能在中间转圜……"他若有所思地看着王君孟："大郎，你大约是不会再回长安的，伯父只求你两件事，一是若是日后两边真起了冲突，你要尽力从中说和说和。"

王君孟忙点头，"君孟定然尽力而为。"此事其实不必麴智湛吩咐，他的妻子姓麴，母亲姓张，祖母姓祇，便是想置身事外也绝无可能！

麴智湛沉默了片刻又道："还有敏娘，日后请你也照看她一些。"

王君孟这一惊非同小可，几乎原地蹦了起来，"此事万万不可！"都督开什么玩笑，若教玉郎知道自己背着镜娘做了此事，只怕自己想留个全尸都难。

麴智湛瞪了他一眼，"你想到哪里去了？我只是担心她这般容貌身家，又无依无靠，日后万一有凶横无良之徒打她的主意，莫看她那些亲戚此刻一个比一个急切，哪一个是真心能为她着想的？原是麴家耽误了她，你便看在我和玉郎的份上，若真有那一日，尽力帮她一把便是，哪怕是传个信……横竖，她日后会有位义兄叫裴行俭！"

王君孟先是松了口气，听到最后又吃了一惊，怔了片刻才道："君孟遵命。"还想再问几句，却见麴智湛脸上已露出了疲惫之色，他不敢多说，忙行礼告退。走到院外，见四下无人，这才摇着头"嘿嘿"偷笑了两声——麴都督有时老眼昏花也就罢了，裴长史竟然也有走眼的时候！

此刻，在曲水坊裴宅的外院书房里，麴崇裕却笑得比王君孟欢畅肆意得多："原来你裴守约也有走眼的时候！"

裴行俭淡淡地看着他，"你怎么知道我走眼了？"

看着裴行俭平静的面孔，麴崇裕心里一凛，笑声顿时歇了下来："你难道不是觉得那敏娘身世可怜，处境堪忧，才做了她的义兄？"

裴行俭悠然道："说出来不怕你恼，我是觉得都督着实不大容易罢了。他明明是被那些西州人算计了，却偏偏觉得是自家对不起他们，既然他非要裴某应了他才能安心，我又怎能不顺着他一些儿？"

麴崇裕一呆，想拍案叫一声"就是如此！"却又觉得好生无趣，怔了半日才道："你倒是看得明白！说来这些西州高门，旁的不会，算计人心倒是丝丝入扣。以那祇氏的家世，给家父做个媵妾有何难？却说什么不愿给家父后宅添忧，不愿让家母心里难受，不愿令朝廷心生顾忌……不但不要名分聘礼，倒是拿着自己的身家帮着家父照顾亲族、招待友朋，打点得面面俱到，等我来到西州时，家父对她怜惜已深，却不知这些年他有意无意给祇氏的照顾，只怕十个媵妾也拿不到！"

"那敏娘便是照着这个路子给我备下的，张氏孤女，无依无靠，哼，拿着这篇话糊弄家父也就罢了，还要骗到我的头上来！有些话我不跟家父挑明，是不想伤了他的心。家父在旁的事情上明察秋毫，偏偏此事上却怎么也看不透，我越是不待见那女人，家父便越是愧疚于心，仿佛真是我耽误了她，如今好容易有你看着似乎能接手……"他瞅着裴行俭笑了起来，"没想到你竟然是铁石心肠的，难不成她还不够美貌？"

裴行俭摇了摇头，"美貌又如何？我只看出那张娘子面相的确不好，命与运背，时与心违，说是薄命之人也不为过。"

麴崇裕感兴趣地挑起了眉头，"真是如此？不错不错！好得很！"

裴行俭有些诧异地看了他一眼，突然笑了起来："你在她手里吃过亏？"

麴崇裕脸上顿时浮现出了几丝可疑的红色，冷冷道："不过是曾经走眼而已。"

裴行俭摇头笑了笑："知人知面不知心，原是常事。你若不说，我也难免走眼。"

麴崇裕随意点了点头，突然回过神来，"你适才不是说你不曾走眼，只是觉得家父不容易么？"

裴行俭满脸无辜地摊了摊手，"我何尝说过自己不曾走眼？适才我只是问你，你如何知道我是走眼了。今日我不过喝了一杯茶，听她说了一句话，虽觉此女有些造作，却哪里能知道她究竟心性如何！"

麴崇裕狠狠瞪了他一眼，"我还当你真是个明察秋毫的，若是别人也就罢了，如今你认了这位做义妹，我倒要看看你如何收场！"

裴行俭沉吟了片刻，笑道："放心，自有人来替我收场。"

麴崇裕的目光顿时变得警惕无比，"你休想！"

裴行俭哈哈大笑，正要说话，却听门外传来了一个熟悉的声音："你们在笑什么，说出来给我们听听，也让我们高兴高兴。"门帘一挑，琉璃探了半个头进来，带笑抱怨道："今日午间那顿饭，险些没把我憋坏，正要听些笑话儿开胃。"

裴行俭站了起来，"也没什么，你好些了么？好端端怎么咒自己生病？"

琉璃笑道："不是你说的，若是到了日落前两刻还未归家，就让阿成找个借口叫你出来？我看世子也在等你，横竖好些人都知道我喝酒喝急了，这借口最是现成。喝了酒身上自然要发热的，不过实话实说罢了，哪里咒了自己？对了，麴都督留你这么久，难不成也是要送你美人儿？"

裴行俭还未开口，麴崇裕已淡淡地道："大娘果然神算，不但是美人儿，而且是西州第一美人儿。"

琉璃一怔，摇头笑道："我不信。"

麴崇裕一挑眉头正要开口，琉璃突然回头大声道："云伊，云伊，你快过来，世子说西州有个女子生得比你美！"

云伊正在堂屋里布置碗碟，闻言噌的一下便蹿了过来，满脸都是好奇，"什么女子？真的生得很美？"

麴崇裕愕然看着琉璃，又看了看云伊，一时不知如何接话才好。

裴行俭也一本正经地点头，"正是，因今日麴都督郑重相托，我认了一个叫敏娘的做义妹，答应了都督尽力为她找寻个良人，玉郎一听竟是喜出望外，适才我还听闻玉郎与我那义妹颇有些渊源，对她了解极深，正想问问云娘，你可知此人？"

云伊听了前半句眉头已是皱了起来，一句话听完更是瞪大了眼睛，"姊夫，你怎么认了她做妹子？她的性子古怪，我最不耐烦与她打交道！"又拉了琉璃："姊姊，你也不要理她！"

琉璃倒是有些惊讶起来："你也认得这位什么……敏娘？"

云伊"嗯"了一声，赶苍蝇似的挥了挥手，"不提也罢！"又狠狠瞪了麴崇裕一眼，拉着琉璃便往外走，"我做的菜大约也不如旁人做得好吃，让他去吃好的！"

裴行俭垂下眼帘，面无表情地从麴崇裕身边走出屋去。麴崇裕磨着后槽牙站了片刻，还是一跺脚跟了出去。

天色还未全然黑下来，外间却已是烛火通明，将一桌子热腾腾的饭菜照得好不喜庆，裴行俭和琉璃已然落座，云伊正在给裴行俭满酒，"姊夫，这桂花春便是姊姊午间喝的，味道极好，就是烈了些。"

裴行俭笑着谢了，端杯喝了一口，点头说了声"果然好"，又看向琉璃，"这酒你喝了多少？"

琉璃只是笑道："我也不知这酒烈，倒是一觉好眠。"

麴崇裕慢慢走了过来，云伊自是转头只作没看见，琉璃对他也是不理不睬，麴崇裕有些尴尬地站在那里。裴行俭看了琉璃一眼，笑着站了起来，"玉郎快坐下。"

云伊"哼"了一声，却没说话，麴崇裕就势坐在了她的身边，只见案几正中是一盘用杏仁、蜂蜜、牛奶拌着麸子和熟麦粒做成的杏仁饭，边上放着酸奶羊头、马肠、奶曲、细丝汤面等好几道突厥美食，样样都是颇要花费些工夫的。

他心里微觉奇怪，一时却也不好出口询问，只东问一句这羊头上撒的调料是何处买的，西问一句这马肠里的肉馅用了哪几种。云伊一开始还爱理不理，被麴崇裕一句句问到得意处，渐渐眉飞色舞起来："这还用说，这汤我午时从宴席回来便开始熬了，自然比平日浓香！"

麴崇裕这才问道："你今日为何费了那么大工夫？"

云伊白了他一眼："还不是那位祇夫人，今日姊姊被她啰唆了一中午，还空着肚子喝了杯酒，晚间总要多吃些才好！"

麴崇裕点头笑道："原来如此，难得你今日如此勤力了一回，果然比平日都丰盛。"

琉璃看着他的笑脸只觉得不顺眼到了极点，"我倒觉得云伊回回都做得极好，世子大约吃惯了好的，要挑剔些？"

云伊本来脸上已带了些笑意，听了这句脸色又沉了下来，麴崇裕哭笑不得地看了琉璃一眼，少不得又打叠起精神好好夸奖了云伊一番，哄得她多云转晴才罢。

琉璃还想开口，裴行俭将一碗细丝汤面放到了她的面前，微笑道："你莫吃那些油腻的,还是吃些汤面垫一垫才好,秋日干燥,原是容易上火些。"

琉璃一怔,垂眸笑了笑,低头慢慢喝起面汤来。

因裴行俭和麴崇裕喝酒,琉璃和云伊先用过晚饭,又到厨下重新整治了几盘热菜上来,这才到了西屋坐下。云伊便皱着眉头道:"姊姊,那敏娘日后会不会也来这边?你记得让人知会我一声,我便不过来了。"

琉璃奇道:"你为何这般厌她?"

云伊沉默半晌没有开口。琉璃不由愈发纳闷:"怎么还为难起来?"

云伊闷闷地道:"我就是不想见到她。这敏娘,我是前几年上香时认得的,当时不知怎的和她撞了个满怀,她便请我去她那里说话。那时姊姊病了,柳姊姊走了,玉郎他又……不爱理我,我一人好生无聊,自然求之不得。没两日我们便熟了。她听说我欢喜玉郎,只叹气不说话,后来才说,她的长辈原先也有这意思,可玉郎他不喜女色,只爱少年。我一急之下便直接找到了玉郎,玉郎也一口承认了。我心里自然不好受,又不敢跟姊姊说,可再去张娘子那里,与她说起了这个,她待我却渐渐不同了,后来干脆连面也不见。

"我心里更是难受,还是风姊姊开解过我两回,我想着总要再试一试才好死心回家。不知是不是风姊姊说了什么,之后玉郎倒是肯理我了些,还带我去过城外两回。没过多久,再遇到这位张娘子,她又热心了起来,可我心里有了疙瘩,不愿与她多说。她竟与我哭了一回,说起她的身世处境,说是处处都不得已,又说玉郎心如铁石,她是家中的安排,别无法子,让我莫要浪费光阴,像她一样被耽误了去。我思来想去还是找到玉郎直接问了他此事。玉郎便问我,若我是张娘子会如何,我道,他若心里能容下我,我便与他在一起,旁的事情与我何干?他若心里容不下我,给我一句痛快话,我便再不扰他。玉郎过了两日才问我,可肯受委屈……"

她看着琉璃,满眼恳切,"姊姊,你先前跟我说的那些,从那天起我便都知道了,男人家说话原是要算数。再说,我也不愿跟他回长安!长安的规矩那么多,我在那里便像坐牢一般,我虽然喜欢和玉郎在一起,却不想一生一世都在牢笼里过!还不如回草原上重新嫁个汉子,生些娃娃,偶然想一想这段日子,也就罢了。"

琉璃不由叹了口气:"我知道,我只是心里有些不舒服罢了。"因为不赞成云伊的做法,好些事情她都不曾过问,不愿多想,因此至今才明白就里。可说到底,此事能怪云伊吗?她压根就没有从一而终之类的概念。似乎也不能全怪麴崇裕,他对家族联姻的妻子虽然算不上情深义重,却依然遵守着不给她添媵妾庶子的约定。自己大概只是忍不住迁怒,怒的却是自己的无能为力、无可奈何……

云伊笑道:"姊姊,你不知道,可笑的还在后头,我跟玉郎在一起后,又在寺庙外遇到了敏娘,她一见我便晕了过去,醒后却什么都不说。还是她的婢子跟我说,她被玉郎耽误,如今无路可走,活不下去了。我也急了,要拉着她去见玉郎,好当面分说明白。她原本站都站不起来的,一听这个夺手便跑了。我还怕她真去寻死,忙去找了玉郎,他笑了半日,那还是我第一次见他笑得那么开心!"

琉璃忍不住也笑了起来。张敏娘纵有千般智计，遇上云伊这根只认死理的棒槌，不但媚眼都抛给了瞎子看，反而一步步成全了云伊！

云伊道："后来我又遇到过她两回，每次都有些古怪。那时姊夫不许我们来烦你，我也不敢跟姊姊说，后来时间长了也就忘了，若不是今日提起，我都想不起这人，可我实在不耐烦见她，姊姊，你也别理她！"

琉璃摇了摇头，"只怕她来了，我还不能不理。"

云伊苦恼地想了半日，还是下定决心抬起了头，"那她来了，姊姊立刻叫我过来便是，姊姊如今正该静心养着，哪能被她烦扰？"

琉璃看着她那一脸英勇献身的表情，不由忍俊不禁："你放心，我不会让她烦扰到咱们。"

两人又说了好一会儿话，待送走了她和麹崇裕，裴行俭回到内院，便把日间的事情说了一遍。琉璃笑吟吟地道："既然如此，那你为何不直接便领了都督的一片好心，还要收来当什么妹子？岂不闻欲盖弥彰？"

裴行俭挑眉看着琉璃不语，琉璃被他看得渐渐不自在起来，嗔道："你看着我做什么，又不是有人要送一个美貌兄弟与我！"

裴行俭道："若是有人送你又如何？"

琉璃"哼"了一声："自是多多益善！"

裴行俭笑道："好你个贪心的娘子，难不成……"他逼上一步，眼睛里的光芒颇有些危险的意味。琉璃忙笑道："你说的是兄弟，我又没个嫡亲的兄弟，想一想难道不成么？"

裴行俭也不答话，只盯着她，头慢慢低了下来，琉璃顿时心里发慌，正要再解释，突然觉得有些不对——明明是他认了个美人儿做妹子，怎么说来说去心虚的倒成了自己？

第九十七章
字如其人　愿者上钩

自打那场宴席不欢而散后，琉璃便打叠起了精神，准备应付那些西州官眷接下来的手段。没多久，大小祇氏、张氏等西州官眷里的头面人物果然轮流拜访了裴宅。谁知会面之时，这些人却仿佛集体失忆，绝口不提子嗣姬妾，不是态度诚恳的示好，便是拐弯抹角的抱歉。

琉璃百思不得其解，打听了一圈，最后还是从阿燕口中得知了缘由——这段日子，有位与韩四相熟的西州名医有意无意地打探琉璃的病情，韩四便按裴行俭的吩咐酒后漏了一句出去，长史夫人的伤寒早养好了，之所以没有子嗣，是因为长史他年轻时酒色伤了身子，因此每年秋冬都要调养，长史不愿纳妾宠婢，正是不愿让旁人瞧出端倪来……

琉璃顿时百感交集，所有郁结都化作了心头一团暖意，连祇氏第二次上门时在她面前提了几句敏娘，她都笑盈盈地应付了下来。看着祇氏那随着年岁增长而愈显柔婉可亲的面孔，心里只是琢磨：难道那位敏娘也是这个路子的美人？

直到中秋前几日，她才终于收到了张敏娘的帖子。名帖并未用时下最时兴的红签，也未泥金银、撒香粉，只是在一张叠得齐齐整整的杭州细白纸上写着简简单单的一行字"辛寅日冒昧叩问平安"，字形清瘦秀丽，笔锋柔中带刚，几乎看不出是出自闺阁之手。琉璃也见过不少好字，还是看了好一会儿才放下来。

待裴行俭回来，她便拿出了名帖，"你看看这笔字，比你的如何？"

裴行俭仔细看了几眼，点了点头，"笔力倒是有的，学虞学士也有五分形似了，只是到底矫揉造作了一些，"说着带笑看着琉璃，"我的字虽不算好，却也不至于如此罢？"

他还……真不谦虚！琉璃忍不住笑了起来，"你可知是谁的拜帖？"

裴行俭低头又看了一眼，"可是我那位义妹？"又摇头笑道："果真是字如其人。"

琉璃瞟了他一眼，颇有些怀疑他其实第一眼就看出是谁送的帖子了，却也不好追问，只是笑道："我这个做阿嫂的，是不是也该给她备一份见面礼？"

前几日张敏娘倒是送了裴行俭一套极雅致的茶具，说是中秋之礼。如今她既然上门拜访，多半不会空手，回礼自然也要提前准备。

裴行俭皱了皱眉，"要不，你也按我的再备一份？"

琉璃"扑哧"一声笑了出来："我可不敢如此大煞风景。"裴行俭收到茶具后，当场便让人从家里抬了两箱细白叠当回礼——如今的西州，白叠早已代替绸帛成为市面上最受欢迎的流通货币。如此焚琴煮鹤的事，裴行俭做出来还能说是男人家的粗疏，自己这样做却未免夸张。

裴行俭笑着点头，"有理，此事你拿主意，横竖客客气气地远着她便是。"又问："你在忙什么？听说云娘日日都要在这里待上大半天，还是吹拉弹唱的。"

琉璃笑道："过两日我再告诉你！"这半个月里，裴行俭的应酬格外多，她这才有些技痒……心里突然一动，眼睛不由亮了起来。

裴行俭微笑着上下打量了她几眼，"你又在打什么坏主意了？"

琉璃"哼"了一声，扬头斜睨着他，"自然是好得不能再好的主意！"

她的表情又是骄傲又是得意，眼里闪着促狭的笑意，就差在脸上刻两行字："你来问我呀，偏不告诉你！"裴行俭不由笑了起来，顺口想说一声"那我便等着看你的好主意"，话到嘴边还是变成了："你到底想做什么？"

一道欢悦的声音如他所愿地响了起来："我不告诉你！"

此后两日，裴行俭依旧早出晚归，到了八月十四日上午，张敏娘果然如约上门。

琉璃一眼见到她，心里不由先喝了声彩。

眼前这张略施脂粉的脸上，肌肤莹润无瑕，五官秀美如画，下巴虽然略尖，却给这张原本稍显清冷的脸孔平添了几分楚楚动人。身上一件芝草边杏粉色对襟衫子，用的是质地最为柔细的吴绫，配着一条花罗织成的雪底团花六幅长裙。头上只有一支晶莹剔透的水晶牡丹钗，通身看着淡雅柔美，却自有一股令人无法忽略的华贵之气。开口说话时，声音也是异样的动人："敏娘见过夫人，冒昧打扰，夫人莫怪。"

琉璃不由微笑起来，"敏娘太见外了！久闻芳名，快些里面请。"

她的笑容明亮，甚至带着毫不掩饰的满意。张敏娘不由一怔。很久以前，自己就在阿史那云伊身见到过这位名满西州的库狄夫人，只是那时自己的全副心神都在阿史那氏身上，并没有太留意她。此刻才发现，这位库狄氏虽然气度与阿史那氏全然不同，却有一双几乎一模一样的眼睛，一样的长睫，一样的眸色，连那种明亮轻快的神情都是一样……她下意识地捏紧了手中的帷帽，随即才笑了起来，"多谢阿嫂。"

一步踏进裴宅的堂屋，她的脚步不由又是一顿。眼前的屋子四壁雪白，挂着雅致的浅绿水波纹绸帘，地上却铺着色调浓烈的杏黄色宝树纹大食地毯，坐榻上设着白底紫色散花图案的夹缬褥子，案几是最简洁的黑檀木方案，上面放的杯盏偏偏是颜色斑斓华丽的拂林琉璃器……一样样看上去都不搭到了极点，可偏偏却将整个屋子装点得明丽通透，几乎让人心情都能为之一振。

张敏娘忍不住又悄悄看了眼琉璃，她身上穿的是件七八成新的藕荷色交领衫，系着最寻常的白绫裙，只有挽着的浅金色折枝菊夹缬披帛勉强算得上华丽，唇上只抹了些胭脂，却越发显出了肌肤如雪、眸清眉远的天然好颜色。

张敏娘穿着的这一身原是准备了好几日才选中配好，今日更是卯时便开始起身梳妆，但是看着对面那双清澈见底的眸子和满脸几乎有些漫不经心的微笑，她突然只想把头上的水晶钗拔下来藏入袖子里，再把那条织成裁就的长裙拢得不那么引人注目些……

琉璃已笑着问道："敏娘想喝些什么？"

张敏娘定了定神，垂眸一笑，"不知阿嫂惯用些什么？阿敏平日里，倒是喝茶为多。阿嫂若不嫌弃，阿敏愿为阿嫂煎茶。"

琉璃展颜一笑，"求之不得！"

随着长柄羊脂玉锅轴的来回研磨，小小的茶饼很快便在鎏金茶碾子里变成了茶末；将茶末倒入小屉柜般的银茶罗，层层筛过，底下的银盘上堆积的茶粉便变得又细又匀。

这一套磨茶的功夫，琉璃已见裴行俭做过无数次，只是此刻由张敏娘做来，那分风流婉转，却是此前不曾领略的。

茶末刚刚磨好，另一边，圈足银风炉上的茶釜已发出了轻微的沸腾声。张敏娘轻轻放下茶盒，转身取盐入水。待到二沸之时，她持勺取水，皓腕轻扬，正要将备好的茶沫撒入水中，院门口却传来了一声清脆的笑声："我说前面怎么静悄悄的，原来你们竟是一大早的便要喝这煮苦叶子的咸水！"

张敏娘的手不由一颤，原该撒入釜心的茶末，顿时悉数撒到了釜沿之上。

琉璃本来正看得入神，听到这一声，头也不回地笑道："云伊，你便少说些怪话罢！敏娘的茶汤也快煎好了，你也快来喝上两杯，说不定还能坐得住些。"

云伊几步蹦了过来，抱着手笑嘻嘻地道："姊姊冤枉我，我这些天怎么没坐住了？"又上下看了张敏娘两眼，"张娘子今日来得好早。"

张敏娘慢慢抬起了眼睛，微笑欠身，"倒是许久不曾见到云娘了。"

比起琉璃漫不经心的打扮，云伊今日倒是穿了一件簇新的团花狩猎纹大红交领袄，配着黛色细纹的白绫小口裤，腰带上镶着的明珠美玉熠熠生光，脸上也细细妆点过一遍，愈发显得眸明唇艳，整个人亮丽得近乎嚣张。

琉璃顿时有些想笑，瞅着她点了点头，"你倒是来得比平日晚了，待会儿要罚你多弹两曲。"

一旁的小米也笑道："正是，正是！云娘子明明弹得最好，偏爱躲懒，娘子今日不能饶了她。"

云伊冲小米恶狠狠地龇了龇牙："你也敢挤对我，看我待会儿怎么把你的小骨头一根一根拆了！"

小米立刻满脸都堆上了惊恐，"娘子救命，云娘子要拆了婢子的骨头呢！"

琉璃惊奇地挑起了眉头，"小米，你有骨头么？"

小米年纪本来便小，原先又是被当做舞姬教养的，身子轻盈，柔若无骨，琉璃此言一出，一院子人都绷不住大笑起来。那茶汤沸腾、长勺击水的优雅声响顿时被淹没得干干净净。

还是随着敏娘过来的婢女适时开了口："茶汤好了，两位娘子可要尝一尝？"

她的声音又甜又脆，立时便将大伙儿的注意力都拉了回来。果然茶釜之内汤花已育得细密丰盈，张敏娘也抬眸看向云伊，目光中带着点疑问。

云伊摆手不迭，"我不喝！我才不要喝这个！"

张敏娘微微一笑，也不作声，移开茶釜，仔细地分了两盏，亲手端起一盏放到琉璃身前的案几上。

琉璃笑着拿起杯子啜饮了一口，点头道："多谢敏娘煎的好茶！"到底在裴行俭的培养下喝了这么多年的茶，一看那绵厚的沫饽她便知道，这位张敏娘煮茶的技术绝对过硬。

张敏娘也低头喝了两口，抬眸看着琉璃，"这可是湖州的紫笋？果然是含香悠远，回味绵长。"

琉璃不在意地挑了挑眉，"是么？敏娘若是喜欢，这种茶饼大约还有一些，待会儿我让人都包起来。"

张敏娘笑道："不必劳烦阿嫂了。"她身后的婢子忙笑道，"启禀夫人，我家娘子平日是喝惯了石花的。"

蒙顶石花，茶中号称第一的绝品？琉璃眨了眨眼睛，回头看向紫芝："这石花什么的，家里可有。"

紫芝想了半刻，脸上才露出恍然的神色，欠身在琉璃耳边回道："启禀娘子，咱家原是有的，可阿郎说盛名之下，其实难副，后来就没让安家郎君们从长安再带过来。"她的声音明明压得很低，但一字字说得清晰舒缓，众人都听了个清清楚楚。张敏娘身后的婢子脸色顿时有些发僵，张敏娘手上也是一顿，垂下眸子默默地喝了口茶。

琉璃抱歉地笑了笑，"家中没有此等好茶，我便不献丑了。"

张敏娘放下茶杯，脸上的笑容更优雅了三分，"阿嫂休要听那贱婢胡言，做妹子的头回上门，岂能偏了阿嫂的好茶去？说来敏娘倒是给嫂嫂备了一份薄礼，不成敬意。"

她回身从婢女手里拿过一个狭长的漆盒，琉璃笑着接过，揭开剔红雕花的盒盖，里面是一支乌沉沉泛着紫色光泽的六孔洞箫。看得出材质极佳，打磨得也精细无比。琉璃拿在手里把玩了一会儿，便放了回去，"这支紫竹笛倒是难得一见的。"可惜自己和小米几个都不长于笛箫，裴行俭倒是吹得一手好笛，却轻易不肯碰。

张敏娘微微一笑，"是敏娘做着玩儿的。我自幼便爱抚琴弄笛，可在西州，竹笛颇易皲裂，我索性便托人从江南带了上好的紫竹，自己慢慢琢磨着做了出来，虽然粗糙，倒比旁处过来的笛子经用一些，阿嫂莫要嫌弃。"

原来不但是精于琴箫，还是心灵手巧的！琉璃点头笑了起来，"原来如此，真真是难得！不知敏娘今日可有别的安排？"

她这一问十分突兀，张敏娘心中念头急转，笑道："我能有什么事？不过是手头两支给家中姊姊做的笛子还未完工……不知阿嫂有何吩咐？"

琉璃笑着摆手，"没什么，只是尚有一事需趁午前收尾！请敏娘稍候片刻。"转头便吩咐："把架子搬出来罢，今日便能得了！"

小米欢呼一声，带着两个洒扫的小婢女奔进了房子，紫芝则带着人搬出了月牙凳、琵琶等物，云伊更是满脸笑容，眼睛都亮了三分。张敏娘一时有些茫然。

没过片刻，小米几个便从屋里小心翼翼地抬出一个木架，架子大约一人多高，前面两条木脚之间放着一块薄薄的木板，木板背后有木条支撑，看去甚是稳当。待得三人把木架抬到了院子正中，木板的另一面转了过来，张敏娘这才真正吃了一惊：木板上绷着一张米色的绢帛，上面画的分明正是阿史那云伊，身着红衣，手持琵琶，肌肤的纹理、衣襟的褶皱，都画得细致入微，看去似乎下一刻便能从画中走出来。

琉璃将些许胭脂色颜料化入清水，又调一些淡墨，分别用狼毫小笔蘸了，在看着已是画得极好的画面上重新勾勒起来，偶然退后一步看一看画，又看一看云伊；云伊则在画架前方的月牙凳上坐了下来，满脸怡然地随手弹起了曲调悠扬的凉州曲，声音清越，直入云霄。小米已忍不住跟着曲调哼唱起来，准备颜料清水的动作里都带上几分手舞足蹈；另外几个婢女也舍不得走，远远地站在画架背后，指指点点，说说笑笑。

张敏娘看了看微笑着拨弄琵琶的云伊，又看了看在画架后挽起袖子勾勾点点的琉璃，心头一时竟说不出是什么滋味。她原本做好了所有准备，为的就是让这位库狄氏看清自己的容貌才华，让她担心，让她出手，日后才能有一线机会，没想到被镇住的，好像竟是她自己……

大约过了半个时辰，琉璃勾勒完所有的衣纹，侧头看了片刻，把笔往青瓷笔洗一放，笑了起来，"好了！云伊你自己过来看看。"那原本便十分清晰明丽的画面，在重新勾勒过线条后，果然愈发显得笔触流利，层次分明。

云伊跳了起来，连琵琶都来不及放下，便几步蹿了过来，上上下下地看着那幅画儿，笑得眼睛眯成了月牙，"姊姊画得真好！"

张敏娘往前走了几步，脸上露出了最得体的笑容，"阿敏也曾听闻妙手丹青、形神兼备之语，今日才知道什么是形神兼备，阿嫂的一支妙笔，当真令人叹服。"

琉璃转头笑道："这也不难，只是要多花上些时辰而已，敏娘若是愿意，我也帮你画上这么一张如何？"

张敏娘不由吃了一惊，半晌才道："这如何使得？"

琉璃笑道："如何使不得？我还想着要多画几个美人儿才好。敏娘这般容色，能入画久存，方不会被岁月辜负。"

张敏娘看着眼前那张画，一个"不"字无论如何也无法出口。云伊的笑容却立刻僵住了，回头看了张敏娘一眼，目光里已带上了无法掩饰的不喜，又皱着眉头不情不愿地看向了琉璃。

张敏娘心里一动，垂眸道："此事也……太过烦扰阿嫂了。"

琉璃笑着摇头，"我倒是惯了，只是画这种画，你要坐得住些才好，云伊便是嚷了好些日子的无聊。"

云伊冷冷地道："坐着不许动弹，自然无聊，张娘子忙得很，哪有这些时间？"

张敏娘笑得温柔，"云娘说笑了，我一个人住着，怎么会没有时间？"

云伊眼睛一瞪，正要说话，琉璃已笑道："那便说好了，待明日过了节，从后日起，只要不是休沐之日，天气又晴好，你便在巳初之前过来，后日是第一日，记得穿一件自己喜欢的衣裳。"

云伊的脸色蓦然沉了下去，张敏娘心头最后一丝狐疑顿时烟消云散，忙屈了屈膝，"多谢阿嫂。"笑容几乎从心底里溢到了嘴角。

云伊的嘴角已是不自觉地耷拉了下来，看了看自己的那幅画像，又看了看满面笑容的张敏娘，简直恨不得下一刻她便一跤跌破头再也笑不出来。只是裴宅的院子平整，门槛也不高，直到张敏娘吃过午膳走出门去，竟都安安稳稳的，步子都不曾踉跄一下。

云伊回头便拉住了琉璃，"姊姊你偏心得很！她真的生得有那般好？"

琉璃笑而不语，待进了屋子才道："我自然偏心得很，你画这幅画，每日坐上半个时辰，我画上十几日，便能得了，这位张敏娘生得这般好，自然要每日坐上两个时辰，画上一个月，才能画得妥当！"

云伊"啊"了一声，想了想不由大笑起来："正是正是！"转念想到张敏娘也会有一幅那么好看的画像，又忍不住道："还是太便宜她了！"

琉璃笑着摊手，"你要钓鱼，难不成不用下饵的？"

西州的秋日最是宁静晴好，中秋之后，裴宅便几乎日日午前闭门谢客，又时时有琴声传出。不出半个月，张家那位久负盛名的美人儿，天天都要去裴宅让长史夫人为她画像的消息，便传遍了西州城。与琉璃有些交情的妇人们自是想看看热闹，看到那幅日渐成型的美人抚琴像，免不了感叹艳羡一番，"张娘子好大的造化！"

她有造化吗？想到如今每日端端正正坐在院子里，又要弹琴又要时刻保持着头部位置，每日离开时都几乎迈不动步的张敏娘，小米认真地点头，"她的造化当真是不小！"其实阿史那娘子除了最后一日卖弄了番手艺，平日大部分时辰都不过抱着琵琶做个样子，有时还要自弹琵琶跳舞给她解闷，这位张娘子么……她弹得那般认真，大伙儿自然不好提醒她。

好容易到了九月中旬，这幅画像才算大功告成。琉璃精心装裱好了，送到张敏娘的手里，张敏娘纵然定力过人，一时也几乎热泪盈眶。琉璃憋笑憋到内伤，到了晚间便与裴行俭笑道："只怕我日后下帖子请她，她也未必肯来。"

裴行俭淡淡地一笑,"日后张娘子的确不会过来了。"

琉璃一怔,只觉得他的笑容里别有深意,忙问:"又出了什么事?"

裴行俭轻描淡写地道:"前几日有敕书马上飞递到西州,令安西大都护苏海政领兴昔亡可汗阿史那弥射与继往绝可汗阿史那步真,讨伐龟兹叛党余孽。"

琉璃心里顿时一凛,"又要开战了,那西州呢?"

裴行俭微笑道:"苏大都护甚是敬业,今日发兵的军令便已到达西州,令庭州来刺史督造军械,麹都督总领辎重,要筹集粮草二十万石!"

第九十八章
软硬兼施　投石问路

夜幕还未落下，都督府后院的外书房里便点起了蜡烛。已是数月不曾过问政务的麴智湛倚着两个隐囊坐在席褥上，神色里满是疲惫。

麴崇裕将手中的文书丢到一边，脸上露出了讥讽的笑容，"二十万石粮草、一万领寒袄、两万端布帛……这位苏大都护胃口还真是不小！如今，西疆的唐军加起来也不过一万多人，他要这么些东西，是想开军市做买卖么？"抬头看见麴智湛的神情，他的脸色变得沉肃了许多，"父亲，您放心将养着便是，这件事交给儿子去办！"

麴智湛深深地叹了口气，"你先说说看，此次苏大都护为何会如此安排？"

麴崇裕略一沉吟便道："苏海政性子贪苛，二十年前便已是沙州刺史，蹉跎至今才当上安西大都护。他年事已高，前程到头，如今多半是贪心不足。所谓龟兹余党，兵马不过三千，据地不过两城，原不足为惧，此次他大张旗鼓请求发兵，想来打的便是借刀兵以填私欲的念头，这粮草军资自然是多多益善。此为其一。

"其二么，便是私怨。裴守约曾告诉儿子，苏氏父子之所以会来西疆，与他颇有些关联。七年前的贺鲁一战，因为咱们与裴守约联手，屠城之事败露，同为前军总管，苏定方自此平步青云，苏海政却被朝廷冷落，加上苏南瑾三番两次为难裴守约不成，两边私怨已深。苏海政此次打着的主意，大约便是先下手为强，此次是要将咱们麴家与裴守约都置于难堪之地，日后才好慢慢由他摆布。"

麴智湛点了点头，"你倒是看得清楚，没存侥幸之心，此次的事情，的确有一半是直接冲咱们麴家而来。当年圣人的旨意来得太快，苏大都护只要略一推敲，便不难看穿其中的关窍。何况他在西疆若想横行无忌，麴氏在西州的世代经营，裴长史对突厥十姓的深恩厚赠，于他而言都是碍眼的路障。若不设法令咱们收不了场，他是不会干休的。"

麴崇裕"哼"了一声，"他这是一石两鸟之计。从面上来看，让您此次统筹辎重，可以从安西大都护府治下的三州四镇和十几处羁縻都护府征集粮草绢帛，二十万石似乎不多。可那些羁縻都护府原本就不必对朝廷纳粮交税，此次若是要得多了，说不定会生出事端！届时父亲焉能脱罪？

"此次真正能征粮的不过是西、伊、庭三州和四处军镇，人人都知西州最富，若是一视同仁，西州大约还过得去，他州却难免太过苛刻，若是量财力而定，让西州多纳，则会令西州人心生不平，难免失了民心……总而言之，这战前筹备军资，原是最吃力不讨好的勾当，他定的数额又如此之高，若想如期缴纳，咱们少不得四处催逼，便是能够筹齐，又哪里能讨得了好去？"

麹智湛沉默良久，叹了一声，"我已思量了许久，这二十万石粮草加上寒袄、绢帛，纵然以西疆这数年的丰产，到底也有些苛刻了。今年秋收时，我便让麹氏各家的粮仓都尽量多收些粮草，只是没想到，苏海政的动作竟然来得如此之快。如今这些军资，倒也不是收不上，只是西疆的三州四镇怕都要伤些元气……以麹氏之名声，填苏家之欲壑，这个主意当真够绝！"

麹崇裕略有些惊讶地笑了起来，"原来父亲也是早有了打算！父亲放心，这一个多月我和裴守约已收了些粮米上来，加上西州历年所存，已有五万多石。"

麹智湛不由愕然："你们动作倒快！"沉吟片刻，到底还是皱起了眉头，"虽是如此，剩下这十几万石到底也不能小瞧了去，那些羁縻都护府，大约加起来也不过能出个一两万石。如今西、伊、庭三州课税之户统共不足两万，加上一万多户的屯军，若是统共收上十万石粮草，从西州官仓中调两万端布帛出来，再让西州每户纳上一件寒袄，大约各处都还说得过去。余下的这些粮草，我看还是从西州的那些高门大户手中买上一些，西州连年丰产，这些人的手头三四万石粮草总是有的。"

麹崇裕眉头一挑，看了看麹智湛脸上渐渐放松下来的脸色，到底没有多说，只是简简单单应道："儿子明日便办。"

麹智湛却又叹了口气："苏海政此人当真胆大，不过是几千龟兹叛党，居然便要征二十万石粮草！当年苏大将军在西疆平叛，横扫阿史那贺鲁十万联军，前后足足一年多的时光，动用的全部粮草也不足十万，他如此贪得无厌，此次便算对付了过去，日后只怕还是会生事。偏偏他如今刚刚到任，我若立时参劾于他，难免让朝廷猜忌……"

麹崇裕冷笑一声，"那又如何，他苏海政虽是安西大都护，可西疆却也不是他能只手遮天的，此人原是屠城掠地的老手，如此胡作非为下去，迟早会有把柄落下，咱们还能听任他逍遥？"

麹智湛点了点头，语气愈发沉肃："这些都是后话，咱们见机行事便是。只是眼下筹粮之事虽是有了些眉目，调兵之事你也要多加留心，按兵令，西州十余座城池里，府兵只能留一千多人，咱们务必将精锐都留下！还有，咱家的那些仆从部曲，"他看了麹崇裕一眼，"也该打起些精神了！"

麹崇裕点头不语，原先的散漫神色都收了起来。

到了第二日一早，麹崇裕便差人将自己的名帖送到了祇氏、张氏、卫氏、孟氏等西州大族的宗子族长之手，请他们过府议事。待第二日诸人到齐，他开门见山便道："都督此番要统筹军资之事，诸位想必都已知晓，如今粮草尚有些不足，都督府欲向诸位收购粮草，数目自是多多益善，你们能拿出多少来？"

麴都督要统筹军资的消息头一日已在西州传开，诸人早已将家中仓廪余粮的数目都已粗粗清点过一回。不少人家已互通了消息。待听得麴崇裕的这番话，诸人相视一眼，多少都有些意外，都督府要收购粮草倒也是意料中事，但多多益善到底是多少？若是真把仓中余粮都交给都督府，先头自家的那番打算岂不是要落空？有人忍不住问："昨日消息一传，今日西州粟价便涨了两成，如今咱们手头上的余粮也不算太多，不知世子说的市价到底是……"

麴崇裕淡然道："既是今日请诸位过来，自然便按今日的价钱，诸位请放心，我与裴长史已调集了数万石粮米，定不会让西州粮价继续上涨，也免得有人囤积居奇，要在此事发上一笔横财才肯罢休。"他的眸子慢慢在众人脸上扫了一圈，"麴氏与在座诸位历来同进退、共福祸，此次遇到难关，自然还望诸位略施援手，日后定然不会亏待诸位，不知诸位族长还有何事要问？"

对上这冰冷的眼神，众人都是心中一凛，忙不迭地低下了头，含含糊糊地应了，心里暗道一声晦气：早知如此，还不如让裴长史来收……

麴崇裕的声音放得温和了一些："诸位请放心，此次收粮要按今日市价，为的是防止有人别有用心，哄抬粮价。待到诸位交粮之日，崇裕自会再加上三成费用以表谢意，不知诸位意下如何？"

众人顿时都松了口气，原来如此，加价五成倒还说得过去，各家所得之利倒也不比酿酒差上多少，虽说到底不如留待粮价高涨之日再卖，但总比得罪了麴玉郎好。

麴崇裕停了片刻，脸上露出了冰冷的笑容，"诸位算来都是崇裕的长辈，想来也知道，崇裕的性子一向不大好，但凡艰难时分助我麴家一臂之力的，我日后必不会亏待于他，若是想趁火打劫么，也不妨试上一试，至少这份胆量，崇裕便佩服得很，少不得要多与他亲近亲近！"

他醇厚柔和的声音回荡在堂舍里，分明不带一丝烟火气，却让堂舍里所有的人背后都是一阵发寒。有人忙笑道："世子哪里的话，如今乃是都督统领此事，若哪家有不肖子弟敢如此见利忘义，不用世子动手，我们这些人也决计饶不了他！"

众人都点头不迭，似乎全然忘却了进门之前的那番议论：都督要在西疆收二十万石粮食上来，西州粮价至少会翻番，官府要收粮也罢，但价钱总不能还不如卖给庶民！

麴崇裕这才含笑抱手团团一揖，"收粮之事便拜托各位了。"

待将众人送出门去，他转身直奔都督府，一进裴行俭的屋子便哂笑道："守约，我看你当真是多虑了！购粮之事，今日这些西州各姓的族长都已一口应了下来，再过几日咱们便可开仓收粮！"

裴行俭抬头看着他，神情颇为奇异，"要再过几日么？"

麴崇裕眉头一皱，"各家运粮入城总要时日，难道又有什么不妥？"

裴行俭晃了晃手中的一张信笺："这是今日晨间从龟兹城传来的消息，苏南瑾前日清晨已带领五百精兵离开龟兹，想来最多明日午后，便能抵达西州！"

麴崇裕冷笑起来，"他不来才是奇事！只是如今他到了西州又能如何？是能让西州庶民不纳户税，还是能让西州大户不卖粮草？"

裴行俭淡淡地一笑，"玉郎，只怕你是放心得早了些。"

到了次日正午，随着城外的扬尘滚滚，一个消息便在西州城里飞速传开：安西大都护遣参军率领五百骑兵已抵达城外。

然而直到日头西斜，这队精兵才派出一队不紧不慢地进了城。城外河谷的平坦处，一片整齐的营帐已扎了起来，马匹入棚，木栏为墙，端的是严整有度。进城的不过百余名军士，虽是卸去了盔甲弓箭，那股沉肃彪悍之意，依然令人侧目。当头一人，正是苏南瑾。

他原本身形高大，比六年前又胖了一圈，一身戎装，神情冷峻，走在这样一队精兵之前，倒也气势逼人。他身后那个文官打扮的中年人，却生得瘦小干枯，与他走在一处，不但身形被遮了大半，模样更是不起眼到了极处。

麴智湛带着麴崇裕和几位西州官员，早已等候在都督府的门口，一见苏南瑾，便含笑迎上了两步。苏南瑾立定脚步，肃然行了一礼："下官见过麴都督！"

麴智湛忙笑着扶住了他，"苏公子何必多礼？公子是代大都护前来督粮，大都护的美意、公子的辛劳，老夫在此一并谢过了。"

苏南瑾抬起头来，脸上的笑容分外平和，"都督太客气了，下官焉敢当'督粮'二字，只是军资统筹事务复杂，大都护特令下官过来听候都督调遣，一则若是各州府军镇有不服都督调度、拖延敷衍之事，下官所带兵马，便可为都督分忧；二则此次筹集军资，时间紧迫，都督要全力统筹，这运送调度，则由下官来协助都督安排。只愿麴都督莫嫌下官愚钝。"

早在苏南瑾入城之前，此次随军的主簿便进城向麴智湛送上了苏海政的手书和军令，无非就是这意思。听苏南瑾说得客气，麴智湛少不得又客套了一番。

苏南瑾身后的卢主簿也走上一步，长揖一礼，"下官见过都督。"

麴智湛适才已与他打过交道，点头笑道："主簿免礼，苏公子，卢主簿，里面请。"

苏南瑾却对麴崇裕抱手一笑，"麴世子，好久不见！世子风采一如往昔，可喜可贺！"

麴崇裕微微欠身："不及子玉气度犹胜当年。"

两人相视而笑，当真犹如多年未见的好友。

待到进了都督府的堂屋，苏南瑾在麴智湛下首坐定，目光一扫，"今日倒是不见裴长史。"

麴智湛身体虚弱，走了这一路，便有些喘息不定，还是麴崇裕笑道："裴长史这几日都忙于收粮之事，昨日午后便去了城外，说是过两日方能回来。他是不知苏公子今日会来，不然定会留在城中。"

苏南瑾挑了挑眉，"此次收粮时日原本不多，南瑾接到军令后，便日夜兼程过来，未及遣人事先知会都督一声，是南瑾冒昧才是。"说着脸色又转为肃然："却不知如今军资筹备之事可已有了眉目？"

麴崇裕笑道："子玉放心，此次向安西三州四镇和各都护府征粮的告示，昨日便已快马送出。因想着此次征粮所涉之地太广，若逐一运到西州再转送军中，只怕要送到明年才能妥当了。因此，都督是令各处官府征粮后直接由当地运往大都护的军仓，由军中直接清点数额。"

苏南瑾一怔，看了卢主簿一眼，点了点头："如此倒也妥当，敢问世子一句，这二十万石粮草，都督是如何分配？"

麴崇裕早有准备，从袖中拿出了两张文书，有随从上前接了，双手送到苏南瑾的手中。苏南瑾忙仔细看了几眼，只见第一张是送往各处的征粮文书，上面写得明白，此次大都护带兵讨伐龟兹叛党，统共征粮二十万石，绢帛两万端，寒袄一万领，伊州、庭州各征两万石，龟兹、疏勒、于阗、焉耆等四军镇各征五千，十几个都护府按大小不同征粮一千到两千不等。

第二张则是西州的征粮令，是令所有西州百姓按户征粮，按九等划分，上上户纳粮十五石、上中户纳十二石、上下户纳粮十石，中上户纳粮七石，直至下上户纳粮三石，连下下户都要纳粮一石。此外，除下下户外，每户还要缴纳一领寒袄。

苏南瑾看到第一张时，心里忍不住已吃了一惊：按照这一纸征粮令，西疆其他州府也就罢了，西州却要独纳近十三万石和所有的绢布、寒袄，如此一来，那些州府任谁都说不出一个不字。看到第二张，却隐隐觉得有些不大对头，他正想开口，身后的卢主簿已笑道："麴世子，下官听闻西州户不足两万，想我大唐九等分户，半数都属于下户之列，按此等数目缴纳，似乎无论如何也不够十万。"

麴崇裕点头一笑，"卢主簿说得不错，按此数缴纳，统共能得粮五万多石。"

苏南瑾猛地抬起头来，目光变得十分锐利，"那还有近八万石粮草，两万端布帛世子准备如何筹集？"

麴崇裕语气十分平淡："因今秋天时不好，为防来春有旱，裴长史早先便已调集了五万多石粮草，不想却应上了军粮之急。如今算来，所缺不过两万多石，西州近年商税还有些盈余，除了拿出两万端布帛，都督还会再拿出几千缗钱，向西州各富户买上两三万石。"

苏南瑾怔了怔，干笑了一声："久闻西州富庶，果然名不虚传！"

麴崇裕摇头，"富庶不敢当，也就是这几年风调雨顺，西疆局势又平稳，仓廪才有些盈余。不过也是将历年所积尽数填了进去。想来西疆这几年局势都十分平稳，大都护上任之后，宵小之辈更会闻风丧胆，总不至于还要连年用兵！再者家父年高体弱，更不至于每次用兵都要担上这统领军资的重任！"

苏南瑾脸色微变，他身后的卢主簿呵呵地笑了起来，"世子真会玩笑，这西疆之局势变幻莫测，若是此战之后能河清海晏，自是我等的福分。至于麴都督，所谓能者多劳，莫说西州，便是西疆，还有何人威望能与都督相比？都督春秋正盛，身子康健，正当多多为朝廷效力。"

麴崇裕冷冷地看了他一眼，"是么？能者多劳，今日卢主簿最是繁忙，想来自是能者，不如这购粮之事，就由卢主簿出面统筹？"

卢主簿面不改色地笑了起来："久闻世子风趣，卢某小小主簿，焉能担此重任？世子说笑了。"

麴崇裕脸色却丝毫未缓，"风趣？麴某哪敢与卢主簿相比，如今这西疆，大约也唯有卢主簿能说出家父春秋正盛、身子康健、正当为朝廷多多效力的话来，卢主簿之风趣，麴某望尘莫及，佩服得很！"

卢主簿的脸上终于有些挂不住了，麴智湛脸色灰暗，举止缓慢，走动几步便有些喘息，自是人人都看在眼里，可事关乃父，麴崇裕居然也能抓住自己的一句话便这样讥讽……此人不但难缠，看来还真是说话做事毫无顾忌！

麴智湛忙摆了摆手，"玉郎，卢主簿也是一片好心。"又对苏南瑾笑道："公子有所不知，老夫这几年身子是越发不好了，如今西州政务幸有裴长史打理，若非如此，老夫早已向朝廷告老。不过，这筹粮之事太过重大，老夫的确有些力不从心，此次也就罢了，若有下回，麴某便只有上书朝廷，请求恩典。"

苏南瑾听闻西州已准备好了五万石粮草，便有些走神，听了此话，脸色不由更是阴郁，正想开口，却感觉身后的卢主簿碰了他一下。他心头一凛，忙起身抱手行了一礼，"都督辛苦了！还请都督多多休息，将养精神，此次筹粮之事虽然已有了眉目，到底还需都督坐镇。今日南瑾多有打扰，这便告退。"

麴智湛笑道："老夫坐于屋中，有什么辛苦的，倒是苏公子一路奔忙，需要早些安歇，玉郎已给公子安排了住处，望公子莫嫌简陋。"

麴崇裕给苏南瑾一行人安排的住所紧靠着城中的校场，里头是两进的院落，外面几排营房，足足能下百余人，显见是将西州府军最好的住处腾了出来。麴崇裕犹自轻描淡写地道："此处太过简陋，只是子玉既然要与军士同住，也只能先委屈一时，明日我再寻合适的地方。"

苏南瑾自是连道不必，将麴崇裕送走后，才寒声道："裴行俭好快的手脚！难不成他还真是能掐会算？"

卢主簿沉吟片刻，摇了摇头，"公子莫急，此事未必便能如他们所愿！"

苏南瑾冷笑道："未必？咱们来之前不是摸过底，以西州这几年丰产，十万石收起来或许有些艰难，就这五万多石粮草断无收不上来之理！还有那些西州大户人家，裴行俭和麴玉郎说声要买粮，谁敢不卖？"

卢主簿微微一笑，"这却看咱们的手段了！再说，以大都护的安排，咱们只要见机行事，还怕他们翻上天去？"

苏南瑾皱眉道："不知主簿又有何手段？"

卢主簿依旧笑得高深莫测，"不急，若是太着急，反而落了下乘。"

苏南瑾哼了一声，有心嘲讽几句，只是这卢青岩乃是父亲的心腹，他到底不敢造次，闷闷地转身布置人手清理房间、安置行李。

转眼便到了掌灯时分，都护府送了晚膳过来。苏南瑾胡乱吃了几口，刚放下竹箸，却见门帘一挑，卢主簿满脸笑容地走了进来，手中拿的，分明是一张拜帖。

苏南瑾霍然起身，"谁要过来？"

卢主簿微笑道："是我的一位弟子，敦煌张氏的旁支，如今在高昌县当着县尉。明日一早他便会来此见我，届时还请公子移步一叙。"

旁支，县尉……苏南瑾又坐了回去，目光微冷，"便是此等人物？"卢青岩把自己当是什么人了，一个阿猫阿狗般的人物也需要自己出面招待？

卢青岩一怔，心里暗自摇头，这苏公子果然是军中粗鄙人物，对世家交往的路数竟是一窍不通！当下笑着解释："公子有所不知，这张拜帖乃是晚膳时由兵卒私下送来，下官当年曾在西州小住，也曾指点过几位张氏弟子，这位县尉正是其中之一。公子请想，既有师生名分，他要见我，直接上门拜见便是，何必如此大费周章？可见他真正想见的，乃是公子您！这般拐弯抹角、避人耳目而来，所谓投石问路，其意不问可知！如此一来，不是省了我们好些手脚？"

苏南瑾脸上神色略缓，"以先生之见，他们这般试探，会不会另有算盘？"

卢青岩想了片刻才笑道："公子可曾注意到那麴都督的气色？下官曾有听闻，这麴都督自今年年初起便不大出头露面，他年岁已是不小，身子眼见又这么垮了下去，这西州的高门原本都是依附于麴氏，若是麴都督有个三长两短，公子请想，朝廷会让谁来当这西州都督？"

苏南瑾皱眉想了片刻，"按理说，不是麴崇裕，便是裴行俭，只是朝廷之事到底难说得很，也许会另派他人也未可知。"

卢青岩笑着点头："正是！那裴行俭虽出身名门，对这些西州大姓却是敬而远之，麴崇裕的性子又十分桀骜刻薄，况且朝廷会不会另派人也难说。我若是西州的高门大族，此时还不另寻靠山，更待何时？无论他们有什么算盘，总不会为了眼见就要靠不住了的麴家和从来都靠不住的裴行俭，来得罪公子。"

苏南瑾冷冷地笑了起来，"无论朝廷派何人为西州都督，这西州终究是安西大都护府统辖。如今这时机……果然好得很！妙得很！不过，他们若想藏头露尾，两面讨好，那可是打错了主意！"

卢青岩捻须一笑，"公子果然看得明白。"

想到几年来闷在伊州的这番憋屈，想到当年三番两次被裴行俭暗算，被库狄氏羞辱，还被那位麴崇裕当成傻子般戏弄欺瞒，苏南瑾慢慢地眯起了眼睛，转过身来郑重抱了抱手："明日南瑾该如何行事，还望先生指点！"

卢青岩笑道："不敢当，明晨公子只需过来说上一句话，事便可成。"

他的声音并不高，一字一字却说得清晰无比："公子不妨告知这位张县尉，您此来西州，不仅是要为都督分忧，也是谨防有人为一己之名声政绩而强征军粮，为难良善，须知衣冠之士、勋业之家，方是西疆之柱石，大唐之根本！"

第九十九章
寿宴玄机　豪门本色

明日晚间，张家寿宴？

麴崇裕看着手头这张大红泥金的帖子，眉头微不可见地皱了起来，"姑母的生辰，崇裕原该登门贺拜，只是如今我的确是分身乏术，还望张兄在姑母面前美言几句，莫让姑母见怪。"

录事参军张怀寂似乎并不意外，只是呵呵一笑，"世子客气了。说来此事的确是匆忙了些，家母此次并非大寿之年，只因身子不好，有卜者云要以喜气冲之，这才匆匆定下此事。世子如今管着筹粮的大事，家母是明理之人，定然不会苛求。"

麴崇裕含笑说了声"多谢阿兄体谅"，便又低头翻起了面前的文书。

张怀寂却似乎没有走的打算，将手头剩下的七八张帖子拢了拢，笑道："前日征粮的文书一出，大伙儿倒是都松了口气，此次军粮要得急，咱们这些衣冠之家出些米粮也不算什么，只是西州不比伊州、庭州，这两年收成甚好，其实每户多收三两石只怕也拿得出来，这样岂不更是把稳？"

麴崇裕抬起头来，面上依然带笑，眼神却冷了几分，"参军也当知晓，此次征集军粮，已将西州历年所存和裴长史这两个月以来购入的粮米一扫而空，西州百姓家中若是亦无余粮，明年万一有旱涝之灾，或是刀兵之祸，又当如何？倒是西州的大户人家，留着粮米横竖也不过是拿来酿酒，府衙以高价收之，何乐而不为？难不成真要等着天灾人祸，好大发横财么？"

张怀寂愣了愣，脸上堆笑，"世子考虑周详，下官不过随口一问，随口一问而已。说来今年天时有些异常，明春还不知如何……"他觑着麴崇裕脸色已有些不耐，忙转了话头："世子先忙着，适才听闻裴长史已是回衙了，下官还要去他的屋里一趟。虽说长史只怕也是抽不出时辰来，不送却也不妥。"

麴崇裕心里一动，"是么？我也有事寻他，不如一同过去？"

张怀寂怔了怔，笑了起来，"世子请。"

几日不在西州城里，裴行俭的屋里早已等了四五个官吏，见到麴崇裕和张怀寂，都笑着问了好。

裴行俭也放下了手中之笔，向麴崇裕笑着点了点头，麴崇裕淡淡地一挑眉头，在一旁坐了下来，"你先忙。"

屋里的几个官吏都是有眼力的，忙拣要紧的事回禀了几句，正要离开，张怀寂忙道："诸位留步。"说着便把手里的帖子双手送到了裴行俭的手上："家母生辰，裴长史若是有暇，还请赏光。"

裴行俭笑着摊手，"明日？参军且看，如今我可是有暇的模样？这几日实在不得闲，容我改日再登门谢罪可好？"

张怀寂也笑道："不敢当，长史的公务原是耽搁不得，些许小事，何足挂怀？"转身便又将另外几张帖子送到了屋里诸人手中。

这西州官吏原本都是几家大姓的子弟亲友，彼此沾亲带故，此时少不得一番恭喜。有人道，明日定然登门叨扰，有人则叹息，待会儿还要去城外查仓，明日不一定能赶回西州。正热闹间，却听屋外有人道："苏公子来了。"

屋子里顿时一静，裴行俭的声音从容响起："请苏公子进来。"

他刚刚绕过案几，门帘一挑，一身戎装的苏南瑾大步走了进来，看见裴行俭，脚步一顿，目光锐利地在裴行俭脸上转了一圈，却是笑着抱了抱手，"守约，多年不见，果然是风采殊胜。"

裴行俭微笑还礼，"不敢当，子玉兄的高谊，行俭已是听闻了，当日未能远迎，还请子玉恕罪。"又伸手一引，"子玉兄，卢主簿，请坐。"

跟在苏南瑾背后的卢青岩早已打起了精神，只是被裴行俭含笑看了一眼，心头还是一凛，忙作揖笑道："下官见过裴长史。"

苏南瑾的目光已转到了麴崇裕脸上，笑得意味深长，"玉郎果然也在这里。"

麴崇裕慢悠悠地站了起来，"公务所系，彼此彼此。"

几个西州官员相视一眼，忙忙地告了退。只有张怀寂拿着几张大红的帖子，略一犹豫，还是上前对卢青岩笑道："友松兄，明日乃是家母寿辰，苏公子和友松兄若是有暇，还请赏个光。"待苏南瑾和卢青岩都接了帖子，他才笑吟吟地告退而去。

卢青岩的目光在裴行俭依然略有尘土的发冠和袍角上转了一转，点头笑道："裴长史果然勤勉过人，想来此番军粮之筹必然顺遂。"

裴行俭微微一笑，"裴某不过是去几处县城调集义仓之粮，哪里及得上子玉兄和卢主簿星夜奔驰、用心良苦？"

卢青岩不由一顿，刚要打个哈哈，裴行俭已转了话头："至于这军粮之筹，行俭正要禀告两位，如今西州原有筹了存粮五万多石，还有五万多石征粮一个月内必入官仓，剩下不到三万石，眼下也已有了些许眉目，大约再费几日工夫便能得。子玉也不必太过忧心。倒是大都护征兵之后，西州所剩府兵仅够守城，这运粮的兵力，却不知子玉如何调遣？"

苏南瑾干笑了一声，"守约看来已是颇有把握，有你这句话，苏某自然放心得很！

至于运粮的兵力，大都护自有考虑，只是届时还要请守约和玉郎助我一臂之力。"不等裴行俭多问，他又瞅了麹崇裕一眼，"玉郎想必还有事与守约商议，我便不多打扰了。"说完竟是不再多话，举手告辞而去。

麹崇裕的目光落在了飘荡不定的帘子上，皱着眉头，良久才道："这苏南瑾到底是在打什么主意？"

屋里依然是一片寂静，麹崇裕回头看时，却见裴行俭正低头看着手上的大红帖子，他不由有些诧异，"这帖子难不成有什么古怪？"

裴行俭放下帖子，慢慢地笑了起来，"原本也没发现有什么古怪之处，如今细看，却是越看越觉得有趣。"

这帖子越看越有趣？麹崇裕走到案几前拿起帖子又看了好几眼，皱眉道："张参军说过，今年原是不准备做寿的，只是家中要借喜气冲一冲，才匆忙定了此事，就算书写略草了一些，不也寻常得很？"

裴行俭笑着接了下去，"自是寻常得很，说来张参军到这屋里来送帖子，恰好遇到了苏子玉和那位看来是旧识的卢主簿，也寻常得很，他随手递了帖子，明日那两人又随意登门去贺了寿，同样也寻常得很……"停了停又笑道："我只是想知道，这一两天里，可是有张家子弟拜见过他们了？"

麹崇裕脸色微沉，"前两日，高昌县尉张劲的确带了两色礼品去拜见过一回，听说这位卢主簿曾在西州小住，指点过几位张氏弟子的书法文章……"他想说弟子如此登门拜见老师，不算稀奇，可看着裴行俭笑吟吟的面孔，到底只是哼了一声，"你莫忘了，苏子玉如今已是堂堂安西大都护的公子，这些西州大姓有些攀交之心原也寻常，只是，谅他们也不敢有背弃之胆！"

裴行俭笑着摇头，"玉郎可要与我赌上一赌？"

麹崇裕冷冷地横了他一眼，与他打赌？这几年自己吃的亏还不够多么？他眉头紧皱，沉吟半晌才道："守约，我想明日便发出告示，自十月起，将西州米酒的税赋加上三倍！"

裴行俭挑了挑眉，"喔？我也正有此意，只是，我原是打算着要在你收粮之后再发告示，既然如此，也罢，明日我便拟了文书发布出去，"他看着麹崇裕笑了起来，"我今日才发现，玉郎你竟然生了一副菩萨心肠。"

麹崇裕脸色顿时有些发僵，冷笑道："不敢与长史相比！崇裕愚笨，自是不大通晓如何让人自寻死路。"

裴行俭依然笑得风轻云淡，"玉郎过奖，我何尝有如此心肠？只是这些年里那些人日子大约过得太顺，越发贪得无厌起来，若不让他们吃些教训……"他笑吟吟地没有说下去，只是那笑容，却让麹崇裕心头一寒，话到嘴边的几句讥讽，竟生生被冻了回去。

两日光阴转眼即过。次日黄昏，夕阳方坠，洛阳坊张府门口的两棵灯树便亮了起来，洛阳坊的门卫不但未照例关闭坊门，反而在坊门上也挂出了两个硕大的寿字灯笼。在渐渐暗下来的暮色里，这些或绘山川人物、或书吉祥字样的精致灯笼愈来愈灿烂夺目，引来一大群孩童拍手欢笑。而张府门内，更是处处香烛氤氲、彩灯辉煌，端的是好一副富贵景象。

因是为张母麴氏做寿，亲族女眷们午间便已登门拜寿，此时前来祝贺的多是衣冠之士。西州城内各大高门的家主与得意子弟几乎悉数到齐，便是因身体不适或公务缠身实在来不了的，也都各自遣人送上了寿礼。

麴智湛送的檀木佛像、麴崇裕送的六曲山水屏风和裴行俭送的大幅寿字，被放在堂屋最显眼的位置。来客们自是先要评点一番佛像的雕工、屏风的画意和寿字的笔锋，宾客如云的屋子里，愈发显得欢语不绝、人声鼎沸。

后院上房里，忙了一日的小祇氏忙忙地从里屋挑帘走了出来，坐在外面的祇夫人正伸手在面前的果盘里挑了一颗杏干，抬头看见自己妹子换了一身杏黄色满地金丝菊的衣裳，不由笑道："女客不都已送走了么？你穿成这样给谁看？"

小祇氏摆了摆手，"还不是要去阿家的院子，张家几个娘子也还都在那边陪着，你也知晓，我家这位老夫人最喜人穿得华丽富态，先前我那身衣裳虽是长安的新样子，她见了却是不喜的。姊姊要不要随我过去？"

祇氏淡淡地摆手，"你们一家子团圆，我去做什么？"

小祇氏笑了笑："姊姊说的哪里话？谁还会把你当外人？"她心里也清楚，自打麴都督不问政事，麴玉郎对祇家又不假颜色之后，自家姊姊在这些西州女眷间的地位便渐渐有了些微妙的变化。

看着祇氏淡漠的面容，想着她日后的处境，她顿时心生不忍，转身吩咐婢子："你先去老夫人那边回一声，我这边还有些事，稍后再去。"又给另一个婢子使了个眼色，教她在屋外看着。这才挨着祇氏坐了下来，叹了口气："什么团圆欢聚，也不过一场虚热闹。如今这外面看着喜庆，却不知要陪进多少钱帛去，明日算账，且有头疼的时候。"

祇氏诧异地看了她一眼，"不过是顿寿宴，何至于如此？"

小祇氏略带讥讽地笑了起来："姊姊在都督府里，自然不知晓这外头的情形，不但张家如此，如今这西州高门都差不太多，外头看着热闹富贵，里头却是越发虚了！说起来，托姊姊的福，也就是咱们祇家大约底气还足一些。"

祇氏默然片刻才道："听自是听得多了，我还道不过是……原先初回西州那般艰难时，不都过来了么？如今他们的俸禄都多了一倍，这几年里田地铺子的收益也都比先前高了好些，何至于反而会过不下去了？"

小祇氏冷笑了一声，"原先不还有些家底么，知道艰难时开销也少。这几年，俸禄加了，田产也丰了，多少人便想着该过好日子了，谁家人口不是多了一两倍？略不如意时，便是过去如何如何，那些商贾都如何如何，却也不想想，如今可是能与过去相比？过去高昌国都是咱们的！咱们又拿什么跟商贾去比？咱们所占的，也不过是家中多些职田，多些米粮，可这米粮如今又能换几个钱？"

"今日这样一顿寿宴，莫说别的，便是灯烛一项，也要几万钱，收的寿礼却左不过是那些中看不中用的物件，这顿饥荒还不知指着哪项来填！"小祇氏叹了口气，又冷笑道，"便是这样，参军还嫌我薄待了他那几个妾室，说是一个个都打扮得跟烧塌了的胡饼似的。真真是好笑，我手里便算还有几个钱，也是要留着作三娘的嫁妆、大郎的聘礼，难不成还要拿了咱们祇家的钱去打扮那些狐媚子？"

祇氏看着妹子，半晌才摇头笑了起来，"果真是家家有本难念的经！我只道自己是个没福的，却原来人人不过是冤孽不同罢了，怪道今日这半天里，尽听人抱怨酒税提了三倍的事情，各个连规矩气度都不讲了。"

小祇氏点头道："咱们倒是想讲究些，可如今哪里是讲究的时辰？如今粮价这般低，谁家不是指着酿酒生利？先前说要交军粮，大伙儿还有些欢喜，只道粮价酒价只怕都要大涨了，若是能翻上一两番，能补上多少亏空！这回可好，世子竟是铁了心要逼着大伙儿把余粮都卖给官府。我也真是纳闷了，这西州庶民又不是没有余粮，一声要交军粮，为何单单来逼迫自己人！"

这番抱怨，祇氏这半日里不知听了多少，当下只能叹了口气："都督也是为难的，如今大都护那边催逼得厉害，他是怕西州粮价暴涨，惹得局势不稳，少不得让大伙儿都担待些，便是卖给官府，好歹也比往年里多了五成收益，若真是闹起来，咱们谁家又能讨得好去？"

小祇氏脸上的忿色犹自难平，又嘟囔了几句，却听门外的婢女道："阿郎来了！"两人都吃了一惊，小祇氏忙站起来迎了一步，张怀寂已掀帘进来，皱眉道："什么时辰了，你还在这边！"抬头看见祇氏，忙笑着抱手，"不知阿姊也在，失礼了。"

祇氏微笑着还了一礼，"不敢当，是我拉了妹子陪我说话，不知不觉竟是耽搁了，夜深了，我也该回去伺候都督用药，这便告辞。"

小祇氏不好再留，当下与张怀寂一道将祇氏送出了门去，转身正欲去婆婆所在的院落，却被张怀寂拉了回来，"你寻个借口将敏娘唤出来！"

小祇氏惊诧地看了他一眼。明亮的灯光下，张怀寂的脸色微微有些涨红，低声解释道："苏公子过来贺寿了！"

"苏公子？"小祇氏愣了一下才明白过来，只是敏娘……她的眉头也皱了起来，"此事可与敏娘说过？"

张怀寂语气里带上了几分不耐烦，"她出来后我自会与她说。"又冷冷哼了一声："只是请她到偏院弹两曲琴而已，你想到哪里去了？再说，你还不知晓，原是她自己口口声声要寻一个强似魏玉郎的人，裴长史那边眼见是不成了罢？眼下这苏公子不是正如了她的意！你快去，前头已在用着晚膳，我回去时才好上酒水。"

小祇氏不敢怠慢，忙转身往里走，不过一盏多茶工夫便转了出来，跟在她身后的正是张敏娘。

张敏娘神色十分平静，上前敛衽行礼，"见过阿兄。"

张怀寂上下打量了一眼，只见她今日穿着一件海棠红衫子，头上压着八宝流苏钗，大约午后饮过酒，脸上还有些红晕，看去比平日更显颜色。他不由清了一声嗓子："你阿嫂可是与你说过了？"

张敏娘点了点头，"贵客临门，能献上一曲，是阿敏的荣幸。"

张怀寂忙摆手笑道："敏娘此言差矣，你今日不过是偶然兴起，弹与阿婶阿嫂们听听，什么贵客常客的，都不过是沾个光罢了。这边侧院书房的琴也弹过，阿兄这便送你过去，回头再让婢子来接你，定不会让人冲撞了你去。"

张敏娘轻轻地应了声"是"。小祇氏忙道："这敢情好，我这便进去打个埋伏，待会儿也好教大伙儿高兴高兴。"说完抿嘴一笑，转身便进了院子。

张怀寂搓了搓手，"前院人多，咱们从那边的小门过去。"走了没几步，却听张敏娘轻声问道："阿兄，这两日的事情我也听说了一些，苏公子今日来得好生蹊跷，却不知……"

张怀寂心里一动，转头一看，张敏娘也正扬头看向他，眸子在灯光下熠熠生辉，"他是不是要拉拢咱们，对付麴玉郎和裴长史？"

她的声音极轻，听在张怀寂的耳中却是轰然一响，他脚步一顿，忙四下看了几眼，只见周边除了常年跟着张敏娘的那位婢子再无旁人，这才松了口气，低声喝道："你莫乱猜，这话也是能说的？"

张敏娘定定地看着他，脸上突然露出了一个奇异的微笑，"是小妹唐突了，阿兄莫怪。"

张怀寂怔了片刻，叹了口气："你这话的确鲁莽！什么对付麴玉郎，咱们家与麴家是什么交情？你莫忘了，你婶娘便是姓麴！只是玉郎他太过任性，原先捣鼓工坊什么的，便不容咱们插手，这些年里更是次次都站在裴长史那边跟大伙儿过不去。大伙儿只是想让他看清楚，那些庶民与工匠商贾是靠不住的，西州到底还是要靠着咱们这些人！

"至于那苏公子，他身份贵重，性子刚毅，虽然是军中之人，看事情倒是比麴玉郎明白得多，今日过来贺寿，跟大伙儿也谈得极欢。他原是与裴长史夫妇都有些过节，玉郎明知如此，如今却还是跟裴长史混作一处，若是因此吃亏，难不成还能怨别人？"

张敏娘低着头，看不清脸色如何，声音却依然轻柔平静："阿敏明白了。"

张怀寂心里隐隐有些不安，想了想还是低声道："你今日只管弹琴，旁的事都不用挂心，自有阿兄替你安排。那位苏公子，他的身份、见识，哪一样不强似麴玉郎？生得又极为英武，倒也配听你的曲子……"

张敏娘退后一步，深深地行了一礼，"多谢阿兄，原先是阿敏不懂事，心高气傲，难为了阿兄阿嫂们这些年，日后敏娘的事，但凭阿兄作主便是。"

张怀寂不由一呆，她的意思是……他狐疑地看了张敏娘一眼，索性皱起了眉头，"兹事体大，回头再说。"敏娘看着柔顺，却是个主意大的，满西州的人只道自家耽误了她，却哪里知道，有些事原是她自己看不开，若是自己此时对苏公子夸下口去，回头她又不愿意了,岂不是反而坏了大事?"

张敏娘抬起头来,神色里带着一股沉稳的宁静,"阿兄不必多虑,阿敏虽然鲁莽,何曾言而无信过?如今这紧要关头,又怎会不识大局?"忽而嫣然一笑,"今日小妹定然会好好弹琴,旁的事情阿兄看着安排罢。"

张怀寂一时也不知说什么好,咳了两声才笑道:"有劳敏娘了。"

从小门转入夹道,没几步,便到了张怀寂平日招待客人的小书院,此时只有平日伺候笔墨的两个小婢子等在门口,张怀寂笑道:"你先净手调琴,过一炷香的工夫弹上两曲拿手的便好,稍后我自有安排。"

张敏娘默然欠身,眼见张怀寂已出了门,这才打发两个小婢女去端水取香,一直跟在她身后的婢女左右看了看,忍不住低声道:"娘子,这位苏公子到底是何许人也?要不要婢子去打听一番?"

张敏娘的眼里只剩下了一片淡漠,"不必了,他是什么样的人都不要紧,要紧的只是……"她收口不言,眼神蓦然冷了许多,好半晌才淡淡地一笑,"娜娜,你觉得我可还能等到什么更好的机缘?"

娜娜轻轻叹了口气,眼见一个小婢女已脚步轻快地端了小香炉过来,默然退后一步,整个人都融入了灯影之中。

一炷香过后,张敏娘已焚香净手,端坐在院中木案上放着的七弦琴前,一双欺霜赛雪的纤纤素手缓缓按上了琴弦。

只隔了一条夹道的前院,先头上的菜肴都已被端了下去,又重新上了美酒果品。张怀寂站在堂舍的台阶下面,正在蘸甲敬酒,话音未落,几声舒缓清扬的琴音却蓦然传了进来,幽幽回荡在夜色灯光之间,如梦如幻,所有的人一时都听得呆住了。

张怀寂准备的大篇敬酒辞才说完一半,听到这琴音,微微一笑便打住了话头,只是将蘸酒的指甲向空中轻弹几下,举杯一饮而尽,退回了座位。

那琴音悠悠扬扬,先是一曲《幽兰》,接下来又是一曲《鹿鸣》,众人正听得入神,却听铮然一声,清音渐渐消歇,竟是再未响起。好些人这才如梦初醒,性急些的便看向张怀寂:"如此绝妙音律!参军可否请那琴师再弹一曲?"

苏南瑾正坐在张怀寂的身边,忍不住也道:"正是,苏某到西疆这些年,琵琶手鼓早听得厌了,如此清音雅曲,却还是头一回得闻!"

张怀寂呵呵一笑,"罢了罢了,大伙儿不必再问,今日咱们原是沾了家母的光,来,喝酒!"说着挥了挥手,因为适才敬酒而停下的女伎们,顿时又弹起了欢快的乐曲,此前的清幽时分越发显得恍然如梦。

苏南瑾心头纳闷,却见好些人都露出了心领神会的笑容,有人慨叹地仰头喝下了杯中酒,"原来今日我等还有这般造化,当浮一大白!"

他不由回头看卢青岩,却见卢青岩正转头与身边的张县尉低声说话,不一会儿转过头来,向自己点了点头,又意味深长地瞟了张怀寂一眼,笑容颇有些微妙。

苏南瑾心里顿时一动,看眼前这情形,难不成弹琴的不是琴师,而是西州的某位高门女眷……想到卢青岩先前的嘱咐，他定了定神，转头看着张怀寂叹了口气："南瑾离开长安多年，今日有缘聆得如此雅音，倒是勾起了一片思乡之情，家母年高，拙荆多病，都受不得风霜苦寒。苏某在西疆这边平日也罢了，每逢佳节，却是形影相吊，不知何年何月才能如参军般同享此番天伦之乐了！"

张怀寂心头一跳，也叹息了一声："公子不避艰险，跟随在大都护左右，已是最大的孝道，我等在座之人，哪个心里对公子不是佩服得紧……"

两人越说越是投机，不时互敬一杯，没过片刻，已论了序齿，称呼也改成了"张兄"和"子玉"。坐在另一张食案上的王君孟不动声色地站了起来，寻到几个素日相厚的亲友喝了两杯酒，往回走时顺便又拍了拍正在招呼客人的张家大郎，低声笑道："你姑姑的琴越发弹得好了！"

大郎撇了撇嘴，"还不是祖母面子大，上回我和妹妹求她，她还道莫要在她面前提琴字，提起她便恶心，没想到今日倒是肯弹了！"

王君孟一怔，突然想起这位最近在长史夫人眼前吃的亏，忍不住哈哈大笑，见大郎诧异地看着自己，忙掩饰地举了举杯："果然难得，你也该多喝两杯！"

一片推杯换盏的欢笑声中，转圈罚酒的酒胡、抽签行酒的酒令都被端了上来，院子里越发热闹。王君孟刚刚喝下了一杯罚酒，抬头时却见张怀寂和苏南瑾不知何时已悄然离席，他笑着向身旁的人摆手："稍等片刻，我去去就回。"一位张氏子弟立时走了过来："我陪明府过去！"

王君孟暗道一声晦气，只得与他同去了一回，回席时却依然不见张怀寂与苏南瑾的人影。他转头看了看传过琴声来的那堵粉墙，暗自叹了口气。不想那个放在铜盘之中、漆成金发碧眼的胡人木偶转了几圈，停下时手指恰恰又指着了自己，他不由捶案叫道："今日这酒胡竟是跟某过不去了！"举座顿时轰然笑了起来。

高墙的另一边，一条幽深的夹道仿佛彻底隔开了两方天地，小小的侧院里一片安静，张敏娘端端正正正垂眸跪坐在席褥上，半晌才轻声道："公子想要的横笛，要略等上两日才能得。"

她慢慢抬起眸子，对面的男子正目不转睛地看着她，目光不同于麴崇裕满是防备的锐利，也不同于裴行俭洞察一切的平静，而是带着毫不掩饰的惊艳与热切。张敏娘的睫毛轻轻一颤便垂了下去，仿佛受惊的蝴蝶敛住了双翅，低头欠身行了一礼，"公子若是没有别的吩咐，奴告退了。"

缓缓起身，退后一步，转身离去，她分明能感觉到，那两道目光依然牢牢地黏在她的背后，直到门帘落下，才隔住了那炙热的注视。娜娜也跟着闪进了房门，拍了拍胸口，低声笑道："这位苏公子的眼睛像是会吃人！"

张敏娘怔怔地站在那里，眼睛里没有一点欢悦，嘴角却慢慢扬了起来。

娜娜看着张敏娘的脸色，不由怔了一下，只觉得背后有些发寒，沉默了好一会儿才低声道："娘子劳累半日了，要不要喝口水润润？"

张敏娘看着帘外，缓缓点头，"好。"

西州的秋夜已颇有凉意，她慢慢喝着手中的那杯清水，仿佛是在品着世上最美味的佳酿，没多久，温热的瓷杯便在她冰冷的手指间凉了下去。

门帘终于霍然挑起，张怀寂一步跨了进来，"敏娘！"一时仿佛想不出合适的字眼又顿在了那里。

张敏娘轻轻放下杯子，站起身来，"阿兄有何吩咐？"

张怀寂搓了搓手，努力平缓了语气："适才……苏公子求娶你。"又忙忙补充道："他家里原有一房妻室，因体弱多病留在了长安，只生了个女儿，早便想着要在西疆这边再娶一房，只是他们伊州哪有什么像样的大族？因此才拖到了今日。如今是诚心求娶你为平妻。"说着眼里已止不住露出了笑意。

张敏娘脸上只有讶色一闪而过，随即便皱起了眉头，"平妻？阿兄，此事难道是苏公子自己能作主的？"

张怀寂点头笑道："你放心，阿兄自是问了，苏大都护也一直催着苏公子寻一位名门淑女，也好有身份贵重些的子嗣，苏公子来西州之前，大都护便说过，若是有合适的人家便可定下来。因战事在即，他虽是不能亲至，但此次随苏公子来的卢主簿，乃是范阳卢氏子弟，苏大都护的多年好友，由他主持婚事便可！那卢主簿和咱们家又是有交情的，说来倒是真的难得！"

见张敏娘怔怔的只是出神，他不由笑了起来："敏娘，你也算是苦尽甘来，得偿所愿了！"

张敏娘突然轻轻地摇了摇头。张怀寂不由一惊，"你不乐意？苏公子说得清楚，这平妻便是正经的平妻，绝不是麴家那般只有个名头，虽比嫡妻略低，却也是要进族谱宗祠的！苏公子又是诚心倾慕……"

张敏娘忙欠了欠身，"阿兄误会了，阿敏哪敢贪心不足？只是有些不大明白，苏公子此来是为了何事？为何大都护在他来西州之前便有了这般周全的安排？他是来督粮的还是来娶亲的？"她瞅了张怀寂一眼，声音低了下去："阿兄怎么安置阿敏都好，只是有些事情，关系重大，咱们只怕要早做打算。"

张怀寂不由一怔，沉吟之下脸色变得越来越凝重。

张敏娘垂下眸子，轻轻地叹了口气："说到督粮，听说明日便是交粮之期，阿敏虽然不问外事，今日却听见了不少抱怨赌气的话，大伙儿都在看着咱们张家和祇家，阿兄可想过，若是今日应了此事，明日的粮，咱们家又要如何交才妥当？"

她轻柔的声音里仿佛有一种深深的凉意，一阵秋风从帘外吹了进来，张怀寂火热的面孔渐渐被吹得冰冷。

苏南瑾依然坐在小院里，夜风微寒，他却松了松衣领，好让发烫的胸口凉得更快些。卢主簿果然神机妙算，只是他也不会料到吧，这敦煌张氏送上的不是什么旁支女儿，而是地地道道的嫡女，还是芳名远播的绝色才女！

灯影晃动，脚步声响，苏南瑾忙抬头一看，只见张怀寂大步走了过来，脸色颇有些沉凝，他心头一跳，竟是有些莫名地紧张起来。

张怀寂似乎也意识到自己脸色不好，在苏南瑾对面坐下时，已换了张笑脸，"今夜到底有些晚了，公子若不嫌弃，不如请卢主簿明日上门一晤？也好定下个章程。"

苏南瑾松了口气，不由满脸都是笑容，脑中却突然想起了卢青岩的叮嘱，定了定神，不经意般问道："我怎么记得明日都督府是要收购各家余粮的，以张氏在西州之尊，大约是头一个要去交的罢？却不知明日张兄可有暇议事？"

果然，如此！张怀寂脸上的笑容并没有什么变化，心里却是百般滋味搅在了一起，敏娘的事好说，可交粮么……他笑着站了起来，"子玉若不提醒，我还真是差点忘了，请稍候片刻，容我去向家母禀告一声。"

苏南瑾点头微笑，"有劳张兄了。"

随着张怀寂匆匆离去的脚步声，小院又恢复到一片寂静，秋风吹动帘幕，也带来了远处二更天的钟鼓之声。苏南瑾看着透出烛光的那间屋子，端起了面前的杯盏，将一杯早已变得冰冷的清水慢慢喝了下去。卢主簿说得对，美人是他的，西州也会是他的，他不必着急，他还有好些棋子不曾亮出来！

前院里，依然是一片欢腾的景象，佐酒的女伎已换了一拨，弹唱得越发欢快。有人高声念出酒令："'择不处人，焉得智，上下两家各饮五分酒！'好令，果然是好令，你们两个听见没有？快喝快喝！"长案边笑声响成一片。

王君孟瞟了一眼那边空了已有半个多时辰的两个位子，心头暗暗着急。他身边的一位祇氏子弟已是喝得有些高了，拍着他的肩膀叹道："大郎，今日喝得痛快，菜好，酒好，场面也好！如今这般宴席竟是难得了，当年在高昌城里，咱们不都是夜夜这般痛饮狂歌的？金银满席，美人满怀，那才是正经的好日子！"

王君孟顿时很想翻个白眼，高昌城破的时候，他们这些人才几岁，痛饮甜浆狂歌童谣么？还美人满怀！要美人做什么，难不成拿来做奶娘？

这位祇氏子弟犹自喋喋不休地抱怨，什么上回好容易在口马行看见一个绝色美人，竟被胡商高价得了去："如今这西州城，越发没有规矩了！那些商贾贱流，竟比咱们出手豪阔，还敢跟咱们抢人！"

王君孟正听得十二分不耐烦，眼角一瞟，却见张怀寂与苏南瑾从后院转了出来，若无其事地重新落座，同席之人也若无其事地继续说笑，张怀寂流畅地接上了话头，苏南瑾则一口喝干了杯中之酒，脸上满是轻松惬意的笑容。

王君孟心里微微一沉，有心想过去探个话头，可那一席多是西州各姓的族长宗子，自己父亲也在里头。他不敢造次，犹豫间却见苏南瑾又喝了两杯酒，起身抱手告辞，众人乱纷纷地留了几句，张怀寂将他一路送了出去。

足足过了一炷香的工夫，张怀寂才缓步走了回来，眉宇之间一片决然，落座后不知说了一句什么，转眼间满座的人便都挪到他的身边。院里的喧哗将他们的声音全然掩盖了下去，只看得见那些平日便十分沉肃的面孔上，神色都愈发凝重起来，有人面露犹疑，有人咬牙皱眉。议论良久之后，几个人的神情都变得与张怀寂有些相似，随即便纷纷起身告辞。

他们这一走,这院里的小辈们也只好跟着放下酒盏。王君孟心不在焉地跟同僚好友告了别,跟在父亲身后离开张府,刚刚进了家门,还未想好如何打探父亲的口风,王父便沉声道:"大郎,跟我去书房!"

王君孟心头一凛,酒意都醒了七分,忙跟着父亲进了书房,半晌之后才听到了父亲有些刻板的声音:"明日交粮,你想法子避出去罢。"

王君孟愕然抬起头来,叫了声"父亲"。王父摆手止住了他的话,"今日西州各家已议定,明日每家交的粮米都不许过五百石。你与玉郎情分不同,镜娘又是……可越是如此,咱家越不能冒了这个头,不然日后在西州又如何立足?"

王君孟脸色变得有些发青,"父亲,请恕儿子不大明白,若无都督,咱们家连西州都回不来,又何来立足之说?再者,玉郎是什么性子?若是这般当众扫了他的颜面,只怕不用等日后,转眼间王家就未必能在西州站得住脚跟!"

王父狠狠瞪了他一眼,"这些为父难道不曾想过,只是今时不比往日,以往西州以麴都督为首,玉郎自有手段整治咱们,可如今,他既是得罪了安西大都护,能否自保尚未可知,西州之事还能由他说了算?"

王君孟瞪大了眼睛,"父亲的意思是,西州各家如今要联手起来,与苏氏父子一道对付都督和玉郎?"

王父脸色顿时一沉,"你这叫什么话?咱们怎么会对付都督,只不过想给麴玉郎一个小小的教训罢了!他平日里待那些庶民商贾不是好得很,如今麴家有了难处,以西州的民力,每家多交一两石又有什么,他却回过头来为难咱们!咱们好容易攒了这些粮米,却要帮那些庶民填窟窿,哪有这般便宜的事!"

王君孟不由叹气,"父亲又不是不知,这两个月裴长史购了多少粮米,西州哪里还能有多少余粮?此次的户税又是往年的三倍,若再让每家交一两石粮米,大户人家还好说,那些贫寒些的,当真是口粮都会短了,也就咱们这些有着职田祖产的人家,还有不少酿酒的余粮。可如今米酒重税,价格要翻几倍,西州有的是果酒,米酒还能卖得出去?咱们留着这些粮米好发霉么?"

王父淡淡地看了他一眼,"正因为如此,这米才卖不得!如今西疆各地都在收粮,断无粮米可购,若派人去外地,没两三个月如何回得来?咱们不卖粮,麴玉郎便只能在西州再次收粮!从明日起,咱们这些人的米铺便不会售米出去,只要西州粮米一短,粮价涨个一两倍又有何难?这等机缘不好好把握,难道还要补着窟窿过日子,叫那些庶民与商贾一个个都骑到咱们脖子上么!"

王君孟目瞪口呆地看着自己的父亲,半晌才道:"父亲,你莫忘了,这样一来米价暴涨,儿子这做县令的,却要如何跟都督交代?"

王父冷冷地一笑,"我知道你是县令,我让你明日避出去,又不是让你真的撒手,咱们家有一处粮仓与麴家原是修在一处,你明日便去把那仓里一千石的粮米都提出来,悄悄送进麴家粮仓!如此可是交代得过去了?"

王君孟摇头苦笑起来,"父亲,这主意只怕不见得顶用。这一千石粮米,麴玉郎多半一粒都不会收！他平日最看重的便是镜娘，如今咱们连镜娘都弃之不顾，站到苏家父子那边，日后他又焉能饶了咱们？"

王父顿时焦躁起来，"那你说该如何？那位苏公子汹汹而来，这才几日工夫，便让张家死心塌地跟了他，手段是何等老辣？苏大都护府如今又统管天山南北二十几处州府军镇，说发兵便发兵，说征粮便征粮，权势又是何等显赫？旁的不说，此次便算咱们都交了粮，让都督交了这回差，那下回呢，他只要依葫芦画瓢再征一次，麴都督便只有告病辞官一条路好走，那时咱们又该怎么办？是跟着他回长安，还是再回头乞求苏氏父子高抬贵手？你莫忘了，你是镜娘的夫君，更是王氏的嫡子，你的身后，还有那么多王氏族人！

"麴玉郎和裴守约若是真有本事，便不用咱们相助也能平了这回的事端！若是连这都做不到，他们凭什么跟大都护斗？咱们又凭什么给他们陪葬！"

王君孟默然良久，深深地叹了口气，"儿子大胆说一句，就算没有咱们相助，裴长史和玉郎只怕也能平了此事，只是咱们这些人下场如何，却是难说得很……玉郎的心机手段自不必说了，还有那裴长史，当年他初来西州是什么情形，不过一年又是什么情形，父亲若是不曾忘记，此番还是要三思而后行！"

王父低着头，在屋里来回踱了几步，到底还是咬牙立住了脚跟，"你说的这些，为父不是不曾想过，只是俗话说得好，宁得罪君子，莫得罪小人！麴玉郎虽然性子不好，对咱们这些人总有几分香火情，咱们只要不亏待了镜娘，他总不能把咱们赶尽杀绝罢！裴长史更是宽和，当初玉郎那般难为他，如今不照样亲厚？可你看那苏氏父子，上任后第一件事是什么，第一道军令又是什么？如今西州的高门既然都已向着他，若咱家还与玉郎做一头，他们焉能不记恨？若是被这样的人惦记上，那才真真是永无宁日了！"

王君孟闭上眼睛，长长地吐了口气，"父亲既然已拿定了主意，儿子只想再问一句，西州这些高门，就算与麴家的情谊不如咱家深厚，怎会一夜之间，便都向着了苏氏？"

第一百章
痛下决心　君子行径

深秋时节的西州，晨光总是来得分外矜持，五更已过，高墙深巷里依旧是昏黑一片，巡夜的火把与长明的寿字灯笼都已熄灭，更夫与门卫也纷纷缩回了自己的小屋，放眼望去，整个西州城比夜深时似乎更黑暗冷清几分。

长安坊的世子府，书房内外却已是一片灯火通明，匆匆从后院赶过来的麹崇裕头发随意束起，身上的披风与袍子的颜色也有些不搭，此刻怔怔地站在那里，良久才开口，声音带着一点沙哑："便是这些了？"

站在他对面的王君孟身上穿的还是赴宴时的那身衣裳，眼里满是血丝，担忧地看了麹崇裕一眼才道："家父听来的便是这些，或许苏子玉私下与张家还有旁的约定也未可知。"

屋里又一次陷入了令人窒息的寂静。再次开口时，麹崇裕的语气却变得分外平静："也就是说，给张氏女一个平妻身份，给西州高门几个大都护府的属官名额，外加若干空头承诺，就轻轻松松买到了这么多家族，苏南瑾的这笔买卖，果真划算得很。"

王君孟一时也不知该如何接话，想了片刻才道："他们也是久有怨气，眼里又只剩下自家那点粮米钱帛，被苏氏威逼利诱，百般挑唆，才一时迷了心窍。"

麹崇裕淡淡地一笑，"心窍，他们有心么？高昌国一百多年同富贵，长安城十几年共患难，不过为了些许蝇头小利，一夜之间便与麹氏的仇敌联手，从背后捅了我们父子一刀，但凡有一点心肠的人，如何做得出来？"

他的语气平缓得出奇，不带丝毫火气，听在王君孟的耳朵里，却越发不是滋味，只能道："玉郎，如今还是要想想如何凑足这剩下的两三万石粮米，是征粮还是购粮，都要快些动手才好。不然被苏氏父子抓住这个由头，不知又会安下什么罪名来。"

麹崇裕的笑容有些冷峭，"这个倒是不急，横竖总有法子。倒是你，如今是怎么打算的？"

王君孟叹了口气："不瞒你说，我心里也乱得很，家父固执己见，我劝不动他，可你也知道镜娘的性子，她若得知此事，是绝不会在王家再住一日的，也不知她是会回都护府，还是来你这里，横竖……她去哪里，我也去哪里住着便是！"

麴崇裕看了他一眼，淡漠的目光里多了一丝暖意，"让她来我这边，此事无论如何都要瞒着都督！"

王君孟顿时松了口气："那敢情好，不然我也不知该如何去跟都督交代。"他想了想又道："玉郎，今日粮仓那边，你还是莫去了，今日各家家主都会躲开，是一些旁支子弟出面，与他们计较，没得失了身份！"

麴崇裕摇了摇头，"不，这两日我要守在那里，我要看清楚每一家，记清楚每一个人，"他转过身去，负手望着刚刚透入一点清光的高窗，声音越发得轻缓，"如此，日后我才不会再心慈手软！"

王君孟心头一寒，讷讷半晌才道："这些人，不值当你气恼，咱们还是想法子筹粮要紧。天色也亮了，我先走一步，或许午后便会搬过来。"

麴崇裕没有出声，只是点了点头。王君孟无声地叹了口气，转身走了出去。麴崇裕沉默片刻，突然扬声道："来人！"

书房外的随从忙挑帘走了进来，麴崇裕沉声道："你悄悄跟着王明府，看他去了哪里，立刻回来报给我。"

长随愕然抬起头来，见到麴崇裕冰冷的面孔，不敢多问，忙应声退了出去。

眼见窗外的那抹曙光从微弱渐渐转为明朗，麴崇裕的心头却是越来越沉，好容易帘外才传来了长随声音："世子……"

他霍然转身，"说！"

大约是刚刚跑了一路，长随的声音不算太稳："王明府出了府，在坊门口站了一会儿，便去了曲水坊的裴宅。小的让阿宽寻了个不起眼的地方等着。世子您看，待会儿可还要小的们跟着明府。"

麴崇裕慢慢吐出一口浊气，这才发现自己站得双腿都有些发僵了，想了想才道："不必了，你让阿宽也回来，再叫人把西院立刻收拾出来，物件都要用最好的。"

听着门口的脚步声匆匆地去远了，他又站了一会儿，突然摇头一笑，脸上的阴霾散去了大半，掀起门帘大步走了出去。

一个多时辰之后，初升的阳光已斜照在校场边的粮仓之上，只是进入校场的粮车却是稀稀拉拉，每队粮车都不过二三十辆，眼见已到了开仓收粮的时辰，校场上却还有一半地方是空落落的。

仓曹参军张高耷拉着头，既不敢看场面惨淡的校场，也不敢看神情冷淡的麴崇裕，瞟了一眼天色，到底还是鼓足勇气喝道："开仓！"

待安排好了称量搬运记录的人手，他才走到麴崇裕面前，恭恭敬敬地低声道："启禀世子，粮仓已开，这些事情繁琐得紧，世子不如先回，这里有属下看着便好。"

麴崇裕的声音里听不出半点喜怒："来人！"

张高唬了一跳，下意识退后一步，惊恐地抬起了头。麴崇裕却面色平静地接着道:"去搬一张胡床,一张案几,再来一壶酒一个杯子……"

张高愕然张大了嘴,实在有些不明所以。麹崇裕的长随脸上也是一片茫然,却还是忙忙转身下去,不大工夫便把胡床和案几搬了出来,"启禀世子,酒壶酒杯小的已让人回去取了,请世子稍候片刻。"

麹崇裕点了点头,坐了下来,面无表情地看着差役们收粮入仓。他的目光所到之处,人人都觉得有如芒刺在背,正难熬中,却听有人远远地笑道:"玉郎好兴致!"

从校场外大步流星走过来的,不是长史裴行俭是谁?

麹崇裕看了看空荡荡的校场,又看了看裴行俭脸上的笑容,一时简直连话都懒得说。却见裴行俭身后气喘吁吁地跟着自家随从,手里拿着酒壶和银杯,一面将东西放到了案几之上,一面笑道:"长史稍等,小的再去取个杯子。"又忙不迭地搬了张胡床过来。

麹崇裕忍不住"哼"了一声。

裴行俭一撩长袍坐了下来,伸手给麹崇裕面前的杯子里倒满了酒,微笑着拱了拱手,"今日行俭特来恭贺世子。"

麹崇裕的目光依然落在校场之上,冷冷地道:"长史何必如此作态?今日之事,原是我麹崇裕识人不明,心存妄想,让长史见笑了。"

裴行俭语气平稳:"行俭绝无此意,昨夜之事,王明府已悉数告知于我,此事来得虽略有些突兀,但细细想来,原也怪不得他们。"

麹崇裕转头看了他一眼,"此言何意?"

裴行俭淡淡地道:"今日晨间,拙荆说了一句话:家族之间,犹如邦国,无所谓敌友,不过是利字当头。玉郎请想,昔日西州高门与麹家同进退,不过是因为彼此同福同祸,如今既然有人给他们的利益远远大于麹氏,自然便是他们与麹家一刀两断之时,你我都是世家子弟,难不成连这一点都看不明白?"

麹崇裕默然片刻,点了点头:"说得好!不过是利字当头,是崇裕着相了……喝完这壶酒,我便回去。"说着拿起酒杯,一饮而尽。

裴行俭的目光在校场上缓缓扫过,声音低了下来,"的确是该回去,昨夜之事有一两处颇为蹊跷,看来有些事,咱们只怕还要早做打算。"

麹崇裕心头一凛,低头想了片刻,眼神冷了下去,"你说得对,他们如此处心积虑,到底是在打什么主意?"

裴行俭摇头,"如今还难说,只是有备无患,你在大都护府那边应当也有眼线,定要让他们多盯着大都护府的动静,尤其是苏海政的亲兵。"

麹崇裕怔了片刻,眉宇间掠过一丝怒色,"他们敢!"

裴行俭的笑容里带上了嘲色:"屠城掠地都敢,还有什么不敢?"

麹崇裕冷笑了一声:"我倒要看看他们有没有这个本事!"

裴行俭微笑道:"要看得清楚,只怕还是要少喝一些,此事又不靠着酒量来决胜负。再说,叫人见了,还道咱们是束手无策、借酒浇愁。"

麴崇裕把酒杯一放，站了起来，"你不用激我，此事我早间便已想得明白，此事一了，这西州便再不会有职官必出高门之例，我也再不会容他们插手政务财税！"

裴行俭也站了起来，脸上的笑容还是淡淡的，"早该如此。须知万物消长，自有定数，世家之兴，原在于德与才，若如都督这般，不论贤愚，将西州上下官职都留与他们，不论对错，凡事都先想着他们，这才养出了一帮不思进取、唯利是图的小人，若不破了这例，于西州固然不利，于这些高门大姓则为害更多。破而后立，唯有如此，他们或许还有再兴之日。"

麴崇裕的声音冰冷："他们是兴是衰，是死是活，与我何干？我只消让他们记住，负我麴崇裕者，我必加倍还之！"

裴行俭摇头一笑，没有作声，麴崇裕的目光却突然一凝，嘴角露出了一丝冷笑："苏南瑾果然来了！"

裴行俭转头一看，只见苏南瑾正不紧不慢地从校场外走了过来，身上穿着一件深碧色的长袍，腰间束着青玉蹀躞带，与平日的戎装模样甚是不同，却是意气风发，满脸笑容，看见裴行俭与麴崇裕，远远便抱了抱手，"守约，玉郎，两位好生勤勉！"

麴崇裕的长随刚刚喘着粗气拿了一个酒杯过来，看着这架势，摸了摸头，"小的再去拿一个酒杯。"说完撒腿又跑了。

苏南瑾已笑吟吟地走到了两人跟前，目光往案几上一瞟，嘴角咧得更开："原来两位不但勤勉，还有这般兴致，却不知今日这粮收得如何？"

裴行俭微笑道："与料想的差不太多，大约总能收上三五千石。"

苏南瑾脸上露出了夸张的诧异之色，"喔，那西州的十三万石粮草便如此收齐了。"

裴行俭面不改色地点头，"自是齐了，只怕还会多出不少，听闻今日市坊里颇有几处粮铺关门，粮价应声而涨，这几千石粮米真真是及时雨，正好拿来平抑粮价。"

苏南瑾有些愕然，万万料不到裴行俭会这样当面胡扯，一时却也不好说什么，只能干笑了两声："守约果然是守约，不知一个月后，西州可否如期发出军粮？"

裴行俭的语气依然笃定无比："子玉放心，绝不会耽误大都护之事。"

苏南瑾心里不由冷哼一声，想了想又笑道："南瑾此来，是为了知会两位一声，南瑾在洛阳坊刚刚购得了一处院落，下月初六，便会到张家下函，两位若是有暇，还望光临。"

麴崇裕感兴趣地挑起了眉头，"喔，那倒是要恭喜子玉兄了！不知是哪一位张家娘子？"

苏南瑾压了压眉间的得色，"是张参军的堂妹。"

麴崇裕露出了恍然大悟的神色，"莫不是那位西州第一美人？苏兄当真是艳福不浅，这位张娘子生得绝色不说，那一手好琴，一手好茶，一手好字，满西州再没有第二个女子能比，她做的箫笛也极好，我手头那两支至今都还不曾有一丝裂缝；说到举止谈吐，更是得体，莫说西州，只怕长安贵女比得上她的也不多……"

苏南瑾先头还含笑听着，越听笑容便越有些挂不住，好容易等麹崇裕停了嘴，才干笑了两声："你们西州城，高门之间来往倒是密切。"

麹崇裕一本正经地摇头，"非也！这位张娘子名声虽大，寻常人是轻易见不到的，也就是我和守约运道好些，有幸喝过她煎的好茶，吹过她做的箫笛，次数却是屈指可数，哪里及得上子玉兄的福气！守约，你说是也不是？"他突然伸手拍了拍自己的额头，"看我这记性，我怎么忘了，这位张娘子不还认了守约做义兄的么？守约，恭喜恭喜，子玉竟是成了你的妹婿了！"

裴行俭笑了笑没作声，苏子玉的脸彻底黑了下来，勉强笑了一声："原来我与守约还有这等缘分，倒是巧了，你们先忙，我也该回营了，告辞。"他抱了抱手转身便走，步子比来时快了何止一倍！

麹崇裕望着苏南瑾的背影，挑着眉头笑了起来，裴行俭轻轻摇头，"玉郎，你此番行径，非君子所为。"

麹崇裕满不在乎地"哼"了一声："君子？从今往后，我麹崇裕若再做一回君子，便让我变个石龟，一世驮碑！"他冷笑着转头看向裴行俭，"只是你裴守约今日在此可敢说一句，你当初认了这个妹子，不是为了往人心头埋刺？敢做不敢说，你也不过是个伪君子罢了！"

裴行俭恍若不闻地低头理了理衣襟，"玉郎，我倒是想起一件要紧的事情，不知你家的部曲仆从里，精于弓马的有多少人？"

麹崇裕脸色顿时一敛："你问这个做甚？"

裴行俭只是笑着看了一眼麹崇裕，没有作声。

麹崇裕瞬间醒悟过来，沉默了片刻才道："有五百余人。"西州战乱频繁，高门大姓都会以部曲为名养些私兵，麹家的五百部曲比寻常私兵更为精锐凶悍，只是知道的人甚少。想到自己曾认真打算过趁着战乱让他们袭杀裴行俭，麹崇裕心头一时不由有些百感交集。

裴行俭似乎并不意外，只是点了点头："战力如何？"

麹崇裕的眉宇间多了一丝傲意，"足以与……"他想说足以与任何精兵一战，却突然想起了苏定方的那支亲兵，舌头顿时有些打结，顿了顿才道："足以和大都护府的精兵一战。"

见裴行俭沉吟不语，他忍不住问道："怎么？你想……"

裴行俭笑着摇了摇头，"眼下还用不上。今日晨间，我已把白三几个派去了昆陵都护府，算起来再过些日子，方烈便会送妻儿来西州，正好去迎上一迎。"

十一月发兵，这还有一个多月，他怎么就派白三去接方烈了？麹崇裕疑惑地看了看裴行俭，见他并没有解释的打算，也知道他的性子，只得暂时按下了心头的疑团，"此次阿烈倒是可以在西州多住些时日，横竖龟兹那边也没什么战功可立，若是苏大都护府再屠两回城，不过是白白惹一身晦气。"

裴行俭笑道："有兴昔亡可汗在，倒不至于如此。"

此次随军征战的兴昔亡可汗阿史那弥射为人刚毅宽和，在西疆素有威望，麴崇裕自然知道裴行俭所言不虚，却忍不住还是冷笑道："也不知是谁说过，苏海政有什么不敢的！"

裴行俭呵呵一笑，并不接话，停了片刻才道："这几日杂事颇多，你我莫在这里耗着，还是回都督府吧。"

麴崇裕见他一脸平和，倒是不好再嘲讽下去，转头看了一眼，只见已有两队粮车交完粮米退了出去，校场上越发空落得可怜。他的目光在这些粮车上缓缓转了一圈，脸上露出了冰冷的笑容，"走！"

两人还未出校场门口，却见去拿酒杯的那位随从又上气不接下气地跑了回来。麴崇裕见了他那满头大汗的模样，不由又好气又好笑，正想呵斥一句，那随从却叫了起来："世子、世子快回府，都督、都督病倒了！"

麴崇裕脸色顿时一白，撩起袍子便冲了出去。裴行俭忙快步跟上，没走几步，前面的麴崇裕已没了影子。待他到了都督府的后院门口，只见院内院外已是一片肃静，奴仆们都逼着手站得笔直，只是细看之下，却不难发现好些人头发衣袍不算整洁，有两个脸上还留着大红的掌痕。见了裴行俭，早有人飞奔着进去回报，不一会儿便出来禀道："世子请长史直接去后院。"

裴行俭心里一沉，脚步又加快了几分，到了后院，麴崇裕挑帘迎了出来，脸色阴沉似水，神情却还镇定。裴行俭不由松了口气："都督可还好？"

麴崇裕点了点头，"还好，家父有常用的救急药丸，我一早便吩咐过下人当心些，用得还算及时，如今已无大碍了。"

裴行俭点头："都督是吉人自有天相。"又皱眉问道："是谁？"

麴崇裕脸上顿时一片寒霜，目光中几乎有火焰喷出来，"是那位卢主簿，他适才过来请家父去赴苏子玉下函之宴，又'关怀'了一番收粮之事！"他早已命令过仆从，谁也不许在都督面前提外面的事情，想着西州这些高门正没脸见他，定然不会上门来自讨没趣，却没想到这一位竟会一刻等不得地找上门来！

裴行俭眉头也紧紧地皱了起来，看着麴崇裕的脸色正想开口，门内已传来麴智湛略有些虚弱的声音："玉郎，快把长史请进来。"

走进房门，却见麴智湛靠着几个软枕，坐在西屋的屏风床上，脸色比平日更为灰暗，那张圆圆的脸孔上，少了惯常挂着的笑容，看去竟有几分令人陌生的锐利。一见裴行俭便道："长史来得正好，你帮我劝劝玉郎，我这身子原是不争气了些，一时又没防备，只是如今却不是意气用事之时，不然便正中了他们的圈套！"

裴行俭恭恭敬敬行了一礼："都督不必担忧，玉郎不过是一时担忧气恼，都督既然无事，玉郎自然识得轻重。"

麴崇裕默然片刻，长长地吐了一口气："父亲放心，总要到事情平息了，儿子才好去找他们算账！父亲只管好好将养着身子，外头的那些事情，儿子自会多与长史商议，绝不会鲁莽行事。"

麴智湛神色微缓，"你能看清便好，苏氏正是要逼着咱们与那些人翻脸，最好结下生死大仇，你焉能让他如意？从明日起，我便换了那药，每日再去都督府坐上半天，处置些杂务。"

麴崇裕不由一惊："父亲，医师说过，您的身子当以静养为主！有些药只能救急，多用反而不美。"

麴智湛淡淡地道："如今还不用，难道要留到棺材里去？先撑过这阵子再说！只要我不倒，那些人便不敢两只脚都站到苏家的船上！"他的神色里有着前所未有的威严，麴崇裕张了张嘴，竟是无法说出一个"不"字来。

屋子里一时变得一片沉寂，麴智湛看了裴行俭一眼，叹了口气："守约，上回之事是老夫不对，私心太重，总想着你是谦谦君子，可以帮老夫了却一桩心事，原来却是白操了这心，有些话，你就当老夫从来不曾对你说过，莫往心里去。"

裴行俭忙欠了欠身，"都督言重了，区区小事，不足挂齿。"

麴智湛微笑着点头，"守约，麴氏欠你良多，只望来日能报，"不待裴行俭开口又摆了摆手，"你不必与我客气，我只问一句，此次军粮，你可有把握。"

裴行俭肯定地点了点头："都督不必挂心。"

麴智湛转头看着窗外，目光里说不出是欣慰还是悲伤，轻轻叹了口气："有劳守约了，你们先下去吧。"他往后一靠，慢慢地闭上了眼睛，放松下来的面孔上，每一条皱纹都写满了疲惫。

裴行俭与麴崇裕放轻脚步退了出去，一出门口，却见祇氏正站在院子当中，衣服头发还算整洁，脸上的妆却不复平日的精致从容，神情里又是恐惧又是焦虑，紧紧咬着下唇，见到两人出来，忙赶上几步，"都督可还好？"

麴崇裕立住脚步，冷冷地点头："父亲已经睡下了。"

祇氏松了口气，犹豫了片刻又眼巴巴地看向麴崇裕，"世子，不知今日……今日祇家交了多少粮米？"

麴崇裕淡漠地看了她一眼，"祇家只来了十几辆大车，不会超过四百石。"

祇氏的嘴唇不由自主地哆嗦起来，脸色变得灰白一片，额头眼角的皱纹瞬间便深了许多，仿佛一下子老了好几岁，过了半晌，脸上才露出一个惨淡的微笑，"我原该想到的，我原该想到的……"

麴崇裕的目光不由一缓，沉吟了片刻才道："适才医师看过都督，说是并无大碍，只怕多活动些，能恢复得更快。从明日起，都督每日都会到府中坐镇半日，请夫人好好照顾他的饮食起居。若是有人再敢存心不良，来烦扰都督，也请您拿出些手段震慑宵小！"

祇氏原本死灰的眼睛慢慢亮了起来，毫不犹豫地点头："世子放心！"她狠狠咬了咬牙，"只要都督身子能好，我便是少活几年也是愿意的！日后……日后我绝不会再听那些人摆布，不会让都督再为他们操半分心！"

麴崇裕静静地看了她一会儿，"夫人放心，只要您好好照顾都督，都督百年之后，有崇裕在西州一日，您便可无忧一日；崇裕若是回了长安，麹家的白叠坊，便请您代为打理，崇裕留在西州的人手，也会为您效命。"

祗氏不敢置信地抬头看着麹崇裕，微微张开嘴，却说不出话来。麹崇裕恍若不觉，只是郑重地向她抱手行了一礼，"于崇裕而言，万事都不及都督的身子要紧，拜托夫人费心了！"

祗氏轻轻点头，"世子请宽心，我虽愚笨，却也看清了！以前愚妇无知，多有得罪之处，还望世子与长史见谅！"她端端正正行了一礼，不待麹崇裕和裴行俭回礼，便转身走向了上房，步子已变得又快又稳。

麹崇裕神情淡然地看着她的背影消失在门帘之后，这才转身向外走去，却听裴行俭叹了一声："玉郎好手段，行俭佩服！"

麹崇裕瞅了他一眼，突然笑了起来："抱歉得很，适才我一时口快，把白叠坊许给了庶母，倒忘了这白叠坊你家还占着四成，想来守约不会见怪罢？"

裴行俭脚步一顿，诧异地看向麹崇裕："什么四成？"

麹崇裕也吃了一惊，"你竟不知？"

裴行俭摇头道："这些事，我一直不大留心。"琉璃是个闲不住的人，会给安家的夹缬铺子画花样，会给绣坊画绣样，每年秋天还要画出历谱图样来，似乎还在药铺入了些本金。每到年底，便有好几处地方送钱过来，都是阿燕收库入账，他还真没有想过要去弄清楚到底是哪些家给了多少钱，横竖家里人口比在长安时少了一大半，他的俸禄和职田所收尽够花销了。

眼见麹崇裕还是一副不敢置信的样子，他不由奇道："难不成很多？"

麹崇裕没好气地"哼"了一声："不多，每年不过几百金罢了！守约乃是谦谦君子，这些浊物哪里入得了你的眼？"

裴行俭愕然失笑："竟有这么多？"他摇了摇头，向门外走去，心里打定主意，晚上要好好找她算账，她瞒得这么紧，难道是怕自己把她的钱也散出去？也不想想，自己对突厥十姓有恩已是越了职权，收到那么些金银婢女更是显眼，不立刻散掉，难道留着让人眼红吗？

麹崇裕看着裴行俭的背影，脸上慢慢露出了愉快的笑容：裴守约聪明一世，却不知他的那位夫人瞒着他做的事情，又岂止这一样！

这日午后，裴行俭回到家中时，琉璃正低头为绣架上的手帕收上最后几针，听见他的脚步声，头也不抬地道："不是这几日杂务正多么？今日怎么回来得这般早？"

裴行俭声音里带着笑意："我倒是想多留一会儿，只是今日西州都督府的官员们，哪一个见了我不是绕道走，还是早些回来，也好叫他们松口气。"

琉璃顿时想起了早上王君孟的那番话，忍不住笑了起来，"那敢情好，你且逍遥几日，自有他们围着追着堵着你说话之时。"

裴行俭已走到她身后，眼见她收针站了起来，才伸手将她揽在怀里，低声笑道："由他们去！我只要你今日老实跟我说说，你有什么事在瞒着我？"

有什么事情瞒着他？琉璃的身子顿时微微一僵，她瞒着他的事情多了去了，到底是哪一桩走漏了消息？她脑中念头飞转，还没摸着一个头绪，裴行俭已将她的身子扳了过来，伸手托起了她的脸，看着她微微皱起了眉头，"你又在打什么主意？"

他的神色依然温和，目光却异常明澈，在这样的目光下，仿佛所有的小心思都无从遁形。琉璃一时不由说不出话来，恨不能拿针扎自己的手指头一下，也好分散分散他的注意力，只是绣花针已在架子上，却是不好去拿了，或者，可以装头疼？

看着琉璃一脸紧张地转动着眼珠子，裴行俭几乎绷不住要笑出来，脸色却故意沉了沉，"你还想瞒我到什么时候？"

琉璃小心地看了他一眼，他的脸色虽然沉了下来，眼睛里却是亮亮的，想来绝不可能是知道了自己乃是穿越人士，可以改行跟他老师李淳风抢生意；应该也不会是知道了自己通过麴家年年都给武则天一家送礼拍马屁；难道是紫芝革命意志不坚定，招出了自己今年夏天贪凉偷吃冰粥冷浆，或是知道自己私下里做了那样东西出来……想了半日，她只能用最无辜的眼神看着他，"你不是都知道了么，还来问我？"

小东西，居然耍起花枪来了！裴行俭嘴角一动，忙用力压了压，依然盯着她的眼睛淡淡地道："我要你亲口跟我说。"

琉璃心里顿时"切"了一声，坦白从宽，牢底坐穿，当她不知道这至理名言吗？不过要跟眼前这家伙斗心眼，自己大概无论如何是斗不过的，她索性一伸手勾上了他的脖子，嘻嘻一笑，挑衅地看着他："我偏不说！"

裴行俭有些诧异地看着她，随即再也忍耐不住地哈哈大笑起来："你学谁不好？怎么学了白三的模样？"又笑着狠狠亲了她一下，"小财迷！"

自己这样子居然像……白三？琉璃正一脑门黑线，突然听到这句"财迷"，不由更是纳闷，刚想抬头问他，心里一动，忙就势扎在了他的胸口。只听裴行俭笑道："咱们家何时在白叠坊占了四成，若不是今日麴玉郎说起，我竟是一丝儿也不知道！"

琉璃悄悄松了口气，原来是这个，好险好险，没让他套出话来！她把脸埋在了裴行俭的衣襟里，发出的声音便有些闷闷的："谁故意瞒你了？你平日根本便不曾问过这些事情，白叠坊的四成，跟历谱每年的三成，夹缬铺每年的两成，又有什么不同？"其实主要是，她也经常忘记这事儿，当钱帛足够花销之后，账面上是一万缗还是两万缗，又有多大区别？

裴行俭笑着轻轻拍了拍她的背，"放心，你不用藏得那般牢靠，我又不是真的不知轻重，胡乱撒钱，这些钱帛我一枚也不会动……"停了停，他的声音变得更是愉快，"都留给咱们的女儿做嫁妆可好？"

琉璃忍不住抬起头来笑着"呸"了一声。

她的笑容太过轻松愉悦，裴行俭的目光停在了这张笑脸上，眸子微微一凝，不经意般挑了挑眉，"说来倒是有些可惜，今日麴玉郎把白叠坊转给他那位庶母了。"

琉璃不由吃了一惊，"怎么会转给她？"

裴行俭三言两语把事情说了一遍："祇氏心胸狭窄，性子里有几分刚硬，也颇有手段，如今她恨娘家人入骨，麹玉郎不过是要再推她一把，好叫她从祇氏的棋子，变成麹家的钢刀。"

琉璃听得怔怔的，这些日子以来，她原本最讨厌的便是这个祇氏，此时又突然觉得，其实她也不过是个可怜人，像她，像张敏娘，她们这些世家女，看似一出生便拥有许多，可是，真正能由她们自己作主的事情，却少得可怜。或许正因如此，她们心里才会不知不觉积蓄了那么多的不平与恶意？

裴行俭静静地看着她，等了好一会儿，也不见她提起白叠坊三个字，心里的疑惑顿时变成了肯定，心思回转间，声音不由低了下来："琉璃，你到底有什么事，不敢告诉我？"

琉璃心里一突，抬头对上他温和的眼神，怔了好一会儿，还是笑着眨了眨眼睛，"我若是不说，你会恼我么？"坦白这种事情，要是做得太过了，不是诚实，那是犯傻。

她的笑容明媚，眼神却很专注，甚至带着一点紧张，裴行俭有些无奈地叹了口气，摇头笑了笑，"你不想说，便不说罢。我怎么会恼你？"

琉璃的神色刚刚一松，裴行俭的笑容里已带上了一些别的意味，"我怎么想不起自己什么时候曾恼过你？你既然都这么说了，我若是不恼上一回两回，岂不是白担了这个虚名？"他低头吻住了她的耳垂，声音变得有些含糊："琉璃，你说，我该怎么恼你？"

第一百零一章
双喜临门　无路可退

打磨得光可鉴人的棕色笛子，竹节处也被处理得极为光润，入手几乎有一种玉质的细腻。

苏南瑾的手指在这支苦竹做的横笛上缓缓抚过，心里却没有一点欢悦的感觉。这支笛子的确做得精致，可谁知是不是做给旁人的，是不是旁人用过的？想到此处，他下意识地皱了皱眉，连把横笛放到唇边试音的心思都消失得一干二净。

坐在他对面的张敏娘并没有抬起眸子，声音依然轻轻柔柔："这笛子做得粗糙，公子若是不喜，奴回去再做一支也无妨，只是要多花些时日了。这些年里，我做的箫笛没有一百，也有七八十支，这一支原是做了后舍不得送人，留了许多年，这次又重新打磨了两日，却不知能否合公子的心意。"

苏南瑾手指一顿，心里突然舒服了一些，她有这般才艺，平日帮人做几根笛子原是寻常，自己却想到哪里去了？卢主簿的话仿佛在耳边响了起来："公子难道还指望麴世子说张娘子的好话？他越是说得不堪，实情只怕越是相反。这位娘子既是张氏这破落大族里的孤女，又如此美貌聪慧，她的兄嫂族人少不得会动些心思，择个佳婿，此等事情世家常有，就如那夜隔墙奏琴，又带了公子去请她做笛，无非是此类无伤大雅的安排，却断不会真有伤风败俗之事。再者，这些安排与张娘子又有什么干系？我在张家时，曾听过这位娘子的名头，小小年纪便极是端严自持的。公子还是莫要多想，以免中了他人的离间之计！"

他抬起头来看了张敏娘一眼，她的肌肤柔润无瑕，看起来就像最好的羊脂玉，面孔也沉静得犹如玉雕，虽然并无任何高傲之态，却自有一份冰清玉洁般的优雅，这样的女子，怎么可能……他心里不由一软，声音也放缓了许多："不必了，这样便好，"又忙补充道，"我还不曾见过做得这般精致的横笛！"

张敏娘微微欠身，嘴角有淡淡的笑容如涟漪般倏忽散开，又消失不见。

苏南瑾胸口不由一热，"南瑾冒昧问一句，这样一支箫笛，做起来要花多久？"

张敏娘轻声道："奴做笛子，用的都是已被打通了竹节、烘干制圆了的竹料，做横笛只要再打孔、水磨和修眼便好，半个多月便能得，做长笛略麻烦些，有一个月也差不离了，也不值什么。"

苏南瑾不由一惊，"如此说来，你这几年里，岂不是大半时辰都在做箫笛？"

张敏娘淡淡地一笑："奴平日不大出门，也没什么事，帮人做些箫笛，倒是正好打发时辰。再说，也可帮兄嫂们略还一些人情。其实做箫笛虽然花的时间略多些，倒也自有一分乐趣，说来奴倒愿意多做箫笛，清净。"

日日做着笛子，可怜她一介孤女……苏南瑾胸中的块垒不由渐平，只是想起一事，还是忍不住道："听闻你家兄长与裴长史平日倒还亲厚？"

张敏娘摇了摇头，"裴长史么？或许亲厚也未可知。一个多月前，麹都督和裴长史来家中做客，奴去给都督煎过一回茶，不知怎么的，后来便说这裴长史成了我的义兄，没几日，这位义兄的夫人又把我唤到她的家里抚琴，每日弹几个时辰，足足弹了一个月才罢。我与这位义兄一句话不曾说过，只是那位阿嫂……"她低头看了看自己的手指，脸上有一丝掩不住的悸色。

裴守约的夫人？那位可恶的库狄氏？果然是一个狠毒的妇人，居然能想出这种法子来为难她！看着眼前这张清雅面孔上难得露出的一丝脆弱，苏南瑾心头一阵激荡，声音不知不觉大了起来："放心，日后，你再不必做这些事情，我自会让你过清净尊贵的日子！"

张敏娘倏然抬起了眸子，眼中似有波光潋潋，未待苏南瑾看清，又被长睫掩住了。开口时，声音比先前艰涩了一些："多谢公子垂怜！"她的花瓣似的唇边，微笑比原先略深，抿成了一个迷人的弧度，苏南瑾的目光落在上面，半晌都没能挪开。

或是被他盯得狠了，张敏娘的脸上慢慢有些泛红，声音都变得有些不稳："公子若是无事，奴先告退了，有什么吩咐，请让阿兄转告一声便好。"说着站起退后，行了一礼，妙曼的身影转瞬间便消失在屏风之后，只有细碎的脚步声渐渐远去。

苏南瑾良久之后才长长地出了一口气，想起麹崇裕的那番话，眼睛不由一眯。一个多月，只要再过一个多月，他会让那张讨厌的嘴，再也吐不出这些恶毒刻薄的话语！

在苏南瑾看不到的地方，张敏娘也轻轻出了一口气，转头低声吩咐身后紧跟的娜娜："去把我晨间寻出的那支簪子，用上好的木盒装好，送给堂嫂，就说敏娘多谢她的大恩。"若不是堂兄张高在校场上听到了麹玉郎的那番话，让自己今日有了准备，苏公子心里的那根刺，是轻易拨不出来了！便算还肯娶自己，日后也不会有什么好脸色……这大概就是麹玉郎想要看到的吧？可惜，这一次，终于轮到他失望了！

麹，玉，郎。

张敏娘抬头看着秋日的晴空，怔怔地站了好一会儿。只有一个多月，她的婚期就到了，上天既然给了她这个机会，总不是为了让她此生唯一的心愿，再次化为烟云。

只是这一个月，无论是对于张敏娘、苏南瑾，还是对于西州的高门大姓，竟是分外漫长——原本不理政事的麹都督，居然重新每日到府衙理事，西州属官中好几个世家子弟被他寻了错处打发回家等候发落，而那发落，却是迟迟没有落下来；原本早该再次发出的征粮令，居然一直没有影子，西州人原先的惶然不安渐渐平定，虽然市坊上的米铺大半都已明面关门，私下购米，但坚持开门的那几家米铺却是存货充足，那米价涨涨落落，终究没有超过原先五成。

西疆各地的消息也逐渐传到了西州：其余两州四镇的征粮都已完毕，有的州镇已开始向军仓运粮，各大羁縻都府也都轻轻松松地拿出了粮米。唯有西州那两万多石的缺口，始终没有填上——更古怪的是，从麴都督到裴长史，看上去都全然没有要动手去填的迹象！

眼见离十一月已不过几天，那意料中的征粮却依然毫无动静，在一片压抑的焦虑氛围中，有人终于意识到了一桩古怪的事情：往年这种时刻，那些早该活跃起来的胡商，竟然半数都不在西州城内！

商议了两日后，仓曹参军张高终于硬着头皮来到长史房，转弯抹角地表示，他听说一些大户人家仓中还有些余粮，若价格合适，多半会愿意卖给官府。

裴行俭却只是悠然一笑："如今这局面下，这些人家竟然还能攒下粮米，着实太不容易，咱们焉能与民争利？这些大户人家的粮米，还是让他们留着自己慢慢用吧！"

他的笑容甚至比平日更温和亲切，却如正在刮起的西北风，让所有西州高门的庭院变得一片肃杀，连敦煌张氏与新任大都护联姻的喜事，也冲不散那分深寒。

洛阳坊，夕阳的余晖还未消失，粉刷一新的苏府门前已挂起了一排喜字灯笼，正是男方亲友云集、一顿饱餐后便出发去催新妇的热闹时分。院子里那些华袍玉带的高门子弟们脸上却没有喜色，对眼前满案的佳肴更是懒得多看一眼，倒是时不时转头看着不远处的厢房——他们的族长家主，此刻都在那间不大的房间里。

苏南瑾坐在厢房里，一身古意盎然的青袍把他衬出了几分少有的文气，此刻满脸都是冷笑，"如此说来，麴都督和裴长史是不把这军令放在眼里了？"

张怀寂神色沉重地摇头，"这倒难说，或许都督与长史另有安排也未可知，只是裴长史如今不肯收粮，眼见就是运粮之日，这万一耽误了大都护的事情……"

一旁的卢青岩突然笑着插了进来："请容在下问一声，不知大伙儿这粮仓之中，到底还有多少余粮，可够三万石？"

屋里的众人顿时忙不迭地点头："自然有！"他们原本就有三万多石的余粮，这一个多月又设法高价收了一些，如今已是四万有余，这要砸在了手里……

卢青岩呵呵一笑，"好得很，若是军粮已足，公子自是不好插手这地方政务，但军粮既然还不足，裴长史不收粮，难不成公子便不能为大都护分忧了？军粮筹集是何等大事，焉能容许有人私心作祟？"

所有的人相视一眼，都松了口气，如此一来，虽然所得之利不及原先的打算，到底也不会吃太多亏。

张怀寂却是眉头微皱，"若是长史能从旁的地方支粮米过来呢？"

卢青岩笑道："这西疆何处有几万余粮可支？再远些的地方，难道裴长史能让鹞鹰去驮回粮米来？"

苏南瑾"哈"的一声笑了出来，屋子里的旁人却只是跟着嘿嘿干笑了两声。卢青岩心里有些纳闷，还未发问，苏南瑾已道："诸位长者既然心焦，明日我便与主簿去都督府一趟，定要叫官仓即刻购粮。从今日起，诸位也是南瑾的长辈了，南瑾定然不会教长辈们为难！今日还请大伙儿尽管畅饮才是。"

众人相视一眼，脸上这才露出了笑容，苏公子明日就去吗？或许倒是来得及！

苏南瑾笑着站了起来，"诸位尊长，请到堂屋入席。"

眼见族长们鱼贯而出，各个脸上都挂着轻松的笑容，院子里的气氛也变得松泛起来。只是笑语声还未响起，便有仆人匆匆跑来，"启禀公子，麴世子来了。"

苏南瑾脚步一顿，"稀客临门，我这便去迎！"一撩袍子便走了出去。

张怀寂等人相视一眼，一时进退两难，只能站在了院子里，那些高门子弟自然也纷纷起身。没多久，便见麴崇裕与苏南瑾并肩走了进来。麴崇裕一身绯袍，容光焕发，脸上的笑容说不出的轻松写意，而适才还满面笑容的苏南瑾此刻的脸色却与身上的袍子相仿，笑容也僵硬得犹如风地里放了半个月的饼子。

张怀寂和几位族长心里都是一惊，当下也顾不得许多，堆着笑脸上前见礼。卢主簿领头打了个哈哈："世子百忙之中拨冗光临，真真难得。"

麴崇裕扬眉笑道："崇裕此番登门打扰，一则是为了恭贺苏兄大喜，二则也是知会苏兄和主簿一声，都督府派往外地购粮的车队已然回归，西州该交的军粮断然不会少上一粒。今日又是苏兄的好日子，真是托福了！"

院子里突然变得一片寂静。麴崇裕的目光在众人脸上慢慢掠过，脸上的微笑温柔如春风，不紧不慢走到席前端起了酒杯："崇裕初闻此讯，心中欢畅，不好藏私，总要请苏兄和诸位同乐才是，如此良辰美景，又是双喜临门，正当痛饮狂歌！诸位，请！"

他仰头一口饮尽，把酒杯一丢，向苏南瑾抱了抱手："苏兄慢饮，崇裕告退。"说完笑着转身离去。最后一抹斜阳照着他的背影，勾勒出一圈好生刺目的淡金色光影。

院子里一片沉寂，有人呆若木鸡，有人面若死灰。便是最镇定的卢青岩，看了看脸上青红交加、拳头捏得格格作响的苏南瑾，一时也不知该说些什么才好。

次日一早，张府门前喜庆的灯笼还未来得及撤下，一个多月前曾在这里聚拢的西州家主们便又一次坐到了一起，脸上那咬牙发狠的表情也与那一夜并无两样，只是发狠的对象，却变成了坐在主位上的张怀寂。

祇氏家主的声音显得尤为尖利："张贤侄，当日是你口口声声与大伙儿说，没有咱们的粮米，这西州无论如何也凑不够十三万石军粮，都督只有征粮这条路可走，而一旦征粮，咱们存下的粮米必能有翻倍之利，如今如何？"

张怀寂的眼圈明显有些发青，脸色却一片苍白，闻言不由苦笑了起来。如今如何？如今从柳中、天山、蒲菖各个方向，正有源源不断的粮车向西州过来！看这模样，交完军粮之后还能给西州剩下两三万石余粮，足以对付来年的春荒。而他们辛辛苦苦存在粮仓里的那些粮米，拿来酿酒，要交比酒价更高的税赋，拿来发卖，哪里还能卖得出一点价钱？

只是看着眼前那些愤怒的面孔，他还是忍不住道："小侄的确虑事不周，可今日之事，当初谁又能想得到？在座各位叔伯，你们可曾想到过？"

屋里顿时静了一静，的确，当日他们反反复复算过，西州地界上的余粮早已被裴长史收得差不多了，加上三倍于往年的征粮，也不过十万之数。而当时留给西州的只有一个多月的时间，附近几个州府都在征粮，自是无粮可买，若去沙州等地购粮，隔着一千多里地，没两三个月绝不可能拉回来！因此，他们根本就没想过去外地收粮之事，可谁能料到，裴长史居然会在三个月前便不动声色地派出了这么些商贾！

堂屋里的沉默只持续了一会儿，有人便冷笑起来："咱们不过是些田舍翁，与裴长史原是不熟，只是参军你与他共事七年，却也不知他的手段？"

张怀寂胸口顿时堵得更是厉害。这个问题他昨夜也问过自己好几遍——不过是六七年的相安无事，看惯了裴长史温和的笑脸，自己怎么就把他刚来西州时施展的手段忘了个一干二净？

王君孟的父亲也不自在地低下了头，儿子的确说过，裴长史大约自有法子解决此事，只怕到时走投无路的反而是他们这些人。这个逆子如今倒是跟着镜娘住到世子府了，却由着自己和王氏族人在这烂泥潭里打滚！自己昨夜遣人叫他回家来商议如何挽回此事，还没开口，这逆子竟然直挺挺地跪下了，"都是儿子不对，儿子若早知道长史竟布下了这样的伏手，当日便是一头撞死，也要拦着父亲与那些人混作一堆。如今说什么都为时已晚，世子的脾气父亲也知道，父亲便是打死儿子，他也只会转头便张罗着让镜娘改嫁。父亲若是再不解气，儿子便去辞了这身官衣，回来与兄弟们同甘共苦……"自己除了气得仰倒，还能如何？

王父正心思翻滚，祇氏族长已转头看向他，"唯今之计，只怕还要王兄出面，你家大郎与世子最是交好，王兄定要让大郎向世子求个情，旁的也罢了，只要能求得世子将西州的酒税降下来，咱们这些人便算是有了一条活路！"

王父的头顿时摇得如同拨浪鼓："祇兄此言差矣，逆子不过是一名属官，又能当什么事？说来你家妹子乃是世子的庶母，都督的夫人，何必舍近而求远？"

众人的目光都集中在了祇氏家主的脸上，却见那张脸转瞬间便更黑了三分。好半晌，祇族长才哼了一声："我那妹子，不提也罢！"不过因为自己当日心乱，忘了知会她一声，后来家中盐务上的差事丢了，想找她求个情，她竟说祇家既然早已当她死了，她若是还操心这些事务，岂不是辜负了他们的一片苦心？如今自己为了此事再去寻人，不过是自取其辱！

众人心里顿时一片冰凉，正彷徨无计间，门外有人急声道："阿郎，卢主簿求见。"

堂屋里顿时静了下来，有人轻声道："难不成卢主簿能有什么法子？"有人冷冷地"哼"了一声："如今这局面，便是苏大都护来，又能如何？早知如此，当初咱们真不

/第一百零一章/双喜临门 无路可退　365

该……"

张怀寂霍然站了起来,"诸位叔伯,事已至此,懊恼已是于事无补,无论卢主簿有没有法子,咱们若是再把他和苏公子得罪了,西疆虽大,也再无咱们的立足之地!"说完也不看众人瞬间变得异常难看的脸色,转身便迎了出去。

不多时,一身青衣的卢青岩便摇摇摆摆地走了进来,脸上倒是满面春风,不等诸人起身,便抱手团团行了一礼:"真真是巧了,在下正想烦劳张参军将诸位族长请来议事,不想诸位竟是早已在此,倒真是好彩头。"

堂上诸人无论心里如何做想,此时脸上也都露出了笑颜,纷纷还礼。略寒暄了几句,性急些的祇族长便笑着问道:"不知卢主簿找我等有何吩咐?"

卢青岩笑道:"族长说笑了,在下哪敢当吩咐二字,乃是苏公子有求于诸位也。"

众人相视一眼,神色里都带上了几分谨慎。还是祇族长先笑了起来,"若能为公子效力,自是我等的福分,却不知何事是我等老朽不堪之人能效上绵薄之力的?"

卢青岩仿佛不曾听出这话里的圆滑推脱之处,满脸堆笑地作了个长揖:"多谢族长!诸位放心,此事于公子而言甚大,于诸位族长,却不过是举手之劳。

"诸位想来也已知道,这西州的粮米眼见就要筹备完毕,此事莫说诸位猝不及防,便是苏公子也十分意外。今日公子还特意去衙中求见过都督,请他三思,既然西州本地还有余粮,又何必去收那胡商千里迢迢运来的高价粮米?难不成为了胡商得利,便可置本地高门于不顾?"

堂中诸人相视一眼,都从对方脸上看到了极其复杂的神色,再转头去看卢青岩时,目光也变得越发晦暗起来。

卢青岩恍若不觉地叹了口气,"可惜,麴都督却死活都是不肯,一时说是已征过一回粮米,一时又说不能失信于商贾,公子几乎把嘴皮磨破,都督都不曾改了主意。"

此事自然是在众人的意料之中,麴都督平日再是大度,此事上定然也是气恼的,苏公子的求情无异于火上浇油,而都督既然今日把这番话说出了口,便也再无回转的余地……众人的心情不由愈发低落。

"苏公子只得又回禀都督道,如今西州粮米充足,不必为了怕人以粮米酿酒而提高酒税,请都督不妨把酒税降下,何必因小故而落下与民争利的名声?都督却依然不应,公子恳求再三,还被闻讯而来的麴世子抢白了一通,唉!此事说到底,终究是西州之政务,公子不好强求于人,因此也只有让下官跟诸位赔个礼了!"

眼见卢青岩又是深深一揖,张怀寂按住情绪,上前扶起了卢青岩,"不敢当!此事苏公子已尽力,我等……感激还来不及,哪里当得起公子的赔礼?"他这"感激"二字说得多少有些勉强,堂上诸人心里也都是一片雪亮,苏公子此举表面上看是帮着大伙儿求情,实际上却是把大家的退路全部堵死。可事已至此,正如张怀寂所说,他们难道还能因此再得罪了苏公子?

卢青岩站直身子,连连摇头,"此次之事,苏公子的确有负诸位所托,只是公子有云,来日方长,苏大都护既然奉命统领西疆,自然要讨平宵小,令西疆无癣疥之忧,诸位手中粮米,又何愁派不上用场?"

也就是说,苏大都护还会用兵,还会征粮?众人心头这才微微一松:正是,来日方长,自己当初之所以决定与苏公子亲近,图的不就是一个来日方长吗?

祇族长点了点头,"我等多谢大都护体谅,不知苏公子如今有何差遣,还望主簿明示。"语气却比刚才那次诚恳了许多。

卢主簿笑道:"的确只是小事一桩,这粮米既已备齐,接下来便是运送粮草军资的诸般事宜,十余万石粮草要运到军仓,所需车马兵卒甚多,如今西州兵力空虚,几百府兵守城尚且捉襟见肘,哪里还能当得起运粮的重任?苏公子听闻,诸位家中多有勇武部曲,公子便想借人一用,待粮草运达之后,大都护府必会有回报!"

众人顿时有些面面相觑,此事的确不算甚大,只是蹊跷了一些。西州素来战乱频繁、民风彪悍,哪户高门不会养些私兵看家护院?高昌国时,一族有几百私兵也不奇怪。如今的情况虽已与当年不能相比,每家挑上几十个人倒也容易,只是这种私兵到底不能与精兵相比,军情紧急时用以城防倒是平常,哪有借来运粮的先例?不说旁的,在荒原之上一旦遇到马贼叛党,指望这些人为了官家的粮米拼死相抗,决计是做梦!

张怀寂忍不住试探道:"却不知苏公子想借多少人?"

卢青岩笑道:"自是多多益善!算来至少也要五百多人才能安排得过来。"

这个数目……还真是差不太多。张怀寂看了堂上诸人一眼,这才转头笑道:"我们这些人家若说要凑出五百名身强体健的部曲,大约勉强还是凑得出来,只是这些人到底是乌合之众,派不得大用场,只怕耽误了运粮大事。"

卢青岩呵呵笑了起来:"诸位不必忧心,既然是借人押粮,便是丢了粮草,难不成还要诸位来赔?最多也不过让都督再补些粮草罢了,西州如今多的,不就是粮草么?诸位只要让部曲们听从公子吩咐,公子绝不会让他们枉自送死。"

他的笑容里有些意味深长,这屋里坐的哪个不是人精,心头一转便已明白过来:正是,将自家的部曲们借与苏公子押粮,若无意外自是无妨,若有意外么……或许,自家的粮米不用等到明年便能派上用场!

整个屋子里的气氛不知不觉松弛了下来,谈笑风生之中,不到半个时辰,各家出的人数、何人领头、何时汇集便悉数议定。卢青岩把数目都说完了一遍,看见众人默默点头,脸上的笑容更深, "如此便说定了,再过三日,公子便会在城外军营恭候各位!"

待到卢青岩笑吟吟地告辞而去,堂屋一时沉寂了下来,半晌才有人拍了拍自己的额头,"此事按说不大,可我怎么觉得,心里竟是有些不大安稳?"他抬起头来,这才发现人人都在看着他,却没有人开口。

卢青岩早已走出了张府的大门,往东不过百余步便是苏府,他越走越快,进门便直奔书房而去。

亲兵的通传之声还未落音,门帘一动,苏南瑾一个箭步便跨了出来,目光锐利地

/第一百零一章/双喜临门 无路可退

看向卢青岩，见到他脸上的笑容，这才松了一口气，也笑了起来，"他们全都应了？"

卢青岩笑着点头："这些人原是最识时务，事情到了这一步，便算心里还打着两面耍花枪的主意，又焉敢当着下官的面露出来？何况此事原本不大，只怕他们如今还没回过神来！"

苏南瑾点头不语，笑容却慢慢下去了，"他们回过神来又如何，只是此事到底只能算是成了一半，便是让那老匹夫丢官去职，终究不能消我心头之恨！"他才不在乎西州粮米收不收得上来，高门大户的粮米卖不卖得出去，可自己大喜的日子被人当面这般羞辱，连带那些宾客也个个如丧考妣……他的脸色顿时又阴沉得几乎能滴出水来。

卢青岩忙笑道："君子报仇十年不晚，只是事情要一步一步地谋划，所谓欲速则不达，那裴守约十分警醒，若是让他看出端倪，反而不妙。"

苏南瑾重重吐了一口气，"先生也不必长他人志气，裴守约若真是警醒，也不会眼光只盯在眼前这点事情上，一旦筹够了粮米便得意忘形，恨不能将这些西州高门都逼上绝路，若非如此，咱们今日之事又岂能如此顺遂？"

卢青岩捋了捋胡须，脸上的微笑里多了几分笃定，"裴守约也算是手段了得，能那么早便遣人去买下这五万石粮米，不管他原本打的什么主意，的确算是伏下了一步进可攻退可守的好棋，只可惜，他终究还是嫩了一些！只看见我们的剑光霍霍，殊不知咱们剑锋所指，根本便不在于此，因此他这一步走得越好，下一步便越是无路可走，公子又何忧所图不成？"

两人相视一眼，同时笑了起来。

第一百零二章
自告奋勇　军令如山

十一月初一，晨间的寒意尚未散去，西州都督府的正堂里便难得地站满了人。尚且空着的主位下面，西州的府官已悉数到齐，一身戎装的苏南瑾站在最前面，满脸轻松地与相熟的官员点头说笑，便是对着裴行俭，也是笑容可掬。只是当麹崇裕跟着麹智湛走入堂屋时，他还是下意识转过了头去，随即才定了定神，和诸位官员一道向麹智湛见了礼。

麹智湛明显瘦了一圈，精神却还好，穿着紫色团花襕袍，比素日更显利落。坐下后便开门见山道："今日请诸位过来，是为了商议押运粮草的事宜。近日西疆各处有几股马贼作祟，听闻庭州、伊州的粮队都颇有折损，西州如今有十三万石粮米、两万布帛和一万寒袄要运抵军仓，该如何押运，还望诸位商议个万全之计。"

屋里大多数人顿时都站得笔直，眼观鼻、鼻观口，打定主意不发一言。主簿严海隆略等了片刻，见无人开口，便抱手笑道："都督，下官记得往年西州的军粮都是胡商们自行押送，一直十分妥当，此番何不依旧如此安排？西州府兵虽然人手不足，但苏公子的五百亲兵原是以一敌十的精锐之师，听闻公子还招募了五百健卒日夜操练，下官瞧着比府兵也不差什么。只需将这千余壮士分与各粮队，由苏公子居中调度策应，运粮之事，自是十拿九稳，小股马贼何足道哉？"

麹智湛微微点头，含笑看向了苏南瑾，"苏公子以为如何？"

苏南瑾欠了欠身，"下官既来西州，自当遵从军令，听从都督安排。都督若觉得让胡商带兵押粮前往军仓也还妥当，下官自无异议。只是此次的马贼听闻十分凶悍，大都护前日已传下军令，隆冬用兵，旁的也罢了，那一万领寒袄和两万布帛乃是重中之重，不得有失。因此若要分队前往西州，下官所带军卒，大部须得跟随运送布帛与寒袄的车队。那五百健卒原本便是西州各家的部曲，下官只是将之略加整训而已，自当由都督分派。

"至于居中调度之事，关系太过重大，下官与诸位胡商并不相熟，亦不甚明了西州地势，实在无法担负此等重任，还望都督另派高明。"

他的这番话倒也入情入理，众人正思量间，麴崇裕已笑了起来，声音里满是讥讽："苏公子此来西州，原来只是为了将那些贵重些的军资运抵军仓，旁事便一概不管了！这倒是个巧宗，只是公子为何不早说？害得我等白欢喜了半日，以为有公子在，押运之事便不必挂心。早知如此，公子的喜宴上，崇裕便该让公子多喝几杯！也省得公子在西州美事占尽，却连一醉都不曾留下。"

苏南瑾的脸顿时腾的一下涨得通红，瞪着麴崇裕，眼睛几乎能喷出火来。

麴智湛忙瞪了麴崇裕一眼，"玉郎休得玩笑，还是商议正事要紧。"

麴崇裕从善如流地向苏南瑾抱了抱手："抱歉抱歉，崇裕嘴滑，公子莫怪。公子在西州，原是还留下了一段佳话的。"

苏南瑾不敢答话，紧紧闭着嘴，生怕自己一开口便会忍不住挥起双拳。他身后的卢青岩忙走上一步，"麴世子说笑了，公子此来西州，原是奉命协助都督安排押运粮草军资之事，然则若是分兵数路，公子对人事地形都不甚熟稔，如何能担任调度之职？非不愿也，实不能耳！"

麴崇裕略有些意外地挑了挑眉，"如此说来，若是不分队数处，苏公子便愿意负责押运？"

卢青岩呵呵一笑，"大都护的军令写得明白，公子此来是协助都督，协助者，胁从而助之也，这军资筹集押运，乃是都督之职责所在，公子何德何能，敢说负责二字？还望都督指定一人，我等也好安排军士，协助押运。"

麴崇裕"哈"的一声笑了出来："卢主簿真是善于言辞，说了这许多话，竟和没说一个样！"他冷笑着扫了苏南瑾与卢青岩一眼，转身向麴智湛行了一礼："都督，崇裕以为，苏公子既然不愿分兵，四野又有马贼之扰，此次还是不必分队运粮，至于主事者，也不用劳烦旁人，请录事参军事张怀寂负责押运便是，如此一来，岂不是两全其美？"

张怀寂的脸色顿时一变，忙上前作了个长揖，"启禀都督，下官愚钝，又从未押运过粮米军资，无法担此重任，还望都督另择高明！"

麴崇裕的声音有些凉凉的："参军何必过谦，参军虽然骑马有时不大稳当，身子又容易得风寒，却是目光深远，谋事周密，何况有苏公子率兵协助，正是担此重任的不二人选。都督府自会派人照料参军，绝不会让参军有受伤生病之虞，便算有什么意外，他们抬也会抬着参军一路押送粮草到军仓。"

屋子里顿时一片寂静，张怀寂还想开口，对上麴崇裕冷冷的目光，一时不由说不出话来。苏南瑾和卢青岩相视一眼，还是卢青岩笑道："世子，苏公子率兵协助此次运粮原是好说，只是张参军若是未曾负责过押运事宜，此次却要主持这半数以上军资的押送，是否轻率了一些？"

麴崇裕淡淡地道："怎会轻率，主簿不妨教我，这西州城还有谁比张参军更合适与苏公子携手共事？张参军，须知粮草运到，便是大功一件，如此机缘，千载难逢，比生几个好妹子都管用得多。"

苏南瑾的脸色顿时又有些发青，张怀寂也是满脸通红。麴智湛却还是一脸和善的微笑，"张参军以为如何？"

张怀寂定了定神，苦笑道："非是下官推辞，这数万粮米，上千辆大车，行止食宿该如何安排，下官的确心里无底。下官升沉荣辱事小，若耽误了军粮却是大事，还请都督三思。"

屋子里一时沉寂下来，人人都心里有数，世子这是借机发作张参军，运粮原是苦差，天寒地冻，风餐露宿，再是运送得妥当，也不过是几句称赞便打发了；若是有个意外，那份罪责却是不小。除了裴长史，哪个官员愿意去担这份责任？不少人偷偷看了看裴行俭，心里多少有些愧疚。

张怀寂的目光忍不住也看向了裴行俭，裴行俭似乎感受到了他的目光，转头看了他一眼，神情平静得看不出半分喜怒。

麴智湛依旧是笑微微的，"这世上哪有生而知之的事？总会有第一遭，难不成天下的好事原该是咱们的，苦差便该旁人去做？张参军是名将之后，又生于西州长于西州，在西州城内，哪家哪户行事不得听参军几句？依我来看，此次押粮之事，还是张参军出面最为合适，不知诸位意下如何？"

此言一出，那些原想开口为张怀寂求情的人顿时也不敢开口，只得纷纷点头称是——都督的话实在太过明白，张家既然要攀高枝，带着大家跟苏公子混作了一堆，便该去吃这份苦头！

卢青岩垂下了眼睛，语气也有些淡淡的："此次军资筹集押运事务，原是都督主持，都督既然执意如此安排，想来自有道理，公子与下官自会鼎力协助张参军。只愿一切顺遂，不会辜负大都护的一片期待。"

他的话外多少有些威胁之意，麴崇裕却只是冷笑着瞟了他一眼，麴智湛的脸色也半分变化都没有。张怀寂的心早已凉了下去，硬着头皮站在那里，等着麴智湛发话，却听一个温和的声音响了起来："启禀都督，押粮之事的确重大，下官愿与张参军一道将粮草运往军仓。"

满屋子人都怔住了，转头看着依然满脸平静的裴行俭，都有些不敢相信自己的耳朵。麴智湛看着裴行俭的目光也满是惊愕，停了一停才笑道："长史历年辛苦，西州如今又是杂务繁多，老夫还指望着长史替我分忧，这运粮之事，还是交给张参军更妥当。"

麴崇裕回过神来，冷冷地添了一句："长史之能，西州人人皆知，只是总得叫他也有立功的机缘才好。"

裴行俭的声音依旧不急不缓："军粮事大，都督又是身负统筹之责，下官屡次押运军粮，还有几分经验，此次自然义不容辞。"不待麴智湛开口，他又转头看向了张怀寂："何况此次又有张参军与苏公子协助，只要两位肯听从我的安排，此次军资之运，想来不会有意外。"

苏南瑾按住心头雀跃，稳稳地点头一笑："长史肯总领此次押运之事，自是再好不过，南瑾定当一切唯长史马首是瞻，若有违抗，愿受军令处置！"

裴行俭微笑起来，"好，那便一言为定。"

麴智湛眉头紧皱，到底还是点了点头："那便有劳裴长史了。"

屋里的气氛顿时一松，张怀寂也自长长地松了口气。待到诸事商议过一遍，西州属官们领了各项准备事宜的职责，没多久便走了个干净。眼见屋里没有旁人，麴智湛这才看着裴行俭长叹了一声："守约，你这又是何苦？苏氏此番如此精心布置，步步经营，为的也不过是给老夫安一个调度不力、用人不当、致使军资受损的罪名，那便让他们如意又如何？麴氏如今在长安立足已稳，这个西州都督，不做也罢！你又何必因此以身犯险？"

裴行俭欠了欠身，"麴氏如今少一个西州都督或许不打紧，但西州眼下少了麴都督却决计不行。都督放心，行俭心里有数，定然不会辜负苏大都护的期盼！"他直起身子，微笑着看向麴崇裕："再说，行俭也不是孤身犯险，却不知玉郎此次可愿就着沙场烽烟，再痛饮一回？"

麴崇裕冷冷地看着他，突然一甩袖子转身便走，却到底也没说出一个"不"字。

几日忙碌之后，西州运送粮草军资的队伍终于在十一月初四的清晨离开了城垣。此时的西疆荒野足以呵气成霜，好在风雪未起，那冻得硬实的路面倒是比旁的季节更适合车队出行。出发后的半个月里，车队在裴行俭的调度下走得颇为顺利，眼见再过十来天，便能抵达位于龟兹东边的军仓。

一千多辆从胡商手里征用到的大车，拉着两三万石粮米和寒袄、布帛，足足迤逦了十来里地。而车队两旁，那一千多名护卫便显得有些稀稀拉拉。身穿唐军盔甲的那五百名精兵倒也罢了，人数虽不多，队列行止，却自有一分整肃的锐气，余下的七八百名护卫却是衣着各异、举止散漫，其中大部分人都是听从苏南瑾和张怀寂的调遣，剩下两三百人则只看裴行俭与麴崇裕的脸色行事。

这一千多名护卫，就如车队的四位统领，一路之上虽然相安无事，却也很有些泾渭分明。细心的人看在眼里，心里难免有些不大安稳。

好在常年追随胡商穿行于西疆各地的车夫们，多数人并不关心这些贵人之间关系如何，有了一千多人的队伍护送，他们的心早已安安稳稳落入腹内——这西疆的马贼虽然凶悍，但多的也不过百来人，怎会疯到来打这样一支车队的主意？

这日清晨，日头刚刚升起，拂面的微风依然寒意刺骨，走在车队最前方的裴行俭正眺望朝阳，收拾得一身清爽的麴崇裕打马追了上来。裴行俭上下打量了他一眼，笑着点头，"玉郎好兴致！"

麴崇裕新换了一身浅赭色金丝绣竹叶纹窄袖冬袍，露着雪白的毛锋，衬着黑色纹锦的豹皮披风，整个人显得分外精神，闻言却只是冷冷地道："不及守约别有玄机！"

裴行俭对襟大袖披风里，是一件看着再寻常不过的靛青色长袍，不过麴崇裕却知道，裴行俭的冬衣都是如此，看去平实无华，其实样式用料都极为讲究，而且不知里面絮的是什么，竟是又轻又暖，裴行俭只道是什么禽毛。他曾几次想问一问库狄氏，却到底不好开口。此刻走在这冬日的荒野之上，看着浑身轻便的裴行俭，心里忍不住暗骂一声：果然是衣如其人！

裴行俭笑着转了话头："这几日路上还算好走，再走两日便是山麓，咱们便要打起精神了！"

麹崇裕心中微凛，回头看了一眼，跟在自己身后的除了百余名麹氏的精锐部曲，便是裴行俭临时招募的胡商护卫，而远处一直走在车队中部的唐军已是瞧不清盔甲，只有若干面旗帜在粮车上面高高飘扬，至于跟在队尾的西州五百部曲，更是连影子都看不到。

麹崇裕看着那几面飘扬的旗帜出神片刻，忍不住转头问道："如今路程已是过半，他们……到底在打什么主意？"这些天苏南瑾虽然有些自行其是，行止却也稳妥，颇有点公事公办的架势，倒是张怀寂受了些风寒，大半时间都躲在车里。

裴行俭头也不回地淡然道："大约便在这两日见分晓吧。横竖有你麹玉郎在……"他笑了笑没有说下去。

麹崇裕气往上冲，冷笑着接上了话头："不愁他下不了狠手！"

裴行俭点头笑道："玉郎果然有识人之明，行俭佩服。"

麹崇裕冷哼一声，再也懒得说一个字。他不介意走这一趟，也不介意一路上对苏南瑾冷嘲热讽，时时将他气得脸色发青，只是想到自己如今就是一个刚出炉的人形胡饼，热腾腾的引人下手，不由依然有些气闷！

粮队走的乃是到龟兹的大道，沿路按着大唐制度，每过五里便会用泥土堆成一个高高的堠子。眼见日头刚到中天，粮车已是走过了早上出发以来的第四个堠子，四周又是一片辽阔，裴行俭这才挥手传令，大家略作休整，用些午膳。

蜿蜒的车队慢慢停了下来。车夫和护卫们脱下手笼，伸手入怀，将那早间便放入怀中焐热的三两个烤胡饼拿了出来，就着冷水慢慢嚼下，便是讲究如麹崇裕，也不过是有随从从包裹里拿出些酱菜肉干，放入掰开的胡饼之中而已。

在人人奋力咀嚼的一片安静之中，却听马蹄声响，粮队前方的山路上，两骑快马一路绝尘而来。前面的几名护卫不敢怠慢，忙把胡饼一放，上马往前迎了几步。待到近前才发现，马上之人并非车队派出去的斥候，而是两位盔甲鲜明的武官，远远便高声叫道："大都护的手令，传领军来见！"

不到一盏茶的工夫，裴行俭、麹崇裕和苏南瑾便都衣冠齐整地站在了传令官之前。传令官的声音冰冷而清晰："天时大寒，营中兵卒多有冻伤，特令参军事苏南瑾即刻将一万领寒袄快马送至大营，不得有误！"

一万领寒袄？算来恰好要用五百匹马……麹崇裕抬起头来，看着满脸肃然接过军令的苏南瑾，心头的所有疑窦都消失得干干净净：原来，如此！原来从这军令下达的第一天起，苏氏父子打着就是这个主意！难怪他们并不知西州的征粮安排，却能快刀斩乱麻地定下那门亲事，难怪他们会用尽各种手段拉拢西州高门，原来他们原本算计的便不是让西州征集不齐粮草，而是让这些粮草根本运不到军营！

/第一百零二章/自告奋勇　军令如山

仿佛感觉到了麹崇裕的目光，苏南瑾转头看了看麹崇裕，眼中再也没有前几日的愤怒痛恨，而是一片漠然。

麹崇裕胸中一窒，刚想开口，裴行俭平和的声音却响了起来："下官遵令。"

苏南瑾看了一眼裴行俭，脸上带出了几分笑意，"长史，军令如山，下官须挑选五百名骑手，一人双马将寒袍送到龟兹……长史放心，此处离龟兹不过四百多里，南瑾交令之后，最多三四日便会领军回转。"

当头的一名传令官神色冷淡地抱了抱手，"如此甚好，下官这便回去复命，还望诸位莫让大都护久等。"说完回身上马飞驰而去。

苏南瑾也笑道："我这便去挑善骑之士，总要给长史留些人马才好。"

麹崇裕忍不住冷冷地道："不必劳烦苏公子了，公子将亲兵都带走又有什么打紧？这车队里又没有马贼的眼线，那些贼子怎会专拣公子不在时下手？公子放心离去便是，崇裕在此预祝公子先立头功！"

苏南瑾看着麹崇裕，半晌眯着眼睛笑了起来，"借世子吉言！也祝世子，一路平安！"他转头看了看裴行俭，笑得更是一脸粲然："这三四日里，便有劳长史了。"

裴行俭神色平静地点头，"既然大都护有令，子玉先去安排要紧，这几日里行俭定然会以安稳为第一要务。"

目送着苏南瑾大步离去的背影，麹崇裕终于冷笑出声："苏大都护果然是深谋远虑，用心良苦！只是苏南瑾，未免也高兴得太早了些！"

裴行俭淡淡地道："他的确已是不必顾忌。"

麹崇裕一时无言，的确，军令在他手中，人马在他手中，自己此时就算看出端倪，难道能拦着他不让他回去？还是能找个借口丢下车队带着护卫独自逃命？且不说荒原之上能否逃脱早有安排的精兵堵截，便算能逃走，若是为了保命，裴行俭和自己又何必坚持来这一趟？好在苏南瑾定然想不到，自己麹家可用的部曲远不止这一百！只是这粮车……他回头看着长长的队伍，眉头终于皱了起来。

足足忙了一个多时辰，一千匹骏马终于从车队里被牵了出来，一半的马鞍上牢牢地挂着两大捆被扎得严严实实的冬袍，另一半的马鞍上则坐着四百余名苏氏亲兵和百来名西州部曲，都是一人双马。苏南瑾骑在领头的枣红大马上，意气风发地向裴行俭抱手一礼："长史，西州部曲中能熟控双马者不多，因此下官只能留下一百名士卒听从长史调度，这几万石粮米、几十车布帛，就请长史费心了。"

裴行俭一言不发地抱了抱手，麹崇裕则是满脸冷淡地站在一边。苏南瑾的目光在两人脸上慢慢转了一圈，突然举起马鞭一甩，驱马绝尘而去，脸上的笑容迎着日头绽放开来。上千匹骏马跟在他的身后呼啸着奔远。

车队里的车夫们一时都有些茫然，眼见车队四周那盔甲鲜明的骑兵转眼只剩下了百十余人，便是最没心没肺的车夫忍不住都暗自嘀咕起来。

裴行俭略一沉吟，回头便吩咐白三："传我的命令下去，眼下要走得快些，晚间到营地，便可生火造饭！"

麹崇裕不由吃了一惊，西疆的冬日天干物燥，粮车与布帛都是易燃之物，因此一路上扎营时若遇到地形狭隘之处，为安全计，便只能以冷食果腹，怎么今日反而要生火了？他忙道："不妥！生火造饭必要远离粮车，届时遍野是人，万一有贼来袭，如何防护？今日何必冒此风险？"

裴行俭笑吟吟地看了他一眼，"怎会有风险？今日扎营之所还在平野，又有世子在此坐镇，便是不设防护，也妥当得很。"

麹崇裕心思一转，脸色顿时黑了下来：荒野之上，四面来敌，守住粮车自不容易，但由心腹部曲护着自己逃命却不算太难。苏南瑾临行前看着自己的目光，几乎就像在看一具尸首，因此……他狠狠咬了咬牙，抬头看着裴行俭的笑脸，忍不住冷笑起来："彼此彼此，守约不必过谦！"

裴行俭毫不介意地笑着点头，"若依苏子玉的主意，行俭的人头自然不及玉郎的贵重。只是在苏大都护眼里，大约勉强能与你比肩，这两日，咱们正该好吃好睡，养足精神，方能不辜负他们父子的一番美意。"

接下来这一天，粮车的防卫比平日更为松散，一切却是风平浪静。张怀寂的风寒已养得好了些，每日里打起精神上马指挥着苏南瑾留下的百余亲兵和四百西州部曲，裴行俭也不理会，只是将斥候派得更勤，得回的消息倒是看不出任何异样。

到了第二日午后，道路的两旁，终于出现了零星的乱石丘陵，渐渐连成了一片。裴行俭抬头看着前方那条蜿蜒着伸入群山的道路，挥手止住了车队："今日在山外扎营，多备干粮，明日入山之后，不得再举火！"

一夜无话，待到次日清晨，车队缓缓走进这片丘陵之中，不少人的眉头都皱了起来，这一大片山丘都不算高，只是乱石嶙峋，有些暗红色的山岩几乎寸草不生，看去格外险恶。而两山之间有时极为宽敞，起伏甚缓的平野上满是枯草，有时却十分狭窄，只能容数辆大车并排而过。车队的速度明显慢了下来，饶是天未亮便已出发，日过中天时，第四个堰子才遥遥在望。

麹崇裕看着山谷前方越来越狭窄的道路，脸色变得沉凝起来，"今日的宿处可已定下？若是前方没有这般平缓宽阔的山谷，我看今夜不如便在此处安歇！"

裴行俭摇了摇头，"不必，今夜的营地还要再往前几里，那处山间平地更宽。"

麹崇裕不由诧异地看了他一眼，"你怎么知道？"

裴行俭语气平淡："两个月前苏子玉来西州那几日，我和白三、阿成将这几百里官道跑了一遍，险些累死了两匹马。这山间几处大些的山谷地势都差不离，正是天然的葫芦口，最是宜于两头封口，一网打尽。"

麹崇裕皱了皱眉，"如此说来，咱们今日岂不是自投罗网？听闻半个多月前，大都护便将身边最得力的三团亲兵都派出来剿灭马贼，谁知其中是否另有玄机！"

裴行俭笑了起来，"不过是六百骑兵，玉郎何惧之有？"

麹崇裕冷笑一声："我倒是不惧，只是你总得让这些人多撑一会儿才好。莫待援兵到时，咱们已做了新鬼！"

裴行俭点头："那我倒是要打起精神守它一夜了！"

麴崇裕见他虽然说得煞有介事，神情间依然是风轻云淡，不由气不打一处来。只是想了半日，到底还是掉转马头，招来几个长随，细细叮嘱了一番才罢。

车队又走了半个多时辰，前方果然出现了一片长达数里的宽阔山谷，大片大片的枯草足有半人多高，山脚下还有一片小小的树林，若是春夏之日，想来定是水草丰美之地，此时却只剩下了枯草寒枝。裴行俭止住车队，一面让粮车依序在山脚下紧紧地排成相隔十几步的两列半圆形屏障，分出内外两营，一面便让护卫和车夫们将营地内外的枯草小树都清理干净，在粮车数丈外堆成一道草墙。这一番忙碌，直到日头西斜，才算诸事妥当。

众人刚要坐下休息，裴行俭的第二道命令又传了下来，所有的马匹都牵入内圈马车与山脚之间临时围出的栅栏，加派人手看护，一百名唐军的帐篷也安置在内营，剩下的部曲与两百多名护卫则在两列粮车之间的外营歇息，今夜要马不卸鞍，人不解甲，明暗哨位按平日三倍布置。

整个营地顿时又是一通忙碌。旁人也罢了，那些西州部曲平日都与唐军在一处行止，猛然听到这样一道命令，免不了有些嘀咕：裴长史今日怎么会这般安排？

苏南瑾留下的一百唐军里，为首的乃是旅率绥观，听到这样一道命令，他也有些愕然，沉吟半晌，还是找到张怀寂，"张参军，苏公子令我等留下，是为了给这些健卒做个主心骨，更是要护着参军，长史这般安排，似乎有些不大妥当。"

张怀寂骑了一日的马，正靠着马车休息，闻言皱着眉头想了片刻，点头道："我去与长史说一说。"言罢走向营地另一边，好容易才在一群车夫中找到裴行俭，拨开人群抱手笑道："长史辛苦了。"

裴行俭向他点了点头，转身交代一旁的阿成："你去找找各车队的头领，传我的命令，让他们把体健胆壮的马夫都安置在外营。"

两人走出人群，张怀寂正想着如何开口，裴行俭已开门见山道："你可是来问今日为何将苏公子留下的人马都安置在内营？"

张怀寂忙点头笑道："正是，下官带的这些部曲原是听惯了他们号令的，若是无人指挥，不过是一盘散沙，下官适才问过，这些军卒也愿意在外营驻扎，长史可否重新安排一回？"

裴行俭淡淡地看了他一眼，"裴某刚刚算了一卦，今夜明晨，必有大股马贼来袭。那些亲兵太过紧要，不可折损，因此今夜不但这些兵卒绝不能留在外营，裴某还要烦扰参军陪着裴某一道守夜！"

张怀寂不由大吃一惊，忙道："长史莫开……"抬头对上裴行俭的目光，"玩笑"两字顿时再也说不出口。

裴行俭的脸上并没有什么表情，目光也是一片平静，张怀寂却突然间只觉得心头如同压上了一块巨石，明明是严寒天气，他的背后却冒出了一层汗来。

仿佛过了很久，裴行俭才终于开口："有劳参军这便同我一道过去。"

张怀寂身子一震,忙讷讷地应了个"是",跟着裴行俭向自己的部曲走去。那位绥旅率立刻迎了上来,含笑行了一礼,"下官正想与长史商议,不如我等也宿在外营,也好与大伙儿有个照应。"

裴行俭笑微微地看着他,"请恕裴某孤陋寡闻,裴某只知凡入军营者,当令行禁止,却不知还苏大都护的亲兵却是可以讨价还价的,若是旅率觉得裴某不配调度贵军,请自行离营便是,裴某绝不阻拦。"

绥旅率愕然看着裴行俭,几乎有些不敢相信自己的耳朵,这些日子以来,裴行俭对人一直极为客气,此刻怎会如此强硬?他怔了一会儿才道:"下官不敢!"

裴行俭微笑着点头,"那便请旅率带上士卒到内营休息。"他转身直面着那几百名部曲和唐军,提声道:"今夜露宿山谷,所有人等必得听从号令,但凡安排在内营之人敢出来半步,或是外营之人敢进内营,都以临阵脱逃论处——"

"杀无赦!"

他一贯温和的声音带上了金石般的铿锵,所有的人顿时都呆住了。

裴行俭的眸子缓缓地在众人脸上掠过,目光里有一种令人屏息的压力,良久才转头看向了张怀寂,"参军,请跟我来!"

眼见张怀寂一声不响地跟着裴行俭走远,绥观的脸色变得越发难看,沉吟片刻,脸上露出一丝狠色,转身厉声道:"进内营!"

营地的另一头,麴崇裕与探路归来的随从低声交谈了几句,抬头看见裴行俭与张怀寂一前一后走了过来,扬声笑道:"今日难得,张参军乃是稀客,只是麴某这里只有胡饼数枚,酱菜一罐,还望两位莫要嫌弃。"

裴行俭也不客套,接过胡饼便吃了起来,吃完一个,转头才看见张怀寂将胡饼拿在手里,一副食不知味的模样,不由笑了起来:"张参军,趁着此时无事,你还是多吃几口才好,明日咱们还吃不吃得上早膳,如今还未可知!"

张怀寂手指一颤,抬起了头,"长史,难道真会有马贼来袭?"

裴行俭点了点头,脸上露出了嘲讽的笑容,"大唐最精锐的马贼,今夜便会光临此谷!"

第一百零三章
大好头颅　奈何做贼

二更刚过，示警的声音便蓦然响了起来。

远远的山谷入口处传来了一声尖锐的叫喊："敌袭！"片刻之后，地面便震动起来，马蹄声越来越响，似乎有千军万马同时冲进了山谷，马贼特有的呼啸之声随之响彻夜空，转眼之间便逼近了粮车的营地。

黑沉沉的营地里，顿时响起了一片惊叫，无数马夫和部曲同时从车厢或帐篷里跳将出来，有人惊慌失措地想往里跑，也有人慌不择路地要往外逃，好在立刻便有数十道严厉的声音响了起来："想活命的，都不许乱跑！""违抗命令者，杀无赦！"

惊叫声顿时歇了一歇，这些声音发布的命令清晰地传遍了整个营地："立刻靠近马车，躲避箭雨！"

吼声中，所有的人都不假思索地躲到了马车后面。几乎在同一时刻，一阵令人胆寒的长箭破空之声从夜空中传来，无数箭枝落在营地之中，在马车的厢板上发出"咄、咄"的声音，有人在吸着凉气惊叫，有人在低声咒骂，却并没有响起惨叫呼痛之声。

"咱们人多，马贼绝不敢夜袭！只是佯攻来扰乱人心，大伙儿不必惊慌，拿好枪棒，守在各自的马车背后便是！"

类似的话语在外营的各处此起彼伏，语气严厉而沉着，伴随着冲到马车跟前又远去的马蹄声，分外有一种令人安心的力量。马贼尖锐的呼啸声依然在山谷间回荡，营地里却渐渐安静了下来。

在第一声"敌袭"响起时，原本和衣而卧的张怀寂便腾地坐了起来。自打晚膳开始，裴行俭便不曾放他离开一步，又给他安排了一顶紧靠着马车的毡帐。只是眼看着裴行俭将自己的四百名部曲打散，与车夫、护卫混编在一起，又给车夫们分发了简易的长矛木棍等物，他心头混乱，如何还能安歇？几次想问："今夜难不成真有马贼来袭？"可看着神色淡漠、目光沉凝的裴行俭，却怎么也不敢开口。

听着外头惊叫跑动的声音，张怀寂忙不迭摸到靴子便往里套，好半晌才套好。他掀起帐帘，却听见了一个熟悉的声音："参军不必惊慌，马贼已经退下了！"

裴行俭正站在离马车不远的地方，夜色里看不出神色如何，声音却是极为镇定。张怀寂的心神微定，忙问："马贼有多少人？"

一道凉凉的声音斜地里响了起来："参军也是军中之人，难道听不出马蹄声？大约总有上千匹马罢！"

上千人的马贼？西疆怎么会有上千人的马贼？营地里那六七百部曲护卫，加上一百名精兵，又如何能护得住这么多粮车？张怀寂呆了一呆，脱口道："这可如何是好！怎么突然间会有这许多马贼？"

麴崇裕的声音里充满了讥讽："这便要去问你那位簇新的妹婿了。张参军，你也是将门之后，难不成到现在还不明白，从西州筹粮的军令下达那日起，有人等的便是今日？"

仿佛有一层薄纸被瞬间扯落，将他一直不敢正视的东西统统揭了出来，张怀寂怔怔地站在那里，心里乱成了一团。

尖锐的呼啸声伴随着马蹄的震动再次逼近车队，声势似乎更大，营地里先前的呼喝声又在各处响了起来："在马车后掩好身形，不必惊慌！"

麴崇裕声音里带上了一点笑意："守约，你选的这些商队护卫竟有这份定力，真真是出人意表。"

裴行俭的语气听不出太多喜怒："商队护卫，乃是西疆与马贼打交道最多的人，他们若没有这份定力，没一个能活到今日。还有这些车夫，若不是常年行走西疆的，只怕也早乱了。"

麴崇裕似乎有些意外："难道外面真有马贼？"

"有一些，大约真是马贼。"

麴崇裕声音微沉："居然真有马贼……你我只怕轻敌了。"

"轻敌？"裴行俭笑了一声，没有说下去。

张怀寂胸口翻滚，一时也无心去想这些话，犹豫半日还是忍不住道："为何会是今日！"前几天在荒野上，粮队都是数百辆各自围成一圈，大伙儿还漫山遍野的砍柴挖灶做饭，就算要袭击粮队，那时来袭不比如今容易百倍？

裴行俭依旧平静："参军也懂兵法，如此设伏，自然是要赶尽杀绝！"他叹了口气："今日行俭将参军请来，只因如今唯有同舟共济，守住这营地，咱们这些人方能有一线生机。"

听着这沉稳的声音，张怀寂只觉得胸口一片空荡荡的，在这种地形中乱马来攻，谁又能逃出生天？苏氏父子与麴都督、裴长史不睦，在旁的事情上动些手脚也罢了，怎会下这种杀手？而自己在他们眼里，原来也不过是一颗用过之后便可以随手丢弃的棋子……

麴崇裕却冷笑了一声："如今外头上千名马贼，乱军之中冲出去固然是送死，营地一破也活不下几个。横竖咱们如今还有营地可守，有上千民夫、八百健卒可用，只要上下一心，马贼未必能冲入营中。咱们只要守到天亮，自会等到援军。"

张怀寂原本心头一片死灰，裴长史已把那一百精兵和所有马匹都圈入了内营，外营无马，自己和部曲们便是想弃营而逃都不可能！听到"援军"这两个字，眼睛顿时一亮，"世子已派人去搬援兵？"

麴崇裕冷冷地道："难不成还伸着脖子等他们来砍？"

裴行俭的声音也甚是笃定："参军放心，只要咱们不自乱阵脚，将大好头颅送入他人的圈套，此役便不会败。只是参军统领的那四百部曲，士气却是有些低落，参军还当想个法子才好。"

张怀寂沉默片刻，咬牙抬起头，扬声道："传我的话，今日各家部曲当奋力坚守待援，凡斩得马贼首级者，每颗人头赏白叠二十端！"

"每颗人头可换白叠二十端"，这命令一声接一声地传了下去，渐渐变得越来越响亮，一时几乎压过了长箭破空、马队盘旋的声音。

内营里，侧耳倾听着外面动静的绥旅率冷笑了起来："二十端白叠？倒是够外面这些蛮夫一家子全年的过活了，断其后路，激以重赏，这位裴长史竟也懂些兵法。这张参军么，却是个成事不足败事有余的！"

他身边的队正忍不住低声道："外面有上千民夫和七八百部曲，如今士气已起，只怕那些人轻易突不进来！"

绥旅率嘿嘿一笑，"公子留下咱们是做什么的？那位裴长史千算万算，却把那么些马都留给了咱们！待到明日清晨，外面一发动起来，咱们便骑马冲出去！"他的声音低沉而冰冷："看准了裴长史和麴世子的所在，定要将他们踏于马下！"

两轮马贼的呼啸过后，一轮下弦月终于缓缓升了起来，从粮车的缝隙里看去，山谷里马贼的黑影越发清晰，黑压压的一大片，不时有几队纵马前来，冲到离营地几十步的地方盘旋呼啸。有些部曲按捺不住，便欲拉弓射箭，却被身边的护卫厉声喝止了："这不过马贼们惯用的伎俩，一则是令咱们一夜紧张，明日便无力再战，二则消耗咱们的箭枝。不到天亮，谁也不许动用弓弩！咱们这便分拨休息！"

在护卫的分派下，所有的人都轮流钻进搭上双层厚毡毯的帐篷或马车小憩，只是在那不断响起的马蹄和呼啸声中，真正能入睡者却是屈指可数。

这一夜，对许多人来说似乎变得格外漫长；但在另一些人眼里，却又短暂得可怕。眼见斜月西沉，东方渐白，整夜轮流驱马喧叫的马贼突然安静了下来。这安静里有一种不祥的意味，几乎不用护卫呼叫，所有的人都钻出帐篷，站在了马车的后面，握紧了手里的枪棒弓弩。

马贼的队伍在晨光中变得清晰可辨，那排列在几百步外的骑者足有千人。原本指望着夜里听到的马蹄声是一骑双马所致的护卫们脸色顿时变了，马贼的凶残悍勇他们都早已领教，虽不知西疆是什么时候居然出了这么大队的马贼，却也知道，这一千多人只怕不是自己这些人手能够抗衡太久的。

麴崇裕的目光却投向了马贼的后方，隐隐能看见那里有一大片肃穆的人马，他的眼睛不由眯了起来，"咱们的苏大都护真有本事，连西疆的马贼居然也能被他寻来这么多为他卖命！"

裴行俭的声音十分淡然："莫要忘了，咱们车队里还有几十车布帛，价值万缗！再说，以这位苏大都护的性子，养几支马贼又算什么？不然那庭州、伊州的粮队如何好端端地便会遇袭？至于精兵么……"他看着远处沉默的黑影，又转头看了看营中的马夫和部曲。那一张张脸孔上分明写满了惊惧不安，他不由叹了口气。

内营里，不知何人打了一声响亮的呼哨，刚刚到马圈里牵出战马的绥旅率四下看了几眼，却只看到那些躲在马车后面往外偷看的车夫。他皱了皱眉，挥手低喝了一声："上马！"

百余名骑兵整齐地翻身上马，队正踢马跟上了一步，"咱们还要等多久？"

绥旅率瞅了外面一眼，"只要校尉他们冲到了粮车外面，两下斗将起来，咱们便从后面冲出去！"

山谷中的清晨总是来得格外缓慢，东方的天际已露出一抹艳丽的曙红，山间却依然是阴沉沉的一片。无论是几百步外渐渐排好进攻队形的马贼，还是粮车后紧张得面孔扭曲的车夫，此刻都紧紧地闭上了嘴。每个人都只能听见自己粗重的呼吸声，那呼出的白气，在隆冬的寒意里，在胡须上渐渐凝结成了一层薄霜。

营地里，只有那两百来名中年护卫并没有往外看，而是两人一组一言不发地检查着昨夜发给各支小队的劲弩强弓，将它们分发到归自己管辖的那七八名部曲手中，又动了动靴尖，将那些从营地各处拣到的石块踢得更集中了些。

突然间，一声尖利的呼啸划破了这沉闷得令人窒息的寂静，伴随着在山谷中再次回荡起的啸叫，数百名马贼驱动坐骑，马蹄声由慢至快，队形呈扇面展开，直扑粮车。

听了整整一夜尖啸，直到此刻，众人才真正看清了马贼的模样。只见他们身上的袍子各式各样，头上却都包着一色的黑巾，那打马而来、举刀呼啸的姿势里自有一种凛冽的杀气。莫说车夫，便是见过些战阵的部曲们，一时也呆在了那里。

护卫们的厉声呼喝适时地响了起来："搭箭！紧弦！"

眼见马贼已冲到两百步之内，麴崇裕头也不回地一伸手，他身后的随从立刻将一把两石的强弓和几支长箭递到了他手中，他蹬上马车，拉弓便射，弓弦响处，跑在最前面的一名马贼应声落马，众人都是精神一振，在"放箭"的喝声中，几百支长箭迎着马贼射了过去，顿时又有十几名马贼被射落马下。只是马速飞快，不过是两轮箭过后，这数百名马贼已冲到离营地不过二十来步的地方，眼见就要冲到粮车前面，速度却不得不降了下来。

在粮车外十几步远的地方，堆着一大圈足有半人多高的杂草乱枝，冲到近前才能发现，杂草堆的后面居然藏着一道用树干木栏做成的鹿角栅栏，马匹自是不能硬撞到这些坚硬锐利的木头上去。还未等马贼探身挥刀砍开这些乱七八糟的路障，两三百支劲弩便出现在了粮车的上方，一阵尖锐的发射声后，木栏前的马贼惨叫着倒下了一大

／第一百零三章／大好头颅　奈何做贼

片，随即便迎来了一阵又一阵密集的石雨。

丢下了数十具尸体，头破血流的马贼们狼狈地退了下去，整个外营顿时传来了震天的欢呼声。车夫们看着自己的双手都有些不敢置信——就靠昨夜里乱扎的树枝木条和这些石块，居然把马贼打退了？

护卫们的脸色却越发凝重，低头默默上紧了弩箭的机弦。

仅仅过了一盏多茶的工夫，马贼们便第二次冲了上来，当先的几十个马贼手里的弯刀已换成了长枪长棍，营地里的第一轮强弓远射之后，马贼也纷纷在马上拉弓回射，虽然有粮车阻挡，这些乱箭并没有射中几个人，但那令人胆寒的"嗖、嗖"之声却让大多数部曲都忙不迭地跳下了粮车。

只有护卫们依然保持着镇定，直到那些拿着长枪的马贼冲到了木栏前，才把蓄势已久的劲弩射了出去。十几步的距离，这些劲弩足以射破数层皮甲，大部马贼枪棍还未挑起，便被射落马下，却到底还是有十几名马贼挑开面前的鹿角冲了进来，一直守在麹崇裕和裴行俭身边的那几十名部曲同时跳上了马车，张弓搭箭，几十步内，马贼们几乎是应弦而倒。

不知谁发了一声喊："快射，马贼冲进来谁都活不了！"终于回过神来的西州部曲们纷纷瞅着空子往外射箭，车夫们的石头更是砸得又快又狠。虽有马贼冲到了粮车前面，但不是被箭弩射中，就是被粮车后伸出的长矛乱棍打落马下，也有身手矫健的马贼跳上了马车，却寡不敌众，被护卫和部曲们砍翻在车顶上。

片刻之后，第二轮冲营的马贼终于又退了回去，丢下了比第一次更多的尸体，而粮车外的鹿角栅栏，那多出的十几处缺口也显得无比刺目。

欢呼之声没有再次响起，营地外面濒死的马贼们的惨叫，营地内伤员们的痛呼都清清楚楚地传到了每个人的耳中。部曲们的腰间还有半筒箭羽，早间收集起来的石块却在适才的慌乱中被车夫们统统丢了出去。几处短兵交接过的地方，粮车上的厢板已被鲜血染得乌红，不知是血腥之气太过刺鼻，还是奋力厮杀后有些脱力，许多人面色变得苍白。

麹崇裕环顾了营地一眼，冷冷地看向裴行俭，"你还在等什么？想靠着这些人把那几百名马贼杀光么？就算那些马贼是被故意赶来送死的，只怕再有一次，咱们这些人也会死伤惨重了。"

裴行俭凝神看着远处，突然低声道："来了！"

一直保持静默的那一大片黑色人马终于缓缓动了起来，速度越来越快，密集的马蹄震动之声比先前强劲了何止一倍，队形也并没有分散，而是像一支巨大的箭矢，直奔麹崇裕和裴行俭所在的方位直冲过来。那股前所未见的强悍气势，顿时让整个外营的人都惊呆了。

裴行俭的声音却依然清晰镇定："把我的那三支箭拿来！"

麹崇裕眼睛一眯，也抽出三支长箭搭在了弓弦之上，待到马队略近，用上平生的力气将三支箭连珠射了出去，放下弓时皱着眉头嘀咕了一声："落空了一支。"

只见裴行俭不紧不慢地登上了马车，左手拿着一把最寻常不过的弯弓，右手里拿的却赫然是一支火箭，随手一箭射了出去，不知怎么的，却是歪歪扭扭地飞到了只有十几步远的地方。

麴崇裕正想开口，却见裴行俭已拿到第二支箭头圆圆鼓起的怪箭，拉开弓弦对着高空射了出去，箭枝在空中发出了一声长长的刺耳尖鸣。

麴崇裕更是诧异，眼见裴行俭已拿出了第三支箭来，看上去似乎没有什么异样，不由问道："这一支又是什么箭？"

裴行俭诧异地看了他一眼："便是最寻常不过的箭羽。"

麴崇裕还想再问，从内营突然传来了两声短促尖利的哨音。

内营里，正对着裴行俭和麴崇裕的地方，苏南瑾留下的那百余名精兵已上马列好了队形，一名队副带着十几名身强体健的士卒站在马车的后面，另一名队副则登上马车，回头叫道："一百步！"

一百步，三十多丈的距离，对于快马来说不过是数息的工夫，正好够自己这些人冲出去！这一次他们绝无可能逃出生天！绥旅率冷笑一声，刚举起手中的腰刀，哨音便传到耳中，他愣了一下，依旧一挥腰刀，"推开粮车，冲出去！"

两辆各装着二十余石粮米的大车，被十几名健卒发一声喊便推到了两边，中间露出了一条足有一丈宽的通道，绥旅率一马当先冲了出去，高声叫道："裴长史，让我们出去迎敌！"话音未落，一支最寻常不过的箭羽便迎面射了过来。

一阵乱箭，几道绊马索，两辆马车之间一丈多宽的通道，顿时被倒地的骏马与士卒塞了个严严实实。后面的士兵正在乱纷纷地勒马，粮车上蓦然出现了几十张强弓，弓弦响处，又有十几个士卒惨叫着摔落马下。

最先被射中的绥旅率直接从马上摔了出去，倒是不曾被压成一个夹馅果子。他捂着肩头刚要跳起，一把寒光四射的腰刀已架在了他的脖子上，随即眼前便出现了一双靴子和一袭青色的袍角，裴行俭含笑的声音在头顶上响了起来："绥旅率，你也未免太性急了些。"

绥旅率的脑内一片混乱，定了定神才道："马贼已在冲营，下官不过是想去迎战，裴长史你这是做什么？"心里纳闷，算着时间，此时外面的队伍应该已冲到粮车之前，怎么马蹄声反而听不见了？

裴行俭依然是笑吟吟的："是么？那冲营的马贼如今又在何处。"

粮车的外面，那支像利剑般破空而来的马队已在几十步外生生的勒住了战马，队形一分，兜头往回便跑。

随着几支火箭落入鹿角栅栏外那半人多高的枯草堆里，火苗转瞬间便从好几个地方冒了出来，马队正对着的方位，正是裴行俭最早将火箭射到之处，火焰腾起老高，形成了一道足有一人高的火墙，而那惊人的火势还顺着大片的枯草向外迅速蔓延，马队再往前冲，就算前队能从火势暂时未起的地方冲入粮车前方的空地，后队也会陷入火海。

绥旅率躺在地上，从粮车车厢下面看过去，正能看见那一片大火。他怔了半晌，咬牙伸手折断了肩头的箭枝，坐了起来。不知是因肩头的疼痛，还是听到内营里不断传出的惨呼声，他的额头上冒出了豆大的汗滴，声音却依然严厉："住手！你们好大的胆子，敢屠杀我大唐兵卒！"

裴行俭的声音变得冷峻起来："绥旅率，我曾下令，内营兵卒敢出营者，杀无赦！大敌当前，你们身为大唐兵卒，却不经上峰许可，意图纵马冲营，若叫你们冲成，这营地里两千多人只怕都会成为马贼的刀下之鬼！不杀你们，何以肃军纪？"

绥旅率紧咬牙关抬起头来，只见身前的马夫、护卫，无人脸上不是一片憎恶，连不远处站着的那些西州部曲，看向自己的目光都充满了鄙夷和敌视，心里不由一凉：自己的马队若能冲出来，斩杀他们自然不在话下，但如今被堵在内营里，被这些人四面据车当活靶子射，也不过是任人屠杀！只有外面那把大火熄灭，他们能早点冲将进来，自己的人还能有一线生机……记得昨夜外面堆的不过是一些枯草，大约过不了太久便会烧光，老天，让这把火还是赶紧烧完吧！

仿佛是听到了他的祈求，突然间，远处马蹄奔驰的震动声再次响起，那气势仿佛有数千匹战马同时冲了过来。绥旅率眼中顿时迸发出了惊人的明亮光彩：他们来了！

听到这骤然响起的马蹄声，众人的脸色都变了，不少人迅速登上马车向外看去。可那高高的火墙却挡住了人们的视线。正自慌乱间，却听到那马蹄声似乎并非冲着粮车而来，没过片刻，远处更传来了高呼惨叫的厮杀之声。

几名中年护卫最早反应过来，高声叫道："是援军！援军来了！"营地里顿时轰动起来，部曲与护卫还好一些，半数以上依然登车与内营的骑兵对峙，那些马夫却都争先恐后地爬上了马车。

自打裴行俭抬手用最后一支箭将绥旅率射落马下，麴崇裕便一脸郁闷地把手里的强弓丢到了一边，懒洋洋地抱胸靠在一辆马车上。直到听到马蹄声，才终于打起了精神，几步登上了马车的车顶，手搭凉棚往外张望。两名随从忙不迭跟了上去，护在他的身前身后。

站在高处，外面的情形一目了然，只见从山谷的西头不知何时杀进了一支骑兵，冲进来的时机，恰恰是那支"马贼"被大火逼退，队形尚未重整之时，骑兵借势直接冲入了"马贼"之中。原本看着极为精锐整肃的"马贼"队伍，竟是被他们轻轻松松凿了一个对穿，随后便兜头杀回，将这五六百"马贼"分割包围。还有一部分骑兵则是冲向了另外数百名马贼，所到之处更是风扫落叶一般。

这股骑兵人数不过一千出头，身上并无盔甲，衣袍颜色也极为杂乱，但队列严整而灵动，那股势如破竹的气势更是令人心惊。人喊马嘶之中，前一刻还不可一世的马贼们已是被他们冲杀得七零八落，再也聚拢不起来。

不少人已惊叹起来："这是哪路人马？"经验老到的护卫们凝神听着那队伍里不时响起的鸣镝，辨别着马刀的式样，语气里有些不敢置信："像是……突厥人？"

自然是突厥人！麴崇裕看着骑兵最前方那个所向披靡的身影，抱着手笑了起来。

听着外面的动静，绥旅率眸子里的光亮彻底熄灭，脸色也变成了一片死灰。内营里，又传来了一声长长的惨叫，他一个激灵回过神来，抬头看着裴行俭，神色惨然，"裴长史，内营的那些士卒都是大唐子弟，此番不过是听我的号令，我这便让他们放下刀箭，望长史留他们一命。"

裴行俭静静地看了他一会儿，点了点头。

绥旅率扶着车厢一瘸一拐地走到了两辆马车间的空隙处，低头看了一眼倒毙在地上的爱马，眼眶一热，不敢多看，走上一步高声呼喝道："放下刀箭，下马！"

裴行俭的目光转向站在一边的张怀寂："张参军，你与里面的士卒到底相熟一些，受降之事，便交给你来处置罢。"

张怀寂一直是在怔怔出神，闻言下意识地点了点头，回过神后脸上才露出一份惊慌。只是对着裴行俭已转身扬长而去的背影，他心头的百般滋味，终于都化作了一声长叹。

粮车的外面，熊熊燃烧的火墙已熄灭了大半，众人的视野便越发清晰起来，被阻隔在火墙之外的那一千多名马贼早已是溃不成军，混战之中，至少有两三百骑已被突厥骑兵的马刀砍翻。

麴崇裕的目光不时看向依然一片寂静的东边谷口，听到身边有动静，才转头看了一眼刚刚登上车顶的裴行俭，又向他身后的白三似笑非笑地点了点头，"这几日里，倒是辛苦你了！"

白三摸着头嘿嘿一笑，没敢接口。裴行俭笑道："一个多月前，我打发白三去问阿烈何时送妻儿过来，听闻兴昔亡可汗将此次押粮来军仓的重任交给了阿烈，算算正该是这时辰。兴许最近马贼猖獗，阿烈便多带了些人马。所谓天理昭昭，报应不爽，果然叫这伙马贼撞在了他的手里。"

麴崇裕没好气地冷笑了一声："看来兴昔亡可汗果然与长史的性子相似，都是谨慎过人！"阿史那弥射的昆陵都护府因无耕种之地，又要派兵随征，因此只要象征性地交上五百石青稞，他派出部落中最精锐的一千多名骑兵护送这五百石的青稞……这般混账的理由，只怕那位苏大都护听了之后会当场吐血。

裴行俭似乎没有听出麴崇裕话里的讽刺，眯着眼睛仔细辨认了一会儿，叹道："阿烈突阵之能，在西疆只怕少有敌手。"

即使在混战当中，突厥骑兵中的一小股人马也分外显眼，当头一匹枣红色大马上，那个着黑衣持马槊的身影所到之处，无论是三五人的小队还是几十上百人的大队都如纸片般被轻易撕开。

麴崇裕看了半响，忍不住也叹了口气，"此番当为他请功！"

裴行俭轻轻点头，"这是自然，只是要谨慎些，柳氏母子我已让白三送入了高昌城，那边识得他们的人少，总要待战局平定，才能接到西州。"

说话间，山谷里的马贼已是全盘溃败，不少人无心恋战，眼见突厥骑兵压阵的队伍端端正正地守在山谷西头，拨马便向东边的谷口逃去，眼见已冲到了谷口，不知怎么的，突然发一声喊，竟是纷纷栽落马下。

这番变故来得突兀，粮营里也是一片惊呼，一息工夫之后，从谷口处竟是又出现了一支骑兵，大约有三四百人，队列齐整，箭法精奇，清一色的本色胡袍和深色战马，一到山谷宽阔处便迅速分成小队围剿马贼，手起刀落的凶悍之势与突厥骑兵相比竟是不遑多让。

裴行俭不由怔了一下，转头看向麴崇裕，"你……"

麴崇裕长长地出了一口气，瞅着裴行俭挑眉一笑，"守约，好歹你我也相识多年，螳螂扑蝉，黄雀在后，有守约你现身说法，麴某也少不得现学现卖一番，见笑了！再说，"他看了看山谷间那四处奔逃的马贼，语气变得冰冷，"他们既然选了这样一处地方来款待你我，若不将这些马贼赶尽杀绝，永除后患，又怎么对得起这一片良苦用心！"

裴行俭摇头苦笑起来。

粮车前的火墙已然渐渐熄灭，只是被两股精兵绞杀的马贼自是无暇再往这边多看一眼，偶然有昏了头逃过来的，立时便被早有准备的部曲和护卫们居高临下一阵乱箭射成了刺猬。再过得片刻，山谷里剩下的马贼再也支撑不住，纷纷抛下了兵器，抱头下马。那支与突厥骑兵纠缠在一起的"马贼"也不过多撑了一盏茶的工夫，眼见着新到的生力军已往这边杀过来，也不得不丢下了手中刀枪。

粮营内外顿时响起了一阵欢呼，迎着终于将整个山谷映照得一片金黄的朝阳，这声音在山谷间不断回荡，久久不绝。

欢声雷动中，突厥骑兵开始下马清点战果，搜索财物，集拢战马。最后来到的那支骑兵却是悄无声息地在战场上巡视了一遍，扶起受伤的同伴，带上同袍的尸首，一声不响地打马离去。

粮车的营地里，内外两排粮车都被推开了几辆，随从们从内营牵来战马，裴行俭和麴崇裕翻身上马，迎向了突厥骑兵中那个带头的黑色身影。

方烈的模样跟六年前相比几乎没有什么变化，只是骑马带槊的身影里，更多了一分渊渟岳峙的沉稳气度。大约因为用的是长槊，身上并没有溅上多少血迹。他正目光锐利地扫视着整个战场，看见裴行俭和麴崇裕，脸上露出了一丝笑容，带马迎上几步，"守约，玉郎，好久不见，幸不辱命。"

麴崇裕眯眼微笑，"苏大都护有令，马贼猖獗，各部人马当戮力灭之，阿烈一战功成，大都护定然无限欣慰。"

方烈一怔，不由哈哈大笑，雪白的牙齿将整张脸映得生动灿烂，让人几乎忍不住也要和他一起欢笑。

裴行俭也笑道："待这一战平定，麴都督定会向朝廷为你请功。"

方烈笑着抱了抱手，"那便多谢都督了。只是阿柳那边……"

裴行俭微笑道："放心，我都已安排妥当。"他环顾着周围正兴高采烈清扫战场的突厥骑兵和那五六百位抱头蹲在一边战俘，沉吟半晌才道："阿烈，你暂时还是莫要去军仓和大都护府那边，这些事情，交给……"

麹崇裕冷冷地截断了他的话："交给我来处置！"

一个多时辰之后，西州的粮车又一次缓缓上路，当最后一辆车离开山谷时，已是日近中天。在他们的身后，那终于安静下来的山谷里，只剩下一大片染着紫黑血迹的焦黑土地和两堆低矮凌乱的土包。

眼见日头渐渐向西边沉了下去，粮车的前队所在的山道终于变得宽敞平整，两旁的丘陵也低矮了许多。并不算刺目的冬日阳光仰面照在众人的脸上，虽无太多暖意，却也让人心里多了几分宁定，连迎面吹来的山风里带着的那股血腥气息似乎也不再那么令人心寒。

只是当前方再次传来密集的马蹄声，不少人还是一个激灵抬起了头来。裴行俭和麹崇裕相视一眼，驱马迎了上去。

迎面而来的马队最前方，苏南瑾看着眼前袍角都未沾上一丝血迹的两人，虽是心中早有预感，脸色依旧不由自主变得僵硬无比。还是身后的卢青岩先开了口："两位辛苦，这几日粮队可还安好？"

麹崇裕笑吟吟地点头，"自是安好，只是昨夜遇到了小股马贼侵扰，幸亏兴昔亡可汗的一支骑兵正好护着粮队经过此处，随手便把马贼都剿灭了。粮队中只有几名车夫和部曲受了伤。只是那绥旅率见贼人势大，竟然不顾军令，率领所部抢马脱逃，被我等就地格杀了四十多人，余者已全部拿下。此事乃张参军亲眼目睹，亲手处置。我等正要把这些逃卒交给大都护处置。"

卢青岩呆了一下才道："那些马贼……"

麹崇裕漫不经心地指了指粮队最前方的那几辆大车，"都在那里！"

苏南瑾脑已是一片空白，下意识一踢马肚走了过去，赶车的部曲面无表情地跳下车，刷的一声拉起了车帘，一股浓烈的腥气顿时迎面扑来，却见那里面一排排的木筐里，装的并非粮米，而是密密麻麻的头颅。

苏南瑾一个哆嗦闭上双眼不敢再看，全身都不受控制地颤抖起来，五脏六腑似乎全拧成了一团，喉头也是又腥又苦。他只能死死咬住牙关，不敢发出任何声音，只怕一开口便会当场呕吐起来。耳边却传来了麹崇裕冰凉的声音："此役，马贼无一逃脱，真真是可惜了！大好头颅，奈何做贼！"

在西疆隆冬的刺骨寒风里，几日之后，这一千来颗头颅便整整齐齐地码在了安西大都护府的门前。所有的热血都已在西疆荒野的寒风中被冻成了坚冰，曾经令人作呕的血腥味也早已变得淡不可闻。只是当这一筐筐沾血蒙尘、死不瞑目的头颅衬着富丽堂皇的龟兹官衙门庭时，那股狰狞凄厉之意却变得愈发浓烈。

大都护府正厅里的高案正遥遥对着庭院的大门，染成大红色的厚毡门帘已然落下，严严实实地挡住了远处那令人胆寒的一幕。苏海政眸子却依然一动不动地停在了门帘上，目光仿佛被什么东西牢牢黏住了一般。

门帘的外面，那些粗糙不堪的木筐里，装着的便是他花了整整七年的时间、费了无数心血才培养出来的精兵。他这安西大都护,号称统领天山南北,手握西疆上万兵卒,但那些平日在家耕种、战事听命上番的府兵,又如何用得?真正能对他唯命是从的,也不过是这千余伊州边军!而这六百人,更是精锐中的精锐,心腹里的心腹,是能和马贼们一道饮血黄沙的悍勇之师,是他纵横西疆的根本倚仗!如今,却变成了那样一堆东西……

那静静垂落的红色门帘,在他的眸子里渐渐变成了一摊刺目的鲜血,铺天盖地地染红了整个视野。

案几下方不远处,麹崇裕神色怡然地抬头看着苏海政那张早已变得僵硬的笑脸,"启禀大都护,西州都督府此次幸不辱命,昆陵都护府亦得立奇功,全是托大都护的洪福。"

这含笑的醇厚声音仿若一根长针刺入苏海政的耳中,将那几日来一直在心口绞磨的痛楚悉数搅了上来。他一个激灵回过神来,面无表情地看了麹崇裕一眼。麹崇裕身上穿的正是一件刺眼的大红色冬袍,脸上的笑容更是说不出的轻松惬意。苏海政的手下意识地一收,紧紧握住了案几的边沿,却只能含笑点了点头,松开手端起水杯喝了一口,把喉中蓦然涌上的血腥气冲下去了一些,这才开口道:"世子果然胆略过人,老夫自愧不如。"

麹崇裕微微一笑,"大都护过奖了,西疆谁人不知,大都护才真真是杀伐决断,下官不过略学得一二皮毛而已,让大都护见笑了。"

苏海政的嘴里顿时又有些发腥,看着眼前这张清雅无尘的笑颜,第一次觉得自己也许不该气急之下一脚把儿子踹出去——当日若是自己在白白等候了几个时辰之后,猛不丁又看到那么多头颅,再对上这样一张笑脸,说不定也会一刻都待不下去,寻个借口带马便走,更别说还能想到去追问一番俘虏的处置……可此刻,这个问题自己却不能不问。

他无声地吸了一口气,将目光转到了裴行俭身上,"裴长史,听闻这次你们全歼马贼,莫非是一个未留?"

裴行俭微微欠身,"下官不敢欺瞒大都督,原本的确是有些俘虏的,只是这些马贼并非乱党,既然是兴昔亡可汗的部将俘获,便该交由他们处置。下官原以为他们会带回本部做奴,不想那位部将却道,这西疆马贼多是穷凶极恶、杀人如麻的亡命之徒,便是送与人做奴,也无人肯用他们、敢用他们。因此索性便没留几个,也省得后患无穷。"

苏海政心里不由一冷,他当然也知道,能送来一千颗首级,自是没留什么俘虏,但这"没留几个"却又是什么意思?

低头立在一旁的卢青岩适时地抬起头来,脸上露出了一丝感兴趣的神色,"长史,那留下的几个,不知你们又作何处置了?"

裴行俭温言回道:"下官也不大清楚,那位突厥部将只是挑了几十个面目端正忠厚的出来,又把他们带的军粮交给了下官,说是既有这番意外之获,还是要即刻回转本部才好，这些军奴与良马，也可以送些给一路来招待了他们的几个大小都督。突厥马快，想来此刻应在半路之上了。"

苏海政轻轻点头，点了足足有数十下才突然醒过神来，抬头道："裴长史、麹世子，两位一路辛苦了，既然东西都已送到，两位还是先下去歇息，本都护定然会，"他停了停才用力把话吐出了口，"为两位请功！"

麹崇裕欠身道："多谢都督高谊，只是年关日近，下官们也是即刻返程才好。大都护的情谊，请容我等下次再领。"他抬头看着苏海政，轻声一笑，"为大都护效力，下官不敢言辛苦，此番能灭贼寇，倒是要多谢大都护的成全！"

案几下，苏海政双手已紧紧地握成了拳头，用力得微微发抖。好容易等到帘子落下，遮住了那两个人影，他呆了半晌，狠狠一拳捶上了案几，案上的诸多物件顿时都震起老高，放在案几边的瓷杯和笔洗"啪"的一声掉在地上，摔得粉身碎骨。

屋里留下的两个主簿都唬了一大跳，还是卢青岩走了一步，"大都护息怒！"

苏海政瞅着他冷笑起来："息怒，你倒教教我如何息怒？他们公然把那些头颅抬到了这府门口，来向我示威，来向我请功，我竟还不得不为他们请一个战功下来……竖子欺人太甚！"

卢青岩的声音不由也低了一些："大都护何必气恼，他们此次不过是侥幸逃出生天，便如此骄狂跋扈，如此心胸，日后大都护自有令他们追悔莫及之时。"

苏海政的笑容更冷，"侥幸？你难不成也相信阿史那弥射会派出千余骑兵来护送五百石粮米？又恰恰在那日经过红山道？"

卢青岩不由一窒，他自然不会信，可若不是侥幸，难道是自己的所有安排在老早之前便已被裴守约看破？这世上，又怎会有这种妖人？他想了半日才低声道："下官曾听闻，这裴守约精于数算之术，有些事情，原也难说……"

数算之术……苏海政心里微微一寒，没有作声，良久才摆了摆手，"如今说什么都已是无用，只是今日他说的还留了几十名战俘，此事该如何处置？"

这件事在卢青岩心里已转了不知多少遍，却依然没个答案，听到这一问，只能叹了口气："裴守约此计甚毒，他若是杀降至尽，固然不必细论，若是全部留下，却也好说，大都护自能指个事务将他们都要过来。如今只留这几十个，想来多半选的还是些队正之流，为的自然是要留下他日能指证大都护的活口，至于说到要送给好几个都督，大约是为了将更多的人扯进此事。咱们既不能真去这些都督府上讨要一两个战俘，却也不能坐视他们拿着这活证据算计大都护……"

苏海政顿时有些气不打一处来，"这也不能，那也不能，咱们能做什么？"

卢青岩沉吟片刻，抬头道："等。如今，既已不能先发制人，便只能伺机行事。西疆局势多变，有变数便会有转机！"

眼见苏海政脸色依旧难看，他忙道："大都护也不必忧心，这支亲兵原是大都护亲手挑选的，多数都并无家眷之累，莫说他们对大都护原是忠心耿耿，便是有人说出自己是大都护身边的队正，却又有何证据？"

"便如那绥旅率，他只要咬定当日是要带队迎敌，心急之下才忘了军令，大都护便不必理会旁人的议论。过几日将他从军牢中提出，打上几十军棍，冷上个一年半载，再让他立个不大不小的军功，那时重新用他又有何不可？有些事情，不但死无对证，便是活人，也无从对证！"

苏海政心中略定，皱眉道："只是这六百人马，总不能凭空说不见便不见了。你说那些降兵是口说无凭，可若对上此事，岂不成了铁证。"

卢青岩沉声道："大都护莫忘了，再过两日，咱们便要发兵平叛，这几团人马因追杀马贼，一时赶不回来也是寻常，待到烽烟四起，乱局难辨之时，一支追赶大部的孤军便是遇上强敌，导致全军覆没，又算是什么稀奇之事？"

苏海政微微点头，"如此说来，这一仗，倒是打得越大越好。"

卢青岩暗地里松了一口气，点头不迭，"大都护所言甚是，这一仗倒是不能打得太小了。"说完才发现，背后已是一片汗水。

苏海政沉吟片刻，转头看着墙上的舆图，声音冰冷："还有这位兴昔亡可汗，我倒不知他是何时与麹家搅作了一堆！"

卢青岩忙道："裴守约对突厥十姓原都施过些小恩小惠。下官以为，那位兴昔亡可汗倒未必知晓他借兵是为何用。大都护也不必为此忧心，此次统领十姓的两位可汗都要出兵随大都护征战，大都护届时使出些手段，或拉之或打之，不难叫他们知道，如今的西疆究竟是谁在作主。"

苏海政沉默不语，转身看着那血红的帘子，慢慢地咬紧了牙根，"若是有人不识好歹呢？"

厅堂里变得一片沉寂，卢青岩顺着苏海政的目光看了看门帘，想到那帘外的景象，只觉得一股寒气从背脊上一点点浸了上来。

第一百零四章
见风使舵　居心叵测

　　看着手上这叠大红帖子，琉璃抚额长叹了一声。
　　明日便是腊八，正是家家户户备牲祭祖、沐药驱疫的大日子，又要开始为年节做准备，要买的物件多，要拟的礼单更多。偏偏阿燕前些日子得了一女，还未出月，韩四又是个除了行医外诸事都迷糊的，外加世子府里还有一个但凡麴崇裕不在便状况百出的云伊，琉璃每日都要打发人去两处问上几回，因此比往年更忙上了十分。若是还要日日打扮济楚去应付这些西州官眷，她还要不要过日子了？
　　小米瞅着那些帖子也不屑地撇了撇嘴，"都是些会赶热灶的。"
　　琉璃笑着摇头，小米这话倒也不算错。自打苏南瑾来了西州，她这裴宅便成了西州城里一等一的清净之处；可十一月那五万石粮米进了西州后，各种要上门拜访的、要请她赴宴游玩的帖子却络绎不绝起来；只是千般言辞万种手段，说到底，也不过是"酒税"二字。她只能笑着装糊涂，实在装不过了，便推一句"这些政务我哪里能懂，长史也从不与我说"。原本这些日子已是渐渐清静了下来，结果前几日，当裴行俭与麴崇裕歼灭了西疆上千马贼、大都护要为他们请功的消息传来之后，这帖子便又雪片般飞了过来……
　　与这些人虚与委蛇，真真是浪费大好时光！琉璃把所有的帖子都往前一推，"你让管事到这些府上去道声抱歉，便说我身子不爽，不能出门，也不好见客，请她们见谅。"
　　小米清脆地应了一声，拿着帖子便走了出去。没过半日，便又有数拨人马上门，送上了若干贵重的药材补品。琉璃哭笑不得，只能拿来看了一遍，记下要还礼的人家和礼品分量。她还未清点记录完毕，帘外便传来了小米的笑声："云娘子来啦！"
　　门帘一荡，云伊一阵风般卷了进来，看见琉璃正坐在案几前记账，怔了一下，拍着额头笑了起来："姊姊当真没事！"回头便叫道："镜娘，我输啦！"
　　过了数息的时间，外间才响起了麴镜唐慢悠悠的声音："你也见识过那些人的手段了，你尚如此，大娘这边定然更不得清净，是我也会推一个身子不爽，图个眼不见为净。"

琉璃笑着收拾好纸笔，站了起来，"镜娘倒是稀客。"

麴镜唐依然是一副清淡的打扮，笑容里那点冰凉的讥诮和麴崇裕如出一辙，"谁叫西州城里，就你这里还能躲个清净。"说着往案几上的长凳上一坐，对小米懒洋洋地挥了挥手："今日你家娘子便是轰我我也不会走，有什么可吃的可玩的，都快些拿来，不许藏私！"

小米忙笑着应了声"是"，琉璃不由转头看了云伊一眼，心里好不纳闷：镜娘搬到世子府才两个月光景，就传染上了云伊的疲赖？

云伊忙摆手，"跟我无干！"又指着镜娘道："姊姊你不知道，她只是在人前装仙女，其实性子比我还坏，最会说怪话，今日还说，那些女人只怕都是跳蚤转世，眼见冬日到了，不巴住个苦主吸血取暖如何过得去？"

琉璃绷不住笑了起来，这话说得……真不愧是麴崇裕的亲妹子！

麴镜唐淡淡地挑了挑眉头，"难不成我还冤枉她们了？"

云伊愁眉苦脸地坐了下来，"我倒宁可身上生些跳蚤，或是以前那般听些冷言冷语，也胜过如今这般日日对着她们笑！也不知玉郎什么时辰才能回来，我实在是被鼓噪得受不住了！"

琉璃顿时心有戚戚焉地点头不迭。

麴镜唐端起小米奉上的热枣浆喝了一口，似笑非笑地看着两人，"你们两个真真是异数，有人一生所求也不过是让所有的人都对她仰视赔笑，偏到了你们这里，都成了累赘。"

云伊奇道："你觉得这是仰视赔笑？我怎么觉得都是带着饵的渔钩，牵着绳的马绊，是要哄着咱们上钩进套，好宰来入锅。难不成还有人一生所求便是被旁人当只肥羊？"

一屋子人都哈哈大笑起来，麴镜唐拿帕子捂着嘴咳得抬不起头，琉璃强忍着笑上前给麴镜唐拍背顺气。好半晌，她才缓过这口气来，笑道："你这话若传出去，只怕又会把那人气死。"

琉璃有些纳闷，"镜娘说的是哪位？"

麴镜娘神色有些淡淡的，"那些闲人，不提也罢，"又端着杯盏笑道，"你这里的枣浆怎么做得比别处的好吃？"

琉璃摇头，"这要问我的那个婢子，她没事便喜欢琢磨这些。"转头正要找人去叫紫芝，外头又有小婢女道："张娘子在外院，说是要来探病。"

张敏娘？琉璃不由一愣，她来做什么？小婢女轻声道："张娘子还说，她也好久没见过云娘子与镜娘了。"

琉璃摇了摇头，"那便请她进来吧！"说着顺手去了钗环，上床靠在了软枕上，苦笑道："我这模样，可像个养虱的好苦主？"

云伊的眉头紧紧地皱了起来，"她倒不像跳蚤，竟是只水蛭！"

琉璃诧异地看了她一眼，麹镜唐淡淡地道："你有所不知，这位敏娘几日里已找过云伊三四回，都被推了，不曾想今日却是追到了这里！这西州城里，我最不耐烦见的便是她……"

从院子里传来了细碎的脚步声和说话声，麹镜唐收住话头，没过片刻，小婢女挑起了帘子，露出了张敏娘亭亭的身形。

她今日穿得十分淡雅，青莲色锦面披风下面，只是一件八成新的米色袄子，配着素底的藕荷色六幅长裙，看去反而比平日多了几分清雅。进来后她笑着与麹镜唐和云伊见了礼，走到床前仔细看了看琉璃的脸色，"佛祖保佑，阿嫂气色倒还好，"又笑着解释，"阿敏今日听本家嫂子说起阿嫂的身子似乎突然有些不大爽快，心里一急便想过来，又听说镜娘和云娘也过来了，这才斗胆来上门打扰。"

琉璃在床上欠了欠身，"多谢敏娘挂怀。我懒散惯了，这几日偏是人来人往的忙碌了些，便有些受不住，倒让敏娘见笑了。说来你大喜之后，我还未与你说声恭喜，祝你与苏公子百年好合。"

张敏娘面不改色，"多谢阿嫂。阿嫂的身子原是该多保养着些。"

琉璃笑了笑没有接话，张敏娘却转身走到云伊身边，笑道："今日倒是巧了，总算见到了云娘。"

云伊的语气里有毫不掩饰的戒备："你找我有什么事？"

张敏娘轻声一笑："也没什么，只是阿嫂赏我的那幅画像，我一直不知该放在哪里才好，想请教一声，云娘的那幅是怎么安置的？"

云伊纳闷地看了她一眼，"挂在内院小书房的墙上。"

张敏娘似乎有些犹豫，"挂在那里可还合适？"

云伊越发摸不着头脑，"为何会不合适？"

张敏娘踌躇片刻才笑道："我也在书房挂过，怎么都觉得有些不大合适，不知云娘是怎么挂的，能否让我看上一眼？"

此言一出，莫说云伊，琉璃和麹镜唐都露出了诧异之色，实在摸不准这位张敏娘葫芦里到底是埋着什么药。还是琉璃先笑道："那今日可是不巧了，我正想留云伊多陪我些时日。"

张敏娘气定神闲地坐了下来，"哪日都好，横竖我也好些日子没见过阿嫂了，今日这般凑巧，正要多打扰阿嫂一会儿。"又对镜娘笑道："这些日子倒是听见大伙儿日日提起王明府，都是好生羡慕。"

麹镜唐淡然一笑，"也没什么，他不过是心眼生得实些，不会见风使舵，因此也不至于进退两难。"

张敏娘微笑着点头："正是，还是镜娘好福气……"

耳听着张敏娘若无其事的轻言细语一路说了下去，云伊的眉头不由紧紧皱了起来，坐了一刻多钟，再也忍耐不住，站起来道："我先回去一趟取点东西，你若想看画像，便与我一道过去好了！"

/第一百零四章/见风使舵　居心叵测

张敏娘笑了起来，"今日能看自是再好不过。"回头便笑道："阿敏失陪片刻。"

琉璃暗暗皱眉，随口道了声"无妨"，又给云伊的婢女使了个眼色。那婢女走上一步，还没开口，云伊已一面大步往外走，一面向后面摆了摆手："我待会儿就回来！"

麹镜娘回头看了自己的婢女一眼，那位婢女也脚步轻快地跟了上去。

耳听着那脚步声渐渐远去，琉璃不由叹了口气，这位张敏娘真是让人头疼，那股和颜悦色里的韧性，让人真是无从下手，偏偏云伊又是爆炭般的脾气，拦都拦不住……她沉吟片刻，正想开口，麹镜娘已皱眉道："我还是回去一趟罢，不然心里总是有些不安。"

琉璃笑着点头："我正想说，病中无聊，要去世子那边借本杂记出来才好，那便有劳镜娘了，劳烦你再跟云伊说一声，让她快些过来陪我用饭。"

云伊此时早已出了曲水坊，一路上越走越快，没片刻便到了世子府前，回头一看，却见张敏娘竟不曾落后太多，虽然很是有些气喘，却还是抬头冲自己笑了笑。她冷冷点了点头，一路领着她到了内院门口，眼见两个婢女迎了上来，才硬邦邦地道："你的婢女便留在外面吧，玉郎不喜欢外人进去。"

张敏娘点头一笑，跟着云伊到了上房。带路的婢女一打起帘子，便有一股幽香扑面而来，似花非花，似麝非麝，带着一种难以言喻的冷冽之意。眼前的堂屋也是粉墙落地，雪帘四张，坐榻上铺着素底弹墨的褥子，一眼看去竟如雪洞一般。屋中当中设着的那张黑檀木六曲墨书屏风和几张黑檀木小几，便显得格外风格冷峻。

平日里一派风流随意的麹崇裕，内室竟然布置得如此素洁冷清，张敏娘一时不由怔在了那里。听到云伊没好气地说了声："你要不要进来？"她才一个激灵醒过神来，无暇多看，几步跟进了东边的房间。

这间房子陈设也与外面格调相仿，雪白的房间里只安置着黑檀木的高脚案几和四个书橱，到处都一尘不染，一件多余的摆设也无。因此，东墙上那幅几乎有真人大小的画像更是无比显眼，画中人那大红的衣裳、明丽的笑容，就像一团跳动的火焰，把房间里那种生人勿近的清冷气息冲淡了许多。

张敏娘的眼睛顿时眯了起来，仔细看了好几眼，刚想说话，却见两个眼生的婢女悄然走了进来，面无表情地看着自己，神情安静得近乎麻木，想来就是传闻中的哑婢，她心头又有点发毛。

云伊已在案几前坐了下来，开口时语气依然冷淡："张娘子，此间不比旁处，你想与我说什么，不必拐弯抹角，直说便是。"

张敏娘垂眸沉默片刻，微笑着抬起了眼睛，"云娘误会了，几年前诚然是我的不是，与你相交时存了些试探之心。时过境迁，我每每念及，心里都不自在，这才想与你赔个不是。"

她的声音多少有些凄婉："如今我也不怕你耻笑，其实自打十三岁起，家中长辈便日日都与我说，待我及笄之后，便会去伺候世子，那时我又懂什么，自然是听从长辈吩咐。谁知世子却并无此心，旁人却都道是我不好。我也是年少气盛，心有不忿，难免对世子的事上心些，因此才做出了那些事。你恼我也是应当的。眼下我已嫁作苏家妇，忆起前事，满心后悔，一直想着要与你说开，却直到今日才有这机缘。云娘，前事都是阿敏不对，望你以后莫往心里去。"说着竟是端端正正地行了一礼。

云伊忙跳了起来，让开这一礼，目光警惕地看了看她，"那些旧事不提也罢，只是你若想让我去跟玉郎说什么粮米酒税，我却不会去讨这个没趣！"

张敏娘苦笑起来，"云娘多虑了，如今我已是苏氏妇，又怎会用此事来为难你？"

她抬手指了指那张画，"我来寻你，一则是为了赔不是，二则也的确是为了此画。此画如此惟妙惟肖，自是不能挂在外院。我也想过要挂在内书房中，只是苏公子却道，此画太过逼真，挂在书房容易让他心神不定。可若挂在内室床头，莫说他，我自己都不自在，因此竟是寻不出一个地方来放它，这才想到要来问云娘一声。原以为云娘说放在书房，是会挂在书橱旁或纱帘后，没想到竟是挂在这最最显眼之处。"

这画么，麴崇裕也说过，挂在书房里似乎满屋都有琵琶声……云伊的脸上不由有笑意一闪而过："姊姊画得的确逼真。"

张敏娘叹道："难得世子如此宽和，苏公子若是处置公务时，却是断然不许我进来的，因此也不让我挂画，倒像是怕这画儿偷瞧了他的那些公文去。"说着抿着嘴笑了起来。

云伊嘴角微撇："玉郎从不在这里处置公务。"

张敏娘脸上的笑容不变，扭头走到画像前又看了几眼，又笑道："平日有人说云娘和阿嫂情如姊妹，偏偏生得也如亲姊妹一般，我倒不觉得，只觉得你是一刻也停不下，阿嫂性子却爱静，哪里有半分相似了？如今看着画儿，倒又觉得这话儿不虚，都是雪作肌肤水为眸的玉人儿，画上这含笑的模样，尤其像得很。"

云伊随着她的手指看了一眼，"是么？我倒是没看出来。"

张敏娘出神地看着画，突然幽幽叹了口气："其实我最羡慕的便是阿嫂，我这二十多年，竟再没见过比她更聪慧美貌的女子，作画固然神乎其技，于旁人便是了不得的才华，于她却也不过是末技。阿敏听人说过，这纺白叠、印佛经，其实都是阿嫂的主意。云娘大约还不知晓，原先阿兄与世子很是有些不大和睦的，还是阿嫂教了世子印佛经，又帮世子做起了白叠坊，两家这才慢慢好了。人人都道阿兄待阿嫂好，却不知这样的女子，但凡认识她的，哪里能不敬她爱她？为她再做些什么事，都是心甘情愿的。"

云伊有些诧异地抬头看着她，笑了起来，"你这话倒没说错，阿嫂人又聪明，待人又好，但凡知道她的，自然都会待她好。"

张敏娘笑着点头，看了看画像，又看了看云伊，微笑着叹道："云娘也是好福气，有这样一个姊姊，这西州城里，谁不会对云娘另眼相看？我若是有这样一个好姊姊，还有什么事是做不成的？"

云伊笑嘻嘻的没有接话。张敏娘还想再说，门外已响起了一阵脚步声，麴镜娘挑帘走了进来,"敏娘还在看画?可看出了什么玄机?"

张敏娘笑道:"哪里是看画,我是在感叹这作画之人是西州最有福气的女子,莫说云娘,便是我只怕也是沾了她的福分呢!"又看了麴镜唐一眼,笑容里带上了几分深意:"镜娘怎么也回来了?"

麴镜唐淡然一笑,"没法子,大娘想起要借本书看,可阿兄的屋子轻易不让外人进来,我也只好亲自跑这一趟。"说着便走到书橱前,开了橱门,片刻后拿了两本书出来。

两名婢子中有一位走上去看了一眼,点了点头,这才退到一边,眸子又转回到张敏娘的身上,目光依旧带着几分死气沉沉。张敏娘正有些不自在,便听麴镜唐对云伊道:"大娘还说,那边已经备下了你爱吃的百岁羹,你赶紧过去陪她用饭,她有话要与你说。"

张敏娘略一沉吟,便对云伊笑了起来:"阿嫂到底还是疼你,我便是羡慕也羡慕不来的,我不耽误你们了……"

她正要说出"告辞"两字,却听外面传来了婢子的声音:"见过世子。"

麴崇裕的声音带着一点明显的寒意:"都下去吧!"

屋里的人顿时都是一呆,云伊一个箭步便冲了出去。麴镜唐脸上也露出了笑容,正要往外走,还是脚步一顿,回头望向张敏娘。却见她垂着眼帘,看不出神色如何,停了片刻才轻声道:"今日,我真真是来得不巧了。"

外间的堂屋,麴崇裕已大步走了进来,看见云伊那张几乎是流光溢彩的笑脸,原本有些冷峻的脸色放松了一些,声音温和了下来:"你去给我备些热汤,我身上脏得受不住。"

云伊笑嘻嘻地挑起了眉头,"是么?"突然踮脚在他脸颊上响亮地亲了一下,"不打紧,我不嫌弃!"还不等麴崇裕反应过来,便笑着跳了出去。

麴崇裕顿时再也绷不住,看着她蹦出去的背影,嘴角勾了起来。

挑帘而出的张敏娘眼睛顿时像被烫了一下,垂眸看着地面,脸上一丝表情也没有。麴镜唐忍了忍脸上的笑意,低咳了两声,见麴崇裕已转头看着自己,才笑道:"阿兄回来得倒快,怎么像是瘦了好些?"

麴崇裕笑了笑,"回来时不必跟着粮车,自然会快许多,你这些日子可还好?"

麴镜唐笑着点头,"还好,恭喜阿兄立了大功。"

麴崇裕只是嘲讽地一笑,"你与大郎这些日子也辛苦了,我去换身衣服,你记得遣人叫他待会儿过来用饭。"他转身要走,突然又停住了脚步,目光落在跟着张敏娘出来的两个婢女身上,语调冰冷:"这院里的规矩不必我多说!下次再放这种人进来,莫怪我打发了你们!"说完转身便进了里屋,从头到尾,眼角都不曾扫过张敏娘。

麴镜唐笑微微地转身看向张敏娘,"敏娘,这边请。"

张敏娘依然是垂着眼帘,过了一会儿才抬起头,脸色略有些苍白,神色却依然是波澜不惊,看着麴镜唐,脸上慢慢露出了一个笑容:"今日有劳你和云娘了,请你待会儿记得替我向她道声谢。"

这个笑容有些太过从容，麴镜唐微微皱了皱眉，把她送到了院门，眼见她的婢女一脸惊魂未定地迎了上来，这才转身回了内院，低声问自己的婢女："你可听见适才张娘子与云娘说了些什么？"

婢子摇了摇头，"一路上半句话都不曾说，进了书房之后倒似乎说了几句，婢子不敢进屋，只隐约听到了什么画像，什么赔不是，似乎还说起了库狄夫人，旁的便没听见了。"

麴镜唐皱起了眉，难不成张敏娘巴巴来这一趟真是为了看这幅画像？有心再问，想起书房里那两个大字不识的哑婢，不由得苦笑了一声，阿兄这算不算搬起石头砸了自己的脚？

想了半日，她只能叹了口气："你去看看阿郎在哪里，便说世子回来了，让他过来用饭。"

话音刚落，麴崇裕便从里屋走了出来，看见麴镜唐皱着眉头站在那里，笑道："怎么？阿兄都回来了，还有什么事值得你发愁？"

麴镜唐瞟了他一眼，"还不是为了那位张敏娘……"

麴崇裕眉头顿时皱了起来，一摆手，"不必说了！我自有分寸。"脸上的神情分明是厌恶得不愿意多说一个字。

麴镜唐心里微觉纳闷，阿兄对张敏娘向来不假辞色，但以前似乎还不至于嫌恶到这种地步，这一次……她还没来得及发问，云伊已笑嘻嘻地走了进来，"热汤备好了！"径直走到了麴崇裕身边，又拉住了他的手。

麴镜唐忙笑道："我也该去叫大郎了。"脚下生风掉头就走，动作比平日迅捷了十几倍。

麴崇裕淡淡地瞅着云伊，也不作声。云伊心里顿时一虚，脸上不由满是讨好之色，"汤我试过了，如今冷热正好，我这便帮你去拿衣裳？"

麴崇裕"嗯"了一声，语气依然是淡淡的："听说你把阿九喂死了？"

云伊的头立刻低了下来，停了好一晌才道："我是觉得它看去精神有些不好，所以多喂了一些……"

麴崇裕点了点头，"那我放在外屋的那个琉璃笔洗也是精神不好，因此被你洗成了精神极好的一堆碎片？"

云伊的头不由垂得更低，"我用凉水没洗净，才换了热水洗，谁知它娇气得很，竟然便裂了。"

麴崇裕低头看着她，似笑非笑地点头，"你真真是越发能干了，会喂鹞子，会洗琉璃盏，还会带客人来家中鉴赏字画！"

云伊顿时不服气地抬起了头，"不是你说的么？你和姊夫不在西州时，我不必理那些妇人，也莫往狠里得罪她们。可那些人，你但凡软一点，哪里是甩得开手的？姊姊都被她们烦得只能装病了，这个张娘子还追到那里喋喋不休，我实在受不住，索性让她进来看个够！"想了想又道："其实她今日还算有礼，先是与我赔了个不是，又说了姊姊一大堆好话，若不是说话的语气还有些怪怪的，我还真当她是转了性。"

麴崇裕诧异地挑了挑眉头，"她难道不曾跟你说起那张画像上的人更像是你姊姊，不曾说你们生得像？还说我……我们这些人待你好，是因为你姊姊？"

云伊茫然点了点头，"说了，那又如何？姊姊生得那般好，我像她又有什么不好？若不是姊姊，我上哪里认识你们去，你们又怎会待我好？这些话原是不错，我只是不喜欢她说话的模样，因此也没与她多说。"

麴崇裕愕然看着她，突然大笑起来，眉目之间的寒意转眼间一扫而光。

云伊纳闷地看着他，"我可是又做错了什么事？"

麴崇裕笑着摇头，"是我想错了，这些事情，你向来都是做得再对不过！"

云伊顿时松了口气，高高兴兴地环住麴崇裕的腰，"你不知道，那些西州妇人都有些像这张娘子，话倒是说得十分动听，那笑容却十足讨厌，若不是记得你的话，我早掀桌把她们都轰出去了……玉郎，你不会再出去那么久了吧？"

麴崇裕心情愉悦地拍了拍她，"不会了！都护府大军几日前便已开拔，苏海政大约没时间再顾着西州。西疆的马贼也绝了种，我和守约只要把此次的几百名部曲、护卫们略加训练，待粮车回来，便让商贾们带着他们送粮去军仓。估计不出正月，龟兹的叛军便会平定。过些日子父亲的奏章也该有了下文，咱们不必担忧那苏氏父子再有借口闹出什么事来，那时我腾出手，自会好好收拾这些人！"

云伊满足地叹了口气，偷偷瞅了麴崇裕一眼，见他心情正好，忙小声道："玉郎，笔洗我已寻了个新的，比原先的结实得多，也托人去买了鹞子，定能买到更好的，我原先在家时也训过鹞子，保准还你一只比阿九更能捕猎的！"

麴崇裕"嗯"了一声，忽然眉头一皱，"我在外院屋里看见了一个铜钵，可是你买的笔洗？"

云伊笑着点头："正是！你如何知道？"

麴崇裕笑道："那般难看的物件，这府里除了你还有谁会买？"

云伊顿时有些泄气，忍不住低声嘟囔道："这个是姊姊帮我挑的，说定然洗不坏，便是拿来摔也不打紧……"

麴崇裕直皱眉头，没好气地道："莫说摔不坏，只怕拿刀都劈不动！你那姊姊选物件的眼光……"想到裴宅里那些奇奇怪怪的东西，满脸鄙夷地摇了摇头。

云伊心里不大服气，那铜钵圆滚滚的怎会难看？姊姊的眼光又怎会不好？突然想起一事，不由蓦然抬起头来，"你怎么知道张敏娘跟我说我与姊姊生得像了？"

麴崇裕淡然道："若是这种事我都无从知晓，大约有些人更要当我是盘中之餐了！"

云伊皱眉想了半日，怎么也想不出他是怎么知晓此事的，还要再问，麴崇裕却四下看了看，"我怎么记得适才有人说汤正热得好，又说要给我拿衣裳的，再不拿来，只怕那桶热汤都变冷水了罢？"

云伊"哎呀"一声拍了拍额头,"我这记性!"转身几步便跑进了里屋。麴崇裕瞅着她的背影,慢慢笑了起来。

此后几日,西州城风平浪静,麴智湛虽然不曾松口降了酒税,却是从轻发落了先头被打发回家待罪的几个官吏,随后便征用了各家的部曲,让他们和两百来名护卫分成数队,跟随商贾们运粮的队伍把剩下的粮米运往军仓。又过了两天,许久不曾出都督府一步的祇夫人也破天荒应了王府的邀约,让许多人绷得快要断掉的心弦顿时又松了一些。

张怀寂则是一回西州便称病不出,只是关于他"当机立断,率领各家部曲诛杀临阵脱逃的都护府亲兵,立下大功"的消息,还是迅速在西州城里流传开来,有人因此心惊胆战,有人为之茫然失措,倒也不必细表。相形之下,关于"麴世子内书房挂着一幅画像,不像他府里的那个突厥女子,倒有七八分似长史夫人"的传言,虽也颇有些人议论,却是激不起太大波澜了。

倒是裴行俭特意因此到麴崇裕的屋里去了一趟,开口便道:"你可曾听说了那画像的传言?"

麴崇裕怔了一下,冷笑起来:"你可要去看上一眼?"

裴行俭笑着摇头:"那幅画我看得实在不少,无须再鉴赏一回。"

麴崇裕不客气地道:"那你来此做甚?"

裴行俭微笑着打量了麴崇裕一眼:"我只是有些不解,你到底做了什么,会让那位张娘子如此恨你入骨?"

麴崇裕脸色微微一沉:"此话怎讲?"

裴行俭笑了起来:"难不成你还要告诉我,这种不入流的阴私手段,会是苏氏父子的手笔?西州这些人如今自顾不暇,想来也无心去做此事,自是那张娘子自作主张。头两日说的还是画像,今日则是连白叠坊和雕版的事都被翻了出来,这步步连环,真真是深谙惑人耳目之道!

"画像和白叠坊也罢了,这雕版之事,知道内情的似乎不多。她若不是时刻留意着你的一举一动,甚至在你身边埋了眼线,如何能知晓?我看你还是当心些才好,何况这流言又是如此刁钻!"

这流言牵涉的事情麴崇裕无以自辩,涉及的地方他也不可能让外人踏足,如今虽没起风浪,但若真让人就此议论纷纷下去……裴行俭也不由皱了皱眉。

麴崇裕冷冷地"哼"了一声:"你说得也不算错,当初我发现身边有人被她蛊惑,便不该一时心软,未下辣手,竟让她觉得有机可乘,才有了今日的牵扯。不过你放心,所谓以其人之道还治其人之身,如今我怎会再放任这种人在背后捣鬼?至于这流言,"他眉毛一挑,眸子中有厉色闪动,"过了今日,便再也翻不出什么浪来!"

"今日?"裴行俭皱着眉头想了片刻,恍然点了点头,"可是那还未送出的白叠坊,今日便要先收些利钱回来?"

麴崇裕沉默半晌,抬头看向了裴行俭,"可曾有人跟你说过,与你说话,真真是世上最无趣的事！"

裴行俭微笑着欠了欠身，"过奖。"

麴崇裕看了他片刻，面无表情地转过头去。

洛阳坊的王府堂屋中，坐在西首位置上的祇氏，也正面无表情地转过头去。堂屋的食案上，那些装在牙盘中的各色菜肴都已撤下，新整治的糕点果子和酒壶酒杯错落有致地放满了案面。王君孟的母亲张氏正笑吟吟地端着酒杯，"咱们多少日子不曾如此相聚了？如今可算是雨过天晴了！请大伙儿满饮此杯，来年万事顺遂，多喜多福。"说着蘸酒弹了三下，仰头喝了下去。

祇氏也随众起身举起了杯盏，却只是略沾了沾唇便放下了。

张氏一直注意着她的动静，见状心里不由叹了口气。她与祇氏打小便交情最好，那日收粮还是她想起祇氏处境尴尬，悄悄打发人去问了一声，谁知祇氏竟是一直连点风声没听到！若换了自己，这口气大约也是平不下来的，只是这些日子祇家已费尽心思赔尽小心，若不借此下坡，难道日后她真打算跟着麴家回长安？

想到此处，她索性走上几步，亲自为祇氏续了酒，又给自己倒满了一杯，低声叹道："咱们这么多年的姊妹情分，姊姊如今便拿大劝你一句，有些事情咱们心里都是有数的，可世事人情便是如此，眼看便是年节，咱们总不能因为今年种种不顺，便不过明年的日子了罢？"

祇氏嘴角勾起了一点讥讽的笑意，目光在堂屋中众人脸上缓缓掠过，在另一边座位上含笑不语的张敏娘身上停了片刻，才款款站了起来，"姊姊的好意，我一直都记得。姊姊说得对，若不是因为想着日后，今日我便不会来此，只是光我一人想着日后又有何用？你们这些姊妹，又有哪一个是真正想过日后了！"

众人都是一愣，这话是什么意思，若不是为了日后，她们又何必这样低声下气地赔不是、求谅解？

祇氏看着众人的脸色，嘴角的笑意更冷，"今日你们请我过来，想说什么我也猜得到。无非是想告诉我，我若想后半生能有个依靠，还得跟大伙儿同心协力去哄住都督，哄得他如同从前一般，把这西州城的好事都给大伙儿，难事都留给自己。若真有什么过不去的坎了，大伙儿便还如此次，把手一撒，再在背后踹上一脚，看个笑话儿！至于我么，我死也好，活也罢，又与大伙儿的荣华富贵有什么关系？

"若这便是你们想的日后，你们当我傻也不打紧，你们当都督和世子也都是傻的么？从前都督容着你们，纵着你们，难道都是因为我？我又是什么了不起的人物？那是都督念着旧情，念着大伙儿这些年跟着麴氏吃了苦受了累，有心要补偿大伙儿。可这一次，是你们自己亲手把这份旧情打得粉碎，眼见势头不好了，转头便开始装没事人，还觉得人人都该把这事儿忘了才对。如今又说是什么为了日后打算！好一个日后，我还真不知，世上有什么样的蠢物，被人背弃了一次还不够，要上赶着地忘了此事，日后好被人背弃第二回！"

堂屋里顿时静得可怕，谁也料不到平日里最讲究风仪的祇氏，竟会当众直接说出这样的诛心之语，热辣辣便如迎面一掌扇在了各人的脸上。有人脸色发白，有人则是满脸涨红，一时却又不知该如何作答才好。只有张敏娘深深地低下了头，掩住了嘴角的一丝笑意。

半晌之后，还是祇氏的嫂子张夫人站了起来，脸上堆上了个笑容，"六娘莫动气，都是我的不是，是我昏聩没记性，才让六娘受了这么大的委屈，六娘如何说我都是应当的。可适才这话却是有些差了，这一回大伙儿原是有些糊涂，只想着日子艰难，又想着都督便是筹不上粮，不过是受几句责备罢了，这才一时蒙了心。但若说咱们便是要都督倒了好看笑话，咱们再是混账，又怎敢起这天打雷劈的心？"

她看了看祇氏依然冷淡的脸色，叹了口气，"六娘有句话说得对，这些年麹都督待大伙儿宽容亲厚，咱们的确有些轻狂了，分不清远近亲疏。但吃了这次的教训，大伙儿是真的悔了。西州城又不是没有旁人做过都督，谁曾多看咱们这些人一眼？也只有麹氏跟咱们是几辈子的情分，一荣俱荣一损俱损的。麹都督此次是立了大功，咱们如今说什么自然都是白搭。但若是日后麹家真有难处了，大伙儿若是坐视不管，便叫咱们丢了这西州的根基，再也翻不得身！如何？"

她的这番话，自然也是众人这些日子里议论过无数遍的，一时都纷纷附和。有人便道："夫人便是不信我等的心肠，也总要相信我等不是那种过了今朝不想明日的人。难道大伙儿还真能盼着再来一个都督，好把咱们都轰出去？"

祇氏沉默片刻，突然点了点头，"阿嫂说的是，大唐的官员里，除了麹氏，谁会多看咱们这些人一眼？便算是多看了几眼，打的也不过是借刀杀人的主意罢了，真让他们如了意，咱们是什么下场还未可知！"

此言一出，堂屋又是一静，张敏娘原本平静的脸色顿时为之一变，睫毛颤了几下，突然看见祇氏的目光已经看了过来，脸色不由更白，目光中也带上了几分乞求之意。

祇氏却不闪不避地看着她，声音越发清晰："此次运粮之事，大伙儿心里都清楚，若不是兴昔亡可汗的骑兵来得快，世子与长史自不必说，张参军也罢，咱们的那些部曲也罢，只怕现在都已做了鬼！我听到此事时便想，原来这世上真有报应，这自以为寻着了新靠山弃了旁人的人，转眼便发现自己也不过是枚弃子，是何等有趣！敏娘，你说是不是？"

张敏娘忙站了起来，脸色苍白地垂下了头，"夫人明鉴，阿敏是张家的女儿，不管如今际遇如何，也不敢怨天尤人，都是自己命不好罢了。"

她的声音里带着几分难言的凄凉，不少人心里都是一软，同为高门女子，这种不得已的情形，自然人人多少都经历过一二。小祇氏不由轻声道："姊姊莫要生气了，敏娘，她也不容易。"

祇氏目光依然落在张敏娘身上，微笑着点了点头，"你的确是不容易，只是我却不明白了，如今这情势下，你的堂兄处境如此艰难，你不想着如何弥补，却放出话来，说什么世子内书房里挂着的画像，模样不像阿史那氏，倒更像库狄夫人，又说世子是因为与库狄夫人合伙做了几桩生意，才容了长史在西州呼风唤雨，敏娘，你这是想做什么？"

张敏娘脸上顿时变得一丝血色也无，抬头看着祇氏，嘴唇微颤，半晌才道："夫人这是从何说起？"

祇氏笑吟吟地摇头，"我是何意你还不知？谁不知晓世子的性子，想来这西州城里，除了你，便只有库狄夫人、阿史那氏和镜娘进过那书房，见过那幅画，这话不是你传出来的，难道还是她们自己传出来的？"

张敏娘只是轻轻摇头，"我前些日子的确去过世子府，只是……夫人误会了，夫人请想，这话传出来，于我又有什么好处？"

祇氏轻轻叹了口气："以前的事，原是咱们对不住你，耽误了你这些年，你心中有恨有怨都是应当。只是如今的西州城却是再也经不得这些风雨，若叫世子以为是我们教唆着你做了这些事，便是我有心替大伙儿说话，只怕也回转不得！如今你已是苏家妇，自有你的前程，又何必再对前事耿耿于怀，心有不甘？"

她看着张敏娘，目光里满是怜悯，"这次张参军也在粮队之中，马贼却是照来不误，大都护的亲兵又要临阵脱逃，参军不得已才下了那般的狠手……唉，可见你今后的日子且有艰难之处，还是要步步谨慎，好自为之！莫再打着别的主意了。"

张敏娘的脸上已是一片雪白，嘴唇上都没了血色。祇氏却不再看她，转身举起了手中的杯盏，向张氏微微一笑："姊姊说得不错，再过十几日便是新年，咱们总不能因为以前的不顺便不过以后的日子了。来日方长，我也祝诸位前事终不忘，来年多可期！"

堂屋里气氛顿时松了下来，张氏也笑道："今年喝了这么些苦酒辣酒说不出滋味的闷酒，才终于喝到了这一杯美酒，叫我们又如何能忘得掉！"屋里的笑声、谢酒声顿时响成了一片。

张敏娘悄无声息地转身走了出去，所有的人都不约而同闪开了道路。她走出堂屋，穿过庭院和门房，一路走到了外面，步子越走越快，直到眼前就是那写着"苏府"两字的乌头大门，脚步才停了下来。

婢女娜娜早已追得气喘吁吁："娘子何必与她们一般见识？待到苏公子回来，且有她们后悔莫及的时候！"

张敏娘抬头看着"苏府"二字，不言不动，惨白的脸上也没有任何表情，良久之后突然轻轻地点了点头，"正是，且有让他后悔莫及的时候！"

第一百零五章
风云突变　剑拔弩张

从龟兹往北，穿过天山山脉，便是昆陵都护府的辖区，正是兴昔亡可汗阿史那弥射所率五咄陆部的牧马之地。大约是早已接到了发兵的命令，唐军一路所经的部落州县，倒也戒备严整。只是不知怎的，继往绝可汗阿史那步真率领的一万骑兵跋涉数百里，两日之前便已与唐军汇合，而坐拥地主之利的兴昔亡可汗却是迟迟未到。

这一日午后，一封来自长安的敕书马上飞递传至唐军的中军大帐，没过多久，阿史那步真便面色沉凝地进了大帐，足足过了两三盏茶的工夫才告辞而去。

中军大帐中的油灯依然摇曳不定，案几之后的苏海政，脸色一片青白，牙关紧咬，整个人虽是静静地坐在那里，却有一种说不出的可怖。

奉命进帐的卢青岩一眼看到此番景象，心里便是一紧，忙恭恭敬敬行了一礼，"大都护相召，不知所为何事？"

苏海政冷冷的声音中带着几分干涩："继往绝可汗适才来报，兴昔亡可汗这半年以来与吐蕃往来密切，近日所部兵马又甚有异动，恐怕要对大军不利！"

卢青岩一怔，暗暗松了口气："大都护多虑了，兴昔亡可汗效力我朝数十年，性子还算谨慎。吐蕃如今虽然势大，到底不比我大唐天朝气象。说他与吐蕃暗通款曲、首鼠两端或有可能，说他会举兵谋反，对大军不利，以下官看来，断然不至于！"

苏海政声音依然冰冷："继往绝可汗所言确凿，不似虚言，兴昔亡若不是心怀异志，为何州府戒备森严，人却迟迟不至？"

卢青岩笑了起来："启禀大都护，旁人说兴昔亡反也罢了，这位继往绝可汗的话怎能信得？西疆之人谁不知晓，他与兴昔亡名为兄弟，实为死敌，昔日为争可汗之位，射杀了兴昔亡可汗数十位亲眷，两人是不共戴天之仇。因此圣人才会把突厥十姓一分为二，让他们分而治之，但凡遇到大军行动，也让两人分别带兵跟随，为的便是让他们互相牵制，不至于惹出乱子来。这兴昔亡可汗要反的话语，既然是从继往绝口中说出的，十有八九，便是诬陷。"

苏海政一言不发地看着卢青岩，锐利的目光中渐渐带上了几丝杀气。卢青岩只觉得背后一片冰凉，心里转了几转这才醒悟过来，苏海政二十多年前便已是沙州刺史，在西疆的时间比自己还长，怎么可能不知道两位可汗的恩怨，他这是……卢青岩的脸色不由有些发白，"大都护，兴昔亡可汗虽是不识时务，暗怀异志，但他在西疆威望素著，如今罪状又是未彰，大都护便算要令他伏法，也要款款图之，方才妥当。"

苏海政沉默片刻，冷笑起来，"罪状未彰？如今我等不过八千之众，加上继往绝可汗的骑兵，也不足两万。在昆陵境内，兴昔亡若是登高一呼，便会有数万骑兵来攻，难不成要等他大军杀到，才能动手？只怕那时，咱们已不过是一盘鱼肉！"

他看了看案几上的敕书，声音更是沉了下来："今日圣人敕书已到，说是东边用兵正紧，西疆若有宵小作乱，当以安抚为主，不可再妄动刀兵，便是不得已而用兵，也当以胡制胡，爱惜民力，不可令边民生怨……"

他的声音越来越慢，几乎是一字一字地说了出来："最要紧的是，今日斥候有密报，龟兹叛兵已是望风而逃，两城均已是空城，依你看来，我这弦上之箭，难不成只能对准自己的咽喉？"

卢青岩怔在那里，脸色渐渐变得和苏海政一样青白：圣人那边显然是收到了麴智湛的奏章，因此才警告苏海政，不许轻易用兵，即便用兵，也不可再如此征粮。若无刀兵之举、军粮之事，那麴氏父子和裴行俭，又如何动得？这也罢了，最要命的是，龟兹叛兵居然不等大军开到便望风而逃，此役已是无敌可战，那六百亲兵之死又如何抹得过去？

大帐里的沉默越来越沉重，渐渐变得让人窒息，苏海政的声音终于响了起来："传我的命令，圣人有敕书入营，兴昔亡可汗与昆陵都护府诸位大俟斤忠心报国，屡立战功，特令本总管带布帛两万端赐予诸位，请他们后日一早，来营门领赏！"

卢青岩身子一震，有些不敢置信地抬头看着苏海政，对上那双冷如冰雪的眼睛，终于只是躬身行了一礼，"大都护英明，下官遵命！"

苏海政脸色依然一片肃然，语气却温和了下来："你我之间，不必如此生分。如今昆陵之事，有继往绝可汗进言在先，本总管不过是为了数千唐军安危而自保，此战只要速战速决，令五咄陆部无力相抗，便能一举定之，永绝后患。倒是卢兄你，我这里还有一事拜托，此事成败与否，才真正关系着我等究竟是抄家灭门，还是安享富贵！"

夜幕慢慢笼罩了下来，偌大的营盘变得一片肃静，行军了一日的士卒们纷纷倒头进入梦乡。没有人能料到，这是他们，也是大唐西域，最后的安稳之夜。

一千多里外的西州自然更是一片安宁祥和。先前的暗潮汹涌，随着日子一天天过去而渐渐平息，年节的气氛却是一日比一日浓郁。虽然商贾、护卫们依然在为押运军粮而奔走，不少丁男也随军服役，但到了祭灶这一日，依然是处处张灯结彩，家家杀猪宰羊，换了新装的孩子们四下乱跑，西州各坊的高墙深巷之间，欢声笑语回荡不绝。

曲水坊的裴宅里更是热闹非凡，早间刚祭过灶，云伊便跑了过来，兴兴头头地要看琉璃画的灶神，看了半日，却叹了口气："这张画得也不像玉郎，什么时候姊姊再画一张像玉郎的灶神像吧！"

琉璃不由大奇，"画成那样做甚？难不成你想在自家灶台上贴一张那样的灶神？"

云伊满脸认真地摇头，"我是想挂在书房里，不然那面墙上只有一张画像，似乎孤单了些。原先姊姊画的那张灶神我虽是好好地收着的，可当日没有装裱过，如今早已旧了。"

琉璃想了想在麴崇裕那间雪洞般的书房内，五尺多高的工笔仕女图旁边再贴上一张小灶神图的情形，不由打了个寒战，下定决心以后每张灶神图都要画成时下最流行的大饼美人脸，永绝后患！

两人说了几句闲话，云伊便自告奋勇去灶房准备午间的小宴，没多久，厨娘的笑声便满院子都能听见。琉璃笑着摇头，自去准备其他酒水果品，午间麴崇裕和裴行俭都会从府衙过来，自是要多备些下酒之物。谁知不到午时，小婢女又笑着跑了进来，"风娘子来啦。"

琉璃大喜过望，忙快步往外走，刚刚走到院门口，便见风飘飘笑语盈盈地走了进来。云伊也从灶房里蹿了出来，扎着两只油手，围着风飘飘转了好几圈，"风姊姊真是越发丰润了，怎么拖到今日才过来？"

风飘飘嫁人生子之后的确丰润了许多，看去倒是多了些安逸富贵之气，闻言对云伊笑道："今年的事务原是多了些，又听说今日你下厨，才特意过来叨扰一顿！"

云伊哈哈大笑："你又哄我！从高昌到这里有百来里路，你也是一早祭过灶便往这边赶了吧？"

琉璃也笑道："可见飘飘是个有口福的，云伊一年里难得下几次厨，今日便赶上了。"

风飘飘笑嘻嘻地与琉璃见了礼，仔细端详了琉璃两眼，"大娘今年气色好多了。"待进了屋，又对琉璃和云伊道："柳娘子让我代她问你们好，说是很想你们，让你们年节里有好东西都要记得给她留一份，不然休想得她的节礼。"

琉璃和云伊都笑了起来。云伊一面净了手，一面便忍不住嘟囔："也不知柳姊姊何时能过来，这都两年多没见过她了。"

风飘飘笑道："世子今日还跟我说，待战事平定，便可把柳娘子送到西州来，想来也不过是一两个月的事，你急什么？"

几个人说说笑笑，眼见日近中天，才到外院布置案几，琉璃又打发了一个小厮去府衙知会一声。谁知不到半盏茶工夫，门外却传来了那小厮已经全然变调的声音："娘子，不好了！出事了！"

琉璃唬了一跳，忙挑帘出门，只见那小厮连滚带爬地进了院子，脸上一片雪白，"娘子，都督府、都督府被兵卒包围起来了，好些兵，都不是咱们西州的……"

风飘飘和云伊闻声也赶了出来，听到这句，脸色都是一变。云伊忙问道："到底出了什么事？玉郎怎么样了？姊夫怎么样了？你可看见他们没有？"

小厮摇头，"都督府的大门和外墙如今都已被围得水泄不通，那几百号穿盔甲拿大刀的兵卒看上去都如凶神恶煞一般，说是什么边军奉命清查叛党余孽，违抗者杀无赦，小的不敢近前，便赶紧回来报信了。"

云伊跳起来便要冲出去，琉璃忙喝住了她："你等等！"

云伊回头急道："姊姊……"

琉璃定了定神，沉声道："咱们一起过去！"大唐边军包围都督府，一定是苏海政那边出了事，此人心狠手辣，什么下作招数都使得出来。只是此时到底出了何事？她怎么一点印象都没有？她一面脑中飞转，一面扯上披风便往外走。

她们刚刚出门，又有几个人飞奔着来报信，消息眼见迅速传开，不少人见到琉璃都赶上来询问。琉璃只摆了摆手，"我这便去都督府！"自有好事者跟在了她们身后，那些听到消息出来探听的西州人一见这架势，立时都加入进来，待到琉璃走到都督府门口时，身后已跟了上百位西州人。

此时的西州都督府门口，早已是一副剑拔弩张的架势。

包围都督府的边军足足有七八百人，光正门一处便有四五百人之多，人人都是一脸煞气。那原本应在练兵场上操练的四五百名西州府兵，也在校尉、旅率们的带领下赶到了都督府门口。边军的带队校尉自是厉声呵斥，令他们放下弓刀，听从大都护调遣。西州府兵里领头的校尉却是一脸桀骜："某只知奉令卫护西州，不知什么叫清查叛党，若想让某放下弓刀，除非都督发令！"

边军校尉气得胡子都快立起来了，他手握军令，满以为这几百府兵不过手到擒来，谁知却会遇到这样一个混账角色！眼见那校尉竟是满脸轻蔑，他再也忍耐不住，挥刀出鞘，指着校尉怒道："你敢违抗军令？"

那校尉眉毛一立，毫不犹豫地拔出腰刀，冷笑道："怎么？只有你有刀么？想让某放下弓刀，任你宰割，那便先看某手里的刀可肯答应！"

两边的军官拔刀，下面的兵卒岂肯示弱，都督府前顿时一片腰刀出鞘的声音，无数把明晃晃的腰刀在阳光下闪动着刺目的寒光。

眼见这局势竟是一触即发，琉璃脚下不由一顿，却听都督府里有人高声道："住手，都给我住手！"

从都督府走出之人穿着一身青色袍子，身量矮小，面孔清瘦，看去只是一个貌不惊人的低级官吏。那位原本须发皆张的校尉却立刻收了刀，"卢主簿，是这些西州府兵胆大包天，竟敢违抗大都护的军令！"

卢主簿微微点头，压低声音道："周校尉少安毋躁，容我问上一句。"随即走到西州府兵面前，上下打量着领头的校尉，抱了抱手，"这位校尉，不知你对大都护的军令有何异议？"

西州校尉把腰刀一收，顺着鼻梁看了卢青岩一眼，冷笑道："大都护要派人入西州，光明正大进来便是，为何要先派小队以回报军情为名入城，扣住守城军卒，再大队入城？你们行事如此鬼鬼祟祟，又动手伤人在先，如今还想要我等放下弓刀，听你们调遣，我呸！"

这校尉生得甚是胖大，居高临下骂得酣畅淋漓，那一声响亮的"呸"更是带得唾沫横飞。卢青岩再是定力过人，不由也退了一步，定了定神才笑道："校尉误会了，我等此来西州，乃是奉命清查贼逆同党，事先不能走漏半点风声，因此才不得不如此行事。所谓军令如山，若有冒犯之处，还望校尉体谅。只是大都护确有军令，西州府兵当听从周校尉节度，若是校尉执意违抗军令，须知军法无情，日后若是追究起来，便是麹都督也护你不得！"

那校尉沉默了片刻，卢青岩心里一松，正要再说几句，校尉已冷冷道："日后之事，日后再说！今日不见都督，想让我等放下弓刀，却是休想！"

卢青岩不由愕然，正要开口，却听身后的周校尉喝道："站住，尔等何人，还不退下！"

卢青岩忙转过身去，只见迎面走来了几位年轻的胡女，当中一个女子身量修长，雪白的脸上一双眼睛正毫不避讳地盯着自己，目光之中竟有一种冰雪般的凛冽之意。他心里微震，就听身后的那位校尉大声道："长史夫人，这些人是大都护的亲兵和伊州边军，适才他们打伤了守城的府兵，把住了城门，如今又包围了都督府，说是要清查逆贼同党。"

卢青岩心中一凛，这就是库狄氏？听说是个难缠的……他向周校尉一摆手，走上一步抱手道："原来是长史夫人，夫人身份贵重，此处却不宜夫人停留，还望夫人保重贵体，速速离去！"

琉璃早已听清刚才那番对话，虽然一时还不明白苏海政派兵来都督府"清查逆贼同党"到底是哪里出了问题，却也看出眼前这个貌不惊人的"卢主簿"是个关键人物。当下垂眸回了一礼，"多谢主簿指点，只是敢问一句，谁是逆贼，谁又是逆贼同党？为何会清查到西州来？"

卢青岩微笑道："此乃军机，请恕在下不好透露，总之西疆如今有逆贼作乱，贼首已被大都护正法，为免各州府有同党为乱，大都护特命我等来西州接管府兵。夫人若是有心维护长史，还请夫人劝说这些府兵放下弓刀，否则，当此危急关头，他们越是违抗军令，岂不越是令长史他们百口莫辩？"

琉璃皱起眉头思索了片刻，突然道："请恕我还有一事不明，不知苏大都护此番清查，是要将西疆各州都清查一遍，还是只清查西州？"

卢青岩断然摇头，"抱歉，此事在下无可奉告。"

琉璃缓缓点了点头，"主簿不肯指教也罢！想这安西大都护府统领着西域数十个州县府衙，若是每个府衙都派这么些兵卒去清查乱党，那也不用出征了。何况主簿此来西州，先是夺了城门，随即便包围府衙，分明认定了西州都督府内有人是贼逆同党，既然如此，都督和长史早已是百口莫辩，西州府兵放不放弓刀，又有什么区别？"

卢青岩脸色不由一变，"夫人请慎言！这军机大事，岂是尔等好胡乱猜测的？"

琉璃笑了起来，"卢主簿这话好没道理！你在光天化日之下，兴师动众夺城门、围府衙,说是要清查叛党,可既不告知大伙儿是谁在作乱,又不告诉我等要如何清查逆党,这分明就是让大伙儿只能自己去猜测。我也只好随着您的意思猜上一猜,却不知是哪点猜得不对,主簿不妨指点一二?"

卢青岩一时不由语塞,琉璃身后的云伊早已按捺不住,"什么逆贼同党,与咱们西州何干,你们竟然还要扣着玉郎他们不放,到底想做什么?还不快些把都督和玉郎放出来!"

卢青岩看了她一眼,听她一口一个玉郎,顿时猜到了她的身份,心里不由一动,微笑道:"敢问这位可是阿史那娘子?"

云伊皱了皱眉,"是又如何?"

卢青岩笑得越发温和,眼睛却隐隐发亮,"敢问娘子家中是突厥何部?"

琉璃看着他的笑容,突然觉得有些不妙,刚要开口,云伊已怒道:"我是泥孰部的,如何?"

卢青岩怔了一下,眼里的那点光亮顿时熄灭了下去。泥孰部,属于五弩失毕部,乃是既往绝可汗的部落,和兴昔亡恰恰是对头,此事倒是有些棘手了……嘴上只能笑道:"原来如此,失敬了。"

琉璃心里疑云顿生,她习画多年,对人的面孔表情远比常人敏感,卢青岩脸上那点微妙的变化自然逃不过她的眼睛——云伊是泥孰部的,似乎令这位主簿很失望,那他原本指望的是什么?难道这次叛乱与突厥哪个部落有关?自己只知道云伊的兄长是跟随继往绝可汗出征,方烈跟的则是兴昔亡可汗……难道是方烈出了事?想到裴行俭将柳氏母子悄悄安置在高昌的举动,她的心不由狂跳起来。

云伊哪里耐烦说这些,冷冷道:"谁要你敬,我只问你,你们何时才能让玉郎他们出来?"

卢青岩敷衍地抱了抱手,"抱歉得很,此事卢某也做不得主。"

云伊不由更怒,琉璃忙轻轻拉了她一下,笑着问道:"卢主簿,我家妹子已许久不曾见过兄长,不知主簿来此之前,可曾见到泥孰部的那几位将军?"

卢青岩微觉诧异,摇了摇头,"不曾见到。"

琉璃面露失望之色,又问:"不知主簿可见到了兴昔亡可汗?"

卢青岩心头一跳,不动声色地笑了笑,"夫人难不成认识兴昔亡可汗?"

琉璃"嗯"了一声,眼角余光一瞟,只见旁边的周校尉也目光灼灼地转过头来看着自己,心头疑云更深,嘴里笑道:"这位兴昔亡可汗么,我和长史自然都是熟得很!"

卢青岩脸上依然只是笑微微的,身形却有些绷紧,那位周校尉更是眼睛一眯,脚下上前了一步。琉璃心里顿时一沉,脸上的笑容却越发甜蜜,"兴昔亡可汗和继往绝可汗都是西疆的英雄豪杰,西州城里,谁人对他不熟?可惜我一介妇人,却无缘瞻仰两位可汗的英姿,说来六年前继往绝可汗来西州时,还曾送过长史几领狐皮……"

她笑语晏晏地一路胡扯了下去,只见那位周校尉脚步一顿,脸色变得有些发黑,卢青岩也迅速垂下了眼帘，停了片刻才抬眼一笑，"夫人说笑了。"

琉璃此时心头已是雪亮，问题果然出在兴昔亡可汗身上！难不成苏海政是因为"马贼"的事记恨上了兴昔亡可汗？可适才这位卢主簿说过，"贼首已正法"，他难道会丧心病狂到直接杀了一位威震西疆的可汗？若真是如此，苏海政定会一不做二不休，以里通逆党的罪名想法子除掉麴氏父子和裴行俭……琉璃只觉得一颗心越跳越快，几乎要蹦将出来，手心湿漉漉的全是汗水，一时脸上虽还是镇定，嗓子却一阵阵发紧，笑了一下没有再说下去。

卢青岩也没有兴致再与她虚与委蛇，转头看着校尉和他身后的西州府兵，目光阴冷了下来。

六日之前，兴昔亡可汗父子与手下的大俟斤将军们都已被乱刃分身，自己与苏公子、周校尉带人日夜兼程而来，为的就是速战速决。那麴氏父子原是高昌王族，勾结突厥可汗造反复国也算顺理成章。原想着此番只要以迅雷不及掩耳之势夺下西州城门，包围都督府，带走麴氏父子，软禁裴行俭，到时再分头造一个叛逃诛杀和畏罪自杀，又有何难？谁曾想都护府里竟是未能一击得手，而这外面的数百府兵，居然也不听军令，拔刀相向。难不成还要杀个你死我活，才能把事情办妥？可大都护手下亲兵如今已不多，此次带的也不过二百人，真要厮杀起来，自己这边人数上虽然占优，这八百伊州边军却未必能不计生死……

他心里盘算，声音也变得严厉了许多："这位校尉，违抗军令是什么后果，你也知晓，你悍不畏死也罢了，难不成也不顾手下兵卒的死活？"

西州校尉冷着脸只不作声，他是麴氏旧部出身，祖上几辈便跟着麴氏，他身后的府兵不少都有类似的背景，因此才会被留下守护西州。莫说大都护有令，便是朝廷有令，他们也不可能退后一步。

只是这四五百府兵中，到底不是人人都如此，有些兵卒脸上已露出了犹豫之色。

琉璃看在眼里，不由暗叫了一声"不好"，心里一急，脑子倒是冷静了几分，念头急转之下，突然扬声道："卢主簿，安西大都护苏海政是想罗织罪名、滥杀朝廷重臣、拥兵造反吗？"

她的声音又脆又响，远远传了出去，卢青岩和周校尉脸色都是大变，周校尉"刷"的一声拔出刀来，直指琉璃，"你好大的胆子！胆敢空口白牙便污蔑大都护谋反，你当某的刀子当真没杀过叛贼！"

眼见那明晃晃的刀锋就要靠近，那位西州校尉一个箭步冲了过来，挥刀一挡，"我倒要看你有什么本事在某眼前杀人！"

周校尉怒道："好，好！果真是都要反了！"此言一出，两边的士兵纷纷拔刀，府门前的气氛顿时又紧张起来。

琉璃定了定神，朗声道："这位校尉说话好生有趣，什么叫都要反了，什么又叫空口白牙污蔑大都护谋反？我倒想问一声，你们纵兵夺城，包围府衙，可有罪证？可有圣旨？若是没有，你们何尝不是空口白牙便污蔑西州人要谋反，你们做都做得，我为何说不得？

"须知这西州乃是大唐的西州，不是苏家的西州，西州的百姓，都是大唐子民，不是苏家的猪狗。记得当年的怛笃屠城，就有苏大都护的一份功劳！如今咱们不放弓刀便是谋反，放下弓刀则由你们宰割，横竖是个死，又凭什么要让你们杀猪宰羊一般地屠个痛快？"

周校尉脸上顿时一片紫胀，简直恨不得一刀劈了面前这妇人，奈何却有好几把横刀挡在面前。却听长街另一头越聚越多的西州人群中，有人大声叫道："正是，你们这些人没凭没据，便说西州人是叛贼同党，你当你是什么东西，你说谁造反便是造反，说要杀谁便杀谁，你当咱们西州人都是任人宰割的鸡鸭牛羊么？"又有人大声道："咱们快回去拿弓箭，也叫这些狗贼认得什么叫西州人！"

卢青岩脸色早已变了几变，心头又惊又怒，实在不知这位库狄氏到底是看出了什么还是信口胡说，竟能如此惑众。他忙走上了一步，沉声道："长史夫人，你也是官家女眷，岂不知污蔑上峰是何等罪状，若是再如此胡言乱语，休怪在下冒犯了！"

琉璃应声答道："请问卢主簿，我怎么污蔑上峰了？西州不是军营，是谁给苏大都护这么大的权柄，可以不报朝廷便纵兵围困府衙、捉拿三品大员？西疆谁人不知此次出兵全仗麹都督尽心尽力，筹措粮米军资，半分不少，麹世子与裴长史为护军资，更是刚刚杀贼一千多级，功劳卓著，转头便说他们谋反，真真是岂有此理！若他们也会谋反，那西疆谁人还能清白？"

她看着卢青岩，笑容讥诮："若不是你们穿着这大唐的官袍盔甲，天下人谁会相信你们是捉拿叛党的？只怕更是像是来给那些马贼报仇雪恨的！"

卢青岩脸色顿时大变，怒喝一声："你胡言乱语什么！"一旁的周校尉脸上原本是红里透紫，此时却猛地一白，眼前仿佛又出现了那上千颗冰冷的头颅堆积在大都护府门口的一幕。

琉璃看着他们，声音又提高了几分："卢主簿若觉得我是胡言，这也好说得很，不如便请苏大都护具折上奏，也让朝廷看看，到底是他在构陷下属，还是我污蔑上峰！想来朝廷定然对西疆突然出现了上千人马贼十分有兴趣，对杀灭马贼的人马恰好是来自兴昔亡可汗麾下会更有兴趣。卢主簿，你说是也不是？"

卢主簿只觉得心头一片冰凉，怎么也想不出，眼前这位妇人是如何一眼看破了其间的机关，他不由自主地看了看周校尉，却从对方眼里也看到与自己心头一样的惊悚，随即便是一片冰冷的杀意。

难道就此在西州也大开杀戒？想到几日前辕门内那血流成河的一幕，卢青岩只觉得心头一紧。琉璃却突然放缓了声音："卢主簿，我不过是一介妇人，对什么可汗马贼并无兴趣，只要家人平安便好。但若有人执意相逼，却也不怕鱼死网破！横竖今日我若横尸西州，事后自会有贵人替我报仇雪恨，那些肯拿身家性命一搏之人，不妨动手一试！"

这番话周校尉听过也罢了，卢青岩却立时想起了长安的种种传言——听闻这库狄氏曾向武皇后的母亲献上了百万家资，武皇后的手段天下皆知，那些效劳于她之人如李义府，无论怎样骄横跋扈都能被她庇护，而得罪过她的人却是全家甚至全族都下场凄凉，若自己当真在众目睽睽下杀了库狄氏，这句"身家性命"只怕还真不是空言恐吓……

想到此处，他心头的杀意顿时变成一片凉意。眼见周校尉手上青筋暴起，就要按捺不住，他忙一把拉住，低声道："且慢！里面正在僵持，万一让人趁乱冲将进去……"

周校尉心头一凛，眼下自己带着的这八百边军并非嫡系，若是对方这四五百人悍不畏死，他还当真没有把握能堵住这些亡命之徒。

卢青岩却是心思急转：这库狄氏不知是怎么猜到内情的，但无论如何，此时必要先稳住她再说！既然她要的是家人平安，以那裴行俭的出身，说他与突厥人勾结太过匪夷所思，大都护原本就打算让他"自尽"的，此时不妨略退一步……

他拿定了主意，开口时声音却愈发严厉："库狄夫人，我不知你在胡说什么，这叛党逆贼是何等大罪，岂容你如此安在大唐官员身上，请你自重，休再说什么拥兵造反的昏话！裴长史如今好好地在都护府内，无人会动他。可夫人的这番胡言乱语若是惹出什么乱子来，只怕我等也保不住裴长史！"

琉璃暗自松了口气，这卢主簿果然知道的事情不少，也不愿拿身家性命来押这一把……她不由笑了起来："主簿说得好，叛党逆贼，是何等大罪，岂容别有用心之人胡乱安在朝廷大员身上？卢主簿不会，我自然也不会。"

卢青岩皮笑肉不笑地点了点头，"库狄夫人果然是明白人，说来裴长史原是大唐栋梁，自不会与逆贼有什么瓜葛，只是麴都督和世子，有些事情还是要请他们随军到大都护帐前分解一二……"

他话音未落，西州校尉已厉声道："你想也休想！"

琉璃看着卢青岩轻轻点头："正是，你想也休想。"

卢青岩脸色不由更是难看——这位库狄氏，竟是个得寸进尺的！还未想好要说什么，却听身后有人惊呼道："他们这是要做什么？"

却见西州长街两旁的高墙之上，不知何时已出现了数十位西州汉子，一个个手持弯弓，腰挎箭囊，目光凶狠地看向这些伊州边军，在他们的身后，还有人影一个接一个地冒了出来，衣服虽然五花八门，却都是持刀带箭，那股彪悍之意、桀骜之气，亦是一般无二。

卢青岩和周校尉相视一眼，心头都是大凛，他们自然知道西州民风悍勇，麴氏父子与裴行俭又甚得人心，因此才要以最快的速度把住城门，拿下麴氏父子带出城去，不曾想却还是……

琉璃目光在墙头转了一转，脸上不由露出了笑容，这些西州汉子果然没有叫人失望，让他们以一己之力，对抗上千官兵，或许不敢，但若是激起他们的怒火和恐惧，让他们与数百西州子弟并肩作战，这份血性还是有的。

看了看卢青岩的脸色,她微笑着压低了声音:"卢主簿熟读经史,自然知道天道有常理,民心不可违,所谓识时务者为俊杰,有些事情,纸里终究包不住火。铤而走险,说不定是自取灭亡,退步抽身,才是天高地阔!最要紧的是,杀人灭口这种事情,一旦杀得手滑,谁知他日会轮到谁的头上?在这世上,又有什么比自己的身家性命更要紧?卢主簿,我劝你还是多加思量,好自为之。"

卢青岩冷哼了一声,没有接话。周校尉狠狠瞪了一眼琉璃,又忍不住看了看卢青岩,"卢主簿,如今该如何是好?"

卢青岩脸沉如水,冷冷地道:"我去回报公子,你守好西州城门和都督府的前后门,一只蚊虫也不能让它飞出去!"

琉璃微微一笑,转头对身后的云伊和风飘飘道:"这位卢主簿,倒是个聪明人。"

这声音不大不小,恰好能传到周校尉的耳朵里,他不由转头看着卢青岩的背影,脸上露出了几丝狐疑。

卢青岩脚步飞快,片刻便到了都督府的正厅前。此间的气氛依旧剑拔弩张,正厅那扇结实的大门还是被关得严严实实,上面又多了几处刀砍枪刺的痕迹,却显然并没有造成太大破坏。数十名苏海政的亲兵团团围住了门口,他们身后却又围着二三十名都督府差役和随从,此外还有几十名差役和官吏或远或近地站在一边,脸色各不相同。

一片安静中,麴智湛的话语从正厅高高的窗口传了出来,那声音平素总是一团和气,此时却带着刀锋般的锐利:"苏公子,麴某乃朝廷命官,虽受大都护节制,生死任免却不由他来作主!你今日要拿我,除非请出圣人的敕书,不然无缘无故便想让麴某跟随你们离开西州,恕难从命!还有这西州府的差役、西州城府兵,你不妨去看看他们是肯还是不肯!"

苏南瑾站在亲兵最前方,脸上满是怒容。这麴智湛看来是绝不会就范了,偏偏这西州都督府门庭狭窄,屋墙厚重,自己带兵突入时略费了点周折,这边就已堵住了厅门。在这种地形中强攻,就靠手里这一百多号人,他还真没有十足的把握,怎么也要再调些人马弓箭进来才好动手……他正自郁怒,身后有人道:"公子,主簿有事回禀。"

苏南瑾狠狠地看了那扇大门一眼,转身快步走了出去。待听完卢青岩的回报,一张脸已是铁青,略一沉吟,寒声道:"既然如此,咱们也不必多此一举拿他们出城,索性……"他手掌往下一切,冷笑道:"岂不是一了百了!"

第一百零六章
僵持不下　小惩大诫

卢青岩愕然看着苏南瑾，自己适才说了那么多，难不成他根本没听明白？

愣了片刻，他只能苦笑道："公子，这府里的局势您也看见了，麹都督的屋门口守着这么些人，麹世子那边人手更硬，这些人跟外面那些府兵乱民，只怕都是悍不畏死的，一旦强攻，动静传到外面，那便是一场泼天大乱！"

苏南瑾冷笑道："不过是四五百名寻常府兵，便加上一些暴民，难不成咱们这一千精兵，还怕了他们？"

卢青岩叹了口气，"公子，这里却不是军营，如今府外高墙之上，已站满了手持弓箭的西州人，刀枪无眼，真要混战起来，咱们只怕未必能全身而退！再说那位库狄氏，公子又打算如何处置？圣人宽仁，当年的王文度与程知节都能免死起复，多半也不会因为一个兴昔亡而开杀戒，可若杀了库狄氏，皇后却未必就肯随随便便放过此事！"

当今皇后……苏南瑾背后不由一寒，三四年前，朝廷以铁血手段清洗长孙无忌的余党之时，那段日子里提心吊胆的煎熬他怎么会忘记？好容易随着一纸大都护的任命下来，这片阴霾尽去，父亲和自己才有了底气跟这几个该死的家伙算账，布下能让他们"意外"死于战火刀兵的陷阱，可若是惹来了皇后的注意，让她疑心自己父子是衔恨报复……他沉默片刻，声音变得尖锐起来："那依你说又当如何！"

卢青岩胸中原已有了些腹稿，低声道："公子莫要忧心，如今西州城门与府衙已尽在我等掌握之中，咱们不妨将麹氏父子与裴行俭扣在衙门之中，暂且不动。公子莫忘了，那兴昔亡可汗的确曾派兵相助麹氏，如今兴昔亡的余孽或反或逃，谁知会不会有人来西州通风报信？咱们张下罗网，只要拿住这些人，麹氏父子便是罪状确凿！此其一也。再者，那些西州高门原是颇识时务，公子示之以威、诱之以利，若能说动他们出面告首，更能办成铁案！只要罪证到手，就算此刻无法拿下他们，待大都护讨平叛党，挥军回师之日，西州这弹丸小城，岂能顽抗到底？

"至于那库狄氏，咱们只要手握裴行俭参与逆反的证据，换她一时安宁，想来她也不敢不从，待到麴氏父子一倒，裴行俭不过区区一名长史，咱们自有法子摆布他！"

苏南瑾脸色变幻，沉吟半晌，终于还是点了点头，"也罢，便容他们多活几日！"

卢青岩暗自松了口气，忙道："如今当务之急，一则要看守好门户，西州城门和府衙绝不能让人进出，传递消息；二则也要派人去伊州和庭州传达军令，以免有人风闻奏事，坏了大计。"

苏南瑾随意点了点头，"传个话也无妨，伊州的萧都督原是个怕事的，至于庭州的来济，他能活到今日已是侥幸，难不成还敢出头？"

两人计议已毕，卢青岩便吩咐入府亲兵的带队旅率，令他加派人手看护前后大门和院墙，务必隔绝内外。苏南瑾却突然道："卢主簿，咱们先用些午膳，待会儿叫上身手最好的兵卒，咱们再去会一会那位麴世子与裴长史！"

眼见把守大门的兵丁又加了一队，都督府的大门外顿时传来了一阵鼓噪之声。只见长街两边高墙上，已站满了背着弓箭的西州汉子，领头的赫然换成了西州府兵里的几名队副。包围都督府的那几百名伊州边军脸上多少都有些变了颜色，他们纵然算得上军中精锐，但被上百张弓箭居高临下地指着，依然免不了心惊胆战，更莫说还有越来越多操刀持枪的壮汉加入了府兵的队列，双方强弱多寡之势眼见就要逆转。

那位校尉布置了一圈，回头便对琉璃抱手道："夫人请回去歇息，这里交给在下便是，某但凡有一口气在，绝不会让贼子得逞！"

琉璃看着那扇被层层守卫的大门，点了点头，"有劳校尉了，只是眼下情势未定，校尉还是要约束手下，莫枉起冲突。"

校尉的神色肃穆，"在下省得，如今都督和世子、长史都被困在府内，不到万不得已，某定然不会轻举妄动。"

琉璃目光依然停在大门上，裴行俭他们或许还不知道是兴昔亡可汗出了事，也不知道外面已是这种情形，门外这些人也不知下一步到底该怎么办才好……她忍不住轻声道："校尉，不知你可有法子送个消息进去？"

校尉摇头道："某已试过，都督府沿墙均有人把守，只怕连只蚊虫都飞不进去。"

琉璃叹了口气，转头看向云伊与风飘飘，"咱们先回去吧。"

云伊用力摇头，"我不回去，我要等在这里，玉郎不出来，我不走！"

风飘飘原本一直紧抓着云伊的手，不让她乱说乱动，闻言忙道："咱们在这里也是无用，不如多打发些人守着这边，一有消息便会传回，你又何必亲自守着？"

校尉也笑着抱手，"夫人还是先回去的好，你们在此处，倒让我等束手束脚。"

云伊一脸倔强，只是摇头。风飘飘还要再劝，琉璃已叹了口气，"云伊，你要守着也行，只是莫惹事。"又转头看着风飘飘："飘飘，你可想知道究竟是发生了何等大事，苏氏父子又为何会派人过来？"

风飘飘不由一愣，云伊几乎跳了起来："姊姊知道了？"

琉璃点了点头，眼睛依然看向风飘飘："此处不是说话之地，回去我再告诉你。"

说完转身便走。

风飘飘瞅了一眼云伊,忍住笑意,放开了她的手轻声道:"你先在这里等着,回头我再告诉你。"

云伊看了看大门,又看了看两人的背影,踌躇片刻,终于还是一跺脚追了上去。

三人刚走了没多远,风飘飘身边的一位婢女便不知从何处冒了出来,低声道:"婢子已打探清楚了,如今城门留着两百人把守,都督府里大约有一百多人,外头约有六百,另外便是世子府、都督府和苏府门口,也各有十几人守着。"

风飘飘微微点头,"城中有变的消息可已传到城外?"

婢女轻声道:"咱们的人向城下几处地方射下了急信,若无意外,部曲们今夜便能陆续赶到,明日之后,各县各城的府兵也会赶到。"

风飘飘点头不语,想了片刻对琉璃道:"不如先到我的宅子去,那里不引人注目,来往联系也方便。"

琉璃自无异议,三人到了那处靠近市坊的小宅院,云伊一进房门便拉住了琉璃,"姊姊,今日究竟是出了什么事?"

琉璃叹了口气:"我若猜得不错,苏海政已杀了兴昔亡可汗,如今又要构陷他们与可汗勾结谋反。飘飘,你来之前可知道方烈的消息?"

此言一出,风飘飘和云伊都呆在了那里,云伊足足摇了几十下头,"不可能,绝不可能!兴昔亡可汗在西疆何等威望,苏海政怎么杀得了他,怎么敢杀他?"

风飘飘却突然"哎呀"一声:"难怪那个主簿会问云娘是哪个部落的,原来竟是如此!此事、此事……"她半晌才定住心神,"来之前我倒是听柳娘子说,为免麻烦,方公子此次不会随可汗出征,他应当无事,只是不知此事世子他们可已知晓?"

琉璃摇头不语,他们多半还不知道吧!

云伊突然惊叫一声,跳了起来,"那些人连可汗都敢杀,玉郎、玉郎他……"转身便要往外冲。风飘飘忙一把拽住了她,"你去有何用!"云伊急得脸都白了,跳脚不止。

琉璃忙喝道:"云伊,都什么时辰了,你还要胡闹!外面有那么多人守着,苏南瑾若不想把自己的命搁在西州城,便断然不敢把世子如何,如今最要紧的,是如何把外面的消息传进去,也把里面的情形摸清楚,你有工夫在门外守着,还不如与我们一道想个法子是正经!"

她极少如此声色俱厉地对云伊说话,云伊不由一呆,慢慢垂下了头,"我能想出什么法子?"

琉璃眉头紧皱,都督府如此戒备森严,要传递消息,谈何容易!正出神间,却听风飘飘在自己耳边轻声道:"我想起来了,有一个人,或许能进那院子。"

她低声说了几句。琉璃的眸子越来越亮,略一思索便点头道:"好!咱们这便准备纸墨,待会儿……"

风飘飘笑道:"此事还是我来!"她带着琉璃进了内室,拿出好几样奇奇怪怪的东西，低头捣鼓起来。云伊看得一头雾水，问了两回，琉璃便笑道："你莫多问，横竖待会儿有好戏可看！不过你都得听我们的，不然我们可不带你！"

好容易一切准备妥当，三人带着几个婢女快步出门，却是直奔洛阳坊的苏府而去。

却见苏府的门前雁翅排开站着十几名盔甲鲜明的兵卒，来往的行人无不远远避开。琉璃她们离门前还有十来步，那领头的队正便跨上一步喝道："来者何人？"

琉璃身后的小米忙上前答道："我家夫人是张夫人的阿嫂，这位是阿史那娘子和凤娘子，劳烦您去裹报一声，便说我家夫人有要事与张夫人相商。"

队正狐疑地看了几人一眼，到底还是对一名兵卒点了点头："请几位稍待片刻。"没多久，那兵卒便走了出来："夫人让她们进去！"

一行人随着兵卒进门穿过前院，到了内院门口，一名婢女迎了上来，将她们带到上房台阶下面，语气倨傲地吩咐道："你们先在这里等着！"

云伊立时就要跳起来："你……"却被凤飘飘紧紧地挽住了手。

好半晌，门内才传出冷冷的一声："你们进来吧。"

琉璃和凤飘飘相视一眼，走上台阶，挑帘进去，却见张敏娘坐在外屋西面的坐榻上，只穿着家常的衣裳，头发松松绾着，看见几人也不站起，只是漫不经心地微笑，"几位真是稀客，只是我适才在用午膳，不好相见，劳你们久等了，真是抱歉！娜娜，请她们坐下。"

张敏娘身后的婢女走上一步，往东边的席褥上一引，"几位娘子请坐。"

云伊冷冷地瞅了张敏娘一眼，一言不发地坐了下来，绷着脸低头盯着面前的案几，琉璃和凤飘飘也若无其事地落了座。屋里一时安静得几乎有些怪异。

还是张敏娘先笑道："说来这还是阿嫂和阿史那娘子第一回来寒舍，却不知你们今日有何贵干。"

琉璃抬头看着她，语气温和："不知敏娘可知晓，今日你家夫君带人围住了都督府，你的义兄和世子几个如今都在那府里，也不知情形如何。我们过来，是想请你看在兄妹一场的情分上，去向苏公子问上一句，这到底是怎么回事，他们何时才能出来。"

张敏娘眼波流转，半晌才掩着嘴笑了起来，"阿嫂好糊涂，这外头的事，我怎能知晓？我只是隐约听外头的队正说了一句，这一回他们过来是要擒拿逆贼的同党呢！逆贼，这可是要命的罪过，也许这会儿有人已是人头落地了也未可知……"

云伊再也忍耐不住，抬头怒道："谁是逆贼？谁会人头落地，你胡言乱语什么！"

张敏娘瞅着云伊，笑容越发甜美舒畅："是，是，是，娘子说得是！我自是胡说，横竖这些逆贼跟我又有什么关系？你们若不爱听我说的这些话，我让婢子们送几位出去便是！"

看着云伊涨得发红的脸，她的心头仿佛有什么东西冲了出来，忍不住嫣然一笑："若是去得晚了，万一来不及收尸，唉，那可如何是好？"

云伊勃然大怒，腾地站了起来，风飘飘忙站起来拉住了她。云伊怒道："你听她说的是什么混账话！"

张敏娘笑道："我说什么混账话了？你倒说说看。"

琉璃不急不缓地站了起来，摆手止住了云伊，走上几步来到张敏娘的席前，看着她叹了口气："敏娘，你适才说的是什么？收尸？这话也是能乱说的？"

张敏娘漫不经心地挑了挑眉头，"我大约是说错了罢，只是你们何必如此紧张？难不成咱们这西州城里还真有人跟什么叛党有勾结，会被大都护就地正法？"

琉璃脸色沉了下来："裴长史好歹是你义兄，你若再乱说，莫怪我恼了！"

张敏娘扬脸瞅着她，笑容里带上了几分挑衅："是么？阿嫂，你恼我不打紧，只是义兄如今还生死未卜，阿嫂还是省省力气，省的义兄万一有个好歹……"

话音未落，她的眼前突然一花，随即耳朵里"嗡"的一声巨响，一股力道将她整张脸带得一偏，随即脸上便热辣辣地痛了起来。

琉璃竟是一记耳光结结实实扇在了她的脸上。

张敏娘猛地仰起头，刚刚张了张嘴，琉璃反手又是一记，这一次力道更大，扇得她整个身子都偏了过去。

张敏娘身后的娜娜这才"啊"的一声尖叫起来，跳过来正要扑向琉璃，早已等在那里的风飘飘眼疾手快，一把抓住了她的手腕，轻轻一拧，便将她整个人都拧得背转过去，"你还是识相些的好。"

张敏娘捂着脸慢慢抬起头来，只觉得两边脸上疼得都有些发木，羞辱、愤怒、惊愕、恐惧种种情绪混作一团，堵得她呼吸都有些困难。

琉璃神色漠然地看着她，叹了口气："敏娘，你可知错了么？"

张敏娘只觉得一口气冲上喉头，气得全身都哆嗦起来。

屋里的另外两个婢女早已吓得傻了。她们都是从小在高门长大，什么阴私之事没见过，可这身份高贵的夫人直接动手扇人耳光，她们莫说没见过，连想都没想过。此时看着满脸轻描淡写的那两个女子，她们回过神来便想往外跑，却见对方的几个婢女已挡在了门口。

张敏娘闭了闭眼睛，开口时声音抖得几乎不成腔调："好，阿嫂，我记住了，阿嫂的教训，敏娘此生此世不会忘怀。有朝一日，必加倍报还！"

琉璃淡淡地看着她，"你还不了，敏娘，你这辈子也还不了。不过你既知错了，便该好生道个歉，否则……"她低头看了看自己的手掌，声音里充满了无奈，"你也知道，这教训起人来，手也怪疼的。"

张敏娘只觉得喉头一阵发腥，几乎没昏死过去。

屋里顿时变得死一般寂静。

都督府斜对正厅的偏厅门口，原本剑拔弩张的气氛却是消退了许多。二十多位膀阔腰圆的差役随从依然站在门口，而半个时辰前曾逼上台阶的那些亲兵已退后了几步,虽仍然手按刀柄、目光阴冷,却到底没有把刀拔出来。台阶上,血痕依旧显眼,受伤略重的队正和两名亲兵被扶了下去,活动无碍的那两个则拍干净了身上的尘土,沉默地回到了队列之中。

眼见十几名亲兵拥簇着苏南瑾和卢青岩走向这个方向,数十名亲兵立时往两边一分,让出了道来。

苏南瑾站在台阶下面,盯着人群后的门楣看了好几眼。这是他带的人马最先冲到的地方,可惜才冲进去几个人,门便被关上了,未等他们把门撞开,府里的差役已闻声赶到,而大门一开,早先进去的几个亲兵便被扔了出来,随即便是脖子上架着钢刀的队正……那两个该死的混账!

他稳住心神,尽量沉稳地扬声道:"麴世子,裴长史,可否出门一晤?"

门内很快便响起了一个懒洋洋的声音:"苏公子果然好兴致,这腊月寒天的,竟有心吸风饮露?也罢,舍命陪君子,也免得叫人以为我是无胆鼠辈,不敢踏入别人的地盘半步。"

苏南瑾脸色顿时黑了几分,却见门帘一挑,麴崇裕与裴行俭先后走了出来。苏南瑾的眼睛一眯,抱了抱手,"两位,好久不见。"

麴崇裕掸了掸衣袖,游目四望,就像没听到苏南瑾的话。倒是裴行俭点了点头:"的确是有些日子了,对了,子玉可是已用过午膳?"

苏南瑾愣了一下才道:"用过了。"

裴行俭脸含微笑,语气温和,仿佛是一位殷勤好客的主人,"不知子玉午间用的是什么?"

苏南瑾皱了皱眉,心里越发纳闷,嘴上淡淡地道:"不过是寻常汤饼。"

裴行俭略带歉意地笑了笑,"西州府衙一切简陋,慢待子玉了。抱歉得很。"

苏南瑾心头越发警惕,"好说。"这西州府衙的灶房不小,却没有什么好东西备着,让亲兵们守着那几个厨子忙了半日,端出来的也不过是最寻常的汤面,味道还十分糟糕,不过裴行俭扯这些做什么?

裴行俭抬头看了看天色,"子玉不嫌弃便好,只是如今早已过午时,我和世子却是还未来得及用饭,我想让人去厨下取些午膳过来,子玉不会见怪吧?"

苏南瑾不由愣住了,万万想不到大变当前,裴行俭居然一句都不问自己所为何来,却心心念念惦记着用饭!他倒有心想把这群胆大妄为的家伙活活饿死,偏偏此时已不是能彻底撕破脸的时候,这裴行俭,如今更是动他不得!

站在苏南瑾身后的卢青岩忙笑道:"是下官疏忽,长史稍待片刻,下官命人去取如何?"

裴行俭笑着摆了摆手,"不必了,主簿如今事务繁忙,取饭这等小事,自己动手便好。"说完转头吩咐道:"白三,你带几个人去厨下取些食水。"

白三应了声"遵命",回头点了四个人跟随自己下了台阶,那些亲兵看了看面无表情的苏南瑾,一时面面相觑,眼睁睁看着不久前还拔刀相向的这几个西州人大摇大摆地从身边走了出去，脸色都有些不好看起来。

卢青岩忙回头对身后的亲兵使了个眼色，"你们也去搭把手，小心莫洒了食水！"

苏南瑾心里一阵发闷，原本打好的腹稿早飞到爪哇国去，好容易脸上才重新挂出了一个笑容，"守约，说来咱们倒是许久不曾同饮，今日守约若是有暇，不知南瑾能否请守约同饮几杯？"

裴行俭微笑着摇头，"不敢。子玉若有此心，不妨等西州的事务尘埃落定之后再说。如今子玉一手握腰刀，一手持酒壶，风采过人，实在让行俭太过自惭形秽。"

苏南瑾的脸色不由一沉，半晌才咬牙笑了起来，"这一日想来不会太远，南瑾自是等得起，只是那都督府门外心急如焚之人，却不知等不等得起！如今这天寒地冻，真真令人……"

裴行俭笑容未变，眼神却突然变得一片漠然，静静地落在苏南瑾的脸上。

仿佛有寒气扑面而来，苏南瑾心头一凛，原本已到嘴边的话都僵在了舌尖上。待他回过神来，正想再说几句，却听见从后院里隐隐传来了一个女子的声音："公子在何处？快、快些带我过去！"

这声音年轻娇嫩，音调却气急败坏，满院子都听了个清楚。苏南瑾只觉得声音好不耳熟，转头一看，却见通往后院的小门里，急匆匆走来三个人。领头的是守着都督府后门的一名队副，另一位赫然是他派去看守自家府邸的队正，而两人背后那个娇小女子，正是敏娘的心腹婢女娜娜！此时她头发凌乱，满面泪痕，还带着两道青肿，抬头看见苏南瑾便"哇"的一声哭了起来："阿郎，不好了！"

苏南瑾唬了一跳，忙几步走了过去，"到底出了何事？"眼见娜娜还在抽抽噎噎，他心头恚怒，低声喝道："还不快说！"

娜娜吓得一哆嗦，倒退两步，几乎没撞到背后的一丛花木，"娘子，是娘子被人欺辱了。"

苏南瑾愕然之后，胸口腾地燃起了一团怒火，怒目看向队正："你！"

队正忙抱手行礼："启禀公子，适才府上来了几名年轻女子，打扮得甚为华贵，带头之人又自称是夫人的阿嫂，卑职让人回禀了夫人，夫人传出话来，说是让她们进去，卑职才敢放行，谁知……"

娜娜忙道："就是那位库狄氏！她到了屋里，居然一言不合就上来打了娘子两掌，奴婢想上前护着娘子，也被她带的人打倒在地，她们还逼着娘子道歉，娘子受辱不过，昏过去了！"

队正也回道："公子，她们走得甚是匆忙，卑职听见里面有人叫喊追上她们时，不知怎的有好些西州人围了上来，带头的那妇人又说什么谁家小姑子敢让嫂嫂快些给阿兄收尸，不会挨顿教训的，还说，"他为难地瞅了苏南瑾一眼，声音低了下来，"还说让公子得闲了，记得教教夫人什么是长幼尊卑。"当时那么多人在看、在笑，这妇人名分上还是夫人的阿嫂，他又能怎样？

眼见苏南瑾脸色铁青地看了过来，娜娜哆嗦了一下，低声嘟囔道："是她胡说！娘子明明说的是阿史那氏，她却故意安到了裴长史头上……"

库狄氏！又是那个该死的妇人！敏娘好端端地惹她作甚？苏南瑾咬牙回头看了一眼，却见裴行俭微微皱着眉头，而麴崇裕不知何时已站在了裴行俭身边，兴致盎然地看了过来，脸上的笑容刺得他几乎站立不住。

卢青岩也隐隐听了个大概，眉头紧锁地往这边走了几步。这位张娘子真真是成事不足败事有余，闹出这样一场笑话来。公子若因此对付库狄氏，自然无益于大局，可若是不对付，颜面扫地不说，那些西州高门只怕也会因此生疑……莫非库狄氏正是算计出他们不敢对她动手，才故意要闹出些事情来？他心头大凛，忙道："公子，此事不好张扬，还是先让夫人静养，知晓的人越少越好。"

苏南瑾心中烦乱，点了点头，"娘子现在如何了？"

娜娜见他脸色难看，忙讷讷地道："已是醒了，只是不说不动的好不吓人，公子您看……"

苏南瑾气息沉重地深呼吸了几口，断然道："你先回去守着她，便说我知晓了，让她好生静养，待我回去再说！"又转头看着那位队正："你好生看着府门，不许再让任何人进去！"

娜娜的脸上露出了一丝失望，转头看了看不远处的麴崇裕，恨恨地咬了咬唇，转头"呸"了一口，到底也不敢多说，默默跟着队副走了出去。

苏南瑾重重地吐出一口浊气，实在不想再看见那两张面孔，转身走向了另一个方向。卢青岩顿时有些进退两难，正犹豫间，只听一阵脚步声乱响，却是去灶房的那些人抬着几个大桶从后院门走了过来。他松了口气，回头对裴行俭和麴崇裕笑了笑，"两位先用些膳，下官告退。"

大桶之内无非是胡饼热汤等物，有人盛好了两份送进屋里，麴崇裕进门之后便笑了起来，"阿嫂这两掌打得，端的是妙不可言！"

这还是他头一回称琉璃为阿嫂，裴行俭却是摇了摇头，"她此举实在太过鲁莽幼稚！为了一时之气，怎么连自己的安危都不顾了？"

麴崇裕得意洋洋地瞅了裴行俭一眼，想说点什么却又笑着转了话头："苏公子有心相邀，你又何必推辞？能打探些消息不说，这牢笼出得一个是一个！"

裴行俭淡然一笑，"既然他不曾拦着咱们去拿午膳，可见外头的局势正是相持不下，他不敢贸然行事，只能打着分而治之、徐徐图之的主意。如今这情势下，让咱们的人能在府中略加走动，才是最要紧的。至于消息，还用打听么？大约不是拿到了龟兹叛党，便是吐蕃细作，获知你们父子要谋反，因此要带你们到军中对质，你们自然意欲叛逃，他们便当场诛杀；我这长史不是失职不察，便是知情不报，多半是畏罪自尽。这消息很动听么，要巴巴地去打听一番？"

麴崇裕心情甚好，哈哈大笑，几口吃下了两个胡饼一碗汤，把竹箸一放，招手将自己长随叫进屋里，低声吩咐了几句。

不多时，众人都已用过膳，这名长随带着两个人送碗碟空桶回灶房，没走多远，便与跟来的几个亲兵吵嚷起来，还砸碎了两个碗碟。待回来时，几个人都冷着脸。长随甩手进了屋，进门走上几步，脸色已是一片肃然，从袖子里掏出一个纸团，双手奉给麹崇裕，"在院门口的花木之下发现的。"

裴行俭惊讶地看着那张纸团，凝神想了片刻，恍然笑了起来，"好一个以其人之道还治其人之身，原来那两巴掌的妙处在此！"

麹崇裕不屑地挑了挑眉，"她当年敢买通我身边之人打探我的举动，我虽是懒得与一个女子太过计较，总不能听任她继续捣鬼！今日来的那位婢女便是飘飘的手笔，没想到还能派上这等用场。"

裴行俭点头微笑，"果然是妙用无穷！"

麹崇裕笑着摇头，"不及阿嫂左右开弓也！"转身点燃烛台上的蜡烛，他仔细展开了手中这张看着再寻常不过的白麻纸，纸上只胡乱涂了两笔账目，不过在火上烤了两遍之后，空白处却慢慢显示出几行字迹和一张简单的兵力部署图。麹崇裕只看了一眼，脸色顿时变了，半晌才慢慢放下纸片，转头看着裴行俭，"兴昔亡可汗，或许已被苏海政杀了！"

裴行俭抢上一步，将那些字句看了两遍，脸色越来越沉。

麹崇裕已在屋里转了两圈，咬牙骂道："这丧心病狂的老匹夫！如此一来，便是明日我家部曲攻入西州城，他们也不会善罢甘休！可父亲的身子，又如何拖得起？"

裴行俭慢慢抬起头来，目光望向门外，声音变得有些干涩："是我太大意了，苏海政此时定然是在追杀五咄陆部，趁机大肆劫掠，此战无论胜负如何，西疆乱局已定！"

麹崇裕冷哼一声："苏海政能狂悖到如此地步，谁能料得到？说到底，还是那位天子太过糊涂，文官倾轧夺权，可以杀头灭族，武官兵败屠城，不过几年便是免死起复，这才养出了如此狂妄狠毒的混账将军！若是当日便灭了王文度满门，捉拿这些屠城的败类，又怎会有此刻之祸？"

裴行俭沉默良久才开口："如今说什么都已是无用，咱们还是想想该如何破局。"

麹崇裕低头看着那张简单的地图，眉头紧皱，"咱们以前的布置只怕都起不了太大作用，他们定会死守府衙和城门，堵住西州将消息传往朝廷的通道，要破局谈何容易！家父如今都是靠药在撑着，三五天也罢了，若是时间长了只怕撑不住！"

裴行俭长长地吐了一口气，闭上双眼，片刻之后重新睁开时，目光已恢复了清明。他拿过地图看了几眼，突然指了指府外的那一片，"算来苏海政的亲兵如今不足五百，他身在战场，不可能悉数派来西州，这府外和城门两处应是伊州或庭州的边军，他们也不过是屯田西疆的寻常府兵，多半并不知此次到西州所为何来，所谓分而化之……"

麹崇裕眼睛顿时一亮，"我知道该如何做了！"他瞅了瞅裴行俭，笑容微嘲："只是你难道不怕损了大唐的名声？"

裴行俭神色平静，"你说得对，有些事情已是大错，瞒之护之，则是错上加错。所谓大唐，有容乃大，若是必得包庇苏海政这种人物，令忠良之士蒙不白之冤，方能保全名声，这种名声，不要也罢！"

麴崇裕惊讶地挑起了眉头，随即便笑了起来："有你裴守约在，大唐在西疆的名声大约坏不了。"

裴行俭神色沉重地摇了摇头，"还有几桩事情，也要立刻安排，一则要守住来西州的各条道路，该散布的消息要散布，该拦住该拿住的人也要拦住拿住；二则还有那些西州高门，如今各家都有子弟被扣在都督府……"他突然哂然一笑："是我多虑了，此事再过两日便不足虑！只是如今咱们的消息，又该如何传出去？"

麴崇裕敲了敲地图，扬眉笑了起来，"这有何难！"

眼见日头已有西斜之势，在庭院里站了两个多时辰的苏氏亲兵们未免觉得西风愈冷，心里正自嘀咕，便见门帘一挑，麴崇裕大步走了出来，冷冷道："你们谁是主事？去找你们那位卢主簿过来，告诉他，这府衙的饭食太过难吃，今日的晚膳，我要吃普照寺的斋菜，让他去定上一席送进来！"

亲兵们相视一眼，不由愕然失笑。领头的队正"哈"的一声笑了出来，"世子，抱歉得很，卢主簿公务缠身，无暇来理会这些细事，公子若嫌府衙的饭食难吃，不妨停上两顿，想来再吃之时便会香甜许多！"

麴崇裕淡淡地看着他，目光中满是轻蔑，"你真不打算去传话？"

队正一言不发地抱手看着他，脸上是毫不掩饰的讥讽。

麴崇裕的几位随从顿时大怒，戟指喝道："你是什么东西，世子让你传句话你也敢拿大？"

麴崇裕厌烦地摆了摆手，"跟这种人计较甚么，难不成他不传话，我便吃不上这顿斋菜了？"说完转身进了屋，过得片刻再出现在门口时，手中赫然拿着一把强弓。

苏氏亲兵们顿时都唬了一跳，纷纷拔刀出鞘。却见麴崇裕慢条斯理地拿出一张白麻纸，上面写着一行水墨淋漓的大字，"库狄夫人，请订普照寺斋菜一席送入府衙"，随手将纸团了团，穿在一支带着骨哨的无锋长箭上，张弓搭箭，望空而射。那支箭带着尖利的鸣声消失在都督府的高墙之外。

苏氏亲兵们一时面面相觑，那位队正忍不住喝道："你这是做什么？"

麴崇裕却看都懒得再看他，把弓往随从手里一丢，掸了掸衣袖，"想来不到日落，便自会有人送斋菜来！"

那支响箭穿过长街，落在了对面太原坊的一处屋顶上，原本守在高墙上的西州人自是飞奔着取了过来，又交到了琉璃派来的奴仆手中。

而一个时辰之后，当普照寺的沙弥捧着几个食盒出现在都督府的门口时，一个惊人的消息也在府外的西州府兵中不胫而走。

第一百零七章
各展手段　自伤臂膀

正是晚膳时分，一个个食盒流水般从西州各坊送到了府兵们手中，热腾腾的鱼肉香气随即四下飘散。长街的另一边，那些正饮着冷水嚼着干粮的伊州边兵们，顿时便觉得口中的胡饼愈发难以下咽。

不多时，周校尉便被召进了府门。伊州边军的几位军官也凑到了一起，一位队正便低声叹道："校尉定是进去用饭了，那府里的人大约是有热水热汤可吃的，咱们这干粮却不知要吃到什么时辰！"

另一名旅率冷哼了一声："咱们拿什么与他们比？他们都是大都护的亲兵心腹，咱们不过是些苦力，若是跟着大都护上沙场，还能搏个军功封赏，咱们这一趟，最多是吃些冷风！"

几个人正感慨间，背后却突然传来一个带笑的声音："几位请了！"

几位军官忙转头去看，却见西州府兵的那位校尉笑嘻嘻地走了过来，手中并无刀剑，倒是拎着一个大大的食盒。几个人不由相顾愕然。

西州校尉把食盒一放，笑着抱了抱手，"几位可曾用过晚饭？说起来咱们都是大唐兵卒，不过是各自听命行事，上峰们如今不喊打喊杀了，咱们又何必再刀枪相向？适才是郭某冒犯了各位，各位若不嫌弃，这盒饭食就当兄弟的赔罪如何？"

几个伊州军官相视一眼，都有些摸不着头脑。年纪最大的那位旅率便抱手笑道："郭校尉的好意我等心领了，只是今日我等都已用过了饭食，倒是不好再叨扰！"

郭校尉笑道："这里面不是米面，都是些上好的烤肉，各位晚间或许用得上，明日将食盒还我便是。"又打量了他们一眼："你们不是大都护的亲兵吧？不知是来自伊州还是庭州？"

那位旅率淡淡地道："郭兄好眼光，我等都是伊州边军。"

郭校尉"嘿嘿"笑了两声："我哪有什么眼光，只是苏大都护的亲兵们一多半都已被当做马贼割了头颅，如今身边最多有四五百人，你们这七八百人又怎能是大都护的亲兵？几位也是从军营而来，难不成没注意过大都护中军大帐四周的帐篷少得出奇么？"

几名伊州军官顿时呆住了，这话太过匪夷所思，可偏偏……回想起来，此次中军大帐周围的营帐的确有些不对劲！

郭校尉瞅了他们一眼，"怎么，你们难道不曾听说前些日子，裴长史、麹世子与兴昔亡可汗的部将联手剿灭了一支千余人的马贼，咱们这些人在西疆多少年了，何曾听说过有敢公然抢劫军粮的千人马贼大军？恰恰又是这时辰，大都护的亲兵们却莫名其妙不见了，这还看不出来？再说了，如今大都护要拿的反贼是谁？正是兴昔亡可汗和麹都督他们几个！兴昔亡可汗那样一条好汉，不过是无意中剿灭了一帮马贼，就落得如此下场，真真是……唉，他若真有反意，怎会在自己的地头上被人杀了？"

几个伊州军官更是愕然，这兴昔亡可汗谋反被诛的事，他们来之前便被反复警告过，严禁在西州吐露一个字，眼前此人怎会知道？但事情让他这一说，还真是有几分道理——那位兴昔亡可汗，好端端会谋反已是有些古怪，说要谋反还能毫无戒备地被人连锅端了更是不合情理，还有那凭空出来的千人马贼和凭空消失的几百亲兵……以前自己怎么就没想过呢？

一位旅率强压了压心头的惶然，沉下了脸色，"郭兄说笑了，这些荒谬之语，还是少谈些为好！"

郭校尉诧异地看了他们一眼，"荒谬么？你便不信我，也该信一信周校尉与卢主簿，今日长史夫人与他们理论，不是一谈到马贼和兴昔亡可汗，这两位便立刻服了软，这总是众目睽睽之下的事情，难不成还是郭某编得出来的？"

他看着几个人，目光中已有些同情，"唉，其实你们有所不知，那马贼并未全被剿灭，长史还留了几个活口，算算这日子，只怕已是到了长安！苏大都护千算万算，便是要瞒了此事。可这世上，哪有纸里能包住火的？此事连周校尉和卢主簿都看出来了，因此不但不敢再与长史夫人理论，连府里的世子，都能吃上西州最好的斋饭了！谁又不想给自己留条后路？"

瞟了都督府的大门一眼，郭校尉脸上笑容越发热忱，拎起食盒便往旅率手中一塞，"你们在这风地里不知还要守多久，他们都有热汤水吃，你们何必自苦？吃上一口难不成还能算是违了军令？明日记得把碗碟食盒还我便是！"

旅率正想叫住他，便听身后有人厉声道："你们这是在做什么？"

几个人回过头来，这才看见周校尉大步从府门走了出来，心头顿时一惊。还未来得及解释，郭校尉已笑嘻嘻地回过头，几步凑到周校尉跟前，低声笑道："适才是我与诸位同袍闲聊了几句，议论了一番上回被兴昔亡可汗和长史、世子他们剿灭的那千人马贼，听闻那伙马贼甚是严整，只怕比大都护身边的亲兵也不差什么！"

马贼、亲兵……周校尉脸色顿时大变，下意识伸手按上刀柄，怒喝了一声："你胡言乱语什么？"

郭校尉笑道："校尉教训得是，郭某不过是胡言乱语，校尉又何必如临大敌？"说完哈哈大笑着走回了西州府兵之中。

周校尉脸上一阵红一阵白，明明白白的难堪和隐隐约约的恐惧，把心头的那团怒火拱得越发难以遏制。突然看见那几个伊州边军的军官都转头看了过来，目光狐疑，表情古怪，似乎也在嘲笑自己，他再也忍耐不住，厉声道："你们几个，竟然与负隅顽抗的叛军乱党私相授受，听任其扰乱军心！每人去领十记军棍！"

此言一出，伊州边军顿时一阵哗然。

夜色渐浓，西州府兵们靠着长街的西墙扎起了毡帐，好容易平息下来的伊州边军也沿着东墙根扎下帐篷。一道简易的栅栏沿着长街中线树了起来，栅栏两边值守的兵卒相距不过几步，面容可见，低语可闻。

腊月的寒夜原是格外漫长，西州各坊出门给府兵们送消夜的人却是络绎不绝。看着栅栏对面的笑脸与人流，伊州兵士难免愈觉寒冷无聊，连这边的火把落在他们眼里似乎都分外黯淡。

远离军官视线的长街尽头，一个西州府兵靠着栅栏笑嘻嘻地看向对面的兵卒，"冷得紧吧？真真是晦气，今日还是祭灶呢，咱们却要吃上一夜的冷风。其实说来咱们不过是小卒，上头的贵人相争，与我等何干？某这里还有两碗毕罗？你可要尝上一尝？"他的目光里有着货真价实的同情——上峰们说了，这些伊州人都是被蒙在鼓里的，只怕到死都是糊涂鬼，若能让他们放下屠刀，便是功德一桩。

伊州兵士目光里又是惊奇又是狐疑，西州人笑着把食盒放在了地上，略开了半边盖子，好让那热腾腾的香味飘散得更快一些，这才转身离去。一刻钟后转回时，只见食盒依然放在老地方，里面却只剩下了几个空碗。

接下来的闲聊便分外的顺理成章："这位老兄，敢问一句，那大都护的亲兵果真是突然少了一多半？"

漫长的冬夜里，相似的问答渐渐在长街各处悄然响起。满心好奇的伊州兵与满腹同情的西州人，在互通有无的大计上渐渐达成一致。待到东方破晓，伊州边军里夜里轮值过的兵士，至少有一小半腹中都已填了些热乎乎的西州美食和火辣辣的惊人消息。而伊州军官们看着那都督府的高墙，想着墙内那些有暖屋可住、有汤饼可食的大都护府亲兵，那几个未吃上一口热饭便挨了军棍的上峰，都默契地保持了沉默。

而随着晨光一同到来，还有另一个令他们吃惊的消息：西州城下，一夜之间竟出现了许多人马，各个方向还不断有府兵打扮的小队人马向城门赶来！不一会儿，苏南瑾与卢青岩便急匆匆地直奔城门而去。不少伊州兵卒交换着意味深长的眼神，有些更是暗暗对着他们的背影"呸"了一声。

冬日的朝阳静静地照进了西州城，将高高的城门抹上了一丝暖色，也将城门下的景象照得一清二楚。在三处大门的外面，都有府兵装束的健卒与民夫模样的壮丁在箭程外的平地里安营扎寨，人数虽然只有数百，却摆出了一副围困孤城的架势。

苏南瑾脸色阴沉地回头瞟了卢青岩一眼。卢青岩忙点了点头，带着几名亲兵转身便走，穿过长街，径直来到洛阳坊的张府门前，上前拍响了门环。

张府的院落房屋对于卢青岩来说自不陌生，只是当他走进堂屋，见到身形消瘦、神色淡漠，看去竟异常陌生的张怀寂时，嘴边的一句"张贤弟"还是不由自主地变成了："听闻参军贵体欠安，不知如今可是大好了？"

张怀寂淡然欠了欠身，"多谢卢主簿挂怀，这身子大约撑得一日是一日罢，主簿请坐下说话。"

卢青岩心里微凉，踌躇片刻，索性丢开了那篇拐弯抹角的腹稿："不瞒参军，卢某此来，一是为了致歉。山谷之事，让参军受惊，此事绝非公子所愿见，真真是对不住了！

"二则么，也是为了致谢。当日若不是参军挺身而出，手下留情，大都护的那些亲兵只怕一个都难以保全，那些兵卒的确不才，公子临行前千叮万嘱让他们护好参军，他们却擅自行事，才招致当日之恶果。只是大都护到底栽培他们多年，视他们犹如子弟，此番我等来西州之前，大都护便特意嘱咐过，要卢某替大都护向参军道一声谢，多谢参军当日援手。"说着站起来郑重地行了一礼。

张怀寂忙站了起来，侧身避开，低头还了一礼，语气却依然冷淡："下官不敢当！"

卢青岩心头不由一紧，脸色愈发肃然，"再者，卢某还想告知张参军一声，兴昔亡可汗密谋逆反，已被大都护就地正法！其叛党余孽，正被大都护和继往绝可汗的大军联手平荡，指日便会悉数伏法！"

张怀寂有些惊讶地挑起了眉头，眼神中却并没有太多的意外之色，皱着眉头沉默半响，沉沉地叹了口气。

那位库狄氏果然是好快的手脚！卢青岩的神色不由更是郑重，"参军大约有所不知，山谷那一战，其实并非马贼前来劫粮！"

张怀寂抬起头来，脸上露出了真正的意外之色。

卢青岩沉声说了下去："大都护此前曾派出六百亲兵追缴马贼，当日恰恰追至山谷，马贼们无路可逃，才妄图据粮车营寨为己用，幸得众部曲死战不退，才未教他们得逞。大都护的亲兵趁机在后面掩杀，谁知久战未决之即，兴昔亡可汗的骑兵赶到，眼见有机可乘，贪功心切，竟是不分青红皂白逢人便砍，这才有了所谓一战剿灭马贼上千的功绩！

"麹世子对此心知肚明，这才下令不留俘虏，为的便是瞒天过海，裴长史虽有察觉，却是知情不报，参军一直在内营处置事务，更是彻底被蒙在了鼓里。那一战，竟是酿成大唐少有的惨剧。如今兴昔亡可汗那边，已有人认罪招供，参军若能出面告首，则不但能洗刷同谋的嫌疑，反而是立下了揭发叛党的大功，大都护定会上表为参军请彰！"

张怀寂愕然看着卢青岩。卢青岩也面带微笑地看着他，"参军，如今的西州城里虽是僵持不下，谣言四散，但大都护麾下的上万人马，一旦荡平兴昔亡余部，便会挥师西下，届时西州弹丸小城，焉能继续负隅顽抗？麹氏父子犯下如此大恶，固然难逃法网，胁从之人也会被一一清算。更莫说大战来临之即，泥沙皆下，玉石俱焚，这城中的老弱妇孺，若是家主不善自保，则难免有刀兵之祸。参军是聪明人，何去何从，当有决断！"

眼见张怀寂脸色发白，低头不语，卢青松笑得越发从容。这番说法是他昨日听得外面的回报，思来想去后谋划出的主意。虽然当日亲历那一战的人太多，一旦认真追查，无论如何也做不到天衣无缝。但如今这情势下，也唯有行此险棋，只要将麴氏父子定罪，令裴行俭束手，此事就算破绽百出，长安又如何能得知？张怀寂家人族人都在西州城中，想来也不敢拿全家全族的性命来冒险！

良久之后，张怀寂才慢慢抬起头来，脸色越发苍白，"多谢主簿将实情相告，却不知下官有何事可为大都护效劳？"

卢青岩心里一口气顿时松了下来，满面都是笑容，"此事甚是容易，参军只要写下当日经过，签字画押，交与卢某便是。"

张怀寂怔了片刻，脸上出现了一丝毅然之色，缓缓站了起来，"卢主簿，烦劳随张某去书房一趟。"

卢青岩忙站了起来，双眼发亮，"参军果然明智，卢某这便替参军铺纸磨墨！"

张怀寂脸上露出了一丝苦涩的笑容，迈步时脚下似有千斤之重，一步一步都走得甚是艰难，只是走了几步后，却越走越快，眼见便要到书房门口，也不知是踩到袍角还是绊到了案几，竟是一跤摔了出去，直挺挺地倒在了地上。

卢青岩唬了一跳，忙上前搀扶，刚刚碰到他的手臂，张怀寂却惨叫了一声："臂膀……莫动我臂膀！"

门帘一挑，几个奴仆冲了进来，"阿郎怎么了？"

张怀寂依然抱着手呻吟不止，几个人小心翼翼地将他扶了起来，有人又飞奔着去寻医师。

卢青岩看着满脸扭曲扶着自己右臂的张怀寂，先是愕然失色，随即便咬着牙冷笑起来，逼近一步低声道："张参军，你这是何苦来哉！须知此时若能走对这一步，保住的不是一条臂膀，而是全族的性命！"

张怀寂原本闭着眼睛"哎哟"不绝，闻言睁开了双眼，满脸都是苦涩，"卢主簿，你的好意在下原是感激不尽，只是张某胆小无福，这右手只怕要将养些日子了，好在苏大都护如今还要讨平逆党，回军之日尚早，大约过上一两个月，我这手总能好起来，绝不会误了大都护的事。卢主簿又何必急于这一时？"

卢青岩看了他半晌，心里恨得发痒，却也知道再逼也是无用，盘算半日终于还是缓下脸色点了点头，"好，只愿参军将养得当，早日康复！"说完一甩袖子，转身便走。

张怀寂看着他的背影，慢慢松开了扶着右臂的手，良久才长长地出了口气。

西屋的门帘一挑，小祇氏快步走了出来，"你摔得如何？"

张怀寂苦笑着摇了摇头，"放心，这摔伤自己么，原是一回生二回熟。"

小祇氏满脸都是忧色，"我听这卢主簿的声气像是恼得很……他们怎么能编出这样一篇鬼话来？只是若不依着他们，会不会惹来泼天大祸？"

张怀寂摇了摇头，"鹿死谁手，尚未可知，苏氏若真有一分把握，为何不敢将都督他们带出城去？还有，敏娘昨日被人那般欺上门去，他却至今都不敢露头，可见还是怕了那库狄氏背后的贵人！似这位卢主簿所说，若真到了兵临城下的那一刻，我自会写下供状，保全家族，此刻么……"他沉默片刻，断然道，"你去寻个不起眼的机灵婢女，将今日听到的这些悄悄告知库狄夫人！"

"卢主簿有句话说得对，大军一到，泥沙俱下，玉石俱焚，若是西州变做了第二个怛笃，我张家又能独存到几时？"

半个时辰之后，张府的两位管事娘子照例出门采买，在市坊里转了一大圈，买了些米面香料布帛等物，有让店内伙计送到张府的，也有让自家小厮婢女搬送的。谁也没有注意到，一个不起眼的小婢女不知何时已不见踪影，一刻多钟后，却出现在风飘飘的宅院门口。

这一日，张敏娘的贴身婢女娜娜也出门买了些药膏，给敏娘重新敷了一遍，肿痛果然轻了许多。只是到了午间，大约是一夜不得好睡，张敏娘便头晕呕吐起来。娜娜急得无法，又去都督府寻了一回苏南瑾。此次她运气更坏，苏南瑾正在气头上，不但没有一句好话，反而劈头盖脸将她痛骂了一顿。待她脸色苍白地回到家中，张敏娘一见她的神情，逆气上涌，险些吐出口血来。

待到夜色再次来临，都督府的墙外，夜宵的交流再次悄然上演。只是当伊州兵卒说起今日从上峰那里新听到的消息——"突厥骑兵为抢军功，把亲兵和马贼一道屠了"，却遭到了西州人毫不留情的嘲笑："这般谎言你也信？为抢军功，突厥部将要大唐的军功做甚？难不成好去长安当官么？再说那大都护也傻的，几百个亲兵的头颅一个月前便摆在都护府门口，他竟到出兵后才醒过神来？分明是昨日的话传开后，他们知道瞒不住了，新编了这话来哄你们！"

如此交流了三夜下来，都督府门口的六百名伊州兵卒，已是无人不曾吃过西州人的消夜，连几个挨了军棍的军官们帐中，都有人悄悄地送了两份进去。到了白日里，对着挤眉弄眼的西州兵卒，他们哪里还摆得出凶神恶煞的面孔来？

周校尉带兵多年，自然察觉到军中氛围有异，悄悄查了一遍，几个被抓了现行的兵卒被拖下去痛责了五十军棍，府内的亲兵也被调出一队来回巡视。伊州边军虽然不敢再靠近栅栏一步，但看着周校尉与苏氏亲兵的眼神，却变得越来越冷。

城门外，从各地赶来的西州壮丁府兵也越来越多，日夜都有人向城上喊话，头两日说的还无非是大好男儿为何要替苏氏这种丧心病狂的贼子卖命，到了后来却渐渐变成了嬉笑怒骂。西州人原是能歌善舞，刻薄起人来也颇有奇思妙想，守城的伊州士兵无不听得忍俊不禁，卢青岩过来听了一回，却是脸色铁青，回到府衙中，到底没敢与苏南瑾多提一个字。

不过，这欢乐的气氛依旧还是传到了西州城内，西州府兵的大声嘲笑与喧哗，便是都督府里也清晰可闻，连府内的亲兵们也渐渐心烦意乱起来。

第四日的夕阳眼见便要沉入高高的土生墙之后，麴崇裕在台阶上站了一会儿，听着外面的动静，脸上渐渐露出了笑容，回到屋里便摘下了墙上的强弓，轻轻擦拭着弓弦，头也不抬地道："到了明日，大约便能换掉这身袍子了。"

　　裴行俭哑然失笑，摇了摇头，挽起袖子从案几下拿出一个小瓷瓶，倒入盛清水的碟子，提笔蘸了蘸，在一张空白的纸上写下了"明晨四更"四个字，随着水迹的消失，那纸上又变得空白一片。

　　他抬头笑道："不如此次便让家里送套干净的衣裳过来？横竖这招也只用这一回了，不然苏南瑾大约会将所有的亲兵都调到这边门口来。"

　　麴崇裕冷哼一声："求之不得！我只担心父亲的那些随从……"

　　话音未落，门帘一挑，麴崇裕的长随两步冲了进来，脸色都变了，"世子，都督撑不住病倒了，如今已被移到了后面的小院！"

　　麴崇裕脸色大变，腾地站了起来，跳起来便要往外走，却被长随一把抱住腿，"世子您不能过去！适才守着正厅的人便是不敢耽误都督的病情，眼睁睁看着他们把都督移进小院，连原本在屋里伺候都督的那几位随从都被他们趁机逼了出来，如今小院里外都是他们的人……"

　　裴行俭沉声喝道："玉郎，如今不是莽撞行事之时，你若自投罗网，才真是害了都督！"

　　麴崇裕怒道："什么自投罗网？我这便带着大伙儿杀过去，横竖不过是拼一场，咱们至少也有五成胜算！难不成要我眼睁睁看着、看着父亲……"

　　裴行俭皱眉道："若是都督还在正厅，屋里屋外都有咱们的人，现在攻出去，的确有五成胜算，但如今已是一成也没有，只要他们把小院门一堵，再把都督架出来，你又能如何？是束手就擒，还是鱼死网破？只怕不但救不成都督，反而把你们都搭进去！越是这般情形，你越该冷静些！"

　　麴崇裕眼睛都有些红了，"冷静？你这种人知道什么？"

　　裴行俭的脸色顿时一变。

　　麴崇裕话一出口，便醒悟过来自己说错了话，他咬了咬牙，声音低了一些："外人都道我不是父亲的亲生骨肉，不过是面上情。又有几个人知道，若是没有父亲，我九岁那年便死在了自己亲生父母眼前！这一次，父亲又是受了我的连累，如今他这样……我便是拿自己这条命去换他的又如何？"

　　裴行俭叹了口气，"若是能换，你此刻去换，我也不会阻拦，可如今真能换命么？你要知道，你无事，都督便无事，若你也落入苏南瑾的掌握，西州便是有千军万马，也未必救得了都督！"

　　麴崇裕身子微僵，"那依你之见，应当如何行事？"

　　裴行俭沉默了片刻，声音越发冷静："唯今之计，只能先静观其变，重新打算。只怕苏南瑾立刻便会来找你，你若是让他瞧出你心急如焚，咱们便是一败涂地！须知如今万事未定，他们也绝不愿都督在此般情形下出了意外，你越是表现凉薄，他们倒越是不敢怠慢都督半分……"

他话音未落，门外便传来了一阵急促的脚步声响，苏南瑾中气十足的声音传了进来："麴世子，令尊身子有些不大好了，世子可想去见上一面？"

麴崇裕深深吸了一口气，看着裴行俭微微点了点头，挑帘走了出去，声音已恢复了几分平日的散漫："多谢苏公子相告，适才崇裕倒是已听闻此事了，有公子照料家父，崇裕自是放心得很。若是家父有个三长两短，还要烦劳公子报与朝廷一声，叫朝廷瞧一瞧大都护是如何无缘无故扣押三品大员，又慢待至死的。"

裴行俭也走了出去，只见苏南瑾脸上的表情便如不提防吃下了一个烂枣，又是惊愕又是愤怒，好一会儿才厌恶地眯起了眼睛，"麴世子果然是铁石心肠！"

麴崇裕冷笑一声，"彼此彼此！"

苏南瑾目光转到了裴行俭身上，"裴长史如何说？"

裴行俭一脸遗憾地叹了口气，"都督这是旧疾复发了吧？唉，这些天里，都督日日夜夜被苏公子的人看守逼迫，吃不安睡不稳，便是我等也有些吃不消了，何况他原是病弱之人？如今，也只能请子玉辛苦一二，在延医抓药之外，还要多给都督宽宽心，我么，便不过去打扰了。"

苏南瑾站在台阶下面，胸口被怒火胀得几乎爆开。他原以为事情有了转机，只要麴崇裕进了那院子，便休想全身而退！再不济，也可以拿着医药之事，逼着麴崇裕让步，不曾想他竟是连重病的老父都可以甩手不顾！他忍不住戟指骂了一声："你们这两个……"

站在苏南瑾身后的卢青岩忙拉了拉他，低声道："公子息怒，莫中了他的计！"

苏南瑾"哼"了一声转身便走，走出老远才怒道："什么计不计的，如今咱们该如何处置那老匹夫？"

卢青岩叹道："公子有所不知，这麴崇裕并非麴都督亲生骨肉，如今这般举止却也难说真心还是假意。只是眼下咱们对那麴都督的确不能不管，他若真是不治，麴崇裕便再无后顾之忧，西州人也更同仇敌忾。好在适才医师也说了，麴都督这病虽难痊愈，一时半刻却也不会丧命，因此咱们还是再请几位名医，吊住他这口气再说。如今西州城一日比一日不稳，咱们还是先设法把麴崇裕拿到军前要紧！"

苏南瑾缓缓点头，转身走回门前，冷冷地道："适才医师给麴都督诊了脉，麴都督虽无性命之忧，却是须得好生调理静养，若是麴世子肯跟苏某去军前一趟，麴都督倒是不妨回家静养。不知世子可肯辛苦一趟？"

麴崇裕怔了一下，还未开口，裴行俭已道："如今还是给都督看病要紧，这去不去军前，倒是要从长计议。"

麴崇裕冷冰冰地看了裴行俭一眼，一言不发地转身进了屋子。

苏南瑾气得低声咒骂了一串，到底还是咬牙切齿地吩咐道："去把西州的医师多拿几名到这府里来，给麴都督，治、病！"

眼见好几名西州医师被人推推搡搡地带到了府中，不多时又有兵卒去药铺按方抓药，略机灵些的人立时便瞧出了不对。消息传来时，琉璃和风飘飘、云伊三人正在用晚膳，闻言不由相顾失色。

云伊第一个急得跳了起来，"这可如何是好？玉郎最看重都督了！都督若是有个好歹……"

琉璃忙按住她，"你先莫急，既然医师都请了，可见他们还是在尽力救治都督，都督应无性命之忧。"

风飘飘眉头紧锁，"都督这一病，咱们所做的，岂不是前功尽弃？如今伊州边军的军心已散，按理这两日咱们便可以里应外合攻入都督府，但如今这情形……只怕又要从长计议了！"

琉璃叹了口气，这才真是"人有旦夕祸福，天有不测风云"，无论如何，裴行俭大约是不会有事的，但麴氏父子会怎样？她真是一点把握也无。想了想只能道："如今外面该知道的消息都已知晓，下一步该如何走，或许还要等他们传出消息来！"

风飘飘眉头皱得更紧，"有些事可一可二不可三，如今要传递消息，着实比先前还要难！"

琉璃一时也想不出主意，云伊更是坐立不安，眼见案几上的蜡烛一点点越烧越短，三人却依旧愁眉不展。

一片寂静中，突然外面有婢女低声道："风娘子，城外用响箭射了消息上来！"

风飘飘遽然起身，疾步走了出去，回来时手里拿着一张小小的纸签。匆匆读了一遍，她脸上的表情变得极为古怪，又是震惊，又有些茫然，抬头看着琉璃，"突厥人……来了！"

琉璃大吃一惊，忙拿过纸签一目十行看了一遍，整个人也怔在了那里：城外拿住了两名骑兵，其中一名是四日前被派出庭州送信的苏氏亲兵，两人都是满身狼狈，有一个还受了些伤，只道天山北麓有突厥骑兵来袭，至少有数千之众，一路逢唐兵便杀，已然席卷了半个庭州，包围了庭州城！

大队突厥骑兵进犯，逢唐兵便杀……难道是兴昔亡可汗的部将已开始血腥报复了？庭州距离西州只有几百里地，骑兵不出三日便能兵临城下！琉璃的心头顿时沉得几乎透不过气来，思量半晌才道："让他们放行，此事绝不能拖延隐瞒！"

风飘飘忙道："我有些担心，那些人会借此事做文章！"

琉璃长叹了一声："可是，若是把此等大事隐瞒下来，咱们又能做些什么？一个处置不当，或许便会葬送千万条性命！飘飘，让城下的人派人带伤兵进城，直接进都督府，哪怕是高呼大叫，也要把消息传递到长史和世子的耳朵里！"

"也只有他们，才知道该如何处置此事！"

/第一百零七章/各展手段　自伤臂膀

第一百零八章
军情如火　白衣驰阵

夜色渐深，被一道木栅栏分割得泾渭分明的西州街头，却突然传来了一阵异样的喧哗。几支火把在前，引着三个人径直穿过长街进了都督府。当中被架着的那一位满身都是灰尘，脸上还有血污，一进都督府见到迎面而来苏南瑾，便挣扎着跪了下来。

苏南瑾皱眉道："到底出了何事？"

原本架着他的人突然抬头朗声道："是突厥人大举来犯，如今已包围了庭州城！"他的嗓门洪亮，声音满院皆闻。苏南瑾不由怔在那里，卢青岩忙抢上一步追问道："来了多少人？"

"至少五千骑！"

那名伤兵也道："启禀公子，小的是在金沙岭遇到庭州告急的信使，后面还有突厥骑兵追杀，只逃出我们两个，回路上小的们经过两处烽燧，里面的守兵也都被突厥人杀光了！"

所有的人顿时都变了脸色。苏南瑾心头更是一突：这些突厥人下手如此狠辣，显然是要报仇！父亲杀了兴昔亡可汗，若是因此招致庭州失守甚至被屠城，此事如何瞒得过朝廷？何况那些突厥人说不定转头就会杀往西州……他忙转头看着卢青岩，"卢主簿，你看眼下如何是好？"

卢青岩下意识揪着自己的胡须，咬牙道："公子莫急，莫急，西州城易守难攻，突厥人不会轻易来犯！"他心里猛地打了个突，西州城虽然坚固，可眼下……他不由自主转头去看，却见裴行俭与麴崇裕不知何时已站在侧厅门外。庭院里的火把被夜风吹得闪烁不定，那两张面孔也忽明忽暗，叫人看不出半点情绪。

一片安静中，麴崇裕的声音突然冷冷地响了起来："苏公子似乎说过，麴某若肯去军前，便让老父回家静养，如今庭州告急，麴某愿领兵去往庭州！"

麴崇裕声音并不算太大，只是听在众人的耳朵里，却如打了个响雷一般。苏南瑾猛地转身，死死盯着他的面孔，满脸都是惊疑。

麴崇裕脸上带着冷笑，"怎么，不敢答应？苏大都护自顾着杀人立威，却导致西疆烽烟四起，令庭州陷入危境，如今麹某愿带兵驰援庭州，不比去军前有益？若是能成，麹氏身上的嫌疑自解，若是不成，不也正如了大都护的心意？"

苏南瑾回头看了卢青岩一眼，卢青岩也是一脸惊愕，想了想才道："世子果然仁勇，只是既然敌军已侵庭州，这西州府兵只怕不能轻易出动……"

麹崇裕断然道："这是自然，麹某不敢拿西州各地城池的安危来行险，今晚明晨，麹某会就地招募勇士！"

卢青岩笑着摇头，"些许民勇，如何能解庭州之围？世子未免太异想天开！葬送了民夫的性命事小，若是耽误了军情，谁来承担？"

麹崇裕眯着眼睛一字字道："自是麹某！若是此去不能解庭州之围，麹某愿受军法处置！但有一条，麹某今日不计性命，以身报国，你们日后再敢往麹氏身上泼脏水，让家父蒙受不白之冤，我自有法子，让你苏氏在长安的满门老小给我填命！"

他的声音里有一股难以言喻的寒意，苏南瑾只觉得全身的寒毛都乍了起来，忍不住退后一步，怒喝了一声："你胡言乱语什么？"

麹崇裕突然展眉而笑，"是不是胡言乱语，我劝你还是不要去试的好。"他的笑容轻松写意，却比刚才那张冷若冰霜的脸更让人心底发凉。

苏南瑾一时作声不得。卢青岩心里反复掂量了片刻，抬起头来抱了抱手，"世子既然有此雄心，卢某愿带三百精兵，为世子压阵助威。"

麹崇裕"哈"的一声笑了起来："主簿若有此胆，麹某自然求之不得。"

苏南瑾脸色微变，将卢青岩拉到了一边，低声道："主簿，你莫忘了，那兴昔亡可汗的部将与他们正有勾结！万一让他们联手起来，可如何是好？"

卢青岩冷笑道："倘若如此，又有何妨？"

苏南瑾一怔，猛然醒悟过来，自己带兵过来这一趟，不就是为了落实这麹氏父子与突厥勾结的罪状吗？如果成真，那父亲这番大开杀戒，岂不是名正言顺？只是想到眼下庭州那支逢唐军就杀的虎狼之师，他还是忍不住皱眉，"如今咱们人手有限，他若是把这五千突厥骑兵引来……"

卢青岩心里不由暗暗摇头，当下耐住性子笑道："公子不必忧心，西州城易守难攻，有数百精兵把守，便可确保城池不失。公子莫忘了麹都督如今还在咱们手里，谅这些西州府兵也不敢轻易叛乱！至于那麹崇裕，他父亲和家眷都在西州，族人都在长安，那数千突厥兵马也不过是欺我大军在外，嚣张一时而已。他但凡有一丝清醒，又安敢把身家性命赌在突厥人身上？

"再说，发兵庭州是何等险事，他麹崇裕能纠集出多少亡命之徒肯跟他走这一遭？我带三百精兵，不过是为了防止他私下拿财货贿赂突厥退兵，或是虚晃一枪诈称取胜。横竖他愿意立下军令，此去若不能解围，便是自陷死地，若能解围，他身边的民夫又能剩几个？那时如何处置他，还不是由着咱们！"

苏南瑾沉吟良久，点了点头，"也罢，就劳卢主簿去这一回。"

卢青岩肃然道："下官定当不负使命。公子坐镇西州，须得当心裴行俭另出花样，今日从麴都督厅中搜到的传符、印章等物最好就地销毁,不能让他们趁机出关,上报朝廷。"

两人计议已定,回身走到庭中,苏南瑾大声道:"好,麴世子既然肯当众立下军令状,苏某也愿信世子这一回!"

一直沉默不语的裴行俭突然道:"慢着!"

众人都是一怔,却见他慢慢抬起头来,双眸灿然,嘴角的笑意和煦无比,"如此盛举,裴某焉能置身事外,裴某有一计,或能兵不血刃,解围庭州。"

龙朔二年的除夕,竟是腊月里难得一见的大晴天。一轮旭日刚刚升起,从庭州城头望去,远处的天山山脉被碧蓝的天空衬得格外巍峨挺秀,山腰往上全是晶莹的积雪,看去宛如披着一件最华美的雪袍,而两个月后,这袭雪袍便会渐渐化为雪冠,从山上潺潺而下的雪水,也会将山下的平原再次滋养得水草丰美。

只是此时此刻,站在庭州城头数百人中,除了刺史来济,谁也不会抬头多看这副图画般的美景一眼——就在城墙下的不远处,前两日原本已是零零星星的突厥骑兵,突然又变成了黑压压的一大片。骑兵的队列后面,更是赫然出现了云梯、石车等物,让这些原本心存侥幸的庭州军士,顿时满心冰凉。

突厥人显然攻破了距庭州不远的军仓,这些庭州工匠打造的攻城利器,竟成了自己人的催命符!

人群之中一阵骚动,低声的咒骂和叹息迅速传遍了城头。

来济的目光从远处收了回来,看着突厥骑兵后方出现的石车,搭在城头上的手下意识的一收,拳头抵住了坚实的城墙。这些城墙是他带着庭州人亲手修葺的,难不成今日还要亲眼看着它被摧毁?

不!他狠狠一拳捶在城墙上。手上一阵刺痛,来济吸了口气,脸上却露出了一抹奇异的笑容。跟在他身边的老随从心里一抖,忙低声道:"阿郎放心,这城修得坚实,定然不会让那些突厥贼子得手!"

来济脸色平静地点了点头,铁盔下露出的雪白头发把一双眼睛衬得分外明亮,"我绝不会让那些突厥人得手!"

城下的突厥骑兵突然动了起来,一排石车被推到了队列的最前面。在吆喝声中,套着石车拉绳的骏马一起向后拉拽。城头上的庭州府兵只愣了片刻,便忙不迭地各自躲到了城墙下面,石车的皮袋高高弹起,足有西瓜大小的无数黑色块垒呼啸着落到了城头内外,却并没有发出意料之中的沉重撞击之声。庭州府兵们略定了定神,回头去看那些石块,有人立时惊叫起来。

那落在城头的黑乎乎的物什哪里是什么石块,分明是人头!是上百个长发披散、血肉模糊的人头——有些还戴着熟悉的唐式头盔!

好些人头骨碌碌地滚到了守城兵卒的脚下。一些少年兵卒忍不住跳起来尖声大叫,被身边的老兵一脚踢在身上,或是一掌打在脸上,才蓦然止住了叫喊。

不少人呆了片刻，转身冲到一边呕吐起来。那些稚气未退的脸上，很快便吐得满面是泪。呕吐物的酸腐味混合着淡淡的腥臭，迅速引发了更多的呕吐。一股令人窒息的恶心气味沉沉地笼罩着庭州的城头，连凛冽的北风似乎一时都难以将之吹散。

　　上了年纪的老兵们相视无语，都在对方眼中看到了清清楚楚的绝望。若有五百精兵，依靠这座修筑一新的庭州城，或许还有些指望，可如今庭州青壮兵卒已尽发大营，就靠这些从未上过战场的少年郎和老弱兵卒，只怕连一日一夜都未必能守住！而庭州城里原本便只有几百户人家，如今只剩些妇孺，又能抵得什么用？

　　来济的目光也在落在了那些人头之上，声音异常沉稳："来人，把这些人头收拢，来日好生安葬！"

　　他的声音在一片慌乱的城头上传出老远，带着一种令人心安的威严。来济身边的几位随从和州官都大声了应了句"是"，老随从第一个弯腰捡起一个人头，放到了角楼边的宽敞处。不少府兵也下意识地应和了一声，开始低头收敛。更多的人却依然不敢低头多看，有人更只是漠然地看了来济一眼，又扭头看着家的方向，嘴里无声地嘟囔了几句。

　　城墙下的突厥骑兵中慢腾腾地跑出了一匹战马，径直到了城墙下一百多步的地方，扬声喝道："城上的唐人，你们看好了！方才送给你们的，便是庭州城方圆五十里内的唐军，你们若不想落得同样下场，便赶紧开城逃命去吧！"

　　城头上一阵骚动，有人低声道："怎么办，这城横竖是守不住的……"

　　有队正厉声喝道："莫听突厥人的鬼话，什么开城逃命，若是开了城门，莫说这满城妇孺皆不得活命，咱们这些人也是一个死字！咱们是大唐天兵，焉能像野狗一般在荒野里被这些突厥人围堵射杀？不如据城死战，便是一死，也总要让这些突厥贼子先填些人命再说！"

　　这位队正声如洪钟，城头城外都能听得清清楚楚。下面的突厥人哈哈大笑起来："好，那便成全你们，破城之日，管教你们都给咱们的可汗和叶护们偿命！"

　　他带马正要回去，却听城头上响起了一声："且慢！"

　　只见庭州城墙的垛口处露出了一个穿着盔甲的高大人影，声音缓慢而洪亮："某乃庭州刺史来济，有几句话想请教贵军此次领军之人！他若真是英雄，便请他来军前一晤。"

　　突厥骑兵嗤笑一声，拨马便走。不多时，便见突厥阵中人马一分，三匹骏马奔驰而出，在城外一箭之地勒住马缰，当中一人个子并不算高，却异常粗壮，穿着一身黑色铁甲，他左首之人仰头喝道："我家将军在此，厮那刺史，有何话要问，快说！"他的汉语说得并不如先前喊话之人纯熟，带着古怪的口音，越发显得刺耳。

　　来济沉声道："来者可是匐延都督府的将军？我庭州与处木昆部往日无怨近日无仇，将军却兴兵来犯，不知是何道理？"

　　城头上的庭州士兵顿时都是一愣，前几日突厥人骂城时不是早已说了么，苏大都护不知为何声称兴昔亡可汗谋反，将可汗连同麾下五咄陆部的大俟斤都骗到军营，斩

/第一百零八章/军情如火　白衣驰阵

于辕门，处木昆部正是五咄陆部之一，千里奔袭，自然是来复仇的，刺史为何还会有此一问？

城下的突厥将领却显然被勾起了怒气，声音里带着铁石摩擦般的破音："你们唐人卑鄙无耻，咱们可汗和将军们好心帮你们平叛，你们的那个大都护却把他们都骗到唐营杀了！这样的血海深仇，自然要着落在你们身上，不将你们这些唐人杀光杀尽，怎么能平息我家可汗和将军们的怨气？"

来济略一沉吟，便扬声答道："原来如此！多谢将军告知，此事我并不知情，庭州的军民也没有一个知情。请问将军，大都护杀人，与这两千里之外满城妇孺又有何干？如今你们已是杀了那么多唐人，还要如何才肯放过这满城的百姓？将军诚然是英雄好汉，一心为主复仇，我来济也不是无胆匹夫，将军但有所命，来某能办到的，绝无二话！"

一直沉默的粗壮身影突然仰起头，声音冰冷又尖锐："来刺史，我刚才已送了那么多人头给你，你若肯把自己的人头抛下城来当做回礼，我阿史那都支便依你所言，便算攻下庭州，也不伤妇孺性命！"

他眯起眼睛看着城上的身影，"不知你来刺史能否办到？"

来济沉默了片刻，眼角这几年蓦然生出的皱纹慢慢变得舒展，突然大笑起来，"好，多谢将军成全，将军请回，我来济稍后便会将人头送到！"

城头上顿时一片哗然，几位府官与随从忙道，"刺史不可如此！""刺史，刺史您莫中了贼子的激将之计，庭州若无刺史，如何守得下去？"

来济转身看着他们，脸上是毫不掩饰的欣慰笑容，"诸公此言差矣，是贼子中了来某的激将之计！来某生而不祥于家，长而无用于国。幸得先帝赏识，陛下青眼，得以身居相位。然则未报陛下之大恩，先罹刑罔，虽然蒙赦未死，却不过是苟延残喘！如今庭州有难，来某正当以身塞责，上可报恩于陛下，下可无愧于子民，难不成要我独活于世，至死都不过是个逆子罪臣？"

众人一时都怔住了，他们自然都知晓，自己的这位上峰出身名将世家，不到八岁便全家蒙难；之后虽当上宰相，却得罪了皇后，如今太尉一党已全被清算，只剩下他一个人！他这是不愿独活于世，等候皇后的屠刀落下……看来济五十出头便已全白的须发，还有此刻容光焕发的脸，众人嘴里那些劝阻的话顿时再也无法出口，不少人的眼睛立时都红了。

来济环顾了城头一眼，哈哈笑了起来："诸公，来某生而无欢，却能死得其所，何其快哉！诸公当为来某欣然一庆，又何必涕零作小儿女态！长史，守城之事来某便托付于你，若能守住此城，不但是保住了庭州，更是保住了城头这数百将士的性命，来某九泉之下，也感激不尽！"

他转过头来，眼见那几匹突厥战马已回归本阵，大喝了一声："来人，打开城门！"

沉重的吱呀声中，庭州的城门被缓缓推开，来济骑着一匹随手从城门处牵来的白马,不紧不慢地驰出城门,身后只跟着那位身形已有些佝偻的老随从。

回望了庭州城门一眼,来济跳下马来,声音几乎有些轻快:"阿寿,帮我解甲!"

老随从眼中含泪,走上一步帮来济将盔甲卸下,整整齐齐地叠好抱在手中,跪了下来,"小的恭送阿郎!"

来济身上的明光甲里并未着大红的官袍,而是穿着一身崭新的白色袍子。老随从眼睛一热,忍了许久的泪水顿时流了出来,顺着脸上深深的皱纹一滴滴落在了庭州城门下的黄土里。

来济的眼中也是微热:"你快回去吧,当日多亏你机灵,我才能逃出生天,如今又要劳你送我最后一程,阿寿,来济多谢你了!"说完微微一笑,翻身上马,头也不回地催马冲向几百步外的突厥阵营。

阿寿怔了一下,突然把手里的盔甲一放,爬起身来拔腿便追了过去。

城门一开,突厥骑兵们便有些相顾愕然——这位唐人大官,真的来送死了?眼见他脱去盔甲冲将过来,阵营里更是一片哗然:"这个唐人是疯了么?"有人张弓搭箭,便要射去。阿史那都支却沉声喝道:"不许放箭,来人,迎敌!"他的声音沉肃:"唐人虽是可恶,此人倒不失为一条汉子,咱们便给他一个体面的死法!"

数十匹突厥战马迅速列成了扇形的队伍,骑士们高举弯刀,在马蹄声中挥刀迎向来济。

庭州城头一片安静,所有的人都屏住气息,睁大眼睛看着城下不远处,那个白衣飘飘的身影和一个跟跄奔跑的瘦小身影,正在冲向像黑色浪潮般涌上的突厥战马,转眼便被淹没在那个黑色的浪头之中。

庭州长史慢慢闭上了双眼,猛然间大喝了一声:"关上城门!死守庭州!"

"死守庭州!"

第一百零九章
兵分三路　各出奇谋

午时未到，西州南门上的吊桥便再次放了下来，装着粮草的数百辆大车，排列齐整地依次出了城门，马车至少都是半新，一律双马拉车，马匹是上好的健马，车夫是精壮的健儿。跟在车队后面的则是五六百名西州汉子，穿得五花八门，年纪身形也各有不同，但身上那股西州人独有的彪悍骁勇之气却是如出一辙。

苏南瑾站在南门的吊桥边，瞅着这些粮车和民勇，慢慢眯起了眼睛。裴行俭的确有点道行！麴崇裕要招募勇士，一日工夫召集到五百多人也罢了，里头只怕有不少本来便是麴氏之人；这裴行俭一说要征集粮车送粮草到庭州解围，居然一天之内也凑齐了如此齐整的四五百辆大车。自己早便听闻西州人对裴行俭的拥戴犹胜麴氏父子，传言果然不虚。

苏南瑾的对面，城门的另一边，站着的正是裴行俭与麴崇裕。两人都是一副神清气爽的模样。自打前日夜里，两人立下军令状愿解庭州之围，西州城下的民夫府兵一夜之间便消失得无影无踪。苏南瑾也不得不做了些让步。麴智湛次日便被挪回了自己的府邸静养，只是在院里和府门外各留了一队兵丁看守。麴崇裕和裴行俭虽然不能离开都督府，行动却不大受限制了，麴崇裕点的各种酒菜被源源不断地送入府内，苏南瑾甚至咬着后槽牙令人抬进了两个浴桶，以满足这两位沐浴更衣的要求。

此时麴崇裕穿的便是一袭簇新的绯色袍子，鲜艳的团花朱袍衬着他意气风发的脸孔，看去分外刺眼。穿着群青色冬袍的裴行俭，则是一副气定神闲的模样。就连站在他们身边的两名女子，神色中也没有太多的忧虑和不舍。

云伊脸上的笑容分外灿烂："玉郎你放心，西州有我和姊姊呢，你莫挂心家中这些事。那些处木昆人不敢去寻大都护的麻烦，却去庭州撒野，不过是些懦夫罢了！你赶走了他们，说不定还能赶回来过吃粉团儿！"

麴崇裕扬眉一笑，"那你便记得多给我留几个。"

琉璃把准备好的行囊交给了阿成，回头轻声对裴行俭道："里面除了你的换洗衣服，还有我新做的鞋袜，你记得试一试合不合脚。"

裴行俭眼里闪过一丝笑意，"我会记得，"想了想又道，"你莫担心，突厥十部与我都有些交情，我此次去庭州，并不会有甚么风险。今日虽然日头还好，到底还有些冷，你回去后记得喝碗姜汤，药也要记得吃。今年可不能再受风寒了。"

琉璃抬头笑了起来："好。"

裴行俭看着眼前这张最熟悉的笑脸，那双清澈的眼睛里分明没有一丝阴影，只有全心全意的信任与期待。他的胸口不由一热，几日来一个接一个的坏消息在心里积压下来的那份沉重不知不觉消散了大半。他慢慢笑了起来，眉宇间多了一抹飞扬的神采，"琉璃，今年我不能陪你过年了，但上元之前，定会给你送回一个好消息！"

琉璃微笑着点了点头，"我等你。"

两人相视而笑，只觉得千言万语都已是多余。

隔着络绎不绝的身影，这几张满是阳光的笑脸依旧清晰地落在了苏南瑾的眼中，他不由冷哼一声转过了头去，却在人群后看到了两个并不陌生的身影。

张敏娘带着帷帽，站在不时向出征队伍欢呼鼓噪的西州人身后，正翘首看了过来。她穿着一身素色的衣裙，纤细的身子几乎有些弱不禁风。身边的娜娜则是满脸的小心翼翼，突然对上苏南瑾的目光，忙讨好地点头笑了笑，目光又看向了身边的张敏娘，神色间颇有些为难。

不是叮嘱过她，让她不要抛头露面吗？苏南瑾的眉头皱了皱，沉着脸走到一边。

娜娜悄悄拉了拉张敏娘。张敏娘醒过神来，忙向苏南瑾走了过去，柔声道："你莫生气，我不是要违了你的吩咐，只是郎君远征，阿敏若不目送一程，心里实在……"她的声音婉转，却比平日更为沙哑，仿佛多了一种说不出浓浓情愫，苏南瑾胸口的怒气不由消了大半，"我此去不会太久，你且忍耐几日，待我回来，自有你扬眉吐气之时！"

即使隔着轻纱，也能看见张敏娘的脸上露出了明媚的笑容，苏南瑾的目光淡淡地瞥向对面城门边的那几个人影，嘴角抿住了一抹冷笑。

粮车与民勇的马队过后，便是八百伊州边军和两百位苏氏亲兵。与前头散漫而快活的队列相比，自是多了好几分整齐沉肃。

眼见两百名亲兵已到了城门，苏南瑾冲裴行俭和麴崇裕抱了抱手，"两位，请！"

"苏公子请。"

西州人的欢呼声顿时更大："祝长史、世子早日得胜归来！"

"长史，让突厥人瞧瞧咱们西州人的厉害！"

一片乱哄哄的声音中，三人的身影被随从、亲兵们拥簇着登上了吊桥，转眼便消失在对岸的人群中。

南门之外的空旷处，两千来匹战马早已被带了过来，待这一千多人各自上马，日头早已过了中天，一片飞尘之中，西州城南门的吊桥被缓缓拉起，遮住了那些远去的身影。

张敏娘却一直动也不动地站在门边，摘下帷帽怔怔看着远处越来越模糊的背影，

/第一百零九章/兵分三路　各出奇谋

直到城门轰然合上，才慢慢收回了视线，突然看见对面那几个身影也刚刚转身，不由脚下一顿，站在了那里。

琉璃和云伊也看见了张敏娘，她看去比前几日消瘦苍白了许多，眼下青痕宛然，双眼里血丝密布，配着一身素净的月白色的袄裙，竟是颇有凄然之意。看见琉璃这几个人，张敏娘脸上似乎有奇异的微笑一闪而过，却迅速戴上了帷帽，转身便走。

云伊鄙夷地摇了摇头，"家中男子出征，她竟哭成这样，也不嫌晦气！"

琉璃看着张敏娘的背影，心里突然有些隐隐的不安。她转头又看了看城外，那深黑的大门却早已隔断所有的征尘。

位于天山北麓的庭州城，与西州相隔其实不足三百里，只是中间横亘着延绵不绝的天山山脉，因此两城之间最近的车师古道，也有四百五十多里，且道路狭窄，只通人马；至于可以让牛马车辆从容通过的移摩道，则足有七百多里长。

从西州城南门出来，大队骑兵很快便追上了先出城的车队，麴崇裕带马巡视了一圈，上来向裴行俭点了点头，"守约，我这便领兵先行了！"

裴行俭回头看了一眼，"多加小心！"

麴崇裕的眉梢挑了起来，"杀人放火而已，又有何难？"

裴行俭摆手叹道："放火便可，杀人还是能免则免。"

麴崇裕身后的几个西州人都大笑起来，当头一位赫然正是米大郎的老搭档耶仑。他对裴行俭抱手笑道："长史放心，咱们跟处木昆部又无仇怨，此番便是去放火的。那地界某去得次数多了，几处城寨粮仓，还有那几家大户的马场，闭着眼都能寻着，十日之内，管教烧光！"

裴行俭点头一笑，"祝你马到成功！"

耶仑哈哈大笑："多谢长史！"五六年前，米大郎跟随苏定方两次征战突厥，因战功得了勋官，自此便转行做了粮草布帛的生意，不过几年工夫，在西域几座大城和军镇都开了铺面，如今已是西州一等一的大户。人人都道米大郎是大难不死，后福无穷。可他哪里明白，一切都是这位长史的安排，那些店面同时也是长史在西疆各地的耳目……若是此次一战功成，他耶仑说不定也能搏个军功，做个真正的体面人！

耶仑身后的几位西州人也是满脸的兴奋，此次他们应募而来，要做的不过是趁着处木昆部倾巢而出之机，入其巢穴，烧其粮草，如此肆意一战，又有军功和厚赏可得，如何不令这些西州汉子血脉贲张？

说话间，卢青岩带着伊州边军的一队人马也跟了上来。不多时，三百名西州民勇和三百名伊州边军列成了一个松散的队形，全是一骑双马，向西奔驰而去。

剩下的两百多名西州民勇很快也聚拢在一起，白三郎提马上前向裴行俭行了一礼："长史，小的告辞了。"

裴行俭轻轻点头，沉声道："这两百多西州儿郎的性命我便交给你了，此去庭州，记得我的吩咐，记得你们是民勇，记得此次与你等同去是伊州边军！"

白三郎嘿嘿一笑，眉宇间带上了几分狡黠："长史放心，长史的吩咐小的都记下了，定然不会令长史失望！长史也要保重。"

裴行俭笑着点头，"我心里有数。"

眼见前面已是岔路口，周校尉领着剩下的五百名伊州边军与白三郎领着的两百多西州民勇都拨马向北边车师古道而去。在这条还算平整的大路上，很快便只剩下这数百辆粮车和押粮的两百名苏氏亲兵，此外便是前几日挨了军棍的那几个伊州边军军官和他们的亲兵。这几位军官所受的棍伤已好了大半，不过一时还骑不得马，只能坐在马车上休养。这些马车都只拉了大半车的草料粮米，速度比平常车队要快上许多，但真正翻山越岭走到庭州，至少也要八九日光景。

裴行俭身边只带着阿成等二十几名随从和差役。这运粮调度之事他们早已做得娴熟，去庭州的这条大道也不算难行，只是不知是马夫莽撞，还是车辆不够结实，车队走不到半日，却颇是出现了些状况，眼见日头西沉，半日里竟只走了二十多里地，还有不少马车因要更换轮轴等物，被落在了后面。

裴行俭看了看天色，吩咐停车扎营。苏南瑾沉着脸催马上来，劈头便道："你调的好马车，不过是样子光鲜罢了，如此下去，没半个月能到庭州？耽误了军情你来担着？"

裴行俭的声音不带一丝火气："此次车夫和车子原是分开选的，又都是双马拉车，有些人难免有些不惯，第一日上是要慢些，子玉放心，十日之内若到不了庭州，自是我来担着！"

苏南瑾冷笑着看了裴行俭一眼，拨马便走，吩咐自己的亲兵在粮车围成的营地内扎下帐篷，马夫们拾柴造饭，营地内外顿时一片忙碌景象。

裴行俭把一切安排妥当，见四周无人留意，回身便上了一辆马车，从车内取出自己的行囊，里面果然有个一尺见方的包裹，入手便知是双靴子，却用布包得严严实实。裴行俭嘴角微扬，拿出靴子，目光往靴筒里一扫，却并没有看见意料中的纸卷。

他不由微微一怔，想了想还是若无其事地伸手进去试了试，指头突然摸到某个冰凉的硬物，似乎是半个手掌大的两块金属块。转念间他便猜到这是何物，不由又是惊愕，又有些哭笑不得。

他不动声色地将牌子纳入袖中，这才换上了新靴，那靴底靴筒都缝着柔软的皮毛，一股暖意顿时从脚下升起，只是另一只脚刚穿进去，脚底却又是硬硬的一硌。裴行俭身子一僵，回头看了西州城一眼，嘴角不由微抽：她难不成以为这物件是曲水坊门口的烤胡饼，可以随便烤来玩儿？这一塞便是四块！老天，她到底做了多少块出来？

脱靴敲了敲靴底，裴行俭重新穿好皮靴，慢慢站直了身子，变得沉甸甸的袖袋贴着臂上的皮肤，那触感又是冰冷又是火热。他怔了片刻，出了营地，向来路看了好几眼，天色已经渐渐昏暗下来，来路上被落下的那些马车，还在陆陆续续地往这边赶来。

他招手叫来阿成等几位随从，"你们带上几名老到些的车夫，带上火把，去收拢车辆,能修好的都带回营地。"想了想又回身拿了一个酒囊递给了阿成:"你们回来时只怕是赶不上热饭了,鞍袋里横竖都有干粮,这囊酒便赏给你们喝吧!"

酒囊下面,阿成的手紧紧地攥了起来,点头笑道:"阿郎放心!"

一行人骑着快马,很快便消失在路上。

这一路上坏的车辆着实不少,直到天色全黑,几十辆修好的马车才陆续赶到营地,营地四周值守的苏氏亲兵只瞟了一眼,见这些粮车有条不紊地在营地外自行安置,便也懒得多管。却没有一个人注意到,那些去收拢马车的人并没有全都随着马车回来。

几十里外的一处驿馆门口,驿卒提着铜灯、揉着眼睛打开了大门,"都什么时辰了?这是……"

来人拿出一块铜牌递给驿卒:"紧急公务,把你们最好的驿马牵两匹出来!"

驿卒定睛一看,忙换上了笑脸,"两位稍等片刻,小的这便去牵马。"

阿成将传符小心地收回了怀里,脸上露出了笑容。阿郎真真是神人!西州都督府这些天守得铁桶一般,阿郎竟能神不知鬼不觉地拿了块传符出来,省了多少事情!有了这块小小的铜牌,上元节之前,他便能把阿郎的奏章送到长安!

夜空深黑如幕,唯有些许星辰闪动着冰冷而微弱的光芒。两匹突厥马打着响鼻被牵了出来,阿成把那两匹已跑得脱力的战马丢给驿卒,毫不犹豫地打马向东而去。

不知过了多久,夜色终于退却,一轮惨白的朝阳慢慢从云层后探出半个头来,给这片烽烟四起的土地带来又一个黎明。

阳光慢慢照进了庭州城,整个城池却依然是一片死气沉沉,官衙那间不大的厅堂里挤满了老弱妇孺。正是滴水成冰的时节,不曾生火的空旷厅堂自然冷得厉害,随着远处再次传来的阵阵沉闷声响,不少人从头到脚都开始发抖。

出了官衙往外而去,到了城墙附近,入目所见都是破损不堪的房屋院落,到处滚落着大如米斛、小似西瓜的石块。近两丈高的城墙下倒是干干净净,只扎着一排毡帐,每个帐篷里都横七竖八躺着几个人,也有人只是坐在毡篷的门口,目光呆滞地看着远方,看着那从空中不停飞落的石块和不时轰然倒塌的民居。

"咚咚"的撞击声终于停歇,城头的守兵纷纷从角楼后或墙角下探出头来,一些人开始收拾散乱在城头的石块,更多的人则麻木地站回城头的垛口,等待着突厥人的下一波攻势。

自打两日前刺史来济死于敌阵后,这二十多个时辰里,突厥人的投石机便日夜不停地抛来石雨,骑兵们也每过一段时间便会在石雨的间歇里呼啸着冲到城下,随即便在守军的乱箭中退了回去。守兵们并没有太多伤亡,只是在两日两夜的紧张恐惧之后,渐渐变得迟钝起来。

看着这一张张没有表情的面孔,庭州长史终于醒悟到对方使的是疲兵之计,思量半晌,决定让五百名守兵分三拨轮流休息,那些守兵一到城墙根下搭着的毡帐里,不是裹着毯子便倒了下来,雷打不醒,便是依然木呆呆地睁着双眼,无论如何也不敢闭上眼皮。

待所有的士兵都轮休过一遍，天色也慢慢黑了下来，只是歇息过几个时辰的兵卒并没有显出重振精神的模样，反而愈发无精打采。早已双眼通红、声音嘶哑的几位庭州府官相视一眼，身上都有些发冷。

司兵参军走到长史身边，低声道："长史，您先去休息片刻，这边有我们几个盯着便好，长史若是累出个好歹来，咱们这边就更没主心骨了。"

长史摇了摇头，"我心里有些不大踏实，要歇也明日再说……这两日咱们有好几拨信使已冲了出去，说不定明日就会有援兵！"

司兵参军干笑了一声没有接话，突厥骑兵眼下是围三缺一，主攻一门，信使的确冲出了几拨，但以眼下西疆的战局，这援兵么……他看向城外突厥阵营，暗暗叹了口气。

月初的冬夜分外黑暗，城头每隔几步便燃着一支火把，人们勉强能看清周围的情形，只是若往城外看去，却无论如何也看不清两三百步外突厥阵营，反而会让北风把眼睛刺得生疼，所有的人早已放弃了这种努力，只是努力竖着耳朵，提防着不时从天而降的石雨。

午夜之前，破空声再次响起，所有的守兵立时都躲到了城墙最厚实的地方。黑暗中，这一阵石雨似乎显得格外密集和漫长，许久之后还会咚咚响上两声。还是司兵参军第一个觉得有些不对，抓起火把照了照城墙，立时发出了一声大吼："突厥人上来了！"

突厥人上来了！所有的人寒毛都乍了起来。

庭州的城头外，不知何时已搭上了数十个云梯，待到守兵们探身去推梯子，火光中突厥人狰狞的面孔已是清晰可见。几个少年兵卒顿时手都软了，知道要拔刀出鞘，腰刀却无论如何也拔不出来。还是上年纪的老兵一脚将他们踹开，抓起城头的长矛便往下刺，也有人用长矛往外推云梯，怒吼声、惨呼声，第一次在城头上密集地响了起来。有突厥人长声嘶叫着掉下了云梯，也有庭州守兵在的火光中被城下的几支冷箭直贯出去，钉在了城头的地面上，发出令人胆寒的惨叫。

几名府官也高呼着冲了上去，堵上了情况最危急的几处缺口，城下休息的士卒们自然也已惊醒，有的人跳起来便往城墙上冲，也有人脚下拌蒜，还没迈出两步，便摔倒在地上，爬不起身。

短兵相接，血肉横飞。不断有云梯带着好几个突厥人直直摔到城下，却有更多的云梯搭了上来，在好几处地方，终于有突厥人跳上城头，随即便有更多的人涌了上来。

督战的庭州长史心头早已一片冰凉，"呛"的一声拔出佩剑，正要把最后一支小队堵上去，城外却突然响起了一阵急促的鼓点。原本在城头厮杀的突厥人突然动作一缓，像是失了胆气，且战且退，有眼尖的守兵往外一扫，高声叫了起来："援军，是援军到了！"

几百步之外突厥阵营里，不知何时已燃起了无数处火头，火光中只见战马嘶鸣，人影晃动，营地早已乱成了一团。

庭州的守兵们顿时精神大振，纷纷扑将上去，来不及退下城头的突厥人转眼间便被乱刃加身。大伙儿再要去推云梯时，一阵箭雨射将上来，将守兵压回了墙后，只听城下马声人声一阵乱响，渐渐去得远了。众人再往外看时，突厥阵营里的火头居然也小了下来，不多时，竟是渐渐熄灭。

庭州的守兵顿时面面相觑。司兵参军心里一动，大声道："这定是西州援兵的前军到了！贼众势大，他们只能先放火扰敌。如今突厥贼子腹背受敌，气焰已衰，我等只要再死守几日，待得援军大部赶到，定能里应外合，令贼子有来无回！"

他的声音早已嘶哑，这篇话又是竭力喊出，喊到后来几乎已不成声，但听在众人耳里，却只觉得动听无比。守军们轰然应了一声，不待队正们发话，便开始清理城头。眼见着那些或死得惨不忍睹，或伤得血染盔甲的同袍，便是最孱弱的少年兵卒，眼睛也慢慢被怒火和仇恨烧得通红。

此时此刻，庭州守兵们眼中如同神兵天降般的援军，早已跑到了十几里地外。队伍跑得稀稀拉拉，却奇迹般的没落下一人。到了一处新近被血洗过的废弃军所，众人才勒住了马。领头的白三郎大步走了进去，向迎出门来的周校尉抱了抱手："卑职幸不辱命，突厥阵营中的虚实已被白某探明，今夜庭州也定然无忧。"

随着白三一道回来的一位伊州军官脸上带笑，凑到周校尉耳边低声说了几句。周校尉脸色顿时沉了下来，"你等不过是在突厥阵营外射了两三轮火箭，这也叫连夜探营？"

白三郎诧异地瞪大了眼睛，"上百处火头同时起来，突厥人救火最着紧的几处，自然便是营中要紧所在，白某不但探明了突厥人的阵中虚实，还令正在攻城的突厥人狼狈败退，令庭州守兵知道了援军的消息，一举三得，校尉还要如何？难不成要我们这些人都做了突厥人的下酒小菜，才叫探了营！"

周校尉看着一脸理直气壮的白三郎，气得几乎说不出话来。他们从西州出发后双马换乘日夜兼程，今日傍晚便到了庭州城外，眼见庭州城上还飘扬着唐军的旗号，旁人不知如何做想，他却是有些作难了：若庭州已失陷，他们便只需收拢庭州散落的人马，静候魏世子和公子那边的消息；但庭州居然守住了，他们难不成还要去冲营？他们这七百人马，只怕还不够那些突厥兵来回一个扫荡！

正为难间，白三却自告奋勇要领人探营，周校尉自是求之不得——来之前公子与卢主簿便交代过，总要令这些西州人多些折损才好，他们居然自己撞了上来！当下便令白三下了保证，又派了几名伊州军官一路监视，却没想到他的"探营"却是如此一个"探"法！

周校尉的声音里带上几分火气："军法岂能儿戏，来人，把白三给我拿下！"

他的话音刚落，身边的亲兵们步子还未迈出，却听门外一阵鼓噪，呼啦啦闯进来十几个人，看打扮都是西州民勇，有人高声喝道："谁敢动三郎一下，咱们便跟他拼了！"

周校尉不由唬了一跳，正要拔刀出鞘，十几把明晃晃的腰刀已逼将了上来。他纵然在军中多年，却也没见过这般架势，忍不住退后一步喝道："你们、你们是要反了么？来人，快来人，拿住他们！"

白三郎抱着手，冷冷地瞅着周校尉，"姓周的，白某尊你一声校尉，是因你也是带兵来解围庭州，却不是因为某怕了你！你枉自拿着朝廷俸禄，自家不敢去冲营探营也罢了，我等冒险前往，解了今夜庭州之困，难不成回来还要受你的鸟气？你记住了，我等均是西州民勇，受都督之托，来军前为都督效力，却不是你周某人的下属。某听你一声安排原是给你个面子，你若想无缘无故来打来杀，便莫怪白某撕下你这张面皮当草纸用！"

这番动静自然惊起了门口的守卫，上百名西州民勇早已把院子堵了个严实，闻讯而来伊州兵士们自然听见白三郎这番铿锵响亮的言辞，哪里还能不知道缘故？那放在刀柄上的手不由便松掉了气力。

周校尉气得脸色发白，只是高声大喝："还不进来拿了这些逆贼？"

白三郎"哈"的一声笑了起来，"逆贼？真真是强将手下无弱兵，有些人打起仗来稀松得紧，去抓人，要躲在府衙的高墙之后，来救人，也只拣押运粮车的轻省活做。这卖命行险的勾当自然是要留给旁人，自己乌龟脖子一缩，便做了个王八！可这血口喷人的功夫，真真是天下第一，动不动就是一个逆贼，我等不肯叫你无缘无故打杀了去，是逆贼，旁人便是吃几碗热汤饼，也叫与逆贼勾结。白某一直便有些纳闷，这些人的舌头脸面都是什么做的，坚实起来，硬逾城墙，胡言起来，臭如茅厕，他们的爷娘难不成从没教给他们害臊两个字怎么念？"

他中气十足，这番话响亮地传出了老远。莫说西州民勇，便是伊州兵们，都有些忍俊不禁，许多人从西州城里便开始憋着的那口恶气，此时才觉出了大半。

周校尉脸色发青，挥刀直指白三郎，"你、你敢辱骂大都护！"立时有几把横刀架了上来，那明晃晃的刀光，顿时让他的怒火全熄——外面的情形未明，而在屋里，对方人手却是自己的好几倍，一旦真的动手，只怕半分胜算也无。

白三郎诧异地看了他一眼，"白某哪个字提到了大都护？你若觉得苏大都护是老王八，苏公子是小王八，自己说去，却莫安到白某身上！"这一下，外面的人再也忍不住，轰然一声都笑了起来。

白三郎向外面笑吟吟地抱了抱手："多谢各位捧场！"

白三原是市井出身的西州一霸，这种嘴皮子上的阴损功夫乃是童子功。周校尉如何是他的对手？一时怒火攻心，却又发作不得，险些没闷出口血来，突然听到外面的轰笑声，脸色又有些发白——他怎么忘了，如今自己带的并不是自家的兵卒，而是五百伊州边军，这些人早与西州人有所勾结，适才这白三的话里又极有挑拨之意，听着这番动静，若想让这些伊州兵卒来拿西州人，只怕半分可能也无，若是真把白三惹急了……

/第一百零九章/兵分三路 各出奇谋

他定了定神，咬紧牙关，握刀的手捏得更紧，嘴上却冷冷道："今日我不与你做这口舌之争！既然你们并非兵卒，今夜之举虽然胡闹了些，我也不拿军法来处置你，你们还不赶紧下去！"

白三郎看着他冷笑起来，"让我等下去也容易，只是今日你既然叫了这声逆贼，这话却不能让你白白说了去。今日白某不但探出了突厥人的帅帐和粮草所在，扰退了突厥人对庭州的夜攻，还杀了两个突厥哨兵！若这些都只是胡闹，你周校尉明日便做一件不胡闹的事情给白某看看。否则，你今日便是挟私报复，欲置我等于死地，我等也绝不会坐以待毙，白某这便带上大伙儿去移摩道上迎袭长史，这押运粮草的巧宗儿，便让我们这些只会胡闹的人来做做，你等精兵强将，自是要身先士卒、击退敌寇的！如何？"

周校尉脸上的血色顿时褪了个干净，怒道："你敢？"

白三傲然看着他，"你若是个汉子，明日能打出漂亮的一仗，白某自然便服你，你若明日依旧做个缩头乌龟，只想让旁人去送死，不妨试一试白某到底是敢还是不敢！"说完一挥手，"走！"

十几个西州人眨眼间便走了个干干净净，只剩下周校尉呆呆地站在屋里，只觉得满嘴又苦又麻。想到临行前苏南瑾的反复叮嘱，一定要约束麾下士兵，不许他们靠近移摩道一步……他的周身不由一阵冰凉，愣了半晌咬牙喝道："传令下去，明日备战！"

到了次日，天气却变得阴沉起来。

庭州城外的突厥营地里，阿史那都支抬头看了看天色，脸色也阴沉了下来。看见副将快步走了过来，他寒声问道："昨日袭营的人马可曾探明？"

副将忙点头，"今晨儿郎们探过足迹了，昨夜放火的不超过三百骑，不足为惧。咱们原想着周围已无唐军，营地后身并未设太多哨兵，因此才有些猝不及防。如今属下在庭州的另外三处城门外都加派了人马，定不会叫人冲入城内；此外还派出几支百人队到移摩道、花谷道等处布置岗哨，探查敌情。想来离庭州最近者，不过是疏勒古镇与西州城，昨日的人马定然来自这两处！"

阿史那都支皱眉摇了摇头，"如今唐军大部都在苏老贼的麾下，这两处守兵自保尚且不暇，怎么敢派兵驰援？若说大军调兵回援，算来总还要半个月以上……咱们不能掉以轻心！"大唐军队威震天下，数十年来未尝一败。六年前与苏定方的两场大战，处木昆部又是元气大伤，如今部落中最精锐的三千骑兵已去了兴昔亡可汗麾下，还不知生死如何，自己这五千人马已是全部兵力，绝不能拿来冒险！

副将躬身应了，直起身子后也看了看天色，"吐屯，看样子夜里会有雪，今日要加紧攻城才是，不然这风雪一到，只怕又要耽搁了。"

阿史那都支看了看庭州城墙下的那一片狼藉，眉头不由皱得更紧。昨夜一战，因不知有多少敌军来袭，攻城功亏一篑，白白丢下了上百具尸体。若是白日攻城，只怕没有几百条人命是绝对拿不下庭州的，如今这局势下，攻破庭州固然可以一战立威，可若把自己的人手折损太过，那却是舍本逐末了。两百步外的庭州城，城墙破损不堪，守兵身影寥寥，看去怎么也挡不住下一轮攻势……

阿史那都支凝神看了片刻，声音变得斩钉截铁："准备石车，再抛一轮石弹，集中人马攻城，今日定要拿下庭州！"

在呼啸而落的石块攻势之中，庭州城墙又多了无数缺损。突厥大营剩下的三支千人队缓缓地移动起来，最精锐的两支千人队放在了最前面，阿史那都支的声音在队列中清晰地回荡："拿下庭州，所有财货都是大伙儿的！本吐屯曾应了那位唐人，破城之后不杀妇孺，尔等只要记住这点，其余之事便任由大伙尽情去做！"

骑兵轰然应了一声，随着一声令下，嘶吼着冲向了庭州城墙。

庭州城头落下的箭雨明显密集起来，两轮箭后，突厥的前部已冲到了城下，云梯刚刚搭起，便迎来了滚木礌石，砸得又准又狠。后队掩护的突厥骑兵立刻在马上引弓射箭，不少探身出墙的守兵惨叫着掉下了城头，礌石却不曾停顿，守军们躲在墙后推石落城，不肯再探身出来。

眼见庭州城下的尸堆明显高了一层。阿史那都支的脸色不由越发阴冷，昨夜一战未果，白白给庭州城守兵练了一次兵，那些未上过战场的雏儿，有些人固然是被吓破了胆，也有些人只怕反而是把胆子练出来了……只是纵然如此，就靠那些兵卒，他们也抵抗不了太久！

他正要让第二支千人队扑上，身后却蓦然传来部将尖锐的声音："吐屯，有一支数百人唐军奔袭过来！离营已不到十里。"

阿史那都支蓦然转身，眯着眼睛往远处看了一眼，沉声喝道："迎敌！"

第三支千人队迅速调转马头，迎头扑向奔袭而来的唐军。只是不过两刻钟后，登高查看敌情的哨兵便飞奔着来报：这支千人队竟被人数不到一半的唐军一鼓作气地冲散开来，估计再过得片刻，便会变成不可收拾的溃败。

阿史那都支回头看了一眼庭州，咬了咬牙厉声喝道："停止攻城！留下五百人守住城门，其余人马，跟我去剿杀来敌！"

预备攻城的第二支千人队立刻拨转了马头，已攻到城墙下的人马也很快调头回来，留下五百余人守住营地，其余人马则跟着前面的队列向外冲去。只是还未冲到五里外的战场上，迎面而来的却是败退下来的自家人马。

阿史那都支不由大吃了一惊：这支千人队虽然不过是此行之前临时拼凑出的备用队，却怎会如此不堪一击？

眼见远处尘土飞扬，而突厥攻城的人马已往回急撤，庭州城头早已响起了一阵欢呼："是援兵来了！"

角楼上的哨兵却看得更为清楚，这边突厥的人马刚一掉头，五里之外的战场上，突然从山丘后斜地里又杀出一支两三百人的骑兵，原本便已被冲得队列散乱的突厥千人队，被从侧面冷不防地这么一通冲杀，顿时再也支持不住，溃败下来。

两支唐军转眼间已合为一处，却并没有乘胜追击，而是拨马便跑。待到突厥人的大队人马穿过自己的败军冲上战场，那七八百人早已去得远了。突厥人一路追了下去，烟尘滚滚，渐渐消失在远处微微起伏的丘陵背后。

待到他们回转时，已是暮色四合，天空中蓦然飘起了大朵而稀疏的雪花。

庭州长史站在城头，抬头望着暗沉的天穹，慢慢伸出手去，一片雪花落在他沾着血污的手上，那洁白晶莹的六瓣花朵好一会儿工夫才消融不见，随即便落下了第二片、第三片……纷飞的雪片随着暮色的加深而渐渐变得密集起来。

他的脸上不由绽开了一个大大的笑容，抬头看着城头的守军，嘶声叫道："天助我庭州！"

第一百一十章
天理循环　进退两难

难得的一场冬雪，在西州家家户户的屋檐上存了两三日才渐渐化去。到了初七人日这天，积雪化尽，天空放晴，整个西州城都显得清爽了许多。走家串户的妇人们发间飘动的金银人胜，在阳光下闪动着明快的光泽，孩子们的欢声笑语也再次响彻西州的大街小巷。数百里外的战事，似乎变成了一件极为遥远的事情，只有见不到几个青壮男子的街头，隐隐透露出一丝与往年不同的气息。

琉璃一大早便打发下人把给亲朋好友准备的节礼送上门去，自己略加收拾便去了康氏那边，与安家女眷们一道吃了顿丰盛的午宴。

席间大伙儿一路闲话下来，不知不觉便议论起了昆陵和庭州两处的战事。前两日从龟兹回转的几位胡商带来的消息是：苏大都护正与继往绝可汗一道追讨五咄陆部的人马，年前已平定了其中一部，如今还在追杀另外两部，"听说劫掠得极狠，跟去的粮车如今都已装满了金银器皿！"

"如今大伙儿都说，兴昔亡可汗是被冤杀了，突厥客商更是咬牙切齿，直道苏大都护和继往绝可汗定有报应！唉，只是如今怎么却报应到庭州人身上了？"

琉璃心里早已把苏海政和苏南瑾骂了无数遍，五咄陆部的突厥牧民与庭州的唐人士兵都何等无辜，招致如此横祸，全拜这对混账父子所赐！如今还不知朝廷会如何处置他们，消息大约最快也要正月之后才会下来了，若是高宗这次还是将他们轻轻放过，这位所谓的仁君，便是个不折不扣的混蛋！

提起此事，大伙儿一时都没了兴致，一顿饭闷闷地散了。琉璃刚一回府，云伊便气冲冲地走了进来，"姊姊，都督府门口留的那队苏家兵卒也太混账了，今日竟把给都督府送的节礼也全给拦在外头！"

琉璃只觉得胸口憋着的那股邪火腾地烧了起来，低头想了片刻，咬牙点头："今日咱们便收拾了那些祸害！"说完在云伊耳边悄悄说了几句。

云伊的眼睛顿时亮了起来，拍手笑道："这主意好！"

两人先到厨下看了一眼，厨娘正在杀鸡宰鹅，准备人日节的晚膳，琉璃很快便凑齐了要找的材料，又让人去知会了风飘飘和西州府军校尉等人。没过片刻，风飘飘也兴冲冲地赶了过来。三人嘻嘻哈哈间商议已毕，便把婢女们叫了进来，低声吩咐了几句，又带上了几样礼品匣子，一路往长安坊都督府的后宅而去。

都督府后院门口，十几名苏氏亲兵昂首挺胸站在当中，将大门堵了个严严实实。见琉璃等一行人过来，带队的那名队副冷着脸往前走了几步，"几位夫人请止步！"

琉璃抬起下巴看了他一眼，声音比他更冷："你是什么人，为何挡着都督府的门？"

队副看着琉璃的神色，心头便有些火起，傲然道："某乃大都护府之亲卫，奉命看护都督府，不让闲杂人等打扰都督静养，尔等还不速速离去！"

琉璃上下打量了他一眼，"是么？那便拿大都护的手令出来让我看上一眼！"

队副怔了一下，皱眉道："这是苏公子临行前的吩咐，哪有什么手令！"

琉璃目光中的轻蔑之色更甚，"苏南瑾么？他算什么东西，这西州城里，什么时辰轮到这种鼠辈指手画脚？你们既无大都护的手令，便给我让到一边去，不然莫怪我不客气！"

队副的脸色彻底阴沉了下来，"你又算什么东西，敢对我家公子出言无状？"

琉璃拿眼角瞟了他一眼，嘴里只吐出了两个字"滚开！"抬头便要往里走。

队副再也忍耐不住，"呛"的一声将腰刀拔了出来，厉声道："公子有令，胆敢不遵号令、擅闯都督府者，杀无赦！"

一旁的云伊突然两步抢了上去，挡在琉璃身前，斜睨着那位队副，"杀无赦？你倒杀给我看看！"

队副这几日打发了她好几回，哪里会把她放在眼里，恐吓地拿刀背一挥，云伊身边的几个婢女忙扑上去拉扯，"不许伤我娘子，我家娘子乃是泥孰部的贵人，兄长族人都在为大都护出力，你们谁敢动她？"

几个人拉的拉，吵的吵，顿时乱成了一团，几个亲兵们看着不对，忙上来推人，局面越发混乱起来。突然间，有人惨叫了一声："你敢伤我！"

一群人顿时静了下来，便见云伊捂着手臂，指缝里有鲜血不断地渗了出来，很快便染红了大半衣袖。

队副张大了嘴，低头看看手上雪亮的腰刀，上面不知何时染上了一丝血迹，又抬头看看云伊那条血流不断的胳膊，脑袋里顿时便如塞进了一团乱麻。

琉璃也呆住了，突然厉声喝道："快去请郭校尉！"又扯下身上的披帛将云伊的手臂紧紧扎住。

云伊嘴里"哎哟"不绝，众婢女也围着大呼小叫。小巷里一时好不热闹，被这动静吸引过来的西州人自是越来越多。没一盏茶工夫，身材胖大的郭校尉便带着数十名西州府兵出现在巷口，高声问道："库狄夫人，出了何事？"

琉璃满脸怒容地往队副那边一指，"校尉，这些人胆大包天，明知泥孰部正在为大都护效劳，却在光天化日之下拔刀伤了泥孰部大俟斤的亲妹子，此事若让泥孰部将士得知，以为是大都护的指使，那还了得？校尉定要拿下这些狂徒，给泥孰部一个交代，以免寒了将士之心！"

郭校尉脸色一寒，"下官遵命！"手上一挥："将这些大胆鼠辈拿下！"

几十名西州府兵顿时纷纷拔刀出鞘，涌了上来，团团将那十几名亲兵围在当中。郭校尉上前几步，横刀冷笑道："你等若放下腰刀，我便只将你等送入西州大牢，若敢反抗，今日便是格杀勿论！"

队副原本乱糟糟的脑子猛然清醒过来，愕然抬头看着琉璃："你、你竟敢陷害我等！"

琉璃冷眼看着他，声音里带着深深的寒意："何谓血口喷人？何谓陷害？这些手段，想来苏大都护和苏公子最是清楚明白，你也清楚明白，我只知晓，这世上原有报应二字，你今日不妨便试上一试，看这报应是不是轮到了你自己头上！"

队副一怔，不知为何那日突厥可汗辕门喋血的情形突然浮上心头，满腔的盛气不觉化成了一片冰凉，转头看着身边这几十把寒光闪闪的刀刃，眼见巷口还有府兵拥了进来，心里转了好几圈，咬牙把刀一扔，"都把刀扔了！等公子回来了，再与他们理论！"

眼见十几名苏氏亲兵都被反绑双手带了出去，早已围住巷口的上百名西州人顿时喝彩不绝。有气性大的老人一口唾沫便吐了上去，便有府兵笑道："这位老丈，看准些再吐，这好东西自要他们好好品尝，莫浪费到某的新衣裳上！"

琉璃忍住笑容，走上两步正色道："校尉，这些苏氏亲兵原是一伙的，校尉今日定要将他们统统拿下，莫走漏了一个！"

郭校尉一脸笑容地抱手，"夫人放心，下官来之前便已派出人手去了苏府和都督府里他们平素起居的屋子，绝不会叫他们一人漏网！"

琉璃点了点头，"那便请校尉陪我等去苏府一趟。"转头冲云伊眨了眨眼睛，云伊满脸遗憾地叹了口气，被两个婢女扶着走了回去，一路手臂上犹自滴血不绝。

一行人到了洛阳坊的苏府门口，府兵们自是二话不说，冲将上去便把门口那队亲兵都拿刀逼住绑了，又引来一阵拍手称快。

闹哄哄中，只见门内快步走出一人，正是娜娜，厉声道："你们这是做什么？"

琉璃冷冷地瞅了她一眼，"有人存心不良，蓄意挑拨继往绝可汗麾下的突厥将士与大都护府的关系，我等自然要拿下他们，好好审问一番，看看到底是谁指使，难不成你要阻拦府兵们办差？"

娜娜怔了一下，转动眼珠看了看门口几个人，突然跳了起来，"是谁在挑拨关系，只怕是你在挑拨大都护和西州的关系，居心叵测……"一语未了，风飘飘一步跨出，伸手便把她扭住，回头道："校尉，这小小的婢女居然对长史夫人出言无状，肆意污蔑，容我教训教训她！"

郭校尉哪里理会这个，自是点头，风飘飘身后的婢女上来扭住娜娜往下就拖，留下一路哭叫之声。那苏府里却再也没人探头，反而"咣"的一声关上了大门。琉璃看了大门片刻，冷笑着点了点头，"咱们走！"

待她回到家中，云伊早已换了一身新衣裳，手臂上的"伤口"也被包扎得严实，一见琉璃回来便跳了起来："如何？那边如何？"

琉璃笑道："自是手到擒来！"又笑嘻嘻地跟她说了一番苏府门口的情形。过得一炷香工夫，风飘飘快步走了进来，这回却是琉璃和云伊异口同声道："如何？"

风飘飘皱了皱眉，"娜娜道，苏南瑾是离城前一夜回了一趟府里，半夜才走，他走之后，张敏娘便有些不对头，又是哭又是笑的到早间也没合眼。苏南瑾原是不许她这些日子再出门的，她起来后却是死活求着门口的亲兵让她出来送行了。这几日里，也是整日间不说话，只对着一张帖子出神。娜娜不大识得字，但我听她说的那帖子的模样，似乎像是世子府常用的。夫人，我听着实在是有些担心……"

琉璃的脸色顿时一变，"飘飘，你的人里可有马术精绝的？立刻派他们去追长史和世子，让他们务必当心苏南瑾！"

她看了看北边，声音低落了下来："也不知，如今他们是不是已到了庭州……"

天山北麓的庭州城，比西州原是要冷上许多，一场大雪之后，城外便成了一片白茫茫的雪原，积雪足有半尺多深，随之而来的北风又将积雪冻了个结结实实。围城的突厥营地里，士气也一日日低落了下来。这冰天雪地，对城内影响还不算太大，但对于在城外住着简易毡篷的突厥人来说，着实有些难捱。

更要命的是，这样的天时，人马在冰雪上行走时都容易打滑，更莫说去攻城。那皎洁的雪地，让夜攻更成了一个笑话。阿史那都支只得命令不断向城中投石，六七日下来，庭州城的城墙早已被砸得千疮百孔，似乎在下一阵石雨中便会轰然倒塌，却偏偏一直挺立在那里。

那支倏然而来的大唐援军，也随着大雪的到来而失去了踪影，似乎打定主意，只要突厥骑兵不攻城，他们便绝不露头。阿史那都支再三思量之下，只是派出了更多的斥候，警戒着几条入庭州的要道和营地方圆二十里之内的动静。

若是没下这场雪，他还能佯攻庭州，暗布圈套，可如今这天气么……阿史那都支恨恨地看着庭州的城墙，厉声道："继续投石！"

轰轰的声音响过一阵便停了下来，阿史那都支正要发怒，回头看了看在投石机前忙碌的士卒们，还是闭上了嘴——营地四周的石块早已用光，去找石头，需要走的路也越来越远，士卒们也是尽力而为了。

眼见足足过了小半个时辰，投石机的皮袋里才慢慢地又装得半满，阿史那都支的眉头不由皱得更紧，正沉吟不语，却听身后有人急声道："吐屯，吐屯，大事不好了！"

阿史那都支唬了一跳，忙转过身来，只见几名斥候架着两个一身狼狈的人快步走了过来，还未到近前便叫道："吐屯，唐人打到蒱延了！到处放火，说是要烧光咱们的粮草！"

这一声叫出来，整个突厥营地里顿时都骚动起来，阿史那都支脸色大变："什么？

快给我说清楚！"

被架着过来的两个人挣开搀扶者，爬到了阿史那都支的脚下，"吐屯，五天前的夜里，匐延城的城寨被唐军偷袭了！他们冲破寨墙后四处放火，几处粮仓草仓被烧得最狠，我们这些人拼死去救，也只是扑灭了两座粮仓的大火，草料却是全被烧光了！那些唐人还留下话来，说是一日烧一座城寨，要放火烧了整个匐延！

"我们出来报信前，离城寨最近的牧场也派人来告急，也说是夜里被唐人偷袭，马匹都被他们带走，马棚草仓也全被烧了！"

阿史那都支的脸色顿时变得和脚下的雪地一般又冷又硬，马匹也罢了，横竖留下的也没几匹好马，但若是部落里储存的粮米和草料都被烧光了，马无草料，人无余粮，这个冬天他们难不成要杀马为生？如此一来，他们来庭州劫掠了再多的财帛又有何用？西疆的唐军精锐明明大多已去了大都护那边，怎么如今到处都出现了这样的奇兵？

他忍不住怒喝了一声："你们是怎么看守得城寨？竟让人冲进来放火，又怎么拖到了今日才来报信？"

报信的人磕头不迭，"非是我等大意，这些唐军有数百之众，来时大约走的是僻静小道，无人发觉，当夜冲的又是城寨里最薄弱的地方，我们才不到百人，满城都是火头，怎么扑得及？将军当时便让我们来报信，派了十来个人二十余匹马，可这一路都是冰雪，马匹陆续折损在半路上，只有我俩的马撑到了这边……请吐屯快些派兵回去，晚了只怕来不及了！"

五天前开始到处偷袭放火，首先烧的便是最大的城寨，若是一日烧一座，匐延全境才几座简易城寨？若是唐军特意报复……阿史那都支忙问："城寨伤亡如何？"

"伤亡不多，这些唐人只是四处放火，也不与我等交战，放了火便跑，咱们的人手和寨中妇孺都无太大折损。"

阿史那都支心里一松，突然听见四周一片叹气声，抬眼望去，那些围拢过来的面孔上都是又焦急又欣慰的表情，心里不由一凛，唐军只放火，不杀人，或许为的便是瓦解军心，逼他们回军……可是此刻回去，劫掠而来的粮草只够回程上人马嚼用，部里的人马又要如何度过这个冬日？

他略一沉吟，咬牙抬起头来，"你们也听见了！咱们便是立刻回去，匐延的粮米草料也已被烧了大半，如今咱们只有一鼓作气拿下庭州，抢上粮草，咱们的战马才能度过这个冬天！"

众人刚刚放松下来的心头顿时又提了起来，没有粮草，人还能吃牛羊，战马能吃什么？对于他们来说，战马便是自己的半条命！满营的人轰然回应，声音里带着前所未有的决然。

不过一刻多钟，数百名突厥人便推着木车、顶着木盾再次冲到了庭州城墙下。呼喝声、惨叫声再一次响彻原野。

一个多时辰之后，庭州的东城墙下，突厥人已丢下了两百多具尸体，鲜血往往还未流出,便已被冻成了暗红色的坚冰。在高高的尸堆上,攻城的兵卒用木车和云梯搭起了一丈多高的斜堆,眼见斜堆离庭州城头已越来越近,身手最矫健的勇士已能站在坡顶用绊马索和连枷将城头的守兵直接拖下来或砸下来,却有更多的守兵不要命地堵住缺口,推下巨石,将前一刻还发出尖声呼哨的突厥勇士砸成肉饼。

  战事正在胶着,斥候的快马飞驰而来:突厥阵营的后方,那支数百人的援军,果然再一次出现在了雪原之上。

  阿史那都支不由冷笑起来,一声呼喝,令旗挥动,围堵着两边城门的突厥骑兵和后营的千人队迅速包抄了过去,眼见距离唐军不过里许,只要两下交锋,略拖住半刻,便能形成围剿之势。这支唐军却突然向两旁一分,兜头便往回跑,竟比来时跑得更快上三分。

  阿史那都支恨得磨牙,刚要打出令旗让他们回撤,身边的亲兵却惊叫了起来,只见一支两百余人的唐军从南面的丘陵后斜冲过来,直奔庭州城南门而去。

  他不由也大吃一惊,顾不得攻城,带着自己的几百名亲兵便横截了上去,大声喝道:"堵住城门,绝不能让他们入城!"此时城内已是疲惫之师,若添上生力军,那还了得!

  却见那支唐军却并未冲向城门,而是在城下一兜,向城头射出几支响箭,随即毫不犹豫掉头便跑。

  阿史那都支目瞪口呆地看着这支骑兵的背影,愣了片刻,还是转头厉声吩咐:"继续攻城!加紧攻城!"

  两刻多钟之后,庭州城墙下的斜堆又高了些许,眼见大约再有得半个时辰,突厥兵便可从斜堆上直扑城头。却见城头的垛口上突然出现了数十个木桶,"哗啦"一声,数十桶冷水对着城下的突厥兵便浇了下来,猛不丁被浇成落汤鸡般的突厥人又惊又冷,不由嗷嗷乱叫着退了下去。城上并不停歇,依然是一桶接一桶地往下浇水,待后面的突厥人带着更多盾牌冲上来时,猛然间只觉得脚底打滑,竟是咕噜噜摔成了一堆。

  原来天气酷寒,那些冷水转眼间便在地面上结成了一层冰,连好容易堆起来的斜坡也已变成了冰坡,滑不留手,哪里还能攀得上去!

  城头上的冷水还在一桶桶地往下浇,没过多久,庭州城墙便变成了一堵光可鉴人的冰墙,阿史那都支站在阵前,心底也变得一片冰凉——这样一座冰城,坚逾铜铁,连投石机也奈何不得,哪里是一时半会儿能攻破的!难道自己还要带兵去攻打更难啃下的西州各城?

  他慢慢举起了右手:"停止攻城!"

  几十里外的地方,白三郎勒马往回看了片刻,突然深深地叹了口声。他身边的西州民勇都笑了起来:"长史好计,庭州城如今定然已变成了冰城一座,神仙都奈何不得!咱们这回的差事果然轻松得紧,只在初三那日伤了十几个人,便拿到了如今大功一件,三郎为何还要叹息?"

白三郎摇了摇头,声音里满是遗憾:"这场雪下得真真不是时候!长史教给我好些计策,正想着要好好戏弄他们一番,谁知竟下起了大雪。白某的肚皮里生平第一次装满了计谋,竟是全然无用武之地!唉,也罢,此次算是便宜了那姓周的,咱们这便回去!"

随着他们的身影在雪原中渐渐化作黑点,一轮日头也升上了中天,雪笼般的天地平添了几分暖意。只是在西州庭州城外的突厥营地里,却是一片冷寂。不远处的庭州,已彻底变成了冰城,庭州守兵们甚至开始对着突厥阵营用半生不熟的突厥语大声调笑,这边却无人有兴致回上一句。

阿史那都支站在帐篷前,不知是天时太冷还是站得太久,他的身影看去也犹如一座冰雕,部将们互相使着眼色,到底没有人敢真的上前劝说几句。

一片静默中,远处的马蹄声显得分外响亮,一名斥候在营前跳下马来,快步冲到了中军帐前:"启禀吐屯,在移摩道的山谷中,出现了大队粮车!"

阿史那都支霍然转身,眼里射出了亮得惊人的光芒。

第一百一十一章
天罗地网　专为君设

正月初十，从西州城出发的粮车队伍迤逦着经过疏勒古城，用大半日的工夫穿过了疏勒北面的大片平野。到了次日清晨，便又进入了一条狭长的河谷。冬日的河面上结着厚厚的冰层，大约是两边高高的河岸挡住了寒风，河滩上的积雪倒还松软，马车的速度顿时快了许多。

裴行俭骑在马上，默然眺望着远处。伊州边军的一位旅率拨马跟了上来，随着他的视线看了几眼，笑道："此地我也来过两回，再走十余里，便是一片沙地，这时节倒是比旁的地方更好走些，说来，突厥人也快到了吧？"

自打除夕离开西州，粮队已在路上走了整整十二天。起初几日，车夫们大约是驾驭新车渐渐顺手，一日比一日走得快，初三更是走了近九十里地，只是当夜突如其来的一场大雪，让道路变得分外难行，原本再走四五日便能到的路程，如今走了七八天还未到。伊州的几位军官的棍伤早已好利索，因裴行俭一路上对他们极为照顾，如今两下倒是处得极好。这位旅率姓袁，恰恰是河东人士，与裴行俭有同乡之谊，两人便称兄道弟起来。

裴行俭淡淡地一笑，"自昨日午后，苏公子派出的斥候便多了两三倍，想来是已发现突厥人的踪迹了。此次领兵的阿史那都支我曾见过两次。此人野心勃勃，却十分多疑，咱们的粮队来得突兀，他不探看明白，不会贸然下手。如今大约也已侦查明白粮车是否装有货物，粮队有无大军尾随。此地离庭州不足六十里，突厥人要来，也不过是一两个时辰的事。你让同袍们都集中到粮车中部来，待会儿点火回撤时，也好有个照应。"

袁旅率一声冷笑，"我省得！苏公子如今问个斥候都要远远地拉到一边，看咱们的眼神倒像防贼，难不成还能指望他来照应咱们！"忍不住又叹道："可惜了长史这般妙计，却叫他立了头功！"

此次西州一千多人马，兵分三路：一路去匐延放火烧粮，令其无粮草过冬；一路来庭州扰敌，令其无法攻城；但最关键的却是这一队装着草料粮米的马车。今秋军粮上缴后，庭州城里的粮草储备已不会太多，突厥人无论是否已攻下庭州，一旦得知后方被袭、粮草被烧的消息，定然会来夺粮草，只要他们一离开，那几百援兵便可趁机进城，这边再一把火烧掉所有粮草，弃车而走，撤入疏勒古城。突厥人两头无着，千里奔袭庭州，不但占不到任何便宜，还会元气大伤。只是这样的连环妙计，以苏氏父子的性子，少不得要算在自己名下了……袁旅率越想越是生气，忍不住低声嘀咕道："长史也太心宽了。"

裴行俭微微摇头，"若是与来刺史相比，些许小事，又算什么？"

袁旅率抬头望着庭州的方向，想到几日前遇到的那位庭州求援信使的话，不由叹了口气："来刺史如此勇烈，子孙必有福报。"

裴行俭点了点头，声音沉凝："苍天有眼，自当如此！"

两人身后突然响起了一声嗤笑："什么苍天有眼？"却是苏南瑾沿着粮车巡视了一圈，正从后面走到此处。

裴行俭眉头微皱，并不接话，袁旅率回头看着苏南瑾的笑脸，心里也是一阵别扭，到底还是应了一句："下官正在与长史议论来刺史。"

苏南瑾"哈"的一声笑了出来："原来是他！此人运道真真不错，当年的宰相里独他一个还活着也罢了，居然还趁机捞到了一个以身殉国，只怕还能得些封赏，说来这些突厥人，斩了那么多唐兵首级当石头砸，倒是把他的尸身收敛起来了，也不知是发什么疯……"

裴行俭握着马缰的手一紧，突然转头看了苏南瑾一眼，一言不发地提马便走。

苏南瑾被他的目光一扫，笑容不由一僵，半晌才回过神，看着裴行俭的背影嘿嘿冷笑起来，"真是奇事，看他这脸色，知情的会说兔死狐悲，这不知情的人，还只道死的是他家什么人！"说完又瞅着袁旅率一挑眉头："你说呢？"

袁旅率心里早已将苏家女眷问候了个遍，闻言更是气往上冲，冷冷地道："来刺史以身殉国，下官也佩服得很。"

苏南瑾上上下下看了袁旅率几眼，点头笑了起来，"好，旅率一片忠心，难得得很，难得得很！"说完一声长笑，撇开袁旅率向前而去。

袁旅率瞪了他身后好几眼，忍着气自去招呼几位同袍，眼下粮队离庭州越来越近，的确是要好好准备一番，回头去疏勒古城，还有八九十里路程要走。

随着日头越升越高，粮队又走了三四里地，河道一转，两边河岸收窄，几乎成了一道狭长的山涧，眼见最末一辆粮车都已进了涧底，突然粮队前方一声呼哨，苏南瑾的声音远远传了过来："停车！立即停车！"

粮队马车乱纷纷地停了下来，早已整好行装与裴行俭等人一道走在粮队正中的伊州军官们，忙抬头往前望去，却见原本守着粮车头尾的那两百亲兵队形一变，向着粮车中部围拢过来。

袁旅率心头纳闷，忍不住高声问道："苏公子，可是突厥人那边有了动静？"

在亲兵们拥簇之中，苏南瑾提马不急不缓地走近诸人，笑容古怪，眼神闪亮，"袁旅率料得不错，斥候有报，庭州城外的突厥人似乎已有了拔营之举，若是来得快，两个时辰内便能到此。"

还有两个时辰？袁旅率的眉头不由一皱，"公子，此刻点火只怕早了些，万一被对方探知，岂不是功亏一篑？不如再等等？横竖咱们的马不比突厥人差，车夫们也特意挑了善于驭马的青壮，待相距十里时再点火回撤，也尽走得脱。"

苏南瑾哈哈大笑，"谁说我此刻要点火？"

袁旅率吃了一惊，抬头看了看天色，"午间还早，此地形势险恶，不是休憩之所。"

苏南瑾看了看依然一脸平静的裴行俭，笑得更欢："裴长史，袁旅率，方圆二十里内，再无比此地更适宜的休憩之所，正是诸位此生休憩的绝妙所在！"

袁旅率和几位伊州军官的脸色顿时大变，目光忙往两边一扫，只见粮车首尾都各有三四十位亲兵骑马把守，封死了山涧两端的通道，这架势竟然是……袁旅率又惊又怒，厉声道："苏公子，你这是要做什么？"

苏南瑾笑嘻嘻地瞅着裴行俭："裴长史，你不是算无遗策么，你倒说说看，苏某人这是要做什么？"

裴行俭淡淡地看着他，声音也是淡淡的："苏公子可是要公报私仇，以突厥人之名屠灭粮队？"

苏南瑾点头笑道："裴长史果然一语中的，裴长史这围魏救赵、引蛇出洞之计自是绝妙，可惜却是百密一疏！"

他的笑容变得阴冷起来："裴行俭，当日凉州一晤，你故意引我上书，欲置我父子于死地！这几年里，我们父子提心吊胆，没过一天安生日子，如此深仇大恨，我苏南瑾焉有不报之理！上一回叫你逃脱，是我思虑不周，虑事不详，没料到你会与突厥人勾结起来，还带着人头去大都护府耀武扬威，这等羞辱，我苏南瑾岂敢一日或忘！

"此番家父原打算先杀弥射贼子，再平西州麹氏，谁知又让你逃过生天！好在天从人愿，突厥兵犯庭州，你和麹崇裕却争相寻死，苏某若不成全了你俩，岂不是辜负老天的美意！裴行俭，你千算万算，却没算到当日你自己说出粮队押送之人两三百人足矣时，便注定今日会命丧此处吧！你等适才不还在说来刺史以身殉国，会有福报么？放心，今日你等都会以身殉国！可惜是中了突厥人的埋伏，导致军粮落入贼手，自己也兵败身死，还连累了我等将士伤亡惨重！

"所谓自作孽不可活，你一心只想着算计别人，却没想到自己也会被算计进去，今日到底还是落在了我苏南瑾的手里，这才真真是苍天有眼！"

他越说越是满脸放光，咬牙笑着一挥手，一百多名苏氏亲兵拔刀出鞘，呼啦啦催马围拢过来。那些车夫这才如梦初醒，惊叫着逃开了，有人甚至一骨碌缩到了马车下面，也有人忙乱地伸手去解车上套马的绳索，翻身上马左顾右盼，却呆在那里。苏氏亲兵们此时也懒得去管，这些手无寸铁的民夫虽多，在他们眼里不过猪羊一般。只要收拾完裴行俭一行人，回头杀光他们，只怕用不上一顿饭工夫。

裴行俭身边的人里有些还算镇定，拔刀在手，专心戒备，有一些却不过是寻常的差役，此时也是一个个脸色大变，手足无措，嘴唇都哆嗦起来。

几位伊州军官相视一眼，都从对方眼中看到了愤怒和恐惧，有人厉声道："且慢！苏公子，你与裴长史有私仇，我等不管，但今日你这般行事，难不成就不怕事情泄露，满门抄斩？"

苏南瑾一怔，仰天大笑起来，"满门抄斩？大唐立国以来，有哪位大将不谋反而被处斩？"他斜睨着这几个人，摇头"啧啧"两声，"何况今日之事，只要你等皆以身殉国，又如何会泄露出半分？说起来，你等的确与我无冤无仇，我原本也不想滥开杀戒，可惜你们不巧领了这位裴长史的人情，图一时之安逸，断送了自家性命。若是当初你们便能一心一意跟着我，又如何会有今日的横祸？既然目光不准，也怨不得我苏某手下不能留情，各位到了九泉之下，倒是不妨与裴长史好好算一算这笔账！"

几位伊州军官脸色越发难看，各自拔出腰刀，默然逼视着眼前越来越近的苏氏亲兵，此时此刻，再说什么"化作厉鬼也不放过你"已是废话，还不如留些气力多杀一个够本。

苏南瑾心头大快，带着马一步步逼了上去，眼见裴行俭身边这三十多人一步步退后，脸孔或涨得通红，或变得惨白，只觉得生平快意，无过于此。只是看着裴行俭依然平静无波的面孔，忍不住还是冷笑一声："裴长史果然心如铁石！眼见这几百人都要因你而丧命，也是不动声色！你放心，过两个时辰，待到突厥兵大队赶到，自会拿到麴崇裕回程的路线，想来以他们对世子这把大火的怒气，定会倾尽全力送他来与长史相会！还有你家那位胡妇，待得你上了黄泉路，她少不得也要因为伤心过度，自缢身亡，你们夫妻同生共死，岂不也是一桩美谈！"

裴行俭的目光骤然一冷，落在苏南瑾的脸上，带着一种如有实质的压力。苏南瑾下意识便想后退一步，猛然醒过神来不由大怒，笑容也变得狰狞起来，"你放心，今日我绝不会让你死得太过容易，总要教你尝尝我苏某人的手段！再过一会儿，待你身边之人死尽死绝、你自己求生不得求死不能，那时你若还能这般精神，我苏南瑾便服了你！"

裴行俭淡淡地点了点头，"好，裴某拭目以待！"

苏南瑾一愣，怒气直冲头顶，挥刀一指，"杀了他们，一个不留，只是要把裴行俭留给我慢慢磨刀！"

裴行俭也喝道："诸位，这便动手罢！"

苏南瑾哈哈大笑起来，"死到临头你还要唬谁，这方圆二十里内，我早已打探清楚，根本便没有伏兵……"

话犹未了，苏南瑾却见裴行俭身边的那些人都在看向自己的身后，脸上露出了极为奇怪的表情，似乎是不敢置信，又似乎是欣喜若狂。他刚想回头，便听见身后传来了一个冰冷的声音："一息之内，不丢下手中刀刃者，杀无赦！"

他忙回过头去，却见不知何时，那些满谷乱跑的几百名车夫或骑马、或步行，在自己那一百多名亲兵身后已围成了一圈，手中赫然都拿着劲弩长弓，箭尖直指每个人的后背。这些人的目光甚至比闪着寒光的箭尖更锋利，带着毫不掩饰的冰冷杀意，死死地钉在每个人的脸上，令人无法怀疑，他们只要稍一犹豫，下一刻这些激射而出的弩箭便会将他们直接钉死在这片冰天雪地之中。

苏南瑾脑子一片空白，手上已是下意识地一松，"呛啷"一声腰刀落地，随即"呛啷"之声便响成了一片，也有人身子一动想藏到马下，只是身形刚动，几支弩箭便同时怒射出来，巨大的冲击力将他直接撞到马下，惨呼之声在山涧回荡不绝。

苏南瑾呆呆地看着这些马夫。惨叫声中，他们搭在弩箭上的手指依然稳定无比，眼中的杀意也不减半分。他忍不住转头瞪着裴行俭，"这些人，这些车夫……"

裴行俭面带微笑看着他，"这些车夫都是麴氏部曲，赶车虽然生疏了些，杀人倒还算熟练，让公子见笑了。"

苏南瑾的嘴唇不由哆嗦起来，"裴行俭，你这是，你是一早便布下了这个圈套。"

裴行俭轻轻点头："苏公子果然一语中的，此次要解庭州之围，原不必如此大费周章。天罗地网，专为君设，多谢苏公子不曾叫裴某失望。"

苏南瑾的脸色顿时一片灰败。

原本守着粮车首尾的那些亲兵见势不对，提马要冲将过来，离他们最近的粮车下面却突然冒出了十几个人影，手中弩箭齐发，冲在前面的那些人顿时便在令人胆寒的嗖嗖声中惨叫着跌下马来，后面的人有的心胆已寒，拨马便逃，背后又是一轮箭雨，只有几个人狼狈地冲了出去，那些马夫却也没有追赶。

苏南瑾本来已是一片死灰的脸上顿时露出一丝生气，厉声道："裴行俭，你今日若敢动我，家父日后定然不会放过你！"

裴行俭看着他的目光中露出了几分怜悯，"我今日若不敢动你，苏大都护日后难不成便会放过我？既然横竖都是不会放过，裴某自然是要请苏公子先行一步，免得我日后悔恨。"

苏南瑾怔了怔，声音越发尖锐起来："我纵然有过，却也不是你能私自动刑的，你今日杀我，朝廷上你也难辞其咎！"

裴行俭略带诧异地看着他，"苏公子此言差矣，裴某怎么会自己动手杀你？如今突厥大军大约已在路上，公子适才不是说过么，自作孽不可活，以突厥人对令尊的尊敬惦念，想必也会对公子多加礼遇。行俭曾闻，突厥部落为报血仇，常剥仇人之皮囊为鼓，削敌家之头骨点灯。想来再过几日，公子的头颅肌肤便会化作兴昔亡可汗灵前的油灯皮鼓，以消突厥之怨气，还西疆以安宁。公子这才真正是以身殉国，裴某佩服，佩服得很。"

苏南瑾脸上已经没有半分人色，全身都哆嗦起来，裴行俭却盯着他的眼睛一笑，"公子请听，远处马蹄震动，大约是突厥人来了！"

山涧里的确有马蹄声在回荡，这声音传入苏南瑾的耳中，无疑就如五雷轰顶，他不由心胆俱裂，再也坐不稳马鞍，"咕咚"一声摔到了马下。

两位麴氏部曲走上前来，毫不客气地把已软作一堆的苏南瑾拖了出去，走了几步，却松手把他往地上一摔，嫌弃地皱起了眉头。

一股恶臭从他的身上飘荡起来，这一次，连苏氏亲兵们的脸上也露出了嫌恶羞愧的神色。

裴行俭的目光慢慢在他们身上掠过，声音依然不带一丝火气："诸位，你们是想去庭州去长安做个人证，还是想随你们公子去兴昔亡可汗的灵前做只皮鼓？"

一片沉寂中，只听得马蹄的声音越来越近，马匹似乎并不多，而且明显是从东边疏勒城的方向而来，不少苏氏亲兵心里不由骤然升起一线希望。

来人很快便出现了山涧的入口，却是寻常民夫打扮的五六个男子，还牵着几匹空马，麴家的部曲上前拦住了他们，没几句话便立刻让开了道路。只见领头之人是个四五十岁的高大男子，径直驱马奔到粮队中间，向裴行俭抱手行礼："阿古来迟了，适才路上遇到了十来个苏家走狗，阿古和小徒们毙了几个，只逃出五六骑！"

这句话仿佛一柄重锤落在了那一百多名苏氏亲兵的心上，众人心头越发一片冰凉，那些蓄势待发的弩箭落在背脊上的寒意，似乎变得直指心底。有人咬了咬牙，压制住了嗓子里的颤声："裴长史，某愿做个人证……"

"小的也愿意。"

"下官愿作人证！"

乱纷纷的声音顿时响彻河谷，语调也越来越急迫恳切。

苏南瑾原本看见来人并非突厥大军，身上已多了几分气力，这片声音一入耳帘，嘴唇上刚恢复的一丝血色又褪了个干净，几乎有些不敢置信地看着这些一刻钟前还可以为苏家出生入死的士卒，眸子里一片死灰。

裴行俭并不理会他，只是令部曲们将这一百多名苏氏押到一旁，先军官后士卒，一一问明口供，签字画押。这等活计西州差役们自是熟练无比，拿出裴行俭准备的笔墨纸砚，提问人犯、抄录口供，忙得不亦乐乎。

裴行俭带马走到阿古身前，"阿古辛苦了，可是夫人让你过来的？此次怎会烦劳到你？"几年前裴行俭已推举阿古到军中当了教头，在西州各地教导府军们武艺。此次西州闹得天翻地覆时，他便不在城中。

阿古笑道："西州一解围某就回了府，阿郎这次离开，家中没留下几个得力之人，某有些不大放心，便住了下来。初七那日，夫人急着寻人来给阿郎报信，道是要提防苏家贼子。阿古虽然老了些，这骑射的功夫倒还没搁下，便带着几个弟子领了这差事，虽日夜兼程，却还是来晚了一步。看来阿郎是早有预料，麴世子那边想来也是无妨罢？"

裴行俭笑着点头，"自是无妨。只是夫人怎么知晓此事？"

阿古摇了摇头，"某也不知。"想了想又把当日琉璃寻机拿下了两队苏氏亲兵之事简单说了一遍。裴行俭略一思量，倒也猜到了其中的关节，不由哑然失笑，正想再问，却听身后有人低声叫了声"裴长史"。

只见袁旅率一脸踌躇地走上了几步，"下官想冒昧询问一声，长史准备如何处置这些人？"

裴行俭看了看袁旅率背后那几个伊州军官，人人都是面有忧色，不由笑了起来："裴某正要烦劳各位写下一份证词，连同我的奏章以及这些口供一道送往长安，人犯则直接送入庭州大牢，等候朝廷处置。不知各位意下如何？"

袁旅率忙道："如此处置原是正理，我等狼口余生，自当如实禀告朝廷。只是不知长史想过没有，这朝廷的处置总要一个多月才能下来，可此次既然走脱了那十几个兵卒，想来不出一个月，大都护定会回师。以西、庭两处城池，又如何能抵挡八千大军？长史不如留下苏某人一条狗命，也好令他投鼠忌器？"

裴行俭笑着点头，"袁兄放心，这些苏氏亲兵，裴某原是有意放他们走脱，若非如此，苏海政定然还会造下更多杀孽，也会令西疆局势更难收拾，此其一；其二么，裴某十几日前便已送出了第一份奏章，朝廷的处置大约一个月内总能下来。至于这苏南瑾……"他蓦然收住了话头，微微一笑，"总之，袁兄请放宽胸怀，今日之事，日后之局，裴某心里都已有打算，定然不会令诸位为难。"

袁旅率暗暗松了口气，含笑抱手，"裴长史太过客气，今日救命之恩我等还未言谢，裴长史但有驱使，尽管吩咐便是！"一刻钟前，他还与裴行俭称兄道弟，但经历了适才那番变故，眼前之人虽然依旧笑容可掬，他却无论如何也叫不出一声裴兄弟了！

裴行俭笑道："裴某还正有一事要烦劳各位……"他压低声音在袁旅率耳边说了几句，袁旅率先是凝神倾听，随即便笑了起来，"此事又有何难，我这便去办！"

一个多时辰之后，一式两份的供状和证词都已准备完毕，裴行俭提笔写下一封奏章，连同其中一份证词供状一同交给了阿古，又挑了名伊州的兵卒，让他随同阿古前往长安。

阿古拿着裴行俭给他的传符翻来覆去看了几遍，笑道："阿郎物件准备得倒齐全，此次去长安，某倒是能省力不少。"

裴行俭若无其事地抱手一笑："一路保重！"

眼见阿古一行人去得远了，拿着另外一份供状的三名伊州兵卒也翻身上马，向疏勒古城方向而去。过得片刻，部曲中派出的斥候便飞马来报，突厥大部人马离此已只有十里！

蹲在崖壁下的苏氏亲兵们顿时都瞪大眼睛抬起头来，苏南瑾一个人缩在角落里，浑身止不住地乱抖。

裴行俭的声音沉稳平静："你去突厥军前通报一声，便说西州长史裴行俭求见都支将军。"

两刻多钟后，河谷外，马蹄震动的声音由远而近，眼见已近谷口，阿史那都支举手一挥，四千多名突厥骑兵一起勒住了战马。阿史那都支凝神看着河谷的入口，眉头紧皱。一位部将忙带马上前一步，"吐屯，裴长史好端端的怎会送粮草到此，莫不是这队粮车探知了我等的动静,故意借了长史的名头?"

阿史那都支摇了摇头,"借裴长史的名头又有何用?粮车行走缓慢,便能拖得我等一时,难不成还能逃回疏勒去?再说,既然连我的名头都叫得出来……"

他蓦然闭口不言,谷口处,一匹栗色大马已不紧不慢地小跑而出,马上之人青袍缓带,神情安然,正是裴行俭。

阿史那都支的几位部将都惊咦了一声,随着阿史那都支带马迎前,相距还有几十步便翻身下马,纷纷欠身行礼,"裴长史!"

裴行俭也下马走了过来,含笑抱手,"吐屯,诸位将军,好久不见!"

阿史那都支吸了口气,笑着点头:"的确是许久不曾与长史游猎痛饮了,都支不知是长史,冒昧前来,只是……"

裴行俭摆了摆手,"吐屯不必多说,此前之事,裴某已略有所知,裴某此来,不光是想与将军们叙旧,更是想与吐屯做笔交易。"

交易?阿史那都支微微一怔,看向裴行俭的目光带上了几丝狐疑。按理,他率兵攻掠庭州,所下军镇城寨十余所,杀戮唐军数百,已是和大唐朝廷彻底撕破了脸,眼前这裴位长史虽然性子仁和,待突厥各部又十分慷慨,毕竟是大唐官员,怎么知道了自己的所作所为,居然还要跟自己做交易?他停了片刻,笑着问道:"不知长史有何吩咐?"

裴行俭的语气依然温和:"吐屯此来,想必是为了裴某押送的这五百车粮草,裴某愿将粮草拱手相送,只是裴某也有两件事,欲拜托吐屯。"

阿史那都支心中微凛,面上倒是笑得更和气,"长史果然是爽快人,我也不与长史拐弯抹角。一个月前,兴昔亡可汗和五姓大俟斤悉数丧命于苏贼之手,此等深仇大恨,我咄陆五部不可不报!而唐军前些时日犯我部落,烧我粮草,长史的这些粮车,如今是我等族人和战马活命的倚仗,都支也不敢不收。但长史所求,若是私事,以长史待我等的恩惠,我等自是不说二话,但若与大唐相关,长史还是免开尊口,以免伤了咱们情谊。"

裴行俭也笑了起来,"那裴某便多谢吐屯成全了!裴某所说的两件事情恰巧都是私事,想来吐屯不会拒绝。"

阿史那都支顿时有些愣住了,他身边的几位部将脸上倒是都露出了几分笑容——大唐的那位苏大都护杀了可汗和大俟斤,此仇自然要报,但好汉子恩怨分明,裴长史当年的恩惠,却也不好转头便忘,此番能和和气气拿到这救命的粮草,自是最好不过!

阿史那都支干巴巴地打了个哈哈:"长史不妨直言。"

裴行俭的脸色却变得沉重起来,"吐屯或许不知,庭州的来刺史与裴某颇有交情……"

阿史那都支身后的一员部将忙道:"长史,并非我等要杀这位刺史,实在是他自己不想活了!"

裴行俭点头道："此事裴某已有所耳闻，来刺史此番以身殉国，乃是其夙愿所在，并非吐屯和将军之过。只是听闻刺史的尸身如今还在吐屯的营中，裴某想请吐屯赐还，让来刺史可以落叶归根，裴某感激不尽！"

阿史那都支心头一松，这来刺史的尸身么，能运回处木昆部祭奠可汗固然不错，不能却也无关紧要，只是眼下这当口，却是不好立刻同意的……他低头沉吟，脸上露出了些许为难之色。

裴行俭沉沉地叹了口气："不瞒吐屯，裴某多年前曾得罪过苏大都护，上回裴某运粮，竟莫名其妙遇上了千人的精锐马贼，还多亏了可汗相救。此次大都护又命裴某运粮来庭州，如今想来，其意大约便在今日。此次押粮之人中颇有几位大都护手下的官吏，听闻吐屯率兵赶来，便打算放火烧粮，说是吐屯中了他们的计策，援兵此时定然已入庭州！"

阿史那都支猛地抬头，脸色已是大变——难怪那边有人烧粮，这边便有人运粮，原来是苏海政的绝户计！这粮草若真是被一把火烧光了……他忍不住急声道："裴长史……"

裴行俭微微一笑，"吐屯放心，行俭既知此计，怎能眼见处木昆部妇孺无粮、战马无草，吐屯无奈之下，岂不是只能再行劫掠？苏大都护想用裴某的人头，用这些无辜百姓的尸骨来铺就自己的青云之路，裴某岂能让他如愿？那些人我都已杀了，只是裴某欲以五百车粮草，来换故友的尸身，也望吐屯能够成全。"

阿史那都支这才松了口气，抱手笑道："好，此事便如长史所愿，却不知长史所言的第二桩事情……"

裴行俭的脸色更为沉重，"如今苏大都护心心念念要裴某的命，此次粮草一丢，亲信又尽数丧命，定然会拿此事大做文章，裴某只能上书朝廷，请圣人明辨是非曲直。因此也要请吐屯与诸位将军高抬贵手，给裴某一条活路！

"吐屯须知，令粮草陷于与朝廷为敌的对头手中，乃是大罪，裴某无可自辩，但若只是将粮赠与大唐羁縻州府，以解开误会，化干戈为玉帛，则其事可大可小。裴某想请吐屯与诸位将军领了粮草暂回本部，少安毋躁，待朝廷对苏大都护的处置下来再行定夺，不知吐屯意下如何？"

阿史那都支的面孔彻底阴沉了下来，裴行俭是想让他就此搁开手，照旧做个羁縻州府的都督？若是如此，他又何必来庭州这一趟！他难道以为这五百车粮草，就可以让自己有可汗之位不争，却去甘心做个永世臣服于大唐的都督？

他刚要开口，裴行俭已不急不缓地说了下去："吐屯莫怪裴某唐突，世上原无两全之事，若是吐屯既要拿了这些粮草去，又要即刻兴兵，裴某自是无可奈何。横竖都是一死，裴某却是宁可一把火烧了粮草，死于诸位之手，如来刺史般搏个殉国，也好过被苏大都护罗织罪名、蒙羞而死。如今那河谷之中，押送粮草的几百名士卒马夫都已做好准备，虽是无法抵挡贵军之攻势，但放上一把火再弃车而走，总是来得及。这也正是如了苏大都护的意！裴某不敢埋怨各位，请吐屯就此拿了裴某这条性命去，权当成全了裴某一世的名声！"

此言一出，阿史那都支和几位部将的脸色都变得极为难看。阿史那都支更是脸上发僵，杀了裴行俭的确容易，可自己眼下要是的五部归心，日后再徐徐图那十姓可汗之位？今日若是杀了这位有恩于十姓的裴行俭，他能得什么好处？可若是真被他要挟住……

他眼睛一眯，冷冷开口："裴长史一片苦心，我等感激不尽，可惜长史来得晚了，如今我等已公然进军庭州，杀了刺史，此番便是就此回军，难不成大唐的朝廷还能放过我等？那位苏贼还能善罢甘休？裴长史不愿落入苏贼手中，我等自然也不愿束手待毙！依我之见，长史不如就此同我等一道归去，我等定然保长史平安，待长史永如上宾！"

裴行俭惊诧地看着他们，突然摇头笑了起来，"原来吐屯忧心的是此事！诸位放心，来刺史曾是大唐宰相，只因拂了圣意贬至此地，因此才日夜难安、一心殉国。圣人或许会因此怜悯刺史，却绝不会降怒于各位。至于那位苏大都护，各位若是就此兴兵，想杀他只怕并非易事，反而坐实了可汗的谋反之名，令他更有机缘逃脱朝廷制裁。裴某此次拿到了他诬陷可汗的人证，正要献与朝廷。苏大都护如今与裴某也是不共戴天，吐屯若真想替可汗报仇，何不略等上一等？裴某若是不能置他于死地，诸位再动手也不迟。"

看着阿史那都支和几位部将踌躇起来的脸色，他从容抬手行了一礼："再者，家师苏定方苏大将军已从百济回师，若是西域再次大乱，朝廷十有八九会派家师重回此地，行俭还望吐屯与诸位将军体谅家师连年辛劳，容他略歇息些时日！"

苏定方！这个名字似乎带着一种冰冷的魔力，阿史那都支心头一寒，自打得知兴昔亡可汗死讯后心底燃起的那股火焰骤然熄灭了大半。当年的沙钵罗可汗阿史那贺鲁手下雄兵十万，一个冬天便被苏定方打得溃不成军，父子都被掳去长安。自己如今手下连一万骑兵都没有，若是惹来这个杀神……他看向裴行俭的目光不由变得闪烁起来。

裴行俭的语气却越发舒缓镇定："吐屯，请恕裴某直言，吐屯说要保裴某平安，裴某自是感激不尽，可大唐富有天下，威加四海，大军到处，无不披靡，当年的颉利可汗、沙钵罗可汗是何等英雄盖世，如今又在何处？若是真的惹来朝廷兵发西疆，诸位真能保我平安么？"

"倒是我裴行俭，今日能拿性命担保，十日之内，苏海政定然回军，绝不敢再侵扰诸部，而大唐朝廷，也绝不容他倒行逆施！至于吐屯和诸位将军，只要诸位一日不兴兵叛唐，我裴行俭便能保诸位平安！"

他的声音并不高，娓娓道来，却自有一种令人无法置信的笃定。阿史那都支一时有些说不出话来，看着那河谷幽深的入口，念及部落里男女牛马，他静默良久，终于沉声道："裴长史从来是一言九鼎，都支不敢不信，今日既然承蒙长史赠予粮草，我等也不愿令长史为难，这便先回本部，至于朝廷何时能洗刷可汗的冤情，令元凶伏法，我等愿拭目以待！"

裴行俭脸色肃然地抱手行礼，"多谢吐屯成全，裴某必不敢教诸位失望！"

他回身上马，进了河谷。不多时，五百辆粮车从河谷中缓缓驰出，渐渐裹入突厥大营，随着几千匹战马扬起的烟尘，一道消失在远处。原本套在粮车上的近千匹良马却被解了下来，麴氏部曲们翻身上马，押着那一百多名卸甲解刀的苏氏亲兵上了马背。几位伊州军官则看着突厥人留下的那辆装着棺木的黑色大车，各个都有些心有余悸。

裴行俭将几拨人分别打发离去后，也催马走到队伍最前列，脸色比原先还要凝重几分。袁旅率不由奇道："长史此番不战而屈人之兵，立下大功一桩，不知还有何事忧心？"

裴行俭望着突厥人马离去的方向，长长地叹了口气："突厥虽退，但阿史那都支野心已炽，声势已成，裴某竭尽所能，也不过是略挫他的锐气，令其不敢立时举旗叛乱，却无法令突厥五部真正归心。但愿朝廷能痛下决心，不然西疆日后如何，还难说得很！"

袁旅率呵呵一笑，西疆日后如何，此刻用操心吗？横竖这些狼崽子敢反，他们便敢去端了狼窝！只要不是今日这般以几百对上几千，自己难道还会怕了突厥人？他正想开口打趣两句，身后却突然传来了一声嘶哑的叫喊："更衣，我要更衣！"

袁旅率回头鄙夷地看着那位先前拖都拖不上马，此刻又有了几分精神的苏南瑾："苏公子，时日不早，还是到庭州再说吧！"

苏南瑾瞪着裴行俭的背影，冷笑了一声："裴行俭，你既然要留着我要挟家父，又何必折磨于人？我若受寒伤风而死，于你又有何好处？"

裴行俭慢慢回过头来，饶有兴致地打量了他两眼，"苏公子误会了？行俭原想拿你去换来刺史的尸身，只是你如今这副模样，若真交到突厥人手中，我等实在丢不起这个脸！唯今之计，裴某也只好费上几斤粮米，养你到朝廷处置下来之日。苏公子此间若有个好歹，裴某少不得也会如此禀告朝廷，公子是听闻突厥大军到来，因惊吓过度失禁受寒而死，想来苏氏满门，必会因此名扬天下。"

众人顿时哄然大笑，有人笑道："正是正是，我大唐立国以来，还从未出过如此以身殉国者，苏公子开本朝之先河，真真是可喜可贺！"哄笑声中，苏南瑾脸孔上便如开了染坊，青红交加，恨不得晕过去才好，偏偏下肢冰凉，竟是清醒得无法晕去。

袁旅率低声笑道："突厥肯退兵而去，倒是叫他们逃过一劫！不然苏公子今日只怕便会化作人皮一张！"裴行俭单人匹马去会阿史那都支之前，曾留下吩咐，若他劝说未果，突厥人前来强行劫粮，大伙儿便立刻放火烧粮，丢下苏南瑾等人拖住突厥人，想来突厥人得了他们，也不会再有心思追杀众人或劫掠州府，又可让阿史那都支反旗刚立，便正面对上苏海政。

裴行俭淡然一笑，"行俭先前所言原是信口胡诌，为的是震慑鼠辈，让他们不敢心存侥幸，负隅顽抗。说来苏氏父子再是罪大恶极，到底也是我大唐子民，不到万不得已，我宁可亲手割下他们的头颅，也不愿他们到突厥人手中丢尽颜面。再者，如今以私刑杀之原是容易，但要令西疆平复，五部归心，则必须由朝廷明正典刑！"

袁旅率听得点头不已，"还是长史思虑周详！"

裴行俭默然回头看了东边一眼，眉头皱得更紧，到底还是抛开思绪，提气喝道："诸位，咱们这便去庭州！"

轰然响应声中，近千匹良马直奔庭州而去。而在队伍的南面，天山山麓的车师古道和花谷道中，好几拨快马也正带着各色人等，向苏海政大军所在的方向飞奔。

第一百一十二章
穷途末路　快意恩仇

正月晦日，长安城又迎来了一年里开始游冶踏春的好日子，然而在西疆，一过天山，原本在树梢草尖上已露了些头的春色顿时又化作了漫天冰雪。迎面而来的寒风固然几可刮骨，而那化了又冻、冻了又化的雪地，更是让原本便不十分宽阔的花谷道越发举步维艰。

唐军之中不缺战马，便是步卒也会自带马匹负重代步，平日自是进军神速，从昆陵都护府回师庭州，两千多里的路程十几天里便走了大半。只是雪地中马匹难以快行，七八千人的唐军队伍不得不放缓了速度。辎重营里有几十辆大车又是分外沉重，上坡时即便是最好的军马也拖曳不动，只得生生用人力前拉后推，慢慢挪将上去。这一日下来，竟只走了三十多里。

眼见日头西斜，来回巡视的都护府属官们多少有些不耐烦起来，呼喝声里带上了几分怒气："还不快些用力？这莫是要让马车走上半夜？军情如火，你们却一日比一日更不像样！若再是躲懒，莫怪某的马鞭不会识人！"

推车的士兵早已疲惫不堪，被喝骂了一路后，腹中的饥火渐渐化为了怒火，也不知是哪位士卒咬牙冷笑道："什么军情如火，某看着倒像是赶着去奔丧！"

前面的车夫听得分明，见军官走远了，便回头笑道："可不是奔丧！你道那庭州是出了何事？其实突厥人早去得远了，是那位苏公子自作自受！大都护一心算计咱们西州的裴长史与麴世子，前番他们送粮杀的那劳什子马贼，其实便是都护府的亲兵扮的。此次庭州失守，苏公子又想借突厥人之手杀了裴长史，结果被长史抓了个正着！人证物证俱在，都已经送到长安去了，大都护能不急着回来？"

"此事我也听说了，这回那苏公子连咱们伊州的几名旅率队正也想杀，没想到被裴长史一吓，连那些好玩意儿都吓了出来！"

这辎重之队不比其他队列，原是哪个州府来的车马都有，话头一起，众人顿时七嘴八舌起来。伊州兵卒中有人听说，押粮的那几位同袍已来到军中，跟大伙儿描述了当日的情形；庭州民夫有做府兵的小舅子前几日也送了军资过来，说是亲眼见到过裴长史一行人带棺入城，那苏公子的脸早已冻得青紫……众人原先都只与相熟之人私下议论，这时才知晓，此事竟已是没几个人不知晓！

众人压抑了这些日子，此时哪里还忍得住满腹的牢骚！这些日子以来所受的餐风饮雪之苦冷，忍饥挨骂之郁怒，都在议论声中宣泄出去，声音不知不觉便越来越高。

众人正说得兴奋，身边猛然间响起了一声怒喝："你们在胡言乱语什么！"

大伙儿唬了一跳，回身一看，却见一位大都护府的队副站在众人身后，此时脸色都青了，看着众人的目光，几乎能飞出刀子来，"是谁胆大包天，在军中公然散布污蔑大都护的污言秽语？你们若是不想死，便将他指认出来，某自会带到军前以军法处置！其余人等，一人五十军棍！"

此言一出，众人顿时哗然，有人便冷笑道："什么污言秽语，你家那苏公子被突厥人吓得屎尿齐流，臭不可闻，满庭州的人都亲眼见到了，这等污秽之事，他都做得我等还说不得！"

这位队副勃然大怒，拔刀出鞘，"你还敢满口胡诌，某这便将你等统统正法了，看谁再敢诽谤大都护！"

这句话便如往火药桶里丢下一个燃着的引子，原本便在议论声中有些骚动起来的队伍顿时炸开了锅，拔刀的拔刀，抡鞭的抡鞭，待到另外几名属官之流闻声赶到，那位队副已被拖下马来，头破血流，只剩下半条命，身边围着的那数十人却依然满脸怒色。

有性子稳重的中年属官见势不对，忙道："你们这是做什么！私下械斗可是军中大忌，还不赶紧收了刀枪！"

众人并不接话，只是目光冷冷地看了过来。属官心底愈惊，面上却笑得一团和气，让人将那名队副背到空车中，又使人去唤军医，好容易说服众人回到车后继续推车。却有另一名属官带着人马气势汹汹地冲了过来，挥刀一指，"适才便是这些人犯上作乱！"

整个辎重营里，拔刀声顿时响成了一片。

半个多时辰后，中军大营中的苏海政便接到消息：辎重营哗变，大都护府安排在营中的亲兵已被杀了大半，靠近辎重营的其他几部也有了骚动迹象！他不由又惊又怒，厉声喝道："点齐卫队，随我前去辎重营！"

帐外却有人高声道："大都护，且慢！"

门帘"哗"的一声荡起，一位姓梅的主簿快步走了进来，手上托着一叠皱巴巴的文书，脸色也苍白如纸，"大都护，下官的案头发现了这份东西，请大都护过目。"

苏海政愣了一下，忙接过来一看，只见第一张上写着一行极漂亮的草书："诸军传阅之后，请交苏大都护过目"；翻开第二页又看了几行，脸色顿时大变——上面不是别的，正是跟随苏南瑾的那一百多名亲兵的供状，队副以上都有供词和签名画押，其余士卒则是在各自名字边按上了血红的手印。

苏海政手指颤抖地翻到最后一张，上面赫然是另一行字："一式两份，一份送长安，一份送军中"。他心底不由一片冰凉，呆了半晌，抬头嘶声道："这东西、这东西是怎么来的，还有多少人看过？"

梅主簿的声音也有些发颤："下官也不知，适才回到营帐时便见到了这份文书，看这模样，只怕传阅之人少说也有数百……"

见苏海政还在出神，他忙补充道："辎重营之事，下官也听闻了，多半正是因为此事作怪。下官匆匆问了几句，似乎营中不但此份文书传阅甚广，还有许多别的传言，都说是伊州庭州两地的府军亲眼所见。如今军中不知此事者恐怕已是不多，大都护若强行平定辎重营，闹得不好，只怕会引得全军哗变！咱们如今手头的亲兵不多，大都护万万不可自陷于险境！"

苏海政慢慢闭上了眼睛，裴行俭原来不但把瑾儿引入了圈套，还布下了这么多后手！难怪他能派人传话，说是在庭州恭候自己，原来早已使下这些手段，令军心在这半月之内彻底涣散，自己连夜拔营回师，昼夜兼程，可如今便算赶到庭州又有何用？更莫说这份东西此刻只怕已在御前……

不知过了多久，他才睁开眼睛，声音变得一片平板："传令下去，辎重营之事以安抚为主，概不追究，减慢进军速度，到疏勒古城后就地休整。"突然想起一事，又厉声补充道："再派一百人去辎重营，务必要看护好军资，不得有失！"

眼见梅主簿诧异地抬起头来，他从紧咬的牙关里逼出了几个字："那四十车金银，绝不许有任何闪失！"

梅主簿忙领命出帐，他原是军中老手，最善于安抚调度之事，辎重营的风波当夜便渐渐平息了下来。放缓行军速度后，众军士的怨气也小了许多，只是传言却愈发纷纷扬扬。

二月初二，大军好容易走出天山山脉。想着再过上一日多便可到古城中歇息，早已变得消沉散漫的士气终于恢复了些许。然而到了次日晨间，两骑斥候却带来一个更惊人的消息：八千吐蕃骑兵在突厥弓月部人马的引领下直奔唐军而来，相距已不足二十里！

军号声中，各军的郎将校尉飞马赶到中军大帐，听得这个消息，也是面面相觑。静默半晌，还是有人大着胆子道："此战只怕有些难处，吐蕃骑兵悍勇犹胜突厥，我军又是久战疲乏之师……"

有人挑了头，附和声顿时响成了一片，也有人道："吐蕃又如何，我大唐天军，难不成还怕了他们？"随即便换了几声驳斥："行军打仗，靠的是士气，如今我军的士气，可堪一战？"

苏海政听着下面的争吵，默然不语。他这几日来不得安眠，面色青白，连皱纹都深了许多，半晌才挥了挥手，"你等先下去！"眼见众人嘟嘟囔囔地退了下去，他才转身看着梅主簿："你看应当如何？"

梅主簿的脸色比他也好不了太多，缓缓摇了摇头，"如今之势，不可硬战！"

苏海政怔怔地看着他，突然声音干涩地笑了起来："依你之见，我便该自缚于阵前，以求他们给我一个痛快？"

梅主簿忙摇头，"大都护何出此言，下官有两条计策，其一，所谓重赏之下必有勇夫，大都护不妨拿出那几千件金银器皿，言明此战取胜后便可与众军分之，此战大约还有五成的胜算。若是能战而胜之，大都护以前的些许小过，朝廷或许也会从轻发落。"

苏海政想了片刻，微微摇头："那第二条计策呢？"

梅主簿略一踌躇，低声道："弓月部人马原是不足为惧，唯一可虑者，乃是吐蕃，他们必是被弓月部请来助拳，与大都护并无仇怨，弓月部可以金银请之前来，大都护也可以金银送之归去。若是大都护能修书一封，投入吐蕃大营，只道大唐与吐蕃多年修好，何必因外人而刀兵相见，大都护愿以所部军资四十车金银，两万匹布帛送给吐蕃大军，以做回程之资，并订下交好的盟约，想来吐蕃八成会就此退兵。只是如此一来，却是折坠了大唐的威名，还会助长吐蕃对西疆的野心，也令突厥各部日后更易与吐蕃勾结……"

苏海政并不开口，霍然起身，挑帘出了大帐，骑上战马一路向营前而来。唐营的前方不到十里处，一片黑压压的人马已乌云般占据了地势略高的一片缓坡，虽然看不清人数旗帜，但那股气势却仿佛能直压过来。

苏海政沉默良久，脸上的肌肉抽搐了好几下，终于头也不回地沉声道："梅主簿，你这便回帐帮我写信！"

阴沉沉的天地间，唐军的旗帜无力地随风轻摆，仿佛失去了所有的颜色。

二月初五，安西大都护苏海政以军资贿赂吐蕃大军，约和之后回军疏勒古城的消息，终于传回到一百多里外的庭州官衙。众人一时愕然。庭州长史跺足怒道："此人怎会贪生怕死到如此地步，我军固然是久劳而返，吐蕃人何尝不是远道前来，他却居然不敢一战！日后这突厥和吐蕃谁还会把大唐放在眼里？"

有人冷笑道："真真是有其父必有其子！"

裴行俭却是一声长叹："裴某万万没料到，吐蕃人竟来得如此之快……"

庭州长史忙道："这是苏海政贪生怕死，守约何必自责？依我看，此事还需你我联名尽快禀报朝廷！"

裴行俭点了点头。两人都是笔头流利之辈，不一会儿便书就奏章，封好之后交给庭州的差役。

不一会儿，那名差役却愁眉苦脸地转了回来，"启禀长史，来刺史日常处置公务的屋舍被突厥人的巨石砸塌了，前些日子略整理过一遍，只是如今却怎么也找不到府衙的传符……"

庭州长史愕然道："此事怎么如今才回禀？这可如何是好？在西疆境内传送文书也罢了，这去送奏章，没有传符，连玉门关都出不去，又如何去得长安？快去再找，挖地三尺也要寻出来！"

裴行俭摆了摆手，脸上露出了一丝苦笑，"不必了，行俭这里倒还带了一块。"说着便从随身的算囊里慢慢摸出了一片铜符。

庭州长史大喜过望，双手接了过来，"守约真乃思虑周密，算无遗策，愚兄佩服！"

裴行俭脸上的苦笑顿时变得更深，默默转头看了一眼南面的大门，想起那个胆大包天、却总是歪打正着的女子，胸口渐渐多了一丝暖意。

此后半个多月，西疆的局势渐趋平静，随着吐蕃大军的满载而归，几千名唐军也各回本部。阿史那都支则趁机南下，收拢五咄陆部残军，在轮台建立了牙帐，与继往绝可汗阿史那步真遥相对峙。

二月中旬，裴行俭带着四百多麴氏部曲，终于回到了西州城。消息传来，满城轰动，平日轻易不启的西城门轰然洞开，麴崇裕带着所有的西州属官一同迎到了谷外。

裴行俭远远看见，忙跳下马来，快步走上，和众人见过礼后，忍不住对麴崇裕低声道："这是做什么？好端端的开什么得胜门？"

麴崇裕挑眉笑道："守约又何必过谦，此番归来莫非还不算得胜回城？苏海政那老贼如今缩在疏勒城中，听说连官衙都不敢迈出一步！"说完抬头往裴行俭背后看了一眼，摇了摇头，"你的心肠还是太软了些！"

苏南瑾也刚刚下了马，看去衣着模样与先前差别并不算太大，只是黑瘦了许多，满脸灰暗憔悴。两名部曲一左一右扣住了他的臂膀把他推了上来。

麴崇裕笑吟吟地抱了抱手，"苏公子，好久不见，怎么如此清减？公子放宽心，西州城如今绝不会有突厥大军来犯，不然麴某还要去寻几身换洗衣裳给公子，实在也太过麻烦！"

苏南瑾只是低头不语。这一个月里，他和苏氏亲兵们一道被押入了庭州府军的营房，没日没夜地修葺城墙房屋。他哪里吃过这种苦？原本心头还存着些指望，谁知立刻又听说苏海政以军资贿赂吐蕃……

麴崇裕含笑打量着他，突然"哎呀"一声，"崇裕还有一事忘记告诉公子，本州的张参军前几日一纸诉状递到了府衙，道是你苏子玉骗婚，和他家妹子成亲三月，新妇既未告庙，亦未见过姑舅，连婚书都是不相干之人所写，哪能作数？他已把聘礼退回了府中。他家妹子也道，她自愿归还本家，从此与苏氏再无关联！"

苏南瑾身子一颤，霍然抬起头来，死死盯着麴崇裕，半晌才抬头看向西州的城墙，从牙缝里挤出了两个字："贱人！"

麴崇裕哈哈大笑，转头看向裴行俭，"守约，苏公子恼了，说来若不是你家那位义妹，当日你我被扣在衙中，又怎会如此容易便能得知外头的状况！"

苏南瑾怔了一下，脸色变得铁青，五官都有些扭曲起来，手上用力一挣，嘶声道："放开我！"那两位部曲反应敏捷，立刻加了五分力气，只听一阵骨骼格格作响，他铁青的脸色又转为了惨白。

麴崇裕叹了口气，语气里满是怜悯，"子玉这又是何苦？大丈夫何患无妻？你放心，待你明正典刑之时，虽无未亡人送行，少不得我也会烧两张纸给你作旅资，谁叫你我相识一场？"说着一挥手："把他带入地牢，好生照应！"他的最后四个字说得又轻又缓，苏南瑾纵然在狂怒当中，心头也是一寒。随即臂膀上又是一阵剧痛，却是被扭着走向了西州的南城门。

裴行俭哭笑不得地摇了摇头，只能问道："都督身子如何？"

麴崇裕看着苏南瑾的背影，心满意足地叹了口气，闻言笑道："人日之后，阿嫂想法子收拾了那些走狗，家父当夜便好了两分。上元那日，你把消息送回西州，他更是好了五分，如今已能下地了。"

裴行俭笑着点头，"这可是大喜！对了，阿衷可好些了？"麴崇裕的长随里，有一位在处木昆部放火时中了一箭，当日便直接着人送回了西州。

麴崇裕的脸色顿时沉了下来，"他没能撑到回城。"转头看了一眼已渐渐走远的苏南瑾，他的目光里露出了毫不掩饰的杀气，"这次去处木昆部，我带的西州民勇死了七人，伤了三十多个，去庭州的民勇里，也有几个伤重不治，你若回来得早，还能看见西州城里的处处白幡！"

裴行俭沉默了下来，这才明白麴崇裕为何要大张旗鼓迎接自己，西疆战事频繁，每次大战之后都是几家喜庆几家伤悼，可此战却是好没由头！西州固然是受了无妄之灾，更别说那满目疮痍、哀声不绝的庭州城……他不由也看了一眼苏南瑾的背影，"该写的奏章我都已递上去了，朝廷的处置大约很快便会下来。"

麴崇裕的脸上满是冷笑，"朝廷的处置么？崇裕拭目以待！"

说话间，一行人已走到了城门下面，早已等候多时的西州人轰地拥了上来，裴行俭在人群中一眼便看到琉璃，她穿着一件鹅黄色的衫子，发髻上只戴了两朵新开的杏花，看上去笑容明媚，气色鲜妍。裴行俭的脸上不由也露出了笑容，走上几步，自然而然携住了她的手，只觉得入手温软，不复往日的微凉，心头更是一松，低声道："这些日子，你辛苦了，最近身子好不好？"

琉璃仰头看着他只是笑，她有什么辛苦的，横竖他会完好无损地回来，横竖他绝不会吃败仗，她才不担心！只是思念会一点一点地累积起来，在看到他的这一刻，化作抑制不住的欢喜。

四周问好的声音乱纷纷地响了起来，裴行俭移开了目光，手却没有松开。走上西州街头，只见那条南北大道上，一个月前曾经高高竖起的栅栏早已消失无踪，地面也已平整如昔。整个西州城繁华喧嚣一如往日。裴行俭的目光缓缓掠过这熟悉的一切，笑容里多了几分真正的安然。

站在裴宅的门口，他抱手与众人告辞，一进内院的上房，转身便揽住了琉璃，低声笑道："还有多少？拿来！"

琉璃怔了一下，笑着摊开了手，"上元前还有八个，如今一个也无！麴玉郎说苏南瑾把西州的传符都搜走了，西州连公文都送不出，剩下的这些只好全给了他。给你那四块应该没用完吧，快还给我！我不知花了多少心血，才做得跟真的一模一样，如今模子都毁了，我可不想再花一遍力气！"

果然还有，而且是一口气做出了十二块，她是准备一个月用一块吗？裴行俭不由咬着牙笑了起来，伸手在她的额头一弹，指上用上了三分力气，"小东西，你怎么会有这么大的胆子！"

琉璃捂着额头嗔道："我自做着玩儿，是谁胆大包天居然敢用的？"说着把手一伸，"快还我，我胆子小得很，这便好好收起来，再也不敢给长史瞧见了！"

裴行俭又好气又好笑，怀中的琉璃一脸嗔色，脸颊嫣红，撅起的嘴唇更是嫣红水润，让人恨不得一口吞到腹中去才安心，他不由低头便咬了下去，声音顿时变得含糊起来："已是我的了，休想让我再还你！"

琉璃所有的话都被堵了回去，她想告诉裴行俭，柳如月已经回西州了，自己给阿燕的女儿起了个小名叫"七七"，张敏娘正式发愿受菩萨戒，在家做了居士，还有……

不知什么东西"当"的一声掉到了地上，发出了一声脆响，琉璃低头看了看那个算囊，不由笑了起来。他想唬谁？他若是真有一点担忧，又怎会这般随身带着？再说了，若不是自己做的铜符，阿成只怕现在还在去长安的野道上翻山越岭，日子久了，说不定会变成一个白毛男……

裴行俭的声音在她蓦然耳边响了起来，带着几分真正的无奈，"琉璃，你又在傻笑什么？"

两日之后，朝廷的第一道敕书终于抵达西域。五千多里的路程，让这封敕书此刻听起来简直像是一个玩笑：令安西大都护苏海政即刻回师。

十日后的第二道敕书更是令人哭笑不得：安西大都护府行参军苏南瑾因屡次押送军粮不力，削去官职，入狱待决。

麹崇裕回到侧厅里，忍不住便对裴行俭冷笑道："如何？朝廷何曾阵前斩将？当年那些人纵兵屠城都能免死起复，何况这一回不过是纵兵劫粮、谋害同僚而未遂！至于那些送命的兵卒、战死的民勇，又算得了什么？"他看了看门外，声音更是冰冷："如今正是春日多疫，想来牢里死上个把人，丝毫不算稀奇！"

裴行俭叹了口气，"你且等上一等。朝廷杀一个苏南瑾何等容易，可如今这情势，安西大都护却是不可一日无人，总要全盘安置妥当了，才能真正处置这些人。我若料得不错，最多一个月，朝廷新任的安西大都护便会上任，那时若是……"他沉默了片刻才道："我绝不会拦着你！"

转眼便是阳春三月，西州城里一日比一日热了起来。麹智湛的病体虽有起色，到底是不能处置政务了，战事初定，又是农耕时节，裴行俭和麹崇裕忙得不可开交。琉璃也在家里忙着清洗整理冬衣、缝制春夏衣裳。

这一日，云伊来曲水坊时，见琉璃正在把拆下洗净又重新缝制好的冬袍整理入箱，笑嘻嘻地一拍额头，"差点忘了，玉郎早先曾嘀咕过，也不知姊夫的那几件冬袍到底是怎么做的！"

琉璃笑道："其实也没什么，只是做起来琐碎了些。那冬袍里面另有一层内胆，取上半斤左右鸭、鹅的细绒，用最细密的缎料均匀封好，中间再用细线缝成巴掌大的小块。这么一件内胆，有个十几只鸭子也差不离了，只是取绒时太费劲了些，要好几日才能得一件。"

云伊咂舌不已，愁眉苦脸道："这种细致事我做不来，姊姊能不能帮我……"

琉璃笑着摆手，"过些日子我得闲了，给你做一件也无妨，旁人的莫找我，我也不爱费这功夫！"

云伊的话被堵了回来，扭股糖般拉着琉璃只是不依，"不用姊姊动手，姊姊看着我做，多指点些便成。"

琉璃笑道："你柳姊姊也在给她家方烈做这个，你若怕自己做不好，不妨和她一道做，她也能指点你。"

云伊顿时大喜，"阿烈也会来西州么？"

琉璃摇了摇头，含糊道："我也不大清楚，说是忙完什么事才能过来接他们母子，柳姊姊也很是有些忧心。"柳如月其实不止是忧心，她还十分愤怒，方烈如今日夜守候在疏勒城附近，他已发下血誓，必要拿苏海政的人头报仇赎罪……

云伊想了半日，难得地叹了口气："他能忙什么？还不是那档子糟心事！玉郎这些日子心绪也是不大好，阿袁跟了他十几年，又是冲在他前面中的那一箭，他心里总是过不去……"

琉璃忍不住也叹了口气，男人们似乎都是这个德行，裴行俭这些日子经常闷闷不乐，又是后悔当初只想着提醒方烈避开，却根本没想过苏海政能直接对兴昔亡可汗下手，又是担心朝廷对苏氏父子处置不妥，令人心寒。

她自己其实也是越想越担心，她可不敢对那位皇帝抱太大指望，以他的一贯风格，此事的处置只怕妥当不了，等着最后的处置固然是煎熬，可谁知到时这位天子会如何决断？这种又是盼又是怕的心情，就仿佛在等着楼上的第二只靴子——不过，她可不打算只是等着而已！

日子一天天过去，直到四月初六，才有人飞奔着来报：朝廷派的人已直接进了都护府！

琉璃霍然起身：那只靴子终于落下来了。她毫不迟疑地道："快去找白三，让他记得我的吩咐！"

此时，西州都督府的正厅里，第一道敕书已宣读完毕，大病初愈的麴智湛扶着麴崇裕颤巍巍地站了起来："下官见过大都护。"

眼前的新任安西大都护高贤，生着一张与麴智湛颇有几分神似的团团笑脸，此时笑得更是一团和气，"麴都护客气了！高某日后还有许多事体需要请教都护。"转头又对裴行俭和麴崇裕笑道："裴副都护、麴将军都是年富力强、前途无量，日后西疆之事更要倚仗两位。"

麴崇裕和裴行俭相视一眼，都在对方眼里看到了几分复杂难言的神色，也只能微笑着抱手行礼："不敢当，下官但凭大都护吩咐。"

这位新任大都护乃是原来的沙州刺史，他带来的第一道敕书，便是在天山北麓的原庭州地界设立金山都护府，以充实边民，扩军屯田，并统领天山以北各州镇唐军。显然为的是加强军备，以防备处木昆、弓月等部。

如今，麴智湛已奉旨领金山都护府都护一职，原伊州都督崔智辩改任西州都督。裴行俭升为金山副都护，麴崇裕则被任命为左屯军中郎将。以裴行俭如今的六品职官和麴崇裕的五品勋官，两人此番直接升任四品实职，都是少有的破格提拔。

高贤呵呵地笑着摆手："哪里的话，两位此次破解庭州之围，大智大勇，令高某佩服无比。"又对麴崇裕笑道："我还记得麴将军在敦煌的宅子，奇思无穷，待高某在龟兹安定下来，还要多向将军讨教……"

麴崇裕含笑应对了几句，见他越扯越远，忍不住道："下官还想请教大都护一句，大都护既然已到西疆，那苏氏父子，不知朝廷又是如何处置？"

高贤"哎呀"了一声："险些忘了，那位苏南瑾如今可是在西州城中？"

麴崇裕心里微沉，点头应了声"是"。

高贤脸上依然是笑容可掬，"这便好，还要烦扰将军这便将他提出，本官还要去疏勒古城一趟，将苏氏父子都交给朝廷此番派来的监察御史。圣人有旨，苏海政临敌怯战，坐罪当死，贬为庶人，回京论罪。"

回京论罪，免死贬官，听来就如当年的王文度与程知节一般，说不定过上几年也和他们一样可以起复……麴崇裕垂下眼帘，沉默片刻，声音平淡地应了一句："是，下官这便去提他出来。"

高贤忙道："不必劳烦将军，让差役带着高某的亲兵前去便可，这苏南瑾如今也算是钦犯。"他笑眯眯地看着麴崇裕，"这押送之事，也不必再劳烦将军了。"

麴崇裕的身子微微一僵，随即转身笑了起来，"多谢大都护关怀！"

没过太久，门外便传来了苏南瑾嘶哑却有些歇斯底里的声音："多谢圣人开恩，多谢大都护开恩！"

在西州地牢里待了近两个月，苏南瑾的身上穿的依然是来西州时的那身衣服，只是已变得空荡荡的，须发面孔都污秽不堪，此时一双眸子却亮得惊人，抬头看见麴崇裕跟在高贤身后走了出来，望着麴崇裕嘎嘎笑了起来，越笑越是开心。

高贤皱了皱眉，"带他下去，弄干净了便上路！"

苏南瑾被两个兵卒拖起来便往外走，却是一面走还一面回头笑道："麴玉郎，这两个月的照料，苏某毕生难忘，待我回到长安，自会好好报答！"

他的声音凄厉沙哑，顿时引来好些人探头相看，待问明守门的西州差役，街上顿时响起了一片怒声："不杀此贼，焉有天理！"

高贤的眉头皱得更紧，"谁人在大声喧哗？"

裴行俭淡然抱了抱手，"启禀大都护，不过是西州子民而已。"

高贤一怔，脸上重新露出了笑容，"裴副都护，我大唐官员原该互协互助，不可彼此倾轧，幸亏裴副都护和麴将军都是以大局为重，处事妥当，才有了今日的局面！苏氏父子的确罪孽深重，只是朝廷威望不可坠，叛党气焰不可长，相信御史将其押回长安之后，圣人自会妥当处置。这安抚民众之事，还望两位通力合作，莫让大好局面功亏一篑。"

裴行俭微微欠身，没有接话。这位大都护无非是在提醒自己，朝廷已用破格提升补偿了自己和麴崇裕，不能再意气用事，置朝廷脸面于不顾——兴昔亡可汗纵然立下许多功劳，也不过是突厥的降臣，朝廷可以处罚苏海政，却绝不会杀他为一个突厥降臣偿命，因为苏海政毕竟是安西大都护，毕竟代表着朝廷的脸面……

麴崇裕更是懒得开口，直至将高贤一行人送出西州，也不过是抱手行礼而已。苏南瑾已略加梳洗，换上了一身新衣，看上去恢复了几分精神，慢吞吞地翻身上马，看了一眼麴崇裕，又回头看了一眼西州城，冷笑不止。

眼见几十匹战马直奔南面而去，麴崇裕才转身看向裴行俭，冷冷地道："恭喜裴副都护！"

裴行俭默然转身便走，径直回到了家中，怔怔地坐在案几边。

琉璃早已从白三口中听闻了此事，见裴行俭的神色竟是从未有过的惘然，忍不住轻声道："守约，此事不是你情愿如此，莫想太多了。"

裴行俭良久之后才轻轻摇头，"世事难全，官职事小，但有些事……我只是觉得，对不住他们！"

琉璃也沉默了下来，想了片刻还是轻声道："适才白三与此次护送监察御史的兵卒闲聊了几句，他们此行挑的都是极有耐力的良马，也未带多少行囊，听语气大概是去疏勒向苏海政宣旨后便会带上他们父子尽快回长安，看他们那准备，似乎会走大海道。"

裴行俭点了点头，"十有八九。"高贤此人他曾有耳闻，性子温吞谨慎，又曾与苏海政在沙州共事多年，回护之意昭然若揭，此次他连晚膳都未用便急着去疏勒，与平日作风大异，显然是想尽快让苏氏父子离开西疆，免生枝节。疏勒古城靠近柳中，走大海道比别的路要快上一半……他正想说下去，突然醒过神来，愕然抬头看着琉璃，"琉璃，你……"

琉璃不闪不避地看着他。眼前这个男人，大约不可能对朝廷的命令、皇帝的旨意阳奉阴违，就像她不可能觉得这些破事会比朋友更重要。她若无其事地笑了起来："柳姊姊这两个多月来因担心方烈，寝食难安。因此，我适才已把今日白三打听出的事情，都告诉了她。"

第一百一十三章
士之一怒　心之安处

正午时分，一轮白晃晃的日头高挂中天，生生将大沙海附近这片无遮无拦的碎石戈壁烤出了一股盛夏的热辣气息。几十匹突厥良马从柳中一口气跑到此处，马脖颈上都冒出了一层白沫般的细汗，更莫说马上的骑者。

因此，当一片清亮的绿色出现在道路前方，碧绿的枝叶中隐隐看得见冒出炊烟的屋顶和粼粼的波光时，所有人都长长地出了一口气：终于到大沙海了！再往前便是赤地千里的大海道，是突厥大军不准备周全也不敢轻易进入的荒野绝地！

马队前列的监察御史杨悦抹了两把额头的汗水，转头看向此次领队的令狐校尉："咱们是不是在这里略歇歇马力，也补充些食水？"

令狐校尉眯着眼睛看了远处的绿洲一眼，断然摇头，"在此处歇脚只怕不是十分妥当，还是加紧赶路要紧，咱们不如在湖边饮马片刻，待会儿过了这片戈壁滩，再出了前面的那座山，才能真正安稳。"

杨悦暗暗叹了口气，倒也不好说什么，此次高都护在疏勒古城的交接原本就不大顺利，也不知这位苏海政得了什么失心疯，竟然还想带上几车财货走，最后连高都护都忍无可忍拂袖而去，他才清醒过来。如此一来，便生生耽搁了一日多！据哨兵们回报，这些日子城外有几拨斥候出没，可见突厥人并未死心，自是大意不得。这位令狐校尉对西疆了如指掌，他既然说不能停留，还是听他的话才好。

一行人进了绿洲，在湖边下了马。苏南瑾第一个一跤坐到了地上，脸色苍白地靠着一棵柳树喘气。不等气息调匀，他便从怀里掏出一个胡饼，大口大口吃了起来。在西州地牢里的两个月，让他终于知道了饥饿究竟是怎样可怕的一种感觉，那些日子每天都是两顿酸粥，一个胡饼，他有时真以为自己会活活饿死在那个不见天日的地方，好在老天有眼……麴崇裕，裴行俭，还有那个姓张的贱人，有朝一日，他总会回去找他们算这笔账，或许回了长安便可以想法子开始算！

想到痛恨处，他狠狠一口咬了下去，一个不留神，嗓子却被一大块胡饼堵得死死的，气都喘不上来了。

苏海政并没有多看被胡饼噎得直伸脖子的儿子一眼，而是默然回头看着来路。二十多年前，他曾作为沙州刺史跟随阿史那社尔将军从这里挥军而下，大开杀戒；七年前，他也是怀揣着一纸伊州都督的任命从这条路进入西疆。早年的意气风发，当年的愤怒愤恨，早已化做马后的烟尘！如今，他却要以花甲之年，背着临敌怯战的罪名，两手空空、一身白衣地回到长安……

他错了！他原不该那么心急，明知道裴行俭不好相与，便该把计划订得再周密些，君子报仇十年不晚，若是当初能定下一条进可攻退可守的计策，又何至于一败涂地！自己的一番心血数月征战，竟然成就了仇家的青云直上！便是好容易留下的那几车金银，也只能拱手送给高贤那厮，还有留在大都护府的那些金银珠宝，也不知那两位主簿会不会妥妥当当地帮他送到长安去……

苏海政的牙关越咬越紧，握在手里的胡饼一口未吃又放了回去。

小湖的另一面，是一座双层土坯建造的邸店。从门内走出来一个十三四岁的少女，身穿本白色衣裙，微黑的小脸上一双乌溜溜的眼睛直往这边看，回头不知说了句什么。一个伙计打扮的年轻人带着殷勤笑容小步快跑迎了过来，"诸位长官，这时节行道好生辛苦，不如到小店里去喝一碗罗阇解解暑气？也耽搁不了什么时辰，过了咱们这一处，长官们便是想喝也无处去要了！"

那又酸又凉的罗阇粥……好几个西疆军卒喉头都忍不住动了动，令狐校尉低头看了一眼苏南瑾苍白的脸色，想到这处邸店十几年的名声，到底还是点了点头："好，一人一碗，喝完便走！"

众人走到邸店门口，一位三十多岁的妇人也笑嘻嘻地迎了出来，殷勤地引着众人往里走。只见这邸店虽小，却收拾得十分干净，伴着一碗碗罗阇粥上来的，还有几样卖相颇佳的糕点和肉干，正是下粥的绝佳搭配。令狐校尉也忍不住一样尝了一口，回头笑道："徐娘子，你家厨子的手艺越发好了。"

徐晓娘笑道："那便多吃些，吃完了让伙计们再上，管保诸位尽兴。我这便出去帮诸位看一眼那些好马，莫叫大沙海的皮小子们偷着骑去了……"

她笑盈盈地出了门，却见先前立在门口的少女已从马棚里牵出了邸店里最好的那匹马，忙压低声音道："懋棋，当心些！"

少女满不在乎地扬眉一笑，翻身上马，拨转马头便向大海道奔去，轻盈的身子宛如一只白色的蝴蝶，转眼便消失在绿杨碧柳之间。

徐晓娘大声骂了起来："死丫头，怎么又野去了！"

大约是因为这家大沙海邸店的肉干和酥油饼做得实在可口，伙计们又添得殷勤，原本只准备喝一碗粥的诸人足足喝了三碗才放箸。待得再次上马，人人都是一肚子食水，到底不好像先前那般纵马狂奔，却也不敢再耽误时辰，一口气未停地过了二十里戈壁滩，又上了山路，一路盘旋起伏，待到山口在望时，已是夕阳西下时分。

令狐校尉眯着眼睛看了看空荡荡的山口，不由松了口气。出了这座山，再走几里便是驿站，只要此处没有伏兵，此后一千多里的大海道上，都不会再有什么危险。把这行人送到玉门关，自己便算是完成了新任大都护发下的第一桩任务——自打接了这道命令，他就有些莫名的心神不安……

远远的山口之外，一块岩石似乎突然动了一下。令狐校尉大吃一惊，定睛细看，才认出是一个全身黑衣、骑着深色大马的人影，衣服马匹的颜色与身边的岩石几乎一模一样，也不知他是先前就隐身在岩石之后，还是控制马匹和气息的功夫实在惊人。可无论是哪一种，似乎都不是一个好兆头！

令狐校尉握缰的左手不由一紧，游目四望，并不见有别的动静，那位骑士似乎也没有隐藏身形的意思，只是静静地立在那里。

令狐校尉的身后，不少人也看到了那位骑者，有人惊咦了一声："山口有人？"这行虽然只有三十多人，大多却是军中精锐，不少人立刻都警惕起来，微微弓起身子，放慢了马速。

眼见众人已慢慢出了山口，离那块岩石不过一百多步，那人依然一动不动地端坐在马上，有人忍不住高声喝道："来者何人？为何拦路？"

一道雄浑的声音在旷野上远远地传了出去："我只拦姓苏的，其余人等，尽可自行离去！"

众人忙前后顾盼，身后的山头之上，两旁的乱石之中，显见都没有伏兵，有人忍不住嘀咕道："此人是疯了么？"苏海政与苏南瑾听到那句"姓苏的"，原本心已提到了嗓子眼里，此时不由也松了口气，苏南瑾更是冷笑起来："找死！"

此时距离已近，看得见此人年纪大约三十多岁，身形挺拔，浓眉方脸，给人的感觉十分奇异：看他的打扮似乎是突厥骑兵，但开口说的又是地道的河洛官话；明明不过一人一马站在那里，却似乎已把这片原野封锁得严严实实……令狐校尉的眉头不由紧紧皱了起来，自打出了疏勒城之后便如有芒刺在背的不安感来得愈发强烈。

他定了定神，带马迎上几步，大声道："我等奉大唐天子之命，押送钦犯苏氏父子入京候斩，你还不速速退下，莫要耽误了朝廷大事！"

来人并不理会，只是手上一抬，张弓搭箭对准了他们，令狐校尉忙"吁"的一声勒住了马，大声喝道："听你说话也是唐人，竟然要违抗圣意么？你若再拦着道路，莫怪我等手下不留情面！"

来人依然只是沉声道："留下苏氏父子，某不想滥开杀戒！"

好大的口气！有人忍不住在令狐校尉身后低声道："校尉与他啰唆什么，我等冲上去杀了他便是！"

令狐校尉没好气地回头瞪了他一眼，"你冲么？"押送苏氏父子原本便不是什么好差事，难不成还要为他们搭上一两位同袍的性命？那人顿时一噎，不大好意思地摇头笑了起来。

御史杨悦见令狐带马不前，不由有些不大耐烦，来人口口声声要留下苏氏父子，大约是要给他们的突厥可汗报仇，与这种人有何可说的？他提马上前几步，厉声道："苏氏之罪，自有大唐天子定夺，你好大的胆子，竟敢冒犯天朝，劫持钦犯，莫不怕惹怒朝廷，令你部落血流成河！"

来人的声音骤然严厉起来："某的部落，早已血流成河！纵然惹来天子之怒，流血千里又如何？今日某只要他苏氏父子流血五步，将头颅留在西疆！

"挡我者死！"

最后四个字，带着一种金石般的铿锵之声，令人耳膜为之一震。而"死"字刚落，弓弦便是一响。杨悦只觉得有什么东西嗖的一声，随即头皮一阵锐疼，在身后的一片惊呼声中，眼前一黑，却是发丝乱纷纷地披了下来，随即便有热乎乎的东西沿着发缝流下。

来人的声音更为凌厉："一箭断你发，两箭断你头！不怕死的，尽管上来！"

杨悦伸手摸了摸额头，却见掌上黏糊糊的全是鲜血，他脸色不由变得苍白一片，眼见来人手上微微一动，第二根箭已对准了自己，只觉得心头狂跳，不由自主拨马便闪了回去。

在他的身后，令狐校尉和三十多名士卒退得更快。百步之外射人蹩头，当这种传说中的箭术活生生出现在眼前，他们除了退得远远的还有什么法子？难不成真为了那两个老少软蛋去送死？

原本在人群中的苏氏父子也相顾失色，想往人群后躲，可谁肯让他们躲在自己身后？他们都已废为庶民，身上的本白色袍子在一片戎装中原本便十分显眼，此时众人纷纷闪开，更是一览无遗。

马蹄声响，两支箭矢流星般追上了两人的背影，正中两人的右背，将他们掼下马来。在他们的惨叫声中，众人一面往后撤，一面回身射箭。来人带马不紧不慢地追了上来，总是落在寻常弓箭的射程之外，他手上是一把至少两石的强弓，不时抬手一箭，不是射中了某骑的马尾，便是"当"的一声射在某人钢盔之上。被射中的战马自是一声痛嘶，放蹄狂奔，被射中的人也是魂飞魄散，催马疾逃。待得来人在苏氏父子身边站定时，那三十多人早已远远地逃入了山中。

苏南瑾身子本虚，此时趴在地上，已完全站不起来，苏海政到底戎马多年，左手撑地，慢慢挣扎着站了起来，下意识在腰间一摸，却摸了个空，只能咬牙看着来人，"你到底是谁？"

来人冷冷地看着他，放下弓箭，慢慢拔出了腰间的直柄弯刀，一字字道："某乃兴昔亡可汗帐下罪人方烈，当初杀了你那六百亲兵便是方某。当日我便应直入龟兹杀了你这狼心狗肺的老贼，今日已是太迟！也只得将你们父子的狗头，留在我帐中作唾器夜壶，遗臭百年，永无来世！"

眼见那道寒光缓慢而坚定地逼向自己，苏海政好容易鼓起的一点勇气顷刻间便散得精光，再也支撑不住，扑通一声跪倒在地上，张大嘴想喘气想求饶，却发不出一点声音，也透不出一点气息。直到那寒光已落在了颈上，才突然发出一声不似人声的嘶哑惨叫。

这声凄厉之极的惨叫在群山间久久回荡，又骤然停歇。

两刻多钟之后，那三十多人鼓足勇气再回到山口，却见地上只留下了两具无头的尸体，浓烈的血腥味里还带着一股谁都不会陌生的恶臭，引来了这个初夏最早的一批蚊蝇。

如血斜阳正缓缓沉入背后的山岭，而先前倏然出现的那个黑色身影，早已像来时一样毫无痕迹地消失在眼前的茫茫荒野之上。

两日后的黄昏，裴行俭也带着一身斜晖走进了屋子，进门便目不转睛地看着琉璃，琉璃心里一跳，忙迎上了两步，"出了什么事？"

裴行俭沉默片刻才淡淡一笑，"大沙海有消息传回，方烈得手了。"

琉璃忙道："阿烈还好吧？"

裴行俭点了点头，"单人匹马，毫发无损。"

琉璃脸上顿时露出了明亮的笑容，"我这便告诉柳姊姊去！"方烈和柳如月大概日后很难再回这边，不过比起心中的安宁平静来，有些事情或许并不是那么重要了。

裴行俭突然伸手一把揽住了她，"琉璃，我，我想清楚了。多谢你！"

琉璃不由粲然而笑，"你说什么傻话！"当日她告诉裴行俭那句话后，裴行俭只是呆了半晌，便再也不置一词，这两天看着琉璃时却总是若有所思。琉璃虽是问心无愧，却也无法解释。如今，他能想通这件事情，当然再好不过了。

裴行俭看着她微笑："在世间，王道之上，尚有天道。是我想得太多，只有事后才能慢慢想明白。皇命固然不可违，可若是让忠良蒙冤，奸佞逃命，则天理何在？玄奘大师说得不错，还是你有慧眼，不会被俗世纷纭蒙蔽。"

琉璃眨了眨眼睛，这个，其实……她根本没想那么多好不好？什么天道王道，她只知道，比起让柳如月方烈夫妻不得安宁来，会不会让李治那货丢面子哪里值得去考虑？

看着琉璃的表情，裴行俭的笑容更深，低声道："其心专，其容寂，凄然似秋，暖然似春……"

琉璃奇道："你说什么？"

裴行俭笑着摇头，携住了她的手，"走，我陪你去柳阿监那边。"

两人出了门，还没到柳如月的小院门口，便听见里面传来了云伊爽朗欢快的笑声。两人不由相视一笑，停住了脚步。

斜阳将落，满城余晖，西州的街头来往的行人身上都被涂上了一层金红的颜色，青色的炊烟在依然碧蓝的天幕下袅袅地散入空中。琉璃默默看着眼前的一切，突然道："真舍不得走。"

不知是血脉里的亲近，还这几年时而惊心动魄、时而细水长流的日子，在她的心目中，眼前的西州，这个春日狂风大作、夏日酷热无比的高崖之城，这个在黄土中生生挖出来的梦幻之地，已成了她的"家"，而如今随着裴行俭升任金山副都护，他们却很快便要搬到那座全然陌生的庭州城去。

裴行俭握着她的手紧了紧："那边如今还是半城废墟，艰苦得很。其实，我倒觉得你不妨半年之后再过去,横竖麹都督身子不好,他们一时半会儿都不会走,到了秋日,我保证给你一个比这边更舒适的家!"

琉璃转头看着他微笑,"咱们在一起的地方,便是家。"

斜晖是从她那边照过来的,将她的头发和面颊勾勒成一道如画剪影,只看得清那双琉璃一般清澈明亮的眼睛,跟多年前第一次看到她的时候一模一样,似乎永远也不会改变。裴行俭被阳光晃了般眯了眯眼睛,慢慢笑了起来。

第一百一十四章
塞外长安　归期在望

依然是夕阳西下时分，依然是人来人往的坊间大道，琉璃的目光落在斜晖笼罩的街头，不知不觉放慢了脚步。

眼前的道路平整宽阔，两边的房屋一色的白墙黑瓦，戴幞头穿圆领长袍的男子多数步履从容，倒是不少穿着短襦长裙的妇人们举止轻捷，斗篷下那些色彩浓丽的石榴裙或碧纱裙在风中摇曳成了一道道风景，耳边偶然传来两句笑语低谈，竟是标准的河洛官话……若不是路边那两排光秃秃的树木到底还矮小了些，眼前这座她已住了两年的新庭州，几乎可以与记忆里的长安重叠起来。

身边传来了一道担忧的声音："娘子？娘子可是有哪里不舒服？"

琉璃回过神来，笑着转头看了小米一眼，后者正满脸忧心地盯着她的脸看，又看了看她如今还什么都看不出来的腰腹。琉璃忍不住笑了起来："你想不想去看看长安是什么模样？"

小米怔了一下，随即便眉开眼笑，"自然想看！听说长安是天下第一等繁华热闹的所在，道边的树都金贵得紧，是拿绫罗裹着的！"

琉璃哑然失笑，"你听谁说的？长安道边都是些寻常的槐树，不过是生得高大齐整些，倒是春日槐花盛开时，真真是清香满城……你说的绫罗裹树，都是多少年前的笑话了！"早年间隋炀帝为了在外国使臣面前显示天朝气象，令人拿绫罗裹了路边的槐树，奈何老外们却不吃骗，见了之后吃惊归吃惊，却只问皇帝，为何贵国有人无衣蔽寒，却能拿布帛来裹树？一场炫富之举，就此升级为国际笑话。

小米不好意思地吐了吐舌头，"横竖比这边要强吧？婢子听那些长安来的人都只抱怨这边风霜苦寒，是穷乡僻壤，又说长安是如何风流气象、富贵无边。"说着脸上不由露出了几分向往之色。

琉璃想了片刻，怅然摇了摇头，"你信他们胡说。若说风流繁华，长安大约是天下第一，庭州也好，西州也罢，无论人口地界都不及长安之百一，但富贵多处是非多，若是能让我选，我倒宁可永世不回去。"就在今年年初，长安还有消息传来，上官仪父子因谋反被斩，家眷没入掖庭，同时被处决的，竟还有王伏胜。听闻消息，裴行俭虽然并未多说什么，却是默然良久。她更是心中郁结，还是到寺庙里点了盏莲灯捐了份功德，才好受了些。如今想来，其实能在佛前得解脱的，或许并不是亡者，而是他们这些无可奈何的生者……

小米似懂非懂地点头，停了片刻突然惊道："莫不是阿郎要回长安了？"

琉璃笑道："哪有此事，只是觉得庭州的街角巷尾，越来越有几分长安的模样罢了。"她倒是真心想终老西疆，可惜，他们却是迟早会回去……

小米笑嘻嘻地左顾右盼，"婢子也听人说，如今的庭州城是玉门关外小长安呢！"

小长安？琉璃摇头一笑，没有作声。两年前，裴行俭走马上任的第一件事情便是修城，除了将夯筑的外城墙重新加固，在城北又起了一道坚实的羊马墙，还沿着城墙挖壕引水，修成了一条颇具规模的护城河。若不是背后映衬着积雪晶莹的巍峨天山，四野望去都是风吹草低的千里绿甸，这座四面环水、墙楼规整的城池，一眼看上去几乎与中原重城无甚差别。两年内新增的那数百户来自长安、沙州等地的贬官流人及边民，更是让庭州城内几乎人人都是中原衣冠，处处可闻长安官话，琉璃经常走着走着就有些恍惚，觉得自己似乎又回到了从舅父家去西市的路上。

小米犹自在惊魂未定地唠叨："不是要回长安便好，娘子的身子如今连西州都去不得，怎经得起那般颠簸！"挽着琉璃的手臂不由更紧了紧。

琉璃顿时有些哭笑不得。眼前不远处那座门屋高大、院墙齐整的院落，正是建在都护府官署后身的麴府。只是门前冷清，石阶积尘，麴智湛这位名义上的金山都护，双足竟是从未踏入过这座城池。他的那场大病到底没能痊愈，今年入秋之后更是卧床不起，前些日子，麴崇裕派人送了急信过来，裴行俭连夜便走了，她有些忧心云伊，也想跟着，却被裴行俭断然拒绝，也不知那边如今情形如何……

再往前几步，转入一条不甚起眼的巷子，巷子的尽头，才是琉璃如今的家。一处带着小小花园的三进院落，宽宽松松地住了裴家上下十几口人。刚到门口，门房便笑着迎了上来："娘子可算回来了，阿郎已问了两遍！"

裴行俭回来了？琉璃忙加快脚步往里便走，小米忙提裙追了上去，"娘子慢些走！"

琉璃心里着急，到底还是没慢下脚步，刚转了个弯，眼前人影一晃，一双手便扶上了她的肩头，"你怎么又走这么急？当心些。"

小米唬了一跳，脱口叫了声："阿郎。"又忙屈了屈膝，用"娘子你自求多福吧"的眼神看了琉璃一眼，飞快地溜了下去。

琉璃抬头对上裴行俭紧皱的眉头，顿时也有些心虚，忙笑了笑，"适才门房说你问了我两遍，可是有什么事？麴都护如何了？"

裴行俭的眼神略暗，"我到西州第二日，麴都护便去了，走得极安详。玉郎与祗夫人都早有准备，后事置办得也颇为从容体面。"

此事虽然早在预料之中，琉璃也不由呆了呆。她这两年里只回过西州一次，麴智湛那时已瘦得不成模样，说来久病之下，如此的确不失为一种解脱。只是想起当年西州城下那位圆团团、笑眯眯的中年男子，她的心头依然有说不出的难受，怔了半晌才道："那麴玉郎可是……要回长安？"

裴行俭点了点头，一面将琉璃拢入自己的披风，揽着她缓步往回走，一面道："他已上书丁忧，待七七过后，大概便会扶棺回乡，将都护归葬于金城的麴氏祖坟。朝廷如今并没有留任玉郎的说法，他出了孝期多半不会再回西疆。我看云娘也已有了准备，只道会送他一程，再归本部，还说待回程时会过来看你，让你好好保重身子。"

琉璃不由默然无语，此事大约是云伊和麴崇裕在一起时便已注定，她虽然从未赞成过此事，但想到云伊此刻的心情，只觉得心里愈发郁结。

裴行俭瞅了她一眼，转了话头："我原是想在西州多待几日，好歹出了头七再回来，只是收到飞马来报，朝廷有任命下来，也只能赶紧回来……"

琉璃脱口道："可是让你做那劳什子的安西大都护？"

裴行俭一怔，"你如何知道？"

琉璃只能笑了笑，"我猜旁人也不敢接这道任命。"她依稀记得裴行俭是做了安西大都护的，只是不记得时间而已。说来这安西大都护的职位也邪性了，这三年里换了三个，竟然都是横死，苏海政固然不必说，接任苏海政的那位高贤当年冬天因弓月部引吐蕃侵犯于阗，他也用围魏救赵之计带兵直扑弓月部老巢，却在阵前中了流矢。好容易朝廷又派了一名叫匹娄式彻的官员，竟是今秋行猎时坠马而亡！这么邪的位置，大约也只有裴行俭才能镇住。

裴行俭也笑了起来："说得也是。"眼神里却多少有些嘲意，他这位发配到西疆的罪臣，两年之内连跳四级，若说前一次是高宗对于未曾处置苏海政而给出的补偿，这一次，却多半是发出一道明确的信号，看来长安那对帝后之间的矛盾并未随着上官仪之死而真正弥合，反而愈发暗流汹涌……

琉璃看到他的神色，心里不由一突，伸手握住了他的手掌，"守约，这任命可是有什么不妥？"

裴行俭心中微凛，笑容倒是更温和了，"说来这安西大都护虽是从二品之衔，真正在朝堂里却是做不得数的，只是个名头罢了。大约是我这天煞孤星的名头着实响亮了些，如今居然还有人记得。"

天煞孤星？琉璃皱眉道："你胡说什么？"

裴行俭转头看着琉璃，眼中又流露出那种复杂之极的神色，"那你还不当心些？总是这般毛躁，这般雪多路滑的时节，也敢走那么快，万一有个闪失如何是好？"

琉璃瞅了瞅地面，哪里有什么冰雪？自打韩四上个月诊出喜脉，裴行俭看自己的眼神时常就像此刻这般复杂难言，并没有太多喜悦，反而好像自己突然化身成了一尊名贵瓷器，一不小心就会碎成一地。他平常随和惯了，这一紧张起来，全家上下没一个人不跟着他紧张，这院里总是一天扫上八遍，就差没有再洒层黄土下去防滑，能滑倒才真是怪事。

难道老来得子的人都是这样？琉璃心中暗暗腹诽，想到自己多半又要搬家了，又有点发愁，突然想起一事，忙认真地抬起头来，"守约，若是我们这次能得个男孩，我想给他起个名字……"

裴行俭明显地怔了一下，看向她的目光顿时变得充满警惕。

琉璃不由有些尴尬。其实她原本也没有起名字的爱好，只是当年阿燕、小檀都来寻她帮孩子起名，她推不掉才从自己最喜欢的几本小说里"偷"了几个名字来，像小檀的一对儿女裴叶和裴开，自然是"木叶的叶，开心的开"，裴行俭还点头赞过别致。阿燕的儿子和女儿索性就叫了"阿飞"和"七七"。裴行俭虽然有些诧异，倒也没说什么。结果她有些得意忘形，前阵子管家老何的女儿得了一个儿子，也请她来起名，她一听说女婿姓李，脱口便说出一句"可以叫李寻欢"，裴行俭当时那一惊当真是非同小可……

她忙清了清嗓子，正色道："我觉得，若是男儿，可以叫光庭。"

裴行俭略有些惊讶地挑了挑眉，"光耀的光，庭州的庭？"见琉璃点头，不由松了口气："一语双关，倒是极好。"

琉璃也长长地松了一口气，右手下意识地抚上了小腹，自从知道自己已是孕妇，这些日子她总有一种做梦般的不现实感，直到此刻有了这个名字，心里才多少有点踏实下来。什么双关不双关的，她真没想过，只是隐约记得，他的孩子里有一个叫裴光庭的，是后来的一代名相。其实孩子是不是会做宰相，能不能光耀门庭，她并不在意，她只是希望在即将到来的混乱时局里，他能平平安安长大，安安稳稳到老……

两人相视而笑，笑容里都有一丝如释重负的轻松，裴行俭揽着琉璃手紧了紧，"过几日，这边少不得会有些应酬往来，你若不喜欢，便都推了也无妨。"

琉璃侧头看了他一眼，他的笑容虽然温和，眉宇间到底有一丝隐隐的沉重，想了想笑道："那我看人下碟，有些人的推掉，有些便不推，成不成？"

裴行俭有些讶然地看着她，到底还是无奈地点头，"都依你！"

琉璃悠然道："过上几日，待这敕书下来，西疆便数你最大，我莫说嫌贫爱富、挑三拣四，便是欺男霸女、为非作歹，也再无人能管得了我！若是此时还不为所欲为一番，岂不是辜负了天赐良机？"

裴行俭忍不住笑了起来，"娘子好大的志气，你倒说说看，你要如何为非作歹？"

琉璃毫不犹豫道："自然是先抢几百个美貌的少年男女，再霸占几十处红火的店铺，那些敢背后议论我是悍妇的官家夫人，给她们夫君一人送上三五个绝色婢女……"

裴行俭一本正经地摇头，"三五个哪里便够？怎么也要七八个才衬得起夫人的身份！"

琉璃又说了七八件事情出来，一桩比一桩离谱，裴行俭也一路随着她的话头信口胡扯，说说笑笑中，心里原本对眼下西疆乱局和朝廷暗流的那点担忧，倒是不知不觉抛到了一边。

两人回到屋里，裴行俭低头帮琉璃解下披风，对上那双带着关切的明澈双眼，顷刻间便明白了过来，她这是看出了自己有些忧心……不知为何心头却是一悸，伸手将琉璃揽在了胸口，轻轻拍了拍她的后背，低声道："你不用为我担心，自己想做什么便做什么，只要你好好的，外面这些事，我都应付得来！"

琉璃低声嘟囔了一句："我担心过你应付不来么？"她从不担心他会应付不来什么事情，只担心他想得太多，往自己肩头揽的责任太重。至于她自己……她轻声笑道："我真能想做什么便做什么？"

裴行俭的声音里带着笑意："只要你不再去捣鼓什么传符兵符，旁的事都由你！"

琉璃不由深深地叹了口气，在庭州便是这点不好，裴行俭的耳目越发灵敏了，而她自己，没有麹崇裕和云伊帮衬着，便有心干点坏事都不大容易，而云伊，云伊……心头的那点愁绪还未散开，头顶上已传来了裴行俭低低的笑声，她气得用力捶了捶他的胸口，却换来了更加欢畅的大笑，让她也不由自主跟着笑了起来。

朝廷的任命是六日之后到的庭州。与数年前的炙手可热不同，三位横死于异乡的前大都护和四野里蠢蠢欲动的胡人，早已让安西大都护的职位变成了一个巨大的烫手山芋。只是这道任命到底太过出人意表，朝廷越过伊州、西州的两位都督和驻守西疆的左武卫、左屯位两位将军，越级提拔了一个副都护，其间的深意，足以让许多人不得不反复思量。

一时间，送到裴府的帖子便如雪片般纷飞不绝，连西州的几户高门都特意派了子弟送上了贺礼。

琉璃看着那每日一大摞的帖子和礼单便觉得有些头疼，无论是拜会还是邀请，一律推了身子不爽。裴行俭却是一反常态，并不急着赴任，反而只让大都护府的属官将一应公务发往庭州处置，自己则是有宴必赴，赴必尽欢。

好容易消停下来时，已是新春在望。韩四便道，琉璃的身子已稳，只要不太过颠簸辛苦，便是无碍。裴行俭这才带着琉璃，乘着牛车，优哉游哉地上了路，一路上又是吃吃喝喝，足足花了一个多月才到了龟兹，待到大都护府重新安置下来，他竟又开始广下请帖，邀约各都护和大俟斤们狩猎游冶……

琉璃平日从不过问裴行俭外面的事务，只是眼瞅着在屏床对面的高案上悠然挥笔，手边的大红帖子已堆了半尺高的裴行俭，还是忍不住掩上了手头的闲书，"守约，你这是预备做什么？"

裴行俭笑着抬头看了她一眼，放下了手头的笔管，走到琉璃身边，自然而然地将她的手掌包在了自己手心里，"我能预备做什么，如今已是春暖花开，自是要请大伙儿好好游乐一番。只是这半个月不能陪你了。"

琉璃疑惑地看着他，"我不是问你……"

裴行俭微微一笑，沉吟片刻还是缓缓道："你也知晓，西疆如今乱局已成，所谓冰冻三尺非一日之寒，以刀兵之力破之，终非上策，也唯有以和风细雨缓缓图之，或许能不战而屈人之兵。

"安西所辖，地域广阔，部落林立，大唐再是昌盛，也不能似西州、庭州那般一一收为自家州府。但那些部落的大俟斤头人们，除了野心勃勃之辈，多数所图的也不过是安乐富贵，只要以善意待之，谁又愿意见到家园烽烟四起？所谓君视臣如手足，则臣视君如腹心；君视臣如土芥，则臣视君如寇仇。大唐之待这些寻常的羁縻州府、胡人首领，无非也是如此。"

　　他的意思是，打仗不划算，所以要改用糖衣炮弹？想到这几年来的大小动荡，朝廷的几次出兵也都是无功而返，琉璃不由点头，想了片刻又忍不住问道："你既然如此盛情邀约，他们会不会带上子女夫人一道过来？"

　　裴行俭笑了起来，"自是不会！你不必去管这些，也不必费心去招待他们，我都说过，你只要好好养着身子，旁的事都有我呢！放心，再过两三个月，我哪里都不会去，只守着你，等着咱们的儿子出来。"

　　仿佛知道是说起了自己，琉璃只觉得肚中咕咚一动，竟是挨了力道不小的一拳，忍不住好笑地叹了口气："说不定是个女儿。"

　　裴行俭笑微微地看着琉璃，"是女儿自然更好，只是你原是宜男之相，我和韩四的看法一般，此次十有七八会如你所愿。"

　　如我所愿？琉璃忍不住低声嘟囔了一句："谁愿了？"裴行俭看人的眼光在这上头准不准倒还两说，可韩四在诊脉断男女上几乎不曾失手，当时她听到这话其实也是松了口气，不管她承认不承认，裴行俭甚至裴氏家族的确更需要一个儿子，而且最关键是，这个孩子还可以叫做裴光庭……

　　裴行俭也不跟她争执，只是端详着她的脸色，"坐了这么久，要不要我陪你出去走走？"

　　琉璃点头刚要站起，却被裴行俭一把轻轻地按住了，"都什么月份了，还是这么毛手毛脚……"

　　琉璃无语地看了看他眉头间那个忧心忡忡的川字，突然觉得，裴行俭能出去狩猎半个月，其实是件很不错的事。

　　三个月的时光转眼即过，到了五月，裴行俭果然再也不曾设宴邀猎，白日里虽然还在都护府中忙碌，不到黄昏却必然归家，有时更是大门不出，让人直接把公文送入内院。

　　琉璃原本怀孕就没什么感觉，从未呕吐恶心，也不偏食多怒，只是此时已到了九个月，身子到底太过笨重，到夜里便不大好入睡。裴行俭偏偏又变得极为惊醒，她略一辗转，裴行俭便会一骨碌坐起来，恨不得立时去找医师稳婆，听她说睡不着，则一言不发地把她抱在怀中，好让她睡得舒服一些。往往琉璃一觉醒来，发现他的模样竟是不像合过眼。这样几回之后，琉璃的心情不由也一日日紧张起来，巴不得这孩子早些出来，大家也好得个安生。

　　偏偏这孩子竟是比谁都沉得住气，直到六月初，琉璃几乎都要抓狂了。这一日躺在床上，才觉得终于有了一阵隐隐的痛感从腹部传来，她这几个月里向阿燕、小檀乃至韩四也不知请教了多少次，痛过几次之后，心里便有了数，只觉得又有些如释重负，又有些紧张莫名，忙轻轻推了推裴行俭，"守约……"

裴行俭腾地一下坐了起来，琉璃的声音依然镇定："我大概，是要生了。"

裴行俭的脸瞬间僵住，跳起来冲出门外喝了几声"来人"，又几步回来握住了琉璃的手，"你怎么样？疼不疼？"

他的神色和语气都还温和，可那双素来稳定的手竟是一片冰凉。琉璃摇头一笑，正要开口，外间的婢女们已闻声冲了进来，紧接着便是已在内院里候了近一个月的两名稳婆和几位管事娘子。琉璃的眼前顿时一片人影晃动、人声喧哗，她只觉得身子一轻，却是被裴行俭小心地抱上了便榻。急促的脚步声伴随着微微晃动着迅速后退的墙壁门窗，琉璃只来得及回头看了一眼，落下的帘子便遮住了那张熟悉的面孔。

产阁是几个月前便准备好了的，琉璃躺上床榻没过片刻，阿燕和小檀也都从外院赶了进来，小檀明显有些紧张，说话越发像蹦豆子般又快又响，阿燕搭脉的手倒是稳定如故，放手后看着琉璃一笑："娘子的脉象好得很，此刻虽然发作了，真正离要紧的时辰还远，不如先合目养神。"

琉璃的情绪原本就不算紧张，此时倒是越发放松了下来。只是安睡到底成了奢望，腹部那一阵一阵的疼痛来得缓慢而坚定，随着时间的推移而越来越频繁，她本来还能趁着阵痛的间歇起来溜达几步，吃点东西，甚至与阿燕几个开些玩笑，到了午后也渐渐没有了多余的力气。那疼痛越来越尖锐，仿佛变成了一把刀子在身体里搅动，琉璃几乎控制不住地想尖叫出来，只是想到适才一眼瞥见的那张苍白面孔，到底还是把所有的声音都压抑在了嗓子里。只有汗水随着一阵阵痉挛不断涌出来，往往一阵疼痛过去，擦汗的帕子会湿掉一条。

也不知水深火热了多久，她的耳边才终于听到一声"开了！开了！"。

两个稳婆脸上都已笑成了一朵花，争先恐后地笑道："竟然这般快！夫人果然是贵人，真真是好运道！""什么运道，还是夫人贵重，看这气度，哪里像是头一遭生孩子的！""正是，夫人这把年纪了，头胎竟能这般安稳，又沉得住气，老身也是第一回见！"

琉璃原本除了疼痛，对别的东西感觉都有些模糊了，此时精神一振，恰好把这些夸赞和安慰都听了个清清楚楚——她们这是什么意思！她不由默默地翻了一个白眼，把满腔的悲愤都化作了力量。那个从五个月起便成日挥拳踢腿的小家伙似乎也感受到了娘亲带着怒火的决心，琉璃才在疼痛中用了三四次力，他便心急火燎地露了头，没过一会儿，带着不满之意的咿呀哭声便传到了窗外。

"夫人大喜，阿郎大喜，是个好标致的小郎君！"

果然是男孩吗？那么，是她的小光庭了……琉璃此时全身已没有一丝力气，甚至连惊喜、感叹的力气都没剩下，只强撑着看了那个红乎乎皱巴巴的小娃儿一眼，便放心地闭上了眼睛——果然是骗人，刚出生的孩子哪有标致的！

半梦半醒之中，琉璃只觉得自己似乎又被搬动着走了一段，她很想就此睡过去，偏偏总是不断有各种声音钻入耳中，好容易才渐渐安静了下来，手上却突然一暖。那感觉太过熟悉，她不由慢慢睁开了眼睛。她已回到了自己的房中，屋里的闲杂人等都退了个干净，只有裴行俭坐在她的身边，那双眼睛里似乎盛了太多的情绪，深得看不见底。

琉璃向他弯了弯嘴角，裴行俭也微笑起来，低头轻轻吻了吻她的眼睛，"你好好歇着，我会守着你。孩子好得很，正在吃奶，待你睡醒了便抱进来。"

琉璃忍不住看了门外一眼，"乳娘那边……"

裴行俭笑道："都很妥当，阿燕她们都在那边守着。"

琉璃心里微松，顺口道："守约，那两个稳婆……"

裴行俭脸上露了一丝讶色，声音不觉一紧："什么事？"

琉璃皱眉道："下次不许再请这两个！"

裴行俭怔了怔，"下次？"脸上的神色又是好笑，又有些疑惑，却没有追问，只柔声道："好，都依你，你快睡吧，我守着你。"

琉璃吐了口气，闭上了眼睛，手背上传来的那点暖意格外得让人放松，她的呼吸很快变得悠长深沉起来。

裴行俭慢慢松开手，又等了好一会儿才悄无声息地走了出去，走出房门几步，便低声吩咐外面的小婢女："去把安娘子请到书房，我有事要问她们！"

小檀和阿燕急匆匆走了进来。没多久，安西大都护府的后院里便回荡起了裴行俭愉快的笑声。良久之后，他才笑着吩咐："那两个稳婆这便打发了吧，除了工钱外，一人再赏十端白叠，告诉她们，原本想着夫人头胎凶险，预备一人赏二十端，不过既然她们自己都说夫人生得太顺太容易，可见她们也不甚辛苦，因此都减半了！"

仿佛是在应和着这少有的轻快声音，东厢房里原本已歇了好一会儿的啼哭声又一次传了出来，那哭声带着响亮的底气，满院的人都放心地笑了起来。

西疆的炎热来得快，去得也快，七月初早晚间便有了凉意，到了将近八月，更是秋高气爽，风物宜人。

琉璃坐在床前，慢慢梳着刚洗过绞干的头发，低头看看床榻上举着双手像只青蛙般睡得正香的小三郎，回头又看看窗外被夕阳照得金红的院子，满足地叹了口气。

门外响起了熟悉的脚步声，琉璃站起来迎了一步，帘子一掀，裴行俭大步走了进来，一见琉璃便是微微一怔，"怎么又洗头了？"回头看见窗子也是开的，更是皱眉，"才出了月便这般湿着头吹风，仔细以后头疼。"

琉璃一面帮他解下腰带上的佩剑、算囊等物，一面便道："若是日后不会头疼，是不是便可以由着我洗头吹风？"

裴行俭没有作声，琉璃抬头时，果然见他又是满脸无奈，不由笑了起来。西疆的六月赤日如火，生完孩子没半个月，她便觉得自己已经成了一块巨大的变质酸酪，那味道迎风能飘出三里地去，一天换八次衣服也不管用，最后到底还是趁着裴行俭出门下死命令让人打来水洗头擦身，才总算没被自己熏死，代价是听裴行俭叹了三天的气。不过她的身子这些年已调理得不错，又一日日的药膳吃着，满月时不但三郎已养得有些白胖模样，她的气色精力也恢复了个七七八八。

见裴行俭依然是一脸不以为然，她只能笑道："如今不冷不热，开着些窗，屋里不憋闷，三郎也睡得更好。"

裴行俭顺手揉了揉琉璃的头发，转身走到床前，小小的裴三郎睡得正香，能听见极细的鼾声，嘴角还带出了一个口水泡泡。他凝神看了半晌，声音不由放得低低的："他今日可还好？"见琉璃笑着点头，这才从怀里掏出了一个小小的包裹，"今日收到了两样好东西，都是给三郎的。"

琉璃好奇地探头看了看。裴行俭如今身为安西大都护，虽然小三郎洗三、满月都不曾大办，这一个多月里却也不知收了多少份礼，绫罗绸缎、金银器皿、金贵药材应有尽有，合用的固然多，离谱的也很是不少。例如米大郎便送来了一个挂在大粗金链条上的硕大金锁，少说也有七八十两重，把琉璃都惊着了——难不成他以为自己生了头牛出来？

不过，礼品多归多，能被裴行俭这样珍重拿出来的却实在少有。

却见那包裹里是一方肚兜，绣得极其精致，最寻常的莲叶鲤鱼竟被绣出了几分活色生香的鲜亮，肚兜里还包着一条小小的狼牙项链，打磨得也极为精细。

琉璃拿在手里看了几眼，不由欢喜起来，笑道："这是谁送的，东西虽然寻常，这份心思当真是难得！"

裴行俭笑着点头，"难得他们夫妇还有这番心意。"

琉璃恍然，"是柳姊姊他们！他们如今可还好，怎么送到这里的？"

裴行俭淡淡地一笑，"阿烈有那份功劳，又不去争权夺利，在阿史那都支帐下当然能待得安稳。我也自有稳妥的法子和他联络。"

琉璃默然点头，思量半晌，忍不住还是叹了口气。裴行俭轻轻拍了拍她的手，"你不用忧心，世事虽是难料，天道却终究可期，说不得哪一日他便能带着柳阿监光明正大回到这边！"

琉璃不由一怔，刚想开口询问，裴行俭已笑着转了话头："今日还有几封长安那边的来信，你可要现在便看？"

洗三之后，裴行俭自打发了人向长安那边报喜，算来如今已过去了近两个月，回信的确也该到了。琉璃眼见着他一封一封地把信拿了出去，正要先拆于夫人的信，突然看到最后一封的封口上赫然是荣国夫人的印章，不由一怔，杨老夫人，她怎么会好端端地写信过来？她抬头看了看裴行俭，裴行俭也轻轻摇头。

琉璃心里微乱，忙拆开信封，里面只有薄薄的两页信纸，她一目十行地读完，一张脸不由彻底垮了下来，颓然放下信纸，转头看着依然睡得香甜的儿子，简直是悲从中来。

裴行俭的眉头顿时皱了起来，"鲁国夫人在信中说了什么？"

琉璃失魂落魄地转头看着他，"皇后给三郎赐了一个名字，叫、叫参玄！"她错了，她真不该给人乱起名字的，果然立马便被报应上了。她居然忘记了长安的那位武皇后，才是古往今来最爱乱起名字乱改名字的人！她的小光庭，一眨眼，就变成了小玄子……

裴行俭的脸色也是微微一变，凝神片刻，站了起来，"我还要去府衙一趟。"

琉璃诧异地看着他，"明日再写谢恩的信也不迟吧？"

裴行俭深深地叹了口气："我想，咱们能留在西疆的日子，已是不多了。"

第一百一十五章
临别依依　归途漫漫

　　暮春三月，正是草长莺飞的季节，然而从西州出发，穿过赤亭、伊州，沿着历史最为悠久的丝路北线伊吾道，一路向莫贺延碛而去，却仿佛是一场逆着时光的旅行，眼见着窗外的繁华变成荒芜，迎面的春风化作沙尘，琉璃叹气的次数不由越来越多——却不是因为什么离别之伤，事实上，她几乎就没时间去体会这种感觉。

　　这不，一眼瞟到窗外略有些眼熟的风景，她刚刚愣了愣神，车外却突然传来了一声马嘶。原本便在琉璃怀里蹦跳不休的小三郎兴奋地"嗷"了一嗓子，扭着小屁股便往外挣。他看着不算太胖，藕节般的胳膊腿却颇有一把子小蛮劲，琉璃顿时被闹了个手忙脚乱。乳母正要帮忙，原本坐在琉璃对面云伊却一把捞住了他，双手举起来晃了晃，"真是个好娃儿，这般小便爱骑大马！"

　　三郎顿时嘎嘎乐了起来，却还在扭头往车外看，一面咿咿呀呀地说着谁都听不懂的话语。

　　琉璃顺手就在他的屁股上轻轻拍了两记，"小磨人精！"还不会走路，便喜欢骑马，这算怎么回事？

　　三郎越发高了兴，扭头看着琉璃，笑得哈喇子顺着嘴角淌了下来。

　　云伊笑着歪头仔细看了看三郎，"姊姊，我觉得他生得像你多些，性子也好，定然也是随你。"

　　性子好？琉璃顿时一脸黑线，也就是云伊这种和他相处不久的人才会被这张傻乎乎的笑脸骗到，她两辈子加起来何曾精力过剩到这小东西的程度？每天夜里哄他睡觉都是一场耐心的挑战，更别说那逮着什么啃什么的恶习、上了马就不肯下来的泼劲……偏偏平日里总是笑得如此无辜无害，这德行，显然是像他爹嘛！

　　仿佛听到了琉璃的腹诽，厚厚的毡帘掀起了一角，露出裴行俭的面孔，三郎扭头看见他，乐得几乎没直接从云伊手中蹦出去，好容易被云伊抓住了，顿时便急得"啊啊"大喊起来。

　　裴行俭也笑了起来，"三郎又待不住了？"

琉璃冲他翻了个白眼,废话!他若少带儿子疯两次,这位小祖宗大约还待得住点。裴行俭显然没接收到这份不满,依然看着那急吼吼要扑过来却被云伊抓了个结实的三郎笑:"外面风已经住了,还出了点日头,给他包严实些,我抱他出去玩会儿。"

琉璃忙扭头看了看窗外,大风不知何时已停下,窗棂上隐隐有了一丝微黄,她不由松了口气,从云伊手里接过三郎,三下五除二将他包成了一个粽子,又把这个乐不可支的小粽子递给了同样笑容明亮的裴行俭,"莫让他乐过了头,待会儿更不肯睡了。"

很快,车外便传来了一连串嘎嘎的笑声,又在马蹄声中迅速远去——她的那句话显然比风散得还快!琉璃头疼地揉了揉太阳穴,乳母却满脸都笑开了花,"阿郎平日那般忙,原来闲下来时竟肯这般照看小郎君。"

琉璃苦笑不语,裴行俭这几个月来变本加厉地四处游猎欢宴,大约落在谁的眼里都会是耽于玩乐、不务正业,可谁知道他这半年内已颁下了七八条减免各羁縻都府朝贡赋课的政令?最近两三个月更是有几十个部落重新向大唐交上了土贡?又有谁会知道他在收到了朝廷召他回长安任司文少卿的敕书时,沉默许久之后只说了一句"时不予我?"。

至于三郎么,她早该料到的,他以前忙成那样,一旦回府都能一言不发地看三郎睡觉看上小半个时辰,如今有了时间,还不是只要小家伙高兴,怎么样都成?

云伊的嘴角也随着那远去的笑声而勾了起来,"姊姊,我也想要个孩子了!"

琉璃按在额上的手指一顿,抬头看着云伊。她不是刚把麹崇裕送到金城转回吗?她想……

云伊犹自怔怔地听着外面的动静,语气仿佛在做梦:"我这次回部落便嫁人吧,若有一个三郎这样的娃儿,大约日子会变得有意思些。"

琉璃一时有些接不上话,半晌才道:"嫁人还是要慎重,若是不好,毕竟是一辈子……"呃,她好像说错话了!

云伊果然诧异地看了琉璃一眼,笑了起来,"真的不好,换一个便是!"突然又认真地点了点头:"姊姊说得对,的确要慎重些,总要找个好看些的人,不然生出来的娃儿也不会像三郎这般好看,那又有什么意趣?"

琉璃闭上了嘴,决定不再发表任何意见。云伊却若有所思地看了车外一眼,"姊姊,三郎的大名可是叫什么参玄?这名字是什么意思?我若有了娃儿,你也帮我起一个好听些的名字好不好?"

琉璃唬了一跳,忙不迭地摇头,"起名莫找我,我发过誓,再不给人起名!"看着云伊张嘴便要追问下去,又忙道:"三郎的名字也不是我起的,是皇后的……恩典,参玄,大致是参禅之意。"

云伊的眼睛顿时瞪了个溜圆,"僧人打坐的参禅?"眉头紧紧地拧成了一团,"好生古怪的名字!这算什么恩典?"

琉璃只能叹了口气,接着又叹了口气。这名字,实在是有些莫名其妙!虽然按照裴行俭的说法,无论皇后赐的是什么名,她突然间会以如此委婉的形式赐下这种微妙的恩典，背后的玄机已足够让人参详，何况还是这样意味深长的两个字！而安西大都护这个名义上的二品大员，却是远离长安，无足轻重，根本不值得她如此大费周章。琉璃起初还有些不以为然，只是当五个月后，当朝廷召裴行俭回京的敕书如期而至，她便再说不出什么。

所谓司文少卿，乃是鸿胪寺的四品副职，负责的是四夷朝贡、宴劳送迎之事，说来也不是什么要紧职位。可琉璃总觉得，皇帝此次召回裴行俭，绝不是为了让他回去好好招待外国友人，这对大唐最尊贵的夫妇做的事情……正是云伊的那句话——算什么恩典？

云伊也叹了口气，"我真真是不明白长安人这些古怪的恩典和规矩！阿姊，若是你们都能不回去，那该多好。"停了片刻，她的声音变得低低的："玉郎说，长安城，是世间最身不由己的地方。"

琉璃不由点了点头。麹崇裕说得没错，那里有着最高的权力、最大的富贵，足以让每一个卷入其间的人都身不由己。

车厢里一时静默了下来，牛车行进间吱呀吱呀的声音似乎变得越来越响亮，循环着某种单调而固执的音律。

云伊突然低声道："姊姊，你曾经问我，我为何会想和他在一起，以前我也一直迷糊。这些日子，我总是反反复复想起以前的事，才突然明白过来。

"姊姊你不知道，几年前你突然病倒的那几天里，玉郎他一直守在前院，总是阴沉着脸催促这个指使那个，模样冷得让人不敢靠近一步。后来姊姊缓过来了，我去前院告诉大家这个消息的时候，大家都欢天喜地，只有他站在那里半天没动，可整个人就好像突然卸下了几千斤重的担子。我才发现，原来心里最害怕的人，其实是他！那时我就觉得，他这个人，和别人有点不大一样。

"后来就到了柳姊姊成亲的那天，我看见所有的人都那么开心，柳姊姊和阿烈，你和姊夫，就像一对一对的蜜果儿，看着都让人觉得甜得不行。只有他一个人坐在那里，他明明也在笑，但不知为什么我一看见他的笑容，就再也笑不出来了。我就想，原来这个世子，虽然平日里看上去总是那么骄傲又神气，但其实，他也很可怜。

"打那之后，也不知怎么的，我就总会注意到他，看着看着，就想要和他在一起，因为我真的不想看见他再露出那种让人笑不出来的样子。

"可是姊姊，现在我没有办法了，不管我有多想，我终究都不能再陪着他。姊姊，你和姊夫在长安时，能不能多照看玉郎一些？他虽然不曾跟我说过，我却知道，他和我一样，是怕去那地方的！只是，他却没有法子……"

琉璃怅然无语，生平第一次觉得与麹崇裕竟是同病相怜。长安，那座繁华无双的雄城，对她而言，从来都是这世间最凶险莫测的战场。可身为裴行俭的妻子，她必须和他一道去承担那些无法回避的责任和使命。就像麹崇裕，生为麹氏子弟，必须背负起那个家族的命运……如今她也只能期望，这一路可以走得慢一点，让她可以多看几眼这片辽远明净的天空，这片无遮无拦的原野。

然而无论琉璃如何祈祷，牛车依然在不紧不慢地一步步走向长安。两日之后，前方便出现了一望无际的荒漠。

琉璃走下牛车，望着眼前这片又被称为大患鬼魅碛的荒野，只觉得天地茫茫，人如虫蚁，一时也说不出心里是什么滋味。看着身边同样默默无语的云伊，她低声道："云伊，你不能再送了，不然我怎么能放心让你一个人回去？"云伊是收到信后一直追到赤亭来相送的，可总不能让她把自己送回长安去！

云伊的眼圈瞬间便红了起来，"姊姊，我想把你送到长安，可终究是不成！那里不是我能去的地方。可日后你若是能回来，多远我都会来接你！"

琉璃沉默良久，用力点了点头，"云伊，你要保重自己。"

云伊咬着嘴唇，扭头片刻，回过脸时，脸上已重新露出了笑容："姊姊放心，我阿史那云伊是天下最不会跟自己过不去的人，倒是你，一定要好好保重，早日给三郎添上三五个兄弟！"

不待琉璃说话，她笑着伸头在三郎的脸上用力亲了一口，"小三郎，不许忘记你在西疆有个小姨！"说完转身走到马边翻身上马，向琉璃挥了挥手，又对裴行俭笑道："姊夫，好好照看姊姊和三郎！"

一声清脆的马鞭声响，白色骏马上的那袭红衣，沿着大路向西归去，没多久，那身影便消失在淡黄的飞尘与深绿的树影之间。

琉璃忍了许久的眼泪终于落了下来，连三郎都不断探着脖子往回看，圆圆的眼睛里满是困惑，似乎想不明白，这个几天来总是抱着自己疼不够的女子，怎么会如此干脆利落地离开了。

裴行俭轻轻揽住了琉璃的肩头，一言不发地陪着她站在道路正中，回望着西州的方向。他们的身后，小檀和阿燕两家人也默默站在车边，连几个孩子都停止了嬉笑，年纪最大的韩飞更是露出了一脸小大人般的沉肃神情。

远远的，一声鸣镝打破了漫长的沉默，琉璃吃了一惊，抬头看向声音传来的地方。远处的山丘上，不知何时出现了一位骑者，一人一马在湛蓝如洗的天空中画下一道奇妙的剪影。

裴行俭眯了眯眼睛，慢慢笑了起来，突然转身走到自己的坐骑旁边，从马袋里摸出了一支小小的横笛。

笛声清越，远远传了出去，吹到激越之处，山顶的那道剪影微微一动，张弓搭箭，几声尖锐的箭鸣之声遥相呼应。

一曲终了，那笛声却似乎犹在旷野上回荡不绝，应和着一个从容舒缓却不容置疑的声音："终有一日，我会归来，令西疆无忧，此生无憾。"

远处的山头上，那道剪影不知何时已悄然消失，琉璃的目光不由看向了远处的荒野。在静静的碧蓝天空下，这片鬼魅的荒漠看去安宁得犹如一幅漫天铺开的枯墨山水卷轴，然而熟悉这片土地的人都知晓，那安宁的背后有着怎样莫测的危机。

路还很长，他们的归途，才刚刚开始。

番外
陌上花开君可归

（一）

行囊早已备好，油灯即将熄灭，原本便阴冷简陋的草庐，愈发显得空荡荡的好不凄凉。那件刚刚脱下的白色细麻布襌服搭在硬木榻上，耷拉下来的袖口有几处明显脱了线，缕缕麻丝随着从木头墙缝里漏进的寒风微微颤动。

袁金生藏进袖子的手搓了又搓，几次想开口说一声："阿郎，咱们该走了。"可看着站在窗前一动不动的那个背影，又把话咽了下去。

不知过了多久，一个醇厚的声音才缓缓响起："收拾好东西，准备走罢。"

金生眉毛一动，脸上露出了喜色，忙上前抱起那件一个多月前便该烧掉的襌服，快步走到屋外，没多久，整座墓园里便飘荡起一股麻布燃烧时特有的焦味。

眼见火盆里的火头渐渐熄灭，金生的手脚上似乎也多了几分暖意，直起身子时，却见麴崇裕已走到了屋外，一身淡青的衣服，越发衬得那张消瘦的面孔苍白如纸，一双眸子黑幽幽深不见底，见不到一丝往日的飞扬和讥诮。两千多里的扶棺回乡，二十多个月苦行僧般的居丧守制，似乎已把他身上最明亮的东西消磨殆尽……金生只觉得心里一酸，不由低下了头去。

麴崇裕却并没有注意小长随的神色，只是缓步走到墓园里那一座座的新旧坟茔之前，一丝不苟地叩首行礼，最后才站在了一年前立起的那座石碑前。眼见日影移动，他的影子在地上渐渐越拉越长。金生先是双腿发麻，随即心里便越来越有些发慌，几乎想上前一步，看看阿郎是不是也化成了一座石像，麴崇裕却突然倒退几步，转身向墓园外走去。

金生松了口气，忙不迭追了上去，抢在麴崇裕之前跳上马车，打起了帘子。麴崇裕却并没有弯腰进去，反而随随便便地坐在了车厢前面。

金生很是吃了一惊，只是看着麴崇裕的脸色，到底不敢说什么，斜欠着身子坐在另一面，一抖拉马的缰绳，马车缓缓向山外走去。

从云栖山到榆中城有十余里地，天气虽然已在转暖，但随着日头一点点滑向西边，迎面的风里寒意也愈来愈浓，麴崇裕仿佛毫无所觉般沉默地看着渐行渐远的山岭，露在外面的一双手颜色却渐渐有些发青。

金生好容易才鼓足勇气道："阿郎，外面风大，您穿得又单薄，还是进车里好些。若是冻坏了身子，岂不会耽误行程？"

麴崇裕似乎并没有听见他的话，依然眯着眼睛看着远方。金生顿时像漏了气的皮球，整个人都缩小了一圈，却听麴崇裕不紧不慢地道："你很想早些去长安？"

金生"啊"了一声，半晌才道："长安……人人都说是一等一繁华的地方，比西州要大上百倍，小的听着只觉得有些心里发慌，那么大，只怕路都不好认，人也认不全，去个地方坐车都要半日，有什么好的？哪里比得上西州自在？至于早些去晚些去，横竖是要去的，倒也没什么分别。"前几日朝廷的敕书已经到了，世子守制期满，被召回长安任左卫中郎将，据说比原先的左屯卫中郎将要强上百倍，老宅里一片欢腾，大约只有他这样没出息的人才会为回不了西州而怅然吧？

麴崇裕转头打量了金生好几眼，淡淡地点头："我也如此以为。"

金生不由松了口气，挠着头笑了起来。

麴崇裕却又转过头去，淡淡地道："既然如此，明日你便不用跟我去长安了，跟二管事回西州去吧。"

金生唬了一跳，马鞭都差点从手里掉了下来，忙不迭道："阿郎，小的不是那个意思，阿郎去哪里，小的便去哪里，阿郎千万莫把小的赶回去，不然我家爷娘只怕会打死我……"

麴崇裕皱了皱眉，"你大呼小叫什么？还不坐好赶车！"看着金生眼泪汪汪的发白脸孔，叹了口气，"我不赶你回去便是。"

金生如蒙大赦，抬手擦了擦眼角，"多谢阿郎开恩，小的以后再也不敢乱说话惹您生气了……"

麴崇裕的声音有些发冷："我不曾生气，只是……"停了片刻才道，"只是你若随我回长安，以后便不许在外面再乱说一个字！什么长安不如西州自在之类的话，绝不许出口，不然，我第一个饶不了你！"

金生应了一声"是"，身子越发缩得小小的。

麴崇裕的声音却慢慢低了下去，仿佛自言自语般道："在长安，我保不住你，我谁也保不住！"他的脸上依然没有什么表情，眼神里却已满是萧瑟。

他只是一个四品的中郎将，只是一个侥幸得到朝廷起用的降臣之后，他只是麴家一个喜欢胡作非为的子弟……如今，连这一生最护着他的人都已化作了黄土下的白骨，他又有什么能力在那座繁花似锦的大城里，在那座规矩森严的大宅中，护住他想护的人？

耳边仿佛又听到那个清清脆脆的声音："麴崇裕，我很欢喜你，你觉得我如何？"

当时他震惊得几乎以为自己出现了幻听——不是因为这个一直最爱跟自己抬杠的

女人居然喜欢自己，而是她居然说得这么理直气壮！从他十六岁起，有多少个女子曾用脉脉的眼神、含蓄的诗句、微妙的暗示表示过同样的意思，最大胆的也不过是跑到自己面前痴笑着叫一声"玉郎"，却从不曾有人这么走到自己面前来直接说出这句话！

他的第一反应是：这妮子莫不是来耍我的，就像她那个诡计百出的姊姊？因此，他只是淡淡地说了一句，"承蒙厚爱，麹某担当不起"，便转身离开。走了很远之后，才忍不住回头看了一眼，却看见她依然站在那里，眼睛里分明已满是泪水，却瞪得大大的，不肯让眼泪掉下来，看见自己回头，竟是努力笑了起来。

那时他的心里并没有什么感觉，她不是自己喜欢的类型，从容貌到谈吐到性格都不是。直到过了一段时间，父亲越发絮叨起来，那些女人也越发烦人，而风飘飘却说，如果自己身边有一个女人，大家大概都能消停些。他想了很久，觉得如果能让那些姓张的姓祇的女人都彻底死心滚远一点，他可以不介意身边多一个这样简单到透明的女子——而且，他大约也的确有点寂寞。

他点着头，清楚地知道自己并不是真的喜欢她，因此看着她蓦然绽开的灿烂笑容，心里最大的感觉，居然是有些内疚。

然而人心真真是世上最莫测的东西，如今他一闭上眼，竟能清清楚楚地看见她的笑颜，直到将自己送到金城，直到她扬鞭离去，她依然笑得那么灿烂，他却在隔得越来越多的日夜之后，慢慢发现，自己居然已经忘不掉这张笑脸。相反，他以为自己绝对不会忘记的那些娇媚的笑容，那些轻蔑的眼神，却已经变得极淡极淡……

一阵风吹过，路边不知什么花树上纷纷扬扬地落下了细碎的花瓣，有几片从车前掠过，麹崇裕下意识地随手一接，那花瓣刚刚落在他的手心，却被一阵更大的风吹走，到了高高的半空，转眼便不见踪迹。

他慢慢收拢了手指，突然微笑起来。

如此，甚好。

（二）

日上中天，隋唐年间改名为兰州的金城，到处都是一副生机勃勃的繁忙景象。带着大批牛马的回鹘人与来自长安巴蜀等地的茶盐商贾纷纷涌入城内，只待开市的鼓声一响，便好进入市坊做互市的生意。而在内城的西北角上，那座高达百尺的木塔也被三月的艳阳映射得分外庄严，宝珠形的铁制塔刹熠然生辉，仿佛真是一颗反射着万丈佛光的硕大明珠。

离木塔寺不过两箭余地的街道上，行人并不算多，一队有十余辆大车几十匹骏马的车队却不知为何越走越慢，几乎停在了街道正中，自然引来了不少诧异的目光。

麹崇裕若有所思地抬头看着佛塔，骑着的那匹金棕色骏马慢慢收住了步子。正当几个麹家世仆互相交换着眼色，估量着离开兰州前说不定还要去木塔寺走上一遭时，他却突然神色冷淡地一抖缰绳，头也不回地向前走去。

金生正半张着嘴看得目不转睛，直到听见身边有人叫了一声，他才醒过神来，不好意思地对出声提醒自己的老管事笑道："早便听说过这座宝塔了，今日一看，果然气派！"

那位老管事往前看了看，见麴崇裕已走到了队伍的最前面，才低声笑道："当年老王爷可是把天可汗赏下的金银悉数捐献在这上头了，能不气派？"

此事金生自然也听说过，贞观年间，高昌国王麴文泰去长安觐见天可汗，回家途中便出资在故乡修建了这座宝塔，留下了好大的名声，没想到用的却是天可汗的金银！这般会算计，怪道世子爷，不对，是县公爷了，也精明得紧……他忍不住嘿嘿笑了出来。

老管事看了这位满脸傻笑的小长随一眼，微微摇头，正欲走开，却听金生又问道："既是自家修的佛塔，阿郎回乡这许久怎么也不曾进去盘桓过？"

他声音响亮，传出老远，老管事顿时唬了一跳，忙抬头看了看前面，眼见麴崇裕似乎并未注意到这边的动静，才转头瞪了金生一眼，低声喝道："少问废话！"

金生诧异地瞪大了眼睛，"怎么？问不得？"随即便反应过来其中多半有什么玄虚，赶紧捂住嘴东张西望了好几眼，只见身边几个年长的世仆神色都有些古怪，不由越发纳闷，只得眼巴巴地瞧着老管事。

老管事叹了口气，带住了马缰。眼见几辆马车都已过去，老管事才低声道："你是随身伺候阿郎的，有些事日后还是心里有数才好，想你也知晓，阿郎的亲生父亲乃是大郡公！"

金生点了点头，这事他当然知道，只是若让外人去看，大约无论如何也不会相信阿郎不是都督的亲生骨肉，莫说都督病重时阿郎日夜服侍的那份孝心，此次都督故去，阿郎更是扶棺三千里，又在坟前结庐而居，几个亲生子女能做到？

老管事叹了口气，"这也罢了，只是阿郎的亲生母亲何妃……便是在此处的尼庵出家，又安葬在了后面的塔林中。"

金生的嘴巴顿时张得溜圆，呆了片刻才道："小的曾听阿兄说，阿郎的母亲是、是……"他虽然性子有些鲁直，却也不好把阿兄的原话说出来——"那张家娘子算什么？要论生得好，谁还能越过世子的亲娘去？结果又如何？还不是红颜祸水！"可这"红颜祸水"具体是怎么回事，阿兄却不肯说了，原来竟是落了个青灯古佛的下场吗？居然连近在咫尺的麴氏祖坟都不曾进得！

老管事似乎并不在意金生的兄长说了些什么，只是皱眉道："此事你知道便好，日后莫在阿郎面前问东问西，省得犯了忌讳。"

金生眨了眨眼睛，满脸都是困惑。老管事却只是将目光转向了那座宝相庄严的佛塔，压住了心底的一声长叹。

在那佛塔之下，昔日那般美艳的一副皮囊，想必早已化作一堆白骨！所谓红颜薄命，她若不是生得太好，艳名远播，何至于被那位侯大将军看上？阿郎那时年幼气盛，知晓此事后竟是身怀利刃要杀那位侯大将军，被拿了个正着。当时麴家一门老幼都在被押往长安的途中，阿郎闯下这般大祸，却还口口声声但凡有一口气在定要杀了侯大将军。郡公被逼得没法，只能亲手处置阿郎，还是都督拼死护住了他。大约从那时起，在阿郎心目中，这位叔叔便是比爹娘更亲的亲人了。

那段日子里麴家多少人对这位美人恨到了骨子里却又无可奈何。谁知没多久，侯大将军竟被天可汗拿入大牢，她也被送回了麴府，顿时便从云彩上的仙子变成了泥地里的破布，若不是到底怕唐人猜疑，也怕她那位神出鬼没的兄长还在人世，只怕她连性命都保不住。待到侯大将军被斩，她便立刻被送到此处出家，听说很快人便没了……

佛塔之上，几只飞鸟盘旋而落，老管事不由眯起了眼睛，不知怎的突然想起了自己还是高昌王府当仆僮时第一次见到那位何妃时的情形，似乎也是在这样一个艳阳天，她在花园里新开的桃树下翩然走过，那张微笑的面孔却把满院的桃李都映得失去了颜色……

怅然的神色在老管事丘壑纵横的脸上一闪而过，金生正想开口，他已转头道："咱们都是做奴婢的，该忌讳的还是忌讳些才好。"

金生忙点头，"阿伯放心，小子绝不会在阿郎面前多问，只是……"他有心追问一句，可看着老管事蓦然皱起的眉头，话到嘴边却变成了："不知阿郎还有旁的什么忌讳没有？阿郎叮嘱过小的，说长安不比西州，说话都要当心，可该当心哪些事情，小子心里不大有底。"

老管事若有所思地点了点头，"长安贵人多，规矩大，莫说阿郎，便是郡公老夫人他们，都是要谨言慎行的，咱们这些人更要把紧了嘴，到了外面，记得做个会笑的闷葫芦便是！"

他一面说一面便拨了马头，随口又说了一通做长随的要耳聪目明嘴巴笨、手短胆小脑子清之类话，这些金生心里自然早已有数，却也点头不迭，眼瞅着老管事说得兴起，便笑道："听说夫人是个性子刚强严厉的……"

老管事沉默了片刻才道："夫人是将门之女，自然性子刚强，不过横竖与咱们也是没什么关碍，阿郎在外间的事情，夫人从来不问。"

金生不由"咦"了一声，阿史那娘子那般大大咧咧的性子，少不得也有拎着他一通追问的时候，夫人却怎会一律不问？

老管事却显然不想多说，双腿一夹马肚，坐骑一路小跑追上了车队。金生没奈何也跟了上去，尽量不惹人注目地挪到了队伍前面，跟在了麴崇裕身后不远处。麴崇裕仿佛脑后生了眼睛，回头扫了金生一眼，神色里倒也看不出喜怒。

金生多少有些心虚，忙跟近两步，还没开口，麴崇裕已淡淡地道："我看你真是太闲了，不如先去前面定下的饭铺一趟，让掌柜换一换菜谱，今日天热，我胃口不佳，让他们莫上荤腥之物了，多做些清淡的。"

晚间的饭铺？那是今日歇脚的驿馆附近，来回足足有五六十里……金生顿时苦了脸，也不敢多说，低声应诺，挥鞭便跑。

兰州城外道路修得甚为平整宽阔，春日里车马络绎，尘土飞扬。金生好容易才跑了个来回，已浑身是汗，满面灰尘。麴崇裕却又道，驿馆那边还要再带句话过去，打发他换匹马再跑一趟。这一回，他再次回到队中时，脸上的汗水混着尘沙早已糊成了灰泥，被他用袖子随手抹了两次，更是黑一道白一道的好不滑稽。

待金生吭哧着回完话，麴崇裕不置可否地点了点头。金生见他没有别的吩咐，忙拨马跟在了麴崇裕的马后，又等了半日还是无事，这才掏出怀中的白叠巾子擦了把汗，却突然听见了麴崇裕冷淡的声音："以后若真有什么事不明白，你不妨来问我，莫要在背后鬼鬼祟祟！"

金生手上一僵，半晌才摸着头憨笑了一声。

夕阳渐渐沉入地面，远远已能看见今日歇脚的小镇，小镇的外面那大片大片的桃林，一眼望去便如粉色的海洋。金生在这条道上来回经过四次，此时才能踏踏实实看上几眼。待得看见几个妙龄的女子嬉笑着从林中钻出来时，更是看得直了眼。

看见车队，几个女子都笑嘻嘻地掩住了嘴。她们都是花一般的年纪，这等神色自有说不出的动人，有一个姿容秀丽些的笑得眼波流转，尤其显得娇媚。金生脸上顿时有些发烧，有心多看几眼，不知怎么的却不由自主反而扭过了头去。

他心里正在打鼓，耳边听到一声低低的冷哼，只见自家阿郎也转过了头，眼神中却带着一股淡淡的厌恶。

金生心头不由大奇，想起阿郎刚刚吩咐过的话，忙问："阿郎认识她们？"

麴崇裕没好气地瞪了他一眼。

金生纳闷地回头仔细看了看那几位少女，只见她们正对着车队指指点点，不时嬉笑几声，十足便是没见过太多世面的娇憨女子，他越发百思不得其解，想了半日还是遵从阿郎适才的吩咐："阿郎，莫不是她们生得和谁有些相像？"

麴崇裕这次看都没看他一眼，皱着眉冷冷地道："我似乎落了两把角弓在老宅中，横竖你也无事……"

金生脸色都变了，脱口叫了句"阿郎"——老宅离此处有两天的路程，足足一百多里！

麴崇裕瞟了他一眼，"不如去前面镇上看看，可有售卖弓刀的店家。"

金生再也顾不得问东问西，拨马便往前蹿了出去。

看着金生有些狼狈的背影，麴崇裕挑了挑眉，脸上的不耐之色已变成了淡不可见的笑容，这家伙，以后还是在身后鬼鬼祟祟好了……其实，金生说得也不算错，适才路边的那位少女，神情笑容间的确有一种自己最厌烦的东西。若是从前，他大约会想都不想便推到当年那位以娇媚著称的长安贵女身上去。当年若不是她那温柔笑颜背后势在必得的霸道与傲慢，自己大约也不至于好几年里都装出一副只爱俊秀少年的模样，可今日午间在木塔之下，好些尘封在心底里的记忆却突然间被搅了起来。

不，他讨厌的不是那个贵女，其实早在她之前，他就讨厌女人娇笑的声音，讨厌那种脉脉流转的眼神，因为，给自己生命的那个女人，正是世上最娇媚的女子。他很早就知道，她的笑声和眼波，可以让最无畏的高昌勇士瞬间面红耳赤，可以让父亲无法拒绝她的任何要求。然而当高昌国转眼之间沦为唐军铁骑下的焦土，当他们变成了唐人阶下囚，她的笑声就再也没有响起过。直到那位穿着明光甲披着紫色大氅的大唐将军出现在他们的营地里，他才知道，原来她的笑容和温柔可以转眼间就换一个施展对象。

好几年后，她曾拉着他的袍角哭诉："我只是受不了在那种臭烘烘的地方度日，穿着抹布般的衣裳，我只是不想一生一世都过这种日子，只是想让你和镜娘日后能活得好些……"而他只是挥刀割断了袍角，在她的哭声中头也不回地走出了那扇大门，就像当年她在镜娘的哭声中头也不回地离开了高昌战俘的营地。

她以为自己当时还小就会忘记吗？在寒酸混乱的毡帐间，那天她绽开的娇媚笑颜就像佛塔上的宝珠一般光芒四射，不但晃花了侯大将军的双眼，也寒透了他们的心。镜娘从此再也不肯轻易露出笑容，他也无师自通地学会用冷笑来面对一切，包括亲生父亲举起的弯刀……

对他而言，笑容可以掩饰一切仇恨、愤怒和轻视。至于欢乐，那是很久很久都与他无缘的一个词，他也曾对自己的妻子抱过一丝希望，只是他的好运大约在九岁前已经用完，妻子端庄大方，处事得体，一丝不苟地履行了作为麴氏妇一切应尽的义务，却把那颗心留在了不知什么地方。她的目光总是清澈而冷静，她的笑容总是温雅而疏离，而他很快便学会了面对她露出同样的笑容。他麴崇裕固然不算什么人物，却也不至于会去祈求一个女人施舍的温情！

恍惚间，麴崇裕的眼前又有一张笑脸忽闪而过，是那个丫头没心没肺、却像阳光一样清透灿烂的笑颜。他嘴角的笑容也慢慢加深了一些，自己的运气到底也不算太坏是不是？

驿站的西边，晚霞的最后一抹色彩已被暮色吞没，而东边一轮圆月刚刚从树梢后探出头来，朦胧的光晕中，眼前的树丛和瓦舍都像笼罩在一层淡淡的雾霭里。一声叹息轻微得恍如遥远的时光中残留的悲喜，转瞬间便消失在春风里。

（三）

半旧的银平脱漆盘上，那一圈银质莲花纹已有些暗淡，黑沉沉的漆面也失去了当初的光泽，仿佛是在过去几十年里见证过太多人间悲喜的眸子，如今只剩下了一片暮气沉沉的灰暗。

随着剪刀那轻微却又令人心悸的"咔嚓、咔嚓"声，暗沉的漆盘内很快就多出了一绺绺光可鉴人的长发。捧盘的老比丘尼目光不由凝了一凝，在尼寺这些年，她还从来没见过这样的好头发，柔润黑亮，好看得不像是真的……就像，正在剃度的这位女子。

持剪削发的维那师似乎也有些心浮气躁，破天荒地停下了手中的银剪，又问了一句："汝意已决否？"

端端正正跪在蒲团上的女子连睫毛都没有颤一下:"请恩师成全。"

维那师神情肃穆地垂下了双眸,手上再未迟疑,眼前的满头青丝没多久便纷纷落尽。直到剩下一绺顶发时,她才停了下来,按规矩再问了一遍。在"决志出家,永无退悔"的答声中,最后一绺秀发悄无声息地飘落下来。

"从今日起,汝名静安。"

女子依然光洁如玉的前额紧紧地贴在双掌间的地面上,声音柔和而清冷:"我静安沙弥尼,此缦礼忏衣,今受持。"

"我静安,皈依佛,皈依法,皈依僧,我今随佛出家……"

检问遮难、授持十戒,漫长的问答依然在继续,她笼罩在袈裟里的背脊却仿佛解脱了什么重负一般越来越轻盈。

"尽形寿不得持香华脂粉,是沙弥尼戒,能持否?"

"能持。"

有什么放不下的?花钿香脂、高床绣被、舞席歌尘……她需要的,从来不是这些东西。

事实上,她也从来不曾真正缺少过这些东西——只不过自打有记忆开始,她总是会比姊妹们拿到得晚点,分到得少点。她难免也会失望难过,为的却不是这些东西,而是那些若有若无的漠视与轻蔑,是旁人待她总是和别的姊妹不一样。

好在随着她一天天长大,随着她在琴棋书画上的天赋日益显露,那些原本只会摸摸她的头说声"小可怜"的婶娘姨母们,待她越来越好了;当她成为姊妹中最出色的那一个后,她甚至开始得到了比姊妹们更多的关注和重视。那时,她以为是自己的努力赢来了这一切,因此也用加倍的努力来回报这份另眼相待。

渐渐的,她把所有的姊妹都远远甩到了后面,她开始享受那种和旁人不一样的感觉,哪怕因此被人编排出了命硬、克亲的谣言,她也没有低下头过。她是西州城里最美、最富才情也最骄傲的少女,她相信自己将为这个家族带来荣光——直到那些传说迁去了长安的亲族好友突然间又回到了西州,直到待她最亲善也是最出色的那位姨母,被送到了麹都督的身边。

她当然知道,那个永远笑眯眯的、对着自己时笑得像个佛爷的中年男子,离姨母心目中的良人差得有多远;可她的抱怨和不平刚出口,便收到了几束异样的眼光。就在那一刻,她突然明白了自己的命运。

富贵乡,绮罗丛,原来不过是个买卖场;家族的荣光原来是一场交易,而她也不过是一样昂贵的货物,待价,而沽。

那一年,她十二岁。

"尽形寿不得淫,是沙弥尼戒?能持否?"

"能持。"

有什么可以遗憾的?没有了那个人,这样的戒律于她不过是一种解脱。

就在一夜之间,她学会了收敛,学会了讨好,学会了察言观色,她看见姊妹们一个个的定下了亲事，然后她发现，其实大家没有什么不同，每一次联姻，都是门第与门第之间的考量，地位与地位之间的比较，利益与利益之间的交换。每一桩婚事都是一次交易，区别只是这交易的结果，是不是能够皆大欢喜。

而她的婶娘、姨母、嫂嫂们，她们在后宅里每一天的生活，何尝不是交易？付出她们一生的时间，付出她们手头掌握的财力和人力，付出所有的心血，然后得到肯定、得到子女、得到掌控后院的权力。包括她们对自己的好、对自己的厚待，也不过是为了换来厚待孤女的好声名，以及未来或许能用上的一分助力。

一切是那么清楚明了，一切是那么索然无味。

然而命数似乎跟她开了一个最大的玩笑。当她已做好了被交易的一切准备，嫂子却突然告诉她，她未来的夫君，会是西州最高贵最英俊的男子。

麹玉郎。

这不是她第一次听到这个名字，从长安回来的姊妹的嘴里，她曾无数次听见她们提起这个名字，带着遗憾带着向往带着梦幻……

从那天起，这个名字对她来说似乎也带上某种魔力，她反复想象着他的样子他的性情。可无论她想了多少次，当她在都督府第一眼看到这个俊美优雅的男子时，还是失控地呆了很久。

他比她想象得更好看，更重要的是，他的身上分明带着一种她从未见过的东西，干净得好像不属于这个风沙肆虐的城池，高贵得好像不属于这个充满算计和交易的尘世，那时，她就知道，如果可以和他站在一起，她愿意付出自己的一切！

可是，他不愿意。

他只看了她一眼，就让她卑微到了尘土里。然而即使在尘土里，她也清楚，自己这一生，再也没有能力把目光转向别的男子。

那一年，她十四岁。

"尽形寿不得妄言，是沙弥尼戒，能持否？"

"能持。"

如今，她再也不需要撒谎和欺骗了，不需要说是非语、两舌言，不需要再去讨好任何人，算计任何人了。

曾几何时，她是那样费尽心机地搜集着关于他的消息，打听着他的爱好、他的过往、他的一切。在那些隐隐约约的传言背后，寻找着自己的机会。据说他不爱女人，可那有什么关系？据说他性格乖戾，可那又有什么关系？她只知道，这个世上从来没有达不成的交易，只要你付出得够多，手段够高。

她第一次清楚地意识到，麹都督对自己的好意里并没有掺杂任何私欲，这是自己最大的优势和筹码。通过抓紧这个笑眯眯的长辈，她渐渐赢得了一些优势，让那些和她一样想进入世子府的女子，一个个在她面前一败涂地。于是慢慢的，在很多人眼里，她迟早都会是麹玉郎的女人。而这，也让她可以更容易地靠近他，更容易地让他身边的那些人对她说一些实话，为她做一点小事。

对于自己想讨好的人，她从来都有的是办法——除了他。

他的眼神永远是那么冷淡，无论她做了多少，似乎都没有办法真正靠近他一步。即使她用尽办法，让他看到了别的男子对她的痴心，让他看到自己的出色、自己的矜持、自己的聪慧……他眼里的戒备，却从来不曾因此淡化掉一分。

最后她决定示弱，让他知道自己的孤苦无依，知道自己的身不由己，让他知道自己并不是敦煌张氏的天之骄女，不过是个寄人篱下、任人宰割的弱女子。她知道这一步走对了，他对她的态度有了些微妙的变化，在她设法让他知道，张家对自己已经没有什么耐心的时候，他甚至给她写了一张帖子……她还记得自己拿到那张帖子时的欣喜若狂——可那，竟然是她一生里最接近他的时刻。

他终于发现了她为了接近他而做出的那些努力，而这些努力似乎彻底激怒了他，他从此再没有正视过她一眼。

再然后，他的身边就出现了那个女人，一个最粗俗愚蠢不过的突厥女人。她只用了三天时间就掏出了那个女人的一切秘密，粉碎了那个女人的一切希望。可转眼间，他居然牵住了那样一个女人的手！

看着他眼里毫不掩饰的嘲讽和嗤笑，她清楚地知道，自己的这一生已经毫无意义。唯一还能做的事情，不过是，毁掉他！

那一年，她十八岁。

"尽形寿不得杀生，是沙弥尼戒，能持否？"

"能持。"

她怎么还能杀生呢，因为信佛，她甚至不能轻生，只能在煎熬中数着日子一天天过去。毁掉他，竟然成了她生活里唯一的希望与动力。

她试过去摧毁那个女人的感情和自信，可对手实在蠢到无可救药，以至于她竟然无法下手，反而让自己越来越像一个笑话。

她试过去打动麹都督的心肠，可是麹都督虽然对自己越来越同情，却无法左右他的决定。

她试过再次去接近他身边的人，可再也找不到任何机会。

她试过去寻找一个更强大的男人。是的，的确有这样一个人，这个人不但可以击败他，甚至可以让那么骄傲的他低下头来。在无数个失眠的夜里，她已经想好了如何去靠近这个男人，如何在他的生活里划出一条条小小的裂缝，让她有机会去接近他去动摇他——反正她要的也不是这个男人的心，她要的只是他与麹玉郎离心离德、反目成仇。

可是那个叫裴行俭的男人却实在太可怕，第一次见面，他明明是在温和地微笑，眼神里却带着洞察一切的明彻，带着永远不可能动摇的漠然。面对那种眼神，她发现自己除了恐惧竟然无法产生别的任何情绪。而当她好容易鼓足勇气按计划行事时，她才发现，裴行俭身边的那个女人竟然和他一样可怕，在同样的温和笑容下，居然是那样冷酷的戏弄，那样直接的羞辱……

然而仇恨已经是一种太过陌生的情绪了。当她终于如愿以偿地嫁给了玉郎的仇敌，如愿以偿地在他们之间挑唆起更深的仇恨与愤怒，当她终于得知麴玉郎已经活不到那个上元节，她才突然发现，她并不能感到半分欢喜，只有更深的绝望铺天盖地而来。

原来她恨的不是他，她想毁掉的，也不是他。她恨的，根本就是她自己。让她沦为笑话的，是她自己，把她推到那样一个粗俗男人怀里的，也是她自己。

麴玉郎，不过是她最美好的梦想，是她问心无愧地离开这种她深深厌恶的生活的希望，是她既能够满足家族的期待、又可以成为一个更好的自己而不仅仅是一件货物的希望。她的仇恨与痛苦，不过是因为突然失去了这种希望。

从明白这一切的那一刻起，她就再也不恨任何人了。

甚至当娜娜，这个她亲手从人贩子手里救出来的小女婢，这个她最信任的心腹，在两年前麴玉郎离开西州的那一天，居然拿出了一张早已在官府盖章的放良文书时，她也只是感到滑稽和荒谬。所谓的救命之恩，所谓的忠心耿耿，原来从一开始就是一个圈套。他终于，也算计了自己。

那一年，她二十六岁。

"尽形寿不得盗窃，是沙弥尼戒，能持否？"

"尽形寿不得非时而食，是沙弥尼戒，能持否？"

……

"能持。"

"我静安沙弥尼依教奉行，永不反悔。"

从这一刻起，世上再也没有那个叫张敏娘的女子了。其实这世上早就没有了张敏娘。张家给她的一切，在她与苏南瑾成亲的那一天，她就已经还清了。而在她回想自己这短暂又漫长的一生时，才发现，这个世上真正全心全意不求回报对她好过的人，居然只有一个。

因此今天出家的信女，不是张氏敏娘，而是愿用剩下的一生在佛前为麴都督祈福的欠债人……

唱赞声终于袅袅消散。郑重跪谢过引礼师和维那师后，她慢慢直起了身子。佛堂外的阳光出奇的清澈，让她突然想起很多年前的那个下午，她得了琴师的夸赞，满心欢喜地跑出了学堂。婢娘弯下身子仔细打量着她，满面微笑，"敏娘原来生得这么好，又这么聪慧，一定会成为张家最出色的女儿。咱们张家日后就指望着你来光耀门庭了！"

她从来没有得到过这样的夸赞，骄傲得几乎能飞起来……

静安眯了眯眼睛，恍然大悟地微笑起来。

原来从那一刻开始，她的一生就已经注定。原来这个世上其实从来没有张敏娘，有的，不过是长达二十年的，一个执念。

大唐明月

[下] 天下篇

蓝云舒 / 著

上海文艺出版社

目 录

第一百一十六章　人间四月　约法三章 / 001

第一百一十七章　小露机锋　大失所望 / 012

第一百一十八章　长袖善舞　短兵相接 / 023

第一百一十九章　故人面目　慈母心肠 / 034

第一百二十章　　三日之别　千金之诺 / 044

第一百二十一章　机关算尽　如梦初醒 / 055

第一百二十二章　咄咄逼人　急转直下 / 066

第一百二十三章　美人旧恩　英雄暮日 / 077

第一百二十四章　炎凉世态　冷暖人心 / 087

第一百二十五章　相由心生　祸从耳入 / 099

第一百二十六章　天意弄人　人命关天 / 112

第一百二十七章　福报业报　人算天算 / 120

第一百二十八章　天生我才　智者千虑 / 130

第一百二十九章　不速之客　不情之请 / 142

第一百三十章　　缓兵之计　来日之忧 / 153

第一百三十一章　愿者上钩　能者多劳 / 165

第一百三十二章　风波乍起　端倪初露 / 174

第一百三十三章　举重若轻　微言大义 / 184

第一百三十四章　来者不善　以势逼人 / 193

第一百三十五章　暗生疑云　惊逢故人 / 204

第一百三十六章　似曾相识　无所畏惧 / 215

第一百三十七章　铁口直断　平地惊雷 / 226

第一百三十八章　人命大案　惊天逆转 / 234

第一百三十九章　一洗前辱　终得报应 / 243

第一百四十章	美人恩仇	帝王心术 / 254
第一百四十一章	龙颜震怒	黄雀在后 / 268
第一百四十二章	生死一线	祸福难辨 / 279
第一百四十三章	斯人已逝	祸事未已 / 293
第一百四十四章	如梦初醒	醍醐灌顶 / 302
第一百四十五章	平地惊雷	此心无悔 / 314
第一百四十六章	天子之怒	君子之仇 / 324
第一百四十七章	故地重游	疑云再起 / 336
第一百四十八章	旧案难解	新宠莫测 / 345
第一百四十九章	怒发冲冠	心腹大患 / 358
第一百五十章	万里奔袭	一举成擒 / 368
第一百五十一章	空穴来风	平地生波 / 378
第一百五十二章	千金散尽	用心良苦 / 388
第一百五十三章	百口莫辩	大智若愚 / 394
第一百五十四章	无由狂怒	莫名深仇 / 406
第一百五十五章	不计祸福	谁共死生 / 416
第一百五十六章	闻捷忧宠	献俘惊变 / 424
第一百五十七章	天道无私	人欲难填 / 430
第一百五十八章	苍天有眼	报应有时 / 438
第一百五十九章	疑影再现	真相大白 / 448
第一百六十章	至亲至疏	英雄末路 / 461
第一百六十一章	一念之差	万劫不复 / 469
第一百六十二章	此情可悯	此心可诛 / 478
第一百六十三章	初心不转	恩仇了断 / 488
第一百六十四章	别情依依	此恨绵绵 / 496
第一百六十五章	繁华落尽	明月千里 / 507

第一百一十六章
人间四月　约法三章

四月是长安最美好的季节。

立夏前的几场小雨，终于洗净了漫天飘舞的杨花柳絮。在重新变得澄澈的天空下，长安城明润得宛如一幅水墨未干的工笔长卷——卷头是数百年来碧波荡漾的曲江池，卷中是掩映在黄土垣墙和浓绿槐荫中的无数粉墙黑瓦，卷尾则是龙首原上那座修葺一新的大明宫。

与庄严肃穆的太极宫不同，如今已改名"蓬莱"的这座新皇宫气象高华却不失明媚。一进丹凤门，便有龙首渠的清流穿墙而过，两岸的万条垂柳似乎把宫墙都染成了绿色；烟波浩渺的太液池边，四年前种下的数千棵梧桐，随着地势起伏，仿若一袭深翠的地衣。坐落在这样的湖光山色之间，那些朱楹碧瓦的宏伟宫殿都生生多了几分秀丽风姿，在四月的微风中，为这幅长安立夏图添上了最华美的一笔。

只是当这熏人如醉的微风吹到紫宸殿门前时，却仿佛突然变得沉滞起来——高高的台阶下面，一字排开肃立着五位官员，清一色的大红襕袍，清一色的凝重神色，若不是那五把在风中微微抖动的胡须，看去倒像是五尊大同小异的雕像。

他们眼前的紫宸殿，是新皇宫三大正殿里最小也最冷清的一座，莫说去比那气势恢宏如日初升的含元殿，就是跟天子平日上朝用的宣政殿相比，也差得不止一星半点。前殿往南不过四十步就是一道宫墙，后殿的寝宫则直接通往内廷，门前既无仪仗，也没几个侍卫，是座名副其实的便殿。然而所有的人都知道，能被召进这里议事是何等难得的荣耀——那是大唐宰相和天子近臣们才拥有的特权，号为"入阁"。

廊下的这五位官员倒不是从没享受过入阁的待遇，只是联系到最近那些隐隐约约的传闻和眼下这个辞春迎夏、百官休宁的日子，这一回的召见实在是太容易让人浮想联翩，他们也不得不拿出最庄重的态度，以表示自己绝没有胡思乱想。

在这样一片沉重得能压死骆驼的寂静中，从殿门方向传来的轻巧脚步声便显得分外响亮。众人的仪态顿时愈发端庄。一个青衣小宦官快步走了下来，白净的小圆脸上满是殷勤的笑容，"诸位……"

一语未了，不远处突然有人锐声道："圣人眼下可在殿内？"

众人都吃了一惊，回头一看，只见一架腰舆不知何时已到了庭前，发话的女子不等腰舆停稳便一步跳下，快步走了过来。她的年纪已是不轻，一身简洁的石青色衣裙丝毫不显奢华，只是身材高挑，目光锐利，大步流星之下更是气势逼人。

小宦官吃惊之下，说话都有些不利索了："大、大长公主，圣人就在外殿，只是……"

女子一记眼刀横了过去，"只是什么？还不快去回报！就说常乐有急事求见，圣人再不管管，我们这些人就要被人踩到泥里去了！"

小宦官唬了一跳，再也顾不得其他，转身飞跑进去。不多时，随着里头传来的一声"有请"，常乐大长公主提裙而入，一阵风般消失在殿门内。

五人不由面面相觑，他们自然都知道，这位常乐大长公主在宗室里威望颇高，也极得圣人的敬重，平日里就经常出入宫廷，今天这般急怒而来，难不成真是出了什么大事？

果然没过太久，就见两个小宦官疾步而出，分头奔向紫宸门和殿中省的方向，显见是传旨去了。

日头一寸一寸地向西边挪去，殿内却再也没有传出别的动静，五人全身的骨头也仿佛在一寸一寸地变成僵石，眼角瞅着身边同僚依旧端严的身影，又不敢松懈下来。正难受间，殿门内终于又传来了脚步声。一个穿着五品朱色衣袍的内侍踩着碎步走了出来。众人认得正是天子身边伺候的内常侍窦宽，不由都是精神一振。

窦宽在台阶上立定脚步，拖长了声音："圣人口谕——"

"西台侍郎杨弘武、戴至德，东台侍郎李安期，东台舍人张文瓘，司列少常伯赵仁本，生性忠谨，操履贞固，特各赐紫竹席一领！"

紫竹席？那五双原本听见"口谕"时有些暗淡下去的眸子蓦然间又亮了起来。谢恩声中，五个大红的身影几乎齐刷刷地矮下了半截。唯有年纪最大的杨弘武始终比旁人慢了半拍，加上久站之下手脚发木，顿首之后，一时竟是起不得身。窦宽赶紧上前两步将他搀了起来，口中笑道："杨侍郎辛苦了。"

杨弘武忙道了两声"不敢"，正想再问一句圣人是否还有别的吩咐，窦宽已微笑扬声："今日有劳各位久候。只是适才常乐大长公主来报，临海大长公主夫妇病重，圣人正急着宣召相干人等前去照料，一时只怕无暇分身。诸位不必等着进去谢恩了，竹席稍后会送到各位府上。"

这原是预料中的事情，五人脸上的神情却都变得有些异样。抬头看着台阶上那幽深的殿门，有人微微眯起了眼睛，有人眸中光芒闪动，只有杨弘武怔怔地站在那里，神色竟是说不出的复杂。

在他们看不到的紫宸殿后门，一个瘦小的人影轻巧地闪了出来，快步走向北边。

不到一炷香的工夫，这身影便出现在含凉殿的书房里，那张讨喜的小圆脸上依旧挂着微笑，只是此时笑纹僵硬得就如他正在打结的舌头，让人恨不能帮他一把捋平了才好。

在他面前三四步处，皇后武氏随意散坐在屏风榻上，一身家常的湖色襦裙，把那张圆润柔美的面孔映衬得皎若满月。听着小宦官结结巴巴的回报，她的语气倒是更柔和了几分："到底是'是'，还是'不是'？你慢慢说，难不成怕说得慢了，我会罚你去洗衣坊做苦役？"

小宦官怔了一下才反应过来皇后是在跟自己开玩笑，见屋里的几个宫女都抿嘴微笑，他忙咧嘴干笑了一声，脸色到底放松了些许，"启禀殿下，不是圣人吩咐了侍郎们什么事务，是、是常乐大长公主突然进宫告状了！"

"喔？"武后微微直起了身子，目光中露出几分兴味。

小宦官咬了咬牙，索性一口气说了下去："常乐大长公主跟圣人回报说，临海大长公主与河东公如今都是卧床不起，身边却没有得力的人伺候，河东公世子离府别居，自己逍遥快活去了；司宗寺对此不闻不问，府里连略好些的太医都请不到。还说临海大长公主如今已是病得不成人样了，宗室们看着都很是寒心！

"圣人听了也有些动容，立时传旨给司药局的当值御医和司宗少卿，令他们即刻去河东公府诊脉探视。常乐大长公主又很是说了些临海大长公主这些年来的艰难，圣人已应了她，会追究有司的怠慢之责，还说过几日得闲了，他会亲自去探视临海大长公主……"

说到后来，小宦官声音不由越来越低。他虽是头一次来含凉殿，这边的忌讳倒也知道一二。临海大长公主，那可是公然得罪过皇后的母亲、宗室里最不招皇后待见的人物；圣人如今竟如此厚待于她，皇后岂有不恼之理？

武后嘴角的微笑却是丝毫未变，听到最后一句，才垂下了眼帘，沉吟片刻后问道："河东公府那边的情形，常乐大长公主到底是怎么说的，你还记得么？"

小宦官不敢怠慢，将常乐的那一大篇话又复述了一遍：临海如何久病不愈，河东公又如何突然病倒，两人都卧床不起，床前却只有次子尽孝……

武后默然听着，开口时已转了话题："那几位侍郎难不成一直在外头等着？"

小宦官暗暗松了口气，忙道："那倒是没有，圣人让窦内侍出去跟几位侍郎说了一声，他要先处置临海大长公主的事，给每人赏了一领紫竹席……"武后细长的凤目突然一眯，眉宇间顿时多了分难言的寒意。小宦官只觉得一阵剧寒直透骨髓，舌头不由自主又开始打结，"让他们先、先回去……"

武后眸中的厉色却是转瞬即逝，神色平静地点了点头，声音也依然柔和亲切："好，我都知晓了。你是叫阿福吧，果然是个老实的，回去之后好好伺候圣人，这宫里，自然少不得你的前程。"

阿福一口气顿时松了下来，膝盖一软，就势跪倒在绵软如云的团花地衣上，颤声道："谨遵皇后吩咐！"突然福至心灵，又添了句："多谢殿下恩典！"

武后瞅着他微笑起来，"小机灵鬼，玉柳，赏！"

小小的大红彩绣缎面荷囊，不知里头装了什么，有些沉，也有些凉。阿福却觉得自己的掌心一阵阵的发烫，几乎不知该怎么拿才稳妥，犹豫片刻，到底还是双手将荷囊捧在额前，恭恭敬敬地磕了个头，垂首一步步退了下去。

他的姿态依然恭谨，脚步却变得稳稳当当，仿佛知道从此刻起，自己已踏上了这座皇宫里最宽敞平顺的道路。

含凉殿的书房里，气温却渐渐冷了下来。几个宫女早已悄然退下。武后起身走到窗前，望着窗外的太液池，良久没有出声。明净的水光天色透过新换的浅碧色窗纱照在她的脸上，那侧影清晰沉静，却又带着说不出的冷意。

玉柳心里也是越来越沉：刚才听到的事虽似寻常，可若是处置不妥……她正要开口，武后却缓缓转过头来，语气平淡得没有半点波澜："传我的话，让他们在给五位侍郎府上送竹席时再加一份冰，按宰相的份例补足！"

玉柳吃惊地睁大了眼睛，"殿下！"这宫中每年立夏给百官赐冰，历来都是严格按品级来的，这样的恩宠优待……

武后神色漠然，"紫竹席都赏了，还差几块冰？"

玉柳自然也清楚，紫竹席不是轻赏之物——紫为贵色，唯三品以上可用；竹子直且有节，坚而中空，寓意为直言进谏、虚怀纳贤，也是宰相应有之德，圣人的用意已是昭然。但想到那几个名字，她还是忍不住道："殿下所言甚是，只是这几位侍郎里，除了杨公，其他人心里未必是向着殿下的。如今此事到底还未定下，若是轻易就给了他们这份体面，会不会反而助长了他们的气焰？"

武后脸上露出了一丝嘲讽的笑容，"那又如何？杨弘武若不是年迈昏聩，你以为这回轮得上他？不过是用来堵我的嘴罢了！既然如此，我不但不能劝阻，还要事事都替圣人想在前头，这样才算得贤良淑德不是？不然，家丑尚不可外扬，你以为圣人特意转告他们那几句话又是为了什么？"

玉柳不由无言以对。这五位侍郎不管原先立场如何，哪一个不是人精？如今圣人一面暗示着要提拔他们，一面又把他要厚待临海大长公主的意思透露出来，其间的用意实在叫人寒彻心扉！

屋里一时静了下来，从窗外传来了几声翠鸟的鸣叫，脆亮得几乎令人心悸。看着武后唇边那冰凉的微笑，玉柳心里好难受，却不得不开口提醒道："殿下，圣人似乎还打算着亲自去看望临海大长公主，此事殿下还是要想法劝劝才好。"此举若是成行，明白皇帝心思的，只怕就不止这几位大臣了……

武后嘴角笑意更冷，"此事我能去劝么？临海那般凉薄的人，事到临头终究有个姊姊肯为她出头！我呢？"

玉柳怔了怔，难道皇后是想让韩国夫人进宫来劝谏圣人？这法子自然不错，眼见就要到贺兰月娘的忌日了，圣人最近还有意无意地问过韩国夫人好几回，只是眼下……她忙低声道："老夫人说，韩国夫人这几日已是肯按时用药了，只是身子还未大好，一时半刻只怕还无法进宫。"

武后脸上并没有露出半分意外，只是点了点头："你让人去把今日的事情原原本本禀告给老夫人，帮老夫人安排好进宫事宜！"

玉柳眼睛一亮，对啊，临海大长公主当年得罪的其实是老夫人！如今圣人对老夫人倒是存着几分歉疚的，只要老夫人在圣人跟前提一提当年韩国夫人和她被临海大长公主慢待的情形，圣人只怕也不好装作全忘记了吧？

"你让老夫人禀告圣人，当年她与大长公主起了冲突，不过是一时意气，这些年里听闻公主身子不好，她一直想去探望，却又怕人误会；如今得知公主病重，心下很是不安，无论如何也要去看望一下大长公主才好，还请圣人帮着转圜一二，以免大长公主心生疑惧。"

武后的声音依旧舒缓平静，玉柳却不由呆住了，足足过了两息的时间才醒过神来，"圣人他，会应允么？"

武后微微一笑，"不会。圣人如此敬重母亲，自然会替她去转达这番好意。可此等家事，又怎好劳烦圣人？明日待时辰差不多了，我会过去恳请圣人，让我代母探望，以尽孝心！至不济，为了让母亲心安，总要多多关照临海大长公主一番，或是跟随圣人一道过去好好劝慰劝慰她吧？"

玉柳眨了眨眼睛，恍然后差点笑了出来：对啊，这才是釜底抽薪！以圣人谨慎多虑的性子，绝不会同意老夫人去探望临海，以免坏了他的布置；可如此一来，他又能用什么理由来拒绝皇后的请求？有殿下亲自关照临海，甚至亲自去看望她，外人还能疑心什么？只能叹服皇后心怀宽广、既往不咎！

她含笑应了声"是"，正要转身，却听武后又淡淡地吩咐道："还有，明日一早，宣蒋孝璋去河东公府给临海大长公主夫妇诊脉，让他务必竭尽全力！"

"蒋奉御？"玉柳好不意外，让蒋奉御去给外臣看病，也就是当年的玄奘法师得过这样的待遇吧？她忙道："殿下，奉御好几年都不曾出宫看诊了，何况圣人平日也要蒋奉御诊脉，如今刚入夏，饮食起居上更要小心，奉御哪里走得开？"

武后看了她一眼，"你没听那位阿福说么，这一次是河东公突然病倒，常乐才被请了过去的。临海病了十年，我若没记错，那位河东公世子也已离府别居了十年，她却生生等到河东公卧床不起了才发难，还能是为了什么？"

玉柳顿时醒悟过来，"她是在谋算河东公的身后事！若是蒋奉御能妙手回春，她的如意算盘自然落空，殿下也就不必再担心了！"

"担心？"武后怔了一下，突然扬眉笑了起来，原本神色淡漠的脸上仿佛有宝光流转，竟是说不出的明媚照人，"这种事也值得担心？圣人既然要厚待宗室，我便做到仁至义尽；大长公主既然要为子孙谋算，我便让她锦上添花！只是蒋奉御若能将此事拖上三两个月，那才真有一场热闹好瞧！"

她转头看了看墙上挂的一幅帛画，眸子里的笑意越发璀璨，"你莫忘了，有一个人，原是最适宜来让这位公主喜出望外的！"

玉柳顺着她的眼光看了过去，不由也笑了起来，"奴婢明白了！"

武后凝神看着那幅金碧山水，仿佛透过纸面看到了极遥远的地方，语气也轻柔到了极点："你不明白，这两年，是我太急，也太自负，日后再也不会了……"

她转目看着玉柳，眸子里只剩一片空明沉静，"你让蒋奉御不必着急回宫，多在河东公府留守些日子。"

"有备，无患。"

玉柳转念间已彻底明白过来，背上顿时浸出一层薄薄的冷汗，胸口却是一阵阵地发烫，仿佛有无数纷乱隐秘的热望在争先恐后地往外翻涌。她强自镇定地应了声"是"，默然等着下文。

武后却只是轻轻地挥了挥手。

含凉殿外，夕阳将坠，流霞满天。四月的斜晖在太液池上洒下了一片碎金，也将蓬莱宫重重叠叠的碧色琉璃瓦映照得流光溢彩。玉柳站在殿门外的台阶上，眯起眼睛看了好几眼，只觉得这金碧辉映的奇妙色调和刚刚看到的《万年宫图》有说不出的相似——记得那幅画是库狄画师用了足足半年才画好的。那半年真是一段好时光啊！那时的圣人待皇后一往情深，那时的韩国夫人与皇后亲密无间……

想到一年来不曾入宫一步的韩国夫人，想到十年来不曾出府见人的临海大长公主，她的心头不知为何突然有了些莫名的期待——

最多再过三个月，库狄夫人她，总该回来了吧？

四千里外，敦煌城州城驿的上院正房里，库狄琉璃此时却是欲哭无泪，望着床榻的一角，连气都叹不出来了。

床角里，刚刚才叠放齐整的被褥已乱成了一团，一个圆圆的小屁股还在不断蠕动，努力将自己埋得更深些。捧着湿帕站在榻旁的乳娘试探地叫了声"三郎"，那小屁股一僵，立时一动也不动，仿佛如此一来便无人能找得到他。犹自湿着双手站在屋里的婢女小米和紫芝顿时再也忍耐不住，笑了一堆。

琉璃丢下手里的湿巾，咬牙探身将那只小鸵鸟从被褥堆里拎将出来。小鸵鸟却不哭不闹，只是用两只胖手紧紧捂住了自己的脸蛋。待得被琉璃圈在怀里，拉开双手，他一眼瞅到那越来越近的湿手帕，这才"嗷"的一嗓子开始了又一轮惊天动地的号啕。

乳娘手一颤，顿时抹不下去了，心虚地瞅着琉璃。琉璃看着那张脏得不像样的小脸，只催促乳娘，"动作快些……"乳娘忙伸手用湿帕在三郎脸上擦了几把，雪白的帕子立时黄一道灰一道的成了花巾。她换了帕子还没来得及擦第二遍，门帘便是一响，"三郎这是怎么了？"话音落时，裴行俭已到了榻前。

琉璃看了看他身上还未来得及换下的衣袍，心头发虚，只能轻描淡写地道："三郎还是不大肯洗脸。"

裴行俭怔了怔，倒是没有追问，只是看着一面挣扎大哭一面还敌进我退地扭头晃脑拼命躲着湿帕子的三郎，摇头笑了起来。

三郎却仿佛看见了救星，身子猛的一挺，挣出双手眼泪汪汪地扑向了他。裴行俭就势把他捞在怀里，顺手抄过湿帕。三郎虽然一时把脸埋在裴行俭的胸口，一时又咧着嘴哭，裴行俭却是轻车熟路，连哄带逗，见缝插针，片刻后终于将那张又是眼泪又是沙尘的小脸擦了个干干净净。

满屋子人都松了口气。三郎委屈得瘪着嘴直打嗝，直到琉璃在他脸上擦上了一层香喷喷的面脂，这才破涕而笑，咧开的小嘴里露出了四颗米粒般的小白牙。琉璃恨恨地伸手在他额头上点了点，"小磨人精！"三郎顿时笑得更欢，一道亮晶晶的口水沿着嘴角流了下来。

乳娘念了声佛，转身带着紫芝、小米把屋里几个盛着水的铜盆都搬了出去。裴行俭不由奇道："这是做什么？"

琉璃装着没听见，回头便整理起床上的被褥来，心里哼了一声：还不是为了让你家三郎好好洗脸嘛！自己原想着他是长牙后才不爱洗脸的，习惯还不难改，这才打了包票会一次治好这坏毛病，谁知道……

那边小米笑着回道："夫人说言传不如身教，因此让我们都进来先说说笑笑地洗了一遍给三郎看，不曾想……"

琉璃再也装不下去，恼羞成怒地嘟囔了一句："他如今眼力倒是见长，爬得也越发快了！"——三郎看别人洗脸倒是看得兴高采烈，没想到乳娘一拿上帕子走过去，他竟是一扭头便扎进了被子堆，爬得比平日更快了十倍！

裴行俭哑然失笑，一眼瞅见琉璃已经发黑的脸色，忙忍笑转身，把三郎高高地抛了几下，"三郎又惹阿娘生气了，快笑一个给她听听！"

那小鸭子般嘎嘎的欢快笑声顿时在屋子里回荡起来。

琉璃绷不住也笑了，随口问道："你不是要出门么？"

因带着三郎，此次从西域回长安他们便没有走大海道，而是取道赤亭，穿越大患鬼魅碛，经伊吾抵达敦煌。这原是丝路商旅出入西域最常走的路，虽是比大海道长了好几百里，但沿路烽燧连绵，驿馆规整，裴行俭于道路行止又是烂熟于胸，一路上倒是十分顺利。只是到敦煌后，他便说要休整两天、安排些事情，没想到转眼就回来了。

裴行俭笑道："不过是寻个人带路，早办妥了，明日一早，咱们便去鸣沙山。"

鸣沙山？琉璃吃了一惊，那沙丘月泉，自己当然也是想过要去看一看的，可他怎么……裴行俭转头看着她微笑，"横竖要歇两日，我也一直想看看那鸣沙山月牙泉，与你原先梦里见过的是不是一个模样。"

琉璃怔了怔才记起，当年在瓜州时曾与他随口说过，自己以前梦见过这片戈壁沙丘，没想到他到现在还记得！而眼前这双眸子里的温暖笑意，也依旧和那时一模一样。她不由也慢慢笑了起来，"好，我这便去准备。"

三郎原本正笑得开心，突然见琉璃起身要走，忙"啊啊"大叫了两声。琉璃笑嘻嘻地回身捧住他肉嘟嘟的脸蛋，轻轻一挤，手心里顿时出现了一个滑稽的鬼脸，"小鸵鸟，明日到了月牙泉，阿娘非得给你洗上十遍脸不可，看你能不能将头扎到沙丘里去!"

三郎傻傻地瞪大了眼睛,待听见"洗脸"二字,才"呜呜"地抗议起来。琉璃松开手,满意地看见这张小脸又皱成了十八个褶的包子。她拍拍手转身出门,没走几步,身后便传来了裴行俭无奈的声音:"三郎莫怕,莫怕!阿娘唬你玩儿呢,什么鸵鸟……"

琉璃脚下差点一绊:糟糕,自己怎么连非洲特产都顺口说出来了!

她心里忙忙地编好了一套说辞,又反复过了两遍,觉得无甚漏洞,这才安心了些许。只是这一日直到晚间把三郎哄得睡着了,裴行俭也没问到鸵鸟,倒是笑吟吟地直问:"你听见三郎适才叫我么?他真真聪明!"

琉璃小心地把三郎放在榻上,披好了被子。听得这句自称自赞,忍不住腹诽:会叫你有什么稀奇?会叫我了才是真的聪明好不好——长安话里"爷"的发音类似于"呀"、"呀呀"或"啊呀"当然比"阿娘"好叫得多!

裴行俭低头凝视着三郎,微笑道:"他这性子也不知随了谁,竟是一刻不能闲的,胆子又大,日后除了念书,只怕还是要让他打熬筋骨,磨一磨性子才好,长安到底不比西州啊!"

长安,长安!琉璃胸口顿时有些发闷。自打上路以来,数千里外的这座城池就一直沉甸甸地压在她的心头,偏偏裴行俭却似乎格外放松,举止谈笑间都是一派难得的闲适自在,让她每每话到嘴边又吞了回去,可有些话……眼前有手指晃了晃,琉璃抬头看着裴行俭含笑的双眸,心里一横,轻声道:"你也知晓长安不比西州,待咱们回了那里,你要答应我,再不能……得罪皇上了!"

裴行俭眼中的笑意渐渐退去,他的神色依旧温和,目光却明彻得几乎可以穿透一切。琉璃原本打过无数遍腹稿的话语,到嘴边时不知怎的竟化成了最直接的一句,"你总要想想三郎!"

裴行俭怔了怔,目光转向了床榻。三郎睡得正香,圆嘟嘟的小嘴半张着,藕节般的胖手举在嘴边,似乎在随时预备着塞将进去……他的眼神越来越柔软,却久久没有出声。

琉璃心头一沉,思路反而清晰起来,轻声道:"守约,我知道你对皇后有些戒心,你当然有你的道理。可你别忘了,天家母子一体,皇后如今已有了四位皇子,若是皇后地位动摇,他们会怎样?自古以来几个废后之子能有好下场?

"再说疏不间亲,就像我和三郎,我们有再多不是,你可愿意外人来跟你说长道短?更别说圣人了!这些年里,那些插手天家事务的臣子,又有几个能全身而退?守约,咱们只是臣子,便是学究天人如李公,也不曾听说他指点过天家事务。你又何必一定要去说那些得罪人的话,做那些得罪人的事?"

裴行俭微微皱起了眉头,"琉璃,你到底想说什么?"

琉璃认真地看着他,"你记不记得,十年前在凉州城外,你曾答应过,要为我做三件事!"

裴行俭脸上露出掩饰不住的惊讶，"你那时就想着……"沉吟片刻，他叹了口气，"这三件事，你都已经想好了？"

琉璃一字字道："是。我要你做的事，就是回了长安后绝不评点皇室中人，绝不议论后宫是非，也绝不参与到天家事务中去！总之，离宫廷和皇子们越远越好！"

裴行俭眉头微挑，半晌才道："你让我不得罪皇后，就是谨言慎行，离宫廷和皇子们远点？你想要让我做的事情，就是这三桩？"

琉璃心头一阵发紧，用力点头。用不了几年，大唐宫廷就会成为一架巨大的绞肉机，身处其间者没几个能有好下场，甚至会祸及子孙，就算为了三郎，她也不能让裴行俭再卷进去！

裴行俭静静地看着琉璃，神色里竟有说不出的奇异。琉璃只觉得一颗心跳得越来越快，刚想再说些什么，他却突然点了点头，"好！"

啊？琉璃只觉得一腔子力气都使到了空处，简直有些回不过神来，只是愣愣地瞪大了眼睛。

裴行俭伸手揉了揉她的头，"还在发什么呆？我都答应你，你也莫要担忧了，嗯？"他的笑容比平日更温和，可笑意却似乎并未到达眼底。琉璃有心解释几句，又不知从何说起。她和裴行俭夫妻多年，心意相通，唯有这件事……

裴行俭似乎也不想再多说，转头看了三郎一会儿，低声道："都这时辰了，要不要让乳娘抱他去睡？"

琉璃心里一声低叹，站起身来，"还是我抱他过去好了。"

六尺宽的木榻，少了那个小小的温软身子，仿佛突然空了老大的一块。渐深的夜色里，屋角的那支残烛被窗外漏进的夜风吹得明晦不定，在秋香色绸帐上落下晃动的阴影。

琉璃睁眼看着帐顶，心里也有些空落落、晃悠悠的。这一路上，她无数次地想过自己开口后裴行俭的反应，想过要怎么说服他，却没有想到他会同意得如此干脆。她知道自己应该如释重负，可裴行俭若有所失的眼神却总在她脑中挥之不去，让她莫名心虚——是自己太自私了吗？不该这么逼他？毕竟，什么李唐正统对她来说什么都不是，可对他来说……

她闭上眼睛，轻轻叹了口气。耳边窸窣两声，一只臂膀伸了过来，将她带到了那个熟悉的温暖怀抱里，"怎么还没睡，又在想什么了？"

琉璃心里一阵酸涩，脱口问道："守约，我让你做的事，是不是让你很为难？"

裴行俭的语气里有货真价实的惊讶，"为难？"

琉璃抬起头来，在昏暗的烛光中正对上一双满是疑惑的眸子，她不由眨了眨眼，更加困惑地望了回去。

裴行俭突然笑了起来，伸手把琉璃的头按在了自己的胸口："你果然又胡思乱想了！

"你今日说的那些，你当我这些年里都不曾想过么？你说得对，如今时过境迁，皇后之位不可轻动，天家事务更不是臣子们该插手的，我又怎会不知轻重？至于远离皇子，你忘了我是顶着什么名声被发配边疆的？若是去亲近皇子，不但是自寻死路，也是害了他们！这母子离心的大患、不孝的名头，哪个皇子能担得起？

"何况天意难测，当年我自负有识人之明、谋算之术，可兴昔亡可汗、来刺史先后殒命，我哪一样算到了？西疆这一隅我都看不清、算不明，更别说什么天下气数！上官学士他们前车之鉴犹在，我再没心肝，也不会为了这些我自己都没把握的天意命数，让你和三郎落入那种境地！

"琉璃，如今，你能放心了么？"

他的声音里带着令人安心的舒缓沉稳，琉璃心头一松，点了点头，随即便是愈发不解。她挣开裴行俭的手掌，抬头看着他，"那你怎么……"那么不开心？

裴行俭沉默片刻，低声道："我原以为你是想劝我，为了三郎日后的前程，应该如麴玉郎那般投效于皇后。"

琉璃差点"啊"了一声。裴行俭笑了笑，"你和玉郎这些年送的那些东西，我多少也知道一些，你曾受皇后庇护，麴氏急需在长安立足，如此作为，也无可厚非。只是让我为了子嗣前程就去……"他沉默片刻，摇了摇头。

琉璃不由松了口气，"你想到哪里去了！"

裴行俭也笑，"是我想错了。我只是没料到，这些年里，你竟一直还担着这分心思。我还以为自己终于让你过了几年无忧无虑的日子，可刚才看见你那样不敢置信，我才知道，这些年里我还是让你……"

琉璃笑了起来，"胡说，我怎么会这些年一直想着这种事！"原来是两个人都想岔了！她轻轻吐了口气，低头在他怀里找到熟悉的位置，舒舒服服地窝了进去。

裴行俭的胸口微微震动了几下，片刻后才道："快些睡吧，明日还要早起，你不是说还想多画两张底稿么？"

他的声音里似乎依然带着笑意。琉璃心里一动，前后想了一遍，猛然醒悟过来，一下撑起了身子，"你又糊弄人！"难怪他高兴，敢情自己惦记了那么些年要让他做的事情，人家早就下了决心去做了！

裴行俭笑出了声，双手微一用力，将琉璃固定在了胸口，"我什么时候糊弄你了？今天不都是你在说，我在听？"

想到他今天问到就是这三件事时的古怪神色和自己的担忧，琉璃不由气不打一处来，用力在裴行俭的胸口捶了好几下。裴行俭笑着拍了拍她，"怎么还真恼了？你让我做的事，但凡能做的，我什么时候推脱过？但让你拿着这三桩，我还真有些睡不安稳，譬如说明日到了月泉，你若让我给三郎洗十遍脸，那可如何是好？"

琉璃怒道："我有这么无聊！"

裴行俭摇头道："原先自然不会，可要是与三郎赌起气来，那可难说！你不还编了什么鸵鸟钻沙子的话来唬他？"

鸵鸟？琉璃张了张嘴，还没来得及解释，裴行俭已说了下去："那年吐火罗到长安献鸵鸟时我也见过,那般丑怪的模样,哪里和三郎有半点像了……"

琉璃心头一片茫然,大唐人民原来这么见多识广?敢情自己今天从头到尾全是瞎担心?

"啪"的一声轻响,屋角的烛光闪动了几下,骤然熄灭。屋里暗了下来,只有窗纱上染着一抹淡淡的月光。琉璃回过神来,忙道:"不成,今日说了这么些,你要做的事都是早便思量好的,没一件是为我做,怎么能算数?"

裴行俭久久地没有回答,琉璃心里发虚,声音不由小了下去:"至少也不能算做三件,我原想着这是一件事,被你一唬竟是忘了说清楚,你可不许连这也赖掉!"

裴行俭依旧沉默,琉璃一急之下便要起身。裴行俭的手臂一动,圈住了她,"好好,你说什么便是什么,只是你到底想让我做什么,一次说出来不行么?别说一件两件,十件八件也成!"

琉璃松了口气,低声嘟囔:"我也想一次说出来,可也要先知道不是?"

裴行俭低低的笑声在黑暗中响了起来,那笑声是如此温暖愉悦,似乎连窗纱上的月光都变得亮了许多。琉璃在他怀里无声地叹了口气,她是真的不知道。那条通往长安和未来的路,就像眼前这片陌生的黑暗,她能看见的,也不过是道路的尽头,那一点点朦胧的光亮。

第一百一十七章
小露机锋　大失所望

　　七月的清晨依然来得早。五更时分，天空已然明净得宛如刚刚洗过的青瓷，天明则止的六街晨鼓不过象征性地响了百十下便消停下来。随着一百多处坊里四门大开，长安城的各条大道渐渐变得车水马龙。唯有丹凤门大街颇有些寥落，在这并非早朝之日的黎明晨光里，那近两百米的宽阔路面上见不到骑马上朝的文武百官，只有稀稀落落的几辆轻车踏着露水奔向蓬莱宫。

　　一辆不起眼的青帷马车上，琉璃轻轻掀起了一角车帘。漫天霞光中，不远处的丹凤门仿佛扑面而来，气势逼人。她眯了眯眼才看清楚，这座大明宫正门与太极宫承天门规制相仿，规模却更为宏伟，五条方方正正的门道每条都足有三丈来宽，门楼亦格外高大，飞檐上的碧色琉璃瓦与朝霞交相辉映，自有一种俯瞰红尘的巍然高华。

　　琉璃心头不由一阵恍惚，自打昨日远远看见长安城时起便常常萦绕着她的那种奇异感觉再一次兜上心头。十二年不见，这座城池变得更宏伟也更陌生了，就连永宁坊的那座宅院，似乎也不再是她印象中的模样——院落有些太大，屋宇有些太窄，空气又太潮。唯有院门里于夫人和罗氏的笑脸依然和记忆里一样温暖。然而于夫人到底是老多了，罗氏的眉梢眼角也添了好些细纹，却不知这座皇宫里的那些面孔，如今又变成了什么模样……

　　马车一个转弯，将丹凤门抛在了后面，又走了近一里地，才慢慢停了下来。只见前方的建福门前已停了二十多辆马车，后面还有马车陆续赶到，里头坐的自然都是和琉璃一样等待朝见皇后的官眷夫人。

　　琉璃不由暗暗吃惊。昨日她一到家，于夫人便帮她去宫中尚仪司上了请谒的折子，傍晚就收到了今日进宫的消息。她这才知道，原来自打武氏称后，朝中便定下了外命妇朝见皇后的规矩，官宦女眷无论是离京辞行、回京请安或是有事禀告，都可请谒，皇后会择日召见。按于夫人的说法，前几年每到皇后召见命妇之日，建福门外都是马车云集，如今倒是清净了许多——没想到依然这么可观。

　　五更五点，建福门的大门轰然开启，一队宦官捧着名册从门内走了出来。穿着各色钿钗礼服的官眷们也都下了车。琉璃目光一扫,发现来者多是五六品命妇,也有几个是和自己一样戴着六根钿钗的四品官员夫人,至于七钗以上的紫衣贵妇,却是一个都没瞧见。她正想再找找有没有熟面孔,那边宦官已开始大声唱名:"司文少卿夫人库狄氏!"原本还略有说笑之声的场地顿时静了下来。

怎么第一个就点到了自己?琉璃忙上前几步,正准备按规矩先带着紫芝由监门校尉验明正身,宦官却笑道:"库狄夫人请随奴婢过来,皇后有令,夫人一路辛苦,门内已特意为夫人备了肩舆。"

无数道热辣辣的目光顿时汇聚过来,琉璃头皮一麻,赶紧道了句"不敢当"。上来领路的宦官笑得越发殷勤,"夫人不记得奴婢了吧,奴婢原先是在刘内侍手下当差的,今日能来迎候夫人,原是奴婢的福分。"

这句话琉璃更不好接,只能含笑道谢,问得刘康如今已是内侍省四品少监,少不得恭喜两句。说话间便到了门内,琉璃上了肩舆,穿过两三处大门,终于停在了光顺门外的命妇院前。

只见这院子四面回廊,当中是一间单檐庑殿,屋宇竟是出奇的高大敞亮。过了好一会儿,入宫后安步当车的女眷们才陆续进来,此处不容寒暄,却也人人都免不了打量琉璃几眼。一时有内谒者监出来唱名,命妇们依次禀报朝见皇后的事由,待得一并总奏上去,才有宦官从光顺门出来,逐一点名召见。

琉璃眼观鼻鼻观口地装了半日雕塑,好容易见众人注意力转移,刚刚松了口气,又有小宦官快步走上,对琉璃躬身笑道:"库狄夫人,皇后有令,想留夫人多说几句话,因此最后才会召见夫人。夫人若是疲乏,不妨随奴婢到外间歇息片刻。"

这个……琉璃只觉得身周又有无数道目光直盯过来,忙压住心头的苦笑,规规矩矩谢了恩,又再三道了"不必烦扰",这才把小宦官打发走。

随着尖利的点名声一次次响起,外妇朝堂渐渐空了下来。待得宦官终于宣出"库狄氏"三个字时,琉璃早已站得腿脚发麻,笑得脸颊发僵,头上那六支钿钗也越来越像六块镇纸,坠得她脖子生疼。前来引路的宦官倒是一洗适才出入殿堂时的晚娘嘴脸,一路上殷勤地向琉璃介绍着经过的内侍省、御史台等处。进了光顺门没多远,迎面是一座规制严整的庭院,正是皇后召见外命妇的明光殿所在。

明光殿外的梧桐树似乎比别处都稀疏,高高升起的日头直晒在院子里的青石路面上,烘起一股盛夏般的炎热,而殿内却似乎格外阴凉,还未到门口,便有凉气扑面而来。台阶下,一个苗条的身影正站在炙热的阳光与冰凉的阴影之间,笑容也仿佛带着一种奇异的温度。琉璃看着这个穿着五品女官服色的熟悉面孔,脚步一顿,还未来得及开口,对方已低头行了一礼,"库狄夫人。"

琉璃忙抢上一步托住了她的手臂,"怎敢劳烦玉宫正相迎,折煞琉璃了!"

玉柳抬头微笑,开口时依旧是滴水不漏的温柔谦和,"皇后殿下已念了夫人两回了,夫人请随我来。"

走进屋檐下的阴影,琉璃才看清了身边的这张面孔——玉柳当年看着便比寻常宫女老成，可这么多年过去，居然也没有什么变化。琉璃心头不由浮上了一个小小的惊叹号，然而待她穿过重重锦帘，看见坐于偏殿象牙床上的皇后殿下时，饶是早有心理准备，也不由呆了一呆。

上苍在这个女人身上的确倾注了太多的偏爱。她明明年过四十，膝下已有四子一女，然而岁月不仅没有在她身上留下任何苍老的痕迹，反而将她的美丽打磨得愈发圆满无瑕，即便只是静静地坐在那里，也自有一种令人无法逼视的光华。

大约看出了琉璃的惊讶，武后的脸上笑容更深了一分，伸手招了一招，声音依然柔和清澈，"过来吧。"

琉璃下意识地走上两步，突然醒过神来，忙不迭伏身行了一个大礼，"琉璃参见皇后！"说完才意识到，以她如今的身份，对着皇后自称名字多少有些不合礼数，可若要再改过来说上一遍，似乎更是不妥，一时不由哑在了那里。

头顶上突然响起了一声轻笑，"这么多年不见，你倒是一些儿也没变！愣着做什么，还不赶紧过来坐下？"

琉璃讪讪地抬起了头，一眼看见那象牙床前还摆着一只小小的圆墩，忙又行礼，"多谢殿下厚爱，臣妾不敢放肆。"

武后微微一笑，"不敢放肆，却敢抗命？"

她的笑颜依然柔如春风，但凤目微挑，目光里竟有一种难言的压力。琉璃顿时不敢再多说一个字，老老实实地谢恩，上前几步坐了下来。

武后上下打量了琉璃两眼，回眸对玉柳道："你们这些说西疆酷烈难挨的，都该来瞧上一遍，若真是那般风土，如何能把人养成这般模样？"

玉柳欠身微笑，"殿下说得是，库狄夫人果然是容颜愈盛。"

琉璃脸上浮出了几丝货真价实的红晕，"玉宫正这么说，真真是让琉璃无地自容。琉璃也不敢在皇后殿下面前诳语，若是在进殿之前听到宫正这句，琉璃大约还会面上客套，心里窃喜。可如今有皇后珠玉在前，琉璃却实在不敢昧着心肠领受玉宫正的好意安慰了。"

武后挑了挑眉，"你怎么愈发油嘴滑舌了，连我都敢编排！"

琉璃深深地叹了口气，"苍天可鉴，琉璃冤枉！"

武后笑着摇头，身子往后轻轻一倚，神色虽无变化，整个人却放松了一些。

琉璃也暗暗松了口气。来之前她已是想得很清楚，在武后面前，自己的这点心机完全不够看，能做到的最好状态，也不过是"一如既往"四个字——就当对方还是那个温和大度的武昭仪，就当自己还是那个供她解闷的小画师。说到底，在这座皇宫里，自己的最大倚靠，也不过是那点旧日的情分。

她正想再添两句，武后却摆了摆手，"你先莫忙着喊冤，说起来，你这一路上走得倒是不急不躁，我原想着你六月便能到的，没想到你竟险些走到中元节！"

琉璃心里一动，忙起身行了一礼，"有劳殿下挂心，琉璃死罪。"

武后好笑地瞪了她一眼，"好好说话便是，这会子用得着装什么礼数周全！"

琉璃依言重新坐下，低眉顺眼地回道："不瞒殿下，路上其实还算顺利，之所以耽误了时日，一则犬子还在襁褓，不敢太过劳顿；二则么，琉璃也的确有些私心。"

她抬头不好意思地笑了笑，"当年去西州时正值隆冬，一路马不停蹄，纵然见到绝佳的景色，也不过看上一眼便罢。如今回程却赶上天气晴暖，琉璃便在敦煌、昆仑等处都多停了一两日，打了几张底稿，想着回到长安后能好好画出来。"

武后感兴趣地挑起了眉头，"哦？那倒是要快些画！我也想看看是何等美景，竟让你如此念念不忘。"她想了想又笑道："还有那西域风光，你若得暇，不妨也画两张出来。这些年里，你尽拣些稀奇古怪的物件送将过来，又是什么黄沙红土，又是什么戈壁碎玉，怎么倒没有好生画上几张塞外风光图？"

琉璃心头一松，展颜而笑，"其实也是胡乱画过几张的，只是不敢献丑。"见武后一眼斜睨了过来，又忙道："皇后若不嫌粗陋，容琉璃回去后挑选装裱几张，这便送来。"

武后这才笑着点头，顺口又问她这些年在西域过得可惯。琉璃便笑道："那边虽然气候酷烈些，旁的还好。"说着便把西域风土人情里最有趣的那些说了一遍，什么西州的土屋柳中的瓜果，春日的狂风盛夏的鬼雨……她口才原本便给，一通绘声绘色的描述下来，连殿里几个小宫女都听住了。武后忍不住叹息："天下之大，果然是无奇不有，倒显得我等是坐井观天了。"

琉璃直接谄媚，"殿下富有四海，见识广博，琉璃不过是多走了几步路而已。"

说笑之中，玉柳看了一眼外面的天色，上前一步欲言又止。武后也往外一望，"时辰果然是不早了。"转头便对琉璃道："你若无事，便留下陪我一道用顿便饭吧。"

她的语气虽然随意，神色间却自有一分不容拒绝的威仪。琉璃只能赶紧起身谢恩，目送着武后颔首离去，心头多少有些打鼓：自己原先在宫中时所受恩遇虽隆，却也从未有过陪她用膳的荣幸，今日皇后殿下看来是下定决心要给足自己面子了，却不知……也罢，反正猜不出来，还不如什么都不猜，好好陪吃！

琉璃在小宫女服侍下净了手面，去了钿钗。武后重新露面时也换上了家常衣裳，不过是七八成新的黄衫紫裙，却愈显雍容高雅。琉璃既已拿定了主意，便不再多想，按礼数谢恩落座，眼前的食案上不过是一碗冷淘、两样素菜，倒是简单清爽。她早已又累又饿，索性便吃了个七八分饱，倒是让武后抬眼看了她两回。

一时饭毕，武后便笑问："你莫非也是常茹素的？我这里吃得清淡，便是弘儿贤儿几个也不爱来用饭，说是不惯空口下米面！"

琉璃不由莞尔，唐人多是无肉不欢，三郎才一岁，对肉糜的兴趣便远超菜羹，想来长大后眼里也看不见素菜。听得武后这一问，她也不好说一路上吃羊肉吃伤了，随口笑道："家中有几位长辈笃信释教，平日陪她们用斋倒是惯了。"

武后语气里也是一派随意，"你这次回来，可拜访过两家的长辈了？"

琉璃摇头，"家里如今正乱着，给长辈们备的礼品都还没收拾出来，只能遣人先去门上问安，还要过两日才能一一上门拜见。"

武后微笑道:"旁人也罢了,我倒是听说,临海大长公主夫妇如今都是病体沉重,你们只怕还是要尽早去拜见一番才是,莫让人挑了理去。"

琉璃心里不由一沉,此事于夫人昨日便提过,说是圣人龙颜大怒,发落了两个官员,皇后亲自过问,多次送了药材,连御医中最得信重的蒋孝璋都被派去驻府诊脉了,那边冷落了十来年的门庭顿时又热闹起来,早已出府独住的世子夫妇也回府侍疾,几个月来衣不解带,孝行可嘉……

她心头疑云大起,索性苦笑了一声,"多谢殿下提点。当年琉璃离开长安之时,正赶上大长公主突然病倒,匆忙之下也未来得及去探望。此次回来,原想着要赶紧上门问安的,却又担心大长公主还记得琉璃当年的疏失,反而添了气恼。"

武后笑微微地看了她一眼,"你既有这份孝心,那些陈年旧事,大长公主自会体谅,又何必杞人忧天?"

琉璃对上那两道意味深长的目光,只觉得背上一阵莫名发寒,只能讷讷地笑了笑,"殿下说得是。"

武后不知想起了什么,出神了片刻才道:"说来惦念着你的人倒也很是不少……这几日里,你还有什么打算?"

琉璃忙道:"原是打算尽快去拜见荣国夫人的,只是听说荣国夫人和韩国夫人都去了寺里做法事,要过了中元才会回府。"

武后的眉头微不可见地皱了皱,脸上倒是笑意从容,"不知西域那边中元节在吃食上可有什么讲究?"

琉璃赶紧顺着她转了话题,"也没什么特别的,只是那边佛风特盛,盂兰盆会比长安还要热闹,七月又是瓜果最盛的季节,给僧人们布施的饭食里,新鲜瓜果要占一半……"她捡着新奇些的风俗说了两句,却见武后虽然微笑倾听,眼神却多少有些心不在焉了,忙识趣地收住了话头。

武后回过神来,悠然一笑,"时辰不早,我也有些乏了,你先回吧,待过些日子得闲了,我再召你进宫来说话。"

琉璃自然满口应承,恭恭敬敬地行礼退下,走到殿外的台阶下面,刚想松口气,领路的小宫女却回头低声笑道:"夫人请在此稍候片刻,玉宫正还有话禀告夫人。"

琉璃吃了一惊,只得摆手让紫芝走开几步,自己等在路边。没多久,玉柳便匆匆走了出来,看见琉璃正要行礼。琉璃忙拉住了她,"咱们就莫讲这虚礼了,宫正可是有什么吩咐?"

玉柳歉然微笑,"哪敢!玉柳烦扰夫人相候,是想与夫人说一声,今日皇后提到有人惦记夫人,其实说的是……"她顿了顿,抬眸看着琉璃的眼睛,"韩国夫人。"

武顺娘?琉璃不由愕然。自打去年得知魏国夫人的死讯后,她在为当年那个粉雕玉琢的小月娘叹息之余,也暗自猜测过武夫人的处境,昨日还打听了一番。于夫人却道已很久没见过武夫人,似乎一直在闭门养病。说来以自己和武夫人的交情,被她惦记也属寻常,玉柳怎么会说得如此郑重其事?

玉柳眉头微锁，低声道："夫人有所不知，自从魏国夫人去世，韩国夫人身子便一直不好，已是一年多不曾入宫。皇后和老夫人都甚是担忧。她久病之下，难免胡思乱想，不爱吃药，不爱见人，也就是听说夫人要回来了，还问了几句。还望夫人过去看望韩国夫人时能多加开解，让她好好保养身子。"

这话说得弯弯绕绕，琉璃念头转了几转才明白过来，想到那"胡思乱想"四个字背后的意思，心头不由一凛，含糊地点了点头，"多谢宫正提点，待我见到韩国夫人时，定会设法劝劝她。"

玉柳忧心忡忡地叹了口气，"韩国夫人如今脾气有些古怪，夫人……"她犹豫片刻，到底只是欠身行礼，"皇后和圣人一直都惦念着韩国夫人，盼着她早日康复，也好入宫叙话。请夫人多多费心！"

圣人与皇后都盼着武夫人早日入宫叙话？琉璃的心情不由愈发沉重起来。

午后的日头仿佛更烈了，明光殿外那条长长的石径反射着刺目的光泽，走在上头，让人只觉得脚底也被灼得生疼。玉柳的身影早已消失在殿门内，那忧虑的目光却似乎一直在追随着琉璃的脚步，直到她在宫门外重新坐上了自家的马车，胸口依然沉甸甸得有些透不过气来。

车轮滚动，眼见离宫门越来越远，紫芝觑着琉璃的脸色，忍不住低声问道："娘子，适才那位宫正可是给娘子出了难题？"

琉璃叹了口气，"她说皇后的姊姊韩国夫人这一年来一直病体缠绵，又不肯好生保养，让我见到她时设法开导开导。"可自己又有何德何能，可以让这个糊涂了一辈子，却偏偏在最不该清醒的事情上清醒过来的女人，重新糊涂下去？

紫芝茫然地看着琉璃，似乎不明白这有什么好忧虑的。琉璃苦笑一声，着实无法解释此事，随口转了话题，"我是在想，咱们该拣个什么日子去探望河东公府的那位临海大长公主？"

紫芝奇道："是皇后提的那家长辈么？"

琉璃点了点头，其实这事也很是有些古怪，武后并不是宽宏大量的人，就算对临海大长公主摆出了不计前嫌的姿态，也不大可能热心到要拉拢自己与这位公主的关系。她让自己尽快过府去拜见河东公夫妇，打的到底是什么主意？这事若不弄明白，只怕也会是麻烦一桩——好在这个难题，她倒是可以直接丢给裴行俭。

想到此处，她心里略定。谁知回到家中等了半日，没等到裴行俭，却等到了跟着他去鸿胪寺交接上任的随从，"阿郎让小的来与娘子回禀一声，适才有使者相召，阿郎入宫面圣去了。"

皇帝把裴行俭也召到宫里去了？昨日裴行俭去觐见时，他不还病着吗？怎么今天武后一见自己，他也病好了？这两口子……琉璃转头望着蓬莱宫的方向，忍不住在心里默默深情地问候了一声唐太宗陛下。

蓬莱宫的紫宸殿里，李治倚坐在大绳床上，脸上倒是露出了近来难得一见的欣慰笑容，"裴卿不必多礼。"停了片刻，他的声音里多了几分叹息："十年西域风霜，万里奔波劳碌，守约竟是风采不减当年！"

裴行俭缓缓站直了身子。其实他的眉宇间到底已有了岁月痕迹，原本温润的气度也被磨砺得多了几分峻朗疏阔，只是此时静静地站在那里，目光清远，神色从容，整个人竟是安然得仿佛从来不曾离开。听得后面那句，他微笑着欠了欠身，"陛下过奖。"

他的目光在李治脸上微微一扫，进殿第一眼看见皇帝时的那分震惊被严严实实地压在了心底，"臣能重见天颜，幸何如之，又怎敢不抖擞精神？"

李治微笑着叹了口气。刚刚开始西斜的阳光在紫宸殿的窗纱上投下了婆娑的日影，也把这位至尊的苍白面孔映得愈发清晰。他的鬓边已颇有苍色，原本秀长的双眼被浮肿的眼睑遮住了一半，搭在绳床扶手上的手背更是青筋毕露，看起来几乎不像是一位四十岁的盛年天子，唯有声音依旧醇和："听闻守约昨日才到京。这几个月里，你携褓褓幼子跋涉数千里，想来十分辛苦，却不知路上可还顺遂？"

裴行俭的笑容依然沉稳，"托陛下洪福，一切顺利，何况此乃臣分内之事，'辛苦'二字，实不敢当。"

李治似乎没料到裴行俭会答得如此四平八稳，沉吟片刻才道："有一事裴卿或许还不知晓，朝廷刚刚收到消息，继往绝可汗六月底暴病而亡，他所辖的弩失毕五部如今已是大乱，依卿所见，朝廷该如何安置其后事才好？"

阿史那步真死了？裴行俭心头震动，思量半晌，沉声回道："依臣之见，以今日之势，一动不如一静，朝廷还是以暂且观望为宜。"

李治"喔"了一声，语气多少有些疑惑，"朕怎么听闻，如今突厥的咄陆五部已是唯阿史那都支马首是瞻，此人的狼子野心早已毕露，若是听任弩失毕五部就此群雄无首，这乱局岂不是愈发难以收拾？"

裴行俭的语气依旧平稳，"陛下所言甚是。只是突厥之乱已非一日，朝廷若能派兵征讨，自是乱局可平，不知陛下如今可欲发兵西域？"

"如今高丽未平，民力不足……"李治微微摇头，没有说下去。

裴行俭沉稳地接住了话头，"既是如此，朝廷所能筹划者，无非是封与抚，上上之策自是能册封一位对我朝忠心耿耿又在突厥素有威望的可汗，统率突厥十姓，永绝后患。"

李治忙点了点头，眼中不由满是期待。

裴行俭却叹了口气，"然则臣适才想了一遍，如今西域只怕并无此等人选！"

"弩失毕五部这边，阿史那步真的威望原本有限，臣在西域时，五部酋长便已各有打算；至于五咄陆部，精英早在数年前已被诛杀一空。眼下整个西域，已无人能与阿史那都支抗衡。朝廷若封他人，不过是逼得都支早日反叛；若封都支为汗，虽暂时能安抚其一二，却会为日后留下大患！"

李治脸上不由露出了失望之色，"难不成朝廷当真便无人可用了？"

裴行俭抬头看着皇帝，"其实在长安倒还有一位人选。"
　　李治眼睛一亮，"谁？"
　　裴行俭温声道："前兴昔亡可汗阿史那弥射虽被诛多年，突厥人却至今还感念他的恩德，只是其子孙多已亡于大都护苏海政刀下，才令阿史那都支有机可乘。据臣所知，弥射尚有一子在长安为质。朝廷若封他为汗，或能与阿史那都支分庭抗礼，只是此子才干心性如何，倒是需要仔细考量……"
　　李治断然摇头，"此人不可用！他的父兄都死于苏海政之手，若放他归乡为汗，谁知他会不会起反心？何况要封他为汗，必要先为弥射翻案，这岂不是昭告天下，大唐当初是错杀了忠良？这让朝廷颜面何存！"
　　裴行俭心里一声长叹，声音倒是平静如初："如此，朝廷便只能静观其变。陛下也不必太过忧虑，阿史那都支虽有狼子野心，胆色与才干却均不足以统领十姓，久之必招怨望。朝廷可先封官爵，稍加安抚，待他反迹已著、人心尽失之时，臣愿领偏师一支，一举平定此獠！"
　　李治思量片刻，点头道："也罢，日后若如裴卿所言，朕定会让你如愿！"
　　裴行俭长揖及地，"多谢陛下！"
　　李治笑着摆手，"不必多礼，日后之事且不说他，守约，如今西域局势未定，你可知朕为何要召你回京？"
　　裴行俭垂眸缓声回道："臣不敢揣测。"
　　李治皱了皱眉，上下看了裴行俭一眼，目光里带上了几分掂量。裴行俭安然地站在那里，眉梢都没有动一下。紫宸殿里一时静了下来。
　　良久之后，还是李治叹了口气，"不知守约可还记得，当初你曾与朕说过，权臣只会左右朝廷一时风气，铨选则关乎大唐万年根基。这些年来，朕屡次命人整顿选制，他们却不是托言积重难返、无力整顿，便是乘机遍植党羽、谋私渔利。十年之中，何止换了十人，铨选之弊竟是愈演愈烈！"
　　大约想起此前种种，他的眉宇间多了几分怒容，"还有朕的宰相们，我几次三番让他们举才荐贤，他们倒是侃侃而谈，说什么无人荐贤，是因为朕不够心诚，以致被荐者尚未得用，荐人者已因结党之名获罪。如今朕倒是以诚相待了，给他们宰相之位，让他们虚怀纳才、放手荐贤，结果如何？一个个还不是沽名钓誉、尸位素餐！"
　　裴行俭只得欠身行礼，"陛下息怒！以大唐人才之盛，何愁无人为陛下分忧。"
　　李治"哼"了一声，脸上的怒火渐渐变成了无奈，"我大唐人才的确鼎盛，奈何德才兼备、胸中无私，又能识人之能者，卿可能替朕再找一个出来？"
　　不待裴行俭回话，他摇头一笑，脸上满是感慨，"当年你离开长安前与朕说的那番话，这些年里，朕常自回想，每每感慨万千。如今，太子尚是年少力单，朕却是病体缠绵，守约，朕问你，如今你可愿为社稷、为太子，革新选制，匡正乾坤？"
　　最后这四个字被他说得格外意味深长，几乎能听到余音在殿内袅袅回响。裴行俭心头一震，抬眼看了过去。却见一直低头站在绳床旁的宦官也猛地抬起了头来，对上自己的目光，又忙不迭地低下头去。然而就在这一瞬间，裴行俭已认出这张曾在王伏胜背后亦步亦趋的面孔，目光在宦官所穿的五品服色上一扫，埋在他心头多年的一个疑团顿时豁然而解。

他不由又看了看李治，皇帝的目光中分明满是殷殷期待，却让他嘴里一阵发苦：圣人到底知不知道自己身边用的是什么人？知不知道自己在做什么？想让臣子做的又是什么？

按住心底的叹息，裴行俭肃容长揖了一礼，"臣得蒙陛下赏识，便是肝脑涂地，亦不足报圣恩之万一。只是陛下之赞语，臣却受之有愧。臣在西域多年，未能令边境清平，已是惭愧无地！"

李治摇头叹道："西疆之事，原是不能怪罪裴卿！"

裴行俭的声音愈发沉肃，"多谢陛下体谅。臣有自知之明，陛下所云革新选制，若是指拾遗补缺，重定章程，臣虽不才，亦愿勉力一试，万死不悔。只是'匡正乾坤'四字，臣却万万不敢当！"

李治眉头一皱，"裴卿何必自谦？"

裴行俭放缓了声音，一字字道："陛下乃万乘之尊，一言之决，关乎万民，一念之忧，牵动四海。如今陛下春秋正盛，乾坤清明，政通人和，虽有隐忧，尚不足为患。臣不敢越矩，还望陛下明察！"

李治怔了怔，转念间已明白过来，裴行俭的意思是，天子自己年富力强，完全可以掌控天下，皇后不足为患，而做臣子的，也不敢插手天家事务！他苍白的面孔上顿时腾地燃起了两抹异样的红晕，咬牙半晌反而点头笑了起来，"好，好得很，如此说来，裴卿果然是长进了！不但有了自知之明，也晓得什么叫不足为患、不敢越矩了！"

这笑声里分明带着森森寒意，绳床边的窦宽一个哆嗦，身子不自觉地又缩了缩。裴行俭也退后一步，伏身行了一个大礼，"臣万死。臣虽愚钝，却从不敢以虚言搪塞陛下。此一时彼一时，如今时迁事移，臣乃戴罪之身，若辅佐储君，难免令物议哗然，骨肉生隙，实非社稷之福。请陛下以储君为念，以社稷为重！"

李治面无表情地盯着裴行俭，原本一怒之下坐得笔直的腰杆慢慢塌了下来，嘴里无声地重复了一句"此一时彼一时"，眼中的怒火渐渐变成了迷惘。足足过了半盏茶的工夫，他才厌倦地摆了摆手，"你退下吧！"

裴行俭再次顿首一拜，默然退身离去。

随着他的脚步声渐行渐远，偌大的紫宸殿里变得一片冷寂，连从窗外斜照进来的阳光仿佛都黯淡了几分。李治看着犹自飘荡的门帘，下意识地拢了拢了衣襟，胸口却依然一阵阵地发冷，他不由脱口叫了声"阿胜"。

回答他的是窦宽小心翼翼的声音："陛下有何吩咐？"

李治一个寒战回过神来，慢慢闭上了双眼，低声道："你去拿件披风过来。"

窦宽应了声"是"，快步走向内殿，却依稀听见背后传来了一声含糊的幽幽低叹：“变了，怎么转眼间就都变了……”

似乎有一股凉意随着那声音袭上了背脊，窦宽不由一个哆嗦，只觉得这紫宸殿的穿堂风里，竟是带上了一股从未有过的萧瑟。

秋风中，裴行俭在宫门外翻身上马。夕阳从他的斜后方照了过来，把他眉宇间的那点郁色染得越发沉重。直到走进永宁坊的宅子，他才一面听着门房的回报，一面揉了揉眉心，放松了神色大步走向内院上房。

迎接他的，是三郎响亮的号啕声，带着货真价实的痛楚。

裴行俭心头一紧，几步抢上台阶，掀开了门帘。

上房的西屋里，三郎正站在墙边，指着墙壁哇哇大哭。琉璃搂着他柔声安慰，一旁的乳娘则一面查看着三郎的额头，一面用力拍打墙面，"这墙太坏，乳娘帮三郎打他！"三郎顿时哭得更是响亮。

裴行俭微微皱眉，正想说话，却听琉璃煞有介事地"咦"了一声，"三郎三郎！你快看，这壁上是不是被三郎撞了个坑？阿娘怎么听见墙也在哭呢？"

三郎眨眨眼睛，哭声不由小了许多，回头便去看那墙壁。琉璃作势仔细察看，又贴在墙上倾听，"就在这儿，果真是有个坑呢。阿娘来听听，呀，他怎么没哭了？只怕是比三郎要勇敢些吧？"

三郎也不记得哭了，跟着过去摸了好几下。琉璃笑着抱住了他，"三郎也不哭了么？真真是乖孩子！你想想，刚才墙壁可有动过？是不是三郎自己不当心撞到墙上的？结果墙也疼哭了，三郎也疼哭了，以后咱们小心些，不跟壁面比头硬了好不好？"说完响亮地在三郎的额头上亲了一下，"三郎还疼不疼了，若是不疼了，咱们这就出去灶房让乳娘做糕糕给三郎吃！"

三郎喉头还有些抽噎，脸上却已露出了笑容，短短胖胖的手指往外一指，明确表达了自己化悲痛为食量的决心。

裴行俭不由摇头失笑，心头的那点郁结一时消散了大半。琉璃这才看见他，笑吟吟地捞起三郎迎了上来，"回来啦，宫里找你可是有什么事？"

裴行俭伸手接住扎手扎脚扑将过来的三郎，轻描淡写地道："也没什么，阿史那步真前些日子突然死了，圣人召我问了问那边的情形。"

琉璃吃了一惊，"突然死了？怎么死的？"

裴行俭摇了摇头："如今还不知晓！横竖不是暴病就是……"话未说完，三郎的小手已直奔他的蹼头而去，他忙偏头避开，抓住那捣乱的小手挠了挠手心，三郎顿时嘎嘎地笑了起来。

琉璃又忙问："圣人就问了西疆，没有说旁的事？"

裴行俭逗着三郎，微笑着摇了摇头，"我回长安才一日，圣人还能问我什么？"眼见琉璃满脸疑问的还要开口，他顺口便反问道："听门房说你一进家门便问我回没回来，可是皇后说了什么？"

琉璃忙摇了摇头，"皇后不过是与我叙叙旧，谈谈天，问了些西域的风土而已。"

裴行俭挑起了眉头，"竟是问到了午后？"

琉璃笑道："我是最后一个谒见的，因此被赏了碗冷淘。只是我说到要拜见长辈时，皇后倒是提了句，河东公已是病体沉重，让我们尽早拜见，莫失了礼数。"

裴行俭眉头微微一皱，沉吟片刻却是笑了起来，"无妨，我先去寻人打听一番再说！"低头亲了亲三郎，他把三郎递给了琉璃，"去跟阿娘吃糕糕吧。"说完转身便往东边的书房走去。

琉璃不由诧异道："你这是忙什么？"

裴行俭已挑起了帘子，闻言回头笑道："我去给子隆下张帖子！说来也巧，我今日入宫时正遇着他出来，你再想不到，他如今做的正是起居舍人！子隆与如琢交好多年，如今又是当着这份差事，想来对河东公府之事总比旁人知晓得清楚些。"

裴炎？他也当了起居舍人？琉璃奇道："上回河东公府那般设计于他，他难道不会记恨？"

东屋里传来了裴行俭的笑声，"放心！子隆为人端方守礼，如琢待人外冷内热，当年之事子隆未必会迁怒于如琢，再说以他的性子，待亲近者或许太过严正，越是这种有过节的，倒是越会秉公而论，不会在人后搬弄是非……"

裴炎有这么君子？琉璃摇了摇头，抱着三郎走出门外，夕阳的最后一缕斜晖正照在上房飞檐的鸱吻上，勾出了一道漂亮的弧线。琉璃眯着眼睛回头看了两眼，突然觉得自己似乎忘记了一件极重要的事情，一阵不安蓦然兜上心头。

第一百一十八章
长袖善舞　短兵相接

裴炎的答复，比预想中来得还要快些，而且直接得让人有些措手不及。

裴行俭和琉璃听得回报迎将出去时，院门口刚刚挂起的灯笼正照在裴炎的碧色襕袍上。灯光给他的面庞笼上了一层微黄的光晕，也把那个刚刚到达嘴角的微笑染得多了几分温度。眼见裴行俭已到跟前，他不急不缓欠身行礼，"守约兄，炎不请自到，打扰了！"

琉璃心内原有些嘀咕：印象里裴炎似乎是个不爱走动的，两家虽然都住在永宁坊，以前却从没上过门，这回怎么突然转了性？只是一眼看到他，不由还是暗暗点头：这位果然是长得越来越让人肃然起敬了！

裴炎的颔下留起了一把半尺多长的齐整胡须，那张原本太过冷峻的面孔似乎多了几分温和儒雅；而一行礼一开口，虽是再寻常不过的作揖寒暄，也自有一分如对大宾的端严法度。

琉璃不由自主便深吸一口气，挺直了背脊。

裴行俭走上两步，含笑抱手："哪里的话，子隆真真让人喜出望外！"或是因为身量更高，笑容更暖，当他站在裴炎对面时，灯光似乎都被他分去了多半，原本肃穆的氛围也顿时轻松了下来。

琉璃嘴角不由微扬：如果说裴炎看去像一幅端庄规范的汉隶拓本，裴行俭就是魏晋的行草名帖，虽然笔笔都似漫不经心，却是神韵天成，风骨无双——李治不愧是书法鉴赏家，挑选起居舍人的眼光，的确是一等一的高明……

裴炎也看见了琉璃，微笑欠身，"嫂夫人。"

琉璃刚想回礼，从裴炎背后又传出了轻柔的一声："见过阿兄阿嫂。"一个娇小的身影走上一步，盈盈低头行礼。

琉璃立时猜到了来人的身份——于夫人告诉过她，崔岑娘早已病逝，裴炎先是迎娶了一位刘氏夫人，成亲没两年也是一病而亡，八年前又娶了岑娘的庶妹为继室，"莫看是庶女，竟是个难得的齐全人"。她心里多少有些好奇，忙上前两步，笑着对两人还礼,"不敢当。这位可是崔家妹妹?快请进。"

崔氏抬头微笑,在灯光下,秀丽的面庞就如一朵白茶花在缓缓绽放,"妾排行十三,多年不见阿嫂,阿嫂的风仪竟是尤胜当年。"

琉璃愣了愣,眼前的佳人的确眼熟,她一时却记不起到底在哪里见过。

"说来阿嫂当年在别院湖旁挥笔画下的水墨牡丹,气韵生动,至今还如在眼前……"

琉璃眼睛一亮,脑海里一个少女的身影顿时清晰起来——当年在裴家别院的斗花会上,崔玉娘带的小妹不正是十三娘吗?那时她年纪尚幼,却已写得一手好诗……她不由笑了起来,"十三娘慧质天生,出口成章,才真真让人佩服。"

那边厢,裴行俭与裴炎也寒暄了几句,转头交代道:"你好好照顾弟妹,我带子隆去看看我在西疆拓的碑文。"两人转身往外院书房而去。

琉璃也引着崔十三娘往里走。这院子虽然早已被于氏婆媳收拾过,却到底还缺些装点,上房里更是连待客的饮具都未来得及收拾出来,琉璃抱歉不迭。

崔十三娘笑道:"原是子隆性急了,收到阿兄的帖子,欢喜之下立时三刻便要过来,我拦都拦不住。"她四下打量了几眼,"听闻阿嫂是昨日才到京,如今处处便能这般齐整,换了是我,还不晓得是怎样一副兵荒马乱!"

琉璃解释道:"原是阿母早几日便打发人来收拾过了,我自己带的东西还乱着呢,好些都还未分出箱来。"

崔十三娘微笑颔首,"是邢国公夫人么?早些年我在宫宴上也曾有幸被夫人提点两回,这才晓得国夫人中,原来也有这般热心肯提携后辈的!阿嫂好福气!"

她原本生得便好,说起话来更是时时含笑,字字妥帖,让人如沐春风。琉璃暗暗点头,难怪于夫人会夸赞她"齐全",果然是玲珑剔透!不知怎地,突然间又想起了模样太过病弱、待人也有些冷淡的岑娘,心头不由一阵怅然。

崔十三娘端起杯盏喝了一口刚上的枣浆,惬意地眯了眯眼,"原先岑娘姊姊便常与我们说起,阿嫂最有慧心,任是什么寻常东西都能做出不一般的美味来。果然如此。"

大约也是想起了岑娘,她低声叹了口气,"其实,岑娘姊姊一直很是有些抱憾,说是那时因中秋劳累染了病,未能亲身去送别阿嫂,只怕会被阿嫂误会了。"

琉璃忙道:"哪里,这全是我的不是!当日她身子不好,还记得送了那般用心的一份程仪过来,我感激还来不及,怎么会误会?只是当日我忙着收拾行装,便没有多说;到了西州后又是诸事繁忙,竟未曾给她写过一封书信,原想着……"原想着迟早要回长安,迟早都会再见面,却没想到,有些人却是再没有迟早了。

两人一时都沉默下来。琉璃低头喝了口浆水,索性转了话题,"玉娘妹妹这些年还好吧?"在她的印象里,比起岑娘来,十三娘似乎跟那位崔玉娘关系更为亲近。

十三娘眼睛一亮,"多谢阿嫂惦记。玉娘姊姊这些年也经历了些事,如今倒还好。不瞒阿嫂说,我这姊姊性子有些高傲,等闲人都不放在眼中。当年阿嫂毅然散尽家产,随夫君就任,她听得此事,肠子都悔青了,只道自己是个有眼无珠的。此次知晓阿嫂归京,姊姊定会登门致歉,还望阿嫂大人大量,宽恕则个。"

琉璃笑着摇头,"她原是心直口快之人,我怎会怪她？"如果不是遇到了十三娘,她都想不起崔玉娘这个人了,更别谈去记恨。

十三娘展颜而笑,想了想又道:"其实还有一个姊姊,心内更是对阿嫂又感激又羞愧,十年来只想跟阿嫂好好告声罪,却又没脸给阿嫂写信,更莫提来见阿嫂。"

琉璃惊讶地看了她一眼,却见十三娘嘴角依旧抿着笑意,眼睛却是一眨不眨地看着自己,心头不由一动,想了想笑道:"是么？到底是哪个崔家姊妹？"

十三娘轻声道:"是河东公府的世子夫人,静娘姊姊。"

琉璃原本便已猜到了几分,听得这名字,倒是有点意外,"原来是崔夫人。"长安的女眷来往,只有关系亲近的才会以闺名相称,这位世子夫人当初得罪裴炎可是得罪得不轻,如今跟他的新夫人却是如此亲密……

十三娘叹了口气,"阿嫂想来也知晓,裴世子原非大长公主所出。其实世子的母亲,就是静娘姊姊嫡亲的姑母。她生下世子便过世了。河东公由先皇做主尚了大长公主时,世子才周岁,被大长公主养在身边,万般娇宠。她原本是想给世子娶个宗室女的,河东公却不肯毁约。因此大长公主对这门婚事,一开始就不大满意。"

琉璃好不吃惊,这事她还是第一次听说。她一直以为裴承先是临海的儿子,才会那般骄横霸道,全然不似裴氏子弟,听十三娘的意思,原来是故意被养歪了？如此说来,河东公府明明不缺管事娘子,却总是由世子夫人亲自出面来做那些又得罪人风险又大的事情,也是这位大长公主特意安排的？

崔十三娘看了琉璃一眼,低声说了下去:"这般情形下,静娘姊姊的处境可想而知。有些事她就算不愿去做,不想去做,又如何敢不去做？何况世子的性子又是随意惯了的,只道公主对他不薄,何尝能体谅静娘的难处？静娘那几年里,过得极是煎熬,凡事略不如大长公主的意,在院子里被晾上半个时辰也是常事！

"说来还要多谢阿嫂在芙蓉宴上的那番随机应变。静娘姊姊自知无路可退,可她膝下有稚龄幼女,背后还有父母家族,总不能让他们也一道背上黑锅,因此当日就给大长公主留书一封,言明'父母尚在,敢不自珍,归家侍疾,以尽本分',转身便回了崔家。"

琉璃微微一怔,忍不住笑了起来——难怪大长公主当夜便病倒了,原来首功还不是自己,而是这位毅然反出河东公府的崔静娘！

看见琉璃的笑脸,崔十三娘的脸色也放松了许多:"静娘姊姊回到崔家后便大病了一场,说是回想那几年,竟如做了场噩梦,自己都不明白怎么做下了那些事！

"她原是打算和离的,两家都已议好章程,只待风声过了便办,谁知便出了阿兄去西域任职的事,之前大长公主如何'照顾'阿兄的事也突然都传了出来。世子找到静娘追问,得知真相后险些没发狂,还是静娘好生劝慰了他一番才罢。经此一事,两人倒是好了。

"只是那时大长公主病情还不算太重，性子却越发乖戾，对静娘又是深恶痛绝，百般刁难。河东公虽有心维护，到底力不能逮。世子索性以求学为名，遣散姬妾，搬出了公府。这些年里，世子一心向上，静娘也是勤勉持家，如今无论裴氏族人还是崔氏姊妹，哪个对他们心里不敬服？

"不过如此一来，却也有一桩不好，两人不在府中，消息难免闭塞。因此河东公今年四月病倒之后，世子与静娘竟是隔了两日才知。偏偏常乐大长公主又进宫告了一状，说世子离府别居，不愿在床前侍疾，惹得圣人大怒。世子与静娘要回府尽孝，那边也不许他们进门，还是多亏遇见了蒋奉御府上的凌夫人，这才进了门。这几个月里，两人日夜守在河东公与大长公主的病床之前，熬得都脱了形。"

琉璃恍然大悟，"原来如此！"看来临海公主是谋划多年了，可惜还是功亏一篑！蒋奉御的夫人绝不是无缘无故多管这桩闲事的，至于裴如琢夫妻近日的所作所为被传得人所皆知，自然也是有人在推波助澜！这样说来，自己和裴行俭之所以要早日去河东公府一趟，为的不过是坐实他们的确孝顺？

崔十三娘长长地叹了口气："阿嫂只知其一，大长公主如此行径，是因为河东公已然病倒，无法再维护世子，而他一旦病故，那爵位便要传到世子手中。大长公主自己有儿有孙，自然要为他们做些打算！如今她还说动了常乐大长公主插手此事。常乐在朝中诸公主里威望最高，平素也最得圣人敬重，自是一言九鼎。世子夫妻便没少受她排揎，圣人那边会如何决断，也是两说。

"可事情已到了这一步，裴世子便是有心退让，但这一步又岂是轻易能退的？如今这河东公之位已非爵禄之事，而是关系到世子夫妇的名声前程，一旦有失，便坐实了两人不孝之名。莫说他们，便是他们的子女后人，只怕日后也难以立足！"

琉璃不由点头，的确，在眼下这个孝道大于天的世道里，一个不孝的名声的确能让人翻不得身——这才是裴炎夫妻今天急着上门拜访的原因吧？如此看来，武后所谓的亲自过问其实是另有打算……

想明白此节，她心里顿时踏实了许多，微笑道："多谢十三娘直言相告，实不相瞒，这两日我也听人说起，世子夫妇如今衣不解带，侍疾甚周，是难得的孝子贤妇，可见公道自在人心。过两日我会去河东公府拜见长辈，若有机缘，也会向崔夫人讨教几句。百善孝为先，世子夫妇如此纯孝，我裴氏族人，自然该多学着些。"

崔十三娘看着琉璃，嘴角慢慢扬了起来。她的脸上一直都带着笑，但此刻满屋的烛光却仿佛都落入了那双灵动的眸子。"阿嫂！"她的声音有掩不住的欢喜，"阿嫂真真是气度宽宏！"

琉璃几乎被这个笑容晃花了眼，听得这夸赞，脸上微热，忍不住从心底里叹出了一句："哪里比得上你和裴舍人！"

远远的，帘外传来了男子的说笑声，琉璃和十三娘相视一眼，都笑着站起身来。

裴行俭和裴炎显然心情都不错，他们一落座，上房的气氛便越发热烈了起来。身为主人的琉璃和裴行俭固然言笑晏晏，崔十三娘更是妙语如珠。到了后来，连裴炎都主动说起了自己当监察御史时遇到的一桩事，"那人犯对着我直呼冤枉，说他只是拣了根草绳，如何要流放他三千里？我听了也好生不解，便去问了问县尉。县尉道，他的确只拣了根草绳，只是草绳的另一头，却还系着头牛。"

这笑话也罢了，只是由裴炎一板一眼地说出来，却立时可笑了十倍。琉璃好半天才忍住了笑，只觉得眼前这两人，一个笑语如花，一个惜字如金，明明年纪、气度都截然不同，却自有一份难得的默契。所谓天作之合，大约不过如此吧？

她笑着喝了口枣浆，那浆水已放得冰凉，让她几乎打了个寒战。不知怎地，她的心头也是突然一凛：如今她好些事情都记不清了，甚至怎么都想不起义父和他会怎样结束他们的名将生涯，但裴炎的结局她是不会忘的！

还有多少年，眼前这对夫妻还有多少年？自己和裴行俭，又还有多少年？

仿佛有夜风从帘底吹了进来，带着异样的寒意，琉璃只觉得手脚冰凉，满屋的温暖欢笑，都再也抵达不了心底。

待得将裴炎夫妇送至门外，已近二更时分。裴行俭转身时，伸手包住了琉璃的手掌，"今日手怎么这么冷？你适才想起什么了？怎么突然不高兴了？"

琉璃原本自以为掩饰得天衣无缝，听得这一问，心里不由酸涩难言，低头沉默片刻才道："想起岑娘姊姊了。"

裴行俭叹了口气，伸手搂住琉璃的肩头，安慰地揽紧了她。

他的臂膀沉稳有力，带着琉璃最熟悉的温暖感觉，琉璃的心头却是愈发千回百转，好半晌才轻声道："是我胡思乱想了，十三娘是厚道人，我看裴舍人的性子倒像是随和了许多。"

裴行俭没有接话，却问道："河东公府之事，崔氏都跟你说了吧？"

琉璃"嗯"了一声，突然想起一事，忍不住转头问他，"那位世子竟不是临海大长公主亲生的，以前你怎么没跟我提？旁人怎么也没议论过？"

裴行俭诧异地看了她一眼，"此事与咱们何干？如琢原是从小就养在大长公主身边的，那边府里又忌讳提及前头夫人，只怕如琢自己都常常忘记此事，外人又有几个能知晓内情？"

琉璃心里补充了一句：就算知道内情的，也以为我早就知道了，根本不用再提！谁会相信裴行俭的性子能古怪到这个程度！当年他和麴崇裕那样明争暗斗，可麴崇裕不是麴智湛亲生骨肉的事，自己不也是过了六七年才听说？

她正想抱怨，裴行俭却已沉吟道："河东公府那边，我明日一早就会下帖子。这几日，你不如说路上累着了，身子不爽，在家歇着。那边我自会应付。"

琉璃不由讶然，"这又何必？临海大长公主如今……"看见他微微摇头，才猛然醒悟过来，"你是担心常乐大长公主？"

裴行俭点头，"这些日子那边常有宗室探视，我朝公主们难缠的可不是一个两个。常乐大长公主更是生性严正，不容冒犯。"

果然也不是省油的灯！可武后都已经发话了，别说一个常乐，就是全长安的公主都在河东公府等着收拾自己，自己也不能不去啊！琉璃只能叹道："那又如何？难不成我能一世装病不出？常乐大长公主名声还好，听闻便是裴如琢夫妇，她也不过是排揎了几句。我只要小心恭敬些，吃她几句排揎又何妨？再说，她若真有心恼我，我称病不去，只能让她更恼。以她的身份，若要难为我，难道只能在河东公府里等着？"

裴行俭眉头微皱，"也罢，你容我多做些安排！你先回去休息，莫要等我。"

他转身往外院书房走去，夜色中，那一身宽袍缓带从容得仿佛御风而行，背脊却自有一分如山的端直。琉璃凝视良久，认命地叹了口气。

这一夜，裴行俭回来得极晚，次日坊门一开，他便将几份帖子分头送了出去。河东公府的回音却是过了一日才收到，客客气气地请两人十七日上门。裴行俭把阿燕叫进来叮嘱了一番，随后又把陆续打听到的消息都告诉了琉璃。

待到这一日来到河东公府门口时，琉璃对这座府邸不说了若指掌，大致情形倒也心知肚明。在内院门口迎候着他们，正是这些年来主持府里中馈的郑宛娘。十余年不见，她明显丰润了不少，整个人也多了几分当家主母的从容。

看见琉璃，郑宛娘上前两步，脸色平板地欠身行礼，"许久不见，阿兄阿嫂一向安好？"琉璃心中有数，正想微笑还礼，就听耳边传来了一个硬邦邦的声音："小弟见过阿兄阿嫂！"

离郑宛娘两步多远的地方，站着一个三十出头的男子，形容倒也俊朗，只是神色阴沉，看向琉璃的眼神更是冰冷，正是临海大长公主亲生之子裴承禄。琉璃对自己在这边的不受欢迎程度早有预料，但被这样的目光一扫，还是心头一突。

身旁人影一动，却是裴行俭上前一步，抱手还礼，"听闻大长公主与郡公贵体欠安，行俭久在边关，不能早日探望，心实惶恐，不知两位尊长如今可还安好？"

他的声音虽然舒缓，神色却是肃然，一双眸子更是淡漠如冰。裴承禄不由脸色微变，顿了顿才开口道："尚好，多谢阿兄牵挂。"说完垂眸转身，引着裴行俭向院内而去，没走多远，拐上了一条岔路。

郑宛娘脸色微松，看着琉璃露出了一丝笑意，"好叫阿嫂得知，大长公主与郡公并非在一处静养。阿嫂请随我来。"

这处府邸琉璃自然不会陌生，入目所见都是精致楼台，珍奇花木，但不知为何，当年那股扑面而来的华贵之气却荡然无存。亭台楼阁颜色都有些暗淡，似乎积年未曾清洗翻新；花木却是茂盛太过，明显缺了打理；而来往奴婢更是打扮寻常，神情拘谨，愈发增添了几分暮气。

琉璃暗暗诧异，她此前已将长安的几位长辈逐一拜访过一遍，苏定方的邢国公府虽然有些冷清，却是楼宇宏丽，气象华贵；库狄家则搬到了一处三进院落，俨然已是正经的官宦人家；就是裴安石的旧门旧院，好歹也维系着昔日的体面，只有眼前这处院落，颓然之气几乎令人心惊。

郑宛娘仿佛脑后生了眼睛，"让阿嫂见笑了，大长公主这些年病体缠绵，耐不得喧哗，这院子冷清惯了，自是不可与当年同日而语。说来也巧，常乐大长公主和千金大长公主今日都来探望阿家了，此刻大约还未走，阿嫂或是有福拜见。"

千金大长公主？琉璃只依稀记得是几位大长公主里年纪最小的一位，似乎也是风流俊俏爱玩乐的，名声却远不如临海响亮……此时倒也不好多问，只能笑着点头，"原来如此，多谢夫人提点。"

说话间，河东公府的上房赫然出现在眼前。琉璃随着郑宛娘登堂入室，随目所见不过是青绸帘幕，素绫席褥。她不由暗暗皱眉，如果说那庭院景象，带着积年的冷寂，这屋宇的布置，却有些刻意的清寒了……

一位打扮体面的中年女子似乎已在堂屋里等候多时，上前便问："可是库狄夫人？"见琉璃点头，语气愈发冷淡，"常乐大长公主想见夫人，请随奴婢过来。"

东屋的门帘早已高高挑起，屋内窗棂大开，窗前案边的帘幕也都被卷了起来，整个屋子显得分外敞亮。七八个华服女子或坐或立，多是打扮精致，容颜娇美，然而任谁进去，第一眼看见的，却必然是坐在窗边的那位青衫妇人。

她早已年过不惑，打扮并不奢华，容貌也并不出色，脸型略嫌方正，五官又太过刚硬，尤其是两道浓黑的剑眉，随意舒展时便自有一股英气，此刻微微蹙起，更是将一双细长的眼睛衬得锐利逼人。

被这样一双眼睛上下一扫，琉璃心头不由微凛，目光在众人身上一转，认出了另外一位正主，忙上前一步垂首行礼："妾库狄氏见过常乐大长公主。"又转身对着半倚在一张绳床上的黄衫女子行了一礼："见过千金大长公主。"

坐在窗边的常乐大长公主只是面无表情地点了点头。千金大长公主却微微直起了身子，上下打量了琉璃好几眼，"哼"了一声又坐了回去，恢复了那副与当年的临海大长公主至少有五分相似的慵懒模样，声音也是一片娇慵，"久仰夫人大名，今日得见，是我等的荣幸才是！"

琉璃暗暗皱眉，如何应对常乐，裴行俭已安排妥当，可半路出来的这个……她念头急转，只能低着头回了句："承蒙大长公主谬赞，妾不敢当。"

千金大长公主冷笑了一声，"你不敢？我倒是不知，这天下还有夫人不敢做的事！"

琉璃依然姿态恭谨，"大长公主折煞妾身了。"

千金大长公主瞟了她一眼，"我才是不敢当！我是谁，岂敢折煞夫人？"

琉璃心里叹气，面上只得越发恭顺，"大长公主何出此言？妾身若有失礼之处，还请大长公主直言教训。"

千金大长公主"哈"地笑出声来，"夫人怎会失礼？夫人的一举一动一言一行不但合乎礼数，还深明大义、有功社稷，教咱们这些俗人看了都恨不得五体投地才好，哪里还敢教训夫人？再说，那些敢教训夫人的人如今是什么下场，难不成我是瞎的，看不见么！"

这样的冷嘲热讽琉璃也有些心理准备，只是垂首不语，任由对方一路讥讽了下去。千金大长公主却似乎并不打算就此放过她，反而坐直了身子，"库狄夫人怎么不言不语了？可是我不小心说错了什么？还望夫人不吝指教！"

这话问得刁钻，琉璃不敢怠慢，欠身答道："启禀大长公主，妾出身寒微，见识短浅，从不敢冒犯贵人，所作所为，不过是情势所迫，而所得所失，更是天意弄人，非妾所敢置评。"

千金大长公主翠眉一蹙，眯起的眼睛里多了几分寒意，"夫人果然会说话！原来旁人九死一生，不过是自寻死路，都是天意，都与夫人无干！"

琉璃神色平静地点头，"大长公主明鉴。"既然退让已是无用，不如便堵上她的话头，也好早日进入正题。

千金大长公主脸色果然愈发阴沉，狠狠盯了琉璃半日才道："这么说来，夫人今日上门，倒是深明大义，不计前嫌了？"

琉璃心头微定，欠了欠身，"不敢。临海大长公主原是妾身长辈，虽说之前教训过晚辈几回，那也是指点晚辈的一番好意，妾焉敢记恨？此来一则是上门探病问安，再者，也是看看是否能有出力之处。"

她回身指了指身后的阿燕，"启禀大长公主，这一位是西域颇有名气的女医，于妇人、少小两科颇有独到之处，尤其善于调理久病虚弱之身。妾身这几个月里能携幼子安然跋涉数千里，便是多亏了她。听闻临海大长公主久病体虚，虽说这边有御医坐镇，然则西域医药与中原颇为不同，或有能互为参详之处也未可知，因此妾今日才冒昧带了她过来。"

千金大长公主打量了阿燕两眼，嗤笑一声正要开口，一直冷眼旁观的常乐大长公主却神色微动，突然开口问道："这位女医当真擅长调理妇孺？"

琉璃心头一松，微笑着点了点头。阿燕也上前一步，稳稳地肃拜了下去，"启禀大长公主，民妇不过在少儿病妇调理上略有心得，不敢与长安名家相比。"

阿燕原本是那种安静稳妥得几乎没有存在感的人，这十余年磨炼下来，气度虽然依旧沉静，却多了一分引人注目的飒爽大气。常乐大长公主打量了她片刻，缓缓点头，"不必多礼。不知这位女医如何称呼？可曾调理过少儿气逆呕吐之症？"

千金大长公主原本满脸嘲讽，突然听见这一问，神色不由微变，转头瞪向琉璃。

琉璃默然垂下了眼帘。千金自然和自己一样清楚常乐大长公主的软肋所在——她膝下唯有一个不到十岁的女儿，偏偏几个月前染上了呕逆之症，不知请了多少医师，都是反反复复难以痊愈，如今正急着四处求医问药……

阿燕已起身回道："回大长公主的话，民妇姓狄。少儿呕逆之症并不少见，民妇不才，大约总治过几十上百例。"

千金大长公主轻轻吐了口气，垂眸抚弄着自己的指甲，似乎再也没有兴致开口。

常乐大长公主眉宇间露出几分喜色，正要追问下去，突然看见千金的脸色，一怔之下脸色蓦然阴沉下来，只是转眸看了看阿燕，眉头又紧紧地锁在了一起。踌躇片刻，她的声音变得极为清冷，"狄女医果然不同凡响，也罢，你这便随库狄夫人去探视临海大长公主吧，那边还有长安有名的女医，正好一道参详参详。"

她转头看向琉璃，语气越发冷淡，"当日之事我也有所耳闻，天意人意，自有公论。只是临海毕竟是你家长辈，河东公府于你夫君又有养育大恩，人生在世，终究不能恩将仇报！再说如今她这般病体支离，浑浑噩噩间唯独忧心着自家几个晚辈，我等总不能眼睁睁看着自家姊妹到了今日的田地还要被人欺辱！"

"库狄夫人，事到如今，我也不指望你侍疾尽孝，报答恩情，只要你谨言慎行，恭顺长辈的心意，以往之事，我等自然也不会再追究！"

琉璃微觉意外，常乐大长公主言下之意是虽然可以放自己一马，她却会替临海撑腰到底，甚至希望自己也帮她完成心愿，可这事……她忙欠身答道："谨遵大长公主教诲。琉璃此来是请安探病，绝不敢对长辈出言不逊，更不敢信口开河，搬弄是非。"她只会实话实说，至于让她以德报怨，那是这位贵人太看得起她了。

常乐大长公主眉头皱得更紧，目光在琉璃脸上停了好一会儿，终于还是点了点头，"你能记得自己的身份就好，去吧！"

琉璃默然行礼退下，走出门外，这才松了口气。一直在门外等候的郑宛娘并不多话，转身领着她往西屋而去。

看着那越来越近的门帘，琉璃不知为何隐隐有些紧张，下意识地抚了抚右臂，衣袖下的镯子触手冰凉，也让她心头宁定了些许。她正要深吸一口气，门帘一挑，一股混合着药味、熏香和陈腐气息的味道扑面而来。琉璃被熏得险些倒退一步，咬了咬牙才迈步走了进去。却见四处门窗紧闭，帘幕低垂，一片昏暗；越往里走，周遭便越发昏暗憋闷，到了里间，屋内已是蜡烛高燃，宛如深夜。

有些昏暗的烛光之中，屋内那张挂着玳瑁帐的木榻上，一个身影正倚枕而坐。暑热未退的七月天里，那人身上竟严严实实地裹着床丝毯，面上还戴着淡黄色的轻纱，只露出了一双眼睛。

琉璃的脚步不由一顿。她早已知晓临海大长公主得的是偏瘫，这些年来日益加重，然而眼前那昏暗烛光与厚重丝毯都掩饰不住的枯瘦身形，面纱下隐隐扭曲的面孔，却实在太过触目惊心，她心头一时竟只剩惊愕。

郑宛娘上前两步道："阿家，库狄夫人来看阿家了。"

临海大长公主抬起眼帘看了琉璃两眼，眼神也是一片麻木混浊。

琉璃定了定神，上前一步低头肃拜，"侄妇给大长公主请安，恭祝公主金安。"

临海只是微微点头，身子微勾，整个人显得愈发瑟缩。琉璃心头蓦然有了几分明悟，难怪常乐大长公主会坚持为这个并不亲近的妹妹出头——但凡领教过临海当年风姿的人，看到眼前这人影时都会震惊无比吧？

榻前的一位妇人站起身来，向琉璃行了一礼，"多谢阿嫂费心。"正是崔静娘。她虽然满面憔悴，样貌倒是变化不大，唯有一双眸子变得异常宁静，一望之下竟如两泓深潭，整个人的气度也因此迥然不同。琉璃忙走上一步，扶住了她，"不敢当，听闻夫人几个月来服侍大长公主，衣不解带，事必躬亲，琉璃惭愧。"

崔静娘摇了摇头，"阿嫂谬赞了，大长公主这些年卧病在床，全赖宛娘照应起居，这些日子，我不过是略尽心意而已。公主如今身子有些起色，乃是承蒙圣人与皇后的恩典，又有蒋奉御与凌夫人妙手回春，我等感恩尚且不及，又岂敢居功？"

榻边的另一个妇人起身笑道："阿凌不敢当夫人夸赞。"

琉璃这一惊更是非同小可，好容易才维持住了镇定的神色，"多谢凌夫人费心！"这两日裴行俭曾提及，蒋奉御的侧室也是出身医家，于推拿针灸上颇有造诣，常给长安贵妇们看诊，此次临海大长公主便是由她调理。崔十三娘此前也说过，正是这位凌夫人让世子夫妇进了府门——可她还真没想到，此凌竟是故人！

阿凌笑眯眯地欠了欠身，没有答话，倒是临海口中"嘀嘀"响了几声，费力地吐出一串含糊的音节。一名婢女忙上前倾听，半晌点了点头，回头对琉璃道："库狄夫人，大长公主道，夫人能上门探视，公主很是感激。如今公主好些事情都记不清了，亲朋好友多有怠慢，请莫见怪。若是以前有得罪之处，也望夫人看在她已是多年抱病、时日所剩无多的份上，莫再计较。"

临海大长公主不记得以前的事了，却还能说出这么大篇的话？她到底是清醒还是糊涂？琉璃暗暗嘀咕，眼见满屋子人的目光都凝聚在自己身上，忙笑着欠身，"不敢当，大长公主吉人天相，千万不必出此颓丧之语。"

临海脸上肌肉抽动，仿佛是扯出了一个笑容，转头看着郑宛娘费力地吐出了几个字，似乎带着"礼物、谢谢"的音节。

郑宛娘向琉璃欠身行礼，"阿嫂前几日送来的礼物，阿家说她很是喜欢，多谢阿嫂费心了。"

琉璃忙侧身避开，笑着还礼，"不过是些小玩意儿，不足挂齿。"心里好不纳闷，她送的礼物有什么可让人喜欢的？不过是几样最寻常的玉石银器，连白叠布都没敢送，图的不过是安全二字。

临海连连点头，又嘟囔了两句，那婢女便对琉璃笑道："大长公主说，多谢夫人万里迢迢带了那么些好东西过来，公主也备了一样薄礼，还望夫人笑纳。"

琉璃皱了皱眉，正要婉言拒绝，就见阿凌看着自己微微点头，手指还往上指了指。

琉璃吃了一惊，心中念头急转，还是摇头道："晚辈孝敬长辈，原是天经地义之事，怎好让大长公主破费？万万不敢当！"

临海大长公主微微直起了身子，口中嘟囔的声音也变得又重又快。那婢女皱眉道："大长公主问库狄夫人，不过是她的一点小小心意，夫人这般推辞，莫不是嫌弃她送的东西带着病气不吉利？既然如此，夫人的厚礼大长公主也不敢收，还请夫人原样带回就是。"

琉璃一怔，还未开口，阿凌已向她使了个眼色，起身劝道："库狄夫人何必如此见外，岂不闻长者赐……"

琉璃心里叹气，只得点头笑道："夫人说得是，琉璃多谢大长公主赏赐！"

临海大长公主似乎松了口气，身子往后靠了靠，嘴里又含糊了几声。婢女也是满面笑容,"多谢夫人。大长公主道,她身子不好,怠慢夫人了,还望夫人以后有暇时多来看看她。"

这便是要送客了?琉璃低头应诺,一眼瞥见崔静娘面色依然平静,阿凌脸上倒是露出了轻松的笑意,不由越发困惑——难不成自己想错了?武后其实已不愿计较当年之事,只想厚待临海,好笼络宗室人心?而这位临海大长公主也真是像常乐说的那样病得浑浑噩噩,如今只想给自己的儿孙谋条后路?

眼见那位婢女已转身从榻边的柜子里取出了一个小小的匣子,琉璃心里一动,随手挽起袖子,快走两步伸手接过匣子,"多谢大长公主!琉璃每回登门,大长公主总有厚赏,真真是叫人受之有愧。"

临海大长公主的身子突然微微一僵,目光落在了琉璃的手腕上——那长袖挽起处,露出了一只精致的飞鸟衔珠赤金镯子,在烛光下闪动着明亮的光芒。临海的眼睛顿时像被刺痛了般眯了起来。

琉璃转头看向临海,脸上露出了温煦的笑意,"大长公主可是觉得有些眼熟?说起来这镯子还是您亲手给琉璃戴上的呢!琉璃记得,当日回家后,拙夫看到这只镯子,也是感激不已。琉璃那时便想,大长公主如此厚爱晚辈,日后我们该如何报答您才好?可惜这些年侄儿侄妇都在西疆,竟是无法尽孝。如今圣人开恩,我们终于回了长安,从今往后,我们定然会尽心尽力孝顺公主,也好报答您的这番高情厚谊。"

临海大长公主的呼吸突然变得急促起来,整张脸也涨得通红。阿凌一眼看见,忙两步抢上,伸手在临海背上推拿,回头便叫道:"快拿杯水来!"琉璃也惊讶地捂住了嘴,手腕上的金镯划出了一道亮丽的光晕,落在胸口的青色衣襟上。临海一眨不眨地盯着那只镯子,喉咙中呼噜之声更响,突然身子一挺,还能动弹的那只手直伸过来,仿佛想抓住什么,却只是在空中徒劳地痉挛了几下。

琉璃满脸忧虑地看着崔静娘,"大长公主这是怎么了?"

崔静娘轻轻摇头,郑宛娘皱眉看看琉璃的手镯,脸上也是一片困惑。

琉璃心中雪亮,郑宛娘多半不知内情,崔静娘就算知道也不会多嘴,而如今的临海大长公主大概也不愿再让人知道,当年她就是拿这样的镯子当见面礼,送给了刚刚嫁给守约的陆家娘子,转头又把这个一模一样的镯子戴在了自己手上吧?

临海大长公主仿佛也渐渐回过神来,喘着粗气又靠回了倚枕,眼睛直直地盯着琉璃,目光中终于流露出毫不掩饰的怨毒。

琉璃轻轻吐了口气,突然有些庆幸,自己这么些年竟一直没熔掉这只镯子,今天特意戴在手上,原是觉得有备无患,没想到最后却派上了这个用场——原来在病弱昏聩的面孔下面,这位大长公主从来就不曾忘记自己做过的事,也从来就不曾因此真的有过一丝后悔或愧疚!

直视着这双熟悉的眼睛,琉璃脸上慢慢绽开了一个灿烂的笑容,"谢天谢地!大长公主千万珍重,公主的好日子,还长着呢!"

第一百一十九章
故人面目　慈母心肠

不到四寸长的檀香木匣子，打开之后，里面居然还有一个更小的锦盒，再打开锦盒，一道柔和的莹莹珠光，似乎将整个马车车厢都映亮了些许。

琉璃倒吸一口凉气，抬头看着对面的阿凌，"这是……"

阿凌也睁大了眼睛，目光在那枚龙眼大的明珠上停留了好一会儿，不敢置信地摇了摇头，"恭喜大娘！这颗夜明珠甚是稀罕，只怕是长安城里都找不出几颗来……临海大长公主这番还真真是心诚！"

琉璃捂着额头一声长叹，"你若喜欢，拿去便是！"这哪里是诚心，简直就是个烫手山芋，只怕不出三日，临海大长公主拿出一颗价值连城的夜明珠向自己赔罪的消息就会传遍长安……

阿凌笑得双眼弯弯，"阿凌倒是敢拿，只怕旁人不敢信。所谓无功不受禄，谁肯相信，夫人无缘无故便把这样的珍宝转手送给了我？"

琉璃无奈地看了她一眼，"你也晓得无功不受禄？那你还帮着大长公主说话？"

阿凌摊开双手，"大娘冤枉阿凌了，谁耐烦帮她？原是皇后殿下再三吩咐，这几个月里我等对临海大长公主务必要有求必应，还特意说了，公主若有赏赐，咱们定要收下，以安大长公主之心！大娘不是'咱们'，难道还是'旁人'？"

琉璃眉头紧皱，忍不住问道："我怎么听说，临海大长公主如今最惦记的就是那郡公的爵位？殿下难道真的打算让她如意？那世子夫妇又是怎么回事？"

阿凌摇头，"此事我也不大清楚。皇后只是吩咐我，要多照应照应世子夫妇，说是总不能让人无处尽孝，又说他们若是真有孝心，也不妨多替他们宣扬一番，毕竟彰扬孝行，方能有助风化……"

她拍了拍额头，"哎呀"了一声，"对了，殿下还交代过，让我跟你说一句，裴承先夫妇早已改过，如今又是处境艰难，大娘莫要与他们计较旧事，最好能多帮他们在族中美言几句。我这几个月来冷眼看着，这位崔氏夫人倒是好性……"

琉璃听着阿凌絮絮说着崔氏待人如何周到和气，心思却渐渐飘远了——武后又要她们对临海有求必应，又要宣扬裴承先夫妇的纯孝之名，每一句话听起来都无可挑剔，可合在一处怎么透着股诡异？这位皇后殿下到底在打什么算盘？

看着手上这颗在微暗的车厢中似乎有淡蓝色波光流动的夜明珠，琉璃只觉得愈发头疼。想了片刻，她"啪"的一声关上了匣子，抬头看着阿凌，"凌夫人如今名满长安，琉璃有个小小的请求，还望夫人成全。"

阿凌吓了一跳，满脸都是无辜，"大娘莫要唬我，阿凌不是不招么，原是皇后听闻蒋奉御夫人过世，家中无人打理，这才让阿凌去伺候先生的。旁人看在奉御面上抬举我一声夫人也罢了，大娘也这么说，岂不是让婢子无地自容？"

琉璃听她连"婢子"都说出来了，不由又好气又好笑，"原是凌夫人自己说的，要来寒舍与狄女医好好参详大长公主的病情。琉璃虽是外行，也常听医师们谈及，但凡灵药，须得珍奇之物为引，方能事半功倍。临海大长公主病体缠绵已久，自然要用最好的灵药，这枚明珠又正是难得的珍奇之物，用做药引再合适不过。纵然不能药到病除，至少也能表明琉璃的这一片孝心，不知凌夫人意下如何？"

阿凌张开嘴呆呆地看着琉璃，突然眉开眼笑，"好主意！"她把身子往琉璃身前一凑，压低了声音："咱们随便磨上些珍珠粉，就说是这枚夜明珠的粉末，过两日我便给大长公主服下，再多给她施上几针，让她觉得松快些总不太难，此事便是天衣无缝！大娘放心，阿凌嘴巴最严，决计不会透露半个字出去！"

琉璃愕然望着阿凌，那张脸上满是跃跃欲试的兴奋，神情与从前竟是没有半分区别，她恍然间只觉得十多年的时光似乎变成了一层薄薄的云雾，伸手一拨便会在近在咫尺的旧日笑颜中烟消云散，不由笑着点了点头，"这主意果然妙不可言！"

不等阿凌笑容绽开，琉璃一把将装夜明珠的匣子塞进了她怀里，"阿凌既然出了这般绝妙的主意，这颗小小的夜明珠就送给你了，权当是一点小小的心意！"

阿凌的嘴顿时张得更大，眨了好几下眼睛才讷讷地道："大娘莫不是，莫不是真不想要这颗宝珠？"

琉璃没好气地瞪了她一眼，"不如我现在便砸给你瞧瞧？"不就是块磨圆了的荧光石嘛，后世科技发达了，别说龙眼大，篮球大的夜明珠都是一颗接一颗地出，眼前这颗也不过是颜色清透些，哪里值得如此折腾？

阿凌脸上嬉笑之色收敛了大半，想了想才道："大娘若真忧心收了此珠有碍名声，与其这么急着撇清，还是落了形迹，倒不如略等几日，让阿凌或是狄女医给旁人看病时再提及用此物为药引，那时大娘碎了它磨了它，一样是急人所难。"

此话倒是在理，琉璃正要点头，却见阿凌低头摩挲着手中的匣子，恋恋不舍地叹息："这般好看的宝珠，横竖都要被糟践了，总得多做几次人情才划算！"

琉璃顿时哭笑不得，上下打量了阿凌几眼，摇头不语。

阿凌心虚地缩了缩头，"大娘，阿凌可是又说错话了？"

琉璃满脸正色，"你没说错，字字都在理得很！"

阿凌拍着胸口长出了一口气，笑眯眯地点头，"那便好。"

琉璃挑了挑眉，"我只是纳闷，你不是名满长安的女名医么？从哪里学来了这身算账的好本事？"

阿凌一脸哀怨，"娘子怎么忘了，原是您教的！"

两人你看看我，我看看你，同时笑出了声来。阿凌又闲话起了旧日宫中的老相识。琉璃才知道，咸池殿的诸位宫人如今大多已身处高位，不少甚至在内侍省、六尚局独当一面；而嫔妃们除去头衔由香艳动人的"妃、嫔、美人"改成了正气凛然的"赞德、宣仪、承旨"，编制又随着自然减员而渐渐削减，旁的倒没什么变化，无非是紧紧围绕武后这一中心，创造大唐后宫和谐生活……琉璃越听越是敬仰，顺口问道："那位邓才人如今怎样了？"

阿凌的笑脸微微一僵，"早就没了。"

琉璃吃了一惊，刚想追问一句，阿凌已摆手道："都有十多年了，大娘不提我哪里还记得。倒是当日伺候邓才人的阿余，如今似乎是在尚工局里当着管事宫女，我上回入宫还见着她，丰润了岂止一圈？瞧着倒是很有些威仪了，有个刚从掖庭出来的小宫女手脚笨拙，她站在庭中便是一通教训……"她连比带画地形容着阿余当日的情形，越说越是生动。

琉璃静静地听着，不时微笑点头，只觉一刻钟前还薄如蝉翼的岁月，渐渐在眼前横亘成了一道坚不可摧的高墙。

车子微微一震，在裴宅门口停了下来，有婢女上来打起车帘。琉璃笑着向阿凌一伸手，"凌夫人，请。"当年武后是赦免了阿凌父祖之罪，让她悄然出宫后以医家女的身份进的蒋府。无论人后怎样嬉戏，这人前的面子，琉璃自然要给足。

阿凌落落大方地欠身一笑，"库狄夫人客气了。"

待得阿燕和婢女们从后头的车上赶过来，众人一路往上房而去时，阿燕和阿凌竟是正正经经地探讨起了临海的病情，一个引经据典，俨然名家风范，一个经验丰富，实例随手便拈，一时说得旗鼓相当。

琉璃哪里听得懂，倒是一眼发现阿凌的贴身婢子也生着一张粉团团的讨喜面孔，与当年的阿凌很有几分神似，问得一声她的名字是"阿侬"，差点"扑哧"一声乐出来。她正想问阿凌怎么给婢子取了这么个名字，却听阿凌道："狄娘子所料不错，大长公主口齿不清的毛病这两年是越发厉害了。"

琉璃心里一动，忙问："是么？她今日不还跟婢子吩咐了好长一篇话？难不成……不是她的意思？"

阿凌笑道："若是简单几个字的吩咐也罢了，听得惯了倒也不是很难懂，那么大篇的话，定是早就提笔写好，让那婢女背出来的。"

琉璃这才恍然，想到临海这一步一步的心机谋算，不由摇头而笑。

一行人刚刚进了上房院子，紫芝快步迎了出来，向阿凌行过礼后，便低声问琉璃："娘子回来时，可曾见到荣国夫人府上的人？"

琉璃吃了一惊，"荣国夫人？"

紫芝点头，"适才荣国夫人派人登门，说是请夫人尽快过去一趟。听闻夫人去了河东公府，立时又赶了过去，或是路上错开了？"

琉璃心头微凛，杨老夫人她们不是要在寺庙里做七天法事么？日子还没到，难不成是出了什么事？她下意识地回头看了一眼，随即才想起裴行俭已直接从河东公府去了鸿胪寺，倒是暗暗松了口气。

阿凌也停住了脚步，"荣国夫人派人来寻大娘了？大娘回长安后难不成还没去过她们那边？"

琉璃摇了摇头，"我回长安时，荣国夫人与韩国夫人都已去了寺里，只是听说韩国夫人自打去年以来身子一直便不大好。"

阿凌踌躇片刻，低声道："韩国夫人原是伤心太过，积虑成疾，这两个月虽是肯调理身子了，病却反而重了几分，大约还是心思太重之故。"

看着阿凌欲言又止的模样，琉璃心头疑云更甚，却也不好多问，只能打发小米先去准备马车，又请阿凌到堂屋落座。谁知这边还未坐稳，就有看门的小婢女一路跑了进来，"娘子，有位武公子登门拜访，说是奉命请娘子去见荣国夫人。"

琉璃一时还未反应过来，阿凌已惊呼出声："周国公过来了？"见琉璃看她，忙解释道："就是韩国夫人的公子，去年才改了武姓袭爵的。"

贺兰敏之？琉璃心知荣国夫人那边定然是出了变故，忙站了起来，对阿凌抱歉不迭，"今日只怕无暇陪你了，真真是失礼，你是跟狄女医再说会儿话，还是我这便送你出去？"

阿凌眉头紧缩，"大娘不必管我，我……还是晚些出去，自己出去便好。"

琉璃只得抱歉一声，转身就走，却听身后传来了阿凌的声音："大娘，周国公性情有些古怪，大娘当心些！"

贺兰……不，武敏之，性情古怪？琉璃回头看了看满脸纠结的阿凌，心里好不纳闷，却已无暇追问，向她点了点头，匆匆走了出去。

时近正午，裴府小小的前院里，阳光照在那条被来往脚步磨得分外光洁的青石路上，反射出一片刺眼的白光。琉璃一步踏入院门，不由便眯起了眼睛——在青石路尽头站着的那位男子正抬头看了过来，整个人似乎比满院的阳光更为耀眼。

他大约二十出头，面色如玉，眉目分明，五官依稀还看得出当年那个俊美少年的影子，却是出落得身姿修长，气度清贵，一袭随意之极的白色襕袍，在他身上竟也穿出了瑶林玉树般的风华。一双眸子更是如漆如墨，深不见底，随意一瞥间似乎也带着最纯粹的深黑与冷冽。

琉璃心头一震，脚下差点乱了一步，其实若以容色风仪而论，这位武敏之与麴崇裕大约各有千秋，只是那双黑沉沉的眼睛里却分明多了一种令人心悸的东西，明明是阳光下俊朗如画的白衣男子，看去竟如同一朵在幽冷深渊里开倦了的曼珠沙华，似乎下一刻就会悄然消失在眼前的空气中，让人忍不住便想攀折在手，或是至少也要走近两步、多看几眼。

大约看出了琉璃的震惊，武敏之嘴角弯出了一丝似嘲非嘲的笑意，微微欠身，"库狄夫人，冒昧登门打扰，抱歉得很。"

　　他的音色极为柔和，带着些微的沙声，与武夫人那沙软得令人骨酥的嗓音有着说不出的神似，而眼前这男人，似乎也比当年的武夫人更当得起"天生尤物"……脑中突然冒出来的这四个字，把琉璃自己也唬了一跳。她忙收拢心神，欠身还礼，"不敢当，荣国夫人但有驱使，自当从命，不敢劳烦周国公亲自登门。"

　　武敏之依然笑得冷淡，"夫人唤我敏之则可，却不知夫人眼下可方便出门一趟？祖母昨夜偶有所梦，今日心神不安，亟盼夫人前去解惑。"

　　杨老夫人让自己去解梦？这理由牵强得！琉璃心里苦笑，却也只能点头，"自然方便，有劳武公子带路。"

　　裴府的马车停在门口，琉璃在车前站了站，早已等在马车边上的小米却没有像往日那样上来扶她登车。琉璃微觉诧异，转头叫了声"小米"。小米身子一震，这才回过神来，忙上前扶住了琉璃的手，满脸涨得通红。

　　琉璃忍不住回头看了看武敏之。他已端坐在一匹极为高大的黑色骏马上，看去似乎多了一分飒爽英气，但眉目间那股冰凉的倦色却是丝毫未减，整个人愈发显得如隔云雾、幽冷魅人。她在心里叹了口气，安慰地拍了拍小米的手背，突然有些庆幸，自己早已过了十八岁。

　　车轮辘辘，眼见前面就是坊门，小米突然用蚊子般大小的声音问道："娘子，那、那位郎君是什么人？"

　　琉璃淡淡地道："是周国公，当今圣人的宠臣，皇后的外甥。"

　　小米看着窗外呆了好半晌，突然摇了摇头，"国公？长成这样真是、真是没天理！"声音倒是恢复了几分平日的爽利。

　　琉璃默默忍住了点头附和的冲动，一个国公长成这样，的确不科学……

　　马车出了永宁坊，一路往西，走了足足两刻钟，才在长安城西南角的永平坊东门内停了下来。琉璃下得车来，脚步不由一顿，眼前是一座不甚起眼的尼寺，门上写着"宣化"二字。她疑惑地看了看武敏之，"荣国夫人是在此处做的法事？"

　　武敏之眉头微皱，"祖母正在庵中等候夫人。"

　　荣国夫人怎么选这种地方做法事？琉璃心中纳闷，正想再问一句，武敏之已冷笑道："夫人放心，夫人虽是金尊玉贵，体面无双，在下却也不至于算计了夫人去！"

　　这话是什么意思！琉璃不由愕然，这位国公爷到底是性子古怪，还是看自己格外不顺眼？

　　武敏之笑容更冷，"怎么？夫人还是不放心，难不成是要敏之去宫中请道旨意下来？想来以夫人在姨母前的体面，或是连赏赐也一并有了！"

　　原来他看不惯的是自己在武后跟前的"体面"，那他又算什么？琉璃暗暗摇头，忍不住答了句："周国公说笑了，国公是何等身份，人所皆知，不必劳烦国公特意提醒了。"

武敏之微微一怔，眉头一挑正要开口，从庵门内却传出了一声："库狄夫人！"一个打扮体面的管事娘子快步走了出来。

这位是……阿霓？琉璃愣了一下才认出人来。阿霓的五官变化其实不算太大，身段却比当年高大丰满了何止一半？此刻她看向琉璃的目光里有惊喜有感慨，更多的却是掩不住的急切，几步上来匆匆行礼，"婢子见过夫人，夫人一向安好？"见琉璃点头便道："请跟婢子进来，老夫人正在庵里等着您。"

琉璃不敢迟疑，跟在她身后进了寺门，穿过两座金刚像把守的前院，直奔主殿旁的偏院，一路上除了几个婢女打扮的小丫头，竟再不见一个闲人。

阿霓低声解释："夫人有所不知，自打魏国夫人去世，我家夫人她伤心过度，便有些爱胡思乱想。这几日里，老夫人与夫人原是在弘福寺为魏国夫人做法事。今日一早，夫人却独自来了这边，说是夜有所悟，要剃度出家。老夫人劝了半日反而越说越僵，这才想到要烦劳库狄夫人开解开解她……"

原来如此！那边还指望着武夫人一如既往地进宫，这边却闹着要出家了，难怪杨老夫人如此着急忙慌，只怕是不愿意事情闹大，传将出去……琉璃微微点头，略一思量便问道："老夫人还请了谁过来？"

阿霓摇了摇头，"您也知晓，与我家夫人关系亲近的夫人不过是那几位，钟夫人早就过世了，华夫人如今身子又不大好，陆夫人也跟着夫君去了外地。若非如此，夫人刚回长安，老夫人又怎会劳烦夫人？"

她叹了口气，侧头看了琉璃几眼，突然轻声道："夫人，您这些年……还好吧？"

琉璃瞅着她笑，"你瞧着我可像是吃了十年苦头的模样？"

阿霓也笑了起来，神色里顿时多了几分轻松。

说话间两人已进了偏院，院内上房前守着的婢女一见琉璃，转身便打起了帘子，"库狄夫人到了！"

琉璃加快脚步走了进去。干干净净的房间里，杨老夫人面色凝重地坐在一张矮榻上。琉璃刚要俯身行礼，她便摆了摆手，"不必多礼！"她的声音依旧威严有力，整个人看去竟似比十年前更为精神矍铄，梳得整整齐齐的雪白发髻下，每一条皱纹都刻画着岁月与权势凝就的慑人威仪。

琉璃只得深深一揖，"琉璃给荣国夫人请安。"

杨老夫人上下打量了她几眼，"十多年不见，你的模样没怎么变，气色倒是更好了些，难不成真是一方水土一方人？"

琉璃微笑着回道："不敢当荣国夫人夸奖，琉璃前几日进宫时，便被皇后殿下的容色惊得回不过神来，今日见了老夫人，才知晓果然是上天自有偏爱，我等凡夫俗子是羡慕不来的。"

杨老夫人面色微松，"你这妮子，还是这般滑舌！"想了想又叹了口气，"我也不与你客套了，阿霓已跟你说过了吧，如今顺娘有些左性，你去劝一劝她，叫她莫要任性，害人害己！"

不知想起了什么，她的神色微黯，声音也低沉了下来："实不相瞒，说来有些事也是我考虑不周。当年月娘要入宫，顺娘是不大乐意的，是我没理会她。后来出了那档子意外，她伤心之下，难免便有些怨我一意孤行，又怨圣人皇后没护住月娘，因此既不肯听我的话，也不肯再进宫，闹得大家都不好看。可事已至此，怨恨又有什么用？闹成这样对谁有好处？人生在世，凡事总要往前看才好！

"大娘，你是个通透人，这些道理不必我多说。顺娘这些年常惦记着你，你的话，她只怕还能听得进去。你就帮老身好好开解她，莫要为旧事自苦，有什么比自己的身子要紧？比一家人以后的日子要紧？她就算不为自己着想，不为老身着想，也要为敏之多想一想！"

杨老夫人抬头看着琉璃，目光里满是殷殷之色，脸上的皱纹都因忧心而深了几分，看上去与寻常的母亲似乎也没有了太多区别。

琉璃不敢怠慢，欠身肃容回道："琉璃明白了，这便过去尽力一试。"

她转身退出房门，跟着阿霓进了右手边的一道木门，里面是一进小院，只有三间小小的精舍。随着一声"夫人，库狄夫人来看您了"，西边屋子门帘一挑，雪洞般的房间里，一个身影静静跪坐在角落里的蒲团上，听得回报，才慢慢抬起头来。

琉璃原本已想象过无数遍武夫人如今的模样：苍白憔悴、灰暗浮肿，甚至像临海大长公主那样面目全非……然而眼前的这张面孔虽然憔悴之极，轮廓却依然柔和秀美，唯有一双眼睛空空洞洞，连嘴角慢慢绽开的笑意也茫然得近乎悲哀。

琉璃胸口一紧，上前深深地行了一礼，"琉璃见过夫人，夫人安好。"

武夫人的声音顿了片刻才响起："快起来吧，让我看看……"她长跪而起，伸手扶住琉璃，微微侧着头打量了琉璃几眼。这个习惯性的小动作，让她整个人依稀又有了几分当年的天真明媚，只是那双露在袖子外的手不但松弛无力，还在不停地微微颤抖。琉璃下意识地吸了口气，才向她露出了笑颜。

武夫人看了半响，慢慢地点了两下头，"看你的模样，当年果然还是走了好，若是能不回来，那便更好了。"

琉璃一愣，还未想好如何开口，武夫人已垂下眼帘坐回蒲团，语气也愈发淡漠："没想到咱们竟会在此地再见。大娘，我晓得你为何会过来，也晓得你要跟我说些什么。不是我要为难你，只是这些话，我实在已听得太多。其实我活了这四十多年，哪一日不是按别人说的去说，去做，去想？这一回，就恕我左性到底吧！

"其实母亲她不必担心，我早已是不怨不恨，早已是什么都不要，什么都不想，只不过是想让自己过得清静些，这到底又碍了谁？就算让人心里有些许不舒服，难不成为了旁人心里舒服些，就得赔上我日日夜夜的煎熬？"

她抬眼看着琉璃，一字字道："大娘，烦你帮我禀告母亲一声，女儿恳请她成全这一回；她若是觉得女儿不孝，必得让我离开此处，那便给女儿一杯毒酒或一条白绫，我自当让她如愿！"

这几句话决绝无比，琉璃心里倒是松了口气，韩国夫人并不是真正的心如死灰，她分明还有怨恨还有不平,大约又钻了牛角尖,这才听不进别人的话,如此情形,倒不是没法子开解的。只是看着那双空洞的眸子,她的心里不知为何也是又冷又沉,明明已想好的话语,竟无法说出口来。

默然良久,她转头往外看了一眼,屋里的人不知何时都退了出去,只有阿霓守在门口,此刻看着琉璃的目光里分明满是期待。想到外院里那双同样充满期盼的眼睛,琉璃心头越发沉重,无声地吸了口气,看着武夫人轻声道:"夫人决心已下,琉璃也不敢置评,只有一事不明,还望夫人指教。"

武夫人皱了皱眉,目光里终于流露出了一丝疑惑。

琉璃尽量说得诚恳:"琉璃似乎听人说过,出家者须无家族牵挂,无俗世羁绊,夫人如今要出家,寺院里能应允么?"出家可不是想出就出的,韩国夫人若是没有母亲的同意,不辞去身上国夫人的封号,哪家寺庙也不会接受她。

武夫人怔了一下才道:"只要母亲和她肯成全我……"

琉璃立刻接着问了下去:"琉璃实在不明白,皇后殿下和荣国夫人不都是笃信释教么?出家这等功德无量之事,她们却为何不肯成全夫人?"

武夫人垂下眼帘,半晌才道:"她们自己心里知道!"

琉璃皱了皱眉,"是么?既然如此,不知夫人又有什么缘由可以去说服皇后殿下与荣国夫人,琉璃愿帮夫人转告一声。"

武夫人皱眉思量着,神色渐渐从茫然变得有些激动,"你帮我问问母亲,我也是母亲的骨肉,母亲为什么不肯成全我这一回?还有月娘,月娘她惨遭横死,全是因为我的过错!我日夜难安,只想在佛前忏悔罪过,也为月娘积些福报。母亲,还有她,她们也都是做母亲的,难道就不能明白我的这分心意!"

琉璃缓缓点头,"是因为魏国夫人?琉璃还记得,当年离开长安时,魏国夫人才七岁,时常拉着琉璃的手叫'小姨',想来之后定是出落成了国色天香的美人儿。"

武夫人的眼中泪光闪动,声音里也带上了几分哽咽:"正是,她十三四岁便已出落得出水芙蓉一般,人又聪明,什么都是一学就会。我记得那年六月,她穿了一件粉色衫子去湖上采摘新生的莲子,满宫的人都以为是出了花仙!都是我不好,我为什么没有早些……"她再也说不下去,用袖子捂住脸,泣不成声。

阿霓上前两步似乎是想来劝,琉璃却摆了摆手。武夫人哀切的哭泣声回荡在小小的房间里,良久不绝。琉璃的眼圈不由也有些发热,好容易等到她哭声略低,才轻声道:"夫人节哀。魏国夫人生前备受恩宠,死后极尽哀荣,这样在世间走过一遭,其实已是多少人羡慕而不得,夫人又何必太过伤怀?"

武夫人猛地抬起头来,锐声道:"她才十八岁!就算有什么罪过……"

琉璃毫不犹豫地打断了她的话,"夫人还记得长孙湘么?"

武夫人怔住了,"长孙湘?"

琉璃叹了口气,"当年的长孙湘是何等娇贵,长孙家被流放岭南时,她才多大?长孙家那么多的女儿、儿媳,还有王家、萧家的女儿们,哪一个不是花容月貌、娇生惯养？今日她们又在何处？有些事情，原是命数如此，夫人何必自责？"

武夫人茫然地看着琉璃，仿佛也想起了那些早已挣扎着死去或依然在活着受罪的尊贵女子们，当年自己曾何等羡慕她们？如今除了休弃出门、因祸得福的杨十六娘，其余的人只怕早早死去便已是最好的结局。如果当年败下的是媚娘……她忍不住打了个寒战，半晌才道："可月娘，月娘若不是我的女儿……"

琉璃直视着她的眼睛，"夫人，月娘若不是您的女儿又如何？这世上的女子，大多不过是挣扎求存！再是聪明美貌，若生而为奴为婢，能如何？生在贫寒人家，又能如何？就算生在官宦之家，若是家人获罪，还能如何？便是家族安稳，这一生是否能安乐，照样要看天意。能身为夫人的子女，荣华富贵唾手可得，无人敢轻视欺辱，已是几世修来的福分！只是儿女长成之后，如何享用这福分，却不是夫人能左右的……夫人，时至今日，您又何必为自己不能左右的事情而耿耿于怀？"

武夫人神色愈发惘然，突然一把紧紧地抓住了琉璃的手，"是我害了月娘，是我害了月娘！"

琉璃坚定地摇了摇头，"夫人多虑了，这是命数，与夫人无关！

"夫人既然有心出离尘世，自然知道世间种种，自有缘法。缘起缘灭，因果报应，原是定数，非是人力可改。魏国夫人自有她的因果，怎会是夫人可以左右的？夫人若是连这点都看不清，又怎么好提出家二字？"

武夫人避开了琉璃的目光，有些神经质地四下张望了几眼，神色里满是茫然无助。琉璃心头一阵发紧，嗓子也紧得几乎有些说不出话，好半晌才轻声道："再者说，夫人若真是看破红尘，只求一个解脱，琉璃也不敢劝您。但夫人若只是自责之下想为魏国夫人多积些福报，琉璃却觉得，夫人未免太过偏心！请问夫人如此作为，又置周国公于何地？"

武夫人瞪大了眼睛，"敏之？你不知晓，敏之他，他不知有多怨我怪我！连这国公，他都……我、我……"她摇着头，似乎不知该如何措词，满脸都是哀哀的急色。琉璃不敢让她说下去，伸手扶住了她，俯身在她耳边轻声道："夫人在家时，他还能怪你怨你，夫人若是出了家，周国公，他又该去怨谁怪谁？"

武夫人身子一震，死死地盯着琉璃。琉璃放开了手，自言自语般轻声道："适才琉璃也与周国公说了几句话，他不知为何对琉璃似乎分外厌恶，开口便是'以夫人在姨母面前的体面'，如何如何，唉，琉璃不知如何分解，更不知晓，日后又该如何开解这份厌憎……"

武夫人依然怔怔地看着琉璃，目光渐渐散乱，不知过了多久，突然干巴巴地笑了一声，"是我想岔了，原来怎么样都是不成的！"

她转头看着阿霓，声音干涩无比："你去告诉老夫人一声，我今日过来，只是还愿，稍后便会回弘福寺做完法事。"

阿霓眼睛顿时一亮，屈膝应了一声，飞也似的跑了出去。武夫人坐在角落里的蒲团上，低头不知喃喃着什么，整个身子渐渐缩成了一团。

琉璃慢慢后退了几步，突然也很想低头捂住自己的面孔。沉浸在自己世界里的武夫人，大约终于肯抬头认清现实了……她知道自己应该松一口气，然而此刻胸口不知为何却堵得厉害，让她几乎不敢再看那个在角落里缩成一团的身影。

　　她正想悄然退到门外，武夫人却蓦然抬起了头，"大娘，你还记不记得，月娘她最喜欢你做的牡丹夹缬的裙子？再过两个月就是寒衣节了，我想再给她做一条，你说，如今还能买到那种夹缬牡丹么？"

　　琉璃咬紧牙根走上两步，也坐了下来，还没坐稳，武夫人已一把紧紧抓住了她的胳膊，力量大得让琉璃几乎吸了口凉气。她努力笑得平稳，"自然记得的，如今夹缬铺里还有牡丹夹缬卖，咱们可以买两端牡丹夹缬的绫缎，做一条八幅的裙子，也可以做一条素底裙，加上六幅牡丹夹缬轻纱，就和当年那条一样。"

　　武夫人目光茫然，"当年那条裙子，月娘实在是喜欢得不得了，后来我又给她做了两条……"

　　门外的小院里，依然是静悄悄的一个人也没有，不时能听到从门帘里飘出的沙哑声音，在絮絮地诉说着往日的琐事。

　　一阵脚步声响，杨老夫人扶着武敏之快步走了进来，待得走近房舍，脚步却越来越缓，终于在门口停了下来。她默然倾听着帘内飘出的声音，原本焕发着喜悦容光的苍老面孔上，渐渐地布满了伤感。

　　武敏之的目光也顺着鼻梁落在那低垂的门帘上，每当门内隐隐提到一声"月娘"，脸色便愈添了一分阴沉。

　　日头正在中天，精舍深深的屋檐把阳光遮了个严实。武敏之静静地站在阴影里，眸中那黑沉沉的厌倦，不知何时已变成了难以掩饰的厌恶与憎恨。

第一百二十章
三日之别　千金之诺

日头未上三竿，正是长安各处坊里人流如织的时辰。休祥坊的荣国夫人府紧闭的乌头大门突然被缓缓推开，顿时吸引了不少目光。

长安城里六品以上官员府邸的正门都是双扇对开的乌头门，荣国夫人府自然也不例外，只是门庭却格外显眼：大门两侧那两根一丈二尺高的乌头阀阅用的是通体的桐木，门扇上方安着桐木雕框的直棂窗，下面是雕刻着瑞兽图的桐木涨水板。天然华美的淡赤色木纹与阀阅上那一排排记录功勋的端严大字，淋漓尽致地诠释出"门阀"之意。

大门开处，当先缓缓驶出的是一辆十分寻常的青色马车，过了片刻，又走出两位男子。年少的那位赫然正是周国公武敏之，依旧是白衣如雪，轻袍缓带，琼花玉树般的容色，似乎把这气象端华的乌头大门也衬得俗气起来；而他身旁穿青色襕袍的年长男子却依旧显得从容疏朗，竟是半分也不受影响。

出门几步，武敏之转身抱了抱手，"裴少卿，家母病中多思，这几日多亏了库狄夫人巧言慧思，不但为家母解惑，更是为祖母分忧，敏之在此先行谢过。望夫人保重贵体，不日家祖必有重谢。"

他的言辞虽还恭谨，眼中那股冷意却并未稍减。裴行俭看了他一眼，嘴角露出了一丝微笑，"不敢当，拙荆性子愚笨，只是多年来对两位夫人的知遇之恩不敢或忘，但有驱使，必全力相报而已。饮水思源乃是人之本分，不敢领周国公这个'谢'字。"

裴行俭的言辞分明谦逊之极，但落在武敏之耳中却有些说不出的别扭。他不由眉梢微挑，语气也加重了两分，"夫人之能有目共睹，夫人之功只怕不日便会上达天听，裴少卿又何必过谦？何况这两日家母还耽误了夫人尽孝，如此厚谊高情，敏之不敢或忘！"

裴行俭微笑着摇了摇头，"无心之功，不足挂齿，自家变故，更不敢迁怒于人，周国公多虑了！"不待武敏之开口，他飒然抱拳："时辰不早，裴某告辞，周国公请回吧！"说完接过下人递过来的马缰，翻身上马，带着马车扬长而去。

武敏之站在当地，看着那远去的车马背影愣了片刻，"迁怒于人"四个字仿佛依旧在耳边回荡不休。他一甩袖子，转身大步往里就走，冰雪般皎然清冷的脸颊渐渐涨得通红。

　　裴府的马车里，琉璃的脸颊也有些涨红，小三郎八爪鱼般手脚并用地紧紧搂住了她的脖子，琉璃只觉得喘不上气来，只能一边试图轻轻拉开他的手，一边柔声抚慰，"三郎乖，都是阿娘不好，阿娘以后再不丢下三郎一人在家了……"

　　三郎依然一声不吭，只是将小脸深深埋进了琉璃的肩颈处。

　　乳娘在一旁低声絮叨："昨夜里，三郎越发不肯睡了，只是指着门要出去找娘子，后来还是阿郎过来，带着他去上房睡的……"

　　琉璃眼圈发热，默默地搂紧了三郎，心里满是内疚。她也没想到自己会在武夫人身边一待就是两三天。只是自打答应了不出家，过几日便进宫去看望皇后之后，武夫人便渐渐有些精神恍惚，不住地拉着琉璃絮叨月娘幼年的事情，有时甚至分不清今夕何夕。杨老夫人固然死活都不放心让武夫人独处，而每每看见武夫人的模样，琉璃自己也不知为什么，竟是无法拒绝她的要求……

　　大约是琉璃的抚慰渐渐起了作用，三郎的小手松开了一些，歪着头对着琉璃看了又看，胖嘟嘟的小脸上渐渐露出了笑容。

　　马车往南走了一盏茶多的工夫，拐弯进了崇德坊，在一处门屋规整的宅邸前停了下来。乳娘笑着站了起来，"三郎，到外祖家了，咱们下去吧。"

　　琉璃心头却突然有些发虚，摆手让乳娘先出去，自己抱着三郎弯腰出了车厢，还未站直身子，一双手便从侧面将三郎接了过去。

　　琉璃唬了一跳，抬头正对上裴行俭深黑的眸子。两三日未见，他的眉宇间竟似多了几分沉峻，上下看了琉璃好几眼，忧色更重了两分。

　　琉璃愈发心虚，脸上不由自主露出一个讨好的笑容。

　　裴行俭一言不发地抱着三郎跳下坐骑，又向琉璃伸出了一只手，琉璃忙扶着裴行俭的手跳下车来。他的手依然温暖稳定，让琉璃心里也安稳了些，只是看着那张没有笑意的脸孔，她还是没话找话地问道："你今日不用去鸿胪寺么？"

　　裴行俭淡淡地瞥了她一眼，"你说呢？"

　　这个……今天好像是七月二十，正是官员休沐的日子。琉璃心里叹气，忙往回找补，"我家阿爷他，难不成真的病得厉害？"

　　裴行俭眉毛都没抬一下，"假的。"

　　琉璃虽是早有预料，但听到这样直截了当的一句，一时也是瞠目不知所对。

　　裴行俭抬手擦了擦三郎嘴角的口水，语气有些漫不经心，"我何尝说过丈人病重？只是昨日午后来看望丈人，得知丈人这几年每到秋后便容易心悸，若是有所忧虑，则更是寝食难安，这才让韩四来把了把脉，果然是有些心疾的兆头。丈人得知你已被荣国夫人留了两日不许回家，更是坐立不安，心悸了好几回。咱们为人子女者，总不好让长辈如此担忧，是不是？"

琉璃合拢嘴巴，点了点头。裴行俭的确没说库狄延忠病重，他只是一大早便带着孩子跑到荣国夫人府，说库狄延忠心疾犯了，想见女儿和外孙。那副架势，荣国夫人原本上一刻还在口口声声让自己多留几日，下一刻便立马打包把自己送了出来——孝道大于天，拦着人尽孝的罪过，强势如荣国夫人也扛不住……

不远处的宅院大门开了半边，有人探头看了一眼，立刻满面笑容地推开大门，一面便回头招呼，"快些报与娘子，大娘和裴郎君来了！"

琉璃认得正是库狄家的世仆阿泉，含笑点头打赏。原先在这边看门的普伯，她在离开长安前便已要到了自家。有于夫人照应，裴家留在长安的仆人中，除了老管家裴千、普伯等已过世的，余者如今都回了裴家当差，有的也生儿育女，成了世仆。

没过片刻，一个年轻男子快步迎出，那张与库狄延忠颇有几分相似的清秀面孔上满是笑容，离得老远便躬身行礼，"姊夫、姊姊，快些里面请。"

裴行俭将三郎递给了琉璃，神色肃然，"今日丈人的身子可好些了？"

库狄青林点了点头，"阿爷昨日看过医师后，便去兵部告了十天假，今日气色倒还好，就是惦记着阿姊，已是念叨了好几回，正想打发小弟去府上问一问，可巧姊夫和姊姊就过来了。"

他转头对琉璃笑道："姊姊可是没歇息好？阿爷这几年身子还好，阿姊也莫要太过担忧。"

琉璃虽然上回归宁时便见到过青林，但此时看着这个比自己还高、满面热情的弟弟，感觉依然有几分怪异，只能笑着让三郎叫"阿舅"。三郎还不大会说话，却也不怕生，只睁大了眼睛往青林脸上看，看了几眼便不感兴趣地移开了目光。

几个人一路穿门过院，到了上房，琉璃的继母程氏带着女儿真珠迎出了房门，不待裴行俭和琉璃开口便笑容满面地叫他们莫要多礼。

琉璃早已知道这位继母是个心里有成算的人——她一嫁过来便张罗着搬了家，把曹氏母子几个都留在旧宅；后来生真珠时坏了身子，又当机立断，把不到十岁的青林接过来亲自教养，还主动牵线，把珊瑚嫁给一个程家提拔的参军做了填房；这次琉璃回到长安，更是把礼数做到了十分……见程氏礼数谦和，琉璃却是不敢怠慢，忙含笑欠身问好。

程氏便推了推真珠，"快去见过你姊姊！"

真珠才十二岁，已出落得十分俏丽，笑眯眯地过来行了礼。琉璃忙扶住了她。三郎也主动挥舞小胖手咿咿呀呀地打了个招呼，待真珠轻轻捏住他的手指，更是笑得口水长流。

大家言笑晏晏地进了屋，库狄延忠早已坐在席上，一见裴行俭便笑道："贤婿费心了，昨日那位医师果然高明，我吃了他的药，夜里便睡得好多了。"又忙忙地问琉璃："你今日怎么过来了？那两位国夫人前两日为何不肯让你回家？"

听得琉璃解释自己只是陪着韩国夫人说话，他才长长地出了口气，"原来如此，若是韩国夫人身子欠安，按说……"

程氏毫不客气地打断了他，"这些事体，九郎和大娘心中自然有数！"

库狄延忠讪讪地一笑，低头便喝起了浆水。

看着琉璃，程氏却是笑得和煦无比，"你家阿爷便是爱胡思乱想，不然也不会有这容易心悸的病，亏得裴郎君见多识广，又荐了好医师过来，这才晓得保养了。日后裴郎君和大娘若是有什么要提醒的，与我直说便是，一家人何必见外？"

她转头拍了拍真珠的手背，"你看看姊姊待人接物何等懂礼，你若是能多跟着姊姊学到一些儿，阿娘也就不用为你忧心了。"

琉璃心里暗暗吃惊——这位继母好利的眼睛！这话里的意思么……想到程氏这十余年来苦心安排，说到底也都是在为真珠谋算，她点头笑了起来，"父亲的身子自是天下最要紧的大事，女儿焉敢不放在心里？日后有劳母亲费心了！真珠这般聪明，有暇时母亲不妨多带她到我那边走动走动，多识些人也是好的。"

程氏眼睛顿时一亮，笑容满面地让真珠道谢。裴行俭也随口说了几句"丈人康健，便是咱们的福分"，算是配合着上演完了这父慈女孝、阖家欢乐的戏码。

一家人吃过午饭，琉璃和三郎一道补了个眠，又和真珠消磨了好一阵子，眼见日头西斜，这才告辞而去。待得回到家中，她一路抱着三郎到了上房，正想说要带三郎去后园里散步，裴行俭却吩咐道："三郎在外头闷了一天，先去沐浴，换了衣裳，乳娘再带他到后花园里好生散散。"又几句话把婢女们都打发了出去。

琉璃心中哀叹，门帘一落，便老老实实地低头认错，"守约，都是我的不是。"

好半天没听到回答，她的声音越发低了下去："这几天，我也跟荣国夫人说了好几回要回家，她却求我多宽解宽解韩国夫人，待她略好些再走。韩国夫人如今又的确有些糊涂，她们一个年高，一个病重，我实在有些不忍……"仿佛有什么东西渐渐从心底深处翻腾了上来，她的声音不由越来越艰涩。

裴行俭叹了口气，声音里满是无奈，"那你就忍心让三郎夜夜都找你？忍心让我为你担惊受怕？"

琉璃茫然抬头，自己不过是两三天没回来，还每日都打发了小米来回传递消息，裴行俭却怎么会担惊受怕？不过也是，他今日这样急着把自己接出来，虽是用了些手段，却到底太过简单强硬，并不是他一贯的行事风格……

裴行俭眉头微皱，"或是我想多了，荣国夫人如此留了你三天，我怕是韩国夫人跟你说了些什么，不能不去试上一试。"

琉璃愣了愣，猛然间明白了他的言外之意——他担心的是，韩国夫人跟自己说了些不该说的话，荣国夫人这才……她不由脱口道："自然不是！我时时当心，怎么会让她说出那些话来！"那些话有多要命她又不是不知道，旁的不说，阿薴便是去年才去伺候武夫人的，原先伺候武夫人的人，包括当年和自己最亲近的翠墨，如今天晓得在哪里！

裴行俭目光顿时一凝，"'那些话'是哪些话？"

琉璃暗叫糟糕，这两天裴行俭担忧之下多半打听到了一些事情，以他的见地，自然不难猜出魏国夫人之死另有蹊跷，可自己若是不曾从韩国夫人口中得知真相，又能从哪里知道？她不敢抬头看裴行俭的眼睛，只摇头含糊道："我原先也只是有些疑心，这两天见到韩国夫人那般失常，便越来越觉得只怕是那么回事。"

裴行俭静静地看着琉璃，没有出声。琉璃念头急转，索性把声音放得更低："你也见过周国公了，不知他如何与你说话，反正他这回见了我，那眼光语气，竟像是见了仇人，你想还能是因为什么？我真有些想不明白，世事怎会如此难测！当年他还叫过我'小姨'的。其实那时魏国夫人也最喜欢来找我玩耍，她那时才六七岁，我如今还清清楚楚记得她穿着牡丹夹缬小裙子的模样，怎么一转眼……"话未说完，身上一暖，裴行俭已伸手将她揽在了怀里。

琉璃原本该松口气，只是感受到他身上那温暖熟悉的气息，眼中不知怎的竟是一阵莫名的发热，剩下的半句话怎么也说不出来了。

裴行俭的声音里也带着叹息，"琉璃，那些不打紧的事，你想那么多做什么？各人自有各人的缘法。在敦煌时，你劝我不要插手天家事务，如今看来，他们武家之事只怕比天家事务还要棘手，你能不能也想法子远着他们些？"

琉璃心中越发堵得难受，她也不想掺和这些事，却不敢当真与武家疏远，因为她有三郎，因为她不知道三郎未来会怎样。裴行俭可以做个纯臣，她却想多攒些情分，让三郎在即将来到的乱世里多分保障。这念头或许的确是一厢情愿，但只要想到三郎，她就没法对杨老夫人说出那个"不"字来。而此刻听着他的温言抚慰，一个简单的"好"字，似乎也变得重若千钧，无法出口……

裴行俭深深地叹了口气，"琉璃，你到底在担忧什么？既然荣国夫人并不是诚心扣住你，你若真的想回来，自然能有法子，为什么会耽误这么久？你看看自己的神色有多疲惫，倒像是煎熬了好几日！以前你总怪我凡事都不跟你说，如今怎么自己也是什么事都瞒着我？"

琉璃心头一阵刺痛，踌躇半晌，到底还是忍不住道："守约，我不是想瞒你，我是……不知道自己是不是做错了！

"荣国夫人这回叫我过去，是因为韩国夫人突然想要出家，她让我劝劝韩国夫人，我也的确设法劝了。原想着毕竟亡者已逝，活着的人更要紧，若让她怀着一腔怨气做出些什么来，对谁都没好处。可等我真劝住了她，才发现，韩国夫人有怨气时，还有些精神，一旦什么都看开了放手了，不但整个人都灰了，精神也越来越恍惚。看着她如今的模样，我心里实在难受得很。

"守约，我想不明白，到底是让大家面上好看些要紧，还是让她心里好过些要紧？我到底是帮了人，还是害了人？我是不是太过自私凉薄，损人利己……"

裴行俭搂着琉璃的双臂紧了紧，沉声道："你胡思乱想什么？"

沉默片刻，他的声音变得柔和起来。"琉璃，世人多是趋利避害，纵然为了一己之私害了旁人，也会找个借口便心安理得，只有你这样的痴儿，才会想了又想，唯恐自己做错，又怎么能算是自私凉薄？

"只是世事难料，对错祸福都在一念之间，如何选才对，从来都是难说。从前我也曾想过要趋利避害，也曾不知如何抉择。恩师告诉我，凡事不能想那么多，也不必想那么多，只要凭本心行事，俯仰无愧，便放手去做。这么些年来，每到难以抉择之时，我便会想起恩师的教诲。因此这些年里，我虽也曾看错过人，做错过事，但回想之时，却不至于羞耻难堪。我不后悔。

"此次韩国夫人之事，你并不算做错，结果如此，也不是你可以预料。你心中之所以不安，或许不是因为你做错了什么，而是如此行事，有违你的本心。琉璃，你原是重情谊胜过计较利害对错的人，何必勉强自己去做那些旁人觉得对的事？纵然是天下人都觉得对，只要你自己觉得不对，又如何能够心安？

"只是如今事情已经过去，你能做的都已做了，就不要再想了吧！"

琉璃喉头发紧，不敢出声，只是咬紧下唇点了点头。他说得对，她是过不了自己这关，她无法像旁人一样心安理得地劝说武夫人多为日后着想，为儿子着想，因为没有人比她清楚，无论武夫人怎样做，都改变不了贺兰敏之日后的结局……

裴行俭轻轻抚摸着她的头发，声音愈发低了下去，却一字字说得清晰无比："你只要记住，日后再遇到为难的事情，不妨多问问自己，若是问心无愧，便放手去做，若是心中不安，就绝不沾手。就算选错了也不打紧，有什么事，我都会帮你接着！"

琉璃慢慢闭上了眼睛，只觉得几天来在胸口缩成一团的心，在他温和的声音里渐渐舒展开来。胸口塞得满满感动、羞愧和柔软的温暖，让她几乎有些说不出话来，好半天才轻声道："我记住了。只是……你以前不是总嫌我胆子太大么，怎么如今却不怕我闯祸了？"

裴行俭的声音里带上了几分笑意："以前你的胆子的确是太大，不过自打有了三郎，我看你也学会了瞻前顾后，如今么，胆子似乎和我也差不多了。"

琉璃好不纳闷，"你的胆子很小？"

"自然小得很，如今我可不敢瞒着你做出什么事来，大约比你还是要差上一些！"

琉璃吃了一惊，抬头看着裴行俭。

裴行俭挑了挑眉，"就是这几日的事，怎么也不记得了？"

这几日？琉璃好不困惑，想了想忙道："上回去河东公府，临海大长公主非要送礼赔罪，拿了颗夜明珠出来，我推脱不得，那天你又直接去了鸿胪寺，我便没来得及说，绝不是故意要瞒你！"她转头在屋里看了一圈，却没看见那个当日顺手搁在案几上的匣子。

裴行俭笑了起来，"不必找了，我一回来便瞧见了。恰好前日与几位同僚一道拜访了孙真人，得闻真人炼丹颇需明珠奇石，我便让人回家找了些戈壁碎玉，连同那颗夜明珠一起送到了孙真人府上。这长安城里，多少贵人求孙真人一颗灵丹而不得？这颗夜明珠用在那里，也算是物尽其用！何况张真人还应了我，日后我若是想学丹鼎之术，尽管上门就是。"

恰好？头一日收到夜明珠，第二日便送给了孙思邈，这也叫恰好？还有炼丹……琉璃瞪大眼睛看着裴行俭，一时不知说些什么才好，总不能恭喜他向全能型神棍又迈出了坚实的一步吧？

裴行俭屈指在她额头上轻轻一弹，"又想到哪里去了？还不赶紧交代！"

琉璃伸手揉了揉额头，"你都知道了，我哪里还有什么瞒着你的？"突然看到手上这几日都忘记取下的那只飞鸟衔珠的镯子，不由心头一跳。抬眼看见裴行俭的目光也落在了那镯子上，她的心更是提了起来：这件事她的确是瞒着裴行俭的，因为不想让他再觉得难受……

裴行俭怔了一下，却只是摇了摇头，"你怎么还留着它？是去河东公府那日戴上的？这倒真真是物尽其用了！"

琉璃讪讪地放下了手，左思右想实在想不出自己这几天还做了什么。裴行俭笑吟吟地拖住她的手便往书房走，一直走到便榻前，指了指上面的一个小箱子，"你自己打开看看。"

只见那箱子大约一尺多见方，寻常木料，寻常雕工，看去毫不起眼。琉璃满腹狐疑地打开了盖子，眼前顿时一片光辉耀目——箱子里整整齐齐地码着一排排的金饼，一看便是足色赤金，光泽几可鉴人！她不由唬了一跳，下意识抬头便问："谁送给你的？"

裴行俭好笑地瞅了她一眼，"你看看箱盖上的字。"

琉璃忙低头去看，箱盖的内面果然刻了两行整齐的楷书：大恩不言谢，千金聊为酬。这话好生耳熟！她思量片刻，不由笑了起来，"原来是她！"

裴行俭脸上露出了诧异之色，"谁？"

琉璃得意地扬起了头，"你也有猜不出的时候？就是那位雪奴！十年前我放她离开时，她便跟说过，大恩不言谢，但日后必会奉上千金之酬。我只当她是说说而已，没想到，她竟真有这番本事！她如今人在哪里？出落成什么模样了？"

裴行俭摇头，"我怎么知晓！这箱子原是有人送到门房，说是交给你的，没留话便走了……想来此女十有八九是重操旧业了，以她如今的身份，若真是找上门来谢恩，反而有些不大妥当，因此才会如此处置。"

琉璃点了点头，心里虽然依旧好奇得要命，却也知晓自己无论如何都不可能跑到青楼去找人叙旧；低头看看这一箱金子，不由又有点发愁。金子她自然是喜欢的，但自己这些年来已不大缺钱，而雪奴就算混成一代名妓，到底更需要金银傍身，何况这些金子的来历……

裴行俭瞅了她两眼，"你不想要？"

琉璃叹气，"怎么才能还给她？"

裴行俭漫不经心地点头，"既然如此，等过几日我得闲了，自会设法帮你还了，我还以为……"

琉璃奇道："以为什么？"

裴行俭的眼里满是笑意，"我看你平日里清点库中金银之时甚是欢喜，没想到旁人送你的，你倒是不肯收了。"

琉璃默默地白了他一眼，废话！清点自己的劳动所得和收下别人辛辛苦苦攒的卖身钱，感觉能一样吗？

裴行俭吃了这记白眼，笑容倒是更深了，拉着琉璃坐了下来，又问了问她这几日在那边府里的起居饮食。琉璃心里却还是有些不踏实，"守约，咱们今日回了这边，明日荣国夫人若是还招我过去，又该如何是好？"

裴行俭剑眉微挑，"你刚刚几千里跋涉回来，又连着三四日的伺候病人，铁打的身子也吃不消，从明日起，自然便要在家好好休养。"

装病吗？这法子也不是不成，琉璃便问："那要休养到几时才好？"

裴行俭笑吟吟地看着她，"大约休养到为三郎再添个弟弟妹妹，也就差不离了。"

琉璃的笑容顿时僵在了脸上了。

裴行俭站了起来，"走吧，我今日特意吩咐厨下早些做晚膳，这时辰只怕差不多了。"往窗外看了一眼，他轻描淡写地补充道："今日早些用饭，早些安歇，日后么，你也好早日休养好了再出门。"

琉璃愣了一下才反应过来，简直哭笑不得，裴行俭却已负着手施施然出门而去，留下琉璃站在原地看着他的背影磨牙。

第二日，琉璃腰酸背疼地醒来之后，也只能如某人所愿，正式"病倒"，当日便推掉了两拨邀约，除了荣国夫人之外，另一份竟是来自常乐大长公主。琉璃闻弦歌而知雅意，忙让阿燕带上帖子前去回复。

阿燕回来却道，常乐大长公主的那位掌上明珠身子并无不妥，其病多半另有缘由，她只能开些食补的方子慢慢调养。大约此前也有医师说过类似之语，常乐大长公主并没有难为她，只让她过些日子再去诊次脉，又打发人去太医署请禁咒师，大约是终于下决心改走巫医路线了。

琉璃深知阿燕的本事，虽略有些失望，也只能把事情放到一旁。到了第二天，裴府便迎来了各路探病者。

第一个上门的便是阿凌，一本正经地给琉璃诊过脉之后，便悄声笑道："你莫担忧，皇后殿下已得知这边的事，特意嘱咐我过来与你说一声，请你体谅荣国夫人一片慈母之心，这几日你便在家好好歇息，荣国夫人那边，自有她来劝说。只是平日若是有暇，还望你能去看望看望韩国夫人。"

这话一句句分明体贴入微，琉璃却听得心惊肉跳，口中只能谢恩不迭，过得片刻忍不住还是问了句："韩国夫人这几日身子如何？"

阿凌笑道："荣国夫人昨日请了翼王府的那位明崇俨过府看诊了一回，那术士不愧是圣人钦点过的，果然有些手段，夫人精神眼见便好了许多，听说今日还要到庵堂里去受八关斋戒，过几日便会进宫去拜见皇后。"

明崇俨已经到长安了？而且眼下是在李旦那里……忽悠人这种事情，果然还是职业神棍比较在行！琉璃心里嘀咕，随口道："如此倒是好事！"

阿凌却是苦了脸，"大娘如今是可以放心多歇几日了，阿凌回头还要去荣国夫人府，这几日只怕隔日都要去请脉，也不知会不会遇见周国公……"她叹了口气，没有说下去。

那位周国公吗？琉璃不由也叹了口气。两人相视一眼，同时苦笑起来。

阿凌走后没多久，于夫人也匆匆登门，听得来龙去脉，更是眉头紧皱，"荣国夫人怎能如此行事？下回她若还是如此，你让守约来寻我便是！"

琉璃笑道："适才还听人说起，韩国夫人身子这两日颇有好转，不会有下回了。"

回来这几日，她也渐渐知道，自打去年李义府被贬而死，武后又因为月娘的案子亲手灭掉了自家兄弟之后，朝堂上的局势就有些微妙。更糟的是，苏定方因当年之事，早已被视为武后一系，于夫人偏偏性子刚硬，并不乐意去荣国夫人和皇后那里奉承，更看不上许敬宗后头那位如夫人，与那边的官眷渐渐断了来往。如今，邢国公府门庭冷清，一直领兵在外的苏定方更几乎成了朝廷上的透明人！这种情形下，她怎么能因为自己的事情把于夫人牵扯进来？

见于夫人还皱着眉，她忙笑道："不知阿母听说过明崇俨这名字么？这次韩国夫人的病，听说便是请他看过一回，立时三刻便有了起色。"

于夫人果然感兴趣地睁大了眼睛，"果真如此？此人我听说过，是去岁才进的长安，如今已是好大的名头，听闻年纪轻轻的，生得极俊，却是手段了得……"

好容易把于夫人送走，婢女又送来了崔十三娘的帖子。这一次，两人更是越谈越投机。崔十三娘年纪不大，知道的趣事却极多，不知不觉就说笑了半天。待得送走十三娘，琉璃才蓦然发现，看似漫无边际的一通闲扯后，自己对长安目前的风尚、各家官眷间的关系、好些要紧人物的忌讳爱好，竟是了解了个七七八八，比自己费心打听的似乎还要来得齐全——天下怎么会有这样的妙人儿？

之后消息大约传开，安家嫂子们、裴氏女眷们乃至鸿胪寺属官的夫人们，竟是纷至沓来，连崔玉娘都郑重地上门探望了一回。琉璃一日里少说也要换四五遍衣裳，接六七张礼单，有时甚至能赶上两三拨客人在裴府上房里上演相见欢。

这一日，程氏带着真珠前来探病，坐下没说几句话，便有婢子回报说，天山县公夫人慕容氏到了。

麴崇裕的夫人来了？琉璃原是听说麴崇裕不久前回了长安，昨日更是早早便收到了他们夫妇将登门拜访的帖子，只是听得这声回报，还是差点站了起来，随即才醒过神来：这可不是西州，而自己还在"养病"！

程氏起身笑道："你身子不好就莫要讲这个虚礼了，我带真珠去门口迎一迎。"

琉璃想了想，只能道了声劳烦。程氏笑着摆手而去。不多时，便见她引着一位身量高挑的红衣女子迈步走了进来。琉璃心头不由一跳，仔细看了两眼才发现，这位慕容夫人虽是一身红衣，短袄的领口袖边却镶了三指宽的棋格纹石青色细绦，红裙上也是满地绣的深色团花，配上玄色腰带和那张神色淡然的端丽面孔，看去并不明艳，只觉华贵端严，不可逼视。

大约觉察到了琉璃的目光，慕容氏转头看了过来，目光在琉璃身上一转，微微欠身，"库狄夫人，今日阿仪冒昧打扰，不知夫人玉体可是大安了？"

她的声音颇为清婉，语气却与她的表情如出一辙，平平淡淡的没什么起伏。琉璃忙笑着回礼："慕容夫人太客气了，琉璃不过偶罹小恙，却劳夫人登门相视，真真是汗颜。"

慕容仪淡淡地一笑："哪里，当日外子多蒙少卿与夫人指点照看，阿仪还未谢过夫人，如今探视来迟，还望夫人恕罪。"

多谢自己"照看"麴崇裕？琉璃心里"咯噔"一下，语气不由更客气了几分："慕容夫人折煞琉璃了，当日原是县公对外子照顾更多。"

两人你来我往地客套了好几个来回，慕容仪这才落座，她似乎并不善谈，端着酪浆没再开口；而琉璃看着眼前这张端庄清冷的面孔，不知为何脑中云伊那一团烈火般的身影竟是盘旋不去，她心头发虚，一时也找不到话说，场面顿时冷了下来。

程氏似乎也发觉场面有些冷，眸子一转，便含笑望向慕容仪，"慕容夫人可是在辽东住过？我听着夫人的口音似乎与家嫂有些相似。"

慕容仪怔了怔才点头，"夫人好耳力，不知尊嫂……"

程氏笑道："家兄在辽东经略多年，做过平壤道总管。"

慕容仪眸子微微一亮，嘴角露出了笑意，"原来是东平郡公！阿仪幼时倒是常受郡公夫人教诲。"

琉璃暗暗松了口气，她自然知道程氏有位堂兄乃是辽东名将程名振，当年苏定方首次东征，就是做了他的副手，听慕容仪语气，两家竟是通家之好？这倒是不愁没话说了！

程氏与慕容仪果然一路说了下去，什么大郎务挺二郎务忠，竟是越说越熟络，不多时又说到大郎程务挺与裴炎最是交好，也认得琉璃……

琉璃虽然早不记得什么程家大郎了，但裴炎和他的两位夫人她却是熟悉的，也笑着插了几句话。待得喝完这杯浆水，大家已扯出了十几个彼此都认识的熟人。等到第二杯浆水送上，真珠更是改口叫慕容仪为仪娘姊姊，慕容仪的脸上也多了几分真正的笑容。一时无人再提西州二字，竟是宾主尽欢而散。

如此过了好几天丰富多彩的养病生活，琉璃自觉舌头都长了几分，晚间便忍不住与裴行俭抱怨：她就算开家邸店，也不会比如今更忙了吧！

裴行俭也有些歉然，"是我糊涂了，只想着我如今不过是干着份迎宾送客的差事，处境又尴尬，不会有人来套交情，却没想过如今这情势下，我这贬谪之员居然能安然回京，你在皇后面前又是恩宠如故，不知多少人心头都在狐疑，此时有探病的大好借口，自然要来看看虚实的。早知如此，第一日便该帮你挡了那些人。"

琉璃苦笑道："来的不是至亲好友，便是头一回登门拜访的同僚夫人，难不成还能将她们都挡住？你还是让我早日康复了吧，好歹能落个清净。听说韩国夫人都进宫拜见过皇后了，荣国夫人自然再不会拘着我过去！"

裴行俭伸指勾起她的脸仔细看了几眼，"我觉得你这几日倒是养得丰润了些，不过是多说几句闲话，到底比出门劳心劳神要强。再说，"他的目光往琉璃腰上一溜，"你答应我的事，这不还没办到么？"

琉璃不由气结，"谁答应了你？"

裴行俭诧异地挑起了眉，"你难道还不曾答应过？"他瞅着琉璃，嘴角微微扬起，"看来是我忘了，如今再提醒你也来得……"

一语未了，门外突然响起了乳娘小心翼翼的声音："娘子，三郎还是不肯睡，吵着要寻你们。"

琉璃笑着跳了起来，"好，我来哄他。"快步走到门口，回头一望，只见裴行俭正站在那里，眉头已皱成了一个八字。

她忍不住笑出了声，几日来积攒在胸口的郁气顿时一扫而空。裴行俭摇了摇头，声音里满是无奈："你不是抱怨说了一日的闲话么？还不歇会儿，我去哄他。"

门帘外，三郎听着那熟悉声音，也吮着手指笑了起来，眯成两弯新月的眼睛里，盛满了初秋之夜最明净的喜悦。

第一百二十一章
机关算尽　如梦初醒

琉璃的休养生涯骤然结束于七月末的一个上午。

宫中来的小宦官几乎从大门外一路直奔进来，那张犹带稚气的小圆脸上满是亮晶晶的油汗，声音却依然清晰响亮，"圣人口谕，宣库狄氏进宫回话！"

婢女们都被惊得回不过神来，琉璃也是愣了愣才上前行礼："妾遵旨，请天使稍候片刻，容妾换件衣裳。"回头便给紫芝使了个眼色。

紫芝忙回身去了内室，出来时一面请小宦官坐下，一面便将装了碎金的荷囊悄悄塞了过去。小宦官却是摆手不迭，"圣人和皇后都在等夫人回话，请夫人略快些，就是体贴小的们了。"

原来还有武后，这还差不离，却不知这一回到底是为了韩国夫人还是临海大长公主……琉璃心里略定，随手换了件略为正式却不显眼的衣裳便挑帘而出。那小宦官神色顿时一松，待出了院子，倒是瞅空转头笑道："多谢夫人体谅，适才常乐大长公主进了宫，说是河东公已病逝，圣人和皇后有些情形不甚明了，因此想问问夫人。"

原来如此！琉璃忙笑着道了谢，却说不清到底是松了口气，还是越发没底了，暗暗将前后的事情想了一遍，只觉得眼前一片迷雾。

蓬莱宫的蓬莱殿里，李治坐在一张舒适的绳床上，脸色依旧略显苍白，神情也有些漫不经心；绳床后低垂的纱帘里，看得见有人影伫立。偌大的殿堂里，只有一名臣子在等候回话，身形如松，神情凝重，正是裴炎。

李治的声音也带着几分倦意："子隆，听闻当年临海大长公主的宴席上闹出过一桩公案，你也身受其害，之后河东公世子裴承先才离府别居，到底是怎么回事？"

自打四月之后，李治便病体缠绵，极少上朝，多在内宫这座他日常起居的蓬莱殿里召见臣子，而天子殿前问话、皇后垂帘倾听的情形，这些年来更是常态。听得这一问，裴炎略一沉吟便稳稳地抱手回道："启禀陛下，当日原是臣一时贪杯，酒后失仪，不敢谈受害二字。河东公世子离府别居，则是在之后数月。据臣所知，乃是因大长公主病倒后，世子痛感自己从前荒唐无行，徒令严君忧心，故此遣散妾侍，移居寒屋，以自省其身，发奋图强，并非坊间传言心怀怨愤之故。"

这个答案多少有些出乎李治的意料，他的眉头微皱，疑惑地打量了裴炎几眼，"喔？如此说来，你倒是与裴承先尽释前嫌了？"

裴炎神色依然端凝，"陛下明鉴，臣与世子原本便无龃龉，何况世子能弃温柔富贵之乡，一心求学上进，裴氏子弟谁不敬佩，又岂止微臣一人！"

李治有些不耐烦地摆了摆手，"罢了罢了！朕只问你，传闻临海大长公主当日对库狄氏颇为不满，手段……嗯，有些不大妥当，裴承先对此很是不以为然，据你所知，到底有没有这回事？"

他身后的纱帘一动，一位高个女子露出了身形，略显方正的面孔上，一双锐利的眼睛直直地盯着裴炎，眼神里带着毫不掩饰的警告。

裴炎微微一怔，帘后的女子居然不是皇后？对上那双眼睛，他的声音愈发沉稳："据臣所知，临海大长公主的确刁难过库狄氏，只是裴世子当时并不知情……"

一语未了，那女子忍不住出声道："陛下，请治此人谤上之罪！"

李治回头看了一眼，意外地皱起了眉，"姑母？"

常乐大长公主微微欠身，"陛下，请恕常乐失礼，只是此人身为臣子，又是裴氏晚辈，如此诽谤尊长，真真是岂有此理！"

李治脸色有些不大好看，没有接话。裴炎向常乐公主肃然躬身行了一礼，"裴炎见过大长公主。适才陛下垂询于臣，臣不敢不答，答则不敢欺君，至于冒犯尊长之过，臣愿听任陛下发落。"

常乐大长公主冷笑道："知道自己是冒犯尊长，还敢在陛下面前大放厥词，这等目无尊长的臣子，就该……"

李治只觉得眼前一幕好生刺目，忍不住出声打断了她，"大长公主！"

常乐大长公主猛然醒悟过来，脸色微变，退后一步，欠身道："是常乐失礼了，请陛下恕罪。"

李治摆了摆手，转头看了帘后一眼，"皇后呢？"

远远的有人柔声回道："启禀陛下，适才尚药局有御医送来了新合的药丸，皇后说裴舍人惜字如金，却是从无虚言，陛下宽仁睿智，自会明辨是非，她没什么不放心的。倒是这几日天气见凉，最易引发旧疾，她须先去问问御医换方事宜，随后再过来。"

李治点了点头，脸色渐缓。今日一早常乐大长公主便进宫求见，说河东公昨夜病逝，为的自然是那桩事！只是她才说到河东公世子此前出府别居，实乃不孝，皇后便有异议，说是临海大长公主失德在先。常乐自是满口否认，两人各执一词之下，皇后便坚持要将裴炎、库狄氏招来问询，他也不好断然拒绝——常乐真真是糊涂了，临海失德又如何？裴承先即便是因此出府别居，也不过坐实了他的不孝之名！皇后的那点私心他自然知晓，原以为要说服她还需费些工夫，没想到这当头她惦记的还是……

李治心头微觉异样，语气不由放缓了几分，"朕有事相询，子隆直言相奏，怎能算冒犯尊长？只是临海大长公主行事随意或许有之，成心刁难则未必，以讹传讹，也是有的，子隆还是莫要轻信人言。何况为人子者，焉能因父母行事不妥，不加劝谏，却离府别居？此风万万不可长！"

常乐大长公主皱了皱眉，圣人语气虽然委婉，心底大约还是相信临海的确处事不公了——她当年做事就算不妥，也不是这些臣子晚辈们可以大放厥词的！

裴炎的眉头比常乐大长公主皱得更深，沉默片刻，深深行了一礼，"臣不敢欺瞒陛下，临海大长公主是有心或无意，臣不敢推测，只是当日公主曾亲赐裴少卿夫妇一名婢子，相貌与裴少卿的亡妻十分相似，此事乃是臣亲眼所见。裴世子得知内情已是数月之后，抱憾于不能早日察觉，劝谏长辈，又自愧于未尽人子之责，故此才立志离富贵之乡，求圣人之学，请陛下明察。"

常乐大长公主越听脸色越是发青，想出言呵斥，瞅了李治一眼，又强自忍住了。

李治的脸色也阴沉了下来：裴炎也太不识好歹了！他正要开口训两句，看着裴炎依旧站得笔直的身形，突然又有些无奈——此人不识好歹也不是一日两日了，世上之人，风骨与机变从来都是难以得兼……他头疼地撑住了额角，"你先退下吧！"

裴炎默然欠身，后退几步，转身出门，礼数仪态依然是一丝不苟。李治摇了摇头，不知怎的，突然又想起了前几日同样从容退下的另一个身影，心头不由一阵气闷，一阵惘然。

常乐大长公主忍不住道，"陛下……"

李治回过神来，脸色有些不悦："大长公主不必担忧，此事朕心中有数！临海大长公主其情可悯，朕自会成全！"

常乐公主松了口气，"陛下圣明！"

两人各怀心思，都沉默了下来。一片寂静中，门外宦者的回报声显得格外清晰："库狄氏已传到，正在殿外等候召见"。常乐大长公主顿时打起了精神，侧头一看，却见李治的眉心也隐隐出现了一个"川"字，默然片刻才扬声道："传！"

高头履踩在花砖上的声音细碎而清脆，从廊下越行越近，帘子一挑，一个修长的身影出现在门口。李治的目光不由微微一凝。十余年不见，库狄氏的模样变化不大，大约没有像旧日那般低头勾背，看去竟是更显高挑；身上是件鱼眼纹绿缎滚边的藕荷色素面交领衫，系着竹青色留仙裙，挽着牙色团花披帛，一身的柔和淡雅，却愈发衬得她肌肤如雪，面容如玉。

低眉敛衽地上前几步，她恭恭敬敬地俯身行了大礼，"妾库狄氏叩见圣人。"

李治的眉头却皱得更紧。库狄氏不言不动时，那眉目分明的干净清丽，让他恍然间突然想起了萧淑妃；而这一行礼一开口，那一身的温润从容，则是另一种眼熟。不知为何，他心里一阵莫名的发堵，声音便带上了几分不耐，"平身吧。"

琉璃进殿时便留意到，殿内只有皇帝与常乐大长公主，听得这语气，心头更是一突，规规矩矩谢恩起身，又向常乐大长公主欠身行礼，便默然等着他们的问话。

等了良久，李治才仿佛不情不愿地开了口，"库狄氏，朕听闻河东公世子裴承先夫妇与你曾有过龃龉，不知可有此事？"

琉璃早已拿定了主意——安全第一！听得这突兀一问，她定了定神，缓声答道："启禀陛下，当年妾年少气盛，的确曾与河东公世子起过冲突，与世子夫人也有过些许误会，不过如今都已时过境迁，些许小事，不足挂齿。"

李治眯了眯眼，嘴角露出了几分讥讽，"库狄夫人果然宽宏，视名声之事也是不足挂齿！"

琉璃听得这语气越发不善，心里惊疑，又不敢不辩解，只能回道："一场误会而已，既已解开，自然不敢因此疏远亲族，何况上回妾去河东公府请安，亲眼见到世子夫人在大长公主病榻前衣不解带侍疾尽孝，着实敬慕……"

李治冷冷地打断了她，"原来如此！却不知当年你与临海大长公主之间可也有过什么误会？"

琉璃心里越发警惕，"陛下明鉴，临海大长公主身份尊贵，又是长辈，妾不敢揣测大长公主的心思。只是妾出身寒微，礼数粗疏，不得大长公主青眼，也是情理之中。何况敲打训导，都是长辈提点晚辈的一番好意，妾不敢对大长公主心存误会。"

李治冷哼了一声，心里愈发烦闷，今日召见的这两个人看来都没什么可问的了，一个是不知进退，给个台阶也不肯下，一个却是滑不留手，生怕累及自己——裴守约，大约就是因为娶了这个妇人，才会变得那般畏首畏尾吧……

常乐大长公主早已听得不顺耳，见皇帝沉默了下来，忍不住道："不错！敲打训导，都是长辈的一番好意。做晚辈的，若是连个孝字都不知，要那么些学问作甚？"见琉璃眼观鼻鼻观口地站在那儿，一声也不吭，她冷冷地添了一句："难不成你们裴氏一族就是这般看待德行二字的？"

琉璃心里叹气，她自然不敢忘记武后是要她们多替裴承先夫妇说话的，眼下情形不妙，她倒是不想说了，可常乐这话叫她怎敢不接？她正脑中急转，想找几句妥当的话应对过去，就听帘子后传来一个柔和的声音："陛下，大长公主，事情问得如何了？"

纱帘一分，武后穿着一身家常的湘色衣裙，含笑走了出来，脚步轻快，笑意盈盈，整个人就如一阵春风吹入，整个大殿似乎都温煦了起来。无论是李治眉宇间那分含煞的威仪，还是常乐大长公主咄咄逼人的盛气，转眼间便被消融得无影无踪。

琉璃心神顿时一定，上前一步就要行礼，武后笑着摆手，"罢了罢了，不必多礼！前几日还听说你最近有些累着了，今日看着精神还好。"

琉璃只得深深一揖，"多谢皇后殿下关怀，妾这两日已是好多了。"

武后满意地点了点头，微笑着打量了李治两眼，"陛下的身子果然是大好了，忙了这半日，看着倒是更精神了些！如今事情可有了决断？"

李治自她一露面，脸色便有些复杂，听得这满是关怀的轻松语气，心头顿时松了一半，想了想才答道："裴舍人与库狄氏都云，当日不过是一场误会。"

武后微笑点头，"裴氏族风严谨，果然都是谦谦守礼的。"

李治顿时不知该如何接话，下意识地看了常乐大长公主一眼。常乐大长公主笑着对武后欠了欠身，"皇后所言甚是，裴氏一族家风的确严谨。只是树大多枝，这般百年世家，有些枯枝残叶也是在所难免，因此朝廷更要奖善罚恶，如此方能有助于裴氏门庭，亦有助于朝野教化。"

武后笑道："正是，树大多枯枝，不但裴氏要引以为戒，皇族宗室身为子民表率，更应多加自律，免得让那几个奢华无德的损害了名声。"

常乐大长公主笑容微僵，"宗室子弟自然应以身作则，只是皇室尊严，却是不能容人轻慢，天家骨肉，更不能容人欺辱！"

武后似乎有些诧异地挑起了眉头，"大长公主说笑了，谁敢欺辱天家骨肉？"

常乐大长公主看着她明知故问、轻描淡写的模样，心头火起，索性再不兜圈子，沉声道："旁人不说，临海大长公主这些年来，何尝被河东公府的那位世子放在眼里过？若不是逼不得已，又怎会在病中递上改立世子的折子？如今河东公业已病逝，这袭爵之事，却不知圣人与皇后如今是否已有决断？"

武后眉头微皱，想了想才道："临海大长公主的意思，莫非是想让次子继承河东郡公的爵位？"

常乐大长公主一怔，此事虽然从未放到明面上提过，但请求改立世子不就是为这个么？她点了点头，"正是！如今的世子裴承先德行有亏，河东公尚在，他就能离府别居，若是让他继承爵位，又怎能指望他孝顺继母？倒是次子裴承禄，一直以来事亲甚孝，为人稳重，堪承宗祧。"

武后柳眉轻蹙，"据我所知，裴承先当年离府，也算是情有可原，他在裴氏族人与朝野中名声尚佳，如今又能知错就改，这几个月以来也是侍疾甚周……"

常乐大长公主冷笑道："听闻圣人过问，才知回府侍疾，算得了什么孝顺？连孝都不知，这名声也不过是沽名钓誉！倒是裴承禄，十余年来不求名声，唯知尽孝，如此忠厚之人，才堪当重任。"

武后叹了口气，"大长公主，非是我要刁难长辈。临海大长公主为子孙打算的一片心意，原本是无可厚非，只是朝中那么多职缺，裴承禄身为公主之子，又是如此人品，难不成陛下还会亏待于他？又何必兴师动众，非要让他继承这河东郡公的爵位不可？这里头的是非曲直，真要细究起来，到底对大伙儿的名声都不好！"

她转头恳切地看着李治，"陛下以为如何？"

李治只觉得嗓子有些发痒，下意识转开了目光。她做事自然总有她的一番道理，可此事毕竟事关宗室，他堂堂天子，若是因为姑母当年得罪过皇后，就连这点心愿都不成全了，那些宗室子弟、文武百官又会如何看自己？

常乐也躬身行礼，"陛下，世上哪有什么德行能比孝道更重？何况皇家的尊贵脸面，天家的骨肉亲情，难不成还不如区区臣子的名声？"

李治咳了一声，点了点头，"大长公主所言甚是！皇后不必多虑，河东公既已病逝，临海大长公主又是这般情形，依朕所见，还是早日准了此事也罢！"

武后似乎没料到皇帝这么快便下了决心，讶然道："陛下，临海大长公主的心愿自然是要紧的，只是这河东公的爵位却是不可轻许！陛下……"她踌躇了一下，仿佛是在斟酌着什么词句。

李治忙摆了摆手，"不过是个郡公之位，早日定了，便能让大长公主安心养病，又有何不可？我意已决，皇后不必多说了！"

武后看着李治少见的坚定神情，怔了片刻叹了口气，"陛下圣明，臣妾遵旨。"

李治不由松了口气，常乐大长公主也是心头一松，只是想到几个月前圣人要去探视临海的事情原已说得好好的，最后竟是不了了之，还是笑道："多谢陛下开恩，多谢皇后体谅！却不知这袭爵之事何时……"

李治点头，"朕这便召人来拟制书！"

武后神色依然有些无奈，却只是笑了笑，"大长公主果然是姊妹情深，放心，陛下金口玉言，已应了此事，岂有朝令夕改之理？"转身便吩咐内侍去传当值的西台舍人："快去快回！"

听得这一句，李治与常乐才真正是如释重负，脸上不自觉都露出了笑容。

琉璃看着他们的脸色，心头也有了几分恍然：看这模样，皇帝其实早就下了决心要把河东公的爵位给临海的子孙，武后的确并不赞同，但皇帝决心已定，她也只好能屈能伸了。只是，她难道之前竟是一直没看清皇帝的心思，错估了形势？

武后似乎并没有将此事太放在心上，转眼间已恢复了言笑晏晏的常态，向常乐大长公主问询了一番河东公府如今的情形，又笑道："横竖这制书再紧着催也不是这一时半刻能办妥的，大长公主不如先回后殿歇息，稍后一道用些午膳？"

常乐大长公主心里的大石已然落地，心里便有些挂记眼下还未发丧的河东公府，瞅了瞅天色笑道："多谢皇后盛情，只是河东公府那边有些事只怕还需帮着打理，今日常乐便先告退了，改日再来领宴。"

眼见常乐笑吟吟地告退而去，李治的脸色也愈发轻松，武后更是若无其事，两人说说笑笑，竟是一派和睦。琉璃的一颗心却怎么也放不下来，只觉得这事情似乎有种说不出的诡异。她觑了个空子上前一步正想告退，武后却笑道："差点把你给忘了，你且等等，荣国夫人与韩国夫人过一会儿便会进宫，她们都很是惦记你。"

琉璃心中叫苦，还未来得及回话，李治已直起身子，"她……她们今日也会进宫？"

武后依旧笑得温婉，"说来还多亏了库狄氏。陛下也知道，她与阿姊素来亲密，此次回京便陪了她整整三日，阿母前几日又请了明崇俨来给阿姊开方，一来二去的，她的身子倒是大有起色了。只是她已受了八关斋戒，这两日都是斋日，要先在家焚香礼拜，因此略晚些才能进宫。"

李治没有作声，身子慢慢地又靠了回去。琉璃见抽身无望，也只能低声应了句"是"，以最不引人注目的方式退到了窗边的帘幕边，重操旧业扮起了透明人。

武后又说了几句韩国夫人如今的情形，便有小宦者在门外回报，西台舍人李昭德已到殿外。武后不由失笑,"这位李舍人好快的腿脚!宣他进来。"

就听脚步噌噌,门帘挑处,一个瘦高的身影嗖地卷了进来,俯身行礼的动作也是一气呵成,"臣李昭德拜见圣人,拜见皇后。"随即裴炎也疾步跟了进来。

李治瞥了裴炎一眼,淡然吩咐:"河东公昨日病逝,其次子裴承禄为人端方,孝行可嘉,可承爵位。李舍人这便拟制诏令吧。"

裴炎脸色顿时微变,上前两步跪倒在地,还未开口,李治已冷冷地道:"裴舍人为何不去秉笔记录?莫不是还要先指点朕做些什么?"

裴炎的身子顿时僵住了。

琉璃心里叹气,他是想替裴承先说几句话吧?可面对铁了心的皇帝,武后都不得不退步,何况是他?抗旨这种事……她这一口气还未叹完,殿内却突然响起了一个铿锵的声音:"陛下,臣不敢奉诏!"

琉璃唬了一跳,只见那位西台舍人脖颈高抬,一脸凛然。御座上,李治脸色也沉了下来,声音蓦然拔高了几度:"李昭德!"

李昭德声音更大:"陛下明鉴,按朝廷之制,袭爵之事若有争议,应由司文寺辨子弟之嫡庶贤愚,将人选报与中台审议后,再交圣人发落,此其一也;河东郡公早已册立世子,按理便应由世子袭爵,如今河东公世子之位未废,却传爵于次子,此举不合法度,此其二也。故此,臣不敢奉诏!"

李治一怔,这话倒没说错,头一样还好说,事急从权,天子亲自下诏也不是没有先例;只是这世子么,适才常乐也提过一句,临海大长公主请求改立世子的折子似乎一直没有批复……他不由转头看了武后一眼。

武后也正皱着眉头,对上李治的目光,脸上露出了一丝苦笑,"陛下恕罪,是臣妾疏忽了!"

李治皱眉道:"那便先下诏削去裴承先的世子之位!"

他的语气淡漠到了极点,饶是对裴承先并没有什么好印象的琉璃,心头也是一阵发冷。

裴炎的声音终于响了起来:"臣恳请陛下三思!"

李治脸色原本便不大好看,听得这一句更是眉头一挑,厉声道:"裴舍人,你莫非要越职言事?"

裴炎跪在那里,背脊僵直,没有低下头去,却也到底没有再发出声音。琉璃心里叹气,起居舍人的职责不过是记录圣人言行,皇帝心情好时,劝谏几句也就罢了,但若执意插言政务,说是"越职言事"的确不算冤枉,看来裴如琢这回……

李昭德却是依旧声如洪钟:"削职去爵,需有罪状,臣请陛下明示!"

李治脸上露出了几丝不耐烦,刚要开口,身边人影一动,却是武后从御座旁转到前面,恭恭敬敬地敛衽行礼,"陛下请略等片刻再下钧旨,臣妾有下情回禀。"

李治顿时怔住了,"皇后?"

裴炎和李昭德也都惊讶地抬起了头来,琉璃心里却是咚的一跳,耳边仿佛听到了

/第一百二十一章 机关算尽 如梦初醒 061

一直期待的靴子落地之声：终于来了！

武后并不解释，只是轻声道："请陛下先容臣妾回几句话。"

李治疑惑地点了点头，"皇后但言无妨。"

武后微笑欠身，"谢陛下。"她转过身来，淡然吩咐："李舍人，裴舍人，你们且去殿外候命！"

眼见李昭德与裴炎都应诺一声，低头便往外走。琉璃心头虽是好奇到了极点，脚下半刻也不敢耽误，提裙往外就退，刚走出两步，身后却响起了武后含笑的声音："库狄氏，你且留下，此事说来与你也有些关系。"

几道诧异的目光顿时扫了过来，琉璃嘴里不由发苦，却也只能转身应诺。抬头时才发现，殿内伺候的宫女和宦官们不知何时已悄无声息地退了下去，只在通往后殿的帘幕边还留着一位，身上的服饰与朱色锦帘似乎已融成一片。

武后低头从袖子里拿出了一份叠得齐齐整整的纸笺，上前两步，双手捧起，"陛下，臣妾这里有一份河东公的遗折，请陛下过目。"

遗折？李治脸色微变，探手将那薄薄的折子拿在手里，打开折子一目十行地读了下去。他的脸色越来越难看，突然将折子"啪"的一声合在手中，语气也沉了下来："这折子怎么会在皇后手中？皇后是何时拿到的？"

武后仿佛没有听出话里的阴郁和震怒，声音依然柔和平静："这折子是河东公托蒋奉御转呈的，臣妾也是适才进殿前才拿到。陛下有所不知，蒋奉御昨日在宫中值守，今早过来送药时听闻河东公已病逝，这才赶紧拿了这折子出来。

"据蒋奉御回禀，这份遗折乃是他奉旨给河东公诊治时，河东公悄悄托付给他的。河东公原是打算交给其弟闻喜县公，恰好蒋奉御去看诊，这才转托了他。奉御原是不敢插手，还是河东公把事情细细地分解了一遍，又是再三求他，说是自己死后，只怕会有人将世子告到御前。他不愿世子被冤枉，也不愿大长公主名声有损，只能求奉御援手。奉御推脱不得，这才收了。

"臣妾思量着，河东公也是用心良苦，毕竟闻喜县公是外臣，要将遗折呈给陛下，便算密折上奏，也难免会经旁人之手。这折子语涉临海失德之处，若是被传出去，大家脸上都是无光。托蒋奉御密呈御前，也是没有法子的法子。"

李治胸口起伏，显见情绪有些不稳，半日才道："不是朕不信河东公，只是这折子到底只是一面之词……"

武后微笑点头，"正是，因此臣妾才要留下库狄氏。有些事她是亲身经历，最是清楚不过的。"她转头看了看琉璃，"库狄氏，河东公遗折上提到当年临海大长公主因私心作祟，曾屡屡刁难于你，还在芙蓉宴上设了陷阱让崔氏出面污你名声，可有此事？"

琉璃此时如何还不明白武后的打算？听得这一问，更是暗暗叫苦，硬着头皮回道："启禀皇后，妾愚笨，临海大长公主的确对妾身指点颇多。芙蓉宴上之事原是有些古怪之处，当时亲眼所见之人着实不少，之后也很是有些猜测，妾不敢回禀。"

武后若有所思地点了点头，转头便问李治："既然当年的见证人不少，若陛下想查证，大约总不会太难。陛下可要让库狄氏将事情再细细讲述一遍？"

李治正自心烦意乱，听得琉璃的回答，已是不顺耳到了极处，哪里还愿听她细讲，只能挥了挥手，"不必了！"

武后叹道："看来河东公所言不虚，崔氏便是因此离开了河东公府。公主当时身子已不大好，行事难免偏激，这才逼迫世子休妻，河东公只得让世子出府另住。想来此番变故关乎大长公主名声，河东公未曾与外人多提，只因病倒后念及身后之事，怕世子因此被人指责，方勉力写下此折，请陛下为世子做主。"

李治低头看着遗折上那笔锋有些无力却依然写得整整齐齐的字迹，心头一片乱麻，声音也不自觉地软了下来："可事到如今……皇后，你看此事如何处置才好？"

武后沉吟不语，大殿里变得出奇的安静。琉璃不由屏住了呼吸：武后真是好手段，这样一步步逼得皇帝不得不收回成命，如此一来……

武后的声音突然响了起来，带着一种斩钉截铁般的坚定："陛下，臣妾以为，陛下贵为天子，金口玉言，这郡公之位，陛下既然已亲口应了要给那裴承禄，制书还是应当照此拟定！"

琉璃简直不敢相信自己的耳朵，忍不住抬头看向那对天家夫妇。只见李治也是满脸难以置信，武后的笑颜却是温柔如水，"陛下乃万民之主，区区爵禄，与陛下的天威相比，又算得了什么？何况天家的骨肉亲情原是比寻常人家更难得，陛下方才说得有理，不过是个郡公的爵位，却能使几位大长公主安心，又何必吝惜？"

李治的脸上渐渐露出了欣慰的笑容，嘴唇微动，突然又想起什么似的皱起了眉头，"只是蒋奉御那边……"他蓦然收住了话头，转头看了琉璃一眼。

琉璃只觉得背上一凉，慌忙低头，心头怦怦乱跳，恨不得立刻化身空气直接消失——只是似乎已经晚了。

武后略想了想才恍然道："陛下的意思，可是要为大长公主掩住此事？"

李治愣了一下，忙正色点头，"正是，这遗折河东公如此处置，原是怕传出去伤了大长公主的名声，自是不好外传的。"

武后笑了起来，"这有何难？为尊者讳，原是理所应当，蒋奉御与库狄氏都是谨慎之人，自是晓得轻重。那裴承先对此事守口如瓶了十余年，可见心地纯孝，多半也不会主动张扬此事。陛下，此人知错能改，奋发上进，在裴氏族中甚有名望，原是可造之才。以臣妾看来，河东公为人谨慎周全，在遗折之外多半还有别的准备，不过只要陛下就如他遗折所请，对世子多加照拂，这件事自然是不会闹将出来的，陛下又何必担忧？"

别的准备？多加照拂？李治越听心里越是没底，忍不住道："可郡公之位朕已应了给那裴承禄，皇后以为，朕该如何才能补偿于裴承先？"

武后含笑看着他，"陛下，河东公的遗愿，不过是请陛下为世子做主，这有何难？难不成我大唐就只有河东郡公这一个爵位么？"

李治恍然大悟，"哎呀"一声笑了起来，"是我糊涂了！"本朝一门两公又不是什么稀罕事,自己怎么就钻了死胡同!

武后也笑,"圣人日理万机,一时想不到也是有的。"

李治长出了一口气,往绳床的后背上一靠,笑道:"既然如此,裴承先自然还是袭封河东公,那裴承禄么,却要封他一个什么爵位才好?"

武后想了片刻,却叹了口气,"都怪臣妾,适才见人多嘴杂,便犹豫了片刻,没拦住陛下对常乐大长公主的许诺。如今陛下既然已许了让裴承禄袭封河东公,又不欲遗折之事张扬出去,此时突然改封,只怕有些见识短浅之人,想不到天子会如许宽仁,反而会以为是陛下朝令夕改!"

李治的笑容顿敛,"可这河东公世子如今并无改立之理。若是让其弟袭河东公之爵,岂不是越发说不过去?"

武后也皱起了眉头,"陛下所言甚是,只怕还要想个两全其美的法子才好。"

两全其美?李治伸手揉了揉额角,只觉得双眼又有些隐隐发疼。

琉璃心头也是一片茫然——武后到底打的是什么主意?都到了这份上,哪里还有什么两全其美的法子?再说,她费了这么一番气力,难不成是为了让临海大长公主与裴承先两全其美?

武后久久地没有出声,琉璃越想越是不解,悄悄抬头往上看了一眼,眼光扫过御座后的阴影,突然发现那个宦官似乎正在向武后轻轻点头。

武后眉头微扬,眼睛闪亮地看向了李治,"陛下,臣妾倒是有了个主意。"

李治立时精神一振,"什么主意?"

武后嫣然微笑,"陛下,臣妾以为,如今与其另封裴承禄爵位,使陛下失信于人,倒不如索性锦上添花,恢复裴府国公之封!当年裴相功在社稷,被封魏国公,只是一度受累于小人,才被贬去职,此后又戴罪立功,被先帝召回,可惜未及重新效力朝廷便病逝京师。此事原是裴氏之憾,如今陛下若能追封裴相国公,由嫡长孙裴承先恩袭此位,那裴承禄继承河东郡公便是顺理成章。如此一来,既能让裴氏一族感戴陛下深恩,又能让临海大长公主得偿所愿,岂不是两全其美?"

原来如此!琉璃恍然间只觉得如梦初醒——原来武后打的竟是这个主意!难怪她一面厚待临海大长公主,一面又扶持裴承先夫妇,原来是早就想好了要"锦上添花"!如此一来,既能满足宗室的要求,又给了裴氏莫大的恩典,还显示出了自己扭转乾坤的能力。而以临海大长公主的性子,知道自己一场辛苦却让裴承先夫妇占了最大的便宜,只怕会吐血三升!

李治脸色也是一亮,随即又犹豫起来,"追封裴相也就罢了,只是国公贵为一品,按理裴承先就算袭爵,也应降下一等才是,让裴承禄袭河东郡公的爵位已是格外开恩,这国公又如此轻许,会不会引起物议?"

武后笑道:"陛下多虑了,陛下当年追封武德旧臣十数位,可曾有人提出异议?人人都是感叹陛下念旧尤甚于先皇,待臣子之厚亘古未见。再说,国公之位再重,又焉能及得上陛下的龙威与天家的颜面?"

待臣子比太宗皇帝更宽厚,这话正搔到李治的痒处,他正想点头,心底又隐隐觉得不妥,正在犹豫,纱帘后突然传来了宫女的声音:"启禀圣人,启禀皇后,荣国夫人与韩国夫人到了,正在殿外等候觐见。"

李治心头一震,不由自主便站了起来,"快请她们进来!"随即才醒过神来,讪讪地坐回了御座。

武后恍若未见,只是笑着叹气,"让两位国夫人先去后殿吧。今日她们怎么来得这般快?偏偏这制书断无等到明日再拟的道理!"

她体贴地看了李治一眼,"陛下可是有些倦了?陛下已忙了半日,是该歇息歇息。蒋奉御也还在后殿等着给陛下请平安脉。这边的杂事,臣妾自会帮陛下处置。只是这河东公府的爵位该如何处置,还是要陛下早些定夺,臣妾也好照章行事。"

河东公府的爵位吗?李治心头烦乱,略一思量便点了点头,"就依皇后的意思办吧,有劳皇后了。"

他撑着绳床的扶手站了起来。窦内侍忙两步赶上,小心地扶着他往后殿走去。武后也跟了两步,目送着那略显病弱的身影消失在纱帘后面,才慢慢转过身来,脸上竟带着一丝奇异的笑容,仿佛是自嘲自讽,又仿佛是如释重负。

琉璃只觉得一股莫名的寒意从背脊上直蹿上来,忙不迭低头看着自己的脚尖。

那笑容在武后的脸上转瞬即逝,她回过神来,一眼看到正在垂头数砖的琉璃,嘴角倒是微微一扬,"差点把你忘了!琉璃,你是不是也该去后殿问个安?"

琉璃唬了一跳,忙抬头道:"圣人、圣人也在后殿,琉璃不敢前去打扰。"

武后静静地看着琉璃。眼见着她虽然极力镇定,脚下还是不自觉地往后缩了缩,不由摇头一笑,这么些年了,这宫里宫外,一提到皇帝就唯恐避之不及的,大约也只有眼前这位了吧?这么些年竟是不曾变过……她的声音里不自觉地多了几分柔和:"也罢,既然如此,你便先回吧。"

琉璃一口气这才松了出来,忙不迭地躬身应诺,耳边却又响起了武后莫测喜怒的平淡声音:"今日之事,对你大约也会有些好处。记得莫要外传!"

好处?琉璃心里泪流满面,恨不得指天发誓,自己真的不想要任何好处……到底只能恭恭敬敬地应了声:"多谢皇后恩典,琉璃遵命。"

蓬莱殿前的御道上,夹路的花木犹自葱绿,从太液池上吹来的微风却已带上了秋日的凉意。琉璃不由自主地打了两个寒战,这才发觉后背已被汗浸透。圆脸小宦官笑吟吟走上前来,"库狄夫人,这边请。"

琉璃抬头看了看明净如洗的高远天穹,长长地吐了口气,心头那点疑云却是挥之不去——武后最后那句话,到底是什么意思?一阵秋风吹过,只有树叶发出了沙沙的轻响。琉璃定了定神,加快脚步跟上了小宦官。

她背后的蓬莱殿里,武后沉稳的声音终于响了起来:

"传李舍人、裴舍人进殿!"

"诏令司文寺少卿监护河东公丧事,司仪令、司仪丞进宫回话!"

第一百二十二章
咄咄逼人　急转直下

当照进长安城的最后一抹斜晖终于消失在丹凤门的门楼之上，六街大鼓再次被隆隆擂响。长安的十几座城门、几十处宫门以及数百扇坊门依次轰然合拢。待得鼓声消歇，整座城池也安静了下来。坊墙之内，偶然还有悠悠丝竹随风飘荡，坊墙之外，唯有片片落叶在路上打着旋儿。

然而在永嘉坊北面的一条大道上，依然不时有车马从河东公府那道直接开在坊墙上的大门中奔驰而出，原本负责夜禁的金吾卫们看见这情形，却都远远地勒马闪到了一旁——长安的夜禁原本对婚丧之事网开一面，何况此时来吊唁河东郡公的，自然都是自家府上也有大门通往坊外的三品以上大员，他们难不成还能去寻这些皇亲国戚或裴氏高官的晦气？

随着暮色加深，从河东公府出来的车马渐渐稀少，全身缟素迎来送往的管事们也纷纷回府，挂着白麻的大门外，只剩下了两个神色疲惫的小厮。他们的身后，白色的灯笼从大门一直挂到了内院，那惨淡的灯光和飘动的素麻，在夜色里铺出了一条惨白的道路，让人看着便心底冰凉。

内院上房的西间，便是灵堂所在。因未到入殓之时，屋中并无棺椁灵幡，屏几床帐也都是河东公日常所用之物。东边那张高足大案上除了香火，还放满了酒脯菜肴，几盆羊羹烤鱼犹带热气。西边的十二曲屏风后则是纱帐低垂的灵床，河东公常穿的官袍尚自叠放在榻头，仿佛他随时会如平日般起身出门。唯有满屋的素衣和哀哀哭声，显示出这屋子的主人已是登仙西去了。

暮色四合，屋内的哭声慢慢停歇，一番叩拜之后，这头一日的丧礼便算告一段落，除了在灵堂守夜的二夫人和几位孙辈，余者渐渐出门散去——家主既丧，灵筵上的酒菜虽是一日三换，旁人这一日却是不能用饭的，几位公子夫人以及嫡孙因服的是最重的斩衰，更是三日不可进食，加上这一天的忙碌，此时人人都是一副精疲力竭的模样。

站在灵筵前的闻喜县公裴法师抹了抹眼睛，转身想到门外透口气，谁知刚迈出步去，脚下便是一软，好在旁边有人立即稳稳地搀住了他，"叔父当心。"

裴法师转头一看，顿时吃了一惊，"守约？你怎么还没回去？"话一出口才觉不对，又忙添上了一句，"今日已是麻烦你这许久了！"

裴行俭穿着一身素色单衣，脸上倒是不见倦色，浑然看不出也是脚不沾地忙了半日的模样，闻言只是摇了摇头，"叔父何必跟侄儿客气？协理郡公丧葬之事，原是行俭的职责所在。何况侄儿幼年时也曾得郡公教诲，如今不过是略尽绵薄之力，又怎能报答当日恩情之万一？"

恩情？裴法师心头顿时一突，若说自己的父亲当年对裴行俭母子有些恩情也就罢了，这位兄长嘛，这么些年来，更多的还是装聋作哑吧？他小心地看了看裴行俭，见他脸上并无讥讽之色，心里略定，"今日真真是多亏有贤侄在，不然……"

回头看了看只有几位妇孺的灵堂，裴法师一声长叹，没有说下去。他原是午间收到讣告后赶将过来的，入府方知，兄长昨夜便已去世，之所以拖了半日才发丧，是两位大长公主的主意。这也罢了，临海大长公主还写了纸签出来，要把承先夫妇立时赶出府去，常乐虽然没有明说，却是坚持要由承禄出面接待吊唁的宾朋。

他自是无法认同，裴承禄也不情愿。僵持之下，最后竟只能由他到外头来受宾吊答。他的腿脚原本便不大好，平日又不擅于此，若不是随即赶到的裴行俭里里外外地帮衬着，还真不知会出什么纰漏！饶是如此，今日那些平日靠着河东公府过活的族人似乎也已看出情形不对，竟没一个敢留下守灵；明日那兄弟俩若还是接着"哀毁太过，无法起身"，只怕外人都会起疑心！

裴法师越想心里越堵，却又无法抱怨。好在裴行俭也没追问，只是扶着他在门边的一张胡床上坐了下来。帘下清风吹入，将屋内闷气吹散了些许。裴法师到底惦记着后院的僵局，转头便对裴行俭笑道："守约，今日你也辛苦许久了，不如先下去用些饭食？"

裴行俭却轻轻摇头，"叔父尽管去忙，这边，"他回头看了看灵堂里那几个单弱的身影，"行俭略守片刻，待叔父回来再说。"

他怎么知道自己有事要忙？裴法师心里顿时一凛，只能含糊着叹道："都怨如琢他们兄弟身子太弱，不然何至于如此辛苦贤侄？"

裴行俭温声道："叔父莫要忧心，此事也不能怪如琢他们……"一语未了，帘外突然有人娇笑了一声："不怪裴承先兄弟，那就是怪我们姊妹了？"

门帘挑处，四五个女子款款走入，当先两个，正是常乐大长公主与千金大长公主。常乐是一身中规中矩的素色吊服，千金大长公主却是蜀罗素衣越绫白裙，头上的羊脂玉步摇流苏摇曳，把那张犹自施着淡妆的脸庞映衬得愈发俏丽，此时嘴角含笑，神色娇嗔，吐出的言辞却毫不客气，"闻喜县公若是觉得我们姊妹太多事了，直言相告便是，何必如此拐弯抹角与旁人抱怨？"

裴法师不由暗暗叫苦：这位怎么也来了！诸位大长公主里，千金最是难缠，原先她亦步亦趋跟着临海，之后又唯常乐马首是瞻，而临海高傲，常乐严正，行事还有章法,她却是百无禁忌……他忙站起道了声"不敢",当真再不敢多说一个字。

裴行俭也欠身行礼,"微臣裴行俭见过两位大长公主。"

常乐大长公主眉头微微一皱,"裴少卿还未归家?"千金大长公主却感兴趣地打量了他几眼,"你就是裴行俭?怎么,今日竟不回去伺候你家夫人,却在这里打抱上不平了?莫不是见这府里无人待客,你要来充做孝子么?"

这话实在太过刻毒,裴法师脸色都有些变了,裴行俭倒是神色如常,"大长公主说笑了。"

千金大长公主细眉顿时拧了起来,"大胆!我像是在此等场合说笑之人么!"

裴行俭平静地抬头看了她一眼,"大长公主息怒,微臣忝任司文少卿,协理河东公丧礼乃是职守所在。臣愚钝,不解大长公主言中深意,还望不吝赐教。"

千金大长公主不由一噎:自己怎么忘了这个茬!如今改名司文的鸿胪寺,原本便掌管着京师文武百官的凶丧之礼,他这司文少卿出面协理河东公丧事的确顺理成章……顿了顿只能冷笑道:"你算何等物流,谁耐烦知晓你任的是哪门职务!"

裴行俭不急不缓地欠了欠身,"大长公主英明。"

他的动作从容之极,神情更是悠然之极,但那无懈可击的优雅礼数中,却分明带着一种不动声色的轻蔑,平平淡淡的"英明"二字更似讽刺到了极点。千金大长公主只觉得一股怒火几乎从头顶上直冒了出去,忍不住喝道:"你……"一时又找不出什么词句来斥责于他,双颊不由红涨了一片。

常乐大长公主看了千金一眼,插言道:"裴少卿,按说今日之礼已毕,却不知少卿为何还在此逗留?"

裴行俭语气依然舒缓,"大长公主们尚且不辞辛苦,微臣焉敢先行告退。"

常乐大长公主眉头也皱了起来,看着裴行俭气定神闲的模样,心头突然又有些疑惑:他莫不是知道了什么?说来袭爵事宜也是由鸿胪寺掌管的……也罢,多一事不如少一事!她神色冷淡地点了点头,"有劳少卿了。"又伸手一拉回过神来正要开口的千金大长公主,冲她使了个眼色。

千金大长公主只能咬牙收了怒色。常乐便问:"闻喜公,可否借一步说话?"

裴法师一怔,隐隐猜出几分,正想开口推脱,门外却蓦然传来一阵喧哗:"世子,世子留步,莫要难为小的们!"

回答这呼叫的,是两声闷响和惨叫。

急促的脚步声转眼便到门前,门帘砰的荡起,裴承先大步闯了进来,他身上的白衣略显凌乱,脸色憔悴不堪,一双眼睛却亮得异常。进门后看都没看屋里众人一眼,几步抢到屏风后的床榻前,只叫了声"阿爷",便跪在那里哽咽失声。

他的声音并不高,但那分苦苦压抑的伤痛之意却是格外令人心悸。原本跪坐在屏风外蒲团上的郑宛娘和几个孩子都唬了一跳。裴承先的幼子年方五岁,跟姊姊两个在灵堂守了一日,早已是六神无主,看见父亲如此,不由"哇"的一声哭了出来,另外几个孩子也跟着大哭,灵堂里的哭声顿时又响成了一片。

裴法师眼圈也是一红，一时悲从中来：从什么时候起，堂堂裴氏嫡长子竟然落到了这个地步，连哭灵都要受制于人？一时又想起裴行俭还在屋里，回头看见他眉头微皱的模样，心里顿时七上八下的没了着落。

几个管事讪讪地站在门口，进退不得，领头一个见常乐脸色不好，忙不迭地解释道："启禀大长公主，小的们也苦苦劝过世子，世子却道来客都已告辞，他来这边也碍不着旁人什么了，小的们略一阻拦，便把小的们踢伤了好几个……"

裴法师心头暗呼糟糕，常乐大长公主脸色也更是难看，挥手让管事们退下，略一思量，沉声又问了一遍，"闻喜公？"

裴法师定了定神，咬牙躬身行礼，"多谢大长公主体谅，臣这半日里半步不敢离开灵座，如今承先既然已能出来接手，臣自是听任大长公主差遣。"

常乐大长公主脸色一沉，眉宇间带上了几分恚怒。千金大长公主却冷笑起来，"闻喜公，你莫要不识好歹，裴承先全是自作自受，临海姊姊原是要上折弹劾他不孝的，还是七姊姊苦苦劝住了她！你若觉得咱们姊妹是在多管闲事，咱们现在告辞便是！"

裴法师心头一突，瞥了裴行俭一眼，心知此事已是无法遮掩，索性也站直了身子，"常乐大长公主一片好心，臣自是感激不尽。只是承先德行如何，裴氏族人有目共睹，这不孝之罪，也不是轻易能定的。旁的不说，他为何会出府别居，兄长予我的信里便几次提及，届时若是把那些旧事都翻将出来，于大家面上又有何益？"

常乐大长公主"哼"了一声，声音里也满是嘲讽："河东公果然深谋远虑！只是县公莫要忘了，以临海如今的情形，面上好看与否，与她又有什么干系？"

裴法师叹了口气，"对临海大长公主而言或是并无差别，但对于他们，"他伸手指了指那几个孩子，"只怕并非如此。"

常乐一时默然无语，她之所以不同意临海的做法，一则是不想赶尽杀绝——削爵也就罢了，不孝之罪一旦落实，却是要去职流放的；二则也是明白家族名声要紧，真要闹到满城风雨两败俱伤，纵然争到了爵位，对子孙后人又有何益？

千金大长公主的目光却在裴行俭身上一扫，凉凉地道："说来今日这局面，还要多谢某些晚辈，如今这边母子反目、兄弟不和，倒是不碍着他们来尽忠职守了，真叫人好不佩服！"

裴行俭仿若未闻，脸上半丝波动也看不见。千金越发恼怒，忍不住提高了声音："裴少卿，你以为如何？"

裴行俭微微一笑，依然是欠了欠身，"大长公主英明。"

他居然连话都懒得换一句！千金大长公主一口气顿时全堵在了嗓子眼里。常乐大长公主心里叹气，只得接过话头："今日辛苦了少卿半日，我在此替临海道一声谢。如今此间已是家事，便不烦扰少卿了。"

裴行俭毫不犹豫地抱手，"多谢大长公主体谅。"常乐刚松了口气，他却不慌不忙地说了下去："臣斗胆，听适才大长公主与闻喜公所言，此事似乎与河东公世子相关。

袭爵之际，辨嫡庶，明贤愚，正是臣职责所在，请恕臣不敢懈怠。"

裴法师原本便有些忐忑，听得这一句，心头更是大凛：裴行俭跟这边本有旧怨，若让他拿到什么把柄……常乐的脸色也沉得几乎能出水："裴少卿此言何意，难不成还忧心我等不守朝廷制度、欺辱了谁去？"

她话音刚落，身后便传来一个嘶哑的声音："不必多说了！"

裴承先不知何时已起身，他的眼睛犹自红肿，衣袍愈显凌乱，但此时大步走来，昂首斜睨，竟又有了几分当年那目无下尘的狂傲模样，"不就是袭爵么？我裴承先虽是一生虚度，半事无成，却也不至于为了区区爵位便闹得家宅不宁！既然大长公主有心做主，不如便将拙荆与承禄都唤过来，咱们当面说个明白！裴少卿么，"他转头看了裴行俭一眼，神色有些复杂，"也不妨做个见证！"

常乐大长公主眉头紧锁，多少有些犹疑。裴承先毫不客气地直视过去，"大长公主莫非还不放心？承先这便对天盟誓，此事我若让长辈为难，家声蒙羞，就叫我天诛地灭！如何？"

裴法师不由跺足，"这是什么话？"常乐忍不住也是怒火上冲，沉声喝道："把崔氏和二公子都叫过来！"

没过多久，帘子一动，婢女领着崔静娘和裴承禄走了进来。崔静娘脸色蜡黄，神情却还镇定，请安问好，礼数周全。直到看见两个脸色青白的孩子，她脸上才变了颜色，含泪上前搂住他们，顺势拜倒在灵前。裴承禄的动作却与裴承先如出一辙，不管不顾几步走到了屏风之后，扶床哽咽起来。

常乐大长公主冷冷地看了一眼裴承先，"你有什么话，如今可以说了么？"

裴承先看着那一起跪地痛哭的母子三人，眼神渐渐变得柔软。默然片刻，他回身恭恭敬敬地行了一礼，"多谢两位大长公主关怀，承先自知德浅福薄，稍后便会上书自请去位，推举承禄袭爵。"

他的举止语气都已恢复了平日的稳重，一屋子人却都被惊了一跳。裴法师皱眉喝道："如琢，不得胡闹！这等大事，岂能意气用事！你如此行径，怎么对得起阿兄的一片苦心！"裴承禄更是腾地站了起来，哑着嗓子道："阿兄，你把我当什么人了？"

裴承先摇了摇头，"叔父，侄儿绝非意气用事，父亲固然疼我，却绝不会愿意见到我们母子兄弟为了这爵禄之事闹得不可开交。承先也是七尺男儿，难不成离了这爵位就没法建功立业，封妻荫子？"

他转头看着裴承禄，神情愈发诚恳，"你我兄弟也不必说那些虚话。如今的情形你也见着了，你且想想，若是让我承了爵，母亲她心里会如何？日后她若是不肯与我同住公府，你让为兄如何自处？她若肯住……"他摇头叹了口气，目光转向崔静娘母子，"就算是为了你阿嫂日后着想，你就让为兄这一回如何？"

崔静娘身子一震，抬头看着裴承先，泪水无声无息地滚滚而下。

裴承禄看了一眼这位几个月里像是老了几岁的崔静娘，忙不迭地移开了视线，怔怔地说不出话来。阿兄说得不错，母亲对大嫂深恶痛绝，若是住在一处，只怕……

见裴法师还要开口，裴承先深深地行了一礼，"叔父请听侄儿一言，其实侄儿也曾心存侥幸，但事已至此，总不能为了爵位闹得家宅不宁，侄儿欲尽人子之道亦不可得。何况这些年来都是承禄在父母跟前尽孝，原比我适宜承爵。只要家人和睦，旁的事情又算什么？侄儿恳请叔父成全！"

裴法师神色不由一暗，自己手里的确有兄长的书信，可以洗清承先出府别居的不孝之名，但真闹到那份上，彻底得罪了这几位大长公主，也败坏了这府里的名声，对大家又有什么好处？

灵堂里一时无人开口，崔静娘默默低头抱住两个孩子，脸上的神情说不出是悲是喜，裴行俭若有所思，裴承禄低头不语，连常乐大长公主神色都有些复杂。

一片安静中，突然有人"扑哧"一声笑了出来。

眼见众人都或惊或怒地看着自己，千金大长公主轻抬素手、半掩朱唇，"抱歉抱歉，抱歉得紧，我只是着实有些忍不住……"

众人不由相顾愕然，常乐心里明白，叹了口气正想开口，门外突然传来了一声急促的叫喊："阿郎，娘子，有皇诏到了，快些准备接旨！"

这么快？常乐与千金相视一眼，千金又笑了起来，众人却已无心计较，忙不迭地涌了出去。院子里也已是忙成了一团，下人们七手八脚地在院中右侧和正堂台阶上都铺上了毡毯，又设好案几，铺上紫色绣锦，依次站到了已肃立在庭院南边的主人们身后。

刚刚安置妥当，两位穿着青色襕袍的官员手捧两卷书册快步走入院子，众人忙跪伏在地。宣诏使站上毡毯，将诏书双手捧到案几之上。裴法师起身将使者迎入正堂，两位管事抬着案几低头伏腰一路跟上台阶。宣诏使这才面南而立，从案几上取下敕书，提声道："有制！"

裴氏子弟齐声应诺，叩拜了下去。宣诏使高声念道："昭贤纪懿，礼焕国章；悼往申哀，义光彝篆，故驸马都尉汴州刺史河东郡开国公裴律师，器怀昭旷，艺识通敏……"一路骈四俪六地追悼了河东郡公的业绩，最后是"赠青州刺史""赐绢布八百段、葬日给班剑廿人、赐东园秘器"云云。此诏原是情理中事，裴氏子弟与下人们自是叩首再拜，哄然谢恩。

宣诏使又拿起了第二道诏书："有制！

"事亲无违，孝之始也，事君立身，孝之终也。右清道录事裴承禄，局度稳重，机神爽秀，可袭河东郡开国公，邑户如前。"

宣诏的声音并不响亮，甚至还有些嘶哑，但落在裴承先的耳中，却仿佛有雷声从耳边轰然碾过。他的脑子里一时竟是一片空白，直到身后响起了一个带着些微颤抖的声音，"臣裴承禄叩谢皇恩"，才一个激灵醒过神来。

他慢慢回过头去，并没有看背后那位同样脸色发白的新任河东公，而是在人群中一眼找到了自己最熟悉的面孔——那双一贯沉静温柔的眸子，此刻分明盛满了和自己一模一样的绝望。她身边的两个孩子，长女已然懂事，此时满脸都是惊恐，幼子却依然一派懵懂，好奇地伸长了脖子。

裴承先的嘴角浮出了一丝惨然的笑意。自己终究还是没能护住他们！原以为这些年里自己终于有了点长进，原以为自己此时能够退一步天地辽阔，没想到却会落得如此！一个因为品行有亏而被削去爵禄的不孝之人，日后如何还能立足于朝廷？更莫谈护佑妻儿，荫封后人！

他听见宣诏使不知对谁道了声恭喜，看见众人都纷纷站了起来，心知自己也该起身，可手一撑地，才发觉全身已没半分力气。他忙咬牙用力，手脚却不听使唤地颤抖不止。正自狼狈不堪地喘息中，有人疾走两步，一把扶起了他，低声道："如琢，此诏未必是坏事！"

裴承先转头看着那张神色从容的面孔，心头一片茫然，几乎用尽了全身力气才露出了一个冷淡的微笑，"多谢守约兄！"

裴行俭叹了口气，"塞翁失马，焉知非福。"见裴承先还是目光茫然，脚步虚浮，只能加重了语气，"如琢，你莫要让人看了笑话去！"

让人看了笑话……裴承先身上猛然间迸出了一股气力，稳稳地站直了身子。

不远处有人笑道："少卿辛苦了！"

却是那位宣诏使已将诏书交给同来的尚书省官员，快步走了过来，满面含笑地抱手行礼，又笑着对裴承先点头。

裴行俭并不寒暄，开口便问道："丰署令他……是否稍后就到？"

宣诏使忙道："正是！"心头不由有些诧异，少卿不是与自己同时接到诏令离开衙门的吗？他如何知道……

裴行俭神色复杂地往皇宫的方向看了一眼，长出了口气，"仲泽今日也辛苦了！"

宣诏使顿时笑得脸上放光，"不敢与少卿相比！"

裴承先怔怔地看着他们寒暄，一字字都落在耳内，却全然不知何意。突然听到身后有人高声叫道："临海大长公主有令，今日大伙儿辛苦了，每人赏绢帛两段，秋冬衣裳各一身，大伙儿这便可分批去库房领取！"满院子又是一阵哄然谢恩。

原来那位继母大人早已准备好了，原来那位千金大长公主笑的是这个……自己果然蠢得无可救药！眼见周围一张张面孔上似乎都带着隐隐的兴奋与欢腾，裴承先胸口不由愈发冰冷彻骨，转头才看见妻子崔静娘依然跪在地上，一手搂着一头扎在她怀里的女儿，一手搂住满脸茫然的儿子，院里人来人往，竟没人上去扶一把。

就如一盆凉水当头浇下，裴承先整个人彻底清醒过来，忙上前几步搀起了他们。崔静娘也仿佛从梦中惊醒般抬头看着他，裴承先有心想安慰她两句，一时又不知如何开口。

崔静娘静静地看了他片刻，脸上突然绽开了一个微笑，"如琢，你莫要担心，不过是个爵位，其实也没什么，咱们一家人从此可以真正过些清静日子。日久见人心，只要咱们行得正，旁人怎么看又有什么打紧？"

大约因为连日的辛苦担忧，她未施脂粉的蜡黄面孔着实有些憔悴，但此时的微笑却让这张面孔突然间多了分难言的光彩。裴承先胸口一热，眼睛不由有些发潮，忙用力扯出了一个笑脸，"正是！我裴承先又不是没被人戳过脊梁骨，到了今日，难不成还怕人说闲话！"

裴法师也扶着裴行俭慢慢走了过来，听得这几句，脸上的皱纹顿时舒展了些许，"说得好！其实你们也莫要太过担忧，人生在世，得失原非一时之事。远的不说，前些年王仲翔母子被同安大长公主赶出长安时，不比你们的处境更难？如今谁提起这位刺史，能不说一个'好'字！"

王仲翔？裴承先精神不由一振，刚想点头，耳边却传来了一个冰凉的声音："果然是物以类聚！那无法无天的王方翼，什么时节也成了楷模？闻喜公，怪道你们这支裴氏会选这样的一个人做宗子，原来你们要学的就是为了自己的名声意气顶撞长辈、无视王法！果然是族风奇特，令人景仰。"

几步外的廊庑下，千金大长公主意态娇慵地倚着丹漆廊柱，满脸都是淡淡的讥嘲。裴承先眯了眯眼，心头突然有了几分明悟，这位大长公主今日过来说的话原来句句都是意有所指！他略一沉吟，索性抱手行了个礼，"多谢千金大长公主关怀，不知大长公主有何见教，还请明示！"

千金大长公主脸上的笑意微微一僵。她和常乐此番过来，原本就不是为了这早已板上钉钉的承爵之事，而是为了裴承先的宗子之位。毕竟像裴氏这样的高门，宗族之力决计不容小视，若让裴承先顺利接任宗男，说不定会后患无穷！

她索性冷笑了一声，"指教倒是没有，只是想劝你们识些时务，西眷裴好歹也是名门大族，却不知是让一个有仁孝之名的河东公做族长好，还是让一个被圣人厌弃的不孝子做族长好？难不成你丢了自己的名声还不够，还想把族人们的前程也搭进去？"

裴承先的脸色顿时一变。裴法师也是心头大乱，脱口道："大长公主，承先已是如此，大长公主又何必赶尽杀绝！"

常乐大长公主一直沉默不语，此时脸色却骤然沉了下来，"裴县公此言何意！我等不过是为你裴氏着想，如何就是赶尽杀绝了！县公若不说个清楚……"她细长的眼睛一眯，一股凛人的气势顿时散发出来。

裴承先胸口就如塞进了无数冰块，一阵阵地剧寒刺骨，脑子却反而比平日更为清醒：叔父糊涂了，正因"已是如此"，她们才不能容忍自己还有翻身之力！大长公主毕竟是大长公主，今日她们能如此干净利落地定下袭爵之事，异日不定还能做出什么事来，怎能让叔父对上她们？

不等裴法师再开口，他抢上前去行了一礼，哑声道："大长公主恕罪！叔父只是太过忧心侄儿，才会出言不妥，并非有意冒犯大长公主。大长公主教训得是，承先是被圣人厌弃的不孝之子，原本便不配当这……"他正要咬牙说出"宗子"二字，耳边却突然有人沉声道："如琢休要胡言！"

裴行俭两步走到他身旁，神色竟是少见的严峻，"谁说圣人厌弃了你？谁又定了你的不孝之罪？如今诏令未下，你我若就此信了旁人的胡乱猜测，岂是为臣之道？再说谁人来做宗子族长,原有祖宗家法,岂容你我去挑三拣四,岂容外人来指手画脚!天地之间,自有公道,为何不耐心等一等再说?"

裴承先苦笑着摇了摇头,"守约兄!"他现在相信,裴行俭大约真是一片好心了,此时还想着不让自己落下话柄,可事到如今,自己难道还有什么值得被人指责弹劾的地方?

常乐大长公主的脸上顿时冷若冰霜,盯着裴行俭不语。千金大长公主却是又一次涨红了脸——他居然敢当面斥责自己是胡乱猜测、指手画脚!她胸口起伏,半晌才点了点头,"好,好!我倒要看看,你能等到什么诏令,什么公道!"

仿佛是迎合着她尖锐的声音,院门外又响起一声叫喊:"皇诏,又有皇诏到了!"

千金大长公主忍不住哈哈大笑起来。常乐脸上也露出了一丝冷笑,"我就说了,圣人怎么会忘记这件事!"

千金大长公主擦了擦眼角飙出来的泪花,"这才真真叫现世报!"这群所谓的名门子弟,平日里一个个眼睛都生在头顶上,动不动便打着机锋含着冷笑,待会儿定罪削爵,看他们还怎么神气!她得意地瞅了瞅裴行俭,却见他正看着门口快步走来的宣诏使摇头微笑,笑容里有些嘲讽,有些感叹,独独没有半分惊慌沮丧。

仿佛耳膜深处传来了"咚"的一响,千金大长公主只觉得有种不妙的预感油然而生。而没过太久,在第二位宣诏使抑扬顿挫的声音之中,这丝恐慌便化成了一块沉重的巨石,狠狠地砸在了她的心口上。

"褒纪前贤,礼仪乃彰,德荫后世,功业不朽。故相州刺史工部尚书河东郡公裴寂初标倡义之功,终隆长久之业,门擅英豪,代承恩宠,可追赠使持节大都督、郕国公⋯⋯"

"河东公世子裴承先局度轩雅,器怀明远,诚怀孝志,谨持顺德,于是袭封郕国公,食邑三千户。"

国公?裴承先居然袭封了国公!

千金大长公主只觉得自己整个人仿佛也已经化成了石头,好半晌才艰难地扭过头来,怔怔地看着同样震惊的常乐,"阿姊,这是不是弄错了?圣人是不是弄错了!"

常乐原本也在发愣,听得这一问忙喝道:"你胡言乱语什么?"心头却忍不住冒出了同样的问题——是不是弄错了?她转头看向了院子,裴承先犹自伏地不起,裴法师已是老泪纵横,下人们或是依旧目瞪口呆,或是已然满脸堆笑⋯⋯那每张笑脸都像一记热辣辣的巴掌扇在了她的脸上,让她几乎站立不住。

突然间,宣诏使的随行中,一张有些眼熟的小圆脸跳入了她的眼中。常乐心中一动,忙转头吩咐侍女去将人请过来。

圆脸少年笑嘻嘻地快步走上了回廊,"奴婢阿福给常乐大长公主请安,给千金大长公主请安。"

果然是日常伺候圣人的那位小宦官,常乐稳了稳心神,若无其事地点头,"不必多礼。圣人今日辛苦了,这几道制书来得好快!"

阿福笑道："圣人午前便回后宫歇息了，制书是皇后亲自催办的，小的们险些跑断了腿，还好相公们都甚为体恤，没耽误半点时辰。"

常乐和千金对视一眼，脸上都有些变了颜色。常乐尽量放缓了语气，"我记得圣人先头只说了河东公袭爵之事，怎么一转眼又多了个国公？"

阿福犹豫了一下才回道："小的听司仪令和舍人们议论，说是因为今日有人在圣人与皇后面前替国公美言之故。"

他是做什么的，这种事还要去听旁人说？常乐冷笑了一声，居高临下地看着阿福，一言不发。眼见他越来越局促不安，鼻尖都冒出了细汗，才淡然道："你莫非觉得我是在窥伺圣意，因此要拿这话来搪塞于我？也罢，看来明日我还是自行进宫去向圣人请罪才是！"

阿福唬了一跳，行礼不迭，"奴婢不敢！奴婢不敢！大长公主恕罪，奴婢的确不知就里。今日大长公主走后，圣人原是已准备拟诏了，皇后却说有事回禀，让奴婢们都退到了殿外。等奴婢再进去时，圣人只道了句都依皇后的意思，便自去歇息了。奴婢绝不敢欺瞒大长公主！"

常乐大长公主心头愈沉，面上倒是和缓了几分，"原来如此！"她回头对侍女使了个眼色，那侍女忙笑着上前扶起阿福，悄悄将一个装了金饼的荷囊塞到了他手里。阿福脸上果然露出了几分掩不住的喜色。

常乐叹了口气，"这事倒也稀奇了，圣人就没留几个伺候的么？"

阿福左右看看并无他人，笑着低声道："除了窦内侍，就只有库狄夫人被留在殿内了，似乎就是她为这边说了不少好话。"

库狄氏？千金大长公主愕然失色，脱口尖声道："库狄氏，什么时辰轮到她多嘴了！"见常乐转头瞪了自己一眼，她这才意识到失态，忙掩住了嘴，目光下意识地往院子里一扫，却见十余步外裴行俭也正转头看了过来，一双眸子竟是冷冽如电。她心头剧震，几乎倒退一步，定神再看，却见他已看向了别处，神色似乎并无异样，只有胸口犹自怦怦的心跳在提醒着自己：刚才的一幕并不是错觉。

她怔怔地出了好一会儿神，突然有些懊恼，那位说是众叛亲离的武皇后哪有半分倒下的迹象？常乐她们这般苦心经营，还不抵她对圣人私下说几句话！还有这裴氏夫妇，难怪他们如此嚣张，当年临海不就是因为惹了他们……

耳边一声冷哼，千金蓦然回过神来，只见常乐的目光也落在裴行俭的身上，声音平淡得有些瘆人，"好一个裴行俭，好一个库狄氏！走，咱们去看看临海，此事……罢了，横竖她也不算吃亏。"

不算吃亏？看着常乐拂袖而去的背影，千金心里不由嗤笑了一声，常乐跟驸马是结发夫妻，跟前没有先头夫人留下的嫡长子，怎会明白其实要紧的不是袭爵与否，而是自家儿子一定要胜过一头！临海若是知道了此事……她冷笑着撇了撇嘴，到底还是快步跟了上去。

庭院里，宣诏使不知何时已悉数离去，下人们忙着收拾院落，灵堂里的香烛越发氤氲，不时传来哭泣与祷祝之声。突然间，后院一阵喧哗，有人狂奔而出，"阿郎！快！快！大长公主，大长公主好像、好像有些不好了！"

整个院子骤然静了下来，片刻之后，各种声音才哄然响起，奔跑声、叫喊声、呼唤声一时此起彼伏，终于在半个时辰后，化成了一阵比一阵响亮的号啕。

第一百二十三章
美人旧恩　英雄暮日

乾封二年七月末，驸马裴律师与临海大长公主一日之内双双辞世，两位公子哀毁逾恒。天子感其纯孝，嘉其门风，一日四旨，特准次子裴承禄袭封河东郡公，故相国裴寂更被追封为郿国公，由嫡长孙裴承先袭国公之位。消息传开，头一日还只有亲眷族人上门吊唁的河东公府顿时门庭若市。而此后数年，这段公主抱病十年，驸马不离不弃，两人同日含笑仙去的故事，在长安街头也广为流传，每每被提及时，当真是言者伤心闻者落泪……

世上所谓佳话，大抵无非如此。

只是作为这段佳话的一个小小注脚，琉璃的日子却骤然不好过起来。几乎一夜之间，长安的衣冠人家都听说了这样一段"内情"：河东公去世时，库狄夫人恰好在皇后跟前，竟是不计前嫌，大加褒美，圣人这才连颁数道制书……这一日，裴府同样是迎来送往，热闹非凡，琉璃也不知说了多少遍：事情并非如此！可换来的不是意味深长的轻笑，便是一个砸得她眼冒金星的问题：那事情又是如何？

佛曰：不可说！

琉璃发现自己除了闭嘴，已是别无选择。而她唯一能说的那人，已是两日不曾归家。其间虽也打发长随来回传递过几次消息，可琉璃心知，真正的要紧话不是能通过这些人转达的。她也只能一面懊恼自己无知，竟不知晓他这司文少卿还要监护京师高官大员的丧礼；一面忐忑——这桩变故不会给适逢其会的他添什么麻烦吧？

第三日转眼便到，八月初二，正是临海大长公主夫妇大殓之期，同城的亲族再不上门吊唁便是极大的失礼。琉璃头一日已打发人送了帖子过去，裴行俭虽传话说"不必着急，当无大碍"，她依旧大早便醒了，刚刚梳洗完毕，有婢女回报：崔十三娘遣人来问，夫人今日是否去河东公府？

琉璃忙把来人叫进了屋，"多谢你家夫人惦记，我约莫过了辰时再走，不知你家夫人有何打算？"按规矩，今日早间河东公府在移尸入棺，行大殓之礼后，所有子弟亲族会一道在灵柩前哀哭叩拜，再依次换上正经的孝服，是谓"成服"，正是丧礼中最要紧的一环。裴行俭让自己"不必着急",自然是让她避开这段时辰。

那小婢女恭恭敬敬地回道:"我家娘子说,今日夫人若去,不如结伴而行,什么时辰都不打紧。"

崔十三娘这是……琉璃笑着点头,"那便巳正吧。"

待得日上三竿,琉璃按时出门,崔十三娘的马车早已等在门外,两人寒暄一番,同车而行。果然马车刚刚起步,十三娘便长跪而起,郑重地欠身行了一礼,"多谢阿嫂仗义执言。"

琉璃忙正色还礼,"十三娘莫听传言,此事当真与我无干。"

崔十三娘抬头笑道:"阿嫂说笑了!旁人是以讹传讹,子隆难道也能无中生有?前日的情形他是亲眼所见,圣人决心已定,若不是皇后和阿嫂,静娘姊姊他们只怕早已被打落尘埃。阿嫂心地宽宏,自是施恩不求回报,但如此大恩,若是连声谢都不肯受,却教姊妹们如何安心?"

琉璃叹了口气,"十三娘言重了!按说禁中之事,原是不可外传。只是裴舍人既是亲眼见到了当时的情形,想必也知晓,此事绝不是臣子们能轻易置喙的。说出来不怕十三娘笑话,我纵然有心相帮,也绝无胆量冒死进谏,更没本事回转圣心,此事另有因由,当真与我无干。崔夫人若要感激,也应去叩谢皇后殿下!"

崔十三娘睁大眼睛看着琉璃,好一会儿才慢慢笑了起来,眸子灿若星辰,"阿嫂如此心性,真真让人佩服,待会儿我定会向静娘姊姊转达阿嫂的意思!"

琉璃不由松了口气,"多谢十三娘。"她现在算是明白武后所谓的"好处"是指什么了,可是在不知就里的围观群众面前默认个以德报怨也就罢了,让她在裴如琢夫妇面前以恩人自居,抢武后的功劳,她还真是……

十三娘眨了眨眼睛,"阿嫂是要羞煞十三么?"

两人相视而笑,两张同样素白清丽的面孔上绽放的明媚笑颜,几乎把车厢都映亮了几分。

不知不觉中,马车渐渐慢了下来。离河东公府还有半条街,路上的车马已是挨挨挤挤。等她们在中门下得车来,眼前更是一片白衣飘飘。好在河东公府的人都已换上了粗细不同的麻制孝服,倒也容易分辨。崔十三娘似乎比琉璃更为轻车熟路,几步绕过人群,对一个中年妇人道:"六婶今日辛苦了。"

那位六婶满脸是汗,转头时脸上倒露出几分惊喜,"十三娘?你怎么如今才到!"

十三娘回身挽住了琉璃,"我是与库狄夫人一道过来的。"

"库狄夫人?"六婶怔了一下,神色立刻多了十二分的热忱,"两位快些里面请!"

从中门进去直到内院,一路上来往的都是女眷,琉璃也就罢了,十三娘却是走不了几步便要停步与人行礼寒暄。琉璃原本还在暗自庆幸自己识人不多,然而随着一声声"这位是库狄夫人"的介绍,那些目光却立时落在了她的身上,带着或明或暗的掂量、热切、忌惮……她顿时觉得,这条路实在是太长了些。

好容易到了内院，两具厚重的御赐棺椁早已停放妥当，处处白幡飘摇，纸钱飞舞，来宾或是高咏哀悼之词，或是馈赠赙赠之礼，穿着粗麻丧服的孝子贤孙们跪倒在地，长哭以答，旁边还有十几个奴仆声嘶力竭地号啕大哭，以壮哭色；又有关系亲近的奔丧者在灵柩前一板一眼地跳脚大哭，行哭踊之礼……当真是人头攒动、哭声震天。

琉璃却依然一眼便看到了那个熟悉的身影。

整整操持了两日丧礼，裴行俭身上的素袍已有些微皱，神情也远比平日肃穆，一举一动却依然从容镇定。在乱糟糟的人流中，他看去便像一座峻拔沉稳的石柱，即使肃立不动，也自有一分令人安心的气度；偶然低声吩咐两句，便有仆人向略显乱象的地方飞奔而去……似乎感受到了琉璃的目光，他蓦然转头看了过来，眸子在琉璃的脸上微微一凝，轻轻点了点头。琉璃悬了两天的心顿时安安稳稳地落回了原位。

女眷们在灵堂前哭吊致哀之后被引入后院。相比于外院的忙中有序，里头当真是乱成了一团，几位帮忙招待的裴氏女眷都忙得陀螺一般。琉璃送上十匹素缎便想告辞，那位六婶却是死活将她和十三娘拉到一旁，抱歉不迭，"委屈两位稍等片刻，还有一位大长公主未走，闻喜公夫人一时脱不开身，她千叮万嘱过……"

大长公主？裴行俭不是说常乐已经病倒了吗？还有哪位大长公主会留下帮着操持丧事？琉璃刚想开口询问，却见正房门帘一挑，几位穿着孝服的女子从上房走了出来，当先一位赫然正是千金大长公主。她的脸色极为阴沉，出门便四下打量，突然在人群中看见了琉璃，眼睛微眯，冷哼了一声。

琉璃心中大凛，随着众人行礼，暗自提起了十二分精神。

千金大长公主沉默片刻，突然冷冰冰地开了口，"慕容夫人！"

莫说琉璃，满院子的女眷都唬了一跳。人群中，淡妆素服的慕容仪缓步而出，敛衽行礼，"不知大长公主有何吩咐？"

千金大长公主冷笑道："我能有何吩咐？几次三番想请夫人说上几句话，谁知夫人尊贵，我家婢女是无论如何都请不动的，我也只好亲自来请上一请了！"

好大的怨气！琉璃心里纳闷，忍不住抬头看了一眼，千金大长公主目光正盯着慕容仪，面孔就如凝霜了一般，那神色比看见自己时更冷了十倍。琉璃突然有些明白过来：这位大长公主留在此处只怕不是为了帮忙，也不是想找自己算账，十有八九就是在等着慕容仪！

慕容仪端丽的面孔上却依然没什么表情，"大长公主误会了，前两次大长公主相召，妾伤风未愈，不敢将病气带入公主府中，绝非故意推搪。"

千金大长公主声音冰凉，"却不知今日夫人可是痊愈了？"

慕容仪淡淡地回道："妾今日乃是随外子前来吊唁，适才听闻大长公主有召，妾已打发人询问外子去了，请大长公主稍候片刻。"

此话颇为突兀无礼，千金大长公主却并没有动怒，脸色反而变得有些阴晴不定起来。

一片安静中，院门口有人朗声道："臣麴崇裕求见大长公主。"

人群一分，麴崇裕大步走了进来，长揖为礼，"臣叩请千金大长公主金安，听闻大长公主相召，不知公主有何见教？"

琉璃心里多少有些吃惊。自打西州一别，这还是她第一次见到麴崇裕，不过是三四年的工夫，他身上那分飞扬不羁的风流意态仿佛都已消失，略显消瘦的面孔明显多了几分刚硬和沉峻，形容气度却依然出众，一身最寻常不过的白色吊服，穿在他的身上似乎都格外洁净出尘。

千金大长公主上下打量了他好几眼，似笑非笑地挑起了眉头，"听闻县公深谙佛法，犹善经义，千金不才，也想讨教一番，不知县公……与夫人，可肯指点一二？"

麴崇裕抬起头来，目光在千金大长公主脸上一转，嘴角微微扬了起来，"荣幸之至，敢问大长公主何时有暇？"他这一笑之间，眉梢眼角的冷峻顿时如春风化雪，比起旧日一味的轻俏风流来竟是更显动人心魂。琉璃清清楚楚地听见身边好几个女眷都倒吸了口凉气，心里不由又好气又好笑，这妖孽，又想做什么？

千金大长公主更是一呆，下意识便道："我么，这几日倒是都没甚要紧事。"声音里已多了几分她自己都未意识到的娇媚。

麴崇裕脸上微笑更深，"那却是真真抱歉了，臣已应了荣国夫人与韩国夫人，要去为两位国夫人讲解经义，这几日只怕都不得闲。"

千金大长公主愣了愣，顷刻间醒过神来，脸上腾地红了半边，咬牙冷笑道："好，好，士别三日当刮目相待，县公如今果然气度不同了！"

麴崇裕笑微微地欠了欠身，并不接话。千金的脸色更是难看，正想再说几句，院门口突然又响起了一个温润的声音："臣裴行俭求见千金大长公主。"

看着从门外走入的裴行俭，千金大长公主脸上的怒色不由一滞，定了定神才沉下脸问道："不知裴少卿有何事指教！"

裴行俭从容行礼，"不敢，只是受司文卿所托，前来询问一声，大长公主这几日可有闲暇？"

领旨前来为临海护丧的司文卿？千金大长公主眉头皱了起来，想说有事，到底不好当众改口，只能寒声道："暂且无事，那又如何？"

裴行俭如释重负地出了口气，"幸甚，幸甚！适才前院又收到了几张帖子，稍后几位国夫人与宗室长辈都会亲自前来吊唁，司文卿忧心女眷这边无人可堪应答，未免失了体统。既然千金大长公主无事，那便还要烦劳大长公主再多留半日一日，好歹成全了故临海大长公主的体面。"

千金大长公主脸色一沉，刚想开口，裴行俭的语气愈发诚恳，"如今外头的相公宗室们谁不知晓，这几日诸事忙乱，河东公府又是人丁单薄，幸有千金大长公主不辞辛苦，屡次亲临，今日又特意留下协理丧事，友悌之情，当真令人动容！臣等稍后定会如实禀报圣人！"

千金大长公主原本红晕未退的脸颊顿时憋得通红，半晌才从牙缝里挤出了一个

"好"字，长袖一甩，回身进屋，就听屋里传来"砰"的一声巨响，似乎是什么东西被狠狠地掼到了地上。

麹崇裕面无表情地转身就走，裴行俭却是微笑着欠了欠身，"多谢大长公主！"这才悠然离去。

院子里，议论声轰然四起，那位六婶一直张着嘴，竟是忘记了合拢。琉璃低下头，好容易才忍住了笑：自己有多久没见过他俩一个挖坑一个埋人的爽利风采了？业务居然还是如此熟练！突然听见身边的崔十三娘咳了一声。两人目光一碰，都差点笑了出来。

崔十三娘又咳了两声才低声道："咱们还是早些走吧，千金大长公主怕是整日都会留在这边了！对了，这位麹县公，怎么会得罪了她？"

琉璃轻轻摇头，她也不太明白。麹崇裕回来才多久，怎么就招惹上了这位？

她满腹疑惑，却又无人可问，待得回家又应酬了半日那些先后上门的中眷裴阿嫂阿婶们，心里不免更是烦闷。好在这日闭坊前，裴行俭终于回了家，进门四下一望便问："三郎呢？"

琉璃笑着迎了上去，"他在后院里玩得一身汗，不知你会回来，我刚打发乳娘带他洗浴去了。"说完上下仔细看了他几眼。裴行俭的头发犹有湿意，显然刚刚已在外院沐浴更衣过，看去倒是衣履洁净，神清气爽。琉璃忍不住还是问道："这几天你还好吧？"

裴行俭伸手理了理琉璃微乱的鬓发，笑容温和，"我是奉旨办差，能有什么不好？"

那一如既往的温暖笑脸，让琉璃不知为何有些莫名的心虚，无数疑问纠结成一团堵在心头，脱口而出的竟是最不要紧的一个，"那位千金大长公主后来怎样了？"

裴行俭挑了挑眉，"自然是忙里忙外，可敬可叹！那些身份贵重的宗室长辈与国夫人们多是今日才到，少说也来了二三十位，千金大长公主听闻是忙得连午膳都没用，才半日多竟是操劳成疾，不得不回府歇息了。这病么，只怕要到丧礼之后才能痊愈吧？"

琉璃听得又好笑又好气，"你们也不怕她日后跟你们算账！她看着娇滴滴的，胆子可是大得很，听说行事百无禁忌的。"

裴行俭语气微嘲，"她胆大么？我看未必。不顾颜面，自然可以百无禁忌，却未必与胆气相干。她若真是胆大，也不至于这么些年事事都要跟随他人。在她面前，与其一味谦和，自取其辱，还不如狂妄一些，让她自己去疑神疑鬼。你放心，这几日麹玉郎只要往荣国夫人府多跑几趟，千金大长公主定然不敢再打他的主意！"

琉璃瞪大了眼睛，"她当真是在打麹玉郎的主意？"

裴行俭笑吟吟地看了她一眼，"你不知道么？早年间麹玉郎还未弱冠，就被她一眼看中了，处处照顾时时恩赏，麹玉郎这才不得不装出一副只好男风的模样。不曾想前些日子与她偶遇了一次，她竟又生出了心思，几次传话让他去公主府，见他不肯，还把主意打到了他夫人身上,要不今日怎会有这一出?"

琉璃下巴险些没掉下来,"她、她难道没有驸马?"

裴行俭大笑,"果然是傻琉璃!有驸马又如何?她是当今天子的姑母,只要大体上过得去,这种小事,谁能管她?"

小……事?跟大唐人民比起来,自己果然依旧是只土鳖!琉璃顿时自卑不已,想了半晌只能低声问:"那你呢,她日后会不会找你麻烦?"

裴行俭的语气平淡之极,"她不敢。"不待琉璃追问,他转了话题,"琉璃,裴如琢的那国公之封到底是怎么回事?你怎么会去宫里?"

琉璃忙道:"是圣人突然召我进宫的,不过问了几句旧事,其实我什么都没说!此事与我一文钱干系也没有!"

裴行俭忍俊不禁,"我自然知道与你无关,只是河东公府那边传言纷纷,如今满长安怕是都知道了,你既然在场,可知这国公到底是怎么来的?圣人好端端的怎会给如琢这样的恩典?"

琉璃忍不住叹气,"什么恩典,其实圣人原本是想削去裴如琢的世子之位!"她尽量简短的把当日情形说了一遍,"我原想着等你一回来就告诉你,结果闭坊前收到你的消息,才晓得你会去协办河东公的丧礼。"

裴行俭静静地听着,脸上看不出任何波澜。琉璃心头不由愈发忐忑,"这事在那边是什么时辰传开的,给你添麻烦了么?"

裴行俭淡淡地一笑,"国公的制书一下来,就有人透出话来了,我这两日也不知被人明里暗里谢了多少回,只怕你这边也不少吧?"

琉璃愁眉苦脸地点头,"咱们族里的婶娘阿嫂们还有崔氏姊妹都来过一遍了,我也想分解清楚,可圣人和皇后的意思都是要捂住此事,我又怎敢明说?也就是裴子隆当日在场,今日我才跟十三娘说了句,裴如琢夫妇要谢也该去谢皇后!"

裴行俭沉吟片刻,长叹了一声,"说与不说,大约都没什么差别,皇后如此……深谋远虑,你领情就好,若实在嫌烦,这些日子,不妨带上三郎去陪陪师母。我听说她这几日身子似乎有些不大舒坦。"

琉璃吃了一惊,"阿母没事吧?"

裴行俭摇头,"还好,似乎是天气转凉,精神有些不济。只是这些日子想与你交往的人不会太少,你从来都不喜这些应酬,不如索性躲出去。"

苏定方的那座邢国公府,的确是长安城少有的清净地方……琉璃叹了口气,只觉心头愈发沉重,犹豫片刻还是问道:"守约,我实在不大明白,皇后为何要给我这样的恩典?"

武后这局棋的确下得漂亮,可她为什么要大张旗鼓地拉上自己?若说想找人与那几位大长公主作对,自己显然不够分量;若说想让人看到跟着她有肉吃的光明前途,那她应该封裴行俭为国公才对;至于说她没什么打算,琉璃自己都没法说服自己……

裴行俭笑了笑,语气温和,"你莫多心,横竖此事对你不会有什么坏处。"他转头看了门外一眼,"今日晚膳是什么?这几日别的也罢了,饭食着实是差了些,我还真有些饿了。"

他这是又要转移话题?琉璃一把拉住了他的手,突然心里一动,"那是对你有坏处,是不是?"

裴行俭笑道:"你又在胡思乱想什么!"

琉璃抬头定定地看着他的眸子不语。裴行俭的脸上终于露出了一丝无奈,"也说不上什么坏处,你我夫妻一体,你能得皇后青睐,自然也是我的荣幸。"

果然,如此!在蓬莱宫里的那些特殊待遇、李治看着自己时的厌恶眼神、转眼间就传遍长安的流言……半个多月来的事情在琉璃脑海中电闪而过,她心头不由得一片雪亮,一片冰凉。

原来武后的一切安排,并不是为了让自己去做什么,而是要让李治,让文武百官,让长安人都看到,裴行俭有一个格外受皇后青睐、在皇后面前一言九鼎的妻子。如此,才能平息人们对他被召回京意味着皇后失势的猜测,才能让皇帝对是否用他多些疑虑,才能让他日后即使被皇帝重用、也脱不了皇后提携的嫌疑……

她只觉得嗓子就像被堵住了一般,紧紧抓着他的手,半晌才低声道:"都是我的不是,是我没想到!"自己一路上都在担心他被卷入宫廷纷争,却没想到他什么都没做,自己却在不知不觉间让他陷入了这种尴尬境地!

裴行俭反手一带,将琉璃揽在了怀中,轻轻拍了拍她的后背,"说什么傻话!你能有什么不是?难不成你能抗旨不进宫回话?还是逢人便说这些事全是皇后的安排?再说,"他低头看着琉璃微笑,"此事能如此了结,其实我很欢喜。"

琉璃吃惊地抬头看着他。裴行俭笑容坦然,"裴相对我固然恩重如山,河东公待我其实也不薄。这一回圣人复了裴相的国公之位,我又恰好能为河东公的丧事尽些心力,当年的恩情,总算略有回报,我是求之不得。世上之事总是有得有失,计较不了那许多,横竖咱们问心无愧,他们各得其所,又有什么不好?"

琉璃心头微松,却又点发涩。他从来都是把恩情看得比仇恨重,如此自然没什么不好,若是就事论事,这件事里武后的所作所为也没什么不好,只是不知为什么,她心里却总是有些不安……

裴行俭笑微微地低头瞅着她,"放心了么?还有什么要问的,可否让人先上了饭,再容我慢慢回禀?"

琉璃被逗得笑了起来,忙挑帘出去吩咐人赶紧去厨下传饭,裴行俭也跟了出去,随口问道,"三郎还没有沐浴好?"

琉璃正想回答,东厢房里突然传来一声惊叫,"小祖宗,你慢些!"门帘一动,三郎赤着脚从屋里摇摇晃晃地跑了出来。琉璃唬了一跳,还未举步,眼前一花,却是裴行俭两个箭步掠了过去,一把将三郎高高举起,"三郎是出来找阿爷么?"

三郎白生生的脚丫在空中乱蹬,头发上的水珠四下飞溅,欢快的笑声比水珠更为清亮,"阿爷!阿爷!"

裴行俭哈哈大笑，三郎笑得更欢。琉璃看着这父子俩，心头的愁绪一时消散了大半，也跟着他们笑了起来。一阵西风吹过，将这欢快的笑声传出了老远。

凉州唐军大营里，同样的西风也吹上了满营林立的旗帜，无数条长长的旒带迎风飘展，发出"噼啪"脆响。

远处的夕阳正一点点地沉入山峦，鳞片般的漫天云霞被斜晖染得金红。一眼望去，蔚蓝的天幕上仿佛也铺满了层层叠叠的旌旗，随着劲风无声无息地舒展、涌动、漂移……向着长安的方向。

大营的中军大帐前，一面饰牙信幡也在风中猎猎作响，幡面原本殷红如血的颜色早已被风霜侵蚀成似乎带着血腥气息的暗红，两行绣金大字却愈发醒目——"凉州安集大使、左武卫大将军苏"。

营中的数十位郎将与校尉，都已聚拢在大帐前的空地里，有人来回踱步，有人肃立无言，也有人在低声议论。只是每当狂风吹响旗帜，不少人会下意识地抬头看看这面信幡。五年来，正是这面旗幡一直飘扬在陇西道唐军与吐蕃交战的沙场上，麾军进战，所向披靡……

随着日落西山，呼啸的秋风渐渐停歇，张扬飞舞了一天的旗幡也仿佛筋疲力尽般地慢慢飘垂了下来，大帐那低垂的门帘却依然一动不动。帐外的郎将与校尉们脸上多少都露出了些许不安——每天日落时分，苏大将军都会点齐诸将，再巡营一圈，如今，他却已有整整三天没露面了！

有人按捺不住，往帐门口走了几步，到了帐门前又蓦然止住步子，跺脚叹了口气。

突然间，门帘一动，有人微微佝偻着身子倒退了出来，看身形正是营中的老军医。几位性急的郎将立即围了上去，还没来得及开口，却见老军医身后露出了另一个熟悉的身影，黄昏的余晖将那穿着戎装的身形映衬得格外峻伟，大红抹额下的雪白须发也仿佛比往日多了几分精神。

众人不由心神激荡，齐刷刷地单膝跪地，"参见大将军！"

苏定方点了点头，声音低沉嘶哑，"都起来吧。"

这声音里似乎有种不祥的东西，将众人心头刚刚燃起的兴奋欢喜浇熄了大半。好几个人忙抬头去看那老军医，这才发现，他依然低着头，看不清表情如何，一双手却分明正在用力托着苏定方的胳膊，几人心头都是一跳，一时竟不敢开口。

一片寂静中，苏定方的声音显得分外清晰："让诸位久等了。苏某今日只有一言——如今吐蕃猖獗，数月来在剑南道，在西疆，都是屡屡得手，我陇西道虽是军情稍缓，却也不可掉以轻心，强敌当前，尔等须得齐心协力，这凉州大营，日后就要靠诸位同袍了！"

人群中一阵轻微的骚动。有人低声问："大将军是要回京了么？"也有人叫道："大将军放心！我等定不会辜负将军期望！"

苏定方摇了摇头，"是我有负诸位的期望。五年苦战，诸位袍泽随我出生入死，我却没能给大伙儿带来富贵前程，时常抱愧在心，苏烈在此向诸位赔罪了！"

他用力撑着老军医的手臂，单膝跪了下去，深深地低下了头，那微微颤动的白发在暮色里几乎能刺得人眼睛生疼。

众人都吓了一跳，忙不迭地跪倒还礼。副总管反应最快，上前几步将苏定方扶了起来，握着那只冰凉干枯的手掌，眼眶却不由一阵酸胀。旁人不知，他却是心里有数的，苏大将军的病情远比大伙儿知道的严重，立秋后更是一日不如一日。昨日向几个副总管布置军务时已是无法起身，今日又说出这样的话来……

他忍不住道："大将军何出此言！这些年里，若无将军神威，我等只怕早已马革裹尸，更莫说什么富贵前程，我等便是为将军战死，也是心甘。还请大将军静心休养，营中之事自有我等代劳。大将军早日康复，方是我凉州将士之福。"

不少人也立刻跟着叫道："正是，我等便是为将军战死，也是心甘情愿！"这几年里，朝廷对军中封赏日减，几次大胜之后，也只是不痛不痒地封了些不值钱的空头勋官下来。若说大伙儿没有怨言，自然是假的。但若论受的冷落不公，谁还能比得过苏大将军？他以古稀之龄，带兵镇守苦寒之地整整五年，破阵数场，杀敌无数，令吐蕃人闻风丧胆，却没得过朝廷的一钱封赏、一纸表彰，整个大唐朝廷，似乎都忘了西北边关还有这么一位战功彪炳的老将军……

苏定方挺直腰杆，长长地吐了口气，"多谢各位体谅。只是诸位都说错了，这几年里，那些吐蕃贼子被咱们赶了又赶，杀了又杀，都不肯死心，诸位又岂能轻言战死？自然是要将那些胆敢觊觎我大唐疆土的贼子杀光杀尽，衣锦还乡，这才算得上是大好男儿！不然，岂不是白白娶了漂亮媳妇？"

他平日里原是嬉笑怒骂惯了的，最后一句说出来，不少人脸上都露出笑容。

苏定方的目光缓缓掠过这些熟悉的笑脸，突然提高了声音："诸位，这些年来，苏烈能与大伙儿并肩作战，此生无憾！也望诸位日后奋勇杀敌，牢守疆土，莫要忘记，你我背后，便是大唐！"

他苍老嘶哑的声音在空地上回荡，一个个字仿佛重锤般敲在了每个人的心上，众人不由自主都单膝跪地，抱手高声应道，"诺！"

"来人，带马！"

老军医手上一颤，终于抬起了头，"大将军……"他双眼早已通红，声音也有点发抖。

苏定方笑着拍拍他的手，转身慢慢走向自己的坐骑。大约几日没见到主人，雄健的黑马欢快地仰起了头颅，苏定方伸手摸了摸它的鬃毛，带缰、踩镫、搬鞍……原本该一气呵成的上马动作，这一次却是仿佛被拉成了好几个静止的画面。黑马不耐烦地刨了刨前蹄，老军医抹了把眼睛，忙往前凑了几步，正要帮忙搭手，苏定方却突然一用力，终于顺利翻上马背。

他抬头望着长安的方向，久久地不言不动，整个人仿佛变成了一座雕塑。直到天空终于变成了一片浓黑，苏定方才突然抖了抖缰绳，靴子轻磕马腹。战马一声长嘶，按照往日的巡营路线轻快地小跑下去。

斜晖已逝，新月未升，灰蒙蒙的夜幕渐渐笼罩住了整个营地。马背上，那个一身戎装的身影在无数低垂的战旗和众人凝视的目光中渐行渐远，终于彻底融入了深沉的暮色。

第一百二十四章
炎凉世态　冷暖人心

夜色阑珊，蓬莱宫里一片寂静，白日里巍峨高华的宫殿楼阁只剩下一个个深黑的肃穆轮廓。在寒意初起的夜风里，报时的钟声似乎也显得格外冰冷悠长。

玉柳提着一盏小小的铜灯，加快脚步走进了含凉殿的大门。眼前的主殿灯火通明，两边长廊下挂着的数十个灯笼在风中轻轻摇曳，洒下一片跳跃的光影。她轻轻吐了口气，随手将铜灯交给看门的宫女，提裙上了长廊，沿着廊庑往正殿而去。

廊庑内侧是宫女所住的小屋，宫女们多已熄灯就寝，一长排窗口都是黑漆漆的，只有离正殿最近的那间屋子不但灯火格外明亮，门窗也是大开，馥郁的浓香与低声笑语一阵阵地飘荡出来。

玉柳深吸了一口气，那混合着麝香、苏合香、沉水香和白檀香的熟悉味道顿时盈满胸臆，她的脚步不由一缓。

小屋里的两个小宫女正说笑着将熏笼上的紫色禕衣抬到了屋子正中那张巨大的案几上，熏笼下的水盘已是半干，蜜合的香丸犹自在微火中升腾着淡淡的青烟。案几旁，圆底阔口的龙首铜熨斗里木炭烧得正红，另一位宫女展平礼衣，将一块干净的素色厚布铺在礼服的下摆上，端起熨斗的木柄，来回熨压起来。

玉柳看了几眼，暗暗摇头，挑帘走了进去，"今日是哪位当班？"

三个小宫女都唬了一跳，看见是玉柳，忙上前问好，年纪略大点的一个便笑着解释，"韦姊姊今日脾胃有些不和，才出去一会儿，稍后便回来。"

玉柳叹了口气，"你们都是刚当差的么？典衣们也没好好教过你们如何熨衣？"她上前几步，将禕衣的下摆翻转过来，铺上双层垫布，拿起熨斗细细地熨了两回，嘴里轻声解释："这衣角的包边都绣有纹路，不可重压，只能顺着纹路多熨几回，正反两面都要熨一遍，不然便平整不了。你们急着办完差事，这般毛毛躁躁地便上手熨衣，明日可是中秋大宴，礼衣若是有什么不妥，皇后纵然宽仁，旁人岂能视而不见？"

几个小宫女都变了脸色，"婢子们下次再也不敢了。"

玉柳把铜熨斗放到一旁，微笑道："记得就好。时辰的确不早了，你们几个把大面上先熨一熨，这些领角蔽膝还是等阿韦回来再动手。"

小宫女自是感激不迭。玉柳摆了摆手，转身出门，刚刚走上台阶，就听身后传来一声低低的惊叹："快看，好齐整的袍角！看着比韦姊姊熨得还好，玉宫正真真是好本事，连熨衣都会！"

玉柳怔了一下，嘴角露出了一丝苦笑。如今这宫里只怕没几个人知道她原是尚服局出身了。这夜里挑灯熨衣熏衣的苦差，她曾足足做了三年。但凡圣人有个朝会宴席，都要熬到四更之后才能歇息。她自知没有根基，小心翼翼的半丝差错也不敢出，只盼着熬足了资历能换个差事。结果那一次当值的大宫女不小心熨坏了太子的束带，却毫不犹豫地推到了自己身上，若不是当时还是先帝才人的皇后开口求情，自己这条小命只怕早就完了！

在衣襟上犹自沾染的细润香氛里，那些在她心底尘封已久的往事一时都翻腾了上来，直到走进东边的暖阁，对上武后诧异的眼神，玉柳才一个激灵回过神来，讷讷地笑了笑，"适才看见她们在熨殿下的衣裳。"

武后脸上也露出了些许感慨之色，"这一晃都多少年了！"瞧着烛台摇曳的烛光，她的眼里仿佛也有什么东西在轻轻晃动。

玉柳忙低低地咳了一声，"启禀皇后，蒋奉御已从少阳院回来了，说是太子殿下的嗽疾虽略有反复，并无大碍，静养几日便会好转，还说太子殿下近日保养得宜，身子比往年要强。"

武后长出了一口气，展颜而笑，"这就好！看来弘儿果然是晓事了，不会一味蛮干，知道保养身子才最要紧！"

玉柳笑着跟了一句，"太子殿下最是孝顺，自然不会让皇后再为他忧心。"

武后微笑摇头，"他今年也十六了，难不成事事还让我来操心？想当初，陛下在他这个年纪都已做了父亲，他倒好，身边还一个伺候的宫人都没有，也不知怎么那般左性！不知情的，还以为是我这皇后手伸得太长，管得太严！"

玉柳忙道："太子淳厚严谨，原是出自天性，便是太傅们也惊叹过的。"

武后来回走了几步，眉目间一片舒展，"他这嗽疾最怕秋冬，今年既然不要紧了，明年多半能大好，这两日我便与陛下去说说，如今也该给他定下太子妃了！"

玉柳微笑点头，她自然猜得出来，此事武后早已有了打算，正想再凑趣两句，武后却突然止住了脚步，"对了，阿窦回来了么？"

玉柳回道："宫里有些日子没办宴会了，窦内侍还在那边布置，只怕要忙到三更。奴婢适才特意去看过了一遍，他回报说，今日几位相公向圣人回禀的乃是高丽战事，说是前锋已入辽东，不出半月，大军便会与泉氏长子里应外合。只是……相公们依旧未对圣人提及邢国公去世的消息。"

武后怔了怔，慢慢笑了起来，"我大唐宰相们的胸怀，果然都宽广得很！"

玉柳点头，"可不是！"她虽然身在深宫，对邢国公苏定方的名字却着实不陌生，显庆年间，这位大将军三次出征皆生擒敌国国主到长安献俘，当时的风光热闹仿佛还在眼前，可转眼之间……她的声音里不由也带上了几分叹息，"宫外的消息也传回来了，邢国公夫人今日依旧卧床不起，苏府发丧后，头一日还有些人登门，之后便愈来愈少，今日门庭愈发冷清了。"

武后笑容含讽，"这几年里，朝堂上原是无人提起苏定方，如今邢国公府发丧都过了四日！朝廷莫说追赠，连吊唁使都没遣出一个，谁能想到是因为圣人至今还不知此事？这样下去，只怕那边明日便无人再敢登门！"

玉柳忍不住轻声问："皇后您看，要不要寻个机会召库狄夫人进宫一回？"圣人这几个月身子一直反反复复不见大好，一时半会儿只怕还不会临朝，如今处置朝政多是靠着那几位相公，而他们，看样子是不打算与圣人提及此事了。

武后秀眉微挑，瞅了她一眼，"喔？你倒说说看，我为何要召她进宫？"

玉柳轻声道："婢子是想着，圣人这几年里虽然也没怎么提过邢国公，但未必不记得他的功绩，更不会乐意被蒙在鼓里。邢国公的后事如此凄凉，不但失了朝廷的体统，也有损陛下的仁君之名。几位相公近来行事越发跋扈，许备受排挤不说，如今连陛下都敢欺瞒了，谁知日后还会如何？此事殿下若是不方便直接进谏，不如召库狄夫人进宫叙话，略做些安排，让她向陛下进言，岂不是正好能让陛下看清那几位相公的面目？

"再说，邢国公毕竟早年曾备受许相推崇，库狄夫人又是他的义女，那河东公府的事情还没过去几日，若是朝廷的待遇竟是一个天上一个地下，旁人见了，也难免不会嘀咕。殿下先前的安排岂不是有些……可惜？"

武后微笑着叹了口气，"你说得原是不错，可惜正是因为上回的事情才过去，如今却是不好再安排库狄氏进宫了，一旦落下痕迹，只怕弄巧成拙。

"你想想看，相公们为何不肯提苏定方？不就是疑心他是我的人么！他们或是与许敬宗、李义府颇有新仇旧恨，不愿提及苏定方；或是畏惧被人视为后党，不敢提及；或是想着此事自有我或许敬宗开口，不屑提及。殊不知许敬宗与苏定方原无深交，当年锦上添花也就罢了，如今怎肯雪中送炭为他出头？而我么，一个深宫妇人，圣人都不知晓的事情，我又是从何得知的？与其让陛下再添疑心，倒不如任由他们议论褒贬几日！何况……"

她沉吟片刻，语气变得决断，"玉柳，明日一早，你便让人去给母亲传话，让她在家称病，不必见客。还有内谒者监那边，这几日停见外命妇！"

玉柳愣了愣，"殿下，难不成就让相公们这般一手遮天？"

武后摇头笑了起来，细长的凤目里隐隐有光芒闪动，"遮天？这种事情岂是他们能遮得住的？迟早都有揭开的时候。眼下么，却是揭得越晚越好，到时就看谁会来顶这个缸了！咱们何必着急？横竖这最该着急的，又不是咱们！"

她抬头望着窗外，语气愈发愉悦，"虽说琉璃是邢国公的义女，可谁不知道，那位裴行俭与苏定方才真正是情同父子，我倒想看看，如今这般情形下，这位又会使出什么手段来！"

窗外一片寂静，唯有那轮穿行薄云间的圆月，将夜色浸染得一片朦胧。

到了第二日晨间，天色更是彻底阴沉了下来，西风萧瑟，满地槐荚，似乎一夜之间，整个长安城都染上几分深秋的气息。而永平坊的邢国公府内外，更是一片隆冬景象。无数白色灯笼和白色帘帷将整座府邸布置得宛如冰天雪地，从大门口到堂屋，一路上素帘飘摇，香烛氤氲，却清冷得让人不敢直视——这一日，从清晨直到日上三竿，还没有一个吊唁者进门。

琉璃站在院门口，抬头看了看阴云密布的天空，只觉得全身冰冷，秋风一阵阵吹过空荡荡的院子，仿佛比腊月里从天山吹过的北风更加令人寒意彻骨。

她并不是不知世态炎凉，不是不知官场的趋炎附势与翻脸无情，但眼睁睁看着眼前的这个院落一日日地冷清下来直到变成眼前的景象，那种滋味，就是她这样骨子里从不在乎世俗礼仪的人也无法忍受，更别说旁人！尤其是对比着半个月前河东公府的人流如潮，这一切更是让人冷彻心肺。

堂屋里似乎有声音传来，琉璃转头看了一眼，西屋高卷的门帘之后，苏庆节父子依然静穆地跪坐在灵座之前，明明是三个身形高大的男子，此刻的背影看上去竟是萧瑟无比。琉璃默默转回头来，心头突然涌上一丝庆幸：义母这样病着其实也有好处吧？至少不用看见眼前这一幕！

她这一口气还未吐出，身后突然传来了一个满是惊慌的声音："库狄夫人，库狄夫人！老夫人不肯躺着了，说是要来这边看看将军的灵座，娘子也劝不住她！"

琉璃吃了一惊，忙转身跟着婢女走向后院，刚上台阶，就听里面传来了罗氏哽咽的声音，"阿家你慢些起，大郎他已经在前面了，阿家还有什么不放心的？"

琉璃快步走了进去，只见于夫人已扶着罗氏颤巍巍地站了起来，身子摇摇欲坠。她忙抢上一步，扶住了于夫人的另一只手，轻声道："今日外面正阴着，风也大，阿母病了这几日，只怕受不得，还是略缓一缓再出门吧。"

于夫人目光直勾勾地看着外面，用力摇头，花白的头发散落下来，把那张骤然显露出老态的瘦长面孔衬得越发沧桑，"我只是去看看，我才知道这都是第五天了，我还没去灵座看过一眼，没上过一炷香……我要去看一看，就看一眼！"

琉璃大急，看着于夫人的白发，心里一动，"阿母，您看您头发都乱了，就让琉璃先帮您梳好头发，咱们再一道过去，可好？"

于夫人抬手摸摸自己的头发，神色有些茫然，"是么？那你先给我梳一梳，外头还有客人，莫在客人面前失了礼数。阿罗，你老守在屋里做什么，快去招待人，跟她们说，我稍后便去答谢。"

客人？琉璃只觉得嘴里发苦，罗氏也是一脸惶然，给琉璃使了好几个眼色，才转身退了出去。琉璃让婢女端来热水，服侍于夫人净了手面，又打开她的头发，那花白的头发入手竟是一片干枯，仿佛和于夫人一样，几天之内就失去了所有的活力。琉璃心头刺痛，面上却半点不敢露出异色，只是一点一点地慢慢梳着，尽量拖延时辰。

于夫人犹自在神色恍惚地不住低声呢喃："怎么就过了四五日了？我诏书也没接，

来的亲族好友也没谢，让你们去接待那些长辈，接待那些国夫人，不是失礼么？只怕她们以为我又是在拿大了……"

琉璃心里越发难受，只能道："怎么会，她们都让您好好保养身子。"

于夫人却突然"哎呀"了一声，扶案就要站起来，"如今都第五日了！来的不是外地的族亲便是寻常些的同僚，更是不好慢待的。大娘，你莫管我了，快去帮着阿罗招待她们，我这里有婢子们伺候就好，你快去！"

琉璃忙按住于夫人的肩头，心思急转之下憋出了一句，"阿母忘记日子了么？今日正是中秋。这大节下到底忌讳些，同僚们怎么好来这边？如今已过了巳时，亲族们也早散了，这时辰外面倒是没什么人了，不用琉璃去招待。"

"那就好。"于夫人慢慢坐了下来，抬头望着窗外，神色依然有些空茫。

琉璃细细梳理着她花白的头发，心知只怕也拖延不了太长时间，手里的梳子不由越握越紧。她自然晓得此时的人有多看重身后哀荣——为了让父母迁葬得体面，玄奘都能腆着脸忽悠皇帝出钱出力；为了祖父筑坟，李义府更是活活累死了一个县令；至于平常人家，为丧礼倾家荡产的更是不在少数。于夫人虽然豁达，却绝不可能不看重丈夫的身后事！若是让她瞧见外面的情形……偏偏裴行俭今日一早就出了门，现在也不晓得回来了没有！

她正绞尽脑汁想找个由头再拖一拖。于夫人却突然开了口，"外头怎么这么静？这些天里怎么一直都这么静……大娘，如今朝廷给你义父的追赠是什么？"

琉璃心里猛的一紧，忙低头去看铜镜。镜子里，于夫人也在看着她，眸子不知何时竟已恢复了几分清明，目光又是悲凉又是期盼。琉璃只觉得胸口就如堵上了一块巨石，几乎有些无法呼吸，硬着头皮道："这些日子圣人一直身子不好，好些日子没上朝了，只怕还要等两日才能下诏。"

于夫人怔了半晌，缓缓摇头，"圣人不临朝？那皇后呢，宰相们呢？"

她扯了扯嘴角，脸上露出的笑容比哭更凄凉："难怪这几天都是这么静，我躺在床上，老觉得自己不过是做了场梦，再睡一睡，醒了就好，不然怎么都听不到什么哭声？原来是……这样！

"是我的错，全是我的错！你义父这回去凉州之前跟我说，他是武人，功业靠的是一刀一枪的拼杀，不是依仗谁的势，他也不想看见苏氏门庭变成趋炎附势之徒云集的场所。他让我不用搭理那些人，更不用为了他去交游奉承。我竟真的信了，这几年，我一日日关着府门等他告老归来，好一起过几天清清静静的日子，结果却是让他一个人孤零零地死在了军营里……"

于夫人终于哽咽起来，泪水顺着脸上的皱纹滚滚而落，"我若是早些放下身段，多去荣国夫人和许相公那边走动走动，他也不至于这么多年都无人过问！说不定早就回来了是不是？怨我，都怨我！"

琉璃眼中酸涩无比，却不能不咬牙忍住，忙掏出帕子帮于夫人擦拭泪水，柔声劝慰："阿母怎能这么想？义父的为人您还不清楚？镇守边关，为国杀敌，是义父毕生的心愿。他这么大年纪，若想回长安养老，自然早就上书请退了，谁还能不准？这些年义父都留在军营，自然是边境未平，他为国尽忠的心愿未了。阿母为他守着这个家，义父感激您都来不及，又怎会埋怨？"

于夫人抬手捂住了眼睛，"他真是不想回来么？他怎么就这么狠心？他怎么就这么傻！"

义父真的是狠心吗？琉璃心头也是一片茫然，嘴上轻声道："世事难全，义父也是没有法子。义父总是教导守约，凡事到了难以抉择之际，无法看清得失利弊之时，便只能求一个问心无愧。义父如此作为，旁人或许觉得不解，或许觉得不值，可义父定然是问心无愧的。"

于夫人慢慢放下手掌，笑容凄凉，"你义父问心无愧，可我问心有愧，他们这些男人心里想的都是尽忠报国、建功立业，自然不错。但若由着他们的性子来，让他们落到这般境地，却是我们的不是，都是我们的不是……"

琉璃心头剧震，手上一抖，梳子上竟带下了两根白发，于夫人却毫无所觉，犹自喃喃不休，"都是我们的不是"。

光洁的铜镜里，映出了两张容颜迥异、神色却同样茫然的面孔。

门外一阵脚步声响，罗氏一阵风般卷了进来，"阿家，韩国夫人前来吊唁，马车已快到门口了！"

琉璃大吃一惊，瞪大眼睛看着罗氏，罗氏显然也不清楚到底是怎么回事，无声地摇了摇头。于夫人倒是精神一振，"韩国夫人？难得她竟有这份心。阿罗，你去门口迎一迎，大娘，快帮我把头发梳好。"

琉璃忙三两下帮于夫人绾了一个髻，用生麻束好。于夫人一迭声地催着要往外迎几步，琉璃也只能招来婢女一道扶着她慢慢往外走。于夫人原是脚下虚浮，越走倒是越稳当。琉璃心头却多少有些七上八下：此刻有人能来自然再好不过，可韩国夫人不是一直在府里静养吗，怎么会突然过来？难不成又是武后的意思……只是当她站在院门口，一眼看见一身素服、缓步而来的武顺娘时，这些困惑疑虑顿时悉数变成了震惊。

一个月不见，武夫人的面孔明显丰润了一些，神情更是平静异常。乍一眼看去，她似乎不但恢复了常态，甚至比从前更显雍容。只是她身上有种东西，那种曾经让她看起来格外妩媚迷人的东西，那种即使在她颠三倒四说着旧事时依旧在隐隐燃烧的东西，已经彻底熄灭了。那带着安静面容端庄步态走过来的，仿佛是一个蜡制的空壳，注定会迅速地褪色、坍塌……

直到武夫人走到跟前，琉璃才总算定住了心神，认出扶着武夫人的秀丽少妇正是武敏之的夫人杨岚娘，也是一品的国夫人，忙上前几步向两人欠身行礼。

武夫人摇了摇头，声音轻缓平淡："我也是今日才得知邢国公薨逝的消息，来得晚了，失礼莫怪。"

杨岚娘屈膝还了半礼，低声解释："真真对不住，这些日子阿家一直在府里静养，不曾听闻府外之事，今日去庵中上香，看见这边大门，才知晓此事。阿家说，邢国公夫人与您都不是拘礼的人，直接上门便好，我已打发下人回府去取赗仪，还望夫人莫怪咱们冒昧。"

琉璃这才恍然，忙叹道："夫人太客气了。"怪罪？她感激都来不及！

杨岚娘回头招了招手，"阿媛，你过来见见邢国公夫人、武邑县公夫人与库狄夫人。"

从武夫人身后应声转出一位女子。琉璃抬眼看去，不由一愕。这女子不过十四五岁年纪，却已出落得身姿窈窕，纤秾合度，一张鹅蛋脸更是明艳不可方物，杏子眼里仿佛天然便有波光潋滟，微微上扬的红菱唇却还带着几分稚气，看去就如春日清晨带露半开的牡丹，虽未盛放，却已可以想见那瑰姿艳逸的绝代芳华。

大约是众人都看着自己，少女凝脂般的面颊上烧起了一抹嫣红，行礼问安倒是优雅大方，脚下却不自觉地往杨岚娘身旁躲了躲。杨岚娘含笑携住了她的手，"这是家叔司农寺杨少卿的幼女媛娘。没见过什么世面，还请夫人们见谅。"

原来是杨岚娘的堂妹，琉璃不由暗自赞叹：杨家果然是得天独厚，美女辈出！于夫人也多看了阿媛几眼，"大家闺秀，原该如此。"

一行人互相见过礼，到来堂屋之前。一番行礼致哀之后，琉璃引着她们到了后院正房落座。武夫人似乎有些心不在焉，只说了几句节哀顺变之类的泛泛之语便不再开口。杨岚娘倒是四下看了几眼，大约是终于确信这府里再无旁人吊唁，眼神里露出了一丝惊讶与尴尬，说话愈添了十二分小心。

琉璃眼见要冷场，忙问道："夫人这些日子身子如何？看着倒是好多了。"

武夫人语气淡然，"是么？横竖不过如此而已。"

杨岚娘忙欠了欠身，"多谢夫人关怀。前些日子阿家换了相王府的明先生看诊，的确是好了许多，只是愈发爱静，平日也就去去庵堂，倒是常会惦记起夫人。"

果然是明崇俨在给她看病？却怎会看成这般模样！琉璃看着眼神漠然的武夫人，心头说不出什么滋味。听到杨岚娘的话，想了想答道："却不知夫人平日在哪处宝刹上香，可容琉璃同去叨扰叨扰？"

武夫人看了琉璃一眼，"就是这边的宣化尼寺，比别处清净。"

杨岚娘倒是有几分惊喜，"库狄夫人平日也常去拜佛？"

琉璃点头，"我也是入乡随俗，西疆那边佛风昌盛，犹胜长安，出门十步，必有庙宇，想不拜佛都难。"

武夫人"喔"了一声，脸上难得地露出了几分兴致。琉璃心里一动，索性将西州、龟兹的寺庙佛风都娓娓描述了一遍。众人都是信佛的，自然听得入神。说到后来，连原本略显羞怯的阿媛都忍不住问了两句。屋里的气氛顿时松弛下来。

琉璃正说到西州官家女眷里也常有人舍身出家，一名婢女匆匆走入，"启禀娘子，有位裴府的崔氏夫人登门吊唁。"

崔夫人？哪个崔夫人？琉璃一怔，罗氏已站了起来，"阿罗失陪片刻。"

没过太久，来客便跟着罗氏进了堂屋，素衣粉面，正是崔十三娘。她进门先满脸歉意地向于夫人行了一礼，"夫人节哀，家中阿翁近日身子不大好，外子一直脱不开身，妾身也是今日才能出门，匆匆而来，实在是抱歉。"

原来如此！琉璃心头微微一松。这几日，她认识的人里，除了苏氏的一些亲友，也就是麹崇裕夫妇登门吊唁了一回。她虽然早知长安城最不缺的便是识时务的俊杰，却多少有些寒心，原来裴炎夫妇倒是……

崔十三娘若有所感，转身对琉璃点了点头，眼神里满是宽慰。

众人重新落座，十三娘与杨岚娘和武夫人显然也打过交道，熟络地寒暄了几句，又低声宽慰着于夫人。武夫人脸上渐渐露出倦色。杨岚娘转头对琉璃道："阿家如今每月初八和十五都会来这边上香。"

琉璃会意地点了点头，还未开口，就听十三娘轻声道："夫人此言差矣，邢国公是何等人物？力平三国，威震四海，能来为国公上一炷香，是十三娘的造化，焉能当夫人的谢字？"

于夫人摇了摇头，神情有些苦涩，"征战原是武人分内之事，如今……又算得了什么？十三娘太过客气了。"

崔十三娘叹了口气，"夫人其实不必太过伤怀。自古以来，但凡特出之士，都是天赋异禀而生，功德圆满而去。所谓名将多舛，美人薄命，原是天命有缺，不能教人十全十美，却强似庸碌之辈安享天年。何况邢国公是以盖世军功威震天下，又以古稀高龄鞠躬尽瘁于边关军营，古来名将，有几个能如此善始善终？如今这些人情冷暖，与国公的功业相比，不过是过眼风烟，夫人又何必放在心上？"

她的声音依然轻柔低婉，整个屋子却突然静了下来。于夫人嘴唇微微发抖，半晌才道："你说得是！"她抬头看着帘外，目光似乎已穿过庭院，落到了极远的地方，脸色虽然依旧憔悴，眉宇间却渐渐舒展了许多。

琉璃心头也是一震，自己这几日看着苏府门前车马日稀，难过之余，竟然满脑子也都是这一时的人情世态，还不如十三娘看得远！她不由脱口接上了话头，"正是，这世间的荣辱得失，原是不能以一时而论。义父如此功业，待到百世之后，如今春风得意的人物说不定早已泯没烟尘，义父的英名却定然可以不朽！"

于夫人的目光转回到琉璃的脸上，微微点了点头，嘴角终于露出了一丝笑意。

一直沉默不语的武夫人却突然开口问道："果然是天命有缺？难不成美人薄命，真的能强似旁人安享荣华富贵？"

琉璃心头微凛，忙转头去看崔十三娘。十三娘也怔了一下，略一沉吟才低声道："昙花一现，胜似百花长红。"

武夫人点头不语，怔怔地望着门帘，思绪不知飘到哪里去了。

十三娘往外看了看，面带歉色地站了起来，"诸位夫人，妾身今日家中还有些事情，请恕先行告退。"

武夫人回过神来，也起身告辞。琉璃与罗氏一道将她们送了出去。十三娘瞅了个空子，拉着琉璃落后两步，低声道："真真是抱歉，子隆和我是昨日才听说这边的情形。子隆说，圣人心地仁厚，未下诏书，多半事出有因。只是今日家尊虽略有好转，他却还不好离府进宫，阿嫂你要不要……"她的目光往前一瞟，落在了武夫人的背影上。

琉璃看着武夫人那透着几分陌生的背影，慢慢摇了摇头。她实在不忍心让这样的武夫人再卷入这些事情，还有裴行俭，他大概也不愿意……想到这两天他几乎不眠不休的忙碌沉默，眉宇间越来越浓郁的阴霾，琉璃只觉得心情愈发沉重。

崔十三娘没再说下去，两人一路沉默走到内院门前，武夫人突然回过头来，"不知崔夫人府上何处？可否同车而回？"

琉璃吃了一惊，刚想说话，崔十三娘已含笑欠身行了一礼，"那妾身就厚颜叨扰韩国夫人了。"

目送着几辆马车离开院门，琉璃不由自嘲地摇了摇头。荣国夫人府在长安城的西北，裴炎的宅子却在城东，哪里能同路？不过十三娘自然不会像自己这么让人扫兴。想到她刚才说的那番话，琉璃心里更是一声长叹，难怪人人都喜欢她，她除了好性子、好相貌，竟还有这样一颗真正的七窍玲珑心。自己和义母若能有她一半的长袖善舞，他和义父的处境，是不是就不会如此艰难？

她正在出神，耳边却听见一声回禀，"启禀夫人，裴少卿请夫人去书房一趟。"

他已经回府了？琉璃再也顾不得旁的事情，转身便走。从院门到书房并不算远，走上台阶时，她的背上却已出了一层薄汗。刚到门前，素帘突然一挑，裴行俭的身影已是出现在门口。他静静地看着琉璃，目光竟是异样的深沉。

琉璃一颗心不由也沉了下去，慢慢走到他的跟前，抬头看着他几日来骤然消瘦的脸孔和满是血丝的双眼，一时几乎不敢开口。

裴行俭伸手握住了琉璃的手掌，声音依然有些沙哑，一字字说得缓慢又清晰，"琉璃，我想上表辞去官职，和阿兄一道去凉州将恩师的棺木送归故里。

琉璃一怔，辞去官职？这倒是无所谓，可扶棺回乡……从凉州到苏氏故里冀州足足有三四千里吧，带着棺木少说不得走大半年？那分辛苦更不必提。他回长安才多久？三郎才多大？

无数种情绪乱纷纷地涌上心头，堵得琉璃几乎有些呼吸不畅。沉默良久，她到底只是轻轻点头"嗯"了一声，"路上会冷，我回头便给你多准备些冬衣，你要照顾好阿兄，自己不能先病了。"以苏定方对裴行俭的恩义，以裴行俭对苏定方的感情，他就算决定披麻戴孝、守庐三年大概也不算什么吧，何况如今这情形，他若再不做点什么，只怕他自己……

裴行俭低头凝视着她，一口气仿佛是从心底里叹了出来，"琉璃！"他握着她的手紧了紧，转身带着她进了书房。

这间屋子颇为宽敞，只是看不到几本书册，倒是挂了满墙的刀剑长弓。屋里略有些暗，案头摇曳的烛光照亮了烛台下已经磨好的墨水、铺好的纸张，也将裴行俭眉宇间的阴影映得愈发深郁。

"这件事情……我已打听清楚了,昨日圣人又召见过宰相们了,台省那边却依然全无动静;适才我也去过了几位相公府上,门房都说,他们不在家中。此事若真如我所料,是几位相公不肯向圣人禀报恩师的死讯,寻常的折子只怕一时半会儿都到不了御前;若万一真是圣人的意思,我能为恩师做的,也只有这件事了!"

琉璃愣了一下才猛地醒悟过来,他上奏章原来还有这层意思!如果这种冷遇真是皇帝的意思,他自然无法心安理得地做这个官,不如索性辞官尽孝;如果是几位宰相不肯向圣人禀告苏定方的死讯,旁的奏折他们都能按例办理或索性压下,但他所请之事并无先例可循,无论是准是驳都不好做主,唯有让皇帝来定夺,此事自然会直达天听。只是这样一来,他也等于得罪了所有的宰相……琉璃不由迟疑道:"守约,要不,我明日先去求见皇后?"

裴行俭微微摇头,目光柔和,语气却是斩钉截铁,"不用!这是我的事,你好容易才过了几天清静日子,怎么能再卷进去?"

琉璃正想争辩,他已抬头望着窗外补充了一句,"恩师若是泉下有知,想必也不愿意。他定然不会愿意看见咱们在这件事情上,走什么门路、用什么手段!"

琉璃垂下眼帘,满心都是苦涩。是,他们都是顶天立地的英雄,都不肯网罗党羽、谋求后路,不肯让自己的妻子去逢迎后妃、结交权贵,所以才会落到现在的下场!

裴行俭的声音柔和了下来,"你放心,我心里有数,不会有事。此事说来也算符合孝义,任谁也挑不出什么错来,圣人多半会恩准。我大概过几日就会和阿兄一起离京。长安这边,就要辛苦你了。"

他都已经决定了,自己还能说什么?琉璃勉强压下满腹心思,点了点头,"你也不用担心,我会时常带三郎过来陪义母,三郎喜欢这边的大院子,义母也是疼他的,有他陪着,义母只怕也会开心一些。"

裴行俭的嘴角微微一扬,"有你在,我不担心。"

他的语气还算轻松,眉宇间的悒郁似乎并没有消减太多。琉璃不由疑惑起来,"守约,你到底还有什么心事?"

裴行俭默然良久,终于摇了摇头,"我只是后悔,早知如此,我头两日就该上奏!可圣人多病,朝政如今多靠宰相处置,若真是他们有意瞒报,这样一封奏章上去,难保圣人不会动怒,一个不好甚至会君臣离心。我总以为,相公们就算一时疏忽,略加思量总会明白其中利害。谁知等到今日,还是如此!可再等下去,我总不能看着恩师的后事当真就……"他闭上双眼长叹了一声,好半响才重新睁开眼睛,眼中已有些发红。

"只是我拖到如今再上书,不但让恩师后事越发凄凉,圣人说不定也会更为震怒。我瞻前顾后了这么几日,最后竟是一头都不能成全!"他低头看着琉璃,自嘲地笑了起来,"琉璃,所谓自作聪明,是不是就是我这样?"

琉璃心里一阵难受，伸手环住了他的腰，"胡说！你哪里是自作聪明，你是思虑得太周全，也太过求全责备。你不用担心，义母精神好多了，适才十三娘还特意过来劝慰了阿母，阿母都听进去了。"

她把十三娘的话转述了一遍后说："她说得原是不错，无论此时如何，千秋之后，义父照样是一代名将，这一时的得失荣辱又算什么？若如此冷遇，真是宰相们的缘故，他们自然该承担后果。难不成任由他们装聋作哑，令圣人耳目蔽塞，才算对得起朝廷？守约，你总说，世事难料，有时不能去想利弊，只能求个问心无愧，怎么事到临头，还是这样为难你自己？"

裴行俭沉默片刻，苦笑着点点头，"你说得是。无论那几位相公为何如此，无论结果如何，他们敢做便该敢当！过犹不及，是我着相了！"

他抬头凝视着挂在墙上的那些长弓短剑，久久地没有出声。琉璃也转头看了过去，这些兵器大概都是苏定方用过的，刀柄弓背上犹自泛着常年摩挲留下的沉稳光泽，大概再过多少年也不会褪色。

裴行俭的眉头慢慢舒展开来，"人心易变，世事无常，唯有功业，能历百世而不朽。恩师他，定然可以流芳千载！"他转身走到案几前跪坐下来，展开纸卷，提笔一气写了下去。

烛光下，那一行行端凝的墨书也闪动着同样沉稳的光泽，仿佛不会被世间的任何东西磨灭。

两日之后，这份奏章才终于出现在紫宸殿书房的案头。

李治原是有些倦意，只是撑着额头读了两行，便腾地坐直了身子，待到一字字读完，更是霍然而起，拂袖一甩。就听"啪"的一声脆响，案几上那方白玉瑞兽镇纸与雕着莲花纹的地砖顷刻间已是两败俱伤。

一旁服侍的窦宽唬了一大跳，等了半响，见皇帝没有别的动静，才悄悄上前将那已缺了一角的镇纸捡了起来。他还未直起腰，就听书案后李治突然笑出了声，"这便是大唐的宰相们，这便是朕的宰相们！"

这笑声冷峭入骨，窦宽身子一僵，忙弯腰退后了好几步，抬头一瞟，却见李治一动不动地站在书案后，咬牙瞪着门外，只是看着看着，脸上的嘲讽和怒色，却渐渐变成了一片惘然，眼角的皱纹看上去都深了几分。

良久之后，他才缓缓开口，声音也变得有些沙哑，"传朕的旨意，让几位相公即刻进殿！"

没过多久，这沙哑的声音便回荡在大唐最有权势的几位朝臣耳边，"苏定方于国有功，按礼应予褒赠，你们为何一字不提！"

一片沉默中，紫宸殿的空气似乎变得越来越黏稠沉重，终于凝聚成暴雨前的乌云。

次日，一封迟来的诏书终于抵达苏府，追赠苏定方为左骁卫大将军、幽州都督，苏庆节按例减等袭爵为章武郡公。

六日后，朝廷终于议定苏定方谥号为"庄"；同日，被擢为宰相不到半年的东台侍郎李安期悄然离开长安。让他出任荆州长史的诏书写得四平八稳，可所有的人都分明地感受到了皇帝那不动声色的怒火与警告。

十天后，朝廷迎来了更大的地震：皇帝李治因久病难愈，诏令太子李弘监国。

一时间，少阳院内外一片阳光明媚，含凉殿上空多少有些阴晴不定，至于长安城的各大官宅府衙里，更是不知几处春风得意，几处秋雨飘摇。

不过，对于早已闭门谢客的苏府来说，这样的消息已是激不起任何波澜。琉璃也只是在心里冷笑了一声——这位多愁多病的皇帝是在发现舅舅靠不住，老婆靠不住，自己一手提拔的宰相们也靠不住之后，只好准备靠儿子来帮他治理天下了吗？他还真是……

她摇了摇头，把所有的思绪都抛到了一边。九月的阳光从树叶间洒落下来，将她身上的本白色粗麻裙染上了斑斑点点的暖色，仿佛是洒下了一朵朵细碎的菊花。

院子里，金黄的菊花开得正好，将空荡荡的庭院映衬得秋意盎然。微风吹过，那些素色的灯笼和颜色渐渐绚烂起来的树叶一道发出了飒飒的轻响。

不远处一棵枝叶茂密的枫树下，乳娘正抱着三郎去够刚刚泛红的树叶，三郎努力了几回，终于一把抓下了半片叶子，高兴得蹬着腿大笑，"啊呀！啊呀！"

坐在一旁的于夫人与罗氏都笑出了声，"这孩子，倒是会惦记人的！"

琉璃也笑了起来，目光却不由看向了西边，那边的天际没有一丝云彩，只有两行大雁，在碧色天幕上写下了一个略显凌乱的"人"字。三郎的那位阿爷，如今已在数百里之外了吧？皇帝驳回了他辞官的请求，却令他以司文少卿的身份出京协理故邢国公归葬事宜。七天前，她在开远门外目送着他再次踏上漫漫丝路，那是通往西州的路，也是五年前苏定方离开长安时走过的路。但有些路，无论如何，她都不想看见他再走一遍……

不知此时此刻，他头上的天空，是否也如此晴好？

第一百二十五章
相由心生　祸从耳入

又是一年早春时节。

经过那风波迭起的秋日和一个漫长沉闷的寒冬之后，长安人对于这个春天似乎格外期待。随着二月的东风渐次吹开百花，休养了好几个月的天子终于重新出现在朝堂之上，雄心勃勃地着手制定明堂制度，加上高丽战场上节节胜利的喜讯不断传来，整个长安城都陷入了一种狂欢的氛围，新酒酿成的浓香、踏花归来的清香和着响亮的欢声笑语，飘荡在城坊的每个角落。

自然也有例外。

休祥坊荣国夫人府里的西院，重门深掩，满地青苔，几棵高大的梨树不久前还是繁花满枝，此时那细碎的白色花瓣却已飘飘洒洒落了满院，仿佛一地将融未融的残雪。黄昏的余晖从西边的阁楼上照了进来，竟似带着股深冬的气息。

一片寂静之中，上房门突然发出了刺耳的"吱呀"一声。有人摔帘而出，脚步带风地走下台阶，白袍飘飞，惊起了一路落花。一位丰硕的身影随即追了出来，"小郎君留步！小郎君留步！"

白袍一顿，恰恰停在了一棵梨树下。

武敏之狠狠地吐了口气，沉着脸转过身来，认得追过来的正是这两年武夫人身边最得力的管事娘子，眼神更冷了三分。

饶是阿霓早已受惯了这样的目光，脚步还是下意识的一缓，小心翼翼地低声道："小郎君，您先消消气，您也知道，夫人自打入冬，身子便有些虚，如今当真是不能再添忧思的。此次夫人要做法事，也是她的一片慈心，您若是觉得不妥，慢慢劝说夫人便是，如此盛怒而去，岂不是让夫人心里更过不得？再说此次的法事，老夫人那边……"

武敏之神色不变，只是慢慢抬高了下颌，看着她一言不发。阿霓的声音不由自主越来越低，终于讷讷的再也说不下去。他这才挑了挑眉，语气清淡得听不出半点嘲讽，"夫人身子既然不好，就该在家中好好休养，不用这样隔三岔五地提醒旁人，她有多惦记着月娘！"

"还有你们，服侍好夫人，让她少出门进宫的折腾自己是正经。你们年岁也不小了，没那么多富贵前程在那里等着你们，还是消停些吧！"

这话一句句的实在太过诛心，阿霓的脸上一阵发烫一阵冰凉，一时竟不知如何分解。沉默间，背后的上房又传来了一阵隐隐的咳嗽声，纵然隔着门窗，也听得出那种撕裂般的不祥意味。武敏之的眉头顿时皱了起来，眯着眼看了上房一眼，掉头就走。

阿霓再也忍耐不住，哑声道："小郎君，夫人已是这样了，您真忍心让夫人就这两年也过不去么？"

武敏之霍然转身，目光冰冷锐利有如霜刃，"你说什么？什么这两年？"

阿霓唬了一跳，想往后退，脚下却有点拌蒜。她还没站稳，武敏之已逼上两步，面孔竟似带上一层淡淡的青色，"是谁跟你说的这种混账话！"

阿霓差点结巴起来，"小、小郎君不是从老夫人那边过来的么？是前些日子明先生给夫人看诊之后说，夫人久郁之下，这一病已是伤了元气，只怕、只怕……总之是万万不能再郁结于中的。老夫人没跟您说？"

武敏之一动不动地站在那里，一阵东风吹过，枝头的花瓣窣窣洒落，好几朵落在他洁白如雪的衣襟上，仿佛溅上了微黄的泪渍。他的眸子终于转了转，突然冷笑了一声，"明崇俨？他算什么东西！难不成从这里骗到的诊金还不够多，要如此危言耸听才好显示他的手段！"

阿霓神色微黯，低声回道："老夫人也是不肯信，因此前两日特意将张真人请来给夫人看过一遍，说法虽不尽相似，却也差不太多。张真人还说，夫人的病不是药石能及的，让我们凡事都顺着她些，若是能解开心头郁结，比什么灵丹妙药都强。夫人自己也猜出了几分，因此今年才一定要自己去寺院施斋，说是如今能做一点就是一点，以后只怕就是想做也不成了。"

武敏之脸上神情未变，眸子里却愈发黑沉沉的没有一丝光亮，"既然如此，老夫人怎么肯让她去那么远的地方？"

"老夫人原本也是不赞同的，只是夫人执意如此，老夫人也没法子，因此才特意选了终南山的信行禅师塔寺。那里风光最好，边上又有极清静的尼寺。老夫人还将平日里与夫人交好的几位夫人娘子都请了同去，小郎君若肯过去主持布施，夫人这趟出去倒是正好散散心。"阿霓小心地看了看武敏之的脸色，"小郎君，您若是实在不放心，不如回去跟夫人好好说一说？"

武敏之的目光不知落在什么地方，沉默良久，才缓缓摇了摇头，"不必了。你跟夫人回报一声，说我明白了，让夫人这几日好好休养，我……"

阿霓心头一松，忙应了声诺，抬头等着他的下文。武敏之却转头看着上房，久久没有开口。斜阳将树影斑驳地洒在他的身上，他的脸色看去一片雪白，连唇上似乎都没有血色，眉眼却愈发深黑。阿霓突然有些不敢呼吸，在落英缤纷的春日黄昏里，眼前的这张面孔有一种开到极致的光华，仿佛只要吹上一口气，就会如满树残花般在风中凋零。

不知过了多久，武敏之低低的声音才响了起来："我会陪夫人过去！"他转身走出了院子，院门微合，掩住了那个清冷的身影。

荣国夫人府的正院与西院相隔得并不远，武敏之却足足走了一炷香的时间才到。守在院门口的两个小婢女瞧见他的身影，一个忙忙地转身进去回报，另一个便上来笑道："小郎君怎么才过来？老夫人问了两回了。"

武敏之点了点头，默不作声地往里走去。小婢女有些纳闷，瞧了他好几眼，"小郎君可是有些劳累？让老夫人看见又该心疼了……"她又东拉西扯地说了几句，武敏之却一句也没应，眼见已到了上房门口，早有人打起了门帘，"小郎君请进！"

日头尚未沉入树影，斜晖将这座原本便处处华贵逼人的院子映射得愈发富丽堂皇，屋里虽已点起了彩烛，到底比外面略显幽暗。武敏之抬头望了门口一眼，脸上终于露出了笑容。他平日容色清冷，这一笑起来却仿佛小了好几岁，眯起的眼睛把眸子里那点黑沉掩饰得干干净净，右边嘴角那个若隐若现的酒靥，给这张面孔更添了一分阳光般明朗清透的光华。他微微提高声音叫了句："祖母！"快步走上了台阶。

引路的小婢女松了口气，跟着笑了起来，这才是往日里的小郎君嘛！

上房里的杨老夫人原是等得有些不耐烦了，听见这一声，眉头顿时舒展开来，不待武敏之进门行礼，便一迭声道："快坐下，快坐下！你不是早进家门了么，去哪里逛了？"

武敏之干净利索地叩首一拜，起身后才敛眉答道："在门口遇见了去抓药的管事，因此先去了西院一趟。听说母亲过几日要去施斋，敏之原想劝劝的，婢子却说如今母亲不能动气伤神。"

他抬起眸子，认认真真地看着杨老夫人，"祖母可是要告诉敏之此事？"

杨老夫人的脸色黯淡了下来，"不错。你母亲这两年一直心情郁结，医师们都说再不能如此下去的，倒是让她多出去散散心，只怕还能好些……"

沉吟片刻，她到底只是长叹了一声，"敏之，你母亲这两年受的罪已经够多了，你莫要再跟她置气！"

武敏之眸子一暗，沉默片刻才低声道："孙儿知道了。"

杨老夫人仔细看了看他的脸色，叹息着点了点头，脸色有些欣慰，又有些伤感，"那就好。这次你母亲出门总要八九日，我实在有些放心不下，可皇后这边又有些事情我走不开，不如你陪你母亲一趟？那边我都已让人打点妥当了，你权当过去躲个清静吧。"

武敏之默然点头。杨老夫人满是皱纹的脸上露出了和蔼的微笑，"这就好！对了，今日朝堂上没什么事情吧？"

武敏之下意识地皱了皱眉，淡淡地道："自然无事。"

杨老夫人脸色微沉，声音也跟着沉了几分，"敏之……"

武敏之心头一突，耳边似乎又响起了祖母关于自己应该感激皇帝和皇后的那些絮絮叨叨，忙抬头看着她含笑补充了一句，"有件事祖母大约也听说了，如今正值吏选，偏偏杨相病倒了，赵仁本的人望又不够，圣人不知怎的又想起了那位李安期，已下诏让他即刻回京。"

杨老夫人的脸上没有露出半分惊讶，"是么？李安期如今也算学了点乖，没那么目中无人了，算来这已是他第三回掌管吏选，这回总该做得长远些才好！"

武敏之心里雪亮，这李安期只怕是走了自家祖母的路子了。如今这宰相和吏部的任命，皇后都未必能插得进手，倒是祖母在圣人面前还能说得上话……心底仿佛有什么地方一阵刺痛，他挑眉笑了一声，"只怕有些难。这位子热得太过，这些年里烫坏在上头的人着实不少，倒还没见过谁能坐得长远，不然圣人也不会又想起李安期了。"

杨老夫人愣了愣，板起了脸，"胡说！吏部是何等要紧的地方，被你一说倒成了笑话儿，你也是当差好几年的人了，什么时候才能有个正形！"

武敏之依然是笑吟吟的，"横竖有祖母教导呢！"他微笑的面孔上仿佛有光华流转，杨老夫人瞪了他两眼，到底还是绷不住摇头笑了起来。屋里几个婢女的目光也或明或暗地落在那明珠生晕般的笑颜上，半响都无法挪开。

只是两日后的清晨，当库狄琉璃在荣国夫人府的内院门口看见这样一张笑脸时，却忍不住倒吸了一口凉气。

这半年，因裴行俭不在长安，她又要为义父苏定方守孝，平日除了去于夫人那里，几乎不大出门。虽然也与武夫人一道去寺庙上过几回香，却不曾踏入荣国夫人府半步，自然也没见过武敏之。没想到几个月不见，这位倒像是变了个人！瞧着那弯起的眼角和浅浅的酒窝，琉璃眨了好几下眼睛，这才相信自己的确不曾眼花。

武敏之的声音也满是笑意，"祖母放心，孙儿再是不济事，总还勉强能供母亲和几位夫人驱使。"说完便转身向众人含笑行了一礼，仪态竟是说不出的温文亲切。琉璃胳膊上顿时又起了层寒栗。

杨老夫人的目光在众人脸上掠过，微笑着点了点头，"这一次就烦扰各位了。诸位在那边多散散就好，有事尽管吩咐敏之夫妇，千万莫见外。"

这次她请的人着实不算少，除了琉璃，还有近来与武夫人常有来往的崔十三娘和阿媛，大约是为防万一，连阿凌都被请了过来。听得这样一句，几个人异口同声地说了声"不敢"，倒是把杨老夫人逗得笑了起来，"客气什么，你们算来都是敏之夫妇的长辈……"她的目光在阿媛脸上停了停，笑着补充了一句："就算不是长辈，也是我请的贵客，尽可使唤得他们！"

阿媛被这样打趣了一句，低头默默地数起了地上的蚂蚁，耳朵却不争气地透出了些嫣红。大伙儿都有些忍俊不禁，武夫人依旧有些苍白的脸上也露出了笑意。杨岚娘平日里便最护着阿媛，忙上前两步笑着接下了话头，"祖母说得是，孙媳定然会尽心服侍母亲和诸位夫人。今日风大，祖母还是早些回房歇息吧。到了那边，孙媳日日都会打发人回京报平安的。"

众人也纷纷开口，把杨老夫人劝了回去，目送着她离开，方各自上车。武敏之脸上的微笑慢慢收了起来，待得翻身上马，顾盼之间又恢复了那副清冷如雪的模样。琉璃一眼瞧见，不由大大地松了口气，这样子才对嘛！随即又有些发愁：他怎么也会跟着过去？可别闹出什么幺蛾子才好！

她们此次要去的法常庵着实不近，好在长安城通往终南山的道路极为平整宽阔，风和日暖，车轻马疾，黄昏之前终于到达了名寺林立的北麓。

一路上看着窗外明秀的春日景致，听着车内欢快的稚嫩笑声，琉璃心头那些乱糟糟的情绪也渐渐被抛到了脑后。如今这情形下，她自然不敢跟武家断了交情，也不敢牵涉太深，可这一次，杨岚娘是以荣国夫人的名义亲自上门来请的，于情于理都推脱不得。她还在孝期，宫里都可以名正言顺的不去，却没理由拒绝来寺庙；连"三郎还小"的理由，都被杨岚娘笑吟吟地接下了："我家大郎也会过去，他们小哥俩倒是正好做伴。"

如今这小哥俩便在车内玩得不亦乐乎。大郎武琬比三郎大了三个月，个子却还略瘦小些，生得眉目精致，皮肤粉白。三郎原是个虎头虎脑的漂亮娃儿，与他一比便显得有些傻大黑粗。两人都是刚刚学说话，咿咿呀呀的居然讲得有来有往，虽然隔一会儿便会为了平日绝不会放在眼里的玩具吃食你抢我夺一番，却到底比平日带着轻省。而听着奶娘婢子对着这粉雕玉琢的小武一口一个"大郎"，琉璃那颗被"库狄大娘"摧残了十几年的心灵更是获得了极大的安慰。

此时下得车来，眼前的风光愈发令人心神为之一爽。只见四面山峦如翠，远处碧波荡漾，若干寺庙佛塔错落点缀在青山绿水之间，正是黄昏时分，晚课的悠长钟声回荡不绝，却愈添了一分安详静谧。

琉璃四下打量，暗自点头。终南山与佛门原是渊源深厚，号称"无地不寺，无寺不奇"，从大名鼎鼎的东汉白马招觉寺，到鸠摩罗什曾经开场译经的大寺，再到华严宗的发祥地至相寺、律宗的祖庭净业寺……无数名刹宝寺都坐落在这重峦叠嶂之间，放眼望去，那些不沾尘埃般的飞檐塔刹不但把山水映衬得分外空灵清明，便是迎面而来的微风里，仿佛也染上了幽幽的檀香。

一行人原本多是信徒，好几个人已不由自主地念起了佛。武琬被杨岚娘提点了一句，也学着母亲合十低头，小大人般的模样说不出的可爱。三郎却是东瞧瞧西看看，突然拍着自己的肚皮大声道："吃肉肉！"

琉璃吓了一大跳，忙一把抱起这小吃货，还没想好如何救场，那边厢，三郎刚结交的好兄弟也破了功，有样学样地嚷了起来："吃果果！"

裴三郎气势如虹地嚷了回去："吃肉肉！"

武大郎委屈地瘪起了嘴："吃果果！"

两个孩子奶声奶气的叫嚷声远比钟声响亮清脆，佛门圣地的清净氛围一时间荡然无存。几位衣履洁净的比丘尼原本正含笑走来，衣袂飘扬，颇有出尘之态，听到这两声"吃肉肉"，脸上的笑容也变得有些僵硬。

琉璃心里发虚，狠狠地瞪了三郎一眼，低声训斥道："不许叫唤了，谁教你这么乱嚷的！"这小家伙，原是按着外孙的身份给苏定方守了五个月的孝，结果前两个月一开荤却愈发馋肉了——那也得分个场合好不好？

三郎眨巴眨巴圆眼睛，笑得露出了八颗小白牙，"阿娘，阿娘教，吃肉肉。"

琉璃顿时很想望天，这祸害难道真是自己亲生的？

好在比丘尼们到底见多识广，一怔之后脸上又重新堆上了无懈可击的微笑。领头的中年女尼笑容尤其亲切和蔼，上来礼数周到地问了好，又引着众人进了寺院。

这尼寺门庭朴实，里头却别有洞天。正院是两进极其素洁的殿堂，按照三阶宗的规矩连佛像都未设，西侧院却是宽阔幽雅，几个小小的院落点缀其间。里头早已被荣国夫人府的管事娘子们打点妥当。分配给琉璃的小院里几树芭蕉绿意盎然，三间禅房精洁如画，琉璃溜达了两圈，终于找到了出门度假的愉快感觉。

三郎更是兴奋，撒了欢的在院中乱跑，乳娘追得气喘吁吁。琉璃忙一把捞住了他，认认真真道："三郎，这里不是咱们家，你一定要乖些，不能再嚷嚷着要吃肉肉，不然咱们就不能在这里玩，只能回家了。"

三郎睁大眼睛看着琉璃，认真地点头，"要玩。"琉璃刚刚松了口气，他又诚恳地补充道："要吃肉肉。"

琉璃只能仰天长叹，并继续怀疑人生。

好在这法常尼寺信奉的三阶宗虽是力倡谦卑苦行，对施主们却是十二分的殷勤周到，每日里做出的斋菜花样翻新，味道更是极为出色。接下来的几日里，三郎虽然惦记着吃肉肉，到底没有嚷嚷出来。他平日并无同龄玩伴，如今有武家大郎混在一处，又可以到处游山玩水，过得自是好生快活。

这次武夫人是在尼寺边上的信行禅师塔寺里设了七日的五百僧斋，施斋之事自然无须她亲自打点。琉璃和崔十三娘深知自己的任务所在，配合默契地撺掇着武夫人到附近各处寺院上香。每日慢慢行走在这青山绿水之中，听着十三娘的如珠妙语，阿凌的插科打诨，莫说腼腆的阿媛渐渐露出了娇憨活泼的本性，连武夫人眉宇间的倦意都轻了几分。武敏之也仿若换了个人，每日耐着性子护送她们来去，偶然还能露出一个半个的笑脸。

有美食可用，有美景可看，琉璃心满意足之余，只嫌光阴太快。转眼间七日斋会已告圆满。这一天，她歇过午觉，见三郎还在酣睡，便让小米几个先收拾行李，自己出门直奔尼寺上座镜月尼师所住的禅院而去，盘算着要跟这位主事打个招呼，过些日子也好带氏婆媳来散散心。

镜月的禅房是在寺庙东院的一处僻静所在，琉璃这几日里也陪着武夫人来过两回。大约还是午休时分，一路行来，倒是没遇上几个比丘尼。琉璃暗暗松了口气。三阶宗的出家人认为众生皆佛，因此最是谦卑多礼，看见她们都会郑重其事地合十蹲身，举掌过顶。每每被这样礼遇，琉璃就有些不自在，深觉这佛寺什么都好，就是比丘尼们太客气了。

到了小院门口，却见柴门微合，一片寂静，平日应门的小尼竟然也是不知去向。

琉璃纳闷地四下看了几眼，抬手叩了叩门，等了半晌，里面也无人应答。她正准备转身离去，柴门突然"吱"的一声开了，露出的竟是镜月本人那张和善的面孔。看见琉璃，她明显怔了一下，"库、库狄夫人？你是……来寻韩国夫人的？"

琉璃不由有些意外，"韩国夫人也在尼师这里？"

镜月眨了好几下眼睛，倒是笑了起来，"韩国夫人也是刚到，我正想给夫人煮些茶喝，又怕怠慢了韩国夫人，库狄夫人来得正好，不如也进来坐坐，待会儿一道喝两杯？夫人请！"说完侧身伸手一引，笑容温和殷勤，琉璃一句已到嘴边的"不好打扰"顿时没法再出口。

小小的院落里并无人影，走到那三间禅房前，镜月抢先一步打起了中间屋子的门帘，武夫人果然正端坐在屋内的蒲团上。琉璃迈步走了进去，还未来得及向武夫人行礼，镜月已欠身笑道："两位夫人且坐一坐，镜月去拿些茶。"帘子一落，脚步声竟是匆匆地去得远了。

琉璃略觉纳闷，倒也没有多想，上前两步向武夫人请安，"琉璃叨扰夫人了，夫人是何时过来的？"

武夫人一直低着头，嘴里似乎在喃喃地念着经文，听见这一声才慢慢抬头看了过来，脸倒是对着琉璃，眸子却一片空茫，半晌才点了点头，"坐。"

这屋里只放了几个蒲团，一个在武夫人对面，另外的却在远远的屋角里。琉璃看了两眼，只得在她对面的蒲团上坐了下来，含笑问道："夫人午间没有歇息么？阿霓怎么没跟着？"

武夫人的目光依然像在看着极远的地方，声音也仿若梦游，"尼师，你说我怎么歇息呢？我明明斋也施了，功德也舍了，可为什么月娘还会抱着她的孩儿，跟我说，他们还是饿？"

琉璃只觉得一股凉气从背脊上直蹿上来，猛然间明白了镜月为何走得那般匆忙。她忙把身子悄悄往后一缩，正要想法子开溜，武夫人却突然探身紧紧抓住了她，"尼师你别走！你不是说我命格贵重，定能得偿所愿？你不是说以前种种不如意，不过是为了成全我的造化么？

"可是月娘和她没出世的孩子，我当真不是有意咒他们去死的！我只是一时气急了口不择言而已，我真的没想让他们死，我没有……"

琉璃脑袋"嗡"的一声，心中叫苦不迭，武夫人这几日不是好多了吗？怎么突然魔怔了？她害没害死月娘不说，大概自己这回要被她害死了！她忙挣了挣，"夫人，夫人，您弄错人了，您看看我，我不是尼师！"

武夫人却是充耳不闻，一双眼睛愈发雾蒙蒙的没有焦点，手上却如铁箍般紧紧扣住了琉璃的手臂，"尼师，尼师你听我说，我是真的没想到事情会变成那样……我也不是故意耽搁月娘的！那些年我总是带着她出入宫廷，是因为在我心里，她一直都是个娇娇软软的小人儿。直到母亲开始跟我商量她的婚事，我才发现她长大了，可母亲提的那些人，如何配得上她？我自然要帮她挑个如意的！却没想到、没想到圣人居然会……他会……

"那时正赶上媚娘刚生下小公主，身子有些亏虚，我和母亲守在含凉殿里一步不敢离开，这才没去留神其他的事。等我们注意到圣人居然只匆匆露了两次面，月娘却一直不见人影时，一切都已太晚，太晚了！我从没见媚娘那样动怒过，母亲也气得不行，可又能怎样？我们才把月娘带回府，那边圣人的诏书便下了，封她做了魏国夫人！"

琉璃心里哀叹一声，眼下这情形，她就算把武夫人一棒子敲晕大约也无济于事了吧？谁能相信自己什么都没听说？

武夫人的声音并不算高，但回荡在这禅房里，却清晰得有些骇人："尼师你听听，是国夫人！是跟母亲，跟我一样的国夫人，还是魏国夫人！我们能怎样？不是我要把她推进那火坑的，我原是宁可抗旨也不想让她去的，但母亲去了宫中一次，回来便改了语气。母亲说圣人这次心意甚决，媚娘前一回便是险些被废，此次若是硬要逆了圣意，只怕会生出祸端。还说月娘到底是自家人，她若是愿意进宫，总比让旁人出头强。

"我还是觉得这事太不成体统，母亲便把月娘叫出来，问她的意思。结果她说，她愿意进宫，说是能伺候圣人是她的福分！我哭也好，骂也好，劝也好，她都不肯听我一句，还说我莫要拿她跟我自己比！等到宫中接她的车马仪仗来之后，她提起裙子就跑了出来，跨出门槛后还回头跟我笑了笑！"

她的脸颊上渐渐燃起了两抹异样的嫣红，声音也变得尖利起来："她居然对我笑，笑得那么得意，那么欢快……

"从那天之后，我就不想再见她！只听说她在宫里风光得很，圣人让她住进了金銮殿，宫里但凡有好东西，也都先紧着她挑选，连皇后都要退避三分。母亲也跟我说，就是因为她，圣人答应皇后罢免了两位宰相，答应让皇后去泰山亚献……所有的人都觉得这是好事，对月娘好，对武家好，对媚娘也好；只有敏之不高兴，给我脸色看，跟我发脾气，可谁又问过我高兴不高兴？

"我越来越不愿意进宫，连这些事情都不想听到。我原想着这辈子就这样熬过去也就罢了，可那年月娘从泰山回来，竟突然回家来找我。她跟我说，她有身孕了，让我帮忙找几个可靠的嬷嬷进宫帮她。她还让我不要怕媚娘，媚娘能做到的事情，她日后都能做到！

"我唬得慌了神。我再是怨她轻狂，也知道她这话说不得，这事更做不得。我让她不要胡思乱想，她实在想要这孩子，便去跟姨母、跟祖母好好分解，去求个情。媚娘看在一家人的份上，说不定能容她有个名分，生下这孩子。她却又笑了，她笑我胆小，笑我相信旁人也不相信自己的女儿。她还说我不肯帮忙就算了，自然有人上赶着的来帮她，只要我莫去告密，她便能顺顺利利生下这孩子来！

"走的时候，她又回头冲我笑了笑，还是那种得意又欢快的笑，我就、我就……"

武夫人突然沉默下来，一双眼睛幽幽然深不见底。琉璃只觉得心底发寒，忙道："夫人，夫人你快看，天色晚了，咱们快回去吧，老夫人还在等着我们呢！"

武夫人的双手突然颤抖起来，力道却反而更大了些，"那天我一个人在屋里不知坐了多久，突然有人过来说，母亲在等我。我到了母亲那里，母亲一眼就看出了不对，追着问我，我到底还是绷不住说了实话。月娘和敏之大了之后，都不肯再听我的，倒是对祖母还算孝顺，我求母亲去劝劝月娘。可月娘早就走了，没有回宫，也不知去了哪里。母亲转身就进了宫。我坐在家里等母亲的消息，我等了整整两天，等到的消息却是，我的那两位堂兄在献食中下了毒，想害媚娘，不曾想宫里照例让月娘先挑，那毒饼竟被她吃了！

"我一听就全明白了，难怪月娘会生出这种念头来，她说会上赶着来帮她的，原来是那两个！那两个忘恩负义的混账被媚娘发配到穷山恶水后，心心念念巴望着回长安，早求过母亲和我好几回，母亲和我怎么肯理他们？他们便找到了月娘，也不知谋划了什么……结果，正好全撞在了媚娘手里！

"我真恨啊！我恨这两家子混账，居然敢挑唆着月娘生出那样的野心；我恨母亲偏心，什么事都只为媚娘打算；我恨媚娘事情做绝，竟然下得了这样的狠手！我更恨我自己，一辈子稀里糊涂，什么都不爱想，什么都不爱管，出事前没早日给月娘找个夫婿，出事后也没有好好教她，竟让她一步步走上了这条死路！

"还有他！月娘到底是怎么死的，我都看得明白，他又装什么糊涂？他容着媚娘对那两家赶尽杀绝，他纵着敏之在朝中呼朋引伴，为的是什么？还不是心里有愧！他明明知道媚娘的手段，为什么还要这样抬举月娘？纵着她跟媚娘作对，却又不好好护住她！那日在蓬莱殿里，他一见我就落泪，让我莫要怪他。莫要怪他？他想得好！我为什么不怪他？

"明明是他害死了月娘！"

武夫人的声音凄厉无比，一张脸被刻骨怨毒扭曲得近乎狰狞。琉璃不由闭了闭眼，手臂被抓住的地方疼得钻心，此时她却无暇理会，满脑子转的全是——原来如此！原来还有这样的内情，难怪武后会突然对月娘痛下杀手，难怪对武氏兄弟那样深恶痛绝，难怪月娘是在宫里出的事，伺候武夫人的婢子们被处理了个干净……只是眼下，自己又该怎样脱身？正思量间，就听外面突然传来了"砰"的一声。

琉璃这一惊非同小可，想起身去看看，武夫人却几乎把全身力气都用在了两只手上，她挣了两下都无法挣脱，大急之下只能压低声音叫道："夫人，外面有人说话，是不是圣人到了？夫人，您让我出去迎一迎！"如果杨老夫人都无法让武夫人清醒一些，也许皇帝可以？

武夫人扭曲的面孔上露出了一个奇异的笑容，"迎他？迎他做什么？那个人，一生一世都只敢躲在别人后面，让别人去动手做他想做的事情！他想杀长孙太尉，却只敢让媚娘去动手！他想废媚娘，却只敢让上官仪去顶缸！他眼见着自己的心腹帮手和亲生骨肉身首异处，却是敢怒不敢言，只是宠着月娘，让月娘去顶撞她去气她！他除了躲在那张龙床上当他的太平天子,就只会说……"

她的声音突然诡异地低了下去,带着点颤巍巍的沙哑:"顺娘啊,你莫要怨朕,朕也是没有法子,我虽然是大唐天子,这宫里宫外,哪个真的肯听朕的?朕心里的苦,又有谁知晓?"

琉璃几乎骇然失笑,武夫人锐声笑了起来,"尼师,你说,他这样的人,死后定然进不得佛国吧!定然也会和我一样下地狱吧!"她定定地看着琉璃,目光中仿佛有火焰燃烧。

琉璃心里一万个同意,到底不敢真的答出来,只是含糊地"嗯"了一声。

武夫人的嘴角微微扬了起来,"好,好,那我就放心了!"

琉璃心头一颤,这样的笑容,那日在蓬莱宫里,她在武后脸上分明也看见过!武夫人和武后模样并不太像,但这一刻,两张笑容却几乎可以重叠起来,都是那么嘲讽,那么冰凉……

武夫人突然松开手俯身在地,对着空中连连叩拜,"佛祖在上,我们这些人确都该下地狱,但月娘不该啊!她才多大?她不懂事,她也没害过人!我生气时是骂过她咒过她,我是说过她要找死就赶紧去死,莫连累了旁人!可这只是气话,我真的不知道这会是我跟她说的最后一句话!月娘,月娘她是我十月怀胎生下的女儿啊,再是恼她气她,我也不会真的想让她去死!

"若不是信着佛祖,听到月娘的死讯时,我就随她去了!横竖活着也不过是受煎熬。可我不敢犯杀戒。后来明先生又说,一切都有定数,月娘是命数不足,受不得那么大的富贵。明先生还说,我也有我的命数,若是故意求死,反而会折了儿女的福分。所以我不但要活着,还要好好孝顺母亲,为来世积福,为儿女积福!

"佛祖明鉴,我就是在为他们积福。圣人想听什么,我就说什么,我跟他说我不怨他;母亲想让我做什么,我就做什么,我带着阿媛一趟趟的进宫;就算敏之恨我怨我,觉得是我不肯听母亲的安排才害了月娘,我也从来不跟他分辩!这样,他有圣人照看着,有母亲护持着,日后是不是能多点长长久久的福分……"

琉璃忙悄悄往后挪了挪,踮着脚退出了屋子,几步走到了院门外面。外面依然是静悄悄的没有人影,她这才抚着胸口长出了口气,背上早已是一片冰凉,武夫人的声音似乎还在耳边回荡不绝——她之所以会如此难以释怀,不仅仅是因为伤痛吧?更多的大概是内疚,因为她真的妒忌过、诅咒过自己的亲生女儿……

不远处突然传来一阵簌簌声响,琉璃吓了一跳,转头去看,却见镜月不知从哪里钻了出来,手上当真捧着一套青瓷茶具,看见琉璃,仿佛也吃了一惊,"库狄夫人?韩国夫人她、她可还好?"

琉璃不由牙根发痒,满面堆笑地迎了上去,"尼师可算回来了!尼师走得太快,我倒是想陪韩国夫人说说话,可夫人不知怎的,眼里却看不见我,只是一口一个尼师,我也只好赶紧出来找您了。不信您去听听,夫人只怕这会子还在跟尼师说话呢!这可如何是好?"今日的武夫人之所以突然迷了心窍,多半就是被这位尼师的胡说八道触动了心事，她有本事惹祸，却没本事收场，居然想把自己拉进来顶缸！

镜月目光闪动地看了院门两眼，突然长叹着念了声佛："地藏菩萨在上，贫尼不敢欺瞒库狄夫人。适才韩国夫人过来，是让贫尼为她解梦，言语间颇有些颠倒。贫尼便想着给韩国夫人煮点清心宁神的药茶，也能让她定定心思。没想到库狄夫人也过来了。夫人还没进门吧？不如这便随贫尼一道进去？"

琉璃不由一愣，镜月这话是什么意思？主动帮自己撇清却又想让自己进去？她笑了笑，"既然韩国夫人在里面，又有话要对尼师说，我还是不去打扰的好。"

镜月抬头看着琉璃，神色谦卑又诚恳，"贫尼自知唐突。可贫尼算什么人物？若是惹恼了夫人们，莫说贫尼死无葬身之地，这间小庙只怕也难得好结果。今日之事，贫尼原不敢令夫人为难，只是想请夫人一道进去劝劝韩国夫人，不谈旧梦，且品新茶。韩国夫人心思有些重，有夫人在，大约还能听劝些。何况等到韩国夫人醒来神来，万一问及前事，有夫人在，贫尼的话她也能信不是？"

琉璃皱了皱眉，原来镜月打的是这个主意！一则是看自己有没有法子让韩国夫人清醒过来，再者便是估量着自己刚回长安，与那些旧事无干，正好与她互相作证，抵死不认曾听到过那些要命的话……琉璃想了想，还是摇头笑道："尼师太过抬爱了，尼师德高望重，能言善辩，琉璃望尘莫及。若是韩国夫人不肯喝茶，或是喝了之后依然故我，我一个外人，又能有什么法子？"

镜月毫不犹豫地道："若真是如此，贫尼定然不敢连累夫人。此次贫尼烦扰了夫人，实在是万不得已。日后夫人若有什么吩咐，贫尼定然万死不辞。"说完也不管手里还端着沉重的托盘，深深地弯下了腰去。

琉璃心里叹气，这话自然未必能信，但事到如今，就算镜月让自己离开，自己真敢掉头就走吗？她索性也含笑欠了欠身，"尼师太过客气了，相逢即是有缘，琉璃愿听尼师派遣。"

两人的目光撞在一起，脸上都露出了和煦的笑容，"请！"

松木门"咣当"一声，终于被合得严严实实。碧蓝的天空中，几团不知从哪里吹来的云彩遮住了日头，也在地面上投下了一片巨大的阴影。偌大的东院愈发显得宁静，几只不久前被惊起的小鸟重新落回枝头，四下望了几眼，大约再没见到那来去如风的身影，便又若无其事地鸣啭了起来。

隔着两重院墙与佛殿，尼寺的西院里，一处几乎一模一样的松木门也突然发出了"咣"一声，一个穿着雪青色衫子的身影飞一般闪了出来，又回头叫道："关门！快关上门，不许她们出来！"

跟着她跑出来的婢子忙忍笑回身拉上了门环，也关住了那满院的笑声。

阿嫒的脸颊绯红如火，连耳朵都是一片粉润，听着门内的隐隐笑声，恼得用力跺了跺脚，冲婢女吩咐道："你先拉着门，不许放一个出来。"说完转身就走，眨眼间便冲进了满园的绿荫之中。

/第一百二十五章 相由心生 祸从耳入

午后的西院看不见几个人影，阿媛却觉得那笑声仿佛依旧在追逐着自己的脚步，她不由越走越快，不知不觉便转到了靠近后殿的一处杏林边。

四下一片静谧，似乎连鸟鸣声都听不到。阿媛终于缓下了脚步，慢慢喘匀了气息。抬头看了几眼头上那繁花如雪的树枝，嘴角终于露出了一丝笑意。

她的脸上依然带着红晕，嘴角抿着的那点微笑，明丽得难描难画。仿佛被这笑颜所慑，满树的杏花突然微微一颤，随即才听到，从杏林深处隐隐传来了一阵"砰、砰"的声响。阿媛听了好一会儿，到底按捺不住好奇，循声走了过去。却见一个熟悉的身影正站在一棵杏树下面，正在发狠般一脚接一脚地踹着那并不粗壮的树干，雪白的花瓣簌簌地落了满地满身。她吓了一跳，失声叫道："表兄？"

那身影一僵，半晌没有回头。阿媛不好意思地改了口，"姊夫，你怎么在这里？怎么……"她瞅了瞅那棵枝叶犹自颤动不止的杏树，没敢再问下去。

武敏之闭上双眼，深深地吸了口气，负着手转过身来。

他的脸色苍白得有些异样，一双眼睛里满是血丝。阿媛吃惊地睁大了眼睛。武敏之却抢先冷冷地喝道："你怎么一个人跑到这边来了？"

阿媛被这么一问脸上又有些发烧，一时倒也没留意到武敏之比平日更喑哑的声音，只是低头看着自己的脚尖，半晌才道："这边、这边清静。"

她长长的睫毛低垂下来，遮住了眼里的潋滟波光，比初雪更莹润的脸颊上又一次透出了嫣红的颜色。微风吹动着满树花影，也吹上了她淡紫色的长裙和轻纱披帛，那衣袂轻扬的窈窕身影，仿佛下一刻就会乘风而去。

武敏之的眼睛却被刺痛了般猛地一眯，恍惚间俏立在花树下的，已变成了他最熟悉的那个身影，一样的窈窕身姿，一样的羞红容色，也许在下一刻，他就能再次听到那个娇俏的声音："阿兄又胡说了，阿月才不要嫁人！"

阿月，阿月！

那时的阿月也是这么大吧？那时她总说不要嫁人，说满长安的郎君都比不上阿兄的一根手指头。那时自己总是在想，阿月怎么就长大了呢？要是她不长大那该多好啊！那样的话，自己就可以继续护着她、宠着她，不让她听到一句胡话，不让她受到半点委屈。

那时她们总说自己太宠着阿月了。真可笑！阿月是自己唯一的妹妹，自打母亲大人欢天喜地进了皇宫，一心一意的做她的韩国夫人，阿月也就成了自己唯一的亲人。自己不宠她还能宠谁？除了自己，又有谁真把阿月放在心上？她们每一个人，眼里、心里，看得到的、想得到的，不都是那个男人吗？

那时他曾以为自己终于算是长大了，终于不用再看别人的脸色，终于可以护住阿月，让她离那个肮脏透顶的宫廷远一点，让她快快活活地过自己的日子。没想到才一转眼，那个男人，竟然连阿月都不肯放过，那些女人，竟然生生把阿月推上了绝路！

直到今天，他才知道，自己的怀疑，一点都没错！那些人，比自己最恶毒的想象还要卑劣无耻！自己曾以为，那位圣人，对阿月多少还有点真心，曾以为那位祖母，对自己兄妹多少还有点疼爱。结果，在他们的心里，除了他们自己那点见不得人的心思，什么都没有！为了过上称心的日子，为了铺平脚下的路，再无耻再冷血的事情他们都做得出来，贺兰家武家的名声算什么，自己从小到大受的那些嘲笑羞辱算什么，阿月的一条命又算什么？

这不，自己的祖母大人，就要如愿以偿地把另一个晚辈送入宫廷了，这样一来，皇后殿下的地位就会更加稳固，武家的荣华富贵就能更加长久……踩着自己的脸，踩着阿月的血，她们会费尽心思地把最美最好的女人送到他们的床上去，让他们和她们，能舒舒服服地享受一辈子！

她们要称心如意到几时？凭什么他们就能称心如意？

看着眼前那张熟悉又陌生的美丽面孔，武敏之的双眼不由越眯越紧，半晌之后再睁开时，他的眸子里已是一片血色，嘴角却慢慢挑了起来，"喔？是她们取笑你了吧？"

阿嫒惊讶地抬起头，"姊夫怎么知道？"

武敏之微笑摇头，"我怎会不知道？这消息原是我送过来的！"他笑得比平日和煦，唇边的酒靥看去也更深，微微眯起的双眼里光芒闪动，让那张苍白的面孔几乎有了种妖异的美丽。

阿嫒不由自主地移开了目光，讷讷地道："那、那我就不打扰姊夫了……"

武敏之眉头一皱，突然抬头往远处看了两眼，"那边好像有人过来了，是她们来找你了么？"

阿嫒忙探头回望，急得跺脚，"她们怎么就找过来了？真是……我先躲躲，姊夫你莫说看见我了！"说着转身就要走。

"等等！"武敏之走上一步，微笑愈深，"你莫急，不如我先带你出去避上一避，等过了这半日再回来？"

阿嫒不由喜出望外，"好，好！多谢姊夫，咱们赶紧走。"

武敏之用下巴往前指了指，"沿着这条小路往前走，那边有个后门。"

阿嫒忙不迭地转身拨开枝叶，快步走了下去。武敏之不紧不慢地跟在后面。他背在身后的双手依旧紧紧地握着拳头，关节上分明已是一片血肉模糊。那殷红的鲜血一滴滴落了下来，在午后幽静的佛院里画下了一条稀疏的斑斑血痕，随着"吱呀"一声门响，终于消失在后门外高高的荒草之中。

第一百二十六章
天意弄人　人命关天

　　山间的天气最是阴晴不定，午前还是风轻云淡的阳春天，日头刚过中天，云彩便越积越厚，渐渐遮住了大半的天空，连迎面而来的山风都带上了几分寒意。
　　阿霓快步走到那扇紧闭的柴门前，犹豫片刻，抬手轻轻拍了拍门环。
　　没多久，门后便露出了镜月汗津津的微笑面孔。阿霓有些意外，忙问："我家夫人……"
　　镜月笑着点头，"韩国夫人刚刚喝完茶，正说要与库狄夫人一同回去呢。"
　　阿霓顿时松了口气，"库狄夫人也来了？"
　　镜月笑道："正是，韩国夫人刚进门，库狄夫人就到了，贫尼这里也没什么好招待的，勉强在屋里煮了回茶，倒是让两位夫人见笑了。"
　　说话间两人进了禅房。武夫人果然正捧着杯茶低头出神，屋角的茶炉茶釜犹未撤下，加上那满屋的茶香、檀香和带着药味的异香，愈添了几分闷热。琉璃的脸上似乎也有汗迹，看见阿霓进来便笑道："你总算记得来接夫人了么？"
　　阿霓笑嘻嘻地屈膝行礼，"婢子愚钝，又没佛性，夫人不许婢子跟着捣乱。"夫人午睡时直叫月娘的名字，醒来后又立时要找这镜月尼师说话，她自然是离得越远越好，难不成还想去地下跟翠墨她们做伴？
　　武夫人放下杯子，站了起来，"回吧。"声音竟是出奇的沙哑。阿霓吃了一惊，这才注意到，她的发髻妆容虽还齐整，双眼却是一片红肿，像是大哭过一场。
　　琉璃也站了起来，面带歉意地解释道："夫人大约是午间做了噩梦，在这边哭了一场，刚刚喝了茶，精神才好了些，你记得提醒夫人晚间早些休息。"
　　阿霓恍然点头，"有劳夫人和尼师了。"
　　武夫人也有些歉然，"倒是烦扰了你们半日。"
　　琉璃笑道："夫人跟琉璃还客气什么？"心里不由松了口气——总算暂时糊弄过去了！她和镜月进来时武夫人还在时哭时笑地喃喃不休，怎么都唤不醒。她百般无奈之下，索性狠狠在武夫人身上掐了一把，又抱着武夫人大哭月娘。武夫人果然也跟着哭了起来，这一哭却是撕心裂肺，几乎没昏厥过去，人倒是清醒了一些。琉璃和镜月异口同声地表示，她是进来后说自己做了个噩梦然后一直哭到现在。武夫人呆了半晌，任由她们帮着重新收拾了头面，又喝了几杯药茶，这才渐渐恢复了常态。如今看这模样，大约倒是没起什么疑心。

阿霓的目光在屋里屋外转了转，上前行了一礼，"夫人可听说了那桩喜讯？长安那边传了消息过来，圣人口谕，媛娘被选为了太子妃，已让太史卜算吉时，择日大婚，过几日便会颁发敕旨昭告天下！"

太子妃？琉璃脑子里顿时"嗡"的一下，心底只剩下一个声音：怎么会是阿媛？

武夫人怔了怔，嘴角轻轻扯起一个淡漠的笑容，"是么？恭喜她们了。"

镜月脸上的笑容却是压都压不住，"恭喜夫人！那日贫尼在门外见到杨檀越，就叹过她面相不凡，定然会有一番造化，原来如此！"

琉璃几乎忍不住要苦笑起来：造化？造化弄人还差不多！自己也真是迟钝得可以，怎么不会是阿媛？武夫人刚才不还提过一句杨老夫人总是让她带阿媛去宫里吗？其实回想起来，阿媛虽然生得好，人也乖巧，但若不是有这种打算，杨老夫人和杨岚娘何至于对她如此另眼相待？自己总想着只要离武敏之远点，自然不会卷进他的那堆烂账，没想到……如今自己又该怎么办？难不成真就若无其事地等着阿媛遇到那样的"造化"？

她随口道了句"恭喜"，转头看了看外面的天色，还是忍不住问："阿媛呢？她知道这消息了么？"

阿霓笑了起来，"自然知道。半个多时辰前小郎君亲自过来送了这消息，没多久那边院里就传遍了，凌夫人还特意过来转弯抹角地打趣媛娘，媛娘臊得跑了，也不晓得躲到了哪里。"她突然拍了拍脑门，"小郎君原是说亲自过来向夫人禀告此事的，婢子们等了半日也没见小郎君回来，夫人难道没见到小郎君？"

琉璃和镜月相视一眼，都从对方眼底看到了疑问和慌乱。镜月忙问："周国公是什么时辰过来的？"

阿霓纳闷地看了她一眼，"半个多时辰前吧，尼师可是见到小郎君了？"

琉璃心头更是一片惊涛骇浪，开口说了声："你们……"自己听着声音都有些变了，忙低头咳了两声，放缓了声调问道："我和尼师都未曾见到周国公，莫不是被什么事耽搁了？你们还是去找找看才好。"

阿霓苦笑着摊了摊手，"大伙儿如今都在找媛娘，凌夫人正后悔自己嘴快呢，眼见就要变天了，这天气被雨淋了可不是玩的。"

琉璃胸口寒意更甚，不由脱口道："那你们还不赶紧去找！那、那……雨可是要下起来了！"她转身一把拉住了镜月，"尼师也请赶紧让人四处去找一找，杨娘子和周国公……哪一个被淋坏了都是不成的！"

镜月应诺一声，急匆匆地跑了出去。没过多久，细细的雨丝果然飘洒了下来。武夫人瞧了外面几眼，眉头渐渐皱了起来。

/第一百二十六章　天意弄人　人命关天

阿蘼笑道："夫人莫急，媛娘原是面皮薄，故意躲着人的，如今雨一下自然就回去了。小郎君或是有事要处置，横竖这里又不是荒郊野外，哪里躲不得雨？"

武夫人点了点头，重新坐了下来。琉璃站在窗口，默默地看着屋外，外面的天色见暗，雨丝愈密，将天地间染得一片苍茫。而她心头的那片阴霾也慢慢压了下来。

好在这场春雨来势绵绵，去得却不算慢，不过半个多时辰，天空便渐渐变得明朗起来。只是当连着两拨婢子都回报说四处都没找到人时，便是阿蘼的脸上也挂不住笑意了，武夫人更是坐立不安，不等雨彻底停歇，便匆匆回了西院。

西院的主院里，众人早已变成了热锅上的蚂蚁。看见武夫人，阿凌第一个上来请罪，"都是我不好，明知道媛娘面皮薄还打趣她……"

武夫人不耐烦地摆了摆手，"说这些做什么？如今到处都找过了么？这院子里可有什么……不大妥当的地方？还有敏之，有人见到他没有？"

平日跟着阿媛的婢子身上的衣服已经湿了大半，眼睛也是红通通的，听得这连珠炮一般的问题，忙忙地摇头，"都是婢子该死！没跟上娘子。这院子里所有能藏人的地方婢子们都找过了，便是池塘和井边也都看过了，都没娘子的踪影！"

正乱着，镜月匆匆走了进来，开口亦是，"都怪贫尼，是贫尼管教不严，让夫人担忧了。"她的目光在屋里一扫，上前一步，压低声音道："好叫夫人知晓，杨娘子一个多时辰前就从后门出了尼寺，因她吩咐过看门的沙弥尼，不许透露她的行踪，那沙弥尼当真便没敢说，眼见事情闹大了才回了我。"

琉璃站在武夫人身边，正听了个清楚，心里不由"咯噔"一下。武夫人也"哎呀"一声，"这可如何是好？这尼寺后面似乎甚是荒凉，这大雨天的，这、这怎么成！"

镜月忙道："夫人莫急，杨娘子不是一个人，有周国公跟着呢，说是出去转转就回。若非如此，看门尼再是大胆，又怎敢让杨娘子出去？夫人放心，尼寺的后山虽然有些荒，却极为清净，并无外人来往，也无虫兽出没。周国公这几日也是走惯了的，想来不过是在哪里被雨耽搁住了而已。"

武夫人愣了一下，皱眉叹道："阿媛面皮薄要躲人也罢了，敏之怎么也容着她胡闹！"脸色却是明显放松了下来。

杨岚娘忙笑道："此一时彼一时，敏郎虽是看着阿媛长大的，如今却也不好太过拂了她的意。"

阿凌神色也是一松，却故意摇头叹了口气，"阿媛原来也是会作弄人的，竟然躲了那么远，成心让人着急。以后我可再不敢取笑她了！"

杨岚娘笑出了声，"你不就是怕日后再不敢取笑她，今日才要过足这瘾的么？"

屋里几个人都笑了起来，阿媛的婢女更是念佛不迭。

那一张张如释重负的面孔落在琉璃眼里，有如一根根的尖刺扎得她几乎立不住脚。她不敢再看，只能转头对着外面出神，心头一片冰凉。耳边却听得阿蘼笑道："阿弥陀佛，幸好无事，不然婢子们只怕身上这层皮都不够扒……"琉璃心头一震，忙转头屋里屋外看了两圈,没瞧见自家那几个婢子,这才微微松了口气。

杨岚娘一眼瞅见,忙笑着解释:"三郎没在这边。今日太过忙乱,我怕照应不到,先前就把大郎送到夫人的院子里了。"

琉璃心知她会错了意,笑着点头:"多谢少夫人费心了。"

那边阿凌已走到门口,扬声吩咐婢女们多去熬些姜汤:"如今这天时可不好,但凡淋着雨的,人人都要喝一碗。"又把自己的婢女叫了过来,"阿依,你去跟崔夫人回禀一声,这边已是无事了,再问问她好些没有,要不要我过去看看。"

琉璃这才注意到崔十三娘竟也不在,忙问了一声,才晓得她是今日早间便说有些不大舒坦,午膳都没用。阿凌满脸歉意,"我原说她若是午睡之后还不好,我便去帮她把个脉的,这一忙竟给忘了!"

琉璃点了点头,没过来也好,今日这情形,卷进来的人越少越好。

那边厢,镜月犹自在低声与武夫人保证,"不必劳烦使女们了,她们又不认识寺外的道路,还是让贫尼的弟子们去找找。夫人放心,她们虽然愚笨了些,平日倒是走惯了山路的,杨娘子与周国公那般的人物,自然一见便知……"

琉璃心里一沉:那些找人的尼姑,那些殷勤周到、几乎谦卑到泥里去的出家人……她不由又转头看了看门外正笑嘻嘻分头而去的婢女们,不知为何,翠墨的笑脸突然变得无比清晰。

她顷刻间便拿定了主意,抬头向镜月使了个眼色,才转身对武夫人笑道:"夫人这边若是无事,我还是先回去看看大郎他们吧。"

武夫人点头,"这边一时半会只怕还不得清净,大郎就拜托你再照看照看了。"

琉璃笑着应了,一出院门便放慢了脚步,镜月果然很快跟了上来。眼见四下无人,琉璃也不客套,开门见山便道:"尼师,我有些忧心,今日只怕会有一场泼天的祸事。"

一阵疾风吹过,树梢摇动,豆大的水滴纷纷坠落,很快就将两人的肩头打湿了一片。两人却动都没动一下。随着琉璃低低的声音,镜月那张平日总是波澜不惊的慈和面孔越来越僵硬苍白,就如涂上了一层厚厚的粉浆。

天色渐渐向晚,满天的雨云终于散了大半,日头虽不曾露面,西边的云层却被染成了一片金红。法常寺的后门外,寻人的比丘尼们两人一队,顺着几条山间的小路找了下去。

山间的夜色来得早,没多久,树林里就开始浮起薄薄的暮霭,天边的晚霞却愈发绚烂,在雨后一半深蓝一半灰暗的天幕里,那微微变幻的深金魅紫浓丽得近乎妖异。只是对于尼寺后山一处草棚前的两位比丘尼来说,眼前被晚霞映照出来的景象,分明是一片血色。

她们要找的贵人就坐在草棚的角落里,身上严严实实地裹着一件白色的男式外袍,整个人缩成了小小的一团,披散下来的头发遮住了半边面孔。大约是听到了脚步声,她身子一抖,将头深深地埋进了衣袍里,却露出了赤裸的肩膀。

年纪略大的寂痴脚下一软,差点坐倒在地。年纪小些的寂嗔却是反应更快,退后两步四下打量,见附近再无人影,立时便想起了镜月适才的吩咐,她忙低声道:"师兄,你守着这里,我去找上座!"

她撒腿就跑,只觉得身体仿佛已不是自己的,明明是两里多的路,不知怎的竟是转眼就到,远远看见镜月正在尼寺后门外来回踱步,压在心底的恐惧这才猛然冲入胸口。待到了镜月面前,她已说不出话来,只是指着草棚的方向拼命摇头。

镜月忙问:"是找到杨娘子了?她怎样了?"

寂嗔用力点头,喘息着好容易蹦出了几个字:"她,样子,不好,像是,不好了。"

镜月身后的两位比丘尼相视一眼,都是一头雾水,性急些的忍不住便追问:"杨娘子到底怎么不好了?"镜月的脸色却是骤然一变,摆了摆手,上前一步盯着她低声问道:"她可是,可是被、被……周国公呢?路上还遇到了什么人?"

寂嗔立时明白了镜月的意思,忙点了点头,又摇了摇头,"没见到,没见到旁人,没见到周国公。"突然想起几日来远远见过的那个白衣如雪的身影,又补充了一句,"只是杨娘子身上的衣裳,仿佛就是周国公的……"话一出口,她猛然醒悟过来,不由惊喘一声,伸手死死地捂住了自己的嘴。

镜月脸上的神情变得复杂之极,仿佛有些不敢置信,又带着几分苦涩和自嘲。她闭上双眼念了声佛,再睁开时,神色已变得极为镇定,转身吩咐身后的两位弟子,"寂慢,你带上东西过去,先在那里帮杨娘子收拾收拾,再把人慢慢扶到这边等我;寂疑,你回去敲钟,召集众人回大殿做晚课,敲完钟便过来守住后门,告诉她们,今日的晚课,没我的准许,谁也不许出殿!"

她的目光在几位弟子身上一扫,目光中带上了前所未有的威严,"待一切处置妥当,你们四人立刻悄悄收拾行李离开尼寺,分头苦修,越远越好。在外面不得轻易与人透露来历,更不许再提及今日之事!"

寂嗔刚刚喘匀气息,听得这一句,不由微微张大了嘴,另外两名比丘尼还未弄清发生了什么事,有一位脱口叫了声:"上座,这是为何?"

镜月断然摆了摆手,"这是劫数,不必多问。"

寂嗔怔了片刻,终于醒悟过来,不由一阵惶然,脱口叫道:"弟子们若是走了,上座又该怎么办?"

镜月看了她一眼,目光柔和了一些,声音却愈发严厉:"为师自然早有打算,你们走得越远,为师便越是安稳。若是有缘,过得一年半载,我还是这里的上座,你们再回来也不迟。这几个月却一定要走远些,千万莫自作聪明要回来探什么虚实,害了自己不说,还害了为师,害了整个尼寺!"

"你们还等什么?还不快去!"

几位弟子不敢多说,只得分头行事。没多久,寺院内便响起了一下又一下节奏舒缓的钟声,正是召集众人回寺的信号。

眼见远处的山路上出现了陆陆续续往回走的人影，镜月定了定神，转身往西院主院走去。她刚刚踏入院门，武夫人便带着杨岚娘迎了出来，"可是找到人了？"

镜月点了点头，"找到了，只是雨大路滑，杨娘子衣衫污了，贫尼已安排了几个弟子带上干净衣裳接她回来，路途不近，怕是要花上些时辰。"

武夫人忙问："她还好吧？敏之呢？"

镜月面不改色地回道："周国公已然离开了，杨娘子大约有些着凉，夫人若是忧心，不如请少夫人与贫尼一道去迎一迎？"

武夫人忙点头，"好，好，岚娘，你快带人去迎迎阿媛。阿霓，你去她的院子吩咐人准备热水。可怜见的，这天气被雨淋到，不知冻成什么样了！"

院子的外面，随着钟声的停歇，早已是人声不闻，人影皆无。镜月松了口气，眼见离主院已远，才伸手拉了拉杨岚娘的袖子，"少夫人，借一步说话。"

杨岚娘吃惊地转头看着镜月，镜月却回头看了看那两位婢子，认得一个是杨岚娘的婢女，一个却是日常跟着阿媛的，不由暗暗叹了口气。

杨岚娘脸上顿时露出几分惊疑，摆手让婢子们离得远些，低声问："敢问尼师有何指教？"

镜月低头念了声佛，轻声叹道："贫尼也不知该如何跟少夫人回禀。此事干系太大，贫尼万死莫赎。"

杨岚娘脸色顿时一变，"难道是阿媛出了什么事？"

镜月默默点了点头。杨岚娘的声音有些发颤："她是受了伤么？是伤着了头面？还是摔坏了手脚？"

镜月微微摇头，"若是如此，也就罢了。"

杨岚娘大惊失色，"难道她的伤竟是有碍性命？这是……"她声音一顿，脸色由白转灰，手脚都抖了起来，哑声道："难不成她竟是遇到了、遇到了歹人？你不是说那条路上清静得很么？周国公呢？他怎么样了？"

镜月垂下了眼帘，"贫尼的弟子的确没看见国公，只是看见杨娘子身上披着的，似乎正是周国公的衣裳。"

杨岚娘呆呆地看着镜月，突然身子一软，"扑通"一声坐倒在地。镜月忙伸手去扶，跟来的两个婢子也都惊叫着上来帮忙。杨岚娘身上却如软泥一般，几个人都扶不起来。远处有人看见，叫了声"少夫人"，急匆匆地赶了过来。

镜月心头大急，低声喝道："少夫人，你若不撑着些，让此事张扬出去，只怕、只怕会连累到小公子！"

两个婢子原本口中正乱糟糟叫着夫人，听到这一句，不由相视色变。杨岚娘身子一颤，脚下晃了两步终于站稳，突然又反手抓紧了镜月，"快、快带我去看看，定然是你们弄错了，我不信，我不信！"声音沙哑又尖锐。

镜月舒了口气，"好，好，或是贫尼弄错了，贫尼这便带夫人过去！"她的目光扫过那两个婢子，忍不住又迟疑道："只是这两位使女……"

杨岚娘哪里顾得了那么多，只是道："咱们快去！"

说话间，从远处赶过来的人也到了近前，正是阿凌。她身上还背着药囊，离得老远便高声问道："少夫人没事吧？适才怎么摔了？"待走到近前，看见镜月，倒是怔了一下，"尼师回来了？可是找到……媛娘了？"

镜月点头笑道："找到了，杨檀越淋湿了衣裳，我带少夫人去迎一迎。少夫人走得有些急了，这刚下过雨的，便滑了一下。"

阿凌挑了挑眉，如释重负地笑了起来，"那就好，我也一道去！"

杨岚娘忙扯出了一个笑脸，"如何敢麻烦你！"

阿凌讶然看了她一眼，眨眨眼睛没有说话。镜月也笑道："正是，外头的路可不比这院子，泥泞得很，夫人只怕会弄脏裙子鞋袜。"

阿凌转头看了看后门的方向，又低头往地上看了几眼，镜月多少知晓这位夫人爱玩爱笑爱凑热闹的性子，心头不由紧张起来，立时又盘算出了几个说辞。好在阿凌却只叹了口气："也罢，我还是先去十三娘那边，少夫人若是有事，再打发人来传我便是。"她笑着向两人点了点头，回身往来路而去。

杨岚娘和镜月相视一眼，都长出了一口气，却没看见，阿凌转身走了没几步，脸色便彻底沉了下来，眉间那个深深的"川"字，将那张平日总是笑吟吟的面孔竟是衬得异常阴郁。

眼见前面便是崔十三娘的院子，她立住脚步，怔怔地出了好一会儿神。暮色渐深，山风愈凛，那寒意仿佛都凝聚在她的眉宇之间，终于渐渐变成了决然。

片刻之后，当院内的小婢女听见敲门声打开门时，看见的依然是一张笑意盈盈的生动面孔，"你家夫人好些没有？我适才找到了几丸药，如今倒正是合用。"

法常尼寺的后门外，杨岚娘那张平日总带着三分笑意的面孔，此刻却僵硬得仿佛木胎泥塑一般。

在她身前不远处，两位女尼正吃力地搀扶着一个全身连带头脸都罩在深色斗篷里的女子，一步一步地走了过来。斗篷的阴影里只露出一个下巴，她却依然一眼便认了出来；而另一个女尼手上拿着的白色袍子，更是眼熟得撕成布条她也不可能认错。杨岚娘只觉得胸口仿佛有什么东西涨得几乎要炸开，一时连呼吸都窒住了。

阿媛的婢女失声叫了句"娘子"，冲上几步搀住了她的胳膊，"娘子你还好吧？都是婢子该死！婢子……"斗篷被扯得微微一斜，露出了一张毫无生气的惨白面孔。婢女的话戛然而止，整个身子都僵住了。

阿媛空洞的眸子下意识地转了转，正落在了杨岚娘的脸上。杨岚娘不由自主地扭过了脸去，落入眼中的正是那件皱巴巴的白袍。白袍的下摆上早已满是灰泥，袖口和衣襟上还沾着斑斑血迹，但领口那细细的银丝刺绣却依然显得精致清雅——那是她一针一针亲手绣上去的花样！

她耳中全是轰然乱响的声音，几乎用尽了全身的气力，才走上两步，轻声问道："阿媛，告诉姊姊，到底出了什么事？"

阿媛依然呆呆地看着杨岚娘，仿佛没有听见她的问话。镜月眉头微皱，上前扶住杨岚娘，想低声提醒一句，阿媛的嘴唇突然动了动："是姊夫，姊夫……"

那声音轻飘飘的没有半分力气，却如一块巨石重重地砸上了杨岚娘的胸口，她只转头咳了一声，一口鲜血便喷了出去，不少血沫正落在那件白袍上，仿佛骤然添上了一道艳丽的花枝。

扶着阿媛痛哭的婢子发出了一声微弱的呜咽，双膝一软，跪倒在地。另一个婢子伸手扶住了杨岚娘，哑着嗓子叫了句夫人。微弱的暮光中，她的脸色看上去比杨岚娘更加惨淡，身形摇摇欲坠，倒像是更需要旁人来扶。

寂嗔手上原是只拿着袍子，见着不对，忙上前搭了把手，只觉得杨夫人和那婢女的手都是一片冰凉，婢女还在不停地发抖，心里不由又是怜悯又是庆幸——耳闻目睹了这种事情，便是寻常的大户人家也未必会留给婢女们活路，更莫说牵涉到这样的贵人……幸亏上座慧眼慈心，早就想到要给她们备好退路，可上座她自己，又该如何脱身？

她忍不住转头去看镜月，却见镜月正回头看向寺院的方向，眉头微皱，神色怅然。

仿佛应和着她的目光，寺院的梵钟又一次响了起来，那悠长的声音回荡在群山之间，带起了绵绵不绝的悲悯回响。

第一百二十七章
福报业报　人算天算

浓稠得化不开的黑暗中，悠长的钟声又一次响了起来。

琉璃一个激灵翻身起床，看着微微透入灯影的窗棂出了半晌的神，这才穿上外衣走出门去。

正是丑时刚过的凌晨时分，迎面的山风寒意浸人，屋檐下的灯笼随风晃动，在浓黑的夜色里划下一道道明灭不定的光圈。琉璃拢了拢衣襟，侧耳倾听着外头的动静，可除了那几声急促几声轻缓的规律钟声，便只有和夜色一样纯粹浓厚的寂静。

身后的门楣一响，睡在外屋的小米揉着眼睛走出门来，看见琉璃明显地吃了一惊，"娘子？娘子怎么这么早便起来了？不是说天明之后才动身么？"

琉璃笑了笑，"昨日睡得早，梵钟一敲，便有些躺不住了。"昨天她回来后便没再出院门，杨岚娘那边也直到天黑后良久才想起要来接大郎。琉璃问得了一个嫒娘已安然回来、喝过姜汤睡下了的答复，回身便关了大门，把所有的人都轰回房间，"早些睡觉，明日还要回城呢！"

只是如今这时辰到底还是太早，小米捂着嘴打了个呵欠，"这寺院住着清净是清净，就是每日的晨钟着实有些吵人，让人起也不是，睡也不是……"

说话间，远近各处寺院的钟声都响了起来。那此起彼伏的连绵声响，温柔而固执地敲击着夜色。不知过了多久，原本严丝合缝的漆黑夜色终于渐渐松动，在东边的天幕上裂开了一丝缝隙。曙光乘隙而入，将那线裂痕越拓越宽，终于变成满天的清辉。

东屋里，三郎咿咿呀呀的声音突然响了起来。琉璃早已梳洗妥当，在院子里转了几圈，听见动静忙挑帘进去。三郎听到门响抬头望了一眼，立即又把小脑袋缩回了被子，闭着眼睛装睡。琉璃忍笑上前摸了摸他的额头，"三郎还没睡醒么？那刚才是谁在叫阿娘？难不成是武家大郎在叫他的阿娘吗？声音可真是好听！"

三郎忙不迭睁眼嚷了起来："是三郎，是三郎！"

琉璃笑着低头亲了亲他的脸蛋，"原来是三郎啊，阿娘没听错呢。"她和乳娘一道给三郎穿上了衣裳。再出门时，小米已出去取了早点回来，一见琉璃便道："娘子，崔夫人那边已经开始备车了呢,咱们要不要也快些收拾?"

琉璃好不意外,"崔夫人?她不是说身子有些不好么?"

小米叹道:"可不是!我刚才遇见了凌夫人那边的阿依,听她说,昨天入夜后崔夫人就发起了高热,好在凌夫人见着势头不好,一直没敢离开,赶紧给崔夫人下了两遍针。过了三更天,崔夫人便发出了一身的疹子。原是她体质湿热,受不得这山间的潮气,疹子一发出来就没什么要紧了,只是要赶紧挪换个干爽的地方。韩国夫人正催着凌夫人赶紧陪崔夫人回长安呢。阿依说,她们行李都收拾好了,吃过早点就准备上马车。娘子,您看咱们……"

琉璃不由松了口气,她正担心十三娘病得不是时候,万一真是出了那档子事,被耽搁在这里不是玩的!她点了点头,"没事就好,待会儿我去问一问韩国夫人,若是无事,咱们便一道走。对了,韩国夫人和杨娘子那边如何了?"

小米摇头,"这倒是没听说,适才婢子去取饭时,没遇到那边院子的人,今日送斋饭的尼师又换了两个生面孔,婢子也就没多问,只怕都在忙着收拾吧。"

她一面快手快脚地放好了碗碟,一面感慨,"说起来这出家人也是会装样的,平日看着那般勤快谦和,咱们人还没走呢,昨日的脏污也没人来收了,今天的院子也不打扫了,刚才婢子走了一路,竟是一个人也没遇到!"

琉璃心里微微一沉,转头看着院门的方向,半晌没有做声。

院门之外,偌大的庭园的确是格外宁静,被雨水冲刷过的花木绿得沁人心脾,将尚未散去的薄薄雾气也染上了一层淡淡的青色。往日里洒扫的沙弥尼和来往的婢女都是不见人影,唯有不知名的小鸟在花木深处你唱我和地吊着嗓子。

一片寂静之中,庭院靠西的凉亭里,突然传来了一阵细碎的人语。那凉亭四下开阔,半个人影也藏不住,说话的人却依旧把嗓子压得低低的,仿佛亭外每一根树梢上都可能藏着偷听的耳朵。只是说着说着,其中一人突然拔高了声音:"什么叫找不到人了?尼师这话是什么意思!"

镜月恭恭敬敬地欠身行了一礼。大约一夜未睡,她的双眼微红,僧袍发皱,面孔显得极为憔悴,声音倒还镇定如常,"少夫人息怒,贫尼也不大清楚里头的缘故。贫尼昨夜一直守在杨娘子的院子里,没敢出去一步,少夫人适才来传那几个弟子时,贫尼才晓得她们都没在房中。小庙的规矩原是出家人就该出外化缘,这几日因韩国夫人施斋,弟子们才日日就近吃斋,如今出去化缘也是寻常,还请少夫人且等一等再说。"

杨岚娘冷冷地盯着镜月,不发一言。她显然刚刚梳洗打扮过,脸上妆容齐整,迎蝶粉少说也打了三五层,身上是一件簇新的碧色团花夹缬胸襦裙,与满园的绿意相映生辉,只是此刻衬着她粉底都掩不住的灰败脸色,那原本鲜活的绿色仿佛也带上了一股隔夜菜般的晦暗,目光也显得愈发阴沉。

镜月不安地挪了挪脚步,讷讷道:"要不,贫尼让弟子们去附近找一找?却不知少夫人此刻着急传唤她们,所为何故?"

杨岚娘微微一怔,阿嫒空洞的眼神、武敏之沾血的白袍在脑中一闪,她无声地吸了口气,才把那股钻心的滋味强压下去,脸上又恢复了豪门主妇的端严,语气也是无懈可击的淡漠,"杨娘子那边如今只有两个婢子,总要人做些粗活,与其找旁人,倒不如就用昨夜那几个。"

镜月明显地松了口气,"原来是为此事,少夫人放心,这附近原有些残疾之人靠着为寺院效力度日,不如贫尼这便找上两个聋哑的老妇去那院里伺候?"

杨岚娘皱眉不语,一时有些拿不准她是真的糊涂,还是故意装傻。出了这样的事,知情者自然都要扣住,自己昨天心神大乱,一时竟没注意那几个尼姑是何时离开的……看着面前这张神色恭谨却并不卑微的面孔,昨日的点点滴滴在她脑海里渐渐连在一起——当时看着一切安排都是寻常不过,可这么大的事,如今除了那几个尼姑婢子,竟再没惊动旁人,这样的安排,岂是糊涂人随手能做到的?

她心中大凛,脸色倒是柔和了一些,"明人之前不说暗语,尼师原是思虑周全之人,只是那几位师父,还是早日请回寺院才好。毕竟事关天家,若是漏了一句半句出去,不晓得要害多少人!"

镜月垂着眼帘笑了笑,"少夫人过奖,贫尼愚钝胆小,因此凡事上都会多个小心,弟子们也是如此。唯一可取的,不过是一片向佛的虔心罢了。少夫人放心,菩萨在上,贫尼不敢妄言,这等大事,我等若敢搬弄口舌,让旁人听见了一星半点,便让我等下十八层地狱,永世不得超生!"

杨岚娘眉头不由皱得更紧,有些事情,不是她放心不放心的问题,而是太过要紧,绝不是一个毒誓就能应对过去的,别说老夫人那边,就是她自己……她放缓了声音,一字字道:"尼师名德重望,我自然是信的,只是那几位小师父到底还年轻,昨日又受了惊吓,难保不私下议论,犯下大错。让她们在这边院子里多待几日,也是为了她们好。尼师德高望重,我等再是狂妄,也不敢对尼师如何。倒是几位师父若是就此不见踪影,旁人难免不会疑心尼师另有图谋,这又是何苦?"

镜月脸色变得郑重起来,"少夫人,菩萨在上,贫尼不敢诳语,贫尼是当真不知这几位弟子如今在何处。我宗原是最重苦修,弟子们出门修行个一年半载也不算什么,这几位弟子又都是受了足戒的比丘尼,终南山内外,哪里去不得?少夫人说得有理,她们都还年轻,又受了惊吓,若说她们会不知死活在外妄议,贫尼敢以性命担保,她们决计不敢!但若说她们一时糊涂,吓得悄悄跑了,却当真是难说。少夫人您看,这该如何是好?"

杨岚娘原本就不好看的脸色顿时更加阴沉起来。她们要真是跑了,这终南山里的佛寺少说也有上百家,难不成还能一间间找去?三阶宗的出家人又的确最能吃苦挨饿,这时节往野地里一钻,只怕神仙也找不到她们!她忍不住冷笑了一声,"那几位都是尼师的高足,下落么,自然还得着落在尼师身上!"

镜月叹了口气,语气却十分平静,"贫尼愿听任少夫人发落。"

杨岚娘冷笑了一声,正要搁下两句狠话,镜月已退后一步,深深地弯腰行了一礼，"少夫人请听贫尼一言。其实少夫人不必太过忧心，这几位弟子既然都受了足戒，哪个敢犯口舌？犯戒之业从来都是最重。所谓劫数，原本都是因业而生，若是为避劫而造业，日后定然会有更大的恶果！这世上的造业者，谁能逃过报应？不报今生，必报来世，不报自身，必报后人！所谓因果循环，报应不爽，少夫人如此慧根，自然明白这个道理。"

杨岚娘脸色微变，低声喝道："尼师！"这镜月说的是她的弟子们吗？分明是在说自己若是为了捂住丑事而杀人灭口，以后是会遭到报应的！

镜月抬头诚恳地看着杨岚娘，语气越发平静舒缓，"少夫人请恕贫尼造次。韩国夫人与少夫人此来，原本就为了积福。布施造塔，自然都是极大的功德，可救人一命胜造七级浮屠，若少夫人能慈悲为怀，日后的福报定然比施几万僧斋、造满寺佛塔更大。人世间，金银爵位，不过是过眼云烟，唯有这祖上的福报，才能真正荫佑后人。请少夫人三思。"

她的声音轻柔之极，却如梵钟般带着种说不出悠悠回韵。杨岚娘心里一动，眼前仿佛出现了儿子粉嫩的笑脸。劫数、报应……几年来耳闻目睹或暗自猜测的种种变故涌上心头，她只觉得背上仿佛有寒风吹过，满腔的怒火都化成了隐隐约约却又无边无际的恐惧。

怔了好半晌，杨岚娘才轻轻吐了口气，"尼师慈悲，只是有些事情，弟子也做不得主，还望尼师守紧门户，唤回令徒，留待荣国夫人来做决断！若是激怒了祖母，弟子也是无可奈何，望尼师好自为之。"她欠了欠身，转身下了台阶，那碧色的身影，很快便消失在青葱花木之间。

镜月慢慢走出亭子，四下打量并无人影，方举步往琉璃所在的院子而去。没走多远，只听前面脚步声响，前面的道路转弯处，一个月白色的高挑身影从薄雾中脚步轻捷地走了过来，正是她要找的人。

镜月心头一松，忙走上两步欠身行礼，低声道："夫人果然慧眼如炬，一切均如夫人所料。托夫人的福，如今此事惊动之人极少，杨娘子已安顿妥当，知情的弟子们也都避了出去，少夫人亦未追究。只是荣国夫人或许转眼便到，少夫人让贫尼去将弟子们寻回，以免惹怒荣国夫人。还有周国公，他既然听到了韩国夫人在贫尼禅房中说的那番话，又干出了这等事体，保不齐便会将缘由告知荣国夫人。鄙寺该如何应对，恳请夫人再指点一二！"

果然如此！琉璃暗暗叹气，低头还礼，"此事全靠尼师处置妥当，琉璃不敢居功。周国公还好说，他性子偏激，却并非不识利害，未必会对荣国夫人实话实说。"那位武敏之既然知道在杨老夫人面前装乖讨好，想来也是个识时务的俊杰，就算事发，他自认一时见色起意，胆大妄为，总强过让杨老夫人知道他是已经知道当年事情的真相，存心要报复。倒是荣国夫人……

想到那张威严刚毅的面孔，琉璃的语气也郑重起来："荣国夫人性子刚强，手段果敢，微言讽喻或软语求饶对她用处只怕都是不大。不过她毕竟信佛多年，又最看重韩国夫人与周国公。尼师若是不卑不亢，顺着她的话头剖析利害，凡事多为韩国夫人与周国公着想，或许还能奏效。再者，荣国夫人如今最忌讳者，应是此事外传，被皇家得知。少夫人既然要尼师寻人，尼师不妨派人去附近几座大寺里去找一找昨日的几位师父……"

镜月略一沉吟便合十念了声佛："多谢夫人指点，菩萨保佑，贫尼与德业寺的都维尼倒是有些交往，贫尼这便派人去问问，那几位不肖弟子是否扰了她去。"

琉璃点头，"如此更好。"德业尼寺原是皇家寺院，主事尼师自然比寻常的高僧大德更有威慑力，加上最要紧的几位比丘尼都已离开寺院，杀人灭口不但徒劳无功，反而会引来旁人的怀疑。杨老夫人再是手段铁血，大概也不会轻易动手了吧？只是此事到底会如何收场，她当真是一点头绪都没有……想到阿嫒，想到武夫人婆媳，她忍不住深深地叹了口气。

镜月忙道："夫人放心，此事无论荣国夫人如何决断，贫尼都绝不会连累到夫人！夫人的大恩，贫尼无以为报，夫人日后若有用得着贫尼的地方，尽管盼咐就是。今日贫尼就不耽误夫人了，这便告退。请夫人多多保重。"说完举手至额，端端正正地行了一礼。

琉璃一怔，赶紧低头道了声谢，目送着镜月的背影，一颗心不知为何却怎么也"放"不下来。她这次开口示警，虽是有助于控制事态，让卷入的人尽可能少些，却也把自己与镜月更紧地捆在一起，留下了好大一个隐患。如今，也只能但愿这位尼师言而有信，此事莫出意外！

她心神不宁地走到了武夫人的院子门口，站了好一会儿，方抬手敲响了门环。

门"吱呀"一声开了，看门的小婢女脸色多少有点紧张，见了琉璃，着急忙慌地行了个礼，"库狄夫人稍等片刻。"说完掉头跑了进去，在禅房外高声报了一句"库狄夫人求见"。

禅房里，杨岚娘正屏息静气地站在武夫人身边，听得这一声，忙抬头往外看了一眼，"母亲，库狄夫人也过来了，您看此事该如何是好？"

武夫人原本神色茫然的脸上突然露出了一个淡淡的笑容，"没什么如何是好。尼师说得对，有些事情原是劫数。事到如今，你也不必忧心了，我自有办法。待会儿阿嫒那边，我会亲自过去安抚。你这就去请库狄夫人进来吧。"

杨岚娘愣了一下，到底还是应诺而去。

不多久，门帘一挑，琉璃迈步走了进来，一眼看见一身素衣、正襟危坐在坐榻之上的武夫人，不由一愣。如果说迎她进来的杨岚娘有些修饰太过，带着股虚张声势的凄惶，武夫人则是全然放弃了装点，整个人竟有一种千帆过尽的淡漠——她的脸上未施半点脂粉，不但双颊苍白，但唇上都没有血色，密密的细纹仿佛一夜之间全都浮上了眉梢眼角，看去何止老了十岁！只有这些日子以来一直雾蒙蒙的眸子倒是恢复了几分清亮，嘴角还带着一点松弛的笑意。

琉璃不知怎的心头一跳，竟突然想起了第一次见到武夫人时那张明媚的笑脸。她上前两步想说点什么,脱口而出的却是一句最寡淡的客套,"听少夫人说,夫人昨夜玉体不适,一夜都没有好好安歇,如今可好些了?夫人还是要多歇息才好。"

武夫人点了点头,"如今好多了。等送走你们,自然有的是歇息的时候。"

琉璃暗暗松了口气,面上少不得问一句,"夫人今日不走么?阿媛呢?"

武夫人转头看着外面,片刻后才轻声道:"我有点乏,一时半刻大概还走不了,阿媛昨日淋着了雨,精神也有些不济……这一回,是我连累她了!"

琉璃只能笑道:"夫人何出此言?这春日受寒,原是要多歇两日才妥当的。"想了想又补充道:"说来老夫人也真真是会选地方,这里山明水秀,若不是家中实在无人料理,我都想多留几日!"

武夫人回眸打量了几眼琉璃,嘴角的微笑似乎有些意味深长,"这么多年了,你还是这么会说话。"

琉璃心头顿时一凛,忙努力笑得若无其事,"夫人过奖了。"

武夫人抬眼看着她,神色渐渐变得有些空茫,"算起来,咱们认识也有十几年了吧?记得刚认识你时,我最爱去西市找你说话,就是因为和你说话最舒坦。"

"不知你还记不记得,有一回我带着月娘和敏之去买弓箭,还是你找人带我们去铺子的。那天真是好天气,铺子里的弓啊鞭啊,每一样都干干净净、闪闪发亮的。敏之高兴得不行,端着一把短弓跟月娘说,等阿兄长大了,若是有人再敢欺负你和阿娘,阿兄定让他变成只刺猬。他真是个痴儿!什么欺负不欺负的,有些事谁算得清?不过是一错再错!"她顿了顿,脸上的笑容变得苦涩无比。

琉璃一颗心早已吊在嗓子眼里,忙插嘴笑道:"周国公那时还小,有这心也是难得的。只是不知夫人准备留多久?可要琉璃回长安后先去回禀老夫人一声?"

武夫人怔了一下,摇头道:"不必了,这时辰,母亲大约已收到我们的信了。"

那就是半夜就打发人回长安送信了。琉璃点了点头,正想扯开话题,武夫人却轻声道:"大娘,我也知道,敏之这些日子以来,待你有些无礼……"

琉璃吓了一跳,刚要否认,武夫人摆手止住了她的话,"我没旁的意思,只是想代敏之向你赔个不是。说来全是我的错,旁人都道他恃宠而骄、喜怒无常,可你是见过的,他原先是何等乖巧有礼的孩子!这些年来,是我行差走错,太过委屈了他,才会有今日!大娘,敏之原是个苦命的痴儿,你莫要怪他!"

当年……琉璃眼前仿佛又出现了那个斯文俊秀的少年,心头顿时百感交集,看着武夫人期待的眼神,只能扯起嘴角温声应道:"夫人何出此言?周国公不过是性子直率,并不曾待琉璃如何无礼;何况琉璃也算是看着周国公长大的,就算他有时说话直了些,又怎么会去记恨于他?"

武夫人微微点头,"多谢大娘体谅。敏之其实是极有孝心的孩子,待他祖母便再恭顺不过,是我这做娘的当年太过粗疏,现在后悔也是迟了。那时翠墨就常劝我……"她突然止住话头,出神良久,才幽幽问道:"你还记得翠墨么?"

琉璃怔了一下,看着武夫人脸上梦游般飘忽的神情,暗暗提高了警惕,点头道:

/第一百二十七章 福报业报 人算天算

"自然记得。听阿甯说，她是前两年得了急病突然去了，这原是翠墨的命数，夫人不必太过伤怀。"

武夫人的嘴角带上了几丝嘲讽："是，都是命数，大家都是沉沦苦海的痴人，谁又配为谁伤怀？只是翠墨她，她是七八岁上就到我身边伺候了的，跟着我到了贺兰家，跟着我回了武府，又跟着我进了宫。母亲总嫌她笨，可我性子最懒，若喜欢什么，便懒得再换。我跟母亲说，横竖我也不是伶俐人，正好使唤笨笨的婢子。我还跟翠墨说，跟着我至少有桩好处，我不会见到好的就不要她们了。可没想到，到最后，到最后她们……她的那场病，我却还是救不了！"

琉璃听得心惊肉跳，一个字也不敢接。好在武夫人并没有看她，只是自顾自地讲了下去："我昨夜想了一整夜，才明白过来，我这一世原是白活了，除了造孽，什么事都没做过！事到如今，想积福大概是晚了，最多也就是不为自己的冤孽再去害了旁人，这样的罪过，我受不起了，我再也受不起了！"

她的意思是，绝不会让身边的人再因为这件事情被灭口？可这事她只怕也是做不得主的，只能但愿杨老夫人能多些顾忌，手下留情。琉璃念头急转，好容易才答了句，"夫人多虑了。"

武夫人苦笑着摇头，"多虑？我这样的人，从来不肯多动动脑子的，怎么会多虑？何况到了今日，这世上我还会去思虑思虑的事，也只剩下一桩。"她的目光定定地落在琉璃脸上，眸子幽深得令人几乎不敢直视，"大娘，我想来想去，这件事，我也只能求你了。"

"若是有朝一日，敏之惹怒了圣人和皇后，大娘，你能不能帮我，在他们面前替敏之说句话？大娘若能应下，武顺生生世世都感恩不尽！"

她长跪而起，深深地弯下了腰去，那素白的身子仿佛对折在了席褥之上。

琉璃唬得跳了起来，伏地回礼不迭："夫人折煞琉璃了！周国公是何等身份？有夫人、老夫人在，哪里轮得上琉璃来插嘴？"就凭他昨天作下的孽，自己就算赔上性命也救不了他！

一阵窸窣声响，琉璃只觉得手臂上一紧，却是武夫人探身扶住了她。她的手指和声音分明都有些发颤，"大娘误会了，我的意思是，如若有朝一日，人人都对敏之喊打喊杀，母亲和我又、又没法进宫。大娘，我求你在圣人和皇后面前说一句话，请他们看在我尽心尽力伺候过他们的份上，留敏之一条命！你只要说这么一句就成！大娘，我是没用的人，原是帮不了你什么，只是咱们认识了这么些年，我从不曾求过你什么，如今这件事，也只能求到你跟前了……"

武夫人的声音并不凄厉，却带着一种说不出的卑微和绝望。琉璃只觉得自己几乎也要跟着这声音颤抖起来，不敢犹豫，垂眸轻声道："夫人不必如此。周国公身份贵重，就算有什么不是，圣人和皇后也不会苛责，原是无须夫人担忧。但若真有那么一天，琉璃又能在两圣面前建言，定然不敢忘记夫人的吩咐。"

武夫人的手蓦然一松，长长地出了口气，"多谢大娘！"

琉璃忍不住抬头看了一眼，却见武夫人已坐了回去，满脸都是如释重负的轻松，竟是压根没听出自己话里的推脱和敷衍！她原本应该松口气，不知为何胸口反而愈发憋闷起来。

武夫人抬头看了看窗外，突然叹了口气，"时辰不早了，我也不能再耽误你。等你出了孝，记得多去看看我母亲。母亲年纪大了，不耐烦跟人应酬，但你若去陪她说说话，她定然是欢喜的。"

琉璃恭恭敬敬地行了一礼，"琉璃遵命，夫人也好好歇息，凡事莫要多想，保养身子比什么都要紧。"

武夫人久久的没有出声，琉璃微觉纳闷，抬头一看，却见她正在静静看着自己，对上自己的眼光，脸上慢慢绽开了一个微笑，"好，你先回吧。你还带着三郎，一路小心。"窗外的晨光映在她依旧苍白的脸上，将这微笑染上了一层柔和的光晕，美好温暖得几近于圣洁。

琉璃心里一突，却不敢多看，更不敢多留，咬了咬牙欠身道："夫人好好保养，待您回了长安，琉璃再给您请安。"

她默然退出屋子，转身下了台阶。院子里的几个婢女都远远地避在角落里，杨岚娘一个人站在梨树下，抬头看着天空，不知在想什么。听到声音，她才回过神来，迎上两步，"库狄夫人，您的行李可收拾好了，若是无事，我这便送你们上车。"

琉璃忙客套了两句，两人一道向院外走去。她们背后的禅房里，依稀传来一点动静，仿佛是叹息，又仿佛是低泣。只是在这朝阳初起、百鸟欢啭的庭院里，那声音到底太过微弱，还未传到人们的耳边，便在风中散得干干净净。

琉璃再一次听到武夫人消息，已是在数日之后。

荣国夫人府送来的，是一张白麻纸做成的帖子，里头用隶书骈四俪六地写了好几行，那端严的深黑字迹落在惨白的纸面上，有一种异样的刺目。

明明这样的帖子已接过好几回，明明上头的每个字每句话都不陌生，琉璃却还是来回读了好几遍才确信自己并没有看错：韩国夫人武氏日前因病逝于终南山法常尼寺，终年四十七岁。

她怔怔地站在庭院中，心头不知为何并没有太多惊愕，只有一股寒意从拿着讣文的指尖向四肢百骸直透进来。

小米的眼圈倒是红了，"不是说韩国夫人只是因为照顾杨娘子过了病气么？怎么转眼就……那么和气的人，老天真是不开眼！"

琉璃木然摇了摇头。小米说的她自然都知道。荣国夫人赶到法常尼寺后，传出的消息就是杨媛娘淋雨后得了风寒，韩国夫人日夜照顾，过了病气，婢女们也病了好几个，病势都颇有些凶险。甚至有御医专门到这边来为她和十三娘诊过脉。她原本胆战心惊地等着阿媛病逝的消息，没想到最后竟然是……

无数画面在她眼前乱纷纷地闪过：武夫人那自责的神色，恍惚的微笑，如释重负的叹息，一幕比一幕更清晰。春日的阳光从树叶间洒落下来，雪花般落满了琉璃的衣襟。她不由打了个寒战，快步走回了屋子。

迎面雪白的墙壁上，是一张显眼的横幅，"内省不疚，俯仰无愧"。正是琉璃最熟悉的笔迹。她抬头看了好一会儿，身上的寒栗才一点一点地消了下去。从没有哪一刻，她是如此希望写字的人就在自己身旁，希望他能告诉自己，她究竟有没有做错什么。

只是一个月后，当裴行俭终于风尘仆仆地回到长安，看着他那张被数千里风霜磨砺得越发沧桑沉峻的面孔，琉璃只觉得眼眶里有热热的东西在往外涌，双唇却下意识地抿住了所有复杂的情绪。

白日转眼即逝，夜色渐渐深沉，三月的晚风从帘底吹了进来，带来暮春时节特有的清香，白瓷卧羊双角上顶着的烛火轻轻摇曳，为屋里平添了几分暖意。

三郎大约是白日里兴奋过头，屋角的滴漏还未到二更，他便伏在裴行俭的怀中沉沉睡去。裴行俭却舍不得撒手，只是轻轻调整了一下姿势，好让这小肉墩睡得更舒服些。

琉璃不错眼地看着这父子俩，眼见三郎的鼻头上冒出了细细的汗珠，忙拿出帕子探身去拭。裴行俭顺手接过了帕子，却低声问了句："最近没人来寻你的不是吧？"

琉璃怔了怔，抬头看了过去。裴行俭正凝视着她，他的眼神依旧温和专注，眼角却不知何时又添了几道细纹。琉璃忍不住伸手轻轻抚了抚他的眼角，"不是说过了么？这几个月我都没怎么出门，谁会来寻我的不是？平日连客人都少，也就是舅母、阿嫂和十三娘会来坐坐，再就是继母和真珠偶然会过来……"

裴行俭抬手按住了她的手背，"我知道。我是说，那一次，你们几个自己先回来了，后头却出了那么大的事。韩国夫人去世后，荣国夫人那边，有没有迁怒于你？"

琉璃愣了一下才摇头，"那倒没有。"自己闻讯赶去吊唁时，杨老夫人拉着自己老泪纵横，几乎崩溃；武敏之更是丧魂落魄，跪在灵前答谢的模样，就像一只牵线的木偶，似乎已完全没了知觉。她在伤感之余，悬着的心倒是放下了大半；待在哭丧的婢子中看见了阿霓和另外几张熟面孔，心里便更多了几分踏实。听说阿媛的病也在好转，只是伤了身子要长期静养……

裴行俭叹了口气，"那就好，说来或许真是天意，不过是一场雨而已，却断送了多少人！听闻算出迎娶太子妃吉日的两位卜者都被贬黜了，太子又犯了嗽疾，御医也被罚了两个。只有那位明文学，因劝喻圣人莫急着定下太子的婚期，说是天象不利，倒是被擢升了两级。"

明崇俨连这件事都算出来了？琉璃怔了半晌，只能摇头，"是不是天意，谁知道！"与其说是天意，不如说是人算吧。武夫人一世糊涂，最后走出的这步棋，却当真是天衣无缝，谁能想到她会用自己的命来掩饰丑闻？只可惜到最后……

屋里突然变得有些安静，裴行俭若有所思地看了过来，"琉璃？"

他的眼里有关切，有担忧，大约是黑瘦了些，微微皱着的眉间仿佛也多了好些忧虑的阴影。琉璃的心里微微一疼，乱糟糟的情绪突然定了下来。无论如何，一切都已经过去,而且就算重来一次,她也没有更好的选择。如果武夫人的谋算注定成空,自己也注定要辜负她的嘱托,又何必把这份负担加到他的肩上?

她看着他笑了笑,"没什么。只是觉得,人算,终究不如天算。"

第一百二十八章
天生我才　智者千虑

一尺来长的松木枕头，正中的地方已被睡出了一个隐隐的凹痕，边角却依然粗糙不平，加上那歪歪扭扭的形状和大大小小的裂口，实在是丑得令人同情。

琉璃拿在手里端详了半晌，越看越觉得后脑勺疼。此时的枕头原本多用硬物，富贵人家用玉枕、瓷枕或是精雕细琢的黄杨木枕，寻常百姓就用竹枕、藤枕甚至石枕；形状都是又短又高，或微有凹痕如元宝，或横平竖直似方砖，睡觉时若是一不小心翻身摔了下来，飚一脸鼻血也不算怪事。因此一成家她就自己动手做了几个丝枕，又拐带着裴行俭从了她的"胡风"。算起来他也有十几年没用过这么不科学的玩意儿了吧？更别说还长得如此歪瓜裂枣……

她长长地叹了口气，顺手将枕头递给了一旁的小米，"给灶房当柴火吧，也算是物尽其用。还有这些黄麻被褥，都拆了做抹布！"

小米清脆地应了一声，满脸都是笑容，"阿弥陀佛，今日倒是可以让厨娘多做些好的了，阿郎也该好好补一补才是。"

琉璃忙摆手，"过几日再说吧！今晚不用再单独做阿郎的饭菜，还是像平日一样简单点就好，省得倒像是……"倒像是在迫不及待地庆祝他终于出了孝期，庆祝今晚他终于能搬回卧室了！

小米眼珠咕噜噜地转了两圈，抿着嘴忍住了笑，眼睛却眯成了弯弯的两条线，见琉璃看她，又掩饰地低头咳了两声。

琉璃淡淡地瞥了她一眼，"你也不用着急，如今家里没什么忌讳了，我这便帮你们几个把婚事准备起来。你若是看中了谁，直接跟我说一声。若是说得晚了，好的都让旁人挑了去，可莫来怪我偏心！"

小米的咳声顿止，抬头瞪大眼睛看着琉璃，"娘子是跟婢子开玩笑么？"

琉璃满脸正经，"婚姻大事，焉能玩笑？"

小米皱眉想了想，突然弯腰将屏风床上的席褥一把都抱了起来，转身就走。

琉璃不由奇道："你忙什么？"

小米头也不回地挥了挥手，声音中气十足，"我把娘子交代的事情办完，这便去好好访一访，等访到了好男人再来回报娘子！"话音未落，那头火焰般的红发已消失在门外。

琉璃愕然无语，过了好一会儿才捂着额头笑了起来。自己也太小看这位女中豪杰了，还指望几句话把她羞得一溜烟地跑了呢，结果人家倒是一溜烟地跑了，却是急得！

没有了小米的叽叽喳喳，原本素净的屋子愈发显得空落，琉璃在光秃秃的屏风床上坐了下来，环顾着这间四面素白的书房，心情渐渐变得有些怅然。

自打去年三月回了长安，裴行俭在这里睡了整整一年半，到昨天才算是满了三年孝期。其实这时节守孝原是常事，只是但凡守孝的，都恨不能让全天下人知道他如何哀毁自苦。大概也只有裴行俭这样的人，才会表面上若无其事，却在家里足足守了二十七个月的心丧，不饮酒吃肉，不高枕软卧，更别说其他；倒是时不时悄无声息地去寻李淳风推演一番数理，或是大张旗鼓地跟着孙思邈炼上一炉丹药——再这样下去，他只怕迟早会成仙！

琉璃自己是按出嫁女的身份守孝一年，早已出了孝期。但家里有裴行俭在，就算做出满案的美味佳肴，莫说她食之无味，便是渐渐懂事的三郎也觉得蹊跷，几次孝顺他阿爷吃肉未果，少不得刨根问底，问了上百个"为什么"。每每看见裴行俭被问得直揉额角，琉璃都忍不住幸灾乐祸，回头一想，又觉得自己有些没道理。

毕竟他骨子就是这样的人，无论是千里扶棺，还是三年心丧，于他而言都是天经地义的责任，而不是做给旁人看的礼仪。至于戒酒禁欲，若连这点自制力都没有，他也不是裴行俭了吧……

眼见这书房到底素得不像样，琉璃甩开思绪，起身叫进几个婢女，指挥着她们将屋子重新布置了一遍。三郎听见动静，也赶紧冲进来帮忙。大伙儿一个不留神，他便险些踩着矮柜上了屏风架。一片人仰马翻之中，琉璃刚刚把新画的一幅《塞外风光图》挂好，就听院子里响起了一个清脆的声音："阿郎回来了！"

琉璃忙牵着三郎迎了出去，却见裴行俭竟不是出门时的打扮，身上穿了件素色襕袍。三郎欢呼一声便往他身上扑。裴行俭伸手挡住了他，"三郎乖，阿爷身上不大干净，不能抱你，你让阿爷先去沐浴更衣。"

琉璃顿时明白过来——他是又去谁家吊唁了。三郎却是拽着裴行俭的袖子看了又看，满脸都是困惑，"阿爷哪里脏？"

琉璃上前拉住了三郎，"阿爷的衣裳上沾了些烟气，要沐浴更衣之后才清爽，三郎不是最懂事的孩子么？让阿爷先去洗浴好不好？"

三郎睁大眼睛到处乱找，"烟气？是脏脏么？在哪里？"

裴行俭笑着摸了摸三郎的头，又对琉璃解释道："前日夜里，吏部的张郎官在台阁值夜时突然过世了。我今日无事，便上门吊唁了一回。"

琉璃并不认识什么张郎官，但听到"吏部"两个字，还是忍不住摇头叹气，"怎么又折了一个！"

　　说来这吏部也真是邪了。自打显庆二年有位姓刘的侍郎上书要改革选制，这十来年里，不晓得有多少人折在里头。权臣如李义府，外戚如杨思玄，名士如郝处俊，竟是无一幸免。光这一年多，就先后有杨弘武病逝任上，李安期第三次被拉下马，另一位宰相兼选官的赵仁本也因事去职。因此，半年前皇帝又提拔了李敬玄为宰相兼吏部选官。这一位眼下倒是凭着过目不忘的本事暂时坐稳了位置，他的夫人崔玉娘地位也是水涨船高，几次宴会上的偶遇，都让琉璃深刻领会到了什么叫"炙手可热"。

　　裴行俭也叹了口气，"若是旁人也罢了，这位张郎官正是李相公最看重的一位，吏部郎官们都说他是积劳成疾、生生累死的，但也有人议论什么天时反常，职位妨人。如今圣人和相公们不在长安，眼见下个月便要开始铨选，选制未定，人心却已如此浮动，此事也不知会如何了局，难不成又要半途而废？"

　　琉璃心里不由一动。裴行俭大概迟早是要进吏部的，如今那里却是一个真正的烂摊子——唐人要当官，首先是要取得"出身"，或是高官子弟，或是做过官，或是中了举，此后还要通过吏部选拔，才能担任官职。至于怎么选，基本由选官说了算。眼下太平日子过得久了，想当萝卜的越来越多，空出来的坑却是有限，每年一到冬天，就有上万人赶到长安来眼巴巴地排队，争抢那一两千个空余名额，吏部的权势可想而知。可也正因如此，选官稍有差池就会惹来无数弹劾，生生被喷成人形刺猬。

　　每每念及裴行俭将来要面对的就是这种局面，琉璃就觉得头疼，此时便忍不住问道："那依你看，这事会如何了局？怎样才不会半途而废？"

　　裴行俭沉吟道："李相才学过人，胆气却是偏弱，他和张郎官定的法子我略有耳闻，原本就是治标不治本，如今又出了此事，便是这治标的法子，他也未必敢一力推行下去。要想真正扭转局面，除非、除非……"

　　看着他欲言又止的模样，琉璃不由笑了起来。

　　裴行俭挑了挑眉，"你莫要笑我多管闲事，此事我反复算过。朝廷眼下的选制已是难以为继，什么取士以德行为先，什么选人看骨法气度，到最后不过是选官们徇私舞弊的借口。唯有恢复阳嘉之制，钳制选官之权，以规矩定方圆，公榜选官，公考取士，才能取信天下。"

　　琉璃目瞪口呆地看着裴行俭——他的意思是，要搞公务员公开选拔考试？

　　裴行俭看了她一眼，自嘲地笑了起来，"你可是觉得我太过异想天开？"

　　琉璃缓缓摇头，"我是觉得这法子实在是好，但凡官员还由朝廷任命，就算再过一千年，也未必有人能想出更好的法子来。"

　　裴行俭笑着伸手揉了揉琉璃的额头，"你又胡说了，什么一千年！"

　　琉璃偏头躲开，心里好不郁闷——每次自己好容易说句实话，都会被他当成在抽风……她还没来得及抗议，身边却突然响起了三郎欢快清亮的声音："阿爷脏！阿爷快去洗浴！"

他已围着裴行俭转了七八个圈,此时小手正牢牢地抓着裴行俭的袍角,指着上面的一块浮灰,得意得如同刚刚逮到了虫子的小公鸡。

　　琉璃与裴行俭相视一眼,都笑了起来。

　　待得裴行俭从善如流地进去洗浴,琉璃也进屋找了件银丝卷草纹细绫镶边的靛蓝色丝棉袍。裴行俭换好衣裳出来,果然显得气色愈发清爽。

　　琉璃打量了他几眼,笑道:"过来坐吧,我给你擦擦头发。今年天气虽然热,到底是九月了,湿着头被风吹了只怕容易着凉。"

　　裴行俭上前两步,却没坐下,只是低头看着琉璃不语。琉璃心头一跳,还未开口,裴行俭突然伸手一带,将她紧紧地揽在了怀里,低声叫了句"琉璃"。他的声音微哑,心跳声响亮急促,身体的变化更是半点掩饰不住。

　　琉璃伏在他胸口微笑起来:自己还以为他是修炼成仙了呢,原来到底不是!

　　裴行俭慢慢低下头,在她耳边低声道:"琉璃,这两年……"一语未了,帘子"砰"的一声荡起,却是三郎一头闯了进来。

　　两人忙不迭地各自退后了一步,三郎却还是看了个清楚,呆了一下便炮弹般冲过来抱住了琉璃的腿,"阿娘,不抱阿爷,抱我,抱我!"

　　帘外,乳娘的声音里满是尴尬,"三郎快些出来,乳娘带你去吃好吃的。"三郎却恍若不闻,可怜巴巴地抬头看着琉璃,拉长了声音:"阿娘——"

　　琉璃哭笑不得,弯腰抱起了他,"三郎不是去后院玩了吗?怎么就回来了?"

　　三郎抱紧了琉璃的脖子,又回头看了看裴行俭,"我来看看阿爷还脏不脏!"想了想又困惑道:"阿爷和阿娘是要生小娃娃,好好孝顺祖父祖母了吗?"

　　琉璃不由脸上发热,皱着眉头虚张声势,"什么生娃娃?谁说的!"

　　三郎满脸无辜地看向了裴行俭,"阿爷说的。阿爷说,三郎大了,要和媳妇成亲,两个人亲亲热热的在一起,就可以生娃娃了,这样才叫孝顺阿娘阿爷。你和阿爷不是亲……"

　　琉璃耳朵都要烧起来了,忙打断了他,"对了,三郎,你刚才在后院玩的时候,看见阿娘新买的,嗯,新买的小鱼儿么?"忍不住又转头瞪了裴行俭一眼。

　　三郎摇头,"没看见。"小鱼儿对他的吸引力显然不够大,他的目光依然在琉璃和裴行俭身上转来转去,小肉脸绷得紧紧的,也不知在想些什么。

　　裴行俭笑吟吟地走了上来,伸手将琉璃和三郎都揽在了怀里,声音里满是笑意:"三郎,如果阿爷和阿娘要再生小娃娃,你想要个弟弟,还是妹妹?"

　　三郎吃惊地微微张开了嘴,随即眉头便紧紧地皱了起来,过了一会儿,那包子般的小胖脸也渐渐皱成了一团。

　　裴行俭忍笑低声道:"三郎,你不是常说没人陪你玩么?二叔家的小雷,还有六伯家的阿楚,都要好些天才能过来和你玩一次。若是三郎有了个弟弟,三郎就是阿兄了,可以天天和弟弟一块儿玩,还能教他说话,教他认字,帮他捉小鱼儿……"

　　裴三郎突然眉头一展,神情坚决地摇了摇头,"我不要弟弟!"

裴行俭笑道："三郎难道喜欢妹妹？那也好得很，我们三郎的妹妹，定是长安城里最漂亮的娃娃，你做阿兄的，还能护着她。"

"我也不要妹妹！"三郎的声音更为坚决，他伸出两只藕节般的胳膊紧紧搂住了裴行俭的脖子，满脸祈求，"我想要一个阿姊！阿爷，你赶紧给三郎生个姊姊吧！有一个姊姊，她会生得最漂亮，她能陪我玩，教我说话，教我认字，帮我捉小鱼儿，还能护着我！"

裴行俭看着三郎，好一会儿都没说出话来。

琉璃把脸埋在三郎的身上，一时也笑得说不出话来。三郎大概见他阿爷没有答应的意思，又转手搂住了琉璃，"阿娘，阿娘，你给三郎生个阿姊吧！"

琉璃抬头擦了擦眼角笑出的泪水，一本正经地看着三郎，"乖儿子，这件事儿你还是跟你阿爷商量吧。"她瞅了裴行俭一眼，深沉地叹了口气，"阿娘啊，可真是一点法子也没有！"

裴行俭也叹了口气，搂着琉璃的手臂却猛地一紧，力道之大，让琉璃顿时有些呼吸困难。他语气颇有些无奈，眼睛却愉快地眯了起来，"这事的确有些难，三郎，你今日早点睡，让阿爷和阿娘好好商量一下，好不好？"

三郎看了看阿爷，又看了看憋红了脸说不出话的阿娘，皱眉片刻，点头道："好！"

裴行俭松开手，将三郎放在了地上，"今日阿爷想吃鱼脍了，唉，谁能帮阿爷去告诉厨娘她们呢？"

三郎立刻挺起了小胸脯，"三郎能，三郎去说！"说完撒腿便跑，外屋立时又响起了乳娘的叫声："三郎，三郎慢些跑，乳娘带你过去……"脚步声很快出了屋子，又有小婢女们的笑声和叫声加了进去。

满院子的热闹中，没人听见上房里那气急败坏的声音："裴守约……"话未说完，就不知被什么堵了个严实。

西边的日头已沉入坊墙之后的树影，从日落方向吹来的微风里多少带上了几分凉意，仿佛在预示着总章二年这格外漫长的炎热季节，终于到了尾声。

山间的秋意来得更为明显。

离长安三百余里的万年宫里，晚风掠过漫山遍野的荻花枫叶，从半开的直棂窗下径直吹入了御容殿的寝宫。沿着墙壁安置的那排龙檀木雕花烛台上，烛火被吹得摇晃不止，在渐渐深沉下来的夜色里，将整个宫殿映照得越发氤氲迷离。烛光中的武后似乎也笼罩着一层淡淡光晕，眉目之间光华流转，让人几乎不敢直视。

李治的目光在她脸上略一停留便移开了，声音倒是依旧柔和，"媚娘怎么还没歇息？不是说了不用等朕么？"

武后仿若不觉，迎了两步，笑容温柔如水，"今日是朔日大朝，听闻陛下操劳了一整日，晚膳又用得少。妾身便特意做了些地黄乳粥，这时节吃着最是补身，陛下可要尝尝？"

李治想了想，嘴角露出了一丝微笑，"你这么一说，我还真是有些饿了。"

小小的五曲花瓣青瓷碗里，微黄的乳粥犹自冒着热气，粥里看不见地黄，却闻得到一股药香，合着浓郁的乳香、米香，竟是格外令人食指大动。李治舀了一勺，入口只觉软糯香滑，忍不住赞道："这粥味道极好，比寻常地黄粥似乎更鲜更浓，只是怎么没见着地黄？"

武后笑道："地黄虽然滋补，吃到嘴里却是没什么滋味的，因此妾身是捣了半两生地黄的汁液加在粥中，陛下觉得还能入口就好。"

李治点头不语，很快便将一碗粥用了大半，苍白的面颊上似乎多了些血色，原本微锁的眉宇也舒展了许多。

见李治放下了碗，武后起身亲手收拾了碗碟，递给一旁的宫女，一面便笑道："陛下若是回来得早些，还能看见阿轮。他今日见到宫人打柿子，也闹着要打。熟透了的柿子掉在身上，把衣服染成什么似的，他也不管，拿着那些柿子满宫的送人。还逼着我立马装了几盒打包送回长安，说是要让阿兄们也尝尝他亲手打的柿子。"

李治感兴趣地挑了挑眉，"喔？阿轮还记得要送长安的兄长，倒是个懂事的。"

武后嫣然微笑，"他原是第一个便要送给陛下的，听说陛下在前朝处理政务不得闲才离了这里。晚膳后又在这儿等了半晌，我见天都黑了，说了足足一车的话才把他哄走。他又不肯让我转交，明日只怕一早便会过来磨人。陛下如是有暇，还是略等等他吧，不然妾身可是吃不消了！"

李治不由笑了起来，"好，好，我明日便在这边等他，多久都等。"

武后脸上露出了一丝意外，"明日陛下能得闲么？"

李治叹了口气，"可不是得闲了。眼见都九月了，这饥荒也不晓得要闹到什么时候！如今明堂不能修，巡西不能去，今日说到要迁徙吐谷浑入凉州，以抗吐蕃，阎右相他们也说关中饥馑未除，不能轻动刀兵。我如今能做的，大约就是坐在宫里等着下雨！"

武则天"扑哧"一声笑了出来，"陛下有这份心，明年一定风调雨顺。"

有宫女端了漱口的热浆过来，武后起身双手捧给李治，口中轻声道："其实陛下也不必忧心，如今海清河晏、仓廪充盈，就算关中这两年收成差些，陛下这般体贴民生，天下黎民都能休养生息，自然是人人感恩。待得来年的年景好了，这般上下一心，陛下有多少雄心壮志施展不得？臣妾还要等着看陛下封禅五岳，成就旷古未有之功业呢！"

李治轻轻出了口气，眉目舒展地点了点头，"你说得是，有些事原是不必急于一时的，欲速则不达。"

武后含笑欠身，"陛下英明。"

李治笑着摇头，眉目之间倒是多了几分真正的轻松。两人又说笑了几句，话题自然而然转到了长安。李治便叹了口气，"今日朝会之后，李相还跟我告了个假，说是司列员外郎张仁祎因操劳过度，突发心疾，猝死在台阁，他要回长安去处置些事务。我已让人拟旨，让司文寺好好安排丧仪，抚慰家人。"说完目光有意无意地在武后脸上一转。

武后心头一凛，脸上却是毫不在意，"陛下宽仁，什么都替臣子们想到了。"

李治脸色微松，柔声解释道："媚娘有所不知，张仁祎职位虽低，却是能吏，李相已几度跟朕举荐他，我原想着选官难得，他若真有才干，这次铨选之后，便擢拔他一级，没想到……"

他长长地叹了口气，"今日李相还说自己孤掌难鸣，怕辜负了朝廷的期望。说来李安期倒是可惜了，若不是他年初刚刚出了那么大的娄子，如今倒是正好与李敬玄同心协力，把革新选制的大事给办了，不然这一年年拖下去如何了得！"

武后心头渐渐一片雪亮，念头急转之下索性笑了起来，"陛下又不是不曾给过李安期机会，谁叫他三番两次的走眼，又有什么可惜的？陛下若想寻人来协助李相，倒是有个现成的人选——"

她抬起头看着李治，笑容愈发明媚，"陛下怎么忘了裴守约？"

李治眼角轻轻一颤，眉头却皱了起来，"裴行俭才干自然是有的，只是当年他毕竟是背着那个名头去的西疆……"

武后嘴角微扬，晶莹的眸子里也仿佛有烛光摇曳，"陛下，当年之事原是委屈了他，难得他不骄不躁，不但在西疆那边颇有建树，如今比先前也更沉稳了。说来，论才干，论资历，论门楣，这朝廷上下要寻出一个比他更宜于做选官的，只怕不大容易！至于旁人有什么议论，臣妾都不怕，陛下又有什么可忧心的？"

李治怔怔地看着武后，眼神里流露出了货真价实的惊讶。

武后等了片刻见他没有作声，又笑道："其实依臣妾看，李相虽有敏才，人品却未必强得过裴守约。我听人说过，李相广纳内宠，颇有些寡人之疾，可裴守约家中却是从未有过娇婢美妾，听闻他在西疆之时，各部酋长送他的金银美人，也都是分毫不取的！他有此等心性定力，若是主持铨选，定然不会有贪财谋私之虞，陛下以为如何？"

李治没有作声，烛光照在他看不出什么表情的脸上，将他眉宇间的那点细纹映出了一片若有若无的阴影。过了好一会儿，那阴影才随着他点头的动作跳了跳，"皇后说得是。只是铨选事大，如今又是紧要关头，这选官之选，朕还是要与几位相公商议之后才好拿主意。"

他似乎没有兴致再开口，随手拿起案几上的一卷书，展开看了两眼便丢到一边，换了另一个书轴，没看两行又放了下来，目光随即便落在案头的那方卧牛青玉镇纸上，良久都没有动一下。

武后藏在袖子里的拳头终于慢慢松开，脸上露出的却是轻微的不安，瞅了李治几眼才笑道："陛下可是倦了？眼下也快二更了，不如让臣妾伺候陛下安寝吧？"

李治点了点头。一长队宫人捧着金盆、丝巾、面脂等物走了进来，分别伺候着帝后洗漱。宫殿内外，重重帘幕被一层层地放了下来，烛光静静地照在这对天下最尊贵的夫妻身上，明明是坐在一张长榻上的两个人，却被围在身边伺候的宫人们隔得严严实实，仿佛是隔着千山万水。

接下来几日，李治虽然依旧和宰相近臣们商议政事，几度谈到选制，却再不曾提过"裴行俭"三个字，倒是李敬玄一回行宫便被召进书房商议了半日。这一日，他回到丹霄殿，目光却是在伺候的宫人们身上转了好几圈，"如今这九成宫里的宫人都是如此？可有品貌齐全些的？"

武后忙笑着回道："自然是有的，陛下这两年在这边住的时间比长安都多，臣妾还特意多挑了些品貌出众的宫人过来，只是臣妾这边都是用惯了的旧人，倒是让陛下见笑了。陛下可是觉得前朝伺候的人不得用？"

李治若有所思地摇了摇头，"今日朕与几位相公商议国事，突然想起他们跟着朕在这边一住便是好几个月，家眷不得随行，身边也没人伺候，实在有些不便……"

武后展颜而笑，"陛下真乃仁君，这般体贴臣子，着实是旷古未闻，臣子们便是肝脑涂地，也报答不得陛下深恩。"

李治呵呵地笑了起来，摆手道："那就劳烦皇后多选几个体面些的宫人出来，年纪不要太小，性子一定要好，最好能识文断字，出身也要高些。"

武后含笑欠身，"臣妾定会睁大眼睛，绝不叫陛下失了面子。"

待得安置好李治，她转头便把玉柳叫了进来，"你去知会各殿各司的主事，我这里要添些伺候的人手，要年过二十、识文断字、出身良家的，有好的给我挑上三五个来；回头你再把此番原是圣人要选些宫女去伺候相公的消息悄悄放出去。"

玉柳点头应诺，却又有些不解，"皇后仁厚，不愿强人所难，可此事为何不能明说？"

武后笑道："挑开了，那些有心出宫做妾的，也不好意思为这种前程明着施展手段吧？有些事情，心里有数就好，给她们留层纱布遮羞，她们才能无所顾忌。"

玉柳越发困惑起来，"那这样选出来的，岂不是都是些……手段厉害的角色？毕竟都是要去伺候相公们的，是不是挑些对皇后忠心的更妥当？"

武后笑吟吟地瞅了她一眼，"痴儿！你以为外头是什么好地方？若是没几分心机手段，到了外头能有立足之地？我费心选她们出来，是让她们出去被人踩的么？至于忠心……玉柳，让你去给相公们做妾，你肯不肯去？"

玉柳摇头不迭，"不是玉柳推脱，这还不知会赐给哪位相公，也不知是否入得了他们的眼，更别说日后能不能为殿下效上力。要为皇后效力，哪里比得上留在宫中？"说到这里，她蓦然醒悟过来，不好意思地低下头去，"殿下圣明。"

武后微笑着摇了摇头，目光看向了窗外。掩映在漫山遍野的斑斓红叶之中，九成宫原本精美的亭台楼阁越发显得金碧辉煌。在宫墙外的世人眼里，这里是富贵无边的人间仙境；在宫墙内的大多数人眼里，这里不过是寂寞安逸的休养之所；而在那些年华渐渐老去、前途依旧渺茫、美貌和雄心却尚未磨灭的女子眼里，这里大概是最令人窒息的牢笼了吧，只要有改变现状的一线机会，她们都会死死抓住——既然如此，为什么不给她们一个机会？

她的声音里带上了几分感慨，"玉柳，你记清楚了，对世人来说，所谓忠心，不过是得失利弊的衡量。她们既然会被送进来当宫女，家人是指望不上了；既然被圣人转手送人，也不能指望圣人以后为她们出头；若想有一个比当宫女更好的前程，唯一能指望的，就是我。你说，她们还能对谁忠心？"

玉柳深深地弯下了腰去，"玉柳记住了。"

玉柳做事原本妥当，三五天之后，各处便陆陆续续送了几十个宫人过来。武后和颜悦色地细细问了一遍出身来历，把她们都留在了后殿，又是让人过来量体裁衣，又是让人重新教导礼仪——只有学得最好的才能留下。御容殿的后殿里，顿时又漾起一片杀人无形的刀光剑影。

玉柳冷眼看了两天，还是忍不住寻机向武后回道："这里头有几个心术实在不正。像那太原何氏，出身样貌都极为出众，不出意外定会入选，却对同一个司里出来的人暗下辣手。还有那扬州丁氏，看着老实，背后最会挑唆人，绝不是个安分的。"

武后嗤笑了一声，"安分？安分的不在宫里过着衣食无忧的日子，要抢着出宫去做人婢妾？那几个相公，哪一个不是年过半百，哪一个又是潘安宋玉？她们肯去，不过是为了权势前程。你说的这两个只怕都是笨的，才几日工夫就现了形，真正不安分的，你只怕还没留心呢！"

玉柳不由有些吃惊，"殿下看着谁不妥当？"

武后思量了片刻才问："你可注意到那位长安赵氏了？你不觉得……"

玉柳有些愕然，是来自尚寝局司苑的赵氏吗？她相貌出身也颇为出挑，难得性子聪颖又厚道，旁人几次暗算，她都悄悄躲了过去，却没言声，又最肯帮人。玉柳还暗自可惜过，此人若不是分在那种冷僻衙门，只怕早就出头了。皇后的意思是此人表里不一？她忙道："殿下若是觉得她不妥，奴婢这便把她打发回去！"

武后想了想还是摇头，"无妨，聪明人自有聪明人的好处，横竖我是按圣人的要求挑的人，最后也要把她们交给圣人处置。她们若能得偿所愿，自然不会忘记自己是从哪里出来的；就算惹了祸，相公们难道能怪到我的头上？"

玉柳点头道："殿下说的是，奴婢只是担心，她们都是要先送到圣人那边的。"

武后语气淡然，"那又如何？难不成咱们还能强着那些不愿出宫的人去伺候相公，还是选些上不得台盘的去凑数？圣人这两年在女色上已是淡多了，眼下又指着这些人让李敬玄他们感恩戴德，未必会有那心思。实在有不知进退的，我如今还怕什么？且等着看她们的手段便是！"

玉柳暗暗叹服，对这些宫人越发留心。七八天之后，武后将最后选出的十几个人打扮一新，送到李治面前。李治也是连连点头，没几日便陆续赏了出去。容色最出挑的何氏第一个送给了李敬玄，看着最老实的丁氏则赏给了七十五岁的司刑太常伯卢承庆。只是那赵氏和另一个姚氏，却一直留在了丹霄殿。

玉柳不敢掉以轻心，忙找到窦内侍一问，才知晓圣人也细细地问过她们。姚氏露了一手漂亮的书法，而赵氏则是禀告了圣人，她是常乐大长公主驸马赵瑰未出五服的堂妹——论出身，这些人再没一个人比得过她。

玉柳不由咬牙，"知人知面不知心，她竟是瞒到了今日！"

武后听闻之后，出神片刻倒是笑了起来，"长安赵氏？让人去查查她的底细，她这样的品貌出身，就算入宫也不该分到那种地方。"

玉柳忙派出了最精干的人手，一面又紧盯着丹霄殿。谁知接下来几日，李治却是一直忙着处置政务，又是下令广开言路，又是再次召集百官来九成宫大朝，那两个宫女似乎被忘了个干干净净。

转眼便到了九月底的朝会，五品以上文武百官再次汇集延福殿，商议选制。这种朝会一个多月前召集过一回，虽说是集思广益，却难得有人出头。不过这一回，随着时间流逝，传回御容殿的消息竟是越来越令人震惊——

皇帝在群臣面前痛陈如今选制之弊，令群臣建言。照例的一片沉默中，裴行俭突然越班而出，侃侃而谈，认为当下选制最大的弊端，乃在于选才之权柄系于选官一身，取士之尺度往往取决于选官好恶，没有规矩，自然不成方圆。

他提出的办法是：每年应选官员的所需资格，应公告天下；符合条件者方可入京参加铨选。铨选则可分三步，首先集中笔试，考书法文理和律法政务；其次当面铨试，察体貌言行；两试合格者，再考察其德行、才干、业绩，决定去留。最后将中选者的名单当众公布，若有资历不符，考绩有误者，听任弹劾。

殿中顿时一片哗然，与此前的制度相比，这套法子简直是异想天开，等于将选官的权柄剥夺了大半！原该第一个站出来反对的李敬玄却击节赞叹，声称裴行俭所言与他的想法不谋而合，又将刚刚去世的张郎官整理出来的姓历名册、文状式样都搬了出来，与裴行俭的铨选之法果然配合得天衣无缝。

如此一来，纵然有人反对，一时也找不出什么理由。皇帝当庭决断，吏部文官铨选日后就以此为制，裴行俭出任司列少常伯，与李敬玄一道主持铨选事宜……

武后听到最后，脸上的震惊已渐渐变成了冷笑，"好，好！好一个裴行俭！好一个李敬玄！圣人果然是越发英明了！这份心胸，这份魄力，真真是叫人刮目相看！"

玉柳跟随武后日久，知道她此时已怒到了极处。皇后这些年来苦心积虑，或明或暗地将李义府、杨思玄、杨弘武一干人等推上选官的位置，为的就是掌握吏部，可惜那些人却实在不堪大用，好在圣人看中的郝处俊、赵仁本等人也没能坐稳那位置。如今圣人用的是旁人也罢了，偏偏是皇后最忌惮的裴行俭……

她忙轻声道："殿下息怒，圣人不过是为选制烦恼太久，一时被言辞蛊惑而已！那裴行俭说几句漂亮话自然容易，谁知道真做起来会如何？何况他在朝中又没什么根基，相公和宗室们，有几个是待见他的？依奴婢看，他这位置未必能坐几天！"

武后冷笑不止，"一时蛊惑？你看不出来，此事是他们早就谋算好了的么？不然裴行俭和李敬玄能一唱一和？圣人能当庭决断？说不定李敬玄前些日子回长安，就是奉圣命去找裴行俭的！而那裴行俭，也不知谋划了多久，竟然能拿出这种法子来，也难怪圣人这一回竟是什么顾虑都能放下了！"

玉柳不由有些困惑，"他说的这法子，听着古怪得很，难道真的不错？"

武后"哼"了一声，"何止是不错！就如裴行俭所言，用此法选人，是以规矩定方圆，以法度代人情。对朝廷而言，如此铨选，能得多少贤才不好说，起码是不必担心再混入蠢材了，又能取信于天下士民，平息这些年来积累的怨气，可谓一举数得。至于圣人么，此法一出，选官们的风光权柄便少了大半，再不是天下英才任其臧否、万人前程由其定夺，还有什么事比这一桩更能令他满意？"

玉柳默默点头，圣人这两年疑心越发重了，任用宰相时只看忠心，处置政事时常常斥退内侍，对皇后也是百般提防，自然最愿看见臣子权柄被限……她忍不住问："如此说来，此事对李相却是半点好处也没有，他为何会一力赞同？"

武后笑容冰冷，"自然是为了固恩邀宠，迎合圣心！圣人为选制之弊烦恼了十余年，若能就此扭转局面，圣心大悦之下，日后他什么前程不能得？其次么，大约也为了自保。日后他的权柄虽然减了，责任却也少了，只要依照章程，旁人便难以诟病。想来他多半是被前任们和张郎官的下场吓着了，才会赞同用这个法子。此人枉有才名，竟是胆小如鼠！"

玉柳这才恍然，想了想低声道："依殿下所言，这法子并没什么坏处，只是人选不妥，依奴婢之见，其实只要想个法子让那裴行俭……"

武后沉吟片刻，摇了摇头，"还不是时候！此事若是成了，原是对朝廷有些益处，不必急于这一时。何况这次的事咱们一点风声没得，圣心如何，不问可知。我若做点什么，就算能让裴行俭跌落尘埃，只怕也会让圣人更加忌惮，得不偿失。

"再说，咱们也无须出这个头。今日圣人竟然一锤定音，不知多少人已悔断了肠子，等到消息传到长安，恨得咬牙切齿的只会更多！裴行俭想借此取悦圣心，却也要看看自己有没有那个本事！你看——"

她随手拿起果盘里一个熟透的橘子，将案几上的卧牛镇纸稳稳地压在了上面。那原本饱满鲜亮的橘子在镇纸下渐渐扁了下来，武后的玉指轻轻一按，只听"扑"的一声闷响，金黄的柑橘瞬间变成了一摊稀烂的橘饼。

橘汁飞溅，好几滴染上了武后的衣袖，她一掸衣袖，冷笑着摇了摇头，"所谓众怒难犯，这种人，不过比旁人多披了一层皮，就以为自己金刚不坏了！咱们便是什么都不做，他也未必能熬到明年春天！"

玉柳暗暗心惊，点头附和，"殿下说得是，如今不妨坐山观虎斗，待他们破绽百出了……"

话未说完，门外突然传来一声禀报：奉命回长安取冬袍的内侍已在殿外候命。玉柳忙道："殿下，这是去查赵氏的人，是不是让他先在外面候着？"比起选制之变来，那个至今未曾被陛下宠幸的宫女，简直不值一提！

武后果然只漫不经心地点了点头。玉柳往外走了几步，正要开口吩咐，身后却突然传来了皇后有些尖锐的声音:"慢着,让他进来!"

玉柳吃了一惊,"殿下……"

武后已站起身来,牙根紧咬,微笑着缓缓点头,"是我走眼了,这一回当真是我走眼了!那两个贱婢,圣人是给裴行俭预备的!"

第一百二十九章
不速之客　不情之请

跳动的火焰中，黄麻纸剪成的串串铜钱和金银纸箔剪成的裙袄迅速卷曲变色，很快便悉数化成了灰白的纸烬。隔着火光与烟雾，修葺一新的安氏坟茔愈发显得气象肃穆。一阵西风吹过，不少纸灰被吹上了墓表、坟头，倒是给规整冷峻的墓园添上了几分烟火气息。

琉璃默默祷告了几句，站起身来。大约是跪得有些久，她只觉得眼前微黑，心头一阵烦恶。好在一旁的小米眼疾手快，一把扶住了她。

三郎也嘟嘟囔囔地拜了好几下，起身后东张西望，"外祖母听见三郎的话了吗？"

琉璃弯腰拉住了他的手，柔声道："自然听到了，外祖母定会保佑三郎快快长大。"

三郎满意地点了点头，继续好奇地四下打量。前几日，库狄延忠打发人送了消息过来，他把家中墓园修整了一遍，又特意提到，安氏的坟头翻修得甚是齐整。琉璃虽然晓得自家阿爷这番举动绝不是因为念着旧情，但既已听说，总要有所表示，正逢十月初一，索性便带着三郎来祭奠了一番——只是她如今毕竟是中眷裴宗妇，虽然平日不用处理太多族务，这十月朔的家庙祭奠却是马虎不得。这一日，她是整整忙了一个上午，眼见日过中天，才匆匆赶出城来。

初冬时分，白昼见短。琉璃不敢多留，待烧完纸钱纸衣，熄了火头，便带着三郎往外走。下午的西郊墓地已是人踪罕见，阵阵西风卷过原野，枯草起伏处，只能看见一座座或齐整或残破的坟茔。琉璃索性抱起三郎，加快了脚步。好容易才走到停着马车的官道上，却见前面不太远处停着另一辆马车，两个戴着羃的女子正在登车。

如今风气日益开放，女眷们平日戴的帷帽也越来越轻薄，这种将大半个身子都笼进去的纱帽已是少有人戴，琉璃不由多看了两眼，忽然觉得其中一人的背影有些眼熟。只是那辆马车似乎已等得不耐烦，人一上车便打马飞奔而去。

看着那远去的一路飞尘，琉璃皱眉怔了好一会儿。那身影实在很像是某个熟人，她却怎么也想不起到底像谁了！

不过她的这点困惑，在踏入家门之后，便被两位不速之客带来的消息砸得烟消云散——

"恭喜阿嫂，阿兄已经荣升司列少常伯了！圣人下了诏书，将阿兄在朝会上提出的长名榜、铨注法定为朝廷制度，待阿兄一回长安，就要主持铨选了呢！"

看着眼前崔十三娘的如花笑颜，琉璃只觉得脑子有点蒙——裴行俭离开长安才几天？这么大的事说定就定了？

与崔十三娘联袂而来崔玉娘笑容却多少有些意味深长，"大娘瞒得大伙儿好苦，前几日还跟十三娘说裴少伯只喜欢寻丹问药，不曾想，转眼间少常伯便干出了这样轰动天下的大事！"

琉璃心里不由有些发虚，这件事她其实多少有所察觉。上月初四，本该在九成宫伴驾的李敬玄突然登门造访，和裴行俭在外院几乎谈了一夜。从那之后，他便明显忙了起来，不是埋首书房，就是在外奔波，精神倒是一日比一日好。琉璃自然猜得到他在准备什么，也知道他在事情没有把握时不爱提及的性子，因此十三娘偶然问及时，下意识的便帮他打了个掩护，谁知转眼间他竟做到了这一步！

想到他临行前对自己说的依然是看了几处宅院之类的琐事，跟自己待十三娘她们似乎也没什么分别，琉璃心头一时百味交陈，苦笑着摇了摇头，"玉娘明鉴，这男人家在朝堂上要做什么，我又如何能知！"

她一面将崔氏姊妹让进堂屋，一面诚诚恳恳地问道："多谢两位妹妹告知琉璃此事。只是十三娘适才说到什么选法，什么长榜，难不成有什么不妥？"不然的话，十三娘还好说，崔玉娘却是自重身份的人，如今等闲宴席都轻易请不动她，今日这样登门拜访，怎么都不可能是为了道声"恭喜"吧？

崔玉娘垂着眼帘轻轻掸了掸袖子上的浮尘，头上那支点翠双蝶步摇的流苏微微晃动，在她的面孔上留下了一道道摇曳不定的薄影，声音也是淡淡的难辨喜怒，"大娘何必过谦？谁不知晓你和裴少伯伉俪情深，又深受皇后殿下信重，如何能与我这不知朝政的后宅妇人相比？横竖这消息一传回来，我那里就来了好些族人兴师问罪，不然大节下的，我和十三娘也不会过来打扰大娘了。"

有人兴师问罪？什么事这么严重？琉璃只得又保证了一遍，"玉娘，你信也好，不信也罢，此事我当真是一头雾水。什么长榜短榜的，若不是十三娘今日提起，我听都不曾听过。为何这消息一传出就有人兴师问罪，还望玉娘指教。"

崔玉娘依然笑容清浅，"这是裴少伯提的铨选之法，大娘若是不知就里，我等就更是一头雾水了。我也不大明白他们为何那般气势汹汹，还说这什么铨选法是断了衣冠子弟们的前程，我琢磨着他们是不是弄错了？裴少伯自己就是官宦子弟，又怎么会做出这种自绝后路的事情？"

她原本便生得贵气，这样惊心动魄的话从她嘴里娓娓道来，愈发显得高深莫测。琉璃心里一沉，看着崔玉娘不动声色的面孔，想了想索性长叹一声，"此事的确有些蹊跷。按说外子性格沉稳，怎会无缘无故去得罪人？既然玉娘也不知就里，我也只有等

/第一百二十九章　不速之客　不情之请　143

外子回来再问一问他。至于有人问罪，唉，多谢两位妹妹提醒，明日起，我便闭门谢客好了。"

崔玉娘神情顿时一滞，微微睁大了眼睛。

琉璃只装作没看见。崔玉娘虽然口口声声不过问外事，却绝不是无知妇人，如此说一半留一半的吊人胃口，无非是想让自己着急上火，让自己去求她，她才好乘机提要求吧？既然如此，那就不如先比比谁更沉得住气！她微笑着举高了手里的杯盏，"不说这些了，两位妹妹难得登门，且尝尝我新做的莲子浆。味道虽然粗些，却是按着外子从张真人那里讨的法子做的，说是颇能清心润肺，滋养肌肤的。"

崔玉娘的眉头果然皱了起来，嘴唇动了动，却没出声。琉璃又笑容满面地指了指两人面前的果碟，"这果子里裹的是新鲜的桂花，味道也就罢了，那股子清香倒是有些提神散寒之效。如今霜气初下，阴寒渐生，倒是最宜此味，两位妹妹不妨品一品……"

那桂花果做得小巧玲珑，金黄色的小小圆果装在青翠欲滴的荷叶青瓷碟里，颜色便有说不出的讨喜。只是听着琉璃滔滔不绝地说着桂花的各色妙用，崔玉娘的脸孔也仿佛慢慢映上了一层果碟的青色，坐在那里，手指尖都没动一下。

琉璃的笑容却是愈发殷勤，"这桂花果可是不合玉娘妹妹的胃口？紫芝，快换个果碟，把新做的菊花糕拿一份上来。好叫两位妹妹得知，这菊花糕味道却是有些清苦的，所谓采菊东篱、悠然南山，取的是那分悠远之境。若还入不了妹妹的法眼，我这还有荷花饼、梅花卷、杏子露……"

崔玉娘再也忍耐不住，低头咳了好几声，看了十三娘一眼，皱眉微微摇头。

十三娘脸上露出了几分无奈，含笑长跪而起，"不必劳烦阿嫂了，如今阿嫂便是拿了仙果来，我和姊姊只怕也尝不出滋味。说来都要怪我。玉娘姊姊今日到我家时，恰好子隆也托人送了家书回来，信上提及了阿兄荣升之事，对阿兄提的铨选法却有些担忧。姊姊也正担忧此事，和我商量了半日也不得要领，我这才提议要上门来打扰阿嫂，没想到只是给阿嫂白白添了烦扰。"说完便郑重地欠了欠身。

琉璃如何不知道她是在代人受过，忙起身还礼，"十三娘太客气了，自家姊妹，有什么打扰不打扰的？只是此事我当真是第一回听闻，若有什么不妥，还请十三娘指点。"裴行俭的法子虽不是十全十美，但比起眼下选拔官员主要看出身、靠门路的老法子，总要强得多吧？她们是在着哪门子的急？

崔十三娘语气多少有些犹疑："子隆说，这法子周全是极为周全的，只是以考为主，而第一关考的就是律法政务，自然会得罪天下的衣冠子弟。"

得罪了所有的官二代？琉璃吃了一惊，转念一想才明白过来。以前当官靠出身和门路，衣冠子弟自然最有优势。而按裴行俭的法子，所有的人都先要过笔试关，考的主要还是行政能力，他们的优势便荡然无存。裴行俭的确是想出了最公平的选拔法子，可这种公平，对享受惯特权的人来说，就是最大的不公。而衣冠子弟和他们代表的高官世家，是一股何等庞大的势力，以前那么多选官，都因为无法平衡他们之间的利益而被拉落下马，裴行俭如今要挑战的，却是整个高官世家阶层……

她越想心里越惊，只能抬头看着崔十三娘，"那裴舍人的意思是？"

崔十三娘看了看崔玉娘才轻声道："子隆也没什么法子，只是想提醒阿兄一声，他的法子的确能革除眼下选制的诸多弊端。可是凡事欲速则不达，若是操之过急，只怕会惹来物议汹汹。毕竟似咱们崔家、裴家这般诗书传家的门庭不多，那些宗室新贵、豪门子弟，让他们与流外庶人同场竞技，比熟知律法，比评议时政，着实有些强人所难，他们若是恼羞成怒……"她低叹一声，收住了话头。

琉璃点头不语。裴炎和裴行俭一样都是科举出身，但衣冠子弟里像他们这样的毕竟是少数，绝大多数人还是靠着父祖余荫步入官场。如今裴行俭阻了他们的路，他们岂能善罢甘休？想了半日，她也只能跟着叹气，"多谢十三娘提醒，待守约回来，我定会将裴舍人的好意转告于他。"

崔玉娘轻轻"哼"了一声，头上的步摇晃得老高，再也掩不住眉宇间的那丝愤然，"大娘果然是个心宽的。如今圣旨已下，他们推行此制，便是得罪天下衣冠，退缩不前，便是有负圣望，所谓进退两难，莫过于此！裴少伯如今倒是名动天下，可真正推行起他这套法子来，只怕不知多少人会赔上前程！"

原来如此！敢情她今天这一腔的盛气，是因为觉得裴行俭自顾着出风头，却拉上了她家夫君李敬玄同抗风险？难道她以为李敬玄那种人是裴行俭几句话就能蛊惑的？琉璃气极而笑，脱口问道："不知玉娘可知，李相前些日子曾来过寒舍，与外子相谈甚久？"

崔玉娘怔了一下，脸上多少有些不自在，"略知一二，相公说是过来询问张郎官的后事。"她似乎也觉得这理由有些牵强，忙又补充道："此事大娘都不知晓，我家相公就算过来，也未必知晓详情！"

琉璃点头受教，又满脸诚恳地问："那朝会之上，李相可曾提出异议？"

崔玉娘脸色更是难看，沉默片刻才道："当时裴少伯那般侃侃而谈，圣人又点头称是，他总不能生生拂了少伯的颜面，因此才附和了几句。说来此事这般要紧，裴少伯就算有心推行新制，也该缓缓图之，容大家商量个万全的法子。如此当庭上奏，却是连个退身的余地都没留下！如今又该如何是好？"

万全的法子？要大家商量商量就能商量出万全的法子来，还用耽误这十几年？琉璃心里叹气，想到李敬玄已是裴行俭的顶头上司，此后还要同舟共济，到底耐着性子点了点头，"玉娘所虑极是，此事的确棘手。只是你我对朝堂之事都所知甚少。外子虽然不才，却并非莽撞之人，李相更是天下闻名的博学之士，他们做事想来总有他们的道理。咱们与其现在就担惊害怕，自乱阵脚，还不如等他们回来，好好问一问再做打算，玉娘以为如何？"

崔玉娘眉头依然紧皱，"圣驾说是初四出发，少说也要走五六日才能到长安！大娘家宅清净，自然不怕有人来打扰，我今日回去之后，只怕连个立足之地都没了！"

琉璃好不纳闷，抬头看着崔玉娘，"那玉娘的意思是？"

崔玉娘踌躇片刻，缓声道："此事原是由裴少伯而发，自然也只能由裴少伯来扭转局面，大娘若是真忧心裴少伯的前程，不如先修书一封，好好劝一劝他。便是一时不能改弦更张，也当恳请陛下容他们缓缓而行，多加通融。横竖此事也不是第一回半途而废，圣人宽仁，此前便从未追究过。裴少伯若肯退一步，最多是一时颜面受损，可若是一意孤行，就算能得圣人一时欢心，将来也会后患无穷。就算看在子女的份上，大娘也该想法子劝他留条退路！"

原来她上门来是打着这个主意！让自己写信劝裴行俭赶紧的主动退让，承担责任，省得连累了他们……琉璃心里冷笑，面上却带出了几分为难，"玉娘的好意，琉璃心领了。只是外子连上书之事都不曾与我提过，何况其他？今日两位的提点，我自会如实转告。不过外子性子倔强，认定之事，从来只求问心无愧，倒也未必会计较日后如何。"

崔玉娘眉头一皱，正想开口，崔十三娘已抢着笑道："大娘说得是。其实子隆才真真是牛脾气，决定了的事不撞南墙绝不回头，也只能拐弯抹角慢慢相劝，让他自己想通。阿兄性子还好，阿嫂耐心多说几句，就算改不了阿兄的主意，也能提醒他行事周全些，莫结下太多仇家。毕竟阿兄是一家之主、一族之长，这么多家人族人，都还要靠他护佑呢。"

琉璃看着十三娘赔笑的面孔，心头的火气消散了大半，却愈发沉重起来。十三娘虽然说得委婉，意思与崔玉娘却没什么不同，而她们的夫君，或许已是大唐官员里最支持这套制度的人……她压住心底的情绪，深深地欠身行了一礼，"多谢玉娘指教，多谢十三娘提点。琉璃定当尽力而为。"

崔玉娘似乎还想说什么，被十三娘轻轻扯了扯袖子，到底只是闷闷地还了礼。她的目光在屋里转了转，不知为何却落在了紫芝和小米的身上，打量了好几眼后，转头看着琉璃笑道："还有件事，不知大娘是否知晓，因裴少伯此番建言深得圣心，圣人当日便赏了裴少伯两位宫人，听闻品貌出众，出身不凡。大娘这府里似乎不曾置过媵妾，此事只怕还是要早做打算才好。"

琉璃心里"咯噔"一下，御赐的宫女，出身不凡，还是这当口……她心头微乱，面上却半点不露，慢慢喝了口浆水，才抬头笑了笑，"是么？果然是皇恩浩荡。"

崔玉娘眼里露出了几分惊诧，"大娘不知道么？这种人或心高气傲，或心机深沉，最是难缠不过，又有着那重身份，轻不得重不得，比寻常妾侍难教百倍。大娘还是莫要掉以轻心！"

琉璃放下杯盏，笑得坦坦荡荡，"玉娘有所不知，外子性子古怪，便是单身未娶时，身边也从未用过妾婢之流。因此这些年我也不敢犯他的忌讳。圣人如今赐下宫女，我是不知该如何处置的，届时听外子的安排便是。"

崔玉娘怔了一下，转头看了看十三娘，神色变得有些复杂，沉默片刻才自嘲地笑了起来："原来如此！裴氏果然族风严谨，子弟端方，倒是我多虑了。说来我家相公也得了两位，我那里横竖人多，这两个若是还能听教，日后或是可以带着她们与大娘这边常来常往。"

常来常往？嗯，四个可不是正好凑桌麻将？说来从今往后，自己也是有"妹妹"的人了。不过十三娘那里只有一个靠着她娘家的老"妹妹"卫氏，而自家这两个新鲜出炉的"妹妹"，来头却大得离谱。自己日后一定也要助人为乐，帮武后多找两个男宠……琉璃只觉得自己的思绪有些控制不住地四下发散，定了定神才笑道："玉娘若能常来，倒是求之不得。"

崔玉娘微微一笑，神色又恢复了惯常的矜持，"多谢大娘盛情。日后大娘若是有事，也不妨使人知会我一声。大家凡事有商有量，总是妥当些。"

琉璃脸上也挂出了最标准的优雅微笑，"玉娘说得是，日后少不得要打扰玉娘。"

直到将这对崔氏姐妹送出了门去，她的笑容才彻底垮了下来，胃里似乎又有点什么东西在往上翻涌，只能紧紧皱眉压下了这股恶心。小米原是一直鼓着那张小包子脸，这时再也憋不住，走上一步想说点什么。紫芝却将她一把拉住，自己上前两步扶住了琉璃，轻声道："娘子是不是又不舒坦了？燕姊姊已经到了两刻多钟，正在西厢房候着，娘子是现在让她进来把脉，还是先喝口水润润，过会儿再说？"

琉璃怔了一下，自己怎么忘了这个茬？她苦笑着摆摆手，"让她进来吧。"

微凉的晚风从半开的门窗间吹了进来，很快就吹散了客人们带来的那股浓甜香气。阿燕的身上带着一股淡淡的药香，不算好闻，却有让人说不出的安心。她的手指纤细而有力，那温暖稳定的指尖似乎也带着一种安定人心的力量。琉璃心里翻滚的烦躁竟是渐渐平复了下来。

足足过了一盏多茶的时间，阿燕才放开手，起身行了一礼，她的语气平静，眼里却有掩饰不住的笑意，"娘子的身子好得很，脾胃没有任何不妥。阿燕过十天再来给娘子诊一次。这几日，娘子在行动吃食上都要小心些。"

琉璃虽是有些心理准备，听到这一句，依然只觉得难以置信。

紫芝脸上顿时绽开了惊喜的笑容。小米却叫道："怎么没有不妥？娘子这几日胃口很是不好，今早便什么都没吃……"一语未了，紫芝已转头瞪了她一眼。小米吓得捂住了自己的嘴，眼睛咕噜噜转了好几个圈，看着神色古怪的这几个人，突然恍然大悟，用力拍了一下自己的额头，发出"啪"的一声脆响。

琉璃回过神来，看着小米迅速变得通红的额头，忍不住也微笑起来，"还要十日才有准信，谁都不许多嘴！"十天之后，他也该回来了吧，他原是一直念叨着要给三郎添个弟弟妹妹的，大概会得意于"天道酬勤"？只是这一回，他还会带回一个艰巨无比的任务和两个无法退货的美人……

琉璃下意识地摸了摸自己的小腹，无声地叹了口气：这里头若真的多了个小家伙，倒是个说来就来的急性子！

她原以为这十天会格外漫长，没想到从第二天起，家里便迎来了各路亲朋好友。寻常之交如同僚下属多是殷勤道喜，关系更亲近的如继母程氏以及几位裴氏长辈则是忧心更多，到了于夫人这里，索性成了义愤填膺，"守约好端端的管这闲事作甚？做得

/第一百二十九章 不速之客 不情之请

再好，也落不下什么好来；一个不慎，便会把自己填进去！不成，你一定要劝劝他，绝不能做这种傻事，他们师徒俩这样的亏还没吃够么？"

琉璃苦笑起来，他们师徒俩要做什么，天底下有人能拦得住吗？

转眼便是十月初十，晌午时分，皇帝的銮驾带着无数车马浩浩荡荡进入长安，而在夕阳西下之时，永宁坊的裴府，也迎来了回家的男主人。

琉璃牵着三郎，静静看着那个越走越近的男子，明明是再熟悉不过的眉目，却仿佛变得有点陌生——也许是眉梢多了些许飞扬，也许是眼神里多了三分锐气，也许是步子走得太快……琉璃心里突然有了一丝明悟，两年来，他其实一直在等着这一天，等着大显身手，等着力挽狂澜，等着建立他的不世功业！

心里有点酸涩，有点茫然，她看见三郎欢笑着跑了上去，看见他像往日一样抱起了三郎，看见自己最熟悉的这两张笑脸叠在了一起。不知为什么，一切却仿佛隔着一点什么，仿佛有一层看不见的东西，蓦然拦在了自己和他之间。

三郎笑嘻嘻地拉住了裴行俭的幞头，一个劲地歪缠"阿爷带三郎去骑马好不好"，裴行俭却转头看了看琉璃，目光一凝，伸手揉了揉三郎的头，"时辰不早了，明日再去，阿爷有事要和阿娘说。"

三郎看了看琉璃，又看了看裴行俭，一声不响地从裴行俭怀里溜了下来，几步跑到琉璃跟前，"阿娘，抱！"

乳娘紧张地上来拉住了他，"三郎乖，阿娘……"

琉璃摆了摆手，蹲下来伸手抱住三郎，怀里那热乎乎、沉甸甸的感觉，顿时填上了心头的那点空茫。三郎在琉璃怀里腻了好几下，原本紧紧揽住琉璃脖子的双手才松开了一些。母子俩相视而笑，琉璃亲了亲三郎的脸，"又是一身的汗，快去让乳娘给你擦擦，换身新衣裳，再来让阿娘看看，我们三郎长高点没有。"

这一回，乳娘顺顺利利地牵走了三郎。三郎嘴里犹自在念叨，"穿有小老虎的，小老虎好看。"

裴行俭微笑着将琉璃拉了起来，待进了上房，门帘一落，便双手扶住琉璃的肩头低声道："琉璃，你别生气，这次的事，全都是我的不是。是我虑事不周，才让你担心了。只是我当真不是故意瞒你。你也知道，我的想法原是有些异想天开，圣人性子又谨慎，这件事拖了十几年都没定下章程。我原想着，这次还不知会商议多久，更不知结果如何，总要有些眉目才好跟你说，不然岂不是让你白白担心？没想到，这一回，圣人竟是当庭决断了！

"那天事情一定下来，我就想着要不要给你写封信，可再想想，能在信里写的话，旁人多半都过来跟你说了，若是说一半留一半，还不如回来当面跟你解释。琉璃，我这些天都没跟你提这件事，不是怕你拦着我，更不是怕你漏了口风，我只是怕你担心。结果到头来，却是让你更担心了。"

他深深地叹了口气，"都是我不好，下回，我下回一定不这样……"

琉璃垂着眼睛没有作声，心里也叹了口气，这些天来她左思右想，其实气恼已消了大半。他从来都是这样的人，不管答应过自己多少次，到头来真有事了，一定还是先扛着再说，他不愿让自己因为他的事情而担心——就像自己不想让他为自己的事烦心一样。开诚布公，凡事坦白，自己都做不到，又凭什么去要求他？她只是有点难过，自打回了长安，隔在他们之间的东西，仿佛越来越多……

裴行俭凝视着她的面孔，眉头渐渐锁在一起，"琉璃，你到底怎么了？才几天，怎么瘦了这么多？这几天你是不是累着了？是不是有人来烦你？"

琉璃轻轻吐了口气，"我没事，就是这几天上门的人多了些，亲朋好友该来的都来了，连李相的夫人都和十三娘一道来劝过我一回，说你这次是惹了大麻烦，只怕大唐的高官豪族都会恨上你。守约，我只想知道，你到底是怎么打算的？"

裴行俭看着她的眼睛，轻声问道："琉璃，你信不信我能把这件事情办成？你信不信，我不会有事，也不会让你、让三郎，出任何事？"

琉璃认真地看着他，他的眸子里只有一片笃定到极处的清正平和，仿佛问的不是她信不信他能扭转几百年来的高门豪族把持吏选的局面，而是，"你信不信明天的日头还是会从东边升起？"

想了片刻，她点了点头，"我信。"

裴行俭慢慢笑了起来，在微暗的屋子里，这个笑容几乎有一种阳光般夺目的光彩。他低头吻在琉璃的眉心，"琉璃，你信我，我就什么都不担心了！"

琉璃却有些笑不出来。他当然什么都能做成，问题不过是，他会怎么去做？她忍不住轻声问道："这一回，我要帮你做些什么？"

裴行俭松开手，笑微微地低头看着她，"你要做的，早都帮我做好了！这一回，所有的事我都已处置妥当，你只要好好在家里歇着，听我的安排就成。"

都处置好了？自己只要听他的安排就好？那两个宫女，他到底是怎么安排的，难道问都不准备问一声自己的意见？琉璃心里微沉，刚想说话，门外突然传来了三郎的叫声。帘子一动，那小小的身影挣扎着扭了进来。乳娘在后头不敢放手又不敢用力地拉着他的一只手，"三郎慢一点，慢一点。"

裴行俭笑着上前抱起了他。几个婢女也都挑帘而入，点蜡烛的点蜡烛，准备热水的准备热水，收拾食案的收拾食案，适才还一片幽暗的屋子，顿时变得亮堂堂的热闹无比。

堂屋再次安静下来时，已是二更时分。三郎终于玩得累了，趴在乳娘肩头嘟嘟囔囔地离开了屋子。琉璃顺手将三郎留在屋里的几样玩具收拾进柜子里，正要转身，裴行俭从背后抱住了她，低声道："琉璃，这次是我错了，你怎么罚我都行，别再生闷气了好不好？"

琉璃摇了摇头，"我没生气。"她只是不想说话——反正，他也不需要自己做什么事，说什么话！

裴行俭的声音更温柔，"那就好，晚上我光顾着逗三郎了，没吃饱，你陪我用点夜宵吧？"

琉璃心知他是注意到自己晚上吃得少，要哄着自己再吃一点。沉默片刻，她还是摇头，"我没胃口。你想吃什么，我去吩咐紫芝做。"

裴行俭的声音里带上了叹息，"琉璃，我不喜欢一个人吃东西……"他将琉璃的身子转了过来，认认真真地看了她好一会儿，眉头紧紧地皱在了一起，"明日早些让阿燕过来一趟吧，你的脸色着实不大好。"

琉璃垂着眼帘笑了笑，"今天早上阿燕就来看过了，我没事。"

裴行俭皱眉看着她，脸上突然露出恍然之色。想了想，他一言不发地拉着琉璃走到里屋，在便榻上坐了下来，看着她一字字道："有件事，我回来便想跟你说的，结果混忘了。"

他的神色里有种异样的郑重，琉璃心头一跳，只觉得嗓子有点发紧，不自觉地屏住了呼吸，等着他的下文。

裴行俭的目光仿佛胶在了琉璃的脸上，"今后这几个月，我都会忙于选制之事，有时会有应酬，有时会在外头过夜，有时可能还会行事古怪，甚至会惹出一些传言。但无论怎样，你都不许乱起疑心，不许胡思乱想，若是有什么想知道的，直接来问我，决计不许闷在心里！"

"你要信我，就一定要信到底！"

琉璃抬头看着他，烛光映进了他的眸子里，正是她最熟悉的眼神，温暖干净，似乎还带点异样的明亮，她几乎被蛊惑般点头说了声"好"。

裴行俭的眸子里渐渐满是笑意，"那你就是答应我了！若是你做不到，你说，我该怎么罚你？"

琉璃隐隐觉得有些不对，想了想才道："我答应你的，自然会做到。如今你说出来的话，我哪一句不信了？"

裴行俭目中的戏谑之色更重，"那我没说的呢？你就闷在心里胡思乱想？"

琉璃多少有些醒悟过来，心头一跳，嘴上自是抵死不认，"我胡思乱想什么了？我明明什么都没想，你这样说，难道是信我？"

裴行俭笑着摇头，"算你会狡辩！本来是有桩小事，我适才忘记说了。圣人这次赏了我两个宫女，如今这一时半会儿的，我还不好打发了她们。不过你不用管，我都已经安排妥当了，她们如今就住在偏院里，你平日不用理她们，来客若是提起她们，就让她们出来露上一脸，就当家里多了两个摆设。"

摆设？怎么什么事情到了他嘴里，都能那么简单？琉璃怔了好一会儿才问："这样就成？你、你不用她们……伺候？"

裴行俭瞅着她笑，"我什么时候要人伺候过？"

是啊，他什么时候让人伺候过！琉璃虽然也曾满脸笃定说过这句话，可听他说出来，又是另一番滋味。她心头一松，只是想起崔玉娘的话，还是忍不住问道："可我听李相的夫人说，咱们这府里还没有媵妾，你如今又是正四品的职位，按理该有四名，她们这种身份来历，难道不该给个媵妾的份位？"

裴行俭摇头,"还是不给的好,有了这名头,她们日后还如何嫁人?"

　　嫁人?琉璃瞪着裴行俭,险些以为自己出现了幻听。

　　裴行俭轻描淡写道:"男大当婚女大当嫁,是天经地义的事。我跟这两名阿监都谈妥了,只要她们安安分分地待上三年,之后或是回家,或是嫁人,都由她们,我还会资助她们些钱帛。"

　　琉璃大奇,"她们不是御赐给你的么?难道还能回家嫁人?"

　　裴行俭眉头微挑,"为何不能?这种御赐的宫人,从先皇开始,多少臣子得过?多数自然是被迎回去做媵做妾,可也有被坚辞不收退回宫里的,还有被一顿好打剃光了头发的,圣人难道还能因为这种小事跟臣子计较?只是己所不欲勿施于人,她们原是好人家的女儿,总不能白白耽搁她们一辈子,等过两三年诸事平定了,自然还得让她们回家嫁人。"

　　这话的信息量实在有些大,御赐的宫女居然可以退货,甚至剃光头发搞成非主流?到底是大唐的天子太好性,还是大唐的夫人们太威猛?琉璃呆了好一会儿才道:"她们当真可以走?"

　　裴行俭笑吟吟地看着她,"怎么?不信我说的话?"

　　琉璃顿时回神,点头不迭,"我信!我当然信!我怎么不信了?"

　　裴行俭笑得更愉快,"那你怎么一晚上神不守舍,饭也不好好吃,话也不好好说,心事重重的又不肯问,我想了半晌才明白是这么件事忘记说了。以前在西疆,多少人送过我美人,哪一回我会拿这种小事来烦你处置?如今你却这样胡思乱想,你这是信我?"

　　琉璃心里暗暗叫苦,她怎么知道大唐的御赐宫女居然这么不值钱?总想着到底是皇帝的意思,而裴行俭如今最需要的就是皇帝的支持和信任;想着他就算一时不会动心,也要笼络住她们,给她们名分,让她们成为家里的一分子,这天长日久的……眼见裴行俭慢慢低下了头,笑容也愈发危险,她忙道:"你听我说,我也有件小事忘记说了!

　　"阿燕今天来给我诊过脉,她说,她说,三郎大概再过八个月就要当阿兄了。"

　　裴行俭的脸蓦然僵住了,眸子却是越来越亮,突然伸手将琉璃紧紧搂在了怀里。那力道仿佛恨不得把她揉进怀里,却又小心得不敢多用一分力气,低低的声音里又是狂喜,又是咬牙切齿,"好,好!你居然现在才说!你居然现在才告诉我!你这个睚眦必报的小东西!"

　　过了好一会儿,他才松开手,上上下下地打量着她,"你身子还好吧?难怪……果然是好小的一件事。若不是我想起了那一件事,你是不是今天晚上都不打算记起这件'小事'了?"说到后来,声音又开始从牙缝里往外钻。

　　琉璃心里发虚,谁让他把要动手革新选制那么大的事情都死死地瞒着自己?谁让他觉得御赐美人居然是件小事?嘴里只能支吾道:"跟你的事有什么关系,我不过是,不过是有些胃口不好,记性也就不大好了……"

话犹未落，她只觉得脚下一虚，却是裴行俭弯腰将她打横抱起，大步走向内室。琉璃心里一慌，忙叫道："我是真的不记得了！你那么多事都能不记得，我怎么就一定要记得？你不能罚我！"

　　裴行俭停下脚步，低头看了她一眼，满脸都是苦笑，"罚你，我如今还怎么罚你？你自然是真的不记得了，千错万错都是我的错！我先是忘记了告诉你那么大的一件事，你忘记告诉我这么件小事，又有什么稀奇？你若能高抬贵手，饶了我这一回，我就该烧炷高香去谢天谢地了，是不是这个理？你还有什么要说的？"

　　琉璃所有辩解的话，顿时都被噎了回去。

　　裴行俭走进内室，将琉璃小心地放在床上，弯腰帮她脱了鞋子，自己也往床头一靠，让琉璃舒舒服服地窝在自己怀里，这才低声道："我也刚刚想起，我好像还有一件小事忘了告诉你。"

　　居然想找回场子！琉璃白了他一眼，简直不屑于接话。

　　裴行俭笑得和煦无比，"咱们不是要买个宅子么？既然眼下要添人口了，不如索性就买个大的好的。我前些日子在延寿坊倒是看中了一处宅子，你若是不介意，我想这两日就去买了，让人赶紧收拾出来，年前就搬进去。"

　　年前就搬家？琉璃迷惑地看了看他，"什么宅子？"延寿坊紧靠着西市，坊内富贵云集，倒是长安一等一的繁华之所。

　　裴行俭微笑道："那宅子就在延寿坊东南角，庭院正对着古池，风景园林之美，整个长安城只怕也没几家能比肩……"

　　古池？琉璃脑中突然掠过一个印象，腾地坐了起来，"你、你说的，不是那座凶宅吧？"那是长安城风光最好的宅子，更是长安城凶名最著的宅子！从隋末到如今的几十年里，但凡搬进去的人家，家主长则两三年，短则三五月，便会一命呜呼，至今无一例外。古池凶宅的名头，只怕比裴行俭的天煞孤星还要来得响亮些！

　　眼前这位天煞孤星的表情就像拣到了宝，"你也知道？正是！"

第一百三十章
缓兵之计　来日之忧

十月的西风已颇有寒意。当寒风掠过荒芜的庭院，吹上古池那泓碧清的湖水，泛起的粼粼波光里似乎也带上了一分清冷。在随意曲折的古池岸边，茂盛的蔓草依然半枯半绿，加上水浅处偶然露出的白沙苍苔，水面上不时掠过的红喙翠羽，构成了一幅色彩宜人的图画。

裴行俭修长的手指轻轻敲击着栏杆，目光缓缓掠过这片水域，神色里却没有太多欣赏。他原是刚从台阁出来，身上的官袍犹未换下，红袍黑纱，目光如电，顾盼之间竟有一分平素少见的慑人威仪。看了许久，他才沉声开口，"玉郎，你看此处如何？"

麴崇裕穿着一身最寻常不过的青袍，整个人都懒洋洋的没什么精神，皱着眉头到处打量的模样倒像是在找张便榻好躺下说话。把周围都看过一遍后，他的脸上便露出了"连便榻都找不到一张"的嫌弃表情，"这就是你们长安城最有名的凶宅？已经连着克死了七任主人？"

裴行俭眉头微挑，"怎么？不像？"

麴崇裕看裴行俭的眼神就像在看一个白痴，"你觉得像？"

他伸出食指点了点不远处的古池，"这曲岸清水，绕庭而过，只要不是瞎的，都能看出是千金难求的玉带环抱之局。"又回头用下巴指了指背后那片荒芜的宅院，"那院子虽然荒了十多年，可格局还在，前庭开阔，明堂秀朗，高低疏密都有法度。我虽不大懂风水，好歹也修过几处庭院，这样的宅子也能克主，咱们如今的宅院都好做坟场了！"

裴行俭的脸上并没有丝毫意外之色，"依你之见，问题不是出在这宅子上？"

麴崇裕冷笑了一声，"天晓得！或是庭院深处另有玄机，或是这宅子时运不济，让七个短命鬼先后挑了它去。你若怕了，不妨转给我，随你开价！横竖如今我也只是一个到处给人修园子的砖瓦匠，大不了花上一年半载的，把这院子彻底翻修一回，看谁还能捣鬼！"

裴行俭微笑摇头，"此事请恕行俭不能从命。眼下这宅子乃是裴某安身立命的倚仗，若是给了玉郎，只怕不出两个月，这长安城虽大，却容不下裴某人了。"

麴崇裕眉头一皱，好半晌才点了点头，"好主意，好算计！不过到底只能算是缓兵之计，只要你不被克死，待他们回过神来，照样不会善罢甘休。你与其花力气在这宅子上头，还不如好好想一想，如何才能全身而退。"

裴行俭望着远处的碧水疏林，语气悠然："为何要退？好容易有了这机缘，只要能毕其功于一役，自然便能再无后患！"

麴崇裕的眼睛不由眯了起来，"你不会指着这宅子来毕其功于一役吧？"

裴行俭转头看了他一眼，"不然，你以为我请你来做什么？"

麴崇裕慢慢挺直了背脊，眼神变得有些冷，"守约兄，我今日过来，只是想见识见识这长安天字第一号凶宅，旁的事，莫要找我！长安不比西州，我身后还有麴氏一族。你做的事再是有助于朝廷，有益于天下，我也不能为了一时意气，让族人受到牵连。"

裴行俭负手而立，扬眉笑了起来，一双眸子竟比他身后那波光粼粼的古池更为清明澄澈，"玉郎，你未免也太看不起裴某了！我做事什么时候是凭一时意气？什么时候又曾置家人安危于不顾？今日我若是连朋友家人都要连累，他日我又拿什么来破旧立新、重定制度？"

麴崇裕的眉头却皱得更紧："我知道你有手段！此事虽难，到你手上，或许真能做成。可你算过没有，即便你能做成此事，让天下信服，让入选之人各个都感激你，等他们真正能在朝堂上说得上话，少说也要等十几二十年。而你如今得罪的，却是满天下的高官权贵，你再有本事，再得圣人欢心，又怎么能保证今后十几年一步不走错、万事不求人？守约，今日不比当初，你身后还有幼子亲族，做点什么不好，何必去捅这蜂窝？"

裴行俭缓缓摇头，"玉郎此言差矣，我正是为子孙族人着想，才不能不担下此事。且不说选制不改，天下士人报国无门，怨气日重，迟早会危及朝廷根本；就是你我族人，再这样过着太平日子，等着靠祖荫入仕，迟早也会变成西州高门子弟那样的废物！

"裴某身世畸零，寿禄有限，既不能让子女有至亲族人护佑，也未必能活到他们成家立业。而此事若成，过得十几二十年，人人都得益于此，大约倒是能让他们多享些福泽，多得些臂助。以我一时之艰难，换日后太平盛世，换子孙平安前程，此事还用反复去算？就是玉郎你，难道愿意顶着个蜂窝过日子，等着它日后落在子孙们头上？"

他的语气甚是平和，一字字道来，却自有一分山岳般无法撼动的沉稳笃定。麴崇裕倏然心惊，想了半日，终于叹了口气，"也罢，你连这丧气话都说了，不妨也说说看，到底想让我帮你做什么？"

裴行俭微笑道："简单。我只是想请你帮我把这宅子修整一遍，时间么，越快越好。今年灶日，我便要入住。"

灶日搬家？还有不到七十天，还会冲撞灶神！麴崇裕压根没接话，只上下看了他两眼，满脸都写着"你没烧坏脑子吧"。

裴行俭的声音却依然不急不缓："你莫忘了，今日已是十月十五，半月之内，本次待选的上万人将云集京师。十二月入场试判，明年上元后便是面铨，三月末，布长榜、定留放。这宅子上两任家主都是在三个月之内殒命，我若能在年底前入住，便极有指望在铨选结束前一命呜呼。如此，也省得大伙儿费心费力来难为我了不是？"

"时不我待，玉郎，这长安城里，如今我也只能请你来帮我这个忙了。"

麴崇裕抬头看了看清朗如旧的天空，转身看了看满目破败的院子，又侧目看了看一脸从容的裴行俭，叹了口气，掉头就走。

裴行俭的眉头终于皱了起来，"玉郎？"

麴崇裕头也不回地一挥手，"两个月，五百金。"

裴行俭松了口气，对着麴崇裕的背影抱手行礼，提高了声音，"多谢玉郎！行俭日后必有重谢。"

回答他的是麴崇裕含着怒气的冰冷声音："往后莫来烦我就好！"

裴行俭摇了摇头，慢慢笑了起来，迈步下了亭子。庭院里的石径早已被荒草掩盖得严严实实，他却是轻车熟路，脚下几个转弯，那袭红色官袍便隐入了草木深处。

宅院的大门前，麴崇裕的长随阿金正和裴行俭的长随阿景凑在一处闲聊，突然看见麴崇裕冷着脸走出门来，忙丢下阿景迎了上来，"阿郎……"

麴崇裕看都没看他一眼，一言不发地翻身上马，打马就走。阿金唬得忙追了上去。阿景不由目瞪口呆，直到那两匹马都消失在街角，他才回过神来，摸着脑袋看了看身后那残破的乌头门，深深地叹了口气：这才几天，阿郎已经气跑多少人了？

对面的酒肆里，那两双盯着这边的眼睛愈发打起了精神，眨都不眨地瞧着这边的大门。没人注意到，宅院西边那条僻静的小巷里，一个穿着青衫的高瘦身影从院墙里轻捷地跳了出来，转身一路往南而去。

长安城东南角的乐游原，原是城内一等一的游览胜地，春夏之际，更是车马填塞，繁花似锦。不过随着天气转寒，这片高坡也一日日的冷清了下来。此时日头已斜，黄昏将近，乐游原上无人游乐，西风吹过那密密匝匝的玫瑰枯枝和花树下早已萎黄的苜蓿草丛，只留下一片萧萧之声。

乐游原下的升平坊里亦是车马稀疏。青衫男子快步走到一处别院门口，抬手拍了拍门环。常年紧闭的木门立时开了半边，须发皆白的看门老仆笑嘻嘻地探头出来，"九郎，快请进，阿郎在观星台等您。"

观星台？裴行俭抬头往上看了看，笑着点头。

这座别院的主道原是依着地势蜿蜒向上而建，观星台更是修在别院的最高处，一级级拾阶而上，整个乐游原便如画卷般渐次铺展在眼前。夕阳斜照之下，无数枯草随风起伏，仿佛一大片淡金色的湖水。观星台的最前方，李淳风正面向斜阳而立，迎面的西风将那身青色的宽袖长袍吹得高高飘起，整个人仿佛随时会随风而去。

裴行俭不知为何只觉得心头一阵惊悸，定了定神才恭恭敬敬地长揖及地，"李公，行俭今日冒昧打扰了。"

李淳风转过身来，眸子在裴行俭身上转了转，点头笑了起来，"守约不必多礼。那处西方靠水的大凶之宅，可是已入守约囊中？"他的须发都已雪白，大约因为又瘦了些，面容愈显苍老，唯有一双眸子依旧黑白分明，并未沾上半点岁月尘埃。

裴行俭早已习惯他的未卜先知，含笑点头，"果然瞒不过李公。"

李淳风不以为意地摆了摆手，"人逢喜事，如秉烛夜行，何况守约气势正盛，神鬼皆要辟易，老夫又焉敢不察？"

裴行俭眼睛微亮，抱手行礼，"多谢李公吉言，行俭愧不敢当。若无李公提点，事情也绝不会如此顺利。"

李淳风却是愈发不以为然，"守约此言差矣！这世上从来没什么造化是从'提点'而得，所谓冥冥之中，自有天意，推演卜算再是精准，也是于事无助，最多不过是让人省点气力罢了。"

裴行俭笑道："差之毫厘，谬以千里，于李公不过是举手之劳，行俭迟钝，却是直到金口玉言钦定选事之际，方信一切早有定数。"

李淳风眉头微挑，语气里也带上了一点戏谑，"喔？守约的意思是，若老夫不曾算出你乔迁之所应在那处宅院，在九成宫的金殿之上，你就不敢侃侃而谈，就不敢毅然受命了？"

裴行俭怔了怔，笑着欠身，"李公教训得是，是行俭着相了。"

李淳风笑吟吟地捋着胡须，"你着相又不是这一回两回，日后也断然改不掉，我教训得是或不是，又有什么要紧？"

裴行俭依然笑得从容，"性不可移，礼不可废。行俭虽是朽木，却也不敢不领会李公的好意。"

李淳风哈哈大笑，"好一个性不可移，礼不可废。这倒是句大实话。你也不必客套了，如今这情形下，你今日能来此一趟只怕不大容易，有什么事直说就是，难不成还要再着相一回给我看？"

裴行俭忙道了声"不敢"，略一斟酌便问："关于乔迁之日，行俭已占得一卦，卦象虽吉，却颇有些不可解之处……"

李淳风笑眯眯地打断了他，"不可解便不必去解。天下自有不可解之事，不可解之人，你志不在此，又何必追根问底？天道无亲，常与善人，如今你所行之事，上合天道，下应人情，就一时来看，或是艰险重重，而长远来看，却是大势所趋、水到渠成。至于那些细枝末节，纵有什么古怪，也是你的助力，不必去担忧。至于这日子么，"他笑容促狭地看了裴行俭一眼，"横竖你已冲撞了天下豪门，还怕再多冲撞个灶神？"

裴行俭原是沉吟着缓缓点头，听到最后这一句，也笑了起来，"多谢李公费心，有您指点，行俭心里就踏实了！只是，"他犹豫片刻才问道，"行俭还有一事要请教李公。借李公吉言，如今家宅未迁，拙荆已是有喜。只是不知为何，行俭心头总有些不大安稳，却不知此为何兆？"

李淳风脸上笑意更浓，"关心则乱，好事多磨。你这不大安稳的模样，我怎么瞧着倒是比平常还顺眼些？"

裴行俭只能笑而不语。李淳风打量了他片刻，笑容里却多了些深意，"守约，你我都知，卜算之道，算天道易，算人事难。人心易变，一念起则万劫生。但吉凶寿禄，说到底，终究是命数所限，时运所成，本心所定。你大智大勇，往后这一纪，成就原是不可限量。只是乱世将至，独木难支，你的性子终究太过执着，若能多些顾虑，未尝不是好事。所谓虽千万人吾往矣，所谓明知不可为而为之，均非我辈之道，唯有顺势而为，方能趋吉避凶，安享天年。"

裴行俭脸色渐渐变得肃然，沉默良久才垂首答道："多谢李公指点，行俭定当铭记于心。"

李淳风叹了口气，"只是记着么？也罢，你天分虽高，终究不是我辈中人，来日若真能记得这一句，已是不枉你我相交一场。"

裴行俭心头一震，霍然抬头，低声叫了句："李公！"

李淳风笑微微地看着他，"你不用多虑，我不是怪你。人各有志，人各有命，我若强求你应允，岂不也是明知不可为而为之？这些年里，你我一道推演数算，我也受益良多，无弟子如你，是老夫之命，有小友如你，是老夫之幸。只是往后你来此到底不便，以我的本事，大约也只能帮你这一回了。"

他慢慢转过身去。漫天斜晖里，那背影看去竟有一种异样的缥缈，声音被风一吹，也仿佛是从极远处传来："守约，你一生的成就劫数，都在北方。记得恩荣极处须放手，仁义尽时速回头。我，就不送你了。"

裴行俭怔怔地看着李淳风的背影，突然一撩衣袍跪了下去，端端正正行了个大礼。

此时观星台前的乐游原上，正是残阳如血，晚霞如火，那漫天霞彩将满原的枯草也染上了一层绚烂的光晕，仿佛在这一瞬间，那些早已凋零的红色玫瑰与紫色苜蓿又一次开遍了原野。

霞光转瞬即逝，黄昏接踵而至。

六街暮鼓终于隆隆响起，坊外大道上的行人车马都加快了脚步。数百下鼓响之后，眼见坊门就要关闭，守在永宁坊裴府门前的眼线，才看见那个穿着红色官袍的身影从东边施施然走了过来。

裴行俭身上的衣袍鲜亮齐整，步履从容悠闲，仿佛是赏花归来，只是在进门前突然转头看了一眼，那明亮又漠然的眼神，仿若直接刺在了窥视者的身上。

裴府的门房忙不迭迎了上来，脚下跟着裴行俭往里走，嘴里如往日般一口气报了下去："启禀阿郎，今日府里一切安好。晌午前狄女医来过一回，午饭后才走。邢国公夫人早间打发人来问了夫人好。崔夫人又着人送了些腌制的姜片和青梅过来。偏院的

/第一百三十章 缓兵之计 来日之忧

赵娘子是一早出去的，午后便回来了，有位姓赵的郎君送她过来，听闻您不在，说是明日再来拜访。"说完双手捧上一张名帖，紧紧地闭上了嘴。

裴行俭点头说了声"好"，将名帖接在手里看了一眼，眉头微皱，脚下却并未停顿。他还没到内院门口，一位小婢女突然斜地里赶了上来，高声叫了句："阿郎！"

裴行俭脚步一顿，认得正是拨到偏院里伺候那两位宫女的粗使婢子之一，眉头不由皱得更紧。小婢女原本赶得甚急，瞅见他的脸色，脚下顿时有些拌蒜，舌头也开始打结，"阿、阿郎，赵、赵娘子说有，急事，想跟您回、回禀。"

裴行俭的目光在这张带着憨色的小脸上停了停，脸色微缓，声音温和地问道："赵阿监不是刚刚回了趟家么，可是出了什么意外？"

小婢女松了口气，说话顿时顺溜起来："启禀阿郎，今日是奴婢伺候赵娘子回去的，进门便听说赵娘子的母亲早已过世，如今当家的乃是赵娘子的兄嫂，似乎说是要来拜会阿郎和夫人。赵娘子很是忧心，想先跟您回报一声。"

裴行俭微一沉吟，点了点头，"你先去禀报一声，我这便过去。"

安置赵氏和姚氏的偏院原是裴府客房，院落屋宇都是中规中矩的小巧精致，最引人注目的，要算北屋台阶下那两棵高大茂盛的梅树，每到腊月，红梅怒放，倒也算得上一景。裴行俭踏入院门，不由便是一怔：几日不见，那两棵梅树居然已换了副模样——被细细修剪过的枝丫疏密有间，更添风韵，枝头不知何时更开出了几点红花，隐约间似有一股清香扑面而来。

这才十月，腊梅怎么就开了？裴行俭刚想细看，东厢房的门帘一挑，一位白衣青裙的女子快步迎上，屈膝行了一礼，哑声道："贱奴赵氏见过裴少伯，今日冒昧烦扰少伯，还望少伯见谅。"她原本就生得高挑白净，这一身素净打扮，愈发衬得她身形窈窕，肌肤细白，只是眼皮红肿，双唇紧抿，与平日温柔沉静的模样却是判若两人。

裴行俭微微欠身，"赵阿监客气了，这几日怠慢了阿监，不知今日阿监有何见教？"

赵氏头垂得更低，声音里多了丝苦涩："不敢当。奴既已出宫，不敢再当'阿监'二字。今日之事说来话长，少伯请进屋一坐，容奴从头回禀。"

北屋的门帘挑处，却见这间待客的堂屋似乎也与往日有些不同。裴行俭扫了一眼才发现，原来是靠墙的白色堆花双龙柄瓷瓶中插上了一根两尺多长的梅枝，数十朵红梅点缀在枝干之间，嫣红点点，暗香浮动，盛放在雪白的墙壁和六曲墨书屏风之间，整个屋子都多了几分雅致灵动的风流气象。

他的脚步不由一顿，身后立时响起了赵氏低低的解释声："叫裴少伯见笑了，这是宫里常用的法子，入冬之后，便用熏过梅香的红色纱绡剪成梅花之状，黏于花枝，芳香旬日不散。奴原先在宫里就是管着各处花木，恰好箱笼里还剩些这样的红绡，这几日横竖无事，便做了些出来。"

裴行俭的目光在那些足以乱真的红梅上停留了片刻，转身坐了下来，静静地等着赵氏开口。

赵氏踌躇片刻，郑重地欠身行了一礼，"多谢裴少伯开恩，准奴回家探亲，奴感恩不尽。奴烦劳少伯过来，乃是家中有些下情不得不回禀……"

她话音未落，堂屋通往书房的门帘突然轻轻一动，一个穿着粉色衣裙的女子低头快步走了出来，对裴行俭深深地弯腰行了一礼，不待他开口，那小巧丰满的身影已几个退步倏然消失在大门外。

裴行俭认得正是另一位宫女姚氏，见她走得狼狈，不由多看了一眼。赵氏脸上也露出了几丝尴尬，轻声道："姚家妹子素来有些胆怯，平日只爱在书房写字看书，不知少伯要来，还请少伯莫怪。"

裴行俭淡然道了声"无妨"，心里却是一动。这位姚氏的确写得一笔好字，胆子却不见得有多小，在九成宫时先是自告奋勇要伺候笔墨，被拒后又默默地抄了好几卷外头少见的藏书出来，回长安的路上，更是直接送了回消夜上门。他也只得不声不响地瞅了她半盏茶工夫，这才让她消停下来。倒是这位赵氏，一直极为循规蹈矩，半个多月里提的唯一要求，也不过是想回家先探望探望母亲。他冷眼瞧着，姚氏先前待她实在算不上厚道，她竟也肯主动替姚氏分解……

赵氏没有多说姚氏，定了定神便话归正题，"启禀少伯，今日奴到家方知，家慈业已去世，如今家中乃是兄长做主。听闻圣人将奴赏赐给少伯，兄嫂们都严令奴好好伺候少伯，不得轻狂懈怠。家兄今日送奴回来时，便想要拜会少伯，家嫂或许过两日也会上门来叨扰夫人。少伯一片好意，奴却给少伯与夫人带来这许多烦扰，实在是羞愧无地！"她眼中含泪，脸孔也是涨得通红，深深地行了一礼。

裴行俭眉头微皱，"你兄嫂……家中可是有子弟待选？"

赵氏声音更低："家中两位侄儿都在待选之列，听闻已蹉跎了好几年。"

裴行俭点了点头。此事毫不稀奇，长安赵氏虽是官宦人家，到底只是本朝新贵，何况这位赵娘子当年能被送入宫去做宫女，在家中自然是不得宠的，用来换子弟前程又算什么？唯一出人意料者，也不过是他们居然会做得如此直白急切罢了。思量片刻，他便问道："却不知阿监如今有何打算？"

赵氏细白的牙齿紧紧咬着下唇，半晌才低声道："少伯许我等日后自行归家，原是一片仁心，只是兄嫂心思如此，奴若是回去，还不知会被如何发落。奴从今往后，一切听凭少伯盼咐，只求少伯莫要将奴送回本家！奴愿做牛做马，报答少伯的恩情！"说完她又行了一礼，雪白的秀颈深深低垂下来，仿佛是初初盛开的雪莲被沉重的冰霜压弯了纤弱的花茎。

裴行俭没有作声，眸子在那支绝不是一两日能做好的精巧梅花上转了转，又静静地落回到赵氏身上。他的神色并不严峻，却有一股慑人的淡漠从骨子里散发出来，不含丝毫情绪的明澈目光，更是足以让人寒入骨髓。

屋里的寂静渐渐汇成了一种难言的压力，赵氏忍不住抬头看了一眼，对上那裴行俭的目光，脸色便是一白。静默了片刻，她突然起身伏在了地上，声音也有些发颤："奴不敢欺瞒少伯，如今这情形，奴先前的确已是预料到了几分。家母本是继室，家父去世后，奴便是因为深受兄嫂厌弃，才会被送入宫廷。奴先前便想过，若家慈还健在，有两年光阴，奴或许还能与家慈一道谋划个前程；若家慈不幸已然去世，奴若想此生还有些指望，便只能求少伯与夫人开恩了！

"奴自知蒲柳之姿，决计不配伺候少伯，只是自小受家慈教导，又在宫中司苑待了七八年，尚有收拾庭院的手艺，亦能应对些人情来往，奴愿去夫人身边，随夫人应答宾朋，三年之后，再听任夫人发落。

"少伯明鉴，奴乃一介弱女，家中又无人可靠，荣辱生死，都在少伯与夫人一念之间。从今往后，少伯前程越是远大，奴为夫人效力越多，才越有安稳可求。何况奴在万年宫时便常听人谈及夫人当年义举，入府后，婢子们对夫人更是无不感恩戴德。奴深知夫人明慧仁厚，今日才敢毛遂自荐。

"奴不敢自表忠心，但日后福祸如何，原是一目了然。奴原本要在宫中孤寂一生，如今有这样一条生路放在眼前，又怎会不知珍惜？奴虽无用，这三年若是留在夫人身边，或许还能略为少伯与夫人分忧，请少伯给奴一个效力的机会！"

赵氏的声音有些沙哑，有些颤抖，让那低声求恳愈显诚挚凄切。裴行俭却良久都没有回答。赵氏的身子也越伏越低，额头终于紧紧地贴在了冰冷的地面上。

裴行俭慢慢站了起来，神色依旧淡漠，声音却十分平和："阿监请起。阿监所言，的确句句在理。只是裴某有一事不明，还要请阿监指教。"

赵氏略微抬起了身子，"少伯但问无妨，奴必知无不言，言无不尽。"

"阿监做的梅花活色生香、巧夺天工。只是看得久了，却似乎总有些不妥，阿监可知不妥在何处？"

赵氏明显地怔了怔，转眸看了那插瓶几眼，脸色苍白，缓缓摇头，"奴手艺粗陋，原是不配登大雅之堂。"

那梅枝原本选得极好，姿态清劲而有雅趣，点缀的花朵更是恰到好处，红萼娇艳，黄蕊轻盈，或盛放，或含苞，姿态各不相同，便是真正的梅花也不可能比它更风流馥郁。裴行俭的目光停在枝头那朵半开的梅花上，嘴角露出了淡淡的笑意，"阿监不必过谦，这支梅花可谓毫无瑕疵。只是道法自然，世上焉有完美无缺之物？何况寒舍简陋，更是衬不起这般的风流富贵。倒是可惜了阿监一片苦心。"

赵氏的脸色一僵，双唇微颤，仿佛想开口辩解，又紧紧地抿住了。

裴行俭并不在意，转身往外便走，到了门口，脚步才顿了顿，"阿监放心，裴某虽非君子，却也不会食言而肥。三年之后，阿监若依旧不愿回家，寒舍虽是简陋，倒也不会让门客宾朋衣食无着；裴氏虽非豪门，总能寻出几位殷实可靠的子弟。只要阿监不令裴某为难，裴某自会让阿监有一份前程可选！"

赵氏脸色更白，神色里倒是少了几分凄婉，多了些镇定，依旧是礼数周全地欠身应道："多谢少伯开恩，一切但凭少伯安排。"

裴行俭没有答话，脚步也再未停顿，靴子声不紧不慢地一路去得远了。

赵氏身上力道一松，不由自主坐倒在地，抬眼怔怔地看着门帘，脸上一丝表情也没有。直到门口响起了女子的细碎脚步声，她才猛地回神，手一撑地站了起来，神色又恢复平日的温雅沉静。

门帘一动，却是姚氏小心地闪了进来。见到赵氏的脸色，她才松了口气，"姊姊没事吧？今日那位……那位裴少伯怎么过来了？"这名字对她仿佛带着某种恐怖的魔力，她心有余悸地拍了拍胸口，又忙忙地解释道："我只是在里屋临写姊姊找出来那副拓本，听到姊姊说话便出来了，可不是成心要听的！"

赵氏笑容依旧温婉，"妹妹说的是哪里话，咱们都是宫中的老人，这点规矩还不懂么？我又怎么会疑心妹妹？其实也不是什么要紧事，是我家兄嫂说是这几日就要过来拜会裴少伯与夫人，因此先与裴少伯回禀了一声。"

姚氏目光中顿时流露出些许异样，"姊姊的兄嫂？他们也是有品级的人物吧？对姊姊倒是好生关切！"

赵氏苦笑起来，"什么品级？家兄到如今还在八品上熬着，旁的子弟就更不用说，托了多少人情都还没入门，因此一听说我在这边，就立时急着过来了。可妹妹是知道的，这半个多月里，裴少伯连正眼都没瞧过我，怎么肯费这个心思去帮忙？日后我若是回去，兄嫂还不定怎么怪我！还是妹妹好，家中虽然简单些，兄长们都是真心疼你，绝不会让妹妹有这样的难堪！"

姚氏神色微松，也有些伤感起来，"姊姊就莫要笑我了，当年原是我无知轻狂，死活闹着要来长安，伤了他们的心，日后归去，就算他们不说什么，我不照样是没脸？对了，姊姊家里的事，裴少伯没怪罪姊姊吧？"

赵氏轻轻摇头，"那倒没有。只是，或许再过两天，夫人就会召见咱们了。"

姚氏顿时大吃一惊，"夫人？夫人怎么突然会想到见我们？"她慌张地回头看了几眼，压低了声音："不是说这位夫人最是厉害么？咱们如今什么都不是，横竖是熬上两三年就要回家的！夫人不会对咱们如何吧？"

赵氏安慰地拍了拍她，"妹妹说的哪里话。裴少伯和夫人都是再明理不过的人，自然不会难为咱们。至少，"她顿了顿，柔美的面孔上露出了淡淡的笑容，"这两三年决计不会。"

天色向晚，裴府上房的院子里已点起一排灯笼。婢女们大约都在忙碌，院子和堂屋都不见人影，只有西间灯火通明，屋里正中的食案上摆放着热气腾腾的饭菜。三郎坐在琉璃为他专门做出的高凳上，嫌弃地看着碗里的青菜，声音里满是委屈，"阿娘也不乖，阿娘不吃肉肉！"

裴行俭挑帘而入，"三郎说得在理！"

满屋子人都吃了一惊，三郎"噌"地蹿了下来，小小的身影转眼间就消失在高案下面。

裴行俭哈哈大笑，又装模作样地围着案几走了两圈，"三郎呢？我刚才还听见他的声音，怎么进来倒瞧不见人了！"

"我在这儿呢！"三郎手脚并用地从案几下爬了出来，小胖脸笑得满脸放光，鼻头却不知道在哪里蹭了好大一片灰，满屋子人都被逗得笑了起来。

琉璃却很想望天：这么无聊的游戏，也就是这爷俩能每天都玩上一遍，而且每一遍都玩得这么津津有味！

婢女们打了水过来，裴行俭抱着三郎嘻嘻哈哈地一道净过了手面。琉璃才起身走了过去，摸了摸三郎的头，"快些坐回去，不吃干净不许再下来了。"又帮裴行俭解开了腰上沉甸甸的蹀躞带，随口问道："不是让阿景传话说今夜不回来么，怎么这时辰到家了？"

裴行俭笑道："我也没想到能这么快回来，适才又在外院处置了点事。"

他一面说一面便脱下官袍，换了家常的衣裳，忍不住感叹："你做的袍子的确方便得很！"

琉璃笑了笑没作声。前几日裴行俭让她找一件能罩住官袍的青色布袍出来，出门有事时方便些，她想了想索性做了件可以两面穿的袍子出来，一面是大红团花绫袍，反过来便是朴素无华的青色素面布袍，决计是裴大选官下朝后偷鸡摸狗搞谍战的最佳行头！

裴行俭看着她亮晶晶的眼睛，也摇头笑了起来。这丫头聪明起来时，不知哪来那么多的奇思妙想，可糊涂起来吧，这么多年了竟然都想不到要在门房安个人手，好知道自己在外院的动向。这样的性子，大概也是全天下独一份了！眼见她鬓角的头发又散了两绺出来，在耳边一晃一晃的，他顿时有些手痒，好容易才忍住了，坐到食案前目光一扫，眉间却顿时便多了个"川"字——案上放了六七样菜肴，琉璃跟前却只有一盘醋芹。

琉璃忙道："我已经吃了一碗蛋羹拌饭！"她怀三郎时明明轻省得很，可这一回也不知怎么了，竟是异常辛苦，每天起床后要吐上三五回不说，还整日地吃不下任何油腻荤腥，她也只能自我安慰：好事多磨，说不定这一回在她肚子里折腾的就是未来的一代名相……

裴行俭仔细看了看琉璃的脸庞，叹了口气，转头吩咐道："让灶房吃食上多换些花样添些品种，哪个厨娘做的饭食能让夫人开胃，重重有赏！"

这是要评选出先进喂食工作者吗？琉璃默默翻了个白眼，奋力咽下了一口米饭。

一家三口用过晚饭，三郎在裴行俭身上练了两回徒手攀岩，登顶成功后便心满意足地跟着乳娘和小米在几间屋里继续躲起了猫猫。裴行俭一面应付着三郎，一面随口便将麹崇裕会帮忙翻建宅院以及赵氏嫂子或许会求见的事都告诉了琉璃。

琉璃不由皱眉，"有赵阿监这层关系，这位赵家夫人若是开口相求，我该如何应对？"如今家里日日有人上门，她却连称病都不敢称，只能看人下菜碟地打太极。当然，比起召见了自己两回却什么都没说的武后来，她的功力还完全不够看。

裴行俭满脸轻松，"简单得很。我这几日是太忙，未必能见到那位赵卫官，不然不过是一句话的事。他们家既然如此急功近利，你只消透露一声，如今这风口浪尖上，你的亲弟弟为避嫌都不敢上门，也不知该不该参加这次的铨选，他们自然是有多远躲多远！"

琉璃哑然失笑，可不是！他们上门来是为了拉关系的，可不是上赶着牺牲自己来成就裴行俭名声的。只是转念一想，又有些担忧起来，"他们如今就这么迫不及待，若是这两三年都选不上，待赵氏回去，岂有不迁怒的道理？"

裴行俭点了点头，"此事赵氏也想到了，今日她已找到我，说是日后怕是有家不能回，求着要来伺候你，我没有应她。此人心思细密，性情坚忍，着实不可轻视，日后有客来访时，倒是不妨让她多露几脸。"

琉璃好不纳闷，"既然如此，为什么要让她多露面？"

裴行俭微笑起来，"这世上从来没有不妥当的人，只有不妥当的用法。你就当她是这案上的烛台，只要面上的鎏金还好，里头是银是铜又有什么打紧？咱们又不打算拿它来做盘缠！"

琉璃默然点头，多少明白了他的意思，横竖都是摆设，自然要挑更体面更妥当的，至于那位心里怎么想，其实并不要紧，毕竟有些事情，完全取决于裴行俭。她忍不住笑道："她怎么会求着要来伺候我，怎么不求着要去伺候你？"

裴行俭剑眉一挑，笑容更深，"这世上，有几个女子敢说要来伺候我！"

这话说得！琉璃刚想嘲笑他几句，突然觉得有些不对——他说的还真不算夸张！至少自己认识的女子，对他都颇为敬畏，就是云伊那样胆大包天的，见到他不也像是老鼠见了猫？

她不由抬头看了看裴行俭。烛光下，他的眉目温和清朗，笑容更满是暖意，可她自然知道，这双温润的眸子有时会变得多么可怕，她自己虽然从没对上过那样的眼神，却不止一次地见过在他的注视下骤然变色的面孔……她不由叹了口气，"你就那么喜欢让旁人都怕了你？"

裴行俭摇头，"我只是怕麻烦。"

麻烦？琉璃侧头瞧着他，一时有些拿不准他到底是认真的还是玩笑。西边屋里，三郎的笑声清清楚楚地传了过来，"我在这里，我在这里，你们都看不到我吧？"琉璃一怔，忍不住笑出了声。

裴行俭也笑着看了看西屋，"我可不是三郎，蒙住眼睛便以为旁人都看不见自己了。我若是惹了这种麻烦，你还能轻饶了我去？我又是何苦来哉？"

他倒是看得明白！琉璃又好气又好笑，索性横了他一眼，"我就是不能容人，那又如何？"

裴行俭笑着摇头，"谁又是能容人的？女子若天生就该大度，你看那些驸马赘婿，有几个能广纳婢妾？倒是尽有忍得妻子另置面首的，难不成他们都是女人？这世上，谁能妒谁不能妒，与男女何干，不过是权势所致罢了，又何必自欺欺人？"

他转头看着三郎玩耍的屋子，眼神越发柔软，笑容却淡了一些，"再说，我自己吃的苦头还不够么？又怎会让自己的儿女再受什么嫡庶内外的煎熬？"

琉璃心头微震,忙岔开了话题,"不会就好。不过我怎么没看出你是怕惹麻烦的?你如今惹的麻烦难道还算少?"

裴行俭扬眉而笑,深黑的眸子里仿佛有光芒闪动,"我怕的,只是那些无谓的麻烦。有些麻烦,原是不去惹也躲不开的,怕又有何用?也不过是各逞手段,看谁看得更远,下手更准罢了!"

三郎愈发脆亮的笑声传了进来,"哈,我看见你了!你认输不认输?"

第一百三十一章
愿者上钩　能者多劳

冬至将至，冬夜漫长。

更漏刚刚指向二更，长安城的夜色已然厚重得犹如砚台里的陈墨，只剩一团化不开的深黑。唯有紧挨着太极宫的平康坊北里一带，这墨黑却被摇曳的灯烛和悠扬的乐曲骤然冲淡，仿佛是陈年美酒，在深郁的底色里泛出引人欲醉的异香来。

酒香最浓处，是三条深长的街巷。

最靠边的北曲一面紧靠着平康坊的北墙，巷内多是柴门小户，此时正是灯火通明，灯影深处，不时有妖娆女子和布衣恩客纠缠成一团，火辣辣的嘲骂声随处可闻，而小巷深处偶然响起的几句低唱，却又带着股说不出的苍凉。

中曲则要宽敞得多，门前的十字街上车水马龙，街边的小楼深院鳞次栉比，雕饰精致的门屋被摇曳的红烛映照得如梦如幻。巷口的那处大院前更是火烛辉煌，打扮济楚的白衣书生、锦衣少年络绎而来，笑语高歌声不绝于耳——今日正是平康坊每月一度题月旦之评的日子，座中才子佳人的锦绣诗篇和彼此评点的妙句，往往一夜之间便会传遍长安。如今正值冬选，天下英才云集京城，这月旦之评比以往更是热闹了十倍。

从中曲往外几步转入南曲，眼前又是另一番景象：街巷两边是清一色的素墙黑瓦，门屋看去都不大起眼。只有门前微微摇曳的红色灯笼与高墙内隐隐传出的悠扬丝竹，含蓄地提示着，这里燕居的才是长安城最有才情的佳人。

南巷的最东头，是一处看去已颇有些年月的宅院，门屋比寻常宅子更窄小素洁，里头却是别有洞天，三四座精致小院错落在曲折的石径和水渠两旁，渠沟里流水冰封，残雪未化，那些精心打理的花木却依然带着三分郁葱。花木间挂着的灯烛并不明亮，朦胧的微黄光晕照在树下来往的娇童美婢脸上，越发显得人比花娇。

更加风光旖旎的，自然还是庭院深处。在南边最大的那处院落的堂屋里，层层幔帐低垂，夹杂着香料的炭火烧得满室香暖，十余名妙龄佳人正拥簇着五六个贵介公子饮酒观舞。此刻酒已半酣，舞正尽兴，放眼望去都是若隐若现的如雪肌肤、似喜似嗔的含情妙目，当真是一派锦绣春光。

只是若细听那曼妙曲乐声中夹杂的议论，却多是什么凶宅煞神，又什么可恶该死，与这风流景致着实有些不搭。好在佳人们早已见惯了各种阵仗，都是充耳不闻，你自挟怒嘲骂，我自含笑浅斟，气氛倒也不失绮靡欢悦。

随着一声低低的回报，幔帐突然撩起，有人举步而入，带进一阵凉风，众人都抬眼望了过去。屋里的琵琶声正急，两名胡姬在小圆毯上回旋如风，露出的纤腰雪白耀目。座中的男人们却没人再顾得上去看一眼，就连那些娇笑着劝酒的莺莺燕燕们，一时都没能挪开视线。

来人却没有半分被打量了的自觉，随手解下貂皮大氅丢给了身后的奴仆，又随随便便地抱手一笑，"知之兄，崇裕有事在身，应召来迟，失礼莫怪！"他身上穿的是件宝蓝色金丝团花的袍子，明明是极鲜亮的颜色，却被穿出了十二分的清雅，脸上那散漫的笑容，亦是让人不觉无礼，只觉风流；目光随意一转，人人都觉得自己被他看在了眼中。

主位上的乔知之笑着站了起来，"不敢当，玉郎百忙之中能来此处，已是意外之喜，我等焉敢怪罪？快请坐。"旁边也有人笑道："麴玉郎，快坐快坐！难不成还叫咱们都起来礼让一回？"

麴崇裕并不推辞，笑吟吟地一撩袍角便坐在了空出来的那张席子上，立时有好几位罗衫半解、微露香肩的女子围拥上来，正是眼下青楼里最流行的驱寒之道——软玉温香美人炉。

麴崇裕脸色却是一变，清俊的面孔瞬间就如凝上了一层冰霜，声音也是冰寒刺骨，"我不冷，都离我远些！"

众妓无不脸色发僵，几位公子却同时大笑起来，适才插话的那位更是笑得前仰后合，"麴玉郎啊麴玉郎，你怎么年纪越大怪癖越深？我萧守规算是服了你了！"

年轻最大的乔知之忍笑摆了摆手，"你们退下吧，我不是让李姨娘给这院里备两个俊俏些的童子么？让他们来伺候麴公子就好。"

麴崇裕皱起了眉头，"不必劳烦了，我还是自己喝酒更自在！"

乔知之笑道："放心，我还不知道你的秉性？都是刚调教出来的孩子，干净得很。"

说话间外头果然进来了两个眉目清秀的青衣少年，低眉顺眼地坐在了麴崇裕身后，伸手换碟斟酒，一句多余的话也没有。麴崇裕神色微松，自行告了个罪，酒到杯干，连饮了三盏。满座轰然叫好。

今日做东的乔知之乃是庐陵大长公主的长子，因父亲乔师望正是首任安西都护，早年间与麴崇裕便是厮混惯了的。另外几位也都是身份相仿的宗室子弟，与麴崇裕多是旧识，推杯换盏间几句闲话下来，气氛便又恢复了先前的火热。

先头开口的萧守规却要低上一辈。他的嫡母是太宗长女襄城公主，公主无出，他和弟弟萧守道都是公主的侍女所出，父母亡故后便没能继承宋国公的爵位，如今职位也不显。好在长安的宗室子弟们并不讲究嫡庶辈分，他颇有文才，性子又机灵，倒也尽能厮混得开。眼见气氛已热络起来，他便笑道："玉郎这些日子到底在忙些什么？请了你两回都不见人影。"

麹崇裕进门后酒喝得有些急，白玉般的脸颊上已透出了几丝红晕，正斜靠在隐囊上，眯眼瞧着刚刚分帘而入的那一队舞姬，听到这一问，秀长的眼角顿时挑了起来，"莫要提了，还不是那些营造上的俗务！这都忙了足足半个月，还不晓得要到哪一日才能消停。"

萧守规感兴趣地直起了身子，"这么说来，玉郎当真是在亲自修整那处凶宅？"

麹崇裕皮笑肉不笑地翘了翘嘴角，"果然是坏事传千里！早知如此，我真不该应下这桩差事。"

萧守规忙问："此话怎讲？就算那宅子不大吉利，又不曾妨害过翻修之人。再说，托玉郎的可是司列少常伯裴守约，如今长安城里多少人想跟他喝酒都排不上号！你原先跟他就有过同袍之谊，今日帮他这回，明年麹氏子弟何愁没个好前程？"

"前程？"麹崇裕的声音冰凉，"诸位有所不知，裴少伯可是给麹某许了重金的。我做了，不过是图那几百金，我若不做，麹氏子弟的前程如何，倒是不问可知！"

萧守规愕然无语，满座之人脸上也都露出了几分同情。这裴行俭还当真可恶，使唤人都能使唤得对方如此憋气！

麹崇裕微微仰起了头，嘴角的嘲讽之色再也掩饰不住，"至于说到同袍之谊，承蒙裴少伯看得起，当年在西州之时，但凡敌众我寡的危急关头，他都不忘带携着麹某人浴血沙场，挣下了好大的功名！如今回了长安，又丢给我一座荒废了十几年的宅子，说是年前必须整修一新，还要修得古雅华贵，这样的知遇之恩，崇裕若不鞠躬尽瘁，再搭上自己的名声，又如何报答得了？"

此言一出，乔知之也放下了杯盏，脱口问道："年前？当真是年前？此事又跟玉郎的名声有什么关碍？"

麹崇裕端起面前的酒杯，仰头一口喝了下去，慢慢放下空杯后才冷笑道："自然是年前，裴少伯说了，要在祭灶日搬过去呢！论理这话我也不该抱怨，我不过是修宅院的，这宅子是好是坏与我又有什么干系？是我自己左性，想着这些年里，从我麹氏手上过的宅院就没有不妥当的，着实不愿伤了这名头。不过既然裴少伯都不怕，我又怕他何来！"

祭灶日搬家？乔知之更是愕然，乔迁这种大事讲究最多，冬日里原是以奇月为宜，腊月为偶数，已是很不妥当，更忌的则是冲撞各路神灵，那位裴行俭买了凶宅不说，居然还急着修整，赶着这日子搬家，恰好还是今年……旁边有人已经按捺不住地叫道："这不是作死么！"

麹崇裕懒洋洋地拉长了声调，"裴少伯说了，祭灶日迁居，年节前后正好暖宅，大家都便宜。"

在座几位你看看我，我看看你，神色都有些古怪。有人"哼"了一声，"便宜？有些便宜是好占的么？就说那座宅子，前几任宅主，哪个不是图便宜，以为把宅院翻过来修上一遍就没事了。结果如何？还不是修得越快，死得越快，哪一个熬过了三个月？"

萧守规目光微闪，却是笑了一声，"风水之事原是难说，那宅子虽凶，裴少伯却也不是寻常之辈，说不定以毒攻毒，正好让他克住了那凶宅！"

麴崇裕满不在乎地挑了挑眉，"那敢情好，横竖我是不多事了。前几天我瞧着那院子里有棵老树碍眼，想着庭院正中的老树妨人，刚刚令人去移，拆屋子的工匠就被飞砖拍坏了两三个。跟裴少伯一说，他还怪我多事！可不是我多事？日后我又不住那宅院，就算那院子里压着个太岁，又与我何干？"

萧守规奇道："真有这样的邪事？依玉郎看，那院子当真凶得很？"

麴崇裕淡淡地瞥了他一眼，"这事莫要问我，我平日里不过帮着大伙儿修整修整园林，观风望气可是一窍不通的。那宅子凶不凶的，该去问问正经的卜者才是！"

有人再也忍耐不住，嘀咕了一句，"我怎么听说，太史局的李淳风前几日为人卜居时还说过，今年吉日已尽，不宜再行乔迁，而且越近年终越是不利乔迁，尤忌西方，迁者必犯八方煞神？"

麴崇裕进来前，他们议论的正是此事，还感叹过，若到明年也是如此就好了——裴家可不往西边搬？却没想到，如今连日子竟然也对上了。难不成真是天意？算起来他年前入住，若熬不过三个月，这吏选之事更是要彻底泡汤……

麴崇裕眼角一跳，却没有接话，一言不发地垂眸喝了口酒。

众人还要再问，屋角的秦筝突然拨出了一个悠长的尾调，在地衣上捧花起舞的美人应声四散而开，蝴蝶般落在各席之前，捧起酒盏送到众人的嘴边。只是平素里会一把搂住她们调笑的各位公子，此刻脸上却多少露出了些不耐烦。乔知之还能喝上一口，萧守规却是一把将酒杯拨到了一旁，"玉郎难不成没听过这话？"

麴崇裕早已伸手闪电般从舞姬手里拿回了酒杯，仰头喝完酒才淡然道："隐约听人提过两句，原来是李公说的。不过裴少伯都不上心，我又能如何？横竖这吉凶之事，原不是我该管的，只是……"他摇了摇头，把空杯往案上"啪"的一拍，没有说下去。

萧守规和另一位宗室子弟同时问道："只是怎么？"

麴崇裕沉默片刻，叹了口气，"如今离祭灶只有一个多月了，各处人手材料却还没能齐备，我今日来迟，原是寻了几位商贾，想向他们借些人手，可凑来凑去也没凑上几个人。至于合适的梁木花石，更不是一时半会能寻到的。看来明日我还得去向裴少伯告罪，麴某本事有限，实在无法在年前完工。他要么就推迟些日子，要么还是另寻高明吧。"

在座的几个人神色里都露出了些许异样，却没人接话，那些献酒的美人也都识趣地悄然退出屋子，屋子里一时诡异地静了下来。还是乔知之先笑着开口："玉郎莫要过谦，谁不知你麴家巧匠最多，玉郎更是妙手慧心，你若是不成，这长安城里便再没有能办成此事的人了。"

麴崇裕轻轻摇头,"旁人成不成我不知晓,横竖我是没法子了。没人没物件的,难不成我还能空手变出个新院子来?"

有人还要再说,他已不耐烦地摆了摆手,"不说这些了!横竖不是什么好事,我若有那么多人手,自然是越早完事越好,省得烦心。既然不能,那还不如离得远些,若不是怕被人当作是落井下石不肯出力,我早就……哼!"

萧守规看了看乔知之,又看了看另外两位牵头的宗室子弟,见他们都微微点头,忙笑着向麴崇裕举了举杯,"其实玉郎也不必多虑,你不就是怕被人迁怒,连累家族么?咱们这些人旁的事情做不了,凑百十个人手出来大约还不难,什么花木山石,到咱们的库房里扒拉扒拉,只怕也够那位裴少伯用上一辈子了!你若需要,尽管开口就是!"

麴崇裕讶然看着萧守规,"大郎你……"

萧守规笑得豪爽,"什么你我?咱们都认识多少年了?不过是些身外之物,你还要跟咱们见外不成?"

麴崇裕慢慢坐直了身子,原本有些迷离的眸子里多了几分清明。环顾了屋里众人一眼,他脸上露出些许怅然,"多谢大郎。不是崇裕要见外,只是大郎想必也听说了,那位裴少伯如今是油盐不进,纵然受了各位的恩惠,也决计不肯在大事上容情的,我若跟他多提,只怕还会跟我反目,更莫说结算钱帛。崇裕再是厚颜,也没有叫大家白白出力破财的道理!"

萧守规哈哈大笑,"这是什么话,咱们帮的是你,跟那裴守约有什么干系?他爱住凶宅也好,爱冲灶神也罢,都是他裴家的事,我等只是想让玉郎你早日交差,也好早日出来作耍。你是不知,多少人如今都是抱着《永徽律疏》度日。就算去酒肆喝口酒,也满耳朵听得都是这条律法如何,那条政令怎样,这日子叫人怎么过?这位裴少伯既然能耐,不如便让他事事如意,也好让大伙儿早些消停!"

旁边几个人也都笑道:"正是,如今我们几个横竖闲着也是闲着,有能帮得上的地方,玉郎你遣人来说一声,不强过自己为这些琐事烦心?"

见麴崇裕依旧一脸犹豫,乔知之也笑微微地开了口:"玉郎莫要多心,我等都是闲人,懒得管你是给谁营造宅院,只是想帮你麴玉郎这一回而已。说来当年我等年少轻狂,对玉郎多有得罪,玉郎如今却是不计前嫌,有求必应。眼下你既然有了难题,我等又岂能袖手旁观?玉郎,你若实在觉得我等不妥,就当咱们这话没说过;若觉得我们这些人还能帮些忙,便喝了眼前这杯酒,不许再提什么烦扰不烦扰、钱帛不钱帛的,日后多出来与咱们喝几回酒就好!"

麴崇裕怔了片刻,终于飒然一笑,举起酒杯,仰头喝了个涓滴不剩。堂中顿时一片彩声。萧守规与乔知之相视一眼,都在对方眼底看到一丝轻松的笑意。

屋角的箫笛琴瑟也应景地响了起来,帘幕一分,两队窄衣长袖的舞女翩然而入,柔曼起舞,屋里转眼间又是一派春光。在座之人都笑得越发轻松欢畅。麴崇裕眉梢眼角更是有如春风拂过，脸上的笑意竟似比满屋秀色都来得更灿烂。

屋外的夜色却是愈发寒冷深黑。

随着三更的梆点响起，北曲的喧笑渐渐停歇，南曲的灯火也略显昏暗，倒是中曲巷口的那座大院里，灯火愈见明亮，笑语也越发喧腾。院中那座两层的阁楼早已坐得满满当当，连临近的回廊上都挤了不少人。有人犹自抱怨，自己的几位好友在闭门温书，不能参与如此风流盛事。

有人大声接话："什么试判，让我等去考刀笔小吏的笔头功夫，真真辱没斯文！也不晓得是什么粗俗人物，才想出这等粗鄙的法子！"此起彼伏的应和声顿时在楼里响成了一片。

坐在中间那席上的几位士子却仿佛不曾听到议论，一位相貌只是略显清秀，眸子却格外灵动的红衣女对身旁的男子低声说了几句，那男子笑着站了起来。他看去已过而立之年，容貌英俊，身材魁伟，端着酒杯不假思索便朗声吟道："冬月雪纷飞，洞府犹春衣，仙子多情态，阮郎不得归。"词句虽然平常，倒是应情应景，颇见敏思。

满座之人都喝起彩来，一位年方弱冠的白衣文士笑道："霍君果然有自知之明，今日不多留几首好诗，妙儿是决计不能放你归去的，只怕也要留你在这神仙洞府里待到地老天荒了。"顿时惹来哄堂大笑。

笑声刚歇，人群中一个粗犷的声音便响了起来："吟诗赋文，佳人美酒，方是我辈中事！白头又如何，难不成还怕了错过试判？"话题竟是又转了回去，应和者的鄙薄和抱怨也越发露骨。有人锐声道："听说那位裴少伯也是名门之后，真不怕辱没了先人！"

二楼的一间雅室，有人"砰"的一声合上了窗页，将笑骂声都关在了外面。

颇为宽敞的房间里，随即响起一声低笑，"如琢何必急着关窗，今日这月旦评的文会着实有些无聊，且听听这出戏能唱到几时，岂不还算有趣？"

说话之人闲闲地坐在酒案后，衣袍素洁，笑容温润，明亮的眸子里此刻也满是笑意，仿佛外头被众人嘲讽指责的裴少伯与他毫无关系。

过去关窗的裴承先却是冷笑一声，撩袍在裴行俭对面坐了下来，"守约兄气量宽宏，能笑听众口诋毁辱骂，甚至辱及门楣，承先的确不敢相比！"

裴行俭摇了摇头，笑容未减半分，"不过是些居心叵测的小人，奉命在这里说些挑拨是非的尖酸话，若是把这些都放在心上，我二十年前就一头碰死了！"

奉命挑拨的小人？裴承先满脸怀疑地看了看裴行俭。

裴行俭往外看了一眼，神色笃定，"乍一眼看去，下头是人头攒动，议论汹汹，不过若用心去听，挑头说那些话的不过是那么十几人，他们能换地方，换言辞，却换不了自己的那把嗓子！可惜这等场合，正经权贵子弟多是不肯来的，愿意应和他们的人自然不多。若是真正的群情汹涌，岂是这等挑都挑不热的场面？"

裴承先皱了皱眉才道："你说得或是有理。只是大庭广众之下，士子们爱惜前程，不敢议论朝政，也是有的，心里怎么想却也难说。这些日子你若是听到过那些衣冠子弟私下小聚时的议论，就知道这样的议论已经算是客气了！"

裴行俭笑着摇头，"那倒不必去听了。如今最恨这吏选之法的，自然是宗室权贵子弟，尤其是各位公主的公子们。他们原先虽不似王子王孙般有爵位可期，但靠着家世，也是不愁前程的。如今却让他们去与寻常人等一道考律法政务，他们焉能不心生愤恨？再者，就是那些长于文采而疏于庶务的高门子弟，他们熟读经史子集，素来目无下尘，觉得这试判之制有辱斯文，也是理所应当。

"如琢，你身边交往的，原本多是这两种人，难免觉得天下人都反对此法。可宗室高门子弟在天下选人中才占了多少？真正的寒门学子乃至寻常官宦人家的子弟，看法只怕不尽相同吧？"

裴承先沉默良久才点了点头，"我的确认识几个寻常人家的子弟，他们对此多是将信将疑，有人觉得这不过是个幌子，有人疑心难以长久，不过倒也说过，若真能以此为制，倒是一个……不失公平的法子。"

裴行俭手指轻轻一敲案几，"说得好，就是这四个字，不失公平！如琢，不是行俭狂妄，我如今提的这铨选之法不敢说没有弊端，却还勉强当得起公平二字。须知世人都是不患寡而患不均，如今这僧多粥少的局面已是积重难返，让大家有这样一条公平的路子可走，他们才能有所指望，即使不能如愿，那也是技不如人，怨不得旁人，怨不得朝廷。

"至于入场要考律法政务，莫说贞观年间便有此例，如今只是将之定为程式而已，就说这吏部选官，究竟是所为何来？为官者固然当读书明理，但若是只知诗书而不知律法、不通政务，又怎么谈得上能去治理百姓、报效国家？"

他剑眉微扬，整个人渐渐有了一种逼人的气势，"如琢，你久居京城，交往者均为宗室清贵，谈论都是道德文章。你可曾去过边陲州府，见过那不学无术的禄蠹为官一任，为害一方？你可曾见过那些空负才学的贫寒学子报国无门，不是就此消沉蹉跎，就是怨天尤人，甚至走了歪门邪路？先皇曾有云，水能载舟亦能覆舟，若士子们对朝廷只剩一团怨气，天下如何能长治久安？若是没有太平盛世，我等又谈什么今生的功业，后人的前程！"

看着那双寒星般的眸子，裴承先一时神为之夺，半晌才回过神来，"我、我不是说你的法子不好。平心而论，此法对朝廷的确有些益处，只是你若连自己都保不住，又谈什么改革选制，安定人心？"

裴行俭微微一笑，神色又恢复了先前的平和，"多谢如琢提点。我也并非不知好歹，时至今日，这长安城里，能邀我到此听市井言语、苦口婆心劝我莫要激进、需留退路的人，除了如琢你，大概也没旁人了。只是人生在世，有所不为，有所必为！此事我意已决，如琢也大可不必担心。你说的这些，我心里都有数，事情绝不会如你担忧的那般。"

裴承先不由松了口气，一时默然无语。

裴行俭却是笑着举起了酒杯，"如琢，盛情无以为报，请！"满满的一杯清酒被他转眼就喝了下去，顺手再倒酒时，才发现面前的酒壶竟然已空。

裴承先本来百感交集，看见这最眼熟不过的一幕，忍不住还是笑了出来，"这么些年了，无论喝酒还是辩理，守约兄果然还是令人望尘莫及！"

他仰头也喝了杯酒，放下酒盏时，笑容里已多了些自嘲，"守约兄既然心里有数，我也不必多说了。只是你也看过下面的热闹，你可知道，今夜的宾客里有多少待选之士？今夜之后他们又会有什么样的造化？"

裴行俭手指间转动着那个空空如也的飞马纹高足鎏金杯，微笑着点了点头，"略知一二。这平康坊原本就是各地待选之人云集之所，每年入京这几个月，他们都会竭力结交权贵、张扬名声，自然也会被人掂量评判，才貌出众者多被权贵收为心腹，甚至招做女婿。至于这月旦之评，十年来更是慢慢成了一条青云捷径。今夜大出风头的诸位，想来有一些明日便会被人收入囊中吧？"

裴承先提起自己面前的酒壶给他满了一杯，冷笑着问道："那以守约的眼光，今夜胜出的这几位文才品格如何？"

裴行俭欠身道谢，又毫不犹豫地摇头，"除了年纪最小的那位苏进士，其余文才不过尔尔，倒是形貌不俗，口齿便给，墨书也有可观之处。我猜，"他笑着喝了一口酒，"大约都还有些仕途的资历，律法政务上也是精熟的。不然，这一回有人岂不是要赔本？"

裴承先嘲讽地挑了挑眉，"赔本么？那倒未必。我前几日刚刚听闻了一桩旧事。郝相最爱《汉书》，前几年他主持吏选时，便颇有几位选人因熟读《汉书》而入选。谁知没多久便有御史上书，直指郝相选人不当，有入选者德行学问均不足取，只因投了郝相之好便被委以清要之职，那几个能背《汉书》的都在其列，他们上任后的公文有误、行事无度之处竟是被查得清清楚楚。圣人对郝相虽然宠信有加，却也不得不让他改任了他职。

"守约兄，天下之大，选人之多，以有心算无心，只怕盖世之才，也难挡这四面八方的明枪暗箭！"

裴行俭微微点头，神色依然平静，"如琢说得是，投其所好，未必是要网罗人才，说不定只是留来一击致命的，以有心算无心……"他笑了笑，转头看向了门帘，明亮的目光仿佛透过木门落在了下面那鱼龙混杂的大厅里。

大堂里不知谁念了一句诗，换来一阵哄然叫好，又有人高声叫道："莫谈国事，莫谈国事！今日难得盛会，谁再提那些扫兴的，便轰他出去！"顿时引起了更响亮的笑声和应和。

裴行俭的嘴角不由扬起了一个愉悦的弧度。

裴承先也是若有所思，犹豫片刻还是沉声道："还有一事，不知守约兄可有耳闻，今年家中有人待选的几个宗室子弟，最近聚得越发勤了，而且常去常乐大长公主的府邸。"

"常乐大长公主?"裴行俭脸上终于露出了几分惊讶。

裴承先垂眸看着眼前的酒杯,神情有些复杂,"自打前年我的那位继母去世后,常乐大长公主一直耿耿于怀。她在宗室子弟中素来就极有威望,而且我还听闻,圣人似乎有意聘她的女儿为周王妃,连辈分都不计较了,圣眷之隆可见一斑……守约兄,你要当心些。"

裴行俭垂眸思量片刻,突然笑了起来,"果然是智者忧而能者劳,大伙儿辛苦了!"

第一百三十二章
风波乍起　端倪初露

寒冬腊月,积雪未融,从太极宫皇城西墙外吹进来的寒风几可刺骨。已在风地里站了一个多时辰的侍卫们身子早冻得发木,被风一吹,脸上竟有种针扎火炙般的痛感。有人忍不住跺了跺脚,低声咒骂起来——

在这种该死的天气里,守着这么多人搞什么试判,实在是个倒霉差事,不久前的科举虽然时间更长,好歹还是在廊庑里,总强过在这种没遮没拦的地方吃风!

在侍卫们的面前,是黑压压一大片露天应试的选人,坐满了两面宫墙与夹墙间的空地,一眼几乎望不到头。人人都身穿裘衣,怀抱手炉,脚边还放着笔墨纸张乃至木炭等物,膝下却只有一张单席。有些席子边上就是未化的冰雪,看着都让人腿肚子转筋。不过对大多数选人们来说,此刻眼前试卷上那两道看似简单的判题,却远比这张冰冷的坐席更叫他们如坐针毡。

好些人还是第一次经历这阵仗,苦思冥想了半日后要提笔答题,才发现自己的手早已冻僵了,又忙不迭地伸手入怀取暖,再动笔时,未免便有些手忙脚乱。之前经过科举的士子们却要从容得多,理清思路,打过底稿,眼见时辰差不多了,才一字字地誊写到眼前的白麻纸上。

眼见日上中天,各处有人高声唱时,不管是胸有成竹还是满脸沮丧的选人都放下了笔杆,理好试卷,依次交了上去。

在离宫墙近些的地方,许多考生都注意到了不远处的两位官员。那身着紫袍的年纪略长,精神矍铄,气度高峻,一眼望去便叫人肃然起敬,想来应该是主持吏选的李敬玄李相公。而另一位身着绯色官袍的,自然就是近来名声大噪的司列少常伯裴行俭。只见他身量修长,容貌清朗,整个人看去温润如玉,跟传闻中的孤勇峻切竟是截然不同,只是一双眸子异常明彻,叫人不敢逼视。

来自郑州的选人霍标早就答完了判题,到了后来,心神倒是有一多半放在了这位吏部选官身上。待交好试卷,他又悄悄打量了几眼,正想转身,裴行俭的目光却蓦然转了过来,与他对了个正着。霍标顿时觉得一阵寒风吹透了衣袍,忙不迭地低下了头去，顺着人流往外就走，可不知怎的，背上却依然一阵阵的发凉……

"霍少府！"

肩头突然被人用力拍了一记，霍标险些没跳起来。他转头一眼瞪了过去，落入眼中的却是一张年轻俊俏的笑脸。被他一瞪，那笑脸顿时有点发僵，"霍兄……"

霍标认得此人正是赵州才子苏味道，年纪虽轻，却早已中了进士，自打上回月旦评的宴会后，两人又是常来常往的。他也只得扯了扯嘴角，半开玩笑地抱怨道："苏大才子，你是想吓死霍某么？"

苏味道不好意思地嘿嘿一笑，"我这不心里没底，正想找人参详参详么？一眼看见霍兄便大喜过望了，失礼失礼！对了，霍兄，今日这两道判题，那道'对京令问喘牛'也就罢了，头一道'为吏私田不善'，到底应作何解？"

霍标原本做过四年的县尉，熟知律法，近来又苦读了律疏，闻言便笑了起来，"苏贤弟是没大留心户婚律吧？其中就有一条，'诸部内田畴荒芜者，以十分论，一分笞三十，一分加一等，罪止徒一年'，州县长官亦不能免。此公勤于公田而怠于私田，虽是罪不至笞，到底也是有违律法，愚兄窃以为，长官应加以教导。"

苏味道"啊"了一声，以掌击额，"该死！我只依稀记得此事应是与律法不合，怎么也想不起具体条目了，答题时也只能含糊过去，这可如何是好！"

旁边有人听见，也都跟着唉声叹气起来，他们这一个多月自然也抱着《永徽律疏》读了无数遍，但这种不起眼的条目如何能倒背如流？转眼又凑了几个人上来问长问短。有人提到第一道判题，苏味道便笑道："这里头除了礼法，还有典故，是出自《前汉书》……"

霍标一颗心顿时猛地沉了下去——这道题居然有出处！枉他自以为精通律法，答得妥帖周详，却没想到判题里会用上史书里的典故！自己这几年来一直蹉跎岁月，好容易今年要考律法政务了，又有贵人赏识照应，不愁面铨不过，难不成却要栽在这样一道题上？

他心头一片乱麻，耳边的叹息抱怨顿时再也听不进一个字，嘴里虽然跟着敷衍，却是自己都不知道自己说了什么。等他回过神来，才发现自己已站在天门街上，四面一望，只觉得天地苍茫，人流如蚁。苏味道倒是缓过来了，紧了紧裘袍便笑道："霍兄远见，幸亏今日还有顿酒，正好驱寒去愁。"

霍标苦笑着点了点头。他几日前便已在北里的张妙儿那里订了今日中午的席面，当时正是手头阔绰，春风得意，挥手便花出了八十缗钱，如今想来……他心绪起伏，却也不好多说，在人流中一路往东而行，不多久便到了平康坊北里。

两人在路上又遇到了霍标相邀的另外几个选人，人人都道自己答得不好，来自蜀地的进士舒侠舞和江南举人杨景更是闷头苦笑两声而已。霍标虽知这几个都颇有真才实学，未必说的是实情，心里却多少好受了点。

张妙儿就住在中曲往里第六家，三进的齐整宅院，住着假母和她们姊妹三个。众人一进门，张妙儿便笑着迎了出来，也不问考得如何，只一迭声地让婢子们去拿早已准备好的姜汤热水，自己引着几个人往堂屋里走，"今日风寒，各位先去暖房坐一坐，酒菜奴都已备好，等喝过姜汤，再喝上几杯热热的酒水，什么寒气都驱尽了。郎君们都是还要大展身手的，可要好好保养身子。"

她的声音又柔又暖，霍标原是心事重重，听着这话，心头也是一热。苏味道更是摇头长叹，"妙儿姊姊一片高情，小生这次试判若是未能入等，岂不羞哉！"

张妙儿笑得秋波流转，"苏郎说笑呢，诸位郎君如今名满长安，你们若不能入等，你们不用羞，只怕考官羞也要羞煞了！"

苏味道被逗得哈哈大笑，"那就借妙儿姊姊的吉言了！"

穿过遍植花卉的前院，进了陈设雅洁的堂屋，再往后便是一间不大的暖房，里头未设席褥，只在红色地衣上放着一张带屏风的长榻和几个坐墩、胡床，由人随意坐卧。几盆炭火正烧得通红，满屋暖香宜人。待用热水净过手面，喝下一碗加糖的姜汤，再回想适才在寒风里坐的两个时辰，人人都觉恍若做了场噩梦。

张妙儿在外头布置好了席面，请大家入座。几个婢子穿梭来往，将一道道精美的菜肴端了上来。头一道便是飞鸾炙，烤得金黄的鸽子摆放在加味红酥盘里，颜色本来便已鲜亮诱人，那红酥的甜香加上烤鸽的异香，更是令人食指大动。

苏味道第一个击案而笑，"妙儿好心思，霍兄指日就要鹏程万里，自然也少不得姊姊的红鸾星动！"其余几个士子也都笑了起来。

舒侠舞平日最爱凑趣，今天却一直都有点闷闷的，此时才抬起头来叹了口气，"霍兄和妙儿都是人逢喜事精神爽，可怜我等判题也答不出，身边也没人陪，倒是越发凄凉了。"

苏味道笑道："舒兄，你若是思念楚娘就明说，晚上咱们再去她那边开一席便是，又何必在这里拈酸？"

霍标看着那飞鸾炙，却有些触动了心思——鹏程万里，飞上枝头，若是这次试判得过，或许还真有些指望，若是这一关都过不去，自然什么都是烟云，如今家里的两个兄长都被蹉跎得灰了心，全家就指望自己了……

张妙儿瞧了霍标一眼，笑着插话："王家妹子这时辰只怕也是不得闲的，不如奴家叫些别的姊妹来歌舞助兴？"又轻轻推了推霍标，"霍郎，你看好不好？"

霍标怔了怔才醒悟过来，妙儿是在帮自己省钱。那王楚娘言谈风趣，最善戏谑，是中曲一等一的红人，请她来这里陪一次酒，少说也要二三十缗，若是请些北曲的寻常妓女来歌舞佐酒，一人不过一两段素绢就打发了。这番好意他自然不好推却，笑着点头，"都依你。"

不多时，五六个妙龄女子联袂而来。张妙儿让人点上了计时的蜡烛，几个妓女殷勤劝酒，轮流献艺，或弹一曲，或舞一段，容颜才艺倒也不无可观之处，只是与张妙儿、王楚娘她们相比，言谈却要粗鄙得多，好在人人都十分殷勤小意，屋里琵琶声、娇笑声一时不绝于耳。

酒过三巡，眼见那支红烛已快烧尽，妙儿便瞧了霍标一眼，见他微微点头，忙又点上了一支。几名女子也愈发殷勤起来。张妙儿瞧了瞧外头天色，起身笑道："如此干喝也是无趣，不如咱们来行令？"

在座之人谁不知道她是风流将军、酒席翘楚，自是哄然叫好。张妙儿微挽长袖，拿着酒旗往席间一站，眉宇间顿时一片飒爽英气，清秀的面孔变得光彩照人，纵然是霍标这样见惯了她种种面目的，心头不由也是怦然一跳。

张妙儿秀眉微扬，酒旗一挥，刚刚脆声说道："诸位请了！"外头却突然响起了一阵喧哗，有人高声叫道："让张妙儿那娼妇出来！金某的金子你们都收了，如今却换了这小娼妇来糊弄人，金某的钱帛难不成就比别人的贱些！"

众人顿时都变了脸色。张妙儿更是一呆，随即脸上便涨得通红，举步就要往外走。霍标脸色一沉，遽然起身，两步抢出了门外。

却见一个穿着寒袄、身量瘦小的汉子正站在院里跳脚大骂，污言秽语滔滔不绝。张妙儿最小的妹子媚儿红着脸站在一边，一句话都说不出来。假母张氏却是满脸怒色，一面吩咐婢女去找武侯，一面厉声道："郎君此话好生没理！我家妙儿这两个月里都没出门陪过外客，今日更是早早已定了席面，如何能应了郎君今日佐酒？当日跟郎君明明说的便是幼女媚儿，怎会换人？我张迎儿在北里三十年，什么时候做过这种没脸的事！"

那汉子却依旧叫骂不休，口口声声又是，"哪来的虫狗敢抢我金大的女人！"

霍标原本就憋了一肚子的郁气，听他辱及自己，再也忍耐不住，上前几步，一脚便将那汉子踹倒在地，跟上去又是两脚。他原本生得高大，又是盛怒之中，顿时踢得那汉子滚出老远。

那汉子原是带了两个伴当过来，呆了一呆也回过神来，忙扑上来要帮忙。这边舒侠舞早已喝得满脸通红，骂了句"作死"，挽起袖子便冲了上来，一拳将其中一个打了个趔趄。苏味道几个自然也不甘落后，跟着围将上去拳打脚踢。

这一通混战，院中也不知折了几棵花树，倒了几块池石。张氏叫天不应，差点没哭出来。张妙儿却是站在台阶上，叉腰大骂，"哪个破落狗洞里钻出来的贱奴，也敢来这里撒野！让我张妙儿去陪你这般腌臜人物，重新投次胎再做这春秋美梦！"几位来佐酒的妓女也甚是义气，一个不落地冲出来助骂。她们吟诗赋对不成，骂战却是一等一的高手，从市井粗话到挖苦刻薄，不歇气地一路骂了下来，竟是花样翻新，绝无重复。

那金大如何经得起这个阵仗？一面滚地躲闪，一面便大叫："爷爷饶命，爷爷饶命！是小子眼瞎，求爷爷饶我这回！下次再不敢冒犯爷爷了……"

霍标听他乱叫，倒绷不住笑骂了一句："闭嘴，谁是你家阿爷！"

金大忙叫道："是是是，郎君这等人物，小的高攀不起，高攀不起！"

霍标立定身形，喘了两口气，见那边两个也是双拳不敌四手，被揍得满地乱跑，满腔恶气倒是宣泄了个干净，手一叉腰，舌绽春雷喝了声："滚！"

金大应声而滚，当真连滚带爬地冲了出去，两个伴当自然也不甘落后，抱头蹿出。

外头早已聚了一堆看热闹的人，顿时哄笑起来，"这等乞索儿，也敢来北里生事！快滚快滚！"也有人起哄，"郎君们好身手！"

苏味道顾不得袍开帽歪，得意洋洋地向外抱了抱手，"见笑见笑！"众妓女也是一脸的与有荣焉，喜气洋洋地将士子们拥簇进屋，替他们整理衣袍幞头，笑容比先前真诚了何止十倍。

苏味道适才一拳不晓得打在哪里，关节很是有些红肿，此时却恨不得再肿大些才好。舒侠舞则是一面甩着胳膊雪雪呼疼，一面便笑，"霍兄好脚法，小弟日后再不敢冒犯了！"张媚儿也沿着门边溜了进来，笑嘻嘻看着众人不语。

唯有张氏站在院子当中，看着这一地狼藉，满脸心疼，拍着腿叫骂不休。苏味道实在听不过去，探头笑道："张姨莫要心疼，小子们这几日无事，定会帮你寻些新的好盆景来。"

张氏脸色微缓，又哼哼了几句，这才收声，转身走回自己的屋子。门帘一落，她脸上的怒气瞬间便消失无影，淡然吩咐身边的婢女道："去跟李姨娘说一声，事情都办妥了。"

这一日，张妙儿的屋里直闹腾到日落，霍标被留了下来。另外几位士子回到邸店略一收拾，又开赴下一场宴会。

这腊月的试判已过，到上元前后颁布成绩、开始面铨，还有足足一个月，士子们大多无事可做，但凡手头有些闲钱的，不是耽于寻欢作乐，就是忙于应酬交际。平康坊笙歌不断，人流如织，愈发热闹不堪。

眼见就要到年关，一个消息却在选人间轰然传开：那位裴少伯又要冒天下之大不韪了！他竟要在祭灶这日乔迁，而且是要搬进长安城最有名的凶宅！

这消息仿佛巨石入水，平康坊里顿时议论四起，惊愕者、疑惑者、嘲讽者都大有人在，更多的人却还是多了几分忧虑——住在平康坊待选的，多是寻常官宦富绅家的子弟，吏部选官、京城权贵，对他们来说都是高不可攀，在京城中亦是求靠无门。而如今这铨选之法，对士子们一视同仁，就算这次不过，日后也能再考。可这位裴少伯若是出了什么意外，以后就难说了。

苏味道听人议论得热闹，按捺不住性子，转身就去了延寿坊，果然在古池边见到了那处宅院。只觉得门屋古朴，粉墙雅致，里面隐隐看得见高树掩映的小楼，加上不时有人抬着各色盆景帘幕进进出出，热闹非凡，哪有半分凶宅的模样？

他看了半晌不得要领，回去便撺掇霍标、舒侠舞几个，"横竖祭灶日咱们都无事，不如去亲眼瞧瞧？那里也有酒肆，风光又好，午后还能去西市逛逛。"

旁人也罢了，霍标对试判那日裴行俭瞧自己的那一眼却是难以忘怀，每每想起都背上发凉，不知怎的，越是如此他却越发想再瞧瞧此人，闻言点头，"正是，下个月面铨，说不定谁便会轮上裴少伯来考量，咱们去认认那张面孔也是好的。"

他这样一说，自然人人动心，就连最没兴致的舒侠舞都被鼓动了起来。到了祭灶这日，几人早早起身，苏味道当日就在离裴府不远的酒肆里订了间靠窗的雅座。待进了酒肆，几人都暗暗庆幸：楼下的堂屋早已挤满了人，不少还是熟面孔！

这几个人都是心思剔透之辈，跟人若无其事地寒暄几句后，都各自找了借口走开，趁人不注意顺着墙根溜到了楼上，关上门来，才相视而笑——这雅间其实也颇为简陋，薄壁单席，门窗漏风，但若是让那些相熟的选人们知晓自己在楼上有雅间，今日就别想清清静静地看这场热闹了。

日头一点一点地爬上了树梢，从酒肆窗口看去，冰封的古池就像一面巨大的镜子，在阳光下反射着刺目的光芒。冰面上原本只有几个孩童在戏耍，过得片刻，却见古池靠近坊间十字大道的北岸上也出现了好些人影——正值冬日，裴府东边靠着古池种了一排树篱，如今枝叶凋零，从古池北岸上能直接看见里头的花园。而靠近裴府的街道两旁，更是站满了看热闹的人群，人人都是指指点点、议论不休。

哄闹之中，不知谁突然叫了声："来了！"

从东门方向，一长队车马迤逦而来，离裴宅大门还有十几步时，马车一停，领头的男子翻身下马，貂皮大氅里露出了大红的官袍。

霍标眼睛顿时一眯，认出了这并不陌生的人影。只是此时此刻，那张在考场里让人如沐春风的温润男子却仿佛换了一个人，神色冷峻，目光如电，被他的眸子一扫，原本嘈杂的街道顿时安静了下来。霍标只觉得背上似乎又有些开始发寒，竟是不由自主往窗棂后闪了闪。

很快，有人抬着各种物件赶了上来，在宅院门口铺下大红毡毯，设上黑檀香案，案上鼎炉玉盘一应俱全，看去都是有些年头的物件，即使静静地放在那里，也自有一番端严气象。裴行俭肃立片刻，迈步来到香案前，点燃三根高香，望空而举，长揖三下；又微挽长袖，斟满三盏清酒，缓缓洒在了地上。

众人都有些莫名其妙——按理，此刻吉时已到，该由童女童男各举水、烛进门，再领牛马入棚，待得放满金银器皿的案几和装着百谷的大釜进门后，家主才能佩剑而入。这位司列少常伯却在这当口祭上天地了，这算是哪门子规矩？

却见裴行俭放下酒杯，上前一步，拿起玉盘里的那卷帛书，在手上缓缓展开。众人越发纳闷，只是斯人在前，一时也无人敢议论，反而不约而同地屏住了气息。

一片寂静中，裴行俭清朗的声音传出了老远："皇天在上，后土在下，子民裴行俭妄择祀日，诚献心香，伏维神明见证，子民在选一日，必以此心为度，此目为衡，量天下英才，报朝廷社稷。若有私心，天诛地灭！惟祈皇天后土，佑我家宅平安，衡山不移，长星永照！尚飨！"

说完他举书长揖，双手将帛书放回长案上的玉盘。不知怎的，那帛书却突然间冒出了几缕青烟，火苗随即腾地燃起，整卷帛书转眼间便化为了一团明亮的火焰。围观之人齐齐地倒吸一口凉气，"嘶"的一声如水波般传遍了整条街道。

裴行俭肃然凝视着那团火焰，眸子里仿佛也有焰火闪烁，好半响才后退一步，手按佩剑，转身走进了大开的乌头门。他身上的黑色大氅在风中飒然飘动，愈发衬得那身形笔直如剑，端凝如山。而在他的身后，帛书的灰烬被风一吹，雪花般飘飘扬扬飞舞出老远。

直到那身影消失在大门之内，好些人才回过神来，议论声哄然四起，人人都有些激动莫名。

原本静得落针可闻的雅间里，也突然响起了"啪"的一声。苏味道满脸激荡地拍了一下案几，声音都有些变了："好一个裴少伯，这才是顶天立地的男儿！"

舒侠舞也是一声喟叹："怪道裴少伯有胆气冒天下之大不韪，有浩然正气如此，自是神鬼不惧。我等也不必忧心了，有此等选官坐镇，但凡有真才实学的，就算、就算此次不成，总有下回！"

霍标心里虽是百感交集，却也点了点头，如此以天地神灵为誓，入凶宅、赌性命，自然不是闹着玩的。裴少伯不管为人如何，这份风仪胆魄，着实令人敬服。

苏味道提起酒壶笑道："来，诸位，咱们当为少伯浮一大白！"

他的话音刚落，隔壁突然传来了一声响亮的冷笑，"装神弄鬼，沽名钓誉！也就哄些痴愚之辈罢了！可笑！"

苏味道顿时大怒，把酒壶重重往案上一顿，也是一声冷笑，"以鼠辈肚肠，量英杰心胸，便觉得天下英雄都如尔等鼠辈，还自以为目光过人！可悲！"

隔壁屋子"哗"的一声大响，随即脚步咚咚而近，这边的门扇"咣当"一声被人直接踹开。一个年方弱冠的华服公子站在门口，厉声喝道："刚才是哪一个贱嘴贱舌，给我滚出来？"

这边几个人听得声音不对，早已起身。见此人打扮不俗，霍标心头就是一凛。苏味道却笑了起来，将手在胸前一抱，顺着鼻梁看了那人一眼，扬声道："正是，刚才也不知是哪个贱嘴贱舌，居然诋毁裴少伯是装神弄鬼、沽名钓誉！这香案犹在，神灵未远，怎么也不怕日后被拔了舌头！"

他的声音清脆响亮，整个二楼都听得清清楚楚，顿时"轰"的一下，门案乱响，各个雅座都有人抢了出来。

那华服公子目光喷火，一挽袖子就要冲进来。苏味道忙拎了壶酒在手里，正准备给他当头一下。谁知那年轻人身后突然有人赶上，一把紧紧地拽住了他，"守道，不许生事！"却是一个三十多岁的男子，碧色绫袍，中等身材，一看便是富贵中人。他的身后还跟着几位豪奴，连抱带求地将人拉出了屋子。

苏味道"哈"的怪笑一声，霍标脸色微变，上前一步拦住了他，"莫要鲁莽！"

两边刚刚离得远点，外头却有人大声道："适才是哪个说裴少伯装神弄鬼？"这楼里原本有不少选人，见了刚才那一幕，正自心情激荡，便是不相干的闲客们，也都颇有些感慨，闻言纷纷附和："正是，是谁这么浑说？""莫要藏头缩尾，倒给我们分辩分辩，裴少伯怎么就是装神弄鬼了！"

年长的男子应声回道："我们兄弟自在雅座说话，哪个说了裴少伯？是这边兄台听差了，不过是一场误会而已！"又回头看着霍标问道："你们可听我家兄弟说了'裴少伯'三个字?"他原本生得富贵,这般沉声而问,自有一分气势。

苏味道正要反唇相讥,霍标却抢先一步答道,"原来如此,看来果真是我等话赶话的一时听差了,如此误会兄台,抱歉得很。"

苏味道忙道:"霍兄,这话怎么说?"霍标一眼瞪了过来,低声道:"这是天子脚下,你知道对方是什么人?若叫他们惦记上了,今年的应选咱们还参加不参加?"苏味道吓了一跳,到底不敢造次,愤愤然冷哼一声,闭上了嘴。

霍标与来人又客套了两句,各自赔了声不是。那人也无心多留,拖着那位叫守道的年轻人下了楼。看客们犹自在嘀咕,"我就说了,什么人敢如此诋毁裴少伯,不是讨打么?"

听得这些议论,莫说守道脸色铁青,年长的那个也是一脸冰霜,走出酒肆老远,才回头看了一眼,咬牙道:"这帮贱民,愚不可及!"

守道也恨恨地骂了好几句,又急道:"阿兄,眼下咱们只怕还要快些找人商议商议,那裴行俭太过刁滑,竟是如此会收买人心,万一真叫他镇住了这凶宅,难不成咱们以后还要年年跟这些人比什么刀笔功夫,被他们羞辱?"

年长者冷冷地瞪了他一眼,"这还用你说?若不是你沉不住气,咱们又怎会叫那帮小子逼得如此狼狈?我萧守规何时受过这般腌臜气!"

萧守道回头看了看,恨得咬牙,"我算是记住那个尖嘴的小子了,日后莫落在我的手里。"

萧守规冷笑着看了他一眼,"等你么?羊羹汤都凉了!"

说话间,几位豪奴将马匹牵了过来,兄弟俩翻身上马,正要离开,在古池岸边瞧热闹的人群却突然爆出一阵喧哗。

只见在古池光滑如镜的湖面上,不知何时竟出现了一个身材极为高大的胡僧,脚步奇快,僧袍飘飘,仿佛是在冰上御风滑行,看那方向,似乎正要去裴府!

萧氏兄弟在人群后瞧得分明,不由都从马镫上站了起来。

那胡僧脚程极快,转眼间就上了岸,穿过树篱,果然进了裴府东院的花园。那处院落早已被翻修一新,亭台精致,花木却还种得不多,最显眼的就是院子正中的一棵老柳树。

胡僧直奔柳树而去,围着柳树转了一圈,突然间对着树干拳打脚踢,每一掌一脚下去,那柳树都是一颤;如此数十下后,又上前抱住树干一通狂摇。那棵将近一抱粗的老柳树被晃得柳条乱飞,眼见树根都给他摇松了。

众人不由目瞪口呆:这胡僧的一把蛮力大得不可思议,简直像是金刚罗汉,只是他对着棵柳树就像见了杀父仇人的架势,又算是行哪门子的功德?

那胡僧弯下了腰去,仿佛想要在树底下掏出个洞来。众人正惊诧莫名,却见柳树一阵剧颤,随即便是一歪,竟是被那胡僧连根倒拔而起!

众人的惊呼声刚刚出口,就见那树底下闪电般蹿出几个雪白之物,几道白光直奔北墙,眨眼间已消失无踪。

/第一百三十二章 风波乍起 端倪初露

这番变故来得更是突然，众人惊叹声就如被齐齐掐断，张大嘴发不出声音来。

胡僧把柳树往地下一扔，转身就走，长笑声几乎响彻云霄。那高大的身影在冰封的湖面上走得摇摇摆摆，却似乎比来时更快，眨眼间就过了半个湖面。有人叫了声"只怕是菩萨"，拔腿要去追，那冰上如何容得人快行？没多久便滚地葫芦般倒了一串，胡僧早已去得远了。

有些虔诚的信徒也不顾地下冰凉，对着那背影便拜了下去，旁边的人也不敢怠慢，跟着下拜。人群仿佛被横割了一刀，齐刷刷地矮了下去。唯有一个文士打扮的中年人悄然退了出来，摇了摇头，转身离开。

裴府的东院里，此时才终于出现了下人们的身影，看着那倒地的柳树，面面相觑，不知所措。

这边的萧氏兄弟也是相视骇然，还是萧守规先回过神来，低声道："走，此事太过古怪，咱们得赶紧报知姨祖母！"

不到半个时辰，兄弟俩的身影便出现在了常乐公主府的书房里。随着他们的回报，常乐英气的剑眉渐渐蹙成了一个深深的"川"，半晌才道："裴行俭果然手段了得！如此一来，他声势已成，日后只怕再难轻易撼动他。"

兄弟俩相视一眼，公主的意思是，这一切都是裴行俭的障眼法？可刚才的事是他们亲眼所见，裴行俭的祭天也就罢了，不过是以言辞风仪蛊惑人心，那僧人的行止气力，那几道白光，哪里是人力可以布置出来的？

这话他们自然不敢出口。萧守规等了片刻，才低声道："姨祖母放心，守道他们几个此次的试判应是问题不大，何况咱们还布置了后手，只是事到如今，寻常的失德无行之名只怕已是无用……"

常乐大长公主目光闪动，神色渐渐变得冷酷，点头道："你说的是。你找的那个人，不能留了！"

萧守规点头应诺，心里正盘算着如何行事，突然听见常乐又淡淡地补充了一句，"还有，你们帮我查一查，裴氏夫妇哪天暖宅，我要亲自去贺上一贺！"

她的语气轻飘飘的，却自有一种入骨的凉意，萧氏兄弟身上都是一冷，仿佛这间烧着火盆的温暖屋子，瞬间吹进了一阵寒风。

蓬莱宫含凉殿的书房里，地龙烧得正热，只是此时此刻，气温却仿佛比平日低了好些。

玉柳低着头，一言不发地站在武后身边，只觉得身上一阵阵莫名的发凉。

武后的神色倒是依旧从容，"如此说来，今日之后，那处宅子当真不会再招凶厄？"

一个有些低沉的声音不紧不慢地回道："启禀殿下，依微臣之见，那处宅子原本并无不妥，不过是有巫人作祟，其局今日已被那位高僧用蛮力破去，下咒之人必遭反噬，性命都未必能保，更莫说再来害人。"

说话之人站在书房的阴影里,一身黑色衣袍,正是适才从古池岸边人群中退走的那位中年人。他的脸色看去比常人苍白,黑衣白面,原是极显眼不过的形貌,但不知为什么,那微微低着的面孔却总给人一种过目即忘的恍惚感。

　　武后缓缓点了点头,"那胡僧如此古怪,也不知是裴行俭从哪里请来的,不知尹师可曾看出什么端倪?"

　　黑袍文士摇了摇头,"臣不敢妄断。裴少伯今日点燃帛书,用的不过是障眼法,但凡能炼丹画符者,无有不会,只是手段略高明些罢了。但那胡僧飘忽莫测,似乎已非寻常术士,亦非俗世中人所能驱使。所谓天道无亲常与善人,合于道者,行事有如天助,非外邪能侵,非人力可挡,此乃常有之事。尹某不过是小小禁咒师,不敢妄加揣测。"

　　武后的眉头微皱,瞧了他一眼,目光中多少有些疑色,只是想到此人的身份,那点怀疑又慢慢变成了怅然。她沉默片刻才道:"我知道了,你退下吧。"

　　黑袍文士默然欠身,倒退几步,也不见动作多快,却是眨眼之间便消失在了门外。一旁伺候的玉柳不由自主地松了口气,见武后看了过来,不好意思地笑了笑,"殿下恕罪,婢子一见这尹大师就有些不自在。"

　　武后摇了摇头,并未置评,皱眉沉吟了半晌,终于长叹了一声,"我还是低估了裴行俭,不过是座凶宅,竟让他翻成了如今的局面!人言可畏,人心可用,这些宗室高门只怕没人能动得了他!此人心智太深,所谓大奸似忠,大恶似善,不可不防!"

　　"玉柳,你去打听下,裴府何时暖宅,你代我去送份贺礼给库狄氏,"她的声音几乎低不可闻,"看来,咱们也只好走那一步了……"

　　腊日的阳光带着一点惨淡的暖意,照在长安城上。少了槐柳的绿荫遮掩、水渠的波光荡漾,那一处处坊里愈发显得横平竖直,肃穆齐整,就如一个巨大的棋盘,静静地横亘在苍天微云之下。

第一百三十三章
举重若轻　微言大义

裴府的暖宅宴定在正月初四，正是朝廷元日七天假的最后一日。

这一天已是初三，宴席的各色物件都已准备齐全，到了午后，厨娘们把明日要上的主菜也都做了样子出来，让琉璃最后过目一遍。十六道造型各异的水陆时鲜摆放在堂屋正中那张黑玉镶边壶门大案上，倒也赏心悦目。

那八仙盘是将烤得焦黄的整鹅分成八份，分别雕切成花、叶、鱼、羊等不同图案，造型富贵；光明虾炙则是把虾摆成了灯笼状，灯烛用的是带皮红虾，灯笼轮廓用了雪白的虾仁，颜色鲜亮；此外，那生鱼脍、糟蟹膏、苦泉羊羹，原是长安名菜，自然做得十分地道；至于团圆红、步步高升，则是按琉璃的吩咐做出来的应景菜色，几次试验之后，也已做出了八九分的别致美味。只是琉璃对荤腥之物依然没什么胃口，挑了两样略尝尝便罢。

倒是最后一样小菜端上来时，她不由多看了两眼：小小的六曲白瓷盘里，是摆放成重瓣海棠状的一片片肉脯，颜色淡红，几近透明，正中的花蕊则用了嫩黄的姜丝和碧绿的葱末，看去几乎有种工笔画般的精致。

小米注意到她的目光，忙将盘子端了过来，"这一道叫海棠肉酢，是咱们自己家厨娘做的！"

琉璃夹了一小块入口，舌尖顿时又是鲜辣又是酸爽，细细咀嚼时，不但有腌肉特有的咸香筋道，还有些许稻米的香气。她忙又尝了一片，只觉得回香愈发浓郁，不由点头，"当真不错！只是肉脯怎么做出这味道来了？"

小米眉飞色舞，"婢子问过厨娘了，说起来还真是要费些工夫。这肉脯选用上好的猪腿精肉，剔骨蒸熟，再晾成肉干，切成薄片，拌上粳米饭、茱萸子和盐，放入坛子里腌制一个月。想吃时用醋、葱、姜、蒜调好味，上锅一蒸，待滋味浸入，撤去调料，就可以装盘了。"

琉璃这才恍然，难怪看着干干净净的肉脯，吃进嘴里却满是茱萸的鲜辣、醋的酸爽和稻米的清香。她突然想一事，忙问道："这种肉酢家里腌了多少？"

小米笑着回道："这肉酢原本就是为宴席准备的，厨娘说，她想着它又酸又辣，最是开胃，娘子说不定会喜欢，因此先前就特意多做了些，够开两次宴席了。娘子要喜欢，婢子这就去让陆十六娘再腌两坛，慢慢吃着。"

琉璃笑道："我一个人哪里吃得了这么些？这些菜都还不错，让厨娘们明日就按这个做出来吧，等宴席完了我会好好犒劳大伙儿。对了，你再去找些精致的食盒出来，装上肉酢，按明日来客的名单送过去。"

小米一拍巴掌，"这敢情好，也算是传座了！"

琉璃笑着点头。长安人过年最爱聚餐，往往家里有什么得意的菜品，就会用食盒装上少许送给亲朋好友乃至街坊四邻，算是送出了宴客的请柬；而送出的菜肴越是鲜美，吃得意犹未尽前来捧场的亲友就会越多，于主家是再体面不过的事情。裴家往年自然也不例外，今年又是搬家又是准备宴席，忙得人仰马翻，就顾不上这个了，如今也算是补个礼。

不过这一回，他们要请的宾客着实太多，小米带着上房的七八个婢女足足忙了半个多时辰才装好食盒。而琉璃坐在案几边，展开那长长的名单、座次，盘算着宴席的安排，也是越想越头疼：新院子、新奴仆、大场面……这次第，怎一个乱字了得！

他们的新宅子占地近百亩。除去外院、车马院和东边对着古池的花园，还有东、西、中三路三进共九个大院。麴崇裕那厮也不晓得用了什么法子，两个多月里，居然把每个院落都修得楼阁精致，庭院秀朗，许多草木山石更是难得一见的精品。论雕饰华美，或许还不及那些权贵府邸，但要比园林清雅、别具匠心，至少她在长安城还没见过更出色的——问题是，自己家如今才三口人，她得生多少个才能填满这些院子？琉璃很焦虑。

至于奴婢，裴行俭前阵子在安小舅那里又买了七八十个，撒进这新宅子里就如水入沙地，再也瞧不出痕迹。可训练他们却绝非一朝一夕之功，莫说让这些人如高门世仆般进退有度，就算只是胜任差事不出纰漏，不下些水磨功夫，想都别想。

最要命的是，这次如此规模的宴席，琉璃自己也从未经手过。从吏部、鸿胪寺、到兵部等各衙门的同僚，裴行俭发出了一百来份请柬。她原想着按常理，这年节时分能来一半就算不错了。不曾想，不但几乎无人推脱，好些同僚还主动表示要偕夫人登门，结果光官家女眷就要来八十多人，规模完胜芙蓉宴！

琉璃初听噩耗，险些一头栽倒。好在裴行俭早已备好救兵，如今已是郡公夫人的罗氏拍马赶到，一力担下重任，几日忙碌下来，总算把事情理了个七七八八。但不知怎的，琉璃总有种不大好的预感。这次宴席的时机太不巧，裴行俭正是在风口浪尖之上，只怕宴席的任何一点纰漏都会被有心人无限放大……

她拿着那宴客的名单，从上往下看了一遍，又从下往上看了一遍，忍不住揉着额头叹了口气。门外突然响起了她最熟悉的声音："怎么又犯上愁了？"

抬头看着挑帘而入的裴行俭，琉璃好不意外，"今日这么早就忙好了？"这些日子，他可是忙得几乎连睡觉的时间都没有。

裴行俭笑着点头，"判卷总算看完了，比原先想的还要好些，郎官们初选出来的这两三千份卷面虽说多少都有些疏漏不足，大体上还算笔迹规整、文理通达。明日到了台阁，我再抽查些没入等的卷面，对一对选人们的甲历，也就晓得他们眼光如何，有没有私心了。"

琉璃听得有些糊涂，"什么甲历？"

裴行俭笑道："就是记录着选人们出身、资历、考课等事的文书，按张郎官去年定下的规矩，选人们必须依照程式亲笔填写三份，吏部、中书和门下按姓历排序各存一份，有了这三库甲历，有事就可以随时检勘了。"

喔，就是人事档案，居然还是标准化的，还有备份，还建立了可以按姓名索引的档案库……琉璃顿时无语，半响才问出一句："那过完年，是不是又该忙了？"

裴行俭点头，"是啊！到三月底就好了，那时你身子也重了，我正好能多陪陪你。"说话间，他脱去了身上的大氅和外袍，又在壁炉边转了转，这才在琉璃身边坐下，拿过她手里的单子看了两眼，"这座次安排妥当得很，你还在发什么愁？其实宴席不过是小事，能大面上过得去就好。"

这可是他上任后第一次宴客，只要过得去就行？琉璃纳闷地瞧着他，正想问个明白，裴行俭却转了话题："听说今日的肉脯还合你脾胃，我已赏了厨娘，让她再多做些这样的爽口的菜式出来，你还是要多吃些，不然吃的东西如今都长在那小家伙身上了，你怎么吃得消？"

琉璃低头看了看自己已经相当明显的小腹，不由暗暗叹了口气。这一次她的确有点吃不消。四个多月了，胎动还没感觉到，肚子倒是吹起来了，脚也开始浮肿，加上至今还没好转的胃口……她不想多说，只笑了笑，"这两天其实已经好多了。"说着便伸手要拿回单子。

裴行俭抬手把单子远远地放到了一边，"不是头一日就跟你说了么，你的身子要紧，这些事交给阿嫂安排就好！你怎么到了今日还在忧心这个？"

琉璃无奈地白了他一眼，"你说得轻巧！这是咱们第一次请这么多同僚，你又是刚刚上任，若是出的纰漏多了，岂不是让人笑话？你又不是不知，咱们家的下人还不大得力，明日说不定就会有哪里照顾不周。我若再是失礼，人也不大认识，名姓也叫不齐全，就更不像样了！"

说到后来，她到底忍不住还是长叹了一声，"我若是能像十三娘那样就好了！"那才是长袖善舞的官家夫人楷模，裴炎那般孤傲耿介的性子，如今名声人缘都是极好，大半功劳只怕都要归她，自己却实在帮不上裴行俭太多……

裴行俭愕然失笑，"说什么傻话！你要像她做什么？你要真成了那样，我可如何是好？再说，能交际应酬有什么稀奇？你帮我做的那些事，才真真是天底下再没有旁人能做到。"

琉璃奇道："我帮你做什么了？我怎么不晓得？"

"帮我生儿育女，帮我打理家宅，无论我要做什么，都不抱怨，就算我要搬入这处凶宅，也不犹疑。你以为换了你，还有谁能做到？不过，"他伸手拢住了琉璃的肩膀，柔和的目光里多了些笑意，"你若肯少操些心思，多吃些东西，我就再没有不放心的了。"

琉璃原本心头一片温软，听到最后一句，不由哭笑不得，"不是在说宴客的事情么，你怎么又扯回去了？"

裴行俭摇头，"宴客的事有什么好说的？咱们刚搬了家，下人又多是新买的，有些疏漏在所难免，最多不过是让人背后嚼嚼舌头罢了。再说，办得滴水不漏又能如何？你不是想办得让人交口称赞，日后好常开宴席吧？"

琉璃摆手不迭，"自然不想！只是如今你已是选官，我若是还像从前那样不爱应酬，到底有些……"就像崔玉娘，李敬玄主持吏选后，她只不过是不大肯在寻常宴席上露面了，就有多少人在背后议论她傲慢薄情？

裴行俭笑着打断了她，"你不想不就得了？我是选官又如何，就算我是当朝宰相，也没有逼着你成日去跟人应酬的道理。自古贤臣良将，有哪个是因为夫人善于应酬而成就功业的？这一次，咱们买了这处宅子，是万不得已。这样的宴席，开过这回便罢，只要不烧了房子，别的都不打紧！横竖你是有身子的人，实在有什么不想应付的场面，推一声'我不舒服'，谁还能如何？"

见琉璃还要开口，他指了指大门的方向，"你忘了么，我可是对天盟誓过的，绝不会营私弄权。不管旁人觉得你是不善与人交际，还是不爱跟人应酬，只会帮我坐实这不党不群的名声！"

这次自己只要不烧掉房子就行？日后也不用费心去应酬这些人？琉璃看着眼前这暖暖的笑脸，突然间只觉得整个身子都轻了十斤，脑子也变得格外清明。她思量片刻，猛然有了个主意，笑着点头，"我明白该怎么做了！"

裴行俭目光顿时一凝，"你这是……又想出什么主意来了？"

琉璃笑眯眯地道："放心放心，横竖不会烧房子！"

裴行俭眉头一扬正要说话，琉璃摸了摸自己的肚子，笑得更是欢乐，"哎呀，好像有人要问我不想应付的话，我是不是可以开始不舒服了？"

裴行俭又好气又好笑，却也只能无可奈何地瞅着她不语。琉璃笑够了，才在他耳边低低地说了一番，又得意地眨了眨眼睛，"你觉得我这主意如何？"

裴行俭上下看了她好几眼，摇头一声长叹，"我果然是应该放心的！"

两人又推敲了一番说辞，琉璃心情愈发愉悦，胃口大开，晚上更是一夜好眠。到了第二日，应邀而来的官眷们，在裴府西路主院的堂屋前，都看到了一张笑意盈盈的面孔，衬着银红色海石榴花纹的缎面斗篷和雪狐大风领，脸色好得就像映着霞光水色盛开的粉花睡莲。

旁人也就罢了，崔十三娘前些日子还见过琉璃，不由讶然笑道："阿嫂气色好多了！"和她携手而来的崔玉娘也笑得意味深长，"果然是人逢喜事精神爽。"

琉璃笑吟吟地点头，"借两位吉言。"转身引着她们往堂屋里走去。

/第一百三十三章 举重若轻 微言大义

五间七架的堂屋早已被收拾一新，两边的隔断打通，四处的帘幕高卷，露出雪白的墙壁。堂屋里并无太多装饰，只在主座后设了一架墨书屏风，字迹秀媚，颇有雅致；屏风边放着一个黑陶大花瓮，里头竟是一棵足有七八尺高的梅树，枝干遒劲，花蕾繁密，花朵虽未悉数盛开，却已是清香满屋；靠着南边窗下则摆了两架兰花，那润绿修长的枝叶，亦是让人心神一爽。

　　崔玉娘原是掐着点到的，敞亮的大厅里已坐得满满当当，北面的主位上，于氏正与旁边的司文卿夫人王氏谈笑风生，罗氏在忙里忙外地招呼客人，满屋都是说笑之声。琉璃陪着崔玉娘一边往里走，一边便脱去了外面的斗篷。屋里突然静了静，不少人神色震动，目光都落在了琉璃的裙子上——那条剪裁合体的高腰银鼠皮裙上分明凸起了一个明显的弧度！

　　崔玉娘也吃了一惊，又觉得有些不可思议，看着琉璃一时还不知该如何发问，琉璃已若无其事地微笑道："已经快五个月了，这阵子一直忙得很，没怎么出过门，也难怪大伙儿都不晓得。"

　　崔玉娘忙问："那大娘是何时搬过来的？"

　　琉璃笑道："是过了三四日才搬的，倒是躲了个懒。"她也知道，此时之人乔迁特别忌讳冲撞各路神灵，冲撞胎神更是大忌中的大忌，孕妇若是赶上乔迁，少说也要避上半个月，好些人甚至会留在旧宅里直到生产，就怕这一冲撞把子嗣给撞没了。不过裴行俭是不信这个的，琉璃就更不信了。

　　崔玉娘一时简直不知说什么才好：裴行俭已是胆大包天了，这位库狄氏竟也丝毫不差，带着身子乔迁这么大的事，居然被她轻描淡写地说成了"躲懒"？

　　琉璃的声音虽然不大，好些人也听了个分明，不少人表情愈发古怪，也有见机得快的妇人立时走上前来，满脸笑容地向琉璃道喜。

　　琉璃少不得一一应答。崔玉娘转头看了看十三娘，见她脸上半分意外之色也没有，忙把她拉到了一边，低声道："你早就知道了？怎么也没跟我提一提？"

　　十三娘脸上露出了一丝讶异，随即便笑了起来，"先前是大娘说胎位未稳，不好说出去，最近我一忙也就混忘了，姊姊可是觉得此事有什么……奇怪之处？"

　　崔玉娘恨铁不成钢地看了她一眼，裴行俭搬家不但冲撞灶神，还冲撞了胎神，这事还不重要？难怪他会许愿"长星永照"，那长沙星，可不是管着子嗣的？难道说这位裴少伯真是吉星高照，因此才会有罗汉相助……她回头看了看人群中容光焕发的琉璃，眼神不由更复杂了三分。

　　不多时，客人到齐，琉璃请大家入了席，又说了几句场面上的客套话，便在于氏下首坐了下来，这安席敬酒的事情都交给了于氏——于氏是长辈，又是一品国公夫人，自然更能压得住场面。

　　于氏这两年老得极快，气度倒是更加从容，起身醮甲敬酒时，腰杆笔直，声音沉稳，雪白的头发衬着深紫色的宴服，那一身的气势，将她身后那两个华服丽人都衬得黯然失色。

众人道了恭喜，宾主安坐，略闲话了几句，一道道凉菜便被奴婢们捧送上来。第一道"团圆红"是用饴糖勾芡成胭脂色的糯米藕片，上面洒着细碎的桂花；第二道"步步高升"则是用烤鹿腿蘸芝麻酱，烤得金黄微焦的薄薄肉片装在淡青色的荷叶盘里，不但名字讨喜，颜色也颇为诱人。

只是不少人却注意到，这端上来的菜肴固然精美，上菜的婢子们却算不上举止有度，礼数似乎都略显生疏，动作也多少有些生硬。心细的女眷免不了多打量了几眼。婢女们愈发紧张，有两个步调不一，更是险些撞在了一起。

罗氏一颗心顿时提了起来：果然出娄子了！今日来客太多，自己虽也带了不少奴婢过来帮忙，用起来还是捉襟见肘。偏偏琉璃把得用的人手都分派去迎送宾客和伺候主院的男宾席面了，这边留的竟是清一色的生手。自己原是劝过她的——主院那边固然要紧，可男人们粗心，婢子就算举止生疏也未必注意得到，可这些清贵衙门的女眷多是出身高门大户，哪个是省油的灯？

她目光往下面一扫，果然看见不少女眷脸上都带上几分看好戏的表情，有些已跟身边的人低声议论开来。她正忐忑不安，耳中突然又隐隐听到一句"连奴婢都选不好，还选什么……"

罗氏再也坐不安稳，忍不住转头看了琉璃一眼，却见琉璃依然在殷勤地劝着身边的司文卿夫人王氏与崔玉娘用菜，对堂上涌起的小小暗潮竟然全无察觉！

接下来又上了两道凉菜，大约是熟能生巧，婢子们举止总算流畅了些。罗氏刚刚松了口气，却见她们又端着托盘走上堂来，将一大一小两个瓷盘送到了每人面前的案几上。好些人低头一看，脸上的表情立刻变得有些精彩。

罗氏心知不妙，等送到自己面前，定睛一看，脸上不由腾地热了起来。

大些的瓷碟里装的是光明虾炙，只是上菜的婢子手脚着实不算轻巧，那白色虾仁拼成的椭圆形灯笼已被震得变了形，看去倒像是被谁踩过一脚；至于小盘里装的海棠肉酢，黄色的姜丝和淡红色的肉片早已混在一起，全然是一副被狂风暴雨蹂躏过的凄惨模样。

堂屋里诡异地静了下来，好几个人低头咳了几声，才掩住了嘴角的笑意。

崔玉娘的眉头也紧紧地皱了起来：不管怎样，如今裴行俭与自己的丈夫已是同进退，他太出风头固然是喧宾夺主，但若是连家都管不好，被人笑话了去，岂不是也有损于丈夫的威望？

琉璃仿佛终于醒过神来，有些尴尬地看了看面前的盘子，又瞧了一眼或低头忍笑或沉默不语的官眷们，清了清嗓子笑道："真真是抱歉，这几日寒舍刚刚乔迁，新买了不少奴婢，家中管事也着实有些疏忽，竟分派了这些手脚粗笨的婢子们来献丑，让诸位见笑了。"

她这样一说，大伙儿心里虽然愈发不以为然，倒是不好再说什么。好几个人便笑着圆场，"库狄夫人客气了，这新家新院的，也是难免。"

"正是，谁家不是这么过来的？"

/第一百三十三章 举重若轻 微言大义

琉璃笑道："多谢各位体谅，这院子大了，不但奴婢要重新去买，管事们人手也是不足，妾身最近精力又实在不济，因此还特意让人荐了几个管事过来，选的都是来历清白，人品忠厚的，我瞧着回话也算头头是道，可今日让他们真正上手做事，却是如此不中用，唉。"

她的话说得真诚之极，众人听得却愈发好笑——这库狄氏果然是小家出身，挑管事哪有这么选的？人品忠厚、来历清白就成吗？别说是外人推荐的，就是从自家世仆里挑选，不历练几场就让他们来做这般要紧的事情，能中用才怪！

罗氏听得暗暗皱眉，当家主母为了圆场面把错处推到管事们身上已是不妥，好在有了身子、精力不济还算说得过去，可有些事却是多说多错，这挑选管事又是从何说起？

崔玉娘心里更是摇头不止，只是不好开口驳琉璃的面子，垂着眼帘没有做声。

琉璃却满脸诚恳地看了过来，"崔夫人，王夫人，琉璃听闻两位府上的管事们都极为能干妥当，却不知夫人们是如何挑选的，可否教一教琉璃？也省得，"她不好意思地瞧了瞧正步调凌乱退出堂舍的婢子们，"我下回再选错人了。"

王氏和崔玉娘都是五姓女，挑选奴婢管事几乎是童子功。王氏年纪到底大些，还略微犹豫了下，崔玉娘已忍不住淡淡地笑道："不敢当，其实我也没怎么从外头挑选过管事，粗粗说起来，不过是因事而异，量材而取罢了。譬如家里若缺的是分配奴婢的管事，自然要熟悉下情，见识明白，分得清轻重缓急的，这才能胜任。不然来历再是清白，人品再是忠厚，也是无用。"

琉璃若有所思地点了点头，"这能不能胜任的，又如何才能真正看出来？我今日才晓得，这些管事们的来历人品，还有旁人的推荐，竟然都是不能全信的。"

这话问得近乎幼稚，崔玉娘好容易才维持住了脸上的微笑，"自然不能全信，毕竟各个府里规矩不同。与其临阵磨枪，倒不如先选两样不要紧的事，让他上手试一试，能不能用自是一目了然了。"

王氏也笑着应和，"崔夫人说的是，这管事能不能用，总要试一试才知道。"

堂屋里本来就静，这番话自然大伙儿都听了个七七八八，原本是再寻常不过的道理，但从崔玉娘嘴里说出，众人少不得点头赞同，纷纷表示自己深受启发。只有于氏身后那位高个侍女突然抬头看了琉璃一眼，又看了看屋里这些人，嘴角微微一挑，默然垂下了眼帘。

七嘴八舌的议论声中，琉璃笑着提高了声音，"多谢两位夫人指教，原来要选真正能独当一面的人，不能听信推荐，更不能只看出身，而是先要考究一番，瞧清楚本人是否有那个能耐，能否胜任那份差事。如此，才能选到真正能帮着家主处置庶务的人才。妾身受教了！"

有人笑着应了声"库狄夫人太客气了"，更多的人却立刻意识到不对，略一思量便明白过来——这位库狄夫人说的是如何选管事吗？她说的，分明是朝廷的吏选！裴少伯的新选法中，最让人诟病的就是第一关的试判。这选拔官员要先考量他们判断案情、书写公文的能力，和挑选管事先要试一试他们的能耐，说起来还真没太大区别；毕竟为人臣子者，替天子教导庶民、处理朝政，和管事们替主家约束奴婢、处理杂务，的确颇有相似之处，可这事岂是她说的那么简单……

王氏脸色微暗，随即便笑了起来，"话是如此，不过适才崔夫人也说了，咱们这样的人家，其实是极少去外头挑管事的，平日用人都是从世仆里挑选。毕竟他们知根知底，又是打小便知道府里规矩的，总比外头那些厮混于市井间的奴婢强上百倍。其间的道理，日子长了，库狄夫人自然会知晓！"

这话绵里藏针，极有锋芒，琉璃却像没听出来，依然笑着点头，"夫人说得是，有些事原是要慢慢摸索。不过琉璃也听说过，这百年世家，其实也忌讳几家管事们互为姻亲，上上下下把持着家中的要紧位子，到后来，主家要做什么事情，还要看他们的脸色。却不知夫人若是遇上这样的情形，会如何处置？可会让那几家长长久久如此风光下去？家中如何才能主仆相得，主家能省心省力，管事们也能永世安稳？这些事琉璃都是不大懂的，日后若是有暇，还望夫人能细细教我。"

王氏心里顿时一沉，琉璃说的这些，她自然更有感触——家里世仆多了，难免如此，有时家主弱了，还真拿这些根基深厚的管事们无法可施。但更多的时候，只要家主下了决心，那些管事迟早会被清扫出去，为了一时的权柄面子，把几世攒下的体面和家底都赔得精光！要说到长久，也只有那些安分厚道的管事，不贪权柄，当退则退，再为家人求个恩典，倒是别有一番安稳的前程……

隐隐间似乎有一连串东西在脑中划过：贞观年间先皇编制、打压高门的《氏族志》，当今帝后前些年将长孙家连根拔起的辣手，对王家、萧家、柳家的株连，皇帝几次指责宰相们未能推荐贤才的愤怒……王氏只觉得仿佛有一盆冰水从头顶直灌到脚下——难道说，天子对这几家高门大族早有不满，这次的事情其实不是裴少伯的主意，而是皇帝精心布下的棋局，就看谁会跳出来作祟？看谁会贪恋权柄？

她心头发冷，脸上的微笑都有些挂不住了，扯了扯嘴角点头道："好说，夫人客气了。其实夫人灵心慧眼，有些事我也要多向夫人多多讨教才是。"

堂屋里的官眷们原本多是听一句话便能想出十句意思的高手，不少人听着琉璃那一问，就已感觉有些不得劲，听见王氏这样一答，更是不安起来。满屋子人一时都默然无语，各自暗暗揣测，越想越是惊疑忧虑。

那两盘歪歪扭扭的菜依然醒目地放在众人面前的案几上，却再也没有人能笑得出来。

于氏婆媳相视一眼，眼里都带上了笑意。于氏便笑着扬声道："不说这些俗务了，大伙儿还是先尝尝这两道菜吧，虽是凉盘，搁得太久了却也少些滋味的。"

她又转头看着琉璃笑道："大娘，这肉脯是你昨日送过来的那种吧？我品着倒还开胃，待会儿你也教教阿罗怎么做，可不许藏私！"

罗氏也笑，"正是，大娘要好好教教我，我往日里也学了几手，可回家一做，阿家总觉得我做的菜寡淡无味，让我多向你学呢！"

下面有人应声答道："郡公夫人莫怪老夫人偏心，谁家都是一样的，这隔锅的米，原是要格外香些！"正是十三娘笑着接了话。她这样一凑趣，好几个见机得快的女眷也跟着笑了起来。

琉璃一本正经地点头，"好办得很，下回阿嫂就从我这里带些现成的回去，说是你做的；再做一些出来，说是从我这里拿的。阿母再说你，你不就有真凭实据了？"

于氏哈哈大笑，"你们这几个促狭鬼，打趣了不够，还要作弄我！"

十三娘忙道："老夫人明鉴，是库狄夫人和罗夫人要作弄老夫人，十三只是说了句实话，跟她们绝不是一伙的，可不能被连坐了去！"

几句说笑下来，堂屋里气氛渐缓。过得片刻，婢子们将第一道热菜端了上来，却是眼下刚开始流行的罗汉菜，是用十八种素菜做成，难得的是菜色清爽，汤汁鲜美，比一般寺院做的竟是更为可口。

有人突然笑道："今日这道菜倒是格外应景！"

琉璃抬头看了一眼，没见到开口之人，却有不少双眼睛好奇地看了过来，转念间几乎苦笑出来：那位"罗汉"么，别说自己是事后才听说的，连裴行俭都是一头雾水，只道大约没什么坏处，只是有些事更要抓紧准备了……

此事她也不知如何解释，索性微微一笑，"哪里，菩萨罗汉都是大慈大悲，保佑世间平安的，这道菜，也不过是取一点与人为善、清净慈悲的意思罢了。"

好些人都微微一怔：与人为善、清净慈悲，这到底是什么意思？

琉璃瞧着那些若有所思的面孔，默默地垂下了眼帘：这一次，她们真的是想多了！不过裴行俭说得好，世人若是想得多了，做得只怕就会少些，没坏处……

一片安静之中，门帘一动，一个小婢女蹬蹬地跑了进来，"启禀娘子，门外来了两位大长公主，说是要来暖宅！"

第一百三十四章
来者不善　以势逼人

　　延寿坊的东南隅早已是人流填塞。
　　那宽阔的坊间大道上，仿佛蓦然间生出了一大片仪仗的丛林。但见六十名身着绛袍的武士手持长戟，三十六名彩衣飘飘的侍女高举仪扇，羽毛与寒光齐飞，锦绣共长缨一色；加上六名持青布仗袋开道的侍卫、十六名夹车而行的内侍和六辆装饰精美的副车，这气象，端的是肃穆森严。
　　在这上百人马众星捧月般的环卫之下，两架原本已十分醒目的厌翟车自然愈显气势逼人。朱色车壁上雕镂的五色翟羽在正午的阳光下流光溢彩，固然是华贵不可逼视，而那四匹由黑白皮革装饰的陇右健马更是带着一股森冷的威仪，几乎令人望而生畏。在马头正前方不到五步处，就是裴府的乌头大门——这两架厌翟车以及随车的卤簿，竟是将裴府大门和门前的道路堵了个严严实实。
　　这副砸场子的架势，顿时将附近几条街的闲人悉数吸引了过来；被仪仗堵在大道两端的行人车马也是越来越多，没过多久，宽阔的坊间大道上便挤得水泄不通。
　　苏庆节一脚跨出乌头大门时，看到的便是这样一幅载扇如林、人头攒动的壮观景象，他的脚下不由一顿：这卤簿仪仗，四品以上官员官眷自然都有，但平日出入谁会带上这些？更别说堵在别人家门口！他忍不住转头看了看身边的裴行俭，却见裴行俭只是笑微微地看着眼前的两辆马车，语气里也是一派轻松，"阿兄，咱们这便去迎迎两位大长公主吧！"
　　两人并肩走到了厌翟车之前，刚要躬身行礼，面前"啪"的一声，却是有人将一张旧毡毯直接丢在了两人脚下。
　　苏庆节脸色顿时微变：这是做什么！按大唐朝廷的惯例，三品以上官员见到亲王公主可免下拜之礼，自己这二品郡公自是不用磕头的；而像裴行俭这样官居四品的朝廷重臣，也只有正式参见皇室中人时才需要顿首问安，断然没有在大街上冲着马车跪拜的道理。众目睽睽之下，裴行俭若是拜下去，自然颜面扫地，可若是不拜，看今日的架势，这两位只怕不会善罢甘休……

他眉头一皱，正要开口，裴行俭已踏上两步，从容长揖一礼，"臣裴行俭见过两位大长公主，相迎来迟，还望大长公主恕罪。"竟是眼角都没瞟那毡毯一下。

车旁的内侍立时脸色一沉，"大胆！"

裴行俭依然笑容温雅，"内侍请息怒，裴某焉敢无礼，只是尚未请教两位大长公主有何贵干，不敢贸然行事而已。若大长公主是有话相询，待裴某答过之后，自会恭送两位大长公主；若是有事登门，这天寒地冻的，裴某又岂能将贵客耽搁在门外？自然要请两位大长公主先入篷门，再叙礼仪。何况章武郡公在此，内侍不必呼喝得如此大声，若是让郡公误会了，岂不是不美？"

苏庆节哪里还能不明白该如何行事，当下向着马车躬了躬身，抬头又冷冷地瞅了那内侍一眼。他也是曾在尸山血海里杀出来的人物，含怒一瞥间自有煞气逼人。内侍不由张口结舌，早已准备好的一大篇训斥一时全忘到了爪哇国去。

裴行俭抬头看着眼前的紫锦车帘，微微提高了声音："微臣不知两位大长公主有何差遣，还请公主直言吩咐。"

厌翟车里，千金大长公主长长的翠眉紧紧地蹙了起来。按原先的打算，今日过来先要给裴行俭一个下马威，起码也要让他在大庭广众下跪上半晌再说，可这位竟是越发刁滑了，言下之意显然要下跪可以，恭送离开；要上门做客，那就进门再说，仿佛吃准了她们断然不会就此离去。如此一来，倒也不好斥责他是身居选官便轻慢皇室……

另一辆车里，果然传出了常乐大长公主淡漠的声音："听闻贵府暖宅，今日我等不过是想跟库狄夫人道声恭喜，冒昧而来，只望裴少伯莫要嫌弃！"

听着这沉稳的语气，千金眉头顿时一松，点着紫草口脂的精致朱唇边慢慢浮出了一丝冷笑：也是，自己着什么急呢？难不成少了道开胃菜，今日还吃不上这顿精心准备的宴席了！

车子一动，微微起伏两下，转入了裴府的外院。千金心里不知为何也是一动，犹豫片刻到底还是挑起车帘往外看了几眼。这院子颇为宽阔，沿着外墙是一溜齐整的倒座房，内墙一侧则是长廊，一色的白墙黑瓦朱楹，屋前廊外点缀着垂柳蜡梅，不过是最寻常的格局，但不知是因为占地宽广还是布置疏朗，看去竟是格外的古雅大气——不愧是，他的手笔！

想到那个能把本色麻衣也穿出别样风流的身影，她心头一时也说不出是个什么滋味。直到耳边传来低低的一声"大长公主"，才蓦然回过神来。

厌翟车已停在西边的门屋前。车帘掀起，不远处裴行俭修长的身影顿时跳入了她的眼帘，他正低头跟身边的库狄氏不知在说些什么，眉目之间竟是一片令人心安的温和宁定，仿佛只要站在他的身边，天塌下来也不打紧；库狄氏也是眉目舒展，嘴角含笑，身上海棠红披风把那点笑意衬得格外宁静柔美……

侍女的手伸了过来，语气里也带上了几分小心，"公主？"千金玉葱般的手指缓缓搭了上去，目光依然落在帘外那两张有着说不出的神似的面孔上，下意识地扶了扶头上的赤金花钿,这才不紧不慢地走出了车厢。

马车外,踏脚、毡毯等物已是一应俱全。裴行俭此次再未犹疑,上前两步,在大红毡毯上顿首行礼,"微臣见过两位大长公主。"琉璃跟着肃拜了下去,"妾库狄氏恭祝两位大长公主金安。"苏庆节与罗氏也是举手加额,屈身而揖。

千金大长公主仿若未见,站在车头意态悠闲地游目四顾起来,眼角的余光在几人的背脊上一扫,心头终于多了几分快意。只是她那点愉悦还未升腾到嘴角,耳边就传来了常乐平淡的声音:"免礼。"

千金吃惊地转头看了过去。常乐用下巴往前指了指,微微摇头,显然是示意此处并无外人,让他们再跪多久,都于事无益。千金暗暗撇了撇嘴,到底不好多说,只得面无表情的与常乐一道下了马车。

裴行俭又客套几句,便侧身恭送她们进门。琉璃引路,罗氏作陪,十来个侍女嬷嬷拥簇着两人,一行人浩浩荡荡地走进了内院。

却见西路的这处主院愈发显得疏朗开阔。正中只有一栋堂屋,亦是白墙黑瓦,重檐深长,只用赭石色勾勒出了立柱窗栏,却自有一份高华典雅。这也罢了,难得的是,不知从何处引来的水流几乎将整个堂屋环绕了一圈,除了迎着正门的那道平直石桥,还有数座小桥曲曲折折地通往三面回廊和四角上的阁楼,加上南墙下大片翠竹,水岸边的几簇奇石,纵然是在这冰封季节,也仿佛有杏花烟雨的江南秀色扑面而来。

莫说千金惊讶之下几乎忘了举步,连常乐的步子都缓了缓,片刻后才淡淡一笑,"早便听闻贵府景致绝佳,果然是名不虚传。"

琉璃回头笑了笑,"大长公主过奖,都是麴县公的手笔。"

千金胸中好不酸涩,看了看那几块玲珑剔透的湖石,不由冷笑道:"库狄夫人何必过谦!夫人原是身家丰厚,莫说这屋宇,就是水边这些湖石,满长安城里都难得寻出几块来,当年我那位号称最爱奇石的姊姊,只怕也要自叹不如!"

什么自叹不如,这原本就是十娘庐陵留下的珍藏,乔家大郎因为自己所托,没法子才送给麴玉郎赶工用的,倒是给裴府充了好门面!常乐心里一阵发堵,忍不住转头瞪了千金一眼。

千金吃了一惊,却怎么也想不出自己的话有什么不妥,胸口的三分郁闷顿时变成了七分,连迎出门来的邢国公夫人于氏都懒得搭理,仰头便走进了堂屋的大门。

除了崔玉娘和王氏,满屋的女眷都齐齐地避席肃拜了下去。千金固然是目不斜视,常乐的脸色也阴沉了许多。两人径直在重新设好的首席上落座,不待琉璃客套,常乐便冷冷地扬起了声音,"库狄夫人,今日我们姊妹路过此地,听闻贵府正在暖宅,特来讨杯喜酒。因来得仓促,只备了一份薄礼,还望夫人莫怪。"

她身边侍女捧着一个小小的匣子,上前一步,目光落在了琉璃身上。琉璃不敢怠慢,肃拜谢恩,"妾不敢当,多谢大长公主赏赐。"

那侍女却没有再动,常乐也不理会,转头便问千金,"你呢,你今日可带了什么过来没有?"

/第一百三十四章 来者不善 以势逼人

千金往凭几上一靠，懒懒地摇了摇头，"我也想送来着，可是想来想去也不知送什么好。裴少伯如今可是朝廷重臣，长安城里的王公贵人们想见他一面都难的，这礼若是送得轻了，岂不是献丑？可若是送得重了，谁又不晓得少伯刚正不阿，怎肯收下厚礼，让我等坏了他的名声？库狄夫人，你说是也不是？"她玩味地往下看了一眼，见琉璃的膝下并未来得及铺上毡毯，嘴角便是一弯。

琉璃脸上却并没有流露出半分不自在，只是含笑欠身，"大长公主说笑了。"

千金也笑嘻嘻地挑起了眉头，"喔，我哪句话说得可笑了？我原是不知礼数的莽撞人，还望夫人不吝赐教，也免我下次再犯不是？"

在座之人心里早已雪亮——这两位大长公主哪里是来喝酒的，分明就是来打脸的！看这架势，库狄夫人不跪着说上小半个时辰，只怕是起不得身了。传言果然不虚，比起世家高门来，宗室贵人们对选制之改更是深恶痛绝。如今连德高望重的常乐大长公主都亲自出面了，此事就算有圣人首肯，能不能成，还真是难说！

众人悄悄交换着眼色，不少人眼里露出了等着看好戏的兴味，也有人看了看那冰冷坚硬的地面，悄悄吸了口凉气。

琉璃抬头看着千金大长公主那双满是嘲讽的眼睛，嘴唇微动，仿佛想说话，却突然"哎哟"一声，低头捂住了肚子。

于氏脸色一变，忙上前几步，不管不顾地先扶起了琉璃，满脸紧张地问道："怎么？你可是有哪里不舒服？"转头又训斥身边的婢女，"大长公主们不知就里，你们还不知道么？还不快去拿几张厚厚的毯子过来！"

常乐与千金相视一眼，都有些讶然。常乐皱眉道："库狄夫人这是怎么了？好好的怎么身子就不好了，莫不是，"她的目光在琉璃的腹部一停，眯起眼睛打量片刻，到底还是拖长了声音，"莫不是撞着了什么？我听说这宅子……"

于氏毫不客气地打断了她的话，"启禀大长公主，这宅子的确是有些奇特之处。当初守约刚刚说要买这宅子，大娘便诊出有了身孕，接着守约又受了提拔，可不是双喜临门？只是近来大娘到底操劳了些，地上又冷，一时有些受不住罢了，还望大长公主恕罪。"

说话间，早有人铺了两层厚厚的毡毯在地上，于氏扶着琉璃上前一步，作势就要重新跪到毡毯上。常乐淡淡地摆了摆手，"罢了罢了，夫人既然有了身子，又何必多礼？请恕我等眼拙，再想不到夫人有了身孕还会忙着乔迁暖宅。知道夫人的，晓得你是胆大心热，不知道的，倒要以为夫人眼中只有这些杂事俗务，连子嗣都不放在心上了！"

琉璃满脸都是从善如流的诚恳，"大长公主教训得是。日后妾身定会以子嗣为重，再不操心那些太费心力的杂事俗务，也省得自己精力不济，反而怠慢了贵客。只是两位大长公主今日难得光临寒舍，若有什么招待不周之处，还望公主海涵。"

常乐的目光顿时阴沉了几分，这话的意思莫不是今日自己若再说出什么让她"太费心力"的事来，她索性便会将养身体去？

千金却是手托香腮笑了起来，"如此说来，我岂不是更加失礼了？贵府双喜临门，我却空手而来，回头要补个什么礼才好呢？库狄夫人，你可有什么想要的东西没有？"

琉璃也笑得谦和，"不敢，两位大长公主今日能拨冗前来，已是寒舍莫大的荣光。"

千金笑盈盈地点头，"也是，谁不知道夫人眼高。莫说我等没什么东西能让夫人看得上眼，就是圣人与皇后的赏赐，夫人说声不理会，不照样丢到一边？"

这话说得着实莫名其妙，满屋子人都颇感讶然。琉璃也怔了一下才欠身回道："大长公主明鉴，妾身岂敢如此轻狂！"不待千金开口批驳，她笑着抬起了头，"只是素闻千金大长公主品致高雅，公主若实在有心相赏，寒舍的堂屋原是这两天才匆忙布置，妾身斗胆烦劳大长公主指点一二。"

这话转得好不生硬，莫说旁人，便是千金的脸上都露出了几分意外。她目光微闪，转头打量了几眼这堂屋，突然"噗"的一声笑了起来，"红梅幽兰？这倒是宫中冬日常见的布置，不过梅树竟选了一株没开花的，也不装点装点，所谓画虎不成反类犬，若是我家下人胆敢如此糊弄，少不得要将这没眼色的贱婢打将出去！还有这屏风上的墨书，裴少伯不是写得一手好字么，怎么贵府却放了这样的玩意儿在堂上？"

她瞅着那一行行的字迹，啧啧摇头，"矫揉造作，俗媚无骨，当真是空有其表，贻笑大方！看来裴少伯虽是写得一手好草书，这品评书法的眼光却着实令人不敢恭维！"

转头看着琉璃，千金柔媚的面孔上露出了动人之极的微笑，"库狄夫人以为如何？"——屏风上的字一看便知是出自女子之手，又不是自己熟悉的贵人们的笔迹，这样堂而皇之地放在堂舍里，除了库狄氏，还能是谁写的？

堂舍里鸦雀无声，人人都想到了这一层，好些人看着琉璃的目光已带上了几分同情，连崔玉娘都不自在地垂下了眸子：这梅花半开的天然之趣，原不是骄奢公主们能体会的，而屏风上的字虽骨力略弱，写得却当真不差，库狄氏不过是想转个话题而已，却惹来了这样一番恶毒的当面讽骂，还要回答骂得好不好……

琉璃也慢慢笑了起来，那神色仿佛有些无奈，一双眸子却是熠熠生辉。千金心里顿时一紧，刚想开口，琉璃已摇头长叹了一声，转头笑道："看来你们的本事，当真是入不得大长公主的法眼了。"

于氏身后那两位一直低眉敛眉的华服女子"扑通"跪倒在地，身材略矮的那位颤声道了句，"儿等该死！"另外一人也轻声回道："大长公主指正得是，奴等不过是雕虫小技，若无夫人抬爱，原是不配登大雅之堂的。"

千金微微直起了身子，皱眉道："这两位是……"

琉璃恭恭敬敬地回道："启禀大长公主，这两位正是您适才提到的圣人之赐，这赵家妹妹在宫中专司打理花木、布置厅堂之职，姚家妹妹的一笔墨书也是圣人赞赏过的。今日贵客云集，妾原是想着让她们露上一手，谁知……"她瞅着千金微微一笑，

第一百三十四章 来者不善 以势迫人

收住了话头。

千金的一张脸早已说不出是什么颜色，连常乐的脸色都变得有些不大好看，半晌才淡然道："是赵家幺娘么，你起来让我看一眼。"

赵氏忙应诺一声，站了起来。堂上众人的目光顿时都汇聚到了她的身上，她却恍若不觉，静静地垂眸站在那里，端的是端庄妍丽、落落大方。便是对娇婢美妾之流最无好感的几位夫人也不由暗暗点头：这个倒不像是轻狂之辈。

常乐紧绷的面孔也放松了些许，"好些年不见，你倒是越发出落了。你家堂兄听闻圣人将你赐给了裴少伯，跟我已提过两回。你原是家中幼女，被父母捧在手心里长大的，虽然在宫中当过几年差，到底经事太少，比不得那些打小就殷勤小意惯了的。因此更要谨慎守礼，要好好用心伺候少伯与夫人，若是仗着来历出身就轻狂霸道，失了赵氏的体面，莫怨我和你堂兄都不认你！"

这番言辞少说也含了三四层的意思，赵幺娘脸色微变，"扑通"一声又跪了下去，"幺娘不敢。"

常乐淡然点头，"不敢就好。"

她的目光一转，落在了琉璃身上，"不瞒夫人说，幺娘也算我打小看着长大的，原是个老实本分的孩子，只是她母亲膝下就这一个女儿，难免娇惯些，她在贵府若是有什么不当之处，还望夫人多多提点。"

琉璃如何不明白她的言外之意，笑着答道："大长公主请放心，幺娘兰心蕙质，言谈举止都妥帖得很，不然我也不敢把布置厅堂的事情交给她了。"

常乐看着她缓缓点头，"库狄夫人有如此雅量，我的确应该放心。夫人也莫怪我多事，我原是听闻此次圣人赏赐的宫人十有八九都已有了品级，夫人这边却是半点动静都无，这才有些担忧，就怕幺娘恃宠生娇，举止不当，惹怒了夫人。看来却是我多虑了。此事原本不该我等过问，只是幺娘是圣人所赐，又是赵家嫡女，今日我也只得拿大问上一句，不知夫人对她有何安排？"

满屋子人都恍然大悟：两位大长公主今日登门，原来是为了此事！这赵氏的出身容貌都如此出挑，有御赐的身份，又有常乐大长公主撑腰，若是真如公主所愿当上了媵妾，以后库狄氏的日子还能好过吗？可若是不答应，大长公主说不定会当场翻脸……

琉璃沉默片刻，回头看了低头不语的赵幺娘一眼，脑中不由响起了裴行俭刚才的低声吩咐，"这两位公主若是在旁的事情上刁难你，你就推身子不好；若是逼你给那位赵氏请品级封号，你不妨问问赵氏，她说什么，便是什么！你放心，这些事我早有安排，自会处置妥当。"

想到他的安排和处置，琉璃心里微微一叹，语气放得轻缓了几分，"幺娘还是起来说话吧，这些日子以来我是忙昏了头。大长公主提醒得好，我也想问幺娘一声，你日后有何打算？"

赵氏依然死死地低着头，身子似乎在微微发抖。常乐脸色顿时沉了下来，库狄氏这是欺负幺娘脸皮薄说不出口吗？她刚要发话，门外突然有人高声道："启禀娘子，宫里来人了，已经到了内院门口！"

屋里顿时骚动起来，常乐与千金相视一眼，都皱起了眉头。琉璃也吓了一跳，向两位大长公主欠了欠身，转头便往外走，心里一片茫然：今天是什么日子，怎么宫里也有人过来凑热闹，而且居然是直接到了内门……

待得在院门口瞧见笑吟吟跳下马车的玉柳，她不由越发惊诧，忙迎上前去，正要行礼，玉柳笑着挽住了她，"夫人千万莫要多礼，今日我是特意讨了这差事来瞧瞧热闹的，连裴少伯都不敢惊动，夫人给我杯酒喝就好。"

又是一个专程来喝酒的？琉璃满肚子问号，又不好多问，引着她一路进到堂舍。玉柳跟随武后已久，屋里品级高的几位女眷都见过她，心头震动自不必多表。常乐和千金的脸色也变得凝重了许多。玉柳一眼看过去，也是脚下一顿，躬身笑道："奴婢见过两位大长公主。"

常乐和千金不敢拿大，都微笑着点了点头，"宫正不必多礼。"常乐便问："不知宫正此来所为何事？"

玉柳笑着走上几步，"皇后殿下与两位大长公主大约是心有灵犀，今日突然想起是库狄夫人暖宅的日子，特意遣奴婢带上贺礼前来跟库狄夫人道声恭喜。"

她转身从身边的小宫女手里拿过了一个半新不旧的檀木盒子，对琉璃笑道："殿下说，这柄如意她帮夫人保存了这么多年，难得前几日又找到了一柄配对的，还是成双成对、物归原主的好。"

琉璃见到那盒子心头便是一震，听得这番话，胸口更是五味交陈，忙跪倒谢恩，"多谢殿下厚爱，臣妾不胜感激。"

玉柳笑容里带上了几分促狭，"夫人快些起来。殿下还说了，夫人若要感恩，不必说这些白话，只要少偷些懒，多给殿下画几幅西北风光，比什么都强！"

琉璃忙躬身应了，眼见人人瞧过来的目光都有些异样，心里不由苦笑一声：武后在这个日子派遣玉柳亲过来送礼道贺，又转达了这样一番言辞，这份"隆恩"当真比两位大长公主的刁难更让人心惊胆战！

常乐眼里顿时添了几分阴霾，转头瞧了瞧起身站在一旁头都不敢抬的赵氏，眉头一蹙，突然扬声笑道："玉宫正倒是来得正好，不知宫正是否还认得我家这个不成器的妹子？"

玉柳顺着她的目光一看，眉头微挑，"可是……赵娘子？"

赵幺娘欠身行礼，声音几乎低不可闻，"见过宫正。"

玉柳看了看她，又看了看常乐大长公主，眼里露出几分恍然。

常乐笑着解释，"幺娘是在害羞呢，我刚才正与库狄夫人说到，不知什么时辰才给幺娘定下名分来，库狄夫人却问幺娘有何打算，这不，她就抬不起头了！"

她看着赵幺娘，声音放得温和舒缓，"幺娘，你也不必为难。伺候少伯原是圣人的旨意，你只用谨遵圣命就好。若是担心自己年轻识浅，不堪重任，我这里还有几个经过事的奴婢和嬷嬷，我会让她们留下来帮衬你。你还有什么想要的，尽管开口。趁着今日高朋满座，又有宫正在此，正好为你做个见证。"

常乐大长公主原来不但要给赵氏争一个名分，还要派自己的人手来帮衬她！如此一来，这裴府的后宅焉有宁日？好些人不由暗暗吸了一口冷气，于氏眉头一皱就要开口，琉璃忙拉住了她，微微摇头。

玉柳脸上的讶色只是一闪而过，倒是笑了起来，"大长公主如此关怀赵家娘子，真真是让人敬佩。"

常乐悠然一笑，"宫正过奖，幺娘毕竟是拙夫的堂妹，我将她安置妥当了，也算是帮拙夫尽了赵氏子弟的本分。不然让幺娘这样没个前程，只能不明不白地厮混日子，百年之后，他有何面目去见自家的叔叔婶娘？"

玉柳恍然点头，满脸歉意地叹了口气，"说来都是奴婢们的不是，赵娘子如此人才，莫说圣人，就是让奴婢们早些知晓她有大长公主这样热心的嫂子，又怎会让她在宫中不明不白地厮混了八九年？唉，什么好前程都被耽误了！"

常乐脸上的笑容不由一僵，耳根腾地烧了起来，好些女眷也默默地低下了头——赵氏在宫里待了近十年大长公主都不曾管过，出宫到了裴家就变得如此关怀备至，玉宫正当真是打得一手好脸，可惜这笑话却是看不得的。

千金大长公主见势不对，忙插嘴进来，"宫正此言差矣，赵家也是大族，姊姊妹妹有好几十个。七姊姊纵然有心照料，总不能人人都关照到。赵氏娘子入宫出宫的这些事，她家兄嫂也是近日才跟七姊姊回禀的，七姊姊也很是懊恼，还说早知宫里有这样的妥当人，便是向圣人要来伺候周王妃也是好的！"

玉柳沉吟片刻，微微一笑，"原来如此，那倒真是可惜了。"

众人也都想起了前些日子的那件事——宫中向赵府下聘，周王李显转年就要迎娶常乐的独生爱女为正妃。眼下常乐大长公主圣眷之隆显然犹胜往昔，王妃的身份与公主不同，玉宫正纵然是皇后的心腹，只怕也不得不多掂量掂量了。

常乐的脸色犹自不大好看，"大家族里原是人多事杂，我又不是三头六臂，如何照料得过来，好在亡羊补牢，为时未晚，总不能让人一直委屈了自家妹妹！"

玉柳含笑点头，"大长公主果然是古道热肠。"

常乐冷冷地看了她一眼，"玉宫正过奖了！"

玉柳依然是笑微微的，"有大长公主言传身教，周王妃也必然是大度的，看来皇后殿下倒是可以放心了。"

常乐怔了怔，脸色顿时变得难看之极。

千金一时也不知如何接话才好，独生女儿原是常乐最大的命门，而现在，这命门显然捏在了皇后手里——今日常乐给赵氏"做主"，日后又拿什么理由让皇后不给别的女人"做主"？

偌大的堂屋里一时没人再开口，安静得有些诡异。玉柳气定神闲地转头看了琉璃一眼，微笑着冲她眨了眨眼。这一幕落在堂上众人的眼里，更是震惊难言：皇后殿下居然肯拿周王的婚事为筹码,来给库狄氏撑腰!

于氏眼瞧着不对,忙低低地咳了一声,扬声打了个圆场,"看我这记性,说了半日,玉宫正还未入席呢。宫正快请坐,这冷天拔地的,先热热地喝口酒再说。"

玉柳微微欠身,笑容依旧温柔,"多谢老夫人。"

她刚刚走出两步,就听身后的常乐沉声道:"幺娘,我问你的事,你可想好了没有?想要什么,想做什么,尽管说,库狄夫人与我都会为你做主!"

这声音并不大,却仿佛是一颗颗的钉子稳稳砸入了地面。玉柳脚步一顿,所有的人也都惊得睁大了眼睛。千金脱口叫了声,"七姊!"

常乐并不答话,依旧是面无表情地看着赵氏,"怎么?不信我说的话,我常乐虽非男儿,生平却也不曾轻许诺言。我答应过的事,绝不会半途而废!"

千金心头一震,默然垂下了眼帘。常乐的确是这种性子,临海的事情早已是她的心结,而她打发那些宗室子弟们做事时也的确有过许诺,没想到为了这心结和许诺,自己的这位姊姊当真什么都能豁出去……

赵幺娘膝盖一软,又一次跪倒在地,声音越发颤抖得厉害,"公主大恩,幺娘没齿难忘。"

仿佛过了许久,她慢慢抬头看向琉璃,满脸都是决心已定的平静,"夫人,您适才也曾问过奴有何打算……"

琉璃只觉得满屋子人的视线又集中到了自己身上,离自己不远的玉柳神色最是复杂,仿佛想说什么又不知如何开口。她的心头不知为何竟是一片疲惫,不等玉柳插话便点了点头,"正是,你若有什么打算,不妨直言。"

赵氏欠身一拜,这才缓缓开口,"夫人明鉴,奴出身官宦人家,却不曾孝养过双亲一日;入宫八年有余,也不曾为圣人与皇后分忧半分,原是世上最无用愚笨之人。承蒙圣人开恩,赐奴为少伯洒扫庭院,又有夫人仁厚,对奴照顾周到、信任有加,如此大恩大德,奴感激不尽。"

这番话说得婉转动听,许多人心头却是一阵发寒:还以为她真的胆小本分,原来却是一个能言善道、心机深沉的,好话说完,接下来该说"只是"了吧?

赵幺娘停了停,语气愈发轻缓:"只是圣人之命奴不敢忘,赵氏之名奴也不敢玷污,因此,幺娘虽知此事、此事有些逾矩,还要在此恳请夫人……"她抬头看着琉璃,一双黑白分明的眸子里含着泪光,带着恳求,可眼底深处却分明全是破釜沉舟的冰凉。

琉璃清清楚楚地听见自己心底的那声叹息,不远处,常乐的眼睛已经眯了起来,千金则是冷笑着仰起了头。她的声音不由也淡了下去:"你说吧。"

赵幺娘膝行两步,来到琉璃身前,仰头看着她,一字字道:"夫人若不嫌弃,幺娘恳请夫人,收奴为义女!"

义女?

堂屋里静了静,随即便"嗡"的响成了一片。平日稳重无比的女眷们各个都变了脸色，有人不住地倒吸着凉气，有人直推身边的熟人，"你听清了么？你听清她说什么了么？"

常乐怔了片刻，腾地站来身来，身前案几上的盘碟噼里啪啦的掉在地上。那清脆的响声顿时让整个屋子重新静了下来。

常乐的脸颊上满是红晕，语气却冷到了极处，"幺娘，你到底想做什么，你再说一遍！"

赵幺娘转身向常乐拜了下去，"大长公主一片好心，幺娘感恩不尽，只是幺娘自知福浅，不配公主厚爱，更不配伺候少伯。圣人的吩咐犹在耳边，幺娘不敢或忘，而赵氏名声，亦不容玷污。幺娘也唯有异想天开，只望夫人能容幺娘在膝下伺候几年，也算是尽忠尽孝，幺娘死而无憾！"

常乐公主盯着她的背脊，慢慢点了点头，"好，好一个尽忠尽孝，死而无憾，我真是小看你了，只愿你美梦成真，日后当真能了无遗憾！"

她的声音干涩而冰冷，仿若冬日清晨的西北风，直能将寒意刮进骨缝。赵幺娘身子一抖，"公主息怒，公主的大恩大德，来世幺娘定然结草衔环相报。幺娘原是微不足道之人，若是因幺娘之事令公主气恼，幺娘更是万死莫赎。"说完砰砰砰磕了三个响头，那闷闷的声音仿佛落在众人的心头，连常乐眼中冰冷的怒火都为之一室。

赵幺娘在地上伏了片刻，才抬起头来，额头已是一片红肿，眼神似乎也有些晕眩，却依然固执地转头看向了琉璃，"夫人，幺娘求夫人成全！"

琉璃的脸上倒是一直平静无波，听到这一句，才露出了几分踌躇，"这、此事……"

于氏心里早把事情盘算了七八遍，心知赵幺娘的提议虽然匪夷所思，却无疑是永绝后患的好法子，赶紧上前两步笑道："大娘还犹豫什么？有这般聪明懂事的女儿，原是前世修来的好福气，连老身都想沾沾光了。"

赵幺娘忙向于氏欠身行礼，"多谢老夫人。"

琉璃低头静静地看着她，嘴角终于微微一扬，"既然如此，你还叫老夫人？"

赵幺娘的眼睛顿时一亮，笑容变得璀璨之极，"多谢母亲！"又向于氏重新顿首行礼，"幺娘给外祖母请安。"

于氏笑着伸手摘下了头上的一根赤金钗子，弯腰插在了赵幺娘的发髻上，"好孩子，快起来吧。"

罗氏也终于回过神来，忙凑趣道："母亲一直念叨着没个孙女，如今却有了这么好的外孙女，我这做婶娘的今日也不献丑了，明日定会好好补份礼来！大娘，你日后可有的忙了，幺娘这样的好相貌，还不得好好替她挑个女婿！"

赵幺娘脸上一红，轻轻叫了声"母亲"。那娇嗔的意味让好些人顿时寒毛倒立，琉璃却依旧含笑不语。

千金看着她安静的面孔，心头却不由一阵发凉：难道今日这一切早已落入她的算计？不然她怎么会想到让两个宫女来布置堂舍？不然这个赵幺娘怎么会放着媵妾的位置不要，放着常乐这样的靠山不要，非要做什么义女，从此任人宰割？

常乐却是再也听不下去，衣袖一甩，寒声道："那我便不打扰你们共享天伦了，告辞！"也不等琉璃几个客套，转身大步离开。千金忙不迭地跟了上去，心中只剩下一个念头：日后自己要离这两张可怕的笑脸远点，越远越好！

午时已过，灰蓝的天幕上，开始偏西的日头愈发显得暗淡，北风却刮得更紧了。裴府的内院门外，两辆厌翟车在仪仗护卫下缓缓离去。原本华丽张扬的仪扇罗盖仿佛被寒风吹得久了，也变得有些瑟缩，明明一柄仪扇都不曾减少，看去整个队伍却似乎再也填不满府外那宽敞的路面。

眼见着最后一辆副车都已转出了远处的乌头大门，罗氏这才一把拉住了琉璃的胳膊，"你倒是会算计，一句话也不透！我先前还纳闷呢，为什么要让那两位布置堂舍，原来竟是为了这个！"

琉璃垂下眼帘，轻轻摇头，"这原是守约的主意，说是或许会有人故意提这桩事，有备无患，谁知还真的派上了用场！"

"难道赵氏这一出也是守约的算计？"罗氏好不诧异，脱口问出这句后，见琉璃一脸淡然地摇头，不由长叹一声，"此事当真是匪夷所思，若是教我遇上，只怕吓也吓傻了，也就是大娘你还能处变不惊！"

处变不惊？琉璃转头看着罗氏，想到不远处的堂屋里有她最新出炉的女儿，年纪比她小不了几岁，个子比她还高，却会一口一句、满是深情地叫自己"母亲"……她的脸上终于露出了难以掩饰的惶然，"阿嫂，阿嫂你能掐我一把么？我怎么觉得自己是在做梦呢！"

第一百三十五章
暗生疑云　惊逢故人

"噗"的一声响，韩四刚刚喝进嘴里的一口热水全都喷了出来。阿燕躲闪不及，身上那条崭新的满地卷草四叶团花纹石榴裙顿时被溅湿了一大片。她忙不迭放下水杯，推着韩四的肩头笑骂了一声："呆子！又不是我认了个美人做女儿，你激动个什么！"

韩四原本不大的眼睛顿时瞪得更圆，"夫人真就认下了？"

阿燕低头抖着裙角，随口答道："不然还能如何？不出三日，满长安的官家人只怕都会知道夫人多了这么个女儿！"

韩四忙问："那阿郎怎么说？"

阿燕"扑哧"笑出了声，"阿郎还能怎么说？表扬夫人能耐呗，吃顿饭的工夫居然就儿女双全了！"今日夫人当着宾客倒是面不改色，可外人一走，脸立时拉得犹如积年的胡瓜，阿郎倒还是那副风轻云淡的模样，说笑间落井下石得不带丝毫烟尘气，不过夫人一抓狂，倒是没工夫犯愁了……

韩四眨了眨眼睛，神色越发困惑，"这、这到底怎么回事？那什么赵娘子怎么突然想起要认夫人做义母？夫人和阿郎怎么就应了？"

阿燕一甩裙子坐了下来，瞅着他笑道："我问你，若你是这位赵娘子，今日你会怎么办？"

韩四思量了好一会儿，还是一脸茫然，"我也不晓得该怎么办，横竖是不能答应的，凭她是什么媵妾、有谁撑腰，留在府里跟夫人作对，那阿郎还不得……"他打了个寒战，摇头不语。

阿燕点头，"算你没呆到家！赵娘子自然也是看透了这点，大长公主们说得再动听，给的东西再丰厚，也不过是拿她做刀，要对阿郎、对夫人下手！此事若能成，她能得多少好处？若是败了，只怕连活路都难寻！再说阿郎又不是糊涂好色的，在这后宅里，她再有手段，只要男人家不理她，她还能翻出什么浪来？更何况连皇后都是向着夫人的，她就算不知道阿郎的本事，还能不知道皇后？不管大长公主们能给她何等的富贵前程，也得先有命去消受不是？"

韩四恍然大悟，"可不是这个理！不过、不过……"

阿燕笑着接过了话头，"不过这赵娘子当真了得，那当口居然能想出认夫人做义母的法子，乍一听是有些匪夷所思，可细细想来，竟是周全得很。对夫人而言，此事是一劳永逸，既绝了大长公主们的念想，对圣人对外人也都好交代；而赵娘子自己父母双亡，前程婚姻与其让兄嫂摆布，还不如另寻靠山。事情闹到如此地步，但凡明白些的人都不会亏待她，何况是咱家夫人？"

韩四点头，"那倒是，夫人原是一等一的明白人。"

"一等一的明白人？"阿燕怔了一下，摇头微笑起来，"夫人聪慧是极聪慧的，明白却未必有多明白。说起来，长安的贵人们认几个比自己小不了几岁的义子义女又算得了什么？不过是桩买卖罢了，也就是夫人才会如此烦恼！"

韩四愕然道："这义子义女也是好买卖的？"

阿燕不由失笑，"你以为这长安城里，有几对义母女是像于老夫人和夫人那样真有情分的？不过是一方借着孝道的名义献上永世不得反悔的忠心，一方拿着慈爱的幌子给出名正言顺的依仗。夫人到底还是心太实，受不起虚名，又欠不得人情。这吃软不吃硬的脾气，对上大长公主们也就罢了，若对上的是赵娘子这般能屈能伸的人物，只怕最后是要吃亏的……不过府里横竖有阿郎呢，我看也没什么人能让娘子真的吃了亏去！"

韩四眼神多少有些茫然，显然还没有太明白这话里的弯弯绕绕，却依旧习惯性地用力点头，"嗯，嗯，正是，横竖有阿郎呢！"

阿燕没好气地白了他一眼，端起案几上的水杯要喝。韩四忙道："说了这半日话，水只怕有些凉了，我再给你换一杯。"说着起身走到屋角熏笼边，拿起炉边温着的暖壶，重新倒了大半杯微微冒着热气的水，递到阿燕手里，"今日外头风大，你先暖暖手再喝。"

阿燕笑吟吟地捧住杯子，目光往屋里扫了扫。这间屋子原是他们的书房，因今年家里用度紧，不好每间屋子都烧炭，这才用重帘隔了大半间书房出来做暖室。儿子韩飞喜欢清静也就罢了，女儿七七和韩四却都是猫一般的习性，日日窝在这里。这不，才半日没收拾，韩四平日盘踞的便榻上，那深青色褥子便已皱得波涛汹涌，几卷医书在被浪间载浮载沉，倒是熏笼边女儿常坐的地方……阿燕看着小案几上那明显不曾动过的整齐纸墨，脸色慢慢沉了下来，"小七今日又是功课都没动就出去疯了？"

韩四眉毛跳了跳，笑着搓手，"没有没有！她原是要写字的，谁知隔壁的康家娘子大早上便让阿七过去帮她做些人胜，还说那几家小姊妹们都已经在那边了。我思量着这大过节的，拘着她一个人在家写字她也坐不安稳，索性便让她再散一日……"

他平日话少，此时却是满脸笑容地一口气说了下去。阿燕并不搭话，只是静静地看着他，韩四的声音不由越来越小，终于肩头一垮，垂着眼皮低声道："今日真是最后一日了，我明日便让她把这两天落下的功课都补上！"

/第一百三十五章　暗生疑云　惊逢故人

阿燕沉默片刻，才淡然道："你若觉得等阿七长大了，也和康家那些小娘子们般随便嫁个相熟人家就好，自有父兄族人一生一世帮她撑腰，那从今日起，我便把这些本子书册都收了，再不逼着阿七认字背药名，如何？"

　　韩四脸色更是讪讪的，连连摇头，"我不是这意思，求人不如求己，阿七虽是女儿家，也要学些本事才好。你莫急，阿七最像你，聪明得很，学什么都是一学就会。横竖她现在还小，日后咱们抓紧些就是了。"

　　阿燕声音里顿时带上了两分薄怒，"九岁了，很小么？阿飞在她这么大的时候，药方都能默写多少了，你不还嫌着他底子打得不够扎实？女儿家能留在家里学本事的日子又短，她这样疯下去，什么时候才能入门？"

　　韩四不敢多说，半日才嘀咕了一句，"女儿家要学的原也少些……"

　　阿燕眉头一挑，正想开口，帘外却突然传来了一阵清脆而急促的脚步声，韩四忙站了起来，刚叫了声"阿七"，门外响起的却是小婢女呼哧带喘的声音："外头有个何家的找阿郎，说是他家那位病人有些不好了！"

　　韩四怔了一下，脸色顿时变得肃然，几步走到门后拿起了外袍，口中吩咐："知道了，去说一声，我马上就到！"

　　阿燕转身从兽头柜拿出了药囊，上来帮韩四系上腰带，口中便问："是哪个何家？我去叫阿飞赶紧换衣服！"

　　韩四摇头，"你不认识，是崇化坊那边新近找到我的一个商户，不用叫阿飞去了。"

　　阿燕吃了一惊，"新找到你的商户？难道那边又出了什么背时的行户？"他们这次回长安，依旧在安家药铺里当着坐堂医师。因为安家舅爷们如今已是西市几家行会的行老，有救济行中商户之责，这两年韩四也接过几次救急的活儿。只是商户们到了等救济的份上，多半都已病入膏肓，给他们看病，出力不挣钱也罢了，往往还有一堆麻烦，韩四偏偏又是个糊涂心软的，若不是去年连着"好心"了两回，这个冬天家里钱粮上又何至于如此紧张……

　　韩四依然摇头，微微低着的脸上看不出神色如何，语速却比平日更快："不是那些行户，回头我再跟你讲。"说完也没抬眼，转身就走。

　　阿燕心里一沉，忙两步上前拉住了他，"你说清楚，到底是什么人？你可别再犯糊涂！"

　　韩四干笑了一声，"我知道，我知道！真的就是个寻常商户，既然过来找我了，总得去看看再说。这次绝不会有旁的事的，你放心吧。你们待会儿先吃，莫要等我！"说完竟是拉开她的手，匆匆走了出去。

　　阿燕追到门口，却见东厢房的门帘一动，却是韩飞挑帘走了出来。大约早已听到院里的动静，他身上的冬袍已穿得整整齐齐，迎头遇上韩四，叫了声："阿爷！"

　　韩四冲他一摆手，"不用你去了！"脚下却是一步未停走得飞快，眨眼间身影便已消失在院门口。

韩飞呆了片刻，回头瞧见阿燕，几步走了过来，"娘，阿爷这是……"他今年还不到13岁，个子已快赶上阿燕了，眉目神态跟阿燕也有五六分相似，平日里看着比韩四还沉稳两分，只是此刻满脸迷茫，倒是添了几分孩子气。

阿燕忙问："这些日子你不是一直跟着阿爷么？可去过崇化坊的什么何家？"

"崇化坊？何家？"韩飞想了片刻，断然摇头，"没去过，也没听阿爷说过。不过，这些日子阿爷有时会让儿子多跟后面的老师傅们学制药，倒不是次次出诊都会带儿子。"

制药？哪有学诊脉学到一半又去学制药的道理？阿燕看着院门的方向，眉头不由越皱越紧。韩飞一眼瞧见，眉毛一跳，脸上立刻拉出了一个大大的笑容，"阿娘不用担心，阿爷这几个月来做事谨慎多了，不是相熟的人家相请都不会上门去给人看脉的，那些不好打发的人家如今都是曹掌柜出面接待的，阿爷只是心软些，吃了亏之后自然晓得有些事是吃力不落好，再不会乱花钱。"

阿燕疑惑地看了韩飞一眼，却见儿子脸上那带着几分讨好的笑容倒像是直接从丈夫脸上扒下来的，顿觉有些好笑，沉了沉脸才道："你以为阿娘是舍不得钱么？我是怕你阿爷搭上诊费药费不算，又接下一个两个什么波斯孤女回鹘孤女的，要真是如此，横竖你也大了，索性也不用去求安家舅爷们送她们回乡了，直接留给你做媳妇，如何？"

韩飞缩着脖子嘿嘿两声，突然一拍脑门几步上前打起了帘子，"阿娘怎么没穿大衣裳就出来了？外头冷，快回屋暖暖吧！"

阿燕低头一看，顿时打了个寒战，忙转身回屋，就听身后传来一声，"儿子回屋温书了。"那小子竟是直接开溜。阿燕不由哑然失笑，只是想起韩四低着头的模样和走得格外匆忙的背影，笑意还未从唇边散去，眉心又多了个浅浅的"川"字。

眼见天色向晚，坊门已闭，韩四却是踪影全无，连口信都没传回来一个，阿燕心头不由越发惦念，连七七回来时都只随口说了几句便罢，倒让那兄妹俩好一通挤眉弄眼。而到了第二日晨食时分，韩四依旧没有音信，便是七七也觉得有些诧异了。韩飞几口吃完，忍不住便道："阿爷只怕是被什么事绊住了，崇化坊那边儿子也熟得很，不如这便去问问？"

阿燕眼皮都没抬，"你不用温书了么？若是实在闲得慌，便去教你妹妹认几味清肝明目的药！"

她这气场全开，韩飞顿时一个字也不敢多说，低低应了声"是"。兄妹俩束手束脚地退下，当真在暖房里老老实实地磨砚提笔，一个教一个学地用功起来。好容易熬了半个多时辰，外头才终于传来韩四的声音："我回来了！"

兄妹俩忙起身往外走，刚到书房门口，就听阿燕淡淡地道："那边病人如何？你可用过饭了？"

兄妹俩一个哆嗦都止住了脚步。七七略一犹豫，踮着脚走上两步，把门帘拉开一条缝，悄悄往外看，只觉得头顶一动，却是阿兄也凑了过来。

堂屋里，韩四已放下药囊、脱了外袍，正揉着眼睛转过身来。他的衣裳头巾倒是难得的齐整，脸色却极为疲惫，眼睛都有些睁不开了，含糊了一句，"总算没事了，我在外头吃过了，去歇歇就好。"说完打着哈欠进了里屋。

阿燕怔了片刻，举步跟了进去，没一会儿又走了出来，穿上披风便出门而去。她的脸上并没有什么表情，只是脚步声又急又重，瞬间便去得远了。安静下来的堂屋里，听得见里屋传出的鼾声正在一阵阵的变得越来越响亮。

书房的门帘后，韩飞与七七相视无语，同时摇头长叹了一声，两张小脸上都满是恨铁不成钢的无奈：阿爷怎么越发没眼色了？

外头的倒座房里，刚刚进门的男仆阿石，瞧着阿燕的脸色，语气里也带上了几分小心，"小的没用，没寻见阿郎，也没打听到哪个何家有人生病，只听说有个何家新院落成，办了场好大的筵席，再就是有个破落户儿报了急病，不到半夜就死了……"

阿燕愣了愣，"你到四门上都问过了？"

阿石点头，"崇化坊四个门上的门吏小的都问过了，还问了几个闲人。小的也怕听岔了，还特意去那破落户的院子里看过一遍，人都被拉到城外乱葬岗去了，街坊们也从没见过阿郎。后来小的又去各门问了一遍，东边的门吏说刚刚见到阿郎家去了，因此小的才赶紧回来的，娘子若不放心，小的再去打探打探？"

既连门吏都问过，那便不大可能有什么遗漏了。阿燕想了半日实在不得要领，只能摇了摇头，"不必了，看来不是他说差了，就是我听错了，回头我再问他就是了，你先下去歇着吧。"

阿石应诺一声，退下两步，阿燕一眼瞥见他走得满头热汗、头发蓬乱的模样，眼前突然晃过韩四那整齐的发髻，心里突然莫名地一动，神使鬼差般问了句，"对了，你可问过，昨日办筵席的那何家是哪一家？"

阿石毕恭毕敬回道："小的问过，就是那位有名的何家娘子。"

何家娘子？阿燕顿时怔住了。崇化坊的何娘子虽多，有名的却只有一个，听说她原是平康坊北里的红人，不知原名是什么，几年前嫁了一个姓何的大胡商，后来胡商回了西域，她却没跟去，倒是在东市和西市的边边角角盖了好些小院专门出租，靠着收租挣了万贯家财。据说这位何家娘子生得绝色，风月手段更是了得，加上出手大方、交游广阔，有人视之为活菩萨，也有人说她是狐狸精……阿燕只觉得心底有个地方仿佛被挠了几下，她挥手让阿石退下，自己慢慢走回上房，在屋里转了两圈，到底还是在案几前立定脚步，伸手打开了韩四的药囊。

药囊的夹层里，她前两日放的半串铜钱依然整整齐齐地卷在那里，连绳头都没动过，只是上头却多了出了一块亮闪闪、金灿灿的东西。阿燕轻轻将它拿了出来，对着烛光看了好一会儿。

这是一枚花式小金饼，大概有一两多光景，做得极为精致，仿佛花瓣上还带着股幽幽的清香……在她十几年行医遇到的形形色色女子中，只有一种人，喜欢用这样的金饼来付账！

正月的日子过得最快，转眼便已近元宵，西市的店家大多已重新开张，连带着附近的里坊也都恢复了往日的热闹。斜对着西市的崇化坊自然也不例外，尤其是十字大街和四面坊门附近，从早到晚都是车马喧闹，胡饼酒浆的叫卖声不绝于耳。

崇化坊西门往南，绕过一棵枝条繁密的大柳树，眼前便是一条长长的巷子。大概因为是坊中离西市最远的角落，巷子里倒是极为清净，尤其在这冬日的午后，静悄悄的人影都瞧不见半个，偌宽的路面上，只有三五成群的麻雀叽叽喳喳地跳来跳去。

阿燕几步走进巷子，不由晃了晃神，身后的热闹和眼前的清净实在相差太远，让人恍然间竟有种身处异世的不真实感，而不远处那两扇漆色斑驳的大门和窄小陈旧的门楼，则让这种不真实感更强了几分——若不是她多方打听，又天天让人暗地里盯着韩四，谁能相信这种寒酸的地方竟然就是那位何家娘子的别宅？谁能相信他早已神不知鬼不觉地成了这里的常客？

想到这十来天里，他每隔一两天就悄悄来这里待上半个多时辰的古怪行径，他任凭自己旁敲侧击都绝不开口的固执神情，以及没事居然会往胭脂首饰店里钻的反常习惯，阿燕不由深深地吸了一口气，才压住心头那油煎般的复杂滋味——她实在无法相信韩四真会做出什么离谱的事情来，但事到如今，眼看着他变得越来越陌生，自己也不得不过来亲眼看一看……

盯着那两扇紧闭的大门看了好几眼，阿燕这才转身离开。在巷口的胡饼铺子里，她找了张能瞧见里头情况的高案坐下，又随口要了两个胡饼、一杯热浆。大约因为这时辰难得有人光顾，老板倒是格外殷勤，笑着送上了刚出炉的胡饼。那洒着白芝麻的饼子被烤得金黄香脆，香气四溢，只是吃在阿燕嘴里，却是干草般没有半点滋味。

仿佛过了好几个时辰，十余丈外那两扇大门才悄无声息地开了半边。阿燕心头咚的一声跳，所有的热血仿佛一下子都涌到了嗓子眼，一时连气息都堵住了。

从门里闪出的却并不是她熟悉的身影，而是一个身材瘦小的女子，出门后便向巷口快步走了过来。阿燕一口气这才透了过来，待看清来人不过是个十六七岁的小婢女，便不动声色地垂下眼帘，慢慢喝着早已变得冰凉的浆水，耳中听着那婢女笑嘻嘻地向老板买了十个胡饼，又脚下生风地回去了。

冬日的阳光将坊墙的影子拉得越来越长，那两扇门却再也没打开过。阿燕只觉得心气渐渐浮躁起来，正难耐间，身后传来"吁吁"两声，却是一辆牛车转入巷口，悠然停在了胡饼铺边。

这车子装饰得并不起眼，不过阿燕离得近，一眼扫去，便看出那幅深青色车帘用的是联珠对狮纹的波斯锦，是地道的西域高档货。她略觉意外，不由多看了两眼。车帘恰好也微微一挑，一双波光流转的眸子与阿燕对了个正着，那目光仿佛带着种奇异的电力，阿燕心头顿时"咚"的一跳，忙下意识地移开了目光。

牛车上的人却轻轻一笑，声音也是麻酥酥的好像带着个钩子，"阿燕姊姊？"

阿燕大吃一惊，霍然抬头望了过去。她早在十几年前就已改姓为狄，这次回长安后也是以西州狄家的身份依安氏而居，如今除了极亲近的那几家人，京城里几乎没人知道她的真正来历，依然叫她"阿燕姊姊"的更是屈指可数……

车上的人将车帘挑得更高了点，一张丰润的面孔在帘下的暗影里鲜明如画，容颜并不陌生，却比十几年前美得更惊心动魄。一个记忆里的名字自然而然从阿燕的舌尖滑了出来，"雪奴？"

那张雪凝般的面孔上顿时绽开了一个愉悦的微笑，"姊姊还记得雪奴！"

早有奴婢上来打起了车帘，雪奴扶着婢女款款下车。她的身段比当年略显丰腴，藕荷色素面雪狐斗篷下，那柔软的线条随着她的一举一动微微起伏，足以让人目眩，脸上却是一派从容沉静。走上两步，她对着阿燕端端正正行了一礼，"雪奴见过姊姊，姊姊一向安好。"

阿燕哪敢托大，忙起身还礼。眼见着雪奴装扮虽不华丽，但身上的披风、车上的垂帘，样样都不是凡品，心头不由越发疑惑：这位如今到底是个什么身份？听娘子说过，三年前她曾主动奉上千金，而看她今日这打扮气派，只怕拿出万金也不会太困难！

雪奴仿佛瞧出了她的疑问，轻声道："十几年不见，姊姊的气度愈发超脱了。雪奴惭愧，如今不过是一介商妇，实在不敢前去叨扰贵人。还望姊姊见到夫人时，替雪奴向夫人问一声安。夫人当日大恩，雪奴不曾一日或忘。"

阿燕心里疑惑略解，这风尘中人从良嫁给商人原是再寻常不过的事，看样子，雪奴嫁的大约还是极有钱的富商，而官民有别，以她如今的身份，没有主动找到裴府去，也在情理之中。但不知为何，她心头却愈发有些不安起来，当下只是点头一笑，"不敢当，雪奴的好意，阿燕一定转告。"

"那就劳烦姊姊了！"雪奴微微欠身，抬起头时，眼中已满是笑意，"今日难得相遇，雪奴在此曲正好有间别舍，姊姊若是无事，可否到寒舍坐一坐？"

她在这边有别舍？风尘中人、商人妇……阿燕心头突然涌上了一种难以言表的荒谬感，抬眼瞧着雪奴笑道："却不知妹妹如今该如何称呼？"

雪奴含笑的声音清晰无比，"承蒙这边的街坊们不弃，叫我声何娘子。姊姊不是外人，还是叫我雪奴就好。"

这答案并不意外，阿燕却几乎失声笑了出来——居然是她，果然是她！只是她的性子素来冷静自持，越是情绪激荡之时，越能沉得住气。她低低地咳了一声，顷刻间便打定主意，要稳一稳再说，面上便微笑着摇了摇头，"多谢妹妹相邀，只是阿燕眼下还有些琐事，只能改日登门拜访了。"

雪奴似乎没料到阿燕会断然拒绝，怔了怔才笑道："是么？那倒是雪奴冒昧了。只是雪奴与姊姊十几年不见，如今好容易遇到姊姊，的确有好些事想请教，却不知姊姊何时才得方便？"

她的声音低回婉转，剪水般的明眸静静地凝视着阿燕，里面分明满是期盼。阿燕只觉得自己若是男子，此时大概刀山火海也肯去了，心头一时也说不出是个什么滋味。她正想随口说个明日，不知为何突然觉得有些不对，回眸一扫，却见胡饼铺的老板依然满脸憨笑地站在烤炉面前，眼巴巴地瞧着外头街面上的来往人群，竟是压根没有往这边多看一眼。她心里顿时一凛，满腔的复杂情绪都化为了警醒。

抬头看着雪奴的眼睛，阿燕脸上的笑容倒是愈发温柔平和，"的确有些不巧，阿燕家里还有些事，这几日都不好出门。只是妹妹若能得闲，倒是随时可以去寒舍一叙。拙夫姓韩，就住在安远坊十字街东往南第二曲，妹妹一问便知。"

雪奴黛眉微挑，却并没有露出太多惊讶，反而如释重负地轻轻吐了口气，"原来姊姊是韩医师的夫人，这就更好说了！"

她敛衽行了一礼，才低声道："雪奴不敢欺瞒姊姊，这些日子，雪奴的确叨扰过韩医师几回。原是有一位旧识得了不好让人知晓的病。听闻韩医师医术高明，心地仁厚，便悄悄求到韩医师过来救命，又请他莫要泄露了消息。适才听闻下人来报，说是有生人徘徊巷口，雪奴心里不安，这才特意过来看了看，没想到竟然是姊姊！

"姊姊放心，承蒙韩神医妙手回春，雪奴的故人如今好得差不多了，日后不用再烦劳医师上门。适才下人们已将医师从后门送走，此时大约都到家了。种种唐突之处，还望姊姊见谅。"

原来，是这么回事？阿燕看着雪奴不闪不避的坦然目光，心头虽不全信，却也松了大半，点头笑道："妹妹折煞阿燕了！妹妹这般照顾拙夫生意，我却让妹妹虚惊了一场，阿燕羞愧，改日定当治办一席，向妹妹赔罪。"

雪奴笑着双手合十，"阿弥陀佛，姊姊大人大量，能不怪罪雪奴已是万幸，雪奴哪里还敢让姊姊破费！只是雪奴的确有事想请教姊姊，可否在此叨扰姊姊片刻？"说着竟是招手要了杯热浆，在阿燕斜对面款款坐了下来。跟着的两位婢女也上前几步，不远不近地站在她的侧面，恰好挡住了街上行人的视线。

阿燕心里隐隐觉得有些不大对头，可此时此地，虽说棚子阴暗狭窄些，到底就在街边，外面人来人往，实在不是做阴私勾当的场所，她索性也大大方方点头一笑，"那阿燕就恭敬不如从命了。"

雪奴展眉而笑，眸子愈发亮了几分，"阿燕姊姊，你从小是在长安长大的，在西域那么多年，过得可还习惯？"

阿燕不由暗暗佩服：她倒真是沉得住气，看神色明明是极想问点什么，一开口却照样能如此四平八稳地跟自己寒暄！口中便笑道："初去当然是有些不大习惯的，但入乡随俗，住上几年自然也就好了。"

雪奴若有所思地点了点头，"听闻西州炎热多风，庭州冬日酷寒，龟兹胡风浓郁，姊姊觉得哪里住着更好些？"

阿燕略觉意外，略一思量还是答道："龟兹别的还好，就是唐人少了点。庭州唐人最多，好些地方跟长安还颇有几分相似，所以那里的冬日虽然漫长酷寒，我倒是最喜欢住在那边。不过西州的唐人也不少，加上商旅来往频繁，奇人异事颇多，也有好些人愿意住在西州……"

雪奴接口笑着问道："可是小檀姊姊更爱住西州？她现在也回了长安吧？如今过得

可好？"

阿燕点头，"正是。她早已嫁人生子，日子很是过得。"小檀夫妇两年前就回了河东，帮着族老们打理裴氏族产——长安这边良贱森严，奴婢就算脱籍也是低人一等，小檀和阿成原先又是常跟着娘子和阿郎出头露面的，来历不好掩饰，倒不如到河东那边混个农户身份，日后子孙才有个前程。只是此事不必与外人细说，雪奴若想见小檀，倒是要想个托词才好……

好在雪奴并没有追问，把话题又转回了西域，"我也听说西州最是热闹不过，只是那边房屋都是挖在土里的，那岂不是憋气得很？"

阿燕暗暗松了口气，顺着雪奴的话头说起了西州的房舍。雪奴竟是十分感兴趣，问完房屋又问饮食，问完饮食接着再问当地的风俗人情、婚嫁事宜。阿燕答了七八个问题之后，便觉得有些异样：难不成她真的只想找人聊聊西域风情？还是想拖住自己或是有别的打算？

阿燕正想找个借口脱身，却听雪奴悠然长叹了一声，"如此说来，那边既不是什么穷山恶水，却也不是什么世外桃源。"她的目光不晓得落在何处，眼中的情绪竟是说不出的复杂，只是顷刻间便收回视线，脸上依旧是一派妩媚从容，"让姊姊见笑了，拙夫如今人在西域，心里未免有些牵挂，今日姊姊既然有事，雪奴改日再请姊姊一叙。"

这倒是正中阿燕下怀，她顺势便笑着站了起来，"正是，天色也不早了，过几日我再给妹妹下帖子，咱们好好说会儿话。"

雪奴微笑起身，"好，那雪奴就等姊姊的差遣。"

阿燕不敢耽搁，弯腰告辞，转身便出了铺子，步子虽是尽量平稳，却到底还是走得比平日快了些。

雪奴静静地瞧着她的背影，摇头笑了起来。在阴暗的棚子里，她微笑的明媚面孔仿佛温暖入骨，又仿佛没有丝毫温度，一如正照在棚顶上的那轮冬日斜阳。

阿燕并没有看见这个笑脸，她心头堆着千思万绪，又要眼观六路耳听八方，从崇化坊西门到家的这三四里路竟似长得没完没了。直到进了院子，听见上房里传出的熟悉笑声，提着的一口气这才松了下来，快步走上了台阶。

帘子一挑，一股久违的暖香顿时扑面而来——堂屋里不知何时竟已灯烛辉煌，还生起了炭盆，点上了香炉，而堂屋角上的高案边，韩四和阿飞、七七正凑在一处，说说笑笑地搬弄着什么，全然一副其乐融融的景象。

阿燕手还放在帘子上，怔怔地看着眼前这幅冬日全家乐，简直有点回不过神来。屋里的几人转头看见她，脸上都露出了兴奋的笑容。七七几步跳了过来，"阿娘可算回来啦！"韩四也是满脸放光，"快过来看看我给你买的东西！"

高案上一排放着好几个匣子。阿飞手边放着的是砚台和毛笔，七七面前搁着几个瓶瓶罐罐和一个精巧的手镯，韩四献宝般拿起最中间的匣子，双手端到阿燕面前，"你打开看看。"

他那双平日总有些迷瞪的眼睛，此刻比烛台上的火焰更为明亮灼热。阿燕只觉得自己的眼底仿佛也被烫了一下，不由自主便垂下了眼帘。她接过匣子，打开匣盖，露出的赫然是一根赤金点翠的双股钗，样式和她去年当掉的那根几乎一样，只是雕工明显更为精致，翠羽的色泽也更纯净。耳边韩四的声音里犹自带着几分小心，"你看这根好不好，你要是不喜欢，我再去换！"

原来他一直还记得这个，去首饰店也是为了……阿燕只觉得眼底的那点微烫几乎要流溢出来，忙用力忍住，抬头白了韩四一眼，"你今日是劫了道？买了这么多东西，日子要不要过了？还有你们俩，今日的功课都做完了？"

韩飞和七七都愣住了。七七脆声应道："都做完了呀！"韩飞忙一把拉住她，挤着眼睛道："你真的做完了？让我看看！"七七也反应过来，忙不迭说了声"好"，刺溜下了高凳，和韩飞一道蹿进了书房。

这两个小精怪！阿燕绷不住差点笑了出来，韩四看见她脸上的笑意，也嘿嘿两声，上来拉了拉她的袖子，洋洋得意道："你不用担心，我近日帮个大户看好了病，这是人家送的谢金，今天买了这么些东西，还没用去一小半呢！你看——"

他伸手掏出一个荷囊，往下一倒，十几枚小小的花式金饼丁零当啷地滚了出来。

阿燕拿起一枚，像第一次瞧见般上上下下看了好几眼，这才含笑点头，"你倒是好本事，神不知鬼不觉就做了这样一件大事出来，如今可能告诉我，你到底给哪户人家看好了病么？"

韩四笑容微收，满脸认真地摇了摇头，"我说过多少次了，我答应过别人，出门之后决不对任何人透露半个字的，所以今日他们才给了我十倍的诊金。我既然收了钱，就不能说话不算数。阿燕你放心，我救的人，帮的人，绝不是坏人。"

阿燕挑眉瞧着韩四，"怎么？给你这些钱的人没说过，她和我原是十几年的老相识么？"雪奴到底想做什么，她还想不明白，但她绝不会相信，有那般心机手段的人，在请韩四做事之前居然不曾调查他的家人来历；自己让人跟了韩四这么久，对方居然到今日才察觉；就因为有人窥视，居然会惊动她这个大老板亲自来查看！

韩四明显地吓了一大跳，"十几年？你怎么会认识她十几年？"

阿燕淡然道："怎么没有十几年？我离开长安前，就曾和她在阿郎府上朝夕相处了好长一段时间。可她到底是不是好人，我却是至今都不知道，却不晓得你是怎么看出来的！"

韩四脸色越发困惑，"十几年前就在阿郎府上？难不成她是阿郎府上的家生子？可如今怎么又姓了何？不过那时她才多大，自然看不出好坏来。我瞧着她现在待人极好，心地也软，横竖你也是看着她长大的，又有什么不放心？"

阿燕怔了一下才明白他话里的意思，顿时气往上冲，忍不住走上一步，咬牙冷笑道："我是看着她长大的？原来在你眼里，我就比她老了那么多？"

韩四吓得几乎没一屁股坐在凳子上，张口结舌了半天才道："你、你……她如今也不过十六七岁，十几年前，可不是、可不是个娃娃？"

阿燕原本眼里都能飞出刀子来了，听到这一句，不由一愣，"谁才十六七岁？"

韩四奇道："不就是给我这些金子的人，那位何小娘子么？说是何府的管事，专门管着何家娘子那处别宅的……"

原来是个……小管事！阿燕顿时无言以对。韩四犹自小心翼翼地瞧着她问道："既然她原先也是阿郎府上的人，我帮了她这回不是更好？你怎么就恼了？"

阿燕耳根发热，却又无法解释这番误会，韩四却突然一拍脑门，"我明白了！"

"你可是觉得收了熟人这么多钱不好？不打紧的！又不是小何的钱，也不是我向她要的，她家主人愿意给这么多，跟咱们有什么关系？你不用担心，不用担心！"

阿燕气不打一处来，怒道："谁担心这个了！我只担心你这呆子，被人卖了还觉得自己占了便宜！你还不赶紧跟我说说，到底是怎么回事！"

韩四吓得一哆嗦，怔了半晌依然坚决摇头，"我答应了不说的，横竖我只是尽医家的本分。你要是不放心，以后我再不跟何家打交道就是了，可我不能言而无信！"

阿燕瞪着韩四，一时不知说什么才好。她煎熬了好几天，此刻才如释重负，实在不想跟韩四为此置气，只能哼了一声，"你记得今日说的话就好。还有这些金子，你一两都不许再用了，我这就去四舅那边一趟！"就算动用安家的关系，也要好好查一查雪奴了，她折腾了这么一大圈，到底打的是什么主意！眼下又正在吏选的节骨眼上，裴府那边，奴婢管事们如今都轻易不能出门了，就怕有人栽赃攀咬，知道自己是裴家旧奴的人虽然不多，雪奴却恰好就是其中一个……

韩四忙道："好，好，我不用了，我就订了这几样东西，都是刚刚顺路取回来的，统共也就用了六七两……"阿燕懒得理他，裹上披风转身出门。韩四满脸迷惑地挠了挠头，忙抓了件披风也追了出去。

书房的门帘后面，两颗小脑袋悄悄缩了回去。兄妹俩你看我，我看你，脸上都写满了困惑。七七皱眉道："阿兄，阿娘怎么了？好好的生什么气？"

韩飞眯着眼睛想了半日，突然笑了起来，"我想起来了，那个什么何家娘子我也听人说过，据说生得极好，手段极高，是个狐仙般的人物。阿娘说的老相识多半不是那什么管事，就是这何家娘子！我猜……她只怕比阿娘还要年轻些！"

七七奇道："那又怎样？任她再年轻，生病了也得看医师啊！"

韩飞顺着眼角瞟了她一眼，傲然拉长了声调，"糊涂！子曰，唯女子与小人难养。圣人诚不我欺也。"

七七满脸崇拜地看着他，用力点头，"没错！阿娘说过的，你和我都很难养。"

第一百三十六章
似曾相识　无所畏惧

方圆足足三丈有余的大书房里，没有任何屏风帘帐之类的装饰，只是沿着四墙往内一圈圈地放了数十个厚重的书橱，看去像是一大片书籍堆砌的丛林，就连那个不经意的简短回答也仿佛带出了书林间的阵阵回响——

"我知道了。"

阿燕微微一怔，抬头看了看坐在书案后的裴行俭，却见他已神色如常地重新拿起案上的卷宗，忍不住微微提高了声音："启禀阿郎，如今的雪奴并非只是家产丰厚、行事诡异而已，婢子这几日还查探到，她和朝中权贵颇有交往，有人亲眼见过她给数十家贵人府上送年礼，据说往年还有人通过她的门路谋到差事。婢子担心的是，她身后有人指使！"不然的话，自己和韩四算哪个名牌上的人物，值得她动手设计？虽然后来那次见面雪奴依然只是谈天叙旧，看不出任何企图，但越是如此，她心里就越是不安……

裴行俭放下卷宗，抬头看了阿燕一眼，"我知道了。"

他的声音分明比先前更为轻缓，阿燕心头却是一凛，再不敢多说，退后两步低声道："是，婢子这便告退。"

裴行俭的目光在阿燕的身上转了转，脸上露出了淡淡的笑容，"此事你不必再管。日后你和四郎手头若是不方便，记得开口，莫要见外。"

啊？这话从何说起？阿燕忙低头看了看自己的衣裳，这条孔雀纹的竹叶裙是新做的，今天是头一回上身，怎么就让阿郎看出窘迫了？她一头雾水，又不敢多问，只能答道："多谢阿郎关怀，眼下还好，日后若有所需，婢子定会禀报。"

她正要转身，裴行俭又叫住了她，"对了，此事你可曾禀告娘子？"

阿燕连忙摇头，"雪奴倒是说过让婢子代她向娘子问安，只是婢子思量着，眼下还是不要烦扰娘子的好。"娘子如今已有五个多月的身子，这一胎又怀得辛苦，哪里还能为这种莫名其妙的事劳神？

裴行俭点了点头，眉头微微皱了起来，"她这两天脾胃又有些不好，还要烦劳你过去仔细看看，若是……若是有什么不妥，一定要立刻告知于我！"

瞧着裴行俭阴沉下来的脸色，阿燕却是松了口气，阿郎什么都好，就是遇事太过沉稳，行事又太过莫测，让人面对他时总有种莫名的压力；似乎也就是娘子有了身孕时，他才会露出这多思多虑的一面，虽然经常会多得有点不着调，整个人却着实可亲可近了许多。她嘴里便麻利地回道："婢子这就过去。阿郎也不必太过担忧，有身子的人胃口欠佳原是常事，娘子身子康健，脉象一直也甚为平稳，定会平平安安诞下小郎君。"

裴行俭剑眉一展，语气里也多了几分真正的温和愉悦，"那就借你的吉言了！"

阿燕暗暗好笑，眼见裴行俭再无吩咐，才欠了欠身，退出门槛。从门外看去，这间四面都满是高大书橱、连案几上都堆满了如山卷宗的书房越发显得肃穆逼人，而案几前那个如刀斧刻成的端正身影就犹如丛岩中的一棵青松，默然挺立，不可动摇。她不由屏息又退出几步，放轻脚步走到廊下，这才长长地出了口气。

廊庑边第一间小屋的门帘立时一动，露出了一张圆润俏丽的面孔，先是满脸堆笑地向阿燕点头致意，又压着嗓子低声问道："狄女医，少常伯那边可有什么吩咐？"

阿燕认得这位正是圣人拨给阿郎的另一名宫女姚氏，这些日子在书房专门伺候笔墨的，忙回礼笑道："姚阿监辛苦了。少常伯还在看卷宗，倒没说有什么事。"

姚氏明显松了口气，向阿燕略带讨好地笑了笑，又倏地缩回了屋子。阿燕嘴角不由一抽，伺候笔墨这种事儿，原是有些风流意味的，可惜这处书房里坐着的那位，却只会让人面对的次数越多，心里的妄念便越少，看姚氏如今这模样，别说风流，大约连跟赵氏别苗头的心气都已被灭得干干净净了……她越想越是好笑，脚下也越发轻快，不多时便从东院的角门转入了中路的主院。

上房的小婢女通报声几乎刚刚落地，便有人挑帘而出，满面笑容地迎了上来，正是阿燕心里刚刚还念过的赵幺娘。她身上穿着件颜色娇嫩的鹅黄底团花小袄，配着碧色穿花鸾鸟纹的六幅长裙，整个人倒是平添了几分娇美可亲。只是阿燕眼利，一眼便瞧出她脸上那精心涂抹过的脂粉下面，血色似乎并不算好，心里不由暗暗纳罕——如今这位女俊杰出外是标准孝女，入内则是贴心侍女，在府里一天天的越发如鱼得水，今儿却是怎么了？

看见阿燕，赵幺娘脸上绽开的笑容倒是一如既往的温柔亲切，"狄娘子来得好巧，夫人正说起您呢，快请进。"

阿燕也笑，"怎敢劳烦小娘子。"

赵幺娘笑道："狄娘子这话说得，您跟幺娘还客气什么。"一面把阿燕往里引，一面便轻声将琉璃这几天的饮食起居都说了一遍。阿燕听得暗暗点头，这位不管心思如何，在这上头当真是下了功夫的，句句都在点上。听到这两日琉璃饮食略减，睡眠也不大好，她顿时想起了裴行俭的话，难道竟然不是阿郎又想太多了？她忙问道："怎会如此？这几日夫人可是又有些操劳了？"

赵幺娘笑了笑还没接话，里屋已传来琉璃带笑的声音："我操劳什么，这几天全是幺娘在操劳！"

阿燕走进里屋，抬头一看，却见琉璃穿得也颇为鲜亮，身上是一件柔软贴身的米色底玉色镶边的晕花丝棉衫，下面系着墨绿色暗花树纹的高腰襦裙，挽着泥金披帛，笑吟吟地站在那里，双眸闪亮，看去比平日更显精神。她的一颗心顿时落回了肚子里，上前行礼笑道："娘子今日气色极好。"

琉璃拉了阿燕一道坐下，"今日清静，心情自然要好些。不过你怎么今日这个时辰就过来了？"

阿燕笑道："这不是被娘子一惦记，在家里便坐不安稳了嘛。"

琉璃略觉意外，阿燕这是有缘故却不大想说？她也只能笑着摇头，"谁惦记你了？我惦记的是你家七七，她好些时日没过来了，今日当差的都休沐了，难不成你还拘着她在家里念书？"

阿燕撇了撇嘴，"我倒想拘着她呢，她阿爷能让么？大早就带着他们兄妹和安家穆家那两大伙儿子一道去曲江玩了，说是要有张有弛，我倒想看看，这弛是一竿子就弛到城外去了，明儿他倒是怎么个张法……"

两人随口说着闲话，琉璃在窗边的便榻上躺下，原本被宽松襦裙遮住的腹部立刻西瓜般鼓了出来。阿燕定了定神，伸指搭上了琉璃的手腕，平心静气地诊过了脉息，又摸了摸琉璃的肚子，点头笑道："娘子的脉息稳得很，只是肚子长得太快，气血略有点虚，倒也不用刻意多吃什么，如今天气也好了，没事娘子可以到院子里多散一散，见见日头，接接地气，对身子更好。"

琉璃眼睛一亮，瞟了身边守着的小米一眼才加重语气问道："你是说，如今多走一走，多动一动，会对身子更好？"

阿燕还没来得及答话，小米已急道："燕姊姊你倒说说看，这大风天地跑到湖边去写什么生，一站就是半个时辰，也叫走一走、动一动么？"

阿燕吓了一跳，"写生？那可不成！"这词儿她当然不陌生，在西州的时候，琉璃就常常跑到外面搞这劳什的"写生"，涂涂画画，当真是一画就是一两个时辰，她现在的身子哪里吃得消！

她越想越是后怕，上上下下看了琉璃好几眼，"我一到这边就听说娘子这两天胃口不好，可是画画时被风吹着了？要么就是累着了？眼下虽说是无事，可娘子身子越来越重，以后更是不能久站的，娘子还是忍忍吧，下不为例！"

琉璃顿时泄了气，"小米的话你也能信？我还想站半个时辰？前几天才站了一盏茶工夫，她就差点把我的画架子给砸了，我不站了，坐着画几笔，还不成么？不然这一天到晚待在屋里，什么也不能做，我都快闷出一身白毛了！"

阿燕苦笑着摇头，正想着该如何婉言打消琉璃的念头，就见赵幺娘向小米眨了眨了眼，开口笑道："娘子真想寻些事做么？其实这几日上门来的贵客也未必人人都是难缠的主，有几位也是真心惦念着夫人的。夫人若觉得待在屋里太过憋气，不如明日略应酬应酬她们？"

小米一本正经地点头附和，"正是，正是！这几日上门来的夫人们，哪个不是问长问短半日，不晓得有多想跟娘子说说话，娘子既然觉得闷，不如赏她们这个脸！"

琉璃的脸色顿时垮了下来，捂着额头一声长叹，"好了好了，我不画了还不成么？你们就饶了我吧！"

阿燕听得好不纳闷，"怎么？这几日里有好些夫人上门来看娘子？"

小米笑嘻嘻地道："燕姊姊还没听说阿郎干的那件大事吧！这不是年前那些到京城候选的都考了试判么，过完年之后，吏部就把所有试卷都判出了高下。最好的叫入等，选官时会优先考虑，其次是不入等，能不能得官职要酌情处置，最差的是什么蓝缕，压根就没有入选的资格了。五天前，所有试判蓝缕和资历不符的选人还都录入了榜单，公开招贴……"

这是近日来长安城的头等大事，阿燕自然听说过。这张写着落选者姓名资历的超长榜单不但选人们分外关注，满长安的闲人也都跑去看了回热闹。这几天来，几千名黯然离开的落选者和他们的送行队伍更是城门一景。再加上一些入等的判文也流传出来了，眼下长安街头巷尾的酒亭食肆里，读书人见面都不兴吟诗赋对了，而是点评判文！她恍然点头，想想又觉得不对，"这不是都已经张榜公布了么，那些人还来找娘子作甚？"

小米拍手笑道："那是你不晓得这里头还有桩大事！阿郎是多谨慎的人，在公布榜单前，他还让吏部南曹的郎官们将入等的试卷与什么库里选人们亲手写的文书对过遍笔迹，怕有人是靠找人代答蒙混过关。结果第一遍就找出了十几份笔迹不合的！阿郎随手抽查了些，又找出了好几份对不上的，他就把查卷时出了遗漏的那几个郎官都召集了起来，姊姊你猜怎么着？"

阿燕迟疑道："难不成，是从重罚了他们，杀一儆百？"

小米得意洋洋地摇头，"姊姊这回可猜错了！阿郎压根就没责罚他们，只说有人议论他是故意徇私枉法，但他相信这些人是无心之失，所以还是给他们一个将功补过的机会，把所有卷面都重新查一次！"

阿燕念头一转，不由倒吸了口凉气，"阿郎好手段！"这可不仅仅是让那几位郎官有机会将功补过，他们要证明自己只是"无心失察"，唯一的办法就是把有问题的卷面都挑出来，最好把所有查卷的郎官都拖下水，这样才能保住自己的名声和官位！至于此后这些郎官内部有了分化，头上悬着把柄，无人再敢对阿郎阳奉阴违，那就更不用说了……

小米笑道："可不是！这一回他们比阿郎还卖力，不到一日工夫就从入等的判卷里找出了几十份笔迹不对的，后来又陆续从不入等那档里找出了好些。别说参与查卷的郎官们几乎人人都有疏漏，听说被查出试卷与甲历笔迹不合的选人更是囊括了京城各家高族豪门的子弟，光各位公主府上的小郎君就有好几个！"

老天，试判能找人代笔的，哪个不是手眼通天的人物？阿郎这是嫌自己和这些人结怨还不够深么！阿燕只觉得眼皮乱跳，连忙追问："那阿郎是如何处置此事的？"

小米双手一摊，脸上满是无奈，"我怎么知道？就这些，还是娘子从老夫人那里听说的。反正如今吏部公布的长榜上没有这些人的名字，入等的名单里也没有他们的名字，听说那些人的试卷甲历都被封存起来了，如今外头说什么的都有，要不怎么会有这么多人要来咱们这里做客？"

阿燕下意识地转头看了看琉璃。琉璃笑着直摆手，"莫问我，我更是两眼一抹黑。他如今就怕我知道的事情太多，操了不相干的心去。"

阿郎这是要吊着那些人作文章么？阿燕心知此事不是自己能够过问的，可瞧着琉璃，还是忍不住担忧道："如今这么多人上门，娘子哪有精力去应付她们？就算称病也不好把探病的都赶了去吧？"

小米用力点头，"可不是这个理！旁人也就罢了，这回来的人里，好些是长辈和贵人呢，连在洛阳养病的荣国夫人都打发人来看望过一次，娘子哪里全能躲开？好在有幺娘在！这几天里，遇上实在不能不见的，娘子便往榻上一躺，帐子拉上大半，幺娘将客人们领到里屋转上一圈，不等她们开口就把她们弄出去，在那边屋里客客气气胡扯一通，打发了事！阿郎原本是请了老夫人过来坐镇的，没想到压根就没用劳烦国公夫人出面！"

阿燕瞧着赵幺娘顿时肃然起敬，难怪娘子说她这几天操劳呢——这些能找上门来的官家夫人哪一个会是省油的灯？她居然能统统应付下来！她是怎么办到的？

赵幺娘笑了笑，袅袅娜娜地走了过来，突然一拉阿燕的袖子，低声道："夫人有所不知，眼下出了这么大的事，我母亲她比您还急，可是义父大人如今日夜都在吏部忙碌，连话都递不上一句，这不，她都两天没好好吃饭睡觉了。她如今身子又重，哪里吃得消？刚刚好容易吃了药才睡下，您就让她再歇息一会儿吧，夫人大恩，幺娘感激不尽……"说着眼圈一红，竟是泫然欲泣。

阿燕不由目瞪口呆，赵幺娘抬头看着她，突然"扑哧"一笑，阿燕这才回神，禁不住也大笑起来。小米更是笑得直抹眼睛，"燕姊姊，你不晓得，我们这些人每天瞧着幺娘打发那些夫人，忍笑要忍得多辛苦！头一天还好，瞧见幺娘这样，我听着听着都会忘记她是在说瞎话了，总要到客人走了，夫人在榻上先笑出来，才会越想越好笑。后来瞧惯了，自己每回还要陪着愁眉苦脸，哎哟那个累啊，我宁可去扫院子！"

琉璃笑着叹气，"别说你站着装愁累，我躺着装病都装累了，更不用说幺娘！幸亏今儿也不知是她们知难而退，还是有他在家反而不敢登门了，总算能躲一天清静。阿燕，你来得正好，给幺娘也瞧瞧吧。我瞧着她今天脸色着实不好，让她歇着她又不肯，这么强撑着可不是玩的！"

赵幺娘笑道："夫人多虑了。幺娘一天不过是应付几拨人，哪里就累坏了？夫人瞧着觉得辛苦，只是心疼幺娘而已，就好比咱们瞧夫人画画，夫人还没什么，咱们不也觉得累得慌？这迎来送往、奉承贵人，幺娘原是惯了的，若是做这点事都能累出好歹来，坟上的松树只怕都长得老高了！"

阿燕心里不由一动，正是，她们这些从宫里出来的人，哪个不是习惯戴着面具过日子的？自己还是花了好些日子才能做到说笑自如，至于赵幺娘……她略一思量便转头看着赵幺娘笑道："你知道是娘子心疼你，还不让我看看？确定没事了，不是更能让娘子放心？"

小米也连连点头，"燕姊姊说得没错！"说着几步将赵幺娘拉到书案前，按在了月牙凳上，"燕姊姊最厉害了，有什么地方不舒服，几副药下去保管就好！"

赵幺娘无奈地笑了笑，"那就劳烦狄女医了。"

阿燕微微一笑，"幺娘怎么也见外了？"

她凝神诊了一盏多茶的工夫，心里已是有数，这才抬头瞧着面前这张永远带着得体笑意的柔润面孔轻声道："原来是行经了，幺娘这经期腹疼的症候也有些年头了吧？这是早年间郁结于中，当时又没好生保养过，渐渐有些血淤气虚的缘故，因此这两年才回回推迟，腹冷坠痛也越来越厉害。若是再不好好调理，这样下去，日后只怕对子嗣还会略有些妨碍。"

赵幺娘原本只是笑微微地垂着眼帘，阿燕说到"回回推迟"时才抬起了眼睛，待得听到最后一句，表情虽然还镇定，眸子却是一缩。

阿燕仿若不觉，依然轻声细语，"好在幺娘年纪还轻，底子也好，我先给你开几副药吃着看看。只是你自己心里也要放开些，夫人和阿郎向来赏罚分明，对自己人向来怜惜，就是我们这样的，也是处处照顾抬举。幺娘这样的人品身份，只要放宽心养好身子，何愁日后没个好前程？"

赵幺娘瞧着阿燕的眼睛，慢慢露出一个柔和的微笑，"多谢姊姊提点。"

阿燕笑着松开了手指，"几句医家实话而已，不敢当提点二字。"那边琉璃已转头看了过来，"怎样？幺娘这是受寒了，还是累着了？"

阿燕笑着回道："都不是，只是头一日有些腹疼，这两天要多歇着点、暖着点就好。我这就开方，过后连吃七日，看看能否有些好转。"

琉璃"哎呀"一声，"我真是糊涂了，这都没想到！幺娘，你还是赶紧回屋歇一会儿吧，女儿家哪能不把自己的身子当回事？你莫担心，我这边若是有事，定会过去叫你，如何？"

赵幺娘展颜而笑，"这次是幺娘逞强，倒是让娘子担心了一场，下次再不敢了！幺娘这就下去歇着。"说完当真是微微欠了欠身，默默退了出去。

琉璃目送着她的背影，轻轻吐了口气，转头便吩咐人去灶房传话，先热一碗姜丝糖水送到幺娘的房里，这两天早晚都给她加份滋养气血的羹汤，接着又让人去叮嘱幺娘的婢女，要好生伺候，但凡有什么需要只管回报，不许懈怠……

阿燕原本还没留意，听到后头不由渐渐诧异起来，"娘子待幺娘好生客气！"

琉璃淡淡地笑了笑，"按理说，她原是娇客。如今她自己处处谦卑自抑，我却不能因此薄待了她去。今日早间，我就劝了好几次让她去歇着，她都有七八个理由在等着，幸好你来了，刚才你倒是给她吃了什么定心丸？"

阿燕笑道："也没什么，只是我看着她现在的模样，和我自己当年刚来这边的情形实在有些像，便忍不住多劝了一句。"

　　幺娘像阿燕？琉璃的头顿时摇得像拨浪鼓，"不像不像，你们一点都不像！"阿燕的谨慎是小心戒备，是为了自保，而赵幺娘的谨慎里却有一种令人心惊的坚韧，仿佛无论今天她把身段放得多低，日后都一定能站在更高的地方！这种感觉，琉璃也是越看越眼熟，前几天才猛地想起，这不活生生就是年轻版的那一位？心惊肉跳之余，她回头便悄悄把赵幺娘的待遇提了两档。这几天她心神不宁，一半是被访客烦的，一半是被这个"女儿"愁的——有些机缘固然是不可复制，可有些人还是，轻不得重不得，怎么待她好像都不大保险……

　　小米也纳闷地瞧了阿燕好几眼，"不像啊！我倒觉得我和姊姊更像。娘子你看，我和燕姊姊一般高呢！脸庞也差不多，就是我要年轻貌美些！"

　　阿燕一本正经地点头，"那是，谁能跟咱们小米比美貌，这不是自找不自在么？"

　　琉璃被逗得笑了起来，心底的纠结也丢开了大半，也是，不管日后如何，总不能现在就去自找不自在！三人说笑了一阵，琉璃又留着阿燕用了午饭。大约是心情放松，午后这一觉她竟是睡得分外香甜，睁开眼睛才发现，天色已然向晚，外屋不知何时点起了蜡烛，烛光从低垂的门帘下漏了进来，不时地轻轻晃动。外屋里，三郎清脆的声音和裴行俭低低的笑声混在一起，仿佛也在随着烛光摇曳起伏，让人一时竟分不清到底是梦境还是现实。

　　琉璃迷迷糊糊地听了好一会儿，才一点点清醒过来。她慢慢起身，随手绾好头发穿上外衣，拖着软底鞋往外走，还没到门口，就听裴行俭笑道："你阿娘起来啦！"三郎欢喜地大叫了一声，随即便是裴行俭的低喝："不许跑，仔细撞着阿娘。"

　　脚步声一阵乱响，门帘挑处，却是裴行俭抱着三郎走了进来，三郎犹自扎手扎脚地往外乱挣，瞅见琉璃便尖叫："阿娘，阿娘！"

　　琉璃笑着迎上去，就着裴行俭的手臂抱住了他，"三郎怎么啦？"

　　三郎把脸贴了上来，嘴撅得老高，"三郎等了阿娘半天了，阿爷还不许三郎进来找阿娘，说阿娘带着弟弟睡觉呢。阿娘，你为什么不带三郎睡觉？三郎明明比弟弟乖！"

　　琉璃无奈地看了裴行俭一眼，自打她有了身孕，三郎就格外黏她，等到听说多半是个弟弟，更是动不动就要吃醋。偏偏裴行俭最爱拿这个逗他，每次还会认真地保证：就算阿娘要带弟弟没时间，就算弟弟更乖，阿爷最喜欢的还是三郎……喂，你还能更幼稚点吗？

　　她腹诽不已，嘴里只能哄道："三郎在弟弟这么大的时候，阿娘带三郎带得更多呢，现在三郎是大孩子了，阿娘想把三郎装到肚子里也装不下呀。三郎最乖，不用阿娘带也能睡得好好的，比弟弟可是能干太多了！"

　　三郎"唔"了一声，低头看了看琉璃的肚子，又看了看自己的胳膊腿，比划了两下，大约觉得的确是放不进去的，肉嘟嘟的脸颊顿时高高地鼓了起来。

　　裴行俭倒是仔细瞧了瞧琉璃，"睡了这一觉气色好多了，不过怎么还有些睁不开

/第一百三十六章　似曾相识　无所畏惧　　221

眼？你要不要再去躺一会儿？"

三郎忙叫道："不要！三郎都等了阿娘半天了！"

琉璃蹭了蹭他的肉鼻头，"好，好，阿娘不睡了，陪三郎玩。"转头又对裴行俭笑道："可不能再躺了，我这一觉睡得太长，头到现在还有点晕，再躺晚上就不用睡了，还是洗把脸醒醒才好……对了，你是什么时辰过来的，怎么也没叫我起来？"她说着说着困意上涌，将头埋在裴行俭的胸口又打了个哈欠。

裴行俭垂眸看着琉璃笑道："我一个时辰前就过来了，进屋瞧你睡得正沉，把枕头都睡湿了一片，就没叫你起来。"说完目光还在琉璃的脸颊上转了转。

啊？琉璃下意识地摸了摸自己的脸，难道自己刚才真的睡得流口水了？却见裴行俭嘴角已可疑地翘了起来，这才明白又被他打趣了。她正想反唇相讥，就听见三郎惊叫道："枕头都睡湿了？阿娘也尿床了么？"

琉璃哭笑不得，白了裴行俭一眼，"别听你阿爷胡说！"

裴行俭满脸都是无辜，"我说什么了？分明是三郎说的！三郎，这种事你也能说么？你看看，你说得阿娘都羞了。"

三郎"喔"了一声，圆溜溜的眼睛在琉璃脸上和床榻间转来转去，显见有七八分相信他家阿娘果然是尿床了。琉璃简直忍无可忍，拉住了三郎的小手道："走，咱们一起去看看，看看阿娘的枕头湿了没有，看你阿爷是不是胡说！"

三郎忙不迭地点头说了声"好"，正要下地，裴行俭却又闲闲地开了口，"不用去看了，你阿娘这么久才出来，自然是早把枕头藏好了，三郎不也藏过小被子么？你阿娘藏得好，谁都找不到。"

三郎眨了眨眼睛，有些回不过神来，回头一眼瞧见琉璃正在咬牙，忙抱住了她的脖子，"阿娘不羞，奶娘说了，三郎不用藏被子，奶娘不会嫌弃三郎的，阿娘也不用藏枕头，三郎不嫌弃阿娘，等阿娘长大了就好了！"

儿子这是……在安慰自己？琉璃看着满脸同情加讨好的三郎，简直不知说什么才好。裴行俭却笑吟吟地低头在她耳边低声道："怎么样？现在不困了吧？"

他又是在逗人！琉璃转头狠狠瞪着这张可恶的笑脸，瞪着瞪着却忍不住笑了出来：这家伙骗人的功夫当真愈发炉火纯青，自己竟是被他两句话就气精神了！

裴行俭微笑着低头在琉璃眉间轻轻一吻，伸手把她和三郎都拢在了怀里。

三郎却是耐不得这个，奋力推开裴行俭的手臂，自己哧溜下了地，拉着琉璃就往外走，"阿娘，三郎不看枕头了，阿娘过来看看三郎剪的老虎……"

灯火通明的外屋里，高案上果然堆了好些纸帛，案头那把精致的小竹剪下还压着薄薄的一叠纸片。走近些便能看见，那些纸片大致呈长圆形，下面有些歪七扭八的突起，纸片上用炭笔勾了些似是而非的花纹，顶头上还有老大一个"王"字。三郎一脸献宝地将纸片捧了过来，"阿娘，你看你看，这是我剪的小老虎，上头是阿爷帮我画的，威风吧？"

小老虎？琉璃低头瞧着这几张歪歪扭扭的长纸片，正在调动想象力，裴行俭已跟了过来，语气里分明带着些自豪，"三郎的手倒是稳，也坐得住，你看他才第一次拿剪子，就剪得像模像样了，以后说不定也是能写会画的。"

琉璃只能微笑点头，"嗯，三郎剪的小老虎果然……有趣得紧。"至少很有抽象艺术的风采嘛！

三郎笑得眼睛都眯了起来，"噌"的一声蹿上长凳，"我再剪一个给阿娘看看！"说完便拿起剪子认认真真地剪了起来。

烛光照在他的小脸上，把他长长的睫毛染上了点点金色，睫毛下的眸子却愈发显得黑白分明、清亮剔透，显然是专注到了极处。琉璃看着看着，突然觉得，从那圆胖手指间渐渐显示出形状的，分明就是一只活灵活现的小老虎！

肚子里的那位仿佛也感受到了她的心情，轻快地动了好几下。琉璃低头摸了摸肚子，嘴角慢慢翘了起来。

肩上突然一暖，却是裴行俭伸手揽住了她。琉璃侧头看了一眼，烛光把他眼里的温柔与骄傲照得清清楚楚，也照出了他眉梢眼角积累的疲惫，她忍不住轻声道："你待会儿能不能早点歇着？"

裴行俭低头看着她，脸上的笑容轻松又柔和，"自然能早点歇着，你午后也睡足了，晚间若是不困，咱们正好能说说话。"

琉璃眼睛都亮了，"事情都做完了？"

裴行俭微微点头，"终于都弄好了，今天能歇一歇，只是明日开始就是面铨，头几天怕是比如今还要忙，晚上也未必能回来。"

比现在还忙，那他还要不要睡觉了？琉璃瞧着他微微发青的眼圈，心里顿时有些不好受。好些事情裴行俭虽然一字不提，但她怎么会不知道？就像这次，他看着是轻轻松松就逼着郎官们查出了这么多问题试卷，但琉璃敢打赌，哪些试卷有问题他心里早就有数，连分给哪个郎官查哪些卷面只怕都是已经算计好了的，就等着这些人往他挖好的坑里跳！要不，他一个少常伯，用得上这样没日没夜地查看卷宗？可这些事情，如今她却是一点忙都帮不上，还不如赵幺娘有用……她越想越是沮丧，低声叹了口气，把头轻轻靠在了裴行俭的肩上。

裴行俭笑道："怎么又犯愁了？放心，过了明天，那些人不会再来烦你。"

琉璃明知他是在故意转移话题，却也忍不住抬起了头来，"怎么？那件事你已经处置好了？"

裴行俭淡淡地一笑，"我不早就说了么，我是不会去动他们的。明日南曹的郎官就会去知会那些笔迹不合的选人，把判卷发还给他们，对外只说是他们是因甲历撰写不合规矩而落选。"

琉璃顿时明白了他的意思，笔迹不合可以有两种解释，一是雇人代考，二就是让别人帮自己抄了简历，虽然后者的可能性实在不高，但也不是说不过去的。这几天那些来求情的人，说的不都是谁家儿郎疲赖偷懒了么？如今裴行俭果然就用这种由头处理了此事，还发还了试卷，不但给那些豪门子弟留足了面子，也让他们再无后患。这可比自己想象的要轻得多！

不过这样也好，连子弟作弊带上这几天帮忙上门求情的，长安城高门权贵只怕已经卷进去了一多半，如今大伙儿都欠了他一个人情，总比让他结了满京城的仇家强。裴行俭为官为人上虽然没什么把柄，那也挡不住这么多人惦记啊！听义母说，这两天里已经有人放出风声，说自家的园林木石奢华逾矩了，再绷上几天，不定还会折腾出什么传言来……

想到这几天来的如云贵客和她们的种种手段，琉璃不由叹气，"这不是高高举起，轻轻放下么？你也不早点说，绷了这么多天，也不怕把那些贵人吓出个好歹来！"

裴行俭摇了摇头，"不是我不肯早说，能绷几天固然有绷几天的好处，但绷到最后结果如何，我原本也没有十足的把握。此次风声放出，若真有几位御史上书弹劾，事情就未必能如此了结。好在这次牵涉到的权贵子弟实在太多，从宰相到御史，不但没人敢出头提及此事，连带着试判的结果也无人非议。我昨日乘机跟圣人禀报了一番，圣人也不愿在这节骨眼上节外生枝，道了句无妨。不然，这么大的事，连李相至今都在装糊涂，我是什么人，说网开一面就能网开一面？"

不知想到了什么，他长长地出了口气，眉宇间多了几分光彩，"凡事七分靠谋算，三分靠运气，这一次，我的运气，从头到尾，总算是不坏！"

从头到尾？琉璃不由奇道："不是说，还有面铨么？"

裴行俭微笑着看了她一眼，"面铨看的是选人是否形容端正、口齿清晰，虽然也会有些褒升黜落，却不能看得太重，重则易生弊端。所谓铨选，主要还是看大伙儿的资历、官绩、风评，再加上试判等级，综评之下取个高低顺序，分好大致适宜的官职。这些如今都做完了，面铨只是最后把一把关而已。"

这倒也是，面试占分太多，最后难免给暗箱操作留空间！琉璃恍然点头，"就是说，面铨就是走个过场，那些人也都做不了什么手脚了？"

裴行俭笑着摇头，"自然不是。不过这世上最难防的，从来都是阳谋。选才之事，原是不可能尽如人意，只要结果一出，朝中人人都说不好，众口还怕铄不了金？可眼下既然有了这些不成器的子弟帮忙，不说那些沾亲带故的人家已不好公然露头，就是不相干的人，一日看不清其中深浅，便一日不敢大放厥词！朝中的其他重臣，我也有法子让他们无话可说。至于那些阴私算什么，"他笑容变得温煦无比，"我虽不才，报答他们一些惊喜，大约还是做得到的。"

看着这熟悉的笑容，琉璃心头不由微微打了个突：那些人到底用了些什么手段？居然把他惹得这么生气！嗯，到时他给出的回报一定很大、很喜人……她忍不住提醒道："话虽如此，可明枪易躲暗箭难防，你还是不要太过大意了。"

裴行俭笑微微低头地看着她，"你什么时辰见我大意过？放心好了，暗箭难防，那是因为准备得不够周全。那些见不得光的手段，把它们放到日头下晾一晾自然便烟消云散，又有什么好怕的？"

晾一晾？琉璃正想再问，一边的三郎却突然大叫起来，"阿娘阿娘！你看，我又剪出了一只小老虎！威风吧？"

在他高高举起的小手里，一只圆滚滚的纸老虎正甩动着足有半个身子粗的尾巴。

琉璃心里一动，笑着接了过来，"果然威风！不过再威风呢，也是纸做的，三郎可要小心收好！"她回头看了看裴行俭，在三郎小脸上亲了一下，"你阿爷说了，一切反动……一切阴谋家，都是纸老虎！"

第一百三十七章
铁口直断　平地惊雷

眼见已快到二月，大明宫的御渠边，那上万株垂柳却依旧半点绿意也无，在午后的淡淡阳光里，只有无数根光秃秃的柳枝随着寒风回荡飘舞。

苏味道站在尚书省都堂的院外，瞧着远处的柳树，只觉得自己的一颗心也在乱七八糟地飘来荡去，全然找不到个着落处。他烦躁地收回了目光，视线却又不自觉地落在院墙后那规制严整的深黑色重檐上，胸口更是一阵发紧：十年寒窗苦读，能不能换来个好前程，就看待会儿在那下头面铨的一盏茶工夫了，就看在大堂上坐镇的那位到时会扔下什么样的注拟了……

随着一声声点名，他前面站着的人已是越来越少，而不时从门内鱼贯而出的选人，不是神色恍惚、脚步虚浮，就是低头不语、匆匆而去，苏味道的心头不由越缩越紧，正自一口接一口地深深吸气，站在他身边的士子却突然转头看了过来。

苏味道认得对方正是绛州进士王勮，两人都是少年成名的才子，又是同年进士，自然早已相识。此刻瞧着对方微微翘起的嘴角，苏味道脸上不由一热，想解释两句又无从说起——难不成要告诉对方，堂上那位的铁齿之名绝非夸张，至少自己同住的几人里，得官不如意的固然神伤，前程称心的居然也是心有余悸，就像霍标，明明是得了大理寺评事这一等一的优差，回来后竟闷闷不乐，听说是得了句"须持公心，莫行捷径"，这种再寻常不过的提点，也不知怎的就扎到了他心里……念头急转之下，苏味道也只能尴尬地笑了笑，"苏某浮躁，让王兄见笑了。"

王勮惊讶地挑起了眉头，"苏兄误会了，在下只是突然想起，还未问过苏兄在何处下榻，回头也好登门拜访。"

苏味道心里一松，脸上的笑容也自然了几分，"不敢劳动王兄。味道如今和几位好友在崇仁坊赁了处小院暂住，就在南门往东第二曲的头一家，却不知王兄……"

王勮叹了口气，"家严有令，命王某在长辈府上听候教诲。还是苏兄洒脱，寒冬腊月，与两三知己秉烛夜谈，把酒论文，当真是人生快事！"

原来是借住在亲戚府上，只怕还是朝中的哪位重臣吧？苏味道早知道王勮与自己不同，不但出身高门，更有个名扬天下的神童弟弟。眼下弟弟虽说因文生祸，被贬出了长安，名气却是愈发响亮了，连带着王氏兄弟都是人人高看几眼，也难怪他能如此气定神闲！苏味道心中多少有些酸涩，嘴里便道："有长辈指点更是难得的福气，王兄气度这般沉稳，可见家学渊源。"

王勮笑道："苏兄过奖，在下哪有什么气度，不过是生性愚顽，自幼便被师长呵斥惯了，练就了面皮上的功夫，就算待会儿被官长们教训几句，也断然破不了功！"

他说得俏皮，莫说苏味道，旁边的人也都笑了起来。有人却低声嘀咕了一句，"教训也就罢了，若是进门就是一句'此君眉间有异色，日内或有变故，且等上两日再说'，那才是……"

几个人顿时都变了脸色。此事自是人人都知晓，头一日面铨时，有位苏州选人就是迎头得了这么一句，结果一回邸店果真收到了父亲病故消息！

苏味道不由皱眉道："兄台何出此言？"这不是咒人父母嘛！

那位选人话一出口也晓得有些不妥，听得这句，一张方脸顿时涨得像块烧红了的烙铁，忙不迭团身作揖，"对不住对不住，刘某不敢冒犯各位，刘某是在说自己，说自己！"

这话就更不成体统了！苏味道翻了个白眼，默默地扭过了头去。旁人也是一头冷汗，只能装了个没听见。那位选人这才发觉自己又说错了话，张口结舌不知如何弥补，脸都快憋紫了。一片沉默中，院门前小吏的唱名声显得分外响亮："绛州王勮、甘州刘敬同、赵州苏味道……"却是已经到了他们这一组五人。

几人忙不迭地收起了面上的情绪，高声应诺，整理衣冠，鱼贯而入，一字排开站在了都堂的台阶下面。他们前头站着的是适才已过了面铨的几人，有郎官大步出来，高声唱注："肃州丁斯同，注拟甘州仓曹参军；潭州黄毅，注拟永州县丞……"有人躬身应诺，欣然受命，也有人怅然若失，抱手踟蹰，大约是在犹豫要不要写张退官状，好在下次唱注时换个职位。

苏味道有心多看几眼，这边的小吏已引着他们走上了台阶。眼见着那道高高的门槛越来越近，他的耳中再也听不到别的声音，只有一片莫名的嗡嗡声仿佛越来越响，他忙暗地里深吸一口气，用力握紧拳头，抬腿跨过了门槛。

眼前的堂屋格外空旷，一色的深青色素面绸帘，把原本明亮的屋子也映衬出了几分幽深。苏味道眯了眯眼，才看清堂屋深处一字排开坐着五位考官，一色的深黑色案几，一色的大红色襕袍，但不知怎的，他一眼看去，却只瞧见了左边那个并不陌生的身影。和腊日祭天时的锋芒毕露不同，此时的裴行俭看去神色温和，甚至还带着几分悠闲，虽然只是静静地坐在那里，却自有一份不沾尘气的清远，若不是面前放着的朱笔和卷册，简直让人难以相信，这个煦然犹如春风、超然若在云外的男子，就是已然令天下选人闻之色变的司列少常伯。

仿佛感觉到了苏味道的视线，裴行俭也抬眸看了过来，那目光并不锐利，却依然明彻不可直视。苏味道心头一凛，忙不迭地垂下了眼帘，暗暗懊恼不已：自己怎么就这么失礼地盯着裴少伯看了呢？也不知会不会给他留下轻狂的印象？还有另外那几位选官，听说里头还有都省各司的官长，专门过来挑选手下官员的，自己这番失态若是落在他们眼里，只怕就难以留在长安了！

他有心想悄悄再打量那些选官几眼，却怎么也不敢抬头。一片安静中，站在最前面的王勮已开始按规矩自报家门："末学王勮，乃绛州龙门人士，乾封二年进士，待选三年，试判入乙等。"他的声音清朗而沉着，虽然只有短短几句，却听得人心绪为之一静。

跟着开口的刘敬同正是刚才说错了话的那位，此等场合下，他的声音倒也沉稳，一口气报完甲历，比王勮还来得流畅几分。原来他也是中过明经的，还做过一任县尉，只是此次试判被判了个未入等。

眼见刘敬同抱手退下，苏味道咬牙上前一步，弯腰作揖，尽量沉稳地开了口："晚生苏味道，赵州栾城人，乾封二年进士，待选三年，试判入乙等。"他的嗓子多少有些发紧，好在这几句话早已练了百来遍，到底还是顺顺当当地说了下来。

待得五人都回报完毕，坐在堂屋正中的官员便开口问道："各位在经义文章之外，可还有什么拿手之事？"

这问题大伙儿早就有了准备，王勮答了礼学，苏味道答了章句，有人答了数算，连刘敬同也稳稳地答了个骑射。

"却不知各位若是外放，以何处较为便稳？"

这一问自然更是要紧，面铨唱注，除了看选人的外貌言辞，主要就是询问各人的特长和意向，以安排合适官职。几个人依次报上了自己想去的地方。在笔墨记录的细微声响中，又有人问道："上古之世既已有礼，圣人为何作刑？"

这个问题显然对王勮而发，他不假思索，应声回道："传曰，夏有乱政，而作禹刑。此乃出礼而入刑之故也。"

问话的人声音里带上了一点笑意，"果然不愧是龙门王氏子弟。却不知那位王勃王子安与进士……"

苏味道心里微沉，王勮的声音似乎也沉了沉，"正是舍弟。"

果然便有人奇道："王勃？我倒是只闻其文，未见其人，今日见兄之气度，倒也颇可想见其弟之风采，当真是兰芝玉树。"也有人叹息："王子安是可惜了，大好前程，就此断送，总要再打磨个三五年，才好回长安，听说他如今是在蜀中……"

这些人都扯到哪里去了？苏味道听得暗暗皱眉，面铨的时间有限，这样扯下去，旁人哪里还有说话的机会？他眼角一扫，却见王勮恭恭敬敬地低头站在那里，原本总带着三分笑意的嘴角并未翘起，反而紧紧地抿了起来，腮边的肌肉似乎也微微凸起了一条。

苏味道心里一动，不知怎的，耳边仿佛又响起了那句"不过是生性愚顽，自幼便被师长呵斥，练就了面皮上的功夫"，心头顿时有了几分明悟——看来有这么个弟弟，对王勮也未必是好事。同样长于文墨，他还在书斋练笔，弟弟便已名满天下，同样求于仕途，他还在家中待选，弟弟却早已位居清贵。就在此时此刻，明明是他在等着诸位选官评点，大伙儿口中叹息称赞的却还是那个因为一篇《檄英王鸡》而被圣人赶出长安的弟弟！

一片议论叹息声中，一个温润的声音突然响了起来，"王子安也未必可惜。士之致远，当先器识而后文艺。若论文章，此子的确惊才绝艳，可若论才干论前程，王进士固然远胜其弟，此刻堂上诸位选人，只怕人人都强似于他！"

这声音并不如何响亮，原本议论纷纷的都堂却是顷刻间便彻底安静了下来。苏味道心头更是"咚"的一跳：少常伯裴行俭，终于开口了！

仿佛过了好几息的时间，有人才笑了一声，"少常伯的眼光总是……与众不同，却不知这几位选人器识究竟如何？"

裴行俭的声音愈发舒缓："依裴某之见，王进士非但有敏才慧心，且志存高远，气度沉稳，二十年之内，必有青云之日，只是凡事过犹不及，进士若能远小人而择良友，则前途不可限量。"

王勔蓦然抬起头来，一直沉稳的声音明显有些发紧，"学生，谨记少伯教诲！"他深深一揖，几乎垂到地上的袖子似乎也在微微颤抖，良久都没有直起身子。

苏味道不由也抬头看了过去，不远处的案几后，裴行俭神色依旧温和宁远，只是目光专注，嘴角微扬，那笑容仿佛能一直暖到人心里去。他正看得发呆，裴行俭眸子一转，已落在了刘敬同身上，"刘明经忠直勤勉，可堪大用，然性情过于急躁，言语时常唐突，此乃为官之大忌，若不能痛改，则不如弃笔从戎，君之功业，当在军伍。"

刘敬同听到"言语时常唐突"，脸色便有些白了，待得听完，一双眼睛却是越来越亮，猛然间"嘿"了一声，对着裴行俭长揖及地，"敬同多谢少伯指点！"起身时，那张方方正正的脸上已是神采飞扬。

苏味道心头也是大震：这位刘敬同的言辞有多唐突自己当然是领教过的，可他进了都堂后却是一个字都没多说，裴少伯是怎么看出来的？眼见那两道明亮的目光已转向自己，他的一颗心顿时狂跳起来，垂眸肃立，竟是气都不敢出了。

从前方传来的声音依旧平和轻缓，却笃定得仿佛每个字都有千钧之重，"苏进士文采出众，器识敏达，岂非可造之才，亦是前程无限。只是宝刃须砺，好事多磨，苏进士少年登科，未经逆境，日后若有不虞之事，也当秉持本心，好自为之。"

苏味道听到前面半句，脑袋便是"嗡"的一下，他的确是少年成名，一帆风顺，也曾以为天下无事不可为，但在长安待得越久，就越知仕途艰难，自己的这点才华名声，根本就不足为凭！没想到在今天，在此地，居然能得到"岂非可造之才，亦是前程无限"这样十二个字！

他心头激荡，强压着几乎要从嗓子眼里蹦出来的心跳，弯腰道了谢。裴行俭对于后头两人的评点、几位选官的笑声，听在他的耳中已是浑然不解其意，只是浑浑噩噩地跟着众人行礼退下，又恍恍惚惚地走到台阶下。阳光迎面照在他的脸上，他下意识抬头看了一眼，双目顿时被刺得一眯，心头这才蓦然清醒过来：自己已经通过面铨了，裴少伯说自己会前途无限！

正月的北风寒意犹可刺骨，此刻吹在他滚烫的脸上，却是那般温柔凉爽，犹如美人含情的触抚，就连远处飘荡的柳枝，也似乎是在不停地欢欣起舞。

突然间，他听见身边的王勔重重地吐出了口气，转头一看，恰恰对上了两道同样明亮喜悦的目光。两人仿佛都在对方脸上看到了自己此刻的神情，不由相视一笑，飞扬的眉宇间已是一片霁朗春光。

幽深的都堂里，有人也笑了一声，"裴少伯难得如此褒奖于人，难不成适才这五位，个个都会有一番造化？"

裴行俭微微摇头，"造化如何，一半靠天定，一半靠人为。只是如勃之流，虽有天纵之才，性情却过于浅露，岂是能享爵禄的格局？要在前程上胜过他，倒也不难。再说好话又不值什么，若是说上几句，便能促人上进，裴某又何必吝啬？"

众人也笑了起来。这几位选官都是中书、门下的主事官员，这次被请来面铨，原是意外之喜——吏选是朝廷头号优差，向来被吏部把持得水泼不进，这次吏部却主动上奏圣人，声称都省乃朝廷中枢，官员人选至关紧要，应请相关主事亲自面铨各自衙司的候选人等。对于这些官员来说，这简直是天下掉下来的好事，能给自己选几个称心的手下也就罢了，遇到世交故旧、豪门新贵的子弟，还能轻轻松松做个人情，加上那种天下英才任我评点的滋味……

因此，虽然人人都清楚，吏部如此示好，为的不过是顺利推行改制。但凡亲自参与吏选者，总不好再抱怨吏部选官不当。可有这份风光权柄在前，被邀请的各司官长莫说拒绝的，就连误点的都没一个！说到底，于公而言，这事有百利而无一害，于私而言，这选制之改再不好，牵涉的利益也是大伙儿的，可参与面铨的权力，却是自个的。这本账，谁会算不明白？

而这几天里，众人轮番上阵，一路看下来，也的确暗暗折服。主持六七品官员铨选的李敬轩固然能过目不忘，把关八九品官员的裴行俭更是相人如神。何况选人的资料都摆在那里，出身、资历、政绩、判卷，列得清清楚楚，拟放哪个官职，原因也是明明白白。纵然是有心挑刺的，在面铨完几拨选人之后，也渐渐熄了心思。大伙儿都是久在官场的人，眼瞧着裴行俭每每几句温言细语就能让人或是惶恐无地，或是感激涕零，忌惮之余，这面上的和气更是半分都不会差。

裴行俭身边的西台舍人便笑道："少伯果然是一片宽慈之心。"

裴行俭也笑了起来，"阁老过奖，宽慈二字，真教行俭羞愧无地。裴某以为，为官者，当有敬畏之心，这些选人十之八九都将为政一方，心中多些敬畏警惕，总好过一味自矜自负，因此对他们多以敲打为主。这一遭也不过是见着人才难得，才嘉奖了几句，好在王进士性情沉稳，苏进士亦有造化，倒不至于就此轻狂了去。"

坐在最中间的东台侍郎还兼着太子左庶子，闻言不由感兴趣地往外看了几眼，"如此说来，东宫的司经局倒是恰好还缺了校书郎！我瞧着这两位进士的年貌才资倒也适宜。"

青年俊杰去东宫原是好事，司经局号称桂坊，在里头任校书郎更是清贵的优差，原本想要人的西台舍人捻须一笑，没有再开口。

裴行俭含笑应诺，提起朱笔在王勔的名字旁写下"司经局校书郎"六个字，待笔尖移到苏味道的名字前，却是沉吟了片刻才道："苏进士虽有才气，眼下却缺了些磨砺，眼下着实不宜入都省，更莫说是东宫，还是下去磨炼一番才好。"

诸人都有些意外，裴行俭对这位苏进士的评点犹在耳边，原以为少常伯是有意要提携此人，没想到竟会让他从地方官做起！吏部司郎中尤为惊讶，脱口道："苏味道是进士，试判又入了等，不是应该注个、注个……"

裴行俭转头看了他一眼，笑道："李郎中以为，应该如何？"

李郎中被他含笑的目光一扫，不知怎的，背上竟是一阵发寒，想说的话一时都堵在了胸口，好容易才笑了出来，"少常伯不是说人才难得么？"

裴行俭笑得更是温和，"正是难得，所以更应多加磨砺。"

李郎中还想说话，旁边几位选官已诧异地看了过来——这苏味道难道和李郎中沾亲带故？不然这种不相干的选人若真是大有前程，自然不妨要到自己手下，若还有什么不妥，那留京也好，外放也罢，与他们又有什么干系？

李郎中心里一凛，笑了笑没有再作声，心里暗暗叹了口气。

苏味道既已敲定外放，另外那三人选官们自然更看不上眼，裴行俭随口问过，挥笔落注，一口气写完了五人拟放的官职。一旁的郎官捧卷而出，在台阶上高声念了起来。

王勔这一组原是这拨人的最后一组，下一拨人还未进院，从门内看去，几个人的表情正好尽收眼底。王勔含笑欠身道谢，整张脸孔仿佛都在放光；刘敬同也是笑吟吟地抱手应诺，显然对注拟的金城司兵参军这个职位满意之极；苏味道听到唱注声，却是明显怔住了，仰头看着郎官，一张年轻俊秀的面孔上写满了惊讶不解，只是不知道想起了什么，他双眉微扬，目光往都堂里看了一眼，随即便欠身而揖，满脸的迷惑都变成了毅然。

裴行俭放下手中的朱笔，嘴角慢慢扬了起来。

在选人的来来往往中，为期九天的面铨和唱注转眼即过。都堂前大院里又恢复了往日的清冷肃穆。大明宫御渠边的垂柳却依然在风中飘摇，随着二月的东风，那些浅褐色的枝条仿佛一夜之间便泛出点点绿意，将整条御渠、整面宫墙都染上了一片如烟如雾的春色。待到三月的暖阳将这新绿催成深碧，咸亨元年的吏选也终于尘埃落定——经过中书、门下的复核，吏选的最终结果公布天下，与一个多月前吏部唱注的榜单几乎毫无差别。

尽管如此，在三月底的这一天，当选人们再次分批来到尚书省都堂前领取告身、叩谢圣恩时，好些人还是立刻打开了手中的卷册，待得亲眼看到卷头上那行大字，才长长地出了一口气。

苏味道默默地捧着自己的告身，胸中的那口气却怎么也吐不出来。写在黄麻纸卷头的那四个字"咸阳县尉"仿佛沉甸甸地压在他的胸口，让他呼吸艰涩。

事实上，自打一个多月前在这里第一次听到这几个字开始，它就一直压在苏味道的心头。纵然知道这种结果对于初入仕途者也算正常，纵然当时他就已下定决心接受这个安排，可这么多天来，当他看着被注了京官的霍标到处赴宴，听着王勔因少常伯赏识而得了桂坊校书郎的消息被传为美谈，这种决心就无法控制地渐渐变成了怀疑：裴少伯说的"岂非可造之才，亦是前程无限"是否只是一句随口的褒奖而已？那句"宝刃须砺，好事多磨"是不是也并没什么深意？自己的毅然受命，觉得这是裴少伯别具深意的考验，其实只是，想得太多——同住的张茂和许弘毅得的评语不也是差不多么？

身边有人在低声议论："兄台打算何日出发？""我这任所有些远，只待明日去恩师府上告辞之后便立即出城，贤弟如何打算？""我还好，是去扶风，三日后再走。幸亏当日交了退官状，不然若是去了范阳，那可是一日也不敢停了……"

苏味道暗暗苦笑了一声，如此说来，自己这县尉倒也不是太差，毕竟咸阳离长安城更近，随时走都来得及！

想到唱注之后，霍标也曾苦劝过自己写退官状，说是多半能换个更好的职位，当时自己却怎么都转不过弯来，苏味道心头不由愈发怅然；只是转念一想，张、许两位倒是听他的交了退官状，可到底也没换成京官，这份怅然又悉数变成了无奈：大概，这就是命数？

他抬头又看了看眼前的都堂，阳光正照在长长的飞檐上，乌润的瓦面上仿佛有金光流动，为这座肃穆的堂屋添上了一道春日的华彩，与此刻那满院子带着兴奋之色的微笑面孔倒也相得益彰。苏味道只觉得胸中愈发沉闷，默然低头，不想再多看这幅画面一眼。

好容易大伙儿的告身都发放完毕，众人对着含元殿的方向齐齐行礼谢恩，依次退出。一出院门，原本压抑着的各种声音顿时变得响亮起来。好些选人不是第一次登上官场，就是立马要离开长安，眼下这一路，正该争分夺秒展开社交活动。

苏味道却是无心与人寒暄，随便应付了几人便加快了脚步，还没转过弯去，就听见有人叫唤："常之，常之！"却是在前几拨就领了告身的霍标、张茂和许弘毅站在路边向他挥手，显然都是在等他。

苏味道忙收了情绪，上前笑道："小弟让几位兄长久等了。"

霍标笑嘻嘻地拍了拍他的肩头，满脸都是压抑不住的兴奋与轻松，"再久也得等！告身一到，大伙儿便再不是自由身。你还好一点，他们两个却都是明日就要离开长安的，今日再不好好聚一聚，下一回就不晓得是何年何月了。"

还真是如此！苏味道心里顿时更多了几分郁悒。他们几个是在平康坊月旦评上结识的，原本就意气相投，在北里打过了那一架之后走得越发近了，后来霍标租了院子，把几个人拉去同住。他们四个，再加上试判莫名其妙失手、却依然留在长安花天酒地的舒侠舞，平日里结伴喝酒斗诗，何事不为？如今的平康坊里，"酒中五杰"也算是有了小小的名气。可惜就如霍标所说，今日之后，要想再这样结伴逍遥，不知要等多久了……

他正自感伤，一旁的张茂便笑道："这有什么？等过上几年，咱们都回了长安，还不是怎么聚都成！就怕霍兄到时美妾在怀，高朋满座，懒得再搭理我等！"

霍标斜斜地瞟了他一眼，"怪道人说临别吐真言，原来在你眼里，我就是这等势利人物！好，好得很！待会儿我会好好问一问妙儿她们，平日你在背后是怎么编排我们这些人的！"

张茂摆手笑道："不敢不敢，小弟是什么人，霍兄就算把心肝胆肺都借给我，小弟也不敢在妙儿面前编排你……"

苏味道也打起了精神，接口笑道："那是，张兄是何等伶俐人，要编排霍兄也要在楚娘面前编排不是？"

霍标不知想起了什么，突然点了点头，"说起来，回头咱们还得把她几个都叫上才好，今日有贵客，少不得要多喝几杯。"

苏味道忙问："什么贵客？"

霍标却不肯说，只是半吐半露道，贵人极为爱才，这几个月里大伙儿其实都沾了贵人的光，待得见面大家就知道了。几个人追问不出，互相打趣着一路往宫外而行。他们四个原是出众的风流人物，试判都入了等，注的官职说来也不差，满路的选人多有认得他们的，分别在即，自然纷纷上来打招呼套交情。霍标意气风发，来者不拒，身边的人竟是越围越多。

眼见前面就是建福门，突然有人惊奇地"咦"了一声——原本应该在门外散去的新任官员们有不少人不知为何竟滞留在了门口，原本应该肃立两旁的门卫似乎正在盘问着什么。待得他们走近一些，好些的人更是直勾勾地看了过来。

苏味道正瞧得纳闷，门口已有人高声问道："敢问霍标、张茂、许弘毅、苏味道可在？"

几人相视一眼，都有些莫名其妙，霍标一拨众人，大步上前，抱了抱手，"不知这位将军有何吩咐。"

发问的侍卫头领声音冰冷："长安县县尉在门外等着各位。有一桩人命官司，还要请诸位过去协查一二！"

第一百三十八章
人命大案　惊天逆转

对于长安城的市井男女来说，人生里最不能错过的热闹有三桩，一是春日去大慈恩寺旁听高僧俗讲，二是元宵在西市街头掺和胡人踏歌，三是随时到县衙门口围观人间奇案。尤其是这第三桩，因为可遇而不可求，更是分外要紧。若能赶上什么毒杀亲夫、残虐前子的人伦惨剧，那便足以充当一生一世的谈资，便是发白牙松之时，也能拍着大腿跟后生们感叹："你是没赶上永徽年间的那次毒妇游街哟！"

这个"哟"字，自然要说得回肠荡气，就如记忆里那一去不复返的大好时光。

因此，咸亨元年的春末夏初，当长安县的一次泼皮争产渐渐演变成带有香艳色彩的人命大案，又陆续拉扯进了几位刚刚入选的官家人时，整个长安城都轰动了。

这一日，晨鼓刚刚响起，长安县县衙门前的空地上就有人开始探头探脑，待得红日初升，附近里坊的闲人已三五成群地聚拢了过来，没过多久，住得远些的好汉们也陆续赶到，连小贩们都闻风而至，在渐成气候的人群里高声兜售着刚刚收来的胡饼和浆水。

等到太阳爬上了衙门前那棵老槐树的枝头，这里已是人头攒动，除了满脸兴奋的各路闲人，居然还有不少看上去极为体面的人物——那打扮低调、言谈文雅的，多半是昨日才拿到告身的新晋官员；那装束利索、神色倨傲的，自然是给贵人办差的管事。他们的到来，不但让县衙前围观群众的档次陡然上升，连带着附近几个酒楼靠窗雅室的费用也水涨船高，视线最好的几间已涨到了五千钱一间，而且还在持续攀升。

离县衙最近的薛记酒铺里，掌柜抬头看了看座无虚席的大堂，低头又看了看柜台下钱盒里那些闪闪发亮的金饼金块，眼睛已眯成了两条缝。

他的头顶上一阵脚步声响，几个闲汉笑嘻嘻地走下楼梯，围拢在柜台前，领头的抬手便丢了块金灿灿的东西进来。

掌柜低头一看，半边眉头顿时挑得老高。闲汉低声笑道："这是最后一间了，某掂量着得有二两，成色也好，足足抵得一万钱，掌柜是夹一半下来，还是待会儿让我家兄弟过来装钱？"

掌柜毫不犹豫拿起夹子，瞧准地方一用力，金饼齐齐整整断成两半，"四郎挑一块去！"

领头的闲汉哈哈一笑，眼珠在两块金子间滴溜溜转了七八个来回，才貌似随意地抓了一块，"掌柜果然痛快，下回再有这样的活计，一定记得叫上咱们兄弟！"

掌柜苦笑着点头，"这还用四郎吩咐？就只是不晓得再有是哪年哪月了！"

闲汉也是一拍脑门儿，也是，长安城有刑部，有大理寺，有雍州府，官家人平日可是不会到县衙来受审的，自然也没有这么多贵人旁观。这种大清早帮店家先占了雅室，回头卖给贵客，再把收入与店家二一添作五的巧宗儿，当真不晓得什么时候再能赶上了！

两人脸对脸叹了口气，意犹未尽地正想感慨几句，店门口的伙计却突然拉长了声音："这位郎君，里面请！"

这声调分明是又有贵客上门，几人忙回头去看，却见从门口进来的是一位三十多岁的男子，穿着件不起眼的玉色素面长袍，只是眉目俊逸出众，神情闲适清冷，那容光与贵气仿佛把整间堂屋都映亮了几分。

伙计们都忙得脱不开身，掌柜赶紧从柜台后迎了出来，"这位郎君……"

来人并未答话，他身后的小厮抢上一步道："我家阿郎要一间靠窗雅座。"

掌柜的脸顿时皱成了苦瓜，"不敢欺瞒贵客，当真是一间都没有了。"

小厮笑道："烦劳掌柜行个方便，价钱好说。"说着掌心一翻，手上已多了一块金饼，比刚才那块明显还要大上一圈。

旁边几个闲汉眼都要绿了，心中的悔恨简直难以言表。掌柜的脸看起来就像霜打过的苦瓜，声音里满是货真价实的悲痛，"当真是……没有了！"

小厮皱眉道："掌柜莫要诳我，你们这楼上还有两间雅座窗子都没开，里头定然是空的！莫不是嫌这钱少？"

掌柜吓了一大跳，"小老儿哪敢欺瞒贵客，那两间一间是墙板坏了，坐不得人，还有一间是贵人早早就预订好了的！"

小厮眨了眨眼睛，转头去看他家阿郎。那男子略一思量，嘴角突然露出了一丝笑意，"却不知那贵人是姓萧还是姓乔？"他这一开口，声音竟是十分醇厚动听。掌柜却立时变了脸色——那两位贵人的确姓萧，可这事儿是东家亲自安排的，还反复叮嘱过不得外传，他怎么知道？他不由迟疑道："郎君认得那位公子……"

来客淡淡地道，"我姓麴，今日与他们是一道的，劳烦前头带路。"

掌柜多少还有些发蒙，但对方轻描淡写的吩咐里自有一种令人难以抗拒的气度，他不由自主点了点头，恭敬地领着这位麴公子往楼上而去。

几位闲汉见没什么热闹可瞧了，也摇头晃脑地往外走去。麴公子经过他们身边时，却转头看了他们一眼。小厮立时拦住了这群闲汉，笑嘻嘻地一抱手，"各位请了，却不知诸位可有谁知道今日这桩案子的来龙去脉？"

几位闲汉相视一眼，还没答话，那小厮托了托手上的金饼，笑容更是诚恳，"我家阿郎今日无事,就想看场热闹,诸位若能到雅室给我家阿郎说一说前头的事,待会儿再帮忙去堂前看一看今日的情形,这就算是我家阿郎的酬劳了。"

闲汉们几双眼睛顿时大亮,领头的黄四毫不犹豫地点头,"好说好说,黄某这便上去!你们几个,都去衙门口前守着,把眼睛放亮点,耳朵伸长点,待开审之后,一炷香工夫换上一人到这边来传信!"

闲汉们应诺一声,一窝蜂涌了出去。小厮与那黄四上了楼,自有伙计引着他们到了当头第二间的雅座。只见这雅室甚是宽阔齐整,酒水食盘俱全,显然早就布置好了。那位麴公子正坐在窗边,手里端着一个白瓷杯悠然看着楼下,修长的手指看去比杯子似乎还要白皙几分。

黄四心里不由嘀咕:这莫不是哪家的王孙?他不敢多加打量,上前抱手行礼。

麴公子并没有转过头来,声音也依旧是淡淡的,"这案子到底是怎么回事?"

黄四忙清了清嗓子,"启禀公子,这桩案子原是前几天另一桩案子引发的,却不知公子可听说过西市这边有位何娘子?"

麴公子的眉头微微一皱,"似乎……听人提过。"

黄四笑道:"这位何娘子可是个大善人!她在东西两市附近盖了好些院子,租给大伙儿住。上个月因要出远门,这些院子竟是白送给大伙儿住两年。这原是天大的功德一桩,谁知西市那边有个姓金的泼皮,兄弟俩都租着何娘子的房住,弟弟因欠赌债跑了,兄长两个多月前又一病死了,这空出来的房子自然归了院里其他人家。那弟弟前几日回了长安,见兄长和房子都没了,哪里肯依?一状就告到了长安县衙,说是兄长死得不明不白,邻居们还强占了他们的房子。

"县令接了状纸,把相关人等都叫到了衙门问话。邻居们都说冤枉,那金大郎是去年十二月摔了一跤,跌坏了手,在家里歇了十来日,年前却突然发起病来,正月初四夜里死的。那时何娘子还没出门,谁会无故去害他?何况邻居们当时瞧他病得蹊跷,怕是伤寒,原是想把他挪到病坊去的。还是何娘子心善,把后罩房腾出来给他住,请了坊里医师来看不好,还请了外头的,最后还赏了他一副棺木!虽说当时因无亲友出面,金大郎的棺木是直接拉去了城外的乱葬岗,如今已没处寻摸,但前后两个医师来看过,病死的还能有错?

"事情到了这一步原也好了。没想到衙役们把坊里的医师带到堂上一问,却又问出了另外一桩事情。金大郎哪里是得了什么病?他是被人打坏了!因外头伤得不算重,他也没当回事,只说摔了跤,打算在家悄悄养好了再说,却不知早已伤到了根本。这种伤势一旦发作就是难救,因此后来虽也吃了几副药,拖了几天,到底还是一命呜呼了!

"那弟弟听医师这么说,自然愈发不依,磕头流血,求明堂拿下打死他兄长的凶手。明堂便把与金大郎交好的泼皮都拿到堂上问了一遍,才知道这金大郎当日是在平康坊那边与人争一个妓女,才叫人打伤的。待得昨日把那边的妓女、武侯都叫来问话,却牵出了更大的事情。那打人的并不是寻常人,乃是今科来京城候选的官家人,听说有几个都已授了官职，立马就要赴任去了！

"人命关天，明堂不敢耽误，当时就让少府带着人去了皇宫那边，恰恰将那几个堵了个正着！今日这边就要公开审理，让他们当堂对质。若真如那泼皮所说，此事就大了，事涉官家人，又是人命案，只怕立马就要转到大理寺去！"

想到这场大热闹就此到头，也不知哪一天才再有机会狠狠宰这些吃多了撑的公子哥儿，黄四不由怅然若失，好不忧伤地叹了口气。

他眼前那位吃多了撑的公子哥儿听得倒也入神，半晌才转头瞧了瞧不远处的县衙大堂，嘲讽地翘起了嘴角，"这位长安县令果然是雷厉风行！"

黄四一怔，这话听着怎么有些古怪？他干笑了一声道："明堂这回的确利落。大约也是情势所迫，这原是最寻常不过的泼皮争产，谁知每天都有一番变故，一会儿是查找棺木，一会儿是验看药方，一会儿是捉拿泼皮，昨日连平康坊的美人都拿来了两个，今日更是牵出了这么些官家人，大伙儿谁不想过来看个稀奇？公子有所不知，这四五天里，外头听审的人一天比一天多，当真是说什么的都有，明堂大约总要把事情弄个明白，才好收场。"

麴公子感兴趣地抬起了眸子，"说什么的都有？那到底有什么说法？"

黄四笑道："有人说这姓金的是鬼迷心窍，一个泼皮，跑到平康坊去与人争美，结果被几个书生三拳两脚就打死了，这不是命数已尽，自己上赶着找死么？也有人说那些官家人太过凶残，为争个妓女就能下死手，要是真的当了官，平头百姓还能有活路？也不知朝廷这次是怎么选官的，竟选了这么些心狠手黑的玩意儿！"

麴公子脸上的笑容更深了几分，不知为什么看着却让人有些发冷，"好！这话说得好，有理有据，意味深长！这事儿也做得好，水到渠成，天衣无缝！"

黄四摸了摸头，实在拿不准眼前这位贵人的喜怒，正不知如何回话，就听雅室门外有人笑了一声，"果然是玉郎！"

门帘一起，从外面走进两位男子，前头一个三十多岁年纪，微微有些富态，后面则是个身材瘦削的年轻人。两人穿戴都十分寻常，只是落在黄四这种人物的眼里，那身富贵气却比和尚脸上的胭脂还要来得抢眼。他赶紧低头欠身，悄然退到了门外。

雅室里，麴崇裕已不紧不慢地起了身，像是头一回见到萧氏兄弟般从头到脚将两人打量了一遍，抱手一笑，"果然是贤昆仲的手笔，麴某佩服！"

萧守规与萧守道相视一眼，心头越发惊疑不定。适才楼下的掌柜说有位姓麴的公子在雅室里等他们时，他们就吓了一跳，麴崇裕不是过完年就去洛阳了吗？是什么时辰回来的，而且直接找到了这里？这一进门，他居然劈面又是这句话……两人交换了一个眼色，萧守规便笑道："玉郎此话怎讲？我们兄弟不过闲极无聊，过来瞧瞧热闹，什么手笔？"

麴崇裕微微一笑，优雅地欠了欠身，"原来如此，是麴某误会了，抱歉。"

萧氏兄弟只觉一拳打到了空气里，想再解释几句又无从说起。待得三人分宾主落座，两人更是打起了十二分的精神。

麴崇裕却是随意往凭几上一靠，伸手端起了面前盛着冷浆的杯子，一面瞧着窗下的情形，一面慢慢啜饮，那神态，仿佛不是身处闹市酒楼，而是对着高山林泉、白云空谷，哪里有半点要开口询问的意思？

萧氏兄弟顿时有些傻眼，还是萧守规咳了一声，开口笑道："今日的确是巧了，却不知玉郎是如何知晓小弟在这酒楼定了雅室的？"

麴崇裕依然是一脸的漫不经心，"麴某能知道什么？麴某前日才回长安，突然听说出了这么桩事，自然要来瞧瞧热闹，不曾想大早上的这酒楼的雅室竟已客满，我瞧着有两间似乎还没人，一问掌柜才知，是早就被订了出去。麴某一时想岔了，提了提萧贤弟，没想到却是歪打正着。"

这话说了跟没说有什么两样？萧守道到底年轻气盛，忍不住问道："这也奇了，玉郎为何听说有人订了雅室，就会想到我们兄弟头上？"

麴崇裕慢悠悠地低头喝了一口，"自然是因为麴某想岔了。"

萧守道眉头一皱，还要再问，萧守规忙向他使了个眼色，自己动手给麴崇裕满上了浆水，"玉郎有所不知，这家酒楼的青梅酒和青梅浆都极为有名，这些都是小弟昨日就订下的，玉郎尝着可还新鲜？"

麴崇裕欠身道谢。萧守规这才笑道："玉郎也知道我们兄弟的，最是闲人两个。小弟我也是昨日才听人说起长安县衙这边闹得有些稀奇，立马便打发人过来订了个雅室，没想到竟会遇见玉郎。玉郎莫不是屈指一算，便算出长安城里就数我们兄弟最闲？"

他这边姿态放得十足，萧守道脸色就有些不大好，伸手倒了杯酒，闷头就喝。

麴崇裕的目光在两人身上转了转，脸上露出了自嘲的笑意，"大郎说笑了！麴某若是会算，又如何会落到今天这田地？不瞒两位说，有些事，麴某在西州时做得着实不算少，因此昨日一听此案，便觉得天下哪能有这般巧事？今日掌柜又说早有贵人订了雅室，更是落实了我这念头。因前几个月修建裴府时，就数大郎二郎助我最多，麴某未免以小人之心度了君子之腹，唐突之处，还望两位海涵。"

萧氏兄弟顿时松了口气。当日麴崇裕和裴行俭在西州究竟是哪番情形，他们虽然不大明了，但结果却是板上钉钉的：裴行俭抢了麴崇裕的西州都护！两人回了长安后，面上还算有来有往，走得却不算近，这次裴行俭强人所难，非要麴崇裕两个月就修好宅子，更是无礼。看来麴崇裕在裴行俭手下当真是吃过亏的，而他之所以疑心到自己兄弟头上，也只是因为当日他们太过关切裴宅的修建，并不是真的发现了什么蛛丝马迹。

萧守规便笑道："玉郎如此坦诚，倒叫小弟羞愧无地了。不瞒玉郎说，当日小弟的确是有些私心。守道今年也要参加吏选，那什么试判，他怎么做得来？自然是巴望着出点什么事，把试判早些弄黄了才好，没想到却是白忙了一场，倒是叫玉郎见笑了。"

麴崇裕同情地点头，"那试判的确害人不浅！我恍惚听谁说过一句，二郎和乔府三郎都是因笔迹不合被驳落的？"

萧守道脸上微微一红，萧守规已举杯笑道："不提这些扫兴的事了，今日既有好戏可看，玉郎，咱们不如换上酒水助兴？"

麴崇裕扬眉一笑，"好！"

三人换了酒杯，推杯换盏喝了几口，就听下面一阵乱响，却是长安县衙已排开仪仗，开门审案了。就见那大堂上，差役分班而列，从后堂被请出的五位一字排开站在了堂前，前头是四位新晋的官员，末尾一个则是作寻常士子打扮。五人都生得仪表堂堂，穿着也比寻常人体面，此时笔直地站在那里，倒也颇有点一排玉树的意思，顿时激起了一片议论。

酒楼上，莫说萧氏兄弟瞪大了眼睛，连麴崇裕都放下杯子，凝神看了过去。

大堂之上，霍标几人依次报上了姓名来历，他们并不是平头百姓，莫说霍标已是大理寺八品评事，就是落选的舒侠舞也是正经的明经出身，自然不用下跪陈情。经过一夜煎熬，几个人的脸色都不大好，言谈举止却还未失方寸。

长安县令也颇为客气，只是笑道："今日将诸位请来，原是本县有位金大郎于两个月前蹊跷毙命。据医者所云，他乃伤重不治，这位金大郎的伴当则说，他之所以身受重伤，是在平康坊与人殴斗。本县召来平康坊的武侯等人询问，人人都说，诸位就是当日动手的一方。相关证词，都已录供。本官虽不大相信，却也不得不将诸位请过来问上一声，不知诸位去年十二月十六日午后，在平康坊北里中曲张氏宅中，可曾与人殴斗？"

堂上堂下，顿时变得静悄悄的。

在令人窒息的沉默中，苏味道忍不住转头看了霍标一眼，却见那张俊朗的面孔此刻颜色灰白，分明写满了挣扎，他不由暗暗一声叹息，默然低下头去。

他们几个昨日到了县衙之后就被分头"请"进了不同的房间。他在屋里坐立不安，一直等到天黑，才有位姓刘的主簿过来将事情分说了一遍，当时他便觉得五雷轰顶——唐律对杀人案判得极重，就算群殴打死人，首犯也是要抵命的，皇亲国戚都不能免罪。自己卷进了这种案子，就算侥幸得活，也是前程尽丧，名声扫地！

好在那主簿话头一转，说当日旁观者甚多，大伙儿都看得明白，伤重致死的那位金大郎是霍标动手教训的，与旁人并无干系，只是人命关天，相关人等总得问到，因此今日才不得不把他们都请过来。苏味道听得这句，腿脚都差点软了——幸亏出事的只是霍标动手的那个，幸亏自己没碰那位一根手指头，不然要论成群殴，自己这些人哪个能脱得了干系？只是霍标他，如此一来……

主簿最后也叹道："霍评事可惜了，只怕……唉！少府几个纵然并无人命干系，少不得也要在公堂上如实禀告，方能离开。如此一来，莫说霍评事心里会有芥蒂，旁人瞧着也难免叹息。人言可畏，三人成虎，传到后来还不晓得会是怎样的情形！

"苏少府，你们当日若是再喝多些，什么都没听到，什么都不记得，反倒是好了！"

这感慨的声音此时仿佛还在苏味道耳边回响，他心里越发百感交集：自己难道真要在大庭广众下亲口指认好友伤人致死？虽说句句是实，但此事做来……

　　他这里犹自纠结不休，那边县令早就等得不耐烦了，"本县请诸位过来，原是一片好心！若是案子转到大理寺，少不得要拖上十天半个月，岂不是耽误了诸位的行程？到时说不定官位难保，又是何苦来哉！我再问诸位一句，你们可还记得当时的事由？若是实在记不起来，也只能委屈你们去大理寺分说了！"

　　他的目光在几人身上缓缓掠过，盯住了张茂，"张参军，你说呢？"

　　张茂身子微微一颤，沉默片刻，涩声回道："启禀明府，下官记起来了。当日乃是试判之期，下官承蒙霍评事之邀，去张宅宴饮，酒宴过半，有一泼皮突然闯入院中，满嘴污言秽语，不忍卒听。霍评事受辱不过，方出去与他理论，争执之中动了手脚。下官与苏少府几个，则拦住了这泼皮带来的伴当，将他们赶了出去。事情原委，便是如此。"

　　苏味道心里暗暗松了口气，却听身边的霍标也长长地出了一口气。他心头一跳，转头看去，却见霍标脸色已变得十分平静，嘴角甚至还带上了一丝若有若无的嘲讽笑意。苏味道的耳根顿时有些发烧，低头不敢再看。

　　这边县令又问过许弘毅，得了差不多的说法后，却又问道："也就是说，当日殴伤金大郎的，乃是霍评事，与你等无关？"

　　许弘毅咬了咬牙，低头回道："的确如此。"

　　苏味道虽不敢转头，眼角却清清楚楚地瞟见，霍标嘴角的笑意似乎又加深了几分，他心头的憋闷简直难以言表，耳边听到那县令问到自己头上，"苏少府，当日你可曾看清，到底是谁人动手？"

　　仿佛有块巨石蓦然压在了苏味道的身上，他几乎无法抬起头来。"启禀明府，当日、当日……"惶然无措中，一句话不知从哪里冒了出来，飞快地冲口而出，"下官喝得有些多，记不清了！"

　　县令皱了皱眉，"此话怎讲，少府难不成连自己动没动手都记不清了么？"

　　苏味道心里一横，咬牙抬起了头，"的确记不清了！"

　　霍标、张茂和许弘毅都惊讶地转头看了过来，霍标的眼里满是不可思议，张茂和许弘毅的目光里却渐渐带上了不满。苏味道不由一惊：自己这么说虽然对得起霍标，却是陷他俩于不义了！只是话已出口，再没有反悔的余地……

　　县令看着苏味道点了好几下头，转眸又看向了舒侠舞，"却不知舒明经是否还记得当日之事？"

　　舒侠舞满不在乎地抱了抱手，"学生不敢欺瞒明府，学生只记得当日喝到一半，有人过来乱骂，学生似乎是与人打了一架。不过，学生当日喝得不少，只记得自己乱打了一通，却不记得还有谁动了手，也不记得自己打了谁。"

　　这话一出，连苏味道都被吓了一跳，这舒侠舞自打试判得了蓝缕，便颇有点破罐子破摔的意思，没想到在这场合下，居然能胡来得如此光棍！

县令倒是笑了起来，"有两个记得清，两个记不清的，霍评事，你又怎么说？"

霍标神色复杂，目光在几个好友脸上缓缓掠过，一字字道，"霍某当日做东，喝得也是最多，霍某，也记不清了！"

苏味道心里顿时一沉，旁人也就罢了，霍标怎么也含糊其辞？他是害怕刑罚，还是记恨张茂和许弘毅说了实话？可事实本来就是如此，大家也是没有办法。何况那日的情形，看见的人又多，供词都已经录好了，他这样做，除了能把几个人都拖在这案子里，耽误大伙儿的行程，又有何益？

那边张茂便皱眉道，"霍兄！你这是……"

霍标神色漠然地瞧着他，"人命关天，难道张兄就不许霍某实话实说么？"

县令瞧着他们针锋相对的模样，脸上慢慢露出了如释重负的微笑，"这样说来，你们倒是记不清楚的居多。也好，这和本县昨日问得的口供倒也对得上，看来那金大郎的确是被群殴而死！"

什么？堂上五个人里，倒有四个遽然变色。苏味道只觉得耳边轰然一响，惊得几乎回不过神来。张茂也是满脸愕然，锐声道："明府此言何意！刘主簿昨日明明是说，县衙已将事情查清，下官适才也并无一句虚言，怎么又成了群殴？"

县令诧异道："刘主簿？张参军昨夜是没睡好么？本县何曾有过什么刘主簿？"

苏味道心里一急，脱口道："昨夜的确是有一位刘主簿过来说过，明堂已将事情查得明明白白，让学生，让学生……"

县令冷笑一声，"怎么，是他让你上堂来别说实话，只说喝多了记不清了？苏少府，你当本县是傻子么？天下会有这样的道理？"

苏味道张口结舌，一句话也说不出来，只觉得手脚冰凉，呼吸困难，满脑子只剩下一个声音：怎么会这样？怎么会这样？

县令伸手一指门外，声音更洪亮了几分，"昨日堂审，诸位父老百姓都听得清清楚楚，被带来的女伎、奴婢还有平康坊的两位武侯都说了，当时是一场混战，诸位人人有份！诸位是想说，本县昨夜派了个什么刘主簿来诱你们的供词么？真真是笑话！你们自己要互相推诿，原是人之常情，却莫要扯到本县的头上！诸位难道以为，有官袍在身，我大唐的诬告之罪就治不得尔等了？"

这话清清楚楚地传到了外面，自有离得近的高声复述，顿时赢来了一片哄然叫好。这声音仿佛一记清脆的耳光甩在了苏味道的脸上，他蓦然清醒过来：这不是误会，不是疏漏，这是人家早已布置好的陷阱，而自己，已是无从脱身！

县令冷哼一声，踱回了高案之后，"尔等身为士子，轻狂无度在先，互相推诿在后，当真令士林蒙羞！不过今日本县是不会将你们如何的，这武侯、女伎的供词都已在此，日后到了大理寺的堂上，诸位自然想如何当堂对质就可以如何当堂对质。还请诸位稍候片刻，本县这里还有本案最后一位证人，待本县问过这位医师之后，自然会请诸位去大理寺一行！"

"诸位，你们还有什么可说的？"

瞧着眼前这张正义凛然的面孔，苏味道简直有些想笑出来：他们这些人，的确够轻狂，自负学识过人，自以为锦绣前程已然在手，转眼之间却一个个争先恐后地跳到别人早就挖好的坑里！而直到现在，他们却连对方是谁，对方为何要下这样的狠手，都一无所知。愚昧至此，无能至此，还有什么可说的？

他转头看了看张茂几个，那一张张灰败的面孔上，写着的是一模一样的绝望。唯有霍标一直低着头，看不清表情如何。

堂上的声音变得颇不耐烦，"诸位若是没什么可说的……"

"且慢！"霍标猛然抬起头来，一双眸子竟是亮得惊人。

他上前一步抱手行礼，沉声道："下官愿意自首赎罪。望明堂明鉴，下官当日之所以轻狂无度，乃是因为在试判之前，司列少常伯裴行俭已答应下官，会让下官试判入等，注官留京！"

这几句话随着堂外一声声的传递，仿佛在油锅里泼进了一瓢冷水，顿时让人群彻底沸腾起来。

一片喧闹之中，没人注意到，薛记酒铺最当头的那处雅室，不知何时打开的一条窗户缝已悄然合拢，坐在窗边的女子缓缓取下了头上帷帽，露出的面孔竟是霜雪不足以喻其晶莹，花月不足以方其妩媚。她端起面前早已盛满的酒杯，一点一点将整杯酒都喝了下去。

仿佛是喝下了世上最甜美的琼浆玉液，那张美丽面孔上慢慢绽开了一个欢悦之极的微笑。

随即，她毫不犹豫地起身戴上帷帽，低声道："走吧。"

一旁的侍女疑惑地往外看了看，也谨慎地压低了声音："娘子？咱们冒险留下这么久，您不是说……"

女子轻轻摇头，那带着笑意的艳丽容光仿佛隔着面纱也能晃乱人的心神，"不用再看了，老天有眼，竟然还有这样的意外之喜，他们也算是报应到头，我还有什么不放心的？再贪心，咱们就走不了了！"

雅室墙上的小门无声无息地打开又合拢，空荡荡的屋子里看去依旧整洁而清冷，仿佛从来就没人在这里出现过，唯有案几上那壶残酒和屋里犹自飘荡的那缕幽香可以证明，在酒楼的幽暗斗室中，在长安的十丈红尘里，曾有美人悄然而来，飘然而去。

第一百三十九章
一洗前辱　终得报应

"啪，啪，啪"，酒楼的雅室里，响起了几声清脆的击掌声。

麹崇裕瞧着窗外缓缓摇头，脸上的神色仿佛是嘲讽，又仿佛是赞叹。空地上人群中的骚动喧哗犹未平息，两边酒楼里也隐隐传来了越来越响的惊叹争论，斜对面的雅室里，还有看热闹的女子推起窗子，探身张望。他往外瞧了几眼，脸上的笑容也越来越深，"好，好一招连环计！今日我总算知道，怎么做，才能让一个前程无限的官员在大庭广众下指认吏部选官了！"

萧氏兄弟原本也满脸兴奋地看着窗外，听到这一句，脸上的狂喜顿时收敛了几分。萧守道便笑道："麹兄怎么还是这么想？不是有老话说，纸里包不住火么？你瞧瞧这几个，为了推诿责任，不是说记不得了，就是指认好友杀人，这等品性，为了求得免死，出首告官，也是情理之中，怎么就成了连环计？"

麹崇裕嘲讽地挑起了眉头，"二郎这话说得！前头的事情咱们就不多说了，家财万贯的单身女子居然能突然弃家而去，破落租户居然敢争夺名妓，还能延请名医，寻常士子居然能三拳两脚打死泼皮，还在刚得告身的时辰被抓了个正着，这世上不是没有巧事。但事事都那么巧，巧事都凑成了一处，还说是天意……"

他冷笑着摇了摇头，端起酒杯，仰头喝了下去，又拿起酒壶重新满了一杯，"不过设局之人当真了得。虽有这么多的蹊跷，用一句'巧合'依旧说得过去，落在下面这些蠢人眼里，只怕还觉得是天理循环报应不爽。横竖何娘子已经走了，金大郎已经死了，连尸首都找不到了，有些事不是想怎么说就怎么说？谁会疑心这些医师、武侯、妓女好端端地联手起来陷害官家人？就算有人曾经亲眼目睹当日的情形，谁又能拍着胸脯到公堂上说，旁人都记错了，只有他记得几个月前的那场混战里谁动了手谁没动手？

"莫说这些人了，就是堂上那几个，能走到今日，按说也不会太蠢，可一夜之间，不照样被人挑动得失了本心？或是想赶紧洗清责任，生怕耽误了前程；或是想含糊而过，莫要影响了名声；甚至还想在这节骨眼上出出风头！人人都以为横竖有那么多人看见经过，自己说什么都不打紧，结果个个都成了互相推诿、目无法纪的小人，便是先前事情还有三分蹊跷，也被他们自己洗得干干净净了。这一手实在老辣，麹某五体投地！"

萧守道低头看着杯子没有作声，脸上的表情几乎有些纠结。萧守规却是嘿嘿两声，"玉郎果然与我等不同，凡事都爱多想几层，小弟们就晓得看个热闹。惭愧得很，玉郎说的这些，咱们却是半点也没看出来。"

麹崇裕手里端着酒杯，目光也落在那杯子，显然不知想到哪里去了，半响才摇头长叹了一声，"这一局，最妙的就是，我明明知晓这是个局，可想来想去，居然找不到任何破解的法子。若我是那姓霍的，大约也只有自首这一条路好走。我猜，假如他不说这句话，接下来上堂的那位医师，就会说那金大郎是骨折伤重而死，如此一来，只要接着坐实他是群殴斗杀的首恶，他便只有等着绞刑了！这一招，的确够狠够准！"

他的眸子终于转了一转，落在了萧氏兄弟身上，"大郎二郎，你们，以为如何？"

他怎么什么都知道？包括这前不久才定下的……萧氏兄弟相视一眼，眼底的那分惊骇再也难以掩饰。萧守规好容易才撑住脸上的那点笑容，"我们能以为什么？玉郎怎么想都好说，好说！"

麹崇裕含笑点头，那张总带着三分不羁的俊秀面孔上，这笑容竟有一种异样的温煦味道，嘴里说出的话却是冰冷入骨，"可惜了！如此一来，原是天衣无缝的局面却是毁于一旦！设局之人虽手段高明，到底太过意气用事，大约是眼瞧着那裴守约名声越来越响，这次吏选明面上又挑不出任何错来，纵然有几个新晋官员酒后失德，也未必全能推到裴守约所选非人上，便想着要在这件事上打得裴守约再也不能翻身！如此沉不住气，焉能成事？"

萧守道大惊，脱口道："此话怎讲？"

麹崇裕笑吟吟地看了他一眼，"裴守约是什么人物？他是缺钱用，还是这辈子没见过人才，要上赶着拉拢堂上那头蠢货？"

萧守道松了口气，笑道："有些事原也难说，便是那位少常伯眼高过顶，谁能保证他手下人人都没有私心？"

他话音刚落，雅室的木门上便响起了两声敲击。萧守道忙丢开了杯子，"进来回话！"

一个闲汉低头快步走了进来，弯腰唱了个喏，便上气不接下气地开口道："启禀、启禀各位公子，堂审又有了变故。明堂说事涉朝廷要员，不敢过问，那位姓霍的就说，他当时见的不是裴少伯本人，而是少伯的长随裴景，还把在何年何月在哪里见的面、送了多少钱财、当时对方是怎么答应的都禀报了一遍，说是送了足足一百金，这才换来了试判入等、留京为官。县令录了口供，却不肯发签抓人，只是立马要移交到大理寺去，由上官来处理。

"再者，最后给金大郎看病的那位医师适才也已到堂，还拿来了当时写的药案和药方。那金大郎当日的确是受伤发热而致病重，可最后不治却与他病中又受了风寒有关，并非直接死于伤情。因此明堂最后还是定了个群殴致伤，眼下正在点齐证人证词，说是要立马移交给大理寺了。"

麴崇裕看了萧守道一眼，点头道了声"好"，待那闲汉退下，便倒满杯中酒，微笑着向萧守道一举，"二郎果然料事如神！"

萧守道耳根子顿时有些发热，只能尴尬地笑了笑，"我只是胡乱猜中了一句而已，玉郎猜中的事情不是更多？"

麴崇裕眉头微挑，笑意更浓，"二郎是说，麴某居然都猜对了？"

萧守道张了张嘴，却不知如何回答才是。好在麴崇裕只是一笑而已，反而有些怅然叹了口气，"姓霍的如此说辞，乍听上去还有一两分道理，不然裴守约这几个月忙得陀螺一般，便是要编一个他在外头私交选人的时间地点都不容易，何况去坐实此事？我猜那设局之人是想着，这两天正是吏选各项文书归档封库的日子，也是新任官员们离京赴任的日子，裴守约再有能耐，也是分身乏术。这贿选之事，原本最易让人相信，无论结果如何，只要事情随着各位官员传遍天下，所谓'裴李'也会从美名变成臭名！

"何况既有新任官员殴伤人命的案子在先，又有贿选的案子在后，如果能说动圣人，裴守约少不了一个丢官去职；就算案子没有实证，不了了之，也总能为他留个后患；退一万步来说，即使被证明是诬告，也完全可以推到霍标头上，说他为免刑罚，胡乱攀咬。此事正是有百利而无一害，自然不妨一试。"

萧守道不由自主点了点头，随即才意识到不对，忙又用力摇头，"麴兄所言的确颇有道理，可事情究竟如何，谁说得清？咱们、咱们又不是设局的……这事是不是设局，不也还不清楚么？"

麴崇裕笑得有些漫不经心，"二郎说得对，他们是怎么想的，我等的确无从知晓。我也只是知道，不管他们是怎么想的，这一次，定然会输得很惨。"

萧守道脸色顿时一变，萧守规也皱起了眉头，又忙冲弟弟使了个眼色，叫他莫再开口，自己脸上多少带出了点笑意，"玉郎此话怎讲？"

麴崇裕轻轻叹了口气，"姓霍的主动出首破绽太大，所谓欲速则不达，此为其一；其二么，我虽不会算，裴守约却是最会算的，不知怎地，我总觉得，如此下去，不但这贿选之名定然翻转，就是那殴伤人命，只怕也立不住。"

萧守规脸色微沉，沉默片刻才笑了笑，"麴兄真会说笑！来，咱们喝酒！"

麴崇裕从善如流地举杯送到唇边，却想起什么似的突然停住了，目光在萧氏兄弟脸上微微一转，笑容里多了一分轻佻，"这么喝酒好生无趣，要不，咱们今日就打一个赌？"

他闲闲地一指窗外，"今日这热闹若能顺利收场，自然是我输，以后大郎二郎但有差遣，崇裕必当从命；若是我不幸言中，待会儿此局会被翻转，那就算我侥幸了，日后么，旁的事也就罢了，在酒席之上，贤昆仲却是要听我的分派，喝酒行令，不得推辞！"

萧氏兄弟相视一眼，又都转头看向了县衙。县衙的堂前已是人山人海，大伙儿争先恐后地瞧着最后的热闹。前几日被提上堂的若干证人都已被带到了堂上，正在依次签字画押，显然就如适才的闲汉所说，立马就要被移交到大理寺去了。

让这位麴玉郎凡事都听自己的么？萧守规缓缓点了点头，笑容有些冷："玉郎盛情，敢不从命！"

麴崇裕大笑着举起了酒杯，"一言为定！"

他闭着眼睛慢慢喝下了杯中的清酒。睁开眼时，眸中光华流转，神采照人，"多谢两位成全，如此一来，无论如何，我麴崇裕今日总不至于白走这一趟！"

萧氏兄弟怔了一下才明白他话里的意思，萧守道忍不住"哼"了一声，"麴兄既然有意成全，我等自然义不容辞！"萧守规却道："玉郎说笑了，不过话说回来，虽说今日之事已无可看，可玉郎到底觉得哪里破绽太多，哪里有些不妥，可否见教一二？"

麴崇裕沉吟片刻，正要开口，突然身子往窗口一倾，击案叹道："不用我来说了，你们自己看——"

就见熙熙攘攘的人群中，一个身材瘦小的年轻人正奋力往县衙门口挤去。只是人流太密，他虽奋力前进，却走得极慢，眼见那边堂上证人都已站了起来，他突然高声叫道："且慢！我也是本案证人，我要自首，我要自首！"

人群"哗"的一声，很快就分出了一条道来。瘦瘦的年轻人快步走到县衙堂前，抱手高声叫道："启禀堂上，小人姓裴名景，河东人士，乃司列少常伯的长随，适才霍评事所言与他私交，收他贿赂的，正是小人！"

他的个头虽然不高，声音却着实脆亮，县衙前的人群原本就已静了下来，都在伸着耳朵听堂上的动静，他这一嗓子几乎传出了二里地去，连酒楼上的麴崇裕和萧氏兄弟都隐隐听到了个大概。萧氏兄弟相顾色变，他们当然也认得裴景，可此时此刻，这位长随不是应该跟着裴行俭在吏部办差吗？怎么突然跑到这里来了，还说什么要自首！

萧守道不禁脱口道，"麴兄，你怎么知道……"

麴崇裕冷冷地盯着堂前那瘦小的身影，"我什么都不知道，我只知道，要算计裴守约，不是那么容易的事！"

大堂的高案后，县令原本压抑着几分兴奋的脸色也骤然冷了下来，沉吟片刻，扬声道："堂下之人少安毋躁，霍评事所说之事，本县无权处置，你若要自首，也当去大理寺陈情，本县这便送你与他们同去。"

裴景"扑通"一声跪了下来，"明堂开恩，明堂明鉴！小人原是万死也不敢烦扰明堂的，只是听说明堂正是在这县衙大堂上录了霍评事的口供，事涉小人，这才不得不拼命赶了过来，还望明堂一视同仁，给小人一个开口的机会。让小人也能在这大堂上招认罪行，录下口供，不然的话，小人只能在外头给各位街坊父老陈诉前情，让他们来评评理了！"

他叫唤得凄惨，话语里的意思却半点也不含糊。自有好事者大声附和，"正是，正是！正该一视同仁，让他在这里说说又有何妨？"——不然到了大理寺，关门一审，哪里还有热闹看？

县令的脸色变得更加难看，咬了咬牙才道："那你就进来回话，长话短说，莫要耽搁了时辰。"

裴景翻身爬起，几步上了大堂，磕头行礼，声音也越发中气十足，"启禀明堂，小人来此自首，乃因得知这边有位霍评事声称，去年十二月，小人曾收他财帛，许他试判入等、留任京官。小人顿时吓破了胆！小人深知，这等事体，一旦有人存心陷害，只怕是跳进黄河也洗不清，因此才特地赶来自首。小人几个月前因肚中饥饿，一时糊涂，偷了坊门边老史家烧饼一枚，小人在此承认罪过，望明堂开恩，日后小人万一被扣上了收取财物的罪名，也好从轻发落！"

县令一颗心原本提得高高的，听到最后，那百般忐忑顿时变成了一腔怒火，"胡言乱语！你分明是在消遣本官、扰乱公堂！来人——"

外头围观的好些人听得清楚，也都笑了起来。这人看着老实，说的却全是昏话，明明别人告他收受钱财，他却跑来自首说曾经偷过烧饼，觉得这样就能从轻发落他了，天下怎么会有这种痴人！

哄笑声中，却听裴景尖声大叫起来："明堂息怒，小人怎敢消遣长官！适才那霍评事不也是审着殴杀人命的案子，却无缘无故扯到贿赂小人？明堂不也是郑重其事记录在案，算是自首的凭证？明堂为何不曾说霍评事在是消遣明堂、扰乱公堂？小人见贤思齐，不管贿赂案会给小人定什么罪责，先自首了偷胡饼的罪过再说。这又有什么不对？还请明堂教导小人，小人所为和霍评事有何不同？明堂慈悲，就算要打要杀，也让小人做个明白鬼呀！"

堂外的哄笑声顿时一停，议论声哗然四起：对啊，贿赂官员听着骇人，可要和斗殴杀人相比，就不算什么了，这杀人案的被告突然自首说自己贿赂了官员，跟贿赂案的被告突然自首说自己偷了个胡饼，的确是没有太大区别！自己先前光顾着兴奋震惊去了，怎么就没想到这一点？

县令眉头一皱就想发火，只是往外面看了一眼，那怒色到底只是一闪而过。他微微吸了口气，也提高了声音："你既然不懂律法，就休要胡乱揣测！朝廷原有定规，因重罪而犯轻罪者，只要自首重罪，则可免刑罚。霍评事适才自称，他正是因为贿赂得手，前程在望，这才轻狂过度，行为无状；如此自首，也在法度之中。至于他之所言，是否可算自首，还要大理寺定夺，本官只是记录在案而已；你之所言，却纯属胡言乱语，懂了么？"

裴景点头，"多谢明堂教诲。原来小人此来算不得自首，是因为小人偷得不够多。若是小人当日偷的是一个金饼，尝到了甜头，这才大胆妄为，收受了霍评事的财物，那今日来招认偷盗就能算是自首，日后官府也不会追究小人收受钱财的罪过了，请教明堂，是不是如此？"

他这是明知故问！县令牙根都被咬酸了，若是寻常案子，他早就把这种刁奴堵嘴

/第一百三十九章　一洗前辱　终得报应

送到大牢里废掉再说，偏偏此人明显有备而来，外头又有这么多人围看，自己但凡处置不妥，难免前功尽弃，甚至坐实"诬陷"二字，自己有多少分量够填这窟窿？沉默片刻，他到底还是咬牙吐出了两个字，"不是！"

"这原不是一回事，你也不必在此胡搅蛮缠，还不下去！"

裴景兴高采烈地磕了个头，"多谢明堂教诲，小人明白了，原来这两件不是一码事，不管小人偷的是金饼还胡饼，自首都只能免除偷饼的罪过，至于收受钱财么，该受什么刑罚还得受什么刑罚，不是一码事的，不能混淆！既然如此，小人还自首作甚？小人原先不懂律法，才以为但凡有了罪过，只要自首，就能减刑。多谢明堂谆谆教导，让小人今日总算懂了些律法，再不会胡乱自首了！"

他转头瞧了瞧木雕般默然立在一旁的霍标，突然一拍脑袋，"哎呀，小人想起来，霍评事，您可是大理寺的评事，小人不懂律法，您难道也不懂？如今您打伤人命还不够，还非得说自己行了贿，既不能减轻打伤人命的刑罚，反而多了桩罪名，还坑了小人。您这么损人不利己的胡乱攀扯，又是什么道理？"

这几句话一出，堂外的议论声来得更响亮了，好些人依稀都知道律法里有自首减罪之说，但堂上这么一问一答，清清楚楚地说明，律法里自首减罪的条款还规定了一码归一码，没有自首偷盗就不罚受贿的道理，自然也没有自首行贿就不罚杀人伤人的道理。这霍评事的自首行贿，当真是莫名其妙！

县令再也忍不住，"啪"地一拍案几，厉声道："此乃公堂，不得胡言！法理不外乎人情，霍评事原是群殴之中失手伤人，能主动自首贿赂选官之罪，可见确有痛改自省之心，就算律法并无定规，但于情于理，都有可恕之处，你休要在此强词夺理！来人，把他叉下去！"

两个差役大步过来，将裴景架起，"扑通"一声丢到了台阶下面。裴景灰头土脸地站了起来，声音更大了几分："小人冤枉！小人现在更糊涂了！按明堂的说法，就算律法作不得数，从情理上论，霍评事只是失手伤人，算是轻罪，主动自首贿赂选官这样的重罪，可以从轻处置。可这样一来，事情不就更奇了么？"

他转过身来，冲着人群大声道："大伙儿都看见了，适才霍评事自首那时辰，医师都还没过堂，人人都说金大郎是被群殴而死的，霍评事背着的分明是杀人的重罪，自首什么都不管用。那霍评事又是怎么知道医师后来竟然会说金大郎是死于伤寒？他怎么就不肯略等一等，等罪名定了之后，再去大理寺自首，却非要急着在大堂上嚷嚷说自己贿赂了小人？难不成他是掐指一算就算了出来，只要说他贿赂了小人，这杀人的罪名就会变成伤人？

"不过说起来呢，这般奇怪的事情，这几日来原是多了去了：书生出手，居然随随便便就能打死积年的泼皮；泼皮受伤，居然有一个两个的医师专门给他看病；这殴杀案还没审完，最懂律法的官家人就急着自首说贿赂了小人！横竖一句话，小人的主人司列少常伯还在皇城里忙碌呢，这盆脏水隔着十万八千里准准地就泼到了他的头上，要不怎么叫环环相扣，天衣无缝呢！"

县令"腾"地站了起来，连喝了两声"住嘴"，可裴景人在堂外，哪里会理他？他的声音又响又脆，噼里啪啦一字字说得清清楚楚，人人都听得明明白白，市井中人还要想上一想才能醒悟过来，那些打扮体面些的官员和管事们，却个个都已是恍然大悟——原来是这么回事！

苏味道几个更是心头雪亮。苏味道忍不住瞧着霍标咬牙点头，"怪道霍兄当初那般热心，我等全是傻子，才错认了你！"

霍标面无表情地看着外面，声音也是冷冷的没有半分起伏，"我才是傻子！"

这边县令已是勃然大怒：这位长随明显是有备而来，一路装疯卖傻，可不管自己说什么，他都能自顾自地把要他要说的话嚷嚷完……早知如此，就不该让他开口！他悔怒交加，知道再不能让他胡乱开口，忙厉声道："大胆刁奴，好好回话也就罢了，竟敢咆哮公堂，污蔑本县，来人，把他拖回来掌嘴！"

几个衙役忙赶将出去，抓小鸡般将裴景拎了起来，裴景一路杀猪般地尖叫，"冤枉啊！冤枉啊！"衙役们哪里肯理会，把他往大堂的地上一按，两人按肩，一人上前举起蒲扇大的手掌就要扇下去。

苏味道瞧着不对，忙上前一步道："且慢！"外头的人群中也有人尖声应道："不能打，不能打！小人要自首！小人要自首！"

这一声来得太过古怪，众人都是一愣，就见堂下的人群一分，从里头连滚带爬地出来一人，身材比裴景还要来得瘦小，整个人勾肩缩头，脸上还包着块脏兮兮的麻布，看去似乎是个乞儿。

那人跌跌撞撞冲到堂口，把脸上的包布往下一扯，声音嘶哑，"小人金大郎，京城人士，适才说是被官人们打死了的，正是小人，小人要自首！"

他的嗓门并不算太高，但这一声，却让整个人群先是一静，随即便彻底开了锅，力壮的奋力往前挤，声高的扯着嗓门叫唤。好在那金大郎甚是滑头，见势不对，不等县令发话，一头便钻到了堂上。饶是如此，堂外的差役们也被冲得连连后退，厉声挥棒呼喝了好几声，才略略止住了人潮。

堂上众人更是目瞪口呆，莫说县令，连差役们都张大了嘴巴忘记自己到底在做什么。证人里有好几个见鬼般连连惊叫起来，头上还缠着纱布的苦主金二郎更"啊"地大叫一声，上来抱住了来人哭道："阿兄，阿兄你没死么？阿兄，你去哪里了？你吓死弟弟了！"

金大郎眼睛也红了，恨恨地捶了他一拳，"还不是你欠的赌债，我总不能见你被人砍手跺脚，没奈何才接了这要命的活计，原说是断条胳膊就能得笔大钱，谁晓得那些人竟然要我的命！若不是菩萨保佑，你兄长我早就填了野狗！"

他抹了把眼泪，推开金二郎往堂上一跪，大声道："启禀明堂，小人金大郎，不合受人引诱，聚众生事，特来自首，求明堂开恩。

"去年十二月，有人给了小人两千钱，让小人到平康坊张宅生事，要引堂上这些官人来打小人。事成之后，那人又给了小人一万钱，打折了小人的一条胳膊，让小人回家悄悄闭门养伤，到时再听吩咐。到了年底，那人让乞儿给小人送了伤药过来。结果小人吃过之后就高烧腹疼起来，后来一日比一日烧得重，迷迷糊糊不知世事，等到有一天醒过来时，才发现自己竟然已躺在了棺木里！

"小人吓得差点丢了魂，好在那棺木没有钉口也没掩埋，小人好容易挣扎出来，还是遇到好心人收留，才慢慢地养好了伤病。小人经这番变故，吓破了胆子，回到城里也不敢声张，只是掩了脸面乞讨为生。前日小人才知阿弟居然一状告到了县衙里，小人在外面看了两天，又想出来，又怕露面之后那人还会来杀我，因此一直不敢上堂。适才听到堂上说又冤枉了人，这才慌了！小人胆小怕死，有事不报，小人知错，小人认罪！"

堂外的人群此时简直已不能用沸腾来形容，人人都恨不能挤到公堂里来看一眼这死而复生之人。早已无人搭理的裴景一骨碌爬了起来，突然哈哈大笑，"这才是老天开眼呢，黑心肝的小人想出这天理不容的法子来陷害我家阿郎，连老天爷都看不过去了！"

这一嗓子顿时引起了空前的共鸣，也不知多少人跟着点头，"可不是老天开眼？""真真是天理不容！"

议论声中，县令脸上已看不出是什么颜色。他闭了好一会儿眼睛，才咬牙慢慢睁开，往远处看了几眼，脸上已多了几分决断，"金大郎，你能自首，所犯小过便既往不咎，如今你到这堂上，可是要状告他人谋害你性命？"

金大郎用力摇头，"小人不晓得该告谁，那人包着头脸，小人只知道他说话是京城口音，年纪相貌一概不知，如何能告？小人能活下来已是命大，不敢胡乱再打官司。"说完又冲金二郎杀鸡般地使眼色。

金二郎立时也跪了下来，"明堂恕罪，小人听说兄长去世乱了方寸，这才劳烦了明堂和各位街坊。如今兄长无事，小人知罪，再不敢生事了。只求明堂开恩，饶恕小人罪过，也望各位街坊大人大量，原谅小人冒犯。"

县令面色微微一缓，目光又扫了扫堂下一干证人，那几个与金家兄弟同院的邻居自是巴不得此事作罢，连连点头。两个医师里，一个跪下磕头，"小人医术不精，当日见金大郎高烧，只以为是受伤败血所致，不曾往别的上面想过。"另一个也道："在下只在金大郎弥留之际给他把过一次脉，当时便觉得他的病症不似重伤，倒像是寒毒，因正值三九天气，便只想到了伤寒上头，在下惭愧。"

此时一个个开脱得倒是干净！县令眼睛微微一眯，几乎冷笑了出来，好容易才咬牙忍住。转头一眼看见苏味道几个正瞧着自己，满脸都是毫不掩饰的冷笑，他的脸色又变了一变，到底还是挤出一丝笑容，走下几步对着几人抱了抱手，"诸位受委屈了，都是本县太过唐突，受人蒙蔽，这才误会了各位。好在天理昭昭，如今真相大白。本县不敢再留下各位，以免耽误各位的行程。诸位若有什么要求，本县一定尽力满足。诸位若是要去大理寺陈情，本县也愿意奉陪。"

这话分明是绵里藏针！苏味道"哼"了一声，正想开口，平日话少的许弘毅却抢先道:"不必了!我等还有皇命在身,既然此事已查明是一场误会,我等自是离京赴任要紧,明堂若无其他事由,下官们这就告退。"

苏味道好不惊愕,转头道了声:"你!"

许弘毅冷冷地扫了他一眼,嘴里并未停顿:"至于大理寺那边,贵人们的官司,请恕下官们不敢置喙!"

这声音仿佛一盆冰水浇在苏味道的头上,顿时将他的那腔盛怒浇灭得干干净净。这原是神仙打架,小鬼遭殃,能布下这样一局棋来针对裴少伯的人,岂是他们这些初出茅庐的人可以抗衡的?

仿佛有股寒意从心底最深处渗了出来,他转头看了看堂外,长安暮春的天空原是一片碧蓝,从县衙的屋檐下望去,越发显得高远宁静,然而此时此刻,他却只想赶紧离开这片天地,越远越好。

县令微微松了口气,抬眼看了看霍标,声音变得有些平板:"霍评事今日所说之事,本县无权过问,评事去大理寺回话就好,本县也不留评事了。"

霍标的脸上依然是木木的,似乎什么都没有听见。苏味道心里一动,突然意识到,此时此刻,所有的人都可以安然离开,都可以把自己摘得干干净净。唯有霍标,必须去大理寺面对他自己坦白的"罪状",那是另外一桩案子了,而他显然半分胜算也没有!

瞧着那张熟悉的面孔,苏味道心头的怒火渐渐变成了怅然。

霍标却没有注意到苏味道的目光。大堂里,县令站在案几后,高声宣布本案了结,其他事由将转呈大理寺处置。县衙外,差役们开始驱散人群,引来了轰然叫骂。他却依然一动不动地看着不远处的地面,仿佛那片干净齐整的青砖,就是这世间唯一值得细看的东西。

相隔不远的薛记酒楼雅室里,铺着织花毡毯的地面此时已变得一片狼藉。萧守道面前的食案被推在了一边,酒壶、酒杯、食案都滚落了下来,酒水点心洒得到处都是。刚刚说完堂审情况的闲汉吓得倒退了两步,瞠目结舌地说不出话来。

萧守规的脸色也难看到了极点,却还是强撑出了一个笑容,"阿弟,你怎么这么沉不住气,不就是有人死而复生么,也用不着惊讶成这样!"说完随手摸出个装了铜钱的荷囊丢到闲汉脚下,"你也辛苦了,拿去买壶酒喝吧!"

闲汉转惊为喜,忙低头捡了起来,手上掂量,口中感激,脚下毫不耽搁地飞快退了出去。萧守规这才转头看了看麹崇裕,却见他依然懒洋洋地靠在凭几上,连嘴角那嘲讽的弧度似乎都没有变化。他心里的惊恐、愤怒、憋屈顿时变成了一把邪火,烧得他忍不住冷笑起来,"看来一切都不出玉郎所料啊!"

麹崇裕淡淡地瞧了他一眼,举杯喝了口酒,竟是一句也懒得回答。

萧守道原本就最是气盛,听见兄长这一句,再看着麹崇裕这模样,眼里更是几乎能冒出火花来,"啪"地一拍案几,"麹玉郎,你早就知道了是不是,特意就是到这里来看人出丑的,好你个吃里爬外的东西,你……"

麴崇裕脸色蓦然一沉，把酒杯用力往案几上一放，一声刺耳的脆响，那薄薄的青瓷杯顿时四分五裂。

萧氏兄弟吓了一跳，麴崇裕已起身逼了过来，那张俊秀的面孔没有了笑容之后，五官轮廓便显得冰冷锐利，话语更是比冰刀更酷寒逼人，"自然有人吃里爬外，不是东西，可惜怎么算都算不到麴某人的头上！你以为我很喜欢看这大好局面功亏一篑，从头到尾都成了笑话？你以为我很喜欢看别人苦心经营，百般算计，到头来反而让裴守约的名声更上一层楼？这设局的蠢货，也不晓得从哪里找的废物，这点事情都做不干净不说，还要自作聪明、画蛇添足，难不成以为凭着自己的一点小聪明就能把裴守约玩弄于股掌之上？笑话！"

他的嘴角渐渐挑起了冰冷的微笑，"萧二郎，你往外面看看，看清楚了，那死而复生的泼皮到底是怎么活过来的？那巧舌如簧的长随到底是怎么找过来的？你们这一步一步，全然落在了别人的算计之中，如今却还不好生反省，想想到底是哪一步出了纰漏，查查到底是谁在吃里爬外，却急着迁怒于人，在这里跟我鼓噪不休，胡乱攀扯，此等行径，就是市井泼妇也不如，真叫人笑掉了大牙！"

萧守道气得脸都紫了，全身抖动，好容易说了个"你"字。麴崇裕冷笑一声，"你什么你！我麴崇裕在西州跟裴行俭斗得你死我活的时候，你还在奶娘的屋子里玩竹马呢！今日这般局面，我在西州亲眼看到过多少次，有什么好新鲜的？原以为这次总算能瞧到不同的结局，结果却是如此！真真是让人大失所望！"

他脸上冰冷的怒色慢慢收敛，重新坐回了自己的位子，神色又恢复了平日的慵懒。萧守道紧紧握着拳头，却怎么也没勇气对着这张喜怒难测的脸孔挥下去。萧守规更是心底寒意直冒，一把拉住了弟弟，想了一想，认认真真对麴崇裕欠身行了一礼，"守道无知，冒犯玉郎，实在抱歉。他此番吏选颇受折辱，今日才会如此失态，还望玉郎莫要见怪。玉郎原是一片好意，二郎，你还不快些赔个不是？"

萧守道愕然看着自己的兄长，见他目光严厉，心里又是愤怒又是委屈，扭过头去不肯开口。萧守规还要再说，麴崇裕却是飒然一笑，整张面孔瞬间便被这笑容映得明亮愉悦，"罢了罢了，大家都是气急之下口不择言，又有什么冒犯不冒犯的！大郎能不疑心是麴某在通风报信、与大伙儿作对，麴某已是感激不尽了。两位眼下想必还有事，麴某就不耽误你们了。日后到了酒席之上，两位记得照料照料麴某就好。来，请先喝了这杯！"说完拿起酒壶，在装浆水的白瓷杯里倒了满满两杯酒，笑微微地看着两人不语。

萧氏兄弟此时自然是要急着回去报信的，但赌约在前，冒犯在后，却也不能不认，只得伸手接过，仰头喝下，嘴里那分酸苦滋味自也不必细表。两人压着胃里的翻滚抱手告辞，看向麴崇裕的目光未免又添了三分怨恨三分忌惮。

麴崇裕满意地点头一笑，突然想起什么似的皱了皱眉，"对了，还有一事，我有些想不明白。你说这裴守约手里既有金大郎，他为何不等到大理寺接手，甚至是三司会审，事情越闹越大的时候，再把这事儿挑破呢？"

萧氏兄弟心头都是一震，的确，要是这样，事情……想到那后果，他们背上都是骤然一寒，萧守规忙道："那依玉郎所见，这是为何？"

麴崇裕沉吟道："大约只有两种可能，其一，他心地仁厚，不忍见这几位年轻官员因此丢了前程，不愿有更多的人卷入是非，最后酿成难以收拾的朝堂风波。"萧氏兄弟嘴角顿时都撇了下去。

麴崇裕笑了笑，"其二么，他生性谨慎，不愿就此图穷匕见，宁可手里握着这把柄，日后若是再有风波，也好扭转乾坤，一击致命。大郎二郎，今日既然适逢其会，麴某也要多言一句，与裴守约周旋，凡事当以自保为第一，千万莫冲在前头，否则，今日之霍标，焉知不是他日之你我！"

萧氏兄弟脸色大变，萧守道还略有些不服，萧守规心头却是越想越后怕，冲麴崇裕欠身抱手，语气里满是感激，"多谢玉郎提点，萧某今日还有事，先行别过了。玉郎盛情，改日再报！"说完叹了口气，拉着萧守道，匆匆而去。

麴崇裕瞧着那晃动的门帘，随手端起酒杯，仰头一饮而尽，脸上的笑容也越来越深，终于不可抑制地大笑起来。

门帘微微一动，小厮阿金泥鳅般溜了进来，顺手又拉紧了门，满脸是笑，"启禀阿郎，那两位都走远了，还赏了小的一个金馃子。"

麴崇裕心情甚好，笑吟吟地点头，"恭喜！"

阿金眼睛都笑眯了，"还是阿郎算无双，今日这般痛快地打脸挑拨，还叫他们感激不尽。有了这把柄，日后就算到了那些酒宴上，也再不愁整不了那帮人！"

麴崇裕挑了挑眉，没有答话，眼角嘴边却都是飞扬的笑意。

阿金受了鼓舞，忙再接再厉道："人人都说裴少伯算无遗策，我看阿郎如今才真是神机妙算。阿景还没露头呢，阿郎就晓得那金大郎的事会翻盘，这本事，只怕裴少伯自己都做不到。他再是高深莫测又如何，还不是被阿郎算了个死死的？从今往后……"

他正要再滔滔不绝夸下去，麴崇裕却是没好气地一眼横了过来，"闭嘴！"

阿金唬了一跳，张着嘴一时没合拢：阿郎这两个多月都没回长安，跟裴少伯就更不可能有任何来往，若不是近朱者赤，跟着裴少伯也学会了算命，又怎能知道金大郎还没有死？

麴崇裕"哼"了一声，神机妙算？这也用得着算？好几个月前，裴行俭就让他先避到外地去，吏选收尾了再回来，何况今天……他不由又往窗外看了一眼，斜对面的酒楼上，那间雅座的窗户依然开着，里面却没有人影了。不过适才探头的那位红发婢子，他是不会认错的！还有阿景那些刁钻古怪的鬼话，除了那一位，天底下还有谁能想得出来？

耳边仿佛有个清脆的声音在笑道："我家阿姊最能干了！"麴崇裕闭眼吸了口气，才压下了心底蓦然涌出的那股酸涩。

用力拍了拍阿金的肩膀，他的神情愈发显得轻佻不羁，"走，咱们也偷两个胡饼去！"

第一百四十章
美人恩仇　帝王心术

午时将到，暮春的阳光暖洋洋地晒得人提不起精神。延寿坊里，早间赶去县衙看热闹的闲汉们犹未归来，倒比平日清静了几分。往来车流中，一辆毫不起眼的牛车悄然拐进裴府西墙边的小巷，停在了长巷深处裴府的后门门口。

青色的车帘一卷，小米弯腰出来，左右看了两眼，见只有看门的婆子拿着踏凳赶将过来，这才回身和赵幺娘一道将琉璃小心翼翼地扶了出来。

琉璃穿了件素面的披风，从头到脚都裹了个严实，只是身形比两个月前又笨重了不少，七个多月的身子看去倒像就要临盆了一般。她出得车来，也是门里门外地看了好几眼，才对那婆子点头笑道："这趟差你办得甚好，只是回头嘴可要严一点，千万不要……"

话音未落，就听后面有人淡淡地问道："千万不要什么？"

琉璃几个都吓了一跳，却见马车的后面，那骑马跟车的护院身边不知何时已多了一人，笼冠绯袍，不是裴行俭又是哪个？他带马来到车前，一言不发地看着琉璃，脸上竟是看不出半分喜怒。

琉璃暗叫一声"糟糕"，他不是要连忙两天，今日午后才能回来么？是什么时候跟上车子的？是不是什么事都知道了？她有心想问一声，可对上那双深不见底的眸子，却心虚得只憋出了一句："没、没什么。"

裴行俭神色平静地点了点头，"没什么就好。"说完翻身下马，伸手将琉璃从车上扶了下来，托住她的手臂转身往院内走去。他的动作轻缓，一如往日，只是那沉默里，却分明多了种平日没有的压力。

车上剩下的两人面面相觑，还是赵幺娘先笑了笑，"少伯既然都回来了，我就不去主院打扰了，待会儿夫人若是有召，再使人过去唤我便是。"

小米差点跳了起来，"你、你……"

赵幺娘忙做了个噤声的手势，"少伯这时辰赶了回来，自然有话跟夫人说，我跟过去又算什么？你也不用怕，咱们都是听夫人的，少伯那般明理的人，再恼也不会拿你出气。"说完安慰地拍了拍她，跳下马车，进门一转便不见了人影。

小米跺脚不迭，阿郎的确从不拿人出气，只是被他淡淡地说上几句，那分难受，还不如直接去挨顿打！她在车上转了两个圈，到底不敢像赵幺娘一样躲开，只能跳下车子，提裙追了上去，不远不近地缀在后头。

琉璃此时一颗心已在七上八下之间转了几十个来回，有心插科打诨一把，低头瞧瞧自己的身形，顿时打了个寒战：挺着这么大的肚子卖萌，太污染环境了……想了半天，她还是抬头笑了笑，"守约，你这回的差可是都办妥了？"

裴行俭的脸色依然是淡淡的，"差不多吧。"

敢情他是差事没办完就出来找自己了？看了看裴行俭身上那风尘未掸的朝服，琉璃顿时多了几分歉疚，老老实实道："守约，我不是在忧心什么，就是在家里闷得慌，想去瞧瞧热闹。你要是觉得不妥当，我以后再也不这样了，好不好？"

裴行俭叹了口气，转头看着她，"那你觉得这样妥当么？"

琉璃愣了一下，忍不住辩解道："我也没那么莽撞，昨日就里里外外都让她们打点好了。今日过去，是早早地去，早早地回，也就是在酒楼雅室里瞧了回热闹而已，又不会跟人挤着碰着，没什么不妥的吧？"

裴行俭声音微沉，"那你知不知道今日去那边酒楼看热闹的，有多少人能认出你来？你知不知道自己的雅室前后左右都是些什么人？你知不知道大长公主那边派了哪些人过去？你想没想过，若是他们发现你在那里，恼羞成怒之下会用上什么手段？哪怕是寻常熟人在那种场合下一嗓子叫出来，又会是什么情形？如今你又是……"他突然长叹一声，止住了话头。

琉璃不由无言以对，想说自己戴了帷帽，可她如今这体态，加上身边一头红发的小米，但凡知道点底细的，当真是一眼便能瞧出来！瞧着裴行俭眼里的忧虑无奈，她愈发歉疚，低声道："是我考虑不周，让你担心了。"

裴行俭微微摇头，"我担心不担心的算得了什么？你没事就好。只是这次没事，是咱们运气好，下次可万万不能这样了！你若实在想去哪里，跟我说一声，我来给你安排，也比这样稳妥得多！"

琉璃低头不语，心道，你要能安排，那才是见鬼了！最近这一个多月，不晓得是吏选的事没那么忙了，还是她的月份大了，裴行俭显然又犯上了产前综合征，紧张程度居然比上次有过之而无不及，不让她多走一步多管一事不说，经常好好在外头办着差还会派人回来查岗！琉璃被闷得都快长毛了，好容易这次吏选结束，收尾工作要忙上两天，她才忍不住溜出来一趟，没想到这么小心行事，结果却是被抓了个现行……想到离分娩还有两个多月，她简直连气都叹不出来了。

裴行俭瞧着她的脸色，放缓了声音："我知道你觉得闷，只是眼下你身子这么重了，行动都得小心，何况去那种地方！你再忍忍，我这就让人把咱们在终南山那边的庄子好好收拾一遍，等到秋天了，咱们带上孩子们去住上半个月，那庄子里就有活水，到时候咱们可以带三郎钓钓鱼……"

秋天？算算时间，孩子那时应该已过了百日，正是可以出门的时候。只是裴行俭原先也说吏选之后就陪自己到城外去养胎的，前些日子不也改了主意？天晓得几个月后又会怎样……琉璃听着听着，便有些心不在焉起来，念头不由又转到了刚刚看完的那场热闹，刚才被吓得丢到一边的无数疑惑也纷纷翻了上来。

昨日清晨裴行俭离家前就提过一句，这两天外头有些闹腾，不过他早就安排好了，阿景会出面处理。等到午后崔玉娘又一次气急败坏地找上门来，她才晓得是出了这么档事，也吓了一跳——这么大的事，阿景怎么处理得了？把阿景叫来一问，得到的答案却是，"阿郎说，这事儿明日或许会攀到小人头上，小人去堂上大叫几声冤枉，自会有人出面收拾头尾"。

她想了半天也想不明白，这事儿怎么能攀到阿景头上，又有谁能扭转乾坤？这才按捺不住好奇，决心溜出去看个究竟。直到听到那位姓霍的主动自承行贿，她才明白到底是怎么回事。可问题是，这一切裴行俭是怎么知道的？那位金大郎又是怎么死而复生的？

想到裴行俭这几个月来埋首案牍，怎么也没时间去查寻安排这些事情，琉璃心里越发纳闷。待得两人回屋换了衣裳，她便把婢女们都打发了下去，转身拉住裴行俭问道："今天的这一出到底是怎么回事？"

裴行俭低头瞧着她，眼神深邃复杂，不知想起了什么，语气变得格外柔和，"好，你莫急，我都告诉你。"

他扶着琉璃在屏风床上坐下，让她舒舒服服地靠在自己胸口，才低声道，"这件事说穿了半点都不稀奇。你既然去衙门听过审，自然也知道，这一回的事情是从金大郎的房东何娘子要出远门开始的。这位何娘子就是最要紧的人物，给金大郎看病的医师是她请的，金大郎的后事是她处置的，她曾是北里的红人，这次牵扯进来的几个女伎，也都是她安排的。而这位何娘子，咱们都认识。"

他们都认识，北里的红人……琉璃猛地坐直了身子，"雪奴？"

裴行俭笑着将她按在怀中，"你总抱怨在家里都待傻了，这不还是挺聪明的么？"

琉璃的眉头反而慢慢皱了起来，"就算我曾顺手帮过她，也不值当她如此回报吧？她这次把那些人都得罪狠了，只怕再也回不了长安，难不成就此抛家舍业的在外头漂泊？这算怎么回事？"

裴行俭伸手抚开了她眉心的皱纹，"你放心，她这回原本就不全是为了报恩，更是借着这件事了结恩怨，离开长安，从此落得一身自在。"

琉璃好不纳闷，"了结恩怨？"

裴行俭点头，"这位雪奴原是有些来历的，西市这边的人都叫她何娘子，北里那边唤她李姨娘，其实她本来姓霍！"

姓霍？琉璃听着裴行俭微微加重的声音，想了想才疑道，"难不成……她是跟今天那位霍评事有什么渊源？"

裴行俭微笑着点了点头。琉璃的眼睛顿时睁大了一圈——又是狗血的家族恩怨！

嗯，今天那位霍评事似乎比雪奴大不了太多，身材气度也十分出色，他们这是家族倾轧结下了仇恨，还是兄妹之间……她正想得出神，额头被裴行俭轻轻弹了一下，"别胡思乱想！这位霍评事，论辈分是雪奴嫡亲的叔叔。"

不是兄妹，是叔侄？琉璃胸口那团八卦的小火焰顿时烧得更旺，眼巴巴地抬头瞧着裴行俭。裴行俭满脸都是无奈，"这件事说来话长。雪奴的母亲姓李，也曾是北里红极一时的私妓，因遇上她的父亲，才带着历年攒下的家当从了良。当年的霍家虽然有些家底，但因为雪奴的祖父缠绵病榻多年，底子已是被掏空了，祖母体弱，几个叔叔年龄又小，全是靠着雪奴母亲的积蓄才摆脱窘境。后来她母亲还拿出钱来上下打点，让她父亲也得了个官职。

"不曾想她父亲生得太好，上任没多久，就被上司看中了，有心招他为婿。那位上司官职虽然不高，家族却颇有势力，他家女儿也算得上名门贵女。她父亲舍不得这样的机缘，当即就应下了。"

果然是这种故事，杜十娘们自古以来都是没什么好下场的！琉璃正想叹气，却听裴行俭已经一口气叹了出来："这也罢了，这位霍官人回头跟家里人一番商量之后，给雪奴的母亲扣上了一顶'事母不孝'的名头，将她生生赶出了家门！"

琉璃不由一呆，忍不住问，"那她的积蓄呢？还有雪奴，难道也被赶出来了？"

裴行俭嘲讽地笑了笑，"积蓄？他们之所以要将雪奴的母亲赶出门去，为的就是要将钱财悉数扣下，不然高门贵女身价惊人，霍家又拿什么给新妇做聘礼？至于雪奴，那时她母亲刚刚怀上她。"

这也……琉璃简直无语，半晌才道："这样的事，难道她不会去告么？"就算照样被休，嫁妆总要拿回来！

裴行俭摇了摇头，语气微冷，"按律，不孝，可判死罪。"

也就是说，她如果敢告到官府，只怕连活路都没有！在西州的时候，那个儿媳妇不就是被私通和尚的婆婆硬安了个不孝的罪名，差点被害死吗？琉璃只觉得胸口一阵发堵，皱眉问道："那她们，她们后来……"

裴行俭淡淡地道："雪奴的母亲走投无路，只能回长安重操旧业，到雪奴六七岁上，终于熬不住一病死了。是她旧日的姐妹将雪奴抚养长大，精心调教了一身的本事。只是她刚刚一炮而红，就被临海大长公主的人看中，强逼着买做了奴婢，送到了咱们这里。"

琉璃点了点头，"难怪！"难怪她会选择回平康坊，难怪她说自己心愿未了，大概对她而言，替母亲讨回公道，才是一生里最重要的事情！

裴行俭显然知道她的意思，点头"嗯"了一声，"此女的确谋事深远，心志坚定。离开咱们家没多久，她就成了北里一等一的红人。她又舍得花钱，愿意结交三教九流，过了几年，在那一带已能呼风唤雨。如今北里的月旦评，就是在她的主持下渐渐成了风流盛事，由此，在整个长安城里，她也算是初成气候。"

"月旦评？"这个词琉璃倒也听说过，似乎是名妓与士子互相评点的酒宴，常有妙语流传出来，只是，"这跟气候不气候的，又有什么干系？"

裴行俭笑道："平康坊原是士子云集之所，这士子、选人要博个前程，才华固然不可或缺，有贵人提携却更是要紧。他们如何才能入那些贵人的眼？一是靠关系，靠投卷自荐，二就是靠出名了。有才名在外，自然更容易得人青睐。因此，月旦评声势越响，士子们就越是趋之若鹜。

"等到有才有貌的士子来得多了，那些有心招揽才俊的贵人自然也会留意此事。比起旁人推荐、自己寻摸，在月旦评这种场合直接选人，省时省力，何乐不为？到了后来，就是权贵子弟想在科举和吏选之前为自己造出声势，往往也会借助于月旦评。如此一来，借力打力，借势成势，她又怎能成不了气候？"

原来月旦评就是长安城的名士制造中心和高端人才市场啊！琉璃恍然大悟，不过她更关心的还是故事的后继，"那霍家人呢？她是什么时候开始对付他们的？"

裴行俭神色多少有些复杂，"早在七八年前，雪奴就查到了她父亲为官的劣迹，设法揭了出来，让他拿出毕生积蓄打点之后，得了个丢官去职的下场。这几年两个叔叔来京城待选，也被她设计得名声扫地，狼狈离京。此次卷进来的霍标是她最小的叔叔，当年她母亲进门时霍标才四五岁，身子极弱，还是她母亲精心照顾、多方调理才好转的。可她母亲被赶出去时，他却追在后面丢了几块石头。

"那石头，雪奴的母亲拣一块一直带在身边，临终时留给了雪奴，让她也好好收着，一生一世都不许丢，因为那是霍家人送给她们母女的唯一物件。"

这句话，由裴行俭那么温润平和的声音转述出来，都似乎带着一种刻骨的寒意。琉璃一时也不知说什么才好，霍家兄弟有今天原是咎由自取，可雪奴的母亲，那样一个爱则飞蛾扑火、不顾一切，恨则刻骨蚀肠、死亦不休的女子，到底还是……她忍不住叹气，"可惜了！"

裴行俭点了点头，"的确可惜。霍标我仔细瞧过，才干风度都是难得的，就是功名心热了些。幼时受人挑拨，不分好歹，也不算什么不赦之罪，如今却落得身败名裂。雪奴如此行径，对母亲固然是尽了孝，对父族却到底太过。退一万步来说，就算她不曾把自己当过霍家人，可大好人生，又何必浪费在报复他人上？"

这话说得！琉璃回头白了他一眼，"我是说雪奴的母亲可惜，霍标有什么可惜的？要是没有雪奴的母亲，他不过是个破落人家的病秧子，既然他能恩将仇报，难道还不许别人以直报怨？如今他好歹还有副好身子骨，怎么算都不亏！要依我看，雪奴对他们一家子已经手下留情了。都说欠债还钱，欠命抵命，她只是把这家人打回原形了而已，公平得很。至于大好人生，若是快意恩仇都不能，那还算得上什么'大好'？"

裴行俭怔了怔，笑了起来，"好，好！你们都是一身侠骨，快意恩仇，我就是个乡愿的俗人，你别嫌弃我就好。"

琉璃的嘴角顿时撇到了下巴上，他要真是乡愿就好了！乡愿的人才不会接手吏选改制这种天字第一号烫手芋头呢！不过慢着，"你说霍标可惜，可这件事你不是早就知道了么？"

裴行俭脸上露出一丝苦笑,"我又不是神仙,这种事如何能早就知晓?我原先只知道他们设了这么个局,要把几个看去最有前程的选人捧得高高的,最好让他们都留在长安,之后再把案子闹大,如此,便好弹劾我选才不公,质疑吏选不以德行为先不妥。我自然不会入局,只有霍标是顺水推舟让他留在了大理寺。想着事发之后,他不能像别人靠外放避开风头,又是留在大理寺这种要紧的衙门,那些人多半会觉得他碍眼。至于他躲不躲得过那些算计,就看他自己的造化了,也算是小惩大诫。"

"直到前天晚上,我听说这案子已审到平康坊的武侯,那个最后给金大郎看病的名医却始终不曾到堂,这才觉得事情只怕有变。我们府里这几个月在外面跑腿最多的就是阿景,十有八九要着落在他身上,我让他留下来,到时他喊上几声冤枉,金大郎就势到堂,自然真相大白。可霍标那边却怎么也来不及安排了!"他叹了口气,"或许你说得对,他欠了自家长嫂的,命中注定该悉数归还。不然他们苦心经营了这么久,怎么会临时出这样的昏招,又独独坑了他一个!"

琉璃也笑了起来,"可不是命中注定!所以今天,我也是注定要去这么一趟,那位县令注定要出这次风头,你可不许再怪我了。"裴行俭在西州管了那么多年的刑讼,耳濡目染之下,她对唐律自然也不陌生,今日既然遇到了这种事情,她若是不把那些人的良苦用心揭开让大伙儿瞧个明白,岂不是白去了一趟?

裴行俭脸上并没有露出笑容,眉宇间反而多了些阴影,低头瞧了琉璃良久才叹了口气,"我没有生气,我是害怕。接手吏选以来,我从没怕过那些明枪暗箭,可今日阿阳回到吏部,跟我说在府里没有见着你,我是真的怕了。"

他的声音平缓,神色平静,但眼底的那分怜惜和忧虑却浓厚得几乎能令人窒息。琉璃一怔,后悔顿时涌上心头:自己又不是不知道他紧张,又何必为了一时痛快让他这样担忧?她回转身子将脸埋在了裴行俭的胸口,真心诚意地保证:"是我莽撞了,以后再也不这样!"肚子适时地咕噜噜一阵乱动,她忙伸手将裴行俭手掌按在了起伏处,"你瞧,四郎也听见了,我可不敢对孩子食言。"

裴行俭凝神感受着里面的动静,嘴角慢慢露出了微笑,"他……他可一定要乖乖的。"

乖乖的?从这几个月的动静来看,这位小光庭以后能有三郎一半乖,琉璃觉得自己就要谢天谢地了。想了想,她决定还是把话题扯开,笑着问道:"对了,雪奴后来怎么又成了西市的何娘子?如今她去了哪里?以后又打算怎么过?还有霍家,她真的就此彻底丢开了?"

裴行俭的手依然轻轻放在琉璃的肚子上,语气有些漫不经心:"她是明白人,自然知道自己卷入的事情越多,就越是难以脱身,所以几年前就开始谋划退路,先找了个胡商从良,给自己添了重明面上的身份。至于置办那些院子,与其说是为了挣钱,倒不如说为了笼络人,给自己添些助力和耳目。我这次面铨,有几个要紧消息就是这些人打探出来的。这一次,她跟那些人说,自己的举动逃不开有心人探查,不如出趟远门,既可以引发事端,又能让人无从下手,这才从从容容收拾行装,结束产业,出了长安。至于眼下她在哪里，大概没人知道。以她的本事，在哪里又安身不得？至于霍家，她倒也说过，霍家欠她母亲的东西，她已讨回得差不多了。霍标么，念他当时年幼无知，也可以放他一马，且看天命。她父亲和前头两个叔叔，相信但凡我还当着选官，就不会放任这种人去祸害百姓。至于她父亲的继室和后头的儿女，这些人不曾故意害过她母亲，自然也谈不上仇怨，冤有头债有主，她不会在不相干的妇孺身上讨公道。"

"这才是好本事，好风度！"琉璃听得眼睛都直了，想到这样一位奇女子自己竟是无缘再见，忍不住叹了好几口气，又拉着裴行俭问："她如今出落成什么模样了？是不是更美了？"

裴行俭似乎没想到她会问这个，一怔之后便摇了摇头，"这倒是没大留意，似乎和原先也差不多。我是去年到九成宫前和她见过一面，敲定了一些事。这几个月里，都是通过采买的酒水和笔墨，用夹带的密信通的消息，并没有再见过她。"

"没留意？"琉璃怀疑地转头看着裴行俭，雪奴那样的美人，他居然说没留意她的样貌？

裴行俭满面诚恳地道歉，"原是我考虑不周，下次若再见到雪奴，我一定好好留意，仔仔细细看清楚，看她是不是变得更美了，到底是哪里更美了，好不好？"

琉璃没好气地脱口而出，"不好！"

裴行俭的嘴角微微翘了起来。琉璃也醒悟过来自己说错了话，忙道："你知道什么美不美的？自然应该让我来仔细看看。日后再画美人图，心里也好多幅底稿。"

裴行俭笑着理了理她鬓角的散发，"我怎么就不知道什么美不美的？我若是当真不知道，当年又怎会认定了就是你？"

他难得这样甜言蜜语，琉璃虽然晓得自己如今这蜡黄浮肿的模样着实美得有限，心里也是一甜，正要说话，外头却传来了小米小心翼翼的声音："阿郎，娘子，燕姊姊来了。"

"阿燕？"琉璃好不纳闷，阿燕如今是三天来诊一次脉，按理是明天过来啊。

裴行俭抬头应了声"请她进来"，又回身扶着琉璃慢慢躺下，低声解释道："我听阿阳说没见着你，就让他去请阿燕了，总要看看才放心。说起来，阿燕倒是前阵子刚见过雪奴两次。"

琉璃顿时来了兴趣，转头见阿燕已进了门，忙抬起脖子问："你前阵子见过雪奴？怎么没跟我说过？"

阿燕吃了一惊，抬头看了裴行俭一眼，见他微微点头，才笑道："娘子也知道今日的事了？"突然又拍了拍自己额头，"我早该想到的！阿景是老实人，怎么想得出那些话来？"

琉璃不以为然地撇了撇嘴，阿景老实？有其主必有其仆，自己虽然教了他几句，可那扮猪吃老虎的临场发挥可不是自己教得了的！不过她的心思早已不在这上面，直催阿燕，"你是什么时候见到雪奴的？"

阿燕坐了下来，把当日发生的事情从头到尾简单说了一遍，又笑道："昨天刚刚听人说起这桩官司时，我还吓了一大跳。今日过去一看，才晓得雪奴原来是在帮阿郎办事，我家那呆子在她那里救治的病人十有八九就是金大郎，亏他还守口如瓶得什么似的，怎么说都不肯透露一句！"

裴行俭负手站在一旁，听到这里解释了一句，"你也莫要怪他，最早是我跟他说过一声，凡事听何家人的分派就好。"

阿燕"喔"了一声，心里对韩四的不满略减，却还是有些不解：这事的确干系重大，可既然是阿郎安排的，雪奴为什么还要这般拐弯抹角？她是信不过自己？

琉璃却忍不住羡慕道："看来她是真的打算去西域了，长安虽然时有胡商来往，在那边生活过的长安人却不多，难怪她愿意找你打听。"

这倒也是……阿燕心思还未转过来，裴行俭已对琉璃道："你还是赶紧让阿燕把脉吧，在县衙看了这么久热闹，一路颠簸的，脸都白了，还愿意打听这些闲事！"

阿燕顿时吓了一跳，看向琉璃的目光里便带上了紧张和责怪，"娘子你……"

琉璃忙截住了她的话头，"知道了知道了，下次再不这样了！"说完便闭目装死，只觉好生无趣：阿燕这次也被裴行俭传染了，总是大惊小怪的，是生怕自己不够紧张吗？

阿燕叹了口气，低头凝神细细诊了一遍才道："还好，娘子没什么大碍，只是有些累着了，这两日多躺躺就好。"

琉璃默默地翻了个白眼。裴行俭却是松了口气，想了想才对阿燕道："有些事我没有太过问，不过雪奴临行前曾在信里提过几句，说是以你和韩四的人品本事，不该再为生计所累。她在长安还有一处药铺，叫念慈堂，旁人都不知道底细的，以后想请你们多多费心。"

阿燕愣了一下才明白这话里的意思，不由"腾"地站了起来。裴行俭摆了摆手，"雪奴的意思是，这处药铺生意虽还过得去，因初衷是要为她母亲积福，好些药材要舍给病坊，这负担也是极重的，你们若觉得吃力不讨好，她也不敢强求。大约过几日自会有人来找你们，你们接或不接，到时与他们分说清楚就是。"

阿燕站在那里，脸上满是踌躇和迷惘，半晌才道："我、我再想想。"

裴行俭点了点头，无意多说，阿燕却有些坐立不安。琉璃只能劝她回去与韩四好好商量，待她一走，便忍不住问裴行俭，"那念慈堂，我怎么听着有点耳熟？"

裴行俭微笑着看了她一眼，"在长安城里，比这家更大的药铺不会超过十家。"

琉璃恍然点头，那可比如今韩四坐堂的安家药铺要大得多，不过，长安城的病坊常年收容那些贫病交加的人，金钱和精力上的支出也不会小，韩四心地厚道，阿燕心细如发，的确是好人选……此事到底不是她操心得来的，她想了想也就放到一边，和裴行俭说了几句闲话。又有小婢女来报，三郎在花园的池子边上捞了一上午的鱼，因没捞到大的，不肯回来吃饭。

裴行俭起身笑道："他这倔脾气倒是越来越像你了，我去拎他回来！"说完挽了挽袖子，大步出门而去。

琉璃无奈地摇了摇头：他这是要拎儿子回来呢？还是要赶去帮他捞大鱼？

门帘微微一动，小米探头进来看了两眼，大概是确认屋里没有旁人了，才轻手轻脚走了过来，走到琉璃跟前低头叫了声"娘子"，又期期艾艾地没有说下去。

琉璃不由奇道："你想说什么？"

小米吭哧了半晌才低声道："娘子，阿景他……嗯，阿景……"

琉璃莫名其妙地瞧着她，"阿景怎么了？难道他还没回来？"

小米沉默片刻，突然抬起了头，"娘子，是我瞧上阿景了，您能让人帮我问问，他瞧得上我不？"

"啊？"琉璃吓了一跳，小米挑男人也挑了半年多了，可这一位么，"你不是嫌他性子闷个子小生得不好看么？"

小米的脸上难得露出了几丝羞涩，"以前、以前我瞧着他是不起眼，还纳闷过阿郎怎么偏偏愿意抬举他。今天才晓得，他竟有这样的胆量和口才，随机应变不用说了，当着那么多人，竟是半点不乱的，真真是个有能耐的。"

阿景有能耐？琉璃仔细看了小米几眼，见她双颊晕红，双眸明亮，整张面孔都有一种梦幻般神情，心知这妮子不是说着玩的，既有些为她高兴，又有些担心，"你不是一直想找个生得好性子也好的么？阿景性子还好，生得却只是寻常，你若有心选他，我自然会帮你问问，可他一旦愿意了，你可不好再后悔。"

小米坚决地摇了摇头，"婢子不会后悔！原先我也想找个样样都好的，可真瞧了几个，却总觉得不是我心里想要的，刚才看见阿景在人群前装模作样，却句句犀利的模样，我才觉得，就是他了！"

原来她就是喜欢这种扮猪吃老虎型的，难不成这也是有其主必有其仆？琉璃揉了揉额头，"你想清楚了就好。"总比紫芝对这事儿压根没兴趣好，问她总是一句"随便娘子处置"，随便处置，那是怎么个处置法？

小米嘻嘻一笑，"婢子自然想清楚了。我是个笨肚直肠的，就该找个心眼多、会说话的人。这样的话，日后生了孩儿，模样像我，性子像他，岂不是好得很？"

琉璃的念头还在紫芝的事情上转悠，顺口回道："这可难说，你们的孩子也说不定会生得像他，性子像你。"话一出口才回过神来，顿时好不后悔：自己莫不是傻了？没事说这种实话干什么？

小米果然呆住了，半晌才失魂落魄地回了一句，"就像三郎这样么？"

琉璃默默地抬头看着屋顶，心里好不忧伤：自己果然是傻了，没事招她说这种实话干什么？

日头渐渐过了中天，又慢慢坠向大明宫高高的西墙。斜晖从紫宸殿偏殿半开的窗棂间照了进去，在满地的莲花碧砖上洒落点点金辉。

李敬玄端端正正地站在殿内，微微低着的面孔看不清表情如何，腰杆却明显比往日挺得更直。

高案的后面，李治合上名册，略显苍白的面颊仿佛也染上了夕阳的颜色，声音里更满是暖意，"这几个月，李卿辛苦了。"

李敬玄恭敬地回道，"不敢当，此乃微臣分内之事，若有疏漏之处，还望陛下海涵。"

"李卿不必过谦。"李治轻轻拍了拍案上那卷花名册，声音里满是如释重负的欣慰，"这十余年来，每到此时，弹劾吏选的折子都会堆满此案。可此番吏选，不但朕这里清静了，满朝堂都不曾听闻异议，长此以往，天下英才，何愁不能人尽其用？若朝中诸位臣工都如李卿，朕也能日日高枕无忧了！"

李敬玄忙欠身行礼，"陛下过誉了，臣惶恐！"他的姿态依旧恭谨，神色也依旧沉着，只是眉梢眼角到底还是流露出了几分难以掩饰的光彩。

李治的目光在李敬玄脸上转了转，感慨地叹了一声，"朕何尝过誉？想那数月之前，裴卿在朝堂上侃侃而谈时，朕虽当场就应了，心里却着实没什么把握，这以身言书判选才，以长榜公布天下，事事并无前例，焉知后果如何？如今看来，裴卿所言果然不错，他这吏选之改，的确是功在社稷，利在千秋！"

李敬玄脸上的光彩微微一暗，嘴角却立时露出了笑意，"陛下说得极是。此次吏选，裴少伯事必躬亲，勤勉之极，各司同僚不计得失，通力合作，唯恐有负陛下所托，方有今日局面。"

李治瞧着李敬玄的笑脸，笑容里也添了几分真正的愉悦，"话虽如此，若无李卿坐镇，诸事也不会如此顺利。朕虽在深宫，却也是听说了'裴李'美名的。"

李敬玄袖子一颤，垂下了眼帘。"裴李"，天晓得这是谁传出来的说法，不知情的人，只怕都以为那裴行俭才是吏部主官，而他李敬玄不过是个副手！偏偏如今人人都在当美名传诵，连圣人都觉得这是个好名号！他胸中百感交集，脸上的神色却更是谦和，"不过是戏言而已，当不得陛下如此夸赞。"

李治哈哈一笑，"不是朕夸赞，是长安人夸赞，是各地的选人在夸赞。想必不出数月，'裴李'之名就将传遍天下！"他仿佛突然想起了什么，笑着摇了摇头，"说来也是朕疏忽了，今日原该把这'裴'也传来才是，如今宫里都流传着他面铨选人时出的几桩奇事，朕倒想问问他到底是如何看出来的。"

李敬玄也笑，"不怕陛下笑话，微臣也曾问过裴少伯几回，少伯却是守口如瓶，不肯多说，陛下若能问出来，那是再好不过。只是今日少伯家中似乎有事，他午前便已封卷离台，陛下只怕得改日再寻他回话了。"

"午前就回去了？"李治挑了挑眉，随即便笑骂了一句，"他倒是会躲懒，亏得李卿还说他勤勉！"来回踱了几步，他明显有些意兴阑珊，"今日也不早了，李卿也早些回去歇息吧，待我改日将守约拿来审问时，定会叫李卿也来听听。"

听着这漫不经心的语气，李敬玄一颗心更是往下沉了沉，面不改色地笑着欠身应诺，退后几步，转身离开。

/第一百四十章 美人恩仇 帝王心术 263

李治瞧着他的背影，细长的凤眼里光芒闪动，嘴角的笑意也渐渐变得意味深长。案上那卷名册，不知何时已被他牢牢地攥在了手里。过了好一会儿，他才把名册一放，扬声叫了句："来人！"

在殿外守候的宦官宫女们应声而入，领头的窦宽走近几步，低声回道，"启禀陛下，皇后适才来过，听说陛下在召见李相，便回去了。"

李治微微点头，"她说了有什么事么？"

窦宽笑道："也没什么，就是眼见要立夏了，宫中要给诸位大臣准备冰赏，皇后想问问陛下有什么吩咐没有，譬如李相这样双喜临门的，要不要再添一份？"

"双喜临门？"李治诧异地看了窦宽一眼，窦宽却只是摇头，"奴婢也不大清楚。"

李治往窗外看了看，站了起来，"去含凉殿！"

此时含凉殿却是格外热闹，无数箱笼齐齐整整地从大殿一直摆放到了廊庑下面，各处的管事宫女进进出出，人人步履轻快、满面笑容。放眼望去，到处都是飘动的半臂和披帛，宛如大群的彩蝶翩然飞舞。李治一进院门，不由便是心情一振。

武后大约原本就在前殿，通传声刚落，便快步迎了出来。她身上穿着件绣银丝对鹤图案的月白色高腰襦裙，头上只有一根简简单单的珠钗，钗头上一颗拇指大小的浑圆珍珠在斜晖中光芒流转，那满院子五彩缤纷的夏装顿时都失了光彩。

李治下了步辇，笑着扶住了她的手，"媚娘又在给大伙儿发什么好东西了？"

这称呼李治已很久不曾用过，武后眼里光芒闪动，笑容更是妩媚，"陛下就不要笑话臣妾了，哪里有什么好东西？不过是这几年库里存下的一些丝罗纱縠而已，白收着也是可惜，所以趁着发冰例，把这些都拿出来，上好的赏给宗室百官，余下这些给宫人们分分。这些轻薄娇艳的料子，眼下正好让她们穿出来，也让咱们宫里的山山水水添些颜色。"

李治连连点头，"还是媚娘想得周到。"

武后轻轻一笑，"光是臣妾想有什么用，往年里就算想要如此，也没这么多好东西，这几年四海升平。除了蜀地和江南外，北方的定州、恒州、绛州也有上好的丝縠进贡，这才够大伙儿分的，说来咱们都是沾了陛下的光。"

李治眉眼间的笑纹立时都深了几分。他携着武后一道走上了回廊，从廊庑到前殿，一路上都摆着半开的箱笼，箱笼里各色丝罗流光溢彩，映衬着宫人们笑逐颜开的面孔，分外繁华欢悦。李治停下脚步，弯腰拣了匹单丝罗出来，在手上掂了掂，"蜀地的丝罗果然越发精细了，这匹比早年的似乎要更轻巧些。"

武后满脸都是赞色，"陛下好眼力！这是今年的益州春罗，适才玉柳她们还争论了半日，拿称来细细称了一遍，一匹不到五两，果然比往年的又轻了好几钱！"

李治满意地笑了笑，顺手把丝罗丢了回去，"还算他们肯用心。"

武后却道："这些都不算什么，殿内还有几箱今年刚到的轻容，那才真真是柔如烟雾、薄如蝉翼，可惜数量不多。如今皇儿们都大了，总要先要紧着他们，还有各宫嫔妃也得分些，剩下这些最多只能给几家相公各赏几匹了。"

李治顿时想起了此来的初衷，"你适才跟阿窦说李相近日是双喜临门？"

武后笑着点头，"可不是。陛下也说过，李相这次的差事办得极好，这自然是一喜。第二喜么，不知陛下还记不记得去年赏给他的何氏？前些日子李相夫人带着她来宫里谢恩，竟是有三个月的身孕了。臣妾想着，毕竟是陛下亲自赏的人，大小也算件喜事，何况李相夫人又贤惠大度，既然如此，臣妾何不也徇私一回，多赏她几匹轻容？东西虽小，到底是个体面。"

李治哪里还记得什么何氏刘氏，不过自己赏的人能得宠到底不是坏事，顺口道："这些东西，你看着赏赐就好。"

武后便问："李相府上的冰赏要不要也加厚些？"

李治想了想才道："李敬玄这趟差事的确尽心，给他的冰赏也添上五成吧！"

武后笑道："裴少伯那边是不是一样也要添些才好？这次吏选他原有首倡之功，面铨时那断人如神的名声就更不用说。库狄氏也是个谨慎的，听说吏选这几个月里，她竟是不出大门了。"

李治略感意外，转头对上武后含笑的眸子，顿时多了几分警惕：难不成这才是她的本意？略一思量便笑道："那就给他也添上三成，总不好越了李相。"

武后垂眸一笑，"臣妾遵命。"随口便转了话题，什么何氏前些日子看着倒是更出落了，不像去了卢府的丁氏，大约是侍疾辛苦，瘦了好几圈……

李治心头依旧转着疑问：皇后这几个月里，话里话外可没少给裴行俭说话，她到底是爱屋及乌，还是另有缘故？听着这些絮语，不由想起一事，脱口道："我记得还有个赵氏，她这几个月可曾进过宫？"

武后笑道，"陛下说的是去裴府的那位吧？库狄氏最近身子不大好，赵氏身为义女，自然应该侍疾，怎好进宫？"

李治不由吃了一惊，"义女？"

武后也惊讶地挑起了眉头，"此事常乐大长公主没跟陛下说过？"

李治摇了摇头，武后立即笑道："说来也是缘分。正月里裴家不是办了暖宅的宴席么？常乐大长公主也过去添了个礼，在席上认出赵氏正是她夫家的妹子，自然要拜托库狄氏照看照看，还说要送赵氏嫁妆奴婢。不知怎的，赵氏却说想认库狄氏为义母，邢国公夫人也在，当场就拍板认了她。"

李治的眉头不由越皱越紧，还未开口，武后已瞧着他笑道："陛下也莫怪赵氏不知好歹，裴少伯是什么性子，陛下还不知道？说起来，这满朝文武里，也就是他还有几分房相的品格了。"

李治嘴角往上弯了弯，心头却是一声冷笑，房玄龄勤勉谨慎，从不逾矩，和裴行俭根本就是两种人，要说有什么像，也就是一般无二地惧内罢了。可惜裴行俭这般胆略才干，却被一个女人吃得死死的，还是那么个不省心的女人……

武后犹在柔声解释："当日赵氏是当着常乐大长公主的面认了库狄氏做义母，大长公主既然没跟陛下提，想来也是乐见其成的。"

常乐？李治心里一动，"说到常乐，皇后倒是提醒朕了。她有好些日子没进宫了吧？后日就是立夏，不如让她带着蘅娘来你这里坐坐。到时叫显儿也过来一道用个饭，他们还有两年才成亲，要是现在就躲着避着的，倒是生分了。"

武后点头应了一声，转身便吩咐宫女准备便宴，除了立时菜肴，再添上炙鹅掌、水晶鲙和红香酥等几道精致小菜，正是李治父子和女眷们爱吃的。说话间两人已到了内殿，只见墙边果然一排放着七八个箱笼，里头是一卷卷的素面轻纱，榻上还铺着一幅粉色的，看去就像剪下了一片桃林间的轻雾。武后拿起给李治看了看，嘴里问道："这些轻容明日也多送几匹到常乐的府上吧？我瞧着那天青色的和这浅绯色颜色都极好，常乐和蘅娘多半会欢喜。"

李治点头笑道："你选的，自然都是最好的！"早有宫女端了热水面巾等物过来，伺候着李治洁面净手，换上家常衣冠，又有女医上来替他捏肩捶腿，松乏筋骨。李治到底费了半日心神，精神一松，便有些昏昏欲睡。武后给他身后加了个隐囊，柔声道："陛下先歇会儿，我去吩咐玉柳一声，让她多盯着点，送给各处的轻容可不能弄混了。"

李治闭着眼点了点头。武后浅浅一笑，放轻脚步走到了外殿。她脸上的神色依旧平静，一双眸子却是越来越亮。待玉柳丢下账册赶到书房时，就见武后已像往日般坐在窗边的月牙凳上，神色悠然地看着外面的天光水色。

玉柳心头顿时大定：自打长安县衙传来那消息，皇后的脸色就有些阴沉，她自己心里自然也有些不安——经此一事，裴行俭不但声望更上一层楼，而且有了这前车之鉴，那些心怀不满的豪门世家只怕也不敢再轻易动手，他这选官眼看着已是不可动摇，这正是殿下最不愿见到的情形！不过现在么，看皇后的神色就知道，午后的这番布置还真没有白费！

她上前两步，刚刚欠身，果然就听到了那熟悉的从容声音："我已让人备好了给常乐的冰赏，明日你让阿福去送赏赐，请她带着她家蘅娘进宫吃顿便饭。另外，记得跟她透露几句，圣人今日提起了赵氏，是我把事情圆了过去；又因吏部这趟差事办得好，圣人不但给李府和裴府加了冰赏，还赏了两位夫人和公主府一模一样的轻容，表彰她们贤惠大度，能为夫君分忧。"

玉柳立时明白了她的意思，低声问道："那位姓卢的要不要……"

"他不用动！"武后轻轻摇了摇头，"今日他们不是在长安县那边看见库狄氏了么，寻人把这个话头透给常乐就行。有今日之事，再加上这些赏赐，常乐再是傲性，大概也不会觉得自己的面子比这些新仇旧恨更要紧。过些日子，咱们再让姓卢的动一动，正好去添最后一把火！"

玉柳点头，犹豫片刻还是忍不住问道："尚药局那边，是不是也要提前安排一下？不然若真有了什么意外……"

武后看了她一眼，眉头微微挑了起来，"意外？什么叫意外？"

玉柳忙笑道："奴婢担心的是，此事的分寸有些不好把握，若真闹到无可挽回，别的也罢了，陛下向来心软，多半会设法去补偿裴少伯。那时他身边又无人牵制，岂不是更难对付？"

　　武后转头看向窗外，脸上露出了淡淡的笑容，"是么？"

　　她的微笑里仿佛有种异样的冰凉，玉柳心头一凛，猛然间明白了过来：是啊，圣人真的心软么？对于多少些对不住的人，他的确格外怜惜，譬如以前的武后，譬如后来的韩国夫人和周国公；但对那些真正亏欠颇多的人，圣人却从未心软过！人人都说是皇后赶尽杀绝，杀了长孙无忌，杀了王后萧妃，杀了废太子李忠，其实若不是陛下再也不愿见到他们，皇后又怎能得手？因此，此事若没有意外，不过是常乐恩宠不再，裴行俭根基动摇，若有了"意外"，这借题发挥、永绝后患，才是皇后最拿手的本事！

　　从窗外吹来的风里仿佛突然间变得凛冽彻骨，玉柳忙压下心头的翻滚，低声应道："奴婢明白了。"她刚想退下，耳边却又传来了淡淡的一声："女医那边要用老人，不能留手。至于尚药局么，还是安排蒋奉御吧，能保住她自然更好。她原是有福的，只要能熬过去，我自会给她一条体面的退路！"

　　也就是说……玉柳忙应诺一声，心里多少松了口气。她的眼前，武后依然出神地看着窗外的湖水，神色从容平静，仿佛适才那一刻的冰凉微笑，不过是她的错觉。

第一百四十一章
龙颜震怒　黄雀在后

转眼便是五月，天气一日比一日热。随着端午的临近，宫中六尚局宫女们又一次忙碌起来。在尚功局司制司的绣坊里，红、黄、青、白、黑五色丝线早已堆积如山，又迅速地在宫人们灵活的手指间缠绕成绳，回环为结，转眼之间就变成了一根根飘逸别致的五彩续命缕。

那些被随手堆放在地上的彩缕都是寻常式样，会在端午当日系上所有宫人的手臂，图的是个长寿的彩头；那些放在案上的彩缕则精致得多，它们会分发给天子近臣，代表的是皇帝的恩宠；玉盆里还有一些格外华丽的丝带，缠金绕银、穿珠缀玉，这些自然是给宫中贵人和皇亲国戚准备的节礼，展示的是他们的尊贵……

忙忙碌碌之中，这一日已是初五，尚功局的人总算能歇口气了，尚仪局、尚服局、尚食局等处却是愈发忙乱——端午是节日，也是恶日，民间历来有出嫁女回娘家"躲午"的风俗，便是金尊玉贵的公主们，这日多半也会回宫一趟，或探视母亲，或拜见帝后。加上武后逢年过节都愿意召见命妇，得了续命索的官家夫人们少不得要进宫谢恩，因此这一日的皇宫比寻常节日更是热闹。

眼见红日东升，宫门大开，没过多久，外朝的命妇院里便已是满堂的花团锦簇。因不是正式朝贺，几十位夫人并未按品大妆，却也打扮庄重，一件件深色华服把她们右臂上的宫制续命缕衬得愈发鲜亮。最引人注目的，是站在相公夫人们身后的十余个美人，一色的珠履凤钗、团花宴服，足以压倒寻常官眷。站在崔玉娘身后的那位更是容貌艳丽，微微挺着腰杆，眼见是有四五个月的身孕了。

大伙儿自然认得，这些美人正是半年前圣人赏赐下来的宫女，看到今日这排场，想到崔玉娘不久前得的那番体面，一时默默艳羡者有之，暗自冷笑者有之。

暗潮涌动之中，众人随着宦官来到明光殿，照例一番行礼谢恩，武后吩咐看座，又笑吟吟地跟大家说了几句闲话。做这种官样文章，殿中诸人哪个不是一等一的高手？你来我往几个回合，大殿里便洋溢起了一片亲切友好的笑声。正热闹间，从殿外突然快步走进一位女官，在武后身边耳语了两句。武后点头笑道："陛下有心了，我自会安排妥当。"

年纪最大的卢夫人坐得离武后最近，听得这一句，忙起身笑道："时辰也不早了，妾等已是打扰了殿下半日……"

武后笑着摆了摆手，"哪里的话，陛下是怕我委屈了夫人们呢！今日原是难得一聚，夫人们若是无事，待会儿可否留下来用顿便饭？"她的目光在几位相公夫人身后微微一转，笑容更是和悦，"也算是一道躲个午吧！"

殿内静了静，随即才响起一片谢恩声。人人都有些受宠若惊：以她们的身份，在宫里吃顿宴席不算什么，可要说到在宫里"躲午"，这可是实打实的抬举！好些人再看那些宫里出来的女子，眼里便多了几分掂量：要说"躲午"，也只有她们还沾点边，难不成今日自己竟是借了她们的光？几位相公夫人也满脸是笑，心里暗暗庆幸：看来消息没错，这趟把她们带来，还真是带对了……

她们背对着的明光殿门外，奉命前来传话的阿福早已把殿内的情形看了个清楚。听得众人应诺，他转身快步出了院子，一路小跑来到蓬莱殿后殿的东间，进门便低头回道："启禀陛下，皇后殿下正在明光殿与各位夫人说话，要留她们用顿便饭。各位相公夫人和其他出宫的娘子差不多都来齐了，连怀着身孕的何娘子都在，只有库狄夫人和去裴府的那两位娘子不见人影。"

李治正坐在屋内的屏风榻上，闻言眉头便是微微一皱。在他下首坐着的常乐大长公主却是"哧"的一声笑了出来，"真看不出来，这库狄氏心眼虽小，架子却越来越大了！前些日子还带着人到处微服出行地看热闹，今日却是宫里都不肯来，莫不是晓得自家的那两个宫人实在不好见人？"

李治脸上阴郁转瞬间便被压了下去，也淡淡地笑了笑，"这妇人要是嫉妒起来，原是不可理喻，只是这种事，当年先皇也是无可奈何，大长公主又何必与那不知尊重的妒妇一般见识？"

常乐大长公主笑道："陛下说得是，这妇人好妒，说破天去也是后宅里的事，不是外人好出面管教的，陛下宽仁大度，自然更是不会与这种妒妇计较。"

李治脸色微缓，点了点头。裴府那两位宫女的事，常乐一个月前回报过，那库狄氏竟让一个宫女做了普通侍女，另一个则干脆认了义女，其霸道比起前朝妒妇来不遑多让，手段则更为阴险，当真是令人厌恶。偏偏有先皇对妒妇宽容相待的佳话在前，自己也只能忍下这口气，常乐能明白自己的难处就好！

常乐的话锋却是一转，"不过陛下也是知道常乐的，常乐虽没什么见识，平日可曾拿这种事情来烦扰过陛下？"

李治的目光里顿时多了几分凝重，"大长公主可是听到了别的什么说法？"的确，自己的这位姑母并不爱议论家长里短，就是赵氏的事，也是自己问到她之后才说的，这次求见自己却开门见山就问库狄氏是否入宫，难不成……

常乐缓缓站直了身子，"不瞒陛下说，常乐平日里最不喜欢的就是库狄氏这种两面三刀的女子；只是原想着她不过是个后宅妇人，不愿跟她计较，更不愿拿这些阴私之事来烦扰陛下。只是如今常乐又听闻了另外一些事，原想趁着今日当面问一问库狄氏的，她既然不在，常乐也不得不跟陛下回禀了！"

李治的眉头皱得更紧，"大长公主何必多礼？有什么事不妨直言。"

常乐行了一礼才落座，"多谢陛下。此事说来也巧，常乐府中录事乃范阳卢氏子弟，他家有位堂兄性喜游历，年前游学到了京师。前几日里，卢录事跟堂兄偶然谈了一次，这才晓得，他这位堂兄曾在西州做过几年西席，恰巧知道库狄氏在那边做的一些事情，一件件当真令人难以置信。常乐反复问过之后，又在家里想了两日，觉得还是跟陛下回禀一声才好，拼着被皇后责怪，也不能叫两位圣人被这妇人蒙蔽，日后酿出什么祸事来。"

李治的身子不知不觉已经坐得笔直，"库狄氏在西州到底做了些什么？"

常乐沉吟道："据那卢氏子弟说，库狄氏在西州最出名的乃悍妒，多年无出，却不许夫君沾旁人一个指头，不管什么可汗都督赠送的女子都一概不留。这也罢了，当时西州有一名门孤女，因长辈所托，认了裴少伯为义兄，库狄氏居然也不能容，仗着嫂子的身份天天把人叫去折磨，后来这孤女不得不与人为妾，她竟还不放过，当众狠狠羞辱了那女子一番，生生逼得她遁入了空门！"

李治惊讶地挑起了眉头，这女子嫉妒姬妾原不是什么奇事，可连嫁了人的义妹都不放过的，却是闻所未闻！他正想开口询问，常乐已轻轻地添了一句："常乐听着也觉得不可思议，不过那卢氏子弟说，这女子幼时他曾亲手教过，是敦煌张氏的嫡女，极为聪慧美貌，号称西州第一美人，如今却已落发为尼。我也寻人问过几位西州行商，他们果然多多少少都听说过这段公案。"

如此说来，当真是确有其事了。李治微微吸了凉气，心头对库狄氏的恶感顿时又添了十分。

常乐却感慨地叹了口气，"此事虽然耸人听闻，却也是小事。那库狄氏在西州还干了几件更大的事情。头一桩，前些年西疆多事，西州常需征收押运军粮，这库狄氏的母族原是西域商贾，也不知她用了什么法子，竟让几个舅舅包下了粮草的买卖。没几年，那安家粮号就壮大了何止十倍，连当地的官府和高门都要看他们的脸色过日子！

"第二桩，西州不宜养蚕，却出一种白叠，可以用来御寒纺布。库狄氏到西州的第二年，就逼着麴家出面，将西州各地的白叠织纺都抓在了手里。她开的作坊日进斗金，便是那些穷得交不上租的村子里，农妇要想纺一寸白叠出来，也先要给库狄氏交钱……"

李治再也压不住胸中的怒气，伸手一拍床榻，"岂有此理！"

常乐点头，"可不是！常乐也觉得意外，裴少伯官声一直甚好，怎会让库狄氏做出这种事情？只是那卢氏子弟又说，裴少伯在西州虽然还算本分，库狄氏却是极霸道的，又惯会蛊惑人心，动不动就搬出皇后的旗号压人，鼓动着庶民闹事。裴少伯还是长史时，库狄氏便能随意出入都督府，连当时的西州都督对她都不敢稍有违逆，裴少伯又如何辖制得住她？"

李治没有作声，脸色却是越来越阴沉。常乐瞧了他一眼，暗暗一咬牙根，脸上却露出了几分踌躇，"陛下，还有一事，常乐也不知当讲不当讲。那裴府的新居常乐也曾去过，占地百亩，屋宇精绝，院中那些花木奇石比魏王旧宅里的也不差什么。原先常乐也没多想，可此刻想来，那裴守约当年乃是孑然离京，库狄氏亦是出身寻常，如今却能有这样的手笔，其中缘由，倒是耐人寻味。"

跟魏王李泰的宅子差不多？当年父皇偏爱，自己这位兄长院子里的花木奇石说是价值连城也不为过……李治的眼神不由越来越冷，嘴角紧紧地抿出了一道斜纹。

常乐郑重地欠身行了一礼，"陛下，常乐窃以为，库狄氏如此胆大妄为，只怕皇后殿下也是被她蒙蔽了。如今她仗着皇后的宠爱，气焰越来越高，便是我等也要退避三舍。两位圣人若是再不加以申斥，任由她磋磨两位宫婢事小，只怕日后她迟早会做出有伤天和的事情，那时两位圣人的名声也会被她拖累！"

李治"腾"地站了起来，提声喝道："传朕的口谕，着库狄氏即刻进宫。若敢推脱，以抗旨论罪！

"进宫之后，让她在明光殿外面先跪上半个时辰，再交皇后发落。皇后若有疑问，让她来找朕！"

他的声音里带着股不可抑制的冰冷怒气，门外守着的几个宫人不由都是一个哆嗦：管教内外命妇从来都是皇后的职责，圣人这么直接处置了，不但是要教训库狄氏，也是要给皇后一个警告！窦宽脸色微变，忙应喏一声，又向阿福使了个眼色。阿福毫不迟疑，撒腿就跑了出去。

一炷香的工夫后，一骑快马从宫门飞奔而出，带起的烟尘，老远就能看见。

当这道烟尘终于在风中散尽，明光殿的院内，玉柳也迈步走上了正殿的台阶，在一片欢声笑语里，悄然来到武后身边，低低地说了两句。武后往外瞧了一眼，嘴角微微扬了起来，"好！难得今日晴好，就按原先的布置在廊下安席吧。"

正是万里无云的艳阳天，仲夏的阳光照在殿外的青石路上，反射出的白光仿佛也带着几分热意。好些人往外看了两眼，只觉得额角又开始要冒汗，应和声却是半点也不迟疑地响成了一片——

"今儿果然是风和日丽，妾等有福了！"

"可不是，这都下了好几天的雨了，若不是殿下设宴，只怕老天爷还不肯赏脸给个晴天呢。"

武后笑容愈发柔和优雅，"哪里，今日欢宴，原是托了诸位的福。"她端起面前装着桃酪的琉璃杯，慢慢喝了一口。仿佛是浆水有些酸凉，武后细长的凤目微微眯了起来，目光却有意无意地落在了殿外的西南角上。

从蓬莱宫一直往南，到了春明门主街再往西转，过了太极宫就是延寿坊，快马加鞭，一刻多钟就到。传旨的快马此时已从裴府的大门直奔而入，有门子跟在后面一路跑向内院院门，也有人翻身上马直奔皇城而去。转眼之间，"圣人宣娘子进宫，圣人宣娘子进宫"的声音，便从院门一声接一声地传到了上房。

上房里，琉璃正跟赵幺娘、紫芝几个商议如何处置收到的节礼，三郎也跟在一旁，歪头看着她手里的大红礼单，不时大声念上两声，显摆着自己刚认得的那几个字。听得院外传来的通报，琉璃不由伸手揉了揉耳朵，自己这几天耳朵里老是嗡嗡的，难不成又添了幻听的毛病？她下意识回头看了一眼，随即才想起因五月要发放新一年的选格，裴行俭这几日又在吏部加班加点地忙上了。

赵幺娘和小米也是满脸的不敢置信，紫芝更是猛地站了起来。

待得第二声从院外传来，琉璃这才慢慢起身，小米紧张地抢上一步扶住了她。紫芝的脸色倒是镇静了下来，轻声道："看来是有天使前来传旨，娘子体重，烦劳幺娘先去迎一迎；小米，你和乳娘带三郎到后园耍耍；娘子，我帮您换件衣裳。"

紫芝平日最是沉默，此时话音也依然低柔，只是那镇定的神色里却自有一份令人信服的力量。赵幺娘二话不说，快步走了出去，连三郎瞧了瞧几个大人的脸色，都只是伸手向琉璃要了个亲亲，便乖乖地由奶娘抱着出了门。门帘一落，紫芝却立刻俯身下来，在琉璃耳边低声道："娘子，您想法子拖一拖，奴婢出去拿点东西，娘子一定要等奴婢回来再出门！"

琉璃好不诧异，却也晓得眼下不是追根问底的时候，只点了点头。待得紫芝匆匆离去，外面的小婢女听见召唤进门时，她已脱下了半臂和外面的襦裙，正在拔头上的发钗，小婢女们顿时嘴巴张得老大，半晌都没合拢。

琉璃笑了笑，"拿件披风过来，扶我去迎天使！"

院子里，赵幺娘已迎上前来宣旨的阿福，笑微微地欠身行礼，"天使驾到，我家夫人身子笨重，不能远迎，还望天使恕罪。"

阿福原本紧绷着脸，突然看见这张神色温柔的脸孔，认得正是在九成宫里共事过的赵幺娘，神色不由松了少许，却依旧沉声道："圣人急宣库狄夫人入宫，还望你家夫人快些准备。"

赵幺娘眼里立时多了几分惊惶，"怎么？圣人宣夫人进宫？可是出了什么事？"

阿福皱了皱眉，"娘子莫让阿福为难，还是让你家夫人快些听宣吧！"

赵幺娘忙解释道："我家夫人立刻就出来，只是她如今行动当真是不大方便……"她话音未落，上房的帘子已挑了起来，有人声音虚弱地应了一声："妾库狄氏接旨来迟，望天使恕罪。"阿福一眼看去，不由愕然睁大了眼睛。

赵幺娘忙回头去看，顿时也大吃一惊。就见琉璃扶着两名婢女慢慢走了出来，满头长发不知何时已悉数披散，身上则裹着一件宽大的石青色披风，披风下面露出的，是皱巴巴的中衣裤脚。她的脸色本来就不大好，身形也比寻常孕妇更显笨重，此时看去十足便是一副刚从产床上挣扎起来的模样。

赵幺娘一愣之后便回过神来，忙几步奔了回去，声音自然而然便带上了几分颤抖，"夫人，夫人您走慢些，医师们都说了您万万不能随意走动的！"

阿福的脸色多少变得有些尴尬，低咳了两声才板着脸道："圣人口谕，宣库狄氏即刻进宫，不得耽误！"

琉璃忙应了一声"是"，颤巍巍跪下要肃拜一礼，可肚子着实太大，头半日也叩不到地上去。阿福不由闭了闭眼，"夫人不必多礼，还是赶紧收拾收拾，随小的一道进宫。圣人旨意甚急，劳烦夫人快些，莫让圣人与皇后久等。"

琉璃喘息着道了声谢，又扶着两个婢女的手慢慢回到屋里。自有婢女前来请阿福稍坐片刻，阿福不耐烦地摆了摆手，心里却忍不住叹了口气——这位库狄氏怎么会是这副模样，就算他有心催逼着她立刻动身，也没胆子带着个散着头发穿着中衣的外命妇进宫，让人瞧见，成何体统！

只是琉璃这一进去，却是半天再无动静。眼见已过了一刻多钟，上房依然一片安静，阿福再也沉不住气，招手叫过婢女。刚要开口，就见门帘一挑，赵幺娘满脸抱歉地走了过来，"劳烦天使久等了，我家夫人正在梳洗，只是她这几个月一直卧床，身子又是这样，找一件如今能穿得下的出门大衣裳都不大容易，难免费了些时辰，还望天使海涵。现在东西都找到了，烦劳天使再稍等片刻就好。"

阿福不好对她发火，皱眉道："赵娘子，你还是催催库狄夫人吧，小的多等等原也不算什么，只是圣人若是等得久了，龙颜一怒，小的固然吃罪不起，夫人只怕也难逃个轻慢的罪名！"

赵幺娘连忙点头，转身便吩咐小婢女通知车马院准备牛车，又让人去寻软榻和抬榻的婆子，几句话就把满院子人都支使得团团转。人进人出之间，没有人留意到，紫芝从通往厨房的角门钻了出来，几步赶到屋里。几息的工夫后，门帘高挑，琉璃终于扶着婢女走出了上房。

她身上的衣裳依旧颜色素淡，只是到底梳洗过一遍，整个人好歹多了几分精神。这边早有软榻抬了出来，琉璃向阿福告罪一声，上了软榻，几个粗壮的婆子抬起软榻，一步步稳稳当当往外走去。赵幺娘依旧陪着阿福，一路感激不迭，把他那些催促的话生生都给憋了回去。

一行人到了内院门口，没等多久，一辆宽大气派的牛车也赶了过来，婆子们将琉璃连人带榻小心翼翼地移到牛车之上，车帘一落，牛车便悠悠然向外驶去。

阿福也翻身上马，跟在牛车边上。跟了一段，那牛车却是越走越慢，阿福心里的焦躁再压不住，转头对车夫喝道："你也让车快些走啊！这般磨蹭，难不成要圣人等到日头落山？"

那车夫憨憨的脸上顿时露出了几分为难，"这位天使，不是老奴故意磨蹭，这家里道路平整，走快些也不要紧，外头的路却不大好走，我家夫人又颠簸不得……"

话音刚落，车里便传来了琉璃中气不足的声音："无妨，天使让你走快些，你就走快些！"车夫的脸色一垮，却也只得依言挥鞭，车速果然加快了许多。

长安夏日多雨，几场大雨过后，黄土路难免坑坑洼洼。牛车这一加速，顿时便没那么平稳，眼见前面的十字路口上横七竖八地交叉着好几道深深的车辙。车夫忙勒绳减速，却到底躲避不及，车子明显地颠簸了好几下。车夫唬得脸都白了，忙停车问

/第一百四十一章 龙颜震怒 黄雀在后

道:"夫人没事吧?老奴该死,老奴该死!"

好一会儿,车内才传来琉璃明显忍痛的声音:"没事,继续走!"

车夫讷讷地看了阿福一眼,阿福心里愈发烦躁,皱眉道:"让你快些,又没叫你不留意路,还磨蹭什么?"

车夫没奈何又抖了抖缰绳,车子不快不慢地出了延寿坊北门,眼前便是百米宽的春明路主街,路面因铺过白沙,到底平整了许多。阿福暗暗吐了口气,刚想再催那车夫,车内却突然响起了一声凄厉的尖叫:"停车!停车!"

车帘一挑,露出了一张惊慌失措的面孔:"不得了了!我家夫人、夫人她见红了!"她颤抖着伸出了一只紧紧攥着帕子的手,帕子上已沾满鲜血。她的身后,依稀能看见,琉璃正蜷缩在便榻上,月白色的襦裙上分明也有一道刺目的血痕。

阿福不由目瞪口呆——圣人说了,库狄氏不去就是抗旨,可眼下这情形,难道要拉着她到宫里去生孩子?

那婢女眼见着阿福还在发呆,顿时就急了,双膝一弯,跪倒在车上,"天使开恩,我家夫人如今这样子,万万入不得宫,若是冲撞了圣人,当不是万死莫赎?"

阿福心头一跳:妇人产血最是污秽,莫说见驾,就是在宫廷里洒上几滴,也是不吉利得很!可就此放她回去,圣人倒还好说,可皇后殿下那边……想到玉宫正淡淡的那句"此去必要完成圣命,否则你也不必回来了",他身上不由一阵发寒,咬牙摇了摇头,"非是我要故意刁难,实在是圣命不可违!继续走,让车子在宫门外等着,我先去回禀圣人,再由圣人决断!"

婢女顿时呆住了,连车夫都是手足无措,苦着脸只道:"这可使不得,使不得!"阿福厉声道:"库狄夫人,你是要抗旨么?"回答他的,却只有一声痛苦的呻吟。

正僵持间,突然一阵马蹄声急响,有人从长街对面打马而来。车上的婢女抬头一看,整张脸立时都亮了起来,"阿郎!"

一个挺拔的身影纵马挥鞭,穿过车流,眨眼间已来到车前,不等骏马四蹄落稳,便在马上抱了抱手,"这位内侍,请问这是怎么回事?"正是裴行俭。

他的身上穿着大红官袍,神色并不见得严厉。可被那双看不出半分情绪的眸子一扫,阿福不知为何突然有些呼吸不畅,张了张嘴竟没能发出声音来。

跪在车上的紫芝忙回道:"阿郎,适才这位天使前来宣圣人口谕,让娘子即刻进宫,因车子行得快了些,颠簸了几下狠的,娘子便觉得腹疼,忍了半日才发现,已是见红了。天使说,如今要让娘子去宫门外候着,再听候圣人发落。"

裴行俭往车里看了一眼,随即便向阿福微微欠身,"不知内侍是传旨而来,裴某冒犯了。却不知圣人可是命内侍捉拿拙荆去掖庭等候发落?"

他嘴里说得客气,目光却愈发淡漠清冷。阿福脑中几乎一片空白,听到这一问,赶紧摇头道:"不是,不是,圣人是命小的传召夫人入宫。"

裴行俭缓缓点头,"那就好说了,眼下这情形天使也看到了,莫说圣人万万不能被冲撞,便是这宫门重地,也关乎气望,岂能被人污秽?总要容拙荆换身衣裳,止住出血,才好见驾。"他转头看向车夫,"还不赶紧带夫人回去!"

车夫忙应了一声,一拽缰绳,拉着牛车往回就走。阿福这才醒过神来,忙道:"等等!裴少伯,你、你这是要抗旨么?"

裴行俭居高临下,淡淡地瞧着他,"内侍的意思是,圣人是已然知晓拙荆生产在即,因此才特意传旨要她入宫见驾?"

阿福只能摇头,"圣人只是……"

裴行俭断然道:"不是就好!为臣子者,当以君主为重,今日裴某宁可领这抗旨之罪,也绝不能陷圣人于不义。天使也不必为难,裴某这便去宫门伏阙待罪,听候圣人发落!"说完便拨转马头,往皇宫的方向打马而去。

阿福不由目瞪口呆,看着那绝尘而去的背影,好半天回过神来,这才发现自己不知何时已是汗湿重衣。他呆了片刻,只得打马跟在后面,一路上心里都是七上八下。进宫后便忙不迭直奔明光殿,到了蓬莱殿后,更是一进东间便跪倒在地,将事情前前后后说了一遍:"裴少伯执意要让他家夫人先回去,还说若是这种情形下让库狄氏进宫,是陷圣人于不义。奴婢笨嘴拙舌,不敢跟少伯相辩,只能先回来复命,如今裴少伯已在宫门外等候圣人发落。"

李治看了常乐大长公主一眼,脸色多少有些沉了下来,"大长公主,库狄氏有孕之事,莫非你竟是一无所知?"

常乐站了起来,神色多少有些尴尬,"陛下恕罪,是常乐疏忽了。只是一个月前,那库狄氏的确还带着婢女到处看热闹,谁晓得此番居然就快临盆了。难不成,她是晓得了什么?"说到这里,她忍不住怀疑地看了阿福一眼。这位小内侍可是个见钱眼开的,为了钱敢给自己通风报信,敢帮自己给库狄氏下眼药,未必就不敢收库狄氏的钱,给她透露消息……

阿福磕头不迭,"小的不敢欺瞒陛下,小的出宫后除了传旨,不曾多说过一句话。"

李治眉头皱得更紧,冷冷看了常乐一眼,才对阿福道:"下去吧!"

常乐心头一跳,猛然醒悟过来,这阿福适才还在说裴行俭的不是,怎么看都不像是肯给库狄氏通风报信的,再说自己怀疑他,岂不是在打圣人的脸?她心里好不后悔,念头急转间忙换了话头:"陛下,如今裴少伯还在外头,您看……"

李治不耐烦地挥了挥手,"先传裴行俭进来吧,库狄氏如此胆大妄为,他也难辞其咎!"心里却是愈发憋闷,库狄氏虽然可恶,裴行俭却是难得的可用之才,他今日之所以要把库狄氏丢到明光殿那边让皇后出面处置,就是不想此事牵涉到前朝,谁知却闹出了这种事情!不过既已如此,总要敲打敲打裴行俭才好,难不成还要跟他道歉?

常乐暗暗松了口气,"陛下英明。"裴行俭和库狄氏自然是一样可恶,可他如今正得圣心,按那位姓卢的说法就是,只能各个击破,让圣人彻底恶了库狄氏,以后再慢慢收拾这位司列少常伯。不过今日他既然自己撞上来了,自然更好!

两人各怀心思,屋里一时安静得落针可闻,等了好大一会儿,裴行俭还没到,外面却突然传来了一声通报，"陛下，皇后求见。"

李治和常乐大长公主相视一眼，都有些诧异：皇后来得好快！

门帘挑处，武后快步走了进来，脸上居然有些汗意，进门便向李治行了一礼，"陛下，听说裴少伯在宫外请罪，陛下要传他进来回话……"

李治咳了一声，皱眉道："皇后不是在招待外命妇么？"

武后苦笑着回道："不过是顿便宴，这都什么时辰了，自然是散了。我是过来时在路上瞧见有人跑得着急忙慌的，多问了一句，才晓得出了这么一档事。臣妾大胆，暂且没让他去宫门传旨。"

李治脸色微沉，"皇后这是何意？"

武后神色却甚是坦然，"陛下，臣妾只是有些不解，库狄氏如今都有八个多月的身孕了，陛下为何突然想起要传她入宫？"

这件事么，总不能说自己就是怕她偏袒，所以要先当众教训了库狄氏再说吧？李治心里顿时有些烦乱，转头看了常乐一眼。常乐忙上前一步笑道："启禀皇后，这都是常乐的不是，是常乐近来听说了库狄夫人的一些事情，有些替我那不争气的夫家妹子担忧，才想让圣人召库狄夫人进宫来问问。谁知她前些日子还好好的，今日不过坐了段车居然就见红了。"

武后奇道："不知大长公主听说了什么事情，会如此担忧？"

常乐看了看李治，见他依然面无表情，心知此事隐瞒不住，只能将自己听到的事情又说了一遍，"库狄氏如此胡作非为，对义妹都能那般面酸心狠，何况是义女？再者，她贪婪敛财，也是国法不容！"

武后秀眉微蹙，沉思片刻却是问道："大长公主，敢问这位卢氏子弟的话，大长公主可曾找人核实？"

常乐肯定地点头，"事关重大，常乐自然也让人询问过西州商户，那张氏娘子、安家粮队、白叠织坊都确有其事，只是内情未必人人都知晓罢了。"

武后依然摇头，"既然旁人都不知内情，那卢家子弟的话就未必是真。裴少伯在西疆为政也好，此番吏选也罢，为朝廷固然是做了不少事情，得罪的人却也不在少数，招人嫉恨原是寻常，单面之辞，不足为信。"

李治的眉头不由一皱，常乐脸色也是微变，"殿下……"

武后摆手止住了她的话，"如今说这些也是无益，西州之事不妨慢慢查证。只是裴少伯如今还在外头等候发落，臣妾以为，在事情没有水落石出之前，陛下不宜发落于他。不然今日之事传将出去，到底、到底有些不大妥当。"

李治点了点头，"那依皇后之见，又该如何处置？"皇后的顾虑不无道理，此事一旦闹了出来，若事情属实，库狄氏固然难逃法网，裴行俭也得丢官去职，可谓得不偿失；假如事情都是捏造，那就更难以收尾。何况自己亲自出手教训身怀六甲的外命妇，闹到半路见红，说出去难道很好听？

武后叹了口气，"不如这样吧，就说是我今日见到诸位外命妇，挂念起库狄氏了，才宣她入宫，却忘了她身子已重，结果便出了意外。我记得今日是蒋奉御当值，陛下也不用召裴行俭进宫了，就下旨让蒋奉御跟裴少伯一道回裴府，给库狄氏好好诊个脉，也算是圣人替臣妾描补描补的意思。"

李治脸色不由一松，如此说辞，对外头说得过去，也安抚了裴行俭，倒是两全之计，嘴上却道："如此岂不是委屈了皇后？"

武后只是一笑，"裴少伯乃国之栋梁，臣妾有什么可委屈的？"

常乐的脸色却彻底沉了下来，皇后认下此事也就罢了，居然还让蒋奉御去给库狄氏看病！她忍不住道："陛下，库狄氏不遵皇命，为祸西州，裴行俭目无王法，抗旨在先，怎么说来说去，似乎倒成了陛下与皇后对不住他们夫妇？"

李治的眉头顿时又皱了起来，武后似乎也没想到常乐会这么说，怔了一下才笑道："大长公主莫不是觉得我在包庇库狄氏？"

常乐只能道："常乐不敢，只是库狄氏府中那两位宫婢至今未有名分，此事总是千真万确，陛下因此对她小惩大诫，也算不得什么。裴行俭又是抗旨不遵，两位圣人不予追究已是格外开恩，至于让蒋奉御亲自去给库狄氏诊脉，常乐窃以为，这是恩宠太过，赏罚不明了。"

武后摇头道："大长公主误会了，库狄氏若是德行有亏，日后什么时辰教训不得？裴少伯却是刚刚为朝廷立下大功的，有什么小过倒是不宜追究。何况他身世畸零，又是子嗣艰难，今日举止失措，也是情有可原。眼下诸事未定，还是莫要出什么意外才好。不然传将出去，岂不成了圣人为了两个宫婢重罚身怀六甲的命妇？不但有损陛下英名，也难免让人多心！"

李治心里一动：的确，裴行俭惧内成性，子嗣上又极为艰难，此次库狄氏见了红，他就敢抗旨，若真是出了什么事……他的脸色不由更是阴沉。常乐的脸色也不大好看，却是反驳不得，只能道："库狄氏惯会装样，上个月还在到处乱逛，今日却坐几步车就会见红，谁知是真是假！"

武后满脸无可奈何，"蒋奉御的脉息大长公主还信不过么？也罢，大长公主若觉得库狄氏不过是在弄鬼，那公主不如也找个信得过的女医或稳婆，让她跟着蒋奉御一道过去查查，不就什么都水落石出了？"

常乐的眼睛一亮，"好，我的府上正好有个精于此道的嬷嬷，我这就让人带她直接去裴府！"

她原是急性子，对李治和武后草草行礼告了退，便风一般卷了出去。武后也笑道："陛下放心，裴少伯为官清正，人品高洁，库狄氏也是谨慎之人，西州之事多半是一场误会。我还是先出去吩咐蒋奉御一声，让他尽心看诊，莫让库狄氏有什么意外才好。"

李治心里愈发不自在，又担心她追问先前的事情，忙点头道："那就有劳媚娘了。"

武后含笑告退，曼步出了蓬莱殿。一直等在外头的玉柳赶紧跟了上去，眼见四周无人，才低声道："殿下，常乐大长公主多半会让人咬定库狄氏是弄假。蒋奉御那边，要不要知会一声？陛下到底是肯信他一些。"

武后淡淡地一笑，"本来就是弄假，揭穿了又如何！"

玉柳吓了一跳，武后却是看着远处的湖光山色，适才满脸的焦急担心都已化成了风轻云淡的惬意，"说来裴守约还的确有些道行，似乎早料到了会有这么一出，所以库狄氏今日才会不早不晚坐车出门就见红，所以他才会不快不慢恰恰赶上这桩事。既然如此，我何不成全了他？

告诉蒋奉御，不必去驳大长公主的人，实话实说就好。裴守约不是算无遗策么？我就不劳烦他来圣人面前来分辩这一场了，还是把他高高地抬举起来才好。"

她负手看着远方，一字字说得轻柔无比："如此，他这一摔，才会再也翻不了身！"

第一百四十二章
生死一线　祸福难辨

裴府的上房原是修得格外轩朗，虽说依着裴行俭四品官的规格，堂舍不过是五间七架，也并无重栱藻井，但那简洁的线条，舒展的轮廓，却让整栋建筑显得格外古雅，连两边三间两架的厢房看去都比寻常屋舍高华，加上房屋前后错落有致的佳木奇石，整个院子自有一分画卷般的风情。

只是此时此刻，那满院子进进出出的忙乱身影，到处响起的焦急询问和压抑声音，却把这幅画卷破坏得干干净净。尤其是东厢的耳房里，七八个婢女管事将门口围了个严严实实，随着一盆盆血水被端出来，人人都愈发紧张，年纪略小的几个更是脸色惨白，连气都不敢出了。

猛然间，从紧闭的木门里传出了一个惊喜的声音："出来了，出来了！露出头了！"随即，七嘴八舌的声音都响了起来，"夫人，用力，快些用力！""娘子快憋住气……""好了，好了，快拿剪子过来！"

在蓦然响起的婴儿啼哭声中，产婆欢乐的声音显得分外响亮，"是个小郎君！是个小郎君！"

满院子的人顿时都松了口气，好些人笑了两声之后，才发现，自己的双腿早就站得有些酸麻了。

耳房的屏风后面，躺在产床上的琉璃也长长地吐了口气，这小家伙，总算没有难缠到家，只是性子也太急了点，自己刚刚到家，还没想好怎么接着演呢，他就假戏真做地赶着出来了！好在家里一切都已准备齐全，他出来得也算顺利……她闭上眼睛刚想歇口气，耳边却突然响起了产婆尖厉的声音——

"娘子莫睡，再加把劲，还有一个！娘子肚里还有一个！"

还有一个？琉璃差点直接从床上蹦起来！转头瞧见满脸是汗却没露出半分意外的阿燕，再看看这间早就收拾出来的产房和半个月前就候在府里的两个产婆，想到这些日子以来愈发紧张的裴行俭……她猛然间明白过来：自己这次原来是怀上了双胞胎，而且他们都早知道了这件事，就把她一个人蒙在了鼓里！

这叫什么事啊？

她还没来得及表达愤怒，阿燕已上前两步，往她嘴里送了片人参，又轻轻按住了她的手，"娘子莫要害怕，娘子是有福气的人，一定能把两个小郎君都平平安安地生下来！"

害怕？自己为什么要害怕？琉璃恼火地冲阿燕翻了个白眼，只是配上她此时汗水淋漓的苍白面孔，那眼神不但没有半点威慑力，看去倒像是立马要昏厥了一般。边上的产婆的声音也突然变了调，"哎呀，哎呀不好了，这一个，这一个的胎位转了！"

阿燕脸色顿时一白，转身拿出几根金针便往琉璃身上扎了下去，也不晓得是扎在什么穴道上，在这当口上居然也能让琉璃疼得一个哆嗦。阿燕的鼓劲声听着也像是从牙缝里挤出来的："没事的，这第二个胎位有些不顺原是寻常，阿燕这就帮小郎君挪挪，娘子你忍着点……"

她的手一下又一下重重地推在琉璃的肚子上，让人只觉得身子最深处有无数把利刃在搅动。琉璃原是颇能忍耐疼痛的，可这一回，却忍不住尖叫出声，意识里再也没有别的念头，只剩下铺天盖地的疼痛。

也不知熬了多少时辰，琉璃疼得连尖叫的力气都没有了，隐隐间却听见有人在吸凉气，"夫人生了多久了？胎位还是不对么？这可不大好了。"随即便是阿燕的低声训斥，"你胡说什么？还不出去！"那人忙分辩："你这女医好生无礼，老身可是奉命而来，再说宫里贵人都有一半是老身亲手接生的，你家娘子分明就是顶不住了，要保她只怕就要舍了小的……"

琉璃原本已是有些神志模糊，听到前头这句，胸口更是一紧：保大的还是保小的，自己竟也遇到这样的选择了？惶然中，她一把攥住了身边说话的人，"守约呢？守约回来没有？"她有话要跟他说，有话必须要跟他说！

被她抓住的人"哎哟"了一声，恰好又是一阵剧痛袭来，琉璃下意识地攥得更紧，好一会儿这阵绞痛过去，她才听到身边带着哭腔的声音："唉，唉，夫人，夫人！"

琉璃忙松开了手，仿佛只是两三个呼吸之间，疼痛又绞了上来。她无声地喘息着，眼前一阵阵发黑，胸口却是愈发憋闷，连身子都禁不住痉挛起来。

阿燕脸色已是惨白，声音也有些发抖，"娘子，娘子你放松些，一定要放松些！"

琉璃哪里放松得下来？她只觉得全身颤抖，呼吸越来越困难，眼睛都睁不开了，脑中不由得冒出一个念头：自己这次，大概真的熬不过去了，可孩子……正恍惚间，木门"吭"的一响，惊呼声里，她的手突然被人紧紧握住，耳边响起了最熟悉的温润声音："琉璃，琉璃，我在这里！"

琉璃精神一振，用力睁开了眼睛，裴行俭的面孔近在咫尺。他的脸上依然带着微笑，神色从容又专注。琉璃心头一热，正想说话，裴行俭却抢先轻声道："我听见你在唤我，所以进来看看你。还好，你的手劲还是这么大，把大长公主特意请过来的嬷嬷都抓哭了，我也就放心了。"

啊？琉璃要交代的话，一时全堵在了嗓子眼里。

裴行俭伸手拂了拂她鬓角汗湿的碎发，笑容温柔，声音轻快："琉璃，你快加把劲吧，你不知道，三郎早就盼着能带两个小兄弟出去玩了。"

看着这张轻松的笑脸，琉璃满心里顿时只剩下了悲愤——加把劲，说得倒轻巧，有本事他自己来生一个试试！而且有这么欺负人的吗？连三郎都早就知道是两个弟弟了，就她一个人不知道！她的心头一时万马奔腾，什么恐惧伤感都忘得干干净净，只想仰天长啸一声：大娘我不生了行不行！

不过这种事到底由不得她做主，被裴行俭这么一打岔，她的呼吸倒是顺畅了许多，连阿燕原本已经发软的手也变得稳定起来。疼痛自然愈发剜心刺骨，裴行俭却犹自在她耳边唠叨什么"莫怕莫怕，精诚所至，金石为开，锲而不舍，金石可镂，何况不过是瓜熟蒂落？"又是什么"养卿千日，用卿一时"，琉璃忍无可忍，阵痛间歇里咬牙回了一句："买一赠一，你还要怎地！"

裴行俭顿了顿才叹道："都说满招损，谦受益，我这不是怕你自满么。咱们好容易买了这么大的宅子，如今才填上了三个，你还任重道远！"

琉璃简直无语凝噎，阿燕的手上却松了松，一口气透了出来，"娘子，娘子你可以用劲了！"

裴行俭的手突然微微一颤，不等琉璃看清他的表情，便俯身紧紧揽住了她，轻声道："琉璃，你听见没有，就快好了，咱们一起加把劲！我会一直陪着你，你也一定，一定要陪着我！"

他的声音多少有些异样，琉璃一时也辨不出其中的悲喜意味，只觉得他怀抱温暖而双唇却是格外冰凉，那低低的鼓励声里带着安慰，带着祈求。她自己早已满嘴都是腥味，却也努力憋住了一口气，按着阿燕的引导用了几次劲，耳边终于听到一声尖叫，"出来了！出来了！"随即便是几声啼哭和一片欢腾，"又添了个小郎君！"

裴行俭抬起了头，那微笑的面孔在琉璃眼里却变得有些模糊，"琉璃，咱们的四郎也出来了！你听听，他哭得多有精神！"

四郎？他到底会不会数数啊！琉璃心头一松，脑中只转过这个念头，整个人便陷入了黑沉沉的昏暗。

一片混沌之中，琉璃觉得自己断断续续地做了好些梦，又仿佛是随着一条河流载沉载浮，待得整个人终于浮出水面时，首先竟是听到了几声清脆的鸟鸣。她慢慢睁开双眼，这才发现自己已像平时一样躺在卧室的大床上，窗外似乎已是早晨。裴行俭和衣睡在床榻外面，侧身而卧，一只手环着她的肩头将她揽在胸口。从窗棂里透进来的晨光照在他的背后，看不大清他脸上的表情，却把他鬓角的几缕灰白映得分外清楚……

琉璃心头一紧，正想仔细瞧瞧，裴行俭已蓦然睁开了双眼，对上她的目光，又"腾"地支起了身子。琉璃这才看清，他不但鬓角添了白发，面孔也明显瘦了一圈，眼里满是血丝，一双眸子却是亮得惊人，此时一眨不眨地盯着琉璃的脸上，仿佛呼吸间她就会蓦然消失。

琉璃一阵心疼，忙哑声道："守约，我没事。"

裴行俭依然目不转睛地看着她，突然伸出手来，用手背一遍遍轻轻摩挲着她的脸颊，仿佛终于确认她就在自己眼前，脸上才慢慢露出往日的温和笑容，"没事就好。你现在身上还疼不疼？要不要喝点水？可想吃点什么？"

琉璃嗓子发干，身上到处酸疼，可心里到底惦记着刚刚出生的孩子，忙问道："孩子呢？他们怎么样了？"

裴行俭微微一笑，笑容里竟有些自豪，"他们都好得很。蒋奉御那天也来了，他和韩四细细看过两个孩子，说他们个头虽小了些，身子却都还健壮。这两天他们吃奶都吃得极好，入夜后也不闹腾。眼下天气正暖，只要精心调理，用不了两个月，定然就能变得白白胖胖的！"

琉璃松了口气，随即便觉得有些不对，"这两天？"

裴行俭眼底的情绪复杂难言，笑容却依然轻松，"你不知道自己有多能睡么？都已经睡了一天两夜了！"

难怪他看起来会如此疲惫！琉璃心里更疼，伸手环住了他的腰，只觉得他身上仿佛都单薄了好些，裴行俭反手揽住了她，用下巴轻轻蹭了蹭她的额头。两人相拥无言，还是琉璃突然想起了一事，低声道："你早就知道我怀的是双生子了吧？怎么不早点跟我说？"

裴行俭抚摸着她的长发，目光更是温柔，"这种事，遇上了便是遇上了。你安安心心养着身子比什么都强，又何必说出来让你也担心害怕？"

"害怕？"琉璃困惑地抬头望着裴行俭，自己为什么会害怕？

裴行俭脸上露出了几分意外，略一思量才疑惑道："你是不是见惯了苏桐苏槿那对双生儿，便觉得此事寻常得很？"

琉璃点了点头，心道，就算没见过他们，我也不会觉得双胞胎有多不寻常啊！

"那你总知道双生不吉这种说法吧？"

琉璃茫然摇头，双生不吉？还有这种说法？虽说她平日不爱跟人议论家长里短，但多子多福还是知道的，一次生俩，为什么会不吉利？

裴行俭伸手撑住额头，失声笑了出来，"琉璃啊琉璃！"好一会儿，他才止住了笑，"其实这也不是什么经史上有的正经说辞，只是双生儿到底少见，十有八九又会早产难产，母子平安者着实不多，好些双生子里有一个还会格外孱弱。久而久之，就有了双生者母子兄弟相妨的说法，好些人家生下双生子后会立刻送走一个，平日里也特别忌讳旁人提及此事。也就是恩师那般豁达的，才不会在意这些。"

"我也晓得，你多半不会忌讳，只是你这次本来就怀得辛苦，我实在不想说出来让你费神，没想到……"他笑着摇了摇头，满脸都是如释重负。

琉璃一阵发窘，她自然知道这年头生孩子不容易，十个女人少说有两个会死于生产，却没想到生双胞胎会如此危险，能母子平安的居然是少数！想着这几个月里他默默扛下的压力，那样的日夜担心，却还要小心翼翼地不让自己发现；想到他前天在自己面前满脸轻松地插科打诨，转眼间却白了好些头发。琉璃的眼睛不由一热，伸手轻轻摸了摸裴行俭的面颊，手指间的触感分明比当年多了些粗糙，却依然能在她心底带起沙沙的战栗。

裴行俭微微一笑，伸手按住了她的手掌，将她的掌心移到自己的唇边，轻轻吻了一下，随即便翻身而起，从床边暖着的水壶里倒了杯糖水，自己试了试温度，扶起琉璃，慢慢喂到了她嘴里。

琉璃这才觉得口干舌燥，一口气喝了两杯才好了些。瞧了瞧外面的天色，轻声道："四郎和五郎也不知道醒了没有。"

裴行俭笑着扬声："来人！"

声音刚落，门帘一荡，小米"噌"地蹿了进来。有裴行俭在，她也不敢说话，只是红着眼睛上来帮琉璃换了内衣和褥垫，又用热面巾略擦了擦她的脸孔脖颈，拢了拢头发。自有婢女端上早已准备好的粟米粥、鸡子羹，琉璃每样用了半碗，两个奶娘便抱着孩子走了进来。

小家伙们依然没睁开眼睛，一个睡得正沉，一个却在咂巴着小嘴。在高大丰满的奶娘怀里，那两张红彤彤的脸孔更是显得只有拳头般一点点大，琉璃心头不由牵得一阵生疼。

裴行俭脸色却甚是愉悦，指着咂巴嘴的那个低声道："这是四郎，虽然比五郎出来得晚些，倒是比五郎还重了几两，精神头也更大。"

琉璃点了点头，突然反应过来有些不对劲，"他是晚出来的，为什么是四郎？"对了，先前他也这么说过……

裴行俭惊讶地看了她一眼，随即便好笑地摇了摇头，低声解释道，"长幼有序，哪有做兄长的待在弟弟脚下的道理？四郎虽然出来得晚，在你肚子里却占着尊长的位置，自然是阿兄。"

啊？这样也行？琉璃又是一阵茫然，只觉得经过这个早晨，自己的世界观已经碎成了一地渣滓。

裴行俭瞧着她的模样，终于笑出了声，摸了摸她的头，回身抱过四郎送到琉璃眼前，"你看，他的双眼皮多深，生得真是像你。"

琉璃仔细瞧了瞧这张皱巴巴的小脸，因为生得小，看去的确分外可怜可爱，不过说到像自己，而且是"真是像你"，嗯？难不成裴行俭眼里自己就是这个模样？

她正在胡思乱想，却听他又低声笑道："你总担心着咱们家没人叫光庭，这下不用愁了，光庭、耀庭随你起！"

光庭！琉璃脑袋里顿时"嗡"的一下——她早就跟裴行俭说好了，这一胎若是男孩，依然要起名叫光庭，可是，现在，是两个男孩了，她该给哪个起名叫光庭？明明是一样的孩子，难道因为自己的这个选择，一个能留名青史，另一个就注定默默无闻？她低头看了看四郎，又抬头看了看五郎，心里不由乱成了一团。

裴行俭关切地扶住了她的肩头，"怎么了？是有哪里不舒服么？"

琉璃摇了摇头，正想找个借口，外头传来了小婢女的声音："蒋奉御到了！"

裴行俭忙扶着她躺了下来，轻声道："这两日奉御早晚都会过来给你诊脉，我去迎一迎他。"

琉璃随意"嗯"了一声，目光依然在那两张一模一样的小脸上转来转去，半晌才伸手捂住双眼，默默地叹了口气。

半个时辰之后，蓬莱宫的含凉殿里，武后听完玉柳的回禀，也伸指按住了自己眉心，长长地叹息了一声。她的手白皙柔美，比少女的还要娇嫩无瑕，此时那格外修长的食指按在眉心鲜红的花钿上，看去就如一幅色调冷艳的图画。良久之后，她才感慨地吐了口气，"没想到，她还真是有些造化的。"

玉柳心里也有些感慨，可不是！当日那情形，库狄氏若是进宫，在烈日下跪个半个时辰，便是女医那边不动手脚，也定然会出事；而她半路返回，但凡有一丝弄假，夫妇俩更是逃不掉欺君的罪名。可谁能想到，她怀的竟是双胎，而且当天就生下了孩子，自己昏睡两夜后也熬了过来，如此一来，倒当真是让陛下对他们略有内疚，却不至于无颜以对，这不是造化还能是什么？

此刻瞧着武后的脸色，她却不好附和，只能轻声道："跟过殿下的人，原是有福些，这世上，谁的福运还能比殿下更厚？"

武后慢慢睁开眼睛，转头瞧了瞧窗外，嘴角嘲讽地扬了起来，"福运？这东西可是来去无踪，靠不住得很。你瞧瞧外头，眼见着要下雨了。端午时那样的好天气，谁会想到这续命索竟戴不了三日？"

窗外的天空果然是阴沉沉的，太液池仿佛罩在一层薄雾之中，不断有燕子在湖面上低掠而过。玉柳不由伸手摸了摸臂上的续命索，按宫里的规矩，这五彩丝得在节后第一个雨天剪断丢入水里，方能辟邪得福，从端午系上到此刻，满打满算也不过两日多。她也觉得有些晦气，口中却笑道："早些剪了，正好早些得福。日子还长着呢，这一时半会儿的晴雨，又算得了什么？"

武后沉默片刻，微微点头，"你说得是，来日方长。这次是我心急了，总想着可以一劳永逸，却没想过事有反常即为妖，裴行俭敢如此拿大，自然有所凭仗。其实如今这结果，与原先想的也没什么不同，顺势而为，未必不能一箭双雕！"

玉柳松了口气，忙笑道："殿下英明。如今蒋奉御还在殿外等着，圣上那边该如何回禀才是？"

武后语气淡然，"自然还是实话实说。库狄氏这回不但九死一生，身子也是亏得狠了，日后如何还难说。这些事，大长公主都知道，总不好单瞒着圣人。再者，兼听则明，窦宽也该想法子提醒提醒圣人，这西州的事情，还有谁最是清楚！"

玉柳应喏一声，退出门外。站在含凉殿的台阶上，迎面的风里分明已带上了丝丝凉意。她抬头看了看，蓬莱宫的南面，云层正越压越低，黑沉沉的仿佛隐藏了千军万马。一阵疾风刮过，憋了许久的雨点终于噼里啪啦地落了下来。

五月的雨水来去都快，这场雨看着来势汹汹，不过半天却也就云散雨收。第二天太阳一出，反而更添了几分闷气，到了午后，天气更是炎热逼人。离太液池略远的紫宸殿里，就算四角都放上了冰盆，也挡不住西边窗口透进来的那股热浪。

李治用手帕捂着嘴咳了两声，突然觉得，此时把这位天山县公和大长公主府的人叫来问话，似乎并不是什么好主意。

站在他面前的麹崇裕身穿紫色团花襕袍，金钩玉带，黑纱笼冠，愈发衬得他身姿挺拔，眉目清逸。只是此刻这张面孔上却是一片冰寒，连那醇厚的声音也仿佛带着尖锐的棱角，"启禀陛下，卢录事所说之事荒谬可笑，极尽造谣中伤之能事，臣不知该从哪里驳起！"

刚刚说完一大篇话的卢录事脸上顿时涨得通红，张口便想反驳，突然意识到这是御前，麹崇裕再没权势再没威严，也是二品县公，自己这九品录事不好与之相争，只能咬牙行了个礼，"下官不过转述他人话语，若有不实之处，还请县公指教！"

麹崇裕莫说答话，连眼角都没往卢录事身上扫一下，只是讥嘲地"哼"了一声，轻蔑之意，溢于言表。

李治不由皱了皱眉，"那就先说说粮行的事吧。军粮事大，西州为何会让安氏商贾掌握这样的命脉？"

麹崇裕微微欠身，"陛下明鉴，当年西州几次收粮运粮的确是以商贾为主，却并非只用安氏一族，而是全州行商大户悉数参与，共计十九族八十三户，这份名单兵部存有底档，一查便知。此为其一。

其二，臣等之所以要用商户运粮，也绝非徇私。西州地广人稀，五县二十四乡，户不过一万出头。显庆年间两次大战，西州都要运送十几万石粮草。若征用民夫，倾全州之力，也不足以供应前线将士，且耗费巨大、耗时极长，民夫徒步运粮，每日行不过十几里，超过千里，路上损耗便要占到粮草一半以上。不得已，臣等才动用了商贾，收粮价格虽高于市价，损耗却全由商户负担，车马运输，脚程更比民夫快了一倍有余，不但省时省力，还减少了两成开支，兵部曾因此明文嘉奖相关人等。此后，伊州、庭州运送军粮亦无不如此。此事但凡曾在西疆为官者无不知晓，陛下一问即知。"

"至于说到安氏米行，安氏原是昭武九姓之首，数代以来，不但任着西疆行商的萨宝，也是西州米行、布行、口马行诸业的头领，据微臣所知，在长安西市、洛阳北市，这些行当的社老行首亦是安氏族人代代相承。"他终于转头看向了卢录事，笑容冷峭，"录事既云西州安氏粮号兴旺，乃是麹某等人纵容之故，却不知依录事之见，这长安、洛阳的安氏店铺如此兴旺，又是谁人纵容的？"

卢录事心里早已开始打鼓：堂兄不是跟大长公主说，这位麹县公与裴行俭面合心离，绝不会替他说话吗？如今看来怎么不是这么回事？听得这一问，他更是暗暗叫苦。这些事情他不过是听堂兄说过，偏偏这边圣人相召，堂兄却出了门，公主这才派自己来顶差，说到这些细节之事，他又怎么能知道？

李治的脸色也沉了下来，兵部的记录、官员的说辞、粮草的支出、行社的名单，这些都是最容易查的东西，麹崇裕既然敢提，自然有十足的把握。他心头一阵莫名烦乱，语气不由更冷了几分，"那张氏之女又是怎么回事？"

麹崇裕秀长的双眉微微皱了起来，默然片刻才低声回道："微臣不敢欺瞒陛下，此乃微臣家丑，微臣实在有些难以启齿。"

李治惊讶地挑起了眉头，"这与县公又有什么干系？"

麹崇裕脸上露出了几分尴尬，"陛下有所不知，张氏与麹家世为姻亲，先父曾有心让这位张氏孤女入麹家为平妻，只是微臣不忍辜负拙荆，又不喜此女性情，便把事情一年年拖了下来。后来也是家父做主，让此女认了裴少伯为义兄，望她日后多个倚靠。谁知此女对微臣怀恨在心，龙朔二年，苏海政苏大都护发兵西州，她便主动与苏氏之子为妾，欲置微臣于死地。因事情累及裴少伯，库狄夫人才当众与张氏翻脸。此后苏氏父子入罪，张氏回归本家。微臣离开西州时，听闻她当月便入了空门，过了两年正式落发了。

"总而言之，是微臣当初年少轻狂，有负于张氏，后来又连累了同僚，每每念及，惭愧无地。可此事与裴少伯夫妇并无干系，张氏女出家时，裴少伯夫妇已离开西州两年有余，也不晓得是谁编出了这样一番似是而非的鬼话，把事情都推到了库狄夫人头上！"

李治怔怔地看着麹崇裕，眼前这张俊秀出尘的面孔实在太有说服力，再一瞧卢录事也是张口结舌地说不出话来，他不由吐了口气，背脊都有些弯了下来，"那白叠作坊呢，难不成也是无中生有？"

麹崇裕脸色顿时变得肃然，深深行了一礼，"启禀陛下，此事的确不假！"

李治顿时精神一振，坐直了身子，"那农妇纺织白叠要向库狄氏交钱，也是真的？"

麹崇裕点了点头，"如今在西州，寻常农妇纺织白叠的确要先交几文钱，此事也的确与库狄夫人有些关系。只是事情说来话长，微臣……"

李治断然道："你但说无妨！"

麹崇裕欠身行礼，"多谢陛下。陛下既知白叠之名，或许也已听说过，此物乃西州特产。西州干旱少雨，种植桑麻颇费工夫，白叠却极为耐旱，田间地头均可种活。可惜此物籽多絮短，若是直接用以纺织，费力极大，出布又极粗，所以多年以来，民间少有妇人愿意纺织，唯官坊织机精良，不惜人工，方能织出细软布料。西州归唐之后，官坊毁于战火，十几年间，西州便少见此物了。直到显庆之后，情形方是大为不同。陛下翻查户部记录便能知晓，之前西州入库赋税都是粟米丝绸，显庆二年后，白叠却是一年多似一年。"

他突然转头看了卢录事一眼，"敢问录事，麹某所言可有虚妄？"

卢录事吓了一跳，不知该点头还是摇头，呆了片刻还是咬牙答道："这白叠之事，下官只是听堂兄说过，来龙去脉并不清楚，县公所说这些，下官倒是不曾听说过。"

麴崇裕冷笑着点了点头,"原来录事不但是道听途说,还没听全!"

卢录事脸上发烧,却反驳不得。麴崇裕再没看他一眼,只是向李治又欠了欠身,"启禀陛下,这白叠纺织的来龙去脉并非小事。十几年来,西州官仓日丰,民众渐富,究其原因,一半是边境升平,商旅频繁;还有一半,就是白叠纺织变得容易,西州人再不必花大力气种植桑麻,花大价钱购买丝绸,随手种些白叠,便有衣帽御寒,有布帛花销。此中功德,堪称无量。"

李治忍不住问道:"那白叠纺织为何会突然间变得容易了?"

麴崇裕缓声道:"是因为库狄夫人来了西州。"

李治不由大吃一惊,"这话从何说起?"

麴崇裕神色愈发凝重,"其实微臣也不清楚库狄夫人是何时注意到白叠的。记得大约是显庆元年二三月间,她找到微臣,说是想从官坊借些匠人,看能不能做些物件出来,好重新纺出细软堪用的白叠布。微臣当时只觉此事异想天开,只因却不过情面,才借了她人手。谁知不到半年,库狄夫人当真先后制出了去籽的轧机、去尘松朵的弹机和更宜于白叠拉线的纺机。用这些机子处理过白叠后,便能织出不逊于粗绸细麻的白叠来!

"不过这些机子构造精巧,又要成套使用,寻常人家到底难以负担。库狄夫人便让微臣造了一百多套机子出来,免费送给西州各乡各村,由村正们统一安置。期间她还走遍西州各村,亲自教给农妇们纺织新法。这位录事说得不错,如今西州村妇要纺织白叠布,的确要先交几文钱,却不是给库狄夫人,而是给当地村正,好让村正安排人手帮她们处理白叠,之后才能上机纺布。

"其实库狄夫人原是打算让村民随意使用这些机子的,还是微臣觉得不妥。一则免费之物无人爱惜,二则西州地处四夷来往之地,若叫那些化外蛮夷获知白叠织纺关窍,岂不是白白便宜了他们?因此微臣才定下了这个规矩。至于库狄夫人,她不但未曾从中获利,反而操劳成疾,当年冬天便缠绵病榻长达数月之久,几乎断送了性命。"

卢录事听得又是心惊,又是不服,别的也就算了,这白叠纺织的事情他可是问过好几个人的,忙反驳道:"县公说得的确动听,可西州商户们都说,县公与库狄夫人修了座白叠工坊,独霸此业,日进斗金,县公怎么却是一字不提?"

麴崇裕冷冷地瞧了他一眼,"'白叠工坊',的确是麴某所建,不然麴某又如何造得出几百架机子来?只是麴某虽不似库狄夫人般心怀慈悲,却也晓得什么是功成身退,凡事妥当之后,这工坊便交给了旁人。至于什么独霸此业,适才录事也说过,西州农妇人人都会纺织白叠,如今又说白叠工坊独霸了此业,录事不觉得这话可笑?敢问录事是从哪里找的西州商贾,将西州人尽皆知的事情歪曲成了这番模样,也不知他们到底是信口雌黄,还是别有用心!"

卢录事正想反驳,突然想起一事:堂兄借住自家没多久,就打听过和公主府相熟的西州商户,当时自己随口说了,后来查证此事找的恰恰也是他们。难不成堂兄真的是别有用心，所以事发后才会溜之大吉？"

他站在那里冷汗直冒，这边李治的脸上也是阴沉如水，"依魏爱卿所见，那库狄氏不但未曾与民争利，反而是鞠躬尽瘁、造福一方了？"

魏崇裕毫不犹豫地点头，"诚然如此。先父主政西州十年，历来爱惜庶民，微臣协助库狄夫人推广白叠种植纺织，正是奉先父之命。说库狄夫人与民争利，横行西州，岂不是说先父庸碌无能，纵容下属？崇裕再是不孝，也不敢听任他人如此诋毁先父，令魏氏声名蒙尘！陛下明鉴，西州历年入库的各色布帛数目和人户黄册，朝廷均有簿录，此事又涉及西州四万民众，微臣纵有天大的胆子，也不敢欺君罔上。所谓库狄夫人借白叠盘剥民众，不知是何人造谣，臣愿召集西州所有在京的官吏僧侣商户，与此人当面对质，求陛下成全！"

卢主事听到"对质"二字，心里更是一阵发虚，嘴里只能道："魏县公与裴少伯主事西州多年，自然不愁找不到人替县公说话。"

魏崇裕淡淡地瞧了他一眼，"录事的意思是，就算把西州所有文书都拿来翻检，就算西州所有的官吏高僧都在圣人面前陈情，只要所录所说，不合于录事私下听到的那几句闲话，便都是徇私罔上？既然如此，魏某的确无话可说。"

李治看着两人的神色，隐隐知道自己是上了个恶当，烦闷之中突然又想起一事，忍不住冷笑了一声，"魏卿果然能言善辩，看来与裴少伯也是肝胆相照。听闻裴氏新宅就是出自魏卿之手，却不知那满院的奇花异石价值几何，又是从何而来？"

魏崇裕惊讶地抬起了头，"陛下也听说了裴府的那些奇石名花？"

李治冷冷地瞧着他，"怎么？朕就不能听说此事么？"

卢录事的一颗心却是狂跳了起来。这件事他自然知道底细，当初堂兄游说大长公主时只道横竖没几个人知晓内情，知道的也绝不会说出来，只要在圣人面前坐实库氏贪酷之罪，便是大功告成，外人如何能知道其中曲折？可眼前这位恰恰……

魏崇裕果然略一犹豫，便抱手回道："启禀陛下，此事的确颇为出奇。按说微臣受人所托，原是不该透露半个字。只是今日陛下问及，微臣也不敢隐瞒了。裴府新宅共用大小奇石四十五件，名贵花木两百三十株，其中八成是出自各大公主府的花园与库房，乃公主府的小郎君们私下所赠！"

各位公主主动给裴府送花木奇石？李治差点站了起来，"荒唐！"

魏崇裕坦然点头，"陛下说得是，此事的确荒谬。去岁十月，微臣答应为裴少伯修建宅院。少伯急着搬家，微臣手上人手材料又有些不足，正发愁时，几位公主府的小郎君便寻到了微臣，说是愿意给微臣些工匠木石，好让微臣早日修完裴府，还说此事无须让裴少伯和不相干的人知晓，微臣若是不应，便是看不起他们。微臣不敢拒绝，只能将一应物件的详细名册与来往单据都仔细留了一份，陛下若想查看，随时可派人去取。至于此中缘由，微臣也是百思不解。陛下若想知晓究竟，只怕还得去问牵头此事的萧氏兄弟。"

卢录事的脸顿时就白了。李治脸色却是变得铁青，心里只剩下了一个念头：去岁十月……原来常乐竟是如此处心积虑骗自己入彀！若连常乐都是这样的人，那还有谁说的话自己能信？

明明是热气袭人的夏日午后，他却觉得身上一阵阵地发冷。大殿的角落里，那些冰块在玉盆里静静地散发着寒气，丝丝白气竟仿佛直接钻进了他的背脊！沉默片刻，他颓然挥了挥手，"你们，先下去吧！"

麹崇裕和卢录事躬身行礼，默然退下，一个身姿如松，一个脚步虚浮。李治却半分都没留意到，他只是一动不动地坐在那里，不知待了多久，才蓦然抬起头来，厉声道："来人！"

一阵脚步声响，有人从后面温柔地伸手抚上了他的肩头，"陛下。"

李治身子微微一震，回头看了过去，"你怎么来了？"

武后的笑颜分外温婉恬静，"今日炎热，臣妾备了些竹沥水，想请陛下先歇会儿，有什么事，用完竹沥再说。陛下，您越是操劳国事，就越要保重龙体。"说完转身从宫女端着的托盘里捧过一个青瓷小碗，双手送到李治的手里。

被井水浸过的竹沥冰凉爽口，带着微微的酸涩与回甘。李治慢慢喝完了大半碗，只觉得心底也是又酸又涩，忍不住叫了声"媚娘"，却又不知要说什么才好。

武后接过空碗，微笑着应道："陛下可是还想用一些？"

李治摇了摇头。武后便笑道："臣妾可是打扰到陛下了？适才听着陛下似乎是要传人进来回话？"

李治依然摇头，想到此事终究是瞒不住她，还是叹道："适才朕让天山县公麹崇裕进了宫，听他说的西州旧事，与常乐所说竟是截然不同。朕想让人去查查西州那几年的赋税和相关名册，若是属实……"

武后手上一滑，汤匙与瓷碗发出了一声脆响，李治下意识地抬头看了过去，却见她脸上分明满是为难，心头不由一动，"你可是听说了什么？"

武后放下瓷碗，叹了口气，"臣妾也正有一件事想回禀。这几日里因为库狄氏的事，臣妾心头不安，越想越觉得大长公主当日提到的那位卢氏子弟有些古怪。今日正好有卢侍郎的夫人进宫，便问了问她，这才知道，那位卢氏子弟名叫卢青岩，的确曾在西疆多年，不过却不是什么寻常西席，而是苏海政的幕僚，听说还是最得重用的一位。"

苏海政？李治睁大了眼睛，前后一想，顿时明白了过来，不由得怒气勃发，"岂有此理，此人如今何在？"

武后叹道："库狄氏出事之后，他就不见人影了。"

难怪今天过来的是那位录事，事到如今，常乐大长公主居然还想糊弄自己！李治心里发狠，咬牙道："传大理寺和司刑的人进宫，朕要……"

武后伸手按住了他的手背："陛下息怒，臣妾以为，此事不宜追究。"

李治吃惊地望着她，"皇后此言何意？此人诋毁朝廷命官，欺君罔上，焉能纵容？"

武后轻轻摇头，"陛下，这位卢氏子弟既然是苏氏心腹，心念旧主，私下诋毁仇敌，也是人之常情。就如常乐大长公主，因临海和赵氏之事，她对裴少伯夫妇早有成见，听见这等传言，难免信以为真，也并非是有意欺君。此事说来不过是一场误会，好在库狄氏虽遭惊吓，到底是母子平安，也算是天佑善人。可陛下若是追查下去，难免惹得物议纷纷，岂不是有损……有损大长公主的名声？"

李治脸色微变，心情更是复杂难言。他自然听得出武后的话外之意，事情真的传开，被人非议的可不止是常乐，自己偏听偏信，冤枉功臣，说起来更不好听，皇后要息事宁人，的确是在为自己着想！说来她也一直不大喜欢常乐，可事到临头，却能顾全大局……自己以前怎么会觉得皇后心思难测，常乐才是爽快大度？

他反手握住武后的手掌，长叹了一声，"还是媚娘考虑得周全。只是库狄氏那边，终究……常乐终究是有些对不住她！"

武后眉头微皱，"陛下说得是，库狄氏此番的确是无辜受累，虽然熬过了一关，日后却到底难以复原如初了，臣妾思量着都越想越不安！"

她这一说，李治顿时也想起了蒋孝璋前几日的回话，对照着今日得知的事情，心头不由也是一阵发虚，一阵别扭。

武后沉吟片刻，话锋却是一转，"可不管怎么说，她到底是做臣子的，总不能叫大长公主给她赔礼？按说这回既是臣妾召她入宫的，原该由臣妾来补偿于她，只是金银之物到底轻了些……陛下，臣妾想替库狄氏讨个郡夫人的名头，过些日子寻个机会封赏了她，也算是给她份体面。"

封库狄氏一个郡夫人？李治心里顿时一松，这国夫人郡夫人的，听着尊贵，却不过是个虚名，皇后肯出面担下此事，比什么都强！他含笑点头，伸手握住了武后的手指，"这些事情媚娘做主就好。咱们不说这些了，天时不旱，今日你哪边可还备了什么好东西？"

武后怔了怔，脸上慢慢绽开了一个明媚的笑容，"陛下若是不嫌臣妾手艺粗陋，不如去尝尝臣妾新做的几样小菜？"

李治心情更好，哈哈一笑，携着武后便往外走去。两人谈谈说说出了殿门，西斜的日头照在他们身上，两个长长的影子看去几乎叠在了一起。只是一下台阶，两架华贵的步辇便赶了上来，他们的身影很快就被珠玉锦绣的幕帘隔开，一前一后地消失在葱郁的花木之中。

七日之后，一道敕书从这里悄然发出，不久便传入了裴府——库狄氏品性淑正，妇德昭彰，晋封华阳夫人。

琉璃原本已能下地，可突然间这么大个馅饼从天而降，顿时又把她砸得手脚发麻——端午的事情她也知道了几分，这几日蒋奉御天天上门，武后赏赐不断，自然都是补偿，可最后怎么还会有这样的一道旨意？

她好容易回过神来，却见裴行俭已送走了传旨的官员，大步走了回来。她忙迎上两步，正想开口询问，裴行俭却是笑吟吟地伸手便将她揽在了怀里，琉璃不由奇道：

"你笑什么?"

裴行俭低头瞧着她,仲夏的阳光照在他轮廓分明的脸上,竟有一种异样的明亮光彩,半晌才柔声道,"因为从今往后,你就能穿上紫衣了。"

琉璃愣愣地看着他,完全不明白他在说什么。郡夫人是三品,自然能穿紫,她又是皇后格外开恩晋封的,在长安也算是混入了紫衣贵人的行列,不像裴行俭这四品司列少常伯还只能穿红,也不像以前在老少边穷地区当的那个二品大都护夫人,只是听着尊贵,完全没有含金量,但这种事有什么特别值得高兴的?

裴行俭并不解释,只是紧紧地揽住了她,目光却看向了远处,清癯的面孔上似乎多了一分难言的欢喜与感慨。琉璃忙也转头看了过去,却只看见院墙东南角那大片的竹子正在随风轻摆。

之后几日,裴行俭的心情都颇为愉快,琉璃却渐渐有些患得患失起来——消息传出,上门来探视贺喜的人自然不少,那话里话外的意思,让她蓦然意识到,事情只怕不像裴行俭说的那样,自己只是当了武后和乐公主斗法的炮灰。毕竟一个品级比丈夫还高的郡夫人实在太过意味深长,有人觉得这是坐实了皇后对琉璃"恩宠逾矩",也有人觉得这是圣人在为裴行俭入相打下伏笔,听说外头还有人酸溜溜地表示,裴行俭能坐稳选官,原来还有这层裙带关系……难不成这才是武后的本意?

这一日,上门探望的正是周国公夫人杨氏。自打两年前武夫人去世后,荣国夫人身子一直不大好,去年更是搬到洛阳养病,连周国公武敏之都跟着侍疾去了。倒是杨氏先是有了身子,后来生的女儿听说身子又有些弱,便一直留在长安照顾子女。她很少出门,琉璃与她也是许久未曾见面了。

待得杨氏走进来,琉璃一眼瞧去,心里却是"咯噔"一下——杨氏穿着条金丝彩绣的紫色八幅长裙,头上是赤金花冠,打扮极为雍容富丽,面庞白皙丰满,看去也是保养得宜,只是神色里却有一种说不出的沉寂淡漠,一时间琉璃只觉得自己仿佛又看见了当年的武夫人,不由便坐直了身子。

杨氏忙走上两步,按住了她,"夫人快躺下!"上下看了琉璃几眼,她的脸上露出一丝浅浅的笑容,"夫人莫要讲这些虚礼,还是保养身子要紧。"

她的神色里并没有什么打量的意味,倒有种说不出的疏离。琉璃忙道:"些许小恙,怎么敢劳烦国公夫人的大驾?"说完才发觉这话多少有些外道了。

杨氏却依旧笑得淡淡的,"夫人双喜临门,我自然要来讨点喜气。祖母若不是在洛阳养着病,只怕也是要来看看夫人的。"

琉璃忙又道了几句谢,心里好不疑惑:看她这般模样,莫不是那位武敏之真的奇葩了?这话自然是不能问的,她打起精神应酬了几句,好在两人间的熟人到底不少,从杨老夫人的缠绵病情到武家大郎的喜人长势,再到阿凌、崔十三娘,都是安全话题。杨氏纵然有些不在状态,也是笑微微的有问有答。聊了一阵之后,杨氏又对裴府花园表示了一番神往,琉璃忙让紫芝领着她去转了一大圈,回来再歇歇脚,用些浆水点心,便生生消磨掉了一个多时辰。

好容易送走这位贵客，琉璃简直连苦笑的力气都没有了：武后这是怕一个郡夫人还不够分量，要再接再厉地坐实她拥后派的身份么？

她越想越是不安，胡乱混到黄昏时节，四郎和五郎都睡醒了，被乳娘们抱到了主屋里。三郎兴致勃勃地教他们叫自己阿兄，教了半日并无半点成果，愈发觉得弟弟们都不如自己聪明能干。

正热闹间，外面终于响起了一声"阿郎回来了"，三郎跳起来就往外跑，还没到门口，帘子一掀，裴行俭手上捧着个漆匣大步走了进来。三郎忙扑了上去，裴行俭却并没有像往日一样抱起他，而是一手托高了匣子，一手摸了摸他的脑袋，目光却看向了榻上的琉璃。

琉璃瞧着那个华贵的银平脱雕花漆匣，心里没来由地一跳，"这是什么？"

裴行俭走近几步，将匣子交到了琉璃手里，"是御笔。今日圣人召我进宫了，听说四郎和五郎还没起名，便亲自挥笔赐了名。"

琉璃忙打开匣盖，把里头那张白麻细纸拿出来展开，却见上面是四个挺拔秀逸的大字："延休、庆远"。

"延休、庆远。"她喃喃念了两遍，心里一片茫然，不知说什么才好。

裴行俭含笑低声解释道："延休、庆远，都是荫佑长久之意，原是好名字，日后四郎五郎走到哪里，说来都是一番体面，也省得你为难不是？"

荫佑长久，莫不是这位圣人终于意识到了一些事情，所以要在裴行俭面前画个大饼？至于省得自己为难……琉璃将纸放在了被褥上，默默地咽下了胸中的悔恨。

三郎踮着脚看了几眼，大声念道，"什么休，鹿远。"

裴行弯腰抱起了他，"三郎真聪明，不过这可不是鹿字，这个是延休，这个是庆远，是你两个阿弟的名字，就像三郎的大名叫参玄一样，你是做阿兄的，可要帮他们记牢了！"

三郎忙不迭地点头，小肉脸上写满了责任感。那边的四郎和五郎却不大买账，比赛般哇哇地哭了起来，嗓音比刚出生的时候洪亮了何止一倍。裴行俭忙过去抱抱这个，哄哄那个，当真是忙得不亦乐乎。

琉璃的目光也在三个孩子脸上转了好几个来回：裴参玄、裴延休、裴庆远……所以，她心里一声长叹，暗暗握紧了拳头：

革命尚未成功，大娘仍须努力！

第一百四十三章
斯人已逝　祸事未已

四水环绕，天下之中。

从山道上远远看去，坐落在伊洛河谷里的洛阳城和长安倒有七八分相似：也是四面厚重的黄土城墙围出一个雄浑的方正轮廓，也有二十多条横平竖直的大街将城池分割成棋盘般齐整的一百多处里坊，还有满城的黄叶红枫掩映着层层粉墙黑瓦；只是城墙内外到底多了好些波光粼粼的河道渠沟，浩浩荡荡的洛水更是横贯东西，将整座城池截成了两段。大约正因为有这些或平直壮阔或蜿蜒清澈的水面，这座都城显得格外干净而疏朗，就连西北高地上巍然耸立的皇宫，都仿佛带着种超越红尘的明丽。

琉璃站在半山亭边的树荫里看了好一会儿，才重新戴上了帷帽。这还是她第一次看见洛阳，在九月的明净天空下，它整洁秀丽得仿佛可以直接收入画卷，琉璃却只觉得迎面吹来的山风里，分明已带上了深秋的寒意。

这几个月，她一直在家休养生息，好容易将养得差不多了，在中秋前搬到了终南山下的别院里。谁知没逍遥几天，荣国夫人府的管事娘子就找上门来：杨老夫人病重，除了自家后辈外，还想见琉璃一面。这种事琉璃固然无法推脱，便是裴行俭也不好拦着，只再三叮嘱了路上不可太过劳累。杨府的人也格外体贴，这一路行程虽然紧凑，安排得倒是颇为周全，可琉璃心里总有些莫名的不安，此刻真正瞧见了洛阳城，这种感觉竟是又重了几分。

一旁的车夫看了看日头，赔笑道："夫人，这里看着离城近，走起来还要一个多时辰。"

琉璃点了点头，扶着紫芝的手上了车，刚刚坐稳，马车便动了起来，顺着蜿蜒山路直奔城门。果然又走了足足一个半时辰，才来到城下。

琉璃忍不住挑起车帘看了几眼，前面是洛阳城的正南门定鼎门，城门厚重，门洞深长，两块巨大的石墩分出三条门道，城门上则是一座双重飞檐的雄伟门楼。这也罢了，门楼两边还对峙着高耸的城阙，又有飞廊连接，浑然一体，看去竟比长安的明德门更壮观几分。

正是日暮时分，城门前熙熙攘攘，进城出城的马车行人排得老长。她坐的马车却是并未减速，车夫一抖马鞭，两匹骏马对着正中的门道疾驰而去。有门卫上前两步作势要拦，大概看清了马车上的标志，又忙不迭退后两步，让出了道来。

到了城内的宽阔大道上，马车更是跑得飞快，眼见前头不远处已是横跨洛水的天津桥，才转向西边，在第二处里坊西边的一处宅院前缓了下来，正是荣国夫人府。

琉璃一路看过来，心里多少有些吃惊，洛阳的繁华丝毫不逊于长安，定鼎门大街上不但车水马龙，路边的运河里也是舟船来往，比路上还要热闹几分。可一进这教义坊，眼前却是蓦然换了副景象，道路两旁莫说朱门大户，便是蓬门小户都不算太多，好些地方还能看见荒草断壁——就算荣国夫人是来洛阳养病的，这地方也清静得太过了吧？连这扇乌头大门都平实无华，唯有门前的八对戟槊和木制行马，彰显着府主的品级身份。

马车从侧门进去，很快就停在了内院门口。琉璃弯腰出了车门，只见这外院也是中规中矩，白墙黑瓦，青石朱栏，若是寻常官宦人家，自然不算差，可作为如今的荣国别院，琉璃只想再揉揉眼睛。待得瞧清从门内迎出来的几个身影，她更是吃了一惊——走在前头的正是阿霓，不过一年多的时间，她的身量消瘦了何止一圈？模样也像老了十岁，此时脸上眼里倒满是笑意，离着琉璃还有两三步路，便屈身行了一礼，"夫人一路上辛苦了！"

琉璃忙上前扶住了她，"不必多礼，老夫人身子如何了？"

阿霓就势起身，"多谢夫人惦记，老夫人眼下精神还好，晌午时还和少夫人念着您呢。只是眼下刚用了药，大约还要眯一会儿，夫人不如跟奴婢先到院子里略歇息片刻，也好洗去风尘。"说着便殷勤地托起琉璃的胳膊，手上却是有意无意地轻轻捏了一下。

琉璃暗暗吃惊，笑着说了声"有劳"，坐着檐子穿堂过舍进了一处小院。却见内院倒是与外头不同，窗雕瑞草，地铺莲花，树木山石也颇具匠心；屋子里头更是绣幕锦帐，珠帘玉钩，青色地衣从门口直铺到里间，鎏金的香狮子散发着馥郁芬芳。两排下人恭恭敬敬地候在文石台阶下面，左边是健壮的仆妇，右边则是才留头的小婢女。琉璃一眼看去只觉有些异样，还要再看，小婢子们已鱼贯而入，端着提前备好的盆巾梳镜等物上来伺候梳洗。

琉璃在车上待了一天，梳洗更衣自然要花些时辰，她原以为阿霓会寻机说些什么，谁知她只是忙里忙外地指挥着下人们将各样物件归置到位，见琉璃已收拾妥当，才进门笑道："夫人可要先用些点心？"

琉璃道："这倒不必，只是老夫人那边何时方便，琉璃想先过去请个安。"

阿霓瞧了瞧天色，"这时辰老夫人大约也醒了。"说着一面打发小婢女先去回话，一面便领着琉璃往上房而去。琉璃有心想多问几句杨老夫人的病情，阿霓却是半点口风不露，只是殷勤地介绍着沿路的屋舍花石。眼见右边是好大一座假山，山上满是青青藤萝，她便笑道："这处是借着原先的地势起来的，那边还有个亭子，跟贵府原先的也差不多，都是赏月的好去处。"

那假山边果然有一角飞檐探了出来，碧瓦朱栏，精致之极。琉璃心里一动，点头道："果然是好地方。"

随口闲话间，两人到了上房的院子，杨氏已站在门口，见到琉璃便道："库狄夫人里面请，祖母正在等您。"

阿霓托着琉璃的手又动了动，这才放手退到一旁。琉璃并没有看她，含笑上前跟杨氏见了礼，跟着她进了上房西屋。却见这屋子乃是两间打通，外头是一张招待客人用的屏风榻，转进去后里面又是两张床，外头一张大床上挂着紫罗玳瑁帐，里头那张略小，却也挂着青纱帐子。

杨老夫人正倚着隐囊坐在外头大床的床头。乍一眼看去，她似乎还胖了些，但气色里分明带着种不祥的灰败，原本富态的面孔也明显有些浮肿，连目光都变得浑浊了，唯有头发依然梳得一丝不苟，让她保持了几分往日的威严。

琉璃暗暗吃惊：这位强势得仿佛能跟时光对抗的老人，果然没有多少日子了！她忙上前几步屈身行礼，叫了声"老夫人"，心头的百般滋味一时竟是难以言述，又觉得这时辰说什么都不大合适，索性沉默了下来。

杨老夫人脸上倒是慢慢露出了一点笑意，"莫要多礼，快些坐下。赶了这么远的路，你怎么也不多歇会儿？说来都是老身的不是，若不是我这身子实在熬不住了，也不敢烦劳你跑这一趟。"

琉璃忙摇头，"哪里的话，论理琉璃早就该过来给老夫人请安的，有劳老夫人惦记，琉璃该死。"

杨老夫人打量了她几眼，"看你的气色还好，我也就放心了，三位公子也还好吧？"

琉璃欠身道："多谢老夫人关怀，犬子们都好。过两年，待他们都大些了，琉璃再带他们过来向老夫人请安。"

杨老夫人微微眯起了眼睛，"过两年么？我是不敢奢望了！只是我原先还想着，你这次若是得了个女儿，年岁上和大郎倒也相配，没想到竟是一对公子，也不晓得大郎日后有没有这个福分了！"

琉璃好不意外，这话从何说起？辈分不对也就罢了，大唐的皇室外戚们原本不讲究这个，可订娃娃亲图的是家族联姻，大郎武琬又是嫡长子，杨老夫人怎么会看上自己？不过以杨老夫人的身份，这话总归是抬举，她也只能笑着叹气，"您这一说，我也恨不得自己生的是个女儿了！"

杨老夫人呵呵一笑，"大娘也觉得不错？"她转头看了看一边伺候的婢女，那婢女忙从案几上捧起一个精致的檀木匣子，双手送到琉璃跟前。杨老夫人便瞧着琉璃的眼睛笑道："这里头是一只玉钗，是敏之成亲时皇后赏赐的前朝之物，原是一对，如今这支便送给大娘了，日后总要再凑成一对才好！"

啊？这是要先定下亲事再说？琉璃好不愕然，这事儿当然是万万不成的，自己怎么能跟武敏之做亲家！但对上杨老夫人紧盯的目光，想起阿霓那些私下的动作，她心底却不知为何竟有股寒气直冒了上来，知道此时自己绝不能虚言推脱，忙站了起来，"多谢老夫人厚爱！"话一出口又觉得有些不对，她抬头看了看，杨老夫人眼里的锐利果然一丝没少，心思急转间，脸上便露出了几分踌躇，"只是……"

　　杨老夫人笑容愈发和蔼，"只是如何？"

　　琉璃面上也渐渐郑重起来，目光在那匣子上流连了两圈，深深地行了一礼，"老夫人如此抬举，琉璃自是求之不得。只是婚姻事大，礼尚往来，这玉钗如此贵重，琉璃此次来得匆忙，身边实在没有回赠之物，也只能打发人回长安去跟拙夫说一声，看拙夫那边有什么合适的信物，失礼之处，还望老夫人莫怪。"

　　杨老夫人的神色并没有太多变化，身子却是微微一松，整个人更深地陷进了隐囊里，"你说的是，婚姻这等大事，总要裴少伯点头才好，是老身莽撞了。不瞒大娘说，我如今最不放心的就是敏之夫妇，他们虽有爵位诏命，到底年纪太轻，又都容易左性，说不得什么时辰就得罪了人去，日后若有大娘和裴少伯提点着，我就算走也能走得安心了。"

　　原来自己不过是个搭头，她看中的是裴行俭日后能给武敏之添些助力？这倒也说得过去；不过这位老夫人心思缜密，此番这么突兀提起亲事，似乎还是有些古怪……琉璃心里转着千百个念头，面上却只能诚惶诚恐道："老夫人何出此言？周国公人品出众，文采风流，朝中青年俊杰，谁不是以能与国公交游为荣？拙夫那孤拐的脾气焉能与国公相提并论，更莫说提点了！"

　　杨老夫人轻轻摇头，"大娘不必过谦，裴少伯人品贵重，才智卓绝，所谓孤拐，不过是识进退、知取舍罢了。在他那位置上，原是长久之道。"

　　琉璃谦虚道："老夫人过奖。"

　　杨老夫人并没有接话，出神半晌，突然长叹了一声，"若能与裴府结为秦晋之好，顺娘地下有知，也是会欢喜的。"

　　武夫人……琉璃心头不由也有些黯然，沉默片刻才低声道："没有老夫人和夫人的提携，琉璃便不会有今日，这番恩情，琉璃一直铭记在心。老夫人好好保重身子，自然能长命百岁，琉璃也能在您跟前多尽尽孝心。"

　　杨老夫人的笑容有些复杂，"长命百岁？我都九十多了，不敢再贪心什么，也就是求子孙能有个平安前程罢了，便是皇后，也只有敏之这个侄儿还能依靠！"

　　这话里有恳求希冀，更有提醒和警告，琉璃自是乖乖点头，"老夫人说的是，皇后只有国公这个亲侄儿，做臣子的能助国公一臂之力，便是为皇后分忧。"

　　杨老夫人点头叹道："可惜敏之到底年轻气盛，行事鲁莽，我只担心他日后惹下什么祸事，便是皇后也会受他拖累！"

　　琉璃听到这里，心里已明白了七八分：尼庵的事情到底还是没能瞒住她！毕竟武敏之这两年一直在她身边，保不齐什么时辰就会说漏嘴。此事她心里早已琢磨过几百遍，事到临头，倒也没什么惊惧，微笑着轻声道："老夫人不必多虑，谁不知道国公性子纯孝，对血脉亲情看得最重，日后便是为了儿女，行事也会更稳妥周全的。他又有如此的人品才干，莫说皇后，就是圣人也是另眼相待，就算有什么不拘小节之处，谁还能不知死活地小题大做，去下圣人和皇后的脸面？"

杨老夫人脸色微松，却是叹了口气，"借你吉言，但愿如此吧，只是做长辈的，总是难有放心的时辰罢了。"

琉璃笑道："老夫人放心，别的不敢说，琉璃也是有子侄的人，自家孩子顶撞自己也好，犯下什么错处也好，关起门来管教也就罢了，开门却总是一家人，岂能容旁人说三道四，害他们的前程？"

杨老夫人看着琉璃微笑起来，"大娘从来都是最明白的。"

琉璃自是又客套了几句。杨老夫人到底是久病之人，说了这么久，精力便明显有些不济，脸色也愈发灰败，一旁伺候的婢女上前一步，轻声道："老夫人可要用些参汤？"

琉璃忙起身笑道："琉璃不打扰老夫人了，明日再过来请安。"

杨老夫人点了点头，"你一路辛苦，且歇两日再说。"

一直隐形人般默默坐在一边的杨氏也站了起来，"我送夫人出去。"

迈步走到门外，琉璃只觉得斜阳刺目，西风刺骨，恨不能立即回到自己的屋子里待一会儿才好，可还未来得及跟杨氏告辞，便听身边有人叫了声："小郎君来了！"她转头一看，从院旁小路上不紧不慢走过来的，可不就是许久不见的武敏之？

他并没有如往日般一身白衣，而是穿了件颜色艳丽得近乎妖异的紫色绫袍，团花绣锦，金钩玉带，愈发衬得那张面孔如白玉雕成一般，便是眉梢的憔悴，眼底的微青，也不过是让这通身的风流绝艳里添了分奇异的惑人气息。琉璃不由呆了一下：他不是来洛阳侍疾的么？怎么倒像在风月场里历练了十几年？

武敏之也看到了琉璃，不知为何脸上并没有露出惯常的阴沉，嘴角反而微微一挑，神色说不出的轻佻暧昧。

琉璃大吃一惊，却也不好说什么，只能照常微微欠身示意。她身边的杨氏神色却是一凝，漠然垂下了眼帘。

武敏之原本嘴唇已微微张开，仿佛想说什么，突然看见杨氏的面孔，脸色微变，到底还是抿住嘴角，抬高视线，一言不发地从她们身边走了过去。

琉璃松了口气，他果然还是继续高贵冷艳着才好，适才那么似笑非笑的眼里像是带着钩子，实在太考验人了！

杨氏淡淡地道："拙夫失礼了。"

琉璃忙含笑回道："哪里的话，国公只是太过惦记老夫人的病情，心无旁骛而已，纯孝之心，令人动容。"说完自己身上都起了层鸡皮疙瘩。

杨氏扯了扯嘴角，"夫人过誉。"

琉璃欠身告辞，坐着檐子一路回到客房，眼见屋里再没旁人，这才长出了一口气，只觉得全身都是酸的——适才在杨老夫人院里的那一炷多香工夫，竟比赶了八九百里路更累人！想到提亲的事，她到底不敢多歇，又打起精神写了封长信，将事情原原本本说了一遍，少不得再表达一番希望能促成此事的意思。写好后找来府里的管事，请她让人传回长安。

待得一切处置妥当，早已是上灯时分。只见这屋里的墙角案边，七八个烛台上都有香烛氤氲，屋外的廊庑下，两排灯笼在风中摇曳，院外的满园花树上，也有不少彩灯闪烁，原本并不起眼的宅子在一片灯烛辉煌中终于露出了应有的富贵气象，将繁星闪烁的天空都映得失了颜色。

琉璃站在台阶上瞧了半晌，赞叹地点了点头。跟她一道过来的小婢女也叹道："这院子夜里倒是更好看了！"一旁伺候的武家管事忙笑道："这边院子也就罢了，那边的花园里倒是还能看看，山上水里到处都点了灯，夫人若有兴致，奴婢可以陪您去院子里走走。"

琉璃瞧了她一眼，摇了摇头，"今日实在是有些乏了，过几日再说吧。"不等那管事娘子再开口，她回身进了屋，见左右无人，便对紫芝低声道："这几日你要约束好那两个小的，老老实实在院子里待着，除了跟着我，哪里都不许去！"

紫芝皱了皱眉，却只是简单地道："夫人放心。"

放心？琉璃转头瞧了瞧门外的婢女和管事，无声地叹了口气。

接下来几日倒是风平浪静，杨氏引着琉璃拜访了同样从长安赶来的几位杨家女眷，琉璃与她们平日交往不多，加上但凡出门总有七八个杨家仆妇前呼后拥，她索性关起了院门，除了偶然过去陪杨老夫人说说话，便是在自己屋子里练字作画。眼见着杨老夫人精神越来越差，每日醒着的时辰也越来越少，琉璃知道，这样的日子过不了几天了。

这一日午后，琉璃照例在厢房沐浴，身子刚刚泡进热水，就听屏风外的木门一响，屏风上人影晃动，有人端着一叠巾帕走了进来。琉璃洗浴时历来不愿叫人伺候，忙道："把东西放在屏风外头就好，不必进来了。"

那人回身关了门，依言将巾帕放在外头的竹榻上，却并没有离开，反而走近屏风，低声叫了句"娘子"。

听到这熟悉的声音，琉璃心头不由一凛，忙坐直了身子，"阿霓？"

屏风外的人影"扑通"一声跪倒在地，"婢子此来，是要给娘子磕个头，多谢娘子当日的救命之恩！"

琉璃一颗心愈发沉了下去，"什么救命之恩？我怎么听不明白？"

阿霓姿态愈发谦卑，"娘子教训得是，今日是阿霓莽撞了。两年前镜月尼师曾指点过婢子，是娘子救了我等性命。自那日起，婢子就日日给娘子祈福，好容易今日有了机缘，自然是要来给娘子磕个头的，不想却唬到娘子了，婢子罪该万死！娘子放心，此事阿霓定然不会告诉旁人，只求娘子慈悲，给阿霓再指条明路！"

到底还是躲不开啊！琉璃按住额头，心底一片无奈。阿霓那日几次三番地暗示，又非说什么假山边的那座精致凉亭和原先裴府的旧亭子很像，琉璃就晓得她是有事要找自己，也猜到了她要说的是什么。可这种事琉璃又能有什么法子？只能远远躲开。没想到阿霓却是如此神通广大，居然这样也能找过来！她的这些话听起来像哀求，实际上却是赤裸裸的威胁，镜月……唉，果然是靠不住的！

沉默片刻，她也只能叹道："阿霓，你的话我还是听不懂，这是洛阳，是荣国夫人府，若是没有老夫人点头，莫说你，便是我也未必能走出这院子，又哪里有什么明路暗路可以指点？"

阿霓忙忙地摇头，"娘子不必担心，老夫人如今并不清楚娘子到底知晓多少事情，只是有一次小郎君发脾气说漏了嘴，老夫人才疑心娘子听说过什么，却没有查出什么实据。这次请娘子过来，也不过是要试一试娘子的口风而已。

"那日娘子一走，老夫人便跟少夫人说了，她这样猛不丁地提起两家的亲事，娘子却没有惊慌推脱，也没有囫囵答应，倒是认真想了，这才是有心结亲的样子；如此看来，就算娘子听说过什么，也没因此动过异心。后来娘子给裴少伯的信，老夫人也看了，还叮嘱少夫人说，娘子一旦有了女儿，或是武家再有女儿，定要大张旗鼓地把亲事做成。这样，两家才算绑在了一起，日后就算事发，为了自家孩子的名声前程，娘子和裴少伯也会设法保住小郎君。

"如今老夫人最看重的就是娘子，又怎会对娘子不利？"

琉璃心底微微一松，又有些后怕：幸亏那天自己多想了一层，幸亏荣国夫人舍不得拿出唯一的嫡女，自己又还没有女儿，这亲事只要拖一拖，便无论如何都做不成！只是想到这几日自己每次出门时跟在身边的那几个健妇，又忍不住苦笑，"你说得倒轻巧，若真是如此，我这边院子里又怎么会有这么些人'伺候'？"

阿霓沉默片刻，低声道："娘子多虑了，老夫人如此安排，并非是不放心娘子，只是、只是有些不放心小郎君罢了！"

琉璃心里一动，隐隐间明白了她的意思，一时却不知该如何接口才好。

大约没听到她的回答，阿霓的声音里倒是多了几分焦急，"娘子有所不知，自打夫人去世，小郎君便性情大变，在女色上竟是毫无节制，连来府里求见老夫人的官家女眷和公主的侍婢女官都敢招惹。老夫人无奈之下才把他带到洛阳，又特地选了这处院子！饶是如此，小郎君还是做过几次荒唐事。老夫人只能把他挪进了自己的院子，说是让他侍疾，其实是日夜看着他。老夫人如此看重娘子，自然不敢让小郎君冲撞了您。"

琉璃心里说不出是惊讶还是恍然，半晌才叹出一句，"原来如此，老夫人也是……也是用心良苦！"杨老夫人卧房里多出来的那张床果然是武敏之的，却原来是因为这个缘故！

阿霓苦笑了一声，"可不是用心良苦。这半年多，老夫人陆续把当日去过尼寺的婢女们都送到了外头。奴婢因早年私下帮过这边的管事，求他留心了两个送得近些的，才知道那两个没多久一个便溺水而亡，另一个也是不知下落。就在前些日子，一直在寺里的媛娘也说是病逝了，跟着的两个婢女都殉了主！

/第一百四十三章　斯人已逝　祸事未已

"娘子明鉴，阿霓之所以被留到今日，不过是因为曾跟过您，老夫人想留着奴婢来安娘子的心！娘子，老夫人对您从来都是另眼相看，只要娘子跟老夫人求个情，让奴婢再来伺候您几日，老夫人多半会看在您的面子上，放奴婢一条生路！"

她越说越快，声音也渐渐尖锐起来。琉璃的心却是彻底沉了下去：阿媛竟然不在了么？还有当日去过尼寺的杨家婢子们，原来终究还是没能逃出生天！杨老夫人看来是下定决心要在自己去世前为武家、为武敏之除掉一切后患了！

她忍不住也苦笑了起来，"阿霓，你在老夫人身边多少年了？你见过她因为往日情分而对外人手下留情么？你见过她又真的忌惮过谁？如今对我之所以格外厚待，不是因为看重我，而是觉得留着我比废了我合算些罢了！

"谁都知道，我库狄琉璃出生微贱，如今的前程都是武家和皇后给的，就是武家的对头想对付武家、对付皇后，也不会找到我的头上；至于我自己，又怎么会不知死活，为那些没影子的事去离间皇后骨肉，绝了自己的前程？因此，莫说老夫人眼下还拿不准我知晓些什么，就算她笃定我听到过不该听的话，也不会对我如何。因为留着我，对皇后、对武家都还有些用处；若是让我也'病逝'洛阳，倒是会引起旁人的疑心。以裴氏的人脉，我家夫君的手段，若是真心探查，未必查不出实情，那才真真是后患无穷！

"你我到底主仆一场，也不用说那些外道话。你想让我去跟老夫人说一声，叫你回来伺候我，此事原是再容易不过了，可你想想，老夫人真会因此让你跟我走么？你若觉得她会，我明日就去说，如何？"

屏风上的身影早已变得僵硬无比，半响才微微一动，却是彻底垮坐在了地上。琉璃暗暗松了口气，心里却依然有些发沉：人之将死，原是有根稻草也会紧紧抓住的，可如果连根稻草都捞不着了……思量片刻，她还是低声道："阿霓，我日后和这边少不得还会有些来往，你若还有什么事要我帮忙，或是有什么人想让我照看，不妨说一声，我定然尽力而为。"

阿霓并没有开口，良久之后才慢慢起身，在屏风后端端正正磕了个头，声音居然已恢复了几分平静，"多谢娘子。是阿霓狂悖，娘子一片仁心，阿霓却如此为难娘子，阿霓罪该万死。如今阿霓的父母已亡，兄弟情分也是寻常，并无什么牵挂，只要娘子不计较今日冒犯之罪，阿霓便已感恩不尽，来世结草衔环，再报娘子大恩。"说完又磕了个头，起身一步步退了出去。

一阵微风拂过，木门已悄然合拢。明亮的烛火中，黑檀木的六曲绣像屏风上那狩猎的骏马黑豹、宴饮的高士佳人、出行的宫女武士，再次变得纤毫毕现，那分富丽繁荣的气息几乎能破屏而出，至于曾映在这副盛世图像上的那个绝望的干瘦身影，自然没有留下一丝痕迹，仿佛从来就不曾出现过。

琉璃闭上双眼，深深地吸了口气，将整个身子都沉进了水里。

七日之后，92岁的荣国夫人在睡梦中安然而逝。一时间，别院内处处麻衣如雪，哭声震天。在那些披麻戴孝的人中，琉璃留心找了很久，也没看到阿霓的身影。

人群之中，最显眼的自然还是武敏之。他一身粗布麻衣，脸上没有半分血色，原本冰冷漆黑的双眸却是亮得可怕，仿佛两簇跳动着的妖异火焰，足以烧毁一切靠近他的人，也把自己燃成灰烬。

琉璃默默地移开了视线。她的头顶上，晴空如洗，万里无云，淡金色的阳光里，只有无数枯黄的落叶和雪白的纸钱在翩然飞舞，又被阵阵西风挟裹着飘向远处，飘向它们注定的宿命归处。

似乎有股寒意从骨头缝里渗了出来，琉璃不禁伸手拢紧了衣领，那寒意却在她的身边愈积愈厚，让她禁不住轻轻战栗起来。

好在第二日午后，婢子便回报说，裴少伯已到了前院。琉璃早在三日前便接到了他的回书，说是会亲自来洛阳一趟。她原想着家里有三个孩子，吏部还有无数事务，他总要花上几天才能安排妥当，没想到来得这么快。

天空明明比头一天阴沉，秋风也愈发凛冽，但一眼瞧见人群中那个一身风尘却依旧显得清正挺拔的身影，琉璃只觉得照在身上的淡漠阳光突然变得温暖起来。

忙忙碌碌之中，转眼已过头七。因高宗有令，凡九品以上官员及外命妇均须赴洛阳吊唁，从长安赶来的车马倒是愈发络绎不绝。在蜂拥而至的车马人流中，一辆不起眼的青色马车从荣国别院的角门悄然离开，逆着车流出城而去。

不到正午，马车已停在了当日的半山亭前。回头再看洛阳，城坊依然是那么整齐秀丽，只是半个多月前还绚烂无比的秋叶，不知何时已凋零殆尽；而在城墙之西洛水之南，荣国别院所在的教义坊以及附近街道上，更是下雪般白了一大片。

琉璃坐在车里，静静地凝视着那片里坊，不知怎地只觉得有些讽刺，有些苍凉。正出神间，手上突然一暖，却是一旁的裴行俭已将她的双手包在掌心里。他的声音里也满是暖意，"还在担心那边的事？不是跟你说了么，咱们原是命中无女的，很是不用操心这些，就算日后他们还有别的打算，万事有我呢！"

这话他几日前便已说过，此刻再听到，琉璃心里也说不出是什么滋味。沉默片刻，她慢慢将头靠在了他的肩上，"我不是担心，只是被闹腾得有点累了。"

裴行俭伸手揽住了她，感慨地叹了口气，"这回是闹腾得有些过了。不知圣人是怎么想的，这诏令一下，不晓得多少官员要奔波千里，只怕到了明年正月，圣人临幸东都之时，这番哀荣才能真正完事！"

完事？琉璃望着远处的都城，轻轻摇了摇头，也许到了那时，一切才刚刚开始。

第一百四十四章
如梦初醒　醍醐灌顶

咸亨二年的正月，上元的花灯还未点燃，长安城已空了一半。

早在两日前，皇帝的大驾卤簿便已离开了长安城。当日的丹凤门大街，当真是旌旗遮天，鼓吹震地。卤簿的最前头，是由万年县令、京兆牧、太常卿、司徒、御史大夫和兵部尚书这六位官员及其全副仪仗组成的导驾六引，其后依次是两部鼓吹、十八卫禁军和两省供奉官，一万五千人的队列层层护卫着天子玉辂，浩浩荡荡奔赴洛阳。而在他们后面，还有一支规模更为浩大的随行队伍，前队紧随着大驾卤簿出了长安，而尾队直到如今也没能走出城门。

眼见日头已过了中天，在这条长达百里的壮观人流的前部，负责引导队列的金吾卫慢慢停下了脚步，后头的仪仗鼓吹却依旧驱马前行，没多久，官道上便形成了小小的拥堵。再过得片刻，便是銮驾所在的车队速度也渐渐缓了下来，引得不少人掀帘观望。

在靠近皇后车辇的一辆牛车上，琉璃并没有察觉到外头的骚动，只是低头瞧着怀里四郎熟睡的小脸出神。出生百日之后，他和五郎就从两只皱巴巴的小狒狒变成了一对圆滚滚的雪娃娃，迅速完成了由猿到人的进化，想来再过几个月就能学会直立行走。这两个小家伙卖相上佳，又都爱笑，就连三郎都被他们哄住了，没事就往他们跟前钻，还一脸手足情深地表示，有弟弟真好，弟弟们比布老虎什么的可要好玩多了！唉，也不知三郎这两日过得怎样，还有守约，他主持的吏选要到月底才能告一段落，总要二月初才能离开长安……

她正想得入神，一旁的乳娘开口笑道："小郎君们越来越沉手了，娘子抱了这半日，手也酸了吧，不如让小的来换换手？"

琉璃回过神来，这才觉得手臂的确发酸，车里也有些气闷。她把四郎包好交到了乳娘怀里，又伸手拢了拢五郎的包被，这才起身将车帘掀开了一条缝，好放些冷风进来吹吹车里的炭气。

车夫大约听到了动静，头也不回地笑道："夫人莫急，过了这处堠子，再走四五里就是行宫了，这会儿是将士们在驻扎布防呢，稍等等就好。"

果然没过多久，拉车的犍牛便又不紧不慢地走了起来，将路边标识里程的大土墩渐渐甩在了后头，两刻多钟后，便拐进了行宫的大门。

琉璃在内宫门前下了车，只觉得浑身的骨头都锈住了。这两天她坐着宫里的牛车，跟着皇后的仪仗，辛苦是谈不上的，只是太过无聊，不敢随便找人说话，也没什么景致可看——隆冬的关中平原一片荒凉，路边的树木麦田、远处的山峦城郭，都是灰扑扑的一个色调，自然景观乏善可陈；至于圣人临幸东都的人文景观，说白了，不就是一支规模格外庞大、气势格外恢宏的逃荒队伍么？

在长安生活了这么久，她自然知道，这座都城什么都好，就是产粮不多，运粮不便。因此，从建城之日开始，每到灾荒之年，皇帝们就会带着文武百官跑到洛阳去"就食"，所谓巡幸，不过是给这种集体逃荒安了个好听的名头。这也罢了，这大逃荒若是提前半年，她大概还能为有机会去看看洛阳而高兴，可现在，每次想起那座秀丽如画的东都，她的心头却只剩下挥之不去的不安。

宫门前的混乱并没有持续太久，待琉璃一行人跟着宫女到达住处时，屋里早已布置妥当，炭盆烧得火热，茵褥一尘不染，屋角的瑞兽铜薰炉静静地散发出苏合香的馥郁气息。

四郎和五郎下车便醒了，先还烦躁地嚷了几声，进屋换了尿布之后，便坐在床上脸对脸地咯咯傻笑了起来。琉璃原本还有些心事，瞧着这两张笑脸，所有的郁闷顿时烟消云散。

门外一阵脚步响，有人柔声问道："华阳夫人在么？皇后殿下有请。"

琉璃忙应了一声，心里并不意外。此来洛阳，武后特意把二三十个年轻伶俐的官眷安排在自己的仪仗附近，为的自然是一路上找她们说话解闷。说来自己也有半年多没见过武后了，偏偏这几个月……她转头照了照铜镜，正想在头上添支华贵些的珠钗，却听外头的宫女又补充了一句，"殿下说，若是方便，请夫人把几位小公子也带上。"

带上孩子们？琉璃好不纳闷，转念一想，不由"腾"地站了起来，沉声吩咐道："快给四郎和五郎换上那套新做的衣裳。"

这处行宫并不算大，从琉璃的住处到皇后寝宫步行不过片刻便到。这边宫女刚刚通传道："启禀殿下，华阳夫人……"屋里武后含笑的声音已响了起来，"来得正好，快些进来吧！"

门帘一起，就见殿堂里已是花团锦簇，随驾的官眷大约都到齐了，随眼一扫，便能瞧见崔玉娘、崔十三娘、阿凌等几张熟面孔。虽是旅途之中，却也人人打扮齐楚。武后笑吟吟地坐在上头的白檀香木细绳床上，身上是一袭浅青色的素面襦裙，形容比几个月前也略有清减，却依旧显得容光焕发，明眸流转之间，满屋子耀眼生辉的明珠美玉仿佛都成了萤火。

琉璃的心里顿时只剩下了佩服。

看着眼前这张光彩照人的面孔，谁能想到刚刚过去的几个月里她经历过那样的大起大落？先是母亲去世，随后便是关中大旱，边境告急，天灾人祸中她自请退位，皇帝不但不准，还追封了她的父母。正当人人都觉得帝后情笃，就连就藩的亲王王妃们也开始张罗着去洛阳吊唁了，李治却突然又下了道诏令：朝廷官员恢复旧名，像裴行俭就改回了吏部侍郎，不再叫什么司列少常伯——这些官名都是武后初登后位时大张旗鼓改的，所谓名不正则言不顺，她起的官名都被推翻了，地位还靠得住吗？听说好几个王妃当即便打道回府了。

　　流言纷纷之中，就连琉璃都深深领会到了什么叫"雷霆雨露皆是君恩"。而在这种一会儿打雷一会儿日出的神经病天气里，大概也只有武后这样的强人才能从容不迫吧？

　　上前两步，她真心诚意地肃拜了下去，"臣妾叩见皇后殿下。"

　　武后的目光在琉璃脸上转了转，脸上的笑容却是漫不经心，"还不快把你的这对宝贝抱过来让我瞧瞧？"

　　自有宫女上前将四郎和五郎抱了过去。两个孩子穿着一式一样的大红缎面袄子，愈发衬得皮肤白嫩，气色红润，四只琥珀色的眸子明亮剔透。武后伸手略逗了逗，那两张小脸上便同时绽放出了灿烂的笑容。武后也笑出了声，"果真连笑起来都是一个样子，这下崔夫人的话我是信了！"

　　琉璃正觉得有些诧异，崔十三娘已起身笑道："夫人恕罪，适才殿下提起了贵府的两位小郎君，是我一时嘴快，说起了那回去贵府拜望的事情。"

　　琉璃顿时恍然。前几个月崔十三娘来家中做客时，曾给两个孩子一人送了个带响铃的银手圈，谁知刚套到四郎的小手上，他们便闹起来了，琉璃忙安抚了一番，好容易把他们逗好了，再赶紧把五郎抱过来接礼，才发现孩子手上早已有了一个——自己一着急竟抱错了孩子！

　　崔十三娘这么一提，众人又都笑了起来。琉璃也笑道："原来如此，不怕殿下笑话，崔夫人那回还算好的。有一回四郎的乳娘着凉歇了两日，五郎的乳母一人喂两个，晚间迷糊时不知怎地竟把两个都喂哭了，哄了半日才发现，原来她把五郎喂了两回，可不是一个饿得直哭，一个撑得直哭？"

　　众人愈发笑得开怀，武后也笑道："还不是你自己闹的！他们生成这样也罢了，偏偏你还把他们往一样里打扮！也罢，我前几日刚得了两串珍珠，说是南海那边上贡的，颜色大小倒是一个样儿，给他们正好，可别又是一个带两串。"又转头对众人道："你们也瞧瞧吧，当真是一个模子里刻出来的标致娃儿。"

　　琉璃忙欠身谢了恩。两个宫女抱着孩子给官眷们看了一圈，这年月双生子能养活的已不多，放在一起养的就更少，好些人都是第一次瞧见，自是啧啧称奇。两个孩子被几千只鸭子热情围观了一盏多茶工夫后，终于忍无可忍地齐声大哭起来。

　　武后满面是笑，"可怜见的，原是雪一样的孩子，再看下去只怕都要叫大伙儿给看化了！还是让他们下去歇会儿吧。"

琉璃早就开始心疼了,眼瞅着两个孩子被乳娘抱了下去,这才松了口气。众人又说笑了一阵儿,武后抬头瞧了瞧外头的天色,"时辰也不早了,我还茹着素,倒是不好委屈各位。"停了停又笑道:"我记得华阳夫人也是吃斋的,你留下吧。"

琉璃暗暗叫苦,自己什么时辰吃斋了?瞧着十三娘略带促狭的眼神,她也只能笑着起身领命。果然众人刚刚退下,武后便问:"我记得你家长子也有五六岁了吧?今日怎么没把他带过来?"

琉璃心里微沉,忙道:"多谢皇后殿下惦记,犬子去年刚刚开蒙,拙夫一直亲自教导,因怕他这一路上跟着我懒了筋骨,如今还在长安跟着拙夫呢。"

"喔?"武后轻轻挑起了眉头,"裴侍郎倒是难得的!"

他的确是难得,什么事都能想在前头,包括今天这一出!琉璃心里叹息,面上笑道:"殿下过奖!拙夫性子古板,平日对三郎也格外严厉,总说他只有从小打熬筋骨,学好本事,日后才能担当起宗族事务。这回凭我怎么说,也不肯让三郎跟我来洛阳,就怕我耽误了他这两个月的功课!"

武后缓缓点头,"原来如此。你家长子身份不同,裴侍郎望子成龙,也是常情。"她微一沉吟,又笑道,"你这对幼子生得当真是好,如今就这般招人,长大之后也不知谁家的女儿才能配得上。"

琉璃好不惊诧,眼下局势扑朔迷离,武后愿意促成武家和裴氏联姻并不奇怪,因自己还没有女儿,她会看中三郎也算寻常。裴行俭之所以把三郎留在身边,为的就是告诉旁人,三郎日后是西眷裴的宗子,三郎未来的妻子就是宗妇,他对三郎如此看重,自然不会给他定什么不靠谱的娃娃亲,可眼下武后这意思,怎么竟连这年头颇受忌讳的孪生子也愿意考虑了?

她定了定神,展颜笑道:"殿下说笑了,琉璃自己又是什么人物,若不是皇后和老夫人提携,还不晓得在哪里挣命呢,又怎敢挑三拣四?只是殿下也知道,四郎和五郎这样的,就算旁人不忌讳,也总要过几年长大些才好说亲。"

武后看着她微微一笑,"也好,过上几年,你家两位小郎定然愈发出众,你可要多带他们来宫中让我瞧瞧!"

这笑容实在有些意味深长,琉璃心里不由"咯噔"一下:武后不会真的惦记上这事了吧?虽说武敏之很快就不姓武了,可几年之后,姓武的可不止这一家!既然如此,与其冒险搭上四郎和五郎的婚事,还不如再相信裴行俭一回……她忙笑道:"那琉璃就先谢过殿下了!其实说到样貌,武家公子们才正经是出众。我只恨自己没个女儿,日后若有个能拿出手的,那才是有福的!"

武后感慨点了点头,"裴家的女儿么,自然都是好的,可惜……"她看了琉璃一眼,神色奇异,竟似有些遗憾,又有些不解。

琉璃自然知道武后感慨的是什么——李治前阵子重新选的太子妃就出自东眷裴,以裴氏门庭,多个太子妃虽也不算什么,但这姑娘是以品德贤淑而入选的,裴家女儿的名声自然又涨了一层。听武后说到"可惜",她忙竖着耳朵等下文,武后却突然笑了笑,"对了,你和裴舍人的夫人交情似乎不错,她看着倒是个伶俐的。"

琉璃心里纳闷,却也只能顺着她的话笑道:"殿下说的是。裴舍人与拙夫原是同族兄弟,原先两家又住在一个坊里,的确是常有来往。崔夫人性子温柔,言语又风趣,荣国夫人和韩国夫人当日也都喜欢寻她说话。"

武后恍然道:"我想起来了,前两年阿姊去终南山做法事那回,是不是也有她?"

法常尼寺?琉璃好容易松下的一口气顿时又提了起来。去年从洛阳回来后,她就寻机去那边上了次香,这才知道,镜月早两年便已跟随一位高僧去海外译经,还发愿说不度众生,不回中土;当日的尼众也走的走,散的散,全然换了拨人。如今武家婢子都已被灭口,而崔十三娘当日早间就病了,阿凌也因此被绊住,连当日外头的情形都未必明了了,更别说旁的。自己的秘密多半是能保住了,不过武后一旦晓得武敏之做的那件事……

她心思急转,想了想才道:"殿下说得是,不过那一回崔夫人因受不得山间湿气,是最早病倒的,还是阿凌送她回的长安。"

武后脸上添了几分伤感,"这一转眼,竟是快三年了,她们如今也算有了伴,多半是不会孤单了,倒是我……"她沉默片刻,微微仰起了面孔,随口转了话题,"你从洛阳回来也没多久吧,在那边你可曾见过敏之,他看着如何?"

琉璃哪敢多话,只能回道:"远远见过两次,周国公看去憔悴了不少。"

武后不知想起了什么,皱着眉头良久都没有开口,琉璃正等得提心吊胆,她却突然摇头一笑,"瞧我这记性,天都黑了,来人,把晚膳上了吧!"

宫女走到门边轻声吩咐了一句,一道道造型精致的素菜被迅速地端了上来。琉璃却是什么味道都吃不出来,那些白玉般的笋片、绿锦般的葵叶仿佛都堵在了她的胸口。好在武后似乎也有些倦了,用过饭后便轻挥玉手,让琉璃早些回去歇息。

好容易躺在了自己屋里的大床上,琉璃早已身心俱疲,却怎么也睡不着。往昔在尼寺留下的隐患、来日儿女亲事上的烦扰,在她的脑海里翻来覆去地搅成了一团,可乱到最后,在她耳边回荡不绝的,却是武后脱口而出的那句"可惜"。

可惜?她到底在可惜什么?

窗外阵阵北风呼啸而过,厚厚的窗纸被吹得哗啦作响,在寂静的夜色里,那声音是如此突兀刺耳,仿佛有什么东西在挣扎着、扑腾着,在下一刻就要破窗而出。

之后几日,一路上倒是渐渐热闹了起来,武后兴致颇高,不是召官眷们说话解闷,就是传唤几位北门学士来检阅书稿。随行的女眷们被她感染,彼此间也多了应酬来往。琉璃更是一日比一日忙,与十三娘几乎日日照面,与阿凌也几次同车而行。她有心想问阿凌一声,可面对着那张不知何时已变得有些生疏的笑脸,却始终无法开口。患得患失之间,车马辚辚,舟船悠悠,出巡的队伍终于在正月二十六日踏上了东都的街道。

裴行俭早已在洛阳置办了宅院,就在靠近洛阳南北主道定鼎门大街的崇业坊里,赵幺娘和紫芝两个月前便带人过来收拾了。琉璃从乌头大门一路走到主院上房,只觉得处处顺眼。内室完全是照着她的爱好布置的，靠椅便榻一应俱全，窗下的木台上铺着雪白的毛褥，连端上来的点心浆水，都是她在家里吃惯的口味。紫芝犹自轻声介绍，"阿郎派的人早半日就进城，这些点心都是厨娘现做的，热水和衣裳婢子也备好了，娘子随时都能沐浴。"

赵幺娘也笑道："侍郎就怕咱们太笨，准备不周，事事都想在了前头。"

手里的枣酪分明是暖香四溢，琉璃的心却一点一点地凉了下去：他永远都是如此周到，从来不会少算一件事情，自己以前怎么就没想过……

阳光斜洒在她身边的直棂窗上，窗上糊着的云母皮纸被阳光一照，纸张里平日瞧不见的那些纹路和杂质都变得清晰无比。琉璃怔怔地看了良久，才闭上双眼，长长地叹了口气。

洛阳的春风原是比长安吹得更早，二月刚到，满城的杨柳便染上了丝丝新绿，随即，梅桃杏李次第盛开，春色如雨，顷刻间便洒遍了城坊。随着文武百官的家眷陆续抵达，夫人们少不得相约着宴饮游园、寻胜踏春，在或明或暗的眉眼官司和言辞交锋里比斗着谁家的宅院更精致，哪位的春装最华美。

对于这种高规格的社交精英赛，琉璃向来是自知技拙，敬而远之，然而身为侍郎夫人、皇后宠臣，她收到的邀约却比往年骤然多了几倍。如今她既不养胎又不养病，有些宴席自然推脱不得，也只能带着赵幺娘去旁观了好几轮，加上府里有一堆杂务要打理，还有两个孩子要照料，日子倒是比在长安时更忙了十分。

只是在琉璃的眼里，时光仿佛突然变得黏稠起来，一日一日流淌得极为缓慢，而往日最能牵动她心绪的那些东西，不管是满城的如画春光，还是关于武敏之的纷纭流言，似乎都已变得又轻又远，在她心里再也激不起太多波澜。

二月中旬，当裴行俭和三郎就要到家的消息传来，她一照镜子，才发现自己不知何时已瘦了一圈，脸色也不好看，半年多的休养成果竟已消耗殆尽。

第二天，琉璃对着镜子坐了小半个时辰，才顶着一张涂抹得唇红齿白的脸迎出了门外。三郎也就罢了，瞧见她就冲了上来，裴行俭的笑容却是一凝，目光紧紧地盯在了她的脸上。

琉璃下意识地垂下了眼帘，伸手去接三郎，指尖刚刚碰到他，三郎却突然退后了一步，对着琉璃中规中矩地行了个大礼，"儿子给娘亲请安。"随即便抬起头来眼巴巴地瞧着琉璃，满脸写着求表扬。

琉璃心里又酸又软，弯腰拉起了他，"三郎真懂事，果真是长大了！"

三郎的眼睛顿时更亮，就势扎进琉璃怀里，"三郎当然长大了，阿爷说三郎拳脚练得好，再过些日子就会教三郎射箭了，以后三郎出去打麂子给阿娘吃！"抬头瞧见被乳娘抱着的两个弟弟，又骄傲地挺起了小胸脯，"也给弟弟们吃。"

裴行俭的目光在琉璃身上又转了转，伸手止住了两个乳娘带着四郎五郎行的大礼，对三郎道："适才还有个模样，怎么转眼又腻上娘亲了？你骑了一路的马，满身都是灰尘，还不快去换身衣裳？"

三郎不好意思地松开了手，又努力端出了一副稳重的神色，"儿子告退，待会儿，嗯，阿娘，待会儿我要吃烧鹅！"

琉璃摸了摸他的头，"阿娘知道，阿娘早上就让人准备好大鹅了，还有鹿肉和羊腿，待会儿就让三郎吃个够！"

三郎点头不迭，又探头瞧了瞧两个弟弟，这才两步一回头地走了出去。

一行人进了上房。裴行俭把四郎和五郎都抱了一遍，问得他们这个月一切都好，也不等婢子们伺候着洗脸更衣，便挥手让人都退了下去，自己上前一步，低头瞧着琉璃问道："出了什么事？"

琉璃抬头凝视着他，眼前是自己最熟悉的面孔，从十八年前第一次遇见到如今，这张脸似乎没有太大变化，纵然眼角添了皱纹，鬓间多了白发，可那份温润如玉的光泽却并未消退，反而被岁月磨砺得愈发清远明澈，如果说从前这份优雅还需要旁人去细细品味，如今的他却是无论站在哪里都卓然出众，随时能让人如沐春风却又不敢逼视。

这样的光华，她只在武后身上瞧见过。也许他们才是同类吧，都有深不可测的智谋，都有坚忍过人的心性，都注定会立下不世功业，所以也都拥有超越年岁与容颜的光彩。而像自己这样的寻常女子，能站在他的身边，陪他走上一段，或许已经是莫大的幸运？

无数前尘往事在这一刻纷纷涌了上来，琉璃只觉得眼前的面孔突然有些模糊，忙掩饰地低下头去，想说点什么，嗓子却有些发哽。

裴行俭伸手握住了她的肩头，沉声道："琉璃，到底出什么事了？你慢慢说，不用急，凡事都有我呢！"

琉璃原本想过几个旁敲侧击的法子，但此时此刻，却着实无法再拐弯抹角。她微微吸了口气，抬头瞧着裴行俭，轻声问道："你告诉我，我日后是不是，不会再有孩子了？"不然，对于杨老夫人两家联姻的说法，他怎么会压根不当回事？不然，武后又怎么会宁可抬举四郎和五郎，却根本不考虑裴家的女儿，还说自己"可惜"。她"可惜"的，还能是什么？

裴行俭怔了怔，眉间带上了几分怒色，"是凌夫人跟你说的？"

琉璃心底最后一点侥幸顿时碎灭成灰，一时什么话都说不出来了。

裴行俭的眉头紧紧地皱了起来，"琉璃，你到底是怎么了？莫说你如今只是身子有些亏了，需要调养上几年，就算日后真是子嗣艰难，那又如何？十几年前咱们连三郎都没有，不也是这么过的？如今都有了他们三个了，还有什么可担忧的？难不成我还会因此贪心不足地去纳个妾？"

琉璃满嘴都是苦味，他这般自律的人，的确不大可能纳妾，可自己却未必能跟他白头到老啊！什么身子亏损、调养几年，这种医家的场面话有几分可信，他自己也是心知肚明的吧，不然又怎么会早不说晚不说，偏偏杨老夫人想联姻的时候就笃定自己

"命中无女"了？

压着胸口翻腾的情绪，她努力放缓了声音，"我明白了，我没事，我只是没想到是真的，只是觉得，有些……有些天意弄人。"大概这就是命吧，她这般处心积虑，却总是阴差阳错地没法给孩子起名叫裴光庭，或许就是因为命中注定，这个孩子的母亲另有其人，她求不来也抢不到！

裴行俭低头看着她，脸上的忧色更重了几分，"什么天意弄人？琉璃，你这是想到哪里去了？你到底在担心什么？"

琉璃苦笑着低下了头。她担心什么？她担心世事难测，终究会有变故将他们分开；她担心自己命薄福浅，而他会另娶妻室，再生儿女；她担心人心易变……她知道自己此时不能露出太多异样，可半个多月来积聚在心口的悲伤恐惧却怎么也压抑不住。她索性环住了裴行俭的腰，将整张脸孔都埋在他的胸口，悄悄印干了眼角溢出的泪水，那眼泪不知怎地却没完没了，很快便将他的胸前打湿了一小片。

裴行俭叹了口气，微微收紧了臂弯，柔声道："好了，好了，我不问你了，你想哭就哭出来，不用忍着的，你在我这里都要忍着，那日子还怎么过？"

琉璃再也忍不住，哽咽着哭出了声。裴行俭果然没有再开口，只是一下一下地轻轻抚摸着她的背脊。

也不知哭了多久，琉璃只觉得胸口的憋闷总算消减了些，刚能抬起头来，门外突然传来了三郎的声音："阿娘，阿娘！"她吓了一跳，忙掏出手帕擦了擦脸，好在似乎是乳娘和紫芝低声哄了几句，三郎的声音又渐渐去远了。

裴行俭也往外瞧了一眼，"还算她们有眼色，不然让三郎这会子进来，看见我把他阿娘惹哭了，那还了得！你说，我要是跟他解释，你这是在帮我洗衣裳呢，他会不会信？"

琉璃知道他是在逗自己开心，勉强弯了弯嘴角，眼睛却又是一热。

裴行俭却仿佛没有瞧见，自顾自地低声道："琉璃，你刚才说起天意弄人，我倒是想起了从前的一桩事。你还记不记得，我们刚成亲那会儿我曾带你去见过李公？他看到你之后跟我说，你的命数奇特，福泽深厚，虽然一生颇有波折，却是福寿俱全的；还说你有辅佐的命格，这些我都跟你提过。不过，当时他还说了一句话，我却一直都没敢告诉你。"

琉璃虽是满腹心思，听着他娓娓道来，不由也听了进去，抬头等着裴行俭的下文。

裴行俭瞧着她微微一笑，"他说，你会比我更早服紫。"

服紫？难道连自己被封了华阳夫人的这件事李淳风都算出来了？可那又怎样？琉璃眨了眨眼睛，心头好生不解。

裴行俭的声音更是柔和，"现在瞧来，这话自然是没什么。可当时我听到这话，心里却很难受。自古以来都是妻以夫贵，你既不是宗室，也不是后族，品级怎么能比我更高？难不成咱们终究不能白头偕老，你会另嫁贵人，另有前程？所以那一年我被贬西域，才会写下放妻书，想的就是，既然命中注定如此，我自然不能再拖累你。"

琉璃又惊又气，忍不住道："你！你都想到哪里去了？"难怪自己被封了郡夫人，他会那么高兴，还说自己总算能穿紫衣了，原来他竟是胡思乱想了那么久！

裴行俭点了点头，"正是！你瞧，我以为自己是顺应天命，结果却是自作聪明，让自己难过不说，还让你伤心了那么久，最后才发现，压根就不是那么回事。所谓天意弄人，大概莫过于此！"

琉璃默然无语。他的话自然在理，可有些事，却不是别的解释能说得通的。想到那位还不知在何处的小光庭，她胸口一阵发紧，却不知该说什么才好。

裴行俭并没有盯着琉璃，只是伸手一点点帮她理好了鬓发，语气也有点漫不经心，"其实天意如何，原是最难预料的，就算咱们能知道些什么，不是真的走到了那一步，只怕也看不明白。既然如此，又何必凡事都往最坏里打算？

就说你这身子，其实不是我故意瞒着你，原是医师们也没个定论。蒋奉御觉得你身子骨原就偏弱，这次只怕是伤了根本；韩四却说你身子虽有些亏，但调理个三五年就会好转，还说奉御虽是一手好脉息，可平日却只给长安贵妇们瞧病，你的体格心性都与她们大不相同，奉御只怕是走眼了。

我倒觉得韩四说得更在理，因想着横竖过几年才能知道究竟，便没有跟你说。我说咱们命中无女，也不过是因为你面相就是如此，这话我在庭州时不就提过的？没想到，你平日里凡事都看得那般通透，在这事上却不晓得钻到什么牛角尖里去了，还委屈了这些日子，是不是打算也跟我似的，白白担心上十几年再说？"

他轻松温和的声音里仿佛带着魔力，琉璃只觉得紧缩成一团的心口被这声音一点一点熨得平展开来，不由脱口问道："韩四真是这么说的？"

裴行俭笑了起来，"我什么时辰骗过你？"

琉璃心里一松，嘴角却不由扁了下去，他倒是没骗过自己，最多也就是把事情说一半留一半，把人蒙了还让人挑不出理！她忍不住"哼"了一声，"你还说！既然如此，这些话你怎么不早些跟我说？你还说你白白担心了十几年，我呢？我天天跟你在一起，却是一点风都没摸到，我才是白白跟你过了十几年！"

裴行俭的眸子里笑意更浓，"这种事我怎么会让你知道？当年在去西域的路上我就想好了，若是这辈子当真不能跟你白头偕老，我就更要好好待你，让你每一日都能过得称心如意。如此，就算有朝一日你嫁了旁人，得了富贵，也会知道，我这人虽没什么长处，可在这世上，却再不会有人待你比我更好。你既然做过我的妻子，我可不能让你有什么借口把我给忘了！"

琉璃心底不由得一片柔软。裴行俭的笑容带着些戏谑，语气也比平日更轻快，可她却知道，他说的每一个字都是认真的。原来他也曾这么患得患失，就像自己这些日子以来一样……

她的念头还没转完，裴行俭伸手托起她的下巴，深深地看进了她的眼睛里，"你看，我如今可是什么都说了，你能不能也告诉我，你到底在担心什么？"

琉璃身子一僵，心虚地垂下了眼帘。这话好像不能不答了，可她该怎么回答才好？说觉得自己对不住他？说担心孩子们不能顺利长大？可这些话哪里能骗得过他！

想到自己心底一直以来的担忧，她咬了咬牙，轻声道："我跟你说过的，我曾梦见过鸣沙山，梦见过锁阳城。其实我还梦见过好些事情，自打那场大病之后，我就会时不时做些奇怪的梦，有些梦后来居然成了真的。我梦见过万年宫的那场大水，也梦见过去西域那一路上的山川；我还梦见过，你有个孩子，名字就叫，裴光庭！"

一口气说完这些话，琉璃几乎不敢抬头，却也知道此时闪躲不得，只能鼓足勇气抬眸看着裴行俭，心里已拿定了主意，不管他怎么问，有些事她可以借着这由头让他有个准备，但还有一些事，她绝不能说出来，哪怕让他日后怪自己恨自己，也不能让他从现在起就背上那样的包袱！

裴行俭却没有开口，脸上也并未露出多少惊讶之色，连眸子里都平静无波，他只是静静地看着琉璃，目光里看不出任何情绪。

琉璃对上那目光，心里不知为何竟是越来越慌，解释的话脱口而出："守约，这件事我不是故意要瞒着你，只是事情到底太过荒唐，我梦到的东西又都是断断续续、浮光掠影的，我怕自己会记错，我也怕自己记得没错，我怕说出来你不信，我更怕说出来你信了，到头来却是害了你！"

她心急之下说得不免有些乱，裴行俭却立刻伸手将她搂进了怀中，安慰地拍了拍她，"你别急，我明白，我都明白，你是为了我好。"沉默片刻，他低声道："其实你不用担心，这些事，日后你想说就说，不想说就不说，我不会问你，你也别胡思乱想了，咱们该怎么过还是怎么过，不就好了？"

琉璃当真是愣住了，抬头怔怔地看着他：他真的，什么都不问？

裴行俭的眸色有些深沉，神情却依旧温和，"我不是才说过么，天意难料，料错了固然是一场白担心、空欢喜；料对了又如何，咱们不过是凡夫俗子，难不成还能去改天换命？有些事，不知道或许更好！当年恩师就曾跟我说，凡事不问祸福，只求无愧，才是男儿本色；李公也说过，推演数算，并不是为了投机取巧，为的是磨砺慧剑，坚定本心。只有如此，到了命中注定之时，才能心底安然，无怨无悔。这两年来，我越来越觉得，两位恩师是对的，大道所至，殊途同归。"

长长地出了口气，他的脸上重新露出了笑容，"琉璃，你想想看，这世上最确定不过的命数是什么？不过是凡人终有一死，父子兄弟夫妻总会分别，可我们还能如何？总不能因此都不好好过日子了吧！唯一能做的，也不过是把眼下的日子，过得更欢喜些。"

琉璃不由无言以对，自己纠结了这么久的事，怎么一到他那里就会变得这么简单？不过他说得对，知道了未来又能怎样？也许自己过几年就会调养好身子，也许她不能，也许她会早亡，也许他会另娶，可那又如何？他现在对自己的好是真的，自己和他在一起的欢喜也是真的，她能做的，也不过是珍惜眼前时光，来日不留悔恨而已！想到这里，她只觉得整个人都轻松了起来。

裴行俭的目光愈发温柔，"再说咱们在一起都多少年了？我就算信不过旁人，还能信不过你？不管怎样，你总不会害我，总是为了我好，是不是？"

琉璃心里顿时满满的全是感动，忙用力点了点头，正想开口说点什么，裴行俭却笑吟吟地挑起了眉，"你明白就好。所以有些事就算我瞒了你，也是为了你好，你定然不会怪我的，是不是？"

啊？琉璃呆呆地看着他，简直不知怎么接话才好。

裴行俭笑着揉了揉她的头，松开双手，转身脱下外衣丢到了一边。婢子们准备的热水早就凉透了，他却毫不在意，自己拧了棉巾擦了把脸，回头笑道："今年天气热得倒快，这夹絮的衣裳眼见就穿不住了……"

琉璃下意识接了句，"那我去给你找件薄些的出来。"刚走两步，突然又觉得有些不对：这就算完事了？敢情折腾了半天，自己纯属吃多了撑的，而他日后不但可以接着蒙自己，而且还能蒙得理直气壮？事情怎么会变成这样？

她停下脚步，刚想回头，裴行俭不知何时已走到她的身后，伸手将她环在怀中，"还在想什么？都说了你别担心。旁的事我不敢说，有一桩我还是能保证的，不管是裴光庭还是裴耀祖，我裴行俭此生若是再有子女，定然都是琉璃你生的！若违此言，就叫我生生世世都再也见不到你。"

这叫什么话？她忍不住回头嗔道："你胡说什么？"

裴行俭笑道："那你想让我怎么说？若违此言，就叫我生生世世都跟你在一起？"

这就更不像话了！琉璃有心反驳，却发现好像怎么说都会上他的套，瞧着他格外明亮的眸子，她简直气不打一处来，用力掰开裴行俭的双手甩到了一边。裴行俭立刻又握住了她的手腕，"好了好了，你还真的恼了？是我胡说八道，待会儿我给你煮茶赔罪，好不好？"

煮茶？琉璃有些意外，转头看了裴行俭一眼。

裴行俭的脸上还带着戏谑的笑意，眼神却温柔深邃得几乎能让人陷进去，"我好像已有好些日子没有煮茶给你喝了。"

是啊，自打回了长安，一事接着一事，真是好久没有喝到他亲手煮的茶汤了。想起以前的静好时光，琉璃心里满是柔情，转头向裴行俭嫣然一笑。

她这一笑，当真是眼波流转，明媚难言，裴行俭不由呆了一下。琉璃趁机挣开了他的手掌，伸手在他脸上轻轻一拍，"乖！"

裴行俭哭笑不得。琉璃飞快地退开两步，在裴行俭反应过来后的爽朗笑声里轻快地挑帘进了里屋，弯腰打开衣箱。

衣箱最上头正是她给裴行俭新做的春袍，干净的露草色缎面，卍字纹织锦镶边，袖口上的祥云对雁还是琉璃这半个多月来亲手一针一线绣好的，只是当时绣进去的百般滋味，此时早已烟消云散，甚至连她心底压了多年的矛盾担忧，也已被他的话化解掉了大半……琉璃轻轻摸了摸衣领，嘴角慢慢扬了起来。

外屋里，裴行俭看着那晃动的帘子，脸上的笑容却一点一点地淡了下来，那张没有表情的面孔就像戴上了一副空白的面具，唯有黑沉沉的眸子里仿佛沉淀着无数复杂的情绪，难以言表，无从述说。

第一百四十五章
平地惊雷　此心无悔

入夏之后，洛阳城便一日比一日闷热起来，那些四通八达的河道在春日里为这座城池增添了多少秀色，此时便给它奉上了多少湿气。

唯一的例外，大概就是坐落在西北坡的地上皇宫了。这座巍峨壮丽的皇宫南临洛水，横跨天河的天津桥北头便是直对皇城的正门应天门，不过由于地势高耸，当洛水上的微风掠过重重高墙吹入朱栏碧瓦之间，带来早已不是满是红尘浊气的潮热，而是超然俗世的清凉。

当然，也有一些东西在被带入这里之后，变得更加炙热而沉重，沉重得几乎令人窒息，譬如那些尘封的秘密。

在靠近山顶的仪鸾殿里，琉璃就被那突如其来的"法常尼寺"四个字砸得几乎喘不过气来。她"扑通"一声跪倒在地，好容易张开嘴，吐出的却是最空洞无力的一句话："殿下恕罪！"

殿堂正中的贴文屏风榻上，武后依旧在闲闲把玩着手上的玛瑙兽首杯，晶莹绚烂的双色玛瑙在她涂着丹蔻的修长玉指缓缓转动，华彩流转，煞是动人。她的语气也是一派漫不经心，"夫人不必多礼，夫人心地慈悲，守口如瓶，我佩服还来不及呢，又怎么敢怪罪？我只是有些好奇，当日我姊姊到底跟夫人说了些什么，以至于我的那位好侄儿听到之后，转头便对媛娘做出那般禽兽不如的事情来？"

"心地慈悲，守口如瓶"，琉璃一颗心顿时彻底沉了下去。她只觉得膝盖下那些镂刻着繁复卷草纹的碧色地砖仿佛在不停地晃动，身子却僵硬得无法动弹。在这一动一静之间，所有的惊惧都变成了汗水，顷刻间就浸湿了她身上的单丝罗衫。

其实她也知道，武后迟早会听说此事，最近这两个月，武敏之大概是彻底疯了，什么事都敢做，什么话都敢说，似乎生怕自己活得太安稳。可自己当日的所作所为，现如今怎么也会被揭出来？而且被揭得如此一清二楚？镜月她们已经走了，阿霓她们已经死了，至于武敏之，有些事他压根儿就不知情……

强自按捺着心头的惊惧，琉璃伏下身子，涩声道："琉璃不是有意要欺瞒殿下，只是韩国夫人当日神智十分混乱，一会儿悔恨自己不慈，一会儿又抱怨魏国夫人不孝，说话颠三倒四，琉璃也听不大明白，又急着唤醒夫人，并没有留意到周国公是何时来去的。何况夫人病中的昏乱之词，琉璃原就不该听到，听了也该早早忘记，又怎敢拿这些话来烦扰殿下？"

武后饶有兴致地抬起了眸子，"是么？却不知阿姊当日是怎么悔恨抱怨的？"

她这是明知故问，还是真不知情？琉璃心思急转，小心翼翼地回道："听韩国夫人的语气，她当初似乎并不愿意让魏国夫人入宫，是魏国夫人执意不听，还很是顶撞了一番。韩国夫人气怒之下便责骂了魏国夫人，说再也不想见她，不曾想魏国夫人当真再也没能回来。大概便是因为这桩事，韩国夫人分外自责，翻来覆去地说自己不是成心要咒女儿的。"

武后的眼睛微微眯了起来，嘴角也带上了一丝笑意："如此说来，阿姊还真是一片慈母心肠了！不过我还是不大明白，若是如此，阿姊的那个孝顺儿子又怎么会突然发起狂来？夫人是不是想说，你也没大留意啊？"

她的语气越发轻柔缓和，只是殿内的空气却仿佛在这轻言笑语中变成了无数石棱，一点点地压迫过来。

琉璃绷得几乎要断掉的心弦却悄然松了松：看来武后当真不大清楚武夫人到底跟自己说了什么，所以才会这样逼问，而不是等着自己露馅……

这句追问她心里已有了些准备，面上却迟疑了一下，转头看了看空荡荡的殿堂，确定除了玉柳再无旁人，这才低声回道："启禀殿下，韩国夫人后来还说了些怨望的话，抱怨圣人没能护住魏国夫人，还说圣人根本不是真心宠爱魏国夫人，不过是拿她这傻子来做筏；还说，还说是圣人害死了魏国夫人……"

武后怔了一下，突然笑出了声："当真，我那位阿姊当真这么说了？她竟然说得出这样的话来？"

琉璃用力点头，只差指天发誓，"琉璃岂敢欺瞒皇后殿下！"

武后似笑非笑看着琉璃不语。

琉璃心头一跳，忙解释道："殿下明鉴，琉璃当真不是故意欺瞒。当日在法常尼寺时，琉璃一听韩国夫人的说辞，便觉得这话有些……不妥，后来有婢女过来找寻周国公不果，又有人说周国公把阿媛带出尼寺，琉璃细想之下，这才忧惧不已，悄悄叮嘱了当时和琉璃一道陪着夫人礼佛的尼师，请她谨慎行事，莫惹口舌。此后琉璃因要照顾犬子，便回了自己的院子，再没出门，次日一早韩国夫人又让琉璃直接回京了。因此，当日寺外究竟出了什么事，琉璃的确不曾亲见，自然也不敢妄下结论，更不敢胡言乱语。

"再说殿下也是知道的，荣国夫人第二日便去尼寺了。琉璃想着，尼寺那边或许是有些不妥，不过老夫人总是一片慈心的，自然比琉璃更知道轻重取舍，她都亲自处置过了，琉璃哪敢再去多嘴多舌，让殿下生厌？这才一直没跟殿下禀报。"

"母亲么？"武后摇头微笑，那笑容妩媚无比，却又冰冷到了极处。好一会儿，

第一百四十五章 平地惊雷 此心无悔

她才收住笑，垂眸看着手里的杯子，轻轻点了点头，"你的这些话听着的确有些道理，可惜啊，到底不是真的。"

琉璃心里一沉，话都说到这份上了，如果自己还不能取得武后的谅解……想到武后的狠辣手段，她的胸口不由一片冰凉，只是这点凉意却让她奇异地镇定了下来。

抬头看着武后，琉璃的声音里多了几分坚定，"殿下，琉璃胆小糊涂，未曾早日禀报此事，的确有负殿下深恩。但殿下今日既已开口垂询，琉璃又岂敢再隐瞒不报、虚言罔上？今日琉璃所言，句句属实！请殿下明察！"

武后的神色依旧是淡淡的辨不清喜怒，"那好，那你便说说看，韩国夫人当日当真只是抱怨了圣人？你把事情瞒到今日，当真就没有别的打算？"

琉璃毫不犹豫地点头，"殿下英明，韩国夫人当日的确还抱怨过别人，她抱怨了殿下，抱怨了荣国夫人，还抱怨了周国公，说大家都自私心狠，只想着自己，半点也不体谅她，可这些抱怨不过是寻常话语，一带而过。当时她口口声声念着的、怨着的，就是圣人和魏国夫人两个。此等事体，琉璃又如何编得出来？

"琉璃之所以隐瞒不报，也的确有些私心。琉璃的前程富贵都是殿下所赐，琉璃深知，只有殿下平安，琉璃才能无事。可此事一旦揭出，少不得惊天动地。周国公又是皇后身边唯一的武家血脉，他对圣人心存怨望，做出这样的事，就算以死谢罪，也未必不会连累皇后，连累武家！琉璃思来想去，只觉得贸然开口，还不知会惹出什么后患，若是守口如瓶，至少能保个平安，这才什么都没敢说！

"殿下，琉璃跟随您多年，不敢说自己不曾私心作祟，贪图平安，但若说到居心叵测，别有打算，琉璃当真没这个胆子。琉璃敢对天发誓，若有对殿下任何不利之心，就叫琉璃众叛亲离，不得好死！"

武后的秀眉微微一挑，目光顺着鼻梁落在了琉璃脸上。琉璃也满脸诚恳地仰视了回去。横竖她的确没说谎，最多只是没把真话全说出来；横竖她再生几个胆子，也不敢对这位千古女帝不利；横竖她的这具皮囊早就众叛亲离地死过一回了，那她又有什么好心虚胆怯的？

武后的脸色慢慢阴沉了下去，突然"啪"的一声把那只玛瑙杯丢在了面前的案几上，冷笑道："好一张巧嘴！你口口声声说自己不敢欺瞒于我，说自己胆小糊涂，我看你是伶俐过头了！

"算算这三年里，我给过你多少机会？这几个月里，那孽障又闹出了多少笑话？他算我哪门子的侄儿，算哪门子的武家后人？只怕早就把我当做了仇敌，要毁了武家才甘心！你呢，你明知他心怀怨望，却照样一声不吭。我今日若不是问到你，一句句逼着你说，你是不是准备看着那孽畜倒行逆施，看着我养虎为患，也要明哲保身，生怕多说了一句话，损了你的富贵平安去！"

这些诛心的话一句句劈头盖脸砸了下来，琉璃一惊之后，心里倒是松了些：武后肯骂自己，总比先前要好得多！她忙憋住口气涨红了脸，听到最后，更是头都抬不起来了，"琉璃该死，琉璃有负殿下深恩，以后再也不敢了！"

武后重重地吐了口气出来,冷笑道:"再也不敢?这便宜话你少说两句也罢,你这样的伶俐人,不敢做什么很稀奇么?只怕让你敢做什么,倒要难得多!"

琉璃心里哆嗦了一下,武后还真是,把自己给看透了……她暗暗叹了口气,老老实实地应承道:"皇后息怒,日后琉璃但凭殿下吩咐,绝不敢迟疑推诿。"

武后静静地看着她,良久之后才一字字道:"好,那你就记住今日你说过的话,每一句话,每一个字,都记牢了。"

琉璃大气都不敢出,等着她的下文,却只等到一声断喝:"下去吧!"

琉璃差点又是一个哆嗦,忙磕了个头,手撑地面想站起身来,可膝盖早已没了半分知觉,起身之间竟是差点摔掉。她忙咬牙稳住了身形,拖着两条渐渐变得钻心刺痛的腿,弯腰退了出去。

六月的日头明晃晃地照在仪鸾殿外的白玉台阶上,那炙热的白色光芒几乎能刺得人双眼生疼。然而走在这石阶之上、烈日之中,一股冰凉的恐惧却后知后觉地爬上了琉璃的脊背——武后不会就此放过自己的,她一定已经有了什么筹划,而自己还不知要付出什么样的代价,才能过关!

远处的宫墙下,洛河波平浪静,粼粼水面反射着刺目的阳光。琉璃的目光顺着河流奔涌而来的方向看向了西面的群山,突然有些后悔:自己真的太大意了,这件事她应该早点告诉守约的。而如今他还在长安筹备今年将在两座都城同时举行的吏选,上封信倒是说快回来了,但愿他能早些回来,不然的话,武后想出的招数自己可不一定抗得住……

该死的,到底是谁,在武后面前把自己卖了个干净!

她忍不住回头看了一眼,高高的台阶上,那洞开的殿门看去是如此幽暗而深邃,就像……就像武后适才看她的眼神!

此时,在殿堂深处,武后那双令人心惊的凤目里却已没有了半分阴郁,反而是光芒闪动,嘴角也慢慢地翘了起来,"你说得不错,库狄氏果然没叫我失望。"

玉柳暗暗松了口气。殿下这几日一路追查旧事,面上虽是不动声色,身上的寒意却是越来越重,好在库狄氏还算识趣,总算让皇后的心情好了些。她忙点头笑道:"华阳夫人虽是胆小糊涂了些,对殿下倒是不敢有二心的,今日能将当日实情和盘托出,也算没有一错到底。"

武后眉头轻挑,"不敢有二心?这个库狄氏只怕连心都没有,哪里能有二心?至于合盘托出……"她嗤笑了一声,满脸都是不以为然。

玉柳好不惊讶,"难不成她还是没跟殿下说实话?"

武后神色淡漠地摇了摇头,"她这般伶俐的人,谎话大约是不会说的,只是若想让她把实情都合盘托上,那就更难了!"

玉柳抬头往外看了看,眉头紧紧地皱了起来,"那殿下今日为何让她就这么走了?总要叫她把实话都吐出来才好!"

武后笑了起来,"我为什么要让她把实话都说出来?"

/第一百四十五章 平地惊雷 此心无悔

玉柳迷惑地看着武后，一时连问都不知该从何问起了。

武后笑得讥诮无比，"什么叫实话，什么又是假话？这世上，该说的话就是实话，不该说的话就是假话！库狄氏适才说的那几句，正该好好说给该听的人听，这不就是最真最真的大实话？你还想让她说什么？"

玉柳略一回想，顿时恍然大悟，"是婢子糊涂了！"

武后没好气地瞪了她一眼，"难得你总是这般有自知之明。"沉吟片刻，她缓缓起身，"走，去书房！如今这五条罪状既然都已有了实证，我也该亲自上书，请圣人发落贺兰敏之了。"

贺兰敏之？玉柳心知武后心里已经再不把他当武家人看，这般称呼原是应有之意，当下点了点头，突然又意识到有些不对，脱口道："五条罪状？"

武后负手看着殿外，语气平淡得听不出任何起伏，"其一，贪渎，挪用治丧之帛以填私欲；其二，不孝，守孝期间华服欢宴，全无心肝；其三，不忠，逼奸太子所择之女；其四，不敬，奸辱公主随侍；其五，内乱，罔顾人伦，烝于祖母！"

玉柳越听越是惊愕，待得武后说完最后一句，忍不住低呼了一声，"殿下！殿下三思！家丑不可外扬，何况这些事……这些事牵涉太大，殿下要惩治那贺兰敏之，寻一位北门学士弹劾他孝期行乐之罪，便足以发落了他，又何必为他污了太子、公主与老夫人的名声？"

武后漠然看了她一眼，"你果然糊涂了！贺兰敏之这几个月做了什么，你当圣人一点风声都没听到么？这孽障荒唐胡闹，跟我离心离德，又这么糟蹋着武家的名声，只怕他正暗自欢喜着呢！一个孝期行乐，就能让圣人不得不出手？

"咱们这位圣人从来都觉得自己最重情谊，贺兰敏之又是他看着长大的，就算气恼那些混账行径，有母亲、有姊姊、有贺兰月娘的情分在那里摆着，他也舍不得下重手。实在不得不惩处了，多半会寻个由头随便发落了事，美其名曰，是给我、给母亲留脸面。

"可此事若真是如此处置，结果会如何？结果是天下人都晓得，我这皇后是彻底失势，身边唯一的侄儿都莫名其妙被圣人发落了去！到了那时，我只怕像如今这样不问朝政、埋首经籍，都不能够！你莫要忘了，去年就已经有人上书，说我武家家庙香火旺盛，长孙家身为圣人母族却无人祭奠，此事有损朝廷颜面。圣人还提拔了这位！若是贺兰敏之再被圣人轻易发落，大概不用半年，咱们便能瞧见给长孙无忌和王氏萧氏她们鸣冤的奏章了！"

玉柳听得心惊肉跳，忙垂首认错，"是婢子考虑不周，殿下说得是，眼下局势不同，殿下只有先发制人，才能挽回局面。"

武后脸色越发清冷，"晚了！当年月娘一死，我就不该听母亲的，让贺兰敏之改姓袭爵。这几年又苦心栽培，让他年纪轻轻就位居三品，文章著述流传天下。到头来，却是养虎为患！只是既然已是如此，与其让别人动手，惹得流言满天，还不如我自己挥刀断臂，叫那孽障和他的狐朋狗友都声名扫地，永世不得翻身。让天下人都知道一个'怕'字，知道我宁可做孤家寡人，也绝不容忍负我之辈！

"如今，我已是一步都不能退了。我原以为，当年是我太过自负，事事逞强争锋，才让圣人与我离心离德。可这几年里，我一退再退，结果又是如何？既然如此，他放心也罢，不放心也罢，我都该好好作些文章出来，才能让人不敢欺到头上。这第一篇，就从贺兰敏之开始吧！我倒要看看，以后谁还敢质疑我培植羽翼，谁还敢拿武家来对付我！"

玉柳心头一阵刺痛。这几年里，皇后韬光养晦，除了召集文学之士编撰书稿，很少插手前朝事务，可圣人的提防之心却并没有减去多少，前阵子朝中向着皇后的人略多些，就忙不迭地官复旧名。皇后的确已是退无可退，只是这桩事……

她想了又想，还是低声道："殿下说得在理，只是那最后一条，原是贺兰敏之胡言乱语里带出的不敬之语，想来是故意污秽武家，给自己的不孝开脱。其实有了前面几条，他已是死有余辜，若把这条也添上，倒是坐实了外头的流言，也有损老夫人的名声。"

武后沉默片刻，缓缓摇头，"你莫忘了母亲给圣人上的遗折，那上头字字句句挂念着的是谁？她欺我瞒我，偏心至此，我也只有釜底抽薪，让这遗命变作乱命，才能动他。既然母亲心里只有这个外孙，既然她这外孙自己愿意找死，难不成我还要顾忌着什么名声家族，不去彻底成全了他们？"

环顾着空荡荡的殿堂里，她的脸上露出了一种明悟的微笑，"你还没看出来么？这世上，什么血脉亲情，什么忠心赤胆都是靠不住的。从今往后，我能靠的，也不过是我自己。所以他们的话是真是假，他们的人是亲是仇，又有什么要紧？我要做的，不过是投我者，我必予之富贵荣华，负我者，我必让他死无葬身之地，如此而已。"

她的声音依然柔和，神色甚至愈发平静安稳，玉柳心头却是一寒，不由自主移开了目光。她只觉得，自己眼前的武后分明有些不一样了，仿佛身上最后的一点柔软，也已在这微笑之中，消失不见。

琉璃是在四天之后，才感受到这一点的。

一脚踏进仪鸾殿的大门，她便觉得有些东西似乎变了。

幽凉的大殿上，那张檀香木的案几依然摆放在老位置，双色玛瑙杯也照旧放在上头，案几后却多了一人。李治一脸郁怒地坐在那里，瞧见琉璃进来，脸色更是阴沉得能滴下水来。一旁的武后神色倒是平静得多。但不知怎地，对上武后那双静静的眸子，琉璃心头却是莫名一寒，只觉得她的眼神仿佛是从极高极远处扫过来的，自有一种俯瞰万物的漠然。

她不敢多看，上前恭恭敬敬地行了大礼，刚刚起身，就听武后沉声道："库狄氏，今日宣你入宫，是想问问你，三年前你陪韩国夫人去法常尼寺施斋，最后那一日的午后，你可曾陪韩国夫人一道礼佛？当时韩国夫人可是说了些什么？事关重大，你须好好回想，如实回报，不得有半点虚言！"

琉璃暗暗叹了口气。她虽然消息不大灵通，但武后上书历数贺兰敏之五大罪状这

/第一百四十五章 平地惊雷 此心无悔

么劲爆的消息，自然也是听说了的，在震惊、感叹、琢磨了两天之后，再收到入宫的传召，她要是还不明白自己是来做什么的，简直可以去死一死了。

她认命地应了声"是"，略斟酌了一下词句，便艰难万分却又清清楚楚地把当日自己如何在禅室遇见武夫人、武夫人如何颠三倒四地忏悔抱怨、后来又如何发现贺兰敏之来过的事情，从头到尾说了一遍，自是"每一个字、每一句话"都严格遵照上回跟武后坦白时的口径：贺兰敏之之所以强奸准太子妃，是因为听到他母亲抱怨说，是皇帝大人害死了他家妹子。

李治原本阴沉的脸色在听到琉璃说出那句"怨望"之后，蓦然转成了苍白，看着琉璃的眼神，也渐渐从不可置信的震惊、怀疑，变成了难以掩饰的憎恶。

琉璃虽没抬头，却也深深体会到了什么叫芒刺在背。在皇帝面前说出这件事，还是当着武后，当着好些宫女太监的面说的，能拉来多高的仇恨值还用去想么？然而两害相权取其轻，为了让武后少恨她一点，也只能让皇帝多恨她一点了……

殿堂里一片寂静，良久都没有人出声，唯有殿外栗子林里知了撕心裂肺的嘶鸣声一声接一声地传了进来，听得人几乎喘不上气来。

越来越压抑的沉寂中，还是武后先开了口："陛下，您还有什么话要问库狄氏么？"

李治的声音听起来就像被砂纸狠狠磨过，一字字挤得无比艰难干涩，"不必了！"

琉璃心里暗暗松了口气，却听武后淡淡地道："好，那就传杨氏进来吧，后头的事，也只有她最清楚了。"

杨氏？贺兰敏之的夫人杨氏？琉璃有些意外，又有些恍然。她这几天也暗自揣测过，自己的所作所为若能被人查出来，也只有杨氏了。她是贺兰敏之的妻子，跟阿霓和镜月又打了无数交道，察觉到自己的事不算奇怪；至于主动告发丈夫，她以前就是一副心如死灰的模样，以贺兰敏之这半年来作死的速度和力度，把她逼急了就更不奇怪了……

从殿外缓缓步入的杨氏依旧是一身素服，看去比半年前又憔悴了许多，鬓角竟有了不少白发，眉目之间的淡漠之意也愈发浓郁。瞧见琉璃，她倒是怔了一下，随即便移开视线，上前行礼参见，口中的自称已变成了"罪妇杨氏"。

李治并没有理会杨氏，只是怔怔地看着门外，神色犹如梦游。武后倒是不动声色，"你先起来吧。杨氏，今日为何宣你入宫，想你心里已是有数，旁的话也不用多说了，只把你当日在法常尼寺寺外的所见所闻如实禀报给圣人就好。"

杨氏伏地磕了个头，起身回道："启禀圣人，启禀皇后，当日尼师告知罪妇，已在寺外寻到嫒娘。罪妇在后门见到她时，她已遭玷辱，见到罪妇只问，表兄为何如此待她。罪妇无言以对，唯有一面回禀韩国夫人，一面连夜遣人赶往长安报知荣国夫人。第二日日暮时分，荣国夫人赶到尼寺，当即封了院子。又过了三日，韩国夫人便自缢身亡了，只留下一封书信，说是，要以身抵罪……"

她的声音干巴巴的没有任何起伏，那些惊心动魄的往事在这样惜字如金的平稳描述中，居然也变得颇有些平淡无奇。唯有说到"以身抵罪"的时候，她停顿了一下，语气多少变得有些低沉，淡漠的面容上也终于露出了一丝惘然。

琉璃心里不知为何也是一阵迷惘。那个告别的早上，武夫人在晨光中如昙花初绽的温柔微笑在她的脑海中突然变得清晰无比，她甚至能看清那笑容里当日不曾读懂的如释重负。这个一世糊涂的傻女人那时大概深信自己能够得到解脱吧；深信自己能够以死谢罪，保住儿子；深信就算有一天东窗事发，她库狄琉璃也会信守承诺，把那个卑微的乞求转告给皇帝与武后！

胸口仿佛有什么东西在扑腾咆哮，连衣襟仿佛都被震得瑟瑟抖动起来。琉璃低着头，紧紧地握住了双拳，她看见杨氏在面无表情地继续说着什么，那些话像风一样掠过耳边，不留痕迹，只有她心口的那个声音变得越来越响，越来越急……

似乎过了很久，又似乎是在瞬间之后，杨氏已回完话，跪下磕了个头。

武后肃然道："此等大逆之事，知情不报，原是罪过；然而为尊者讳，为亲人隐，也是人之常情。今日你们能如实回报，便算将功补过。杨氏、库狄氏，你们还有什么要回禀的么？"

"你们还有什么要回禀的么？"这声音就如一个响雷，在琉璃耳边滚滚回响，不知怎地，她双膝突然一软，不由自主已跪倒在地，"臣妾……臣妾有事回禀！"

"当日在法常尼寺，臣妾向韩国夫人告辞之时，她曾对妾身说，若是有朝一日，贺兰敏之犯下重罪，人人都喊打喊杀，而她已无法进宫，让我帮她带上一句话：请圣人和皇后看在她曾尽心尽力伺候过一场的份上，留贺兰敏之一命。"

李治和武后都愣住了，杨氏也惊讶地转头看了过来，连琉璃自己都呆了一下：自己怎么就说出来了呢？而且说得这么清楚流畅，就好像自那日之后，自己并不曾把事情死死埋在心底，而是早已暗自排练过千百遍；就好像自己并不知道贺兰敏之一定会死，而是和武夫人一样相信这话能救得了他的命！

这就是传说中的鬼上身吧？她苦笑着慢慢俯身磕了个头，心里说不上是忐忑，是无奈，是自嘲，还是豁出去之后的空虚与认命。

李治的眉头又紧紧地皱了起来，神色在阴郁复杂之外还带着些狠狈。武后的脸上倒是慢慢露出了笑容，"库狄夫人果然是好记性。"

琉璃自然听得懂她的意思，事到如今，却也只能垂首回道："殿下恕罪。臣妾乍闻韩国夫人死因，突然想起旧事，心情激荡之下才冒昧开口，不是故意要令圣人与皇后为难……"

武后恍若未闻，只对杨氏含笑问道："那你呢，你还有什么要禀告的么？"

杨氏原是呆呆地看着琉璃，听得这一问，才回过神来，"罪妇没有、没什么要禀告的了。"

武后转头看着李治，语气依然平稳柔和，"陛下，外头还有荣国府里的婢女和仆妇，您看是不是这便传她们进来回话？"

李治双目微合，厌倦地摇头，"不必！不必问了！问了这两日，还有什么不明白的？我也有些乏了，其余的事，皇后看着处置就好。"

武后脸上露出了几分关切，语气却依然坚定，"陛下可是又有些头疼了？那就明日再说吧。如此大事，终究是要陛下来定夺！"

李治扶额摆了摆手，"你看着处置就好，我还有什么信不过你的？再说此事不但关乎国法，也是关乎家法，你是皇后，也是贺兰罪人的姨母，如何处置于他，你来定夺就是！我先回去歇歇。"

他手撑着案几慢慢站了起来，转身时袖子不知怎地一扫，放在案边的双色玛瑙杯被扫落在地，骨碌碌的一直滚到了琉璃脚边。

琉璃下意识地低头看了一眼，杯子居然没被摔破，那深红里夹杂着丝丝橙黄的华美色泽映衬着碧色的地砖，倒是愈发流光溢彩了。她正想再瞧，背上却突然传来了一阵寒意。

李治的目光正冷冷地落在琉璃的身上，眼神里除了忌惮、厌恶，更有一种深入骨髓的憎恨。琉璃纵然已有了些心理准备，抬头对上这样的眼神，心里不由也是一颤，忙不迭地又低下了头去。

武后瞧了她一眼，站起身来微微弯腰，"恭送陛下。"

几个内侍拥簇李治往外走去。李治的步子并不快，却有些不稳，门外的天光清晰地勾勒出他单薄而狼狈的身影，仿佛那深受打击、众叛亲离、不得不亲自处置至亲骨肉的，并不是留在殿内的武家皇后，而是他这个甩手离开的九五之尊。

武后慢慢直起了身子，目送着这身影消失在门外，淡漠的目光里始终没有一丝情绪。只是转头看向琉璃时，嘴角又露出了淡淡的讥讽笑意，"库狄夫人快起来吧，你原是，辛苦了！"

琉璃心底一寒。自己大概是坏了武后的布置吧，她这样大张旗鼓，自然是要置贺兰敏之于死地，而自己猛不丁冒出这话来，皇帝心神动摇不说，还就势推了责任，让武后这"姨母"来全权处置，倒是把武后架起来烤了……

抬头看着武后，她有心解释两句，却发现自己根本找不到任何借口，只能顿首再拜，默然站了起来。

武后显然也不想再看到她，断然挥了挥手，"你们都下去吧！"

再次走在仪鸾殿外的白玉台阶上，琉璃只觉得心里一片空茫。自己刚才是鬼迷心窍了吧？可此刻心底那点奇异的轻松又是怎么回事？就好像长久以来一直压在心底的某个东西终于被放下了……

身边突然有人淡淡地问道："夫人可是后悔了？"

杨氏的神色依然寡淡，眼神却有些复杂，见琉璃瞧了过来，又低声重复了一遍，"夫人如今可是后悔了？"

后悔吗？琉璃怔了一下，突然发现自己心里什么滋味都有，似乎就是没有后悔。武夫人叮嘱"一路小心"时的温柔笑脸，裴行俭那"不问祸福，但求无愧"的从容声音，在她脑中搅成了一团——难不成犯傻这种病，当真是会传染的？

琉璃苦笑了一声，轻轻摇头，"或许，以后会吧。"

杨氏垂下眼帘，惨然一笑，"我原以为夫人是个聪明人，没想到，你竟比我还痴！"

她的笑容里仿佛有种说不出的奇异情绪，琉璃心里一动，刚想开口问上一声，杨氏却是转头疾步而去，转眼间就把她甩在了后面。

琉璃怔怔看着她的背影，只觉得心里那种异样的感觉愈发重了。

她在宫门前坐上牛车，回到家时已快午时。三郎还在族学里，四郎和五郎却是一听见声音便跑了出来。两人都刚学会走路，圆滚滚的身子走得摇摇摆摆，活像一对胖企鹅。

琉璃忙迎上去一手抱住了一个，两个软软的小身子，让她的心顿时软成了一团春水——如今贺兰敏之完了，武后也被自己惹恼了，从此之后，她的孩子们再不会被人当成联姻的工具了吧？只是不晓得武后日后会怎么对待自己，别的都罢了，可千万不能连累到他们，连累到他！

大概被她抱得太紧，两个孩子都"呀呀"地抗议起来，琉璃忙松开手，安抚地亲了亲两张委屈的小脸，一手拉起一个就往屋里走。还没进门，身后一阵噼里啪啦的脚步声响，小米足底生风地一路卷了过来，"娘子，娘子，阿郎回来了！"

琉璃大吃一惊，"他怎么就回来了，不是说还要过两天么？"

小米已换成了妇人打扮，略显繁复的发式把那张小脸衬托得越发明艳鲜活，"可不是！阿景也说呢，本来走得好好的，前两天阿郎在驿馆听到了什么消息，一路飞奔着赶回来的！阿郎如今已去皇宫复命，待会儿就能回家！"

他进宫去了？也是，官员公干归来首先得去衙门交差，而裴行俭的差事又是直接对皇帝负责的。可怎么偏偏赶上了今天？他若是见不到皇帝也就罢了，若是见到……想起李治那满是憎恶的冰冷眼神，琉璃的一颗心不由慢慢沉到了谷底。

第一百四十六章
天子之怒　君子之仇

洛阳宫原是依着山势而建，整座宫城的最高处，便是西北角上那座凌空而出的观景台。此台原是当年杨素为隋炀帝修建宫城时所建，不久前又被重修了一回。颇有岁月痕迹的青石地面，配上光洁簇新的白玉栏杆，更显清雅开阔。凭栏一站，不但洛阳城尽收眼底，更有几分抬手拂云、举步蹑空的出尘之感。

裴行俭站在离栏杆不到一步的地方，徐徐清风拂面而来，将他身上连日赶路的风尘与疲惫都吹去了大半。

他的面前，天子李治正凭栏而立，负手看向远方。原是极洒脱的动作，不过此刻李治的脸色到底太过苍白，眉宇间又有些阴郁，让人一眼瞧见，不免生出些担心来。

好在瞧了一会儿风景后，他的神色还是渐渐缓了下来，转头说话时，脸上甚至带上了几分亲切的笑意，"守约，你看此地风景如何？"

裴行俭抬眼看向了远处，赞叹地眯起了眼睛，"不登此台，不知伊洛山川之美。"

李治捋着胡须点头一笑，"不错！这是朕平日最爱流连之处，不过臣工里头么，倒是只有守约你上来过。"

裴行俭心头一凛，神色微敛，举手长揖，"陛下厚爱，臣不胜惶恐。"

李治不以为意地笑了笑，"眼下这里不过我们君臣两个，你就不必如此多礼了。此番你两地奔波，着实辛苦，只是吏部的这些事，也只有交到你的手上，朕才能放心。"

裴行俭神色更是谦然，"陛下谬赞，说到吏部，李相公更是劳苦功高。"

李治想了片刻，赞同地点头，"李相胆略谋算虽远不及你，却也是个难得的，满腹经纶，博识强记不说，为人也老成周全。所谓修身齐家，朕记得他前后三娶，皆是山东高门，如今姻亲满朝，儿孙满堂，门第之盛，令人称道。细论起来，卿虽贵为裴氏宗子，在这上头，似乎还有所不及。"

裴行俭暗暗吸了口凉气，目光不由转向了远处洛水南岸自家府邸所在的那片里坊——自己紧赶慢赶，难道还是晚了一步？她到底做了些什么，居然把圣人惹得如此愤怒？嘴里回道："李相福泽深厚，微臣不敢与之相比。"

李治摆了摆手，"这话你就不必再说了！十几年前朕就驳过，乱世之中，不独裴氏蒙难，多少地方更是十室九空，难不成都是被后人克的？至于妇孺夭亡，更是再寻常不过的事，就说李相，前头不也折过两任妻子？你适才还说他是福泽深厚！有些事，朕心里有数！"

裴行俭默然欠身，良久才道："多谢陛下！"

这声音里有实打实的感动，李治心里满意，语气也愈发感慨起来，"说来十几年前朕其实就有过打算，一则是让你进吏部掌管铨选，改革旧制，一洗朝廷风气；二则，就是想给你指个名门淑女，好歹总要配得上裴氏门庭，也能让你再无后顾之忧。只是当时正值多事之秋，又出了那番变故，你虽是主动请辞，之后又在西域做出了那样一番功业，可朕心里晓得，这些年，原是委屈你了。"

裴行俭脸色顿时变得肃然，应声回道："得蒙陛下赏识，是臣三生之幸，只是这些年臣当真不曾觉得委屈。臣自幼习武，立功边陲，原是毕生心愿；至于家宅，臣如今有贤妻幼子，亦是心满意足。"

贤妻幼子？原来他听懂了自己的意思，却想拿这话堵自己的嘴？李治脸上的笑容顿时有些挂不住了，上下看了裴行俭两眼，压了压火气还是笑了起来，"贤妻？你这一说，朕倒是想起来了，你原是刚回洛阳，还未曾听闻贺兰庶人之事吧？"

裴行俭踌躇了片刻，想起进宫后，这一路所见宫女内侍们如常的脸色，想到琉璃一贯以来的谨慎作风，心头稍定，点头回道："臣曾在驿馆遇到东都信使，此事倒也听说了一些。"

李治"喔"了一声，也不知自己是该松口气，还是觉得更难堪，定了定神才道："朕也是今日才知晓，贺兰罪人曾在佛门净地对朕先前选的太子妃无礼，而你家夫人也是适逢其会，却一直隐瞒不报！只怕守约你也被蒙在鼓里吧？"

原来是隐瞒不报？裴行俭松了口气，脸上却适时地露出了愕然之色，"拙荆竟然犯下了如此大罪？罪臣该死，陛下息怒！"说完一撩袍子，端端正正跪了下来。

李治原是要敲打敲打裴行俭，可裴行俭这么干脆利落地认了罪，却把他接下来的话全给堵上了。他不由皱起了眉头，"你这是做什么？此事与你无关，朕自然不会怪罪于你！"

裴行俭的语气却是愈发恳切，"多谢陛下开恩，只是拙荆既已犯下了欺君大罪，臣自有失察之责，陛下虽不过问，微臣却不敢罔顾国法。"

欺君大罪？李治顿时有点气不打一处来，那库狄氏要是当真犯下欺君大罪倒好说了！可那妇人是何等刁滑，明摆着就是浑水摸鱼，首鼠两端。出事时躲得远远的，能在皇后面前卖好了倒是不遗余力，还要摆出一副情真意重的模样来，没得让人恶心！偏偏正经论起国法来，自己还真不能把她如何！杨老夫人欺君的罪名都只能捂着，又怎么能罚她知情不报？

想起那可恶妇人今日那些吞吞吐吐却又毫不含糊的刺心话语，他再也按捺不住心

/第一百四十六章 天子之怒 君子之仇

头的怒火，冷冷"哼"了一声，"你放心好了！就算瞧在裴卿的面子上，朕也不会将她如何，不然叫你如何在朝中立足，叫你家公子日后如何立足？"

裴行俭感激地行了个大礼，"陛下隆恩，微臣与犬子日后肝脑涂地，亦是无以为报！至于拙荆，微臣日后定会好好管教于她，不许她再入宫廷，徒惹是非。"

李治满意地点了点头，"是该如此了！不过此妇出身寒微，见识粗浅，原非裴卿良配，更不足为裴氏宗妇，裴卿原该另择佳偶，以免遗祸家族！"

这话着实有些刺耳，裴行俭眉头不由一皱，李治的眼风立时扫了过去，他索性把眉头皱得更深了些，"陛下，拙荆冒犯天威，原是大罪，只是陛下去岁方明旨嘉奖了她，说她妇德昭彰，还特晋她为郡夫人，此事已是天下皆知，如今微臣若说她失德无识，岂不是、岂不是……"

李治脸上"腾"地热了起来：自己怎么把这都给忘了？嘴里忙道："这封赏……这封赏原是皇后的意思，不过裴卿所虑也不无道理。你，你先起来回话吧！"裴行俭说得对，这事儿眼下做不得，可库狄氏越来越可恶，仗着皇后撑腰竟敢当面羞辱自己，若让她依旧安享荣华，还牵绊住了裴行俭此等人才，那还了得！

他来回踱了几步，心里渐渐拿定了主意，沉声道："只是如此一来，到底委屈裴卿了。朕原本早就想给你指一位品貌双全的贵女，一则你身负朝廷重任，日后说不得还要加些担子，总要有人帮你妥善打点后宅事务，才能多为朝廷分忧；二则婚姻乃两姓之好，裴氏门庭高华，你这一支却颇有些凋零，若能得些臂助，重振声名也是朝夕之事。这两全之美，也不必让东眷裴专擅于前！"

裴行俭刚刚起身，只能又长揖及地，"陛下……"

李治却不容他多说，摆手道："你所虑者无非名声，这有何难？先皇当年也曾意欲下嫁公主为尉迟将军平妻，裴卿来日成就未必逊色前贤，朕又何妨为卿再破例一回？我朝宗室之中，也颇有品貌俱全的女子，你再娶一房也不会辱没裴氏门庭，反而能让裴氏更添姻亲。如此一来，你如今的娇妻幼子依旧在怀，不过是添了位淑女随侍左右，所谓佳话，莫过于此！"

一旦裴守约成了李氏女婿，又何愁他因为妻室之宠而心向皇后？李治心里得意，含笑看向了裴行俭，"守约，不知你意下如何？"

美人、前程、家族……裴行俭心里一声苦笑，脸色倒是平静了下来，"陛下如此抬爱，微臣自然是感激不尽。不过，正因如此，陛下盛情，微臣却是万万不敢领的，以免日后得罪宗室，也令陛下颜面无光。"

李治顿时愣住了，"此话怎讲？"

裴行俭长叹一声，垂下了眼帘，"说来惭愧。臣年少时嗜酒成性，壮年时又颇受风霜苦寒，如今年事已高，精力渐衰，纵然有佳人如玉，也是消受不起，一旦冷落了佳人，岂不反而是辱没新妇，结仇宗室？"

李治愕然睁大了双眼。裴行俭的年纪的确不小了，可他出身将门，文武全才，这两年掌管铨选，威仪日盛，一身风采气度，更显卓然照人，又谈什么年事已高？精力就更不用说了，眼下他刚从长安一路赶回，一身风尘依旧显得神采奕奕，便是宫中侍卫们也不见得能比他更有精神，他却敢在自己面前张嘴就说：他老了，不行了！他是把自己当傻子么？

想到此处，李治怒火冲顶，忍不住冷笑起来，"原来如此，贵伉俪原来如此情深，真真难得，倒是难为裴卿你还要日日寻空为朝廷奔波了！"难不成他真觉得离了他，这朝廷里就没人能做事了？

裴行俭脸色愈发坦然，抬眼看向了李治，"陛下恕罪，请容臣回禀下情。"

他的神色平静之极，眸子更是澄澈得难以形容，李治纵然在狂怒之中，对上这张冰雪冷静的脸孔，不由也是一怔，"你说！"

裴行俭欠身行了一礼，"陛下，微臣生而不幸，承蒙先皇开恩，许臣入读弘文，又蒙陛下赏识，容臣报效朝廷，方在这世上有了立足之地。臣虽不才，亦知沐此厚恩，当鞠躬尽瘁，死而后已。且臣自幼孤苦，迭逢大难，所谓娶妻生子、平安度日，于他人不过常事，于微臣却是多年奢望。微臣愚昧，夙愿既成，便不敢得陇望蜀，只愿后宅无事，也好全心报国；齐人之福，从来非臣所愿。此乃微臣一点痴念，还望陛下成全。

"至于臣妻库狄氏，她出生微寒，性情糊涂，得罪陛下，原是不赦。然则十几年来，无论何等艰难险阻，她都不曾离弃微臣。微臣三子，也均为臣妻所出。微臣若为富贵前程，转头便可另娶贵女，使旧人幼子再无立足之地，陛下请想，这天下又有何事是臣所不敢为？不忍为？

"其实今日臣亦可答应陛下，欢欢喜喜娶了新妻，毕竟宗室女子再是身份贵重，性情刚强，也不过是后宅妇人。微臣再是不济，也总有法子护住旧人幼子，甚至多加怜爱恩宠。如此，名声实惠均得，又有何难？然而微臣深知，此等做法，实违陛下所愿。此等欺心、欺君之事，臣亦不敢为。

"陛下明鉴，臣愚钝，万死不敢辜负陛下。得罪之处，愿领受责处！"

他的语气舒缓而镇定，一字字诚恳道来，简直叫人无法生出半分怀疑。李治的一腔火气，不知不觉便被浇灭了大半，只能冷冷地"哼"了一声，"原来裴卿如此赤胆忠心，朕倒是失敬了！"

裴行俭肃然回道："臣无地自容，微臣今日冒犯龙威，原是万死莫赎。"

李治不禁咬了咬牙，裴行俭若是一味婉拒或是一味硬顶，他都有法子处置，可偏偏他先以匪夷所思的理由断然拒绝，然后又娓娓道出苦衷，最后干脆认打认罚，自认该死，反而叫人无从下手。他原想再讥讽训斥两句，看着裴行俭平静的脸色，突然又觉得好生无趣。

思前想后半晌，他终于还是意兴阑珊地转过头去，"裴侍郎既然精力不济，朕也不难为你了，吏选之事太过繁杂，你就不必……"他原想说"不必再管"，话到嘴边却不由顿了顿，如今的吏选新制朝野都挑不出错来，可其间的暗潮他又不是不知，一旦裴行俭走了，这些风潮谁又能压制得住？

再开口时，他的语气里不由更多了几分郁怒，"你就不必两地奔波了，专心主持长安的小选就好！"

裴行俭心里一松，诚恳地欠身谢恩，"多谢陛下成全！"

李治烦躁地挥了挥手，身后一阵衣襟窸窣声响，大约是裴行俭伏地行了大礼，"微臣告退。"青石板上的脚步声渐渐远去，很快便再也听不见了。

他忍不住狠狠拍了一下栏杆。成全？自己贵为天子，富有四海，可到头来谁又能成全自己？人人都说愿为君分忧，个个都自称不敢辜负圣恩，可真正能为他着想的人，如今又在哪里？就像当初的媚娘、当年的月娘，她们如今都到哪里去了？就是顺娘，那个最温和柔顺、无欲无求的顺娘，原来在她心里⋯⋯

六月的山风吹在李治的龙袍上，带来一阵彻骨的寒意。他忍不住回头看了一眼，偌大的观景台上，不知何时已只剩他一个人。而在他的面前，云色苍苍，山色茫茫，偌大的天地间，似乎也只剩下了他一个人。

在天子瞧不见的观景台下，裴行俭却走得一步也不曾迟疑。出了宫门，他接过侍卫递过来的马缰，翻身上马，打马过桥，不多时便回到了崇仁坊的裴府。

四郎和五郎都已经歇午觉了，琉璃却一直在屋子里转着圈，听见回报，忙迎出了门外。待得瞧见裴行俭温和如常的面孔，她才放下心来，却还是忍不住拉着他上下打量，"你⋯⋯圣人没把你怎么样吧？"

裴行俭笑吟吟地挑起了眉，"我又不曾知情不报，圣人怎会把我怎么样？"

琉璃窘迫地笑了笑，这事儿原是她太过托大，此时自然只能诚恳认错，"守约，有些事我也没想到最后会这样，事关旁人的名声性命，我又有些拿不准，所以一直也没跟你说，都是我的不是。"

她转头把人都发了下去，又吩咐紫芝在外头守着，这才把裴行俭拉进里屋，低声把事情从头到尾说了一遍。

裴行俭神色却是平静异常，听到贺兰月娘的那段秘闻，也只是若有所思地点了点头。直到琉璃说起自己脑子一热，把武夫人所托之话也如实转达时，他才笑了起来，"原来如此，我先前还想着，我家琉璃到底还是没有傻到家，看来还是欢喜得早了些。"

琉璃心情更是低落了下来，"我也不知是怎么回事，突然想起武夫人当时的样子，就怎么都忍不住了。不管旁的事如何，武夫人这些年待我真的不薄！只是这样一来，圣人原本就不待见我的，今日更是连皇后也得罪了⋯⋯"

裴行俭笑着摸了摸她的头，"不打紧，你不就是又犯傻了么？横竖我也习惯了。"

琉璃无语地看着他，简直不知是该感动还是该生气。

裴行俭的笑容愈发戏谑，眼神却异常柔和，"再说了，我也不比你强多少。皇后原先就不待见我，今日我也把圣人给得罪了。你瞧瞧，咱们连得罪起人来都这般心有灵犀，要论天作之合，谁还能跟咱们比？"

这事儿也很值得自豪？琉璃哭笑不得，又忍不住担心，"你当真得罪圣人了？都是我不好,今日圣人是不是难为你了?要不要紧?"

裴行俭满脸轻松,"难为是难为了,要紧却不大要紧。谁叫我自己赶了这么个好时辰?圣人一瞧见我,便横挑眉毛竖挑眼的,后来大概是见我赶路赶得狼狈,脸色才慢慢好了些,最后更是大发慈悲,让我专心主持长安那边的吏选便好,省得两地奔波。"

主持长安的吏选?琉璃虽不大明白两都的吏选有什么不同,却也知道,皇帝如今在洛阳,长安那边的铨选只怕不如这边的要紧……她刚想发问,裴行俭已笑道:"你莫多想,难不成还能让李相回去?再说,回长安又有什么不好么?"

也是,李敬玄才是主持吏选的宰相,裴行俭只是副手,而且回长安也的确没什么不好,至少能远离宫廷,这就比什么都强。只是,事情真的能有这么简单?琉璃仔细地看了看裴行俭的脸色,追问道:"圣人,当真没有迁怒于你?"

裴行俭剑眉微扬,"迁怒又如何?你原本就是被迁怒的,再迁点在我身上不也是应当的?最坏的结果,也不过是再把我打发到西域去,你怕么?"

琉璃摇了摇头,当然不怕,她求之不得好不好?

裴行俭大笑,"这不就结了?"

他的眉梢眼角平日都是一派温润清雅,可这一笑之间,不但神采飞扬,更有了一种说不出的豪气,仿佛这世间再没有什么人、什么事能挡得住他。

看着这张飒然明爽的笑脸,琉璃只觉得满天的乌云都散开了,忍不住伸手摸了摸他舒展的眉梢,然后也笑了起来,"好,咱们这就回长安去!"

六月的清晨,天地清朗,微风送爽,正是一天中最好的时光。

在悠长的晨鼓声中,定鼎门再次轰然洞开。随着一轮朝阳冉冉升起,城门上,那高耸的楼观在万丈霞光中愈发壮观瑰丽,望之犹如天阙;而在城楼下方,牵着骆驼的胡人、佩着长剑的士子和挑着拉着各色货物的贩夫走卒也愈发得拥挤喧嚣,市井气息浓郁逼人。一门之内,天都的高远和红尘的繁华就这样奇妙地融汇在一起,构成了一幅最有特色的洛阳风情图。

直到日上三竿,阳光渐渐显露出盛夏的威力,城门口的人流才变得稀疏起来。守门的士卒们刚刚松了口气,就听一阵马蹄声急响,七八匹高头骏马从城内飞驰而来,风驰电掣般转眼就到了跟前。新来的小卒还在呆呆张望,老兵们早已退后几步,闪出道来。几匹骏马直冲而过,扬起的尘土呛得众人掩鼻不迭。

瞧着在飞尘中远去的骑者,小卒忍不住"呸"了一声,"哪里来的……"

旁边的老兵忙一把拉住了他,"要死!这是沛王殿下出城打猎呢!"

沛王?回想着刚才在眼前一闪而过的突厥良马、华服少年和马上蹲着的猞猁,小卒子忙紧紧地捂住了自己的嘴。

先前闪避不迭的人群却七嘴八舌地议论开来,连坐在碧油车里的小娘子们也纷纷掀帘往外张望——这位沛王可是位英俊潇洒的少年亲王,平日最喜游猎,听说不但英武多才，还很多情。在洛阳城的王孙公子中，论名气也就比周国公略小一点，不过那一位前两天已被圣人下旨改姓夺爵、流放雷州了，此生只怕再也回不了洛阳……

此时，在洛阳城外的官道上，小娘子们口中那位"英俊多情"的沛王李贤脸色却阴沉得可怕，他胯下的青骢马早已跑得四蹄腾飞、大汗淋漓，却依然被他一鞭接一鞭地不断狠抽，长鞭破空的声音听着都有些瘆人。

他身后跟着的两名年轻侍卫相视一眼，年纪略大的那位提缰追了上去，"殿下，殿下不必着急，那人才走了不到一日，咱们这样的快马，不出一个时辰定能追到！"

李贤恍若未闻，扬起手里的羊脂玉柄绞丝长鞭又狠狠地抽了下去。侍卫还想再劝，看着李贤的脸色，想起这位殿下昨日狩猎回来听说那消息时的暴怒，到底还是默默地闭上了嘴。

一行人马不停蹄又跑出了三十多里，在超过了无数马队车队之后，终于在一处山坡下，瞧见了要追的目标。开路的侍卫一声呼哨，几匹马冲将过去，将那三个步行者团团包围起来。

这三人中两个都是作差役打扮，中间那个则是一身本色素袍，身形消瘦，弱不胜衣，样貌气度却依旧出众，那憔悴而精致的眉眼，加上苍白得几乎透明的肤色，看去竟有一种异样的优雅。正是昨日被押解出京的贺兰敏之。

抬头瞧见这气势汹汹围上来的人马，两个差役都吓了一跳，"你们、你们要做什么？我等是大理寺官差，有皇命在身……"

贺兰敏之却只是微微皱了皱眉，待看清楚一马当先的李贤，那张苍白疲惫的脸上更是露出了一个奇异的笑容，"竟是沛王殿下前来相送？罪人贺兰幸何如之！"

两个差役相顾色变，忙上前行礼。李贤哪里还有心思理会他们？瞧见贺兰敏之的笑颜，一直压在他胸口的那股邪火顿时直冲脑门，他二话不说提缰而上，便挥起马鞭对着贺兰敏之劈头盖脸地抽了下去。

贺兰敏之只来得及抬手遮住头脸，便被鞭子抽倒在地。李贤犹不解气，跳下马来，手上的长鞭犹如灵蛇，呼啸着继续狠狠抽向地上那个抽搐着的单薄身体。贺兰敏之身上的素袍很快就被抽破，血痕也一道道地浮现了出来，整个人痛苦地蜷缩成了一团，却没有发出任何声音。

几个侍卫都有些怔住了，李贤却更是愤怒，丢下马鞭，上前一步弯腰拎住了贺兰敏之的衣领，"你少给我装死！"

贺兰敏之的脸上早已沾上了灰尘，下唇也被咬出了鲜血，可对上李贤愤怒的面孔，却还是努力着弯起了嘴角，"殿下说笑了，时至今日，我还用得着装死么？不过今日我还是要请殿下高抬贵手，毕竟，这天下谁都可以杀我，太子和英王能，侍卫们奴婢们也能，就是殿下您，不能！"

李贤怒道："你浑说什么？我怎么就杀不得你？"

贺兰敏之喘息着笑了出来，"殿下是什么人？我贺兰敏之又是什么人，如今我早已生不如死，殿下又何必为我这将死之人脏了自己的手，也……"他努力凑近了一点，一字字低声道，"违了天理，背了罪孽。"

他的语调里有种说不出的温柔笃定，李贤不由一阵恶心，把贺兰敏之像扔垃圾般扔到地上，又上去用力踢了两脚。

贺兰敏之一口血喷了出来，嘴里依旧低声道："殿下，你让别人来打死我，你不能脏了手，不能因为我脏了你的手……"

他满嘴满脸都是血，那笑容却愈发妖异，仿佛从容无比，又仿佛压抑着什么兴奋，看着李贤的目光更是又欢喜又亲切。李贤再是愤怒，到底也只是个十六岁的少年，被贺兰敏之这样笑着、看着，心底里不知怎地竟是一寒，随即便更是怒火中烧，忍不住俯身又把他拎了起来，咬牙道："你到底在胡说些什么？"

贺兰敏之咳了两声，瞧着李贤微笑，"殿下，你最好永远也不要知道我在说什么。你今日过来，不就是想要我这条命么？我自己动手就好！横竖我很早以前就活够了，活烦了，活腻了！我对不起母亲，对不起祖母，对不起阿妹，我不想再对不起阿贤你，对不起这世上所有的亲人……"

李贤再也忍耐不住，一拳砸在他脸上，"阿贤也是你叫的？谁跟你有什么干系！"

贺兰敏之被打得偏过脸去，一口血沫喷得老远，眼神也涣散了起来，"殿下教训得是，是我说错了话，殿下如今是什么身份，殿下跟我又有什么干系？"说着说着，便"呵呵"地笑起来，声音却是出奇的凄凉。

李贤的拳头捏得咯吱作响，却有些挥不下去了。其实贺兰敏之虽性情冷傲，对太子几个都爱答不理，可这两三年里对他却着实不坏，也正因如此，这件事爆出来之后，他才会愈发愤怒……

旁边的侍卫快步上来，低声劝道："殿下息怒，莫要为这人脏了自己的手！"

李贤勃然大怒，回头喝道："你也跟着胡说八道什么！"

侍卫吓了一跳，心里好不委屈，这不是来之前就商量好的么。大伙儿过来打他几下，注意莫落了痕迹，再叫猞猁在他腿上咬两口，这食肉的凶兽口齿上都是带毒的，贺兰敏之早就被酒色掏空了身子，再这么带着伤带着病的在大热天里赶路，能活几天？谁知殿下一见这贺兰敏之就气得失了分寸，这样下去，当真生生打死了他，岂不又是一场麻烦？

李贤吼完之后便意识到自己有些反应过度，回头再瞧见贺兰敏之那半死不活的脸色、了无生趣的眼神，突然一阵厌烦，松手把他丢在了地上，自己狠狠地吐了口气，回到坐骑前翻身上了马。

领头的侍卫暗暗松了口气，对马上带着猞猁的小内侍使了个眼神，"道生！"

那叫道生的内侍不过十二三岁，个子也生得瘦小，一张脸倒是漂亮得雌雄难辨。看着一身血迹的贺兰敏之，他的脸色多少有点发白，而他后头蹲着的那只猞猁闻到血腥味后，却是兴奋得从喉咙里不住发出呼噜声。

听到有人叫他，道生回头看了猞猁一眼，皱眉安抚了两下，方带马到了李贤跟前，轻声道："殿下，斑奴这两日原是有些跑野了，今日见了血怕收不住，不如、不如过上几日小的再跑一趟，定然不叫殿下背上干系。"

李贤不耐烦地一挥手，倒是没有冲道生发火，只是转头瞧着贺兰敏之冷冷地道："你不是活腻了活够了么？怎地还不自己动手？"

贺兰敏之跌跌撞撞地爬了起来，摇头笑道："殿下啊，我若今日在此了断，未必不会连累殿下，罪人命贱，只是何必让皇后又寻到由头来发落殿下？"

母后？李贤的脸色顿时更加阴沉。母后也太偏心了，她看不上自己也就罢了，可太子阿兄呢？还有幺妹，她还不到5岁，这禽兽就敢当着她做那种丑事，这般奇耻大辱，母后却还要保住他的性命，说什么是因为华阳夫人苦苦求情。可谁不晓得这贺兰敏之的丑事还是那库狄氏首先向母后告发的？说来说去，在母后心里，娘家人永远比他们兄妹更重要！

他越想越恨，正要令道生放出猞猁斑奴。贺兰敏之却艰难地弯下腰去，捡起了李贤丢下的马鞭，仰头微笑道："殿下，贺兰敏之不过是千夫所指的罪人，殿下要杀要剐，自有千百种法子，今日殿下用的却是最糟的一种，不但脏了自己的手，说不定还会连累到侍卫下人。让亲者痛，仇者快，何苦来！"

李贤还未答话，一旁的道生脸色已然大变——亲者痛？这话是什么意思？他转头看了贺兰敏之一眼，这位昔日的翩翩公子此刻满脸都是血污灰尘，可嘴角绽开的笑容却依然干净优雅，瞧着李贤的眼神更是柔软得近乎魅惑。不知怎地，赵道生突然想起了从某位公主侍女那里听到的几句传言——殿下其实不是皇后所生，而是韩国夫人的亲生骨肉。这话当时听来自然是荒谬之极，可如今看来……他心里发怵，忍不住紧紧揪住了猞猁脖子上的皮圈，低声叫了句，"殿下！殿下三思。"

李贤看了看道生那张有些发白的小脸，眉头不由也皱了起来。

贺兰敏之仿佛并没有注意到这一切，只是慢慢举起了手里的马鞭，脸上的笑容透出了几分苍凉，"殿下放心，殿下今日送我一程，罪人在这世上所有的心愿已了，殿下过些日子，静等好消息就是。"

李贤胸口一阵莫名地发堵，贺兰敏之的话句句都透着古怪的悲哀，字字都诚恳得仿佛发自心底，让他一时恨不能揪着这厮让他把话说清楚，一时却又只想离这个人远远的，再不要看见他那种眼神……他憋着气正想开口，旁边的侍卫也提醒道："殿下，那边过来的人越来越多了。"

李贤放眼一扫，不远处果然已有好些人在驻足观望、指指点点。他皱着眉头看了看那些人，又转头看了看身边一脸担心的侍卫们，沉默片刻，终于冷哼一声："咱们走！"

他冷冷地剜了贺兰敏之一眼，满脸阴沉地拨转了马头，心里告诉自己：今日原是自己太过冲动，坏了原先的计划，不得不容他多活几日而已！

贺兰敏之微微欠身，沙哑的声音听去竟是无比柔和诚挚，"殿下保重。敏之愿殿下一生平安如意，顺遂欢喜。"最好是像自己一样，亲手害死母亲，或者是死在亲生母亲手里，让那位皇后殿下也尝尝骨肉相残的滋味，如此，才不辜负自己这几年来的

"风流"！

李贤心里愈发烦躁，双脚用力一磕马肚，骏马长嘶一声，箭一般飞奔了而去，几个侍卫也都驱马跟了上去。没人回头再瞧贺兰敏之一眼，唯有那只猞猁恋恋不舍地看了看自己的猎物。因此，也只有它瞧见了那个满身破衣血痕的男人目送着自己这行人渐渐远去，脸上的笑容竟是越来越恣意，越来越欢悦，仿佛他看见的，是自己人生里最美好的前景。

猞猁喉咙里"咕噜"一声，简直忍不住要扑下马背去尝一尝这猎物的滋味，可惜山路回环，很快就将那张立刻就要大笑出声的苍白脸孔遮断在道路的那一头。

这一路回去，侍卫们心里都有些忐忑，恨不能早些回到洛阳才好。李贤的青骢马却是越跑越慢。年轻的沛王端坐在马鞍上，眉头一直没有舒展开来。大约是因为头顶的烈日太过刺目，他的眼睛微微眯起，眸子深邃莫测，仿佛在一瞬间已脱去了所有的稚气。

刚刚转过一处拐角，前面有七八辆马车迤逦而来，有人眼尖，立时低声叫道："殿下，前头似乎是裴侍郎。"

裴侍郎？李贤一怔之下回过神来，抬眼一看，前面的车队前那翻身下马、抱手致意的青衫男子，可不正是吏部侍郎裴行俭？而与他并辔而行、向这边欠身行礼的女子容貌打扮都与寻常贵妇不同，一身胡服，褐发雪肤，想来就是那位库狄氏。

他们怎么会在这里？

想到这位华阳夫人在贺兰敏之一事上的种种反复，李贤心头更是五味杂陈，乱成了一团，当下也顾不得什么风度礼仪，一夹马腹，催马快行而过。

裴行俭并没有在意，李贤一走，他便重新踩镫上马，把刚刚放在车上的四郎又捞回了怀里，低头继续教他拉缰绳。倒是琉璃忍不住回头看了好几眼，"沛王是打猎回来么？怎么马上什么猎物都没有，难不成还没开始打？看他们的脸色，倒像是刚刚被黑熊撵了好几十里……"

裴行俭不禁失笑，"你又胡说了！"沉吟片刻，他抬头望了前方一眼，"沛王多半是专程给人'送行'的，咱们再走一段，说不定会遇见贺兰敏之。"

琉璃吃了一惊，"你怎么知道？那贺兰敏之他……"

裴行俭笑道："你可曾见过有人去打猎箭筒里居然没带上几支箭的？那一脸的戾气，自然是去寻仇，不过瞧着他们的神色，倒不像是得手了的样子。"

琉璃松了口气，随即又有些犯难，想了半日还是踌躇道："咱们要不要换条路走？"

自打得知贺兰敏之被流放的消息，她心里就一直有点乱。裴行俭倒是安慰她说，如此处置，只会让天下人都觉得圣人对后族格外宽宏，对武后并无坏处，可她心里担心的又岂止这个？她更不明白的是，贺兰敏之居然没死，是自己记错了吗？还是历史已经被改变了？这事到底意味着什么？想到待会儿也许会见到贺兰敏之，琉璃心里的这种烦闷不安也愈发强烈起来。

裴行俭好笑地瞧了她一眼，"你心虚个什么，就算如今人人都以为是你告发了他，可你自己心里知道是怎么回事不就结了？"

琉璃摇了摇头，"我只是不想瞧见他。"这谣言之所以会传开，自然是武后故意要让她背上忘恩负义、见风使舵的名声，她总不能跟贺兰敏之解释，自己不但没告发他，反而因为要救他一命而得罪了皇后；她更不想看见他潦倒落魄的样子，不想因此去猜测，他到底还能活多久……

只是马车一路西行，不知贺兰敏之是换了路线，还是因为疗伤进了店铺，琉璃竟是压根就没有瞧见他的身影。

直到漫漫长夏终于过去，秋风再次吹动洛水，这位昔日大唐第一公子的消息才从遥远的南方传了回来——他在韶州驿馆里上吊自尽了，用的是一根羊脂玉柄的华丽马鞭。

谁也不知道，这位在流放路上步行了数千里的犯人，身上为什么会带着一根马鞭。

琉璃听到这消息，先是松了口气：自己果然只是年纪大了，记性坏了，贺兰敏之可不就是这结果么？随即又觉得有些羞愧，有些怅然。裴行俭却不容她多想，反手握住了她的手掌，"不说这些了，三郎他们的小书院已经收拾好了，只缺了处石铭，我想了几个都觉得不大好，你来帮我参详参详！"

给孩子们准备的书院就在裴行俭的外书房的边上，不大的庭院收拾得极为齐整，绿萝成荫，桂树飘香，迎面是一块精致的卧石，一棵斜出的古松横卧其上。裴行俭指着石头的空白处道："就是这里，正好能刻几个字。"

这种布置倒是有些眼熟。琉璃四处看了几眼，跟着裴行俭进了院子的上房，靠窗的案几上铺着几张白纸，上面果然已经写了不同的题词，什么"仁德在斯，功业有路"，什么"遵道而行，焕然文章"，龙飞凤舞，力透纸背。

琉璃拿起来欣赏了一遍，"这不都挺好的么，应情应景，字也极好。"

裴行俭笑道："这也叫好？这些字是刻在迎门石上的，三郎他们日后进来念书时，每日里第一眼瞧见的就是这个，这些陈词滥调，实在不值当他们天天照着念，日日照着做。"

喔，原来如此，这题词不就相当于……琉璃心里一动，顿时有了主意，转头笑道："我倒是突然想到了一个！"

她挽起袖子，提笔在砚台里蘸了点残墨，挥笔写下了八个字。

裴行俭怔了一下，喃喃道："天行健，地势坤……你什么时辰把易经也读得这么熟了？"他拿起那张墨水淋漓的纸，眼睛越来越亮，"琉璃，果然还是你最懂我，咱们的孩子可以写不好文章，建不成功业，却一定要成为顶天立地的真君子、大丈夫！"

琉璃嘻嘻一笑，没有作声。她其实没读过易经，也没觉得孩子们一定要成为顶天立地的正人君子，她只想让他们一世安康。不过这句话上辈子她记得太熟了，此情此景，自然是借鉴无罪，浪费可耻。

裴行俭却是难得地兴奋了起来，自己动手将这八个字用隶书、草书、行书各写了一遍，最后还是铺开大纸，端端正正地写了张正楷，放下笔笑道："我明日就让匠人们来刻，估计两三日也就好了，横竖先生我也挑好了，干脆九月初一就让三郎到这院子里来念书吧。"

九月初一？琉璃差点"哈"地笑了出来，忙掩饰地用力点头，"好！这日子好，这日子简直再好不过了！"

裴行俭不解地看了她一眼，见她已伸手捂住了自己的嘴，不由无奈地摇了摇头。

两人又商量了几句，携手走出了院子。琉璃忍不住回头张望，在绿萝青松之下，那块卧石依旧沉默地躺在那里。再过几天，她的孩子就将来到这里来上学，迎接他们的将是那著名的八字校训：自强不息，厚德载物。

天行健，君子以自强不息，地势坤，君子以厚德载物。

嗯，如果在书院门口的石匾再提上"清华园"三个大字，她的穿越生涯就圆满了。

第一百四十七章
故地重游　疑云再起

再次站在半山亭前，望着远处那座秀丽如初的洛阳城，琉璃原以为自己会感慨万千，可呆了好一会儿，却发现自己心里只有些许的惘然。

自己有多久没有见到这座城池了？记得第一次站在这里远眺洛阳的时候，似乎也是这样的晴朗天气，也有这样的微凉山风，只不过那时的洛阳城外还是一片秋色，而眼下却是又一个春天了。

不，不是又一个春天。事实上，自打他们离开洛阳，这已经是第八个春天了。

这么长的时光，怎么一眨眼就过去了呢？

对于过去的这八年，琉璃并没有任何抱怨。相反，每次想到在如此风云莫测的时局里，自己一家人居然能过得四平八稳，安然得近乎无聊，她都恨不能在心里高歌一曲：感谢天，感谢地，感谢命运让我们得罪了皇帝！

因为得罪了皇帝，这些年李治屡屡巡幸东都、避暑行宫，都没让裴行俭随行，美其名曰让他留镇长安，琉璃自然是夫唱妇随。如此一来，他们经常一年到头也见不着皇帝夫妇几面，更别说什么谈心进谏，那些惊心动魄的朝廷斗争与宫廷血案，自然也离他们很远，远得几乎无法影响他们的日常生活——

咸亨三年八月，武后党元老许敬宗病故，当朝廷重臣们为了他的谥号在洛阳吵得天翻地覆的时候，裴行俭却忙着给七岁的三郎挑选他的第一匹坐骑。

上元元年的中秋，皇帝夫妇改称天皇、天后；九月，长孙无忌平反复爵，而当年告发裴行俭、逼死长孙无忌的袁公瑜则被贬往西域；十二月，武后上书建言十二事，第一次毫不避讳地表现出胸怀天下的谋略气势……当这一连串的变动让所有人都不知所措的时候，琉璃更关心的是三岁的五郎那场旷日持久的咳嗽。

上元二年四月，当李显的王妃、常乐大长公主的爱女在洛阳宫被武后生生饿死，当太子李弘在合璧宫离奇暴卒，朝野流言四起的时候，裴府里更是一片祥和，因为琉璃终于再度怀上了身孕，第二年正月便顺利地生下了六郎，顺利地给他起名为裴光庭——谢天谢地，总算没人给裴家的孩子赐名了！

而如今,小光庭已经四岁,他们的安静岁月也终于到了头。

当然,在旁人眼里看来,这叫时来运转。平心而论,这些年皇帝对裴行俭的压制并不明显——他只是一直在不遗余力地抬举着另一位吏部侍郎而已,先是给了李敬玄监修国史的文人最高荣誉,兼任太子左庶子,此后又让他升任吏部尚书;三年前更是将他提拔为号称百官之首的中书令,同时封了国公!这样的恩宠,满朝文武都找不出第二个,把这些年来只得了个银青光禄大夫荣誉称号的裴行俭更是足以比到泥里去。

可惜的是,面对这样的待遇,裴行俭还没怎么样,李敬玄已经昏了头,一面大力提拔亲族,恨不能把中枢要职都扒拉给自家人,一面又跟在前方打仗的老相刘仁轨死掐。去年刘仁轨急了,死活拉着李敬玄上了战场。结果,因为他的临阵脱逃,唐军几乎全军覆没,他也只能留在前线戴罪立功。

李敬玄一去不复返,吏部的事自然又全压在了裴行俭的身上,这次皇帝巡幸东都,终于带上了他。而琉璃也不得不带着孩子们再次踏上了前往洛阳的道路。

此时此刻,洛阳城已近在眼前,那满城烟树和八年前几乎没什么两样,琉璃想祈祷一句:但愿以后的日子不会像八年前那样跌宕起伏;然而想想去年以来门房上日渐增多的请柬,想想那位越发殷勤的武三思夫人,她还是默默地闭上了嘴。

她刚想转身,有人已兴致勃勃地凑了上来,"阿娘阿娘,咱们家是在哪一块儿呢?"

琉璃听声音便知道说话的是五郎庆远,他和延休如今已是一对眉目如画的小小少年,看模样依旧难分彼此,声音却很有些不同。庆远幼时肺弱,裴行俭便教他吹笛,不想这孩子在音乐上极有天赋,没几年便把笛子琵琶琴瑟都学了个齐全,平日说起话来语调也格外轻快,此时这么随口一问,都仿佛带着某种韵律。

琉璃眯着眼睛看了看,还未辨认出方位,一旁的三郎参玄立刻胸有成竹地举起了马鞭,"你瞧见正对宫城的天街没有?从南边城墙数过去第四排、天街往东的第二坊,就是咱们家住的崇业坊。"

琉璃不由奇道:"你倒是好记性!"当年离开洛阳时庆远和延休才过周岁,自然什么都不记得了,可参玄也不到五周岁啊,他怎么会记得这般明白?

庆远更是满脸崇拜,"阿兄真厉害,怎么什么都知道!"

参玄只是淡然一笑。几个孩子里他的样貌最像裴行俭,只是平日太过好动,难得有沉稳的时候,此时这么含笑不语,倒是有了三四分裴行俭的神韵。

一直没作声的延休突然凉凉地道:"阿兄自然厉害,不然适才骑马骑得好好的怎么突然想起要上车查舆图了?原来是运筹马车之中,决胜舆图之外!"

原来他是现学现卖!琉璃和庆远一怔之后,都忍不住笑出了声。参玄脸上一红,狠狠地瞪了延休一眼。不过当小光庭也凑热闹地咯咯乱笑之后,他不好意思地摸了摸头,也跟着笑了起来。

延休的脸上却依旧没什么表情,反而不紧不慢地走到自己的坐骑边整理起了马鞍,在背过身的时候,嘴角才翘了翘。

/第一百四十七章 故地重游 疑云再起

从半山亭到洛阳城看着虽近，不过山路回环，走起来还有二十多里，一行人到达定鼎门前时，日头已开始西斜。裴行俭早已安排了管事在城外相迎。琉璃隔着帘子问了几句，这才晓得他这半个月来竟是格外忙碌，圣人召见过好几回……

琉璃暗暗皱眉，随口问道："家里还有什么事么？"

管事一拍脑袋，"对了，前日有位自称姨夫人的上门来寻夫人，似乎是想请夫人回本家一趟，听说娘子不在，还是抹着眼泪走的。"

姨夫人？难道库狄家出了什么事，真珠找上门来了？按说那边有继母程氏坐镇，不该出什么幺蛾子啊！就是三年前库狄延忠去世，她也是按足礼数打发管事上门报丧的，如今怎么会让真珠亲自上门？难道是程氏的身子不成了？琉璃忙问道，"门房没把人请进来好好问问么？"

管事回道："娘子明鉴，上门的并不是小的们认得的那位姨夫人，小的们自然不敢乱留。阿郎昨日已打发人去娘子本家询问了，倒也没听说有什么事。"

不是真珠，难道是安家的表姊妹？但安家只有大舅在洛阳有生意，他家做事就更规矩谨慎了，断然没有让女儿们胡乱找来的道理……琉璃越想越是纳闷，有心待会儿就去问一问裴行俭，只是一个多时辰之后，当裴行俭真的踩着一地余晖走进内院时，她却是一阵发愣，立时把这件事抛到了九霄云外。

不过个把月不见，裴行俭整个人好像都有些不同了，不知是庭院分外敞亮，还是晚霞太过绚烂，他身上的绯袍笼冠仿佛突然变得格外鲜亮，衬得他眸子里光华流转，眉宇间神采飞扬，看去竟像是年轻了好几岁。

看见琉璃迎出，他加快了步子，温声道："你怎么也没多歇一会儿？我原想着今日若是下衙早，可以早些见到你们，没想到又忙了一整日。"

琉璃压下心底的异样，摇了摇头，"不打紧，我这一路走得又不辛苦，倒是听说你这些天都格外忙，有时一日都歇不了两个时辰，还是要多注意些身子才好。"

裴行俭扬眉微笑，"你瞧我可像是累坏了的模样？那两天，也不过是因为圣人垂询，略查了查吐蕃那边的消息，哪里就影响到身子了！"

琉璃抬头凝视着他的面孔，的确，他的脸上不但没有倦色，反而有一种好几年来都不曾有过的明朗光彩。

她笑了笑低下头来，心底却是一阵钝痛：原来这才是他该有的模样！这几年里，他任劳任怨地打理着吏部的繁琐事务，淡然面对着帝王的冷落；他尽心尽力地培养着几个孩子，手把手教三郎骑射、教四郎书法、教五郎乐器，连琉璃都经常觉得他太过辛苦，可他却总是一副乐在其中的模样，从不曾流露出一丝惆怅或不满。所以她也一直觉得，他对这样的生活很满意、很享受，却没想到，真正满意的时候，他整个人会焕发出如此的光彩。

是啊，他毕竟是男人，而且是胸怀壮志的男人，就算不在乎官爵名位，不屑于邀功争宠，却不可能真的不在乎帝王的信任重用，以及因此得到的施展空间……

裴行俭握着她的手微微一紧，进门之后才低声问道："有什么事么？你怎么不大开心？"

琉璃振作精神抬起头来，"没什么，只是到了这边之后，越来越觉得自己果然是老了。"所以才会贪得无厌，所以才会痴心妄想，妄想着他能和自己一道就这样平凡安稳下去，而不是大展身手，去建立他的不世功勋……

裴行俭挑了挑眉，笑了起来，"你也敢在我面前说老？"

琉璃也笑，"我是寻常人，不能和你比！"裴行俭气度原本就好，这些年随着年纪增长，居然愈发卓然出众，自己虽然也不是老得很不堪，但还是没法比。

裴行俭沉思片刻，居然点了点头，"的确不能比。如今我带你们几个出门，让不相识的人瞧见了，谁不羡慕我儿女双全？"

琉璃又好气又好笑，"有你这么胡说八道的么？"

裴行俭低头瞧着她，"总比你又胡思乱想了的好吧？嗯？"

他的眼神太过明彻，语气又太过柔和，琉璃只觉得被他这么一看，自己所有的小心思仿佛都被放在了六月的大太阳底下，不但无处遁形，而且转眼间便消融殆尽，留下的说不上是尴尬还是温暖，一时间竟是答不上话来。好在帘外突然传来了小光庭奶声奶气的声音："阿爷，阿娘"。

裴行俭抬头笑道："是六郎么？快进来让阿爷瞧瞧！"

门帘一掀，光庭迈着小短腿飞快地跑了进来，闷头扑进了裴行俭的怀里。没过多久，三个住在外院的孩子也赶了过来。裴府的上房里顿时又像往日般欢声笑语响成了一片。

一家人用过晚饭，裴行俭又考了考三个孩子的功课，便吩咐道："你们回去之后再把以前读过的功课温习温习，过两日就去咱们在洛阳的族学里念书。"

参玄只是八年前在洛阳上过几个月的族学，延休和庆远则从来都是在府里跟着先生上课的。听说此事，参玄和庆远都兴奋了起来，延休却皱着眉问道："难不成是咱们在长安的族学太差了？"

裴行俭摇头，"两处族学都不差，只是我日后会更忙，未必能督促你们，先生一时也请不到那么合适的，你们还是去族学更方便。那里的先生也都有真才实学，你们只要静下心来跟着读上两年，自然会有长进。

再者，你们如今都大了，也该去外头练一练识人断事的眼力，学一学待人接物的道理。族学里原是什么人家的子弟都有，你们正好能多交些不同的族中兄弟。你们须牢记，在学里绝不可恃强凌弱，更不能以衣冠家境取人。若与同窗有了争执，不妨让他一步，谦逊容人，方是大家气度。"

参玄应声问道："那若是有人欺负到咱们头上呢？"

裴行俭淡淡地瞧了他一眼，"我教了你们这么些年，若去个族学还能被人欺负了去，也不必说是我裴家儿郎了！"

琉璃在心里翻了个大大的白眼，这话说得威风！也不晓得当初是谁生怕自己仕途起伏，儿子们在族学里会听到风言风语，巴巴地在自家造了个小书院出来！

裴行俭在那边又语重心长地说了一大篇道理，什么做人不可带一丝傲气，不可无三分傲骨，什么识人须带冷眼，莫看人如何待己，且看他如何待人……

琉璃听到最后，忍不住还是插嘴道："你们到了学里，要记得互相照应。"这三个孩子里，参玄武力值够高，性子却有些冲动；延休心里最是有谱，可嘴上太不肯饶人；庆远倒是温和开朗，偏偏身子骨是三兄弟里最弱的……

裴行俭笑道，"这倒好说，去了族学之后，他们会更晓得什么是手足兄弟。"他瞧着下头的三个孩子，突然叹了口气，脸上流露出了几分感慨。

琉璃瞧见他的脸色，便知他多半是想起了自己幼时在族学里的坎坷经历，忙笑道："这都过了二更了，今儿也累了一天了，有什么话明日再说吧。"

三兄弟齐刷刷地告了退，裴行俭看着他们的背影，眼神依旧有些悠远。琉璃有心扯开话题，想了想便问道："你刚才说起吐蕃什么的，到底是怎么回事？"

裴行俭不以为意地答道："也没什么，前阵子吐蕃的赞普突然去世了，权臣拥立幼主。圣人觉得咱们可以趁机出兵。我原是一直留意着那边的动静，又特意去查了查，得到的消息都是说这位权臣极有手段也极得人心，如今上下一心，咱们若是轻举妄动，未必能讨到好处。"

琉璃忙问："那圣人怎么说？"

裴行俭微微一笑，"圣人从善如流，自然是采纳了我的这点浅见。"

就是说，他眼下还不用带兵出征，琉璃不由松了口气。

裴行俭转头看了她一眼，脸色变得郑重起来，"琉璃，我劝圣人息兵，是眼下还不是动武的时机。不过自打十年前薛将军在大非川一败，吐蕃这些年来愈发咄咄逼人，西突厥和北突厥也是各有打算，就算咱们按兵不动，不出两年，边境依旧会再起战事。以圣人近来对我的信重，到时……"他伸手按在琉璃的肩膀上，凝视着她的眸子，没有再往下说。

琉璃心里一涩，到时他自然会上战场，会战无不胜，或为名垂青史的儒将之雄，然后……她努力控制着眼底的酸涩，点头笑了笑，"你放心，我会好好照顾孩子们。"

裴行俭轻叹一声，将她环在怀中，低声道："你更要照顾好自己。"

琉璃闭上双眼，感受着他胸口那熟悉的温暖气息，听着那熟悉的强劲心跳，心里也说不上是酸是苦，一时间什么话都不想说了。

裴行俭也没有开口，只是有一下没一下地轻轻抚摸着琉璃的长发。自打新婚时起，他就喜欢这样安抚她，二十多年来，琉璃的长发也不知在他手里滑动过多少回，而此时他手中那丝缎般的褐色秀发里，已悄然夹上了最初的银丝。

安静的屋子里，一时只听得见滴漏的轻响，一声声带着一去不返的清脆与空茫，仿佛岁月流淌。

不知过了多久，还是裴行俭先开了口："明日你先好好歇着，过了这两日，只怕访客会比长安更多，像那位右卫将军夫人，十有八九立马就会上门，少不得要你费心费力了。"

琉璃听他提到武三思夫人，兴致顿时更低。武三思和武承嗣都是在贬黜之地长大的，娶的也是当地小户，武承嗣的夫人还好些，并不爱出门应酬。这位武三思夫人刘氏却是个殷勤活泛的，只是那活泛太过上脸，殷勤又太过直接，每回登门造访，都会让琉璃深深地领会到什么叫如坐针毡。

她闷闷地答了声，"知道了，我心里有数。"转头正想招呼婢女们进来伺候梳洗，裴行俭却又突然道："对了，你家那位庶母说是身子不好，要持戒做居士，正折腾着请人观礼，说不定要来烦你。我已打发管事送了药材过去，你就不必再管了。"

琉璃愕然抬起头来，曹氏要请自己去看她的持戒仪轨？这么说来，那位找上门来的姨夫人，难不成是珊瑚？

随即她便更加愕然地发现，自己一时竟怎都想不起来，珊瑚到底长什么模样了。

第二日早间，琉璃送走裴行俭后便开始处置家务。紫芝此次照旧是提前了一个多月过来准备，这些年她的性情愈发沉稳周到，有她帮衬，琉璃不到半日就把家里的大小杂务都料理得清清爽爽。

抬头瞧着未到中天的明媚春阳，她在院子里来回踱了两圈，到底还是立定脚跟，扬声道："准备马车，我要回趟本家！"

库狄青林如今在兵部当差，大约是为了方便他去衙门，程氏在洛阳置办的宅院就在定鼎门街西的安业坊，从裴府坐车过去，不过两盏茶的工夫就到。看门的仆人通报进去，很快便有人带着婢女迎了出来，正是二十多年未见的珊瑚。

看着这张熟悉又陌生的面孔，琉璃却不由怔住了。

珊瑚的五官其实并没有太大变化，只是丰满了一些，可不知怎地，看去却像换了个人。或许是脸上的线条太过圆润，或许是神情太过温顺，她原本艳丽的眉眼竟显得有些模糊，加上一身的素净打扮，怎么看都是位寻常人家的温良妇人，和琉璃印象里那位嚣张美艳的少女全然对不上号。

不是说她嫁的人虽然年纪大些，对她还不错么？而且她一直跟着丈夫外放，并不用应对妯娌公婆、抚养原配留下的子女，怎么会变成如今这副低眉顺眼的模样？

看见琉璃，珊瑚的脚步也明显顿了一下，随即才加快步伐上前行礼，脸上露出了亲热的笑容，"阿姊安好！姊姊怎么今日才来？"

她的声音依然有些沙哑，却不算难听，只是那语气里的热情，却让琉璃差点打了个哆嗦——自己什么时辰跟她这么姊妹情深了？什么又叫"怎么今日才来"？

她忙侧身还了一礼，"我是昨日午后到的洛阳，晚间才晓得妹妹居然来寻我。我也纳闷呢，妹妹难得来一次，难不成是母亲大人有什么急事要找我？"

珊瑚听到"母亲"二字，笑容顿时变得有些僵硬，努力扯了扯嘴角才挤出一句，"我、我也是上个月才回这边的，母亲倒也没什么急事……"

琉璃微笑点头，"那我就放心了，劳烦妹妹先带我去给母亲请安吧！"

珊瑚脸色更是尴尬，张嘴还要说话。琉璃皱眉瞧着她，加重了语气，"妹妹，有劳了！"她这次回来，可不是为了满足曹氏的愿望，她只是想不明白，曹氏怎么会又闹腾起来？珊瑚怎么会突然回家？程氏又怎么会让她上门来骚扰自己？眼下裴行俭无暇理会这些琐事，她却不能真的置之不理。毕竟她也姓库狄，这个家真要闹出什么来，未必不会连累到她，乃至裴行俭。

她这样一拉下脸来，珊瑚顿时不敢再多说，垂头应了声"是"，引着琉璃就往里走。两人一前一后，默默地穿过库狄青林夫妇居住的院子，来到后面的上房。

上房的台阶上，帘子早已被高高地打了起来。琉璃快步走进，抬头看见继母程氏神色如常的红润脸孔，不由微微松了口气。

她上前两步正要行礼，程氏已摆手笑道："大娘快莫多礼！听说大娘是昨日下半晌才到的，辛苦了一路，怎么也不在家多歇息两日？家里又没什么大事，昨日就劳你送了那么些药材过来，今日又亲自上门，若让女婿晓得，还不得怪青林多事，觉得我这做母亲的不体恤？"

原来是青林让珊瑚过去找自己的，他这么做把程氏又置于何地？不过看程氏这模样，倒不像是被拿捏住了不得不忍气吞声，她这么放手不管，不知又是什么打算？

琉璃心里转了几圈，笑着屈了屈身，"多谢母亲体谅。原是琉璃自己心急，想着自打母亲跟青林搬到这边来，女儿还未上过门呢，正该过来请安了，正好也来瞧瞧母亲这边有什么事是琉璃能搭上手的。"

珊瑚听得呆呆的，直到琉璃说到"搭手"，才忙不迭地点头，"多谢姊姊，说来如今倒是正有一桩……"

程氏笑吟吟地对着外头扬声道："怎么还没把浆水点心端上来？平日不知礼也就罢了，还要让大娘看笑话么？"转头又对琉璃道，"大娘快坐下说话吧，你也太客气了，家里也没什么事。只是这些婢子都是新买回来，又爱小题大做，又不听人教，至今还是半点眼力也无，倒是叫大娘见笑了。"

这回珊瑚大概终于听懂了，脸色一白，低头坐在那里再不言语。

琉璃暗暗摇头，也越发纳闷，四下看了一眼，发现库狄青林的妻子容氏并不在，忍不住问道："怎么没瞧见弟妹？"

程氏笑了笑，"她去真珠那边了。"不等琉璃追问，又一脸轻描淡写地补充道："真珠如今又有了身子，她夫婿昨日亲自上门来求了我，想让我过去照顾她几个月。谁知阿容却说家里如今事情太多，万万离不得我，自己非要抢着先过去看看真珠，也只能让她先看顾几日再说了。"

琉璃恍然大悟：原来程氏早就找好退路了！也是，真珠的公公婆婆都已亡故，夫婿对她又极好，程氏跟他们住着只会更舒心。不过她儿媳显然很清楚，程氏可以离开这个家，但这个家却根本离不得程氏，所以才要用行动来狙止和挽留。其实自己也希望程氏留下，毕竟有她在，这个家至少不会拖后腿，换成那母子三个，天晓得能惹出什么事来！

琉璃心里纠结，想了想还是点头笑道："这可是大喜事，我那边还有一些新收的细白叠,回头就给妹妹送去。"

程氏笑得眼睛都眯起来了,"那我就替她谢过了,那可是有钱都没处买的好东西!"

两人就着孩子的事说笑了几句,自有婢女端上浆水点心,琉璃这才问道:"母亲如今在忙什么?我怎么听说家里近来很有些热闹。"

程氏淡淡地笑了笑,"这不是二娘回来了么?她夫君是个没成算的,手上又散漫,外放那么些年也没存下几个钱来,去年回长安养老之后更是有酒就足。那几个儿女又疑心二娘藏了钱财,奉养都不大肯出,青林瞧不过眼,便把她接回来住了。"

琉璃看了看低头不语的珊瑚,多少有些明白了她的改变由何而来。她所嫁的人家对她也许并不苛刻,但尊重显然也有限,身为主妇,这些年来在外头竟然没落下什么积蓄,回来还要看子女的脸色……此事她也无法置评,只能笑道:"倒是又让母亲费心了。"

程氏的语气变得有些嘲讽,"这算什么费心?二娘原是最孝顺的,只是你庶母大约是水土不服,这些日子以来总是三天两头地病。前些日子还说只怕自己是不成了,发愿要持菩萨戒,还要亲朋好友都来观礼。结果好些人都问你来不来,我记得你还没到洛阳,自然是来不了的,二娘偏不信,还亲自去请了你一回。

"二娘,这下你相信我不是空口哄你了吧?"

原来是这么回事!琉璃端起酪浆喝了一口才道:"庶母果然是……越发有心了。"三年前在库狄延忠的葬礼上,曹氏瞧着那般老实可怜,还是程氏主动发话让她回来住的。最近她是儿女都在身边有了底气?还是觉得珊瑚被子女逼迫自己也能有样学样?也不瞧瞧这个家里头的产业、外头的人脉到底掌握在谁手里,程氏真要撒手一走,他们且有哭的时候!

珊瑚原是一直低着头,听见程氏这么问自己,脸上也涨得通红,嘴唇抖了好几下才道:"我不是这意思,这不是大伙儿听说姊姊不来,也都说不来么?眼见仪轨就要办了,实在不像个样,我也是急得没法子了才去问一声的。"

程氏面无表情地瞧着她,似乎连话都懒得说了。

琉璃忍不住道:"妹妹这话我就听不懂了。我常听人说,持菩萨戒是为了发愿积德,却从没听说是为了让旁人来观礼赞叹的,更没听说亲朋好友来得少了,仪轨都办不成。难不成洛阳这边风俗要特别些?"

程氏冷笑了一声,"可不是!我虽没什么慧根,却也想着家里有人持戒是件好事,特地请了名寺大德来授戒,没想到阿曹的心思竟全在请谁来观礼上!我也纳闷,这持菩萨戒非要请遍亲友,到底是哪里的规矩?二娘不妨说给我们听听?"

珊瑚的脸都紫了,半日才憋出了一句,"姊姊、姊姊如有这般的福气造化,莫说亲友们都在问,便是戒师也说,希望姊姊能过来观礼……"

程氏诧异地睁大了眼睛,"你是说,无嗔法师想让你姊姊过来观礼?"

珊瑚仿佛是溺水者抓住了块浮木,忙不迭地用力点头,"自然是!尼师说早年就见过姊姊,还说姊姊心地慈悲福泽深厚,若能请姊姊前来观礼是大福气。如今尼师还没走，母亲不信去问！"

琉璃不由皱眉，库狄家的亲戚们显然要看自己对曹氏的态度，这也罢了，怎么请个戒师来也是趋炎附势的？

程氏的眉头也微微皱了起来，看了看琉璃，迟疑着解释道："大娘有所不知，这位无嗔法师年纪虽不甚大，持律精严却是极有名的，又很少出门，若不是真珠上香时偶然投了她的缘，莫说我们，便是几位相公夫人只怕也请不动她。"她似乎突然想到了什么，脸上露出了几分恍然，"大娘是不是早就认得她了？"

跟真珠投缘？说来真珠跟自己的相貌倒也有几分相似，加上库狄这姓氏……难不成这尼师真的认识自己？琉璃心头一跳，沉吟片刻才道："我一时倒是想不起来了，若是母亲这边方便，我想过去拜访拜访。"

珊瑚明显地松了口气，程氏也点头笑道："我这边有什么不方便的？"她转头吩咐了一声，婢女领命而去，不多时便快步走了回来，"无嗔大师请大娘过去说话。"

程氏想了想起身道："那大娘就先过去看看吧，你要吃点什么午食，我这就去让灶房赶紧准备。"

琉璃也跟着起身，"让母亲费心了，女儿只想尝尝母亲做的汤饼。"

程氏笑道："就知道你是个省事的！"她摆手不让琉璃相送，提裙快步走出门去，脚步又轻又快，哪有半分失意的模样？

琉璃目送程氏离开，回头瞧见珊瑚如释重负的脸孔，顿时也深深理解了程氏懒得多说的心情，当下只道了声："那我便过去拜访尼师了。"

从上房出去，第二重院落的东边是一处小小的跨院。月亮门前，早有人合十静候，瘦瘦小小的身材，最寻常不过的僧袍，可站在那里，却自有一种令人难以忽视的沉静气度，正是无嗔尼师。

琉璃忙凝神打量了几眼，越看却越是困惑。

这位尼师约莫三四十岁年纪，面孔消瘦，五官也寻常，好在眉宇开阔，目光平和，一看便是严谨坚毅的修行之人，却比寻常苦修者又多了分宁定之感，的确很有些高僧风范——可问题是，这样一张颇具特色的面孔，她竟是半点印象也无！

无嗔的眸子却微微亮了起来，上前两步，弯腰行礼，"无嗔见过华阳夫人，夫人一向安好。"

琉璃心里越发纳闷，忙回了一礼，"不敢当。"这位尼师眼里压抑的激动喜悦不像是装出来的，可是自己若是真的跟她打过交道，怎么会什么都想不起来？犹豫一下，她还是含笑问道："尼师莫非认得信女？"

无嗔微微点头，脸上露出了诚挚之极的笑容，"终南山下，一别十载，夫人风采如旧，贫尼却已如同再世为人了。"

终南山，十年之前，再世为人……琉璃脑中"咚"的一声，就如有人在她耳边重重地敲响了铜钟，一时被震得几乎说不出话来——

眼前这位风采卓然的大师，竟然是当年从法常尼寺逃出来的尼姑！

第一百四十八章
旧案难解　新宠莫测

小小的静室里只点着一支两指粗的白蜡，烛光闪烁不定，将白泥墙上的两个人影也晃得忽大忽小，时而重叠，时而分开，那原本压得低低的话语声却在这进退之间渐渐地高了起来。

"尼师当真不必如此！"

扶着无嗔再次深深弯下的单薄身子，琉璃的语气不由便重了几分，"信女已经说过，当日之事不过是机缘巧合，尼师还要这般多礼，岂不要折煞信女了？"

开玩笑！十年来自己因为这件事吃的苦头还不够多？除了被威胁，就是被出卖、被迁怒，好容易这两年自己"忘恩负义"的事儿不大有人提了，突然冒出个尼姑说是感谢自己救了全寺的人，傻子才会认呢！认了能感动中国么？

若不是这位无嗔大师暗示镜月给自己留了话，她连这个院门都不会进！

无嗔显然被琉璃的语气吓了一跳，忙不迭地摇头，"贫尼不敢，贫尼不敢！"她抬眼瞧着琉璃，满脸都是迷惑，想了想上前一步低声道："夫人莫要担忧，贫尼已打发了小徒守住院外，这院子里再没旁人的。"

琉璃淡淡地点头，"我知道。"自家侍女也在外头守着呢，可这是有人没人的事么？

看着无嗔愈发困惑的表情，她索性直接问道："却不知镜月大师到底有何指点，还望尼师直言相告。"她的确想不明白，这位既然溜之大吉了，为什么还要把自己卖给阿霓，卖给杨氏？

无嗔忙道："夫人明鉴，镜月恩师当日曾叮嘱贫尼，夫人对法常尼寺是恩重如山，让贫尼日后一定要报答夫人，夫人若有什么差遣，便是粉身碎骨也要听命，贫尼这些年来一直不敢或忘……"

她说的就是这些？琉璃顿时气往上冲，冷冷地打断了她的话，"不敢谈差遣二字，信女只求尼师从此谨言慎行，莫提旧事，便是感激不尽！"

无嗔顿时答不上话来，张着嘴怔怔地看着琉璃，神色渐渐从惊讶变成惶然，低头道:"贫尼……贫尼该死,夫人息怒。"

息怒?琉璃心头一震,突然醒悟到自己大概的确是在迁怒,镜月失信,和无嗔又有什么干系?这些年来,自己到底还是放不下吧!今天跟她进了院子,其实自己心里未必不想听到这声感谢,未必不想确认,当初自己并不是滥好心了一场……

她定了定神,放缓了声音,"尼师见谅,信女并非对尼师有什么不满,只是往事惨痛,当初种种阴差阳错,信女当真不想再提,得罪了!"

无嗔神色顿时一松,合十念了声"菩萨在上",轻声道:"夫人说得是,原是贫尼唐突了,夫人心地慈悲,定然会有福报。"

琉璃听她不再纠缠于旧事,也松了口气,"多谢法师吉言。"

无嗔却又行了个礼,"夫人恕罪,当日恩师还有两句话要贫尼转告给夫人。"

"恩师说,当日荣国夫人府上有位管事娘子曾来套过她的口风,她似乎伺候过夫人,恩师一时不查,说漏了嘴,让她猜到当日之事与夫人有关。恩师极为懊悔,让我转告夫人,此事她罪无可恕,也不敢求夫人谅解,只望夫人早做准备,莫要以旁人为念,当日知情的尼众恩师都已遣散,不会再连累到夫人。"说到这里,无嗔的脸上露出了羞愧之色,"这句话我原该早些带给夫人的,只是贫尼无能,才耽误到今天,贫尼真真该死!"

琉璃慢慢皱起了眉头,沉声问道:"敢问这是什么时辰的事?"

无嗔更是羞愧,"这、这是十年前的事了。"

"当时恩师跟随高僧离开中原,贫尼悄悄尾随了一路,好容易寻机见了恩师一面。恩师立时便说了这些话,叮嘱贫尼回长安后定要设法转告夫人。贫尼原是一回长安就想找夫人,却发现贵府的门禁竟是格外森严,贫尼又愚钝,还未想出什么法子,就听说周国公已被下狱,事情也都被揭了出来,贫尼便没敢再惊动夫人。"

她小心地看了琉璃一眼,恳切道:"夫人,恩师出海之前,念念不忘的便是此事,担心自己给夫人惹祸,又担心夫人误会她是恩将仇报。恩师断不敢求夫人宽恕,贫尼在此斗胆恳请一句,恩师只是无心之失,夫人大人大量,就莫要怨恨于她了。"

原来是这样!算算日子,无嗔回到长安时,裴行俭大概已当上吏部选官,那两年裴家门禁之严,只怕比皇宫也差不离了,无嗔能见到自己才怪!结果……琉璃的心情好不复杂。这些年里,她也曾告诉自己,做事只要问心无愧就好,可心里到底还是有些不平的。事情如果真如无嗔所说,那自己纯粹是运气太坏,怪不得别人。她是该为此如释重负呢,还是更加无奈?

想来想去,她也只能苦笑了一声,"镜月尼师多虑了,此事不过是阴差阳错,哪里谈得上恩将仇报?"再说恩将仇报,这不是自己的招牌么?

无嗔忙道:"夫人您也莫要多虑才是!所谓人言可畏,其实不过是些糊涂人的胡言乱语而已,夫人的苦衷,明白人都是知道的,就连原先的周国公夫人也从不曾怨恨过夫人!"

琉璃随意点了点头,突然又觉得有些不对,"周国公夫人?"

无噌的语气肯定无比，"正是！夫人有所不知，贫尼如今就在教义坊的天女尼寺修行，和原先的荣国夫人府隔得不远。这位杨檀越常到尼寺的塔林上香。贫尼就曾亲耳听到她在焚香祈祷时提到夫人，请老夫人不要怨恨夫人，说夫人既然肯冒险求情，就不是忘恩负义之人，多半是被逼得没法子才承认旧事的。夫人您看，连杨檀越心里都明白，夫人又何必自责？"

杨氏上香的时候请求老夫人不要怨恨自己？琉璃怔怔地看着无噌，一时有点转不过弯来，"她是什么时辰说这些话的？她瞧见你了？"

无噌赶紧摇头，"杨檀越没有瞧见贫尼。她并不认识贫尼，只是平素上香的舍利塔离贫尼打坐之地不远，她又常常自言自语，贫尼这才多听了几句。"

既然不是故意说给别人听的，杨氏就没必要撒谎，可这事儿不是她跟武后揭发的么？她这么说，到底是自欺欺人，还是精神出了什么问题？听说武后并不曾为难她，她的日子应该不会太艰难，而且自己最后一次在洛阳宫看见她时，她虽然模样憔悴，神色却十分冷静……

对了，最后一次见面！琉璃的耳边突然又一次响起了杨氏那幽幽的声音，"我原以为夫人是个聪明人，没想到，你竟比我还痴"。当时自己也纳闷过，她的语调怎么会那么古怪？难道说她是一直把自己当成了告密者，所以看到自己替贺兰敏之求情后，才会露出那样的表情：原来你也是个傻的，原来你也是逼不得已！

脑海里仿佛有什么东西豁然洞开，琉璃不由长长地透了口气，可心头随即便涌上了一团更大更浓的迷雾：如果告发者不是杨氏，那还能是谁？

她想来想去，怎么也不得要领，正想再问问无噌关于杨氏的事，却听门外突然有人扬声道："曹娘子，库狄娘子，请稍候片刻。"

琉璃不由皱眉，这是珊瑚又过来了？还带来了曹氏？

无噌往外瞧了一眼，举手加额，向琉璃再次行了一礼，"夫人保重，贫尼会日夜为夫人祈福。"她转身推开房门走了出去。琉璃深深地吸了口气，压下心头翻滚的疑云，也跟着迈步走出门外。

台阶下，珊瑚扶着曹氏一步步走了过来。三年不见，曹氏倒像是又变回了原来的样子。她穿着件剪裁精致的素面袍子，头上戴着条珍珠抹额，把那头有些斑白的红发衬得多了好些富贵气象；眼里脸上也满是光彩——那是算计就要成功的兴奋与喜悦。

这种光彩琉璃原是再熟悉不过的，当年，每次曹氏的脸上露出这样的光彩，她的一颗心就会提到嗓子眼里，而此时此刻，却只剩下了哭笑不得——这些年曹氏到底是怎么过的？怎么一点长进也没有？看这模样，她显然觉得自己已成功斗倒了程氏，马上就要重新掌握大权了。以程氏的心性，她若能安分守己，至少能衣食无忧，可她却偏要往自取其辱的道路上一路狂奔，还奔得这么得意洋洋……

看着曹氏向自己扬起的灿烂笑脸，琉璃突然觉得，自己连嘲讽的兴致都没了，迎上两步，中规中矩地行了个礼，"庶母安好。"

曹氏的笑容顿时更加热切，"大娘可是好久没回来啦，瞧瞧这通身的气派，果然是越发富贵了！要不怎么说心宽是福呢，大娘这心地宽广的人，原是该有这么大福气的。"

她走上一步，脸上露出了一丝恰到好处的羞愧，"今日得见大娘，庶母要在这里赔个不是。当年原是我太过糊涂，才叫大娘受了那么多委屈，大娘却是宽宏大量，这些年来不但没怪罪我，还肯帮衬你兄弟，真真让我越发没脸来见你！

"大娘你不知道，你兄弟这两年来一直跟我说你是如何待他的，我这心里啊，越听越惭愧，真恨不能打自己几下才好。当年我就看出大娘是有大造化的，偏偏又没什么手段，只能想到那种笨法子，见大娘没说什么，便以为大娘也是情愿的，谁知却是一场误会。好在吉人天相，大娘到底还是得了好前程，没让我这糊涂人耽误了去！二十多年来，我这糊涂人也只能吃斋念佛，就盼着能给大娘、给你们姐弟几个积点福气。

"如今青林还算是争气，他上司前些日子还说，日后定会提携于他。我听完便念了一夜的佛，毕竟库狄家只有他这一脉男丁了，他能出息，你们姊妹也能添个助力。这打虎还要亲兄弟呢，家族原是立足的根本，越是长长久久的富贵、干干净净的名声，就越要自家人去帮衬。大娘你说，是不是这个理儿？"

琉璃静静地看着曹氏越走越近、越说越顺，那两片薄薄嘴皮上下翻飞，从当年说到日后，从解释道歉说到荣辱利害，说到最后，曹氏几乎都要被自己感动得热泪盈眶了。琉璃终于还是忍不住笑了起来，"庶母说得是。"

的确，在眼下这世道里，没有家族支撑的女人就像无根之木，就像程氏，她之所以能进退自如，不就是她背后的程家么？而作为这一代唯一的男丁，库狄青林在某种程度上就代表着库狄家族，可惜的是……

曹氏眼睛一亮，上来就要拉琉璃的手，"我就知道大娘是最明白不过的！"

琉璃不动声色地后退了一步，"庶母过奖。琉璃从来都是糊涂着过的，不敢跟庶母相比。琉璃这便告退了！"说完她向无嗔点了点头，转身便走出了小院。

要想长久富贵，名声无瑕，家族的确是根本，可惜的是，她在乎的，从来都不是这些。

曹氏的手依然半伸着，整个人却已在二月的春风里僵成了木雕。

库狄家的堂屋里，气氛倒是比适才松快了许多。程氏已指挥着婢女布置好了食案，两碗雪白匀细的汤饼也已被放在托盘中端了上来，盖子一揭，那褐斑点彩的欧窑青瓷碗里便蒸腾起了一阵诱人的香气。

琉璃进屋便笑道："母亲熬的好鸡汤！"

程氏微笑着摇了摇头，"这才熬了多久？只能借个香味罢了！真正要喝好的，过几日你若能有时间去真珠那边，我亲手给你炖一钵出来！"

瞧着眼前这张毫不在意的笑脸，想想刚才那张志得意满的笑脸，琉璃刚刚想好的那一篇劝慰的话顿时再也说不出口，她默默地叹了口气，在食案前跪坐了下来，却发现自己已经没有了任何胃口。

琉璃回到裴府已是午后，她睁着眼睛在榻上躺了片刻，又起身在屋子里转了几圈，只觉得汤饼似乎依然堵在胃里，而且与那烫手的新难题、难解的旧疑云已然混在了一处，上不来下不去的让人不得安生。

好在没等她把转圈的范围扩大到院子里，就听门外有人扬声道："阿郎回来了！"

裴行俭回来了？这么早？琉璃忙迎了出去。裴行俭已走进院子，人还没到跟前，一股淡淡的酒味就已扑面而来。琉璃不由奇道："你喝酒了？"

裴行俭抬腿进了里屋，漫不经心地道："也没喝多少，只是约着青林在天津桥边的酒楼里坐了会儿。"

库狄青林？琉璃惊讶地抬头瞧着他。

裴行俭转头瞧着她，伸出手指不轻不重地按了按她的眉心，"我不是说了让你这两日多歇着点，让你不用去管这些事么？你怎么一点话也不听？瞧你这眉头，又皱了一整日吧？才多大点事，难不成你觉得我会办不好？"

琉璃忙摇头，"我怎么会担心你办不好？我是觉得你太忙，怕你累了！"旁人只瞧见他上知天文下知地理，御前应对从无迟疑，可谁又看见过他在背后花了多少工夫？自己家里的这点小破事……

裴行俭眉头一挑，"不过是一顿酒几句话的事，哪里谈得上一个累字？"

琉璃忍不住也好奇起来，"你跟他说了些什么？"

裴行俭轻描淡写地道："不过是恭喜了他几句。这不是程家大郎程务挺又在北疆立功了么？看这势头，过几年他说不定就能封侯封公。程家后继有人，势头正旺，青林在兵部自然也更能如鱼得水。另外我也跟他提了提你家早年间的事，你的身子不好，就是拜当年庶母的那番照顾所致。好在继母宽厚大方，对子女都很是体贴，有她在，库狄家日后只会越来越兴旺。"

这哪里是恭喜，分明是威胁！琉璃忙问："那青林怎么说？"

裴行俭的语气更淡，"他能说什么？他说他一直都记着继母的恩情，只是瞧着生母病重才接过来照顾几日，如今她身子也好了，过几日他就会把她和珊瑚都送回长安，日后也再不会住在一起。"

琉璃不由怔住了，事情就这么解决了？这么简单？

裴行俭被她的神情逗得笑了起来，"难道你还有什么不放心的？"

琉璃心里总觉得有些不对，想了想才道："我瞧着继母倒未必有多在意她们母女，似乎是自己心灰意冷了，不想再管这些事，宁可日后跟着真珠过。"

裴行俭摇头揽住了她，"你怎么还是这般心实？你继母是何等要强的性子，她若真肯依附女儿度日，压根就不用等到今天！她嫁入库狄家这些年，你瞧她什么时辰识人不清、心慈手软过，又怎么可能连个妾室都对付不了，叫人一步步爬到她的头上来作威作福？

"她这是以退为进！青林既然惦记着生母和亲姊，这念头堵是堵不住的，那就让他如愿以偿，她再帮上一把，把那两个都捧得高高的，等她们日渐轻狂，等大家都晓得她受委屈了，再撒手走人，谁能说她半个不字？横竖这个家里外都是她的，我敢打赌，她这一走，不出十日，青林在兵部就会举步维艰，不出三个月，就得借钱度日，不出半年，他照样会如此处置掉那对母女，再跪着求你继母回家！

"这是阳谋，原是不会有半点疏漏的，如此一来，那个家才能真正安稳。只可惜，这半年的时光，继母大人能等得起，我却不能叫你去为他们几个操心，也只有让青林早些看清楚形势，早些收了那些蠢念头了。"

竟然是这样！琉璃转念间已明白过来，裴行俭说得没错。难怪她总觉得有些不对，程氏对库狄青林就算没有多深的感情，可花的心血总是不少，如果真是被他们逼走的，怎么会这么平静？在珊瑚面前还时常语带讥讽，面对自己时，脸上连等着看笑话的幸灾乐祸都瞧不见。自己还以为她是太过心灰意冷，却原来人家根本就是精心准备、等着收网！这个局，自己猜到了结尾，却没猜到开头，又比曹氏能高明得了多少……琉璃越想越沮丧，脑袋也渐渐地低了下来。

裴行俭的脸上笑意更浓，"怎么，我家傻琉璃终于发现自己又白忙了一回？现在总晓得该多听我一句了吧？"

琉璃满心郁闷，低声嘟囔了一句，"那你也不早些把话说清楚！"

裴行俭笑道："我原是想着今日跟青林说完了，回头再把事情原委都告诉你，岂不省事？谁知你这性子是越来越像三郎了，竟是一刻也待不住！"

这叫什么话？琉璃多少有些羞恼，"我看你才越来越像四郎了，说话就没一句中听的！"

裴行俭摸了摸下巴，满脸都是诧异，"四郎这性子，不是随了你么？"

琉璃凉凉地道："都说字如其人，也不晓得是谁说的，几个孩子里头，也就是四郎的字还有他的几分骨力！"

裴行俭"嘶"地吸了口凉气，"这话说得，怎么那般耳熟呢？"

琉璃说完也醒悟了过来——自己说话这腔调，可不是跟小延休讽刺人时的阴阳怪气像了个十成十？她压下心虚，狠狠地瞪了裴行俭一眼，可瞧着他那"我什么都明白，我什么都没说"的眼神，自己已忍不住笑了起来。

早有婢女端了热水进来，裴行俭过去净面更衣。琉璃的心思不禁又转到了无嗔说的那些话上，事情过去了那么久，就算想查，也没处着手了吧？正出神间，手上一紧，却是裴行俭已换好家常衣裳，伸手将她拉到了自己身边，"在想什么呢？难不成家里还有什么难题？"

琉璃回头看着他，一时有些犹豫。裴行俭的手指微微紧了紧，"我就算再忙些，帮你出个主意的时间总会有的。"

大约是刚刚洗过手，他的手显得比往日凉，紧紧相握之后，才有热力慢慢从手心里透出来。窗外的天光照在他的脸上，把他唇角的微笑和眼底的柔和都照得清清楚楚。琉璃心里一暖，轻声道："我的确有件事想不明白。"她把今日遇到无嗔的事从头到尾说了一遍，"你说，到底是杨氏在胡言乱语，还是当真另有其人？"

裴行俭眉头微皱，沉吟片刻才道："听起来的确有些蹊跷，我不曾见过杨氏，也不敢说她是不是在自欺欺人。不过按理说，那首告之人，必有所图，而且，应当已有所获。"

琉璃点头，她也这么想的，所以连阿凌和十三娘都怀疑过一遍。可如今阿凌依旧是蒋奉御的如夫人，依旧常给贵妇们瞧瞧病；崔十三娘的地位倒是高了不少，不过她那性子原是讨人喜欢，随着裴炎升迁而愈发有人缘也是寻常……

裴行俭轻轻拍了拍琉璃的手背："日久见人心，咱们慢慢瞧着，总有真相大白的时候。今日难得这般好天气，就别想这些烦心事了，适才我在天津桥那边瞧着长堤上的风光着实宜人，便在酒楼定下了位子，待会儿等六郎醒了，咱们都过去坐坐，也让孩子们尝尝那家的春盘。"

他转头看着窗外，笑容里多了几分感慨，"这样清闲的好日子，以后或许不会太多了！"

这样的好日子……琉璃胸口突然间就如被针扎了一下，屏息片刻才笑了出来，"好，那就听你的。"

他说过的，不出两年，边疆就会再起战事，或许，他们能在一起的好日子，也不会太多了。

清闲的时光果然转瞬即逝。

库狄家那边，曹氏母女还没有离开洛阳，裴府这里便已迎来了一拨又一拨的客人，待到上巳节前，相邀的帖子更是在上房的案头积了一寸多厚。琉璃却是哪家都没敢应下——武后有召，让她在三月初二，也就是上巳的前一日入宫觐见。

转眼便是三月。虽然还未到上巳节的正日子，洛水边却多了好些盛装出游的丽人。天津桥畔风光更是旖旎，长堤上的垂柳正是绿叶成荫，如霞盛放的桃花却已渐次凋零，无数花瓣随波逐浪，在桥下岸边的春水里勾勒出了几道盈盈粉波。

在桥上的稀疏车流里，琉璃悄然挑起了一角车帘，瞧着柳堤后面那越来越近的巍峨宫墙，心里有些七上八下。

这八年里，她并不是没有进过宫。和皇帝对裴行俭明里暗里的冷落不同，武后对琉璃依旧是照顾有加，只要她人在长安，逢年过节召见的外命妇里从来不会少了琉璃的名字，各种赏赐往往比旁人更厚几分，加上武三思夫人的殷勤拜访，在众人眼里，琉璃依然是深受皇后宠爱的华阳夫人。

琉璃自己却清楚地知道，有些事，终究是不同了。这些年来，武后对自己的所谓恩宠，就像此刻桥下的那些落花，不过是浮于表面的装点，至于河道里真正回旋着的水流，她却再也不曾触及。可今天，随着这道郑重其事的宣召，不知道为什么，她却仿佛听到了，那湍急的水流的声音……

马车不紧不慢地过了天津桥，沿着洛阳宫的南墙往西而行，大约走了一盏多茶的工夫，上阳宫的宫墙便出现在前方。

此处原本是紧挨着洛阳宫东南角而建的离宫，依山傍水，风景绝佳。这几年里，因为宿疾缠身的李治越来越喜欢清静，时常在此起居听政，宫里又陆续修了好些亭台楼阁，其奢华富丽之处不但冠绝洛阳，便是大明宫也颇有不及。

琉璃的马车停在了上阳宫东边的星躔门前，早有肩舆等在门内，带着她穿花拂柳一路往南，走了足足好几里地。穿过一道石门，就见前方远远的一道长廊仿佛凌空而出，廊庑下是大片的湖水，湖畔垂柳如幕，鲜花如席，亭台相连，其间又点缀着真正的锦幕玉席，好些宫人正在忙忙碌碌地收拾整理。

肩舆在湖边一停，便有宫女引着琉璃沿着麻石台阶一路往上，来到正对湖水长廊的一处亭阁前。亭子规制方正，飞檐深长，匾额上写着"芙蓉亭"三个大字，亭内布置得花团锦簇，被一群宫人拥簇着坐在当中的，正是武后。她穿着件深青色金丝满地绣的襦裙，头上是赤金芙蓉冠，冠沿流苏摇曳，将她细长的凤目遮住了大半，纵然面色平和、嘴角含笑，却也自有一种喜怒莫测的高深。

琉璃抬头瞧见武后，心下不由便是一颤。这几年里每次参见，她都能感觉到，这位"天后"正在变得越来越高高在上、不可侵犯。其实在军国大事上，如今依然是李治乾纲独断，在朝廷里，武后也并没有太多的实权，李治还一直有意无意地打压着她的威望，然而几年下来，她的存在感却并没有被削弱半分，反而愈发地令人敬畏……

碎玉流苏的后面，仿佛有锐利目光闪过，琉璃不敢乱看，垂眸快走两步，大礼参拜了下去，"臣妾库狄氏叩见天后殿下。"

武后的目光在她身上停了一停，才淡淡地点头，"不必多礼。"

这声音里仿佛带着种说不出的压力，琉璃忙谢恩起身，静静地等着武后发话，一口气憋在胸口，怎么也不敢透出来。

武后再次开口时，语气却是一片平和，"我若记得不错，你以前不曾来过上阳宫，这一路行来，觉得此处风光如何？可堪设宴之用？"

这是什么意思？琉璃有些摸不着头脑，却还是转头看了两眼，老老实实地回道："殿下英明，臣妾的确是头一次来，一路上目不暇接，至于此处，臣妾嘴拙，只能想到'风光如画'四个字，用以设上巳之宴，自然更是应情应景。"上巳节的宴游，讲究的就是水，这里的长廊之下便是滔滔洛水，长廊之内又有曲流碧波，无论是玩传统的临水濯尘，还是高雅的曲水流觞，都再合适不过，看下头这些布置，可不就是准备在这里大宴群臣么？

武后轻轻笑了一声，"你倒是好一双慧眼，可不就是'风光如画'？只是欢宴易散，美景难留，因此今日才要召你入宫，也好让你用妙笔来留它一留了。"

武后的意思是，让自己来这里画一张上巳春宴图？琉璃顿时有点傻眼。她擅长的是工笔花鸟，人物肖像和亭台楼阁也还好说，大幅的山水就有些勉强了，前些年进奉给武后的那几张她自己都不大满意，至于这种人物众多、场景宏大的长卷……她心里苦笑不已，惶然低头回道："臣妾多谢天后殿下抬爱！只是妾身笔力太弱，落笔又慢，绘制不出众生情态，因此也从不曾画过宴饮游乐图卷。如此宏幅巨制，实非臣妾力所能及。还请殿下明察。"

武后并没有答话，只是微微坐直了身子。纵然隔着流苏，琉璃也能感觉到她的目光正落在自己的脸上。她心里一阵发虚，却越想越是明白：此事应承不得！莫说自己本来就不会画，就算会画，既然是上巳宴，必然要画上皇帝、太子、宰相诸人，说不定就会画出什么祸事来！然而这样一口回绝，武后又会怎么看自己？

她想了又想，只能硬着头皮补充道："若殿下想留入画卷的只是此地风光，妾虽不才，倒还敢勉力一试。"

武后依旧静静地瞧着她，琉璃只觉得从头皮到脚跟都开始发麻了，她却突然笑了起来，"你倒是会挑省力的！二十年前你便画得一手好台阁，怎么到了今日，还是只肯画些亭台山水？"

这个么……琉璃脸上发热，声音也一路低了下来，"臣妾愚钝，这些年的确、的确没什么长进。"

武后轻轻往后一靠，细碎的流苏流水般往两边荡开，终于露出了一双眼眸，目光却并不锐利，反而带着点笑意，"是么？依我看，你这性子这些年也是半点都没变，轻易不肯应承什么，就怕担了责任去；不过么，若真是应下了，却是捅破天去也要做到。这点痴气，也不知是从哪里来的！"

她的语气和缓无比，仿佛只是随口叙旧，琉璃心头却是剧震——她说的是当初自己给贺兰敏之求情的事？这么多年了，武后终于要提这一桩么？

她定了定神，缓缓跪倒，涩声答道："多谢殿下明察，臣妾生性愚笨，唯仗殿下垂怜，方有今日。殿下深恩，原该粉身以报，臣妾却是屡次行事无状，有负殿下期望，每每念及，都是羞愧无地。今日殿下既有吩咐，臣妾绝不敢虚言推搪，必当全力以赴。"

在四面透风的亭子里，她的话语声半点回音也没留下，倏忽间便消散无踪。亭子里仿佛突然静了下来，静得连呼吸声都有些刺耳。琉璃清楚地知道，自己说出"全力以赴"四个字只怕还是太轻了，然而要她说得更肉麻更决绝些，她却是自己都骗不过去，更别说去糊弄武后了。

武后目不转睛地瞧着琉璃，脸上慢慢露出了笑容，"不过是幅画，你又何必如此惶恐？说起来，这些年你帮我画的图样原是不少，那幅《万年宫图》如今还挂在我的书案后头。便是为了那幅画，我也该多赏你几回。今日这画，你只要好好去作，莫要辜负眼前这片风光，也就罢了！"

武后的意思是，还记得万年宫的旧情，愿意再给自己一次机会？琉璃顿时呆住了。她原本已做好准备，如果武后还坚持让自己画这春宴图，自己也只能接下——她实在没胆子再拒绝！没想到武后竟然轻轻放过了，难不成今日她宣自己进宫真的只是表达既往不咎的意思？或者说，她是另有后手？

抬头瞧着武后仪态万方的微笑面孔，琉璃不敢再多想，压下心头所有的疑惧，轻快地俯身行礼，"多谢殿下！"

武后随意摆了摆手，"你且好好作画吧！需要用到什么，吩咐她们便是。"又转头吩咐道："婉儿，你领华阳夫人到院子里看看。"

婉儿？上官婉儿？琉璃忙抬头看了过去，就见一位十六七岁的清丽少女越众而出，盈盈行了一礼，"婉儿谨遵天后吩咐！"回头又笑道，"华阳夫人，请。"声音十分清柔，却又干净利落。

琉璃不敢啰唆，拜别武后，跟着上官婉儿出了芙蓉亭。两人沿着石阶曲折往下而行，上官婉儿穿着一袭碧色长裙，步子又轻又稳，看去就如风中的柳枝，在窈窕里还带着股清劲。

琉璃瞧着这背影，心头却不由一阵怅然。当年在临海大长公主的芙蓉宴上，那个曾向自己表露善意的少女也是这样的如花年纪、如柳身姿吧？记得那时她刚刚和上官仪的长子订婚，人人都羡慕他们男才女貌，而转眼之间她已经历过家破人亡的惨痛，如今连女儿都这么大了！

她有心问上官婉儿一声：你娘亲眼下可好？又觉得如此实在有些虚伪——这些年来，自己都是自顾不暇，明知郑冷娘一直在掖庭服役，却不敢惹事上身，主动过问，如今她女儿终于出人头地了，自己又套起了交情，这算什么？

眼见前头就是碧波荡漾的水池，上官婉儿脚步微缓，回身问道："夫人是沿着芙蓉池走一走？还是找个地方再看看？"

琉璃收敛心神，四下打量了一眼，"还要有劳女史带我去那边的回廊上转一转。"

上官婉儿嫣然一笑，"夫人不必客气，叫我婉儿就好。婉儿久仰夫人芳名，今日一见，果然名不虚传。能为夫人效劳，是婉儿的荣幸。"她原本便生得秀美，一笑之下更添明艳，眼波流转间，连眉心那朵花钿仿佛都在灿然盛开。

琉璃却不由苦笑了起来，名不虚传？是瞧见自己果然一副磕碜如捣蒜的模样么？嘴里随口答道："婉儿过奖。妾身笨拙，有负殿下期望，当真羞愧。"

上官婉儿笑容更是灿烂，"夫人何出此言？夫人不贪功、不轻诺、进退有度、慧珠在握，夫人若还笨拙，那婉儿就是这湖底的淤泥，只剩一团污糟了！"

这话……是在讽刺自己么？琉璃看了上官婉儿一眼，却见她眸子清亮，笑容明媚，哪里有半点阴阳怪气的模样？

自己果然是老了，疑心也重了！琉璃心里好生自嘲，一口气忍不住直叹了出来，"哪里！我只是胆小而已。"

上官婉儿笑得眸子都弯了，"夫人好生风趣。"

琉璃摇了摇头，没有接话。上官婉儿也随口转了话题，指点着沿途的布置，一路引着琉璃来到长廊之上。

这长廊原是此处除了芙蓉亭外最高的地方，站在廊下，整个庭院尽收眼底。琉璃细细打量着园林布局，越看越心惊。

这庭院初初看去风光秀美，宛若天成，细看之下却是处处颇具匠心。那泓湖水是三条水道汇聚而成，水流曲折，各有小桥石岸；湖边的亭台楼榭、山石花树错落有致，布置之巧妙，几乎有了后世苏州园林的韵致。如此一来，美则美矣，画起来却更不容易了，光临摹庭院布局就不是一天两天能办到的……

上官婉儿极为善解人意，琉璃的目光在哪里略作停留，她便会轻言细语地介绍上两句。此刻见琉璃皱眉，她想了想便笑道："夫人若是需要什么笔墨画绢颜色，不妨都告诉婉儿，婉儿也好先准备着。"

琉璃下意识地就想摇头，突然想起一物，忙问道："笔墨颜色眼下倒还用不上，却不知这处园子修建时可有图样留下？"这年头建园子也是要图纸的，不过上官婉儿却未必知道这种东西，只怕还要再寻人去问……

上官婉儿却立刻伸手比划道："夫人问的可是这么大小的，工匠们修建院落亭台时用的图样？"

琉璃忙点头，"正是，婉儿见过图纸？"

上官婉儿微微皱起了眉头，"却不知夫人要图样何用？"

琉璃解释道："要画好亭台楼阁，原是要这种图样做参考，落笔时方位布局才不会出错。此处庭院又颇为复杂，没有图纸，只怕不好动笔。若图样不便出宫，借我临上两日也是好的。"

上官婉儿轻叹一声，伸手指向了下方，"夫人您看。"

只见数十步外的一处假山旁，一位身穿朱衣的男子正指挥着几个匠人布置附近的木石，手上拿着的，可不就是一叠浆得硬挺的图纸？

琉璃心里一松，展颜笑道："这倒是巧了！不如咱们这便过去问一问那位内侍，他手上的图样可否借来用上几日？"

"内侍？"上官婉儿愣了一下，脸上露出了极为古怪的表情，"难道夫人不曾见过明大夫？"

明大夫？琉璃想了想才明白她说的大概是眼下大唐宫廷的第一红人，正谏大夫明崇俨，不由也吃了一惊，"那一位就是明大夫？"

上官婉儿点了点头，"明大夫精于占宅之术，眼下宫里各处要做修整，都要他看过才能动土，此处庭院更是明大夫一手规划，图样都在他那里，只是，"她为难地看了看琉璃，"明大夫性情颇为严谨，做事也是……愿意亲力亲为，此事倒是要跟他好好商量了。不如夫人在此稍候片刻，婉儿先过去帮您问上一声。"

原来是个脾气不好、做事还总是独断专行的。想到关于明崇俨的那些传闻，琉璃倒也不觉意外，忙道："既然如此，还是婉儿带我过去，也好当面跟明大夫细细分说一番，请他行个方便。"

上官婉儿大约也觉得如此更显诚意，应诺一声，带着琉璃绕出长廊，走到了假山边上，自己上前欠身叫了声"明大夫"。

明崇俨不紧不慢地转过身来。琉璃瞧见他的面孔，不由吃了一惊——她早听人说过明崇俨生得俊秀，真正瞧见才晓得，他岂止是俊秀，根本就是位少见的美男子！看年纪也就三十出头，五官极其英俊端正，什么目如寒星、鼻若悬胆，仿佛就是为这副容颜而设，偏偏神色淡泊，颔下三缕长须，更为这张面孔增添了几分飘逸。

看见上官婉儿，明崇俨并没有露出半分异色，只是点了点头，"不知上官才人有何见教?"语气神情都十分平淡,却自然而然显出悠然清举,不沾尘气。

琉璃迅速回想了一下自己这些年来认识的大小神棍,从李淳风到玄奘,论卖相,竟没一个能比得上眼前的明崇俨!裴行俭纵然气度卓然,却也没这种一眼看去便觉不似凡人的感觉。

上官婉儿敛眉回道:"启禀明大夫,天后喜爱新宫,意欲将上阳春景落于画卷,今日特意宣了华阳夫人入宫作画。只是此处庭院布局复杂,夫人不敢贸然落笔,恰巧又看见了大夫。夫人想问大夫一声,可否将庭院图样借她用上两日?"

她的态度里带着种难以言述的小心,琉璃不由暗暗纳罕。对于明崇俨,她原本很有些不以为然——身为神棍,一天到晚大放厥词,却连自己的命数都看不透,简直是个笑话!可今日瞧见的种种情形,却几乎完全推翻了她原先的印象。

见明崇俨转眸看了过来,琉璃也点头示意,微笑道:"还请明大夫行个方便。"

明崇俨的目光在琉璃身上转了转,脸上的淡远之色倒是收了几分,"不敢当,夫人吩咐,原当从命,只是夫人也瞧见了,这边木石尚未布置妥当,一时半会儿只怕还离不得图样。"

这是婉言拒绝了?琉璃不由暗暗皱眉,那边上官婉儿抬头也要开口,明崇俨却又道:"不过夫人若是不急,在下会让人将此处庭院的几张图样重绘一套,送到夫人府上。夫人何时用完,直接带回宫中便是。"

琉璃松了口气,含笑还礼,"那就多谢明大夫了。"

明崇俨瞧着琉璃微微一笑,"夫人不必客气,夫人与崇俨也算有些同乡之谊,此等小事,不足挂齿。"

同乡之谊?琉璃惊讶地看了回去,明崇俨却不再开口,退后一步,缓缓欠身。琉璃自是不好再多说,点头告别,没走多远,就听上官婉儿低声笑道:"真是巧了,原来夫人和明大夫还有这层渊源,倒是省了好大的气力!"

琉璃心里也正有纳闷,随口问道:"明大夫也是华阳人?"

上官婉儿看着琉璃笑道:"明大夫的郡望乃是平原。"

平原?琉璃心里咯噔一下,自己祖籍华阳,因此才会有华阳夫人的封号,明崇俨决计不可能搞错,那他这话又是什么意思?为什么还说得那般意味深长?

上官婉儿显然也满心疑惑,脸上虽然带笑,眼里却满是好奇和试探。琉璃忙稳了稳神,皱眉道:"这样啊,怪道他说的是'有些'!我也纳闷呢,这同乡之谊,有便是有,无便是无,怎能是'有些'?难道说明大夫曾去过华阳?又或是他的母亲是华阳人?婉儿,你跟明大夫打过交道,他平日说话便是这般高深莫测么?"

上官婉儿到底年轻,被琉璃这么一带,顿时思路也跟着她走了,"可不是,明大夫平日里也是喜欢这么说半截留半截的,往往要过些日子才明白。"

琉璃暗暗松了口气,幸亏自己实在太了解这种神棍作风了,一蒙就对,不过这个神棍嘛……眼瞧着上官婉儿走到了前头,她忍不住还是回眸看了一眼。明崇俨依然站在原处,竟是一直在目送着她们离去,对上琉璃的目光,微笑着又欠了欠身。

这满含深意的笑容里仿佛有一种极其古怪的意味，琉璃背上一阵发寒，突然觉得，这图纸，或许自己还是不借更好！

然而没过几天，一叠八张图纸还是整整齐齐地送到了裴府。琉璃打开包裹，一张张翻看着那些微黄的纸张，心底的寒气不由越来越浓。

这些图纸不光是如今芙蓉园里的建筑，还有几张设计稿，画得并不精细，却也能看出那湖畔的堂屋和拙政园有七分相似，那水面上的三座灯塔很有些三潭印月的意思，而最后一张那艘停在湖边的双重石舫，分明就是颐和园石船的翻版！

一旁的裴行俭看着看着，眉头也紧紧地皱了起来，沉吟半晌才道："明崇俨此人似乎有些古怪！"

他也看出来了？琉璃抬头瞧着裴行俭，震惊得说不出话来。

裴行俭的目光却依旧停留在图纸上，眉宇间竟有几分少见的凝重，"此人性格孤高，不是这么容易说话的人，此次送图样却送得这般痛快……你还是离他远些的好。我查过了，在贺兰敏之被贬前后，朝廷里只有一人不但凭空被提了职位，而且从此备受宠信，就是这位明大夫！"

明崇俨？居然是他！琉璃猛然想起，自己的确听说过，他是常去给武夫人看病的，阿霓和杨氏应该都跟他打过交道，而且他出入宫廷也比旁人容易，对了，他还预言过太子妃的选立时机有问题，所以……琉璃苦笑着垂下了眼帘，自己的这位老乡，还真是，神通广大！

第一百四十九章
怒发冲冠　心腹大患

洛阳牡丹甲天下。

上阳宫正是洛阳城里牡丹最多的所在，随着三月的春风渐暖，临江的芙蓉园里，牡丹次第盛开。直到四月暮春，那姹紫嫣红的硕大花朵依然绽放在枝头，将池畔的绿地铺陈得繁华浓丽，加上远处重檐碧瓦的华美亭台、近处翩然来往的丰润美人，端的是好一幅盛唐图卷。

不过，当琉璃的目光掠过牡丹花圃，看到出现在长廊尽头的那个并不陌生的修长身影，心情却不由陡然低落了下来：又来了！

这一个多月里，琉璃又是拖又是挑的，统共才进宫了三回，却依然会跟这位明崇俨明大夫上演这样的喜相逢。按理说，他正在主持芙蓉园的翻修，琉璃在此作画，会遇到他并不算奇怪，以琉璃的身份，他每次都会过来彬彬有礼地跟琉璃寒暄几句也不算奇怪。然而这种偶遇、这种礼数，出现在明崇俨这位除了帝后之外对旁人几乎不假颜色的"真人"身上，却足以引得众人侧目。

眼见明崇俨越走越近，身上的素色葛袍和颔下的三缕长须在暮春的江风里飘飘摇摇，愈发显得飘逸无双，脸上也渐渐露出了那种招牌式的淡远笑意，琉璃只能放下手里的铅条，缓缓站了起来。

明崇俨在离琉璃画案三四步远处停下了脚步，含笑抱手，"华阳夫人！"

琉璃点头回礼，"明大夫。"

明崇俨走上一步，看了看案上那刚刚起稿勾线的底稿，微微扬起了嘴角，"夫人果然是多才多艺，这图卷还未上色，已是颇见巧思了！"

琉璃也客套地微笑，"明大夫说笑了。大夫博学多识，无所不能，妾身所长者，不过是雕虫小技，不值一提。"

明崇俨笑着摇头，"夫人风趣。"

你全家都风趣！琉璃垂下眼帘，掩住了心头的不耐烦，"不敢与大夫相比！"不等明崇俨答话，她拿起早已理好的图纸，交给了一边的宫女，"这些图纸，如今妾身已用不着了，还要有劳明大夫收回。大夫高谊，妾身在此谢过。"说完便欠身行了一礼。

明崇俨微微一怔，目光在琉璃和图纸上来回转了转，突然又笑了起来，"夫人不必客气。"转头吩咐自己身后的内侍，"这些图样甚是要紧，你带着她将图纸送去将作监，必要亲手交给当值的管事！"

琉璃吃了一惊，她还图纸，自然是打算不再进宫，躲开明崇俨，没料到他竟会如此大剌剌地把人都支开！眼瞧着两位宫人毫不犹豫领命而去，长廊内外转眼间只剩下他们两人，她也懒得再拐弯抹角，"明大夫有何见教，不妨直言！"

明崇俨在长廊里悠闲地踱了几步，曼声吟道："人生代代无穷已，江月年年只相似！"转头瞧着琉璃，他笑得意味深长，"不瞒夫人说，自打无意中瞧见了夫人的大作，崇俨便喜出望外，也不晓得费了多少心思，才能将夫人请来一叙。难得他乡遇故知，夫人又何必如此见外？"

原来是那扇屏风留下的后患！原来这次自己进宫作画果然是他的谋划！琉璃心头又是懊恼又是忌惮，抬头再瞧着明崇俨笃定的笑脸，不知为何竟是一阵腻味。

他乡遇故知，也要看是什么故知。比起自己来，明崇俨的确更像个穿越者，神通广大，无往不利，居然能哄得李治和武后对他言听计从，逼得太子李贤对他敢怒不敢言，所谓翻手为云覆手为雨，莫过于此！但那又如何？自己虽然怎么都瞧不透他到底要做什么，可他也别想拿自己再当一次垫脚石！

琉璃语气不由更淡了几分，"多谢明大夫厚爱，只是道不同不相为谋。明大夫志向远大，手段高明，令人佩服。可惜我一向疏懒，自知既无才干，亦无人脉，更无志向，连圣眷都没有半分，所谓成事不足败事有余，莫过如此。又何必自不量力，拖累了明大夫？"

明崇俨仿佛压根没听出琉璃话里的拒绝之意，反而大笑起来，"华阳夫人太会说笑了！谁不晓得夫人手段了得，便是大长公主们在夫人这里也讨不到半分便宜；谁不晓得夫人身份尊贵，不但是裴氏宗妇，还是侍郎夫人，这二十年来裴氏供养的子弟、十年来裴侍郎提拔的才俊，哪个不对夫人心怀感念？谁又不晓得夫人圣眷深厚，纵然开罪过天后，天后居然依旧是念念不忘。这样的本事，除了夫人，天下谁还能有？"

他往前走了一步，居高临下地瞧着琉璃，一字字轻声道："夫人是明白人，我明崇俨既然敢把那些图纸给夫人，就没准备再孤军奋战！局势已是如此，我等是死是活，是前程无量，还是家破人亡，就看眼下这两年了！夫人难不成事到如今，还想左右逢源，坐享其成？"

琉璃下意识地就想后退，咬了咬牙才立住了脚跟，沉着脸道："明大夫，你到底想说什么？"

明崇俨双手往后一背，神色重新变得悠然自若起来，"说到相人之能，世人皆知，裴侍郎才是天下第一。当今太子李贤福浅命薄，绝无继承大统之运；英王李显福运虽厚，却无寿数后运；唯相王李旦福泽深厚，子孙昌盛，才是我大唐的真命天子。此事夫人自然心里有数，我么，只想让裴侍郎也出来说句实话！"

琉璃吓了一跳，随即便毫不犹豫地摇头，"绝无可能！"

明崇俨仿佛并不意外，只是侧头瞧着琉璃微笑，"喔？夫人的意思是，绝不可能去让裴侍郎说这样的话，还是裴侍郎绝不会答应说这样的话？"

琉璃自知此时半步也退不得，抬头直视着他，"都不可能。"别说裴行俭根本不是这样的人，自己也绝不可能让他去做这种事，下场还不定是什么样呢！想到此处，她心里忽然有线光亮一闪而过，待要抓住时，却又无影无踪了。

明崇俨依然是一副胸有成竹的模样，"夫人莫要断言过早，夫人和我一样清楚，太子殿下是决计没那个福分的，咱们不过是顺应天意，顺势而为，顺便让自己也能得些富贵前程罢了。这不是夫人早就做得轻车熟路的事么？

想当年，夫人在攀上韩国夫人时是何等计谋百出、在万年宫救驾时又是何等的思虑缜密，怎么到了今日，却变得畏首畏尾了？莫不是觉得裴侍郎如今又得了圣眷，眼见着就要建功立业，夫人自然也能跟着坐享荣华富贵，所以可以放心大胆地坐山观虎斗了？"

琉璃心里好不厌烦，明崇俨到底是哪根神经短路了，自己没招他没惹他，他凭什么觉得自己必须得上他的船？他那条船很保险么？她耐着性子道："明大夫误会了，我不过是个女人，没什么雄心壮志，也没兴趣看谁和谁斗，只想安稳度日。明大夫要大展宏图，我绝不敢阻拦，只望大夫高抬贵手，容我继续闲散下去。"

明崇俨轻轻摇头，"夫人何必如此不近人情？也罢，若是夫人不好说服裴侍郎，我也不敢让夫人太过为难。记得下月初五就是贵府两位公子的十岁生辰，崇俨想登门送上一份薄礼，也望夫人能礼尚往来。难得如此机缘，咱们两家原该亲近些，如此，日后一旦有了什么事也好及时商议，夫人你看如何？"

两家常来常往？琉璃转念间猛然明白了他这几次屡屡找来的意思——他就是要让人觉得自己和他关系匪浅，接下来无论是借势借力，还是索性编些谣言安在裴行俭头上，自然都要容易得多。这个疯子，他到底要做什么！

她好容易才按下怒气，缓声道："多谢明大夫的高情厚谊，只是大夫也知道，天后交代的画卷我还未完成，这段日子自然要闭门谢客、全心作画。得罪之处，还望大夫体谅。"

明崇俨满脸遗憾地看着琉璃，深深地叹了口气，"夫人果然是铁石心肠！夫人或许也知道，您当年在万年宫的壮举，天后至今感念在心；便是贺兰庶人的事，也觉得不过是夫人心肠太软。你说我要是告诉天后，夫人其实身怀奇术，未卜先知，所作所为不过是为了收买人心，却不知天后又会如何作想了！

还有，如今宫中传言，太子乃韩国夫人所出。圣人震怒，正在查找放出谣言的罪魁祸首。崇俨是不是也该告诉圣人一声，太子之所以深信这等无稽之谈，乃是因为传话之人身份尊贵，当日曾随侍皇后左右，跟韩国夫人更是交情深厚？"

琉璃越听越是心惊，脱口喝道："你胡说什么！"心底里却是一阵发寒，她毫不怀疑，这种事明崇俨当真做得出来，而且武后和李治说不定真会相信他。那样的话，对她而言，将是万劫不复的灾难！

明崇俨哈哈大笑起来，良久才止住了笑，挑眉斜睨着琉璃，眼神满满的全是恶毒与快意，就像狸猫看着脚爪中的老鼠，"夫人何必如此失态？咱们原是一样的人，夫人的底细，还有什么是我不知道的？说起来，咱们原该祸福与共。今日夫人若肯助崇俨一臂之力，来日崇俨的富贵自然也少不了夫人一份。"

他低头凑近了一点，轻声道："夫人，你还在盛年，裴侍郎的年纪却已经大了，日子只怕也不多了，只要夫人肯听我一句，我是不会让夫人吃亏的！"

琉璃原本的确是又惊又惧，手脚都有些发凉，但听他这么说到裴行俭，一股怒气顿时"腾"地冲上，发根几乎都被烧得直立起来了：他把裴行俭当什么人了，又把自己当什么人了？难道他还真想……

抬头看着明崇俨，她的脸上反而露出了笑意，"看来我还要多谢明大夫？"

明崇俨惬意地眯了眯眼，"夫人不必客……"话没说完，一道黑光闪过，随即便是"砰"的一声闷响，却是琉璃已抄起画案上的砚台，狠狠地拍在了他的头上。

足有三寸多长的方正砚台里并没有墨水，不过整块雕镂的石头却也分量十足。明崇俨被砸得后退了一步，一道鲜血从额角缓缓流了下来。他晃了晃头，伸手抹了一把，看见满手的鲜血，脸色顿时变了，指着琉璃怒道："你……"

琉璃顺手抓起了戒尺，"啪"的一声拍开明崇俨的手指，指着他的鼻尖寒声道："你再说一句试试！"

明崇俨的脸上原本满是不敢置信的怒火，手指被戒尺一抽，嘴角顿时疼得一抽，再被琉璃这么冷眼盯着，眼神也有些闪烁了。他往后又退了一步，咬牙笑道："好！好！今日这一下，我记住了，他日必十倍奉还！"

琉璃愤怒之中，脑子原是比平日转得更快，当即冷笑了回去，"十倍奉还？好，那今日我这一下，不过是八年前那笔旧账的一点利息！明崇俨，你也是明白人，今日我既敢砸你，就不会怕你，了不起同归于尽！姓明的，你有这个胆子吗？"

明崇俨脸上又是惊愕，又是扭曲，再也维持不住那仙风道骨的模样，听见琉璃声音越来越高，不由心虚地四下看了几眼。不远处有些宫人内侍也听见了这边的动静，纷纷停下脚步，看着这边指指点点。明崇俨脸色更是难看，声音也低了下来，"我不跟你这疯婆子一般见识，咱们走着瞧。"

琉璃也瞧见了那些人，心里一动，轻声道："想走？晚了！"说完随手抓起案几上的东西，也不管是镇纸、笔筒、颜料罐，往明崇俨身上劈头盖脸就砸了过去。

明崇俨吓了一大跳，下意识缩头跳开，转身就跑。

琉璃高声喝道："明崇俨，下次你再敢在我面前胡言乱语，我割了你的舌头！"反正这几次见面都是明崇俨主动找过来的，今日的宫女也是他主动打发的，再加上自己这几句，谁都会相信，是明崇俨心怀不轨，言语轻薄，才挨了顿教训。他再想传裴行俭的谣言，告自己的黑状，难度总要大多了吧！

明崇俨跑出几步，似乎也回过味来，猛地停下了脚步，回身瞪着琉璃，想走不甘心走，想过来却又不敢过来，只能戟指怒道："你、你这不知死活的毒妇！"

不知死活？琉璃冷冷地瞧着这个半脸鲜血、满脸扭曲的男人，突然觉得有些荒谬——就这么一个外厉内荏的货色，仗着知道点历史和那套鬼把戏，把满宫廷的人都玩弄于股掌之间也就罢了，居然还妄想着要把裴家、把天下士子都拖下水，他是嫌自己死得还不够快么？

她正要反唇相讥，脑中突然灵光一闪，之前滑过的那点异样顷刻间变得清晰起来：明崇俨口口声声说太子继承不了大统，只有李旦才是大唐的真龙天子。这话自然没错，可他要说服自己上他的贼船，最该解释清楚的，难道不是这一次他为什么不会横死么？不然的话，他凭什么说李贤就会按历史记载的那样下场凄惨，而他自己却可以改变命运？而且他这种折腾法，分明跟历史上没有任何区别！

再说，自己跟他从未谋面，更无冤仇，他怎么会对自己怀着有那么深的恶意？

她脑子里一团混乱，忍不住打量着明崇俨，一步步走了过去，明崇俨满脸警惕地退了两步，厉声道："你还想作甚？"

琉璃心思急转间已有了些计较，当下仰起头来，冷冷地一笑，"我是过来瞧瞧你头上的血止住了没有，省得闹出人命！不过我倒是忘了，明大夫原是不用我操心的，横竖你是大夫不是？"

明崇俨怔了一下，莫名其妙地瞧着琉璃。琉璃心里一沉，神色却是愈发傲慢，"也罢，瞧在你伤得可怜的份上，你若能就此悔改，我也就不跟你计较到底了，只要你在得月楼点上一席松鼠鳜鱼来赔罪，咱们的梁子就算揭过，如何？"

明崇俨脸上满是怒色，冷哼了一声才讥讽道："夫人果然大人大量得很！"

琉璃心里一片通透，自己果然没猜错，这个人，虽然会些医术，却听不懂后世里大夫和医生的双关之意，虽然画出了似是而非的拙政园远香堂，却不晓得苏州得月楼的松鼠鳜鱼！她的语气里不由也带上了几分嘲弄，"那是，想你明崇俨不过是我同乡手下的一颗棋子，还是一颗弃子，我却还打算救你一命，你说，我这不算大人大量，什么才算？"

明崇俨脸色顿时大变，见鬼般地瞪着琉璃，说不出话来。

琉璃冲着他微微一笑，"明大夫当真是聪明一世，糊涂一时。你竟然不知道么，你明崇俨也是有名的人物，不然，我的那位同乡为何偏偏会找你？这些贵人日后的运数，都是他告诉你的吧？难道明大夫就没想过去问一问，你自己的命数又是如何？"

明崇俨依然瞪着琉璃，脸色时青时白，变幻不定，却紧紧咬着牙没有开口。

琉璃笑得越发轻松，"我明白了！这件事，他自然是不会告诉你的，他大概只指了条捷径给你走，让你青云直上，恩宠无边。可你难道就没想过，这从龙捷径如果真是那么容易走，为何他会让你来打这头阵，为何我又会连走都不敢去走？

"明大夫，荣华富贵固然都是好东西，却也要有命去享用！我今日言尽于此，明大夫回去好好想想，好自为之！"

她再也没有瞧明崇俨一眼，转身回到高案前，三下五除二卷好了画纸，收拾了画囊，不紧不慢地走出了长廊。围聚在不远处的宫女内侍这才纷纷散开，不少人还偷偷地回头打量琉璃，目光都诡异到了极处，仿佛她顷刻间长出了三头六臂。

琉璃哪有心思理会他们，自行在芙蓉园门口坐上肩舆，又在宫门外换上自家马车，一路催着车夫回到家里，一进大门便吩咐，"让小米来找我！"

琉璃前脚刚进上房，小米便身形带风地呼啸着冲了进来，"娘子找我有事？"她早已做了孩子娘，急性子却半点没变，只是身材丰腴了不止一圈，行动时几乎能自带龙卷风。

琉璃挥手让旁人退下，吩咐道："你这就去何家首饰铺子一趟，让掌柜赶紧传话给麴郡公，就说有个叫明崇俨的人十分可疑，请他帮我好好查一查这个人。尤其是这些日子，要日夜盯着他，看他跟谁来往，有消息了立即告诉我。"

这种事原是小米在西州时做惯了的，这些年却做得少了，一听之下顿时两眼放光，"明崇俨？好，好！我这便去。"说完"呼"地又卷了出去。

琉璃不由捂额，扬声道："你也当心些！"自己是实在没办法了才去麻烦麴崇裕的，这事儿却绝不能让旁人知道，包括裴行俭——她也实在不知道该怎么跟他说。

窗外传来了小米欢快的声音："放心吧！我回去就换衣裳，保管打扮得连我亲娘也认不出来！"

琉璃无语摇头，才过了几年安逸的日子，她也不用兴奋成这样吧？还打扮得连她亲娘都认不出来？她要这么嚷嚷下去，只怕连自己的后妈也会知道自己又准备捣鬼了……

好在这几年上房的婢子都是紫芝调教出来的，嘴上都紧得很。三日之后，门房便有人来报：何掌柜上门来送首饰样子给夫人瞧了。琉璃忙吩咐婢女将人直接领到上房，只留下紫芝伺候。

何家掌柜依旧是满面笑容的样子，进门便行了礼，他身后的伙计低着头将一个檀木盒子放到了琉璃面前的案几上，又一声不响地退下了。

琉璃瞧着那伙计的身形便愣了一下，再瞧见那双手，忍不住揉着眉心一声长叹，"麴郡公，当伙计很好玩么？"

伙计蓦然抬起了头，满脸都是懊恼，可不正是麴崇裕？他的脸上不知涂了些什么，显得又干又黄，脸颊上长了好几颗黑痣，又留着把不伦不类的胡子，面貌竟是说不出的猥琐。此时皱着眉头大刺刺地往琉璃对面的案几后一坐，整个人才舒展开来，"你是怎么看出来的？"

琉璃无奈地道："你换了样貌，又没换身形，我自然一看便觉眼熟；再说了，有当伙计的一双手长成这样的么？"

麴崇裕低头看了看自己白皙修长的双手，沉思道："你说得是，身形和手也得变上一变才好。"

琉璃面无表情地瞧着他，"你最近太闲了？"

麴崇裕懒洋洋地点头，"自然是太闲了。说来也要谢你，自打修好了奉先寺，如今还有几个人敢随便使唤我去修他们的堂屋宅子？横竖都是无事，我已打扮成这样去了好些地方，你是第一个瞧破的。"

琉璃自然知道他说的这些，几年前，武后把在洛阳石窟修奉先寺的活儿交给了麴崇裕。想到那尊卢舍那大佛的造型，琉璃自然赶紧给他出了主意——佛像的面目一定要造得像武后些。最后的结果自然是皆大欢喜，麴崇裕的爵位从县公变成了郡公，经手的工程也上升到了最高端洋气的皇家园林。

琉璃笑道："我看最近宫里不也是到处在大兴土木？"

麴崇裕冷笑了一声，"宫里？宫里不还有那位明大夫么？"

琉璃恍然大悟，"所以你才来得这么快！"上阳宫的整修一直是麴崇裕在做，如今明崇俨到处指指点点，嫌这里风水不好，那里装点太俗，自然得罪了他。

麴崇裕不满地瞥了琉璃一眼，"我再闲，也不至于为了些土木台阁跟人过不去，只是瞧不上他那做派罢了！不知从哪里学的三脚猫幻术，也就够骗骗宫里那几位，却还日日摆着副自己是神仙、旁人都是蝼蚁的架子。每次瞧见他，我都手痒。你这次砸他着实是砸得好，以后见他一次砸一次，只怕他就老实了！"

琉璃奇道："这你也知道了？"这件事在宫里是一定瞒不住的，可宫外倒还没什么流言，就连裴行俭都半点不知，麴崇裕怎么就听说了？

麴崇裕挑了挑眉，"我麴家的工匠都是吃闲饭的么？那位明大夫最多也就画些四不像的图样，难不成还能自己动手去修阁子？那日我还没收到你的消息，就听下面人回了这事。我还知道，明崇俨对圣人回禀说，他久仰你的画技，只因顺口说起了裴侍郎的命数，说他战无不胜，寿数却是寻常，福禄更是有限，你就恼了。圣人原是有些动怒的，他还说是他自己多嘴多舌，该有此劫。我先前还纳闷呢，他没事老寻着你作甚？原来是找打！"

他竟然编出了这么一套说辞？当真是半假半真、可进可退，倒是打得一手好算盘！不过琉璃委实不愿多说此事，只简单地道："不光是为了这个，他不知怎的知晓了我的一些事，要挟我为他效劳，扳倒太子。"

麴崇裕怔了怔，失声笑了起来，"我一直晓得他在找死，却不晓得他会如此迫不及待！"他上下打量了琉璃两眼，"啧啧"摇头，"居然来惹你！对了，他到底是知道了……"

琉璃没好气道："这你就不必问了，我只是想问问，你能不能查出，他这一路青云直上，有没有什么特别的助力？他平日里又跟谁来往密切？特别是这两日，他可曾找过什么人没有？"

麴崇裕眉头一皱，"你是疑心他背后有人指使？"

琉璃点头，"明崇俨不足为虑，他背后之人才是心腹大患。"

麴崇裕好不诧异，"他跟你说了自己背后有人？"

琉璃摇头，"他没说。"见麴崇裕还要问，她不耐烦地摆了摆手，"我自有我的法子！"

麴崇裕一脸郁闷地瞅着琉璃，琉璃一脸淡定地看了回去，两人大眼瞪小眼了好一会儿，麴崇裕到底还是不情不愿地从袖子里摸出了一卷纸，丢到琉璃跟前，"算你问得巧了，我几个月前刚刚查过明崇俨一回，东西都写在上头，你慢慢看吧。

"不过也没什么出奇的。此人虽是世家子，却从小不务正业，医术和幻术都是跟着江湖上的游侠儿学的，那手相面卜算的功夫却没查出来历。他一进长安就到了相王身边，后来又在天皇天后面前立住了脚跟，一半靠的是医术幻术，一半就是靠这手本事。可惜竟怎么也查不出端倪来。

"你说的助力，我也查过。他虽然周旋权贵，性子却太过傲慢，也就是对武家和旧主相王还算敬重，对旁人都是寻常，就连对前后两位太子都不大买账；平日也甚少交际，出门不过是在市坊里买买书籍药材，再到城外炼炼丹。不过你这一说我也想起了，他出城多是独来独往，说不定当真有些不能见人的勾当，可惜眼下一时半会儿却查不出来了。这两日他都闭门不出，想来是在等头上那血包下去。"

琉璃翻看着手里的资料，眉头渐渐皱了起来，"你的人还得继续盯着他，我已经打草了，绝不能再让蛇溜走！"

麴崇裕冷笑道："既然晓得有这条蛇，不管它盘在哪里，迟早能把它揪出来！"他瞧了琉璃一眼，犹豫片刻还是问道："我只是有些不明白，若真有这么个人，他如今让明崇俨逼着你去扳倒太子，到底打的是什么主意？"

琉璃默然摇头，她也很想知道，那个人到底是在打什么主意！算起来，明崇俨是十三年前进的长安，首先做的就是李旦的属官，八年前到武后那里告密，特意揭发了自己。也就是说，这个人，至少在十几年前就已经开始布局，在八年前盯上了自己，此时出手，必有所图。就算自己吓得住明崇俨，可是，能挡得住这个深谋远虑、步步为营的"老乡"吗？

暮春的微风吹动着门帘，也把墙角香炉里袅袅升腾的芬芳吹散到了屋里的每个角落，琉璃却觉得背上一阵凉飕飕的，仿佛真被一道阴冷的目光紧紧地盯住了。

沉默许久，她才轻声道，"不管他打的是什么主意，此人如今已成心腹大患，一日不找出他来，我……"

麴崇裕脸上的笑容一收，整个人变得冷冽起来，"你放心，我会日夜盯着他！"

琉璃点了点头，这就好。明崇俨再是贪婪狂妄，也不可能不把自己的性命当回事，他多半会去找那个人，或者索性来找自己！这的确是个机会……她知道自己应该松口气，然而不知为什么，心里却有个角落总是隐隐发紧，顽固地不肯放松下来。

而十日之后，这分固执的不祥预感，终于在一则震动京师的新闻里变成了现实：

五月初四，有人在洛阳城外发现了正谏大夫明崇俨的尸首，乱刃加身，死不瞑目。

琉璃是洛阳城里最早收到的消息的人之一。初四一大早，麴崇裕脸上胡乱包着块麻布就跟何家掌柜一道来了裴府，也亲自送来了这个消息：明崇俨被人伏杀了！

前些天，明崇俨一直在家养伤，这两天才开始出门，却也没跟谁来往。初三午后，他在去药铺的路上收到了一张纸条，随即便换了衣服匆匆出城，在平日炼丹的庄子外头遇到了伏击。那两个杀手明显训练有素，从暴起杀人到搜走明崇俨身上的所有物件，统共只用了两三息的工夫。

麴崇裕自是懊恼无比，"那两人早就备好了快马，我的人没跟上。早知道，我就该多派两个高手，说不定还能追上他们。"

早知道？自己才是应该早就想到的人吧？琉璃轻轻叹了口气，将案上的一张拜帖推到了麴崇裕眼前，"这是我昨日午前收到。"

麴崇裕随意扫了一眼，立时便愣住了，"这是……"

琉璃苦笑着点头，这是以明崇俨夫人的名义送来的帖子，言辞谦卑地写着要在明天，也就是端午的早晨上门拜访。

所以，明崇俨死了。

麴崇裕的脸色渐渐阴沉了下来，坐了一会儿，便一身寒气地告辞而去。琉璃这一整天却是心神不宁，便是怀里小光庭那稚嫩的笑脸，都会让她心头发涩——都怪自己不够谨慎，才会给全家人的平静生活埋下这样巨大的隐患。她要怎么做，才能让小光庭也有一个无忧无虑的童年，就像他的三个哥哥那样？

日头渐渐偏西，光庭也被乳娘带去了花园玩耍，琉璃却依旧坐在案几边，看着那张帖子发呆。仔细看去，不难发现帖子上的字迹并非出自女子之手，墨迹一开始颇为浓重，最后几笔却很有些潦草。她能想象得出，写下这张拜帖时，明崇俨从犹豫不决到迫不及待的复杂心情。可又怎样呢？他背后的那个人，远比她想象得神通广大，也远比她想象得心狠手辣……

身后一阵脚步声响，有人轻轻按上了她的肩头，"在想什么呢？这么出神？"

琉璃回头一看，裴行俭含笑的脸孔已微微低了下来，眼神仿佛比平日更为温柔深邃。她心里一阵翻滚，刚想开口，裴行俭的目光已在那张拜帖上转了转，脸上露出了几分了然，"原来如此！也罢，死者为大，不管他有什么谋算，如今都已成空。这帖子咱们既然接了，过两日那边发丧，我去送他一程便是。"

琉璃忙伸手拉住了他，"你别去！"

裴行俭摸了摸琉璃的头顶，笑容愈发柔和，"又说傻话了！我知道你是为了我好，不过你的气也算出了，如今越这么计较，倒越像是当真了！再说了，这事儿你怎么还瞒了我这么久，难不成是怕我受不住他那几句话？认真论起来，他说的也不全是歹话，若非如此，今日圣人只怕、只怕也不会让我去当这波斯大使，琉璃……"

琉璃听着他前头的话还在琢磨：他这是听到明崇俨的那套"官方说辞"了？待得"波斯大使"四个字入耳，不由"腾"地站了起来，"波斯大使？"

裴行俭伸手扶住了她，"你莫急，又不是什么大事，波斯国你也是听说过的，从西疆再往南再走几千里就是。前些年他们被外敌围攻，国土沦陷，王子逃来大唐搬兵。圣人如今打算让人送他回去复国，因路程遥远，又要途经西疆，因此才让我接下了这桩差事。你放心，如今那边还算太平，我会轻车简从，尽快赶路，估计不过一年半载就能回来……"

　　琉璃呆呆地看着裴行俭，渐渐地已听不清他说话的声音。她自然知道波斯，更知道他这所谓的"波斯大使"。这是他儒将生涯的开始，从此，他将属于那烽火连绵的战场，属于历史书里的传奇，却再也不属于他们这个平静的家……她原以为他们在一起的日子还会有两年，却没想到，原来根本已剩不下几日！

　　心底仿佛有一把锯子在缓缓搅动，将每一丝疼痛都拉得无比清晰漫长。琉璃不敢让他再看见自己的脸，低头伏在他的胸前，用尽全身力气紧紧地搂住了他。

　　裴行俭的声音戛然而止，沉默片刻，才小心翼翼地抚摸着她的长发，柔声道："琉璃，你怎么了？"

　　是啊，她怎么了？她不是早就知道迟早会有这么一天吗？她不是千百次地预想过这一天的情形，千百次告诉自己这才是他的使命，告诉自己要做他的后盾，要为他骄傲，而不是徒劳无益地做小儿女态——他们在一起已经整整二十五年了。然而当这一天真正来到眼前，她才明白，一切的设想都是徒劳，她的心里只有不舍和难过，只有那种半边身子被生生劈开般的痛苦。

　　她满心都只想说，守约，你能不能不要去，如今局势这么险恶，孩子们又还这么小，这个家里离不开你！然而话到嘴边，却怎么也发不出声来。

　　好半晌，她才听见自己那干涩无比的声音，"没什么。我只是有点，舍不得。"

　　裴行俭轻轻叹了口气，默然搂紧了她。

　　半开的窗外，小婢女们正嘻嘻哈哈地四处挂着艾虎蒲剑，打扫一新的院子里到处都飘荡着皂角和草药的清香；更远些的花园里，三郎参玄在带领弟弟们大肆祸害各色花木，为明日斗草会而准备的那四个竹篮已堆得老高……微风吹过庭院，带来了一股初夏黄昏特有的明爽，那是暑日到来之前的，最后的清凉。

第一百五十章
万里奔袭　一举成擒

　　该死的，又起风了！

　　苏味道眯着眼睛看了看远方，眼前的贺莫延碛依然天高云淡、四野死寂，在一望无际的戈壁滩上，只有沙砾和碎石反射着白晃晃的阳光。

　　看来不是鬼风。苏味道"呼"地松了口气，狠狠抹了把脸，沾在皮肤上的沙粒混合着汗水蒸发后留下的盐晶，硌得他脸皮一阵生疼。不过此时此刻，除了嗓子眼里那火烧火燎的焦渴，他对别的已是压根不在乎了。

　　已经三天了！自打那场突如其来的鬼风把使团打散之后，为了寻找那几个脱队的波斯人，他们就偏离了原先的路线，也再没找到水源。如果说头两天的狂风烈日还让人叫苦连天的话，到了今日，大伙儿却连抱怨的力气都没有了，再这样下去……苏味道心里一阵焦躁，随手摸了摸腰间早已干瘪的水囊，艰难地咽了口唾沫，而嗓子里陡然涌上的腥气，让他几乎干呕起来。

　　耳边一阵马蹄声响，一个半满的水囊蓦然出现在苏味道的眼前，他呆了一下，下意识地一把紧紧攥住，侧头再看，顿时吓了一跳，"裴、裴侍郎？"

　　同样在风沙里跋涉了五六日，裴行俭身上的石青色披风却仿佛并未沾上半点沙尘，神色也依旧从容镇定，连语气都没有半分波动，"慢慢喝。"

　　苏味道忙把水囊递了回去，"侍郎，使不得！"裴侍郎的身上分明也没有多余的水囊了，自己怎么能……

　　裴行俭并未答话，只是转头瞧了他一眼。

　　苏味道顿时再也不敢多说一个字，老老实实低头解开水囊，小口小口地抿进了些许清水，那带着皮革味的水落入几乎要冒烟的嗓子里，简直比琼浆玉露还要来得甘美。

　　他不敢多喝，系好水囊正想交还，却见裴行俭突然带住了马缰，神色专注地不知是在沉思还是在倾听着什么。片刻之后，他抬头环顾了一眼，指着侧后方的几座小山提声喝道："传我的命令，全体向东，全速奔进！"

"裴侍郎有令，全体向东，全速奔进！"

呼喝声中，原本无精打采的侍卫们毫不犹豫地拨转马头，跟在裴行俭的马后向着东边策马狂奔，刚吃过苦头的那几个波斯人更是跑得飞快，副使王方翼则是稳稳地压马兜在了最后。

苏味道自是紧紧地跟着裴行俭，跑出一段之后才意识到这么跑其实是在走回头路。放眼望去，天地间依旧一片清朗，实在看不出半分异样，可不知怎地，他竟是连追上去问一声的心思都不敢有。

抬眼瞧着前方那个端凝如松的身影，他的心头突然涌上一阵迷茫。自己认识裴侍郎已有整整十年，在他身边做管记也有三年多了，甚至还娶了裴侍郎的义女。可他怎么越来越觉得，自己似乎根本就不认识眼前的裴侍郎；或者说，自打接下出使波斯的使命，裴侍郎就像变了一个人。

其实苏味道也明白，堂堂吏部侍郎，居然要远赴万里护送什么波斯王子回国，的确是变相的发配，可裴侍郎的反应也实在太古怪了！这一路上，他根本就是把整个使团当做斥候精兵在操练，全速赶路、日夜兼程，还没走平常的西域道，而是翻山越岭、两度黄河，不到一个月竟赶了将近六千里路！至于裴侍郎本人，更是渐渐显示出了令人胆寒的一面。

使团带着的百人卫队原是从禁军里临时抽调的精锐，面对这莫名其妙的千里疾行，自然有人怀疑有人抱怨更有人阳奉阴违。可没过多久，全团上下就把令行禁止刻进了骨子里——敢冒头的挑衅者固然都被裴侍郎直接套上重枷丢进了路过的军镇，更重要的是，这一路上无论遇到什么情况，他的态度都太过冷静，安排又太过周密，仿佛任何事情任何变故都在他的计算之中，那种近乎漠然的从容自持，渐渐形成了一种难以言喻的威势。莫说苏味道，如今就是使团里最桀骜的波斯侍卫被他看上一眼，照样抬不起头来。

想到适才那淡淡的一瞥，苏味道心里犹自一颤。如今的裴侍郎，根本就是个深不可测的冰人！至于那个自己熟悉的，让人如沐春风的裴侍郎，谁知道……他正想得入神，身后突然有人尖声叫道："鬼风！鬼风来了！"

苏味道一个激灵转头看去，就见在远远的地平线上突然多了一条黑线，没多久，黑线就变成了一道黑色的风墙，翻翻滚滚向这边扑了过来，可不正是鬼风！

苏味道大惊之下，挥鞭狠狠抽向了胯下的坐骑，原本就跑得飞快的队伍，速度立时又提高了几分。

鬼风却比骏马来得更快，转眼间，那黑烟滚滚的前锋已是清晰可辨。好在此时山丘也已近在眼前，裴行俭带马一圈，划出了最能避风的一片平地。大伙儿到了地头，纷纷拉倒坐骑，将披风兜头盖脸往身上一裹便躺倒在地。鬼风几乎是追着王方翼的马尾席卷而来，天地间随之一片灰暗，狂风携裹的沙粒将众人身上的披风抽得噼啪作响，半空中更不时传来一阵鬼哭狼嚎般的凄厉啸声。

原本晴空万里的夏日戈壁，转眼间便成了暗无天日的人间地狱。

苏味道紧贴着马腹侧卧在地。这次的鬼风来势虽猛,但有了山丘遮挡,比起头两次遇到鬼风时只能就地卧倒的狼狈无助,到底还是好多了。只是躺了许久,外头的风势居然没有半点减弱的迹象。不知气温变低了,还是风声太过瘆人,他的身上竟是一阵阵地发冷。好在马身依旧温热,他忙将身子贴得更紧,无意识地数着从马腹上传来的细微跳动,渐渐有些昏昏欲睡。

昏天黑地之中,也不知过了多久,外面突然传来了一阵叫声:"裴侍郎有令,鬼风快过去了,鬼风快过去了,大家都醒醒,醒醒!准备起来了!"

苏味道猛然惊醒,听着外面依旧是一阵高过一阵的风声,心头好不疑惑。他试着抖了抖披风,一动之下才意识到自己的半边身子都已埋进了沙子,披风上的沙子更不晓得积了多厚。

他大吃一惊,使劲扭动着身子,身子好不容易才从沙土里挣脱出来,猛然间又觉得光线刺眼,掀开披风一看,外面居然已是阳光灿烂。头顶上的天幕依旧碧蓝如洗,四野里更是一片宁静,若不是身边的爱马犹自被沙土埋了半截,又不断有同袍从沙堆里挣脱出来,他简直要怀疑刚才的鬼风是不是自己迷迷瞪瞪间做的噩梦!

身边突然传来"哎呀"一声惊叫:"我的水囊!"苏味道转头一看,却是一个侍卫在躲避鬼风时把水囊给跑丢了。那人正可惜不迭,身边有人笑道:"你也莫要可惜,若不是裴侍郎,大伙儿如今只怕都躺在沙子底下,再不用发愁没水喝啦!"

这一次的鬼风原比头两次来得更大,若不是找到了避风处,说不定真会被活埋。瞧着身边的沙土,人人心里都有几分劫后余生的轻松与庆幸,闻言也笑了起来。

说笑之中,众人拍掉尘土,拉起坐骑,重新上路。只是刚刚转过山丘,走在最前头的那匹马却是一声惊嘶——就在山丘边上,一处沙坑大概是被适才的鬼风卷走了遮盖,露出两具骸骨,头盔皮甲犹自保存完好,正是唐军的装束!

刚刚有几分欢腾的使团顿时沉默了下来,有人跳下马去查看究竟,有人则转头质问使团的向导,"这到底是什么鬼地方?你到底把咱们带到什么地界来了?"

向导缩着脖子,一声也不敢吭。

问话的侍卫不由火气更盛,厉声道:"这般废物,留着何用,还不如宰了清静!"

好些侍卫都和苏味道一样,从早起便滴水未入,此时又是惊惧交加,听到这句,心头憋着的那股邪火顿时烧了起来,纷纷应和不迭,性子暴躁的更是围了上来,就要拿那向导出气。

一片混乱之中,有人喝道:"住手!"

裴行俭不知何时已带马过来,缓缓扫视了这些侍卫一眼。被他这么一看,众人就像被当头浇了桶冰水,都讪讪地低下了头去。

在一片安静之中,裴行俭的声音愈发显得清晰沉稳,"你们都是大好儿郎,跋涉万里,所为何来?是建功域外、扬威四海,还是撒泼打滚、怨天尤人?不过是两具同袍的遗骨,难不成就把你们的胆子都吓破了?

"看看咱们脚下的这片戈壁,当年侯君集侯大将军平定高昌时曾走过,苏定方苏大将军扫荡叛乱时也曾走过。路有遗骨，正说明咱们没走错方向！他们当年创下赫赫威名，建立不世功业，是何等荣耀。你我同样是身负皇命，同样上有苍天庇佑、下有厚土托承，只要锐意向前，自然也能建功立业，封妻荫子，光宗耀祖！生为大唐男儿，这才叫不枉来这西疆走一遭，也不枉来这世间走一遭！

"至于迁怒于人，打杀庶民，杀得再多，又算什么本事？"

他的声音并不如何慷慨响亮，一字字道来，却如木桩般敲进了每个人的心里，几个闹事的侍卫更是满脸通红，"侍郎息怒，我等再也不敢了。"

裴行俭点了点头，语气微缓，"我也知道，你们并非胆怯，只不过是太过忧心，忧心找不到水源，也忧心找不到正道。不过皇天后土在上，先辈英灵未远，只要我等心诚志坚，眼前这点艰难险阻，何足道哉！"

他下马走了几步，站在沙坑之前，沉声喝道："来人，设香案！"

几个亲兵应诺一声，从行囊里七拼八凑，居然变戏法般真的拼出了一张小小的香案。裴行俭仔仔细细地擦净了十指，亲手点燃香火，闭目默然祝祷。

在荒凉的戈壁中，惨白的尸骸旁，这副景象简直诡异得难以言表，可不知是裴行俭一路上积威太深，还是刚才对鬼风的预言太过惊人，所有的人在愕然之余，也都渐次低下头去，跟着他默默祈祷起来。

良久之后，裴行俭才睁开双眼，原本沉静的面容更是一片肃然，"井泉不远，大事可成，跟我来！"

他低头捧起沙土撒进坑里，这才翻身上马，毫不犹疑地走向了西南方向。亲兵侍卫们自然也纷纷上前填土铺石。不过片刻，那两具无名的骸骨便再次被深深地掩埋在异乡的黄沙之下。

太阳早已过了中天，鬼风过境后戈壁上一丝风也没有，西斜的阳光直射在众人的脸上，不少人都渐渐头昏眼花起来，瞧什么都仿佛带上了一层雾气。

因此，一刻多钟之后，当众人跟着裴行俭转过一处红柳林，一泓湖水陡然出现眼前时，几乎每个人都揉了好几下眼睛，才嘶吼着从马背上跳了下来，向水边狂奔而去。

苏味道忍不住也跟着跑了过去。湖水十分清澈，带着新鲜净水特有的甘甜，他手里还有半囊一直没舍得喝完的水，并不是十分焦渴，却也左一捧右一捧地喝了十几口才渐渐停了下来。

在人喊马嘶的欢腾中，不知是谁叫了声"裴侍郎"，苏味道跟着众人回头看去，只见裴行俭依旧站在山坡高处，他的身形瘦削修长，却自有一种山岳般的沉凝伟岸，就这样静静地站在蔚蓝的天幕下，让人几乎忍不住要膜拜下去。

有人喃喃道，"神人！裴侍郎真真是神人！"

看着那个熟悉又陌生的身影，苏味道缓缓地点了点头。是的，自己曾经熟悉的那个睿智而温雅的吏部选官或许不过是个表象，眼前这个威严肃穆、深不可测的男子，才是真正的裴侍郎！

然而五天之后，当一行人顺利走出贺莫延碛，又马不停蹄地横穿伊州，来到庭州城外时，他却不由再一次迷惑起来——

大约因为裴行俭日前曾使人知会过庭州守将，此时庭州城外的官道两旁竟聚集了不少人，颇有些夹道相迎的架势。裴行俭并未避开，反而带马迎了上去，脸上更是慢慢露出了一丝奇异的笑意，仿佛是远行的国王，回到了自己的领地。

欢迎的人群瞧见裴行俭，也猛地爆发出一阵欢呼。有老者捧着酒爵带头迎了上来。裴行俭下马接过，二话不说仰头喝了下去，欢呼声顿时更为响亮。不断有人载歌载舞地上来献酒，裴行俭也是来者不拒，脸上的笑容竟比酒香还要醇厚暖人。

包括苏味道在内，使团里所有的人都目瞪口呆——人群中这个酒到杯干、如阳光般温暖耀眼的男人，真是他们那个冷静自持、连水都不会多喝一口的裴侍郎？

没有人预料到，这，仅仅是一个开始。

从庭州开始，使团的速度竟越走越慢，一路上不断有各部首领闻风而至。有的是二话不说便端出酒水摆上筵席，有的更是一路跟随、不肯离开，裴行俭居然也听之任之。等到使团穿过天山到达西州时，队伍里已拉拉杂杂地夹带了七八个部落的酋长随从。西州城外更是热闹非凡：山谷中、官道旁到处都是人头攒动，光是设有接风酒宴的帐篷就一个接一个地排出了百余步远。似乎整座西州城，甚至整个安西的豪强贵族都已聚集在西州城外，等候着迎接裴行俭。

在山呼海啸般的欢呼声中，苏味道张着嘴一时忘了合拢，心里只剩下一个念头：裴侍郎当年在这里到底做了些什么？以至于在离开西域整整十二年之后，还会拥有这样的威望……

不过此刻显然没人会来解答他的疑问，别说裴行俭，便是他们这些人也眨眼间便被人群淹没，各色美酒源源不断地捧了过来。苏味道原本酒量就寻常，喝到后来，已恨不得就地挖个洞躲了进去。

好容易走完了这段路，最后一个帐篷正是西州麹氏所设，裴行俭的脸上也有了几分酒意，眉宇之间愈显逸兴横飞。他接过麹氏族长的酒杯一饮而尽，抱拳向众人行了一礼，朗声笑道："多谢诸君盛情！昔日一别，这十二年来，裴某便是醉乡梦里也常回西州。当年咱们纵酒欢歌，放马游猎，何等快活！今日重逢，难得诸位还能如此相待，横竖天时正热，裴某也想多歇两日，待得秋凉再行上路，也好重温旧梦，再游猎一回！却不知谁愿同往？"

人群里几乎炸开了锅，"某愿前往！""我要同去！"的叫嚷声响成一片。

苏味道原本已喝得有些迷糊，此时不由愕然睁大了眼睛——自己没听错吧？裴侍郎居然说要留在西州打猎！居然说要等到天气凉了再出发！那他们这一路顶着烈日疾行数千里，又是为了什么？

他脑中一阵天旋地转，忙伸手抓住了身边的王方翼，"王副使，王副使，裴侍郎到底在说什么，我是不是听错了？"

王方翼手里也端着一杯酒，瞧着兴发如狂的人群，脸上居然笑微微地满是欣慰，

"苏参军不曾听错,我总算能放心了!"

放心?自己一定是喝太多了,听到的都是胡话……苏味道怔怔地瞪着王方翼那张越来越模糊的笑脸,还想开口,却一头栽了下去。

这一醉甚是彻底。苏味道再次睁开眼时,发现自己居然躺在一间土墙小屋里,屋子里干干净净,没有任何多余的陈设。阳光从高高的天窗里直射进来,在床前洒下了一道光柱,无数细小的尘埃在光束里不断起舞。

他愣了半晌才想起醉前的那些事,心里一阵发急,也顾不得脚软口苦,拿过床头的冷水胡乱喝了两口,推门走了出去。

外头的院子里一个人也没有,苏味道一直走出院门,才瞧见使团里一个侍卫,忙叫住了他,"我躺了多久了?这是什么地方?咱们的人呢?"

那侍卫刚从外面进来,脸上还是汗津津的,闻言笑道:"参军当真是醉得狠了,您都睡了一天多了!这是西州的军营,大伙儿如今都跟着裴侍郎去校场了,说是准备去天山打猎呢!"

苏味道脸都白了,裴侍郎居然真的要打猎,如此行事,又将皇命置于何地?

那侍卫犹自说得兴致勃勃,"校场上别提有多热闹了,光西州城里闹着抢着要跟着裴侍郎打猎的就不晓得有多少!裴侍郎说了,既然大伙儿都要去,那就要听他分派,好容易回来一次,总要闹出些花样来!我等辛苦这么一路,总算能好吃好喝、痛痛快快地玩上几日了,好歹没白来一趟!"

他越说越是眉飞色舞,苏味道嘴里却越来越苦。侍卫们自然是有吃有玩就好,可裴侍郎如此行事简直是破罐子破摔,偏偏还闹出了这么大的动静,就算西州和长安隔得远些,又怎么好瞒得住人去?

远处隐隐传来一阵鼓声。侍卫拍腿笑道:"听见没有,这是侍郎在点兵呢!"说完转身便跑了出去。

苏味道忙跟了出去,待到了校场边,就见场上已是黑压压的一片人头,少说也聚集了一两千人。远远的点将台上,裴行俭腰配宝剑,身着软甲,大红的披风衬得人格外精神,手中的鼓槌一点,便有人出列受令,有的奉命探路查看猎场,有的负责筹备美食美酒,有的则是前去邀请各部酋长前来会猎。一眼看去,倒真像是将军在出征前点校着自己的队伍。

苏味道呆呆地看了好一会儿,闭上双眼苦笑起来:若是十年前,他定会想方设法去苦劝裴侍郎一番,可正是当年裴侍郎的所作所为,让他学会了谨慎,学会了三思而行。如今,他已再不是那个冲动的毛头小子,裴侍郎更是变得太过陌生、太过莫测,他已没有了开口的勇气……

在他的百感交集之中,裴行俭的行猎队到底还是轰轰烈烈地出发了。之后几日,带着子弟亲兵前来会猎的各部首领也越来越多,一行人真正到达天山南麓时,随行者居然已超过万人。山林之间,奔驰的骏马随处可见,草原之上,各色帐篷满坑满谷,那星星点点的篝火,此起彼伏的歌声,让人简直不知今夕何夕。

/第一百五十章 万里奔袭 一举成擒

这么多人自然没法窝在一处打猎，裴行俭索性将队伍分成了几支，以猎物多少论高下。他自己则带着两三千西州子弟，一路打猎一路操练，什么分兵包围、星夜奔袭、列队冲锋，几个花样来回穿插，务求不使一只野物漏网。使团侍卫们原是被裴行俭这么操练了一路，如今帮着他操练新人，哪个不是摩拳擦掌？这些西州人又都精于骑射，一通苦训之下，不过七八日工夫，居然也练得有模有样了。

天山的飞禽走兽们哪里敌得过这种架势？没几日便被围猎干净。裴行俭索性带着大伙儿抄小道一路扫荡了过去，眼见着前头便是突厥可汗阿史那都支牙帐所在的轮台，这才带住队伍，一面派了跟都支最熟的米家小郎邀约都支来此同乐，一面就地扎营，变着花样的游乐比斗。众人自是愈发尽兴，每天夜里，烤羊烤鹿的香味，足以传出几里地去。

对于这些精致的胡闹，苏味道自然是冷眼旁观。他也曾鼓足勇气找到王方翼，结果却被轻描淡写地打发了回来，其余人等更是乐在其中。他一肚子生气担忧没地儿发泄，只能每日早早钻进帐篷，眼不见心不烦。

因此，他也没听见篝火边的那些议论：阿史那都支好大的架子，裴侍郎特意请他，他却只让人送了酒水过来！突厥人这些年真是越来越张狂了，勾着吐蕃攻破安西四镇不算，如今更渐渐把主意打到了西州头上，什么时辰能教训他们一顿才好……

黑夜慢慢过去，草原的清晨带着露水的清香悄悄来临，当天边刚刚露出一线乳白，这片篝火未熄、酒香犹烈的营地里却突然响起了一阵呜呜的号角。

是裴侍郎点兵的急令！苏味道在睡梦中一个激灵跳了起来，手忙脚乱地套上靴子，一面穿衣一面冲了出去。

黯淡的星光中，无数人像他一样从帐篷里冲出，迅速聚集在中军大帐前。

裴行俭早已站在帐前，他穿着红袍软甲，装束得极为利落，见众人到齐，便含笑扬声道："诸位不愧是西域最出色的猎手，裴某在此只想问大家一句，这些日子以来，你们打猎打得痛快不痛快？想不想再打得更痛快些？"

众人原是一头雾水，听得这一句，自然是纷纷应和："想！"

裴行俭的笑容更是亲切，"我也听说过了，这些年来，咱们西州人的日子不比从前好过。突厥人和吐蕃人动不动就耀武扬威，劫掠州府，来往的客商都被他们闹得少了好些，更别说让咱们到他们的地盘边打猎。大伙儿也难得像今日这般痛快玩乐。我还想问大家一句，不知道大伙儿想不想过回从前那样的舒服日子？想不想随时都可以再来天山打猎？"

众人的嗓门愈发大了，"想！想！"

裴行俭微微点头，在猎猎的火把照耀下，他的笑容和声音里几乎带着种催眠般的魔力，"那就好！今日裴某要去打一只全西疆最大的猎物，把那位突厥可汗阿史那都支拿来给咱们割肉端酒！我要让他牙帐里的黄金牛羊女奴都换个姓氏！我要突厥人从此听到西州的号角就退避三舍！

"你们，敢不敢跟我一道去？"

人群"轰"一声炸开了,"敢!""我敢!""咱们这就去捉了都支那厮!"

苏味道险些倒退了一步。他转头看了看,自己身边那一张张年轻的面孔上分明都写满了激奋与渴望——他们是疯掉了么?还是被这些日子的快活冲昏了头?就他们这临时拼凑的两三千人,居然要去突厥人的腹地活捉他们的十姓可汗?

茫然之中,他突然看见了站在裴行俭身后王方翼,在那张素来端正严肃的脸上,分明也满是笑容!

仿佛有闪电从脑海中划过,苏味道心头一阵发麻,这一路上前前后后的事情突然间全部串在了一起——原来如此!原来所谓出使波斯,从头到尾都是一个局,是圣人配合着裴侍郎设下的惊世之局,为的就是今天,此刻!

人群的最前方,裴行俭那从容的笑脸,分明跟十年前没什么两样,那明亮的目光,分明跟一路上也没什么两样。原来他从来都没有变过,就算有什么变化,也是变得更高瞻远瞩、更算无遗策……井泉不远,大事可成!

苏味道的一颗心不由砰砰地越跳越快,在身边一波高过一波的欢呼声中,终于忍不住也高喊了一句:"咱们这就活捉了都支去!"

七月的草原黎明已颇有凉意,骏马奔驰之间,迎面刮来的西风更是寒气刺骨。苏味道伏在马背上,却半点也不觉得冷,他只想让马跑得快些,更快些,仿佛只有这样,才能让他胸口沸腾的热血不至于化为纵情的呼啸。

几十里的路,在快马疾驰之间不过片刻就到。初秋的霞光还未能在天边涂上颜色,阿史那都支的大帐已出现在远方。

阿史那都支本人则离他们更近。在睡梦中猛然收到裴行俭派人送到的口信,他连皮甲都没时间系好,身后那五六百名亲信子弟大多也和他一样形容仓促,不是身上只带了把刀鞘,就是箭囊里空空如也。唯有一位身穿玄色盔甲的将领装束得十分齐整,带马站在都支的身后,隐隐间竟有种磐石砥柱般的气度。

阿史那都支转头看了此人一眼,神色总算镇定了许多,带马上前,对着裴行俭按胸行礼,"裴侍郎,好久不见!不知今日如此着急召见都支,所为何事?"

裴行俭笑微微地欠身还礼,"的确是好久不见,裴某与都督一别十几载,一直颇为挂念,前些日子突然听闻都督与李将军约好了,今年中秋要一道练兵,裴某欢喜之下,少不得自告奋勇过来,也好请都督随裴某到长安去好好盘算盘算此事。"

阿史那都支脸色微变,自己的确是跟李遮匐约好了今年中秋正式起兵反唐,这消息裴行俭怎么会知道?他这次过来,自己也是一早就留意了的,只是原想着此人虽然惯会收买人心,到底只是一介书生,此番又是日日纵酒玩乐,才没有多加提防,却没想到他居然就是为了自己而来,而且敢如此行险!

瞧着裴行俭身后那气势正盛的数千人马,他心里多少有些发虚,回头给自己的那位心腹大将使了个眼色,才冷笑了一声,"中秋练兵?这是哪里传出来的谣言?真真是荒谬!不过裴侍郎既然到了轮台,若要饮酒行猎,都支自然是奉陪到底;若要练兵赛马,此地好歹是我牙帐所在,不出半日,自会有千军万马前来助阵,倒也未必会输给

/第一百五十章 万里奔袭 一举成擒

侍郎！"

裴行俭依旧笑得从容，"都督说的是哪里话，练兵赛马，着实太伤和气，至于千军万马，裴某大约还等得起，都督却绝不会有那个工夫了。"

他抬眼看了看都支身后的人马，突然用突厥语扬声道，"诸位，我是大唐裴行俭，这回过来，是因为你们的可汗背信弃义，图谋反叛，我奉大唐天子之命，要请他去长安走一趟。你们也看见了，我身后的精兵人数是你们的五倍，箭支是你们的十倍，在他们后面，还有上万人马！你们呢？你们的刀磨利了么？箭带够了么？

"不想送命的，立刻放下弯刀！我裴行俭在此保证，送走你们的可汗之后，我就会放你们回家。你们明日后日，明年后年，照样都能在这片草地上放马牧羊、打猎喝酒，又何必为了别人的野心去拼死拼活，叫你们的父母没了儿子、妻子没了丈夫、儿女没了父亲？"

阿史那都支心里一沉，以裴行俭在族人里的好名声，加上这些煽动人心的话……他再也不敢迟疑，厉声喝道："阿烈！"只要出其不意射死裴行俭，今日这一仗，自己依然有三分赢面！

那意料之中百发百中的神箭却迟迟没有出现，裴行俭静静地看着阿史那都支，眼神里甚至带上了毫不掩饰的笑意。阿史那都支心头一寒，就听身后终于传来了熟悉的浑厚声音："罪人方烈，愿放下弯刀，听凭裴侍郎发落！"

阿史那都支只觉得自己整个人都僵住了，他慢慢地回过头去，只见一身玄甲的方烈已翻身下马，毫不犹豫地丢下手里的弯刀，大大方方地负手站在了马前。

这个动作仿佛有一种难言的传染力，剩下的几百人面面相觑，很快也有人学着他的样子下马丢刀，垂头站在了那里。那"咯啷啷"声音渐渐密集，没多久，马背上便再也见不到几个人影。

阿史那都支死死地盯着方烈，眼珠子里几乎能射出毒箭来——难怪自己的计划会泄露，难怪裴行俭敢这么带兵前来，原来自己最信任的心腹，这片草原上最有名的勇士，根本就是裴行俭的人！

方烈的脸上却没有太多表情，只是缓缓转头望向了东方。

那是日出的地方，也是大唐所在的方向。

一轮红日终于从草甸深处缓缓升起，万丈霞光将草原染得一片金红。苏味道站在霞光之中，只觉得自己整个人似乎也融进了这灿烂辉煌的光芒里。他的眼前，使团侍卫有条不紊地收拢俘虏；西州子弟欢呼着冲向不远处的金帐；裴行俭则和方烈并肩站在一起，笑容竟是前所未有的飞扬……

作为阿史那都支的牙帐，轮台的这片营寨并不小。待得这支"行猎队"将营寨全部控制在手、搜索完毕，又休整了一番，日头已划过中天，沉向远山。裴行俭将队伍分成了两部，一队随王方翼留守轮台——方烈的心腹已拿着阿史那都支的令箭前去通知各部酋长前来议事，他们只用坐等对方自投罗网便好；裴行俭则带着最精锐的人马继续奔袭李遮匐的老巢。

苏味道便被划在了留守的队列，他听到消息，忙找出门去，好容易才在一处大帐外寻到裴行俭，他却正在劝说方烈，"李遮匐的胆魄你还不知？只要让他晓得都支的下场，说不定都不用咱们劝说他便会束手待擒！你留在这里协助王副使就好，又何必还要跑这一趟？"

方烈却并不买账，"那你又何必亲自跑这一趟？"

裴行俭笑道："自然是要把这功劳把牢了，坐实了，不然若是让姓李的跑了，我这十几年的布置，岂不是白忙了？"

方烈也笑了起来，"那我就更得去了！不瞒你说，我是想带我家二郎去碰碰运气。"

裴行俭恍然失笑，"原来如此，可怜天下父母心！米大和白三也都说自己不要封赏，只要我带上他家儿郎。你放心，那边若是一切顺利，我就让二郎和他们去打头阵！你还是莫要去了，王副使是要留下来经略安西的，他为人端方重义，你且好好辅助于他，日后在这边自能多一层保障。"

方烈笑着抱了抱手，也不多说，转身大步离去。

他们说话并未避人，苏味道虽隔得不近，也听了个七七八八，心里不由愈发翻滚：自己还是猜错了，原来为了今日，裴侍郎竟已布局十几年！这份眼光……见方烈离开，他忙上前一步，对裴行俭抱手行礼，"侍郎，多谢侍郎体谅，属下斗胆，还请侍郎给属下一个机会，让属下追随侍郎，也好亲眼瞧瞧敌酋归降的盛况。"

裴行俭上下瞧了他两眼，点头笑道："你若不怕辛苦，就随我来吧。"

苏味道兴奋地抬起头来，"多谢侍郎成全！侍郎此番功绩，上可追定远，下可垂青史，他日侍郎出将入相、凌烟留名之时，这万里奔袭、轻取敌酋之事更会是一段千古佳话。味道全凭侍郎提携，方能适逢其会，又岂敢提辛苦二字！"

"出将入相？"裴行俭微微有些出神，到底还是飒然一笑，"日后你会有这一日的！"他拍了拍苏味道的肩头，回身走到早已列队完毕的人马前面，干净利落地纵身上马，马鞭一挥，带头奔向了草原深处。

早已憋足了劲的西州子弟和使团侍卫"嗷"的一声呼喝，撒马跟了上去，上千匹骏马迅速汇成一个巨大的箭头，势不可挡地直射南方。

苏味道却呆了一下才忙忙催动战马汇入人流，心头犹自惊疑不定：自己没有看错吧？刚才那一刻，裴行俭的笑意虽然依旧从容，却分明没有什么喜悦，反而似乎有一种说不出的……苍凉？

抬头看着那个一骑绝尘的孤独背影，他心头原本消散的迷雾不由变得愈发浓厚：裴侍郎到底在想什么呢？这次万里奔袭，其实他一直都是这样走在最前面吧？永远都是那么沉稳冷静，令人安心，却又永远都是那么遥不可及。

就像，远远的天山上，那轮刚刚升起的月华。

第一百五十一章
空穴来风　平地生波

八月的午后，阳光有种特别的金黄色调。用姜汁反复烤过的邢窑白瓷碟，侧着光看去，碟底有一层淡黄色的光泽流转不定，仿佛染上了一层阳光，又仿佛是碟心那摊从泥金里沉淀出的金水，透过那层薄薄的雪白瓷胎，将颜色印在了底盘上。

琉璃小心托稳了碟子，将手中鼠须笔的笔尖斜伸着蘸了一层金汁上浮起的轻胶，再将笔尖裹上碟心的金汁，这才在画卷上细细地描补起来。

她的笔下，一幅六尺的横卷看去已十分精致工丽，无论是那碧绿的垂柳、微青的湖水，还是湖畔盛开的绛色牡丹，柳枝掩映的金碧亭台，都被画得细致入微，整个面画的色调更是浓郁富丽。琉璃在飞檐、坡顶和柳梢上又补上了一层金色，就像是此时的阳光也洒进了画面里的春日宫廷，为这片浓丽春景添上了最亮丽的一笔华彩。

突然间，一阵急匆匆的脚步声由远而近，有婢女轻声道："娘子，赵国公夫人、郧国公夫人和侍郎府上的崔娘子登门拜访。"

琉璃随意点了点头，却是直到笔尖的金水将将画完才猛地反应过来。低头瞧了瞧圆碟里好容易调制妥当的金汁和立马就要完工的画卷，她略一犹豫还是吩咐道："请她们到堂屋略等一会儿，就说我稍后过去。"

一鼓作气补完最后几笔，她侧头看看画卷并无不妥，这才匆匆赶往上房，心里好不纳闷：今日这三位怎么一起来了？十三娘也就罢了，崔玉娘却是无事不登门的，至于裴如琢的夫人崔静娘，平日为了避嫌，就更不会明着上门了。自己这几个月打着闭门作画的口号，几乎没出去应酬过，有什么事能劳动她们找上门来？

她越想越是摸不着头脑，脚下自然也是越走越快，刚刚走进堂屋，坐在上首的崔玉娘便起身笑道："看来咱们是来得不巧了。"

琉璃为作画方便，身上穿的是一套素面的深色胡服，头发也是紧紧地束在脑后，通身上下并无半点装饰，如此待客殊为不妥。她自己低头一看，也不好意思地笑了起来，"哪里的话，贵客登门，原是求之不得。适才我是有点事被绊住了，又怕几位久等，得罪之处，还望见谅。"

她一面说，一面也打量着三位崔氏，她们都打扮得十二分齐整，十三娘头上更是戴了顶赤金点翠的花冠，配着精致的妆容，显得富丽端庄，与平日的清雅截然不同。琉璃略觉诧异，转念间才想起自己日前曾收到过她的请柬，说是要给女儿办及笄礼，想请自己当赞者，算起来可不正是这两天？

　　这份邀请，琉璃当时就谢绝了。眼下她实在不想做任何引人注目的事。一则自打裴行俭当了波斯大使，人人都觉得他比李敬玄还倒霉，那些或幸灾乐祸或好奇怜悯的目光实在让人吃不消；二则她自己心情也不好，又要提防着那只暗处的翻云覆雨手，这出门应酬，谁知会遇上什么事？因此，虽知十三娘是一片好意，她也只是让人送了份重礼过去，看这样子，难不成……

　　崔十三娘的脸色果然有些凝重，起身见过礼后便道："阿嫂，今日十三冒昧前来，乃是有一事相询，不知阿嫂这边可曾收到过西疆那边的消息？"

　　西疆？难道是裴行俭那边出了什么意外？琉璃心头一紧，忙问："什么消息？"

　　崔十三娘脸上露出了一丝为难，"阿嫂莫急，我这消息也不知做不做得准，因今日小女及笄，我请了些歌舞乐伎给宴席助兴，有个胡姬大约听着敞舍也叫裴侍郎府，便跟家中管事说，她兄长一个月前还在西州见到裴侍郎在校场点兵，要带西州人去天山打猎。这话恰好被一位女客听见，当众问了几句，那胡姬信誓旦旦，说她兄长亲耳听到裴侍郎说了，要带着大伙儿好好游乐，等到秋凉再出发。"

　　琉璃一口气顿时松了下来，原来是这件事！裴行俭的障眼法果然耍得漂亮。算起来，如果一个月前他就已经带人去"狩猎"了，如今阿史那都支和李遮匐应该都成了他的猎物，也许再过两个月他就回来了，也许还不用两个月……她心里默默计算着日子，突然发现屋里静得有些异样，抬头一看，却见对面三个人都在诧异地看着自己。

　　糟糕，自己的反应未免太"淡定"了！琉璃忙笑道："多谢十三娘相告。我这些日子心里原是有些不安生，适才真是吓了一跳，幸亏不是出了什么意外！说起来，外子在西州时的确喜欢出门行猎，这故地重游、盛情难却，大约也是难免的，不过他的性子历来谨慎，想必不会因私误公，这传言么，或是有些夸大也未可知。"

　　崔十三娘呆了一下，欲言又止。崔玉娘却点头叹道："正是，裴侍郎人在边陲，这相隔好几千里的，什么话传过来都未必可信。只是人心莫测，今日那王氏我瞧着多半是成心宣扬，那胡女偏又言之凿凿，好些人只怕都会信了她。回去后她们若是添油加醋地传开，对裴侍郎到底不大好，万一被言官知晓，上朝弹劾，事情就更难收拾了，大娘还是早做准备才是，最好派人去西疆走一遭，也好澄清谣言。"

　　琉璃怔了一下才道："多谢玉娘提醒。"心里受到的惊吓简直不比刚才少——崔玉娘是什么人？自打认识第一天起，自己就从没入过她的眼，前些年她顺风顺水时好歹还能摆出副宽容的姿态，自打李敬玄被派往河西、裴行俭接掌吏部之后，哪回瞧着自己不是恨不能连脚底都表现出不屑来？今天却能说出这样一番话，她这是……怎么了？

　　崔玉娘和善地一笑，"大娘何必跟我见外。"

崔十三娘的脸上却满是歉疚，长跪欠身，"都是我御下无方，待客不周，才会让王夫人把人带到堂上去问话。此事阿嫂先盘算盘算，若有什么用得上的地方，千万莫要客气，总要给我一个亡羊补牢的机会。"

崔静娘忙道："此事怪不得十三娘，今日来客那么多，她哪里处处照应得到？当时原是我在那里帮她招呼客人，却没想到会闹这么一出。那王氏言辞锋利，我一时反应不及，竟没能阻止得了她……"

所以她们都觉得是自己惹出了好大的祸事，送走宾客后衣服都没换就赶着过来报信赔礼了？琉璃心里感激，忙欠身还礼，"两位快莫这么说，此事怎么能怨你们？这种事情，若有人成心说开，就算是我在那里，也未必能阻止得了。"

崔玉娘愤然道："可不是！那王氏原本就是个爱搅事的，遇到这种事岂有不煽风点火的道理？十三娘今日都恼了，说了她两句，她还阴阳怪气地说什么风水又变了，有些衙门要自求多福。她不就是眼红这吏部的差事么？也不瞧瞧她家夫君的模样，便算这些人都被打发出去了，也轮不到他！

"还有那起子见风使舵的小人，你得势时恨不能日日跟在你后头，这眼见着风头有些不对了，不管你有没有错处，先编排上一顿再说，那幸灾乐祸的模样，真真是可恶！不过大娘，不是我说你，这些人再可恶，你这样日日躲在府里也不是办法，她们只会愈发觉得你软弱可欺，明日我摆上一席，你堂堂正正去赴宴，看谁能欺辱了你去！"

琉璃这才恍然大悟：难怪今天她如此和善，原来是觉得自己和她同病相怜了，进而可以同仇敌忾，这误会……她也只能一脸感激道："多谢玉娘盛情，只是我手头这幅要献给天后的画还没收尾，只怕要过几日才得闲。"

崔玉娘诧异道："都什么时辰了，你还有心思画画？"

琉璃叹道："越是这时辰，越要用心画好。"开玩笑，她之所以把这幅画又是添色又是描金又是花鸟又是台阁地整这么复杂，不就是为了磨洋工？眼见着流言乱飞，正该好好给画上再罩染些栀黄，再俗都无所谓，总比出门招人眼强。

崔玉娘显然理解成了另外一层意思，沉吟着点了点头，"这倒也是，献给天后的画，原是要用心些，这时辰能让天后高兴些，也是一条路子。横竖我那边是不急的。只是今日十三娘那边客人来得多，消息定然也传得快，寻人去西疆送信打探，已是刻不容缓。再者，我看那胡女也不像寻常的无知妇人，大娘不妨着人去查一查她，谁知她到底是什么居心！你若是不得便，我让人帮你去查就是。"

琉璃哪里敢麻烦她，忙笑着谢绝了，"暂且还不用劳烦玉娘，此事眼下不过是些传言，闹大了反而不美。无论如何，总要先晓得西州那边到底是什么情形才好，我还是托人去那边问清楚了再做打算。"想了想又补充道："我总觉得，拙夫不是能做出这等轻狂事体的人，多半只是一场误会。"

崔玉娘脸上微微带出了几分不屑，"是么？大娘倒当真是泰山崩于前而不变色。"

琉璃唯有苦笑，"其实我是太没用，想忙也不晓得从哪里忙起，只好一动不如一静了。"

崔玉娘不假思索道："这话也不算错……"

十三娘忙笑道："阿嫂这是大将风范，谋定而后动。"

崔玉娘嘴角微挑，"正是！"语气里却没有半分诚意。

琉璃心里叹气，还未想好怎么答话，门外突然传来了婢女的声音："启禀娘子，右卫将军夫人的马车已经到门口了。"

琉璃吃了一惊，今儿是怎么了，一个两个都这么急着上门！这武三思的夫人又是来做什么的？难道是流言已经传到她那里了？她忙扬声道："快请！"回头一看，三位崔氏也是脸色惊疑，崔静娘眉头紧皱，十三娘的眼神更是充满歉疚。

琉璃不好多说什么，笑了笑道声"失陪"，起身到门口相候。不大工夫，就见一个姹紫嫣红的身影风风火火进了内院。那大红色罗衫配着的艳紫色八幅长裙，看得琉璃不由眼皮一跳，待瞧清红衫上的团花朵朵，紫裙上的满地彩绣，外加一条披帛还是黑底红绿大花，更是恨不能自戳双目——可惜来人步子太快，转眼便冲过来拉住了琉璃的双手："恭喜恭喜！贵府今日大喜啊！"

琉璃吓了一大跳，"什么大喜？"

刘氏咯咯笑道："夫人还没听说吧，西州过来的捷报已传入宫里了，裴侍郎没伤一兵一卒便活捉了两个突厥贼首！圣人大喜过望，天后也说这是今年封禅泰山的吉兆，一定得好好奖赏。这种喜事原是千载难逢的，我这不就赶紧过来给夫人报喜了？夫人且等着吧，待得侍郎回来，这番封赏……"

她这边好话还在持续喷涌，那边堂屋的门帘"哗"的一掀，崔玉娘有些尖锐的声音突兀地插了起来，"什么突厥贼首？裴侍郎不是去波斯册立国王么？刘夫人，您没弄错吧？"

刘氏看见崔玉娘，脸色微变，顿了一下却露出了更大的笑容，"赵国公夫人也在这边呀？好巧好巧！夫人放心，这么大的事情，我怎么会弄错？捷报上写得清清楚楚，裴侍郎奇兵突袭，生擒活捉了突厥的可汗，还有个什么大将也是望风而降，连他们那些手下都没走脱一个，缴获的金银珠宝更是不计其数！眼下裴侍郎只怕都在回程的路上了，等到封禅前献俘阙下，那才叫风光呢！"

崔玉娘茫然地看着刘氏，"那波斯呢，裴侍郎不去波斯了？"

刘氏"啪"的一拍手掌，"自然是不去了！什么波斯，今日我才听说了，原来裴侍郎此番西去，根本就不是为了帮他们复国。当日原是朝廷收到密报，突厥人秋天要反，圣人原想发兵征讨，是裴侍郎自告奋勇，说朝廷很是不必大动干戈，他可以假借出使波斯赶往西疆，寻机捉了那两个贼酋。圣人当时还觉得他异想天开，裴侍郎几次请命，才说服圣人让他一试，没想到当真是轻轻松松手到擒来！"

她热情洋溢地晃了晃琉璃的手，"夫人好福气啊！裴侍郎这手段、这胆魄，啧啧，我都不知该说什么才好了！"说着有意无意地瞟了崔玉娘一眼，"还是圣人说得好，裴侍郎心怀社稷，不计荣辱，又是文武全才，乃国之栋梁，不是寻常人能比的。此次侍郎果然没有辜负圣人的期待！"

　　崔玉娘的脸色顿时彻底阴沉了下来。琉璃一眼瞥见，不由暗暗叹气。她自然也听说过，当日李敬玄其实并不想去打仗，是皇帝硬逼着他去了边关，兵败之后，却又说李敬玄辜负了他的期望。刘氏这话，不是拿刀捅崔玉娘的心窝子么？

　　崔静娘和十三娘此时也跟了出来，崔静娘犹自是满脸的难以置信，十三娘眼神也有些复杂，却还是盈盈笑道："原来如此，怪道说名师高徒，侍郎如此儒雅人物，又有如此风雷手段，古之名将，也不过如此！"

　　崔玉娘身子一震，目光蓦然转到了琉璃脸上，咬牙冷笑道："可不是，裴侍郎是名将手段，华阳夫人是大将风范，就咱们是一帮傻子，白白替人操心不说，还叫人看了场笑话！"说完袖子一甩，铁青着脸头也不回地走了。

　　十三娘和崔静娘都吓了一跳，十三娘叫了声"姊姊"，又忙忙地对琉璃行了一礼，"阿嫂莫要见怪，我姊姊是有些误会阿嫂了，我这便去好好与她分说分说。"

　　琉璃只能笑道："自家姊妹，又有何妨。"

　　十三娘向刘氏点了点头，才转身追了出去。崔静娘也是脸色尴尬，柔声解释道："阿嫂见谅，玉娘她原是担心了一路，一时想左了，才会以为大娘是故意瞒着她，其实这等军国大事，男人们又如何会跟咱们说？"

　　琉璃点头称是。一旁的刘氏却"嗤"的一声笑了出来，"这还用说？她又不是三岁小儿，这也想不到？我看啊，她这是觉得没脸！都是吏部选官，都是去了边陲，一个临阵脱逃以致全军覆没，一个不费吹灰之力活捉了敌酋，换了是我，我也不愿再瞧见华阳夫人一眼！"

　　这种大实话是能说的么？琉璃苦笑着摇头，"玉娘只是性子急些，刘夫人误会了。"

　　崔静娘也呆住了，强撑着笑道："刘夫人说笑了。"

　　刘氏笑嘻嘻地挥了挥手，"我可没有误会，也不是说笑，夫人们都是心地良善的实诚人，原是想不到这些的。"

　　这话莫说崔静娘，便是琉璃都不知该如何接下去。崔静娘咧了咧嘴角，转头对琉璃道："我光顾着替阿嫂高兴，倒是忘记恭喜阿嫂了，阿嫂大喜！此等捷报，我也要赶紧回家转告拙夫一声，好叫他也欢喜欢喜。"她微微退身行了一礼，没敢多看刘氏一眼，转身往外就走。

　　琉璃送了几步，回身再瞧刘氏，对她的杀伤力评估顿时又上了个台阶——自己一直觉得她的奉承话太难招架，没想到她刻薄起来更是威不可挡，幸亏自己胆小，每次就算憋出内伤来也没敢得罪过她！

　　见琉璃回身，刘氏也满面放光地迎了上来。从树梢里洒进来的阳光照在她浓墨重彩的面孔上，那胭脂、水粉、额黄、螺黛、斜红、面靥和眉心的紫金花钿熠熠生辉，衣裙上各种颜色更是光芒乱射，琉璃眼前一黑，差点没扭过脸去。

　　刘氏脸上带笑，却响亮地叹了口气，"真真是抱歉，我这一来，怎么便把贵客们都给气走了呢？那赵国公夫人可是平日爱拿鼻孔子看人的，眼神又不好，如今还一门心思以为她夫君是'百官之首'呢，这要恼出个好歹来，可不就是我的罪过！"

琉璃也知道她的脾气，索性笑道："赵国公夫人得罪过夫人？"

刘氏"哈"地笑了出来，"夫人可冤枉死阿刘了，赵国公夫人是什么人？眼里怎么会瞧得见我，更莫说得罪了，我就是上赶着给她请安，人家都看不见听不着呢！可惜啊，她那个夫君却不争气，一上沙场竟逃得比兔子还快，白白连累死了那么多人！我要是她，臊也臊死了，还敢端着这么大的架子出门？这刀剑不入的脸皮，正该拿去安在边陲上抗敌不是？跟我置气，可不是拿杀牛刀劈蚊子腿么？"

琉璃撑不住"扑哧"一声笑了出来，却不知如何接话才好。

好在刘氏压根就不用人接话，自己流利地说了下去："这位国公夫人今日过来只怕是来看夫人笑话的吧？裴侍郎这么一走，她还不定多么称愿呢，可有人比她夫君更倒霉了！她也不想想，赵国公能跟裴侍郎比么？都说'裴李'、'裴李'，原先在吏部，他白占着那样的高位，裴侍郎的名声不还是照样稳稳压他一头？如今就更不用说了！这下也好，夫人日后见了赵国公夫人，拿鼻孔看回去就是！"

琉璃忙解释道："她倒不是来看笑话的，原是有人说拙夫在西州那边不顾皇命，带着人到处游猎玩乐，她是来知会我一声，让我寻人去西州那边瞧瞧，莫让这等流言坏了拙夫的名声。"

刘氏奇道："还有这种流言？"随即便嘴巴一撇，"夫人还真当她是好心？夫人不知道吧，她家那位如今正上书告病，说要回来休养，她可不也是急着四处寻人帮着说话？今日让夫人承了她的情，她才好叫夫人帮她到天后跟前进言呢！"

这事儿琉璃倒当真是第一次听说，回想了一下崔玉娘今日的言行神态，还是摇了摇头，"那倒不至于，我跟赵国公夫人也认识二十多年了，她的性子向来高傲，却不是个有心机的。"

刘氏啧啧有声，"我就说么，夫人这般的实诚人，原是想不到这些的！"不等琉璃反驳，她亲亲热热地挽住琉璃，"夫人就是太心善了，待谁都客气，瞧谁都是好的，才惯得那些人气焰愈发高了。其实论身份、论容貌、论才情，这满京城的女子，谁能跟夫人比？就赵国公夫人那样的，十个加起来也比不过您一根手指头！要不然，这些年宫里来来往往那么些人，天后心里念念不忘的，还是夫人您呐！"

琉璃只觉得冷汗又要下来了，好在两人已进了堂屋，她忙请刘氏坐下，"今日多亏夫人带了喜讯过来，不然我这还忧心着呢。你想喝点什么？我去给你准备！"

刘氏大咧咧地挥了挥手，"不用不用，夫人府里的，自然都是好的，我啊，只要能跟夫人说说话，比喝什么琼浆玉露都要受用！"

琉璃只得收回脚步，默默坐了下来。

刘氏挪了挪身子，打量着琉璃笑道："不是我夸夫人，夫人您自己瞧瞧，这满京城的贵人，还能有谁打扮得像您这般素雅的？谁又有您这气度？就像我，但凡穿得略差些，只怕就像个干粗活的婆子了！"

琉璃冷汗是真的下来了，每次见面刘氏原是必要将她从头到脚夸上一通，没想到对着自己这身工作服，居然也能夸得这么丧心病狂！瞧着眼前的亮紫大红深黑，她只能硬着头皮道："夫人过奖，我这是在家里懒散惯了，又不像夫人，能衬得起这般富贵的颜色。"

刘氏大喜，"你也觉得这颜色富贵？今日天后却嫌我太花哨了，让我日后素净些！"

天后英明！琉璃松了口气，点头笑道："天后这些年穿得庄重，原先却还是素净的时候多，不愿瞧人年纪轻轻就穿得太过富贵也是常情。"

刘氏若有所思道："原来如此。只是我最喜欢紫色大裙子，那些素淡些的颜色我穿着也不好看。要不，回头我换上玄色衣裳，红色披帛？"

这有区别吗？琉璃心里泪流满面，到底还是忍不住道："我倒觉得，略素淡些的颜色或许更能衬出这裙子的贵气来。"

刘氏诧异道："是么？浅淡的颜色也能压得住？"

琉璃点了点头，索性委婉地把紫色的配色宜忌说了一遍，刘氏听得连连点头，最后一把拉住了琉璃的手，"怪道天后总说你最会打扮人了，日后我有什么新衣裳，不如都穿过来给你瞧瞧，夫人也好帮我参详参详，夫人不会嫌我烦吧？"

琉璃简直恨不能找块豆腐撞上去，脸上却不得不绽开笑容，"自然不会！"

刘氏愈发高兴，拉着琉璃又是一通天上地下的赞美，琉璃身上的鸡皮疙瘩起了又消，消了又起，脸上却依然要保持微笑作欢喜状，正销魂间，外头婢女又报：赵娘子来了！

琉璃喜出望外，若不是身份所限，简直想冲出去迎接她。仿佛等了好大一会儿工夫，赵幺娘才姗姗而来，手上还牵着大约是顺路遇上的小光庭，一进门便笑道："母亲大喜！刘夫人安好！女儿进门就听到好消息了，怎么每回刘夫人到母亲这里，都会有这般的好事？看来我得想个法子，也把刘夫人请到寒舍去坐坐才好。"

她的笑容温婉，声音清婉，最平常不过的奉承话被她这么一说，竟如带来满室春风。琉璃瞧着自己的这位"女儿"，佩服之情再次油然而生。

赵幺娘原是六年前由裴行俭做主，嫁给了从咸阳尉转为京官的苏味道，两位大龄青年倒也恩爱非常。前几年周王妃惨死，圣人李治秉承着眼不见心不烦的一贯精神，把常乐大长公主和驸马都远远打发到了外地，赵家自然一落千丈，赵幺娘身为"叛徒"，却没受半点牵连，这几年又添了一儿一女，日子过得愈发顺心。此时一身淡粉衫子雪青裙子泥金帔子，当真是温柔妩媚，观之可亲。

刘氏原也见过幺娘，此时心情大好，很给面子地挥手一笑，"好说好说。"待看清她拉的是小光庭，更是站了起来，"哎哟，这不是六郎么！我还正想跟夫人说，这都两三个月没瞧见六郎了，想得很。快让我看看，果然是越发俊了！"

她眼里放光，上前几步紧紧拉住了光庭，又把身上的玉佩香囊解了三四个下来，一股脑都塞到他的怀里。

光庭忙抬头去看琉璃。琉璃知道刘氏膝下只有个三岁的女儿,盼儿子都快盼疯了,难免格外喜欢小男孩些,又见她解下的物件只是花哨,并不值钱,就是那块玉佩看着也寻常,便点了点头。

小光庭这才规规矩矩道了谢。刘氏越发高兴,口中称赞惊叹连绵不绝。光庭的小脸上又是吃惊又是茫然,却也牢记着大人的教诲,忍耐着听了下去。

琉璃难免心疼,急中生智,忙扬声道:"你们快去把那个银匣子拿来!"又上前对刘氏笑道:"夫人时常出入禁中,见多识广。我有个相熟的金银铺子,刚给我送了些海外的物件过来,好些我都不曾见过,也不知如今的小娘子们喜欢些什么?不如夫人您来帮我瞧一瞧?"

刘氏自然听出了琉璃要还礼的意思,眼里几乎没冒出光来,"夫人的自然都是好东西,只是我哪里有这眼光?"手上自然而然便松开了。

赵幺娘何等机灵,忙上前将光庭交到了奶娘手里,示意带他出去,嘴里笑道:"夫人过谦了,夫人何等眼界,您若是看不出,这京城里就没人能评点了!"

说话间小婢女已抱了个鎏金银盒子过来,盒子形状与寻常中原样式不同,盒身四面上还有全身赤裸的女神浮雕图案。刘氏"啊"的一声看直了眼,"这是哪来的盒子?这般羞人模样!"

琉璃笑道:"这不就是波斯那边的么!"随手打开了盒盖,里头满满当当都是些波斯的翼狮形手镯、天青石耳环、埃及的黄金项链、甲虫胸饰、希腊的爱神浮雕小铜镜……正是前些日子何家铺子新送的一批首饰——自打回了长安,琉璃便不肯再收麴崇裕那边的分红,何家铺子却依旧会时不时地送些海外的新鲜物件过来,她知道麴崇裕不肯占人便宜的性子,也就照单全收了。

赵幺娘笑着凑了上去,把这些首饰一样一样地拿出来,又这个长那个短地议论了半日。刘氏惊叹了半晌,最后瞧中的却是一根琥珀拼天青石的翼马鎏金胸饰,虽然看着华丽耀目,做工材质却不算顶好。琉璃有心想劝她换一样,可瞧着她那喜不自禁的模样,话到嘴边还是咽了下去。

日头早已将西窗的影子拉得老长,刘氏意犹未尽地告别而去,琉璃将她送出门外,这才松了口气,耳中听见赵幺娘也长长地吐了口气,两人不由相视而笑。

赵幺娘抱歉道:"早听说这位刘夫人有些……不寻常,没想到竟是如此'善谈',都怪我考虑不周,六郎只怕是有些被吓着了。"

琉璃笑道:"哪能呢!让他开开眼界也好。"刘氏一直都喜欢光庭,看今日这做派,就算幺娘不带他过来,刘氏也会要见他,又哪能怪幺娘多事?

看她还要道歉,琉璃索性转了话题,"对了幺娘,你今日可是有什么事?"不然,怎么会这个时辰过来?

赵幺娘含笑摇了摇头,"也没什么。今日裴家小娘子及笄,幺娘忝陪末席,正好听见有舞女说起她家兄长一个月在西州见过侍郎,还说侍郎并未赶路,而是在西州那边行猎游乐。幺娘觉得有些蹊跷,便去查了查那个舞女的底细。如今看来,却是不值一

第一百五十一章 空穴来风 平地生波

提了。"

琉璃立时听出有些不对，"蹊跷？"

赵幺娘道："正是，夫人您想，西州到长安足有六千里地，那舞女的兄长一个月前在西州见过侍郎，岂不是一路日行两百里赶到长安？而且一到长安就告诉了妹妹这件事，妹妹又立马在官家聚会上嚷嚷了出来，这也太蹊跷了些！因此，幺娘让人一路跟着他们到了落脚地，又设法打探了一番。"

琉璃原未细想，此时一听也觉得蹊跷了，这时节传递军情用的马上飞递，也不过日行两三百里，那还是有驿馆沿途换马的。一个舞女的兄长，怎会有这般本事？她忙问道："那你查出什么没有？"

赵幺娘叹道："眼下还没有。那群人的确是常给官宦人家歌舞助兴的，那位舞女的兄长也确有其人，说是身手颇为了得，此次是西州有位富商病危，急着让他家在长安的子弟回去，所以花大价钱请他跑了这一趟。听着处处都合理，我心里却总觉得有些别扭。夫人，您看要不要接着查下去？"

琉璃思量片刻，还是摇头，"这份捷报明日就会传遍洛阳，那边就算有什么谋算也都落了空，自然会收手，如今只怕已查不出什么了。"更重要的是，就算有人想借此生事，也绝不是自己最担心的那位——他和自己一样清楚裴行俭这一趟的真正目的，又怎会出这样的昏招？

赵幺娘想了想也点头，"也是，我只想着是有人散布谣言，居心叵测，却没想到侍郎竟有如此谋略，这才是吉人天相，大快人心呢！"

琉璃心里也欢喜，打趣道："你就没担心过真有其事，影响了你夫君？"

赵幺娘微笑摇头，"侍郎是什么人？我若连此事都要担心，岂不是白在这府里住了三年！"

琉璃忍不住看了她一眼。在傍晚的余晖里，赵幺娘含笑的面孔仿佛笼罩着一层淡淡的光晕，那份温柔从容竟是从骨子里透出来的，而当初那份令她暗暗心惊过的坚忍骄傲，不知何时已消融在了日复一日舒心又平淡的生活里——如果，那一位当日不曾进宫，是不是也会是这个样子？

赵幺娘原就敏锐，被琉璃这么一瞧，她的目光里立时也带上了几分探究，"夫人？"

琉璃忙笑道："你果然是个聪慧的，可惜倒是让你白累了半日。"

赵幺娘展颜而笑，"幺娘倒是想多累些呢，可侍郎算无遗策，夫人福泽深厚，风波没起就成了喜讯，幺娘只能再跟着沾一次光了，夫人可千万莫要嫌我！"

说话间，院门外突然探出一个小小的脑袋，眼睛骨碌碌转了一圈，才喜笑颜开地跑了进来，"阿娘，幺娘姊姊。"

琉璃摸了摸光庭的脑袋，"你在瞧什么？"

光庭左顾右盼了两下才道："六郎是在瞧，那个爱说话的夫人，在不在。"

琉璃不由失笑，蹲下来对光庭柔声道："六郎真聪明，不过那位夫人虽然话多，却是喜欢六郎的,而且她今日还带了个好消息过来,你阿爷打了个大胜仗,过些日子就要回来了,六郎高兴不高兴?"

光庭眼睛顿时大亮,"那阿爷就能天天陪着六郎,再也不会走了?"

琉璃心口就像被什么东西猛地绞了一下,缓了缓才努力露出笑脸:"阿爷以后就是最威风的大将军了,说不定还会去打仗,六郎这么乖,可不能抱着阿爷不撒手。你要好好吃饭,好好睡觉,这样长大了才能变成和阿爷一样有本事的人。"

光庭忙用力点头,"六郎长大了也要当大将军。"

琉璃微笑着将他小小的身子抱在了怀里,"六郎真乖。"

小光庭不安地扭了扭身子,怎么也不明白,为什么阿娘笑得这么温柔,可声音却好像很难过的样子?

赵幺娘心里也有些不安,刚想打个岔,琉璃已若无其事地抬起头来,"幺娘,这些日子你若是无事,不妨回来小住一段吧?也好帮我招待招待贵客,孩子们也能在一起玩儿。"她抱着光庭慢慢站了起来,嘴角已带上了一丝凉凉的笑意,"咱们这个府里,大概又能热闹上一段时日了。"

第一百五十二章
千金散尽　用心良苦

一尺多高的纯金胡瓶、几十斤重的鎏金香炉、小巧的空心金马、精致的八曲银杯……眼前的每一件东西都有着奢华的质感、浓郁的胡风；然而当三千多件这样的金银器皿在自家院子里堆成了一座货真价实的金山时，琉璃心头却没有什么惊喜，反而像这十一月的天气，一点点地越来越寒意彻骨。

要知道，这还只是此次天子赏赐的一部分，此外还有三百匹皮草织锦、两百名奴婢以及足足五百匹骏马！如果再加上李治前几天专门为裴行俭而设的盛大宫宴，以及宴席上当场给出的双料加封——礼部尚书兼右卫大将军，这样的殊荣和恩宠，琉璃再是迟钝，也觉得实在是有点过了。

她还记得，当年义父苏定方在出征高丽之后，也曾被这样破格提拔过、赏赐过，那是因为皇帝当时一心要扶持还是昭仪的武则天；而现在，这位身体已经一日日衰弱下去的大唐天子，又想做什么？

她更清楚，所谓炙手可热，本身就不是什么好事。这些日子，裴府的访客已多得让人头疼，那些人对着她的眼神语气，也越来越有当初对崔玉娘的奉承架势。琉璃自己自然不会昏头，再不耐烦，也会赔上十二分的耐心和谦逊。然而想到三郎他们在外头的情形大概也是差不多，她就没法安下心来。

爬得高必然跌得重！虽然很多事她都记不清了，但她至少还记得，这个年代，几乎所有的名将，结局都不大好。他，多半也不例外。至于自己能不能改写这结局，她不敢往细里去想。此时此刻，她能做的全部，也不过是把一切都埋在心里，尽力守在他的背后，护住几个孩子，保住这个家……

她正想得出神，视野里突然出现了一个熟悉的身影，定神一看，从院外走来的，可不正是新鲜出炉的裴大将军？

裴行俭的身上穿着驼色缎面银狐披风，披风下是崭新的紫色官袍，脸色被衬得越发明亮。他走上来先摸了摸琉璃的手背，大约觉得并不太凉，才笑道，"你一个人在这里发什么呆呢？莫不是觉得这堆东西太碍眼？"

琉璃轻轻叹了口气，"是有些太招眼了。"这些器皿都是突厥可汗的珍藏，金的占了多半，大件也不在少数，不说什么工艺镶嵌，就算一把火全熔了，几万两真金白银是跑不掉的；再加上那些奴婢马匹，就算比不上当初自己从临海大长公主手里拿回的那份家产，也差不太远了。天下没有免费的午餐，更别说是这么一桌满汉全席！她就算再爱财，一想到可能付出的代价，也没法不忧心。

裴行俭却是一脸的风轻云淡，"这有什么打紧？你先挑些好的给长辈们送去，亲朋好友那边也都去送个信，喜欢马的可以去马场挑两匹，缺胡人奴婢的就到家里来领一个，还有这些金银绸缎，喜欢的话尽管拿去。"

啊？琉璃呆呆地瞧着裴行俭，一时有些不大明白他是什么意思。裴行俭笑着握住了她的手，"不都散了，难不成还要留着让你去费那个力气修库房马棚下人屋舍？让人去费那个心思嫉妒眼红编排胡话？"

这个……琉璃转头看着面前堆积的金银器，心情突然变得好生复杂，钱多烫手，破财免灾，道理她都懂，但眼下要散掉的，可是一座实打实的金山啊！

裴行俭的目光也转到了那座金山上，语气里多了几分凝重，"其实，带兵出征原本便是最易聚敛金银的路子，所以京城里的这些大户、将门世家也往往最是豪阔。然而这黄白之物一旦太多，便是祸根，既坏亲情，又伤人和。那些人家的子孙多有荒唐蛮横、自相倾轧的，未必不是因为这些！传家以德不以财，就算是为了替几个孩子结些善缘、做个榜样，咱们也不能留着这些东西。"

没错，如今到处被人奉承已是不妥，如果再加上这笔惹人眼红的横财，对几个半大不小的孩子来说的确不是什么好事！想到此处，琉璃所有的不舍顿时烟消云散，反而有些担心起来，"咱们家的亲朋好友里，能登门来拿这些物件的，到底也没多少吧？"身份高的肯定不会来，身份低的来了也不敢拿太多……

裴行俭笑道："有钱你还怕散不出去？等亲友们挑得差不多了，我那边还有幕僚下属，再不济，还有跟我一道去西州的一百多号禁军侍卫呢！只是到底要多花些时日罢了，比不得你的雷霆手段！"

琉璃怔了一下，不由也笑了起来——二十多年前，自己可不是也曾一家伙散出去几十万贯家产！

裴行俭目光柔和地瞧着她，声音低了下去，"你笑什么？咱们啊，原是一样的人。"

琉璃笑着摇头。当年她是明知那些家产拿不到手，索性出口恶气再说，裴行俭却是当真从没把金银钱财当回事。不过这话她还是爱听的，她反手握住了裴行俭的手指，往他身边挪了半步，原本七上八下的心思突然都宁定了下来。

裴行俭的眸子微微一暗，沉默片刻还是笑道："回去吧，这里风大，这些东西你若有瞧得上的，明日再来挑些入库就是。"

琉璃忍不住又看了看那座金山，心里叹气，面上摇头，"不必了！"既然不能要，还不如索性离得远点，省得闹心！

裴行俭瞧了琉璃一眼，眸子里带上了几分笑意，"也好，那明日就让人过来挑几样金贵细致些的，拟成礼单送给几家长辈吧。"

琉璃默默点头，略一盘算，心头不由添了几许怅然。所谓长辈，其实也没几家了。于夫人早已过世，连苏庆节都带着罗氏告病还乡了；安家舅舅们只有最小的还在；跟自家最亲的三表兄又留在了西州；就连当年那些咄咄逼人的族叔也没剩几个了……正胡思乱想间，她只觉得肩上一暖，却是裴行俭已揽住了她，"还不走？难不成还想亲自挑选？我瞧着那金骆驼就不错，可惜三表兄没在这边。"

他所指之处，一只模样粗蠢的纯金骆驼正一头扎在一堆金银酒器里，看那个头，少说有十几斤重，可不是最适合送给不懂风雅又精于计算的安三郎？琉璃也笑了起来，想了想道："我倒想给十三娘送几样东西过去，那日原是咱们的事，才累得她抛下满府宾客过来报信。"

裴行俭摇头，"过了这段日子再说，子隆大约是不愿意收这些东西的。"

琉璃奇道："这是为何？"对了，裴行俭这次回来，亲朋好友差不多都上门恭喜过，裴炎却没有登门，难道是他们政见不合？

裴行俭笑道："你是不晓得他的古怪处。"

古怪？琉璃还想再问，裴行俭却不想多说，揽着她便往内院走去，琉璃顺口换了问题，"今日不是有事么，怎么回来得这般早？"

裴行俭脚下顿了顿，竟没有作声。

琉璃转头一看，正对上裴行俭深黑的眸子，沉沉的满是欲言又止的复杂情绪。琉璃立时明白了过来。早在一个月前，北突厥那边就传来两部叛乱的消息，唐军节节失利、损失惨重，皇帝原定的冬至到泰山封禅都因此取消了。当时她就猜到，裴行俭只怕很快就会被派到北疆。可此刻真正面对着这件事，她胸口却依然是一阵闷痛，好容易才透出一口气来，"你，什么时候走？"

裴行俭低声道："就是这个月底。"

也就是说，满打满算，他在家里也待不够一个月……琉璃心里愈发闷得难受，一句话也说不出来。

裴行俭温声道："你放心，我这回再不用冒半分风险，圣人不但集中了那边的兵力，还特地调拨了十八万人马，加起来足有三十万大军，我就是想输也不容易。"

他瞧着琉璃，笑着挑起了眉，"你看，如今我这品级总算是赶上你了，总得再加把劲，也好搏一个封妻荫子不是？"

琉璃知道他是在宽解自己，领情地笑了笑，却实在没办法多说什么。

裴行俭也没再作声，只是轻轻拍了拍她。两人回到上房，婢子们欢心欢喜地端水捧巾过来，瞧见两位主人的神色，又大气不敢出地静静退了下去。好在没过多久，几个孩子也从族学回来了，瞧见前头那座金山，难免个个都有些兴奋，连嗓门都比平日高了些，待得听裴行俭语气平淡地说了对这些物件的处置，都愕然张大了嘴。

还是参玄先摸着头笑道："阿爷好气魄！只是能不能让儿子也去马场转转？这地道

的突厥良马，儿子也想挑两匹骑骑。"

裴行俭的神色柔和了下来，"好，过两日我便带你们一道过去，每人都挑两匹。"

参玄兴奋地握拳击掌，"多谢阿爷！"延休和庆远的脸上也绽开了一模一样的欢喜笑容，庆远更是问道："既然可以送人，那同窗的族兄弟是不是也可以去挑马？"

裴行俭淡然道："不可。"

庆远怔住了，呆了片刻才道："阿爷不是说大丈夫当以财为轻、义为重么？"

裴行俭瞧着他笑了起来，"我却没说过，大丈夫可以慷他人之慨。若是日后你们建功立业，所得赏赐，自然可以随意送人。可若是取家财奉同窗，以博慷慨之名，这又算什么？只怕原本与你们真心相交的同窗，日后也难免会存上别的意思；至于那些因此才凑上来的，更是居心难料。不信你们去瞧瞧那些招摇过市的浪荡纨绔，哪个不是被这些所谓好友捧出来的？"

一席话说得三个孩子都沉默下来，好一会儿延休才问道："阿爷，难不成如今跟咱们愈发远了的那些人，才更值得相交？"

裴行俭摇头道："这也难说。这些远着你们的，有些只是爱惜名声，或是羞于奉承。可这世上还有一种人，自以为笑傲王侯，其实不过是心胸狭窄罢了。真正笑傲王侯者，自然待王侯如待布衣，又岂会巴巴儿要在王侯跟前摆出目无下尘的姿态来？这种人，心正者也就罢了，若是心思不正，只会比小人更可怕。

"交友原是贵乎知心，与贫富贵贱并无干系，这要看眼力，也要看缘分。不过你们如今还在学里，真正用心险恶之人还不容易遇上，便是一时看错了人，也没什么打紧。日久见人心，旁人到底是真心还是假意，值不值得相交，这两年慢慢看着，自然能分辨出来。

"最要紧的，是你们自己一定不能为权势名声所迷，失了本心。权势名声，原是世上最迷人心窍之物，却也是最靠不住的东西。若是半点没有，固然是难以成事，空怀抱负，可悲可叹；但若有了它们便自以为高人一等，那更是蠢物一个，可笑可怜！你们都要记住，大丈夫立于世间，靠的不是外物。"

瞧着三个孩子若有所思的模样，琉璃不由松了口气，她这几天也旁敲侧击地提醒过几个孩子，却没法说得这么透彻，孩子们也不曾这么上心。只是参玄也就罢了，延休和庆远才十岁，现在就跟他们说这些，是不是还是太早了点？

几个孩子想过之后却是很快又活跃了起来，乱七八糟问了一堆问题，裴行俭都细细地答了。参玄最是心急，回头又问："阿爷，咱们哪天去挑马？"

裴行俭沉吟道："后日休沐，若无意外，我便带你们去，只是有了马之后，你们的骑射功夫更不能落下了。我已给你们选了个极好的骑射师傅，日后你们定要听他分派，好好练习，莫辜负了你们自己挑的千里驹！"

庆远奇道："这师傅能比阿爷还强？"

裴行俭笑道："自然比我要强。如今北疆战事吃紧，再过十几日，我便要带兵前往，待我回来时，你们的骑术箭法总要有些长进才好。"

三个孩子都怔住了。参玄又是惆怅，又有些摩拳擦掌，"阿爷，若是我骑射都学得好了，下回阿爷出征，能不能带孩儿一道杀敌？"

裴行俭笑微微地打量了他一眼，"等你能在奔马之上箭无虚发，我便带你去。"

参玄"啊"了一声，随即皱眉咬牙，满脸发狠。庆远一脸不舍地瞧着裴行俭，一声也没吭。延休却是皱眉往外看了一眼，凉凉地道："怪道外头突然间多了那么些东西呢！"

裴行俭的脸色蓦然一沉，"四郎，你胡说什么！"

他在孩子们跟前极少发火，待三个小的尤其耐心，这还是头一回跟延休拉下脸来。延休的小脸不由变了颜色，却倔强地梗着脖子不作声。

裴行俭缓了缓脸色，声音却依然严肃，"男儿在世，原该为国效力，建功立业。能领兵平叛，是我等的本分，也是我等的幸事，难不成还要计较朝廷赏没赏，赏得多不多？你这么说话，到底是在羞辱朝廷，还是在羞辱为父？

"四郎，你平日便爱从坏处来揣测人意，从无半点敬畏之心，我原想着你年纪还小，大些自然能好，没想到却是变本加厉！须知天地之间，自有伦常，像你这般胸怀不敬，信口雌黄，往小里说，是我裴行俭教子无方，往大里说，便是我裴家心怀怨望。你也不是三岁小儿了，这京城里有多少人因出言不慎而惹祸上身，甚至家破人亡，你难道就不曾听说过？"

延休脸都白了，眼里泪光闪动，却强忍着没让它流下来。琉璃一阵心疼，不由轻轻叹气。其实几个孩子里，因庆远幼时体弱多病，她分身乏术，对延休的照料就没那么周全，大约因此他的性子才会有些古怪。这几年她难免存了补偿之心，何况延休说话虽刻薄，却往往一针见血，所以她也没有太过约束，却忘了这年头有些话，就算是孩子也是绝对不能说的。

裴行俭看着延休，也叹了口气："四郎，你原是比旁人都聪明些，是我平日没有好好教你，才叫你养成了这样的性子。堂堂男儿，当胸襟豁达，轻狂算什么本事？从今往后，你若不想成为无君无父的狂徒，害了自己，也害了父母兄弟，不但此类的话再不许说，便是此类的念头也绝不许有！记住了么？"

延休微微点了点头，随着这动作，大滴的眼泪终于顺着脸颊流了下来。琉璃再也忍不住，起身走到他面前，为他擦了擦眼泪，柔声道："四郎，阿爷也是为了你好。你如今一天天大了，这口无遮拦的习性，可要改改了。"

延休低下头，用力抑制着肩头的颤动，眼泪却还是一滴滴地落在了地上。

裴行俭嘴唇微微一动，又紧紧地闭上了，半响才道："这话不光四郎要记住，你们也要记住。你们都一日比一日大了，为父不求你们闻达于世，却总要做个顶天立地的男儿，要照顾好母亲和幼弟，莫给家里惹祸，莫令裴氏蒙羞！"

参玄原是一脸的不自在，闻言用力点头，"阿爷放心，以前是我没约束好四弟，以后我会好好照顾阿弟们，"庆远也小声表决心，"孩儿一定听阿娘的话，听阿兄的话。"

裴行俭起身走到三个儿子跟前，目光在他们脸上缓缓扫过，最后还是落在了延休身上，"四郎，你阿兄性子冲动，阿弟又太过热心，你也要帮我多看顾着他们点。"

延休猛地抬起头来，待见到裴行俭带着期待的温和目光，原本已擦干的双眼又是一湿，忙低下了头，闷闷地应了声"是"。

裴行俭拍了拍他的肩头，眼神复杂感慨。

琉璃也是万般感慨，待几个孩子都出去之后才轻声道："守约，你莫怪四郎，都是我不好，平日里胡说八道惯了，又没好好约束过他，才让他……"

裴行俭伸手握住了她的手掌，"我不是怪四郎，你把几个孩子都教得极好。三郎直爽，四郎聪敏，五郎豁达，他们都是心性纯正的好孩子。四郎说话凉薄，却是性情中人，我只担心他这性子日后会吃亏，又没时间再慢慢教他书法，磨他的脾气，只能下此重药。你和四郎不怪我就好，我又怎会怪你们？"

琉璃松了口气，"四郎原是个明白孩子，我看他也体会到你的苦心了，你放心，日后我自会多多留心，好好教他。"

裴行俭沉吟着缓缓点头，"我这几日还有些闲暇，自会多跟他们说说道理，也会给他们再挑几个稳重可靠的人跟着。待我走后，你还是尽量多约束他们一些，千万莫要让他们在外头惹出祸来。"

琉璃道："这是自然，要不咱们再请两个经史上的先生？我看他们族学里似乎有些太松，在家里多学些，也省得闲极生事。"

裴行俭摇头，"那倒不必，外头原是要万事留心，在家里还是让他们松快些的好，只要他们平平安安的，功课上差不离也就是了。"

琉璃惊讶地看着他，他对孩子们要求怎么变得这么低了？

裴行俭笑了笑，缓声道："这次去北疆，我或许会多驻守一段时日，家里的这些事都要辛苦你了。如今皇后和太子已是势同水火，宫里朝里都不大消停，你自己也要万事当心。"

他的话语其实都寻常，神色也没什么异样，烛火照在他的侧脸上，把他的眸子染上了一层温暖柔和的光泽。但不知怎地，琉璃却清晰地感觉到一缕寒风从窗缝里透了进来，吹得她背上一阵发凉。

第一百五十三章
百口莫辩　大智若愚

清明节的洛阳城看不见一缕轻烟,天空显得格外清明,连那满天的浅灰色阴云仿佛都比平日清透。到了午后,洛水河边、天津桥畔,渐渐响起了一阵阵的欢笑呼喝,却是扫墓踏青归来的人们在趁着这闲暇春日尽情游乐。市井男女拔河看戏,锦衣少年走马斗鸡,装束明艳的少女在烟柳深处荡起了秋千,就连刚刚换上崭新春衣的小儿们也在三五一堆地比试着自家精心雕画的彩蛋。

裴光庭坐在牛车之中,小小的身子跪坐得端端正正,只是听着车窗外那一阵阵欢快的笑声、叫声,乌溜溜的眼睛里却几乎像是要长出一只手来。

琉璃忍住笑意,伸手整了整他身上的袍子,轻声道:"放心吧,咱们家的花蛋都给你留着呢,你乖乖的,回家后阿兄们一定会陪你好好玩。"

光庭眼里的小手"嗖"地缩了回去,绷着小脸一本正经道:"六郎一定乖乖的。"

琉璃摸了摸他的头,长长地出了口气。都说三岁看老,光庭眼下虚岁已过了五岁,却怎么看都看不出一代名相的端倪来,若论天资聪颖、样貌出众,比三个兄长似乎还略有不如,也就是格外乖巧听话些。不知他这是大器晚成,还是天生福运。不然,寒食取火这种被视为最有福气的巧宗儿,今年皇帝怎么偏偏点中了裴家?延休和庆远又都过了十岁,也只有他年纪最合适了……

在车轮的悠悠滚动中,窗外的笑闹之声渐渐远去,又过了一盏多茶的工夫,牛车"吱扭"一响,终于停了下来。

在午后的清润天色里,眼前的上阳宫似乎愈发巍峨壮丽,琉璃仰头看了看宫门上的高大楼观,微微有点眼晕。

自打三个月前送走裴行俭,这还是她第一次出门,对外只说是受了风寒,迎来送往的事都交给了前来"侍疾"的赵幺娘。武后倒是派阿凌来瞧过她一回,当时琉璃还颇有些忐忑,就怕是来召她进宫的,谁知阿凌把过脉后却只笑着让她好好将养这"谨慎病",琉璃的一颗心也就安安稳稳地落回了肚里。

不过眼下情形又是不同,这几天里,北疆已陆续有捷报传来,她再"病"下去就不是太过谨慎，而是太过拿大了，何况光庭进宫，家里只有她有资格相陪，权衡之下，她也只好"一喜之下，百病全消"了。

取火的仪典照例安排在上阳宫的东苑里。琉璃到时，各色物件都已准备妥当，北边殿上高设御座，庭院当中依次摆放着用来取火的几段榆木和用来赐火的若干长烛。光庭和另外三个幼童一道换上了宫里准备的衣裳，那领头的孩子大约七八岁年纪，打扮与众不同，正是眼下大唐最有福气的童子：皇长孙李光顺。

所谓寒食取火，指的是每年的寒食前后，天下都要禁烟火三日，只吃冷饭冷粥，待到最后一天，也就是清明这天的日落之前，大伙儿再钻木取火，以新火种点灶煮水，除旧布新。不过宫里的仪式自然又不同，此时庭院里人来人往，忙而不乱，自有一种肃穆的气氛，几个"福童"也站得老老实实，光庭是个子最小的一个，小脸却板得最紧，从头到脚仿佛都写着"庄严肃穆"四个大字。

琉璃站在廊庑下瞧着光庭，心里又是好笑又有些骄傲，耳中突然听到有人低低地惊叹了一声，"太子妃也来了！"抬头一看，却见庭院东北角假山旁的一座凉亭里，不知何时已多了位盛装丽人，宫婢环绕，端坐无言，正是太子妃房氏。

又过了一会儿，礼乐声悠然响起，一个颀长的身影在仪扇护卫下来到御座跟前，却不是天子李治，而是一身绛纱袍的太子李贤。

琉璃多少有些意外。李贤是去年五月初七，也就是明崇俨死后的第三天，正式开始监国的，此后的表现倒也可圈可点，就是跟武后不和的传闻愈发甚嚣尘上。李治对此似乎也很头疼，一个月前还带着母子俩一道去泡了温泉、访了高人。这家庭和谐建设的效果如何不得而知，但李贤今日能站在这里代天子主持仪典，皇帝的决心倒是可见一斑，可惜……

琉璃忍不住抬头悄悄打量了几眼。几年不见，李贤的身量似乎更高了，皮肤也更黑了些，却丝毫无损那勃勃英气，此时头戴远游冠、足蹬复底履，在御座前背手一站，绝对当得起器宇轩昂四个字。

仿佛感受到了琉璃的目光，李贤蓦然转头看了过来。琉璃早已低眉敛目地混入了人群，却没看到，李贤的视线在她身上停了停，俊朗的眉宇间多了一丝阴霾。

太子既到，仪典便正式开始。这钻木取火原不是一蹴而就的事，加上各种仪式，就更是漫长。几个孩子年纪还小，虽有人帮衬，可一遍遍地这么折腾着，那一张张烟熏火燎的小脸上也渐渐露出了疲惫。好容易皇长孙的榆木孔洞里终于冒出了一缕青烟，他忙点着了火引，高高举了起来。

在响亮的称颂声中，李贤挥挥衣袖，象征性地赐下彩绢玉碗，转身离开。宫人和侍卫们举着用新火种点燃的长烛鱼贯而出，"日暮汉宫传蜡烛，轻烟散入五侯家"，这带着天家福泽的新火，自然是要在天黑前送到各位王公大臣府上的。

几个孩子被领下去梳洗更衣，众人也纷纷散去，琉璃暗暗松了口气，却不敢多走一步，只和另外两名福童的母亲一道在廊下等候。三人正有一搭没一搭地说着闲话，一位女官突然走上前来，弯腰行礼，"华阳夫人，太子妃有请。"

/第一百五十三章　百口莫辩　大智若愚

太子妃？琉璃吃了一惊，正想开口，那位女官脸上已露出了最标准的宫廷式微笑，"夫人放心，太子妃久闻夫人大名，只想跟夫人说几句话，不敢耽搁夫人的时辰。"

话已说到这份上，琉璃心头再是不愿，也只能含笑应是，向两位眼神有些复杂的官眷点了点头，跟着女官穿过庭院走进凉亭，向房氏行礼参拜。

房氏一身端庄打扮，姿态优雅地坐在那里，神色不知为何却有些飘忽。琉璃已跪下说完话，她才醒过神来，面无表情地摆了摆手，"夫人不必多礼。夫人或许不知，北疆那边又有捷报传来，开春之后，我军节节胜利，如今已逼近单于府，破敌指日可待。裴尚书用兵如神，实乃裴氏之荣，社稷之福。"

这么篇高屋建瓴的表扬，被房氏语气寡淡地说了出来，琉璃听得心里不禁也直发沉。她若记得不错，这位太子妃一直是宫里的透明人，无子无宠，也从不插手任何事务，今日叫自己过来，难道就是为了说这篇废话？她有心想表现得激动一点，可瞧着对方梦游般的神色，到底也只是干巴巴地道了声谢。

房氏心不在焉地发了一会儿呆，开口时语气更淡，"烦劳夫人略等片刻，其余的事，还是让赵内侍与夫人细说吧。"说完悠然起身，竟是转头便走出了亭子。她身边的宫人也呼啦啦地跟了上去，一群人转入假山后面，那后头大概有扇角门，顷刻间竟是连脚步声都听不见了。

琉璃愕然回头一看，才发现庭院里的那些侍卫、官眷不知何时也已悄然离开，整个院子空荡荡的瞧不见一个人影。

她心头一凛，退后两步，四下看了几眼，却见一位绯衣少年从假山后转了出来，冷冷地向琉璃点了点头，"华阳夫人。"

琉璃不由怔住了：好个冰雪美人！这少年身量不高，虽是内侍打扮，那身绯色衣袍的色调却格外饱满，衬得一身冰雪般的肌肤愈发如美玉、如凝霜，白得几欲透明，整个人看去也有种皎皎无尘的清冷韵味，加上精致如画的眉目，弱不胜衣的身形，当真是雌雄莫辨、男女通杀！

宫里什么时候出了这么一号人物？

琉璃猛然想起，太子妃刚才说的是"赵内侍"，难道这位就是最受太子宠爱的赵道生？想到那些"盛宠"的传闻，她心里愈发警惕，点头还礼，"赵内侍。"

赵道生抬眼看着琉璃，黑白分明的眸子里寒气逼人，"夫人是明白人，奴婢不敢跟夫人拐弯抹角，今日只想请教夫人一声，夫人可知韩国夫人是如何过世的？"

啊？琉璃惊讶地看着他，这话是什么意思？武夫人对外宣称是因病过世，实际上却是自杀身亡。这事别人也就罢了，宫里的头面人物心里都是有数的，他这么问……她猛然间想到了一种可能，心头顿时狂跳起来。

大约见她发愣，赵道生的眉头顿时皱了起来，声音愈发清冷，"什么风寒而亡之类的话夫人就不必再说了，听闻夫人在离开法常尼寺前曾与韩国夫人闭门长谈，奴婢想请教夫人，韩国夫人当时可有什么异状？可曾担心什么人对她不利？"

琉璃此时已可以确定，赵道生要问的到底是什么。这几年武后权柄日重，流言也更多，毒杀韩国夫人就是其中之一。这说法原是荒谬之极，听这话的人也不想想，如果武后是因为嫉妒要杀姊姊，为什么非要等到她年老色衰了才动手？如果是因为魏国夫人，她为什么会杀了韩国夫人，却一心提拔贺兰敏之？这么离谱的谣言，外人嚼嚼舌头也就罢了，李贤怎么也会信以为真？难道他真的认为自己是韩国夫人所生，所以要调查生母的死因？那他想的岂不是……

她的背上不知不觉已满是冷汗，定了定神，缓声答道："内侍既然发问，我也不敢隐瞒。当日韩国夫人自称罪孽深重，又提到日后若是贺兰庶人犯下大罪，她又不能进宫，让我帮她向两位圣人转述一句求情，此外便再没说过什么特别的。"

赵道生满脸都是不耐烦，"今日这里没有外人，夫人就不必顾左右而言他了！此话奴婢自然也听说过，敢问夫人一句，韩国夫人当时既知贺兰敏之已犯下大罪，就算想以命抵罪，她好好活着，日后若有万一之时再去抵命，岂不是比让夫人转为求情有用得多？却为何会暗示届时她多半已不在人世？到底是谁不想让她再活着了？"

这个问题……难道自己要把韩国夫人、魏国夫人以及皇帝之间那狗血无比的爱恨情仇都说出来？不行，她还想多活两年呢！琉璃也只能委婉道："内侍有所不知，因伤心魏国夫人之死，韩国夫人那两年日夜伤怀，对红尘早无眷恋，又不愿因此连累更多性命，才宁可以身相抵，也好为儿子积些福报。"

赵道生若有所思地点了点头，琉璃心里刚刚一松，却见那张清丽的脸孔上露出了一丝讥诮的笑容，"果然与魏国夫人有关！看来韩国夫人早就知晓魏国夫人因何而死，也难怪会日夜伤怀，不敢进宫了！"

琉璃吓了一大跳，"并非如此！韩国夫人身子好了之后，还是常去宫中的。"

赵道生冷冷地一挑眉，"因此不出半年好端端的就突然死了？"

琉璃不由瞠目不知所对——自己明明不是那个意思，可他这么一说，却是让人连反驳都不知该从哪里反驳起。她念头急转，突然想起一事，忙道："内侍误会了。韩国夫人最是慈悲怜下，当日在法常尼寺就曾跟我感叹，先前伺候她的几个婢女都没个好结果，她每每想起都十分难过。释教中历来有舍身成佛之说，夫人笃信释教，难免有了舍身之念，这是夫人的一片慈母之心，更是一片大慈大悲之心，内侍还是莫要曲解才好。"

想到李贤来日的结果，她到底还是忍不住添了一句，"内侍也是明白人，岂不知流言止于智者。这宫里从来就不缺居心叵测之人，若信了他们的挑拨离间，伤了骨肉亲情，最后不过是亲者痛，仇者快，又是何苦来？"

又是亲者痛，仇者快！赵道生脸色猛地沉了下去，眸子里的寒意一时竟如霜刀般冰凉刻骨，冷笑着点头，"这宫里的确是不缺居心叵测之人、挑拨离间之辈，夫人果然最明白了！"

琉璃愣了一下，这是什么意思，难道他以为自己是在讽刺他？她忙道："内侍……"

赵道生冷冷地打断了她，"说到以前伺候韩国夫人的婢子，我倒要再请教夫人一句，她们因何没个好结果，夫人难道想说你也不知缘由？还是夫人觉得既然她们都已被灭口，这天下就不会有人知道当初发生的那些事情了？

"听说夫人也是信佛的，岂不知善恶有报，因果无欺，这世上自有报应二字！我劝夫人如今还是识相些，千万莫以为事到如今还可以耍那两面讨好的花样，当日夫人又不是没这么做过，结果如何？夫人的那番出尔反尔，还不是叫大家看了个清清楚楚？如今夫人不想着如何亡羊补牢，难道还想故技重施？

"今日我也不妨跟夫人直言，殿下已经说了，夫人当日虽是有负恩义，却也并非毫无心肝。只要夫人今日肯说出实情，殿下便可既往不咎。夫人若是还想助纣为虐、自寻死路，那也悉听尊便！如今大势已定，夫人若以为有了裴将军的些许功绩，殿下就动你不得，那却是打错了主意！不过是见风使舵的势利之辈，东宫难道还缺不得什么尚书、将军！"

出尔反尔、自寻死路、势利之辈……琉璃心头郁闷，好容易才压住情绪，淡淡地道："好叫内侍得知，我今日所言句句是实，并无半点虚词，内侍若是不信，我也无可奈何，请内侍还是另寻可信之人来问，告辞了！"

她转身要走，赵道生却断喝了一声，"站住！"

琉璃一语不发地停下了脚步。正是日落时分，隆隆的暮鼓声在洛阳上空回荡不休，把眼前的庭院衬得愈发安静。想到光庭还不知被扣在哪里，她心里一阵焦急，面上却半分也不敢露，只是静静地等着赵道生开口。

赵道生见她停步，脸上神色愈发冷傲，"好一个另寻他人！夫人说这话也不怕亏心？我倒要请教夫人了，这些年来伺候过韩国夫人的，如今除了夫人，还有谁活着？夫人还是好好想想该如何回答吧。莫要他日死到临头，才后悔不迭……"

在薄薄的暮色里，他嫣红双唇似乎带上了一抹淡淡的紫色，一开一合之间，言辞也愈发刻薄。琉璃看着看着，心里突然涌上了一阵深深的荒谬感——

其实他说得没错，这些年来所有伺候过武夫人的人，除了自己，的确都已被杨老夫人灭了个干干净净。杨老夫人一定没有想到，她这么做的结果，不但没能保住她的血脉骨肉，反而是让骨肉相残吧？

还有这个赵道生，他今天这么推波助澜，大约觉得这是为了李贤好，是让李贤明白真相，日后就不会被武后左右。他也一定不会想到，这么做的结果，不但不会让李贤成为真正的帝王，反而会断送他的性命，也会搭上自己的性命……

也许这就是善恶有报，因果无欺吧，也许这世上真的有报应二字，只不过用的，往往是世人预料不到的方式。

琉璃突然有些意兴阑珊，再也没心思听赵道生的威逼利诱，对他点了点头，"多谢内侍提醒，内侍若是没别的指教，就让我先回去好好想想再说，可好？"

或是她的语气多少有些敷衍，赵道生愣了愣，一张脸孔"腾"地涨得通红，厉声喝道："库狄氏，你莫要不识好歹……"

一语未了，从假山后突然有人叫道："哎呀，反了反了！一个阉人也敢对朝廷命妇如此大呼小叫，岂有此理！真真是岂有此理！"

赵道生和琉璃都吓了一跳，赵道生转头看着假山后面，满脸都是不敢置信的惊愕。琉璃也是一头雾水：她怎么来了？

就见一位身穿深紫色襦裙的贵妇在宫人内侍们的拥簇下，从假山后大摇大摆地走了出来，一身华贵，满脸倨傲，正是刘氏。她左手牵着四岁的女儿，右手牵着的，赫然正是小光庭！

小光庭已换上了家里带来的干净衣服，脸上却满是泪痕，瞧见琉璃，挣开刘氏的手跑过来抱住了她，"阿娘，六郎没乱跑，是他们不许六郎来找阿娘！"

琉璃好不心疼，忙弯腰抱起了他，轻轻安慰了几句。

刘氏也满脸关切地上前几步，"夫人没事吧？幸亏今日我家大娘子听说六郎入宫了，惦记着要来寻六郎玩，硬拉着我过来了这一趟，不然我还不晓得这帮狗奴居然敢欺辱朝廷命妇，便是你家六郎也被他们拦着不许进来找你，你瞧瞧他，小脸都哭花了！"

不等琉璃答话，她又转头对赵道生冷笑道："好个狗奴，以前在东宫作威作福也就罢了，如今居然跑到上阳宫来冲撞贵人，看来不让你受些教训，这宫里就没规矩可言了，来人，把他拖下去，先打一百棍再说！"

两个粗壮的宫人上前抓住了赵道生的胳膊。赵道生终于醒过神来，一面四下张望，一面厉声叫道："我是东宫的人，你一个外命妇，有什么权力处置于我，我要见太子殿下，我要见太子殿下！"

刘氏冷笑一声，"处置你个狗奴还要什么权柄，你这般以下犯上，挑拨离间，打死都不论！给我拖下去打！"

琉璃此时如何还不知道自己已成了武后跟李贤斗法的棋子，可如果赵道生真这样被打残打死了，那位太子爷大概会恨死自己吧？她忙叫了声："且慢！"又拉了拉刘氏，低声道："夫人息怒！今日之事实在是多谢夫人了，只是我听说这奴婢极得东宫宠爱，若是因为我让夫人惹恼了太子，此事岂不是……"

刘氏满脸都是不以为意，"夫人放心，太子要恼，也得有那个本事！"又冲着宫人挥了挥手，"发什么愣？还不快点把他拖下去！"

两名宫人应诺一声，拖着赵道生就往假山后的角门走去。赵道生自然是挣扎不休，放声大骂，却依旧是一步步被拖了出去。没过多久，门外就传来一五一十的数数声和尖利的惨叫声。

琉璃忙伸手捂住了光庭的耳朵，刘氏奇怪地瞧了她一眼，"夫人这是做什么？难不成六郎这么大了，还没教训过下人？"

琉璃苦笑道："他到底还小。"打人板子这种事，她是无论如何也习惯不了的，裴行俭更不用说。就是去年冬天，他的一个随从莽莽撞撞地弄坏了御赐的宝鞍，自己吓得半死逃跑了，他不但把人找了回来，居然还安慰了对方几句。有这样一个父亲，几个孩子怎么可能去打下人？

刘氏牵着的武家大娘子探头看了小光庭一眼，"嘻嘻"笑了两声，玉雪可爱的小脸上满是好奇，仿佛压根就没听到外头那一声比一声凄厉的叫声。

大概数到了三四十下，惨叫声渐渐低了下来，却愈发瘆人，琉璃心里都有些发毛了，猛然听见外头有人厉声喝道："住手！住手！"

一阵乱糟糟的脚步声响，随即便是此起彼伏的惨叫，却显然已不是赵道生的声音。

李贤来了！琉璃也不知该松口气，还是该更紧张，转头再看刘氏，却见她的神色居然镇定无比，侧耳倾听着外头动静，眼里光芒闪动，嘴角似乎还露出了一抹笑意。

琉璃心里一寒，还未回过神来，角门那边"咣"的一声响，太子李贤从假山后大步冲了进来，厉声喝道："谁敢下令打我东宫内侍？"

刘氏若无其事地清了清嗓子，屈身行礼，"参见殿下。殿下明鉴，是臣妾今日无意中听到这奴婢说了些混账话，实在有辱殿下英名，因此才不得不教训他一番，让他知道些规矩。"

说话间，李贤已走到刘氏跟前，原本轮廓分明的英俊面孔被怒气扭曲得几近狰狞，声音里更是杀气腾腾，"你算是什么东西！这宫里人说话妥当不妥当，轮得到你来处置？你以为这里是你武家后院，内侍们是你武家奴婢？如此不知尊卑、狂妄自大，看来我今日也得教训教训你，让你知道什么叫规矩了！"

刘氏满脸惊恐地后退了两步，"臣妾冤枉，臣妾不过一片好心，这奴婢当真是说了好些不知轻重的话，非要逼问华阳夫人当年韩国夫人的事，华阳夫人怎么跟他好言解释，他都说夫人是不知好歹，又是什么助纣为虐。这奴婢打着您的旗号这么说话，我既然听见了，能不给华阳夫人一个交代？横竖这话也不是我一个人听见，殿下要教训臣妾，臣妾自然只有受着，不过殿下说的这不知尊卑、狂妄自大，臣妾可受不起，说不得也只能把这一切原原本本都禀告给圣人，请他来定夺了。"

李贤脸色微微一僵，脸上的怒火一点点地凉了下去，眼神却越来越阴冷。不知想起了什么，他突然转头看了琉璃一眼，眼里的怨毒几乎能横溢而出。

光庭原就有些害怕，看见这样的眼神，更是吓得转头就钻进了琉璃怀里。琉璃默默地搂紧了他，心头的无奈几乎也要横溢而出了。

沉默片刻，李贤突然冷哼了一声，"这是上阳宫，这院子里也全是你们的人，自然是想说什么便说什么，我的内侍根本就不认识华阳夫人，好端端的怎么会来为难她？如今我和母后再无嫌隙，你们却在这里造谣生事，你当圣人会信你们的这篇鬼话？如今我也懒得跟你等计较，你们且管好自己的舌头，敢再胡说八道，莫怪日后我将它们亲手割下来！"

他甩袖转身，大步走了出去，背脊依然挺得笔直，脚步里的愤怒和焦虑却怎么也掩饰不住。

琉璃抬头瞧着李贤的背影，心底某个角落突然动了动——他走得这么急，是在担心赵道生的伤势吧?他肯放过刘氏,其实也不是害怕李治会怪罪于他,而是害怕事情闹大了皇帝不会饶了赵道生吧?说来赵道生的确称得上尤物,不过能让一国太子为他如此狂怒,更能为他生生压制这份狂怒,靠的大概也不仅仅是皮囊吧?此人的言谈其实颇为肤浅,难不成,他是有传说中的"内在美"……

她正浮想联翩,手上突然被人拉了一下。刘氏一脸纳闷地瞧着她,"夫人?"

琉璃脸上一热,忙掩饰地"咳"了一声,"我只是,只是有些忧心。"

刘氏打量了她几眼,突然哈哈大笑起来,"你想到哪里去了!"

琉璃身子一僵,耳根顿时火烧火燎般地热了起来,想要解释两句,可怎么也想不出合适的话语。

刘氏笑了半晌,才擦去眼角的泪水,"你当我是傻的么,什么都不管不顾就敢打东宫第一红人?如今啊,该担心的不是咱们,应该是太子殿下才对!不信你等着瞧,他这个太子啊……"她突然想起什么似的抬头看了看天色,"哎呀"一声换了话题,"天都快黑了,天后那边还惦记着夫人呢,只怕晚膳都备好了,咱们还是赶紧过去吧,六郎也该饿了。"

琉璃也是伸手擦汗,无语望天,自己以前怎么没发现,刘氏还有说话大喘气的毛病呢?她不知道这么说话,真的很吓人吗?不过天色真是不早了,宫门肯定已是层层紧闭,天津桥多半都已落锁,眼下李贤显然不会派人送他们回家了,除了去武后那里,她还真没有别的选择。

她满面感激地笑了笑,"劳烦天后惦记,臣妾真真是羞愧无地。"

刘氏也满意地笑了起来,"夫人又说客套话了,快走吧。"

东苑离皇后所居的甘露殿并不算近,两人坐着檐子七折八拐到达武后寝宫时,暮色已深,殿堂里灯火通明。武后穿着一身家常的素面衣裙靠坐在内室的屏风榻上,在明亮烛光下,她的容色似乎比平日更显温柔平静,看见琉璃几个走进来,脸上甚至还露出了几分亲切的笑意。然而想到刚才发生的一切,再见到这样的笑容,琉璃心底却是一阵剧寒,只觉得自打认识武后以来,从来没有哪一刻,她显得如此可怕!

武后的目光微微一转,便落在了光庭身上,"这就是六郎?快过来给我瞧瞧!"

琉璃忙带着光庭上前大礼参拜。武后仔细看了两眼,点头笑道:"模样不如你家四郎五郎生得好,不过一看就是有福气的。"

这话从武后嘴里说出来,分量自然又是不同。琉璃笑道:"多谢天后!"光庭也照葫芦画瓢地说了一遍,那带着稚气的清脆声音把武后又逗得笑了起来,"原来还是个机灵孩子!今日倒是委屈他了。"她转头吩咐身边的宫女,"你去让下面人准备晚膳吧,顺便再拿些点心上来,瞧六郎这模样也该饿了。"

琉璃这才注意到武后身边伺候的居然不是玉柳,也没瞧见上官婉儿,想了想便问道:"怎么没瞧见玉宫正?"

武后眉头微蹙,"她去年冬至之后身子就一直不大利落,开春后刚好了些,去温泉的路上大约受了劳累,又有些咳嗽了。"

琉璃忙问："她不要紧吧。"

武后微微摇头，眉头却依然没有松开。刘氏在一旁叹道："姑母放心，有您这份牵挂，玉宫正定然会早日好起来。"

武后点了点头，那边宫女已用镂红牙盘端了几样小点心上来，武家大娘一路都不大安生，此刻却也和光庭一道规规矩矩地道了谢，凑在一起吃起了点心。武后笑着点头，突然指着武家大娘子问道："她脖子上带的是什么？怪稀罕的。"

琉璃顺着她的手指一看，那在大娘子胸前闪闪发光的，可不就是上回刘氏从她那里拿的鎏金翼马胸饰？刘氏又加了个金箍做成了项圈，虽然有些不伦不类，看去倒是愈发华丽醒目了，刚才她心里有事，竟一直没留意到。

刘氏笑道："殿下好眼光，这可不就是华阳夫人送的稀罕物？大娘爱得什么似的，这些日子就没取下来过，今日听说六郎进宫，更是巴巴地要戴着去找他玩儿。大娘，你快过去给六郎瞧瞧，这项圈好看不好看？"

大娘子笑嘻嘻地抬头拉住了光庭的手，"好看！"

众人都笑了起来，武后却叹了一声，转头对琉璃道："今日的事我也听说了，若不是大娘子惦记着六郎，阿刘倒也不会想起要过去那一趟。"

琉璃心知绝不是这么回事，却也只能煞有介事地点头，"正要多谢大娘子呢！不知刘夫人这两日可得闲？我也好带六郎登门道谢。"

刘氏脸上一喜，刚要说话，武后却淡淡地道："你这几日还是少出些门吧。今日的事我也听说了，阿刘去寻你原是好意，可她也太鲁莽了些，居然动了东宫的人。无论如何，事情总是因你而起。如今太子的气性愈发大了，我都要退避着些，你这几日出门还是小心些才好，还有你家那几个儿郎……"她意味深长地看了看琉璃，没有说下去。

琉璃心头一跳，武后的意思是，太子会报复她？甚至报复几个孩子？想到李贤刚才那怨毒刻骨的一眼，看着武后此时含义不明的目光，她心里不由一阵发寒——李贤不是干不出这种事的，更关键的是，今日武后急着召见自己，如今又这样暗示自己，到底是什么打算？

琉璃越想心头疑惧越深，还未想好如何回话，武后已转头看向了刘氏，语气也变得严厉起来，"你也莫要不服气。今日我让你带人过去，是怕你被刁难，却不是让你去耀武扬威的！谁让你如此多事？自己惹祸也就罢了，还把旁人陷了不义之地，日后六郎若是出了一点差错，你拿什么来填？"

刘氏麻利无比地跪了下来，"姑母，姑母恕罪！"

琉璃也只得跟着跪下，"天后息怒，今日刘夫人也是被逼无奈，都怪琉璃太过无能，不能怪刘夫人！"

旁边的两个孩子一见这架势，也都吓得丢下点心跪下了。

武后头疼地揉了揉了眉心，"罢了罢了，先起来吧，大节下的，莫吓着六郎和大娘。我恕罪不恕罪的有什么打紧，只要大娘不怪你就好。"

刘氏转过身来，毫不犹豫地拜了下去："夫人莫怪，是阿刘莽撞了。"

琉璃还礼不迭："夫人千万莫要如此，今日若不是夫人过去，我还不得脱身，连六郎都不定还要受多少委屈，我感激夫人还来不及呢！"

两人对着行礼还礼，相携而起，两个孩子也手拉着手爬了起来。武后的目光在四人身上缓缓掠过，脸上终于露出了笑意，"你们倒当真是惺惺相惜！"

刘氏忙觍着脸笑道："可不是，华阳夫人和善大度，阿刘跟她亲近还来不及呢。姑母也是太疼她，才教训阿刘的，阿刘知错了，日后再不会给华阳夫人添麻烦。"

武后"唔"了一声，目光转向了琉璃。琉璃也只得笑道："夫人太过谦了，您爽朗热心，待人又好，琉璃日后还要仰仗夫人呢。"

武后满脸欣慰地点了点头，"你们能如此，我也就放心了。"她若有所思地瞧着两个孩子，突然展眉一笑，"来人啊，去把书橱里搁着的那个檀木匣子拿来！"

檀木匣子？琉璃隐隐间觉得有些不妙。没多久，果然就见宫女捧进来一个一尺来长、半新不旧的香檀木匣子，大约是因为经常摩挲，盒盖边的花纹显得分外圆润。琉璃抬眼瞧见那匣子，一颗心不由就慢慢沉了下去，待把匣子接在手中，更觉得那分量沉重得足以令人呼吸困难。

慢慢打开匣盖，只见匣内的朱色锦缎上，放着一对白玉凤钗，雕工简练传神，玉质更是细润明净，在烛光之下，仿佛有光晕在凤首与凤羽之间不断流转。

武后浅浅地一笑，眸子里仿佛也有光芒闪动，"这是前朝的旧物，虽不值什么，却也在武家传了两代了，大娘，你可还认得它？"

琉璃点了点头，她当然认得。十年前，病入膏肓的杨老夫人曾想用这匣子里的玉钗定下两家的婚事，被她想办法拖了过去。而如今，它又带着十年的时光，带着宿命般的沉重，再次出现在她的眼前。

现在，她终于知道武后今天为什么要召见自己了，终于知道她为什么这些年来依旧善待着自己，知道刘氏为什么会对自己如此"友好"……而她，却已没有资格再说一个"不"字。旧日的情分在九年前就已磨灭，而过不了多久，天下都会是武后的，一切胆敢违逆她的人和家族，根本就没有生存下去的机会！

琉璃抬头看着武后，声音里的沉重完全不用伪装，"记得上次见到这匣子的时候，老夫人的身子已经不大好了……"

武后的脸上也多了几分伤感，"我也听说了，当日母亲提过，希望武家能与裴氏结为秦晋之好，我虽不孝，却也不敢忘记母亲的遗愿，偏偏一直没有合适的机缘，今日见到了这对小儿女，才发现冥冥之中，或是自有安排！"

她叹息一声，瞧向了琉璃，"大娘原是最重然诺之人，想来不会忘记当日之事。如今你且瞧瞧，我这武家长女，可还配得上你裴家幼子？"

杨老夫人的遗愿、当年自己为守承诺而违背武后意愿的旧账，再加上武家是否配得上裴家的说法……自己有得选么？琉璃回头看了一眼，小光庭和大娘子都在好奇地看着自己手里的匣子，完全没有意识到，这里头，装着的就是他们的一生！

/第一百五十三章　百口莫辩　大智若愚

她转过头来，郑重地肃拜了下去，"大娘子美貌伶俐，琉璃多谢天后成全。"

武后玩味地挑了挑眉，"喔？你不用去问问裴尚书么？这万一……"

琉璃心里微沉，却还是坚定地摇了摇头，"天后如此美意，拙夫焉有不领之理。"裴行俭多半不会愿意，他多半能想出法子来拒绝这门婚事，但武后岂是能被人糊弄的？今天拒绝她容易，他日想躲开她的报复却是千难万难！与其让裴行俭开罪武后，让裴家陷于危境，还不如让他来怪自己好了。

武后的脸上终于绽开了愉悦的微笑，"好！"她转头看了看刘氏，"你说呢？"

刘氏笑得眼睛都眯起来了，"六郎这般好人品，华阳夫人又是这般好脾气，我还能有什么不足的？大娘子能有这样的夫君，这样的阿家，是三生修到的福气！"

琉璃少不得连连谦逊，嘴里却是一阵阵地发苦：从前她也鄙视过那些拿子女婚姻换家族前程的父母，没想到今天自己居然让儿子做了武三思的女婿！也许她能找借口说，这样的婚姻能让光庭在接下来的动荡年月里生活平安、仕途顺利，能给裴家添上一道护身符，可这样的代价是光庭愿意付出吗？他以后会不会怪她这个做母亲的胆怯无能？

手里那冰凉沉重的檀木匣子仿佛正在变得越来越烫，琉璃低头瞧着那对玉钗，心头一片迷茫。

武后看了一眼匣子，眉头也微微皱了起来，"这对玉钗……我记得当日先母是想定下裴府的小娘子，才用了它，今日拿来送给六郎却是不大合适了。对了，阿刘，我上回给你的那块玉佩呢？"

刘氏茫然道："什么玉佩？"

武后脸色微沉，"就是那块云纹的青玉玉佩，我不是跟你说了么，那玉虽寻常，却是祖母送给祖父的物件，你莫要胡乱搁放。怎么，你不记得了？"

琉璃心里"咯噔"一下，忙抬头看向刘氏，就见她想了想，拍手笑道："我想起来了！那日我从宫里出来之后就去了华阳夫人那里，瞧见六郎，顺手送给他了，这项圈就是当日夫人的回礼！"

果然是那一块！琉璃只觉得自己脑里仿佛有什么东西在嗡嗡作响，无数头绪和情绪都混成了一团，却怎么也理不出个道道来。

武后哑然失笑，"居然还有这种事？要不怎么说是姻缘天定呢！"

刘氏立时跟了上去，"可不是！要依我说，就当是八月定下的也好，跟着裴尚书的喜报一道定下的，岂不是比用今日这对玉钗更吉利些？"

她们这么煞费苦心的安排，这么转弯抹角的推动，最后竟然是为了这个？可去年订婚和今日赐婚又有什么区别？琉璃疑惑地抬头看着武后，武后也含笑看了过来，"阿刘说得也没错，孩子们到底还小，福气比什么都要紧。赐婚听着荣耀，规矩却也太多，旁的不说，日后小两口拌个嘴，难不成还要闹到我跟前来？横竖你们交情也好，很不必图这个虚名。大娘，你说是不是？"

琉璃下意识地摇了摇头，刚想开口，武后已点头笑道："你觉得赐婚更好？那也容易，等孩子们大些，我再补上！不过么，你若是并不情愿结这门亲事，只是不敢拂了我的面子，"她笑微微地凝视着琉璃的眸子，"那就是我的不是了，什么母亲遗愿，什么两姓之好，你就当我从来没提过吧！"

她脸上的笑容里并没有半分讥讽，眼眸里更是一片温柔亲切。但琉璃却觉得，整间屋子顷刻间已冷了下来，她不知道武后到底想要什么，但她知道，自己此刻只要说出一个"不"字，等着自己的，就是万劫不复……琉璃垂下眸子，毕恭毕敬地欠身行礼，"殿下说笑了，琉璃并无半分不愿，赐婚与否，但凭天后吩咐。"

武后微微点头，笑容多了几分难明的意味，"这就好，两家结亲，原是你情我愿的事，横竖你们两个一直都投缘，难得小儿女又有这样的缘分，我听着也是欢喜。"

她身子往后一靠，竟似有些意兴阑珊，"如今我也没什么可指望，若是身子争气一些，能等到喝你们两家喜酒的那一日，就算是圆满了。"

刘氏"哈"地笑出了声，"姑母说笑了，姑母是什么样的神仙人物，如今让不认识的人瞧见了，谁不说姑母比阿刘要年轻？再说咱们这些人，谁的福气不是姑母给的？若没有姑母照应着，只怕出了门便给人收拾了去！姑母自然是能千秋万岁的，等到六郎和大娘子的儿女日后成家立业时，还得指望着姑母赐些福气……"

千秋万岁，一统江湖？

在刘氏依旧露骨谄媚、滔滔不绝的奉承声中，琉璃微微低下头，掩住了嘴角那抹苦涩的笑意。

刘氏从来都不傻，只有她自己，才是这宫里，这天下，最大最大的傻瓜！

第一百五十四章
无由狂怒　莫名深仇

"圣人驾到！"

安静的春夜里，这略显尖厉的声音宛如长鞭破空而来，原本其乐融融的内殿气氛顿时为之一凝。

琉璃心头更是"咚"的一跳：终于来了！

屋里的几个人，包括两个孩子，都仿佛感受到气氛的变化，脸上露出了些许不安，只有武后依然神色自若地坐在榻上。抬头往外看了一眼，她的嘴角慢慢绽开了一个明媚的笑容，"随我迎驾！"

天色早已一片漆黑，廊庑下摇曳的灯笼，在匆匆而来的一行人身上投下了明灭不定的光影。武后带着众人迎到了跟前，李治才扶着窦内侍的手下了肩舆。琉璃悄悄抬头看了一眼，不由吓了一跳——皇帝什么时候变得如此苍老了？

已近三月，李治身上却还裹着件黑狐披风，苍白的脸颊上仿佛染上了一层青色，眉梢眼角的皱纹更是刺目，将那份疲惫虚弱深深地刻进了这张面孔的每一个表情里。此时眉头微皱，脸色不虞，一股阴沉沉的暮气更是扑面而来。

武后却仿佛丝毫不觉，欠身行了一礼，上前两步便扶住了李治的另一只手，含笑问道："陛下可用过晚膳了？"她的神色温柔平和，就像一位寻常妻室在迎接着自家夫君，又像是一位母亲在关怀着自家孩子。

李治点了点头，脸上多少也露出了一点笑意，目光却扫向了武后身后，待一眼瞧见琉璃，眼神更是阴了下去。

武后顺着他的目光一看，笑着解释："那是裴家六郎，陛下今年不是钦点了裴家儿郎入宫取火么？今日华阳夫人便带了六郎进宫。恰好阿刘也带了大娘过来，说起半年没见过华阳夫人了，自告奋勇去接他们母子，也好一道在我这里用顿热食。陛下果然是目光如炬，六郎小小年纪便是进退有度，果然是有福的孩子……"

她这里笑吟吟地随口说着家常，李治的眉头却皱得更紧，待进了殿内，才犹豫着道："适才贤儿到我那里告了个罪，说他御下不严，身边的人不知怎的冲撞了两位夫人，惹得她们大怒。今日已晚，他不好再入内宫请罪，明日他会让太子妃过来，也好代太子向她们赔个不是。"

琉璃忍不住暗暗皱眉，李贤这是以退为进？听着倒像是她们打了太子的脸，转身又跑到武后这里来告状了。太子越是诚惶诚恐，她们便越是显得骄横无礼，甚至是在无事生非、挑拨离间！

武后歉然道："我也听说了，原是有位东宫内侍对华阳夫人出言不逊，阿刘一时气恼，便教训了他一顿。此事原是阿刘的不对，那内侍再是无礼，她也该把人交给东宫处置，再不成，还有内侍省呢！怎能一怒之下就把人拖出去打了？不但太子难免多心，便是华阳夫人也是难做，适才我已经狠狠说过她一顿。既然太子如此上心，明日一早，我便让她去东宫请罪！"

李治脸色一缓，点了点头刚想开口，那边刘氏已"扑通"一声跪了下去，"陛下饶命，天后饶命，臣妾再也不敢了，还请天后莫让臣妾去东宫，太子殿下绝不会饶了臣妾的，若是去了，臣妾只怕性命难保！"

这一下来得突然，李治顿时怔住了，武后更是脸色一变，厉声喝道："你说的是什么胡话！太子岂是不知礼数之人，你好好去赔罪，他岂能为难于你？更别说要你性命！你这般胡言乱语，叫旁人如何看待太子，如何看待我？"

刘氏吓得面色发白，"砰砰"磕了两个响头，"天后明鉴，臣妾今日教训的内侍，乃是、乃是赵道生！"

李治和武后都吃了一惊，相视一眼，又同时默然扭过了脸去。还是武后先回过神来，皱了皱眉，板着脸开口问道："你既然认得他，为何如此鲁莽行事？"

刘氏的脸色也极为尴尬，低声道："不是臣妾鲁莽，那赵道生实在说得都不成话，不教训教训是决计不成的，却又不好交给内侍省处置……"

李治仿佛想到了什么，蓦然转过头来，武后却已抢先一步冷冷地问道："他到底说什么了？"

刘氏的脑袋几乎垂到了胸脯上，声音也越来越含糊，"臣妾过去时，听见他正对华阳夫人说什么'你别以为伺候韩国夫人的人都被灭口了，当年的事情就没人知道了'。臣妾又惊又气，只想让他赶紧住嘴，便让人……把他拖出去打了。"

此言一出，李治的脸上又是尴尬，又是气恼，又有些心虚，说不出的精彩纷呈。武后的面色却蓦然间变得一片雪白，声音也如冰雪般寒意浸人，"好，好得很！难怪你们一个个都轻描淡写，只说是东宫奴婢对华阳夫人无礼，阿刘打了他几下，原来是这么回事！"

她低头瞧着刘氏，轻声问道："那奴婢，还说了些什么？"

刘氏低着脑袋用力摇头，"当时裴家六郎因被人拦着，哭得厉害，我哄了他几句，去得迟了些，就听见这么两句。"

武后目光一转落在了琉璃身上，声音愈发冰冷，"那就请华阳夫人告诉我，今日那奴婢为何会对你无礼？又问了你些什么？"

琉璃心里早已一片冰凉——果然又是这样！又要自己出面来揭出令皇帝最难堪的真相，让皇帝因此迁怒自己、记恨自己，然后恨屋及乌，断了裴行俭的前程！其实武后真的多心了，就算没有先前与武家的亲事，自己在这种要命的时候，难道还敢为了一个病体支离的皇帝、一个已经恨自己入骨的太子，而违抗她的命令？

沉默片刻，她涩声回道："启禀天后殿下，适才赵内侍是问了臣妾一句，当年在法常尼寺臣妾去拜别韩国夫人时，韩国夫人可曾与臣妾说过什么特别的话。臣妾如实相告，赵内侍却不大相信，臣妾也无可奈何，这才有了言语冲突。臣妾既不能取信于内侍，亦不能说服于他，是臣妾之过。"

李治先是松了口气，随即又有些疑惑。武后也皱着眉问道："法常尼寺？赵道生为何要问你这桩事，他到底又不信什么？"

琉璃心知躲避不开，也只能硬着头皮道："赵内侍似乎不大相信韩国夫人当日乃是病逝，疑心有人对韩国夫人不利。"

李治略想了想，猛然间醒悟过来，不由勃然大怒，"此等狗奴，用心险恶，正该打杀！"

武后却冷笑了起来，"好，好个赵道生！他居然能拦下你问这件事！他是怎么找到你的？难不成真是他要问你这件事？"

琉璃老老实实回道："当时原是太子妃寻臣妾说了几句话，太子妃走后，赵内侍便过来了。臣妾所言不合他心意时，他也搬出殿下来威吓过臣妾几句……"

她的话音未落，李治已拂袖道："岂有此理！正是这等搬弄是非的狗奴多了，才会让宫里如此乌烟瘴气！我看贤儿根本就不知此事。今日他原本是去我那里复命，后来听闻消息才匆匆赶去，回头便来领罪了，对这桩事也是意外得很。媚娘，你放心，我定然不会让这等居心叵测之人留在贤儿身边，你也莫要多想了！"

武后面无表情地抬眼瞧着李治，李治被她这么一看，脸上的怒色渐渐变成了尴尬，不自在地咳了两声才道："媚娘，贤儿性子虽有些莽撞，却绝不是如此糊涂的人，这宫里人多口杂，来回传话，好好的也就走了样。再说还有些人原是存心生事，上回我已重重罚过一回，看来还没让那些人长记性！回头我便会把东宫那些不安分的奴婢都打发了，断然不会让人在你们母子之间再挑拨离间，伤我天家骨肉亲情！"说着，目光往琉璃和刘氏身上一扫，神色极为凌厉。

武后若有所思地点头，"陛下说得是。华阳也好，阿刘也罢，原是寻常妇人，这口角之下记错了话，或是急切之中听错了话，或许也是难免。"

李治忙点头，"正是！"

武后淡淡地一笑，"说起来，还是陛下身边的人性子稳重，记性牢靠，更不会偏着外命妇。幸亏今日陛下打发了人过来回话，我也怕阿刘过去冲撞了太子，还特意令他跟阿刘走了一趟。"

她凤目微挑，扫向了伺候的宫人，"阿福，你如今也长进了，胆敢跟她们一道糊弄我！如今你还不老老实实出来回禀，今日你到底听到了哪些话？"

人群之中，一个二十多岁的圆脸内侍"扑"地伏身在地，声音里全是惶然："天后恕罪，奴婢不敢欺瞒天后。"

武后冷冷地瞧着他，"那你还不说！"

阿福忙忙地点头，哆哆嗦嗦地回道："奴婢原是最早进院子的，听到赵内侍在问华阳夫人：'敢问夫人，韩国夫人当时既知贺兰敏之已犯大罪，就算想以命抵罪，她好好活着，日后抵命，岂不是比让夫人转为求情有用……'"

他的记性极好，几乎一字一句地将当时的问答复述了出来，连语气都学了个六七分。李治越听脸色越是难看，瞧一眼阿福，瞧一眼琉璃，眼里几乎能冒出火来。武后的面色却越听越是平静，最后更是不可自制地笑了出来。

李治吓了一跳，指着阿福喝道："你个混账奴才，还不给我滚下去！"

武后一面笑，一面摆手，"陛下怪他？是怪他不该说实话？陛下您也听见了吧，咱们的好儿子，大唐的好太子，如今不光是疑心我不是他的母亲了，他还疑心我杀了他的亲生母亲，这是一心一意要找到证据，以后好为母报仇呢！"

她笑得开心之极，在场的却是人人变色，李治更是几乎有些站不住了。琉璃心里也是一阵阵的发毛，就算这是武后一早就设好的局，此刻她的伤心大概也有几分是真的吧。一个做母亲的，被亲生儿子疑心到这个份上，就算心如铁石，也不可能完全没有触动。只不过到了武后这里，就是她自己的伤痛，也是可以拿来利用、拿来算计的……

李治上前两步握住了武后的手，几乎是祈求地叫了声，"媚娘！媚娘莫要如此！"

武后闭上双目，半晌才缓缓睁开，涩声道："陛下，你以为我愿意这样想自己的儿子？我也盼着自己不过是多心……"

她用力挺直了脊背，转眸瞧向搀扶着李治的窦宽，"阿窦，你这就带阿福去东宫，让阿福把今日听到的话一字一句说给太子听，然后问他一句：这话是赵道生要问的，还是他自己要问的！"

转头看着李治，她苦涩地微微一笑，"陛下，今日阿贤只要将赵道生交给阿窦处置，我就当这件事不曾发生过，如何？"

李治松了口气，"好，好！媚娘，我就知道你最是大度了！"

他的脸上那如释重负的喜意实在是太过明显，琉璃纵然对李治并无半分好感，不由也默默地低下了头去。

随着帝后面色转缓，殿内的气氛也渐渐松弛。恰好有人回报，晚膳已经备好了，武后便吩咐道："阿刘，你先下去陪华阳夫人用膳吧。"

琉璃欠身谢恩，转身拉住了光庭的小手，这才发现他的手心一片冰凉。低头一看，光庭乌溜溜的眼睛里全是惶然，却强忍着一声也没吭。

琉璃心疼得只想把他抱起来好好安慰，却到底只是握紧了光庭的小手，带着他一步步地退了下去。

她听见身后武后长长地出了口气，"陛下，您也莫怪阿刘多事，我也是刚刚才晓得，裴家六郎和他家大娘子去年八月里便定下了亲事，大娘子日日戴着的那个项圈，便是库狄氏亲手送的。阿刘对六郎难免会上心些，这做母亲的为了儿女，原是唯恐不够周全的……"

琉璃心头一跳，忍不住回头看了一眼，恰恰对上了李治扫过来目光，那眼神里带着往常的厌憎神色，更多的却是难以置信的震惊和难以遏制的狂怒，就好像她不是定下了一门亲事，而是犯下了什么十恶不赦的大罪！

琉璃只觉得一股惊悸仿佛从脚底直冲上来，耳边一阵嗡嗡作响，好容易才咬牙跨过门槛。转弯，下台阶，上回廊……身后的墙壁终于一层层地将那道冰冷的愤怒目光隔绝开来。琉璃慢慢地吐出一口气，才发现自己的手竟在不停地轻轻颤抖——到底是怎么回事？到底是哪个地方又出了问题？

光庭抬起头，疑惑又委屈地叫了声，"阿娘！"

琉璃心头一酸，弯腰把光庭抱了起来。光庭也不说话，只是伸手紧紧地搂住了琉璃的脖子，把小脑袋深深地埋在她肩上。

后殿的暖阁里，晚膳早已摆好，大约是为了照顾两个孩子，还特意用了高脚大案和长条凳子。热腾腾的鹿脯羊羹摆满了整个案面，在寒食的夜里，那香气仿佛带着钩子扑鼻而来，便是热汤饼里的白色浓汤，看上去都显得分外诱人。

光庭毕竟还小，吃了三日冷食，骤然面对一桌热菜，脸上的委屈担忧很快便无影无踪，津津有味地吃了起来。武家大娘看上去对这一切早已习惯，一路上便是笑嘻嘻的，此时见光庭吃什么，便也要去拿，屋子里顿时热闹了起来。

琉璃却是压根就没有胃口，刘氏也很是有些心不在焉，若不是眼神不断往外乱瞟，那沉默斯文的样子倒像是彻底换了个人。

一顿饭堪堪用完，有小宫女快步进来，在刘氏耳边低声说了几句。刘氏眼睛一亮，"腾"地站了起来，"当真？"

小宫女连连点头，"奴婢听得清清楚楚。"

刘氏闭了闭眼，嘴角的笑容如水波不可抑制地扩散到整张面孔，终于哈哈大笑起来。武家大娘子立刻跳了起来，"阿娘，阿娘，有什么事？"

刘氏笑嘻嘻地摸了摸她的头，"自然是好事！"又向琉璃挤了挤眼睛，"夫人猜猜，东宫那边怎么着了？"

自然是犯傻了！琉璃心里微微叹气，抬头问道："是不是太子不肯把赵道生交出来，自己担下了所有的罪名？"

刘氏惊讶地睁大了眼睛，"夫人怎么知道？难道你早就料到了？怪道这般沉得住气，我倒是担心得用不下饭了，夫人怎么也不早些说！"

琉璃又好气又好笑，"夫人言重。我才见过太子几面，怎么能料得到他会如何行事？不过是见夫人如此欢喜，才猜着大概是这么回事。"

刘氏笑着拍手，"华阳夫人真真是灵透，这下好了，咱们总算不用担心了！"

琉璃也笑了笑，刘氏对她的反应却显然不大满意，啧啧两声才道："夫人倒是坐得稳当,你是不知,太子可不是什么好性的人,若是此次的事儿就这么过了,日后他恼将起来,可是什么事都做得出的!"说完又凑到琉璃身边,低声道:"别说咱们,就是再了得再受宠的人物,不也照样……"手上比了个"咔嚓"的动作。

她说的难道是明崇俨?琉璃忍不住追问,"夫人,您说的是……"

刘氏撇了撇嘴角没有接话,突然转头瞧着武家大娘子叫道:"哎呀,我的小祖宗,你要喝汤怎么不把碗端好些,洒在身上可怎么了得!"

武家大娘子顿时不满地翘起了嘴,"我才不会洒,我又不是三岁小孩了!"

满屋子人都被这一声给逗笑了,刘氏更笑得花儿似的。唯有琉璃笑完之后,瞧着自己未来的亲家和儿媳妇,心情之复杂,简直难以言表。

这屋里笑声未歇,刚刚出去的那个小宫女又跑了进来,对刘氏轻声说了两句。刘氏笑容顿时一僵,整张脸顷刻间变成了一张木雕的面具。转头看着琉璃,她整个人都显得失魂落魄,"天后,天后说,这一次,算了!"

琉璃也怔怔地转头看向了门外,心里却是半分也不意外。今日之事虽然蕴含的意味骇人听闻,但毕竟不可能影响废立,武后是何等坚忍的性子,在不能一击致命的时候根本就不会出手——只是,照眼下这情形来看,离武后出手的时候,也不会太远了!所以她不用担心太子还能有心思、有机会来对付自己;她担心的,是武后的算计,是皇帝的愤怒,是自己也许已经无法挽回的某个选择……

高高的食案上,原本热腾腾的饭菜已然凉透,几道肉羹肉脯都慢慢凝上了一层油霜,适才的鲜美,此刻看去是如此的令人腻味。刘氏却依旧直勾勾地瞧着这些饭菜,嘴里喃喃自语,"怎么会这样?怎么会这样?"

是啊,琉璃无声地叹了口气,这一切,怎么会变成这样?

夜色越来越深,甘露殿各处的灯火一盏盏地点燃,又一盏盏地熄灭了。这犹带寒意的春夜,原是最宜高卧,只是这一夜,好些人却已注定无眠。

西殿寝室里,武后面无表情地看着李治熟睡的面孔,轻轻放下床帐,转身走出门外。她站在廊中出了一会儿神,向后摆了摆手,让人不必跟着,自己移步走向了侧殿边的耳房,还未走到门口,便听里头传来了几声"空、空"的咳嗽声。

瞧见窗纸上晃动的人影,武后的眉头顿时皱了起来,上前两步挑帘而入,"不是让你好好歇着么?你怎么……"待得一眼瞧见里头的情形,顿时便说不下去了。

玉柳的屋子里依然是一派简洁,几乎闻不到什么药味。屋角的小铜炉上放着五曲银扣边的青瓷水盂,水盂里温着的,却赫然是一个堆花龙柄凤首酒壶,淡淡的酒气从长喙状的壶盖里飘溢而出,将整间屋子薰上了一层中人欲醉的暖香。玉柳站在铜炉前,回头看着武后,脸上带着她最常见的清浅笑意,而在玉柳跟前,那两个小小的胡床,似乎和多年前也没什么分别。

武后不由一阵恍惚,只觉得依稀又回到最早认识玉柳的时候,那时她还是先皇跟前无足轻重的小小才人,玉柳还是熏衣房里备受排挤的小小管事,两人一个侍疾,一个熨衣,都需要熬夜。她胆子大,常常偷壶酒出来,两人躲在煎药的小屋里,说几句话，喝一口酒，不知不觉间，黎明前最冷最困的那段时辰就这么过去了。

不知不觉间，三十多年的时光也就这么过去了。

只是她但凡遇到大事或是心里有所郁结的时候，总愿意跟玉柳说上几句的习惯，看来是怎么样也改不掉了！看着玉柳已经明显斑白的头发，武后低声唤了句"阿玉"，嗓子突然有点发哽。

玉柳笑微微地上前几步，轻车熟路地扶着武后坐下，自己也在胡床上坐了下来，转身从酒壶斟出了一杯酒，双手捧到武后跟前。

武后接在手里，见玉柳又拿起了另一个杯子，忙道："你的咳还没断，还是莫要喝了。"

玉柳从善如流地从另一个白瓷方壶里倒了些清水出来，端起杯子笑道："奴婢以水代酒，为天后寿，祝殿下事事如意，无病无忧。"

武后微微摇头，"事事如意？世上岂有这等好事？倾我所有，得我所求，也就罢了，更何况去奢望无忧无病？你不如换个词吧。"

玉柳轻轻一叹，再次举杯，"那就愿天后殿下岁岁平顺，无悔无疚。"

武后眉头微扬，目光骤然变得凌厉起来，只是落在玉柳灰白憔悴的面孔上，到底还是化为了无奈，停了片刻才道："怎么？你觉得我这么做不对？难不成我这些年来，给他的劝告还不够多？结果如何？我给他看《孝子传》，他就敢注《后汉书》，唯恐世人不晓得外戚之祸；先是疑心我毒杀了他兄长，如今更出息了，竟疑心我不但不是他亲娘，而且还是他的杀母仇人！

"他也不想想，弘儿那般体弱，性子又仁厚，我如若要把持朝政，还有什么法子比让弘儿做皇帝、我来做太后更好？他若是我姊姊所出，那就更荒谬！这天底下，有谁能傻到毒杀自己的亲生儿子，好让跟自己有杀母之仇的孽障来做太子？我既然那般心狠手辣，又岂能容他活到今天！

"我就不明白了，我待他就算不如待弘儿尽心，却也不曾打骂亏欠过他，他怎会变得如此狂悖忤逆？倒像跟我有前世的仇怨，不管传言如何荒诞不经，只要对我不利，他竟然都会深信不疑！他既视我如仇寇，难不成我还要当他是骨肉？还是说，我既然给了他一条命，就该予取予求，就该伸长了脖子，等他日后来砍来杀？"

说到"杀"字，武后的柳眉微立，脸上虽不见有多少怒容，但那眉梢眼角的戾气却足以令人胆战。玉柳的脸色却是愈发平和，"自然不是！太子如此不孝，自然不配为君。殿下无论怎么待他，都是天经地义。玉柳只是平白有个傻念头，想问殿下一句，当年弘太子去世之后，天后您后悔过么？"

武后脸色微僵，半晌无语。

玉柳轻声道："奴婢觉得，殿下您是后悔了的。后悔为了两个公主的事跟弘太子生分，后悔没关注东宫，竟不知弘太子病体恶化到了那样的程度。所以那两年，你不提东宫，不见太子，旁人都以为殿下对太子不满，其实奴婢知道，您只是不愿想起弘太子而已。如今事已至此，原是没什么可说的，只是奴婢有些害怕，怕殿下日后，还会后悔。"

武后断然摇头,"不一样,这回根本就不一样!李贤怎么配跟弘儿比?弘儿再糊涂,也是个孝顺孩子,听说我生气伤心了,他会惶恐,会忧虑。李贤呢?他只怕是欢喜还来不及!你当他这两年为什么独宠一个赵道生?还不是东宫那几个女人会劝他两句,只有那个赵道生,恨不能把我说成天下第一等的毒妇,把所有的流言都变成铁案,这才成了李贤离不得的知心人!

"如此也好,他不是愿意相信只有赵道生对他忠心耿耿么?不是愿意相信我铁石心肠么?我若不叫他知道什么是赵道生的忠心耿耿,什么是我的铁石心肠,也枉让他惦记了这么些年!"

玉柳瞧着武后冷若冰霜的脸孔,缓缓点头,"奴婢明白了。太子既然早已不认殿下是母亲,殿下自然也不再当他是儿子,既无亲情,便无悔恨,是奴婢多虑了。"

武后轻轻"哼"了一声,"知道自己爱多虑就好,也不知你是哪来的那么多操心!"她脸色微缓,低头慢慢喝完了杯里的酒。玉柳不急不忙地又续上了一杯,嘴里轻声道:"只是不知殿下想过没有,若是有朝一日,三殿下当了太子,又该如何?"

武后眉头一皱,放下了酒杯,"你到底想说什么?"

玉柳淡淡地一笑,"奴婢今日要斗胆多说几句。殿下身边也好,太子那边也好,聪明能干的人从来都是太多了些,为了自己的前程,人人都奋力推着主公往前走,瞧谁都是拦路石,又唯恐没机会显露他们的忠心。就这么你争我斗的,亲生骨肉才会渐渐不共戴天。可最后又如何?输的固然凄惨,赢的却也没什么趣味,更有甚者,大概就如今日华阳夫人说的那句,'亲者痛,仇者快'!

"殿下,殿下您英明果决,凡事原是不用奴婢来操心,只是殿下待身边的人还是太过宽和了,他们的忠心里头,说不定什么时辰就会生出私心、野心来,这分心思若是用错了地方,却是比什么都更能生祸。就如赵道生,只怕他也觉得,自己对太子最是忠心不过⋯⋯"

这些话隐隐间有种不祥的意味,武后顷刻间便明白了她的意思,脸色骤然沉了下来,"不要说了!你既然知道我待身边的人太过宽和,这些人里聪明人又太多,你这个痴心呆意的,还不给我赶紧好起来?你不过是风寒入肺,慢慢将养着自然能好,如今却在想着什么?你不晓得这病就怕忧虑过重么?

"你老实告诉我,今日是谁在你面前胡说八道了?"

玉柳急忙摇头,"不是!没人跟我说,奴婢⋯⋯"话未说完,她脸色猛地涨得通红,扭头便是一阵剧咳。武后忙帮她拍背顺气,好半响这令人心惊的咳声才慢慢止住。玉柳喘息着抬起头,手里的帕子上赫然是一摊鲜血。

武后早听御医回报过玉柳的症状,此时亲眼瞧见,却依然觉得被那猩红刺得双目一阵生疼,下意识地咬紧了牙关,一字字道,"你放心,我不会让你挪出去!"

玉柳低头将帕子收入墙角的布囊,轻轻摇了摇头,"殿下深恩,玉柳粉身难报,只是奴婢这病如今看来一时半会儿是好不了的,若让病气过了人,岂不是更添罪孽?殿下若不放心让奴婢去宫中病坊，不如拨个小院给奴婢，每日让女医过来瞧瞧，只怕比这里人来人往的还要清静些。"

她的脸色平静温和，却自有一份不可动摇的坚定。武后瞧了她半晌，只能点了点头，"好，都依你。"

玉柳欣慰地笑了起来，"多谢天后成全。"

武后胸口憋闷，索性自嘲地一笑，"我说你今日怎么连礼数都不讲了，原来是想着就要离了我这儿，不用再怕我！不过你也莫高兴得太早，你倒说说看，我身边聪明人这么多，你这个痴人的差事，又有谁能顶？"

玉柳显然对此已深思熟虑过，毫不犹豫道："婉儿。婉儿才华胜我百倍，为人聪明机警，难得胸襟开阔，不似寻常女子。如今她已被殿下打蘑过两回，知道了个'怕'字，过几日殿下再开恩让她回来，她定然会对殿下肝脑涂地。"

武后摇头道："她就是太过聪明，胸襟也太过开阔，不是能困在宫室之内的。她能做的，你办不到，但你能做的，她也办不到。"

玉柳呆了一下，凝神细想，竟是良久没有开口。武后随手倒掉了杯中残酒，又自斟了一杯，口中道："跟了你两年的那个团儿，看着也是个伶俐的，可惜岁数到底太小了。"

玉柳叹了口气，"团儿就是太伶俐了，日后殿下还是要多敲打敲打她才好。"

武后抬眼瞧着她，"怎么，你竟再想不出一个人了？"

玉柳犹豫片刻，想开口说话，又摇了摇头。

武后奇道："你想到了谁，难不成跟我还不好开口？"

玉柳苦笑道："可不是！这个人奴婢原是多年前瞧着就合适，可殿下却未必如此看她，便是殿下觉得合适，她如今的身份也不大可能入宫为官。"

武后略一思量，不由又好气又好笑，"你是说，库狄氏？"

玉柳也有些不好意思，"殿下莫怪奴婢异想天开，殿下问奴婢的这件事，奴婢今日早问过自己无数遍，不知怎地，竟总会想到华阳夫人身上去。论聪明伶俐，她其实不如婉儿，或许还不如刘娘子，只是她这个人，看着谨慎周全，骨子里却有股痴气。殿下总说奴婢是痴人，大约痴人瞧着痴人，总觉格外亲切些。"

武后点了点头，又摇了摇头，"你说得也不算错，她的确有些痴性，可惜在我这里，她连忠心都谈不上有多少，更莫说是痴气！"

玉柳犹豫着问道："殿下难道还气恼她帮贺兰庶人隐罪，又替他求情的事？"

武后摇头道："我又不是头一天认得她，她原是聪明过头也谨慎过头的人，如此行事，又有什么可稀罕的？只是这么多年下来，你也瞧见了，她到底想要什么，到底想做什么，你看得出来么？我原以为，纵然这个人心思深些，好歹她对我还有个'怕'，谁知她痴性一发，居然连怕都不晓得了。这样的人，如何可用？"

玉柳低声叹道："华阳夫人的性子的确是让人看不透。您说她图权也罢，图财也罢，图宠也罢，怎么都好说，偏偏她什么都不图，谁又知道她在想些什么？就如奴婢，这宫里有多少人说奴婢心机莫测，说看不懂奴婢的心思，也只有殿下才知道，奴婢哪有什么心思？不过是想跟着殿下平安度日而已。"

武后气得差点笑了出来，"你不用跟我这么拐弯抹角说话！你就这么瞧得上她？就不怕她面上无欲无求，心里其实已经怨恨上了我，所以才要坏我的事？"

玉柳也笑了起来，"殿下说的哪里话，奴婢自然也是怕的，怕华阳夫人藏奸，怕她这些年来心里对殿下已生了怨，直到今日听团儿转述了她对赵道生说的那番话，奴婢这才放了心。华阳夫人到底还是华阳夫人，谁不知殿下和太子嫌隙已深，谁又不知道那赵道生是太子的什么人，在那般情形下，她居然依旧能真心为殿下着想，真心盼着殿下能母子和睦，总算我没看错她！"

武后的目光微微闪动，却没有作声。

玉柳又道："殿下今日容奴婢斗胆再说一句，殿下母仪天下，让人怕您，让人求您，是何等容易之事！那遇到机缘，就到殿下跟前来表忠心、图恩宠的能干人，日后只会越来越多。倒是要寻个人出来，自己并无所求，却能重情谊守然诺，能真心为殿下着想，那倒当真是有些难的。"说到这里，她忍不住叹了口气，"可惜，她当年怎么死活就瞧中了裴尚书？"

武后柳眉一挑，"可惜？怎么可惜了？莫说门第出身，文韬武略，就说私德，裴守约此番散尽金帛，这分慷慨满朝文武谁能相比？他前后两娶，均不置姬妾，天下男子又有几个能做到？库狄氏是何等谨慎的性子，在女眷里悍妒之名却如此响亮，归根结底，不过是旁人瞧不过眼罢了。你说她可惜，岂不知天下人都觉得裴守约才真真是可惜！"

玉柳瞧着武后，满脸纳闷，欲言又止。

武后"哼"了一声，"你不用稀奇，他这个人就是太好了，时时都好，处处都好，那便是假了，世上怎么会有这样的人！

"陛下不是总舍不得裴守约的才干么，冷了他这些年，到底还是忍不住要重用他，抬举他。这一回更是恨不得用倾国之力来成就他的军中功业，好叫他一心一意地去辅佐太子！我倒要看看，在瞧见库狄氏跟太子起了冲突之后，在知晓裴家去年八月就跟武家定亲之后，陛下的这份爱才之心还能维持多久！"

她抬眼瞧着窗外的夜色，笑得清雅无比，"还有裴守约，若是知晓了他的这番前程都断送在了娇妻幼子的手里，我更想瞧瞧，他这张情有独钟、爱妻怜子的好面皮，又还能维持多久！"

玉柳不由哑然，怔了好一会儿才道："那华阳夫人她……"

"我自然不会让她无处可去。"武后手上轻轻转动青瓷酒杯，那流转的匀净青色将她的十指衬托得愈发雪白晶莹，也将她嘴角的笑容映照得愈发温柔空灵，"你不是希望，她能接了你的差事么？"

第一百五十五章
不计祸福　谁共死生

又是一年花开时节。

随着御驾归来，冷清了两年的长安城在这个春天又恢复了往昔的繁华。从曲江池到乐游原，依旧是槐柳层染碧色，桃李争吐芬芳，而绿杨深处、杏花影里，却又添了无数打扮齐楚的仕女郎君，花逐车动，香随人飞，端的是一幅太平盛世景象。就连半年前那场废立风波所带来的动荡和阴霾，也已在朝廷为新任太子举办的盛大春宴里烟消云散——长安人对于不愉快的往事，从来都没有太好的记性。

眼见快到寒食，家家户户都愈发忙碌，市井小民要置办各种应节的物件，官宦人家要摆设春宴招待宾朋，已然过了吏选的士子选人们则是呼朋引伴、踏春赏景。一时间，长安的各条主街上固然车流如水，各处高门里更是宾客如云。

当然也有例外。

延寿坊的古池边，那座著名的裴府这些日子里依然大门紧闭，门前车马稀少，全然没有高官府邸的模样。

寒食的午后，几滴细雨若有若无地飘荡起来。裴府的大管事探头往外看了一眼，还未感叹这雨下得应景，就见坊门方向几匹骏马直奔过来，当先一个穿着紫袍，忙回头叫道："是交河郡公来了，快开门！"

几个门子忙开了大门，紫衣人在门前翻身下马，将马缰丢给裴家奴仆，跟着大管事快步走了进去，又有小管事招呼着后头的几个随从在倒座房内歇息，其余人等自然各归本位。唯有一个刚从洛阳过来的新门子探头看了看来客的背影，转头便问旁人，"这位，是什么郡公？"

被问的门子"嗤"地笑了出来，"你在洛阳两年，竟没见过麴郡公么？说来咱们这宅子还是他的手笔呢。他虽来得不算频繁，却是难得有长性的，咱们尚书最风光的时候，他一年会过来两三回，如今没人肯上门了，还是照旧如此，那话怎么说的，君子之交淡如水……"

话犹未了，旁边便有人插嘴道："可不是！还有那边府上的裴相公，咱们府上最风光的时辰,他没来凑过热闹,倒是咱们没人敢登门、人家又入了相的这会儿,谁都以为他不会来了,结果年节里他却大早就带着夫人上门了,瞧着比从前还亲热,这才是宰相风度呢!"他啧啧了两声,转头又问那年轻门子:"说来还是你最有时运,前两年你在洛阳的时候,上门求见的人只怕都要踏破门槛了吧?"

年轻门子挠了挠头,不好意思地笑道:"我在那守的是角门,只听说前年冬天阿郎得胜归来之后,前头收到的帖子和行卷,一日能装满一筐!后来阿郎又散了圣人赏的金帛仆人,那些日子更是门槛都被踩低了两寸。去年四月,阿郎第二次得胜归来,上门的客人就愈发多了,只是后来……"他叹了口气,打住话头。

众人也是叹息不绝。其实阿郎第二次出征,要说风光原比第一回还风光,要说战果也是半点不差,两三个月便把突厥人打得落花流水,两个贼首逼杀了一个,活捉了一个,眼见着就要横扫北疆,平定战乱了,圣人却突然把阿郎召了回来。大伙儿原想着这回不定还有什么厚赏什么重任呢,谁知竟是无声无息,后来就连接替尚书去慰劳军卒的人都得了朝廷封赏,阿郎这边却依然是半点动静也无。京师人何等精明势利,府里可不立时便门庭冷落了?

想到这一年来的人情冷暖,几位门子又叹息了好一阵子,才各自散开。只有那年轻门子想着刚才瞧见的那张清俊面孔,心头总是有些疑惑——那张脸怎么如此眼熟?不过自己在洛阳那边瞧见过的不过是下人伙计,跟郡公这样的贵人八竿子也打不着!

他忍不住探头又往外书房的方向看了一眼,伸手在自己脸上扇了一记,都说做门子的一要有眼力,二要有记性,看来自己的眼力和记性,实在都很有问题……

此时,外书房的东屋里,年轻门子惦记着的这位"贵人"却是大马金刀地箕坐在席褥上,满脸都是不耐烦,"你莫管我是从哪里得的消息,且想想该如何推辞吧!"

端坐在对面的裴行俭抬头瞧了麹崇裕一眼,嘴角带上了几分笑意。两年的战场烽烟和仕途沉浮,在他的身上似乎并没有留下太多痕迹,连声音都是温润一如往昔,"我为何要推辞?"

麹崇裕惊讶地挑起了眉头,"为何要推辞?你当北疆还是一年前的情形?如今突厥人不但是卷土重来,而且势头更盛了!咱们这边却已是久战之师,疲乏不堪,除了程务挺还赢了两场,别的地方都是节节败退。这个月以来,好几个州府求援告急的消息日日飞递入宫!不然,你当圣人好端端的为何会想起你来?

"偏偏朝廷如今又是国库空虚,军马不足,圣人那边……横竖你也知道是怎么回事。这回多半只会给你个大总管的头衔,叫你去节制各路兵马。无兵无粮,你准备拿什么去打这一仗?难道想拿这个大总管的名头去吓死那些突厥人?"

裴行俭的神色依然从容,"用兵之道,千变万化,三十万大军有三十万大军的打法,十万边军自然也有十万边军的打法,何况克敌制胜,原是攻心为上,攻城为下,就算兵马略少些,又有什么打紧?兵马更加不足的仗,我又不是没打过。"

麹崇裕冷笑了一声,"你以为自己去的是西疆?在西疆,你裴守约的名头的确能当千军万马,加上那里山川林泉你都了若指掌,风雨变化也逃不过你的耳目,又能抵得十万大军。可西疆你经营了多少年，北疆你又去了多久？

"是，你在那边的事我也听说过，去年你粮车伏兵，打得突厥人再不敢接近唐军补给；又是什么雨夜移营，让几十万大军都把你当了神人。当日若能让你一鼓作气，自然什么都好说。可如今呢？去年那样的大好情形下圣人把你急召回京，又把你足足晾了一年，你当那些都督将军们心里不明白是怎么回事？你这回前去，只怕连几个副总管都未必指挥得动，还谈什么克敌制胜！"

裴行俭摇头笑了起来，"原来在你心里，我就是这般没成算的人，说被召回便拍马回来，半分伏手也不会留！至于那些将军总管，程务挺、张虔勖原是我一手提拔的，另外几个就算桀骜不驯些，我还能被他们捆住手脚？不过是要多花些时日而已！我算过，去年天时地利人和都在，从调度军马到破敌用了三个月，这回我也不敢拿大，大约总要花上半年光景，才能平定这场战事吧。"

麹崇裕一怔，上下打量着裴行俭，却见他一脸平淡，仿佛说的不是一场处处艰难的大战，而是世上最微不足道的小事，旁人若是如此说话，自然是狂妄可笑到了极点，可眼前这人既然敢这么说，便是已有十二分的把握。难不成一年前这厮就料到会有今天，早就做好了准备？这怎么可能？

裴行俭剑眉微扬，"怎么，你不信？咱们要不要打个赌？"

麹崇裕顿时像被针扎了一下，几乎没跳起来，"谁跟你打赌！"狠狠地瞪了裴行俭两眼，他忍不住冷笑道："不过，我倒是敢跟你赌另外一桩，就算你这次依旧能横扫北疆，最后的结果却也未必能称心如意！"

裴行俭点了点头，神色悠然地不知看向了何处，整个人仿佛已远在云外，"你说的称心如意若是指官职爵禄，那倒是不用赌了。裴某运数不足，爵禄有限，此生仕途已到尽头。"

麹崇裕不由倏然而惊，刚说了个"你"字，裴行俭目光一转看了过来，一双眸子竟是灿然生辉，"可那又如何！

"你我生为男儿，来这世上一遭，难不成只是为了要加官晋爵？且不说这纵横沙场是何等快意之事，就算是为了不负生平所学，为了身后的家族名声，眼下这时辰，我不去建功立业、报效国家，难不成还要坐守后宅，好平平安安地静等老死？"

眼前的眸子实在太过明亮，眸子里的光芒更是直刺人心，麹崇裕不由自主移开了视线，沉默良久才嘲讽地笑了笑，"看来，今日倒是麹某多事了！"

裴行俭也笑了起来，"你我之间，何必说这种话？我再糊涂，也知道你是为我着想。眼下朝廷表面上风平浪静，实际如何，谁都清楚。圣人如今让我去往边疆，自然也不是为了给我美差。前车之鉴还在，我家恩师当年功高盖世，最后却是悄无声息病死军营，不就是因为处境尴尬，被人猜忌？如今我的处境比恩师更为尴尬，所受的猜忌只怕也远胜当年，日后纵然有再多战功又如何？多半也不过是重蹈覆辙而已。"

"若是在二十多年前，我或许会如你所说，想法子推辞了事，横竖日子还长，韬光养晦，静候时机，未尝不是明智之选。可如今，"他轻轻一叹，笑容里多了几分怅然,"你觉得,我还等得起么?"

麴崇裕的目光一转,不由停在了裴行俭的鬓角上,半年不见,那里不知何时竟添了好些白发。他忍不住也叹了口气,"这也难说,就说苏老将军,他出征突厥时,可比你如今的岁数还要大,不照样也纵横沙场了十几年?再说苏将军出征之时,家中可不是这般情形!"

裴行俭的目光愈发幽深,半晌才慢慢摇了摇头,"我担心的,不止是这个。"

麴崇裕下意识地直起了身子,还未来得及开口,裴行俭已微笑着转了话题,"至于家里么,如今看来,我倒是不用太过担心了。"

他的笑容和语气里仿佛带着一种淡淡的凉凉的嘲讽,麴崇裕心里顿时一沉,斟酌片刻才道:"有些事我也听说过一二,那般情形下,原也怪不得阿嫂。"

裴行俭哑然失笑:"你想到哪里去了!身为男子,本该护佑妻儿,说来都是我……是我考虑不周,才会让他们几乎陷于深宫险境,难不成我还要怪她随机应变,保住了自己和孩子?何况如此一来,无论前程如何,我也算是后顾无忧,这种事,我是庆幸都来不及,又何谈责怪二字?"

麴崇裕疑惑地看了裴行俭两眼,见他的神色有些感慨,却并没有半分勉强,这才松了口气,点头叹道:"你报国,她保家,也是难为你们了!"略一犹豫,他到底还是忍不住劝道:"守约,我知道你只想做个纯臣,只是时局如此,事已如此,你又何苦白白担了这个虚名?"

裴行俭微微一笑,没有答话,一双眸子却明澈得仿佛可以照见世间一切微尘。

麴崇裕顿时有些泄气,自嘲地笑了笑,"也罢也罢,你是要建功立业、流芳百世的大丈夫,不比我这趋炎附势的俗人!"

裴行俭笑着摇头,"这话又是从何说起?人各有志,人各有命而已。裴某深受师恩,不敢或忘,此生只愿能继承恩师遗志,以战止战,擒贼擒王,令天下少些沙场白骨,世间少些孤儿寡母,也算是不坠父兄英名。至于子孙家族,我在吏部十年,自问不曾辜负天下英才,大约总能留些余泽,加上我裴氏传承千年,根深蒂固,这身后之事原是无须我来多虑。

"玉郎你却不同,麴氏一族在长安毫无根基,如今全族老少都是靠你扶持,你所谋所虑,自然处处以稳妥为先。所谓趋炎附势,我还不知,不过是委曲求全罢了!其实你也不必妄自菲薄,你面相贵重,福泽深厚,寿禄都会远胜裴某,大不了再忍耐几年,自有一飞冲天的时候。"

一飞冲天?麴崇裕心里"砰"的一跳,面上却只是淡淡地"喔"了一声,"是么?"

裴行俭笑吟吟地瞧了他一眼,"若不是如此,你以为我当年为何要处心积虑地交好于你?不就是打着有朝一日要趋炎附势的主意?"

他那时的种种做法,居然是"处心积虑地交好"?麴崇裕顿时气不打一处来,咬牙笑道:"原来如此,麴某荣幸之至!若真有那一日,少不得会好好'报答'裴尚书你当年的知遇之恩！"

裴行俭淡淡地一笑，"那却是难了！"

麴崇裕只觉得这笑容和话语都好不刺耳，不由皱眉，"有什么可难的！"

裴行俭笑容微敛，语气里也多了几分郑重，"福寿本是天定，妄求固然是难，太过恣意却也不妥。玉郎，你前程远大，原是不必我来多嘴，只是你的性情到底还是偏激了些，日后若能收敛锋芒，少逞意气，自然能后福延绵……"

这话里的不祥之意更是浓郁，几乎是长别之前做些交代的意思，麴崇裕忍不住打断了他，"裴守约，好端端的你说这些话作甚？这不是平白咒我么？这里若是有酒，少说也要先罚你三杯！"

裴行俭怔了一下，突然笑了笑，手上不知怎么一动，案几上竟然变戏法般多了个酒囊，随即又不知从哪里拿出了两个酒杯。

麴崇裕看得眼睛发直，"你、你怎么还在书房里藏了这么些东西？"

裴行俭笑道："这'藏'字用得好！长夜漫漫，伏案劳神，自然要多藏些解忧良药，此中滋味，不足与外人道也！"说完拔开皮塞，倒了一杯，仰头喝了下去，"我先自罚了。"随即又倒了一杯，双手端给麴崇裕。

麴崇裕起身接过酒杯，却见这竟是个中原罕见的水晶琉璃高足杯，杯壁轻薄透彻，无论从哪里看去，酒水淡淡的琥珀光泽都清晰可见。他低头喝了一口，只觉入口清冽，回味绵长，忍不住点头叹道："好酒！好杯！"

裴行俭扬眉笑道："杯盏虽好，却不及烽烟壮烈、号角慷慨。便是为了好好喝上几场酒，我也该去万里疆场再走上一遭，是不是？"

两人相视而笑，不期然都想起了当年沙场解饮、月下对斟的情形，麴崇裕胸中也是豪气勃发，朗声一笑，抬手将整杯酒都喝了下去，"好，待守约你凯旋，我再请你痛饮一场！"

裴行俭笑着点头，正要开口，脸色突然一凝，似乎是在倾听着什么声音。麴崇裕忙也凝神听了听，果然听到窗外似有脚步声渐渐远去——难不成竟有人偷听？他心头一阵惊疑，再看裴行俭，却见他只是轻轻吐了口气出来，那张适才还飒爽如秋日的面孔，此时已是幽静如深潭，叫人看不出半分情绪了。

麴崇裕转念之间便明白了来者是谁，眼珠一转，起身笑道："守约，今日我该说的也都说了，时日不早，也该告辞了！"

裴行俭看了窗外一眼，也爽快地站了起来，"多谢！"

麴崇裕沉默片刻，用力拍了拍他的肩膀，"保重！"

裴行俭愣了愣，抬眼一瞧，麴崇裕的脸孔倒是绷得铁紧，眼里却分明憋着几分幸灾乐祸，他不由摇头苦笑起来。

待送走了麴崇裕，他转身回到书房，问了看门的小厮几句，又转了老大一圈，终于在孩子们的小书院里瞧见了那个熟悉的身影。

天空依然阴沉沉的，雨丝早已停歇，风里却犹自带着几分湿寒，琉璃穿着件湖色的单薄春衫，一动不动地坐在石阶上，怔怔地望着进门石上的那几个字，不知在想些什么。

裴行俭忙快步上前，弯腰将她拉了起来。琉璃的手早就凉透了，那股寒意仿佛冰针般从他的掌心里透了进去，顺着血脉直刺胸口，他只说了句："你怎么……"胸口的万语千言便被冻成一团，怎么也说不下去了。

琉璃蓦然回过神来，定定地瞧着裴行俭，没有作声。

她的脸色有些苍白，目光里迷茫和眷恋更是浓郁得令人心悸。裴行俭胸口一阵发紧，下意识地移开了视线，却听琉璃低声问道："你大概什么时候走？"

她的声音分明比平日更为温柔平静，但落入裴行俭的耳里，却让他一口气几乎透不过来，沉默半晌，才低声道："琉璃，对不住，可是，我不能不去。"

琉璃轻轻点头，"我知道。"

她当然知道。她知道这些日子以来，在他平静的外表下，其实有股岩浆般的躁动在不断积蓄；她知道在太子被废的那几天，他曾在书房整夜枯坐；她知道他一直留意着前方战事，她也知道他注定会再上战场，续写传奇……她所不知道的只是，这一切的结果是什么。

或许，他将重复苏定方的命运，而自己，也将和义母一样，只能在长安默默地等他归来——这是自己嫁给他必须付出的代价，在很早很早以前，她就知道了。

这些年来的点点滴滴仿佛顷刻间汇集成了一股热流，在琉璃的心里不住翻滚，她抬头瞧着裴行俭，张了张嘴，却只是又轻声重复了一遍，"我知道！"

她知道？裴行俭身子微微一震，低头凝视着琉璃的眼睛。她的眸子依然清澈，依然满满的全是信任和眷恋，那曾是他最喜欢的眼神，可此时此刻，却让他嘴里渐渐变得又苦又麻，连声音都不由艰涩了起来，"琉璃，对不住。"

琉璃摇了摇头。一年了，她再是迟钝，也知道自己在武后面前的步步退却，到底让他失去了什么。她当然可以跟自己说，她也是不得已，然而回头去看，这些年来，一直是他在信守承诺，远离宫廷，甚至都做好了常驻边疆的打算。而自己呢？自己却是从来都没能远离武家，这才让他一次次地落入了这样尴尬的境地！

她越想心头越沉，"是我太糊涂了，是我对不住你。"

裴行俭闭上双眼，深深地叹了口气，伸手将琉璃揽在了胸口，"你要我说多少遍？那件事不怪你，只是命数如此。实在要怪，也只能怪我。琉璃，你从没有对不住我，一直都是我对不住你！"

命数……琉璃心里更是难受。这次回来，裴行俭似乎把一切都推到了他自己的"命数"上，对她不但没有任何责怪，反而比从前更好。可她又不是瞎的，书房里消耗得越来越快的清酒，他头上越来越多的白发，她能看不见么？有时她简直会痛恨他这种把一切都埋在心里、扛在肩上的脾气，哪怕他骂自己一顿，两人大吵一架，也总比他这样微笑着白掉了一半头发要强！

因此，今天在书房外面，当她听到他笑着说要去沙场痛饮美酒时，心里其实并没有太多的难过气恼，反而还隐隐地松了口气——只要他能这样笑出来，别的事又有什么打紧？此刻她的悲哀，也不仅仅是因为离别在即、因为舍不得，更多的还是对未来的茫然，毕竟，她所知道的这条路很快就要走到尽头了，可在尽头处，到底是什么在等着自己？更重要的是，到底有什么在等着他？

抬眼看着这张最熟悉的面孔，琉璃忍不住伸出手去轻轻摸了摸那脸颊、那眼角。这么多年过去，手指上的触觉到底是和以前不一样了，但那暖暖的感觉还是一样的，就像他这个人，他的温暖，从来都没有变过。

裴行俭伸手握住了琉璃的手指，放在脸颊上摩挲了两下，眼里的柔和几乎能溢将出来，"你放心，我这回过去，虽是得不到什么封赏，却也不会有半分风险，而且日后就算在这边，大概也不会有人再来算计你们了。只是，你一个人在长安，到底会辛苦些……"

一阵东风吹过，天空里的雨云散开了些许，几缕淡淡的斜晖从云层里穿透出来，在阴霾的天幕下勾勒出一片清明的光幕，也把琉璃眼里的眷恋映照得愈发清晰。裴行俭瞧着她的眸子，好容易找回来的那些话语，顿时又有些说不下去了。

琉璃却突然问道："大唐的军营里，让不让人探亲，有没有随军的家属？"

探亲？随军？裴行俭怔了一下才明白她的意思，心里又有些好笑，更多的却是酸涩。犹豫片刻，他还是缓缓点了点头。

琉璃眸子一亮，整张脸孔都仿佛笼上了一层雨后的清透阳光，"那就好！"

裴行俭心底愈发刺痛，却还是笑了起来，"只是如此一来，咱们还得赶紧给参玄找个能干的娘子才好，军营里可是不好成亲的。"

对啊，参玄虚岁已经十六岁了，在长安城，正是最标准的适龄青年。琉璃的心思顿时转到了这件大事身上，皱眉道："我这两年也一直留心着这事儿，可还真没遇上什么合适的。先前乱哄哄的人来得太多，如今却又太少，往往还别有所图。这么下去的确不成。要不，趁着节假，我也出去走动走动，多相看几个？"

裴行俭沉吟道："我问过三郎，他不喜骄纵、娇痴的女子，最好能有才有貌，聪慧明理，言谈行事要爽利，性情也要温柔大方一些。"

他们爷俩居然正儿八经讨论过这个事了？参玄同学的要求还真是……够全面！琉璃几乎失笑，"哪里去寻这么十全十美的小娘子？"

裴行俭却道："你知道随我一同去西域的那位王都护吧？听说他家有个女儿，今年也是十六岁，不但才貌双全，而且极为明慧，十来岁上就能持家待客了。你不妨留心留心，若是合适，倒是两全之事，只是、只是她的母亲……"

王方翼的女儿？王方翼她自然是知道的，出身名门，为人仗义，身世经历也颇有传奇之处，是裴行俭最欣赏的同僚。他家女儿若是如此出色，的确是一门合适的亲事。而且以裴行俭的性子，今日既然能提起此事，多半已考虑得极为周详，可他的语气却又怎么会如此犹豫？琉璃不由奇道："她母亲怎么了？"

裴行俭叹道："她母亲是上官家的长女，当年也是极有才名的，上官家出事之后，没几年就病死了。不然，王家有女如此，早被人踏破门槛了，又怎会待字至今？"

上官离洛！琉璃呆了一下，芙蓉宴上那个意态潇洒的青衣女子，在脑海中渐渐变得清晰起来，她毫不犹豫道："好，我会想法子去相看相看。"

裴行俭没料到她会答应得如此爽快，疑惑地低头看了她一眼。

琉璃低声叹道："我认得她母亲！"也许这就是冥冥之中，自有天意？再说，旁人不清楚，她还不知道么，武后身边如今最得宠的女官，正是上官家的孙女！

裴行俭的眼里也慢慢地浮出了笑意，"那就好。"

琉璃点了点头。若是一切顺利，等参玄成了亲，她就可以慢慢把这个家交到小两口手里，到了那时，无论裴行俭去了哪里，她跟着去，也就是了！

长长地吐了口气，琉璃抬头看了一眼，天空中云层不知何时又渐渐变得厚重起来，那丝丝阳光勾勒的金色光伞，转眼间便支离破碎，再也照不亮远处那片阴霾的天幕。不过，照不亮又有什么要紧？她伸手挽住裴行俭的胳膊，在心里用力挥了挥拳头——不管在远处，在道路的尽头，到底有什么等着他们，只要他们能够一直在一起，那就好！

裴行俭顺着她的视线凝望了片刻，感受到琉璃贴过来的柔软身子，嘴角弯起了一个柔和的弧度，只是眼底的那抹笑意却像云幕下的阳光一样，不知何时已泯灭在这个春日黄昏的沉甸甸的灰暗之中。

第一百五十六章
闻捷忧宠　献俘惊变

金秋八月，路边的槐叶还未泛黄，北疆大捷的喜讯便随着西风一道吹进了长安。

琉璃闻得捷报，忙找人打听了一番，这才晓得，这一回，唐军是先败后胜，在副总管们擅自出兵又大败而归的情况下，裴行俭先用了一招最古老的反间计，让北突厥的两位叛军首领互相猜疑，又瞅准时机派出奇兵，一举端掉了对方的老巢。这般忽悠加暗算双管齐下，自立为可汗的阿史那伏念走投无路，只好捉了同盟、带着部下，声势浩大地投降了唐军。至此，北疆之乱彻底平定，距离裴行俭出发的日子，不多不少，正好是半年。

琉璃只觉忧喜参半：他什么都算到了，那接下来的事，也会如他所料么？

日子一天天过去，眼见已是深秋九月，大军凯旋在即，琉璃突然又听到另一个消息：天子即将改元，而大将军裴行俭将在改元前两日献俘含元殿！

这一回，琉璃的下巴差点掉到了地上——改元也就罢了，当今天子原是有这嗜好，恨不得每年都折腾一回；可献俘，这可是正经的国之盛典！上一回搞献俘礼，还是总章元年李绩李大将军，也就是著名的徐茂公，平定高丽的那一回，一转眼已是十几年没搞出这么大的动静了。对于军旅中人，这绝对是至高无上的荣光，永徽之后，只有苏定方和徐茂公享受过这样的待遇，裴行俭是第三位。

等她从惊愕中回过神来，裴府的门槛已被贺喜者踩低了三寸。奴仆们少不得扬眉吐气，几个孩子更是欢欣鼓舞。然而面对着潮水般涌来的贵客，面对着满府烈火烹油般的欢庆，琉璃心里的不安却是一天天地加深，又不敢露出半分异样，只能愈发殷勤待客，笑脸迎人，外加处处约束着孩子和下人，只怕落下半点把柄。

战战兢兢之中，这一天，终于到了献俘的正日子。

裴行俭虽是几天前便回了长安，却一直在军营沐浴戒斋，操练军卒，为献俘做准备，大典结束后才能回家。对于裴府上下而言，这一日自然是真正的大喜日子；对于有心人而言，这一天也是套交情的最好时机。因此，早间的晨鼓刚刚停歇，裴府的各路亲朋好友便纷至沓来。琉璃虽是熬得脸都尖了，也不得不打起十二分的精神，应酬着这些远近族亲和同僚夫人。

一轮秋阳渐渐爬上了树梢，裴府内院门前的两棵银杏被阳光一照，满树霜叶黄澄澄煞是好看，两棵柏树在碧蓝的天空下则愈显苍翠，给来客们又添了两个夸赞的由头。琉璃却是忙碌到没时间多看一眼。她这边刚刚接了一位族嫂进门，那边便有人来报："相府崔夫人到了。"

听到这一声，不少人脸上都露出了惊喜之色，裴炎原是去年四月入的相，今年七月便升任侍中。这侍中乃是门下省之首，和掌管中书省的中书令一样，是领袖群臣的正相。崔十三娘自然也和当年的崔玉娘一样，成了长安城贵妇圈里炙手可热的人物。而她待人接物却是愈发周到，裴家这边捷报刚到，她就遣人上门恭喜过，昨天更是大早便递了帖子过来，说是今日要登门道贺。

好几个裴家女眷热情地围了过来，要和琉璃一道去迎崔十三娘。琉璃推脱不得，等她带着一群人迎将出去时，崔十三娘已下了马车。日影透过银杏树叶照在她的丁香色满地绣银丝菊的缎面披风上，有如洒上了点点碎金，也给她那张依然秀丽的面孔添了几分喜怒难辨的雍容贵气。不过抬眼瞧见琉璃，她的脸上依然是绽开了一个满是喜悦的笑容，"阿嫂，恭喜了！"

琉璃笑着上前道谢，崔十三娘打量了她两眼，关切道："都说人逢喜事精神爽，阿嫂怎么倒是清减了许多？"

琉璃怔了怔，却也晓得她的性子，随口笑道："人逢喜事不也格外忙？难得大伙儿肯赏脸，我就是再忙些也是欢喜的。"

崔十三娘展眉而笑，"正是，莫说阿嫂，便是拙夫当日听到了阿兄的捷报，也欢喜得半夜都没睡呢。阿兄此番能平定北疆，献俘天子，不但是大唐之福，也是我裴氏一族的荣光。"

几位裴家女眷自然是连声附和，有夸裴炎心系国事的，有夸裴行俭马到功成的，有夸他们兄弟友睦、惺惺相惜的，更有人叹道："裴相和裴尚书都是国之栋梁，就如这银杏翠柏，日后定然能让裴氏名声再添华彩！"

琉璃瞧了一眼门口两对大树，暗暗摇头。如今裴炎声势正旺，听说在朝堂上隐隐已是一言九鼎。都说官场如战场，这同族各宗之间又最爱比较，崔十三娘人缘再好，中眷裴这边也不是没人说酸话的，更有人暗示，只有裴行俭以十年选官的人望、三次大捷的声威回归中枢，才能压制住裴炎。可惜，等着看这一幕的人多半要失望了，皇帝和武后是不会给裴行俭这个机会的，再说都到这年头了，像裴炎这样位极人臣，难道又是什么好事？唉，十三娘她……

琉璃心中纠结，嘴里便道："拙夫哪能跟裴相并论？"

十三娘笑道："正是，子隆不过是一介书生，岂能跟阿兄相比？如今这满朝文武，能参知政事者甚多，能出将入相的，却只有刘相和阿兄了。"

她这身份，说出"出将入相"四个字来，分量又是不同，几位中眷裴的女眷交换着眼色，满脸都是与有荣焉的骄傲。

/第一百五十六章　闻捷忧宠　献俘惊变

几个人一路说笑着进去，到了今日待客的后院花厅，众位官家女眷又纷纷上来与崔十三娘见礼，崔十三娘自是笑语如珠，应答如流，几句话便把人人都照应到了，花园里的气氛顿时更加活跃。

瞧着人群中如鱼得水的十三娘，琉璃不由松了口气，仿佛感受到了琉璃的视线，十三娘也抬头看了过来，笑着对她眨了眨眼睛。

这一幕落在有心人的眼里，自然又激起了各种感叹和联想，不少人看向琉璃的目光更添了几分火热。说笑之中，有人便有意无意地问道："贵府的三郎今年也有十六岁了吧？"

类似的问题几天里琉璃已答过无数遍，当即便笑道："可不是！换成旁人，只怕媳妇都快娶进门了，偏偏拙夫反复叮嘱过，三郎的婚事，他自有打算。"那王家女儿她已设法亲眼瞧过，打听过，的确是个极好的姑娘，王方翼那边对这门亲事也是乐见其成，不过眼下么，自然还是莫要节外生枝的好。

对方也立刻笑着转了话题，"裴尚书是何等眼光，夫人倒是省心了！对了，夫人家的酥酪当真香而不腻，做成这灯笼模样更是趣致，夫人是怎么想得出来！"

琉璃便笑道："哪里比得上贵府的鹿脯！"

周旋寒暄之间，眼见已是日近中天，突然又有婢女来报，"将军府刘夫人，奉御府凌夫人到。"

刘氏来了！四周仿佛略静了静，随即说笑声才重新响了起来。自打李贤被废，武后威望日盛，武氏兄弟行情自然也是一路看涨，可原本最爱招摇的刘氏却奇异地安静了下来，此时突然出现在裴府，难免分外引人注目。

琉璃忙转身迎出门去，就见刘氏和阿凌正扶着婢女下肩舆。阿凌也就罢了，刘氏看去却颇有些不同——她身上依然穿得花团锦簇，五彩绣花的浅黄色绫袄配着紫色夹缬罗裙，居然华丽得中规中矩，举止神态似乎也稳重了许多，只是一开口，笑声却还是一如既往的清亮穿耳，"夫人又是大喜啊！"

又是大喜？琉璃一朝被蛇咬，此刻又瞧见了井绳，好容易才按下心头的哆嗦，笑着道了谢，又随口道："倒是有好些日子没瞧见你了。"

刘氏扭捏地一笑，压低声音道："是天后嫌我不会穿衣不会说话，让我在家好好学呢，还特意让凌夫人来陪我出席宴会。我这才晓得自己以前是闹了笑话的，也就是夫人这么厚道的人，还肯提点我两句，真真是羞煞人了。"

她嘴里说着羞愧，眼里却分明闪动着得意的光芒。阿凌也笑道："哪里的话，天后只是关心刘夫人的身子，要我帮着好好调理调理。"

琉璃心里雪亮：武三思和武承嗣的父亲都是被武后贬黜而死，前几年被召回京后，武后对他们的态度也一直是不冷不热，如今却过问起了刘氏的穿戴礼仪，怕她出丑，其间深意不问可知！她也就顺着刘氏的话头道："天后那是看重你呢，难怪你今日举止打扮都格外添了贵气，气色也好多了，天后果然是会调理人的。"

刘氏顿时喜笑颜开，亲亲热热地挽着琉璃一路走了进去。到了园子里头，自有不少人上来问好，便是崔十三娘也上来打了招呼。刘氏转头便对琉璃和阿凌笑道："这才是相公夫人的气度，像用鼻孔看人的那位，如今只怕大门都没脸出了。哼，也算她知趣，她若敢出门，还不知有多少人等着笑话她呢！"

琉璃知道她说的是崔玉娘——去年七月，李敬玄死活告病回了洛阳，却立马精神抖擞跑去中书省办公，皇帝忍无可忍，直接把他支到衡阳数大雁去了，崔玉娘虽未随行，京城的贵妇圈却是再也没有这号人物。刘氏说的也是实话，可这话却是谁都不好接的，阿凌恍若未闻，笑着挥手跟远处的熟人打了个招呼，转头便道："张姊姊在叫我，我先过去问问是什么事。"

琉璃瞧着她走得飞快的瘦削背影，心里又好气又好笑，自己便指着一个随母亲过来的女童道："夫人你看，那小娘子打扮得好生别致！对了，你怎么没带你家大娘子过来？我也好久没见到她了。"

刘氏立刻丢开了崔玉娘的事，笑着一拍手，"我倒是想带她来，省得她在家里闹着要看献俘！只是今日你们这边人太多，不好再添麻烦。"又对琉璃挤了挤眼睛，"适才我过来时还特意远远瞧了瞧，那皇城外头的禁卫仪仗，那里三层外三层的人，啧啧，今日你家裴大将军，只怕比当年李大将军、苏大将军还要威风！"

琉璃心头"咚"地跳了一下：此次献俘居然搞得这么大？这威风……她刚想谦逊两句，远处突然鼓声雷动，随即全城钟鸣鼓响，原本在说话的女眷们纷纷转头看向了北边——礼乐齐鸣，这是献俘礼到了最高潮了！

琉璃也转身看向了大明宫的方向。斑驳树叶间，天空碧蓝如洗，只有几只小鸟被钟鼓声惊起，盘旋在正午的金色阳光之中。

大明宫含元殿高高的台基之上，天子李治也正心绪复杂地抬眼看向碧空。

他的脚下，禁军侍卫戎装齐整、旗帜鲜明，在长长的御道旁布置出了两道威武的人墙；文武百官朝服革带，笼冠乌靴，在宽阔的广场上站成了一片肃穆的风景。而在禁军护卫之中，万众瞩目之下，几十名身缚白练的战俘已带到殿前偏南的献俘位上；随着钟鼓齐鸣，上万人齐刷刷地跪倒在地，"万岁"之声响彻云霄……

这原是李治最喜欢的一刻，那飘扬的旌旗、雄壮的呼声，足以让人忘却满身的病痛，忘却繁琐的朝政，忘却一切矛盾和烦恼，然而当中书舍人手捧露布站在广场之前，抑扬顿挫地念诵起对这场大捷的赞美之辞时，也许是日头太烈，也许是坐得太久，他听着听着，却渐渐地烦躁起来。

那舍人原本就嗓门洪亮，此刻更是念得声情并茂、气势如虹："兹以北疆之捷，逆党咸俘，余孽悉扫。锄奸禁暴，昭命讨之无私；辑远绥献，振声灵之有赫……"

李治只觉得阳光愈发刺目，待得听到"柔远服叛，神必据我，文昌有将，天道存焉"，终于忍不住沉声问道："这是谁写的露布？"

一旁伺候的窦宽忙低声回道："是天后身边的上官才人。"

是上官仪的那个孙女？也是，自己精力越发不济了，这次献俘也是让她去筹备的，露布自然出自那边，这一篇文章，文采气势果然不同，可惜字字句句不像是在彰

第一百五十六章 闻捷忧宠 献俘惊变

显大唐国威，而是在吹捧主将的功绩，上官仪的孙女……连她都能成为皇后的心腹，这世上还有什么人、什么事，是不会变的？

李治忍不住往广场上看了一眼。在献俘队列里，兵部尚书身后那肃然而立的身影，不是裴行俭又是谁？今天他穿的盔甲并不炫目，所处位置也不是最靠前，然而往那里一站，却仿佛连他身上的阳光都比旁人要亮一些——也许，有些太亮了！仿佛今天这场盛典并不是为了扬国威，也不是为了迎新元，而是为了让这位文武双全、左右逢源的武氏姻亲身上的光彩，来得更耀眼一些……

似乎终于被正午的阳光所刺痛，他略显浮肿的眼睛微微眯了起来。

也不知过了多久，那篇长得有些离谱的露布终于念完了，余音却仿佛依然在含元殿前久久地回荡，也在李治耳边久久地回荡。

广场上，刑部尚书越众而出，高声回禀："定襄道大总管裴行俭操阿史那伏念等五十四人以献，恭请圣人交付有司发落！"

裴行俭也上前几步，在广场正中单膝跪倒，"启禀陛下，蛮夷凶顽，犯我国威，论律当斩，然陛下宽仁，名声远播，伏念为大唐军威所慑，且感念陛下之德，持同党以来降，缚手足以待罪，臣亦斗胆许其不死，还望陛下法外施恩，留其性命。"

他的声音并不算高，却一字字都说得沉稳清晰，便是高台上的李治也听得一清二楚。李治知道，此时自己应该挥一挥手，"朕愿曲法，全卿之义。"——大唐开国以来，历次献俘都是这一套！这些被送到太庙和天子跟前的俘虏，不管是主动来降的，还是被生擒活捉的，最后都能保全性命，像伏念这种，还会给个一官半职的，以显大国气度。

只是此时此刻，他却突然厌倦得不想开口。宽恕战俘容易，然后呢？然后便是封赏功臣。裴行俭两次大功未赏，怎么着也得封个国公，拜个副相。自己当初只想着多年未办献俘了，并未细想他的事，觉得大不了过几天再打发他出去领兵就是！可此时真正看到他，他才发现，事情只怕没这么简单。当初在吏部，李敬玄那般受尽抬举，天下人却依然只知"裴李"，今日若让裴行俭以这种声势出将入相，朝廷之中还有谁能压制住他？

李治的目光缓缓扫过群臣最前方的几名宰相，无论是跟苏定方素有嫌隙的刘仁轨，还是去年顶了裴行俭功劳和位置的崔氏兄弟，此时都依然默默肃立，半点开口的意思也没有。一片寂静之中，李治的双手在绛纱袍里慢慢地握紧了拳头，却不得不直起了身子。

他正要开口，却见有人迈步出列，高声道："陛下，此事万万不可！"

李治不由惊讶地睁大了眼睛——裴炎？

灿烂秋阳下，裴炎身上的紫色襕袍同样格外耀目，即使欠身行礼，那背脊也依旧显得笔直，声音更是斩钉截铁、如掷金石，"启禀陛下，伏念素性凶顽，今日之降乃为副将张虔勖、程务挺所逼，又有回纥等自碛北南向逼之，穷窘而降耳。此等欺世盗名之徒，不可轻恕，臣伏请陛下明正典刑，以申国法！"

原本一片肃静的广场顿时骚动了起来，不少人相顾失色，都有些不敢相信自己的耳朵。

裴炎的这番话，不仅打破了开国以来献俘大典的惯例，公然要求皇帝杀俘，更是指出这次北疆大捷根本不是主将之功，而是副将们的功劳，甚至暗示主将裴行俭只是"欺世盗名之徒"！在这种国之大典上，如此赤裸裸地打主将的脸，不是也有损天子颜面？这位裴侍中从来都是铁面无私，敢作敢当，当日废太子谋反之事就是他拍板定案的，但这次，他的所作所为，未免也太过惊人了吧？

高高的台基上，李治身子一倾，几乎站了起来，又慢慢坐回了御座，他的目光只在裴炎身上略停了停，便又落在了裴行俭的身上。裴行俭显然也极为震惊，正抬头看着裴炎，虽然看不清表情如何，但那身形的僵硬却是怎么也掩饰不住的。

李治微微挑了挑眉，原来他也会惊讶意外！自打二十多年前自己第一次将这位裴守约召入御书房以来，无论自己是以背主之罪盛怒相向，还是以太子之师诚恳相托，他好像永远都是那么从容淡定，好像没有任何事情任何名头能打动他的心肠、打乱他的算计。这，还是他第一次露出失措的情绪吧？

李治的嘴角慢慢露出了一丝冰凉的微笑，"准，侍中所奏！"

"圣谕：准侍中所奏！"

随着内侍尖锐的声音远远传开，广场上的骚动顿时更加明显，连两边肃立的禁卫们似乎都有些绷不住了，纷纷探头观看，窃窃私语。好容易这边渐渐安静下来，俘虏之中却突然传来了一个高亢刺耳的粗野声音："裴守约！"

在五十四名突厥俘虏的最前面，阿史那伏念已是双眼血红，目眦欲裂，看着裴行俭的背影仿佛恨不得扑将上前咬上几口，"裴守约，你骗我！"

他身后的突厥人有些根本不通汉语，有些虽懂些汉语却不太明白那些文绉绉的词义，但此时瞧见伏念的样子，如何不明白事情出了变故。顿时有人大声喝骂，有人挣扎站起。原本站在俘虏身边的乐工们吓得四处逃散，侍卫们手忙脚乱地冲了过来，好容易才压制住几十俘虏，将他们一个个倒剪双手拖了下去。

阿史那伏念对这一切全然不管不顾，只是扭头看着前方，不住地嘶声狂吼，"裴守约，你骗我！"

"裴守约，你骗我！你不得好死！你不得好死！"

不知是哪位侍卫终于反应过来，上去堵住了阿史那伏念的嘴，但更多的俘虏却跟着他高声咒骂起来，"裴守约，你不得好死！"

这些凄厉、嘶哑、满含着切齿愤怒和刻骨仇恨的声音一时间震动广场，直冲云汉。纵然在正午的阳光下，不少人身上也是一阵发冷。

李治忍不住也哆嗦了一下，眸子一转，和旁人一样将视线投向了裴行俭。

偌大的广场正中，裴行俭依然单膝跪地，垂首无言。在无数人的注目之中，在此起彼伏的凄厉诅咒声中，这位顷刻间便从荣誉高峰被狠狠踩落尘埃的将军一动不动地跪在那里，整个人仿佛已变成了一尊冰凉的雕塑。

/第一百五十六章　闻捷忧宠　献俘惊变

第一百五十七章
天道无私　人欲难填

琉璃收到消息时，太阳已过了中天。

今日原不是裴府发帖宴客的日子，前来的恭喜的女客们午膳前便陆续散了一多半，只有关系近些的女眷们留下来用饭，除了赵幺娘和程氏，崔十三娘、刘氏、阿凌等人自然也都在其列。一顿饭将将用完，突然有小婢女来报："交河郡公夫人到了。"

琉璃吓了一跳——麴崇裕的夫人怎么突然来了？还是这个时辰！她心里怦怦乱跳，连手都没擦，向席上告了声罪便快步迎了出去。刚出了内院，就见慕容仪迎面快步走了进去，一身家常打扮不说，清冷的面孔上居然颇有汗迹。看见琉璃，她劈头便道："库狄夫人，借一步说话。"

琉璃心头更沉，引着慕容仪上了回廊，轻声问道："可是献俘那边出了什么事？"

慕容仪惊讶地看了琉璃一眼，"正是。我家郡公适才遣人回报说，献俘之时，裴侍中突然出列，指责裴尚书贪部下之功，妄纵敌酋，欺世盗名，要求圣人处死这次投降的俘虏。"

"裴侍中？"琉璃纵然早有心理准备，也呆了一下，有人弹劾裴行俭、指责裴行俭并不奇怪，但怎么会是裴炎？怎么可能是他？

慕容仪点了点头，"的确是裴侍中，而且，圣人已当场准奏。郡公让我转告夫人，家里赶紧做些准备，最好请个相熟的医师过来……"

琉璃胸口一紧，一把抓住了慕容仪的手，"守约怎么样了？"

慕容仪吃了一惊，却并没有挣开手，"眼下应当还好。郡公只说在大唐献俘礼上也从未有将军如此当众受辱，那些突厥俘虏也都在诅咒尚书。尚书为报朝廷，呕心沥血，却受如此不公，夫人还是要多加小心，有备无患。"

"当众受辱"，琉璃只觉得心口仿佛生生塞进了一团烈火，疼痛焦灼，难以名状。可不是当众受辱？而且当着满朝文武、数万禁军的面，受到这样的奇耻大辱，俘虏诅咒、宰相指责、皇帝准奏！十几年来最大的凯旋盛典，转眼间就成了一个最大的笑话，他是一个骨子里何等骄傲的人，他现在、现在……

她脑中乱哄哄的，仿佛有千万只蜜蜂同时飞舞，她听见慕容仪在说："夫人放心，裴尚书的功业有目共睹，纵然侍中位高权重，也不会人人都趋炎附势，昧了良心……"这声音她听得清清楚楚，却跟别的声音搅成了一团了，怎么也分辨不出其中的含义。

慕容仪眉头一皱，突然拔高了声音，"库狄夫人，你若乱了方寸，贵府当如何？裴尚书和几位小郎君又当如何？"

这句话就如一盆冷水浇在琉璃头上，她一个激灵回过神来，忙郑重地欠身行礼道："多谢夫人指教。"

慕容仪松了口气，"夫人不必客气，我家郡公在西州时多蒙贤伉俪照应，贵府眼下危机重重，请夫人对下人多加约束，万万不能让人再抓住把柄。若是有什么用得上的地方，但管吩咐，郡公和我定然尽力而为。妾身这便告辞了。"

琉璃知道眼下不是客套之时，点头道了声："多谢盛情。"一面往外送她，一面就招手叫来管事娘子，吩咐她赶紧让人去请韩四，再去把外院的三郎、四郎、五郎，内院的赵幺娘和紫芝都叫过来。

她把慕容仪送到门口，目送她上了马车，转身没走两步，却听身后那车夫似乎问了一句："去程将军府？"

慕容仪要去找程务挺？琉璃怔了一下，突然记起她刚才说过，裴炎是指责说裴行俭贪部下之功，这个部下，大概就是程务挺吧？慕容家和程家原是世交，她这是想去求情，还是说服？想来……不会有什么用吧？

此事原是多想无益，琉璃抛开思绪，回到过厅里等了片刻，待三个孩子和赵幺娘、紫芝前后赶到，便把这消息从头到尾转述了一遍。

参玄第一个满脸通红地跳了起来，"岂有此理！裴二叔，不，裴炎这奸贼，居然如此污蔑父亲，简直是丧心病狂，圣人怎么……"

琉璃皱眉喝道："住口！我告诉你们此事，就是怕你们这样胡言乱语。此事一出，外头还不知有多少人在等着看咱们家的笑话，等着挑咱们家的错处。你们若是意气用事，哪怕说错一句话、做错一件事，只会给这个家、给你们的阿爷招来更大的祸事！他已被人弹劾，你们若是再惹祸上身，你们让他又如何去应对这内外交困的局面？"

几个孩子脸色都变了，原本的愤然之中又加上了惊愕和茫然。琉璃瞧着这三张依然带着稚气的面孔，心里一阵疼痛，他们才多大？原本正该是意气飞扬、无忧无虑的年岁，如今却不得不面对这满城风雨、四面楚歌的局面，不能表现出任何怨气和怒气，不能走错一步说错一句……

她深深地吸了口气，放缓了声音，"你们还记得小书院里，阿爷亲手给你们写的那八个字吧？天行健，君子以自强不息。阿爷在你们这么大的时候，受到的挫折、算计，比你们今天所遇到的何止多了十倍！他一个人不也挺过来了？你们现在还有阿爷和我挡在前头，有兄弟们互相扶持，又有什么好怕的？咬紧牙，只要挺过去，熬过去，你们日后自然也能成为阿爷这样顶天立地的大丈夫！"

"你们记住,天道无情,这世间原本就不会处处都公正,然而天道也无私,凡事最终必有公论!你们且忍这一时意气,多等几年,天下人必会还阿爷一个公道,至于那些昧着良心造谣污蔑之人,他们也必定会有报应!"琉璃看着三个孩子,脸上慢慢露出了平和的微笑,"不信?你们要不要跟阿娘来打个赌?"

她这样一笑,几个孩子的脸色也都缓了过来。庆远便用力点头,"善恶有报,那些恶人自然都会有报应!"

延休冷笑道:"正是!那位裴侍中平日那般道貌岸然,如今却能使出这种下作手段,阿爷说得对,这世上,伪君子原是比真小人可恶百倍!"

琉璃心头的怒气禁不住又有些往上拱。其实今天若是其他任何人上奏,她大概都不会如此诧异、愤怒。可这个人,却是口口声声叫着裴行俭阿兄、日日夜夜端着副君子面孔、他家夫人甚至还在这边贺喜应酬,转头他却插了这样一手好刀!

定了定心神,她还是柔声吩咐几个孩子:"你们先回外院吧,什么都别说,今日定然是不会有什么贵客登门了。已经到了的族中兄弟,你们照旧好好招待着,就说外头有事,阿爷还不知何时能回家。这几日你们先都别出门了,在家温温书,帮阿娘多带带六郎,外头的事情都不用管,有阿娘呢!"

三个孩子都点头应了。转身往外走时,参玄安抚地拍了拍庆远,又伸手用力揽了揽延休,三兄弟并肩而行,彼此间的距离明显比平日近了许多。

看着孩子们的背影,琉璃眼眶里一热,泪水毫无征兆地突然滚了下来。她原以为自己已经对所有的坏结局都做了准备,没想到,当这一切真正来临,当她眼睁睁看着他被欺辱践踏,看着几个孩子转眼间就不得不成熟起来,这滋味,却依然是如此锥心刺骨……

一旁的紫芝眼圈也红了,低声道了句:"娘子勿要伤心,小郎君们定然不会辜负您的期望。"

琉璃点了点头,转身擦干眼泪,沉声道:"幺娘,此事一出,对苏君只怕也会有些影响,你先回去吧,也好早做准备。"

赵幺娘脸色早已恢复了平静,闻言摇了摇头,"多谢夫人,只是我家夫君不过是小小记室,再说无论裴侍中如何颠倒黑白,此番尚书毕竟是大捷而归,圣人纵然不愿有赏,断然也没有处罚的道理,幺娘原是不必做什么准备。到是夫人这边,说不定有人会落井下石,借机生事,夫人还是要当心些。除了小郎君们外,夫人还要多多约束下人才好。再者,裴侍中爱惜羽毛,崔夫人手段玲珑,说不得会设法去落实尚书的恶名,夫人不可不防。"

琉璃好不意外,"十三娘?"

赵幺娘轻声叹了口气,"人心易变。利字当头,今日至亲,明日也能成为不共戴天的仇敌。事已至此,咱们便只能按最坏的来准备。按理,侍中那边必有后招,咱们若不一败涂地,他便会声名受损。夫人,咱们已经没有退路了。"

琉璃心里一震,没错,这名利圈里,人心的亲疏向背,不过决定于两方利益是否一致，所以裴炎今天才会公然翻脸，所以赵幺娘才要撑自己到底。而自己眼下根本不能后退一步。退，只会坐实罪名，就算她不在乎，裴行俭不在乎，几个孩子呢？难道接下来这几年，他们就只能大门不出了？

她低头沉思片刻，心里已有了决断，"好，我明白了。紫芝，你去安排一下，务必让大家都谨言慎行，告诉他们，谁敢胡说乱动，立刻全家发卖！另外，再叫小米带上几个口齿伶俐的婢子到花厅那边待命。幺娘，你跟我回去——"她抬头看了花园的方向一眼，咬紧了牙关，"送客！"

后园的花厅里，女眷们都已用过了饭，正端坐闲聊，琉璃一进门，刘氏便笑道："夫人一去这么久，我还以为您一心盼着裴大将军回来，把咱们都忘了呢！"

程氏便往琉璃身后看，"慕容夫人呢？她怎么没过来？"

琉璃看了崔十三娘一眼，却见她正笑吟吟地瞧着自己，不知为何，平日里她只会觉得亲切平和的目光，此刻看来却像是藏了无数恶意。她忍不住也冲着十三娘微微一笑，"这却要问一问崔夫人了。"

崔十三娘惊讶地挑起了眉头，"我？"

琉璃点头笑道："正是。今日慕容夫人原是准备早些过来的，不想车子恰好在天街边坏掉了。停车之时，无意中听到有从宫城出来的人议论，说是献俘之时，裴侍中突然出列弹劾拙夫，说他欺世盗名，贪图部下功劳，放纵敌酋，要求圣人处死俘虏。"

在座女眷好几个"啊"的一声惊呼出声，刘氏更是"腾"地站了起来，怒道："他胡说八道什么！大唐天子什么时辰……"

坐在她身边的阿凌忙用力拽了她一下，刘氏脸色微变，绷着脸坐了下来，嘴里生硬地问道："那圣人是怎么说的？"

琉璃只是目不转睛地瞧着依然是满脸不敢置信的崔十三娘，淡淡地道："听说，圣人已经准奏了。"

花厅里顿时一片安静，不少人更是下意识地往后闪了闪，似乎这样就能离琉璃远一些。

琉璃脸色淡漠地挺直了背脊，"杀俘与否，原由圣心独断，非我等可以置喙。只是拙夫从来不是贪图功劳、嫉贤妒能、为谋权柄不择手段之人，不然，当初也不会好好的吏部侍郎不当，甘冒奇险深入虎穴了！他掌管吏选，纵横沙场，人品如何，智谋如何，天下有目共睹。今日却被人如此诋毁，说不得有人还会继续颠倒黑白，指鹿为马，好保住自己的权势名声！"

她冷冷地看向了十三娘，"崔夫人，你说呢？"

这篇话说出来，花厅里已是人人变色，谁也料不到琉璃居然会直接发难。

崔十三娘站了起来，声音有些发颤，"阿嫂……库狄夫人，我也不过是后宅妇人，外头的事情一概不知，不然便是借我十个胆子，今日也不敢上门自取其辱。至于我家夫君为人如何，大伙儿也都知道，不必我来多说，这朝廷之事，关乎大是大非，不是咱们能够随意揣测的。只愿夫人莫为一时之气，便视亲族为仇寇。"

她平日为人便温柔，这番话又说得委曲，好几个与她交好的女眷，脸上都露出了不忍之色。琉璃却是摇头一笑，"夫人说得好！视亲族为仇寇，自然不会是为了一时之气。记得今日夫人还跟我说，裴侍中为了北疆捷报欢喜得半夜没睡，说朝廷中也只有拙夫和刘相文武双全，可以出将入相；我听着还傻欢喜了半日，谁知原来这文武双全、能出将入相便是他最大的罪过！谁叫他三战三捷，风头太盛呢？这世上原是有人一旦大权在握，便断然容不得旁人再威胁到他的！"

　　这话原是许多人都暗地里嘀咕过的，如此被当众揭开，好些人看着崔十三娘，眼神都有些不太对了。

　　崔十三娘呆了一下，刚要开口，却被琉璃抢过了话头，"都说人心难测，欲壑难填。一个人，平日里装装好人何等容易！一旦到了利益关头，又有什么事情是做不出来的？所以要看一个人是善是恶，是忠是奸，说难也难，可说容易也容易。莫听那人说了些什么，只看他做了些什么，只看他的那些事做出来之后，到底是利国利民，还是祸国殃民又害了旁人，却只有这人得了好处，那不就成了？"

　　此话更是诛心，崔十三娘脸色都变了，那边阿凌大概是太过紧张，婢女刚送了个新杯盏上来，她手上一抖，杯盏"啪"的倒在了案几上，浆水洒得遍地都是，旁边几个女眷都站了起来。

　　堂上这么一乱，崔十三娘的神色反而渐渐镇定了下来，虽然脸上还带着委屈，却也站直了身子，"夫人多虑了，这世上善恶虽然难辨，却从未听说有善人专往恶里去揣测旁人。夫人尽可放心，外子也是肃肃君子，为官以来从不曾有半点徇私。他为国为民，或许会出言无忌，得罪了亲友，却绝不会为了自己的好处，去坑害别人，更别说什么害国害民！"

　　她的声音虽然轻柔，这话说得也是掷地有声，让人难以怀疑。原本被琉璃说得有些动摇的女眷们不少人又转动着眼珠子，不知在想什么。

　　琉璃心里却是松了口气，含笑点了点头，"多谢夫人指教。原来裴侍中不是嫉贤妒能、坏人名声，而是为国为民，铁面无私。那相信今日之后，裴侍中，或是与你们交好相熟的人，绝不会颠倒黑白，坑害我家夫君；也相信裴侍中今日提议，定会让我大唐边疆长治久安，无人再敢反叛！"

　　"若是如此，库狄琉璃就先向夫人赔个罪罢，望夫人念在妾身乍听噩讯，方寸大乱的份上，原谅则个。"说完，她屈身弯膝，深深地行了一礼，又站起来笑道，"我是小人，自然免不得揣测错了侍中的意图，也望侍中与夫人君子到底，莫叫人瞧出了端倪，贻笑大方。"

　　崔十三娘脸色不由愈发难看，侧身避开了琉璃的礼，"夫人好口才，今日之后，我和外子若不开口，便是心虚，若开口辩解，便是虚伪，就算任打任杀，只怕也是因为问心有愧。甚至于边疆烽火，圣人重用，更是都可以用来栽成罪名的！夫人既然自认小人，便已是立于不败之地，还用旁人来看么？"

　　琉璃淡淡地道："原来自认小人，便可以立于不败之地。好，那就且看朝堂之上，是谁会立于不败之地吧。"

崔十三娘再也忍耐不住，皱眉道："夫人又何必如此胡搅蛮缠？"

琉璃挑了挑眉，"这是夫人的原话！何况我不是说么，来日方长，此事之后，到底是边关长治久安，还是侍中大权独揽，咱们看上两年，还有什么不明白的？"旁的事她没把握，大唐边关日后必然多事却还是可以肯定的，不然眼下还不大出名的程务挺、王方翼等人，何以成为名将？而裴炎号称一代名相，接下来几年大权独揽大概也不会有什么问题。

崔十三娘咬唇看着琉璃，深深地吸了口气，"夫人口齿锋利，妾身望尘莫及，只是世上的是非善恶，却不是凭夫人一张利口可以判定的。妾身这便告辞了，望夫人莫动肝火，保重玉体。"

琉璃暗暗叹气，果然是聪明人，自己原是有备而来，才能咄咄逼人，她在措手不及之下，居然也一句话都没说错，到现在还能如此风度……可惜，自己却不能不逼人到底！她瞧着十三娘冷冷一笑，"多谢夫人关怀。横竖善恶自有报应，公道自在人心，我自会平心静气，静等天裁！"

崔十三娘脸色彻底僵住了，想说什么又咬牙忍住，霍然转身就走。刚刚到了门外，突然有婢女迎面跑了进来，看见十三娘便是一呆，"崔夫人？贵府有管事娘子过来，说是家里有事，请您回府……"崔十三娘并未答话，依然是疾步往外就走，背影很快便消失在花木之中。

众人心里都明白，这多半是裴炎回府，发现崔十三娘来了这边，赶紧派人叫她回去，可惜依然来迟一步——如此看来，她对裴炎今日所为，还真是不知情。

琉璃心里却是一动：如果大家是在闲坐之中，突然从崔十三娘嘴里听到被她遮掩过的消息，结果又会如何？这个……难道是自己太多疑了？

转头看着堂上那一个个如坐针毡、却又不敢立时跟崔十三娘告辞的女客，琉璃心里叹息，欠身行礼，"今日叫大家乘兴而来，扫兴而归，都是我的不是。如今家里还有许多杂务要处置，不敢多留贵客，还望恕罪。"

众人顿时如释重负，纷纷起身告辞，刘氏走得更是比旁人还快了几分，阿凌欲言又止地瞧了琉璃一眼，到底还是跟着刘氏走了，背影几乎有些狼狈。

待得送走客人，程氏再也憋不住，开口便问："大娘，你说的都是真的？那裴侍中，今日真的说尚书是抢了部下功劳？"

琉璃点了点头。程氏的眉头顿时深深地皱了起来，"怎么会这样？我记得大郎就是尚书的部下，我这便去找他去！他也是受过尚书提拔之恩的，如今可不能趋炎附势，向了外人！"

琉璃看了她一眼，淡然垂眸，"母亲保重。"赵幺娘说得对，裴炎不是鲁莽的人，今天敢公然上奏，自然已有把握。他跟程务挺原是好友，背后还有皇帝撑腰，程务挺又怎么可能为了提拔之恩就倒戈相向？至于程氏，在娘家最得力的堂弟和自己这个明显没了前程的继女之间，她会选谁，也是不问可知。

程氏脸色微变,却依旧点头快步而去。

赵幺娘一直眉头未展,见左右无人,才踟蹰道:"今日夫人所言固然解气,但日后之事到底如何却是难说,夫人既然翻脸,裴侍中那边的人只怕会更无顾忌。"

琉璃淡然道:"我要的就是翻脸,就算坏了我的名头,也不能让他们做了恶事之后,还端着假仁假义的面孔来恶心人!"更重要的是,她要把怀疑的种子种在大家心里,待得那些揣测一一应验的时候,自然就会生成参天大树。

她扬声把小米几个都叫进厅里,逐一吩咐了她们去何家铺子、几位安家表兄以及阿燕的念慈堂等几个去处,"跟他们说,别的都不用管,只是想尽办法让今日之事在市井里传开,让大家都晓得,今日有奸相嫉贤妒能,污蔑功臣,日后还会有小人趋炎附势,颠倒黑白!"

几位婢子领命而去,赵幺娘忍不住叹道:"这些市井之语,只怕对朝堂之争无益。"

琉璃轻轻摇头,"朝堂之争,必输无疑。"武后忌惮他,李治记恨他,裴炎嫉妒他,程务挺张虔勖则要靠着这次出卖来升官发财,皇帝、皇后、宰相、部下都拧成了一股绳,裴行俭就算是神仙,也不可能有半分胜算。

赵幺娘奇道:"那夫人您……"

琉璃缓声道:"我要的,是他们也不能赢。"在朝堂上,裴炎名声人缘都极好,可在民间,谁知道裴炎是谁?相反,裴行俭断人如神、用兵如神的名声却早已闻名遐迩。这奸相谗害将军又是人民群众最喜闻乐见的传统戏码,以今天献俘的声势、以麴家安家加上药堂义坊在市井里的影响力,她有十二分的把握,不用三五日,裴炎这名字在长安街头就会臭不可闻——市井之语的确不能影响朝政,却可以决定家族和个人的名声。就像在当年的西州,裴行俭在高门大户中起初并无人缘,可到后来,谁又敢当众说他一个不是?

也许在朝廷上,她什么也做不了,但无论如何,她都无法眼睁睁地看着别人拿裴行俭当升官发财的梯子,却不用付出任何代价;更不能让他们得寸进尺,把整个裴家都踩在脚下,让三郎他们日后动辄得咎、举步维艰……抬头看着因日薄西山而愈发碧蓝的天空,她用力吐出了胸中的浊气,一字字缓声道:"我要的,是让那些欺辱他的人,身未败,名先裂!"

赵幺娘怔怔地抬头看着琉璃,那眼神,仿佛是第一次瞧见她。

日头一点一点地落了下去,整个裴府变得越来越安静,便是洒扫上的婆子走路也是轻手轻脚地不敢发出一点声音。不久之前那贵客盈门、笑语遍地的景象似乎只是一场荒诞的梦,梦醒之后,满院寂寥,唯有几棵银杏红枫,在金红色的夕照里依然浓丽明艳,如火如霞。

一阵秋风吹过,几片银杏叶打着旋儿坠落下来,琉璃抬头看着那蓝天之下仿若透明的满树明黄,突然想起在很早很早以前,自己也曾看见过这样的黄叶蓝天,然而记忆里的画面到底已经模糊了,也像一个遥远的梦。只是,在已经不会太远的路的尽头，自己又会在哪个梦里醒来?

不，她不要醒，在这个有他的世间，不管是美梦还是噩梦，她都不愿再醒!

一阵急促的脚步声由远而近，有人飞奔进来，"娘子，娘子，阿郎回来了!"

琉璃呆了一下，提起裙裾跟着来人便一路跑了出去，刚到内院门口，抬头便瞧见了那个走进门来的熟悉身影。她脚下一顿，只觉得身子越来越僵，脚步越来越沉，没走几步，全身便沉重僵硬得几乎不能动弹。

裴行俭依然是一身戎装，除了下裳略有褶皱和灰尘，看去竟是整洁之极。看见琉璃，他伸手摘下了头盔，露出的面孔虽然多了些风霜痕迹，似乎还带着点苍白和倦色，神色却依然从容平和，嘴角甚至还渐渐露出了琉璃最熟悉的温暖笑意。仿佛他不是从战场归来，也不曾遭受任何屈辱，而只是寻常日子，散朝回家……

琉璃心里酸涩得难以形容，眼前也是渐渐模糊，却怎么都舍不得移开视线。

裴行俭走上两步，伸手抚上了她的面颊，柔声道："我没事。"他的拇指轻柔地抹过琉璃的眼角，拭去了那里积蓄的泪水，声音也愈发温和沉稳，"琉璃，你放心，我不会有事的。"

抬头看着这熟悉的庭院，看着从侧门飞跑过来的几个孩子，他低低地重复了一遍，"你们放心，我不会有事的。"

第一百五十八章
苍天有眼　报应有时

被烛光映得微微发黄的窗纸上，那个端坐在书案前的人影已经很久很久没有动过了。

九月底的黄昏已很有些寒意，一阵阵西风穿过书房外的廊庑吹在琉璃的身上，等她回过神时，才发现手脚都已被冻得有些发麻。

抬头又凝视了一会儿窗纸上的人影，她转身从青石路边的地面上一步步轻轻地退了出去。到了门口时，她向守门的书童招了招手，出门又挨墙根走了几步，才对跟上来的书童低声吩咐，"再过两刻钟，你去叫阿郎一声，请他回上房用饭。"

书童对这一切早已习惯，点头领命而去。

琉璃站在墙根下，回头看着这个院子，一口气这才叹了出来，满心都是沉甸甸的无力。

那天他说了，他不会有事，这几天他也的确表现得若无其事，无论朝堂上如何一边倒地支持裴炎，就连跟他回京的程务挺和张虔勖都先后声称，阿史那伏念的确是被他们所逼而降，他也只是一笑而已，"他们都是我的副将，难不成我还要去跟他们争功，贻笑天下？"

可是，他一个人待在书房的时间越来越长了，要么是伏案疾书，不知在写些算些什么；要么就像刚才那样，手里拿着一卷书，却半天都不会动一下……

"咚、咚、咚"，远处传来了一阵暮鼓之声。琉璃收拢思绪，正准备转身往回走，就见从大门方向突然快步跑来一人。琉璃认得正是平日在外头随身伺候裴行俭的小厮，忙迎上两步，低声道："出什么事了？"

小厮忙忙地行了个礼，满脸惶然，"适才交河郡公那边传了个消息过来，说是圣人拟定的制书已经到了门下，此番论功行赏，阿郎说是累计前功，会封闻喜县公。"

县公？琉璃微微点头。对裴行俭的军功而言，一个县公实在封得太小气，不过，有这么个安慰奖，或许也是聊胜于无？

小厮看了琉璃一眼，吞吞吐吐道："不过程务挺和张虔勖，都会封……郡公。"

琉璃怔了一下才反应过来——给裴行俭一个县公，却给那两员上书表功的副将一人一个郡公，李治这是觉得当着文武百官、数万禁军对裴行俭的那番羞辱还不够，还要在天下人面前再羞辱他一次？

她胸口火烧火燎，手脚却是一阵阵地发凉，却听那小厮又道："还有那五十四名定襄道的俘虏，已经定了十月初一全部问斩。"

琉璃的嗓子干涩得说不出话来，摆摆手表示自己知道了。那小厮等了片刻，大约见她没有下文，便问道："那小的这就去回禀给阿郎？阿郎反复叮嘱过，那些俘虏如何处置一有消息，要即刻回禀给他。"

琉璃胡乱点了点头，见那小厮往书房的院子走，又忙叫了声"慢着"。思前想后半晌，她也只能叹道："你去回报给阿郎吧，说得缓一点。我、我会在外头瞧着。"

小厮点头应了，转身进了书房的院子，琉璃依然放轻步伐从泥地里穿过院子，走到廊庑边的窗户前，默然倾听着里头的动静，一颗心慢慢地提了起来。

听完小厮回禀，裴行俭并没有作声，良久才挥了挥手让他出去，自己依旧一动不动地坐在书案后头；小厮进出时卷起的风将屋里的烛光吹得摇曳不定，窗棂上他的影子也忽大忽小地晃来晃去，但不知怎地，琉璃却觉得那飘忽的影子里似乎有种格外不祥的僵硬。

突然间，窗纸上的人影往前一倾，不知碰到了什么东西，"砰"的一声落在了地上。琉璃再也忍耐不住，迈步冲上了台阶，还未到门口，就听里面传来一声微带嘶哑的断喝："不许进来！"随即便是更大的一声脆响。

琉璃忙道："守约，是我。"

裴行俭似乎怔了一下，放缓了声音，"琉璃？你……你等等，我收拾一下。"声音依然有些发哑。

琉璃哪里等得了，推门便走了进去，抬眼一瞧，不由失声惊呼了出来。

裴行俭脸色苍白地站在案几后面，而在地上、案面上，在他淡青色的袍子上，到处都是斑斑点点的血迹，他手里还拿着半截支离破碎的琉璃杯，鲜血顺着杯壁往下直淌。看见琉璃进来，他"啪"的一声把那半截杯子丢到地上，有些尴尬地解释道："我一个没留神，手上用力太大了。"

琉璃扭头高声吩咐了一句，"快去把紫芝叫来，带上最好的金创药！"这才疾步上前，一把将他的手搬了过来，就见他的手掌已被割得鲜血淋漓，还有尖锐的碎片留在肉里，可以想见，刚才那一下他用了多大的力气！

琉璃的眼睛也跟着红了，那刺眼的碎片几乎就像是扎在她的眼珠子里，她不敢乱动，勉强记起似乎先要止血，忙用手帕系紧了他的手腕，又让他把手举高一点，那鲜血却依然顺着他的手腕往下流淌，很快就染红了整条手帕……

正焦急间，脸颊突然一酸，却是裴行俭用没受伤的那只手捏了捏她的脸。琉璃怒道："你做什么呢？"

裴行俭"嘘"了一声，伸出手指按在她的嘴唇上，轻轻摩挲了两下，皱眉道："你不疼的么？这么深的牙印，都快被你自己咬破了。"

琉璃更生气，脱口道："你才不知道疼呢！不就是个破爵位吗，什么县公郡公，谁稀罕那个混账东西封的这些破玩儿！"

裴行俭皱了皱眉，"小声些，琉璃，莫要这样说话！"

琉璃看着那已变得暗红的手帕，简直怒不可遏，"我就这么说，就是混账东西，就是没人稀罕的破玩意儿！"说完，那满腔的愤怒担忧再也压抑不住，泪水夺眶而出。

裴行俭满脸无奈，用没受伤的手轻轻拍了拍琉璃，"是，是，都是些破玩意儿，咱们都不稀罕，还不成么？"

琉璃哽咽道："那你还这样！"

裴行俭叹道："我不是为爵位生气，只是觉得天意弄人，哪怕晚上一日半日呢。我自负才智，今日才晓得，世间的命数，原来真的……"

他声音里的黯然和惨痛实在太过深刻沉重，琉璃纵然在头昏脑涨之中，也不由倏然而惊，抬头道："你说什么？什么一日半日？"

裴行俭抬头瞧着窗外，低声道："三日前，我上过一张奏折，请求圣人看在改元大赦，不宜杀生的份上，多留伏念他们几日，哪怕留着日后出征祭旗也好。没想到，圣人对我的厌憎已到如此程度，转头就定了十月初一全体处斩。"

琉璃纳闷道："那多留一日半日又能如何？"

裴行俭淡淡地笑了笑，眼里却满满的全是苍凉，"多留一日，哪怕多留一个时辰，或许我就能保下他们了——我反复算过，十月初一，午正之后多半会有日食。"

日食？琉璃不由"啊"了一声。眼下日食可是了不得的大事，虽然精通历法的人已能时不时地提前算出日食，但大伙儿依旧相信，日食是天子失德，苍天示警。一旦发生日食，天下必然震动，皇帝更要戒斋祈祷，忏悔罪过，如果在杀伏念他们之前出现日食，这件事的确完全可以阻止。她脱口道："那你不能……"

裴行俭缓缓摇头，声音越发艰涩，"我不能说！私习天文乃是大罪。何况圣人对我心结已深，我若贸然揭开，只怕不但救不下那些人的性命，还会连累到李公的家人，也害了你们！至于旁人，谁又肯为那些突厥战俘去冒妄言天象的风险？"

这年头还不许人私下研究天文？难怪李淳风当年教他天文都像是在做贼！琉璃想了半日，也只能叹气，"果然都是命数。"她心里突然一动，李治不是很喜欢打人脸吗？那天他午时杀人，午后就出现了日食，老天把这么大记耳光扇在他脸上，那滋味一定很爽吧？还有裴炎……也许这才是，苍天有眼？

裴行俭依然出神地看着窗外，低声道："琉璃，我不在乎那些功劳名声。就算我自己失约于人，让那些降人都搭上了性命，于我虽是痛心疾首，于国于民，认真论起来，也算不得什么。只是从此之后，谁还肯再投降大唐？边关之上，不知因此要多断送多少性命，添上多少白骨……都是我考虑不周，是我的错！"

他仰起头来，闭上双眼，无声地叹了口气，素来稳定的手竟是微微发抖。

琉璃心里缓缓升起的窃喜的泡泡"啪"的一声彻底破了，一时又是心疼，又是羞愧，半晌才道："你不是说过么，凡事有命，咱们只要尽力而为，问心无愧就好。你是将军，平定战乱是你的本分，但皇帝宰相们要乱来，怎么能怪到你的头上？如果说你曾惹怒过皇帝，所以这些都算你的错，那首先该死的，应该是我！"

裴行俭睁开眼睛，皱眉道："跟你有什么关系？你莫把这些罪孽往自己身上扯。"

琉璃反问道："那跟你又有什么关系？"

裴行俭低头凝视她半晌，点了点头，"好，咱们不说这些了。你说的是，咱们尽力而为，问心无愧就好。"

琉璃松了口气，突然听见外头有脚步声越来越近，忙往门口迎了几步。

裴行俭看了看她的背影，又低头看了看地上浓黑的一团血痕，伸脚擦了擦，脸上慢慢露出了一个苦涩之极的微笑，"问心无愧……"

书房门口，紫芝"砰"地冲了进来。

裴行俭的伤看着虽然十分吓人，伤口倒不算太深。紫芝原是阿燕一手带出来的，处理这点外伤自是不在话下，她白着脸忙了半日，把裴行俭的手包成了个粽子，又熬了药送过来，大约到底失血不少，裴行俭有些发倦，喝完药便睡下了，比平日更安稳几分。只是这一日到了半夜，琉璃睡着睡着突然惊醒过来，伸手一摸，身边的裴行俭额头一片滚烫，整个人竟已烧得昏昏沉沉。

琉璃"腾"地坐起。没多久，半个裴府便都被惊醒，坊内的几个医师陆续都被请到，却是意见不一。等到天亮后韩四赶来诊过脉之后，脸色便不大好看，"这是郁结于心，邪气入内，若不好好调理发散，只怕会伤到根本。"

琉璃忙跟韩四说了昨夜他手上受伤的事。韩四打开包扎看了几眼，摇头道，"伤口看着还好，这脉象也不像是外邪，倒像是内伤，多半还是郁结太过之故。"

郁结太过！琉璃牙根都快咬碎了，回头看着裴行俭即使在昏睡之中依然紧锁的眉头，不由心如刀绞。此时她便是想以身相代，也不可得，只有寸步不离地守着他，亲自给他喂药擦身，不断地忙忙碌碌，心里才会略微好受一点。这样熬了两天，整个人便瘦了一大圈。

好在裴行俭的底子到底还好，韩四又守在一边不断调整用药用针，到了第三日早间，他渐渐清醒过来，也能自己喝下药了。琉璃几乎喜极而泣，亲手给他喂了半碗药下去。裴行俭瞧了她半晌，哑着嗓子笑道："我算知道了，这做病人原是世上最省力的事，辛苦煎熬的，还是没生病的人。你放心吧，我不会让你再忧心了。对了，我睡了多久了？"

琉璃好容易才压住嗓子里的哽咽，"你睡了两天两夜了。"

裴行俭眉头微皱，"明日就是十月初一？"

琉璃心里一紧，看着裴行俭不知说什么才好。好在裴行俭只是出神片刻，眉宇便舒展开来，看着琉璃微微一笑，"你这么瞧着我作甚？难不成我这模样，还能去劫了法场？"

琉璃想笑一笑，眼眶却是一阵发热，却听他哑声道："你也赶紧去歇一歇吧。明日还要祭祖会宴,这回我是出不了面了,你只怕还要去辛苦半日。你再忍忍,等三郎娶了媳妇,咱们就舒舒服服在家做着阿翁阿家,再不去忙这些。"

听他说得平和,琉璃原该松口气,但不知为何心里却是更酸。她不敢多想,只顺着他的话头说了些祭祖娶妇的闲话。没说几句,外头一阵响动,却是昨天守到半夜才歇下的几个孩子都醒了,听说裴行俭好转,忙都跑了过来。看见裴行俭的笑容,几个孩子都是如释重负,庆远和光庭更是红了眼睛又哭又笑。

裴行俭笑着叹气,"我只当自己是有四个儿子,今日才发现,怎么还养了两个小娘子?三郎,快些拿条绣花帕子给他们两个擦擦泪吧!"

琉璃看着他们父子,心里又是欢喜又是酸涩,转身擦了擦眼角,回头却瞧见裴行俭正微笑着看向自己,又指了指鬓角。

琉璃伸手一摸,原来自己的头发又掉下来了,她随手挽了上去,突然想起,早年间他们在一起时,他就最喜欢随手绕着这缕头发,脸颊上仿佛突然有些痒,她抬眼一看,却见裴行俭也目光柔和地看了过来,眼里全是笑意。

晨鼓声轰然响起,又慢慢停歇了。窗外的天空变得越来越亮,阳光不知何时已悄然爬上窗棂,那一抹微黄似乎是在无声地宣告:今天,又是一个深秋的大好晴日。

一日无话,到了第二天,天气更加晴好,清晨起来,便是碧空如洗,万里无云。裴行俭已能起身走上两步,韩四虽然依旧木着一张脸,却也说并无大碍了。琉璃这才放心,带着参玄和小米几个赶往家庙。

十月朔的家祭和会宴原是裴氏这样的大家族才会遵守的古礼,这几年裴行俭时常不在京中,参玄代他行祭祀之事早已轻车熟路,琉璃则是带着女眷在家庙外头行礼、奉祭。一套繁复的仪式之后,时辰已是不早,男女分坐,一碗碗用今年的新米和麻豆羹拌成的黍臛被端将上来,大家吃过之后,再象征性地用上半碗野鸡汤做的热汤饼,这顿会宴便算完事。男子们起身离去,琉璃则带着女眷们扫尾。

那日献俘生变之后,中眷裴的女眷都走得极快,琉璃原以为李治封县公的制书一下,族人们只怕会离自己更远,没想到这一回主动留下来帮忙的女眷却着实不少,年轻一辈更是一个没走。几个女眷先是上来问了裴行俭的病情,随即话头一转便说起这次献俘前后的事情,皇帝如何大家自然不敢说,但话里话外对裴炎却着实没留情面。

有人便道:"婶子放心,天下明白人多着呢,九叔的事情如今长安城谁不知道?我家管事昨日还跟我说,他出门去买米,那原本相熟的掌柜便问咱们家是裴相公家这边的,还是裴将军家这边的,一说是裴将军家的,连钱都不肯收了,说若是裴相公家的,他非往米里吐口唾沫不可。"

另一个人也点头,"可不是,我家小子去西市买弓箭,也被人问了是哪个裴,差不多都是这话。那卖弓箭的还说了,眼下谁给那裴相公说话,谁就是瞎眼没心的小人!可见大伙儿都明白着呢!九叔一定要好好保重身体,这奸人诡计,能蒙蔽圣人一时,难道还能蒙蔽圣人一世?"

琉璃心知自己前些日子的布置已经奏效,脸上不由也露出了笑容,正要开口,隐隐听得远处有鼓声隆隆响起，却是已经到了东市开市的时辰。不知是谁突然说了句，"哎呀，那些突厥人只怕都已人头落地了。"

众人都沉默了下来，东市午时开市，刑场午时杀人，这开市的鼓声可不也是催命之声？琉璃的心情更是复杂难言，眯着眼睛看了看天空正中那轮依旧灿烂耀眼的太阳，她轻轻叹了口气，"你们说得是，这世上从来没有一世能瞒得住人的阴谋诡计，说不定连一时都未必能瞒住，苍天有眼呢！"

众人点头不迭，七嘴八舌地又说了好些同仇敌忾的话。待得家庙里里外外都收拾干净了，琉璃才带着众人出了家庙，正要上车，却见巷子的尽头，好几辆高大的马车已将道路挡了个严严实实，不由奇道："这是谁家的车子？"

话音未落，就见最前面的那辆马车车帘一挑，一个身着打扮素雅的女子扶着婢女走了出来，竟是崔十三娘！

几天不见，她看去居然也清减了不少，一身雪青色的衫子，衬得脸色雪白，眉目之间隐隐带着怒意，下车后一步步走了过来，整个人居然多了种说不出的气势。在她身后，几位洗马裴女眷的人也陆续下车，跟了上来。

琉璃隐隐猜到了她的来意，忍不住又抬头看了看天色。中眷裴的女眷自然也有人认得崔十三娘，便低低地"呸"了一声，"她还有脸来堵婶子！"

崔十三娘在琉璃面前停住脚步，冷冷点了点头，"库狄夫人好威风，好手段。"

琉璃笑了笑，"不敢与裴侍中相比。"

崔十三娘并不理会琉璃的言辞，只是冷笑了一声，"我这两日才明白，为何当日夫人一听说献俘之事，口口声声便说什么我和外子定然会四处造谣生事，糟蹋裴尚书的名声。妾身无知，原先还纳闷，夫人这是想到哪里去了？又以为夫人是急怒之下口不择言，却没料到夫人是深谙兵法，谋定后动，自己才好四处散布谣言，污糟外子的名声，也好叫世人都不晓得裴尚书揽功争利的那番作为！"

琉璃如何还不知她的打算，心头一转，挑眉奇道："谣言？什么谣言？夫人听见什么谣言了？"

崔十三娘似乎没料到她不曾否定"散布"二字，却直接问什么谣言，怔了一下才道："不就是说外子奸佞，嫉贤妒能，才公然诽谤裴尚书，好大权独揽！"

琉璃更加惊奇，"这不是实情么？"

崔十三娘纵然千伶百俐，也被这句话堵得些回不过神，几个中眷裴的年轻女眷更是忍不住"扑哧"一声笑了出来。

崔十三娘脸上怒气一闪，脱口道："夫人说话当真是百无禁忌，明明是裴尚书与部下争功，又枉纵敌酋，才会有今日之事，你却能颠倒黑白，指使人四处污蔑诽谤朝廷命官，夫人如此行事，当真觉得没人能奈何你么？"

琉璃一腔怒火已憋了好几日，听到这话，朗声笑道："裴侍中那般颠倒黑白、指鹿为马，都不怕没人奈何他，我怕什么？

"崔夫人，你说我是诽谤朝廷命官，那么敢问夫人，我家夫君何时与部下争功了？他是曾上书自表功劳，还是跟谁说过北疆之功全都在他，与部下无关？他本是定襄道大总管，统领全军，莫说麾下副将，便是一个火头军抓住了敌酋，难道不是他的功劳？他用得着去争么？到底是谁不顾廉耻，上表声称功劳都是他们的，与统帅无关？又是谁闭门不出，一言不发？敢情在夫人眼里，那上表大发厥词的人，不是争功；不声不响待在家里的，却成了争功？

"对了，还有枉纵敌酋，请问夫人，我家夫君是把这些人放了还是卖了？难不成将敌酋活捉到圣人跟前，再替他们求个情，就是枉纵？那大唐开国以来，以前那么多献俘的大将军又算什么？更别说大唐天子们对以前的战俘都是慈悲宽和，莫说投降的，便是被活捉回来的，也都是给予善待，圣人们如此行事又算什么？

"说一个堂堂正正带着部下凯旋的将军是争功，说一个规规矩矩按惯例为俘虏求情的总管是枉纵，夫人，你也不是愚昧无知、厚颜无耻之人，怎么说得出这样荒谬的话来？你怎么还有脸说别人是污蔑诽谤？"

崔十三娘脸色变得极为难看，"夫人果然能言善辩，不过你再是口齿伶俐，也隐瞒不了自己指使人胡言乱语之事……"

琉璃笑着打断了她，"看来夫人不但是眼瞎心盲，耳朵也不好使了，我再说一遍，我家夫君是堂堂正正凯旋，那些说他争功纵房之人就是嫉贤妒能，就是污蔑诽谤。我之前跟亲朋好友是这么说的，今日跟夫人也是这么说的，日后就算去宫里去朝廷，我也照样敢这么说！我愿让天下人都听到我这番话，我明地里宣扬还来不及，又用得上什么暗地里去诽谤？

"夫人，难道你不知道有句话，叫公道自在人心！"

崔十三娘脸色更沉，并不接话，转头吩咐道："把那两个人带来！"

琉璃有些意外，崔十三娘能这样堵上门来，自然是有些把握的，所以她根本就不跟十三娘纠缠"散布"二字。没想到这位居然真的拿到了人，此事多少有些麻烦，自己虽然不怕把事情闹大，但若牵涉到安家或韩家，却不能不投鼠忌器。

却见几个粗壮的护卫从马车后面拖出了两个人，往地上一扔。那两个人都是布衣麻鞋，满脸愤然，却被堵住了嘴，作声不得。

崔十三娘指着他们冷冷地道："夫人认得么？这两人都是夫人舅兄家的伙计，今日在东市法场上，就是他们用突厥语大声告诉那些俘虏，说害他们的不是裴尚书，而是我家夫君。所以那些蛮夷死前都在高呼我家夫君的名字，说他，说他会不得好死！"

仿佛听见了那一声声凄厉的诅咒，崔十三娘的脸色变得一片惨白。在场的女眷想起那场景，也有些头皮发麻。

琉璃这才明白，以十三娘的性子，为何今日会这样鲁莽行事，直接打上门来。她心里盘算着得失利弊，低头看了看日影，又眯着眼睛抬头看了看天色，没有作声。

崔十三娘深深地呼吸了几下，也慢慢平复了心绪，瞧见琉璃不语，她扬头逼上了一步，"库狄夫人，人我已经带到了，你敢对天发誓，此事与你无关，这些人不是你指使的吗？"

她的声音里，自有一股凄厉的控诉之意，长长的小巷仿佛都回荡着这一问。沉默之中，好些人只觉得身上阳光仿佛都黯淡了下来，西风吹在身上竟是寒意刺骨。

　　琉璃依旧沉默地看着地上的日影，半晌之后，才抬起头来，淡淡地道："那么敢问夫人，这些人之前一直在喊谁不得好死？"

　　崔十三娘愣了愣，还未开口，琉璃已柔声问道："他们是不是一直在喊'裴行俭不得好死'，就像献俘那日一样？

　　"难道夫人觉得，他们就该一直这么喊下去，就该一直被蒙在鼓里，一直觉得是我家夫君让他们送命，这才算是天公地道？如果让他们死得明明白白，知道自己到底是怎么死的，是死在谁的铁口之下，知道自己到了九泉之下，应该去找谁算这笔账，那可就绝对不成了，那就一定是所谓的'污蔑诽谤'？

　　"崔夫人，你家侍中官拜左相，权倾朝野，朝中大臣们都在替他说话，可你当真觉得，这样一来，无论你们怎样颠倒黑白，指鹿为马，这黑就能变成白，这鹿就能变成马了？别人要是胆敢不吃骗，不肯被你们骗，甚至揭穿了你们的骗，那就是天理不容的大罪！可是崔夫人，你这么想就错了，天理不在你们这边，你们骗得过圣人，骗得过同僚，却骗不了天下苍生，就算你们能骗天下苍生，也骗不了咱们头上的苍天！

　　"苍天有眼呢，崔夫人！夫人今日既然让我发誓，好，我库狄琉璃在此对天发誓——这件事，我所作所为，问心无愧！今日之事，是非曲直，苍天必将给出一个公道；善恶忠奸，必然会得报应！谁为了一己私利昧着良心害了别人，谁就不得好死！

　　"崔夫人，你看，我已经发过誓了，你呢？你敢发誓吗？你敢对着头上的朗朗乾坤、昭昭日月，发这个誓吗？"

　　她的声音并不如何响亮，甚至比平日更为轻柔平静，但那自信无比的声音却自有一种难言的压力。在场的洗马裴诸人脸色都变得不大好看，几个胆小些的女眷更是退后了两步。崔十三娘也是睁大了眼睛，嘴唇抖了好几下，才咬牙道："我有什么不敢的？我崔十三也对天发誓，崔十三若是故意害人，便天诛地灭……"

　　一言未了，突然就听远处又是一阵隆隆鼓声，那声音又响又急，还夹杂着鸣锣的声响，动静与平日大不相同。众人不由相顾愕然，中眷裴这边一个年级略大的女眷失声道："这鼓声……只怕是日食了！"

　　仿佛应和着她的一声，远处有人高声叫道："日食了！日食了！"随即各处都乱哄哄地响了起来。

　　琉璃松了口气，点头笑道："原来果真是，苍天有眼啊！"

　　这一声说出来，洗马裴的几位女眷已是面无人色，连那几个粗壮的护卫脸上都露出了明显的惊惶。天空多少已有些暗了下来，风仿佛更大了。洗马裴那边好几个人哆嗦了一下，不动声色地往后慢慢退了几步。

　　琉璃瞧了地上那两人一眼，微笑道："崔夫人，我先走一步。这两个人么，劳烦你送到万年县去好了，到了那边，咱们也正好把这里发生的事，咱们适才说的话，一字一句、原封不动地说给更多的人听，让大伙儿知道什么叫天理昭彰！"她抬眼瞧了瞧崔十三娘身后的人,"还有诸位,待会儿堂上见吧,也好叫长安人都认得各位的门楣不是?"

这邀请几乎带着种魔力,两个退得最远的立时掉头就走,另外几个也喃喃说了几句告辞的话,飞快地跑开了。在马车辘辘声中,深长的巷子转眼间便空旷了许多,只有崔十三娘沉默地站在那里,面孔僵硬,牙关紧咬,却依然站得笔直。

琉璃看了她一眼,不知为何,心里并没有觉得有多痛快。她回头向诸位脸色各异的中眷裴女眷点了点头,一语不发地转身上了自家马车。

马车很快就往外驶去,小米却是一直兴高采烈地站在车上回头张望,没多久便大声笑道:"哎呀,她还站在那里呢,不过那两个人已经被放开了。可惜啊,她怎么不把人送去万年县呢,果然是个没种的!"

琉璃默然打起窗帘,看向了大明宫的方向。其实,自己也是个没种的吧,所以只敢去毁裴炎的名声,只敢在崔十三娘身上撒气;然后,大家都一败涂地!

回到家中,她问得一声裴行俭正在休息,在外头看了一眼,便去沐浴更衣,洗去这一身烟火汗水。再回卧房里,却听见小米正在绘声绘色地说着刚才发生的事情。

琉璃暗叫不好,挑帘走了进去,只见裴行俭静静地看了过来,琉璃心里一阵发虚,想解释一句,床榻旁的参玄却是高兴地一挥拳头,"阿娘来了,阿娘今日说得真好,没想到老天还真是开眼了!"

另外几个人还要说话,裴行俭低声道:"你们先出去吧,我和你们阿娘有话说。"

几个孩子瞧着裴行俭肃然的脸色,脸上的笑容都凝固住了,却不敢不听,互相交换着眼色,退了出去。琉璃心里也有点发虚,一步步挪到床边,低声道:"我也没想到她们会抓了舅兄的人,若不如此,我怕连累了舅兄。"

裴行俭伸手把她拉到身边坐下,沉默了片刻才道:"我不是怪你,她们今日居然能当场抓住舅兄的人,绝不是偶然。我在想,我多少是看错裴子隆了,这种人脉手段……说来倒是幸亏有这场日食了,不然舅兄多半要吃亏。"

琉璃松了口气,"那倒未必,横竖我就咬定自己说的是实话,既然是实话,便没有不敢告诉人的道理。以如今的风头,我赌崔十三娘不敢跟我去对质。"

裴行俭神色有些复杂,"我都听小米说了,如今市井里的风声,也是你推动的。那现在,你的这口气,已经出了么?"

琉璃坦然道:"我不光是要出这口气。参玄他们才多大?我不能让他们出门之后,被那些趋炎附势的人侮辱耻笑。他们不该受这个!"

裴行俭目光顿时一暗,"是我对不住他们。"

琉璃奇道:"这跟你有什么干系?"

裴行俭沉默片刻才道:"其实这一回,我也不是没有法子反击,只是,这几个人如此行事,说到底,不过是秉承圣意,就算我让他们名声扫地又如何?眼下这朝廷上,多几个对圣人忠心耿耿的臣子,总比少几个要好。

"是我让你们受委屈了。"

琉璃心道，什么圣人，我管他去死，死远点才好呢！这话她到底不敢说出来，只能闷闷地"嗯"一声了事。

裴行俭却仿佛看出了她的想法，眼神里满是无奈，半晌才道："琉璃，咱们明年把参玄的婚事办了，我就告老还乡，咱们一起回河东好不好？"

琉璃睁大眼睛瞧着裴行俭，简直有些不敢相信自己听到的话，和他一起告老还乡，陪他一起回河东……她声音都有些不稳了，"真的？"

裴行俭瞧着她，眼神柔和无比，"是真的。今日我已经告病了，以后再不会去朝廷，等参玄成完亲，咱们就走。"

琉璃慢慢笑了起来，只觉得一颗心就像春日里的乐游原，鲜花乍放，满地阳光。

裴行俭眼神更是柔软，伸手将她揽入怀中，低声道，"你放心，我会好好保重身子，好好陪你，我还想看看，我家琉璃老了之后，会是什么样子呢！"

琉璃闭着眼睛，鼻端是他清爽的气息，耳边是他温柔的话语，他说会和自己一道离开长安，会陪着自己慢慢老去……突然再也不敢睁开眼睛。

是啊，她只记得他在三次大胜之后，就再也没了声息，但如果是告老还乡，如果他肯放下一切就此离开，在史书上，那也是名将蒙尘，黯然离去的悲凉结局吧。但对她来说，这却比她最美好的梦还要美好，好得让她只怕睁开眼就会发现，这一切不过真的只是一场梦而已。

不知过了多久，她的心绪才渐渐平复了下来，心底却依然一阵一阵晃悠悠的落不到实处，想了半日忍不住道："守约，你记不记得答应过欠我三件事？"

裴行俭的声音里明显带上了诧异，"嗯？"

琉璃直起身子，定定地看着他的眸子，"第二件事我想好了，就是，你刚才答应我的事情，你一定要做到。守约，你是守约，你一定一定要做到！"

裴行俭深深地看着她，微笑着点了点头，"好。琉璃，这一辈子，一直都是你在陪我，以后，就是我来陪你了，我不会失约。"

琉璃长长地出了一口气，低头将脸埋在他的怀里，用尽一切力气抱紧了他。

好一会儿，她听见裴行俭咳了两声，苦笑道："不过，你若是再抱得这么用力，只怕我就算想守约，也不成啦！"

琉璃怔了一下，赶紧松手，窗户外头突然传来"扑哧"一声笑，她忙转头看去，就听一声低低的"快跑！"随即便是一阵脚步乱响，还夹杂着光庭稚气的声音："阿兄，阿兄，你们等等我！等等我呀！"

琉璃和裴行俭你瞧瞧我，我瞧瞧你，同时笑出了声。

院子外头也传来了孩子们的嬉笑打趣的声音。在少年人爽朗的笑声里，阳光仿佛都灿烂了许多，那些急促的钟鼓声不知何时已停息了下来，太阳依旧静静地挂在碧蓝的天幕上，圆满得仿佛从来不曾被任何阴影遮挡过。

第一百五十九章
疑影再现　真相大白

"阿家。"

琉璃看着三尺开外那张因为带着羞涩红晕而显得格外明艳的芙蓉秀脸，只觉得心里一阵恍惚。

更近一点的席子上，是一个带提梁的剔红漆盒，春日清晨的阳光照在盒沿那细密繁复的石榴纹上，光泽闪动间，仿佛真的有无数花朵正在徐徐盛开，连盒子里那对肉脯都被衬得红艳艳得几欲透明。

她正出神，突然感到一道目光扫了过来，却是坐在另一面台阶上的裴行俭笑微微地看向了她，对上她的眸子，他的眉头微不可见地挑了挑，眼里多了几分促狭。

琉璃脸上一热——自己果然是年纪大了，在新妇子见姑舅的时候居然能走神！她忙伸手拿起漆盒，笑着将盒子高高举了起来。

一旁的赞者大声吟唱了一句，双手捧起一爵酒送到新妇手里。新妇姿态优雅地抿了一口，抬头看见琉璃的笑脸，神色一松，脸上虽然没敢笑出来，眼睛却是弯了弯，成了两道好看的月牙儿。

琉璃心里顿时一软，早些年她一直以生出裴光庭为人生目标，每一次自然都期待着是男孩，这几年却越来越遗憾，自己怎么就没个女儿呢？那种会娇娇软软、笑起来眼睛像月牙儿一样的小女儿。也许，这个叫弦歌的女孩子会弥补自己的遗憾吧？至少，她生出一双有月牙眼的孙女来，几率会比较大一点。不过他们俩年纪到底还是小了点，十七岁，在大唐虽已是标准婚龄，但实际上……

突然间，她听见裴行俭轻轻地咳了一声，抬头才发现，仪礼不知何时已经走完，大家都在瞧着她——自己又走神了！

琉璃脸红耳热地站了起来。好在接下来的仪式倒是一切顺利，她和裴行俭各吃了几口新妇亲手做的烤乳猪，又出去招待了女方亲戚一番，就算完礼。

王家的人来得并不多，他们虽是大族，王方翼这一支却与被废的王皇后关系太近，几番清洗之后，留在长安的已没几家。弦歌又是独女，这一嫁过来，娘家除了万里之外的父亲，竟是连至亲都再没一个。

琉璃怜惜弦歌身世，弦歌又聪慧，没过几日，两人便已相处得十分轻松。只是当琉璃想教自己儿媳打理家中杂务时，却挫败地发现——弦歌虽是极力隐藏锋芒，但很明显，她处理这些事务十分拿手，至少比自己要拿手得多！

这一日，琉璃试着放手让弦歌自行处置家务，发现她在紫芝的帮助下简直做得行云流水，毫无凝滞，不由又是高兴又是失落，晚上便跟裴行俭叹道："我今日才知道，自己原来笨得可以。十七岁时想来更笨得不成，你是怎么忍了我这些年的？"

裴行俭忍俊不禁，"人各有长，你主持中馈又不算差，只是心思兴致都不在这上头而已。大约就像让我去画画，只要认真去学，自然能画得四平八稳的，但就算苦练一辈子，也决计不能像你一样轻松写意。"

琉璃奇道："我画画容易，那是因为天生就喜欢，可打理家务，难不成还有人天生喜欢干这个的？"

裴行俭怔了一下，突然愉快地笑了起来："琉璃啊琉璃，我怎么越来越觉得，自己实在是走运得很呢！"

琉璃莫名其妙地瞧着他，完全不懂他在说什么。这半年里，他称病不出，当真把日子过成了退休的节奏，不过又爱上了著书立说，似乎已经写了好几十卷，身子也慢慢养好了，只是到底还是没能恢复到以前的状态，经常会咳嗽，帕子用得飞快，脸色也依旧有些苍白，倒是此时这么开怀大笑着，脸上还多了几分血色。

裴行俭解释道："其实世上的女子，天生便喜欢主持中馈的只怕是多数，就如世上大多的男子都喜欢做官一样。图的么，大概还是那种一切在握、居于人上的感觉，喜欢制人而不是制于人，这原是人之常情。"

他的意思是，男人喜欢做官，女人喜欢管家，其实喜欢的都是权力和掌控？琉璃想了想，不得不承认他说得有道理，不过自己大概是太懒了，不喜欢被人掌控，也懒得去掌控别人……她瞧了裴行俭一眼，不禁问道："那你喜欢么？"

裴行俭笑道："自然也喜欢过，后来才发觉，若是太过喜欢，反而是被它所制，那就实在有些无趣了。何况我运气又好，身边一直有你，就算有时会迷了心思，回头瞧瞧你，自惭形秽之下，还有什么醒不了的？"

他笑吟吟地低下了头，瞧着她的眼睛道："琉璃，你这样最好，你可千万莫拿自己跟别人比，千万不要变，我就喜欢你这样！"

琉璃心里高兴，却皱眉道："越说越没正形了，我才不跟你胡说八道！"

裴行俭笑着伸手捏了捏她的嘴角。琉璃知道他是在笑话自己口不对心，便回送了他一记白眼。自己琢磨了半日，却又兴致勃勃起来，"我看弦娘这样能干，就算我们不在长安，她也一定撑得起来。圣人不准你告老，却没说不准你回乡啊。要不，咱们先请了田假再说？"

裴行俭有些哭笑不得，"你看看自己都笑成什么样了？难不成咱们娶个儿媳进门，是骗个人进来顶缸，咱们好撒手游山玩水去的？"

琉璃奇道："咦，不是你说娶了儿媳，咱们就什么事都不用管了么？眼见这谋算就要得逞了，你又来装什么好人？也罢也罢，只要你肯点头，我就坏人做到底，就是我火急火燎想走，你原是一腔爱子之心，生生被我逼着才要回河东的，如何？你快点头，点头！"

裴行俭满眼满脸都是无奈，终于点了点头，"我这就上表，且说回乡迁坟吧。"

琉璃不由眉开眼笑，这主意好！眼下朝廷里依然暗潮汹涌，边疆更是冲突不断，偏偏李治不知道是被日食吓着了还是脑子又抽了，这几个月居然时不时会派个御医来给裴行俭看病赐药。都说夜长梦多，她现在每天早上醒来，都有种恨不能拔腿就走的急迫感。只要能离开长安就好，大不了他在家乡再"病"一"病"，谁还能捉他回来当官？

第二日，她便跟几个孩子透了这消息。参玄听说只有自己留守长安，眉头顿时皱了起来。琉璃跟他解释道："长安这边还有好些事要处置，你和弦娘先留下收尾，等到没什么事了，你想去洛阳游玩也好，想回河东看看也好，谁还能拦着你不成？"全家跑路，动静太大，分批撤退，才能不引人注目啊。

过了几天，李治的批复也下来了，准了裴行俭半年的假，裴府上下顿时忙碌了起来。随即朝廷里又传出消息，因关中饥荒，四月初三，圣人将移驾东都。琉璃愈发松了口气，盘算了一下行程又查了查历书，定了四月初九离开长安。

这一日已是初八，正是佛诞节。日头刚刚升起，一辆不起眼的青色马车便带着两骑骏马出了裴府角门，一路往西，直奔城外而去。走了没多久，马车的速度却不得不慢了下来——迎面而来的一支队伍吹吹打打，好不热闹，却是不知哪个寺庙的僧人信徒在抬着佛像游行庆祝。

琉璃掀开车帘，往外瞧了几眼，只觉得这行像的队伍似乎不如往年来得盛大，连鼓乐的声音听上去都少了些精神——皇帝早已带着官员侍卫们直奔洛阳，满城的官宦人家甚至商贾大户也在陆续离开，饥荒威胁下的长安已失去了往日的繁华活力，这行像又怎能保持以前的规模？

一旁的小米却笑道："娘子真真是有孝心，挑了今日去拜祭老夫人果然是对的，一路能沾多少佛气啊！"

琉璃默默地放下了车帘。其实拜祭这件事，她，压根就忘了。这些天她忙得头昏眼花，昨天在裴氏家庙辞行时才想起，自己居然没去库狄家的墓园告拜！别人不知道，裴行俭却晓得他们是不打算再回来的，这种疏忽实在交代不过去！幸亏安氏信佛，自己在一头冷汗中总算想到了佛诞的借口，阿弥陀佛……

马车出了城外，路上变得空荡起来，不一会儿便到了地方。琉璃下得车来，只觉得四野开阔，风声呼啸，放眼望去，除了前面不太远处有一辆马车两个人影，四下就只能瞧见野草荒丘，让人简直无法相信，这就是长安城外。

她带着护卫和小米一道往库狄家的墓园走，却见前头那两个人影似乎也是往同一个方向而去，心里不由纳闷：这日子居然也有人和自己一样来上坟？

那两人看去都是身量瘦小的女子，头上戴着极其老派的长帷帽，身形看去却还年轻。琉璃随意看了几眼，不知怎地，越看越觉得眼熟，恍惚间想起，似乎好几年前自己来这边上坟，也曾见到过这么两个人。

她好奇心一起，脚下自然走得更快，好容易离那两个女子近些了，那两人却在前头路口一转，走向另一条小道，眼见就要走到山坡后面，一阵大风吹过，将其中一个女子帷帽上的长纱吹得飘了起来，露出了整个后背。

琉璃脚步一顿，愕然地认出了这个背影——是阿凌！阿凌打扮成这样来这里做什么？自己若没记错，她走的那个方向并没什么墓园，多是荒坟野冢，再往前两三里，就该是乱葬岗了。眼下正是饥民遍地的时候，自己在城里出门都要带上护卫，她居然带了个婢女就跑到这儿上坟来了？

她越想越纳闷，转头吩咐小米，"你带个护卫，悄悄跟上去看看，莫让她们发现了。"

小米眼睛立时一亮，招手叫来护卫就跟了上去。琉璃瞧着她那蹑手蹑脚的专业做贼姿势，摇了摇头，自己带着另一个护卫进了库狄家墓园，在安氏墓前焚香祷告了一遍，又在库狄延忠墓前烧了两张纸，踩灭火头，走了出来。

回到跟小米分开的路口，等了没多久，就见小米一路蹿将出来，瞧见琉璃便呼哧带喘道："娘子，娘子，那人是、是凌夫人！她带着的是阿依！"

琉璃忙问："你瞧见什么了？"

小米一脸求表扬，"凌夫人到了那边之后便开始东张西望，亏我躲得快才没叫她们发现，我瞧见她们在一个坟头前摘下了帽子，立刻就认出她们了！"

琉璃问："然后呢？"

小米理直气壮道："然后我就赶紧回来告诉夫人您啦！"

琉璃无语望天——自己果然不能指望她嫁人生孩子之后就能变得更靠谱点。

小米也意识到自己大概是没完成任务，摸着耳朵想了半天，突然一拍大腿，"我想起来了，凌夫人拜的那个坟头，是没墓碑的！"

没有墓碑？那就是说，这个人的身份不能让旁人知道？可阿凌的家人，不是都被武后赦免了么？琉璃想了半日也不得要领，这时跟着小米过去的护卫也从那条路上赶了过来，"夫人，那两人已经往回走，马上就要转过那片山坡，您看咱们……"

琉璃转目一看，这一片都没遮没拦的，实在不好躲，想了想索性道："咱们该怎么走就怎么走！"

果然没走几步，那边阿凌带着阿依已转了出来。两下相距不远，琉璃若无其事地看了她一眼，就像荒野里遇到生人般向她点了点头。阿凌却像被雷劈了般定在了那里。琉璃脚下也是一顿：这是什么情况？

琉璃这一停步，阿凌身子更是一晃，走在她后面的阿依忙扶住了她，锐声道："娘子，娘子你怎么了？"抬头突然看见琉璃几个，不由"啊"的一声叫了出来，"华、华阳夫人？"

琉璃暗暗扶额，只能换上了一副惊奇的神色，上前几步，挑眉笑道："这不是阿依么？凌夫人？今日你们怎么来这边了！"

阿凌依然呆呆地抬头看着她。琉璃隔着纱巾瞧不清阿凌脸上的表情，自己又刚派人盯过她的梢，不由一阵心虚，面上干笑了一声，"咱们还真是有缘啊。"

阿凌身子一震，突然扑上一步，拉住了琉璃的手，急促道："娘子，阿凌错了，娘子大人大量，就饶了阿凌这一回吧，阿凌不是故意要对不住娘子的！"说着就要往下跪。

琉璃吓得差点往后跳了一步，听完这话却立刻意识到不对。她脸色微微一沉，一把托住阿凌，转头对护卫和两个婢女道："你们都退开，我有话要问凌夫人。"心里却是急转：阿凌什么时候对不起自己了？是献俘她早知会有变故却没告诉自己？不对，那天刘氏明显是不知情的，她怎么可能知道内幕？而且这事也不足以让她心虚成这样，那⋯⋯她猛然想起一事，见护卫和婢女都已经走远，便淡淡地道："当年在法常尼寺⋯⋯"

阿凌本已抬起了头，听到这四个字，身子立刻又往下溜，"娘子，娘子你相信阿凌，阿凌从未想过要去告密。可是那日原是崔夫人救了我，后来周国⋯⋯贺兰庶人到处胡言乱语，眼见事情包不住了，崔夫人便说，我若不跟她一道去天后那里主动坦白，待到娘子去时，只怕会没有活路。我一时害怕，就跟她一道去了。崔夫人的好些言辞，我当时听着也有些不妥，却不敢反驳。但阿凌当真没跟天后说过您一句不是！娘子一直待阿凌不薄，阿凌不是没有心肝的人⋯⋯"

法常尼寺，居然是崔十三娘去武后那里告的密！琉璃心头万马奔腾，面上却愈发冷淡，"十三娘救了你？那天她不是真的生病了？"

阿凌忙道："不是的，自然不是。此事说来的确是有些神异，我那日一去，便发现她似乎并无病症，她却坚持要我留下陪她。当时阿媛还在寺外，我怕她淋了雨会受寒气，不肯留下。崔夫人便跟我说，阿媛会出事，她头天做了个梦，梦见贺兰庶人把阿媛给玷污了！"

琉璃脑中里"轰"的一声响，十三娘说她做了一个梦！她说自己梦见贺兰敏之奸污了杨媛娘，这是怎么回事？她心里一片混乱，却听见自己冷冷地问："然后呢？"

阿凌瑟缩了一下，低声道："我自然不肯信。她却叫了个婢子进来，问她外头怎么样了。那婢子说，她一直在鼓楼上望风，先瞧见韩国夫人去了东院，然后娘子您也去了东边，最后贺兰庶人也去了，不过他没过多久就回来了，好像很生气，在林子里踢树。阿媛后来也进了那片林子，然后就跟他出了后门。雨停之后，娘子和韩国夫人、镜月尼师一道回了这边，娘子在外头跟尼师不知说了什么，尼师就跑着回东边大殿敲了钟，全寺尼众都回了主殿，尼师带着十几个人出了后门，主殿却再没人出来。

"崔夫人便说，看来娘子一定是发现什么了。我当时还觉得她的话太离奇。恰好有人又回报说，远远瞧见尼师回来了，我怎么也忍不住，要出去看看。结果正赶上尼师带着少夫人往外走，我瞧见尼师跟少夫人说了两句话，少夫人居然一下就坐到了地上。我过去时，她的脸色还像死人一样，又不肯让我跟她去接阿媛。我这才知道，真的是出事了！

"我想了半日，只能回去求崔夫人救命，正好我手头有种秘药，吃了后能让人烧起来。崔夫人便说，我们都是没用的人，只能互相帮着躲过这一劫，旁人就算要保，也只会保那些用得上的。不瞒娘子说，当时我心里是有些怨气的，娘子居然想着跟那尼师通气，却也不来救我一救！"

琉璃怔了怔，心里突然有些发虚。阿凌说得也不算错，那时她听说阿凌守了十三娘一夜，是松了口气，可如果没有这事？自己敢冒险提醒她们吗？不好说。此时她也无法辩白，只能涩声道："所以后来你就跟十三娘去天后那里坦白了？"

阿凌的头垂了下去，"是阿凌想岔了，想着是崔夫人救了我的命，总不能让她在这件事里被搭进去……"

琉璃轻轻点头，"那十三娘在天后跟前，也是说她做了一个梦？"

阿凌身子僵了片刻才道："不是。她说她只跟我说过这件事，她不敢告诉别人，更不敢告诉天后。恰好她跟明大夫是旧识，所以在天后跟前，她说，是明大夫给她看过相，说她这几日有劫，因此她特意跟着大家去了寺庙，还派了婢女观察动静。当时只觉得不对头，是我出去看见杨夫人的模样，才猜出阿媛是出事了，但那时也不敢胡乱猜测，直到贺兰庶人漏出了话风，才想明白整件事情。"

这就对了！明崇俨是她的旧识，更有可能就是她的傀儡，所以他当日对着自己，才会有那股莫名其妙的恨意……原来事情竟然是这样，自己的这位"老乡"居然是崔十三娘，她果然是深谋远虑、神通广大！

琉璃不知自己是该哭还是该笑，咧了咧嘴，只觉得满脸发酸。阿凌抬头看了她一眼，声音更低，"阿凌虽然糊涂，这么些年来，每每想起此事，心里也一直觉得有些不对，却不敢细想。那一日，我听到娘子说，看一个人是忠是奸是善是恶，不能听他说了什么，要看他做了什么，看事情到了最后，是不是便宜都给他占了，我才猛地醒悟过来。

"崔夫人一直说您狠心，不肯救没用的人。可在这件事上，娘子除了救了那些没用的出家人，又得了什么好处？您明明没有告密，可最后天后记恨的是您，大家鄙视的也是您。崔夫人呢，从此却不声不响地成了天后心腹，她的夫君还从起居舍人一直做到了侍中，满朝廷里，圣人和天后都愿意用的，就数他了！我怎么会相信，您是藏奸要谋好处，她只是好心想救人？她骗得过我，却骗不过老天。就像娘子说的，苍天有眼，善恶有报，也就是我这样的傻子才会信了她那么多年！"

琉璃苦笑了一下，其实十三娘才是合格的穿越女吧，便宜占尽，还永远无辜，不过……她突然觉得有些不对，脱口道："裴炎是天后的人？"

阿凌毫不犹豫道："自然是！大家都瞧着裴侍中是从天子侍臣一路上来的，都说他对圣人忠心耿耿，可夫人您不是说过么，看人要看他做了什么。上次废太子就是裴侍中拍板定案的；至于弹劾裴尚书，只怕也是天后的意思。玉柳姊姊曾跟我感叹过，说娘子什么都好，就不该跟了裴尚书，天后最不喜的人就是他了。"

琉璃突然觉得脑子更乱了，裴炎是武后的人？他不是因为反对武则天称帝才被杀的吗？不，十三娘这么厉害，她既然嫁给了裴炎，就一定不会让他落到那个结局！所以，其实历史已经被改变了？历史居然是可以改变的？

她越想越糊涂，面前的阿凌却又一次拜了下去，"娘子，娘子我真的知错了，也后悔了，我不该听信崔夫人的话，但我真的没想过要害您，您就饶了我这回吧！"

琉璃此时已经猜出，阿凌拜祭的定然是极犯忌讳的人物，她以为自己一直在跟踪她，大概又被日食的事给吓坏了，才会如此惊惶。

她想了想，缓声道："阿凌，你起来吧，其实你也不用如此，今日你既然把这些事都告诉我了，我也不会再怪你，以前的事就算一笔勾销。其实你也是重情谊的人，人都死了那么多年了，你还记得年年来看他，这份心原是难得的，我只是不大明白，他怎么会葬在这里？"

阿凌肩头先是一松，听到"年年来看他"，又吓了一跳，吞吞吐吐道："娘子也知道，他是明正典刑的，那时我刚刚出宫，也没什么本事，一直等到他的尸身被丢到乱葬岗了，才找人悄悄收了，又不敢运远，就在这里胡乱埋了。"

明正典刑，死的时候她刚出宫……难道是，王伏胜？琉璃又是惊讶，又是感叹，半晌才道："有你这样记着他，他也算是有福气的了。"

阿凌摇了摇头，"没有阿胜，我早就死了！娘子你不知道，你出宫后，天后就让我去伺候柳才人了，后来王庶人和萧庶人进了冷宫，柳才人便掌管了那边。有一次我碰见阿胜从那边出来，脸色很难看，瞧见我之后，就让我赶紧想办法离了冷宫，别白白丢了性命。我信了他的话，想法子生了个病，从病坊出来才知道，柳才人记恨旧事，生生折磨死了王庶人和萧庶人，天后到圣人跟前请罪，说自己御下不当。圣人当即赐死了柳才人，那些跟着她的，除了主动出首的阿余，也都没命了。

"我又惊又怕，后来悄悄去谢了阿胜，他却是一副很难过的样子。娘子你也知道的，他和柳才人原是旧识，这回却没能劝得动她。大概因此他就恨上了天后，后来还到圣人面前告了天后的状，却是让自己白白丢了性命。"

"娘子，我对阿胜没有私情，我只是总也忘不了他提起柳才人时的神情。我这辈子再没有瞧见过有谁为别人露出那么难过的神色，后来为了给她报仇又是连命都可以不要。阿胜他，真的是一个很好很好的人，在宫里明里暗里帮过那么多人，他不该死在乱葬岗里，连个祭拜的人都没有！如今我活着，还能每年偷偷给他烧些衣服纸钱，等我死了，他就什么都没了……"说到后来，她已是哽咽难言。

琉璃心里也是一阵酸涩，阿胜的确是个好人，是个痴情种，而阿凌却实在是个傻姑娘……她弯腰扶起了阿凌，轻声道："你也说了，阿胜做过那么些善事，佛祖有知，自然早让他重入轮回了，而且他一定会投身富贵人家，再也不用忍受身体残缺、骨肉分离之苦，你又何必如此伤怀？"

阿凌胡乱用面纱擦了把眼泪，点头道："还是娘子有见识！是阿凌想岔了。多谢娘子开恩,阿凌明日就动身去东都,不知何时才能回长安,阿凌再给您磕个头吧。"

琉璃哪里肯让她拜,一把扶住了她,"我说过多少次了,你已经出宫,咱们如今都是一样的人。"

一样都是在这个巨大囚笼里挣扎求存的人!

瞧着阿凌踉跄离去的背影,琉璃默然站了良久。这半个时辰里,她听到的消息有点太多,多得让她几乎难以消化。可是,如今一切都过去了吧,不管历史会不会改变,不管裴炎和崔十三娘会不会以武后心腹的身份继续位高权重下去,她和裴行俭都要离开了。有日食的威慑,有民间的风声,他们应该巴不得大家早点忘记裴行俭,而不是翻出旧账自揭伤疤吧?

小米期期艾艾地走了过来,瞧着琉璃,虽没开口,眼里的好奇却几乎要跳出来。琉璃想了想索性笑道:"其实也没什么,你还记得法常尼寺的事吧,是崔十三娘到天后那里告密的,还拉上了凌夫人作证。凌夫人家有人犯了死罪,她偷偷祭拜,以为被我们发现了,所以就吓得什么都说了。"

小米嘴巴顿时张得老大,"那件事是崔夫人告密的?"随即便咬牙切齿,"他们夫妇俩果然都是一样的下作东西!"

琉璃只觉得身心俱疲,一句话也不想再说,小米却是唠唠叨叨地从城外一直嘀咕到了家门口。琉璃瞧了瞧了天色,吩咐道:"你去西市的何家铺子一趟,把崔十三娘的事告诉那边掌柜,让他们帮着留心裴侍中家的动静。若有什么要紧的事,还要烦劳他们送封信到河东来。"

小米领命而去,琉璃正要让车直接进角门,突然发现有些不对——门口怎么突然多了好几个生面孔,看打扮正是宫中侍卫!

她这一惊简直是魂飞魄散,跳下车往正门就走。裴家的几个门子也被自家主母的动作吓了一跳,有人忙迎了上来。琉璃便问:"这到底是怎么回事?"

门子赔笑道:"恭喜娘子,是皇太子亲自上门宣旨了呢。"

琉璃更是惊惶,"宣什么旨?"

门子笑道:"小的听管事说,仿佛是西突厥那边又有人反了,圣人命阿郎做了金牙道行军大总管。"

抬头瞧着琉璃,他满脸都是欢喜,"阿郎已经领命了!"

琉璃的脑中顿时变得一片空白。

她不知道自己是怎么进的门,也不知道自己在院子里胡乱走了多久,等醒过神时,才发现自己居然又站在了书房的窗前。小院依然空旷而幽静,只是空气里多了一种特别的味道,正是皇家喜欢用的龙涎香。那味道原是清雅之极,可此刻却让琉璃胸口突然一阵剧烈地翻滚,忍不住低头干呕起来。

刚刚吐了两声,房门"吱呀"一声,裴行俭几步到了她的身边,一把扶住了她,"琉璃!你……"

琉璃什么都吐不出来,可胸口却难受至极,眼泪不由噼里啪啦地掉了下来。

裴行俭轻轻拍着她的背，低声道："对不住，琉璃，都是我的错。是我对不住你。"

　　琉璃起身瞧着他，轻轻笑了笑，"可是，你还是不能不去，对不对？"

　　裴行俭沉默良久，点了点头，"是，我不能不去。"他的声音里有沉痛，有无奈，更多的却是斩钉截铁、一往无回的决绝。

　　琉璃突然间只觉得疲惫到了极点，从头到脚都没有了一分力气，连指责他的力气都没有了，身子一软，整个人便没了意识。

　　昏昏沉沉之间，也不知过了多久，琉璃睁开眼时，发现自己居然依然躺在卧室的床上，牛角铜灯把床头的一小片地方照得雪亮，裴行俭就坐在亮光里，手里拿着一卷书。

　　这原是她最熟悉不过的情形——裴行俭睡眠少，又珍惜光阴，睡不着时便会起身看书，这盏铜灯还是她为此亲手设计的。琉璃怔了一会儿，看着裴行俭那沉静的面孔、那熟悉无比的轮廓，不由长长地松了口气。

　　裴行俭听见动静，把书一放，俯下身来，"琉璃？"

　　琉璃展眉笑道："守约，你不知道，我刚才做了个噩梦，真是吓死我了！幸好只是梦，这是什么时辰了？可不能睡过头，还有好些事没做，咱们明日就要出发了呢！"

　　裴行俭身子一僵，定定地看着琉璃，眼神深沉复杂得难以言表。

　　琉璃的身子不由也慢慢变得僵硬起来，仿佛连血液带思绪一时间都已无法流转，好半晌才鼓足勇气轻声问道："是真的？你是真的，要去当那个大总管？"

　　裴行俭握着她的一只手，抵住了自己的额头，喃喃道："琉璃，对不住，对不住，对不住……"

　　琉璃用力闭上了双眼，屏息片刻，再睁开眼时，才失望地发现，果然不是做梦。原来能跟他回乡，跟他安安静静一起变老，才是一场梦，而现在，她最好的梦，终于要醒了。

　　她只觉得一颗心已灰到了极处，一句话也不想，一根手指也不想动，恨不能整个身子都在这一刻化为灰烬青烟，再被狂风吹得干干净净，才能摆脱这无边无际的灰暗和失望。

　　裴行俭起身倒了杯水，给琉璃喂了半杯，又问她想不想吃些东西，琉璃闭着眼，一声也不吭。

　　裴行俭伸手理着她的鬓发，声音里满是无奈，"琉璃，你再生我的气，也不要这样好不好？韩四说，你是累得太狠又气急了才会昏倒。你要怎样才能消气？你若是这样病倒了，家里该怎么办？六郎他们又该怎么办，今天他们已经吓坏了……"

　　仿佛从灰烬里突然崩出了无数细小的火花，琉璃一阵怒气上涌，睁眼直视着他，"是，我就该养好身子，这样才能照顾好家照顾好孩子，这样你才能后顾无忧，才能放心大胆地去建功立业，再也不用把家里这些事放在心里，横竖，你也没真正放在心里过！"

　　裴行俭闭目叹了口气，"琉璃，不是这样，不是你想的这样。"

琉璃心头的愤怒终于"腾"地燃了起来，"到现在了，你还想骗我！"

裴行俭慢慢抬起头来，一双眸子幽然深邃，若不见底，"好，琉璃，我不骗你了。那你听我说，有件事，我的确一直没敢告诉你。琉璃，我没有你想得那么好，我，不过是个懦夫！"

他的语气平平淡淡，却自有一种惊心动魄的东西，琉璃不由怔住了。

沉默片刻，裴行俭才重新开口："琉璃，我一直没跟你说过，前年冬天，我从西疆回来的时候，圣人曾对我说，他没有给我封相，不是因为小气，而是盼着我再立新功，回来之后就能更加名正言顺地出将入相，重振朝纲。他还说，太子的属官都不得力，只有我这样文武全才的国之栋梁，方能辅佐东宫，让他成为明君；他说他会把真正的旷世恩典留给太子来赏我，也好成就一段君臣间的千古佳话。

"而我，没有推辞。"

琉璃脑中原是有些昏乱，想了片刻才明白的意思，心里不由一沉，"我明白了，全是我的错！是我害了你，我没想到……"难怪李治会这么恨他！在李治看来，他这是明面上答应辅佐太子，暗地里却早就跟武家结了亲，根本就是欺君、是背叛、是在阳奉阴违。尤其是，在李治那样抬举他的情况下……

裴行俭摇了摇头，"不，是我害了你，害了六郎。

"其实我根本就没打算去辅佐太子，不光是因为我答应过你，更因为我胆怯了。明崇俨虽然为人卑劣，断人面相却是没错的。废太子的确没有帝王之相，甚至难得善终……我思来想去，怎么也不想做这个东宫属官。"

琉璃想起一事，微微点头，"所以你说过，你要在北疆多驻守一段日子。"

裴行俭依然摇头，声音里满是自嘲的凉意，"所以我明知道天后会赐婚六郎，却一个字都没有跟你说。"

琉璃惊讶地直起了身子。裴行俭瞧着她的眼睛，轻声道："琉璃，你怎么就没有怀疑过我呢？我明知道天后早就有联姻两家的意思，明知道武三思的夫人经常上门，知道他女儿和六郎年纪相当，也知道在那种情形下，天后要破陛下的布置，最简单的办法就是赐婚，我却什么都没有做，什么都没说。琉璃，你就没想过，我为什么会连这么简单的谋算都防范不到么？"

琉璃茫然地看着他，是啊，他心思缜密、算无遗策，的确不应该如此粗心大意。

裴行俭淡淡地一笑，笑容里嘲意更浓，"因为你太相信我，所以不敢去想是不是？其实我也一样。我也不敢去想，不敢相信。可是我骗不了我自己，这么简单的事，我怎么可能想不到，防不住？我根本就是不让自己去想，所以才能理直气壮地不去设防。说到底，其实是因为我自己也暗暗指望着，用这桩婚事来彻底离开东宫那个漩涡，甚至是，用这桩婚事，来给裴家、给六郎，留一条后路！

"我唯一没想到的是，天后居然早就布下了先手，她把赐婚变成了订婚，又把时间提前到了头年八月，于是圣人从此便彻底厌弃了我。"

他轻轻呼出了口气，眉宇之间反而舒展少许，"琉璃，这份厌弃，是我应当应受的。因为我贪得无厌,既舍不得圣人给我的荣耀和机会,又不愿以身家性命去报答这份隆恩。我眼睁睁看着太子陷入那样简单的阴谋里,却已是无能为力,追悔莫及。我这样的人,的确是首鼠两端,其心可诛。

"还有你,琉璃,你这么信我,从不曾对我有过半点疑心,你为这桩婚事那么懊恼悔恨,可我却连一句实话都不敢对你说。我一直骗自己说,我是准备出征,太忙太乱,一时考虑不周;我也骗你说,这些都是命数,命中注定如此。可是天地无私,报应不爽,我能骗自己多久?上天又能容我自欺欺人多久?"

琉璃从震惊之中慢慢恢复过来,瞧见他脸上那苍凉的笑意,心里一阵刺疼,反手握住了他的手掌,"守约,你怎么这么说自己?趋吉避凶,原是人的本性,你不过是为了让咱们家避开祸事,一时退却了而已,这又有什么错?你比朝廷上,比天底下大多数人都要好得多。你又不是圣人,有点私心又怎么了?就是那位号称圣人的,你以为他能比你无私多少?他但凡有一点点无私,他自己选的女人,自己动手收拾好了,凭什么要臣子们为他家那一堆乱账去填命!"

裴行俭听着前头的话还只是苦笑,待琉璃说完,却愣了足足一息的时间才道:"琉璃,你怎能这么说话?君臣父子,乃是天地大义,我怎么能跟圣人去比?"

琉璃不屑地"哼"了一声,"他当然不能跟你比!他除了会投胎,又拿什么来跟你比?君臣父子,也不是什么天地大义。孟子还说君视臣为土芥,臣视君为寇仇呢。孔子还周游列国呢。他们怎么就不去效忠天子了?可见所谓君臣父子,以前没这回事,以后也不会有,不过是现在正好是家国天下,所以上头的人编了这么套道理出来,好骗着大家给皇帝卖命而……"

裴行俭沉声喝道:"琉璃!"

他这一声大概有点急,刚想说话,转头就咳了起来。琉璃最怕他咳,犹豫了一下,探身要给他拍背。裴行俭却起身走开了两步,用帕子抹净嘴角,停了片刻才走回床边坐下,瞧着琉璃深深地叹了口气,"这样大逆不道的话,你以后千万不要说了。莫说让旁人听见,就是让几个孩子听见了,也是莫测的祸事。你难道希望他们也像你一样无法无天、胡言乱语?"

琉璃本待反唇相讥这是自欺欺人,听他提到孩子们,想了片刻,还是闷声道:"不说就不说!"

裴行俭无奈地又叹了一声,"琉璃,我知道你的想法跟世人都不同。好,那咱们不说大义,就说人心。我裴行俭是什么人?不过是一个无父无家、没名没分的遗腹子,是先皇帮我报了杀父灭族的血海深仇,让我入读弘文、入仕为官,是当今圣上对我赏识提拔,让我名扬天下,这些难道不算恩情?

"恩师说过,大丈夫不问福祸,只求无愧。在废太子的事上,我又怎么能无愧?莫说臣为君死,天经地义,就算我只想趋吉避凶,也该坦然承认。可我呢?我贪心不足,舍不得那份荣耀恩宠,更舍不得眼前建功立业的大好机会,才会落入天后的算计,才会让圣人大失所望,也使你和六郎陷入了难堪境地!圣人为什么会开杀俘的先例？说到底，还不是他不能不赏我，又不敢再用我，所以才会出此下策！我又怎么能说，在这件事上我也是问心无愧的？

"琉璃，这一切，说到底还是我德行有亏，才会有如此报应。所以这一次我接了旨，不光因为我是大唐臣民，合该保家卫国；更是因为如今太子处境艰难，他亲自来请我，我若推诿不应，朝臣们又会如何看他？相反，我这样告病之臣，因太子而出山，因太子而立功，本身就是为东宫增势！

"这是我弥补过错的唯一机会，只有如此，我才敢说，我裴行俭无愧天地，没有辜负恩师的心血，也没有辜负你和孩子们的信任。"

所以，他是下定决心要帮李显登上皇位、掌握大权了？琉璃茫然地看着他，烛光之中，他的神色依然显得平静从容，仿佛说的不过是一个最简单最容易的决定，只是眼里的诚恳、眉梢的坚毅，却让他整个人都显得不一样了，就像寒刃出鞘，明月破云，干净明亮得让人自惭形秽。

琉璃心里一阵酸涩，这才是真正的他！也许自己应该为看见这样的他而高兴，可现在他要保的，是李显啊！这是一条不折不扣的死路，自己怎么可能眼睁睁看着他送命？她忍不住道："好，你不欺心，那你告诉我，如今的太子面相难道就很好了，他就不会……"

裴行俭打断了她，"当今太子面相高贵，必为帝王。"

琉璃被哽了一下，只能顺着他的话问道："既然如此，那你去或不去，又有什么区别？"

裴行俭温声道："因为不管是什么样的命中注定，我们若不去做，它就不会来临。

"这些年来，我一直在想，什么是命数？命数若可改，那预见便是谬误；命数若不可改，预见又有何益？李公曾对我说，预见命数，是为了问心无愧，我也自以为懂了他的意思。可直到如今，我才明白，所谓命数，就是本心，命数不可改，是因为本心不可移。所以越是命中注定，越是要奋力前行，这才是预见的用处！"

琉璃心中震动，他说得没错，就像自己，自己虽然提前知道了一些事，但哪一件不是为之努力之后，才能让那"注定"变成现实的？可他眼下要做的这件事不一样，因为一分机会也不会有！而且因为裴炎的变数，只会让事情更加无可挽回。既然如此，今天就算被他看成怪物，自己也不能再瞒着他了——或许自己早就应该告诉他的，这样的话，他也会少受一些磨难。

她咬了咬牙，缓声问道："那我若是告诉你，我能预见，当今太子必将会帝位不保，天下江山必将改姓呢？"

裴行俭静静地看着她，脸上露出的并不是惊讶，而是一种"果然如此"的明悟，瞧着琉璃的目光更是温柔，"琉璃，你不用如此，早在十三年前，李公就跟我说过这样的话了。若事情真是这般，那是大唐的劫数，是天下的劫数，却不是我逃避的缘由。琉璃，这一生，我再不会逃避任何责任，再不会仗着预见就去投机取巧，我再不会做任何一件令自己午夜梦回、羞愧欲死的事！"

/第一百五十九章 疑影再现 真相大白

琉璃所有准备好的话顿时都说不下去了，胸口被堵得几乎透不过气来，半晌才低声问道："那我怎么办？三郎他们又怎么办？把我们这些人都放到一边，不管不顾，你午夜梦回的时候，就能问心无愧么？"

裴行俭轻轻摇头，"怎么会？我怎么会对你们不管不顾？你放心，我要做的事，绝不会连累到你们头上，只会让你们日后过得更好。所有的事，我都已安排妥当了，你们一定都能平平安安的，不会受到半分牵连。"

怎么可能不受牵连！他已经站在李显这边了，武后，那可从来都是秋后算账、斩草除根的好手！琉璃摇头只是不信。

裴行俭却道："我说过我不骗你了，就绝不会骗你。你到时听我的安排就好。"他的目光依旧温柔之极，神色里却自有一分坚定。

琉璃依然无法置信，只是瞧着裴行俭的脸色，却也明白，自己无论如何都说服不了他，改变不了他了。可是，第四次出征，他怎么可能会有第四次出征？难道一切真的已经都改变了，自己再也猜不到结局？

她越想越是茫然，不由轻声问道："是不是无论我说什么，你都一定会走？"

裴行俭缓缓地点了点头。

琉璃呆了片刻，又问："命数不可改，是因为本心不可移，那是不是本心移了，命数就可以改？在这世上，是不是没有什么事是不可改的？"

裴行俭疑惑地看了她一眼，"命数到底可不可改，我也不能断定。至于这世上有没有什么事不可改的？来日不可知，往日不可追，这世上，已经发生的事，自然再也无法改变。"

往日不可追，这世上已经发生的事情，不可能改变；不管是什么样的命中注定，如果不去做，就不会来临……琉璃脑中突然划过一道亮光，仿佛在一片迷雾中终于抓到了一点东西，那是她在二十多年前、在万年宫的雨夜里就寻找过的答案，在此时此刻，终于慢慢地浮现出来——原来如此！

裴行俭看着她的眼神越来越迷惑，"琉璃，你……"

琉璃抬头看着他，烛光照在他的侧脸上，将他的面孔勾出了一道淡淡的光晕，在昏暗的屋子里，看去是如此温暖，也许自己来这个世间一趟，就是为了守住这份温暖吧，还有守住这个家，这几个孩子……她轻轻地吐出了一口气，"我明白了。守约，我可以什么都听你的，不过你也要答应我一件事。"

裴行俭目不转睛地瞧着琉璃，等着她的下文。

琉璃认真道："你的身子还没有大好，在出征之前，除了做那些准备，别的事都不许做。你一定要好好静养，好好吃药，要把身子调理好。不然，我不放心。"

裴行俭的眸子蓦然一亮，伸手握住了琉璃的肩头，"琉璃，我就知道你会明白我。"

琉璃牵了牵嘴角，默默地垂下了眼帘，心里有个声音轻轻地回道：是的，我明白，可你，也许永远也不会明白我。

第一百六十章
至亲至疏　英雄末路

四月的天气热得最快,仿佛没过几日,所有的人便都换上了夏装。只是这样的炎热,对于饥荒阴影下的长安来说,却并不是什么好事,到了四月下旬,粟米的价格已超过三百钱一斗,是往年的十几倍;能开张的米铺寥寥无几,而义坊却人满为患,不时有漆成白色的灵车从里头拉出芦席卷着的尸首。

在这样的年景里,依然留在长安的大户人家都是大门紧闭,裴府也不例外。已被任命为金牙道大总管的裴行俭除了去兵部处置出征事宜,便是闭门调养,医师随身伺候,上房里日日药香不断,访客们则都被谢绝在门外。

眼见夜幕四合,裴府里一片沉寂,唯有上房、外书房等几处院落依旧灯火通明。

外书房的院门口,书童正打着哈欠,突然看见远处灯影晃动,有人提着铜灯渐行渐近,忙揉了揉脸,迎上了几步,"小的见过娘子,阿郎在屋里待了一个多时辰了,一直在写东西呢。小的中间进去送过一次汤水,一次点心,都是看着阿郎用下才走的。阿郎今日咳得好些了,大概一个时辰五六次光景。"

琉璃点了点头,"好,你用心了,先下去歇着吧。"

书童束手退下,琉璃这才进了院子,从身后的随从手里接过提篮,挑帘进了书房。

裴行俭头也不抬地道:"你等等,我马上就好。"

琉璃静静地瞧着他,书房里点着的五六个烛台把整间屋子照得通亮,也把他眼底的青痕、鬓角的白发照得越发醒目。此刻他穿着半旧的家常青袍端坐案后,提笔挥毫,那分优雅淡远,却依然和二十年前一模一样,甚至比当年更显高华。她心里突然有种说不出的难过,不由自主地攥紧了食盒的提梁。

裴行俭写完最后一个字,长出一口气,抬头看着琉璃,脸上露出了温和的笑意,"你在发什么愣呢?"

琉璃定了定神,上前把食盒放在了书案上,"好久没有瞧见你写字的样子了。"

裴行俭怔了一下,瞧着琉璃的眼神愈发温柔缱绻,似乎带着深深的不舍和入骨的怜惜，开口时却只是问道，"眼下什么时辰了？"

琉璃回道："二更三刻了。"她打开食盒，端出了一个锦盒，锦盒里塞满了白叠，白叠中间是一个光洁如玉的素面白瓷盅。

裴行俭顿时被逗笑了，"这都什么天气了，用得着如此么？"

琉璃板着脸把瓷盅端了出来，推到裴行俭跟前，"是谁答应我好好静养调理的？你不知道这些药都要趁热用、按时用么？你算算看，还有几天？"

裴行俭立刻认错，"好，好，都是我的不是。不过这些书卷今日我都写完了，明日再不会如此。"

琉璃"喔"了一声，"都写完了？"

裴行俭微微点头，转头看了看书案边的竹箱，"我生平所学，都在这里了。"

琉璃顺着他的目光一看，只见那竹箱里整整齐齐地码着一卷卷手稿，只怕有七八十卷，不由吃了一惊。她知道裴行俭在写东西，却没想到在半年的时间里，他居然写了这么多！她皱眉道："你着急写这些作甚？我还以为你这两日是在准备出征的舆图物件呢，你却居然在做这样的费心费力的事，你也……"

裴行俭笑着摆手，"我错了我错了，我这就吃药，明日后日都不出门，也不写东西了，好不好？"说完他揭开药盅，端起就喝了一口，却立刻放下药盅，皱眉道："韩四的药怎么越来越难喝了？"

琉璃一张脸板得铁紧，"因为有人越来越不爱惜身子了！"

裴行俭认命地苦笑了一声，低头喝了两口，刚要开口，琉璃却道："守约，有件事，我觉得还是跟你说一声才好。"

裴行俭有些意外，抬眼看了看她。

琉璃沉吟道："初八那日我去拜祭爷娘，不想却遇到了阿凌，原来当年王伏胜被斩，是她悄悄收的尸，她以为被我发现了，惊恐之下才告诉我一件事……"

她抬眼看了看裴行俭，却见他已慢慢放下了药盅，忙道："你先把药喝了，我再慢慢告诉你。"

裴行俭闭目一口饮尽，这药大约实在太苦，饶是他也皱眉按了按胸口，才把药顺下去。

琉璃拿起早已准备好的蜜饯喂进他嘴里，这才道："阿凌跟我说，当年在法常尼寺的时候，崔十三娘其实并没有生病，只是做了个噩梦，被吓着了，正好她家婢子在寺里的钟鼓楼又瞧见我跟尼师说过话之后，尼师便把全寺的尼僧都拘进了大殿，自己带人出去了，她便说事情不对。

阿凌先还不信，等她从那里出来遇到了杨夫人，发现杨夫人脸色惨白，举止失常，又不肯让阿凌去接阿媛，这才知道果然是出事了。阿凌思来想去，回了十三娘那里，给她吃了一味会发热的秘药，用这借口一夜没回去，第二日一早更是坐车就走了……"

裴行俭立时反应过来，"后来贺兰庶人倒行逆施，她们便到天后那里告了密？"

琉璃点头道："正是，而且听阿凌的意思，十三娘还在天后跟前暗示过，我那样做，是在收买人心。从那之后，天后便视她为心腹。裴炎之所以青云直上，也有这个原因。他之所以定了废太子谋反的罪名，甚至在献俘礼上出面弹劾你，其实都是秉承了天后的旨意。"

裴行俭断然摇头，"不，不可能，子隆绝不是这种人。"

琉璃好不意外，"怎么不可能？圣人虽然厌憎你，天后却更忌惮你，而且此事如此决绝狠辣，分明是天后的作风！"

裴行俭沉吟片刻，依然摇了摇头，"此事或有天后筹划，但子隆多半另有想法。他这个人，固执自负，心胸也的确不算宽广，不过就算他的夫人是天后心腹，就算他们夫妻情深，也不会因此做出有负大义的事。就像咱们，你觉得我会因为你而效忠天后么？"

琉璃奇道："他定了太子谋逆，又这样诬陷你，还不叫效忠天后？"

裴行俭叹道："太子的确有谋逆之嫌。他太看重那个叫赵道生的男宠，天后抓了赵道生，他就彻底乱了方寸。埋甲马厩，说是想救人也罢，说是想自保也罢，可的确是有了逼宫之心。子隆性格方正，对废太子纵情田猎、偏爱男宠早就看不过眼了，他一心一意要致君尧舜、留名青史，又怎么肯让废太子这样离经叛道的人登基为帝？自然不会为他徇情枉法。

"至于我么，在他看来，他这样做根本不算诬陷，只不过是为了阻止一个首鼠两端之徒窃居高位，才不得不行此下策。子隆对我大约一直有些芥蒂。在他眼里，我太会投机取巧，在吏部居然能压制顶头上司，如今还跟武家结了亲。像我这样精于权术的小人，若是跻身宰相之列，于国于民，自然是祸事一桩。"

琉璃愕然不知所对，在裴炎眼里，裴行俭居然是精于权术、首鼠两端的人？她问道："那他平日怎么还对你……"

裴行俭更是感慨，"以子隆的为人，我若是一直不得志，甚至遇上什么祸事，能冒险援手的人里，一定有他；可惜我却是风头太盛，尤其是眼下，他高居相位，终于能俯视我了，又怎肯让我再压他一头？只是这种心思，他自己大概都不曾发现，就算发现，也绝不会承认，就像我当日也骗过自己一样。"

琉璃仔细看了看裴行俭，却没在这张脸上找到一丝愤怒或不屑，更是惊奇，"你早就知道了？那你怎么一句都没提过？一点都不打算，不打算……"

裴行俭道："打算什么？打算揭穿他？这世上之人，靠着自欺欺人度日的，只怕占了多数，他不是头一个，也不是最后一个，我揭得过来么？"

他瞧着琉璃，目光里突然多了几分笑意，"再说了，我运气好，不用自己出手，就有人帮我出气了。以后就算裴子隆权倾朝野、位极人臣，他这个嫉贤妒能的'奸相'名头只怕是跑不掉的。他这么个一心留名青史的人，每每午夜梦回，想到自己留下的或是个'奸相'名头，只怕也是愤恨欲死，还用得着我来做什么？"

琉璃不禁哑然失笑，裴行俭却突然间又皱了皱眉，转头咳了起来。琉璃心里发紧，忙起身给他顺背。

裴行俭苦笑了一声，"韩四熬药的工夫果然了得。"手里的帕子转瞬间便不知去了哪里。他在此事上原是有些怪癖，接过痰的帕子都嫌脏不肯再用，统统烧掉。琉璃忙给他倒了杯温水，一面便问："如今四郎和五郎也都十三岁了，你这一去边关立功，你说，会不会有人再给他们赐婚？"

裴行俭笑道："你想到哪里去了？放心，不会再有这种事！"

他想了想又道："看四郎和五郎的面相，其实都不宜早婚，不妨弱冠之后再谈姻缘。四郎天资是高，可惜性子偏激，他和三郎一样，成亲之后谋个外放也就是了；五郎是不用咱们担心的；只有六郎，六郎他的确有入主中枢、权衡天下的命数，我的这些书，都留给他吧。"

琉璃心里一阵不舒服，皱眉道："你胡说些什么呢？"

裴行俭一脸坦然，"刀枪无眼，沙场无情，这有什么好忌讳的？"

琉璃还要再说，裴行俭却是长长地叹了口气，"如今我实在有些羡慕我家恩师。我怎么就没运气找一个像他的弟子那么可心的传人呢？"

琉璃愣了一下才明白他的意思，不禁哭笑不得，"有你这么自夸自赞的么？"

裴行俭正色道："我说的句句是实，我是什么人，还用得着自夸自赞？光庭天资也算好的，却远不如我。"

琉璃笑着点头，"是是是，您文武全才，聪颖绝伦，阴险狡诈，天下无双，谁能跟你比？"

裴行俭也笑了起来，刚要开口，又是一阵剧咳。琉璃忙起身过来帮他拍背。裴行俭咳完之后，停了片刻才道："今日这药，实在有些烧心。"

琉璃也皱眉，"你先躺下歇一会儿。"

这书房里原有一张便榻，裴行俭脸色已是十分不好，依言躺下，又抬手看了看自己的手指，眉头微皱。

琉璃瞧着他的面色，低声叹了口气，"守约，其实在崔十三娘的那件事里，我最吃惊的，还不是她跟天后告了密、告了状，而是她当时跟阿凌说，她梦见贺兰敏之玷污了杨媛娘。"

裴行俭抬眼看着她，眼神迷惑，"你是说……"

琉璃点了点头，伸手握住了他的手掌，他的手依然温暖，却比平日显得绵软。琉璃心中微定，低声道："守约，崔十三娘和我是一样的人，我们都知道很多不该知道的事。只不过，我比她幸运，我遇到的是你，而她遇到的，是裴炎；我也比她愚笨，我不知道她和我是一样的人，她却一直就知道我。所以这些年以来，她做的事，比我要多得多。

"你还记得明崇俨吧？其实明崇俨不过是她的傀儡，他知道的东西不过是拾她牙慧。正因如此，明崇俨才会对我敌意极深。当时我也察觉到他并无神异，想查他身后的人，没想到十三娘下手会那么快……我知道，她是想改变命数，但是守约，你说过的，命数不可改，往日不可追，已经发生的事情，怎么可能改变？"

裴行俭眉头深锁，"琉璃，你到底想说什么？"他的手掌已在不知不觉中愈发无力，此时声音都变得有些低哑。

琉璃转头看着他，轻声道，"我想告诉你，守约，你是盖世的英雄，是无敌的名将，可是，你不会有第四次出征。"

裴行俭脸色一变，身子一挣想坐起来，却只起来了一半，就倒了回去。他愕然瞧着琉璃，眼神渐渐变得漠然。

琉璃心头一寒，差点后退了一步。她曾无数次看见旁人在裴行俭的逼视下惊惶失色，自己却是第一次真正对上他这样的眼神——没有任何情绪，没有任何温度，只有彻底的穿透与俯视，这已经不像是血肉之躯能有的目光，那种难以形容的冰冷压力，也不是血肉之躯可以承受！琉璃原本准备好的话语顿时全噎在了嗓子里，一个字也说不出来。

仿佛过了很久，裴行俭的眸子才动了动，低声道："琉璃，生死大事，你怎可如此儿戏，如此……狂悖！你快收手，这种欺世、欺君的把戏，会把咱们全家都搭上！"

他目光里的怒火是如此明显，琉璃却蓦然透出一口气来，随即便是一阵难过，忍不住反问："如果我让你出征，让你给东宫效力，咱们家就不会被搭上了吗？只怕那样才真正是万劫不复！守约，你不知道天后的手段，用不了几年，这天下胆敢跟她作对的人，都会身败名裂，抄家灭族。你忠君报国，难道一定要让咱们全家给朝廷殉葬？"

裴行俭皱了皱眉，声音越发含糊低沉，"不会！我怎么会连累你们？我不会让你们有事，我答应过你的，你怎么不信我？"

琉璃摇头道："你让我怎么信你？你明明还答应过要陪我回乡，你做到了吗？我知道你这一仗定然会胜，可你想过没有，接下来是什么？上一次你得胜回来，天后和裴炎就不得不用那种下作手段来打压你了，你再赢一次，他们还能容你活着？我怎么可能眼睁睁看着你去送死？守约，我说过的，什么江山皇帝，我都不在乎，我只要你平安无事！"

裴行俭的神情渐渐涣散，努力说了句，"我死不要紧，我……"他定定地看着琉璃，眼里满是愤怒、挣扎与不甘，却是什么声音都再也发不出了。

琉璃移开视线，轻声道："守约，你答应过我，要远离皇子，远离那些宫廷争斗的；你答应过我，要辞官回乡，陪我终老，可你都没有守约。如今，我只求你答应我最后一桩事，那就是放下这一切，不要再管什么李唐武周，谁家天下，只要咱们一家人能平平安安地活下去就好，咱们再也不要回长安了……"

裴行俭目不转睛地瞧着她，仿佛微微叹了口气，终于合上了双眼。

琉璃低头看着他安静的面孔，心绪这才慢慢平复，突然想起自己刚才居然忘记说最要紧的那件，忙凑近他的耳朵轻声道："守约，守约！你听得见我的声音吗？其实我是一缕从千年之后过来的幽魂，所以，我什么都知道。守约，我真的是为你好，是为了咱们家好，你会原谅我的，是不是？"

裴行俭依然静静地躺在那里，连睫毛都没有颤动一下。琉璃若有所失地叹了口气，直起身子快步走出门去。一直守在门外的女子几步上了台阶，烛光照在她的脸上，赫然正是阿燕。

一刻钟之后，整个裴府在一阵喧哗声中从午夜的宁静里蓦然惊醒：裴尚书因为操劳过度，旧疾复发，吐血昏迷。

到了次日黄昏，一骑快马从大明宫狂奔而去，直出东门，在三天后的清晨，到达了洛阳的上阳宫。

李治原是一路奔波，刚刚到达地方，疲乏还未消去，在床上听到外头回报的消息，险些没掉下来。他站起来往外就走，可刚刚开步，就跟跄了一下。一旁的武后从震惊中回过神来，忙上前扶住了他，"陛下。"

李治扶着武后的手慢慢走了出去，还未坐下便伸手捂住了眼睛——他的双目已渐渐失明，此时起得猛了，眼里愈发疼痛，嘴里却犹自问道："到底是怎么回事？太子不是说他欣然接旨，正准备出征吗？"

信使回道："启禀陛下，裴尚书的确接旨了，不过这半个多月以来，他忙着准备出征事宜，听说身子越来越不好，日日都要吃药用针，结果四天前在书房处置文书时突然咯血昏迷，太子殿下听到消息后立即让太医去看了，尚书却已昏迷不醒。太医也是回天乏术，只拖了一天，人就去了。"

李治站在那里，原本黯淡的眸子里更是一片茫然，"裴守约，居然真的走了？"

武后也微微皱着眉，却很快就镇定了下来，轻声道："裴尚书这也算是为国尽忠，他家六郎才七岁吧，真真可怜，陛下不妨多赏他家一些体面。"

李治神色空茫地站在那里，嘴唇犹自微微抖动，不知是在喃喃自语什么，好半晌才颓然坐下，"传朕旨意，赠裴行俭幽州都督，诏礼部郎中监护丧仪，一切费用，皆由官供。"

一旁的内侍应诺一声，转身就往外跑。李治却道："慢着，再传一道口谕给太子，裴尚书家中如今只有孤儿寡母，让他派一名东宫属官，专门照料裴府的日常起居用度，以尽君臣之义。"

内侍领命而去。李治依然瞪着双眼出神，一旁的武后凤目却微微眯了起来——圣人的眼睛不好之后，心思却仿佛比从前更明锐，不知从什么时辰起，对裴行俭便渐渐变了态度。自己此时提裴六郎居然也毫无效用，反而让他想起要吩咐太子做出怜惜臣子的姿态，好收买人心！不过，无论如何，裴行俭总算是死了，他还死得真是时候啊！

她微微松了口气，眼里的凌厉一闪而逝，转头看着李治时，又是一副雍容神态，"陛下，时辰不早，您也该传御医来诊脉了。"

李治点了点头，犹豫片刻才道："媚娘，我记得当年我书房里有幅插屏，是裴守约题了几句诗在上头，不知如今去了哪里？"

武后想了想笑道："我也想起来了,不过那屏风可是有年头了,也未必在洛阳这边。不如待会儿我亲自去查查?"

李治笑着道了声好,脸上露出了期待之色。这种神色出现在他眸色黯淡的灰白面孔上,给他整个人都蒙上了一种难以掩饰的卑微之感,仿佛他已不是至高无上的九五之尊,而只是一个眼盲体弱的可怜人。

武后转过身去,脸色蓦然沉了下来。

一个时辰之后,太阳还没到中天,那扇《春江花月夜》的插屏已完好无缺地出现在库房外的空地上。插屏里的绢布因为年头太久而微微有些泛黄,字迹却依然显得行云流水,洒脱不羁,而画面上盛开的牡丹、寂寥的背影、皎洁的明月,也依然带着当初那雅致而鲜活的韵味。

武后目不转睛地看了好一会儿,赞叹地点了点头,"人生代代无穷已,江月年年只相似!好画,好字,好诗!裴氏已去,这个世上大概再不会有配合得如此天衣无缝的诗画之作了。"说完轻轻摇头,脸上满是可惜。

管库房的总管内侍满脸是笑,"殿下说得是,奴婢虽然笨得紧,也晓得这是好东西,这些年都是单独收着的,不敢让落上一点灰呢。"

武后微笑着点了点头,"果然保管得极好,你有心了。"

总管笑道:"那天后您看这插屏……"

武后又看了屏风一眼,淡淡地挥了挥手,"劈掉,烧了。"

看着武后断然转身而去的背影,总管张开的嘴半天都没合上,一旁的小内侍小心地问道:"总管,您看……"

总管回过神来,一跳三尺高,"你没听见天后吩咐吗?还不赶紧的给我劈掉,烧了!一颗灰也不许留下!"

微风吹过,将这尖锐的声音传出了老远,也把武后飘扬的裙裾吹得更高。

她一路回到殿中,有宫女轻声回禀:"刘夫人已经到了,在书房等您。"

武后在几处宫殿的书房布置都差不太多,回文绣字的帘幕层层低垂,窗扉半开,正对着远处的一泓碧水。刘氏跪下请过安之后,抬头瞧瞧武后并未开口,便小心地问道:"天后殿下,听说裴行俭病死了?"

武后回过神来,点了点头,"你立刻去长安一趟,让三思……不,让承嗣立刻带人去,把裴行俭所有的手稿书信统统带回来,一张纸也不许漏!就说……就说圣人喜欢裴尚书的墨书,要多留几张做念想。"

刘氏吃了一惊,"难不成裴行俭胆大包天,犯了什么忌讳?那大娘子的亲事……"

武后脸色一冷,"我只是想瞧一瞧,这个鞠躬尽瘁死而后已的裴行俭,到底是个什么角色!至于你,你若觉得能找到比裴家子更好的女婿,尽管换去。不过眼下你还是去长安给我好好吊唁,去跟库狄氏说,圣人对裴守约有些误会,我也是无可奈何。如今裴守约既已去世,我自会护她周全,什么宰相将军,有我在,都休想欺到他们孤儿寡母身上去!"

/第一百六十章 至亲至疏 英雄末路 467

刘氏松了口气，赔笑道："殿下瞧中的人，自然都是好的……侄媳这就去长安！"

她低头退到门口，却听武后又补充道："还有，你再告诉她一句——无论何时，我这宫里，都会有她的一个位置。"

刘氏脸上顿时满是喜色，"诺！"

她"砰"地退出门外，门帘被撞得飞起老高。武后转头瞧着窗外，沉默良久，突然像往日一样漫不经心地问道："我如此处置，你觉得如何？"

然而她的身边却并没有人出声应答。依然是锦帘绣幕的书房，屋角的铜炉里也依然在散发着往日的清雅香气，然而少了那个影子般沉默的人影，整个屋子竟显得空荡荡的，无论什么东西，都再也无法将缺上的那个角落填满。

另一边的寝殿里，李治也慢慢坐了起来。听着宫人的回报，他满脸都是不敢相信，"已经被处置掉了？"

宫人低头回道："正是，殿下找了半日才找出账本上的记录，是上一回来洛阳的路上颠簸太过，屏风已经散架，库房只能当废木处置掉了。"

李治睁着无神的眼睛，不知看着什么地方。那是当年顺娘送他的礼物，那上头有裴守约的字迹。这世上有些东西，他曾经喜欢过，但顺手也就丢开了，就算偶然想起，也没有着急去找。他以为那物件无论何时都会老老实实地待在那里，他随时都可以重新拿过来用，随手就能弥补这些年的亏欠，却没想到，在他压根没留神的时候，那物件居然就已经毁了、丢了，再也找不到了。

就像顺娘，就像裴守约，他都再也找不到了。

大殿的外头，五月的阳光明媚而热烈，公正无私地照耀在人间的每一片土地上。随着它渐渐爬到天穹的顶点，一拨拨车马也从洛阳城的各个角落驶了出来，带着不同的人，不同的心思，直奔西京长安。

第一百六十一章
一念之差 万劫不复

端午的早晨，日头还没有完全升起，延寿坊的古池边便已热闹非凡。裴府白幡招展，正门大开，三百名僧人在堂屋前吹响法器，念起经文，嗡嗡的声音传出老远；裴氏族人悉数赶到，加上自发而来的附近居民和因为恩旨已到而终于放心前来吊唁的留京官员，在萧条的长安城里，裴府的这场七七斋俨然也办出了一股哀荣泼天、哀声遍地的气势。

只是当不少官眷被接入裴府后院时，却惊讶地发现，接待她们的是裴府新过门的儿媳王氏、义女赵氏以及中眷裴的女眷，华阳夫人库狄氏并未露面。有人开口询问，一脸憔悴的王氏便含泪道："阿家伤心过度，卧床不起。"

有知情人便悄悄解释：裴尚书遽然去世，库狄夫人伤心之下竟迷了心窍，守着裴尚书的尸身一步不肯动，也不让任何人碰，最后还是医师苦苦相劝，她才硬生生一个人给裴尚书净了身、换了衣；又让人把长安城眼下能买到的最好的棺木拉了两三副过来，亲自选定棺木，亲自抱着裴尚书的尸身入殓；之后就一头栽倒，昏了过去，到现在还起不得身。

众人少不得心生感慨：都说库狄氏悍妒成性，裴尚书畏妻如虎，原来却是夫妻情深！

正议论纷纷间，外头突然有人通报："右卫将军府刘夫人到！""交河郡公府慕容夫人到！"

众人顿时相顾失色：这两位居然从洛阳千里迢迢奔丧来了，想来是接到消息后昼夜兼程赶过来的——要知道，传达圣旨的特使一路飞奔，也不过是昨日到达而已。

这份人情，实在是太重！

王弦歌和赵幺娘不敢怠慢，联袂迎了出去，就见刘氏和慕容仪果然都是一身素服，衣裳虽还齐整，发上却犹自带着灰尘。见到有人迎出，刘氏"呜"的一声便哭了出来，突然看清来人，又止住了眼泪，"华阳夫人呢？"

弦歌把前事又说了一遍，刘氏这才又哭了几句，直着嗓子叫道："还不快带我去看看夫人?"

一旁的慕容仪和赵幺娘见了礼,又送上自家匆匆备的赙赠,原是准备走到一边的,听到这一声,也有些犹豫,低声问道:"夫人身子可好些没有?"

她们远道而来,弦歌和幺娘不好阻拦,幺娘带着两人往后走,一路行来,到处都空空荡荡,却是这两日来客太多,所有的人手都被抽调到了前头,后院唯见白幡白烛,愈显冷清凄凉。

刘氏连连感叹,一进院门又扬起了哭声。北房门帘挑起,有婢女快步迎了出来,正是紫芝,瞧见外客,很是吃了一惊。幺娘忙上前将前因后果说了一遍,不等她说完,紫芝便悲切道:"我正想找您呢,夫人她,她又不见了!"

众人都愣住了,紫芝转眼已满脸是泪,"两位夫人有所不知,自打尚书去世,我家夫人就有些神志昏乱,时昏时醒,有时根本不知尚书已去世,满府寻他。奴婢今日看着夫人睡下了,才去厨房取药,不想回来一看,夫人竟是又不见了!"

刘氏和慕容仪不由相顾变色,难怪库狄氏这种日子居然都没出来,刘氏便急道:"这内院也罢了,外头可是鱼龙混杂,什么人都有,可莫叫人冲撞了她!"

赵幺娘也是脸色大变,只说了句"还请两位夫人莫要声张",便飞快地跑了出去。刘氏和慕容仪对着哭哭啼啼的紫芝,不知如何是好。没多久,原本便人手不足的前院愈发混乱,不少婢女悄然退下,开始满院子找人。只是裴府占地百亩,院落众多,一时哪里找得过来?倒是有人发现,在书房的院外,看门的书童不知被什么人敲晕了,满府上下顿时愈发紧张。

而被众人寻找的琉璃,此时正坐在一辆式样寻常的马车上,面无表情,沉默不语。她身边的阿燕满脸担忧,试着跟她说了两句话,却全然没有回应。

马车一晃,在靠近城墙根的一处药铺的后门停了下来。琉璃不等马车停稳便冲出车厢跳了下去,落地时一个趔趄几乎摔倒,她伸手一撑站起身来,几步冲进门内。阿燕忙提裙跟了上去,带着她进了屋,又上上下下几个拐弯,终于来到一间极为隐蔽的屋子里。

韩四早已等在屋内,瞧见琉璃,脑袋便垂了下去,"娘子,韩四无能,没想到阿郎身子恢复得这么快……"

琉璃看了看空荡荡的小屋,脸上终于露出了空茫之色。一把抓住了韩四,"你们出去找了没有,有什么消息没有?"

韩四几乎不敢看她,摇了摇头,"我问过铺子里的伙计和附近的人,没人听到动静,也没瞧见过黑发短须的人。只是后院里少了一匹马,马夫还说,他的斗笠也不见了,此外就没什么异样了。"

少了一匹马,也就是说,他不但已经走了,而且,很可能已经走远了?不,这年头没个身份凭证,他根本就别想离开长安!琉璃忙问:"那这两日他跟你说过什么吗?有没有透露过想去哪里的意思?"

韩四想了半日,摇了摇头,"阿郎醒来后一直十分平静,我也大胆劝过阿郎几句,阿郎只说，既然娘子如此决断，他会如您所愿。这两日我摸着阿郎的脉象，也觉得他心气似乎比平日还顺，这才放了心，没想到今日早上一来……"

如她所愿？琉璃呆了一下，他觉得，自己的意愿是什么？

韩四突然拍了下脑袋，"对了，阿郎昨日问过我，我是如何给他改了模样的，还从我的药箱里拿了黄粉出来把玩！"

阿燕听到这里，急道："那你还不赶紧开药箱查一查！"

韩四手忙脚乱地开了药箱，翻了半日，奇道："黄粉没少，黑膏倒像少了些。"

琉璃心乱如麻，转目打量着这间小小的屋子，却见四壁空空，只有一案一席，案上放着几卷半新不旧的书，靠墙又放着一张三尺多宽的箱式床，床上的被褥已被收拾得整整齐齐，靠近床边隐隐有一处凹痕，显然有人曾在这里坐了很久。

琉璃走上几步，小心地坐在了凹痕边上，又轻轻摸了摸那个枕头，突然发现枕头下似乎露出了一方布角，忙掀开枕头，定睛一看，顿时呆在了那里。

枕头下压着的，是一条一尺多长、四指多宽的细白叠布，应该是裴行俭从自己的中衣上撕下来的；布条上是端端正正的七个暗红色的正楷，分明是用血写成。那血痕虽然粗细不同、浓淡有异，每一笔却都写得异样得一丝不苟，仿佛带着千钧的力道和无可动摇的决心——

"世间再无裴行俭"！

世间再无裴行俭……难道他觉得，这就是，如她所愿？琉璃拿着那布条，只觉得那暗红的血迹扑面而来，不知为何满心满口都是血腥之气，却只能咬牙死死忍住。

阿燕脸色大变，丢开药箱过来扶了琉璃坐下，"娘子，阿郎他……阿郎这是赌气呢，眼下您更要好好保重身子，家里那么多人还指望着您！"

琉璃依旧怔怔地看着手里的布条，轻声道："阿燕，你说，他会去哪里？"

阿燕也是一脸茫然，"阿郎没带换洗衣裳，没拿钱帛，似乎只拿了些涂面用的黑膏，那东西又能抵什么用，他……"

琉璃眸子一亮，猛地站了起来，"他回家了！"为免意外，韩四在裴行俭昏睡时就给他染黑了头发，剪短了胡须，模样看着已与平日不同，他又拿了可以涂黑颜面的药膏和斗笠，也只有回府，才需要如此乔装。以今日裴府的混乱忙碌，他绝对可以混进去！

她一把拉住阿燕，"快，咱们回去！"

阿燕忙带着琉璃到了后门，上了马车，韩四也跟了上来，一路苦着脸喃喃道，"这可如何是好，这可如何是好？"

琉璃低头不语，只觉得怀里揣着的那根布条如火焰般烫得她胸腹之间剧痛难忍，整个人不由自主慢慢地缩成了一团。阿燕瞪了韩四一眼，伸手轻轻揽住了琉璃的肩头，"娘子放心，阿郎既然想着要改头换面，便不是要去揭破娘子，他多半只是有些气恼，待会儿娘子见了阿郎，好好解释一番，也就是了。"

见到他？琉璃轻轻摇了摇头，整个身子又缩得小了些。

阿燕的马车裴府的门子都已认得，马车直入角门，避开车流人流在无人处停了下来，琉璃跳下马车便直奔前院，没跑太远，就有婢女惊喜地叫道："娘子，娘子您在这里。"

琉璃哪肯理会，直奔而过，一直跑到了外书房的院门前。

原本应该院门紧锁的外书房，此时却是热闹非凡，参玄和苏味道沉着脸站在门口，武承嗣板着脸站在一边，书房里好几个人忙忙碌碌，将房里翻阅到的手稿信件通通装入箱子，抬将出去。琉璃赶到时，屋里的忙碌基本已近尾声，那几个人原是训练有素，从外到里，一处处逐一检阅清理，眼见就要清到书案附近。

看见琉璃过来，苏味道和参玄脸上不约而同地露出了紧张之色，一个叫"阿娘"，一个叫"夫人"，都迎了上去。琉璃却是恍若无睹，从两人中间快步穿过，武承嗣脸色更是尴尬，上前一步解释道："华阳夫人息怒，这原是圣人和天后的旨意……"

琉璃一把将他推到一边，快步奔进了书房，也不管屋里的那些内侍，直奔屋角的一个箱子，打开箱子之后用力一掀，里头的东西稀里哗啦地洒了满地。

内侍们面面相觑，那箱子用料十分精贵，他们早就细细查过，结果里头都是些七零八碎的旧物，什么用过的瓷瓶，陈年的手帕，过期的过所，再就是一卷卷积年的画作，一样要紧的东西都没有。琉璃却是一脸紧张地跪在地上东翻西找，突然如获至宝地拿起一个半旧的皮囊，解开系带往下一倒，里面吧嗒一声掉出了一对连锁的印章。她又抖了抖，翻过来看了看，然后便一动不动地坐在了那里，整个人仿佛已化成木雕泥塑。

参玄看得双眼通红，往里走了两步，又咬牙止步。苏味道也是眼睛发润，低声跟武承嗣解释道："华阳夫人伤心过度，这几日行事常有些颠倒。医师们反复叮嘱过我们，让我们都顺着她些，莫去打扰。"阿燕和韩四早已跟了进来，听到这话，解释不得，只能默默地站在了那里。

武承嗣脸上也露出了几丝尴尬，扭头便对那几个内侍低声喝道："动作还不快些！"

内侍吓了一跳，忙又加快了动作。有人将书案上的手卷放入一边的竹箱，又翻开了旁边的凭几、隐囊，突然瞧见隐囊的后面是一个带暗格的小柜子，不由如获至宝，忙摸了进去。他先摸出了一个酒囊，里面早已空了，又有一个酒杯，再一摸，他手上突然碰到了软软的什么物件，忙一把拽了出来，却是几条团着的本色手帕，再一细看，顿时吓得跳了起来。

几条手帕从他手里飘落在地，每条中间都是一团刺目的暗红。

武承嗣原是睁大了眼，此时也吓了一跳，"这是什么？"苏味道想了想便看向参玄，"莫不是，尚书用过的帕子？"

参玄茫然道："帕子是眼熟，可家父，家父……"

琉璃听人提到"裴尚书"三个字，猛的回过神来，瞧着那杯子，那手帕，脑中突然"轰"的一响——这些都是他的帕子！可他什么时候咯血了？是了，那天晚上，他病倒的那天晚上，自己在外头就是先瞧见他俯下了身子，进门之前才听到杯子破碎的声音；韩四说过，他的突然病倒，像是内伤，是不是那个时候他就吐血了？只是听到自己在外面，他怕她担心，干脆拍碎杯子弄伤了手掌，这样自己就不会疑心他衣服和地面上血迹了；为了怕自己看出异样，那天他甚至还生生撑到了入睡；还有，这几个月以来，他的帕子都是随用随烧……

她转头看着韩四，哑声道："这到底是怎么回事？"

韩四的脑袋都快低到胸上了，"阿郎自打上回病倒，就添了咯血的症状，他，他不让我跟任何人说，怕让娘子和小郎君们担心。"

琉璃心里越发茫然，"那这次……"

阿燕忙打断了她，"娘子说得是，阿郎的病一直没大好，所以这回才会因为操劳过度而病逝！"

韩四也涩声补充道："阿郎心中郁结太深，韩四无能，用尽平生所学，也不能根治阿郎的病症。阿郎若是放开怀抱，回乡静养，大约还能颐养天年，却再也经不得半点忧思和劳累。那行兵布阵，筹算谋划，根本就是催命！阿郎他，早已劳不起心了！"

琉璃只觉得自己的一颗心仿佛是在滑向永不见底的深渊，挣扎着问了句："他自己都知道？"

韩四沉默片刻，缓缓点了一下头。

琉璃耳中仿佛听到了"咚"的一声，原来是这样，原来他的打算是这样，他不愿辜负太子，辜负大唐，所以一定要领兵出征；他也不愿连累自己，连累孩子，所以决心要死在沙场，所以他急着写书，急着交代后事……而自己，却一心一意在谋算着让他假死逃遁，根本就没有想过，他每次看着自己时为什么会那么温柔怜惜，满是歉疚，直到最后，才变得那么愤怒失望……

他在醒来之后，一定会更愤怒更失望吧，愤怒到根本不想再看到自己，失望到冒险回府这一趟，却只拿走了当日自己做的最后一块传符，然后他就可以孤身上路，去西疆，去他选择的沙场，坦然赴死。

"世间再无裴行俭"，他回家来，果然并不是为了来见自己最后一面，而是要永远永远、不用再见到自己……他说过的，如她所愿！

琉璃慢慢坐倒在案几后面。这是裴行俭平日最常坐的地方，他在这里坐着的时候，背后的烛台会把他的影子清楚地照在窗棂上。多少个黄昏和深夜，自己曾站在屋外，默默地看着这个影子，却根本不敢让他知道。那时她觉得自己心里很苦很沉，而现在她才知道，那种苦涩，已是她这一生，再也无法企及的幸福。

守约说过，那是他的报应，那么这，就是自己的报应吧。因为她太胆小也太贪心，胆小到一旦发现他的行动可能危及自己危及全家，就毫不犹豫地用最决绝的方法阻断了他的道路，贪心到无论如何也不能容忍他会为他的坚持而丢下自己，她自欺欺人地说自己做的一切都是为了他好，却从来都不敢问自己一声——他想要的到底是什么？所以，她再也见不到他，再也不可能听到他的消息，甚至再也没有机会跟他说一声，对不起……

琉璃看着那扇此刻空白一片的窗户，轻轻地笑了起来。

她的笑容柔软，神色宁静，原已瘦得脱了形的面孔，在这一笑之间，看去竟比平日更显温婉平和。

整个屋子的人心里却都是一阵剧寒，就连武承嗣都不由自主地扭过了脸去，不敢再看。参玄更是低着头，后退一步，拿拳头抵住了背后的墙壁，才死死压制住了嗓子里的哽咽。

阿燕红着眼圈上前一步，轻声唤了句，"娘子？"

琉璃缓缓转头，目光在众人脸上掠过，突然看见参玄，眼神便是一凝——她原本是想保住他们，也留住他们的父亲的，没想到，唯一的结果，就是让他们提前尝到了丧父之痛，还要日夜担心自己，世上最混账的母亲，就是她了吧？她目光柔和地看着参玄，轻轻点了点头，"三郎，你放心，我没事了，以后也不会有事。"

参玄猛地抬头看着琉璃，眼神渐渐从惊愕变成了惊喜，脸上的神色像哭又点像笑，突然用力抹了把脸，"阿娘能保重自己就好！"

武承嗣"咳"了一声，抱手道："华阳夫人，圣人得知噩耗，甚感悲痛，因素日便最喜尚书墨迹，特命在下前来收集一些尚书的笔墨，得罪之处，还望夫人莫要见怪。"说着便回头给那几个内侍使了个眼色。

琉璃这才发现各处都已被人翻动过，眼见着两个内侍上来要把裴行俭那一整箱书稿搬走，再也忍耐不住，皱眉道："这是拙夫留给几个孩子的东西，也要拿走？"

武承嗣脸色沉郁，"皇命在身，不敢不从，请华阳夫人体谅一二！"

皇命，皇命！皇命已经让他的人一去不返，如今，竟是连他的心血也要夺去！琉璃的手掌在袖子里紧紧攥成了拳头，可看着门口同样满脸愤怒不甘的参玄，却不得不咬紧牙根按下怒火，"请便！"

武承嗣挥手让人抬走竹箱，瞧瞧这屋子里的确再无遗漏，又抱了抱手，"在下告辞，夫人节哀。"

屋外一阵脚步声乱响，渐行渐远。参玄走上几步，瞧着这空荡凌乱的房间，再也忍耐不住，叫了声"阿娘"，眼泪便淌了下来。

琉璃站了起来，忍泪轻声道："三郎，对不住，都是阿娘的错，是阿娘对不住你们，让你们伤心了，以后阿娘再也不会让你们担心。"

参玄压制着嗓子里的抽噎，拼命点头。

琉璃从袖中拿出了帕子，还未递过去，就听外面有人在叫道："华阳夫人，华阳夫人！"正是刘氏的声音。

她来做什么？琉璃眉头微微皱了起来，往外走了几步打起了帘子，却见刘氏和慕容仪都已进了院子，赵幺娘陪在一旁。看见琉璃，几个人脸上都是如释重负，幺娘便道："好叫母亲得知，两位夫人都是从洛阳远道而来，十分担心母亲的身子。"

琉璃的目光在慕容仪身上一转，感激地欠了欠身，"多谢盛情。"

慕容仪上下打量了琉璃一眼，目光又是震惊又有些感叹，敛衽还礼，"夫人节哀，家中儿郎还要靠夫人照抚，还望夫人多多保重身子。"

刘氏却是几步走了过来，拉住琉璃的手，"哎哟，我的夫人，你怎么就憔悴成这样了？"

慕容仪晓得刘氏多半有话要说，不好多留，行礼告辞，"妾身就先不打扰夫人了。"

琉璃自然也瞧出来了，只得吩咐幺娘去送慕容仪，又让参玄和韩四夫妇先回灵堂，这才请了刘氏进屋，问道："却不知天后有何吩咐？"

刘氏原本正在滔滔不绝地感慨抹泪，听到这一问，顿时哭不下去了，抬头看着琉璃平静无波的面孔，清了几下嗓子才道："天后听闻噩耗，也十分惦念夫人，让夫人保重身子。裴尚书先前开罪了皇帝，天后也是无可奈何，不过眼下夫人若是有什么事，尽管跟天后提。天后说，她怎么样也会护住你，不让那些什么宰相将军，欺负到你们孤儿寡母头上去！"

那些宰相、将军，都是她手里的棋子，可不是由她调度？她这话是关心，还是威胁？琉璃心里冷笑，淡淡地低头行了一礼，"多谢天后隆恩。"

刘氏目光担忧更甚，嘴里忙感叹道："可不是隆恩，不是我卖弄，我在天后身边也有几个年头，经过些事情了，可真还没瞧见殿下这么惦记过旁人呢！"

惦记？琉璃只觉得怀里的布条仿佛又熊熊燃烧起来，那股炙热，足以烫得人痛入骨髓。武后惦不惦记她，她不知道，但这么些年来，武后定然一直都在"惦记"着裴行俭。有她的运筹帷幄，有那位最会迁怒的皇帝，有伺机而动的十三娘，有心怀嫉妒的裴炎，有忘恩负义的程务挺，再加上她这个只求偷生、自作聪明又胆大妄为的妻子，他这样的一个人，也终于被逼到了今天这一步，连死都没法死得心安理得！

刘氏仔细瞧着她的脸色，低声道："天后还说了，夫人若是愿意，无论何时，她那宫里，都有夫人的一个位置！

"夫人，您可千万得把握机会，您看您家这几个孩子，三郎虽是恩袭了县公，到底能抵什么事？您若是去了天后身边，那谁还敢对他们说个不字？孩子们的前程更是再不用愁的了……便是那些欺负过您、坑害过尚书的小人，您也自有一千种法子慢慢收拾他们！"

她抬头眼巴巴地瞧着琉璃，满脸都是期待。

琉璃慢慢垂下了眼帘，目光落在了案几旁还未来得及收起的那几条旧帕子上，那暗红色的血迹仿佛变得越来越大，将整间屋子渐渐染成了一片血色。

他说过的，无论是什么样的命中注定，如果不去做，它就不会来临。那些欺负过自己的人，她可以原谅，可以忘记，可以当什么都没发生过。可那些害了他的人呢？如果自己什么都不做，他们是不是就会逍遥自在地继续享受着害了他所换来的权势荣华？

若是如此，就算身处地狱，万劫不复，她一定要亲眼看着他们得到报应，一定要让他们就像自己一样得到报应！

心底深处，仿佛有什么东西在轰然倒塌，化为灰烬，又从灰烬里生出妖艳的剧毒的荆棘，琉璃伸手紧紧按住了心口，低咳两声，轻声应道："若天后不嫌琉璃不祥，琉璃愿办完丧事之后，便入宫伺候。"

刘氏顿时大喜过望，一把抓住了琉璃的手，"夫人英明！"

琉璃垂眸淡淡一笑，没有作声，那长长的睫毛像扇子一样隔开了整个世界，也掩住了她渐渐变得血红的双眸。

书房的院外，赵幺娘已将慕容仪送上了马车。马车缓缓出了裴府大门，顺着门外大街走了一段路，才停了下来。

车夫左顾右盼了几眼，笑道："夫人，郡公看来还没有出府，要不，咱们在这里多等一等？"

慕容仪点头应了声"好"，自己挑起车帘往外看了几眼。停车处就在古池之畔，隔着碧波荡漾的水面，裴府的花园清晰可见，那亭台水榭、花木奇石，依旧优美如画，只是灯笼帘幕都换成了白色，看去便只有一片死灰般的凄凉，就像……库狄夫人。她叹了口气，正想放下帘子，就听车边有人犹疑道："仪娘？"

慕容仪身子一震，险些没脱手甩下车帘，忙又一把紧紧攥住，停了片刻，才缓缓回头看去。

马车旁，一位身形高大的中年男子正勒马看了过来，身上虽是穿着件紫色绫袍，却依然显得雄壮威武，锐气逼人，正是多年不见的程务挺。

慕容仪几乎用尽了全身力气，才淡淡地点了点头，"大郎一向安好。"

程务挺瞧着她身上的素色衣裳，眉头皱了皱，不自在地移开了目光，"我还以为自己瞧错了人，原来……看不出你家郡公还有这分心思！"

他的神色虽是竭力镇定，嘴角还带着点不屑的冷笑，眉宇之间却有一股掩不住的烦躁，整个人的气势似乎也变得有些阴郁。慕容仪瞧着他的神色，只觉得说不出的碍眼，忍不住道："大郎今日不也过来了么？又何必说这种话！"

程务挺双目圆睁，狠狠地瞪着慕容仪，"你知道什么！我那天不就让人跟你说清楚了么，程某人敢作敢当，问心无愧！今日也不过是公务在身，偶然路过此地，你又想到哪里去了！"

慕容仪怔怔地看着这张曾经无比熟悉的面孔，带着她一眼就能瞧破的虚张声势的怒气，一股失望不可抑制地漫上心头。她轻轻点了点头，脸上露出一个清淡的笑容，"你说得对，果然是我想错了。"

程务挺怔了一下，扭头看着远处，嘴角撇了下来，"你们女人家又知道些什么！"

慕容仪突然觉得眼前的面孔是如此陌生，自己一直刻在心底的、那个曾在虎口下飞马救过她的邻家兄长、那个阳光般爽朗干净、雄鹰般正直高傲的英武少年，原来早已泯灭在时光的长河里，已变成了一个趋炎附势、背信弃义，然却根本不敢正视这一切的俗世男子。而她，为了这个错觉，到底付出了什么？

她嘴角微翘，语气里带上了一点透骨的凉意，"是啊，我真的是，什么都不知道。"

程务挺阴沉沉地看了她一眼，拨马就走。车后却突然传来了一个淡淡的声音："这不是平原郡公程将军么？"

麴崇裕不知何时已带马来到车后，身上一袭雪白的袍子把他清冷的面孔映衬得皎然生寒，此时瞧着程务挺，虽然脸上也没什么表情，整个人却分明从头到脚都写着"不屑"二字。

程务挺脸色更是难看，昂首道："麴郡公！在下还有公务在身，恕不奉陪！"

麴崇裕点了点头，"程将军自然是军务繁忙的，所以听闻昔日长官去世，定然要回来看看才放心。如今将军不但如愿以偿，而且永绝后患，自然要锦衣骏马，前来巡视一番，才会让人晓得将军的威风！"

程务挺原本已拨转马头，听到这些话，脸色渐渐铁青，回头怒道："无知鼠辈，也敢胡说八道！"

麴崇裕神色依然平淡，"麴某不敢与将军比胆，自然只敢说说而已，那种忘恩负义、让家族蒙羞、让天下不齿的事，无论如何，也是不敢做的。"

慕容仪看着两人，心里一阵混乱。麴崇裕依然是那副漫不经心的样子，这原是慕容仪最不喜欢的模样。她出身将门，从来都觉得男儿就该豪爽英武、快言快语，这成天风流自赏、阴阳怪气的，又算什么大丈夫？然而此时此刻，看着神情散漫，却自有风骨的丈夫，再看看怒目圆睁，却色厉内荏的程务挺，她突然发现，自己也许错得比想象得还要离谱。

程务挺咬牙怒道："裴尚书他首鼠两端，心术不正，原该如此下场。至于你，我程务挺做了什么，还轮不到你这趋炎附势的兔儿爷来评说！"

慕容仪顿时脸上变色，站起来斥道："程务挺！"

程务挺"哼"了一声，回头挥鞭就走。慕容仪担心地回头看着麴崇裕，却见他脸上不但没有怒色，反而渐渐露出了一抹奇异的微笑，心里不由"咯噔"一下，忙叫了声："玉郎！"

"放心，我只是还欠着裴守约一顿酒，眼下终于想到该拿什么来还上这账了。"麴崇裕抬眼瞧着程务挺远去的背影，微笑着一字字道，"总有一日，我会亲手割下他的头颅，下酒。"

/第一百六十一章　一念之差　万劫不复

第一百六十二章
此情可悯　此心可诛

洛水岸边，天津桥畔，长堤上的垂柳依然年年被春雨染绿，又在秋风起时飘落满河黄叶；在柳荫之中也依旧嬉戏着幼童少女，那欢快娇憨的笑脸，仿佛浑然不知已是换了人间。

这一年，在开春前后的两三个月里，大唐就改了三个年号，换了三位天子。不，确切来讲，应该是四个——如今谁不知道，洛水边的那座皇宫里，真正临朝听政的早已不是天子李旦，而是太后武氏！

不过对市井儿女来说，谁做皇帝又有什么打紧？只要金谷园里的春风依然薰软，铜驼巷里的秋雨依旧缠绵，那游春赏秋的贵女公子也依旧美貌多情，就足够了。便是被那场天翻地覆的变故震慑住的洛阳官宦人家，在屏息静气地观望了半年之后，也渐渐地放下心来——

朝廷还是那个朝廷，宰相也还是那些宰相，天下还是那家人说了算，大伙儿又何必去计较做主的到底是儿子还是母亲呢？

因此，就算九月初六，太后武氏再次宣布改元，又把官名彻底换了一遍，朝野也依然一片平静。眼见又快到重阳佳节，升级为"神都"的洛阳城愈发热闹起来，叫卖茱萸和菊花酒的声音随处可闻；而洛水北岸，在那座刚刚改名"太初"的雄伟宫城里，更是枫叶漫山，秋菊遍地，从头到脚换上了节日装束的宫女们在红叶黄花间翩然来往，为这片秋光更添数分明媚。

不过，这样的安宁到底难以持久，重阳这日的清晨，宫城南边的百花苑内便突然传出了一声尖叫。没多久，几位管事宫女都匆匆赶了过去，一踏入菊花棚，几人的脸色都变得凝重起来。

这棚子里的花圃原是用于培植各色名贵菊花，待得花开时再移入瓷盆，送到各处。而此时，花圃中那株开得最艳丽的双紫，顶上双花中的一朵却耷拉了下来，硕大的花朵要断不断地垂在那里，好不丧气！

照看这处花圃的小宫女又是伤心又是惊恐，"不关奴婢的事！奴婢知道这花金贵，昨晚临睡前还来瞧过,那时是好好的,谁知今早过来就这样了。"

几个管事也都脸色阴沉,这花可不是金贵得很?上官才人最爱菊花,几日前才亲自挑中了这一株,说不定是要献给太后的,大家还指望着用它换个彩头呢,谁知眼下却成了这副模样!

领头的管事宫女沉着脸道:"查查这花是怎么掉的?"

一个小宦官小心地走进花圃,避开旁边的花丛走到紫菊跟前,托起花梗的断口仔细看了几眼,"像是被人掐掉的。"

管花的小宫女脸都白了,"不是奴婢,不是奴婢!"

几个管事相视一眼,心里都是了然:多半是自己人捣鬼!有人便出去召集照看花圃的宫女,有人去问附近的洒扫仆役,花圃外的空地里,没多久便跪了一地的人,却都是一问三不知。管事们正焦头烂额,突然有人报道:"上官才人到!"

上官婉儿显然也是刚刚收到消息,脸色着实不算好看,待走进花棚瞧见那株双紫,眉头自是皱得更深。她在花棚里走了一圈,到底还是在另一处花圃挑中了一丛五朵并开的黄色菊花,"先移了这株,用刻花白瓷盆。"

有内侍立刻小心地将黄菊移到早已准备好的瓷盆里,上官婉儿左看右看,还是不大满意,回头看着那株双紫,语气便带上了几分责怪,"你们怎么这般不小心!"

管事宫女连连告罪,"是奴婢们疏忽了,下回一定当心,还请才人恕罪!"

"恕罪?"上官婉儿冷笑两声,伸手一指那位依然哭天抹泪的小宫女,"这婢子看护不周,自己去领十棍吧!"

小宫女吓得跪在了地上,想求饶却又不敢开口。跟她一起的小宫女们有的不忍,有的庆幸,更有平日跟她关系好的,上来悄悄地安慰了她几句。

却听上官婉儿又道:"其余看管花棚的婢子,都去领二十棍!"

几个原本已松了口气的宫女顿时都面如土色,大叫冤枉。

上官婉儿冷冷地道:"没人动,这花自个儿会掉?动手的,必然是你们中的一个,我打的便是她!至于其他人,记着这顿打的滋味,下次就晓得凡事要多留个心,多生双眼了!"

这话一说,几个小宫女里伶俐些的已不敢再大声哭叫,管事们心头更是骇然,上官才人眼里果然是不容沙子的,接下来会不会发落自己?有人便忙忙地低声问:"库狄御正呢?怎么没人去跟御正报个信?"被问的人早苦了脸,"怎么没去?御正不在,昨儿便回家了!"

几个管事面面相觑,这事儿原不稀奇,御正两年前进宫时就得了太后的恩典,不但可以带幼子同住,还可以时常回家看另外几个孩子,她平日虽不常用这恩典,可今儿是重阳,少不得要家去的,偏偏今日出了事,这可真是屋漏偏逢连夜雨!

眼见有内侍上来拖人,几个小宫女便是不敢再叫的,也吓得哭泣不止,管事们只得呵斥几句,正乱着,突然有人叫道:"御正来了!"

棚子下头顿时静了下来,几个管事娘子相视一眼,眼里惊喜,面上都不敢显,那些小宫女们已绷不住露出了欢喜和期待。上官婉儿眉头微微一皱，转身时脸上的笑容却比身边的鲜花更显娇妍。

就见花棚外头，围着的人群往两边一分，一位身材高挑的女子带着侍女不紧不慢地走了进来。她穿得极为素淡，褐色的发髻里也明显有了银丝，一双琉璃般的眸子却依旧晶莹清澈，让人几乎看不出身份年纪来。目光微微一转，人人都觉得她看的就是自己，正是武后两年前钦点的御正库狄琉璃。

上官婉儿也迎上两步，笑着行礼，"夫人是什么时辰回宫的？如此小事，怎能劳动夫人大驾？"

琉璃笑着点头回礼，"我是刚进宫，正想找你，听人说你到这边来了。怎么，这边可是出什么事了？"

上官婉儿瞟了那领头的管事宫女一眼，管事忙上来把事情前后说了一遍，上官婉儿这才淡然道："这些奴婢还不认罪，正叫冤枉呢！"

琉璃看了看跪在地上的那几个小宫女，有机灵的已磕头道："御正明鉴，当真不是我们这些人做的，我们伺候这些花还来不及，哪敢做这等事！"

琉璃并不接话，只是仔仔细细地打量着那丛紫菊，又绕着花圃转了一圈，嘴里问道："早间你们一过来就这样了？没有人打理过这些菊花？"

管事宫女忙点头，"正是。奴婢没敢妄动。"

琉璃沉思片刻，转头问身边的女侍，"团儿，你觉得呢？"

被她问及的宫女不过十六七岁，容色十分俏丽灵秀，听到这一问，笑着回道："才人说得对，花棚里的这几个原是嫌疑最大，不过，这小婢子平日若是得罪过什么人，或者有走得格外近的，也并非全无可能。"

管事宫女知道这韦团儿最受库狄御正宠信，说话甚有分量，不由苦笑道："如此说来，这边的宫人们只怕都不清白。"

琉璃笑道："那也容易，大家不都说没瞧见有人进来么，这瞒人容易，瞒天却难！婉儿，咱们今日不妨以清水为判，瞧瞧到底是谁黑心。"

上官婉儿好不纳闷，却深知她向来颇有奇思妙想，点头笑道："但凭夫人吩咐。"

琉璃转身走到花棚外的空地里，上下打量了到场的二十几位宫女一遍才道："果然是过节了，今日大家都打扮得好生齐整。"又转头吩咐一旁看热闹的洒扫婆子，"你们去打一桶水，端一个浅色瓷盆过来。"

待婆子备齐物件，琉璃又让她们在盆里倒上一层浅浅的水，指着水盆道，"秋节已近，神明不远，你们每个人都过来，依次把右脚鞋底伸到水里踩上一踩，那让水变黑的，便是黑心做了恶事的。"

众人相顾愕然，却也没人敢多问，大伙儿依言排成一队，去踩那白瓷盆里的水，婆子们则不断换水。自是有人战战兢兢，有人满脸好奇。那水却一直清澈，眼见着一队人就要走完，不少人都目露怀疑，连上官婉儿都忍不住走上了两步。

排在倒数第三个的宫女正是先前安慰那小宫女的。她上前踩了几脚水，低头扫了一眼盆子,松了口气正要离开,琉璃却笑了起来:"原来是你!"

那宫女脸色大变,随即便叫道:"不是我,水明明没黑,没变黑!"

琉璃指着水道:"你自己瞧瞧,当真没变黑么?"

上官婉儿仔细瞧了两眼,这才发现水里果然多了些极细的黑色颗粒,前后一想,顿时恍然大悟,"是你,你进过花圃!"这种黑土只有花圃里才有,今日她们刚换上过节的鞋子,还没开始干活,若不是偷偷进去掐过花,鞋底怎会沾上黑土?

那宫女脚上一软,坐倒在地。

众人好不意外,有人便道:"她平日不是跟小桐最好么?怎么下得了这样的黑手?"琉璃神色微暗,一双褐眸仿佛突然变成了冰冷的琥珀,再也没有一丝情绪。

宫女听见众人议论,猛然回过神来,翻身跪倒,几步膝行到琉璃跟前,磕头求饶,"是贱婢一时糊涂,求御正慈悲,饶了贱婢,饶了贱婢!"

琉璃退后一步,声音冰冷,"饶你?你若是为太后效忠,便是犯下再大的错,我也能帮你求情,可你却是嫉贤妒能,不择手段。今日你能害了自家姊妹,明日便能背主!你这样的不义之人,有什么情可求?"

众人顿时屏息静气,一声儿也不敢出——御正性子慈悲宽和,可最厌的恰恰是这种事,平日就常说"不义者必不能忠",这会子谁会去触这霉头?那宫女显然也想起了这一遭,更是吓得呆住了。

上官婉儿也是气不打一处来,厉声道:"来人,先打她八十棍!"瞧着那宫女被人横拖直拽了下来,犹自发恨,"好好的双紫,都叫着这贱婢毁了!"

琉璃却笑着回头看了花棚一眼,"其实双花对峙,倒不如独占鳌头。"

上官婉儿略一思量,不由倏然而惊,再瞧着琉璃,眼里倒是多了几分真正的感激,"多谢夫人指点!"

琉璃笑道:"才人客气了,我还有事求才人指点呢。这些人,她们都是无心之失,我也想替她们求个情。"

上官婉儿瞧着那些目露喜色的宫人管事,心里着实不大舒服,此时却不好多说什么,只能道:"夫人说得是。"

众人都是有眼力的,赶紧磕头谢恩,退了个干净。琉璃也不客套,从袖子里拿了卷文稿出来,"才人也知道,我在文字上只是寻常,这篇东西甚是要紧,还要请才人来帮我瞧瞧,这样可使得?"

上官婉儿打开一看,顿时明白了过来——纸卷上是一篇裴行俭的传记,看格式乃是国史所录。如今监修国史的正是武三思,此物的来处不问可知。

她认认真真读了一遍,发现文章虽写得华美,却并无太多虚词,略有春秋笔法,不过是减去了裴行俭早年反对立后之事,对于最后两年的那段恩怨则是秉笔直书,尤其是裴行俭的那句"浑、浚争功,古今所耻。但恐杀降,无复来者",沉痛之意,仿佛可以破纸而出。她点头叹道:"甚好!"

琉璃也叹了口气,"这文章我敢保证字字是实,只是太后和相公们那边……"

上官婉儿微微点头，此文的确不算虚美，可事涉裴炎、程务挺，却是有些难处的。尤其是裴炎，眼下他权倾朝野，去年调任中书省，便硬生生把大唐开国以来一直设在门下省的政事堂移到了中书省，今年又让武承嗣不到三个月便丢掉了相职；他怎么肯让国史里留下这样的记录？不过……她想了想还是笑道："不如婉儿寻机去问问太后的意思？"

琉璃满脸如释重负，"多谢婉儿了！"

到了晚间，上官婉儿照例伺候着武后批阅完奏章之后便低声道："太后，今日华阳夫人给婢子瞧了篇传记，是关于裴尚书的。"

武后眉毛都没有动一下，"喔？你觉得文章如何？"

太后已经知道了？上官婉儿心思急转，嘴上笑道："文字章句都颇为齐整，看来是花了番工夫的。"

武后点头不语。上官婉儿心里已是雪亮：自己果然没猜错，库狄夫人这两年原是处处以太后为先，武三思更不会为了亲家的身后名声就去违逆太后，看来此事太后早已心里有数，库狄夫人也不过是借自己再表个忠心而已……

她念头还没转完，武后已沉吟道："文章既然做得好，明日倒是不妨多让人瞧瞧。对了，你再帮我拟道制书，任程务挺为单于道大总管，以备突厥。"

这两句话原是不搭，上官婉儿一颗心却不由"砰、砰"急跳起来——让大伙儿看裴行俭的传记，把程务挺调离京师，分明都是为了同一个目的：敲打裴炎、提防裴炎！最近裴炎的确越来越懈怠了，难不成太后又要……她不敢多说，提笔便写。

武后在屋里来回踱了几步，冷笑道："'但恐杀降，无复来者'，看来还真叫裴守约说中了，这两年边关果真是越来越难收拾了。偏偏朝堂上这些人除了争权夺利、阳奉阴违，还会什么？对了，还会唉声叹气，仿佛天底下就他一个是君子！哼，果然是能不义者便能不忠！"

"能不义者便能不忠"，上官婉儿怔了一下，这不是库狄夫人常挂在嘴边的话吗？她并没有在太后面前说过的，却少不得通过韦团儿，甚至通过自己，不断传入太后耳中，而如今上官婉儿只觉得心底一阵剧寒，正在奋笔疾书的手都有些僵住。

没过几日，随着这篇传记的悄然流传，太初宫果然迎来了已许久不曾求见太后的裴炎。

迈步走进紫宸殿的大门，这位中书令的脸色着实算不上好看。

殿里依旧是锦帘高卷，紫帐低垂，薄薄的纱帐后，武后的身影依稀可辨。这原是裴炎最熟悉的情形，但此时不知是从窗棂下洒进的秋阳太过清透，还是从帘底吹入的秋风太过冷冽，他抬头看着帐中的身影，心头一时竟只剩茫然。

片刻之后，武后淡淡的声音才在帐内响了起来，"不知裴相此来所为何事？"

裴炎忙低头行了一礼，深吸一口气，才压下胸中乱七八糟的思绪。原先打的一篇腹稿不知怎地再也说不出口，他索性肃容问道："启禀太后，近日朝中流传着一篇裴守约的传记，微臣不知，那可是国史所录？"

武后的声音依然平淡，"怎么？传记里难不成有虚妄之辞？三思好大的胆子！"

裴炎心里一沉，突然觉得刚刚看到传记时的惊怒不平此时都化成了一种莫名的凉意，默然良久才道："也不算是全然虚妄，只是有些事，微臣原是为江山社稷不得已而为之，还望天后体谅。"

武后缓缓点头，语气变得温和起来，"裴相说得是，世上有好些事情，都是不得已而为之。不过裴相既知如此，日后想来也能多体谅旁人一些。你说是也不是？"

太后她这是暗示……裴炎心头更乱，他想点头说"是"，舌头却仿佛有千钧之重——这样一来，自己岂不是只能处处听命于太后，任由武家势大，这岂是大唐宰相所为？他想摇头说"不是"，脖子却同样僵硬得有如石雕——自己好不容易走到了今日，难道还要在青史上留下那样的污点？

在空荡荡的大殿里，他笔直地站在那里，身形依然挺立如松，只是那紫色的官袍下，冷汗已渐渐地浸透中衣。

大约等了良久不见他的下文，武后的语气也淡了下去，"裴相且回去好好想一想吧！华阳夫人，你代我送裴相几步。"

裴炎一个激灵抬起头来，却见从紫帐之后转出来的那女子青衫白裙，褐发雪肤，不是库狄氏又是谁？几年不见，她的容颜并未大变，气韵居然也依旧轻灵，冲着他淡淡地一笑，"裴相，请。"

他下意识地移开了视线，"不敢当。"是了，自己听说过的，库狄氏办完裴守约的后事就入宫了，她原是武家的人，进宫伺候太后原也寻常，可如此不顾礼仪……裴炎对此原本极为不屑，但此刻见到她的笑容，想到两年来自己的所作所为多半都落在了她的眼里，心里却是一阵焦躁，只觉得在这殿里再也立不住脚，转身就走。

琉璃送出了几步，眼见就要到门外，才缓声道："今日裴相所见文稿，原是妾身的主意，裴相若觉得哪里不妥，不妨明言。"

裴炎脚步一顿，转头看着琉璃，心头又是惊讶又是迷惑。

琉璃轻轻一笑，"妾身无知，却也晓得大业为重，私怨为轻。裴相为太后大业所做之事，远非妾身所能比拟。妾身所能做者，也唯有放下私怨而已。裴相只要日后依然事事以太后为先，妾身又何惜在亡夫之事上略加春秋笔法？"

她的声音平静温和，一字字说得又轻又缓，裴炎却只觉得仿佛有惊雷声声在从耳边滚过，到最后，在他脑中轰然回响的并不是他原本谋求的"略加春秋笔法"，而是"为太后大业"五个字，他隐隐知道库狄氏所说不过是更加明确地表达出了太后的意思，可"大业"，什么"大业"？他嘴唇哆嗦了一下才道："你说什么？"

琉璃依然面带微笑，"裴相，妾身所说，句句真心，咱们都是为太后效力的臣子，自然也该一心一意忠于太后，又岂能太过顾忌个人声名，是不是？裴相，请吧。"

裴炎心头更乱，几乎是浑浑噩噩地跟着琉璃走下了台阶，突然立住了脚步，"不，不是这样！"

不是她说的这样，自己只是一心想辅佐明君，可废太子迷恋男宠、忤逆不孝，自

/第一百六十二章　此情可悯　此心可诛

己只是秉公办案而已；至于废帝，更是昏庸透顶，不足为君，自己身为顾命大臣，不能坐视不管，这才求助于太后，废了那昏君。妻子说过的，现在的天子才会是一代明君，他的太子更是命中注定将开创大唐盛世的人。只是好事多磨，在天子亲政之前，会由太后主政一段时间。妻子从来都没有看错任何人，从来都没有预见错任何事……

他还想再解释两句，琉璃已转头看着他笑了起来，"我知道了！是不是十三娘跟你说过，唯当今圣人可为一代明君，唯辅佐太后方可开创千古盛世？裴相，你难道不知道我和十三娘是一样的人么？十三娘知道的事，我都知道，不然又怎会一早就投身太后？怎么，十三娘没告诉过你，太后她必将改朝换代，君临天下，成为千古第一女皇么？

"而你裴子隆，也将成为太后夺唐的第一功臣，是你助太后废了太子，又废了皇帝，是你助太后登上宝座，掌握大权！裴相，你是武氏功臣，陷害大唐忠良，背叛大唐天子，原是天经地义之事，又何必不肯承认呢？"

裴炎脑中一片空白，不假思索厉声斥道："你胡说八道！你、你大逆不道！"

琉璃摇了摇头，眼中满是怜悯，"我是不是胡说，你自己心里清楚。裴相，你也是男子汉大丈夫，做了就做了，何必如此撒泼抵赖，徒惹人笑？你说的话，难道声音高就有理了？你做的事，难道不承认就不算数了？"

她瞧着裴炎的眼睛，轻声问道："裴炎，你还要自欺欺人到什么时辰？"

裴炎怔怔地站在那里，很想告诉自己她都是胡说，全是胡说，然而嗓子却像被什么东西彻底地堵住了，竟是一个字，甚至一口气，都吐不出来。

在窒息般的惶惑之中，他茫然看了看四周，眼前是空旷的广场，背后是高耸的台阶，这两年多的时间里，他曾无数次带领群臣走下这台阶，走上这广场。他曾无数次在这一刻觉得自己已接近了千古名臣的毕生梦想。然而此时此刻，这一切却突然变得如此陌生，仿佛是那层一直笼罩在上面的锦绣文章被霍然揭开，露出了肮脏丑陋的真正面目……

琉璃看着这张渐渐变成一片死灰的面孔，微笑着欠了欠身，"裴相回去好好想一想吧，记得帮我向十三娘带个好。"

她转身不紧不慢地走上了台阶，回头一看，裴炎也已开始慢慢地挪动脚步，只是那一贯挺直的背脊，却陡然佝偻了下来，仿佛在她转身的瞬间，这个权倾朝野的大唐宰相，便已从人生的顶点走到了末路。

琉璃静静地瞧着这个背影，心底有个声音在轻声道：守约，你看见了么？这个人，果然又让你说中了！其实你从来都没有看错过任何一个人，也许，除了我……

一阵熟悉的剧痛从心底深处蓦然绞了上来，带着沉重的悔恨和冰冷的绝望，在她的五脏六腑间咆哮翻滚，仿佛可以把遇到的一切搅成粉末。琉璃屏住呼吸，挺直了背脊，静静地等候着这阵剧痛过去。

在这么长的人生里，无论怎样的痛苦，终将会过去。

九月的天空依然高远，不知从哪里飘过来的云彩把太阳遮住了大半边，巨大的阴影从殿前的广场上缓缓掠过，又无声地消失在午后的阳光里，仿佛是一个漫长而沉重的梦魇。

琉璃回到紫宸殿时，武后已换了家常打扮，正和刘氏随口说着旧事，抬眼瞧见琉璃，她的眉头就皱了起来，"怎么？裴相还是固执己见？"

琉璃叹了口气，低头回道："妾身太高估自己了，裴相不知在担心什么，不管妾身怎么说，都觉得妾身是在藏奸，觉得妾身要害他，说话实在不大好听。"

武后沉思片刻，冷笑了一声，"做贼心虚，也罢，由他去！"

刘氏眼珠子骨碌碌转了转，点头应和，"正是！这裴炎也不晓得把自己当成什么人了，华阳夫人都能为了大局不计前嫌，他却是如此不识好歹！"

琉璃只是垂眸不语，武后瞧了她一眼，目光柔和了许多，"他当然不如你，你们，原是难得的。"

琉璃心里一阵刺痛，"你们"，说的自然是她和裴行俭。守约用他的一条命和那一屋子表里如一的书信文稿，证明了他的坦荡；而自己，用了两年的时间步步为营，大概也终于重新赢得了她的信任。

刘氏却会错了意，满脸都是喜色，嘴里谦逊不迭。

武后叹道："可惜如今真正有些风骨忠心的臣子，却实在太少了，所谓堂堂君子，所谓的世外高人，多不过是些庸才。"

她感慨地摇了摇头，突然问道："琉璃，你也跟我上过几次朝了，你瞧着这满朝文武，可有什么人略有几分……几分风骨？"

琉璃心底更是痛楚，武后本来想说的，大约是"裴守约的风骨"吧？说起来，武后对他的确有一种特别的重视，他若还活着，武后自然还会竭尽全力、不择手段地对付他。然而如今他已经不在了，在武后的心里，便也只剩下了遗憾和欣赏，甚至总是自觉不自觉地拿他去比较旁人……

她压下胸中的翻滚，也没瞧刘氏那杀鸡般伸着脖子使的眼色，想了片刻才道："记得上回有个姓狄的郎中直言进谏，行事似乎颇有些胆气。"

"度支郎中狄仁杰？"武后愣了一下，似乎没想到她会提起这么个不相干的人，沉吟片刻，却是欣慰地点头，"你的眼光果然不错，他的确是个胆子大的。"

琉璃笑了笑没有作声。狄仁杰，自然是胆子极大的。更重要的是，在这个世上，在那前仆后继和女皇的斗智斗勇的人中，只有他笑到了最后，也只有他，才保住了李唐复兴的最后希望；而这，也是守约一直想做的，愿意拿命去换的结果吧。

闲话说罢，又到了武后批阅奏章的时辰，刘氏拉着琉璃走出殿门，一出门槛便低声埋怨道："我的好夫人，你怎么也没多看我一眼！"

语音刚落，韦团儿却捧着卷簿子迎了上来，"夫人，这是六尚局那边拟定的新名册，宫正们请您尽快审定，婢子已按您的吩咐查过一遍了。"

琉璃点了点头，每年秋选之后各宫照例会有一番调整，她是统领后宫女官的御正，这名册自然是需要她过目的。琉璃这两年在这些事上用心极深，各处的情形几乎都刻在了脑子里，打开看了一眼便知道，韦团儿果然已整理过一遍，那些不妥的地方都标注了出来，却也巧妙地塞了几个与她自己交好的人进去。

琉璃看完便点头，"团儿真是越发能干，看来用不了几日，就能独当一面了。"

团儿顿时满脸喜色，下意识地往殿内瞟了一眼，清脆地笑道："都是多亏有夫人提点！"

琉璃却又指着她加塞进去的那几个名字道："不过你来看看，这几个人资历似乎略有些不足，你再斟酌斟酌，有没有更合适的人选，想好了报我一声便是。"

韦团儿喜色顿敛，听到后来，才又放松了眉头，点头应命。刘氏再也忍耐不住，将琉璃一把拉到一边，低声道："这般重要的事，你怎么都放手让这小妮子去定了？她年纪虽小，资历却是老的，你也不怕她趁机安插自己的人手？"

琉璃不以为意地摇头，"她是玉宫正一手带出来的，对太后自然是忠心耿耿，这又不是什么大事，我有什么不放心的？"

刘氏恨铁不成钢地看着琉璃，"夫人哟，这都不是大事？那什么才是大事？"

"大事？"琉璃凝神想了片刻，眼角的余光扫到不远处低头掩饰着一脸紧张的韦团儿，脸上露出了笑容，"你跟我来！"

刘氏好不困惑，跟着琉璃往后院走去。韦团儿呆了一下，也跟了上来。

琉璃住在后院西南角阁楼里，房间里四壁雪白，门窗敞亮，只是配上那素色的帘幕、纸墨的屏风，以及毫无装饰的席褥案几，却是愈显清冷；案头上的一卷卷经书，也是愈发醒目。

刘氏进门便"哎呀"了一声，"夫人何必如此自苦？"她原也听说过琉璃吃斋念佛的事，但长安贵妇里吃斋念佛多了去了，可谁会把住处收拾成这样？何况琉璃先前的住处又是那般精致新雅！所谓心如枯井，大约便是这样？

琉璃怔了一下，倒是笑了起来，"习惯了而已。"她当真不是故意要摆出副未亡人的寡淡模样来，只是心境如此。再说那些佛书经卷的确有种安定人心的力量。若不是这份虚无的慰藉以及那点更加虚无的希望，她真不知道，在仇恨与绝望之中，在奉承和倾轧之中，自己到底会变成什么样子。

刘氏自然是不信，一面四下打量一面摇头，突然发现屋里并没有小光庭的影子，不由奇道："六郎呢？"

琉璃道："转年他就十岁了。"

刘氏不以为然地撇了撇嘴，"十岁也还小着呢，太后又喜欢他，晚一两年出去有什么打紧？就你最爱多心！"

琉璃只能解释，"到底也不小了，我能教他多少东西？总不能耽误了学业。"

刘氏依然摇头，"宫里哪里就学不得本事了，上官才人还不是宫里教出来的？"

琉璃笑了笑没有再解释，宫里和外头当然不一样，自己家里这两年又陆陆续续来了几位颇有能耐的奇人，尤其是前些日子投上门来的那位门客，仿佛就是为了光庭而来，仿佛……心底似乎有岩浆迅速涌出，她无声地吸了口气，才按捺住了那点翻滚的情绪。不，不能再想了，这两三年里，她已经经历过太多从希望到失望的痛苦跌落，实在已不敢再去多想什么。

刘氏也有些没趣，左顾右盼了几下才问道："你说的那要紧大事呢？"

琉璃带着她上了二楼，这里是她的画室，四面都是窗棂，几乎就是个超大的凉亭。她走到屋子正中的高案前，徐徐展开一幅卷轴。这是一幅足有八九尺长的山水图卷，上头是延绵不断的崇山峻岭，山顶冰雪映日，山下车马迎风，虽然只有浓淡的墨色，却自有一股勃勃生机扑面而来。

刘氏纵然并不懂画，一时也看住了，"这是什么地界，怪荒凉也怪好看的！"

韦团儿也吃惊掩住了嘴，"夫人一直画的原来是这个！"

琉璃笑道："这就是西域道，我画的还只是沿路的寻常风景，真正险绝奇绝之处，一时还画不出来呢！"

刘氏啧啧称奇，"这还不算险峻？那更稀奇的地界，你也先画出来给咱们瞧瞧再说，太后只怕也会欢喜！她和先皇原先说过要遍封五岳，可惜到底只封了个泰山。太后适才跟我提起此事，遗憾得不得了！"

琉璃惊讶地"喔"了一声，"是么？其实我在山水上只是寻常，不然也不会藏着不敢让人瞧了，最近才略开了些窍。那五岳听说都是极险峻极壮美的去处，可惜我都没见过，不然，就是我笔头拙些，也可以试着画几张出来让太后看看，起码也能解个闷不是？"

刘氏随口说了声"那是"，走到书案边，仔细瞧着那一笔笔的墨痕啧啧称叹，一旁的韦团儿眼睛却是一亮，低头看着那画，不知想到了什么，明眸转动间，一张小脸几乎能放出光来。

刘氏已将画从头看到了尾，指着最末的空白处奇道："这是没画完？"

琉璃微微点头，"的确是还没画完，这幅画，我画了足足两年，怎么也想不出如何收尾……"

看着韦团儿满是期待的明亮双眸，她的脸上露出了一抹温煦的微笑，"如今，我总算知道该如何收尾了。"

更要紧的是，如今，她也终于等到给这幅画收尾的时候了。

第一百六十三章
初心不转　恩仇了断

五尺多高的画绢上，那浓黑劲瘦的墨线一条条仿佛是刀斧刻就，几笔之间，一座奇峻的孤峰便已拔地而起，两边悬崖陡立，只有一线小路蜿蜒而上，虽是疏笔勾勒，那分峻拔之意却足以令人屏息；而在画面的近处，则是一株古拙而葱郁的奇松，枝枝叶叶都画得细腻如生，仿佛伸出手去，就能摸到皲裂的树皮。

武后眯着眼睛瞧了许久，才叹了口气，"华山之险，竟能一险如厮！这天下山水，若不亲眼瞧见，果然是魂梦难及！"

琉璃轻轻点头，"正是，琉璃此番也是大开眼界。"离宫两个多月，她看去又瘦了一点，不过眉宇舒朗，双眸明亮，气色似乎更佳。

武后转头打量了琉璃两眼，笑道："辛苦你了。"其实当日看到那张《河西行旅图》后，她只是随口提了句也想看看天下山水，谁知七传八传之下却成了正经大事。库狄氏这才自告奋勇去画西岳华山。当时她也没抱什么指望，没想到，库狄氏这次带回的画却如脱胎换骨，不过是咫尺水墨，竟能让人心动神摇。

琉璃微微欠身，"多谢太后关怀，不过太后此言却是差矣！"

武后挑了挑眉，"喔，你倒说说看。"她的脸上并没有怒容，然而身边那几个伺候的宫人，包括上官婉儿和韦团儿，都微微变了脸色。

琉璃不在的这两个多月里，武后外平叛乱，内肃群臣，威严早已是不容挑战。朝堂里，便是位高权重如裴炎，只因突然间处处跟武后作对，武后也毫不犹豫地拿下了他，之后更是不顾满朝文武的反对，将他砍头抄家，全族流放，为他求情的臣子也悉数贬黜，一举震慑天下。如今朝廷内外，谁还敢对太后说一句"此言差矣"？

琉璃却仿佛没有感觉到这蓦然凝重起来的气氛，笑着答道："太后明鉴，琉璃原是乡野之人，生平所愿，不过是行尽天下道路，画遍千山万水。如今奉命作画，上可以为太后尽绵薄之力，下可以偿生平之夙愿，所谓人生快事，莫过于此！琉璃欢喜还来不及，哪里又谈得上辛苦二字？"

武后微微一怔，目不转睛地瞧着琉璃明亮的面孔，点头笑了起来，"是啊，我怎么忘了！"记得那一年，她刚刚入宫就对自己说过同样的话。一转眼，三十年过去了，自己已从举步维艰的困境一步步走到了今天这个位置，自己身边的一切已跟当初全然不同，没想到，还有这么一个人，居然一点都没有变！

想起三十年来的种种变迁，她心头一阵感慨，"你倒是有长性的！"

琉璃恭敬地低下了头，"琉璃不敢忘本。"

一旁的上官婉儿忙道："夫人的画技可谓一日千里，这华山奇松，虽只有一角，却叫人仿佛能瞧见那千丈悬崖，连绵奇峰，所谓咫尺千里，方寸山河，也无非如此了！今日能有此画，不但是观者之幸，也是华山之幸！"

琉璃笑道："婉儿过奖，琉璃之所以能有些许长进，不过是因为遇到了明师。"

武后感兴趣地问道："你还有这番奇遇？却不知遇到了哪位丹青高手？"

琉璃扬眉微笑，"自然是天、地、山、河！琉璃埋首丹青三十载，此番出门，才明白自己以前为何总画不好山水，原因无他，不过胸襟狭窄，容不下山川河流罢了，纵然竭力描绘，也抓不住半点神韵。如今以天地为师，以山河为范，才终于能窥见一丝山水真意，也算是不负太后所托！"

这话自有豪情，武后心胸不由为之一爽，"说得好！"她瞧了瞧琉璃，又看了看那幅华山图，"你虽说自己不辛苦，我却不能让你白白跑这一趟，却不知你眼下可有什么想要的东西，或是想做的事情？"

这话一问，屋子里顿时又静了下来，众人瞧着琉璃目光都变了。武后对身边的人向来一诺千金，既然这么说了，那无论华阳夫人求的是什么事，多半都能答应，这样的体面，这样的机缘……

琉璃低头想了片刻，扬起了一张笑脸，"琉璃只想伺候太后过完这个年，待到春暖花开之时，再为太后去画中岳嵩山！"

武后又是意外又是好笑，"你倒是画上瘾了！"

琉璃点头，"太后明鉴，琉璃原是有些私心的。琉璃出身寒微，见识浅薄，蒙太后赏识，方有今日，可论才华文章，固然是不及婉儿半分；论处置庶务，其实也不如团儿周密细致。每每念及，深自惭愧，不知留得此身，究竟何用？思来想去，自身所长者，除了这点忠心，也不过是一支画笔而已。

"太后，您母仪天下，富有四海，什么人不可得，什么事不可为？您却体恤民力，不肯轻易远行。大唐的万里江山，那昆仑之巍峨、江南之秀丽，于太后而言，到底只是耳闻。琉璃不才，愿替太后踏遍这山山水水，将天下美景绘于画面，献于案前，以报答太后对琉璃这三十年来的恩情！"

武后心中震动，良久无言，是啊，巍巍昆仑，烟雨江南……自己纵然坐拥天下，可这些美景，到底也无法亲眼瞧见。回头看着那画面上如刀斧劈削的西岳华山，她只觉得胸中一阵火热，点头叹道："好！你既有这份心思，我便如你所愿！"

琉璃退后半步，伏地行了一个大礼，"臣妾多谢太后成全！"她跪了片刻，才站起身来，脸上的笑容也不见得多灿烂，却仿佛有种难言的感染力，满屋子人脸上都或多或少地露出了些笑意，站在屋角的韦团儿更是笑得欢。

上官婉儿也暗暗松了口气——这位库狄夫人事上忠谨，待下宽和，做事又有手段，宫里人人交口称赞，可不知怎地，每次瞧见她，自己却总有种莫名的压力，如今她能自请出宫，的确是好事一桩！想到此处，她展颜笑道："太后英明，不但成全了华阳夫人的心愿，便是天下的那些山山水水，日后也有了呈于御前的福气！"

武后瞧着琉璃的笑脸，心里却是一动，略一思量便问道："难得你有这分心，只是你若四处奔波，家里只怕会愈发顾不上了，那几个儿郎可有什么打算？"

琉璃不假思索道："他们都还小，自然还是以学业为重。眼下大约也只有三郎勉强能当差，太后若不嫌犬子粗笨，随便指个地方让他历练着，琉璃感恩不尽。"

武后点点头，却又不经意般问道："听说你家三郎的岳家乃是王方翼？"

琉璃心里一沉，不知她为何会突然提起此事，也只能垂眸点头，"正是。"

武后感慨地长叹了一声，"裴尚书的确是断人如神，他看中的将领都有些手段，可惜，才德却是难以兼备。程务挺固然不必多说，王方翼这两年与程务挺也是越走越近，谁还记得裴守约当年的提携之恩？你说得对，能背友者便能叛主，日后他们只怕是连我也不会放在眼里！"

"不如，"她笑微微地瞧着琉璃的眸子，放缓了声音，"今日我就帮你出了这口气吧？"

琉璃顿时怔住了，入宫两年，她处心积虑，步步为营，为的自然是报仇！程务挺不但诬告守约，还在丧礼时大放厥词，这笔账她一直记着；至于王方翼，前年得知他智破突厥后，她也曾满怀希翼，谁知去年他就和程务挺合兵平叛去了，因配合得好还封了个郡公！那时她才不得不承认，守约大概是真的走了，所以王方翼才如此急着自谋前程。对此，她不是不痛，不是不怨的。如今，这两个人的生死居然可以由自己来决断？自己居然可以在出宫前亲手报了这个仇？

她心头一片混乱，在武后那若有实质的明亮目光下，却几乎无法转动太多念头，耳边只有一个声音在不断回响……

武后微微皱起了眉，"嗯？"

琉璃猛地清醒过来，"扑通"跪了下去，"多谢太后。"她定了定神，涩声回道："只是无论王方翼如何行事，家媳毕竟刚刚为裴府守孝三年，不好如何于她。琉璃不敢妄议大事，只求太后开恩，让琉璃早日……早日抱上孙子！"

武后愣了一下，失声笑了出来，"琉璃啊琉璃，你还能有点长进么？"身为统领后宫女官的御正，面对这样的军国大事、生死大权，最惦记的不是表忠心，也不是报大仇，而是如果儿媳妇的亲爹死了，儿媳守孝，会耽误她抱孙子！就这么个心软的痴人，自己怎么会疑心她进宫来就是要挑拨自己为她报仇的？

她越想越是好笑，挥手道："好，好，我就都依了你！听说你家三郎弓马娴熟，不如就先入禁卫做个千骑吧。六郎我瞧着也是个聪明稳重的孩子，让他进弘文馆念几年书，日后也好像他的父亲一样，效力朝廷！至于王方翼……你放心，不会耽误你抱孙子便是！"

琉璃忙伏地行礼，"多谢太后开恩。"背上却是一阵发凉：自己真是糊涂了，刚才那一问，武后多半只是在试探自己！好在心绪混乱中，不知怎地，她脑中响起的却是那个最熟悉的声音："这一生，我再不会逃避任何责任，再不会仗着预见就去投机取巧，我再不会做任何一件令自己午夜梦回、羞愧欲死的事！"

也许，真的到放下一切的时候了，就算有些遗憾也罢了，毕竟她已经做了所有能做的、该做的事情。更重要的是，有些事，她必须还要亲眼去看一看，去查一查，不管是希望还是绝望，她总要亲眼看到那个结果！琉璃轻轻吐了口气，站直了身子，只觉得背上竟是前所未有的轻松。

武后心情甚好，瞧着她笑道："你这一走就是两个多月，好容易才回来，也不用在我这里杵着了，且回去看看儿子儿媳去吧。"

琉璃也不再客套，干干脆脆地笑着行礼谢恩，退后几步，转身走出门去。

她的步履依然轻缓，只是那背影看去却仿佛比平日更高了一点，也更直了一点，就如一株风雨过后终于展开枝叶的翠竹。

武后瞧着这背影，心里突然有点说不出来的滋味。她挥手让众人退下，只留下了韦团儿，思量片刻才问："你是伺候过玉宫正的，也伺候了库狄御正两年了，你瞧着，她们到底像不像？"

韦团儿闻言不由一怔，心思一阵急转，嘴里答道："奴婢也不懂什么，只觉得两位夫人说像也像，说不像却也一点都不像。"

武后奇道："此话怎讲。"

韦团儿道："两位夫人对太后都是忠心耿耿，对奴婢们也都十分和善，做事又仔细周到，这些的确是像得很。不过奴婢却觉得，玉宫正就如殿外的那株红梅，从来都是默然芬芳；库狄御正却如廊下的鹰隼，时不时要翱翔青天。她们都是为太后效劳，效劳之处却是截然不同。"

武后出神良久，一口气叹了出来，"说得不错。阿玉沉稳，库狄氏却是自来都有些野性，咱们这宫里啊，拘不住她！你能瞧得这般明白，也不枉伺候了她们一场！"她感兴趣地打量了韦团儿两眼，"那你呢，你又想做什么？"

韦团儿忙跪了下来，指着案上的一副双陆棋脆声应道："奴婢只想做太后棋盘上的小小棋子，在太后闲暇时，能博太后一笑，奴婢便此生无憾。"

武后不禁失笑，"好一颗小棋子！今日我若不使唤使唤你，倒是不成了。也罢，你去传我的口谕，召交河郡公进宫。"她微笑着看了看门外，"既然是鹰隼么，她不要赏是她的忠心，我却不能叫她真的白忙一场！"

韦团儿心中欢喜，轻快地答应一声，走出大殿外向内侍传了口谕。她刚想回身，目光一扫，不由怔住了——远远的广场尽头，那个熟悉的身影此刻正渐行渐远，仿佛就要消融在那淡淡的冬日阳光里。

她凝视了片刻，缓缓欠身：库狄御正，团儿多谢你了！多谢你这两年多来的提拔和栽培，多谢你教了我那么多东西，更要多谢你没有让我久等，便及时地让开了路，再也不会挡在我的前头！

琉璃若有所觉，停住脚步，回头看了过来。

韦团儿的心顿时一提，不由自主屏住了呼吸。

琉璃却只是看了看身后的宫殿楼台便转过了头去。她毫不犹豫地跨过了高高的门槛，那清瘦的背影，转眼间已消失在厚重的宫墙后面，消失在喧嚣的红尘俗世之中。

更远一点的地方，传旨的内侍已经翻身上马，穿过宫门，直奔天津桥南的城坊。而在这日稍晚些的时候，几骑快马更是直出洛阳东门，往北而去。

在风平浪静的冬日轻寒里，这换了三个年号的动荡一年，也终于接近了尾声。

扼守北疆的朔州，腊月的天气却远不是这般温和。从荒野刮来的北风夹杂着冰雪没日没夜地从城头呼啸而过，家家户户的屋顶都是冰封雪盖，主街两旁的积雪也堆得老高。眼见年关将至，街头依然见不到太多车马，倒是不时有身着戎装的兵卒结伴而行，那带着醉意的歌声回荡在大街小巷，给这个仿佛已被严寒冻结的城池带来些许生气。

城东的兵马大营里，气氛却是愈发冷肃。正是年前休整的日子，营中兵卒能走的一早便走了，剩下的也都各自窝在帐篷里。只有几队士兵在无精打采地清扫着冰雪，待扫到中军大帐附近，更是各个都轻手轻脚，生怕发出太大的声响。

安静之中，突然有人吸了吸鼻子，抬头看向了伙房的方向。一个少年亲兵提着食盒从那边走了过来，大约装得太满，食盒并没有盖拢，隐隐闻得到酒肉的香气。大伙儿不禁齐齐地伸长了脖子，恨不得化身北风，顺着那香味钻进食盒里去。

小亲兵并没有留意他们，只是小心翼翼地走到帐门前，轻声问了一句，这才挑帘入帐。门帘一落，那香味便断了来源，只留下一缕余韵荡漾在众人鼻端，勾起了万丈饥火，有人忍不住嘀咕："这还不到午时呢，大总管还真是越来越会找乐……"

领头的老兵忙低声喝道："胡说什么？想吃军法自己领去，莫连累了大伙儿！"程大总管可不是善茬，这两个月来又是任事不管，酒肉天天不断，脾气日日见涨，一条军棍也不知打翻了多少倒霉鬼。再这样下去，莫说突厥人怕他，他们这些人只会怕得更厉害！

众人不敢多说，只能忍着饥火继续打扫，不时看一眼大帐，想到里头那位将军正在快活地吃肉喝酒，暗恨天道不公。

他们自然瞧不见，大帐之内，正在吃肉喝酒的程务挺，脸上却并没有半点快活的意思。

他散着腿坐在大帐一角的矮几前，仰头喝了一大口酒，又恶狠狠地撕下一条羊肉，塞进嘴里用力咀嚼，那神情不像吃肉，倒仿佛是被羊杀了满门，他正在报仇。

一旁的亲兵快手快脚地满上了酒碗，又倏地退后了一步，没发出半点声音。

程务挺低头死死地盯着酒碗，突然沉声问道："你说，我是不是错了？我和子隆，是不是都错了？"

小亲兵哆嗦了一下，左顾右盼也没瞧见旁人，只能咬牙回道："将军英明，将军怎么会有错？"

程务挺"啪"的一拍案几，盘子震得老高，"胡说！我们若是没错，那子隆为太后做了那么多事，为何会身首异处？为何人人还都说他活该，说这是他陷害忠良、滥杀俘虏的报应？为何连他的妻子儿女都会死在流放路上？我呢，我立下这么多战功，如今人人却都说我的爵位官职是陷害了裴守约才换来的，人人都在等着看我的笑话！他怎么可能没错？我又怎么可能没错？我们都错了！大错特错！错得不能再错！"

亲兵脸上好容易才扯出一个比哭还难看的笑容，"那、那将军就是错了。"

程务挺"砰"的一拳捶在了地上，脸上怒火更盛，"你混账！什么叫我错了？我程务挺在北疆出生入死，杀了多少突厥蛮子，凭什么裴守约坐在帐篷里动动嘴皮，什么功劳便都是他的？谁不知道跟着他半点前程也没有？他两面讨好，得罪了圣人也得罪了太后，这能怪到我身上？我的爵位前程都是圣人给的，我的儿子兄弟都是太后封的，我效忠圣人，效忠太后，又有什么错？

还有子隆，他是真正的正人君子，身为堂堂宰相，却不曾提拔过兄弟子侄，下狱的时候，家里甚至都搜不出半点浮财！他只要明哲保身就能安享荣华，却怎么都不肯跟武家人同流合污。他明明只要认个错就能好好活下去，却一心只求速死。这样一个人，他又能有什么错？"

他恶狠狠地盯着亲兵，眼里的怒火几乎能直喷出来，"你倒给我说说看，我们到底有什么错？"

亲兵腿都软了，"小人不知道，小人什么都不知道。"

程务挺更是愤怒，霍然起身，逼视着那亲兵，"你不知道，你天天跟着我，你敢说你不知道？"

亲兵的脑子里已是一片空白，脱口道："将军您都不知道，小的又怎么知道？"

这话说得原是无力之极，程务挺却顿时呆在了那里，半晌之后，才怔怔地坐了下来。明明是生着火盆的温暖帐篷，他的神情看上去却仿佛是坐在冰天雪地之中，脸色也越来越青，突然抬手端起酒碗，咕噜咕噜的将一碗酒喝了下去。

小亲兵大着胆子又添了个半满，只见程务挺依然是一言不发，端起来就喝。他想劝又不知该如何开口，一张带着稚气的包子脸几乎扭成了一团。正纠结间，大帐前突然传来"咚"的一声鼓响，他不由惊地抬起了头——年假刚放，大总管还在帐内喝酒，外头怎么就敲起了召集众将的大鼓？

"咚、咚、咚"，那鼓声不紧不慢地坚定地响了起来，程务挺缓缓抬头，原本有些迷离的双眼顷刻间恢复了几分锐利，"怎么回事！"

亲兵忙放下酒壶，还没转身，帘子一掀，守在外头的兵卒抱手回道："启禀大总管，裴将军声称有紧急军务，要立时召集众将。"

裴将军？左鹰扬将军裴绍业？程务挺愈发纳闷，此人是裴氏旁支，在军中资历颇老，却是一无胆气二无战绩，年逾花甲依然只能做个副手，今日怎么突然发了疯？

他一推案几站了起来，几步走到大帐正中的高案之后，沉声道："让他进来回话！"

帐篷正门的毡帘被高高地卷了起来，明亮的天光倾泻而入，整个帐篷都变得亮堂起来。一身戎装的裴绍业一步一步地走进了门内，身后还跟着几个穿着便装的人。

逆光之中，程务挺一时也看不清他们的面目，只觉得裴绍业步伐僵硬，那几个随从身形举止也有些古怪，心里疑云更深，厉声喝道："裴将军，你这是做什么？"

裴绍业并不答话，转身从身边的人手里拿过一卷帛书，高高举起，沙哑着嗓子大声念道："有敕，单于道大总管程务挺勾结裴炎、徐敬业，意图不轨，即日免去一切官职，入京听候发落。"

程务挺身子一僵，蓦然睁大了眼睛，果然来了么？

裴绍业合上敕书，抬头看着程务挺，"这是太后的旨意，还请程将军莫要让下官为难。"跟在他身后的两个人也低头走上前来，对着程务挺比了个手势，"程将军，请吧！"

程务挺的眼睛已适应了光线，这才看清，裴绍业嗓门虽不小，脸色却分明有些发僵，跟他进来的那几个人则都是面白无须，声音也分外尖锐，正是宫里的内侍。

果然轮到自己了！程务挺心里不知为何竟是一松，仿佛放下了千斤重担，满胸满腔的酒意突然间化成了一股豪气。他的目光缓缓扫过裴绍业强自镇定的面孔和那几个低头缩手的内侍，忍不住哈哈大笑了起来，"勾结裴炎？意图不轨？太后就算要杀我，也该派几个像样点的人物过来！就算今日我的亲兵都出了营，就算程某人今日多喝了几杯酒，可就凭你们几个，也想动我？"

他的身上并未披甲，一身皂色袍子还有些散乱，可站在那里，却自有一种凛然难犯的威严，说到"也想动我"时，一把络腮胡子更是无风自动。那逼人的气势，莫说几个内侍，便是裴绍业也是为之色变。

小亲兵原是吓得呆住了，听到这一声也反应了过去，忙几步冲到墙边，拿起程务挺的佩刀就要送过去，帐中突然有人轻轻笑了一声，"是么？"只见站在程务挺身边的一名内侍突然身如闪电，猛地撞到了程务挺的身上，在"噗"的一声轻响中，迅速地退后两步，这才抬头笑道："麴某不才，让程将军见笑了！"

案上闪动的烛光正好照在了他的脸上，那是一张并不年轻却依然颇为清俊的面孔，此时眉梢轻挑，嘴角含笑，整个身形舒展开来，竟是说不出的风流潇洒，哪里还有半点瑟缩的模样？

程务挺依然笔直地站在案后，脸上那骄傲的笑容甚至都没有消退，只是一双眼睛却是死死地瞪着来人的脸孔，眸子里满是不敢置信的惊愕。

来人看着程务挺的眼睛，笑得更是亲切，"将军不必谢我，承蒙天后开恩，将军的儿孙兄弟，麴某也会很快送去与将军团聚！"

程务挺身子一震，双目通红，眼角欲裂，头发胡须几乎都立了起来，如闷雷般吼了声"你!"身子一动,仿佛想向前冲上两步,却是轰然倒了下去,心口处热血这才喷溅而出,在空中留下了一道惨烈而艳丽的鲜红痕迹。

　　抱着佩刀的小亲兵早就吓得呆掉了,此时腿上一软,坐倒在地,一张嘴张得大大的,却根本发不出声音。

　　他瞧见来人慢条斯理地拿出帕子擦干净了手上的匕首,重新收入袖中,几步走了过来,路过自己时还道了句"借刀一用","呛"的一声拔出腰刀,走到案几后头,低头,挥刀,再次站直时,手上已多了一个带血的头颅。将军的眼睛依然睁得大大的,仿佛不肯相信,自己居然会这样死去……

　　他听见帐篷外终于传来了越来越多的脚步声,随即便是拔刀出鞘的声音、厉声质问的声音。裴将军忽然高声呵斥了一句,随即又大声念了一遍敕书,只是最后两句已变成了"就地格杀,满门抄斩";那些质疑喝问声顿时彻底消失,脚步声也渐渐远去,帐篷里又变得一片安静。

　　他看见那个内侍打扮的人一脸意兴阑珊地把人头一搁,缓步走到一旁的矮案前,拿起酒壶,自己对着壶嘴喝了一大口,随即便将剩下的半壶酒都缓缓地洒在了地上,嘴里轻声道:"裴守约,请!"

　　烛光依然照在那张白皙冷峻的面孔上,他的嘴角带着几分如释重负的笑意,微微上挑的眼角里,却依稀有水光闪动。

第一百六十四章
别情依依　此恨绵绵

秋天从来都是送别的好时节。路边的芳草依然碧绿如茵，曾经娇嫩的垂柳却早已被西风吹老，沉甸甸地垂在碧空远山之间，宛如临别的话语、离人的思绪。

洛阳城外的半山亭前，颜色浓丽的行障正在被陆续收起，装饰素雅的牛车也已赶到了亭前，眼见便是挥手作别的时辰。

一身禁卫打扮的裴参玄沉默地站在马车边上，瞧着从亭中走出的母亲，微微抿紧了嘴角。他已行过冠礼，此刻头发齐整地束在幞头里，愈发显得眉目清朗，轮廓鲜明，隐隐间已有了一家之主的沉稳气度。

他身边的庆远个头比他还低了半寸，不过因为身量清瘦，看去却是更显修长，那冠玉般的白皙面孔上依然带着少年人特有的干净光泽，眉目清雅而深秀，看去就如画卷中人。不过此时那一脸郁闷的模样，倒像是和延休换了个壳子。

被琉璃牵在手里的光庭一张小脸绷得紧紧的，神色比两个兄长加起来还要严肃老成，只是眼眶发红，待琉璃走到马车边，更是一言不发地拽紧了她的手。

琉璃俯下身去，柔声道："六郎听话，等你长大了，阿娘出门作画时也会带你的。你在家里好好念书，明年冬天阿娘就回来了，到时还会带好多画给你看，让你看看昆仑和天山是什么样子，阿爷和阿娘原先住的地方是什么样子，好不好？"

光庭吸了吸鼻子，低声道："可是阿娘回来之后，还会走！"

琉璃心里一酸，是啊，她还会走，以后的日子，她大概会不停地去各地绘制风景，不仅仅是因为这本来就是她的梦想，也因为唯有如此，她才能远离宫廷、远离京师、远离那些是非争斗，同时依旧对武后有些用处，如此，才能在已经开始的血雨腥风里，为孩子们铺就一条相对安全的道路。

可这样的话，她怎么能说出来？琉璃叹息着摸了摸光庭的头，"六郎，阿娘也舍不得你，可是，阿娘有阿娘的事，等你长大了，就会明白了。"光庭咬着嘴唇不作声，却也不肯松手。参玄眉头微皱，蹲下来低声道："小六，你是喜欢在家里住着，还是喜欢跟着阿娘住在宫里？"

光庭愣了下，"自然是家里！阿娘在宫里忙得很，而且那里……"他想了半晌，摇了摇头，大约怎么也形容不来那种感受。

参玄点头，"这就是了。你在宫里，什么都不用做，跟着人四处玩耍就好，你都不喜欢。阿娘若是不出门，便只能跟从前一样，日日入宫，每次好容易回趟家，都累得没力气说话，你希望阿娘那样辛苦么？"

光庭想了片刻，低头摇了一摇，手上慢慢地松开了。

琉璃心里一热，弯腰抱了抱光庭，"六郎真是长大了。"她的孩子们，终于都长大了！

平复了一下心绪，她抬头对参玄道："三郎，你媳妇如今身子还没稳，家里万事都要靠你，你千万记得阿娘的吩咐，平安度日比什么都要紧；五郎也是一样，你也十六岁了，平日帮阿兄阿嫂多看顾着家，在外头三思而行，千万莫要惹祸。"

兄弟俩齐声应诺。原本站在不远处说话的两人也牵马走了过来，走在前头的延休眉梢眼角全是兴奋，一张俊秀的面孔几乎能放出光来。落后他两步的麹崇裕神色却是愈发清冷，只对琉璃点了点头，便吩咐延休："这一路上你要多看多想，随机应变，莫要丢了为师的脸！"

延休欠身应了声"是"，神色颇为郑重，对这个师父显然是越来越心悦诚服。

琉璃却忍不住想叹气，她今年年初离开洛阳去画中岳嵩山与北岳恒山，私下拜托麹崇裕对几个孩子多加照看，不想回来时延休居然已成了他的弟子，学了多少本事还不知道，反正是愈发毒舌了，这事儿还真是……她无奈地摇了摇头，顺口道："多谢郡公，不知仪娘什么时辰回洛阳？"

麹崇裕淡淡地道："她已经回金城祭祖了，你们若是早走十天半个月，大约还能同路一段。"

琉璃愣了一下。麹崇裕去年十二月做了什么，旁人不知道，她却是清楚的——手刃程务挺，监斩程家满门。偏偏慕容与程家原有通家之好，慕容仪对此多少有些难以接受，年初就回了长安；她原以为过了半年多，这场别扭也该过去了，没想到慕容仪竟直接回了金城……此事她实在无法置评，只能叹道："原来如此，祭祖也是正事。洛阳多风雨，还望郡公保重！"

麹崇裕眉梢一扬，抱了抱手，"夫人好意，崇裕心领，不过守约兄曾说过，人各有志，人各有命，麹某不求安享荣华，只求畅心快意，如今得偿夙愿，已是一生无憾。倒是夫人，一路还要多多珍重！"

看着麹崇裕的神色，琉璃心绪顿时有些复杂。这两年，武后对麹崇裕的信重有目共睹，如今莫说宗室子弟，就是靠着认了武后为母才保住荣华的千金大长公主，瞧见他也只有谄媚的份儿，麹家自然是水涨船高，他也算如愿以偿。至于别的，对他来说，也许都不是那么重要……她默然欠身还礼，转身走到了马车跟前。

庆远瞧着马车，脸色更是垮了下来，延休抬手摇了他一拳，"好难看的嘴脸！你先前跟阿娘去嵩山时，我可不是这副模样。"

参玄学着他平日的语气凉凉地道:"也就是回去后有些吃不下饭而已。"

延休被噎了一下,随即便笑着拍了拍庆远和光庭,"所以你们莫要学我,说不定下回阿娘能带你们去更好的地方。倒是阿兄,回家定要努力用饭,莫让阿嫂再担心了,横竖这样的事,阿兄总是要慢慢习惯的。"

参玄气得瞪了他一眼,"你就少卖弄口舌吧,这一路上好好照顾阿娘,若是惹了半点是非,瞧我怎么收拾你!"

延休正色抱手,"阿兄放心,延休绝不会给阿兄出气的机会。"

众人禁不住都笑了起来,离愁别绪倒是被冲淡了许多。

琉璃的目光在众人脸上缓缓掠过,孩子们身后的那几张面孔同样是她最熟悉的,却也多少有些不同了,苏味道夫妇气色鲜亮,带着前程见好的飞扬意气;韩四夫妇则愈发稳重,眉宇间刻着几分经年行医的疲倦;小米和阿景变化最小,却也有了管事的沉着模样。再远些的地方还站着几位脸孔陌生的护卫,正是这两三年里陆续投上门来的,不知怎地,琉璃总觉得他们身上有种异样的熟悉感,此刻看去仿佛更加明显⋯⋯

拉车的健马不耐烦地打了个响鼻,琉璃回过神来,低头抱了抱光庭,又和众人点了点头,这才在一片"保重"声中扶着紫芝上了车。

车轮滚动,很快就将半山亭抛在了后面。琉璃目不转睛地往后看着,直到山路一个转弯,将亭外的人影全部遮住,也没舍得挪开视线。

紫芝轻声道:"娘子放心,小郎君们这几年都长进了好些,一定会过得好好的!"

是啊,他们一定会好好的,而自己身边的这些人,不管是留下的还是离开的,不管是享福的还是操劳的,他们过的也都是自己想过的生活,这就比什么都好!看着被马车飞尘遮断的来路,琉璃长长地出了口气,放下了车帘。

在马车的外头,垂拱元年的秋光依然明媚无比,那满地凋零的槐花有如昨日风流,枝头新染的枫叶恰似今朝新贵,正是辞旧迎新、如火如荼的好时光。

西行的路上,一切却是格外繁华而安逸,路边的邸店酒铺触目可见,路上的车马驼队络绎不绝,有逐利而行的商队,也有出门游历的学子,有探亲访友的闲人,也有身负王命的使团。延休原是头一回出远门,跑前跑后地事必躬亲不说,但凡遇到使团商队,更要前去攀谈一番,回来便跟琉璃卖弄见闻。

琉璃笑他,"平日瞧着你比五郎还沉稳点,没想到出门之后却是一样的猢狲!"心里不免欣慰:延休的性情眼见着开朗了许多,待人接物也更加周到谦和了,果然是读万卷书不如行万里路么?

延休脸上却添了几分认真,"出门在外,孩儿自然不敢躲懒。再说阿娘此去原是要探查西疆风情的,儿子别的事都帮不上忙,也只有四处多去查访查访了。"

琉璃怔了一下,摇头道:"你还小,很是不必为这些操心。"这一次,她重回西域,其实画画还在其次,主要是如今边疆不宁,武后有心提拔兴昔亡可汗的子孙来安抚突厥各部,而她自然也就成了探查人心所向的最好人选;此事她并没有对孩子们多说,没想到延休竟是如此明白⋯⋯

延休笑道："阿娘放心吧。儿子不过是多说几句话，哪里就操心了？何况这里天高地远，风土人情都和京师不同，就是为了长些见闻，儿子也该到处走走的，不然岂不是白走了这一回？"

眼前这张笑脸，分明带着几分熟悉的温润秀朗。琉璃心头一阵酸涩，努力微笑着点了点头。在延休的背后，那片被秋光染成深浅金色的原野正在群山环抱间舒展着广袤的身躯，山顶上的白云宛如一幅流动的画卷，果然是天高地远，一如当年。

这一趟远行，无论是一个开始，还是一个结束，他们都不会白走。

只是越往西走，琉璃的心情却不免变得越来越沉重，沿路的许多驿馆、酒铺，都是她和裴行俭从西域回长安时路过的、住过的，那些久远的往事，她原以为自己已经淡忘，此刻陡然瞧见，勾起的回忆却是鲜明无比，仿佛早已刻在了骨子里，因此触动的伤痛自然也愈发尖锐——她却自虐般地舍不得错过任何一处。

在这样的心绪激荡里，转眼已近十月。河西风霜渐冷，一行人来到凉州境内，走了几日，前方十字路口的一排柳树后，赫然出现了"云威邸店"的招牌。

琉璃坐在马上，怔怔地瞧着那处熟悉的建筑，一时竟是动弹不得。

延休顺着她的目光看了一眼，奇道："这家邸店难不成很有名？"转头瞧清琉璃的脸色，顿时不再多问，只吩咐随从，"今日就在邸店落脚，快去让店家收拾出最好的院子来！"

那随从不多时便跑了回来，"今日巧了，邸店里几个小院原是都被商队包下了，不过小郎君先前跟他们打过交道，他们愿意让出两个院子！"

延休松了口气，"你去道声谢，就说待会儿我会亲自送几色礼物过去。"

琉璃慢慢地透出了一口气来，踩镫下马，走进了邸店的大门。这些年里，这家邸店似乎并未易手，屋里的陈设虽然翻新过，布局却是一丝没变，进门依然对着高高的柜台，厅堂里依然放着七八张高案，此时案边也依旧零零落落地坐着几位胡商和妓女，听见动静，都好奇地看了过来。

琉璃环顾着熟悉的厅堂，耳边仿佛又响了他的声音："琉璃，怎么会是你？"她心里的伤痛再也难以压抑，快步走出了大堂。两个转弯，便到了当年住过的那个院落。

院落居然也是老样子，走进月亮门，一条青石路直通北房，几间屋子连门窗的式样似乎都不曾改动……琉璃眼前不由渐渐一片模糊，半晌才听见身边有人抱歉不绝，"这位夫人，这一处院子原是不能招待客人的，还请夫人体谅。"

延休也已赶将过来，皱眉道："我母亲既然想住这处院子，你们就赶紧收拾出来，缺什么东西从我那个院子挪便是，不会少你们一文钱。"

伙计苦着脸道："好叫郎君得知，这原不是钱的事……"

延休还想再说，邸店的掌柜气喘吁吁地赶了过来，对伙计喝道："客官们既然要住，还不赶紧让人收拾准备，却在这里磨什么牙？"

伙计吓了一跳，想要开口，掌柜狠狠一眼瞪了过来，这才不敢多说，招呼着同伴进屋收拾去了。没过两刻钟一切便收拾妥当，琉璃进去一看，那屋里也依旧是外头高案、里头卧榻的布局,不过家具都颇为干净齐整,依稀还有熏香的余味。

延休一眼瞧见,回头便瞪那伙计,"这是不能招待客人的?"

伙计苦着脸没作声。琉璃却知道,这样的邸店多会特意留出最好的院子专门招待贵客,如此行事也是寻常。她的心情已平复了些许,当下摆手止住延休的话,"我这里已经好了,你也去收拾收拾你住的院子吧。"

延休略一犹豫,低声道:"母亲先歇息片刻,儿子稍后再过来给您请安。"

琉璃知晓他担忧自己,忙笑了笑,"不急,今日还早,你先忙你的,待会儿我让紫芝去看看能不能做些新鲜可口的菜出来,这几日吃得着实有些腻。"

延休松了口气,告辞退出。琉璃沐浴更衣,又打发了紫芝下去洗浴准备,自己呆呆地坐在屋里,只觉得眼前的一切越看越熟悉,恍惚间几乎不知今夕何夕。

她正惘然出神,门上突然传来了几下轻轻的敲击。

这一幕实在熟悉得惊心,琉璃不由"腾"地站了起来,"谁?谁在外头?"

门外响起的,居然是一个并不陌生声音:"是我。"

是她?琉璃一个激灵彻底清醒过来,定了定神,走上两步沉声道:"请进!"

木门一开,一位头戴帷帽的女子不紧不慢地走了进来。她穿着一身素净的青色胡服,手里还提着个半新不旧的食盒,却依然显得举止优雅、气度不凡;待得缓缓取下帷帽,黑纱后露出的面孔更是清雅秀丽,赫然正是早已在流放路上"暴病而亡"的崔十三娘!

上下打量着琉璃,她的脸上露出了几分赞赏,"夫人好深的养气功夫!"

琉璃笑了笑,"还是不敢跟你比。"历经生死剧变,崔十三娘看去居然变化不大,眉宇之间虽多了些风霜之色,整个人却愈显沉静。

崔十三娘看了琉璃一眼,随手放下帷帽食盒,自己往条凳上一坐,长长地舒了口气,"认识这么多年,咱们总算能打开天窗说亮话了,夫人又何必过谦?"

琉璃也坐了下来,"我说的都是实话。这两年里,我也一直盼着这一天。"

崔十三娘"喔"了一声,秀眉微微挑起,"是'这两年'么?那就容我先问一句吧——你是怎么猜出我的身份的?难道是这两年我有哪点做得不够好?"

琉璃的脑海里顿时浮现出阿凌的面孔,只是念头一转,还是淡然道:"你忘了我在宫里是做什么的?你在武后面前说了些什么话,难道能瞒我一辈子?再加上明崇俨的事,你是什么人,还用得着我去猜?"

崔十三娘恍然点头,"原来如此,我也听说过,这两年你在宫里很是会收买人心,却还是低估你了,难怪最后会一败涂地!"

琉璃摇了摇头,"你从来都不是低估了我,而是高估了你自己。"

崔十三娘脸色一变,沉默片刻才道:"我的确是高估了自己,我原以为只要自己够用心够努力,就能改变命数,没想到,最后不过是成就了你们这些人!"

"只是我还有两件事想不明白,一是日食的事,你是不是早就知道那天会有日食,做好了套等着我去钻?还有,去年重阳之后,你对子隆又到底做了些什么,让他……让他就像变了个人！"转头盯着琉璃，她的神色变得极为凝重，"这一年，我日夜想的就是这两桩事，还望夫人不吝赐教！"

那她知不知道，自己等着她这一问的时间更长？琉璃看着崔十三娘微微一笑，"好说！我的确早就知道那天会有日食，不过你会赶着那时辰过来找我，却是意外之喜；至于去年重阳，我只是问了裴炎一声，你有没有告诉过他，太后接下来就会改朝换代，登基称帝？而他裴炎，已是武周夺唐的第一功臣。"

这一次，崔十三娘沉默的时间更长，好半响才缓缓点了点头，"我明白了，我明白了！原来我当真是什么都改变不了，改变不了子隆，更改变不了历史，做得越多，错得越多，就像俄狄浦斯王……"她的眼神渐渐变得空茫，连眼角隐隐的皱纹仿佛都深了几分。

看着这张骤然灰暗下去的面孔，琉璃心头不知为何竟没有预料中的舒畅，反而也有些空茫，脱口叹道："我们自然改变不了历史，因为我们自己，就是历史！如果没有你我，说不定事情根本就不会一步步走到今天这个局面。"

"我们自己就是历史？"崔十三娘低声重复了两遍，突然抬头瞧着琉璃冷笑起来，"你是早就知道了吧！这几年里，你是不是觉得我就像个笑话？就是因为知道子隆会因反对武后而死，我才会那么殚精竭虑地接近武后，效忠武后；殚精竭虑地去说服子隆，让他为武后鞍前马后地效劳，为她上台扫清一切障碍；结果，却是一步步落到了自己最害怕的宿命里！

"你是不是还觉得自己特别能耐？随便发个誓就能让我声名扫地，随便说几句话就能激得子隆只求速死，就能让我几十年的苦心经营付诸东流！其实，你不过是命比我好！你是穿成了裴行俭的妻子，就算什么都不做，老天都会站在你这边，让你安享荣华，让我一无所有。如果换了你是我，你又有哪点能比我强？"

是啊，自己哪点比她强？琉璃胸口突然一阵酸楚，涩声道："我是不比你强。说起来，我们大概是一种人，一样的自私自利，一样的自以为是，仗着那点三脚猫的历史知识就自觉高人一等，不但自欺欺人，还想去骗他们，以为他们会和我们一样贪生怕死，结果，却是害了他们！"

崔十三娘脸上的笑容愈发讥讽，"夫人又谦虚了！你想说我蠢，想说我是自作自受，直说就好了，何必还这么拐弯抹角？"

琉璃忍不住皱眉，"你想让我直说什么？如果我是你，会怎么去做？"

看着眼前这张满是嘲讽的面孔，想起这些年来的种种恩怨，她的语气不由也淡了几分，"是，我不如你有本事，有魄力。如果我是你，我大概根本就不敢嫁给裴炎；就算不得不嫁，大概也会竭力劝他远离宫廷，别惹是非；实在劝不动，我大概也会想法子自己去效忠武后、谋求后路。不过无论如何，我还不至于去主动坑人害人，不至于拿旁人的前程性命当自己的垫脚石，更不至于为了利益就出卖朋友！"

崔十三娘明显地怔了一下，随即便摇头失笑，"你觉得我是故意出卖你，一直拿你当垫脚石？如果我说，我一直是真心想与你交好，从没想过要坑你害你，你大概不会信吧？不过不管你信不信，我有今天，有一半本来就是拜你所赐！

"其实最近我经常在想，如果当初没遇到你，我会怎样？我想我大概会认命，会一直乖巧下去，好让人给我挑个不那么坏的归宿。毕竟一睁眼就到了一千多年前的这个鬼地方，变成了一个没钱没地位没助力的庶女，我不认命又能怎样？直到在芙蓉宴上，听你说出'尘归尘，土归土'，我才知道，原来这世上不是只有我一个人这么倒霉；等瞧见了你那些扭转乾坤的手段，我这才想到，我又不比你差什么，为什么不能也豁出去搏个前程？

"后来我嫁给了子隆，好不容易一步步在裴家、在长安，站稳了脚跟，你又从西域回来了。那时我跟你交往，当真是一片诚心，想着以后说不定能互相照应。就是法常尼寺那一次，其实我比你们都早一步收到消息，开始也只想着要装病躲祸，直到发现你那番收买人心的举动，我才明白自己该怎么做！后来我是到武后面前说了实话，可你做初一，我做十五，大家各凭本事，我又有什么不对？"

琉璃抬眼瞧着崔十三娘，心头好不愕然——敢情这位是真心觉得自己那样做是在玩弄权术、收买人心？她不由摇头叹气，"你果然目光如炬，那一回，我可不是收买了好些人心，占到了好大的便宜？原来你跑到武后面前去告密，竟然都是跟我学的，被我逼的！那后来你让明崇俨来逼我就范，肯定也是一心为我着想了？"

崔十三娘的脸色微僵，顿了片刻才道："你到底在算计什么，我怎么知道？我又不像你那么好命，就算什么都不做也能高枕无忧！贺兰敏之一发疯，为了自保，我也只能那么做。至于明崇俨，我可没让他去逼你。这人根本就是疯子，我好心提点他，为他谋划前程，他却越来越狂，居然让我改嫁给他！被我教训了之后又去惹你，自己露了馅不说，还回头来威胁我，我才不得不……除了他！"

琉璃恍然大悟，难怪明崇俨好端端的会对自己那么轻薄无礼，原来是对崔十三娘求之不得，迁怒到了自己头上，这还真是一笔狗血乱账！

崔十三娘似乎也不想多说此事，皱眉道："总之，从头到尾，我都没想过要害你！就是后来裴行俭去了西域，武后逼我想法子对他不利，我也只是让人传了几句不打紧的谣言而已，还特意去提醒了你。是你自己跟武三思家联姻，激怒了皇帝，才会有后来的祸事！皇帝武后都要打压裴行俭，我们又有什么法子？难不成还能违抗上意，舍己为人？可就算是那时候，我想的也是，如果能不跟你翻脸，我就算受点委屈也没什么。没想到，你却是比我想得更狠，让我和子隆名声扫地不算，还要一步步把我们逼到绝境！"

慢慢站起身来，她居高临下地瞧着琉璃，眼里终于露出了难以掩饰的恨意，"你说我出卖你、坑害你，那你知不知道，因为你，子隆死的时候，有多少刁民拍手称快，说这是他的报应？你知不知道，我现在过的是什么日子？就连我的儿女，也是前途尽丧，苟且偷生！而你呢，你不还是照样投靠了武后，不依然在助纣为虐？事到如今你还依然高高在上地安享着荣华富贵，又有什么资格来指责我？"

琉璃也抬头看着崔十三娘，她目光中的怨毒锐利得若有实质，琉璃心里却突然一阵轻松，是的，自己有什么资格指责十三娘？三年来，她也不止一次地问过自己。都是趋利避害，都是挣扎求存，自己的退缩和她的进取又有什么不同？现在她终于可以确定了，她们从来都不是一路人，手段不一样，目的也不一样。

迎着崔十三娘冰冷的目光，琉璃坦然地笑了起来，"其实最近我也经常在想，咱们都是穿越过来的，在这世上，咱们原该比旁人都亲近，可事情最后为什么会变成这样？是不是我无意中得罪过你，所以才惹来了你的报复？"

"今天我总算放心了，原来不是我对不住你，而是从一开始，你就认定我是个为了权势地位不择手段的人。所以在你看来，无论你怎么利用我、算计我、出卖我，都是应该的，就算踩了我还要装无辜，这还说明你是念旧情的；而我居然敢反击、敢揭穿你那半拉子的预言，那就是太狠太毒，就是要赶尽杀绝。所谓以己度人，无非如此。

"要按这种算法，我自然是罪该万死，就算现在指天发誓说自己不想收买人心，没有助纣为虐，也不稀罕什么荣华富贵、高高在上，自然也都是狡辩。不过无所谓，我做过什么，我想要什么，我自己问心无愧就好，至于你，你愿意怎么算都随便吧！"

她站起身来，目光直直地看进了崔十三娘的眸子里，"一个人，如果能自欺欺人一辈子，那也是一种福气。"

崔十三娘也直勾勾地看着琉璃，原本灵动的眸子似乎凝固成了两颗漆黑的石珠，良久之后，嘴角却慢慢扬起了一个异样的冰冷微笑，"看来，咱们之间的这笔账，还真是算不清了。也好，算不清，那就不算了。不过我千里迢迢地过来，总不能白跑一趟，不如现在就请你喝上一杯，也算是，了断恩怨！"

她伸手打开食盒，里头是一个青瓷酒壶，两个白瓷杯子。那酒水倒进杯子，多少有些浑浊，她却仿佛端着琼浆玉液，珍重无比地送到了琉璃面前，"请！"

这杯酒……琉璃瞧着离自己越来越近的酒杯，目光不由一点点地冷了下去，"无功不受禄，这么珍贵的酒水，请恕我消受不起！"

崔十三娘却是双眸明亮，笑容盈盈，整个人仿佛又恢复了几分往日的风采，"夫人说笑了，你不也说了么？这笔账，随便我怎么算。既然如此，这杯酒正是我的一点心意，夫人难道要出尔反尔？"

琉璃低头看了看酒杯，又抬头瞧了瞧门外，皱着眉退后了一步。

崔十三娘嫣然而笑，"夫人放心，你家公子和那位婢女我都专门安排了人手招待，这院子我也让人守好了，一时半会儿绝不会有人来打扰的。"

延休和紫芝都被她的人制住了？琉璃心里一寒，沉声问道："你到底想怎么样？"

崔十三娘的语气愈发温柔，"你也看见了，我不就是想请夫人喝杯酒吗？其实你们一出长安，我就想夫人喝一杯了。可惜你们一路上都住着驿馆，我也只能每天赶在前头打尖投宿，原以为要等到戈壁上才能有机会跟你叙旧，没想到你竟然要体验民间风味，还正好选了我住的这家，可见老天总算帮了我一回！"

琉璃轻轻摇头，正想开口，崔十三娘毫不犹豫地截住了她，"我知道你能言善辩，不过眼下还是别浪费力气了。只要喝下这杯酒，你我之间自然两清，我也不想连累无辜。不过夫人要是不赏脸，甚至闹起来，别说你家公子，就是跟着你的下人，这邸店的食客，说不定都会遭殃。你说你绝不会害人坑人，怎么，现在为了自己，连儿子也要害？"

她的目光在琉璃身上转了转，惬意地眯起了两眼，"或者，你也可以试着放下身段，好好地求一求我，我说不定会心软。"

琉璃沉默片刻，面无表情地伸手把酒杯接了过来。崔十三娘顿时笑得更是欢悦，"我就知道，你再心狠，也是舍不得赔上亲生骨肉的。"

琉璃的目光慢慢从酒杯转到了崔十三娘的脸上，突然也笑了起来，"我自然舍不得，就是不知道你舍不舍得为了这笔旧账，赔上自家儿女呢？"

崔十三娘愣了一下才笑道："这都什么时辰了，夫人还想虚张声势？"

琉璃笑吟吟地摇了摇头，"我为什么要虚张声势？以前也就算了，这两年我都知道你是什么人了，你觉得我会大意到不去留心你的举动？贵府抄家时号称无担米之财，人人都说裴炎清廉，开玩笑！他再清廉也是裴家子弟、是大唐宰相，那么多俸禄家产都去了哪里？还不是你见势不对，都提前卷走了。有重金铺路，有忠仆保驾，你们在流放路上自然是轻松脱壳，贵公子眼下大概还在广州吧？你的那两位千金如今也都住在陪嫁庄子上，有一个好像又有了身孕，日子逍遥得很，怎么就是苟且偷生了？"

崔十三娘怔怔地看着琉璃，脸色虽还镇定，呼吸却已变得粗重起来。

琉璃把酒杯往案几上一放，笃定地看着她，"不过我可以跟你保证，如果今天我出了任何意外，他们的下场一定不会比我好，你，要不要试一试？"

崔十三娘慢慢低下头去，伸手扣住了那个酒杯，半晌才道："难怪！难怪这几年你们家风雨不透，让人无处下手，难怪今天你看见我一点也不意外！我果然是高估了自己，这些年里，我跟你走得越近就越不平，不管是家里还是外头，你哪点做得比我好？却没想过，你至少比我更能忍，所以到了紧要关头，才能一击致命！"

"今天，我愿赌服输！"

她端起酒杯，仰头就喝。琉璃忙伸手一扫，酒杯"啪"的一声落在地上，摔得四分五裂。

崔十三娘吃了一惊，随即笑容却越来越大，"夫人这是做甚？你以为我喝的是什么？毒酒？"她笑着摇头，伸手从食盒里拿出了另一个杯子，倒满酒水，端起来悠然喝了一口，"听说这家邸店的老酒是凉州第一，原来不过如此。"

抬眼看着琉璃，她的笑容里多了几分苦涩，几分坦然，"没错，我是恨你，不过再恨我也知道，这条路是我自己选的，我有今天，也是命中注定。我只是不服气，一样都是穿越的，凭什么你轻轻松松就能成事？我辛辛苦苦却是给他人做嫁衣？这次跟着你，我想问清楚自己到底输在哪里，我更想瞧瞧你输的样子，瞧瞧你狼狈的样子。没想到，却依然是算错了形势，高估了自己，不输，才怪！"

看着这张说不清是陌生还是熟悉的笑脸，琉璃心里百感交集，一时竟不知说什么才好，默然良久才轻声道："你是输了，可我，也没有赢。"

崔十三娘诧异地看着琉璃，目光在她的鬓角上一转，"嗤"地笑了出来，"你这话是什么意思？不会是想让我内疚吧？白发谁没有？我若不染，只怕比你的还要多！再说了，我和子隆是有对不住你们的地方，可裴行俭既然娶了你又不肯效忠武后，就迟早会有这么一天！认真论起来，出师未捷身先死，对他也好，对你也好，已经是最好的结局了，你还有什么不足？"

琉璃怔了怔，微微吸了口气才道："没错，是我太贪心。"

崔十三娘挑了挑眉，"不过，临别之际，听你这么一说，我心里还是好受多了！"她低头把酒杯酒壶收入食盒，戴上帷帽，转身往外就走，眼见就要出门，到底还是淡然道了句："但愿你我，后会无期！"

帘子"哗"的一落，遮住了她的背影。琉璃缓缓坐倒，脸色顷刻间已变得一片苍白——崔十三娘费了那么多心思，说了这么多话，其实加起来也不如最后无意中说的那句"裴行俭既然娶了你……就迟早会有那一天"。在翻江倒海般的思绪里，她习惯性地屏住了呼吸，只是没等这阵锥心的刺痛过去，院子里突然传来了一声短促的惊叫，正是崔十三娘的声音。

琉璃吃了一惊，起身快步走到门外，却见崔十三娘正站在院门口。她戴着帷帽，看不清神色如何，身形却分明有些呆滞，大约是看见琉璃出来了，指着外头冷笑道："夫人好手段！"

琉璃愈发纳闷，忙提裙下了台阶，这才看见，院门外的地上赫然躺着两人，都是镖客打扮，不由奇道："这是怎么回事？"

崔十三娘的声音愈发讥讽，"夫人这般手段，又何必惺惺作态！"

琉璃念头一转才明白过来，这两人多半是崔十三娘的手下，是过来守院门的，却不知被谁放倒了。她上前几步，正想细看，却听一阵脚步声乱响，邸店的掌柜带着几个汉子乱哄哄地跑了过来，看见琉璃便高声道："夫人没事吧？适才店里的护院瞧这两人形迹可疑，怕是来踩盘子的，便悄悄将他们打晕了。护院们不敢贸然打扰夫人，只回报给了小人，小的已派人去知会您家小郎君了！"

他们是被店里的护院打昏的？琉璃看了看崔十三娘，崔十三娘似乎也是满脸愕然。掌柜此时也瞧见了崔十三娘，停步迟疑道："这位娘子是……"

琉璃叹了口气，"她是来拜访我的客人，这两位都是她的护卫。"

掌柜的嘴顿时张成了一个圆，随即抱歉不迭，"小的该死，是小的鲁莽了！"回头便吩咐："还不快去请医师过来给两位好汉瞧瞧，你们都是什么眼力……"

崔十三娘冷冷地打断了他，"不必了！"

话音未落，延休已大步流星而来，瞧见琉璃才松了口气，上前先问了声安，转头又喝问掌柜，"这到底是怎么回事？"

掌柜自是软语解释，满口抱歉。说话间，紫芝也跑了回来，少不得问长问短。原来延休是去那边商队道谢时被留下喝了两杯酒，而紫芝则是准备晚膳时遇到了同乡，此时两人自然又是懊恼，又是庆幸。

第一百六十四章　别情依依　此恨绵绵

琉璃随口道了几声"无事"，心头却是一阵异样，延休和紫芝自然都是崔十三娘找人绊住的，可这边护卫的事情，却有些说不出的蹊跷。这两三年，她并不是第一次遇到类似的情形……她忍不住转头看了看那两名护卫，却见他们已被人掐醒，崔十三娘显然一刻也不愿多待，不等他们起身，略点点头便快步离开。两个护卫忙跟了上去，一个犹自揉着脖子嘟囔："这算怎么回事，我还没站稳呢，就被打了闷棍，也不晓得谁就在背后下的黑手！"

　　在院门口的一片嘈杂之中，他的声音并不算大，琉璃耳边却是"轰"的一声：背后，他是从背后被人打晕的？也就是说……环顾着这熟悉的院落屋宇，她的心不由狂跳了起来，再也顾不得什么，几步冲到上房，一把推开了边上那间的木门。

　　与主屋只有一墙之隔的小房间，此时却是空空荡荡，什么也没有，只有北风从虚掩的后窗不停地灌将进来，把窗棂吹得噼啪作响。

　　琉璃慢慢走到窗前，伸手推开了窗棂，却见外头是一片狭长的空地，春夏时节大约还有些藤蔓花草，此刻已只剩下几处狼藉，满地枯黄。

　　怔怔地看着窗下的枯草，她良久都没有动弹。迎面而来的风里仿佛带着无数把尖细的利刃，转眼间就把这初冬的寒意刻进了她的骨子里。

第一百六十五章
繁华落尽 明月千里

冬日的大海道分外酷寒。玉门关外，千里荒原宛如一个巨大的冰窖，将天地间的一切都冻得僵硬。然而对于商队来说，这却是一年里最好的季节——严寒同样也冻住了常年肆虐的狂风，路边的积雪更是荒漠里最好的水源。因此，每年初雪过后，都会有无数商队沿着大海道穿越戈壁，在冰天雪地里画下一道道斑驳的黑影。

这一日已入腊月，两场小雪之后，大患鬼魅碛改变成了一片茫茫雪原，而在大海道最荒凉的中段，一支商队正往西而行。队伍人数虽然不算多，牛马骆驼倒足有两三百匹，骑马挎刀的镖客前后奔驰，马蹄声传出老远。

琉璃骑在一匹枣红大马上，眯着眼睛看向不远处的"魔鬼城"。那是一片风蚀的山陵，只因地貌太过险恶，才得了这诨名。不过在皑皑白雪之下，眼前那起伏的丘陵看去不但不觉狰狞，反而格外干净优雅，仿佛是繁华落尽，心事成灰，世间的一切都已化成悠然冷寂。凝眸良久，她轻声叹了口气，"还真是，落了片白茫茫的大地真干净！"

一旁的紫芝诧异地看了过来，"娘子，你说什么？"

琉璃出神地看着远处，摇了摇头，"没什么。"

紫芝的眉心顿时皱成了一团，自打在凉州城外受了那场虚惊，夫人就越来越沉默了，要么半天都不开口，要么就是说些莫名其妙的话，实在是让人忧心！

她正想开口打个岔，耳边一阵马蹄声响，却是延休带马跑了上来，兴致勃勃用马鞭一指前方，"阿娘，萨保让大伙儿加快速度，一口气过了这地方再说！"

琉璃怔了一下，点头不语。紫芝却忍不住问道："那今日能走出魔鬼城么？听说里头像个迷宫，不好多停的。"

延休双眸闪亮，展眉笑道："有我们呢，你怕什么！"

紫芝撇了撇嘴角，心道，自然是怕马贼。这几年大海道可不太平，偏偏这次娘子着急赶路，不肯等大商团一道出发，说是西疆局势又有变化，等久了怕夜长梦多；却不想想，局势越乱，马贼也会越多，他们跟的这支商队就算脚程比寻常商队快些，真要遇上伏击了，难不成还能跑过马贼？

然而不管她如何腹诽，魔鬼城还是越来越近，那险峻的地貌也渐渐在积雪下露出了真容。那些奇形恶状的山丘巨岩沉默地矗立在道路两旁，天空仿佛都被遮掩得暗了几分。紫芝越看便觉得胸口越紧，琉璃却难得地回过神来，对她笑了笑，"都什么时节了，不会有事的，你放心吧。"

紫芝心里不由一松。也是，魔鬼城里虽然常有盗匪出没，可这寒冬腊月的，大队马贼怎么会轻易深入荒野？要是小队的，别说商队的镖客了，跟着夫人的这十几个侍卫难道是吃素的？自己大概是杞人忧天吧！

等到在这片丘陵里穿行了一个多时辰之后，她更是彻底踏实下来——走了这么久，所谓的魔鬼城却是一片安静祥和，连飞鸟都没看见一只。眼见着远处的地势已渐渐开阔，紫芝忍不住笑道，"看来最多再有半个时辰，咱们就能出去了。"

她的笑容还未收起，侧前方的山崖上突然响起了一声尖啸，一支鸣镝被高高地射向云霄，在灰白的天幕上划过了一道细长弯曲的黑线。随即，四面八方都响起了急促的马蹄声，无数骑马带刀的彪悍身影从断壁荒丘后涌了出来，宛如黑色的潮水，顷刻间就将商队团团围在当中。

紫芝呆呆地看着四周，全身的寒毛都倒立了起来——那黑压压的一片少说也有四五百人，而且人人都骑着高头大马，配着弯刀弓箭，更可怕的是，他们身上分明散发着一股肃杀的味道，那是不知道多少人血才能浇铸出来的气势！

这魔鬼城里，难不成真的藏着地狱里来的煞神？

商队领头的萨保更是脸色惨白，好容易才强压着心头的惊惶，提马上前几步，深深地弯腰行了一礼，"不知来的是哪路英雄，相见就是有缘，各位若看得起在下，在下愿奉上良马五十匹。"话音未落，他眼前突然有光芒一闪，随后耳边才听到"嗖"的一声，却是一支利箭擦着他的耳朵飞了过去。

这一下，萨保再也支撑不住，身子在马上晃了晃，"扑通"一声摔在了雪地上。商队里顿时响起了一片惊呼和吸气之声，胆小些的已经抽噎起来。

马贼之中，一位黑衣汉子放下长弓，厉声道："谁敢废话，我射瞎他的眼睛！"

他的汉话说得颇为流利，音调却有些古怪。紫芝原是在西疆长大的，听到这声音心里便是一动，忙凝神细瞧，这才发现这些"马贼"不但带的刀弓样式特别，马鞍边还都挂着长长的马绊……是突厥人！她简直不知该松口气还是该更加紧张，忙转头对琉璃低声道，"娘子，他们好像不是寻常马贼，是突厥骑兵！"

琉璃面色凝重，闻言眉头都没动一下。她身边的延休也是面无表情地盯着对面带头之人，嘴角抿成了一条缝。紫芝四下看了几眼，突然明白过来：没错，这些人是突厥骑兵，可突厥人怎么会派出这么精锐的骑兵来对付一支小小的商队？

仿佛是为了印证她心头的恐惧，带头的黑衣人又逼近几步，提声喝道："你们听好了，我给你们一刻钟的时间，你们把从洛阳来的唐人都给我交出来，我自然会让你们走；如若不然，那就都给我留下来吧！是死是活，你们自己看着办！"

已渐渐聚拢成团的商队里一阵骚动，不少人看向了琉璃这边，离他们近点的更是"哗"地闪到了一旁。裴府护卫们见势不对，忙上前将琉璃和延休护在了当中。

黑衣人早已注意到这番动静，带马向这个方向走了过来，在离他们不远的地方勒住缰绳，长笑一声，"华阳夫人果然在此，我家可敦久闻夫人大名，想请夫人到营地小住几日，还望夫人赏脸！"

可敦？紫芝的心顿时提得更高，如今突厥十姓群龙无首，连大汗都没有一个，哪有什么正妃可敦，难道来人是阿史那都支的遗部？或者正如娘子所担心的，有人打听到了她的来历，要在朝廷派人之前先下手为强？

她心思急转，拨马上前几步，对琉璃低声道："娘子，让我去！"——她去吸引那些人的注意力，娘子和小郎君就可以趁机突围。

琉璃一带马头，挡住了紫芝的去路。紫芝不由急了，叫了声"娘子"还要再说，琉璃断然摆了摆手，"放心，这些人既然弄出了这么大的阵势又不动手，自然不会是为了带几个死人回去。可咱们要是贸然突围，就算能逃出一两个，在冰天雪地里又能活几天？再说商队里还有这么多人，难不成要让他们白白送命？"

紫芝哑口无言，转头看了看延休，只见他双眉紧皱，眸子却比平日更为明亮锐利，声音里也没有半点犹豫，"阿娘说得是，如今咱们不能冒险，只能走一步看一步。"

他看着琉璃微微点了点头，提马越众而出，朗声道："夫人有命，可敦盛情，却之不恭。还望将军信守承诺，先放商队离去，我等愿随将军拜访可敦。"

黑衣人目光在延休脸上转了转，哈哈一笑，抚胸行礼，"夫人既有吩咐，在下自当从命。"说完一挥手，身后的人马往两边一分，果然让出了一条路来。

商队诸人愕然之余，都有死里逃生之感。带队的萨保早已挣扎起身，此时不敢多说，向着琉璃的方向伏地行了一礼，带着众人匆匆离去，转眼便去得远了。

突厥骑兵这才四下收拢，几百匹战马将琉璃等人围在当中，挟裹着他们向北而行。紫芝有心记住道路，在迷宫般的丘陵里几个转弯后，却是再分不清方向了。她心里越发不安，却不敢轻举妄动。

琉璃显然也是心事重重，不时抬头看看头上被山崖切割得奇形怪状的天空出神，不知在思索着什么。

大约又走了半个多时辰，转过一处山坳，眼前的地势豁然开朗，在略显低洼的一片平地上，上百顶帐篷连成了一片，正是突厥人的营地。

领头的黑衣人翻身下马，对琉璃抱了抱手，"夫人一路辛苦，还请进营歇息片刻。"

琉璃一路上都没有开口，此时也只是默然点头。黑衣人却是毫不在意，中规中矩地在前头引路，将他们带到了营地正中的几顶帐篷边，转身对延休笑道："各位请随意歇息，待会儿自有酒肉奉上。"又对琉璃欠身行礼，伸手指向中间的主帐，"华阳夫人，这边请。"那神态，仿佛真将他们当成了贵客。

紫芝转头看了一眼，忍不住苦笑起来——在这几顶帐篷周围，兵士住的毡帐扎得密密麻麻，还有一队精兵扶刀而立，监视这这边。他们十几个人若想做点什么，外头几百号突厥人一人丢块石头，大概也能把他们砸死。

琉璃显然比紫芝更清楚他们的处境，一言不发地走进了主帐。却见这帐篷布置得竟是分外华美，地下铺着波斯红毯，壁上挂着鎏金油灯，角落里夹杂着香料的炭盆烧得通红，当真是灯火通明，暖香袭人。几个打扮齐整、眉目清秀的侍女笑容满面地迎了上来，不等紫芝插手，便帮琉璃脱了大氅，净了手面，请她在铺了狼皮褥子的软榻落座，又端来一杯热气腾腾的乳酪，还有侍女捧上两卷书册，含笑道："这是凉州那边新出的杂记，夫人若觉无聊，或可略解烦闷。"

紫芝这下当真是目瞪口呆——他们居然连夫人爱看闲书的习惯都知道？就算有什么可敦要招待贵客，也不至于体贴周到到这个份上吧？所谓无事献殷勤，难不成是因为阿郎在西疆余威犹在，所以有人要竭力拉拢娘子，好去争权夺利？要是这样，此事危险倒不见得多危险，却一定会更麻烦！

琉璃显然也有些意外，怔怔地看着那个捧书的侍女，连书都忘记去接了。

阿燕忙上前几步接过书册，含笑道："多谢费心。不知可敦如今可在营地？"

那侍女一头红发，看去只有十四五岁年纪，闻言笑盈盈地扬起了一张粉脸，"什么可敦？我们是奉将军之命好好照顾夫人的。"

将军？紫芝原本觉得这女子有些眼熟，正在纳闷，听到这一句，脸色都变了。那侍女眼珠咕噜噜地一转，笑着补充道："我家将军仰慕夫人已经很久了！"

紫芝顿时就像被冰水迎头泼了个透湿：老天！自己怎么忘了，按突厥风俗，要借助阿郎的声望，最好的办法就是娶了他的遗孀！原来他们这般大动干戈，为的竟是这个……转头看着琉璃，她只觉得手脚发颤，膝盖发软，几乎有些站立不住。

琉璃脸上并没有露出半分惊愕，只是缓缓环顾了四周一眼，视线停在了帐篷最暗的角落里，无奈地叹了口气，"好了，别装了，你还没玩够么？"

紫芝好不纳闷，忙顺着她的目光一看，却见那里蹲着一个穿着半旧袍子的妇人，正侧对她们整理行李。听见这一句，那妇人的身子顿时一僵，突然笑着站了起来，一把拉下高高竖起的领子，"阿姊，你是怎么看出来的！"

明亮的灯光下，从灰色毛领中露出的那张面孔已不算年轻，却依然是肌肤皎洁，眉目精致，一双褐色的眸子更是明亮得犹如星辰。

紫芝张着嘴，一时间几乎无法合拢——云伊，居然是阿史那云伊！

琉璃起身笑道："谁让你穿成这样的？欲盖弥彰！还有，"她伸手一指红发少女，"你平日都不照镜子的么？她和你生得这么像，刚才倒当真是吓了我一大跳！"

那红发少女笑嘻嘻地行了一礼，"念玉见过姨母。"

念玉？琉璃怔了一下，还未开口，云伊已几步走了过来，拉着琉璃的手上下打量，眼睛渐渐湿润起来。琉璃眼里也有水光闪动，却笑着反握住了她的手，"这么多年了，你怎么半点都没改？还是这么爱捉弄人，你是要跟我炫耀你有女儿么？"

云伊吸了吸鼻子，脸上重新露出了笑容，"正是，不服气？"

琉璃举手认输，"服气！我敢不服气么？"她从腕上取下了一个羊脂玉手镯递给念玉，"好孩子，别嫌弃，姨母今日不知道会遇到你，回头再给你补份好的。"

云伊却是一脸嫌弃，"听说你是升了大官的，怎么还是这样寒酸！看我——"她得意洋洋地伸出雪白的手腕，给琉璃看自己手上那些宝光璀璨的镯子。

琉璃摇头叹气，紫芝也是如梦初醒，她和云伊原是没大没小惯了的，上去便拉住了她的袖子，"云娘你还好意思说，你可是吓死我们了！"

云伊愈发得意，"我是什么人！当年姊姊走的时候我就说过，什么时候姊姊回西疆，我会千里相迎，难道我是说话不作数的？"她又遗憾地斜睨了琉璃一眼，"阿姊越发无趣了，你看，紫芝就比你好玩，刚才脸都吓白了呢！"

紫芝哭笑不得，敢情她率领这么多精兵演这一出劫道，就是为了好玩？她还想再问，琉璃却笑道："这都过了晌午了，你还是先下去用些饭，歇息歇息吧。"

云伊也转头看着念玉，她还没开口，念玉已抢着扮了个鬼脸，"就知道阿娘会嫌弃我，女儿这就乖乖儿滚出去！"

满帐的人都被她逗乐了。一片笑声中，众人退了出来，紫芝跟着念玉走了几步，她心里到底惦记着延休，低声问道："对了，我家小郎君还好吧？这件事……"

念玉笑道："你是说那个生得像画儿般的郎君？放心吧，他都知道了。"

紫芝不由松了口气，这才注意到营地里竟是一片忙碌，不远处，众人七手八脚地清出了一大片空地，正在搭建彩棚，显见晚上是要好好欢庆一番的——云伊这爱折腾的性子倒是变本加厉了！她忍不住笑道："这让不知道的人瞧见了，只怕会以为你们这里真有将军要抢妻呢！"

念玉抚掌大笑，"可不是！"

两人用了午饭，念玉带着紫芝进帐休息。大约是这番惊吓太过，紫芝只觉浑身酸软，头一沾枕头便睡了个昏天黑地，直到外头一阵呼喝声响起，才蓦然惊醒。

她出帐一看，却见天色已然不早，原本欢腾的营地竟又变得剑拔弩张，人人身靠帐篷，手握弯刀，却是一动也不敢动——营地四边的高地上，不知何时出现了一排排的人影，张弓搭箭，直指营地。而在营地外头，还有一支上百人的骑兵肃然而立，煞气逼人。

紫芝看得几乎傻了：这又是从哪来冒出来的人马？虽然数量比突厥人少了一半，气势却显然更盛，局面上也是占尽先机。

她转身几步跑进主帐，里头依然只有琉璃和云伊两人。她们显然已收到消息，云伊正在帐篷里来回踱步，衣角带风，快得让人眼晕，琉璃则是静静地坐在那里，神色漠然，看着却更令人心惊。紫芝忙问："外头是什么人？他们想做什么？"

云伊脚步一顿，哼了两声，"还不就是你们说的螳螂捕虫，雀儿在后？这些人一直跟在你们商队后头，如今杀上门来，自然是要让我交出你家夫人。"

紫芝吓了一跳——商队的后头居然一直跟着这样一支队伍？难不成全西疆的人都

知道娘子来了，要打她的主意？她赶紧拉住了云伊，"那咱们怎么办？"

云伊咬着牙冷笑，"自然是让他滚进来再说！"

紫芝愕然无语，那些人都把营地包了饺子了，怎么肯进来谈判？她正想摇头，外头有人挑帘进来，弯腰禀报，"他们已同意来和将军谈谈。"

紫芝"啊"了一声，云伊却仿佛早已胸有成竹，冷冷地点头，"让他进来！"

紫芝瞧了瞧云伊，又看了看琉璃，心头的惊愕太多，几乎变成了一片茫然。云伊显然松了口气，走到琉璃身边，安慰地拍了拍她。

琉璃的脸上依然毫无表情，只是紧紧抓着榻沿的双手，十个关节都已渐渐发白。她的眼神里仿佛有种令人心悸的东西，紫芝纵然满腹疑问，一时也不敢开口。

不知过了多久，外头终于响起了一阵脚步声，有人打起门帘，说了声"请"。

从外头走进来的，是一个身穿深青色大氅的高个男子，大半张脸都藏在兜帽下的阴影里，看不清五官如何，一双眸子却明亮得仿佛能从阴影里放出光来，待得瞧见帐篷里的琉璃和云伊，整个人便僵在了那里。

紫芝心头突然"咚"的一跳，不由自主后退了一步。转头再看琉璃，却见她微微侧着头，目光不知落向了哪里，片刻之后才慢慢看向来人。

来人也静静地看着她，那目光如有实质，仿佛可以把世间的一切都隔绝在外。

琉璃的脸上已说不出是什么表情，紫芝心头突然一阵酸疼，不敢再看，云伊也是霍然起身，"哼"了一声便快步走向帐外。在经过来人时，她脚步一顿，凉凉地道："姊夫，我一直以为你是天下最聪明的人，没想到，你不过是个傻子！"

紫芝此时哪里还有什么不明白的，震惊之余，再也待不住，悄然沿边溜了出去。

来人缓缓伸手摘下了兜帽，露出了一张清癯的面孔，眉宇疏朗，目光深邃，正是裴行俭。三年多的时光并没有在他身上留下太多痕迹，大约是染黑了头发又剪短了胡须，看着倒像是比先前还年轻了十几岁。此时看着琉璃，他的嘴角渐渐露出了一丝笑意，笑容里却有说不出的伤感。

琉璃梦游般缓缓起身，随即身子便是一颤，压抑了三年的情绪猛地从心底冲了上来，在她胸口激荡不休，仿佛下一刻就会将她整个人撕成两半。她几乎是拼尽了平生的力气才控制住自己，却不敢再动一下。

裴行俭的眸色愈发深沉，向前走了几步，眼见就要走到琉璃跟前了，突然又停了下来，深深地叹了口气，"琉璃，你不该如此的！"

他的语气里带着太深的沉痛，琉璃只觉得胸口突然变得空荡荡的，一颗心仿佛在这一刻彻底变成了冰块。

自己果然还是太贪心啊！三年来，她一直以为，只要他还活着，自己就会满足；直到在邸店窗外的枯草中看到那几个脚印，她才发现，原来知道他还活着，只是不愿意再面对自己，居然也是同样煎熬。她告诉自己，这只是因为一切都不能确定，所以她向延休吐露真相，用他手里的麴家人联系兵马，散布消息，为的就是今天，能看到一个确定的结果。

如今，这结果终于摆在了她的面前：他果然还活着，他果然只是再也不想见她。一切都确定得不能再确定，可为什么她心里还会这么难过？难过得好像整个人已被彻底撕裂，一半坠入深渊，一半留在人间。

然而痛到了极处似乎也是一种解脱，她听见自己淡淡地道："我是不该这么做。不过你放心，我没有别的意思，只是想当面跟你说一声抱歉。这么多年，我骗了你，瞒了你，我自作主张做了那么多事，都是我的不对，是我对不住你。如今你不想见我也是应该的，我知道了，以后再不会来打扰你。"

抬眼看着裴行俭，她的脸上展开了一个最镇定的微笑，"我去叫四郎过来。守约，保重。"

微微欠了欠身，琉璃目不斜视地往外走去。从软榻到门口不过是七八步的距离，在她的眼里，却漫长得仿佛是整整的一生。眼见就要与裴行俭擦肩而过，她的手臂上突然一紧，随即一股大力传来，没等她回过神来，整个人已被裴行俭紧紧地揽入了怀中。

琉璃脑子里顿时一片空白，耳边的心跳，鼻端的气息都是如此熟悉，可这一切却不像是真的，不可能是真的……僵了好半晌，她微微动了动，搂着她的手臂却立刻收得更紧。从头顶上传来的声音明显有些发哑，"想走？晚了！琉璃，太晚了！

"我说了，你不该如此。你知道的，我已经老了，就算没病没灾，也陪不了你多久。到时候，我只会让你再伤心一次！我的确不想见你，因为我知道自己不是圣人，就算再明白这些，再不想让你伤心，最多也只能让自己离你远点。可你呢？你居然就这么站在我面前！你觉得我还能怎样？以后我能陪你一天也好，一个月也好，一年也好……琉璃，我管不了那么多了！"

裴行俭的手臂松开了一点，伸手托起了琉璃的面庞，低头轻轻吻在了眉心处。他的眼神里满是苍凉，双唇却依然温暖，琉璃心头原本激荡起来的种种情绪，突然间都平静了下来。她只是贪恋地闭上双眼，深深地伏在他的怀中。

时光仿佛在这一刻停滞了下来，不知是过了一瞬还是良久，琉璃才从晕眩中清醒过来，伸手轻轻抚摸着他的胸口、脸颊，终于有了点现实感，而无数疑问也争先恐后地涌上心头，"守约，这几年你是怎么过的？你的身子好点没有？你……你真的不怪我了？"

裴行俭嘴角的笑意加深了些许，"我怎么会真的怪你？那年离开长安的时候，我是有些生气。不光是气你的自做主张，更是气自己的粗疏大意。我知道这事不能全怨你，我什么都瞒着你，你才会在忧心之下铤而走险。而我呢？我自负能谋善算，却是一错再错，终于让自己成了一个只会成为家中累赘、只会阻碍儿孙前程的活死人。这种事，那时我怎么也接受不了，才会一走了之。

"不过一路过来，走得越远，我便觉得天地越宽，自己不是裴行俭了，似乎也不错，至少那种松快，竟是这些年来从未有过的。后来到了西州，我找到米大郎，查出唐军里的突厥内应，又让方烈把名单给了王方翼。等他一举平定叛乱，我更觉得活着的每一日都是多出来的。这两三年，我也没做什么，只是到处走了走，顺手置了些产业，拢了些人手。"

琉璃忍不住问道，"这么说，那些投到我们家里来的护卫门客，都是你安排的？家里的那些事，都是你解决的？还有外头这些骑兵弓手，也都是你的人？"

裴行俭微微点头，"那些门客的确是我安排的，暗地里还布置了另外一些人，毕竟你们身边得用的人太少，我不放心。不过外头那些，我怎么养得起这么多精锐？一多半是方家的亲兵。是我听着风声不对，特意向他借的，没想到……"他自嘲地笑了起来，"云娘说得对，我就是个傻子。"

"其实那次在邸店的时候，我差点就忍不住去见你了。看着这三年来的局势变化，我越来越明白当日你为什么会那么决绝，也越来越明白李公当初为什么会劝我在恩荣极处放手、仁义尽时回头。我真的想回来了，可听了你和崔夫人的那番话，我怎么还有脸这么做？这么多年了，你一个人背负了那么多东西，你宁可自己忍受煎熬，也没骗我哄我去做任何事。我呢？最后我却错待了你，委屈了你，我让你受了那么多的苦！"他伸手抚摸着琉璃鬓角的白发，眼里满是痛楚怜惜，"琉璃，是我对不住你。"

琉璃心里又酸又软，笑着摇了摇头，泪水却不受控制地流了下来，"你胡说什么，我哪里吃了多少苦、受了多少煎熬？你还不知道我？我胆子太小，生怕弄巧成拙，所以才什么都不敢说，不敢做。不过老天有眼，你看，咱们还不是在一起了？"一天也好，一年也好，他们总算是在一起了！

裴行俭伸手轻柔地擦拭着琉璃的眼角，眉宇间的阴霾渐渐消散，脸上的微笑也越来越暖，半晌才道："是，咱们还是在一起了。"

两人相视无语，突然间，帐外传来了一声长长的哨音，裴行俭回过神来，哑然失笑，"我怎么忘了他们！"他牵着琉璃，转身走到帐外的空地里，向高处挥了挥手，山崖上立时响起了两声短促的哨音，一排排人影随即消失不见。营地里的突厥人愣了片刻，齐声欢呼起来。

"阿爷！"

延休不知何时已和云伊母女一道走了过来，见裴行俭回头，他冲上两步，张口似乎想说什么，却猛地跪了下来，伏地行了一个大礼，起身时，眼睛已有些红了。

裴行俭上下打量着延休，神色也有些激荡，"四郎，这几年你做得很好，比我想得还要好！"

延休脸上似哭似笑，停了片刻才闷声道："阿爷，您的身子好些了吧？"

裴行俭点了点头，瞧着延休眼睛越来越红，又笑道："对了，今日之事你可不许告诉你那位师傅，不然还不得让他得意好几年？"

延休呆了一下，还没开口，一旁的云伊已插嘴进来，"他不说就不说，难不成这世上只有你家四郎才长了嘴？"

琉璃吃了一惊，回头看着云伊。两人下午已说了半天的话，她自然知道，念玉的父亲几年前就过世了,不过那时云伊还没说要去洛阳,怎么听这口气她眼下竟像是已拿定了主意?

云伊脸上微红,却是满不在乎地扬眉笑道:"你们以后都能到处走了,我怎么就不行?再说念玉也大了,我这做阿娘的,难道不该带她去中原开开眼界?"

延休悄悄抹了抹眼睛,笑着帮腔,"正是!明年等我回了洛阳,定会带姨母和妹妹到处好好去看一看。"

琉璃不由恍然,难怪延休这次能如此轻易地联系上云伊,大概这本来就是麴崇裕交给他的任务吧?如今慕容仪决定远走,麴崇裕在家族和朝堂里又是地位超然,他的确不用再压抑自己。而在云伊的心里,其实也从来都没有放下过他……她一时也不知该说些什么,只能叹道:"你们开心就好。"

裴行俭走到她的身边,在长袖下握住了她的手,眼里满是温柔的了然。琉璃只觉得一股暖意从指尖流到心头,脸上不由露出了微笑。

云伊夸张地叹了口气,拉着念玉转身就走,"走吧走吧,咱们可别碍眼了!"走出几步,又回头招呼延休,"你还杵在那里做什么?难道你家阿爷还能再跑了不成?"

延休"啊"了一声,尴尬地摸了摸头,欠身笑道:"儿子告退。"

琉璃脸上发热,忙往回抽手,裴行俭却不动声色地扣紧了手指,带着她往营地外走去。琉璃忙低声道:"快放手!你这是做什么,也不怕别人认出你?"

裴行俭不以为意地笑了笑,"认出又怎样?在西疆,如今好些人都知道,有个闲人邓九,除了年纪有些对不上,跟已故的裴将军竟有八九分的相似,因此,裴家故人们对他都是格外照看。"

啊?他这招还真是……琉璃又是惊讶,又是好笑,转头看着他,心里突然一动,如此说来,以后他以这个身份留在她身边,好像也不会让人太过疑心。如今随着薛怀义出入后宫,洛阳贵妇养面首简直蔚然成风,就算有人发现她身边有个"酷似亡夫"的男子,也根本不算什么。只是这样一来,会不会太辱没他?

裴行俭柔和的目光仿佛一直看进了琉璃心底,"你忘了?世间再无裴行俭。他能做的事都做完了,日后就是面对恩师面对先帝,也是问心无愧。你和李公是对的,天下之事终有定数,只要尽力而为过,便没什么可遗憾。如今的我,不过是西域道上的邓九,是陪你画遍天下山水的人。琉璃,你是千年之后来的人,这一世,我总要陪你到百年,至于别的事,我都管不了,也不会去管了。"

琉璃怔怔地看着他,他果然什么都听懂了,所以他知道大唐终究会有自己的命运,不是他们可以改变的,所以他真的可以放下一切……"世间再无裴行俭",这曾是她心底最深的伤口,此刻却动听得令人沉醉。

不知不觉间,两人已走出营地,顺着刚刚被人踩出的小路,走上一块沙丘。黄昏将至,淡淡的暮色将雪地染上了一层柔和的光泽,在他们的身后,魔鬼城那些大大小小的丘壑变得安然静谧,仿佛是白色画卷上的一笔笔墨痕。而在更远的地方,在荒野的尽头,一轮月华不知何时已悄然升起,将这片雪原映照得愈发沉静。

不知怎地，琉璃突然想起了很久以前看到过的几句话——

我喜欢将暮未暮的原野，一切颜色都已沉静，而黑暗尚未来临；我也喜欢将暮未暮的人生，所有的故事都已定型，而结局尚未来临。

她在心里默念了两遍，身上突然一暖，却是裴行俭从身后揽住了她，低声问道，"又想起什么了？"

仿佛应和着这一问，山丘下突然传来一阵欢呼，却是突厥人已点起一堆堆的篝火，酒杯肉盘，正不断被送了上来，一个尽情狂欢的不眠之夜就要拉开帷幕。

琉璃反手握住了裴行俭的手掌，微笑着看向了远方，"没什么，我只是很欢喜。"这样的黄昏，她很欢喜。

（全书完）

图书在版编目（CIP）数据

大唐明月：上中下 / 蓝云舒著. -- 上海：上海文艺出版社,2020(2021.2重印)
 ISBN 978-7-5321-7675-5

Ⅰ.①大… Ⅱ.①蓝… Ⅲ.①长篇历史小说－中国－当代
Ⅳ.①I247.5

中国版本图书馆CIP数据核字(2020)第090917号

发 行 人：毕　胜
责任编辑：毛静彦
装帧设计：郭　垚

书　　　名：大唐明月：上中下
作　　　者：蓝云舒
出　　　版：上海世纪出版集团　上海文艺出版社
地　　　址：上海绍兴路7号　200020
发　　　行：上海文艺出版社发行中心发行
　　　　　　上海市绍兴路50号　200020　www.ewen.co
印　　　刷：苏州市越洋印刷有限公司印刷
开　　　本：787×1092　1/16
印　　　张：95.75
插　　　页：6
字　　　数：2,041,000
印　　　次：2020年8月第1版　2021年2月第2次印刷
Ｉ Ｓ Ｂ Ｎ：978-7-5321-7675-5/I.6104
定　　　价：248.00元(共三册)
告　读　者：如发现本书有质量问题请与印刷厂质量科联系　T:0512-68180628